Ingeborg Bachmann Werke

Ingeborg Bachmann
Werke

Herausgegeben von
Christine Koschel
Inge von Weidenbaum
Clemens Münster

Erster Band:
Gedichte
Hörspiele
Libretti
Übersetzungen

R. Piper & Co. Verlag
München Zürich

Der Abdruck der Libretti »Der Prinz von Homburg« und »Der junge Lord« sowie von »Ein Monolog des Fürsten Myschkin zu der Ballettpantomime ›Der Idiot‹« und der Texte aus »Nachtstücke und Arien« geschieht mit freundlicher Genehmigung des Verlags B. Schott's Söhne, Mainz.
Der Abdruck der Übersetzung von Thomas Wolfes Stück »Mannerhouse« (Das Herrschaftshaus) geschieht mit dem freundlichen Einverständnis des Rowohlt Verlags, Reinbek. © 1946 by Maxwell E. Perkins as Executer (of the Estate of Thomas Wolfe). © 1948 by Edward C. Aswell, Administrator C. T. A. (of the Estate of Thomas Wolfe).
Der Abdruck der Gedichte Giuseppe Ungarettis und ihrer Übertragungen erfolgt mit freundlicher Genehmigung des Verlags Arnoldo Mondadori, Mailand, und des Suhrkamp Verlags, Frankfurt a. M. (© 1961).

ISBN 3-492-02286-3

Gesetzt aus der Walbaum-Antiqua
Gesamtherstellung Wiener Verlag, Wien
Printed in Austria

Inhalt

GEDICHTE

HÖRSPIELE

LIBRETTI

ÜBERSETZUNGEN

GEDICHTE

1 Gedichte 1948–1953

[Abends frag ich meine Mutter]

Abends frag ich meine Mutter
heimlich nach dem Glockenläuten,
wie ich mir die Tage deuten
und die Nacht bereiten soll.

Tief im Grund verlang ich immer
alles restlos zu erzählen,
in Akkorden auszuwählen,
was an Klängen mich umspielt.

Leise lauschen wir zusammen:
meine Mutter träumt mich wieder,
und sie trifft, wie alte Lieder,
meines Wesens Dur und Moll.

[Wir gehen, die Herzen im Staub]

Wir gehen, die Herzen im Staub,
und lange schon hart am Versagen.
Man hört uns nur nicht, ist zu taub,
um das Stöhnen im Staub zu beklagen.

Wir singen, den Ton in der Brust.
Dort ist er noch niemals entsprungen.
Nur manchmal hat einer gewußt:
wir sind nicht zum Bleiben gezwungen.

Wir halten. Beenden den Trott.
Sonst ist auch das Ende verdorben.
Und richten die Augen auf Gott:
wir haben den Abschied erworben!

[Es könnte viel bedeuten]

Es könnte viel bedeuten: wir vergehen,
wir kommen ungefragt und müssen weichen.
Doch daß wir sprechen und uns nicht verstehen
und keinen Augenblick des andern Hand erreichen,

zerschlägt so viel: wir werden nicht bestehen.
Schon den Versuch bedrohen fremde Zeichen,
und das Verlangen, tief uns anzusehen,
durchtrennt ein Kreuz, uns einsam auszustreichen.

Entfremdung

In den Bäumen kann ich keine Bäume mehr sehen.
Die Äste haben nicht die Blätter, die sie in den Wind halten.
Die Früchte sind süß, aber ohne Liebe.
Sie sättigen nicht einmal.
Was soll nur werden?
Vor meinen Augen flieht der Wald,
vor meinem Ohr schließen die Vögel den Mund,
für mich wird keine Wiese zum Bett.
Ich bin satt vor der Zeit
und hungre nach ihr.
Was soll nur werden?

Auf den Bergen werden nachts die Feuer brennen.
Soll ich mich aufmachen, mich allem wieder nähern?

Ich kann in keinem Weg mehr einen Weg sehen.

Betrunkner Abend

Betrunkner Abend, voll vom blauen Licht,
taumelt ans Fenster und begehrt zu singen.
Die Scheiben drängen furchtsam sich und dicht,
in denen seine Schatten sich verfingen.

Er schwankt verdunkelnd um das Häusermeer,
trifft auf ein Kind, es schreiend zu verjagen,
und atmet keuchend hinter allem her,
Beängstigendes flüsternd auszusagen.

Im feuchten Hof am dunklen Mauerrand
tummelt mit Ratten er sich in den Ecken.
Ein Weib, in grau verschlissenem Gewand,
weicht vor ihm weg, sich tiefer zu verstecken.

Am Brunnen rinnt ein dünner Faden noch,
ein Tropfen läuft, den andern zu erhaschen;
dort trinkt er jäh aus rostverschleimtem Loch
und hilft, die schwarzen Gossen mitzuwaschen.

Betrunkner Abend, voll vom blauen Licht,
taumelt ins Fenster und beginnt zu singen.
Die Scheiben brechen. Blutend im Gesicht
dringt er herein, mit meinem Graun zu ringen.

Hinter der Wand

Ich hänge als Schnee von den Zweigen
in den Frühling des Tals,
als kalte Quelle treibe ich im Wind,
feucht fall ich in die Blüten
als ein Tropfen,
um den sie faulen
wie um einen Sumpf.
Ich bin das Immerzu-ans-Sterben-Denken.

Ich fliege, denn ich kann nicht ruhig gehen,
durch aller Himmel sichere Gebäude
und stürze Pfeiler um und höhle Mauern.
Ich warne, denn ich kann des Nachts nicht schlafen,
die andern mit des Meeres fernem Rauschen.
Ich steige in den Mund der Wasserfälle,
und von den Bergen lös ich polterndes Geröll.

Ich bin der großen Weltangst Kind,
die in den Frieden und die Freude hängt
wie Glockenschläge in des Tages Schreiten
und wie die Sense in den reifen Acker.

Ich bin das Immerzu-ans-Sterben-Denken.

[Beim Hufschlag der Nacht]

Beim Hufschlag der Nacht, des schwarzen Hengstes vorm
Tor,
zittert mein Herz noch wie einst und reicht mir den Sattel
im Flug,
rot wie das Halfter, das Diomedes mir lieh.
Gewaltig sprengt der Wind mir auf dunkler Straße voran
und teilt das schwarze Gelock der schlafenden Bäume,
daß die vom Mondlicht nassen Früchte
erschrocken auf Schulter und Schwert springen,
und ich schleudre
die Peitsche auf einen erloschenen Stern.
Nur einmal verhalt ich den Schritt, deine treulosen
Lippen zu
küssen, schon fängt sich dein Haar in den Zügeln,
und dein Schuh schleift im Staub.

Und ich hör deinen Atem noch
und das Wort, mit dem du mich schlugst.

Dem Abend gesagt

Meine Zweifel, bitter und ungestillt,
versickern in den Abendtiefen.
Müdigkeit singt an meinem Ohr.
Ich lausche . . .
Das war doch gestern schon!
Das kommt und geht doch wieder!

Die Schlafwege kenn ich bis ins süßeste Gefild.
Ich will dort nimmer gehen.
Noch weiß ich nicht, wo mir der dunkle See
die Qual vollendet.
Ein Spiegel soll dort liegen,
klar und dicht,
und will uns,
funkelnd vor Schmerz,
die Gründe zeigen.

Vision

Jetzt schon zum dritten Mal der Donnerschlag!
Und aus dem Meer taucht langsam Schiff auf Schiff.
Versunkne Schiffe mit verkohltem Mast,
versunkne Schiffe mit zerschossner Brust,
mit halbzerfetztem Leib.

Und schwimmen stumm,
unhörbar durch die Nacht.
Und keine Welle schließt sich hinter ihnen.

Sie haben keinen Weg, sie werden keinen finden,
kein Wind wird wagen, fest in sie zu greifen,
kein Hafen wird sich öffnen.
Der Leuchtturm kann sich schlafend stellen!

Wenn diese Schiffe bis ans Ufer kommen . .
Nein, nicht ans Ufer!
Wir werden sterben wie die Fischzüge,
die rund um sie auf breiten Wogen wiegen
zu abertausend Leichen!

Menschenlos

Verwunschnes Wolkenschloß, in dem wir treiben . . .
Wer weiß, ob wir nicht schon durch viele Himmel
so ziehen mit verglasten Augen?
Wir, in die Zeit verbannt
und aus dem Raum gestoßen,
wir, Flieger durch die Nacht und Bodenlose.

Wer weiß, ob wir nicht schon um Gott geflogen,
und, weil wir pfeilschnell schäumten ohne ihn zu sehen
und unsre Samen weiterschleuderten,
um in noch dunkleren Geschlechtern fortzuleben,
jetzt schuldhaft treiben?

Wer weiß, ob wir nicht lange, lang schon sterben?
Der Wolkenball mit uns strebt immer höher.
Die dünne Luft lähmt heute schon die Hände,
und wenn die Stimme bricht und unser Atem steht . . .?
Bleibt die Verwunschenheit für letzte Augenblicke?

Wie soll ich mich nennen?

Einmal war ich ein Baum und gebunden,
dann entschlüpft ich als Vogel und war frei,
in einen Graben gefesselt gefunden,
entließ mich berstend ein schmutziges Ei.

Wie halt ich mich? Ich habe vergessen,
woher ich komme und wohin ich geh,
ich bin von vielen Leibern besessen,
ein harter Dorn und ein flüchtendes Reh.

Freund bin ich heute den Ahornzweigen,
morgen vergehe ich mich an dem Stamm . . .
Wann begann die Schuld ihren Reigen,
mit dem ich von Samen zu Samen schwamm?

Aber in mir singt noch ein Beginnen
– oder ein Enden – und wehrt meiner Flucht,
ich will dem Pfeil dieser Schuld entrinnen,
der mich in Sandkorn und Wildente sucht.

Vielleicht kann ich mich einmal erkennen,
eine Taube einen rollenden Stein . . .
Ein Wort nur fehlt! Wie soll ich mich nennen,
ohne in anderer Sprache zu sein.

[Die Häfen waren geöffnet]

Die Häfen waren geöffnet. Wir schifften uns ein,
die Segel voraus, den Traum über Bord,
Stahl an den Knien und Lachen um unsere Haare,
denn unsere Ruder trafen ins Meer, schneller als Gott.

Unsere Ruder schlugen die Schaufeln Gottes und teilten
die Flut;
vorne war Tag, und hinten blieben die Nächte,
oben war unser Stern, und unten versanken die andern,
draußen verstummte der Sturm, und drinnen wuchs unsre
Faust.

Erst als ein Regen entbrannte, lauschten wir wieder;
Speere stürzten herab und Engel traten hervor,
hefteten schwärzere Augen in unsere schwarzen.
Vernichtet standen wir da. Unser Wappen flog auf:

Ein Kreuz im Blut und ein größeres Schiff überm Herzen.

[Die Welt ist weit]

Die Welt ist weit und die Wege von Land zu Land,
und der Orte sind viele, ich habe alle gekannt,
ich habe von allen Türmen Städte gesehen,
die Menschen, die kommen werden und die schon gehen.
Weit waren die Felder von Sonne und Schnee,
zwischen Schienen und Straßen, zwischen Berg und See.
Und der Mund der Welt war weit und voll Stimmen an
meinem Ohr
und schrieb, noch des Nachts, die Gesänge der Vielfalt vor.
Den Wein aus fünf Bechern trank ich in einem Zuge aus,
mein nasses Haar trocknen vier Winde in ihrem
wechselnden Haus.

Die Fahrt ist zu Ende,
doch ich bin mit nichts zu Ende gekommen,
jeder Ort hat ein Stück von meinem Lieben genommen,
jedes Licht hat mir ein Aug verbrannt,
in jedem Schatten zerriß mein Gewand.

Die Fahrt ist zu Ende.
Noch bin ich mit jeder Ferne verkettet,
doch kein Vogel hat mich über die Grenzen gerettet,
kein Wasser, das in die Mündung zieht,
treibt mein Gesicht, das nach unten sieht,
treibt meinen Schlaf, der nicht wandern will . . .
Ich weiß die Welt näher und still.

Hinter der Welt wird ein Baum stehen
mit Blättern aus Wolken
und einer Krone aus Blau.
In seine Rinde aus rotem Sonnenband
schneidet der Wind unser Herz
und kühlt es mit Tau.

Hinter der Welt wird ein Baum stehen,
eine Frucht in den Wipfeln,
mit einer Schale aus Gold.
Laß uns hinübersehen,
wenn sie im Herbst der Zeit
in Gottes Hände rollt!

[Noch fürcht ich]

Noch fürcht ich, dich mit dem Garn meines Atems zu
 binden,
dich zu gewanden mit den blauen Fahnen des Traums,
an den Nebeltoren meines finsteren Schlosses
Fackeln zu brennen, daß du mich fändest . . .

Noch fürcht ich, dich aus schimmernden Tagen zu lösen,
aus dem goldnen Gefälle des Sonnenflusses der Zeit,
wenn über dem schrecklichen Antlitz des Monds
silbrig mein Herz schäumt.

Blick auf und sieh mich nicht an!
Es sinken die Fahnen, verflammt sind die Fackeln,
und der Mond beschreibt seine Bahn.
Es ist Zeit, daß du kommst und mich hältst, heiliger Wahn!

Beweis zu nichts

Weißt du, Mutter, wenn die Breiten und Längen
den Ort nicht nennen, daß deine Kinder
aus dem dunklen Winkel der Welt dir winken?
Du bleibst stehn, wo sich die Wege verschlingen,
und vorrätig ist dein Herz vor jedem andern.
Wir reichen nicht lange, werfen mit Werken um uns
und blicken zurück. Doch der Rauch überm Herd
läßt uns das Feuer nicht sehn.

Frag: kommt keines wieder? Vom Lot abwärts geführt,
nicht in Richtung des Himmels, fördern wir
Dinge zutage, in denen Vernichtung wohnt und Kraft,
uns zu zerstreuen. Dies alles ist ein Beweis
zu nichts und von niemand verlangt. Entfachst du
das Feuer von neuem, erscheinen wir unkenntlich,
geschwärzte Gesichter, deinem weißen Gesicht.
Wein! Aber winke uns nicht.

2 Die gestundete Zeit

I

Ausfahrt

Vom Lande steigt Rauch auf.
Die kleine Fischerhütte behalt im Aug,
denn die Sonne wird sinken,
ehe du zehn Meilen zurückgelegt hast.

Das dunkle Wasser, tausendäugig,
schlägt die Wimper von weißer Gischt auf,
um dich anzusehen, groß und lang,
dreißig Tage lang.

Auch wenn das Schiff hart stampft
und einen unsicheren Schritt tut,
steh ruhig auf Deck.

An den Tischen essen sie jetzt
den geräucherten Fisch;
dann werden die Männer hinknien
und die Netze flicken,
aber nachts wird geschlafen,
eine Stunde oder zwei Stunden,
und ihre Hände werden weich sein,
frei von Salz und Öl,
weich wie das Brot des Traumes,
von dem sie brechen.

Die erste Welle der Nacht schlägt ans Ufer,
die zweite erreicht schon dich.
Aber wenn du scharf hinüberschaust,
kannst du den Baum noch sehen,
der trotzig den Arm hebt
– einen hat ihm der Wind schon abgeschlagen
– und du denkst: wie lange noch,
wie lange noch
wird das krumme Holz den Wettern standhalten?
Vom Land ist nichts mehr zu sehen.
Du hättest dich mit einer Hand in die Sandbank krallen
oder mit einer Locke an die Klippen heften sollen.

In die Muscheln blasend, gleiten die Ungeheuer des Meers
auf die Rücken der Wellen, sie reiten und schlagen
mit blanken Säbeln die Tage in Stücke, eine rote Spur
bleibt im Wasser, dort legt dich der Schlaf hin,
auf den Rest deiner Stunden,
und dir schwinden die Sinne.

Da ist etwas mit den Tauen geschehen,
man ruft dich, und du bist froh,
daß man dich braucht. Das Beste
ist die Arbeit auf den Schiffen,
die weithin fahren,
das Tauknüpfen, das Wasserschöpfen,
das Wändedichten und das Hüten der Fracht.
Das Beste ist, müde zu sein und am Abend
hinzufallen. Das Beste ist, am Morgen,
mit dem ersten Licht, hell zu werden,
gegen den unverrückbaren Himmel zu stehen,
der ungangbaren Wasser nicht zu achten
und das Schiff über die Wellen zu heben,
auf das immerwiederkehrende Sonnenufer zu.

Abschied von England

Ich habe deinen Boden kaum betreten,
schweigsames Land, kaum einen Stein berührt,
ich war von deinem Himmel so hoch gehoben,
so in Wolken, Dunst und in noch Ferneres gestellt,
daß ich dich schon verließ,
als ich vor Anker ging.

Du hast meine Augen geschlossen
mit Meerhauch und Eichenblatt,
von meinen Tränen begossen,
hieltst du die Gräser satt;
aus meinen Träumen gelöst,
wagten sich Sonnen heran,
doch alles war wieder fort,
wenn dein Tag begann.
Alles blieb ungesagt.

Durch die Straßen flatterten die großen grauen Vögel
und wiesen mich aus.
War ich je hier?

Ich wollte nicht gesehen werden.

Meine Augen sind offen.
Meerhauch und Eichenblatt?
Unter den Schlangen des Meers
seh ich, an deiner Statt,
das Land meiner Seele erliegen.

Ich habe seinen Boden nie betreten.

Fall ab, Herz

Fall ab, Herz, vom Baum der Zeit,
fallt, ihr Blätter, aus den erkalteten Ästen,
die einst die Sonne umarmt',
fallt, wie Tränen fallen aus dem geweiteten Aug!

Fliegt noch die Locke taglang im Wind
um des Landgotts gebräunte Stirn,
unter dem Hemd preßt die Faust
schon die klaffende Wunde.

Drum sei hart, wenn der zarte Rücken der Wolken
sich dir einmal noch beugt,
nimm es für nichts, wenn der Hymettos die Waben
noch einmal dir füllt.

Denn wenig gilt dem Landmann ein Halm in der Dürre,
wenig ein Sommer vor unserem großen Geschlecht.

Und was bezeugt schon dein Herz?
Zwischen gestern und morgen schwingt es,
lautlos und fremd,
und was es schlägt,
ist schon sein Fall aus der Zeit.

Dunkles zu sagen

Wie Orpheus spiel ich
auf den Saiten des Lebens den Tod
und in die Schönheit der Erde
und deiner Augen, die den Himmel verwalten,
weiß ich nur Dunkles zu sagen.

Vergiß nicht, daß auch du, plötzlich,
an jenem Morgen, als dein Lager
noch naß war von Tau und die Nelke
an deinem Herzen schlief,
den dunklen Fluß sahst,
der an dir vorbeizog.

Die Saite des Schweigens
gespannt auf die Welle von Blut,
griff ich dein tönendes Herz.
Verwandelt ward deine Locke
ins Schattenhaar der Nacht,
der Finsternis schwarze Flocken
beschneiten dein Antlitz.

Und ich gehör dir nicht zu.
Beide klagen wir nun.

Aber wie Orpheus weiß ich
auf der Seite des Todes das Leben,
und mir blaut
dein für immer geschlossenes Aug.

Paris

Aufs Rad der Nacht geflochten
schlafen die Verlorenen
in den donnernden Gängen unten,
doch wo wir sind, ist Licht.

Wir haben die Arme voll Blumen,
Mimosen aus vielen Jahren;
Goldnes fällt von Brücke zu Brücke
atemlos in den Fluß.

Kalt ist das Licht,
noch kälter der Stein vor dem Tor,
und die Schalen der Brunnen
sind schon zur Hälfte geleert.

Was wird sein, wenn wir, vom Heimweh
benommen bis ans fliehende Haar,
hier bleiben und fragen: was wird sein,
wenn wir die Schönheit bestehen?

Auf den Wagen des Lichts gehoben,
wachend auch, sind wir verloren,
auf den Straßen der Genien oben,
doch wo wir nicht sind, ist Nacht.

Die große Fracht

Die große Fracht des Sommers ist verladen,
das Sonnenschiff im Hafen liegt bereit,
wenn hinter dir die Möwe stürzt und schreit.
Die große Fracht des Sommers ist verladen.

Das Sonnenschiff im Hafen liegt bereit,
und auf die Lippen der Galionsfiguren
tritt unverhüllt das Lächeln der Lemuren.
Das Sonnenschiff im Hafen liegt bereit.

Wenn hinter dir die Möwe stürzt und schreit,
kommt aus dem Westen der Befehl zu sinken;
doch offnen Augs wirst du im Licht ertrinken,
wenn hinter dir die Möwe stürzt und schreit.

Reigen

Reigen – die Liebe hält manchmal
im Löschen der Augen ein,
und wir sehen in ihre eignen
erloschenen Augen hinein.

Kalter Rauch aus dem Krater
haucht unsre Wimpern an;
es hielt die schreckliche Leere
nur einmal den Atem an.

Wir haben die toten Augen
gesehn und vergessen nie.
Die Liebe währt am längsten
und sie erkennt uns nie.

Herbstmanöver

Ich sage nicht: das war gestern. Mit wertlosem
Sommergeld in den Taschen liegen wir wieder
auf der Spreu des Hohns, im Herbstmanöver der Zeit.
Und der Fluchtweg nach Süden kommt uns nicht,
wie den Vögeln, zustatten. Vorüber, am Abend,
ziehen Fischkutter und Gondeln, und manchmal
trifft mich ein Splitter traumsatten Marmors,
wo ich verwundbar bin, durch Schönheit, im Aug.

In den Zeitungen lese ich viel von der Kälte
und ihren Folgen, von Törichten und Toten,
von Vertriebenen, Mördern und Myriaden
von Eisschollen, aber wenig, was mir behagt.
Warum auch? Vor dem Bettler, der mittags kommt,
schlag ich die Tür zu, denn es ist Frieden
und man kann sich den Anblick ersparen, aber nicht
im Regen das freudlose Sterben der Blätter.

Laßt uns eine Reise tun! Laßt uns unter Zypressen
oder auch unter Palmen oder in den Orangenhainen
zu verbilligten Preisen Sonnenuntergänge sehen,
die nicht ihresgleichen haben! Laßt uns die
unbeantworteten Briefe an das Gestern vergessen!
Die Zeit tut Wunder. Kommt sie uns aber unrecht,
mit dem Pochen der Schuld: wir sind nicht zu Hause.
Im Keller des Herzens, schlaflos, find ich mich wieder
auf der Spreu des Hohns, im Herbstmanöver der Zeit.

Die gestundete Zeit

Es kommen härtere Tage.
Die auf Widerruf gestundete Zeit
wird sichtbar am Horizont.
Bald mußt du den Schuh schnüren
und die Hunde zurückjagen in die Marschhöfe.
Denn die Eingeweide der Fische
sind kalt geworden im Wind.
Ärmlich brennt das Licht der Lupinen.
Dein Blick spurt im Nebel:
die auf Widerruf gestundete Zeit
wird sichtbar am Horizont.

Drüben versinkt dir die Geliebte im Sand,
er steigt um ihr wehendes Haar,
er fällt ihr ins Wort,
er befiehlt ihr zu schweigen,
er findet sie sterblich
und willig dem Abschied
nach jeder Umarmung.

Sieh dich nicht um.
Schnür deinen Schuh.
Jag die Hunde zurück.
Wirf die Fische ins Meer.
Lösch die Lupinen!

Es kommen härtere Tage.

II

Sterne im März

Noch ist die Aussaat weit. Auf treten
Vorfelder im Regen und Sterne im März.
In die Formel unfruchtbarer Gedanken
fügt sich das Universum nach dem Beispiel
des Lichts, das nicht an den Schnee rührt.

Unter dem Schnee wird auch Staub sein
und, was nicht zerfiel, des Staubes
spätere Nahrung. O Wind, der anhebt!
Wieder reißen Pflüge das Dunkel auf.
Die Tage wollen länger werden.

An langen Tagen sät man uns ungefragt
in jene krummen und geraden Linien,
und Sterne treten ab. Auf den Feldern
gedeihen oder verderben wir wahllos,
gefügig dem Regen und zuletzt auch dem Licht.

Im Zwielicht

Wieder legen wir beide die Hände ins Feuer,
du für den Wein der lange gelagerten Nacht,
ich für den Morgenquell, der die Kelter nicht kennt.
Es harrt der Blasbalg des Meisters, dem wir vertrauen.

Wie die Sorge ihn wärmt, tritt der Bläser hinzu.
Er geht, eh es tagt, er kommt, eh du rufst, er ist alt
wie das Zwielicht auf unsren schütteren Brauen.

Wieder kocht er das Blei im Kessel der Tränen,
dir für ein Glas – es gilt, das Versäumte zu feiern –
mir für den Scherben voll Rauch – der wird überm Feuer
geleert.
So stoß ich zu dir und bringe die Schatten zum Klingen.

Erkannt ist, wer jetzt zögert,
erkannt, wer den Spruch vergaß.
Du kannst und willst ihn nicht wissen,
du trinkst vom Rand, wo es kühl ist
und wie vorzeiten, du trinkst und bleibst nüchtern,
dir wachsen noch Brauen, dir sieht man noch zu!

Ich aber bin schon des Augenblicks
gewärtig in Liebe, mir fällt der Scherben
ins Feuer, mir wird er zum Blei,
das er war. Und hinter der Kugel
steh ich, einäugig, zielsicher, schmal,
und schick sie dem Morgen entgegen.

Holz und Späne

Von den Hornissen will ich schweigen,
denn sie sind leicht zu erkennen.
Auch die laufenden Revolutionen
sind nicht gefährlich.
Der Tod im Gefolge des Lärms
ist beschlossen von jeher.

Doch vor den Eintagsfliegen und den Frauen
nimm dich in acht, vor den Sonntagsjägern,
den Kosmetikern, den Unentschiedenen, Wohlmeinenden,
von keiner Verachtung getroffnen.

Aus den Wäldern trugen wir Reisig und Stämme,
und die Sonne ging uns lange nicht auf.
Berauscht vom Papier am Fließband,
erkenn ich die Zweige nicht wieder,
noch das Moos, in dunkleren Tinten gegoren,
noch das Wort, in die Rinden geschnitten,
wahr und vermessen.

Blätterverschleiß, Spruchbänder,
schwarze Plakate . . . Bei Tag und bei Nacht
bebt, unter diesen und jenen Sternen,
die Maschine des Glaubens. Aber ins Holz,
solang es noch grün ist, und mit der Galle,
solang sie noch bitter ist, bin ich
zu schreiben gewillt, was im Anfang war!

Seht zu, daß ihr wachbleibt!

Der Spur der Späne, die flogen, folgt
der Hornissenschwarm, und am Brunnen
sträubt sich der Lockung,
die uns einst schwächte,
das Haar.

Thema und Variation

In diesem Sommer blieb der Honig aus.
Die Königinnen zogen Schwärme fort,
der Erdbeerschlag war über Tag verdorrt,
die Beerensammler kehrten früh nach Haus.

Die ganze Süße trug ein Strahl des Lichts
in einen Schlaf. Wer schlief ihn vor der Zeit?
Honig und Beeren? Der ist ohne Leid,
dem alles zukommt. Und es fehlt ihm nichts.

Und es fehlt ihm nichts, nur ein wenig,
um zu ruhen oder um aufrecht zu stehen.
Höhlen beugten ihn tief und Schatten,
denn kein Land nahm ihn auf.
Selbst in den Bergen war er nicht sicher
– ein Partisan, den die Welt abgab
an ihren toten Trabanten, den Mond.

Der ist ohne Leid, dem alles zukommt,
und was kam ihm nicht zu? Die Kohorte
der Käfer schlug sich in seiner Hand, Brände
häuften Narben in seinem Gesicht und die Quelle
trat als Chimäre vor sein Aug,
wo sie nicht war.

Honig und Beeren?
Hätte er je den Geruch gekannt, er wär ihm längst
gefolgt!

Nachtwandlerischer Schlaf im Gehen,
wer schlief ihn vor der Zeit?
Einer, der alt geboren wurde
und früh ins Dunkel muß.
Die ganze Süße trug ein Strahl des Lichts
an ihm vorbei.

Er spie ins Unterholz den Fluch,
der Dürre bringt, er schrie
und ward erhört:
die Beerensammler kehrten früh nach Haus!
Als sich die Wurzel hob
und ihnen pfeifend nachglitt,
blieb eine Schlangenhaut des Baumes letzte Hut.
Der Erdbeerschlag war über Tag verdorrt.

Unten im Dorf standen die Eimer leer
und trommelreif im Hof.
So schlug die Sonne zu
und wirbelte den Tod.

Die Fenster fielen zu,
die Königinnen zogen Schwärme fort,
und keiner hinderte sie, fortzufliegen.
Die Wildnis nahm sie auf,
der hohle Baum im Farn
den ersten freien Staat.
Den letzten Menschen traf
ein Stachel ohne Schmerz.

In diesem Sommer blieb der Honig aus.

Früher Mittag

Still grünt die Linde im eröffneten Sommer,
weit aus den Städten gerückt, flirrt
der mattglänzende Tagmond. Schon ist Mittag,
schon regt sich im Brunnen der Strahl,
schon hebt sich unter den Scherben
des Märchenvogels geschundener Flügel,
und die vom Steinwurf entstellte Hand
sinkt ins erwachende Korn.

Wo Deutschlands Himmel die Erde schwärzt,
sucht sein enthaupteter Engel ein Grab für den Haß
und reicht dir die Schüssel des Herzens.

Eine Handvoll Schmerz verliert sich über den Hügel.

Sieben Jahre später
fällt es dir wieder ein,
am Brunnen vor dem Tore,
blick nicht zu tief hinein,
die Augen gehen dir über.

Sieben Jahre später,
in einem Totenhaus,
trinken die Henker von gestern
den goldenen Becher aus.
Die Augen täten dir sinken.

Schon ist Mittag, in der Asche
krümmt sich das Eisen, auf den Dorn
ist die Fahne gehißt, und auf den Felsen
uralten Traums bleibt fortan
der Adler geschmiedet.

Nur die Hoffnung kauert erblindet im Licht.

Lös ihr die Fessel, führ sie
die Halde herab, leg ihr
die Hand auf das Aug, daß sie
kein Schatten versengt!

Wo Deutschlands Erde den Himmel schwärzt,
sucht die Wolke nach Worten und füllt den Krater mit
Schweigen,
eh sie der Sommer im schütteren Regen vernimmt.

Das Unsägliche geht, leise gesagt, übers Land:
schon ist Mittag.

Alle Tage

Der Krieg wird nicht mehr erklärt,
sondern fortgesetzt. Das Unerhörte
ist alltäglich geworden. Der Held
bleibt den Kämpfen fern. Der Schwache
ist in die Feuerzonen gerückt.
Die Uniform des Tages ist die Geduld,
die Auszeichnung der armselige Stern
der Hoffnung über dem Herzen.

Er wird verliehen,
wenn nichts mehr geschieht,
wenn das Trommelfeuer verstummt,
wenn der Feind unsichtbar geworden ist
und der Schatten ewiger Rüstung
den Himmel bedeckt.

Er wird verliehen
für die Flucht von den Fahnen,
für die Tapferkeit vor dem Freund,
für den Verrat unwürdiger Geheimnisse
und die Nichtachtung
jeglichen Befehls.

Einem Feldherrn

Wenn jenes Geschäft im Namen der Ehre
ergrauter und erblindeter Völker
wieder zustande kommt, wirst du
ein Handlanger sein und dienstbar
unsren Gemarkungen, da du's verstehst,
sie einzufrieden mit Blut.
Voraus in den Büchern schattet
dein Name, und es verleitet
sein Anflug den Lorbeer zum Wuchs.

Wie wir's verstehen: opfre keinem vor dir
und rufe auch Gott nicht an. (Verlangte ihn je
teilzuhaben an deiner Beute? War er je
ein Parteigänger deiner Hoffnungen?)

Eins sollst du wissen:
erst wenn du nicht mehr versuchst,
wie viele vor dir, mit dem Degen
den unteilbaren Himmel zu trennen,
treibt der Lorbeer ein Blatt.
Erst wenn du mit einem ungeheuren Zweifel
dein Glück aus dem Sattel hebst und selbst
aufspringst, verheiß ich dir Sieg!

Denn du errangst ihn nicht damals,
als dein Glück für dich siegte;
zwar sanken die Fahnen des Feindes
und Waffen fielen dir zu
und Früchte aus Gärten,
die ein andrer bebaute.

Wo am Horizont der Weg deines Glücks
und der Weg deines Unglücks
in eins verlaufen, richte die Schlacht.
Wo es dunkelt und die Soldaten schlafen,
wo sie dir fluchten und von dir
verflucht wurden, richte den Tod.

Du wirst fallen
vom Berg ins Tal, mit den reißenden Gewässern
in die Schluchten, auf den Grund der Fruchtbarkeit,
in die Samen der Erde, dann in die Minen von Gold,
in den Fluß des Erzes, aus dem die Standbilder
der Großen gehämmert werden, in die tiefen Bezirke
des Vergessens, Millionen Klafter von dort
und in die Bergwerke des Traums.
Zuletzt aber in das Feuer.

Dort reicht dir der Lorbeer ein Blatt.

Botschaft

Aus der leichenwarmen Vorhalle des Himmels tritt die Sonne.
Es sind dort nicht die Unsterblichen,
sondern die Gefallenen, vernehmen wir.

Und Glanz kehrt sich nicht an Verwesung. Unsere Gottheit,
die Geschichte, hat uns ein Grab bestellt,
aus dem es keine Auferstehung gibt.

III

Die Brücken

Straffer zieht der Wind das Band vor den Brücken.

An den Traversen zerrieb
der Himmel sein dunkelstes Blau.
Hüben und drüben wechseln
im Licht unsre Schatten.

Pont Mirabeau . . . Waterloobridge . . .
Wie ertragen's die Namen,
die Namenlosen zu tragen?

Von den Verlornen gerührt,
die der Glaube nicht trug,
erwachen die Trommeln im Fluß.

Einsam sind alle Brücken,
und der Ruhm ist ihnen gefährlich
wie uns, vermeinen wir doch,
die Schritte der Sterne
auf unserer Schulter zu spüren.
Doch übers Gefälle des Vergänglichen
wölbt uns kein Traum.

Besser ist's, im Auftrag der Ufer
zu leben, von einem zum andern,
und tagsüber zu wachen,
daß das Band der Berufene trennt.
Denn er erreicht die Schere der Sonne
im Nebel, und wenn sie ihn blendet,
umfängt ihn der Nebel im Fall.

Nachtflug

Unser Acker ist der Himmel,
im Schweiß der Motoren bestellt,
angesichts der Nacht,
unter Einsatz des Traums –

geträumt auf Schädelstätten und Scheiterhaufen,
unter dem Dach der Welt, dessen Ziegel
der Wind forttrug – und nun Regen, Regen, Regen
in unserem Haus und in den Mühlen
die blinden Flüge der Fledermäuse.
Wer wohnte dort? Wessen Hände waren rein?
Wer leuchtete in der Nacht,
Gespenst den Gespenstern?

Im Stahlgefieder geborgen, verhören
Instrumente den Raum, Kontrolluhren und Skalen
das Wolkengesträuch, und es streift die Liebe
unsres Herzens vergessene Sprache:
kurz und lang lang . . . Für eine Stunde
rührt Hagel die Trommel des Ohrs,
das, uns abgeneigt, lauscht und verwindet.

Nicht untergegangen sind Sonne und Erde,
nur als Gestirne gewandert und nicht zu erkennen.

Wir sind aufgestiegen von einem Hafen,
wo Wiederkehr nicht zählt
und nicht Fracht und nicht Fang.
Indiens Gewürze und Seiden aus Japan
gehören den Händlern
wie die Fische den Netzen.

Doch ein Geruch ist zu spüren,
vorlaufend den Kometen,
und das Gewebe der Luft,
von gefallnen Kometen zerrissen.
Nenn's den Status der Einsamen,
in dem sich das Staunen vollzieht.
Nichts weiter.

Wir sind aufgestiegen, und die Klöster sind leer,
seit wir dulden, ein Orden, der nicht heilt und nicht lehrt.
Zu handeln ist nicht Sache der Piloten. Sie haben
Stützpunkte im Aug und auf den Knien ausgebreitet
die Landkarte einer Welt, der nichts hinzuzufügen ist.

Wer lebt dort unten? Wer weint ...
Wer verliert den Schlüssel zum Haus?
Wer findet sein Bett nicht, wer schläft
auf den Schwellen? Wer, wenn der Morgen kommt,
wagt's, den Silberstreifen zu deuten: seht, über mir ...
Wenn das Wasser von neuem ins Mühlrad greift,
wer wagt's, sich der Nacht zu erinnern?

Psalm

1

Schweigt mit mir, wie alle Glocken schweigen!

In der Nachgeburt der Schrecken
sucht das Geschmeiß nach neuer Nahrung.
Zur Ansicht hängt karfreitags eine Hand
am Firmament, zwei Finger fehlen ihr,
sie kann nicht schwören, daß alles,
alles nicht gewesen sei und nichts
sein wird. Sie taucht ins Wolkenrot,
entrückt die neuen Mörder
und geht frei.

Nachts auf dieser Erde
in Fenster greifen, die Linnen zurückschlagen,
daß der Kranken Heimlichkeit bloßliegt,
ein Geschwür voll Nahrung, unendliche Schmerzen
für jeden Geschmack.

Die Metzger halten, behandschuht,
den Atem der Entblößten an,
der Mond in der Tür fällt zu Boden,
laß die Scherben liegen, den Henkel . . .

Alles war gerichtet für die letzte Ölung.
(Das Sakrament kann nicht vollzogen werden.)

2

Wie eitel alles ist.
Wälze eine Stadt heran,
erhebe dich aus dem Staub dieser Stadt,
übernimm ein Amt
und verstelle dich,
um der Bloßstellung zu entgehen.

Löse die Versprechen ein
vor einem blinden Spiegel in der Luft,
vor einer verschlossenen Tür im Wind.

Unbegangen sind die Wege auf der Steilwand des Himmels.

3

O Augen, an dem Sonnenspeicher Erde verbrannt,
mit der Regenlast aller Augen beladen,
und jetzt versponnen, verwebt
von den tragischen Spinnen
der Gegenwart . . .

4

In die Mulde meiner Stummheit
leg ein Wort
und zieh Wälder groß zu beiden Seiten,
daß mein Mund
ganz im Schatten liegt.

Im Gewitter der Rosen

Wohin wir uns wenden im Gewitter der Rosen,
ist die Nacht von Dornen erhellt, und der Donner
des Laubs, das so leise war in den Büschen,
folgt uns jetzt auf dem Fuß.

Salz und Brot

Nun schickt der Wind die Schienen voraus,
wir werden folgen in langsamen Zügen
und diese Inseln bewohnen,
Vertrauen gegen Vertrauen.

In die Hand meines ältesten Freunds leg ich
mein Amt zurück; es verwaltet der Regenmann
jetzt mein finsteres Haus und ergänzt
im Schuldbuch die Linien, die ich zog,
seit ich seltener blieb.

Du, im fieberweißen Ornat,
holst die Verbannten ein und reißt
aus dem Fleisch der Kakteen einen Stachel
– das Zeichen der Ohnmacht,
dem wir uns willenlos beugen.

Wir wissen,
daß wir des Kontinentes Gefangene bleiben
und seinen Kränkungen wieder verfallen,
und die Gezeiten der Wahrheit
werden nicht seltener sein.

Schläft doch im Felsen
der wenig erleuchtete Schädel,
die Kralle hängt in der Kralle
im dunklen Gestein, und verheilt
sind die Stigmen am Violett des Vulkans.

Von den großen Gewittern des Lichts
hat keines die Leben erreicht.

So nehm ich vom Salz,
wenn uns das Meer übersteigt,
und kehre zurück
und legs auf die Schwelle
und trete ins Haus.

Wir teilen ein Brot mit dem Regen,
ein Brot, eine Schuld und ein Haus.

Große Landschaft bei Wien

Geister der Ebene, Geister des wachsenden Stroms,
zu unsrem Ende gerufen, haltet nicht vor der Stadt!
Nehmt auch mit euch, was vom Wein überhing
auf brüchigen Rändern, und führt an ein Rinnsal,
wen nach Ausweg verlangt, und öffnet die Steppen!

Drüben verkümmert das nackte Gelenk eines Baums,
ein Schwungrad springt ein, aus dem Feld schlagen
die Bohrtürme den Frühling, Statuenwäldern weicht
der verworfene Torso des Grüns, und es wacht
die Iris des Öls über den Brunnen im Land.

Was liegt daran? Wir spielen die Tänze nicht mehr.
Nach langer Pause: Dissonanzen gelichtet, wenig cantabile.
(Und ihren Atem spür ich nicht mehr auf den Wangen!)
Still stehn die Räder. Durch Staub und Wolkenspreu
schleift den Mantel, der unsre Liebe deckte, das Riesenrad.

Nirgends gewährt man, wie hier, vor den ersten Küssen
die letzten. Es gilt, mit dem Nachklang im Mund
weiterzugehn und zu schweigen. Wo der Kranich
im Schilf der flachen Gewässer seinen Bogen vollendet,
tönender als die Welle, schlägt ihm die Stunde im Rohr.

Asiens Atem ist jenseits.

Rhythmischer Aufgang von Saaten, reifer Kulturen
Ernten vorm Untergang, sind sie verbrieft, so weiß ichs
dem Wind noch zu sagen. Hinter der Böschung
trübt weicheres Wasser das Aug, und es will
mich noch anfallen trunkenes Limesgefühl;

unter den Pappeln am Römerstein grab ich
nach dem Schauplatz vielvölkriger Trauer,
nach dem Lächeln Ja und dem Lächeln Nein.

Alles Leben ist abgewandert in Baukästen,
neue Not mildert man sanitär, in den Alleen
blüht die Kastanie duftlos, Kerzenrauch
kostet die Luft nicht wieder, über der Brüstung
im Park weht so einsam das Haar, im Wasser
sinken die Bälle, vorbei an der Kinderhand
bis auf den Grund, und es begegnet
das tote Auge dem blauen, das es einst war.

Wunder des Unglaubens sind ohne Zahl.
Besteht ein Herz darauf, ein Herz zu sein?
Träum, daß du rein bist, heb die Hand zum Schwur,
träum dein Geschlecht, das dich besiegt, träum
und wehr dennoch mystischer Abkehr im Protest.
Mit einer andern Hand gelingen Zahlen
und Analysen, die dich entzaubern.
Was dich trennt, bist du. Verström,
komm wissend wieder, in neuer Abschiedsgestalt.

Dem Orkan voraus fliegt die Sonne nach Westen,
zweitausend Jahre sind um, und uns wird nichts bleiben.
Es hebt der Wind Barockgirlanden auf,
es fällt von den Stiegen das Puttengesicht,
es stürzen Basteien in dämmernde Höfe,
von den Kommoden die Masken und Kränze . . .

Nur auf dem Platz im Mittagslicht, mit der Kette
am Säulenfuß und dem vergänglichsten Augenblick
geneigt und der Schönheit verfallen, sag ich mich los
von der Zeit, ein Geist unter Geistern, die kommen.

Maria am Gestade –
das Schiff ist leer, der Stein ist blind,
gerettet ist keiner, getroffen sind viele,
das Öl will nicht brennen, wir haben
alle davon getrunken – wo bleibt
dein ewiges Licht?

So sind auch die Fische tot und treiben
den schwarzen Meeren zu, die uns erwarten.
Wir aber mündeten längst, vom Sog
anderer Ströme ergriffen, wo die Welt
ausblieb und wenig Heiterkeit war.
Die Türme der Ebene rühmen uns nach,
daß wir willenlos kamen und auf den Stufen
der Schwermut fielen und tiefer fielen,
mit dem scharfen Gehör für den Fall.

Ein Monolog des Fürsten Myschkin zu der Ballettpantomime ›Der Idiot‹

Mit puppenhaften Schritten treten die Personen des Spiels – Parfion Rogoschin, Nastassia Filipowna, Totzki, Ganja Iwolgin, General Epantschin und Aglaja – auf. Die Pantomime endet mit dem Schlußtakt der Intrada, und Fürst Myschkin tritt in die Mitte der Szene. Er spricht den ganzen Monolog ohne Musik.

Ich habe das Wort, ich nahm's
aus der Hand der Trauer,
unwürdig, denn wie sollte ich
würdiger sein als einer der andern –
selbst ein Gefäß für jene Wolke,
die vom Himmel fiel und in uns tauchte,
schrecklich und fremd
und teilhaft der Schönheit
und jeder Verächtlichkeit dieser Welt.

(O Qual der Helle, Qual
des Fiebers, nah an anderen Fiebern,
unsrer gerechten Krankheit
gemeinsamer Schmerz!)

Laß den stummen Zug durch mein Herz gehen,
bis es dunkel wird
und, was mich erleuchtet,
wieder zurückgegeben ist
an das Dunkel.

Wahrhaftig, weil dieser Schmerz
in euch ist, tut ihr,

was ihr für euer Leben tut,
nicht für euer Leben,
und was ihr zu eurer Ehre tut,
geschieht nicht zu eurer Ehre.

In der Dämonen Gelächter gebrannt,
bodenlos, sind die Schalen
dieses glücklosen Lebens,
das bis zum Rand uns bedenkt.
Trifft eine die andre, so klingen
sie nicht, denn kein Einhalt
ist den Tränen geboten, sprachlos
stürzen sie ab, von Grund
zu Grund, und es verweigert
der letzte, in den sie vergehn,
sich immer unsrem Gehör.
O Stummheit der Liebe!

Jetzt nimmt er jede Person, die er nennt, an der Hand.

Parfion Rogoschin, der Kaufmannssohn,
weiß nichts von einer Million.
In den Winternächten hält sein Gespann
vor den käuflichen Straßen der Welt
und kann sie nicht fahren.
Er schüttet sein Geld in den Schnee,
denn der Schnee ist das Maß

deiner Wangen, Nastassia Filipowna,
dein Name ist eine gefährliche Kurve
in jedem Mund, sie sagen, am Schnee
nähmst du das Maß für deine Wangen,
in deinem Haar wohnten die Winde,
(ich sage nicht: sie sind launisch),
dein Aug sei ein Hohlweg,

in dem ihre Wagen stürzen,
es zählt sie der Schnee, und vom Schnee
erhältst du das Maß
für deine Wangen.

Totzki – dies ist wohl zuviel,
eh man zur Ruhe geht: eines Kindes Augenblick
in den Armen war die Vergangenheit, und jetzt
ist die Zeit von Blicken, die Zeit
von Lippen über euch beide gekommen.

Ganja Iwolgin, wenn ein Band zwischen allen
gesponnen ist,
werden deine Hände die Knoten sein,
die es spannen,
denn du lächelst nicht gut.
Du forderst zu viel für dich
und verlangst zu wenig von dir.
Dich gängelt nur ein Verlangen:
die Wagen stürzen zu sehn,
in denen die anderen fahren,
eh du selbst unter Rädern verendest.

General Epantschin – es sind nicht Zufälle,
die uns in die Nähe derer führen, die wir meiden.
Wie wir uns in den Kindern entgleiten,
gleiten wir uneingestandenen Wünschen nach
und halten vor fremden Türen als Hüter,
die wir uns selbst so wenig zu hüten vermögen.

Was aber entglitt? Der weiße,
erkaltete Traum einer Jugend,
die nicht Nachsicht verlangt?

Vollkommenes also? Und Schönheit
in solcher Gestalt, daß wir uns
mit ihrem Rätsel begnügen? Aglaja,
so werde ich in dir nichts sehen
als die Botschaft einer Welt,
in die ich nicht eintreten,
ein Versprechen, das ich nicht halten,
und einen Besitz, den ich nicht wahren kann.

Er wendet sich um und steht mit dem Gesicht zum Publikum.

Erwacht zum Leben im Schein,
von Planeten verführt,
die von uns Ausdruck verlangen,
seh ich zur grenzenlosen Musik
die Bewegung der Stummen.

Hier münden seine Worte in einen marionettenhaft starren Tanz.

Unsere Schritte sind nur die wenig
genauen Anschläge weniger Töne,
die uns erreichen.

In den Tanz, der die Einsamkeit jedes einzelnen zum Ausdruck bringen soll, wird auch Myschkin hineingezogen.

Ein Interieur, das die Atmosphäre einer Zirkusarena schafft. Nastassia gängelt Totzki, Ganja und den General an weißen Bändern und spielt in einem tragischen, gewagten, gefährlichen Tanz ihre Macht über die drei Männer aus. Dann erscheint Rogoschin, und Nastassia dreht sich an den Männern vorbei. Ihr Kostüm fällt stückweise von ihr ab, so daß sie zuletzt, nur mit einem weißen Trikot bekleidet, unter einer goldenen Kugel steht. Sie hebt eine Hand zum Ball und reicht die andere Rogoschin, der abwartend abseits gestanden ist. In diesem Augenblick tritt Myschkin auf sie zu.

Halt ein! Dich beschwör ich,
Gesicht der einzigen Liebe,
bleib hell und schlag mit den Wimpern
das Auge zur Welt zu, bleib schön,
Gesicht der einzigen Liebe,
und heb deine Stirn
aus dem Wetterleuchten der Zweifel.
Deine Küsse werden sie teilen,
dich entstellen im Schlaf,
wenn du nach Spiegeln blickst,
in denen du jedem gehörst!

Myschkin führt Nastassia zur Vorderbühne und steigt mit ihr in ein Trapez, das aus dem Schnürboden herabgelassen wurde. Während die beiden langsam in die Höhe schweben, erklingen nur wenige Takte einer sehr zarten Musik.

Sei wahr und gib dem Schnee die Jahre zurück,
nimm Maß an dir selbst und laß die Flocken
dich nur von ungefähr streifen.

Auch dies ist die Welt:
ein früher Stern, den wir als Kinder
bewohnen; verteilt an die Brunnen
als Inhalt und Regen der Stunden,
als Vorrat von heiterer Zeit.
Auch dies ist schon Geist, eines armen
fröhlichen Spiels Einerlei, die Schaukel
im Wind und ein Lachen oben und unten;
dies ist das Ziel, von uns selbst
nicht besessen zu sein
und jedes Ziel zu verfehlen;
und auch dies ist Musik,
mit einem törichten Ton,
immer demselben,
einem Lied nachzugehen,
das uns ein spätres verspricht.

Fall nicht in den Tumult des Orchesters,
in dem die Welt sich verspielt.
Du stürzt, wenn du jetzt deinen Bogen
vergibst, und redest mit deinem Fleisch
eine vergängliche Sprache.

Doch Nastassia gleitet vom Trapez in Rogoschins Arme.

Vor einer riesigen roten Ikone steht eine Leiter, auf der Myschkin sitzt. Rogoschin liegt rücklings auf einer Pritsche, hört mit zunehmender Spannung der Erzählung Myschkins zu und beobachtet erregt, wie Myschkin langsam von der Leiter heruntersteigt.

Jedem meiner Augenblicke zähle ich einen fremden
Augenblick zu, den Augenblick eines Menschen,
den ich in mir verborgen trage zu jeder Zeit,
und sein Gesicht in diesem Augenblick,
das ich nie vergessen werde, mein Leben lang nicht.

(Kein Gesicht, das abends von innen reift!)
Bedeckt vom Reif einer Kerkernacht
und frostgrün, weht es dem Morgen entgegen,
mit dem Gitter über den Augen, die doch dem Himmel
einmal aufgetan waren.

Durch die kalten Gänge der Glieder verläßt den Gefangenen
der Schlaf.
Die Schritte des Wärters hallen in seiner Brust.
Ein Schlüssel sperrt seinen Seufzern auf.

Weil er keine Worte hat,
weil keiner ihn versteht,
bringt man ihm Fleisch und Wein
und übt Nächstenliebe an ihm.

Er aber, versunken
in die Zeremonien des Ankleidens,
kann Wohltaten nicht begreifen,
auch nichts von der Vermessenheit
dessen, was befohlen ist.

Es beginnt ja ein langes Leben,
wenn die Tür aufgeht und offen bleibt,
wenn die Straßen in Straßen
münden und das Gefälle der Stimmen
des ganzen Volkes ihn hinunterträgt
an die Gestade des Blutmeers,
das von den verbrecherischen
Gerichten der ganzen Welt
mit Todesurteilen
gespeist wird.

Nun ist aber eine Gemeinsamkeit zwischen uns
und dem Urteil, das auch sagt, daß dieser Mann
mit einem vollkommen wahren Gesicht zu der einen
Wahrheit kommt, eh er den Kopf
genau auf das Brett legt
(obwohl sein Gesicht
weiß ist und ohne Bewegung,
und die Gedanken, die er denken mag,
sind vielleicht ohne Bedeutung, er sieht
nur den rostigen Knopf an der Jacke
des Scharfrichters).

Eine Gemeinsamkeit ist auch zwischen uns
und dem Verurteilten, da er uns zu überzeugen vermag,
daß dem Mord, den wir bereiten,
und dem Mord, der für uns bereitet wird,
die Wahrheit vorangeht.
Und es liegt einer vor mir,
und ich stehe vor einem
mit allen Möglichkeiten zu dieser Wahrheit
und mit dem Mut zu ihrem Leben
und zu unserem Tode.

Doch in meiner Sterblichkeit
kann ich nichts lehren
und könnt' ich's, so selbst
nur in dem Augenblick, von dem ich spreche,
und ich hätte in diesem Augenblick
nichts mehr zu sagen.

Jetzt springt Rogoschin auf und wirft Myschkin, der gegen Ende der Erzählung die unterste Sprosse erreicht hat, zu Boden. Es erklingt wieder die sehr zarte Musik. Verwandelt geht Rogoschin auf Myschkin zu, hebt ihn auf und hält ihn in den Armen. Sie tauschen ihre Kreuze.

Auf der leeren schwarzen Bühne ist in ganz dünnen, weißen Umrissen ein schloßartiges Haus aufgebaut. Durch das Haus ist eine gleichfalls weiße Ballettstange gezogen, an der Aglaja, in ein blendend weißes Tutu gekleidet, steht. Myschkin, der die Variation auf Puschkins Ballade vom armen Ritter auf der Vorderbühne mit dem Gesicht zum Publikum spricht, dreht sich zu Aglaja kein einziges Mal um, die jedes Mal, wenn der Text von der Musik – einem Ritornell – unterbrochen wird, an der Ballettstange ein kristallklares Ballettexercise vollbringt. Die Szene beginnt mit Musik.

Bürgschaft übernehm ich für einen,
der auf dieser Welt lebte vor langer Zeit
und als sonderbar galt, einen Ritter,
aber wie nenn ich ihn heute,
da's kein Verdienst ist, in Armut
und nicht auf Schlössern zu leben?

Sorglos kleidete er sich in die Tage,
bis einer um seine Schultern
franste und ihm ein Licht
auflud, in dessen Umkreis
die Scham nicht geduldet war
und der endliche Friede der Langmut.

Die den Krieg verdammen, sind auserwählt,
zu kämpfen in diesem Licht.
Sie streuen das Korn
auf die toten Äcker der Welt,
sie liegen in den Feuerlinien
einen Sommer lang,
sie binden die Garben für uns
und fallen im Wind.

Aglaja wiederholt zum ersten Teil des Ritornells ihre Variation.

In der Zeit der Vorbereitung mied ich die Städte
und lebte gefährlich, wie man es aus Liebe tut.

Später geriet ich in eine Abendgesellschaft
und erzählte von einer Hinrichtung. So fehlte ich abermals.

Meinen ersten Tod empfing ich aus der Hand eines
Gewitters
und ich dachte: so hell ist die Welt und so außer sich,

wo ich die Wiesen verdunkle, schaufelt der Wind Erde
über ein Kreuz, laßt mich liegen mit dem Gesicht nach
unten!

Blaue Steine flogen nach mir und erweckten mich vom
Tode.
Sie rührten von einem Sternengesicht, das zerbrach.

Aglaja wiederholt zum ersten Teil des Ritornells ihre Variation.

Und ausgestoßen aus dem Orden der Ritter,
verwiesen aus den Balladen,
nehme ich einen Weg durch die Gegenwart,
zu auf den Horizont, wo die zerrissenen
Sonnen im Staub liegen,
wo die Schattenspiele
auf der unerhörten Wand des Himmels
zu Verwandlungen greifen und ihr
einen Stoff einbilden
aus dem alten
Glauben meines Kindergebets.

Wenn auch die Kränze entzwei sind,
abgesprungen die Perlen, wenn der Kuß
in die blauen Falten der Madonnen,
abgeschmackt nach den Ekstasen
so vieler Nächte, beim ersten Hauch
das Licht in den Nischen löscht,
trete ich aus dem schwarzen
Blut der Ungläubigen in mein eignes
und höre auf den Abgesang
einer Geschichte,
die unsre Opfer verachtet.

Aglaja wiederholt zum ersten Teil des Ritornells ihre Variation.

Mir will eine Schwäche, der Wahnsinn
willkommen ist, meinen Weg
vertreten und mich der Freiheit entziehn.

Hörig dem Sog, wich mein Fleisch
früh den Messern aus, die ich hob,
um es aufzureißen. Mit dem Hauch,
den es umklammert, will es hinab,
mit meinem Atem, den ich zurückgeben werde
zum Beweis, daß mein Mund
nicht gefragt hat nach meinem Leben
und den Bedingungen, unter denen
wir für die Schöpfung
zu zeugen haben.

Mit dem zweiten Teil des Ritornells endet die Szene, und Aglaja erstarrt auf der Spitze, in der letzten ihrer Attituden.

Wir sehen eine Kurpromenade mit einem Orchestertempelchen im Hintergrund. Eine Gesellschaft von Vögeln hat sich hier versammelt – gemeint ist die Petersburger Hautevolee. Wenn der Vorhang sich öffnet, hält der Dirigent der kleinen Kapelle den Taktstock hoch. Die Vogelgesellschaft steht regungslos. Jeder ist in seiner Pose erstarrt, so daß die Szene den Eindruck eines kolorierten Druckes macht. Im Vordergrund steht Myschkin, der sich sehr fremd in dieser Umgebung fühlt.

Die leicht fliegen, werde ich nicht
beneiden, die Gesellschaft der Vögel,
die viele Orte berührt
und noch im raschesten Flug
voll Überdruß ist.

Myschkin geht ab. Der Dirigent des kleinen Orchesters bewegt seinen Taktstock zur Musik, und die erstarrte Vogelgesellschaft löst sich in eine »Kurpromenade« auf. Wenn die Musik endet, wenden sich alle dem Kapellmeister zu und applaudieren. Etwas vor Schluß des Tanzes treten Myschkin und Aglaja auf. Sie nehmen an dem Treiben teil und gehen dann zur Vorderbühne. Und Myschkin erklärt sich Aglaja.

Wo ich hinkam, fand ich mich unter Steinen,
wie sie ergraut und von Vertrauen befangen.

Mir ist gewiß, daß auch dein Gesicht
so alt herabfiel und sich neben mich legte
unter den eisweißen Wasserfall,
unter dem ich zuerst mein Bett aufschlug
und unter dem ich in meinem Tode
liegen werde, den Absturz
der Reinheit vor Augen.

Myschkin und Aglaja gehen ab. Es wird Abend. Einige Lampions leuchten auf, die Kapelle hört zu spielen auf, die Gesellschaft findet sich paarweise zusammen und verläßt die Bühne. Blaue Versatzstücke kommen von oben, und die Bühne wird von einem klaren Blau überströmt. Dann fliegt Aglaja herein, von weißen Tänzern gefolgt, und Myschkin erscheint ihr als Wunschbild in einem weißen Kostüm. Doch Nastassias Erscheinung tritt zwischen die Liebenden und trennt sie. Die blauen Versatzstücke werden weggehoben. Allein im nächtlichen Garten sieht Aglaja sich ernüchtert um und wirft sich weinend auf eine Bank. Myschkin, in realer Gestalt, kommt und kniet vor ihr nieder.

Ich habe Zutrauen gefaßt zum Verzicht.
Du weinst, weil ich dich meinen Wünschen vorziehe?
Du wählst ein kurzes Los: meine Zeit, und ich will
die Verheerungen aller Träume, mit denen
du schläfst und herausreichst aus der Welt.

Für dich habe ich keinen Trost.
Wir werden beisammen liegen,
wenn die Bewegung der Berge geschieht,
mit einem Steingefühl, alterslos,
auf dem Boden der Nachtfurcht
und im Anfang einer großen Verstörung.

Einmal nur hatte der Mond das Nachsehn.
Ins Geäst unsres Herzens
fiel das einsamere
Licht der Liebe.
Wie kalt die Welt ist
und wie rasch die Schatten
sich auf unsre Wurzeln niederlegen!

Aglaja hört Myschkin verständnislos zu; ihre Erwartungen sind enttäuscht worden, sie springt auf und läßt Myschkin betroffen stehen. Die Vögel kehren in den nächtlichen Garten zurück, diesmal um Nastassia Filipowna versammelt, die durch ihre faszinierende Schönheit in einem herausfordernden Tanz alles in Atem hält. Dann stehen die beiden Frauen voreinander. Nastassia beleidigt Aglaja und wird von einem der Begleiter Aglajas wieder beleidigt. Myschkin geht ab, und die aufgescheuchte Vogelgesellschaft flieht. Das Licht ist auf den Vordergrund gerichtet, während die Kulissen fortgetragen werden; nur ein schwarzumkleidetes Podium mit zwei Seitenleitern bleibt auf der Bühne, und Aglaja und Nastassia tanzen mit schwarzgekleideten Partnern ihre Variationen, als kämpften sie mit unsichtbaren Floretten auf Leben und Tod. Wenn Myschkin zurückkommt, steigen die beiden Frauen auf je eine der Leitern und bedeuten ihm, daß sie seine Erklärung erwarten. Aglaja sieht Myschkins Zögern, wirft sich vom Podium herunter und wird von ihrem Partner weggetragen. Ehe Myschkin ihr folgen kann, bricht Nastassia wie leblos vor ihm zusammen. Er hebt sie auf und hält sie in den Armen.

Auf der leeren Bühne stehen, in schwarzen Kostümen, mit dem Rücken zum Publikum, Menschen mit Kandelabern, während Myschkin, zum Publikum gewendet, spricht.

Mit einem geliehenen Wort bin ich,
und nicht mit dem Feuer, gekommen
und schuld an allem, o Gott!
Es sind die Kreuze getauscht,
und das eine wird nicht getragen.
Schwach lob ich die Strenge
Deines Gerichts und ich denke
schon an Vergebung, ehe Du sie gewährst.

Wo die Angst in mir aufspringt
und Helle vor mir herwirft, entdeck ich
Schreckliches und meine Schuld
an allem, an dem Verbrechen,
mit dem ich noch diese Nacht
in Deine Nacht kommen muß,
und mein heilloses Wissen will ich
nicht preisgeben an mein Gewissen.

Sei Du die Liebe, ich bin nur in leisem
Fieber aus Dir hervorgegangen
und unter Fiebernden hinfällig
geworden. Deine Blindheit erkennend,
vor der wir eins sind im Dunkel,
bekenn ich, daß ich schuld bin
an allem, denn Du, seit Du uns nicht
mehr siehst, zählst auf ein Wort.

Ein roter Teppich wird herausgerollt. Myschkin dreht sich um und steht jetzt auch mit dem Rücken zum Publikum. Nastassia erscheint und versucht, auf die Vorderbühne zu Myschkin zu gelangen, doch Rogoschin springt einige Male, mit einem Messer in der Hand, dazwischen. Die schwarzen Gestalten führen an Ort und Stelle entsprechende Schritte zu einem Bolero aus. Schließlich ergreift Rogoschin Nastassia und trägt sie, mit dem Rücken zum Publikum, von der Bühne. Auch die schwarzen Gestalten gehen ab. Die Ikone senkt sich aus dem Schnürboden herunter. Myschkin steht ohnmächtig davor.

Öffne mir!
Alle Tore sind zugefallen, es ist Nacht,
und was zu sagen ist, ist noch nicht gesagt.
Öffne mir!
Die Luft ist voll von Verwesung, und mein Mund
hat den blauen Mantel noch nicht geküßt.
Öffne mir!
Ich lese schon in den Linien deiner Hand, mein Geist,
der meine Stirne berührt und mich heimholen will.
Öffne mir!

Endlich tritt Rogoschin heraus, und Myschkin geht ihm entgegen.

Geheim ist der Mund, mit dem ich morgen rede. Ich will diese Nacht mit dir wachen und werde dich nicht verraten.

Behutsam führt Rogoschin Myschkin hinter die Ikone. Die Bühne wird ganz dunkel, und im Dunkeln spricht Myschkin die beiden Terzinen.

In den Strängen der Stille hängen die Glocken
und läuten den Schlaf ein,
so schlafe, sie läuten den Schlaf ein.

In den Strängen der Stille kommen die Glocken
zur Ruhe, es könnte der Tod sein,
so komm, es muß Ruhe sein.

Es wird etwas hell. Aus dem Schnürboden kommen weiße Stricke zu den Klängen der Apotheose herab. Myschkin bleibt unbeweglich stehen, und während immer mehr Stricke herabsinken, erscheinen Tänzer, die in verhaltenen, feierlichen Bewegungen den Ausbruch des Wahnsinns darstellen.

Choreographie: Tatjana Gsovsky
Musik: Hans Werner Henze

3 Anrufung des Großen Bären

I

Das Spiel ist aus

Mein lieber Bruder, wann bauen wir uns ein Floß
und fahren den Himmel hinunter?
Mein lieber Bruder, bald ist die Fracht zu groß
und wir gehen unter.

Mein lieber Bruder, wir zeichnen aufs Papier
viele Länder und Schienen.
Gib acht, vor den schwarzen Linien hier
fliegst du hoch mit den Minen.

Mein lieber Bruder, dann will ich an den Pfahl
gebunden sein und schreien.
Doch du reitest schon aus dem Totental
und wir fliehen zu zweien.

Wach im Zigeunerlager und wach im Wüstenzelt,
es rinnt uns der Sand aus den Haaren,
dein und mein Alter und das Alter der Welt
mißt man nicht mit den Jahren.

Laß dich von listigen Raben, von klebriger Spinnenhand
und der Feder im Strauch nicht betrügen,
iß und trink auch nicht im Schlaraffenland,
es schäumt Schein in den Pfannen und Krügen.

Nur wer an der goldenen Brücke für die Karfunkelfee
das Wort noch weiß, hat gewonnen.
Ich muß dir sagen, es ist mit dem letzten Schnee
im Garten zerronnen.

Von vielen, vielen Steinen sind unsre Füße so wund.
Einer heilt. Mit dem wollen wir springen,
bis der Kinderkönig, mit dem Schlüssel zu seinem Reich
im Mund,
uns holt, und wir werden singen:

Es ist eine schöne Zeit, wenn der Dattelkern keimt!
Jeder, der fällt, hat Flügel.
Roter Fingerhut ist's, der den Armen das Leichentuch
säumt,
und dein Herzblatt sinkt auf mein Siegel.

Wir müssen schlafen gehn, Liebster, das Spiel ist aus.
Auf Zehenspitzen. Die weißen Hemden bauschen.
Vater und Mutter sagen, es geistert im Haus,
wenn wir den Atem tauschen.

Von einem Land, einem Fluß und den Seen

I

Von einem, der das Fürchten lernen wollte
und fortging aus dem Land, von Fluß und Seen,
zähl ich die Spuren und des Atems Wolken,
denn, so Gott will, wird sie der Wind verwehn!

Zähl und halt ein – sie werden vielen gleichen.
Die Lose ähneln sich, die Odysseen.
Doch er erfuhr, daß wo die Lämmer weiden,
schon Wölfe mit den Fixsternblicken stehn.

Er fühlte seine Welle ausgeschrieben,
eh sie ihn wegtrug und ihm Leid geschah;
sie sprang im See auf und sie schwang die Wiege,
in die sein Sternbild durch die Schleier sah.

Er schüttelte und trat die tauben Nüsse,
den Hummeln schlug er schärfre Töne vor,
und Sonntag war ihm mehr als Glockensüße –
Sonntag war jeder Tag, den er verlor.

Er zog den Karren aus verweichten Gleisen,
von keinem leichten Rädergang verführt,
beim Aufschrei, den die Wasser weiterreichten
an Seen, vom ersten Steinschlag aufgerührt.

Doch sieben Steine wurden sieben Brote,
als er im Zweifel in die Nacht entwich;
er tauchte durch den Duft und streute Krumen
im Gehn für den Verlornen hinter sich.

Erinnre dich! Du weißt jetzt allerlanden:
wer treu ist, wird im Frühlicht heimgeführt.
O Zeit gestundet, Zeit uns überlassen!
Was ich vergaß, hat glänzend mich berührt.

II

Im Frühlicht rücken Brunnen in die Mitte,
der Pfarrer, das Brevier, der Sonntagsstaat,
die kalten Pfeifen und die schwarzen Hüte,
Leib, Ehr und Gut vor allerhöchsten Rat.

Untätig steht der Fluß, die Weiden baden,
die Königskerzen leuchten bis ins Haus,
das schwere Essen ist schon aufgetragen,
und alle Sprüche gehn auf Amen aus.

Die Nachmittage, hell und ungeheuer –
die Nadel springt im Strumpf, Gewöll zerreißt,
und das Geschirr der Pferde wird gescheuert,
bis eins erklirrt, mit dem Fallada reist.

Die Alten liegen in den dumpfen Stuben,
das Testament im Arm, im zweiten Schlaf,
und ihre Söhne zeugen wortlos Söhne
mit Mägden, die der Gott als Regen traf.

Gestillte Lippen und gestillte Augen –
die Raupen hängen eingepuppt im Schrein,
und Dunggeruch steigt mit den Fliegentrauben
bei früher Dämmrung durch die Fenster ein.

Am Abend Stimmenauflauf an den Zäunen,
Andacht und Rosen werden laut zerpflückt,

die Katzen scheuchen auf aus ihren Träumen,
und rote Mieder hat der Wind verrückt.

Die Zöpfe lösen sich, die Schattenpaare
im Nebel auf, vom nahen Hügel rollt
der unfruchtbare Mond, besetzt die Äcker
und nimmt das Land für eine Nacht in Sold.

III

Dem Hügelzug ist eine Burg geblieben,
vom Berg geschützt, der Felsen um sie stellt,
den Geier ausschickt mit dem Krallensiegel,
dem Königswappen, eh sie ganz verfällt.

Es sind drei Tote hinterm Wall verborgen;
von einem weht vom Wachtturm noch das Haar,
von einem heißt es, daß er Steine schleudert,
von einem, daß er doppelköpfig war.

Der stiftet Brand, dem sie zu dritt befehlen,
der mordet, den ein schwarzes Haar umschlingt,
und wer den Stein aufhebt, wird selber sterben,
noch diesen Abend, eh die Amsel singt.

Die unbeschuhten Geister auf den Zinnen,
der unbewehrte Leichnam im Verlies,
im Gästebuch die Namen der Beschauer –
die Nacht vertuscht sie, die uns kommen hieß.

Sie schlägt den Erdplan auf, verschweigt die Ziele;
sie trägt die Zeit als eine Eiszeit ein,
die Schotterstege über die Moränen,
den Weg zu Grauwack und zu Kreidestein.

Die Drachenzeichnung lobt sie und die Festung,
vom Faltenwurf der frühen Welt umwallt,
wo oben unten war und unten oben.
Die Scholle tanzt noch überm blauen Spalt.

Ins Schwemmland führt die Nacht. Es schwemmt uns wieder
ins Kellerland der kalten neuen Zeit.
So such im Höhlenbild den Traum vom Menschen!
Die Schneehuhnfeder steck dir an das Kleid.

IV

In andren Hüllen gingen wir vorzeiten,
du gingst im Fuchspelz, ich im Iltiskleid;
noch früher waren wir die Marmelblumen,
in einer tiefen Tibetschlucht verschneit.

Wir standen zeitlos, lichtlos in Kristallen
und schmolzen in der ersten Stunde hin,
uns überrann der Schauer alles Lebens,
wir blühten auf, bestäubt vom ersten Sinn.

Wir wanderten im Wunder und wir streiften
die alten Kleider ab und neue an.
Wir sogen Kraft aus jedem neuen Boden
und hielten nie mehr unsren Atem an.

Wir waren leicht als Vögel, schwer als Bäume,
kühn als Delphin und still als Vogelei.
Wir waren tot, lebendig, bald ein Wesen
und bald ein Ding. (Wir werden niemals frei!)

Wir konnten uns nicht halten und wir zogen
in jeden Körper voller Freude ein.

(Und niemand sag ich, was du mir bedeutest –
die sanfte Taube einem rauhen Stein!)

Du liebtest mich. Ich liebte deine Schleier,
die lichten Stoffe, die den Stoff umwehn,
und ohne Neugier hielt ich dich in Nächten.
(Wenn du nur liebst! Ich will dich ja nicht sehn!)

Wir kamen in das Land mit seinen Quellen.
Urkunden fanden wir. Das ganze Land,
so grenzenlos und so geliebt, war unser.
Es hatte Platz in deiner Muschelhand.

V

Wer weiß, wann sie dem Land die Grenzen zogen
und um die Kiefern Stacheldrahtverhau?
Der Wildbach hat die Zündschnur ausgetreten,
der Fuchs vertrieb den Sprengstoff aus dem Bau.

Wer weiß, was sie auf Grat und Gipfel suchten?
Ein Wort? Wir haben's gut im Mund verwahrt;
es spricht sich schöner aus in beiden Sprachen
und wird, wenn wir verstummen, noch gepaart.

Wo anders sinkt der Schlagbaum auf den Pässen;
hier wird ein Gruß getauscht, ein Brot geteilt.
Die Handvoll Himmel und ein Tuch voll Erde
bringt jeder mit, damit die Grenze heilt.

Wenn sich in Babel auch die Welt verwirrte,
man deine Zunge dehnte, meine bog –
die Hauch- und Lippenlaute, die uns narren,
sprach auch der Geist, der durch Judäa zog.

Seit uns die Namen in die Dinge wiegen,
wir Zeichen geben, uns ein Zeichen kommt,
ist Schnee nicht nur die weiße Fracht von oben,
ist Schnee auch Stille, die uns überkommt.

Daß uns nichts trennt, muß jeder Trennung fühlen;
in gleicher Luft spürt er den gleichen Schnitt.
Nur grüne Grenzen und der Lüfte Grenzen
vernarben unter jedem Nachtwindschritt.

Wir aber wollen über Grenzen sprechen,
und gehn auch Grenzen noch durch jedes Wort:
wir werden sie vor Heimweh überschreiten
und dann im Einklang stehn mit jedem Ort.

VI

Der Schlachttag naht mit hellem Messerwirbel,
die matten Klingen schleift der Morgenwind,
und aus der Brise gehn gestärkt die Schürzen
der Männer, die ums Vieh versammelt sind.

Die Stricke werden fester angezogen,
die Mäuler schäumen, und die Zunge schwimmt;
der Nachbar sorgt für Salz und Pfefferkörner,
und das Gewicht der Opfer wird bestimmt.

Es wollen hier die Toten leichter wiegen,
denn das Lebendige, dem Blut nicht fehlt,
– und mehr als Leben wehrt sich auf der Waage! –
gibt hier den Ausschlag, den kein Zeiger zählt.

Drum meid die Hunde mit den heißen Lefzen
und den Gemeinen, der mit rohem Blut

sich volltrinkt, bis es Schatten übersetzen
in schwarzer Lachen herrenloses Gut.

Und einen Blutsturz später: Wangenflecken –
die erste Scham, weil Schmerz und Schuld bestehn
und Eingeweide ausgenommner Tiere
in Zeichen erster Zukunft übergehn;

weil süßem Fleisch und markgefüllten Knochen
ein Atem ausbleibt, wo der deine geht.
Den Ahnenrock am abgestellten Rocken
hat unversehens Spinnweb überweht.

Die Augen gehen über. Jahre sinken.
Die junge Braue fühlt den weißen Stift.
Und die Gerippe steigen aus dem Anger,
die Kreuze mit der dürren Blumenschrift.

VII

Zum Fest sind alle Seelen rein gewaschen,
der Bretterboden wird gelaugt vorm Tanz,
die Kinder hauchen gläubig in das Wasser,
am Halm erscheint der schöne Seifenglanz.

Der Maskenzug biegt um die Häuserzeile,
Strohpuppen torkeln an die Weizenwand,
die Reiter sprengen über Blumenbarren,
und die Musik zieht in das Sommerland.

Maultrommeln klagen zu den Flötenstimmen.
Die Axt der Nacht fällt in das morsche Licht.
Der Krüppel reicht den Buckel zum Befingern.
Der Idiot entdeckt sein Traumgesicht.

Der Holzstoß flammt: die Werke und die Tage
holt er vorm Anlauf, vor dem neuen Mond;
die Samen und die Funken gehn zu Sternen,
und sie erfahren, was im Himmel lohnt.

Die Schüsse überfliegen Tannenzüge.
Ein Schuß fällt immer, der im Fleisch verhallt.
Und Einer bleibt am Ort, verscharrt in Nadeln
und stumm gemacht vom Moos im schwarzen Wald.

Zum Kehraus drängen traurige Gendarmen.
Die Füße stampfen einen wilden Reim,
und umgestimmt vom strömenden Wacholder
schwanken verloren die Betrunknen heim.

Im Dunkel flattern lange die Girlanden,
und das Papier treibt schaurig übers Dach.
Der Wind räumt auf in den verlassnen Buden
und trägt den Träumern Zuckerherzen nach.

VIII

(Hab ich sie nicht erfunden, diese Seen
und diesen Fluß! Und kennt noch wer den Berg?
Geht einer durch ein Land mit Riesenschritten,
verläßt sich einer auf den guten Zwerg?

Die Himmelsrichtung? Und die Wendekreise?
Du fragst noch?! Nimm dein feurigstes Gespann,
fahr diesen Erdball ab, roll mit den Tränen
die Welt entlang! Dort kommst du niemals an.

Was ruft uns, daß sich so die Haare sträuben?
Tollkirschen schwingen um das heiße Ohr.

Die Adern lärmen, überfüllt von Stille.
Die Totenglocke schaukelt überm Tor.

Was kümmern uns die ländlich blinden Fenster,
das Lämmerzeug, der Schorf, das Altenteil?
Nach Unverwandtem trachten Mund und Augen.
Uns wird die bleibende Figur zuteil.

Was sind uns Pferde und die braunen Wolken,
Windwolf und Irrlicht, braver Hörnerschall!
Wir sind zu andren Zielen aufgestiegen,
und andre Hürden bringen uns zu Fall.

Was kümmern uns der Mond und was die Sterne,
uns, deren Stirnen dunkeln und erglühn!
Beim Untergang des schönsten aller Länder
sind wir's, die es als Traum nach innen ziehn.

Wo ist Gesetz, wo Ordnung? Wo erscheinen
uns ganz begreiflich Blatt und Baum und Stein?
Zugegen sind sie in der schönen Sprache,
im reinen Sein . . .)

IX

Es kommt der Bruder mit den Weißdornaugen,
den Hecken auf der Brust, dem Vogelleim;
die Amsel fliegt im Sturz auf seine Rute
und treibt mit ihm die Rinderherde heim.

In seinen blonden Haaren wird sie nisten,
im Stall, wenn er in Halmen untergeht,
den Tierdunst atmet, nach dem Schattenhalfter
und einem Rappen für den Sattel späht.

Ins Rosenöl wird sie den Schnabel tunken,
in seine Augen tropft sie Rosenlicht.
Die Nacht steigt in ihr schwellendes Gefieder
und hebt sie auf im seligen Verzicht.

»O Schwester sing, so sing von fernen Tagen!«
»Bald sing ich, bald, an einem schönren Ort.«
»O sing und web den Teppich aus den Liedern
und flieg auf ihm mit mir noch heute fort!

Halt mit mir Rast, wo Bienen uns bewirten,
mich Engelschön im Engelhut besucht . . .«
»Bald sing ich – doch im Turm beginnt's zu schwirren,
schlaf ein! es ist die Zeit der Eulenflucht.«

Die Kürbisleuchter machen ihre Runde,
der Knecht springt auf, die Peitsche in der Hand,
er starrt ins Licht und überrascht die Amsel
am Ausgang in das letzte Hirtenland.

Die Sense ficht mit ihren wilden Flügeln,
die Gabel sticht die Flatternde ans Tor.
Doch eh den Schläfer ihre Schreie wecken,
erschrickt sein Herz im ersten Rosenflor.

X

Im Land der tiefen Seen und der Libellen,
den Mund erschöpft ans Urgestein gepreßt,
ruft einer nach dem Geist der ersten Helle,
eh er für immer dieses Land verläßt.

Im Schaumkraut badet er die wehen Augen;
kalt und entzaubert sieht er, was er sah.

Was unbesiegbar macht, wird ihm gegeben:
das weite Herz und die Harmonika.

Es ist die Zeit des Apfelmosts, der Schwalben;
den Fässern wird das Spundloch eingedrückt.
Wer jetzt trinkt, trinkt auf schwarze Vogelzüge,
und jede Ferne macht sein Herz verrückt.

Er schließt die Schmieden, Mühlen und Kapellen,
er geht durchs Maisfeld, schlägt die Kolben ab,
die Körner springen auf mit goldnen Funken,
und es erlischt schon, was ihm Nahrung gab.

Zum Abschied schwören die Geschwister
auf ihren Bund aus Schweigen und Vertraun.
Der Klettenkranz wird aus dem Haar gerissen,
und keines wagt, vom Boden aufzuschaun.

Die Vogelnester stürzen aus den Ästen,
der Zunder brennt, das Feuer wühlt im Laub,
und an den blauen Bienenstöcken rächen
die Engel den verjährten Honigraub.

O Engelstille, wenn im Gehn die Fäden
in alle Lüfte ausgeworfen sind!
Zu allem frei, wird sich die Hand nicht lösen,
die einen fängt vorm Gang ins Labyrinth.

Anrufung des Großen Bären

Großer Bär, komm herab, zottige Nacht,
Wolkenpelztier mit den alten Augen,
Sternenaugen,
durch das Dickicht brechen schimmernd
deine Pfoten mit den Krallen,
Sternenkrallen,
wachsam halten wir die Herden,
doch gebannt von dir, und mißtrauen
deinen müden Flanken und den scharfen
halbentblößten Zähnen,
alter Bär.

Ein Zapfen: eure Welt.
Ihr: die Schuppen dran.
Ich treib sie, roll sie
von den Tannen im Anfang
zu den Tannen am Ende,
schnaub sie an, prüf sie im Maul
und pack zu mit den Tatzen.

Fürchtet euch oder fürchtet euch nicht!
Zahlt in den Klingelbeutel und gebt
dem blinden Mann ein gutes Wort,
daß er den Bären an der Leine hält.
Und würzt die Lämmer gut.

's könnt sein, daß dieser Bär
sich losreißt, nicht mehr droht
und alle Zapfen jagt, die von den Tannen
gefallen sind, den großen, geflügelten,
die aus dem Paradiese stürzten.

Mein Vogel

Was auch geschieht: die verheerte Welt
sinkt in die Dämmrung zurück,
einen Schlaftrunk halten ihr die Wälder bereit,
und vom Turm, den der Wächter verließ,
blicken ruhig und stet die Augen der Eule herab.

Was auch geschieht: du weißt deine Zeit,
mein Vogel, nimmst deinen Schleier
und fliegst durch den Nebel zu mir.

Wir äugen im Dunstkreis, den das Gelichter bewohnt.
Du folgst meinem Wink, stößt hinaus
und wirbelst Gefieder und Fell –

Mein eisgrauer Schultergenoß, meine Waffe,
mit jener Feder besteckt, meiner einzigen Waffe!
Mein einziger Schmuck: Schleier und Feder von dir.

Wenn auch im Nadeltanz unterm Baum
die Haut mir brennt
und der hüfthohe Strauch
mich mit würzigen Blättern versucht,
wenn meine Locke züngelt,
sich wiegt und nach Feuchte verzehrt,
stürzt mir der Sterne Schutt
doch genau auf das Haar.

Wenn ich vom Rauch behelmt
wieder weiß, was geschieht,
mein Vogel, mein Beistand des Nachts,
wenn ich befeuert bin in der Nacht,

knistert's im dunklen Bestand,
und ich schlage den Funken aus mir.

Wenn ich befeuert bleib wie ich bin
und vom Feuer geliebt,
bis das Harz aus den Stämmen tritt,
auf die Wunden träufelt und warm
die Erde verspinnt,
(und wenn du mein Herz auch ausraubst des Nachts,
mein Vogel auf Glauben und mein Vogel auf Treu!)
rückt jene Warte ins Licht,
die du, besänftigt,
in herrlicher Ruhe erfliegst –
was auch geschieht.

II

Landnahme

Ins Weideland kam ich,
als es schon Nacht war,
in den Wiesen die Narben witternd
und den Wind, eh er sich regte.
Die Liebe graste nicht mehr,
die Glocken waren verhallt
und die Büschel verhärmt.

Ein Horn stak im Land,
vom Leittier verrannt,
ins Dunkel gerammt.

Aus der Erde zog ich's,
zum Himmel hob ich's
mit ganzer Kraft.

Um dieses Land mit Klängen
ganz zu erfüllen,
stieß ich ins Horn,
willens im kommenden Wind
und unter den wehenden Halmen
jeder Herkunft zu leben!

Curriculum Vitae

Lang ist die Nacht,
lang für den Mann,
der nicht sterben kann, lang
unter Straßenlaternen schwankt
sein nacktes Aug und sein Aug
schnapsatemblind, und Geruch
von nassem Fleisch unter seinen Nägeln
betäubt ihn nicht immer, o Gott,
lang ist die Nacht.

Mein Haar wird nicht weiß,
denn ich kroch aus dem Schoß von Maschinen,
Rosenrot strich mir Teer auf die Stirn
und die Strähnen, man hatt' ihr
die schneeweiße Schwester erwürgt. Aber ich,
der Häuptling, schritt durch die Stadt
von zehnmalhunderttausend Seelen, und mein Fuß
trat auf die Seelenasseln unterm Lederhimmel,
  aus dem
zehnmalhunderttausend Friedenspfeifen
hingen, kalt. Engelsruhe
wünscht' ich mir oft
und Jagdgründe, voll
vom ohnmächtigen Geschrei
meiner Freunde.

Mit gespreizten Beinen und Flügeln,
binsenweis stieg die Jugend
über mich, über Jauche, über Jasmin ging's
in die riesigen Nächte mit dem Quadrat-
wurzelgeheimnis, es haucht die Sage
des Tods stündlich mein Fenster an,

Wolfsmilch gebt mir und schüttet
in meinen Rachen das Lachen
der Alten vor mir, wenn ich in Schlaf
fall über den Folianten,
in den beschämenden Traum,
daß ich nicht taug für Gedanken,
mit Troddeln spiel,
aus denen Schlangen fransen.

Auch unsere Mütter haben
von der Zukunft ihrer Männer geträumt,
sie haben sie mächtig gesehen,
revolutionär und einsam,
doch nach der Andacht im Garten
über das flammende Unkraut gebeugt,
Hand in Hand mit dem geschwätzigen
Kind ihrer Liebe. Mein trauriger Vater,
warum habt ihr damals geschwiegen
und nicht weitergedacht?

Verloren in den Feuerfontänen,
in einer Nacht neben einem Geschütz,
das nicht feuert, verdammt lang
ist die Nacht, unter dem Auswurf
des gelbsüchtigen Monds, seinem galligen
Licht, fegt in der Machttraumspur
über mich (das halt ich nicht ab)
der Schlitten mit der verbrämten
Geschichte hinweg.
Nicht daß ich schlief: wach war ich,
zwischen Eisskeletten sucht' ich den Weg,
kam heim, wand mir Efeu
um Arm und Bein und weißte
mit Sonnenresten die Ruinen.
Ich hielt die hohen Feiertage,

und erst wenn es gelobt war,
brach ich das Brot.

In einer großspurigen Zeit
muß man rasch von einem Licht
ins andre gehen, von einem Land
ins andre, unterm Regenbogen,
die Zirkelspitze im Herzen,
zum Radius genommen die Nacht.
Weit offen. Von den Bergen
sieht man Seen, in den Seen
Berge, und im Wolkengestühl
schaukeln die Glocken
der einen Welt. Wessen Welt
zu wissen, ist mir verboten.

An einem Freitag geschah's
– ich fastete um mein Leben,
die Luft troff vom Saft der Zitronen
und die Gräte stak mir im Gaumen –
da löst' ich aus dem entfalteten Fisch
einen Ring, der, ausgeworfen
bei meiner Geburt, in den Strom
der Nacht fiel und versank.
Ich warf ihn zurück in die Nacht.

O hätt ich nicht Todesfurcht!
Hätt ich das Wort,
(verfehlt ich's nicht),
hätt ich nicht Disteln im Herz,
(schlüg ich die Sonne aus),
hätt ich nicht Gier im Mund,
(tränk ich das wilde Wasser nicht),
schlüg ich die Wimper nicht auf,
(hätt ich die Schnur nicht gesehn).

Ziehn sie den Himmel fort?
Trüg mich die Erde nicht,
läg ich schon lange still,
läg ich schon lang,
wo die Nacht mich will,
eh sie die Nüstern bläht
und ihren Huf hebt
zu neuen Schlägen,
immer zum Schlag.
Immer die Nacht.
Und kein Tag.

Heimweg

Nacht aus Schlüsselblumen
und verwunschnem Klee,
feuchte mir die Füße,
daß ich leichter geh.

Der Vampir im Rücken
übt den Kinderschritt,
und ich hör ihn atmen,
wenn er kreuzweis tritt.

Folgt er mir schon lange?
Hab ich wen gekränkt?
Was mich retten könnte,
ist noch nicht verschenkt.

Wo die Halme zelten
um den Felsenspund,
bricht es aus der Quelle
altem, klarem Mund:

»Um nicht zu verderben,
bleib nicht länger aus,
hör das Schlüsselklirren,
komm ins Wiesenhaus!

Reinen Fleischs wird sterben,
wer es nicht mehr liebt,
über Rausch und Trauer
nur mehr Nachricht gibt.«

Mit der Kraft des Übels,
das mich niederschlug,
weitet seine Schwinge
der Vampir im Flug,

hebt die tausend Köpfe,
Freund- und Feindgesicht,
vom Saturn beschattet,
der den Ring zerbricht.

Ist das Mal gerissen
in die Nackenhaut,
öffnen sich die Türen
grün und ohne Laut.

Und die Wiesenschwelle
glänzt von meinem Blut.
Deck mir, Nacht, die Augen
mit dem Narrenhut.

Nebelland

Im Winter ist meine Geliebte
unter den Tieren des Waldes.
Daß ich vor Morgen zurückmuß,
weiß die Füchsin und lacht.
Wie die Wolken erzittern! Und mir
auf den Schneekragen fällt
eine Lage von brüchigem Eis.

Im Winter ist meine Geliebte
ein Baum unter Bäumen und lädt
die glückverlassenen Krähen
ein in ihr schönes Geäst. Sie weiß,
daß der Wind, wenn es dämmert,
ihr starres, mit Reif besetztes
Abendkleid hebt und mich heimjagt.

Im Winter ist meine Geliebte
unter den Fischen und stumm.
Hörig den Wassern, die der Strich
ihrer Flossen von innen bewegt,
steh ich am Ufer und seh,
bis mich Schollen vertreiben,
wie sie taucht und sich wendet.

Und wieder vom Jagdruf des Vogels
getroffen, der seine Schwingen
über mir steift, stürz ich
auf offenem Feld: sie entfiedert
die Hühner und wirft mir ein weißes
Schlüsselbein zu. Ich nehm's um den Hals
und geh fort durch den bitteren Flaum.

Treulos ist meine Geliebte,
ich weiß, sie schwebt manchmal
auf hohen Schuh'n nach der Stadt,
sie küßt in den Bars mit dem Strohhalm
die Gläser tief auf den Mund,
und es kommen ihr Worte für alle.
Doch diese Sprache verstehe ich nicht.

Nebelland hab ich gesehen,
Nebelherz hab ich gegessen.

Die blaue Stunde

Der alte Mann sagt: mein Engel, wie du willst,
wenn du nur den offenen Abend stillst
und an meinem Arm eine Weile gehst,
den Wahrspruch verschworener Linden verstehst,
die Lampen, gedunsen, betreten im Blau,
letzte Gesichter! nur deins glänzt genau.
Tot die Bücher, entspannt die Pole der Welt,
was die dunkle Flut noch zusammenhält,
die Spange in deinem Haar, scheidet aus.
Ohne Aufenthalt Windzug in meinem Haus,
Mondpfiff – dann auf freier Strecke der Sprung,
die Liebe, geschleift von Erinnerung.

Der junge Mann fragt: und wirst du auch immer?
Schwör's bei den Schatten in meinem Zimmer,
und ist der Lindenspruch dunkel und wahr,
sag ihn her mit Blüten und öffne dein Haar
und den Puls der Nacht, die verströmen will!
Dann ein Mondsignal, und der Wind steht still.
Gesellig die Lampen im blauen Licht,
bis der Raum mit der vagen Stunde bricht,
unter sanften Bissen dein Mund einkehrt
bei meinem Mund, bis dich Schmerz belehrt:
lebendig das Wort, das die Welt gewinnt,
ausspielt und verliert, und Liebe beginnt.

Das Mädchen schweigt, bis die Spindel sich dreht.
Sterntaler fällt. Die Zeit in den Rosen vergeht: –
Ihr Herren, gebt mir das Schwert in die Hand,
und Jeanne d'Arc rettet das Vaterland.
Leute, wir bringen das Schiff durchs Eis,
ich halte den Kurs, den keiner mehr weiß.

Kauft Anemonen! drei Wünsche das Bund,
die schließen vorm Hauch eines Wunsches den Mund.
Vom hohen Trapez im Zirkuszelt
spring ich durch den Feuerreifen der Welt,
ich gebe mich in die Hand meines Herrn,
und er schickt mir gnädig den Abendstern.

Erklär mir, Liebe

Dein Hut lüftet sich leis, grüßt, schwebt im Wind,
dein unbedeckter Kopf hat's Wolken angetan,
dein Herz hat anderswo zu tun,
dein Mund verleibt sich neue Sprachen ein,
das Zittergras im Land nimmt überhand,
Sternblumen bläst der Sommer an und aus,
von Flocken blind erhebst du dein Gesicht,
du lachst und weinst und gehst an dir zugrund,
was soll dir noch geschehen –

Erklär mir, Liebe!

Der Pfau, in feierlichem Staunen, schlägt sein Rad,
die Taube stellt den Federkragen hoch,
vom Gurren überfüllt, dehnt sich die Luft,
der Entrich schreit, vom wilden Honig nimmt
das ganze Land, auch im gesetzten Park
hat jedes Beet ein goldner Staub umsäumt.

Der Fisch errötet, überholt den Schwarm
und stürzt durch Grotten ins Korallenbett.
Zur Silbersandmusik tanzt scheu der Skorpion.
Der Käfer riecht die Herrlichste von weit;
hätt ich nur seinen Sinn, ich fühlte auch,
daß Flügel unter ihrem Panzer schimmern,
und nähm den Weg zum fernen Erdbeerstrauch!

Erklär mir, Liebe!

Wasser weiß zu reden,
die Welle nimmt die Welle an der Hand,
im Weinberg schwillt die Traube, springt und fällt.
So arglos tritt die Schnecke aus dem Haus!

Ein Stein weiß einen andern zu erweichen!

Erklär mir, Liebe, was ich nicht erklären kann:
sollt ich die kurze schauerliche Zeit
nur mit Gedanken Umgang haben und allein
nichts Liebes kennen und nichts Liebes tun?
Muß einer denken? Wird er nicht vermißt?

Du sagst: es zählt ein andrer Geist auf ihn . . .
Erklär mir nichts. Ich seh den Salamander
durch jedes Feuer gehen.
Kein Schauer jagt ihn, und es schmerzt ihn nichts.

Scherbenhügel

Vom Frost begattet die Gärten –
das Brot in den Öfen verbrannt –
der Kranz aus den Erntelegenden
ist Zunder in deiner Hand.

Verstumm! Verwahr deinen Bettel,
die Worte, von Tränen bestürzt,
unter dem Hügel aus Scherben,
der immer die Furchen schürzt.

Wenn alle Krüge zerspringen,
was bleibt von den Tränen im Krug?
Unten sind Spalten voll Feuer,
sind Flammenzungen am Zug.

Erschaffen werden noch Dämpfe
beim Wasser- und Feuerlaut.
O Aufgang der Wolken, der Worte,
dem Scherbenberg anvertraut!

Tage in Weiß

In diesen Tagen steh ich auf mit den Birken
und kämm mir das Weizenhaar aus der Stirn
vor einem Spiegel aus Eis.

Mit meinem Atem vermengt,
flockt die Milch.
So früh schäumt sie leicht.
Und wo ich die Scheibe behauch, erscheint,
von einem kindlichen Finger gemalt,
wieder dein Name: Unschuld!
Nach so langer Zeit.

In diesen Tagen schmerzt mich nicht,
daß ich vergessen kann
und mich erinnern muß.

Ich liebe. Bis zur Weißglut
lieb ich und danke mit englischen Grüßen.
Ich hab sie im Fluge erlernt.

In diesen Tagen denk ich des Albatros',
mit dem ich mich auf-
und herüberschwang
in ein unbeschriebenes Land.

Am Horizont ahne ich,
glanzvoll im Untergang,
meinen fabelhaften Kontinent
dort drüben, der mich entließ
im Totenhemd.

Ich lebe und höre von fern seinen Schwanengesang!

Harlem

Von allen Wolken lösen sich die Dauben,
der Regen wird durch jeden Schacht gesiebt,
der Regen springt von allen Feuerleitern
und klimpert auf dem Kasten voll Musik.

Die schwarze Stadt rollt ihre weißen Augen
und geht um jede Ecke aus der Welt.
Die Regenrhythmen unterwandert Schweigen.
Der Regenblues wird abgestellt.

Reklame

Wohin aber gehen wir
ohne sorge sei ohne sorge
wenn es dunkel und wenn es kalt wird
sei ohne sorge
aber
mit musik
was sollen wir tun
heiter und mit musik
und denken
heiter
angesichts eines Endes
mit musik
und wohin tragen wir
am besten
unsre Fragen und den Schauer aller Jahre
in die Traumwäscherei ohne sorge sei ohne sorge
was aber geschieht
am besten
wenn Totenstille

eintritt

Toter Hafen

Feuchte Flaggen hängen an den Masten
in den Farben, die kein Land je trug,
und sie wehen für verschlammte Sterne
und den Mond, der grün im Mastkorb ruht.

Wasserwelt aus den Entdeckerzeiten!
Wellen überwuchern jeden Weg,
und von oben tropft das Licht aus Netzen
neuer Straßen, in die Luft verlegt.

Drunten blättern Wasser in den Bibeln,
und die Kompaßnadel steht auf Nacht.
Aus den Träumen wird das Gold gewaschen,
und dem Meer bleibt die Verlassenschaft.

Nicht ein Land, nicht eins blieb unbetreten!
Und zerrissen treibt das Seemannsgarn,
denn die tollen, lachenden Entdecker
fielen in den toten Wasserarm.

Rede und Nachrede

Komm nicht aus unsrem Mund,
Wort, das den Drachen sät.
's ist wahr, die Luft ist schwül,
vergoren und gesäuert schäumt das Licht,
und überm Sumpf hängt schwarz der Mückenflor.

Der Schierling bechert gern.
Ein Katzenfell liegt aus,
die Schlange faucht darauf,
der Skorpion tanzt an.

Dring nicht an unser Ohr,
Gerücht von andrer Schuld,
Wort, stirb im Sumpf,
aus dem der Tümpel quillt.

Wort, sei bei uns
von zärtlicher Geduld
und Ungeduld. Es muß dies Säen
ein Ende nehmen!

Dem Tier beikommen wird nicht, wer den Tierlaut
  nachahmt.
Wer seines Betts Geheimnis preisgibt, verwirkt sich alle
  Liebe.
Des Wortes Bastard dient dem Witz, um einen Törichten
  zu opfern.

Wer wünscht von dir ein Urteil über diesen Fremden?
Und fällst du's unverlangt, geh du von Nacht zu Nacht
mit seinen Schwären an den Füßen weiter, geh! komm
  nicht wieder.

Wort, sei von uns,
freisinnig, deutlich, schön.
Gewiß muß es ein Ende nehmen,
sich vorzusehen.

(Der Krebs zieht sich zurück,
der Maulwurf schläft zu lang,
das weiche Wasser löst
den Kalk, der Steine spann.)

Komm, Gunst aus Laut und Hauch,
befestig diesen Mund,
wenn seine Schwachheit uns
entsetzt und hemmt.

Komm und versag dich nicht,
da wir im Streit mit soviel Übel stehen.
Eh Drachenblut den Widersacher schützt,
fällt diese Hand ins Feuer.
Mein Wort, errette mich!

Was wahr ist

Was wahr ist, streut nicht Sand in deine Augen,
was wahr ist, bitten Schlaf und Tod dir ab
als eingefleischt, von jedem Schmerz beraten,
was wahr ist, rückt den Stein von deinem Grab.

Was wahr ist, so entsunken, so verwaschen
in Keim und Blatt, im faulen Zungenbett
ein Jahr und noch ein Jahr und alle Jahre –
was wahr ist, schafft nicht Zeit, es macht sie wett.

Was wahr ist, zieht der Erde einen Scheitel,
kämmt Traum und Kranz und die Bestellung aus,
es schwillt sein Kamm und voll gerauften Früchten
schlägt es in dich und trinkt dich gänzlich aus.

Was wahr ist, unterbleibt nicht bis zum Raubzug,
bei dem es dir vielleicht ums Ganze geht.
Du bist sein Raub beim Aufbruch deiner Wunden;
nichts überfällt dich, was dich nicht verrät.

Es kommt der Mond mit den vergällten Krügen.
So trink dein Maß. Es sinkt die bittre Nacht.
Der Abschaum flockt den Tauben ins Gefieder,
wird nicht ein Zweig in Sicherheit gebracht.

Du haftest in der Welt, beschwert von Ketten,
doch treibt, was wahr ist, Sprünge in die Wand.
Du wachst und siehst im Dunkeln nach dem Rechten,
dem unbekannten Ausgang zugewandt.

III

Das erstgeborene Land

In mein erstgeborenes Land, in den Süden
zog ich und fand, nackt und verarmt
und bis zum Gürtel im Meer,
Stadt und Kastell.

Vom Staub in den Schlaf getreten
lag ich im Licht,
und vom ionischen Salz belaubt
hing ein Baumskelett über mir.

Da fiel kein Traum herab.

Da blüht kein Rosmarin,
kein Vogel frischt
sein Lied in Quellen auf.

In meinem erstgeborenen Land, im Süden
sprang die Viper mich an
und das Grausen im Licht.

O schließ
die Augen schließ!
Preß den Mund auf den Biß!

Und als ich mich selber trank
und mein erstgeborenes Land
die Erdbeben wiegten,
war ich zum Schauen erwacht.

Da fiel mir Leben zu.

Da ist der Stein nicht tot.
Der Docht schnellt auf,
wenn ihn ein Blick entzündet.

Lieder von einer Insel

Schattenfrüchte fallen von den Wänden,
Mondlicht tüncht das Haus, und Asche
erkalteter Krater trägt der Meerwind herein.

In den Umarmungen schöner Knaben
schlafen die Küsten,
dein Fleisch besinnt sich auf meins,
es war mir schon zugetan,
als sich die Schiffe
vom Land lösten und Kreuze
mit unsrer sterblichen Last
Mastendienst taten.

Nun sind die Richtstätten leer,
sie suchen und finden uns nicht.

Wenn du auferstehst,
wenn ich aufersteh,
ist kein Stein vor dem Tor,
liegt kein Boot auf dem Meer.

Morgen rollen die Fässer
sonntäglichen Wellen entgegen,
wir kommen auf gesalbten
Sohlen zum Strand, waschen
die Trauben und stampfen
die Ernte zu Wein,
morgen am Strand.

Wenn du auferstehst,
wenn ich aufersteh,

hängt der Henker am Tor,
sinkt der Hammer ins Meer.

Einmal muß das Fest ja kommen!
Heiliger Antonius, der du gelitten hast,
heiliger Leonhard, der du gelitten hast,
heiliger Vitus, der du gelitten hast.

Platz unsren Bitten, Platz den Betern,
Platz der Musik und der Freude!
Wir haben Einfalt gelernt,
wir singen im Chor der Zikaden,
wir essen und trinken,
die mageren Katzen
streichen um unseren Tisch,
bis die Abendmesse beginnt,
halt ich dich an der Hand
mit den Augen,
und ein ruhiges mutiges Herz
opfert dir seine Wünsche.

Honig und Nüsse den Kindern,
volle Netze den Fischern,
Fruchtbarkeit den Gärten,
Mond dem Vulkan, Mond dem Vulkan!

Unsre Funken setzten über die Grenzen,
über die Nacht schlugen Raketen
ein Rad, auf dunklen Flößen
entfernt sich die Prozession und räumt
der Vorwelt die Zeit ein,
den schleichenden Echsen,
der schlemmenden Pflanze,
dem fiebernden Fisch,

den Orgien des Winds und der Lust
des Bergs, wo ein frommer
Stern sich verirrt, ihm auf die Brust
schlägt und zerstäubt.

Jetzt seid standhaft, törichte Heilige,
sagt dem Festland, daß die Krater nicht ruhn!
Heiliger Rochus, der du gelitten hast,
o der du gelitten hast, heiliger Franz.

Wenn einer fortgeht, muß er den Hut
mit den Muscheln, die er sommerüber
gesammelt hat, ins Meer werfen
und fahren mit wehendem Haar,
er muß den Tisch, den er seiner Liebe
deckte, ins Meer stürzen,
er muß den Rest des Weins,
der im Glas blieb, ins Meer schütten,
er muß den Fischen sein Brot geben
und einen Tropfen Blut ins Meer mischen,
er muß sein Messer gut in die Wellen treiben
und seinen Schuh versenken,
Herz, Anker und Kreuz,
und fahren mit wehendem Haar!
Dann wird er wiederkommen.
Wann?
  Frag nicht.

Es ist Feuer unter der Erde,
und das Feuer ist rein.

Es ist Feuer unter der Erde
und flüssiger Stein.

Es ist ein Strom unter der Erde,
der strömt in uns ein.

Es ist ein Strom unter der Erde,
der sengt das Gebein.

Es kommt ein großes Feuer,
es kommt ein Strom über die Erde.

Wir werden Zeugen sein.

Nord und Süd

Zu spät erreichten wir der Gärten Garten
in jenem Schlaf, von dem kein dritter weiß.
Im Ölzweig wolte ich den Schnee erwarten,
im Mandelbaum den Regen und das Eis.

Wie aber soll die Palme es verwinden,
daß du den Wall aus warmen Lauben schleifst,
wie soll ihr Blatt sich in den Nebel finden,
wenn du die Wetterkleider überstreifst?

Bedenk, der Regen machte dich befangen,
als ich den offnen Fächer zu dir trug.
Du schlugst ihn zu. Dir ist die Zeit entgangen,
seit ich mich aufhob mit dem Vogelzug.

Brief in zwei Fassungen

Rom im November abends besten Dank
das glatte Marmorriff die kalten Fliesen
die Gischt der Lichter eh die Tore schließen
der Klang mit dem erfrorne Gläser springen
der Singsang den sie aus Gitarren wringen
eh sie die Schädel in die Münzen stanzen
auf die Arena mit Zypressenlanzen!
der Holzwurm ist bei mir zu Tisch gesessen –
wie wohl ein Blatt aussieht das Raupen fressen?
und Herbst in Nebelland die bunten Lumpen
der Wälder unter großen Regenpumpen
ob es die Käuzchen gibt das Todeswerben
die Drachen die in warmen Sümpfen sterben
das Segel schwarz den Unglücksschrei der Raben
den Nordwind um die Wasser umzugraben
das Geisterschiff die Halden und die Heiden
schuttüberhäuft das Haus die Trauerweiden
verschuldet und verträn̈t am Strom aus Särgen
den Wahnsinn den sie aus der Tiefe bergen
Immer und Nimmermehr gemischt zum Trank
dein wehes Herz vergötternd alle Leiden
vernichtet und verloren liebeskrank . . .

Nachts im November Rom Einklang und Ruh
der Abschied ohne Kränkung ist vollzogen
die Augen hat ein reiner Glanz beflogen
die Säulen wachsen aus den Tamarinden
o Himmel den die blauen Töne binden!
es landen Disken in den Brunnenmitten
sie drehen sich zu leichten Rosenschritten
wollüstig dehnen Katzen ihre Krallen
der Schlaf hat einen letzten Stern befallen

der Mund entkommt den Küssen ohne Kerben
der Seidenschuh ist unverletzt von Scherben
rasch sinkt der Wein durch dämmernde Gedanken
springt wieder Licht mit seinen hellen Pranken
umgreift die Zeiten schleudert sie ins Heute
die Hügel stürmt die erste Automeute
vor Tempeln paradieren die Antennen
empfangen Morgenchöre und entbrennen
für jeden Marktschrei Preise Vogelrufe
ins Pflaster taucht die Spiegelschrift der Hufe
die Chrysanthemen schütten Gräber zu
Meerhauch und Bergwind mischen Duft und Tränen
ich bin inmitten – was erwartest du?

Römisches Nachtbild

Wenn das Schaukelbrett die sieben Hügel
nach oben entführt, gleitet es auch,
von uns beschwert und umschlungen,
ins finstere Wasser,

taucht in den Flußschlamm, bis in unsrem Schoß
die Fische sich sammeln.
Ist die Reihe an uns,
stoßen wir ab.

Es sinken die Hügel,
wir steigen und teilen
jeden Fisch mit der Nacht.

Keiner springt ab.
So gewiß ist's, daß nur die Liebe
und einer den andern erhöht.

Unter dem Weinstock

Unter dem Weinstock im Traubenlicht
reift dein letztes Gesicht.
Die Nacht muß das Blatt wenden.

Die Nacht muß das Blatt wenden,
wenn die Schale zerspringt
und aus dem Fruchtfleisch die Sonne dringt.

Die Nacht muß das Blatt wenden,
denn dein erstes Gesicht
steigt in dein Trugbild, gedämmt vom Licht.

Unter dem Weinstock im Traubenstrahl
prägt der Rausch dir ein Mal –
Die Nacht muß das Blatt wenden!

In Apulien

Unter den Olivenbäumen schüttet Licht die Samen aus,
Mohn erscheint und flackert wieder,
fängt das Öl und brennt es nieder,
und das Licht geht nie mehr aus.

Trommeln in den Höhlenstädten trommeln ohne Unterlaß,
weißes Brot und schwarze Lippen,
Kinder in den Futterkrippen
will der Fliegenschwarm zum Fraß.

Käm die Helle von den Feldern in den Troglodytentag,
könnt der Mohn aus Lampen rauchen,
Schmerz im Schlaf ihn ganz verbrauchen,
bis er nicht mehr brennen mag.

Esel stünden auf und trügen Wasserschläuche übers Land,
Schnüre stickten alle Hände,
Glas und Perlen für die Wände –
Tür im klingenden Gewand.

Die Madonnen stillten Kinder und der Büffel ging' vorbei,
Rauch im Horn, zur grünen Tränke,
endlich reichten die Geschenke:
Lammblut, Fisch und Schlangenei.

Endlich malmen Steine Früchte, und die Krüge sind
gebrannt.
Öl rinnt offnen Augs herunter,
und der Mohn geht trunken unter,
von Taranteln überrannt.

Schwarzer Walzer

Das Ruder setzt auf den Gong mit dem schwarzen
 Walzer ein,
Schatten mit stumpfen Stichen nähn die Gitarren ein.

Unter der Schwelle erglänzt im Spiegel mein finsteres Haus,
Leuchter treten sich sanft die flammenden Spitzen aus.

Über die Klänge verhängt: Eintracht von Welle und Spiel;
immer entzieht sich der Grund mit einem anderen Ziel.

Schuld ich dem Tag den Marktschrei und den blauen
 Ballon –
Steinrumpf und Vogelschwinge suchen die Position

zum Pas de deux ihrer Nächte, lautlos mir zugewandt,
Venedig, gepfählt und geflügelt, Abend- und Morgenland!

Nur Mosaiken wurzeln und halten im Boden fest,
Säulen umtanzen die Bojen, Fratzen- und Freskenrest.

Kein August war geschaffen, die Löwensonne zu sehn,
schon am Eingang des Sommers ließ sie die Mähne wehn.

Denk dir abgöttische Helle, den Prankenschlag auf den Bug
und im Gefolge des Kiels den törichten Maskenzug,

überm ersäuften Parkett zu Spitze geschifft ein Tuch,
brackiges Wasser, die Liebe und ihren Geruch,

Introduktion, dann den Auftakt zur Stille und nichts
 nachher,
Pausen schlagende Ruder und die Coda vom Meer!

Nach vielen Jahren

Leicht ruht der Pfeil der Zeit im Sonnenbogen.
Wenn die Agave aus dem Felsen tritt,
wird über ihr dein Herz im Wind gewogen
und hält mit jedem Ziel der Stunde Schritt.

Schon überfliegt ein Schatten die Azoren
und deine Brust der zitternde Granat.
Ist auch der Tod dem Augenblick verschworen,
bist du die Scheibe, die ihm blendend naht.

Ist auch das Meer verwöhnt und glanzerfahren,
erhöht's den Spiegel für die Handvoll Blut,
und die Agave blüht nach vielen Jahren
im Schutz der Felsen vor der trunknen Flut.

Schatten Rosen Schatten

Unter einem fremden Himmel
Schatten Rosen
Schatten
auf einer fremden Erde
zwischen Rosen und Schatten
in einem fremden Wasser
mein Schatten

Bleib

Die Fahrten gehn zu Ende,
der Fahrtenwind bleibt aus.
Es fällt dir in die Hände
ein leichtes Kartenhaus.

Die Karten sind bebildert
und zeigen jeden Ort.
Du hast die Welt geschildert
und mischst sie mit dem Wort.

Profundum der Partien,
die dann im Gange sind!
Bleib, um das Blatt zu ziehen,
mit dem man sie gewinnt.

Am Akragas

Das geklärte Wasser in den Händen,
an dem Mittag mit den weißen Brauen,
wird der Fluß die eigne Tiefe schauen
und zum letzten Mal die Dünen wenden,
mit geklärtem Wasser in den Händen.

Trägt der Wind aus Eukalyptushainen
Blätter hochgestrichen, hauchbeschrieben,
wird der Fluß die tiefren Töne lieben.
Festen Anschlag von den Feuersteinen
trägt der Wind zu Eukalyptushainen.

Und geweiht vom Licht und stummen Bränden
hält das Meer den alten Tempel offen,
wenn der Fluß, bis an den Quell getroffen,
mit geklärtem Wasser in den Händen
seine Weihen nimmt von stummen Bränden.

An die Sonne

Schöner als der beachtliche Mond und sein geadeltes Licht,
Schöner als die Sterne, die berühmten Orden der Nacht,
Viel schöner als der feurige Auftritt eines Kometen
Und zu weit Schönrem berufen als jedes andre Gestirn,
Weil dein und mein Leben jeden Tag an ihr hängt, ist die
Sonne.

Schöne Sonne, die aufgeht, ihr Werk nicht vergessen hat
Und beendet, am schönsten im Sommer, wenn ein Tag
An den Küsten verdampft und ohne Kraft gespiegelt die
Segel
Über dein Aug ziehn, bis du müde wirst und das letzte
verkürzt.

Ohne die Sonne nimmt auch die Kunst wieder den
Schleier,
Du erscheinst mir nicht mehr, und die See und der Sand,
Von Schatten gepeitscht, fliehen unter mein Lid.

Schönes Licht, das uns warm hält, bewahrt und wunderbar
sorgt,
Daß ich wieder sehe und daß ich dich wiederseh!

Nichts Schönres unter der Sonne als unter der Sonne zu
sein . . .

Nichts Schönres als den Stab im Wasser zu sehn und den
Vogel oben,
Der seinen Flug überlegt, und unten die Fische im
Schwarm,

Gefärbt, geformt, in die Welt gekommen mit einer
Sendung von Licht,
Und den Umkreis zu sehn, das Geviert eines Felds, das
Tausendeck meines Lands
Und das Kleid, das du angetan hast. Und dein Kleid,
glockig und blau!

Schönes Blau, in dem die Pfauen spazieren und sich
verneigen,
Blau der Fernen, der Zonen des Glücks mit den Wettern
für mein Gefühl,
Blauer Zufall am Horizont! Und meine begeisterten Augen
Weiten sich wieder und blinken und brennen sich wund.

Schöne Sonne, der vom Staub noch die größte Bewundrung
gebührt,
Drum werde ich nicht wegen dem Mond und den Sternen
und nicht,
Weil die Nacht mit Kometen prahlt und in mir einen
Narren sucht,
Sondern deinetwegen und bald endlos und wie um
nichts sonst
Klage führen über den unabwendbaren Verlust
meiner Augen.

IV

Lieder auf der Flucht

Dura legge d'Amor! ma, ben che obliqua,
Servar convensi; però ch'ella aggiunge
Di cielo in terra, universale, antiqua.
Petrarca, ›I Trionfi‹

I

Der Palmzweig bricht im Schnee,
die Stiegen stürzen ein,
die Stadt liegt steif und glänzt
im fremden Winterschein.

Die Kinder schreien und ziehn
den Hungerberg hinan,
sie essen vom weißen Mehl
und beten den Himmel an.

Der reiche Winterflitter,
das Mandarinengold,
treibt in den wilden Böen.
Die Blutorange rollt.

II

Ich aber liege allein
im Eisverhau voller Wunden.

Es hat mir der Schnee
noch nicht die Augen verbunden.

Die Toten, an mich gepreßt,
schweigen in allen Zungen.

Niemand liebt mich und hat
für mich eine Lampe geschwungen!

III

Die Sporaden, die Inseln,
das schöne Stückwerk im Meer,
umschwommen von kalten Strömen,
neigen noch Früchte her.

Die weißen Retter, die Schiffe
– o einsame Segelhand! –
deuten, eh sie versinken,
zurück auf das Land.

IV

Kälte wie noch nie ist eingedrungen.
Fliegende Kommandos kamen über das Meer.
Mit allen Lichtern hat der Golf sich ergeben.
Die Stadt ist gefallen.

Ich bin unschuldig und gefangen
im unterworfenen Neapel,
wo der Winter
Posilip und Vomero an den Himmel stellt,
wo seine weißen Blitze aufräumen
unter den Liedern
und er seine heiseren Donner
ins Recht setzt.

Ich bin unschuldig, und bis Camaldoli
rühren die Pinien die Wolken;
und ohne Trost, denn die Palmen
schuppt sobald nicht der Regen;

ohne Hoffnung, denn ich soll nicht entkommen,
auch wenn der Fisch die Flossen schützend sträubt
und wenn am Winterstrand der Dunst,
von immer warmen Wellen aufgeworfen,
mir eine Mauer macht,
auch wenn die Wogen
fliehend
den Fliehenden
dem nächsten Ziel entheben.

V

Fort mit dem Schnee von der gewürzten Stadt!
Der Früchte Luft muß durch die Straßen gehen.
Streut die Korinthen aus,
die Feigen bringt, die Kapern!
Belebt den Sommer neu,
den Kreislauf neu,
Geburt, Blut, Kot und Auswurf,
Tod – hakt in die Striemen ein,

die Linien auferlegt
Gesichtern
mißtrauisch, faul und alt,
von Kalk umrissen und in Öl getränkt,
von Händeln schlau,
mit der Gefahr vertraut,
dem Zorn des Lavagotts,
dem Engel Rauch
und der verdammten Glut!

VI

Unterrichtet in der Liebe
durch zehntausend Bücher,
belehrt durch die Weitergabe
wenig veränderbarer Gesten
und törichter Schwüre –

eingeweiht in die Liebe
aber erst hier –
als die Lava herabfuhr
und ihr Hauch uns traf
am Fuß des Berges,
als zuletzt der erschöpfte Krater
den Schlüssel preisgab
für diese verschlossenen Körper –

Wir traten ein in verwunschene Räume
und leuchteten das Dunkel aus
mit den Fingerspitzen.

VII

Innen sind deine Augen Fenster
auf ein Land, in dem ich in Klarheit stehe.

Innen ist deine Brust ein Meer,
das mich auf den Grund zieht.
Innen ist deine Hüfte ein Landungssteg
für meine Schiffe, die heimkommen
von zu großen Fahrten.

Das Glück wirkt ein Silbertau,
an dem ich befestigt liege.

Innen ist dein Mund ein flaumiges Nest
für meine flügge werdende Zunge.
Innen ist dein Fleisch melonenlicht,
süß und genießbar ohne Ende.
Innen sind deine Adern ruhig
und ganz mit dem Gold gefüllt,
das ich mit meinen Tränen wasche
und das mich einmal aufwiegen wird.

Du empfängst Titel, deine Arme umfangen Güter,
die an dich zuerst vergeben werden.

Innen sind deine Füße nie unterwegs,
sondern schon angekommen in meinen Samtlanden.
Innen sind deine Knochen helle Flöten,
aus denen ich Töne zaubern kann,
die auch den Tod bestricken werden . . .

VIII

. . . Erde, Meer und Himmel.
Von Küssen zerwühlt
die Erde,
das Meer und der Himmel.
Von meinen Worten umklammert
die Erde,
von meinem letzten Wort noch umklammert
das Meer und der Himmel!

Heimgesucht von meinen Lauten
diese Erde,
die schluchzend in meinen Zähnen
vor Anker ging
mit allen ihren Hochöfen, Türmen
und hochmütigen Gipfeln,

diese geschlagene Erde,
die vor mir ihre Schluchten entblößte,
ihre Steppen, Wüsten und Tundren,

diese rastlose Erde
mit ihren zuckenden Magnetfeldern,
die sich hier selbst fesselte
mit ihr noch unbekannten Kraftketten,

diese betäubte und betäubende Erde
mit Nachtschattengewächsen,
bleiernen Giften
und Strömen von Duft –

untergegangen im Meer
und aufgegangen im Himmel
die Erde!

IX

Die schwarze Katze,
das Öl auf dem Boden,
der böse Blick:

Unglück!

Zieh das Korallenhorn,
häng die Hörner vors Haus,
Dunkel, kein Licht!

X

O Liebe, die unsre Schalen
aufbrach und fortwarf, unseren Schild,
den Wetterschutz und braunen Rost von Jahren!

O Leiden, die unsre Liebe austraten,
ihr feuchtes Feuer in den fühlenden Teilen!
Verqualmt, verendend im Qualm, geht die Flamme in sich.

XI

Du willst das Wetterleuchten, wirfst die Messer,
du trennst der Luft die warmen Adern auf;

dich blendend, springen aus den offnen Pulsen
lautlos die letzten Feuerwerke auf:

Wahnsinn, Verachtung, dann die Rache,
und schon die Reue und der Widerruf.

Du nimmst noch wahr, daß deine Klingen stumpfen,
und endlich fühlst du, wie die Liebe schließt:

mit ehrlichen Gewittern, reinem Atem.
Und sie verstößt dich in das Traumverlies.

Wo ihre goldnen Haare niederhängen,
greifst du nach ihr, der Leiter in das Nichts.

Tausend und eine Nacht hoch sind die Sprossen.
Der Schritt ins Leere ist der letzte Schritt.

Und wo du aufprallst, sind die alten Orte,
und jedem Ort gibst du drei Tropfen Blut.

Umnachtet hältst du wurzellose Locken.
Die Schelle läutet, und es ist genug.

XII

Mund, der in meinem Mund genächtigt hat,
Aug, das mein Aug bewachte,
Hand –

und die mich schleiften, die Augen!
Mund, der das Urteil sprach,
Hand, die mich hinrichtete!

XIII

Die Sonne wärmt nicht, stimmlos ist das Meer.
Die Gräber, schneeverpackt, schnürt niemand auf.
Wird denn kein Kohlenbecken angefüllt
mit fester Glut? Doch Glut tut's nicht.

Erlöse mich! Ich kann nicht länger sterben.

Der Heilige hat anderes zu tun;
er sorgt sich um die Stadt und geht ums Brot.
Die Wäscheleine trägt so schwer am Tuch;
bald wird es fallen. Doch mich deckt's nicht zu.

Ich bin noch schuldig. Heb mich auf.
Ich bin nicht schuldig. Heb mich auf.

Das Eiskorn lös vom zugefrornen Aug,
brich mit den Blicken ein,
die blauen Gründe such,
schwimm, schau und tauch:

Ich bin es nicht.
Ich bin's.

XIV

Wart meinen Tod ab und dann hör mich wieder,
es kippt der Schneekorb, und das Wasser singt,
in die Toledo münden alle Töne, es taut,
ein Wohlklang schmilzt das Eis.
O großes Tauen!

Erwart dir viel!

Silben im Oleander,
Wort im Akaziengrün
Kaskaden aus der Wand.

Die Becken füllt,
hell und bewegt,
Musik.

XV

Die Liebe hat einen Triumph und der Tod hat einen,
die Zeit und die Zeit danach.
Wir haben keinen.

Nur Sinken um uns von Gestirnen. Abglanz und Schweigen.
Doch das Lied überm Staub danach
wird uns übersteigen.

4 Gedichte 1957–1961

Bruderschaft

Alles ist Wundenschlagen,
und keiner hat keinem verziehn.
Verletzt wie du und verletzend,
lebte ich auf dich hin.

Die reine, die Geistberührung,
um jede Berührung vermehrt,
wir erfahren sie alternd,
ins kälteste Schweigen gekehrt.

[Verordnet diesem Geschlecht keinen Glauben]

Verordnet diesem Geschlecht keinen Glauben,
genug sind Sterne, Schiffe und Rauch,
es legt sich in die Dinge, bestimmt
Sterne und die unendliche Zahl,
und ein Zug tritt, nenn ihn Zug einer Liebe,
reiner aus allem hervor.

Die Himmel hängen welk und Sterne lösen
sich aus der Verknüpfung mit Mond und Nacht.

Hôtel de la Paix

Die Rosenlast stürzt lautlos von den Wänden,
und durch den Teppich scheinen Grund und Boden.
Das Lichtherz bricht der Lampe.
Dunkel. Schritte.
Der Riegel hat sich vor den Tod geschoben.

Exil

Ein Toter bin ich der wandelt
gemeldet nirgends mehr
unbekannt im Reich des Präfekten
überzählig in den goldenen Städten
und im grünenden Land

abgetan lange schon
und mit nichts bedacht

Nur mit Wind mit Zeit und mit Klang

der ich unter Menschen nicht leben kann

Ich mit der deutschen Sprache
dieser Wolke um mich
die ich halte als Haus
treibe durch alle Sprachen

O wie sie sich verfinstert
die dunklen die Regentöne
nur die wenigen fallen

In hellere Zonen trägt dann sie den Toten hinauf

Nach dieser Sintflut

Nach dieser Sintflut
möchte ich die Taube,
und nichts als die Taube,
noch einmal gerettet sehn.

Ich ginge ja unter in diesem Meer!
flög' sie nicht aus,
brächte sie nicht
in letzter Stunde das Blatt.

Mirjam

Woher hast du dein dunkles Haar genommen,
den süßen Namen mit dem Mandelton?
Nicht weil du jung bist, glänzt du so von Morgen –
dein Land ist Morgen, tausend Jahre schon.

Versprich uns Jericho, weck auf den Psalter,
die Jordanquelle gib aus deiner Hand
und laß die Mörder überrascht versteinen
und einen Augenblick dein zweites Land!

An jede Steinbrust rühr und tu das Wunder,
daß auch den Stein die Träne überrinnt.
Und laß dich taufen mit dem heißen Wasser.
Bleib uns nur fremd, bis wir uns fremder sind.

Oft wird ein Schnee in deine Wiege fallen.
Unter den Kufen wird ein Eiston sein.
Doch wenn du tief schläfst, ist die Welt bezwungen.
Das rote Meer zieht seine Wasser ein!

Strömung

So weit im Leben und so nah am Tod,
daß ich mit niemand darum rechten kann,
reiß ich mir von der Erde meinen Teil;

dem stillen Ozean stoß ich den grünen Keil
mitten ins Herz und schwemm mich selber an.

Zinnvögel steigen auf und Zimtgeruch!
Mit meinem Mörder Zeit bin ich allein.
In Rausch und Bläue puppen wir uns ein.

Geh, Gedanke

Geh, Gedanke, solang ein zum Flug klares Wort
dein Flügel ist, dich aufhebt und dorthin geht,
wo die leichten Metalle sich wiegen,
wo die Luft schneidend ist
in einem neuen Verstand,
wo Waffen sprechen
von einziger Art.
Verficht uns dort!

Die Woge trug ein Treibholz hoch und sinkt.
Das Fieber riß dich an sich, läßt dich fallen.
Der Glaube hat nur einen Berg versetzt.

Laß stehn, was steht, geh, Gedanke!,

von nichts andrem als unsrem Schmerz durchdrungen.
Entsprich uns ganz!

Liebe: Dunkler Erdteil

Der schwarze König zeigt die Raubtiernägel,
zehn blasse Monde jagt er in die Bahn,
und er befiehlt den großen Tropenregen.
Die Welt sieht dich vom andren Ende an!

Es zieht dich übers Meer an jene Küsten
aus Gold und Elfenbein, an seinen Mund.
Dort aber liegst du immer auf den Knien,
und er verwirft und wählt dich ohne Grund.

Und er befiehlt die große Mittagswende.
Die Luft zerbricht, das grün und blaue Glas,
die Sonne kocht den Fisch im seichten Wasser,
und um die Büffelherde brennt das Gras.

Ins Jenseits ziehn geblendet Karawanen,
und er peitscht Dünen durch das Wüstenland,
er will dich sehn mit Feuer an den Füßen.
Aus deinen Striemen fließt der rote Sand.

Er, fellig, farbig, ist an deiner Seite,
er greift dich auf, wirft über dich sein Garn.
Um deine Hüften knüpfen sich Lianen,
um deinen Hals kraust sich der fette Farn.

Aus allen Dschungelnischen: Seufzer, Schreie.
Er hebt den Fetisch. Dir entfällt das Wort.
Die süßen Hölzer rühren dunkle Trommeln.
Du blickst gebannt auf deinen Todesort.

Sieh, die Gazellen schweben in den Lüften,
auf halbem Wege hält der Dattelschwarm!
Tabu ist alles: Erden, Früchte, Ströme . . .
Die Schlange hängt verchromt an deinem Arm.

Er gibt Insignien aus seinen Händen.
Trag die Korallen, geh im hellen Wahn!
Du kannst das Reich um seinen König bringen,
du, selbst geheim, blick sein Geheimnis an.

Um den Äquator sinken alle Schranken.
Der Panther steht allein im Liebesraum.
Er setzt herüber aus dem Tal des Todes,
und seine Pranke schleift den Himmelssaum.

Aria I

Wohin wir uns wenden im Gewitter der Rosen,
ist die Nacht von Dornen erhellt, und der Donner
des Laubs, das so leise war in den Büschen,
folgt uns jetzt auf dem Fuß.

Wo immer gelöscht wird, was die Rosen entzünden,
schwemmt Regen uns in den Fluß. O fernere Nacht!
Doch ein Blatt, das uns traf, treibt auf den Wellen
bis zur Mündung uns nach.

Freies Geleit (Aria II)

Mit schlaftrunkenen Vögeln
und winddurchschossenen Bäumen
steht der Tag auf, und das Meer
leert einen schäumenden Becher auf ihn.

Die Flüsse wallen ans große Wasser,
und das Land legt Liebesversprechen
der reinen Luft in den Mund
mit frischen Blumen.

Die Erde will keinen Rauchpilz tragen,
kein Geschöpf ausspeien vorm Himmel,
mit Regen und Zornesblitzen abschaffen
die unerhörten Stimmen des Verderbens.

Mit uns will sie die bunten Brüder
und grauen Schwestern erwachen sehn,
den König Fisch, die Hoheit Nachtigall
und den Feuerfürsten Salamander.

Für uns pflanzt sie Korallen ins Meer.
Wäldern befiehlt sie, Ruhe zu halten,
dem Marmor, die schöne Ader zu schwellen,
noch einmal dem Tau, über die Asche zu gehn.

Die Erde will ein freies Geleit ins All
jeden Tag aus der Nacht haben,
daß noch tausend und ein Morgen wird
von der alten Schönheit jungen Gnaden.

Ihr Worte

Für Nelly Sachs, die Freundin, die Dichterin, in Verehrung

Ihr Worte, auf, mir nach!,
und sind wir auch schon weiter,
zu weit gegangen, geht's noch einmal
weiter, zu keinem Ende geht's.

Es hellt nicht auf.

Das Wort
wird doch nur
andre Worte nach sich ziehn,
Satz den Satz.
So möchte Welt,
endgültig,
sich aufdrängen,
schon gesagt sein.
Sagt sie nicht.

Worte, mir nach,
daß nicht endgültig wird
– nicht diese Wortbegier
und Spruch auf Widerspruch!

Laßt eine Weile jetzt
keins der Gefühle sprechen,
den Muskel Herz
sich anders üben.

Laßt, sag ich, laßt.

Ins höchste Ohr nicht,
nichts, sag ich, geflüstert,
zum Tod fall dir nichts ein,
laß, und mir nach, nicht mild
noch bitterlich,
nicht trostreich,
ohne Trost
bezeichnend nicht,
so auch nicht zeichenlos –

Und nur nicht dies: das Bild
im Staubgespinst, leeres Geroll
von Silben, Sterbenswörter.

Kein Sterbenswort,
Ihr Worte!

5 Gedichte 1964–1967

Wahrlich

Für Anna Achmatova

Wem es ein Wort nie verschlagen hat,
und ich sage es euch,
wer bloß sich zu helfen weiß
und mit den Worten –

dem ist nicht zu helfen.
Über den kurzen Weg nicht
und nicht über den langen.

Einen einzigen Satz haltbar zu machen,
auszuhalten in dem Bimbam von Worten.

Es schreibt diesen Satz keiner,
der nicht unterschreibt.

Böhmen liegt am Meer

Sind hierorts Häuser grün, tret ich noch in ein Haus.
Sind hier die Brücken heil, geh ich auf gutem Grund.
Ist Liebesmüh in alle Zeit verloren, verlier ich sie hier gern.

Bin ich's nicht, ist es einer, der ist so gut wie ich.

Grenzt hier ein Wort an mich, so laß ich's grenzen.
Liegt Böhmen noch am Meer, glaub ich den Meeren
wieder.
Und glaub ich noch ans Meer, so hoffe ich auf Land.

Bin ich's, so ist's ein jeder, der ist soviel wie ich.
Ich will nichts mehr für mich. Ich will zugrunde gehn.

Zugrund – das heißt zum Meer, dort find ich Böhmen
wieder.
Zugrund gerichtet, wach ich ruhig auf.
Von Grund auf weiß ich jetzt, und ich bin unverloren.

Kommt her, ihr Böhmen alle, Seefahrer, Hafenhuren und
Schiffe
unverankert. Wollt ihr nicht böhmisch sein, Illyrer,
Veroneser,
und Venezianer alle. Spielt die Komödien, die lachen
machen

Und die zum Weinen sind. Und irrt euch hundertmal,
wie ich mich irrte und Proben nie bestand,
doch hab ich sie bestanden, ein um das andre Mal.

Wie Böhmen sie bestand und eines schönen Tags
ans Meer begnadigt wurde und jetzt am Wasser liegt.

Ich grenz noch an ein Wort und an ein andres Land,
ich grenz, wie wenig auch, an alles immer mehr,

ein Böhme, ein Vagant, der nichts hat, den nichts hält,
begabt nur noch, vom Meer, das strittig ist, Land meiner Wahl zu sehen.

Prag Jänner 64

Seit jener Nacht
gehe und spreche ich wieder,
böhmisch klingt es,
als wär ich wieder zuhause,

wo zwischen der Moldau, der Donau
und meinem Kindheitsfluß
alles einen Begriff von mir hat.

Gehen, schrittweis ist es wiedergekommen,
Sehen, angeblickt, habe ich wieder erlernt.

Gebückt noch, blinzelnd,
hing ich am Fenster,
sah die Schattenjahre,
in denen kein Stern
mir in den Mund hing,
sich über den Hügel entfernen.

Über den Hradschin
haben um sechs Uhr morgens
die Schneeschaufler aus der Tatra
mit ihren rissigen Pranken
die Scherben dieser Eisdecke gekehrt.

Unter den berstenden Blöcken
meines, auch meines Flusses
kam das befreite Wasser hervor.

Zu hören bis zum Ural.

Eine Art Verlust

Gemeinsam benutzt: Jahreszeiten, Bücher und eine Musik.
Die Schlüssel, die Teeschalen, den Brotkorb, Leintücher
und ein Bett.
Eine Aussteuer von Worten, von Gesten, mitgebracht,
verwendet, verbraucht.
Eine Hausordnung beachtet. Gesagt. Getan. Und immer
die Hand gereicht.

In Winter, in ein Wiener Septett und in Sommer habe ich
mich verliebt.
In Landkarten, in ein Bergnest, in einen Strand und in
ein Bett.
Einen Kult getrieben mit Daten, Versprechen für
unkündbar erklärt,
angehimmelt ein Etwas und fromm gewesen vor einem
Nichts,

(– der gefalteten Zeitung, der kalten Asche, dem Zettel
mit einer Notiz)
furchtlos in der Religion, denn die Kirche war dieses Bett.

Aus dem Seeblick hervor ging meine unerschöpfliche
Malerei.
Von dem Balkon herab waren die Völker, meine Nachbarn,
zu grüßen.
Am Kaminfeuer, in der Sicherheit, hatte mein Haar seine
äußerste Farbe.
Das Klingeln an der Tür war der Alarm für meine Freude.

Nicht dich habe ich verloren,
sondern die Welt.

Enigma

Für Hans Werner Henze aus der Zeit der Ariosi

Nichts mehr wird kommen.

Frühling wird nicht mehr werden.
Tausendjährige Kalender sagen es jedem voraus.

Aber auch Sommer und weiterhin, was so gute Namen
wie »sommerlich« hat –
es wird nichts mehr kommen.

Du sollst ja nicht weinen,
sagt eine Musik.

Sonst
sagt
niemand
etwas.

Keine Delikatessen

Nichts mehr gefällt mir.

Soll ich
eine Metapher ausstaffieren
mit einer Mandelblüte?
die Syntax kreuzigen
auf einen Lichteffekt?
Wer wird sich den Schädel zerbrechen
über so überflüssige Dinge –

Ich habe ein Einsehn gelernt
mit den Worten,
die da sind
(für die unterste Klasse)

Hunger
          Schande
                    Tränen
und
                              Finsternis.

Mit dem ungereinigten Schluchzen,
mit der Verzweiflung
(und ich verzweifle noch vor Verzweiflung)
über das viele Elend,
den Krankenstand, die Lebenskosten,
werde ich auskommen.

Ich vernachlässige nicht die Schrift,
sondern mich.
Die andern wissen sich
weißgott
mit den Worten zu helfen.
Ich bin nicht mein Assistent.

Soll ich
einen Gedanken gefangennehmen,
abführen in eine erleuchtete Satzzelle?
Aug und Ohr verköstigen
mit Worthappen erster Güte?
erforschen die Libido eines Vokals,
ermitteln die Liebhaberwerte unserer Konsonanten?

Muß ich
mit dem verhagelten Kopf,
mit dem Schreibkrampf in dieser Hand,
unter dreihundertnächtigem Druck
einreißen das Papier,
wegfegen die angezettelten Wortopern,
vernichtend so: ich du und er sie es

wir ihr?

(Soll doch. Sollen die andern.)

Mein Teil, es soll verloren gehen.

HÖRSPIELE

Ein Geschäft mit Träumen

Personen

Laurenz
Anna
Mandl
Generaldirektor
Pepi
Waldau
Nowak
Sperl
Drehorgelmann
Rasierklingenmann
Alte Frau, die Luftballons verkauft
Fischhändler
Wachmann
Verkäufer
Passanten
1. Telephonistin
2. Telephonistin
3. Telephonistin
1. Übersetzer
2. Übersetzer
3. Übersetzer
4. Übersetzer
Matrose
Funker
1. Sirene
2. Sirene
und andere Stimmen

Geräusch: das Klappern einer Schreibmaschine. Hier hinein zwei Glockenschläge von einer entfernten Kirchenuhr.

MANDL Ist das möglich, daß es schon halb sechs ist ... ich glaube, wir können für heute Schluß machen.

ANNA *lachend* Ich habe nichts dagegen, wir sind in den letzten Tagen immer so lang dageblieben. Sind Sie nicht sowieso schon sehr überarbeitet? Sie sehen so blaß aus, Herr Mandl!

MANDL Blaß? Nein, nein, das kommt nur von dem Licht. Es wird schon so früh dunkel. Das Licht ist schlecht. Wir sollten für anderes Licht sorgen. Ich glaube, Neonlicht verdirbt die Augen.

ANNA Ja, ich habe es unlängst in der »Wochenpost« gelesen. Ich glaube, es war die »Wochenpost«. Man sollte dunkle Brillen bei diesem Licht tragen.

MANDL Nein, hören Sie auf, Sie wollen sich doch nicht mit schwarzen oder grünen Brillen ins Büro setzen. Das wäre doch zu auffällig ... Haben Sie den letzten Satz – »und erlauben wir uns, nach acht Tagen rückzufragen. Mit dem Ausdruck vorzüglichster Hochachtung ...«?

ANNA »Und erlauben wir uns, in acht Tagen rückzufragen ... mit vorzüglichster Hochachtung« ... Soll ich den Brief noch dem Chef zur Unterschrift geben? Der Herr mit dem blauen Mantel dürfte schon gegangen sein.

MANDL Welcher Herr, welcher blaue Mantel ...?

ANNA Der Herr, der nicht bestellt war und dennoch vorgelassen wurde. Haben Sie den Mantel nicht bemerkt? Dieser Mantel war von einem viel zu hellen Blau, ich habe so ein Blau noch nicht gesehen. Finden Sie nicht auch, daß ein Herr sich nicht so kleiden darf?

MANDL Ich habe den Mantel nicht gesehen, aber ein helles Blau, das finde ich auch ... ja, das finde ich ... ziemlich, na ja ...

ANNA Ich lege die Kopien gleich ab, wollen Sie sie noch paraphieren?

MANDL Nein, das ist nicht notwendig, oder eigentlich doch, geben Sie her.

Papierrascheln.

ANNA Auf der ersten Seite habe ich einen Fehler gemacht, aber ich konnte es sehr gut ausradieren, man bemerkt es kaum ... Haben Sie eigentlich den Film im »Forum« gesehen, ich finde den Titel so komisch: »Gummi aus sieben Himmeln«. Mir fällt das ein, weil ich von Radieren spreche ... aber es handelt sich wahrscheinlich um etwas ganz anderes. Fräulein Kleemann hat mir davon erzählt – es soll gar kein besonderer Film sein. Sie hat sich sehr gelangweilt. Aber den Titel finde ich zu komisch. Das ist einmal etwas ganz anderes.

MANDL So, Fräulein Kleemann ... wer ist Fräulein Kleemann?

ANNA Aber ... die kennen Sie nicht? Die Blonde aus der Verwaltung?

MANDL Nein, ich kenne keine Blonde aus der Verwaltung.

ANNA Ich meine die, die immer wegen der Abrechnungen anruft, sie vertritt seit drei Wochen den zweiten Prokuristen.

MANDL Ja, die! Aber ich kenne keine Blonde ...

ANNA Ja, wenn Sie nur mit ihr telephonieren!

MANDL Wenn Sie vielleicht ganz rasch, Fräulein Anna ... das heißt ... wenn Sie vielleicht hier noch etwas Ordnung machen könnten und die Schlüssel nehmen ... ich möchte gern gleich gehen, ich möchte, noch ehe die Geschäfte schließen ... meine Frau hat morgen Geburtstag, da sollte ich noch Blumen ... ja, ich sollte vielleicht noch etwas anderes ...

ANNA Dann beeilen Sie sich nur. Diese paar Minuten, die ich da länger bleibe, machen mir nichts aus, das spielt wirklich keine Rolle.

MANDL Ich bin Ihnen sehr dankbar ... und wenn mich der Chef noch brauchen sollte, dann sagen Sie ihm ... nein, sagen Sie ihm nichts, warum sollte ich nicht einmal pünktlich weggehen, wenn ich morgens immer pünktlich komme. *Zieht den Mantel an.* So, und da sitzt schon wieder ein Knopf locker – sitzen bei Ihrem Mantel die Knöpfe auch immer so locker? Ich nähe mir Knöpfe selbst an, ich finde, alle Männer sollten das tun, man darf sich nicht in allen Dingen den Frauen ausliefern.

ANNA *kichert, sehr zurückhaltend* Aber wegen der Knöpfe, Sie können es mich einmal versuchen lassen. Meine Knöpfe sitzen nicht locker. Nein, Sie sind zu komisch. Damit liefern Sie sich doch nicht aus, ich meine, den Frauen, wie komisch, Sie sagen manchmal so komische Sachen ...

MANDL Also, auf Wiedersehen, und seien Sie so lieb ... wie schon gesagt ... *Mit Schritten ab.*

ANNA *ihm nachrufend* Auf Wiedersehen! *Seufzt.*

Kurze Pause. Dann Tür auf.

GENERALDIREKTOR *unangenehmes Organ* Haben Sie nicht gehört, ich habe Sie zweimal angerufen, warum heben Sie das Telephon nicht ab?

ANNA Oh, ich weiß nicht. Es hat nicht geläutet! Vielleicht haben Sie eine falsche Klappe gewählt, nein, es hat sicher nicht geläutet, ich war keinen Augenblick weg, nicht einmal einen Schritt.

GENERALDIREKTOR Ist denn niemand mehr da? Wo ist Ihr Herr Vorgesetzter? Schon aus dem Staub gemacht, was?

ANNA Es wird gleich sechs Uhr ...

GENERALDIREKTOR So, es wird sechs Uhr! So, so. Es wird sechs Uhr. Sie wissen also immer ganz genau, welche Zeit wir haben. Sie scheinen den ganzen Tag auf die Uhr zu schauen. Aber ich sage Ihnen, die Zeit vergeht nicht schneller, wenn Sie dauernd auf die Uhr sehen. Die Zeit läßt sich nämlich nicht antreiben, die ist sehr genau, sehr, viel genauer als Ihr Herr Vorgesetzter.

ANNA Ich habe nicht auf die Uhr gesehen; ich habe nur die Glocken von der Franziskanerkirche gehört. Die Glocke schlägt sehr laut, und wir haben das Fenster ein bißchen offen.

GENERALDIREKTOR Es ist doch schon mörderisch kalt, machen Sie das Fenster sofort zu. Ich werde mich noch erkälten.

ANNA Ja, es ist ein kühler Herbst, aber wir können froh sein, daß es noch nicht kälter ist, man kann heuer noch sehr gut mit offenem Mantel gehen. Ich habe auch noch immer leichte Schuhe an ... aber natürlich, wenn man sehr empfindliche Bronchien hat, dann muß man immer achtgeben, man kann sich so leicht erkälten, es gibt Leute, die sich sogar im Sommer erkälten; ich habe erst unlängst etwas über diese Art von Erkältungen gelesen, sie sind gar nicht ungefährlich, ich glaube, ich habe es im »Blick in die Welt« gelesen – es soll vor allem von dem Temperaturwechsel abhängen, der von einem Raum zum anderen variiert. Komisch, daß das so gefährlich ist, selbst im Sommer, und nun haben wir doch schon Oktober, und man kann abends noch im Freien sitzen, aber dennoch muß man manchmal achtgeben.

GENERALDIREKTOR Machen Sie doch endlich das Fenster zu!

ANNA Es ist nur ein ganz schmaler Spalt, durch den die Luft hereinkommt, es ist an sich gut, wenn etwas Luft hereinkommt, wenn soviel geraucht wird, die Herren rauchen immer soviel, ich bin froh, daß ich mir das Rauchen gar nicht angewöhnt habe, ich war einmal schon nahe dran ... aber ich bin doch sehr froh jetzt ...

Sie macht das Fenster zu.

GENERALDIREKTOR Ist wenigstens der Laurenz noch da?

ANNA Ja, gewiß, ich glaube, er ist in all den Jahren noch nie vor Ihnen weggegangen. Er ist sozusagen immer da. *Lacht, sehr zurückhaltend.*

GENERALDIREKTOR So, er ist immer da! Was macht er »immer da«. Ich habe es nicht gern, wenn mir Leute beweisen, daß sie »immer da« sind. Es ist aufdringlich, »immer da« zu sein. Damit kann man mir nicht imponieren. Bei mir zählt nur die Leistung ... nur die Leistung!

ANNA Oh, er ist sehr fleißig und so bescheiden, und er würde es eigentlich komisch finden, wenn jemand bemerkte, daß er immer da ist und so fleißig ist; es findet eigentlich niemand ein Wort der Anerkennung für ihn, und er würde es wahrscheinlich auch komisch finden. Ich habe noch keine zehn Sätze mit ihm gesprochen, aber ich habe doch den Eindruck – nein, ich übertreibe, ich habe natürlich mehr als zehn Sätze mit ihm gesprochen, im Laufe von zwei Jahren werden es schon viel mehr Sätze gewesen sein. Ich wollte nur sagen, daß man das Gefühl hat, nicht mehr als zehn Sätze mit ihm gesprochen zu haben, das sagt doch fast alles ...

Telephon klingelt.

ANNA *hebt den Hörer ab – zum Generaldirektor* Verzeihung. *Ins Telephon* ... Hallo, ja, nein, er ist schon weggegangen. Herr Laurenz, aber können Sie noch einen Augenblick herüberkommen, ja, ich habe etwas für Sie, es wäre zu nett, wenn Sie das übernehmen könnten.

Lacht. Weg! Er kommt schon ... *Legt den Hörer auf.*

GENERALDIREKTOR Sagen Sie ihm, er kann gehen, es ist mir viel lieber, er geht, als er macht auf eine so unverschämte Art Überstunden. Bringen Sie mir meinen Mantel. Der Laurenz soll dann zuschließen.

ANNA Ja, sofort. *Mit Schritten ab.*

LAURENZ – *Tür auf, näherkommende Schritte* – Guten Abend ... das Fräulein Anna ... ist nicht mehr da? ... Ich sollte wahrscheinlich die Schreibmaschine wegtragen, sie soll zur Reparatur morgen ... das E schlägt so schwach an.

GENERALDIREKTOR Hm.

ANNA *zurückkommend* Hier, bitte, auch die Handschuhe hab' ich gefunden, ich wußte, daß Sie die Handschuhe gerne auf das Fensterbrett legen ... ich finde das so originell.

GENERALDIREKTOR Originell? Was? Hm. Gute Nacht, und schauen Sie, daß Sie bald hinauskommen.

ANNA UND LAURENZ *gleichzeitig* Gute Nacht, Herr Generaldirektor.

ANNA Herr Laurenz, Sie können gehen, das wollte ich Ihnen sagen, der Chef meint, Sie müßten nicht immer als letzter das Haus verlassen. Sie wissen, er ist manchmal sehr subjektiv, vielleicht würde er sich auch ärgern, wenn Sie nicht als letzter das Haus verließen, aber nun ärgert er sich eben, weil Sie als letzter ... Sie dürfen das nicht mißverstehen, ich glaube, Sie sollten überhaupt alles viel mehr auf die leichte Schulter nehmen.

LAURENZ Ja, ja, ich verstehe ... nein, eigentlich verstehe ich es nicht, aber es ist sehr lieb von Ihnen, Fräulein Anna, Sie sind immer so nett ... so freundlich zu mir. Ja.

ANNA *mit Schritten bis zur Tür, dort wendet sie sich noch einmal um* Vergessen Sie nur bitte nicht, die Schlüssel abzuziehen und zum Portier zu geben. Gute Nacht. *Tür zu.*

LAURENZ *allein, vor sich hin* Natürlich, ich hab's doch noch nie vergessen ... die Schreibmaschine. *Schlägt ein paar Tasten auf der Schreibmaschine an.* Kaum zu sehen, das E ... das Fenster ist schon zu ... *Probiert noch einmal die Fensterschnalle.* Schlüssel ... *Geht hinaus, sperrt zu, weiter auf dem Gang, dreht die Wasserleitung auf, wäscht sich die Hände, singt.*
's ist Zeit, 's ist Zeit, ins Wasser schnell,
auf Erden wird's dunkel, im Wasser hell ...
's ist Zeit, 's ist Zeit ...
So ... der Hahn, na ja ... da könnte vielleicht auch der Installateur ... der tropft noch immer ... so ... So was ... wer hat denn da ... die Seife ... ah, die wird der Tremmel vergessen haben ... Lux Seife ... so, hm. *Trocknet sich ab.*

PEPI Herr Laurenz, soll ich Ihnen den Mantel holen?

LAURENZ Nein, ich dank dir schön, Pepi. *Er geht zum Kasten, nimmt den Mantel heraus, zieht ihn an.* Kannst schon gehen.

PEPI No dann, dann gute Nacht, Herr Laurenz.

LAURENZ Gute Nacht. *Er sperrt zu, geht weiter, die Treppe hinunter.* Gute Nacht, Herr Waldau ...

WALDAU Gute Nacht!

Treppe weiter.

LAURENZ *klopft* Die Schlüssel, Herr Nowak.

Das Portierfenster geht hinauf.

NOWAK Ah, der Herr Laurenz. Heut sind S' aber einmal früher dran ...

LAURENZ Ja, der Chef hat mir erlaubt ...

NOWAK Na, erlaubt is gut, 's is eh schon Zeit ...

LAURENZ Gute Nacht, Herr Nowak.

NOWAK Gute Nacht, Herr Laurenz, und sagen S' morgen der Trenzinger, sie soll bei mir auch amal abstauben. Fingerdick liegt er schon, der Dreck . . .

LAURENZ Gern, Herr Nowak. Gute Nacht also . . . *Geht hinaus auf die Straße. Straßengeräusche. Laurenz summt wieder das Lied:*
's ist Zeit, 's ist Zeit . . .

Folgendes im Vorübergehen.

EINE DAME Wissen Sie, meine Liebe, wie sie beim hohen C war . . . wie eine Nachtigall . . .

EINE ANDERE DAME Man sagt, daß sie mit dem Dirigenten . . .

PASSANT Aber das sag ich dir, es ist das letzte Mal, das allerletzte Mal . . . du sollst mich noch kennenlernen . . .

LAURENZ Auf Erden wird's dunkel . . . im Wasser hell . . .

EINE DAME Nie hätte ich dem Koreny das zugetraut, nie, nie! Daß er sich damit die Achtung aller anständigen Menschen verscherzt hat, muß ihm doch klar sein . . .

EIN BUB Auf dem Parkring weiß ich ein Geschäft, wo's jetzt noch Eis gibt . . .

EIN ZWEITER BUB Wenn du mir einen Groschen leihst . . .

ERSTE FRAU AUS DEM VOLK Der Tote, nein, der Mörder.

ZWEITE FRAU AUS DEM VOLK Aber die Polizei hat sich natürlich wieder einmal Zeit gelassen.

ERSTE FRAU AUS DEM VOLK Grausig . . . den Hals durchgeschnitten . . .

LAURENZ Auf Erden wird's dunkel . . .

Geräusch: die weichen Räder von Autos auf einer großen, breiten Straße, etwa Kärntnerstraße, gleichmäßig, dann anschwellend, die Menschen bleiben alle stehen. Pfeifen.

WACHMANN Sie, beim roten Licht können Sie nicht über die Straße gehen! Haben Sie g'hört. Stehen ja die anderen auch noch. Herrrr! Ja, Sie!

Die Menge setzt sich hörbar in Bewegung, die herankommenden Autos ziehen die Bremsen an.

MANDL Hallo, Laurenz, Sie waren das?

LAURENZ Jesus, Herr Mandl!

MANDL Der hat Sie ja ordentlich angebrüllt, was? Ist das Ihr Heimweg – oder sind Sie noch für die liebe Firma unterwegs?

LAURENZ Nein, ich bin nicht für die liebe, für die Firma unterwegs, aber mein Heimweg ist es auch nicht. Ich wohne im siebenten Bezirk. Ich bin heute früher weggegangen. Ich möchte noch ein bißchen spazieren . . .

MANDL So, dann bin ich wenigstens nicht der einzige. Ich muß nämlich noch einkaufen, meine Frau, wissen Sie, hat Geburtstag.

PASSANT Das nenne ich frivol, jawohl . . . diese Jugend . . . ein Abgrund . . .

MANDL Ich irre da schon eine Viertelstunde von Auslage zu Auslage und bin völlig hilflos.

PASSANT Das hört sich ja wie ein Roman an. In Sizilien, sagen Sie . . .

PASSANTIN Passen Sie doch auf, Sie, machen S' die Augen auf . . .

MANDL Mir fällt eigentlich nicht ein, was man einer Frau, so im letzten Augenblick, schenken kann. Sie überlegen sich Ihre Einkäufe sicher schon viele Wochen im voraus. Ich weiß, das ist ein Fehler von mir, daß ich immer alles im letzten Augenblick . . .

PASSANTIN Ich könnte mich selbst ohrfeigen . . . aber du weißt ja . . . wer kann sich heute noch auf sein Gedächtnis verlassen. Meine Nerven, sag ich dir, sind in einem Zustand ...

PASSANT Katastrophal ... katastrophal ... von Indochina bis Argentinien.

LAURENZ Ich kaufe nie ein, ich meine, solche Dinge kaufe ich nie ein. Ich bin nicht verheiratet ...

PASSANT 150.000 Schilling, diese Verbrecher ...

LAURENZ Und am Morgen bringt mir meine Hausfrau ein Frühstück, zu Mittag esse ich ein Brot, ein doppelt belegtes Brot, und am Abend auch, mit Tee ... und sonst brauche ich eigentlich nichts.

MANDL Aber lieber Laurenz, da muß Ihnen ja eine Menge Geld bleiben. Oder haben Sie, so ganz im geheimen, jemand zu unterstützen? *Lacht zynisch.* Das soll vorkommen ... Sie werden ja ganz rot.

LAURENZ Ich werde doch nicht rot.

MANDL Aber, ich laß Sie ja schon in Ruhe. Wissen Sie was, begleiten Sie mich ein Stück und helfen Sie mir, meine Besorgungen zu machen.

LAURENZ Ja, ich weiß nicht ... Zeit hätte ich schon, aber ob ich mich sehr dazu eigne ... für eine Frau ... vielleicht sollten Sie doch besser allein ...

PASSANTIN Franzi, Franzi, Franzi!!!

MANDL Was? Wie alt sind Sie denn eigentlich? Man kennt sich nicht recht aus mit Ihnen, manchmal sehen Sie aus wie ein verschüchterter Knabe, dann wieder wie ein abgehärmter Mann – ja, das Leben – so ist das Leben, jeder hat seinen Teil zu tragen, was? Sie sicher auch, ja, ich bin überzeugt, ja, es ist nicht leicht, was?

LAURENZ Ja, aber im Winter fahre ich in die Berge. Ich weiß nicht, ob Sie wissen, daß ich jetzt schon sechs Jahre bei der Firma bin. Ich habe erst jetzt eine Gehaltserhöhung bekommen, aber ich glaube, ich bekomme jetzt weniger heraus ... das ist eine Steuersache ... aber was bleibt, das spare ich für den Winter.

MANDL So, dafür arbeiten Sie also. Ja, das ist schön, einen Plan zu haben. Auch so eine Art Luxus.

PASSANTIN Ich bitte dich, die hat sich doch die Haare gefärbt ...

MANDL Ich möchte auch gern einmal in die Berge. Meine Frau möchte eigentlich lieber im Sommer in ein Bad fahren, aber daraus wird nichts, nein, überhaupt, aus allen Plänen wird immer nichts, bei uns zumindest. Sie machen das sicher viel besser. Sie sind immer so schweigsam. Schweigsame Leute machen immer alles viel besser. Ich bin ganz erstaunt, daß Sie überhaupt für ein Gespräch zu haben sind.

LAURENZ Oh, ich bin schon für ein Gespräch zu ...

MANDL Sagen Sie, wie fänden Sie das? Ein Seidentuch. Kommen Sie her, kommen Sie! Was sagen Sie zu diesen Tüchern? Glauben Sie, daß so etwas, hm ... das richtige ... 80 Schilling. *Pfeift.*

LAURENZ Ja, vielleicht ein Seidentuch, dieses grüne, ja, das könnte vielleicht schon ... das ist natürlich Geschmackssache.

MANDL Das ist ja wahnsinnig teuer. Haben Sie so etwas schon gesehen? Diese Preise, ich glaube, so ein Seidentuch ist doch nicht das richtige. Vielleicht ein Paar Strümpfe. Strümpfe sind gut; die kann meine Frau immer brauchen.

LAURENZ Oh ja, Strümpfe sind vielleicht noch besser.

PASSANTIN Schau, das Kleid!

PASSANT Komm! Wir versäumen sonst die Wochenschau.

MANDL Oder Taschentücher. Taschentücher sind sehr praktisch. Die braucht man auch immer.

LAURENZ Ja, Taschentücher sind sehr praktisch.

MANDL Ich werde Taschentücher und Blumen kaufen. Ich finde das generös.

LAURENZ Gen ... en ... erös, gewiß. Taschentücher und Blumen.

MANDL Vielleicht ist das doch zu wenig. Ich kann ja noch etwas Süßes, ein paar Bonbons vielleicht ...

LAURENZ Ja, vielleicht ...

MANDL Wollen Sie mitkommen? Vor allem muß ich einmal diese Taschentücher kaufen ... oder wollen Sie lieber warten? Ich schwöre Ihnen, ich bin gleich wieder da. Es muß alles immer sehr rasch gehen bei mir.

LAURENZ Dann warte ich am besten. Ich gehe ein wenig hier auf und ab, bis Sie zurück sind. Oder ich gehe ein Stück vor, bis zum Kai, wenn es Ihnen recht ist.

MANDL Aber natürlich. *Er entfernt sich in den Laden, die Tür geht auf, eine Verkäuferin grüßt, die Tür schließt sich wieder.*

Der Straßenlärm wieder anschwellend, reale Straßenszene.

RASIERKLINGENMANN Gehen Sie nicht vorüber, mein Herr, ohne mein Patent gesehen zu haben. »Klingenfix« schleift jede Rasierklinge. »Klingenfix« schleift papierdünn, hauchdünn. »Klingenfix« macht jede Klinge zum Vergnügen, es gibt kein Schneiden, jeder Bart, ob weich oder hart, streckt vor »Klingenfix« die Klinge.

PASSANTIN Komm doch schon, wer wird denn so einen Blödsinn kaufen ...

PASSANT Das ist ja zum Rasendwerden, immer diese Hetzjagd ...

ALTE FRAU Luftballons, blaue und rote Luftballons. Zwei Schilling, gnädiger Herr! Wollen der gnädige Herr nicht dem Fräulein Braut einen Luftballon mitbringen? Für die Kinder zu Haus einen blauen Luftballon, gnädiger Herr.

LAURENZ Nein, danke, ich brauche keinen Luftballon.

DREHORGELMANN *mit heiserer Stimme, dazu Drehorgelmusik*
Zwischen heute und morgen
liegt die Nacht und der Traum,
macht euch drum keine Sorgen,
macht euch drum keine Sorgen,
zwischen heute und morgen
liegt die Nacht und der Traum ...

Drehorgel entfernt weiter, halbes Volumen.

FISCHHÄNDLER Alles billiger heute! Frische Fische, Flußfische, so billig haben Sie noch nie gekauft, meine Herrschaften. Forellen, Blaufelchen ... Schauen S' die schöne Fischerin an, die hat den großen Hecht und die fleischigen Karpfen geangelt – für Sie, meine Herrschaften. Heute ist alles billiger.

DREHORGELMANN *wieder nah*
Ich decke dich mit weißen Wolken zu,
ich zünd dir die fernsten Sterne an.
Ein jeder Mensch braucht einmal Ruh,
ganz gleich, ob Kind, ob Weib, ob Mann.
Sprechend. Eine kleine Gabe, lieber Herr. Ich habe fünf Kinder zu Hause und eine kranke Frau.

LAURENZ *verlegen* Ich habe wirklich kein Geld bei mir. Aber wenn ich Ihnen vielleicht ein Wurstbrot ...

DREHORGELMANN Oh je ... ich danke ...

Drehorgel wieder weiter, aber entfernt, Mikro geht mit Laurenz weg, Straßenlärm, dann plötzlich eine leise irritierende Musik einblenden, die als Leitmotivmusik immer wieder kommt, sobald wir uns dem Traumladen nähern. Verkäufer manipuliert am Rolladen.

LAURENZ Verzeihen Sie, bitte ...

VERKÄUFER Ja?

LAURENZ Gehören Sie zu diesem Laden?

VERKÄUFER Ja, bitte?

LAURENZ Ihr Schaufenster ist schlecht beleuchtet. Hm, schließen Sie schon?

VERKÄUFER Nein, ich öffne eigentlich erst. Aber treten Sie ein. Womit kann ich Ihnen dienen?

LAURENZ Danke. Ich habe mir eigentlich nur im Vorübergehen Ihr Fenster angesehen. Ich warte auf einen Bekannten, der jeden Augenblick ... Er ist in dem Modegeschäft, dort vorn ... es ist nur, weil ich nicht recht sehen kann, was Sie hier eigentlich im Schaufenster haben. Es war nur eine Art Neugier. Verzeihen Sie, aber ich kann mir nicht denken, was in diesen Paketen ist, da, da, diese Dinge in dem durchsichtigen Papier. Das Licht ist so schlecht.

VERKÄUFER Was wollen Sie denn bei besserem Licht sehen?

LAURENZ Oh, ich weiß nicht ... verzeihen Sie, bitte, nochmals.

VERKÄUFER Vielleicht finden Sie etwas Passendes. Ich will Ihnen gern unsere Waren zeigen.

LAURENZ *immer unschlüssiger* Nein, das ist wirklich nicht notwendig. Ich wollte eigentlich nichts kaufen, ich will überhaupt nichts ... das ginge über meine Verhältnisse.

VERKÄUFER *reserviert* Ja, dann ... Ich hätte Ihnen selbstverständlich gerne etwas gezeigt.

LAURENZ Ich weiß nicht, wo der Herr bleibt ... mich wundert, daß er noch nicht zurück ist, er hat doch versprochen, gleich wieder da zu sein ... und nun stehe ich schon zehn Minuten, glaube ich, hier herum ...

VERKÄUFER Ich will Sie nicht überreden.

LAURENZ Nein, nein, bitte, es war mein Fehler, meine

Neugier, ich verstehe nicht, wie ich so neugierig sein konnte. Das kommt vom Warten. Gute Nacht.
VERKÄUFER Auf Wiedersehen, mein Herr.

Streichmöglichkeit:
LAURENZ *eventuell durch Filter* Wo bleibt er denn nur so lange, er wollte doch gleich zurück sein.
Ende der Streichmöglichkeit.

Musik leiser, die Atmosphäre wird jedoch noch gespannter, das Straßenbild kommt nicht real, sondern unter Hall wieder. Etwas Straßenlärm.

ALTE FRAU *jetzt ganz hochdeutsch* Luftballons, blaue und rote Luftballons. Zwei Schilling, gnädiger Herr. Wollen Sie nicht dem Fräulein Braut einen roten Luftballon mitbringen?
DREHORGELMANN
Zwischen heute und morgen
liegt die Nacht und der Traum,
macht euch drum keine Sorgen,
macht euch drum keine Sorgen,
zwischen heute und morgen
liegt die Nacht und der Traum.
FISCHHÄNDLER Sehen Sie die schöne Fischerin an. Sie hat die fleischigen Karpfen und den großen Hecht für Sie geangelt. Alles ist billiger heute für Sie, meine Herrschaften.
PASSANT In diesem Fall ist zwei mal zwei nicht vier ...
RASIERKLINGENMANN Mit »Klingenfix« wird jede Klinge schärfer, mein Herr. Mit diesen Klingen können Sie haarscharf trennen: Tag und Nacht ... Wasser und Feuer, oben und unten, außen und innen ...

Laurenz fängt zu laufen an, seine Schritte sind überlaut zu hören.

DREHORGELMANN *auch unter Hall*
Ich zünd dir die fernsten Sterne an,
ich deck' dich mit weißen Wolken zu.

Schneller Übergang, Laurenz läuft, atmet schwer, Tür auf, Türangel, Straßenlärm aus, Musik, singende Säge einblenden.

LAURENZ *drinnen* Was ist das für eine Musik? Haben Sie das Radio eingeschaltet?

VERKÄUFER Nein, ich habe kein Radio. Und ich höre auch keine Musik.

LAURENZ Hören Sie nur, hören Sie. Was ist das?

VERKÄUFER Es ist vielleicht Staub, der schwirrt, oder Gebälk, das stöhnt, oder der Boden, der unter dem Lärm der Stadt zittert, banal gesagt.

LAURENZ Es ist so dämmrig. Vielleicht ist es wirklich Staub, was mir in den Ohren klingt. Das Geschäft scheint nicht gut zu gehen. Warum sorgen Sie nicht dafür, daß es sauberer und heller hier herinnen ist? Nicht einmal einen Schirm haben Sie für Ihre Lampe. Und Fliegen – so spät im Herbst. So spät im Herbst gibt es doch gar keine Fliegen mehr.

VERKÄUFER Warum nörgeln Sie schon, *ohne Betonung, fast verschluckt* ehe Sie wissen, warum das so ist? Nehmen Sie bitte Platz!

LAURENZ Warum? Bitte, ich wollte nur . . .

VERKÄUFER Bitte hier auf diesem Stuhl. *Sachlich wie zuvor.* Ich muß jetzt nur das Licht abdrehen.

LAURENZ Das Licht? . . . Nein, nicht das Licht . . . nicht das Licht.

Lichtschaltergeräusch, Musik ganz stark.

VERKÄUFER *sachlich, fast gewohnheitsmäßig, Laurenz ist nicht sein erster »Kunde«* Ihnen ist, als seien Sie in tiefes Wasser geraten und könnten dennoch die Augen offen halten – und Silber und Rot ist vor Ihren Augen, und die blauen Fahnen des Traums wehen in Ihrem Schlaf. Breite, Höhe und Tiefe sind ausgelöscht, und Sie fassen den Raum nicht mehr – und die Zeit steht still und geht doch schneller, so schnell, als ginge sie ihrem Ende entgegen, als müßte sie ihr Ziel erreichen.

LAURENZ *ohne Furcht* Es ist zuviel Licht für meine Augen und zuviel Traum für mein Wachen und Schlafen. Es ist viel zu viel.

VERKÄUFER *sachlich* Es ist zuviel auf einmal. Sie sehen sich am besten einen Traum nach dem anderen an. Schauen Sie nach links, fangen Sie dort unten an, es ist ein kleiner Traum. Sie fangen am besten mit den kleinen Träumen an . . . sonst wird Ihnen die Wahl schwer werden.

Neue Musik setzt ein, oft gehetzt, um das Angstmotiv zu illustrieren.

I. Traum

Geräusch, ein Zug fährt bald näher, bald etwas entfernter, häufig beängstigend nah.

LAURENZ Herr Freund! Herr Mandl! Freund! Mandl! Schneller, schneller!

MANDL Ich kann nicht mehr, ich kann nicht mehr.

LAURENZ Er kommt. Sie kommen, Herr Mandl!

MANDL Ich kann nicht mehr ...

ANNA Meine Hände bluten, meine Knie bluten.

MANDL Ich kann nicht mehr.

LAURENZ Schneller, schneller, bis zum Tunnel.

MANDL Ich kann keinen Tunnel mehr, ich kann keine Hände mehr!

LAURENZ Da ist der Tunnel, hier, nein dort, nein, da.

ANNA Helft mir, meine Hände bluten.

LAURENZ Da ist schon der Tunnel. Gebt mir eine Leiter.

ANNA Ich blute, ich verblute ja. Sie kommen.

LAURENZ Hinauf, über den Tunnel hinauf müssen wir.

MANDL Wirf die Leiter weg, sie kommen.

ANNA Mit zweihundert Stundenkilometern. Ich blute, ich blute, mit zweihundert Stundenkilometern.

LAURENZ Werft euch vor den Tunnel, werft euch mit dem Herz vor den Tunnel.

ANNA Laurenz! Helfen Sie mir. Mein Herz, mein Herz tut mir weh.

LAURENZ Das Herz durch den Tunnel. Das Herz zuerst.

MANDL Wir müssen uns vor die Lokomotive werfen.

ANNA Laurenz, Sie müssen die Lokomotive aufhalten.

LAURENZ Aufhalten! Aufhalten!

ANNA Mein Herz blutet mit zweihundert Stundenkilometern.

GENERALDIREKTOR *von fern* Wir greifen aus der Luft an!

ANNA *aufschreiend* Hört ihr, er greift unser Herz an.

LAURENZ Deckung, unter die Decke, unter die Erde!

MANDL Unter die Erde!

ANNA Die Erde blutet ja! Meine Erde, meine Erde blutet ja.

GENERALDIREKTOR *von fern* Achtung. Bomben auslösen!

Detonationen von Bomben, hier hinein.

LAURENZ Erbarmen!

Mit einem Schlag ausblenden. Dann die leise irritierende Musik einblenden.

VERKÄUFER Was haben Sie denn. Fühlen Sie sich nicht wohl?

LAURENZ Oh, ja, nein ... fürchterlich, ach so ... Hier bin ich ... es ist gut.

VERKÄUFER Sie haben plötzlich »Erbarmen« gerufen – und darum habe ich das Licht wieder aufgedreht, um zu sehen, was mit Ihnen ist.

LAURENZ Es war nur so ein schrecklicher ... Traum. Nicht wahr?

VERKÄUFER Das tut mir leid. Den wollen Sie also nicht nehmen. Natürlich. Ich wollte Ihnen eigentlich einen anderen zeigen.

LAURENZ Ja, einen anderen bitte. Versprechen Sie mir, daß das nicht wieder so böse ausgeht.

VERKÄUFER *lächelnd* Sie zittern ja am ganzen Körper. Hier, nehmen Sie mein Taschentuch. Wischen Sie sich die Stirn ab.

LAURENZ Taschentuch, ja ... ich sollte aber, ich müßte gehen. Mein Bekannter wollte nur schnell Taschentücher ...

VERKÄUFER Kann ich Ihnen jetzt den nächsten Traum zeigen?

LAURENZ Ja, bitte ... nein, danke.

VERKÄUFER Später. Ich muß zuerst das Licht abdrehen.

Lichtschaltergeräusch.

II. Traum

Telephone verbinden immer weiter.

1. TELEPHONISTIN Generaldirektor Laurenz, ich verbinde.

2. TELEPHONISTIN Generaldirektor Laurenz, ich verbinde.

3. TELEPHONISTIN Generaldirektor Laurenz, ich verbinde.

ANNA Hier bei seiner Exzellenz Generaldirektor Laurenz. Unmöglich, kann nicht verbunden werden. Warten Sie.

3. TELEPHONISTIN Warten Sie. Kann nicht verbunden werden.

2. TELEPHONISTIN Kann nicht verbunden werden, warten Sie!

1. TELEPHONISTIN Bedaure, Herr Minister, Sie können nicht verbunden werden. Warten Sie.

STIMMEN *kreuz und quer* Warten Sie. Warten Sie. Sie können nicht verbunden werden.

LAURENZ Das ist das letzte Gespräch, das ich heute nicht entgegengenommen habe. Ich nehme überhaupt keine Gespräche mehr entgegen. Alle sollen warten, warten, verstehen Sie!

ANNA Alle sollen warten. Jawohl, Exzellenz.

LAURENZ Die Teppiche müssen weicher werden. Das ist ja zu laut, viel zu laut, verstanden, Anna? Ordnen Sie an, daß alles leiser wird und wartet.

ANNA *haucht ersterbend* Jawohl, Exzellenz. Alles leiser und warten.

LAURENZ Diktieren Sie jetzt durch das Diktierphon: »Wir machen Sie zum letztenmal darauf aufmerksam, widrigenfalls . . .«

ANNA *diktiert in ein Rohr hinein* ». . . zum letztenmal darauf aufmerksam, widrigenfalls . . .«

Ihre Worte werden weitergegeben von vielen Stimmen, dann Klappern von Schreibmaschinen in der Ferne, die es aufnehmen.

LAURENZ Schneller, Sie brauchen ja entsetzlich lang zu diesem lächerlichen Diktat. Das könnte alles viel leiser vor sich gehen. Aber Sie machen sich ja keine Mühe.

ANNA Oh doch, ich gebe mir Mühe, Exzellenz Laurenz, ich gebe mir wirklich Mühe.

LAURENZ Bringen Sie mir meinen Wagen, ich möchte zu meinem Schreibtisch fahren. Chauffieren Sie mich in das große Sitzungszimmer.

Autogeräusch, stark, kurz darauf werden die Bremsen gezogen.

ANNA War ich nicht schnell genug, habe ich Sie verärgert? Sie sehen mich so schrecklich an.

LAURENZ Wie Sie 's verdienen, meine Liebe, wie Sie 's verdienen. Wischen Sie sich die Tränen weg.

ANNA Wie Sie befehlen, Exzellenz.

LAURENZ Ja, wie ich befehle, wiederholen Sie. *Anna wiederholt rasch.* Lassen Sie Tänzerinnen hereinbringen. Ich will . . . ich muß . . . ich kann . . . ich werde . . . ich werde . . . endgültig . . . und nie mehr . . . die Tänzerinnen, habe ich gesagt . . . und eine schöne Musik.

ANNA Es ist keine Musik da. Die Musik ist ausgegangen, schon vor langer Zeit.

LAURENZ Dann wird man eben neue Musik holen.

ANNA Es gibt keine Musik mehr im ganzen Land.

LAURENZ Dann wird eine neue Musik geschrieben. Lassen Sie den Musikanten kommen.

STIMMEN *durchs Telephon* Der Musikant soll sofort kommen, der Musikant soll sofort kommen.

MANDL Exzellenz, was kann ich tun?

LAURENZ Wer sind Sie, wie sehen Sie denn aus?

MANDL Ich bin der Musikant.

LAURENZ Sie sollen mir neue Musik schreiben, sie muß so alt sein, daß sich keiner mehr dran erinnern kann.

MANDL Jawohl, Exzellenz. Ich schreibe sofort . . .

Musik einblenden.

LAURENZ Schluß mit der Musik. Aus, aus! Das ist keine Zeit für Musik. Das ist überhaupt keine Musik und keine Zeit. Hinaus! Ihre Musik lügt ja!

ANNA Gehen Sie, Herr Mandl, Sie sehen ja, daß Seine Exzellenz unzufrieden mit Ihnen ist.

LAURENZ *schreit* Ich lasse Ihre Instrumente kurz und klein schlagen, wenn Sie noch einmal lügen.

ANNA Gehen Sie doch, Herr Mandl.

LAURENZ Ich lasse alles und alle kurz und klein schlagen. *Zerschlägt ein paar Gegenstände.*

MANDL *heult im Davonlaufen getroffen auf.*

ANNA Was befehlen Herr Generaldirektor jetzt?

LAURENZ Meinen Turban, bitte. Und den großen Diamanten legen Sie bitte neben mich, auf daß ich ihn mit dem Ellbogen berühren kann. Nein, nicht diesen, den anderen, den mir mein lieber Freund, der Maharadscha von Joschambur, zu seinem Namensfeste verehrt hat. Wie sehe ich aus? Wunderbar, was? Lachen Sie, meine Taube, meine Lachtaube. *Streng.* Lachen Sie, sofort, verstanden?

ANNA *lacht auf Befehl.*

LAURENZ So ist 's recht, das Lachen tut wohl. Es müßte überhaupt mehr gelacht werden. Halt, nehmen Sie einen Bleistift, Liebste. Ich habe einen Einfall. Schreiben Sie: Jeden zweiten Donnerstag – zwischen dem 1. und 37. Februar – hat das Wohlfahrtsministerium einen Lachtag festzusetzen. Wer an einem solchen Tag mit traurigem

Gesicht oder Tränen angetroffen wird, ist mit einer Geldstrafe von 100 zu bestrafen.

ANNA *lachend* Heute haben wir ja Donnerstag. Ich bin schon ausgezeichnet gut aufgelegt. Es ist eine wunderbare Idee von Ihnen. Ja, originell waren Sie ja immer.

LAURENZ Lachen Sie nicht, schreiben Sie! Und wenn Sie fertig sind und das Gesetz in das laurenzische bürgerliche Gesetzbuch aufgenommen ist, lassen Sie der Regierung mitteilen, daß ich bereit bin, die Regierung zu übernehmen.

ANNA Jawohl, mein Gebieter.

LAURENZ Und jetzt die Stenogrammblöcke heraus, die Übersetzer herein! Den Nachrichtenapparat! *Er schlägt mit der Faust auf den Tisch.* Ich habe jetzt genug von der ewigen Verzögerungspolitik. Wir müssen zu einem Resultat kommen. Auf die Plätze, meine Herren.

Geräusch: Raunen, viele Menschen, Schreibmaschinengeklapper. Die folgenden Sätze von Laurenz und den Übersetzern werden auch telephonisch weitergegeben von den Stimmen der Telephonistinnen.

LAURENZ Ich eröffne den diesjährigen 55. Kongreß für die Erschließung überseeischer Länder zugunsten des Laurenz & Laurenz Transglobe Konzerns . . . ich eröffne die 32. Zwischensitzung des 55., ach, 55. Kongresses, die 3. Zwischenkonferenz der 32. Zwischensitzung des ach, ach, 55. Kongresses.

1. ÜBERSETZER *russische Sprache kopierend – die Worte müssen völlig willkürlich gewählt werden, oder der deutsche Text muß auf diese Weise gelesen werden* – nihel pab dsobram njetulawskij dsaboros ionitat dschuldj dre dre soluscya sotujaskaja . . .

2. ÜBERSETZER si non mason erjesjation roetetr . . . etc. *Weitere sinnlose Worte, die ans Französische anklingen.*

3. ÜBERSETZER Now well adjustetation in limit well shettation no no preparial as resurch weer ... *Ans Englische anklingend.*

4. ÜBERSETZER Ki-wai lun pa pa tai pe mang tungung lao Ke Tang ... *Ein Pseudochinesisch wird gesprochen.*

ANNA Herr Generaldirektor! Zwei Telegramme und eine Telefunke! Hier bitte, es ist dringend.

LAURENZ Nichts ist dringend. Aber geben Sie, in Gottes Namen. *Reißt das Telegramm auf.* Ja, ich habe es ja geahnt. Man wird ohne mich nirgends fertig. Anna, Sie kommen mit. Wir brechen die Konferenz sofort ab. Wir fliegen. Nein, lassen Sie meine Privatrakete kommen. Verständigen Sie den Raketenführer. Wo ist denn dieser Flegel wieder?

GENERALDIREKTOR Hier, zu Ihren Diensten, verehrter Herr Generaldirektor. Ich bin ständig in Bereitschaft.

LAURENZ Ha, ha, ha, sagen Sie das gefälligst mit einer tiefen Verbeugung. Oder ich jage Sie davon wie einen Hund. Was, Sie haben wohl noch immer nicht vergessen, daß Sie einmal Generaldirektor waren. Generaldirektor eines lächerlichen Konzerns, den ich übernommen, was sage ich, hinaufgeführt, zu einer der gigantischsten, einer noch nie dagewesenen weltumspannenden Organisation gemacht habe. Verbeugen Sie sich. Abfahrt. Steuern Sie!

Motorengeräusch.

ANNA Ich werde Ihnen mit dem Fächer Kühlung verschaffen, wenn Ihnen die Luft zu heiß wird.

LAURENZ Reden Sie nicht lang, steigen Sie ein. *Motorengeräusch.* Halt, ich habe es mir überlegt. Man soll sehen, wie man ohne mich fertig wird. Es genügt, wenn ich meinen Gesandten schicke. Wir wechseln den Kurs. Wir werden heute, heute noch, haben Sie verstanden, Herr Raketenführer, den Mond in Besitz nehmen.

ANNA Oh, den Mond. Ich habe mir schon immer ein Landhaus auf dem Mond gewünscht.

LAURENZ *gähnt* Ich will gnädig sein, Anna, das sollen Sie haben, aber, daß ich nicht vergesse, ich bin Ihrer wirklich schon seit Tagen überdrüssig, ich werde Ihnen das Landschloß auf dem Mond bauen lassen, dann ist's aber genug. Sie werden des Landes, pardon, der Erde verwiesen und bleiben dort, wo ich Sie jetzt absetze. Verstanden, mein Kind?

ANNA Herr ... Herr ... Ach, Laurenz, Laurenz, das kann ich nicht ertragen, ich verehre Sie heute noch wie am ersten Tag. Ich liebe Sie und Sie verstoßen mich. Ich will nichts, ich will nur zu Ihren Füßen sitzen dürfen, Ihre Sklavin sein, Ihre Befehle erfüllen dürfen, Ihre Stirn, hinter der sich die größten Gedanken, die je gedacht worden sind, denken, sehen dürfen. Ich will nichts, nur das, nur das. Verstoßen Sie mich nicht. Machen Sie zu meiner Nachfolgerin, wen Sie wollen, lassen Sie mich ihr und Ihnen dienen ... ach, Laurenz.

LAURENZ Heute wird gelacht! Was unterstehen Sie sich? Hören Sie sofort auf zu jammern, ich lasse Sie guillo ... guillo ... ich lasse Sie töten!

ANNA Dann, dann ist alles zu Ende, ich kann nicht mehr, ich kann ohne Sie nicht leben.

LAURENZ Was wollen Sie denn, was machen Sie denn da?

ANNA Ich suche die Tür, ich will ... oh Laurenz, ich kann nicht anders. In einer Minute ist alles zu Ende.

LAURENZ Sie können doch nicht hier, auf der halben Strecke zwischen Erde und Mond ... Gott, wie phantasielos. Ich wußte es immer, daß Sie zeit Ihres Lebens eine mittelmäßige Person bleiben würden. In Gottes Namen, tun Sie, was Sie nicht lassen können. Hier ist die Tür.

ANNA Leben Sie wohl, machen Sie sich Erde und Himmel untertan. Meine Zeit ist um, ich konnte Ihnen nichts bedeuten.

Windstoß, Tür auf und zu.

LAURENZ Die gute Seele. Ja, ja, sie konnte mir nichts bedeuten. Eine traurige Langeweile überkommt mich. Herr Raketenführer, was hielten Sie davon, wenn ich, um mein schläfriges Gemüt wieder anzukurbeln, einen Krieg erklärte?

GENERALDIREKTOR Wem soll der Krieg erklärt werden, Herr Generaldirektor?

LAURENZ *aufbrausend* Sie sind wohl schwer von Begriff. Das ist doch völlig egal ... Krieg, habe ich gesagt, ich erkläre einfach den Krieg.

Lautsprecher einblenden.

LAUTSPRECHER Wie wir soeben vom Laurenz & Laurenz Transglobe Konzern erfahren, hat Seine Hoheit, Generaldirektor Minister Doktor Laurenz, den Krieg erklärt. Der Krieg wurde an sich, ohne Einschränkung, gegen alle wie immer möglichen Objekte erklärt und wird von den neuesten Stützpunkten, von Gestirnen am mittelöstlichen Himmel sowie dem eben in Besitz genommenen Mond, aus geführt werden. Das Befinden Seiner Exzellenz, des erlauchten Generaldirektors, ist zufriedenstellend.

Eine Hymne wird kurz gespielt, dann rasch ausblenden.

VERKÄUFER Nun, mein Herr.

LAURENZ *verlegen lachend* So etwas. Das ist aber ... nein, eigentlich möchte ich diesen Traum doch lieber nicht ... Sehr lustig ... ich kann mich nur wundern. Nein ... gar so lustig ist das eigentlich aber doch nicht ...

VERKÄUFER Ich will Ihnen gerne noch einen zeigen. *Lichtschaltergeräusch.* Bitte!

III. Traum

MATROSE Den Kran schwenken, rechts halten ... um 45 Grad schwenken.

ANNA Ist die Fracht schon verladen?

MATROSE Wir sind gleich fertig. Die Passagiere können schon an Bord gehen.

ANNA Würden Sie so freundlich sein und mich durch die Kontrolle bringen? Der Kapitän selbst hat mir erlaubt, mit der »Securitas« zu fahren. Sie ist das schönste Schiff der Welt, hat man mir erzählt.

MATROSE Darf ich Ihnen meinen Arm reichen? Kommen Sie. Wir freuen uns, einen so schönen Passagier auf unserem Schiff begrüßen zu können.

ANNA Danke. Sie sind ein Kavalier, Matrose. Ihre Uniform gefällt mir.

MATROSE *lacht* Ich danke auch. Sie sind sehr liebenswürdig, schöne Dame.

ANNA Ich heiße Anna.

MATROSE *wiederholt lachend* Anna ...

Eine neue Art von Musik setzt ein, die diesen Traum durch begleitet mit verschiedenen Akzenten.

LAURENZ Anna, um wegzufahren, brauchst du einen Paß. Du kannst nicht ohne Papiere auf das Schiff. Anna, geh nicht, ohne mir »Lebewohl« zu sagen. Sieh mich, bitte, noch einmal an. Gib mir, bitte, noch einmal die Hand. Ich weiß nicht, warum du heute fahren willst. Die Wolken treiben so schnell, und am Horizont steht ein Streifen Dunkel. Du solltest nicht heute fahren. Wart' noch zu, fahr morgen.

ANNA *durch Filter* Das Schiff ist schön, es ist weiß und groß, ich wollte immer auf weißen großen Schiffen fahren, die mit bunten fröhlichen Wimpeln besetzt sind.

LAURENZ Anna, ich verstehe dich nicht. Blick auf, blick in den Himmel, der voll von Gefahr ist. Hör auf mich. Allen anderen wendest du dein Gesicht zu, du lächelst die Matrosen an, und du läßt mich vergeblich rufen. Was ist geschehen, sag mir, was ist geschehen, seit den Tagen, als wir durch goldene Städte gingen, unter goldenen Dächern, und die Glocken über die Plätze unserer Liebe läuteten?

ANNA Ich liebe die großen weißen Schiffe, ich liebe Kleider aus silbernen Fischschuppen und Halsbänder aus Tang, ich liebe die Wellen, die an große weiße Schiffe schlagen, ich liebe die wunderbaren Lieder der Matrosen und die hohen Masten, in denen sich schneeige Wolken verfangen. Ich liebe das Heulen der Sirenen und die Ferne, auf die die großen weißen Schiffe Kurs nehmen, und ich liebe das Ufer der Sonne am Horizont, auf das mich der Wind mit seinen starken Armen heben wird, ich liebe die Unendlichkeit des Meeres.

LAURENZ Anna, du hast keinen Paß bei dir. Man wird dich nicht durch die Sperre lassen. Hörst du mich? Anna, du kannst nicht einfach auf das Schiff laufen. Du hast eine Menge von Formalitäten zu erledigen. Anna!

ANNA Matrosen, macht mir den Weg frei, meldet mich dem Kapitän! Ich habe freie Fahrt und ein Visum für die Unendlichkeit.

MATROSE Der Kapitän läßt Sie bitten, an Bord zu gehen. Kommen Sie. Wir fahren ab.

Die Schiffssirenen heulen.
Musik.

LAURENZ Warum hast du nicht auf mich gehört, Anna? Der Streifen Dunkel hat sich vom Horizont gerissen und dein Schiff ist weit auf dem Meer.

ANNA Hundert Meilen liegen zwischen uns.

LAURENZ Hundert Meilen und die vielen einsamen Abende ohne dich, die ganze Stadt und meine Arbeit. Und meine Sehnsucht liegt zwischen uns. Ich hätte mich nie so sehnen sollen.

ANNA Der Himmel war blau bis zu dieser Stunde, aber nun ziehen Wolken auf, und die Möwen fliegen mit gellendem Schrei um das Heck. Vom Lande ist nichts mehr zu sehen. Ich wußte nicht, daß es soviel dunkeläugiges Wasser gibt und Wellen, die klirren wie Schwerter und mir das Wort im Mund zerschlagen.

Wind stärker.

MATROSE Sie sollten hinuntergehen in die Kabine. Der Wind wird Ihnen die Wangen verbrennen.

ANNA Aber ich kann mich noch halten. Lassen Sie mich, ich kann mich noch halten, ich kann noch die Ferne halten und den unendlichen Himmel, der mit dem Meer den Erdkreis schließt.

LAURENZ Anna, komm zurück!

ANNA Zurück? Wohin? Einmal war ich in einer Stadt mit trockenen Häusern und Toren, über denen Engel hingen, in einem Park, in dem dämmrige Laubdächer mein Begehren sänftigten und wenn mich dein Arm umfing ... wessen Arm umfing mich? Matrosen, wessen Arm umfing mich? Wessen Arm?

LAURENZ *von fern* Anna! Warum hast du nicht auf mich gehört?

ANNA Wessen Arm umfing mich, wessen Wimper rührte an die meine? Wer stahl für mich den sonnenwarmen Flieder im Park und gab mir den Wein des späten Nachmittags zu trinken? Hier ist kein Tag und keine Nacht, hier ist das Wasser zu jeder Stunde kalt und der Wind zu jeder Stunde stark, hier sind die Matrosen zu jeder Stunde bereit und hängen wie Wimpel an den Masten. Wer hat mir die Abschiede in den dunklen Toren genommen und die Umarmungen?

LAURENZ Leg dich zu Boden, Anna. Siehst du die schrecklichen Wolken nicht, die unaufhaltsam auf dich Kurs nehmen?

ANNA Soll ich immer so stehen, regungslos in unendlicher Bewegung?

LAURENZ Anna, ich werde nicht in die Berge fahren. Wir werden um unser Geld ein kleines Haus kaufen. Verlaß das Schiff, Anna, spring, lauf! Spring ab, komm zurück! Wir werden Blumen in unserem Garten haben, und ich werde dir einen blauen Luftballon kaufen, wir werden Wein trinken, und ich werde dich mit weißen Wolken zudecken. Lauf und spring ab!

ANNA Wer ruft mich? *Sie bricht in ein nicht endenwollendes Gelächter aus.* Du bist es, Laurenz, du rufst mich! Matrosen, seht ihr den kleinen dicken Punkt am Ufer, diesen kleinen grauen Punkt, der wie eine Träne im Sand zittert? Die Träne will, daß ich abspringe und zurückkomme.

LAURENZ Lach nicht, Anna. Du kannst mich vor den Matrosen nicht so bloßstellen. Das hab ich nicht verdient um dich.

ANNA *lacht wieder.*

LAURENZ Immer bin ich müde, wenn ich abends fortgehe, immer verlasse ich als letzter das Haus. Und wenn ich im Tor stehe, bleibt mir die getane Arbeit noch zu überdenken; ich muß wissen, ob alle Termine in die Kalender meiner Vorgesetzten eingetragen sind, ob alle Schriftstücke abgelegt sind, ob die Wasserleitungen am Gang nicht tropfen und die Schreibmaschinen zur Reparatur getragen sind. Immer bin ich müde, wenn ich heimgehe – *das folgende als eventuelle Streichmöglichkeit:* wenn sich Straßen und Menschen im Staub des Abends verlieren und die Vögel mit hellen Schreien über die Dächer fliegen ... *Streichmöglichkeit aus.*

ANNA *lacht wieder.*

LAURENZ Wenn du zurückkehrst, will ich dir dein Lachen verzeihen, und ich will dir vergeben, daß du von mir gegangen bist.

ANNA *lacht leiser.*

LAURENZ Anna, wenn du jetzt nicht zu lachen aufhörst und abspringst, ist es um dich geschehen. Die schwarzen Wellen zermalmen schon das Heck, die Planken brechen! Du bist für mich verloren, rette dich, du bist für dich und mich verloren.

ANNA Ich liebe die wundervollen Lieder der Matrosen, ich liebe das Meer und die Ferne, die Unendlichkeit und die Gefahr. Und ich hasse die Stadt mit den Dächern, die auf meine Schultern drücken, und die Umarmungen der kleinen grauen Tränen am Ufer, ich hasse das Leben und die Menschen, die in die Berge fahren wollen, sich ein Haus bauen und mir im Garten des Abends die Augen mit Küssen bedecken ... Aber ich liebe den Tod.

Ein ungeheurer Sturm setzt ein.
Dann überblenden auf Morsezeichen.

FUNKER *auf einem anderen Schiff* »Securitas« im Sturm leck geschlagen, Position 236 Grad, 2 Minuten südlicher Breite, minus 17 Grad, 11 Minuten südlicher Länge. Erbitten dringend Hilfe.

STIMME »Securitas«? Nationalität?

FUNKER Nationalität unbekannt.

STIMME Antworten Sie: »Victoria«, Position 193 Grad südlicher Breite, minus 17 Grad, 2 Minuten südlicher Länge. Wechseln Kurs. Kommen mit A. K. zu Hilfe. Haltet aus. Sind in vier Stunden bei Euch. Erbitten laufend Positionsangabe.

Morsezeichen.

FUNKER »Securitas«, SOS, erbitten dringend Hilfe, Position kaum verändert. Sinken über den Bug. Rettungsboote ausgesetzt. Wasser erreicht den Maschinenraum. In höchstens einer Stunde ist alles vorbei.

STIMME Antworten Sie. Haltet aus, sind in drei Stunden bei euch. Kommen mit A. K. Erbitten laufend Positionsangabe.

Morsezeichen.

FUNKER Aus. Der Funkspruch der »Securitas« hat ausgesetzt.

STIMME *laut, als Befehl* Achtung, Ventile schließen. Funkspruch mit allen erreichbaren Schiffen aufrechthalten. Boote freimachen. Höchste Alarmbereitschaft.

Ausblenden.

VERKÄUFER Jetzt müssen Sie doch schon genug gesehen haben.

LAURENZ Warum drehen Sie jetzt das Licht an. Ich möchte den Traum zu Ende sehen. Es ist mein Traum, es ist Anna, ich kenne sie vom Büro ... wenn ich nur wüßte, was zu tun ist ...

VERKÄUFER Wie bitte? Anna? ...

LAURENZ Ich meine das Mädchen auf dem Schiff, das gesunken ist ... ach, das ist doch gleichgültig jetzt, drehen Sie doch bitte das Licht ab.

VERKÄUFER Wenn Sie es wünschen. Wenn Sie keine Eile haben ...

Traummusik wieder einblenden.

LAURENZ Jetzt habe ich einen Teil versäumt ... Alles hat sich verändert. Anna, aber selbst wenn ich auf den Grund des Meeres tauchen müßte: ich hole dich! *Entfernt, mit seltsamer Stimme und Schritten, als ob er durch Wasser ginge.* Anna!

ANNA *seufzend, wie erwachend* Wo bin ich ... was ist mit mir geschehen? ... Wer ruft mich? ...

LAURENZ *näher* Anna ... daß ich dich gefunden habe! Du bist noch schöner geworden. Deine Haut ist noch weißer, und dein Haar schimmert unter einer Krone von Korallen.

ANNA Liebster ... was ist mit mir geschehen?

LAURENZ Du bist untergegangen mit allen Matrosen ... sie schlafen in den Rachen der Haie und auf den rostenden Planken des Schiffes. Aber du lebst, weil ich dich liebe, mein schönes Fischlein. Sieh, ich bring' dir Milch aus den Muscheln und die Früchte des Tangs, ich deck' dir den Tisch mit glänzenden Seesternen und Girlanden aus Algen.

ANNA Du hast das dunkle Wasser und die Tiefe nicht gefürchtet? Du bist zu mir gekommen – trotz allem?

LAURENZ Trotz allem!

ANNA Und du willst bei mir bleiben? Mein Gott, ich verdiene dein Bleiben nicht. Wenn du hier bleibst, wirst du nie mehr in die Berge fahren und nie mehr ein kleines Haus bauen können. Nie werden wir im Garten sitzen und den Mond hinter den Bäumen aufgehen sehen.

LAURENZ Sei still und klag dich nicht an. Ich will nicht mehr in die Berge, und ich will kein Haus für uns. Ich will bei dir bleiben. Denn wo du bist, ist die Welt. Soviel Wärme kann mir die Erde nicht geben wie der Druck deiner kühlen Hand, soviel Liebe lassen mich tausend Menschen nicht spüren wie der Schlag deines Herzens, in dem der Rhythmus des Meeres ist und der feuchte Atem deines Mundes von Ewigkeit zu Ewigkeit. Ja, wir werden ewig jung sein und nie sterben. Wir werden für immer beisammen sein, und nichts soll uns trennen. Unser Haus wird auf den Quellen des Lebens stehen, wir werden in allen Geheimnissen seiner wechselnden Mauern wohnen. Und in den Spiegeln des Grundes kann ich deine schöne Gestalt vertausendfältigt sehen.

ANNA Ich werde dich lieben um deiner Treue willen, und ich werde dir treu sein um deiner Liebe willen.

1. SIRENE *in einer Art Sprechgesang*
Wir liegen umschlungen am Grund,
die Wasser decken uns zu,
wir sind ein einziger Mund
und atmen Vergessen und Ruh.

2. SIRENE
Über uns das schweigende Boot
trägt lächelnd die Erde nach Haus.
Eine Welle von warmem Rot
löscht die kühlere Sonne aus.

1. SIRENE
Wir schlafen und wissen nichts mehr
von verflogenen Stunden am Strand,
umschlungen, wie Muscheln im Meer,
von Perlen, von Traum und von Sand.

ANNA Ich liebe dich um deiner Treue willen und bin dir treu um deiner Liebe willen.

LAURENZ Ich höre den Gesang der Sirenen und weiß, daß du mich liebst, ich sehe dein Schuppenkleid, deine

Halsbänder aus Tang und weiß, daß du mich liebst. Und ich weiß, daß du schön bist und atmest und das Leben und die Welt bist, weil du mich liebst ...

ANNA ... weil du mich liebst ...

LAURENZ ... weil du mich liebst ...

ANNA ... weil du mich liebst ...

Das »weil du mich liebst« wird von den Wellen »verschwemmt«, so, als ob eine Platte immer wieder abliefe. Die Musik ausblenden.

VERKÄUFER *gähnt* Wollen Sie diesen Traum nehmen?

LAURENZ Ja, ich will ihn haben. Wenn ich das kann. Schreiben Sie mir die Rechnung, bitte.

VERKÄUFER Behalten Sie Platz ... einen Augenblick, ich will nur meinen Block holen.

LAURENZ Kann ich wirklich ... oh, ich bin so froh ...

VERKÄUFER *schreibt* 14 und 3 ... und 7 ... so, das macht ... Ja, einen Monat ..., wenn ich bitten dürfte.

LAURENZ *unsicher* Wie? Was haben Sie gesagt? Lassen Sie sehen.

VERKÄUFER Ich mache keinen Scherz. Sie haben vielleicht erwartet, mit Geld bezahlen zu können. Aber Sie werden wissen, daß Sie nirgends Träume für Geld bekommen. Sie müssen mit Zeit bezahlen. Träume kosten Zeit, manche sehr viel Zeit. Wir haben einen Traum – vielleicht darf ich ihn Ihnen zeigen –, für den wir ein Leben verlangen.

LAURENZ Ich fürchte, ich habe nicht soviel Zeit, ich werde nicht einmal die Zeit für den kleinen Traum haben. *Beschwörend.* Ich würde Ihnen viel, vielleicht sogar alle meine Ersparnisse dafür geben. Aber ich muß arbeiten, und meine Arbeit geht meiner Zeit vor, und die wenigen Tage, die ich im Winter für mich haben werde, will ich in den Bergen verbringen. Und selbst wenn ich auf diese

Erholung verzichtete, reicht meine Zeit nicht, um diesen teuren Traum zu bezahlen. *Verwirrt.* Wie spät ist es eigentlich? Meine Uhr ist stehengeblieben. Ich glaube, ich, es muß schon sehr spät sein.

VERKÄUFER Es wird gleich halb acht Uhr sein.

LAURENZ *unschlüssig* So, so, halb acht Uhr.

VERKÄUFER Ich muß schließen. Ich habe sonst nur bis sechs Uhr morgens offen. Von Sechs bis Sechs. Auch keine leichte Arbeit. *Er gähnt.*

LAURENZ Da muß ich ja ... nein, das ist ja nicht möglich. Halb acht Uhr früh! Ich muß sofort ins Büro, um Gottes willen, wenn ich nur nicht zu spät komme!

VERKÄUFER Und den Traum nehmen Sie also nicht?

LAURENZ Auf Wieder ... Danke schön, verzeihen Sie ... aber das geht wirklich über meine Verhältnisse. Unsereins kann sich das nicht leisten ... verzeihen Sie ... ja ... dann also ...

VERKÄUFER *sperrt die Tür auf.*

LAURENZ *– während er hinaustritt, setzt der Straßenlärm wieder ein –* Nochmals: vielen Dank.

VERKÄUFER Bitte, bitte.

Tür zu.

LAURENZ *geht über die Straße* Herr Inspektor, verzeihen Sie bitte, ist es wirklich schon halb acht Uhr früh?

WACHMANN Sin' S' b'soffen? Natürlich is halb acht. Was wollen S' denn?

LAURENZ Nichts. Danke. *Läuft schnell.* Ich muß schnell in mein Büro. *Ruft.* Taxi! *Ein Auto fährt rasch vorbei.* ... weg ... Herr Inspektor, wo ist denn der nächste Taxistand?

WACHMANN Am Stephansplatz ... wenn S' die zweite Straßen links gehen ... und dann rechts halten.

LAURENZ Danke, danke, ich weiß schon ... aber da bin ich ja schneller zu Fuß. *Fängt zu laufen an, Straßenlärm, läuft weiter.*

Tor auf, in das Vorhaus des Büros hinein.

LAURENZ *atemlos* Guten Morgen, Herr Nowak ... Sind die Herren schon im Haus?

NOWAK Ja, was ist denn mit Ihnen? Heut sind Sie aber spät dran. Der Herr Mandl ist schon oben und der Chef auch. Ich hab ihm die Schlüssel gegeben, ich hab gedacht, Sie sind vielleicht krank.

LAURENZ Nein, nein ... *Läuft weiter, die Treppe hinauf.* Guten Morgen, Herr Sperl.

SPERL *im Vorübergehen* Guten Morgen.

LAURENZ Guten Morgen, Fräulein ...

FRÄULEIN Guten Morgen.

LAURENZ *reißt eine Tür auf* Guten Morgen, Fräulein ... Anna.

ANNA Ja, guten Morgen, Herr Laurenz. Was ist denn das ... so spät kommen Sie. So war das gestern aber nicht gemeint vom Chef ... daß Sie gleich um ... fast elf Minuten zu spät kommen.

LAURENZ Fräulein Anna ... die ... die Schreibmaschine ... gleich trag ich sie ... richtig, das E ...

MANDL Ja, hallo, mein Lieber. Wo waren Sie denn gestern? Ich hab die ganze Gegend abgesucht nach Ihnen ... am Kai waren Sie auch nicht ... was haben Sie denn gemacht ... na, heraus mit der Sprache.

LAURENZ Ich möchte es bitte ... nicht sagen ...

MANDL *überhört das völlig* Stellen Sie sich vor, ich habe dann doch das grüne Seidentuch gekauft. Fräulein Anna, wissen Sie, beim Ferez.

ANNA Diese Seidentücher beim Ferez, die sind ja entzükkend ... übrigens, Laurenz, Sie sollen sofort zum Chef kommen.

LAURENZ Ja?

ANNA *gleich weiter* Beim Ferez, die sind ja traumhaft ...

Das Wort »traumhaft« hallt jetzt bis zum Schluß durch Filter nach.

GENERALDIREKTOR Laurenz, wo bleiben Sie denn!

LAURENZ Ja, ich komme schon, Herr Generaldirektor.

Die Zikaden

Die Stimmen

Der Erzähler
Robinson
Der Gefangene
Antonio
Benedikt
Mrs. Helen Brown
Mr. Charles Brown
Salvatore
Prinz Ali
Jeanette
Stefano
Eine Frauenstimme, zärtlich und hell
Eine Frauenstimme, spröd und alt
Eine Männerstimme
Eine zweite Männerstimme

Anmerkung

Keine der Personen soll deklamieren oder in den Text Geheimnisse hineinlegen, die nicht vorhanden sind.

ERZÄHLER *Er erzählt wirklich, ganz einfach, manchmal referiert er auch nur unpersönlich; wo er persönlich wird (sich auf seine Person oder seine Erfahrungen bezieht), tut er es mit viel Understatement. Wo er etwa über Mrs. Brown spricht oder andere Personen, soll er nur ganz wenig ironisch werden oder besser: es soll nur der Eindruck von leichter Ironie entstehen, der sich aus dem Text selbst ergibt. Die letzten Sätze, die Geschichte der Zikaden, wird ganz einfach erzählt – »so und so ist es und nicht anders« –, mit der anonymen Einfachheit einer Sage.*

ANTONIO *Das »Ja« Antonios denke ich mir in vielen Nuancen abgewandelt, vom gelangweilten bis zum verschlafenen, vom unsicheren bis zum devoten Ja – allerdings weiß ich nicht, ob nicht auch ein stereotypes Ja seine Wirkung hätte. Jede Szene mit Antonio beginnt »normal«. Dann kommt die Musik. Die Szene beginnt wieder von vorn (d. h. der Text wiederholt sich bis auf das »Es ist gut, Antonio«). Diese Szene soll zwar einen besonderen Charakter haben, sich von dem beiläufigen, realistischen Anfang abheben, aber nicht »irreal« werden, denn es sind ja konkrete Wünsche, die darin zum Ausdruck kommen. Ich denke mir diese Szenen alle von großer Intimität, die Stimmen kommen von ganz nah, klingen, als ob jemand einem etwas ins Ohr sagen würde.*

In der letzten Szene mit Antonio, wo er und Benedikt miteinander sprechen und Antonio wieder sein »Ja« hat, normaler Innenraum. Keine Wunschszene.

ROBINSON *Zögernd, widerwillig. Jemand, der nicht gern reden möchte, aber froh ist, reden zu können.*

DER GEFANGENE *Wechselt zwischen Ernsthaftigkeit und*

Ironie. Er ist der einzige, der manchmal »laut« wird, intensiv, eine Spur dem Theater nahekommt, etwa wo er über die Inselnacht spricht. Er ist sehr »frei« in allem, was er sagt, sagt es »heraus«, denn er hat ja nichts zu verlieren.

MR. BROWN *Schwerfällig, ältere Stimme, ein bißchen »Atem holend« manchmal.*

MRS. BROWN *Eine Dame, junge Stimme, vielleicht etwas heisere Stimme.*

PRINZ ALI *Junge Stimme.*

JEANETTE *Nicht mehr jung, preziös, stilisiert.*

SALVATORE *In der Szene mit Antonio zwar auch betrunken, aber er spricht wie ein Betrunkener in seinem lichten Moment.*

STEFANO *Für diesen Part soll möglichst* kein *Kind genommen werden, sondern ein junger Schauspieler, der eine sehr jungenhafte Stimme hat, denn Stefano soll weder »herzig« noch rührend wirken. Was er sagt, klingt hell, eindringlich, auch einfältig, aber nicht kindisch. Er weiß ganz genau, was er sagt.*

BENEDIKT *Nicht mehr jung, ein bißchen fröhlich, ein bißchen traurig, also weise und sehr menschlich. Er braucht auch Antonio nicht so sehr als Partner wie die anderen – hat eine durchaus normale freundschaftliche Beziehung zu ihm.*

Da das Stück kaum auf zeitliche Aufeinanderfolge angewiesen ist, soll es, wenn die Musik dazukommt, keine Übergänge mehr geben – das heißt, die Musik soll nicht als Musikbrücke verwendet werden, sondern nahtlos unter- und eingelegt werden. Die Musik ist nur dort allein da, wo sie den Text folgerichtig ablöst, also wo der Erzähler sie verlangt oder wenn die Szenen mit Antonio von ihr unterbrochen werden und dann erst richtig beginnen.

ERZÄHLER Es erklingt eine Musik, die wir schon einmal gehört haben. Aber das ist lange her. Ich weiß nicht, wann und wo es war. Eine Musik ohne Melodie, von keiner Flöte, keiner Maultrommel gespielt. Sie kam im Sommer aus der Erde, wenn die Sonne verzweifelt hoch stand, der Mittag aus seiner Begrifflichkeit stieg und in die Zeit eintrat. Sie kam aus dem Gebüsch und den Bäumen. Denk dir erhitzte, rasende Töne, zu kurz gestrichen auf den gespannten Saiten der Luft, oder Laute, aus ausgetrockneten Kehlen gestoßen – ja auch an einen nicht mehr menschlichen, wilden, frenetischen Gesang müßte man denken. Aber ich kann mich nicht erinnern. Und du kannst es auch nicht. Oder sag, wann das war! Wann und wo?

Die Musik hat schon begonnen und ist stark geworden wie ein Schmerz. Und sie hört auf wie ein Schmerz; man ist froh darüber.

ERZÄHLER Wir hören die Musik wieder auf einer Insel. Diese Insel ist nicht sehr groß. Im Hafen kommt mittags ein Schiff an und bringt die Leute zurück, die am Vortag zur nächsten größeren Stadt ans Festland gefahren sind. Auf dem Mittagsschiff stehen heute ein paar junge Burschen an der Reling, die im Herbst zum Militär müssen. Der Arzt hat sie tauglich gefunden; und sie sind auch braungebrannt und gesund und würden zu jeder Arbeit gern genommen werden. Sie beugen sich über die Reling und spucken ins Wasser, und der kleinste von ihnen spuckt am weitesten. Auf der Bank, die ums Heck führt, hat sich eine Bäuerin ausgestreckt, die ihre Verwandten in der Stadt besucht hat. Sie liegt mit dem Gesicht zur Lehne. Der schwarze Lumpen, in dem sie steckt, ist bis an ihre Knie hinaufgerutscht, und ihre nackten Beine sind zu sehen, die Haut, fleckig und zerrissen, als wäre sie durch Brombeeren gegangen. Sie schläft, denn sie hat nichts mehr zu sehen. Es sind immer derselbe Himmel und dasselbe Meer da. Der Besitzer des konkurrenzlosen Hotels in der kleinen Hafenstadt spielt mit den beiden Carabinieri, die auf der Insel Dienst tun werden, Karten. Könige und Damen, Buben und Asse werden auf die Bank geknallt, und drei angestrengte Gesichter erglänzen im Schweiß; der wird mit einem Rockärmel abgewischt.

Aber warum spreche ich von diesen Leuten? Ich kenne sie ja nicht. Und die meisten auf dem Schiff sind Fremde, mit Gesichtern, in die viele Grenzübertritte gestempelt sind. Sie kommen aus der ganzen Welt. Und ich kenne sie alle.

Denn es sind noch immer die Schiffbrüchigen, die auf Inseln Zuflucht suchen.

Man wird mir erwidern: es trägt sie doch ein weißes, mit fröhlichen Wimpeln besetztes Schiff herüber; sie haben große, volle Koffer zur Hand; sie sind barhäuptig und tragen bunte, flatternde Halstücher und an den Füßen luftige Sandalen. Und ich erwidre: man sieht es ihnen nur nicht an, daß sie schon ohne Kraft sind und am Ufer hinsinken werden, wenn keiner ihnen zusieht, mit geschlossenen Augen, und daß sie Gott danken werden für ihre wunderbare Rettung.

Sie alle wissen nichts von der Insel, die sie für ein Stück Erde höherer Ordnung halten; sie sehen zurück auf den Kontinent, diesen grauen Klebstreifen am Horizont, dem sie entronnen sind, und sie danken Gott dafür, daß er das Meer zwischen sie und das Land gelegt hat. Mit einer Fahrkarte und einem Paß in der Tasche, mit wenig oder viel Geld für die kommende Zeit erreichen sie ihr Ziel und sind voll von Mißtrauen gegen ihresgleichen. Darum spricht keiner mit dem andern. Aber das wird sich ändern nach einer Weile – in der »kommenden

Zeit«, wie sie meinen. Sie werden dann verstreut über die Insel wohnen und versuchen, ein neues Leben zu beginnen. Und die Zeit wird kommen.
Später – viel später – weiß der eine und der andere, daß das Mittagsschiff weiter muß. Es liegt nur eine Stunde im Hafen und zieht dann eine Schleife ins Meer hinaus. Wer sollte auch auf den Gedanken kommen! Es fährt ja keiner so weit. Die zweite Insel, die das Schiff berührt, ist viel kleiner. Feigen und Wein gedeihen dort nicht. Die Insel ist felsig, und die braunen saftlosen Grasbüschel, die sich hervortrauen, könnte man zählen. Aber das lohnt nicht. Man hält sich besser an die hohen kräftigen Kakteen mit ihren fingerlangen Stacheln, die gegen den Himmel die Erde vertreten.
Dies ist ein Ort der Erlösung. So steht es auf dem Transparent geschrieben, das an zwei rostigen Stangen links und rechts der kleinen Bucht festgemacht ist. Nur ein Boot liegt da, an einem Felshaken vertäut. Das Mittagsschiff legt hier nicht an. Es bleibt zweihundert Meter weit draußen auf dem offenen Meer liegen und wartet, bis ein paar Männer von der Wachmannschaft ins Boot springen, herüberrudern und die Post, die Kisten mit der Verpflegung und Hausrat holen, manchmal auch einen Menschen mit einem Papier, das ihm erlaubt, einen Tag lang auf der Insel zu bleiben. Das geschieht selten. Denn die hier auf Erlösung warten, setzen zuviel oder zuwenig Hoffnung auf einen, der kommt, auf eine Stunde seines äußersten Lächelns und seiner wahrhaftigsten Tränen. Sie haben nichts mehr, um der Madonna zu opfern, zu deren Füßen in der Kapelle unter der Erde das Licht ewig brennt wie am Quadrat des Himmels, das den Hof deckt, die Sonne.
Es gibt auf dieser Insel zwölf Mann Wachmannschaft und fünfmal soviel Bewachte. Auch hier ist die Musik zu hören, mittags, wenn die Sonne ergeben im Zenit steht.

Musik.

Das Schiff, das mittags kommt, ist ein Mittler. In seinem Bauch, in einer dunklen Ecke, liegen zwei Postsäcke. Für jede Insel einer. In dem größeren Sack tragen die Briefe schöne, lustige Marken, und wenn man sie gegen das Licht hielte, könnte man sie lesen.

EINE FRAUENSTIMME, ZÄRTLICH UND HELL ... weiß Gott, was diesmal in dich gefahren ist, und nun mußt du auf dieser Insel leben, o so warst du immer, immer, immer, o du Pirat, und was würdest du sagen, wenn ich doch eines Tags nachkäme und dich zurückholte, ehe der Vulkan Feuer speit und du vergiftet von dem Zisternenwasser und den Selbstgesprächen und weiß Gott, wie du das aushältst Tag und Nacht ...

ERZÄHLER In dem kleineren Sack sind die Briefe zerknittert und von Schatten verschmiert. Sie sehen aus, als hätten die Leute, die sie schrieben, sie nicht gleich eingeworfen, sondern eine Weile mit sich herumgetragen und jede Zeile hundertmal überdacht.

EINE FRAUENSTIMME, SPRÖD UND ALT ... Tag und Nacht, weiß Gott! Ich sitze mit den Kindern beim Essen; es ist kalt geworden, obwohl der Hunger groß ist. Einige sagen, die Madonna weine wieder Blut; so könnten wir sie bitten um deine Freiheit, aber es wird eben nie sein, nie, nie, nie, manche sagen, die Insel sei die Hölle und es habe keinen Sinn mehr, ein Gnadengesuch zu machen, andere sagen, wir sollten die Hoffnung nicht aufgeben. Welche Hoffnung, da es an allem fehlt? Ich werde wieder nicht kommen können in diesem Jahr. So sind wir wohl alle miteinander verdammt, seit dieses Unglück über uns gekommen ist ...

ERZÄHLER Morgen wird jeder seinen Brief bekommen. Aber was heißt »morgen« auf den Inseln? Kommt doch ein Tag wie der andere, ein großes einmaliges Heute nach dem andern herauf. Langsam wird »morgen« der riesige Scheinwerfer, noch ehe er selbst sichtbar geworden ist, einen glänzenden Laufsteg vom Horizont zum Ufer hinüberwerfen. Wenn er höher steigt, verschleiert sich das Land; es wird dunstig und so hell, daß die Dinge ihre Gestalt aufgeben und konturenlos im Licht schwimmen. Mittags erreichen Stille und Hitze, von der Helle unterstützt, ihren Höhepunkt, und wenn die Helle ganz dünn und zerbrechlich geworden ist und die Insel unter ihrem Glasdach dampft, steht ein Mann mit einem Brief in der Hand unter dem Schilfrohrdach seiner Terrasse. Er läßt die Hand sinken und lehnt sich an die weißgetünchte Wand des kleinen Hauses, denn er kann jetzt nicht denken. Er erwartet angespannt den ersten Ton, den ersten schrillen Laut der ersten Zikade, eh tausend andre Töne über diesen Ton herfallen und ihn und die Stille zerreißen.

Musik.

EINE FRAUENSTIMME, ZÄRTLICH UND HELL ... und nun mußt du auf dieser Insel leben ... O du Pirat ... und was würdest du sagen ... und du, vergiftet von Selbstgesprächen ...

Musik.

Auf der Terrasse

ROBINSON Wer sind Sie?
DER GEFANGENE Einer, der erst Atem holen muß.
ROBINSON Wie sehen Sie denn aus?
DER GEFANGENE Nicht vorteilhaft. Ein Schwertfisch hat

sich an meinem Haar zu schaffen gemacht. Aber das Kostüm ist in Mode, glauben Sie mir. Nackt schwimmt es sich besser auf langen Strecken. Und man überholt die Nacht leichter, wenn man mit ihr um die Wette schwimmt. Fett setzt man freilich keines dabei an.

ROBINSON Sind Sie sicher, daß Sie zu mir wollen? Und was suchen Sie eigentlich?

DER GEFANGENE Wollen Sie mir nicht zuerst Ihren Bademantel geben? Sie sehen doch, daß ich am ganzen Leib zittre. Ich will Sie auch von dem Anblick befreien.

ROBINSON Bitte. Der Mantel.

DER GEFANGENE Wollen Sie mich nicht fragen, ob ich mich setzen möchte? Die Anstrengung war groß und ungewohnt.

ROBINSON Bitte, setzen Sie sich. Oder wollen Sie nicht lieber ... *Er zögert.*

DER GEFANGENE Ob ich nicht lieber ins Haus kommen möchte? Gewiß. Gern.

ROBINSON Ich habe nichts dergleichen gesagt. Sie sind mir noch eine Erklärung schuldig.

DER GEFANGENE Sie sind von Natur aus mißtrauisch?

ROBINSON Es genügt, daß ich's geworden bin. Seit Wochen hat niemand den Fuß auf meine Schwelle gesetzt.

DER GEFANGENE Mein Besuch wird keine gesellschaftlichen Verpflichtungen nach sich ziehen. Falls Sie das meinen. Und Ihrem Mißtrauen habe ich nur mein Vertrauen entgegenzusetzen. Es ist Mittagszeit. Sie werden essen wollen. Auch ich habe Hunger, und ich bin nicht anspruchsvoll. Wir waren dort auf schmale Kost gesetzt.

ROBINSON Sie wollen zum Essen bleiben? Gut. Sie wollen sich setzen? Gut. Mit ins Haus kommen? Gut. Meinen Bademantel? Ja. Vielleicht darf ich Ihnen auch mit etwas Wäsche aushelfen, Ihnen meinen Anzug geben, weil Sie den Ihren verloren haben, weil man Ihnen alles gestohlen hat oder weiß Gott, irgendeine Geschichte wird sich schon finden . . .

DER GEFANGENE Alles wird sich finden. Aber über den Anzug können wir später in Ruhe sprechen. Ich glaube, Sie haben ein gutes Herz, mein Herr.

ROBINSON So kommen Sie. Der Tisch ist schon gedeckt.

DER GEFANGENE Vergessen Sie Ihren Brief nicht; er ist zu Boden gefallen.

ROBINSON Er kann liegen bleiben.

DER GEFANGENE Dann muß ich ihn wohl aufheben. Sehen Sie, wie ich zittre. Aber ich bücke mich gern, um einen Brief aufzuheben.

ROBINSON Kommen Sie.

DER GEFANGENE Eine Frage: haben Sie jemand im Haus, Gefährtin, Freund oder dienstfertiges Wesen?

ROBINSON Wieso?

DER GEFANGENE Es ist von einiger Wichtigkeit für mich, das zu wissen. Ich hätte nicht gern noch jemand eingeweiht.

Im Haus

DER GEFANGENE Die Frage war müßig. Ich seh's: man ist allein. Es war einmal eine Insel, auf die verschlug's Robinson, und er baute sich eine Hütte aus den Steinen, die eine gütige Natur verschwenderisch ausgesetzt hatte, verwarf die Mauern mit Schlamm und färbte die Wände mit der blassen Milch der Kokosnüsse; er wand sich ein tierdunstwarmes Fell um die Hüften, stach nach den Affen und briet die zutraulichen Haie, die er mit bloßen Händen gefangen hatte; er sprach mit Eidechs und Krabbe über Gott und die Welt, trachtete nach dem unbewegten Profil der Felsen und teilte die feierliche Einsamkeit seines Herzens mit Flut und Ebbe. Er sah ins Weite, und eine alte Schrift erschien am Himmel, quer auf der Kulisse der Unendlichkeit: Du bist Orplid, mein Land!

ROBINSON Was sagten Sie?

DER GEFANGENE Du bist Orplid, mein Land.

ROBINSON Ich habe nie davon gehört.

DER GEFANGENE Ich bin dort gewesen. Es ist dies ein Ort der Erlösung.

ROBINSON Ich verstehe nicht.

DER GEFANGENE Was sehen Sie, wenn Sie auf der Terrasse stehen und aufs Meer hinausschauen?

ROBINSON Was soll ich sehen? Das Meer, leicht gekräuselt. Oder plötzlich Wellen weit draußen sich erheben, stürzen und sich wieder erheben, mit weißen Schaumkämmen auffliegen und Glanz zerstäubend in sich zusammenbrechen.

DER GEFANGENE Sonst sehen Sie nichts? Auch an klaren Tagen nichts?

ROBINSON Ich sehe den Himmel . . .

DER GEFANGENE Sonst sehen Sie nichts? Ich werde Ihnen sagen, was Sie sehen: eine Insel, deren Größe sich leicht abschätzen läßt, wenn man von hier hinübersieht und abwechslungsweise in geographischen Kategorien denkt.

ROBINSON Die kleine Insel dort, natürlich. Manchmal ist sie sehr gut zu erkennen. An klaren Tagen.

DER GEFANGENE Wollen wir annehmen, daß ich von dort komme?

ROBINSON Ach, ich verstehe. Und Sie sind die ganze Strecke geschwommen? Unerhört.

DER GEFANGENE Nein, Sie verstehen nicht. Aber hören Sie zu: Kurz nach Mitternacht war es soweit. Über ein Jahr habe ich an diesen einen Augenblick gedacht, von dem ich die Uhrzeit nie wissen werde, nie die Konstellation der Sterne am Himmel. Ich glaube, ich hatte ihn so gut vorbereitet, daß der Weg über den Felsen nach dem lautlosen Ausbruch vorher mir wie eine Wiederholung schien, ein Weg, den ich in Gedanken schon so oft gegangen war, daß ich ihn ohne Verwunderung – nicht zu rasch, nicht zu langsam – nahm. Der Teil des Augenblicks jedoch, in dem ich auf dem niedrigsten Felsen der Klippenwand angelangt war und die Arme hob und sprang, war neu. Er kann sich nicht wiederholen. Ich muß zwölf Stunden geschwommen sein, nackt und wehrlos. Ich neidete den andren die Zellen, die Geruhsamkeit in diesen Stunden. Daß ich die Wette nicht verlor und die Nacht überholte, rührt vielleicht daher, daß mein Verstand nie still stand, wenn mein Herz es tat, weil es sich berührt, betastet, umgarnt vom Wasser und Dingen im Wasser fühlte.

ROBINSON Was muß ich tun, wenn ich Ihnen glaube?

DER GEFANGENE Das Einfachste: Die Oliven in die Mitte des Tisches stellen. Mir ein Stück Fisch vorlegen. Die Feigen und den Käse für den Nachtisch bringen. Ein bißchen Salz noch. Ein bißchen Pfeffer. Unsre Gläser sind leer geworden. Es muß nachgeschenkt werden.

ROBINSON Sie wissen nicht, was Sie reden! Was, allen Ernstes, soll jetzt geschehen? Ist's nicht so, daß sich einer strafbar macht durch Mithilfe an der Flucht?

DER GEFANGENE Vor allem durch die Flucht selbst.

ROBINSON Was, in Gottes Namen, soll jetzt geschehen?

DER GEFANGENE Ich werde noch eine Weile hierbleiben, Ihnen aber wenig Ungelegenheiten machen. Meiner Diskretion können Sie sicher sein. Ihren Anzug muß ich mir allerdings ansehen. Wenn er mir paßt, werde ich ihn nehmen. Ein Geschenk unter Brüdern. Dann werden Sie mich aufs Schiff bringen, das mittags kommt –

ROBINSON – dann eine Schleife ins Meer hinauszieht, wiederkommt –

DER GEFANGENE – und schließlich ans Festland zurückfährt. Ein fröhliches Schiff!

ROBINSON Im Hafen tun zwei Carabinieri Dienst.

DER GEFANGENE Ihr Anzug wird mir gut zu Gesicht stehen. Einen Hut werden Sie wohl auch mitgebracht haben von drüben. Brauchen werden Sie ihn vermutlich nicht mehr. Sie wollen hier bleiben? Oder irr ich mich?

ROBINSON Ja, ich will bleiben. *Pause.* Wie lange waren Sie »dort«?

DER GEFANGENE Lebenslänglich.

ROBINSON Man kann sich der Strafe nicht entziehen.

DER GEFANGENE Man kann sich der Welt nicht entziehen.

ROBINSON Ich sprach von Ihrem Fall.

DER GEFANGENE Ich sprach von unserem Fall. Es fiel mir so ein.

ROBINSON Hier ist eine Insel. Und ich habe das Vergessen gesucht.

Musik.

ERZÄHLER Er ist nicht der einzige hier. Vielleicht nur der einzige, der ein wenig zu weit geht. Er liest nicht einmal die Zeitung, obwohl es ihm schwerfällt – nein, ich meine nicht die Zeitung von »drüben«. Das bringen viele übers Herz. Ich meine den »Inselboten«, dieses Einmannblatt, das schon seit vielen Jahren bei Benedikt in guten Händen ist, der weiß, was seine Leser erwarten. Keine Politik, keine Börsenberichte. Obwohl es ihm also schwerfällt, liest unser Mann die Zeitung nicht, sonst wüßte er, daß er nicht der einzige ist. Falls er sie zu lesen verstünde. Aber er hört Antonios herrliche Stimme, wenn der Bursche mittags das Blatt in der Gegend austrägt, und sie erfüllt ihm die Nachrichten und Meldungen mit dem barbarischen Zauber alter Jagdrufe.

ANTONIO *von fern* Mrs. Brown läuft Wasserski! Mrs. Brown läuft Wasserski!

ERZÄHLER Mrs. Brown fährt Wasserski – übers salzweiße Wasser, den Hang vor der Bucht hinauf und hinunter. Manchmal spürt sie, daß die Decke nachgibt, und stemmt sich mit aller Kraft gegen den Wind. Sie befürchtet, daß sie über die Schaumwurzeln und in die großen schwarzen Wannen fallen könnte, in denen einer vor ihr ertrunken ist. Und sie fürchtet die Strömungen, die zuerst an ihrem Herzen zerren. Sie ist blond und heldenhaft, ein Heldenmädchen mit einer silbernen Badekappe, fünfmal geschieden, fünfmal vernichtet von den Gewohnheiten ihrer Männer, dem Zuviel und Zuwenig, den Whiskylippen, den tabakbraunen Fingern, dem Nachtschweiß und dem Lavendelgeruch auf glatten Morgengesichtern, den zelebrierten Scheckbuchunterzeichnungen. Von Antonio weiß ich übrigens nichts, außer daß er neben dem Zeitungsvertrieb noch viele Geschäfte macht. Eins seiner einträglichsten besteht in diesem Sommer darin, Mrs. Browns Motorboot zu fahren und sie, wenn sie erschöpft die Schlaufen löst und ans Ufer taumelt, zu stützen.

MRS. BROWN Antonio?
ANTONIO Ja, Mrs. Brown.
MRS. BROWN Es ist gut, Antonio.

Musik.

MRS. BROWN Antonio?
ANTONIO Ja, Mrs. Brown.
MRS. BROWN Die Mädchen ziehen die Schuhe aus, wenn sie mit dir tanzen?
ANTONIO Ja, Mrs. Brown.
MRS. BROWN Und wenn der Tanz zu Ende ist, läßt du sie

auf bloßen Füßen stehen und gehst zu den Musikanten. Du bestellst dir ein Lied, zu dem nur du den Text weißt, und siehst die Mädchen kein einziges Mal an. Du singst.

ANTONIO Ja, Mrs. Brown.

MRS. BROWN Du hast die schönste Stimme, die ich je gehört habe, Antonio. Meine Stimme ist grau und stumpf. Die meisten Töne sind ihr ausgefallen. Würdest du wohl einmal für mich singen, Antonio?

ANTONIO Ja, Mrs. Brown.

MRS. BROWN Dann würd ich dich fragen, ob für mich ein Platz in deinem Boot ist, wenn du nachts hinausfährst und die Netze auswirfst.

ANTONIO Ja, Mrs. Brown.

MRS. BROWN Könnt ich, wenn wir weit genug draußen sind, die Lampe ins Meer werfen? Könnt ich die Lampe ins Meer werfen, wenn alle Fische im Netz sind?

ANTONIO Ja, Mrs. Brown.

MRS. BROWN *geheimnisvoll* Als ich das Kind haben sollte, haben sie's mir genommen. Wenn ein Kind auf die Welt kommt, schreit es; aber ich habe seine Stimme nie gehört. Sie haben mir das Kind und die Stimme genommen. Das ist es. Verstehst du, Antonio?

ANTONIO Ja, Mrs. Brown.

MRS. BROWN Aber du glaubst doch nicht, daß es zu spät ist, Antonio? Glaubst du, daß der Wind dreht, wenn wir zurückkommen? Glaubst du, daß ich in der Bar vor den Augen aller alle Gläser zerschlagen werde, daß sie klingen, und zu dir hinüber geh?

ANTONIO Ja, Mrs. Brown.

MRS. BROWN Werden die bloßen Füße mir brennen? Werden die Tränen mir kommen, wenn ich mein Gesicht an dein Hemd lege, ins Salz, in die Schuppen? Werd ich tanzen können unter Tränen?

ANTONIO Ja, Mrs. Brown.

MRS. BROWN Und werd ich singen können? Ja, ich werd

wieder singen können und sprechen mit meiner alten Stimme, Antonio!

ANTONIO Nein, Mrs. Brown!
Nein, Mrs. Brown!

Musik.

ANTONIO *von fern* Mr. Brown auf Unterwasserjagd! Mr. Brown auf Unterwasserjagd!

ERZÄHLER Mr. Brown der fünfte aus Illinois ist bald sechzig, und die Herzattacken stellen sich immer regelmäßiger ein. Er geht unters Wasser mit Flossen und Maske und ficht mit den schärfsten Harpunen gegen die andrängenden Bilder. Die nature morte – Seegras, Seestern und Seeigelnapf – kennt er gut, die Auswüchse enigmatischer Gebirge, die grünen Schluchten mit gespreizten Korallen und stehenden Fischen. Aber er wartet auf den neunfüßigen Polypen, der in vielen Gestalten unten umgeht. Sein Haus hängt voll von Jagdtrophäen, Köpfen von Triglien und Seezungen, und hin und wieder sagt er zu Helen Brown, deren Gegenwart er meidet:

MR. BROWN Ja, meine Liebe, ja. Der Wolf ist noch nicht erlegt. Du brauchst drum beim Essen nicht mit mir zu rechnen.

ERZÄHLER Und er meint, wenn er sein Herz im Wasser weitet und kühlt, er müßte tiefer tauchen können, bis zu dem Tanggrab eines waffengrauen Kreuzers und durch eine lichte Welle die Bänder von der Matrosenkappe wehen sehen, die dem kleinen Sergeanten Brown gehört hatte, der sein und einer früheren Mrs. Brown Sohn war. Er meint, das müßte sein, wenn den Muscheln der Mund aufspringt und eine Woge Blau ihm den Wolf über den Weg schickt, der hinter den Matrosenkappen her ist. Von Antonio weiß ich übrigens, daß er Mr. Browns Harpunen in Ordnung hält und dasteht wie ein Pflock, an den man ein Boot binden könnte, wenn Mr. Brown aus dem Wasser steigt, mit Fischköpfen am Gurt.

MR. BROWN Antonio?
ANTONIO Ja, Mr. Brown.
MR. BROWN Es ist gut, Antonio.

Musik.

MR. BROWN Antonio?
ANTONIO Ja, Mr. Brown.
MR. BROWN Wenn einer lang genug unterm Wasser gelegen ist, könnte man sagen, er sei tot.
ANTONIO Ja, Mr. Brown.
MR. BROWN Glaubst du, Antonio, daß du eines Tages den Weg vom Strand heraufkommen, ohne anzuklopfen in mein Haus treten und sagen könntest: da bin ich?
ANTONIO Ja, Mr. Brown.
MR. BROWN Glaubst du, daß ich nur deshalb ein großes Vermögen gemacht habe, um's auf den Tisch zu werfen als Ablöse? Daß ich sagen würd: Hier, meine Herren! Das und noch mehr ist mir mein Sohn wert. Es werden sich andre finden. Denn er ist nicht gemacht für euren Krieg!
ANTONIO Ja, Mr. Brown.
MR. BROWN *vertraulich* Was meinst du: ob wir wohl Helen sagen, daß wir sie nicht mehr brauchen mit ihren dramatischen Ansprüchen und den Kampfansagen metallener Badekappen?
ANTONIO Ja, Mr. Brown.
MR. BROWN Ob wir wohl für immer hierbleiben und im Winter über den Weinberg schauen, wenn keiner mehr sich drin bückt nach den Trauben; ob wir bei einem Glas

Wein auf der Terrasse sitzen, ein Stück Holz nehmen und beide das kürzere ziehen? Wer muß jetzt in den Keller gehen und die nächste Flasche vollaufen lassen? Laß uns also miteinander gehen.

ANTONIO Ja, Mr. Brown.

MR. BROWN Natürlich wär's dann Zeit, die Pfeifen hervorzuholen und zu putzen und zu sagen: Ja, mein Sohn. Ja, Vater. Wir haben den Wolf erlegt. Dem ist das Feuer im Rachen ausgegangen! Der bläst keinen Rauch mehr aus den Nüstern!

ANTONIO Ja, Mr. Brown.

MR. BROWN Natürlich hätt ich dann Lust, noch einmal unter Wasser zu gehen und nach dem Namen des Kreuzers zu sehen. Aber nur damit ich mir den Arm, wo er ganz glatt geblieben ist über den Muskeln, tätowieren lassen kann. Das Datum, den Ort im Anker und den Namen darunter – als rührt' es von einer Liebesnacht.

ANTONIO Ja, Mr. Brown.

MR. BROWN Weißt du, wie einem zumute ist, der mehr hergegeben hat, als er zu geben hatte?

ANTONIO Ja, Mr. Brown.

MR. BROWN Ein Sohn ist mehr, als man hat, und ein Weinberg wär ein schönes Erbe für ihn. Man gibt die Ablöse gern. Meinst du nicht?

ANTONIO Ja, Mr. Brown.

MR. BROWN Ich habe nie schöneres Haar gesehen als deins. Das war mir mein Sohn nicht schuldig. Meins ist schon ganz licht. O geliebte Dunkelheit deiner Haare!

ANTONIO Ja, Mr. Brown.

MR. BROWN Dann würd ich wohl tun können, was ich nie konnte: dein Gesicht hernehmen mit beiden Händen und dir das Haus zeigen, dich fragen: bist du da? Bist du wirklich da?

ANTONIO Nein, Mr. Brown!
Nein, Mr. Brown!

Musik.

ANTONIO *von fern* Salvatore stellt aus! Salvatore lädt ein!

ERZÄHLER Ich vergaß zu sagen, daß Antonio jedes Jahr um diese Zeit auch Salvatore hilft. Er trägt die frischgerahmten Bilder aus dem Haus des Malers in Lavinias Bar, schlägt dort Nägel in die Wände und hängt den Kram nach eigenem Gutdünken auf. Denn auf Salvatores Anweisungen zu hören, hätte wenig Sinn für ihn. Er lehnt doch nur betrunken an der Theke und schreit Antonio an.

SALVATORE Platz da! Zwischen dem Sonnenaufgang und dem Sonnenuntergang, laß Platz, Antonio! Und schlag den letzten Nagel ein, wo Platz ist! Da hängst du dann wohl mich auf? Ich kenne dich, Antonio. Du meinst wohl, ich häng' mich auf?

ERZÄHLER Salvatore heißt »Retter«. Diesen Namen hatten dem Maler die paar jungen Leute gegeben, mit denen er auf die Insel kam, denn er wollte sie aus irgendwelchen Konventionen lösen, den Konventionen einer Klasse, eines Lands, einer Akademie. Die Jungen gingen bald wieder zurück. Früher hieß er natürlich Eckstein oder Erikson – wie Schweden oder Norweger eben heißen; er war einer von den dunkelhaarigen, starkschultrigen, die es leicht aufschwemmt. Die Leute hier nennen ihn die Qualle. So umrißlos ist er geworden, ein Schwamm, vollgesogen mit dem billigsten Wein und den billigsten Schnäpsen. Sein Durst treibt ihn schon frühmorgens zu Lavinia und läßt ihn noch nachts nicht los, wenn er vor ihr auf den Knien liegt, ein weinender Koloß vor dem lamentierenden Koloß Lavinia, der aus einem ganz kleinen Mund Verwünschungen ausstößt: vorwärts, auf! Du trockene Palette! Vorwärts, auf! –

Wann er malt, weiß niemand, und Lavinia weiß längst, daß die alten Bilder nur jedes Jahr frisch gerahmt werden, die er damals, vor zehn oder fünfzehn Jahren machte, ganz im Anfang, in der großen Hoffnung auf das Licht. Wenn ich im Licht nicht nüchtern werd, werd ich's nie mehr, hatte er damals gesagt, und wenn ich hinter den Blicken nicht den Blick finde, setze ich mich auf die Straße, rühre den Staub an und mal die Ölbaumblätter damit ab, wie's ein Schmutzfink auf einer Akademie getan hätte. Aber dann fiel immer mehr weißes Licht auf die Leinwand, und wenn er auch nur einen Strich ziehen wollte, fiel ihm der Stift aus der Hand. So weiß ist mein Bild, und der Blick ist ganz weiß, sagte er an späteren Morgen, wenn ihm das Licht den ersten Durst machte, und goß sein volles Glas dem Strahlenschwall ins Gesicht. Ich darf nicht nachgeben, sagte er auch gern, eine Ausstellung im Jahr ist Pflicht; man kommt sonst aus den Augen der Leute, und Antonio weiß die Bilder gut zu hängen.

SALVATORE Antonio?
ANTONIO Ja, Salvatore.
SALVATORE Es ist gut, Antonio.

Musik.

SALVATORE Antonio?
ANTONIO Ja.
SALVATORE Hättest du Lust, dieser Tage für mich eine Stunde zu sitzen?
ANTONIO Ja, Salvatore.
SALVATORE Könntest du wohl eine Weile die Augen dabei zumachen und dann plötzlich aufsehen, mit dem Tierblick, dem allerersten Blick und dem Blick des Gottes, Antonio?

ANTONIO Ja.

SALVATORE Ja, ja, ja! Und könntest du die Handflächen so wenden und zeigen, daß ein Strahl hineinspringt und die Linien nachzieht, die allerersten, die vom feuchten Venushügel zu den Sandflächen des Verstands laufen?

ANTONIO Die Handflächen? Ja, Salvatore.

SALVATORE Und könntest du das Hemd ein wenig aufknöpfen, daß ich seh, wo der blaugrüne Fleck blieb, an dem der Pfeil abprallte, und daß ich die Rosen auf deiner Brust knospen fühlen kann?

ANTONIO Die Brust – ja, Salvatore.

SALVATORE Und könntest du die Nasenflügel starr halten, als hätten sie nicht über Gerüche zu fliegen, sondern stillzuhalten in der reinsten Luft?

ANTONIO Stillhalten? Ja.

SALVATORE Und könntest du rasch in die Tasche greifen, den Arm ausstrecken und in der Hand, vor dem einfallenden Licht, das Messer verbergen?

ANTONIO Ja, Salvatore.

SALVATORE Und könntest du *ihm* das Haupt abtrennen und mir entgegenhalten, wie Apollon das Haupt der Medusa den Menschen hinhielt, ein angstweißes Haupt, weil es Blut verlor?

ANTONIO Ja, Salvatore, ja.

SALVATORE Und könntest du warten, bis das Blut, das auf die Leinwand tropft, trocken ist und ich den Rahmen gefunden hab. Könntest du warten, bis ich den Nagel aus meinem Fleisch gezogen habe, an den ich dieses Bild hängen werde. Kannst du diese Weile noch warten?

ANTONIO Nein! Nein, Salvatore.
Nein!

Musik.

ERZÄHLER Antonios Geschäftigkeit könnte einem manchmal zuviel werden. Aber er muß schließlich leben, und es gibt nur im Sommer etwas mehr zu verdienen. Auf der Insel ist die Wahl nicht groß; er ist auf die Fremden angewiesen, und er hat sie alle gewählt.

ANTONIO *von fern* Salvatore lädt ein! Salvatore stellt aus!

Im Haus

ROBINSON Die Stimme höre ich gern. Es ist Antonio. Aber ich lese die Zeitung nicht. Ich hoffe, es weit zu bringen; so weit, nie mehr eine lesen zu müssen. Eines Tags wird in meinem Gehirn ein Teil verkümmern; der, mit dem ich Buchstaben aufgefaßt habe. Dann ist jede Nachricht und jeder Brief unschädlich.

DER GEFANGENE Köstlich! Ich meine die Oliven, wenn man sie mit einem Schluck Wein nimmt. Man kann sie grün und schwarz essen. Wenn man sie preßt, geben sie Öl, und den Kuchen bekommen die Esel. Übrigens gab es *dort* keine Zeitung. Wir hätten gern eine gelesen. Das Merkwürdigste ist: man wird nicht so rasch zum Analphabeten. So zäh halten wir fest, was wir einmal berührt haben.

ROBINSON Man muß sich fernhalten, einen Stein ansehen, ihn nicht bewegen, ihn wieder ansehen und liegen lassen.

DER GEFANGENE Aber dann muß man ihn aufheben, gegen etwas schleudern oder ihn lockern und weiterrollen.

ROBINSON Sie verstehen mich nicht.

DER GEFANGENE Ich will Sie gar nicht verstehen. Ich will Sie so gründlich mißverstehen, weil ich Jahre meines Lebens zurückgewinnen muß.

ROBINSON Übrigens sagt man von den Zeitungen, daß in ihnen stehe, was schon nicht mehr wahr ist.

DER GEFANGENE Sagt man das? Ich möchte hingegen wetten, daß es noch eine alte Zeitung gibt, in der einiges über mich steht. Das ist noch immer wahr. Und morgen wird wieder einiges über mich drin stehen. Der Bursche wird an Ihrem Haus vorbeigehen und es ausrufen. Ihr Verstand wird Ihnen einen Augenblick lang recht geben und sagen: das ist wahr. Ich muß jetzt meinen Rock anziehen und hinunter zum Hafen gehen, mich verständlich machen: Meine Herren, in meinem Haus halte ich den Mann verborgen, den Sie suchen. Ich habe mit ihm gegessen, getrunken und über einiges gesprochen, das mich nichts angeht. Allerdings wußte ich nicht, daß es sich um ein Verbrechen handelt. – Dieses letzte Detail wird natürlich nicht in der Zeitung stehen; aber es wird auch nicht wahr sein.

ROBINSON Sagen Sie schon, was Sie von mir wollen! Was wollen Sie von mir? Was soll ich tun?

DER GEFANGENE Mir eine Atempause geben und sich nicht um die Welt kümmern, um die Sie sich sowieso nicht kümmern wollen. Also auch sich selbst eine Atempause gönnen. Und das andre ist zuviel, als daß man's verlangen könnte. Ich bin überreizt, gespannt, auf dem Sprung. Und ich habe zu lange mit niemand gesprochen. Lang allein sein macht so ungerecht. Der Fleck auf der Wand, der Nabel, der beschaut wird, diese Stille im Innern, die abgelauscht wird. Welche Offenbarung! Stehst du still oder steht die Welt still? Vielleicht liegt hier das große Rätsel! Wissen Sie, wie dann das Gespräch zwischen uns begänne? –

Ich sagte zu Ihnen: ›Mein Freund, laß uns essen und trinken, denn dabei wird uns warm ums Herz. Auf dem Tisch soll kein Rest bleiben. Wenn ich also um Gabel und Messer bitten dürfte in friedlicher Absicht . . .‹ Und

Sie antworteten mir: ›Ich fühle mich schwach, Horatio; meine Eingeweide brennen, aber mich verlangt nach anderer Nahrung. Ich kann Gabel und Messer nicht benützen, denn sie sind es so wenig, wie die Pfanne mit dem gebratenen Fisch ist, was sie ist!‹

›Es sind Gabel und Messer. Auf welche Verwandlung spielst du an?‹

›Dann ist es soweit, und ich bin verloren, mein Gott. Es ist meine eigene Verwandlung. Ich spreche von mir als einem, der ein anderer ist.‹

In den Pausen, auf die nichts mehr folgt, geschieht das. Wahrhaftig. Das Glück ist die Atempause, und es hält sich ans Handgreifliche. So müde, wie ich müde bin, ist einer in seinem Glück. Er ißt und trinkt und streckt seine Beine weit von sich. Ich bin rechtschaffen müde.

ROBINSON Schlafen Sie ein paar Stunden. Dann werden wir weitersehen.

DER GEFANGENE Wenn Sie mir eine Tasse Kaffee gäben, wäre es mir lieber. Die Pause auskosten können. Auch kann ich mittags nicht schlafen.

ROBINSON Hier sagt man sogar, man solle nicht schlafen um diese Zeit. Es ist von Bedeutung. Ja, ich glaube, wir sollen nicht schlafen, damit wir die Zikaden hören können.

DER GEFANGENE Wer sagt das?

ROBINSON Die Leute hier.

DER GEFANGENE Ich denke, Sie reden mit niemand.

ROBINSON Das Notwendigste doch. Man kann nicht unfreundlich sein, und wenn es zuviel wird, lasse ich die andren sprechen und gebe keine Antwort mehr.

DER GEFANGENE Wenn es zuviel wird . . . Und mittags schlafen Sie also nicht, sondern hören auf den Gesang der Zikaden?

ROBINSON *ironisch* Gesang! Ach, man hört hier so wenig. Es ist fast alles, was man hört. Denken Sie bloß . . .

DER GEFANGENE Nun? Sie wollten von den Zikaden sprechen.

ROBINSON Nein. *Zögernd.* Von einem Brief, den ich bekam. Sie überraschten mich dabei, als ich ihn las.

DER GEFANGENE Es schien mir nicht so. Sie hatten ihn zu Boden fallen lassen. Aber hier ist er. Sie wollten wohl sagen, ich solle ihn herausgeben.

ROBINSON Ja. Oder nein. Der Brief ist nichtssagend.

DER GEFANGENE Von einer Frau.

ROBINSON Ja.

DER GEFANGENE Was will sie?

ROBINSON Dem hier ein Ende machen. *Er erinnert sich, lacht.* Unvorstellbar, diese Redensarten. Sie ahnen es nicht.

DER GEFANGENE Übrigens wartete ich in der ganzen letzten Zeit auf einen Brief; er kam nicht. Vielleicht ist er heute gekommen. So ist das ja immer, wenn man zu sehr wartet. Aber auch das Elend hat seine Redensarten. ›Das Essen ist kalt geworden, obwohl der Hunger groß ist. So sind wir wohl alle miteinander verdammt.‹ Trotzdem schlief ich noch in der letzten halben Nacht gut, und ein Gerechter hätte mich drum beneidet.

ROBINSON Abends wird die Luft besser; man hat das ja jahrelang nicht gehabt, ist immer zu früh aufgestanden und zu spät zu Bett gegangen oder zu spät aufgestanden und noch später zu Bett gegangen, mit dem geschäftigen Gesumm in den Ohren, Überlegungen für morgen und in Erwartung nächtlicher Hiobsbotschaften. Hier ist das Erbarmen groß. Die Stunden werden nicht geschlagen.

DER GEFANGENE Erbarmen! Welchen Grund haben Sie, sich selbst zu verbergen, wie Ihr Schlaf hier aussieht? Vor mir brauchen Sie die Nacht nicht zu loben. Ich behaupte, daß der Schlaf Sie schon lang verlassen hat.

ROBINSON Mein Schlaf . . .

DER GEFANGENE Sie zittern vor Müdigkeit und schlafen

bestimmt jeden Mittag, wenn es sich einrichten läßt. Was haben Sie nachts getrieben? Haben Sie denn das Tor nicht gut geschlossen und sich gewappnet gegen die begierigen Teilnehmer, die in den Drähten hängen mit ein bißchen Mitleid, ein bißchen Grausamkeit? Sie wissen doch, daß es auch zwischen Zellen Verbindungen gibt, von trommelnden Knöcheln hergestellt für begierige Ohren, das zärtliche Nachrichtenspiel, voll Mitleid, voll Grausamkeit, zwischen Mensch und Mensch. Die Ungeborenen halten es schon so mit ihren Müttern.

ROBINSON Das ist ein verfluchtes Spiel; aber hier ist die Luft rein und vermittelt nicht mehr.

DER GEFANGENE Erbarmen! Wenn der Mond abstürzt im Tamariskengesträuch, ist die Inselnacht da. Das verfledderte Licht der Mondleiche sinkt in die Spalten des erloschnen Vulkans. Das bringt Unruhe, mein Herz. Und keiner wird schlafen können. Das Bett, in dem die Holzwürmer zu nagen beginnen, stöhnt, und die Luft streicht mit feuchten warmen Zungen über den Leib. O daß Regen käme mit einem großen Wortschwall, o daß die Nacht durchzecht werden könnte, daß die Gläser überflössen, daß der orangefarbene Wein das Laken fleckte! Denn das bringt Glück. Daß die Brust sich nicht abquälte und dürr würde innen und das Ohr, geweitet von Meldungen, die es nicht aufnehmen mag, nicht den Finger spürte mit den kurzen und langen Zeichen aus einer unbegriffenen Vorwelt – das vor Hunger grollende Meer, schlürfenden Windschritt nah, und näher den bewegten Zitronenbaum, der mit gelbsüchtigen Früchten um sich wirft, Säure in Blatt und Stamm, und näher die flatternden Nachtschmetterlinge aus welken Greisenlidern. Dann das letzte: der schwarze Käfer, der sich totstellt auf der leichenblassen Wand! Und der hat's nicht besser, der sich schlafend stellt, denn er weiß ja: du hast das Schiff vorbeiziehen lassen, Robinson! Du hast das einzige Schiff nicht gesehen, hast nicht gewunken, kein Feuer gemacht! Du hast dich schlafend gestellt, mein Herz.

Musik.

ANTONIO *von fern* Soiree bei Prinz Ali. Frack und Orden, großes Abendkleid! Frack und Orden, großes Abendkleid!

ERZÄHLER Prinz Ali ist der letzte Ableger eines Königshauses, das schon vor längerer Zeit zur Abdankung gezwungen worden ist. Sein Name bedeutet Geld für die Insel, wird lässig ins Gespräch geworfen und geschlürft wie eine Auster, die man vor einem kleinen Schluck Sekt nimmt. Sogar Mrs. Brown ist fähig, nach einer heldischen Anstrengung den Kopf sinken zu lassen und zu murmeln:

MRS. BROWN Heute abend leider nicht. Wir haben Ali zu oft abgesagt. Der Arme würde sich kränken, wenn wir nicht kämen, nicht wahr, Charles?

ERZÄHLER Der Prinz kommt gern mit offenem Hemd und zerknitterten Hosen auf die Piazza und bestellt eine Zitronenlimonade mit einem Stückchen Eis. Sein dunkles Haar ist schütter, verschwindend ist auch die Gestalt, das Gesicht gelblich, und die Augen fragen sich, wie sie zu dem Mund kommen; so viele Geschlechter waren am Zug, Orient und Occident dran beteiligt. Die einzige politische Handlung gelang dem Prinzen, als er das Haus auf der höchsten bebaubaren Erhebung der Insel, knapp unter dem Vulkankegel, »Buon Retiro« nannte; es wurde in vielen Kreisen als Affront empfunden. Später galt ihm das nichts mehr. In seiner Erinnerung war die Luft *drüben* mit Attentaten und Revolutionen geschwängert. Er liebte es, sich im Grünen aufzuhalten. Die Schafe kamen manchmal bis an sein Haus. Sie konnten stundenlang eng und unbewegt nebeneinanderstehen, um einander Schatten zu machen, und der Prinz schätzte sie mehr als die kleinen Filmmädchen, die auf seinen Terrassen in den Liegestühlen lagen und ihre Gesichter mit starren Wimpern zum Himmel hielten, zur Großaufnahme bereit. Wenn die Mädchen braun genug waren, ihre Bilder in seinen Alben klebten und sein Name ihren Namen genug gedient hatte, schickte er sie höflich in die Ateliers zurück, mit Briefen, in denen er für ihre Ausdrucksfähigkeit bürgte. Dann kam die schöne Zeit, in der er eine Wand von »Buon Retiro« niederreißen und einen Anbau aufführen ließ, um mit den Bauarbeitern die Richtfeste feiern zu können, ihre wilden Gerüche zu atmen und den Geruch von Knoblauch und Zwiebel, Tomaten und frischem Brot, heißem Stein, Steinstaub und Kalk. Wenn seine Mutter ihn aus einem andren Exil, bei dem Andenken seines Vaters, beschwor und um mehr Würde bat, fegte er das Haus leer, ließ aus der Stadt trainierte Diener kommen, standesgemäße Einladungen an alle Welt ergehen und ein rechtes Fest vorbereiten, während er stundenlang auf der Piazza vor einem Glas Limonade saß und sich nicht heimtraute. Das ist Antonios große Zeit; er streicht um die Oleanderkübel, die das Geviert, in dem die Tische von Lavinias Bar stehen, abgrenzen, und pfeift vor sich hin. Es kann geschehen, daß er einen in Streit und Spiel verwickelten Kinderhaufen gegen den Tisch des Prinzen stößt und plötzlich kopfschüttelnd dasteht, die Kinder zurechtweist, ein brandrotes Taschentuch aus seiner Hosentasche zieht und damit die übergeschwappte Limonade vom Tisch wischt, den Geldschein, den ihm der Prinz reicht, mit seinem Taschentuch einstreicht und dem Erschrockenen aufmunternd zunickt. Wenn der Prinz aufsteht, geht er zu dem schwarzen Kabriolett, das im Hausschatten steht, und öffnet den Wagenschlag.

PRINZ Antonio?

ANTONIO Ja, Hoheit.

PRINZ Es ist gut, Antonio.

Musik.

PRINZ *unsicher* Antonio?

ANTONIO Ja, Hoheit.

PRINZ Hättest du Zeit, heute abend zu kommen? Du könntest den Herrschaften beim Aussteigen und an der Garderobe helfen. Es wird nicht dein Schaden sein, meinst du nicht, Antonio?

ANTONIO Ja, Hoheit.

PRINZ Wenn alle genug getrunken haben und weitertrinken, wenn die Kapelle »Grüne Insel, Reich meiner Träume« spielt, könntest du dann mit dem Feuerwerk beginnen? Du verstehst doch wohl, ein schönes Feuerwerk zu machen?

ANTONIO Ja, Hoheit.

PRINZ Unscheinbar liegt die Hülse da. Eine Lunte wird angezündet. Zuerst steigt die Brillantsonne, danach der Springbrunnen. Die Fächerrosette dreht sich im Wind. Königlicher sprüht dann die Diademsonne und gefährlicher die Saturnsonne. Aber die Nacht ist groß und lang.

ANTONIO Ja, Hoheit.

PRINZ Wenn die Gesellschaft von den Sesseln aufgesprungen ist und auf dem Marmorparkett die Tanzenden stehenbleiben, wenn die Orden auf den beherzten Frackbrüsten stillstehen und eine Perlenkette sich langsam in einem Nacken löst, wenn die langstielige Rose im Glas entblättert steht, hängst du die Lunten der Hülsen zusammen, weil du die letzten gleichzeitig abfeuern willst. Du bist jetzt ganz aufmerksam und weißt, daß du keinen Fehler machen darfst.

ANTONIO Ja, Hoheit.

PRINZ Werde ich dann plötzlich neben dir stehen, ohne Furcht in dein Gesicht sehen und sagen: ich weiß, daß du dir die finstren Läuferrosen für den Schluß aufgehoben hast!

ANTONIO Ja, Hoheit.

PRINZ Ich weiß, daß zuletzt die Riesenräder mit dem blauen Wagen in die Nacht hinausrollen werden und daß der Wagen über dem Meer abstürzen wird!

ANTONIO Ja, Hoheit.

PRINZ *geheimnisvoll* Glaubst du, daß mein Feuerwerk schöner wird als eure Feuerwerke bei meines Vaters Tod? Wenn ich dir alle Farben in die Hand gebe: das fiebrige Weiß, das nackte Grün, das beharrliche Blau und das explosive Rot ...?

ANTONIO Ja, Hoheit.

PRINZ Und werden die, die mir vorangegangen sind, hören, daß die Stille, die meinem Augenblick vorangeht, auch ihre Stille war? Die Stille vor dem Anschlag, eh einer Feuer gibt, und daß ich den alten Mut noch habe?

ANTONIO Ja, Hoheit.

PRINZ Und glaubst du, daß ich stärker bin als sie und mich von dir in den Kreidekreis führen lasse, von weißer Vulkanhand gezogen, aus der Tiefe der Erde geführt, von Geschichtslosigkeit zu Geschichtslosigkeit, und dein Urteil erwarte, Aufrührer! Daß ich weiß: das finstre Rot ist in deiner Hand und wird in meinem Haar zischen, wenn ich aufflieg und die Herrschaft verlier?

ANTONIO Ja, Hoheit.

PRINZ Und glaubst du, daß, wenn ich die Nacht so erhelle, mein Opfer gezählt wird und der Funken, der stehenbleibt am Himmel? Wird ein einziger Funke stehenbleiben oben, Antonio?

ANTONIO Nein, Hoheit.
Nein! Nein!

Musik.

ANTONIO *von fern* Jeanette empfiehlt radioaktive Bäder, Licht und Mandelmilch! Jeanette empfiehlt Sonnenlicht und Mandelmilch!

ERZÄHLER Jeanette hat hier zum erstenmal den Mandelbaum gesehen. Früher hielt sie Moorkompressen gut für Abergläubische. Sie kämpfte mit seidigen Crèmes, die ihren Namen trugen, für die Thesen ihrer Broschüre »Ewige Jugend, ewige Schönheit«, mit seidigen Bröckchen künstlicher Fette, in die sie eine Pinzettenspitze Talk rührte und einen Tropfen hochkonzentrierten Alkohols fallen ließ. Sie war die große Chemikerin unter den Kosmetikern, und ihr Gesicht und ihr Körper zeugten glaubwürdig für die Richtigkeit ihrer Behandlungen. Dann wurde sie vierzig. Die Ladenklingel ging den ganzen Tag. Der Student Antoine, der sie abends in die Oper bringen durfte, kam seltener. Die Flucht war aber schon festgelegt, als sie vor dem Spiegel saß und sein verräterisches Gesicht zum letzten Male hinter sich sah. Seine glatten, bewegungslosen Lippen kamen ihrer Schulter nah, dort, wo ein bräunlich geränderter Fleck auf der Haut erschien und die Bleichcrème Jeanette Nummer drei noch nicht tief genug eingedrungen war. Damals verlor sie grundlos die Beherrschung, die der Schönheit so zuträglich ist, und sagte, während ihr schwindelte:

JEANETTE So sag's doch! So sag mir's doch ins Gesicht, daß ich aussätzig bin, befallen vom Stockfleck, vom Schimmel, vom Krähenfuß! Sag doch, wie's einem Barmherzigen zumute ist, der einen Aussätzigen küßt!

ERZÄHLER Damals weinte sie sogar, obwohl es schlecht für die Augen war, und ließ die gefüllte Pipette mit den Tropfen liegen, die ihnen den Glanz zurückgegeben hätten.

Das ganze Leben ist ja der Versuch, es zu behalten, und die Schönheit sein Widerspruch, weil sie den Tod sucht. Hier hat Jeanette den Mandelbaum gesehen und die warmen Quellen am Fuß des Vulkans, das mit Kraft geladene Wasser, lau schmeckend nach alterslosem Gestein. Sie hat zum erstenmal das Licht gesehen, die Sonne, die alte Haut einschmilzt und junge Haut so zart rötet.

An den Quellen ist der Andrang groß; viele kommen jede Woche, um ein Bad zu nehmen gegen Schwäche und Krankheit, aber Jeanette kommt täglich, um zu baden, sich zu waschen und um von dem Wasser zu trinken. Der Bauer, auf dessen Grund die Quellen liegen, hat nicht Zeit, jeden Tag zu Hause zu bleiben und die Besucher einzulassen. So steht oft Antonio da, gibt die Becher aus Pappe aus, die Handtücher für die Vergeßlichen, und aus den Steinwannen läßt er das Wasser ablaufen und füllt sie neu für den nächsten. Er geht nicht leer dabei aus. Jeanette kennt er schon lange und wundert sich nicht mehr über die Liturgien, die sie todernst und mit großer Langsamkeit vornimmt. Sie trocknet sich nicht ab, sondern läßt sich von der Sonne trocknen. Wenn sie trocken ist, legt sie milchigen Mandelbrei auf. Wenn der Brei trocken ist, wäscht sie ihn mit dem kräftigen Wasser ab, und ihm scheint es, daß sie dabei Formeln spricht. Im Namen welchen Geistes? Ihn sieht sie hin und wieder mit einem kurzen, harten Blick an, als mißfiele er ihr, als hätte er das Wasser zu kalt oder zu warm gerichtet. Sie faltet das Badetuch streng und genau, wenn sie es ihm zurückgibt, und findet kein Wort des Dankes.

JEANETTE Antonio!
ANTONIO Ja, Madame.
JEANETTE Es ist gut, Antonio.

Musik.

JEANETTE Antonio?
ANTONIO Ja, Madame.
JEANETTE Du glaubst doch nicht, daß mich die Bäder zu sehr anstrengen, Antonio? Jeden Tag wird mir heißer danach – als bräch eine heiße Welle aus meinem Herzen, schlüg durch mich und würf sich an meine Schädeldecke. Doch die Bäder sind wohltätig, nicht wahr?
ANTONIO Ja, Madame.
JEANETTE Ich werde es wieder mit dem Schlamm versuchen. Er erstarrt in der Luft, und wenn man ihn löst, springt er in flächigen Stücken ab – als spräng die Kruste der Erde weg mit allen verwitterten Zeichen. Die helle Haut wird schon da und dort sichtbar. Wird sie auch heil sein? frage ich.
ANTONIO Ja, Madame.
JEANETTE Der Bildhauer, der dem Abguß zusieht, kann's nicht ertragen, zu warten. Er möchte die Hände schon sanft auf den Körper legen und ihn fühlen. Wird er schön sein? Und *wie* schön wird er sein?
ANTONIO Ja, Madame.
JEANETTE Wie, Antonio, warst du, als er dich aus der Hülle nahm? Sehr schön. Ich weiß. Aber es hat wohl niemand darauf geachtet. Du bist aus der Schale gesprungen; keiner hat sie dir aus dem Weg geräumt. Ich habe zuviel achtgehabt auf mich.

ANTONIO Ja, Madame.

JEANETTE Ich muß daran denken, daß unsre Sünden uns die Züge eingraben und crème nourrissante und crème purifiante uns nicht lossprechen können.

ANTONIO Ja, Madame.

JEANETTE Aber wenn du mir raten könntest ... Tauchst du dein Gesicht in die toten Wasserarme der Maremmen, wenn der Mond drin liegt? Reibst du Lorbeer zwischen den Händen und ruhst du, auf die Ellenbogen gestützt, wie die Epheben? Läufst du mit dem Wind dreimal ums Haus um Mitternacht, daß dein Schritt wie aus Wolken federt? Tränkst du dein Haar mit dem Saft der indischen Feigen, daß der Boden frisch bleibt? Rührt der Glanz deiner Locken vom Schlangenfett? Aber es ist wohl müßig zu fragen. Du wäschst dich, du sonnst dich. Das ist genug.

ANTONIO Ja, Madame.

JEANETTE So genügt's auch, daß ich mich wasche! *Geheimnisvoll.* Und Antoine wird zugeben in seiner Vernunft: du siehst nicht wie zwanzig aus, sonst müßtest du im nächsten Jahr wie einundzwanzig aussehen. Du siehst nicht wie dreißig aus, sonst müßtest du bald wie einunddreißig aussehen. Du siehst nicht jünger aus und nicht älter. Du bist schön und hast keine Zeit. Sei barmherzig und laß mich deine Schultern küssen!

ANTONIO Ja, Madame.

JEANETTE Dann werde ich zu Antoine sagen: Geh! Mich ekelt. Du bist schwach und gemein, ich sehe dich durch alle deine Jahre, mit gelichteter Stirn, fleckigen Nägeln, weitmaschigen Wangen, weitsichtig, schwachsinnig, erfahren um die Nasenflügel, den Mund belastet. Geh! Man kann keinen Leichnam lieben!

ANTONIO Ja, Madame.

JEANETTE Ich müßte vielleicht nur länger im Wasser bleiben, für Minuten tauchen, das Wasser auch mit den

Augen trinken, mit den Ohren, es überall in mich hineinfließen lassen, geladen von seiner Spannung werden bis in die letzte Faser meines erschrockenen Fleisches.

ANTONIO Ja, Madame.

JEANETTE Ich müßte nur standhalten, dann auftauchen, hier an dir vorbeigehen und hinaus, am Schilfrohrfeld entlang. Denn ich weiß, daß du mir keinen Rat geben kannst und nur heute schön bist. Aber ich weiß auch, daß in den Mandeln die bittere Milch ist für einen, der trinkt und verzichtet, um alles zu gewinnen.

ANTONIO Ja, Madame.

JEANETTE Und wenn ich alles täte – mich wüsche und die bittre Milch tränke –, glaubst du, ich könnte mich dann auf die Spitzen meiner Füße heben, meinen Körper fühlen wie eine Sehne, über die ein Pfeil schnellt, um den Tod zu treffen? O Unsterblichkeit!

ANTONIO Nein, Madame!
Nein, Madame!

Musik.

ANTONIO *von fern* Eltern in Angst und Sorge! Stefano wohlbehalten! Eltern in Angst und Sorge! Wohlbehalten . . .

ERZÄHLER Zufällig war es Antonio, der den Jungen fand. Auffallend war höchstens, daß er diesmal von Benedikt kein Geld für die Nachricht nahm. Aber es mag sein, daß er es am Ende doch genommen hat. Er fand Stefano, der schon einige Tage unterwegs gewesen, endlich drüben aufs Schiff gegangen und unbemerkt herübergekommen war, hungrig und verstaubt im Hafen. Natürlich brachte Antonio es fertig, alles zu erfahren. Der Junge war fortgelaufen nach der letzten Schulstunde, mit einem verknüllten Schulzeugnis, das wie ein einziger Tadel aussah, mit einem Bindfaden, einem Feuerzeug und mit einem Buschmesser in der Tasche. Ein zutraulicher, starker und witziger Junge, zu dem man sich viele Geschwister gewünscht hätte. In der Hafennacht waren die Boote Gespenster. Die Segel teilten Ohrfeigen aus, und eine Sirenenstimme sagte: Lach nicht! Halt den Mund! Paß auf! Wenn ich dich noch einmal erwische! – Die Netze hingen vor den Fischerhäusern, ausgespannt wie Sprungtücher für einen Selbstmörder. Die Schranke, die das Netz halten mußte, ächzte bis zum Morgen. Ich sag's nicht zuhause. Ich sag's nicht zuhause, und wenn sie mich totschlagen, ich sag's nicht zuhause. Die Sirenenstimme heulte heimtückisch: du weißt also nicht, wo das Land liegt? Du hältst ja den Atlas verkehrt! Kannst du die Augen nicht aufmachen und die Grenzen sehen! – So machte er die schlaftrunkenen Augen in der Nacht auf, damit er das Land fände, und er hielt den Atlas mit klammen Fingern, bis er zuklappte, denn die Erde hatte ja keinen Platz darauf. Sein Vater ging jetzt gewiß in sein Zimmer, rief die Mutter herbei, ließ sie seinen Schrank aufmachen und schrie fürchterlich. Zuletzt: Ordnung ist das halbe Leben! Und die Mutter versteckte gewiß rasch die Mütze mit dem Loch, die ihr in die Hände rollte. (Er hatte sie damals so rasch vom Haken gerissen!) Sein Vater brüllte gewiß: Zeig das her! Dann hieß eine Mütze ein Corpus delicti und eine Mutter, die die Arme um den Hals des Vaters schlang, ein Advocatus diaboli, und das Kind beider hieß wahrscheinlich »Ausgeburt der Hölle«. Aber das Land hatte er doch gefunden. Als er sich auf dem Schiff unter die Reisenden mischte und tat, als gehöre er zu einer der Damen oder zu einem der Herren oder gar zu den Flegeln mit den Motorrädern, war er nur traurig, weil er nicht aus einer Ladeluke spähen konnte, rußverschmiert, und weil er den Kapitän nicht zu Gesicht bekam, nicht einmal einen richtigen Matrosen, der ihn zum Kohlentrimmen mitgenommen hätte. Als er die Insel sah, war sie noch wunderbar, das Stück eines Sterns oder ein Komet, der ins Meer niedergefahren war und selig verrauchend wieder emporstieg. Als er die Insel betrat, war sie keine Insel mehr. In den Bäumen hingen keine Datteln, kein Holz war da für ein Lagerfeuer. Fische wurden verkauft wie auf allen Märkten. Muscheln und Obst. Alle Menschen wohnten in Häusern, und die Plätze und Gassen waren von Geschäftigkeit und Geschwätz erfüllt. Die Kinder waren es gewesen, die ihn aufgegriffen und verraten hatten. Antonio hatte gottlob nicht viel gesagt und ihn mitgenommen zum Bürgermeister, ihm unterwegs ein mit Tomaten und Zwiebeln gefülltes Brot gekauft, und auf der Gemeinde war Antonio allein voraus und zu den Herren ins Zimmer gegangen. Als er zurückkam und sich zu ihm auf die Bank im Gang setzte, schluckte Stefano an dem letzten Bissen und fühlte sich satt.

STEFANO Antonio?
ANTONIO Ja, Stefano.
STEFANO 's ist gut, Antonio.

Musik.

STEFANO Antonio?
ANTONIO Ja, Stefano.
STEFANO Wenn ich bis ins Innere der Insel gekommen wäre, hätten sie mich nicht erwischt. Keiner hätte mich wiedergesehen. Ich wäre im Freien geblieben. Nie wieder im Hafen, nein! Ich hätte die Insel erkundet und die Spuren der Tiere gelesen, hätte sie angelockt. Ich kann ihre Stimmen nachmachen. Hör zu! *Er pfeift, wimmert, lockt und ruft.*

Pause.

STEFANO Warum sagst du nichts, Antonio? Du kannst es bestimmt besser. Mit der Sonne wär ich aufgestanden und dann durchs Gebüsch geschlichen. Die Lianen zerreiß ich mit bloßen Händen, und wo das Dickicht ganz dicht wird, schneid ich es durch. So. Die Schneide schräg angesetzt. Mit diesem Messer. Antonio?

Pause.

STEFANO Woran denkst du, Antonio? Du hörst mir nicht zu. Aber gib acht! Die Sprache der Eingeborenen verstehe ich freilich nicht. Doch ich werfe die Waffen weg, wenn ich ihnen nah komme, und rufe: Hier ist ein weißer Bruder, der zu euch will! Er kommt aus dem Land der Dampfrösser und der Stahlvögel, aber er hat ein friedliches Herz und möchte mit euch seine Pfeife rauchen. Er will immer bei euch bleiben.
Antonio!

Pause.

STEFANO Antonio, sind alle so braun wie du? Wirst du mich zu ihnen führen und mir deine Hütte zeigen? Wirst du mich mit zum Fischen nehmen und auf die Jagd? Sag ja! Wenn die anderen nächstes Jahr wieder ihre Schlußprüfungen machen und ihnen die Federbüchsen um die Ohren fliegen, haben wir schon einen Berg von getrockneten Fischen. Du hast mir meine Hütte bauen geholfen, und in der Mittagshitze liegen wir ganz faul da und schnippen die Melonenkerne.

Pause.

STEFANO Antonio, du bist schweigsam wie ein alter Häuptling, der viel von den ewigen Jagdgründen weiß. Oder stimmt etwas nicht? Ist die Insel in Gefahr? Wir könnten uns zusammentun, die Bärte umhängen und jedes Schiff überfallen, das sich nähert. Wir sind gefürchtete Piraten, nicht wahr, Antonio?

Pause.

STEFANO Antonio, glaubst du nicht, daß es gut wäre, die anderen drüben ein bißchen zu erschrecken? Wir springen in die Boote, rammen die anderen am Kiel und stürzen uns brüllend auf die Duckmäuserschiffe. Käm einer bis hierher, so hätten die Geier bald die Schnäbel in seinem Fleisch.

Pause.

STEFANO Antonio, ich glaube, wir werden uns ein eigenes Recht machen müssen. Denn drüben gibt es nur Unrecht. Wir sind Piraten, aber wir dulden keine Ungerechtigkeit. Alle, die es besser wissen, werden bestraft und an die Masten gebunden.
Alle, die ein Kind nicht zu Ende reden lassen, werden fester an die Masten gebunden.
Einem, der nur einen Bindfaden und ein Vogelei in der Tasche hat, darf nicht gesagt werden: du hast gestohlen! Aber wer die Taschen voll Geld hat, der muß es hergeben. Jeder, der sagt: du lügst! und dabei seelenruhig die Suppe weiterißt und nichts beweisen kann, wird den Haien zum Fraß vorgeworfen.

Pause.

STEFANO Antonio, warum sagst du nichts? Bist du nicht

mein Freund, und bin ich nicht dein weißer Bruder? Oder bist auch du einer von den Weißen? Nein! Sag nein! Du wirst jetzt sagen: Geh! Spring! Lauf! Der Weg führt am silbernen Quell vorbei und am Orangenbaum, aus dem die untergehenden Sonnen gepflückt werden. In dem schmalen Tal des Schweigens stehen die Lasttiere für dich bereit. Zieh landeinwärts! Und ich deck' dir den Rücken! Bis wir einander wiedersehen.
Antonio! Sag ja!
Ja, Antonio?
Ja, ja, ja, ja!

ANTONIO Nein, Stefano, nein.
Ich würde sagen: nein. Geh nach Hause.
Und zuletzt vielleicht noch einmal: nein.

Musik.

Im Haus

DER GEFANGENE Antonios Stimme. Eine schöne Stimme. Mich könnte sie auch locken. Du liebe Zeit. Natürlich werden Sie morgen das Tor aufmachen und ihn rufen. Antonio! – Ja, Herr. – Es ist gut, Antonio. – Wieviel kostet die Zeitung? Gib schon her. Und unfreiwillig werden Sie das Blatt überfliegen und sich die Lippen feuchten. Dacht ich es doch! Eine furchtbare Geschichte. Ich bin froh, daß er sie mir nicht erzählte. Ich weiß nicht, ob ich fähig gewesen wäre, ihm zu helfen, auch nur seine Gegenwart zu ertragen. Er ist fort in das nächste Verderben, und ich muß diese Geschichte rasch vergessen. Es ist gut, nicht wahr?
Weil Ihnen meine Geschichte also nicht erspart bleibt, können Sie ruhig die Ihre erzählen.

ROBINSON Ich habe keine Geschichte. Keine Schuld, die ins Gewicht fällt, kein Unglück, das mir anhängt, kein Verzeihen, das ich nicht gewähren könnte. Ich bin auf niemands Kosten hier.

DER GEFANGENE Auf Ihre eigenen doch wohl. Sehen Sie, der Kostenpunkt scheidet uns voneinander. Ich habe immer auf Kosten anderer gelebt und die anderen lebten auf meine Kosten. Das hielt sich die Waage. Wissen Sie, worüber ich noch lachen könnte?

ROBINSON Rauchen Sie?

DER GEFANGENE Gern. Weil ich's lang entbehrte. Vorsicht mit dem Streichholz. Der Brief wird Feuer fangen.

ROBINSON Ich glaube, ich werde *ihr* nicht mehr antworten. Es war mein großer Fehler bis heute, daß ich es tat.

DER GEFANGENE Weiter! Weiter! Es gehört Mut dazu, nach langer Zeit wieder zu rauchen, sich auf diese leise Ohnmacht wieder einzulassen, die sich einstellte vor langer Zeit, bei der ersten Zigarette.

ROBINSON *ermutigt* Hören Sie sich das bloß an! »... und nun mußt du auf dieser Insel leben, o so warst du immer, du Pirat ...« *Er bricht betreten ab.*

DER GEFANGENE Weiter!

ROBINSON »... du Pirat, und was würdest du sagen, wenn ich doch eines Tags käme und dich zurückholte, eh der Vulkan Feuer speit und du, vergiftet von dem Zisternenwasser ...« Verstehen Sie mich jetzt? *Erschrocken.* Und sie ist imstande zu kommen, eh ich mich versehe, hier ihre Flakons aufzustellen, ihre Pyjamas auszubreiten und mit dem Griff der Handtasche so unschuldig zu spielen, als hätte sie nicht zwei Rückfahrkarten drin.

DER GEFANGENE Wie heißt sie?

ROBINSON Anna.

DER GEFANGENE Darüber könnte ich wohl noch lachen – wenn sie hier hereinkäme und ich sie sehen könnte, brünett und renitent, mit irgendeinem phantastischen Halstuch und unempfänglich für Pansstille und den Flötenton vom verbrannten Hügel, mit einem Vieltaktmotor im Herzen und gar nicht lauter Stimme, in Rück- und Seitenspiegeln geübt den Gang aus gelockerten Gliedern, den Kopf voll von Kreuzverhören und den Mund voll von Treffern.

ROBINSON Aber ich werde nicht hinuntergehen zum Hafen und sie abholen. Ich werde ihr keine Erklärungen geben. Ich bin so weit, daß ich mein Ohr verschanzen kann und ihre Fäuste nicht mehr ans Tor schlagen höre. Ich werde auf meine Terrasse hinausgehen und auf dem Dach das Schilfrohr ordnen, das der Wind zerzaust hat. Es wäre mein endgültiger Austritt aus einer Gesellschaft, die sich fortgesetzt an meinem Leben vergriffen hat.

DER GEFANGENE Also doch eine Geschichte. Ich weiß: diese fortgesetzten kleinen Gemeinheiten. Der Erfolg, von Mißtrauen geschmälert und die Pfiffe von der Galerie. Später: der Erfolg geneidet und die Pfiffe aus dem Parterre. Der eklatante Mißerfolg.

ROBINSON Ich bin kein Schauspieler.

DER GEFANGENE Aber Sie sind doch gestoßen worden zum nächsten Schritt, zum nächsten Wort. Sie haben doch mitgespielt. Und ein wenig spielen Sie noch immer mit. Sie wissen es selbst.

ROBINSON Ich weiß nicht.

DER GEFANGENE Das Stück heißt: Ich habe, wenn es hoch kommt, achtzig Jahre zu leben. Was dann sein wird, weiß ich nicht. Nur, daß eine Verschwörung gegen mich im Lauf dieses Stücks schon im Gange ist. Wer heißt mich den Ausgang abwarten? Mein Sinn steht nicht nach Lösungen unter so vielen Opfern. Mit der letzten Kraft will ich die Lichter vorzeitig ausdrehen und den Vorhang zuziehen. Mit der letzten Kraft werde ich mich unsichtbar machen. Eine Weile wird man fragen: Was ist? Zeigt er sich denn nicht mehr? Zu euch kam er doch jeden Freitag zum Fisch. Anna hat noch einen Brief von ihm bekommen. Er ist dort auf einer Insel. Ich hätte es ihm nie zugetraut, daß er allein sein kann. Ein Mensch, der so eitel war, so ehrgeizig, versessen, vielrednerisch, ahnungslos, verschwenderisch ... O ein großer Sack voll Eigenschaften wird von Ihnen zurückbleiben! Der wird aufgebunden und ausgeschüttet noch einige Male. Dann liegt der Sack in einer Ecke. Manchmal stößt man auf ihn, wenn man in Erinnerungen kramt. Ja, ein seltsamer Mensch, eigentümlich, nicht zu fassen. Einer mit einer Spur, die im Sand verläuft, wo eine Welle drüberleckt. Lange nichts gehört von ihm. Anna? So. Sie ist weggezogen. So? Und lebt mit dieser massiven Eitelkeit, diesem ganz gewöhnlichen Menschen, diesem zähen, geschwätzigen ...

ROBINSON Hören Sie auf!

DER GEFANGENE Weil sie jetzt mit einem ganz gewöhnlichen Menschen ...? Es ist doch von Vorteil für Sie. Ihre Jahre sind ins Unendliche gerettet. Sie sind unsichtbar.

ROBINSON Seien Sie still! Still, still! Ich will, daß es endlich still wird. Ich wollte, die Sonne würde schwächer und die Zikaden hörten auf, daß ich auch das nicht mehr hören müßte.

DER GEFANGENE Aber Sie hören sie ja noch. Das ist gut. Wir sollen mittags nicht schlafen, auch wenn wir sehr müde sind.

ROBINSON Wie meinen Sie das?

DER GEFANGENE Sie sind sogar stark zu hören.

ROBINSON So stark und quälend, daß sie nicht zu überhören sind.

DER GEFANGENE Wie klingt es?

ROBINSON Es klingt, wie es manchmal in mir zu klingen

beginnt. Wenn die Stille eintritt, sind Hunger und Durst unspürbar; die Briefe können nicht mehr gelesen werden. Die Antwort bleibt aus. Es klingt so, wenn ich mich aus allen Umarmungen löse für eine andere Glückseligkeit.

DER GEFANGENE *es entsteht der Eindruck, daß er »aufspringt«, stehend spricht* Wissen Sie, was mir scheint? Ich werde gehen müssen, wenn es nicht zu spät werden soll. Und wissen Sie, was mir auch scheint? Entscheidungen werden so unmerkbar getroffen. Ich würde jetzt mein Bündel schnüren, wenn ich eins hätte.

ROBINSON So werde ich Ihnen eins richten müssen.

DER GEFANGENE Das Bündel waren die Butterbrote und Bücher, als wir zur Schule gingen.

ROBINSON Aktenmappen und Brieftaschen, als wir zur Arbeit gingen.

DER GEFANGENE Die Gardenie und das mit Lavendelwasser betupfte Taschentuch, als wir abends aus dem Haus gingen und uns noch einmal die Krawatte vor dem Spiegel zurechtrückten.

ROBINSON O ja, manchmal hielten wir auch Rosen im Papier versteckt. Es war so peinlich, wie mit einem Bukett zu einer Beerdigung zu müssen.

DER GEFANGENE Natürlich war es auch peinlich. Aber in jeder Zeit, zu jeder Stunde hatten wir ein Bündel.
Hier sind zwei Flüchtlinge zusammengetroffen mit leeren Händen. Sie haben ein paar gesellige Stunden verbracht. Der Mittag ist um, und im Hafen wird das Schiff wieder einkehren. Was geschieht? Ich sehe, Sie sind mit sich ins reine gekommen. Sie nehmen den Anzug vom Bügel, ein ordentliches Stück, dem ich lebenslänglich gebe. Kammgarn, hell und sommerlich gestrählt. Jetzt zittert Ihre Hand ein wenig; Sie hängen ihn über die Sessellehne, als senkten Sie eine Fahne, als verlangte ich, daß Sie Ihren Degen nachwerfen.

ROBINSON Ich glaube nicht, daß ich den Anzug noch tragen werde. Ich würde mich bedrängt fühlen unter den Nähten.

DER GEFANGENE Vielleicht sind nur Ihre Schultern ein wenig breiter geworden vom Schwimmen; das zerrt und zieht eine Weile. Bald spürt man es nicht mehr.

ROBINSON Nehmen Sie ihn!

DER GEFANGENE Ein ordentliches Stück. Es ist nur schade, daß er mir nicht paßt.

ROBINSON Versuchen Sie's.

DER GEFANGENE Nein. Er kann mir nicht passen. Es ist Ihr Anzug. Ein Wagen hält vor der Kurve am Tor. Gleich wird seine Tür aufspringen, gleich zufallen. Es ist die Mittagsstunde, die wesenloseste Stunde auf den Inseln. Sie sehen dann aus wie die Trümmer einer Illusion. Farblos, ins Bräunliche spielend. Verbranntes Meer, verbranntes Land. So sagten wir *dort*. Der Himmel hat den verschleierten Blick. Die Lidspalte zwischen Ost und West zeigt das Augenweiß. Die Pupille ist nicht zu sehen. Schritte kommen herauf. Für den verlorenen Sohn wird das Kalb geschlachtet, und unter Brüdern wird ein Anzug getauscht. Der Handel ist nicht gut. Denn ich bin dieser Welt nie verlorengegangen; sie hat mich nur versetzt, transferiert auf den Außenposten. Sie hat ihre Augen immer auf mir. Mein Anzug ist angemessen und so wenig zu verhandeln wie der Ihre. Ich höre die Schritte, unweit vom Tor, und ging nicht alles in der Konturenlosigkeit des Mittags verloren, in diesem quälenden, monotonen Lärm, könnt ich sie ausnehmen: Schritte einer Frau aus gelockerten Gliedern. Die Schritte von zwei Männern, die ihre Gewehre von den Schultern rutschen lassen und sich ein wenig fürchten. Darum treten sie fest auf – zwei Burschen, die lieber auf Singvögel als auf Menschen Jagd machen.
Es ist gut.

EINE FRAUENSTIMME, ZÄRTLICH UND HELL Mach auf, du Pirat!
EINE MÄNNERSTIMME Öffnen Sie!
EINE ZWEITE MÄNNERSTIMME Im Namen des Gesetzes, öffnen Sie.

Eine kleine Faust und zwei harte Fäuste trommeln ans Tor. Die Musik nimmt das Trommeln auf in ihre gewohnte Weise.

DER GEFANGENE Es ist soweit.
ROBINSON Ich kann nicht.
DER GEFANGENE Öffnen Sie!
ROBINSON Ich kann nicht.
DER GEFANGENE Dann werde ich es tun.

Musik.

ERZÄHLER Während er seinen Bleistift spitzt, fällt ihm ein, daß sein Name ein paar Jahre lang überhaupt nicht existierte; dann wurde er verstümmelt. Jetzt nennen sie ihn wahrhaftig »Benedetto«. Was für ein Leben! Benedikt setzt die Bleistiftspitze nachdenklich aufs Papier und zeichnet ein paar Kringel. Er hat einen Pullover um die Hüften geschlungen. Man muß sich auch an heißen Tagen warm halten – ein Geheimnis, hinter das man erst nach vielen Jahren im Süden kommt. Die Redaktion ist nicht nach seinem Geschmack. In der Steinbodenwüste mit der Front verdunkelter französischer Fenster zum Meer stehen ein Tisch, zwei Stühle und ein Regal. In den Ecken stapeln sich alte Zeitungsnummern, Notizblöcke und Kinoprogramme. Aber so vieles war nicht nach seinem Geschmack gewesen. Wie lang ist das her, daß die Insel ihm Zuflucht gewährte, daß er hier am Ufer niedersank und Gott dankte für seine wunderbare

Rettung? Antonios Vater hatte ihn versteckt gehalten, wenn Streifen nach Flüchtigen suchten, und später, als er hätte zurückgehen können, der Rauch nach dem Krieg sich verzogen hatte, hielt ihn etwas ab. Er spürte wohl Lust, den täglichen Kampf wieder aufzunehmen, seine Ja- und Nein-Stimme wieder abzugeben, wie er es so gern getan hatte, ehe man keine Stimme mehr abgeben durfte. Aber es war so lange her. ›Ich bin abgeschnitten, und die Jahre gibt mir keiner zurück. Freiwillig hätte ich es nie getan‹, sagte er sich. Nun saß er hier und sah sich die großen Abenteurer an, hinter denen die Schergen her waren. Die Schergen hießen Krankheit und Rausch, Liebe und Enttäuschung, Tod und Vergangenheit und die Erinnerung daran. Dabei hatte er wieder lachen gelernt; er lachte herzlich und ingrimmig. Das konnte heißen: Ihr habt es nötig! Es ist die Zeit der Heckenrosen im Schwarzwald gewesen, und ein paar Freunde sagten zu mir: ›Es ist besser, du gehst jetzt.‹ Ich nahm die Tarnkappe und legte die Strecke zurück. Aber ich sehe euch mit Wohlwollen zu, obwohl ihr nicht wißt, was das heißt – unsichtbar sein! Solang die Henker nicht aus Fleisch und Blut sind, könnt ihr den Kopf noch aus der Schlinge ziehen. Ich statte hier einen Dank ab. Die Insel ist grün, nur im Sommer ein wenig verbrannt, und wer hier leben muß, lebt wie überall. Das Brot ist teurer geworden, Lavinia klagt über Krampfadern und Antonio treibt es zu bunt. Er sollte heiraten.

BENEDIKT Antonio?

ANTONIO Ja, Benedetto.

BENEDIKT Das gibt eine schöne Meldung. Die Carabinieri haben den armen Teufel gefaßt.

ANTONIO Ja, Benedetto.

BENEDIKT Das *gäbe* eine schöne Meldung. Denn wir werden sie nicht bringen. Verstehst du? »Grüne Insel,

Reich meiner Träume«. *Er wiederholt den Text ungeschickt zu einer Melodie.* Man muß auf die Träumer Rücksicht nehmen.

ANTONIO Ja, Benedetto.

BENEDIKT Wie wäre es mit dem Hundefest unseres spanischen Granden? Insel wird Tierparadies. Die andren ärgern sich schon, schlafen noch schlechter, seit die Meute vereint unter dem Mond heult. Bahren und Grabsteine für Hunde gesucht! Das ist rührend und verspricht eine neue Industrie.

ANTONIO Ja, Benedetto.

BENEDIKT Und wer ist alles angekommen? Zu viele Hochzeitsreisende, zu viele Sekretärinnen. Die Statisterie wird zu groß. Aber es wird mehr Trinkgelder geben.

ANTONIO Ja, Benedetto.

BENEDIKT Und wer reist alles ab? Die Ballerina, weil sie einen Arzt braucht. Hier wird es zu gefährlich, die Krämpfe nehmen zu und sind unerklärlich. Antonio, schau mich an!

ANTONIO *unschuldig* Ja, Benedetto.

BENEDIKT Und wie hieß doch der Mann, der so resolut das kleine weiße Haus bewohnte, auf der Nasenspitze, die der Hügel ins Meer hebt? Kein Abonnent. Tat alle Arbeit allein. Wusch sich vermutlich auch die Hemden selbst. Was soll man da sagen! Du wirst auf die Gemeinde gehen und dich erkundigen.

ANTONIO *gähnt* Ja, Benedetto.

BENEDIKT Aber es lohnt nicht. Es hat ihn kaum jemand gekannt.

ANTONIO Ja, Benedetto.

BENEDIKT Mach die Fenster auf, Antonio. Das Mittagsdunkel schläfert ein, und ich möchte die Zikaden hören. Vielleicht lohnt es doch. Wir machen uns einen kleinen Scherz und nennen unsren Mann Robinson. Robinson hat dem Schiff gewunken. Robinson kehrt heim.

ANTONIO Ja, Benedetto.

BENEDIKT Du bist ein Ignorant, Antonio, aber du tust recht dran, einer zu bleiben. Was kümmern wir euch? Es gibt noch Augenblicke, wo ich »euch« sage und mich nicht dazuzähle. Aber eine Wunde heilt, wenn man sie nicht berührt.

ANTONIO Ja, Benedetto.

BENEDIKT Nach meinem Geschmack wäre es, über andre Dinge zu schreiben. Über unsre Späße zum Beispiel. Als man die Wasserleitung bauen wollte, paßte kein Rohr ins andre. Als sich der Hai in unsre Gewässer verirrte, tanzte er mit drei Booten im Schlepptau vor dem Sonnenkap, eh er erschöpft war und sie ihn einbrachten. Dann lag er noch stundenlang auf dem Strand und tanzte wieder, daß die Erde erzitterte. Als Franco dem Heiligen Leonhard die Uhren vom Arm stahl, verprügelten wir ihn. Und als Maria ihre drei Kinder kreuzigte, weil ihr Mann sie verließ, konnten wir einen Tag lang nichts essen, so elend war uns.

ANTONIO Ja, Benedetto.

BENEDIKT Das steht auf einem anderen Blatt. Wir müssen mit der Arbeit anfangen. Laß die Fenster nur offen, Antonio. Bald wird es still. Dann machen die Läden auf, und alle kommen aus den Häusern. Abends gehen wir zum Hafen oder ins Kino unterm freien Himmel, und wenn der Lärm am größten ist, ist es am schönsten.

ANTONIO Ja, Benedetto.

BENEDIKT Dies ist ein andrer Lärm. Er kommt aus dem Gebüsch, aus den Bäumen oder aus der Erde, meint man. Aber es hat folgendes damit auf sich: die Zikaden waren einmal Menschen ... Ach, Antonio, wo kämen wir hin mit unseren Geschichten! Fangen wir also an. Schreiben wir: Robinson kehrt heim ...

Musik.

ERZÄHLER Es ist gut. Ein andrer wird in das kleine Haus ziehen, und wenn der Wind das Terrassendach zerzaust, wird er das Rohr glattstreichen. Gegen Ende des Sommers wird die Zisterne wenig Wasser haben. Davon wird er viel Aufhebens machen, bang hinunterschauen und manchmal den flinken Aal sehen, der sie rein hält und nach den Fliegen schnappt, die an den Spinnenseilen hinuntergeglitten sind. Einige Fremde werden noch gehen; neue werden kommen. Wenn viele kommen, wird der Preis für die Einsamkeit steigen und der Strand sich füllen. In der Sonne werden die blassen Gesichter gebrannt, und der Sand läuft durch die Hände, bis ein Schatten die Insel überflügelt und eine Feder fällt, die in den Wind geblasen wurde. Nun? Hier ist eine Insel, und was willst du? Soll die Sonne das Messer ziehen und der Vulkan die Asche auf dein Haupt tun? Willst du nicht aufstehen und sehen, ob diese Hände zu gebrauchen sind? Oder willst du dir die Welt erlassen und die stolze Gefangenschaft?
Such nicht zu vergessen! Erinnre dich! Und der dürre Gesang deiner Sehnsucht wird Fleisch.
Es verklingt eine Musik, die wir schon einmal gehört haben. Ich kenne sie, und du kennst sie auch. Eine Tür fällt zu im Wind, und eine Straße läuft vom Himmel übers Meer zur Erde zurück.

Musik.

ERZÄHLER Die Insel und die Personen, von denen ich erzählte, gibt es nicht. Aber es gibt andere Inseln und viele Menschen, die versuchen, auf Inseln zu leben. Ich selbst war einer von ihnen, und ich erinnere mich, daß mir eines Tags, als ich zum Strand hinunterging, einer entgegenkam und wegsah. Ich verstand sogleich, weil ich selbst nicht gesehen werden wollte. Er mußte mit dieser

»Geschichte« fertig werden – ich glaube, es war eine unangenehme und traurige Geschichte, die er mir so wenig erzählt hätte wie ich ihm die meine. Ja, ich glaube, es war gegen Mittag, als wir im Begriff waren, aneinander vorbeizugehen. Da geschah etwas, das uns dran hinderte. Ein Geschrei aus trockenen Kehlen brach los, eine Musik, könnte ich auch sagen, ein wilder, frenetischer Gesang, der vom Hügel herunter, über den Weg und zum Meer stürzte. Wir blieben stehen und sahen einander erschrocken an.

Denn die Zikaden waren einmal Menschen. Sie hörten auf zu essen, zu trinken und zu lieben, um immerfort singen zu können. Auf der Flucht in den Gesang wurden sie dürrer und kleiner, und nun singen sie, an ihre Sehnsucht verloren – verzaubert, aber auch verdammt, weil ihre Stimmen unmenschlich geworden sind.

Der gute Gott von Manhattan

Personen

Der gute Gott
Der Richter
Jan, ein junger Mann aus der alten Welt
Jennifer, ein junges Mädchen aus der neuen Welt
Billy } zwei Eichhörnchen
Frankie }
Ein Wärter
Ein Gerichtsdiener
Eine Zigeunerin
Ein Bettler
Eine Frau
Ein Portier
Ein Liftboy
Zeitungsverkäufer
Ein Polizist
Zwei Kinder
Ein Barmann
und Stimmen, monoton und geschlechtslos

Im Gerichtssaal

Der Ventilator ist angestellt, denn es ist Hochsommer.

GERICHTSDIENER *vom Eingang her in den Raum sprechend* Euer Gnaden . . .
RICHTER Ja?
GERICHTSDIENER Darf der Angeklagte hereingebracht werden?
RICHTER Ja. Und stellen Sie bitte den Ventilator ab.
GERICHTSDIENER Mit Verlaub. Bei dieser Hundehitze?
RICHTER Stellen Sie ihn ab!

Die Tür öffnet sich; ein Wärter tritt mit dem Angeklagten ein.

WÄRTER Euer Gnaden, der Angeklagte! *Gedämpft.* Hierher. Sie haben stehenzubleiben während dem Verhör, verstanden?

Der Ventilator dreht sich langsamer und bleibt stehen.

RICHTER *mit veränderter Stimme* Setzen Sie sich!
WÄRTER *leise, eifrig* Setzen! Setzen Sie sich. Es ist erlaubt.
RICHTER Und Sie können gehen, Sweeney. Auch Sie, Rossi.
WÄRTER Wie Sie befehlen.
GERICHTSDIENER Danke, Euer Gnaden.

Die beiden Männer verlassen den Raum. Es ist einen Augenblick lang still. Der Richter blättert in den Papieren.

RICHTER *undeutlich sprechend, während er einige Eintragungen macht* New York City, den . . . August, neunzehnhundertund ... fünfzig ... *Dann rascher, mit klarer, gleichgültiger Stimme.* Sie heißen? Sie sind geboren? Wann? Wo? Hautfarbe? Statur? Größe? Religiöses Bekenntnis? Durchschnittlicher Alkoholkonsum? Geisteskrankheiten ...

ANGEKLAGTER Ich wüßte nicht.

RICHTER *im gleichen Ton fortfahrend* Verdächtigt des Mordes an ...

ANGEKLAGTER An?

RICHTER *freundlich, ohne Absicht* Mörderisch, diese Hitze. So heiß war es noch in keinem Sommer. Erinnern Sie sich? Nur vor sechs Jahren, als Joe Bamfield und Ellen ... Ellen ...

ANGEKLAGTER Ellen Hay.

RICHTER Richtig. Als beide getötet wurden durch eine Bombe. Damals war es ähnlich heiß.

ANGEKLAGTER Ich erinnere mich.

RICHTER *entschuldigend* Natürlich sind wir nicht hier, um uns über hohe Temperaturen zu unterhalten.

ANGEKLAGTER Ich will es hoffen.

RICHTER Aber es wäre töricht, wenn ich Sie die Fragen beantworten ließe, auf die ich die Antworten schon weiß.

ANGEKLAGTER *herablassend* Sie?

RICHTER *während er wieder eine Eintragung macht, nebenbei* Es ist doch zum Beispiel richtig, daß Sie drei Zimmer in einem alten Haus an der Ecke der 63. Straße und der Fifth Avenue in der Nähe des Zoos bewohnten ...

ANGEKLAGTER Ah.

RICHTER Verhaftet wurden Sie von den Polizeileuten Bondy und Cramer in der Hotelhalle des Atlantic Hotels, als Sie, kurz nachdem es geschehen war, dem Ausgang eilig zustrebten ...

ANGEKLAGTER *ironisch* Zustrebten!

RICHTER Es ist doch richtig, daß Sie ...

ANGEKLAGTER Gewiß ist es richtig. Aber verzeihen Sie, daß ich auf die erste Frage zurückkomme. Sollten Sie auch wissen, wer ich bin?

RICHTER *nach einer kurzen Pause, zögernd, schüchtern* Der gute Gott von Manhattan. Manche sagen auch: der gute Gott der Eichhörnchen.

ANGEKLAGTER *abwägend* Der gute Gott. Nicht schlecht.

RICHTER *hastig* In Ihrer Wohnung wurden drei Säcke mit Eichhörnchenfutter gefunden.

ANGEKLAGTER Und beschlagnahmt? Schade. Ich war ein Geschäft für Manhattan. Oder haben Sie je jemand gesehen, der die vielen Automaten für Nüsse in den Untergrundbahnhöfen benützt hätte?

RICHTER Sie haben diese Nüsse also für die Tiere gekauft. Sie sind Tierliebhaber? Es soll Länder geben, in denen diese Nagetiere scheu und unschuldig sind; aber sie sehen gemein und verdorben aus bei uns, und es heißt, sie seien mit dem Bösen im Bund. Oder sind Sie Tierhändler? Züchter? Ich mache Sie darauf aufmerksam, daß ich jetzt mit dem Verhör beginne.

ANGEKLAGTER Ich weiß nicht, ob ich irgend jemands Neugier stillen kann. Was erwarten Sie von mir? Rechtfertigung? Im besten Fall könnte ich Sie aufklären. Aber wenn Sie einem alten Mann erlaubten, Ihnen einen Rat zu geben ...

RICHTER Es scheint, daß ich mich gut gehalten habe. Ich bin selber nicht mehr der Jüngste.

GUTER GOTT Fangen Sie mit dem Anfang an oder mit dem Ende! Bringen Sie ein System in die Befragung. – Ich sehe, Sie haben mein Amt ausgeräumt und alle Karteikarten und Korrespondenzen vor sich. Bequemer können Sie es nicht haben. Meine Arbeit war langwieriger, minutiös, detektivisch, und ich hätte sie nicht ohne die

Eichhörnchen machen können. Sie waren mein Nachrichtendienst, die Briefträger, Melder, Kundschafter, Agenten. Mehrere hundert waren mir untertan, und zwei von ihnen, Billy und Frankie, hatte ich als Hauptleute. Auf sie war wirklich Verlaß. Ich legte nie eine Bombe, ehe die beiden nicht den Ort gefunden und die Zeit errechnet hatten, an dem es todsicher, in der es todsicher . . .

RICHTER Todsicher – was?

GUTER GOTT . . . die treffen mußte, die gemeint waren.

RICHTER Wer war gemeint?

GUTER GOTT Oh! Sie wissen es nicht? *Neugierig.* Wie sehen Sie die Sache?

RICHTER Ich sehe sie nicht mehr. Ich sah eine Kette von Attentaten gegen Menschen, die niemand bekümmert hatten, ausgeführt von einem unauffindbaren Wahnsinnigen.

GUTER GOTT Ich dachte, Sie nähmen die Gutachten Ihrer Psychiater ernst.

RICHTER Ich war nur dieser Meinung, ehe Sie mir als Urheber dieser Vorkommnisse bekannt waren.

GUTER GOTT Urheber. Sehr gut. Der Urheber.

RICHTER Die Erhebungen sind jetzt abgeschlossen. Mit Ausnahme des letzten Falles allerdings.

GUTER GOTT Der letzte »Fall« – wie Sie ihn in Ihrem zweifelhaften Jargon zu nennen belieben – ist auch für mich nicht abgeschlossen. Ich wüßte gerne, da ich keine Gelegenheit hatte, meine Aufgabe wirklich zu Ende zu führen, was aus dem jungen Mann wurde, der entkommen ist.

RICHTER Entkommen?

GUTER GOTT Er dürfte nicht einmal verletzt worden sein.

RICHTER Verletzt nicht. Aber . . .

GUTER GOTT Ist er nicht abgereist?

RICHTER Gewiß. Er nahm sogar noch am selben Abend das Schiff nach Cherbourg.

GUTER GOTT Ah! Sehen Sie: und dieser Mensch hatte geschworen, er werde das Schiff nicht nehmen, sondern leben und sterben mit ihr, sich Ungewißheit und Not überantworten, seine Herkunft und seine Sprache vergessen und mit ihr reden in einer neuen bis ans Ende seiner Tage. Und er nahm das Schiff, und er hat sich nicht einmal die Zeit genommen, sie zu begraben, und geht dort an Land und vergißt, daß er beim Anblick ihres zerrissenen Körpers weniger Boden unter sich fühlte als beim Anblick des Atlantik.

RICHTER Ja, er hat dieses Mädchen nicht begraben.

GUTER GOTT Nicht einmal begraben! Er verdient wirklich zu leben! – Aber ich werde Ihnen jetzt sagen, wie es kam. Wie heißt es? Die ganze Wahrheit und nichts als die Wahrheit. Ich bin auch Kronzeuge und werde bald den Angeklagten hinter mir zurücklassen.

RICHTER *unfreundlich* Ich bin bereit.

GUTER GOTT Es ist kaum zwei Wochen her, daß ich Nachricht erhielt von dem Vorfall auf dem Grand Central Bahnhof. Durch ein sehr untergeordnetes Tier, dessen Diensten ich noch nie Bedeutung beigemessen hatte und das erst seine Probezeit machte.

RICHTER Was war geschehen auf dem Bahnhof?

GUTER GOTT Nichts Besonderes. Gegen fünf Uhr nachmittag, kurz nachdem der Schnellzug aus Boston in der Unterwelt von Grand Central eingelaufen war und die Reisenden sich in den Hallen und vor den Ausgängen verliefen, als sie den rotglühenden und grünenden Pfeilen nachgingen, als die Orgelmusik aus den Wänden quoll – als alle Uhrzeiger liefen und das Licht ohne Unterlaß in den Röhren tanzte gegen die immerwährende Finsternis, waren zwei Neue angekommen. Das ist nichts Besonderes, könnte man meinen, und man soll's ruhig meinen. Und doch sind es der Ort, die Stellung eines Uhrzeigers, eine unglaubliche Musik, ein zitternder Zug auf einem Schienenstrang und ein Knäuel von Menschenstimmen, die möglich machen, daß es wieder beginnt.

RICHTER Was beginnt?

GUTER GOTT *ganz in der Erinnerung* Sie ging hinter ihm in Weiß und Rosa. Es waren so viele Stimmen da, und ihre war nichtig; es gab so viele Möglichkeiten, und diese war die unmöglichste, aber sie versuchte es.

STIMMEN *ohne Timbre, ohne Betonung, klar und gleichmäßig*

GEHEN BEI GRÜNEM LICHT WEITERGEHEN
DENK DARAN SOLANGE ES ZEIT IST
DU KANNST ES NICHT MIT DIR NEHMEN
WEITERGEHEN SCHNELLER SCHLAFEN
SCHNELLER TRÄUMEN MIT UNS
WOLKENBRÜCHE NIEDERSCHLÄGE SCHNELLER
ERDBEBEN LEICHTER SICHERER
BEI GRÜNEM LICHT DENK DARAN
VORSICHT VOR DER ROTEN UND BRAUNEN
DER SCHWARZEN UND GELBEN GEFAHR
WAS SOLLEN SICH UNSRE MÖRDER DENKEN
DU KANNST ES NICHT HALT!
BEI ROTEM LICHT STEHENBLEIBEN!

Auf dem Grand Central Bahnhof

JENNIFER Sie suchen den Ausgang?

JAN *zusammenhanglos, abwehrend* Bitte?

JENNIFER Ich dachte, weil ich Sie schon in Boston gesehen habe, daß Sie hier fremd sind.

JAN Bemühen Sie sich nicht. Ich werde mich zurechtfinden.

JENNIFER Wie hat Ihnen Boston gefallen?

JAN Nun.

JENNIFER Und New York. Mögen Sie New York?

JAN Danke. Ich kenne es noch nicht.

JENNIFER Ich saß im selben Waggon, die ganze Fahrt lang. Zwei Reihen hinter Ihnen. Sie waren bei unserem letzten Tanzfest in der Universität.

JAN Ja. Zufällig.

JENNIFER Ich heiße Jennifer. Sie sahen einmal zu mir herüber, und ich dachte, Sie würden mit mir tanzen.

JAN Ich kann nicht tanzen.

JENNIFER Das habe ich Ihnen angesehen. *Wie auf einen Fragebogen antwortend.* Mir gefallen Europäer. *Zögernd.* Und was führt Sie nach New York?

JAN Der Wunsch, abzureisen. Mir bleiben nur noch ein paar Stunden oder ein paar Tage bis zum nächsten Schiff.

JENNIFER Das ist schrecklich. Müssen Sie zurück?

JAN Ich muß nicht, aber ich will. Sagte ich es nicht schon?

JENNIFER *sprachlos* Nein!

JAN *höflich* Ja. Auf Wiedersehen. Es war mir ein Vergnügen.

JENNIFER Dann werde ich in dieses fliederfarbene Taxi steigen. Und Sie können das weiß-blaue dahinter nehmen. Die beiden werden sich noch oft begegnen, auf dem Broadway und weiter oben in Bronx. Aber Sie werden nicht mehr darinnen sein und ich auch nicht.

JAN *nach kurzem Nachdenken* Hören Sie –

JENNIFER Jennifer.

JAN Flieder steht Ihnen nicht. Wie alt sind Sie?

JENNIFER Dreiundzwanzig.

JAN Und was tun Sie?

JENNIFER Ich studiere politische Wissenschaften, aber erst seit kurzem, und ich möchte mir auch die Welt ansehen. Ich kenne Hotels in Boston und Philadelphia und vielleicht bald in Paris, aber ich kenne keines in New York. Das ist verrückt, nicht wahr?

JAN Ich bitte Sie.

JENNIFER Ich könnte Ihnen also nicht einmal nützlich sein.

JAN Dann können Sie auch mit mir kommen, weil es zu verrückt ist, daß Sie sich hier nicht auskennen. Ich kenne zwar auch kein Hotel, aber es kränkt mich nicht. Übrigens habe ich Hunger und muß zuerst etwas essen, ehe ich weiterdenke.

Menschen gehen vorüber, ein paar Stimmen schieben sich zwischen die beiden, und Jennifer geht ein paar Schritte weiter.

JAN Jennifer! – So warten Sie doch! *Atemlos, näher.* Was tun Sie?

JENNIFER *atemlos* Nüsse! Ich hole Nüsse aus dem Automaten, weil Sie hungrig sind. So macht man das –

Wenn sie den Hebel niederdrückt, löst er ein paar Takte Musik aus, eine Musik, die noch öfter zu hören sein wird.

JENNIFER Die Musik dazu ist umsonst. Für ein Geldstück bekommt man Nüsse und Musik fürs ganze Leben.

JAN *belustigt* Mein Gott, das sieht aus wie Eichhörnchenfutter.

JENNIFER Sie sind ganz frisch. Das möchte ich beschwören. *Listig.* Und ich möchte beschwören, daß die Eichhörnchen ihr ganzes Geld hierhertragen, damit immer gutes Futter nachgefüllt wird.

JAN *heiter* Wissen Sie, Jennifer, was ich gesehen habe?

Ein Eichhörnchen. *Geheimnisvoll.* Und es hat mir einen Brief zugesteckt.

JENNIFER Ach!

JAN Darin steht: »Sag es niemand!«

JENNIFER Und weiter?

JAN »Du wirst diesen Abend mit Jennifer auf der himmlischen Erde verbringen . . .«

JENNIFER Warum »himmlische Erde«?

JAN Weil das ihr Name hier ist. Ma-na Hat-ta. So haben es mir die Indianer erklärt. Aber sie waren kostümiert und so echt wie die Büffel, die man auf den Rennbahnen das Laufen lehrte.

JENNIFER Von wem kommt der Brief?

JAN Ich kann die Unterschrift nicht lesen. *Kauend.* Die Nüsse sind sehr gut, aber wir müssen trotzdem etwas Vernünftiges essen. Was ist vernünftig?

JENNIFER Italienisches und Chinesisches, Spanisches und Russisches. Die Artischocken schwimmen im Öl; es gibt bleichen Tee zu Schwalbennestern und Lauch zu den zarten Schlangen, und die Früchte aller Meere vor den Früchten aller Länder.

JAN Ich hätte Lust auf Eisluft, weil es so warm ist, und einen Raum mit etwas Dämmerung, auf Schneehühner und ein Getränk, das aus Grönland kommt, mit Eisschollen darin. Und ich möchte Sie ein paar Stunden lang ansehn, kühle Schultern, kühles Gesicht, kühle runde Augen. Glauben Sie, daß das möglich ist?

JENNIFER Ich glaube es fest.

In einer Nachtbar *dann* auf der Straße *später* in einem Stundenhotel

Die Musik erklingt und bricht ab.

JENNIFER *mit einer verlangsamten Stimme* Es ist ja nicht wahr, daß du nicht tanzen kannst.

JAN Komm, wir gehen.

JENNIFER Meine armen Hände. Meine armen, armen Schultern. Bitte, tu das nicht. Tu mir nichts.

JAN Es ist zwei Uhr früh.

JENNIFER Wo sind wir denn? Warum singen denn die Kellner nicht mehr?

JAN Trink nicht mehr! Das war früher. Hier singen die Kellner nicht.

JENNIFER Warum nicht?

ZIGEUNERIN *hinzutretend, plötzlich* Einen Augenblick. Schenken Sie mir einen Augenblick. Ihre Hand, Fräulein. Ich will Ihnen die Zukunft aus der Hand lesen.

JAN Komm!

JENNIFER Ja, die Zukunft. Warte! Sie will mir die Zukunft sagen. Zeig ihr auch deine Hand. Sie ist eine echte Zigeunerin: braun, rot und so traurig. Sind Sie echt, liebe Frau? – Nun?

ZIGEUNERIN Ich kann nichts lesen in deiner Hand. Hast du dir wehgetan?

JENNIFER Er war es. Er hat seine Nägel hineingeschlagen. Es tut noch sehr weh.

JAN Jennifer!

JENNIFER Nichts? Gar nichts?

ZIGEUNERIN Ich könnte mich irren.

JAN *kalt* Nicht möglich.

JENNIFER Und seine Hand?

ZIGEUNERIN Sie werden lange leben, junger Herr, und Sie werden nie vergessen.

JAN *ironisch* Ich wagte es kaum zu hoffen.

JENNIFER *aufgebracht* Aber Sie haben ja seine Hand nicht angesehen!

JAN Beruhige dich. Zigeunerinnen genügt schon ein Blick in den Satz des Glases, aus dem man getrunken hat. In meinem schwimmt noch eine Zitronenschale. Das ist bezeichnend.

ZIGEUNERIN Ja, und gute Nacht.

JENNIFER *leise* Sie hat das Geld nicht genommen. – Weißt du, ich wüßte gern, wo ich überall war mit dir.

JAN Für das Tagebuch? Für das Notizbuch?

JENNIFER Ich glaube, es ist nichts für das Tagebuch.

JAN Die frische Luft wird dir gut tun. Gib acht, es geht über drei Stufen.

JENNIFER Zwei Uhr früh. Und wer sitzt hier noch auf den Stufen? Armer Mann, gehen Sie nicht schlafen?

BETTLER Dank der Nachfrage. Denn was ein armer Mann wie Mack vermag . . .

JENNIFER Sie sind Schauspieler?

BETTLER Eingegangen in die schmerzensreiche Stadt und in die immerwährende Qual, verloren unter Verlorenen. Um eine kleine Gabe bitte ich für mich und meinesgleichen.

JENNIFER *flüsternd* Ein Säckchen mit Nüssen habe ich, zwei Dollar und einen Schal. Nehmen Sie's.

BETTLER In keinem Namen. Und vergelt's niemand. Wir sind zu viele hier, Fräulein, in der Bettlerstadt. Haben keine Farbe. Neiden den Weißen und Schwarzen die Haut. Endstation Bowery. Aber Sie gehören in die Hochbahn mit Ihrem Kavalier, eh sie abgerissen wird. Hier stinkt alles zu sehr zum Himmel. Die Station ist links um die Ecke. Wünsche wohl zu ruhen.

JENNIFER Danke. *Im Gehen, aufatmend.* Mein Kavalier. Ich bin zu müde, um heimzufahren. Gehen wir.

JAN Spätestens um zehn muß ich morgen . . . Verzeih. Wir gehen jetzt ins erste Hotel, das wir finden. Ist es dir recht?

JENNIFER Sag mir noch einmal etwas über meine Augen!

JAN Ich glaube, es hat keinen Sinn, noch lange zu suchen. So spät.

JENNIFER Oder über meinen Mund. Wie war das? Du hast mit dem Strohhalm meine Lippen berührt, und mit deinem Knie meine Knie . . . Und dann sagtest du:

JAN Pas d'histoire.

JENNIFER Nein.

JAN Dann sage ich dir jetzt, daß ich es schätzen würde, wenn du keine Geschichten machtest.

JENNIFER *fröstelnd* Laß uns noch weitergehen, lange gehen.

JAN Es ist bald Morgen, mein Kind. Was tust du denn sonst um die Zeit?

JENNIFER Schlafen. Aber am Wochenende, wenn es ein Tanzfest gibt, bleibe ich auch solange auf. Und Artur küßt mich zur Guten Nacht, oder Mark, oder Truman. Hast du Truman nicht gesehen? Er war damals mit mir und ist sehr, sehr nett. Du mußt mich jetzt auch zur Guten Nacht küssen.

JAN Es ist etwas für Truman oder Mark.

JENNIFER Du mußt natürlich nicht. Sag es niemand. *Sie bleiben stehen.* Was willst du denn hier, in diesem fürchterlichen Haus?

JAN Sei vernünftig.

Sie gehen ins Haus.

FRAU *mit schläfriger, unangenehmer Stimme* Wünschen?

JAN Haben Sie noch ein Zimmer frei?

FRAU Nur noch hier unten. Nummer eins. Bezahlt wird im voraus. Der Schlüssel. Bis Mittag räumen.

Sie gehen, ohne zu sprechen, durch den Korridor, er sperrt die Zimmertür auf und dann ab, wenn sie eingetreten sind.

JENNIFER Man geht nicht mit einem Fremden in ein Hotel, nicht wahr?

JAN Mir sind diese Redensarten bekannt.

JENNIFER Oh, diese furchtbare Luft. Nicht einmal einen Ventilator gibt es.

JAN Ist das so schlimm?

JENNIFER Nein. Aber ich kann doch jetzt nicht, kann nicht. Ich weiß ja nichts von dir. Oh, bitte, erzähl mir etwas von dir. Laß uns reden und überlegen.

JAN Zieh dich aus!

JENNIFER *weinerlich* Meine armen Hände. Meine armen, armen Hände. Sieh sie dir bloß an.

JAN Hast du mich nicht aufgefordert zu allem? Es ist mir noch nie in den Sinn gekommen, jemand so weh zu tun.

JENNIFER Wenn wenigstens das Zimmer nicht so schmutzig und finster wäre – etwas für Fliegen, für Schaben als Aufenthalt. Und ich selbst bin schmutzig von feuchter Zuckerluft. Schmeckst du den Sirup in der Luft?

JAN *wärmer* Du bist sehr süß, Jennifer. Denk nicht daran, mach die Augen zu. *Hält inne, dann mit einer nur geringen Ironie.* Ach nein, sagte ich: »süß«?

JENNIFER *zitternd* Ja.

JAN Ich wollte etwas ganz anderes sagen. Man denkt nämlich nichts mehr dabei, weißt du? In Wahrheit denke ich, daß ich morgen früh aufs Schiffsbüro muß.

JENNIFER Was hat die Zigeunerin bloß gesagt?

JAN Etwas anderes als der Graphologe, der vor ihr an unseren Tisch kam. Deine zu kräftigen Unterlängen lassen auf Sinnlichkeit schließen, meine zu engen Großbuchstaben darauf, daß ich etwas verberge, und die fliegenden T-Striche auf kühne Phantasie. Bei gutem Willen und passenden Tierkreiszeichen ist harmonische Partnerschaft nicht ausgeschlossen. Aber, süße Jennifer, was für eine kurze Nacht werden wir beenden, ohne zu wissen, welch lange Tage der andere beendet hat!

JENNIFER *tonlos* Soll ich das Licht abdrehen?

JAN Dreh es ab. Und glaub mir, ich möchte dich ja gerne mit Schnee überschütten, damit du noch kühler wirst, als du warst, und noch mehr bedauerst. Auch ich werde es vielleicht bedauern oder vergessen im besten Fall. Man weiß so wenig vorher. Auch nachher. Eine Nacht ist zuviel und zuwenig.

JENNIFER *vorbeiredend* Ich könnte das Radio einschalten. Es muß noch ein Nachtprogramm geben. Immer, wenn ich nach Hause komme, höre ich noch Musik, vorm Einschlafen. Das ist sehr schön.

JAN Musik? Meine liebe Jennifer, jetzt wirst du keine hören – *und doch beginnt jetzt die Musik leise* – denn ich werde es nicht dulden.

JENNIFER *unter Tränen* Nein? Du bist furchtbar. Warum? Warum tust du das? Warum, warum, warum?

JAN Warum küßt du mich aber? Warum?

Die Musik, die lauter geworden ist, endet, und es ist einen Augenblick lang still.

JAN Jennifer! Wachen Sie auf! Ich bitte Sie.

JENNIFER *schlaftrunken* Wie spät ist es?

JAN Zwölf Uhr. Ich müßte schon längst ...

JENNIFER *begreifend* Längst. Natürlich.

JAN Es sieht nur noch wie Nacht aus hier. Ein Fenster unter Tag. Ein Lichthof ohne Licht. Übrigens hatten Sie recht mit dem Schmutz.

JENNIFER Gehen Sie doch. Ich habe nicht verlangt, daß Sie auf mich warten. Sie werden Ihre Schiffskarte nicht mehr bekommen und das Schiff verlieren.

JAN Sprechen Sie nicht so, Jennifer. Sie waren reizend, und ich habe Ihnen zu danken.

JENNIFER *verändert, aufrichtig* Das ist schauerlich, nicht wahr?

JAN Was?

JENNIFER Im Dunkeln und so tief, tief unten zu erwachen. Mit diesem Geschmack im Mund.

JAN Wir werden frühstücken gehen, und dann werden Sie sich besser fühlen.

JENNIFER Nichts werde ich – und nichts mehr fühlen.

JAN *gequält, vorsichtig* Wenn du dich anziehen wolltest, Liebling. Wir können dann in Ruhe darüber sprechen. Wenn wir nur erst fort wären von hier!

JENNIFER Geben Sie mir die Kleider. Sie dürfen sie anrühren. Sie müssen sich auch nicht abwenden. *Kalt.* An welche neue Höflichkeit und Distanz wollen Sie mich gewöhnen?

JAN Es tut mir leid.

JENNIFER Obwohl ich so reizend gewesen bin?

JAN *mit Wärme* Verzeih, bitte. Ich hätte es wissen müssen.

Es wird an die Tür geklopft.

FRAU *von draußen* Räumen Sie das Zimmer oder bleiben Sie?

JAN Wir sind im Gehen.

FRAU Aber dalli dalli. *Entfernter.* Wann sollen wir aufräumen. Unerhört! Mittag vorbei. Da sollte man doch ...

STIMMEN

WEITERGEHEN BEI GRÜNEM LICHT WEITERGEHEN
VERTRAUEN SIE UNS GESTEHEN SIE UNS
WARUM NICHT GENUSS OHNE REUE
SAGT ES ALLEN, SAGT ES DER WELT
VORMERK AUF SONNEN EIN KONTO AM MOND
TRAUMSTOFF DICHTER LICHTER BRENNBARER
IHR LETZTES HEMD DER WEG ALLER DINGE
WARUM GEBEN SIE ANDERN DIE SCHULD

PULVERT AUF SPORNT AN BERAUSCHT
IN DIE BREITE GEHEN IN DIE FERNE SEHEN
DENK DARAN BEI ROTEM LICHT:
STEHENBLEIBEN! DU KANNST ES NICHT –

JAN Ein Brief vom Eichhörnchen?

JENNIFER *endgültig* Kein Brief vom Eichhörnchen.

Im Gerichtssaal

GUTER GOTT So fing es an.

RICHTER Es sieht nach Ende aus.

GUTER GOTT Sie verstehen nicht. Jetzt war die Gefahr im Verzug, und ich witterte, daß es wieder einmal angefangen hatte. Von diesem Augenblick an erst machte ich mich an die Verfolgung.

RICHTER Was war da zu verfolgen? Ich kann nichts Ungewöhnliches drin sehen, daß ein junger Mann auf Reisen – *räuspert sich* – ein kleines Abenteuer sucht und findet. Reisebekanntschaften. Das Übliche. Nicht sehr gewissenhaft, etwas leichtfertig. Aber ein Fall wie viele Fälle.

GUTER GOTT Kein Fall. Der Tag war da. Die Nachtfiguren versanken.

RICHTER *tastend* Sie sind ein Moralist? Empören sich darüber?

GUTER GOTT Oh nein. Ich habe nichts gegen die Leichtfertigen, die Gelangweilten oder Einsamen, denen Pannen unterlaufen. Das will ja nicht allein sein und sich die Zeit vertreiben. Aber merken Sie nicht, daß *es* anfing? Und hören Sie, wie es anfing. Er sagte: »Ein Brief vom Eichhörnchen?«, denn es war da eine kleine Unsicherheit in ihm. Er hätte nicht so fragen sollen. Sie antwortete: »Kein Brief vom Eichhörnchen.« Und er – denn sie hätte niemals so antworten dürfen – fragte weiter:

Weiter im Hotel.

JAN Hunger?
JENNIFER *unsicher* Ist das so wichtig jetzt?
JAN Ja.
JENNIFER Hunger.
JAN Auf frischen Kaffee und weißen Toast und Orangensaft?
JENNIFER Riesigen Hunger. Auf alles.

Weiter im Gerichtssaal.

GUTER GOTT Bei diesen Worten sah sie ihn wieder an, und der Tag war da.
RICHTER *während er Blätter umwendet* Sie gingen also frühstücken. Von der Cafeteria aus telefonierte er mit der Schiffahrtsgesellschaft, die ihm mitteilte, daß er am nächsten oder übernächsten Tag nochmals anfragen solle, da man ihm noch keinen Platz auf der Ile de France garantieren könnte.
GUTER GOTT Der Tag war da. In allen Senkrechten und Geraden der Stadt war Leben, und der wütende Hymnus begann wieder, auf die Arbeit, den Lohn und größren Gewinn. Die Schornsteine röhrten und standen da wie Kolonnen eines wiedererstandenen Ninive und Babylon, und die stumpfen und spitzen Schädel der Gigantenhäuser rührten an den grauen Tropenhimmel, der von Feuchtigkeit troff und wie ein unförmiger ekliger Schwamm die Dächer näßte. Die Rhapsoden in den großen Druckereien griffen in die Setzmaschinen, kündeten die Geschehnisse und annoncierten Künftiges. Tonnen von Kohlköpfen rollten auf die Märkte, und

Hunderte von Leichen wurden in den Trauerhäusern manikürt, geschminkt und zur Schau gestellt.

Unter dem Druck hoher Atmosphären wurden die Abfälle vom vergangenen Tag vernichtet, und in den Warenhäusern wühlten die Käufer nach neuer Nahrung und den Fetzen von morgen. Über die Fließbänder zogen die Pakete, und die Rolltreppen brachten Menschentrauben hinauf und hinunter durch Schwaden von Ruß, Giftluft und Abgasen.

Der wilde Sommer flog in neuen Farben auf den Lack der Autokarosserien und auf die Hüte der Frauen, die die Park Avenue herunterschwebten, an die glänzenden Hüllen für Reis und Honig, Truthahn und Krabbe.

Und die Menschen fühlten sich lebendig, wo immer sie gingen, und dieser Stadt zugehörig – der einzigen, die sie je erfunden und entworfen hatten für jedes ihrer Bedürfnisse. Dieser Stadt der Städte, die in ihrer Rastlosigkeit und Agonie jeden aufnahm und in der alles gedeihen konnte! Alles. Auch dies.

RICHTER Verbrechen. Mord.

GUTER GOTT *zurücknehmend* Ich dachte an noch etwas anderes.

RICHTER *knapp* Nun gut. Die beiden verließen also nach dem Telefonat die Cafeteria und begaben sich mit der Untergrundbahn in die 125. Straße nach Harlem. Sie besuchten dort eine Bar, in der sie zum Andenken zwei Plastikquirls mitnahmen, und zuletzt eine Kirche, aus der sie zwei Pappfächer mit Darstellungen aus dem Leben der heiligen Katharina von Siena entwendeten. In einem Grammophongeschäft wurden sie dabei getroffen, wie sie in Gesellschaft einiger Neger populäre Musikstücke anhörten, worauf sie sich, dem Rat eines Reisebüros folgend, in die Lexington Avenue begaben und ein Zimmer im Atlantic Hotel bezogen.

GUTER GOTT Da ist noch eine Kleinigkeit, die ich nicht

gern unter den Tisch fallen sehen möchte. Die Sache mit dem Stockwerk. Falls Ihnen wirklich an einer Klärung liegt.

RICHTER Die Sache mit dem Stockwerk?

Halle des Atlantic Hotels

PORTIER Im 7. Stock habe ich noch 307 frei, mein Herr. Nach dem Hof. Daher sehr ruhig.

JENNIFER *leise zu Jan* Kein Blick auf die Straße? Nicht höher oben?

JAN *zum Portier* Nichts zu machen? Wirklich nichts?

PORTIER Tut mir leid. Wenn Sie länger bleiben, kann ich Sie vormerken für die Straßenseite, weiter oben. Man kann allerdings nie wissen.

JAN Wir wissen auch nicht – ob wir dann noch da sind. Aber denken Sie an uns. *Im Gehen zu Jennifer.* Bist du traurig?

JENNIFER Nein, denn es ist so schon besser, und es wird uns nichts kümmern.

LIFTBOY Zur Auffahrt hierher, bitte.

Der Lift fährt ab.

JENNIFER *in das Fluggeräusch hinein, selig* Auffahrt! Was für eine Auffahrt! Meine Ohren spüren's. Und du wirst sehen, was es oben gibt: eine Luftmaschine mit kalter Luft, viel Wasser und Sauberkeit jede Stunde.

Der Lift hält. Sie gehen über den Korridor zum Zimmer.

JAN Ich werde neugierig auf dein nasses Haar und deinen nassen Mund, deine Wimpern voll Tropfen. Du wirst ganz hell und weiß und vernünftig sein, und wir werden einander nichts vorwerfen.

JENNIFER Wenn dein Schiff fährt, wird es fahren. Wenn ich winken muß, werde ich winken. Wenn ich dich zum letzten Mal küssen darf, werde ich es tun, rasch, auf die Wange. Sperr auf.

Im Zimmer des 7. Stockwerks

JAN Ja, gelehrige, eifrige Jennifer. Weil ich aber so mißtrauisch bin, wirst du noch genauer geprüft. Sag: wann ist morgen?

JENNIFER *genau* Frühestens morgen.

JAN Und heute?

JENNIFER Spätestens heute.

JAN Jetzt?

JENNIFER *langsam, ihn umarmend* Gleich jetzt.

Im Gerichtssaal

RICHTER Es kam also doch wieder zu Intimitäten.

GUTER GOTT Nein, nein! Davon kann nicht die Rede sein. Unterlassen Sie diese lächerlichen Ausdrücke. – Es war eine Vereinbarung auf Distanz.

RICHTER Kommen wir zur Sache!

GUTER GOTT Aber diese Distanz kann nicht ganz gewahrt werden. Sie bekommt Bruchstellen. Da war zum Beispiel dieses Lachen. Ja, es fing genau genommen damit an. *Finster.* Mit diesem unbeschreiblichen Lächeln. Ohne Grund, meint man, lachen die.

RICHTER Wer lacht?

GUTER GOTT Die, bei denen es anfängt.

RICHTER Irrsinn.

GUTER GOTT *heftig zustimmend* Irrsinn. Ja! Sie lachen in der Öffentlichkeit und doch unter deren Ausschluß. Oder lächeln Vorübergehende an, nur so, mit einer Andeutung, wie Verschwörer, die andere nicht wissen lassen wollen, daß die Spielregeln bald außer Kraft gesetzt werden. Dieses Lächeln steht da wie ein Fragezeichen, aber ein sehr rücksichtsloses.

RICHTER Und wenn schon. Damit wird nichts angerichtet.

GUTER GOTT Doch. Sie fangen an, wie ein glühendes Zigarettenende in einen Teppich, in die verkrustete Welt ein Loch zu brennen. Mit diesem unentwegten Lächeln.

RICHTER Zur Sache!

GUTER GOTT Gegen Mitternacht standen sie auf. Natürlich ist das eine Zeit, in der außer Bankräubern, Barmädchen und Nachtwächtern niemand aufsteht. Sie gingen zur Brooklyn-Brücke.

RICHTER Richtig. Zur Brücke. – Warum?

GUTER GOTT Kein Warum. Sie gingen hin und dort standen sie, an die Traversen gelehnt, um eine Weile zu schweigen, und dann redeten sie wieder.

Im Freien

JAN *spielend, heiter* Wenn du mitkommst bis in die Chinesenstadt, kaufe ich dir ein Drachenhemd.

JENNIFER So bin ich beschützt.

JAN Wenn du mitkommst bis ins Village, stehle ich für dich eine Feuerleiter, damit du dich retten kannst, wenn es brennt. Denn ich will dich noch lange lieben.

JENNIFER So bin ich gerettet.

JAN Wenn du mitgehst nach Harlem, kaufe ich dir eine dunkle Haut, damit dich keiner wiedererkennt. Denn ich allein will dich lieben und noch lange.

JENNIFER *aus der Rolle fallend* Wie lange?

JAN Spiel, Jennifer! Frag nicht: wie lange? Sondern sag: so bin ich geborgen.

JENNIFER *aufatmend* So bin ich geborgen.

JAN Und wenn du mich begleitest durch Bowery, schenke ich dir die langen Lebenslinien von Bettlerhänden, denn ich will dich noch alt und hinfällig lieben.

JENNIFER *ausbrechend* Ein Brief vom Eichhörnchen! Endlich wieder ein Brief vom Eichhörnchen!

JAN Was steht darin!?

JENNIFER »Sag es niemand. Heute nacht erwartet dich Jennifer auf dem Broadway unter dem Wasserfall aus Pepsi Cola neben dem großen Rauchring von Lucky Strike.«

JAN Ich sag es niemand.

JENNIFER Wirst du kommen?

JAN Komm! Denn ich komme ja schon.

Im Gerichtssaal

GUTER GOTT Jetzt waren sie beim Spielen. Spielten: Liebe. Sie spielten es überall, in den dunklen Straßenecken und den dämmrigen Bars am Broadway, unter den zukkenden Lichtkreiseln der 42. Straße vor den Kinopalästen, im Strahlenregen künstlicher Sonnen und Kometen. Aber es erging ihnen beim Spiel wie beim Lachen. Sie verstießen gegen jeden vernünftigen Brauch, den man davon machen kann.

RICHTER *pedantisch* Gegen fünf Uhr früh kamen sie zurück ins Hotel.

GUTER GOTT Müde und ausgewaschen von zuviel Trunkenheit und Weltvergessen. Sie gingen nebeneinander her und blickten vor sich hin, weiter entfernt voneinander als im Spiel, im Lachen, im Schlaf. Dann die stummen Umarmungen oben, stumme Pflichten, getan ohne Auflehnung, noch unter dem Gesetz. Aber nicht lange mehr. Nicht mehr lange.

RICHTER *unwillig* Diese Wühlarbeit ist ganz und gar sinnlos. Kein Motiv kommt zutage. Die Vorgänge beweisen mir gar nichts. Und ich will endlich Ihr Motiv kennenlernen. Entrüstung? Nein. Neid?

GUTER GOTT Geben Sie mir Zeit. Ich bin guten Willens.

RICHTER *kalt* Ein guter Gott spricht so.

GUTER GOTT Ich war lange guten Willens, auch damals noch. Sie werden mir nicht glauben, aber ich gab ihnen jede Chance.

Am dritten Tag hatte der Portier noch immer kein anderes Zimmer frei. Nachmittags fuhren sie im Zentralpark mit einer Pferdekutsche herum und gerieten in eine Parade. Die Tambourmajorinnen tänzelten davor her und schwangen ihre Beine hoch, unverwüstlich jung und straff, Balletteusen des Asphalts, die für die Kriegsopfer und die Kriegsgewinnler ihr Rad schlagen. Die Bänder kränzten die Baumwipfel, die Autodächer und Menschenköpfe; die Kinder jubelten, und die Eichhörnchen thronten auf den Resten des Rasens. Sie steckten ihr Reich ab mit weggeworfenen Nußschalen, und wo die Buden und Automaten zusammenrückten neben den Seerosen des Teichs, waren ein paar Bretter aufgestellt, ein Vorhang gezogen, und für fünf Cents konnte jeder einmal hineingehen und ein Theater erleben, das nicht seinesgleichen hat. Die Sprecher, die die Puppen an den Drähten zogen, waren Billy und Frankie, die beiden Eichhörnchen. Denn meine heiseren, blutrünstigen Hauptleute liebten in ihrer freien Zeit nichts so sehr, wie den Leuten grausige Spektakel in den schönen Worten, die unsere Dichter dafür gefunden haben, vorzuführen. Wenn ein Dutzend Zuschauer sich gefunden hatte, schloß man hinter ihnen den Vorhang. Zwei andere Eichhörnchen hängten ihre Krallen in den Stoff und griffen ins Holz. Lebendige Haken. Drinnen war es dunkel, nur der Boden der kleinen Bühne glänzte, von Phosphor bestrichen, für Leichen gerichtet, und das Programm mit Hinweisen wurde verkündet von den beiden Akteuren, deren Stimmen aus dem Hinterhalt kamen.

Im Theater

FRANKIE Für nur fünf Cents: fünf der schönsten Liebesgeschichten der Welt!

BILLY Orpheus und Eurydike.

FRANKIE Tristan und Isolde.

BILLY Romeo und Julia.

FRANKIE Abälard und Heloïse.

BILLY Francesca und Paolo.

FRANKIE Zur Hölle mit ihnen. Zur Hölle!

BILLY Bist du still! *Lauter.* Und nun Näheres zum ersten Stück. Die Versteinerung der geliebten Eurydike und ihr trauriges Ende im Totenreich. Orpheus, der Sänger, zerrissen von verrückten Weibern, und die Klage der schönen Natur am Ende.

FRANKIE Tot. Zerrissen. Zu Ende!

BILLY Tristan und Isolde – Stück von einer langhaarigen Königin und ihrem Helden, einem wirksamen Zaubertrank, einem schwarzen Segel im rechten Augenblick und einem langen schmerzhaften Sterben.

FRANKIE *außer sich* Zur Hölle mit ihnen!

BILLY Das kommt doch später, du Narr. Und gleich darauf das süße Sterben des schönen Romeo und seiner Julia im dunklen Verona. Mit Grüften, alten Mauern, einem Mond und viel Feindlichkeit als Versatzstücken.

FRANKIE Bravo. Die Dolche nicht zu vergessen!

BILLY Ein Abstecher ins frühe Frankreich. Abälard und Heloïse.

FRANKIE *fängt leise und schauerlich zu lachen an* Oh, Billy, ich kann nicht ernst bleiben bei den beiden. Was für eine tolle Liebe, und wie wird Heloïse schmachten! Oh, wie peinlich wird das sein. Es juckte mich schon immer so, wenn die stolze Titania den Esel umarmte. Aber das erst. Oh, das ist zum Sterben. Zur Hölle mit ihnen!

BILLY Die Hölle kommt erst am Ende!

FRANKIE Ich weiß: Paolo und Francesca. Aber es amüsiert mich so.

BILLY Meine Damen und Herren! Zwei Liebende, wieder im fernen Italien, ein Lesebuch und seine Verführung als Hintergrund und das Inferno als Ausblick.

FRANKIE Sagte ich nicht: Zur Hölle mit ihnen!?

BILLY Fürchten Sie sich nicht. Sie werden viel Blut sehen, riechen und schmecken. Schreie, Schwüre –

FRANKIE Und die Hölle!

BILLY Und Sie werden geradewegs in die Hölle blicken. Das ist unser bescheidenes Programm für heute. Die Vorschau auf morgen: das furchtbare Lieben und Sterben von einigen anderen Paaren, überliefert durch Chroniken, bekannte Schauerstücke und Zeitungen, aus aller Herren Länder wie den indianischen Totentälern, dem bestialischen Rheinland und dem stinkenden Venedig, die vorzügliche Kulissen abgaben für die Entwicklung schöner Gefühle.

FRANKIE Und jetzt alles herhören, alles hersehen!

Die Musik erklingt, als hätte sie ein Zeichen für den Anfang des Theaters zu sein.

Im Freien

JENNIFER Wieviel Mühe sie sich beim Spiel geben und wie spaßig sie sind. Hat es dir nicht gefallen?

JAN Doch. Aber hat uns kein Eichhörnchen einen Brief zugesteckt?

JENNIFER Ich habe nichts bemerkt. Sie tun es so heimlich. Laß mich in meine Handtasche sehen. *Sie öffnet sie.* Da ist ein Zettel und darauf steht:

JAN »Zur Hölle.«

JENNIFER *lachend* Aber nein! Darauf steht: *flüsternd* »Heimgehen, bitte.«

Im Gerichtssaal

GUTER GOTT Und immer wieder gingen sie zurück in dieses Zimmer. Daß sich vier Wände dazu hergeben mögen.

RICHTER Auch dazu werden Wände gebaut. Damit ein natürliches und gesundes Empfinden –

GUTER GOTT – etwa zu seinem Recht kommt? Aber es ist weder natürlich noch gesund. Sie umarmten einander und dachten schon an die nächste Umarmung. Sie gaben einem Verlangen, das von der Schöpfung nicht so gedacht sein kann, mit einer Laune nach, die ernsthafter war als jeder Ernst, und schwuren sich Gegenwart und sonst nichts, mit jedem Blick, jedem heftigen Atemzug und jedem Griff in das hinfälligste Material der Welt, dieses Fleisch, das vor Traurigkeit bitter schmeckte und in dem sie gefangen lagen, verurteilt zu lebenslänglich.

Im Zimmer des 7. Stockwerks

JAN Hörst du mir zu?

JENNIFER *müde* Ja.

JAN Ich weiß, es wird jetzt bald so weit sein, daß ich dir versprechen werde, nach meiner Rückkehr Briefe zu schreiben. Aber du darfst mir nicht trauen. Willst du den Text wissen?

JENNIFER Ja.

JAN »Mein Liebling, ich habe alles gründlich überdacht . . . du bist mir so wichtig geworden, teuer geworden . . . schreibe mir sofort, postlagernd am besten, denn, aber das erkläre ich dir später . . . und postwendend, ob auch für dich diese Tage . . . dadam . . . über jede Entfernung hinweg umarme ich dich, mein kleiner Liebling, dadamdadam . . . wir müssen uns wiedersehen, wir werden . . . einen Weg finden, wir werden, wir sollten, wir müßten, trotz jeder Entfernung. Schreibe mir!«

JENNIFER *sich aufraffend, unschuldig* Du wirst mir wirklich schreiben?

JAN Nein. Das war ein Scherz. Und ich fürchte, ich werde zu keinem Scherz mehr aufgelegt sein nach alledem.

JENNIFER Ich weiß nicht, ob ich dich verstehe.

JAN Du wirst bald verstehen. *Zitierend, spielerisch.* »Ich bin trunken von dir, mein Geist, und wahnsinnig vor Begierde nach dir. Du bist wie Wein in meinem Blut und nimmst Gestalt an aus Traum und Rausch, um mich zu verderben.«

JENNIFER Was ist das?

JAN Es sind Worte.

JENNIFER Für dein Gefühl?

JAN Meine Gefühle habe ich ausgezogen und zu den Kleidern gelegt.

JENNIFER Dein Innres sagt mir das?

JAN Mein Innres! Ich habe sehr eifrig gesucht und geforscht in vielen Jahren, aber ich habe in meinem Innern nie jemand getroffen.

Das Telefon läutet.

JENNIFER Das Telefon! Soll ich antworten?
JAN Bitte.
JENNIFER Hallo. Ja. Ich habe verstanden. – Danke. Es ist gut.

Pause.

JENNIFER Du hast einen Platz auf dem Schiff. Du kannst fahren.

STIMMEN

DENK DARAN SOLANGE ES ZEIT IST
GIB GOTT EINE CHANCE
UND VERSÜSS DIR DAS LEBEN
FANGT GRILLEN UND HÄRTET DEN STAHL
TUT GUTES UND TUT ES SCHNELL
DIANA ZWEIHUNDERTSTUNDENKILOMETER
IM KOMMEN WIE NIE ZUVOR
SACHSCHÄDEN MENSCHENLEBEN
KEHR EIN UND UM UND KOMM DRÜBER HINWEG
DU KANNST ES NICHT MIT DIR NEHMEN
GEHEN IMMER WEITER GEHEN
BEI GRÜNEM LICHT DENK DARAN!

Im Zimmer des 7. Stockwerks

JENNIFER Ich bin fertig. Mein Koffer ist gepackt. Er ist

so leicht. Federn könnten drin sein. Fluggepäck. Was muß ich dir jetzt sagen? Leb wohl?

JAN Sag nichts, Jennifer. Sag, wenn du kannst: es war leicht, es war schön. Es wird leicht sein.

JENNIFER *nachsprechend* Es war schön.

JAN Ich sage besser nichts.

JENNIFER Gehst du zuerst? Oder gehe ich? Du kannst nachsehen, ob kein Taschentuch von mir zurückgeblieben ist. Ich lasse immer eins liegen. Ein Tuch zum Winken, mit einem Tropfen Parfüm drin, keinen Tränen.

JAN Gehen wir miteinander!

JENNIFER Nein.

JAN Bis auf die Straße.

JENNIFER *gleichgültig* Wie du willst. Es kommt nicht mehr darauf an. Ist es nicht so?

JAN Ja, so ist es.

Sie öffnen die Tür, gehen über den Gang und zum Lift, fahren hinunter.

LIFTBOY Erdgeschoß?

JAN Erdgeschoß.

JENNIFER *vor sich hin* Es wird leicht sein, es wird leicht sein.

JAN Ich muß noch die Rechnung bezahlen.

JENNIFER Ich gehe voraus. – Ich gehe. *Und während sie zu laufen beginnt.* Ich gehe.

Straßengeräusche und darüber

STIMMEN

KEINE ANGST VOR MONTAGEN UND DIENSTAGEN
LETZTER TAG FÜR REIHER UND FLEDERMAUS
DU KANNST ES NICHT MIT DIR NEHMEN
HÄNDE WEG VON HERZEN UND SIEGELN

FÜHLT SELBER SEHT SELBER
HÖR ZU UND GEH MIT WEITERGEHEN
NÄHER ZU IHM NÄHER ZU NICHTS
DENK DARAN BAU AUF UNS SETZ AUF UNS
SOLANGE ES ZEIT IST DENK DARAN!

Auf der Straße

JAN *laut, dann lauter und zuletzt in Verzweiflung*
Jennifer! – Jennifer! – Jennifer!

ZEITUNGSVERKÄUFER Treffen der Veteranen
Treffen der Hammel
Treffen der alten Trommler

JAN *sich an den Ausrufer wendend* Sie muß hier vorbeigekommen sein, mit einem Koffer. In Rosa und Weiß, mit Locken, die über die Ohren fallen. Und diesem Blick: wie gefällt Ihnen?

ZEITUNGSVERKÄUFER Gesehen. Nichts hat man gesehen. Rosa und Weiß? So sind sie alle, mir ist das auch einmal passiert. Die sehn Sie nicht wieder. Aber fragen Sie einmal den dort von der Polizei. Ja! Den mit dem Helm auf dem Kopf und dem Knüppel in der Hand.

JAN *auf den Polizisten zutretend* Weit kann sie nicht sein. Sieht aus wie alle und ist es doch.

POLIZIST Sind Sie ein Angehöriger?

JAN Ich habe gleich angefangen zu laufen, als ich merkte, daß es anders kam. Hundert Meter Vorsprung hatte sie.

POLIZIST Ach was, Vorsprung. Sie sind ein sehr netter Mensch, aber ich muß zuerst die Kinder da über die Straße führen. Dann reden wir weiter. Nicht wahr, Kinder?

KINDER Bring uns! Trag uns! Komm, Hampelmann! Komm, feiner, alter Polizeionkel.

JAN *weitergehend, laut und weithin* Jennifer! Jennifer!

Wenn sein Ruf vergeht, wird es plötzlich still, dann

JENNIFER *ohne Erstaunen* Du?

JAN *außer Atem* Gib mir deinen Koffer.

JENNIFER Jan!

JAN Bist du wahnsinnig? – Du stehst hier und bläst deine Handballen und streichst dir auch noch das Haar aus der Stirn. Wir gehn zurück.

JENNIFER Ja?

JAN Wie hast du nur gehen können. Ich werde es dir nie verzeihen.

JENNIFER Jan.

JAN Ich sollte dich schlagen vor allen Leuten, schlagen werde ich dich . . .

JENNIFER Ja, ja.

JAN Wirst du noch einmal fortgehen, wenn ich dich fortschicke!?

JENNIFER Nein.

JAN Weißt du wieder, wo du hingehörst, obwohl du den Verstand verloren hast?

JENNIFER Ich weiß nur keinen Platz mehr für uns. Aber wenn du ihn wüßtest, wüßte ich ihn auch.

JAN Ich weiß ihn. Sag, ob es nicht ein Wink war.

JENNIFER Ja. Ja.

JAN Als ich die Rechnung verlangte, hörte ich, daß ein Zimmer oben frei geworden ist, auf der Straßenseite, im dreißigsten Stock. Da mußte ich doch innehalten. Und ich meinte, dir nachgehen und es dir sagen zu müssen. Sag!

JENNIFER Oh ja. Ja.

JAN Weil du es dir doch gewünscht hast und weil ich dir noch keinen Wunsch erfüllt habe und nichts geschenkt.

JENNIFER *langsam* Küß mich. Auch auf der Straße.

Auch vor dem Fenster mit den Orangen und brauner Ananas. Auch vor dem Kreuz des Rettungswagens und dem Dromedar, das der Zirkusmann hier vorüberführt. Auch vor den Kernen, die geflogen kommen von Pfirsich und grüner Dattel, und die die Mulatten wegwerfen.

JAN Und du fürchtest nicht, dein Gesicht zu verlieren auf der Straße?

JENNIFER Nein. Und ich weiß schon, warum.

JAN Sag!

JENNIFER Weil jeder sehen kann, daß ich bald ganz verloren sein werde, und fühlen kann, daß ich ohne Stolz bin und vergehe nach Erniedrigung; daß ich mich jetzt hinrichten ließe von dir oder wegwerfen wie ein Zeug nach jedem Spiel, das du ersinnst.

JAN Du mußt einmal sehr stolz gewesen sein, und ich bin jetzt sehr stolz auf dich. *Plötzlich, besorgt.* Jennifer!

JENNIFER Es ist nichts. Mir ist schwindlig. Weil du mich geliebt hast oder weil du mich wieder lieben wirst. Halt mich fest.

JAN Sprich nicht mehr! Gleich sind wir da. Du wirst zwischen frische Tücher gelegt, bekommst zu trinken, Eis auf die Stirn und eine Zigarette. Kein Wort mehr!

JENNIFER Ich glaube beinahe, ich war ohnmächtig. Verzeih mir. Ich wußte nicht, daß man so ohnmächtig werden kann.

Im Gerichtssaal

RICHTER Auch eine Erfrischung? Auch eine Zigarette?

GUTER GOTT Nur einen Schluck Wasser.

RICHTER Dreißigstes Stockwerk ist natürlich besser als siebentes, und beides ist sehr viel besser als zu ebener Erde zu wohnen. Besonders hier.

GUTER GOTT Überall. Oben ist die Luft dünner. Die Geräuschwellen gleiten ab an den Mauern. Alles sinkt so sichtbar zurück in ein Flußbett, auf dem Treibholz schwimmt: ehemalige Gefährten, alte Lasten, hilflose Flößer mit kurzgesteckten Zielen. Eine Miniaturausgabe des Alltags ist belustigend. Aus einiger Entfernung betrachtet, schrumpft der gesunde Menschenverstand ein und sieht einem Gran Stumpfsinn zum Verzweifeln ähnlich.

RICHTER *unvorsichtig* Die beiden hatten ihn wohl schon nicht mehr, den gesunden Menschenverstand.

GUTER GOTT *schwerfällig* So reden Sie?

RICHTER Einfühlung.

GUTER GOTT Ja? Es gibt nämlich einiges in den Höhen, wo die Adler nicht wohnen. Freiheit. Ein Unwesen, das die Phalanx der Liebenden in Besitz nimmt und verteidigt voller Verblendung.

Darum bin ich dieser Zigeunerin auf den Fersen, solange ich denken kann, die von nirgends herkommt und nirgends zuhause ist und diese Horste begünstigt – Die so geduckt unten geht und plötzlich über den Asphalt und auf fliegt, damit ihre Füße keine Spur lassen –

Der Liebe, könnte ich sagen –

Ihr, die wir nicht fassen und hierherbringen können und die nie aussagen wird.

Nirgends zu finden. Schon nicht mehr zu finden, wo sie eben noch war.

Und ich könnte schwören, daß sie, die gestern noch jene beiden liebte, den Kakteenpurpur aufgehn und die Pappel ins Dunkel ragen ließ, heute schon zwei andere liebt und die Mimosen erzittern läßt –

Daß sie sich kein Gewissen macht, sondern ihr schwarzes Mieder fest schnürt, ihren roten Rock wirbeln läßt und wieder jemand die Welt verdunkelt mit ihren vor Trauer unsterblichen Augen!

RICHTER Nicht zu fassen. Freilich nicht hierherzubringen. Aber was sich fassen läßt, die Tatsachen ... *Blätternd.* Wie sieht es im dreißigsten Stockwerk aus?

GUTER GOTT Das Zimmer ist lichter als der Tag. Wenn man von Einkäufen zurückkommt, brät man Fische mit faden Glotzaugen in der Kochnische und wäscht ein Paar Strümpfe und ein Paar Socken im Bad, hängt sie über den stählernen Arm, an dem man auch Gymnastikübungen machen könnte, wenn man nicht Besseres zu tun hätte. Man nennt das schon »zuhause«, beugt sich manchmal aus dem Fenster, rauft Stroh und Binsen aus einer Besenreklame und klebt sie an die Wand, damit das Zimmer einem Nest ähnlicher wird. Man sperrt zweimal die Tür ab und steht ein drittes Mal auf, um nachzusehen, ob sie verschlossen ist. Immer seltener geht man aus. Man hat keine Zigaretten, und einer von beiden will sie kaufen gehen, aber man geht dann zu zweit.

RICHTER Briefe vom Eichhörnchen?

GUTER GOTT Massenweise. Die Post häuft sich. Und Billy und Frankie tanzten auf dem Korridor auf und ab und sahen durchs Schlüsselloch.

Auf dem Hotelkorridor

BILLY Ach wie gut, daß niemand weiß!

FRANKIE Was ich nicht weiß, macht mich nicht heiß.

BILLY Poet, schwachsinniger. Was denkst du dir aus für das Mädchen?

FRANKIE Zum Teufel mit ihr!

BILLY Und für ihn?

FRANKIE Er ist schlau, aber es hat ihn erwischt. Schlaukopf, Lästermaul, die Welt ist faul!

BILLY Sag schon.
FRANKIE Spanische Folter.
BILLY Spanische?
FRANKIE Du wirst dich zu Tod lachen. Daumenschrauben sind nichts dagegen. Brennende Hölzer unter den Nägeln, ein Kolonialbeamtenspiel. Auspeitschen eine Wonne dagegen. Ich sag's dir ins Ohr.

Er flüstert unverständlich.

BILLY Hoho?!
FRANKIE Oho!
BILLY Einverstanden?
FRANKIE Einverstanden. Wenn unser strenger Meister es zugibt.

Im Gerichtssaal

RICHTER Wir sind nicht mehr im Mittelalter.
GUTER GOTT Nein. Im Anfang der Neuzeit. Oder Endzeit. Wie es beliebt.
RICHTER Das ist unerträglich. Die Hitze. Und es dämmert schon.
GUTER GOTT Ich nehme an, Sie sind, wie die meisten heutzutage, für Massenvernichtung und nicht für Einzelvernichtung. Aber ich habe, der einzelnen wegen, die sich absentierten, ein altmodisches Verfahren entwickeln müssen und werde daher wenig Gnade vor ihren Augen finden.
RICHTER Von wem Gnade. Und wozu?
GUTER GOTT Eins muß ich richtigstellen. Die ausschweifende Phantasie meiner Handlanger habe ich nur gelenkt und benutzt; meiner Nüchternheit war sie zuwi-

der. Mit solchen Auswüchsen hat man es nur bei niedrigen Naturen zu tun. Mordlust ist mir fremd.

RICHTER Sie bestreiten?

GUTER GOTT Es geschah nur Recht.

RICHTER Sie bestreiten? Wozu dann Gnade?!

GUTER GOTT Dann: Keine Gnade.

STIMMEN

GUTER RAT NICHT MEHR TEUER
SPOTT BILLIGER TU'S ODER STIRB!
KEINE GNADE FÜR NACHTIGALLEN
DENK DARAN WAS IMMER GESCHIEHT
WEITERGEHEN FREIWILLIGE VOR
SCHAKALE UND WÖLFE NACH
EIN FRIEDE KOMMT SELTEN ALLEIN
KEINE GNADE SOLANGE ES ZEIT IST
SCHARFE MASSNAHMEN SCHÄRFER
NIEDER MIT ALLEN SCHRANKEN
DU KANNST ES NICHT MIT DIR NEHMEN
HALT! BEI LICHT BEI LICHT BESEHN: HALT!

Im Zimmer des 30. Stockwerks

JENNIFER Errette mich!

JAN Ist das aus dir geworden!? Bist du's geworden? Aus einem rosaroten Mädchen mit Tagebüchern, Gutenachtküssen und Autoküssen, mit Truman und vollgekritzelten Heften unter dem Arm, sehr nett und wie gefällt Ihnen? – Wozu sind die Feuerleitern da an allen Häusern: damit man sich retten kann, wenn es brennt; und wozu sind die Feuerlöscher in allen Zimmern: damit man löschen und sich retten kann.

JENNIFER Errette mich! Von dir und von mir. Mach, daß

wir uns nicht mehr bekämpfen und daß ich stiller werde zu dir.

JAN Weinst du? Wein doch!

JENNIFER Glaubst du, daß wir wahnsinnig sind?

JAN Vielleicht.

JENNIFER Verachtest du mich?

JAN Nur ein wenig. Nur so viel, daß mein Staunen nicht endet über dich. Aber ich bin auch erstaunt über mich.

JENNIFER Wirst du heute fahren?

JAN Nein.

JENNIFER Aber ich weiß doch, daß es nur ein Aufschub ist, immer wieder ein Aufschub. Wozu?

JAN Frag nicht! Weil vielleicht noch etwas aussteht. – Aber wo ist deine Neugier hin? Du wolltest mir ganz andere Fragen stellen und Antworten auf Fragen geben, die du in mir vermutest.

JENNIFER Ja, ja. Laß uns endlich sprechen und ruhig daliegen. Erzähl!

JAN Etwas aus der Kindheit? Geschichten vom Lande und aus der Stadt, Eltern, Tanten, Onkeln? Aus der Schulzeit? Von vergrämten Lehrern, Kreideschlachten und bestandenen Prüfungen? – Ich bin geboren worden, und dann war es bald zu spät.

JENNIFER Ja. Es ist vielleicht töricht ... obwohl ich meine, wissen zu müssen, wie alles war.

JAN Dann könnte ich dir noch sagen, in welchen Ideen und welchen Gesinnungen ich mich versucht habe, wieviel Geld ich jetzt für Ideenlosigkeit verdiene und wie die Aussichten sind. Oder das Land beschreiben, seine Berge, Apfelbäume und neueste Grenzverhältnisse. Aber ihr sagt hier nur: Europa. Europäer. Wie könnte ich da kleinlich sein, von unseren Apfelbäumen reden und die Pinien und Strände außer achtlassen, die es auch geben mag. Überdies ist alles sehr weit weg und trägt keine Aufschriften mehr für mich.

JENNIFER Und . . . aber . . .

JAN Noch etwas?

JENNIFER *leise* Die anderen, die es gegeben hat. Und was bedeute jetzt ich?

JAN *nach kurzem Überlegen* Habe ich dich so sehr eingeschüchtert, daß du erst jetzt danach fragst? Die unausbleibliche, beliebte Frage. Ich bin ja vorbereitet. Aber was willst du damit? Wenn ich dir nun etwas erzählte, von wenig Frauen oder sehr vielen, von Enttäuschungen – so nennt man das doch? – oder unvergeßlichen Erlebnissen. Das Vokabular ist mir durchaus geläufig, und ich habe mir für die Vergangenheit einige Fassungen zurechtgelegt. Wie es mir grade einfiel. Es gibt eine tragische Fassung und eine leichtsinnige, eine mit einem roten Faden und eine, die bloß als Statistik gelten kann. Aber wär's nicht zu wünschen, daß du mir alle erließest?

JENNIFER Ja. Nur als du von dem Brief sprachst, den du mir nicht schreiben wirst, sagtest du: »schreib mir am besten postlagernd, denn, aber das erkläre ich dir später . . .«

JAN Ich wollte mich wohl verraten. Denn es gibt jetzt wirklich jemand drüben, der auf mich wartet. Immer wartet jemand. Oder es hätte nie anfangen dürfen. Man wird ja weitergereicht, eine Beziehung löst die andere ab, man siedelt von einem Bett ins andere.

JENNIFER Was wirst du sagen, wenn du zurückkommst?

JAN Nichts.

JENNIFER *gequält* Als wäre nichts geschehen?

JAN Das habe ich nicht gesagt. Ich will damit nicht einmal sagen, daß ich dorthin zurückgehen werde. Aber so oder so gilt, daß nichts zu sagen ist.

JENNIFER Weil es einfacher ist. Oh, alles ist so einfach, einfach!

JAN Wein doch! Aber vergiß nicht, daß auch du gesagt hast: sag es niemand.

JENNIFER Ja. Weil es in den Briefen steht, die von den Eichhörnchen kommen.

JAN Sie werden wissen, was sie schreiben.

JENNIFER Und wenn sie es nicht wissen! – So werd ich dich also nie kennenlernen.

JAN Was hättest du davon, wenn du von meinen Schwächen wüßtest und von ein paar guten Taten, die mir nebenbei unterliefen. Ich will nichts von dir wissen, dich ausklammern aus deinen Geschichten. Wenn du gehst, dich bewegst, blickst, wenn du mir folgst, nachgibst und kein Wort mehr findest, dann weist du dich aus, wie dich kein Papier, kein Zeugnis je ausweisen könnten. Ich zittre nicht um deine Identität. *Verändert, beleidigend.* Aber wir könnten versuchen, eine gemeinsame Basis zu finden, wenn du Wert darauf legst.

JENNIFER Nicht so! Nicht so!

JAN Was weißt du von Interferenzen und von Automation, von Quantenlaunen und intersubjektiver Verifikation?

JENNIFER Nicht so!

JAN Von nuklearen Veränderungen, Psychopathologie und vom Paläolithikum?

JENNIFER *ängstlich* Bitte nicht!

JAN Darüber wird man also nicht reden können.

JENNIFER Nein . . .

JAN Über anderes vielleicht?

JENNIFER Worüber du willst. Ich werde mir Mühe geben.

JAN Warum Mühe?

JENNIFER Um dir näherzukommen.

JAN Würdest du eine Meinung äußern?

JENNIFER Welche?

JAN Das frage ich dich.

JENNIFER Ist dir das so wichtig?

JAN Nein. Ich möchte nur feststellen, weil wir schon dabei sind, was bleibt, wenn du keine Meinung hast, dir aber Mühe geben willst und so weiter.

JENNIFER Stoß mich nicht zurück.

JAN *immer wacher, ironischer* Es gibt noch andre Möglichkeiten zu kommunizieren. Wir könnten die Theater besuchen und in der Pause Gedanken austauschen über den gut fabrizierten Feuerzauber.

JENNIFER Von welchem Theaterstück sprichst du?

JAN Von einem, das ich mit dir nie sehen werde. – Und was ist's mit der Musik? Wenn wir Muße haben, hören wir uns ein bedeutendes Klavierkonzert an, dessen Ecksätzen man Brillanz nachrühmen könnte und dessen geistvolle Organik besticht.

JENNIFER Du meinst eine ernste Musik?

JAN Und wenn es so nicht geht, werden wir Galerien besuchen und mit angestrengten Augen einen Farbwert erfassen. Und wenn es auch so nicht geht, wirst du kochen lernen und mich mit Frittaten, Saucen und Desserts unterhalten. Abends bleibt der Ausweg ins Kino. Man starrt miteinander auf die Leinwand und entspannt sich. Irgend etwas, verlaß dich drauf, wird sich schon finden, das uns zusammenhält. Kinder zum Beispiel, Sorgen und schlechtes Wetter. Verlaß dich drauf!

JENNIFER Mir soll alles recht sein.

JAN *böse* Mir auch.

JENNIFER Du bist schön, wenn du zornig wirst.

JAN Ich bin jetzt nicht zornig. Ich möchte nur ausbrechen aus allen Jahren und allen Gedanken aus allen Jahren, und ich möchte in mir den Bau niederreißen, der Ich bin, und der andere sein, der ich nie war.

JENNIFER Du bist schön, und du bist ja schon, wie du nie warst.

JAN Ich werde dir noch etwas sagen: es ist unmöglich, daß das mit uns geschehen soll.

Du mein, ich dein.
Vertrauen gegen Vertrauen.
Laß uns an die Zukunft denken.
Gute Kameraden sein. Freundschaft halten.
Schützen einander, zusammenstehn.
Ein Trost sein. Ein Trost sein.
Du bist der erste Mensch, der kein Trost für mich ist. Meine Freunde und meine Feinde waren zu ertragen, auch wenn sie mich lähmten und meine Langmut verbrauchten. Alles war zu ertragen. Du bist es nicht.

JENNIFER Du bist schön, und ich bete dich an. Ich gebe dir Küsse auf die Schulter und denke nichts dabei. Heißt das trostlos sein?

JAN Ja. Aber es ist nur der erste Angriff, der erste Schlag auf eine Kette, die nicht zerbrechen will. Aber horch. Schon klingt sie, und am Ende, wenn sie ohne Laut zerspringen sollte, wirst du wieder nichts dabei denken. Aber es kann auch das Gesetz der Welt dann nicht mehr auf uns liegen.

Im Büro des guten Gottes

BILLY Die beiden machen es nicht mehr lang. Verdrehen schon die Augen. Starren ins Ungefähre. Lästern.

FRANKIE Karten auf den Tisch. Was sagt der letzte Wisch? Was sagt unser Meister?

BILLY Warten. Abwarten.

Ein Kratzgeräusch.

BILLY Kratz nicht auf dem Munitionsschrank herum. Er wird dir eins auf die Pfoten geben.

FRANKIE Es juckt mich schon so.

BILLY Sollen wir ihnen noch einen Brief schicken?

FRANKIE Aber einen, der den Puls beschleunigt, den Druck hinaufsetzt. Zum Teufel mit ihnen.

BILLY Was schreiben wir?

FRANKIE »Sag es niemand.«

BILLY Versteht sich.

FRANKIE Ich könnt mich ins Fell beißen. Mir fällt nichts ein.

BILLY Beiß dich!

FRANKIE Au! Au! Au!

BILLY Noch immer nichts?

FRANKIE Ich hab's!

BILLY Wird was Rechtes sein.

FRANKIE Höher hinauf müssen sie.

BILLY Eine Nuß gefällig? Kopfnuß vielleicht?

FRANKIE Behalt deine Nüsse! Im letzten Stock muß ein Zimmer frei werden. Gib die Kartei her! Wer schmort jetzt oben?

BILLY Wie hoch? Im 57. Stock? Das wäre der letzte.

FRANKIE Gib her! Herr Missismister. Wir probieren es.

BILLY Wie?

FRANKIE Er muß heraus. Wir kommen angehüpft. Mit einem Sprung flieg ich ihm auf die Brust. Und er packt seine Koffer, vor Schreck.

BILLY Zieht aus, und sie ziehen ein. Dann?

FRANKIE Dann schweben sie und müssen haushalten mit der Stickluft. Verlieren den Boden unter den Füßen. Fühlen Schwindel. Und pfeifen – *er pfeift* – pfeifen auf die himmlische Erde. *Er pfeift wieder.*

BILLY Himmlisch. So geht's schneller.

FRANKIE Ach, wie gut!

BILLY Ach wie gut, daß niemand weiß, daß ich Billy –

FRANKIE Daß ich Frankie –

BILLY Das zahme, das scheue –
FRANKIE Das flinke Eichhorn heiß.

Im Gerichtssaal

RICHTER Tatsächlich zog ein Mann im letzten Stock aus diesen oder anderen Gründen aus.

GUTER GOTT Der Portier erinnerte sich an ein Trinkgeld, das er von den beiden bekommen hatte, und quartierte sie um. Von dem Zimmer oben gab es eine seltsame Aussicht. Eine im Flug verlassene Welt lag unten. In einem Aug konnte man schon den Mond und im anderen noch die Sonne haben. Das Meer wölbte sich sichtbar in der Ferne und zog Schiffe und Rauch hinunter an andere Erdteile.

RICHTER Was für ein Manöver, dieser Umzug! Dachten Sie, oben unbemerkter handeln zu können?

GUTER GOTT Nein, nur rascher. Ich trieb nur die Dinge voran, die nicht mehr aufzuhalten waren. Dann war mir auch leid, daß sie nahezu kein Geld mehr hatten. Ich wollte ihnen ablenkende Sorgen ersparen. Sie wissen, wie teuer die Zimmer oben sind.

RICHTER *wegwerfend* Auch noch Mitleid. Ja, ich weiß. *Blätternd.* Ist es richtig, daß wir zur letzten Nacht kommen?

GUTER GOTT Zu einer, die auftrat vor dem letzten Tag wie die allerletzte. Mit einer unbändigen Temperatur. Fieberheiß. Der Ventilator war ohnmächtig.

RICHTER Heute wie damals.

GUTER GOTT Das Eis schmolz im Glas, eh man es an die Lippen hob.

RICHTER Und den beiden kamen keine Bedenken?

GUTER GOTT Sie hatten den Brief und glaubten aufs Wort.

JENNIFER Bedenk es. Wieder ein Wink. Wieder ein Zeichen. *Zärtlich.* Gute, liebe Eichhörnchen.

JAN Umzug am Abend. Einzug in die Nacht selbst.

JENNIFER Ich werde meine Haarbürste neben deine legen. Deine Bücher aufstellen. Deine Jacke aufhängen neben meinen Röcken. Ich möchte jetzt alles so hinlegen und stellen, als blieb es für immer. Welch ein Augenblick! Und ich will mir einprägen für immer: die stille Nacht und die feuchte Glut, die glänzende Insel, über der wir sind, und das Licht, das wir hier abbrennen werden, um ihr noch Glanz hinzuzufügen, zu niemandes Ehren.

JAN Komm! Laß aus der Hand fallen, was du hältst. Laß alles fallen für immer. Ich fühle, daß ich nie besser wissen werde, auf welchem Längen- und Breitengrad ich mich befinde, und nie besser, worauf alles gegründet ist als in diesem beliebigsten Zimmer. Genau hier ist es zu spüren, wo es wenig Erde gibt. Hier ist Raum. Und du beherbergst mich, den Fremden.

JENNIFER Weil er von weither kommt und weit fort muß, schlage ich ihm das Bett auf und stelle den Wasserkrug neben ihn.

JAN Aber er tappt noch in manchem Dunkel und findet sich nicht zurecht. Er erzeugt noch Befremden, weil sein Akzent hart ist, und er vermag noch kein Vertrauen einzuflößen. Ich möchte jetzt eine Karte haben, die mich dir erklärt: alle meine Wüsten, sandfarben darauf, und weiß die Tundren, und eine noch unbetretene Zone. Aber auch eine neue grüne Zeichnung ist da, die besagt, daß der Kältesee in meinem Herzen zum Abfließen kommt.

JENNIFER Endlich. Endlich.

JAN Und ich möchte ein Buch haben, aus dem ich erfahre, was in dir vorkommt, Klima, Vegetation und Fauna, die Erreger deiner Krankheiten und ihre stummen verbissenen Gegner in deinem Blut, und die Lebewesen, die allerkleinsten, die ich mir herüberhole mit meinen Küssen. Ich möchte einmal sehen, was jetzt ist, abends, wenn dein Körper illuminiert ist und warm und aufgeregt ein Fest begehen möchte. Und ich sehe schon: durchsichtige Früchte und Edelsteine, Kornelian und Rubin, leuchtende Minerale. In eine Feerie verwandelt, die Blutbahnen. Sehen. Schauen.

Alle Schichten bloßgelegt. Die Decken feinen Fleisches, weiße seidige Häute, die deine Gelenke umhüllen, die entspannten Muskeln, schön polierte Knochen und den Lack auf den bloßen Hüftkugeln. Das rauchige Licht in deiner Brust und den kühnen Schwung dieser Rippen. Alles sehen, alles schauen.

JENNIFER Könnt ich mehr tun, mich aufreißen für dich und in deinen Besitz übergehen, mit jeder Faser und wie es sein soll: mit Haut und mit Haar.

JAN Und hören. Das Ohr an dich legen, weil es nie still ist in dir und eine auf- und absinkende Windwoge in deiner Lunge gibt, das Geräusch von einem Kolben, der niederfällt in deiner Herzkammer, einen ängstlichen Laut, wenn du schluckst, und Geisterknacken in deinen Gliedern.

JENNIFER Horch mich aus. Denn ich kann keine Geheimnisse vor dir haben.

JAN Aber werde ich hinter alle kommen? – Oh, es wird mich Eifersucht heimsuchen und nicht freigeben, eh ich die okkulten Farben innen kenne und die geheimen Gänge durch Zellkammern, das ausgeschüttete Salz im Geweb, Larven und Lampione darin, Mosaikböden mit den Darstellungen versunkener Mythen. Schwammwerk und Mark. Die ganze verschwenderische Anlage, die du bist, und die ohne Ruhm vergehen soll.

JENNIFER Vergeh ich schon? Und vergeh ich nicht wegen dir?

JAN Dann ist wenig Zeit auf der Welt. Denn wenn alles entdeckt und verformelt ist, wird die Lasur deiner geschmeidigen Augen und die blonde Haarsteppe auf deiner Haut von mir noch nicht begriffen sein. Wenn alles gewußt, geschaffen und wieder zerstört sein wird, werde ich noch verführt werden im Labyrinth deiner Blicke. Und es wird mich das Schluchzen, das deinen Atemweg heraufkommt, bestürzen wie nichts sonst.

JENNIFER So wenig Zeit. Viel zu wenig Zeit.

JAN Und darum will ich dein Skelett noch als Skelett umarmen und diese Kette um dein Gebein klirren hören am Nimmermehrtag. Und dein verwestes Herz und die Handvoll Staub, die du später sein wirst, in meinen zerfallenen Mund nehmen und ersticken daran. Und das Nichts, das du sein wirst, durchwalten mit meiner Nichtigkeit. Bei dir sein möchte ich bis ans Ende aller Tage und auf den Grund dieses Abgrundes kommen, in den ich stürze mit dir. Ich möchte ein Ende mit dir, ein Ende. Und eine Revolte gegen das Ende der Liebe in jedem Augenblick und bis zum Ende.

JENNIFER Mein Ende. Sag es zu Ende.

JAN Es ist da eine Niedertracht von Anfang an, und keine Blasphemie wird ihr Ausmaß erreichen. Was müssen wir uns vorhalten lassen mit Liebe, dieser Flammenschrift, und auslöschen sehen, wenn wir nähergekommen sind? Wer hat geschrien, daß Gott tot ist? Oder gestürzt in die Donnerhallen! Oder daß es ihn nicht gibt. Ist da nicht zu wenig verklagt in der wenigen Zeit? Reißen wir unsere Herzen aus für ein Nichts und um mit dieser jämmerlichen Klage die Leere zu füllen, und stirbst du dafür! Oh nein. Lieb mich, damit ich nicht schlafen und aufhören muß, dich zu lieben. Lieb mich, damit ein Einsehen ist. Denn warum sollte ich dich nicht festhalten, dich foltern und in dir verzweifeln können an allem? Warum soll ich mir noch vorhalten lassen, wie lang und wie oft ich dich zu halten habe, obwohl ich es immer will und dich für immer will!

Ich will dich jetzt nicht verlassen, betrügen in Traumwelten und mich betrügen lassen in Schlafwelten. Ich will, was noch niemals war: kein Ende. Und zurückbleiben wird ein Bett, an dessen einem Ende die Eisberge sich stoßen und an dessen unterem Rand jemand Feuer legt. Und zu beiden Seiten: nicht Engel, aber Dolden aus Tropen, Papageienhohn und dürre Geflechte aus Hungerland. Schlaf nicht ein, ich bitte dich.

JENNIFER Ich werde nicht mehr schlafen. Dich nicht mehr lassen.

JAN So komm. Ich bin mit dir und gegen alles. Die Gegenzeit beginnt.

Im Gerichtssaal

RICHTER Wovon ist die Rede?

GUTER GOTT Von einem anderen Zustand. Von einem Grenzübertritt. Von etwas, das Sie und ich nicht erwogen haben.

RICHTER *zurückhaltend* Wir haben hier schon mit allen möglichen Fällen zu tun gehabt.

GUTER GOTT Sie haben nur mit mir zu tun. Damit aber nichts.

RICHTER Anmaßungen. – Wollen Sie auch behaupten, daß die Geschichte von Ellen Hay und diesem Bamfield und all den anderen, die Sie –

GUTER GOTT Die ich? Ich?

RICHTER Die getötet wurden, ähnlich verlief?

GUTER GOTT Das kann ich nicht behaupten. Jede Geschichte fand in einer anderen Sprache statt. Bis in die Wortlosigkeit verlief jede anders. Auch die Zeit war eine andere, in die jede getaucht war. Aber wer sich nicht damit beschäftigt hat, mag wohl Ähnlichkeit drin sehen. So wie es eine Ähnlichkeit zwischen Zweibeinern gibt. Aber alle hatten die Neigung, die natürlichen Klammern zu lösen, um dann keinen Halt mehr in der Welt zu finden. Sagt man nicht, es seien nicht immer die Mörder, sondern manchmal die Ermordeten schuldig?

RICHTER Versuchen Sie nicht, die Dinge auf den Kopf zu stellen! Und die Worte zu verdrehen.

GUTER GOTT Ich versuche nichts dergleichen. Ich möchte Sie nur davon unterrichten, daß die beiden an nichts mehr glaubten und ich in gutem Glauben handelte.

RICHTER Sie!

GUTER GOTT Wollen Sie mein Glaubensbekenntnis? – Ich glaube an eine Ordnung für alle und für alle Tage, in der gelebt wird jeden Tag.

Ich glaube an eine große Konvention und an ihre große Macht, in der alle Gefühle und Gedanken Platz haben, und ich glaube an den Tod ihrer Widersacher. Ich glaube, daß die Liebe auf der Nachtseite der Welt ist, verderblicher als jedes Verbrechen, als alle Ketzereien. Ich glaube, daß, wo sie aufkommt, ein Wirbel entsteht wie vor dem ersten Schöpfungstag. Ich glaube, daß die Liebe unschuldig ist und zum Untergang führt; daß es nur weitergeht mit Schuld und mit dem Kommen vor alle Instanzen.

Ich glaube, daß die Liebenden gerechterweise in die Luft fliegen und immer geflogen sind. Da mögen sie vielleicht unter die Sternbilder versetzt worden sein. Haben Sie nicht gesagt: er hat sie nicht begraben –? Haben Sie es nicht gesagt?

RICHTER Ja.

GUTER GOTT Und ich wiederhole es nur. Nicht begraben. Verstehen Sie. Versetzt. Unter Bilder.

RICHTER *gewöhnlich* Sie sind ein krankhafter Phantast. Jeder Mensch könnte Ihnen aus eigener Erfahrung eine Reihe von glücklichen Paaren nennen. Die Jugendfreundin, die später an einen Arzt geriet. Die Nachbarn auf dem Land, die schon fünf Kinder haben. Die zwei Studenten, die einen Ernst fürs Leben und füreinander verraten.

GUTER GOTT Ich gestehe Ihnen unzählige zu. Aber wer wird sich mit Menschen beschäftigen, die nach einem anfänglichen Seitensprung in die Freiheit ohnehin Instinkt bewiesen haben. Die das bißchen anfängliche Glut zähmten, in die Hand nahmen und ein Heilmittelunternehmen gegen die Einsamkeit draus machten, eine Kameradschaft und wirtschaftliche Interessengemeinschaft. Ein annehmbarer Status innerhalb der Gesellschaft ist geschaffen. Alles im Gleichgewicht und in der Ordnung.

RICHTER Etwas anderes ist nicht möglich und gibt es nicht.

GUTER GOTT Weil ich es ausgerottet und kaltgemacht habe. Ich habe es getan, damit es Ruhe und Sicherheit gibt, auch damit Sie hier ruhig sitzen und sich die Fingerspitzen betrachten können und der Gang aller Dinge der bleibt, den wir bevorzugen.

RICHTER Es gibt nicht zwei Richter – wie es nicht zwei Ordnungen gibt.

GUTER GOTT Dann müßten Sie mit mir im Bund sein, und ich weiß es nur noch nicht. Dann war es vielleicht nicht beabsichtigt, mich außer Gefecht zu setzen, sondern etwas zur Sprache zu bringen, worüber besser nicht geredet werden sollte. Und zwei Ordner wären einer.

STIMMEN

EIN GESTIRN MACHT KEINEN HIMMEL

EINLENKEN RATSAMER VERSCHLAGEN SEIN
PROBEWEISE GEWALT AUF VORRAT
RAKETEN SPRITZIGER BOMBEN FÜLLIGER
SCHWERES WASSER RUCHBARER
LÖST AUF LÖST EUCH AUF LÖST DIE WELT
BEIM GONGSCHLAG NULL UHR NULL
UNTER SCHLÄGEN STEIGEN UND SINKEN
DENK DARAN DU KANNST ES NICHT
MACH ES KURZ UND SÜSS
GRINS UND ERTRAG ES – HALT!

Im Zimmer des 57. Stockwerks

JAN Nimmst du es an? Wirst du es ertragen? Obwohl es »Abschied« heißt und kein Wort mehr für uns ist.

JENNIFER Mich erschreckt nur, daß du noch immer da bist und daß ich dich ansehn muß, während die letzten Sekunden kommen. Ich werde bald nichts mehr sein. Wär's zu Ende. Ich ohne Schmerz. Wäre ich ohne mich. Darf ich alles sagen?

JAN Alles. Sag alles!

JENNIFER Rühr mich nicht mehr an. Komm mir nicht zu nah. Ich würd Zunder sein.

JAN Wie weit soll ich weggehn?

JENNIFER Bis zur Tür. Aber leg die Hand noch nicht auf den Griff.

JAN *entfernt* Ich ...

JENNIFER Sprich nicht mehr zu mir. Und umarm mich kein letztes Mal.

JAN Und ich!

JENNIFER Drück jetzt die Schnalle nieder und geh, ohne dich umzudrehen. Nicht mit dem Rücken zu mir. Obwohl ich die Augen schließen und dein Gesicht nicht mehr sehen werde.

JAN Aber ich kann nicht ...

JENNIFER Tu mir nicht mehr weh. Mit keinem Aufschub.

JAN *während er durch das Zimmer zu ihr zurückgeht* Ich kann nie mehr gehen.

JENNIFER Nicht. Rühr mich nicht an!

JAN Nie mehr. Sieh mich doch an. Nie mehr.

JENNIFER *langsam, während sie sich auf die Knie wirft* Oh, das ist wahr. Nie mehr.

JAN *entsetzt* Was tust du? Tu das nicht!

JENNIFER Auf den Knien vor dir liegen und deine Füße küssen? Ich werde es immer tun. Und drei Schritte hinter dir gehen, wo du gehst. Erst trinken, wenn du getrunken hast. Essen, wenn du gegessen hast. Wachen, wenn du schläfst.

JAN *leise* Steh auf, meine Liebe. – Ich will das Fenster öffnen und den Himmel hereinlassen. Du wirst warten und nicht mehr weinen, wenn ich jetzt geh – nur um die Schiffskarte zurückzugeben, um für immer das Schiff fahren zu lassen. Das feuerrote Taxi werde ich nehmen, das am schnellsten fährt. Es ist ja soweit.
Ich weiß nichts weiter, nur daß ich hier leben und sterben will mit dir und zu dir reden in einer neuen Sprache; daß ich keinen Beruf mehr haben und keinem Geschäft nachgehen kann, nie mehr nützlich sein und brechen werde mit allem, und daß ich geschieden sein will von allen andern. Und sollte mir der Geschmack an der Welt nie mehr zurückkommen, so wird es sein, weil ich dir und deiner Stimme hörig bin. Und in der neuen Sprache, denn es ist ein alter Brauch, werde ich dir meine Liebe erklären und dich »meine Seele« nennen. Das ist ein Wort, das ich noch nie gehört und jetzt gefunden habe, und es ist ohne Beleidigung für dich.

JENNIFER Oh, sag es niemand.

JAN Mein Geist, ich bin wahnsinnig vor Liebe zu dir, und weiter ist nichts. Das ist der Anfang und das Ende, das Alpha und Omega ...

JENNIFER Ein alter Brauch: wenn du mir deine Liebe erklärst, werde ich dir meine gestehen. Meine Seele –

JAN Unsterblich oder nicht: es gibt kein Ja mehr auf dieses.

Im Gerichtssaal

GUTER GOTT Ja, auffliegen müssen sie, spurlos, denn nichts und niemand darf ihnen zu nah kommen. Sie sind wie die seltenen Elemente, die da und dort gefunden werden, jene Wahnsinnsstoffe, mit Strahl- und Brandkraft, die alles zersetzen und die Welt in Frage stellen. Noch die Erinnerung, die von ihnen bleibt, verseucht die Orte, die sie berührt haben. Dieses Gericht wird ohne Beispiel sein. Wenn ich verurteilt werde, wird es zur Beunruhigung aller geschehen. Denn die hier lieben, müssen umkommen, weil sie sonst nie gewesen sind. Sie müssen zu Tode gehetzt werden – oder sie leben nicht. Man wird mir entgegenhalten: dieses Gefühl verläuft sich, gibt sich. Aber da ist gar kein Gefühl, nur Untergang! Und es gibt sich eben nicht.

Und es kommt doch darauf an, auszuweichen, sich anzupassen! Antworten Sie – bei allem, was Ihnen Recht ist. Antworten Sie!

RICHTER Ja.

GUTER GOTT Auf dieses Ja folgt nichts mehr. Darauf ginge ich noch einmal hin und täte es noch einmal.

Im Zimmer des 57. Stockwerks

JENNIFER Herein.

GUTER GOTT Sie sind allein?

JENNIFER Ja. Bitte.

GUTER GOTT Ich möchte nur ein Paket abgeben. Es ist bestellt worden für Sie.

JENNIFER *ohne Bewegung* Ich weiß nichts davon.

GUTER GOTT Es soll eine Überraschung für Sie sein.

JENNIFER *mit schwacher Freude* Ein Geschenk. Ja?

GUTER GOTT Ich darf es hier abstellen? Und Sie werden nicht neugierig sein und warten, bis Sie nicht mehr allein sind?

JENNIFER Oh, gewiß. Ich bin nicht neugierig. Ich kann jetzt warten. Warten.

GUTER GOTT *verändert* Er wird gleich zurück sein.

JENNIFER Ja, gleich. Er ist nur ... *bricht ab* ... nur für eine Weile weggegangen, er beeilt sich, obwohl es nicht mehr eilt. Denn es ist ein Tag der Überraschungen heute. *Verstummt.* Sehen Sie, es ist ein besonderer Tag. – Danke.

Stille.

JENNIFER Es ist gut. Danke. Sie gehen nicht?

GUTER GOTT *unbeweglich* Sie danken mir?

JENNIFER Ja. *Flüsternd.* Aber ich muß jetzt allein sein. Verstehen Sie. Weil heute abend ein Schiff ausläuft, das ihn mir nicht fortnehmen kann, und weil mir dann das Glück die Kleider zerreißen wird.

Gehen Sie, bitte, weil ich zu niemand reden darf. Ich liebe. Und ich bin außer mir. Ich brenne bis in meine Eingeweide vor Liebe und verbrenne die Zeit zu Liebe, in der er hier sein wird und noch nicht hier ist. Ich bin gesammelt über den Augenblick hinaus bis in meinen letzten und liebe ihn.

Gehen Sie endlich. Sehen Sie mich nicht so an. Atmen Sie nicht diese Luft hier. Ich brauche sie. Ich liebe. Gehen Sie fort von hier. Ich liebe.

GUTER GOTT Kein Brief vom Eichhörnchen?

JENNIFER Großer Gott!

GUTER GOTT Ein Brief vom Eichhörnchen. Darin steht: sag es niemand.

JENNIFER *furchtbar, leise* Sagen Sie das nicht. Sie nicht. Niemand.

GUTER GOTT Niemand weiß.

JENNIFER Niemand.

Die Tür schlägt zu.
Musik.

In einer Bar in der 46. Straße

JAN *eintretend* Guten Tag.

BARMANN Was darf es sein?

JAN *zusammenfahrend* Ich weiß nicht. Was?

BARMANN Doppelter Whisky. Eis bis oben hin. In der Verfassung.

JAN Ja. Aber rasch. Wie spät ist es eigentlich? Meine Uhr geht so langsam. Ich meine, die muß bald stehenbleiben, weil ich sie ein paar Tage lang nicht aufgezogen habe.

BARMANN *hantierend* Verdammt heiß heute. *Er stellt ihm das Glas auf die Theke.* Viel kann nicht mehr auf die Stunde fehlen. Ich kann den Apparat anstellen. Dann wissen Sie's bald genauer.

JAN Sehr freundlich.

BARMANN *während er am Apparat dreht und ihn einstellen möchte* Das Baseballspiel ist schon vorbei. Reklame natürlich.

STIMMEN *leise, aus dem Apparat kommend*
GEHEN WEITERGEHEN GEHEN

JAN Ich muß gehen.

BARMANN In der 46. Straße können Sie nicht weiter. Reißen die Straße auf. Mir bleibt die Kundschaft aus. Sie müssen zurück um einen ganzen Block.

JAN So. Ja, es ist so leer hier.

STIMMEN *leise*
DENK DARAN SOLANGE ES ZEIT IST

JAN Noch einen Doppelten. Wissen Sie ... Ich hätte nur gerne einmal ... Ich halte Sie nicht auf?

BARMANN Aber nein. Kenne das. Kennen niemand.

JAN Ach nein. Das ist es nicht. Aber ein paar Worte täten gut. Nur so.

BARMANN Sie sind ein sehr netter Mensch. *Er stellt ihm das Glas hin.*

JAN Ist das eine Zeitung – von heute?

BARMANN Natürlich. Nehmen Sie!

JAN Nur einen Blick hineinwerfen ... Seit Tagen habe ich nämlich keine Zeitung mehr gelesen. *Er schlägt sie auf.*

STIMMEN *leise*
KEINE GNADE DENK DARAN

JAN Bei uns, ich meine, dort drüben, hat die Regierung gewechselt. Ich hatte keine Ahnung.

STIMMEN
KEINE GNADE KEINE ZEIT FÜR GNADE

JAN *auffahrend* Die Zeit! Können Sie nicht ein anderes Programm suchen?

BARMANN Kann's ja versuchen.

Er versucht, eine andere Station zu finden.

STIMMEN *hervorbrechend, von Nebengeräuschen begleitet*
DENK DARAN DU KANNST ES NICHT
HALT! STEHENBLEIBEN BEI LICHT HALT!

BARMANN Versuchen.

Er dreht weiter und stößt auf die Musik, die laut hervorbricht und dann von einer dumpfen Detonation abgebrochen wird.

Auf dem Korridor des 57. Stockwerks

FRANKIE Schön gestoben. Schön geflogen.

BILLY Aber er. War nicht da. Ist nicht gekommen. *Weinerlich.* Schweinerei.

FRANKIE Ich hab mir den Pelz versengt. Bin fast auch geflogen. Was melden wir?

BILLY Gründliche Explosion und schlechte Berechnung. Ein Toter zu wenig. Und der Meister wartet unten in der Halle. Wollte sich's anhören.

FRANKIE *geziert* Ich trau mich nicht vor ihn. Hab mein Fell versengt.

BILLY Horch! Sie kommen schon. Gaffer. Wir klettern außen herunter. Springen durchs Zimmer. Hinaus. Weg!

FRANKIE Pfui, da sieht's aus. Schwarz wie in der Hölle. Brandig. Raucht noch. *Hustend.* Ach wie gut.

Im Gerichtssaal

RICHTER Sie ist allein gestorben.

GUTER GOTT Ja.

RICHTER Und warum? *Gleich fortfahrend, sicherer.* Weil er plötzlich, als die Entscheidung gefallen war, Lust verspürte, allein zu sein, eine halbe Stunde lang ruhig zu sitzen und zu denken, wie er früher gedacht hatte, und zu reden, wie er früher geredet hatte an Orten, die ihn nichts angingen, und zu Menschen, die ihn auch nichts angingen. Er war rückfällig geworden, und die Ordnung streckte einen Augenblick lang die Arme nach ihm aus. Er war normal, gesund und rechtschaffen wie ein Mann, der vor dem Abendessen ein Glas in Ruhe trinkt und aus seinem Ohr das Geflüster einer Geliebten und aus seinen Nüstern den hinreißenden Geruch verscheucht hat – ein Mann, dessen Augen sich wieder beleben an Druckerschwärze und dessen Hände sich schmutzig machen müssen an einer Theke.

GUTER GOTT Er war gerettet. Die Erde hatte ihn wieder. Jetzt wird er längst zurück sein und bei schlechter Laune und mit mäßigen Ansichten lange leben.

RICHTER Und vielleicht nie vergessen. Ja.

GUTER GOTT Meinen Sie?

RICHTER Ja.

GUTER GOTT Sind wir am Ende?

RICHTER Gehen Sie. Den langen Gang hinunter bis zum Paternoster. Sie kommen zu einem Nebenausgang. Niemand wird Sie aufhalten.

GUTER GOTT Die Anklage?

RICHTER Bleibt aufrechterhalten.

GUTER GOTT Das Urteil? Ihren Spruch – werde ich nie erfahren? Welcher Blitz schwimmt in Ihren Augen, Euer Gnaden? Mit welchem Vorbehalt fragten Sie, und mit welchem antworten Sie jetzt?
Schweigen – bis zuletzt?

Er geht, und die Tür fällt hinter ihm zu.

RICHTER *allein* Schweigen.

LIBRETTI

Der Prinz von Homburg

Oper in drei Akten
Für Musik eingerichtet
nach dem Schauspiel von Heinrich von Kleist
Musik von Hans Werner Henze

Personen

Friedrich Wilhelm, Kurfürst von Brandenburg *Heldentenor*

Die Kurfürstin *Alt*

Prinzessin Natalie von Oranien, seine Nichte, Chef eines Dragonerregiments *Sopran*

Feldmarschall Dörfling *Bariton*

Prinz Friedrich Artur von Homburg, General der Reiterei *hoher Bariton*

Obrist Kottwitz, vom Regiment der Prinzessin von Oranien *Baß*

Graf Hohenzollern, von der Suite des Kurfürsten *lyrischer Tenor*

1. Offizier *Tenor*

2. Offizier *Bariton*

3. Offizier *Baß*

1. Hofdame *Sopran*

2. Hofdame *Mezzosopran*

3. Hofdame *Alt*

Wachtmeister *Bariton*

1. Heiduck *Tenor*

2. Heiduck *Bariton*

Weitere Offiziere (Kleiner Chor, zu dem ad lib. auch der 1., 2. und 3. Offizier sowie der Wachtmeister hinzutreten) *Tenöre und Bässe*

Pagen, Bedienstete, Wachen, Läufer, Fahnenträger, Soldaten

Erster Akt

I

Fehrbellin. Ein Garten im altfranzösischen Stil. Im Hintergrunde ein Schloß, von welchem eine Rampe herabführt. – Es ist Nacht.
Der Prinz von Homburg sitzt mit bloßem Haupt und offener Brust, halb wachend, halb schlafend, unter einer Eiche und windet sich einen Kranz. – Der Kurfürst, seine Gemahlin, Prinzessin Natalie, der Graf von Hohenzollern und andere sind heimlich aus dem Schloß getreten und schauen vom Geländer der Rampe auf ihn nieder. – Pagen mit Fackeln.
Homburg, Kurfürst, Kurfürstin, Natalie, Hohenzollern, drei Hofdamen und Offiziere.

ALLE *außer Homburg*
Da nun die Stunde schlägt,
Und aufgesessen schon die ganze Reiterei,
Fehlt nur der Prinz von Homburg.
Mit Fackeln wird und Lichtern und Laternen
Der Held gesucht – und aufgefunden, wo?

Hohenzollern nimmt einem Pagen die Fackel aus der Hand und leuchtet von der Rampe auf den Prinzen nieder.

HOHENZOLLERN Als ein Nachtwandler, schaut, auf jener Bank,
Wohin, im Schlaf, wie wir nie glauben wollten,
Der Mondschein ihn gelockt, beschäftiget,
Sich träumend, seiner eignen Nachwelt gleich,
Den prächt'gen Kranz des Ruhmes einzuwinden.

KURFÜRST In Schlaf versenkt? Unmöglich!
KURFÜRSTIN Der junge Mann ist krank, so wahr ich lebe.
HOFDAMEN Er braucht des Arztes – !
HOHENZOLLERN *indem er die Fackel wieder weggibt*
Er ist gesund, ihr mitleidsvollen Frauen.
Es ist nichts weiter, glaubt mir auf mein Wort,
Als eine bloße Unart seines Geistes.

Sie steigen von der Rampe herab und umringen ihn; die Pagen leuchten.

HOFDAMEN Was für ein Laub denn flicht er?
NATALIE, KURFÜRSTIN Lorbeer ist es.
KURFÜRST, HOHENZOLLERN, OFFIZIERE, NATALIE
Die Schlacht von morgen sieht er schon im Geist
Aus Sonnen einen Siegeskranz ihm winden.
KURFÜRSTIN Schade, ewig schade,
Daß hier kein Spiegel in der Nähe ist!
Er würd' ihm, eitel wie ein Mädchen, nahn
Und sich den Kranz bald so, und wieder so,
Wie eine florne Haube aufprobieren.

Der Kurfürst nimmt ihm den Kranz aus der Hand; der Prinz errötet und sieht ihn an. Der Kurfürst schlingt seine Halskette um den Kranz und gibt ihn der Prinzessin; sie hebt den Kranz, der Prinz steht lebhaft auf. Der Kurfürst weicht mit der Prinzessin zurück; der Prinz mit ausgestreckten Armen folgt ihnen.

HOMBURG Natalie! Mein Mädchen! Meine Braut!
O Liebste!
Was entweichst du mir?

Er erhascht einen Handschuh von der Prinzessin Hand.

HOHENZOLLERN Himmel und Erde! Was ergriff er da?

KURFÜRST, KURFÜRSTIN, OFFIZIERE, HOFDAMEN
Den Kranz?

NATALIE Nein, nein!

Alle sind nach rückwärts ausgewichen und haben die Rampe bestiegen.

HOHENZOLLERN, OFFIZIERE *während Hohenzollern die Tür öffnet*
Hier rasch hinein, mein Fürst!
Auf daß das ganze Bild ihm wieder schwinde!

KURFÜRST Ins Nichts mit dir zurück, Herr Prinz von Homburg,
Ins Nichts, ins Nichts! In dem Gefild der Schlacht
Sehn wir uns wieder. Im Traum erringt man
Ruhm und Liebe nicht!

Alle ab; die Tür fliegt rasselnd vor dem Prinzen zu. Pause. Es ist fast dunkel; Licht nur auf den Prinzen von Homburg und auf Hohenzollern, der von unten durch eine Gartentür wieder auftritt.

HOHENZOLLERN Friedrich!
Der Prinz stürzt zu Boden. Hohenzollern beugt sich über ihn.
Die Reiterei ist eine Stunde schon voraus,
Und du, du liegst im Garten hier und schläfst!

HOMBURG *erhebt sich*
Was ist dies für ein Handschuh?
Er betrachtet den Handschuh, den er in der Hand hält.
Ich weiß nicht, lieber Heinrich, wo ich bin.

HOHENZOLLERN In Fehrbellin, du sinnverwirrter Träumer!

HOMBURG Welch einen sonderbaren Traum träumt' ich?!
Mir war, als ob, von Gold und Silber strahlend,
Ein Königsschloß sich plötzlich öffnete.
Und hoch von seiner Marmorramp' herab
Der ganze Reigen zu mir niederstiege
Der Menschen, die mein Wesen liebt:
Der Kurfürst und die Fürstin, und die – dritte,
Wie heißt sie schon?

HOHENZOLLERN Es wird die Platen wohl gewesen sein.
Oder die Ramin; die mit den roten Haaren.

HOMBURG Der Nam' ist mir, seit ich erwacht', entfallen.
Doch hör: Der Kurfürst, mit der Stirn des Zeus,
Hielt einen Kranz von Lorbeern in der Hand
Und reicht ihn, auf die Locken mir zu drücken,
Dem Mädchen – jener schönen Traumgestalt!
Gleich einem Genius des Ruhmes
Hebt sie den Kranz mit des Kurfürsten Kette,
Als ob sie einen Helden krönen wollte.
Da weicht die Schar, des Schlosses Tor geht auf,
Ein Blitz, der aus dem Innern zuckt, verschlingt sie.
Nur einen Handschuh, heftig, im Verfolgen,
Streich ich der süßen Traumgestalt vom Arm.
Und einen Handschuh, ihr allmächt'gen Götter,
Da ich erwache, halt' ich in der Hand!

HOHENZOLLERN Schelm, der du bist, mit deinen Visionen!
Wer weiß, von welcher Schäferstunde
Dir noch der Handschuh in den Händen blieb!

HOMBURG *träumt vor sich nieder*
Doch was ich sagen wollte, Lieber,
Ist die Kurfürstin noch und ihre Nichte hier,
Die liebliche Prinzessin von Oranien,

Die jüngst in unserm Lager eingetroffen?
Geschmückt mit Reizen, wie ein Kind mit Blumen
Ist sie, wie von der Nachtigall geboren,
Natalie, Prinzessin von Oranien . . .

Der Prinz bleibt sinnend, träumerisch stehen, während es langsam ganz dunkel wird.

II

Ebendaselbst. Saal im Schloß.
Die Kurfürstin und die Prinzessin Natalie in Reisekleidern, begleitet von einem Hofkavalier, haben sich zur Seite niedergelassen. Hofdamen. Der Kurfürst, Feldmarschall Dörfling, der Prinz von Homburg, den Handschuh im Kollett, der Graf von Hohenzollern und mehrere andere Generale, Obersten und Offiziere.
Homburg, Kurfürst, Kurfürstin, Natalie, Dörfling, Hohenzollern, 1. Offizier, Offiziere, drei Hofdamen.

KURFÜRST Ihr Herrn, der Marschall kennt den Schlachtentwurf,
Nehmt Euren Stift, bitt' ich, und schreibt ihn auf.
Die Offiziere versammeln sich auf der anderen Seite um den Feldmarschall und nehmen ihre Schreibtafeln heraus.
Natalie ist so still, mein süßes Mädchen?
– Was fehlt dem Kind?
NATALIE Mich schaudert, lieber Onkel.
KURFÜRSTIN Wann, denkst du, werden wir uns wiedersehen?
KURFÜRST Wenn Gott den Sieg mir schenkt, wie ich nicht zweifle,
Vielleicht im Laufe dieser Tage schon.

Pagen kommen und servieren den Damen ein Frühstück. – Feldmarschall Dörfling diktiert. – Der Prinz von Homburg, Stift und Tafel in der Hand, fixiert die Damen.

DÖRFLING Der Plan der Schlacht, ihr Herren, bezweckt,
Der Schweden flücht'ges Heer, zu gänzlicher
Zersplitt'rung, von dem Brückenkopf zu trennen,
Der an dem Rhynfluß ihren Rücken deckt.
1. HEIDUCK Der Wagen, gnäd'ge Frau, ist vorgefahren.

Die Damen stehen auf.

DÖRFLING Der Prinz von Homburg –
Wo ist der Prinz von Homburg?

Die Herrschaften nehmen Abschied voneinander.

HOHENZOLLERN *heimlich* Friedrich!
HOMBURG *zusammenfahrend* Hier!
HOHENZOLLERN Bist du bei Sinnen?
HOMBURG Was befiehlt mein Marschall?

Er errötet, stellt sich mit Stift und Tafel, und schreibt.

DÖRFLING Der Prinz von Homburg, dem die Durchlaucht wiederum
Die Führung der ganzen märk'schen Reiterei vertraut,
Stellt auf der Ebne sich beim Dorfe Hackelwitz
Des Feindes rechtem Flügel gegenüber,
Fern außer dem Kanonenschusse auf.

Die Kurfürstin bindet der Prinzessin ein Tuch um den Hals. Die Prinzessin, indem sie sich die Handschuhe anziehen will, sieht sich um, als ob sie etwas suchte.

KURFÜRST *tritt zu Natalie*
Mein Töchterchen, was fehlt dir?
KURFÜRSTIN Suchst du etwas?
NATALIE Ich weiß nicht, liebe Tante, meinen Handschuh –

Sie sehen sich alle um.

KURFÜRSTIN Du hältst ihn, Kind.
NATALIE Den rechten; doch den linken?
1. HOFDAME Vielleicht, daß er im Schlafgemach geblieben?
NATALIE O liebe Borck!
KURFÜRST *zur 1. Hofdame* Rasch, rasch!
NATALIE Auf dem Kamin!

Die 1. Hofdame ab.

HOMBURG *für sich*
Herr meines Lebens! Hab' ich recht gehört?

Er nimmt den Handschuh aus dem Kollett.

DÖRFLING *sieht in ein Papier, das er in der Hand hält*
Fern außer dem Kanonenschusse auf.
Des Prinzen Durchlaucht wird –
HOMBURG Den Handschuh sucht sie – !

Er sieht bald den Handschuh, bald die Prinzessin an.

DÖRFLING Nach unsers Herrn ausdrücklichem Befehl –
OFFIZIERE Nach unsers Herrn ausdrücklichem Befehl –
DÖRFLING Wie immer auch die Schlacht sich wenden mag,
OFFIZIERE Wie immer auch die Schlacht sich wenden mag,

DÖRFLING Vom Platz nicht, der ihm angewiesen,
weichen.
HOMBURG Rasch, daß ich jetzt erprüfe, ob er's ist!

Er läßt, zugleich mit seinem Schnupftuch, den Handschuh fallen; das Schnupftuch hebt er wieder auf, den Handschuh läßt er so, daß ihn jedermann sehen kann, liegen.

DÖRFLING *befremdet*
Was macht des Prinzen Durchlaucht?
HOHENZOLLERN *heimlich* Friedrich!
HOMBURG Hier!
HOHENZOLLERN Ich glaub', du bist des Teufels!
HOMBURG Was befiehlt mein Marschall?

Er nimmt wieder Stift und Tafel zur Hand. Der Feldmarschall sieht ihn fragend an.

OFFIZIERE Vom Platz nicht, der ihm angewiesen, weichen –
HOMBURG *zum 1. Offizier, heimlich, indem er in dessen Schreibtafel sieht*
Wer, lieber Freund? Was? Ich?
1. OFFIZIER Ihr ja. Wer sonst?
DÖRFLING Nun, habt Ihr?
HOMBURG Vom Platz nicht, der mir angewiesen, weichen.

Er schreibt.

DÖRFLING Als bis des Feindes linker Flügel, aufgelöst,
Auf seinen rechten stürzt, und alle seine
Schlachthaufen wankend nach der Trift sich drängen,
In deren Sümpfen, oft durchkreuzt von Gräben,
Der Kriegsplan eben ist, ihn aufzureiben.
Dann wird er die Fanfare blasen lassen.

Offiziere wiederholen.

KURFÜRST Ihr Pagen, leuchtet! – Euren Arm, ihr Lieben!

Er bricht mit der Kurfürstin und der Prinzessin auf.

KURFÜRSTIN *da einige Offiziere sie komplimentieren*
Auf Wiedersehn, ihr Herrn! Laßt uns nicht stören.

Der Feldmarschall komplimentiert sie auch.

KURFÜRST *steht plötzlich still*
Sieh da! Des Fräuleins Handschuh!
NATALIE Wo?
KURFÜRST Zu des Prinzen, unsres Vetters, Füßen!
HOMBURG Zu meinen? Was! Ist das der Eurige?

Er hebt ihn auf und bringt ihn der Prinzessin.

NATALIE Ich dank Euch, edler Prinz.
HOMBURG *verwirrt* Ist das der Eure?
NATALIE Der meine, welchen ich vermißt.

Sie empfängt ihn und sieht Homburg an.

KURFÜRSTIN *zu dem Prinzen, im Abgehen*
Lebt wohl, lebt wohl! Viel Glück und Heil und Segen!
Macht, daß wir bald und froh uns wiedersehn!

Der Kurfürst mit den Frauen ab. Hofdamen, Kavaliere und Pagen folgen.

HOMBURG *steht einen Augenblick, wie vom Blitz getroffen, da; dann wendet er sich mit triumphie-*

renden Schritten wieder in den Kreis der Offiziere zurück
Dann wird er die Fanfare blasen lassen!

Er tut, als ob er schriebe.

DÖRFLING Doch wird des Fürsten Durchlaucht, damit
Durch Mißverstand der Schlag zu früh nicht falle,
Ihm einen Offizier aus seiner Suite senden,
Der den Befehl, das merkt ausdrücklich noch,
Zum Angriff auf den Feind ihm überbringe;
Eh wird er nicht Fanfare blasen lassen.

OFFIZIERE Eh wird er nicht Fanfare blasen lassen.

Der Prinz steht und träumt vor sich nieder.

DÖRFLING Des Prinzen Durchlaucht, habt Ihr?
HOMBURG Mein Feldmarschall?
DÖRFLING Ob Ihr geschrieben habt?
HOMBURG Von der Fanfare? Ja, allerdings! Eh' nicht –
Doch dann wird er Fanfare blasen lassen.

Er schreibt.
Der Kurfürst kommt zurück.

DÖRFLING Es ist vollbracht, mein Fürst, dein Kriegsplan ist
An deine Feldherrn pünktlich ausgeteilt!
KURFÜRST *zu einem Reitknecht*
Rasch zu Pferd, ihr Herrn!
Zu den Offizieren.
Noch vor der Sonn' im Schlachtfeld woll'n wir sein!

Ab.

Die Generale, Obersten und Offiziere folgen ihm. Verwandlung, während Homburg in den Vordergrund tritt.

HOMBURG *an der Rampe*
Nun denn, auf deiner Kugel, Ungeheures,
Du, der den Windeshauch den Schleier heut,
Gleich einem Segel, lüftet, roll' heran!
Du hast mir, Glück, die Locken schon gestreift:
Ein Pfand schon warfst du, im Vorüberschweben,
Aus deinem Füllhorn lächelnd mir herab:
Heut', Kind der Götter, such ich, Flüchtiges,
Ich hasche dich im Feld der Schlacht und stürze
Ganz deinen Segen mir zu Füßen um:
Wärst du auch siebenfach, mit Eisenketten,
Am schwed'schen Siegeswagen festgebunden!

Ab.

III

Schlachtfeld bei Fehrbellin. Ein Hügel mit einem Kommandozelt. In der Nähe des Zelts Obrist Kottwitz und andere Offiziere. Etwas abseits der Prinz von Homburg und Graf Hohenzollern.
Homburg, Hohenzollern, Kottwitz, 1., 2. und 3. Offizier und einige andere Offiziere.

HOHENZOLLERN Ein schöner Tag, so wahr ich Leben atme!
Ein Tag, von Gott, dem hohen Herrn der Welt,
Gemacht zu süßerm Ding, als sich zu schlagen!
Die Sonne schimmert rötlich durch die Wolken,
Und die Gefühle flattern mit der Lerche
Zum heitern Duft des Himmels jubelnd auf!

HOMBURG Was ich dir sagen wollte, Heinrich, –
Was war's schon, was der Marschall, mich betreffend,
Bei der Parol' hat gestern vorgebracht?

HOHENZOLLERN Du warst zerstreut. Ich hab es wohl gesehn.
Es ist dir aufgetragen, hier zu halten
Im Tal, schlagfertig mit der Reiterei,
Bis man zum Angriff den Befehl dir schickt.

HOMBURG *vor sich hinträumend*
– Ein wunderlicher Vorfall!
Hohenzollern sieht ihn verwundert an.
O Natalie!

Ein Kanonenschuß fällt.

KOTTWITZ Holla, ihr Herrn! Sitzt auf, sitzt auf!
Das sind die Unsern, und die Schlacht beginnt!

Sie beobachten sämtlich die Schlacht vom Hügel aus.

1. OFFIZIER O Himmel, schaut, mich dünkt, das Dorf fing Feuer!

2. OFFIZIER Es brennt, so wahr ich leb'!

OFFIZIERE Es brennt! Es brennt!
Die Flamme zuckt schon an dem Turm empor!

1. OFFIZIER Hui! Wie die Schwedenboten fliegen, rechts und links!

KOTTWITZ Schaut, Brüder, schaut!

2. OFFIZIER Feuer der Musketen!

3. OFFIZIER Jetzt sind sie bei den Schanzen beieinander!

1. OFFIZIER Bei Gott! Solch einen Donner des Geschützes
Hab' ich Zeit meines Lebens nicht gehört!

KOTTWITZ Schießt! Schießt! Und macht den Schoß der Erde bersten!

2. OFFIZIER Herr, du dort oben, der den Sieg verleiht –!

HOHENZOLLERN Beim Himmel, Freunde! Auf dem linken Flügel!
Sie räumen mit dem Feldgeschütz die Schanzen!

OFFIZIERE Triumph! Triumph! Der Sieg ist unser!

HOMBURG *steigt vom Hügel herab*
Auf! Folgt mir!

KOTTWITZ Ruhig, ruhig, Kinder!

HOMBURG Auf! Laßt Fanfare blasen!

HOHENZOLLERN Des Herrn Durchlaucht bei der Parole gestern
Befahl, daß wir auf Order warten sollen.

HOMBURG *wild*
Auf Ord'r?
Hast du sie noch vom Herzen nicht empfangen?

1. OFFIZIER Der Hennings hat den Rhyn noch nicht erreicht!

HOHENZOLLERN Ich bitte dich! Laß dir bedeuten, Friedrich!

HOMBURG Trompeter, die Fanfare!

2. OFFIZIER Nein, nimmermehr, mein General – Bedenkt!

1. OFFIZIER Nimm ihm den Degen ab!

HOMBURG Den Degen mir?
Er stößt den 1. Offizier zurück und entwaffnet ihn.
Hier ist der deinige zusamt der Scheide!

1. OFFIZIER *taumelt*
Mein Prinz, die Tat, bei Gott –!

HOMBURG *auf ihn einschreitend*
Den Mund noch öffnest –?

HOHENZOLLERN *zu dem Offizier*
Schweig! Bist du rasend?

HOMBURG *indem er den Degen des Offiziers abgibt*
Ordonnanzen!

Führt ihn gefangen ab ins Hauptquartier.
Zu Kottwitz und den übrigen Offizieren.
Und jetzt ist die Parol', ihr Herrn: Ein Schurke,
Wer seinem General zur Schlacht nicht folgt.

KOTTWITZ Zum Kampf! Zum Kampf! Der Kottwitz ist dabei!

HOMBURG Ich nehm's auf meine Kappe. Folgt mir Brüder!

Der Trompeter gibt die Fanfare. Alle ab.
Es wird dunkel. Lichter fern und flüchtige Bilder der Schlacht.
Die gleiche Szene. Es ist wieder Morgen; über der Gegend liegt jedoch ein trübes, elendes Licht. Auf Bahren werden Verwundete und tote Soldaten über das Feld getragen.
Die Kurfürstin, Natalie und einige Damen vor dem Zelt.
Der 3. Offizier, verwundet, tritt auf, von zwei Reitern geführt, und wird vor die Kurfürstin gebracht.
Kurfürstin, Natalie, drei Hofdamen, 3. Offizier; später: Homburg und ein Wachtmeister.

KURFÜRSTIN So ist es wahr, daß wir den Sieg erfochten?

3. OFFIZIER Den Sieg erfochten? Ja. Doch, teure Frau
Bei Fehrbellin sah ich den Kurfürst fallen.
Da schlug so mörderischer Kugelregen
Entgegen ihm, daß seine Reiterschar,
Wie eine Saat sich knickend, niederlegte.
In Staub vor unsern Augen fiel er nieder.
Zwei Fahnenträger fielen über ihn
Und deckten ihn mit ihren Fahnen zu.

KURFÜRSTIN Tot, sagt Ihr, tot?

NATALIE O meine teure Mutter!

KURFÜRSTIN Ein Sieg, zu teu'r erkauft; ich mag ihn nicht;

Gebt mir den Preis, den er gekostet, wieder.

Sie sinkt in Ohnmacht. Natalie weint.

HOFDAMEN Hilf, Gott im Himmel! Ihre Sinne schwinden.

Der Prinz von Homburg tritt auf.

HOMBURG O meine teuerste Natalie!

Er legt ihre Hand an sein Herz.

NATALIE So ist es wahr?
HOMBURG O! Könnt' ich sagen: nein!
Könnt' ich mit Blut, aus diesem treuen Herzen,
Das seinige zurück ins Dasein rufen!
NATALIE Mein lieber, teurer Vetter!

Zieht ihre Hand zurück.

HOMBURG *schlägt einen Arm um ihren Leib*
O meine Freundin! Wäre diese Stunde
Der Trauer nicht geweiht, so wollt' ich sagen:
Schlingt Eure Arme hier um diese Brust,
Um sie, die schon seit Jahren einsam hoffend,
Nach Eures Herzens holdem Schlag sich sehnt!
NATALIE Mein lieber, guter Vetter!

Sie legt sich an seine Brust.

HOMBURG, NATALIE O Gott, wär' er jetzt da, den wir beweinen,
Um diesen Bund zu schauen! Könnten wir
Zu ihm aufstammeln: Vater, segne uns!

Ein Wachtmeister tritt auf.

WACHTMEISTER Mein Prinz, kaum wag' ich, beim lebend'gen Gott,
Welch ein Gerücht sich ausstreut, Euch zu melden:
– Der Kurfürst lebt!
HOMBURG Er lebt?
NATALIE Herr meines Lebens! Mutter, hörtest du's?

Sie wirft sich der Kurfürstin zu Füßen und drückt ihr Gesicht in der Tante Schoß.

KURFÜRSTIN O stürzt mich zweimal nicht zum Abgrund nieder!
NATALIE Nein, meine teure Mutter!
KURFÜRSTIN *zum Wachtmeister*
Der KJurfürst lebt?
WACHTMEISTER Sein Schimmel fiel, doch unser Herr blieb heil.
Es heißt, er treffe hier in Kürze ein.
NATALIE, KURFÜRSTIN Des Daseins Gipfel nimmt uns wieder auf!
HOFDAMEN O Gott, an deine Brust!

Sie umarmen sich.

KURFÜRSTIN O meine Tochter!
NATALIE Nein, diese Seligkeit ist fast zu groß!

Sie steht auf und stellt sich an die Seite des Prinzen.

HOMBURG O Gott, wie herrlich klärt sich alles auf!
So dürfen wir uns allen anvertrauen?
Darf ich mir deine Blicke deuten, wie ich will?

NATALIE, HOMBURG Du standst, ich weiß nicht, vor mir, wie im Traum,
Und ein unsägliches Gefühl ergriff
Mich eines Glücks, wie ich es nie empfunden.
Des Lebens Güter sind in naher Ferne.
Wir glauben uns. Die Seelen liegen,
Wie schöne Bücher, die den Geist ergreifen
Und tief ihn rühren, voreinander offen.

Er küßt sie.

NATALIE Sag mir, mein Freund,
Ob du mir aus den Sternen niederstiegst!
HOMBURG O Cäsar Divus!
Die Leiter setz' ich an, an deinen Stern!

Homburg ab. Die Damen ziehen sich zum Zelt zurück.
Der Kurfürst tritt auf, mit dem Feldmarschall und anderen Offizieren, gefolgt von Fahnenträgern, die nach und nach den Horizont mit Fahnen bedecken.
Kurfürstin, Natalie, Hofdamen, Kurfürst, Dörfling; später: Homburg, Kottwitz, Hohenzollern, Graf Reuß, Offiziere und Soldaten.

KURFÜRST Wer immer auch die Reiterei geführt
Am Tag der Schlacht und damit aufgebrochen,
Eigenmächtig, bevor ich Order gab,
Der ist des Todes schuldig, das erklär' ich,
Und vor ein Kriegsgericht bestell' ich ihn.
Wär' unser Sieg noch größer, das entschuldigt
Den nicht, durch den der Zufall ihn mir schenkt.
Ich will, daß dem Gesetz gehorchet werde.

Der Prinz von Homburg, drei schwedische Fahnen in der Hand, Obrist Kottwitz mit deren zwei, Graf Hohenzollern,

Graf Reuß und Reiter mit Fahnen, Pauken und Standarten treten auf.

DÖRFLING *sowie er den Prinzen erblickt*
Der Prinz von Homburg! – Gott, was machtet Ihr?
KURFÜRST Wo kommt Ihr her?
HOMBURG *einige Schritte vorschreitend*
Von Fehrbellin, mein Fürst,
Und bringe diese Siegestrophäen dir.

Er legt die drei Fahnen vor ihm nieder.

KURFÜRST Mithin hast du die Reiterei geführt?
HOMBURG Ich? Allerdings! Mußt du von mir das hören?
Hier leg' ich den Beweis zu Füßen dir!
KURFÜRST – Nehmt ihm den Degen ab, er ist gefangen.
OFFIZIERE Wem? Dem Prinzen? Mein Kurfürst! Mein Gebieter!
HOHENZOLLERN Mein Fürst, vergönnt ein Wort mir!
KOTTWITZ Das, beim lebend'gen Gott, ist mir zu stark!
2. OFFIZIER *tritt vor den Prinzen*
Prinz, Euren Degen, bitt' ich.

Finale

HOMBURG Träum' ich? Wach' ich? Bin ich bei Sinnen?
DÖRFLING Prinz, gebt den Degen, rat' ich, hin und schweigt.
HOMBURG Ich, ein Gefangener? Helft, Freunde, helft!
KURFÜRSTIN, NATALIE, HOFDAMEN Hat denn der Prinz nicht unsern Sieg errungen?
Sind denn die Märkischen geschlagen worden?
OFFIZIERE Er hat zu zeitig, wie wir gleich gesagt,
Sich in die Schlacht gedrängt, die Order war
Nicht von dem Platz zu weichen, ungerufen.

HOMBURG Mein Vetter Friedrich will den Brutus spielen,
Sieht sich auf dem kurulschen Stuhle sitzen.
Bei Gott, in mir nicht findet er den Sohn,
Der unterm Beil des Henkers ihn bewundert.

KURFÜRSTIN, NATALIE, HOFDAMEN Still, still, still! Es wird den Hals nicht kosten.
Vielleicht ist er schon morgen wieder frei.

HOMBURG Ich bin gewohnt an Edelmut und Liebe,
Und wenn er mir in diesem Augenblick,
Wie die Antike starr entgegenkommt,
Tut er mir leid, und ich muß ihn bedauern.

Er gibt den Degen an den Offizier.

OFFIZIERE Man wird vielleicht von Tod und Festung sprechen,
Doch um sein Schwert, das uns den Sieg errang,
Schlingt sich gewiß ein Schmuck der Gnade noch.

KURFÜRST Schafft ihn nach Fehrbellin ins Hauptquartier,
Und dort bestellt das Kriegsrecht, das ihn richte.

Zweiter Akt

IV

Fehrbellin. Ein Gefängnis. Der Prinz von Homburg. Im Hintergrund zwei Reiter als Wache. Der Graf von Hohenzollern tritt auf.
Homburg, Hohenzollern.

HOMBURG Freund Heinrich! Sei willkommen mir!
Sprich, des Arrestes bin ich wieder los?
HOHENZOLLERN *sieht ihn bedenklich an*
Das Kriegsrecht, sagt man, hat gesprochen.
HOMBURG *wendet sich und holt Stühle*
Ich höre, ja; auf Tod.
HOHENZOLLERN Nun denn, bei Gott! – der Umstand rührt dich nicht?
HOMBURG Mich? Nicht im mindesten.
HOHENZOLLERN Du Rasender!
Und worauf stützt sich deine Sicherheit?
HOMBURG Auf mein Gefühl von ihm!
Er steht auf.
Ich bitte, laß mich!
Was soll ich mich mit falschen Zweifeln quälen?
Das Kriegsrecht mußte auf den Tod erkennen.
Doch eh' er solch ein Urteil läßt vollstrecken,
Eh' er dies Herz hier, das getreu ihn liebt,
Auf eines Tuches Wink, der Kugel preisgibt,
Eh', sieh', eh' öffnet er die eigne Brust sich,
Und spritzt sein Blut selbst tropfenweis in Staub.
HOHENZOLLERN Zwei Worte hör noch . . .
HOMBURG *unwillig*
O Lieber! Laß mich, Freund!
HOHENZOLLERN Höchst seltsam ist's.

Er hat, statt wie das Urteil frei ihm stellt,
Dich zu begnadigen, er hat befohlen,
Daß es zur Unterschrift ihm kommen soll.

HOMBURG Zur Unterschrift?

HOHENZOLLERN Bei meiner Ehr'! Ich kann es dir versichern.

HOMBURG Er könnte – nein! so ungeheure
Entschließungen in seinem Busen wälzen?

HOHENZOLLERN Du mußt, mein Freund, dich davon überzeugen.

HOMBURG O Himmel!

HOHENZOLLERN Hast du vielleicht je einen Schritt getan,
Der seinem stolzen Geist zu nah getreten?

HOMBURG Niemals! Mir war der Schatten seines Hauptes heilig.

HOHENZOLLERN Friedrich, ich zweifle. Der Schweden König
Wünscht die Prinzessin von Oranien,
Wenn Frieden werden soll. Jedoch es heißt,
Das Fräulein habe schon gewählt.
Bist du auf keine Weise hier im Spiel?

HOMBURG Ich bin's, mein Freund; jetzt ist mir alles klar;
Es stürzt der Antrag ins Verderben mich;
An ihrer Weig'rung, wisse, bin ich schuld,
Weil mir sich die Prinzessin anverlobt!
O Freund, hilf, rette mich! Ich bin verloren!

HOHENZOLLERN Du mußt sofort die Fürstin Tante sprechen.
Der Schritt kann, klug gewandt, die Rettung bringen.

Der Prinz nimmt eilig einen Mantel von der Wand und setzt einen Federhut auf.
Er wendet sich zum Gehen, gefolgt von Graf Hohenzollern.

V

Auf leerer Bühne ein Grab. Zwei Totengräber. Fackeln. Der Prinz, dem Graf Hohenzollern aus einiger Entfernung folgt, weicht entsetzt zurück, indem er das Grab erblickt. Homburg, Hohenzollern etwas im Abstand, zwei Totengräber.

HOMBURG O Gott!
Ich seh das Grab beim Schein der Fackeln öffnen,
Das morgen mein Gebein empfangen soll.
Und diese Augen, die das Schauspiel schaun,
Will man mit Nacht umschatten, diesen Busen
Mit mörderischen Kugeln mir durchbohren?
Ach, der die Zukunft, auf des Lebens Gipfel,
Heut, wie ein Feenreich, noch überblickt,
Liegt in zwei engen Brettern leblos morgen,
Und ein Gestein sagt dir von ihm: er war.

Er stürzt hinweg, Hohenzollern folgt ihm.

VI

Zimmer der Kurfürstin. Die Kurfürstin und Prinzessin Natalie; im nächsten Augenblick tritt eine Hofdame auf. Kurfürstin, Natalie, 3. Hofdame, Homburg.

3. HOFDAME Prinz Homburg, gnäd'ge Frau, ist vor der Türe!
Und fleht bestürzt und dringend um Gehör!
NATALIE O Gott!
KURFÜRSTIN *unwillig*
Der Unbesonnene! –
Nach einigem Bedenken.
Laß ihn herein.

Sie setzt sich auf einen Stuhl.
Der Prinz von Homburg tritt auf.

HOMBURG O meine Mutter!
Er läßt sich auf die Knie vor ihr nieder.
O laß mich deine Knie umfassen, Mutter!
Sie wendet sich ab, mit unterdrückter Rührung.
Weißt du, was mir geschehen?
KURFÜRSTIN Ich weiß um alles!
Was kann aber ich Ärmste für Euch tun?
HOMBURG O meine Mutter, also sprächst du nicht,
Wenn dich der Tod umschauerte wie mich.
KURFÜRSTIN Mein Sohn, wenn Tod des Himmels Wille ist,
Wirst du mit Mut dich und mit Fassung rüsten.
HOMBURG O Gottes Welt, o Mutter, ist so schön!
Laß mich nicht, fleh' ich, eh die Stunde schlägt,
Zu jenen schwarzen Schatten niedersteigen!
KURFÜRSTIN Mein teurer Sohn, es ist bereits besiegelt.
Und alles, was ich flehe, ist umsonst.
HOMBURG Seit ich mein Grab sah, will ich nichts als leben!
Ich gebe jeden Anspruch auf an Glück.
Nataliens, das vergiß nicht, ihm zu melden,
Begehr' ich gar nicht mehr. Frei ist sie,
Verschenken kann sie sich, und wenn's Karl Gustav,
Der Schweden König, ist, so sei's darum.
NATALIE Entschieden hat mein erst' Gefühl für dich,
Ich werd' mich nimmer einem andern weihn!
HOMBURG Du armes Mädchen weinst! Die Sonne leuchtet
Heut' alle deine Hoffnungen zu Grab!
NATALIE Nein, junger Held, bis in den Tod dir treu,
Werd' ich ein rettend Wort beim Oheim wagen.

HOMBURG *faltet, in ihrem Anschauen verloren, die Hände*
Hätt'st du zwei Flügel, Jungfrau, an den Schultern,
Für einen Engel wahrlich hielt' ich dich!
NATALIE Vielleicht gelingt es mir, sein Herz zu rühren
Und dich von allem Kummer zu befreien.
HOMBURG O Hoffnungslicht, das plötzlich mich erquickt!
NATALIE Gott wird die Pfeile mir, die treffen, reichen!
HOMBURG O, alle Heiligen mögen dich beschirmen!
Leb' wohl! Und was du auch erringst,
Vergönne mir ein Zeichen vom Erfolg.
NATALIE O, alle Heiligen mögen dich beschirmen!
Leb' wohl! Und was ich auch erringe,
Ich gebe dir ein Zeichen vom Erfolg!

VII

Zimmer des Kurfürsten. Der Kurfürst steht mit Papieren an einem mit Lichtern besetzten Tisch. Natalie tritt durch die mittlere Tür auf und läßt sich in einiger Entfernung vor ihm nieder.
Kurfürst, Natalie.

NATALIE *kniend*
Mein edler Oheim, Friedrich von der Mark!
KURFÜRST *will sie erheben, aber sie wehrt ab*
Was willst du, Liebe?
NATALIE Zu deiner Füße Staub, wie's mir gebührt,
Für Vetter Friedrich dich um Gnade flehn!
Ich will ihn nicht für mich erhalten wissen –
Ich will nur, daß er da sei, lieber Oheim,
Für sich, selbständig, frei und unabhängig,
Wie eine Blume, die mir wohlgefällt.

KURFÜRST *Natalie erhebend*
Weißt du, was Vetter Homburg jüngst verbrach?
NATALIE O, dieser Fehltritt, blond mit blauen Augen!
Erst, weil er siegt, ihn kränzen, dann enthaupten,
Das fordert die Geschichte nicht von dir;
Das wäre so erhaben, lieber Ohm,
Daß man es fast unmenschlich nennen könnte.
KURFÜRST Meinst du, dem Vaterlande gelt' es gleich,
Ob Willkür drin, ob drin die Satzung herrsche?
NATALIE O Herr! Was sorgst du doch? Dies Vaterland!
Das wird, um dieser Regung deiner Gnade,
Nicht gleich zerschellt in Trümmern untergehn.
Das Kriegsgesetz, das weiß ich wohl, soll herrschen,
Jedoch die lieblichen Gefühle auch.
KURFÜRST Denkt Vetter Homburg auch so?
NATALIE Hierauf zur Antwort hab' ich nichts als Tränen.
Der denkt jetzt nichts, als nur dies Eine: Rettung!
Und jeder Wunsch, als nur zu leben, schweigt.
Ach, welch ein Heldenherz hast du zerstört!
KURFÜRST Unmöglich in der Tat! – Er fleht um Gnade!
Du sprachst ihn? Tu mir alles kund! Du sprachst ihn?
NATALIE Ach, hätt'st du nimmer, nimmer ihn verdammt!
Er, unterm Schutz der Dämm'rung, kam geschlichen;
Verstört und schüchtern, heimlich, ganz unwürdig,
Ein unerfreulich jammernswürd'ger Anblick.
Zu solchem Elend, glaubt' ich, sänke keiner.
Ach, was ist Menschengröße, Menschenruhm?
KURFÜRST *verwirrt*
Nun denn, beim Gott des Himmels und der Erde,
So fasse Mut, mein Kind! So ist er frei!
NATALIE Ihm soll vergeben sein? Er stirbt jetzt nicht?
KURFÜRST Bei meinem Eid! Ich schwör's dir zu.
Wenn er den Spruch für ungerecht kann halten,
Kassier' ich die Artikel: er ist frei.

Er geht an den Tisch, setzt sich und schreibt.

NATALIE *für sich*
Was seine Huld so rasch erweckt,
Ich weiß es nicht und untersuch es nicht.
Ach, Herz, was klopfst du also an dein Haus?

KURFÜRST *endigt und siegelt; hierauf geht er zur Prinzessin und drückt ihr den Brief in die Hand*
Willst du den Brief ihm selber überbringen,
So kann er für sein Leben gleich dir danken.

Er umarmt sie.

NATALIE Der Brief enthalte, was es immer sei –
Ich glaube Rettung – und ich danke dir!

Sie küßt ihm die Hand.

VIII

Gefängnis des Prinzen. Der Prinz hängt seinen Hut an die Wand und läßt sich auf ein auf der Erde ausgebreitetes Kissen nieder.
Homburg, später Natalie mit Graf Reuß.

HOMBURG Das Leben nennt der Derwisch eine Reise,
Und eine kurze. Freilich! Von zwei Spannen
Diesseits der Erde nach zwei Spannen drunter.
Ich will auf halbem Weg mich niederlassen.
Zwar eine Sonne, sagt man, scheint auch dort,
Und über bunt're Felder noch als hier.
Ich glaub's! nur schade, daß das Auge modert,
Das diese Herrlichkeit erblicken soll.

Prinzessin Natalie tritt auf, geführt von dem Rittmeister Graf Reuß, der im Hintergrund stehenbleibt. Ihnen voran geht ein Läufer mit einer Fackel.

HOMBURG Natalie!
NATALIE Begnadigt seid Ihr, frei; hier ist ein Brief
Von seiner Hand, der es bekräftigt.
HOMBURG Es ist nicht möglich! Nein! Es ist ein Traum!
NATALIE Lest! Lest den Brief! So werdet Ihr's erfahren.
HOMBURG *beginnt zu lesen*
»Meint Ihr, ein Unrecht sei Euch widerfahren,
so bitt' ich, sagt's mir mit zwei Worten –
und gleich den Degen schick' ich Euch zurück.«

Natalie erblaßt. Pause. Der Prinz sieht sie fragend an.

NATALIE *mit dem Ausdruck plötzlicher Freude*
Zwei Worte nur bedarf's –
O lieber, süßer Freund!
HOMBURG Mein teures Fräulein!
NATALIE O sel'ge Stunde, die mir aufgegangen!
Sie drückt seine Hand.
Hier nehmt, hier ist die Feder; nehmt und schreibt!
HOMBURG Ich will den Brief noch einmal überlesen.
NATALIE *setzt ihm einen Stuhl hin; er zögert*
Der Augenblick ist dringend.
Sie wendet sich und weint.
Schreibt, wenn Ihr mich nicht böse machen wollt!
HOMBURG *entfaltet den Brief noch einmal*
Sieh da, höchst wunderbar, so wahr ich lebe.
Mich selber ruft er zur Entscheidung auf!
NATALIE O Gott der Welt! Jetzt ist's um ihn geschehn!
HOMBURG *erhebt sich leidenschaftlich*
Daß er mir Unrecht tat,
Das kann ich ihm nicht schreiben!

NATALIE Du Rasender! Ich ahn', was du im Sinne hast!
Das aber schwör ich dir: schreibst du ihm nicht,
Daß er dir Unrecht tat, wie er's verlangt,
Wird morgen er den Spruch an dir vollstrecken!
HOMBURG Gleichviel!
Ich will ihm, der so würdig vor mir steht,
Nicht, ein Unwürd'ger, gegenüberstehn!
Schuld ruht, bedeutende, mir auf der Brust,
Wie ich es wohl erkenne; kann er mir
Vergeben nur, wenn ich mit ihm darum streite,
So mag ich nichts von seiner Gnade wissen!
NATALIE Du Ungeheuerster!
Sie küßt ihn.
Nimm diesen Kuß!
Inzwischen, wenn du deinem Herzen folgst,
Ist's mir erlaubt, dem meinigen zu folgen!
Sie wendet sich zur Tür, während der Prinz rasch zu schreiben beginnt.
Graf Reuß!
Nach Arnstein hin, zum Obersten von Kottwitz!
Mein Regiment bricht auf, und ich befehl's!
Hier noch vor Mitternacht erwart' ich es!

Der Läufer öffnet die Tür für die Prinzessin und Reuß.

Dritter Akt

IX

Zimmer des Kurfürsten; spärlich beleuchtet. Der Feldmarschall tritt ein, von einem Pagen geführt, der weiter geht und an die Tür des Nebenkabinetts klopft. Der Kurfürst, halb angekleidet, kommt heraus, gefolgt von zwei Dienern. Kurfürst, Dörfling, zwei Heiducken, Kottwitz, Hohenzollern, einige Offiziere; später: Homburg, Kurfürstin, Natalie, gefolgt von Hofdamen.

DÖRFLING Rebellion, mein Kurfürst!
Das Regiment Prinzessin von Oranien ist in der Stadt!
Der Page zündet die Lichter an, während die zwei Bediensteten den Kurfürsten ankleiden.
Man will, falls du auf deinem Spruch beharrst,
Den Prinz von Homburg mit Gewalt befreien!

Zwei Heiducken treten auf; der eine hält einen Brief in der Hand.

1. HEIDUCK Der Obrist Kottwitz, Hennings, Reuß und andre
Erbitten sich Gehör!

Der Kurfürst wendet sich zum zweiten Heiducken und nimmt ihm den Brief aus der Hand.

KURFÜRST *zum zweiten Heiduck*
Vom Prinz von Homburg?
2. HEIDUCK Ja, mein erlauchter Herr.

Der Kurfürst stellt sich an den Tisch und liest; nachdem

dies geschehen ist, küßt er heimlich den Brief, dann wendet er sich zum ersten Heiduck.

KURFÜRST Kottwitz und sein Gefolg – sie sollen kommen!
Kottwitz, Hohenzollern, Reuß und einige andere Herren treten ein.
Ich heiße Euch willkommen! –
Dem Prinz von Homburg, dem das Recht gesprochen,
Seid Ihr bestimmt, mit Euren zwölf Schwadronen
Die letzten Ehren morgen zu erweisen.

KOTTWITZ *vortretend*
Vergönne, mein erhab'ner Kurfürst, mir,
Vorerst im Namen des gesamten Heers
Die allerhöchste Gnade zu erflehen
Für Prinz von Homburg, peinlich angeklagt . . .

KURFÜRST Der Prinz ist von dem Inhalt unterrichtet?

KOTTWITZ Nicht auf die fernste Weis'!

KURFÜRST Du nimmst, du alter Krieger, des Prinzen Tat in Schutz?

KOTTWITZ Ja, mein erlauchter Herr.

KURFÜRST *zu den andern*
Und Ihr?

HOHENZOLLERN *tritt vor, leidenschaftlich*
Bedenkt, er ist ein Träumer, und wir alle
Scherzten mit seinem Zustand: sonst, bei Gott, –
Bei der Parole wär' er nicht zerstreut,
Nicht widerspenstig in der Schlacht gewesen!

KURFÜRST *hat seinen kurfürstlichen Schmuck angelegt; zu einem Bedienten*
Der Prinz von Homburg –
Man führ aus dem Gefängnis ihn hierher.
zu den Versammelten
Der wird euch lehren, das versich'r ich euch,
Was Freiheit und was Würde sei.

DÖRFLING, HOHENZOLLERN, KOTTWITZ, OFFIZIERE *unter sich*
Wen holt–? Wen ruft? Ihn selber? Nein! Unmöglich!
HOHENZOLLERN, KOTTWITZ, OFFIZIERE
Herr, das Gesetz, das oberste, das höchste,
Das wirken soll in deiner Feldherrn Brust,
Das ist der Buchstab deines Willens nicht.
Was kümmert dich, wir bitten dich, die Regel!
Willst du das Heer, das glühend an dir hängt,
Zu einem Werkzeug machen, gleich dem Schwerte,
Das tot in einem gold'nen Gürtel ruht?
Denk, daß Empfindung einzig retten kann!

Der Prinz von Homburg tritt auf, mit einer Wache.

KURFÜRST Mein junger Prinz, Euch ruf ich mir zu Hilfe.
Das Heer begehre, heißt es, Eure Freiheit,
Und billige den Spruch des Kriegsrechts nicht.
Mit einer Geste zu den Offizieren hin.
Seht, bitt' ich, selbst, und unterrichtet Euch.
HOMBURG *sieht sich im Kreise der Offiziere um*
Kottwitz, gib deine Hand mir, alter Freund!
Doch ist's umsonst! Ich hab mir's überlegt.
Ich will den Tod, der mir erkannt, erdulden.
KOTTWITZ *betroffen*
Nein, nimmermehr, mein Prinz! Was sprichst du da?
HOHENZOLLERN Er will den Tod –?
HOHENZOLLERN, KOTTWITZ, OFFIZIERE
Er soll und darf nicht sterben!
Vortretend.
Mein Herr und Kurfürst! Mein Gebieter! Hör uns!
HOMBURG Ruhig! Es ist mein unbeugsamer Wille!
Wendet sich an den Kurfürsten.
Und dir, mein Fürst, der einen süßern Namen
Dereinst mir führte, leider jetzt verscherzt;

Dir leg' ich tiefbewegt zu Füßen mich!
Er sinkt in die Knie.
Der Tod wäscht jetzt von jeder Schuld mich rein.

Der Kurfürst küßt ihn auf die Stirn und erhebt ihn.

KURFÜRST Mein Sohn! Mein liebster Freund!
HOMBURG Nun sieh, jetzt schenktest du das Leben mir.
Nun fleh' ich jeden Segen dir herab.

Der Kurfürst gibt den Wachen ein Zeichen.

KURFÜRST Wache! Führt ihn zurück in sein Gefängnis.

Natalie, in Uniform, und die Kurfürstin zeigen sich unter der Tür. Die Hofdamen folgen. Natalie reißt sich von der Kurfürstin los.

NATALIE O Mutter, laß! Was sprichst du mir von Sitte?
Die höchst', in solcher Stund', ist ihn zu lieben!
Stürzt auf Homburg zu.
Mein teurer, unglücksel'ger Freund!
HOMBURG *aufbrechend*
Hinweg!

Mehrere Offiziere treten ihm in den Weg.

OFFIZIERE Nein, nimmermehr, mein Prinz!
HOMBURG Führt mich hinweg!
HOHENZOLLERN Mein Kurfürst, kann dein Herz –?
HOMBURG *reißt sich los*
Freunde, wollt ihr
Hinaus an Ketten mich zum Richtplatz schleifen?
Seht: mit der Welt schloß ich die Rechnung ab!

Ab mit Wache.

NATALIE *indem sie sich an die Brust der Tante legt*
O Erde, nimm in deinen Schoß mich auf!
Wozu das Licht der Sonne länger schauen?
KURFÜRSTIN, HOFDAMEN, OFFIZIERE
O Gott der Welt! Mußt' es bis dahin kommen?
KOTTWITZ *kalt*
Mein Fürst und Herr, nach dem, was vorgefallen,
Sind wir entlassen?
KURFÜRST Nein! Zur Stund' noch nicht!
Er fixiert die Anwesenden eine Weile mit dem Auge, dann wirft er einen Blick in das Todesurteil.
Ja, urteilt selbst, ihr Herrn! Der Prinz von Homburg
Hat im verflossnen Jahr durch Trotz und Leichtsinn
Um zwei der schönsten Siege mich gebracht;
Den dritten auch hat er mir schwer gekränkt.
Die Schule dieser Tage durchgegangen,
Wollt ihr's zum vierten Male mit ihm wagen?
HOHENZOLLERN, KOTTWITZ, OFFIZIERE
durcheinander
Wie, mein vergöttert – angebeteter?
KURFÜRST So wollt ihr?
HOHENZOLLERN, KOTTWITZ, OFFIZIERE
Bei dem lebend'gen Gott!
KURFÜRST *zerreißt das Todesurteil*
So folgt, ihr Freunde, in den Garten mir!

X

Schloß mit der Rampe, die in den Garten hinabführt: wie im ersten Akt. – Es ist wieder Nacht.
Der Prinz von Homburg wird mit verbundenen Augen von Graf Hohenzollern durch das untere Gartengitter aufge-

führt. – Offiziere mit Wache. – In der Ferne hört man Trommeln des Totenmarsches.
Alle

HOMBURG Nun, o Unsterblichkeit, bist du ganz mein!
Du strahlst mir durch die Binde meiner Augen,
Mit Glanz der tausendfachen Sonne zu!
Durch stille Ätherräume schwebt mein Geist;
Und wie ein Schiff im Hauch des Winds entführt,
Die muntre Hafenstadt versinken sieht,
So geht mir dämmernd alles Leben unter:
Jetzt unterscheid' ich Farben noch und Formen,
Und jetzt liegt aller Nebel unter mir.
Der Prinz setzt sich auf die Bank, die in der Mitte des Platzes um die Eiche aufgeschlagen ist; Hohenzollern entfernt sich von ihm und sieht nach der Rampe hinauf.
Ach, wie die Nachtviole lieblich duftet!
Spürst du es nicht?

Hohenzollern kommt wieder zurück.

HOHENZOLLERN Es sind Levkojen und Nelken.
HOMBURG Levkojen? – Wie kommen die hierher?
HOHENZOLLERN Ich weiß nicht.
Es scheint, ein Mädchen hat sie hier gepflanzt.
– Kann ich dir eine Nelke reichen?
HOMBURG Lieber! –
Ich will zu Hause sie in Wasser setzen.

Der Kurfürst mit dem Lorbeerkranz, um welchen die goldne Kette geschlungen ist, die Kurfürstin, Prinzessin Natalie, Feldmarschall Dörfling, Kottwitz, Reuß und andere. – Hofdamen, Offiziere und Fackeln erscheinen auf der Rampe des Schlosses.

HOMBURG Lieber, was für ein Glanz verbreitet sich?
HOHENZOLLERN Mein Prinz, willst du gefällig dich erheben?
HOMBURG Was gibt es?
HOHENZOLLERN Nichts, das dich erschrecken dürfte!
Die Augen bloß will ich dir wieder öffnen.
HOMBURG Schlug meiner Leiden letzte Stunde?
HOHENZOLLERN Ja!
Heil dir und Segen, denn du bist es wert!

Der Kurfürst gibt den Kranz, an welchem die Kette hängt, der Prinzessin, nimmt sie bei der Hand und führt sie die Rampe hinab. Herren und Damen folgen. Die Prinzessin tritt, umgeben von Fackeln, vor den Prinzen, welcher erstaunt aufsteht, setzt ihm den Kranz auf, hängt ihm die Kette um, und drückt seine Hand an ihr Herz. Der Prinz fällt in Ohnmacht.

NATALIE Himmel! Die Freude tötet ihn!
HOHENZOLLERN Zu Hilfe!
KURFÜRST Laßt den Kanonendonner ihn erwecken!

Ein Kanonenschuß ertönt. Das Schloß erleuchtet sich.

ALLE Es lebe der Prinz von Homburg!
Der Sieger in der Schlacht bei Fehrbellin!

Homburg erwacht.

HOMBURG Nein, sagt, ist es ein Traum?
KOTTWITZ Ein Traum, was sonst?
NATALIE, KURFÜRSTIN Der Himmel hat ein Zeichen uns gegeben,
Und fester Glaube baut sich in uns auf,
Daß die Empfindung einzig retten kann!

DREI HOFDAMEN O, daß Empfindung einzig retten kann!

KURFÜRST, HOHENZOLLERN, OFFIZIERE
Es sammelte sich diese Nacht von Wolken
Nur um sein Haupt, auf daß die Sonne ihm
Durch ihren Dunstkreis strahlender erscheine!
In Staub mit allen Feinden Brandenburgs!

MEHRERE OFFIZIERE Ins Feld! Ins Feld!

1. OFFIZIER Zur Schlacht! Zur Schlacht!

DÖRFLING Zum Sieg! Zum Sieg!

ALLE In Staub mit allen Feinden Brandenburgs!

Entstehung eines Librettos

Vor die Aufgabe gestellt, das Schauspiel »Der Prinz von Homburg« einzurichten als Libretto, zögerte ich.
Ich bewunderte und liebte Kleist, ich hatte den »Prinz von Homburg« gelesen, aber nur ein einziges Mal auf der Bühne gesehen, in Paris, in französischer Sprache, in der Inszenierung von Jean Vilar. Le Prince de Homburg. Gérard Philippe gab ihm Glanz, Zittern, Demut. Er sprach französisch, war fern von Preußen, von Deutschland. Man mußte das Stück lieben. Aber konnte man das Stück noch lieben, wenn Brandenburg wieder Brandenburg war und bei dem Kanonendonner, der den Prinzen zurück ins Leben ruft, sich die schlimmsten Assoziationen einstellten?
Einer Generation zugehörig, die nicht nur dem Volk mißtraute, das seine Klassiker politisch mißbraucht hatte, sondern auch den Dichtern mißtraute, deren Werke sich so mißbrauchen hatten lassen, kam ich nicht los von dem Gedanken an jenes Gedicht von Brecht »Über Kleists Stück ›Der Prinz von Homburg‹«:

Oh Garten, künstlich in dem märkischen Sand!
Oh Geistersehn in preußischblauer Nacht!
Oh Held, von Todesfurcht ins Knien gebracht!
Ausbund von Kriegerstolz und Knechtsverstand!

Rückgrat, zerbrochen mit dem Lorbeerstock!
Du hast gesiegt, doch wars dir nicht befohlen.
Ach, da umhalst nicht Nike dich. Dich holen
des Fürsten Büttel feixend in den Block.

So sehen wir ihn denn, der da gemeutert
mit Todesfurcht gereinigt und geläutert
mit Todesschweiß kalt unterm Siegeslaub.

Sein Degen ist noch neben ihm: in Stücken.
Tot ist er nicht, doch liegt er auf dem Rücken
mit allen Feinden Brandenburgs in Staub.

Aber hatte nicht Heinrich Heine, der um nichts weniger und nicht weniger leidenschaftlich ein Feind des Knechtsverstandes, der Unmenschlichkeit und des nationalen Dünkels war, 1822 in den Berliner Briefen geschrieben: »Es ist jetzt bestimmt, daß das Kleistische Schauspiel ›Der Prinz von Homburg oder die Schlacht bei Fehrbellin‹ nicht auf unserer Bühne erscheinen wird ... Dieses Stück ist noch immer ein Erisapfel in unsern ästhetischen Gesellschaften. Was mich betrifft, so stimme ich dafür, daß es gleichsam vom Genius der Poesie selbst geschrieben ist ...«

Was ist das für ein Stück, das des Geistes der Knechtschaft und des Geistes der Freiheit in gleicher Weise beschuldigt wird? Von welchen Kräften lebt es, was macht seine Ambivalenz aus, und wie sollen wir es endlich verstehen? Aber die Erklärungen und Erläuterungen lahmen immer, und ich wünsche nur eins: daß es der neuen Musik gelungen ist, seinen Geist neu und richtig zu benennen.

Es gibt in diesem Schauspiel, dessen Szenen alle zur Nachtzeit spielen (oder in der Dämmerung oder im Morgengrauen), durch den ständigen Lichteinfall der Sprache und einer Freiheit, die nicht eigens ihre Verkündigung braucht, sondern sich durch die Sprache fühlbar macht, eine große Klarheit und Helligkeit. Es gibt in diesem Schauspiel, und dies ist, glaube ich, noch nie recht bemerkt worden – keinen einzigen Bösewicht, keine Gestalt, die einer Niedrigkeit fähig wäre, einer Intrige, einer Schurkerei.

Und es gibt nicht ein »Schicksal«, nichts Verfängliches, Unaufhaltsames. So mußte der Prinz uns erscheinen als der erste moderne Protagonist, schicksallos, selber entscheidend, mit sich allein in einer »zerbrechlichen Welt« und uns darum nah, kein Held mehr, komplexes Ich und leidende Kreatur in einem, ein »unaussprechlicher Mensch«, wie Kleist selbst sich genannt hat, ein Träumer, Schlafwandler, der Herr seiner selbst wird.
Alle Gestalten in dem Stück zeichnen sich durch einen Freimut sondergleichen aus, der Freund Hohenzollern, die Kurfürstin, die erstaunliche Prinzessin von Oranien, die ihr Regiment zur Befreiung des Prinzen in die Stadt befiehlt, die Offiziere, die dem Kurfürsten die Stirn bieten. Sie alle, und ihre Handlungen und ihre Worte bezeugen es immerzu, atmen eine Luft der Freiheit, die uns selbstverständlich erscheint, die aber, bedenken wir es wirklich, noch nie in einem Staatswesen geatmet worden ist.
Dieses Staatswesen ist eine Vision Kleists. Und der Große Kurfürst, der es repräsentiert, ist eine Idealfigur, ein Herrscher, der den Gebrauch der Macht verachtet, aber auch nur Spott für seine Offiziere hat, denen der Sieg Homburgs ein Beweis dafür ist, daß richtig gehandelt wurde. Sein tragischer Begriff von Gerechtigkeit läßt diesen Beweis nicht zu. Homburg, der falsche Sieger, aber unterwirft sich dem absurden Urteil, weil er die Voraussetzungen begreift, unter denen der Kurfürst es fällt – nämlich als einem nicht der Macht und der Grausamkeit entsprungenen. Genau hier im Absurden der beiden Entscheidungen vernichten beide, Kurfürst und Prinz, die heroische Welt und ihren trügerischen Anspruch.
Was an dem Stück wie die Verherrlichung der Legitimität erscheint, ist nicht die Glorifizierung jener Legitimität (oder sagen wir besser: Illegitimität), unter der wir seit je in unseren Ländern gelitten haben und die Deutschland in den Abgrund geführt hat, sondern eine noch nie ver-

wirklichte, durch die der Staat einsichtig werden könnte, die Gerechtigkeit lebbar wird, Freimut kein Wagnis ist – durch die all dies unmöglich wird, was Kleist wußte und was ihn als Wissen verbrannte: »Ist es ihm um die Wahrheit zu tun? Dem Staate? Ein Staat kennt keinen anderen Vorteil, als den er nach Prozenten berechnen kann. Er will die Wahrheit *anwenden.*«

Und vergessen wir nicht, daß derselbe Mann schrieb: »Der Soldatenstand wurde mir so verhaßt, daß es mir nach und nach lästig wurde, zu seinem Zwecke mitwirken zu müssen.« Aber Kleist ging noch weiter, sagte, es sei unmöglich, Offizier und Mensch zugleich zu sein. Es ist zu fürchten, daß dieser Autor in Deutschland nie populär werden wird.

Da nun der Mut zu Kleist gefaßt, wußte ich nicht, woher den Mut nehmen zu einer Kürzung oder gar einer Bearbeitung des Textes. Die Unbekümmertheit, mit der man früher die großen Dichtungen umschrieb, zurechtschnitt und zurechtzimmerte für ein Libretto (Othello, Falstaff), ist uns abhanden gekommen. Es bedurfte langer Überlegungen und vielen Zuredens, um die Skrupel zu besänftigen, um mir klar zu machen, daß die Achtung vor einem bedeutenden Werk nicht in eine Lähmung davor auszuarten brauche. Das Unumgängliche wurde getan, die kleinen Operationen wurden vorgenommen, mit dem Wunsch, die Dichtung so unbeschädigt wie möglich der Musik zu übergeben – nicht zum Gebrauch, sondern für ein zweites Leben in der Musik und mit der Musik.

Gesichtspunkte helfen kaum. Aber beim Auflösen und Auffächern der Szenen, nach einer immer intimeren Kenntnis des Gefüges, ja nachdem so etwas wie ein Röntgenbild entstanden war, zeigte es sich, wo der Text eine Straffung zuließ, wo Kürzungen möglich waren, ein rascherer Fortgang oder Einsatz sich erlaubte. Die herrlichen Monologe, die knappsten, dichtesten, die in der Literatur zu finden sind, konnten alle erhalten werden. Unvermeidbar jedoch waren folgende Veränderungen: Nebenfiguren, stichwortbringende vor allem, wurden hier und da zusammengefaßt in eine Person; oder es wurde, soweit dies dem Sinn nicht abträglich war, ein Text einer anderen Person in den Mund gelegt, oder »Allen«, oder den »Offizieren«, oder den »Damen«. Gelegenheiten für Arien und Ensembles und für verbindende Rezitative boten sich manchmal wie von selbst an oder wurden gefunden. Auffälliger ist die Einführung einer neuen Szene, in der der Prinz, auf dem Bittgang ins Schloß, auf dem Wege zur Kurfürstin, sein Grab von den Totengräbern schaufeln sieht. Im Original erzählt er diese Szene der Kurfürstin, in der Oper sehen wir sie. Der Text ist der darauffolgenden Szene mit der Kurfürstin entnommen – »Ach! Auf dem Wege, der mich zu dir führte, / Sah ich das Grab, beim Schein der Fackeln, öffnen . . .«

Es würde zu weit führen, alle die kleinen Veränderungen, aber auch die größeren Striche aufzuzählen. Auch sollte, meine ich, bei der Aufführung, der Eindruck entscheiden und abgewartet werden, ob sie sich überhaupt aufdrängen. Es gäbe keine Rechtfertigung für dieses Libretto, wenn es beanspruchte, etwas für sich zu sein. Die Rechtfertigung, wenn davon die Rede sein soll, kann nur von der Musik kommen. In dem neuen Werk, der Oper, erlöst ja der Komponist den »bearbeiteten« Text zu einer neuen Gestalt, einer neuen Ganzheit. Ich würde darum meine Arbeit dann für gelungen halten, wenn sie wenig bemerkt und schließlich vergessen würde.

Hingegen möchte ich über den Schluß noch etwas sagen, der die längste Zeit, ja bis zuletzt, die größten Schwierigkeiten machte. Die beiden Bedenken, von denen gesprochen wurde, treten hier gemeinsam auf, das Bedenken gegen den Text selbst und das Bedenken, ihn zu verändern. Ich versuchte zuerst, aus verschiedenen Textstellen ein Finale zu machen, um den bekannten Schluß zu vermeiden.

(»Ins Feld! Ins Feld! / Zur Schlacht! / Zum Sieg! Zum Sieg! / In Staub mit allen Feinden Brandenburgs!«) Denn dieser Schluß hat mitgeholfen, das Mißverständnis zu befördern und Kleist den Gedankenlosen auszuliefern als einen nationalen, patriotischen Dichter, der er niemals war. Der originale Schluß ist nun doch stehen geblieben, obwohl ich noch öfters bezweifle, daß die Lösung die richtige ist. Er ist stehen geblieben im Vertrauen darauf, daß jene, die den »Genius der Poesie selbst«, von dem das Stück geschaffen wurde, verspüren, auch die Schwerpunkte des Werkes begreifen. Nicht in der opernhaft naiven Apotheose, die zeitverhaftet, unreflektiert ist, werden die Begreifenden sich aufhalten, sondern für immer bei den schmerzlichen Worten Nataliens: »Ach, was ist Menschengröße, Menschenruhm!«

Der junge Lord

Komische Oper in zwei Akten
Nach einer Parabel aus »Der Scheik von Alessandria und seine Sklaven« von Wilhelm Hauff
Musik von Hans Werner Henze

Personen

Sir Edgar *stumm*
Sein Sekretär *Bariton*
Lord Barrat, Neffe Sir Edgars *hoher (Charakter-)Tenor*
Begonia, die Köchin aus Jamaica *Mezzosopran*
Der Bürgermeister *Baß-Bariton*
Oberjustizrat Hasentreffer *Bariton*
Ökonomierat Scharf *Bariton*
Professor von Mucker *Tenor buffo*
Baronin Grünwiesel *Mezzosopran*
Frau von Hufnagel *Mezzosopran*
Frau Oberjustizrat Hasentreffer *hoher Sopran*
Luise, Mündel der Baronin *Sopran*
Ida, deren Freundin *Koloratursopran*
Ein Kammermädchen *Sopran*
Wilhelm, ein Student *lyrischer Tenor*
Amintore La Rocca, Zirkusdirektor *(Helden-)Tenor*
Ein Lichtputzer *Bariton*

Herr La Truiaire, Anstands- und Tanzmeister *stumm*
Meadows, der Butler *stumm*
Jeremy, ein Mohr *stumm*

Zirkusleute:
Rosita, das Mädchen der Lüfte, eine kleine Seiltänzerin aus den beiden Sizilien; Brimbilla, Jongleur aus dem gefährlichen Istrien; Vulcano, Feuerschlucker aus dem großen Mailand; der Affe Adam

Der Lehrer *stumm*
Der Laubkehrer *stumm*
Zwei Männer mit Farbe und Pinsel *stumm*

Die Garnisonkapelle

Damen und Herren; junge Mädchen und junge Herren der guten Gesellschaft von Hülsdorf-Gotha; einiges Volk; Kinder *Chor*

Erster Akt

I

Im Jahre 1830. Auf dem kleinen schönen Hauptplatz von Hülsdorf-Gotha. Nach einer Seite ist die Szene zum Stadtpark hin offen. Dahinter ist das Kasino zu sehen. Es ist Spätherbst. Das Laub ist verfärbt. Und es ist Nachmittag, hell und klar. Eine einzige Fassade – die eines prächtigen alten Hauses – ist vernachlässigt. Alle Fenster sind geschlossen und seit Jahren von Spinnweben und Dunkel versponnen. Das Haus wirkt, als wohne niemand darin.

Die Damen und Herren der kleinen Stadt machen ihre Wochenendpromenade, und das Volk steht in Gruppen beieinander. Obwohl alles sich Mühe gibt, sich zu unterhalten, zeigen die meisten Leute eine unverhohlene neugierige Erwartung. Die prominenten Herren, die im Vordergrund stehen, verbergen schlecht ihre Nervosität. Es sind dies: der Bürgermeister, der Oberjustizrat Hasentreffer, der Ökonomierat Scharf und der Professor von Mucker.

OBERJUSTIZRAT HASENTREFFER Herr Professor – ich nehme kein Blatt vor den Mund.

PROFESSOR VON MUCKER Eure Exzellenz! Mit Permiß zu sagen – ich will mir kein Urteil bilden.

ÖKONOMIERAT SCHARF Doch ist's eine Fatalität, daß dem fremden Herrn Pünktlichkeit nicht bekannt ist. Er war viel früher avisiert.

PROFESSOR VON MUCKER Mit Permiß zu sagen – andere Länder, andere Sitten,
auf eine Geste des Oberjustizrats hin abschwächend
aber ich will mir kein Urteil bilden.

DER BÜRGERMEISTER *der kaum zugehört hat, sondern*

nur ab und zu einen Blick in die Papierrolle wirft, die er immer wieder fahrig auf- und zurollt – für sich
Willkommen heiße ich Euer Gnaden in unsrer kleinen, aber gastlichen alten Stadt ...

OBERJUSTIZRAT HASENTREFFER *indem er dem Professor eine Tabakdose hinhält*
Belieben eine Prise Spaniol?

DER BÜRGERMEISTER ... gastlichen alten Stadt, der es zur Ehre gereicht ...

PROFESSOR VON MUCKER *nach einer abwehrenden Bewegung. Der Justizrat bedient sich selber.*
Ist es wahr, daß man zu einem Engländer von seinem Rang und Stand ganz einfach directement »Sir Edgar« sagt?

OBERJUSTIZRAT HASENTREFFER Monsieur La Truiaire, der meiner Tochter das Singen, den Anstand und das Klavier beibringt, muß es doch wissen!

DER BÜRGERMEISTER Willkommen heiße ich Sie ...

PROFESSOR VON MUCKER *nachdenklich, genießerisch*
... Sir Edgar ...

DER BÜRGERMEISTER ... aber gastlichen alten Stadt, die uns zur Ehre gereicht – nein – der es zur Ehre gereicht ...

ÖKONOMIERAT SCHARF Der Engländer hat, soviel ist gewiß, eine imponierende Summe bezahlt für das Haus.

DER BÜRGERMEISTER ... gastlichen alten Stadt ...

ÖKONOMIERAT SCHARF Seine Generosität ist gleichfalls legendär.

DER BÜRGERMEISTER ... gastlichen aber kleinen, nein, ...

OBERJUSTIZRAT HASENTREFFER Also darf man hoffen, daß unsere Finanzen durch den Zuzug des von Prinz Heinrich empfohlenen Fremden endlich eine Verbesserung erfahren werden.

DER BÜRGERMEISTER ... kleinen, aber gastlichen alten Stadt ...

Ökonomierat Scharf Man wird dem Ausländer jede mögliche Attention erweisen müssen. Ob er uns gefällt oder nicht.

Die Herren Ob er uns gefällt oder nicht.

Eine kleine Gruppe promeniert: Frau von Hufnagel mit Frau Oberjustizrat Hasentreffer; und vor den beiden älteren Damen zwei junge Mädchen, Luise und Ida, Arm in Arm.

Luise und Ida Ob er uns gefallen wird oder nicht?

Luise Der Engländer soll ein älterer Herr sein und ein Gelehrter.

Frau von Hufnagel Senfteig, zwei Hand breit aufs Herz gelegt . . .

Frau Oberjustizrat Mit Excüse, Frau von Hufnagel, aber was ist Wahres dran, an dem Duell wegen Fräulein von Aarstein?

Ida Kommt einmal jemand, so ist er alt und gelehrt. Ich find' es zum Aus-der-Haut-Fahren!

Frau von Hufnagel Ich möchte eine Teetasse mit Löffel und mit Stiel aufessen, wenn diese Person nicht einen Marbelstein in der Brust hat, wo andre ein Herz haben.

Frau Oberjustizrat Dachte ich es doch! Ich kenne sie nicht anders als par Renommée, und Senfteig, sagen Sie . . .

Frau von Hufnagel Zwei Handbreit aufs Herz gelegt bei einem Anfall, das probateste Mittel.

Luise und Ida sind ein wenig vorausgegangen. Luise dreht sich schon zum zweitenmal um nach einem jungen Mann, der sich abseits hält und nicht mit den anderen jungen Herren die Damen beobachtet.

IDA *vertraulich*
Ja, tatsächlich. Wilhelm von Thingen schaut dauernd zu dir herüber.

LUISE *erschrocken*
Ah. Wilhelm?

IDA Der am Namensfest des Prinzen dich immer zum Kotillon geholt hat. Ich habe doch Augen im Kopf!

Ein Laubkehrer trennt die beiden Mädchen von den beiden Damen.

LUISE *nachdem sie Wilhelm ein schüchternes Zeichen gegeben hat, Idas Hand nimmt und deren Hände rasch an ihre Brust preßt*
O Ida, liebste Ida, meine einzige beste Freundin! Ich muß doch jemand sagen, wie mir ist. Wilhelm und ich ... nein, was rede ich, wie findest du ihn – nein, sag' es nicht. Wie ich beim Kotillon in Verlegenheit kam, begreifst du das? Nein, du begreifst es nicht.

IDA Liebste Luise, ich habe es doch längst bemerkt, jeder hat es doch längst bemerkt.

LUISE Nein, jeder nicht. Die Tante Baronin hört nicht auf, mir tagtäglich zu sagen, daß ich die beste Partie in der Stadt bin, daß ich zu gut bin für jeden. Niemals wird sie mir erlauben, mit Wilhelm – nein, was rede ich ... Aber ich habe doch bloß das viele Geld, und was kann ich Wilhelm bedeuten? Er ist so klug, so ernst und schön. Er studiert gar die Philosophie und auch die Naturwissenschaft und ist bestimmt schon gelehrter als euer Engländer. O Ida, ich sterbe. Sag', wie findest du ihn?

IDA Er macht eine gute Figur, dein Herr Studiosus, und du bist recht zu beneiden, daß er dich so treu liebt. Nur ist er nicht ganz nach der Mode gekleidet: Pariser Beinkleider stünden ihm besser, und das Jabot fehlt.

LUISE O bitte sag', wie findest du ihn?
WILHELM In dieser engen Stadt,
unter diesen engen Menschen,
kann ich nur leben,
weil es dich, meinen Engel, gibt.
In dieser Luft,
in der keine Freiheit ist,
kann ich nur atmen,
weil es dich, mein göttliches
Mädchen, gibt.
IDA Man meint, seine Seufzer zu hören. Er sieht zu dir herüber. Siehst du's nicht?
LUISE Ich kann nur atmen.
Oh, ich sterbe.

Indessen versucht der Lehrer, einen Haufen von Schulkindern ordentlich aufzustellen. Die Kinder beginnen dann, auf ein Zeichen, mit dünnen Stimmen zu singen.

KINDER Zu uns kommt ein Edelmann,
der uns vieles geben kann.
Vieles soll er geben,
lang soll er leben
Himmels Freude ernten.
Der Lehrer läßt die letzte Zeile wiederholen.
Himmels Freude ernten.
Zwei oder drei Kinder, die aus dem Konzept gekommen sind, wiederholen plötzlich allein und komisch:
Vieles soll er geben,
lang soll er leben.

Der Lehrer versucht aufgeregt, die Kinder, die wieder aus der Ordnung gekommen sind, zurechtzurücken und zurechtzuweisen, und will noch einmal das eingelernte Lied mit ihnen probieren. Nach den ersten Takten schon setzt

aber die Garnisonmusik ein, die mit schmetternden Instrumenten auf den Platz kommt und den Kinderchor erstickt.
Nun ist es sehr laut geworden, und eine große Erregung bemächtigt sich aller. Man hört Pferdegetrappel, Räderrollen, die Leute geraten in Bewegung und blicken alle in die Richtung, aus der der Reisende kommen muß. Nur Luise und Wilhelm benutzen die Gelegenheit, da niemand auf den anderen achtet, einen Augenblick einander nahezukommen. Er gibt ihr ein Billett, sie ihm eine Blume von ihrem Kleid, und es scheint, daß sie hastig ein paar Worte wechseln, jedenfalls Blicke, die Worte ersetzen könnten.
Eine Kutsche hat angehalten. Der Bürgermeister und die anderen Herren seiner Begleitung treten erwartungsvoll vor. Es tritt Stille ein. Die Tür der Kutsche geht auf und heraus steigt, stolpert, umständlich eine Ziege. Der Bürgermeister läßt seine Papierrolle vor Erstaunen sinken. Zwei Pferdeknechte springen ab und bringen weitere Tiere ans Licht: einen Kranich, ein kleines Äffchen, zwei schöne Persianerkatzen, einen Käfig mit Perlhühnern.
Während alles auf dem Platz seinen Augen nicht traut, geraten die Kinder in Begeisterung. Sie fangen an, mit Fähnchen zu wedeln. Gleichzeitig werden, etwas verfrüht, der Union Jack und die Flagge von Hülsdorf-Gotha aufgezogen.

KINDER Vivat! Vivat!
Hoch lebe der reiche englische edle Herr!
HERREN Ist es denn glaublich, was sich dem Auge bietet?
DAMEN Ist es die Möglichkeit?
HERREN Es ist kaum glaublich!
DAMEN UND HERREN Ist kaum die Möglichkeit.
VOLK Schaut nur, schaut!
Das muß ein großer Narr sein, der da kommt.

Während alles sich erstaunt, ist die Kutsche ausgeladen worden, und rasch ist eine zweite vorgefahren. Wieder stei-

gert sich die Erwartung, diesmal nervös, unruhig, nach dem seltsamen Anfang, den die Ankunft Sir Edgars genommen hat. Aus der zweiten Kutsche springt zuerst sehr elegant der Mohr Jeremy, ihm folgen wieder zwei Pferdeknechte, dann folgt der würdige greise Butler Meadows. Zuletzt purzelt Begonia aus dem Wagen, eine Negerin aus Jamaica, die sofort die Szene beherrscht, während die Knechte und Lakaien sich wieder ans Ausladen machen. Unter dem Gepäck sind diesmal verhangene Kassetten, große Koffer, einige griechische Plastiken, ein Fernrohr.

BEGONIA *sieht sich erst neugierig und munter um, wendet sich dann zuerst den Tieren zu*
Hu, kaltes Land – und Leute gaffen.
Herzchen, sind wir gereist,
soviel Stock und soviel Steine.
Sie zieht aus ihren Röcken eine kleine Rumflasche heraus und nimmt rasch einen Schluck, genießerisch.
Jetzt ein Schluck von schneeweiß Rum.
Und wie Zucker brennt Begonia.
Jamaica girls call those bottles s p i r i t s.
Napoleon loved them.
Sie wendet sich jetzt an die Knechte.
Nimm erst schwere Bücher und alles Gelehrte
dann leichtere Wäsche und Feinzeug vom Herrn.
Und brecht keine Schüsseln.
Ganz langsam zu heben der spanische Wein.
Begonia muß denken, muß lenken für alle,
und vor allem für den gnädigen Herrn.
Sie nimmt noch einen Schluck.
Hu, kaltes Land. Und Leute gar nicht lustig.
Jamaica girls laugh, chatter and talk night and day.
Napoleon too loved that.
HERREN Da bleibt der Atem stocken.
Wie soll man das verstehen?

DAMEN Wie soll man das begreifen
und was soll alles heißen.
HERREN Diese Leute, diese Tiere ...
DAMEN Von Prinz Heinrich noch empfohlen!
VOLK Schaut doch, schaut.
Jetzt auch noch die Mohren alle!
Warum nicht gleich auch noch Löwen?
Da hält uns einer zum Narren.

Jetzt fährt die dritte Kutsche vor, die schön beschlagen ist. Trotz der Kopflosigkeit fühlen alle, daß jetzt der Mann kommt, auf den sie alle warten. Auch stellt sich das Personal von Sir Edgar so auf, daß man über die Ankunft des Herrn nicht im Zweifel ist. Der Mohr Jeremy öffnet den Wagenschlag. Heraus steigt ein unauffällig gekleideter Herr von 30 oder 40 Jahren, der Sekretär.

VOLK Er ist es. Der ist es.
DAMEN Ist das Sir Edgar?
HERREN Ruhe, Fassung. Um Himmels willen,
natürlich, er ist es.
DER BÜRGERMEISTER *mit dem Mut der Verzweiflung*
Willkommen heiße ich Sie ...

Der Sekretär dreht ihm den Rücken zu, so daß der Bürgermeister abbricht. Der Sekretär nimmt aus dem Wageninnern ein Plaid entgegen, nimmt es über den Arm, dann faßt er nach einer Leine. Zwei Windhunde steigen aus und bleiben dekorativ stehen. Schließlich steigt über die von Jeremy bereitgestellten goldbeschlagenen Stufen, von einer Handreichung des Sekretärs unterstützt, Sir Edgar. Er ist etwa 60 Jahre alt, sehr gelassen, etwas ermüdet, selbstverständlich in der Bewegung, vornehm ohne Hochmut. Sein etwas befremdeter Blick fällt auf die versammelten Leute von Hülsdorf-Gotha.

DER BÜRGERMEISTER *aufs neue vollkommen verwirrt, aber begreifend*
Habe ich die Ehre . . .?
HERREN Haben wir die Ehre . . .?
Untereinander.
Ja, dieser ist es. Jetzt also.
DAMEN Quelle dignitée! Quelle élégance!

Der Lehrer hat ebenfalls begriffen und versucht, seinen Kinderchor zum Singen zu bringen.

DER BÜRGERMEISTER Willkommen heiße ich Euer Gnaden
in unserer kleinen, aber gastlichen
alten Stadt, der es zur Ehre gereicht . . .
KINDER Zu uns kommt ein reicher Mann,
der uns vieles geben kann . . .
DAMEN, HERREN *jetzt überzeugt*
Vivat! Vivat!

Die Garnisonmusik fällt ein.
Sir Edgar hört einerseits höflich zu, gibt andererseits dem Sekretär, kaum merklich, etwas zu verstehen. Er steht nicht gerade gottergeben da, aber ruhig, wie jemand, der weiß, daß alles einmal vorübergeht. Der Bürgermeister bittet die Garnisonmusik aufzuhören.

DER BÜRGERMEISTER Wie es uns allen zur Ehre gereicht . . .
SEKRETÄR *ihn unterbrechend, nicht unhöflich, aber entschieden*
Mein gnädiger Herr, Sir Edgar, bedankt sich für den aufmerksamen Empfang. Die lange Reise hat ihn ermüdet. Er bittet, sich zurückziehen zu dürfen.
DER BÜRGERMEISTER Ich verstehe.
HERREN Wir verstehen.

DER BÜRGERMEISTER Doch darf ich Euer Gnaden – ich bin noch nicht am Ende – bitten, der Stadt heut abend die Ehre zu geben und das große Diner, das wir die Ehre haben . . .

SEKRETÄR Mein gnädiger Herr bedankt sich für die freundliche Einladung, doch bedarf er entschieden der Ruhe.

DER BÜRGERMEISTER Ich verstehe.

HERREN Wir verstehen. Wir stehen.

DER BÜRGERMEISTER Doch hoffen wir, dünkt mich, morgen, dachten wir, meinte ich, an einen Ballettabend mit anschließendem Souper im Kasino unsrer bescheidenen alten Stadt.

SEKRETÄR Sir Edgar bedauert. Mein gnädiger Herr wird sehr beschäftigt sein und seinen Studien obliegen. Er bedarf keiner Zerstreuung. Verstehen Sie?

DAMEN, HERREN, VOLK Verstehen wir? Wir stehen.

DER BÜRGERMEISTER Doch dürfen wir behilflich sein, Euer Gnaden den Hausstand zu richten, in jeder Hinsicht jeden Wunsch . . .

SEKRETÄR Sir Edgar bedankt sich. Er hat keine Wünsche, und es wäre ihm peinlich, die Stadt zu inkommodieren. Er bedankt sich.

Der Himmel hat sich rasch verdüstert.

DER BÜRGERMEISTER Ich verstehe nicht.
DAMEN C'est impossible! C'est incroyable!

Begonia sieht besorgt nach oben und wirbelt herum, um aus dem Gepäck die Schirme zu suchen.

BEGONIA Hu! Jamaica girls call this r a i n.
Napoleon hated it.

Die Bestürzung der Leute geht über in eine Bestürzung über den plötzlich herabfallenden Regen. Begonia hat als erste den Schirm aufgespannt und hält ihn über sich und die Ziege. Dann werden gleichzeitig alle Schirme auf dem Platz aufgespannt. Die Damen flüchten zu den Herren, um unter deren großen, schwarzen Regenschützern Platz zu suchen, so daß am Ende alle paarweise dastehen. Luise ist zu Wilhelm geflüchtet.
Sir Edgar wird rasch vom Sekretär, der ihm den Schirm hält, ins Haus geführt.

LUISE Es regnet! O, danke für den Schutz.

WILHELM O Dank, daß es regnet.

DER BÜRGERMEISTER Ich verstehe nicht.

DAMEN C'est impossible! C'est incroyable!

LUISE UND WILHELM Ein Augenblick in deiner Nähe ist schon genug und ist doch nie genug.

ÖKONOMIERAT SCHARF Vielleicht ist Sir Edgar des Deutschen nicht mächtig.

DER BÜRGERMEISTER Er hat mir nicht einmal selber geantwortet.

PROFESSOR VON MUCKER Aber es hieß doch, er sei Gelehrter und bewandert in sieben und mehr Sprachen.

OBERJUSTIZRAT HASENTREFFER *ärgerlich, während sein Schirm zusammenklappt und er vom Regen übergossen wird*
Ich nehme kein Blatt vor den Mund:
aber dieses ist ein Affront!

II

Der große Salon bei der Baronin Grünwiesel. Anwesend sind nur Damen, mit Ausnahme von Herrn La Truiaire,

dem Musik-, Anstands- und Tanzlehrer, der neben dem Klavier steht und Luise ein Notenblatt umwendet, die, sehr aufrecht sitzend, eine kleine Romanze zu Ende spielt, mittelmäßig, aber fleißig.
Luise steht auf, mit einstudierter Bescheidenheit. Die Damen klatschen distinguiert. Die Baronin schließt Luise in die Arme, küßt sie auf die Stirn.

BARONIN GRÜNWIESEL Mein liebes Kind.

LUISE Gnädige Tante, dies alles verdanke ich doch Ihnen. Darf ich hoffen, Ihnen eine kleine Freude gemacht zu haben mit dieser kleinen Pièce, und mit meinem Anschlag?

BARONIN GRÜNWIESEL Dieser artige kleine Schelm! Sagen Sie selber, meine Lieben, ist aus meinem Bürgermädchen nicht das liebenswürdigste Mädchen geworden, eine junge Dame von feinstem Benehmen? Es wird schwer sein, für diesen Bijou einen passenden und würdigen Bewerber zu finden.

LUISE *erschrocken, unvorsichtig*
Oh, warum denn, gnädige Tante?

BARONIN GRÜNWIESEL Sie ist zu gut für die jungen Stutzer.

FRAU VON HUFNAGEL Und die jungen Plebejer.

BEIDE DAMEN Das weiß sie doch selbst.

BARONIN GRÜNWIESEL Sie ist mein ganzer Stolz, das Resultat weltläufiger Erfahrung und Edukation.

EINIGE DAMEN Ja, Baronin, denn Sie haben die Luft der großen Welt geatmet.

BARONIN GRÜNWIESEL Ich war in Paris und London zu meiner Zeit, war bei einer entfernten Cousine Sir Edgars zum Tee, im Jahre siebzehnhundertund – Ach, was tut's? Das Jahr tut nichts zur Sache.

FRAU VON HUFNAGEL UND FRAU OBERJUSTIZRAT Unsere kleine Luise –

BARONIN GRÜNWIESEL Sie wird Furore machen. Wenn Sir Edgar heute abend diese Zierde ...

LUISE *wieder unvorsichtig*

O mein Gott, gnädigste, liebste Tante, ich glaube nicht. Sir Edgar ist doch so gelehrt und so alt. O mein Gott, was sage ich!

BARONIN GRÜNWIESEL Ich lorgnettierte Sir Edgar, hier vom Fenster aus, als er ankam. Ich muß sagen: ein Gentleman und durch und durch haut goût.

EINIGE DAMEN Die Baronin versteht sich auf die Welt!

BARONIN GRÜNWIESEL Er ließ durch seinen Sekretär sprechen, versteht sich. Das verstehen unsere biederen Leutchen hier nicht, inclusive –

beiseite

Nein, ich schweige.

EINIGE DAMEN Er ließ durch seinen Sekretär sprechen. Er versteht sich!

FRAU VON HUFNAGEL Dieser Edelmann ist es gewohnt, in höheren, in höchsten Zirkeln zu verkehren. Er sehnt sich nach einem ästhetischen Tee, nach einem geistvollen Gespräch.

FRAU OBERJUSTIZRAT Sein edler Charme will edlem Charme begegnen.

BARONIN GRÜNWIESEL *nimmt ein Buch von einer Konsole*

Voyez-là. Das neueste Produkt meiner Freundin, der Gräfin Parvi. Sie hat es mir frisch von der Presse weg zugeschickt. Laßt uns den Gast mit einem neuen Roman speisen. Den Sottisen unserer Herren weicht er, begreiflich, aus.

DAMEN Ja, das sah man.

FRAU VON HUFNAGEL Er ist gewohnt, in den feinsten Zirkeln zu verkehren.

FRAU OBERJUSTIZRAT Über Romane zu sprechen,

über Arietten, italienische,
über Moden, französische.

FRAU VON HUFNAGEL Wir sind auf dem Laufenden,
à jour und up to date.
Wir haben gelernt,
wie man den Spargel ißt,
wann man Punsch serviert,
wie man den Schaumwein nippt,
den Tee ganz leise schlürft . . .

FRAU OBERJUSTIZRAT UND DAMEN . . . Spargel . . .
. . . Punsch serviert,
wie man den Schaumwein nippt,
den Tee ganz leise schlürft.

LUISE *beiseite, zu Ida*
O Ida, liebste Ida, warum denn ich?
Ich kann so wenig, weiß so wenig.
Zu der Baronin, ausbrechend.
Gnädige Tante, ich bin es nicht wert,
daß dieser gelehrte Herr . . .
ich bin es nicht wert.

BARONIN GRÜNWIESEL Ich bin unerhört gespannt.
Sie sieht sich rasch im Spiegel an.
Wie sehe ich aus?

Ein Kammermädchen stürzt herein, in großer Aufregung, so daß die Baronin und die anderen Damen indigniert auf das Mädchen blicken.

KAMMERMÄDCHEN *hysterisch*
Frau Baronin . . . der Mohr ist da, mir auf dem Fuß. Ich bin auf den Tod erschrocken!
Der ganz schwarze Mohr – und bringt Nachricht, so sagt er, ganz schwarz, es gruselt einen, so sagt er, von dem Engländer, soviel hab' ich verstanden, denn reden kann er nicht. Wissen schon, Frau Baronin . . .

BARONIN GRÜNWIESEL *mit Fassung, etwas maliziös*
So beruhig' sie sich doch! Was soll daran sein?
Laß ihn eintreten, und sofort!!
FRAU OBERJUSTIZRAT Die biedere Seele.
FRAU VON HUFNAGEL »Ein Mohr, so schwarz!«
EINIGE DAMEN Die biedere Seele.

Sie lachen verhalten über das Mädchen.
Das Kammermädchen stürzt mit gleicher Eile aus dem Zimmer, mit der es hereingekommen ist, öffnet dann sogleich für Jeremy die Tür und bleibt neugierig hinter ihm stehen. Der Mohr verneigt sich. Die Baronin ist, ohne es zu merken, aufgestanden. Er überreicht ihr einen Brief.

BARONIN GRÜNWIESEL Sir Edgar? . . .
Der Mohr verneigt sich wieder und bleibt unbewegt.
Sir Edgar wird doch nichts zugestoßen sein? Ich erwarte ihn seit – eben jetzt, zum Tee.
Die Baronin bricht den Brief auf.
»Madame, es ist mir leider nicht möglich . . .«
Ah! Das ist unerhört!! Das ist . . . Ah, das ist ein Affront. Das ist unerhört!!

Der Mohr verneigt sich und geht. Die Freundinnen stützen die zusammenbrechende Baronin.

DIE DAMEN Flora, liebste beste Freundin. Fassen Sie sich! Eau de Cologne! Rasch!
BARONIN GRÜNWIESEL Ich fasse mich. Oh, wie ich mich fasse!

Sie steht resolut auf, von Wut und zunehmender Rachsucht gepackt.

BARONIN GRÜNWIESEL Oh, ich bin gefaßt! Es ist uner-

hört! Ungestraft hat noch niemand Flora von Grünwiesel einen Schimpf angetan. Mir eine Absage erteilen ... das ist unerhört! Mir eine Absage, ah!
Ah, ich bin gefaßt.

IDA *lachend*
Ihr eine Abfuhr erteilt! Ha – ha!

EINIGE DAMEN Ihnen eine Absage erteilt!
Est-il croyable? Est-il possible?

LUISE Gnädige Tante, beruhigen Sie sich!

FRAU OBERJUSTIZRAT Uns eine Absage erteilt!
Das ist unmöglich!
Flora von Grünwiesel eine Absage, uns eine Absage erteilt! Oh.

FRAU VON HUFNAGEL Flora, fasse dich.

IDA *heimlich, frech*
Wozu die Aufregung? Ist doch sein gutes Recht, den Tee daheim zu trinken.
C'est bien possible. C'est bien croyable.

BARONIN GRÜNWIESEL *gewaltig*
Dieser Mensch täuscht sich, dieser Mensch wird mich kennenlernen! Mich beleidigen!

EINIGE DAMEN Sie beleidigen! Nein, Flora, Sie durfte er nicht beleidigen!

FRAU VON HUFNAGEL Ihr Name, Ihr Geist hätten ihm Respekt einflößen müssen.

FRAU OBERJUSTIZRAT Eine Frau von Geist! Eine Frau Ihres Formats!

EINIGE DAMEN Sie beleidigen! Sie durfte er nicht beleidigen. Eine Frau von Geist!

BARONIN GRÜNWIESEL Dieser Mensch täuscht sich. Oh, wie er sich täuscht! Wer ist er überhaupt, dieser englische Herr? Was sag' ich, diese Kreatur! Ich lorgnettierte ihn, ihn und sein Gesindel, seine Mohren und Sklaven. Wer ist dieses Individuum, das es wagt, unsre Luft zu verpesten? Und dieses verschlossene Haus, und diese

Geheimnistuerei . . . Ich frage, was verbirgt dieser Herr, was sag' ich, dieser . . . Was verbirgt er, und was war in seinem Gepäck? Habt ihr nicht die Kassetten gesehen, mit Tüchern verhangen?

EINIGE DAMEN Ja, die Kassetten, unheimlich.

BARONIN GRÜNWIESEL Und dieses Pack, das er mitbrachte!

EINIGE DAMEN Dieser Mohr, diese Schwarzen, unheimlich!

BARONIN GRÜNWIESEL Und dieses Schweigen,

EINIGE DAMEN Dieses Schweigen – unheimlich.

BARONIN GRÜNWIESEL und was er wohl auf dem Gewissen hat, daß er nicht kommt, daß er sich nicht heraustraut aus dem finstern Haus.

IDA *für sich*
Ist doch nur sein gutes Recht, daheim zu bleiben.

LUISE Gnädige Tante, ach warum beruhigen Sie sich nicht?

EINIGE DAMEN Daß er sich nicht heraustraut – unheimlich.

BARONIN GRÜNWIESEL Schlechtes Gewissen ist es. Und seine Augen, die zu Boden blicken . . .

DIE DAMEN Schlechtes Gewissen, ja.

EINIGE DAMEN Daß er sich nicht hervorwagt – ja, unheimlich!

LUISE Daß sie den fremden Herrn so schmähen kann, ganz unheimlich, ja!

IDA Daß er sich nicht herauswagt, ganz begreiflich, ja!

BARONIN GRÜNWIESEL Womöglich auf der Flucht . . .

DIE DAMEN Womöglich auf der Flucht . . . Nicht auszudenken!

BARONIN GRÜNWIESEL Ob nicht die Polizei des Kontinents schon längst . . .

EINIGE DAMEN Die Polizei, die Polizei, die Polizei!

IDA UND LUISE Mein Gott! Die Polizei!

IDA *unschuldig, listig*
Aber Prinz Heinrich hat ihn doch empfohlen!

ÜBRIGE DAMEN Prinz Heinrich! Prinz Heinrich!

BARONIN GRÜNWIESEL Auch Prinzen können sich irren.

IDA UND LUISE Sie alle haben sich geirrt.

ÜBRIGE DAMEN Wir alle haben uns geirrt – unheimlich,

BARONIN GRÜNWIESEL Und einen Brief, durch einen stinkigen Mohr überbracht!

ÜBRIGE DAMEN ja, stinkend.

BARONIN GRÜNWIESEL Und das viele Geld, woher nimmt dieser Mensch das Geld? Ich frage nur!

EINIGE DAMEN Dieses imponierende Geld – entsetzlich.

BARONIN GRÜNWIESEL Dieser Mensch täuscht mich nicht, nicht eine Flora von Grünwiesel!

EINIGE DAMEN Die Beleidigung bleibt nicht ohne Folgen. Dieser Mensch täuscht uns nicht.

BARONIN GRÜNWIESEL *großartig und hysterisch*
Nirgends wird dieser Mann empfangen werden.
Jede Tür wird zufallen vor ihm.
Kein Salon wird sich ihm öffnen.
Keins unsrer Häuser wird er betreten!!
Dafür sorge ich!!!

IDA UND LUISE Aber er ist es doch, der kein Haus betritt, keines betreten will.

DIE DAMEN Dafür sorgen wir. Dafür wird gesorgt.

IDA UND LUISE Dafür sorgen sie! Dafür wird gesorgt!

BARONIN GRÜNWIESEL Dieser Mensch ist unmöglich.

ALLE DAMEN Dieser Mensch hat sich unmöglich gemacht!

IDA UND LUISE Unmöglich!

Orchester-Zwischenspiel

III

Ein kleiner Zirkus, mit sehr bescheidenen Protagonisten und einem bescheidenen Programm, hat seine Zelte auf dem Platz von Hülsdorf-Gotha aufgeschlagen. Die Vorstellung geht dem Ende zu. Wir sehen noch rasch einige Einzeldarbietungen, die dann ins Ensemble übergehen. Es treten auf: Vulcano, der Feuerschlucker aus dem großen Mailand, der Affe Adam, der tanzt, dann Rosita, das Mädchen der Lüfte, eine kleine Seiltänzerin in einem ärmlichen Flitterkleid, und Brimbilla, ein Jongleur aus dem gefährlichen Istrien. Der Zirkusdirektor: Amintore La Rocca.
Einige Leute sehen von den Fenstern aus zu, andere stehen auf dem Platz, vor allem Kinder, die begeistert sind von der Vorstellung. Amintore La Rocca wendet sich nach der letzten Darbietung ans Publikum, um seine Artisten vorzustellen.

AMINTORE LA ROCCA Hochverehrtes Publikum!
Künstler aus aller Welt haben Sie gesehn. Ecco:
Rosita, das Mädchen der Lüfte,
stammend aus den beiden Sizilien; und hier:
Brimbilla, der Jongleur
aus dem gefährlichen Istrien.
Vulcano, der Feuerschlucker
aus dem großen Mailand.
Und Adam, der Menschenaffe,
ein echtes Exemplar aus Brasilien.
Sind Artisten allesamt,
die tutto il mondo bewundert hat.
Unter der erfahrenen Direktion
meiner Wenigkeit:
Ihr ergebener Diener
Amintore La Rocca.

Das Volk applaudiert.
Nun geht das Tor des Hauses von Sir Edgar auf. Der Mohr und der Butler tragen einen bequemen Sessel auf den Platz. Sir Edgar und der Sekretär folgen. Ehe Sir Edgar sich setzt, um den Zirkusleuten zuzuschauen, ist er freundlich zu den Kindern, die ihn offenbar gerne mögen. Er streicht einem Kind übers Haar, gibt ihm eine Süßigkeit. Das Kind wird von seinem Vater zurückgerissen, weggezerrt und geohrfeigt. Andere Eltern holen ebenfalls aufgebracht ihre Kinder fort. Die Kinder sind erschreckt und verstört.

FEINE LEUTE Der Engländer ist aus dem Haus.
Der Engländer geht aus dem Haus.
Hat man das gesehn?
Kann man das verstehn?
VOLK Ah, der schöne Herr! Ei, der feine Herr!
FEINE LEUTE Wegen einer Zirkusdame!
Wegen eines Affen!
Geht der Engländer aus dem Haus.
Aber in die Kirche geht er nie!

Sir Edgar setzt sich ruhig und sieht der Vorstellung zu. Der Sekretär steht neben ihm. Die Leute beginnen zu murren und zu murmeln.

LEUTE Sittenverderber.
Schamverletzer.
Kinderschreck. Ausländer.
Gottloser Heide.

Der Bürgermeister taucht auf, begleitet von dem Oberjustizrat, dem Ökonomierat und dem Professor. Die Herren nehmen die Gelegenheit wahr, sich Sir Edgar zu nähern. Der Bürgermeister streckt ihm die Hand hin. Sir Edgar nickt höflich, ergreift aber die Hand nicht. Auch die Hände der andren bleiben, die eine mehr, die andere weniger ausgestreckt, in der Luft hängen. Die Herren sind betreten, fassen sich aber rasch.

DER BÜRGERMEISTER Darf man sich höflich und ehrlich erkundigen –

OBERJUSTIZRAT HASENTREFFER Darf man fragen, ohne lästig zu fallen –

ÖKONOMIERAT SCHARF Wie unser werter Gast sich eingelebt hat –

PROFESSOR VON MUCKER In unserer bescheidenen Stadt?

DER BÜRGERMEISTER Darf man endlich die Gelegenheit wahrnehmen –

OBERJUSTIZRAT HASENTREFFER Darf man die seltene Gelegenheit ergreifen –

ÖKONOMIERAT SCHARF Um ins Gespräch zu kommen, endlich –

PROFESSOR VON MUCKER Endlich mit Euer Gnaden?

SEKRETÄR Verzeihung, meine Herren! Aber gewiß haben auch Sie den Eindruck, daß Sir Edgar die Vorstellung genießen möchte.

Die Herren sehen einander an, holen tief Atem und drehen sich weg, einerseits beleidigt, andererseits aber auch, weil die Zirkusleute die Vorstellung beendet haben, ihre Hüte abnehmen und vortreten, um Geld einzusammeln. Auch viele der anderen Leute zerstreuen sich oder tun, als hätten sie nicht zugesehen. Nur Sir Edgar läßt durch den Sekretär jedem der Darsteller einen Beutel mit Geld geben.

AMINTORE LA ROCCA Hochverehrtes Publikum ... grazie ...
meine Damen und Herren ... grazie ...

Wir danken für den donnernden Applaus.
Grazie. Grazie tanto.
Für Ihre stürmische Aufmerksamkeit . . .
Grazie, grazie infinite . . .
Des Künstlers Dank ist seine Kunst!
Grazie molto, moltissimo!
Ein Da capo, meine Freunde,
für diesen Gönner der Kunst!
Grazie a tutti! Grazie. Da capo!

Die Darsteller danken Sir Edgar herzlich mit Verbeugungen und wiederholen freudig das Schlußensemble. Sir Edgar klatscht. Die vier Herren stehen verdüstert und konspirierend im Hintergrund.
Währenddessen ist Luise am Fenster erschienen, sieht aber kaum auf den Zirkus, sondern unruhig in eine andere Richtung, erblickt endlich Wilhelm, der, von allen unbemerkt, näherkommt.

WILHELM Nur auf ein Wort!
LUISE Wilhelm, nicht hier, nicht jetzt!
WILHELM Meine Luise, ich muß dich sehen,
muß dich sprechen können.
LUISE Wie soll ich das beginnen?
Nicht hier, nicht jetzt.
WILHELM Ich bitt' dich. Komm spät, wenn alles schläft.
LUISE Wohin nur, und wie soll ich's beginnen?
Wo nur? Und wie soll's enden?
WILHELM Wir treffen uns drüben in diesem Park, du weißt, dort kann uns niemand sehen
aus der Stadt.

Das Volk applaudiert. Die vier Herren kommen entschlossen auf Sir Edgar zu.

DER BÜRGERMEISTER Im Namen des Gesetzes dieser Stadt . . .

OBERJUSTIZRAT HASENTREFFER diesem Zirkus wird kein Permiß gegeben . . .

ÖKONOMIERAT SCHARF da Stand- und Platzgeld nicht entrichtet wurden in voller Höhe.

DER BÜRGERMEISTER Darum hat das Gesindel sofort die Stadt . . .

PROFESSOR VON MUCKER und unverzüglich . . .

DER BÜRGERMEISTER Stadt und Platz zu verlassen!

Die Zirkusleute sind betroffen. Die kleine Tänzerin schlägt die Hände vors Gesicht und beginnt zu weinen. Sir Edgar ist erstaunt und wechselt ein Wort mit dem Sekretär.

AMINTORE LA ROCCA Per morire e per pagare c'è sempre tempo . . .

SEKRETÄR Sir Edgar bittet die Herrschaften, das Stand- und Platzgeld für die Künstler entrichten zu dürfen, damit dem Gesetz Genüge geschieht.

Die kleine Tänzerin tritt vor Überraschung ein paar Schritte vor, will die Hand Sir Edgars ergreifen, um sie zu küssen, aber Sir Edgar steht auf, verhindert das und küßt ihr die Hand. Sie verneigt sich vor ihm. Das Volk applaudiert.

VOLK Ah, der gute Herr. Ah, der feine Herr.
Ei, der schöne Herr.

FEINE LEUTE Hat man das gesehen!
Schamverletzer!
Sittenverderber!

OBERJUSTIZRAT HASENTREFFER So einfach ist das nicht, wie Ihr Herr sich das vorstellt.

DER BÜRGERMEISTER Auch er muß sich der Stadtverordnung fügen.

ÖKONOMIERAT SCHARF Er, er hat kein Recht, sich einzumischen.

PROFESSOR VON MUCKER Ich will mir kein Urteil bilden, aber Ihr Herr wird gewarnt.

DER BÜRGERMEISTER Es erstaunt, daß er sich herabläßt zum fahrenden Volk.

OBERJUSTIZRAT HASENTREFFER Er wird gewarnt vor diesen Tagedieben.

SEKRETÄR *mit einer Handbewegung*

Genug, meine Herren. Mein gnädiger Herr hat verstanden. Er erlaubt sich, jedenfalls das Platzgeld zu entrichten und –

jetzt zu den Zirkusleuten gewendet

meine Damen und Herren,
Künstlerinnen und Künstler
und gelehrige Tiere!
Mein gnädiger Herr, Sir Edgar,
dem Sie eine frohe Stunde bereitet haben,
bittet Sie dankbar und höflich,
in sein Haus zu kommen, da man den Aufenthalt
auf diesem Platz Ihnen verwehrt.
Sie haben ihn lachen gemacht.
Er bittet, Sie bewirten zu dürfen,
sich mit Ihnen unterhalten zu dürfen.
Machen Sie ihm die Freude . . .
folgen Sie ihm!

FEINE LEUTE Hat man das gehört?
Hat man das gesehn?
Gottloser Heide.
Kinderschreck.

VOLK Ah, der schöne Herr. Ah, dieser gute Herr.

KINDER Das ist ein guter Mann, der uns Gutes antun kann.

Sie werden geohrfeigt.
Das ist ein böser Mann, der uns Böses antun kann.

Die Herren sehen keinen Ausweg und machen ihrem Zorn Luft. Untereinander.

DER BÜRGERMEISTER Man kann es nicht verwehren,
daß er dem Gesindel Obdach gewährt.
Wenn man unseren guten Rat so in die Luft schlägt,
aber wir haben unsre Pflicht getan und gewarnt.
DIE ANDEREN HERREN Aber wir haben gewarnt.
Um so schlimmer.
Aber wir haben unsere Pflicht getan und gewarnt.
KINDER *von ihren Eltern belehrt und vorgeschickt*
Hu, der böse Edelmann,
der uns gar nichts geben kann.
Nichts kann er geben.
Hoch soll er leben.
Es gibt Ohrfeigen.
Pfui, der soll nicht leben.
AMINTORE LA ROCCA Wir danken ... grazie ...
Wir sind bescheidene Leut',
aber zu jeder Unterhaltung gerne aufgelegt.
»L'amore fa passare il tempo,
il tempo fa passare l'amore.«
Wir danken diesem gnädigen Herrn.

Der Mohr öffnet das Portal des Hauses. Das Zirkusvolk wird von Sir Edgar und dem Sekretär hineinkomplimentiert. Dann wird der Sessel ins Haus getragen und das Tor wird geschlossen. Die Leute von Hülsdorf-Gotha bleiben zurück, wie vor den Kopf geschlagen.

DIE VIER HERREN Wir sind ihm nicht gut genug.
FEINE LEUTE Wir sind ihm nicht gut genug.

VOLK Sie sind ihm nicht gut genug.
PROFESSOR Er ist blasiert!
DIE ANDEREN HERREN Er ist blasiert, hochnäsig, arrogant.
FEINE LEUTE Ja, das ist er. Ja, so ist er.
VOLK Er ist so nett, so freundlich. So galant.
DIE HERREN Er stößt uns täglich vor den Kopf.
FEINE LEUTE Wir sind ihm nicht gut genug!
Er stößt uns täglich, blasiert, arrogant vor den Kopf.
Unerhört!
Mit einer Zirkusdirne,
mit diesem Diebsvolk
und mit einem Affen
ist er ins Haus.
Unerhört.
VOLK Ja, das ist er, ja so ist er.
DIE HERREN *zueinander*
Er hat Sie beleidigt, Herr Bürgermeister.
Sie hat er beleidigt, Euer Exzellenz.
Er hat Sie schwer beleidigt, Herr Professor.
Er hat uns alle beleidigt.
Und er hat die Baronin beleidigt!
FEINE LEUTE Wir sind beleidigt.
VOLK Sie sind beleidigt.
DER BÜRGERMEISTER Aber Prinz Heinrich hat ihn empfohlen.
DIE DREI HERREN Auch Prinzen können sich irren.
Sowas hat man noch nie gesehn.
FEINE LEUTE So was hat man noch nie gesehn.

Alle gehen ab. Es wird Dämmerung. Während zwei Männer einen Eimer mit weißer Farbe bringen und mit einem großen Pinsel auf Sir Edgars Haus das Wort »Schande« schmieren, sich dann ebenso heimlich, wie sie gekommen sind, wieder entfernen, fällt der Vorhang.

Zweiter Akt

IV

Ein deutscher Winterabend nach frischem Schneefall. Sehr zart, zauberisch, märchenhaft. Das Portal des Hauses von Sir Edgar ist nun von der Seite zu sehen, damit auch der Park hinter dem Haus ins Bild rückt. Jeremy, der auf das Haus zugehen will, mit Paketen beladen, wird von einigen Kindern umstellt, die Schneebälle nach ihm werfen. Er ist unmäßig erschrocken, versucht zu entkommen, wischt sich den ungewohnten Schnee verzweifelt aus dem Gesicht.

KINDER Hu, der böse Mohr,
der so schwarz wie Sünde ist.
Haut den bösen Mohren,
trefft ihn auf die Ohren.
Jeremy versucht wütend, die Kinder wegzuscheuchen; er stürzt.
Wer fürchtet sich
vorm schwarzen Mann,
der uns alle fressen kann?
Niemand. Niemand.

Jeremy ist auf das Haustor zugesprungen und rettet sich hinein. Wenn das Portal wieder geschlossen ist, verschwinden die Kinder.
Ein Lichtputzer kommt und macht sich an den Lampen zu schaffen. Es ertönt ein furchtbarer Schrei aus dem Haus, grausig, unmenschlich, und darauf ein artikuliertes, merkwürdiges Singen. Der Lichtputzer hält inne in seiner Arbeit und hört erstarrt zu.

LICHTPUTZER Leibhaftiger!

Geister sind's nicht,
die da schreien.
Ich bin ein klarer Kopf!
Ich habe nur einen kleinen Schnaps intus!
Geister sind's nicht.
Es kommt aus diesem verteufelten Haus.
Hier wird jemand aufgespießt
oder lebendig gebraten.
Leibhaftiger!
Ich muß ins Wirtshaus!
Hilfe, ihr Leute!
Und einen Schnaps drauf.

Er wendet sich im Gehen noch ein-, zweimal verstört um. Die Schreie, das Singen, werden leiser.
Im Hintergrund unter den Bäumen ist jetzt Wilhelm zu bemerken, der auf Luise wartet. Luise kommt, in Mantel, Muff und Pelzhäubchen.

WILHELM Meine Luise!
LUISE Oh, mein Wilhelm!

Sie umarmen einander, während wieder dieses grausige Schreien aus dem Haus kommt. Die Liebenden, miteinander beschäftigt, scheinen nichts zu hören.

WILHELM Meine Luise friert?
LUISE Deine Luise friert nicht.
WILHELM Tausend Dinge muß ich dich fragen,
tausend endlich dir sagen.
LUISE Und sag' mir, und frag' mich,
und laß dir sagen
und laß dich fragen!
WILHELM Seit wann liebst du mich?
LUISE Und seit wann liebst du mich?

WILHELM Gleich, wie ich dich zum erstenmal gesehen.
Und wo war es?
LUISE Und wie war es?
Und dann, als du mich sahst ...
und so war es für mich
von Anfang an.
WILHELM Seit damals schon ...
und wie war es für dich?
Und dann?
LUISE Seit wann,
WILHELM Seither,
LUISE und wie, und wo,
WILHELM warum aber, warum ...
LUISE und warum bloß, warum,
mein Liebster, liebst du mich?
WILHELM Warum ich liebe? Das weiß ich nicht.
Schuld haben deine Augen nicht allein,
die Haare sind es nicht, die Worte nicht,
der Gang und die Gestalt doch nicht allein.
Gefühl, jetzt meines, ist's auch ganz allein!
Erfüllter Traum auch nicht, kein Traum fernerhin.
Es ist wie nichts und darum ist's wie alles,
hat keinen Grund, in dir nicht und nicht in mir.
Gib dich zufrieden, daß ich's dir nicht erklären kann.
Ich liebe und ich liebe dich.
LUISE Warum ich liebe? Das weiß ich.
Es haben diese Augen schuld allein, das Wesen auch,
und alle Worte auch.
Der Gang und die Gestalt, die haben's auch!
Gefühl, jetzt meines, ist's auch ganz allein!
Erfüllter Traum, kein Traum auch fernerhin.
Es ist wie alles, hört wie nichts sich an, hat allen
Grund in dir und mir allein. Ich bin's zufrieden,
daß ich auf der Welt mir eines deuten kann.
Ich liebe und ich liebe dich.

Luise erwacht plötzlich halb durch einen grausigen Schrei. Sie drängt sich zitternd an Wilhelm.

LUISE Es ist kalt.
WILHELM *bestürzt*
Dir ist kalt, meine Luise?
LUISE Ist da nicht jemand?
WILHELM Ich sehe niemand, höre nichts.
BEIDE Wir sehen und wir hören nichts.
LUISE Doch, es ist kalt hier geworden.

Wilhelm zieht Luise, sie umschlungen haltend, mit sich fort. Das Licht wird kälter, und es ist, als käme ein kalter Wind auf. Der Lichtputzer kommt in großer Aufregung zurück. Hinter ihm tauchen, beklommen um sich blickend, der Bürgermeister, der Oberjustizrat, der Ökonomierat und der Professor auf. Andere Herren begleiten sie.

LICHTPUTZER Ihr Herren, hierher! Täuschung ist nicht möglich.
DER BÜRGERMEISTER Still! Laßt uns hören.

Es ist tatsächlich wieder das Schreien zu hören.

OBERJUSTIZRAT HASENTREFFER Ob empfohlen von Prinz Heinrich oder nicht – hier muß ein Satan hausen.
ALLE HERREN Dachten wir's doch gleich.
PROFESSOR VON MUCKER Ich will mir kein Urteil bilden, aber ein Scheusal muß sich hinter der edlen Erscheinung Sir Edgars verbergen.
DREI JUNGE HERREN Wie soll er edel sein, wenn er die Phantasie unsrer Demoisellen beschäftigt?
OBERJUSTIZRAT HASENTREFFER Wie soll er edel sein – als Ausländer, ein Engländer und Verbrecher. Ich nehme kein Blatt vor den Mund. Da –

Wieder ein Schrei.

OBERJUSTIZRAT HASENTREFFER Herr Bürgermeister, Sie müssen handeln.
DER BÜRGERMEISTER Werte Herren. Er hat nie mit mir gesprochen! Wie soll ich mit ihm sprechen?
EINIGE HERREN Sie müssen handeln!

Der Bürgermeister, nicht allzu mutig, aber gedrängt von den anderen, klopft an die Tür; erst zaghaft, dann immer fester.

DER BÜRGERMEISTER ABWECHSELND MIT EINIGEN HERREN Im Namen der Obrigkeit:
Im Namen der Menschlichkeit:
öffnen Sie!
Wir sind hier
in amtlicher Mission!
Öffnen Sie!

Das Tor geht auf, und es erscheint der Mohr, dahinter der Butler. Schließlich tritt der Sekretär auf die Schwelle und macht eine verwunderte Handbewegung.

ALLE HERREN Öffnen Sie!
SEKRETÄR Das Tor ist offen.
Nun? Die Herren wünschen?
Zu so später Stunde?
ALLE HERREN Wünschen?! Ha, wir wollen wissen,
was hier vorgeht.
Entsetzliche Schreie dringen an unser Ohr,
und Schändliches findet hier statt.
Verlangen endlich Rechenschaft.
Verlangen auf der Stelle
mit Sir Edgar zu sprechen.

Die Bediensteten und der Sekretär lächeln ein wenig und treten zur Seite. Sir Edgar tritt vor, mit einer Peitsche in der Hand.

DER BÜRGERMEISTER *mit feiger Kühnheit, schon wieder unsicher*
Mich dünkt – mehr oder weniger dünkt uns alle . . .
Mit einem Wort: die Stadt, unsere kleine, aber friedliche Residenz, wir alle, samt und sonders, verlangen Rechenschaft. Jawohl, Sir Edgar.

SEKRETÄR *eine Stufe herunterkommend, näher bei den Herren*
Werte Herren von Hülsdorf-Gotha!
Mein gnädiger Herr befiehlt mir, Ihnen mitzuteilen, daß Sie einem Irrtum erlegen sind. Sie hörten –

EINIGE HERREN Wir hörten Schreie, fürchterliche . . .

SEKRETÄR Es war wohl mehr ein Jammern oder Weinen. Begreiflich, denn die Phantasie spielt uns oft einen bösen Streich.

EINIGE HERREN Aber wir hörten doch –

SEKRETÄR Sir Edgars Neffe, der junge Lord Barrat, der kürzlich hier aus London eingetroffen ist, erhält von meinem gnädigen Herrn des abends Unterricht in der deutschen Sprache.

ALLE HERREN Ein junger Lord? – und in der deutschen Sprache?

SEKRETÄR Die Eltern Seiner Lordschaft wünschen, zu dessem Besten, eine strenge Erziehung. Und Deutsch ist eine schwere Sprache. Schläge sind manchmal vonnöten.

EINIGE HERREN Wir ahnten ja nicht. Wir wußten ja nicht . . .

PROFESSOR VON MUCKER Deutsch ist eine schöne, aber, ganz richtig, schwere Sprache. Da weiß ich mir ein Urteil zu bilden!

OBERJUSTIZRAT HASENTREFFER Das ändert freilich

unsre Meinung. Eine harte Lektion hat noch niemand geschadet.

SEKRETÄR Wir hoffen, dem jungen Herrn auch bald die schönsten Worte Ihrer großen Dichter beizubringen, und bewegen uns schon auf Stellen zu, wie:
»Bleibe guter Geist euch hold,
der im stillen lehret.«

PROFESSOR VON MUCKER Vortrefflich. Dies zeigt Bildung und Gefühl und Geschmack. Da kann ich mir ein Urteil bilden.

DER BÜRGERMEISTER Wir bitten um Vergebung.
Wir danken für die Auskunft.

SEKRETÄR Wenn es die Fortschritte Seiner Lordschaft erlauben, dann wird mein gnädiger Herr Sie bitten, seine Gäste zu sein.
Ein erstaunter Laut der Herren.
Er wird Ihre Bälle und auch alle die Konzerte besuchen. Er wird den Damen selbstverständlich seine Aufwartung machen. Sie werden ihn gesellig und gefällig finden, wie Sie nur wünschen.
Nach einem Blickwechsel mit Sir Edgar.
Legt er doch Wert darauf, daß Lord Barrat seine Erziehung im Umgang mit Damen vollendet.

ALLE HERREN Wir ahnten ja nicht.
Wir wünschen vollen Erfolg.
Wir stehen ganz zur Verfügung.
Bald geladen zu sein
von Ihrem edlen Herrn und seinem Neffen,
ist uns die größte Ehre.

SEKRETÄR Heut' über ein, zwei Wochen, meine Herren.
Nachricht geht Ihnen zu.
Und bis dahin: Geduld mit unsrem jungen Lord.

ALLE HERREN Selbstredend. Mit Vergnügen.
Selbstredend. Mit Respekt.
Verehrung und Respekt.

Während sich die Herren verneigen, sich grüßend zurückziehen, lächelt Sir Edgar ein wenig.

V

Die große Halle mit Bibliothek im Hause Sir Edgars. Der Raum ist voller Besonderheiten und den Bedürfnissen eines Gelehrten und Mannes von Welt entsprechend eingerichtet, aber nicht in der Mode der Zeit wie das Grünwieselsche Haus. Es sind unter anderem zu sehen: eine Gesteinsammlung, Landkarten, Blätter, die auf naturwissenschaftliche Studien schließen lassen, Skelette, ausgestopfte Tiere, Amphibien in Glasbehältern, Glaskästen mit Reptilien, antike Statuen. Trotzdem dominiert extravagante Eleganz. Wenn der Vorhang aufgeht, sind die Dienerschaft und der Sekretär mit den letzten Vorbereitungen zum Empfang der Gäste beschäftigt. Begonia tänzelt um einige Schüsseln mit Backwerk.

BEGONIA *das Rezept für das Gebäck preisgebend*
Man nimmt halbes Pfund goldenen Sirup,
zwei Unzen Butter zerschmolzen,
dann halbes Pfund bräunlichen Zucker vom Rohr
und eine Unze gestoßenen Ingwer, wohlgerührt, rühren und wieder rühren;
und halbe Unze kandiertes Limon
klein zerschneiden,
doch nicht massakrieren.
Viertel Unze zerschlagener Kümmel.
Und weiter gerührt.
Dann ein Ei drauf zerbrochen.
Gib weißes Mehl dazu, bis Pasta es wird, und dann kneten die Pasta. Nach Gusto zu formen.
Lassen auf kleiner Flamme geraten:

Jamaica girls call it g i n g e r b r e a d n u t s .
Napoleon loved these.

SEKRETÄR *lockerer, spielerischer als sonst, während er alles inspiziert und Jeremy und Meadows Anweisungen gibt*
Gut so. Noch besser so!
Hierher damit.
Die Früchte, Meadows.
Die Blumen hier noch schöner geordnet.
Jeremy, halt keine Maulaffen feil.
Begonia, hältst du denn niemals den Mund?

BEGONIA *nimmt einen Schluck aus ihrer Rumflasche, tut erschöpft*
Als wir jüngst in Patras waren . . .

SEKRETÄR Nur keine Reminiszenzen jetzt.
Wir sind nicht mehr in Patras.

BEGONIA *schluchzend*
. . . Und vor Indien. Das Schiff auf hohen Wogen . . .

SEKRETÄR Keinen Schluck mehr, kein Geschluchze,
Indien kommt so nicht näher.

BEGONIA Hier nur Schnee und kaltes Volk.
Schwatzen hinter uns und schau'n uns an
wie fremde Tier. Schade um Begonias Kuchen.

SEKRETÄR Keinen Schluck mehr! Und hinaus
mit Begonia, in die Küche.

Der Sekretär scheucht sie lachend aus dem Raum, und sie rennt lachend davon. Jeremy nascht einmal rasch von einer Süßigkeit, ebenso der Butler Meadows, mit großer Würde, während der Sekretär ihnen belustigt zusieht. Dann werden alle drei ernst, auf ein Zeichen des Sekretärs. Sie beziehen ihre Plätze.

Die Baronin mit Luise und Ida, die Stadtväter, Frau von Hufnagel, Frau Oberjustizrat Hasentreffer, andere Damen und Herren treten ein; die zwei Lakaien, die die Tür geöffnet haben, bleiben zu beiden Seiten stehen.

DIE HERREN Nur zu gerne –
DIE DAMEN und mit großer Erwartung –
ALLE sind wir gekommen.

SEKRETÄR Willkommen, meine Damen und Herren. Und Dank, daß Sie der Einladung Sir Edgars Folge leisten. Dies Haus ist Ihres für die nächsten Stunden. Ergehen Sie sich wohl, betrachten Sie, was Ihnen der Betrachtung wert erscheint.

DAMEN UND HERREN Nur zu gern und mit großer Erwartung.

Die Gäste zerstreuen sich, voller Neugier, oberflächlich alles musternd, während der Butler und der Mohr, von zwei Lakaien unterstützt, Schaumwein, Punsch und Tee zu servieren beginnen. Nur Wilhelm bleibt wirklich interessiert bei jeder Sammlung stehen.

DIE DAMEN Welch sonderbares Haus. Es ist ja zum Entzücken und zum Schaudern.

DIE HERREN Die vielen Scharteken, sehr eindrucksvoll. Doch hier, zum Schaudern, Getier und Totenköpfe.

JUNGE DAMEN Der junge Lord – wie mag er aussehn? Wird er bald erscheinen?

JUNGE HERREN Unsre jungen Damen können den Augenblick wohl kaum erwarten.

SEKRETÄR Sir Edgar bittet um Geduld. Er zögert immer noch, Ihnen Lord Barrat vorzustellen. Er fürchtet immer noch, daß seines Neffen mangelhaftes Deutsch Sie verletzen könnte.

ALLE Wir sind beschämt.
Wir sind zutiefst beschämt.

BARONIN GRÜNWIESEL Welch edle Besorgnis von einem edlen Mann. Ich bin beschämt. Ja, und ich stehe nicht an zu gestehen, daß ich meine Meinung geändert habe. Ah –!

Sir Edgar kommt mit dem jungen Lord über eine kleine Treppe. Die Baronin eilt auf die beiden zu – Sir Edgar küßt ihr die Hand, danach, nach kurzem Zögern, küßt Lord Barrat ihr die Hand. Der junge Lord ist ungemein extravagant gekleidet. Er trägt eine Brille und Handschuhe zu einem Anzug, der die Kleidung der anderen Herren uniform und provinziell erscheinen läßt.

BARONIN GRÜNWIESEL Welche Freude!
Sie lorgnettiert den jungen Mann.
Zu lange wurden Sie uns vorenthalten. Welcher Chic! Welch große Eleganz!

LORD BARRAT Im Deutschen lügt man, wenn man höflich ist.

BARONIN GRÜNWIESEL Divine! Sie haben Witz, Mylord. Ich muß Sie zu den jungen Damen bringen.

LORD BARRAT Was Sie nicht sagen! Ich weiß es besser.

BARONIN GRÜNWIESEL So kommen Sie mit mir. Ich war im Jahre – das Jahr tut nichts zur Sache – am englischen Hof . . .

LORD BARRAT Was Sie nicht sagen.

Die Baronin setzt sich mit Lord Barrat zu den Damen, sie winkt Luise herbei, macht die beiden miteinander bekannt. Barrat erhebt sich nicht, greift aber nach Luises beiden Händen und küßt ihre Hände. Dann nimmt er ihr Täschchen, sieht hinein, wirft es ihr dann wieder zu. Sie fängt es erschreckt auf und steht verwirrt vor ihm.

BARONIN GRÜNWIESEL Reich doch Lord Barrat eine Tasse Tee, mein Kind.

Luise entfernt sich, läßt sich vom Butler eine Tasse geben, sieht sich um, sieht einen Augenblick zu Wilhelm hinüber, dann rasch wieder weg.

LUISE Oh, Wilhelm. Ja, ich bin verwirrt.
Dieser Aufzug, dieser erlesene Handschuh.
Diese goldene Brille. Das Pariser Beinkleid.

IDA *sich an die verwirrte Luise wendend*
Lord Barrat ist der Vornehmste von allen. Du hast ihm gleich gefallen. Wie bist du zu beneiden, liebste Luise.

LUISE Nicht möglich! Wie wär's möglich?
Er ist so sonderbar. O Ida, sag, wie findest du ihn?

IDA Er reißt hin, und er erweckt Furcht und Angst. Mehr Wirkung kann ein Mann auf uns nicht haben.

LUISE Ähnliches hab' ich nie empfunden.
Er ist so unvergleichlich,
und mir ist so sonderbar.
Ich fürcht' ihn schon
und muß doch zu ihm gehn.

Sie bringt Barrat den Tee. Er macht eine zu hastige Bewegung, führt mit beiden Händen die Tasse an den Mund, trinkt sie in einem Zug aus und wirft dann die Tasse hinter sich. Einen Augenblick lang ist alles erstarrt. Dann küßt Lord Barrat abwechselnd der Baronin und Luise die Hand, und alles atmet erleichtert auf.

ALLE Das ist göttlich! Divine! Es fehlt ihm nicht an Witz.

Einer der jungen Herren wirft ebenfalls, aber zaghaft, eine Tasse an die Wand, nachdem er sie ausgetrunken hat.

BARONIN GRÜNWIESEL Courage, meine Freunde! Das ist Leben, ist Lebensart, wie die Provinz sie euch niemals lehrt. Lord Barrat, scheint mir, bringt den ersehnten frischen Wind in unsre Residenz.

LORD BARRAT Was Sie nicht sagen.

Die Baronin blickt Lord Barrat, von ihm bezaubert, über den Fächer hinweg an. Er nimmt ihr den Fächer weg und parodiert sie. Andere Damen überlassen Lord Barrat ebenfalls ihre Fächer, und er fängt an, amüsiert mit den Fächern zu spielen.

BARONIN GRÜNWIESEL Diese englische Exzentrik! Daneben wirken unsre jungen Herren freilich langweilig und misanthrop.

Lord Barrat legt einen Fuß auf den Tisch.

FRAU VON HUFNAGEL UND FRAU OBERJUSTIZRAT Oh, wie anmutig er den Fuß auf den Tisch legt!
Quelle élégance.
Diese englische Exzentrik!
Ja, daneben freilich wirken unsre jungen Herren misanthrop und nicht elegant.
BARONIN GRÜNWIESEL Diese englische Exzentrik!
Und wie anmutig er den Fuß auf den Tisch legt.
Das ist charmant und elegant.
FRAU VON HUFNAGEL Ich steh' nicht an zu sagen: wie Tölpel!
LORD BARRAT Was Sie nicht sagen!
HERREN Welche Anmut! Welcher Charme!
Welche Anmut und auch wie göttlich ist der junge Lord, wie unbefangen, ungeniert und doch so voller Anmut, voller Charme, voller Geist und voller Witz!
DAMEN Der junge Lord besitzt viel Anmut. Wir stehen nicht an zu bemerken, daß er alle Welt bezaubert. Quelle élégance! Quelle dignitée!
LUISE Ida, wie täuschst du dich.
Ich bin es nicht, die er meint.
Er tut ja schön mit allen.
IDA Schon so verliebt? Nur keine Eifersucht.

Du bist es, die er meint. Es ist seine englische Erziehung, die ihn gleichmäßig höflich sein läßt.

LUISE Wär' es doch so. Wäre doch ich gemeint!

FRAU OBERJUSTIZRAT Sie gehen zu weit, meine Liebe. Unsre jungen Herren sind deutsch und ehrlich erzogen. Aber ich stehe nicht an zu sagen, daß ihnen das gewisse Etwas fehlt.

FRAU VON HUFNAGEL Meiner Treu, ich ging wohl zu weit, aber ich stehe nicht an zu glauben, daß ein gewisses Etwas sich lernen läßt.

LORD BARRAT Ah, ich weiß es besser!

Er legt auch den zweiten Fuß auf den Tisch.

DAMEN UND HERREN Er ist göttlich! Es fehlt ihm nicht an Witz!

Der Bürgermeister hat Begonia entdeckt. Er macht sich heimlich von der Gruppe der Herren los und beginnt, ihr auf plumpe Weise den Hof zu machen.

DER BÜRGERMEISTER Demoiselle, wenn es gestattet ist . . .

Begonia hört nicht auf ihn und geht weiter ihren Verrichtungen nach.

Begonia heißt sie doch, gestatten, schöne Blume. Von ihrer Kochkunst hab' ich schon gehört. Sie gefällt mir, wie sie die Augen rollt.

BEGONIA Versteh ich nicht. Wer rollt hier Augen?

BARONIN GRÜNWIESEL Ha, zu glauben, daß es sich lernen läßt!

FRAU VON HUFNAGEL UND FRAU OBERJUSTIZRAT Warum nicht hoffen, daß es sich lernen läßt?

Lord Barrat bläst Dampf aus einer Tabakspfeife, die der Butler ihm angezündet hat.

O, wie anmutig er nun auch den zweiten Fuß placiert hat. Quelle élégance!

WILHELM *plötzlich alarmiert, nachdem ihm Luises Verhalten nicht verborgen geblieben ist*
Dieser flegelhafte Mensch!

Sir Edgar tritt zu Wilhelm, der sich unmutig abwenden möchte, aber der Sekretär hält ihn auf.

SEKRETÄR Mein gnädiger Herr hat Ihr aufrichtiges Interesse an seinen Sammlungen bemerkt. Darf er sie Ihnen zeigen und erläutern? Von Ihren Studien haben wir auch gehört.

WILHELM Verzeihung! Ja, ich wäre dankbar. Doch wenn es auch unhöflich erscheint: das Benehmen von Lord Barrat kann mir nicht gefallen.

SEKRETÄR Haben Sie Nachsicht, junger Freund. Lord Barrat ist des Deutschen wenig mächtig, und seine unvollkommene Erziehung spielt ihm noch manchen Streich.

WILHELM Mag sein. Jedoch ...
Sir Edgar weiß? Endlich versteht hier einer!
Jetzt ganz frei und begeistert.
Des trocknen Newton Zwingburg wird schon fallen. Farben sind Taten und Leiden des Lichts. Und diese Farbenlehre muß man tun, ja leben, nicht nur lesen.

SEKRETÄR Vor allem wünscht Sir Edgar eine Unterhaltung, da ihm bekannt ist, daß Sie der Farbenlehre des großen Goethe mit Passion anhängen.

BARONIN GRÜNWIESEL Mylord, sagen Sie noch etwas. Ihr Deutsch klingt wie Musik in meinen Ohren. Sie werden rasche Fortschritte machen bei diesem Accent.

LORD BARRAT Was Sie nicht sagen. Was Sie nicht sagen.

DER BÜRGERMEISTER *versucht Begonia am Kinn zu nehmen, sie wehrt drohend ab*
So wart' sie doch. So laß' sie sich doch sagen. Wie Zimt kommt sie mir vor, wie ganz in Zimt gerollt. Und Zimt schmeckt mir so gut.

BEGONIA Und wie Kartoffel bleich kommt er mir vor. Kartoffel rollt in seinem Bauch, so dick.

Wilhelm läßt sich von dem Sekretär einiges zeigen, er ist aber nicht ganz bei der Sache, obwohl er offenbar beeindruckt ist und Achtung vor dem Sekretär und Sir Edgar empfindet. Zwischendurch dreht er sich immer wieder um, um zu sehen, was im Gange ist, wie Luise und Barrat sich verhalten. Sir Edgar zeigt keine Bewegung, als bemerkte er nichts.

BARONIN GRÜNWIESEL Und wenn Sie gar des öfteren mein Haus beehren, mein bester Mylord,

FRAU OBERJUSTIZRAT Und wenn sie erst mein Haus beehren, Mylord.

FRAU VON HUFNAGEL Und wenn Sie erst mein Haus beehren, Mylord, versprechen Sie!

DER BÜRGERMEISTER Was lieben Mohrenmädchen denn für Männer?

FRAU OBERJUSTIZRAT Bei uns wird freie Meinung offen und gern geübt. Sie müssen Dienstag kommen.

FRAU VON HUFNAGEL Bei uns wird viel und gerne rezensiert.
Sie müssen Mittwoch kommen.

BARONIN GRÜNWIESEL *imperial, die anderen mit Handbewegung in die Grenzen weisend*
doch Donnerstag sind Sie bei uns,
zu Luise
nicht wahr, mein Kind? Luise wird sich Ihnen gerne widmen und

zu Barrat
ein deutsches Lied mit Ihnen einstudieren.

BEGONIA Jamaica girls love boys made of sugar and spice.

LUISE Gewiß, gnädige Tante!

DER BÜRGERMEISTER Versteh ich nicht.

Lord Barrat reißt Luise eine Schleife vom Kleid und steckt sie sich an den Anzug, steht dann auf und macht ein paar Schritte vor dem Mädchen. Er greift dann nach einem Perspektiv und sieht Luise an, die die Augen senkt.

SEKRETÄR Nicht anders geht die Ansicht meines Herrn.

ALLE Diese meisterliche Grandezza!

SEKRETÄR Auch er versteht das Werk als Lebenslehre.
Beweis und Beispiel sind in der Naturerscheinung.

DER BÜRGERMEISTER Aber so hör' sie doch! So schwarz, wie sie auch sein mag, sie hat's mir angetan.

Greift stürmisch nach ihrer Hand, sie schlägt ihm auf die Finger.

BEGONIA Wenn denn getan! Nichts hier getan!
Unmöglich das Benehmen!

FRAU OBERJUSTIZRAT Er muß ein herrlicher Tänzer sein, halten dafür ...
Wie er's versteht, den Damen zu imponieren mit seinem freien Benehmen!

FRAU VON HUFNAGEL Ein geistreicher Schlingel ist dieser Engländer!
Wie er's versteht, den Damen zu imponieren mit seinem freien Benehmen!

BARONIN GRÜNWIESEL Dieses freie Benehmen!
Wie er's versteht zu imponieren, mit seinem freien Benehmen!

LORD BARRAT Ich weiß es besser. Ich weiß es besser. Im Deutschen lügt man, wenn man höflich ist.

WILHELM Ich bin beglückt, ich höre sonst nie solche Sprache. Jedoch Verzeihung. Sehen Sie selbst. Dieses unhöfliche Benehmen!

Einer der jungen Herren versucht gleichfalls, um ein Mädchen herumzutänzeln und ihm beide Hände zu küssen, ein andrer versucht, einem Mädchen den Fächer wegzunehmen und ihn auch in die Luft zu wirbeln – es gelingt ihm weniger gut als Lord Barrat.

JUNGE HERREN Das muß auch für uns zu erlernen sein.

EIN JUNGER HERR So wird es gemacht. So wird es gemacht.

JUNGE HERREN Wir wissen es besser. Wir wissen auch bald alles besser. Was für ein herrlicher Tag!

OBERJUSTIZRAT HASENTREFFER Ein geistreicher Schlingel ist dieser Engländer. Wie er's versteht, den Damen zu imponieren, mit seinem freien Benehmen.

ÖKONOMIERAT SCHARF Wie er's versteht, den Damen zu imponieren mit seinem freien Benehmen!

PROFESSOR VON MUCKER Er muß ein herrlicher Tänzer sein.
Dieses freie Benehmen. Wie er's versteht zu imponieren mit seinem freien Benehmen.

LORD BARRAT *fängt an mit Luises Schal zu spielen und singt dazu unverständlich*
Adam! Adam!

BEGONIA *gesprochen*
Jamaica girls call this h a n k y - p a n k y.
Napoleon hated it!

WILHELM *verliert die Beherrschung und tritt zu der Gruppe*
Es ist genug, was dieser Herr sich herausnimmt.

LUISE Wie kannst du's wagen, so von Lord Barrat zu sprechen?

WILHELM Ich wag' es eben.

LUISE Wie du mich mißhandelst.

Sie bricht in Tränen aus.

WILHELM Ich dich mißhandeln? Laß dir nur sagen ... Nimm doch Vernunft an. Ich muß dir doch sagen ...

BARONIN GRÜNWIESEL Sie haben diesem Engel nichts zu sagen!

JUNGE DAMEN Luise in Tränen. Er mißhandelt sie.

IDA Luise weint!

WILHELM Zum Teufel! Alles wegen dieses Lümmels, ja, dieses Flegels!

Er starrt wütend auf Lord Barrat, der Wilhelms Ausbruch gar nicht zur Kenntnis nimmt.
Sir Edgar und der Sekretär sind ebenfalls hinzugetreten, sie bedeuten Lord Barrat, zu gehen.

SEKRETÄR Seine Lordschaft wird sich jetzt empfehlen. Es wartet auf ihn wieder Unterricht. Das nächste Mal wird er Sie besser unterhalten können.

Sir Edgar und der Sekretär begleiten Lord Barrat, überwachen die Verabschiedung, die darin besteht, daß der junge Lord sich nach allen Seiten verneigt und dann mit großer Schnelligkeit, rückwärtsgehend, den Raum verläßt.

WILHELM Dieser unverschämte Mensch ...

Luise preßt die Hand ans Herz, kippt langsam zurück und fällt graziös in Ohnmacht, indem sie das Kleid so zurecht-

rückt, daß man, wenn sie auf dem Boden liegt, einige Volants von ihrem Unterrock sehen kann.

WILHELM Luise, verzeih' mir, meine Luise.

BARONIN GRÜNWIESEL, FRAU VON HUFNAGEL, FRAU OBERJUSTIZRAT *mit Eau de Cologne und Taschentuch* Luise in Tränen. Luise mißhandelt. Luise in Ohnmacht. Genügt Ihnen das nicht? Sie sind hier nicht am Platz. Am besten gehen Sie.

WILHELM *verwirrt, aber erneut von Zorn erfüllt* Ich gehe. Aber ich gebe nicht auf. Ich kann mich noch messen mit einem Lord, der ein Lümmel ist und sich benimmt wie – ein Tier.

Luise erwacht bei diesen Worten aus ihrer Ohnmacht, während alle anderen Damen daraufhin in Ohnmacht fallen, ebenfalls kunstgerecht. Die Herren springen den Damen bei.

HERREN Das geht zu weit. Er ist von Sinnen.

LUISE Wo bin ich? Was ist mir?

WILHELM Du hast den Verstand verloren. Aber wenn ich auch gehe, ich gebe nicht auf, mein unglückliches, betörtes Mädchen.

Er stürzt weg. Die Damen erwachen aus ihrer Ohnmacht.

DAMEN Wo sind wir? Wo ist er?

VI

Der große Ballsaal im Kasino der Residenz. Alle Türen stehen zu den Nebenräumen offen, in denen sich die Gesellschaft aufhält. Die Bewegung der Menschen, Kommen und Gehen, ist zu spüren. Luise tritt durch eine Tür in den leeren Saal, in dem die Diener die letzten Kerzen anzünden. Luise tritt vor einen Spiegel, um sich das Haar zu richten, in Aufregung und zitternd. Sie kramt in ihrem Täschchen, legt sich etwas Rouge auf die Wangen.

LUISE Diese Benommenheit.
So bleich war ich noch nie.
So unruhig nie, als ob ich elend wäre.
Wo ich doch glücklich bin.

Allein sein können,
nicht mehr die Blicke sehen,
nicht den Neid der Freundinnen,
Wilhelms Eifersucht,
nicht mehr die Stimmen zu hören,
Geflüster hinterm Rücken,
Raunen um mich und i h n.
Wär' er schon hier!
So komm doch, Augenblick.
Es muß sich heut' entscheiden.

Wohin wird er mich führen?
In eine andre Welt.
Ich wag ihm kaum zu folgen,
doch folgen muß ich ihm.
Sein Wesen, unbegreiflich,
macht unbegreiflich mich.
Ich kann hier nicht mehr leben,
denn hier versteh ich mich.
War Lieben früher einfach,
jetzt wird die Liebe schwer,
zur Wildnis von Gefühlen,
ich kenne mich nicht mehr.

Der Aufruhr, dann die Abwehr,
Erschrecken, dann die Lust,
sprachlos mit ihm zu sprechen –
es überwältigt mich.
Vor Qual und vor Begehren
nach einer größeren Qual
brenn' ich nach ihm, vor Liebe krank!
Wo bin ich denn geblieben?
Was fühl' ich noch, was nicht?

Lord Barrat bewegt sich lautlos auf sie zu, geht um sie halb herum, bis sie ihn entsetzt erblickt. Er greift nach ihrer Hand, gibt ihr eine Rose, die sie, ihn anstarrend, in beide Hände nimmt. Er nimmt sie ihr wieder weg, spielt mit der Rose, streicht mit dem Stiel so über ihre Hand, daß sie, aufgeritzt, zu bluten beginnt. Luise bewegt sich nicht und sieht auf die blutende Hand nieder.

LUISE Ja, ich blute und fühl' keinen Schmerz;
ich könnt' noch mehr erleiden.
LORD BARRAT Ein bedeutend ernst Geschick waltet übers Leben.
LUISE Mein Geschick ist Ihr Geschick,
ernst und bedeutend – es erschreckt mich nicht.
LORD BARRAT Bleibe guter Geist euch hold, der im stillen lehret.
Der im stillen lehret, waltet übers Leben.
LUISE Ob guter Geist, ob nicht,
es soll Ihr Geist mich lehren.
Ihr Wesen, unbegreiflich,
macht unbegreiflich mich.
LORD BARRAT Was von Menschen nicht gewußt –
oder nicht bedacht –
ich weiß es besser, wandelt in der Nacht.

LUISE Weiß ich's auch nicht, hab ich's auch nie bedacht,
oh, sprechen Sie, zu mir sprich immer weiter.
Ich geb mich nicht verloren,
verliere alles gern.
Heiter die Luft, in der ich heiter lebte,
als sei's das erste Mal.
Ich höre nur in mich
und höre Ihnen zu.
LORD BARRAT Ich weiß es besser, wandelt in der Nacht.
Bleibe guter Geist euch hold.

Wilhelm bleibt auf der Schwelle, unweit der beiden, stehen, fassungslos und im Zorn.

WILHELM Daß ich es noch ertragen kann, zu bleiben!
Zu schauen, was ich sehe; zu hören, was ich hör'!
LORD BARRAT Im Deutschen lügt man ...
Ein bedeutend ernst Geschick.

Singt ohne Worte.

WILHELM Verführt sind alle, und ich bin verhöhnt.
Luise, meine Freude, und meine Freunde alle.
Zum letzten Mal, Luise! Geh mir nicht so verloren.
Hör' nur auf mich, und sei's das letzte Mal!

Die Baronin Grünwiesel betritt den Saal, voller Befriedigung, Luise und Lord Barrat miteinander zu finden. Für Wilhelm hat sie nur eine spöttische Geste. Hinter ihr erscheinen Ida und immer mehr Leute.

BARONIN GRÜNWIESEL Wer zerschmilzt nicht vor diesem hohen Dolce der Liebe? Und Seine Lordschaft seufzt endlich, wie es verlangt wird.
Ein Taschentuch an die Augen führend.

O junge Liebe. Voyez-là. Der junge Mensch ist auch Poet. Poet, reich, jung und Lord.
Glückliches Kind.

WILHELM So höre doch auf mich.
Warum nur geh' ich nicht? Was hält mich länger? Meine verblendete Luise. Man spricht von Verlobung.

LUISE Ich höre nur in mich,
es hält mich nichts mehr auf.
Wohin soll ich dir folgen?

IDA Ich hab' es doch gedacht, nach dem Souper wird es Verlobung geben. Doch wirkt die Lordschaft matt, halten dafür.

LORD BARRAT Was von Menschen nicht gewußt,
aber nicht gedacht.

LUISE Aufruhr und Abwehr schweigen. Ich hab' es kommen sehen.

WILHELM Ohnmächtig seh' ich zu und kann vor Zorn nicht schweigen. Ich hab' es kommen sehen.

BARONIN GRÜNWIESEL Dieses je ne sais quoi – ich hab' es beim Klavierspiel kommen sehen.

IDA Aber mein Freund, warum so wild wie ein Dutzend Stanzen aus einem Heldengedicht? Kann ich Sie nicht, kann keine Sie denn trösten?

WILHELM Hier ist nur einer Zeuge. Euch sind die Augen verbunden. Es wird mich nichts mehr trösten.

LUISE Vor Zeugen und allein: mein Glück ist Ihrem Glück von nun an fest verbunden.

BARONIN GRÜNWIESEL Ma foi, wir waren niemals Zeugen von größerem Glück. Sie haben sich verbunden.

BALLGÄSTE Wir sind hier gerne Zeugen. Sie haben sich verbunden.

ALLE Bleibe guter Geist uns (euch) hold.
Bleib' er ihnen beiden hold.

BALLGÄSTE Und im guten Geist der Stunde
Feste feiern, wie sie fallen.

Festlicher das Fest begehen.
Jetzt das Fest. Es wird ein Fest.

Immer mehr Gäste füllen den Ballsaal. Herr La Truiaire hat mit großer Wichtigkeit und Umsicht die Paare für den Walzer der Debütantinnen geordnet. Alle tanzen in der Art, wie sie es gelernt haben. Nur Lord Barrat beginnt nach wenigen Takten viel behender und auffallender zu tanzen. Die anderen Paare versuchen, sich ihm anzupassen mit ganz neuen Bewegungen und Figuren, und der Tanz endet in einer ebenso präzisen wie chaotischen Wildheit. Die jungen Herren und jungen Damen, die wir so wohlerzogen erlebt haben, fangen an, sich mit unerhörter Freiheit zu benehmen und zu bewegen. Die meisten der jungen Herren tragen jetzt überdies Brillen à la Lord Barrat, sie tragen Handschuhe wie er und haben ihn offensichtlich schon vor einiger Zeit zu kopieren angefangen.
Nach dem Tanz, wenn die Diener Getränke und Brote servieren, stopfen sich die jungen Leute gegenseitig die Brötchen in den Mund, die Herren trinken aus den Flaschen, essen mit Handschuhen, werfen sich rücklings auf die Kanapees, schnalzen, grimassieren, schneuzen sich in die Hand. Einer hat ein Perspektiv wie Lord Barrat bei seinem ersten Auftreten und betrachtet ungeniert die Damen, andere versuchen, den Damen die Stühle wegzuziehen.
Lord Barrat hingegen entfernt sich von Luise, entreißt einem Musiker die Trompete und fängt darauf zu spielen an, wilde, dissonante Töne. Der Sekretär hat sich neben die älteren Herren gestellt, er verfolgt Lord Barrats Treiben unauffällig, aber stetig.

OBERJUSTIZRAT HASENTREFFER Eine gewisse nationale Roheit ist Lord Barrat nicht abzusprechen.
ÖKONOMIERAT SCHARF Aber sie steht ihm vorzüglich.

DER BÜRGERMEISTER Natürlich vorzüglich, dünkt mich, dünkt uns alle.

SEKRETÄR Jugend kennt keine Tugend.

ÄLTERE DAMEN UND HERREN Jugend kennt keine Tugend.

SEKRETÄR Es ist nicht sein geistiger Mutwille, es sind seine körperlichen Zufälle.

PROFESSOR VON MUCKER Ich darf mir ein Urteil bilden: Seine Lordschaft hat gelehrt mit uns gesprochen, so manches Mal.

FRAU VON HUFNAGEL Mir hat er oft seine Gedichte vorgelesen.

EINIGE DAMEN Oft hat er bei uns zu Mittag gespeist.

ÖKONOMIERAT SCHARF In der Politik, wie in der Wirtschaft, hat er die freieste Meinung.

PROFESSOR VON MUCKER Er widerspricht, aber mit Tiefe und selt'nem Verstand.

DAMEN Nun entführt er uns das schönste Mädchen, aber es sei ihm gegönnt.

IDA – und die beste Partie, genauer gesagt –

ALLE Er war die Zierde unserer Residenz,
der frische Ton,
der frische Tau,
das neue Element.

Lord Barrat wirft dem Musiker die Trompete an den Kopf.

FRAU VON HUFNAGEL *nervös*
Treibt der junge Mensch heute nicht des Guten zuviel?

BARONIN GRÜNWIESEL Mes amis! Das Glück versetzt ihn in Trance.

SEKRETÄR Jugend kennt keine Tugend.

BARONIN GRÜNWIESEL Teurer Freund, Sir Edgar wird sich nun bald blicken lassen müssen. Verrate ich zuviel?

IDA Viel ist da nicht zu verraten.

WILHELM Ist keinem mehr zu raten!

BARONIN GRÜNWIESEL Quelle impatience. Ich suche nur Sir Edgar. Die Verlobung muß offiziell gemacht werden.

Lord Barrat kommt in die Mitte des Saals, findet Luise wieder und beginnt nun, noch einmal im Verhalten verändert, mit ihr zu tanzen. Alle anderen hören auf, ihre Possen zu treiben, weichen auseinander; einige Paare lagern sich im Hintergrund auf den Boden. Die älteren Damen und Herren weichen ebenfalls etwas zurück und folgen staunend dem Tanz der beiden.

Lord Barrat läßt Luise immer wieder los und allein, tanzt die Wände entlang, löscht einige Kerzen aus, so daß es ein wenig dunkler im Saal wird.

WILHELM Es wird Schreckliches geschehen!
Mein Mädchen. Meine Luise.

ALLE Das Glück versetzt ihn in Trance.

Sir Edgar erscheint, mit angespanntem Gesicht. Er will zuerst Wilhelm die Hand reichen, der zurückweicht, küßt dann der Baronin die Hand und folgt mit angespannten, wachsamen Augen, neben dem Sekretär stehend, dem Tanz.

FRAU VON HUFNAGEL Wie sie ihn anblickt, wie er sie ansieht.

Luise, die unsicher geworden ist, läßt Lord Barrat nicht aus den Augen, versucht immer wieder, sich auf ihn einzustellen, und gerät mehr und mehr in eine Panik.

BARONIN GRÜNWIESEL Ein blendendes Ereignis!

WILHELM Ihr Verblendeten alle!

BARONIN GRÜNWIESEL Seine Lordschaft ist unnachahmlich.

FRAU VON HUFNAGEL Keiner tut es ihm gleich.

LORD BARRAT *zu allen, im Tanz*
Im Deutschen waltet ein bedeutend ernst Geschick.

LUISE *außer Atem*
Nicht mehr! So nicht mehr! Ich kann nicht mehr!
Erbarmen!

WILHELM Alles verloren! Alles verloren!

Während Wilhelm gegen die Tür geht, gerät Lord Barrat in eine wahre Frenesie, er wirbelt Luise so verrückt durch den Saal, daß sie ihm aus den Armen gleitet, dann fängt er sie wieder, wirft sie dann gegen die Wand, wo sie niedersinkt. Ida läuft zu ihr, versucht sie aufzurichten. Wilhelm bleibt stehen und wendet sich um, ohne sich zu bewegen. Die Kapelle hat aufgehört zu spielen. Lord Barrat tanzt weiter. Er springt auf einen Tisch, springt herunter, reißt Gegenstände mit sich und überschlägt sich. Die Damen schreien auf und halten sich die Hände vors Gesicht.

DAMEN Er ist von Sinnen.

HERREN Halt' einer ihn. Er ist von Sinnen! Licht!

DAMEN UND HERREN Mehr Licht!

Die Diener machen wieder mehr Licht. Die jungen Paare, erschrocken und verwildert, sind zu sehen. Die Gardinen wehen hoch, die Kerzen flackern im Windhauch. Sir Edgar tritt, mit der Peitsche in der Hand, vor, nähert sich Lord Barrat, der nun, in einem letzten Anfall, sich die Handschuhe abreißt, das Halstuch wegwirft, sich die Brille vom Gesicht reißt, dann die Perücke vom Kopf und die Jacke vom Leib. Es ist Adam, der Affe aus dem Zirkus La Rocca, der jetzt melancholisch auf Sir Edgar sieht und stillhält.

ALLE Himmel, steh mir bei.
Ein Aff ist's.
Der Aff ist's.

Es tritt Totenstille ein, während der Affe, auf ein Zeichen von Sir Edgar, neben den der Sekretär und der Mohr Jeremy getreten sind, wie gerufen – langsam aus dem Saal geht, von dem schweigenden Engländer und seiner Begleitung gefolgt.

ALLE Steht uns kein Himmel bei?

Wilhelm löst sich aus seiner Erstarrung und geht zu Luise, hebt ihren Kopf, da sie wie tot ist und nur nach dem Affen blickt.

IDA Der Himmel steh uns bei.
LUISE *schwach*
O Himmel, steh mir bei.
WILHELM O stirb mir nicht.
LUISE O zürn mir nicht.
WILHELM Du hast geträumt, hast Schreckliches geträumt.
LUISE Ich habe nicht geträumt.

Sie umarmt Wilhelm zaghaft und verbirgt ihr Gesicht.

ALLE Ein Aff ist's.
Der Aff war's.
LORD BARRAT *von fern*
Bleibe guter Geist euch hold!
ALLE *jetzt erst in stärkstem Entsetzen, da es ihnen ganz klar wird, was geschehen ist*
Ein Aff! Ein Aff! Ein Aff!

Notizen zum Libretto

Im Jänner 1956, während der Generalprobe für »La Traviata« in der Inszenierung von Luchino Visconti, in einer kalten knarrenden Loge, während weniger Stunden also, in denen über dem regennassen Mailand ein Regenbogen gestanden sein muß, weil damals die italienische Oper überzeugend auferstand, ist meine Einstellung gegenüber der Oper überhaupt – ich fürchte, sie reichte von der Herablassung bis zur Gleichgültigkeit – ins Wanken gekommen, ist dann umgeschlagen in ein besessenes Interesse für diese Kunstform, in einen anhaltenden Eifer, sie neu zu sehen und endlich zu begreifen. Im selben Jahr noch versuchte ich, für Hans Werner Henze ein Libretto zu schreiben. Es mißlang, wie kläglicher kaum etwas mißlingen kann, und ich konnte mir damals nicht erklären, warum ein Schriftsteller nicht imstande sein sollte, zuwegezubringen, was so manchem Skribenten (Da Ponte, Boito, Hofmannsthal einmal beiseite gelassen) schon gelungen war.

Das originale Opernbuch (also nicht das der Oper geliehene Theaterstück, verändert oder nicht) ist weniger noch als ein Stiefkind der Literatur, hat in der Literatur rechtens auch nichts zu suchen, ist an ihren Kriterien nicht zu messen und darum wenig erforscht – diskutierbar fast nur mit dem Komponisten. Die ruhmlose Sonderstellung des Librettos, die auch Hofmannsthal nicht ganz aufzuheben vermochte oder nicht immer zum Vorteil für die Oper, rührt schon daher, daß es niemand einfallen würde, ein Libretto zu schreiben, wie man Theaterstücke, Romane und Gedichte schreibt, auf eigene Verantwortung und ohne bindenden Auftrag. Ein Libretto wird für einen Komponisten und seine Musik, im Erraten des Wegs dieser Musik und ihrer vorhandenen und noch zu erweckenden Potenzen geschrieben. Das verlangt vor allem Unterwerfung, und Überlistung zuweilen, und in jedem Fall ein Hintanstellen der eigenen Arbeit unter die allein wichtige des Komponisten. Es ist sein Werk, das der Öffentlichkeit übergeben und gezeigt wird. Jedes Schielen nach Eigenständigkeit des Textes, nach Autorschaft im heutigen Sinn, rächt sich. (In meinem ersten Libretto verwechselte ich Arien mit Gedichten, Rezitative mit Dialogen usf.)

Es ist gewiß möglich, ohne sich an vorhandener Literatur zu orientieren, Prosa und Gedichte hervorzubringen, aber es scheint mir unmöglich zu sein, ein brauchbares Libretto zu schreiben, ohne das Phänomen Oper studiert zu haben. Und unter Studium verstehe ich nichts landläufig Studierbares und Erlernbares, sondern ein Beobachten des Handwerklichen wie der Zeitbehandlung, der Stimmenführung, des Vorantreibens von Szenen, der Schaffung von Ruhepunkten, immer in Hinblick auf die Erträglichkeiten von Musik, auf ihre Atemlängen.

Das Faszinierende und zugleich Schwerste beim Schreiben für die Oper sind für mich die Überlappungen von Texten, und der gleichzeitige Ablauf von kontradiktorischen, variierten oder zur Deckung kommenden Textstellen. Daß die Personen so oft, vom Duett bis zum Ensemble, nicht nacheinander, sondern miteinander, gegeneinander und nebeneinander zu Wort kommen, ist eine den Schreibenden erregende Besonderheit der Oper. Was scheinbar eine Abstrusität und voller Künstlichkeit ist, macht aber die Überlegenheit des lyrischen Theaters aus. Denn im Leben und auf dem Prosatheater sind Menschen nur verhindert, einem ihrer elementarsten Ausdrucksbedürfnisse nachzugeben, und kein innerer Monolog kann ihnen ersetzen, woran man sie hindert, und wenn sie sich »ins Wort« fallen, werden sie ihrem Zustand gerechter als durch das anerzogene Abwarten, im Aufbegehren, im Einverständnis. Dies vielmehr ist ein künstlicher Zustand, und die Oper setzt auf eine äußerst kunstvolle Weise den natürlichen wieder ins Recht.

»Der junge Lord« ist in sehr kurzer Zeit entstanden, mit längst abgelagerten und, so hoffe ich, unaufdringlichen Einsichten in die Bedürfnisse des Operntheaters. Mein Textbuch benutzt einen Einfall von Hauff aus einer kleinen didaktischen Geschichte, die sich unter die Märchen verirrt hat. In Alessandria erzählt ein junger Deutscher eine spaßige Geschichte aus seinem Vaterlande: »Leider sind unsere Geschichten nicht immer so vornehm wie die Euren, das heißt, sie handeln nicht von Sultanen oder unseren Königen, nicht von Vezieren und Paschas, was man bei uns Justiz- und Finanzminister, auch Geheimräte und dergleichen nennt, sondern sie leben, wenn sie nicht von Soldaten handeln, gewöhnlich ganz bescheiden und unter den Bürgern.« Der Kern der Hauffschen Geschichte kam mir nicht nur tragfähig vor, sondern ich war darüber hinaus noch bestochen von dem Gedanken, daß die Titelfigur dargestellt nur in der Oper denkbar ist, nur in ihr glaubwürdig zu machen ist.

Die Sprache in dem Buch ist leicht rhythmisiert, mit geborgten Tonfällen aus der Zeit – nicht um ins Historische zu relativieren, sondern um einen festen fiktiven Umriß zu haben, den jedes Stück braucht, jede postulierte Wirklichkeit, sei es die von heute oder die von 1830. Gewählt ist die Zeit einer Restauration. Wenn man auf etwas zielt, muß man sich aufs Besondere einlassen. Die Sprache ist also nicht getreu, das könnte sie nie sein, denn wir wissen nicht, wie damals oder jemals gesprochen wurde. Sie will getreu sein in der Abweichung, um sich einen Gestus zu sichern.

Komische Oper. Ich könnte die Bezeichnung noch enger fassen: deutsche komische Oper. Wenn der »Barbiere di Siviglia« opera buffa italianissima ist, so dürfte diese Oper kundtun, welcher Mentalität, welchem Land sie ihre Komik verdankt und wes Geistes seine Kinder sind. Es konnte

mir darum nicht dran gelegen sein, die Leute von Hülsdorf-Gotha durch Ironie zu töten, sondern sie, nicht ohne Liebe, leben und bestehen zu lassen in ihrer honorigen Beschränktheit, Arglosigkeit, ihrem provinziellen Charme und einigen fatalen Zügen auch, die sie für ein diabolisches Experiment geeignet machen.
Das Komische, mehr als das Tragische, hat seine Noten, seine nationalen.

[Zwischentexte zur konzertanten Aufführung des ›Freischütz‹]

I

Aus den deutschen Wäldern kommen Gespenstergeschichten. Dafür können die Wälder nichts, denn dort stehen nur Bäume herum. Es sind aber die Menschen, die die Natur begabt haben mit ihren Vorstellungen, mit finsteren Kräften, Geistern, Zauberei, mit wilder Jagd und schwarzen Jägern – also mit unfreiwilligen Geständnissen und auch wirklichen Geheimnissen, die die Menschennatur produziert, sie, die uns immer mehr Rätsel aufgeben wird als der romantischste Wald.
Darum hat diese Oper ihren Geist von der Musik, aber die Geschichte, an der die Musik sich entzündet, ist eine, die fabuliert aus dem Unbewußten eines Volks.

Agathe, die schöne Tochter des Erbförsters Kuno, liebt den tüchtigen Jägerburschen Max und hat einen anderen Jäger, den unsympathischen Kaspar, abgewiesen. Max aber kann sich die Braut und die Nachfolge nur erringen, wenn ihm der Probeschuß gelingt, der hier kurzerhand auf eine alte Mär zurückgeht, und somit als Brauch erklärt werden kann. Denn der Stammvater der Erbförsterei soll einen wunderbaren Schuß getan haben, um einen Unglücklichen zu retten, in dem er seine Kugel den Engeln empfahl.
Je näher der Tag der Bewährung für Max rückt, desto verzweifelter wird er, das Jagdglück hat ihn verlassen, er trifft nicht mehr, wird verlacht und verspottet. Das größre Unglück des jungen Mannes ist aber ein anderes. Seine Angst, seine Gewißheit beinah, zu versagen, ist von einer nur zu offenkundigen Symbolik. Denn der Zusammenhang

von Waffenhandhabung, Waffe und Potenz – das sind sehr alte Gleichungen und nur neue Einsichten.
Kaspar, dem Max vorgezogen wurde, trägt dem Unglücklichen heuchlerisch seine Hilfe an. Er kennt das Geheimnis der Freikugeln, es sind sieben Kugeln, die der schwarze Jäger Samiel einem verschaffen kann. Sechs treffen, die siebente gehört dem Bösen, sie fordert ein Menschenleben. Kaspar, dessen Rechnung bei dem Geist Samiel fällig wird, versucht Max zu verführen, um sich zu retten und Max zu vernichten, denn mit der siebenten Kugel wird Max seine Braut töten müssen.

II

Der Geist Samiel erscheint, von Kaspar gerufen. Kaspar leiht Max sein Gewehr, damit er sich überzeugen kann, wie man mit einer Freikugel trifft.
Wolkenhoch, über der Schußweite, schwebt ein kaum sichtbarer Vogel. Das Gewehr geht los, und ein riesiger Adler stürzt getroffen herab. Max ist betäubt, er kann nicht begreifen, wie er den Vogel treffen konnte, nur daß es mit diesen Kugeln wirklich eine besondere Bewandtnis haben müsse. Er willigt ein, um Mitternacht mit Kaspar in die gefürchtete Wolfsschlucht hinunterzusteigen, um die Kugeln für seinen Probeschuß zu bekommen. Mit dem erlegten Adler macht er sich auf den Weg zu Agathe, die auf einen Beweis wartet, und den er ihr nun endlich bringen kann, um ihr Hoffnung zu geben für den Prüfungstag.

III

Agathe hat von einem frommen Eremiten weiße Rosen bekommen. Sie werden später den Jungfernkranz ersetzen,

ihr zum Brautkranz werden, der ein weibliches Symbol ist, das zärtlich Umschlingende, und die Rosen und die guten Hände, aus denen sie kommen, werden sie schützen.
Sie ist von Befürchtungen gequält, der Einsiedler hat sie vor einer unbekannten Gefahr gewarnt. Aber die Gefahr scheint vorüber zu sein. Das Bild des Urahnen ist von der Wand gefallen und hat Agathe nur leicht verletzt, in dem Augenblick, als Max sich mit Kaspars Kugel den Raubvogel aus der Luft geholt hat.
Sie meint, Max auf das Haus zukommen zu sehen mit einem schönen Strauß auf dem Hut, dann entdeckt sie, als er sie umarmt, daß es die Federn des Adlers sind. Er legt ihr den riesigen Vogel hin, will ihr damit bedeuten, daß er wieder Glück hat. Aber totes Getier, insbesondre dieser tote Vogel, er ist nur ein wiederkehrendes Symbol des Impotenzkomplexes, für den sich in dieser Geschichte naiv Bild an Bild reiht. Agathe empfindet darum auch den Vogel als unheimlich und ist instinktiv unfähig, sich darüber zu freuen.

IV

In der verteufelten Wolfsschlucht gießt Kaspar, aus seltsamen Ingredienzien, die neuen Freikugeln, mit dem Beistand des mächtigen Samiel. Unter den Zutaten für das böse Rezept müssen drei Kugeln sein, die schon einmal getroffen haben. Die Zahl Drei steht für den Mann, den potenten Mann, und nicht zuletzt ist die Drei auch der Ausdruck für die Einheit Mann-Frau-Kind.
Bei diesem Tun in der Schlucht erscheinen Max zwei Warnbilder, die ihn mehr erschrecken als das höllische Spektakel. Zuerst die tote Mutter und sogleich darauf Agathe; die Mutter und die Geliebte werden an derselben Stelle gesehen, die Tote, die ihm ein Zeichen gibt, die Lebende, die sich in den Tod stürzen will, und Furcht und

Wunsch zugleich, sie zu vernichten, werden von dem Mut des Manns überspielt, von der Gewißheit, daß er nicht mehr zurückkann. Die Schlucht, die Höhle, sind ja auch ein Gleichnis für die Mutter, der Sturm, der Wind und seine enge Beziehung zum Eros ein anderes. Und wenn in der Wolfsschluchtszene auch theatralische Requisiten ins Spiel kommen, so bleibt sie doch ein archaisches Gedicht, das Sinn verrät.

V

Der Tag der Prüfung ist gekommen, mit herrlichem Jagdwetter. Drei Kugeln mußte Max Kaspar für dessen Hilfe überlassen, drei von den vieren hat er unter der Bewunderung der anderen verschossen. Die letzte, also die siebente Kugel, hebt er sich für den Probeschuß auf, da er mit seinen eigenen Kugeln wieder kein Glück hat.
Die Sieben ist zwar eine magische Zahl, mit verschiedenen Bedeutungen in verschiedenen Kulturen, und hat ihre eigene Geschichte. Hier ist sie aber anders zu verstehen. Drei Kugeln gehören jeweils dem Mann, der sich bestätigt, drei waren es also für Kaspar, drei für Max, und die vierte Kugel – die Vier, wenn sie mit der Drei zusammenhängt – deutet auf die Frau. Diese Kugel ist ja auch für Agathe gedacht.

VI

Agathe hat einen merkwürdigen Traum in der Nacht vor diesem Tag. In eine weiße Taube verwandelt hat sie sich gesehen, sie fliegt von Ast zu Ast, Max zielt nach ihr, sie stürzt, ist nun aber plötzlich wieder Agathe, und ein großer schwarzer Raubvogel wälzt sich in seinem Blut.

Gedacht ist dieser Traum als Vorahnung, um uns vorzubereiten auf die Dinge, die geschehen werden. In Wirklichkeit aber drückt er bloß genau Agathens Situation aus und die wünschenswerte für die beiden Liebenden. Der Schuß steht für die Defloration, dann tritt an Stelle der Taube die Geliebte, die Max errungen hat, und der Raubvogel, das Unvermögen, das Versagen stellvertretend, ja auch den Betrug durch einen falschen Beweis, ist nicht mehr.
Indessen spukt der Geist des Urahnen weiter. Sein Bild ist aus dem Rahmen gebrochen zur Wolfsschluchtzeit. Eine neue Warnung.
Und als Agathe die Schachtel öffnet, in der man ihr den Jungfernkranz gebracht hat, liegt ein Totenkranz darin. Trotz des Entsetzens aller Mädchen und ihrer eigenen Bestürzung findet sie die rettende Lösung. Sie läßt sich die Rosen des frommen Mannes um den Kopf flechten. Agathe ist nicht bemerkenswert, weil sie so rührend liebt oder gar so fromm und tugendhaft ist, sondern so eins ist mit ihrem Geschlecht, daß sie instinktiv immer richtig handeln muß. Während der Mann, der sie nicht weniger liebt, ein so gestörtes zu dem seinen hat, ja auch zu dem ihren, daß aus den Spannungen zwischen Versagen und Ehrgeiz, Schwäche vor der Frau und dem Mut, sich dem Teufel zu verschreiben, jede Instinktlosigkeit und jedes Verbrechen hervorgehen können.

VII

Der Landesfürst Ottokar von Böhmen fordert Max zum Probeschuß auf. Er zeigt ihm eine weiße Taube und befiehlt ihm, auf sie zu zielen.
In dem Augenblick tritt Agathe unter die Zuschauer und ruft: Schieß nicht. Ich bin die Taube.
Aber der verhängnisvolle Schuß ist getan. Agathe und

Kaspar sinken zu Boden, doch hinter Agathe ist der Eremit erschienen, in dessen Schutz sie steht. Sie lebt, und Kaspar stirbt, der Jäger Samiel holt sich ihn als Tribut.
Nun könnte die Maschinerie ablaufen: Geisterhände, Strafe, Rache, auch himmlisches Eingreifen. Doch kommt es zu einem anderen Ende. Der Fürst, vor dem Max seine Untat eingesteht, will ihn sofort des Landes verweisen oder in den Kerker werfen. Dann aber beugt sich der strenge Richter vor dem einfachen Einsiedler und überläßt ihm das Urteil. Milde und liebendes Verzeihen triumphieren. Wichtiger jedoch ist, daß der heilige und weise Mann bestimmt, der Probeschuß solle nie mehr stattfinden.
Damit ist das Gefährliche, das die Fabel enthält, aufgeklärt an seinem Ursprung. Nicht ein armer Jägerbursche ist zum Spielball außermenschlicher Mächte geworden, sondern in der Tiefenschicht der Hauptpersonen hat sich in Wahrheit abgespielt, was uns diese kindliche Volksdichtung in märchenhaften Verkleidungen und Symbolen preisgibt.

ÜBERSETZUNGEN

Thomas Wolfe: Das Herrschaftshaus

Drama
Für den Rundfunk bearbeitet

Personen

General Ramsay
Mrs. Ramsay
Eugene
Ralph
Major Patton
Margaret
Kadett
Porter
1. Zimmermann
2. Zimmermann
Tod
Bynum

Zeit

Erster Akt	*1861*
Zweiter Akt	*1865*
Dritter Akt	*einige Jahre später*

Erster Akt

Alte Lieder erst laut, dann schwächer, hier hinein:

SPRECHER Beschworen wird ein Haus, das wie eine Burg stand und dennoch verfiel, eine Welt, die sich von Gott beschützt glaubte und dennoch unterging, eine Zeit, die für immer vergangen ist, und all die vergeßnen Gesichter.
Beschworen wird das für immer Dahingegangene, verlorener Traum, verlorene Wirklichkeit zwischen Krieg und Frieden und der Waffenstillstand zwischen Toten und Lebendigen, gestern, heute und für alle Zeit.

MÄNNERSTIMME Diese Krämer aus den Nordstaaten, diese Yankees!

Musik aus.

MAJOR In sechs Wochen haben wir das ganze Pack nach Washington zurückgetrieben!

VIELE STIMMEN Musik! Musik!

MAJOR Ja, ich sage: in sechs Wochen, Leutnant, nicht mehr!

MÄNNERSTIMME Blast nur einmal über die Hand *entsprechendes Geräusch* und sie werden laufen wie die Hasen!

Alle lachen.

VIELE STIMMEN Ja, ja, wenn wir nur einmal über die Hand blasen!

STIMME EUGENES *höhnisch, durchquert den Raum* Blast nur einmal über die Hand, meine Herren, blast nur über die Hand!

Tür zu.

MEHRERE GÄSTE Wer war das? Eugene? Und betrunken wie ein Lord!

Gelächter.

VIELE STIMMEN *weg vom Mikro* Ja, ja, es war Eugene!
EINE STIMME *von fern rufend* General!
GENERAL *tief, ruhig, melodisch* Ja?
STIMME Wir sind bereit.
GENERAL Also um Mitternacht.
STIMME Die Pferde sind gesattelt.
GENERAL Musik!
Ein Walzer wird gespielt.
Es ist nur eine Nacht über der ganzen Welt und die ist heute die Eure. Tanzt, Kinder, tanzt!

Musik schwillt an, bis sie das ganze Haus zu erfüllen scheint.

MAJOR PATTON *tritt ein* Haben Sie gehört, General, haben Sie gehört! Einhundertsiebzehn traten vor, alle unter neunzehn Jahren. Es war erhebend. Das ganze Kadettenkorps!
GENERAL Sie sagten es mir heute früh.
MAJOR *ungläubig* Kaum möglich. Und welch ein Geist. So einen Geist kann man nicht erwerben. Mit solchen Soldaten werden wir die Yankees nach Washington zurücktreiben ... in einem Monat, nein, was sag ich, in zwei Wochen.
GENERAL Das ist eine sehr draufgängerische und ziemlich dumme Redensart, Major!
MAJOR Hören Sie, Sie denken doch nicht, daß dieses Geplänkel länger dauern wird!

GENERAL Dieses Geplänkel wird viel länger dauern. Es wird zu einem sehr ernsten Krieg kommen.

MAJOR Unsinn, General. Das wird ein militärischer Spaziergang, eine angenehme Übung für unsere Pferde – nennen Sie's, wie Sie wollen, aber nicht »Krieg«, General.

GENERAL Ich behaupte, es wird ein sehr verzweifelter und entscheidender Krieg werden.

MAJOR Dann sagen wir, in Gottes Namen, es wird zwei Monate dauern – oder bis zum Herbst.

GENERAL Bis zum Herbst? Nein. Es wird den ganzen Winter über und noch länger dauern!

MAJOR *in sehr ernstem Ton* Was ich Ihnen jetzt sage, ist mein Glaubensbekenntnis, General: Ich glaube an Gerechtigkeit, Wahrheit und Ehre – in unserem Fall. Und ich schenke Gentlemen mein Vertrauen.

GENERAL Ich auch Gebeten, Major.

MAJOR Wir müssen kämpfen!

GENERAL Daran ist freilich nichts mehr zu ändern.

MAJOR Jetzt noch ein Wort über Eugene . . .

GENERAL *brüsk* Ja?

MAJOR Es bekümmert mich sehr . . . Ich habe ihn doch als Knaben gekannt und als einen meiner Kadetten. Ich möchte mit Ihnen über ihn sprechen.

Die Musik, die nach dem Walzer verstummt war, setzt wieder ein.

GENERAL *will nicht drauf eingehen* Wollen wir nicht lieber zu den Tanzenden hineingehen?

Ballsaalatmosphäre gedämpfter, Musik halbes Volumen. Von draußen Gelächter und rührselige Gesänge, Kampflieder, betrunkenes Gröhlen.

EINE STIMME Herr Hauptmann! Herr Hauptmann, wir müssen Ihnen etwas sagen!

Türe auf, Eugene mit schnellen Schritten herein.

EUGENE Hallo, Burschen!

STIMMEN Unser Hauptmann ist betrunken!

EUGENE *lachend* Na, wenn schon! Das soll euch nicht kümmern. Was habt ihr gegen meine Manieren, he? *Plötzlich mit einem wilden Schrei.* Na, was habt ihr gegen meine Manieren!?

Schritte.

TOD Junger Herr ...

EUGENE Tod, was gibt es?

TOD *würdig* Die gnädige Frau wünscht Sie zu sehen, junger Herr!

EUGENE Sags, ohne dich zu verbeugen!

TOD Ja, junger Herr. Die gnädige Frau wünscht Sie zu sehen.

EUGENE *ironisch* Verzeihung, ich vergaß, daß ich mit Eurer Majestät spreche. Deine Vorfahren in Afrika waren Könige, nicht wahr? Und so hast du Manieren gelernt ...

TOD Ja, Herr.

EUGENE Alter Mann, du bist degeneriert. Du bist ein Gentleman geworden. Könige haben keine Manieren.

TOD Ja, Herr ... Die gnädige Frau wünscht ...

EUGENE Gut, ich komme.

Tod mit Schritten ab, Eugene bis zur Tür mit; dort stößt er mit dem Kadetten zusammen.

KADETT Verzeihen Sie, Herr Hauptmann ...

EUGENE Wie heißen Sie, Kadett?

KADETT Cameron, Herr Hauptmann, Dinwiddie Cameron.

Musik wieder leiser.

EUGENE Aus Virginia? Alles Gute kommt aus Virginia. Die meisten Gentlemen kommen aus Virginia. Sie ziehen in den Krieg, nicht wahr, Kadett?

KADETT Jawohl, Herr Hauptmann.

EUGENE Freuen Sie sich schon?

KADETT Jawohl.

EUGENE *zynisch, nachäffend* Jawohl . . . Es wird ein Heidenspaß werden, was?

KADETT *irritiert* Jawohl, Herr Hauptmann.

EUGENE Ja, ein Riesenspaß wird das werden, Kadett. Mit einer hübschen Uniform werden Sie ins Feld ziehen, mit glänzenden Tressen und Epauletten drauf. Damit man Sie besser sehen und treffen kann. *Mit einem schrecklichen Unterton.* Ein Riesenspaß, Kadett. Sie sind noch sehr jung?

KADETT *hitzig* Ich bin so alt wie die anderen und größer als die meisten von ihnen.

EUGENE Es freut Sie also, ins Feld zu gehen?

KADETT *wütend* Ich habe genau soviel Recht wie die anderen, hinauszugehen.

EUGENE Ja, ich weiß. Das Angebot von jungen Verrückten ist unerschöpflich. Sie wenden sich ab, Cameron. Gehen Sie nicht, ich wollte Sie nicht verletzen. Schließlich haben Sie das einzige getan, was Sie in Ihrem Fall tun konnten.

KADETT Ja, Herr Hauptmann. Alle haben sich freiwillig gemeldet.

EUGENE Sie auch?

KADETT Ja, Herr Hauptmann.

EUGENE Welche Waffe wäre Ihnen denn am liebsten?

KADETT Die Kavallerie, Herr Hauptmann.

EUGENE Oh, die Kavallerie. Sie haben wohl Pferde gern?

KADETT Ja, und auch die Uniform der Kavalleristen.

EUGENE Natürlich, die Uniform. Die Sporen auch?

KADETT Ja, Herr Hauptmann. Und auch den Hut.

EUGENE Den Hut? Warum den Hut, Kadett?

KADETT Wegen der Feder.

EUGENE *mit einem Spott, der dem Kadetten entgeht* Der Feder wegen ... sieh an, der Feder wegen! Eine Feder, wie sie die unbesiegbaren Ritter früherer Zeiten getragen haben?

KADETT *unschuldig* Ja, Herr Hauptmann. Aber sie ist nicht vorne aufgesteckt, wie die es trugen, sondern auf der Seite.

EUGENE Die neueste Mode also!

KADETT Ja, Herr Hauptmann.

EUGENE *gewinnend* Haben Sie ein Mädchen, Kadett?

KADETT *verlegen* Ja.

EUGENE Gefällt ihr die Uniform auch?

KADETT *lachend* Ja, Herr Hauptmann.

EUGENE *mit einem inneren Ruck* Ich möchte eine sehr persönliche Frage an Sie richten, Kadett.

KADETT Bitte, Herr Hauptmann.

EUGENE Im Krieg werden die Leute manchmal verwundet. Manchmal werden sie auch ...

KADETT *hastig* Ich weiß ...

EUGENE Haben Sie sich darüber schon Gedanken gemacht. Gut. Wenn Sie also verwundet werden sollten, wo – ich meine, an welcher Stelle – wünschen Sie sich [die] Wunde?

KADETT *zögernd* Warum fragen Sie, Herr Hauptmann? Nun, ich glaube am Arm oder am Bein.

EUGENE Ein sauberes Loch – aber doch wohl nicht in den Knochen.

KADETT *schaudernd* Nein, Herr Hauptmann.

EUGENE Und wenn sie tödlich sein sollte?

KADETT *sehr langsam* Warum, Herr Hauptmann? Dann vielleicht hier – an der Stirn oder hier – an der Brust.

EUGENE Großartig. *Mit Ironie.* Dem Feind ins Auge sehend.

KADETT *mit Enthusiasmus* Allen Kadetten voran ...

EUGENE Und ... wenn es anders kommen sollte, Kadett?

KADETT Sie glauben, Herr Hauptmann ...

EUGENE Selbstverständlich nicht, mein Sohn. *Mit einem Schrei.* Ein Gentleman wie Sie stirbt in Schönheit. Gott ist ein großer Ästhet ... er wird Ihr hübsches Gesicht retten. Nur die Bauern bekommen es in die Gedärme.

Der Kadett beginnt zu schluchzen.

EUGENE *mit Zärtlichkeit in der Stimme* Gehen Sie zurück zum Tanz, Kadett. Es wird ein grauer, häßlicher Morgen kommen. Heut abend aber sind Sie jung – und unsterblich!

KADETT Ja, Herr Hauptmann?

Er geht mit einem erstickten Schluchzen. Tür, Musik lauter, dann wieder halbes Volumen.

MRS. RAMSAY *mit Schritten hinzu* O mein Sohn, du bist nicht gekommen, aber ich habe dich gefunden!

EUGENE Und du hast lange gesucht, Mutter – in allen Laden und in allen Truhen?

MRS. RAMSAY Gene, Gene! Wie kannst du heute Nacht mit mir deinen Scherz treiben! ... da ich soviel gebe!

EUGENE Verzeihung, Mutter, du sagst, daß du heute Nacht soviel gibst. Was gibst du! Und wem gibst du viel?

MRS. RAMSAY Gene!

EUGENE Ich verstehe nicht ganz, was gibst du wirklich?

MRS. RAMSAY Einen Gatten und zwei Söhne!

EUGENE Mutter, soll ich verstehen, daß i c h einer der Söhne bin, die du gibst?

MRS. RAMSAY Gene, was sagst du da! Ich habe nur zwei Söhne, dich und Ralph.

EUGENE Dann empfindest du also, daß du m i c h g i b s t, Mutter?

MRS. RAMSAY Ja. *Stolz.* Aber ich gebe dich fröhlich, Gene. Ich danke Gott, daß es in meiner Kraft liegt, unserer Sache ein solches Opfer zu bringen.

EUGENE Verzeihung, Mutter, aber bist du nicht ein wenig zu generös mit deinen Opfern?

MRS. RAMSAY *verwundet, mit einem Schrei* Gene!

EUGENE Ja, Mutter, denn ist es nicht schließlich m e i n Leben, über das du da verfügst?

MRS. RAMSAY Gene, ich würde mein eigenes fröhlich hingeben – aber wir Frauen können nur warten.

EUGENE Das ist verhältnismäßig sicherer. Um es freiweg zu sagen, ich, ich habe eine Art von persönlichem Interesse an meiner Haut.

MRS. RAMSAY Gene, du, ein Ramsay, wagst es, in einer Zeit wie dieser, an deine persönliche Sicherheit zu denken?

EUGENE In einer Zeit wie dieser? Verzeihung, Mutter, ist es nicht gerade in dieser Zeit sehr wichtig, an seine eigene Sicherheit zu denken? Was für ein Esel wär' ich, wenn ich's jetzt nicht täte!

MRS. RAMSAY Gene, Gene – dann bist du nicht länger mein Sohn!

EUGENE Oh, vor langer Zeit schon, liebe Mutter, wanderte ich aus Arkadien aus. Und nie mehr werde ich den Weg zurückfinden.

MRS. RAMSAY Wovon sprichst du? Ich verstehe dich nicht.

EUGENE Du kennst mich eben nicht, Mutter. Ich bin an deinem Krieg nicht interessiert.

MRS. RAMSAY An m e i n e m Krieg! Gene, es ist u n s e r Krieg, es ist deiner ebenso wie der unsre.

EUGENE Nein, Mutter, Liebste! Wisch den Sternenstaub von deinen Augen. Mich interessiert dein Krieg nicht. Ich werde nie, nie lernen, mich erschießen zu lassen und dankbar dafür zu sein. Ich höre Musik, Mutter.

MRS. RAMSAY Um Gottes willen, Gene!

EUGENE *hartnäckig* Hörst du die Musik nicht, Mutter?

MRS. RAMSAY *leise, sehr verzweifelt* Bist du verrückt? Die Musik ist hier doch sehr gut zu hören! Warum sollte ich sie nicht hören?

EUGENE Mutter, du irrst. Es gibt eine andere, die ist sehr leise und kommt von sehr fern.

Tür auf, Schritte, Ralph und Margaret treten ein.

So fern, als käme sie aus einem Wald . . .

MRS. RAMSAY Eugene, warum wendest du dich ab? Margaret ist gekommen und dein Bruder. – Ralph, er ist dein Bruder! Du mußt mit ihm reden, um unseretwillen.

RALPH Ja, Mutter.

MRS. RAMSAY Um der Familie – um – um – um unserer aller willen.

EUGENE Ach, Mutter, alles ist nicht verloren. Immer noch ist Ralph da. Der letzte Mohikaner.

RALPH *mit freundlichem Ernst* Laß uns, bitte, jetzt allein, Mutter.

MRS. RAMSAY *im Abgehen, sich vom Mikro entfernend* Tu's für mich!

EUGENE Nun, Sir Galahad, es kann losgehen. Jetzt sind wir Männer unter uns!

RALPH Du vergißt, daß eine Dame hier anwesend ist!

EUGENE Verzeihung. – Ja, sie hat das Aussehen einer Dame, und sie hat mich tatsächlich noch nicht unter ihren Rock schauen lassen. Doch du verstehst: man kann nie ganz sicher sein ...

RALPH Dreckiger Lümmel!

EUGENE *sehr ironisch* Oh, Ralph! Vor einer Dame! Aber beruhige dich. Ich entsinne mich ihrer, als sie noch keine Dame war.

RALPH Eugene, sieh dich vor!

EUGENE Sie trug ihr Haar in Zöpfen. Ich zog oft daran.

MARGARET *sanft* Ich erinnere mich, Gene.

EUGENE Nun, Ralph, was hast du mir zu sagen?

RALPH Wie kannst du deiner Mutter ...

EUGENE Unserer Mutter. Man sollte gerade in den Details sehr genau sein.

RALPH Glaubst du nicht, daß du deiner Mutter heute mehr Entgegenkommen hättest zeigen können?

EUGENE Bist du der Anwalt meiner Mutter?

RALPH Du benimmst dich wie ein Clown. Du versuchst absichtlich, dich lächerlich zu machen.

EUGENE Und das billigst du nicht? Warum, Ralph? Wenn man uns miteinander vergleicht, kommst du besser weg. Du solltest mir dankbar sein, daß ich dich so in Vorteil setze. Strahlend erscheinst du, als der wahre Mann von Kultur, der gehorsame Sohn, der pflichtbewußte ...

RALPH *unterbricht ihn aufgebracht* Wie kommst du überdies zu dieser Uniform, zu diesem Hut? Hast du sie bei einem Trödler oder auf dem Jahrmarkt erstanden?

MARGARET Ralph, er ist dein Bruder!

EUGENE Auf jeden Fall: dieser Hut wird taugen.

RALPH Hoffen wir, daß auch dein Schwert taugt!

MARGARET Ralph!

EUGENE Verzeih, willst du in diesem Krieg ein so modernes Ding, wie's ein Schwert ist, gebrauchen ... wie wär's mit Pfeil und Bogen, oder mit einer Lanze, oder einem Schlachtbeil, oder was immer sich im Mittelalter großer Beliebtheit erfreute!?

MARGARET Ralph! Eugene! Ihr seid Brüder!

RALPH Ich vergaß es.

EUGENE Nein, Ralph, es heißt nicht: »Ich vergaß es«, sondern: »Verzeihung, ich vergaß es«. Man soll nie die gute Form außer acht lassen.

RALPH *frei, mit schöner Geste* Nimm meine Hand. Margaret hat recht. Ich für meine Person will Vergangenes vergangen sein lassen.

MARGARET Gene, du mußt seine Hand nehmen. Vielleicht werdet ihr bald getrennt werden. *Ihre Stimme sinkt zu einem Flüstern.* Ihr werdet einander vielleicht lange Zeit nicht sehen.

EUGENE *enthusiastisch* Daran dachte ich nicht! Dann hat dieser Krieg doch Vorteile! Mein lieber Ralph, gib mir deine Hand!

Musik einblenden.

RALPH Die Musik beginnt wieder, Margaret. Dieser Tanz gehört mir.

MARGARET Ja, Ralph.

EUGENE Und für mich ist keiner mehr frei, meine schöne Dame?

MARGARET *zornig* Sie haben mich um keinen gebeten.

EUGENE *sanft* Doch, schöne Dame, aber Sie hörten es nicht. Sie sind so weit weg von mir ...

RALPH Komm, Margaret! *Mit Schritten ab.*

MARGARET *ihm nachrufend* Gleich, Ralph. Meine Spange hat sich gelöst.

Tür zu.

EUGENE Sie sind so weit von mir, so weit über mir, schöne Dame! Sehen Sie: Dort hoch oben!

MARGARET Gene, Gene!

EUGENE Sehen Sie, dort oben, wo die Wolken den Mond berühren!

MARGARET *verzweifelt* Gene!

EUGENE Geh, geh jetzt! Du hast ihm diesen Tanz versprochen.

MARGARET *mit erloschener Stimme* Wenn du mich fortschickst, Gene, muß ich gehen.

Tür zu – Stille.

PORTER Guten Abend, Tod. Ist Herr Ramsay hier?

TOD Sie meinen General Ramsay. Er ist da, aber Sie können ihn nicht sprechen.

PORTER Sag ihm, es ist nur für eine Minute!

TOD Ich habe Ihnen schon gesagt, Sie können ihn nicht sehen.

PORTER Und ich sage dir, laß mich hinein, verstehst du, du verdammter dreckiger Neger.

TOD *schwer* Nein.

PORTER Schwarzer Bastard, dreckiger, verdammter Neger, laß mich 'rein!

TOD Geben Sie das Messer weg!

PORTER Laß mich los, laß mich los.

GENERAL *mit schnellen Schritten hinzu, scharf* Tod!

PORTER Ich hab's ihm schon gesagt, daß ich mir von ihm nicht an die Gurgel springen lasse.

GENERAL Laß Herrn Porter los, Tod!

PORTER *erleichtert* Herr Ramsay . . .

TOD *schnell* G e n e r a l Ramsay.

PORTER Du verdammter Neger.

TOD Weiße Kröte!

GENERAL Tod! Laß uns allein . . . Geh jetzt!

Tod ab.

PORTER Ich habe nach Ihnen gefragt, und er hat mich nicht herein lassen wollen.

GENERAL Ich werde ihn bestrafen, wenn er unverschämt gewesen ist. Aber er hat ohne Zweifel geglaubt, seine Pflicht zu tun, als er Sie hinauswerfen wollte. Wie Sie wissen, ist das heute meine letzte Nacht zu Hause.

PORTER Ich weiß, Herr Ramsay. Deswegen komme ich.

GENERAL *knapp* Wir haben alle Hände voll zu tun, Herr Porter.

PORTER Nur eine Minute, nur eine Minute, es handelt sich ...

GENERAL *noch schärfer* Ja?

PORTER Ich habe einen Sohn ...

GENERAL Er ist in meinem Regiment, wenn ich nicht irre. Nun?

PORTER Ich weiß nicht, wie ich ohne ihn arbeiten soll, Herr Ramsay, ich und die alte Frau, wir können's nicht allein schaffen. Die Überschwemmungen heuer – das Getreide wird später reif als sonst ... ich brauche meinen Sohn, Herr Ramsay ...

GENERAL Der Süden, sein Land, unser aller Land – braucht Ihren Sohn jetzt, Porter!

PORTER Ja, aber jemand muß doch auf den Feldern sein. Auch Soldaten müssen essen, und mein Sohn, Herr Ramsay, ist nicht zum Soldaten gemacht ...

GENERAL Hat er Ihnen das gesagt?

PORTER Er? Was weiß er denn schon! Was weiß man denn schon mit zwanzig Jahren!

GENERAL Ich kann nichts für Sie tun, Porter. Mit einem ehrlosen Ansinnen kommen Sie zu mir, in einer Stunde, wo Sie sich sagen müßten, daß unsere Sache den bedingungslosen Einsatz jedes einzelnen verlangt.

PORTER *mit zunehmender Leidenschaft* Es ist nicht mein Krieg, Herr Ramsay. Und es ist auch nicht der meines Sohnes. Warum soll er nach Virginia. Was hat er in Virginia verloren? Laßt die Yankees herkommen, wenn sie wollen. Dann werd' ich meine Büchse schultern.

GENERAL Die Schlachten Ihres Landes sind auch die Ihren – ganz gleich – wo immer sie geschlagen werden, hier oder in Virginia.

PORTER Bei Gott, nein! Es ist nicht mein Krieg – und wenn Sie's mir auch hundertmal weismachen wollen! Ich kämpfe nicht für Ihre Neger, Herr Ramsay, für Ihre verdammten dreckigen Neger.

GENERAL Jetzt ist's genug. Ich kann nichts für Sie tun!

PORTER Ja, aber meinen Sohn können Sie mir nehmen! Es ist nicht mein Krieg, Herr Ramsay! Ich hab' keine Neger, ich wohne auch nicht in einem solchen Haus wie Sie! Bei Gott nicht!

GENERAL *scharf* Tod!

Tod mit Schritten schnell hinzu.

Führ Herrn Porter hinaus!

PORTER Jesus Christus, Jesus Christus!

GENERAL *kalt, angewidert* Da ich sehe, daß Sie bar jeder Ehre sind, werde ich Sie für das Opfer entschädigen, das andere ohne Entgelt zu bringen bereit sind.

PORTER Ich verstehe Sie nicht . . .

GENERAL *unbewegt* Das Land, das Sie bebauen, ist mein Land. Das Haus, das Sie bewohnen, gehört zu meinen Besitzungen. Das Brot, das Sie essen, und die Luft, die Sie atmen, sind so gut wie mein. Ihnen, Ihren Nachkommen und deren Erben, gebe ich, ohne Vorbehalt, heute und für alle Zeit, zur Gänze, dieses Land, dieses Brot, dieses Haus und diese Luft. Sie gehören Ihnen!

PORTER *glaubt nicht zu verstehen, rauh flüsternd* Es soll mir gehören? Sagten Sie, daß es mir gehören soll?

GENERAL Als Entgelt.

PORTER *noch immer flüsternd, erregt* Werden Sie das schriftlich machen – damit's rechtskräftig ist?

GENERAL *kalt* Es wird schriftlich niedergelegt werden.

PORTER Ich möchte ... Ihnen die Hand schütteln ... für das, was Sie für mich tun ...

GENERAL Das ist überflüssig. Dort ist die Tür! Gute Nacht.

Porter mit Schritten ab. Kleine Pause. Tür auf, Eugene torkelt herein.

EUGENE *betrunken* Im Anfang, General, im Anfang waren die Manieren!

GENERAL Das ist keine Zeit für diese Art Humor, Gene. Heute abend wurdest du beobachtet, wie du dich mit vier der gewöhnlichsten Männer des Regiments betrankst. Du bist nicht einmal fähig, dir bei deinen eigenen Soldaten Respekt zu verschaffen. Du bist die Zielscheibe ihrer Witze.

EUGENE General, Sie selbst haben mich einen Clown genannt. Was für ein schlechter Clown wär' ich, wenn ich die Menschen nicht zum Lachen brächte!

GENERAL Eugene, ich werde alt, aber der Stolz auf unser Haus, auf unsern Namen, ist noch jung in mir. Wo ist dein Stolz, dein Sinn für Ehre, Eugene?

EUGENE Was ist Ehre? – Ein Wort!

GENERAL Ein schönes Wort.

EUGENE Einer, der noch Ehre hatte, ist vergangenen Mittwoch gestorben. Herr, ich bin Falstaff ohne Wanst.

GENERAL Hab' ich dich schon verloren?

EUGENE Ich bin des goldenen Zierats müd geworden, der Tressen und der Epauletten. Nichts ist mir fremder als diese Uniform.

GENERAL Und nie hast du gelernt, sie zu lieben?

EUGENE Vielleicht lernte ich's und vergaß es wieder. Aber eine Straße führt zurück, wenn du ihr folgen willst. Die ist wirklich.

GENERAL Der goldene Zierat ist wirklich. Die Menschen

sind schon für weniger als das gestorben. Die Menschen werden für nicht mehr als das sterben – bald wieder.

EUGENE Und darum muß auch ich als Clown sterben? Mit einer Feder auf dem Hut?

GENERAL Nein. Du hast den Tod eines Gentleman zu sterben.

EUGENE *verzweifelt* Das habe ich erwartet! Ist denn das alles: – mit Haltung großartige Dinge tun?

GENERAL Eugene, wenn ich sterbe, hoffe ich, es mit einer ungeheuren Gebärde zu tun.

EUGENE *bricht in ein schreckliches Lachen aus, versucht manchmal, sich die Hand vor den Mund zu halten* O Gott, o Gott, o Gott! Das Lachen tut gut. *Wendet sich dann vom Mikro ab.*

GENERAL Wohin gehst du, Gene?

EUGENE Irgendwohin – ins Dunkel!

GENERAL Bleib, denn du mußt mir heute nacht noch etwas sagen!

EUGENE Nicht heute nacht und nicht morgen. Nie!

GENERAL Du kennst mich nicht, Gene.

EUGENE Ich bewundere Ihren Mut. Ich respektiere Ihren Charakter. Ich achte Sie.

GENERAL Und doch kennst du mich nicht.

EUGENE Ich habe meinen Weg verloren – ich kann Sie nicht finden, Vater.

GENERAL Du bemitleidest den alten Mann, der dein Vater ist und den du blind wähnst.

EUGENE Nie habe ich das gesagt, General!

GENERAL Woher kommt der Wind, Eugene?

Kurze Pause; Stille.

EUGENE *leise* Ich kann es Ihnen nicht sagen, General. Eines aber weiß ich: ein Schiff segelt nach einem fernen, fremden Hafen.

GENERAL *mit unendlicher Zartheit* Und du glaubst an den Hafen am Ende der Reise?

EUGENE Von ganzer Seele! Von ganzer Seele!

GENERAL Armer Junge! Dein Hafen ist rings um dich, hier und jetzt.

EUGENE Sie sind im Irrtum. Mein Hafen? Nein. Und hier? Nein!

GENERAL Du Tor! Ich gebe dir ein Königreich – und du schlägst es aus, um nach dem Mond zu greifen.

EUGENE Ein Königreich?

GENERAL Dieses Haus, diese Hügel, diese fruchtbaren Felder ...

EUGENE Und jenseits der Tore – der Pöbel.

GENERAL Das ist mein Haus – das ist mein Königreich. Das allein zählt. Wen kümmert's, was jenseits der Tore ist.

EUGENE Jenseits der Tore ist – vielleicht – Gott!

GENERAL *leise* Niemals, niemals, Eugene.

EUGENE *wieder wie zuvor, mit kaum hörbarer Stimme* Doch, General! Dort draußen ist er mit allen seinen Seelen.

Weiter, nach einer kurzen Pause.

Ich halte keine Predigt, General. Ich denke in geographischen Kategorien, ich versuche festzustellen, wo er wohnt, auf welchen Besitzungen er sich aufhält.

GENERAL Nein, Gott ist nicht bei diesem lärmenden Pöbel draußen. Gott ist ein großer Gentleman.

EUGENE *bitter* Von Ihrer Art, General!

GENERAL Ich weiß, daß er mit mir ist, gegen alle meine Feinde!

EUGENE O Gott, ewiger Parteigänger! Dient er Ihrer – Verzeihung – unserer Sache, dann lassen Sie's ihn tun. Aber warum muß ich ihr dienen?

GENERAL Das vermag ich dir nicht zu sagen, Gene.

EUGENE Dann – General – im Namen Gottes –

geben Sie mir Ihre eigenen Gründe an. Woran glauben Sie?

Pause.

GENERAL *erst leise, dann sehr intensiv* Ich glaube an Gott, an die Hölle und den Himmel, an mein Haus und an eine große Ordnung der Dinge, in der es ruht. Ich glaube an Helden und Heldentum, an Herren und Knechte, an die Ungleichheit aller Menschen und Dinge. Ich glaube an die Würde der Männer und an die Schönheit und Tugend der Frauen. Und ich glaube an die Bewahrung dieser Ordnung der Dinge und an eine Gesellschaft, deren Aufgabe es ist, die Unantastbarkeit dieser Ordnung zu schützen. Amen.

EUGENE Das ist Ihr Evangelium! Errichtet auf der Versklavung von Menschen!

GENERAL *rasch* Eugene!

EUGENE Von Menschen, die ungeachtet der Gnade und Macht Ihres Gottes, General, ihre Felder für uns bebauen!

GENERAL Das ist eine wahnwitzige Behauptung!

EUGENE So müssen wir für das Recht kämpfen, andere Menschen versklaven zu dürfen!

GENERAL Glaubst du denn, daß ein einziger, sinnloser, blutiger Krieg der Sklaverei ein Ende setzen wird?

EUGENE Wenn wir verlieren . . .

GENERAL Sklaverei ist ewig! Statt Feldern und Häusern werden Maschinen zu unseren Sklaven werden. Und so wird's fortgehen zu einer immer niedrigeren Sorte von Sklaverei – schließlich zur Versklavung des Pöbels durch sich selbst –, zur Rebellion, zur Rebellion, zur Rebellion.

EUGENE Ja, General, zur Rebellion!

GENERAL Ich kann drin keine Besserung sehen.

EUGENE Oh, Rebellion ist herrlich. Immer! Ich spreche für andere, General.

GENERAL Du bist ein wirklicher Rebell.

EUGENE Ich? O nein, ich nicht, aber Sie – General! S i e sind ein Rebell! Gestehen Sie!

GENERAL *überrascht* Ich? Nein, Gene, ich bin ein Verteidiger der bestehenden Ordnung. Sieh, Eugene, zum Sklaven wird niemand gemacht, sondern geboren. Gewinn einen Krieg, gib eine Proklamation heraus, mach ein Gesetz. Kannst du damit Geist in das Hirn eines Wilden, Kraft in den Arm eines Schwächlings, Güte in die Brust eines Herzlosen senken? Kannst du irgend etwas ändern?

Trompeten von fern. Kurze Pause.

EUGENE General, Sie irren sich in mir. Ich glaube nicht, daß irgend etwas zu ändern ist. Ich wünsche keine Reformen, keinen Fortschritt. Ich wüßte nichts – nichts, was zu retten sich lohnte! Ich glaube nur an den Untergang.

GENERAL Das setzt ein ungeheures Vertrauen in den Tod voraus. Ich habe dich falsch eingeschätzt, Eugene. Was, also, willst du, wenn nicht Rebellion?

EUGENE Mich verlangt nach dem Ende aller Dinge, Herr! Ich bin müde vor Einsamkeit.

GENERAL Einsamkeit?

EUGENE Ja, Einsamkeit, mein Geist. Denn ich lebe in einer Welt, in der alle Geister Menschen sind und alle Menschen Geister. *Bei den folgenden Worten entfernt er sich vom Mikro. Mit einem Schrei.* Sie wissen eins noch nicht, General! Ich bin ein alter Mann und muß den Weg zurück zu meinen Schatten finden. *Mit Schritten weg, Schall.*

GENERAL Gene, du kannst nicht durch das Fenster ins

Freie. Du bist zu groß. Wohin willst du?

EUGENE Wohin alle Männer müssen, die über sechs Fuß groß sind. Ich werde einmal in mein Haus zurückkommen und die Türen ein wenig größer finden und die Fenster ein wenig höher. Vater, Sie leben in diesem Haus so lange, daß Sie sich erinnern können, wie diese großen Sessel noch kleine Stühle waren. Ich aber erinnere mich noch, wie alle diese Stühle für mich große Sessel waren. Wenn dies so ist, sind wir einig. Ich grüße Sie. Die Enden der Erde laufen zusammen.

GENERAL Nein, die Enden der Erde treffen nie aufeinander, und du mußt mich von ferne grüßen.

EUGENE Ihre Tore sind gegen die Welt befestigt. Die Welt rennt gegen sie an.

GENERAL Ich muß mein Reich schützen.

EUGENE Ihr Reich wird in Schwaden von Rauch aufgehen!

GENERAL Ich muß es schützen, solang ich kann.

EUGENE Auch Sie sind ein alter Mann!

GENERAL Die Zeit ist kurz – und wir müssen gehen – ich meinen Weg – du den deinen. Du sollst keine anderen Götter über deinem eigenen haben. Geh, wohin dich der Wind trägt. Folg deinen Schicksalsgöttinnen bis zum Äußersten. Ich bin ein alter Mann und werde dich nicht daran hindern. Aber ich befehle dir, heute nacht noch auf dein Zimmer zu gehen, diese Uniform abzulegen und dieses Haus zu verlassen. Es schützt dich nicht länger.

EUGENE *laut, mit völlig veränderter Stimme, gesammelt* Ich habe mich entschieden!

GENERAL Dann geh deinen Weg. Gott sei mit dir!

EUGENE Die Enden der Erde laufen zusammen. Zwei Wege sind einer geworden. Ich gehe mit Ihnen. Mir ist, als begriffe ich Sie zum ersten Mal. Nicht die Sache, aber der Mann hat mich überzeugt, und ich werde diesem Mann dienen, solange er lebt. Für meine Ungläubigkeit führ' ich die Klinge an Ihrer Seite, General, auch wenn's mich die Straßen zur Hölle hinuntertreiben sollte!

GENERAL Die Zeit ist um. Komm, Eugene!

EUGENE Gestern hörte ich eine schöne Geschichte. Von einem Fisch.

GENERAL *abwesend* Ja?

EUGENE In einer Bucht, vierhundert Meilen von der Küste, fing ein Mann einen Barsch.

GENERAL Diese Geschichte ist absurd.

EUGENE Wieso? Vielleicht fließen die Flüsse schon aufwärts, von der Mündung zur Quelle.

GENERAL »Auch wenn's mich die Straßen zur Hölle hinuntertreiben sollte.« Die Worte sind gut – möge ihnen die Tat folgen!

Musik.

VIELE STIMMEN General, wo bleiben Sie? Wir warten auf den Toast! Ja, den Toast, General!

Ralph und Mrs. Ramsay mit Schritten hinzu.

RALPH Vater, die Gäste warten!

Stimmengewirr, Musik noch einmal kurz und laut. Gelächter nah und fern.

STIMMEN Den Toast, General!

GENERAL Meine Damen und Herren, meine lieben Freunde, Kameraden!
Lachen und Zustimmung.
Ich könnte auf so vieles trinken, auf Jugend und Schönheit – von denen heute soviel um mich ist –
Applaus und Lachen

– auf die strahlende Jugend und den Mut meiner Kadetten.

MAJOR Einhundertsiebzehn unter neunzehn Jahren!

EUGENE Was für ein erstaunliches Zahlengedächtnis Sie haben, Major!

GENERAL ... und noch auf vieles andere könnte ich mein Glas erheben.

KADETT Warum nicht auf unsere Sache, General?

GENERAL Ganz recht. Aber heute nacht, ehe ihr geht, ehe ihr wieder tanzt, möchte ich euch bitten, mit mir vor allem auf eins zu trinken – Freunde. Auf dieses Haus!

ALLE Auf dieses Haus!

Eugene zerschmettert sein Glas.

STIMMEN Was war das? – Eugene hat sein Glas an die Wand geworfen.

GENERAL Eugene!

EUGENE Es ist ein alter Brauch – auf daß sich nichts wiederhole!

GENERAL Und jetzt, laßt uns wieder tanzen; tanzen, solange noch Zeit ist.

Walzer einblenden. Alle ab außer [Ralph,] Eugene und Margaret.

RALPH Komm, noch einmal!

MARGARET Heute nicht mehr, Ralph.

RALPH Noch einmal, nur noch einmal!

MARGARET *freundlich* Bitte geh! Ich sagte schon, daß ich heute nicht mehr tanze.

Ralph ab.

EUGENE So behandeln Sie Ihren Ritter?

MARGARET Eugene . . .

EUGENE Und wir werden in aller Ewigkeit nicht tanzen, Margaret?

MARGARET *flüsternd* Wenn wir es doch noch könnten. *Kurze Pause.* Gene!

EUGENE Ich höre Glocken. Wie rein bist du, Mädchen? Gib mir deinen Mund! Es ist eine gute Zeit für Früchte, sind Ihre Früchte reif, schöne Dame?

MARGARET *erstickt* Eugene!

Kurze Musikbrücke.

EUGENE Deine Knie sind weißer als ich dachte, aber ich spür deine Gelenke nicht. So fällst du mir zu, ganz schöne Frucht, und deine Gelenke wehen im Wind.

MARGARET Eugene.

EUGENE *kalt* Zu den Waffen! Zu den Waffen! Wo sind die Brüder der Lukrezia?

MARGARET Ich fürchte mich nicht und ich schäme mich nicht.

EUGENE Niemand kommt. Ich hätte gedacht, daß tausend Schwerter sich gegen mich erhöben . . . Aber leise jetzt . . . ich fühle die reizende Ophelia, ja, ich lege mein Ohr auf ein reines Herz, es hat den Rhythmus einer Kirchenglocke in seinem Schlag. Reine, kannst du noch »Gott« sagen, kannst du »Mutter« sagen? Oh, dann werden wir Gatte und Gattin sein. Der Priester wird uns segnen, meine Mutter wird dich küssen, eine Kompanie tapferer Krieger wird dich zu deinem Bett geleiten, und wir werden gemeinsam unser Brot essen, bis wir fünfzig sind. Wir werden fruchtbar sein, schöne Dame, und darob gepriesen werden. Wie angenehm eine Sache sein kann, wenn sie für heilig erklärt ist, und wie langweilig und anstrengend ist doch das Treiben der Sünder.

MARGARET Was du jetzt tust und sagst, geht an mir vorüber wie schmutziges Wasser übers Gestein. Es kann mir nichts anhaben.

EUGENE Was bedeutet's auch, wenn man die Knie einer Frau fühlt, solange ihr Herz rein ist.

MARGARET Ich kenne dich, wie du wirklich bist, Gene.

EUGENE Und du glaubst an mich?

MARGARET Mit einer Kraft, die größer ist als die der Menschen, die nie an irgend etwas geglaubt haben, oder jener, die für immer glauben!

EUGENE Geist, Geist! Du hast mich vernichtet! Dein Haar ist dunkel, wie gekräuselter Rauch, Margaret; du bist ein großer Duft und ich bin trunken von dir.

MARGARET Du mußt mit mir tanzen, Eugene!

EUGENE Ich kann nicht ein Phantom in den Armen halten. Oh, bleib noch eine Minute, Geist, dann geh, und du wirst gegangen sein wie Dunst!

MARGARET Tanz nur einmal mit mir, Eugene!

EUGENE Würdest du diesen Tanz einem Clown gewähren?

MARGARET Nicht einem Clown, aber einem tapferen und stattlichen Ritter.

EUGENE Einem Ritter – aber hast du seine Waffen schon gesehen?

MARGARET Du bist mein tapferer, mein schöner Ritter, und wenn du heute noch irrgeführt bist, so weiß ich, es ist nur ein böser Zauber, denn morgen wirst du mit den anderen die Straße hinunterreiten. – Als ich dich zum ersten Mal sah, war ich ein Kind und machte dich zu meinem Gott. Einst hatte man dir weh getan, ich weiß nicht mehr wann, und als du zu mir kamst, zog ich dich an mein Herz und bot dir Linderung. Die anderen, die dich kennen, sehen dich anders, sie sehen einen Menschen in dir und beurteilen dich, wie man Menschen beurteilt.

EUGENE *höhnisch* Gott schütze mich!

MARGARET Aber für mich bist du ein Gott, und alles, was du tust, ich weiß – ich kann es nicht erklären – ich weiß nicht warum und wie – aber du bist gut, du bist schön, und ich liebe dich. *Mit großer Zärtlichkeit.* Liebster, Liebster!

EUGENE Dein Gott ist Staub und Asche von seinen Knien an, aber er glaubt, dich zu lieben, Geist. Doch das ist ein leeres Wort. Du bist in seinem Blut wie Wein, du schürst Wahnsinn in seinem Hirn.

Musik schwillt stärker an.

Mit veränderter Stimme. Das war wohl die richtige Sprache. Ah, welch idiotisch vorgeschriebene Art zu sprechen! Ich werde eine Sprache sprechen, die sich selbst immer wieder erneut.

MARGARET *flüsternd* Mein kleiner Gott, ich liebe dich!

EUGENE Deine Augen sind geschlossen, und ich könnte Vergessenheit von deinem Mund trinken. Ich fühle, wie dein Atem über mich geht, wie deine Brust sich an mich drängt, mein Geist, und ich bin wahnsinnig vor Liebe zu dir. Mein Gott, mein Gott, wie wirklich ein Traum sein kann!

MARGARET Alles ist wirklich, und wir leben, Gene!

EUGENE Noch einen Augenblick, mein Geist, eh' ich dich verliere!

MARGARET Du wirst mich nicht verlieren.

Trompeten von fern.

EUGENE Dies war die Welt. Und in dieser Nacht habe ich ein vergängliches Ding gewonnen und verloren: die Liebe einer schönen Dame aus dem Geisterreich.

MARGARET Du wirst wiederkommen, Liebster!

EUGENE Ja, liebe Dame, doch Sie werden nicht mehr hier sein.

MARGARET Hier werde ich auf dich warten, immer, immer, bis ans Ende der Tage!

EUGENE Du wirst gegangen sein, mein Geist, dahingegangen mit deinen Höfen und Schlössern, dahin in Rauch und Traum.

Trompeten von fern, Stimmen, Pferde.

Küsse mich, Liebste, mein kleiner Geist. Du wirst gegangen sein, und ich werde sterben vor Hunger.

MARGARET Dann werde ich vor Kälte sterben!

EUGENE Das ist das Alpha und Omega, das Erste und das Letzte, der Anfang und das Ende.

STIMME VON DRAUSSEN Herr Hauptmann!

EUGENE Ich bin bereit!

MARGARET *klammert sich an ihn* Noch nicht, Liebster, noch nicht!

EUGENE Leb wohl, Margaret!

Musikbrücke.

MRS. RAMSAY Wo ist Eugene?

GENERAL Er kommt, wie ein echter Soldat.

Eugene mit Schritten hinzu.

Du siehst gut aus, mein Sohn. Das ist der wahre Eugene!

EUGENE *ruhig* Ja, General.

GENERAL Sag deiner Mutter zum Abschied ein Wort.

EUGENE Laß dich umarmen, Mutter.

MRS. RAMSAY Mein Sohn, mein echter Sohn!

EUGENE Mutter, wir müssen tapfer sein. Jetzt laß mich. General, ich bin bereit!

GENERAL Du lernst schnell. Vielleicht wäre es aber noch besser zu sagen: »Geh voran – ich folge!«

EUGENE *schnell* »Geh voran – ich folge!«

MRS. RAMSAY Nein, Eugene, ich kann es nicht ertragen, dich in dem Augenblick zu verlieren, in dem ich dich eben erst gefunden habe.

EUGENE Es war nicht zu spät, aber jetzt ist es spät geworden. Leb wohl!

STIMME VON DRAUSSEN General, wir marschieren ab!

GENERAL Ich komme! *Tief bewegt.* Tod, tritt näher, ich gebe dieses Haus in deine Hände und verlange, daß du allen Wünschen deiner Herrin nachkommst wie bisher meinen eigenen. Du bist mein guter und treuer Diener, und ich vertraue dir . . . *Seine Stimme versagt.* . . . mein treuer Diener – nein mehr: mein guter Freund! Und jetzt geh und lösch die Lichter aus. – Hörst du, Tod? Wasser rinnt irgendwo im Haus. Da muß irgendwo eine durchlässige Stelle sein. Such sie und mach sie wieder dicht.

STIMME VON DRAUSSEN General!

GENERAL Tod, du hast mich verstanden? *Rasch, wie erwachend.* Und nun, meine Herren – Ich komme! *Mit Schritten ab.*

EINE DÜNNE STIMME *von fern, eventuell durch Filter, hoch, heulend in nicht endenwollendem Gelächter* Blast nur einmal über die Hand, meine Herren!

Hier hinein eventuell Trompeten und der Aufbruch der Abmarschierenden.

Ende des ersten Aktes

Zweiter Akt

Erster Teil

Alte Lieder, erst laut, dann schwächer, hier hinein:

SPRECHER Nackt und allein gerieten wir in Verbannung. Im Dunkel ihres Schoßes kannten wir unserer Mutter Angesicht nicht. Aus dem Gefängnis ihres Fleisches sind wir ins deutungslose Gefängnis dieser Erde geraten.

Lieder wieder stärker, dann ausblenden. Das Tor wird aufgesperrt, Mrs. Ramsay mit Schritten herein.

MRS. RAMSAY *scharf* Wen läßt du da herein, Tod?
MARGARET Ach . . . Bynum ist da. Er will sich seine Sachen holen.
MRS. RAMSAY Wo ist er? Bring ihn zu mir!
BYNUM *mit Schritten hinzu* Gu'n Morgen, Frau Ramsay.
MRS. RAMSAY *ironisch* Himmel, was für ein feiner Herr du geworden bist!
BYNUM Ja, gnädige Frau.
MRS. RAMSAY *gewichtig* Ich habe vor einiger Zeit erfahren, daß du uns verlassen hast, Bynum.
BYNUM *bedrückt* Ja, gnädige Frau.
MRS. RAMSAY Kannst du mir sagen, warum du dann jetzt hierhergekommen bist?
BYNUM Um den Herrn zu sprechen.
MRS. RAMSAY Du hast keinen Herrn, Bynum. Du hast ihn verlassen. Vielleicht wird einmal eine Zeit kommen, wo du es bedauern wirst, so an deinem guten Herrn gehandelt zu haben, an dem Herrn, der immer voll Güte gegen dich war.
BYNUM Ja . . . aber . . .

MRS. RAMSAY Zeig dich nie wieder im Umkreis dieses Hauses. Wirklich, ich verstehe nicht, wie du es fertig bringst, uns ohne Scham ins Gesicht zu sehen. Geh!

Bynum mit Schritten ab.

MRS. RAMSAY *mit einem Schrei* Bynum!

BYNUM *sich umwendend, aus einiger Entfernung* Gnädige Frau?

MRS. RAMSAY Sag mir: Warum hast du uns verlassen?!

BYNUM Warum? Ich weiß nicht ... Einfach, weil's geheißen hat, daß man jetzt darf.

MRS. RAMSAY *für sich* Immer war er so stolz, seine Leute durch Liebe und Vertrauen zu halten, nicht durch Macht. Wie soll ich's ihm nur sagen! Wie soll ich ihm das erklären?!

MARGARET *leise hinzu* Vielleicht versteht er es.

MRS. RAMSAY Margaret, wir werden es nie verstehen, nie, nie, nie! *Impulsiv.* Tod, du aber bist geblieben, oh, gib mir die Hand, du bist, trotz allem, geblieben. *Wieder mit Fassung, autoritativ.* Tod, fang jetzt an, die Bezüge von den Möbeln zu nehmen.

Geräusch: Tod nimmt die Bezüge ab. Von fern der Ton einer Trompete und Pferdegetrappel.

Margaret, gibt es noch immer keine Nachrichten?

MARGARET Nein. Die Straßen sind aufgeweicht und unbefahrbar nach den vielen Regengüssen. Und der Zug hat Verspätung.

MRS. RAMSAY Es ist gut, Tod, du kannst gehen.

Tod mit Schritten ab.

Margaret ...

MARGARET *leise* Alles ist vorbei.

MRS. RAMSAY Aber General Johnson ist doch noch ...

MARGARET Er muß sich ... ergeben – innerhalb einer Woche.

MRS. RAMSAY *verzweifelter Ausbruch* Wir haben verloren!

MARGARET *freundlich* Verloren? Nein, Liebste. *Leise.* Jetzt ist die Zeit der Heckenrosen, und e r kommt.

MRS. RAMSAY *traurig, für sich* Drei sind hinausgezogen und nur zwei kommen zurück.

Pause.

MARGARET Die ganze Zeit über ist mir, als hörte ich etwas, und ich weiß nicht, was.

Trompeten von der Straße.

Was wird Eugene tun, wenn er zurück ist? Sprach er je davon?

MRS. RAMSAY *erstaunt* Gewiß! Du weißt doch, daß wir nie einen anderen Plan hatten, als ihm die Verwaltung des Besitzes zu übergeben. *Hilflos.* Mein Gott, warum fragst du mich darum ... du glaubst ... nein ...

MARGARET *verwirrt, begütigend* Oh, es war dumm von mir ... setzen Sie sich ein wenig ... Sie sehen blaß aus. – Ich bin sicher, daß, nach all dem, was ihm jetzt widerfuhr ...

MRS. RAMSAY *glücklich triumphierend* Ja, ja! Nach all dem, was er jetzt erlebt hat, wird sein Sinn nie mehr danach stehen, uns zu verlassen!

MARGARET *tonlos, für sich* Wenn ich's nur glauben könnte!

Eilige, sehr charakteristische Schritte.

MRS. RAMSAY Das ist dein Vater. Ich erkenne ihn immer schon an seinem Schritt.

Der Major tritt ein, völlig außer Atem.

MARGARET Vater, du bist ja ganz außer Atem!

MAJOR Neuigkeiten, Margaret, Neuigkeiten!

MRS. RAMSAY Sie sind hier?!

MAJOR Nein, der Zug hat Verspätung. Aber sie sind auf dem Weg hierher.

MRS. RAMSAY Was werden Sie machen, Major? Ich gehe wohl nicht fehl, wenn ich annehme, daß Sie schon Pläne für die Wiedereröffnung der Akademie schmieden.

MAJOR Ja, ich bin in der Tat schon dabei.

MRS. RAMSAY Aber Sie rechnen doch, für einige Zeit, mit einer verminderten Hörerzahl?

MAJOR Oh, vielleicht werden es etwas weniger sein, nicht sehr viel weniger, aber ein wenig weniger, vielleicht!

MARGARET Vater, ich kann nicht so zuversichtlich sein wie du. Die Schule ist vier Jahre geschlossen gewesen.

MAJOR Liebling, ich fürchte, du verstehst von diesen Dingen nichts. Die Schule ist vier Jahre geschlossen gewesen. Richtig. Aber diese Schule besteht seit 1789! Eine solche Institution kann nicht einmal durch einen Krieg erschüttert werden.

MRS. RAMSAY Natürlich!

MARGARET *ironisch* Muß sie deshalb aber in alle Ewigkeit bestehen?

MAJOR Ah, und was gibt das für eine wundervolle Geschichte für unser neues Jahrbuch. Ich habe geschrieben: »In unserem großen Kampf gegen die organisierte Bigotterie, einem Kampf, in dem wir unterlagen, aber nicht geschlagen wurden . . .«

Von draußen Pferdegetrappel.

MARGARET Sie sind da!

MRS. RAMSAY Sie sind da!

Mrs. Ramsay stürzt in großer Aufregung aus dem Zimmer.

MAJOR *unbeirrt* »Erst als kein einziger Offizier übriggeblieben war und von den ursprünglich einhundertsiebzehn Kadetten . . .«

Gelächter, Stimmen, Grüße durcheinander von draußen. Fensterklirren.

EUGENE *eintretend* . . . während ich noch am Leben war . . .

MARGARET *flüsternd* Gene!

EUGENE *wendet sich überrascht ihr zu* Schönstklingende aller Stimmen, sprich wieder zu mir!

MARGARET Gene!

EUGENE Wer von uns beiden ist nun der Geist? Weißt du's zu sagen!

MARGARET *laut, fast schreiend* Gene, Gene!

EUGENE Und was ein armer Mann, wie Hamlet ist, vermag . . . Liebes, du wirst meine Uniform zerknittern, wenn du deine Hände um meinen Arm preßt.

MARGARET Woher kommst du?

EUGENE *feierlich, vorsichtig, als ob er sich nach allen Seiten umsähe* Ssst . . . Ich will's dir sagen: durch das Fenster.

MARGARET Warum durch das Fenster, Eugene?

EUGENE Ich konnte die Tür nicht finden. Sie ist nicht größer geworden.
Der Major mit Schritten schnell herein.
Oh, der Anführer der heldenhaften hundertsiebzehn! Major, wie geht's Ihnen?

MAJOR Ihre Hand, Eugene, wir sind sehr stolz auf Sie.

EUGENE Geben Sie endlich zu, daß wir geschlagen sind.

MAJOR Unterlegen vielleicht – geschlagen niemals!

EUGENE *enthusiastisch* Oh, was für eine ausgezeichnete

Unterscheidung. Unterlegen, aber nicht geschlagen! Ich spüre auch, daß da ein Unterschied ist, aber mein Kopf ist heute nicht klar genug, um es einzusehen. Wollen Sie mich nächsten Donnerstag wieder dran erinnern?

Geräusch: Schubladen werden aufgerissen.

MARGARET Was tust du, Gene, warum öffnest du den Schreibtisch?

EUGENE Ich suche die Familienehre. Hast du sie vielleicht irgendwo herumliegen gesehen?

MARGARET Bitte schweig!

EUGENE Sie sollte immer gut verwahrt und hinter Schloß und Riegel sein. Oh, wenn sie sich fände! Dann könnte ich ein vornehmer Patriot werden und für den Kongreß kandidieren.

Schritte, der General und Mrs. Ramsay treten ein.

MRS. RAMSAY Eugene!

EUGENE Mutter, du, du! *Stürzt auf sie zu und umarmt sie.*

MRS. RAMSAY Mein tapferer Sohn.

EUGENE Ssssst, Mutter!

MAJOR Willkommen, General!

GENERAL Ich freu' mich, Sie zu sehen, Major.

MRS. RAMSAY Gott hat dich mir zurückgegeben!

EUGENE Du befindest dich in einem verhängnisvollen Irrtum. Wir müssen immer dem Teufel sein Teil lassen.

MRS. RAMSAY Du Ärmster, du siehst schlecht aus. Hast du Hunger gelitten?

EUGENE In der Armee wird man bekanntlich überfüttert.

GENERAL Was wurde aus dem braven alten Maulesel in deiner Kompanie, Eugene?

EUGENE Der ist schon vor Wochen den Weg allen Fleisches gegangen.

GENERAL Und trotzdem bist du hungrig?

EUGENE Er war nicht sehr groß für sein Alter. – Kann ich eine Handvoll Mais haben? Das gibt aus.

MARGARET Damit füttert man doch nur Hühner.

EUGENE Ja, daß ich nicht vergesse: Ich habe gackern gelernt wie ein Hahn: gack gack gack gack gack . . .

Tischglocke. Schritte.

MRS. RAMSAY Tod, reich die Gläser herum. Es ist Zeit, daß wir auf dieses Wiedersehen trinken.

MAJOR Und ich fühle den Augenblick kommen, in dem ein Toast fällig ist.

GENERAL Ein Toast, ja – doch worauf? Ich schlage vor, daß jeder ausspricht, was jetzt an Wünschen und Hoffnungen aus seinem Herzen kommt . . . Sie, Major, sollen den Anfang machen.

MAJOR Ich habe nur einen Wunsch: Auf den General und die Herrin dieses Hauses zu trinken, die hier dreißig Jahre lang regiert haben. Mögen Sie noch weitere dreißig Jahre glücklich das Szepter führen!

GENERAL Danke!

MRS. RAMSAY Sehr liebenswürdig, Major, aber heute dürfen wir nicht so persönlich sein.

GENERAL Was willst du sagen, Liebste?

MRS. RAMSAY Ich trinke auf unsere glorreiche Vergangenheit, der wir in Ehrfurcht verpflichtet bleiben wollen!

EUGENE Und ich auf das Schwert, das weit ausholt zum Schlag, auf die verzehrende Flamme und auf das Ende, das Ende, das Ende!

GENERAL Du, Margaret?

Soldatenlieder draußen, eine kleine Pause. Margaret zögert, dann:

MARGARET Auf die Soldaten der ganzen Welt, heute und allezeit, die berufen sind, den Tod nicht zu fürchten!

EUGENE Das ist eine Sache, die keine Zukunft hat.

GENERAL M e i n Glas trinke ich *mit tönender Stimme* auf das Haus!

EUGENE Da tu ich mit, Vater. Auf das Haus! Und dieses Glas soll kein Mund mehr berühren. *Zerschmettert das Glas.*

GENERAL *laut* Nil separabit. Nichts soll uns trennen, solange dieses Haus steht, solange es uns in seinem warmen Schoß birgt, uns mit seinen Armen, diesen weißen, hohen Mauern, umschließt. Ich sage euch, Gott bewahrt solche Häuser und all die frommen Seelen, die in ihnen wohnen.

MAJOR Amen!

EUGENE Amen, Amen! Auch ich habe in Arkadien gelebt.

Alte Gesänge von draußen.

MARGARET *fern vom Mikro* Oh, seht hinaus auf die Straße.

GENERAL *leise* Die heimreitende Kavallerie – arme Jungen!

MAJOR *enthusiastisch* Wie herrlich, einen Mann auf einem Pferd zu sehen!

EUGENE Ja, es ist sehr vorteilhaft für das Pferd.

MRS. RAMSAY Sollen wir hier oder im Speisezimmer essen?

GENERAL *ziemlich scharf* Im Speisezimmer natürlich. Laß alles wie immer richten – und so schnell als möglich. Inzwischen will ich keine Zeit verlieren und meine Arbeit wieder aufnehmen.

Kleine Tischglocke, Tod mit Schritten herein.

TOD Herr General?

GENERAL Tod, ich wünsche, daß alle meine Leute sich hier sogleich versammeln.

EUGENE Vater!

MRS. RAMSAY *mit einem Schrei* Gene!

GENERAL *scharf* Was soll das heißen, Gene?

EUGENE Nichts.

GENERAL Wir sprechen uns später. Warum, zum Teufel, bist du noch nicht rasiert? Vor der Dienerschaft – merke dir das, mein Sohn – hast du immer tadellos zu erscheinen. Deine Stellung verlangt es. Und, um Gottes willen, wirf diesen lächerlichen Hut endlich weg.

MARGARET Oh, Gene, die Feder!

EUGENE Schöne Dame, diese Feder ist Euer.

MARGARET Ich will sie immer an meinem Herzen tragen.

EUGENE Das wird eine kitzliche Sache sein.

GENERAL Tod, warum war niemand hier, mich zu empfangen?

MRS. RAMSAY *hastig* Wir wußten nicht, wann du ankommen würdest.

GENERAL Du hast recht. Das hatte ich allerdings nicht bedacht. Ich muß gestehen, daß ich ein wenig überrascht und verletzt war. Sag also allen, daß sie um zwei Uhr hier sein sollen.

EUGENE *ruhig, wie zuvor* Vater!

MRS. RAMSAY *leise, zu Eugene* Gene!

MARGARET *flehend* Gene, laß doch bitte . . .

GENERAL *ungeduldig* Was gibt es schon wieder? Tod, du weißt, was du zu tun hast. Um zwei Uhr also.

TOD Ja, Herr General.

GENERAL Auf später, Major!

MRS. RAMSAY Margaret, komm! Es ist noch eine Menge zu tun.

MARGARET *schon im Gehen* Ich will Ihnen helfen, so gut ich kann.

General, Margaret und Mrs. Ramsay mit Schritten ab.

MAJOR Eugene, bleiben Sie, ich habe noch mit Ihnen zu sprechen.

EUGENE Um jeden Preis? Übrigens, ich muß Ihnen etwas über die Schlacht erzählen, in der ich den Angriff befahl. *Verändert.* Ich erinnere mich. Wir waren neunzehn Mann, alle unter hundertsiebzehn Jahren ... »Vorwärts, meine Freunde«, schrie ich, » ... wir müssen dabei sein, wenn unsere Armee in Washington einmarschiert!!«

MAJOR O Jugend, Jugend!

EUGENE *kommt wieder zu sich* Was ist das, Major, was ist das?

MAJOR O Jugend, Jugend!

EUGENE Danke, Major, ich war gerade im Begriffe, das zu sagen.

MAJOR Jugend, alles ist in deine Hände gegeben; die Siege der Vergangenheit, und das Versprechen der Zukunft.

EUGENE Das alte Spiel beginnt also wieder.

MAJOR Wieso Spiel ... *Vorwurfsvoll.* Wir sind gerade aus der Hölle eines Krieges gekommen, Eugene.

EUGENE Eines sehr schrecklichen Krieges, Major.

MAJOR Des entsetzlichsten Krieges, Eugene. Aus allen Wunden blutend, ist diese Nation ...

EUGENE Diese große Nation ...

MAJOR Diese große Nation ...

EUGENE Diese größte aller großen Nationen, Major! Denn wie alle Kriege die entsetzlichsten sind, sind alle

Nationen die größten und mächtigsten, sind alle Armeen die tapfersten, alle Frauen die schönsten und tugendhaftesten ... Major, ich fürchte, alles ist so groß geworden, daß wir uns auf Veränderungen gefaßt machen müssen.

MAJOR Richtig, Eugene, wir sind in einer Krise der Geschichte angelangt, an einem Wendepunkt. Ein großer Umsturz steht uns bevor.

EUGENE Ja, Major. Von nun an wird der Mond unter Ihrem rechten Ellbogen aufgehen und in Konstantinopel untergehen. Alle Knaben mit roten Haaren, die am Tag ihrer Geburt mehr als zwei Jahre alt sind, werden sofort mit wichtigen Positionen im diplomatischen Dienst betraut werden. Und verheiratete Frauen werden nicht zu Jungfrauen werden, ehe sie nicht das achtundzwanzigste Jahr erreicht haben. Mehr noch: die Jugend der Welt wird sich, unter meiner Führung, zusammenschließen und einen erbarmungslosen Krieg gegen Heuchelei und Tradition führen. Denn sie ist fürchterlich betrogen worden.

MAJOR Betrogen?

EUGENE Major, nicht einfach betrogen, sondern b e - t r o o o o o o o o g e n !

MAJOR Von wem?

EUGENE Von diesen unehrlichen, verlogenen, gierigen alten Männern der ganzen Welt, die an ihren Konferenztischen sitzen, uns die ganze Zeit mit schönen Reden hinters Licht führen und nur ihren niedrigen Egoismus kennen. Habe ich recht oder habe ich nicht recht?

MAJOR *melancholisch* Oh, Eugene, ich fürchte, du hast recht. Was du sagst, ist nur zu wahr. Und doch kann man sagen, daß ihr viel dabei gelernt habt, wenn auch um den Preis der Enttäuschung.

EUGENE Ja, Major, der Preis, den wir für diese Erkenntnis gezahlt haben, war hoch, aber wir haben viel gelernt. Wissen Sie, was ich entdeckt habe?

MAJOR Nun, Eugene?

EUGENE *scheu, als blicke er vorsichtig um sich* Sie dürfen es niemandem weitersagen. Ich habe entdeckt, was die Menschen tun, wenn sie im Kriege sind. *Ernst.* Major, sie schießen aufeinander, ob Sie's glauben wollen oder nicht: Sie töten einander. *Feierlich.* Ja. *Intensiv.* Ja, Major, das haben wir herausgefunden, wir jungen Menschen. Wir sehen die Dinge nun genau so, wie sie sind. Schauen Sie mir einmal in die Augen, Major. – Da – sehen Sie nicht die Hölle drin?

Major hüstelt.

Ja, Sie sehen sie! Mit der Hölle in meinen Augen bin ich zurückgekommen. – Und wie sind wir hinausgezogen, Major, wie?

MAJOR Voll Begeisterung und Idealismus, Eugene.

EUGENE Mit einer unbändigen, großen Begeisterung und einem unglaublich großen Idealismus. Und immer kommen wir mit der Hölle in den Augen zurück. So geht das Spiel. So fängt es an, so endet es.

MAJOR Ein tragisches Spiel, Eugene.

EUGENE Ja, Major, man kann die Jugend täuschen, aber nicht für lang. Wir haben zum Beispiel n u r v i e r Jahre gebraucht, um zu entdecken, daß der Krieg ein ermüdendes, unangenehmes und gefährliches Geschäft ist. Wenn wir achtzig geworden sind, werden wir genug wissen, um vom Regen in die Traufe zu kommen.

MAJOR Ich kann dir deine Worte nicht verargen, mein Junge. Deine Erfahrungen haben dich bitter gemacht.

EUGENE *mit einem Lachen voll künstlicher Bitterkeit* Gott, ja. Das Lachen tut wohl, Major. Wir fangen an, uns über all das schon klar zu werden, ehe wir hindurch sind. Wir werden vielleicht sagen, daß alle Menschen auf der Welt Brüder sind – alle jungen Menschen zumindest. Wir werden vielleicht über all diese Dinge Bücher oder Gedichte schreiben. Vielleicht werden wir sogar einige Theaterstücke schreiben. Wir werden alle Lügen entlarven und der Tradition einen Tritt in den Hintern geben. Wir werden über alle Dinge genau so sprechen, wie sie sind. Wir werden frei sein!

Geräusch: Ein Hund kommt mit einem leisen, freundlichen Knurren zu den beiden.

Ich liebe Hunde sehr, Major. Ich habe sehr verschiedene Hunderassen im Lauf der Zeit kennengelernt, aber in der Hauptsache verrückte Hunde.

MAJOR Aber dieser hier ist ein sehr treues Tier, Eugene. Seine Freude heute bei der Rückkehr seines Herrn war wirklich rührend.

EUGENE Ein treuer Hund, ja, Major, aber ein alter Hund. Glauben Sie, daß er in seiner Jugend je ein fröhlicher Hund war?

MAJOR Ein fröhlicher Hund? Wie meinst du das?

EUGENE *mit einem hysterischen Lachen* Ach, Sie wissen doch, was ich meine!

MAJOR Nein, ich verstehe dich nicht.

EUGENE *ernst* Ich meine, Major: glauben Sie, daß dieser Hund je g e l e b t hat? – W i r k l i c h gelebt, meine ich, Major!

MAJOR In seiner Jugend vielleicht, Gene, wenn jeder Hund seine Tage hat.

EUGENE Gewiß, ja, unbändig, wild und stolz, wie alles Junge, nicht wahr?

MAJOR Ja, Gene, wie alles Junge. Denn Jugend ist die Krone des Lebens. *Mit einem Schrei.* O Gott, gib mir meine Jugend wieder!

EUGENE Major, glauben Sie, daß dieser Hund damals ein Einzelgänger war oder mit dem Rudel lief?

MAJOR Wie soll ich das wissen. Aber ich glaube, er blieb allein, ganz allein. Denn Jugend ist die Zeit der Einsamkeit.

EUGENE Nicht auch der Dichtung, Major?

MAJOR Auch der Dichtung. Noch ist die Schönheit nicht aus der Welt gegangen. Keats und Shelley ...

EUGENE Ja, Major, ich weiß, die beiden sind recht bekannt. Doch was wollen Sie damit sagen?

MAJOR Daß sie jung waren, Eugene, unsterblich jung.

EUGENE Major, sie waren so alt wie die Hölle. Die ganze Dichtung ist das Werk alter Männer.

MAJOR Nein, sie ist das Werk der Jugend, einer schrecklichen, aber schönen Jugend. Gib sie mir wieder, o Gott!

EUGENE Jugend, Jugend. Des alten Mannes Traum, des alten Mannes Lüge. Major, machen Sie Schluß mit diesem wehleidigen Lied. Jugend, diese Brüderschaft von Menschen, die nichts allein tun können, die miteinander essen, trinken, lieben und denken müssen, die nach Freiheit schreien und dabei Gruppen bilden. Jugend, die nur zu dummen und feigen Rebellionen fähig ist, die nichts versteht und nur verneinen kann. Ja, lassen Sie sich Ihre Jugend geben. Aber gib mir, Gott, m e i n A l t e r! ... Jugend: von allen gemeinen Lügen ist sie die niedrigste.

MAJOR Das ist nicht wahr, Gene.

EUGENE Major, aber es gibt noch eins, das ärger ist als die Dummheit der jungen Menschen: das ist die der alten Menschen. Mein Gott, warum müssen alle Menschen jung geboren werden und alt sterben!

Schritte: der General.

MAJOR General, darf ich Sie etwas fragen: Wann wird ein Mensch wahnsinnig?

GENERAL Wahnsinnig wie Hamlet?

MAJOR Ja.

GENERAL Wenn sein Verstand ihm zum Fluch wird und sein Aug zu weit sieht.

MAJOR Nein! Wenn das Geheimste, das allen Menschen innewohnt, ausgesprochen ist. Nur in einem sind wir wahr, nur in einem wirklich treu. Indem wir unserer Bestimmung zu Untergang und Tod folgen. Das ist das Geheimnis, das in jedem Menschen ist, das habe ich in den Augen aller Menschen gelesen. Allein darin sind wir Brüder.

GENERAL O blindes, bitteres Schiff, fahr heim!

MAJOR Was sagten Sie?

GENERAL Daß es sehr schlimm für uns war, zu verlieren.

MAJOR Die Geschichte wird uns rechtfertigen. Nur die Ignoranten werden sagen, daß wir diesen Krieg für das Weiterbestehen der Sklaverei geführt haben.

GENERAL Dann werden Sie mich auf der Seite der Ignoranten finden.

MAJOR General!

GENERAL Ja, denn ich kämpfte, um die Sklaverei zu erhalten. Das taten auch Sie, das taten wir alle.

MAJOR *stammelnd* Gott im Himmel ... General. Wir müssen doch auch einen moralischen Grund gehabt haben. Kommen Sie, Eugene, wollen Sie nicht Ihrem Vater und mir sagen, warum wir diesen Krieg geführt haben. Wir sind uns nicht ganz einig.

EUGENE Einige von uns, weil sie ihr ganzes Leben lang in Georgia lebten und Virginia sehen wollten.

GENERAL Das ist kein Grund.

EUGENE *wendet sich ab zum Gehen* Es ist ein Grund, wenn man in Georgia lebt.

GENERAL Warum gehst du?

EUGENE Um dem u n b e k a n n t e n Gott meine Gebete zu bringen.

MAJOR So haben Sie also für Ihre Sklaven diesen Krieg ...

GENERAL Nein, aber für die Institution der Sklaverei. Ich habe drei Leben in diesen Kampf geworfen und eines verloren ... Ralph ... Glauben Sie denn, ich habe für ein paar Schwarze gekämpft, die ohnedies bei mir bleiben? Nein, es war mehr als das. Es war meine Überzeugung, daß es nur einen Gott, wenige Herren und viele Knechte geben darf.

Es klopft ans Tor.

MAJOR Bleiben Sie, General, ich will öffnen.
Schritte, Türöffnen.
Entfernt. Ah, Sie sind es, Porter!

PORTER In voller Lebensgröße.

MAJOR Sie kennen Porter, General?

GENERAL Ja. Porter ist sehr tüchtig geworden, er ist zum Holzgeschäft gegangen – erzielt hohe Preise für Bretter, fünfzig Cents und mehr, hat man mir erzählt.

EUGENE Was? Soviel für Holz! Das ist ja kaum zu glauben.

MAJOR Ich habe vor, aus meinen Beständen etwas zu verkaufen. Ich dachte, Sie wollten vielleicht auch mit ihm sprechen.

GENERAL Ja, gewiß. Aber nicht heute.

PORTER Wann immer Sie wollen, Herr Ramsay. Ein Tag ist so gut wie der andere.

GENERAL Ich bin gerade aus einem Krieg heimgekommen, müssen Sie wissen. Ja, es war nämlich Krieg, Porter.

PORTER Ich weiß.

EUGENE *ruhig* Es tut uns leid ... wegen Ihres Sohnes, Porter.

Pause. Der Major hüstelt.

GENERAL *ruhig, kalt* Richtig, ich hatte es vergessen.

PORTER Oh, das macht nichts ... *Plötzlich ausbrechend.*

Er war ein Dummkopf, ein grüner dummer Junge, der sich hat abschlachten lassen.

GENERAL Eugene, gib diesem Herrn die Hand. Wir sehen einander an einem anderen Tag, Porter.

EUGENE General.

GENERAL Ich habe meine Handschuhe schon ausgezogen; überdies seid ihr beide Kameraden ... Ihr legt euer Geld an ... für die Zukunft. Kommen Sie, Major.

EUGENE Das ist ein schönes Haus, nicht wahr? Freilich müßte es wieder einmal geweißt werden und das Mauerwerk ... ja, es wäre eine Menge dran zu richten, aber es ist doch noch ein schönes Haus, was, Porter?

PORTER Es ist fest wie am ersten Tag.

EUGENE Damals hat man noch feste Häuser gebaut. Porter ... Aber unter uns, es ist nicht zu verkaufen. Wie schade, daß wir miteinander verdammt sind, Porter. Wie schade!

Porter lacht plötzlich, ein schreckliches, hartes Lachen, mit Schritten ab.

Trompeten von fern, traurige Soldatenlieder.

MARGARET *flüsternd* Eugene, Liebster ... wo schaust du hin?

EUGENE Ich habe etwas in der Sonne verloren und kann's nicht finden.

MARGARET Du wirst es nie mehr finden, denn du hast es im Dunkel getötet ... es ist tot ... tot ...

EUGENE Schöne Dame, ich bin es müde geworden, meine Schatten zu suchen.

MARGARET *fast unhörbar* Du glaubst, keine Liebe zu brauchen ... sei doch wahr.

EUGENE Gegen wen?

MARGARET Gegen das Vergangene.

EUGENE Das ist Treue, derer nur ein Geist fähig ist. Wir

sind nicht beide gestorben. – Ich bin der alten Erde und ihrer alten Bindungen überdrüssig.

MARGARET Ich verstehe dich nicht.

EUGENE Ich habe ein Fenster in die Welt geöffnet. Jetzt gibt es kein Zurück mehr.

MARGARET *erbittert* Dann bist du zum Überläufer geworden.

EUGENE Ja, Margaret.

MARGARET Komm zurück. Komm doch, komm noch einmal zurück, Gene. Ja, ich weiß, ich weiß jetzt, daß wir beide gestorben sind.

EUGENE Margaret, als du noch lebtest ... *Abrupt.* Ich kann keinen Traum aus der Asche holen. *Ruhig.* Margaret, ich sehe dich im schimmernden Dämmer. Ich stehe an den Grenzen der Erde und darf nicht hingehen, wo du stehst. Denn dort ist Nebel und Trübe und Dunkelheit.

MARGARET Es ist der Tod, der Tod, der Tod. Weil mein Leben im Staub versinkt, mit deinem. *Näher.* Mein Gott, ich liebe dich. Berühre mich mit deiner Hand, damit ich weiß, daß du hier bist. Verwunde mich noch einmal mit deinen grausamen Worten. Entehre mich mit deiner Berührung, wie du's schon einmal tatest, erniedrige mich, steinige mich, aber sag, daß ich wieder lebe!

Die traurigen Lieder aus.

EUGENE Margaret, die Reiter auf der Straße sind für immer vorbeigezogen.

MARGARET Noch ist's nicht zu spät. Wir können noch gerettet werden. *Pause.* Du hast mich einmal geliebt.

EUGENE Versuch nicht, dich zu erinnern, Geist. Ehe du stirbst ...

MARGARET Eines Tages – eines Tages ...

EUGENE Eines Tages? Wer weiß. Alle Wege führen zum Anfang zurück, wenn wir weit genug gehen.

MARGARET Eines Tages – weck mich bitte auf.

EUGENE Margaret, du glaubst wirklich ...?

MARGARET Mit ganzer Seele.

EUGENE Wer von uns beiden ist dann der Geist? Vielleicht leben wir, wenn wir glauben, zu träumen. Ich zweifle nicht länger an der Wirklichkeit meines Lebens. Ich erwarte nicht länger, geweckt zu werden. Vielleicht bin ich's, der gestorben ist.

Schritte, General und Major treten ein.

GENERAL Margaret, du mußt bald wieder zu uns kommen.

MARGARET Ich werde Ihnen und dem Haus immer Treue bewahren, General.

GENERAL Gott segne dich dafür, mein Kind. Beten wir, daß bessere Zeiten kommen mögen. Lebwohl.

MAJOR Komm, Margaret. Wir reisen.

Major und Margaret mit Schritten ab. Trompeten von fern.

GENERAL Eugene, laß mich für eine Stunde allein. Ich habe eine Menge zu tun. Ich wünsche dich aber wiederzusehen, wenn meine Leute sich hier versammeln. Sorge inzwischen dafür, daß du würdig aussiehst. Vergiß nicht, daß das sehr wichtig ist.

EUGENE In allen Dingen will ich Ihnen gehorsam sein. Soll ich einen Degen tragen bei dieser Gelegenheit?

GENERAL Ich glaube, es wird besser sein, wenn du dein schmutziges Hemd gegen ein sauberes vertauschst.

EUGENE Wie Sie befehlen. Wenn Sie mich brauchen, werden Sie mich rufen.

GENERAL Ja, ich werde dich rufen. *Pause.* Eugene, du

bist ein guter Soldat gewesen. Du hast stets deines Soldatentums gespottet, aber du hast dennoch deine Pflicht getan. Ich werde dir es nie vergessen.

EUGENE Sie schulden mir keinen Dank. Wir müssen für die Sünde, daß wir atmen, so oder so, zahlen.

Alte Gesänge von draußen. In Abständen ruft der General nach seinen Dienern.

GENERAL Bynum ... Jonas ... Sam ... Bynum! *Tischglocke.* Tod!

Tod mit Schritten.

EUGENE Tod, wie siehst du aus, was hast du?

Tod bricht in Schluchzen aus.

GENERAL Ich rufe schon die längste Zeit nach einem von euch. Wo sind meine Leute?

TOD Oh, Herr General, nein, ich kann es nicht sagen, ich kann nicht ...

EUGENE *mit schnellen Schritten hinzu* Sie haben keine Leute mehr, General.

GENERAL *leise, heiser* Was sagst du da, Eugene? Wiederhole.

EUGENE Sie haben keine Diener mehr, sie sind alle vor einer Woche weggelaufen – als sie vom Ausgang des Krieges erfuhren.

GENERAL Und du wußtest es, du wußtest es ...

EUGENE Ja, General. Jetzt fließen die Flüsse aufwärts, von der Mündung zur Quelle!

Ende des zweiten Aktes, erster Teil

Alte Lieder, erst laut, dann schwächer, hier hinein:

SPRECHER Wer unter uns hat seinen Bruder gekannt? Wer unter uns hat in seines Vaters Herz gesehn? Wer unter uns ist nicht immer unter dem Druck des Kerkers geblieben? Wer unter uns ist nicht immer ein Fremdling und allein?

Alte Lieder wieder stärker, dann ausblenden.

GENERAL Es ist gut, Tod. Heb mich in diesen Sessel und bring mir noch eine Decke.

TOD Ja, Herr General. *Mit Schritten ab.*

GENERAL Das ist eine teuflische Sonne heut abend, aber ich will sie noch einmal sehen. Gene, wie spät ist es?

EUGENE Sechs Uhr, und überall, ohne Ausnahme in der Welt, kommen jetzt die Söhne gewöhnlicher Männer von ihrer Arbeit nach Hause.

GENERAL Du scheinst noch immer aufgebracht zu sein, mein Sohn, ein wahrer Geist der Revolution, nie ganz glücklich, ehe sich nicht alle Dinge aufzulösen beginnen. Wenn Samson nur hier wäre, um uns alle niederzuschlagen ...

EUGENE Wir werden entkommen, General.

GENERAL *scharf* Tod! Mehr Licht ... wie plötzlich es dunkelt. Mehr Licht, hörst du!

EUGENE *entfernt* Nein, General, nicht »mehr Licht« – »mehr Wärme!« Die Menschen sterben nicht an der Dunkelheit, sondern vor Kälte.

GENERAL So glaubst du also, daß du entkommen wirst. Nein, das Feuer ist i n dir. Tief ist der Stahl in deine Seele gesunken. Wir haben nur wenig Zeit und viel

Leid. Für uns gibt es keinen Sieg. – Nur Tapferkeit. Wir sind alle miteinander verdammt.

EUGENE Ja, General, wir sind alle miteinander verdammt, aber ich muß auf meinem unveräußerlichen Recht bestehen, meine eigene Hölle zu finden.

GENERAL Und wohin gehst du, Pilgrim, auf deiner Suche?

EUGENE Vor die Tore hinaus, wo Menschen sind, und weiter, bis ans Meer vielleicht, und den steilen Hang hinan zu Gott.

GENERAL Er zieht fort, mit dem Feuer in der einen Tasche und mit Schwefel in der anderen.

EUGENE Danke. Das ist das wahre Gleichgewicht.

GENERAL Und wenn er klug ist, reitet er auf einem Esel – denn ein Pferd würde ihn nie verstehen.

EUGENE Noch einmal: ich danke Ihnen.

GENERAL Für dich, mein Sohn, gibt es kein Entrinnen. Du wirst zurückkommen und den Staub der Ruinen durch deine Hände rieseln lassen.

Ein heftiges Klopfen am Tor.

Scharf. Wer ist da?

EUGENE *leise* Porter.

GENERAL Ein Geier sieht am besten im Dunkel.

EUGENE *geht zum Tor, öffnet* Kommen Sie herein, Porter.

PORTER Guten Abend.

GENERAL *sehr frisch und heiter* Kommen Sie her, Porter. Ich liege im Sterben. – Biete dem Herrn einen Platz an, Eugene.

PORTER *schwerfällig* Es hat mir sehr leid getan, Herr Ramsay, zu hören . . .

GENERAL Leid getan! Ach, ich möchte Ihnen gar nicht zuhören. Was hat Ihnen leid getan! Kommen Sie näher, Mann, Sie sehen auch nicht jeden Tag einen Gentleman sterben.

PORTER Ja . . . und wegen des Holzes, das Sie . . .

GENERAL Richtig, das Holz. Sagen Sie mir, Porter, sind noch genug Bäume in meinen Wäldern, um einen Sarg für mich draus zu zimmern?

PORTER Genug für uns alle, schätz' ich, Herr Ramsay.

GENERAL Für Sie auch?

PORTER Für mich auch.

GENERAL Oh, das ist seltsam. So werden wir am Ende vielleicht in demselben Holz ruhen.

PORTER Das kann wohl sein, Herr Ramsay.

EUGENE *scharf* Sie irren sich gründlich, Porter.

PORTER *lächelnd* Tja, ein großes, schönes Haus ist das, Herr Ramsay.

GENERAL Ein Haus? Wir haben doch nicht über das Haus hier gesprochen, Porter.

EUGENE Kommen Sie zur Sache, Porter. Mein Vater fühlt sich nicht wohl.

GENERAL Eugene, das ist manierlos. Du hast mit einem Gast nicht so zu sprechen. Er ist ein alter Freund der Familie. Porter, Sie müssen ihm das nachsehen.

PORTER Es ist wegen des Bodens, Herr Ramsay, der noch Ihnen gehört . . .

EUGENE *ungeduldig* Das ist längst schon erledigt, Porter. Mein Vater hat eingewilligt, zu verkaufen.

GENERAL Gene, ich bitte dich. – Du mißverstehst die Absichten unseres verehrten Freundes. Ich hingegen sehe vollkommen klar: Porter hat entdeckt, daß dieser Boden reich an Gold, oder Öl, oder Kohle, oder Platin oder Lapis-Lazuli ist. Da er nun, wie Brutus, ein ehrenwerter Mann ist, kommt er, uns einzuladen, sich mit ihm in den Profit zu teilen.

PORTER *nervös* Nein, Herr Ramsay. Es ist wegen der Papiere hier.

Geräusch, er breitet Papier aus.

GENERAL Ah, die Papiere!

EUGENE Morgen, Porter! Meinem Vater geht es nicht gut heute abend.

GENERAL Nein, nein. Er kommt im richtigen Augenblick.

PORTER *grinsend* Ja, Herr Ramsay!

EUGENE *leise* Was wollen Sie damit sagen, General?

GENERAL Einige Vögel werden schon ihre Schwingen heben und auf uns warten. Gut, also zu unserem Geschäft, Porter!

PORTER Es braucht nur noch Ihre Unterschrift, Herr Ramsay.

GENERAL *triumphierend zu Eugene* Hörst du?

PORTER Um es rechtskräftig zu machen.

GENERAL Laßt es mich rechtskräftig machen. *Lesend.* »Paragraph eins ... Paragraph zwei ...« – Ach ja, das muß immer dabei sein ... damit es rechtskräftig ist, wahrscheinlich. *Lesend.* »... und weiters geht aus dem Obengesagten hervor, daß die Grenzen der betreffenden Grundstücke behördlich vermessen werden müssen.«

EUGENE *hastig* Morgen – Vater!

GENERAL Nein, jetzt will ich's tun! *Lesend.* »Im Norden besagten Grundstückes, drei Meilen entlang des Ravel-Flußbettes, zwischen der alten Mühle und Potter's Bridge; weiters südwestlich in einer Länge von fünfdreiachtel Meilen zum Felsmassiv, entlang des näheren, auch östlichen Randes der Hominy-Road ...« *Wirft das Papier weg.* Oh, mein Königreich! ...

PORTER Nur damit's rechtskräftig ist ...

EUGENE Schweigen Sie, Porter!

GENERAL *lesend* »... Zum zweiten sind die Vertragsschließenden übereingekommen, daß auf der näheren, auch südlichen Seite der Fairview-Spitze, das Land, welches sich östlich des Felsmassivs bis zur Vereinigung der

Fairview-Spitze mit der Burnsville-Road erstreckt, also dreifünftel Meilen – und welches dann südwärts aufsteigt bis zur Höhe der Skyland-Hügel . . .«

EUGENE *verzweifelt* Vater!

GENERAL *unbewegt* ». . . und welches einige Gebäude einschließt, wie Wohngelegenheiten für Dienstpersonal, Wochenendhäuser und Stallungen – schließlich das Herrschaftshaus mit sechzehn Räumen auf dem Gipfel, bekannt unter dem Namen . . .«

EUGENE General, auch das Haus! Mein Gott, und Sie haben mir nichts davon gesagt!

GENERAL Gib mir die Feder, Eugene!

EUGENE General – das Haus! Sie können es nicht tun!

GENERAL Gib mir die Feder, Eugene!

PORTER Ja, das ist komisch, aber er wollte es so. Er ist für den Fortschritt.

GENERAL Und jetzt hat dieser Mann ein neues Wort kennengelernt, ein ganz ausgezeichnetes Wort. Nicht allein die Welt wird besser werden, sondern auch die Menschen. Denn sie haben das Mitleid kennengelernt. Die Feder, Eugene, die Feder! Gib mir die Feder!

EUGENE *verzweifelt wie zuvor* General, das Haus!

GENERAL Es muß weitergehen, Eugene.

EUGENE Weitergehen? So weitergehen – so wie eben hier?

GENERAL Darin liegt meine einzige Hoffnung auf Dauer. Ja, bei Gott, es soll weitergehen, wenn auch durch schmutzige, unaussprechlich unsaubere Hände. Aber es soll weitergehen! Geh deiner Wege, mein Sohn. Geh deiner Wege! Unser Teil ist getan.

EUGENE Rebell! Ja, ich wußte es schon früh; Sie sind ein Rebell.

GENERAL Die Feder!

EUGENE Ja, General.

GENERAL Porter, hiemit unterzeichne ich meine Abdankung. Deine Rechte als Erbe sind erloschen, Eugene. Wo ist dein Königreich nun hin?

EUGENE *kalt, triumphierend* Ich habe ein Königreich verloren und ein Kaiserreich gewonnen. Der Tausch ist gut.

GENERAL Ein Reich von Rauch und Traum! Wir sind alle miteinander verdammt!

PORTER *Papier raschelt.* Junger Herr, wollen Sie jetzt nicht auch unterschreiben?

EUGENE Ich?

PORTER Damit's rechtskräftig ist, brauch ich einen Zeugen.

EUGENE *unterschreibt* Hier, Porter, hier haben Sie auch Ihren Zeugen.

PORTER Ihr Geld, Herr Ramsay, haben Sie morgen auf der Bank.

GENERAL Ausgezeichnet, Porter.

PORTER Ja, ich bin vielleicht nicht so fein wie andre Leute, aber ich zahle prompt.

GENERAL Porter, Sie sind heute ein kleiner Mann, morgen werden Sie ein großer sein, denn Sie haben alle Tugenden eines Krämers und keine einzige eines Gentleman.

PORTER »Selig sind die Sanftmütigen, denn sie werden das Erdreich besitzen!«

GENERAL Ja, das taten sie immer.

PORTER Wenn ich Sie das nächste Mal besuche, Herr Ramsay . . .

GENERAL Das nächste Mal? Haben Sie denn nicht gehört, Porter? Ich gehe fort . . . auf eine weite Reise.

EUGENE *verzweifelt* Vater!

PORTER Sie sind ein alter Mann.

EUGENE *ausbrechend gegen Porter* Hören Sie auf . . . bei Gott . . . Ich werde Sie nicht länger anhören!

GENERAL *scharf* Halt! Eugene. Rühr ihn nicht an.

PORTER Ich habe gezahlt, ich habe für alles gleich bezahlt.

EUGENE Ich denke, es ist besser, Sie gehen jetzt.

PORTER *plötzlich leise* Er war ein dummer grüner Junge, ein Dummkopf! Das waren lauter verfluchte Dummköpfe unter zwanzig, die haben sich abschlachten lassen. *Laut, hastig.* Ich gehe schon.

GENERAL Eugene, sag dem Herrn, daß du sehr glücklich bist, ihn Bruder nennen zu dürfen. Und dann weis ihm die Tür.

Eugene und Porter entfernen sich mit Schritten.

EUGENE *fern* Vergessen Sie nicht, Porter, daß es auch für Sie, auch für Sie, keinen Sieg gibt. Aber es gibt ein Ende für uns alle.

PORTER Herr Ramsay, Holz ist genug da, für uns beide. *Schnell ab.*

GENERAL *nah* Tod!
Tod mit Schritten.
Tod, höre, wir haben uns eben in die Hände der Barbaren ausgeliefert.

TOD *grimmig* Ich will ihnen allen die Gurgel abschneiden.

GENERAL Noch nicht, mein Guter. Wir sind zu ungeschickt dazu. Laß uns Gott eine Chance geben. Eugene, sag deiner Mutter, daß ich sie sehen möchte.

EUGENE Ja, Vater. *Mit Schritten ab.*

Mrs. Ramsay tritt ein.

GENERAL Oh, da bist du. Komm, tritt unter das Licht. Wie jung du heut abend aussiehst.

MRS. RAMSAY *flüsternd* Liebster, sprich nicht.

GENERAL Ich kann nicht zu dir kommen, wie ich es einst tat. Willst du nicht hier an meinem Sessel niederknien, daß ich dich besser sehen kann?

MRS. RAMSAY *leise* Mein Leben war mir vorgezeichnet, aber ich habe es gelebt. Ich war immer ein Kind und du liebtest mich.

GENERAL Ich liebe dich, jetzt, wo ich selbst ein Kind geworden bin.

MRS. RAMSAY Und wenn ich dieses Kind nicht geblieben wäre?

GENERAL So könnte ich dich nie so geliebt haben. Denn mir war bestimmt, zu jenen Männern zu gehören, die die Mächtigen in der Welt spielen müssen. Gott aber braucht Grund zum Lachen und entthront sie, wenn's ihnen Ernst ist. So entthronte er auch mich, und nur das Kind in dir konnte meinen gebrochenen Stolz heilen.

MRS. RAMSAY Oh, mein König, du wirst triumphieren und zu den Sternen gehen.

GENERAL *lächelnd* Ein schöner Gedanke . . . Liebste. Doch es gibt nichts, was mich dorthin brächte.

MRS. RAMSAY Du darfst nicht gehen, du darfst nicht gehen, Liebster! Wer wird mir zur Seite sein und mich führen, wenn du von mir gehst?

GENERAL Wir haben alles gehabt, Wein und Musik. Jetzt müssen wir schlafen gehen. Schlafen, schlafen – das ist das Letzte.

MRS. RAMSAY Liebe ist das Letzte. Sie ist stärker als der Tod.

GENERAL Die Liebe – nein – die Zeit! Ich werde die Stunde nie vergessen, in der ich dich zum ersten Male sah, als du im Frühlicht eines Morgens von deines Vaters Haus kamst. Jetzt kann ich dich vor Dunkel nicht mehr sehen – Du gehörst ins Licht. Geh schlafen. Laß es bald wieder morgen sein.

MRS. RAMSAY Gute Nacht, Liebster. Jeden Morgen will ich bei dir sein.

Mrs. Ramsay mit Schritten ab.

GENERAL *rufend* Eugene!

Schritte, Eugene kommt.

Ich muß dir noch eins sagen, mein Sohn. Es gibt keinen Sieg für uns, nur Tapferkeit.

EUGENE Nur Tapferkeit.

GENERAL Wir sind geschlagen, für immer. Wir sind stolz und werden uns nie mehr erheben. Wir sind für immer gebrochen durch SEINES Armes Stärke.

EUGENE Ja, General.

GENERAL Eugene, geh und bring mir meinen Degen.

EUGENE Jetzt?

GENERAL *streng* Sofort. *Lauschend.* Er kommt, er kommt, der uralte Feind. Wie immer in der Nacht, Eugene!

EUGENE Ja, General?

GENERAL *triumphierend* Er wagte nicht, bei Tag zu kommen.

Eine ferne Tür schwingt im Haus.

Laß mich deine Hand halten, Eugene. Ich kann dich nicht sehen, so dunkel ist es schon. – Meine Adler sind aufgeflogen, und ich bleibe zurück, eine Handvoll Staub. Welches Erbe kann ich dir hinterlassen, welchen Lohn für deinen Glauben?

EUGENE Ein Wort – für alle, die noch unseresgleichen sind.

GENERAL Dann sag das Wort!

EUGENE Tapferkeit!

GENERAL So sei's. Horch, er kommt!

EUGENE Vater? Wer kommt?

GENERAL Einer ist gekommen und steht dort im Dunkel, neben dem Fenster. Siehst du ihn, Eugene?

EUGENE Ich sehe niemand.
GENERAL *gewichtig* Und glaubst du, daß er da ist?

Pause.

EUGENE Ich glaube, daß er da ist.
GENERAL Ich habe Zeit meines Lebens an das Unsichtbare geglaubt, an Dunst und Rauch, an Straßen über den Himmel, an Spiegel in der Luft und Türen im Wind – an verborgenen Glauben und verschwiegene Ehre – und an das unaussprechliche Mysterium des menschlichen Herzens. Nun falle ich, ein alter General, der nie eine Schlacht gewonnen hat.
EUGENE Viel hat der Feind gewonnen, aber nicht Ihr starkes Herz. Heute Nacht werden Sie Gott gewinnen, General.
GENERAL Ich bin verzweifelt und alt und habe des Himmels vergessen. Und doch verlangt mich nach IHM, der mir mehr Elend als Glück gab. Oh, mein Sohn, die Zeit deines Waffenstillstands läuft ab. Jetzt kannst du die Tressen und Epauletten deiner Uniform ablegen, wenn du willst. Goldenen Zierat hast du sie einmal genannt . . .
EUGENE Ja, General.
GENERAL Und doch war es wert, dafür zu kämpfen und zu leben. *Er erhebt sich mühsam. Scharf.* Du wartest, mein Freund, im Dunkel! Vielleicht dachtest du, mich unvorbereitet zu finden, vielleicht dachtest du, ich würde mich hinter meinem Sessel verstecken. Nein – ich habe von deinem Kommen gewußt.
EUGENE Vater!
GENERAL *laut* Komm, komm, mein Freund! Ich bin Schlimmeren auf dem Schlachtfeld begegnet. *Stöhnend.* Wie? Bin das noch ich, ein gebrechlicher, blinder, alter Mann, der sich mit zitternden Händen am Tisch entlang

tastet ... Noch einen Augenblick, mein Freund. Dann bin ich stark, und du kannst dich an mich lehnen, damit wir zusammen gehen.

Wind draußen, eine große schwere Glocke schlägt.

Gene, mein Sohn!

EUGENE Vater, ich bin bei dir.

GENERAL Noch einmal das Wort!

EUGENE Tapferkeit.

GENERAL Und nun. Du Gott sei gepriesen, der mich bricht. Ich bin gestorben, wie ich gelebt habe – mit einer großen Gebärde. *Fällt zu Boden.*

EUGENE Vater, Vater!

GENERAL *fast unhörbar* Der Waffenstillstand ist beendet. Pilgrim, geh deiner Wege. Geh: Wohin man dich ruft!

Ende des zweiten Aktes

Dritter Akt

Alte Lieder, erst laut, dann schwächer, hier hinein:

SPRECHER O Öde aus Verlust, in heißen Wirrsalen verloren, unter hellen Sternen auf dieser müden lichtlosen Schlacke verloren. Verloren! Uns wortlos erinnernd, suchen wir die große vergessene Sprache, das verlorene Ende eines Feldwegs in den Himmel, einen Stein, ein Blatt, eine nicht gefundene Tür. Wo? Wann? O verlorener, vom Wind gekränkter Geist, kehre zurück!

Lieder wieder stärker, dann ausblenden. Geräusch: Kommen und Gehen von vielen Schritten, Schlagen von schweren Hämmern, Splittern von Holz.

1. ZIMMERMANN Verstehst du, warum wir das Haus da abtragen sollen? Das ist doch ein ganz gutes Haus. Herrichten müßte man's lassen.

2. ZIMMERMANN Ach, mir ist das gleich, ich frag nicht warum, wenn ich mein Geld bekomm.

1. ZIMMERMANN Du, unser Alter, der ist ein riesiger Geizkragen. Der würde sich die Haut von einer Wurst aufheben. Was will er denn mit diesen alten Brettern? Die geben doch kein Bauholz mehr.

2. ZIMMERMANN Aber man kann sie noch ganz gut verheizen.

Eugene mit Schritten näher.

1. ZIMMERMANN *grob* He du, bist du in der Mühle fertig geworden?

EUGENE Ja.

2. ZIMMERMANN Mich ärgert's, daß der Alte jedem

Landstreicher Arbeit gibt, der vorbeikommt. Nur weil er ihnen nichts zu zahlen braucht. Aber ich arbeite nicht gern mit solchen Leuten. Die sind faul und strengen sich nicht an wie unsereins.

1. ZIMMERMANN Na, der da war heute fleißig.

2. ZIMMERMANN Ja, weil der Alte aufgepaßt hat.

Porter mit Schritten hinzu.

PORTER Leute, habt ihr euer Geld bekommen?

1. ZIMMERMANN Ja, Herr Porter.

PORTER Habt ihr's pünktlich bekommen?

1. ZIMMERMANN *mürrisch* Ja.

PORTER Na, dann arbeitet weiter.

2. ZIMMERMANN Aber eins muß ich Ihnen sagen, Herr Porter: Dazu bin ich nicht da, daß ich mit einem Landstreicher arbeite.

PORTER Geh zum Teufel!

MARGARET *mit Schritten hinzu* Ihr habt doch nichts dagegen, wenn ich mich hier ein wenig umsehe.

1. ZIMMERMANN Aber nein, gnädige Frau.

MARGARET Herr Porter, wie geht es Ihnen?

PORTER Oh, Sie sind's, Fräulein Patton. Ich hab Sie gar nicht erkannt, wegen dem Hut, den Sie aufhaben.

MARGARET Soll ich ihn abnehmen? – Sagen Sie, wer ist der Mann, der mit dem Rücken zu Ihnen steht?

PORTER Ein Neuer. Wenn Sie wollen, kann er Sie hier herumführen. Ein komischer Bursche. Aber er wird Ihnen gefallen. Sie haben doch was übrig für komische Burschen? He, Fräulein Patton?

MARGARET *zu Eugene* Sie sind neu hier . . .?

EUGENE *Rücken zum Mikro* Ja, gnädige Frau.

MARGARET Sie sind fremd hier . . .?

EUGENE *wie oben* Ja.

MARGARET Ich glaube, es sind sehr viele neue Leute

hier. *Kurze Pause.* Kehren Sie allen Leuten, mit denen Sie sprechen, den Rücken?

EUGENE *wie oben* Wenn's mir irgend möglich ist – ja!

MARGARET Wollen Sie mir nicht einen Augenblick lang Ihr Gesicht zuwenden? Ich kann es nicht sehen, weil es so dunkel wird.

EUGENE *leise* Ja, gnädige Frau.

MARGARET *leise* Und auch Sie können nichts mehr sehen.

EUGENE Nichts mehr.

MARGARET Aber ein wenig – ein wenig sehen Sie doch ...

EUGENE Ich sehe Ihre Augen, aber die könnte ich auch sehen, wenn ich weit weg wäre.

MARGARET Auch in der Dunkelheit.

EUGENE Ja, in der tiefsten Dunkelheit.

MARGARET Und im Licht könnten Sie nicht erkennen, daß ich alt geworden bin?

EUGENE Nein, schöne Dame. Im Licht könnte ich nichts feststellen, als daß Sie jung sind und unzerstörbar und ewig schön.

MARGARET Wie wundervoll doch die Dunkelheit sein kann.

EUGENE Ja, besser als die Morgendämmerung und besser als das Sonnenlicht.

MARGARET Welches Dunkel hat Sie das gelehrt?

EUGENE Darauf gibt es keine Antwort, denn das ist keine Frage. Die Enden der Erde treffen einander im Dunkel, und darüber hinaus kann ich nicht gehen.

MARGARET *aufschreiend* Eugene – mein Gott – deine Hände sind wund und bluten.

EUGENE Leg deine Hände auf meine, Geist. Ich bin verzweifelt und todkrank.

MARGARET Eugene, Eugene!

EUGENE Jetzt aber geh, geh fort, mein Geist. Ich will erst

kommen, wenn meine Zeit um ist und mein Werk vollbracht.

MARGARET Ich werde dich pflegen, Eugene, und alles wird gut werden!

EUGENE Du sollst gehorchen, Geist. Ich sage dir: geh, geh fort!

Margaret mit Schritten ab. Eine Sirene ertönt. Geräusche der Arbeit, ausblenden.

1. ZIMMERMANN Was treibst du dich da noch herum? Hast du nicht die Sirene gehört? Es ist sechs Uhr.

EUGENE Ja. Centurio, ich gehe schon.

1. ZIMMERMANN Wie nennst du mich?

EUGENE Il faut que j'aille trouver les toilettes.

2. ZIMMERMANN Laß ihn in Ruh. Was kannst du schon von einem Landstreicher erwarten? *Grob zu Eugene.* Und du, schau, daß du weiter kommst. Beschimpf anständige Arbeiter nicht.

EUGENE Ach, schweig, Zimmermann, ich weiß, daß du von edlem Blute stammst.

2. ZIMMERMANN *aufgebracht* Hören Sie das, Herr Porter?

PORTER Geht schon, geht schon. Ihr habt doch die Sirene gehört.

1. ZIMMERMANN Ich werde nicht dafür gezahlt, daß mich so einer beleidigt.

PORTER Abfahren!

Die Zimmerleute mit Schritten ab.

EUGENE Ist auch für mich der Arbeitstag zu Ende, mein guter, lieber Herr?

PORTER Für dich? Nein, du mußt heut' abend noch lernen, wie man ein Haus niederreißt.

EUGENE Wer wird mich das lehren, ehrenwerter Meister?

PORTER Du wirst's von mir lernen. Hast du je schon Werkzeug in der Hand gehabt?

Leise Musik.

EUGENE Nein, still, hört Ihr die Musik im Haus, edler Meister?

PORTER Nein, ich höre nichts.

EUGENE Ihr hört es nicht? Dann steht Ihr noch nicht in der Gnade, edler Meister.

PORTER Du hast bestimmt noch nie mit einem Werkzeug zu tun gehabt.

EUGENE Nein.

PORTER Und hast du's auch nie gelernt? Mir scheint, du hast's auch als Junge nicht gelernt.

EUGENE Nein.

PORTER Ich werde dir zeigen, wie man's macht. Gib mir den Hammer. So mußt du ihn halten, siehst du!

EUGENE Ja.

PORTER Wir brauchen etwas, auf das wir draufschlagen können. Vielleicht suchst du dir etwas aus.

EUGENE Ich glaube, Sie tun das besser selbst.

PORTER Wie wär's mit diesem Sessel? *Lacht.* In dem saß einmal ein General.

EUGENE *rauh* Sie sollten einen anderen Sessel nehmen.

PORTER Warum denn?

EUGENE Das ist ein sehr alter Sessel.

PORTER Ein alter Sessel? Ach was. Er ist heute noch so gut wie neu. Schau her, ich zeig dir, wie gut er ist. Wo ist der Hammer?

EUGENE Hier!

PORTER So hält man ihn und so schlägt man zu.

Er schlägt zu, Holz splittert.

EUGENE *heiser, verzweifelt* Das dürfen Sie nicht tun!

PORTER Es ist ja nur ein alter Sessel. Du hast recht gehabt, er ist nicht so gut, wie ich geglaubt habe. *Schlägt wieder zu, Holz splittert.* Schau her.

EUGENE Nein, nein, Sie dürfen das nicht tun.

PORTER Was denn? Ich darf ihn nicht zusammenschlagen? Oh, ich weiß schon, du möchtest wohl, daß ich ihn mir behalte. Du bist ein ganz gescheiter Kerl. Das werd ich tun, denn ich passe gut hinein.

EUGENE *beziehungsvoll* Ja, Sie passen gut hinein, Herr Porter.

PORTER Der Sessel hat dem alten Herrn selber gehört. So, und jetzt schlag du! Ich werd nur zusehen. Willst du diesen Tisch oder dieses Gesims zerschlagen. *Schlägt wieder zu.* Schau, wie leicht das ist! Und jetzt schlag endlich selbst!

EUGENE Ja, in Eure widrige Fratze, ehrenwerter Meister.

PORTER *schrill* Du bist ja verrückt!

EUGENE Vergeßt nicht, ehrenwerter Meister, daß es für uns beide ein Ende gibt!

PORTER Fort, weg, fort, Hilfe! Leute, helft mir doch. Der Kerl ist ja verrückt geworden. Loslassen!

1. ZIMMERMANN *mit Schritten herein* Ich hab's ja immer gesagt – er soll nicht jeden Landstreicher, der vorbeikommt, aufnehmen.

PORTER So helft mir doch! Loslassen, du verdammter . . .!

Geräusch: Ein Balken stürzt mit lautem Gedröhn herunter.

2. ZIMMERMANN Allmächtiger Gott, das Haus! Raus, schnell! Raus! Da bricht ja die Decke auseinander!

1. ZIMMERMANN Lassen Sie ihn, Herr Porter!
Ein zweiter Balken stürzt.
Das Haus stürzt ein. Kommen Sie, hier, nein dort ... zum Fenster hinaus ...!

Alle laufen in großer Aufregung auseinander. Musik leise einblenden.

MARGARET *durch Filter wie von fern* Eugene!

EUGENE Ich komme, Geist!

VIELE STIMMEN *durch Filter, wie von sehr fern* Dann komm, dann komm, Eugene!

Es kracht wieder im Gebälk.

EUGENE Ich bin ein Teil aller Dinge, die ich berührt habe.

VIELE STIMMEN *wie oben* Dann komm, dann komm, Eugene!

EUGENE Nil separabit! *Rufend.* Oh, meine Ahnen waren Helden. Ich habe versagt. Hier war das Haus, und ich konnte es nicht halten. Hier war die Welt, und ich konnte sie nicht fassen.

Das Haus stürzt krachend zusammen.

EUGENE *mit erstickender Stimme* Hier war ein Haus!

Das Haus stürzt weiter zusammen. Wenn alle Erschütterungen verklungen sind, Stille. Dann den Walzer aus dem ersten Akt einblenden, dessen Klänge vom Wind fortgetragen werden – wieder kurze Stille, dann langsames Fallen von Wassertropfen.

VIELE STIMMEN *wie oben* Dann komm, dann komm, Eugene!

MARGARET *durch Filter wie von fern* Aber du bist gut und schön, und ich liebe dich.

MAJOR *durch Filter wie von fern, außer Atem, optimistisch* Es war prachtvoll, einhundertsiebzehn Kadetten unter neunzehn Jahren.

GENERAL *durch Filter, wie von fern* Und sollt ich am hellen Mittag der Hölle begegnen.

MRS. RAMSAY *durch Filter* ... auf unsere glorreiche Vergangenheit!

Noch ein letzter Klangfetzen des Walzers wird vom Wind fortgetragen.

EINE STIMME *hoch, dünn, spöttisch, in nicht endenwollendes Gelächter ausbrechend* Blast nur einmal über die Hand, meine Herren.
Entsprechendes Geräusch.
Zu Staub, meine Herren, zu Staub.

Ende

Giuseppe Ungaretti: Gedichte

Mit einem Nachwort

Mattina

M'illumino
d'immenso

Santa Maria La Longa
il 26 gennaio 1917

Eterno

Tra un fiore colto e l'altro donato
l'inesprimibile nulla

Tappeto

Ogni colore si espande e si adagia
negli altri colori

Per essere più solo se lo guardi

Morgen

Ich erleuchte mich
durch Unermeßliches

Ewig

Zwischen einer gepflückten Blume und der geschenkten
das unausdrückbare Nichts

Teppich

Jede Farbe breitet sich aus und gibt sich auf
in den anderen Farben

Um einsamer zu sein wenn du hinsiehst

Agonia

Morire come le allodole assetate
sul miraggio

O come la quaglia
passato il mare
nei primi cespugli
perché di volare
non ha più voglia

Ma non vivere di lamento
come un cardellino accecato

Ricordo d'Affrica

Il sole rapisce la città

Non si vede più

Neanche le tombe resistono molto

Todeskampf

Sterben wie die durstigen Lerchen
an der Luftspiegelung

Oder wie die Wachtel
nach dem Flug übers Meer
im ersten Gesträuch
weil sie zu fliegen
keine Lust mehr hat

Aber nicht vom Gezeter leben
wie ein geblendeter Stieglitz

Erinnerung an Afrika

Die Sonne überwältigt die Stadt

Man sieht nicht mehr

Nicht einmal die Gräber wehren sich lang

Notte di maggio

Il cielo pone in capo
ai minareti
ghirlande di lumini

Chiaroscuro

Anche le tombe sono scomparse

Spazio nero infinito calato
da questo balcone
al cimitero

Mi è venuto a ritrovare
il mio compagno arabo
che s'è ucciso l'altra sera

Rifà giorno

Tornano le tombe
appiattate nel verde tetro
delle ultime oscurità
nel verde torbido
del primo chiaro

Mainacht

Der Himmel legt den Minaretten
Lichtgirlanden
ums Haupt

Helldunkel

Auch die Gräber sind verschwunden

Schwarzer unendlicher Raum herabgesunken
von diesem Balkon
auf den Friedhof

Da kommt es mir
daß ich meinen arabischen Freund
der sich gestern abend getötet hat
wiedertreffe

Wieder wird Tag

Es kehren die Gräber zurück
platt im düsteren Grün
der letzten Dunkelheiten
im trüben Grün
der ersten Helle

In memoria

Si chiamava
Moammed Sceab

Discendente
di emiri di nomadi
suicida
perché non aveva più
Patria

Amò la Francia
e mutò nome

Fu Marcel
ma non era Francese
e non sapeva più
vivere
nella tenda dei suoi
dove si ascolta la cantilena
del Corano
gustando un caffè

E non sapeva
sciogliere
il canto
del suo abbandono

In Memoriam

Er hieß
Mohammed Sheab

Abkömmling
von Emiren von Nomaden
Er beging Selbstmord
weil er kein Land
mehr hatte

Er liebte Frankreich
und änderte seinen Namen

Wurde Marcel
war aber nicht Franzose
und konnte nicht mehr
leben
im Zelt der Seinen
wo man dem Singsang
des Korans lauscht
einen Kaffee nippend

Und wußte nicht
anzustimmen
den Gesang
seiner Verlassenheit

L'ho accompagnato
insieme alla padrona dell'albergo
dove abitavamo
a Parigi
dal numero 5 della rue des Carmes
appassito vicolo in discesa

Riposa
nel camposanto d'Ivry
sobborgo che pare
sempre
in una giornata
di una
decomposta fiera

E forse io solo
so ancora
che visse

Locvizza il 30 settembre 1916

Ich habe ihm das Geleit gegeben
zusammen mit der Besitzerin des Hotels
in dem wir wohnten
in Paris
Nummer 5 rue des Carmes
schäbiges steiles Gäßchen

Er ruht
auf dem Friedhof von Ivry
Vorstadt die immer
erscheint wie am Tag
eines aufgelösten Jahrmarkts

Und ich allein
weiß vielleicht noch
daß er lebte

Il porto sepolto

Vi arriva il poeta
e poi torna alla luce con i suoi canti
e li disperde

Di questa poesia
mi resta
quel nulla
d'inesauribile segreto

Mariano il 29 giugno 1916

Der begrabene Hafen

Dort kommt der Dichter an
und wendet sich dann zum Licht mit seinen Gesängen
und er verstreut sie

Von diesem Gedicht
bleibt mir
jenes Nichts
von unerschöpflichem Geheimnis

Veglia

Un'intera nottata
buttato vicino
a un compagno
massacrato
con la sua bocca
digrignata
volta al plenilunio
con la congestione
delle sue mani
penetrata
nel mio silenzio
ho scritto
lettere piene d'amore

Non sono mai stato
tanto
attaccato alla vita

Cima Quattro il 23 dicembre 1915

Wache

Eine ganze Nacht lang
hingeworfen
neben einen hingemetzelten
Kameraden
mit seinem gefletschten
Mund
dem Vollmond zugewandt
mit dem Blutandrang
seiner Hände
der in mein Schweigen
einbrach
habe ich Briefe geschrieben
voll von Liebe

Nie bin ich so sehr
am Leben
gehangen

Fase d'oriente

Nel molle giro di un sorriso
ci sentiamo legare da un turbine
di germogli di desiderio

Ci vendemmia il sole

Chiudiamo gli occhi
per vedere nuotare in un lago
infinite promesse

Ci rinveniamo a marcare la terra
con questo corpo
che ora troppo ci pesa

Versa il 27 aprile 1916

Orientalische Phase

Im weichen Verlauf eines Lächelns
fühlen wir uns gepackt vom Wirbelwind
aus Sprößlingen des Verlangens

Die Sonne erntet uns

Wir schließen die Augen
um unendliche Versprechen in einem See
schwimmen zu sehn

Wir fassen uns wieder und stempeln die Erde
mit diesem Körper
der jetzt viel zu schwer für uns ist

Tramonto

Il carnato del cielo
sveglia oasi
al nomade d'amore

Versa il 20 maggio 1916

Stasera

Balaustrata di brezza
per appoggiare stasera
la mia malinconia

Versa il 22 maggio 1916

Sonnenuntergang

Die Rötung des Himmels
weckt Oasen
für den Nomaden der Liebe

Heut abend

Balustrade aus Wind
um heut abend
meine Traurigkeit
aufzustützen

Fase

Cammina cammina
ho ritrovato
il pozzo d'amore

Nell'occhio
di mill'una notte
ho riposato

Agli abbandonati giardini
ella approdava
come una colomba

Fra l'aria
del meriggio
ch'era uno svenimento
le ho colto
arance e gelsumini

Mariano il 25 giugno 1916

Phase

Geh geh
wiedergefunden hab ich
den Brunnen der Liebe

Im Aug
von tausend'einer Nacht
hab ich geruht

An den verlassenen Gärten
landete diese Nacht
wie eine Taube

In der Luft
des ohnmächtigen Mittags
pflückte ich ihr
Orangen Jasmine

Peso

Quel contadino
si affida alla medaglia
di Sant'Antonio
e va leggero

Ma ben sola e ben nuda
senza miraggio
porto la mia anima

Mariano il 29 giugno 1916

Dannazione

Chiuso fra cose mortali

(Anche il cielo stellato finirà)

Perché bramo Dio?

Mariano il 29 giugno 1916

Gewicht

Dieser Bauer
vertraut sich der Medaille
des heiligen Antonius an
und geht leicht einher

Aber recht allein und recht nackt
ohne Blendung
trage ich meine Seele einher

Verdammnis

Eingeschlossen zwischen sterbliche Dinge

(Auch der gestirnte Himmel wird enden)

Warum giere ich nach Gott?

Fratelli

Di che reggimento siete
fratelli?

Parola tremante
nella notte

Foglia appena nata

Nell'aria spasimante
involontaria rivolta
dell'uomo presente alla sua
fragilità

Fratelli

Mariano il 15 luglio 1916

Brüder

Von welchem Regiment seid ihr,
Brüder?

Zitternd das Wort
in der Nacht

Das kaum geborene Blatt

In der erregenden Luft
das ungewollte Aufbegehren
des Mannes
der seine Schwäche
weiß

Brüder

Sono una creatura

Come questa pietra
del S. Michele
così fredda
così dura
così prosciugata
così refrattaria
così totalmente
disanimata

Come questa pietra
è il mio pianto
che non si vede

La morte
si sconta
vivendo

Valloncello di Cima Quattro
il 5 agosto 1916

Ich bin eine Kreatur

Wie dieser Stein
des Hl. Michael
so kalt
so hart
so ausgetrocknet
so widerständig
unbeseelt
so ganz und gar

Wie dieser Stein
ist mein Weinen
man sieht es nicht

Den Tod
büßt man
lebend ab

I fiumi

Mi tengo a quest'albero mutilato
abbandonato in questa dolina
che ha il languore
di un circo
prima o dopo lo spettacolo
e guardo
il passaggio quieto
delle nuvole sulla luna

Stamani mi sono disteso
in un'urna d'acqua
e come una reliquia
ho riposato

L'Isonzo scorrendo
mi levigava
comme un suo sasso

Ho tirato su
le mie quattr'ossa
e me ne sono andato
come un acrobata
sull'acqua

Mi sono accoccolato
vicino ai miei panni
sudici di guerra
e come un beduino
mi sono chinato a ricevere
il sole

Die Flüsse

Ich halte mich an diesem verkrüppelten Baum
verlassen in diesem Trichter
der die Öde
eines Zirkus'
vor oder nach der Schaustellung hat
und ich betrachte
das ruhige Vorüberziehen
der Wolken über dem Mond

Heut morgen habe ich mich ausgestreckt
in einer Wasserurne
und wie eine Reliquie
habe ich geruht

Der strömende Isonzo
glättete mich
wie einen seiner Steine

Ich habe meine Gebeine
aufgehoben
und bin fortgegangen
wie ein Akrobat
auf dem Wasser

Neben meine Kleider
die schmutzig vom Krieg sind
habe ich mich gekauert
und wie ein Beduine
krümmte ich mich und empfing
die Sonne

Questo è l'Isonzo
e qui meglio
mi sono riconosciuto
una docile fibra
dell'universo

Il mio supplizio
è quando
non mi credo
in armonia

Ma quelle occulte
mani
che m'intridono
mi regalano
la rara
felicità

Ho ripassato
le epoche
della mia vita

Questi sono
i miei fiumi

Questo è il Serchio
al quale hanno attinto
duemil'anni forse
di gente mia campagnola
e mio padre e mia madre

Dies ist der Isonzo
und hier habe ich mich
so recht erkannt
eine willfährige Faser
des Alls

Eine Qual
ist es mir
wenn ich mich nicht
im Einklang weiß

Aber diese heimlichen
Hände
die mich kneten
schenken mir
die seltene
Glückseligkeit

Wieder bin ich durch die Zeiten
meines Lebens
gegangen

Dies sind
meine Flüsse

Dies ist der Serchio
und aus ihm schöpften
zweitausendjahrlang vielleicht
meine Leute vom Land
und Vater und Mutter

Questo è il Nilo
che mi ha visto
nascere e crescere
e ardere d'inconsapevolezza
nelle estese pianure

Questa è la Senna
e in quel suo torbido
mi sono rimescolato
e mi sono conosciuto

Questi sono i miei fiumi
contati nell'Isonzo

Questa è la mia nostalgia
che in ognuno
mi traspare
ora ch'è notte
che la mia vita mi pare
una corolla
di tenebre

Cotici il 16 agosto 1916

Dies ist der Nil
der sah
wie ich geboren wurde heranwuchs
und brannte von Unbewußtem
auf weiten Ebenen

Dies ist die Seine
und in ihre Wirbel
hab ich mich wieder gemischt
und hab mich erkannt

Dies sind meine Flüsse
gezählt im Isonzo

Dies ist meine Sehnsucht
die in jedem Fluß
mir durchscheint
nun da es Nacht ist
da mir mein Leben erscheint
wie eine Blütenkrone
von Finsternissen

Pellegrinaggio

In agguato
in queste budella
di macerie
ore e ore
ho strascicato
la mia carcassa
usata dal fango
come una suola
o come un seme
di spinalba

Ungaretti
uomo di pena
ti basta un'illusione
per farti coraggio

Un riflettore
di là
mette un mare
nella nebbia

Valloncello dell'Albero Isolato
il 16 agosto 1916

Wallfahrt

Im Hinterhalt
in diesen Eingeweiden
von Trümmern
habe ich Stunden
um Stunden
mein Wrack
dahingeschleppt
dem Schlamm ausgesetzt
wie eine Schuhsohle
oder wie ein Weißdornsame

Ungaretti
Dulder
dir genügt eine Illusion
um dir Mut zu machen

Ein Scheinwerfer
legt von drüben
ein Meer
in den Nebel

Universo

Col mare
mi sono fatto
una bara
di freschezza

Devetachi il 24 agosto 1916

San Martino del Carso

Di queste case
non è rimasto
che qualche
brandello di muro

Di tanti
che mi corrispondevano
non è rimasto
neppure tanto

Ma nel cuore
nessuna croce manca

È il mio cuore
il paese più straziato

Valloncello dell'Albero Isolato
il 27 agosto 1916

Universum

Mit dem Meer
habe ich mir
eine Bahre aus Frische
gemacht

St. Martin vom Karst

Von diesen Häusern
ist nichts geblieben
als ein paar
Fetzen Mauer

Von so vielen
die mit mir waren
ist nicht einmal
soviel geblieben

Aber im Herzen
fehlt kein Kreuz

Es ist mein Herz
das zerstörteste Land

Attrito

Con la mia fame di lupo
ammaino
il mio corpo di pecorella

Sono come
la misera barca
e come l'oceano libidinoso

Locvizza il 28 settembre 1916

Distacco

Eccovi un uomo
uniforme

Eccovi un'anima
deserta
uno specchio impassibile

M'avviene di svegliarmi
e di congiungermi
e di possedere

Il raro bene che mi nasce
così piano mi nasce

E quando ha durato
così insensibilmente s'è spento

Locvizza il 24 settembre 1916

Zerknirscht

Mit dem Hunger des Wolfs
umstreiche ich
meinen Schafskörper

Ich bin
wie die elendige Barke
und der wollüstige Ozean

Riß

Hier habt ihr einen Mann
wie jeden

Hier habt ihr eine Seele
die verödet ist
einen gleichgültigen Spiegel

Es geschieht mir daß ich erwache
mich vereinige
und besitze

Das wenige Gute das mir wird
wird mir so langsam

Und wenn es gedauert hat
so unmerkbar ist es erloschen

Perché?

Ha bisogno di qualche ristoro
il mio buio cuore disperso

Negli incastri fangosi dei sassi
come un'erba di questa contrada
vuole tremare piano alla luce

Ma io non sono
nella fionda del tempo
che la scaglia dei sassi tarlati
dell'improvvisata strada
di guerra

Da quando
ha guardato nel viso
immortale del mondo
questo pazzo ha voluto sapere
cadendo nel labirinto
del suo cuore crucciato

Si è appiattito
come una rotaia
il mio cuore in ascoltazione
ma si scopriva a seguire
come una scia
una scomparsa navigazione

Guardo l'orizzonte
che si vaiola di crateri

Warum?

Es hat irgendeine Tröstung nötig
mein dunkles zerfallenes Herz

In den schlammigen Kerben der Steine
möchte es leis dem Licht zu zittern
wie ein Halm dieser Gegend

Aber ich bin
in der Schleuder der Zeit
nichts als ein Splitter zerfressener Steine
der unvorhergesehenen Straße
des Kriegs

Seit er
ins unsterbliche Antlitz
der Welt geblickt hat
hat dieser Narr wissen wollen
und geriet doch ins Labyrinth
seines verquälten Herzens

Platt gemacht
wie eine Radspur
hat sich mein Herz zur Behorchung
doch es entdeckte
daß es wie ein Kielwasser
einer verschwundenen Schiffahrt folgt

Ich betrachte den Horizont
der sich mit Kratern impft

Il mio cuore vuole illuminarsi
come questa notte
almeno di zampilli di razzi

Reggo il mio cuore
che s'incaverna
e schianta e rintrona
come un proiettile
nella pianura
ma non mi lascia
neanche un segno di volo

Il mio povero cuore
sbigottito
di non sapere

Carsia Giulia 1916

Erleuchten möchte mein Herz sich
wie diese Nacht
wenigstens mit Raketen

Ich zwinge mein Herz
das sich in die Erde wühlt
platzt und erdröhnt
wie ein Projektil
in der Ebene
aber es gönnt mir
auch nicht den leisesten Anflug des Fliegens

Mein armes Herz
bestürzt
von Nichtwissen

Commiato

Gentile
Ettore Serra
poesia
è il mondo l'umanità
la propria vita
fioriti dalla parola
la limpida meraviglia
di un delirante fermento

Quando trovo
in questo mio silenzio
una parola
scavata è nella mia vita
come un abisso

Locvizza il 2 ottobre 1916

Allegria di naufragi

E subito riprende
il viaggio
come
dopo il naufragio
un superstite
lupo di mare

Versa il 14 febbraio 1917

Abschied

Verehrter
Ettore Serra
Poesie
ist die Welt die Menschheit
das eigene Leben
blühen gemacht vom Wort
das klare Wunder
eines fiebernden Ferments

Wenn ich in diesem
meinem Schweigen
ein Wort finde
ist es in mein Leben gegraben
wie ein Abgrund

Freude der Schiffbrüche

Und plötzlich nimmst du
die Fahrt wieder auf
wie
nach dem Schiffbruch
ein überlebender
Seebär

Natale

Non ho voglia
di tuffarmi
in un gomitolo
di strade

Ho tanta
stanchezza
sulle spalle

Lasciatemi così
come una
cosa
posata
in un
angolo
e dimenticata

Qui
non si sente
altro
che il caldo buono

Sto
con le quattro
capriole
di fumo
del focolare

Napoli il 26 dicembre 1916

Weihnachten

Ich habe keine Lust
mich in ein Knäuel
von Straßen
zu stürzen

Soviel Müdigkeit
ist
auf meinen Schultern

Laßt mich
so
wie einen
in die Ecke
gestellten
und vergessenen
Gegenstand

Hier
fühlt man nichts anderes
als
die gute Wärme

Ich halte es
mit den paar
Bocksprüngen
des Rauches
vom Herd

Solitudine

Ma le mie urla
feriscono
come fulmini
la campana fioca
del cielo

Sprofondano
impaurite

Santa Maria La Longa
il 26 gennaio 1917

Dormire

Vorrei imitare
questo paese
adagiato
nel suo camice
di neve

Santa Maria La Longa
il 26 gennaio 1917

Einsamkeit

Aber meine Schreie
fahren
wie Blitze
in die schwache Glocke
des Himmels

Und verlieren sich
furchtsam

Schlafen

Diesem sanft
hinliegenden Land
möchte ich es
gleichtun
in seinem
Schneehemd

Godimento

Mi sento la febbre
di questa
piena di luce

Accolgo questa
giornata come
il frutto che si addolcisce

Avrò
stanotte
un rimorso come un
latrato
perso nel
deserto

Versa il 18 febbraio 1917

Un'altra notte

In quest'oscuro
colle mani
gelate
distinguo
il mio viso

Mi vedo
abbandonato nell'infinito

Vallone il 20 aprile 1917

Genuß

Fieber habe ich
von dieser
Überfülle des Lichts

Ich pflücke
diesen Tag wie die Frucht
die süß und süßer wird

Ich werde
heut nacht
einen Gewissensbiß haben
wie ein Gebell
verloren
in der Wüste

Eine andere Nacht

In diesem Dunkel
mit den eiskalten
Händen
erkenne ich
mein Gesicht

Ich sehe mich
verloren im Unendlichen

Giugno

Quando
mi morirà
questa notte
e come un altro
potrò guardarla
e mi addormenterò
al fruscio
delle onde
che finiscono
di avvoltolarsi
alla cinta di gaggie
della mia casa

Quando mi risveglierò
nel tuo corpo
che si modula
come la voce dell'usignolo

Si estenua
come il colore
rilucente
del grano maturo

Nella trasparenza
dell'acqua
l'oro velino
della tua pelle
si brinerà di moro

Juni

Wenn
diese Nacht
mir sterben wird
und ich sie wie ein anderer
werde betrachten können
und einschlafe
beim Rauschen
der Wellen
die dann aufhören
sich um den Gürtel
der Akazien meines Hauses
zu wälzen

Wenn ich wiedererwachen werde
in deinem Körper
der sich wandelt
wie die Stimme der Nachtigall

Sich entkräftet
wie die schimmernde Farbe
des reifen Korns

In der Durchsichtigkeit
des Wassers
betaut sich das seidige Gold
deiner Haut
mohrenfarben

Librata
dalle lastre
squillanti
dell'aria sarai
come una
pantera

Ai tagli
mobili
dell'ombra
ti sfoglierai

Ruggendo
muta in
quella polvere
mi soffocherai

Poi
socchiuderai le palpebre

Vedremo il nostro amore reclinarsi
come sera

Poi vedrò
rasserenato
nell'orizzonte di bitume
delle tue iridi morirmi
le pupille

Ora
il sereno è chiuso
come
a quest'ora
nel mio paese d'Affrica
i gelsumini

Schweben gemacht
von den schallenden
Pflastern der Luft
wirst du sein
wie ein Panther

Entblättern wirst du dich
an der beweglichen
Schneide
des Schattens

Stumm
brüllend
in diesem Staub
wirst du mich ersticken

Dann
die Lider fast schließen

Wir werden unsre Liebe sich neigen sehen
wie Abend

Dann werde ich
endlich zufrieden
am asphaltenen Horizont
deiner Iris meine Pupille
sterben sehen

Jetzt
schließt sich die Helle
wie zu dieser Stunde
in meinem afrikanischen Land
die Jasmine

Ho perso il sonno

Oscillo
al canto d'una strada
come una lucciola

Mi morirà
questa notte?

Campolongo il 5 luglio 1917

Ich habe den Schlaf verloren

Ich flackre
an einem Straßensaum
wie ein Glühwurm

Wird diese Nacht
mir sterben?

Girovago

In nessuna
parte
di terra
mi posso
accasare

A ogni
nuovo
clima
che incontro
mi trovo
languente
che
una volta
già gli ero stato
assuefatto

E me ne stacco sempre
straniero

Nascendo
tornato da epoche troppo
vissute

Godere un solo
minuto di vita
iniziale

Cerco un paese
innocente

Campo di Mailly
maggio 1918

Landstreicher

In keiner
Gegend
der Erde
kann ich
hausen

In jedem
neuen
Klima
das ich verspüre
schmachte ich
da ich schon einmal
daran
gewöhnt war

Und ich trenne mich immer
fremd

Bin geboren
nur wiedergekehrt
aus abgelebten
Zeiten

Einen einzigen Augenblick
anfängliches Leben
genießen

Ich suche
ein unschuldiges
Land

Sereno

Dopo tanta
nebbia
a una
a una
si svelano
le stelle

Respiro
il fresco
che mi lascia
il colore del cielo

Mi riconosco
immagine
passeggera

Presa in un giro
immortale

Bosco di Courton luglio 1918

Soldati

Si sta come
d'autunno
sugli alberi
le foglie

Bosco di Courton luglio 1918

Heiter

Nach soviel
Nebel
enthüllen sich
einer
um den andern
die Sterne

Ich atme
die Frische
aus der Farbe
des Himmels

Ich begreife mich
ein flüchtiges Bild

Hinter ein unsterbliches
Licht geführt

Soldaten

So
wie im Herbst
am Baum
Blatt und Blatt

Lucca

A casa mia, in Egitto, dopo cena, recitato il rosario,
mia madre ci parlava di questi posti.
La mia infanzia ne fu tutta meravigliata.
La città ha un traffico timorato e fanatico.
In queste mura non ci si sta che di passaggio.
Qui la meta è partire.
Mi sono seduto al fresco sulla porta dell'osteria con
della gente che mi parla di California come d'un
suo podere.
Mi scopro con terrore nei connotati di queste
persone.
Ora lo sento scorrere caldo nelle mie vene, il sangue
dei miei morti.
Ho preso anch'io una zappa.
Nelle cosce fumanti della terra mi scopro a ridere.
Addio desideri, nostalgie.
So di passato e d'avvenire quanto un uomo può
saperne.
Conosco ormai il mio destino, e la mia origine.
Non mi rimane piú nulla da profanare, nulla da
sognare.
Ho goduto di tutto, e sofferto.
Non mi rimane che rassegnarmi a morire.
Alleverò dunque tranquillamente una prole.
Quando un appetito maligno mi spingeva negli
amori mortali, lodavo la vita.
Ora che considero, *anch'io*, l'amore come una
garanzia della specie, ho in vista la morte.

Lucca

Bei uns zuhaus, in Ägypten, nach dem Nachtmahl,
nachdem der Rosenkranz gebetet war, sprach uns
meine Mutter von diesen Orten.
Meine Kindheit war davon ganz verzaubert.
Die Stadt hat einen gottesfürchtigen und fanatischen
Verkehr.
In diesen Mauern hält man sich nur vorübergehend auf.
Hier ist das Ziel: abreisen.
Ich habe mich in den Schatten an den Eingang des
Wirtshauses gesetzt mit Leuten, die mir von
Kalifornien erzählten wie von ihrem Besitz.
Ich entdecke mich mit Entsetzen in den
Gesichtszügen dieser Leute.
Jetzt fühl ich es heiß durch meine Adern rinnen, das
Blut meiner Toten.
Auch ich habe eine Hacke genommen.
In den rauchenden Schenkeln der Erde ist mir zum
Lachen.
Lebt wohl, Wünsche, Sehnsüchte.
Ich weiß vom Vergangnen und von der Zukunft, was
ein Mann drüber wissen kann.
Ich kenne allerdings mein Schicksal und meine Herkunft.
Nichts mehr bleibt mir zu schänden, nichts mehr zu
träumen.
Ich habe von allem gehabt – und gelitten.
Ich werde also ruhig eine Nachkommenschaft
aufziehen.
Wenn ein boshafter Appetit mich in die sterblichen
Lieben trieb, lobte ich das Leben.
Jetzt, da ich, *auch ich,* die Liebe zur Erhaltung der Art
gut weiß, hab ich den Tod vor Augen.

Preghiera

Quando mi desterò
dal barbaglio della promiscuità
in una limpida e attonita sfera

Quando il mio peso mi sarà leggero

Il naufragio concedimi Signore
di quel giovane giorno al primo grido

Pari a sé

Va la nave, sola
Nella quiete della sera.

Qualche luce appare
Di lontano, dalle case.

Nell'estrema notte
Va in fumo a fondo il mare.

Resta solo, pari a sé,
Uno scroscio che si perde . . .

Si rinnova . . .

1925

Bitte

Wenn ich erlöst sein werde
von der Blendung des Tausenderlei
in einer klaren und stärkenden Luft

Wenn mein Gewicht mir leicht sein wird

Laß mich den Schiffbruch erleiden Herr
dieses jungen Tages beim ersten Schrei

Sich gleich

Fährt, fährt das Schiff allein
in der Ruhe des Abends.

Manch ein Licht erscheint
von fern, von den Häusern.

In der äußersten Nacht
geht in Rauch auf von Grund auf das Meer.

Bleibt allein, sich gleich,
ein Geroll, das sich verliert . . .

Sich erneuert . . .

Rosso e azzurro

Ho atteso che vi alzaste,
Colori dell'amore,
E ora svelate un' infanzia di cielo.

Porge la rosa più bella sognata.

1928

Quiete

L'uva è matura, il campo arato,

Si stacca il monte dalle nuvole.

Sui polverosi specchi dell'estate
Caduta è l'ombra,

Tra le dita incerte
Il loro lume è chiaro,
E lontano.

Colle rondini fugge
L'ultimo strazio.

1929

Rot und Himmelblau

Ich habe gewartet, daß ihr euch erhebt,
Farben der Liebe,
Und jetzt entbergt ihr eine Himmelskindheit.

Sie reicht die schönste geträumte Rose.

Ruhe

Die Traube ist reif, das Feld gepflügt.

Von den Wolken löst sich der Berg.

Auf die staubigen Sommerspiegel
ist der Schatten gefallen,

Zwischen den unsicheren Fingern
ist ihr Licht klar
und fern.

Mit den Schwalben zieht
die letzte Mühe.

La pietà

1

Sono un uomo ferito.

E me ne vorrei andare
E finalmente giungere,
Pietà, dove si ascolta
L'uomo che è solo con sé.

Non ho che superbia e bontà.

E mi sento esiliato in mezzo agli uomini.

Ma per essi sto in pena.

Non sarei degno di tornare in me?

Ho popolato di nomi il silenzio.

Ho fatto a pezzi cuore e mente
Per cadere in servitù di parole?

Regno sopra fantasmi.

O foglie secche,
Anima portata qua e là . . .

No, odio il vento e la sua voce
Di bestia immemorabile.

Barmherzigkeit

1

Ein verwundeter Mensch bin ich.

Und ich möchte fortgehen
Und endlich Barmherzigkeit erlangen
Wo man den Menschen erhört
Der allein ist mit sich.

Ich habe nichts als Hochmut und Güte.

Und ich fühle mich ausgestoßen inmitten der Menschen.

Aber um sie sorge ich mich.

Wär ich nicht würdig, mich in mich zurückzuziehen?

Bevölkert mit Namen hab ich die Stille.

Hab ich Herz und Geist zerstückt,
Um in die Knechtschaft der Worte zu kommen?

Ich regiere über Gespenster.

O dürre Blätter,
Seele da und dorthin getragen . . .

Nein, ich hasse den Wind und seine Stimme
Stimme der erinnerungslosen Bestie.

Dio, coloro che t'implorano
Non ti conoscono più che di nome?

M'hai discacciato dalla vita.

Mi discaccerai dalla morte?

Forse l'uomo è anche indegno di sperare.

Anche la fonte del rimorso è secca?

Il peccato che importa,
Se alla purezza non conduce più.

La carne si ricorda appena
Che una volta fu forte.

È folle e usata, l'anima.

Dio, guarda la nostra debolezza.

Vorremmo una certezza.

Di noi nemmeno più ridi?

E compiangici dunque, crudeltà.

Non ne posso più di stare murato
Nel desiderio senza amore.

Una traccia mostraci di giustizia.

La tua legge qual è?

Gott, jene, die dich anflehen,
Kennen sie dich nur dem Namen nach?

Du hast mich verjagt vom Leben.

Wirst du mich vom Tod verjagen?

Der Mensch ist vielleicht auch des Hoffens unwürdig.

Ist auch der Quell des Gewissens trocken?

Was ist Sündigen wert,
Wenn es nicht mehr zur Reinheit führt.

Das Fleisch erinnert sich kaum,
Daß es einmal stark war.

Verrückt und verbraucht ist die Seele.

Gott, sieh unsere Schwachheit.

Wir möchten Gewißheit.

Lachst du nicht einmal mehr über uns?

So bemitleide uns doch, Grausamkeit.

Ohne Liebe kann ich nicht
Eingemauert sein in meine Begierde.

Eine Spur zeig uns von Gerechtigkeit.

Dein Gesetz, welches ist's?

Fulmina le mie povere emozioni,
Liberami dall'inquietudine.

Sono stanco di urlare senza voce.

2

Malinconiosa carne
Dove una volta pullulò la gioia,
Occhi socchiusi del risveglio stanco,
Tu vedi, anima troppo matura,
Quel che sarò, caduto nella terra?

È nei vivi la strada dei defunti,

Siamo noi la fiumana d'ombre,

Sono esse il grano che ci scoppia in sogno,

Loro è la lontananza che ci resta,

E loro è l'ombra che dà peso ai nomi.

La speranza d'un mucchio d'ombra
E null'altro è la nostra sorte?

E tu non saresti che un sogno, Dio?

Almeno un sogno, temerari,
Vogliamo ti somigli.

È parto della demenza più chiara.

Strafe meine armseligen Gefühle,
Befreie mich von der Unruhe.

Ich bin es müde, ohne Stimme zu heulen.

2

Trauriges Fleisch,
Wo einmal die Freude pulste,
Halbgeschlossen die Augen vom müden Erwachen,
Siehst du, zu reife Seele,
Jenen, der ich, zu Erde geworden, sein werde?

Durch die Lebenden führt die Straße der Toten,

Wir sind die Schattenflut,

Sie sind das Korn, das uns im Traum entspringt,

Ihrer ist der Raum, der uns bleibt,

Und ihrer ist der Schatten, der den Namen Gewicht gibt.

Die Hoffnung eines Haufens von Schatten
Und nichts andres ist unser Geschick?

Und du wärest nichts als ein Traum, Gott?

Wir Verwegene möchten,
Daß wenigstens ein Traum dir ähnelt.

Er kommt vom lichtesten Wahnsinn her.

Non trema in nuvole di rami
Come passeri di mattina
Al filo delle palpebre.

In noi sta e langue, piaga misteriosa.

3

La luce che ci punge
È un filo sempre più sottile.

Più non abbagli tu, se non uccidi?

Dammi questa gioia suprema.

4

L'uomo, monotono universo,
Crede allargarsi i beni
E dalle sue mani febbrili
Non escono senza fine che limiti.

Attaccato sul vuoto
Al suo filo di ragno,
Non teme e non seduce
Se non il proprio grido.

Ripara il logorio alzando tombe,
E per pensarti, Eterno,
Non ha che le bestemmie.

1928

Er zittert nicht in Wolkenzweigen
Wie Sperlinge morgens
Am Lidrand.

In uns wohnt und schwärt geheime Qual.

3

Das Licht, das uns kitzelt,
Ist ein immer dünnerer Faden.

Mehr blendest du nicht, es sei denn, daß du tötest?

Mach mir diese höchste Freude.

4

Der Mensch, das eintönige All,
Glaubt, seine Güter zu weiten,
Und von seinen fiebrigen Händen
Kommt ohne Ende nichts als Begrenztes.

In die Leere gehängt,
An seinem Spinnenfaden,
Schreckt ihn nichts, verführt ihn nichts
Als der eigene Schrei.

Er bessert das Lumpige aus, errichtet Gräber,
Und um dich zu denken, Ewiger,
Hat er nichts als Flüche.

Canto beduino

Una donna s'alza e canta
La segue il vento e l'incanta
E sulla terra la stende
E il sogno vero la prende.

Questa terra è nuda
Questa donna è druda
Questo vento è forte
Questo sogno è morte.

1932

Senza più peso

a Ottone Rosai

Per un Iddio che rida come un bimbo,
Tanti gridi di passeri,
Tante danze nei rami,

Un'anima si fa senza più peso,
I prati hanno una tale tenerezza,
Tale pudore negli occhi rivive,

Le mani come foglie
S'incantano nell'aria . . .

Chi teme più, chi giudica?

1934

Beduinenlied

Eine Frau steht auf und singt
Es folgt ihr, behext sie der Wind
Und auf die Erde streckt sie der Wind
Bis der wahre Traum sie durchdringt.

Diese Erde ist bloß
Diese Frau ist nur Schoß
Dieser Wind ist verroht
Dieser Traum ist Tod.

Ohne Gewicht

Für einen Gott, der wie ein Kind lacht,
Soviel Sperlingschreie,
Soviel Tänze in den Zweigen,

Eine Seele wird sich leicht,
Die Wiesen haben eine solche Zärtlichkeit,
Solche Scham wird in den Augen wieder lebendig,

Die Hände wie Blätter
Verzaubern in der Luft . . .

Wer fürchtet noch, wer urteilt?

Tutto ho perduto

Tutto ho perduto dell'infanzia
E non potrò mai più
Smemorarmi in un grido.

L'infanzia ho sotterrato
Nel fondo delle notti
E ora, spada invisibile,
Mi separa da tutto.

Di me rammento che esultavo amandoti,
Ed eccomi perduto
In infinito delle notti.

Disperazione che incessante aumenta
La vita non mi è più,
Arrestata in fondo alla gola,
Che una roccia di gridi.

Alles habe ich verloren

Alles habe ich verloren von der Kindheit
Und nie mehr werde ich
In einem Schrei mich verlieren.

Die Kindheit habe ich begraben
In der untersten Nacht,
Und jetzt, ein unsichtbares Schwert,
Trennt sie mich von allem.

Ich erinnre mich meiner, wie ich, dich liebend
Jubelte, und da bin ich nun
Verloren ins Unendliche der Nächte.

Verzweiflung, die unaufhörlich steigt
Das Leben ist für mich
Nur mehr ein tief in der Kehle
Gefangener Fels von Schreien.

Se tu mio fratello

Se tu mi rivenissi incontro vivo,
Con la mano tesa,
Ancora potrei,
Di nuovo in uno slancio d'oblio, stringere,
Fratello, una mano.

Ma di te, di te più non mi circondano
Che sogni, barlumi,
I fuochi senza fuoco del passato.

La memoria non svolge che le immagini
E a me stesso io stesso
Non sono già più
Che l'annientante nulla del pensiero.

Wenn du mein Bruder

Wenn du mir lebend entgegenkämst,
Mit der ausgestreckten Hand,
Könnte ich noch,
Noch einmal in einem Anfall von Vergessen,
Eine Hand drücken, Bruder.

Aber von dir, von dir umgeben mich nichts
Als Träume, Schimmer,
Die Feuer ohne Feuer der Vergangenheit.

Die Erinnerung entwickelt nichts als die Bilder,
Und ich bin mir selber
Selbst schon nichts mehr
Als das vernichtende Nichts des Gedankens.

Giorno per giorno

1

»Nessuno, mamma, ha mai sofferto tanto . . .«
E il volto già scomparso
Ma gli occhi ancora vivi
Dal guanciale volgeva alla finestra,
E riempivano passeri la stanza
Verso le briciole dal babbo sparse
Per distrarre il suo bimbo . . .

2

Ora potrò baciare solo in sogno
Le fiduciose mani . . .
E discorro, lavoro,
Sono appena mutato, temo, fumo . . .
Come si può ch' io regga a tanta notte? . . .

3

Mi porteranno gli anni
Chissà quali altri orrori,
Ma ti sentivo accanto,
M'avresti consolato . . .

Tag für Tag

1

»Niemand, Mutter, hat je soviel gelitten . . .«
Und sein Gesicht erlosch,
Aber mit noch lebendigen Augen
Wandte er sich vom Kissen zum Fenster,
Und Sperlinge erfüllten das Zimmer,
Wo der Vater Krumen gestreut hatte,
Um sein Kind zu zerstreuen . . .

2

Jetzt werde ich nur im Traum
Die vertrauensvollen Hände küssen können . . .
Und ich streite mich herum, arbeite,
Bin kaum verändert, fürchte, rauche . . .
Wie ists möglich, daß ich gegen soviel Nacht ankomme? . . .

3

Die Jahre werden mir wer weiß
Welch andere Schrecken bringen,
Aber ich fühlte dich zur Seite,
Du hättest mich getröstet . . .

4

Mai, non saprete mai come m'illumina
L'ombra che mi si pone a lato, timida,
Quando non spero più . . .

5

Ogni altra voce è un'eco che si spegne
Ora che una mi chiama
Dalle vette immortali . . .

6

In cielo cerco il tuo felice volto,
Ed i miei occhi in me null'altro vedano
Quando anch'essi vorrà chiudere Iddio . . .

7

E t'amo, t'amo, ed è continuo schianto! . . .

8

Inferocita terra, immane mare
Mi separa dal luogo della tomba
Dove ora si disperde
Il martoriato corpo . . .
Non conta . . . Ascolto sempre più distinta

4

Nie, ihr werdet's nie wissen,
Wie mich der Schatten erleuchtet,
Der sich mir schüchtern zur Seite legt,
Wenn ich nicht mehr hoffe . . .

5

Jede andere Stimme ist ein Echo, das verlischt,
Nun da eine mich ruft
Von den unsterblichen Gipfeln . . .

6

Im Himmel suche ich dein glückliches Gesicht,
Und meine Augen werden inwendig nichts anderes sehen,
Wenn Gott sie wird schließen wollen . . .

7

Und ich liebe dich, liebe dich, und es ist
immerwährende Qual! . . .

8

Wild gewordene Erde, ungeheures Meer
Trennt mich vom Ort des Grabes,
Wo jetzt der gefolterte Körper
Sich auflöst . . .
Es zählt nicht . . . Ich höre immer genauer

Quella voce d'anima
Che non seppi difendere quaggiù . . .
M'isola, sempre più festosa e amica
Di minuto in minuto,
Nel suo segreto semplice . . .

9

Sono tornato ai colli, ai pini amati
E del ritmo dell'aria il patrio accento
Che non riudrò con te,
Mi spezza ad ogni soffio . . .

10

Sotto la scure il disilluso ramo
Cadendo si lamenta appena, meno
Che non la foglia al tocco della brezza . . .
Ma fu la furia che abbatté la tenera
Forma el la premurosa
Carità d'una voce mi consuma . . .

11

Non più furori reca a me l'estate,
Né primavera i suoi presentimenti;
Puoi declinare, autunno,
Con le tue stolte glorie:
Per uno spoglio desiderio, inverno
Distende la stagione più clemente! . . .

Diese Seelenstimme,
Die ich hier nicht zu verteidigen wußte . . .
Sie sondert mich ab, wird immer festlicher, wird
meine Freundin
Von Augenblick zu Augenblick
In ihrem einfachen Geheimnis . . .

9

Auf die Hügel bin ich wieder gegangen, zu den
geliebten Pinien,
Und der heimatliche Tonfall im Wohlklang der Luft,
Den ich mit dir nie wieder hören werde,
Zerreißt mich bei jedem Atemzug . . .

10

Unter dem Beil der enttäuschte Zweig,
Wenn er fällt, er beklagt sich kaum, so wenig
Wie das Blatt bei der Berührung der Brise . . .
Aber es war die Furie, die die zarte Gestalt
Niederschlug, und die nachdrückliche
Barmherzigkeit einer Stimme verzehrt mich . . .

11

Keine Begeisterung kostet der Sommer mich mehr,
Noch der Frühling Ahnungen;
Du kannst dich neigen, Herbst,
Mit deinen törichten Glorien:
Für einen ausgeraubten Wunsch breitet der Winter
Die gnädigste Jahreszeit aus! . . .

Mio fiume anche tu

1

Mio fiume anche tu, Tevere fatale,
Ora che notte già turbata scorre;
Ora che persistente
E come a stento erotto dalla pietra
Un gemito d'agnelli si propaga
Smarrito per le strade esterrefatte;
Che di male l'attesa senza requie,
Il peggiore dei mali,
Che l'attesa di male imprevedibile
Intralcia animo e passi;
Che singhiozzi infiniti, a lungo rantoli
Agghiacciano le case tane incerte;
Ora che scorre notte già straziata,
Che ogni attimo spariscono di schianto
O temono l'offesa tanti segni
Giunti, quasi divine forme, a splendere
Per ascensione di millenni umani;
Ora che già sconvolta scorre notte,
E quanto un uomo può patire imparo;
Ora ora, mentre schiavo
Il mondo d'abissale pena soffoca;
Ora che insopportabile il tormento
Si sfrena tra i fratelli in ira a morte;
Ora che osano dire
Le mie blasfeme labbra:
»Cristo, pensoso palpito,
Perché la Tua bontà
S'è tanto allontanata?«

Mein Fluß auch du

1

Mein Fluß, auch du, verhängnisvoller Tiber,
Jetzt da die Nacht verstört läuft;
Jetzt da, andauernd
Und wie mühsam aus dem Steine gebrochen,
Ein Lämmerlaut sich kundtut,
Der sich verirrt in den bestürzten Straßen;
Da vom Bösen die ruhlose Erwartung,
Ja des Schlimmsten vom Bösen,
Da die Erwartung des unvoraussehbaren Bösen
Seele und Schritt verwirrt;
Da unendliche Seufzer, lang langes Röcheln
Häuser, die unsichern Höhlen, gefrieren macht;
Jetzt da die schon zerborstne Nacht läuft,
Da jeden Augenblick im Nu die Zeichen gehn
Oder, Beleid'gung fürchtend, soviel Zeichen schwinden,
Die kamen, göttliche Zeichen fast, zu leuchten
Fürs Auferstehen menschlicher Jahrtausende.
Jetzt da schon verzerrt die Nacht läuft,
Und was ein Mensch erleiden kann, ich lern's,
Jetzt, jetzt während die Welt, versklavt,
An abgründger Pein erstickt;
Jetzt da unerträglich die Marterung
Zwischen den Brüdern geworden ist,
Die in den Tod sich hassen;
Jetzt da meine lästerlichen Lippen
Zu sagen wagen:
»Christus, denkender Herzschlag,
Warum ist Deine Güte
So weit von uns gegangen?«

2

Ora che pecorelle cogli agnelli
Si sbandano stupite e, per le strade
Che già furono urbane, si desolano;
Ora che prova un popolo
Dopo gli strappi dell'emigrazione,
La stolta iniquità
Delle deportazioni;
Ora che nelle fosse
Con fantasia ritorta
E mani spudorate
Dalle fattezze umane l'uomo lacera
L'immagine divina
E pietà in grido si contrae di pietra;
Ora che l'innocenza
Reclama almeno un'eco,
E geme anche nel cuore più indurito;
Ora che sono vani gli altri gridi;
Vedo ora chiaro nella notte triste.

Vedo ora nella notte triste, imparo,
So che l'inferno s'apre sulla terra
Su misura di quanto
L'uomo si sottrae, folle,
Alla purezza della Tua passione.

3

Fa piaga nel Tuo cuore
La somma del dolore
Che va spargendo sulla terra l'uomo;
Il Tuo cuore è la sede appassionata
Dell'amore non vano.

2

Jetzt da Schafe mit Lämmern
Sich erstaunt zerstreuen und in den Straßen,
Die einst städtisch waren, sich betrüben;
Jetzt da ein Volk
Nach dem Riß der Emigration
Die blöde Schändlichkeit
Der Deportationen erfährt;
Jetzt da in den Leichengruben
Mit erdrückter Einbildung
Und schamlosen Händen
Der Mensch das göttliche Bild
Von den menschlichen Zügen herabreißt
Und Barmherzigkeit schreiend in den Stein fährt;
Jetzt da die Unschuld
Auch im verhärtetsten Herzen keimt
Und mindest einen Widerhall fordert;
Jetzt da alle anderen Schreie vergeblich sind;
Ich sehe jetzt klar in der traurigen Nacht.

Ich sehe jetzt in der traurigen Nacht, ich lerne,
Ich weiß, daß die Hölle sich auf die Erde öffnet
Je mehr der Mensch, wahnsinnig, sich
Der Reinheit Deiner Passion entzieht.

3

Peinigt nicht
Die Summe des Schmerzes Dein Herz,
Die der Mensch auf der Erde ausschüttet;
Dein Herz ist der leidenschaftliche Ort
Der nicht vergeblichen Liebe.

Cristo, pensoso palpito,
Astro incarnato nell'umane tenebre,
Fratello che t'immoli
Perennemente per riedificare
Umanamente l'uomo,
Santo, Santo che soffri,
Maestro e fratello e Dio che ci sai deboli,
Santo, Santo che soffri
Per liberare dalla morte i morti
E sorreggere noi infelici vivi,
D'un pianto solo mio non piango più,
Ecco, Ti chiamo, Santo,
Santo, Santo che soffri.

Christus, denkender Herzschlag,
Fleischgewordnes Gestirn in der menschlichen Finsternis,
Bruder, der Du Dich opferst
Immerzu, um menschlich
Den Menschen wieder zu gründen,
Heilig, Heilig, der Du leidest,
Meister und Bruder und Gott, der Du uns schwach weißt,
Heilig, Heilig, der Du leidest,
Um die Toten vom Tod zu befreien
Und uns Unglückliche zu stützen,
Ein Weinen, das nur meines ist, wein ich nicht mehr,
Ja, ich rufe Dich, Heilig,
Heilig, Heilig, der Du leidest.

L’angelo del povero

Ora che invade le oscurate menti
Più aspra pietà del sangue e della terra,
Ora che ci misura ad ogni palpito
Il silenzio di tante ingiuste morti,

Ora si svegli l’angelo del povero,
Gentilezza superstite dell’anima . . .

Col gesto inestinguibile dei secoli
Discenda a capo del suo vecchio popolo,
In mezzo alle ombre . . .

Non gridate più

Cessate d’uccidere i morti,
Non gridate più, non gridate
Se li volete ancora udire,
Se sperate di non perire.

Hanno l’impercettibile sussurro,
Non fanno più rumore
Del crescere dell’erba,
Lieta dove non passa l’uomo.

Der Engel des Armen

Jetzt wo die verdunkelten Geister
Rauheres Mitleid heimsucht mit dem Blut und der Erde,
Jetzt wo uns bei jedem Herzschlag
Das Schweigen von soviel ungerechten Toten wägt,

Jetzt erwacht der Engel des Armen,
Die überlebende Freundlichkeit der Seele . . .

Mit jener Gebärde, untilgbar durch alle Zeiten,
Steige er doch herab, an die Spitze seines alten Volks,
Inmitten der Schatten . . .

Schreit nicht mehr

Hört auf, die Toten zu töten,
Schreit nicht mehr, schreit nicht,
Wenn ihr sie noch hören wollt,
Wenn ihr hofft, nicht zu verderben.

Sie haben das unmerkbare Flüstern,
Sie machen nicht mehr Lärm
Als das Wachsen des Grases,
Froh, wo kein Mensch geht.

Cantetto senza parole

1

A colomba il sole
Cedette la luce . . .

Tubando verrà,
Se dormi, nel sogno . . .

La luce verrà,
In segreto vivrà . . .

Si saprà signora
D'un grande mare
Al primo tuo sospiro . . .

Già va rilucendo
Mosso, quel mare,
Aperto per chi sogna . . .

2

Non ha solo incanti
La luce che carceri . . .

Ti parve domestica,
Ad altro mirava . . .

Dismisura sùbito,
Volle quel mare abisso . . .

Kleines Lied ohne Worte

1

Die Sonne überließ
Einer Taube das Licht . . .

Girrend wird sie kommen,
Wenn du schläfst, im Traum . . .

Das Licht wird kommen,
Im Geheimnis wirds leben . . .

Herrin wird es sich wissen
Eines großen Meeres
Bei deinem ersten Atemzug . . .

Schon geht wieder leuchtend
Bewegt dieses Meer,
Das offensteht dem der träumt . . .

2

Das Licht, das du einkerkerst,
Hat nicht lauter Zauber . . .

Zahm erschien es dir zwar,
Doch andres hat es beschienen . . .

Ungemeßnes sogleich
Forderte dieses abgründige Meer . . .

Titubasti, il volo
In te smarrì,
Per eco si cercò . . .

L'ira in quel chiamare
Ti sciupa l'anima,
La luce torna al giorno . . .

Roma, Ottobre 1957

Du zögertest, der Flug
verlor sich in dir,
Das Echo ging auf die Suche . . .

Der Zorn in diesem Rufen
Richtet deine Seele zugrund,
Das Licht scheint wieder am Tag . . .

Per sempre

Senza niuna impazienza sognerò,
Mi piegherò al lavoro
Che non può mai finire,
E a poco a poco in cima
Alle braccia rinate
Si riapriranno mani soccorrevoli,
Nelle cavità loro
Riapparsi gli occhi, ridaranno luce,
E, d'improvviso intatta
Sarai risorta, mi farà da guida
Di nuovo la tua voce,
Per sempre ti rivedo.

Roma, il 24 Maggio 1959

Für immer

Ganz ohne Ungeduld werde ich träumen,
Ich werde mich an die Arbeit machen,
Die nie enden kann,
Und nach und nach, gegen Ende,
Kommen Arme den Armen entgegen,
Öffnen sich wieder hilfreiche Hände,
Licht geben die wiederauflebenden Augen
In ihren Höhlen,
Und du, plötzlich unversehrt,
Wirst auferstehen, nochmals
Wird deine Stimme mir Lenkerin sein,
Für immer seh ich dich wieder.

Finale

Più non muggisce, non sussurra il mare,
Il mare.

Senza i sogni, incolore campo è il mare,
Il mare.

Fa pietà anche il mare,
Il mare.

Muovono nuvole irriflesse il mare,
Il mare.

A fumi tristi cedé il letto il mare,
Il mare.

Morto è anche lui, vedi, il mare,
Il mare.

Finale

Nicht mehr brüllt, nicht mehr flüstert das Meer,
Das Meer.

Ohne die Träume, ein unfarben Feld ist das Meer,
Das Meer.

Es macht Erbarmen auch das Meer,
Das Meer.

Es bewegen achtlose Wolken das Meer,
Das Meer.

Traurigem Rauch überläßt sein Bett jetzt das Meer,
Das Meer.

Gestorben ist auch, sieh nur, das Meer,
Das Meer.

Nachwort

Giuseppe Ungaretti wurde am 10. Februar 1888 in Alexandrien, Ägypten, als Sohn von Emigranten aus Lucca, geboren. In dieser orientalischen Stadt, im Norden Afrikas, die ihm zum »üblichen Traum« wurde, hat er seine Kindheit und Jugend verbracht. Erst um zu studieren, kam er nach Italien, ging später nach Paris, hörte Vorlesungen an der Sorbonne und entdeckte vor allem, was in der französischen Literatur und Malerei an Neuem geschah. Er lernte Apollinaire und Max Jacob, Derain und Picasso und Braque, Péguy und Bergson kennen und nahm teil an den erregenden Auseinandersetzungen über eine neue Kunst. Der erste Weltkrieg setzte den Lehrjahren ein Ende. Ungaretti kam als Soldat zum 19. italienischen Infanterieregiment und war zumeist an der österreichischen Front. Mitten im Krieg, in Udine, 1916, erschienen seine ersten Gedichte; es waren keine Kriegsgedichte, sondern die Gedichte eines Menschen, der sich plötzlich auf der »unvorhergesehenen Straße des Krieges« fand und »Warum?« fragte, sein »Warum?« für alle wiederholte, die gleich ihm, wie im Herbst auf den Bäumen die Blätter, zu fallen bestimmt waren. »Soldati« heißt ein Gedicht. Vier Zeilen, neun Worte. Das Wenigste wollte gesagt sein, weil wenig zu sagen blieb.
Nach dem Krieg ließ Ungaretti sich in Rom nieder und fand eine Beschäftigung im Außenministerium, wo er die französische Redaktion eines Bulletins übernahm. »Il Porto Sepolto« (»Der begrabene Hafen«), »Allegria di Naufragi« (»Freude der Schiffbrüche«) und »Sentimento del Tempo« (»Gefühl der Zeit«) waren mittlerweile erschienen und hatten ihn berühmt gemacht. Seine Dichtung erschien neu und einzigartig; sie wurde gefeiert und bekämpft auf eine nicht mehr vorstellbare Weise. Eigene Zeitschriften wurden gegründet in diesen Jahren, damit man Ungarettis Ge-

dichte besser angreifen und besser verteidigen konnte. Er selber verdiente nicht genug, um seine Familie erhalten zu können. Ohne die Arbeit an seinen Gedichten zu unterbrechen, begann er darum für die »Gazzetta del Popolo« in Turin als Korrespondent zu reisen. Er schrieb Artikel aus dem italienischen Süden und den meisten europäischen Ländern und erlangte auch damit Ansehen.

1936 ging Ungaretti nach Brasilien und übernahm an der Universität São Paulo den Lehrstuhl für italienische Literatur. Die Wirkung seiner Lehrtätigkeit war nachhaltig; die dort geschlossenen Freundschaften dauerten. Nach dem Tod seines neunjährigen Sohnes Antonio kehrte er nach Italien zurück und schrieb die Kindertotenlieder »Giorno per Giorno« (»Tag für Tag«), die, zu einem Teil, in die deutsche Auswahl aufgenommen wurden. Italien ging in seine finsterste Zeit. Rom wurde von den Deutschen besetzt und erlebte eine Schreckensherrschaft. Die Leiden um sein Land, die Verluste von geliebten Menschen haben die Dichtung Ungarettis jener Jahre verändert. Die allegria ist dem Schmerz gewichen – »Il Dolore« ergab einen Band, in dem alle Unglücke im Leben eines Mannes verzeichnet sind.

Die römische Universität berief Ungaretti und schuf einen Lehrstuhl für ihn. Bis in sein siebzigstes Jahr hielt er seine Vorlesungen über Literatur. Aus der Ungaretti-Schule am »glorreichen Athenäum von Rom« sind einige der jüngeren Schriftsteller und Dozenten hervorgegangen.

Mit »Il Taccuino del Vecchio« (»Das Notizbuch des Alten«) enden vorläufig die Kundgebungen einer Stimme, ohne die die neuere italienische Literatur – und nicht nur die italienische – nicht zu denken sein wird.

»Leben eines Mannes« steht über alle Gedichtbände Ungarettis geschrieben. Die Erklärung dafür gibt er selber im Vorwort zu »L'Allegria«: »Dieses Buch ist ein Tagebuch.

Der Autor hat keinen anderen Ehrgeiz, und glaubt auch, daß die großen Dichter keinen anderen hatten, als eine eigene schöne Biographie zu hinterlassen. Die Gedichte sind daher seine formalen Qualen, aber er wünscht ein für allemal begreiflich zu machen, daß die Form ihn bloß quält, weil er von ihr fordert, daß sie den Veränderungen seines Sinns, seines Gemüts entspreche, und wenn er irgendeinen Fortschritt als Künstler gemacht hat, so möchte er, daß dies nichts anderes bedeute, als daß er auch einige Vollkommenheit als Mensch erreicht hat. Er ist zum Mann gereift inmitten von außerordentlichen Ereignissen, denen er nie fern gestanden ist. Ohne je zu leugnen, daß die Dichtung auf Allgemeines sich richte, hat er immer gedacht, daß, wo etwas entstehen soll, das Allgemeine, durch ein aktives geschichtliches Gefühl hindurch, mit der einzelnen Stimme des Dichters übereinstimmen müsse.«

Aus dem ersten Band »L'Allegria« wurden für diese Auswahl an die 40 Gedichte übersetzt, also mehr als aus den späteren Büchern. Denn in den frühen Gedichten sind alle die neuen Töne und Gesten da, die wir zuerst kennenlernen sollten, alle die neuen Möglichkeiten, die Ungaretti in seiner Sprache entdeckte. »Allegria« ist ein Wort, das man uns allerdings kaum zu erklären vermag. Hätten wir auch ein entsprechendes Wort, so fehlte uns doch – allegria. Das ist: Heiterkeit, Munterkeit, Freude ... Eine Tempobezeichnung steckt auch darin; an das allegro in der Musik dürfen wir denken. Allegria gibt es bei Mozart, überhaupt manchmal in unserer Musik, aber sonst wohl kaum, weder in den Menschen, noch unter Menschen. Es ist ein Fremdwort für uns und wird nie für eine Wirklichkeit stehen. Bei Ungaretti ist das Wort in seiner ganzen lichten Bedeutungsfülle eingesetzt. Darum wurde es mit dem für uns erfüllteren Wort »Freude« übersetzt. Freude, mit einem hellen Ton gedacht, Freude, die man in die Luft

werfen kann und die einen gehen macht, leben macht – ein Geschenk von niemand.
Aber allegria ist nur eines der vielen Worte, die sich nicht übersetzen lassen wollen, die schwerer zu transportieren sind als der empfindlichste Wein.
Ungaretti schreibt über sich selbst: da der Wolf wohl das Fell verliert, aber nicht das Laster, habe er für jede neue Ausgabe, für jeden neuen Abdruck beinah, seine Gedichte verbessert. Von den meisten Gedichten gibt es daher mehrere Versionen. Sie weichen zwar kaum voneinander ab, zeigen aber die fortgesetzte Suche nach einem störungsfreien Hervortreten des Wesentlichen an einem Gedicht, nach Klangbefriedigung, nach dem genauesten, natürlichsten Ausdruck. Im Deutschen können diese Veränderungen nicht gezeigt werden, weil sie nur zu Veränderungen innerhalb der Übersetzung führen würden, die, begreiflicherweise, dann nicht den Verbesserungen am Original entsprechen müssen. Die Übersetzung folgt der letzten Ausgabe.
Viele der Gedichte sind datiert. Sie stehen darum, und weil Ungaretti auf der Chronologie – seiner Chronologie – besteht, in der Reihenfolge des Entstehens, von zwei Ausnahmen abgesehen: dem ersten und dem letzten Gedicht, da auch eine Auswahl leidlich einen Anfang und ein Ende setzen will. Nur eine Gesamtausgabe könnte zeigen, welchen Stellenwert auch diese und alle andren nicht berücksichtigten Gedichte haben.

Schwer zu erklären ist, wie Ungaretti innerhalb der italienischen Literatur steht und bewertet wird, denn die Kritik eines Landes hat mit so vielen Erscheinungen zu tun und den Bedingungen dieser Erscheinungen, daß die Sprache, die sie führt, um zu unterscheiden und zu werten, in einem anderen Land oft nicht mehr verstanden wird. Wir lernen nur einzelne große Dichter anderer Länder kennen, seltener Strömungen, Gruppen, und nehmen sie darum unbefragter hin oder messen großzügiger oder messen mit unseren Maßen, die im Herkunftsland wieder Befremden erregen können.

In Italien gilt Ungaretti den meisten als der größte Lyriker nach D'Annunzio, allen jedoch als derjenige, der mit der abgemühten, überladenen und dekorativen Sprache im italienischen Gedicht gebrochen hat. Man sprach von einer »wiedereroberten lyrischen Primitivität«, von der Frische, der Unmittelbarkeit, der Grazie, der Begnadung Ungarettis. Neuerdings heißt es hingegen, er sei ein hermetischer Dichter – aber wer seine Gedichte liest, wird das kaum verstehen. Als seine Ahnen werden Petrarca und Leopardi genannt. Das mag sonderbar erscheinen, denn für einen Dichter dieser letzten europäischen Moderne würde man bei uns die Ahnen wohl nicht so weit in der Vergangenheit suchen.

Petrarca, Leopardi ... Doch beide haben ja, wie unser Dichter meint, ihre eigne schöne Biographie geschrieben. Sie haben das Leben eines Mannes gelebt zu anderer Zeit und waren, wie der Nachfahr, in der Konfession in ihrem Element. Sie haben das erste Erzittern über all das, was sie erfuhren und was ihnen widerfuhr, in die italienische Sprache gebracht. »Ed io pur vivo!« heißt es bei Petrarca. Das war ein erster Schmerz, ein erstes Ausbrechen, erstes Aussprechen. Solche »erste« Regungen finden wir auch bei Ungaretti. »Sono una creatura ...«, »E t'amo, t'amo ...« Ein Wort ist darum auf ihn geprägt worden: Voce vivente. Lebendige Stimme.

Mit dieser lebendigen Stimme beginnt er, meist in normaler Lage, zu sprechen. »Bei uns zuhaus, in Ägypten ...« Oder: »Von welchem Regiment seid ihr, Brüder? ...« Und doch finden wir uns unvermittelt in einer viel höheren Lage oder in einem Drama – wie in dem Gedicht »Brüder« –, ohne daß wir angeben könnten, wie wir hineingeraten sind.

JUGENDGEDICHTE

»Ich.«

[. . .]

2

Sklaverei ertrag ich nicht
Ich bin immer ich
Will mich irgend etwas beugen
Lieber breche ich.

Kommt des Schicksals Härte
oder Menschenmacht
Hier, so bin ich und so bleib ich
Und so bleib ich bis zur letzten Kraft.

Darum bin ich stets nur eines
Ich bin immer ich
Steige ich, so steig ich hoch
Falle ich, so fall ich ganz.

Bewegung des Herzens

Auswahl

Nach grauen Tagen

Eine einzige Stunde frei sein!
Frei, fern!
Wie Nachtlieder in den Sphären.
Und hoch fliegen über den Tagen
möchte ich
und das Vergessen suchen – – –
über das dunkle Wasser gehen
nach weißen Rosen,
meiner Seele Flügel geben
und, oh Gott, nichts wissen mehr
von der Bitterkeit langer Nächte,
in denen die Augen groß werden
vor namenloser Not.
Tränen liegen auf meinen Wangen
aus den Nächten des Irrsinns,
des Wahnes schöner Hoffnung,
dem Wunsch, Ketten zu brechen
und Licht zu trinken – – –
Eine einzige Stunde Licht schauen!
Eine einzige Stunde frei sein!

Aufblickend

Daß ich nach schalem Genusse,
Erniedrigt, bitter und lichtlos
Mich fasse und in mich greife,
Macht mich noch wert.
Ich bin ein Strom
Mit Wellen, die Ufer suchen,
Schattende Büsche im Sand,
Wärmende Strahlen von Sonne,
Wenn auch für einmal nur.

Mein Weg aber ist ohne Erbarmen.
Sein Fall drückt mich zum Meer.
Großes, herrliches Meer!
Ich weiß keinen Wunsch auf diesen,
Als strömend mich zu verschütten
In die unendlichste See.

Wie kann ein Begehren,
Süßere Ufer zu grüßen,
Gefangen mich halten,
Wenn ich vom letzten Sinne
Immer noch weiß!

Ich frage

Ich frage mich alle Stunden tausendmal,
Woher mir dieses Lastbewußtsein kam,
Dies dumpfe immer tiefer Schmerzen.
Ich habe alle Freude längst verloren,
Mich zu empfinden in den Mattigkeiten,
Ich bin gequält in meinem Weiterschreiten
Und bitter, daß ich mich nicht wehren kann.

Ich schüttel mich in himmelwärt'ger Schau,
Versuch mich in Genuß und Raserei.
Ich bin mit Gott und seiner Welt zerfallen
Und habe selbst im Knieen nie gefühlt,
Daß es den Demutfrieden gibt,
Den alle andern sich so leicht erdienen.

Ich muß doch Gottes sein, in allem Widerspruch.
Ihn so zu glauben, wie ich glauben muß,
Muß er notwendig mich aus seinem Strahle geben.
Wie bist du müde, Welt, die mich geboren,
Einzig bereit, mir Ketten aufzudrücken
Und, wo ich lodern kann und mich entzücken,
Mir deine Schatten fester einzugraben.

Im Sommer

Zwischen Schlaf und Träumen
In üppigen Wiesen
Wandert mein Blick auf
In die unendlichen Höhen.
Welch ein schäumendes Leben!
Wolke auf Wolke entschwebt
Wie die glühenden Stunden,
Die werden versinken
Mitten ins dunkle Weh
Des moorigen Teiches.
Nichts regt sich in mir,
Durch die sengende Hitze
Bin ich in Ruhe geworfen.
Tag folgt auf Tag.
Meine Augen sehen sie immer,
Die goldene Sonne.
Einmal wird sie bleiben,
Dort wo ein Schatten aufwölkt.
Bitterlich ist das Versäumen.

Schranken

Zündest du Lichter an
und große Feuer
mit weiten Scheinen
ohne Ende.

Wirfst du in schleiernden Rauch
züngelnde Fackeln,
streust du aus Augen und Herz,
was du besitzt.

Immer nur ist es Versuch,
tastender Weg,
immer dein Bild nur,
das du vom Lichte trägst.

Einem Winter entgegen . . .

I

Ich wollte nie so versinken
und ich will nicht glauben,
daß die heiligen Stunden,
die selbst im Trubel ich fand,
mich verließen wie launische Winde.

Ich werde wandern und suchen.
Und wenn ich einmal sie finde,
werde ich nie mehr lassen,
daß die leidigen Tage
mich fransen wie seidiges Tuch.

Ich hatte Einsamkeit und weine,
daß ich so leicht sie ließ,
dem sie kam zu geben.
Sicher kam sie zu geben,
während mich Schlaf umfing!

II

Schmerzend ist jede Nacht,
Wenn du den sterbenden Tag,
Gefesselt, ihn ganz zu erfüllen,
Still hast bedacht.

Klaffend ein tiefer Grund
Zwischen gewolltem Sein
Und seines schalen Erfüllens
Engendem Rund.

Wenn du im Traume auch
Oft schon umschlungen hast
Himmel und herrliche Höhen,
Bleibt es beim Traum.

ANMERKUNGEN

Verzeichnis der Abkürzungen

Buchtitel

AGB	Anrufung des Großen Bären. Gedichte
GZ	Die gestundete Zeit. Gedichte
Sb	Gedichte Erzählungen Hörspiel Essays (= Sammelband Piper)

Rundfunksender

BBC London	British Broadcasting Corporation, London
HR	Hessischer Rundfunk, Frankfurt
NDR Hamburg	Norddeutscher Rundfunk, Hamburg
NDR Hannover	Norddeutscher Rundfunk, Hannover
NWDR Hamburg	Nordwestdeutscher Rundfunk, Hamburg
SDR	Süddeutscher Rundfunk, Stuttgart
SRG/DRS Studio Zürich	Radio- und Fernsehgesellschaft der deutschen und der rätoromanischen Schweiz
HF-Aufnahme	Hörfunkaufnahme
PH	Ingeborg Bachmann in Ton- und Bildaufzeichnungen (= Phonographie)

Verwendete Zeichen

[ ]	Enthält von den Herausgebern eingesetzte Wörter oder Titel

Vorbemerkung

Die chronologische Ordnung der Gedichte richtet sich nach dem Datum der Erstveröffentlichung als Erstdruck oder als Hörfunkaufnahme.
Die Gedichtbände DIE GESTUNDETE ZEIT und ANRUFUNG DES GROSSEN BÄREN sind in der Reihenfolge ihrer Erstveröffentlichung in diese chronologische Ordnung einbezogen.
Die zwei unveröffentlichten Gedichte in Teil 1 HINTER DER WAND und [BEIM HUFSCHLAG DER NACHT] stehen vor den 1952 veröffentlichten Gedichten; beide sind in einem Verzeichnis von Gedichttiteln angeführt – Typoskript 404 aus dem Nachlaß –, das neben nicht mehr auffindbaren Gedichten einige 1952 im Hörfunk veröffentlichte Gedichte und einige in DIE GESTUNDETE ZEIT aufgenommene Gedichte nennt.
In Teil 4 ist das unveröffentlichte Gedicht BRUDERSCHAFT, entsprechend seiner Fundstelle (siehe Anmerkung S. 655), den 1957 veröffentlichten Gedichten zugeordnet. Das Gleiche gilt für das unveröffentlichte Gedicht [VERORDNET DIESEM GESCHLECHT KEINEN GLAUBEN], dessen Entstehung zwischen 1956 und 1957 anzunehmen ist. Beide sind den veröffentlichten Gedichten vorangestellt.
Einige ausgewählte Jugendgedichte stehen am Schluß des Bandes. Die Auswahl selbst ist chronologisch nach den Entstehungsdaten geordnet.
Für die Textgestalt maßgeblich ist jeweils der Text letzter Hand. Eine Ausnahme bilden in Teil 1 die Gedichte ENTFREMDUNG und MENSCHENLOS, bei denen die Hörfunkaufnahme für die Textgestalt maßgeblich ist: Bei dem Gedicht ENTFREMDUNG ist die Hörfunkaufnahme eine ver-

besserte Fassung des gedruckten Textes, bei dem Gedicht MENSCHENLOS liegt nur eine unvollständige Fassung im Typoskript vor.

Der Textgestalt liegen zugrunde bei den unveröffentlichten Gedichten in Teil 1 und Teil 4 das Typoskript aus dem Nachlaß. Für die verstreuten Gedichte in Teil 1, Teil 4 und 5 werden verwendet: das Typoskript aus dem Nachlaß, der Erstdruck bzw. der einzige Abdruck, der Abdruck letzter Hand und jeweils die erste oder die einzige Hörfunkaufnahme. Zudem wird bei allen Hörfunkaufnahmen auf das im vierten Band enthaltene Verzeichnis »Ingeborg Bachmann in Ton- und Bildaufzeichnungen« (im folgenden als PH = Phonographie bezeichnet) verwiesen.

Bei den Gedichtbänden DIE GESTUNDETE ZEIT und ANRUFUNG DES GROSSEN BÄREN in Teil 2 und Teil 3 und für die im Sammelband (= »Gedichte Erzählungen Hörspiel Essays«) erschienenen Gedichte in Teil 4 liegen der Textgestalt zugrunde: die erste Auflage und die Auflage letzter Hand.

Die chronologische Ordnung der Hörspiele, der Libretti, der beiden Texte ENTSTEHUNG EINES LIBRETTOS, NOTIZEN ZUM LIBRETTO, der [ZWISCHENTEXTE ZUR KONZERTANTEN AUFFÜHRUNG DES »FREISCHÜTZ«] und der Übersetzungen richtet sich nach dem Datum der Erstveröffentlichung als Ursendung im Hörfunk, Uraufführung bzw. Premiere oder als Erstdruck.

Auch hier ist für die Textgestalt jeweils der Text letzter Hand maßgeblich.

Textvarianten oder revidierte Fassungen zwischen den der Textgestalt zugrunde gelegten gedruckten oder gesprochenen Texten werden nicht im Wortlaut angegeben, es wird lediglich auf ihr Vorhandensein hingewiesen. Alle übrigen Textvarianten bleiben unberücksichtigt.

GEDICHTE

1 Gedichte 1948–1953

[ABENDS FRAG ICH MEINE MUTTER] S. 10
Entstanden Juni/Juli 1948.
Der Textgestalt liegen zugrunde:
Typoskript 6354 aus dem Nachlaß, ohne Titel. – Lynkeus. Dichtung, Kunst, Kritik. Wien, Nr. 1, Dez. 1948/Jan. 1949. S. 30, ohne Titel.
Zu diesem Gedicht heißt es in einem Brief an die Eltern vom 6. Juli 1948: »... übrigens, ich darf Euch nicht verheimlichen, hab dieser Tage ein Gedicht geschrieben, das von Rechts wegen ihr [der Mutter] gehört ...«
Die in Lynkeus Nr. 1 erstmals veröffentlichten Gedichte [ABENDS FRAG ICH MEINE MUTTER], [WIR GEHEN, DIE HERZEN IM STAUB], [ES KÖNNTE VIEL BEDEUTEN] und ENTFREMDUNG erschienen als Faksimiledruck in: Die Pestsäule. Monatsschrift für Literatur und Kulturpolitik. Wien, [Jg. 1,] Heft 2, Oktober 1972. S. 115f.

[WIR GEHEN, DIE HERZEN IM STAUB] S. 11
Der Textgestalt liegt zugrunde:
Lynkeus. Dichtung, Kunst, Kritik. Wien, Nr. 1, Dez. 1948/Jan. 1949. S. 30, ohne Titel.

[ES KÖNNTE VIEL BEDEUTEN] S. 12
Der Textgestalt liegt zugrunde:
Lynkeus. Dichtung, Kunst, Kritik. Wien, Nr. 1, Dez. 1948/Jan. 1949. S. 30, ohne Titel.

ENTFREMDUNG S. 13

Der Textgestalt liegen zugrunde:
Typoskript 414 aus dem Nachlaß. – Lynkeus. Dichtung, Kunst, Kritik. Wien, Nr. 1, Dez. 1948/Jan. 1949. S. 31. (Erstveröffentlichung.) – HF-Aufnahme des NWDR Hamburg vom 27. Mai 1952. Mit einer Textvariante. Siehe PH I, 1. 01.

BETRUNKNER ABEND S. 14

Der Textgestalt liegen zugrunde:
Typoskript 395 aus dem Nachlaß. – Die Zeit. Halbmonatsschrift für Kunst, Kultur und Politik. Wien, Jg. 2, Heft 8 vom 15. April 1949. S. 8. (Einzige Veröffentlichung.)
Im Typoskript und in der Inhaltsangabe des Abdrucks lautet der Titel BETRUNKENER ABEND.

HINTER DER WAND S. 15

Bisher nicht veröffentlicht.
Der Textgestalt liegt zugrunde:
Typoskript 406 aus dem Nachlaß.

[BEIM HUFSCHLAG DER NACHT] S. 16

Bisher nicht veröffentlicht.
Der Textgestalt liegt zugrunde:
Vielfach korrigiertes Typoskript 410 aus dem Nachlaß, ohne Titel. Eine nicht vervollständigte handschriftliche Korrektur in Zeile 12 bleibt unberücksichtigt: *Staub* ist korrigiert in *Staubigen* ohne nachfolgendes Substantiv.

DEM ABEND GESAGT S. 17

Bisher nicht gedruckt.
Der Textgestalt liegen zugrunde:
Typoskript 406a aus dem Nachlaß. – HF-Aufnahme des NWDR Hamburg vom 27. Mai 1952. (Einzige Veröffentlichung.) Siehe PH I, 1. 02.

VISION S. 18

Bisher nicht gedruckt.
Der Textgestalt liegen zugrunde:
Typoskript 415 aus dem Nachlaß. – HF-Aufnahme des NWDR Hamburg vom 27. Mai 1952, ohne Titel. (Erstveröffentlichung.) Siehe PH I, 1. 04.

MENSCHENLOS S. 19

Bisher nicht gedruckt.
Der Textgestalt liegen zugrunde:
Typoskript 408 aus dem Nachlaß, unvollständige Fassung. – HF-Aufnahme des NWDR Hamburg vom 27. Mai 1952. (Erstveröffentlichung.) Siehe PH I, 1. 05.

WIE SOLL ICH MICH NENNEN? S. 20

Bisher nicht gedruckt.
Der Textgestalt liegen zugrunde:
Typoskript 90 aus dem Nachlaß. – HF-Aufnahme des NWDR Hamburg vom 27. Mai 1952. (Erstveröffentlichung.) Siehe PH I, 1. 03.

[DIE HÄFEN WAREN GEÖFFNET] S. 21

Bisher nicht gedruckt.
Der Textgestalt liegen zugrunde:
Typoskript 405 aus dem Nachlaß, ohne Titel. – HF-Aufnahme des NWDR Hannover vom 4. Juni 1952, ohne Titel. (Einzige Veröffentlichung.) Siehe PH I, 2. 11.

[DIE WELT IST WEIT] S. 22

Der Textgestalt liegen zugrunde:
Typoskript 78 aus dem Nachlaß, ohne Titel. – Stimmen der Gegenwart 1952. [Jg. 2,] Wien, 1952. S. 50, ohne Titel. (Erstveröffentlichung.) – HF-Aufnahme des NWDR Hamburg vom 27. Mai 1952, ohne Titel. Siehe PH I, 1. 08.
Das Gedicht wurde nicht in DIE GESTUNDETE ZEIT aufge-

nommen. In »Stimmen der Gegenwart« und in der HF-Aufnahme steht DIE WELT IST WEIT an zweiter Stelle des Zyklus AUSFAHRT. Der Zyklus enthält fünf Gedichte: I. VOM LANDE STEIGT RAUCH AUF (ohne Titel), II. DIE WELT IST WEIT (ohne Titel), III. ABSCHIED VON ENGLAND, IV. PARIS, V. WIE ORPHEUS SPIEL ICH (ohne Titel).

[NOCH FÜRCHT ICH] S. 24

Bisher nicht gedruckt.
Der Textgestalt liegen zugrunde:
Typoskript 91 aus dem Nachlaß, ohne Titel. – HF-Aufnahme des NWDR Hannover vom 3. November 1952, ohne Titel. (Einzige Veröffentlichung.) Siehe PH I, 3. 05.

BEWEIS ZU NICHTS S. 25

Der Textgestalt liegen zugrunde:
Typoskript 37 aus dem Nachlaß, ohne Titel. – DIE GESTUNDETE ZEIT. Gedichte, ›studio frankfurt‹ der Frankfurter Verlagsanstalt, 1953. Frankfurt/M. Bd. 12. S. 34.
Das Gedicht wurde nicht mehr in die 2. Auflage von DIE GESTUNDETE ZEIT, Piper Verlag, München 1957, aufgenommen. An seiner Stelle steht das Gedicht IM GEWITTER DER ROSEN, das in der Ausgabe der Frankfurter Verlagsanstalt als Motto dem I. Teil vorangestellt ist.

2 Die gestundete Zeit

I

AUSFAHRT S. 28

Erstveröffentlichung ohne Titel in: Stimmen der Gegenwart 1952. Jg. 2, Wien, 1952. S. 48f.

Erstes Gedicht des Zyklus AUSFAHRT. Vgl. Anmerkung S. 637.
Der Textgestalt liegen zugrunde:
GZ Frankfurt 1953. Die revidierte Fassung hat den Titel AUSFAHRT erhalten. – GZ München 1964. Mit einer Textvariante von der 2. Aufl. an.
Vgl. Faksimile S. 641 ff.

ABSCHIED VON ENGLAND S. 30
Erstveröffentlichung in: Stimmen der Gegenwart 1952. Jg. 2, Wien, 1952. S. 51.
Drittes Gedicht des Zyklus AUSFAHRT. Vgl. Anmerkung S. 637.
Der Textgestalt liegen zugrunde:
GZ Frankfurt 1953 und GZ München 1964.
In der revidierten Fassung von der 2. Aufl. 1957 an ist die letzte Gedichtzeile weggelassen, und die vorletzte Zeile steht als Endzeile für sich.

FALL AB, HERZ S. 31
Erstveröffentlichung ohne Titel in: HF-Aufnahme des NWDR Hannover vom 4. Juni 1952. Siehe PH I, 2. 08.
Erstdruck ohne Titel in: Merkur. Deutsche Zeitschrift für europäisches Denken. Stuttgart, Jg. 7, Heft 10, Oktober 1953. S. 932.
Der Textgestalt liegen zugrunde:
GZ Frankfurt 1953. – GZ München 1964. Mit einer Textvariante in der 2. Aufl. 1957 und 3. Aufl. 1959. Neue Textvariante von der 4. Aufl. 1961 an.

DUNKLES ZU SAGEN S. 32
Erstveröffentlichung ohne Titel in: Stimmen der Gegenwart 1952. Jg. 2, Wien, 1952. S. 53.
Fünftes Gedicht des Zyklus AUSFAHRT. Vgl. Anmerkung S. 637.

Der Textgestalt liegen zugrunde:
GZ Frankfurt 1953. Die revidierte Fassung hat den Titel DUNKLES ZU SAGEN erhalten. – GZ München 1964.

PARIS S. 33
Erstveröffentlichung in: Stimmen der Gegenwart 1952. Jg. 2, Wien, 1952. S. 52.
Viertes Gedicht des Zyklus AUSFAHRT. Vgl. Anmerkung S. 637.
Der Textgestalt liegen zugrunde:
GZ Frankfurt 1953. – GZ München 1964. Mit drei Textvarianten von der 2. Aufl. 1957 an.

DIE GROSSE FRACHT S. 34
Erstveröffentlichung in: HF-Aufnahme des NWDR Hannover vom 3. November 1952. Siehe PH I, 3. 06.
Erstdruck ohne Titel in: Wort und Wahrheit. Monatsschrift für Religion und Kultur. Freiburg/Br. und Wien, VIII. Jg., Heft 1, Januar 1953. S. 19.
Der Textgestalt liegen zugrunde:
GZ Frankfurt 1953. – GZ München 1964.

REIGEN S. 35
Erstveröffentlichung in: Merkur. Deutsche Zeitschrift für europäisches Denken. Stuttgart, Jg. 7, Heft 10, Oktober 1953. S. 934 f.
Der Textgestalt liegen zugrunde:
GZ Frankfurt 1953. – GZ München 1964.

HERBSTMANÖVER S. 36
Erstveröffentlichung ohne Titel in: HF-Aufnahme des

Manuskript einer frühen Fassung des Gedichtes AUSFAHRT. Im Besitz von Frau Mi Demmer, Wien.

Vom Lande steigt Rauch auf. Die kleine
Fischerhütte behalt im Auge,
denn die Sonne wird sinken, ehe du
zehn Meilen zurückgelegt hast.

~~Auch wenn das Schiff einen unsicheren Schritt tut,~~
~~steh ruhig~~
Das dunkle Wasser durchblutet Poseidons
Reich, tausendäugig, und schlägt die
Wimpern von weißer Gischt auf, Dich
anzusehen, groß und lang, dreißig
Tage lang.
Und wenn das Schiff einen unsicheren
Schritt tut,
steh ruhig auf Deck.

An den Tischen essen sie jetzt
den geräucherten Fisch.
Dann werden die Männer sich hinknien
und die Netze flicken.
Aber nachts wird geschlafen,
eine Stunde oder zwei Stunden,
und ihre Hände werden weich sein,
ohne Salz und Öl,
weich wie das Brot des Traumes,
von dem sie brechen.

Die erste Welle der Nacht schlägt ans Ufer,
die zweite erreicht schon dich.
Aber wenn du schlaf hinüberschaust,
kannst du den Baum noch sehen,
der trotzig seinen Arm hebt,
– einen hat ihm der Wind schon abgeschlagen –

und du denkst:
wie lange noch,
wie lange noch
wird das krumme Holz den Wettern standhalten?

In die Muscheln blasend, begleiten die Ungeheuer des Meers
Nereus Töchter über die Wellen. Sie reiten und schlagen
mit blanken Säbeln die Tage in Stücke,
eine rote Spur bleibt im Wasser,
dort legt dich der Schlaf hin, zwischen
Proteus und Glaukos,
der ~~Sirenen~~ Najaden kalter Strahl trifft deine Brust.
Und dir schwinden die Sinne.

Da ist etwas mit den Tauen geschehen, man ruft dich,
und du bist froh, daß man dich braucht.

Das Beten
ist die Arbeit auf den Schiffen, die weit-
hinausfahren,
das Händefalten, das Wasserschöpfen, das
Tauknüpfen
und das Hüten der Fracht. Das Beten
ist müde zu sein und am Abend,
mitten im Händefalten, hinzufallen.
Das Beten ist
am Morgen, mit dem ersten Licht, hell
zu werden,
gegen den unverrückbaren Himmel zu
stehen
der ungangbaren Wasser nicht zu
achten,
das Schiff über die Wellen zu heben
auf das immerwiederkehrende
Sonnenufer zu.

— , —

NWDR Hannover vom 3. November 1952. Siehe PH I, 3. 08.
Erstdruck ohne Titel in: Wort und Wahrheit. Monatsschrift für Religion und Kultur. Freiburg/Br. und Wien, VIII. Jg., Heft 1, Januar 1953. S. 36.
Der Textgestalt liegen zugrunde:
GZ Frankfurt 1953. – GZ München 1964.

DIE GESTUNDETE ZEIT S. 37
Erstveröffentlichung in: Die Neue Zeitung. Die amerikanische Zeitung in Deutschland. Frankfurt/M., Jg. 8, Nr. 191, 15. August 1952. S. 4.
Der Textgestalt liegen zugrunde:
GZ Frankfurt 1953. – GZ München 1964.

II

STERNE IM MÄRZ S. 38
Erstveröffentlichung in: Die Neue Zeitung. Die amerikanische Zeitung in Deutschland. Frankfurt/M., Jg. 9, Nr. 60, 12. März 1953. S. 4.
Der Textgestalt liegen zugrunde:
GZ Frankfurt 1953. – GZ München 1964. Mit einer Textvariante von der 2. Aufl. 1957 an.

IM ZWIELICHT S. 39
Erstveröffentlichung in: HF-Aufnahme des HR Frankfurt vom 12. Februar 1953. Siehe PH I, 4. 09.
Der Textgestalt liegen zugrunde:
GZ Frankfurt 1953. – GZ München 1964.

HOLZ UND SPÄNE S. 40
Erstveröffentlichung in: HF-Aufnahme des HR Frankfurt vom 12. Februar 1953. Siehe PH I, 4. 05.

Erstdruck in: Die Neue Zeitung. Die amerikanische Zeitung in Deutschland. Frankfurt/M., Jg. 9, Nr. 136, 11. Juni 1953. S. 4.
Der Textgestalt liegen zugrunde:
GZ Frankfurt 1953. – GZ München 1964.

THEMA UND VARIATION S. 42
Der Textgestalt liegen zugrunde:
GZ Frankfurt 1953. (Erstveröffentlichung.) – GZ München 1964. Mit einer Textvariante von der 2. Aufl. 1957 an.

FRÜHER MITTAG S. 44
Erstveröffentlichung unter dem Titel SIEBEN JAHRE SPÄTER in: HF-Aufnahme des NWDR Hannover vom 3. November 1952. Siehe PH I, 3. 09.
Erstdruck ohne Titel in: Frankfurter Hefte. Zeitschrift für Kultur und Politik. Frankfurt/M., Jg. 7, Heft 12, Dezember 1952. S. 952.
Der Textgestalt liegen zugrunde:
GZ Frankfurt 1953. – GZ München 1964.

ALLE TAGE S. 46
Erstveröffentlichung in: HF-Aufnahme des NWDR Hannover vom 3. November 1952. Siehe PH I, 3. 07.
Erstdruck in: Morgen. Monatsschrift freier Akademiker mit der Hochschulbeilage »Der Student«. Wien, Jg. 8, Folge 5, Heft 2, Februar 1953. S. 7.
Der Textgestalt liegen zugrunde:
GZ Frankfurt 1953. – GZ München 1964.

EINEM FELDHERRN S. 47
Der Textgestalt liegen zugrunde:
GZ Frankfurt 1953. (Erstveröffentlichung.) – GZ München 1964.

BOTSCHAFT S. 49

Der Textgestalt liegen zugrunde:
GZ Frankfurt 1953. (Erstveröffentlichung.) – GZ München 1964. Mit zwei Textvarianten von der 2. Aufl. 1957 an.

III

DIE BRÜCKEN S. 50

Erstveröffentlichung in: HF-Aufnahme des NWDR Hannover vom 3. November 1952. Siehe PH I, 3. 04.
Der Textgestalt liegen zugrunde:
GZ Frankfurt 1953. – GZ München 1964.

NACHTFLUG S. 52

Erstveröffentlichung in: HF-Aufnahme des HR Frankfurt vom 12. Februar 1953. Siehe PH I, 4. 02.
Erstdruck in: Frankfurter Hefte. Zeitschrift für Kultur und Politik. Frankfurt/M., Jg. 8, Heft 7, Juli 1953. S. 538 f.
Der Textgestalt liegen zugrunde:
GZ Frankfurt 1953. – GZ München 1964.

PSALM S. 54

Erstveröffentlichung in: Merkur. Deutsche Zeitschrift für europäisches Denken. Stuttgart, Jg. 7, Heft 10, Oktober 1953. S. 933 f.
Der Textgestalt liegen zugrunde:
GZ Frankfurt 1953. – GZ München 1964.
Das zweite Gedicht des Zyklus erscheint in der 2. Aufl. 1957 und in der 3. Aufl. 1959 in einer revidierten Fassung, die in den folgenden Auflagen wieder aufgegeben ist.

IM GEWITTER DER ROSEN S. 56

Erstveröffentlichung ohne Titel in: Frankfurter Hefte.

Zeitschrift für Kultur und Politik. Frankfurt/M., Jg. 8, Heft 7, Juli 1953. S. 537.
Vgl. die Anmerkungen zu BEWEIS ZU NICHTS S. 638 und zu ARIA I S. 656.
Der Textgestalt liegen zugrunde:
GZ Frankfurt 1953. – GZ München 1964.

SALZ UND BROT S. 57
Der Textgestalt liegen zugrunde:
GZ Frankfurt 1953. (Erstveröffentlichung.) – GZ München 1964.

GROSSE LANDSCHAFT BEI WIEN S. 59
Erstveröffentlichung in: Frankfurter Hefte. Zeitschrift für Kultur und Politik. Frankfurt/M., Jg. 8, Heft 7, Juli 1953. S. 535 f.
Der Textgestalt liegen zugrunde:
GZ Frankfurt 1953. – GZ München 1964. Mit einer Textvariante von der 2. Aufl. 1957 an.

EIN MONOLOG DES FÜRSTEN MYSCHKIN ZU DER BALLETTPANTOMIME ›DER IDIOT‹ S. 62
Entstanden 1953.
Die Uraufführung der Ballettpantomime »Der Idiot« nach Fjodor M. Dostojewskij mit Text und Choreographie von Tatjana Gsovsky und der Musik von Hans Werner Henze fand am 4. September 1952 bei den Berliner Festwochen statt. Mit der neuen Textfassung von Ingeborg Bachmann kam die Ballettpantomime »Der Idiot« 1960 durch eine Tournee des Berliner Balletts zur Aufführung.
Premiere: 8. Januar 1960, Titania-Palast Berlin.
Der Textgestalt liegen zugrunde:
GZ Frankfurt 1953. (Erstveröffentlichung.) – GZ München 1964. Revidierte Fassung von der 2. Aufl. 1957 an.

3 Anrufung des Großen Bären

I

DAS SPIEL IST AUS S. 82
Erstveröffentlichung in: Jahresring 54. Ein Schnitt durch Literatur und Kunst der Gegenwart. [Bd. 1,] Stuttgart 1954. S. 38 f.
Der Textgestalt liegen zugrunde:
AGB München 1956 und 1967.

VON EINEM LAND, EINEM FLUSS UND DEN SEEN S. 84
Der Textgestalt liegen zugrunde:
AGB 1956 (Erstveröffentlichung) und 1967. Mit einer Textvariante in VIII von der 2. Aufl. 1959 an.

ANRUFUNG DES GROSSEN BÄREN S. 95
Erstveröffentlichung in: Merkur. Deutsche Zeitschrift für europäisches Denken. Stuttgart, Jg. 9, Heft 1, Januar 1955. S. 36.
Der Textgestalt liegen zugrunde:
AGB 1956 und 1967.

MEIN VOGEL S. 96
Erstveröffentlichung in: Merkur. Deutsche Zeitschrift für europäisches Denken. Stuttgart, Jg. 10, Heft 6, Juni 1956. S. 532 f.
Der Textgestalt liegen zugrunde:
AGB 1956 und 1967.

II

LANDNAHME S. 98

Erstveröffentlichung in: Wort in der Zeit. Österreichische Literaturzeitschrift. Graz, Jg. 2, Heft 1, Januar 1956, S. 39.
Der Textgestalt liegen zugrunde:
AGB 1956 und 1967.

CURRICULUM VITAE S. 99

Erstveröffentlichung in: Akzente. Zeitschrift für Dichtung. München, Jg. 2, Heft 1, Februar 1955. S. 12 ff.
Der Textgestalt liegen zugrunde:
AGB 1956 und 1967.
In der HF-Aufnahme des NDR Hamburg vom 1. Februar 1957 spricht Ingeborg Bachmann Vers 8, Zeile 5: *schlüg ich die Sonne* nicht *aus*. Das Wort *nicht* fehlt in sämtlichen gedruckten Veröffentlichungen.

HEIMWEG S. 103

Erstveröffentlichung in: Merkur. Deutsche Zeitschrift für europäisches Denken. Stuttgart, Jg. 10, Heft 6, Juni 1956. S. 531 f.
Der Textgestalt liegen zugrunde:
AGB 1956 und 1967.

NEBELLAND S. 105

Erstveröffentlichung in: Süddeutsche Zeitung. München, Jg. 10, Nr. 117, 22./23. Mai 1954.
Der Textgestalt liegen zugrunde:
AGB 1956 und 1967.

DIE BLAUE STUNDE S. 107

Erstveröffentlichung in: Merkur. Deutsche Zeitschrift für europäisches Denken. Stuttgart, Jg. 9, Heft 1, Januar 1955. S. 37.

Der Textgestalt liegen zugrunde:
AGB 1956 und 1967.

Erklär mir, Liebe S. 109
Erstveröffentlichung in: Die Zeit. Hamburg, Jg. 11, Nr. 29, 19. Juli 1956. S. 7.
Der Textgestalt liegen zugrunde:
AGB 1956 und 1967.
In einem Exemplar der 4. Aufl. von 1962 aus dem Nachlaß, signiert *Ingeborg Bachmann 5–11–64,* ist zwischen die erste und die zweite Zeile des letzten Verses eine Linie gezogen und am Rand von Ingeborg Bachmann handschriftlich dazu vermerkt: *trennen.*

Scherbenhügel S. 111
Erstveröffentlichung in: Wort in der Zeit. Österreichische Literaturzeitschrift. Graz, Jg. 2, Heft 1, Januar 1956. S. 39.
Der Textgestalt liegen zugrunde:
AGB 1956 und 1967.

Tage in Weiss S. 112
Erstveröffentlichung in: Jahresring 56/57. Ein Querschnitt durch die deutsche Literatur und Kunst der Gegenwart. [Bd. 3,] Stuttgart 1956. S. 227f.
Der Textgestalt liegen zugrunde:
AGB 1956 und 1967.

Harlem S. 113
Erstveröffentlichung in: Jahresring 56/57. Ein Querschnitt durch die deutsche Literatur und Kunst der Gegenwart. [Bd. 3,] Stuttgart 1956. S. 228. Schreibweise des Titels hier noch *Haarlem.*
Der Textgestalt liegen zugrunde:
AGB 1956 und 1967.

Reklame S. 114
Erstveröffentlichung in: Jahresring 56/57. Ein Querschnitt durch die deutsche Literatur und Kunst der Gegenwart. [Bd. 3,] Stuttgart 1956. S. 229.
Der Textgestalt liegen zugrunde:
AGB 1956 und 1967.

Toter Hafen S. 115
Erstveröffentlichung in: Jahresring 56/57. Ein Querschnitt durch die deutsche Literatur und Kunst der Gegenwart. [Bd. 3,] Stuttgart 1956. S. 229 f.
Der Textgestalt liegen zugrunde:
AGB 1956 und 1967.

Rede und Nachrede S. 116
Erstveröffentlichung in: Jahresring 56/57. Ein Querschnitt durch die deutsche Literatur und Kunst der Gegenwart. [Bd. 3,] Stuttgart 1956. S. 230 f.
Der Textgestalt liegen zugrunde:
AGB 1956 und 1967.

Was wahr ist S. 118
Erstveröffentlichung in: Jahresring 55/56. Ein Querschnitt durch die deutsche Literatur und Kunst der Gegenwart. [Bd. 2,] Stuttgart 1955. S. 37.
Der Textgestalt liegen zugrunde:
AGB 1956 und 1967.

III

Das erstgeborene Land S. 119
Erstveröffentlichung in: Wort in der Zeit. Österreichische Literaturzeitschrift. Graz, Jg. 2, Heft 1, Januar 1956. S. 38.

Der Textgestalt liegen zugrunde:
AGB 1956 und 1967.

LIEDER VON EINER INSEL S. 121
Erstveröffentlichung in: Jahresring 54. Ein Schnitt durch Literatur und Kunst der Gegenwart. [Bd. 1,] Stuttgart 1954. S. 39ff.
Der Textgestalt liegen zugrunde:
AGB 1956 und 1967.
Auf den Zyklus LIEDER VON EINER INSEL schrieb Hans Werner Henze 1964 die »Chorfantasie«. Uraufführung: 23. Januar 1967 zur Einhundertjahrfeier der Firma Rosenthal, Selb.

NORD UND SÜD S. 125
Erstveröffentlichung in: HF-Aufnahme des NWDR Hannover vom 3. November 1952. Siehe PH I, 3. 02.
Erstdruck in: Jahresring 55/56. Ein Querschnitt durch die deutsche Literatur und Kunst der Gegenwart. [Bd. 2,] Stuttgart 1955. S. 38.
Der Textgestalt liegen zugrunde:
AGB 1956 und 1967.

BRIEF IN ZWEI FASSUNGEN S. 126
Der Textgestalt liegen zugrunde:
AGB 1956 (Erstveröffentlichung) und 1967.

RÖMISCHES NACHTBILD S. 128
Erstveröffentlichung in: Akzente. Zeitschrift für Dichtung. München, Jg. 2, Heft 1, Februar 1955. S. 44.
Der Textgestalt liegen zugrunde:
AGB 1956 und 1967.

UNTER DEM WEINSTOCK S. 129
Erstveröffentlichung in: Jahresring 55/56. Ein Quer-

schnitt durch die deutsche Literatur und Kunst der Gegenwart. [Bd. 2,] Stuttgart 1955. S. 39.
Der Textgestalt liegen zugrunde:
AGB 1956 und 1967.

IN APULIEN S. 130
Erstveröffentlichung in: Merkur. Deutsche Zeitschrift für europäisches Denken. Stuttgart, Jg. 9, Heft 1, Januar 1955. S. 35.
Der Textgestalt liegen zugrunde:
AGB 1956 und 1967.

SCHWARZER WALZER S. 131
Erstveröffentlichung in: Merkur. Deutsche Zeitschrift für europäisches Denken. Stuttgart, Jg. 9, Heft 1, Januar 1955. S. 38.
Der Textgestalt liegen zugrunde:
AGB 1956 und 1967.

NACH VIELEN JAHREN S. 132
Erstveröffentlichung unter dem Titel LEICHT RUHT DER PFEIL in: Jahresring 55/56. Ein Querschnitt durch die deutsche Literatur und Kunst der Gegenwart. [Bd. 2,] Stuttgart 1955. S. 39.
Der Textgestalt liegen zugrunde:
AGB 1956 und 1967.
In einem Exemplar der 4. Aufl. von 1962 aus dem Nachlaß, signiert *Ingeborg Bachmann 5–11–64,* ist das Gedicht NACH VIELEN JAHREN durchgestrichen und daruntergeschrieben: *weg.*

SCHATTEN ROSEN SCHATTEN S. 133
Der Textgestalt liegen zugrunde:
AGB 1956 (Erstveröffentlichung) und 1967.

BLEIB S. 134

Erstveröffentlichung in: Wort in der Zeit. Österreichische Literaturzeitschrift. Graz, Jg. 2, Heft 1, Januar 1956. S. 40.

Der Textgestalt liegen zugrunde:

AGB 1956 und 1967.

AM AKRAGAS S. 135

Erstveröffentlichung in: Jahresring 55/56. Ein Querschnitt durch die deutsche Literatur und Kunst der Gegenwart. [Bd. 2,] Stuttgart 1955. S. 38.

Der Textgestalt liegen zugrunde:

AGB 1956 und 1967.

AN DIE SONNE S. 136

Erstveröffentlichung in: Merkur. Deutsche Zeitschrift für europäisches Denken. Stuttgart, Jg. 10, Heft 6, Juni 1956. S. 534.

Der Textgestalt liegen zugrunde:

AGB 1956 und 1967.

IV

LIEDER AUF DER FLUCHT S. 138

Der Textgestalt liegen zugrunde:

AGB 1956 (Erstveröffentlichung) und 1967.

Dem Zyklus als Motto vorangestellt ist Vers 50, in Teil III »Il Trionfo del Amore« aus »I Trionfi« von Francesco Petrarca.

4 Gedichte 1957–1961

BRUDERSCHAFT S. 150
Bisher nicht veröffentlicht.
Der Textgestalt liegen zugrunde:
Typoskript 484 aus dem Nachlaß.
Zur Datierung: Der handschriftliche Entwurf des Gedichtes – Manuskript 6026 aus dem Nachlaß – ist in einem Notizbuch enthalten; unter den durchwegs undatierten Eintragungen finden sich die Entwürfe zu FREIES GELEIT sowie LIEBE: DUNKLER ERDTEIL und HÔTEL DE LA PAIX, die alle 1957 veröffentlicht wurden.

[VERORDNET DIESEM GESCHLECHT KEINEN GLAUBEN]
Bisher nicht veröffentlicht. S. 151
Der Textgestalt liegen zugrunde:
Typoskript 481 aus dem Nachlaß, ohne Titel.
Zur Datierung: Der handschriftliche Gedichtentwurf – Manuskript 482 aus dem Nachlaß –, der verglichen wurde mit der Handschrift von Gedichtentwürfen aus den Jahren 1956/57, läßt vermuten, daß das Gedicht ebenfalls in diesen Jahren entstanden ist.

HÔTEL DE LA PAIX S. 152
Erstveröffentlichung in: HF-Aufnahme des NDR Hamburg vom 1. Februar 1957. Siehe PH I, 9. 29.
Erstdruck in: Botteghe Oscure. Roma, Quaderno XIX, Spring 1957. S. 445.
Der Textgestalt liegen zugrunde:
Sb 1964 und 1970.

EXIL S. 153
Erstveröffentlichung in: Botteghe Oscure. Roma, Quader-

no XIX, Spring 1957. S. 447.
Der Textgestalt liegen zugrunde:
Sb 1964. Mit zwei Textvarianten und neuer Stropheneinteilung. – Sb 1970.

NACH DIESER SINTFLUT S. 154
Der Textgestalt liegen zugrunde:
Typoskript 227 aus dem Nachlaß. – Botteghe Oscure. Roma, Quaderno XIX, Spring 1957. S. 445. (Erstveröffentlichung.) – HF-Aufnahme des SDR Stuttgart vom 19. Juni 1957. Siehe PH I, 11. 03. – Akzente. Zeitschrift für Dichtung. München, Jg. 4, Heft 6, Dezember 1957. S. 491.

MIRJAM S. 155
Der Textgestalt liegen zugrunde:
Botteghe Oscure. Roma, Quaderno XIX, Spring 1957. S. 448. (Erstveröffentlichung.) – HF-Aufnahme des SDR Stuttgart vom 19. Juni 1957. Siehe PH I, 11. 04.

STRÖMUNG S. 156
Erstveröffentlichung in: HF-Aufnahme des SDR Stuttgart vom 19. Juni 1957. Siehe PH I, 11. 05.
Erstdruck in: Jahresring 57/58. Ein Querschnitt durch die deutsche Literatur und Kunst der Gegenwart. [Bd. 4,] Stuttgart 1957. S. 140.
Der Textgestalt liegen zugrunde:
Sb 1964 und 1970.

GEH, GEDANKE S. 157
Erstveröffentlichung in: HF-Aufnahme des SDR Stuttgart vom 19. Juni 1957. Siehe PH I, 11. 06.
Erstdruck in: Jahresring 57/58. Ein Querschnitt durch die deutsche Literatur und Kunst der Gegenwart. [Bd. 4,] Stuttgart 1957. S. 140.

Der Textgestalt liegen zugrunde:
Sb 1964 und 1970.

LIEBE: DUNKLER ERDTEIL S. 158
Der Textgestalt liegen zugrunde:
Typoskript 141 aus dem Nachlaß. – Botteghe Oscure. Roma, Quaderno XIX, Spring 1957. S. 446 f. (Erstveröffentlichung.) – HF-Aufnahme des SDR Stuttgart vom 19. Juni 1957. Mit drei Textvarianten. Siehe PH I, 11. 07. – Akzente. Zeitschrift für Dichtung. München, Jg. 4, Heft 6, Dezember 1957. S. 494 f. Mit zwei Textvarianten. – Lyrik aus dieser Zeit. München, Folge 1, 1961. S. 73. Der Titel ist in DUNKLER ERDTEIL abgeändert. Es konnte nicht mehr festgestellt werden, ob die Titeländerung mit Einverständnis der Autorin erfolgt ist.

ARIA I S. 160
Erstveröffentlichung = Uraufführung in »Nachtstücke und Arien« für Sopran und großes Orchester von Hans Werner Henze, Donaueschinger Musiktage, 20. Oktober 1957.
Der Textgestalt liegen zugrunde:
Typoskript 237 aus dem Nachlaß. – Studien-Partitur Edition Schott 4586, 1958. S. 22–32.
In ARIA I greift Ingeborg Bachmann auf eine ursprünglich zweistrophige Fassung des Gedichtes IM GEWITTER DER ROSEN zurück, Typoskript 317 aus dem Nachlaß, ohne Titel. Verändert wurden die ersten beiden Zeilen der zweiten Strophe, die in der ursprünglichen Fassung lauten:
Die Rosen im Land werden wir nicht mehr begehren.
Regen um Regen gibt uns den Flüssen der Nacht.

FREIES GELEIT (ARIA II) S. 161
Erstveröffentlichung in: HF-Aufnahme des SDR Stuttgart vom 19. Juni 1957. Siehe PH I, 11. 01.

Erstdruck in: Hortulus. Illustrierte Zweimonatsschrift für neue Dichtung. St. Gallen, Jg. 7, Heft 4, August 1957. S. 99. Uraufführung als ARIA II in: »Nachtstücke und Arien« für Sopran und großes Orchester von Hans Werner Henze, Donaueschinger Musiktage, 20. Oktober 1957. Der Textgestalt liegen zugrunde:
Sb 1964 und 1970.

IHR WORTE S. 162
Der Textgestalt liegen zugrunde:
Nelly Sachs zu Ehren. Suhrkamp Verlag, Frankfurt/M. 1961. S. 9 f. Mit der Widmung: *Für Nelly Sachs, die Freundin, die Dichterin, in Verehrung.* (Erstveröffentlichung.) – Sb 1964 und 1970. Die Widmung fehlt im Sb.

5 Gedichte 1964–1967

WAHRLICH S. 166
Entstanden vermutlich Ende 1964 nach der Begegnung mit Anna Achmatova, anläßlich der Verleihung des Premio Taormina an die russische Dichterin am 12. Dezember 1964. Das Gedicht ist für Anna Achmatova geschrieben. Hinweis in einem Entwurf des Gedichtes, Typoskript 217 aus dem Nachlaß.
Der Textgestalt liegt zugrunde:
L'Europa Letteraria, Artistica, Cinematografica. Roma, Anno VI, 1965, gennaio-febbraio, No. 1. S. 15. Mit der Widmung: *Für Anna Achmatova.* Zweisprachig abgedruckt, übersetzt von Giuseppe Scimone. (Einzige Veröffentlichung.)

BÖHMEN LIEGT AM MEER S. 167
Entstanden 1964.

Hinweis auf das Entstehungsjahr in einem Entwurf zu den Anmerkungen für die Gedichte in Kursbuch 15, 1968: KEINE DELIKATESSEN, ENIGMA, PRAG JÄNNER 64, BÖHMEN LIEGT AM MEER. Typoskript 290 aus dem Nachlaß.
Der Textgestalt liegen zugrunde:
Typoskript 337 aus dem Nachlaß. – Aufnahme der Österreichischen Phonothek Wien, im Palais Pálffy, vom 10. Mai 1965. (Erstveröffentlichung.) Siehe PH I, 29. 08. – Programmheft Festival di Spoleto. IX. Festival dei Due Mondi. 24 giugno – 17 luglio 1966. S. 27. Mit zwei Textvarianten. – Kursbuch 15. Frankfurt/M., November 1968. S. 94 f.

PRAG JÄNNER 64 S. 169
Entstanden Januar 1964.
In früheren Fassungen des Gedichtes mit dem Titel SEIT JENER NACHT – Typoskripte 373; 379; 321 b aus dem Nachlaß – steht *Prag, Jänner 1964* als Ortsangabe und Datum in Klammern unter dem Gedicht.
Der Textgestalt liegen zugrunde:
Typoskript 418 a aus dem Nachlaß. – HF-Aufnahme der SRG/DRS Studio Zürich vom 9. Januar 1966. (Erstveröffentlichung.) Siehe PH I, 32. 06. – Kursbuch 15. Frankfurt/M., November 1968. S. 93 f. Mit fünf Textvarianten.
Ein Exemplar des Kursbuch 15 aus dem Nachlaß enthält vier handschriftliche Korrekturen von Ingeborg Bachmann. Unberücksichtigt bleibt die vierte, unentschiedene Korrektur, die Streichung der beiden Zeilen: *Gehen, schrittweis ist es wiedergekommen, / Sehen, angeblickt, habe ich wieder erlernt.*, die mit zwei Fragezeichen am Rand versehen sind.

EINE ART VERLUST S. 170
Bisher nicht gedruckt.
Der Textgestalt liegen zugrunde:
Typoskript 376 aus dem Nachlaß. – HF-Aufnahme der

BBC London vom 15. Juli 1967. (Einzige Veröffentlichung.) Siehe PH I, 37. 02.

ENIGMA S. 171

ENIGMA ist vermutlich zwischen 1966 und 1967 entstanden als Neufassung des Gedichtes AUF DER REISE NACH PRAG, das Ingeborg Bachmann in der HF-Aufnahme der SRG/DRS Studio Zürich am 9. Januar 1966 gelesen hat. Siehe PH I, 32. 05. Der Hinweis auf 1964 als Entstehungsjahr von ENIGMA in Typoskript 290 aus dem Nachlaß bezieht sich wahrscheinlich auf die Erstfassung AUF DER REISE NACH PRAG. Vgl. auch Anmerkung zu BÖHMEN LIEGT AM MEER S. 658.
Der Textgestalt liegen zugrunde:
Typoskript 143 aus dem Nachlaß. – HF-Aufnahme der BBC London vom 15. Juli 1967. (Erstveröffentlichung.) Siehe PH I, 37. 01. – Kursbuch 15. Frankfurt/M., November 1968. S. 93. Mit der Widmung: *Für Hans Werner Henze aus der Zeit der »Ariosi«*. Gemeint ist das Jahr 1963 und die Komposition »Ariosi« mit Gedichten von Torquato Tasso: Qual rugiada. Compianto. Maraviglioso fior del vostro mare. Estro. Deh, vien, morte soave.
Das Gedicht zitiert in der ersten Zeile *Nichts mehr wird kommen* die Peter-Altenberg-Lieder von Alban Berg. Die Zeile *Du sollst ja nicht weinen* ist aus dem Kinderchor der zweiten Symphonie von Gustav Mahler.

KEINE DELIKATESSEN S. 172

Entstanden vermutlich 1963.
Hinweis auf das Entstehungsjahr in Typoskript 290 aus dem Nachlaß. Vgl. auch Anmerkung zu BÖHMEN LIEGT AM MEER S. 658.
Der Textgestalt liegt zugrunde:
Kursbuch 15. Frankfurt/M., November 1968. S. 91 f. (Erstveröffentlichung.)

HÖRSPIELE

EIN GESCHÄFT MIT TRÄUMEN S. 177

Ursendung: 28. Februar 1952, Sendergruppe Rot/Weiß/Rot, Wien.

Erstdruck aus dem Nachlaß: Die Hörspiele. Ein Geschäft mit Träumen. Die Zikaden. Der gute Gott von Manhattan. Piper Verlag, München 1976 (= Serie Piper 139).

Der Textgestalt liegen zugrunde:

Typoskript 2169–2197, 2319–2329, 2198 (= S. 1–41) aus dem Nachlaß. Das Hörspiel entstand nach der gleichnamigen Erzählung EIN GESCHÄFT MIT TRÄUMEN. Vgl. zweiter Band, S. 41.

DIE ZIKADEN S. 217

Entstanden 1954.

Ursendung: 25. März 1955, NWDR Hamburg. Mit der Musik von Hans Werner Henze.

Der Textgestalt liegen zugrunde:

Hörspielbuch 1955. Europäische Verlagsanstalt, Frankfurt/M. 1955. S. 133–176. (Erstdruck.) – Der gute Gott von Manhattan. Die Zikaden. Zwei Hörspiele. Deutscher Taschenbuch Verlag, München, 5. Aufl. 1972 (= dtv Sonderreihe 14). – Typoskript 1192, 1193 aus dem Nachlaß, mit einer Anweisung zur Stimmregie.

DER GUTE GOTT VON MANHATTAN S. 269

Entstanden 1957.

Ursendung: 29. Mai 1958 in einer Gemeinschaftsproduktion des BR München und des NDR Hamburg. Gleichzeitig wurde das Hörspiel vom SWF Baden-Baden in eigener Inszenierung gesendet.

Der Textgestalt liegen zugrunde:

Der gute Gott von Manhattan. Hörspiel. Piper Verlag, München 1958 (= Piper-Bücherei 127). (Erstdruck.) – Der gute Gott von Manhattan. Die Zikaden. Zwei Hörspiele. Deutscher Taschenbuch Verlag, München, 5. Aufl. 1972 (= dtv Sonderreihe 14).

LIBRETTI

Der Prinz von Homburg S. 331
Entstanden 1958.
Das Libretto zu der Oper in drei Akten von Hans Werner Henze entstand nach dem Schauspiel von Heinrich von Kleist.
Uraufführung: 22. Mai 1960 an der Hamburgischen Staatsoper.
Der Textgestalt liegt zugrunde:
Textbuch, B. Schott's Söhne, Mainz 1960.

Entstehung eines Librettos S. 369
Programmtext zur Uraufführung der Oper »Der Prinz von Homburg« von Hans Werner Henze.
Der Textgestalt liegen zugrunde:
Das Programm der Hamburgischen Staatsoper, 15. Heft 1959/60. S. 128–132. (Erstveröffentlichung.) – Melos. Zeitschrift für neue Musik. Mainz, Jg. 27, Heft 5, Mai 1960. S. 136 ff.
Das Gedicht von Bertolt Brecht »Über Kleists Stück Der Prinz von Homburg« wurde korrigiert nach Brecht, Versuche 25/26/35, Heft 11. Redaktion: Elisabeth Hauptmann. Suhrkamp Verlag, Berlin 1951. S. 88.

DER JUNGE LORD S. 375

Entstanden 1964.

Das Libretto zu der Komischen Oper in zwei Akten entstand nach einer Parabel aus »Der Scheik von Alessandria und seine Sklaven« von Wilhelm Hauff. Musik von Hans Werner Henze.

Uraufführung: 7. April 1965 an der Deutschen Oper Berlin.

Der Textgestalt liegt zugrunde:

Textbuch, B. Schott's Söhne, Mainz 1965, 1. Aufl., und 1972. Mit zahlreichen Textvarianten.

NOTIZEN ZUM LIBRETTO S. 433

Bemerkungen zu der Entstehung des Librettos »Der junge Lord«.

Der Textgestalt liegen zugrunde:

Opern Journal. Informationen. Bilder. Essays. Berlin, Nr. 8, April 1965. S. 7. (Erstveröffentlichung.) – Blätter des Stadttheaters Würzburg. Spielzeit 1969/70, Heft 9. S. 143f.

[ZWISCHENTEXTE ZUR KONZERTANTEN AUFFÜHRUNG DES ›FREISCHÜTZ‹] S. 437

Entstanden 1967 auf Anregung von Rolf Liebermann.

Bisher in deutscher Sprache nicht veröffentlicht.

In französischer und englischer Sprache wurden die Zwischentexte zur Oper »Der Freischütz« von Carl Maria von Weber bei den zwei konzertanten Aufführungen vorgetragen, die 1967 anläßlich des Gesamtgastspiels der Hamburgischen Staatsoper während der Weltausstellung in Montreal und während der Eröffnungssaison der neuen Metropolitan Opera im New Yorker Lincoln Center stattfanden. Die hektographierten Blätter der französischen und der englischen Version waren dem Programmheft beigelegt.

Erste Aufführung: 15. Juni 1967 in der Salle Wilfrid Pelletier, Montreal. Zweite Aufführung: 25. Juni 1967 in der Philharmonic Hall des Lincoln Center, New York.
Der Textgestalt liegen zugrunde:
Typoskript 1222–1231 aus dem Nachlaß. – Fotokopie dieses Typoskripts aus dem Archiv der Hamburgischen Staatsoper.
Die Fotokopie des Typoskripts aus dem Archiv der Hamburgischen Staatsoper weist Streichungen von fremder Hand auf. Ausgetilgt sind jene Satzteile und Worte, in denen die verborgene sexuelle Symbolik des »Freischütz« expliziert wird. In der ebenfalls aus dem Archiv der Hamburgischen Staatsoper zur Verfügung gestellten Fotokopie des Typoskripts der englischen Übersetzung, die von Eugene Walter nach dem Originaltext (= Typoskript 1222–1231) angefertigt wurde, sind dieselben Stellen von der gleichen fremden Hand getilgt.
In der purgierten französischen und englischen Version fehlen folgende Textstellen:
In Teil I (S. 437 f.) *Denn der Zusammenhang von Waffenhandhabung, Waffe und Potenz – das sind sehr alte Gleichungen und nur neue Einsichten.* In Teil III (S. 439) *Impotenzkomplex.* In Teil IV (S. 439) Die Zahl Drei *steht für den Mann, den potenten Mann, und nicht zuletzt* ist *die Drei auch* der Ausdruck für die Einheit Mann–Frau–Kind. In Teil VI (S. 441) *Der Schuß steht für die Defloration, dann tritt . . .*

ÜBERSETZUNGEN

THOMAS WOLFE: DAS HERRSCHAFTSHAUS S. 445
Drama. Für den Rundfunk bearbeitet.
Bisher nicht gedruckt.
Titel des Originals: Mannerhouse. A Play in a Prologue and Three Acts by Thomas Wolfe. First published in 1948. Harper & Brothers Publishers, New York. Der Prolog wurde nicht übersetzt.
Welturaufführung des Dramas als Hörspiel am 4. März 1952, Sendergruppe Rot/Weiß/Rot, Wien.
Eine spätere Übersetzung von »Mannerhouse« unter dem Titel »Herrenhaus« von Peter Sandberg (erschienen im Rowohlt Verlag, Hamburg 1953) hat Ingeborg Bachmann ebenfalls für den Rundfunk bearbeitet.
Der Textgestalt liegt zugrunde:
Typoskript 2868, 2869, 2871–2937 (= S. 1–69) aus dem Nachlaß.

GIUSEPPE UNGARETTI: GEDICHTE S. 513
Italienisch und deutsch, mit einem Nachwort.
Auswahl aus den Gedichtbänden: L'Allegria, 1942. Sentimento del Tempo, 1943. Il Dolore, 1947. La Terra Promessa, 1950. Il Taccuino del Vecchio, 1960. Alle erschienen bei Arnoldo Mondadori Editore, Milano.
Der Textgestalt liegen zugrunde:
Giuseppe Ungaretti, Gedichte. Italienisch und deutsch. Suhrkamp Verlag, Frankfurt/M. 1961 (= Bd. 70 der Bibliothek Suhrkamp) und 1966.
Mit elf Übersetzungskorrekturen von der 2. Aufl. 1963 an.

JUGENDGEDICHTE

»ICH.« S. 623

Entstanden wahrscheinlich zwischen 1942 und 1943.
Der Textgestalt liegt zugrunde:
Typoskript 5395 aus dem Nachlaß.
Auf den Abdruck des 1. Teils wurde verzichtet. Er entspricht offenkundig einer noch früheren Entwicklungsstufe und ist weniger signifikant.

BEWEGUNG DES HERZENS S. 624

BEWEGUNG DES HERZENS lautet der Titel einer Reihe unveröffentlichter Gedichte aus den Jahren 1944–1946 (Reinschrift des Titels: Typoskript 6166 aus dem Nachlaß). Ingeborg Bachmann wählte ihn aus vier Titelentwürfen: ICH IM SPIEGEL, RUHELOSE WANDERSCHAFT, BEWEGUNG DES HERZENS, RAST IM TRAUM (Manuskript 6193 und Typoskript 6167 aus dem Nachlaß).
Die folgenden sechs Gedichte stellen eine Auswahl dar:

NACH GRAUEN TAGEN S. 624

Entstanden 1944.
Der Textgestalt liegt zugrunde:
Typoskript 158 aus dem Nachlaß.
Eine frühere, handschriftliche Fassung ist datiert: *10. Oktober 1944, Klagenfurt* (Manuskript 6334 aus dem Nachlaß).

AUFBLICKEND S. 625

Der Textgestalt liegt zugrunde:
Typoskript 146 aus dem Nachlaß.

Ich frage S. 626

Der Textgestalt liegt zugrunde:
Typoskript 145 aus dem Nachlaß.
In Zeile 2 der zweiten Strophe sind die Wörter *Genuß* und *Raserei* gestrichen. Die Streichungen deuten auf die Absicht einer späteren Überarbeitung.

Im Sommer S. 627

Der Textgestalt liegt zugrunde:
Typoskript 147 aus dem Nachlaß.

Schranken S. 628

Entstanden 1944.
Der Textgestalt liegt zugrunde:
Typoskript 159 aus dem Nachlaß. – Eine frühere, handschriftliche Fassung ist datiert *7. XI. 44* (Manuskript 5742 aus dem Nachlaß).

Einem Winter entgegen ... S. 629

Entstanden 1945.
I.
Der Textgestalt liegt zugrunde:
Typoskript 151 aus dem Nachlaß.
Das Schulheft, in dem die erste, handschriftliche Fassung des Gedichtes enthalten ist, trägt die Jahreszahl 1945 (Manuskript 6262 aus dem Nachlaß).
II.
Der Textgestalt liegt zugrunde:
Typoskript 156 aus dem Nachlaß.
Ein handschriftlicher Entwurf in demselben Schulheft ist datiert *18. XII. 45* (Manuskript 6295 aus dem Nachlaß).

VERZEICHNISSE

Die Gedichte in der Reihenfolge dieser Ausgabe

Die Gedichttitel in alphabetischer Reihenfolge

Die Gedichtanfänge in alphabetischer Reihenfolge

Die Gedichte Giuseppe Ungarettis und ihre Übertragungen

Ingeborg Bachmann Werke

Ingeborg Bachmann
Werke

Herausgegeben von
Christine Koschel
Inge von Weidenbaum
Clemens Münster

Zweiter Band:
Erzählungen

R. Piper & Co. Verlag
München Zürich

ISBN 3-492-02286-3

Gesetzt aus der Walbaum-Antiqua
Gesamtherstellung Wiener Verlag, Wien
Printed in Austria

Inhalt

ERZÄHLUNGEN

ERZÄHLUNGEN

1

Die Fähre

Im hohen Sommer ist der Fluß ein tausendstimmiger Gesang, der, vom Gefälle getragen, das Land ringsum mit Rauschen füllt. Nahe am Ufer aber ist er stiller, murmelnder und wie in sich selbst versunken. Er ist breit, und seine Kraft, die sich zwischen das Land legt, bedeutet Trennung. Gegen Norden ist das Tal dunkel und dicht, nahe liegt Hügel an Hügel, aufwärtsgewölbt hängen Wälder nieder, und in der Ferne heben sich die steileren Höhen, die an hellen, freundlichen Tagen einen milden Bogen in das Land hinein bilden. Über den Fluß liegt im ersten Dunkel der waldigen Enge das Herrenhaus. Der Fährmann Josip Poje sieht es, wenn er Menschen und Last hinüberführt. Er hat es immer vor sich. Es ist von brennender weißer Farbe und scheint plötzlich vor seinen Augen auf.

Josips Augen sind jung und scharf. Er sieht, wenn sich ferne im Gesträuch die Zweige biegen, er wittert die Gäste der Fähre, gleich, ob es die Korbflechterinnen sind, die um Ruten an das andere Ufer fahren, oder Handwerksleute. Manchmal kommt auch ein Fremder oder ganze Gesellschaften mit lachenden Männern und buntgekleideten, heiteren Frauen.

Der Nachmittag ist heiß. Josip ist ganz mit sich allein. Er steht auf der kleinen Brücke, die vom Ufer über die lange Strecke weichen Sandes führt. Die Anlegestelle ist mitten in die Einsamkeit des Buschlandes gebaut, eine Fläche, die sich sandig und versteint bis zum allmählichen Übergang in Wiese und Feld ausdehnt. Man kann das Ufer nicht überschauen, jeder Blick ertrinkt im Gesträuch, und kleine, wenig verhärtete Wege sind dazwischen wie frische Narben. Allein das Wechselspiel der Wolken an diesem unsteten Tag ist Veränderlichkeit. Sonst ist die Ruhe ermüdend, und die schweigende Hitze drückt allen Dingen ihr Mal auf.

Einmal wendet sich Josip. Er blickt zum Herrenhaus hinüber. Das Wasser liegt dazwischen, aber er sieht doch an einem der Fenster den »Herrn« stehen. Er, Josip, kann viele Stunden ruhig stehen oder liegen, er kann Tag für Tag das gleiche Wasser hören, aber der Herr im weißen Haus, das sie manchmal das »Schloß« nennen, muß Ruhelosigkeit in sich tragen. Er steht bald an diesem, bald an jenem Fenster, manchmal kommt er den Wald herunter, daß Josip meint, er wolle den Fluß überqueren, aber dann verneint er, so gut dies über das Brausen geht. Er streift zwecklos am Ufer entlang und kehrt wieder um. Josip sieht das oft. Der Herr ist sehr mächtig, er verbreitet Scheu und Ratlosigkeit um sich, aber er ist gut. Alle sagen es.

Josip mag nicht mehr daran denken. Er sieht forschend nach den Wegen. Es kommt niemand. Er lacht. Er hat jetzt seine kleinen Freuden. Er ist schon ein Mann, aber es macht ihm noch immer Vergnügen, die platten Steine aus dem Sand zu suchen. Er geht bedächtig im feuchten, nachgebenden Sand. Er wiegt den Stein prüfend in den Händen; dann schwingt er, sich beugend, den Arm, und in schwirrendem Flug saust das übermütige Stück über die Wellen, springt auf und weiter und springt wieder auf. Dreimal. Wenn er es öfter macht, springen die Steine aber achtmal auf. Sie dürfen nur nicht plump sein.

Stunde auf Stunde stiehlt sich fort. Der Fährmann ist lange schon ein stummer, verschlossener Träumer. Die Wolkenwand über den entfernten Bergen wird höher. Vielleicht geht der Schein der Sonne bald weg und schlingt goldene Säume in die weißnebeligen Paläste. Vielleicht kommt dann auch Maria. Sie wird wieder spät kommen und Beeren im Korb tragen oder Honig und Brot für den Herrn. Er wird sie über den Fluß fahren müssen und ihr

nachsehen, wenn sie gegen das weiße Haus geht. Er versteht nicht, warum Maria dem Herrn alle Dinge in das Haus tragen muß. Er soll seine Leute schicken.
Die späten Nachmittage bringen Verwirrung. Die Bedenken verfliegen mit dem Ermüden. Die Gedanken sind auf heimlichen Wegen. Der Herr ist nicht mehr jung. Er wird kein Verlangen tragen, das so schmerzt wie das des jungen Josip Poje. Warum muß Maria an ihn denken, wo er nie nach ihr sieht, sondern an große Dinge denkt, die unverständlich und dunkel für sie sind! Sie kann viele Male zu ihm kommen, er wird sie nicht sehen, wenn sie kein Wort sagt. Er wird ihre Augen nicht verstehen und die Schweigende fortschicken. Er wird nichts von ihrer Traurigkeit und ihrer Liebe wissen. Und der Sommer wird vergehen, und im Winter wird Maria mit ihm tanzen müssen.
Die kleinen Mücken und die Fliegen, die nach Sonnenuntergang so lebendig werden, schwärmen schon. Sie suchen immer durch die Luft, fliegen geruhsame Kreise, bis sie mit einem Mal zusammenstoßen. Dann lösen sie sich und schweben weiter, bis sich das wiederholt. Irgendwo singen noch Vögel, aber man hört sie kaum. Das Rauschen des Flusses ist Erwartung, die alles andere in sich erstickt. Es ist ein lautes Lärmen, das mit Bangen und Erregung gefüllt ist. Kühle weht auf und ein trüber Gedanke in ihr. Man müßte blind sein und sähe doch den weißen Fleck der Mauer vom anderen Ufer durch den Wald scheinen.
Der Abend ist da. Josip denkt daran, nach Hause zu gehen, doch er wartet noch ab. Es ist schwer, einen Entschluß zu fassen. Aber nun hört er, daß Maria kommt. Er sieht nicht hin, er will gar nicht hinsehen, aber die Schritte sagen genug. Ihr Gruß ist zag und hilflos. Er blickt sie an.
»Es ist spät.« Seine Stimme ist voll Vorwurf.
»Du fährst nicht mehr?«
»Ich weiß nicht«, erwidert er. »Wo willst du noch hin?« Er ist von fremder Unerbittlichkeit beherrscht.

Sie wagt nicht zu antworten. Sie ist stumm geworden. Sein Blick ist ein Urteil. Er bemerkt, daß sie nichts bei sich trägt. Sie hat keinen Korb, keine Tasche, auch kein Tuch, das sich zum Bündel wölbt. Sie bringt nur sich.
Sie ist ein törichtes Mädchen. Er ist voll Verwunderung und versteht sie nicht und verachtet sie ein wenig. Aber die Wolken haben nun ihren glühenden Saum. Die Wellen im Strom sind bedächtiger und breiter als am Tage, die Strudel inmitten dunkler und gefährlicher. Niemand wird wagen, jetzt mit einem Boot über das Wasser zu fahren. Nur die Fähre bietet Sicherheit.
Der Wind streicht über Josips Stirne, aber sie bleibt trotzdem heiß. Eine Regung, die ihn erzürnt, stürzt ihn in Verwirrung. Das Seil der Fähre stellt eine Verbindung her, löst die Grundlosigkeit und weist gerade und unfehlbar an das andere Ufer, auf das weiße Herrenhaus.
»Ich fahre nicht«, weist er Maria ab.
»Du willst nicht?« Ahnung steigt in dem Mädchen auf. Es hebt einen kleinen Beutel und frohlockt: »Ich werde dir doppelt so viel zahlen!«
Er lacht erlöst. »Du wirst nicht genug Geld haben. Ich fahre nicht mehr.«
Warum steht sie noch immer hier? Das Aufeinanderschlagen des Geldes verklingt. Zutraulichkeit ist in ihrem Gesicht und Bitte. Er verstärkt seine Abweisung und seinen Vorwurf.
»Der Herr wird dich nicht ansehen. Dein Kleid ist nicht fein, und deine Schuhe sind schwer. Er wird dich fortjagen. Er hat anderes zu denken. Ich weiß es, denn ich sehe ihn alle Tage.« Er ängstigt das Mädchen. Nach einer von Nachdenklichkeit erfüllten Minute stehen Tränen in ihren Augen.
»Im Winter wird der Herr nicht mehr hier sein. Er wird dich schnell vergessen.« Josip ist ein schlechter Tröster. Er ist bekümmert. Er wird sie nun doch über den Strom brin-

gen. Die Ratlosigkeit in seinem Gesicht breitet sich mehr und mehr aus. Er sieht zu Boden. Hier ist aber nichts als die Fülle des Sandes. Ein schöner Plan verschwimmt in der Öde starrender Unentschlossenheit.
Als Maria sich langsam wendet, um zu gehen, versteht er sie zum zweitenmal an diesem Sommerabend nicht.
»Du gehst?« fragt er.
Sie bleibt nochmals stehen. Er freut sich nun. »Ich werde auch bald gehen.«
»Ja?«
Er macht sich an der Fähre zu schaffen. »Ich denke an den Winter. Wirst du mit mir tanzen?«
Sie blickt auf ihre Schuhspitzen. »Vielleicht ... Ich will jetzt heimgehen.«
Ein wenig später ist sie fort. Der Fährmann Josip Poje denkt, daß sie vielleicht trotzdem traurig ist. Aber es wird einen lustigen Winter geben. Josip sucht einen Stein und schleudert ihn über das Wasser. Der Fluß ist merkwürdig trüb, und in der Mattheit des Abends hat keine Welle den schäumenden Silberkranz. Es ist nicht mehr als ein graues Wogen, das sich mit breiter Kraft zwischen das Land drängt und Trennung bedeutet.

Im Himmel und auf Erden

Über die Stirne Amelies lief ein roter Schatten. Sie trat vom Spiegel zurück und schloß die Augen. Da war die Spur für einen Augenblick vergangen, die Justins Hand über ihr Gesicht gezogen hatte. Er hatte sie nur einmal geschlagen und sich dann hastig zurückgezogen, um sich nicht zu früh zu verraten. In ihm war ein Sturm entfesselt, den tausend Schläge gegen Amelie nicht hätten beruhigen können.

»O Gott«, murmelt er und wusch sich die Hände. Er benützte Gott prinzipiell nur, wenn er glaubte, daß nichts mehr ausreiche, um seine Erregung auszudrücken. Amelie war zu verschreckt, um näher zu treten; aber sie wußte, daß es ihm gut tat, gefragt zu werden, und so fragte sie vom anderen Ende des Zimmers her ein leises »Was . . .?« Sie wagte jedoch nicht zu fragen: was gibt es, was ist dir zugestoßen, wer hat dich beleidigt? – denn sicher war sie der Grund seiner Erbitterung. Nach einer Weile überwand sie sich und errötete. »Kann ich es gutmachen?«

»Nein«, schrie Justin erlöst, »dieses verlorene Geld kannst du nicht mehr . . .«, er brach erschöpft ab, dann nahm er höhnend den Faden wieder auf: »Gutmachen! Gutmachen! Du bist wohl verrückt. Diesen Schuften kann man doch nicht an!«

»Hat man dich betrogen?« flüsterte sie.

»Nein«, erwiderte er, »ich habe sie betrogen, wie sie es verdienen. Ich habe ihnen das Geld abgenommen, das sie nicht verdienen. Verstehst du das? Sie verdienen es nicht.«

»Ja«, antwortete sie und sah erleichtert, wie seine Stirn sich glättete.

Bald darauf ging er. Amelie zog ihre Arbeit hervor und versuchte, die vielen Stunden einzubringen, die er sie gezwungen hatte, Partnerin seiner Selbstgespräche zu sein. Ihre Finger stolperten über die Seide, in die sie viele bunte Stiche zu setzen hatte. Zwischendurch sah sie hastig nach der Uhr, und in ihre Wünsche, er möge früh nach Hause kommen, stieg ein anderer, es möge spät werden. Alle Wünsche aber liefen dahin, das Beste für Justin zu beschwören. Gegen Mitternacht versuchte sie sich aufzurichten; aber ihr Rücken war hart geworden, und sie deutete dies dahin, daß sie in ihrer Arbeit fortfahren solle. Eine seltsame Schläfrigkeit rieselte in ihre Gelenke, und als sie Justins Schritte vernahm und sich erheben wollte, war sie dazu unfähig. Sie starrte ihm entgegen.

»Warum gehst du nicht schlafen?« fragte er mit einem Lächeln, das sie alles vergessen ließ. Sie sprang in wilder Freude auf und schlug hart hin. Sie wehrte seinen Händen, die ihr zu Hilfe kamen. »Es ist nichts«, stammelte sie.

Sein Gesicht stand dunkel vor ihr. »Du bist doch nicht krank? Du wirst mir doch keine Scherereien machen!«

»Ich bin nur ganz steif vom langen Sitzen«, besänftigte sie ihn.

»Amelie«, sagte er, und seine Stimme erhob sich vor erwachendem Mißtrauen, »willst du bestreiten, daß du nur sitzen geblieben bist, weil du wissen wolltest, wann ich nach Hause komme?«

Sie schwieg und griff nach dem Stück Seide, das ihr entfallen war.

»Du hast wieder getrunken?« sagte sie tapfer.

»Hast du auf mich gewartet, um das festzustellen?« fragte er dringender. »Ich habe mein letztes Geld verloren und du sitzt hier und wartest, um mir Vorwürfe zu machen.« Er wurde immer lauter, um ihr Schweigen zu übertönen. »Amelie«, sagte er dann so zärtlich wie zu einem kleinen Kind, »wir wollen vernünftig miteinander reden. Das geht nicht so weiter, daß du zu Hause sitzt, mir zur Last fällst und mir Vorwürfe machst. Siehst du das ein?«

Sie nickte ihm zu und sah ihn bewundernd an.

»Ich glaube, ich habe mich jetzt lange genug auf diesem barbarischen Jahrmarkt des Lebens abgemüht.« Er warf sich in einen Sessel, zog die Taschen seines Rockes hervor und drehte sie um. »Ausgeraubt, ausgestohlen«, stellte er fest und lachte, daß Amelies Blut stillstand. Dann bewegte sie sich stumm gegen den Kasten und suchte ein schmales Kuvert unter ihrer Wäsche hervor. Sie drückte es ihm rasch in die Hand. »Das ist alles. Ich habe genäht, wenn du nicht zu Hause warst.«

Er steckte es zu sich. »Wie lange schon?« fragte er.

Sie gab keine Antwort und legte sich ins Bett. Nachdem sie das Licht verlöscht hatten, holte er tief Atem. »Es hat mich tief erschüttert, daß du schon so lange Zeit etwas vor mir geheimhältst« – er räusperte sich – »tief erschüttert«, wiederholte er und betonte jede Silbe. Sie drehte das Licht wieder auf und sah ihm mit wilder Entschlossenheit ins Gesicht. Sie stand auf und setzte sich wieder an ihre Arbeit.

»Es ist vollkommen sinnlos, daß du jetzt weiterarbeitest. Du darfst nicht hoffen, mich dadurch zu rühren«, sagte er kühl, ohne sich ihr zuzuwenden. Sie nähte noch eine Weile, dann mußte sie innehalten, weil zu viele Tränen über ihr Gesicht liefen und sie nicht wußte, wie sie sie verbergen sollte.

»Komm zu mir«, sagte er ruhig.

Sie gehorchte.

Er drückte ihr einen Schlüssel in die Hand. »Du wirst jetzt in meine alte Fabrik gehen und aus dem Panzerschrank im Kontor meine schwarze Mappe holen, die ich vergessen hatte, als ich wegging.«

»Die braune Mappe«, verbesserte sie ihn.

»Eine schwarze Mappe«, wiederholte er, »ich habe sie erst unlängst gekauft.«

»Es wird jetzt niemand dort sein«, gab sie zu bedenken.
»Ja, natürlich«, erwiderte er zerstreut, »du tätest mir aber einen großen Gefallen, wenn du doch jetzt gingest. Es macht nichts aus, weil man davon weiß.«
»Versuch zu schlafen«, mahnte sie und lief dann leise aus dem Zimmer . . .
Als sie zurückkehrte, sah sie verwundert, daß er noch wach lag. Sie entdeckte, daß ihre Bereitschaft ihn versöhnt hatte, und wagte mit hellen Augen und einer leisen Melodie auf den Lippen, ihr Nähzeug wegzuräumen. Sie ging still zu Bett, flüsterte ihm »Gute Nacht!« zu und hörte glücklich die Erwiderung ihres Grußes.
Der Morgen war schön und sonnig. Es klingelte. Amelie stellte die Blumen ans Fenster und ging dann zur Türe. Freundlich beantwortete sie die Fragen der drei Polizisten und bat sie, weiterzukommen. Justin kam verschlafen dazu, tat befremdet und mischte sich nicht in das Gespräch. Die Beamten erstaunte Amelies Gleichmut, und einer fragte nun geradezu, ob sie die Mappe aus dem Kontor gestohlen habe. »Nein«, erwiderte sie, »ich habe sie heute nacht geholt.«
Justin ärgerte sich maßlos über Amelies einfältige Augen. Der Beamte forderte sie auf, mitzukommen, aber sie wollte das nicht begreifen. Sie lächelte ihn nachsichtig an und wandte sich, noch immer lächelnd, Justin zu. Da stürzte die Einfalt aus ihren Augen und wechselte mit einem Abgrund des Wissens, der mit einemmal ihn und sie und das Gefüge ihrer Beziehungen verschlang. Sie lief, ohne etwas fragen zu müssen oder erfahren zu wollen, ans Fenster und sprang in den dunklen Hof, der wie ein Schacht ein kleines Viereck gegen den Himmel freihielt . . .
»O Gott, o Gott«, murmelte Justin, weil er Gott prinzipiell nur benützte, wenn er glaubte, daß nichts mehr ausreiche, um seine Erregung auszudrücken.

Das Lächeln der Sphinx

In einer Zeit, in der alle Regierenden gefährdet waren – zu erklären, worin diese Gefährdung bestand, ist müßig, denn Gefährdungen haben zu viele Ursachen und doch keine zugleich –, befiel den Herrscher des Landes, von dem die Rede sein soll, Unruhe und Schlaflosigkeit. Nicht daß er sich »von unten«, von seinem Volk her, bedroht fühlte; die Bedrohung kam von oben, von unausgesprochenen Forderungen und Weisungen, denen er folgen zu müssen glaubte und die er nicht kannte.

Als der Herrscher überdies vom Auftreten eines Schattens an den Zufahrtstraßen seines Schlosses in Kenntnis gesetzt wurde, drängte sich ihm die Überzeugung auf, daß er den Schatten, der vielleicht die Bedrohung barg, anrufen und ins Leben zwingen mußte, um ihn bekämpfen zu können. Und er stieß alsbald auf den Schatten, den man ihm gemeldet hatte; es war schwer, von ihm auf die Gestalt zu schließen, die ihn vorausschickte, weil er zu groß war, um mit einem Mal ins Auge treten zu können. Am Anfang sah der Regent nichts als ein ungeheures Tier, das sich langsam durch die Gegend schleppte; später erst gelang es ihm, an der Stelle, an der er den Schädel vermutete, ein plattes, breites Gesicht zu entdecken, das jenem Wesen gehörte, das jeden Augenblick den Mund öffnen und derart fragen konnte, daß man vor ihm seit Jahrhunderten versagte, ihm die Antwort schuldig blieb und verloren war: Der König hatte die furchteinflößende, seltsame Sphinx erkannt, mit der er um das Fortbestehen des Landes und seiner Menschen zu ringen hatte. Er öffnete also zuerst den Mund und forderte sie heraus, ihn herauszufordern.

»Das Innere der Erde ist unserem Blick verschlossen«, be-

gann sie, »aber ihr sollt einmal hineinsehen, die Dinge vor mir ausbreiten, die sie birgt, und mir über ihr Feuer und ihre Festigkeit Bescheid sagen.«
Der Herrscher lächelte und wies seine Gelehrten und Arbeiter an, sich über den Leib der Erde zu machen, ihn zu durchbohren, seine Geheimnisse freizulegen, alles zu messen und das Gefundene in die feinnervigsten Formeln zu übertragen, deren Präzision unvorstellbar war. Er verfolgte selbst den Gang der Arbeit, der sich in prächtigen Tabellen und dicken Büchern spiegelte.
Eines Tages war es denn so weit, daß der Herrscher sein Gefolge anweisen konnte, die geleistete Arbeit vorzulegen. Die Sphinx konnte nicht umhin zuzugeben, daß die Arbeit vollkommen und unangreifbar ausgefallen war; nur schien es vielen, sie drücke zu wenig Achtung vor den Resultaten aus. Aber keiner konnte ihr nachsagen, daß sie sich nicht korrekt verhalten habe.
Wenn einige noch gefürchtet hatten, es würde nun offenbar werden, daß die Sphinx den König nur in Sicherheit hatte wiegen wollen, um dann doch noch eine Falle in der Formulierung des Rätsels zutage treten zu lassen, wurden ihre Bedenken jetzt zerstreut. Die zweite Frage war wieder unmißverständlich und einfach im Wortlaut. Gelassen forderte das beinahe entzauberte Ungeheuer, daß sich nun alle an die Feststellung der Dinge machen sollten, die die Erde bedeckten, einschließlich der Sphären, die sich um sie schlossen. Diesmal taten die Wissenschafter mit ihren Stäben noch ein übriges. Sie fügten den Aufzeichnungen eine unerhört feingliedrige Untersuchung des Weltraums an, die alle Planetenbahnen, alle Himmelskörper, Vergangenheiten und Zukünfte der Materie enthielt, mit der heimlichen Schadenfreude, der Sphinx damit eine dritte Frage vorwegzunehmen.
Auch dem König schien es ausgeschlossen, daß noch etwas zu fragen blieb, und er übergab die Lösung mit aufkeimen-

dem Triumph. Schloß die Sphinx die Lider oder war sie überhaupt blicklos? Vorsichtig suchte der Herrscher in ihren Mienen zu lesen.

Die Sphinx ließ sich so lange Zeit, die dritte Frage zu stellen, daß alle zu glauben begannen, sie hätten mit ihrem Übereifer in der Beantwortung der zweiten Frage tatsächlich das tödliche Spiel gewonnen. Als sie aber an ihrem Mund ein leises Zucken wahrnahmen, erstarrten sie, ohne daß sie zu sagen gewußt hätten, warum.

»Was mag wohl in den Menschen sein, die du beherrschst«, fragte sie in des Königs große Nachdenklichkeit. Der König hatte Lust, mit einem raschen Scherz zu antworten, um sich zu retten, nahm aber noch rechtzeitig Abstand davon und begab sich zu einer Beratung. Er stieß seine Leute an die Arbeit und zürnte ihnen, weil sie sich stoßen ließen. In Versuchsserien begannen sie, die Menschen zu entkleiden; sie zwangen ihnen die Scham ab, hielten sie zu Geständnissen an, die die Schlacken ihres Lebens zutage fördern sollten, rissen ihre Gedanken auseinander und ordneten sie in hunderterlei Zahlen- und Zeichenreihen.

Es war kein Ende abzusehen, aber das verschwiegen sie sich, denn der König ging ohnedies durch die Laboratorien, als gewänne er ihnen nicht das geringste Vertrauen ab und sinne einem schnelleren und treffenderen Verfahren nach. Diese Vermutung bestätigte sich eines Tages, als er die bedeutendsten Gelehrten und die fähigsten Staatsbeamten kommen ließ, den sofortigen Abbruch der Arbeit befahl und ihnen in geheimen Sitzungen Gedanken unterbreitete, deren Inhalt niemand weiter mitgeteilt wurde, wenngleich alle alsbald von den Auswirkungen betroffen wurden.

Kurze Zeit später lenkte ein Befehl die Menschen gruppenweise nach Orten, an denen hochspezialisierte Guillotinen errichtet waren, zu denen mit peinlicher Genauigkeit

jeder einzeln aufgerufen wurde und die ihn dann vom Leben zum Tod brachten.
Die Offenbarung, die dieses Verfahren ergab, war so überwältigend, daß sie die Erwartung des Königs übertraf; er zögerte dennoch nicht, um der Vollständigkeit und Vollkommenheit willen auch die restlichen Männer, die ihm bei der Organisation und der Aufstellung der Guillotinen nützlich waren, zu veranlassen, sich den Maschinen zu übergeben, um die Lösung des Rätsels nicht zu gefährden.
Gebeugt und stumm vor Erwartung trat der König vor die Sphinx. Er sah ihren Schatten sich wie einen Mantel über die Toten breiten, die nun nicht aussagten, was zu sagen war, weil sich der Schatten über sie gelegt hatte, um sie zu bewahren.
Atemlos forderte der König die Sphinx auf, sich wegzuheben, um seine Antwort entgegenzunehmen, aber sie bedeutete ihm durch eine Gebärde, daß sie danach nicht verlange; er habe auch die dritte Antwort gefunden, er sei frei, sein Leben und das seines Landes stünden ihm zur Verfügung.
Über ihr Gesicht trat eine Welle, aus einem Meer von Geheimnissen geworfen. Sodann lächelte sie und entfernte sich, und als der König sich aller Ereignisse besann, hatte sie die Grenzen überschritten und sein Reich verlassen.

Die Karawane und die Auferstehung

Als der alte Mann, der gestorben war, sich nach wenigen Schritten umsah, begriff er nicht, warum sich auch hinter ihm die unabsehbare Wüste dehnte, die vor ihm lag. Er hätte nicht zu sagen vermocht, ob es Sand war, auf dem er so mühelos dahinging, oder glatter Asphalt, denn das Licht, das über der leeren Landschaft lag, war nicht Licht in irgendeinem Sinn, in dem er es früher gekannt hatte. Es gab weder Farben noch Schatten, es war glanzlos, ungreifbar, seine Wellen waren wohl nicht zu messen, seine Geschwindigkeit nicht festzustellen; es war also nicht Licht, und doch nannte es der alte Mann bei sich so.

Einfach war die Landschaft beschaffen, in die er geraten war. An welcher Stelle er sie betreten hatte, war nicht auszumachen, es schien ihm nach allen Seiten keinen Anfang und kein Ende zu geben, und dennoch wußte er, daß er erst kurze Zeit in dieser Wüste wanderte. Der Mann erinnerte sich noch der quälenden Schmerzen, von denen er in den letzten Tagen seines Lebens befallen gewesen war, und fühlte befremdet, daß es ihn nicht erleichterte, sie verloren zu haben und so mühelos ausschreiten zu können.

Als er sich nach einer Weile wieder umwandte, sah er sich nicht mehr allein. Hinter ihm, in einem Abstand, den er nicht zu schätzen vermochte, marschierte mit fröhlich erhobenem Kopf ein Knabe, und ein paar Schritte hinter dem Kleinen bemerkte er ein junges Mädchen; ihr Kopf war von einer Haarflut überschwemmt, wie sie die magere, schwindsüchtige Gestalt kaum tragen zu können schien.

Der alte Mann hatte das Gefühl, daß der Knabe und das Mädchen ihn wahrgenommen hatten und einander wahrnahmen, aber er wußte nicht, wie eine Verständigung her-

zustellen war. Vielleicht war es das beste, stehenzubleiben und zu warten, bis sie ihn erreicht hatten.
Wie er es aber auch anstellen wollte, stehenzubleiben – es gelang ihm nicht. Das ist der Tod, stellte er bei sich fest; man kann nicht mehr stehenbleiben.
Er wandte sich einigemal um und blickte auf seine Weggefährten, die sich nun schon um zwei weitere Personen vermehrt hatten. Dem zerbrechlichen jungen Mädchen folgte ein junger Mann, der sich auf Krücken fortbewegte. Hinter dem Invaliden kam eine gebückte alte Frau und bildete den vorläufigen Abschluß der Karawane.
Je länger die Wanderung dauerte und Gleichgültigkeit und Gleichförmigkeit auf die kleine Menschenschar ihre Gewalt ausübten, um so trauriger und sinnloser wurde für jeden einzelnen der ziel- und weglose Marsch, wenn auch wirkliche Traurigkeit keinen von ihnen mehr hätte ergreifen können. Ihr Denken und Fühlen war keineswegs ganz erloschen, aber nahezu ohne lebendigen Inhalt, so daß es sich nur mit sich selbst beschäftigte, richtungslos und einsam kreiste, und Gedanken sich müde an Gedanken schlossen.
Manchmal dachte der alte Mann: Es war Frühling, und der Wind trommelte ans Fenster, als ich starb. Mein Sohn spielte auf seiner kleinen Geige, einem viel zu kleinen Instrument, als daß ich es richtig hätte hören können. Meine Tochter sagte: »Vater!« – und noch einige Male »Vater!«. Zum dritten Male schien die Sonne in diesem Jahr.
Manchmal dachte das junge Mädchen: Es war Frühling, und der Wind trommelte ans Fenster, als ich starb. Meine Hand lag in der Hand des kurzsichtigen Arztes, der sie sanft drückte und hin und wieder sagte: »Wie wunderschön ihr Haar ist!«
Der junge Mann schwang sein Bein ab und zu schneller vor, zwischendurch tat er, als greife er im Gehen in seine Tasche, um eine Zigarette hervorzuholen: Es war Frühling

und ich dachte: Gott ist tot. Er drückt einem seine schwere Hand auf den Mund, damit man nicht schreien kann, und er läßt den Wind an unsre Brust trommeln, an unsre Augen und an unsre Stirn, und die Zigarette erlischt, ehe man schreien kann.
Hin und wieder hatte die alte Frau Lust zu murmeln: Ach, hätte doch jemand Feuer im Ofen gemacht, hätte mir doch jemand die dicken Strümpfe von den Füßen gezogen und mich zu Bett gebracht. Mit beiden Fäusten trommelte der Wind ans Fenster und rief: »Schlaf nicht ein, mach Feuer im Ofen, zieh dir die Wollmütze über den Kopf und denk dir ein Märchen für dein Enkelkind aus!« Ach, wäre doch das Kind gekommen und hätte mich gebeten, das Märchen von dem weißen Osterlamm zu erzählen, das in eine Wolke verwandelt wurde. Ach, wäre doch der Wind durchs Fenster geflogen und hätte Feuer gemacht . . .
Nur der Knabe wußte nichts von Geigen, die zu leise klingen, und von Töchtern, die »Vater« sagen, nichts von schönen Haaren, nichts von Gott, der tot ist und einem dennoch die Beine vom Leib reißen kann; nicht einmal von Großmüttern wußte er, die auf Enkelkinder warten und kein Feuer mehr im Ofen anfachen können.
Was ist Frühling? hätte er fragen wollen. Das ist doch nicht der Frühling, von dem ihr sprecht! Den müßt ihr mir einmal zeigen, den wunderbaren, goldblauen Frühling, der mit einem Gefolge von Kirschblüten und klingenden Himmelschlüsseln kommt, in dessen Wolkenwagen die Engel fahren und die Sonne wie einen feurigen Schild tragen, an dem die Pfeile des Winters zerbrechen. Oh, was wißt ihr vom Frühling!
Er hätte keinem von den anderen geglaubt, daß das schon der Frühling war, wenn wirbelnde Winde an die Fenster des Waisenhauses trommelten, in dem er sein Leben lang still auf dem gleichen Platz gelegen war. Seine unentstiegene Sehnsucht wartete auf wunderbare Töne, die er noch

nicht kannte, auf Worte, die er noch nie gesprochen hatte, und auf einen Menschen, der noch nicht auferstanden oder schon lange gestorben war.

Das weite, leere Land, in dem er sich jetzt fand, war nicht leerer als das, in dem er gelebt hatte, und es dünkte ihn, daß noch nichts anders geworden war, daß sich aber noch vieles ändern müsse.

Jeder seiner Schritte war von einer Fröhlichkeit, die er den anderen gerne mitgeteilt hätte. Aber diese Fröhlichkeit hatte keinen Namen, und er hätte sie nicht über die Lippen gebracht, selbst wenn es eine Möglichkeit gegeben hätte.

Plötzlich aber brach in die Eintönigkeit und die unbeschreibliche Leere eine Erschütterung, unter der der Knabe wankte und zusammenzubrechen drohte, wenngleich er weiterschritt und man kaum eine Veränderung an ihm wahrgenommen hätte. Bei der zweiten Erschütterung, die folgte, vermochte er die Hände zu regen und den Mund zu öffnen, aus dem ein Laut grenzenlosen Erstaunens brach, ohne daß das gleiche auch dem alten Mann und den anderen, die sich hinter ihm befanden, widerfuhr. Und als er zum drittenmal von dem rauschenden, dröhnenden Klang geschlagen wurde, wußte er, daß Glocken mit solch ungeheurer Wucht die Karawane in der Abgeschiedenheit und Verlorenheit ihres Unternehmens trafen und daß die Stunde gekommen war, in der es am Entschluß der Wandernden lag, ihren ziellosen Weg zu beenden und heimzukehren, wo sie noch nie oder schon immer zu Hause gewesen waren.

Mit einer Beweglichkeit, die er nie gekannt hatte, stürzte der Knabe aus der Reihe, die bisher keiner sprengen konnte, und stürzte vor zu dem alten Mann, der zwar verwundert wahrnahm, daß dem Knaben eine Kraft gekommen war, die er selbst nicht besaß und keiner der anderen, aber nicht verstand, was ihm das Kind mit zitternden Lippen vortrug.

»Alter Mann«, sprach es aus dem Kind, das mit einem Male, ohne eine einzige Sprache zu beherrschen, alle Sprachen auf seinen Lippen hatte, »die Glocken schlagen zum vierten und fünften Male! Hörst du die Glocken nicht, die ›Vater‹ rufen?«

Als der Knabe merkte, daß der alte Mann die Glocken nicht vernahm, stürzte er zurück und überfiel das Mädchen mit seinen stürmischen Bitten: »Horch! Sechsmal . . . siebenmal . . . die Glocken schlagen . . .« Aber das Mädchen hob kaum den Kopf und ging unberührt weiter. Der Invalide hört wohl auch die Glocken nicht, denkt der Knabe und zählt jeden Glockenschlag. Acht . . . neun . . . Vielleicht spürt die alte Frau, daß ich ihr Enkelkind bin. »Großmutter, der Wind trommelt ans Fenster und will Feuer machen, sobald du nur deine Wollmütze über den Kopf gezogen hast und auf die Glocken hörst! Zehn . . . Großmutter!« Fremde alte Frau! Elf . . .

Der Knabe schluchzt, und Flammen schlagen in ihm empor, und er möchte eine Stimme haben, stärker als die große, dunkle, mächtige Glocke, die das zwölfte und letzte Mal an das weite, leere Land schlägt.

Und wenn sie auch niemand hört, jetzt sehen alle das flammende Kind, denn sie sehen und gehen ja noch, der alte Mann, der Invalide, das schwindsüchtige Mädchen und die Großmutter. Und die Glocke schlägt zum zwölften Male und schlägt stärker als alles, was je an ihre Ohren geschlagen hat, und sie bleiben stehen. Und das weite, leere Land ist nicht mehr, und der Weg ist nicht mehr, und die Wandernden selbst sind nicht mehr.

Nur an der Stelle, wo das Kind zu brennen anfing, steht eine kleine Flamme im unermeßlichen Dunkel, das alles Zwielicht verschlungen hat.

Der Kommandant

Ein Fragment aus dem frühen Roman ›Stadt ohne Namen‹

S. fuhr schwer aus dem Schlaf. Im Fenster traten die Vorhänge auseinander. Dunkel und dicht lag die Nacht draußen. Er hielt die Augen in das Schwarzblau geöffnet, ohne etwas darin wahrzunehmen, während in seinem Kopf fremde Geräusche gurgelten. Müdigkeit griff nach seinem Arm, der sich verängstigt in die Richtung des Lichtschalters bewegte, und überfiel ihn so plötzlich, daß er sein Vorhaben aufgeben mußte.

Er fand sich kaum zurecht. Doch da war die breite Straße wieder, eine begeisternde, tiefrote, breite Straße. Fröhlich schritt er aus und näherte sich der Station. Ein Zug rollte heran. Nur mehr wenige Schritte hatte er zu machen, um ihn zu erreichen und mitzukommen; dennoch hielt er an. Es wurde ihm noch rechtzeitig bewußt, daß er seine Ausweispapiere vergessen hatte. Was war ihm nur eingefallen, ohne Ausweis wegfahren zu wollen!

Er kehrte zurück. Kühl und wohltätig, seine Hast dämpfend, umfing ihn das strenge Weiß seiner Wohnung. Ehe er sich erneut auf den Weg machte, ließ er sich in den kühlsten und weißesten der Stühle fallen und atmete ein paarmal tief.

Die Station erreichte er gleichzeitig mit dem Zug. Das erschien ihm köstlich und bedeutungsvoll, und er erklomm die hohen Stufen behender, als er es zu tun pflegte.

Ein Klingeln zeigte die Abfahrt an. Im allerletzten Augenblick gelang es ihm, mit einem gefährlichen Sprung wieder die Straße zu erreichen. Seine Vergeßlichkeit war ihm ärgerlich bewußt geworden; er hatte seine Legitimation nicht zu sich genommen, und es blieb ihm nicht erspart, noch einmal zurückzugehen. Diesmal gönnte er sich keine Ruhe,

er wagte nicht einmal, sich einem der verlockend bequemen Stühle zu nähern, sondern verließ die Wohnung sofort wieder, nachdem er sie betreten hatte.
An der Station unterdrückte er die Verzweiflung, die in ihm aufbrannte, denn er wußte sich wieder ohne Dokument. Aber nun war er entschlossen, auch ohne die wichtigen Papiere auf dem Fußweg sein Ziel zu erreichen!
Er nahm alle Abkürzungen, die ihn zeitsparend dünkten, und kam nach kürzester Zeit zur Kontrollbarriere XIII. Seine Vermutung bestätigte sich. Vier bis fünf Männer standen, ihren Dienst aufmerksam versehend, vor der kleinen Hütte neben der Barriere.
»Guten Tag«, lächelte S. vorsichtig.
»Die Papiere, bitte«, begann einer freundlich.
»Ich will nicht hinüber«, versicherte S., berauscht von einem Einfall. Die Männer blickten einander an, als mißtrauten sie ihm. Er zerstreute ihre Bedenken.
»Wir haben einen heißen Tag heute«, sprudelte er munter hervor.
Einer der Uniformierten zerkaute eine Überlegung.
»Wenn Sie in die Hütte hineingehen«, setzte der Posten endlich ein, »sehen Sie drin einen von uns liegen. Vielleicht ist er betrunken, aber nehmen Sie ihm ruhig das Glas aus der Hand. Er hat heute dienstfrei und kann machen, was er will.«
Blinzelnd nahm S. dies zur Kenntnis. Das gefiel allen, und nachdem er eine Weile in der Hütte gewesen war, kamen die anderen dazu, um nach ihm zu sehen.
»Ausgezeichneter Keller«, lobte S. und reichte das Glas herum. »Ihr müßt mir aber Gesellschaft leisten, sonst habe ich keinen rechten Genuß.«
Sie tranken zögernd.
»Es versteht sich von selbst«, erklärte S., »daß ich darüber zu niemandem sprechen werde, am wenigsten zu eurem Kommandanten.«

»Wenn man nur überhaupt verstünde, warum man für dieses bißchen Trinken bestraft wird!« sagte einer, schluckte hastig und dachte weiter nach. »Man könnte ebenso gut für das Essen von Obst bestraft werden.«
Sie tranken und scherzten fort; ab und zu sah einer nach der Barriere, aber niemand kam an diesem heißen Tag vorbei. Nachdem eine geraume Zeit vergangen war, wollte S. die Hütte verlassen. Er warf sein Glas an die Wand, so daß die Scherben den erschrockenen Wächtern vor die Füße fielen und keiner wagte, ihn aufzuhalten. Als er sie verlassen hatte, tröstete der Älteste die anderen. »Dieser Mann wird uns nicht gefährlich werden.«
Der Gedanke übertrug sich auf S. »Ich werde diesen armen Burschen nicht gefährlich werden«, dachte er und setzte seinen Weg fort, als kennte er ihn.
In Wahrheit wußte er jedoch nicht, wohin ihn seine Absicht führte, die ihm nun nicht mehr so deutlich schien, wie anfangs. Er hatte sich zum Beispiel gedrängt gefühlt, seine Papiere ordnungsgemäß mitzuführen – nicht daß sie ihm hätten Aufschluß geben können, aber man hätte ihm vielleicht an der Barriere bedeutet, daß er diese oder jene Bestimmung habe, oder an einen bestimmten Ort befohlen werde. Nun aber gehorchte er nicht einem Weg, der ihm vorgeschrieben war und der aus seinen Papieren hervorging, sondern einem, von dem er hoffte, er würde ihn aus eigenem wählen und finden dürfen.
Zu beiden Seiten der Straße sausten die Telegraphendrähte; er horchte den fliegenden Signalen nach und war wunderbar belebt von dem Gedanken der Mitwisserschaft, bis ihm einfiel, daß er wohl vom Sausen der Drähte und der Übersendung von Berichten wußte, keinesfalls hingegen von ihrem Inhalt, der vielleicht ihn selbst betraf. Müde senkte sich sein Kopf zu Boden, aber sein Tempo ließ nicht nach; noch hatte er keinen Grund, aufzugeben und zurückzuschrecken, denn nach jeder Seite vermutete er Gutes und

Böses, ohne daß er für das eine oder andere Bestätigungen finden konnte. Der Wein, der sich leicht in ihm eingenistet hatte, verscheuchte seine Gedanken und schob ihm ein fröhliches Lied auf die Lippen.
Plötzlich hielt er an. Tönte seine Stimme nicht vertausendfältigt in die Gegend? Er preßte seine Hand auf den Mund, der sich anfühlte, als wäre er zu einem riesigen Instrument angewachsen, aber das Lied sang sich trotzdem weiter. Vielleicht fehlte nun die Stimme, die er dazu beigesteuert hatte, aber wer hätte das genau feststellen können? Endlich klärte sich der Himmel zu beiden Seiten der Straße und gab die Urheber der Stimme frei. Ein unübersehbarer Trupp von Uniformierten marschierte singend auf gleicher Höhe mit S., ja, man könnte sagen, eine Handbreit hinter S., wenn nicht auf diese Weise der Eindruck entstünde, daß S. die Marschierenden anführte – und es wäre ihm nichts ferner gelegen, als diese Leute anzuführen, da er ja selbst seines Weges und Zieles nicht sicher war. Es kam ihm jedenfalls nicht zum Bewußtsein, daß er ihnen in der Mitte der Straße um diese Handbreit voranschritt und daß die Kolonnen am Straßenrand den Eindruck eines Gefolges erweckten.
Immerhin sang sich das Lied jetzt, seit es Unterstützung gefunden hatte, leichter, und man bezwang die öde, endlos wirkende Straße müheloser und schneller.
Gegen Abend mündete die Straße in eine Treppe, die sich ebenso breit und grau gegen den Horizont abzeichnete. Über der Treppe erhob sich ein Bau von überwältigender Einfachheit. Fenster liefen so unaufhörlich zur Höhe, einer grandiosen Höhe, daß man die Augen schließen mußte. Zwischen ihnen verbarg sich ein Netz feiner Apparate und ließ eine komplizierte Maschinerie hinter der kahlen Fassade ahnen.
S. blickte befriedigt auf die schwarzen Lettern, die zwischen der ersten und zweiten Fensterreihe die Aufschrift

»Kommandantur« ergaben, und war überzeugt davon, daß man ihn vorgeladen hatte und daß er hier eine Weisung empfangen sollte.
Unbesorgt schritt er die Treppe hinauf und hörte, daß die marschierenden Kolonnen anhielten und er allein den Weg fortsetzte.
Lautlos flogen die Flügeltüren auf; er eilte an zwei undurchdringlich vor sich hinblickenden Wachen vorbei, die ihre Gewehre stumpf zu Boden gestreckt hielten, und sah sich in einer Halle, die ihm den Atem nahm vor Weite, Leere und Stille. Tiefer im Raum schien eine Beratung abgehalten zu werden. Dem Flüstern, das sich auf- und abschwellend zu ihm fortpflanzte, entnahm er, daß der neue Kommandant zur Übernahme der Geschäfte erwartet werde.
S. zögerte, weiter zu gehen, bis sich ein Mann aus der Gruppe löste und sich ihm mit entschiedenen, sicheren Schritten näherte. Mit einem gleichgültigen Blick maß er S. zuerst, nahm dann jedoch die Haltung einer niederen Charge an und bat ihn mit leiser, monotoner Stimme, sich zum Stab zu begeben.
Den Uniformierten mit einem halb wohlwollenden, halb Distanz gebietenden Blick zurücklassend, setzte S. die Durchquerung des Saales fort. Die letzten hundert Schritte, die ihn noch von der Gruppe der Beratenden trennten, machten ihn zum Zeugen einer lebhaften Auseinandersetzung. Niemand schien zu wissen, wer der neue, zu erwartende Kommandant war, und S. fürchtete, die Kommandantur in einem äußerst ungünstigen Augenblick erreicht zu haben und wenig oder gar nichts zur Aufklärung der erlauschten Zweifel beitragen zu können.
Zwanzig Schritte, zehn Schritte ... Der Widerhall an den Wänden konnte kaum nachkommen, so atemlos stieß S. gegen das Ende des Saales vor.
Durch die Gruppe der Beratenden ging ein hörbarer Ruck.

Die Partner ließen voneinander ab und wandten sich mit einem Ausdruck der Sammlung dem Ankommenden entgegen.

S. fühlte, daß dem Augenblick eine Bedeutung zukam; er streckte seine Hand aus, aber niemand wollte sie ergreifen. Schließlich fing er zu glauben an, man habe hier auf geheimnisvolle Weise schon erfahren, wie er ohne Legitimation die Barriere passiert hatte, und wurde totenblaß, als er sein Spiel verloren wähnte. Niemand schien jedoch darauf acht zu haben, denn alle starrten geradeaus oder an ihm vorbei. Endlich löste sich einer der Versammelten aus der Gruppe, trat auf S. zu und hieß ihn willkommen.

Hatte er »Mein Kommandant« gesagt? S. stand unbeweglich, versuchte in den Gesichtern der Umstehenden zu lesen, suchte Anklage, Hohn, Kritik und Urteil, aber er fand nur Zustimmungen, die alle zu einer so blassen, fürchterlichen, zweifelsfreien Zustimmung zusammenflossen, daß er den Kopf senkte, um nicht einen Befehl in diese Gesichter zu schleudern.

Der Kommandant, den man gesucht hatte, war er. Dünne Musik setzte minutenlang ein, verdünnte Trompetenstöße fanden aus einem Nebenraum in den Saal, und ein dünner Schrei, ein spitzes, farbloses »Hurra« drang von weit her, vom Treppenaufgang, so nahm S. an und erinnerte sich der uniformierten Truppen, die mit ihm des Wegs gekommen waren.

Dann schüttelte er alle die Stimmen und Töne ab, schritt auf den »Stab« zu, sprengte ihn mit einer Handbewegung auseinander, bedeutete ihm, sich zu seiner Verfügung zu halten, und verlangte nach seiner Arbeit.

Bei der Durchsicht des Fernsehmaterials entdeckte man die unzulängliche Bewachung der Barriere XIII. Der Akt entwickelte sich schnell, und als er in die dritte Rollbahn zu den »Hauptleuten« einschwenkte, enthielt er bereits die genauesten Details über dieses ungewöhnliche Vorkommnis. Die Hauptleute, die im allgemeinen an der Aufdekkung von Unzulänglichkeiten in ihrem Bereich wenig Anteil nahmen, versäumten diesmal die Gelegenheit nicht, die Unterlagen aufs Genaueste zu überprüfen, um damit vor den neuen Kommandanten treten zu können und seine Aufmerksamkeit auf sich zu ziehen.

Selbst das Spiegelzimmer, das der Kommandant bezogen hatte und welches zu betreten alle Untergebenen schreckte, vermochte sie nicht abzuhalten. An Hand einer Spezialkarte wiesen sie dem Kommandanten, dem die Strenge und Vielfalt der Spiegel fast das Gesicht zu rauben schien, die Zusammenhänge vor, die nun neuerdings ergaben, daß das Delikt sich nicht auf die Wachmannschaft der Barriere XIII beschränken konnte, sondern daß ein dazu nicht Befugter sie an der Ausübung ihres Dienstes gehindert oder zumindest ihre Aufmerksamkeit mit Vorbedacht abgelenkt hatte.

Die inzwischen festgenommene Wachmannschaft, die die Störung eines ungemein klug angelegten Netzes zugelassen hatte, wurde von den Hauptleuten schon bereit gehalten, um dem Kommandanten selbst die Untersuchung zu ermöglichen. Diese aufmerksam getroffene Maßnahme fand das Lob des Kommandanten, der nicht nur durch die Hauptleute ein Verhör der Wachposten verlangte, sondern auch selbst in die Befragung eingriff.

Es stand in kurzer Zeit fest, daß diese Leute einer Verurteilung nicht entgehen konnten. Entgegen dem Verbot hatten sie Alkohol zu sich genommen und außerdem eine Person, den Hauptschuldtragenden, nicht an der Überschreitung der Barriere gehindert, obwohl ihnen keine Papiere vorgelegt wurden, ja, die Papiere fanden sich sogar, ohne ihren Besitzer, in dessen verlassenen Aufenthaltsräumen und waren auf die Gruppe S. ausgestellt.

Nachdem der kleine, hilflose, geständige Trupp von der

Barriere XIII den Spiegelsaal verlassen hatte und zur Verurteilung schritt, begann für den Kommandanten ein aufreibendes Nachspiel. Er war entschlossen, mit allen Mitteln die Feststellung des Hauptschuldigen zu betreiben und den gesamten, ihm zur Verfügung stehenden Apparat in Bewegung zu setzen, um sein Wirken nicht mit einem Fehler zu beginnen, der im weiteren Verlauf den Zusammenbruch der Ordnung nach sich ziehen konnte. Allerdings war es ihm nach Stunden noch unfaßbar, wo sich der den Maschen der Apparate Entgangene befinden konnte, da jeder Quadratmeter des Bodens kontrollierbar war und kontrolliert wurde. Nach festgesetzten Zeiträumen erschienen immer wieder die Hauptleute mit nichtssagenden Berichten im Spiegelsaal. Den Kommandanten fanden sie mit gesenktem Kopf, verbissen in Gedanken, die nicht fähig waren, zu beschwören, was er ihnen befahl. Der andauernde Kampf hatte ihn allmählich ermüdet, und als er nun glaubte, des Apparates und seiner selbst nicht mehr sicher zu sein, als er den wieder Eintretenden spöttisch und gequält entgegensah, fuhr er zurück, denn einen Augenblick lang meinte er, die Erscheinung des Gesuchten zu sehen.
Mit schneidendem Befehl hieß er die erschrockenen Hauptleute gehen. Dann suchten seine Augen über die Spiegel, jagten die Schnitte und Brennpunkte auf und ab, besessen von der Gewißheit, an der nächsten Kurve auf den Kopf des Schuldigen zu treffen, der vielleicht schon lange hier ein gelungenes Spiel spielte und sich zwischen den überscharfen Gläsern, mit denen die Wände kreuz und quer bedeckt waren, in Sicherheit bringen konnte. Wie er hier Eingang gefunden hatte, begriff er zwar nicht, wenn dies aber irgendwie hatte geschehen können, mußte die Wahrheit dieser vielen Spiegel eine unvollkommene sein.
Taumelnd durchquerte der Kommandant den Saal, aus vielen Hinterhalten bedroht, und immer sicherer, daß der

raffiniert gebaute Saal wohl Überblick aber nicht Einblick geben konnte. Er riß die Türe auf und läutete Wachen herbei.
»Nehmt die Spiegel ab!« keuchte er. »Laßt nur einen einzigen stehen!«
Sich einem Befehl zu widersetzen, war nie Sache dieser Wachen gewesen; nun aber standen sie regungslos und nicht bereit, den Auftrag auszuführen. Die Hauptleute kamen hinzu und wußten ebensowenig, was gegen die Raserei des Kommandanten zu tun war. Endlich wagte man nicht länger, sich zu weigern, und riß die Spiegel nieder, doch es gelang nicht, einen einzelnen von der Zerstörung auszunehmen.
Ehe man sich um die Wirkung auf den Kommandanten kümmern konnte, hatte dieser sich abgewandt und war mit einem vorbeirollenden Wagen in die Tiefe gefahren. Er verlor einigemale den Weg, ehe er das Haupttor fand, aus dem er sich ins Freie rettete.
Die einzige Richtung, die er einschlagen konnte, führte geradewegs zur Barriere XIII. Bei den neu eingestellten Wachen war dort inzwischen die Meldung eingetroffen, daß der Kommandant im Begriff sei, in seinem Spiegelsaal des Gesuchten habhaft zu werden.
Als S. die Barriere erreichte, war der Posten nicht in der Lage, ihn anzuhalten. Es lag einzig in seiner Macht, ihm die Überschreitung der Barriere zu untersagen, weil er keine Ausweispapiere bei sich hatte. Anfangs erschrocken, besann sich S. und lachte erlöst auf; tatsächlich, er hatte seine Papiere zu Hause vergessen, er würde sofort umkehren und sie holen.
War sein Zuhause aber nicht jenseits der Barriere? Und wenn seine Papiere sich jenseits der Barriere befanden, wie war er jemals auf diese Seite der Barriere gekommen? Nichts erklärte den unbegreiflichen Wechsel, der sich über ihn oder unter ihm hinweg vollzogen hatte. Angesichts sei-

ner Lage zog er den Schluß, daß er wieder zurückwandern müsse.
Zerstreut verabschiedete er sich vom Wachposten und trottete die breite Straße zurück, die sich, weiß Gott wo, im Horizont verlief. In seiner Müdigkeit begann er ein Lied zu summen, er summte ein wenig verdrossen, ein wenig gleichgültig, bis ihm war, als summte er in einem großen Chor.
Zu beiden Seiten der Straße aber hing Nebel oder Dunst von der Hitze, und er hatte den Eindruck, allein zu wandern. Dann riß der Himmel auf. Zwei lange Züge mit Uniformierten schleppten sich zu beiden Seiten eine Handbreit hinter ihm, und es sah beinahe aus, als führte er sie an. Keiner zählte die Zeit, die sie brauchten, um die große Treppe zu erreichen, die einem großartigen Gebäude vorgelagert war. S. stieg empor, er wußte nicht, wo die anderen geblieben waren, schritt in den vom Widerhall lebhafter Auseinandersetzungen erfüllten Saal und drang vor, ohne zu zögern, obwohl er dachte, daß er die Versammlung, die am anderen Ende des Saales stattfand, nicht stören dürfe. Bruchstückweise fing er Worte auf, die in einer Gruppe Beratender fielen: man erwartete den neuen Kommandanten.
Sollte er weiter vorgehen? Sollte er nicht einen anderen Augenblick wählen, um den Saal zu durchqueren?
Da stand er schon vor dem »Stab«, der verstummte und ihn kaum merklich willkommen hieß. S. wartete zu, denn ihm war nicht klar, wie er hier aufgenommen werde und was er hier zu tun hatte. Endlich löste sich einer aus der Reihe und hieß die anderen auseinandertreten. Eine schmale Gasse stand offen. Der Älteste der Gruppe flüsterte etwas, das klang wie: »Mein Kommandant.«
S. trat in die Gasse, wandte sich um und gab den ersten Befehl in die demütigen, erloschenen Gesichter.
Er war der neue Kommandant.

Auch ich habe in Arkadien gelebt,

... aber eines Tages war meine Zeit um, und ich nahm Abschied. Es war spät im Herbst. Aus den Büschen fielen faule Beeren, und die Schafe kamen die Hügel herunter, frierend und hungrig, denn über Nacht hatte der Wind das Gras aus den Bergwiesen gespült und an die felsigen Ufer geworfen. Auf silbernen Geleisen – zwei letzten Sonnenstrahlen – trug mich der Zug fort. In der Nacht erreichte ich die Grenze. Die Zollbeamten beschlagnahmten mein Gepäck, und als ich mein Geld umwechseln wollte, bedeutete man mir, daß hier eine andere Währung galt. Bedauerlicherweise war zwischen meiner Heimat und den anderen Ländern kein Abkommen getroffen worden, das einen Kurs festsetzte. Also war auch mein Geld wertlos.

Aber ich verlor den Mut nicht. Schon in der ersten Stadt lernte ich viele freundliche Menschen kennen; sie halfen mir, wo sie konnten, und ich fand bald Arbeit in einer Fabrik. Später ging ich zu einer Straßenbaufirma. Es war Frühling, und es war die erste Straße, die ich sah, eine wunderbare Straße, die die schwersten Fahrzeuge trug, eine große, herrliche Straße, auf der man bis ans Meer fahren konnte. Aber das Meer war weit, und es lagen viele Stationen davor, kleinere Städte und sehr große; auch eine Weltstadt war darunter. Einige Chronisten dieser Stadt sprachen die Vermutung aus, daß sie sich auf den Ruinen des alten Babylon erhebe, aber ihre beglaubigte Geschichte schien mir blaß und nichtig vor ihrer Gegenwart.

Diese Stadt ließ mich nicht mehr los, denn alles, was ich tat – ob ich nun an der Börse spielte, Maschinen baute oder den Ertrag von Plantagen zu steigern versuchte –, war so merkbar von Erfolg begleitet, daß es alle meine Erwartungen übertraf. Als mein Name zum erstenmal in den Zeitungen genannt wurde, war ich glücklicher als je zuvor in meinem Leben, und ich beschloß zu bleiben. Ich hätte jetzt jederzeit ans Meer fahren können, doch dazu kam es nicht mehr, denn ich hatte immer neue Versprechen einzulösen, die ich gegeben hatte, immer neue Aufgaben zu erfüllen, die ich übernommen hatte, mich immer neu zu bestätigen, da man nun einmal mich bestätigt hatte.

An manchen Abenden fuhr ich, wenn ich sehr müde war, bis zur Ausfallstraße, die ans Meer führt, holte aus meiner tiefen Müdigkeit und Ergebenheit das Bild des unbekannten Meeres hervor und sank, halb schlafend, der Ferne entgegen und dem unendlichen Himmel, der mit dem Meer den Erdkreis schließt. Sobald die Benommenheit wich, kehrte ich ernüchtert zurück und sagte mir, daß mir diese Reise noch immer bliebe und daß sie mir im Augenblick nichts eintragen konnte, nichts, was ich nicht schon besäße.

Jahre kommen und vergehen, die Menschen kommen und gehen, und die Zeit und die Menschen wollen mir wohl, und ich habe meinen Platz unter der Sonne.

Nun erreicht mich seit einigen Tagen, in Augenblicken, in denen ich keine Zeit habe, ihm Aufmerksamkeit zu schenken, der Ton einer Flöte, eine vom Wind zerrissene Melodie, ein von großer Entfernung geschwächter Ruf, und mir ist, als käme er von den herbstlichen Hügeln, die ans Blau eines makellosen, frühen Himmels grenzen. Oder ist es der Ton der Glocken, mit denen die weißen Lämmer ans Gebüsch streifen, wenn sie den Weg ins Tal nehmen? Oder rührt es vom Summen der silbrigen Strahlengeleise, die zu den Hütten am Bach führen und von dort geradewegs in den Sonnenball münden, der wie ein großer, versinkender Bahnhof alle Züge in den Himmel heimholt?

Hier werde ich manchmal um das Geheimnis des Erfolges befragt, und ich könnte euch sagen, daß es mir gelänge, bis ans Meer zu kommen und allen Straßen und allen Wassern der Welt meinen Namen einzuschreiben, wenn mir die Hoffnung bliebe, daß ich am Ende der Tage heimkehren könnte und die staunenden Hirten, die Hügel und Bäche meiner Heimat den Besitz begriffen und würdigten, den ich erworben habe. Aber die Währung zwischen hier und dort ist noch immer eine andere, und führe ich zurück, so käme ich nicht reicher heim, als ich fortzog, nur ein wenig älter und müder, und ich hätte vielleicht nicht mehr das Herz, mich zu bescheiden.

Nun aber erreicht mich wieder eine vom Wind verstärkte Melodie, aus schrecklicher Nähe ein nicht zu überhörender Ruf, und mir ist, als käme er aus meinem Herzen, das über mir zusammenschlägt, als legten sich mir die herbstlichen Hügel an die zitternde Brust, und als zöge der makellose Himmel in mich ein, um mich zu töten. Oder ist es der Ton einer Glocke, die ich trage, wenn meine Sehnsucht an die Büsche streift, um die roten, reifen Früchte des letzten Jahres zu ernten? Oder rühren diese Klänge vom Dröhnen der im Abendglanz sprühenden Geleise, die mich an die Hütte am Bach tragen und von dort geradewegs auf den zerfließenden Sonnenball, der wie ein riesiger, versinkender Bahnhof alle Wanderer in den Himmel heimholt?

Ein Geschäft mit Träumen

Abends verließ ich immer als letzter das Haus; ich hatte die Schlüssel zum Portier zu geben, und wenn ich im Tor stand, ehe ich mich auf den Heimweg machte, blieb mir noch die getane Arbeit zu überdenken – ich mußte mir vorstellen können, ob alle Schriftstücke abgelegt und in den Laden verschlossen waren, und ob die Termine und Verabredungen auch in den Kalendern meiner Vorgesetzten vermerkt standen. Manchmal ging ich beunruhigt zurück und überprüfte noch einmal alles, wofür mir Verantwortung übertragen war.

Immer war ich müde, wenn ich nach Hause ging, müde wie die Straßen, in denen sich Fahrzeuge und Menschen im Staub verloren; ich hörte das letzte Lärmen kaum, kaum den Wind, der sich im Park hob, und die Vögel, die mit hellen Schreien über die Dächer strichen und der Dämmerung bis an die Hügel und Weingärten vor der Stadt entgegenflogen.

Mein Weg führte mich durch die Innere Stadt.

In die Schaufenster traten Schatten und verbargen die Dinge, die darin gehäuft lagen, aber ab und zu flammten schon Neonlichter auf und drängten das einbrechende Dunkel gegen die Fassaden. Das bunte Licht floß über die Gehsteige auf die Straße, und von den höchsten Dächern sprachen Lichtreklamen mit den Leuchtschriften der Sterne, die erst blaß aus dem Himmel tauchten und dann glänzend und groß näher kamen.

An einem Sommerabend hielt ich, kaum spürend, daß ich stehenblieb, vor einer Auslage, und noch von weichen Luftzügen zum Weitergehen bestimmt, verharrte ich gedankenlos in einem Schauen, das sich mehr nach innen als nach außen kehrte.

In durchsichtiges Papier verpackt, zeigten sich mir kleine und größere Pakete, unregelmäßig in der Form und mit Schleifen gebunden, die, wie von einem Wind bewegt, hinter der Scheibe zitterten. Ich trat, aufmerksamer geworden, bis an den Rand des Gehsteiges zurück, um nach dem Firmenschild Ausschau zu halten, aber ich konnte keines entdecken; auch der Name des Inhabers fehlte. Neben dem Fenster lehnte, in der offenen Türe, ein Mann, die kalte Pfeife im Mundwinkel und die Arme über der Brust verschränkt. Seine Ärmel und die Aufschläge seines Rockes waren fadenscheinig und abgestoßen von zuviel Licht oder zuviel Dunkelheit. Es mochte der Verkäufer sein, ein Mann, den die Interesselosigkeit der Vorüberlaufenden interesselos an seinem Geschäft gemacht hatte, denn er sah so sehr mit sich selbst beschäftigt aus, als ließe man ihm schon seit langem Zeit dazu.
Ich dachte, daß ich ihn ohne weiteres ersuchen könne, mich eintreten zu lassen und mir einige von den Waren zu zeigen, obwohl mir einfiel, daß ich wenig Geld bei mir hatte – doch selbst, wenn ich mehr davon mit mir getragen hätte, wäre es mir nicht in den Sinn gekommen, etwas zu kaufen; auch wußte ich gar nicht, was es in diesem Laden zu kaufen gab. Zu all dem aber lag es mir überhaupt fern, planlos Besorgungen zu machen, denn ich legte damals sehr gewissenhaft den größten Teil meines Einkommens zur Seite, um im Winter in die Berge fahren zu können – genau genommen nicht einmal, um in die Berge zu kommen; ich pflegte das nur allen meinen Freunden zu sagen. Ich sparte, weil mir daran lag zu sparen; ich arbeitete, weil mir daran lag zu arbeiten; ich gönnte mir nichts, weil mir daran lag, mir nichts zu gönnen, und ich machte Pläne, weil es mir richtig schien, Pläne zu haben.
Ich zog meinen Hut und trat auf den Verkäufer zu.
»Ihr Schaufenster ist schlecht beleuchtet«, sagte ich vorwurfsvoll. »Ich möchte mir diese Dinge bei besserem Licht ansehen.«

»Was wollen Sie bei besserem Licht sehen?« fragte er mit einer weichen, aber spöttischen Stimme.
Undeutlich beschrieb ich mit der Hand einen von den Gegenständen, die ich durch das Fenster gesehen hatte, und stellte mich, neugierig geworden, neben den Mann auf die Schwelle, um einen Blick in das Innere des Ladens tun zu können.
Altes Gerümpel verstopfte den Raum, der nur schwach erhellt war; hinter dem Pult trennte ein dicht gewebter Vorhang den Laden von den anschließenden Räumen. Die Luft stand gesättigt von Staub und Stille, nur eine dicke Fliege, die sich von der Straße hineinverirrt haben mußte, kreiste summend um die Lampe, die nackt und ängstlich von der Decke baumelte.
Aus einer Wand sprangen Fächer, die voll mit Waren standen – ich konnte sie nicht genau ausnehmen, ich vermutete dies nur, weil hin und wieder die Enden einer Schleife über der Verpackung aufstanden.
Auf meiner Schulter spürte ich die Hand des Verkäufers, er schob mich tiefer in den Raum und schloß die Türe hinter sich. Dann ging er zum Lichtschalter und legte die Hand darauf. Überrascht und erschreckt folgte ich jeder seiner Bewegungen. Was hatte er mit mir vor? Er konnte mich niederschlagen, mir meine Brieftasche abnehmen ... In meiner Verwirrung vermochte ich nicht, zur Tür zu laufen und mich ins Freie zu retten; ich blieb stumm, und mein Herz schlug rasend gegen meine Kehle.
»Wenn Sie einen Traum sehen wollen, muß ich den Raum verdunkeln«, erklärte er ruhig, drehte am Schalter, ging dann zum Fenster, durch das noch ein wenig Licht von den Straßenlaternen sickerte, und zog einen Vorhang vor.
Ich regte mich noch immer nicht; ich wollte ihn fragen, was er damit meine – »Wenn Sie einen Traum sehen wollen ...«, aber ehe ich zu dieser Frage ansetzte, offenbarten mir kleine Pakete in der Stellage wunderbare Inhalte, sie

leuchteten auf, ihre Farben waren unvergleichlich, die Entfernung zwischen mir und den Fächern war aufgehoben, jedes Rot, jedes Silber stand vor meinen Augen, unfaßbar nah und dicht; Breite, Höhe und Tiefe waren ausgelöscht, mir wurde so warm, daß ich das Gefühl für meine Lage verlor, ich atmete kaum, und mir war, als sei ich in tiefes Wasser geraten, das mich trug und in dem ich schlief, selbst wenn ich die Augen offen hielt.
Mein Bewußtsein kehrte erst zurück, als ich in einem der Träume Anna sah; sie stand auf einem weißen, großen Schiff, ihr Körper war mit glänzenden Schuppen überzogen, und sie streckte die Arme nach mir aus. Über ihren Locken, die ein Wind hob und steil aufrichtete, kreiste ein schwarzer Vogel; ich fürchtete, er könne sie verletzen oder sie niederreißen, ich hielt mir die Hände vors Gesicht und suchte mir schnell einen anderen Traum. Goldene Bälle trafen, von niemandem geworfen, auf dem Boden auf und schnellten dann ein Stück zur Höhe, fielen herab und stiegen von neuem auf; es war ein wunderschönes Spiel, das ich gerne mitgespielt hätte. Dennoch wandte ich mich wieder zu Anna hin. Mir fiel ein, daß ich sie lange nicht mehr gesehen hatte, und ich dachte darüber nach, was sie wohl auf dem Schiff sollte, – – – denn sie wohnte, wie ich, in der Stadt, und wenn wir einander schon lange nicht mehr begegneten, war es nicht meine Schuld. Sie hatte es so gewollt – und nun streckte sie plötzlich die Arme nach mir aus und wünschte vielleicht, daß ich sie vor dem großen schwarzen Vogel bewahre.
Beklommen wandte ich mich um.
»Diesen Traum möchte ich nehmen«, sagte ich, »und diesen vielleicht auch. Drehen Sie das Licht wieder an!«
Im elektrischen Licht verblichen die Pakete, unscheinbar und staubig standen sie in den Regalen. Meine Augen brannten, ich fuhr mit der Hand über meine feuchte Stirne und trat an das Pult. Der Verkäufer nahm einen Bleistift

aus der Lade und zog den Kassablock. Ehe er jedoch zum Schreiben ansetzte, fiel ich ihm in die Hand, fürchtend, daß ich nicht bezahlen könnte, was er verlangte.
»Ich kaufe nur einen Traum«, sagte ich hastig, »ich will nur den Traum von Anna ...« – ich verbesserte mich rasch: »... nur den von dem Mädchen auf dem großen weißen Schiff.«
Nachdenklich setzte er unleserliche Zahlen auf ein neben dem Block liegendes Blatt Papier, als mache es ihm Mühe, den Preis zu errechnen.
»Einen Monat«, murmelte er schließlich und durchkreuzte seine Berechnungen mit einem festen Strich.
Ich lachte ihm ins Gesicht.
Sich den Kragen zurechtrückend, erläuterte er: »Ich mache keinen Scherz. Sie haben vielleicht erwartet, mit Geld bezahlen zu können, aber Sie werden wissen, daß Sie nirgends Träume für Geld bekommen. Sie müssen mit Zeit bezahlen. Träume kosten Zeit, manche sehr viel Zeit. Wir haben einen Traum – vielleicht darf ich ihn Ihnen zeigen –, für den wir ein Leben verlangen.«
»Danke« – ich unterbrach ihn, denn mir schwindelte – »ich fürchte, ich habe nicht so viel Zeit, ich werde nicht einmal die Zeit für den kleinen Traum haben, nach dem mich verlangt.« Ich trat ganz nahe an ihn heran und sah ihm beschwörend ins Gesicht. »Mich verlangt, mehr als Sie begreifen können, nach diesem Traum, ich würde Ihnen viel, vielleicht sogar alle meine Ersparnisse dafür geben, aber meine Arbeit geht meiner Zeit vor, und die wenigen Tage, die ich im Winter für mich haben werde, will ich in den Bergen zubringen. Und selbst wenn ich auf die Erholung verzichtete, würde meine Zeit nicht reichen, um diesen teuren Traum zu bezahlen.«
Wortlos warf der Verkäufer den Block an das Ende des Tisches: dann schritt er zur Türe und wies mich unmißverständlich hinaus. Ich ging, aber ich ging nicht, ohne mei-

nen ganzen Mut, meine ganze Empörung zusammenzufassen – ich war fast sicher, daß ich meinen Verstand verloren hatte, ich kämpfte einen kurzen, heftigen Kampf, in dem ich mir vorwarf, mich schon zu sehr in dieses Geschäft eingelassen zu haben, aus dem ich vielleicht nicht mehr herauskonnte, nicht mehr heraus wollte.

»Hören Sie«, schrie ich dem Mann zu, der mich nicht mehr ansah, sondern gleichgültig auf die Straße blickte, »ich will darüber nachdenken, ich werde es mir überlegen und morgen wiederkommen. Legen Sie mir den Traum auf die Seite, erlauben Sie nicht, daß mir jemand zuvorkommt!«

Ehe ich mir Rechenschaft ablegen konnte, lief ich die Straße hinunter, dunkleren Straßen zu.

Spät kam ich nach Hause. Ich schlief erst ein, als mir der Morgen mit dunstigem Frühlicht die Augen bestrich, und erwachte bald darauf erschrocken, weil es spät war, fast zu spät, um noch rechtzeitig an die Arbeit zu kommen.

Der Tag wollte nicht vergehen, nicht über meinen eiligen Gängen, meinen eiligen Handgriffen und verdoppelten Anstrengungen, allem gerecht zu werden. Ich fürchtete, nichts und niemand mehr gerecht zu werden, nicht den Anforderungen, die man an mich stellte, nicht mehr mir selbst, nicht mehr meinem Wachen und Schlafen, wenn kein Traum hineinreichte oder ich in keinen Traum reichte.

Am Abend ging ich kreuz und quer durch die Stadt, die Rolladen fielen donnernd über die Schaufenster, vor jedem Laden schrak ich zusammen, weil ich fürchtete, ohne es zu wollen, vor den einen gekommen zu sein, den ich suchte und mied.

Nach diesem Heimweg wurden mir noch viele Heimwege zur Qual, bis ich eines Tages beschloß, meiner Unrast ein Ende zu setzen. Ich nahm mir vor, nur noch einmal nach diesem Traum zu sehen und mit dem Verkäufer zu sprechen, ihn zu bewegen, den Preis zu senken, den ich nicht zahlen wollte.

Vielleicht würde ich ihn doch bezahlen.
Als ich mich dem Haus näherte, in dem ich den Laden wußte, sah ich schon von weitem ein hohes Gerüst bis an das Dach reichen. Eimer mit Kalk und Bottiche mit Mörtel standen auf dem Gehsteig, und wo einst der kleine dunkle, mit Gerümpel gefüllte Laden gewesen war, standen leere, saubere Wände. Das Fenster war aus dem Rahmen gelöst worden.
Ein Arbeiter sprang von der Leiter und kam vor meine Füße zu stehen.
Ich war sehr ruhig, ich fragte ihn, wohin der Besitzer übersiedelt sei, er wußte es nicht, er wußte nicht einmal, daß es hier überhaupt ein Lokal gegeben habe. Ich hätte mich wahrscheinlich in der Hausnummer geirrt, meinte er.
»Nein«, erwiderte ich zerstreut und wandte mich zum Gehen. »Nein, ich habe mich nicht geirrt.«
In dieser Nacht schlief ich tief und fiel aus der zitternden Unruhe, die mich die ganze Zeit hindurch benommen gemacht hatte, in eine Ruhe, die sich nicht wieder aufheben ließ. Ich schlief und hörte die Sirenen nicht, die mich immer geweckt hatten; die Vögel vor dem Fenster lärmten vergeblich, und ich blieb selbst ruhig, als ich die Augen aufschlug und entdeckte, daß es Nachmittag war, die Stunden fliegend blauten, und der Sonnenzeiger am Himmel nach Westen wies.
Einige Wochen lang lag ich, von einer wohltätigen, fast schmerzlosen Krankheit ans Bett gefesselt; ich hatte viel Zeit, schmerzlose und traumlose Zeit. An dem Tag, an dem ich so weit hergestellt war, daß ich meiner Arbeit wieder hätte nachgehen können, erhielt ich von meiner Firma die Kündigung. Ich hatte mir eben zuviel Zeit genommen, und nun wurde mir noch einmal Zeit auf lange Zeit geschenkt. Zeit wofür?

Portrait von Anna Maria

Unvollendet

Von Anna Maria P. hörte ich zum erstenmal Costanza und Carlo sprechen, die sehr viele Maler kannten, meistens solche, von denen ich nie etwas gehört hatte. Meine Freunde wollten diese Malerin auf dem Lande besuchen, in Draiano, wo sie den Sommer über war, und mich zu ihr mitnehmen. Ehe unser Schiff den Ort erreichte – denn wir waren in diesem Jahr gar nicht weit davon an der Küste untergekommen –, fragte ich, wie ich sie mir vorzustellen habe. Nun, hieß es, sie sei Mitte dreißig, sehr kräftig, muskulös, stark auch »als Mensch«; sie gehe gern in selbstgeschneiderten Kleidern herum, schieße auf Vögel und helfe in ihrer Freizeit den Bauern in den Weinbergen bei der Arbeit; so habe sie im Vorjahr tagelang Trauben gestampft mit bloßen Füßen. Meine Freunde zeigten sich sehr beeindruckt von dem einfachen und unverbildeten Wesen der Freundin, vielleicht darum, weil Künstler oft durch die Art ihrer Nebenbeschäftigungen die Phantasie der anderen weitaus mehr und nachdrücklicher beschäftigen und seltener durch das, wodurch sie es eigentlich tun sollten und wohl auch hin und wieder tun – durch ihre Arbeiten.

Dieser Tag, an dem ich in Draiano war, muß übrigens einer der schönsten Tage jenes Sommers gewesen sein, ganz blauer Raum, von abgöttischer Helle bewohnt, so daß mir die kurze Stunde im Hause der Malerin im Zusammenhang damit wie eine Störung erschien und fast aus dem Gedächtnis gefallen ist. Aber gewiß ist mir, daß die junge Frau, aus einem mir unbekannten Grund, über den Besuch meiner Freunde nicht die geringste Freude zeigte, ja sie überhaupt anblickte und unterhielt, als kennte sie sie nur flüchtig. Noch ehe sie dazu kam, uns ihre letzten Bilder zu

zeigen, erklärte sie, beim Zahnarzt bestellt zu sein und uns vor der Abreise daher nicht mehr sehen zu können. Als wir gingen, gesellte sich zu uns ein junger Mann im Buschhemd und blauen Baumwollhosen, den sie uns als Begleiter zugedacht hatte und mit dem wir eine Trattoria aufsuchten. Ich kam neben ihn zu sitzen und ließ mich auf ein Gespräch ein mit ihm, nichtsahnend, wer er sei. Wir sprachen von den Besonderheiten dieses Küstenstriches, und er wußte zum Beispiel die Muschelarten, die hier vorkamen, kennerisch zu beschreiben, er zog das eine und andere Schalentier aus der Tasche, und ich fand alles in der Ordnung, bis er plötzlich, schon nicht mehr nüchtern, aufstand, zwischen den Tischen ins Freie schwankte und in einer Nebengasse verschwand. Costanza beugte sich zu mir herüber und sagte leise, er sei so eifersüchtig, ganz krank vor Eifersucht, denn mit dem verrufenen, verschuldeten Zahnarzt des Ortes betrüge Anna Maria ihn schon den ganzen Sommer lang. Im Vorjahr habe er einen Fischer neben sich dulden müssen, aber er halte trotzdem an ihr fest, denn sie sei »eine Persönlichkeit«. Mich befremdete das sehr, denn der junge Mann war bestimmt zehn Jahre jünger als die Malerin. Da er nicht wiederkam, gingen wir kopfschüttelnd weg und aufs Schiff und fuhren in einen drohenden Nachthimmel hinein. Bis zu unseren Gesichtern verspritzten die Wellen einen faden, grauen Schaum.
Ein Jahr später, im vor Hitze dampfenden Venedig, als sich zu irgendwelchen Festwochen »ganz Europa« eingefunden hatte, traf ich die Malerin wieder. Man hatte uns Zimmer in einem Studentinnenheim gegeben, die miteinander verbunden waren, denn eine dritte, mir kaum bekannte Person hatte, ehe sie und ich angekommen waren, erklärt, wir seien so sehr befreundet miteinander, daß man uns mit dieser Art der Unterbringung eine Freude machen würde. Als ich in das Zimmer kam, dessen Tür zum Nebenzimmer offen stand, wußte ich nicht, welches der beiden Zimmer nun

mir zugedacht war, da sowohl in dem einen wie in dem anderen jemand Kleider, Haarbürsten und Waschzeug ausgestreut hatte. Ich setzte mich auf das Bett des Zimmers, das mir mehr zusagte, obwohl es nach einer recht belebten Calle lag, und wartete. Die Malerin trat ein, und ich hätte sie nicht wiedererkannt, vielleicht weil ich sie das erstemal nur so kurz gesehen hatte, oder vielleicht weil sie ihr Haar nicht mehr wild und offen trug, sondern gekämmt war und in einem dunkelblauen Kleid steckte, das sie weniger plump erscheinen ließ. Sie begrüßte mich mit großer Herzlichkeit, und wir lachten beide über die Freundschaft, deren man uns verdächtigt hatte, ohne daß sie, was mir lieb war, auch nur einen Versuch machte, in den folgenden Tagen sich enger an mich anzuschließen. Sie erklärte nur kurz, es sei ihr recht, daß ich dieses Zimmer wolle, in dem ich mich schon aufhalte, und schloß dann die Türe. Als ich nach einer Weile das gemeinsame Badezimmer aufsuchte, sah ich, daß sie, mehr noch als das Zimmer, diesen Raum als den ihren betrachtete und ihn ganz mit Beschlag belegt hatte. Ich sammelte ihre Sachen ein, die sie in meinem Zimmer vergessen hatte, und brachte sie ihr; nur im Badezimmer um ein wenig Platz zu bitten, unterließ ich, weil mir der Mut fehlte.

Bei einem Abendessen in Venedig saß sie mir gegenüber, und ich stellte fest, daß sie, die man beim besten Willen mit ihrem bäurischen und nervösen Gesicht, den zwar glaskalten, hellen Augen, aber dem ganz abstoßend dünnen Mund, nicht anziehend nennen konnte, mit einer Gier alle Umsitzenden in ein Gespräch verstrickte, die darauf schließen ließ, daß sie es gewohnt war, Erfolg zu haben; allerdings wandte sie sich ausschließlich an die Männer, während sie sich begnügte, bei mir ab und zu mit einem Blick Einverständnis zu suchen.

Später, als wir am beleuchteten Lido spazieren gingen, zwischen Eisbars und unruhigen Gärten, und als der

Meerwind uns kehlige Musik von einer Grammophonplatte, von weither, zutrug, schwieg Anna Maria plötzlich, und da ihr Schweigen sich allen mitteilte, waren auch wir anderen still. In gedrückter Stimmung erreichten wir den Pier und warteten auf das Schiff, das uns in die Stadt zurückbringen sollte. Die Malerin, vielleicht bemüht, »Einsamkeit« zu spielen, entfernte sich von uns; vielleicht aber hatte sie wirklich ein Licht im Wasser gesehen und mußte dem Strahl folgen. An diesem Abend gingen wir miteinander nach Hause, und ich weiß es so genau, weil sie mir nur dieses eine Mal etwas von sich erzählte. Sonst kamen wir in dieser Zeit mit ihren langen, festlichen Nächten beide sehr spät nach Hause, aber nie miteinander, und sie jedenfalls immer noch später als ich, aber sie schlief nie, was ich gerne tat, bis in den hellen, durchlärmten Vormittag hinein, und ich bewunderte sie deswegen nicht wenig. Leute, die wir beide kannten, erzählten, sie hätten sie um vier Uhr morgens mit aufgelösten Haaren und barfuß mit Herrn B. in der Nähe des Kasinos gesehen, es nahmen viele an, daß sie in diesen Mann, dem gegenüber sie sich am Tag sehr förmlich benahm, vielleicht weil er verheiratet war, oder aus anderen Gründen, verliebt war. Sie war aber auch mit anderen allein zu treffen in den Cafés auf dem Markusplatz oder am Rialto, und ihre Wirkung auf Männer war sehr groß, unleugbar und verwunderlich.

Auf der Rückreise fuhr ich bis Florenz mit einem Herrn im Speisewagen, der sie sehr verehrte und der mir beim Essen folgende Geschichte erzählte: »Sie ist vielleicht das sanfteste und schönste Geschöpf, das ich kenne.« Ich wunderte mich darüber, denn andere fanden sie verschiedener Härten wegen lächerlich und auch unweiblich, und ich selbst hatte sie jedenfalls wenig reizvoll gefunden, selbst ihr Charme erschien mir so eingeübt und übertrieben, wenn sie mit Männern sprach, daß es mir peinlich war. »Aber es gibt für sie nichts als ihre Kunst!« (So wenigstens drückte

er sich aus.) »Sie haben ihre Bilder nicht gesehen, doch sie hat mir Blätter gezeigt, die mich nur im unklaren lassen, ob sie sehr viel oder gar nichts taugen. Sie ist auch wirklich verrückt, und ich möchte Sie jetzt fragen, ob Sie einen jungen Mann, mit dem ich sie einmal gesehen habe (er beschrieb ihn umständlich) getroffen haben?« Ich verneinte, obwohl mir später einfiel, daß sie in der Halle wirklich öfter von einem überaus eleganten jungen Menschen erwartet wurde, aber ich wollte ihn nicht kränken, gab vor, in meinem Gedächtnis zu suchen, und schüttelte den Kopf. »Dieser junge Mann«, fuhr er fort, »wird sie heiraten, und zwar aus einem sehr merkwürdigen Grund. Sie müssen wissen, daß sie, die man doch wirklich nicht schön nennen kann«, gab er mit unsicherer Stimme zu, »eine bestimmte Art von Männern anzieht, und zwar solche, die im allgemeinen ohne jedes Interesse an Frauen sind. Sie verstehen – ?« setzte er mit einem langen, fragenden Blick hinzu, und ich nickte rasch und sachlich. »Dieser junge Mann ist aus einer sehr guten Familie und hat daher gewisse Rücksichten zu nehmen. Aber nicht allein deswegen will er sie heiraten, sondern weil er meint, ohne sie nicht leben zu können, ohne ihre sich allen mitteilende Kraft, und als sie anfangs sein Ansinnen unmöglich fand, beging er einen Selbstmordversuch aus Verzweiflung über ihr Nein.«
Ich hingegen dachte in diesem Augenblick, daß es viel merkwürdiger sei, nicht zu wissen, woher plötzlich Gestalten wie die Malerin kämen. Aus welcher Familie mochte sie wohl sein? Wo hatte sie wohl ihre Jugend verbracht? Wie hatte sie ihren ersten Schritt aus der Anonymität getan? Denn heutzutage weiß man buchstäblich nicht mehr, woher die Leute kommen, die man vorfindet und deren Namen immer auftauchen in Gesprächen, die selbst immer wieder an allen möglichen Orten auftauchen und durch nichts legitimiert sind, hier oder dort zu sein. Mir fiel mit Vehemenz ein, was die Malerin in der einzigen Nacht mir

erzählt hatte, in der wir miteinander nach Hause gekommen waren und zu unseren Zimmern hinaufgingen: »In unserem Haus, das nicht sehr groß ist und in dem ich mit meiner Mutter und meiner Tante lebe« – man könnte fragen, wann das wohl sei, da sie überall und nirgends war, viele Freunde hatte und malte, die Sommer im Süden verbrachte und im Winter zu Ausstellungen fuhr oder zu anderen Freunden, die sie aufnahmen in Paris oder Rom – »in unserem Haus, das sehr klein ist und trotzdem eine Dependance hat, ein Gartenhaus nennen wir es, steht zwischen den Mauern ein Kirschbaum. Einen schöneren habe ich nie gesehen. Dieser Kirschbaum hält im Frühling seine schaumigen Äste über beide Häuschen, und dann scheint es, als wären die beiden Gebäude unter ihn hineingebaut worden. Und sowie ich an ihn denke, legt er mit seiner Fracht, seiner unlöschbaren Helle, in mir an, wo immer ich auch bin. Denn ich bin sein Land; die Dinge brauchen uns Heimatlose, um irgendwo zuhause zu sein.«
Den schönen, jungen Selbstmörder, der, wenn ich recht verstanden hatte, eine so mysteriöse Rolle in ihrem Leben spielen sollte, traf ich, ohne daß er mich erkannt hätte, bei den C., die mich im Wagen nach Ostia mitnehmen wollten, weil man dort eine in Heiterkeit untergegangene antike Stadt finde. Ich sagte, ich kenne es schon, aber in dem Augenblick hörte niemand zu, und später durfte ich es nicht wiederholen, weil man um die Freude gekommen wäre, es mir zeigen zu können, aber der Selbstmörder hörte es und lächelte grimmig, ging dann mit mir zwischen den Mauern auf und nieder und riß Gräser ab, biß hinein und rief schließlich laut: »Immer diese Rücksichten! Warum sagt denn keiner, was ist, und warum bevölkern wir denn die Welt mit unseren eigenen und anderen Gespenstern – als dürften wir uns nicht zu nahe kommen!« Er schwang sich über die Mauer einer alten Steinbar und stellte sich dahinter wie ein Kellner auf. Er blickte zur Decke, die der blanke

Himmel war. »Ich möchte diese wunderbare weiße Wolke herunterziehen und in die dunklen Getränke mischen, die wir ausschenken.« Auch ich sah auf, der Wind erfaßte mich, der vom Meer kam, und ohne nachzudenken, in einer Besinnungslosigkeit, die ich sofort bereute, sagte ich: »Ich kenne einen Kirschbaum, der dieser Wolke in diesem Moment gleicht und der auch wie etwas unverwüstlich Weißes über der Welt hängt.« Er fragte: »Sie meinen den Kirschbaum unserer guten Freundin Anna Maria?« Ich bestätigte verwirrt: »Ja . . . Sie kennen sie?« Er dachte kurz nach und sagte: »Flüchtig. Ich möchte fast sagen, ich kenne sie dieses Kirschbaums wegen, obwohl ich sie nie besucht habe und daher den Kirschbaum nicht beurteilen kann. Aber ich habe mir eine Fotografie bei ihr ausgebeten, die sie mir gab, als ich einmal Gelegenheit hatte, mit ihr länger zu reden.« Es hätte mich nicht erstaunt, ihn kühl oder abfällig von ihr sprechen zu hören, weil Verlöbnisse ja selten im Guten gelöst werden, aber er spielte entweder meisterhaft ein Spiel, bei dem mir nicht klar wurde, worum es ging, oder jener Verehrer Anna Marias war damals völlig im Irrtum über die Dinge gewesen, die sie und den Selbstmörder betrafen. »Wie geht es Ihrer Freundin?« fragte er dann. Ich sah ihn an und erwiderte: »Aber wie soll ich das wissen! Wir sind nicht sehr gut befreundet miteinander!« »Nun«, sagte er, »ich dachte es mir, weil mein Freund (er nannte den Namen des Verehrers) mir kürzlich erzählte, Sie seien eng befreundet . . . Wenn ich mich recht erinnere, gab es da sogar ein paar komische Geschichten, und Anna Maria soll Ihnen übel mitgespielt haben. Darum sind Sie ihr wohl böse?« fragte er und lächelte ganz durchtrieben und erfüllt von Freude. »Welche Geschichten!« rief ich aus. Natürlich hätte, aufgrund irgendeiner guten Erziehung, dieser Mann mir niemals diese Geschichten erzählen dürfen, um keine Indiskretion zu begehen, oder um mich nicht zu kränken – ob sie nun auf Wahrheit beruhten oder

nicht. Aber ihm kamen gar keine Bedenken, und ich hörte mir seine Erzählung kopflos an, ohne ihn daran zu hindern. Als er zu Ende war, rief ich: »Das ist nicht wahr und ganz unmöglich obendrein. Sie kennt mich kaum, und ich kenne sie kaum.« »Oh«, sagte er, »trotzdem ist das hübsch und Sie verstehen jetzt, daß ich lachen mußte.«
An demselben Abend, als ich aus dem Haus ging, um Blumen zu kaufen – ich wohnte in einer sehr abgelegenen Gegend in Rom –, sah ich Anna Maria diesen versteckten Platz überqueren, der so schön und goldbraun im Abendlicht ist und den ich nie überquerte, ohne etwas Neues zu entdecken, nie ohne Begeisterung über seinen rummelplatzhaften Lärm und seine exaltierten Marktweiber, den traurigen Muschelmann und die Blumenfrau, die nur grüßte, wenn sie etwas verkauft hatte. Anna Maria kam auf mich zu. Ich fühlte, wie ich rot wurde, und ich hielt ihr mein Gesicht hin in der Abendröte, sie mir das ihre, ich grüßte sie, und weil plötzlich einen Augenblick Stille auf dem Platz eintrat, so wie manchmal das bewegteste Meer eine Achtel- oder Sechzehntelpause macht, in der man den Atem anhält vor Schrecken und Entzücken, so hielt ich den Atem an, als ich meinen Gruß allein in der Stille hörte. Sie sah mich verwundert an, und da ich wußte, daß sie ganz vorzügliche Augen hatte, war ich sicher, daß sie mich erkannt hatte, aber nicht erkennen wollte. Gemächlich, wie irgendeinen Vorübergehenden, auf den ihr Blick gefallen wäre, musterte sie mich und ging weiter.
Die beiden Freunde, durch die ich Anna Maria kennengelernt hatte, wohnten kurze Zeit darauf bei mir, weil sie ihre Wohnung gekündigt hatten und ihre neue noch nicht beziehen konnten. Von Anna Maria wurde nie gesprochen. Aber als ich mit Costanza, die sich in langen, weißen Morgenröcken durch die Wohnung schleppte und den Staub von den alten Möbeln, die so schwer reinzuhalten waren, kehrte, allein war, sagte sie: »Man kann den Kopf nicht in

den Sand stecken, wie du es tust, was ist bloß mit dir und Anna Maria?« Ich fuhr auf. »Mit mir und Anna Maria!« Costanza: »Du magst sie eben nicht. Aber Carlo ist ganz deiner Meinung!« Ich: »Meiner Meinung!« Costanza: »Er kann Frauen nicht leiden, die sich nicht waschen.« Ich hob die Hände und machte eine Bewegung, um sie zum Schweigen zu bringen. »Warum sollte sie sich denn nicht waschen, um Himmels willen«, sagte ich. »Frag mich nicht! Aber sie darf sich nicht wundern, daß niemand mit ihr zu tun haben will.« »Nein, nein«, sagte ich schmerzlich, und ich fühlte mich elend, weil ich etwas sagen mußte, was ich gar nicht sagen wollte, und zu dem Stoff beizutragen anfing. »Sie war sehr begehrt, und ich glaube, da waren einige in sie verliebt in Venedig.« »Du warst in Venedig«, schrie sie, »nun erzähl einmal alles, obwohl ich vermutlich mehr weiß, als du wissen kannst!«

Ich erfuhr noch alles mögliche über Anna Maria, auch späterhin, und von den verschiedensten Leuten. In Paris hieß es, alle hätten sich von ihr zurückgezogen, weil sie sich unmöglich betragen habe; in Mailand hörte ich nur Gutes, und es wurde viel von ihren Bildern gesprochen. Sie galt ja bei den einen als einfach, mutig und begabt, bei den anderen als verlogen, intrigant und zudringlich, und die Meinung aller wechselte, als sie vor kurzem starb, und seither hörte ich von ihr meistens als von der »Ärmsten« sprechen.

Einen Freund, mit dem ich unlängst im Auto in der Nähe Pavias durch den kleinen Ort fuhr, in dem Anna Maria zuhause gewesen war und in dem ihr Kirschbaum stand, bat ich, vor dem kleinen Haus anzuhalten. Mit einem Mal dachte ich herzlich an die Malerin, fühlte mich von guten Gefühlen überschwemmt und glaubte, diesen Kirschbaum sehen zu müssen. Ich trat durch den Garten ein und hielt Ausschau nach der unverwüstlichen, weißen Blütenwolke. Ich entdeckte nicht einmal einen Baumstumpf und wollte schon umkehren, als mich eine ältere Frau, in der ich sogleich Anna Marias Mutter vermutete, der großen Ähnlichkeit wegen, anrief und nach meinen Wünschen fragte. Es fiel mir nicht schwer, zu erklären, warum ich hierher kam. Die Frau brach in Tränen aus, griff mit beiden Händen nach mir und lachte dann unter Tränen vor Freude: »Anna Maria hat soviel von Ihnen gesprochen, soviel von Ihnen erzählt.« Ich machte mich los und stand voll Verblüffung und im Aufruhr. »Das ist doch nicht möglich!« stammelte ich und unterbrach mich ihretwegen. Aber bei mir dachte ich: Was mag sie wohl erzählt haben! Was kann sie bloß von mir gewußt und über mich gesagt haben?! Ich fühlte mein Gespenst einen Augenblick in diesem Haus umgehen und wünschte mich auf der Stelle weit fort. Beim Abschied gab mir die Frau ein in Seidenpapier gehülltes Bild der Tochter als Andenken mit. Wir hatten beide feuchte Augen, und im Gehen fragte ich sie nach dem Kirschbaum. »Es war kein besonders schöner Baum, und er wollte nicht einmal blühen. So ließ ich ihn schlagen, vor langem schon.« Ich winkte, schloß das Gartentor, lief über die Straße auf das Auto zu und stieg ein. Während wir weiterfuhren, versuchte ich, meinem Freund diesen Aufenthalt umständlich zu erklären, ohne einen Namen zu nennen, und löste dabei die Fotografie aus dem Seidenpapier. Ich starrte das Bild an, hob es ganz nah an die Augen, aber ich konnte mich nicht erinnern, dieses Gesicht je gesehen zu haben. Mein Denken setzte aus und dann wieder ein mit dem Gedanken: Das ist nicht Anna Maria! – »Aber das ist doch Anna Maria«, sagte überrascht mein Freund, der einen Augenblick von der Fahrbahn weg und auf das Bild sah. »Ich wußte nicht, daß du sie gekannt hast«, sagte ich. »Aber natürlich«, erwiderte er. »Anna Maria! Wenn du willst, kann ich dir ja alles erzählen ...« Ich zündete rasch eine Zigarette für ihn an und steckte sie ihm zwischen die Lippen: »Ich bitte dich, sie ist doch tot«, sagte ich

und zitterte noch immer. »Aber findest du, daß ihr das Bild ähnlich ist . . .?« Ich reichte ihm die Fotografie, und er sah sie noch einmal genau an. »Sehr«, sagte er.
In meinem Herzen dachte ich: es wird ihr noch oft ein Unrecht geschehen.

[Der Schweißer]

Die Männer legten das Werkzeug zusammen und verluden es auf den Wagen. Dann rückten Brunner und Maunz das Baustellenschild an die richtige Stelle und hängten das Warnlicht auf. Reiter stand unschlüssig, mit der abgenommenen Schutzbrille in der Hand und blinzelte in die Dämmerung. In dem Augenblick gingen die Lichter an über der Straße, noch ohne Wirkung, weil es nicht dunkel genug war. Gegen die Floridsdorfer Brücke verloren sich die schimmernden Flecken in der Luft. Der Mann schaute hinauf und dann hinunter – die Straße lag ausgenommen da, mit bloßen, freischwebenden Straßenbahnschienen, zeigte das metallene Gedärm.
»Kommt ihr nachher ins Kaffeehaus?«, fragte Reiter, als die beiden andren den Wagen wegzuschieben anfingen. Brunner schüttelte den Kopf, Maunz blickte sich gar nicht um, und Reiter blieb zurück, wischte sich die Augen mit dem Handrücken. Er sah die Straßenbahn kommen, winkte dem Wagenführer, der ein wenig abbremste, und sprang auf. Am Spitz stieg er aus und lüftete dankend seine Kappe.
Das Kaffeehaus war leer.
Er stand jetzt ganz allein auf der Straße, einen Augenblick war es, als gäbe es hier keinen Verkehr, nur den Wind, der von der Donau herüberkam, eine kalte Böe. Er stand, unweit das Überschwemmungsgebiet, und hinter sich, im Rücken, ein Stück abgesprengte Stadt, eingeklammert von der Nordbahn und der Nordwestbahn; lang noch wollte er die Häuser im Rücken haben, sich nicht umdrehen, nicht heimgehen, nicht sich niederlegen zwischen den Fabriken, der Lokomotivfabrik und der Kabelfabrik, der Ölfabrik,

nicht einsperren lassen in den steinernen Kasten, nicht grüßen im Haus.
Das Kaffeehaus war leer. Er hatte gehofft, daß irgend jemand dasitzen würde, mit dem er Karten spielen oder ein Bier trinken konnte; er suchte jemand in dem Nirgendwo, suchte eine träge Vertraulichkeit, ehe er nachhause mußte, fast jeden Abend suchte er ein Schwemmland, das sich zwischen die Arbeit und das Heimkommen legte, wie das Schwemmland, das sich zwischen die Stadt und die Arbeiterbezirke im Osten legte. Er ging bis nach hinten, stieß an ein paar Stühle und ging dann wieder weiter nach vorn in dem verödeten Saal, setzte sich an ein Fenster und starrte hinaus. Er hörte den Ober kommen, drehte den Kopf, als er ihn stehenbleiben fühlte, und sagte: »Einen großen Braunen.« Er wollte etwas hinzufügen, zu reden anfangen mit Franz, ließ es aber, es fiel ihm nichts ein.
Die Nacht fiel ein ... Um die Zeit spielten in den anderen Kaffeehäusern die Rentner, die Pensionisten Billard, aber hier in seinem Kaffee wurde nicht Billard gespielt, die Arbeiter, die hierherkamen, hatten zu schwere Hände oder sie hatten überhaupt etwas gegen das Spiel. Seit kurzem aber war ein Spielapparat aufgestellt worden; auf den hatten alle Lust, und der Mann stand jetzt brüsk auf und fing an, Geld einzuwerfen in den Kasten, den Hebel zu drücken, die wilden Geräusche und das Geroll zu genießen. Als er keine Münzen mehr fand in seiner Tasche, hörte er auf, ging zu seinem Tisch zurück, wo schon der Kaffee stand, und trank ihn in einem Zug aus und das Glas Wasser nach. Er streckte seine Beine weit aus, um sich [zu] dehnen, und dabei berührte er mit dem Fuß etwas unter dem Tisch. Er beugte sich unter den Tisch, suchte im Dunkeln. Dann hielt er es in der Hand, etwas Ungewohntes, ein kleines Paket, nein, nicht ein Paket. Eine Weile ließ er seine Hand unter dem Tisch, um den Gegenstand bloß zu fühlen und zu erraten – dann erst zog er ihn hervor. Es war ein Buch,

in einem Schutzumschlag aus braunem Packpapier. Der Mann legte es neben das Tablett mit dem Glas Wasser und schaute sich dann um. Er schaute nach Franz aus, der wieder verschwunden war. Auch die Kassiererin war heute nicht da. Niemand war heute da.
Er wollte aufstehen, das Buch nach hinten tragen, den »Fundgegenstand«. Aber er war zu müde, trostlos; Brunner und Maunz kamen also wirklich nicht. Er schlug das Buch auf, schnippte mit dem Zeigefinger, den er vom Daumen abschnellen ließ, ein paar Seiten hoch. Dann beugte er den Kopf darüber, las ein paar Worte ab, die da standen, weder aufmerkend, noch verständnislos; er las einfach die Worte ab, wie er immer Worte abgelesen hatte, von einem Formular, von einer Sportzeitung, so wie er es in der Schule gelernt hatte, ein Wort nach dem andern.
Er las mindestens zehn Zeilen ab, dann schlug er das Buch zu. Gleich darauf öffnete er es wieder, er wollte nachschauen, was für ein Buch das war. Es hieß »Die Fröhliche Wissenschaft«. Darunter stand noch ein Titel . . . Der Mann lachte auf, nachdem er diese Titel gelesen hatte – oder war es bloß einer, so genau war das nicht zu sehen. Er wollte Geld auf den Tisch legen und gehen, er merkte, daß er nicht mehr genug bei sich hatte, stand auf und schrie nach hinten: »Franz, anschreiben!« Er hatte das Buch in der Hand, ging sehr laut und fest hinaus, in der Tür drehte er sich aufmerksam um, er sah den Ober aus der Richtung der Toilette kommen, den Block herausziehen und den Bleistift, nickte ihm zu, während seine Hand mit dem Buch schon durch den Vorhang fuhr, der vor der Tür hing, und ging.

Reiter schaute auf, als der Doktor in die Küche kam und [die] Tür leise hinter sich zuzog.
»Hören Sie«, sagte der Doktor. Der Mann schob ihm einen Küchensessel hin, holte zwei Schnapsgläser aus der Kre-

denz und eine halbvolle Flasche Eierlikör, während der Doktor zur Wasserleitung ging und sich die Hände wusch, an dem karierten Handtuch flüchtig abwischte. »Sie kann morgen wieder aufstehen«, sagte der Doktor und setzte sich. Sie nippten beide widerwillig an dem hausgemachten dicken, schleimigen Likör.
»Aber sie gefällt mir nicht. Gefällt mir nicht«, sagte der Doktor. »Aufs Land sollte sie gehen oder in ein Sanatorium.« Der Mann schaute bedrückt vor sich hin. »Sie kann nach Hollabrunn gehen, zu den Eltern. Aber das ist auch keine Erholung.«
»Ja«, sagte der Doktor, »lieber nicht, wenn es keine Erholung ist.«
»Sie ist so dumm, Sie müssen es ihr nachsehen«, sagte der Mann entschuldigend. »Lieber geht sie zu Pfuschern, zu einem Schwindler, der es mit Magneten macht. Lauter Schwindel, ich weiß. Sie geht zu Schwindlern.«
Der Doktor antwortete nicht, er schrieb ein Rezept, unleserlich, setzte einen Schnörkel darunter und legte es dem Mann hin. Der Mann ließ es liegen, ohne daraufzuschauen, und sagte dann rasch: »Ich war zwei Tage nicht arbeiten. Sie müssen mir einen Schein schreiben.«
»Ausnahmsweise«, sagte der Doktor, »weil die Frau Sie braucht. Ausnahmsweise kann ich das machen. Ich kann das sonst nicht. Es ist strafbar.«
Der Mann nickte, holte einen Krankenschein aus der Küchentischlade, schob ihn hin. Der Doktor schrieb nicht gleich, sondern fragte: »Was ist denn los? Mit Ihnen ist doch etwas los.« »Nichts«, sagte der Mann, »das heißt, ich möchte Sie etwas fragen.«
»Ja?« fragte der Doktor. Er hatte keine Eile, er dachte, daß er noch fünf oder sechs Besuche machen müsse, daß ihn überall der Gestank, ungelüftete Zimmer, unappetitliche Betten, Küchen, Frauen, Kinder erwarteten. Er saß träge da, wohlig, wollte sich nie mehr wegrühren. Diese Küche

hier war sauber, er kannte die Küche schon lange. Rosi Reiter war eine saubere Frau, diese beiden Reiters ordentliche Leute. Anständige Leute, nannte der Doktor sie auch zuzeiten für sich.

»Wo sind die Kinder?« fragte der Doktor.

»Bei der Nachbarin«, sagte der Mann und deutete mit der Hand nach oben, zur Zimmerdecke. »Bis morgen nur. Morgen hole ich sie.«

»Was ist denn los mit Ihnen«, fragte der Doktor nochmals aufs Geratewohl.

»Es handelt sich um ein Buch«, sagte der Mann mit niedergeschlagenen Augen. »Ich möchte Sie nämlich etwas fragen, wegen dem Buch.« Er ging zu der Kiste, auf der das Radio stand. Auf dem Radio lag das Buch. Er reichte es dem Doktor. »Kennen Sie das?« fragte er. Der Doktor blätterte es auf, blickte kurz den Mann an und sagte selbstgefällig: »Und ob ich das kenne.« Der Mann sah ihn erstarrt an, er wartete auf ein weiteres Wort des Doktors. »Ja, die Philosophie«, sagte der Doktor, »früher hat die mich auch einmal interessiert. Jetzt komme ich nicht mehr zum Lesen. Interessiert hat es mich schon, früher einmal, aber wenn man im Leben steht ... im Leben, wenn man steht, wissen Sie«, fuhr der Doktor fort, »ja, die Philosophie! Etwas ganz anderes ist natürlich das Leben, das müssen Sie mir glauben. Man kommt auch zu nichts mehr, später, hier und da im Urlaub reichts zu einem Roman.« Der Doktor brach ab und sah erstaunt den Mann an, dessen Gesicht weiß geworden war und wie eine Maske ihn anstarrte vor Beherrschung.

»Ich habe das Buch gelesen«, sagte der Mann und hielt den Atem an.

Der Doktor sah nun beinahe bestürzt aus. »Das haben Sie gelesen?« Er schlug mit der Hand auf das Buch. Dann fügte er, neugierig, hinzu: »Wieso?«

Der Mann gab keine Antwort, schenkte Likör ein und

fragte: »Was für Bücher gibt es noch? Wo bekommt man diese Bücher?«
Der Doktor sagte irritiert: »Du lieber Himmel, Bücher gibt es wie Sand am Meer. Da kann ich schlecht raten. Gehen Sie in eine Leihbücherei, lassen Sie sich einschreiben. Oder in die Volksbücherei, dann können Sie Bücher borgen.«
»Auch solche?« fragte der Mann.
»Alle möglichen Bücher«, sagte der Doktor. »Meine Frau ist auch eingeschrieben.«

In der Nacht, während die Frau schlief und röchelte im Schlaf, lag Reiter über dem Buch, die Arme aufgestützt. Er las noch einmal in dem Buch, er las besonders die Stellen, die von jemand unterstrichen worden waren mit Bleistift. Diese Stellen taten es ihm [an], er dachte an die Person, die das eigens unterstrichen hatte und hier und da etwas an den Rand geschrieben, zum Beispiel: Irrtum! oder: Siehe Menschl. Allzumenschl. Der Mann las und las, indem er die Lippen bewegte; manchmal geriet er heftig in Bewegung, und dann fuhren die Worte in ihn wie Geister, fingen an, ihr Wesen in ihm zu treiben. Er stöhnte wollüstig, sein Kopf schmerzte, seine Augen brannten, obwohl er gute abgehärtete Augen hatte, an das blaue sternhelle Licht gewöhnte Augen. Das blaue sternhelle Licht, wenn er schweißte, hatte ihm hier und da einen solchen Augenblick verschafft oder der Anblick des roten, glühenden Stahls, wenn sein Körper mitzitterte, weil die Materie zitterte, sich aufbäumte, blühte und wegstarb unter seinen Händen. Er konnte Stahl verschmelzen, das hatte er gelernt, und nun machte er sich daran, Buchstaben, Silben zu verschmelzen in seinem Hirn, und in ihm selber war das blauweiße Licht, in dem man vor Licht nichts sah.

»Er ist entlassen worden, ich weiß es«, sagte die Frau.
»Frau Rosi«, sagte der Doktor, »beruhigen Sie sich, er

wird eine andere Stelle finden. Ich werde tun, was ich kann. Ich kenne da einen Ingenieur bei der Maschinenfabrik.«

»Herr Doktor«, sagte die Frau, »es ist alles umsonst, ich weiß es. Er kümmert sich um nichts mehr. Er schaut die Kinder nicht mehr an. Ich könnte krepieren. Von ihm aus ja, krepieren könnte ich.«

»Ich werde ihm eine Stelle verschaffen. Heutzutage ist nichts leichter als das. Haufenweis gibt es Stellen für einen gelernten Arbeiter.«

»Nein«, sagte die Frau und weinte, »es ist alles umsonst. Jetzt ist das Unglück da. Keiner gibt einen roten Heller für uns.«

»Sie sind eine dumme Frau, Frau Rosi«, sagte der Doktor, »denn ihr Mann ist doch ein braver Mensch, ein fleißiger, braver Mensch.«

»Aber er liest. Tut nichts als lesen. Reden Sie mit ihm. Auf mich hört er ja nicht.«

»Natürlich werde ich mit ihm reden«, sagte der Doktor, »beruhigen Sie sich.« Er stampfte im Schlafzimmer der Reiters auf und ab und blieb vor dem Nachtkastel stehen, auf dem die Bücher lagen, hob eins ums andre ab. »Yoga, Einführung in das Heil«, »Die Seele und ihre Abgründe«, »Wir und das Weltall«, »Der Geist des 20. Jahrhunderts«, »Der Wille zur Macht«. Der Doktor schmiß ein Buch nach dem andern wieder hin und rief zornig aus: »Was soll denn das bedeuten!«

»Der Mann schnappt mir noch über«, klagte die Frau. »Das geht schon zwei Monate. Plötzlich hat er angefangen zu lesen. Vorher hat er nie getrunken, nur sein Bier am Abend, nicht geraucht hat er, nicht gelesen. Ich schwör es Ihnen. Ein Abstinenzler. Jetzt geht das letzte Geld auf für die Bücher und für das Bier. Ich könnte nach Hollabrunn gehen zu den Eltern.«

»Lieber nicht«, sagte der Doktor beschwichtigend, »es

wäre keine Erholung. Sie müssen in ein Sanatorium mit Ihrer Lunge.«
»Und die Kinder«, schrie sie, »die Kinder!«

Der Mann lag im Bett und las. Er stand auf, um dem Doktor zu öffnen, und legte sich gleich wieder ins Bett.
»Sie müssen mir einen Schein schreiben«, sagte der Mann und sah den Doktor aus entzündeten Augen an. »Meine Augen tun mir verdammt weh.«
»Das werde ich nicht tun«, sagte der Doktor, deutlich jedes Wort betonend. »Warum besuchen Sie Ihre Frau nicht? – Warum besuchen Sie Ihre Frau nicht im Krankenhaus!« schrie der Doktor und schlug mit der Faust auf den Tisch, auf die gehäkelte [Tischdecke], die ein Mal hinterließ. Der Blumentopf fiel um, Rosis Geranien, Rosis Blumen, Rosis Erde fiel auf den Boden.
»Warum schreien Sie mich an?« fragte der Mann sanft und langsam.
»Ihre Frau stirbt!« schrie der Doktor.
»Schreien Sie doch nicht so«, sagte der Mann leiser. Er drückte seine Zigarette aus in einem Teller, der auf dem Kastel stand; einige kleine Teller und ein Aschenbecher voll Asche und Stummeln standen schon da, einige auf dem Boden neben dem Bett, auf dem Fensterbrett.
»Sie schreien ja«, sagte nun der Mann in einem Hochdeutsch, das den Arzt erschauern ließ.
»Wie reden Sie mit mir, was erfrechen Sie sich!« sagte der Doktor zitternd in dem gleichen Hochdeutsch.
»Nehmen Sie Platz«, sagte der Mann; er kletterte jetzt aus dem Bett, kam zum Vorschein in dem Hemd, das ihm wie einem Gespenst herunterhing, einem braunkarierten Hemd, wie es der Doktor nur von seinen Leuten kannte, die zumeist in den Taghemden schliefen.
»Sie sind ein Lump«, sagte der Doktor erschöpft. Er gab ihm nicht die Hand.

Der Mann ging an ihm vorbei, und in die Küche, holte den Eierlikör und zwei Flaschen Bier. Er schenkte dem Doktor von beidem ein, lächelte ihm aufmunternd zu und stieg wieder ins Bett.
»Ich brauche einen Schein«, sagte er und lachte dazu. »Ich bin krank. Ich kann sonst nicht die Arbeitslosen beziehen.«
»Sie sind gesund. Sie werden arbeiten!«
Der Doktor probierte ungehalten den Likör und trank dann das Bier.
»Ich bin schwerkrank, das sehen Sie doch!« Der Mann strampelte wie ein Kind die Decke in die Höh, die Decke stand nun gegen das Bettende hoch in die Luft und fiel zu beiden Seiten um die Füße herunter.
»Wo sind denn die Kinder?« fragte der Doktor drohend.
»Die Kinder sind bei den Eltern«, sagte der Mann still und ließ die Decke herunterfallen. »Sonntag war ich in Hollabrunn.«
»Sie Lump«, sagte der Doktor. »Reden Sie doch! Sagen Sie die Wahrheit. Warum arbeiten Sie nicht!«
Der Mann sah mit einmal blaß und ernst aus, die dunklen feinen Stoppeln von seinem Bart erschienen wie ein schwarzer grausiger Ausschlag in seinem Gesicht.
»Ich kann nicht mehr, Herr Doktor. Das ist es. Ich kann nicht mehr. Es ist etwas gerissen in mir. Zersprungen. Ich kann nicht mehr arbeiten, zur Stund aufstehen, mich aufraffen! Nie mehr werd ich arbeiten können.«
Beide rührten sich nicht. Dem Mann traten plötzlich Tränen in die Augen. »Wie geht es meiner Rosi?« flüsterte er. »Natürlich gehe ich arbeiten, Herr Doktor. Morgen gehe ich. Morgen . . .« Er wimmerte: »Arme Rosi, arme Rosi . . .«
Der Doktor begann hin und herzugehen über Rosis blauen Läufer, der wie ein Steg durchs Zimmer führte, licht und selten benutzt. »Sie sind wirklich verrückt. Warum lesen Sie bloß all das Zeug. Unsinn ist das, zu lesen. Ein

Mensch, der im Leben steht ... Ich stehe auch im Leben, wir stehen alle im Leben, und Sie lesen, sonst können Sie nichts, lesen, machen sich fertig. Das kommt doch von den Büchern, daß Sie sich fertig machen!«

Der Mann trocknete langsam und ohne Scham seine Tränen mit einem Zipfel des Leintuchs. »Sie müssen mich aber verstehen. Ich bin Schweißer, ich kenne das ganz helle Licht. Schweißer – das ist ein sehr guter Beruf. Ich habe die Prüfung gemacht und gleich geheiratet danach. Gleich sind eins nach dem andern die Kinder gekommen. Bei den Stadtwerken habe ich gearbeitet, in fast allen Bezirken, auch im ersten Bezirk, in den Straßen, wo die großen Geschäfte sind, die Juweliere, Geschäfte, die Konditoreien, ach, die Kleider, die Radios, Autos, Eisschränke, alles habe ich aus der Nähe gesehen, man arbeitet so daneben, man sieht hin, und die meisten neiden es. Maunz ist am neidischsten, er möchte goldene Uhren und Teppiche. Aber sehen Sie, das war es nicht für mich, so neidisch war ich nie. Wir wohnen in Floridsdorf, Sie auch, Herr Doktor, darüber muß ich Ihnen wohl nichts sagen. Hier ist alles anders als es sonstwo wäre. Das Grün zum Beispiel von unseren Parks, die Luft, alles ist etwas zu kurz gekommen, den Straßen fehlt das, was eine Straße schön macht, dem Park das, was einen Park romantisch macht. Gute Wohnungen haben wir in den Gemeindebauten, aber froh wird man nicht darin, an den Räumen ist zu wenig, an allem ist etwas zu wenig, an unsren Frauen auch, an der Rosi ist zu wenig, nicht daß sie keine gute Frau wäre, aber es ist bald zu wenig an ihr geworden wie an ihrem Armband zu wenig ist, an den Holzperlen und den dünnen goldenen Ohrringen mit den Vergißmeinnicht dran, an unsren Kindern ist zu wenig, aber das merkt man vielleicht am wenigsten, weil sie selber noch nichts davon merken und es besser tragen, auch an mir und auch an Ihnen ist zu wenig, Herr Doktor, das müssen Sie mir entschuldigen, aber an Ihnen ist auch zu wenig, weil Sie hier Doktor sind. Nein, ich beklage mich nicht, es geht uns sehr gut, ich habe meinen Lohn, meine Arbeit, da ist die Gewerkschaft, da ist die 45-Stundenwoche, vielleicht werden es bald noch weniger Stunden sein. Aber sehen Sie, ich bin Schweißer. Krankenversichert, unfallversichert, lebensversichert, meine Frau bekäme ein schönes Geld nach mir, die Wohnung ist uns sicher, der Zins niedrig, Floridsdorf ist auch eine gute Gegend, billig ist alles. Ach, ich vergesse Sie, Herr Doktor. Sie gehören auch hierher, wie die Arbeiter. Sie haben zwei Zimmer mehr, das gönne ich Ihnen, es ist recht, daß Sie mehr Zimmer haben. Abends fallen Ihnen die Augen zu wie mir, Sie trinken ein Bier, ich auch. Im Urlaub gehen Sie ins Waldviertel, ich nach Hollabrunn, da ist nicht viel Unterschied. Aber ich bin Schweißer. Ich habe schon eine gewisse Erfahrung mit dem Stahl, mit der Hitze, mit dem Licht, was für einem Licht. Wir haben Schutzbrillen. Aber was ist, wenn die Schutzbrille eines Tages vergessen ist. Wenn sie zerspringt. Schauen Sie, das könnte vorkommen. Ich habe nie meine Brille vergessen, sowas darf einfach nicht vorkommen.

Fix Laudon, da ist mir die Brille zersprungen und nun springt das Licht herein, wie ein Wolf und frißt meine Augen, reißt meine Augen und mein Hirn auf. Wie mir alles durcheinanderkommt. Wenn wir die Welt antreten sollten, denn vielleicht werden wir ja die Welt antreten, wir, an denen zu wenig ist, dann möchte ich nicht, daß an uns und allem zu wenig ist, daß dies die Welt antritt, diese gehäkelten Tischdecken und der Likör und diese Bäume, die so verschlissen herumstehen, und dieser Geruch in den Häusern und diese Straßen, die zur Not von einer Kreuzung zur anderen führen, und diese Krankenscheine, die nach schlechtem Papier schmecken, und diese öffentlichen Schulen und die Bedürfnisanstalten, die man sich als Vertraulichkeiten gegen uns herausnimmt, und überall der Wink, das Blin-

zeln, mit den Werksküchen, den Blechlöffeln, der Altersversicherung, den Rummelplätzen, Sportplätzen, den Kinos. Aber mir ist das mit dem Buch passiert. Ja, dieses Buch. Was sagen Sie nun. Ich habe ja nie vorher gelesen. Auf die Prüfung habe ich gelernt, wie Sie studiert haben. Das war alles. Dann kommt das Buch daher. Ich kann das Buch nie mehr zurückgeben . . .« Der Mann richtete sich auf und fiel wieder ganz ins Hochdeutsche: »Es ist unwiderruflich, sehen Sie, mein Lieber, unwiderruflich! Ich weiß jetzt, daß ich nicht verworfen bin, daß ich teilnehmen muß. Denn keiner ist ausgeschlossen, ich jedenfalls lasse mich nicht ausschließen. Ich bin vielleicht weniger ausgeschlossen als Sie, obwohl Sie studiert haben und ich nicht!«
»Aber ja«, sagte der Doktor verwirrt, »aber ja, es sagt ja niemand was dagegen.« Er rieb sich die Stirn mit dem Taschentuch, um Zeit zu gewinnen. Dann zog er die Brauen zusammen und schnaubte aufgebracht in das Tuch. »Sie meinen wohl, Sie sind ein Genie und ich bin der Idiot. Danke, danke. Sie faseln da etwas zusammen. Besten Dank. Warum reden Sie nicht mit Ihren Leuten? Sind Ihre Freunde vielleicht ausgeschlossen oder schlechter als Sie? Gehn Sie arbeiten und reden Sie mit Ihren Freunden. Sind Ihre Freunde vielleicht ausgeschlossen, Sie eingebildeter Mensch? Reden Sie dort. Nicht mit mir! Mit mir nicht! Für mich ist das Blödsinn; ich habe schon einiges gelesen in meinem Leben. Ich muß zu Ihrer Frau gehen, um die Sie sich nicht kümmern. Sie haben sie wieder zu dem Pfuscher gehen lassen. Jetzt hat es sich ausgependelt. Jetzt geht sie drauf, verstanden. Jetzt ist es aus.«
Der Mann sah neugierig auf den Arzt. »Glauben Sie denn, daß Brunner und Maunz solche Bücher lesen wollen. Ja, politisieren tun sie hier und da, aber wie die Kinder, ohne Gedanken. Ich hätte auch nicht lesen und denken mögen vor dem Tag. Aber jetzt weiß ich nicht mehr, was aus mir wird. Was wird aus mir, Herr Doktor? Was wird aus ei-

nem wie mir? Daß Sie mich recht verstehn: ich möchte nicht aus meiner Haut, nicht ein Studierter sein, sondern bleiben, was ich war. Ich gehe gern auf den Bau, bin immer gern gegangen. Aber ich kann nicht mehr. Ich gehe dort so fremd herum. Wissen Sie, was der Maunz gesagt hat das letzte Mal?« Der Mann sah listig und erwartungsvoll auf. »Er hat gesagt: Wir blasen dir bald etwas.«
Der Doktor ging zur Tür und sah zurück auf das zerwühlte Bett und in alle Winkel des Zimmers, als wollte er feststellen, was sich so sehr verändert hatte. Es war keine Ordnung mehr in dem Raum und der frische Geruch hatte sich verzogen; ein Paar Hosen lag auf dem Boden vor dem Kasten, verknäulte Socken daneben. Ein Vorhang war aus der Schiene gesprungen und hing schlaff auf der einen Seite des Fensters herunter. Der Doktor legte eine Beschwörung in seinen Blick, mit dem er all das wahrnahm. Aber der Mann schüttelte langsam den Kopf; er hatte verstanden und verneinte. Für sich verneinte er, wie jemand, der einsieht, auch einsehen will, aber für sich keinen Gebrauch mehr von dieser Einsicht machen kann.

Reiter saß im Kaffeehaus und trank das dritte Bier. Er ließ anschreiben.
»Ich lese jetzt ein sehr interessantes Buch«, sagte er. Der Doktor unterbrach ihn mit einer verächtlichen Bewegung.
»Gut«, sagte der Mann. »Ich bin schon still.«
»Ihre Frau ist tot, und Sie sind schuld daran. Sie haben mich zu spät gerufen.«
»Arme Rosi«, sagte [der] Mann, »sie wollte wohl sterben. Sie haben keine Schuld. Nicht daß sie mißtrauisch war gegen die Ärzte, aber sie hat immer an die Pfuscher geglaubt. Helfen Sie jemand, der an ein Pendel glaubt ... das bringen Sie nicht fertig. Es war ihr wichtiger als gesund werden, und mir sind die Bücher wichtiger ...« Der Mann verstummte und trank.

»Ich lese ein Buch«, begann er wieder. »Draus geht hervor: im Anfang und am Ende ist alles egal. Leben und Tod. Ich lese ein anderes Buch, daraus geht hervor, daß alles einen Wert hat. Ich lese ein Buch, aus dem geht hervor, daß wir die Welt ändern müssen. Und noch eines, da geht noch allerhand hervor, wovon Sie sich nichts träumen lassen. Himmel, was da alles hervorgeht und hängt da oben wie eine Wolke, und ich schaue hinauf, während ich unten im Dreck liege und euch die Straßenbahnschienen flicke, und frage mich, wie sollen wir zusammenkommen, die Wolke und ich.«
»Das bilden Sie sich bloß ein«, sagte der Doktor schwach und trank nun auch. »Einer richtet die Lichtleitung, einer richtet das Brot, einer die Schuhe und einer die Gewehre. Sie sind ein Arbeiter, verstanden, das ist eine gute Sache. Das andre geht Sie nichts an.«
»So, so!«, rief der Mann, »geht mich nichts an! Aber freilich, Sie verordnen Ihr Aspirin, fahren einem mit dem Löffel in den Mund und stechen die Spritzen in die Venen. Ihnen ist alles egal, und drum merken Sie nicht, daß Sie auch drunten liegen wie ich, im Dreck, und daß die schöne Wolke über Sie hinzieht, als gäb es Sie nicht. Aber es muß uns geben. Es muß.«
»Das ist die Höhe«, sagte der Doktor. »Lassen Sie mich aus dem Spiel.«
Der Mann sprang auf und ging auf den Spielapparat zu. »Nein, ich lasse dich nicht«, sagte der Mann und riß an dem Hebel. »Ich lasse dich nicht, mein Geist.« Der Hebel ging krachend herunter und die Kugeln begannen zu tanzen. »Verstehen Sie«, brüllte der Mann, über den Lärm hinweg, zu dem Doktor hinüber. »Es muß eine Verbindung sein, sonst spucken mir die Bücher ins Gesicht oder ich spucke die Bücher an! Ist da ein Zusammenhang oder keiner?!«
»Wer soll das wissen?«

»Wer? Ich natürlich. Ich soll es wissen, sonst hat das alles gar keinen Sinn. Wenn ich es nicht weiß, dann ist es ganz umsonst, daß die Bahn fährt und das Brot jeden Tag frisch aus dem Ofen kommt, daß einer die Straßen kehrt und einer die Bücher macht.«

»Es wird schon auch so einen Sinn haben, auch wenn Sie es nicht wissen«, murmelte der Doktor selbstgefällig.

»Ich muß schon sagen.«

»Saufen. Stänkern. Das ist alles, was Sie können.«

»Hören Sie mir bloß auf. Hören Sie auf.«

»Eine Schande ist das, nicht zu sagen.«

»Den Seinen gibts der Herr wohl im Schlaf.«

»Da schau an. Aber es wird Sie noch reuen.«

»Lang geht das nicht mehr, ist alles zu lang gegangen.«

»Kommt eine Zeit, kommt ein Rat.«

»Ich glaube, mich beißt was.«

»Ich geb keinen roten Heller für Sie.«

»Zu nachtschlafner Zeit und am hellichten Tag.«

»Rutschen Sie mir den Buckel herunter.«

»Sie haben die Weisheit wohl mit dem Löffel gefressen.«

Der Doktor schleifte den Mann, der sich wehrte, zu dem Tisch zurück. Der Ober, der hinzugekommen war, gab sich den Anschein mitzuhelfen und flüsterte: »Tun Sie ihn mir weg, Herr Doktor.«

»Franz, zahlen«, sagte Reiter scharf, der es gehört hatte. »Nein, anschreiben.«

»Ich zahle alles«, sagte der Doktor und drückte Reiter auf einen Sessel am Tisch.

»Sehen Sie den Tisch dort drüben, am Fenster?« fragte der Mann aufgeregt. »Sehen Sie, Herr Doktor, dort unter dem Tisch ist es gelegen im Dunkeln, das Buch, mit dem es angefangen hat. Dort war meine Hand im Dunkeln und hat danach gegriffen, hat sich verbrannt. Da – meine Hand tut mir noch weh davon. Da – meine Augen, mein Kopf. Diese

Schmerzen. Dort ist es geschehen. Ist das ein besonderer Ort? Nein, ein so beliebiger Ort. Aber an jedem beliebigen Ort, in einer beliebigen Stunde geschieht so etwas, fängt es an. Ich weiß nicht, was es für Sie sein wird, Herr Doktor. Für Sie wird an einem anderen Ort, in einer anderen Stunde etwas geschehen. Dann werden Sie leiden, schreien in der Nacht, nicht mehr aus und ein wissen und nie mehr leben können wie vorher. Und fragen werden Sie, fragen, daß tausend milde flockige feuchte Antworten nicht genug fallen werden in diese einzige brennende Frage ... Ich lade Sie ein. Seien Sie nicht fad, lade Sie ein, weil Sie so gut beisammen sind und so gut aus der Wäsche schauen. Trinken Sie noch eins mit mir, Genosse Doktor, lieber Genosse, Sie sind ein feiner Kerl. Sie würden mit uns auf die Barrikaden kommen, wenn es um die Wurst geht, aber da ist noch eine andre Barrikade. Wer steht da schon? Schaut! Bin ich das vielleicht? Wie kommen wir denn zusammen, Herrschaften, wir, denen es um den Wurstzipfel geht, und wir, denen es um den Gedanken über die ganze Wurst geht und die allergrößten Gedanken über uns und die Wurst. Schöne Wolke, die vorüberzieht ... Was für ein Geschrei ist das in der Nacht!«

Die Leiche des Andreas Reiter, 35 Jahre alt, Schweißer bei den Stadtwerken, der sich über die Floridsdorfer Brücke in die Donau gestürzt und das Genick gebrochen hatte, wurde am anderen Tag am Ufer in der Höhe von Jedlesee angeschwemmt. Der Unglückliche hatte in einem Anfall von Schwermut gehandelt, da seine Frau kurz zuvor an Tuberkulose gestorben war und ihn mit zwei minderjährigen Kindern zurückgelassen hatte.
Die Kapelle der Arbeiter seines Bezirks spielte am Grab »Ruhe sanft« und »Ich hatt' einen Kameraden«.
Der Doktor entfernte sich, in Begleitung des Ober Franz, als erster vom Friedhof. »Ich hatt' einen Kameraden«, sag-

te er laut und entrüstet. »Das ist der reine Hohn!« Der Ober sah ihn von der Seite an und schwieg. »Wenn man weiß, was ich weiß«, murmelte der Doktor ohne Erklärung. Dann sagte er wieder laut: »Aber doch, wenn man weiß, was ich weiß, dann stimmt es. Wenn man es genau nimmt, stimmt es wieder.«

»Meine Verehrung«, sagte der Ober und verabschiedete sich.

[Der Hinkende]

Fragment

Gott allein weiß, warum ich hinke. Nie konnte ich in Erfahrung bringen, ob mein rechtes Bein schon seit meiner Geburt beträchtlich kürzer ist als mein linkes oder ob es erst später, in meinen ersten Jahren, ein Unfall oder eine Krankheit war, die das bewirkte.

Seit langem schon erzähle ich gerne, daß meine Eltern einen Autozusammenstoß gehabt hätten, als sie mich auf einer Geschäftsreise von Paris nach Madrid mitnahmen, daß sie selbst nur leicht verwundet wurden, ich jedoch dabei eine so schwere Verletzung erfahren habe, daß auch die Kunst hervorragender Ärzte mir nicht mehr helfen konnte.

Aus dieser Geschichte kann mancher auf eine sehr beiläufige Weise heraushören, daß ich der Sohn wohlhabender Leute gewesen sein muß und daß das Leben mir erst später schlimm mitgespielt habe.

Manchmal erregt es mich, wenn ich diese Geschichte für mich ausspinne und der verlorenen und versäumten Zeit denke, die an mir vorbeigegangen ist und immer wieder verloren und versäumt an mir vorbeigehen wird. Dann geschieht es, daß die Telephonzentrale, in der ich von früh morgens bis spät abends sitze, um den Hörer abzuheben und die Verbindung zu den angeschlossenen Apparaten herzustellen, sich in eine Gruft verwandelt, aus der ich keinen Ausstieg finde – und in meiner Brieftasche sammeln sich die Lohnstreifen wie Totenscheine, die man Monat für Monat auf meinen Namen ausstellt, ohne mich zu fragen, ob mir die Luft nicht am Ende noch für einen Atem Nahrung gibt, für eine Hoffnung, die mich hinausführt auf die Straße, in die Sonne, unter die Menschen, in deren Lachen und Weinen. Vielleicht ist da noch Hoffnung auf einen Morgen, auf Wolken, die wie reife Trauben aneinanderhängen und aus denen, gekeltert, die Süße ganz verwunschener Zeiten aus dem Himmel strömt. Vielleicht ist da noch Hoffnung, daß man leicht werden und fliegen könnte, daß die Füße von einem abfielen, daß dieses schwere, schleppende Bein abfiele, mit dem man ans Kreuz der Ohnmacht geschlagen ist!

Doch ich brauche diese Hoffnung nicht. In meinem sauberen und komfortablen Grab fühle ich mich ausgezeichnet. Nur manchmal wird es mir eben zuviel. »Ich verbinde«, »Warten Sie, bitte!«, »Die Klappe ist besetzt«, »Ich verbinde«. – Diesen Text habe ich gut gelernt; ich kann ihn fehlerlos. Ich verbinde selbst im Traum: ich verbinde feurige Pferde, auf denen ich über Telephonschnüre springe, mit morastenen Erdlöchern, in denen ich als riesige Telephonnummer liege und immer wieder meinen Namen sagen muß. »R 27 303«, »Ich verbinde«, »R 27 303«. Ich verbinde diese riesige Nummer, die ich selbst bin, mit den nackten Würmern und dem springlebendigen Getier unter dem verhärteten Schlamm, auf den mein Kopf zu liegen kommt. »R 27 303«, »Warten Sie, bitte«, »Ich verbinde«, »Die Klappe ist besetzt«.

Aber morgens habe ich nahezu immer alles vergessen – ausgenommen den Text, und das ist gut, denn ich brauche diesen Text; ich darf ihn nicht vergessen. Dieser Text ist mein Brot.

Aber ich wollte eigentlich von etwas anderem sprechen – von diesem Tag im vergangenen Frühling, als ich nicht mehr aus und ein wußte vor Sorgen. Damals lief ich Gefahr, meine Stelle in der Telephonzentrale zu verlieren, denn es gab einen Kriegsverletzten, einen Amputierten, der sich die Freundschaft des Direktors erworben hatte oder schon des längeren besaß. Ich weiß, daß dieser Mann einen Verdienst brauchte, aber ich brauchte ihn eben auch, und es war nicht meine Schuld, daß ich mein Bein nicht im Krieg verloren hatte, nein, es war nicht meine Schuld. Ich hätte es gerne verloren; es gibt vielleicht nichts, das ich lieber verloren hätte als dieses Bein, das so wenig taugt. Ich habe immerzu verloren, immerzu, woran ich mein Herz hängte: vor Kriegsende den kleinen schmutzigen Hund, der mir zulief und mich zwei Tage und Nächte durch das halbe Land begleitete, als wüßte er, wie notwendig mir seine Nähe war, und der ein klügeres Gesicht machen konnte als die meisten Menschen; oder das große, bis zum Boden reichende Fenster meiner alten Wohnung, durch das ganz betrunkene Schatten und sprechende Gesichter kamen und mich trösteten, wenn ich mich beim Einschlag der Bomben nicht mehr retten konnte wie die anderen; und zuletzt Annas Freundschaft.

Aber daran will ich gar nicht denken.

Ich kannte sie erst kurze Zeit. Eines Tags zog sie in das kleine verwahrloste Hotel, in dem ich noch heute wohne – in das Zimmer, das neben meinem liegt. Und eines anderen Tags grüßten wir einander auf der Treppe. Wieder eines anderen Tags kam sie auf mich zu und bat mich, den Kurzschluß an ihrer Lampe zu beheben. Oh, ich weiß, wie man schadhafte Drähte verkürzt, wie man einen gestörten Kontakt wiederherstellt! Ich ließ mich nicht lange bitten, sondern machte mich gleich an die Arbeit.

Im dunklen Zimmer leuchtete sie mir mit einer Taschenlampe. Wenn ich mich umwandte, blendete mich das Licht, und Annas Gesicht war nicht auszunehmen. Aber der Schatten ihres Kopfes hing wie ein überlebensgroßes Plakat an der Wand dahinter. Ich sah Anna nicht an, aber ich blickte noch einige Male diesen Schatten an, aus dem sie, groß und unübersehbar, auf mich zukam.

Als ich ging, dankte sie mir mit herzlichen Worten. »Ich habe zu danken«, murmelte ich, und ich fürchtete, sie könnte es verstehen.

Am Wochenende schlug sie mir vor, sie auf einem Spaziergang ins Grüne zu begleiten. Ich war wie betäubt von dieser Zumutung.
»Ausgezeichnet«, sagte ich. »Ausgezeichnet! Wir gehen ins Grüne! Wir gehen ins Grüne und lassen mein Bein zu Hause. Mein Bein fühlt sich nämlich nicht sehr wohl.«
Ich hieb mir, um meinen Worten Nachdruck zu verleihen, mit der Hand auf den Schenkel. – Natürlich hatte ich keine Schmerzen. Ich habe überhaupt nie Schmerzen. Aber sie sollte wissen, daß alles nicht so einfach war, wie sie es haben wollte.
Anna sah mein Bein gar nicht an. Mir fiel auf, daß sie überhaupt noch nie davon Notiz genommen hatte. Sie sah nicht einmal mich an, sondern blickte an mir vorbei aus dem Fenster.
Wir gingen nicht ins Grüne; auch später nicht. Aber abends klopfte ich immer an ihre Zimmertür. Manchmal öffnete sie und ließ mich ein. Stundenlang saß ich in dem großen Lehnstuhl, der bei jeder Bewegung ächzte und zusammenzubrechen drohte, und erzählte ihr, was tagsüber vorgefallen war: daß der Direktor meinen Lohn erhöhen wolle, daß aber, aus verschiedenen Gründen, nicht so bald damit zu rechnen sei; daß neue Sparmaßnahmen zu erwarten seien, daß einer der Angestellten des Diebstahls beschuldigt worden sei und daß meine Straßenbahn, als ich nach Hause fuhr, ein Lastauto gestreift und leicht beschädigt hätte.
Ich erzählte gerne und viel, aber ich hütete mich, von mir zu sprechen. Als ich es dennoch unternahm, unterlief mir ein Fehler. Anna war übrigens nicht ohne Schuld.
»Ist *das* schon lange her?« fragte sie unvermittelt. Augenblicklich wußte ich, daß sie mein Bein meinte und alles, alles, was damit zusammenhängt. Als ich zögernd zu sprechen anfing, merkte ich, daß ich ihr meine alte Geschichte nicht erzählen konnte. Ich frage mich, warum ich das

glaubte, und ich weiß keine Antwort darauf. Jedenfalls mußte ich also an Ort und Stelle eine neue erfinden. Sie gelang ganz gut, und es geht daher zu weit, wenn ich sage, daß mir ein Fehler unterlief.

Ich berichtete trocken und nüchtern, daß meine Mutter, bald nach meiner Geburt, gestorben sei – mein Vater habe sie schon zuvor verlassen. Ich berichtete weiter, ohne nachdenken zu müssen, vom Leben im Waisenhaus und von der Schule; ich flocht glaubwürdige Anekdoten ein, und dann kam ich zum Eigentlichen: »Ich wollte Schauspieler werden«, sagte ich mit erhobener Stimme. »Ich wollte etwas Großes. Ich wollte nicht nur – ich wußte, daß ich etwas Großes vollbringen könnte. Aber das verstehst du nicht. Ich hatte nicht so lange Zeit und nicht soviel Geld wie die anderen. Meine Ausbildung war mangelhaft, aber ich wollte etwas Großes, ich wollte es blindlings und unbeirrbar, und ich wurde engagiert.«

Ich machte eine Pause und sah sie an. Sie hatte die Knie emporgezogen, die Arme darum geschlungen und stützte das Kinn auf den Rücken einer Hand. Sie schien zu schlafen. Ich stand auf und gab vor, erzürnt zu sein. »Ich kann auch gehen«, sagte ich drohend. Neben mir lag der umgestürzte Lehnstuhl, und ich bückte mich jetzt, um ihn aufzustellen und ihm das herausgebrochene Bein wieder einzusetzen. Anna rührte sich nicht; sie schlug nur ihre Augen auf und sah mich an, nichtssagend und dumm, schien es mir, und wartete ruhig, bis ich den Stuhl wieder instand gesetzt hatte.

Nun wurde ich wirklich zornig; ihre Dummheit und Teilnahmslosigkeit rissen mich dazu hin. »Ich wurde für die Hauptrolle engagiert«, schrie ich außer mir. »Im zweiten Akt hatte ich aus dem Fenster meiner Geliebten zu springen. Auf der Generalprobe sprang ich, wie immer, und diesmal stürzte ich, ja, und das war das Ende. Das war das Ende . . .«

Ich schrie nicht mehr, sondern streckte ruhig mein Bein vor und schaute dann die Wand an, aus der kein Schatten mehr auf mich zukam, um sich an meine Brust zu lehnen. Ich wollte gleich gehen, aber plötzlich fand ich mich ganz nah neben Anna, ich schlang den Arm um sie und gab mein Gesicht an das ihre.

»Als Kind habe ich versucht, mich zu rächen«, sagte ich, und mein Atem feuchtete ihre Wangen.

»Zu rächen . . .?« fragte sie.

»Ich habe einer Katze mit einem großen, scharfen Messer die Beine abgeschnitten, einer ganz kleinen, blutjungen Katze. Dann trug ich sie den langen Weg zum Fluß hinunter und warf sie ins Wasser. Ich hörte sie schreien, noch als sie im Wasser trieb. Es war, als schrie das Wasser. Ja, das Wasser schrie noch lang, es schrie, bis es Abend wurde, und ich lag am Ufer und zählte die Schreie.«

Anna wurde so blaß, daß ihr Gesicht kleiner zu werden schien; nur ihre Lippen traten, zusehends, röter und voller hervor. Sie ließ sich ohne Widerstand küssen.

2 Das dreißigste Jahr

Jugend in einer österreichischen Stadt

An schönen Oktobertagen kann man, von der Radetzkystraße kommend, neben dem Stadttheater eine Baumgruppe in der Sonne sehen. Der erste Baum, der vor jenen dunkelroten Kirschbäumen steht, die keine Früchte bringen, ist so entflammt vom Herbst, ein so unmäßiger goldner Fleck, daß er aussieht, als wäre er eine Fackel, die ein Engel fallen gelassen hat. Und nun brennt er, und Herbstwind und Frost können ihn nicht zum Erlöschen bringen.
Wer möchte drum zu mir reden von Blätterfall und vom weißen Tod, angesichts dieses Baums, wer mich hindern, ihn mit Augen zu halten und zu glauben, daß er mir immer leuchten wird wie in dieser Stunde und daß das Gesetz der Welt nicht auf ihm liegt?
In seinem Licht ist jetzt auch die Stadt wieder zu erkennen, mit blassen genesenden Häusern unter dunklen Ziegelschöpfen, und der Kanal, der vom See hin und wieder ein Boot hineinträgt, das in ihrem Herzen anlegt. Wohl ist der Hafen tot, seit die Frachten schneller von Zügen und auf Lastwagen in die Stadt gebracht werden, aber von dem hohen Kai fallen noch Blüten und Obst hinunter aufs vertümpelte Wasser, der Schnee stürzt ab von den Ästen, das Tauwasser läuft lärmend hinunter, und dann schwillt er gern noch einmal an und hebt eine Welle und mit der Welle ein Schiff, dessen buntes Segel bei unserer Ankunft gesetzt wurde.
In diese Stadt ist man selten aus einer anderen Stadt gezogen, weil ihre Verlockungen zu gering waren; man ist aus den Dörfern gekommen, weil die Höfe zu klein wurden, und hat am Stadtrand eine Unterkunft gesucht, wo sie am billigsten war. Dort waren auch noch Felder und Schotter-

gruben, die großen Gärtnereien und die Bauplätze, auf denen jahrelang Rüben, Kraut und Bohnen, das Brot der ärmsten Siedler, geerntet wurden. Diese Siedler hoben ihre Keller selbst aus. Sie standen im Grundwasser. Sie zimmerten ihre Dachbalken selbst an den kurzen Abenden zwischen Frühling und Herbst und weiß Gott, ob sie ein Richtfest gesehen haben vor ihrem Absterben.
Ihren Kindern kam es darauf nicht an, denn die wurden schon eingeweiht in die unbeständigen Gerüche der Ferne, wenn die Kartoffelfeuer brannten und die Zigeuner sich, flüchtig und fremdsprachig, niederließen im Niemandsland zwischen Friedhof und Flugplatz.

In dem Mietshaus in der Durchlaßstraße müssen die Kinder die Schuhe ausziehen und in Strümpfen spielen, weil sie über dem Hausherrn wohnen. Sie dürfen nur flüstern und werden sich das Flüstern nicht mehr abgewöhnen in diesem Leben. In der Schule sagen die Lehrer zu ihnen: Schlagen sollte man euch, bis ihr den Mund auftut. Schlagen ... Zwischen dem Vorwurf, zu laut zu sein, und dem Vorwurf, zu leise zu sein, richten sie sich schweigend ein.
Die Durchlaßstraße hat ihren Namen nicht von dem Spiel, in dem die Räuber durchmarschieren, aber die Kinder dachten lange, das wäre so. Erst später, als die Beine sie weiter trugen, haben sie den Durchlaß gesehen, die kleine Unterführung, über die der Zug nach Wien fährt. Hier mußten die Neugierigen hindurch, die zum Flugfeld wollten, über die Felder, quer durch die Herbststickereien. Jemand ist auf die Idee gekommen, den Flugplatz neben den Friedhof zu legen, und die Leute in K. meinten, es sei günstig für die Beerdigung der Piloten, die eine Zeitlang Übungsflüge machten. Die Piloten taten niemand den Gefallen, abzustürzen. Die Kinder brüllten immer: Ein Flieger! Ein Flieger! Sie hoben ihnen die Arme entgegen, als

wollten sie sie einfangen, und starrten in den Wolkenzoo, in dem sich die Flieger zwischen Tierköpfen und Larven bewegten.
Die Kinder lösen von den Schokoladetafeln das Silberpapier und flöten darauf ›Das Maria Saaler G'läut‹. Die Kinder lassen sich in der Schule von einer Ärztin den Kopf nach Läusen absuchen. Die Kinder wissen nicht, wieviel es geschlagen hat, denn die Uhr auf der Stadtpfarrkirche ist stehengeblieben. Sie kommen immer zu spät von der Schule heim. Die Kinder! (Sie wissen zur Not, wie sie heißen, aber sie horchen nur auf, wenn man sie »Kinder« ruft.)
Aufgaben: Unter- und Oberlängen, steilschriftig, Übungen im Horizontgewinn und Traumverlust, auswendig Gelerntes auf Gedächtnisstützen. In der Ausdünstung von Ölböden, von ein paar Hundert Kinderleben, Zwergenmänteln, verbranntem Radiergummi, zwischen Tränen und Tadel, Eckenstehen, Knien und unstillbarem Schwätzen sind zu leisten: ein Alphabet und das Einmaleins, eine Rechtschreibung und zehn Gebote.
Die Kinder legen alte Worte ab und neue an. Sie hören vom Berg Sinai und sie sehen den Ulrichsberg mit seinen Rübenfeldern, Lärchen und Fichten, von Zeder und Dornbusch verwirrt, und sie essen Sauerampfer und nagen die Maiskolben ab, eh sie hart und reif werden, oder tragen sie nach Hause, um sie auf der Holzglut zu rösten. Die nackten Kolben verschwinden in der Holzkiste und werden zum Unterzünden verwendet, und Zeder und Ölbaum wurden nachgelegt, schwelten darauf, wärmten aus der Ferne und warfen Schatten auf die Wand.
Zeit der Trophäen, Zeit der Weihnachten, ohne Blick voraus, ohne Blick zurück, Zeit der Kürbisnächte, der Geister und Schrecken ohne Ende. Im Guten, im Bösen: hoffnungslos.
Die Kinder haben keine Zukunft. Sie fürchten sich vor der ganzen Welt. Sie machen sich kein Bild von ihr, nur von

dem Hüben und Drüben, denn es läßt sich mit Kreidestrichen begrenzen. Sie hüpfen auf einem Bein in die Hölle und springen mit beiden Beinen in den Himmel.
Eines Tages ziehen die Kinder um in die Henselstraße. In ein Haus ohne Hausherr, in eine Siedlung, die unter Hypotheken zahm und engherzig ausgekrochen ist. Sie wohnen zwei Straßen weit von der Beethovenstraße, in der alle Häuser geräumig und zentralgeheizt sind, und eine Straße weit von der Radetzkystraße, durch die, elektrischrot und großmäulig, die Straßenbahn fährt. Sie sind Besitzer eines Gartens geworden, in dem vorne Rosen gepflanzt werden und hinten kleine Apfelbäume und Ribiselsträucher. Die Bäume sind nicht größer als sie selber, und sie sollen miteinander groß werden. Sie haben links eine Nachbarschaft mit Boxerhund und rechts Kinder, die Bananen essen, Reck und Ringe im Garten aufgemacht haben und schwingend den Tag verbringen. Sie freunden sich mit dem Hund Ali an und rivalisieren mit den Nachbarskindern, die alles besser können und besser wissen.
Noch lieber sind sie unter sich, nisten sich auf dem Dachboden ein und schreien manchmal laut im Versteck, um ihre verkrüppelten Stimmen auszuprobieren. Sie stoßen leise kleine Rebellenschreie vor Spinnennetzen aus.
Der Keller ist ihnen verleidet von Mäusen und vom Äpfelgeruch. Jeden Tag hinuntergehen, die faulen Bluter heraussuchen, ausschneiden und essen! Weil der Tag nie kommt, an dem alle faulen Äpfel gegessen sind, weil immer Äpfel nachfaulen und nichts weggeworfen werden darf, hungert sie nach einer fremden verbotenen Frucht. Sie mögen die Äpfel nicht, die Verwandten und die Sonntage, an denen sie auf dem Kreuzberg über dem Haus spazierengehen müssen, Blumen bestimmend, Vögel bestimmend.
Im Sommer blinzeln die Kinder durch grüne Läden in die Sonne, im Winter bauen sie einen Schneemann und stekken ihm Kohlenstücke an Augenstatt. Sie lernen Franzö-

sisch. Madeleine est une petite fille. Elle est à la fenêtre. Elle regarde la rue. Sie spielen Klavier. Das Champagnerlied. Des Sommers letzte Rose. Frühlingsrauschen.
Sie buchstabieren nicht mehr. Sie lesen Zeitungen, aus denen der Lustmörder entspringt. Er wird zum Schatten, den die Bäume in der Dämmerung werfen, wenn man von der Religionsstunde heimkommt, und er ruft das Geräusch des bewegten Flieders längs der Vorgärten hervor; die Schneeballbüsche und der Phlox teilen sich und geben einen Augenblick lang seine Gestalt preis. Sie fühlen den Griff des Würgers, das Geheimnis, das sich im Wort Lust verbirgt und das mehr zu fürchten ist als der Mörder.
Die Kinder lesen sich die Augen wund. Sie sind übernächtig, weil sie abends zu lang im wilden Kurdistan waren oder bei den Goldgräbern in Alaska. Sie liegen auf der Lauer bei einem Liebesdialog und möchten ein Wörterbuch haben für die unverständliche Sprache. Sie zerbrechen sich den Kopf über ihre Körper und einen nächtlichen Streit im Elternzimmer. Sie lachen bei jeder Gelegenheit, sie können sich kaum halten und fallen von der Bank vor Lachen, stehen auf und lachen weiter, bis sie Krämpfe bekommen.
Der Lustmörder wird aber bald in einem Dorf gefunden, im Rosental, in einem Schuppen, mit Heufransen und dem grauen Fotonebel im Gesicht, der ihn für immer unerkennbar macht, nicht nur in der Morgenzeitung.
Es ist kein Geld im Haus. Keine Münze fällt mehr ins Sparschwein. Vor Kindern spricht man nur in Andeutungen. Sie können nicht erraten, daß das Land im Begriff ist, sich zu verkaufen und den Himmel dazu, an dem alle ziehen, bis er zerreißt und ein schwarzes Loch freigibt.
Bei Tisch sitzen die Kinder still da, kauen lang an einem Bissen, während es im Radio gewittert und die Stimme des Nachrichtensprechers wie ein Kugelblitz in der Küche her-

umfährt und verendet, wo der Kochdeckel sich erschrocken über den zerplatzten Kartoffeln hebt. Die Lichtleitung wird unterbrochen. Auf den Straßen ziehen Kolonnen von Marschierenden. Die Fahnen schlagen über den Köpfen zusammen. ». . .bis alles in Scherben fällt«, so wird gesungen draußen. Das Zeitzeichen ertönt, und die Kinder gehen dazu über, sich mit geübten Fingern stumme Nachrichten zu geben.

Die Kinder sind verliebt und wissen nicht in wen. Sie kauderwelschen, spintisieren sich in eine unbestimmbare Blässe, und wenn sie nicht mehr weiterwissen, erfinden sie eine Sprache, die sie toll macht. Mein Fisch. Meine Angel. Mein Fuchs. Meine Falle. Mein Feuer. Du mein Wasser. Du meine Welle. Meine Erdung. Du mein Wenn. Und du mein Aber. Entweder. Oder. Mein Alles . . . mein Alles . . . Sie stoßen einander, gehen mit Fäusten aufeinander los und balgen sich um ein Gegenwort, das es nicht gibt.

Es ist nichts. Diese Kinder!

Sie fiebern, sie erbrechen sich, haben Schüttelfrost, Angina, Keuchhusten, Masern, Scharlach, sie sind in der Krise, sind aufgegeben, sie hängen zwischen Tod und Leben, und eines Tages liegen sie fühllos und morsch da, mit neuen Gedanken über Alles. Man sagt ihnen, daß der Krieg ausgebrochen ist.

Noch einige Winter lang, bis die Bomben sein Eis hochjagen, kann man auf dem Teich unter dem Kreuzberg schlittschuhlaufen. Der feine Glasboden in der Mitte ist den Mädchen in den Glockenröcken vorbehalten, die Innenbogen, Außenbogen und Achter fahren; der Streifen rundherum gehört den Schnelläufern. In der Wärmestube ziehen die größeren Burschen den größeren Mädchen die Schlittschuhe an und berühren mit den Ohrenschützern das schwanenhalsige Leder über mageren Beinen. Man muß angeschraubte Kufen haben, um für voll zu gelten, und wer, wie die Kinder, nur einen Holzschlittschuh mit

Riemen hat, weicht in die verwehten Teichecken aus oder schaut zu.

Am Abend, wenn die Läufer und Läuferinnen aus den Schuhen geschlüpft sind, sie über die Schultern hängen haben und abschiednehmend auf die Holztribüne treten, wenn alle Gesichter, frisch und jungen Monden gleich, durch die Dämmerung scheinen, gehen die Lichter an unter den Schneeschirmen. Die Lautsprecher werden aufgedreht, und die sechzehnjährigen Zwillinge, die stadtbekannt sind, kommen die Holzstiege hinunter, er in blauen Hosen und weißem Pullover und sie in einem blauen Nichts über dem fleischfarbenen Trikot. Sie warten gelassen den Auftakt ab, eh sie von der vorletzten Stufe – sie mit einem Flügelschlag und er mit dem Sprung eines herrlichen Schwimmers – auf das Eis hinausstürzen und mit ein paar tiefen, kraftvollen Zügen die Mitte erreichen. Dort setzt sie zur ersten Figur an, und er hält ihr einen Reifen aus Licht, durch den sie, umnebelt, springt, während die Grammophonnadel zu kratzen beginnt und die Musik zerscharrt. Die alten Herren weiten unter bereiften Brauen die Augen, und der Mann mit der Schneeschaufel, der die Langlaufbahn um den Teich kehrt, mit seinen von Lumpen umwickelten Füßen, stützt sein Kinn auf den Schaufelstiel und folgt den Schritten des Mädchens, als führten sie in die Ewigkeit.

Die Kinder kommen noch einmal ins Staunen: die nächsten Christbäume fallen wirklich vom Himmel. Feurig. Und das Geschenk, das sie dazu nicht erwartet haben, ist für die Kinder mehr freie Zeit.

Sie dürfen bei Alarm die Hefte liegen lassen und in den Bunker gehen. Später dürfen sie Süßigkeiten für die Verwundeten sparen oder Socken stricken und Bastkörbe flechten für die Soldaten, für die auf der Erde, in der Luft und im Wasser. Und derer gedenken, in einem Aufsatz, unter der Erde und auf dem Grund. Und noch später dürfen sie Laufgräben ausheben zwischen dem Friedhof und dem Flugfeld, das dem Friedhof schon Ehre macht. Sie dürfen ihr Latein vergessen und die Motorengeräusche am Himmel unterscheiden lernen. Sie müssen sich nicht mehr so oft waschen; um die Fingernägel kümmert sich niemand mehr. Die Kinder flicken ihre Sprungseile, weil es keine neuen mehr gibt, und unterhalten sich über Zeitzünder und Tellerbomben. Die Kinder spielen ›Laßt die Räuber durchmarschieren‹ in den Ruinen, aber manchmal hocken sie nur da, starren vor sich hin und hören nicht mehr drauf, wenn man sie »Kinder« ruft. Es gibt genug Scherben für Himmel und Hölle, aber die Kinder schlottern, weil sie durchnäßt sind und frieren.

Kinder sterben, und die Kinder lernen die Jahreszahlen von den Siebenjährigen und Dreißigjährigen Kriegen, und es wäre ihnen gleich, wenn sie alle Feindschaften durcheinanderbrächten, den Anlaß und die Ursache, für deren genaue Unterscheidung man in der Geschichtsstunde eine gute Note bekommen kann.

Sie begraben den Hund Ali und dann seine Herrschaft. Die Zeit der Andeutungen ist zu Ende. Man spricht vor ihnen von Genickschüssen, vom Hängen, Liquidieren, Sprengen, und was sie nicht hören und sehen, riechen sie, wie sie die Toten von St. Ruprecht riechen, die man nicht ausgraben kann, weil das Kino darübergefallen ist, in das sie heimlich gegangen sind, um die ›Romanze in Moll‹ zu sehen. Jugendliche waren nicht zugelassen, aber dann waren sie es doch, zu dem großen Sterben und Morden ein paar Tage später und alle Tage danach.

Es ist nie mehr Licht im Haus. Kein Glas im Fenster. Keine Tür in der Angel. Niemand rührt sich und niemand erhebt sich.

Die Glan fließt nicht aufwärts und abwärts. Der kleine Fluß steht, und das Schloß Zigulln steht und erhebt sich nicht.

Der heilige Georg steht auf dem Neuen Platz, steht mit der Keule, und erschlägt den Lindwurm nicht. Daneben die Kaiserin steht und erhebt sich nicht.
O Stadt. Stadt. Ligusterstadt, aus der alle Wurzeln hängen. Kein Licht und kein Brot sind im Haus. Zu den Kindern gesagt: Still, seid still vor allem.
In diesen Mauern, zwischen den Ringstraßen, wieviel Mauern sind da noch? Der Vogel Wunderbar, lebt er noch? Er hat geschwiegen sieben Jahr. Sieben Jahr sind um. Du mein Ort, du kein Ort, über Wolken, unter Karst, unter Nacht, über Tag, meine Stadt und mein Fluß. Ich deine Welle, du meine Erdung.
Stadt mit dem Viktringerring und St. Veiterring ... Alle Ringstraßen sollen genannt sein mit ihren Namen wie die großen Sternstraßen, die auch nicht größer waren für Kinder, und alle Gassen, die Burggasse und die Getreidegasse, ja, so hießen sie, die Paradeisergasse, die Plätze nicht zu vergessen, der Heuplatz und der Heilige-Geist-Platz, damit hier alles genannt ist, ein für allemal, damit alle Plätze genannt sind. Welle und Erdung.
Und eines Tages stellt den Kindern niemand mehr ein Zeugnis aus, und sie können gehen. Sie werden aufgefordert, ins Leben zu treten. Der Frühling kommt nieder mit klaren wütenden Wassern und gebiert einen Halm. Man braucht den Kindern nicht mehr zu sagen, daß Frieden ist. Sie gehen fort, die Hände in ausgefransten Taschen und mit einem Pfiff, der sie selber warnen soll.

Weil ich, in jener Zeit, an jenem Ort, unter Kindern war und wir neuen Platz gemacht haben, gebe ich die Henselstraße preis, auch den Blick auf den Kreuzberg, und nehme zu Zeugen all die Fichten, die Häher und das beredte Laub. Und weil mir zum Bewußtsein kam, daß der Wirt keinen Groschen mehr für eine leere Siphonflasche gibt und für mich auch keine Limonade mehr ausschenkt, überlasse ich anderen den Weg durch die Durchlaßstraße und ziehe den Mantelkragen höher, wenn ich sie blicklos überquere, um hinaus zu den Gräbern zu kommen, ein Durchreisender, dem niemand seine Herkunft ansieht. Wo die Stadt aufhört, wo die Gruben sind, wo die Siebe voll Geröllresten stehen und der Sand zu singen aufgehört hat, kann man sich niederlassen einen Augenblick und das Gesicht in die Hände geben. Man weiß dann, daß alles war, wie es war, daß alles ist, wie es ist, und verzichtet, einen Grund zu suchen für alles. Denn da ist kein Stab, der dich berührt, keine Verwandlung. Die Linden und der Holunderstrauch ...? Nichts rührt dir ans Herz. Kein Gefälle früher Zeit, kein erstandenes Haus. Und nicht der Turm von Zigulln, die zwei gefangenen Bären, die Teiche, die Rosen, die Gärten voll Goldregen. Im bewegungslosen Erinnern, vor der Abreise, vor allen Abreisen, was soll uns aufgehen? Das Wenigste ist da, um uns einzuleuchten, und die Jugend gehört nicht dazu, auch die Stadt nicht, in der sie stattgehabt hat. Nur wenn der Baum vor dem Theater das Wunder tut, wenn die Fackel brennt, gelingt es mir, wie im Meer die Wasser, alles sich mischen zu sehen: die frühe Dunkelhaft mit den Flügen über Wolken in Weißglut; den Neuen Platz und seine törichten Denkmäler mit einem Blick auf Utopia; die Sirenen von damals mit dem Liftgeräusch in einem Hochhaus; die trockenen Marmeladebrote mit einem Stein, auf den ich gebissen habe am Atlantikstrand.

Das dreißigste Jahr

Wenn einer in sein dreißigstes Jahr geht, wird man nicht aufhören, ihn jung zu nennen. Er selber aber, obgleich er keine Veränderungen an sich entdecken kann, wird unsicher; ihm ist, als stünde es ihm nicht mehr zu, sich für jung auszugeben. Und eines Morgens wacht er auf, an einem Tag, den er vergessen wird, und liegt plötzlich da, ohne sich erheben zu können, getroffen von harten Lichtstrahlen und entblößt jeder Waffe und jeden Muts für den neuen Tag. Wenn er die Augen schließt, um sich zu schützen, sinkt er zurück und treibt ab in eine Ohnmacht, mitsamt jedem gelebten Augenblick. Er sinkt und sinkt, und der Schrei wird nicht laut (auch er ihm genommen, alles ihm genommen!), und er stürzt hinunter ins Bodenlose, bis ihm die Sinne schwinden, bis alles aufgelöst, ausgelöscht und vernichtet ist, was er zu sein glaubte. Wenn er das Bewußtsein wieder gewinnt, sich zitternd besinnt und wieder zur Gestalt wird, zur Person, die in Kürze aufstehen und in den Tag hinaus muß, entdeckt er in sich aber eine wundersame neue Fähigkeit. Die Fähigkeit, sich zu erinnern. Er erinnert sich nicht wie bisher, unverhofft oder weil er es wünschte, an dies und jenes, sondern mit einem schmerzhaften Zwang an alle seine Jahre, flächige und tiefe, und an alle Orte, die er eingenommen hat in den Jahren. Er wirft das Netz Erinnerung aus, wirft es über sich und zieht sich selbst, Erbeuter und Beute in einem, über die Zeitschwelle, die Ortschwelle, um zu sehen, wer er war und wer er geworden ist.

Denn bisher hat er einfach von einem Tag zum andern gelebt, hat jeden Tag etwas anderes versucht und ist ohne Arg gewesen. Er hat so viele Möglichkeiten für sich gese-

hen und er hat, zum Beispiel, gedacht, daß er alles mögliche werden könne:
Ein großer Mann, ein Leuchtfeuer, ein philosophischer Geist.
Oder ein tätiger, tüchtiger Mann; er sah sich beim Brükkenbau, beim Straßenbau, im Drillich, sah sich verschwitzt herumgehen im Gelände, das Land vermessen, aus einer Blechbüchse eine dicke Suppe löffeln, einen Schnaps trinken mit den Arbeitern, schweigend. Er verstand sich nicht auf viele Worte.
Oder ein Revolutionär, der den Brand an den vermorschten Holzboden der Gesellschaft legte; er sah sich feurig und beredt, zu jedem Wagnis aufgelegt. Er begeisterte, er war im Gefängnis, er litt, scheiterte und errang den ersten Sieg.
Oder ein Müßiggänger aus Weisheit – jeden Genuß suchend und nichts als Genuß, in der Musik, in Büchern, in alten Handschriften, in fernen Ländern, an Säulen gelehnt. Er hatte ja nur dieses eine Leben zu leben, dieses eine Ich zu verspielen, begierig nach Glück, nach Schönheit, geschaffen für Glück und süchtig nach jedem Glanz!
Mit den extremsten Gedanken und den fabelhaftesten Plänen hatte er sich darum jahrelang abgegeben, und weil er nichts war außer jung und gesund, und weil er noch so viel Zeit zu haben schien, hatte er zu jeder Gelegenheitsarbeit ja gesagt. Er gab Schülern Nachhilfestunden für ein warmes Essen, verkaufte Zeitungen, schaufelte Schnee für fünf Schilling die Stunde und studierte daneben die Vorsokratiker. Er konnte nicht wählerisch sein und ging darum zu einer Firma als Werkstudent, kündigte wieder, als er bei einer Zeitung unterkam; man ließ ihn Reportagen schreiben über einen neuen Zahnbohrer, über Zwillingsforschung, über die Restaurationsarbeiten am Stephansdom. Dann machte er sich eines Tages ohne Geld auf die Reise, hielt Autos an, benutzte Adressen, die ihm ein Bursche,

den er kaum kannte, von jemand Dritten gegeben hatte, blieb da und dort und zog weiter. Er trampte durch Europa, kehrte dann aber, einem plötzlichen Entschluß folgend, um, bereitete sich auf Prüfungen für einen nützlichen Beruf vor, den er aber nicht als seinen endgültigen ansehen wollte, und er bestand die Prüfungen. Bei jeder Gelegenheit hatte er ja gesagt zu einer Freundschaft, zu einer Liebe, zu einem Ansinnen, und all dies immer auf Probe, auf Abruf. Die Welt schien ihm kündbar, er selbst sich kündbar.

Nie hat er einen Augenblick befürchtet, daß der Vorhang, wie jetzt, aufgehen könne vor seinem dreißigsten Jahr, daß das Stichwort fallen könne für ihn, und er zeigen müsse eines Tages, was er wirklich zu denken und zu tun vermochte, und daß er eingestehen müsse, worauf es ihm wirklich ankomme. Nie hat er gedacht, daß von tausendundeiner Möglichkeit vielleicht schon tausend Möglichkeiten vertan und versäumt waren – oder daß er sie hatte versäumen müssen, weil nur eine für ihn galt.

Nie hat er bedacht . . .

Nichts hat er befürchtet.

Jetzt weiß er, daß auch er in der Falle ist.

Es ist ein regnerischer Juni, mit dem dieses Jahr beginnt. Früher ist er verliebt gewesen in diesen Monat, in dem er geboren ist, in den frühen Sommer, in sein Sternbild, in die Verheißung von Wärme und guten Einflüssen guter Gestirne.

Er ist nicht mehr verliebt in seinen Stern.

Und es wird ein warmer Juli.

Unruhe überfällt ihn. Er muß die Koffer packen, sein Zimmer, seine Umgebung, seine Vergangenheit kündigen. Er muß nicht nur verreisen, sondern weggehen. Er muß frei sein in diesem Jahr, alles aufgeben, den Ort, die vier Wän-

de und die Menschen wechseln. Er muß die alten Rechnungen begleichen, sich abmelden bei einem Gönner, bei der Polizei und der Stammtischrunde. Damit er alles los und ledig wird. Er muß nach Rom gehen, dorthin zurück, wo er am freiesten war, wo er vor Jahren sein Erwachen, das Erwachen seiner Augen, seiner Freude, seiner Maßstäbe und seiner Moral erlebt hat.
Sein Zimmer ist schon ausgeräumt, aber einiges liegt herum, von dem er nicht weiß, was damit geschehen soll: Bücher, Bilder, Prospekte von Küstenlandschaften, Stadtpläne und eine kleine Reproduktion, von der ihm nicht einfällt, woher er sie hat. ›L'espérance‹ heißt das Bild von Puvis de Chavannes, auf dem die Hoffnung, keusch und eckig, mit einem zaghaft grünenden Zweig in der Hand, auf einem weißen Tuch sitzt. Im Hintergrund hingetupft – einige schwarze Kreuze; in der Ferne – fest und plastisch, eine Ruine; über der Hoffnung – ein rosig verdämmernder Streif Himmel, denn es ist Abend, es ist spät, und die Nacht zieht sich zusammen. Obwohl die Nacht nicht auf dem Bild ist – sie wird kommen! Über das Bild der Hoffnung und die kindliche Hoffnung selbst wird sie hereinbrechen und sie wird diesen Zweig schwärzen und verdorren machen.
Aber das ist nur ein Bild. Er wirft es weg.
Dann liegt da noch ein feiner Seidenschal mit einem Riß, von Staub parfümiert. Ein paar Muscheln. Steine, die er aufgehoben hat, als er nicht allein übers Land ging. Eine vertrocknete Rose, die er, als sie frisch war, nicht weggeschickt hat. Briefe, die beginnen mit »Liebster«, »Mein Geliebter«, »Du, mein Du«, »Ach«. Und das Feuer frißt sie mit einem raschen »Ach« und rollt und bröckelt eine feine Aschenhaut. Er verbrennt die Briefe alle.
Er wird sich von den Menschen lösen, die um ihn sind, möglichst nicht zu neuen gehen. Er kann nicht mehr unter Menschen leben. Sie lähmen ihn, haben ihn sich zurecht-

gelegt nach eigenem Gutdünken. Man geht, sowie man eine Zeitlang an einem Ort ist, in zu vielen Gestalten, Gerüchtgestalten, um und hat immer weniger Recht, sich auf sich selbst zu berufen. Darum möchte er sich, von nun an und für immer, in seiner wirklichen Gestalt zeigen. Hier, wo er seit langem seßhaft ist, kann er nicht damit beginnen, aber dort wird er es tun, wo er frei sein wird.
Er kommt an und trifft in Rom auf die Gestalt, die er den anderen damals zurückgelassen hat. Sie wird ihm aufgezwungen wie eine Zwangsjacke. Er tobt, wehrt sich, schlägt um sich, bis er begreift und stiller wird. Man läßt ihm keine Freiheit, weil er sich erlaubt hat, früher und als er jünger war, hier anders gewesen zu sein. Er wird sich nie und nirgends mehr befreien können, von vorn beginnen können. So nicht. Er wartet ab.
Er trifft Moll wieder. Moll, dem immer geholfen werden mußte. Moll, der sonst an den Menschen zweifelte, Moll, der verlangt, daß man sich an ihm bewährt, Moll, dem er vor langer Zeit sein ganzes Geld geborgt hat, Moll, der auch Elena kannte ... Moll, jetzt im Glück, gibt ihm das Geld nicht zurück und ist deswegen schwierig im Umgang und leicht beleidigt. Moll, den er seinerzeit zu allen seinen Freunden gebracht hat, dem er alle Türen geöffnet hat, weil er so hilfsbedürftig war, hat sich inzwischen überall eingenistet und ihn in Verruf gebracht mit kleinen, fein dosierten Geschichten, nacherzählten, leicht gefälschten Äußerungen. Moll ruft täglich an und ist überall, wo er hingeht. Moll sorgt sich um ihn, erschleicht sich Bekenntnisse, die er an der nächsten Ecke an den Nächstbesten weitergibt, und nennt sich seinen Freund. Wo Moll nicht ist, ist Molls Schatten, riesig und bedrohlicher noch in den Gedanken und Phantasien. Moll ohne Ende. Molls Terror. Moll selbst aber ist um vieles kleiner, rächt sich nur erstaunlich geschickt dafür, daß er ihm etwas schuldig ist.
Dieses Jahr beginnt schlecht. Er wird inne, daß die Ge-

meinheit möglich ist und daß sie ihn erreichen kann, ja schon des öfteren ihm nahe gekommen ist, aber diesmal wirft sie sich mit Gewalt über ihn und erstickt ihn. Und es ist ihm plötzlich gewiß, daß diese Gemeinheit eine lange Geschichte haben, sich auswachsen und sein Leben durchziehen wird. Ihre Säure wird ihn immer wieder ätzen, ihn brennen, wenn er nicht mehr darauf gefaßt sein wird. Auf Moll war er nicht gefaßt.

Auf viele Moll muß er sich noch gefaßt machen, er kennt ihrer schon zu viele da und dort; erst jetzt begreift er an dem einen Moll, daß da nicht nur einer ist.

In diesem Jahr wird er irre und weiß nicht, ob er je Freunde hatte, ob er je geliebt worden ist. Ein Blitz beleuchtet alle seine Bindungen, alle Umstände, Abschiede, und er fühlt, daß er betrogen und verraten ist.

Er trifft Elena wieder. Elena, die ihm zu verstehen gibt, daß sie ihm verziehen hat. Er versucht, dankbar zu sein. Daß sie ihn erpreßt und bedroht hat, ohne Verstand in ihrer Wut war und seine Existenz vernichten wollte – und das ist erst wenige Jahre her –, begreift sie selbst kaum mehr. Sie ist zur Freundschaft bereit, liebenswürdig, spricht klug, nachsichtig, wehmütig, denn sie ist jetzt verheiratet. Er war damals kurze Zeit von ihr getrennt gewesen, hatte sie, wie er sich selbst zugab, aufs dümmste betrogen. An den Rest denkt er widerwillig: an ihre Rache, seine Flucht, seine Verluste, die Wiedergutmachungen, die Scham, auch die Reue, die erneute Werbung. Jetzt hat sie ein Kind, aber als er sie arglos danach fragt, gibt sie lächelnd und zögernd zu, daß sie eben damals, in der Zeit der Trennung, schwanger geworden sei. Sie scheint einen Augenblick lang bedrückt, nicht länger. Er staunt über ihre Ruhe, ihre Gelassenheit. Er denkt, empfindungslos und ohne Erregung, daß ihr Zorn damals also geheuchelt war, daß sie keinen Grund gehabt habe für ihre Selbstgerechtigkeit, kein Recht zu der Erpressung, die er hingenommen hatte, weil er allein sich schuldig glaubte. (Bisher meinte er, sie sei erst nach seiner Abreise, vielleicht um zu vergessen, zu einem anderen gegangen.) Er hat sich die ganze Zeit über schuldig geglaubt, und sie hatte ihn einfach an seine Schuld glauben lassen. Er atmet leise und nachdrücklich die Schuld aus und denkt: Ich bin schlecht beraten gewesen in meiner Verzweiflung. Aber ich bin jetzt noch schlechter beraten von meiner Klarsicht. Mir wird kalt. Ich hätte die Schuld lieber behalten.

Es ist Zerstörung im Gang. Ich werde von Glück reden können, wenn dieses Jahr mich nicht umbringt. Ich könnte die etruskischen Gräber besuchen, ein wenig in die Campagna fahren, in der Umgebung streunen.

Rom ist groß. Rom ist schön. Aber es ist unmöglich, hier nochmals zu leben. Wie überall mischen sich Halbfreunde unter die Freunde, und dein Freund Moll erträgt deinen Freund Moll nicht, und sie beide sind unnachsichtig gegen deinen dritten Freund Moll. Von allen Seiten wird auf die Wand gedrückt, hinter der du Schutz suchst. Obwohl du manchmal gewünscht und gebraucht wirst, selbst Zuneigung faßt und andere brauchst, sind alle Gesten heikel, und du kannst nicht mehr mit Kopfschmerzen herumgehen; sie werden sogleich als beleidigender Unmut ausgelegt. Du kannst nicht einen Brief ohne Antwort lassen, ohne des Hochmuts, der Indolenz bezichtigt zu werden. Du kannst dich bei keiner Verabredung mehr verspäten, ohne Zorn zu erregen.

Wie aber hat das bloß angefangen? Hat nicht vor Jahren schon die Unterdrückung, die Bevormundung durch die Netzwerke der Feindschaften und Freundschaften eingesetzt, bald nachdem er sich in die Händel der Gesellschaft hatte verstricken lassen. Hat er nicht, in seiner Mutlosigkeit, seither ein Doppelleben ausgebildet, ein Vielfachleben, um überhaupt noch leben zu können? Betrügt er nicht schon alle und jeden und vielfach sich selber? Eine gute

Herkunft hat ihm geschenkt: die Anlage zur Freundlichkeit, zum Vertrauen. Seine gute Sehnsucht ist gewesen: das barbarische Verlangen nach Ungleichheit, höchster Vernunft und Einsicht. Hinzuerworben hat er nur die Erfahrung, daß die Menschen sich an einem vergingen, daß man selbst sich auch an ihnen verging und daß es Augenblicke gibt, in denen man grau wird vor Kränkung – daß jeder gekränkt wird bis in den Tod von den anderen. Und daß sich alle vor dem Tod fürchten, in den allein sie sich retten können vor der ungeheuerlichen Kränkung, die das Leben ist.

August! Da waren sie, die Tage aus Eisen, die in der Schmiede zum Glühen gebracht wurden. Die Zeit dröhnte.

Die Strände waren belagert, und das Meer wälzte nicht mehr seine Wellenheere heran, sondern täuschte Erschöpfung vor, die tiefe, blaue.

Am Rost, im Sand, gebraten, geflammt: das leicht verderbliche Fleisch des Menschen. Vor dem Meer, auf den Dünen: das Fleisch.

Ihm war angst, weil der Sommer sich so verausgabte. Weil das bedeutete, daß bald der Herbst kam. Der August war voll Panik, voll Zwang, zuzugreifen und schnell zu leben.

In den Dünen ließen sich alle Frauen umarmen, hinter den Felsen, in den Kabinen, in den Autos, die unter den Pinienschatten standen; selbst in der Stadt, hinter den herabgelassenen Persianen am Nachmittag, boten sie sich im Halbschlaf an oder sie blieben, eine Stunde später, auf dem Corso mit ihren hohen Absätzen hängen im aufgeweichten Asphalt der flautenstillen Straßen und griffen, Halt suchend, nach einem Arm, der vorüberstreifte.

Kein Wort wurde in diesem Sommer gesprochen. Kein Name genannt.

Er pendelte zwischen dem Meer und der Stadt hin und her,

zwischen hellen und dunklen Körpern, von einer Augenblicksgier zur andern, zwischen Sonnengischt und Nachtstrand, mit Haut und Haar gepackt vom Sommer. Und die Sonne rollte jeden Morgen schneller herauf und stürzte immer früher hinunter vor den unersättlichen Augen, ins Meer.
Er betete die Erde und das Meer und die Sonne an, die ihn so fürchterlich gegenwärtig bedrängten. Die Melonen reiften; er zerfleischte sie. Er kam vor Durst um.
Er liebte eine Milliarde Frauen, alle gleichzeitig und ohne Unterschied.

Wer bin ich denn, im goldnen September, wenn ich alles von mir streife, was man aus mir gemacht hat? Wer, wenn die Wolken fliegen!
Der Geist, den mein Fleisch beherbergt, ist ein noch größerer Betrüger als sein scheinheiliger Wirt. Ihn anzutreffen, muß ich vor allem fürchten. Denn nichts, was ich denke, hat mit mir zu schaffen. Nichts anderes ist jeder Gedanke als das Aufgehen fremder Samen. Nichts von all dem, was mich berührt hat, bin ich fähig zu denken, und ich denke Dinge, die mich nicht berührt haben.
Ich denke politisch, sozial und noch in ein paar anderen Kategorien und hier und da einsam und zwecklos, aber immer denke ich in einem Spiel mit vorgefundenen Spielregeln und einmal vielleicht auch daran, die Regeln zu ändern. Das Spiel nicht. Niemals!
Ich, dieses Bündel aus Reflexen und einem gut erzogenen Willen, *Ich* ernährt vom Abfall aus Geschichte, Abfällen von Trieb und Instinkt, *Ich* mit einem Fuß in der Wildnis und dem anderen auf der Hauptstraße zur ewigen Zivilisation. *Ich undurchdringlich,* aus allen Materialien gemischt, verfilzt, unlöslich und trotzdem auszulöschen durch einen Schlag auf den Hinterkopf. Zum Schweigen gebrachtes *Ich aus Schweigen* . . .

Warum habe ich einen Sommer lang Zerstörung gesucht im Rausch oder die Steigerung im Rausch? – doch nur, um nicht gewahr zu werden, daß ich ein verlassenes Instrument bin, auf dem jemand, lang ist's her, ein paar Töne angeschlagen hat, die ich hilflos variiere, aus denen ich wütend versuche, ein Stück Klang zu machen, das meine Handschrift trägt. Meine Handschrift! Als ob es darauf ankäme, daß irgend etwas meine Handschrift trägt! Blitze sind durch Bäume gefahren und haben sie gespalten. Wahnsinn ist über die Menschen gekommen und hat sie innen zerstückt. Heuschreckenschwärme sind über die Felder gefallen und haben die Fraßspur gelassen. Fluten haben Hügel verheert, die Wildbäche den Abhang. Die Erdbeben haben nicht geruht. Das sind Handschriften, die einzigen!

Wäre ich nicht in die Bücher getaucht, in Geschichten und Legenden, in die Zeitungen, die Nachrichten, wäre nicht alles Mitteilbare aufgewachsen in mir, wäre ich ein Nichts, eine Versammlung unverstandener Vorkommnisse. (Und das wäre vielleicht gut, dann fiele mir etwas Neues ein!) Daß ich sehen kann, daß ich hören kann, das verdiene ich nicht, aber meine Gefühle, die verdiene ich wahrhaftig, diese Reiher über weißen Stränden, diese Wanderer nachts, die hungrigen Vagabunden, die mein Herz zur Landstraße nehmen. Ich wollte, ich könnte all denen, die an ihre einzigartigen Köpfe und die harte Währung ihrer Gedanken glauben, zurufen: seid guten Glaubens! Aber sie sind außer Kurs gesetzt, diese Münzen, mit denen ihr klimpert, ihr wißt es nur noch nicht. Zieht sie aus dem Verkehr mitsamt den abgebildeten Totenköpfen und Adlern. Gebt zu, daß es vorbei ist mit Griechenland und Buddhaland, mit Aufklärung und Alchimie. Gebt zu, daß ihr nur ein von den Alten möbliertes Land bewohnt, daß eure Ansichten nur gemietet sind, gepachtet die Bilder eurer Welt. Gebt zu, daß ihr, wo ihr wirklich bezahlt, mit eurem Leben, es nur jenseits der Sperre tut, wenn ihr Abschied genommen habt von allem, was euch so teuer ist – auf Landeplätzen, Flugbasen, und nur von dort aus den eigenen Weg und eure Fahrt antretet, von imaginierter Station zu imaginierter Station, Weiterreisende, denen es um Ankommen nicht zu tun sein darf!

Flugversuch! Neuer Liebesversuch! Da eine immense unbegriffene Welt sich zu deiner Verzweiflung anbietet – laß fahren dahin!

Schattenschlaf, geflügelte Heiterkeit über Abgründen. Wenn einer den anderen nicht mehr umschlingt, still für sich gehen läßt, wenn der Polyp Mensch seinen Fangarm einzieht, nicht mehr den Nächsten verschlingt ... Menschlichkeit: den Abstand wahren können.

Haltet Abstand von mir, oder ich sterbe, oder ich morde, oder ich morde mich selber. Abstand, um Gottes willen!

Ich bin zornig, von einem Zorn, der nicht Anfang und Ende hat. Mein Zorn, der von einer frühen Eiszeit herrührt und sich gegen die eisige Zeit jetzt wendet ... Denn wenn die Welt zu Ende geht – und alle sagen's, die Gläubigen und die Abergläubischen, die Wissenschaftler und die Propheten, einmal wird sie zu Ende gehen – warum dann nicht vor dem Ausrotieren oder vor dem Knall oder vor dem Jüngsten Gericht? Warum dann nicht aus Einsicht und Zorn? Warum sollte sich dieses Geschlecht nicht sittlich verhalten können und ein Ende setzen? Das Ende der Heiligen, der unfruchtbar Fruchtbaren, der wahrhaft Liebenden. Dagegen wäre zufällig nichts zu sagen.

Er erwachte immer schwerer an den Morgen. Er blinzelte in das wenige Licht, drehte sich weg, vergrub seinen Kopf im Kissen. Er bat um mehr Schlaf. Komm, schöner Herbst. In diesem Oktober der letzten Rosen ...

Es gibt allerdings eine Insel, von der ihm einer erzählt hat, in der Ägäis, auf der es nur Blumen und steinerne Löwen

gibt; die gleichen Blumen, die bei uns bescheiden und kurz blühen, kommen dort zweimal im Jahr, groß und leuchtend. Die knappe Erde, der abweisende Fels spornen sie an. Die Armut treibt sie in die Arme der Schönheit.
Er schlief meist bis tief in den Nachmittag und half sich mit Liebhabereien über den Abend. Er gab immer mehr Unmut preis bei diesem Ausschlafen und schlief sich Kraft zusammen. Ihm schien plötzlich die Zeit nicht mehr kostbar, nicht mehr vernutzbar. Er mußte auch nichts Bestimmtes tun, um zufrieden zu sein, keinen Wunsch oder Ehrgeiz mehr befriedigen, um am Leben zu bleiben.
Die Besonderheit dieses abtretenden Jahres war es, mit dem Licht zu geizen. Auch die Lichttage trugen Grau.
Er ging jetzt immer auf kleine Plätze, ins Ghetto oder in die Cafés der Kutscher nach Trastevere, und trank dort langsam, Tag für Tag zu der gleichen Stunde, seinen Campari. Er bekam Gewohnheiten, pflegte sie, auch die allerkleinsten. Diesen seinen Verknöcherungen sah er mit Wohlgefallen zu. Am Telefon sagte er oft: Meine Lieben, heute kann ich leider nicht. Vielleicht nächste Woche. – In der darauffolgenden Woche stellte er das Telefon ab. Auch in den Briefen ließ er sich auf keine Versprechungen und Erklärungen mehr ein. So viele unnütze Stunden hatte er mit anderen verbracht, und jetzt nutzte er die Stunden zwar auch nicht, aber er bog sie zu sich her, roch an ihnen. Er kam in den Genuß der Zeit; ihr Geschmack war rein und gut. Er wollte sich ganz auf sich selbst zurückziehen. Aber das bemerkte niemand oder niemand wollte es wahrhaben. In den Vorstellungen der Mitwelt ging er noch verschwenderisch um, war er immer noch ein Hans Dampf in allen Gassen, und manchmal traf er seine wolkige Gestalt in der Stadt und grüßte sie zurückhaltend, weil er sie kannte von früher. Von heute war sie nicht. Heute war er ein anderer. Gut fühlte er sich allein, er forderte nichts mehr, trug die Wunschgebäude ab, gab seine Hoffnungen auf

und wurde einfacher von Tag zu Tag. Er fing an, demütig von der Welt zu denken. Er suchte nach einer Pflicht, er wollte dienen.
Einen Baum pflanzen. Ein Kind zeugen.
Ist das bescheiden genug? Ist es einfach genug?
Wenn er sich umsähe nach einem Stück Land und einer Frau – und er kennt Leute, die das getan haben in aller Bescheidenheit –, dann könnte er um acht Uhr früh aus dem Haus und an seine Arbeit gehen, im Getriebe einen Platz ausfüllen, von den Ratenzahlungen auf Möbel und von den staatlichen Kinderzulagen Gebrauch machen. Er könnte, was er erlernt hat, monatlich in Geldscheinen bedankt sehen und sie dazu verwenden, sich und den Seinen ein ruhiges Wochenende zu machen. Er könnte den Kreislauf mitbeleben, mitkreisen.
Das würde ihm gut gefallen. Besonders: einen Baum zu pflanzen. Er könnte ihn durch alle Jahreszeiten beobachten, Ringe ansetzen sehen und seine Kinder hinaufklettern lassen. Ernten würden ihm gefallen. Äpfel. Obwohl er keine Äpfel essen mag, besteht er auf einem Apfelbaum. Und einen Sohn zu haben, das wäre nach seinem Geschmack, obwohl es ihm, wenn er Kinder sieht, gleichgültig ist, welchen Geschlechts sie sind. Der Sohn würde auch wieder Kinder haben, Söhne.
Aber eine Ernte, die so fern ist, draußen im Garten, den andere übernehmen werden, draußen in der Zeit, in der er kein Leben mehr haben wird! Dieser Schauder! Und hier ist der ganze Erdkreis voll von Bäumen und Kindern, krätzigen, verkrüppelten Bäumen, hungernden Kindern, und keine Hilfe reicht aus, um ihnen zu einem würdigen Dasein zu verhelfen. Pfleg einen wilden Baum, nimm dich dieser Kinder an, tu es, wenn du kannst, schütz auch nur einen Baum vorm Gefälltwerden und sprich dann weiter!
Hoffnung: ich hoffe, daß nichts eintritt, wie ich es erhoffe.

Ich erhoffe, wenn Baum und Kind mir zukommen sollen, daß dies zu einer Zeit geschieht, in der mir jede Hoffnung darauf abhanden gekommen ist und jede Bescheidenheit. Dann werde ich auch umgehen können mit beiden, gut und bestimmt, und sie verlassen können in meiner Todesstunde.
Aber ich lebe ja. Ich lebe! Daran ist nicht zu rütteln.

Einmal, als er kaum zwanzig Jahre alt war, hatte er in der Wiener Nationalbibliothek alle Dinge zu Ende gedacht und dann erfahren, daß er ja lebte. Er lag über den Büchern wie ein Ertrinkender und dachte, während die kleinen grünen Lampen brannten und die Leser auf leisen Sohlen schlichen, leise husteten, leise umblätterten, als fürchteten sie, die Geister zu wecken, die zwischen den Buchdeckeln hausten. Er *dachte* – wenn jemand versteht, was das heißt! Er weiß noch genau den Augenblick, als er einem Problem der Erkenntnis nachging und alle Begriffe locker und handlich in seinem Kopf lagen. Und als er *dachte* und *dachte* und wie auf einer Schaukel hoch und höher flog, ohne Schwindelgefühl, und als er sich den herrlichsten Schwung gab, da fühlte er sich gegen eine Decke fliegen, durch die er oben durchstoßen mußte. Ein Glücksgefühl wie nie zuvor hatte ihn erfaßt, weil er in diesem Augenblick daran war, etwas, das sich auf alles und aufs Letzte bezog, zu begreifen. Er würde durchstoßen mit dem nächsten Gedanken! Da geschah es. Da traf und rührte ihn ein Schlag, inwendig im Kopf; ein Schmerz entstand, der ihn ablassen hieß, er verlangsamte sein Denken, verwirrte sich und sprang von der Schaukel ab. Er hatte seine Kapazität zu denken überschritten oder vielleicht konnte dort kein Mensch weiterdenken, wo er gewesen war. Oben, im Kopf, an seiner Schädeldecke, klickte etwas, es klickte beängstigend und hörte nicht auf, einige Sekunden lang. Er meinte, irrsinnig geworden zu sein, und umkrallte sein Buch mit

den Händen. Er ließ den Kopf vornüber sinken und schloß die Augen, ohnmächtig bei vollem Bewußtsein.
Er war am Ende.
Er war mehr am Ende als je, als wenn er bei einer Frau war und wenn in seinem Gehirn alle Leitungen einen Augenblick lang unterbrochen waren, er die Vernichtung seiner Person erhoffte, sich eintreten fühlte in das Reich der Gattung. Denn was hier vernichtet worden war, in dem großen alten Saal, beim Licht der grünen Lämpchen, in der Stille der feierlichen Buchstabenabspeisung, war ein Geschöpf, das sich zu weit erhoben hatte, ein Flügelwesen, das durch blaudämmernde Gänge einem Lichtquell zustrebte, und, genau genommen, ein Mensch, nicht mehr als ein Widerpart, sondern als der mögliche Mitwisser der Schöpfung. Er wurde vernichtet als möglicher Mitwisser, und von nun an würde er nie wieder so hoch steigen und an die Logik rühren können, an die die Welt gehängt ist.
Er wußte sich abgewiesen, unfähig, und von Stund an war ihm die Wissenschaft ein Greuel, weil er sich darin vergangen hatte, weil er zu weit gegangen und dabei vernichtet worden war. Er konnte nur noch dies und jenes dazulernen, ein Handlanger werden und seinen Verstand geschmeidig erhalten, aber das interessierte ihn nicht. Er hätte sich gern außerhalb aufgestellt, über die Grenze hinübergesehen und von dorther zurück auf sich und die Welt und die Sprache und jede Bedingung. Er wäre gerne mit einer neuen Sprache wiedergekehrt, die getaugt hätte, das erfahrene Geheimnis auszudrücken.
So aber war alles verwirkt. Er lebte, ja, er lebte, das fühlte er zum ersten Mal. Aber er wußte jetzt, daß er in einem Gefängnis lebte, daß er sich darin einrichten mußte und bald wüten würde und diese einzige verfügbare Gaunersprache würde mitsprechen müssen, um nicht so verlassen zu sein. Er würde seine Suppe auslöffeln müssen und am letzten Tag stolz oder feig sein, schweigen, verachten oder

wütend zu dem Gott reden, den er hier nicht antreffen konnte und der ihn dort nicht zugelassen hatte. Denn hätte er mit dieser Welt hier etwas zu tun, mit dieser Sprache, so wäre er kein Gott. Gott kann nicht sein in diesem Wahn, kann nicht in ihm sein, kann nur damit zu tun haben, daß dieser Wahn ist, daß da dieser Wahn ist und kein Ende des Wahnes ist!

Im Winter desselben Jahres war er mit Leni in die Berge gefahren, auf die Rax, an dem Wochenende, ja, er weiß es genau. Jetzt erst weiß er es genau. Sie hatten gefroren, gezittert, sich verängstigt aneinander geklammert in der Sturmnacht. Die viel zu dünne schäbige Decke hatten sie einander abwechselnd zugeschoben, dann wieder im Halbschlaf einer dem andern entrissen. Zuvor war er bei Moll gewesen und hatte ihm alles anvertraut. Er war zu Moll gerannt, weil er nicht wußte, was zu machen war, er verstand nichts von alledem, kannte keinen Arzt, kannte sich mit sich selbst und Leni nicht aus, mit Frauen nicht aus. Leni war so jung, er war so jung, und sein Wissen, mit dem er sich aufspielte vor ihr, rührte von Moll her, der sich auskannte oder vorgab, sich auszukennen. Moll hatte die Tabletten besorgt, die er Leni an dem Abend in der Skihütte zu schlucken befahl. Mit Moll hatte er alles beredet, und obwohl ihm so elend war, hatte er sich beneiden lassen von ihm. (Eine Jungfrau, das ist mir noch nicht untergekommen in dieser Stadt, sprich dich aus, alter Freund!) Getrunken hatte er mit Moll und in seinem Rausch Molls Ansichten inhaliert. (Rechtzeitig Schluß machen. Da gibt's nur eines. Sich aus der Affäre ziehen. An die Zukunft denken. Der Stein um den Hals.) Aber in der Schneenacht graute ihm vor sich selber, vor Moll, vor Leni, die er nicht mehr anrühren mochte, seit er wußte, was ihr bevorstand, nie mehr wollte er diesen knöchernen faden Körper, diese geruchlose Kindfrau anrühren, und darum stand er auf mitten in der Nacht und ging noch einmal hinunter ins Gastzimmer, setzte sich an einen leeren Tisch und bemitleidete sich, bis er nicht mehr allein war, bis die beiden blonden Skifahrerinnen sich zu ihm setzten, bis er betrunken war und mit den beiden hinaufging, hinterdreinging wie ein Verurteilter, in dasselbe Stockwerk, in dem Leni wach lag und weinte oder schlief und im Schlaf weinte. Als er mit den beiden Mädchen in der Kammer war und sich mit ihnen lachen hörte, schien ihm alles einfach und leicht. Alles das gab es noch für ihn, alles konnte er fordern; es war so leicht, er hatte nur noch nicht die richtige Einstellung, aber er würde sie haben, jetzt gleich und von da an für immer. Er fühlte sich als Mitwisser eines Geheimnisses der Leichtigkeit, der Billigkeit und eines frevellosen Frevels. Noch ehe er die eine zu küssen anfing, war Leni schon preisgegeben. Noch ehe er einen Rest von Widerstand und Scham überwand und der anderen ins Haar fuhr, war die Angst abgetan. Doch dann bezahlte er, denn er konnte seine Ohren nicht verschließen vor den schrillen Worten und dem irren Gestammel, das ihn einkreiste. Er konnte nicht mehr zurück und er konnte seine Augen nicht schließen, bezahlte mit seinen Augen für alles, was ihm vorher und nachher zu sehen geschenkt war in den Nächten, in denen Licht brannte. Am nächsten Morgen war Leni verschwunden. Als er nach Wien zurückkam, schloß er sich ein paar Tage ein, er ging nicht zu ihr, ging nie mehr zu ihr, und er hörte nie wieder von ihr. Jahre später erst betrat er das Haus im III. Bezirk, in dem sie wohnte; aber sie wohnte nicht mehr dort. Er traute sich auch jetzt nicht, nach ihr zu forschen, wäre auch sofort wieder gegangen, geflohen, wenn sie noch da gewohnt hätte. Manchmal sah er sie, in Gespensterstunden, mit aufgedunsenem Gesicht die Donau hinuntertreiben oder das Kind in einem Kinderwagen durch den Stadtpark schieben (und an solchen Tagen mied er den Stadtpark), oder er sah sie ohne Kind, weil das Kind doch gar nicht leben konnte, wie sie als Verkäuferin in einem Geschäft stand und ihn, noch ehe sie ihn sah, nach seinem Wunsch fragte. Er sah sie auch glücklich verheiratet mit einem Vertreter in der Provinz. Aber er sah sie doch nie wieder. Und er vergrub es so tief in sich, daß es nur selten hochstieg, das Bild von der Schneenacht, von dem Sturm, von dem bis zu den kleinen Hüttenfenstern hochgewehten Schnee, dem Licht, das gebrannt hatte über drei verschlungenen Körpern und einem Gekicher, Hexengekicher und blonden Haaren.

Wenn die Kirche im Dorf gelassen ist, wenn einer in die Grube gefallen ist, die er einem anderen grub, wenn sich das Sprichwörtliche erfüllt und alle Voraussagen über Mondwechsel und Sonnengang wieder einmal recht behalten haben – mit einem Wort, wenn die Rechnung vorläufig aufgeht und alles, was im All fliegen soll, fliegt, dann muß er den Kopf schütteln und denken, in welcher Zeit er lebt.

Er ist, wie alle, nicht gut vorbereitet; er weiß nur den geringsten Teil und jeder weiß ja nur einen allergeringsten Teil von dem, was vorgeht.

Er weiß zufällig, daß es Roboter gibt, die sich nicht irren, und er kennt einen Straßenbahnführer, der sich schon einmal geirrt hat mit der Abfahrtszeit und dem Vorfahrtsrecht. Vielleicht irren sich die Sterne und Kometen, wenn zuviel dazwischenkommt, aus Zerstreuung und Müdigkeit und weil sie abgelenkt werden vom alten poetischen Vortrag ihres Lichts.

Er möchte nicht oben sein, aber es ist ihm recht, daß es oben weitergeht, weil oben auch unten ist, also daß es rundherum weitergeht, denn aufzuhalten ist es nicht. Niemand hält es auf. Man hält die Gedanken nicht auf und kein Werkzeug zu ihrer Verlängerung. Es ist auch gleich, ob man links oder rechts durch den Raum fliegt, da alles schon fliegt, die Erde etwa, und wenn noch Flug im Flug ist, um so besser, daß es fliegt und sich dreht, damit man weiß, wie sehr es sich dreht und daß nirgends ein Halt ist, nicht im gestirnten Himmel über dir . . .

Aber in dir drinnen, wo du kaum aufkommst und nicht sehr mitfliegst, wo zwar auch kein Halt ist, aber ein gestockter, zäher Brei von alten Fragen, die nichts mit Fliegen zu tun haben und Abschußbasen, wo du das Steuer nur ruckweise und kaum spürbar drehen kannst, wo die Moral von der ganzen Geschichte gemacht wird, weil in ihr selbst keine ist, wo du die Moral von der Moral suchst und die Rechnung nicht aufgeht

Wo einer eine Grube gräbt und selbst hineinfällt, wo du klebst und dich windest und noch immer klebst und nicht weiter kannst

Weil dir dort kein Licht aufgeht (und was hilft's dir dann, alles zu wissen über die Lichtgeschwindigkeit?), weil dir kein Licht aufgeht über die Welt und dich und die ganzen Leben und Unleben und Tode

Weil hier nur Marter ist, weil du in der Gaunersprache das rechte Wort nicht findest und die Welt nicht löst

Nur die Gleichung löst du, die die Welt auch ist

Die Welt ist auch eine Gleichung, die löst sich und dann ist Gold gleich Gold und Dreck gleich Dreck

Aber nichts ist dem gleich in dir und nichts gleich der Welt in dir

Wenn du das aufgeben könntest, austreten könntest aus deiner gewohnten Beklemmung über das Gute und das Böse und in dem Brei alter Fragen nicht weiterrührtest, wenn du den Mut hättest, einzutreten in den Fortschritt

Nicht nur in den vom Gaslicht zur Elektrizität, vom Ballon zur Rakete (die subalterne Verbesserung)

Wenn du den Menschen aufgäbst, den alten, und einen neuen annähmst, dann

Dann, wenn die Welt nicht mehr weiterginge zwischen Mann und Frau, so wie jetzt, zwischen Wahrheit und Lüge, wie Wahrheit jetzt und Lüge jetzt
Wenn das alles zum Teufel ginge
Wenn du die Rechnung, auf die du Wert legst, neu aufstelltest und ihr Rechnung trügst
Wenn du ein Flieger wärst und, ohne zu deuteln, deine Bögen flögst, wenn du nur Nachricht gäbst, Bericht, nicht mehr die Geschichte von alldem zusammen, von dir und noch einem und einem Dritten
Dann, wenn du heil wärst und nicht mehr verwundet, gekränkt, süchtig nach Reinheit und Rache
Wenn du keine Märchen mehr glaubtest und dich nicht mehr fürchtetest im Dunkeln
Wenn du nicht mehr wagen müßtest und verlieren oder gewinnen, sondern machtest
Machst, den Handgriff in der größeren Ordnung, denkst in der Ordnung, wenn du in der Ordnung wärst, in der Rechnung, aufgingst in der hellen Ordnung
Dann, wenn du nicht mehr meinst, daß es besser gehen müsse »im Rahmen des Gegebenen«, daß die Reichen nicht mehr reich und die Armen nicht mehr arm sein dürften, die Unschuldigen nicht mehr verurteilt und die Schuldigen gerichtet werden sollten
Wenn du nicht mehr trösten und Gutes tun willst und keinen Trost mehr verlangst und Hilfe
Wenn das Mitleid und das Leid zum Teufel gegangen sind und der Teufel zum Teufel, dann!
Dann, wenn die Welt dort angefaßt wird, wo sie sich auch anfassen läßt, wo sie das Geheimnis der Drehbarkeit hat, wo sie noch keusch ist, wo sie noch nicht geliebt und geschändet worden ist, wo die Heiligen sich noch nicht für sie verwandt und die Verbrecher keinen Blutfleck gelassen haben
Wenn der neue Status geschaffen ist

Wenn die Nachfolge in keinem Geist mehr angetreten wird
Wenn endlich endlich kommt
Dann
Dann spring noch einmal auf und reiß die alte schimpfliche Ordnung ein. Dann sei anders, damit die Welt sich verändert, damit sie die Richtung ändert, endlich! Dann, tritt du sie an!

Wenn er in sein dreißigstes Jahr geht und der Winter kommt, wenn eine Eisklammer November und Dezember zusammenhält und sein Herz frostet, schläft er ein über seinen Qualen. Er flieht in den Schlaf, flieht zurück ins Erwachen, flieht bleibend und reisend, geht durch die Verlassenheit kleiner Städte und kann keine Türklinke mehr niederdrücken, keinen Gruß mehr entbieten, weil er nicht angesehen und angesprochen werden will. Er möchte sich wie eine Zwiebel, wie eine Wurzel unter die Erde verkriechen, wo sie warm geblieben ist. Überwintern mit seinen Gedanken und Gefühlen. Mit einem schrumpfenden Mund schweigen. Er wünscht, daß alle Äußerungen, Beleidigungen, Verheißungen, die er ausgesprochen hat, ungültig würden, vergessen bei allen und er vergessen bei allen.
Aber kaum ist er befestigt in der Stille, kaum wähnt er sich eingepuppt, behält er nicht mehr recht. Ein naßkalter Wind treibt seine Erwartungslosigkeit um die Ecke, über einen Blumenstand mit Sterbeblumen und Wintergrün. Und plötzlich hält er die Schneeglocken in der Hand, die er nicht kaufen wollte – er, der mit leeren Händen gehen wollte! Die Schneeglöckchen beginnen wild und lautlos zu läuten, und er geht hin, wo ihn sein Verderben erwartet. Voller Erwartung und wie noch nie, mit der Erwartung und dem Erlösungswunsch aus allen Jahren.
Erst jetzt, nachdem er sich ruhig und glücklich gepriesen hat, nachdem er alle glaublichen Erfahrungen gemacht hat,

kommt die unglaubliche Liebe. Mit Todesriten und den kultischen Schmerzen, die jeden Tag anders verlaufen.

Von dieser Stunde an, noch eh die Blumen ihre Empfängerin kennenlernten, war er nicht mehr Herr seiner selbst, sondern ausgeliefert, verdammt, und sein Fleisch zog ihn mit sich in die Hölle. Er ging acht Tage lang und, nach dem ersten Bruch und Rettungsversuch, nochmals acht Tage lang in die Hölle. Sympathie, Wohltaten, Wohlgefallen hatten keinen Raum. Sie war nicht eine Frau, die so oder so aussah und so oder so war; ihren Namen konnte er nicht aussprechen, weil sie keinen hatte, wie das Glück selbst, von dem er geschleift wurde ohne Rücksicht. Er war in einem Zustand des Außersichseins, in dem der Geschmack eines Mundes nicht mehr wahrgenommen wird, in dem keine Geste Zeit läßt, eine andere auszudenken, in dem Liebe zur Revanche wird für alles, was auf Erden erträglich ist. Die Liebe war unerträglich. Sie erwartete nichts, forderte nichts und schenkte nichts. Sie ließ sich nicht einfrieden, hegen und mit Gefühlen bepflanzen, sondern trat über die Grenzen und machte alle Gefühle nieder.

Er war noch nie ohne Gefühl gewesen, ohne Komplikation, und nun war er zum erstenmal leer, ausgewrungen, und spürte nur mehr mit tiefer Befriedigung, wie eine Welle ihn in kurzen Abständen gegen einen Felsen hob und hinschlug und wieder zurücknahm.

Er liebte. Er war von allem frei, aller Eigenschaften, Gedanken und Ziele beraubt in dieser Katastrophe, in der nichts gut und schlecht oder recht und unrecht war, und er war sicher, daß es keinen Weg weiter oder heraus gab, den man als Weg hätte bezeichnen können. Während anderswo allerorten die anderen eine Arbeit taten, um Werke bekümmert waren, liebte er vollkommen. Es nahm mehr Kraft in Anspruch, als zu arbeiten und zu leben. Die Augenblicke glühten, die Zeit wurde zur schwarzen Brandspur dahinter, und er, von Augenblick zu Augenblick, trat immer lebendiger hervor als ein Wesen von reiner Bestimmung, in dem nur ein einziges Element herrschte.

Er packte seine Koffer, weil er instinktiv begriff, daß auch die erste Stunde Liebe schon zuviel gewesen war, und suchte mit der letzten Kraft seine Zuflucht im Abreisen. Er schrieb drei Briefe. In dem ersten beschuldigte er sich selbst der Schwäche, im zweiten seine Geliebte, im dritten verzichtete er darauf, nach einer Schuld zu suchen, und hinterließ seine Adresse. »Schreib mir bitte postlagernd nach Neapel, nach Brindisi, nach Athen, Konstantinopel . . .«

Er kam aber nicht weit. Ihm ging auf, daß mit der Abreise alles zusammenbrach, er hatte nur mehr wenig Geld, das letzte schon ausgegeben, um die Wohnung vorauszubezahlen, um sie halten zu können, einen Ort trotz allem halten zu können. Er lungerte im Hafen von Brindisi herum, verhandelte seine Habe bis auf zwei Anzüge und suchte nach Schwarzarbeit. Aber er taugte wohl nicht zu solchen Arbeiten und zu diesen Gefährlichkeiten, in die er jetzt hineingeraten konnte. Er wußte nicht mehr weiter, schlief zwei Nächte im Freien, fing an, die Polizei zu fürchten, den Schmutz zu fürchten, das Elend, den Untergang. Ja, er würde untergehen. Dann schrieb er einen vierten Brief: »Ich habe jetzt noch zwei Anzüge, die gebügelt werden müßten, meine zwei Pfeifen und das Feuerzeug, das du mir geschenkt hast. Es ist kein Benzin mehr drin. Wenn du mich aber vor dem Sommer nicht sehen willst, dich nicht von N. trennen kannst vor dem Sommer . . .«

Vor dem Sommer!

»Und wenn du dann noch immer nicht weißt, mit wem und warum und wozu, mein Gott . . . Aber wenn du es wüßtest, dann wüßte ich es vielleicht nicht, und es wäre mir noch erbärmlicher zumute. Ich kann in keinem Weg mehr einen Weg sehen. Wir hätten es nicht überleben sollen.«

Vor dem Sommer! Dann würde er dieses Jahr abgebüßt haben, und alles, was er später aus dem Stoff von dreißig Jahren bereiten konnte, versprach ihm, gewöhnlich zu werden. Oh, müssen wir wirklich alt, häßlich, faltig und schwachsinnig, beschränkt und verstehend werden, damit unser Los sich erfüllt? Nichts gegen die Alten, sagte er zu sich, es ist ja bald auch so weit für mich, und ich fühle schon den Schauder, mit dem alle meine Jahre über mich kommen werden. Bald. Noch aber stehe ich dagegen, noch will ich's nicht glauben, daß dieses Licht erlöschen kann, Jugend, dies ewiglich scheinende Licht. Als es aber immer kurzatmiger und hungrig zu flackern begann, und da alle Versuche, Arbeit zu finden oder weiterzukommen mit einem Schiff – all diese unsinnigen Unterfangen, die einem jüngeren Menschen oder einem Irren besser angestanden wären –, fehlgeschlagen waren, schrieb er nach Hause. Er schrieb beinahe die Wahrheit und bat seinen Vater zum ersten Mal um Hilfe. Ihm war elend zumute, denn er war dreißig Jahre alt, und früher hatte er es immer verstanden, sich durchzuschlagem. Nie war er so kraftlos und hilflos gewesen. Er bekannte seinen Zusammenbruch ein und bat um Geld. Er sollte nie schneller Geld erhalten. Er hatte sich noch nicht von der raschen Rettung erholt, da war er schon auf der Rückreise. Er ging über Venedig.

Dort kam er spätabends vor dem Markusplatz an, steuerte auf ihn zu. Die Bühne war leer. Die Zuschauer waren von den Sitzen geschwemmt. Das Meer hatte den Himmel überstiegen, die Lagunen waren voll von Geflacker, da die Leuchter und Laternen ihr Licht nach unten ins Wasser geworfen hatten.

Licht, lichtes Leuchten, fern vom Gelichter. Er geisterte durch. Von Anfang an hatte es ihn getrieben, Schutz in der Schönheit zu suchen, im Anschauen, und wenn er darin ruhte, sagte er sich: Wie schön! Das ist schön, schön, es ist

schön. Laß es immer so schön sein und mich meinetwegen verderben für das Schöne und was ich meine damit, für Schönheit, für dieses »Mehr als . . .«, für dieses Gelungensein. Ich wüßte kein Paradies, in das ich, nach dem, was war, hinein möchte. Aber da ist mein Paradies, wo das Schöne ist.
Ich verspreche, mich damit nicht aufzuhalten, denn die Schönheit ist anrüchig, kein Schutz mehr, und die Schmerzen verlaufen schon wieder anders.

Früher hatte er nie gewußt, wie man reist. Er stieg in die Züge mit Herzklopfen und wenig Geld. In den Städten kam er immer nachts an, wenn Ströme von umsichtigen Fremden längst alle Hotelzimmer an sich gerissen hatten und seine Freunde schon schliefen. Einmal ging er die ganze Nacht spazieren, weil er kein Bett fand. Auf den Schiffen fuhr er mit noch größerem Herzklopfen und in den Flugzeugen hielt er vor Entzücken den Atem an. Diesmal aber hatte er den Fahrplan gelesen, sein neues Gepäck gezählt, einen Träger genommen. Er hatte einen reservierten Platz und Reiselektüre. Er wußte, wo er umsteigen wollte, und das Geld ging ihm nicht schon auf dem Bahnsteig aus, nachdem er einen Kaffee getrunken hatte. Er reiste wie ein Mensch von Distinktion und so ruhig, daß keiner ihm sein Vorhaben ansah. Er hatte vor, das Wanderleben zu beenden. Er wollte umkehren. Er fuhr in die Stadt zurück, die er am meisten geliebt hatte und in der er Steuern hatte zahlen müssen, auch Lehrgeld, Studiengeld und sonst noch einiges. Er fuhr nach Wien – mit dem Wort »heim« hielt er trotzdem an sich.
Er legte sich im Abteil nieder, den Kopf auf seinem zusammengerollten Mantel, und dachte nach. Auf diesem Lager würde er durch Europa rollen, aufschrecken aus Träumen, frieren, wenn er den vertrauten Gebirgen nah kam, dösen, sich peinlich erinnern. Er wollte an den Ausgangspunkt

zurückkehren, denn er hatte von dem, was man die Welt nennt, genug gesehen.
Er quartierte sich in einem kleinen Hotel in der Inneren Stadt ein, in der Nähe der Post. Nie hatte er in Wien in einem Hotel gewohnt. Er war hier Untermieter gewesen, ohne und mit Badbenützung, ohne und mit Telefonbenützung. Bei Verwandten, bei einer alleinstehenden Krankenschwester, die seinen Tabakgeruch schlecht vertrug, bei einer Generalswitwe, für deren Katzen und Kakteen er, wenn sie zur Kur fuhr, hatte sorgen müssen.
Zwei Tage lang war er so unschlüssig, daß er es nicht wagte, jemand anzurufen. Niemand erwartete ihn; einigen Leuten hatte er zu lange nicht geschrieben, andere wieder hatten auf seine Briefe nie Antwort gegeben. Er fühlte plötzlich, daß seine Rückkehr eine Unmöglichkeit war aus vielen Gründen. Genausowenig hätte ein Toter wiederkommen dürfen. Es ist niemand erlaubt, fortzusetzen, wo man abgebrochen hat. Da ist niemand, sagte er sich, niemand, der noch auf mich zählt. Er ging essen, in ein Restaurant, in das er sich früher nie hineingewagt hätte, las die Speisekarte geläufiger als anderswo, er meinte gerührt zu sein über jede seltsame, lang vermißte Bezeichnung, aber er war es nicht. Er erkannte die alten vermißten Glokken beim Mittagsläuten. In ihm blieb es totenstill. Er traf zufällig Bekannte am Graben, traf mehr Bekannte, und, von den bedeutungsvollen Zufällen ermuntert, schloß er sich allen übereifrig und verlegen an. Er fing unsicher zu erzählen an von seinem Leben, das er anderswo geführt hatte, und brach gleich wieder ab, weil ihm klar wurde, daß sein Leben anderswo allen als ein Verrat galt, über den es besser war, Schweigen zu bewahren.
Er kaufte sich einen Stadtplan in einer Buchhandlung, für die Stadt, in der er jeden Geruch kannte und über die er nichts Wissenswertes wußte. Er schlug das Buch auf, setzte sich damit auf eine regennasse Bank im Stadtpark,

fürchtete anzufrieren und ging dann, den Sternchen nach, zu dem großen Palast mit der Rüstungssammlung und in das Kunsthistorische Museum, zur Gloriette und zu den Kirchen mit den Barockengeln. Am Abend fuhr er bei Sonnenuntergang auf den Kahlenberg und schaute auf die Stadt hinunter, von einem empfohlenen Punkt aus. Er hielt sich die Hand vor die Augen und dachte: Das alles ist nicht möglich! Es ist nicht möglich, daß ich diese Stadt gekannt habe. So nicht.

Anderntags traf er sich mit Freunden. Er wußte überhaupt nicht, wovon sie redeten, aber alle Namen, die fielen, waren ihm bekannt, und selbst, wenn die Gesichter dazu sich nicht mehr einstellten – er kannte sie alle. Die Etiketten waren geblieben. Er nickte zu allem, was er hörte, bestätigend, es erschien ihm aber doch unwirklich, daß es das alles gab: neue Kinder einer alten Freundin, Berufswechsel, Korruption, Skandale, Premieren, Liebschaften, Geschäfte.

(Mein Vorhaben: Ankommen!)

Er trifft Moll wieder, den Wunderknaben, das Genie Moll, das zwanzigjährig alle geblendet hat, den reinen Geist Moll, der für ein Butterbrot seinerzeit seine vielbewunderten Studien über den Wertzerfall und die Kulturkrise einer christlichen Redaktion zur Verfügung gestellt hat. Moll ist ironisch geworden, bezieht die höchsten Honorare, eilt von Kongreß zu Kongreß, Moll, über den man sich lustig macht und der sich über sich selbst lustig macht, Moll, der jetzt bei Round-Table-Gesprächen vom einstigen Vermögen zehrt und die Welt keines neuen Einfalls für wert erachtet. Moll, der abends zum französischen Botschafter muß und am nächsten Tag den Beirat bei einer Konferenz abgibt, Moll, noch immer der Jüngsten einer, aalglatt, meinungslos Meinungen vertretend, Moll auf der Butterseite, Moll mit Verachtung für unsichere Existenzen, selbst der unsichersten eine . . . Moll rät ihm: »Steig bei uns ein.«

(Die Gaunersprache zur Perfektion gebracht!) Moll überlegen, Moll mit Sinn für alles und alle Leute, die er vor Jahren verachtet hat. Molls Händedruck, sparsam, aber fest. »Allora, bye bye. Mach's gut. Alsdann. Überleg es dir. Schreib, wenn du was brauchst.«
Er verabschiedet sich von Moll, den sparsamen Händedruck sparsam erwidernd, und geht in sein altes kleines Kaffeehaus. Der Ober stutzt, erkennt ihn, das liebenswürdig traurige Männlein. Und diesmal muß er nicht reden, nicht Hände schütteln, sich anstrengen; die Phrase bleibt ihm erspart, ein Lächeln genügt, sie lächeln einander töricht zu, zwei Männer, die vieles an sich haben vorbeigehen sehen, Jahre, Menschen, Glücke, Unglücke, und alles, was der alte Mann ausdrücken will – Freude, Erinnerung –, zeigt er ihm damit, daß er ihm genau die Zeitungen hinlegt, die er hier einst verlangt und gelesen hat.
Er muß nach dem Stapel von Zeitungen greifen, das ist er dem Alten schuldig; er ist es ihm gerne schuldig. Endlich ist er hier etwas freudig und ohne Widerstand schuldig.
Absichtslos beginnt er zu lesen, die Schlagzeilen, Lokales, Kulturelles, Vermischtes, den Sportbericht. Das Datum spielt keine Rolle, er hätte die Zeitung auch mit einer von vor fünf Jahren vertauschen können, er liest nur den Tonfall, die unverkennbare Schrift, die Anordnung, das Satzbild. Er weiß, wie nirgends, was links oben und rechts unten abgehandelt wird, was man hier in den Zeitungen für gut und was für schlecht hält. Nur hier und da hat sich unbeholfen eine neue Vokabel eingeschlichen.
Plötzlich steht ein Mann vor ihm, seines Alters, der ihn begrüßt; er müßte ihn kennen, aber es will ihm nicht einfallen, wer das ist – doch, es ist natürlich Moll, der da steht, und er muß Moll hastig und erfreut bitten, Platz zu nehmen an seinem Tisch. Moll, den schüchternen Bildungshungrigen, der einmal ergründen wollte, was der neue Stil sei, und der ihn nun gefunden hat. Moll, der also heute

weiß, wie man wohnen, malen, schreiben, denken und komponieren muß. Endgültig, entschieden. Der einst tastende, suchende Moll, gespeist von den Erkenntnissen einer ihm vorangegangenen Generation, hat verdaut und käut das Verschlungene wieder. Molls System. Molls Unfehlbarkeit. Moll als Kunstrichter. Moll, der Unerbittliche, odi profanum vulgus, Moll, der die Sprache verloren hat und dafür mit zweitausend Pfauenfedern aus anderen Sprachen paradiert. Moll, der Romane nicht mehr lesen kann, Moll, für den das Gedicht keine Zukunft hat, Moll, der für die Kastration der Musik eintritt und der die Malerei der Leinwand entfremden will. Moll, schäumend, unbarmherzig, mißverstanden, verweisend auf die Größe von Guilielmus Apuliensis (ca. 1100) ... Moll, der von allen Malern Erhard Schön für den erstaunlichsten hält. Moll wegweisend. Moll, der entrüstet schweigt, wenn von einem Gegenstand die Rede ist, der dem anderen bekannt ist, darbt als Hilfsbeamter, als Sammler obskurer Texte, als Übergangener. Moll, eifersüchtig darauf bedacht, daß man ihn verkennt und übergeht, rächt sich durch ätzende Bitterkeit, strafende Blicke an jeder schönen Frau, an einem Sonntag, an einer Frucht, an einer Gunst. Moll, der Märtyrer. Moll verachtet natürlich ihn, Molls alten Freund, weil er jetzt auf die Uhr sieht und merkt, daß es Zeit ist zu gehen. Moll, der nach der inneren Uhr lebt, die sein strenger Geist aufzieht, seine Gerechtsamkeit ticken läßt ...

So vergeht ein Tag mit Zusammenstößen, und er erleidet sie in einer Welt, in der für ihn alle Menschen zu Geistern geworden sind. Er ist schlecht gegen Geister gewappnet. Das zeigt auch der folgende Tag.

Er trifft Moll wieder, da die Welt eines jeden voll von den Molls ist. Aber an diesen Moll erinnert er sich kaum. Es ist der Weißt-du-noch-Moll. Es nützt ihm nichts, keine Ahnung zu haben, denn Moll erinnert sich um so besser an alles. Moll erinnert ihn daran, wie er, Molls Mitschüler, zum

erstenmal betrunken war und nur mehr lallen konnte, wie er sich übergeben mußte, und Moll hat ihn damals nach Hause gebracht. Moll weiß noch den Tag, an dem er, Molls Freund, eine Riesendummheit gemacht hat, Moll, der die Negative seines Lebens in der Hand hat, seine Pleiten, seine Gewöhnlichkeiten getreu aufbewahrt hat. Moll, der Kumpan, Moll, der mit ihm achtzehnjährig beim Militär war, Moll, der in der Erinnerung wieder bei der ›Wehrmacht‹ ist, Moll, der eine Sprache führt, die ihm Übelkeit verursacht, weil sie ihn glauben machen soll, er habe einmal die gleiche Sprache geführt. Moll, der ihn herausgehauen hat, Moll, der Stärkere, ihn, den Schwächeren. Moll, der die Dinge beim Namen nennt, was-ist-denn-aus-der-blonden-Puppe-geworden? heiraten-das-fehlt-noch! Moll, der schmiert, der sich auskennt, der sich kein X für ein U vormachen läßt, der die Weiber nimmt, wie sie genommen werden wollen, und die Chefs, die ihn können, der die Brüder kennt und die Weiber kennt. Moll, für den alles Politik ist und dem die Politik gestohlen werden kann, Moll, die Laus im Pelz, Moll, demzufolge der Krieg noch nicht verloren ist, der nächste jedenfalls, für den die Italiener ein Diebsgesindel sind, die Franzosen verweichlicht, die Russen Untermenschen, und der weiß, wie die Engländer im Grunde sind und wie im Grund die Welt ist, ein Geschäft, ein Handel, ein Witz, eine Schweinerei. Moll: »Aber ich habe dich doch früher gekannt, mach mir nichts vor, mir kannst du nichts vormachen!«
Wie vermeidet man Moll? Welchen Sinn hat es, dieser Hydra Moll ein Haupt abzuschlagen, wenn ihr an Stelle eines jeden wieder zehn neue nachwachsen!
Wenn er sich auch nicht daran erinnert, Moll je ein Recht auf eine einzige dieser Erinnerungen eingeräumt zu haben, so weiß er doch, wie es in Zukunft sein wird: Moll wird an allen Ecken und Enden auftauchen, immer wieder.
Abstand, oder ich morde! Haltet Abstand von mir!

Am Ende einer dieser Nächte, in denen die Wiederbegegnungen über ihn und die anderen richteten, stand er mit drei Gestalten und einer jungen Frau, die er früher eine Zeitlang ohne Erfolg umworben hatte, vor einer Würstelbude. Er hatte zuvor mit Helene in einer Bar getanzt, seinen Mund auf ihrer Schulter bewegt. Er hatte sich nicht entschließen können, sie auf den Mund zu küssen, obwohl er sicher war, daß er es diesmal tun konnte. Trotzdem ging er mit ihr, nachdem sie sich von den anderen verabschiedet hatten, in ihre Wohnung und trank bei ihr Kaffee. Sie hatte eine Art, vage zu sprechen, die er sofort wieder annahm. Wahrscheinlich hatte er damals so mit ihr geredet, Zwischentöne gebraucht, Halbheiten geübt, Zweideutigkeiten, und nun konnte nichts mehr klar und gerade werden zwischen ihnen. Es war spät, das Zimmer war verraucht, ihr Parfum verflogen. Ehe er ging, nahm er sie, zögernd und ausgehöhlt vor Müdigkeit, in den Arm. Er war sehr höflich; er wandte sich auf dem Treppenabsatz um, winkte zurück, als fiele es ihm schwer zu gehen. Es war seine letzte Heuchelei, und er sah dabei in ihr Gesicht, das ihn, hart und welk werdend, verscheuchte. Draußen war der Tag angebrochen oder was sich für Tag ausgab: Frühe, Nebel. Er erreichte das Hotel, übernächtig und schlafscheu, und bettete sich wie ein Kranker, schluckte zwei Tabletten und gab sich endlich auf. Er erwachte erst, als es schon wieder Abend war, warm und mit einem flauen Geschmack im Mund, der vom zu langen Schlaf herrührte und in dem ihm alle Begegnungen in der Stadt zergingen. Er packte seine Koffer, warf Hemden, Bürsten, Schuhe durcheinander hinein, als eilte es ihm sehr und als käme es auf kein Ordnungmachen mehr an. Auf dem Bahnhof erst suchte er nach einem Zug, mit dem Zeigefinger auf der Abfahrtliste.
Er geriet in den ungünstigsten Zug, einen Eilzug, der an jeder Station hielt, und mußte dann die halbe Nacht auf ei-

nem Provinzbahnhof, dessen Wartesaal geschlossen war, auf und ab gehen in der Winternacht, mit den Füßen auf den Boden trampeln und in die Hände klatschen. Er hätte sich gerne auf einen Gepäckwagen gesetzt und wäre eingeschlafen für immer. Aber ihm war nicht kalt genug, er war nicht müde genug. Seine Verlassenheit reichte für ein solches Ende nicht aus. Auf der Weiterreise hörte er sich Geschichten eines Mitreisenden an, der ihm darlegte, wieviel Prozent aller Irren sich für Napoleon, wieviel für den letzten Kaiser, für Lindbergh, Hitler oder Gandhi hielten. Es erwachte Interesse in ihm, und er fragte, ob man sich denn ohne Schaden für sich selber halten könne und ob das nicht auch Irrsinn sei. Der Mann, ein Psychiater vermutlich, klopfte seine Pfeife aus, wechselte das Thema und erzählte von anderen Prozentsätzen und Therapien gegen diese und jene Prozente. Er stocherte mit dem Pfeifenputzer in seiner Nase und sagte: »Sie, zum Beispiel, Sie leiden an ... Sie machen sich zuviel daraus ... Daran leiden wir natürlich alle, es ist nichts Besonderes.«
Der nächste Zug trug ihn durch eine schauervolle Nacht – die Räder sprangen in größeren Stationen auf andere Schienen und rollten voll Erbitterung, während er, eingeklemmt mit zehn Personen in einem Abteil, nach Luft rang, zur Seite sah, wenn die ältliche Frau neben ihm ihr Kind stillte, wenn ihr Mann, sein bleichsüchtiges Gegenüber, ausspuckte nach jedem Hustenanfall, und er wurde darüber fast verrückt, daß ein anderer Mann an der Tür schnarchte. Die Füße und Beine aller kamen durcheinander, jeder kämpfte um fünf Zentimeter Platz und versuchte, die anderen zu verdrängen. Plötzlich entdeckte er sich dabei, wie auch er mit seinem Ellenbogen sich ausbreitete, um die Frau mit dem Kind zurückzudrängen. Er war wieder mitten unter leibhaftigen Menschen, kämpfte zäh um seine Stellung, um seinen Platz, um sein Leben. Einmal schlief er kurz ein. Im Traum stürzte auf ihn die Stadt her-

ab, mit der Karlskirche voran, mit ihren Palais und Parks und ganzen Straßenzügen; der Traum hatte wahrscheinlich nur eine Sekunde gedauert, denn er erwachte, tödlich erschreckt, von einem Schlag auf den Kopf. Er wußte sofort, ohne nachdenken zu müssen, daß der Zug mit einem anderen zusammengestoßen war. Ein Koffer war aus dem Netz gesprungen und hatte ihn getroffen. Er wußte auch sofort, daß der Zusammenstoß unerheblich war, denn es war nicht die Zeit, in der ihm etwas geschehen konnte. Keine frühe Vollendung. Kein früher Abgang. Keine herzbewegende Tragik. Nach ein paar Stunden konnte weitergefahren werden, alle waren erleichtert wie nach einer leichten Herzattacke. Niemand war verletzt, der Schaden gering. Er versuchte, sich an den Traum von der Stadt zu erinnern, den der Zusammenprall der Züge in ihm ausgelöst hatte oder der dem Ruck vorangegangen war, und es war ihm, als müßte er die Stadt nun nie wiedersehen, aber erinnern würde er sich von nun an für immer, wie sie war und wie er in ihr gelebt hatte.

Stadt ohne Gewähr!
Laßt mich nicht von irgendeiner Stadt reden, sondern von der einzigen, in der meine Ängste und Hoffnungen aus so vielen Jahren ins Netz gingen. Wie eine große, schlampige Fischerin sehe ich sie noch immer an dem großen gleichmütigen Strom sitzen und ihre silbrige und verweste Beute einziehen. Silbrig die Angst, verwest die Hoffnung.
Beim Schwarzwasser der Donau und dem Kastanienhimmel über den schimmelgrünen Kuppeln:
Laßt mich etwas von ihrem Geist hervorkehren aus dem Staub und ihren Ungeist dem Staub überantworten! Dann mag der Wind kommen und ein Herz hinwegfegen, das hier stolz und beleidigt war!
Strandgutstadt!
Denn Länder wurden an sie geschwemmt und Güter aus

anderen Ländern: die Kreuzstichdecken der Slowaken und die pechigen Schnurrbärte der Montenegriner, die Eierkörbe der Bulgaren und ein aufsässiger Akzent aus Ungarn.
Türkenmondstadt! Barrikadenstadt!
Soviel zerbröckelter Stein, soviele hohle Wände sind da, daß man es flüstern hört von langher, von weither.
O alle die Nächte, die aufkamen in Wien, soviel bittere Nächte! Und alle die Tage, die es dir hinwarf mit dem Gesumm aus Schulhäusern und Irrenanstalten, Altersheimen und Krankenzimmern, wenig gelüftet und selten geweißt, alle die Tage, von ganz schüchternen Kastanienblüten umschwärmt! O alle die Fenster, die nie aufgingen, alle die Tore, als ging's durch kein Tor hinaus, als gäb es den Himmel nicht!
Endstadt! als gäb es kein Gleis hinaus!
Hofrätliches und Abgetretenes in Kanzleien. Nie ein hartes Wort in den Vorzimmern, immer ein kränkendes. (Hinhalten, nicht abweisen.)
Es ist die Frage, ob man lieben muß, was man nicht lieben mag, aber die Stadt ist schön und ein umständlicher Dichter stieg auf den Turm von St. Stephan und huldigte ihr.
Alles ist eine Frage des Nachgebens, des Beipflichtens. Aber einige tranken den Schierlingsbecher unbedingt.
Die üble Nachrede ist mit dem weichen Herz im Vertrag. Aber einige hatten ein Herz mit einem wilden flachsigen Muskel und eine Rede, die in Rom gegolten hätte. Sie waren feindselig, verhaßt und einsam. Sie dachten genau, hielten sich rein und ließen die Quallen unter sich.
Einige hatten Worte zur Verfügung, die sie wie Leuchtkäfer in die anbrechende Nacht schickten und über die Grenzen. Und einer hatte eine Stirn, die blau und tragisch erglühte zwischen den Gezeiten aus Sprachlosigkeit.
Scheiterhaufenstadt, in der die herrlichsten Musiken ins Feuer geworfen wurden, in der bespien und geschmäht

wurde, was von den aufrechten Ketzern kam, den ungeduldigen Selbstmördern, den gründlichen Entdeckern, und alles, was von dem geradesten Geist war.
Schweigestadt! Stumme Inquisitorin mit dem unverbindlichen Lächeln.
– – – aber das Schluchzen aus lockeren Pflastersteinen, wenn einer darübertorkelt, jung, geschunden vom Schweigen, ermordet vom Lächeln. Wohin mit dem aufkommenden Schrei aus einer Tragödie?!
Komödiantenstadt! Stadt der frivolen Engel und einer Handvoll versatzamtreifer Dämonen.
Schüchterne Stadt im Zwiegespräch, schüchterner Keim in einem Gespräch von morgen.
Stadt der Witzmacher, der Speichellecker, der Spießgesellen. (Für eine Pointe wird eine Wahrheit geopfert, und gut gesagt ist halb gelogen.)
Peststadt mit dem Todesgeruch!
Beim Schwarzwasser der Donau und dem schmutzigen Öl in der Weite:
Laßt mich an den Glanz eines Tages denken, den ich auch gesehen habe, grün und weiß und nüchtern,
nach gefallenem Regen,
als die Stadt gewaschen war und gereinigt,
als sternförmig die Straßen von ihrem Kern,
ihrem starken Herz, ausliefen, gereinigt,
als die Kinder in allen Stockwerken eine neue Etüde zu üben anfingen,
als die Straßenbahnen vom Zentralfriedhof wiederkamen mit allen Kränzen und Asternsträußen vom vergangenen Jahr,
weil Auferstehung war,
vom Tod,
vom Vergessen!

Über das Ende der Reise schwieg er. Er hatte sie nicht

beenden, sondern verschwinden wollen am Ende, spurlos, unauffindbar. Er hatte endlich die Mittel gefunden, sich im Geheimen einen Auftrag geben zu lassen, der ihn nach Indonesien geführt hätte. In Indonesien brach der Krieg aus, als er die Flugkarten lösen wollte. Der Auftrag wurde hinfällig, und um einen anderen – um in ein anderes fernes Land zu kommen – mochte er sich nicht mehr bemühen; er nahm es als ein Zeichen, daß er nicht gehen sollte. Er blieb in Rom. Gedacht hatte er es sich so: Weggehen mit ihr, deren Namen er nie auszusprechen wagte. Fliehen mit ihr, nie mehr zurückkommen nach Europa, einfach leben mit ihr, wo Sonne war, Früchte waren, mit ihrem Körper leben, in keinem anderen Zusammenhang mehr und fern von allem, was bisher gewesen war. In ihrem Haar leben, in ihrem Mundwinkel, in ihrem Schoß.

Er hat immer das Absolute geliebt und den Aufbruch dahin, und ›sie‹ war nun der erste Mensch, der ihm, in bezug auf einen anderen Menschen, den Wunsch eingab, aufzubrechen und ihn mitzunehmen dahin. In allen Augenblikken, wo dieses Äußerste ihm vorschwebte, wo es zum Greifen nah war, ist er ein Raub des Fiebers geworden, hat die Sprache verloren, sich verzehrt danach, die Sprache dafür zu finden. Er hat sich verzehrt danach, einen Schritt dahin tun zu können, wo dies Äußerste für ihn war, und wollte handeln danach, ohne Rücksicht.

Aber immer ist dann einer auf ihn zugetreten, hat ihm einen Brief überbracht, der ihn an eine früher eingegangene Verpflichtung mahnte, an einen Erkrankten, einen Angehörigen, einen Durchreisenden oder an einen Termin für eine Arbeit. Oder es hat sich einer in dem Moment, als er alle Fesseln abwerfen wollte, an ihn gehängt wie ein Ertrinkender.

»Laß mich in Frieden. Laß mich doch in Ruh!« hat er dann gesagt und ist ans Fenster getreten, als gäbe es draußen etwas Besonderes zu sehen.

»Aber wir müssen noch heute Klarheit haben. Wer hat damals angefangen? Wer hat zuerst gesagt . . .?«
»Ich weiß nicht, was ich alles gesagt habe. Laß mich endlich in Ruh!«
»Und warum bist du so spät nach Hause gekommen, warum bist du so leise zur Tür herein? Hast du nicht etwas verbergen wollen? Oder gar dich!?«
»Ich habe nichts verbergen wollen. Laß mich!«
»Siehst du nicht, daß ich draufgehe, daß ich weine?«
»Gut, du weinst, du gehst drauf. Warum eigentlich?«
»Du bist fürchterlich und du weißt nicht, was du redest.«
Nein, das weiß er nicht. Er hat so oft um Frieden gebeten, aber sehr oft auch, ohne zu wissen warum, nur um sich endlich hinlegen zu können, um endlich das Licht löschen zu können, die Augen im Dunkeln in jene Ferne richten zu können, von der man ihn abbrachte.
Laßt mich in Frieden, so laßt mich doch einmal in Frieden! Er will wenigstens darüber nachdenken dürfen, warum er es aufgegeben hat, zu verschwinden, sich unsichtbar zu machen. Er wird sich nicht klar darüber. Aber es wird sich zeigen.

Wie alle Geschöpfe kommt er zu keinem Ergebnis. Er möchte nicht leben wie irgendeiner und nicht wie ein Besonderer. Er möchte mit der Zeit gehen und gegen sie stehen. Es lockt ihn, eine alte Bequemlichkeit zu loben, eine alte Schönheit, ein Pergament, eine Säule zu verteidigen. Aber es lockt ihn auch, die heutigen Dinge gegen die alten auszuspielen, einen Reaktor, eine Turbine, ein künstliches Material. Er möchte die Fronten und er möchte sie nicht. Er neigt dazu, Schwäche, Irrung und Dummheit zu verstehen, und er möchte sie bekämpfen, anprangern. Er duldet und duldet nicht. Haßt und haßt nicht. Kann nicht dulden und kann nicht hassen.
Auch das ist ein Grund zu verschwinden.

In seinem Tagebuch aus diesem Jahr stehen die Sätze:
»Ich liebe die Freiheit, die doch in allem Feststehenden zu Ende geht, und wünsche mir schwarze Erden und Katastrophen aus Licht. Aber auch dort ginge sie zu Ende, ich weiß.«
»Da es keine natürliche Untersagung und keinen natürlichen Auftrag gibt, also nicht nur erlaubt ist, was gefällt, sondern auch, was nicht gefällt (und wer weiß schon, was gefällt!), sind unzählige Gesetzgebungen und Moralsysteme möglich. Warum beschränken wir uns auf ein paar vermischte Systeme, deren noch keiner froh geworden ist?«
»Im Moralhaushalt der Menschheit, der bald ökonomisch, bald unökonomisch geführt wird, herrschen immer Pietät und Anarchie zugleich. Die Tabus liegen unaufgeräumt herum wie die Enthüllungen.«
»Warum nur einige wenige Systeme zur Herrschaft gelangten? Weil wir so zäh festhalten an Gewohnheiten, aus Furcht vor einem Denken ohne Verbotstafeln und Gebotstafeln, aus Furcht vor der Freiheit. Die Menschen lieben die Freiheit nicht. Wo immer sie aufgekommen ist, haben sie sich verworfen mit ihr.«
»Ich liebe die Freiheit, die auch ich tausendmal verraten muß. Diese unwürdige Welt ist das Ergebnis eines ununterbrochenen Verwerfens der Freiheit.«
»Freiheit, die ich meine: die Erlaubnis, da Gott die Welt in nichts bestimmt hat und zu ihrem Wie nichts getan hat, sie noch einmal neu zu begründen und neu zu ordnen. Die Erlaubnis, alle Formen aufzulösen, die moralischen zuerst, damit sich alle anderen auflösen können. Die Vernichtung jedes Glaubens, jeder Art von Glauben, um die Gründe aller Kämpfe zu vernichten. Der Verzicht auf jede überkommene Anschauung und jeden überkommenen Zustand: auf die Staaten, die Kirchen, die Organisationen, die Machtmittel, das Geld, die Waffen, die Erziehung.«
»Der große Streik: der augenblickliche Stillstand der alten

Welt. Die Niederlegung der Arbeit und des Denkens für diese alte Welt. Die Kündigung der Geschichte, nicht zugunsten der Anarchie, sondern zugunsten einer Neugründung.«

»Vorurteile – die Rassenvorurteile, Klassenvorurteile, religiösen Vorurteile und alle andern – bleiben ein Schimpf, selbst wenn sie durch Belehrung und Einsicht schwinden. Die Abschaffung von Unrecht, von Unterdrückung, jede Milderung von Härten, jede Verbesserung eines Zustandes hält doch noch die Schimpflichkeit von einst fest. Die Schändlichkeit, durch das Fortbestehen der Worte festgehalten, wird dadurch jederzeit wieder möglich gemacht.«

»Keine neue Welt ohne neue Sprache.«

Darüber ist es Frühling geworden. Eine Sonnenlache schwimmt in seinem Zimmer. Auf dem kleinen Platz vor dem Haus jubeln die Kinder, die Autohupen, die Vögel. Er muß sich zwingen, an dem Brief weiterzuschreiben. »Sehr geehrte Herren . . .« Er schreibt den Herren nicht, was die Wahrheit ist: daß er aus Gleichgültigkeit, Erschöpfung und weil er nichts mehr besseres weiß, zu Kreuz kriechen will. Ach, was heißt schon »zu Kreuz kriechen«! Nur keine großen Worte mehr! »Auf Ihr freundliches Angebot zurückkommend . . .« Ist es etwa nicht ein freundliches Angebot? Es wird angemessen sein, und es gibt wirklich keinen Grund, sich zu gut dafür vorzukommen. »Am 1. des Monats, wie Sie es wünschen, werde ich Ihnen zur Verfügung stehen. Ich hoffe . . .«

Er hofft gar nichts. Er überlegt gar nichts. Mit dem künftigen Ort und der künftigen Arbeit sich zu befassen, wird noch genug Zeit sein. Er ist mit allen Bedingungen einverstanden und stellt selber keine. Er klebt den Brief rasch und ohne Zögern zu und gibt ihn auf. Er packt seine Siebensachen, die paar Bücher, Aschenbecher, das bißchen Geschirr, läßt den Hausverwalter kommen, spricht mit ihm das Inventar durch und verläßt die Wohnung, in der er nicht heimisch geworden ist. Er hat aber noch Zeit bis zu diesem 1. des Monats und macht darum eine umständliche Anreise, langsam und genießerisch, durch die italienischen Provinzen. In Genua kommt ihn die Lust an, wieder einmal zu wandern wie in seiner Jugend, wie nach der Zeit der Gefangenschaft, als er den Weg aus dem Krieg zurück, in den er mit einem Schnellzug gefahren war, zu Fuß gesucht hatte. Er schickt seine Koffer voraus und geht übers Land, zwischen den erwachenden Reisfeldern, gegen Norden. Und weil er todmüde ist am zweiten Abend von der ungewohnten Anstrengung, tut er, was er auch schon lange nicht mehr getan hat. Er stellt sich an den Straßenrand der Autostraße nach Mailand und versucht, einen Wagen anzuhalten. Es dunkelt, aber niemand will ihn mitnehmen, bis er, schon ohne Hoffnung, noch einmal einem Auto von weitem winkt. Und dieser Wagen hält an, leise, fast lautlos. Er bringt dem Mann am Steuer, der allein ist, verlegen seinen Wunsch vor, fühlt sich schmutzig wie ein Stromer und setzt sich, deswegen eingeschüchtert, neben ihn. Er sitzt lange schweigsam und sieht manchmal den Mann verstohlen von der Seite an. Er mußte sein Alter haben. Das Gesicht gefällt ihm, die Hände gefallen ihm, die locker auf dem Lenkrad liegen. Sein Blick geht weiter und bleibt auf dem Tachometer liegen, wo die Nadel rasch aufrückt, von 100 auf 120 und dann auf 140. Er wagt nicht zu sagen, daß er lieber langsamer fahren möchte, daß er plötzlich Furcht hat vor jeder Geschwindigkeit. Er hat es nicht eilig, in ein geordnetes Leben zu kommen.

Der junge Mann sagt plötzlich: »Ich nehme sonst nie jemand mit.« Und dann, als wollte er sich entschuldigen für sein Fahren: »Ich muß noch vor Mitternacht im Zentrum sein.«

Er sieht wieder den Mann an, der unverwandt nach vorn blickt, wo die Scheinwerfer das schwarze Knäuel aus Wald,

Masten, Mauern und Büschen entwirren. Er fühlt sich jetzt ruhiger und seltsam wohl, aber sprechen möchte er gerne und die hellen Augen des Mannes wieder auf sich gerichtet fühlen, die ihn nur kurz gestreift haben.
Ja, hell mußten sie sein, er wollte es so, und er wollte sprechen und den Mann zum Beispiel fragen, ob dieses Jahr auch für ihn so schwer sei und was zu tun sei, was man zu halten habe von allem. In sich begann er dieses Gespräch mit dem Mann zu führen, während sie auf den niedrigen Vordersitzen, wie zwei Schüler, zusammengetan für eine Lektion, durch die Nacht getragen wurden, eine große Nacht, in der alle Gegenstände groß und fremd erschienen. Vor ihnen tauchte ein Lastwagen auf, sie näherten sich ihm schnell, bogen aus, aber als sie auf gleicher Höhe mit ihm waren, bog auch der Lastwagen aus, um in einen Seitenweg abzuschwenken.
Sie flogen wenige Meter vor und gegen eine Mauer.
Als er wieder zu sich kam, merkte er, daß er aufgehoben wurde; er verlor sofort wieder das Bewußtsein, spürte manchmal leichte Erschütterungen, ahnte für Augenblicke, was mit ihm geschah: er mußte in einem Krankenhaus sein, auf einem fahrbaren Bett, man gab ihm eine Spritze, redete über ihn hinweg. In seinem Kopf lichtete es sich erst, als er im Operationssaal war. Vorbereitungen waren im Gang, zwei Ärzte in Masken machten sich an einem Tisch zu schaffen, eine Ärztin näherte sich ihm, griff nach seinem Arm, rieb darauf herum, es kitzelte ein wenig, war angenehm. Plötzlich fiel ihm ein, daß es ja ernst war, und er dachte ganz still, er würde nicht mehr aufwachen, wenn sie ihn in diesen Schlaf versenkten. Er wollte etwas sagen, suchte mit der Zunge nach seiner Stimme und war glücklich, als er die paar Worte geläufig hervorbrachte. Er bat um ein Blatt Papier und einen Bleistift. Eine Schwester brachte ihm beides, und er hielt nun, während die Narkose ganz langsam zu wirken anfing, den Bleistift, setzte ihn an

auf dem Papier, das die Schwester ihm auf einer Unterlage hinhielt. Er strichelte vorsichtig: »Liebe Eltern ...« Dann durchkreuzte er die zwei Worte rasch und schrieb: »Liebste ...« Er hielt inne und dachte angestrengt nach. Er gab, indem er es zerknüllte, das Papier der Schwester zurück und schüttelte den Kopf, um ihr zu bedeuten, daß es keinen Sinn habe. Wenn er nicht mehr erwachen sollte, konnten auch solche Briefe keinen Sinn mehr haben. Er lag mit schweren Lidern da und wartete, wunderbar erschlafft, die Bewußtlosigkeit ab.

Dieses Jahr hat ihm die Knochen zerbrochen. Er liegt mit ein paar kunstvollen blau-rot unterlaufenen Narben in der Klinik und zählt die Tage nicht, bis ihm der Gipspanzer abgenommen werden soll, unter dem er zu heilen verspricht. Der Unbekannte – das hat er nun erfahren – war auf der Stelle tot gewesen. Er denkt manchmal an ihn und starrt an die Zimmerdecke. Er denkt an ihn wie an einen, der an seiner Statt gestorben ist, und er sieht ihn vor sich, mit dieser hellen Spannung im Gesicht, den jungen festen Händen am Steuer, sieht ihn auf die Mitte des Dunkels in der Welt zurasen und dort in Flammen aufgehen.

Es ist Mai geworden. Die Blumen in seinem Zimmer werden täglich durch frische und farbigere ersetzt. Die Rollläden sind mittags für Stunden heruntergelassen, und der Duft in dem Zimmer wird bewahrt.

Könnte er jetzt sein Gesicht sehen, so wäre es das eines jungen Menschen, und er würde auch nicht daran zweifeln, daß er jung ist. Denn uralt hat er sich nur gefühlt, als er sehr viel jünger gewesen war, seinen Kopf hängen ließ und die Schultern einzog, weil ihn seine Gedanken und sein Körper zu sehr beunruhigten. Als er sehr jung gewesen war, hatte er sich einen frühen Tod gewünscht, hatte nicht einmal dreißig Jahre alt werden wollen. Aber jetzt wünschte er sich das Leben. Damals hatten in seinem Kopf nur die Interpunktionszeichen für die Welt geschaukelt,

aber jetzt kamen ihm die ersten Sätze zu, in denen die Welt auftrat. Damals hatte er gemeint, alles schon zu Ende denken zu können, und hatte kaum gemerkt, daß er ja erst die ersten Schritte in eine Wirklichkeit tat, die sich nicht gleich zu Ende denken ließ und die ihm noch vieles vorenthielt.
Lange hatte er auch nicht gewußt, was er glauben sollte und ob es nicht überhaupt schmählich war, etwas zu glauben. Jetzt begann er sich selbst zu glauben, wenn er etwas tat oder sich äußerte. Er faßt Vertrauen zu sich. Den Dingen, die er sich nicht beweisen mußte, den Poren auf seiner Haut, dem Salzgeschmack des Meeres, der fruchtigen Luft und einfach allem, was nicht allgemein war, vertraute er auch.
Als er kurz vor seiner Entlassung aus der Klinik zum erstenmal in einen Spiegel sah, weil er sich die Haare selber kämmen wollte, und sich, wohlbekannt und zugleich ein wenig durchsichtiger, vor dem Kissenberg im Rücken aufgerichtet erblickte, entdeckte er inmitten der verklebten braunen Haare ein glänzendes weißes Etwas. Er befühlte es, rückte mit dem Spiegel näher: ein weißes Haar! Sein Herz schlug im Hals.
Er blickte das Haar töricht und unverwandt an.
Am Tag darauf nahm er wieder den Spiegel vor, fürchtete, mehr weiße Haare zu finden, aber da lag wieder nur das eine, und dabei blieb es.
Endlich sagte er sich: Ich lebe ja, und mein Wunsch ist es, noch lange zu leben. Das weiße Haar, dieser helle Beweis eines Schmerzes und eines ersten Alters, wie hat es mich nur so erschrecken können? Es soll stehenbleiben, und wenn es nach ein paar Tagen ausgefallen ist und so rasch kein anderes mehr erscheint, werde ich doch einen Vorgeschmack behalten und nie mehr Furcht empfinden vor dem Prozeß, der mir leibhaftig gemacht wird.
Ich lebe ja!
Er wird bald geheilt sein.

Er wird bald dreißig Jahre alt sein. Der Tag wird kommen, aber niemand wird an einen Gong schlagen und ihn künden. Nein, der Tag wird nicht kommen – er war schon da, enthalten in allen Tagen dieses Jahres, das er mit Mühe und zur Not bestanden hat. Er ist lebhaft mit dem Kommenden befaßt, denkt an Arbeit und wünscht sich, durch das Tor unten bald hinausgehen zu können, weg von den Verunglückten, den Hinfälligen und Moribunden.
Ich sage dir: Steh auf und geh! Es ist dir kein Knochen gebrochen.

Alles

Wenn wir uns, wie zwei Versteinte, zum Essen setzen oder abends an der Wohnungstür zusammentreffen, weil wir beide gleichzeitig daran denken, sie abzusperren, fühle ich unsere Trauer wie einen Bogen, der von einem Ende der Welt zum anderen reicht – also von Hanna zu mir –, und an dem gespannten Bogen einen Pfeil bereitet, der den unbewegten Himmel ins Herz treffen müßte. Wenn wir zurückgehen durch das Vorzimmer, ist sie zwei Schritte vor mir, sie geht ins Schlafzimmer, ohne »Gute Nacht« zu sagen, und ich flüchte mich in mein Zimmer, an meinen Schreibtisch, um dann vor mich hinzustarren, ihren gesenkten Kopf vor Augen und ihr Schweigen im Ohr. Ob sie sich hinlegt und zu schlafen versucht oder wach ist und wartet? Worauf? – da sie nicht auf mich wartet!
Als ich Hanna heiratete, geschah es weniger ihretwegen, als weil sie das Kind erwartete. Ich hatte keine Wahl, brauchte keinen Entschluß zu fassen. Ich war bewegt, weil sich etwas vorbereitete, das neu war und von uns kam, und weil mir die Welt zuzunehmen schien. Wie der Mond, gegen den man sich dreimal verbeugen soll, wenn er neu erscheint und zart und hauchfarben am Anfang seiner Bahn steht. Es gab Augenblicke der Abwesenheit, die ich vorher nicht gekannt hatte. Selbst im Büro – obwohl ich mehr als genug zu tun hatte – oder während einer Konferenz entrückte ich plötzlich in diesen Zustand, in dem ich mich nur dem Kind zuwandte, diesem unbekannten, schemenhaften Wesen, und ihm entgegenging mit all meinen Gedanken bis in den warmen lichtlosen Leib, in dem es gefangen lag.
Das Kind, das wir erwarteten, veränderte uns. Wir gingen

kaum mehr aus und vernachlässigten unsere Freunde; wir suchten eine größere Wohnung und richteten uns besser und endgültiger ein. Aber des Kindes wegen, auf das ich wartete, begann alles sich für mich zu verändern; ich kam auf Gedanken, unvermutet, wie man auf Minen kommt, von solcher Sprengkraft, daß ich hätte zurückschrecken müssen, aber ich ging weiter, ohne Sinn für die Gefahr.
Hanna mißverstand mich. Weil ich nicht zu entscheiden wußte, ob der Kinderwagen große oder kleine Räder haben solle, schien ich gleichgültig. (Ich weiß wirklich nicht. Ganz wie du willst. Doch, ich höre.) Wenn ich mit ihr in Geschäften herumstand, wo sie Hauben, Jäckchen und Windeln aussuchte, zwischen Rosa und Blau, Kunstwolle und echter Wolle schwankte, warf sie mir vor, daß ich nicht bei der Sache sei. Aber ich war es nur zu sehr.
Wie soll ich bloß ausdrücken, was in mir vorging? Es erging mir wie einem Wilden, der plötzlich aufgeklärt wird, daß die Welt, in der er sich bewegt, zwischen Feuerstätte und Lager, zwischen Sonnenaufgang und Sonnenuntergang, zwischen Jagd und Mahlzeit, auch die Welt ist, die Jahrmillionen alt ist und vergehen wird, die einen nichtigen Platz unter vielen Sonnensystemen hat, die sich mit großer Geschwindigkeit um sich selbst und zugleich um die Sonne dreht. Ich sah mich mit einemmal in anderen Zusammenhängen, mich und das Kind, das zu einem bestimmten Zeitpunkt, Anfang oder Mitte November, an die Reihe kommen sollte mit seinem Leben, genauso wie einst ich, genau wie alle vor mir.
Man muß es sich nur recht vorstellen. Diese ganze Abstammung! Wie vorm Einschlafen die schwarzen und weißen Schafe (ein schwarzes, ein weißes, ein schwarzes, ein weißes, und so fort), eine Vorstellung, die einen bald stumpf und dösig und bald verzweifelt wach machen kann. Ich habe nach diesem Rezept nie einschlafen können, obwohl Hanna, die es von ihrer Mutter hat, beschwört, es sei

beruhigender als ein Schlafmittel. Vielleicht ist es für viele beruhigend, an diese Kette zu denken: Und Sem zeugte Arpachsad. Als Arpachsad fünfunddreißig Jahre alt war, zeugte er den Selah. Und Selah zeugte den Heber. Und Heber den Peleg. Als Peleg dreißig Jahre alt war, zeugte er den Regu, Regu den Serug und Serug den Nahor, und jeder außerdem noch viele Söhne und Töchter danach, und die Söhne zeugten immer wieder Söhne, nämlich Nahor den Tharah und Tharah den Abram, den Nahor und den Haran. Ich probierte ein paarmal, diesen Prozeß durchzudenken, nicht nur nach vorn, sondern auch nach hinten, bis zu Adam und Eva, von denen wir wohl kaum abstammen, oder bis zu den Hominiden, von denen wir vielleicht herkommen, aber es gibt in jedem Fall ein Dunkel, in dem diese Kette sich verliert, und daher ist es auch belanglos, ob man sich an Adam und Eva oder an zwei andere Exemplare klammert. Nur wenn man sich nicht anklammern möchte und besser fragt, wozu jeder einmal an der Reihe war, weiß man mit der Kette nicht ein und aus und mit all den Zeugungen nichts anzufangen, mit den ersten und letzten Leben nichts. Denn jeder kommt nur einmal an die Reihe für das Spiel, das er vorfindet und zu begreifen angehalten wird: Fortpflanzung und Erziehung, Wirtschaft und Politik, und beschäftigen darf er sich mit Geld und Gefühl, mit Arbeit und Erfindung und der Rechtfertigung der Spielregel, die sich Denken nennt.
Da wir uns aber schon einmal so vertrauensvoll vermehren, muß man sich wohl abfinden. Das Spiel braucht die Spieler. (Oder brauchen die Spieler das Spiel?) Ich war ja auch so vertrauensvoll in die Welt gesetzt worden, und nun hatte ich ein Kind in die Welt gesetzt.
Jetzt zitterte ich schon bei dem Gedanken.
Ich fing an, *alles* auf das Kind hin anzusehen. Meine Hände zum Beispiel, die es einmal berühren und halten würden, unsere Wohnung im dritten Stock, die Kandlgasse,

den VII. Bezirk, die Wege kreuz und quer durch die Stadt bis hinunter zu den Praterauen und schließlich die ganze angeräumte Welt, die ich ihm erklären würde. Von mir sollte es die Namen hören: Tisch und Bett, Nase und Fuß. Auch Worte wie: Geist und Gott und Seele, meinem Dafürhalten nach unbrauchbare Worte, aber verheimlichen konnte man sie nicht, und später Worte, so komplizierte wie: Resonanz, Diapositiv, Chiliasmus und Astronautik. Ich würde dafür zu sorgen haben, daß mein Kind erfuhr, was alles bedeutete und wie alles zu gebrauchen sei, eine Türklinke und ein Fahrrad, ein Gurgelwasser und ein Formular. In meinem Kopf wirbelte es.

Als das Kind kam, hatte ich natürlich keine Verwendung für die große Lektion. Es war da, gelbsüchtig, zerknittert, erbarmungswürdig, und ich war auf eins nicht vorbereitet – daß ich ihm einen Namen geben mußte. Ich einigte mich in aller Eile mit Hanna, und wir ließen drei Namen ins Register eintragen. Den meines Vaters, den ihres Vaters und den meines Großvaters. Von den drei Namen wurde nie einer verwendet. Am Ende der ersten Woche hieß das Kind Fipps. Ich weiß nicht, wie es dazu kam. Vielleicht war ich sogar mitschuldig, denn ich versuchte, wie Hanna, die ganz unerschöpflich im Erfinden und Kombinieren von sinnlosen Silben war, es mit Kosenamen zu rufen, weil die eigentlichen Namen so gar nicht passen wollten auf das winzige nackte Geschöpf. Aus dem Hin und Her von Anbiederungen entstand dieser Name, der mich immer mehr aufgebracht hat im Lauf der Jahre. Manchmal legte ich ihn sogar dem Kind selbst zur Last, als hätte es sich wehren können, als wäre alles kein Zufall gewesen. Fipps! Ich werde ihn weiter so nennen müssen, ihn lächerlich machen müssen über den Tod hinaus und uns dazu.

Als Fipps in seinem blauweißen Bett lag, wachend, schlafend, und ich nur dazu taugte, ihm ein paar Speicheltropfen oder säuerliche Milch vom Mund zu wischen, ihn aufzuheben, wenn er schrie, in der Hoffnung, ihm Erleichterung zu verschaffen, dachte ich zum erstenmal, daß auch er etwas vorhabe mit mir, daß er mir aber Zeit lasse, dahinter zu kommen, ja unbedingt Zeit lassen wolle, wie ein Geist, der einem erscheint und ins Dunkel zurückkehrt und wiederkommt, die gleichen undeutbaren Blicke aussendend. Ich saß oft neben seinem Bett, sah nieder auf dieses wenig bewegte Gesicht, in diese richtungslos blickenden Augen und studierte seine Züge wie eine überlieferte Schrift, für deren Entzifferung es keinen Anhaltspunkt gibt. Ich war froh zu merken, daß Hanna sich unbeirrt an das Nächstliegende hielt, ihm zu trinken gab, ihn schlafen ließ, weckte, umbettete, wickelte, wie es die Vorschrift war. Sie putzte ihm die Nase mit kleinen Wattepfröpfchen und stäubte eine Puderwolke zwischen seine dicken Schenkel, als wäre ihm und ihr damit für alle Zeit geholfen.

Nach ein paar Wochen versuchte sie, ihm ein erstes Lächeln zu entlocken. Aber als er uns dann damit überraschte, blieb die Grimasse doch rätselvoll und beziehungslos für mich. Auch wenn er seine Augen immer häufiger und genauer auf uns richtete oder die Ärmchen ausstreckte, kam mir der Verdacht, daß nichts gemeint sei und daß wir nur anfingen, ihm die Gründe zu suchen, die er später einmal annehmen würde. Nicht Hanna, und vielleicht kein Mensch, hätte mich verstanden, aber in dieser Zeit begann meine Beunruhigung. Ich fürchte, ich fing damals schon an, mich von Hanna zu entfernen, sie immer mehr auszuschließen und fernzuhalten von meinen wahren Gedanken. Ich entdeckte eine Schwachheit in mir – das Kind hatte sie mich entdecken lassen – und das Gefühl, einer Niederlage entgegenzugehen. Ich war dreißig Jahre alt wie Hanna, die zart und jung aussah wie nie zuvor. Aber mir hatte das Kind keine neue Jugend gegeben. In dem Maß, in dem es seinen Kreis vergrößerte, steckte ich den meinen zurück. Ich ging an die Wand, bei jedem Lächeln, jedem Jubel, je-

dem Schrei. Ich hatte nicht die Kraft, dieses Lächeln, dieses Gezwitscher, diese Schreie im Keim zu ersticken. Darauf wäre es nämlich angekommen!
Die Zeit, die mir blieb, verging rasch. Fipps saß aufrecht im Wagen, bekam die ersten Zähne, jammerte viel; bald streckte er sich, stand schwankend, zusehends fester, rutschte auf Knien durchs Zimmer, und eines Tages kamen die ersten Worte. Es war nicht mehr aufzuhalten, und ich wußte noch immer nicht, was zu tun war.
Was nur? Früher hatte ich gedacht, ihn die Welt lehren zu müssen. Seit den stummen Zwiesprachen mit ihm war ich irregeworden und anders belehrt. Hatte ich es, zum Beispiel, nicht in der Hand, ihm die Benennung der Dinge zu verschweigen, ihn den Gebrauch der Gegenstände nicht zu lehren? Er war der erste Mensch. Mit ihm fing alles an, und es war nicht gesagt, daß alles nicht auch ganz anders werden konnte durch ihn. Sollte ich ihm nicht die Welt überlassen, blank und ohne Sinn? Ich mußte ihn ja nicht einweihen in Zwecke und Ziele, nicht in Gut und Böse, in das, was wirklich ist und was nur so scheint. Warum sollte ich ihn zu mir herüberziehen, ihn wissen und glauben, freuen und leiden machen! Hier, wo wir stehen, ist die Welt die schlechteste aller Welten, und keiner hat sie verstanden bis heute, aber wo er stand, war nichts entschieden. Noch nichts. Wie lange noch?
Und ich wußte plötzlich: alles ist eine Frage der Sprache und nicht nur dieser einen deutschen Sprache, die mit anderen geschaffen wurde in Babel, um die Welt zu verwirren. Denn darunter schwelt noch eine Sprache, die reicht bis in die Gesten und Blicke, das Abwickeln der Gedanken und den Gang der Gefühle, und in ihr ist schon all unser Unglück. Alles war eine Frage, ob ich das Kind bewahren konnte vor unserer Sprache, bis es eine neue begründet hatte und eine neue Zeit einleiten konnte.
Oft ging ich mit Fipps allein aus dem Haus, und wenn ich

an ihm wiederfand, was Hanna an ihm begangen hatte, Zärtlichkeiten, Koketterien, Spielereien, entsetzte ich mich. Er geriet uns nach. Aber nicht nur Hanna und mir, nein, den Menschen überhaupt. Doch es gab Augenblicke, in denen er sich selbst verwaltete, und dann beobachtete ich ihn inständig. Alle Wege waren ihm gleich. Alle Wesen gleich. Hanna und ich standen ihm gewiß nur näher, weil wir uns andauernd in seiner Nähe zu schaffen machten. Es war ihm gleich. Wie lange noch?

Er fürchtete sich. Aber noch nicht vor einer Lawine oder einer Niedertracht, sondern vor einem Blatt, das an einem Baum in Bewegung geriet. Vor einem Schmetterling. Die Fliegen erschreckten ihn maßlos. Und ich dachte: wie wird er leben können, wenn erst ein ganzer Baum sich im Wind biegen wird und ich ihn so im unklaren lasse!

Er traf mit einem Nachbarskind auf der Treppe zusammen; er griff ihm ungeschickt mitten ins Gesicht, wich zurück, und wußte vielleicht nicht, daß er ein Kind vor sich hatte. Früher hatte er geschrien, wenn er sich schlecht fühlte, aber wenn er jetzt schrie, ging es um mehr. Vor dem Einschlafen geschah es oft oder wenn man ihn aufhob, um ihn zu Tisch zu bringen, oder wenn man ihm ein Spielzeug wegnahm. Eine große Wut war in ihm. Er konnte sich auf den Boden legen, im Teppich festkrallen und brüllen, bis sein Gesicht blau wurde und ihm Schaum vor dem Mund stand. Im Schlaf schrie er auf, als hätte sich ein Vampir auf seine Brust gesetzt. Diese Schreie bestärkten mich in der Meinung, daß er sich noch zu schreien traute und seine Schreie wirkten.

O eines Tages!

Hanna ging mit zärtlichen Vorwürfen herum und nannte ihn ungezogen. Sie drückte ihn an sich, küßte ihn oder blickte ihn ernst an und lehrte ihn, seine Mutter nicht zu kränken. Sie war eine wundervolle Versucherin. Sie stand unentwegt über den namenlosen Fluß gebeugt und wollte ihn herüberziehen, ging auf und ab an unserem Ufer und lockte ihn mit Schokoladen und Orangen, Brummkreiseln und Teddybären.

Und wenn die Bäume Schatten warfen, meinte ich, eine Stimme zu hören: Lehr ihn die Schattensprache! Die Welt ist ein Versuch, und es ist genug, daß dieser Versuch immer in derselben Weise wiederholt worden ist mit demselben Ergebnis. Mach einen anderen Versuch! Laß ihn zu Schatten gehn! Das Ergebnis war bisher: ein Leben in Schuld, Liebe und Verzweiflung. (Ich hatte begonnen, an alles im allgemeinen zu denken; mir fielen dann solche Worte ein.) Ich aber könnte ihm die Schuld ersparen, die Liebe und jedes Verhängnis und ihn für ein anderes Leben freimachen.

Ja, sonntags wanderte ich mit ihm durch den Wienerwald, und wenn wir an ein Wasser kamen, sagte es in mir: Lehr ihn die Wassersprache! Es ging über Steine. Über Wurzeln. Lehr ihn die Steinsprache! Wurzle ihn neu ein! Die Blätter fielen, denn es war wieder Herbst. Lehr ihn die Blättersprache!

Aber da ich kein Wort aus solchen Sprachen kannte oder fand, nur meine Sprache hatte und nicht über deren Grenze gelangen konnte, trug ich ihn stumm die Wege hinauf und hinunter und wieder heim, wo er lernte, Sätze zu bilden, und in die Falle ging. Er äußerte schon Wünsche, sprach Bitten aus, befahl oder redete um des Redens willen. Auf späteren Sonntagsgängen riß er Grashalme aus, hob Würmer auf, fing Käfer ein. Jetzt waren sie ihm schon nicht mehr gleich, er untersuchte sie, tötete sie, wenn ich sie ihm nicht noch rechtzeitig aus der Hand nahm. Zu Hause zerlegte er Bücher und Schachteln und seinen Hampelmann. Er riß alles an sich, biß hinein, betastete alles, warf es weg oder nahm es an! O eines Tages. Eines Tages würde er Bescheid wissen.

Hanna hat mich, in dieser Zeit, als sie noch mitteilsamer

war, oft auf das, was Fipps sagte, aufmerksam gemacht; sie war bezaubert von seinen unschuldigen Blicken, unschuldigen Reden und seinem Tun. Ich aber konnte überhaupt keine Unschuld in dem Kind entdecken, seit es nicht mehr wehrlos und stumm wie in den ersten Wochen war. Und damals war es wohl nicht unschuldig, sondern nur unfähig zu einer Äußerung gewesen, ein Bündel aus feinem Fleisch und Flachs, mit dünnem Atem, mit einem riesigen dumpfen Kopf, der wie ein Blitzableiter die Botschaften der Welt entschärfte.

In einer Sackgasse neben dem Haus durfte der ältere Fipps öfter mit anderen Kindern spielen. Einmal, gegen Mittag, als ich nach Hause wollte, sah ich ihn mit drei kleinen Buben Wasser in einer Konservenbüchse auffangen, das längs dem Randstein abfloß. Dann standen sie im Kreis, redeten. Es sah wie eine Beratung aus. (So berieten Ingenieure, wo sie mit den Bohrungen beginnen, wo den Einstich machen sollten.) Sie hockten sich auf das Pflaster nieder, und Fipps, der die Büchse hielt, war schon dabei, sie auszuschütten, als sie sich wieder erhoben, drei Pflastersteine weitergingen. Aber auch dieser Platz schien sich für das Vorhaben nicht zu eignen. Sie erhoben sich noch einmal. Es lag eine Spannung in der Luft. Welch männliche Spannung! Es mußte etwas geschehen! Und dann fanden sie, einen Meter entfernt, den Ort. Sie hockten sich wieder nieder, verstummten, und Fipps neigte die Büchse. Das schmutzige Wasser floß über die Steine. Sie starrten darauf, stumm und feierlich. Es war geschehen, vollbracht. Vielleicht gelungen. Es mußte gelungen sein. Die Welt konnte sich auf diese kleinen Männer verlassen, die sie weiterbrachten. Sie würden sie weiterbringen, dessen war ich nun ganz sicher. Ich ging ins Haus, nach oben, und warf mich auf das Bett in unserem Schlafzimmer. Die Welt war weitergebracht worden, der Ort war gefunden, von dem aus man sie vorwärtsbrachte, immer in dieselbe

Richtung. Ich hatte gehofft, mein Kind werde die Richtung nicht finden. Und einmal, vor langer Zeit, hatte ich sogar gefürchtet, daß es sich nicht zurechtfinden werde. Ich Narr hatte gefürchtet, es werde die Richtung nicht finden!
Ich stand auf und schüttete mir ein paar Hände voll kaltes Leitungswasser ins Gesicht. Ich wollte dieses Kind nicht mehr. Ich haßte es, weil es zu gut verstand, weil ich es schon in allen Fußtapfen sah.
Ich ging herum und dehnte meinen Haß aus auf alles, was von den Menschen kam, auf die Straßenbahnlinien, die Hausnummern, die Titel, die Zeiteinteilung, diesen ganzen verfilzten, ausgeklügelten Wust, der sich Ordnung nennt, gegen die Müllabfuhr, die Vorlesungsverzeichnisse, Standesämter, diese ganzen erbärmlichen Einrichtungen, gegen die man nicht mehr anrennen kann, gegen die auch nie jemand anrennt, diese Altäre, auf denen ich geopfert hatte, aber nicht gewillt war, mein Kind opfern zu lassen. Wie kam mein Kind dazu? Es hatte die Welt nicht eingerichtet, hatte ihre Beschädigung nicht verursacht. Warum sollte es sich darin einrichten! Ich schrie das Einwohneramt und die Schulen und die Kasernen an: Gebt ihm eine Chance! Gebt meinem Kind, eh es verdirbt, eine einzige Chance! Ich wütete gegen mich, weil ich meinen Sohn in diese Welt gezwungen hatte und nichts zu seiner Befreiung tat. Ich war es ihm schuldig, ich mußte handeln, mit ihm weggehen, mit ihm auf eine Insel verziehen. Aber wo gibt es diese Insel, von der aus ein neuer Mensch eine neue Welt begründen kann? Ich war mit dem Kind gefangen und verurteilt von vornherein, die alte Welt mitzumachen. Darum ließ ich das Kind fallen. Ich ließ es aus meiner Liebe fallen. Dieses Kind war ja zu allem fähig, nur dazu nicht, auszutreten, den Teufelskreis zu durchbrechen.
Fipps verspielte die Jahre bis zur Schule. Er verspielte sie im wahrsten Sinn des Wortes. Ich gönnte ihm Spiele, aber nicht diese, die ihn hinwiesen auf spätere Spiele. Verstek-

ken und Fangen, Abzählen und Ausscheiden, Räuber und Gendarm. Ich wollte für ihn ganz andere, reine Spiele, andere Märchen als die bekannten. Aber mir fiel nichts ein, und er war nur auf Nachahmung aus. Man hält es nicht für möglich, aber es gibt keinen Ausweg für unsereins. Immer wieder teilt sich alles in oben und unten, gut und böse, hell und dunkel, in Zahl und Güte, Freund und Feind, und wo in den Fabeln andere Wesen oder Tiere auftauchen, nehmen sie gleich wieder die Züge von Menschen an.

Weil ich nicht mehr wußte, wie und woraufhin ich ihn bilden sollte, gab ich es auf. Hanna merkte, daß ich mich nicht mehr um ihn kümmerte. Einmal versuchten wir, darüber zu sprechen, und sie starrte mich an wie ein Ungeheuer. Ich konnte nicht alles vorbringen, weil sie aufstand, mir das Wort abschnitt und ins Kinderzimmer ging. Es war abends, und von diesem Abend an begann sie, die früher so wenig wie ich auf die Idee gekommen wäre, mit dem Kind zu beten: Müde bin ich, geh zur Ruh. Lieber Gott, mach mich fromm. Und ähnliches. Ich kümmerte mich auch darum nicht, aber sie werden es wohl weit gebracht haben in ihrem Repertoire. Ich glaube, sie wünschte damit, ihn unter einen Schutz zu stellen. Es wäre ihr alles recht gewesen, ein Kreuz oder ein Maskottchen, ein Zauberspruch oder sonstwas. Im Grund hatte sie recht, da Fipps bald unter die Wölfe fallen und bald mit den Wölfen heulen würde. ›Gott befohlen‹ war vielleicht die letzte Möglichkeit. Wir lieferten ihn beide aus, jeder auf seine Weise.

Wenn Fipps mit einer schlechten Note aus der Schule heimkam, sagte ich kein Wort, aber ich tröstete ihn auch nicht. Hanna quälte sich insgeheim. Sie setzte sich regelmäßig nach dem Mittagessen hin und half ihm bei seinen Aufgaben, hörte ihn ab. Sie machte ihre Sache so gut, wie man sie nur machen kann. Aber ich glaubte ja nicht an die gute Sache. Es war mir gleichgültig, ob Fipps später aufs Gymnasium kommen würde oder nicht, ob aus ihm etwas

Rechtes würde oder nicht. Ein Arbeiter möchte seinen Sohn als Arzt sehen, ein Arzt den seinen zumindest als Arzt. Ich verstehe das nicht. Ich wollte Fipps weder gescheiter noch besser als uns wissen. Ich wollte auch nicht von ihm geliebt sein; er brauchte mir nicht zu gehorchen, mir nie zu Willen zu sein. Nein, ich wollte ... Er sollte doch nur von vorn beginnen, mir zeigen mit einer einzigen Geste, daß er nicht unsere Gesten nachvollziehen mußte. Ich habe keine an ihm gesehen. Ich war neu geboren, aber er war es nicht! Ich war es ja, ich war der erste Mensch und habe alles verspielt, hab nichts getan!

Ich wünschte für Fipps nichts, ganz und gar nichts. Ich beobachtete ihn nur weiter. Ich weiß nicht, ob ein Mann sein eigenes Kind so beobachten darf. Wie ein Forscher einen ›Fall‹. Ich betrachtete diesen hoffnungslosen Fall Mensch. Dieses Kind, das ich nicht lieben konnte, wie ich Hanna liebte, die ich doch nie ganz fallen ließ, weil sie mich nicht enttäuschen konnte. Sie war schon von der Art Menschen gewesen wie ich, als ich sie angetroffen hatte, wohlgestalt, erfahren, ein wenig besonders und doch wieder nicht, eine Frau und dann meine Frau. Ich machte diesem Kind und mir den Prozeß – ihm, weil es eine höchste Erwartung zunichte machte, mir, weil ich ihm den Boden nicht bereiten konnte. Ich hatte erwartet, daß dieses Kind, weil es ein Kind war – ja, ich hatte erwartet, daß es die Welt erlöse. Es hört sich an wie eine Ungeheuerlichkeit. Ich habe auch wirklich ungeheuerlich gehandelt an dem Kind, aber das ist keine Ungeheuerlichkeit, was ich erhoffte. Ich war nur nicht vorbereitet gewesen, wie alle vor mir, auf das Kind. Ich hatte mir nichts dabei gedacht, wenn ich Hanna umarmte, wenn ich beruhigt war in dem finsteren Schoß – ich konnte nicht denken. Es war gut, Hanna zu heiraten, nicht nur wegen des Kindes, aber ich war später nie mehr glücklich mit ihr, sondern nur darauf bedacht, daß sie nicht noch ein Kind bekäme. Sie wünschte es sich, ich habe Grund,

das anzunehmen, obwohl sie jetzt nicht mehr davon spricht, nichts dergleichen tut. Man möchte meinen, daß Hanna jetzt erst recht wieder an ein Kind denkt, aber sie ist versteint. Sie geht nicht von mir und kommt nicht zu mir. Sie hadert mit mir, wie man mit einem Menschen nicht hadern darf, da er nicht Herr über solche Unbegreiflichkeiten wie Tod und Leben ist. Sie hätte damals gern eine ganze Brut aufgezogen, und das verhinderte ich. Ihr waren alle Bedingungen recht und mir keine. Sie erklärte mir einmal, als wir uns stritten, was alles sie für Fipps tun und haben wolle. *Alles:* ein lichteres Zimmer, mehr Vitamine, einen Matrosenanzug, mehr Liebe, die ganze Liebe, einen Liebesspeicher wollte sie anlegen, der reichen sollte ein Leben lang, wegen draußen, wegen der Menschen . . . eine gute Schulbildung, Fremdsprachen, auf seine Talente merken. – Sie weinte und kränkte sich, weil ich darüber lachte. Ich glaube, sie dachte keinen Augenblick lang, daß Fipps zu den Menschen ›draußen‹ gehören werde, daß er wie sie verletzen, beleidigen, übervorteilen, töten könne, daß er auch nur einer Niedrigkeit fähig sein werde, und ich hatte allen Grund, das anzunehmen. Denn das Böse, wie wir es nennen, steckte in dem Kind wie eine Eiterquelle. An die Geschichte mit dem Messer brauche ich deswegen noch gar nicht zu denken. Es fing viel früher an, als er etwa drei oder vier Jahre alt war. Ich kam dazu, wie er zornig und plärrend umherging; ein Turm mit Bauklötzen war ihm umgefallen. Plötzlich hielt er inne im Lamentieren und sagte leise und nachdrücklich: »Das Haus anzünden werde ich euch. Alles kaputtmachen. Euch alle kaputtmachen.« Ich hob ihn auf die Knie, streichelte ihn, versprach ihm, den Turm wieder aufzubauen. Er wiederholte seine Drohungen. Hanna, die dazutrat, war zum erstenmal unsicher. Sie wies ihn zurecht und fragte ihn, wer ihm solche Sachen sage. Er antwortete fest: »Niemand.«
Dann stieß er ein kleines Mädchen, das im Haus wohnte,

die Stiegen hinunter, war wohl sehr erschrocken danach, weinte, versprach, es nie wieder zu tun, und tat es doch noch einmal. Eine Zeitlang schlug er bei jeder Gelegenheit nach Hanna. Auch das verging wieder.
Ich vergesse freilich, mir vorzuhalten, wieviel hübsche Dinge er sagte, wie zärtlich er sein konnte, wie rotglühend er morgens aufwachte. Ich habe das alles auch bemerkt, war oft versucht, ihn dann schnell zu nehmen, zu küssen, wie Hanna es tat, aber ich wollte mich nicht darüber beruhigen und mich täuschen lassen. Ich war auf der Hut. Denn es war keine Ungeheuerlichkeit, was ich erhoffte. Ich hatte mit meinem Kind nichts Großes vor, aber diese Wenigkeit, diese geringe Abweichung wünschte ich. Wenn ein Kind freilich Fipps heißt ... Mußte es seinem Namen solche Ehre machen? Kommen und Gehen mit einem Schoßhundnamen. Elf Jahre in Dressurakt auf Dressurakt vertun. (Essen mit der schönen Hand. Gerade gehen. Winken. Nicht sprechen mit vollem Mund.)
Seit er zur Schule ging, war ich bald mehr außer Haus als zu Hause zu finden. Ich war zum Schachspielen im Kaffeehaus oder ich schloß mich, Arbeit vorschützend, in mein Zimmer ein, um zu lesen. Ich lernte Betty kennen, eine Verkäuferin von der Maria Hilferstraße, der ich Strümpfe, Kinokarten oder etwas zum Essen mitbrachte, und gewöhnte sie an mich. Sie war kurz angebunden, anspruchslos, unterwürfig und höchstens eßlustig bei aller Lustlosigkeit, mit der sie ihre freien Abende zubrachte. Ich ging ziemlich oft zu ihr, während eines Jahres, legte mich neben sie auf das Bett in ihrem möblierten Zimmer, wo sie, während ich ein Glas Wein trank, Illustrierte las und dann auf meine Zumutungen ohne Befremden einging. Es war eine Zeit der größten Verwirrung, wegen des Kindes. Ich schlief nie mit Betty, im Gegenteil, ich war auf der Suche nach Selbstbefriedigung, nach der lichtscheuen, verpönten Befreiung von der Frau und dem Geschlecht. Um nicht

eingefangen zu werden, um unabhängig zu sein. Ich wollte mich nicht mehr zu Hanna legen, weil ich ihr nachgegeben hätte.

Obwohl ich mich nicht bemühte, mein abendliches Ausbleiben durch so lange Zeit zu bemänteln, war mir, als lebte Hanna ohne Verdacht. Eines Tages entdeckte ich, daß es anders war; sie hatte mich schon einmal mit Betty im Café Elsahof gesehen, wo wir uns oft nach Geschäftsschluß trafen, und gleich zwei Tage darauf wieder, als ich mit Betty um Kinokarten vor dem Kosmoskino in einer Schlange stand. Hanna verhielt sich sehr ungewöhnlich, blickte über mich hinweg wie über einen Fremden, so daß ich nicht wußte, was zu tun war. Ich nickte ihr gelähmt zu, rückte, Bettys Hand in der meinen fühlend, weiter vor zur Kasse und ging, so unglaublich es mir nachträglich erscheint, wirklich ins Kino. Nach der Vorstellung, während der ich mich vorbereitete auf Vorwürfe und meine Verteidigung erprobte, nahm ich ein Taxi für den kurzen Heimweg, als ob ich damit noch etwas hätte gutmachen oder verhindern können. Da Hanna kein Wort sagte, stürzte ich mich in meinen vorbereiteten Text. Sie schwieg beharrlich, als redete ich zu ihr von Dingen, die sie nichts angingen. Schließlich tat sie doch den Mund auf und sagte schüchtern, ich solle doch an das Kind denken. »Fipps zuliebe . . .«, dieses Wort kam vor! Ich war geschlagen, ihrer Verlegenheit wegen, bat sie um Verzeihung, ging in die Knie, versprach das Nie-wieder, und ich sah Betty wirklich nie wieder. Ich weiß nicht, warum ich ihr trotzdem zwei Briefe schrieb, auf die sie sicher keinen Wert legte. Es kam keine Antwort, und ich wartete auch nicht auf Antwort. Als hätte ich mir selbst oder Hanna diese Briefe zukommen lassen wollen, hatte ich mich darin preisgegeben wie nie zuvor einem Menschen. Manchmal fürchtete ich, von Betty erpreßt zu werden. Wieso erpreßt? Ich schickte ihr Geld. Wieso eigentlich, da Hanna von ihr wußte?

Diese Verwirrung. Diese Öde.
Ich fühlte mich ausgelöscht als Mann, impotent. Ich wünschte mir, es zu bleiben. Wenn da eine Rechnung war, würde sie aufgehen zu meinen Gunsten. Austreten aus dem Geschlecht, zu Ende kommen, ein Ende, dahin sollte es nur kommen!
Aber alles, was geschah, handelt nicht etwa von mir oder Hanna oder Fipps, sondern von Vater und Sohn, einer Schuld und einem Tod.
In einem Buch las ich einmal den Satz: »Es ist nicht die Art des Himmels, das Haupt zu erheben.« Es wäre gut, wenn alle wüßten von diesem Satz, der von der Unart des Himmels spricht. O nein, es ist wahrhaftig nicht seine Art, herabzublicken, Zeichen zu geben den Verwirrten unter ihm. Wenigstens nicht, wo ein so dunkles Drama stattfindet, in dem auch er, dieses erdachte Oben, mitspielt. Vater und Sohn. Ein Sohn – daß es das gibt, das ist das Unfaßbare. Mir fallen jetzt solche Worte ein, weil es für diese finstere Sache kein klares Wort gibt; sowie man daran denkt, kommt man um den Verstand. Finstere Sache: denn da war mein Samen, undefinierbar und mir selbst nicht geheuer, und dann Hannas Blut, in dem das Kind genährt worden war und das die Geburt begleitete, alles zusammen eine finstere Sache. Und es hatte mit Blut geendet, mit seinem schallend leuchtenden Kinderblut, das aus der Kopfwunde geflossen ist.
Er konnte nichts sagen, als er dort auf dem Felsvorsprung der Schlucht lag, nur zu dem Schüler, der zuerst bei ihm anlangte: »Du.« Er wollte die Hand heben, ihm etwas bedeuten oder sich an ihn klammern. Die Hand ging aber nicht mehr hoch. Und endlich flüsterte er doch, als sich ein paar Augenblicke später der Lehrer über ihn beugte:
»Ich möchte nach Hause.«
Ich werde mich hüten, dieses Satzes wegen zu glauben, es hätte ihn ausdrücklich nach Hanna und mir verlangt. Man

will nämlich nach Hause, wenn man sich sterben fühlt, und er fühlte es. Er war ein Kind, hatte keine großen Botschaften zu bestellen. Fipps war nämlich nur ein ganz gewöhnliches Kind, es konnte ihm nichts in die Quere kommen bei seinen letzten Gedanken. Die anderen Kinder und der Lehrer hatten dann Stöcke gesucht, eine Bahre daraus gemacht, ihn bis ins Oberdorf getragen. Unterwegs, fast gleich nach den ersten Schritten, war er gestorben. Dahingegangen? Verschieden? In der Parte schrieben wir: ». . . wurde uns unser einziges Kind . . . durch einen Unglücksfall entrissen.« In der Druckerei fragte der Mann, der die Bestellung aufnahm, ob wir nicht »unser einziges innigstgeliebtes Kind« schreiben wollten, aber Hanna, die am Apparat war, sagte nein, es verstehe sich, geliebt und innigstgeliebt, es komme auch gar nicht mehr darauf an. Ich war so töricht, sie umarmen zu wollen für diese Auskunft; so sehr lagen meine Gefühle für sie darnieder. Sie schob mich weg. Nimmt sie mich überhaupt noch wahr? Was, um alles in der Welt, wirft sie mir vor?

Hanna, die ihn allein umsorgt hatte seit langem, geht unerkennbar umher, als fiele der Scheinwerfer nicht mehr auf sie, der sie angeleuchtet hatte, wenn sie mit Fipps und durch Fipps im Mittelpunkt stand. Es läßt sich nichts mehr über sie sagen, als hätte sie weder Eigenschaften noch Merkmale. Früher war sie doch fröhlich und lebhaft gewesen, ängstlich, sanft und streng, immer bereit, das Kind zu lenken, laufen zu lassen und wieder eng an sich zu ziehen. Nach dem Vorfall mit dem Messer zum Beispiel hatte sie ihre schönste Zeit, sie glühte vor Großmut und Einsicht, sie durfte sich zu dem Kind bekennen und zu seinen Fehlern, sie stand für alles ein vor jeder Instanz. Es war in seinem dritten Schuljahr. Fipps war auf einen Mitschüler mit einem Taschenmesser losgegangen. Er wollte es ihm in die Brust rennen; es rutschte ab und traf das Kind in den Arm. Wir wurden in die Schule gerufen, und ich hatte peinvolle

Besprechungen mit dem Direktor und Lehrern und den Eltern des verletzten Kindes – peinvoll, weil ich nicht bezweifelte, daß Fipps dazu, und noch zu ganz anderem, imstande war, aber sagen durfte ich, was ich dachte, nicht – peinvoll, weil mich die Gesichtspunkte, die man mir aufzwang, überhaupt nicht interessierten. Was wir mit Fipps tun sollten, war allen unklar. Er schluchzte, bald trotzig, bald verzweifelt, und wenn ein Schluß zulässig ist, so bereute er, was geschehen war. Trotzdem gelang es uns nicht, ihn dazu zu bewegen, zu dem Kind zu gehen und es um Verzeihung zu bitten. Wir zwangen ihn und gingen zu dritt ins Spital. Aber ich glaube, daß Fipps, der nichts gegen das Kind gehabt hatte, als er es bedrohte, von dem Augenblick an begann, es zu hassen, als er seinen Spruch sagen mußte. Es war kein Kinderzorn in ihm, sondern unter großer Beherrschung ein sehr feiner, sehr erwachsener Haß. Ein schwieriges Gefühl, in das er niemand hineinsehen ließ, war ihm gelungen, und er war wie zum Menschen geschlagen.

Immer, wenn ich an den Schulausflug denke, mit dem alles zu Ende ging, fällt mir auch die Messergeschichte ein, als gehörten sie von fern zusammen, wegen des Schocks, der mich wieder an die Existenz meines Kindes erinnerte. Denn diese paar Schuljahre erscheinen mir, abgesehen davon, leer in der Erinnerung, weil ich nicht achtete auf sein Größerwerden, das Hellerwerden des Verstandes und seiner Empfindungen. Er wird wohl gewesen sein wie alle Kinder dieses Alters: wild und zärtlich, laut und verschwiegen – mit allen Besonderheiten für Hanna, allem Einmaligen für Hanna.

Der Direktor der Schule rief bei mir im Büro an. Das war nie vorgekommen, denn selbst, als sich die Geschichte mit dem Messer zugetragen hatte, ließ man in der Wohnung anrufen, und Hanna erst hatte mich verständigt. Ich traf den Mann eine halbe Stunde später in der Halle der Fir-

ma. Wir gingen auf die andere Straßenseite ins Kaffeehaus. Er versuchte, was er mir sagen mußte, zuerst in der Halle zu sagen, dann auf der Straße, aber auch im Kaffeehaus fühlte er, daß es nicht der richtige Ort war. Es gibt vielleicht überhaupt keinen richtigen Ort für die Mitteilung, daß ein Kind tot ist.
Es sei nicht die Schuld des Lehrers, sagte er.
Ich nickte. Es war mir recht.
Die Wegverhältnisse waren gut gewesen, aber Fipps hatte sich losgelöst von der Klasse, aus Übermut oder Neugier, vielleicht weil er sich einen Stock suchen wollte.
Der Direktor begann zu stammeln.
Fipps war auf einem Felsen ausgerutscht und auf den darunterliegenden gestürzt.
Die Kopfwunde sei an sich ungefährlich gewesen, aber der Arzt habe dann die Erklärung für den raschen Tod gefunden, eine Zyste, ich wisse wahrscheinlich . . .
Ich nickte. Zyste? Ich wußte nicht, was das ist.
Die Schule sei tief betroffen, sagte der Direktor, eine Untersuchungskommission sei beauftragt, die Polizei verständigt . . .
Ich dachte nicht an Fipps, sondern an den Lehrer, der mir leid tat, und ich gab zu verstehen, daß man nichts zu befürchten habe von meiner Seite.
Niemand hatte Schuld. Niemand.
Ich stand auf, ehe wir die Bestellung machen konnten, legte einen Schilling auf den Tisch, und wir trennten uns. Ich ging zurück ins Büro und gleich wieder weg, ins Kaffeehaus, um doch einen Kaffee zu trinken, obwohl ich lieber einen Kognak oder einen Schnaps gehabt hätte. Ich traute mich nicht, einen Kognak zu trinken. Mittag war gekommen, und ich mußte heim und es Hanna sagen. Ich weiß nicht, wie ich es fertigbrachte und was ich sagte. Während wir von der Wohnungstür weg und durch das Vorzimmer gingen, mußte sie es schon begriffen haben. Es ging so

schnell. Ich mußte sie zu Bett bringen, den Arzt rufen. Sie war ohne Verstand, und bis sie bewußtlos wurde, schrie sie. Sie schrie so entsetzlich wie bei seiner Geburt, und ich zitterte wieder um sie, wie damals. Wünschte wieder nur, Hanna möge nichts geschehen. Immer dachte ich: Hanna! Nie an das Kind.

In den folgenden Tagen tat ich alle Wege allein. Auf dem Friedhof – ich hatte Hanna die Stunde der Beerdigung verschwiegen – hielt der Direktor eine Rede. Es war ein schöner Tag, ein leichter Wind ging, die Kranzschleifen hoben sich wie für ein Fest. Der Direktor sprach immerzu. Zum erstenmal sah ich die ganze Klasse, die Kinder, mit denen Fipps fast jede Tageshälfte verbracht hatte, einen Haufen stumpf vor sich hinblickender kleiner Kerle, und darunter wußte ich einen, den Fipps hatte erstechen wollen. Es gibt eine Kälte innen, die macht, daß das Nächste und Fernste uns gleich entrückt sind. Das Grab entrückte mit den Umstehenden und den Kränzen. Den ganzen Zentralfriedhof sah ich weit draußen am Horizont nach Osten abtreiben, und noch als man mir die Hand drückte, spürte ich nur Druck auf Druck und sah die Gesichter dort draußen, genau und wie aus der Nähe gesehen, aber sehr fern, erheblich fern.

Lern du die Schattensprache! Lern du selber.

Aber jetzt, seit alles vorbei ist und Hanna auch nicht mehr stundenlang in seinem Zimmer sitzt, sondern mir erlaubt hat, die Tür abzuschließen, durch die er so oft gelaufen ist, rede ich manchmal mit ihm in der Sprache, die ich nicht für gut halten kann.

Mein Wildling. Mein Herz.

Ich bin bereit, ihn auf dem Rücken zu tragen, und verspreche ihm einen blauen Ballon, eine Bootsfahrt auf der alten Donau und Briefmarken. Ich blase auf seine Knie, wenn er sich angeschlagen hat, und helfe ihm bei einer Schlußrechnung.

Wenn ich ihn damit auch nicht lebendig machen kann, so ist es doch nicht zu spät zu denken: Ich habe ihn angenommen, diesen Sohn. Ich konnte zu ihm nicht freundlich sein, weil ich zu weit ging mit ihm.
Geh nicht zu weit. Lern erst das Weitergehen. Lern du selbst.
Aber man müßte zuerst den Trauerbogen zerreißen können, der von einem Mann zu einer Frau reicht. Diese Entfernung, meßbar mit Schweigen, wie soll sie je abnehmen? Denn in alle Zeit wird, wo für mich ein Minenfeld ist, für Hanna ein Garten sein.
Ich denke nicht mehr, sondern möchte aufstehen, über den dunklen Gang hinübergehen und, ohne ein Wort sagen zu müssen, Hanna erreichen. Ich sehe nichts daraufhin an, weder meine Hände, die sie halten sollen, noch meinen Mund, in den ich den ihren schließen kann. Es ist unwichtig, mit welchem Laut vor jedem Wort ich zu ihr komme, mit welcher Wärme vor jeder Sympathie. Nicht um sie wiederzuhaben, ginge ich, sondern um sie in der Welt zu halten und damit sie mich in der Welt hält. Durch Vereinigung, mild und finster. Wenn es Kinder gibt nach dieser Umarmung, gut, sie sollen kommen, da sein, heranwachsen, werden wie alle andern. Ich werde sie verschlingen wie Kronos, schlagen wie ein großer fürchterlicher Vater, sie verwöhnen, diese heiligen Tiere, und mich betrügen lassen wie ein Lear. Ich werde sie erziehen, wie die Zeit es erfordert, halb für die wölfische Praxis und halb auf die Idee der Sittlichkeit hin – und ich werde ihnen nichts auf den Weg mitgeben. Wie ein Mann meiner Zeit: keinen Besitz, keine guten Ratschläge.
Aber ich weiß nicht, ob Hanna noch wach ist.
Ich denke nicht mehr. Das Fleisch ist stark und finster, das unter dem großen Nachtgelächter ein wahres Gefühl begräbt.
Ich weiß nicht, ob Hanna noch wach ist.

Unter Mördern und Irren

Die Männer sind unterwegs zu sich, wenn sie abends beieinander sind, trinken und reden und meinen. Wenn sie zwecklos reden, sind sie auf ihrer eigenen Spur, wenn sie meinen und ihre Meinungen mit dem Rauch aus Pfeifen, Zigaretten und Zigarren aufsteigen und wenn die Welt Rauch und Wahn wird in den Wirtshäusern auf den Dörfern, in den Extrastuben, in den Hinterzimmern der großen Restaurants und in den Weinkellern der großen Städte.

Wir sind in Wien, mehr als zehn Jahre nach dem Krieg. »Nach dem Krieg« – dies ist die Zeitrechnung.

Wir sind abends in Wien und schwärmen aus in die Kaffeehäuser und Restaurants. Wir kommen geradewegs aus den Redaktionen und den Bürohäusern, aus der Praxis und aus den Ateliers und treffen uns, heften uns auf die Fährte, jagen das Beste, was wir verloren haben, wie ein Wild, verlegen und unter Gelächter. In den Pausen, wenn keinem ein Witz einfällt oder eine Geschichte, die unbedingt erzählt werden muß, wenn keiner gegen das Schweigen aufkommt und jeder in sich versinkt, hört hin und wieder einer das blaue Wild klagen – noch einmal, noch immer.

An dem Abend kam ich mit Mahler in den ›Kronenkeller‹ in der Inneren Stadt zu unserer Herrenrunde. Überall waren jetzt, wo es Abend in der Welt war, die Schenken voll, und die Männer redeten und meinten und erzählten wie die Irrfahrer und Dulder, wie die Titanen und Halbgötter von der Geschichte und den Geschichten; sie ritten herauf in das Nachtland, ließen sich nieder am Feuer, dem gemeinsamen offenen Feuer, das sie schürten in der Nacht und der Wüste, in der sie waren. Vergessen hatten sie die

Berufe und die Familien. Keiner mochte daran denken, daß die Frauen jetzt zu Hause die Betten aufschlugen und sich zur Ruhe begaben, weil sie mit der Nacht nichts anzufangen wußten. Barfuß oder in Pantoffeln, mit aufgebundenen Haaren und müden Gesichtern gingen die Frauen zu Hause herum, drehten den Gashahn ab und sahen furchtvoll unter das Bett und in die Kasten, besänftigten mit zerstreuten Worten die Kinder oder setzten sich verdrossen ans Radio, um sich dann doch hinzulegen mit Rachegedanken in der einsamen Wohnung. Mit den Gefühlen des Opfers lagen die Frauen da, mit aufgerissenen Augen in der Dunkelheit, voll Verzweiflung und Bosheit. Sie machten ihre Rechnungen mit der Ehe, den Jahren und dem Wirtschaftsgeld, manipulierten, verfälschten und unterschlugen. Schließlich schlossen sie die Augen, hängten sich an einen Wachtraum, überließen sich betrügerischen wilden Gedanken, bis sie einschliefen mit einem letzten großen Vorwurf. Und im ersten Traum ermordeten sie ihre Männer, ließen sie sterben an Autounfällen, Herzanfällen und Pneumonien; sie ließen sie rasch oder langsam und elend sterben, je nach der Größe des Vorwurfs, und unter den geschlossenen zarten Lidern traten ihnen die Tränen hervor vor Schmerz und Jammer über den Tod ihrer Männer. Sie weinten um ihre ausgefahrenen, ausgerittenen, nie nach Hause kommenden Männer und beweinten endlich sich selber. Sie waren angekommen bei ihren wahrhaftigsten Tränen.

Wir aber waren fern, die Corona, der Sängerbund, die Schulfreunde, die Bündler, Gruppen, Verbände, das Symposion und die Herrenrunde. Wir bestellten unseren Wein, legten die Tabakbeutel vor uns auf die Tische und waren unzugänglich ihrer Rache und ihren Tränen. Wir starben nicht, sondern lebten auf, redeten und meinten. Viel später erst, gegen Morgen, würden wir den Frauen über die feuchten Gesichter streichen im Dunkeln und sie noch einmal beleidigen mit unserem Atem, dem sauren starken Weindunst und Bierdunst, oder hoffen, inständig, daß sie schon schliefen und kein Wort mehr fallen müsse in der Schlafzimmergruft, unserem Gefängnis, in das wir doch jedesmal erschöpft und friedfertig zurückkehrten, als hätten wir ein Ehrenwort gegeben.

Wir waren weit fort. Wir waren an dem Abend wie an jedem Freitag beisammen: Haderer, Bertoni, Hutter, Ranitzky, Friedl, Mahler und ich. Nein, Herz fehlte, er war diese Woche in London, um seine endgültige Rückkehr nach Wien vorzubereiten. Es fehlte auch Steckel, der wieder krank war. Mahler sagte: »Wir sind heute nur drei Juden«, und er fixierte Friedl und mich.

Friedl starrte ihn verständnislos mit seinen kugeligen wäßrigen Augen an und preßte seine Hände ineinander, wohl weil er dachte, daß er doch gar kein Jude sei, und Mahler war es auch nicht, sein Vater vielleicht, sein Großvater – Friedl wußte es nicht genau. Aber Mahler setzte sein hochmütiges Gesicht auf. Ihr werdet sehen, sagte sein Gesicht. Und es sagte: Ich täusche mich nie.

Es war schwarzer Freitag. Haderer führte das große Wort. Das hieß, daß der Irrfahrer und Dulder in ihm schwieg und der Titan zu Wort kam, daß er sich nicht mehr klein machen und der Schläge rühmen mußte, die er hatte hinnehmen müssen, sondern der er sich rühmen konnte, die er ausgeteilt hatte. An diesem Freitag wendete sich das Gespräch, vielleicht weil Herz und Steckel fehlten und weil Friedl, Mahler und ich keinem als Hemmnis erschienen; vielleicht aber auch nur, weil das Gespräch einmal wahr werden mußte, weil Rauch und Wahn alles einmal zu Wort kommen lassen.

Jetzt war die Nacht ein Schlachtfeld, ein Frontzug, eine Etappe, ein Alarmzustand, und man tummelte sich in dieser Nacht. Haderer und Hutter tauchten ein in die Erinnerung an den Krieg, sie wühlten in der Erinnerung, in manchem Dunkel, das keiner ganz preisgab, bis es dahin kam, daß ihre Gestalten sich verwandelten und wieder Uniformen trugen, bis sie dort waren, wo sie beide wieder befehligten, beide als Offiziere, und Verbindung aufnahmen zum Stab; wo sie mit einer ›Ju 52‹ hinübergeflogen wurden nach Woronesch, aber dann konnten sie sich plötzlich nicht einigen über das, was sie von General Manstein zu halten gehabt hatten im Winter 1942, und sie wurden sich einfach nicht einig, ob die 6. Armee entsetzt hätte werden können oder nicht, ob schon die Aufmarschplanung schuld gewesen war oder nicht; dann landeten sie nachträglich auf Kreta, aber in Paris hatte eine kleine Französin zu Hutter gesagt, die Österreicher seien ihr lieber als die Deutschen, und als in Norwegen der Tag heraufkam und als die Partisanen sie umzingelt hatten in Serbien, waren sie so weit – sie bestellten den zweiten Liter Wein, und auch wir bestellten noch einen, denn Mahler hatte begonnen, uns über ein paar Intrigen aus der Ärztekammer zu berichten.

Wir tranken den burgenländischen Wein und den Gumpoldskirchner Wein. Wir tranken in Wien, und die Nacht war noch lange nicht zu Ende für uns.

An diesem Abend, als die Partisanen schon Haderers Achtung errungen hatten und nur nebenbei von ihm scharf verurteilt worden waren (denn ganz deutlich wurde es nie, wie Haderer eigentlich darüber und über noch anderes dachte, und Mahlers Gesicht sagte mir noch einmal: Ich täusche mich nie!), als die toten slowenischen Nonnen nackt im Gehölz vor Veldes lagen und Haderer, von Mahlers Schweigen verwirrt, die Nonnen liegen lassen mußte und innehielt in seiner Erzählung, trat ein alter Mann an unseren Tisch, den wir seit langem kannten. Es war dies ein herumziehender, schmutziger, zwergenhafter Mensch mit einem Zeichenblock, der sich aufdrängte, für ein paar Schilling die Gäste zu zeichnen. Wir wollten nicht gestört und schon gar nicht gezeichnet werden, aber der entstandenen Verlegenheit wegen forderte Haderer den Alten unvermutet und großzügig auf, uns zu zeichnen, uns einmal zu zeigen, was er könne. Wir nahmen jeder ein paar Schilling aus der Börse, taten sie zusammen auf einen Haufen und schoben ihm das Geld hin. Er beachtete das Geld aber nicht. Er stand da, beglückt den Block auf den linken abgewinkelten Unterarm gestützt, mit zurückgeworfenem Kopf. Sein dicker Bleistift strichelte auf dem Blatt mit solcher Schnelligkeit, daß wir in Gelächter ausbrachen. Wie aus einem Stummfilm wirkten seine Bewegungen, grotesk, zu rasch genommen. Da ich ihm zunächst saß, reichte er mir mit einer Verbeugung das erste Blatt.

Er hatte Haderer gezeichnet:

Mit Schmissen in dem kleinen Gesicht. Mit der zu straff an den Schädel anliegenden Haut. Grimassierend, ständig schauspielernd den Ausdruck. Peinlich gescheitelt das Haar. Einen Blick, der stechend, bannend sein wollte und es nicht ganz war.

Haderer war Abteilungsleiter am Radio und schrieb überlange Dramen, die alle großen Theater regelmäßig und mit Defizit aufführten und die den uneingeschränkten Beifall der ganzen Kritik fanden. Wir alle hatten sie, Band für Band, mit handschriftlicher Widmung zu Hause stehen. »Meinem verehrten Freund . . .« Wir waren alle seine verehrten Freunde – Friedl und ich ausgenommen, weil wir zu jung waren und daher nur »liebe Freunde« sein konnten oder »liebe, junge, begabte Freunde«. Er nahm von Friedl und mir nie ein Manuskript zur Sendung an, aber er empfahl uns an andere Stellen und Redaktionen, fühlte sich als unser Förderer und der von noch etwa zwanzig jungen Leuten, ohne daß es je ersichtlich wurde, worin diese Förderung bestand und welche Resultate die Gunst zeitigte. Es lag freilich nicht an ihm, daß er uns vertrösten und zugleich mit Komplimenten befeuern mußte, sondern an die-

ser »Bagage«, wie er sich ausdrückte, an dieser »Bande von Tagedieben« überall, den Hofräten und anderen hinderlichen vergreisten Elementen in den Ministerien, den Kulturämtern und im Rundfunk; er bezog dort das höchste mögliche Gehalt und er erhielt in gemessenen Abständen sämtliche Ehrungen, Preise und sogar Medaillen, die Land und Stadt zu vergeben hatten; er hielt die Reden zu den großen Anlässen, wurde als ein Mann betrachtet, der zur Repräsentation geeignet war, und galt trotzdem als einer der freimütigsten und unabhängigsten Männer. Er schimpfte auf alles, das heißt, er schimpfte immer auf die andere Seite, so daß die eine Seite erfreut war und ein andermal die andere, weil nun die eine die andere war. Er nannte, um es genauer zu sagen, einfach die Dinge beim Namen, zum Glück aber selten die Leute, so daß sich nie jemand im besonderen betroffen fühlte.
Von dem Bettelzeichner so hingestrichelt auf das Papier, sah er aus wie ein maliziöser Tod oder wie eine jener Masken, wie Schauspieler sie sich noch manchmal für den Mephisto oder den Jago zurechtmachen.
Ich reichte das Blatt zögernd weiter. Als es bei Haderer anlangte, beobachtete ich ihn genau und mußte mir eingestehen, daß ich überrascht war. Er schien nicht einen Augenblick betroffen oder beleidigt, zeigte sich überlegen, er klatschte in die Hände, vielleicht dreimal zu oft – aber er klatschte, lobte immer zu oft – und rief mehrmals »Bravo«. Mit diesem »Bravo« drückte er auch aus, daß er allein hier der große Mann war, der Belobigungen zu vergeben hatte, und der Alte neigte auch ehrerbietig den Kopf, sah aber kaum auf, weil er es eilig hatte, mit Bertonis Kopf zu Ende zu kommen.
Bertoni aber war so gezeichnet:
Mit dem schönen Sportlergesicht, auf dem man Sonnenbräune vermuten durfte. Mit den frömmelnden Augen, die den Eindruck von gesundem Strahlen zunichte machten.

Mit der gekrümmten Hand vor dem Mund, als fürchtete er, etwas zu laut zu sagen, als könnte ein unbedachtes Wort ihm entschlüpfen.
Bertoni war am ›Tagblatt‹. Seit Jahren schon war er beschämt über den ständigen Niedergang des Niveaus in seinem Feuilleton, und jetzt lächelte er nur mehr melancholisch, wenn ihn jemand aufmerksam machte auf eine Entgleisung, auf Unrichtigkeiten, den Mangel an guten Beiträgen oder richtiger Information. Was wollen Sie – in diesen Zeiten! schien sein Lächeln zu sagen. Er allein konnte den Niedergang nicht aufhalten, obwohl er wußte, wie eine gute Zeitung aussehen sollte, o ja, er wußte es, hatte es früh gewußt, und darum redete er am liebsten von den alten Zeitungen, von den großen Zeiten der Wiener Presse und wie er unter deren legendären Königen damals gearbeitet und von ihnen gelernt hatte. Er wußte alle Geschichten, alle Affairen von vor zwanzig Jahren, er war nur in jener Zeit zu Hause und konnte diese Zeit lebendig machen, von ihr ohne Unterlaß erzählen. Gern sprach er auch von der düsteren Zeit danach, wie er und ein paar andere Journalisten sich durchgebracht hatten in den ersten Jahren nach 1938, was sie heimlich gedacht und geredet und angedeutet hatten, in welchen Gefahren sie geschwebt hatten, ehe sie auch die Uniform angezogen hatten, und nun saß er noch immer da mit seiner Tarnkappe, lächelte, konnte vieles nicht verschmerzen. Er setzte seine Sätze vorsichtig. Was er dachte, wußte niemand, das Andeuten war ihm zur Natur geworden, er tat, als hörte immer die Geheime Staatspolizei mit. Eine ewige Polizei war aus ihr hervorgegangen, unter der Bertoni sich ducken mußte. Auch Steckel konnte ihm kein Gefühl der Sicherheit zurückgeben. Er hatte Steckel, bevor Steckel emigrieren mußte, gut gekannt, war wieder Steckels bester Freund, nicht nur weil der bald nach 1945 für ihn gebürgt und ihn ans ›Tagblatt‹ zurückgeholt hatte, sondern weil sie sich in

manchem miteinander besser verständigen konnten als mit den anderen, besonders wenn von »damals« die Rede war. Es wurde dann eine Sprache benutzt, die Bertoni zu irgendeiner frühen Zeit einmal kopiert haben mußte, und nun hatte er keine andere mehr und war froh, sie wieder mit jemand sprechen zu können – eine leichte, flüchtige, witzige Sprache, die zu seinem Aussehen und seinem Gehaben nicht recht paßte, eine Sprache der Andeutung, die ihm jetzt doppelt lag. Er deutete nicht, wie Steckel, etwas an, um einen Sachverhalt klarzumachen, sondern deutete, über die Sache hinweg, verzweifelt ins Ungefähre.
Der Zeichner hatte das Blatt wieder vor mich hingelegt. Mahler beugte sich herüber, sah kurz darauf und lachte hochmütig. Ich gab es lächelnd weiter. Bertoni sagte nicht »Bravo«, weil Haderer ihm zuvorkam und ihm die Möglichkeit nahm, sich zu äußern. Er sah seine Zeichnung nur wehmütig und nachdenklich an. Mahler sagte, nachdem Haderer sich beruhigt hatte, über den Tisch zu Bertoni: »Sie sind ein schöner Mensch. Haben Sie das gewußt?«
Und so sah der Alte Ranitzky:
Mit einem eilfertigen Gesicht, dem Schöntuergesicht, das schon nicken wollte, ehe jemand Zustimmung erwartete. Selbst seine Ohren und seine Augenlider nickten auf der Zeichnung.
Ranitzky, dessen konnte man sicher sein, hatte immer zugestimmt. Alle schwiegen, wenn Ranitzky mit einem Wort die Vergangenheit berührte, denn es hatte keinen Sinn, Ranitzky gegenüber offen zu sein. Man vergaß das besser und vergaß ihn besser; wenn er am Tisch saß, duldete man ihn schweigend. Manchmal nickte er vor sich hin, von allen vergessen. Er war allerdings zwei Jahre lang ohne Bezüge gewesen nach 1945 und vielleicht sogar in Haft gewesen, aber jetzt war er wieder Professor an der Universität. Er hatte in seiner ›Geschichte Österreichs‹ alle Seiten umgeschrieben, die die neuere Geschichte betrafen, und sie neu

herausgegeben. Als ich Mahler einmal über Ranitzky hatte ausfragen wollen, hatte Mahler kurz zu mir gesagt: »Jeder weiß, daß er es aus Opportunismus getan hat und unbelehrbar ist, aber er weiß es auch selber. Darum sagt es ihm keiner. Aber man müßte es ihm trotzdem sagen.« Mahler jedenfalls sagte es ihm mit seiner Miene jedesmal oder wenn er ihm antwortete oder bloß einmal sagte: »Hören Sie . . .« und damit erreichte, daß Ranitzkys Augenlider zu flattern anfingen. Ja, er brachte ihn zum Zittern, jedesmal bei der Begrüßung, bei einem flachen, flüchtigen Händedruck. Dann war Mahler am grausamsten, wenn er nichts sagte oder die Krawatte nur etwas zurechtrückte, jemand ansah und zu verstehen gab, daß er sich an alles gleichzeitig erinnerte. Er hatte das Gedächtnis eines gnadlosen Engels, zu jeder Zeit erinnerte er sich; er hatte einfach ein Gedächtnis, keinen Haß, aber eben dies unmenschliche Vermögen, alles aufzubewahren und einen wissen zu lassen, daß er wußte.

Hutter endlich war so gezeichnet:

Wie Barabbas, wenn es Barabbas selbstverständlich erschienen wäre, daß man ihn freigab. Mit der kindlichen Sicherheit und Sieghaftigkeit in dem runden pfiffigen Gesicht.

Hutter war ein Freigegebener ohne Scham, ohne Skrupel. Alle mochten ihn, auch ich, vielleicht sogar Mahler. Gebt diesen frei, sagten auch wir. So weit waren wir mit der Zeit gekommen, daß wir ständig sagten: gebt diesen frei! Hutter gelang alles, es gelang ihm sogar, daß man ihm das Gelingen nicht übel nahm. Er war ein Geldgeber und finanzierte alles mögliche, eine Filmgesellschaft, Zeitungen, Illustrierte und neuerdings ein Komitee, für das Haderer ihn gewonnen hatte und das sich ›Kultur und Freiheit‹ nannte. Er saß jeden Abend mit anderen Leuten an einem anderen Tisch in der Stadt, mit den Theaterdirektoren und den Schauspielern, mit Geschäftsleuten und Ministerialräten.

Er verlegte Bücher, aber er las nie ein Buch, wie er sich auch keinen der Filme ansah, die er finanzierte; er ging auch nicht ins Theater, aber er kam nachher an die Theatertische. Denn er liebte die Welt aufrichtig, in der über all das gesprochen wurde und in der etwas vorbereitet wurde. Er liebte die Welt der Vorbereitungen, der Meinungen über alles, der Kalkulation, der Intrigen, der Risiken, des Kartenmischens. Er sah den anderen gerne zu, wenn sie mischten, und nahm Anteil, wenn ihre Karten sich verschlechterten, griff ein, oder sah zu, wie die Trümpfe ausgespielt wurden, und griff wieder ein. Er genoß alles, und er genoß seine Freunde, die alten und die neuen, die schwachen und die starken. Er lachte, wo Ranitzky lächelte (Ranitzky lächelte sich durch und lächelte meistens nur, wenn jemand ermordet wurde von der Runde, ein Abwesender, mit dem er morgen zusammentreffen mußte, aber er lächelte so fein und zwiespältig, daß er sich sagen konnte, er habe nicht beigestimmt, sondern nur schützend gelächelt, geschwiegen und sich das Seine gedacht). Hutter lachte laut, wenn jemand ermordet wurde, und er war sogar imstande, ohne sich dabei etwas zu denken, davon weiterzuberichten. Oder er wurde wütend und verteidigte einen Abwesenden, ließ ihn nicht morden, trieb die anderen zurück, rettete den Gefährdeten und beteiligte sich dann sogleich hemdsärmelig am nächsten Mord, wenn er Lust darauf bekam. Er war spontan, konnte sich wirklich erregen, und alles Überlegen, Abwägen, lag ihm fern.
Haderers Begeisterung über den Zeichner ließ jetzt nach, er wollte in das Gespräch zurück, und als Mahler es sich verbat, daß man ihn zeichnete, war er ihm dankbar und winkte dem alten Mann ab, der darauf sein Geld einstrich und sich ein letztes Mal vor dem großen Mann, den er erkannt haben mußte, verbeugte.
Ich hoffte zuversichtlich, daß das Gespräch auf die nächsten Wahlen kommen würde oder auf den unbesetzten

Theaterdirektorposten, der uns schon drei Freitage Stoff gegeben hatte. Aber an diesem Freitag war alles anders, die anderen ließen nicht ab von dem Krieg, in den sie hineingeraten waren, keiner kam aus dem Sog heraus, sie gurgelten in dem Sumpf, wurden immer lauter und machten es uns unmöglich, an unserem Tischende zu einem anderen Gespräch zu kommen. Wir waren gezwungen, zuzuhören und vor uns hinzustarren, das Brot zu zerkleinern auf dem Tisch, und hier und da wechselte ich einen Blick mit Mahler, der den Rauch seiner Zigarette ganz langsam aus dem Mund schob, Kringel blies und sich diesem Rauchspiel ganz hinzugeben schien. Er hielt den Kopf leicht zurückgeneigt und lockerte sich die Krawatte.
»Durch den Krieg, durch diese Erfahrung, ist man dem Feind näher gerückt«, hörte ich jetzt Haderer sagen.
»Wem?« Friedl versuchte sich stotternd einzumischen. »Den Bolivianern?« Haderer stutzte, er wußte nicht, was Friedl meinte, und ich versuchte, mich zu erinnern, ob die damals auch mit Bolivien im Kriegszustand gewesen waren. Mahler lachte ein lautloses Gelächter, es sah aus, als wollte er den fortgeblasenen Rauchring wieder in den Mund zurückholen dabei.
Bertoni erläuterte rasch: »Den Engländern, Amerikanern, Franzosen.«
Haderer hatte sich gefaßt und fiel ihm lebhaft ins Wort: »Aber das waren doch für mich nie Feinde, ich bitte Sie! Ich spreche einfach von den Erfahrungen. Von nichts anderem wollte ich reden. Wir können doch anders mitreden, mitsprechen, auch schreiben, weil wir sie haben. Denken Sie bloß an die Neutralen, denen diese bitteren Erfahrungen fehlen, und zwar schon lange.« Er legte die Hand auf die Augen. »Ich möchte nichts missen, diese Jahre nicht, diese Erfahrungen nicht.«
Friedl sagte wie ein verstockter Schulbub, aber viel zu leise: »Ich schon. Ich könnte sie missen.«

Haderer sah ihn undeutlich an; er zeigte nicht, daß er zornig war, sondern wollte womöglich zu einer allem und jedem gerecht werdenden Predigt ausholen. In dem Moment stemmte aber Hutter seine Ellbogen auf den Tisch und fragte derart laut, daß er Haderer ganz aus dem Konzept brachte: »Ja, wie ist das eigentlich? Könnte man nicht sagen, daß Kultur nur durch Krieg, Kampf, Spannung möglich ist ... Erfahrungen – ich meine Kultur, also wie ist das?«

Haderer legte eine kurze Pause ein, verwarnte erst Hutter, tadelte darauf Friedl und sprach dann überraschend vom ersten Weltkrieg, um dem zweiten auszuweichen. Es war von der Isonzoschlacht die Rede, Haderer und Ranitzky tauschten Regimentserlebnisse aus und wetterten gegen die Italiener, dann wieder nicht gegen die feindlichen Italiener, sondern gegen die Verbündeten im letzten Krieg, sie sprachen von »in den Rücken fallen«, von »unverläßlicher Führung«, kehrten aber lieber wieder an den Isonzo zurück und lagen zuletzt im Sperrfeuer auf dem Kleinen Pal. Bertoni benutzte den Augenblick, in dem Haderer durstig sein Glas an den Mund setzte, und fing unerbittlich an, eine unglaubliche und verwickelte Geschichte aus dem zweiten Weltkrieg zu erzählen. Es handelte sich darum, daß er und ein deutscher Philologe in Frankreich den Auftrag bekommen hatten, sich um die Organisation eines Bordells zu kümmern; der Mißgeschicke dabei mußte kein Ende gewesen sein, und Bertoni verlor sich in den ergötzlichsten Ausführungen. Sogar Friedl schüttelte sich plötzlich vor Lachen, es wunderte mich und wunderte mich noch mehr, als er plötzlich sich bemühte, auch eingeweiht zu erscheinen in die Operationen, Chargen, Daten. Denn Friedl war gleichaltrig mit mir und war höchstens, wie ich, im letzten Kriegsjahr zum Militär gekommen, von der Schulbank weg. Aber dann sah ich, daß Friedl betrunken war, und ich wußte, daß er schwierig wurde, wenn er betrunken war, daß er nur zum Hohn mitsprach und sich aus Verzweiflung einmischte, und nun hörte ich auch den Hohn heraus aus seinen Worten. Aber einen Augenblick lang hatte ich auch ihm mißtraut, weil er einkehrte bei den anderen, sich hineinbegab in diese Welt aus Eulenspiegeleien, Mutproben, Heroismus, Gehorsam und Ungehorsam, jene Männerwelt, in der alles weit war, was sonst galt, was für uns tagsüber galt, und in der keiner mehr wußte, wessen er sich rühmte und wessen er sich schämte und ob diesem Ruhm und dieser Scham noch etwas entsprach in dieser Welt, in der wir Bürger waren. Und ich dachte an Bertonis Geschichte von dem Schweinediebstahl in Rußland, wußte aber, daß Bertoni nicht fähig war, auch nur einen Bleistift in der Redaktion einzustecken, so korrekt war er. Oder Haderer zum Beispiel hatte im ersten Krieg die höchsten Auszeichnungen erhalten, und man erzählt sich noch, daß er damals von Hötzendorf mit einer Mission betraut worden war, die große Kühnheit erfordert hatte. Aber Haderer war, wenn man ihn hier besah, ein Mensch, der überhaupt keiner Kühnheit fähig war, nie gewesen sein konnte, jedenfalls nicht in dieser Welt. Vielleicht war er es in der anderen gewesen, unter einem anderen Gesetz. Und Mahler, der kaltblütig ist und der furchtloseste Mensch, den ich kenne, hat mir erzählt, daß er damals, 1914 oder 1915, als junger Mensch bei der Sanität, ohnmächtig geworden sei und Morphium genommen habe, um die Arbeit im Lazarett aushalten zu können. Er hatte dann noch zwei Selbstmordversuche gemacht und war bis zum Ende des Krieges in einer Nervenheilanstalt gewesen. Alle operierten sie also in zwei Welten und waren verschieden in beiden Welten, getrennte und nie vereinte Ich, die sich nicht begegnen durften. Alle waren betrunken jetzt und schwadronierten und mußten durch das Fegefeuer, in dem ihre unerlösten Ich schrien, die bald ersetzt werden wollten durch ihre zivilen Ich, die liebenden, sozialen Ich mit Frauen und Berufen, Rivalitäten und Nöten aller Art. Und sie jagten das blaue Wild, das früh aus ihrem einen Ich gefahren war und nicht mehr zurückkehrte, und solang es nicht zurückkehrte, blieb die Welt ein Wahn. Friedl stieß mich an, er wollte aufstehen, und ich erschrak, als ich sein glänzendes, geschwollenes Gesicht sah. Ich ging mit ihm hinaus. Wir suchten zweimal in der falschen Richtung den Waschraum. Im Gang bahnten wir uns einen Weg durch eine Gruppe von Männern, die in den großen Kellersaal hineindrängten. Ich hatte noch nie solch einen Andrang im ›Kronenkeller‹ erlebt und auch diese Gesichter hier noch nie gesehen. Es war so auffällig, daß ich einen der Kellner fragte, was denn los sei heute abend. Genaueres wußte er nicht, meinte aber, es handle sich um ein »Kameradschaftstreffen«, man gebe sonst die Räume für solche Versammlungen nicht her, aber der Oberst von Winkler, ich wisse wohl, der berühmte, werde auch kommen und mit den Leuten feiern, es sei ein Treffen zur Erinnerung an Narvik, glaube er.

Im Waschraum war es totenstill. Friedl lehnte sich an das Waschbecken, griff nach der Handtuchrolle und ließ sie eine Umdrehung machen.

»Verstehst du«, fragte er, »warum wir beisammen sitzen?«

Ich schwieg und zuckte mit den Achseln.

»Du verstehst doch, was ich meine«, sagte Friedl eindringlich.

»Ja, ja«, sagte ich.

Aber Friedl sprach weiter: »Verstehst du, warum sogar Herz und Ranitzky beisammen sitzen, warum Herz ihn nicht haßt, wie er Langer haßt, der vielleicht weniger schuldig ist und heute ein toter Mann ist. Ranitzky ist kein toter Mann. Warum sitzen wir, Herr im Himmel, beisammen! Besonders Herz verstehe ich nicht. Sie haben seine Frau umgebracht, seine Mutter . . .«

Ich dachte krampfhaft nach und dann sagte ich: »Ich verstehe es. Doch, ja, ich verstehe es.«
Friedl fragte: »Weil er vergessen hat? Oder weil er, seit irgendeinem Tag, will, daß es begraben sei?«
»Nein«, sagte ich, »das ist es nicht. Es hat nichts mit Vergessen zu tun. Auch nichts mit Verzeihen. Mit all dem hat es nichts zu tun.«
Friedl sagte: »Aber Herz hat doch Ranitzky wieder aufgeholfen, und seit mindestens drei Jahren sitzen sie jetzt beisammen, und er sitzt mit Hutter und Haderer beisammen. Er weiß alles über die alle.«
Ich sagte: »Wir wissen es auch. Und was tun wir?«
Friedl sagte eifriger, als wäre ihm etwas eingefallen: »Aber ob Ranitzky Herz haßt dafür, daß er ihm geholfen hat? Was meinst du? Wahrscheinlich haßt er ihn auch noch dafür.«
Ich sagte: »Nein, das glaube ich nicht. Er meint, es sei recht so, und fürchtet höchstens, daß noch etwas im Hinterhalt liegt, noch etwas nachkommt. Er ist unsicher. Andre fragen nicht lang, wie Hutter, und finden es natürlich, daß die Zeit vergeht und die Zeiten sich eben ändern.
Damals, nach 45, habe ich auch gedacht, die Welt sei geschieden, und für immer, in Gute und Böse, aber die Welt scheidet sich jetzt schon wieder und wieder anders. Es war kaum zu begreifen, es ging ja so unmerklich vor sich, jetzt sind wir wieder vermischt, damit es sich anders scheiden kann, wieder die Geister und die Taten von anderen Geistern, anderen Taten. Verstehst du? Es ist schon so weit, auch wenn wir es nicht einsehen wollen. Aber das ist auch noch nicht der ganze Grund für diese jämmerliche Einträchtigkeit.«
Friedl rief aus: »Aber was dann! Woran liegt es denn bloß? So sag doch etwas! Liegt's vielleicht daran, daß wir alle sowieso gleich sind und darum zusammen sind?«
»Nein«, sagte ich, »wir sind nicht gleich. Mahler war nie

wie die anderen und wir werden es hoffentlich auch nie sein.«

Friedl stierte vor sich hin: »Also Mahler und du und ich, wir sind aber doch auch sehr verschieden voneinander, wir wollen und denken doch jeder etwas anderes. Nicht einmal die anderen sind sich gleich, Haderer und Ranitzky sind so sehr verschieden, Ranitzky, der möchte sein Reich noch einmal kommen sehen, aber Haderer bestimmt nicht, er hat auf die Demokratie gesetzt und wird diesmal dabei bleiben, das fühle ich. Ranitzky ist hassenswert, und Haderer ist es auch, bleibt es für mich trotz allem, aber gleich sind sie nicht, und es ist ein Unterschied, ob man nur mit dem einen von beiden oder mit beiden an einem Tisch sitzt. Und Bertoni . . .!«

Als Friedl den Namen schrie, kam Bertoni herein und wurde rot unter der Bräune. Er verschwand hinter einer Tür, und wir schwiegen eine Weile. Ich wusch mir die Hände und das Gesicht.

Friedl flüsterte: »Dann ist eben alles doch mit allem im Bund, und ich bin es auch, aber ich will nicht! Und du bist auch im Bund!«

Ich sagte: »Im Bund sind wir nicht, es gibt keinen Bund. Es ist viel schlimmer. Ich denke, daß wir alle miteinander leben müssen und nicht miteinander leben können. In jedem Kopf ist eine Welt und ein Anspruch, der jede andere Welt, jeden anderen Anspruch ausschließt. Aber wir brauchen einander alle, wenn je etwas gut und ganz werden soll.«

Friedl lachte boshaft: »Brauchen. Natürlich, das ist es; vielleicht brauche ich nämlich einmal Haderer . . .«

Ich sagte: »So habe ich es nicht gemeint.«

Friedl: »Aber warum nicht? Ich werde ihn brauchen, du hast leicht reden im allgemeinen, du hast nicht eine Frau und drei Kinder. Und du wirst vielleicht, wenn du nicht Haderer brauchst, einmal jemand anderen brauchen, der auch nicht besser ist.« Ich antwortete nicht.

»Drei Kinder habe ich«, schrie er, und dann zeigte er, einen halben Meter über dem Boden mit der Hand hin und her fahrend, wie klein die Kinder waren.
»Hör auf«, sagte ich, »das ist kein Argument. So können wir nicht reden.«
Friedl wurde zornig: »Doch, es ist ein Argument, du weißt überhaupt nicht, was für ein starkes Argument das ist, fast für alles. Mit zweiundzwanzig habe ich geheiratet. Was kann ich dafür. Du ahnst ja nicht, was das heißt, du ahnst es nicht einmal!«
Er verzog sein Gesicht und stützte sich mit der ganzen Kraft auf das Waschbecken. Ich dachte, er würde umsinken. Bertoni kam wieder heraus, wusch sich nicht einmal die Hände und verließ den Raum so rasch, als fürchtete er, seinen Namen noch einmal zu hören und noch mehr als seinen Namen.
Friedl schwankte und sagte: »Du magst Herz nicht? Habe ich recht?«
Ich antwortete ungern. »Wieso denkst du das? ... Gut, also, ich mag ihn nicht. Weil ich ihm vorwerfe, daß er mit denen beisammen sitzt. Weil ich es ihm immerzu vorwerfe. Weil er mitverhindert, daß wir mit ihm und noch ein paar anderen an einem anderen Tisch sitzen können. Er aber sorgt dafür, daß wir alle an einem Tisch sitzen.«
Friedl: »Du bist verrückt, noch verrückter als ich. Erst sagst du, wir brauchen einander, und jetzt wirfst du Herz das vor. Ihm werfe ich es nicht vor. Er hat das Recht dazu, mit Ranitzky befreundet zu sein.«
Ich sagte aufgebracht: »Nein, das hat er nicht. Keiner hat ein Recht dazu. Auch er nicht.«
»Ja, nach dem Krieg«, sagte Friedl, »da haben wir doch gedacht, die Welt sei für immer geschieden in Gut und Böse. Ich werde dir aber sagen, wie die Welt aussieht, wenn sie geschieden ist reinlich.
Es war, als ich nach London kam und Herz' Bruder traf.

Die Luft war mir abgeschnitten. Ich konnte kaum atmen, er wußte nichts von mir, aber es genügte ihm nicht einmal, daß ich so jung war, er fragte mich sofort: Wo waren Sie in der Zeit und was haben Sie getan? Ich sagte, ich sei in der Schule gewesen und man hätte meine älteren Brüder als Deserteure erschossen, ich sagte auch, daß ich zuletzt noch hatte mitmachen müssen, wie alle aus meiner Klasse. Darauf fragte er nicht weiter, aber er begann zu fragen nach einigen Leuten, die er gekannt hatte, auch nach Haderer und Bertoni, nach vielen. Ich versuchte zu sagen, was ich wußte, und es kam also heraus, daß es einigen von denen leid tat, daß einige sich genierten, ja, mehr konnte man wohl beim besten Willen nicht sagen, und andere waren ja tot, und die meisten leugneten und verschleierten, das sagte ich auch. Haderer wird immer leugnen, seine Vergangenheit fälschen, nicht wahr? Aber dann merkte ich, daß dieser Mann mir gar nicht mehr zuhörte, er war ganz erstarrt in einem Gedanken, und als ich wieder von den Unterschieden zu reden begann, der Gerechtigkeit halber sagte, daß Bertoni vielleicht nie etwas Schlechtes getan habe in der Zeit und höchstens feige gewesen war, unterbrach er mich und sagte: Nein, machen Sie bloß keinen Unterschied. Für mich ist da kein Unterschied, und zwar für immer. Ich werde dieses Land nie mehr betreten. Ich werde nicht unter die Mörder gehen.« –

»Ich verstehe es, verstehe ihn sogar besser als Herz. Obwohl –«, sagte ich langsam, »so geht es eigentlich auch nicht, nur eine Weile, nur so lange das Ärgste vom Argen währt. Man ist nicht auf Lebenszeit ein Opfer. So geht es nicht.«

»Mir scheint, es geht in der Welt auf gar keine Weise! Wir schlagen uns hier herum und sind nicht einmal fähig, diese kleine trübe Situation für uns aufzuklären, und vorher haben sich andere herumgeschlagen, haben nichts aufklären können und sind ins Verderben gerannt, sie waren Opfer

oder Henker, und je tiefer man hinuntersteigt in die Zeit, desto unwegsamer wird es, ich kenne mich manchmal nicht mehr aus in der Geschichte, weiß nicht, wohin ich mein Herz hängen kann, an welche Parteien, Gruppen, Kräfte, denn ein Schandgesetz erkennt man, nach dem alles angerichtet ist. Und man kann immer nur auf seiten der Opfer sein, aber das ergibt nichts, sie zeigen keinen Weg.«
»Das ist das Furchtbare«, schrie Friedl, »die Opfer, die vielen, vielen Opfer zeigen gar keinen Weg! Und für die Mörder ändern sich die Zeiten. Die Opfer sind die Opfer. Das ist alles. Mein Vater war ein Opfer der Dollfuß-Zeit, mein Großvater ein Opfer der Monarchie, meine Brüder Opfer Hitlers, aber das hilft mir nicht, verstehst du, was ich meine? Sie fielen nur hin, wurden überfahren, abgeschossen, an die Wand gestellt, kleine Leute, die nicht viel gemeint und gedacht haben. Doch, zwei oder drei haben sich etwas dazu gedacht, mein Großvater hat an die kommende Republik gedacht, aber sage mir, wozu? Hätte sie ohne diesen Tod denn nicht kommen können? Und mein Vater hat an die Sozialdemokratie gedacht, aber sage mir, wer seinen Tod beanspruchen darf, doch nicht unsere Arbeiterpartei, die die Wahlen gewinnen will. Dazu braucht es keinen Tod. Dazu nicht. Juden sind gemordet worden, weil sie Juden waren, nur Opfer sind sie gewesen, so viele Opfer, aber doch wohl nicht, damit man heute endlich draufkommt, schon den Kindern zu sagen, daß sie Menschen sind? Etwas spät, findest du nicht? Nein, das versteht eben niemand, daß die Opfer zu nichts sind! Genau das versteht niemand und darum beleidigt es auch niemand, daß diese Opfer auch noch für Einsichten herhalten müssen. Es bedarf doch dieser Einsichten gar nicht. Wer weiß denn hier nicht, daß man nicht töten soll?! Das ist doch schon zweitausend Jahre bekannt. Ist darüber noch ein Wort zu verlieren? Oh, aber in Haderers letzter Rede, da wird noch viel darüber geredet, da wird das geradezu erst entdeckt, da

knäuelt er in seinem Mund Humanität, bietet Zitate aus den Klassikern auf, bietet die Kirchenväter auf und die neuesten metaphysischen Platitüden. Das ist doch irrsinnig. Wie kann ein Mensch darüber Worte machen. Das ist ganz und gar schwachsinnig oder gemein. Wer sind wir denn, daß man uns solche Dinge sagen muß?«

Und er fing noch einmal an: »Sagen soll mir einer, warum wir hier beisammen sitzen. Das soll mir einer sagen, und ich werde zuhören. Denn es ist ohnegleichen, und was daraus hervorgehen wird, wird auch ohnegleichen sein.«

Ich verstehe diese Welt nicht mehr! – das sagten wir uns oft in den Nächten, in denen wir tranken und redeten und meinten. Jedem schien aber für Augenblicke, daß sie zu verstehen war. Ich sagte Friedl, ich verstünde alles und er habe unrecht, nichts zu verstehen. Aber ich verstand dann auf einmal auch nichts mehr, und ich dachte jetzt, ich könnte ja nicht einmal leben mit ihm, noch weniger natürlich mit den anderen. Schlechterdings konnte man mit einem Mann wie Friedl auch nicht in einer Welt leben, mit dem man sich zwar einig war in vielen Dingen, aber für den eine Familie ein Argument war, oder mit Steckel, für den Kunst ein Argument war. Auch mit Mahler konnte ich manchmal nicht in einer Welt leben, den ich am liebsten hatte. Wußte ich denn, ob er bei meiner nächsten Entscheidung dieselbe Entscheidung treffen würde? »Nach hinten« waren wir einverstanden miteinander, aber was die Zukunft betraf? Vielleicht war ich auch bald von ihm und Friedl geschieden – wir konnten nur hoffen, dann nicht geschieden zu sein.

Friedl wimmerte, richtete sich auf und schwankte zur nächsten Klosettür. Ich hörte, wie er sich erbrach, gurgelte und röchelte und dazwischen sagte: »Wenn das doch alles heraufkäme, wenn man alles ausspeien könnte, alles, alles!«

Als er herauskam, strahlte er mich mit verzerrtem Gesicht an und sagte: »Bald werde ich Bruderschaft trinken mit

denen da drinnen, vielleicht sogar mit Ranitzky. Ich werde sagen . . .«
Ich hielt ihm das Gesicht unter die Wasserleitung, trocknete es ihm, dann packte ich ihn am Arm. »Du wirst nichts sagen!« Wir waren schon zu lange weg gewesen und mußten zurück an den Tisch. Als wir an dem großen Saal vorbeikamen, lärmten die Männer von dem »Kameradschaftstreffen« schon derart, daß ich kein Wort von dem verstand, was Friedl noch sagte. Er sah wieder besser aus. Ich glaube, wir lachten über etwas, über uns selber wahrscheinlich, als wir die Tür aufstießen zum Extrazimmer.
Noch dickerer Rauch stand in der Luft, und wir konnten kaum hinübersehen bis zu dem Tisch. Als wir näher kamen und durch den Rauch kamen und unseren Wahn abstreiften, sah ich neben Mahler einen Mann sitzen, den ich nicht kannte. Beide schwiegen und die anderen redeten. Als Friedl und ich uns wieder setzten und Bertoni uns einen verschwommenen Blick gab, stand der Unbekannte auf und gab uns die Hand; er murmelte einen Namen. Es war nicht die geringste Freundlichkeit in ihm, überhaupt nichts Zugängliches, sein Blick war kalt und tot, und ich schaute fragend Mahler an, der ihn kennen mußte. Er war ein sehr großer Mensch, Anfang dreißig, obwohl er älter wirkte im ersten Augenblick. Er war nicht schlecht gekleidet, aber es sah aus, als hätte ihm jemand einen Anzug geschenkt, der noch etwas größer war, als seine Größe es verlangte. Es brauchte eine Weile, bis ich von dem Gespräch wieder etwas auffassen konnte, an dem sich weder Mahler noch der Fremde beteiligten.
Haderer zu Hutter: »Aber dann kennen Sie ja auch den General Zwirl!«
Hutter erfreut zu Haderer: »Aber natürlich. Aus Graz.«
Haderer: »Ein hochgebildeter Mensch. Einer der besten Kenner des Griechischen. Einer meiner liebsten alten Freunde.«

Jetzt mußte man befürchten, daß Haderer Friedl und mir unsere mangelhaften Griechisch- und Lateinkenntnisse vorhalten würde, ungeachtet dessen, daß seinesgleichen uns daran gehindert hatte, diese Kenntnisse rechtzeitig zu erwerben. Aber ich war nicht in der Stimmung, auf eines der von Haderer bevorzugten Themen einzugehen oder gar ihn herauszufordern, sondern beugte mich zu Mahler hinüber, als hätte ich nichts gehört. Mahler sagte leise etwas zu dem Fremden, und der antwortete, grade vor sich hinblickend, laut. Auf jede Frage antwortete er nur mit einem Satz. Ich schätzte, er müsse ein Patient Mahlers sein oder jedenfalls ein Freund, der sich von ihm behandeln ließ. Mahler kannte immer alle möglichen Individuen und hatte Freundschaften, von denen wir nichts wußten. In einer Hand hielt der Mann eine Zigarettenpackung, mit der anderen rauchte er, wie ich noch nie jemand hatte rauchen gesehen. Er rauchte mechanisch und sog in ganz gleichmäßigen Abständen an der Zigarette, als wäre Rauchen alles, was er könne. An dem Rest der Zigarette, einem sehr kurzen Rest, an dem er sich verbrannte, ohne das Gesicht zu verziehen, zündete er die nächste Zigarette an und rauchte um sein Leben.

Plötzlich hielt er inne im Rauchen, hielt die Zigarette zitternd in seinen riesigen, unschönen, geröteten Händen und neigte den Kopf. Jetzt hörte ich es auch. Obwohl die Türen geschlossen waren, tönte von dem großen Saal jenseits des Ganges bis zu uns herüber der gegrölte Gesang. Es hörte sich an wie »In der Heimat, in der Heimat, da gibt's ein Wiedersehn . . .«

Er zog rasch an seiner Zigarette und sagte laut zu uns her, mit derselben Stimme, mit der er Mahler seine Antworten gegeben hatte:

»Die kehren noch immer heim. Die sind wohl noch nicht ganz heimgekehrt.«

Haderer lachte und sagte: »Ich weiß nicht, wie ich Sie verstehen soll, aber das ist wirklich eine unglaubliche Störung, und mein verehrter Freund, der Oberst von Winkler, könnte seine Leute auch zu mehr Ruhe anhalten ... Wenn das so weitergeht, müssen wir uns noch nach einem anderen Lokal umsehen.«

Bertoni warf ein, er habe schon mit dem Wirt gesprochen, es sei eine Ausnahme, dieses Frontkämpfertreffen, eines großen Jubiläums wegen. Genaueres wisse er nicht ...

Haderer sagte, er wisse auch nichts Genaueres, aber sein verehrter Freund und ehemaliger Kamerad ...

Mir war entgangen, was der Unbekannte, der weiterredete, während Haderer und Bertoni ihn übertönten, zu uns her gesagt hatte – Friedl allein dürfte ihm zugehört haben –, und darum war mir unklar, warum er plötzlich sagte, er sei ein Mörder.

»... ich war keine zwanzig Jahre alt, da wußte ich es schon«, sagte er wie jemand, der nicht zum erstenmal darangeht, seine Geschichte zu erzählen, sondern der überall von nichts anderem reden kann und nicht einen bestimmten Zuhörer braucht, sondern dem jeder Zuhörer recht ist.

»Ich wußte, daß ich dazu bestimmt war, ein Mörder zu sein, wie manche dazu bestimmt sind, Helden oder Heilige oder durchschnittliche Menschen zu sein. Mir fehlte nichts dazu, keine Eigenschaft, wenn Sie so wollen, und alles trieb mich auf ein Ziel zu: zu morden. Mir fehlte nur noch ein Opfer. Ich rannte damals nachts durch die Straßen, hier« – er wies vor sich hin durch den Rauch, und Friedl lehnte sich rasch zurück, damit er nicht von der Hand berührt würde – »hier rannte ich durch die Gassen, die Kastanienblüten dufteten, immer war die Luft voll von Kastanienblüten, auf den Ringstraßen und in den engen Gassen, und mein Herz verrenkte sich, meine Lungen arbeiteten wie wilde, eingezwängte Flügel, und mein Atem kam aus mir wie der Atem eines jagenden Wolfes. Ich wußte nur noch nicht, wie ich töten sollte und wen ich töten sollte. Ich hatte nur meine Hände, aber ob sie ausreichen würden, einen Hals zuzudrücken? Ich war damals viel schwächer und schlecht ernährt. Ich kannte niemand, den ich hätte hassen können, war allein in der Stadt, und so fand ich das Opfer nicht und wurde fast wahnsinnig darüber in der Nacht. Immer war es in der Nacht, daß ich aufstehn und hinuntergehen mußte, hinaus, und an den windigen, verlassenen, dunklen Straßenecken stehen und warten mußte, so still waren die Straßen damals, niemand kam vorbei, niemand sprach mich an, und ich wartete, bis ich zu frieren anfing und zu winseln vor Schwäche und der Wahnsinn aus mir wich. Das währte nur eine kurze Zeit. Dann wurde ich zum Militär geholt. Als ich das Gewehr in die Hand bekam, wußte ich, daß ich verloren war. Ich würde einmal schießen. Ich überantwortete mich diesem Gewehrlauf, ich lud ihn mit Kugeln, die ich so gut wie das Pulver erfunden hatte, das war sicher. Bei den Übungen schoß ich daneben, aber nicht, weil ich nicht zielen konnte, sondern weil ich wußte, daß das Schwarze, dieses Augenhafte, kein Auge war, daß es nur in Stellvertretung da war, ein Übungsziel, das keinen Tod brachte. Es irritierte mich, war nur eine verführerische Attrappe, nicht Wirklichkeit. Ich schoß, wenn Sie so wollen, mit Zielsicherheit daneben. Ich schwitzte entsetzlich bei diesen Übungen, nachher wurde ich oft blau im Gesicht, erbrach mich und mußte mich hinlegen. Ich war entweder irrsinnig oder ein Mörder, das wußte ich genau, und mit einem letzten Rest von Widerstand gegen dieses Schicksal redete ich darüber zu den anderen, damit sie mich schützten, damit sie geschützt waren vor mir und wußten, mit wem sie es zu tun hatten. Aber die Bauernburschen, Handwerker und die Angestellten, die auf meiner Stube waren, machten sich nichts daraus. Sie bedauerten mich oder verlachten mich, aber sie hielten mich nicht für einen Mörder. Oder doch? Ich weiß nicht. Einer sagte ›Jack the Ripper‹ zu mir, ein Postbeamter, der viel ins Kino ging und las, ein schlauer Mensch; aber ich glaube, im Grunde glaubte er es auch nicht.«

Der Unbekannte drückte seine Zigarette aus, sah rasch nieder und dann auf, ich fühlte seinen kalten langen Blick auf mich gerichtet und ich wußte nicht, warum ich wünschte, diesen Blick auszuhalten. Ich hielt ihn aus, aber er dauerte länger als der Blick, den Liebende und Feinde tauschen, dauerte, bis ich nichts mehr denken und meinen konnte und so leer war, daß ich zusammenfuhr, als ich die laute, gleichmäßige Stimme wieder hörte.

»Wir kamen nach Italien, nach Monte Cassino. Das war das größte Schlachthaus, das Sie sich denken können. Dort wurde dem Fleisch so der Garaus gemacht, daß man meinen könnte, für einen Mörder wäre es ein Vergnügen. Es war aber nicht so, obwohl ich schon ganz sicher war, daß ich ein Mörder war, und ich war ein halbes Jahr sogar öffentlich mit einem Gewehr herumgegangen. Ich hatte, als ich in die Stellung von Monte Cassino kam, keinen Fetzen von einer Seele mehr an mir. Ich atmete den Leichengeruch, Brand- und Bunkergeruch wie die frischeste Gebirgsluft. Ich verspürte nicht die Angst der anderen. Ich hätte Hochzeit halten können mit meinem ersten Mord. Denn was für die anderen einfach ein Kriegsschauplatz war, das war für mich ein Mordschauplatz. Aber ich will Ihnen sagen, wie es kam. Ich schoß nicht. Ich legte zum erstenmal an, als wir eine Gruppe von Polen vor uns hatten; es sind dort ja aus allen Ländern Truppen gelegen. Da sagte ich mir: nein, keine Polen. Mir paßte es nicht, dieses Benamen der anderen – Polacken, Amis, Schwarze – in dieser Umgangssprache. Also keine Amerikaner, keine Polen. Ich war ja ein einfacher Mörder, ich hatte keine Ausrede, und meine Sprache war deutlich, nicht blumig wie die der anderen. ›Ausradieren‹, ›aufreiben‹, ›ausräuchern‹, solche Worte kamen für mich nicht in Frage, sie ekelten mich an, ich konnte das gar nicht aussprechen. Meine Sprache war also deutlich, ich sagte mir: Du mußt und du willst einen Menschen morden. Ja, das wollte ich und schon lange, seit genau einem Jahr fieberte ich danach. Einen Menschen! Ich konnte nicht schießen, das müssen Sie einsehen. Ich weiß nicht, ob ich es Ihnen ganz erklären kann. Die anderen hatten es leicht, sie erledigten ihr Pensum, sie wußten meist nicht, ob sie jemand getroffen hatten und wie viele, sie wollten es auch nicht wissen. Diese Männer waren ja keine Mörder, nicht wahr?, die wollten überleben oder sich Auszeichnungen verdienen, sie dachten an ihre Familien oder an Sieg und Vaterland, im Augenblick übrigens kaum, damals kaum mehr, sie waren ja in der Falle. Aber ich dachte unentwegt an Mord. Ich schoß nicht. Eine Woche später, als die Schlacht einmal den Atem anhielt, als wir nichts mehr von den alliierten Truppen sahen, als nur die Flugzeuge versuchten, uns den Rest zu geben, und noch lange nicht alles Fleisch hin war, das dort hinwerden sollte, wurde ich zurückgeschafft nach Rom und vor ein Militärgericht gebracht. Ich sagte dort alles über mich, aber man wollte mich wohl nicht verstehen, und ich kam ins Gefängnis. Ich wurde verurteilt wegen Feigheit vor dem Feinde und Zersetzung der Wehrkraft, es waren da noch einige Punkte, deren ich mich nicht mehr so genau entsinne. Dann wurde ich plötzlich wieder herausgeholt, nach Norden gebracht zur Behandlung in eine psychiatrische Klinik. Ich glaube, ich wurde geheilt und kam ein halbes Jahr später zu einer anderen Einheit, denn von der alten war nichts übriggeblieben, und es ging nach dem Osten, in die Rückzugsschlachten.«

Hutter, der eine so lange Rede nicht ertragen konnte und gerne jemand anderen zum Geschichten- oder Witzeerzählen gebracht hätte, sagte, indem er ein Brezel brach: »Nun, und ist es dann gegangen mit dem Schießen, mein Herr?«

Der Mann sah ihn nicht an, und anstatt noch einmal zu

trinken wie alle anderen in diesem Augenblick, schob er sein Glas weg, in die Mitte des Tisches. Er sah mich an, dann Mahler und dann noch einmal mich, und diesmal wendete ich meine Augen ab.
»Nein«, sagte er schließlich, »ich war ja geheilt. Deswegen ging es nicht. Sie werden das verstehen, meine Herren. Einen Monat später war ich wieder verhaftet und bis zum Kriegsende in einem Lager. Sie werden verstehen, ich konnte nicht schießen. Wenn ich nicht mehr auf einen Menschen schießen konnte, wieviel weniger dann auf eine Abstraktion, auf die ›Russen‹. Darunter konnte ich mir überhaupt nichts vorstellen. Und man muß sich doch etwas vorstellen können.«
»Ein komischer Vogel«, sagte Bertoni leise zu Hutter; ich hörte es trotzdem und fürchtete, der Mann habe es auch gehört.
Haderer winkte den Ober herbei und verlangte die Rechnung.
Aus dem großen Saal hörte man jetzt einen anschwellenden Männerchor, es hörte sich an wie der Chor in der Oper, wenn er hinter die Kulissen verbannt ist. Sie sangen: »Heimat, deine Sterne . . .«
Der Unbekannte hielt wieder lauschend den Kopf geneigt, dann sagte er: »Als wär kein Tag vergangen.« Und: »Gute Nacht!« Er stand auf und ging riesenhaft und ganz aufrecht der Tür zu. Mahler stand ebenfalls auf und sagte mit erhobener Stimme: »Hören Sie!« Es war ein stehender Ausdruck von ihm, aber ich wußte, daß er jetzt wirklich gehört werden wollte. Und doch sah ich ihn zum erstenmal unsicher, er sah zu Friedl und mir her, als wollte er sich einen Rat holen. Wir starrten ihn an; es war kein Rat in unseren Blicken.
Wir verloren Zeit mit dem Zahlen, Mahler ging finster, überlegend und drängend auf und ab, drehte sich plötzlich zur Tür, riß sie auf, und wir folgten ihm, denn der Gesang

war plötzlich abgerissen, nur ein paar einzelne Stimmen, auseinanderfallend, waren noch zu hören. Und zugleich gab es eine Bewegung im Gang, die einen Handel oder ein Unglück verriet.

Wir stießen im Gang mit einigen Männern zusammen, die durcheinanderschrien; andere schwiegen verstört. Nirgends sahen wir den Mann. Auf Haderer redete jemand ein, dieser Oberst vermutlich, weiß im Gesicht und im Diskant sprechend. Ich hörte die Satzfetzen: ». . . unbegreifliche Provokation . . . ich bitte Sie . . . alte Frontsoldaten . . .« Ich schrie Mahler zu, mir zu folgen, rannte zur Stiege und nahm mit ein paar Sprüngen die Stufen, die dunkel, feucht und steinig wie aus einem Stollen hinauf in die Nacht und ins Freie führten. Unweit vom Eingang des Kellers lag er. Ich beugte mich zu ihm nieder. Er blutete aus mehreren Wunden. Mahler kniete neben mir, nahm meine Hand von der Brust des Mannes fort und bedeutete mir, daß er schon tot war.

Es hallte in mir die Nacht, und ich war in meinem Wahn.

Als ich am Morgen heimkam und kein Aufruhr mehr in mir war, als ich nur mehr dastand in meinem Zimmer, stand und stand, ohne mich bewegen zu können und ohne bis zu meinem Bett zu finden, fahl und gedankenlos, sah ich auf der Innenfläche meiner Hand das Blut. Ich erschauerte nicht. Mir war, als hätte ich durch das Blut einen Schutz bekommen, nicht um unverwundbar zu sein, sondern damit die Ausdünstung meiner Verzweiflung, meiner Rachsucht, meines Zorns nicht aus mir dringen konnten. Nie wieder. Nie mehr. Und sollten sie mich verzehren, diese hinrichtenden Gedanken, die in mir aufgestanden waren, sie würden niemand treffen, wie dieser Mörder niemand gemordet hatte und nur ein Opfer war – zu nichts. Wer aber weiß das? Wer wagt das zu sagen?

Ein Schritt nach Gomorrha

Die letzten Gäste waren gegangen. Nur das Mädchen in dem schwarzen Pullover und dem roten Rock saß noch da, hatte sich nicht mit den anderen erhoben. Sie ist betrunken, dachte Charlotte, als sie ins Zimmer zurückkam, sie will mit mir allein sprechen, mir womöglich etwas erzählen, und ich bin todmüde. Sie schloß die Tür, in der sie zögernd gestanden hatte, um dem letzten Gast noch eine Möglichkeit zu geben, die offenstehende Tür wahrzunehmen, und nahm von der Kommode einen Aschenbecher, über dessen Rand kleine Aschenhäute rieselten. Im Zimmer: die verrückten Stühle, eine verknüllte Serviette auf dem Boden, die gedunsene Luft, die Verwüstung, die Leere nach dem Überfall. Ihr wurde übel. Sie hielt noch ein brennendes Zigarettenende in der Hand und versuchte, es hineinzudrükken in den Haufen von Stummeln und Asche. Es qualmte jetzt. Sie sah blinzelnd hinüber zu dem Sessel in der Ecke, auf herabhängendes Haar, das rötlich glänzte, auf den roten Rock, der, wie eine Capa ausgebreitet, über die Beine des Mädchens fiel und in einem Halbkreis Füße, Teppich und Sessel verdeckte, am Boden schleifte. Mehr als das Mädchen selbst, sah sie alle diese unstimmigen vielen Rottöne im Raum: das Licht, das durch einen roten Lampenschirm mußte, mit einer flirrenden Staubsäule davor; eine Reihe von roten Bücherrücken dahinter auf einem Regal; den filzigen wilden Rock und die matteren Haare. Nun war einen Augenblick lang alles so, wie es nie wieder sein konnte – ein einziges Mal war die Welt in Rot.
Die Augen des Mädchens gingen darin auf, zwei feuchte, dunkle, betrunkene Objekte, und trafen die Augen der Frau.

Charlotte dachte: ich werde sagen, daß ich mich schlecht fühle und schlafen gehen muß. Nur diesen einen höflichen passenden Satz muß ich finden, sie damit zum Gehen bringen. Sie muß gehen. Warum geht sie nicht? Ich bin todmüde. Warum gehen Gäste nie? Warum bloß ist sie nicht mit den anderen gegangen?
Aber der Augenblick war vertan, sie war zu lange schweigend dagestanden; sie ging leise weiter in die Küche, säuberte den Aschenbecher, wusch sich rasch das Gesicht, wusch den langen Abend weg, das viele Lächeln, die Aufmerksamkeit, das angestrengte die Augen-überall-haben. Vor ihren Augen blieb zurück: der weite Rock mit dem Todesrot, zu dem die Trommeln hätten gerührt werden müssen.
Sie wird mir eine Geschichte erzählen. Warum gerade mir? Sie bleibt, weil sie mit mir sprechen will. Hat kein Geld oder findet sich nicht zurecht in Wien, kommt von da unten, eine Slowenin, halbe Slowenin, von der Grenze, jedenfalls aus dem Süden, der Name klingt auch danach, Mara. Irgend etwas wird es schon sein, eine Bitte, eine Geschichte, irgendeine, mit der sie mich um den Schlaf bringen will. Zuviel allein wird sie natürlich in Wien sein oder sie ist in irgendeine Geschichte geraten. Franz fragen nach diesem Mädchen, morgen.
Morgen!
Charlotte erschrak, memorierte rasch ihre Pflichten: morgen früh Franz abholen, den Wecker stellen, frisch sein, ausgeschlafen sein, einen erfreuten Eindruck machen. Es war keine Zeit mehr zu verlieren. Sie füllte rasch zwei Gläser mit Mineralwasser und trug sie ins Zimmer, reichte eines dem Mädchen, das schweigend austrank und dann, während es das Glas wegstellte, brüsk sagte: Morgen kommt er also zurück.
Ja, sagte Charlotte. Zu spät verletzt, fügte sie hinzu: Wer? – Es war zu spät.

Er ist oft verreist. Da sind Sie viel allein.
Manchmal, nicht oft. Das wissen Sie doch.
Sie möchten, daß ich gehe?
Nein, sagte Charlotte.
Ich hatte das Gefühl, daß der Mann, der soviel gesprochen hat, auch noch gern geblieben wäre . . .
Nein, sagte Charlotte.
Ich hatte das Gefühl . . . Mara verzog den Mund.
Charlotte war zornig, aber sie antwortete noch immer höflich: Nein, gewiß nicht. – Sie stand auf. Ich werde uns einen Kaffee kochen. Und dann rufe ich ein Taxi.
Jetzt war ihr der Satz gelungen, sie hatte wieder Boden unter den Füßen, hatte dem Mädchen bedeutet, daß sie das Taxi bezahlen werde, und sie hatte sich vor allem diese Bemerkung verbeten.
Mara sprang auf und griff nach Charlottes Arm.
Nein, sagte sie, ich will das nicht. Sie sind heut abend oft genug in die Küche gelaufen. Wir können draußen Kaffee trinken. Kommen Sie. Gehen wir weg, weit weg. Ich kenne da eine Bar. Wir gehen, nicht wahr? – Charlotte befreite ihren Arm und ging, ohne Antwort, die Mäntel holen. Sie schob das Mädchen zur Tür hinaus. Sie war erleichtert. Im Treppenhaus, das dunkel war und nur in jeder Biegung von der Laterne im Hof schwach erleuchtet wurde, kam ihr Maras Hand entgegen, griff wieder nach ihrem Arm. Sie fürchtete, daß das Mädchen stürzen könne, und zog und stützte es zugleich, bis sie unten waren und das Tor erreicht hatten.
Der Franziskanerplatz lag da wie ein Dorfplatz, still. Geplätscher vom Brunnen, still. Man hätte gerne Wiesen und Wälder von nah gerochen, einen Blick nach dem Mond getan, zum Himmel, der sich wieder dicht und nachtblau eingestellt hatte nach einem lärmigen Tag. In der Weihburggasse ging niemand. Sie gingen rasch hinauf bis zur Kärntner Straße, und plötzlich nahm Mara wieder, wie ein

furchtsames Kind, Charlottes Hand. Sie hielten einander an den Händen und gingen noch rascher, als verfolgte sie jemand. Mara fing zu laufen an, und zuletzt liefen sie wie zwei Schulmädchen, als gäbe es keine andere Gangart. Maras Armbänder klirrten, und eines drückte gegen Charlottes Handgelenk und schmerzte, trieb sie an.

Von Unsicherheit befallen, sah Charlotte sich in dem luftlosen und heißen Vorraum der Bar um. Mara hielt ihr die Tür ins Innere auf. Wieder war alles rot. Nun waren auch die Wände rot, höllenrot, die Stühle und die Tische, die Lichter, die wie Verkehrsampeln auf ihre Ablösung durch das grüne Licht des Morgens warteten und nun die Nacht aufhalten und die Menschen anhalten wollten in der Nacht, im Rauch, im Rausch. Aber diese Rottöne waren, weil kein Zufall sie angerichtet hatte, dennoch schwächer in der Wirkung als das erste viele Rot von vorhin, sie schwächten auch die Erinnerung daran, und Maras Haare und ihr weiter Rock wurden in dem gähnenden Rachen Rot verschlungen.

Es wurde lustlos getrunken und getanzt; trotzdem hatte Charlotte das Gefühl, in einen Höllenraum gelangt zu sein, gebrannt und leiden gemacht zu werden von ihr noch unbekannten Torturen. Die Musik, der Stimmenlärm folterten sie, denn sie hatte sich unerlaubt aus ihrer Welt entfernt und fürchtete, entdeckt und gesehen zu werden von jemand, der sie kannte. Mit geducktem Kopf ging sie hinter Mara zu dem Tisch, an den sie der Kellner wies, einen langen Tisch, an dem schon zwei Männer in dunklen Anzügen saßen und, entfernter, ein junges Paar, das nicht einen Augenblick aufsah, sich gegenseitig mit den Fingerspitzen berührte. Rundherum fluteten und drückten die Tanzenden, wie von den Planken eines untergehenden Schiffes abrutschend, gegen den Tisch, stampften auf den Boden, auf dem auch der Tisch in Gefahr geriet, als wollten sie in die Tiefe. Alles schwankte, rauchte, dunstete in

dem Rotlicht. Alles wollte in die Tiefe, lärmumschlungen tiefer, lustlos tiefer.
Charlotte bestellte Kaffee und Wein. Als sie wieder aufsah, war Mara aufgestanden und hatte begonnen, einen Meter entfernt von ihr, zu tanzen. Erst schien es, als wäre sie allein, aber dann war auch der Mann wahrzunehmen, der mit ihr tanzte, ein erhitzter dünner Bursche, ein Lehrling oder Student, der mit den Hüften und Beinen schlenkerte, auch allein für sich tanzte und nur hin und wieder nach Maras Händen griff oder sie kurz in den Arm nahm, um sie dann gleich wieder von sich zu stoßen und ihren eigenen erfinderischen Bewegungen zu überlassen. Mara wandte ihr Gesicht Charlotte zu, lächelte, wand sich, warf die Haare mit der Hand hoch. Einmal hüpfte sie ganz nahe zu Charlotte hin und verbeugte sich zierlich.
Sie erlauben doch?
Charlotte nickte steif. Sie wandte sich ab, trank in kleinen Schlucken; sie wollte das Mädchen nicht stören, indem sie es beobachtete. Ein Mann trat hinter ihren Stuhl und forderte sie zum Tanzen auf. Sie schüttelte den Kopf. Sie klebte auf ihrem Stuhl, und ihre Zunge klebte, schon wieder trocken, fest in ihrem Mund. Sie wollte aufstehen, heimlich gehen, wenn Mara nicht hersah. Aber sie ging nicht – doch das wußte sie erst später ganz deutlich –, weil sie keinen Augenblick lang das Gefühl hatte, daß Mara tanzte, um zu tanzen, oder daß sie mit jemand hier tanzen oder hierbleiben oder sich vergnügen wollte. Denn sie sah immerzu her, führte ihren Tanz nur auf, damit Charlotte hinsah. Sie zog ihre Arme durch die Luft und ihren Körper durch den Raum wie durch Wasser, sie schwamm und stellte sich zur Schau, und Charlotte, endlich bezwungen und um endlich ihren Blicken eine unverkennbare Richtung geben zu können, folgte ihr bei jeder Bewegung.
Ende der Musik. Eine atemlose, strahlende Mara, die sich setzte und nach Charlottes Hand griff. Ineinander ver-

schlungene Hände. Geflüster. Sind Sie böse? Kopfschütteln. Eine große Dumpfheit. Jetzt aufstehen und gehen können, diese kleinen klettenhaften Hände loswerden können. Charlotte befreite mit einem Ruck ihre rechte Hand, griff nach dem Weinglas und trank. Auch der Wein ging nicht aus, wieviel davon sie auch trinken mochte. Die Zeit ging nicht aus; diese Blicke, diese Hände, sie gingen nicht aus. Die beiden Männer am Tisch wandten sich an Mara, tuschelten mit ihr, lachten ihr zu.
Machen wir eine Brücke, Fräulein?
Mara hob ihre Hände, spielte mit den Händen der Männer ein kurzes Spiel, das Charlotte nicht kannte. Nein, keine Brücke, keine Brücke! rief sie lachend, kehrte den Männern ebenso plötzlich den Rücken, wie sie sich mit ihnen eingelassen hatte, und tauchte, heimkehrend, mit ihren Händen unter Charlottes Hände, die weiß und kalt nebeneinander auf dem Tisch lagen.
Ach, die Damen wollen unter sich sein, sagte der eine der Männer und lachte gutmütig seinem Freund zu. Charlotte schloß die Augen. Sie spürte den Druck von Maras harten Fingern und erwiderte ihn, ohne zu wissen warum und ohne es zu wünschen. Ja, so war das. Das war es. Sie kam langsam wieder zu sich, hielt die Augen unverwandt vor sich nieder auf die Tischplatte und rührte sich nicht. Sie wollte sich nie mehr rühren. Es konnte ihr jetzt gleich sein, ob sie gingen oder blieben, ob sie bis zum Morgen ausgeschlafen sein würde oder nicht, ob diese Musik weiterging, jemand sie ansprach, jemand sie erkannte ...
Du, sag etwas! Du ... gefällt es dir hier nicht? Gehst du denn nie tanzen, nie aus, um zu trinken ...? Sag etwas!
Schweigen.
Sag doch etwas. Lach ein bißchen. Hältst du das aus, dort oben bei dir? Ich könnte das nicht aushalten, allein herumgehen, allein schlafen, allein in der Nacht und tags arbei-

ten, immer üben ... Oh, das ist furchtbar. Das hält niemand aus!
Charlotte sagte mühsam: Gehen wir.
Sie fürchtete, loszuweinen.
Als sie auf der Straße waren, fand sie wieder den Satz nicht, der sie schon einmal gerettet hatte. Früher war der Satz möglich gewesen: Ich lasse Ihnen ein Taxi rufen ... Aber jetzt hätte sie diesen Satz übersetzen müssen in einen Satz mit einem Du. Diesen Satz konnte sie nicht bilden. Langsam gingen sie zurück. Charlotte steckte ihre Hände in die Manteltaschen. Ihre Hand wenigstens sollte Mara nicht mehr haben.
Die Stiegen am Franziskanerplatz fand Mara diesmal ohne Hilfe, ohne Frage im Dunkel. Sie ging voraus, als wäre sie diese Stiege schon oft hinauf- und hinuntergegangen. Charlotte steckte den Schlüssel ins Schloß und hielt inne. »Unsere Wohnung« konnte das nicht mehr sein, wenn sie jetzt wirklich aufschloß, Mara nicht noch hinunterstieß über die Stiegen. Ich müßte sie hinunterstoßen, dachte Charlotte und drehte den Schlüssel.
Drinnen schlang Mara, im nächsten Augenblick, die Arme um ihren Hals, hing wie ein Kind an ihr. Ein kleiner rührender Körper hängte sich an den ihren, der ihr mit einemmal größer und stärker als sonst vorkam. Charlotte befreite sich mit einer raschen Bewegung, streckte den Arm aus und machte Licht.
Sie setzten sich im Zimmer, wie sie zuletzt dagesessen hatten, und rauchten.
Das ist Wahnsinn, du bist wahnsinnig, sagte Charlotte, wie ist das nur möglich ...? Sie hielt inne, sprach nicht weiter, so lächerlich kam sie sich vor. Sie rauchte und dachte, daß diese Nacht kein Ende nehmen werde, daß diese Nacht ja erst im Anfang war und womöglich ohne Ende.
Vielleicht blieb Mara jetzt für immer da, immer, immer, immer, und sie selber würde nun für immer nachdenken

müssen, was sie getan oder gesagt habe, um schuld daran zu sein, daß Mara da war und dablieb.

Als sie hilflos zu dem Mädchen hinübersah, bemerkte sie, daß Tränen aus Maras Augen liefen.

Wein doch nicht. Bitte, wein nicht.

Du willst mich nicht. Niemand will mich.

Bitte, wein nicht. Du bist sehr lieb, sehr schön, aber ...

Warum willst du mich nicht? Warum? – Neue Tränen.

Ich kann nicht.

Du willst nicht. Warum? Sag bloß, warum du mich nicht magst, dann gehe ich! – Mara fiel auf die Knie; langsam kippte sie aus dem Sessel, kam auf die Knie zu liegen und legte den Kopf in Charlottes Schoß. Dann gehe ich, dann bist du mich los.

Charlotte rührte sich nicht, sie sah, rauchend, nieder auf das Mädchen, studierte jeden Zug in dem Gesicht, jeden ausbrechenden Blick. Sehr lange und sehr genau sah sie es an.

Das war Wahnsinn. Noch nie hatte sie ... Einmal, in der Schulzeit, als sie der Geschichtslehrerin die Hefte ins Konferenzzimmer hatte bringen müssen und niemand sonst in dem Raum war, war die aufgestanden, hatte den Arm um sie gelegt, sie auf die Stirn geküßt. »Liebes Mädchen.« Dann hatte Charlotte sich, erschreckt, weil die Lehrerin sonst so streng war, umgedreht und war zur Tür hinausgelaufen. Lange noch hatte sie sich verfolgt gefühlt von den zwei zärtlichen Worten. Von dem Tag an wurde sie noch strenger geprüft als die anderen, und ihre Noten wurden noch schlechter. Aber sie beschwerte sich bei niemand, erduldete die unverschuldete kalte Behandlung; sie hatte begriffen, daß auf diese Zärtlichkeit nur diese Strenge folgen konnte.

Charlotte dachte: wie aber kann ich Mara berühren? Sie ist aus dem Stoff, aus dem ich gemacht bin. Und sie dachte traurig an Franz, der auf dem Weg zu ihr war, jetzt mußte der Zug schon an der Grenze sein, und niemand konnte ihn mehr aufhalten weiterzufahren, niemand konnte Franz warnen davor zurückzukommen, wo es »unsere Wohnung« aufgehört hatte zu geben. Oder gab es sie noch? Alles stand ja noch da, an seinem Ort, der Schlüssel hatte gesperrt, und wenn Mara nun wie durch ein Wunder verschwand oder plötzlich doch fortging, dann würde morgen alles nur wie ein Spuk erscheinen, es würde wie nie gewesen sein.

Bitte sei vernünftig. Ich muß auch noch schlafen und sehr früh aufstehen morgen.

Ich bin nicht vernünftig. Ach Liebes, liebes Schönes, und du lügst mich nur ein bißchen an, nicht wahr?

Warum? Wieso? – Charlotte, schläfrig, verraucht, leer, konnte nichts mehr auffassen. Ihre Gedanken gingen noch wie Wachtposten in ihrem Kopf auf und ab, hörten die feindlichen Worte, sie waren auf der Hut, konnten aber nicht Alarm schlagen, sich bereit machen zur Abwehr.

Du lügst! O wie du lügst!

Ich weiß nicht, wovon du sprichst. Warum sollte ich lügen, und was überhaupt hast du für eine Lüge gehalten?

Du lügst. Du hast mich gerufen, hast mich kommen lassen zu dir, hast mich mitgenommen noch einmal in der Nacht, und jetzt ekelt dir vor mir, jetzt willst du's nicht wahrhaben, daß du mich gerufen hast zu dir!

Ich hätte dich . . .

Hast du mich nicht eingeladen? Was hat das bedeutet?

Charlotte weinte. Sie konnte die Tränen, die so plötzlich kamen, nicht mehr aufhalten. Ich lade viele Menschen ein.

Du lügst.

Maras nasses Gesicht, naß noch, während sie schon zu lachen begann, preßte sich gegen Charlottes Gesicht, zärtlich, warm, und ihrer beider Tränen vermischten sich. Die Küsse, die der kleine Mund gab, die Locken, die geschüttelt wurden über Charlotte, der kleine Kopf, der an ihren Kopf stieß, – alles war soviel kleiner, gebrechlicher, nichtiger als es je ein Kopf, je Haar, je Küsse gewesen waren, die über Charlotte gekommen waren. Sie suchte in ihren Gefühlen nach einer Anweisung, in ihren Händen nach einem Instinkt, in ihrem Kopf nach einer Kundgebung. Sie blieb ohne Anweisung.

Charlotte hatte als Kind manchmal aus Überschwang ihre Katze geküßt, auf die kleine Schnauze, das feuchte, kühle, zarte Etwas, um das herum alles weich und fremd war – eine fremde Gegend für Küsse. So ähnlich feucht, zart, ungewohnt waren die Lippen des Mädchens. An die Katze mußte Charlotte denken und die Zähne zusammenpressen. Und zugleich versuchte sie doch zu bemerken, wie diese ungewohnten Lippen sich anfühlten.

So also waren ihre eigenen Lippen, so ähnlich begegneten sie einem Mann, schmal, fast widerstandslos, fast ohne Muskel – eine kleine Schnauze, nicht ernst zu nehmen.

Küß mich nur einmal, bettelte Mara. Nur ein einziges Mal.

Charlotte sah auf ihre Armbanduhr; es reizte sie plötzlich, auf die Uhr zu sehen, und sie wünschte, daß Mara es merke.

Wie spät ist es denn? – Ein neuer Ton war in der Stimme des Mädchens, von der Art, wie Charlotte noch nie einen bösen, aufsässigen Ton gehört hatte.

Vier Uhr, sagte sie trocken.

Ich bleibe. Hörst du? Ich bleibe. – Wieder der Unterton, bedrohlich, niederträchtig. Aber hatte nicht auch sie selber einmal so zu jemand gesagt: Ich bleibe. Sie hoffte inständig, sie habe es nie in diesem Ton gesagt.

Wenn du es noch nicht begriffen hast: es ist zwecklos, daß du bleibst. Und um sechs Uhr kommt unsere Bedienerin. – Sie mußte jetzt auch böse sein, Mara diesen Ton vergelten, sie sagte »unsere« und log überdies, denn sie hatte die Frau erst für neun Uhr bestellt.

Maras Augen brannten. Sag das nicht, o du, sag das nicht! Du bist gemein, so gemein. Was du mir antust, wenn du das wüßtest . . . Glaubst du, ich werde zulassen, daß du auf die Bahn gehst und mit ihm zurückkommst! Umarmt er dich gut? Gut? Wie?
Charlotte schwieg; sie war so aufgebracht, daß sie kein Wort hervorbrachte.
Liebst du ihn? Nein? Man sagt . . . ah, die Leute sagen allerhand . . . Sie machte eine wegwerfende Handbewegung. Ah, wie ich das alles hasse. Wie ich Wien hasse! Dieses Studium hasse, die Schwätzer, diese Männer, diese Weiber, die Akademie, alles. Nur du, seit ich dich gesehen habe . . . Du mußt anders sein. Du mußt. Oder du lügst!
Wer sagt etwas? Und was?
Ich wäre nicht gekommen, nie gekommen . . . Ich schwöre es dir.
Aber das ist doch . . . Charlotte konnte nicht mehr weiterreden, sie stand taumelnd auf. Mara stand auf. Sie standen sich gegenüber. Mara wischte ganz langsam, und während die Aufregung aus ihr schon zu weichen begann, das Glas vom Tisch, dann das andere, sie griff nach einer leeren Vase und warf sie, weil die Gläser ohne Geräusch auf den Teppich gerollt waren, gegen die Wand, dann eine Kassette, aus der Muscheln und Steine mit Getöse herausflogen und über die Möbel rollten.
Charlotte suchte nach Kraft für einen großen Zorn, für einen Schrei, für Wut, für Beleidigung. Die Kraft hatte sie verlassen. Sie sah einfach dem Mädchen zu, wie es ein Stück nach dem anderen zerstörte. Die Zerstörung schien lang zu dauern wie ein Brand, eine Überschwemmung, eine Demolierung. Mara bückte sich plötzlich, hob zwei große Scherben von der Obstschale auf, hielt sie aneinander und sagte: So ein schöner Teller. Verzeih mir. Sicher hast du den Teller gern gehabt. Bitte verzeih mir.
Charlotte zählte, ohne Bedauern, ohne jede Regung, die

Stücke, die in Scherben gegangen oder beschädigt worden waren. Es waren nur ganz wenige Stücke, aber sie hätte gern alles in dem Zimmer mitzählen mögen, damit sie das Ausmaß der Zerstörung genauer hätte ausdrücken können, das soviel größer war; genauso gut hätte alles in Trümmer gehen können. Denn sie hatte zugesehen, keine Hand gerührt, bei jedem Krachen, jedem Splittern stillgehalten.
Sie bückte sich und sammelte die Muscheln und Steine ein, sie schob die Scherben zusammen, ging gebückt herum, damit sie nicht aufsehen und Mara ansehen mußte; dann ließ sie wieder ein paar Stücke fallen, als hätte es keinen Sinn, hier noch einmal aufzuräumen. Sie kauerte, in dem anhaltenden Schweigen, auf dem Boden. Ihre Gefühle, ihre Gedanken sprangen aus dem gewohnten Gleis, rasten ohne Bahn ins Freie. Sie ließ ihren Gefühlen und Gedanken freien Lauf.
Sie war frei. Nichts mehr erschien ihr unmöglich. Wieso sollte sie nicht mit einem Wesen von gleicher Beschaffenheit zu leben beginnen?
Aber jetzt hatte Mara sich neben sie gekniet, zu sprechen begonnen, sie sprach immerzu auf sie ein. Mein Geliebtes, du darfst nicht meinen, du, es tut mir so leid, ich weiß gar nicht, was in mich gefahren ist, du, sei gut zu mir, ich bin verrückt, nach dir verrückt, ich möchte, ich glaube, ich könnte . . .
Charlotte dachte: mir ist dauernd unklar, wovon sie spricht. Die Sprache der Männer war doch so gewesen in solchen Stunden, daß man sich daran hatte halten können. Ich kann Mara nicht zuhören, ihren Worten ohne Muskel, diesen nichtsnutzigen kleinen Worten.
Hör zu, Mara, wenn du die Wahrheit wissen willst. Wir müssen versuchen zu sprechen, wirklich zu sprechen miteinander. Versuch es. (Gewiß will sie die Wahrheit gar nicht wissen, und dann ist's auch die Frage, wie diese Wahrheit heißen müßte über uns beide. Dafür sind noch keine Worte

da.) Ich kann nicht auffassen, was du sagst. Du redest mir zu unklar. Ich kann mir nicht vorstellen, wie du denkst. In deinem Kopf muß etwas anders herum laufen.
Mein armer Kopf! Du mußt Mitleid mit ihm haben, mußt ihn streicheln, ihm sagen, was er denken soll.
Charlotte begann, Maras Kopf gehorsam zu streicheln. Dann hielt sie inne. Sie hatte das schon einmal gehört – nicht die Worte, aber den Tonfall. Sie selber hatte oft so dahingeredet, besonders in der ersten Zeit mit Franz, auch vor Milan war sie in diesen Ton verfallen, hatte die Stimme zu Rüschen gezogen; diesen Singsang voll Unverstand hatte er sich anhören müssen, angeplappert hatte sie ihn, mit verzogenem Mund, ein Schwacher den Starken, eine Hilflose, Unverständige, ihn, den Verständigen. Sie hatte die gleichen Schwachheiten ausgespielt, die Mara jetzt ihr gegenüber ausspielte, und hatte den Mann dann plötzlich im Arm gehalten, hatte Zärtlichkeiten erpreßt, wenn er an etwas anderes denken wollte, so wie sie jetzt von Mara erpreßt wurde, sie streicheln mußte, gut sein mußte, klug sein mußte.
Diesmal aber hatte sie Einblick. Es verfing nicht bei ihr. Oder doch? Es half vielleicht gar nicht, daß sie das Mädchen erkannte und durchschaute, weil sie sich plötzlich an sich selber erinnerte und erschaute. Nur viel älter kam sie sich mit einemmal vor, weil dieses Geschöpf vor ihr das Kind spielte, sich klein machte und sie größer machte für seinen Zweck. Sie fuhr Mara noch einmal zaghaft durchs Haar, hätte ihr gern etwas versprochen. Etwas Süßes, Blumen, eine Nacht oder eine Kette. Bloß, damit sie endlich Ruhe gab. Damit sie, Charlotte, endlich aufstehen und an etwas anderes denken konnte; damit dieses kleine lästige Tier verscheucht war. Sie dachte an Franz und sie fragte sich, ob auch er manchmal so von ihr belästigt worden war und sie gern verscheucht hätte, dieses kleine Tier, damit Ruhe war.

Charlotte stand auf, weil sie bemerkte, daß die Vorhänge nicht zugezogen waren. Und doch hätte sie gern die Fenster erleuchtet gelassen, zum Einsehen offenstehen gelassen. Sie hatte nichts mehr zu scheuen. Es sollte zu gelten anfangen, was sie dachte und meinte, und nicht mehr gelten sollte, was man sie angehalten hatte zu denken und was man ihr erlaubt hatte zu leben.
Wenn sie mit Mara zu leben begänne ... Dann würde sie lieber arbeiten zum Beispiel. Obwohl sie immer gern gearbeitet hatte, hatte ihrer Arbeit der Fluch gefehlt, der Zwang, die unbedingte Notwendigkeit. Auch brauchte sie jemand um sich, neben sich, unter sich, für den sie nicht nur arbeitete, sondern der Zugang zur Welt war, für den sie den Ton angab, den Wert einer Sache bestimmte, einen Ort wählte.
Sie sah sich um im Zimmer. Die Möbel hatte Franz ausgesucht mit Ausnahme der Lampe im Schlafzimmer und ein paar Vasen, Kleinigkeiten. Es war kein Stück von ihr in dieser Wohnung. Es war gar nicht daran zu denken, daß jemals etwas mit ihr zu tun haben würde in einer Wohnung, solang sie mit einem Mann lebte. Nachdem sie von zu Hause weggegangen war, hatte sie ein Jahr lang mit einem Studenten gelebt, in einem Zimmer mit verstaubten Seidenlampen, Plüschsesseln und Wänden, die mit Plakaten und billigen Reproduktionen moderner Malerei vollgeklebt waren. Sie hätte nie gewagt, etwas daran zu ändern; es war seine Umwelt gewesen. Jetzt lebte sie in der hellen Ordnung, die Franz gehörte, und verließe sie Franz, so ginge sie in eine andere Ordnung, in alte geschweifte Möbel oder in Bauernmöbel oder in eine Rüstungssammlung, in eine Ordnung jedenfalls, die nicht die ihre war – das würde sich nie ändern. Genau genommen wußte sie auch schon nicht mehr, was sie für sich wollte, weil da nichts mehr zu wollen war. Natürlich hatte Franz sie bei jedem Kauf gefragt: Ist dir das recht? Was meinst du? Oder lieber in

blau? Und sie hatte gesagt, was sie dachte, nämlich: blau. Oder: den Tisch lieber niedriger. Aber sie konnte nur dann einen Wunsch äußern, wenn er Fragen stellte. Sie sah Mara an und lächelte. Sie stieß mit der Fußspitze gegen den Tisch. Es war eine Lästerung. Sie lästerte »unseren Tisch«.

Mara würde sie sich unterwerfen können, sie lenken und schieben können. Sie würde jemand haben, der zitterte vor ihrem Konzert, der eine warme Jacke bereit hielt, wenn sie aus dem Saal kam und schwitzte, jemand, dem es nur wichtig war, teilzunehmen an ihrem Leben, und für den sie das Maß aller Dinge war, jemand, dem es wichtiger war, ihre Wäsche in Ordnung zu halten, ihr das Bett aufzuschlagen, als einen anderen Ehrgeiz zu befriedigen – jemand vor allem, dem es wichtiger war, mit ihren Gedanken zu denken, als einen eigenen Gedanken zu haben.

Und sie meinte plötzlich zu wissen, was sie all die Jahre vermißt und heimlich gesucht hatte: das langhaarige, schwache Geschöpf, auf das man sich stützen konnte, das immer seine Schulter herhalten würde, wenn man sich trostlos oder erschöpft oder selbstherrlich fühlte, das man rufen und wegschicken konnte und um das man sich, der Gerechtigkeit halber, sorgen mußte, sich bangte und dem man zürnen konnte. Nie konnte sie Franz zürnen, nie konnte sie ihn anschreien, wie er sie anschrie manchmal. Nie bestimmte sie. Er bestimmte (oder sie beide bestimmten, hätte er wohl gesagt – aber es war doch er, der, ohne sich dessen bewußt zu sein, immer bestimmte, und sie hätte es nicht anders gewollt –). Obgleich er ihre Selbständigkeit und ihre Arbeit liebte, ihre Fortschritte ihn erfreuten, er sie tröstete, wenn sie zwischen der Arbeit und der Hausarbeit nicht zurechtkam, und ihr vieles erließ, soviel man sich eben erlassen konnte in einer Gemeinschaft, wußte sie, daß er nicht geschaffen war, ihr ein Recht auf ein eigenes Unglück, eine andere Einsamkeit einzuräumen. Sie teilte sein

Unglück oder heuchelte die Teilnahme; manchmal waren sie untrennbar in ihr: die Heuchelei, die Liebe, die Freundschaft. Aber es war nicht wichtig, wieviel Aufrichtigkeit in ihr war und wieviel Sucht nach Verdunkelung – wichtig war, daß nur sie dieses Problem kannte, daß es sie oft bewegt hatte, sie aber nie sich eine Lösung hatte vorstellen können.

Der Hochmut, auf ihrem eigenen Unglück, auf ihrer eigenen Einsamkeit zu bestehen, war immer in ihr gewesen, aber erst jetzt traute er sich hervor, er blühte, wucherte, zog die Hecke über sie. Sie war unerlösbar, und keiner sollte sich anmaßen, sie zu erlösen, das Jahr Tausend zu kennen, an dem die rotblühenden Ruten, die sich ineinander verkrallt hatten, auseinanderschlugen und den Weg freigeben würden. Komm, Schlaf, kommt, tausend Jahre, damit ich geweckt werde von einer anderen Hand. Komm, daß ich erwache, wenn dies nicht mehr gilt – Mann und Frau. Wenn dies einmal zu Ende ist!

Sie betrauerte Franz wie einen Toten; er wachte oder schlief jetzt in dem Zug, der ihn heimtrug, und er wußte nicht, daß er tot war, daß alles umsonst gewesen war, die Unterwerfung, die sie selber, mehr als er, betrieben hatte, weil er gar nicht hätte wissen können, was an ihr zu unterwerfen war. Er hatte sowieso zuviel Kraft auf sie vergeudet, war immer mit soviel Rücksichtnahme auf sie beschäftigt gewesen. Während es ihr immer richtig erschienen war, daß sie mit ihm hatte leben wollen, war es ihr immer traurig vorgekommen, daß er sich mit ihr hatte belasten müssen, es ergab gar nichts für ihn; sie hätte ihm eine Frau gewünscht, die ihn umsorgt und bewundert hätte, und er wäre darum nicht weniger gewesen, nichts konnte ihn verringern – auch ihre Quälereien konnten ihn, wie es nun einmal war, nicht verringern, aber genausowenig konnten sie ihm nützen, etwas eintragen, denn sie waren von der verfassungswidrigen, heillosen Art. Er ging gutmütig darauf ein, er wußte, daß er es hätte leichter haben können, aber es machte ihm doch Freude, mit ihr zu leben: sie war ihm genauso zur Gewohnheit geworden, wie eine andere Frau es geworden wäre, und, weiser als Charlotte, hatte er längst die Ehe als einen Zustand erkannt, der stärker ist als die Individuen, die in ihn eintreten, und der darum auch ihrer beider Gemeinsamkeit stärker prägte, als sie die Ehe hätten prägen oder gar verändern können. Wie immer eine Ehe auch geführt wird – sie kann nicht willkürlich geführt werden, nicht erfinderisch, kann keine Neuerung, Änderung vertragen, weil Ehe eingehen schon heißt, in ihre Form eingehen.

Charlotte schrak auf durch einen tiefen Atemzug, den Mara tat, und sah, daß das Mädchen eingeschlafen war. Sie war jetzt allein, wachte über dem, was möglich geworden war. Sie wußte im Augenblick überhaupt nicht, warum sie je mit Männern gewesen war und warum sie einen geheiratet hatte. Es war zu absurd. Sie lachte in sich hinein und biß sich in die Hand, um sich wach zu halten. Sie mußte Nachtwache halten.

Wenn nun der alte Bund zerriß? Sie fürchtete die Folgen, die dieses Zerreißen haben mußte. Bald würde sie aufstehen, Mara wecken, mit ihr ins Schlafzimmer gehen. Sie würden die Kleider abstreifen; mühselig würde es sein, aber es gehörte dazu, so mußte begonnen sein. Ein Neubeginn würde es sein. Aber wie soll man sich nackt machen, beim allerersten Mal? Wie soll das geschehen, wenn man sich nicht verlassen kann auf Haut und Geruch, auf eine von vieler Neugierde genährte Neugier. Wie eine Neugier herstellen zum ersten Mal, wenn noch nichts ihr vorausgegangen ist?

Sie war schon öfters, halbnackt oder in dünner Unterwäsche, vor einer Frau gestanden. Es war ihr immer peinlich gewesen, einen Augenblick lang zumindest: in der Badekabine mit einer Freundin; im Wäschegeschäft, im Modege-

schäft, wenn eine Verkäuferin ihr half, Korsetts und Kleider anzuprobieren. Wie aber sollte sie vor Mara herausschlüpfen aus dem Kleid, es fallen lassen, ohne den Anfang zu versäumen. Aber vielleicht – und das erschien ihr plötzlich wunderbar – würden sie beide gar nicht verlegen sein, weil sie die gleichen Kleidungsstücke trugen. Sie würden lachen, sich mustern, jungsein, flüstern. Im Turnsaal, in den Schulen, war immer dieser Wirbel gewesen von Kleidungsstücken, dünnem Zeug in Rosa und Blau und Weiß. Gespielt hatten sie als Mädchen damit, sich gegenseitig die Wäsche an den Kopf geworfen, gelacht und um die Wette getanzt, einander die Kleider versteckt – und hätte der Himmel damals noch Verwendung für die Mädchen gehabt, so hätte er sie gewiß an die Quellen, in die Wälder, in die Grotten versetzt, und eine zum Echo erwählt, um die Erde jung zu erhalten und voll von Sagen, die alterslos waren.
Charlotte beugte sich über Mara, die jetzt, im Schlaf, keine Gefahr mehr war, küßte sie auf die Brauen, die schön geschweift und feierlich in dem fahlen Gesicht standen, küßte die Hand, die niederhing von dem Sessel, und dann, sehr heimlich, schüchtern beugte sie sich über den blassen Mund, von dem das Lippenrot im Lauf der Nacht verschwunden war.
Könnte dieses Geschlecht doch noch einmal nach einer Frucht greifen, noch einmal Zorn erregen, sich einmal noch entscheiden für seine Erde! Ein andres Erwachen, eine andere Scham erleben! Dieses Geschlecht war niemals festgelegt. Es gab Möglichkeiten. Die Frucht war nie vertan, heute nicht, heute noch nicht. Der Duft aller Früchte, die gleichwertig waren, hing in der Luft. Es konnten andre Erkenntnisse sein, die einem wurden. Sie war frei. So frei, daß sie noch einmal in Versuchung geführt werden konnte. Sie wollte eine große Versuchung und dafür einstehen und verdammt werden, wie schon einmal dafür eingestanden worden war.

Mein Gott, dachte sie, ich lebe nicht heute, nehme teil an allem, lasse mich hineinreißen in alles, was geschieht, um nicht auch eine eigene Möglichkeit ergreifen zu können. Die Zeit hängt in Fetzen an mir. Ich bin niemands Frau. Ich bin noch nicht einmal. Ich will bestimmen, wer ich bin, und ich will mir auch mein Geschöpf machen, meinen duldenden, schuldigen, schattenhaften Teilhaber. Ich will Mara nicht, weil ich ihren Mund, ihr Geschlecht – mein eigenes – will. Nichts dergleichen. Ich will mein Geschöpf, und ich werde es mir machen. Wir haben immer von unsren Ideen gelebt, und dies ist meine Idee.

Wenn sie Mara liebte, würde alles sich ändern.

Sie würde dann ein Wesen haben, das sie in die Welt einweihen konnte. Jeden Maßstab, jedes Geheimnis würde sie allein vergeben. Immer hatte sie davon geträumt, die Welt überliefern zu können, und hatte sich geduckt, wenn man sie ihr überlieferte, hatte verbissen geschwiegen dazu, wenn man ihr etwas hatte weismachen wollen, und an die Zeit gedacht, in der sie ein Mädchen gewesen war und noch gewußt hatte, wie man sich ein Herz faßt und daß man nichts zu fürchten hatte und vorangehen konnte mit einem dünnen hellen Schrei, dem auch zu folgen war.

Wenn sie Mara lieben könnte, wäre sie nicht mehr in dieser Stadt, in dem Land, bei einem Mann, in einer Sprache zu Hause, sondern bei sich – und dem Mädchen würde sie das Haus richten. Ein neues Haus. Sie mußte dann die Wahl treffen für das Haus, für die Gezeiten, für die Sprache. Sie wäre nicht mehr die Erwählte und nie mehr konnte sie in dieser Sprache gewählt werden.

Zudem war, bei allen Freuden, die ihr die Liebe zu Männern eingetragen hatte, etwas offen geblieben. Und obwohl sie jetzt, in der Stunde, da sie wachte, noch glaubte, daß sie die Männer liebe: es gab eine unbetretene Zone. Oft hatte Charlotte sich darüber gewundert, daß die Menschen, die besser als Stern, Strauch und Stein zu wissen hatten, welche Zärtlichkeiten sie füreinander erfinden durften, so schlecht beraten waren. In früher Zeit mußten Schwan und Goldregen noch die Ahnung gehabt haben von dem größeren Spielraum, und ganz vergessen konnte in der Welt nicht sein, daß der Spielraum größer war, daß das kleine System von Zärtlichkeiten, das man ausgebildet hatte und überlieferte, nicht alles war an Möglichkeit. Als Kind hatte Charlotte alles lieben wollen und von allem geliebt sein, von dem Wasserwirbel vor einem Fels, vom heißen Sand, dem griffigen Holz, dem Habichtschrei – ein Stern war ihr unter die Haut gegangen und ein Baum, den sie umarmte, hatte sie schwindlig gemacht. Jetzt war sie längst unterrichtet in der Liebe, aber um welchen Preis! Bei den meisten Menschen schien es sowieso nur eine traurige Ergebung zu sein, daß sie sich miteinander einließen; sie hielten es wohl für notwendig, weil nichts anderes vorlag, und dann mußten sie versuchen zu glauben, daß es richtig war, schön war, daß es das war, was sie gewollt hatten. Und es fiel ihr ein, daß nur einer von allen Männern, die sie gekannt hatte, vielleicht wirklich auf Frauen angewiesen war. Sie dachte an Milan, dem sie nicht genügt hatte, dem nichts genügt hatte, eben darum, und der darum auch gewußt hatte, daß ihr nichts genügte, der sich und sie verwünscht hatte, weil ihre schon verbildeten Körper ein Hemmnis waren bei dem Aufbruch zu schon vergessenen oder noch unbekannten Zärtlichkeiten. Es war zum Greifen nah gewesen, für Augenblicke sogar dagewesen: Ekstase, Rausch, Tiefe, Auslieferung, Genuß. Danach hatte sie sich wieder geeinigt mit einem Mann auf Güte, Verliebtheit, Wohlwollen, Fürsorge, Anlehnung, Sicherheit, Schutz, Treue, allerlei Achtenswertes, das dann nicht nur im Entwurf steckenblieb, sondern sich auch leben ließ.

So war es ihr möglich geworden zu heiraten, sie brachte die Voraussetzungen mit, in den Zustand Ehe einzugehen und sich darin einzurichten, trotz gelegentlicher Auflehnungen, trotz ihrer Lust, an der Verfassung zu rütteln. Aber immer, wenn sie an der Verfassung zu rütteln versucht hatte, war ihr rasch bewußt geworden, daß sie nichts an deren Stelle zu setzen gewußt hätte, daß ihr ein Einfall fehlte und Franz mit seinem Lächeln recht behielt und mit dem Mitleid, das er dann für sie hatte. Sie lebte gerne in seiner Nachsicht. Aber sie war nicht sicher, ob auch er gerne in ihrer Nachsicht gelebt hätte und was geschehen wäre, wenn er je gemerkt hätte, daß sie auch Nachsicht für ihn hatte. Wenn er etwa gewußt hätte, daß sie im geheimen nie glauben konnte, daß es so sein müsse, wie es zwischen ihnen war, und daß sie vor allem nicht zu glauben vermochte, daß er ihren Körper verstand. Ihre gute Ehe – das, was sie so nannte – gründete sich geradezu darauf, daß er von ihrem Körper nichts verstand. Dieses fremde Gebiet hatte er wohl betreten, durchstreift, aber er hatte sich bald eingerichtet, wo es ihm am bequemsten war.

An einer Bewegung des Mädchens, das im Halbschlaf seine Hand nach ihr ausstreckte, mit den Fingern ihr Knie umklammerte, ihre Kniekehle streifte, prüfte und betastete, spürte sie, daß dieses Geschöpf etwas von ihr wußte, was niemand gewußt hatte, sie selber nicht, weil sie ja auf Hinweise angewiesen war. Charlotte lehnte sich zitternd und erschrocken zurück und versteifte sich. Sie wehrte sich gegen den neuen Hinweis.

Laß mich, sagte sie unfreundlich. Laß das. Sofort.

Mara schlug die Augen auf. – Warum?

Ja, warum eigentlich? Warum hörte sie nicht auf zu denken, zu wachen und Totes zu begraben? Warum, da es schon so weit gekommen war, stand sie nicht endlich auf, hob Mara auf und ging mir ihr zu Bett?

Mara flüsterte mit einem verschwörerischen Blick: Ich will dich nur in dein Zimmer bringen, dich ins Bett bringen, sehen, wie du einschläfst. Dann gehe ich. Ich will nichts. Nur dich einschlafen sehen ...

Sei, bitte, still. Sprich nicht. Sei still.
Du hast ja bloß Angst vor mir, vor dir, vor ihm! – Wieder der Tonfall, der alles zum Sinken brachte, der Charlotte zum Sinken brachte.
Und Mara setzte triumphierend hinzu: Wie du lügst! Wie feig du bist!
Als ob es darum ginge! Als ob es sich in der Übertretung eines Verbots erschöpfen sollte, einer kleinen Dummheit, einer zusätzlichen Neugier!
Nein, erst wenn sie alles hinter sich würfe, alles verbrennte hinter sich, konnte sie eintreten bei sich selber. Ihr Reich würde kommen, und wenn es kam, war sie nicht mehr meßbar, nicht mehr schätzbar nach fremdem Maß. In ihrem Reich galt ein neues Maß. Es konnte dann nicht mehr heißen: sie ist so und so, reizvoll, reizlos, vernünftig, unvernünftig, treu, untreu, anständig oder skrupellos, unzugänglich oder verabenteuert. Sie wußte ja, was zu sagen möglich war und in welchen Kategorien gedacht wurde, wer dieses oder jenes zu sagen fähig war und warum. Immer hatte sie diese Sprache verabscheut, jeden Stempel, der ihr aufgedrückt wurde und den sie jemand aufdrücken mußte – den Mordversuch an der Wirklichkeit. Aber wenn ihr Reich kam, dann konnte diese Sprache nicht mehr gelten, dann richtete diese Sprache sich selbst. Dann war sie ausgetreten, konnte jedes Urteil belachen, und es bedeutete nichts mehr, wofür jemand sie hielt. Die Sprache der Männer, soweit sie auf die Frauen Anwendung fand, war schon schlimm genug gewesen und bezweifelbar; die Sprache der Frauen aber war noch schlimmer, unwürdiger – davor hatte ihr schon gegraut, seit sie ihre Mutter durchschaut hatte, später ihre Schwestern, Freundinnen und die Frauen ihrer Freunde und entdeckt hatte, daß überhaupt nichts, keine Einsicht, keine Beobachtung dieser Sprache entsprach, den frivolen oder frommen Sprüchen, den geklitterten Urteilen und Ansichten oder dem geseufzten Lamento.

Charlotte sah Frauen gerne an; sie rührten sie häufig oder sie erfreuten ihre Augen, aber sie vermied, wo es ging, Gespräche mit ihnen. Sie fühlte sich geschieden von ihnen, von ihrer Sprache, ihrem Kreuz, ihrem Herz.
Aber sie würde Mara sprechen lehren, langsam, genau und keine Trübung durch die übliche Sprache zulassen. Erziehen würde sie sie, anhalten zu etwas, das sie, früh schon, weil sie kein besseres Wort gefunden hatte, Loyalität genannt hatte – ein Fremdwort in jedem Sinn. Sie bestand auf dem fremden Wort, weil sie noch nicht auf dem fremdesten bestehen konnte. Liebe. Da keiner es sich zu übersetzen verstand.
Charlotte sah nieder auf Mara; sie bewunderte in ihr ein Unerhörtes, die ganze Hoffnung, die sie auf diese Gestalt geworfen hatte. Dieses Unerhörte mußte sie jetzt nur in jede kleinste Handlung zu tragen verstehen, in den neuen Tag, alle Tage.
Komm. Hör mir zu, sagte sie und rüttelte Mara an der Schulter. Ich muß alles über dich wissen. Wissen will ich, was du willst . . .
Mara richtete sich auf, mit einem überraschten Ausdruck. Sie hatte verstanden. War es nicht schon eine Genugtuung, daß sie verstand in diesem Augenblick! Gib, daß sie taugt! Daß sie endlich versteht!
Nichts, sagte Mara. Ich will nichts. Ich werde nicht in die Falle gehen.
Was heißt das, daß du nichts willst?
Es heißt, was es heißt. Irgend etwas muß ich ja tun. Ich bin begabt, sagen sie, dein Mann sagt es auch. Aber das ist mir gleichgültig. Sie haben mir dieses Stipendium gegeben. Aber aus mir wird nichts. Und überhaupt: es interessiert mich nichts. – Sie machte eine kleine Pause und fragte dann: Interessiert dich denn etwas?
O ja. Vieles. – Charlotte spürte, daß sie nicht weiterreden konnte; die Schranken waren wieder gefallen. Sie hatte ge-

stottert, nicht den Mut aufgebracht, sich zur Autorität zu machen, dieses törichte Geplapper wegzuwischen und ihren eigenen Ton wieder anzuschlagen.
Du lügst!
Hör augenblicklich auf, so mit mir zu reden, sagte Charlotte scharf.
Mara verschränkte trotzig die Arme und starrte sie unverschämt an: Die Musik, dein Beruf, das kann dich doch gar nicht interessieren. Das ist doch Einbildung. Lieben – lieben, das ist es. Lieben ist alles. – Sie schaute finster und entschlossen drein, nicht mehr unverschämt.
Charlotte murmelte verlegen: Das kommt mir nicht so wichtig vor. Von anderem wollte ich reden.
Anderes ist nicht wichtig.
Willst du behaupten, du wüßtest besser als ich, was wichtig ist?
Mara rutschte vom Sessel, rückte sich zurecht auf dem Boden zum Türkensitz und schwieg finster. Dann begann sie noch einmal, wie jemand, dem nur wenige Worte zur Verfügung stehen und der diese Worte darum um so hartnäkkiger einsetzen, ihnen zur Wirkung verhelfen muß: Mich interessiert einfach nichts. Ich denke nur an Lieben. Und ich glaube dir deswegen nicht.
Vielleicht wollte Mara wirklich nichts anderes, und sie gab wenigstens nicht vor, sich für etwas zu interessieren, sie war ehrlich genug, es zuzugeben; und vielleicht hatte sie recht und die vielen anderen, die es nicht zugaben, belogen sich selbst und täuschten sich in den Büros, den Fabriken und den Universitäten mit Fleiß darüber hinweg.
Mara schien etwas eingefallen zu sein; sie setzte schüchtern hinzu: Ich habe dich im Radio gehört, letzte Woche. In diesem Konzert. Du warst sehr gut, glaube ich.
Charlotte hob abwehrend die Achseln.
Sehr gut, sagte Mara und nickte. Vielleicht kannst du wirklich etwas und vielleicht bist du ehrgeizig ...

Charlotte erwiderte hilflos: Ich weiß es nicht. Auch so kann man es nennen . . .
Nicht böse sein! – Mara richtete sich auf, schlang die Arme plötzlich um Charlottes Hals. – Du bist wunderbar. Ich will ja alles tun, alles glauben, was du willst. Nur lieb mich! Lieb mich! Aber ich werde alles hassen vor Eifersucht, die Musik, das Klavier, die Leute, alles. Und ich werde stolz sein zugleich auf dich. Aber laß mich bei dir bleiben. – Sie besann sich und ließ die Arme sinken. – Ja, tu, wie du willst. Nur schick mich nicht fort. Ich werde alles für dich tun, dich aufwecken morgens, dir den Tee bringen, die Post, ans Telefon gehen, ich kann kochen für dich, dir alle Wege abnehmen, dir alles vom Leib halten. Damit du besser tun kannst, was du willst. Nur lieb mich. Und lieb nur mich.
Charlotte packte Mara an den Handgelenken. Sie hatte sie jetzt da, wo sie sie hatte haben wollen. Sie schätzte ihre Beute ab, und die war brauchbar, war gut. Sie hatte ihr Geschöpf gefunden.
Es war Schichtwechsel, und jetzt konnte sie die Welt übernehmen, ihren Gefährten benennen, die Rechte und Pflichten festsetzen, die alten Bilder ungültig machen und das erste neue entwerfen. Denn es war ja die Welt der Bilder, die, wenn alles weggefegt war, was von den Geschlechtern abgesprochen worden war und über sie gesprochen war, noch blieb. Die Bilder blieben, wenn Gleichheit und Ungleichheit und alle Versuche einer Bestimmung ihrer Natur und ihres Rechtsverhältnisses längst leere Worte geworden waren und von neuen leeren Worten abgelöst würden. Jene Bilder, die, auch wenn die Farben schwanden und Stockflecken sich eintrugen, sich länger hielten und neue Bilder zeugten. Das Bild der Jägerin, der großen Mutter und der großen Hure, der Samariterin, des Lockvogels aus der Tiefe und der unter die Sterne Versetzten . . .
Ich bin in kein Bild hineingeboren, dachte Charlotte. Dar-

um ist mir nach Abbruch zumute. Darum wünsche ich ein Gegenbild, und ich wünsche, es selbst zu errichten. Noch keinen Namen. Noch nicht. Erst den Sprung tun, alles überspringen, den Austritt vollziehen, wenn die Trommel sich rührt, wenn das rote Tuch am Boden schleift und keiner weiß, wie es enden wird. Das Reich erhoffen. Nicht das Reich der Männer und nicht das der Weiber.

Nicht dies, nicht jenes.

Sie konnte nichts mehr sehen; schwer und müd hingen ihre Augenlider herab. Sie sah nicht Mara und das Zimmer, in dem sie war, sondern ihr letztes geheimes Zimmer, das sie jetzt für immer abschließen mußte. In diesem Zimmer wehte es, das Lilienbanner, da waren die Wände weiß, und aufgepflanzt war dieses Banner. Tot war der Mann Franz und tot der Mann Milan, tot ein Luis, tot alle sieben, die sie über sich atmen gespürt hatte. Sie hatten ausgeatmet, die ihre Lippen gesucht hatten und in ihren Körper eingezogen waren. Tot waren sie, und alle geschenkten Blumen raschelten dürr in den gefalteten Händen; sie waren zurückgegeben. Mara würde nicht erfahren, nie erfahren dürfen, was ein Zimmer mit Toten war und unter welchem Zeichen sie getötet worden waren. In diesem Zimmer ging sie allein um, geisterte um ihre Geister. Sie liebte ihre Toten und kam sie heimlich wiedersehen. Im Gebälk knisterte es, die Zimmerdecke drohte einzustürzen im heulenden Morgenwind, der das Dach zerzauste. Den Schlüssel zu dem Zimmer, das wußte sie noch, trug sie unter dem Hemd . . . Sie träumte, aber sie schlief noch nicht. Nie sollte Mara fragen dürfen danach, oder auch sie würde unter den Toten sein. –

Ich bin tot, sagte Mara. Ich kann nicht mehr. Tot, so tot bin ich.

– – –

Sie möchten längst, daß ich gehe, klagte Mara.

Nein, sagte Charlotte heiser. Bleib. Trink mit mir. Ich komme vor Durst um. Bleib doch.
Nein, nicht mehr, sagte Mara. Ich kann nicht mehr trinken, nicht mehr gehen, stehen. Tot bin ich.

– – –

So schicken Sie mich doch schon fort!
Charlotte stand auf; ihr gelähmter übermüdeter Körper gehorchte ihr kaum. Sie wußte nicht, wie sie bis zur Tür oder bis zu ihrem Bett kommen sollte. Sie wollte auch nicht mehr, daß Mara hier blieb. Auch nicht, daß sie eine Bedenkzeit nahmen.
Zeit ist keine Bedenkzeit. Der Morgen war in den Fenstern, mit dem ersten, noch nicht rosigen Licht. Ein erstes Geräusch war zu hören von einem vorüberfahrenden Auto, von Schritten danach – hallenden, festen Schritten, die sich entfernten.
Als sie beide im Schlafzimmer waren, wußte Charlotte, daß es zu spät war zu allem. Sie zogen ihre Kleider aus und legten sich nebeneinander – zwei schöne Schläferinnen mit weißen Achselspangen und enganliegenden weißen Unterröcken. Sie waren beide tot und hatten etwas getötet. Mit den Händen strich eine der anderen über die Schultern, die Brust. Charlotte weinte, wandte sich um, langte nach der Weckeruhr und zog sie auf. Mara sah gleichgültig zu ihr hin. Dann stürzten sie ab in den Schlaf und in einen gewitterhaften Traum.
Der rote Rock lag verknüllt und unansehnlich vor dem Bett.

Ein Wildermuth

»Ein Wildermuth wählt immer die Wahrheit.« An diesen gewaltigen Satz, den er von seinem Vater, dem Lehrer Anton Wildermuth, so oft gehört hatte, dachte der Oberlandesgerichtsrat Anton Wildermuth, während er Robe und Barett ablegte. Von dem Tablett, das ihm der Gerichtsdiener Sablatschan reichte, nahm er ein Glas Wasser, aus seiner Hosentasche zog er eine kleine Blechbüchse mit Saridon hervor, schüttelte zwei Stück heraus, führte sie zum Mund und half mit ein paar Schlucken Wasser nach, die zerbissenen bitteren Tabletten hinunterzuwürgen. Seine Kopfschmerzen hatten sich jetzt bis in alle Winkel seines Hirns ausgebreitet, und sein Kopf lag wie unter einer Schmerzkrone. Wildermuth starrte vor sich hin, während dieser dröhnende Satz in ihm nachhallte, und hieß dann Sablatschan, der gehen wollte, mit einem Wink bleiben. Behutsam, als könnte ihm sonst der Kopf abfallen, ließ er sich auf einen Stuhl nieder und dachte, daß es mit dieser Wahrheit von nun an für immer zu Ende sei. Er hielt den Kopf vorgestreckt, horchend, ob nun draußen auf der Landesgerichtsstraße und in der ganzen Stadt sich dieser Stillstand auch bemerkbar mache, ja auf der ganzen Welt –
»Was habe ich gesagt, Sablatschan?«
Der alte Mann blieb stumm.
»Habe ich geschrien?«
Der alte Mann nickte.
Kurz darauf betraten einige Herren in schwarzen Talaren, schweigend, wie rächende Engel, den Raum; Wildermuth wurde von dem Schwarm zu einem Taxi hinuntergebracht und nach Hause in seine Wohnung gefahren. Er ließ sich zu Bett bringen und blieb einige Wochen, unter Beobach-

tung seines Hausarztes und eines Nervenarztes, liegen. In den fieberfreien Stunden las er die Zeitungen, die über den Fall Wildermuth geschrieben hatten. Er las die Berichte und Stellungnahmen, kannte sie bald auswendig, versuchte, wie ein Unbeteiligter, die Geschichte in sich zu erzeugen und dann in sich zu zerschlagen, die man für die Öffentlichkeit aus dem Vorfall gemacht hatte. Er allein wußte ja, daß keine Geschichte sich aus den Elementen fügen und kein Sinnzusammenhang sich vorzeigen ließ, sondern daß nur einmal ein sichtbarer Unfall verursacht worden war durch den Einschlag des Geistes in seinen Geist, der nicht taugte, mehr anzurichten in der Welt als eine kurze kopflose Verwirrung.

1

Ein Landarbeiter namens Josef Wildermuth hatte seinen Vater mit der Holzhacke erschlagen, das vom Vater ersparte Geld an sich genommen, in der Mordnacht vertrunken und verschenkt, und sich am darauffolgenden Tag der Polizei gestellt. Aus den Polizeiakten ging hervor, daß der Mann geständig war, und da kein Zweifel war an der Richtigkeit seiner Aussagen, nur er als Täter in Frage kam, erreichten die Akten bald den Untersuchungsrichter. Der Untersuchungsrichter Anderle, ein Schulfreund des Oberlandesgerichtsrates Wildermuth, erlebte jedoch einigen Ärger mit dem Beschuldigten, da dieser plötzlich zu leugnen anfing – genauer gesagt, auf das Ungeschickteste zu behaupten sich unterstand, daß alles, was die Polizei zu Protokoll gebracht habe, nicht stimme. Trotzdem konnte der Untersuchungsrichter nach einer weiteren Zeit die Akten schließen und weiterleiten, da der Josef Wildermuth einbekannte, seinen Vater ermordet zu haben, nicht vorsätzlich allerdings und nicht nur des Geldes wegen, sondern aus

Haß; immer schon habe er seinen Vater gehaßt, als Kind schon, da dieser ihn mißhandelt habe, vom Lernen abgehalten und zum Lügen und Stehlen angehalten habe, und so stand einiges zu lesen in dem Akt über eine schwere Jugend, einen verrohten, vertierten Vater und eine früh verstorbene Mutter.

Als der Oberlandesgerichtsrat Wildermuth diesen Fall zugewiesen bekam, wurde er, der Form halber, befragt, ob ein Verwandtschaftsverhältnis zwischen ihm und diesem Wildermuth vorliege. Er konnte das verneinen; selbst ein fernster Zusammenhang war ausgeschlossen, seine Familie stammte aus Kärnten, der Angeklagte aber war alemannischer Herkunft. Der Mord war in der Presse kaum beachtet worden, weil er zu unerheblich und gewöhnlich war, um Interesse zu wecken, und der Prozeß wurde dann nur zur Kenntnis genommen, weil ein Journalist von einem Boulevardblatt sich zu der Zeit zufällig mit dem Chef der Polizeikorrespondenz des längeren unterhalten und herausgefunden hatte, daß der Prozeß Wildermuth in den Händen des Oberlandesgerichtsrates Wildermuth lag – Richter und Angeklagter also den gleichen Namen trugen. Dieser Namensgleichheit wegen, die den Mann belustigte und neugierig machte, berichtete er in einem reißerischen, wichtigtuerischen Ton in seiner Zeitung von dem Fall, und andere Zeitungen zögerten dann auch nicht, ihre Berichterstatter zu schicken.

Der Richter war dankbar für diesen Fall, der keine Schwierigkeiten zu bieten schien, dankbar wie für eine Erholungspause, da er die letzten Male schwierige Prozesse mit politischen Hintergründen geleitet hatte. Quertreibereien von Männern der Regierung und anderen Leuten in Machtpositionen hatte er erfahren und Anfragen im Parlament erlebt, er hatte Drohbriefe erhalten aus der politischen Unterwelt, in denen ihm ein baldiger Tod prophezeit wurde, und darüber war er in einen Zustand völliger Erschöpfung geraten. In den kurzen Urlaub, den er sich hatte nehmen können, war ein Todesfall in seiner Familie gefallen, an Erholung war nicht zu denken gewesen, und am Ende, nach Hin- und Herreisen aufs Land, nach dem Begräbnis, den Erbschaftsregelungen, befand er sich womöglich in noch schlechterer Verfassung als zuvor. Der Fall Wildermuth, ein Routinefall sozusagen, doch ein Fall, der ihn an seine ersten selbständig geführten Prozesse in Wien, also an glücklichere Zeiten, erinnerte, begann ihn darum belebend zu beschäftigen in seiner Klarlinigkeit und Einfachheit, und hätte man ihn befragt, so hätte er jetzt eingestanden, daß ihn ein glanzvolles unbestechliches Auftreten in einem verwickelten monströsen Prozeß nicht mehr interessierte und daß ihn eine Welt immer mehr verdroß und anwiderte, in der nicht einfach gemordet, geraubt und geschändet wurde, sondern in der die Verbrechen immer unpersönlicher, gemeiner und sinnloser wurden. Ja, er zog eine Welt vor, in der jemand seinen Vater mit der Hakke erschlug und sich der Polizei stellte; da mußte keine Tiefenpsychologie bemüht werden, keine letzten Erkenntnisse über die dunklen Antriebe zu einem Massenmord und zu einem Kriegsverbrechen; es mußte nicht unter dem heuchlerischen Geschrei der Presse die schmutzige Wäsche einer ganzen Gesellschaftsschicht gewaschen werden, es brauchte nicht höchsten Stellen und Personen des öffentlichen Lebens mit Vorsicht oder Schärfe begegnet zu werden, kein Seiltanz war notwendig, kein politisches Fingerspitzengefühl, und da gab es einmal keine Sturzgefahr für ihn. Nur einem Menschen würde er sich gegenübersehen und seiner kleinen grausigen Tat, und er würde wieder einfach denken können und glauben dürfen an Recht und Wahrheitsfindung, an Urteil und Strafausmaß.

Während er die Akten Wildermuth studierte, hatte Anton Wildermuth aber dann zusehends Unruhe verspürt, einfach deswegen, weil er seinen Namen immer wieder lesen

mußte als den eines Fremden. Er erinnerte sich daran, wie er einmal, als er noch in Graz studiert hatte, öfter in ein Haus eingeladen war, das, unter den Namensschildern mit den Klingeln neben dem Tor, ein Schild getragen hatte mit dem Namen Wildermuth. Dieses Schild hatte ihn ähnlich beunruhigt. Immer wenn er an der Wohnungstür jener unbekannten Wildermuths vorbeigegangen war, hatte er den Schritt verhalten, versucht, den Geruch aus dieser Wohnung zu riechen – einmal war es ein seifiger, dampfiger Geruch, ein andermal ein Krautgeruch gewesen. Diese beiden Gerüche stiegen ihm jetzt plötzlich wieder in die Nase, und er sah sich stillstehen in dem totenstillen Haus und mit einem Brechreiz kämpfen.
Wieder und wieder mußte er jetzt diesen Namen lesen, im Zusammenhang mit einer blutigen Hacke, einem angeschnittenen Brotlaib und einem Wettermantel, einem abgerissenen Knopf vor allem, der von diesem Mantel rührte und noch eine gewisse Rolle spielen sollte – mit einem Licht, das in einer Küche gebrannt hatte, dann aber nicht mehr gebrannt hatte, mit Zeitangaben, die ausgedrückt wurden mit ›22 Uhr 30‹ und ›23 Uhr 10‹ und die nicht in die lebendige Zeit passen wollten, mit Gegenständen, von denen gesprochen wurde, als hätte die Welt nur darauf gewartet, das Märchen dieser Gegenstände zu hören, Holzhacke vom Typ soundso, Wettermantel Marke soundso. Und sein Name war hier in einem üblen Märchen, verknüpft mit Vorkommnissen, ebenso sinnlos, wie er schon einmal mit einem Krautgeruch verknüpft war, mit einem Dampfgeruch oder einer plötzlich ins Stiegenhaus ausbrechenden Radiomusik. Die Vorkommnisse, die in die Akten geschrieben waren, hatten ihn sonst nie derart bewegt. Nie jedenfalls hatte er gefragt, wie zu einem Namen ein Mord, ein zertrümmertes Auto, eine Unterschlagung, ein Ehebruch kamen. Es war ihm selbstverständlich, daß Namen davon Kunde gaben und daß Vorfälle sich mit jenen Na-

men zusammentaten, an denen man Angeklagte und Zeugen erkennen konnte.
Als der Prozeß begann und er den Angeklagten erblickte, immer wieder anblicken mußte, entstand ein noch viel beklemmenderes Gefühl in ihm als während der Vorstudien, ein Gefühl, gemischt aus unwillkürlicher Scham und Revolte. Die Ruhe und die kühle Gleichmütigkeit, die ihm nachgerühmt wurden, mußte er diesmal heucheln. Einmal wußte er, nach dem Verlauf einer Stunde, nicht, was er gefragt hatte, was ihm geantwortet worden war. Am zweiten Tag, als der Prozeß nach den langweiligen Präliminarien in ein lebhafteres Stadium hätte kommen sollen, blieb er so leblos wie zuvor. Die Zeugen antworteten, als wären ihre Rollen geprobt, nirgends war Unsicherheit, Undeutlichkeit. Der Angeklagte wirkte ruhig, linkisch und stumpf – ein Bild der Aufrichtigkeit, das niemand zu schaffen machte. Nur der Richter argwöhnte, blätterte zu oft in den Papieren, legte die Hände ineinander, auseinander, hob die Hände zu oft, legte sie wieder hin, öffnete die Finger, schloß sie, umgriff mit einer zittrigen Hand die Tischkante, als suchte er Halt.
Es war vor der Mittagspause am dritten Tag, da geschah es, und die Hände des Richters kamen zur Ruhe. Mit einer kleinen bescheidenen Geste erhob sich der Angeklagte und sagte: »Aber die Wahrheit ist es nicht.« Und er fügte noch, in der größeren Stille, leiser hinzu: »Weil es eigentlich ganz anders war. Alles war doch ganz anders.«
Zur Rede gestellt, antwortete dieser Josef Wildermuth, seinen Vater habe er wohl erschlagen, aber da man ihn schon so genau befrage, meine er, daß er auch genauer antworten müsse und zugeben müsse, daß alles ganz anders gewesen sei. Der Hergang sei ihm nur in den Mund gelegt worden von der Polizei, und auch dem Untersuchungsrichter habe er ja nicht immer zu widersprechen gewagt. Zum Beispiel sei es zwischen ihm und dem Vater nicht zu einem Kampf

gekommen um das Geld, und der Knopf, der abgerissene, den habe sein Vater ihm nicht im Kampf abgerissen, denn der Knopf von seinem Mantel fehle schon wochenlang, der Knopf sei von einem anderen Mantel, von dem eines der Nachbarn, der hier unter den Zeugen sei, der habe ja einen Streit mit dem Vater gehabt.
Weiter kam der Mann nicht, denn der Staatsanwalt sprang auf und holte zu einer scharfen kleinen Rede aus, in der das Wort ›Finten‹ fiel, das den Angeklagten bleich werden ließ, obwohl er oder weil er es vermutlich noch nie gehört hatte.
Am Nachmittag ging aber der Richter daran, alle Fragen neu zu stellen und diesen Wildermuth zum Reden zu bringen, der nun wieder gefügig antwortete, leise berichtete, was vorgefallen war, und ganz Neues berichtete. Bestehen blieb, von allem, was bereits Seiten und Seiten von Protokollen füllte, nicht eine brauchbare Feststellung. Weder der Hergang der Tat schien bisher richtig geschildert worden zu sein, noch war über das Motiv auch nur eine annähernd richtige Vermutung niedergeschrieben worden. Da so viele Fehler gemacht worden waren, wurde die Verhandlung zur Einholung neuer Gutachten vertagt.
Als der Prozeß fortgesetzt wurde, war ihm das Interesse der Öffentlichkeit sicher. Sachverständige waren hinzugezogen worden, darunter ein Experte von hervorragendem Ruf, ein europäischer Knopf- und Fadenspezialist, da von der Verteidigung Zweifel in die Richtigkeit der Expertise des wissenschaftlichen Polizeilaboratoriums gesetzt wurden und der Hergang der Tat restlos nur aufgeklärt werden konnte, wenn sich mit Sicherheit feststellen ließ, ob der Knopf von dem Mantel des Angeklagten stammte oder von dem Mantel des Nachbarn.
Bevor der Sachverständige jedoch aufgerufen wurde, sollte noch ein Tag hingehen; die Zeugen wurden auf das Neue hin, das sich ergeben hatte, befragt, und der Angeklagte

versuchte zu sagen, wie dies und jenes erst jetzt offenbar gewordene Detail zu erklären sei und was ihn nun eigentlich zur Tat getrieben habe. Aber dieses Mal verfiel er, nachdem er doch bisher immer rechtschaffen und ohne Ausflüchte geantwortet hatte, ins Stottern oder in ein verstörtes Schweigen. Nein, er wisse nicht mehr genau, ob sein Vater ihm im Ernst gedroht habe, ihn aus dem Haus zu werfen; nein, er sei nicht sicher, ob er seinen Vater schon immer gehaßt habe, eher nicht; als Kind habe er ihn nicht gehaßt, denn oft habe ihm sein Vater Tiere geschnitzt aus Holz, zum Spielen, andrerseits natürlich – da schien ihm wieder etwas Neues einzufallen, er stierte vor sich hin, erinnern fiel ihm schwer, er hatte keine Übung darin, sich zu erinnern, das sah man dem Mann auch an.
Der amtlich bestellte Verteidiger mischte sich diesmal aber wortreich ein, obwohl er nicht zu wissen schien, wie er den Mann jetzt am besten verteidigen solle, aber er sah plötzlich eine Aufgabe für sich, spürte die größere Bewegung, die Ausweitung in dem Prozeß, die stimmungsvolle Erwartung im Saal. »Wir müssen aus dieser armen gemarterten Seele mit Geduld die Wahrheit herauslösen«, bat er das Gericht mehrmals beschwörend, beinahe zum Zusammenspiel aufrufend und nicht zum Kampf. Er war ein sehr guter und altmodischer Verteidiger, der das Gericht zugleich ungeduldig und milde stimmte, da er mit Worten operierte, die jüngere Anwälte sich geweigert hätten zu benützen und die in ihrem Mund auch lächerlich geklungen hätten: Gequälte Seele. Unglückliche, geschändete Jugend. Zartes Pflänzlein. Selbst das Wort ›Unterbewußtsein‹ bekam in seinem Mund, wenn er es zögernd verwendete, etwas Rührendes, Herzzerreißendes. Und die Wahrheit, von der er Aufhebens machte, erschien wie eine alte solide Kommode mit vielen Schubladen, die knarrten, wenn man sie herauszog, aber in denen dann auch alle ableitbaren kleineren Wahrheiten schneeweiß, brauchbar, sauber und handlich

dalagen. Da lag das Herz, das der Angeklagte an seine früh dahingegangene Mutter gehängt hatte, da lag der verwirrte Sinn, der ihm nach Geld stand; da lagen die Begierden eines braven Arbeiters nach einem Glas Schnaps, nach ein wenig Menschlichkeit und Wärme; da lagen auf der anderen Seite die pünktliche und treue Pflichterfüllung, das gute Zeugnis des Arbeitgebers. Da lag schließlich auch die Holzhacke mit einem Blutfleck, die den friedlichen Bürger erschaudern und die Gesellschaft nach Schutz schreien ließ. Bedrücktes, verstehendes Schweigen entstand und verlieh dem alten Mann eine ungewohnte Beredsamkeit, und als nun gar der Sachverständige, die europäische Kapazität, in den Saal gerufen wurde, durfte er das Gefühl haben, daß diesem Prozeß Bedeutung zukam, daß auch ihm selber wieder einmal Bedeutung zukam und dieser Fall gar nicht ohne Feinheiten, Überraschungen und Vieldeutigkeiten war. Er sollte sich auch nicht irren in dem Gefühl, obwohl er sich letzten Endes doch irrte, weil die Überraschung aus einer anderen Richtung kam als der von ihm erwarteten.

Der Experte trat vor das aufmerksame Gericht, nicht ohne Vertrauen in seinen Augenblick:

»Hohes Gericht«, begann er, ein Konvolut wie eine Bittschrift vor sich hinhaltend, »der Rapport, den ich die Ehre hatte, zu überprüfen, enthält ja viele Konklusionen, achtbare Behauptungen, aber leider sehr wenige Feststellungen. Ich weiß nicht, ob Sie sich darüber im klaren sind, was, bei dem Stand der Wissenschaft, für eine zuverlässige Knopfanalyse heute alles getan werden und berücksichtigt werden muß. Für eine derartige Analyse muß man, um nur das Wichtigste zu nennen, den Glanz eines Knopfes bestimmen, die Oberflächenbeschaffenheit, den Lochabstand; man muß aber auch das Innere der Fadenlöcher fotografieren, man muß den Abstand der Löcher vom Rand messen, den Durchmesser feststellen. Das ist aber noch nicht alles. Des weiteren muß bestimmt werden: das spezifische Gewicht des Knopfes, die Dicke seines Wulstrandes . . .« Die Gesichter über den Talaren und die Gesichter der Geschworenen hatten einen undurchsichtigen Ausdruck angenommen. Der Experte blickte kurz umher und fuhr dann mit erhobener Stimme fort: »Hohes Gericht, um das Gewicht des Knopfes zu bestimmen, habe ich sowohl mit schweizerischen wie mit amerikanischen Präzisionswaagen gearbeitet!«

Ein Mann im Saal lachte erstickt auf.

Der Vorsitzende beugte sich vor und sagte lächelnd: »Herr Professor, wenn ich Sie recht verstanden habe, verlangen Sie diesem Knopf eine richtige Beichte ab, und Sie werfen den hiesigen Laboranten vor, daß sie den Knopf nicht zum Beichten gebracht haben!«

Im Saal schüttelten sich jetzt alle vor Lachen.

Der Verteidiger wurde zornig, sprang auf und sagte mit seiner zitternden Altherrenstimme: »Die Rolle des Publikums in diesem Raum ist es – zu schweigen!«

Der Vorsitzende lenkte ein, entschuldigte sich dafür, daß er das Gelächter heraufbeschworen habe, und bat den Experten, fortzufahren, der sich staunend umsah, als wäre es ihm unmöglich, den Zwischenfall und das Gelächter zu begreifen.

Später wurde der Chef des Laboratoriums vernommen, um mit dem Experten die Frage abzuklären, ob die an dem Knopf hängenden Fäden mit den Fäden am Mantel des Angeklagten identisch seien.

»Meine Herren«, rief der Experte bestürzt aus, »ich höre immerzu das Wort ›identisch‹! Man kann doch nicht sagen, diese Fäden seien identisch! In dem Wort ›identisch‹ drückt sich doch der höchste Grad von Wahrscheinlichkeit aus. Man könnte vielleicht – ja vielleicht! – sagen, daß zwei Fotos, die von einem Bild gemacht werden, identisch seien. Aber von diesen Fäden kann man es unmöglich behaupten.

Versteht das denn hier niemand? Versteht mich denn niemand?!«

Der Chef des Laboratoriums holte nun einen anderen Rapport hervor, der von der Materialprüfungsanstalt gemacht worden war, und verlas die Stelle, wo von »vollkommener Übereinstimmung« der Fäden die Rede war.

»Nein, nein«, murmelte der Experte erschöpft und begehrte dann noch einmal auf: »Das heißt aber doch noch lange nicht, daß die einzelnen Fäden vom selben Stück gewesen sein müssen. Begreifen Sie doch. In Europa gibt es nur wenige Knopfzwirnfabrikanten, und die stellen ihre Ware jahrelang nach derselben Methode her. Das gilt auch für die Knöpfe. Ich weiß nicht, worauf Sie hier hinauswollen, meine Herren, aber ich sehe meine Pflicht darin, Ihnen klarzumachen, daß Sie so nicht über den Knopf, so nicht über die Fäden reden können. Auch die Wahrheit über einen Knopf ist nicht so leicht herauszubekommen, wie Sie vielleicht glauben. Dreißig Jahre lang habe ich mich damit beschäftigt, gemüht, alles über den Knopf zu erfahren, und ich sehe jetzt, daß Ihnen eine halbe Stunde zuviel ist, sich damit ernsthaft zu beschäftigen . . .« Er wich zurück, senkte den Kopf wie vor einer Übermacht, vor der er aufgeben mußte.

Diesmal lachte niemand.

Die gute Stimmung war verflogen und die sie ablösende war unerträglich. Man wechselte zu anderen Fragen über. Aber nun schien von den Belastungszeugen und den Entlastungszeugen keiner mehr eine stichhaltige und vernünftige Antwort geben zu können. Seit der Knopf vorgezeigt worden war, dies alles über den Knopf ruchbar geworden war, ließen sich alle anstecken von Unsicherheit. Als ahnte jeder, daß der Knopf etwas zu Tage gebracht hatte, womit man gemeinhin nicht rechnen mußte. Es war also schon außerordentlich schwierig, über einen Knopf etwas Richtiges zu sagen, und gelehrte Männer fürchteten, nicht alles über den Knopf zu wissen, und widmeten ihr Leben der Erforschung von Knopf und Faden. Die Zeugen mußten das Gefühl bekommen, daß sie ihre früheren Antworten leichtsinnig gegeben hatten, daß ihre Aussagen, eine Zeit, einen Gegenstand betreffend, einfach unverantwortlich waren. Die Worte stürzten wie tote Falter aus ihren Mündern. Sie konnten sich selber nicht mehr glauben.

Da alles zu zerfließen und zu zerfallen drohte, ergriff jedoch der Staatsanwalt das Wort, der sich von der Einschläferung der Wahrheit nicht anstecken ließ. Er dankte zuerst ironisch, lächelnd beinahe, für die »ebenso erstaunliche, wie überflüssige« Knopfexpertise, mit der man nur Zeit verloren habe, und erinnerte dann, wobei sein Lächeln verschwand, an die »unübersehbaren, einfachen, harten Tatsachen«.

Er fuhr mit seiner schneidenden Stimme, einer gut erprobten, in den Saal, gebrauchte seine Machtworte und rief die verlorene Versammlung zurück in die Wirklichkeit. Er hatte das Publikum und die Geschworenen sofort auf seiner Seite, die vor lauter Lesarten schon nicht mehr zu lesen verstanden in diesem einfachen Verbrechen. Er schrie nach der Wahrheit. Der Angeklagte nickte zustimmend. Sogar der Verteidiger nickte unwillkürlich.

Nicht, wie die Zeitungen berichteten, am Ende der Auseinandersetzung oder während des Streites über den Knopf, sondern in diesem Augenblick geschah es, daß der Oberlandesgerichtsrat Anton Wildermuth sich mühsam aus seinem Stuhl hob, mit den Händen aufstützte und schrie. Dieser Schrei bestürzte das ganze Landesgericht, wurde für Tage zum Stadtgespräch und erstarrte in allen Zeitungen zur Schlagzeile. Es war ein Schrei, der eigentlich nur darum sonderbar war, weil er nichts mit dem Prozeß zu tun hatte, nirgends hingehörte, mit niemand zu tun hatte. Einige sagen, er habe geschrien: Wenn es hier noch einmal jemand wagt, die Wahrheit zu sagen ...! Andere

sagen, er habe geschrien: Schluß mit der Wahrheit, hört auf mit der Wahrheit ...! Oder: Hört auf mit der Wahrheit, hört endlich auf mit der Wahrheit ...! Diese oder jene Worte habe er dann mehrmals wiederholt in einer fürchterlichen Stille, habe dann seinen Stuhl weggestoßen und sei aus dem Saal gegangen. Andere sagen, er sei zusammengebrochen und habe aus dem Saal getragen werden müssen.
Fest steht der Schrei.

2

Soll sich doch einer den Kopf darüber zerbrechen, warum ich des Weges komme und ihn anhalte und ihn anschreie, und soll sich doch einer fragen, wohin, auf welchem Weg mit meinen Gedanken, ich noch stürzen werde, wenn ich wieder aufstehe nach diesem Fall. Welche Augenfarbe ich habe? Welches Alter? Welche Schuhgröße? Wie ich mein Geld ausgebe? Wann ich geboren bin? Einen Augenblick lang war ich darauf verfallen, meine Kopfgröße anzugeben, aber sie wird durchschnittlich sein. Und mein Gehirn wird leicht wiegen nach meinem Tod.
Es geht mir nämlich um die Wahrheit, so wie es anderen manchmal um Gott oder den Mammon geht, um Ruhm oder um die ewige Seligkeit.
Um die Wahrheit geht es mir, schon lange, schon immer.
Bei uns zu Hause, auf dem Lande, wo mein Vater Lehrer und mein Großvater Bauer war, ging noch zur Zeit, als wir Kinder waren, eine riesige verwaschene Schrift über die ganze vordere Hauswand. WIR HABEN HIER KEINE BLEIBENDE STATT. Mein Großvater hat die Worte aufmalen lassen, ein Wildermuth, der noch beherzter war als seine Kinder und Kindeskinder, mit einem kräftigen, unbezweifelbaren Satz regierte und sich von ihm regieren ließ. Nach

seinem Tode wurde die Schrift übertüncht, die Wand geweißt. Aber weil dieser Satz über meine erste Stätte geschrieben war und die Zeit tatsächlich kurz ist, die wir hier bleiben, werde ich dafür entschuldigt sein, daß es mir nur um eines geht, und da auch die Zeit nicht ausreicht, dies eine als Beute zu erlegen, sondern nur zu jagen, zu verfolgen mit ganzer Leidenschaft, werden meine leeren Hände auch nicht zu belächeln sein oder doch nicht mehr als die leeren Hände aller.

Aller alle leeren Hände.

Mein Vater, der über dreißig Jahre Lehrer in H. war, in der Kleinstadt, an deren Bezirksgericht ich als junger Richter amtierte, ist protestantisch; ja, meine ganze Familie ist protestantisch und ist es immer gewesen, mit Ausnahme meiner Mutter, einer Katholikin, die nie zur Kirche ging. So weit ich zurückdenken kann, hat sich mein Vater, der sich um die Erziehung so vieler Kinder bekümmern mußte, nie sonderlich mit meiner Schwester und mir beschäftigt, doch hielt er gerne im Zeitungslesen oder im Heftekorrigieren inne, wenn einer von uns etwas erzählte oder die Mutter ihm von einer Unart, einem Streit oder dergleichen vermittelnd berichtete, und dann fragte er unweigerlich: Ist das wahr? Er war der Erfinder des Wortes ›wahr‹ in allen seinen Bereitschaften, mit allen seinen Verbindungs- und Verknüpfungsmöglichkeiten. ›Wahrhaftig‹, ›Wahrhaftigkeit‹, ›Wahrheit‹, ›das Wahre‹, ›wahrheitsgetreu‹, ›Wahrheitsliebe‹ und ›wahrheitsliebend‹ – diese Worte kamen von ihm, und er war der Urheber der Verwunderung, die diese Worte in mir auslösten von kleinauf. Noch ehe ich diese Worte begreifen konnte, bekamen sie eine Faszination für mich, der ich erlag. Wie andere Kinder in dem Alter sich mühen, Bausteine genau zusammenzufügen nach einem Muster, so gab ich mir die größte Mühe, das Muster von »die Wahrheit sagen« zu erfüllen, und ich ahnte, daß mein Vater damit meinte, ich solle »genau« sagen, was geschehen war. Wozu das gut sein sollte, wußte ich freilich nicht, aber ich kam, soweit das ein so kleiner Kopf erlaubte, bald so weit, immer die Wahrheit zu sagen, weniger aus Furcht vor dem Vater als aus einer düsteren Begierde heraus. »Ein aufrichtiges Kind« nannte man mich dafür. Bald genügte es mir aber nicht mehr, was meinen Vater schon zufriedenstellte, zum Beispiel, zu sagen, daß ich auf dem Heimweg von der Schule getrödelt habe oder einer Rauferei wegen zu spät zum Mittagessen gekommen sei, sondern ich fing an, die noch wahrere Wahrheit zu sagen. Denn ich verstand plötzlich auch – es mag im ersten oder zweiten Schuljahr gewesen sein –, was von mir verlangt wurde, und ich begriff, daß ich gerechtfertigt war. Meine Begierde traf sich mit einem Begehren, mit einem guten und vor allen anderen ausgezeichneten Begehren, das die Erwachsenen an mich richteten. Mir stand ein leichtes, wunderbares Leben bevor. Ich durfte ja nicht nur, ich mußte unter allen Umständen die Wahrheit sagen! Wenn mein Vater also fragte, warum ich so spät aus der Schule heimgekommen sei, mußte ich sagen, daß der Lehrer, um uns zu strafen für Schwätzen und Lärmen, uns eine Viertelstunde habe nachsitzen lassen. Ich mußte sagen, daß ich außerdem noch Frau Simon auf dem Heimweg getroffen und mich deswegen noch mehr verspätet habe.

Aber nein, ich mußte sagen: Gegen Ende der Rechenstunde, wahrscheinlich fünf Minuten vorher, hat der Lehrer, weil wir unruhig gewesen sind, gesagt ...

Nein: Weil in der letzten Bank Unruhe war, weil in der letzten Bank Anderle und ich Flieger aus Papier gefaltet haben, weil wir das Papier aus den Heften gerissen haben und Flieger gefaltet haben und außerdem noch zwei Papierkugeln gemacht haben, zwei Flieger und zwei Kugeln aus dem Papier, das wir aus den Rechenheften genommen haben, aus der Mitte in den Rechenheften, wo man die Klammern lösen kann, damit der Lehrer es nicht merkt ...

Dann suchte ich noch nach dem genauen Wortlaut der Sätze, die der Lehrer gesprochen hatte, und ich erzählte haarklein, was Frau Simon mir gesagt hatte, wie sie mich dabei am Ärmel genommen habe, wie sie da plötzlich auf der Brücke vor mir gestanden sei. Aber nachdem ich alles haarklein erzählt hatte, fing ich noch einmal von vorn an, weil ich in heller Aufregung merkte, daß es noch immer nicht ganz stimmte, was ich da erzählte, und außerdem alles, was ich nannte, noch verhakt war mit einer Begebenheit vorher, einem Gegenstand, der außerhalb der genannten Gegenstände lag. Es war so schwer, etwas erschöpfend zu berichten, aber es kam nur darauf an, es zu wollen, und ich wollte ja, versuchte es weiter und brannte nach dieser Aufgabe, die so viel schöner war als die Schulaufgaben. Ich wollte die Wahrheit, und das hieß zu der Zeit noch vor allem »Wahrheit sagen«.
Eines Tages, als meine Schwester Anni und ich mit einigen Nachbarskindern einen Unfug angerichtet hatten, der die Nachbarschaft empörte, steigerte ich mich zum erstenmal in den Wahrheitsrausch, aus dem ich für Jahre nicht mehr herauskommen sollte. Schon ehe ich vor den Vater gerufen wurde, ordnete ich für mich die Begebenheit in peinlicher Reihenfolge und memorierte: Zuerst hat Edi gesagt, wir sollten Frau Simon auf dem Heimweg abpassen. Wir gingen miteinander bis an das Hauseck, um auf sie zu warten. Wir wollten sie erschrecken. Edi sagte, ich sagte, Edi sagte, zwar hat Edi zuerst gesagt, wir sollten es tun, aber ich habe schon früher daran gedacht, sie zu erschrecken mit einem Frosch, den ich gefangen hatte, in ihre Einkaufstasche tun wollte, der mir aber ausgekommen war. Als Frau Simon nicht kam, ging Anni Steine suchen, Anni und ich legten die Steine vor das Gartentor, Edi legte seinen Stock davor, fünf große Steine, ein Stock aus dem Forst, wir legten die Steine hin, den Stock hin, damit Frau Simon stolpern sollte über die Steine oder über den Stock, dann brachte Herma

noch einen Pflasterstein, Herma sagte, ich sagte, Edi sagte, ja, das haben wir gesagt, dann sagte Anni, sie wolle aber nicht, daß Frau Simon auf die Nase falle, aber ich sagte, Edi sagte . . .

Ich wußte, daß ich schon straffrei ausgehen würde, wenn ich meinem Vater diese erste eilig entworfene Fassung erzählte, aber ich bat, noch nachdenken zu dürfen, ich verbesserte die Fassung, bis sie mir vollständig und richtig in allen Einzelheiten erschien, aber nur an ihre tödliche Weitläufigkeit kann ich mich noch erinnern. Mein Vater wollte seine tiefe Befriedigung über meine Leistung nicht zeigen, aber ich fühlte seine Nachsicht, als er mich gehen hieß mit den Worten: »Mit der Wahrheit kommt man am weitesten. Bleib immer bei der Wahrheit und fürchte niemand.«

Alle Vorfälle, auch die für mich unangenehmsten, fuhr ich fort, so zu beschreiben. Meine Mutter war oft zu ungeduldig, um sich meine Beichten ganz anzuhören, oft warf sie meinem Vater einen Blick zu, den ich nicht zu deuten wußte; mein Vater aber blieb aufmerksam, er genoß diese Verhöre, nach denen ich wenig und weniger zu fürchten hatte, und ich berauschte mich auch noch an der Freude, die ich ihm damit machte. Wenn es nur die Wahrheit war, was ich da vorbrachte an kleinen langweiligen Schulgeschichten, Bübereien, Torheiten, ersten guten und bösen Gedanken! Wenn es nur Wahrheit war, dann war alles gut! Es war etwas Herrliches um die Wahrheit in meiner Kindheit, um dieses Beschreiben, Nachsprechen, Hersagen. Ein Exerzitium wurde für mich daraus, das mich prägte, mich immer kundiger machte und mich jeden Vorfall, jedes Gefühl, jeden Gegenstand eines Schauplatzes zerlegen lehrte in seine Atome.

Erst viel später fiel mir auf, daß ich nach vielem natürlich nicht befragt worden war, über vieles nie hatte Rechenschaft ablegen müssen – daß von mir nicht über alles die Wahrheit gesagt worden war. Nie hatte mich jemand gefragt, was ich über die nicht beichtwürdigen Dinge dachte, was ich meinte und was ich glaubte. Zwischen meinem dreizehnten und achtzehnten Lebensjahr durchlebte ich eine Zeit, in der ich mich zwar weiter bis zum Exzeß im Wahrheitsagen übte, andrerseits aber frei herumging, in einer Welt, die ich mit der Familie nicht teilte, wie auf einer dunklen Hinterbühne. Auf sie zog ich mich zurück, wenn ich meinen Auftritt für die Wahrheit gehabt hatte, und dort erholte ich mich von den anstrengenden Auftritten und machte den Kraftverlust wett, den mich das Wahrheitsagen jetzt schon kostete. Alles fing mehr zu kosten an und sollte immer mehr kosten mit jedem Jahr. Atmen, Sehnen, Sagen. Auf der Hinterbühne spielten meine von niemand geahnten Traumabenteuer, Traumdramen, Fantastereien, die bald so üppig ins Kraut schossen wie die Wahrheiten im Rampenlicht. Vorsichtig und spöttisch nannte ich diese Welt manchmal meine ›katholische‹ Welt, obgleich es mit diesem Ausdruck nichts auf sich hatte, ich nur eine Welt damit bezeichnen wollte, die sündig, farbig und reich war, ein Dschungel, in dem man lässig sein konnte und der Gewissenserforschung entzogen war. Es war für mich eine Welt, die ich mit der Welt meiner Mutter in Zusammenhang brachte, für die ich sie verantwortlich machte, diese Mutter mit den schönen langen rotblonden Haaren, die durch unser Haus ging ohne Erforschung und die nur lustig die Augenbrauen hochzog, wenn wir Kinder einmal jammerten an einem eisigen Sonntag, weil wir zur Kirche mußten, als verwunderte sie dieses Aufbegehren, sie, die doch frei war . . . Meine lässige Mutter, die, während wir in der Kirche waren, badete in einem Holzzuber, sich ihr Haar wusch und noch im Unterkleid in der Küche stand, wenn wir zurückkamen, strahlend vor Frische und vor Vergnügen über sich selbst. Anni durfte ihr dann beim Kämmen helfen, und ich wickelte mir die ausgegangenen roten Haare um die Finger und spielte den

Ratgeber, wenn sie das Haar aufsteckte. Ja, meine Mutter, deren Sonntagsfreuden so aussahen, war sicher ausgeschlossen gewesen von etwas – von der Wahrheit natürlich. Sie konnte gar nicht wissen, was das war. Nur der Vater hatte mit ihr zu tun und nicht nur am Sonntag, wenn er direkt auf sie zu sprechen kam und uns ihren Wert vor Augen hielt. Welches Ziel andere Menschen sich auch stecken mögen – das Ziel der Wildermuths, so wurde mir klar, war es noch immer gewesen, die Wahrheit zu suchen, zur Wahrheit zu stehen, die Wahrheit zu wählen. Die *Wahrheit* – das hörte sich für uns Kinder an, als könnte man sich nach ihr aufmachen wie nach China, und *suchen* – das klang, als könnte man sie, wie man in feuchten Sommern nach Pilzen sucht, in den Wäldern suchen und einen ganzen Korb voll davon heimtragen.

Unser Haus hallte wider von der Wahrheit, von diesem Wort und von anderen Worten, die dieses fürstliche wie Schleppträger umstanden. Und einen Wildermuth erziehen – das hieß, ihn zur Wahrheit erziehen. Und ein Wildermuth werden – das hieß, einer in Wahrheit werden.

Aber dann verließ ich dieses Haus und ich trennte mich von der ersten Wahrheit, wie ich mich von dem Elternhaus trennte, von den Sonntagen, den Glaubenssätzen. Ich machte die Bekanntschaft einer anderen Wahrheit, als ich zu studieren anfing, mit einer, von der die Wissenschaft sprach, einer höheren dürfte man vielleicht sagen. Anderle war mit mir nach Graz gekommen, und auf der Universität schlossen wir uns an zwei Studenten aus der Stadt an, Rossi und Hubmann, die in dem Studium der Rechte auch etwas anderes erblickten als die leichteste Art, einen Titel zu erwerben und eine der üblichen Beamtenlaufbahnen in unserem Staat einzuschlagen. Die Vorlesungen befriedigten uns nicht; die Skripten, die man zur Erleichterung erhielt und nach denen »gebüffelt« werden sollte, verwarfen wir. Uns stand der Sinn nach etwas andrem, und so verwendeten wir unsere Abende darauf, über den »Stoff« hinaus nach den Gründen für diesen Stoff zu suchen. Ein oder zwei Jahre lang erhitzten wir uns also Abend für Abend über grundlegende Probleme, Verfassung und Recht, und sie wurden uns Anlaß zu vielen wortreichen Streiten. Aber ich merkte, daß jeder von uns Neigungen hatte, mehr noch, daß etwas an uns haftete wie der Hautgeruch, wie die Art zu gehen, zu schweigen, sich im Schlaf zu drehen, und wenn Hubmann dazu neigte, etwas für eine Wahrheit zu halten, so neigte ich dazu, das Gegenteil für die Wahrheit zu halten, und uns beide brachte Rossi auf, der unsere extremen Standpunkte süffisant zerlegte, an dem maß, was er die Wirklichkeit nannte, und uns darlegte, daß die Wahrheit wieder einmal in der Mitte lag. Aber wieso sollte die Wahrheit in der Mitte liegen? Es war einfach unglaublich, die Wahrheit in die Mitte zu stoßen oder nach rechts oder nach links oder ins Leere oder in die Zeit oder außer die Zeit. Ich glaube, es ist müßig, zu erwähnen, über welche Punkte wir so in Erregung geraten konnten, denn jeder, der gezwungen oder freiwillig einmal zehn Bücher über einen Gegenstand gelesen hat, wie wir etwa über Rechtsphilosophie, wird verstehen, was ich meine. Unsere Äußerungen waren ja wenig originell, wir hoben einfach Sätze oder Gedanken aus einem Buch heraus und sezierten sie oder koppelten sie: wir sahen einmal da eine Wahrheit und einmal dort und manchmal an einem dritten Ort. Wir balgten uns, wie junge Hunde um einen Knochen, um die Wahrheit, mit der ganzen Gelenkigkeit, Rauflust und Denkbegier junger Menschen. Wir meinten, selbst diese großen fabelhaften Gedanken zu haben, die Hegel und Ihering und Radbruch gehabt hatten, aber unsere Uneinigkeit bewies höchstens die Uneinigkeit, die schon vorlag. Wir schrien uns heiser über Relatives und Absolutes, Objektives und Subjektives. Wir spielten unsere Götter und unsere ersten Fremdworte aus wie Karten, oder wir schos-

sen die Wahrheiten den anderen ins Tor und buchten uns einen Punkt.
In den letzten Studienjahren kamen wir auseinander. Wir hatten uns auf zu viele Prüfungen vorzubereiten, als daß wir uns noch hätten streiten können über Probleme, deren wir unendlich viele kurz aufleuchten gesehen hatten. Wir hatten Liebschaften, die uns die Abende wegnahmen, und Prüfungsängste, die uns schlaflos machten. Die Wahrheit kam darüber zu kurz, die höheren Wahrheiten erholten sich von uns, während wir, von ihnen abgelenkt, danach trachteten, ein überstürztes Ende unter überstürzte Studien zu setzen, um als brauchbare Elemente uns einordnen zu können in die Gesellschaft. Wir bekamen Boden unter die Füße, wir gingen als Konzipienten auf die Gerichte und verloren unseren ersten Hochmut, um einen neuen dafür einzuhandeln, und wir merkten, daß man in den Kanzleien und den langen langen Korridoren des Justizpalastes nicht für Wahrheitssuche Zeit hatte. Wir lernten Schriften aufsetzen, Akten ordnen, Maschinschreiben, Vorgesetzte grüßen und uns grüßen lassen von Sekretärinnen, Praktikanten und Dienern; wir lernten mit Ausgängen, Eingängen, Heftern, Ordnern, Schränken umgehen. Wo war die Wahrheit hingeflogen und wer wollte ihr nachsetzen und sie finden?
Doch ein Wildermuth, dem alles zur Frage nach ihr wird, kann ihre Spur nie verlieren, das glaube ich doch! Und mag er auch im Getriebe sein, durchs Getriebe gehn, durch das jeder muß . . .
Wir gründeten Familien. Wir bildeten Klüngel. Wir richteten Wohnungen ein. Ich heiratete Gerda, ein Mädchen von zu Hause, aus unserer kleinen Stadt. Früher hatten wir uns nicht gekannt, aber später, als ich als junger Richter heimkam, traf ich sie oft am See, am Wochenende, wenn ich schwimmen ging. Gerda, neben der ich in dumpfem Staunen lebe . . . Ich kenne keinen Menschen, der mir nahe

steht und der so wenig auf die Wahrheit gibt wie meine Frau. Viele mögen sie gern, in ihrer Familie wird sie vergöttert, meine Freunde suchen ihre Gesellschaft lieber als die meine. Sie muß einen Zauber haben. Denn alle bewundern sie, weil sie aus der geringfügigsten Begebenheit, aus dem nebensächlichsten Erlebnis eine Geschichte machen kann. Sie unterhält sich und die anderen ununterbrochen auf Kosten der Wahrheit. Ich habe sie noch nie dabei ertappt, daß sie einen Vorfall genau berichtet hätte. Sie verwandelt alles sofort, eine Reise, einen Gang zum Milchgeschäft, ein Gespräch beim Friseur, in ein kleines Kunstgebilde. Alles, was sie erzählt, ist sinnreich oder ist verwunderlich, hat eine Pointe. Man muß unweigerlich lachen, verdutzt sein oder den Tränen nahe kommen, wenn sie etwas zum Besten gibt. Sie macht Beobachtungen, die ich nie machen könnte, sie redet und redet daher, als könnte sie nie jemand zur Rechenschaft ziehen. Sie lügt, und ich weiß nicht einmal, ob sie, von wenigen Ausnahmen abgesehen, sich darüber im klaren ist. Wenn sie ihren Paß holen gegangen ist, erzählt sie: Man saß da, vielleicht dreißig, was sage ich, vierzig Leute . . . (Und ich bin sicher, das bedeutet: vier oder fünf Personen!) und ich wartete stundenlang. (Sie wartete aber, wie ich nachrechnete, eine halbe Stunde!) Wenn sie Kindheitserinnerungen auspackt, sind es einmal Wochen, die sie am Meer war, dann wieder nur acht Tage; oder sie erzählt stolz, wie sie immer nur mit Buben gespielt, immer Hosen getragen habe, aber ich kenne Fotos von ihr aus der Zeit, auf denen sie nur in Röcken zu sehen ist. Sie sagt, sie habe ganz kurz geschnittene Haare gehabt, einen ›Herrenschnitt‹ – aber ich weiß, daß sie mindestens zwei Jahre lang Zöpfe trug.
Ich habe nur einen Lebenslauf zu berichten, aber Gerda muß deren mehrere haben, denn obwohl ich im großen und ganzen ihre Vergangenheit kenne, genug Leute kenne, die sie von kleinauf kennen, gibt es, wenn sie von sich erzählt,

unendlich viele Abweichungen, ja nicht einmal Abweichungen, da keine Linie da ist, von der sie abweichen könnte, sondern einfach viele Fassungen und Interpretationen ihres Lebens. Kaum fällt ihr, wenn sie guter Laune ist und redselig wird, ein Detail ein, so nimmt ihre Lebensgeschichte eine andere Wendung. Als junges Mädchen wollte sie nur Klavier spielen, war nicht wegzubringen vom Klavier, in Musik ertrinken wollte sie, mit Musik leben; aber dann erfahre ich plötzlich, daß sie am liebsten Medizin studiert hätte, daß sie nach Afrika hatte gehen wollen, in ein Krankenhaus, um dort den Ärmsten der Armen helfen zu können, daß dies ihr einziger Wunsch war, im Kongo oder bei den Mau-Maus auf jede Gefahr hin eine Mission zu erfüllen.

Manchmal, in einer Art Aberglauben, kommt es mir vor, als wäre es jedem von uns zugedacht, genau das ertragen zu müssen, was man am wenigsten erträgt, sich mit dem Menschen ganz einlassen zu müssen, an dem man zuschanden wird mit seinem tiefsten Verlangen. Gerda, deren Zauber jeder rühmt, ist genau die Frau, von der ich sicher hätte sein können, daß ich sie nicht ertragen kann. »Ihre zauberhafte Frau . . .« wagt mir noch dieser Kaltenbrunner zu schreiben, für den sie wohl den richtigen Zauber hätte, einen, der zu seinem Zauber passen würde, dem faulen, den ich in meinem Ingrimm und in meiner Ohnmacht mit der Wurzel ausreißen möchte.

Aber wie gut lebt Gerda, wie gut sogar neben mir, wie gut lebe ich neben ihr! Es geht ohne die Wahrheit vorzüglich, das hat mich am meisten verblüfft. Einmal, als ich dachte, daß sie sterben müsse, und sie dachte es auch, als sie die Totgeburt hatte, und als ich dachte, daß der Zauber nun abfallen und ihr Gesicht nackt werden müsse, daß nun Hoffnung für uns beide aufkomme in der Hoffnungslosigkeit, da log sie noch und machte ihre tiefsinnigen oder melancholischen, witzigen Sprüche, und sie lügt heute noch über die elendsten Stunden, die sie durchmachte, die ihren Körper schleiften bis an die äußerste Grenze. Sie weiß darüber spannend zu erzählen, ein Feuerwerk von Beobachtungen abzuschießen, unter Preisgabe all dessen, was mir darüber zu sagen wichtig erscheint, was wahr daran war, ziemlich wahr. Ich weiß, niemand würde, außer mir, auf die Idee kommen, sie einer Lüge zu zeihen. Sie hat eben, wie Herr Kaltenbrunner meint, eine ganz persönliche Art, die Welt zu sehen. Ich hasse diese persönliche Art, des Preises wegen, der dafür bezahlt wird, der Verdunkelung wegen, die die Welt dadurch erfährt. Denn die Welt ist nicht dazu da, um von Gerdas Arabesken geschmückt und verstellt zu werden, ist dunkel genug, um nicht noch von ihr verdunkelt werden zu müssen.

Mit der Wahrheitsfindung bin ich befaßt, und nicht nur von Berufs wegen bin ich mit ihr befaßt, sondern weil ich mich mit nichts andrem befassen kann. Wenn ich die Wahrheit auch nie finden sollte . . .

Ein Wildermuth, der nicht anders kann, schon lange, für immer . . .

Einer, der weiß, daß man mit ihr am weitesten kommt . . .

Aber will ich denn noch weiter kommen mit der Wahrheit? Seit ich geschrien habe, nein, seither will ich's nicht mehr, wollt' es schon oft nicht mehr. Warum weiterkommen wollen mit der Wahrheit? Wohin? Bis nach Buxtehude, bis hinter die Dinge, hinter den Vorhang, bis in den Himmel oder nur hinter die sieben Berge . . . Diese Entfernungen möchte ich nicht zurücklegen müssen, weil mir der Glaube längst fehlt. Und ich weiß ja schon: Ich möchte meinen Geist und mein Fleisch übereinstimmen machen, ich möchte in einer unendlichen Wollust unendlich lang übereinstimmen, und ich werde, weil nichts übereinstimmt und weil ich's nicht zwingen und nicht erreichen kann, schreien.

Schreien!

Die Wahrheit habe ich gesucht über mich, aber was ergibt das schon, was ich, mich zerfleischend, im einzelnen über mich denke oder manchmal in großen Zügen trauervoll über mich denke! Was läßt sich schon anfangen mit diesen banalen Offenbarungen, die jedem zuteil werden können? Ich bin sparsam, aber manchmal großzügig, ich kenne Mitleid mit vielen Menschen, und ich kenne kein Mitleid mit manchen Menschen. Ich habe den Verdacht, lasterhafte Anlagen zu haben, weiß aber nicht genau, welche man mit gutem Gewissen als lasterhaft bezeichnen darf, und kenne die Laster vielleicht darum nicht, weil ich keinen Gebrauch von meinen Anlagen gemacht habe, mir zuerst der Mut fehlte, dann die Zeit fehlte und es mir dann nicht mehr wichtig schien, sie entwickeln zu müssen. Ich bin ehrgeizig, aber nur unter bestimmten Voraussetzungen. Viel hätte ich darum gegeben, Rossi ausstechen zu können in der Zeit des Studiums und noch eine Weile nachher, als wir gleiche Laufbahnen einschlugen; aber es hat mich wirklich gefreut, daß Hubmann um so viel glänzender als ich abschnitt und eine Karriere machte im Justizministerium. Als Freunde betrachtete ich beide, gerne mochte ich beide, und ich weiß nicht, warum da ein Unterschied war in meinen Gefühlen. Vielleicht lag es gar nicht so sehr an mir, daß ich Rossis Erfolge beargwöhnte, sondern an ihm oder an etwas Drittem, das nicht in mir und nicht in ihm seinen Grund hatte, sondern in der Art unserer Freundschaft, die mir heute keinen Schmerz mehr verursacht. Treu bin ich und untreu, hilflos fühle ich mich oft und weiß doch mit Entschiedenheit aufzutreten. Feige bin ich und mutig und meistens habe ich beides an mir beobachtet, in vielen wechselvollen Schattierungen. Immer aber habe ich an mir nur beobachtet, daß es mir um die eine Erforschung zu tun ist, um die Wahrheit also. Aber ich beanspruche die Wahrheit nicht für mich, sie muß nichts mit mir zu tun haben. Nur ich habe mit ihr zu tun.

Zu tun habe ich mit ihr wie der Schmied mit dem Feuer, wie der Polarforscher mit dem ewigen Eis, wie ein Kranker mit der Nacht.
Und wenn ich nichts mehr mit ihr zu tun haben kann, werde ich mich niederlegen wie nach dem Schrei und nicht mehr aufstehen und mich zutodeleben in diesem Schweigen.
Ja, was ist denn die Wahrheit über mich, über irgendeinen? Die ließe sich doch nur sagen über punktartige, allerkleinste Handlungsmomente, Gefühlsschritte, die allerkleinsten, über Tropfen um Tropfen aus dem Gedankenstrom. Dann ließe sich aber schon nicht mehr folgern, daß einer solch massive Eigenschaften hätte wie ›sparsam‹, ›gutmütig‹, ›feig‹, ›leichtsinnig‹. Alle die tausend Tausendstelsekunden von Gefallen, Angst, Begierde, Abscheu, Ruhe, Erregung, die einer durchmacht, worauf sollen die schließen lassen! Müssen sie schließen lassen? Auf eins doch nur: daß er von vielem gehabt und gelitten hat ...
Oder die Wahrheit über die Welt, da ich selbst mir nicht aufgehe und da ich allein schon so verschiedenartig zu sehen, zu fühlen, zu begreifen vermag! Ein Tisch, ein einziger Gegenstand wie mein Schreibtisch! Nehmt ihn! Oft habe ich mich, ihn gleichgültig erkennend, an ihm niedergelassen oder ihn berührt; im Dunkeln habe ich mich an ihn getastet; ich habe ihn skizziert in einem Brief an einen Freund, da entsprach er ein paar Bleistiftstrichen; ich rieche ihn manchmal, wie er nach langer Arbeit riecht; ich sehe ihn staunend an, wenn die Papiere alle weggeräumt sind und er frei vor mir steht, ein anderer – und was ist dieser massige Tisch noch alles darüber hinaus! Eine Holzmasse zum Verheizen, eine Form, die an einen bestimmten Stil erinnert, ein Gewicht hat er als Frachtgut, einen Preis hat er gehabt und wird einen anderen haben heute oder nach meinem Tod. Schon über diesen Tisch ist kein Ende abzusehen. Eine Fliege wird ihn anders sehen als ein Wel-

lensittich, und ob Gerda den Tisch je so gesehen hat wie ich? Ich weiß es nicht, bin nur sicher, daß sie die Stelle kennt, wo ich mit der Zigarette ein Loch in die Platte gebrannt habe. Für sie ist es *mein* Tisch, der mit dem Brandloch; außerdem weiß sie noch von seinen gedrechselten Füßen, weil sie ›Staubfänger‹ sind. Mir ist das nur durch sie bewußt geworden, daß er ein Staubfänger ist, aber dafür weiß ich, was sie nicht weiß: welches Wohlbehagen er verursacht, wenn man sich mit beiden Ellbogen aufstützt, und wie ein Blick beim Nachdenken sich in seiner Maserung verfängt und wie es sich schläft auf diesem Tisch, denn ich bin ein paarmal eingeschlafen über der Arbeit, mit dem Kopf vornüberfallend auf die Tischplatte.
Da von einem einzigen Gegenstand schon soviel gilt, wieviel muß dann von der ganzen Welt gelten und berücksichtigt werden an jeder Stelle, und wieviel muß dann für einen Menschen gelten, da er sich rührt und lebt und einen Gegenstand weit übertrifft durch Leben.
Im Fleisch habe ich die Wahrheit gesucht. Etwas wollte ich übereinstimmen machen, meinen lebendigen Körper mit einem lebendigen Körper. Eine Beichte wollte ich dem Fleisch abzwingen, seine Wahrheit sollte es sagen, da nichts mehr die Wahrheit sagen wollte, mein Geist sich nicht aussprach, die Welt sich nicht aussprach. Denn ich fühlte ja, seit früher Zeit, daß eine Begierde in ihm war, die über die Begierde nach der Frau hinausging. Ich hatte meinen Körper im Verdacht, auf eine Wahrheit aus zu sein, und ich traute ihm zu, daß er mir etwas sehr Einfaches und Wunderbares mitteilen könne. Ich schickte meinen Körper in die Fremde, zu den Frauen, ließ ihn belehren und belehrte mit ihm einen anderen Körper. Ich versuchte, mit diesem Körper ehrlich zu sein, aber das war das allerschwerste und mindestens so schwer, wie mit dem Kopf ehrlich zu sein. Jetzt, da alle Erinnerungen schon verfälscht sind an die ersten Zusammentreffen mit Frauen, da

manches verworfen, manches verklärt ist, das meiste aber abgetan, was sich ebensogut zur Verklärung geeignet hätte, bleibt mir nur an unserer Ehe herumzurätseln, die so ohne Geheimnis ist, so gut, gleichförmig und vertrauensvoll verläuft. Was gibt es da zu rätseln, meint man. Und doch gibt es Momente, in denen mir unsere Gespräche und Umarmungen wie etwas Entsetzliches vorkommen, etwas Schandbares, Unrechtmäßiges, weil ihnen etwas fehlt, ja also doch die Wahrheit. Weil wir unser System von Zärtlichkeiten haben, nicht weiter suchen, nichts darüber hinaus, weil alles tot und gestorben ist, für immer gestorben. Nicht, daß es mir an Überraschung fehlt, wenn ich Gerda an mich ziehe, weil ich ihre und meine Gesten in- und auswendig kenne – nein, die Überraschung ist da, ist ja eben dies, daß kein Blitz dazwischen fährt, daß wir nicht vom Donner gerührt werden, daß sie nicht aufschreit und ich sie nicht niederschlage, daß wir beide nicht wüten gegen diese gute glückliche Verbindung, in der unsere Körper abstumpfen, verdorren – so sehr, daß keine Untreue, keine Wunschvorstellung, keine ausschweifende Fantasie ernstlich an diesem Erstorbensein noch etwas ändern könnten. Zu unseren Körpern, zu dem, was unsere Körper unter Liebe verstanden, fällt uns beiden nichts mehr ein. Wenn ich mich umsehe bei unseren Freunden und Bekannten, beschleicht mich obendrein das Gefühl, daß wir nicht die einzigen sind, denen nichts mehr einfällt dazu, und daß uns allen recht geschieht. Die wenigen vereinzelten Fälle und Anfälle von Leidenschaft werden wie zur Strafe von uns ironisch abgetan, aufgelaugt in einem bezeichnenden Schweigen oder zerstört von einem verleumderischen Geschwätz. Und mir selbst ist, als wären diese Fälle fast nur noch in Gerichtsakten zu finden; sie scheinen abgewandert zu sein in die Rubrik ›Unglücksfälle und Verbrechen‹.

Aber von der Wahrheit wollte ich reden, auf die mein Fleisch aus war, und von dem einzigen Mal, als ich mich beinahe aus den Augen verlor und beinahe an diese Wahrheit geriet, in einem Sommer vor vielen Jahren.

In jenem Sommer – ich war damals noch Richter an unserem Bezirksgericht – fuhr ich jede zweite Woche mit einem Studenten, der in seinen Semesterferien bei mir praktizierte, nach der noch kleineren Stadt K., wo wir, wegen des großen Mangels an unbescholtenen Richtern in den Jahren nach dem Krieg, nur einen Gerichtstag hielten und uns für die kleineren Fälle, Verkehrsunfälle, Jugendfürsorge und Grenzstreitigkeiten der Bauern, hinbegeben mußten. Eine Kellnerin sprach vor, ich glaube, wegen Streitigkeiten über die Vaterschaft zu einem unehelichen Kind, sie hatte Mühe, sich auszudrücken, und dann fielen wieder Sätze von solchem Freimut, solcher Derbheit, daß ich mich damals, als ich noch wenig fremde Sprachen gewohnt war, zusammennehmen mußte, um kalt, freundlich und unbeteiligt zu erscheinen. Nur in Umrissen steht das Protokoll noch vor mir, stünde längst nicht mehr da in der Erinnerung, wenn nicht das unauslöschliche Bild von Wanda noch da wäre: die aufgelösten schwarzen Haare, der feuchte sagenhafte Mund, das Haar über die Brust geworfen, das Haar hinter sich geworfen, das Haar überall im Weg, aus dem Weg, einem Körper im Weg, der jede Möglichkeit, sich auszubreiten, zu krümmen, zu bewegen, die es nur geben kann, erleben wollte; ihre Arme sind in dem Bild, die in jedem Augenblick Arme sein wollten, ihre Finger, die wirklich zehn Finger waren, und jeder einzelne davon konnte die Haut anzünden, sich verkrallen oder eine Nachricht übermitteln aus ihrem Körper, der keine Verstellung kannte in der Suche, im Kampf, in seiner bitterlichen Geschlagenheit.

Ehe ich zum Mittagessen ging, sah ich Wanda im Gang stehen, erkannte sie, nickte höflich in ihre Richtung und drehte mich dann noch einmal nach ihr um, während der Student weiterging. Sie stand einfach da, wartete auf niemand, das sah man ihr an. Sie stand in dem Gerichtsgebäude wie in einem heiligen Raum, weil hier etwas Entscheidendes für sie betrieben wurde, sie lehnte sich an die Wand und verschlang die Hände wie in einer Kirche, nicht vor Schwäche, nicht unter Tränen, sondern wie ein Mensch, der nicht bereit ist, einen für ihn so wichtigen Schauplatz gleich zu verlassen.

Am Tag zuvor war Kirchtag gewesen, und in unserem Gasthof ging am Montagabend das Tanzen noch weiter. An Schlaf würde nicht zu denken sein, und darum beschlossen wir, mitzufeiern. Man lud uns an den besten Tisch, aber da wir uns, unserer Stellung wegen, dauernd beobachtet fühlten, kam bei uns keine Stimmung, keine Ausgelassenheit auf. Ich mußte mit dem Arzt und dem Zahnarzt, dem Wirt und einem Kaufmann Wein trinken, war der ›Herr Rat‹, der sich nichts vergeben durfte. Der Student tanzte schließlich, und ich blieb ausgestoßen zurück, ein immer stiller werdender Beobachter. In dieser Zeit war ich mit Gerda verlobt, meine Versetzung nach Wien stand bevor und damit auch meine Heirat. Daß nur eine Frau wie Gerda in Frage kam, stand für mich fest. Die Wahl hat auch später nie den geringsten Zweifel in mir ausgelöst. Allerdings wußte ich zu dem Zeitpunkt noch nicht, was ich seither weiß und erfolgreich in mir zum Schweigen gebracht habe: daß nicht sie und keine ihr ähnliche Frau je meinen Körper zu seiner Wahrheit bringen konnte, sondern daß es diese Kellnerin war und daß es auf der Welt noch die eine oder andere Wanda geben mag mit diesem Vermögen – ein Geschlecht von dunkelhaarigen blassen Frauen mit trübem großem Blick, kurzsichtigen Augen, fast ohne Sprache, Gefangene fast ihrer Sprachlosigkeit, zu dem ich mich bekenne und nie bekennen kann. Nicht daß es mir verboten wäre, diese Frauen zu lieben, daß ich litte unter einer Gesellschaft, die mir ein offenes Bekenntnis zu ihnen übel anmerken würde – es ist nur eine

kleine, sehr erstaunte Trauer da in mir, daß ich die Wahrheit, dort, wo sie aufkommt, nicht brauchen kann. Ich hätte den Mut gehabt, mit Wanda zu leben und Gerda die Heirat auszureden, mich mit einer Frau zu belasten vor der Welt, die stumm war, mit dieser Welt nichts anzufangen gewußt hätte und von meinen Leuten nur geduldet worden wäre. Aber ich wußte ja sofort, daß es für mich überhaupt nicht in Frage kam, mit ihr zu leben, niemals mit ihr, und daß ich die Wahrheit nicht hätte ertragen können, die damals mein Fleisch überfallen und verheert hat.
Wanda saß mit einigen Männern an einem Tisch mir gegenüber. Einer hielt sie am Arm, ein anderer legte ihr die Hand auf die Schulter. Alle kannten sich, redeten durcheinander und lachten dann wieder grölend. Sie lachte selten, aber auch laut, häßlich, kurz, in einer Art, mit der ich mich nie abfinden könnte. Wie herrlich lacht Gerda. Natürlich lacht sie nicht, weil sie lachen muß, sondern sie lacht, um die anderen mit ihrem Lachen einzunehmen. Wanda lachte einfach heraus.
Um Mitternacht, als alles um mich herum schon betrunken war und ich, ohne aufzufallen, aus dem Haus und in die frische Luft gehen konnte, sah ich sie vor dem Tor stehen, und ich blieb stehen neben ihr in dem wenigen Licht, das im Wind schwankte, während auch das Haus hinter uns schwankte von der Musik, den Lachsalven, dem Singen und Stampfen. Ich sah in ihr Gesicht, wie ich sonst nie jemand ins Gesicht gesehen habe, sah sie an, als würde ich nie mehr wegschauen können, und sie sah mich an, ebenso endgültig. Wie an das Starren eines düsteren ernsten Raubvogels erinnere ich mich an ihr Starren und wie an etwas fürchterlich Feierliches, als unsere Augen nicht mehr weiter konnten und wir miteinander weggingen, ohne ein Wort, ohne uns zu berühren. Ganz langsam gingen wir, in einem Abstand, den wir uns selber eingaben vom ersten Schritt an. Ihr Rock durfte mich nicht berüh-

ren, auch im Wind nicht, sie durfte sich nicht umsehen, ich durfte nicht zurückschauen, nicht hasten, sie nicht einholen, nur gehen, hinter ihr gehen, die Straße hinunter, den Weg hinauf, in das dunkle Haus, die Treppe hinauf. Nicht fragen, nichts sagen. Als wir ihr Zimmer erreicht hatten, war ich fast bewußtlos. Ich hätte keinen Schritt mehr gehen können. Ich erkannte meinen Körper nicht wieder und begriff ihn ein einziges Mal.

Gelacht haben wir nie, geredet das Notwendigste, manchmal gelächelt, ein untergehendes Lächeln, die wenigen Male, die ich noch bei ihr war, wenn ich nach K. kam. Ernst und düster ist alles zwischen uns geblieben, verzweifelt ernst, aber wie hätte es anders meinem Begehren entsprechen können? Wie hätte eine Liebe für mich sonst Wert haben können, wenn sie sich nicht erschöpft hätte in der Suche nach Übereinstimmung. Ich habe mit diesem bleichen geduldigen Körper Wandas so übereingestimmt, so die Liebe vollzogen, daß jedes Wort sie gestört hätte und kein Wort, das sie nicht gestört hätte, zu finden war.

Gerda mit ihrer Blumensprache – wie will sie aufkommen gegen dieses Schweigen von damals! Könnte man diese Sprache bloß austilgen, ihr abgewöhnen, mit der sie mich so entfernt von sich. Liebster, ich bin so froh. Hab mich lieb. Tu deiner Geliebten nicht weh. Hast du mich auch wirklich noch lieb? Bin ich nicht deine Frau? Schläft mein Geliebter schon? Jedes Wort in rosa Schrift, alles untadelig, nie vulgär, nie aus der Rolle fallend. Weiß Gerda, wieviel, wie wenig davon übereinstimmt mit dem, was sie sagt, und dem, was sie fühlt? Was will sie verschleiern mit ihrer Sprache, welchen Mangel wettmachen und warum will sie mich auch so reden machen? Eingerichtet hat sie uns in dieser Sprache wie in den Möbeln, die sie von zu Hause mitgebracht hat und die ihr so behaglich sind wie die Sätze: Ich liebe dich. Und: Bekomm ich denn keinen Kuß?

Fast nie streiten wir, und nie reißen wir die Notbrücke die-

ser Sprache ab, die wir im Anfang geschlagen haben und die sich als so dauerhaft erwiesen hat. Erst jetzt bin ich aufsässig gegen Gerda geworden, und an dem Abend letzte Woche, als sie mich nicht aufstehen ließ, geriet ich in den ersten unangenehmen Streit mit ihr. Dieser Kaltenbrunner, der vorgibt, ein Dichter zu sein, und eine ihrer Freundinnen heiraten will, hat sie wieder besucht, hat sich mit ihr ausgesprochen – worüber, weiß ich nicht. Gerda gab mir ein kleines schwarzes Buch von ihm, in dem auf der ersten Seite die ärgerliche Widmung steht: Mit Dank Ihnen, stets der Ihre, Edmund Kaltenbrunner. Nach dem Abendessen drängte mich Gerda, meine Bücher liegen zu lassen und darin zu lesen. Obwohl ich sonst schnell und leicht lese, hatte ich die größte Mühe, mit diesen nebelhaften Sätzen zurechtzukommen. Nach ein paar Seiten war ich nahe daran, einzuschlafen, aber Gerda setzte sich zu mir ans Bett und verlangte, daß ich ihr meine Eindrücke mitteile. Ich murmelte ausweichend eine Entschuldigung, spielte auf eine wiederkehrende Fiebrigkeit und Schwäche an. Mich ging ihr Dichter nichts an. »Du mußt zugeben«, sagte Gerda eifervoll, »da sind Sätze und Bilder von solcher Wahrheit! Von ungemeiner Wahrheit!« Ich war wütend und wurde boshaft, denn es war mir neu, daß es für Gerda die Wahrheit gab. Es sah ihr ähnlich, daß sie in einem Buch, in einem solchen Buch, eine Wahrheit anzutreffen meinte. Hier war ihr die Welt genug geheimnisvoll zusammengebraut, hier konnte sie zwischen Satzungeheuern die Wahrheit zum Krüppel machen. »Es ist eben eine andere Wahrheit, eine höhere Wahrheit«, rief sie aufgebracht.
Mir fielen gleich alle höheren Wahrheiten ein, denen ich schon begegnet war, höhere und höchste. Jetzt geschah mir das sogar in meinem eigenen Haus, daß jemand mit der höheren im Bund war und sich einbildete, von ihr etwas zu verstehen. Natürlich Gerda, die sich erregte und sagte, ich sei einfach unfähig, über das Buch zu urteilen. Weil ich

nur mit der gemeinen und nicht mit der ungemeinen Wahrheit zu tun habe, fragte ich hinterhältig. Ja, da spreche ich wohl ein wahres Wort aus, ich, der nüchterne Jurist, der Rechthaber und Zyniker mit meiner trockenen dürren Wahrheit!

Wie wahr! Wie wahr!

Ich war erleichtert. Den Rest der Zeit bis Mitternacht stritten wir dann nur mehr um des Streitens willen, wiederholten uns, und am Ende, als ihr einfiel, daß sie mich schonen müsse, und sie das Licht auslöschte, preßte Gerda, wie immer, wenn sie zur Versöhnung bereit ist, heftig meine Hand, zog und zerrte sie hinüber auf ihre Seite und legte sie auf ihre Brust. O diese Zärtlichkeit dann und das Geflüster!

Ich bin dieser Spiele und dieser Sprachen müde.

Hoch oben habe ich die Wahrheit gesucht, zuallerhöchst, in den großen gewaltigen Worten, von denen es heißt, daß sie geradewegs von Gott kommen oder von einigen, die ihm ihr Ohr geliehen haben, aber der großen Worte müssen zu viele und zu widersprüchliche sein, weil einem das große Wort vor lauter verschiedenen großen Worten nicht auffällt. Welches ist es wohl, an das man sich zu halten hätte? An viele große Worte habe ich mich zu halten versucht, an alle gleichzeitig und an jedes einzeln, und bin doch abgestürzt und habe mich zerschunden wieder aufgerichtet, geraucht, gegessen, geschlafen, bin wieder an die Arbeit gegangen, um ein Wort weniger, zu den paar Folianten, in denen für mich die Wahrheit nun zu stehen hatte für den täglichen Gebrauch.

Ist die Wahrheit da für den Gebrauch? Und wenn sie für den Gebrauch da ist, ist sie dann die Richtigkeit, die Genauigkeit? Welchen Zweck hätte sie dann? Ist es schon wahr, zu sagen, daß wir den Zug um 10 Uhr vormittags genommen haben, wenn wir ihn tatsächlich genommen haben? Gewiß. Aber was heißt das! Es heißt doch nichts weiter, als daß, was wir gesagt haben, übereinstimmt mit dem, was wir getan haben. Es wäre eine Lüge zu sagen: wir sind erst um 10 Uhr abends gefahren. Wenn wir doch morgens gefahren sind. Wenn es nicht übereinstimmt, ist da eine Lüge. Warum ist die Lüge nicht gut? Sie kann Folgen haben (aber kann die Wahrheit keine haben?), und ich bringe durch sie Verwirrung in die Welt (aber kann nicht die Wahrheit auch Verwirrung anrichten?), und ich täusche vielleicht jemand, gut.

Was ist so anders, wenn wir die Wahrheit sagen? Ich bin um 10 Uhr morgens gefahren. Da habt ihr die Wahrheit! Ein Vorfall bedarf ihrer, eine Tatsache bedarf meines Wahr-Sagens. Und die Tatsachen bleiben doch, was sie sind.

Aber warum müssen wir die Wahrheit sagen, noch einmal, meine Lieben? Warum müssen wir eigentlich diese verdammte Wahrheit wählen? Damit wir nicht in die Lüge geraten, denn die Lügen sind Menschenwerk und die Wahrheit ist nur zur Hälfte Menschenwerk, denn es muß ihr auf der anderen Seite etwas entsprechen, dort, wo die Tatsachen sind. Zuerst muß etwas da sein, damit eine Wahrheit sein kann. Allein kann sie nicht sein.

Was ist eine höhere Wahrheit, meine Lieben? Wo gibt es wohl eine höhere Wahrheit, wenn da kein höherer Vorgang ist! Meine Lieben, es ist etwas Fürchterliches um die Wahrheit, weil sie auf so wenig hinweist, nur auf sehr Gewöhnliches, und nichts hergibt, nur das Allergewöhnlichste. Ich habe in all den Jahren von ihr nichts herausbekommen als dies Feststellen, dieses Beichten, das erleichternde Beichten von Tatsachen. Mehr war wirklich nicht von ihr zu haben. Über Menschen habe ich die Wahrheit suchen müssen, über so viele, die vor dem Gesetz schuldig waren, und andere, die vor dem Gesetz unschuldig waren – aber was heißt das schon! Denn wie kann das Gesetz in der Wahrheit sein . . .

Warum? Warum? haben wir den Mörder gefragt, aber er konnte nur sagen, daß es so war und wie es war. Nur mit der Tat kam die Wahrheit blutig daher, mit der Axt, mit dem Messer, mit der Schußwaffe. Mit tausend Kleinigkeiten kam sie daher. Aber auf die Frage »Warum« kam sie nicht dahergeschossen. Da hat ein ganzes erfahrenes Gericht sich zu deuteln bemüht, damit da eine Wahrheit daherkommt. Aber dieses Weges kommt einfach nichts.
(O warum habe ich etwas getan und etwas anderes nicht? Warum war alles so furchtbar und so schön. Da kommt mir keine Wahrheit daher, ich mag nichts sagen, vermag nichts zu sagen und sage höchstens, um euch zufriedenzustellen: ich mußte es tun, es war mir zumute danach, ich empfand es so ...)
Meine Lieben, ich bin gar nicht so krank, wie die Ärzte meinen, und schon gar nicht schonungsbedürftig. Ich brauche die Schonung nicht mehr. Es hat da ein Mann dreißig Jahre lang über den Knopf nachgedacht und alles, was zum Knopf gehört, und da werde ich wohl meine Weile noch über die Wahrheit nachdenken dürfen. Ich lade euch ein, meine Lieben, darüber einmal nachzudenken! Was wollt ihr denn mit der Wahrheit, denn sicher geht es euch, den Anständigen unter euch, auch um die Wahrheit. Etwas kaufen wollt ihr damit sicher nicht. In den Himmel kommen? Dafür, daß ihr euch nicht verplappert und nicht 10 Uhr abends sagt, wo ihr 10 Uhr morgens sagen müßt? Nur so weiter. Aber ob man dafür im Himmel Sinn haben wird?
(Aber 10 Uhr sagen ist schon gefährlich, denn es gibt natürlich 10 Uhr gar nicht, das wißt ihr doch wohl, die Rechnung ist nur angenommen, dahinter steht nichts, aber beruhigt euch meinetwegen beim Uhrenvergleichen und der Normalzeit!)
Ah, und doch, welch eine tiefe Befriedigung ist es, Übereinstimmung zu erlangen, die Entsprechung herzustellen.

Sagen: Es regnet – wenn es regnet. Sagen: Ich liebe – wenn man liebt.
Aber das war schon wieder gefährlich, da fängt es schon wieder an, dunkel zu werden, denn wie könnt ihr denn behaupten: Ich liebe. Liebt ihr? Wie stellt ihr das fest? Habt ihr höheren Blutdruck? Fühlt ihr euch erhoben, verwirrt? Was ist denn mit euch los? Ihr meint also, daß ihr liebt. Meint, meint. Und was meint ihr nicht noch alles? Es ist euch so. Also gut, wenn es euch so ist als ob, wenn ihr meint, den einen und anderen Grund wohl angeben zu können . . . Gebt sie nur an, eure schmeichelhaften tiefinneren Gründe. Glaubt man oder glaubt man euch nicht? Beweisen läßt sich also nichts, aber da ist vielleicht etwas, was euch zu Hilfe kommt, die ›innere‹ Wahrheit. Meinethalben also auch noch eine innere Wahrheit. Nur zu. Wahrheit um Wahrheit.
Nach der inneren Wahrheit habe ich gesucht. Nach dem bunten Fliegenpilz im tiefen Wald.
Aber nochmals, meine Lieben: welche Befriedigung ist es doch seit langem schon, die Nachricht zu hören: der Präsident hat sich mit dem Präsidenten getroffen und folgende Erklärung abgegeben. Wortlaut. Natürlich möchten wir, daß dem, was wir da erfahren, etwas entspricht, denn unsere Interessen sind derart, daß wir immer etwas profitieren möchten für unser Verhalten – und erst recht die Wirtschaft und die Industrie und die politischen Tugendwächter müssen profitieren können davon. Wenn wir nun falsch spekulieren, falsche Hoffnungen oder Verzweiflungen daran knüpfen, wenn nun die großen Bomben gar nicht in den Depots liegen, wenn man uns da zum Narren hält . . . Das ist ja nicht auszudenken!
Aber laßt uns lieber harmlos sein und vom ersten April reden. Als wir noch Kinder waren, sind wir am ersten April in aller Morgenfrüh zu den Eltern ins Zimmer gerannt und haben geschrien: »Kommt schauen! Die Kirschen sind

reif!« Das sollte ein Scherz sein, aber ihr begreift wohl, daß das kein besonders guter Scherz ist. Der viel bessere Scherz wäre es, jemand ins Gesicht zu sagen: Ich möchte Sie ohrfeigen. Oder: Ich habe Sie schon immer für einen Schurken gehalten. Das ist aber schon annähernd die Wahrheit, zu der die großen Scherze führen. So habe ich es auch schon versucht manchmal, bloß um die Wahrheit zu sagen, aber es war mir nicht wohl dabei, und ich war dann auch nicht näher bei der Wahrheit, nach der ich mich aufmachen wollte.

Ich empfehle mich. Ich bin es, der geschrien hat.

Ich konnte plötzlich über einen Knopf nicht hinwegkommen und nicht über einen Mann, der auch ein Wildermuth ist und ein Recht darauf hätte, daß nicht nur die Wahrheit ans Licht kommt, die wir brauchen können. Er hat ja gesagt: ich habe es getan, und er geht ins Zuchthaus dafür für fünfundzwanzig Jahre. Ich kann mich nicht abfinden damit, daß die eine Wahrheit genügt, die ans Licht kommen kann, und daß die andere Wahrheit nicht daherkommt, nicht angeschossen kommt, nicht aufzuckt wie ein Blitz. Daß wir von der brauchbaren Wahrheit den brauchbarsten Zipfel benutzen, um jemand die Schlinge um den Hals zu legen, weil er gesagt hat: Ja, es war um 23 Uhr 30. Oder weil er vergessen hat zu sagen: Es war um 10 Uhr morgens.

Der Wahrheit gehe ich nach. Aber je weiter ich ihr nachgehe, desto weiter ist sie schon wieder, irrlichternd zu jeder Zeit, an jedem Ort, über jedem Gegenstand. Als wäre sie nur greifbar, als hätte sie nur Festigkeit, wenn man sich nicht rührt, nicht viel fragt, sich gut sein läßt mit dem Gröbsten. Auf mittlere Temperaturen muß sie eingestellt sein, auf den mittleren Blick, auf das mittlere Wort. Da ergibt sie sich, ein fortgesetztes billiges Übereinstimmen von Gegenstand und Wort, Gefühl und Wort, Tat und Wort. Du wohlerzogenes Wort, das angehalten wird, sich dieser stummen Welt der Knöpfe und der Herzen barmherzig anzunehmen! Behäbiges, stumpfes Wort zum Übereinstimmen für jeden Gebrauch.

Und darüber hinaus, da gibt es doch nur lauter Meinungen, schneidige Behauptungen, Meinungen über Meinungen und eine Meinung über die Wahrheit, die schlimmer ist als die Meinungen über alle Wahrheiten, für die du an die Wand gestellt werden kannst zu mancher Zeit und auf den Scheiterhaufen kommst, denn es ist schon etwas Furchtbares um die Meinung, wieviel mehr um die Wahrheit –

Und auch dies ist schlimm,
diese hohe Meinung, die ich von der Wahrheit hatte
und daß ich jetzt keine mehr von ihr habe
seit sie für mich zu Ende ist –

Nur eine Delle hat sie in meinem weichen kalt und heißen Gehirn gelassen, das sich auf mittlere Temperaturen so schlecht versteht. Wer hat bloß in meinem Gehirn genächtigt? Wer hat mit meiner Zunge gesprochen? Wer hat geschrien aus mir?

Erzählt mir noch einmal das Märchen von der schneeweißen Dame, die hinter den sieben Bergen wohnt, ich bitte euch!

Ich will ja meine Robe und mein Barett ablegen, mich hinhocken an jede Stelle der Welt, mich hinlegen auf Gras und Asphalt und die Welt abhören, abtasten, abklopfen, aufwühlen, mich in sie verbeißen und mit ihr übereinstimmen dann, unendlich lang und ganz –

Bis mir die Wahrheit wird über das Gras und den Regen und über uns:

Ein stummes Innewerden, zum Schreien nötigend und zum Aufschrei über alle Wahrheiten.

Eine Wahrheit, von der keiner träumt, die keiner will.

Undine geht

Ihr Menschen! Ihr Ungeheuer!

Ihr Ungeheuer mit Namen Hans! Mit diesem Namen, den ich nie vergessen kann.

Immer wenn ich durch die Lichtung kam und die Zweige sich öffneten, wenn die Ruten mir das Wasser von den Armen schlugen, die Blätter mir die Tropfen von den Haaren leckten, traf ich auf einen, der Hans hieß.

Ja, diese Logik habe ich gelernt, daß einer Hans heißen muß, daß ihr alle so heißt, einer wie der andere, aber doch nur einer. Immer einer nur ist es, der diesen Namen trägt, den ich nicht vergessen kann, und wenn ich euch auch alle vergesse, ganz und gar vergesse, wie ich euch ganz geliebt habe. Und wenn eure Küsse und euer Samen von den vielen großen Wassern – Regen, Flüssen, Meeren – längst abgewaschen und fortgeschwemmt sind, dann ist doch der Name noch da, der sich fortpflanzt unter Wasser, weil ich nicht aufhören kann, ihn zu rufen, Hans, Hans . . .
Ihr Monstren mit den festen und unruhigen Händen, mit den kurzen blassen Nägeln, den zerschürften Nägeln mit schwarzen Rändern, den weißen Manschetten um die Handgelenke, den ausgefransten Pullovern, den uniformen grauen Anzügen, den groben Lederjacken und den losen Sommerhemden! Aber laßt mich genau sein, ihr Ungeheuer, und euch jetzt einmal verächtlich machen, denn ich werde nicht wiederkommen, euren Winken nicht mehr folgen, keiner Einladung zu einem Glas Wein, zu einer Reise, zu einem Theaterbesuch. Ich werde nie wiederkommen, nie

wieder Ja sagen und Du und Ja. All diese Worte wird es nicht mehr geben, und ich sage euch vielleicht, warum. Denn ihr kennt doch die Fragen, und sie beginnen alle mit »Warum?«. Es gibt keine Fragen in meinem Leben. Ich liebe das Wasser, seine dichte Durchsichtigkeit, das Grün im Wasser und die sprachlosen Geschöpfe (und so sprachlos bin auch ich bald!), mein Haar unter ihnen, in ihm, dem gerechten Wasser, dem gleichgültigen Spiegel, der es mir verbietet, euch anders zu sehen. Die nasse Grenze zwischen mir und mir ...

Ich habe keine Kinder von euch, weil ich keine Fragen gekannt habe, keine Forderung, keine Vorsicht, Absicht, keine Zukunft und nicht wußte, wie man Platz nimmt in einem anderen Leben. Ich habe keinen Unterhalt gebraucht, keine Beteuerung und Versicherung, nur Luft, Nachtluft, Küstenluft, Grenzluft, um immer wieder Atem holen zu können für neue Worte, neue Küsse, für ein unaufhörliches Geständnis: Ja. Ja. Wenn das Geständnis abgelegt war, war ich verurteilt zu lieben; wenn ich eines Tages freikam aus der Liebe, mußte ich zurück ins Wasser gehen, in dieses Element, in dem niemand sich ein Nest baut, sich ein Dach aufzieht über Balken, sich bedeckt mit einer Plane. Nirgendwo sein, nirgendwo bleiben. Tauchen, ruhen, sich ohne Aufwand von Kraft bewegen – und eines Tages sich besinnen, wieder auftauchen, durch eine Lichtung gehen, *ihn* sehen und »Hans« sagen. Mit dem Anfang beginnen.

»Guten Abend.«

»Guten Abend.«

»Wie weit ist es zu dir?«

»Weit ist es, weit.«

»Und weit ist es zu mir.«

Einen Fehler immer wiederholen, den einen machen, mit

dem man ausgezeichnet ist. Und was hilft's dann, mit allen Wassern gewaschen zu sein, mit den Wassern der Donau und des Rheins, mit denen des Tiber und des Nils, den hellen Wassern der Eismeere, den tintigen Wassern der Hochsee und der zaubrischen Tümpel? Die heftigen Menschenfrauen schärfen ihre Zungen und blitzen mit den Augen, die sanften Menschenfrauen lassen still ein paar Tränen laufen, die tun auch ihr Werk. Aber die Männer schweigen dazu. Fahren ihren Frauen, ihren Kindern treulich übers Haar, schlagen die Zeitung auf, sehen die Rechnungen durch oder drehen das Radio laut auf und hören doch darüber den Muschelton, die Windfanfare, und dann noch einmal, später, wenn es dunkel ist in den Häusern, erheben sie sich heimlich, öffnen die Tür, lauschen den Gang hinunter, in den Garten, die Alleen hinunter, und nun hören sie es ganz deutlich: Den Schmerzton, den Ruf von weither, die geisterhafte Musik. Komm! Komm! Nur einmal komm!

Ihr Ungeheuer mit euren Frauen!
Hast du nicht gesagt: Es ist die Hölle, und warum ich bei ihr bleibe, das wird keiner verstehen. Hast du nicht gesagt: Meine Frau, ja, sie ist ein wunderbarer Mensch, ja, sie braucht mich, wüßte nicht, wie ohne mich leben – ? Hast du's nicht gesagt! Und hast du nicht gelacht und im Übermut gesagt: Niemals schwer nehmen, nie dergleichen schwer nehmen. Hast du nicht gesagt: So soll es immer sein, und das andere soll nicht sein, ist ohne Gültigkeit! Ihr Ungeheuer mit euren Redensarten, die ihr die Redensarten der Frauen sucht, damit euch nichts fehlt, damit die Welt rund ist. Die ihr die Frauen zu euren Geliebten und Frauen macht, Eintagsfrauen, Wochenendfrauen, Lebenslangfrauen und euch zu ihren Männern machen laßt. (Das ist vielleicht ein Erwachen wert!) Ihr mit eurer Eifersucht auf eure Frauen, mit eurer hochmütigen Nachsicht und eurer

Tyrannei, eurem Schutzsuchen bei euren Frauen, ihr mit eurem Wirtschaftsgeld und euren gemeinsamen Gutenachtgesprächen, diesen Stärkungen, dem Rechtbehalten gegen draußen, ihr mit euren hilflos gekonnten, hilflos zerstreuten Umarmungen. Das hat mich zum Staunen gebracht, daß ihr euren Frauen Geld gebt zum Einkaufen und für die Kleider und für die Sommerreise, da ladet ihr sie ein (ladet sie ein, zahlt, es versteht sich). Ihr kauft und laßt euch kaufen. Über euch muß ich lachen und staunen, Hans, Hans, über euch kleine Studenten und brave Arbeiter, die ihr euch Frauen nehmt zum Mitarbeiten, da arbeitet ihr beide, jeder wird klüger an einer anderen Fakultät, jeder kommt voran in einer anderen Fabrik, da strengt ihr euch an, legt das Geld zusammen und spannt euch vor die Zukunft. Ja, dazu nehmt ihr euch die Frauen auch, damit ihr die Zukunft erhärtet, damit sie Kinder kriegen, da werdet ihr mild, wenn sie furchtsam und glücklich herumgehen mit den Kindern in ihrem Leib. Oder ihr verbietet euren Frauen, Kinder zu haben, wollt ungestört sein und hastet ins Alter mit eurer gesparten Jugend. O das wäre ein großes Erwachen wert! Ihr Betrüger und ihr Betrogenen. Versucht das nicht mit mir. Mit mir nicht!
Ihr mit euren Musen und Tragtieren und euren gelehrten, verständigen Gefährtinnen, die ihr zum Reden zulaßt ... Mein Gelächter hat lang die Wasser bewegt, ein gurgelndes Gelächter, das ihr manchmal nachgeahmt habt mit Schrecken in der Nacht. Denn gewußt habt ihr immer, daß es zum Lachen ist und zum Erschrecken und daß ihr euch genug seid und nie einverstanden wart. Darum ist es besser, nicht aufzustehen in der Nacht, nicht den Gang hinunterzugehen, nicht zu lauschen im Hof, nicht im Garten, denn es wäre nichts als das Eingeständnis, daß man noch mehr als durch alles andere verführbar ist durch einen Schmerzton, den Klang, die Lockung und ihn ersehnt, den großen Verrat. Nie wart ihr mit euch einverstanden. Nie

mit euren Häusern, all dem Festgelegten. Über jeden Ziegel, der fortflog, über jeden Zusammenbruch, der sich ankündigte, wart ihr froh insgeheim. Gern habt ihr gespielt mit dem Gedanken an Fiasko, an Flucht, an Schande, an die Einsamkeit, die euch erlöst hätten von allem Bestehenden. Zu gern habt ihr in Gedanken damit gespielt. Wenn ich kam, wenn ein Windhauch mich ankündigte, dann sprangt ihr auf und wußtet, daß die Stunde nah war, die Schande, die Ausstoßung, das Verderben, das Unverständliche. Ruf zum Ende. Zum Ende. Ihr Ungeheuer, dafür habe ich euch geliebt, daß ihr wußtet, was der Ruf bedeutet, daß ihr euch rufen ließt, daß ihr nie einverstanden wart mit euch selber. Und ich, wann war ich je einverstanden? Wenn ihr allein wart, ganz allein, und wenn eure Gedanken nichts Nützliches dachten, nichts Brauchbares, wenn die Lampe das Zimmer versorgte, die Lichtung entstand, feucht und rauchig der Raum war, wenn ihr so dastandet, verloren, für immer verloren, aus Einsicht verloren, dann war es Zeit für mich. Ich konnte eintreten mit dem Blick, der auffordert: Denk! Sei! Sprich es aus! – Ich habe euch nie verstanden, während ihr euch von jedem Dritten verstanden wußtet. Ich habe gesagt: Ich verstehe dich nicht, verstehe nicht, kann nicht verstehen! Das währte eine herrliche und große Weile lang, daß ihr nicht verstanden wurdet und selbst nicht verstandet, nicht warum dies und das, warum Grenzen und Politik und Zeitungen und Banken und Börse und Handel und dies immerfort.

Denn ich habe die feine Politik verstanden, eure Ideen, eure Gesinnungen, Meinungen, die habe ich sehr wohl verstanden und noch etwas mehr. Eben darum verstand ich nicht. Ich habe die Konferenzen so vollkommen verstanden, eure Drohungen, Beweisführungen, Verschanzungen, daß sie nicht mehr zu verstehen waren. Und das war es ja, was euch bewegte, die Unverständlichkeit all dessen. Denn das war eure wirkliche große verborgene Idee von der Welt, und ich habe eure große Idee hervorgezaubert aus euch, eure unpraktische Idee, in der Zeit und Tod erschienen und flammten, alles niederbrannten, die Ordnung, von Verbrechen bemäntelt, die Nacht, zum Schlaf mißbraucht. Eure Frauen, krank von eurer Gegenwart, eure Kinder, von euch zur Zukunft verdammt, die haben euch nicht den Tod gelehrt, sondern nur beigebracht kleinweise. Aber ich habe euch mit einem Blick gelehrt, wenn alles vollkommen, hell und rasend war – ich habe euch gesagt: Es ist der Tod darin. Und: Es ist die Zeit daran. Und zugleich: Geh Tod! Und: Steh still, Zeit! Das habe ich euch gesagt. Und du hast geredet, mein Geliebter, mit einer verlangsamten Stimme, vollkommen wahr und gerettet, von allem dazwischen frei, hast deinen traurigen Geist hervorgekehrt, den traurigen, großen, der wie der Geist aller Männer ist und von der Art, die zu keinem Gebrauch bestimmt ist. Weil ich zu keinem Gebrauch bestimmt bin und ihr euch nicht zu einem Gebrauch bestimmt wußtet, war alles gut zwischen uns. Wir liebten einander. Wir waren vom gleichen Geist.

Ich habe einen Mann gekannt, der hieß Hans, und er war anders als alle anderen. Noch einen kannte ich, der war auch anders als alle anderen. Dann einen, der war ganz anders als alle anderen und er hieß Hans, ich liebte ihn. In der Lichtung traf ich ihn, und wir gingen so fort, ohne Richtung, im Donauland war es, er fuhr mit mir Riesenrad, im Schwarzwald war es, unter Platanen auf den großen Boulevards, er trank mit mir Pernod. Ich liebte ihn. Wir standen auf einem Nordbahnhof, und der Zug ging vor Mitternacht. Ich winkte nicht; ich machte mit der Hand ein Zeichen für Ende. Für das Ende, das kein Ende findet. Es war nie zu Ende. Man soll ruhig das Zeichen machen. Es ist kein trauriges Zeichen, es umflort die Bahnhöfe und Fernstraßen nicht, weniger als das täuschende Winken, mit dem so viel zu Ende geht. Geh, Tod, und steh still, Zeit. Keinen Zauber nutzen, keine Tränen, kein Händeverschlingen, keine Schwüre, Bitten. Nichts von alledem. Das Gebot ist: Sich verlassen, daß Augen den Augen genügen, daß ein Grün genügt, daß das Leichteste genügt. So dem Gesetz gehorchen und keinem Gefühl. So der Einsamkeit gehorchen. Einsamkeit, in die mir keiner folgt.

Verstehst du es wohl? Deine Einsamkeit werde ich nie teilen, weil da die meine ist, von länger her, noch lange hin. Ich bin nicht gemacht, um eure Sorgen zu teilen. Diese Sorgen nicht! Wie könnte ich sie je anerkennen, ohne mein Gesetz zu verraten? Wie könnte ich je an die Wichtigkeit eurer Verstrickungen glauben? Wie euch glauben, solange ich euch wirklich glaube, ganz und gar glaube, daß ihr mehr seid als eure schwachen, eitlen Äußerungen, eure schäbigen Handlungen, eure törichten Verdächtigungen. Ich habe immer geglaubt, daß ihr mehr seid, Ritter, Abgott, von einer Seele nicht weit, der allerköniglichsten Namen würdig. Wenn dir nichts mehr einfiel zu deinem Leben, dann hast du ganz wahr geredet, aber auch nur dann. Dann sind alle Wasser über die Ufer getreten, die Flüsse haben sich erhoben, die Seerosen sind gleich hundertweis erblüht und ertrunken, und das Meer war ein machtvoller Seufzer, es schlug, schlug und rannte und rollte gegen die Erde an, daß seine Lefzen trieften von weißem Schaum.

Verräter! Wenn euch nichts mehr half, dann half die Schmähung. Dann wußtet ihr plötzlich, was euch an mir verdächtig war, Wasser und Schleier und was sich nicht festlegen läßt. Dann war ich plötzlich eine Gefahr, die ihr noch rechtzeitig erkanntet, und verwünscht war ich und bereut war alles im Handumdrehen. Bereut habt ihr auf

den Kirchenbänken, vor euren Frauen, euren Kindern, eurer Öffentlichkeit. Vor euren großen großen Instanzen wart ihr so tapfer, mich zu bereuen und all das zu befestigen, was in euch unsicher geworden war. Ihr wart in Sicherheit. Ihr habt die Altäre rasch aufgerichtet und mich zum Opfer gebracht. Hat mein Blut geschmeckt? Hat es ein wenig nach dem Blut der Hindin geschmeckt und nach dem Blut des weißen Wales? Nach deren Sprachlosigkeit?
Wohl euch! Ihr werdet viel geliebt, und es wird euch viel verziehen. Doch vergeßt nicht, daß ihr mich gerufen habt in die Welt, daß euch geträumt hat von mir, der anderen, dem anderen, von eurem Geist und nicht von eurer Gestalt, der Unbekannten, die auf euren Hochzeiten den Klageruf anstimmt, auf nassen Füßen kommt und von deren Kuß ihr zu sterben fürchtet, so wie ihr zu sterben wünscht und nie mehr sterbt: ordnungslos, hingerissen und von höchster Vernunft.
Warum sollt ich's nicht aussprechen, euch verächtlich machen, ehe ich gehe.
Ich gehe ja schon.
Denn ich habe euch noch einmal wiedergesehen, in einer Sprache reden gehört, die ihr mit mir nicht reden sollt. Mein Gedächtnis ist unmenschlich. An alles habe ich denken müssen, an jeden Verrat und jede Niedrigkeit. An denselben Orten habe ich euch wiedergesehen; da schienen mir Schandorte zu sein, wo einmal helle Orte waren. Was habt ihr getan! Still war ich, kein Wort habe ich gesagt. Ihr sollt es euch selber sagen. Eine Handvoll Wasser habe ich über die Orte gesprengt, damit sie grünen mögen wie Gräber. Damit sie zuletzt hell bleiben mögen.

Aber so kann ich nicht gehen. Drum laßt mich euch noch einmal Gutes nachsagen, damit nicht so geschieden wird. Damit nichts geschieden wird.

Gut war trotzdem euer Reden, euer Umherirren, euer Eifer und euer Verzicht auf die ganze Wahrheit, damit die halbe gesagt wird, damit Licht auf die eine Hälfte der Welt fällt, die ihr grade noch wahrnehmen könnt in eurem Eifer. So mutig wart ihr und mutig gegen die anderen – und feig natürlich auch und oft mutig, damit ihr nicht feige erschient. Wenn ihr das Unheil von dem Streit kommen saht, strittet ihr dennoch weiter und beharrtet auf eurem Wort, obwohl euch kein Gewinn davon wurde. Gegen ein Eigentum und für ein Eigentum habt ihr gestritten, für die Gewaltlosigkeit und für die Waffen, für das Neue und für das Alte, für die Flüsse und für die Flußregulierung, für den Schwur und gegen das Schwören. Und wißt doch, daß ihr gegen euer Schweigen eifert und eifert trotzdem weiter. Das ist vielleicht zu loben.

In euren schwerfälligen Körpern ist eure Zartheit zu loben. Etwas so besonders Zartes erscheint, wenn ihr einen Gefallen erweist, etwas Mildes tut. Viel zarter als alles Zarte von euren Frauen ist eure Zartheit, wenn ihr euer Wort gebt oder jemand anhört und versteht. Eure schweren Körper sitzen da, aber ihr seid ganz schwerelos, und eine Traurigkeit, ein Lächeln von euch können so sein, daß selbst der bodenlose Verdacht eurer Freunde einen Augenblick lang ohne Nahrung ist.

Zu loben sind eure Hände, wenn ihr zerbrechliche Dinge in die Hand nehmt, sie schont und zu erhalten wißt, und wenn ihr die Lasten tragt und das Schwere aus einem Weg räumt. Und gut ist es, wenn ihr die Körper der Menschen und der Tiere behandelt und ganz vorsichtig einen Schmerz aus der Welt schafft. So Begrenztes kommt von euren Händen, aber manches Gute, das für euch einstehen wird.

Zu bewundern ist auch, wenn ihr euch über Motoren und Maschinen beugt, sie macht und versteht und erklärt, bis vor lauter Erklärungen wieder ein Geheimnis daraus geworden ist. Hast du nicht gesagt, es sei dieses Prinzip und jene Kraft? War das nicht gut und schön gesagt? Nie wird jemand wieder so sprechen können von den Strömen und Kräften, den Magneten und Mechaniken und von den Kernen aller Dinge.

Nie wird jemand wieder so sprechen von den Elementen, vom Universum und allen Gestirnen.

Nie hat jemand so von der Erde gesprochen, von ihrer Gestalt, ihren Zeitaltern. In deinen Reden war alles so deutlich: die Kristalle, die Vulkane und Aschen, das Eis und die Innenglut.

So hat niemand von den Menschen gesprochen, von den Bedingungen, unter denen sie leben, von ihren Hörigkeiten, Gütern, Ideen, von den Menschen auf dieser Erde, auf einer früheren und einer künftigen Erde. Es war recht, so zu sprechen und so viel zu bedenken.

Nie war so viel Zauber über den Gegenständen, wie wenn du geredet hast, und nie waren Worte so überlegen. Auch aufbegehren konnte die Sprache durch dich, irre werden oder mächtig werden. Alles hast du mit den Worten und Sätzen gemacht, hast dich verständigt mit ihnen oder hast sie gewandelt, hast etwas neu benannt; und die Gegenstände, die weder die geraden noch die ungeraden Worte verstehen, bewegten sich beinahe davon.

Ach, so gut spielen konnte niemand, ihr Ungeheuer! Alle Spiele habt ihr erfunden, Zahlenspiele und Wortspiele, Traumspiele und Liebesspiele.

Nie hat jemand so von sich selber gesprochen. Beinahe wahr. Beinahe mörderisch wahr. Übers Wasser gebeugt, beinah aufgegeben. Die Welt ist schon finster, und ich kann die Muschelkette nicht anlegen. Keine Lichtung wird sein. Du anders als die anderen. Ich bin unter Wasser. Bin unter Wasser.

Und nun geht einer oben und haßt Wasser und haßt Grün und versteht nicht, wird nie verstehen. Wie ich nie verstanden habe.

Beinahe verstummt,
beinahe noch
den Ruf
hörend.

Komm. Nur einmal.
Komm.

3

Der Tod wird kommen

Unvollendet

Unsere Großmütter Anna und Elisabeth sind tot seit Jahren, und unsere Großväter Franz und Leopold sind tot, die Cousinen und Vettern wissen davon. Wir sind eine große Familie, und wir haben Tode und Geburten zu nennen, sogar Tode wie die von Dr. Kilb, unserem Arzt in Stetten, und der Mord an Dr. Bärenthal in Hausen, gehören dazu. Unsere Toten sind über mehrere Friedhöfe verstreut, unsere Allerheiligen, unsere Gedächtnistage, von einigen vergessen, werden doch immer von anderen erinnert, von Cousine Lise, und Cousine Alwina. Auf unseren Bauernhöfen und in unseren Stadtwohnungen liegen die Fotoalben mit den aufgepreßten Bildern, darin sind auch die Toten, und sogar Tote als Wickelkinder, unser Cousin Ernst, unser Cousin Mottl, der eine war zwanzig, der andere zweiunddreißig und angeheiratet, und in solchen Altern starben sie, auf den Schlachtfeldern oder bloß neben einer Weißdornhecke, überrascht auf einem Spaziergang von einer verirrten Kugel, Genaues wissen wir nicht. Unsere Trauer ist ungleich, und manche Tode haben wir sogar vergessen, Tante Mitzi zum Beispiel mußte eines Tages erinnert werden, daß Tante Marie, von einem anderen Strang der Familie, schon seit Jahren gestorben war, sie hatte es vergessen oder nie recht wahrgenommen, obwohl sie sonst sich genau auskennt, besonders in den Toden und Geburten und ihre Buchhaltung beherrscht. Und solche Vergeßlichkeiten erlaubten sich auch Wera und Angela und vor allem Eugen, die abgetrennt von der Familie leben und kaum mehr Weihnachtskarten austauschen mit ihren Mitgliedern, häufig auf Reisen oder in anderen Ländern sind und neue Familien gegrün-

det haben, von denen die Familie nur vom Hörensagen weiß.
Unsere Familie, und dies ist ihr einziges sichtbares Gesetz, ist da, wegen der Toten, wegen der Astern, der Hochzeitsservice, Likörgläser oder Besteckserien, bei Hochzeiten, und wegen der Glückwünsche, mit denen sie an bestimmten Tagen die Post belastet, zu Geburten, Taufen, Geburtstagen, Muttertagen. Unsere Familie bemächtigt sich des Todes, der Krankheit, und mögen sie ihr für immer unverständlich bleiben.
Unsere Familie hat sich des Todes von Ernst bemächtigt, der sich, wegen der begangenen Fälschungen bei einer Versicherung, erhängte, und sie hat sich des Todes von einem vierjährigen Kind, von Rikki, bemächtigt, die von den Riemen der elektrischen Futterschneide erfaßt wurde und verstümmelt wurde und zugrundeging. Unsere Familie ist nicht wir alle zusammen oder ein Strang und Familienteil, sondern ein riesiger Schwamm, ein Gedächtnis, das alle Geschichten aufsaugt [und] daraus eine eigene Geschichte macht. Und zuunterst, in ihrer Feuchtigkeit, in ihrem geschwollenen Gedächtnis, sitzt ein jeder von uns, anonym und ernährt, in seiner Anonymität.
Denn wenn der Tod uns erscheint in einer verständlichen Gestalt, so tut er es uns kund, indem er [über] einen von unserer Familie dahingeht. Wenn das weiße Kuvert im Briefkasten liegt, wenn unter der poste restante ein Trauerrand auftaucht, wenn die Nachricht an einem gewöhnlichen Briefende steht: »PS. Weißt Du, daß Onkel Karl vor zehn Tagen gestorben ist an Magenkrebs, er hatte furchtbar zu leiden, es war eine Erlösung«, dann tritt die Familie in ihre Rechte und zaubert ein Leben in ein paar Strichen vor uns hin, das Leben Onkel Karls: einmal war er in Deutschland als Arbeiter, dann heiratete er Tante Resi, Onkel Karl zupfte am Ohrläppchen, spielte abends Karten im Wirtshaus, Quartalsäufer, ging nicht zum Begräbnis, als

Großvater starb, stritt immerzu mit Onkel Hans, wegen des Gartens, wegen des Obstes, Onkel Karl hatte eine schöne Stimme, spielte Laute, und, und, und Onkel Karl, jetzt gestorben, jetzt unter Astern, vor drei Jahrzehnten mit einem Likörservice bedacht, jetzt mit einer Minute Schweigen, zwischen zwei Tätigkeiten, zwei Briefen von anderswoher, zwei Unzugehörigkeiten.
Unsere Familie, ohne Maßstab, ohne Beschränkung, setzt ihren Maßstab an die Leben, einer hat es weit gebracht, der hat es zu nichts gebracht, einer ist eine Schande für die ganze Familie, und ein anderer eine schwere Last, und geheime Nachrichten und geheime Urteile werden weitergegeben und [– – –]. Der Tod wird kommen und kein Ende setzen. Denn weil das Gedächtnis der Menschen nicht reicht, ist das Gedächtnis der Familie da, eng und beschränkt, aber ein wenig länger, ein wenig treuer. Treu aus Not, der kleinen Unsterblichkeit zuliebe, ein halbes Jahrhundert reichend, dann vergißt auch sie die Astern für die ältesten Toten, den Buchsbaum und seine Pflege. Gewissermaßen wacht die Familie auch über den Namen, ohne daß mit Bestimmtheit zu sagen wäre, warum in dieser Familie nur bestimmte Namen zugelassen sind und andere nicht. Auch die Angeheirateten richten sich danach und heißen Trude, Peter, Franz, oft Elisabeth, oft Stefanie, Josefine, Therese, wovon sie freilich nur vor Behörden und bei wichtigen Zeremonien den ganzen Namen anlegen dürfen. Der Werktagsname, der Name im Gebrauch, ist Lisi und Lisa, Steffi, Fini und Resi, die Anni, Rosi, Edi gesellen sich ihnen zu. Ein einziges Mal waren die Familiennamen in Gefahr, als sich Onkel Peter [mit] einem Fräulein, das sich Mary nannte, verlobte, im Jahre 1925 und dann noch einmal, als Cousin Ernst in seinem letzten Urlaub vor seinem Tod die Familie mit der Nachricht erschreckte, ein Mädchen namens Karin heiraten zu wollen, aus Uelzen bei Hannover. Diese Karin, die im Jahr 1957

die Anverwandten ihres toten Bräutigams besuchen kam, verliebte sich am Ende ihres Aufenthalts aber in einen deutschen Sommergast aus dem Rheinland, und fuhr mit dem Menschen Wolf-Dieter zurück in Gegenden, in denen ihr Name besser gedeihen möchte als hier.
In unserer Familie gibt es mindestens zwei Mörder und zwei Diebe und drei Dirnen, obwohl niemand dies unserer Familie ansieht, und unsere Familie hat der Geschichte und der Politik ihren Tribut gezahlt, sie hat, ohne Verabredung, in jede Partei eines ihrer Mitglieder entsandt und manchmal mehrere. Alle Ideen wurden in unserer Familie vertreten, wenngleich nicht in ihrer höchsten und formulierbarsten Form, sondern auf eine popularisierte Weise, unsere Familie trat auf den Ideen herum und bog sie sich zurecht, und eines Tages hatte sie ihre Monarchisten und Anarchisten, ihre Sozialisten, Kommunisten. Und dann kam eine Zeit, da hatte sie ihre Nazis und Antisemiten, die Wirrköpfe und ihre Plünderer und Mörder, und zugleich hatte sie auch die Opfer, und manchmal waren einige beides zugleich, wie Onkel Sepp, der eine der niedrigsten Parteinummern im Land hatte und sich im Krieg mit den Parteileuten zerstritt wegen einer Fuhre Holz und im Konzentrationslager endete, ein Opfer wovon, niemand weiß das, [– – –].
Aber unsere Familie, und das macht ihren Zauber aus, weiß gar nichts von den Ideen, die sie hat mit ausbrüten helfen, denen sie Vorschub geleistet hat, die sie miternährt hat. Unsere Familie ist ein kopfloser großer Körper, der sich durch die Zeit schleppt, dem die Glieder abgehackt werden und dem neue nachwachsen. Sie ist das kopflose Ungeheuer, für das Ministerien zuständig sind und Religionen, Sittengesetze und Gesetzbücher, und gewissermaßen ist auch unsere Familie eine heilige, denn sie wird viel im Mund geführt, sie scheint etwas Untadeliges, Göttliches zu sein, und dies alles bloß, weil sie sich verzweigt hat, weil

in den Büschen an der Gail sich zwei gepaart haben oder im Trunk Onkel Edi Tante Fini noch ein Kind gemacht hat. Dies alles befugt unsere Familie, einen Rechtsanspruch auf die Welt zu haben, diese Erde gehört ihr, und keiner würde es wagen, sie ihr streitig zu machen. Denn unsere unheilig-heilige Familie ist unwissend und unschuldig, sie ist nicht, was einzelne sind, sondern sie, die alle zusammen ist, erhebt sich stolz und trägt triumphierend unseren Namen. Ja, wir gehören ihr an, sie ist besser als wir, nicht nur eine Idee, sondern etwas Fleischgewordenes.
Tante Lisi muß in ein Altersheim gebracht werden. Cousine Rosi hat Zwillinge bekommen, zweieiig, zwei Mädchen, [sie] heißen Erna und Alwina. Gott sei gedankt für alles. Onkel Sepp [ist] zum dritten Mal im Spital, dieses Jahr. Wir seufzen, die ganze Familie seufzt durch, wenn jemand ins Spital muß. Die Familie ist in den Krankheiten wirklich eingerichtet. Krankheiten, wenn sie nicht so beseufzt und bejammert würden – müßte man annehmen, daß alle nur begierig darauf warteten, daß wieder jemand krank wird. Tante Erna muß sofort nach K. fahren, weil Rosi krank geworden ist, und die Kinder hüten. Sie schreibt allen davon, wird von Tante Lisa abgelöst, und Fanny, unsere älteste Cousine, muß zuletzt alle Kinder zu sich nehmen und durchfüttern bis Rosi gesund ist. Wenn Fanny krank ist, kommt aber nur Tante Maiza, o es gibt ungeschriebene Gesetze! In einer Familie gibt es immer einige Frauen, die alle Kinder hüten, alle Krankheiten durchmachen, alle Hilfen leisten müssen, und andere, die sich weniger beteiligen müssen, dafür aber für anderes sorgen. Unsere Cousinen Maiza und Wine zum Beispiel sorgen dafür, daß der Gesprächsstoff in der Familie über Verpöntes, Lasterhaftes nicht ausgeht. Die ganze Familie entrüstet sich unentwegt über die ältesten und neuen Geschichten unserer beiden Cousinen. Maiza hat sich scheiden lassen, ist dem Pfarrer

nachgerannt, war mit dem halben Dorf im Bett, und, nach Tante Lisa »nimmt sie jetzt keiner mehr«, seither hält sie sich die italienischen Bauarbeiter und die Reisenden, die durchs Tal kommen. Wine ist die Jüngste und hat schon zum dritten Mal ein Verhältnis mit einem verheirateten Mann. Die Familie kennt die zum Klatsch zugelassenen und die wahren Ausgaben von Wines fluchwürdigem Leben, die Familie läßt nur einen Teil der Wahrheit durchsikkern, aber unter sich ist sie um so grausamer, richterlicher, auf Einzelheiten erpicht. Jeder in der Familie wird von der Familie gerichtet, es gibt Ankläger und Verteidiger, Publikum, und jeder ist in jedem Fall etwas anderes, der Verteidiger auch manchmal Zuschauer, der Ankläger manchmal Verteidiger.

Wer Maiza anklagt, bleibt Wine gegenüber gleichgültig, nur die Älteren sind allen gegenüber streng und lassen nur die Toten sich verklären zu Leitbildern. Unsere Großväter sind verklärt und unsere Großmütter, von den Urgroßeltern aller ganz zu schweigen, denen schon die Flügel wachsen, und die von fernher ein Licht auf die schwarze [– – –].

Ab und zu, für Jahre, schämt sich ein Teil der Familie für den anderen. Unser Onkel Edi schämt sich vor seiner Frau, unsere Tante Erna für seine Familie, und unser Cousin Edi schämt sich für Onkel Edi und Tante Erna und alle ihre Kinder, sie schämen sich Fremden gegenüber, Landräten, Bezirksrichtern, Sommerfrischlern, und jeder hat seinen Grund. Onkel Edi schämt sich, weil Tante Nana Kürbisse auf dem Feld gestohlen hat, das einem Verwandten von Tante Erna gehört, und er schämt sich, weil Fredi Kommunist ist, und über den Zaun mit den Sommerfrischlern redet von »sauberer Regierung«, von den Pensionisten und »die Gehaltsempfänger« und dabei Onkel Sepp im Auge hat, der von seiner Pension lebt, und Fredi bekommt jedesmal einen roten Kopf, wenn er an die Existenz von Sepp erinnert wird, der SA-Mann war und in Jugoslawien an weiß der Himmel was für »Aktionen beteiligt war«; von Aktionen war oft die Rede, und Sepp hört auch nicht auf zu reden von den Offizieren und den Juden, die schuld waren, daß der Krieg verloren ist, und jeden Abend sagt er seinen Kindern vorm Schlafengehen: Österreich ist unser Heimatland, aber Deutschland ist unser Vaterland, und er schickt die Kinder zu einem Verein, der verboten ist, und dort lernen sie noch einmal, was er spät gelernt hat, wieder singen, Fahnen entrollen, Lagerfeuer anfachen, und Tante Resi schüttelt den Kopf, die auch davon weiß, und darum weiß eigentlich auch die ganze Familie davon, unter dem Siegel der Verschwiegenheit: es wird kein gutes Ende nehmen. Die Kinder soll er wenigstens draußenlassen. Die Kinder. Die Kinder. Tante Erna sagt, es wird schon nur halb so schlimm sein, und erzählt es weiter. Und alle erzählen weiter, daß Irg noch immer glaubt, daß Hitler lebt, und daß alles heute in den Zeitungen gelogen ist, Lug und Trug sagt auch Peter, und Hansi sagt, mit Politik will er nichts zu tun haben, Irg sagt, wenn es gegen die Russen geht, sofort wieder, er kennt die Russen, er war im Kaukasus, von unserer Familie waren fünf in Rußland, die kennen die Russen, zwei waren in Frankreich, die kennen die Franzosen, zwei waren in Norwegen und in Griechenland, die wissen alles über die Norweger und Griechen. Alle haben sie kein rechtes Vertrauen zu den Ländern, die sie kennen, und schließlich sind unsere Toten in Rußland und Griechenland und Polen und Frankreich, aber von denen erfahren wir nicht mehr, was sie denken, und Kurt und Seppi waren einmal in Italien, auf dem großen Friedhof von Aprilia und haben dort Blumen auf das Grab von Hans gelegt, sie erzählen und man erzählt weiter, daß der Friedhof sehr gut gehalten ist, sehr schön gepflegt, und riesengroß, ein mächtiger Friedhof, fast nicht zu glauben wie groß, und sehr gut gehalten.

Einen Sinn für das Große hat unsere Familie, für große Zeiten und für alles Gewaltige.
Von der Sprache aber unserer Familie, denn wie könnte man unsere Familie begreifen, wenn man ihre Sprache nicht kennte, und die ist alt und wild und stehend und zu Sprüchen gehämmert, und diese Sprache ist, wie alle Sprachen, manchmal schon längst keinem Gegenstand mehr angepaßt und manchmal ganz genau dort, wo die Poesie entspringt.
Dies ist die Sprache unserer Familie:
Fredi ist keinen roten Heller wert.
Erna hat nicht schwarz unter den Nägeln.
Was Hans sagt, hat nicht Hand und nicht Fuß.
Wir hören das Gras wachsen und da glaub ich, es beißt mich etwas und Jesus Maria und Josef, und er hat sie genommen wie die Dirn vom Tanz, und Hur bleibt Hur, vergelt's Gott, in der Not frißt der Teufel Fliegen. Unsere Familie, die plappert nach, die redet, solang der Tag hell ist, die redet und redet, in den Küchen, den Kellern, in den Gärten, auf den Äckern, man versteht gar nicht, was die soviel zu reden haben, aber die erfüllen die Welt mit ihren [– – –]. Tante Erna steht schon wieder am Zaun mit der Nachbarin, Onkel Sepp trinkt sein Budele Schnaps bei Onkel Edi im Gasthaus, sie reden, vom Heu, von heißen Wikkeln, vom Wetter, vom Schweineschlachten, von der Gemeinde, von der Pacht, von der Genossenschaft. Unsere Familie sorgt dafür, daß nichts unberedet bleibt in der Welt, und sie hat schon ihre eigene Meinung über alles, und die läßt sie sich nicht abkaufen, nur manchmal ist ihr eine Weile, sieben Jahre lang, ein Teil der Meinungen verboten worden, dann hat sie sie wieder, unsere Familie hat alle Vorurteile auf der Welt, wenn es sie nicht schon gäbe, erzeugt, alle Grausamkeiten sich ausgedacht, in unserer Familie heißt es: die oder den sollte man aufhängen oder anzeigen oder der verdient's nicht besser, und doch hat un-

sere Familie auch eine Milde, ihre Tränen, da ist schon geweint und geschluchzt worden über die Schlechtigkeit der Welt, über eine krepierte Kuh, über Tante Maria, über Maizas Unglück, unsere Familie weint am liebsten über sich selbst, über das, was ihr zustößt, kaum je über das, was andren zustößt, da hat sie Schauer, die sie genießt: habt ihr schon gehört, den Taller haben sie mit drei Stichen im Bauch gefunden, im Obertal. Unsre Familie genießt die schlechten Nachrichten, es war ihr keine Stadt genug bombardiert, keine Totenzahl zuviel, sie hat sie immer noch erhöht, sie macht aus hundert Toten fast tausend, damit der Schauer größer ist, sie räkelt [sich] und wühlt im Unglück, aber um ihr nicht Unrecht zu tun, selbst ihr eigenes Unglück steigert sie, die Schmerzen, die einer gelitten hat, werden [– – –].
In unserer Familie muß jeder irgend jemand ähnlich sehen, das ist Gesetz, schon von den kleinsten Kindern wird gesagt, wem sie ähnlich sehen, der Nona oder Onkel Hans, der in Aprilia begraben ist oder Tante Anna. Die größte Ehre wird dem erwiesen, der der Nona ähnlich sehen darf, unsrer einen Großmutter, die jedoch immer Schrecken verbreitet, wenn man von ihr spricht, die der meisten Geheimnisse unsrer Familie wert befunden wird. Hier und da deutet einer an, wie hart sie war, daß sie den Enkelkindern nie ein Stück Zucker gegeben hat, wie einsam sie und gescheiter als die anderen, wie sie Bücher gelesen hat und alles aus der Geschichte wußte, von Rudolf von Habsburg und vom Kaiser Maximilian, und dem Prinzen Eugen, und wie sie laut und deutlich in ihrem Schlafzimmer und stundenlang aus dem Geschichtsbuch las, niemand durfte zu ihr, und niemand durfte sie duzen, am Ende dachte sie, daß alle sie vergiften wollten, und daß eine Verschwörung gegen sie im Gange sei, damals hatte Tante Erna immer geweint, weil sie beinah glaubte, die anderen glauben auch, daß sie die Nona vergiften wolle, und Onkel Peter kam nie mehr

ins Haus, weil er sich das nicht gefallen ließ, als Mörder von seiner Mutter bezeichnet zu werden [– – –].
Wäre ichs wert, einer Familie anzugehören, wenn ich ihre Mörder verraten würde, ihre Diebe anzeigen würde. Es ist wohl möglich, die fremden Familien ihrer Verbrechen und Defekte zu zeihen, aber die eigene, mit ihren schwärenden Eiterbeulen, nie, die werde ich nie verraten. Und doch ist mir mehr erlaubt, an unserer Familie zu sehen als an jeder anderen. Ein großes Aug ist mir für unsere Familie gewachsen, ein großes Ohr geworden für ihre Sprachen, ein großes Schweigen mir geworden über soviel, das aus großer Nähe zu verschweigen ist.
Schweigen wir. Unsere Familie, die sich auf der Erde ausgebreitet hat, wie die Menschheit inmitten von fremden Geschöpfen, unsere Familie, von der die Welt unheilbar geworden ist.
Ich und Wir. Meine ich manchmal nicht nur mehr Wir? Wir Frauen und Wir Männer, Wir Seelen, Wir Verdammten, Wir Schiffer, Wir Blinde, Wir blinde Schiffer, Wir Wissende. Wir mit unseren Tränen, Eitelkeiten, Wünschen, Hoffnungen und Verzweiflungen.
Wir unteilbar, geteilt durch jeden einzelnen, doch Wir.
Meine ich nicht Wir, gegen den Tod gehend, Wir, von Toten begleitet, Wir Hinsinkende, Wir Vergebliche?
In soviel Momenten sind Wir. In allen Gedanken, die ich nicht mehr allein zu denken [ver]mag. In Tränen, die nicht allein um mich geweint werden mögen.
Wir wünschen Uns zum Neuen Jahr. Wir wünschen Uns, daß [es] Rosi besser gehen möge, wünschen Tante Erna einen sanften Tod. Fürchten Onkel Edi. Denken oft an Nana.
Nana, die durch die Türen huschte und die Tränke mischte, das Vieh zum Brunnen trieb. Nana, die sagte: Oh Gott, oh Gott. So fing jeder ihrer Sätze an. Nana, die wahnsinnig wurde und ans Bett gebunden werden mußte. Die in

der Irrenanstalt war, die zu verhungern fürchtete, der keiner ein Brot gab, die den Kürbis stahl auf dem Nachbarfeld. So wenig von Nana, so alles von Nana, wer war sie, ist sie, unsere Tote?
Bestraft sie nicht. Straft uns um keinen. Ein Natterngezücht, die Auserwählten, das sind wir, das einer zu zertreten wünscht und einer zu Großem will. Immer wir, ich will geliebt sein um alle.

Besichtigung einer alten Stadt

Weil Malina und ich Wien sehen wollen, das wir uns noch nie angeschaut haben, machen wir eine Fahrt mit dem AUSTROBUS. Dem Fremdenführer hängt eine Beethovenmaske um den Hals, und während wir, nach den Gesichtspunkten eines uns unbekannten Reisebüros, ein ganz neues Wien erleben, bemüht sich der Fremdenführer, englisch für die Amerikaner zu sprechen, nur uns beide sieht er mißtrauisch an, obwohl wir uns als Mr. und Mrs. Malina angemeldet haben, um mit echten Ausländern mitzudürfen. Der Fremdenführer wird schon mit allen möglichen Fremden durch Wien gefahren sein, Brasilianern, Pakistani und Japanern, denn sonst könnte er sich nicht diese gewagten Abschweifungen erlauben und an den seltsamsten Orten halten lassen. Denn zum Beispiel läßt der Mann fürs erste nur anhalten an vielen Brunnen, alle dürfen aussteigen und trinken aus dem Genienbrunnen, dem Danubiusbrunnen, im Stadtpark sogar aus der »Befreiung der Quelle«. Der Fremdenführer erklärt, das Wiener Hochleitungswasser, the most famous water in the world, müsse jeder einmal getrunken haben. Ohne Halt geht es an vielen graugrünen Barockkuppeln vorbei, die Karlskirche wird ausgelassen, die Nationalbibliothek unterschlagen, Erzherzog Karl, der Sieger, der Löwe von Aspern, wird vertauscht mit Kaiser Maximilian I. in der Martinswand, den ein Engel herausgeführt hat, nach seiner Verirrung, aus einer Tiroler Wand, und den heute der Fremdenführer kurzerhand auf ein Pferd nach Wien gesetzt hat. Vor einer Konditorei in der Inneren Stadt wird zu Malinas und meiner Verblüffung angehalten, die Amerikaner haben fünf Minuten Zeit, um sich Mozartkugeln zu kaufen, the most famous Austrian chocolates, ad gloriam and in memoriam of the most famous composer of all the times, und während die Amerikaner folgsam in eine trockene Imitation der Salzburger Mozartkugeln hineinbeißen, kreisen wir einmal um die Pestsäule, to remember the most famous and dreadful illness in the world which was stopped with the Austrian forces and prayers of Emperor Leopold I. Wir fahren rasch an der Staatsoper vorbei, where are happening the greatest singing successes and singing accidents in the world, und besonders rasch geht es am Burgtheater vorbei, where are happening every evening the oldest and most famous dramas and murderings in Europa. Vor der Universität geht dem Fremdenführer der Atem aus, er erklärt sie eilig zum oldest museum of the world und deutet erleichtert auf die Votivkirche, which was built to remember the salvation from the first turkish danger and the beaten turks left us the best coffee and the famous viennese breakfast Kipfel, to remember. Er flüstert mit dem Fahrer, mit dem er im Bund ist, und es wird aus der Stadt hinausgefahren. Denn wegen einer Einsturzgefahr müßten wir den Stephansdom vermeiden, die Pummerin sei gerade ausgeliehen nach Amerika und werde auf einer Wanderausstellung gezeigt, das Riesenrad sei leider in einer der größten deutschen Firmen, zum Umbau, um vergrößert zu werden für die künftigen, immer größer werdenden Ansprüche. Der liebe Gott wird im Vorüberfahren gezeigt, er hat eine Ruhebank im Lainzer Tiergarten. In Schönbrunn wird endlich eine Rast gemacht, und scheu bewundern alle den Doppelgänger des Friedenskaisers, der sein 70jähriges Regierungsjubiläum hinter sich hat und einsam, würdevoll, spazieren geht im Park. Er hat es nicht gewollt. Es ist ihm nichts erspart geblieben. Der Fremdenführer blättert in seinem Notizblock, er hat endlich die Stelle gefunden: An meine Völker! Der Fremdenführer sieht hilfesuchend zu Malina und mir, er hat schon einen Verdacht, denn er weiß offenbar nicht, wie er die drei Worte übersetzen soll. Aber Malina schaut den Mann unbewegt an. Der Fremdenführer fragt: is something wrong, Sir? Malina lächelt und antwortet in seinem besten Englisch: oh, no, it's extremely interesting, I'm interested in history, I love culture, I adore such old countries like yours. Der Fremdenführer verliert einen Verdacht, er rettet sich in einen anderen Satz, Wednesday of July 29th 1914 the Emperor of the most famous Empire in the world spoke to his nineteen peoples and declared that in the most earnest hour of the greatest decision of our time before the Almighty, he is conscious. Eine kleine Miss ruft: Gosh! sie will nicht glauben, daß ein so kleines Land einmal ein großes Land war, sie war auf eine Operette gefaßt, auf Grinzing, auf die schöne blaue Donau. Unser Fremdenführer weist die hübsche kleine Amerikanerin zurecht: this was the biggest country which ever existed in the world and it gave a famous word, in this country the sun never goes down. Malina sagt hilfreich: the sun never set.

Aber bald wird es wieder friedvoll, ein Anarchist hat Frau Romy Schneider getötet, in Korfu und in Miramar tagen Konferenzteilnehmer zahlloser Konferenzen, Madeira nimmt einen Aufschwung durch Kreuzfahrten. Der Fremdenführer lenkt ins Gemütvolle, er leistet sich einen Walzertraum, der weiße Flieder blüht wieder und auch im Prater blühen wieder die Bäume, der Kronprinz Rudolf lernt Madame Catherine Deneuve kennen, die gottlob im AUSTROBUS jeder kennt. In Mayerling stehen wir im Regen herum, der strengste Nonnenorden wacht über einem kleinen Waschtisch, der gezeigt werden darf, es sind keine Blutflecken zu sehen, denn der Trakt mit dem Zimmer ist, auf allerhöchsten Befehl, vor einem halben Jahrhundert niedergerissen worden und durch eine Kapelle ersetzt. Nur eine Nonne darf mit uns sprechen, alle anderen Nonnen beten für sie, bitten für sie. Die Nacht bricht herein. Wir haben für unser Geld noch nicht alles bekommen, Vienna by night steht uns noch bevor. Im ersten Lokal treten die Zigeunerbarone und die Csárdásfürstinnen auf und werden begeistert beklatscht, es gibt zwei Gläser Wein für jeden, im zweiten Lokal lungern die langhaarigen Bettelstudenten herum und die Vogelhändler gehen jodelnd von Tisch zu Tisch, es gibt ein Glas deutschen Sekt für jeden, die Amerikaner kommen mehr und mehr in Stimmung, wir ziehen durch die Innere Stadt, von einem Land des Lächelns ins andere, ein älterer Amerikaner belästigt im Übermut die lustige Witwe. Um fünf Uhr früh sitzen wir alle vor einer Gulaschsuppe, auch der Fahrer vom AUSTROBUS ist mit von der Partie. Der Fremdenführer schenkt versöhnt der kleinen Miss die Beethovenmaske, und alle singen Die Geschichten aus dem Wiener Wald mit, der Fremdenführer und der Fahrer versuchen sich allein im Wiener Blut. Endlich stellt sich heraus, daß nur der Fahrer wirklich eine prächtige Stimme hat, und alle wollen, daß er etwas allein singt, für ihn gibt es kein Halten. Wien, Wien, nur du allein! Malina ist am Ende seiner Kräfte, ich fühle es von ihm auf mich übergehen, er schiebt dem Fahrer ein Trinkgeld zu, der mir zuzwinkert und mich jetzt als einziger durchschaut hat, er läßt mich nicht aus den Augen, kümmert sich keinen Deut um die junge Amerikanerin, und singt zu Malina hin: Grüß mir die lachenden, reizenden Frauen im schöööönen Wien! Your husband doesn't like music? fragt der Fremdenführer aufmerksam, und ich sage verwirrt: not so late, not so early in the morning. Malina fängt mit dem älteren Amerikaner übereifrig zu reden an, er gibt vor, an einer Universität im Mittelwesten europäische Geschichte zu dozieren, er sei überrascht von seinem ersten Aufenthalt in Wien, es gebe hier so vieles zu bemerken, was noch niemals bemerkt worden ist, auch wie hier allerorten das Abendland schon gerettet wird, hier allein gebe es noch diese sagenhafte Tradition, Apollo, Tha-

lia, Eos, Urania, dem Phönix, ja, sogar dem Kosmos sind hier Kinos gewidmet, Eden ist sogar ein Nachtlokal, für Diana wird mit einer leichten Damenfilterzigarette wieder geworben, Memphis wird von einer Konkurrenzfirma ins Gedächtnis gerufen. Ich denke an unsere Apostolischen Kaiser und flüstere Malina zu: ich glaube, der Mann hat sich einfach nicht getraut zu sagen, daß sie zu Semmeln verbacken und in Schmarren zerrissen worden sind. Der Amerikaner, der sich zu Missouri bekennt, prostet Malina zu, in dem er einen feinen guy erkennt, der seine Beobachtungen und sein Wissen übers große Wasser in die Wildnis tragen wird.
Gestärkt von der Gulaschsuppe und den Liedern, erinnert der Fremdenführer daran, daß es noch nicht in die Betten, sondern unbarmherzig weitergehe, denn es ist bereits heller Tag.
Ladies and Gentlemen! Our trip will finish in the Kapuzinergruft. Die Amerikaner sehen einander fragend und enttäuscht an. Einige wären lieber in den Prater gegangen, aber am Morgen gibt es keinen Prater und auch keinen Heurigen, und wir halten schon vor der Kapuzinerkirche und müssen fröstelnd und übernächtig hinunter in die Gruft. Here you can see the most famous collection in the world, the hearts of all the habsburgian emperors and empresses, archdukes and archduchesses. Eine betrunkene alte Amerikanerin fängt zu lachen an, die kleine Miss läßt die Beethovenmaske fallen und schreit: Gosh! Wir möchten alle heraus aus den Grüften, der ältere Amerikaner, dem noch die lustige Witwe gefallen hat, muß sich übergeben. Der Fremdenführer findet es einen Skandal und flucht, aber nicht mehr auf englisch, die Ausländer seien eben alle nur auf ein Vergnügen aus, von Kultur keine Ahnung, Ehrfurcht überhaupt keine, es wäre sein Beruf einfach der undankbarste Beruf von der Welt, für ihn wirklich kein Vergnügen, diese Barbaren haufenweise durch die

Wiener Tage und Wiener Nächte zu führen. Er treibt seine Herde zurück in den Bus. Malina und ich steigen nicht ein, wir bedanken uns und behaupten, wir hätten nur ein paar Schritte zu unserem Hotel, und gehen schweigend, eingehängt, eng aneinander gedrängt zum nächsten Taxistand. Im Taxi sprechen wir kein Wort, Malina ist am Einschlafen, und zuhause, in der Ungargasse sage ich: das war doch deine Idee. Malina sagt erschöpft: ich bitte schon sehr, das war wieder einmal deine Idee.

4 Simultan

Simultan

Bože moj! hatte sie kalte Füße, aber das mußte endlich Paestum sein, es gibt da dieses alte Hotel, ich versteh nicht, wie mir der Name, er wird mir gleich einfallen, ich habe ihn auf der Zunge, nur fiel er ihr nicht ein, sie kurbelte das Fenster herunter und starrte angestrengt seitwärts und nach vorne, sie suchte den Weg, der nach rechts, credimi, te lo giuro, dico a destra, abbiegen mußte. Dann war es also das NETTUNO. Als er an der Kreuzung verlangsamte und den Scheinwerfer aufblendete, entdeckte sie sofort das Schild, angeleuchtet im Dunkel, unter einem Dutzend Hotelschildern und Pfeilen, die zu Bars und Strandbädern wiesen, sie murmelte, das war aber früher ganz anders, hier war doch nichts, einfach nichts, noch vor fünf sechs Jahren, nein wirklich, das ist doch nicht möglich.

Sie hörte den Kies knirschen unter den Rädern und Steine zurückschlagen gegen die Karosserie, blieb zusammengesunken sitzen, massierte sich den Hals, streckte sich dann gähnend, und als er zurückkam, sagte er, damit sei es nichts, sie müßten in eines der neuen Hotels gehen, hier überzogen sie nicht einmal mehr die Betten, es gab keine Gäste mehr für alte Hotels neben Tempeln, inmitten von Rosen und unter Bougainvilleen, und sie war enttäuscht und erleichtert, es sei ihr übrigens auch völlig gleichgültig, todmüde, wie sie sei.

Im Fahren hatten sie wenig miteinander reden können, auf der Autobahn war immer dieses scharfe Geräusch da, vom Wind, von der Geschwindigkeit, das beide schweigen ließ, nur vor der Ausfahrt in Salerno, die sie eine Stunde lang nicht finden konnten, gab es dies und jenes zu bemerken, einmal französisch, dann wieder englisch, italienisch konnte er noch nicht besonders gut, und mit der Zeit nahm sie den alten Singsang wieder an, sie melodierte ihre deutschen Sätze und stimmte sie auf seine nachlässigen deutschen Sätze ein, wie aufregend, daß sie wieder so reden konnte, nach zehn Jahren, es gefiel ihr mehr und mehr, und nun gar reisen, mit jemand aus Wien! Sie wußte bloß nicht, was sie deswegen einander zu sagen hatten, nur weil sie beide aus dieser Stadt kamen und eine ähnliche Art zu sprechen und beiseite zu sprechen hatten, vielleicht hatte sie auch nur, nach einem dritten Whisky auf der Dachterrasse im Hilton, geglaubt, er bringe ihr etwas zurück, einen vermißten Geschmack, einen fehlenden Tonfall, ein geisterhaftes Gefühl von einem Daheim, das nirgends mehr für sie war.

Er hatte in Hietzing gewohnt, dann brach er ab, etwas mußte also noch in Hietzing geblieben sein, schwer auszusprechen, und sie war aufgewachsen in der Josefstadt, Wickenburggasse, dann kam das unvermeidliche namedropping, sie tasteten das Wiener Terrain ab, fanden aber keine gemeinsamen Leute, die ihnen weitergeholfen hätten, die Jordans, die Altenwyls, von denen wußte sie natürlich, wer die waren, aber kennengelernt, nie, die Löwenfelds kannte sie nicht, Deutschs auch nicht, ich bin schon zu lange weg, mit neunzehn bin ich weg, ich spreche nie mehr deutsch, nur wenn es gebraucht wird, dann natürlich, aber das ist etwas anderes, für den Gebrauch. Auf dem römischen Kongreß hatte sie zuerst Mühe gehabt, eigentlich eher Lampenfieber, wegen Italienisch, es war dann aber sehr gut gegangen, für ihn war das natürlich unbegreiflich, wenn man, wie sie, so viele Diplome in der Tasche hatte, sie erwähne es auch nur, weil sie einander sonst nie kennengelernt hätten und sie doch keine blasse, nicht einmal die blasseste Ahnung, eben nach dieser Überanstrengung und mit allen Gedanken woanders, in dieser Hilton-Pergola danach, und er in der FAO brauchte also nur Englisch und Französisch, so? und Spanisch konnte er recht gut lesen, aber wenn er nun in Rom bleiben wollte, dann war es doch ratsam, und er schwankte zwischen Privatstunden und einem Italienischkursus, den die FAO organisierte.

Er war einige Jahre lang in Rourkela gewesen und zwei Jahre in Afrika, in Ghana, dann in Gabun, länger in Amerika selbstverständlich, sogar ein paar Jahre zur Schule dort gegangen, während der Emigration, sie irrten beide die halbe Welt ab, und am Ende wußten sie ungefähr, wo sie, von Zeit zu Zeit, gewesen waren, wo sie gedolmetscht und er etwas erforscht hatte, was denn bloß? fragte sie sich, aber sie fragte es nicht laut, und sie kehrten aus Indien wieder nach Genf zurück, wo sie studiert hatte, zu den ersten Abrüstungskonferenzen, sie war sehr gut, sie wußte es auch, sie wurde hoch bezahlt, zu Hause hätte sie es nie ausgehalten mit ihrem Selbständigkeitsdrang, es ist eine so unglaublich anstrengende Arbeit, aber ich mag das eben trotzdem, nein, heiraten, nie, sie würde ganz gewiß nie heiraten.

Die Städte wirbelten auf in der Nacht, Bangkok, London, Rio, Cannes, dann wieder Genf unvermeidlich, Paris auch unvermeidlich. Nur San Francisco, das bedauerte sie lebhaft, no, never, und gerade das hatte sie sich immer gewünscht, after all those dreadful places there, und immer nur Washington, grauenhaft, ja, er auch, er hatte es auch grauenhaft gefunden und er könnte dort nicht, nein sie auch nicht, dann schwiegen sie, ausgelaugt, und nach einer Weile stöhnte sie ein wenig, please, would you mind, je suis terriblement fatiguée, mais quand-même, c'est drôle, n'est-ce pas, d'être parti ensemble, tu trouves pas? I was flabbergasted when Mr. Keen asked me, no, of course not, I just call him Mr. Keen, denn er schien immerzu keen auf etwas zu sein, auch auf sie während der Party im Hilton, but let's talk about something more pleasant, I utterly disliked him.

Mr. Keen, der nicht so hieß und der Mr. Ludwig Frankel in der FAO-Hierarchie im Weg stand, war vor den Bahnschranken von Battipaglia ein Gegenstand gemeinsamen Interesses, erwies sich aber auch als wenig ergiebig, da sie ihn ja nur einmal gesehen hatte und Mr. Frankel ihn auch erst seit drei Monaten um sich und über sich hatte, einen hemdsärmeligen Amerikaner, un casse-pied monolingue, emmerdant, aber, wie er sich ohnmächtig zugeben mußte, sonst ein ganz entwaffnend hilfsbereiter und argloser Mensch. Sie mußte noch einmal mißbilligen und weiterreden, I couldn't agree more with you, I was just disgusted, the way he behaved, und was hatte der Mann sich eingebildet mit seinen gut und reichlich fünfzig Jahren und einer schon kaum mehr zu übersehenden Glatze unter den dünnen Haaren, und sie fuhr ihrem Mr. Frankel durch die vielen dunklen Haare und legte ihm die Hand auf die Schulter.

Er war nicht geschieden, das nicht, aber in der Scheidung, die eine Frau Frankel in Hietzing und er nur langsam betrieben, er war sich noch immer nicht schlüssig, ob eine Scheidung das Richtige war. Bei ihr wäre es fast bis zu einer Heirat gekommen, aber kurz davor doch auseinandergegangen, und über das Warum hatte sie jahrelang nachgedacht, und nie kam sie auf den Grund, nie vermochte sie einzusehen, was damals vorgefallen war. Als sie am Lido von Paestum hielten und sie wieder im Auto wartete, während er sich in den neuen Hotels umsah und verhandelte, fiel es ihr halbwegs ein, denn es hatte niemand Dritten gegeben und keine Zerrüttung, so etwas gab es jedenfalls nicht für sie, so was würde sie niemals zugelassen haben, obwohl sie Leute kannte, denen ekelhafte Dinge passierten oder die in theatralischen Vorstellungen dachten oder vielleicht brockten die sich solche Geschichten einfach ein, damit sie etwas erlebten, how abominable, wie geschmacklos, alles, was degoutant war, hatte sie in ihrer Nähe nie aufkommen lassen, nur gegangen war es doch nicht, weil sie ihm nicht zuhören konnte, höchstens wenn sie beisammen lagen und er ihr wieder und wieder versicherte, wie sehr ihm dies und jenes an ihr, und er gab ihr viele winzige Namen, die anfingen mit: ma petite chérie, und sie ihm viele große Namen, die endeten mit: mon grand chéri, und sie waren ineinander verhängt gewesen, leidenschaftlich, sie hing vielleicht noch heute an ihm, das war der beste Ausdruck dafür, an einem zu einem Schemen gewordenen Mann, aber wenn sie damals aufgestanden waren am späten Vormittag oder am späten Nachmittag, weil man doch nicht immerzu aneinander hängen konnte, dann redete er von etwas, was sie nicht interessierte, oder er erzählte ihr, wie jemand, der verkalkt ist, und er konnte doch nicht mit dreißig schon an einer schweren Arteriosklerose leiden, drei oder vier wichtige Ereignisse aus seinem Leben und gelegentlich noch einige kleinere Begebenheiten, sie kannte sie alle nach den ersten Tagen auswendig, und gesetzt den Fall, sie hätte, wie andere, die ihr Privatleben den Gerichten dieser Welt auslieferten, vor einen Richter treten müssen, um sich zu verteidigen oder um anzuklagen, so wäre weiter nichts herausgekommen, als daß es eine Zumutung für einen Mann war, wenn eine Frau ihm nicht zuhörte, aber auch eine Zumutung für sie, weil sie ihn anhören mußte, denn meistens hatte er sie belehrt oder ihr etwas erklärt, das Thermometer und das Barometer, wie Eisenbeton hergestellt wurde und wie Bier, was der Raketenantrieb war und warum Flugzeuge fliegen, wie die Situation in Algerien früher und danach war, und sie, mit ihren riesigen kindlich aufgerissenen Augen, hatte getan, als hörte sie zu, in Gedanken immer woanders, bei ihm und ihrer Empfindung für ihn, Stunden zurück oder um Stunden voraus, nur im Augenblick konnte sie nichts für ihn aufbringen, schon gar nicht Aufmerksamkeit, und erst jetzt, viele Jahre zu spät, kam aus ihr die Antwort auf eine unwichtig gewordene Frage, auf ein immer leiseres, fast schon erlöschendes Warum. Die Antwort kam, weil sie sie nicht französisch suchte, sondern in ihrer eigenen Sprache, und weil sie jetzt mit einem Mann reden konnte, der ihr die Sprache zurückgab und der, dessen war sie sicher, terribly nice war, sie hatte nur noch kein einziges Mal Ludwig zu ihm gesagt, weil seine Freunde und seine Familie ihn unmöglich so nennen konnten. Sie überlegte, wie sie diese drei oder vier Tage lang ohne seinen Vornamen auskommen könne, sie würde einfach darling oder caro oder mein Lieber sagen, und als er die Wagentür auf ihrer Seite aufmachte, hatte sie schon verstanden und stieg aus, er hatte also zwei Zimmer im selben Stockwerk gefunden. Er suchte ihr die Tasche, das Kopftuch und das Plaid heraus, und eh der Hausdiener kam, überfiel sie ihn von hinten, umarmte ihn ungeschickt und sagte heftig, I'm simply glad we've met, you are terribly nice to me, and I do not even deserve it.

Im Speisesaal, in dem abgeräumt wurde, waren sie die letzten, mit der letzten lauen Suppe. Dieser panierte Fisch, ist das Kabeljau, tiefgefroren? Sie stocherte lustlos in dem Fisch herum, haben die hier keine Fische mehr, mit dem Mittelmeer vor der Tür? In Rourkela, da hatte man das Gefühl gehabt, wirklich etwas tun zu können, es war seine beste Zeit gewesen, in Indien, trotz allem, er zog mit der Gabel über das weiße Tischtuch die Eisenbahnlinie Calcutta–Bombay, ungefähr hier mußt du es dir vorstellen, praktisch haben wir mit einem Bulldozer angefangen und selbst die ersten Baracken gebaut, nach drei Jahren spätestens ist jeder völlig verbraucht, ich bin genau 21 mal hin- und hergeflogen zwischen Calcutta und Europa, und dann hatte ich genug. Als der Wein doch noch gebracht wurde, erläuterte sie es nachsichtig, sie waren immer zu zweit in einer Kabine, nicht wie Pilot und Co-Pilot, nein, natürlich nur, um sofort wechseln zu können nach zwanzig Minuten, das war die vernünftigste Zeit, länger konnte man nicht übersetzen, obwohl man manchmal dreißig oder gar vierzig Minuten aushalten mußte, der reine Wahnsinn, an den Vormittagen ging es noch, aber nachmittags wurde es immer schwerer, sich zu konzentrieren, es war dieses fanatisch genaue Zuhören, dieses totale sich Versenken in eine andere Stimme, und ein Schaltbrett war ja einfach zu bedienen, aber ihr Kopf, just imagine, t'immagini! In den Pausen trank sie aus einer Thermosflasche warmes Wasser mit Honig, jeder hatte seine eigene Methode, sich über den Tag zu bringen, aber am Abend kann ich kaum noch die Zeitung in der Hand halten, es ist wichtig, daß ich regelmäßig alle großen Zeitungen lese, ich muß den Wendungen auf der Spur bleiben, den neuen Ausdrücken, aber die Terminologien, das gerade war das wenigste, da gab es die Berichte, die Listen, die mußte sie vorher auswendig lernen, Chemie mochte sie nicht, Landwirtschaft sehr, Flüchtlingsprobleme, das ging, wenn sie für die Vereinten Nationen arbeitete, aber Unions des Postes Universelles und International Unions of Marine Insurance, das waren ihre letzten Alpträume gewesen, die mit nur zwei Sprachen hatten es eben leichter, sie aber, sie lernte schon frühmorgens, wenn sie ihre Atemübungen und ihre Gymnastik machte, sie war einmal in einem Krankenhaus gewesen, wo ein Arzt ihr das Autogene Training beigebracht hatte, und sie wandelte das jetzt für sich ab, nicht sehr orthodox, aber es half ihr sehr. Es ist mir damals sehr schlecht gegangen.

Mr. Frankel, dem es offenbar nie schlecht gegangen war, wunderte sich aber nicht, daß sie öfters schloß mit einem Satz: damals ist es mir gar nicht gut gegangen. Oder: damals ist es mir schlecht gegangen. Actually, basically, was man schon so perfekt nannte, als ob es das geben könnte! Eine Russin, eine ältere Frau übrigens, die bewunderte sie am meisten, sie hatte dreizehn Sprachen, she really does them, siehst du, ich weiß nicht, wie ich es sagen soll, gestand sie verwirrt, mit der Zeit wolle sie eine Sprache fallenlassen, Russisch oder Italienisch, es zerstört mich, ich komme ins Hotel, trinke einen Whisky, kann nichts mehr hören, nichts sehen und sitze ausgewrungen da, mit meinen Mappen und Zeitungen. Sie lachte, da war dieser Zwischenfall in Rio gewesen, nicht mit der Russin, mit einem Jungen von der sowjetischen Delegation, der mitkontrollierte, denn ihr Co-Dolmetscher hatte übersetzt, der amerikanische Delegierte sei ein silly man, und nun bestanden die todernst darauf, daß durak stupid heiße, nicht mehr und nicht weniger, und sie hatten alle etwas zum Lachen gehabt, ja manchmal sogar das.

Deutsch, das ist doch schon im Verschwinden, sagte er, uns kommt es jedenfalls so vor, aber ob das auch die anderen schon zu merken anfangen, was meinst du? Als sie im Gehen waren, fing er wieder an: was meinst du, wird es einmal eine einzige Sprache geben? Sie hörte nicht zu oder hörte es wirklich nicht, und auf der Stiege lehnte sie sich an ihn, tat, als könnte sie kaum mehr gehen, und er zog sie mit sich. Tu dois me mettre dans les draps tout de suite. Mais oui. Tu seras gentil avec moi? Mais non. Tu vas me raconter un tout petit rien? Mais bien sûr, ça oui.
Er sah noch einmal in ihr Zimmer, fragte leise: Nadja, Nadja? und schloß fast geräuschlos die Tür, ging zurück in sein Zimmer, in dem sie eben noch gewesen war, und fand das Bett noch warm und mit ihrem Geruch vor, sie hatte es

ihm schon bei der Abreise in Rom gesagt, sie könne nicht mehr, nach einem Schock, seit langer Zeit schon, später würde sie es ihm erklären, mit jemand in einem Zimmer oder gar in einem Bett schlafen, und er war erleichtert gewesen, daß sie ihm mit dieser Geschichte gekommen war, denn er hatte auch nicht die geringste Lust, war viel zu nervös und Alleinsein zu sehr gewohnt. In diesem Hotel, trotz der Steinböden, krachte es nun, die Terrassentür bewegte sich greinend, ein Moskito sirrte im Zimmer, er rauchte und rechnete, seit drei Jahren war ihm das nicht mehr passiert, nichts, was von der Gewohnheit abwich, und mit einer wildfremden Person, Hals über Kopf, ohne jemand ein Wort zu sagen, das Wetter war bedenklich und eine entsetzliche Öde in ihm, der Moskito stach jetzt zu, er schlug sich auf den Hals und traf ihn wieder nicht, hoffentlich will sie morgen diese Tempel nicht sehen, wenn sie sie doch schon zweimal gesehen hat, morgen früh gleich weiter, in ein kleines Fischerdorf am besten, ein ganz kleines Hotel, weg von diesem Touristenstrom, weg von allem, und wenn das Bargeld nicht reichte, er hatte sein Scheckheft, aber ob die in diesen Nestern überhaupt wußten, was ein Scheck war, jedenfalls hatte er eine CD-Nummer, die nie ihre Wirkung verfehlte, und die Hauptsache war schließlich, daß es zwischen ihnen beiden ging, nichts komplizierte sich mit ihr, und in einer Woche würde sie nach Holland verschwunden sein, seine einzige Betroffenheit rührte daher, daß er sie, vor einer Woche in Rom, an diesem Samstag, so bekommen hatte, als könnte etwas Einfaches sich wiederherstellen in seinem Leben, eine in Vergessenheit geratene schmerzliche Freude, von der er ein paar Tage lang so verwandelt war, daß auch die Leute in der FAO etwas merkten, zwischen well well, okay okay, you got that? er drückte die Zigarette aus, die Schläfrigkeit, kaum da, wurde zerstreut durch eine Musik, die über den Gang getragen wurde, STRANGERS IN THE NIGHT, nebenan wurden Zimmertüren aufgesperrt, und in ihm verwirrte sich der Titel zu TENDER IS THE NIGHT, er mußte das Beste aus diesen Tagen machen, im Waschbecken gurgelte plötzlich das Wasser, röhrte, er schrak wieder auf, jetzt redeten die nebenan laut, ein unmögliches Hotel, diese zitternde Unruhe in der Nacht, lo scirocco, sto proprio male, in Calcutta oder wo hatte das angefangen, und jetzt in Rom kam die Beklemmung immer häufiger, the board, the staff, das neue Projekt, tired, I'm tired, I'm fed up, er nahm doch, im Dunkeln danach tastend, das Valium 5, I can't fall asleep anymore without it, it's ridiculous, it's a shame, but it was too much today, dieses Gehetze und die Bank schon geschlossen, aber er wollte weg aus der Stadt mit ihr, she is such a sweet und gentle fanciulla, not very young but looking girlish as I like it, with these huge eyes, and I won't have me hoping that it's possible to be happy, but I couldn't help that, I was immediately happy with her.

Sie gingen rasch bis zum zweiten Tempel und, nach einem Blickwechsel, kehrten sie vor dem dritten um. Er hielt den Reiseführer aufgeschlagen in der Hand, las gedankenlos einen Absatz, aber da sie nichts wissen wollte, erklärte er ihr besser nichts. Sie schlenderten zu dem Garten des NETTUNO, in dem viele verlassene Liegestühle standen, suchten sich einen Platz, von dem aus man die Tempel sehen konnte, bestellten Kaffee und redeten. Es ist ein so absonderliches Jahr heuer, er gab ihr recht, es war bestimmt Schirokko, es ist sonderbar und drückend, immer ist es zu heiß oder zu kalt oder zu schwül, wo ich auch bin, es ist sonderbar, nun ging das schon so jahraus, jahrein. Tu es sûr qu'il s'agit des phénomènes météorologiques? etwas Kosmisches? moi non, je crains plutôt que ce soit quelque chose dans nous-mêmes qui ne marche plus. Griechenland war auch nicht mehr, was es damals oder gestern gewesen war, es war überhaupt nichts mehr, wie man es zuerst, vor zehn, fünfzehn Jahren kennengelernt hatte, und wenn er sich gar vorstellte, was in zwei Jahrtausenden passiert war, wo er kaum fähig war, diese kleine Zeitspanne und seine eigene Geschichte zu übersehen und sich vorzuhalten, kam es ihm überwältigend und irrsinnig vor, daß man hier einfach Kaffee trinken und zugleich auf griechische Tempel schauen konnte – come fosse niente, fiel sie ein, und er verstand nicht, was sie denn von seinem Gedankengang erraten konnte, den er für sich behielt und selber nicht recht begriff. Mit wem sie diese Tempel früher gesehen hatte, das ging ihn selbstverständlich nichts an, aber warum sie sie auf einmal nicht mehr sehen will? Er war bestimmt nicht der Grund dafür, es mußte etwas anderes sein, aber sie redete über alles und jedes hinweg, und was er bisher von ihr wußte, war etwas von einem Schock, but who cares, und daß es ihr öfters schlechtgegangen war.

Noch als er sie in Rom im Hotel abgeholt hatte, war ihr der Aufbruch wie der in ein übliches Abenteuer vorgekommen, aber je weiter sie sich entfernte von ihrem Standplatz, der wichtiger für sie war als für andere ein Zuhause und von dem ein Sich-Entfernen daher viel heikler ist, desto unsicherer fühlte sie sich. Sie war keine selbstsichere Erscheinung mehr in einer Halle, in einer Bar, entworfen von VOGUE oder GLAMOUR, zur richtigen Stunde im richtigen Kleid, fast nichts mehr deutete auf ihre Identität hin, sie sah aus wie eine beliebige Person mit ihren verwaschenen Blue jeans und der zu knappen Bluse, mit einem Koffer und einer Badetasche, er hätte sie ebensogut auf der Straße aufgelesen haben können. Damit er nicht merkte, wie sie es fürchtete, auf ihn angewiesen zu sein, bemühte sie sich, ihn fühlen zu lassen, daß es ohne ihre Ortskenntnisse und Orientierungskünste nicht ging. Sie blätterte in den Straßenkarten, die alle nicht mehr neu waren und überholt, unterwegs, an einer Tankstelle, kaufte sie noch eine Karte über den Küstenabschnitt, die dann wieder nicht stimmte, aber er wollte es nicht glauben, chauffierte mit der linken Hand und dem linken Auge, um auch in die Karte schauen zu können, und sie durfte sich nicht aufregen, weil er nicht wissen konnte, daß sie besser als jeder Portier, jeder Angestellte in einem Reisebüro und jede Auskunft in Kursbüchern, Straßenkarten und Flugplänen zu lesen verstand, alles, was mit Verbindungen und Anschlüssen zusammenhing, war doch ihr Leben, und als er nun ihre Gereiztheit und ihren Unmut merkte, zog er sie zum Scherz am Ohr, non guardare così brutto. Du, ich brauch meine Ohren, veux-tu me laisser tranquille! Sie verschluckte ein »chéri«, weil das einmal Jean Pierre gehört hatte, sie rieb sich beide Ohren, wo sonst ihre Kopfhörer anlagen, ihre Schaltungen automatisch funktionierten und die Sprachbrüche stattfanden. Was für ein seltsamer Mechanismus war sie doch, ohne einen einzigen Gedanken im Kopf zu haben, lebte sie, eingetaucht in die Sätze anderer, und mußte nachtwandlerisch mit gleichen, aber anderslautenden Sätzen sofort nachkommen, sie konnte aus »machen« to make, faire, fare, hacer und delat' machen, jedes Wort konnte sie so auf einer Rolle sechsmal herumdrehen, sie durfte nur nicht denken, daß machen wirklich machen, faire faire, fare fare, delat' delat' bedeutete, das konnte ihren Kopf unbrauchbar machen, und sie mußte schon aufpassen, daß sie eines Tages nicht von den Wortmassen verschüttet wurde.

Nachher: die Hallen in den Kongreßgebäuden, die Hotelhallen, die Bars, die Männer, die Routine, mit ihnen umzugehen, und viele lange einsame Nächte und viele zu kurze und auch einsame Nächte, und immer diese Männer mit ihren Wichtigkeiten und ihren Witzen zwischen den Wichtigkeiten, die entweder verheiratet und aufgedunsen und betrunken waren oder zufällig schlank und verheiratet und betrunken oder ganz nett und arg neurotisch oder sehr nett und homosexuell, sie dachte da besonders an Genf. Sie sprach wieder von der ersten Zeit in Genf, dem unvermeidlichen, und einigermaßen könne sie verstehen, was er am Morgen im Garten gedacht habe, denn wenn man einen kleinen Zeitraum ansehe, oder einen großen, wofür es bei ihr, zugegeben, nicht ganz reichte, wenn das für ihr kurzes Leben galt, was allein in Genf geschehen war und auch nicht geschehen war, dann war das eben nicht zu fassen, und wo nehmen die anderen Menschen bloß die Fassungskraft her, ich weiß nur, bei mir wird sie immer schwächer, ich bin entweder zu nahe daran, durch die Arbeit, oder wenn ich weggehe und mich in ein Zimmer einschließe, zu fern, ich kann es nicht fassen. Er legte ihr die Hand zwischen die Beine, und sie sah geradeaus, als merkte sie es nicht, aber wenn er es nicht tat, sie vergaß und sich auf das Fahren konzentrierte, forderte sie ihn heraus, und er schlug ihr auf die Hand, come on, you just behave, you don't want me to drive us into this abyss, I hope. Es ging sie beide wirklich nichts an, was in diesen Tagen geschah in der Welt, wie sich alles veränderte und warum es immer auswegloser wurde, er hatte nur darauf zu achten, daß sie die Abzweigung nach Palinuro fanden, auf nichts sonst, und auf diese fremde Frau mußte er achten, mit der er aus der Welt herausfuhr, er ärgerte sich nur, daß sein Kopf nichts verdrängte, was er hinter sich lassen wollte, ja, er wollte heraus für eine Weile, mit einer großen Wut, weil diese Tage ihm und nicht Food and Agriculture gehörten und weil ihm sowieso zu seinem Leben nichts mehr einfiel, weil er es durchschaute, wie die anderen es fertigbrachten, so zu tun, als wüßten sie, was sie wollten, alle, die er kannte, mit ihren Geschichten, ob sie nun halb wahr oder halb erlogen waren, bemitleidenswert, komisch oder irrsinnig, lauter gescheiterte Existenzen, die sich höher drängten, in immer bessere Stellungen, von P 3 zu P 4, um ehrgeizig nach dem P 5 zu schielen, oder die steckenblieben oder nach unten fielen, als wäre im Steigen und Fallen ein Ersatz zu finden für eine Position, die weg war, für einen Schwung, der weg war, weg die Freude, für immer.

Seine Hand lag jetzt immer ruhig auf ihrem Knie, und sie fand es sehr vertraut, so zu fahren, wie in vielen Autos mit einem Mann, wie mit allen Männern in einem Auto, trotzdem mußte sie sich zusammennehmen, sie mußte, mußte jetzt und hier sein, nicht in einer früheren Zeit, nicht sonstwo auf einer Straße, nicht früher in diesem Land, sondern mit Mr. Ludwig Frankel, Welthandelsstudium in Wien, dann die halbe Welt, mit Diplomatenstatus und einer CD-Nummer, die hier aber keine Vorteile brachte auf einer Steilküste, an einem äußersten Rand. Ja, just behave yourself! wenn sie nun aber nicht mehr wollte und ihm ins Steuer fiel, wenn sie es nur ein wenig verriß, dann konnte sie sich überschlagen mit ihm, eine Zusammengehörigkeit herstellen ein einziges Mal und abstürzen mit ihm ohne Bedauern. Sie nahm einige Schlucke aus ihrer Thermosflasche und schluckte eine Tablette mit, o nichts, nur diese lästigen Kopfschmerzen, die sie oft bekam, die ganze Küste unmöglich, diese Orte waren doch unerträglich, wo sie auch ausscherten und etwas suchten, waren Campingplätze, Rummelplätze oder kleine zuganglose Strände, tief unten. Wir schlafen noch im Auto heute nacht, sagte sie jammernd. In Sapri war es wieder nichts, dann schrie sie einmal auf, aber zu spät, an einem baumlosen düsteren flachen Strand hatte sie einen Betonkasten gesehen, mit einer Leuchtschrift HOTEL, wir müssen eben dahin zurück, wenn wir nichts finden. Um zehn Uhr abends war auch er bereit, aufzugeben. Das mußte Maratea sein, sagte sie, es ist zehn nach zehn, denn das letzte, was sie überall und immer wußte, war, wie spät es war und an welchem Ort sie sich befand. Ich sag dir doch, fahr dort hinunter, ti supplico, dico a sinistra, er wendete und sie dirigierte ihn, es hing etwas an einem Faden in ihr, wenn sie sich bloß noch beherrschte und ihre Stimme nicht zu kippen anfing, und sie sagte sehr ruhig etwas, nur um etwas zu sagen, bevor er hielt: sud'ba, Maratea, sud'ba.

Sie wartete nicht im Auto, sondern stieg taumelnd und lufthungrig aus, und als sie die Treppe zum Eingang hinaufging, fühlte sie es, ohne viel zu sehen, geblendet von den Lichtern, wie jemand, der eine gewohnte Umgebung riecht: das war nicht das kleine oder größere Hotel in einem Fischerdorf, sondern ein ganz anderes Hotel, eine erleichternde Rückkehr in ihre Welt, sie ging mit halbgeschlossenen Augen hinter ihm her, nahm sofort die Haltung von jemand an, der nicht nur müde ist, sondern auch unverschämt zeigt, daß er es ist und weder zu überraschen noch zu beeindrucken ist, auch nicht in verwaschenen Hosen und staubigen Sandalen, von einer Hotelhalle, der ihre Kategorie de luxe aus allen Poren kommt, von den first class gedämpften Vorgängen und Stimmen bis zur kategorischen Abwesenheit jeder Aufdringlichkeit. Sie ließ sich die Badetasche von einem Boy abnehmen, warf sich in einen Sessel in der Halle und sah ihn herüberkommen von der Reception, er blickte sie zweifelnd an, sie nickte, sie hatte es befürchtet, es gab also nur noch ein Zimmer. Sie gähnte, starrte dann mißmutig auf das Formular, das ihr der Manager hinhielt, kritzelte eine unleserliche Unterschrift darauf, wirklich eine Zumutung, als ob das nicht Zeit bis morgen hätte. Im Zimmer oben warf sie sich sofort auf das Bett neben dem Fenster, denn wenn sie schon kein eigenes Zimmer bekam, dann müsse sie wenigstens neben dem Fenster schlafen können, um keine Zustände zu bekommen. Der Zimmerkellner trat ein, er schüttelte den Kopf, MUMM gab es nicht, POMMERY, KRUG, VEUVE CLIQUOT kannte er nicht, also MOËT CHANDON, aber DOM PÉ-

RIGNON brut, bitte, da es ihn gab. Im Bad sah er ihr zu, als sie sich duschte, er trocknete sie ab und massierte sie wach, dann saß sie eingewickelt in das lange weiße Badetuch, am Tisch, als der Kellner wiederkam. Wie konnte er bloß wissen, daß sie heute Geburtstag hatte, ihren Paß hatte er natürlich gesehen, aber daß er daran gedacht hatte, come sono commossa, sono così tanto commossa. Die Gläser gaben keinen Ton. Sie trank zwei Gläser, er den Rest der Flasche, es war ja auch nicht sein Jahr, das in Maratea zu Ende ging. Sie lag immer wacher da, wie in einem Schlafwagen oder in einem Flugzeug mit fremden Menschen zusammengezwungen, sie setzte sich auf und horchte, er schlief entweder auch nicht oder er mußte einen unheimlich leisen Schlaf haben. Im Badezimmer legte sie die beiden dicken Badetücher in die Wanne und bettete sich hinein, sie rauchte und rauchte, und tief in der Nacht ging sie zurück ins Zimmer. Einen halben Meter stand ihr Bett von dem seinen entfernt, sie tauchte die Füße in den Abgrund zwischen den beiden Betten, zögerte, dann drängte sie sich vorsichtig an ihn und, während er sie im Schlaf an sich zog, sagte sie, nur ein wenig, du mußt mich nur ein wenig halten, bitte, ich kann sonst nicht einschlafen.

Die Sonne schien nicht, am Strand wehten die kleinen roten Flaggen, und sie berieten miteinander, was zu tun sei. Er beobachtete das Meer, sie eine Gruppe von Mailändern, die sich noch ins Wasser trauten. Er nahm seine Maske und die Flossen und erklärte ihr beim Zurückkommen, wie sie es anstellen müsse, hineinzukommen und wie sie zurückschwimmen solle. Vorn gingen die Wellen über den Felsen mit der weißlackierten Eisenleiter, unter dieser Leiter zog es das Wasser mit unfaßlicher Kraft weg, und die Wellen vertosten an den Felsen daneben. Ein ganzes Zeichensystem hatte er mit ihr ausgemacht, und er erwartete sie am besten an der Leiter. Ein Zeichen hieß: abwarten, ein andres, etwas näher, ein andres: wieder weiter hinaus, und dann: schnell, jetzt, komm! und dann schwamm sie blindlings und mit ganzer Kraft auf die Leiter zu, wo er stand, und sie ihn nicht mehr sah in der Gischt, er fing sie ab oder sie zog sich leicht, ohne seine Hilfe, hinauf. Es ging meistens gut, einmal schluckte sie viel Wasser, hustete, spuckte und mußte sich hinlegen.

Weil er öfter und länger schwimmen ging als sie und sie dann warten mußte, fing sie an, gereizt zu werden und mit ihm zu reden in Gedanken, als kennte sie ihn seit Jahr und Tag. Sie würde ihn anfahren: ich habe mich entsetzlich aufgeregt, du verschwindest einfach, ich suche die ganze Gegend ab, schaue mir die Augen aus dem Kopf, ich denke, du bist ertrunken, das regt mich doch auf, es ist einfach rücksichtslos, verstehst du das denn nicht? Sie schaute aufs Meer hinaus und dann wieder auf die Uhr, und als er nach fünfzig Minuten noch nirgends auftauchte, überlegte sie, wie man das in einem Hotel machte, mit einem Ertrunkenen. Zuerst würde sie in die Direktion gehen und klarstellen, daß sie nicht seine Frau war, aber das errieten die sowieso immer sofort, und dann mußte man jemand anrufen, die FAO natürlich, Mr. Keen, denn sonst kannte sie niemand, der ihn kannte. Pronto, pronto, sicher eine sehr schlechte Verbindung, Maratea–Rom, Nadja's speaking, you remember, to make it short, I went with Mr. Frankel to Maratea, yes, no, pronto, can you hear me now, a very small place in Calabria, I said Calabria, es würde ganz einfach gehen, Mr. Keen sehr betroffen und plötzlich ein gentleman, der auch Stillschweigen darüber bewahren würde, mit wem Mr. Frankel nach Kalabrien gefahren war, und sie würde nicht weinen, oh nein, sondern diese tranquillizer nehmen, die sie bei ihm gesehen hatte, eine dreifache Dosis, die sollten dann in Rom dafür sorgen, daß die Probleme gelöst wurden, denn für sie war das einfach zuviel, jede Summe würde sie zahlen, damit jemand sie mit einem Wagen direkt nach Rom brächte, bis vors Hotel, und dann hatte sie noch drei Tage bis zum IBM-Kongreß in Rotterdam, Zeit zum Verwinden, zum Lernen, zum Begraben und um im swimming-pool hin- und herzucrawlen, um wieder fit zu werden.

Sie warf ihm das Handtuch über die Schulter, rieb ihn ab und fing mit ihrer Predigt an, aber du bist ärger als ein Kind, du zitterst ja, du bist ja ganz durchgefroren, doch da kam eine riesige Woge an und sie brachte rasch das Messer, die Harpune und die Lampe, die er ihr zugeworfen hatte, auf den höherliegenden Felsen, ehe sie weiterschrie. Da sie ihre eigene Stimme nicht mehr hörte, bedeutete sie ihm, daß sie jetzt ins Wasser wolle, sie nahm seine Hand und klammerte sich fest daran, denn über die Leiter konnte sie nicht mehr hinein. Du mußt bis an den Rand vor, die Füße ganz vor, und sie krallte sich mit den Zehen an den glitschigen Felsen. Du gehst besser in die Knie und springst dann genau in die Welle hinein, dorthin, wo sie am höchsten ist. Jetzt. Sie sprang etwas zu spät und zwischen zwei Wellen. Sie schrie: wie war es denn? Nicht schlecht! Zu flach, mais c'était joli à voir, tu es ... Was? Was? Tu es ...
Sie sprang noch einige Male vor dem Mittagessen, wartete immer zu lange, sprang im falschen Moment, ihr Bauch tat ihr weh, dann der Kopf, doch, ich spür es doch, er hielt das für ausgeschlossen, hielt aber behutsam ihren Kopf in seinen Händen und tröstete sie, bis sie merkte, daß sie Hunger hatte, sie vergaß ihren wehen Kopf, und sie liefen hinauf zur Kabine.

Die Nachmittagsstunden bis zum Abendessen im Zimmer, während sie lernte, waren schwierig und langweilig für ihn, er wäre so gern unter Wasser gegangen, aber nachmittags konnte nun wirklich niemand mehr hinein. Er erzählte ihr von einem Fisch, den er am Morgen gesehen hatte, das wundervollste Exemplar dieser Art, im vergangenen Jahr, in Sardinien, hatte er viel geschossen, aber selbst dort hatte er nie eine so herrliche Cernia gesehen. Wir haben einander beobachtet, aber ich konnte sie nicht überlisten, ich war immer in der schlechteren Position, man muß sie im Nacken treffen, es war sinnlos, einfach zu schießen und sie womöglich am Schwanz zu erwischen, das dürfe man überdies nicht tun, es sei unsportlich, er jedenfalls tat es nie. Sie sagte, ach, an sie denkst du immer, nein, das will ich nicht, ich will nicht, daß du sie umbringst. Aber er würde sie wieder suchen gehen am nächsten Tag, und er erzählte ihr, wie man diese und jene Fische angehen müsse und wo man sie fand. Delphine hatte sie auch schon gesehen und etwas gelesen darüber, wie intelligent die waren, und er hatte eine Frau gekannt, es war seine eigene, aber das sagte er nicht, der einmal ein Delphin nachgeschwommen war, nur begleitet hatte er sie oder verliebt war er in sie gewesen, und sie ist geschwommen, als wäre ein Hai hinter ihr her, am Ufer ist sie zusammengebrochen, sie geht nie mehr ins Meer und sie kann auch nicht mehr schwimmen seither. Oh, sagte sie, während sie sich langsam unter ihn schob und mit der Zunge seine Mundwinkel berührte, ja ljublju tebja, oh das ist eine komische – sie unterbrach sich – es ist eine traurige Geschichte. Ljublju tebja. Ein einziges Schiff oder gar eine Mine, nicht nur für getroffene Fische, auch für weit entfernte, ist furchtbar, fürchterlich sind diese Erschütterungen, Verstörungen, denn es dürfen auch die Fische heutzutage nicht mehr ruhig leben, und sie können nichts dafür. Kann ich denn etwas dafür? fragte sie, ich habe doch diese Furchtbarkeiten nicht erfunden, ich habe etwas anderes erfunden, was? das habe ich erfunden, ja, das hast du erfunden, und sie kämpfte erbittert und wild für ihre Erfindung und sprachlos der einzigen Sprache entgegen, auf diese eine zu, die ausdrücklich und genau war.

Er hatte nicht den Wunsch, nach Wien zurückzukehren, es war zuviel abgebrochen, und was sollte er, mit seinem Beruf, dort auch tun. Nostalgie? Nein, etwas anderes, manchmal eine grundlose Traurigkeit. Ferien machte er sonst nur im Winter, weil er mit den Kindern am liebsten Ski fahren ging, seine Frau schickte sie ihm dann für einen Monat, diesmal waren nur zwei Wochen daraus geworden, in Cortina, früher waren sie immer nach St. Christoph gegangen, die Ferien gehörten den Kindern, die schon zu merken anfingen, daß etwas nicht stimme, eines Tages wird man mit ihnen reden müssen, denn lange wird es nicht mehr zu verbergen sein. Stell dir vor, sagte sie, einmal hat mich jemand rundheraus gefragt, warum ich keine Kinder habe und was denn der Grund sei, wie kommt dir das vor? so was fragt man doch einfach nicht. Er antwortete nicht, er nahm nur ihre Hand. Sie dachte, nichts sei einfacher, als mit jemand aus demselben Land beisammen zu sein, jeder wußte, was er sagen durfte und was nicht und wie er es sagen mußte, es war ein geheimer Pakt da, und was hatte sie sich alles anhören müssen von anderen, man konnte doch nicht immerzu erklären, hier ist die Grenze für mich, bis hierher und nicht weiter. Nun war sie noch einmal hell empört über Jean Pierre, der alles verkehrt gefunden hatte, was sie auch tat und dachte, der sie einfach, ohne je auf sie einzugehen, in ein ihr fremdes Leben hineinzwingen wollte, in eine ganz kleine Wohnung, mit ganz kleinen vielen Kindern, und dort hätte er sie am liebsten tagsüber in einer kleinen Küche gesehen oder nachts in einem allerdings sehr großen Bett, in dem sie etwas Winziges war, un tout petit chat, un petit poulet, une petite femmelle, aber damals hatte sie sich noch zur Wehr gesetzt, geschluchzt, geweint, Teller auf den Boden geworfen, sie war mit Fäusten auf ihn losgegangen, und er hatte gelacht, sich ruhig angesehen, was sie aufführte, bis sie ganz außer sich geriet, oder er hatte sie einfach geschlagen, nie im Zorn, sondern weil er es für das Natürlichste hielt, sie hie und da zu schlagen, pour te calmer un peu, bis sie sich wieder an ihn hängte und blieb.

Mr. Frankel fragte, glaubst du, daß die Menschen einmal eine einzige Sprache haben werden? Wie kommst du nur darauf, was für eine Idee! sie zog die Riemen ihrer Sandalen, die sie ständig verlor, wieder an den Fersen hoch. Soviel war ja im Verschwinden, aber da bleiben noch deine vierzig Sprachen in Indien und vierzig allein in dem kleinen Gabun und die Sprachen müssen also in die Hunderte oder Tausende gehen, jemand wird das schon zusammengezählt haben, ihr zählt doch alles zusammen, sagte sie boshaft, nein, im Ernst, sie könne es sich nicht vorstellen, wußte aber keinen Grund dafür anzugeben, er hingegen konnte es sich durchaus vorstellen, und sie entdeckte, daß er ein heilloser Romantiker war, und das gefiel ihr nun wieder besser als ihr erster Eindruck von ihm, daß er ein praktischer und erfolgreicher Mann sein müsse. Für mich wäre es eine große Erleichterung, wenn die Sprachen verschwänden, sagte sie, nur würde ich dann zu nichts mehr taugen. Ein Romantiker, oh was für ein Kind, und wenn es auch nur Food and Agriculture betraf, Hubschrauber, die angeschafft werden mußten zur Heuschreckenbekämpfung, oder Fischereiboote aus Island für Ceylon, und während er sich bückte, um ihr endlich den Riemen enger zu machen, fragte sie, aber bitte, wie sagst du dann: Würstel mit Kren. Oder: Sie gschlenkertes Krokodil? Gibst du es auf, t'arrendi? Er nickte und sah belustigt zu ihr auf, denn er hatte den Kren und das Krokodil vergessen. Und er dachte schon wieder an die Cernia, für die er, nun auf deutsch, keinen Namen wußte.

Die FAO war keine neue Gründung, sondern ging auf einen viel älteren Gedanken zurück als die UNO, etwas der Art hatte sich ein Bursche im Westen Amerikas ausgedacht, einer, der David Lubin hieß und also aus Osteuropa kam, woher sie beide, wenn sie nachforschten, auch ungefähr herkamen. Auf einem Pferd war er über sein neues Land geritten und hatte entdeckt, daß ein paar Meilen weiter die Leute nichts mehr von den Erfahrungen der anderen wußten bei der Kultivierung des Bodens, überall hatten sie einen andren Aberglauben und ein anderes Wissen, das Korn, die Melonen oder das Vieh betreffend, und so fing dieser Lubin an, diese verschiedenen Wissen zu sammeln, damit man es einmal austauschen könne auf der ganzen Welt, und weil niemand ihn damals verstand, war er bis zum König von Italien gereist mit dieser Idee, so märchenhaft fingen eben manchmal Dinge an, und deswegen saß er heute im ehemaligen Afrika-Ministerium von Rom, und jetzt zum Beispiel waren diese Mexikaner da mit ihrem Weizen, der eben besser war als jeder andere, aber sie hörte nicht mehr zu, sondern rief, was für eine schöne Geschichte! Und er sagte streng, aber das ist doch keine Geschichte, was ich dir da erzähle, das ist wahr. Nun eben, sagte sie, denn immer wenn jemand auf die Welt kommt und etwas Abenteuerliches denkt und anfängt mit etwas Neuem, dann kommt ihr daher und verwaltet es zu Tod, o verzeih, versteh mich recht, aber ich kann doch nicht anders denken, wenn ich mir das ganze Kauderwelsch anhöre zwischen Paris und Genf und Rom, wenn man es eben so mithörte wie sie und mithalf, daß die einander immer mehr mißverstanden und in die Enge trieben, ihr Männer seid eine gottverdammte Bande, immer müßt ihr etwas Gewöhnliches draus machen, und dieser Bursche, wie sagst du, hat er geheißen, dieser David gefällt mir eben, und die anderen gefallen mir nicht. Der wird auch wirklich noch auf einem Pferd herumgaloppiert sein und nicht wie ihr, die VIP, in einer Reitbahn, mit Reitstunden, damit ihr in Form bleibt, nein, der nicht, ich bin sicher, ihr seid heute eine für immer verdammte Bande.

Er lachte auf und ging darüber hinweg, er dachte, daß sie zu recht hatte, um so rasch recht haben zu dürfen, aber er fand sie nur schön, sogar wirklich schön, wenn sie sich ereiferte, viel schöner als damals im Hilton, mit den falschen Wimpern, einer dekorativen Stola und einer leicht abgewinkelten Hand für Handküsse, denn im Eifer wurden ihre Augen gefährlich, feucht und noch größer, und sie lebte vielleicht nur, wenn sie zu weit ging, sich heraustraute und über ihre Grenze ging. Wenn wir zurückkommen, dann zeige ich dir, was ich dort mache, in diesem Büro, denn ich verwalte nicht nur etwas zu Tode, ich trage auch nicht den ganzen Tag Akten herum, die werden in eigenen Aufzügen gefahren, weil sie viel zu schwer wären für mich, auch für einen Mister Universum oder den Atlas in Person. Sie fragte mißtrauisch, für welchen Atlas? und er war so erheitert, daß er Wein nachbestellte. Auf den Atlas, der das Ganze tragen sollte! Ci sono cascata, vero? sie schob ihr Glas weg, ich mag nicht mehr, ich weiß auch nicht, warum wir von diesem Zeug reden müssen, ich möchte nichts, was sonst jeden Tag ist, vor dem Einschlafen lese ich meistens noch einen Kriminalroman, aber nur, damit es ganz unwirklich wird, was schon irreal tagsüber für mich ist, jede Konferenz kommt mir wie die direkte Fortsetzung einer endlosen indagine, wie sagt man bloß? vor, immer wird die Ursache für etwas weit Zurückliegendes gesucht, für etwas Furchtbares, und man findet sich nicht durch, weil der Weg dorthin zufällig von vielen zertrampelt worden ist, weil andere die Spuren absichtlich verwischt haben, weil jeder eine Halbwahrheit darüber aussagt, um sich abzusichern, und so sucht und sucht man sich durch die Unstimmigkeiten, die Uneinigkeiten hindurch, und man findet nichts, man müßte schon eine Erleuchtung haben, um zu begreifen, was wirklich vorliegt und was man deswegen wirklich tun sollte, ganz plötzlich.

Ja, sagte er zerstreut, eine Erleuchtung. Nimmst du Obst? Es gefiel ihm an ihr auch, wie sie reagierte, Wünsche äußerte, etwas ablehnte oder annahm, wie anmaßend, bescheiden, ausfallend oder einfach sie war, immer wechselnd, eine Person, mit der man überall hingehen konnte, die in einem kleinen Café so tat, als hätte sie ihr Leben lang nur schlechten Kaffee getrunken und hungrig an einem vertrockneten Sandwich gekaut, und in einem Hotel wie diesem ließ sie den Kellner erkennen, daß mit ihr nicht zu spaßen war, an der Bar wirkte sie wie eine dieser Frauen, die prinzipiell nichts taten, denen man es nie recht machen konnte, die sich mit Grazie langweilen oder amüsieren, die irritierende Launen haben, durch eine fehlende Zitronenschale, durch zuviel oder zu wenig Eis oder wegen eines nicht richtig gemixten Daiquiris nervös wurden. Einer der Gründe für den dumpfen Widerwillen gegen seine Frau in Wien war doch, daß sie ungeschickt, mit zu großen Handtaschen, durch die Straßen ging, gebückt, anstatt den Kopf zurückzuwerfen, daß ein Pelzmantel eine Verschwendung war, weil sie ihn mit einer Dulderinnenmiene trug, und daß sie nie, wie Nadja, mißbilligend um sich blickte, mit einer Zigarette in der Hand, und das hieß, wo bitte, wo ist denn der Aschenbecher, und um Himmels willen keinen VAT, ich habe gesagt DIMPLE, und wenn das nicht sofort verstanden wurde, zog ein Erstaunen über ihr Gesicht, als hinge von DIMPLE oder nicht DIMPLE der Ausgang sehr ungewöhnlicher Dinge ab. Auf der Fahrt hatte sie ihn geradezu schikaniert, nach hundert Kilometern ließ sie sich aus dem Auto schleppen zu MOTTA oder PAVESI, als hätte sie und nicht er durch den Wochenendverkehr im August fahren müssen, und nur sie hatte natürlich kalte Füße, aber es fiel ihr nicht ein, zurückzugreifen nach dem Plaid, sie sagte nur matt, wenn du mir bitte, please, grazie caro, Gott, bin ich erfroren, und jetzt, als die Sonne endlich herauskam, während er müßig über Erleuchtung nachdachte, legte sie ihren Kopf auf seine Füße, denn seine Füße waren einfach für ihren Kopf da, damit sie bequemer liegen konnte, er beugte sich über sie, ihre Gesichter standen verzerrt übereinander, mit einander erschreckenden Zügen, aber er sagte, was sie hören wollte, und er mußte sie küssen, weil sie geküßt werden wollte, sie wand sich und lachte, aber es sieht uns doch niemand, weil sie ihn unsicher aufschauen sah, sie biß ihn ausgelassen in die Füße und die Beine, und damit sie aufhörte, fesselte er ihr die Hände und drückte sie auf den Boden, bis sie sich nicht mehr rühren konnte. Belva, bestiolina, sind das die richtigen Worte für dich? fragte er, und ja, sagte sie glücklich, ja, und, well, that is a mild way to put it.

Das Dorf hatten sie noch immer nicht gesehen, und an dem letzten Abend sagte er, er wolle doch wissen, wie dieses Maratea aussah, denn dieses Hotel konnte nicht viel mit einem Ort in Kalabrien zu tun haben, und sie sprang sofort erfreut auf und machte sich fertig, d'accord, denn er hatte ihr doch versprochen, einmal mit ihr spazierenzugehen, nicht einen Schritt waren sie gegangen bisher, tu m'as promis une promenade, klagte sie, ich will meine Promenade, und sie fuhren rasch weg mit dem Wagen, denn die Sonne war zwar wieder durch die Wolken gekommen, aber schon im Untergehen, und diese Sonne, die über dem Meeresspiegel anfing, ihre späten und tiefen Farben zu zeigen, bedeutete ihnen auch, daß sie erst strahlend wiederkommen werde, wenn er und sie nicht mehr da waren. Von oben müsse man den ganzen Golf sehen können, wir haben doch noch gar nichts gesehen, tu te rends compte? Sie wollte nicht den Golf sehen, sondern ein paar Schritte laufen, ma promenade, habe ich gesagt, und als sie höher hinaufkamen und die Kurven dichter aufeinanderfolgten, sagte sie, aber wo ist denn das Dorf, ich habe gedacht hinter dem Hügel, doch nicht da oben, wo fährst du denn hin, aber doch bitte nicht da hinauf auf den Felsen. Sie verstummte und stemmte sich mit den Füßen ab, hörte ihn erzählen von den Sarazenen, der günstigen Verteidigungsposition, noch mehr von den Sarazenen, schau doch, schau! Sie schwieg, blinzelte, der Himmel rötete sich, sie kamen den Wolken näher, wurden hinaufgekurvt in die Wolken, sie sah das erste Geländer, dann streifte ein zweites Geländer über ihre Augen, sie kaute an einer Bitte, wieder ein Geländer. Er hätte das nie hier vermutet, eine so herrliche Straße, nun kam eine Brücke nach der anderen, immer höher zielend, freischwebend, und sie blickte in ihren Schoß, auf die Zigarettenschachtel und das Feuerzeug. Die Lähmung fing in den Händen an, sie konnte sich keine Zigarette mehr anzünden und ihn auch nicht darum bitten, weil sie ihm ausgeliefert war, sie atmete kaum mehr, und etwas fing an, in ihr auszubleiben, es konnte der Anfang der Sprachlosigkeit sein, oder es fing an, etwas einzutreten, eine tödliche Krankheit. Dann stand das Auto vor einem blau-weißen Straßenschild P, als wäre es das erste, aber auch das letzte Auto, das hier, auf einem trostlosen Steinfeld anhielt. C'est fou, c'est complètement fou. Sie stieg aus, wußte nicht, wohin schauen, zog sich seinen Pullover über, so kalt war es, sie verkroch sich in der Wolle, sie kamen an leeren, armseligen Häusern vorbei und an einem Kloster, vor dem ein Priester und drei alte Frauen standen, alle in Schwarz, die höflich grüßten. Sie grüßte nicht zurück.

S menja étogo dovol'no. Er führte sie auf einen steinigen mit kargen Grasbüscheln bewachsenen Weg, der aufwärts und nach vorn führte, zur Spitze des Felsens, dem Abgrund entgegen. Sie rutschte in ihren Sandalen und versuchte, Schritt zu halten, sie sah auf und da sah sie es, es war eine riesige, riesenhafte Figur aus Stein, in einem langen Steingewand, mit ausgebreiteten Armen, auf deren Rücken sie zugingen. Sie brachte den Mund nicht auf, sie sah diese ungeheuerliche Figur wieder, die sie im Hotel auf einer Ansichtskarte gesehen hatte, den Christus von Maratea, aber jetzt gegen den Himmel gestellt, und sie blieb stehen. Sie schüttelte den Kopf, dann schüttelte sie seinen Arm ab, und das sollte bedeuten, geh du weiter. Sie hörte ihn etwas sagen, sie stand mit gesenktem Kopf da und ging dann rückwärts, sie rutschte wieder und setzte sich auf einen Steinblock am Wegrand, und das hieß, ich gehe keinen Schritt mehr. Er hatte noch immer nicht begriffen, sie saß da und riß Blätter von einer Staude ab, menthe, menta, mentuccia, und sie brachte es fertig, mit ihrer stillsten festen Stimme zu sagen: geh du weiter, ich kann nicht. Mareada. Schwindlig. Sie zeigte auf ihren Kopf, und dann roch sie an dem zerriebenen Blatt, als hätte sie ein Mittel, eine Droge gefunden. Aide-moi, aide-moi, ou je meurs ou je me jette en bas. Je meurs, je n'en peux plus. Als er sich entfernt hatte, fühlte sie, seitlich im Rücken, immer noch diese wahnsinnige Gestalt, die irgend jemand auf die Spitze des Felsens getan hatte, diese Wahnsinnigen, daß man das zuließ, daß man es zuließ, und in einem armseligen Dorf, das in jedem Moment ins Meer stürzen konnte, wenn man auch nur fest auftrat oder eine Bewegung zuviel machte, und deswegen bewegte sie sich nicht, damit dieser Felsen nicht hinunterstürzte mit ihnen beiden und mit der äußersten Armut dieses Dorfes und den Nachfahren der Sarazenen und allen beladenen Geschichten aus allen mühseligen Zeiten. Wenn ich mich nicht rühre, dann werden wir nicht stürzen. Sie wollte weinen, und sie konnte nicht weinen, seit wann kann ich denn nicht mehr weinen, seit wann denn schon nicht mehr, man kann doch nicht über dem Herumziehen in allen Sprachen und Gegenden das Weinen verlernt haben, und da mir kein Weinen zu Hilfe kommt, muß ich noch einmal aufstehen, noch einmal diesen Weg gehen und hinunter zum Wagen und einsteigen und mitfahren, was dann wird, weiß ich nicht, es ist meine Vernichtung.

Sie ließ sich von dem Stein heruntergleiten und legte sich auf die Erde, mit den Armen ausgestreckt, gekreuzigt auf diesen bedrohlichen Felsen, und bekam es nicht aus dem Kopf, diese groteske Anmaßung, eine Auftragsarbeit, ein Gemeindebeschluß, der einmal gefaßt worden war, und das also ist meine Vernichtung. Sie hörte ihn zurückkommen, es war beinahe dunkel geworden, sie stand auf, hielt sich sehr gerade und ging, ohne zurückzuschauen, an seiner Seite den Weg zurück, an dem Kloster vorbei, wo die schwarzen Figuren im Schwarz aufgegangen waren, zu dem Parkplatz. Einzigartig sei es gewesen, er war so befriedigt, den ganzen Golf habe er gesehen, in dem Augenblick, in dem die Sonne violett geworden und zerflossen und dann vom Meer aufgesogen worden war. Als er anfuhr und wendete, fiel ihm etwas ein, er sagte beiläufig, was für eine Idee übrigens, eine so abscheuliche Skulptur hier aufzustellen, hast du sie gesehen? Im Fahren schloß sie sofort die Augen und stemmte sich wieder ab, trotzdem fühlte sie die Brücken, die Abgründe, die Kurven, eine Bodenlosigkeit, gegen die sie nicht ankam. Tiefer unten fing sie an, wieder gleichmäßig zu atmen. Es ist mir höher vorgekommen als in den Bergen, es ist höher hier und schrecklich. Aber meine kleine Närrin, es sind doch 600, maximal 700 Meter, und sie erwiderte nein, nein, es sei sogar jetzt noch ärger, als in einer Boeing zur Landung herunterzumüssen. Landen wir bald?

In der Bar verlangte sie, wie ein Kranker, der sofort eine Injektion braucht, etwas, sie überlegte nicht wie sonst, bloß irgend etwas, das rasch wirken sollte, und sie bekam ein Glas, trank es in einem Zug, schmeckte nichts, ihr wurde heiß von dem Alkohol, und die Verstörung löste sich, die Blockade zwischen ihr und ihm und der Welt. Sie zündete sich zitternd die erste Abendzigarette an. Im Zimmer, als er sie umarmte, begann sie wieder zu zittern, wollte nicht, konnte nicht, sie fürchtete zu ersticken oder ihm unter den Händen wegzusterben, aber dann wollte sie es doch, es war besser, von ihm erstickt und vernichtet zu werden und damit alles zu vernichten, was in ihr unheilbar geworden war, sie kämpfte nicht mehr, ließ es mit sich geschehen, sie blieb fühllos liegen, drehte sich ohne ein Wort von ihm weg und schlief sofort ein.

Am Morgen, als sie aufwachte, hatte er schon gepackt, und während sie aus dem Bad den Rasierapparat hörte, fing sie langsam an, auch ihre Sachen zusammenzusuchen. Sie sahen einander nicht an, und sie lief erst nach ihm den Pfad zum Meer hinunter, fand ihn nicht, dann tauchte er vor der Leiter auf und hielt ihr einen großen Seestern entgegen. Sie hatte noch nie einen lebendigen Seestern gesehen oder gar bekommen, sie lächelte erfreut und traurig, sie bestaunte den Stern, den wollte sie mitnehmen als Souvenir, aber dann warf sie ihn plötzlich ins Wasser zurück, damit er weiterleben konnte. Das Meer war wilder als an allen Tagen zuvor, aber es brauchte sie ja niemand und es ängstigte sie auch nicht mehr, ihn unter Wasser zu wissen. Sie deutete auf die Felsen hinüber, gestikulierte, und dann ging sie über die schwarzen, grünen und hellmarmorierten Blöcke, zwischen denen das Wasser wütend brüllte, und sie kletterte, furchtvoll und vor Schwäche nahe am Weinen, die rissigen und steilen Brocken hinauf und hinunter, inmitten des Gebrülls.

Sie sahen beide gleichzeitig auf die Uhr. Sie hatten noch

zwei Stunden und lagen, müde vom Essen und schweigsam, nebeneinander in den Liegestühlen auf der untersten Terrasse. Erst hatten sie gedacht, daß sie im Lauf der Tage einander viel erzählen und mitteilen würden, daraus war nichts geworden, und sie überlegte, ob er auch an jemand anderen dachte und im Schlepp seiner Gedanken viele Gesichter, Körper, Zerschundenes, Zerschlagenes, Ermordetes, Gesagtes und Ungesagtes hatte, und ganz plötzlich sah sie ihn an, mit einer ernsten Begier, genau in dem Moment, als sie an Paris dachte und sich vorstellte, nicht er, sondern der andre müsse sie so sehen, und nun sah Mr. Frankel sie an und sie ihn mit dieser Eindringlichkeit. Bitte, was denkst du jetzt, woran denkst du eben jetzt, sag es, sag es mir unbedingt! O nichts Besonderes, er zögerte, an die Cernia habe er gedacht, die er nicht wiedergesehen habe, er müsse noch immer an sie denken. Daran dachte er also, er log nicht, es war wahr, sie allein beschäftigte ihn noch immer, und im Nacken hatte er sie treffen wollen. Sie griff sich, während ihr Kopfschmerz jäh einsetzte, an ihren Nacken und sagte: hier, ich spüre es hier.

In der letzten Stunde stand sie dreimal auf, ging einmal zum Bademeister, dann zur Toilette, dann in die Kabine, wo sie sich hinsetzte und vor sich hinstarrte, und nun mußte es ihm langsam auffallen, darum ging sie zurück, kniete vor ihm nieder und legte den Kopf an seine Knie. Würde es dir etwas ausmachen, mich bis zur Abfahrt allein zu lassen? Es ist nichts, sagte sie, es ist nur etwas schwierig, verzeih mir. Trägst du unsere Sachen hinauf? Ja?

Sie ging noch einmal zu den Felsen und sie kletterte nicht mehr vorsichtig, sondern sprang, wo sie konnte, von einem zum andern, sie war wieder nahe am Weinen, das nie kommen würde, und sie wurde immer waghalsiger, kühner, und ja, jetzt, sie setzte hinüber zu dem weitgelegenen schwarzen Felsen, sie riskierte es eben, abzustürzen, sie fing sich benommen, sie sagte sich, es ist eine Pflicht, ich muß, ich muß leben, und nach einem zwanghaften Blick auf die Uhr kehrte sie um, um sich nicht zu verspäten, und sie verbesserte sich, aber was sage ich mir da, was heißt das denn, es ist keine Pflicht, ich muß nicht, muß überhaupt nicht, ich darf. Ich darf ja und ich muß es endlich begreifen, in jedem Augenblick und eben hier, und sie sprang, flog, rannte weiter mit dem, was sie wußte, ich darf, mit einer nie gekannten Sicherheit in ihrem Körper bei jedem Sprung. Ich darf, das ist es, ich darf ja leben. In der Kabine waren nur noch ihre Jeans und die Bluse, sie zog sich rasch um und hüpfte den Weg zum Hotel hinauf, kein Atem ging ihr aus, und sie hatte fast kein Gewicht. Jetzt seh ich mich um, es ist das Meer, zwar nicht das ganze Meer, nicht die ganze Küste, nicht der ganze Golf – sie blieb stehen und bückte sich, denn auf dem Weg lag etwas, es war sein Pullover, den er verloren haben mußte. Sie hob den Pullover auf, preßte ihr Gesicht mit einem maßlosen Entzücken gegen den Pullover und küßte ihn, mit einem heißen Gesicht sah sie wieder hinaus, es ist das Meer, es ist wunderbar, und jetzt trau ich mich auch, hinter mich und hinaufzusehen zu den hohen phantastischen Hügeln, auch zu dem Felsen von Maratea, dem überhängenden, steilsten, und dort oben sah sie etwas wieder, eine kleine, kaum sichtbare Figur, mit ausgebreiteten Armen, nicht ans Kreuz geschlagen, sondern zu einem grandiosen Flug ansetzend, zum Auffliegen oder zum Abstürzen bestimmt.

In der Hotelhalle blieb sie atemlos stehen, sie wollte noch immer nicht zu ihm gehen und lief rasch in das Zimmer hinauf. Die Koffer waren weg, die Betten noch nicht für neue Gäste gerichtet, sie stellte sich vor den Spiegel und versuchte, ihre verwilderten langen Haare zu kämmen, in das spröde salzige Haar einen Schwung hineinzubringen.

Sie riß alle Schränke und Schubladen auf, warf leere Zigarettenschachteln, Papierfetzen und Kleenex in den Papierkorb, sah unter die Betten, und eh sie gehen wollte, entdeckte sie neben seinem Bett, in dem Fach unter der Lampe, ein Buch. Wie gut, daß sie noch einmal heraufgegangen war. Sie steckte es in ihre Tasche und zog es sofort wieder heraus, denn dieses Buch konnte nicht ihm gehören. Il Vangelo. Es war bloß die Bibel, die in solchen Hotels zur Einrichtung gehörte. Sie setzte sich auf das ungemachte Bett, und wie sie ihre Wörterbücher aufschlug, um oft abergläubisch ein Wort zu suchen, als Halt für den Tag, diese Bücher wie Orakel befragte, so schlug sie auch dieses Buch auf, es war nur ein Wörterbuch für sie, sie schloß die Augen, tippte mit dem Finger nach links oben und öffnete die Augen, da stand ein einzelner Satz, der ging: Il miracolo, come sempre, è il risultato della fede e d'una fede audace. Sie legte das Buch zurück und probierte, den Satz in den Mund zu nehmen und ihn zu verändern.
Das Wunder
Das Wunder ist wie immer
Nein, das Wunder ist das Ergebnis des Glaubens und
Nein, des Glaubens und eines kühnen, nein, mehr als kühnen, mehr als das –
Sie fing zu weinen an.
Ich bin nicht so gut, ich kann nicht alles, ich kann noch immer nicht alles. Sie hätte den Satz in keine andere Sprache übersetzen können, obwohl sie zu wissen meinte, was jedes dieser Worte bedeutete und wie es zu wenden war, aber sie wußte nicht, woraus dieser Satz wirklich gemacht war. Sie konnte eben nicht alles.

Vor der Bar blieb sie stehen, er wartete auf sie, sah sie aber nicht kommen und bemerkte ihre Anwesenheit nicht, denn er schaute mit anderen Gästen und dem Jungen von der Bar zum Fernsehapparat in der Ecke. Fahrräder, erst einige, fuhren über den Schirm, dann nur noch eines, ein über die Lenkstange gekrümmter Radler war zu sehen, dann ein Straßenrand mit einer Menschenmenge. Der Sprecher redete in höchster Erregung, er versprach sich, korrigierte sich, stolperte wieder über ein Wort, es galt noch drei Kilometer, er redete immer schneller, als hätte er die Pedale zu treten, als wäre er nicht mehr imstande, durchzuhalten, als wäre es sein Herz, das aussetzen konnte, jetzt schweißte seine Zunge, sie fragte sich, wie lang kann das wohl dauern, zwei Kilometer, und den Jungen von der Bar, der in Trance auf den Apparat starrte, fragte sie freundlich: chi vince? der Junge gab keine Antwort, noch ein Kilometer also, der Sprecher keuchte, röchelte, er konnte unmöglich diesen letzten Satz zu Ende bringen und kam mit einem unartikulierten Schrei durch das Zielband. In eben dem Augenblick dröhnte der Apparat, es waren die vielen am Straßenrand, die zu schreien anfingen, bis dieses chaotische Geschrei überging in ganz deutliche Stakkatorufe:

A
dor
ni
A
dor
ni

Sie hörte es mit Entsetzen und mit Erleichterung, und durch diese Rufe im Stakkato hörte sie die Stakkatorufe aus allen Städten und allen Ländern, durch die sie gekommen war. Den Haß im Stakkato, den Jubel im Stakkato.

A
dor
ni
A
dor
ni

Er wandte sich um und sah sie verlegen an, weil sie schon

eine Weile in diesem Raum sein mußte. Sie deutete lächelnd auf den Pullover, den sie über dem Arm hängen hatte. Der Junge von der Bar erwachte, sah sie blöde an und stotterte, commandi, Signora, cosa desidera?

Niente. Grazie. Niente.

Aber im Gehen, als sie schon seine Hand genommen hatte, drehte sie sich um, weil ihr das Wichtigste in den Sinn kam, und sie rief es dem Jungen zu, der Adorni siegen gesehen hatte.

Auguri!

Probleme Probleme

»Dann um sieben. Ja, mein Lieber. Wäre mir lieber. Hochhauscafé. Weil ich zufällig. Ja, zufällig, einmal muß ich immerhin zum Friseur. Um sieben, so ungefähr denke ich mir, wenn ich rechtzeitig ... Was, ach so? Es regnet? Ja, finde ich auch, es regnet ja immerzu. Ja, ich mich auch. Ich freu mich.«

Beatrix hauchte noch etwas gegen die Muschel und legte den Hörer auf, sie drehte sich erleichtert auf den Bauch und drückte den Kopf wieder in das Polster. Während sie angestrengt lebhaft gesprochen hatte, war ihr Blick auf den alten Reisewecker gefallen, mit dem nie jemand reiste, es war doch tatsächlich erst halb zehn Uhr, und das beste an der Wohnung ihrer Tante Mihailovics war, daß es zwei Telefone gab und sie eines neben ihrem Bett im Zimmer hatte, zu jeder Zeit hineinreden konnte, dabei gerne in der Nase bohrte, wenn sie vorgab, bedächtig auf eine Antwort zu warten, oder noch lieber, zu späteren Stunden, mit den Beinen radfuhr oder ein paar noch schwierigere Übungen machte, aber kaum hatte sie eingehängt, schlief sie auch schon weiter. Sie konnte das eben, schon nach neun Uhr früh mit einer klaren hellen Stimme antworten, und der gute Erich dachte dann, sie sei längst, wie er, auf, vielleicht schon aus dem Haus gewesen und zu allem Möglichen bereit an diesem Tag. Es war ihm wahrscheinlich noch nie in den Sinn gekommen, daß sie jedesmal sofort wieder einschlief und sogar meinte, sie könne einen angenehmen Traum wieder aufnehmen, nur wenn er angenehm gewesen war, aber das kam selten vor, denn sie träumte nicht so recht und nichts Besonderes, und was also wirklich wichtig war, das war ihr das Weiterschlafen. Falls sie je einer gefragt hätte und sie, was unwahrscheinlicher war, je eine Antwort gegeben hätte, was sie für das Schönste hielt, womit sie sich am liebsten die Zeit vertrieb, was ihr Traum war, was ihr Wunsch und ihr Ziel in ihrem Leben, dann hätte sie mit verschlafener Begeisterung sagen müssen: Nichts als schlafen! Nur würde Beatrix sich hüten, das jemand zu sagen, denn sie hatte schon seit einiger Zeit begriffen, worauf die anderen hinauswollten, Frau Mihailovics und Erich zum Beispiel oder gar ihre Cousine Elisabeth: daß sie sich nämlich entschließen sollte, endlich etwas zu tun, ja unbedingt eine Arbeit haben müsse, und man mußte diesen Leuten eben ein wenig entgegenkommen und gelegentlich Andeutungen fallen lassen über Zukunftspläne und Interessen.

An diesem Morgen schlief sie aber nicht gleich ein, lag nur entspannt und glücklich vergraben da und dachte: Grauenvoll. Sie empfand dumpf etwas als unerträglich, wußte aber nicht, was es war, und es konnte nur damit zusammenhängen, daß sie sich doch für heute abend verabredet hatte, anstatt die Verabredung auf morgen oder übermorgen zu verschieben. Sie hatte sich nur verabredet mit Erich, um der Welt einen kleinen Tribut zu zahlen, denn eine Verabredung mit Erich war natürlich sinnlos, und sinnlos waren vermutlich alle Verabredungen, auch wenn Beatrix im Moment andere Möglichkeiten gehabt hätte, sich zu verabreden, aber sie hatte keine in dieser Zeit, und es hing wiederum damit zusammen, daß sie einfach keine Lust hatte, etwas zu unternehmen. Erich oder ein anderer, Erich oder viele andere, darauf kam es doch nicht an, und sie stöhnte laut und in einer gesunden animalischen Qual: Grauenvoll.

Erich konnte sie es natürlich nicht sagen, wie grauenvoll sie es fand, er war ein so lieber Mensch, er hatte es schon schwierig genug, und was konnte er dafür, daß sie kein

Halt war für jemand und kein Antrieb und höchstens eine von ihm halluzinierte Oase in seinem Leben.
Sie stieg aus dem Bett, vorsichtig, und fiel sofort zurück vor Erschöpfung, denn es mußte wieder einmal überlegt werden, was zuerst geschehen sollte. Nach einer Weile blinzelte Beatrix, eine Ohnmächtige, die langsam das Bewußtsein erlangte, zu dieser Weckeruhr hinüber, die sie ebenso brauchte zur Orientierung wie sie sie haßte, der Orientierung wegen, und sah, daß es schon elf Uhr vorbei war. Es war ihr ein Rätsel, da sie sich nicht erinnerte, wieder eingeschlafen zu sein, sie hatte sich eben schon in der ersten Viertelstunde völlig verausgabt oder sie war noch gar nicht bei sich, sondern in sich, wo tief inwendig etwas lautlos zu einem Rückzug rief, immer zu einem Widerruf. Beatrix entschied, sich zu nichts zu zwingen, denn wenn sie etwas erzwingen wollte, ging es gar nicht, und um genau ein Uhr mittag stand sie betäubt vor dem Kasten und fing an, die Laden herauszuziehen und Türen zu öffnen. Sie kramte in der Lade mit der Unterwäsche herum, dann in der Lade mit den Strümpfen, sie förderte ein Paar dünne Strumpfhosen hervor, als hätte sie eine Bleifracht heben müssen, schaute nachdenklich die Strümpfe an, fuhr sacht mit den Händen hinein, hielt sie gegen das Licht, sie langsam wendend, aber sie wußte ja schon, es würde ihr nichts erspart bleiben, denn die Laufmaschen entdeckte sie immer erst, wenn sie die Strümpfe schon angezogen hatte, und diese qualvolle Mühe, jeden Tag, ein ganzes Leben lang, immer Strümpfe suchen zu müssen und nie zu wissen, ob ein Tag eventuell ein Tag für gute Unterwäsche war oder einer für alte und verwaschene, das allein war schon grauenvoll, und dann, endlich lauwarm geduscht, weil das heiße Wasser nie für alle reichte, wußte sie es so einzurichten, daß sie weder Frau Mihailovics noch der grauenvollen Elisabeth begegnete, damit nie jemand im Haus richtig merkte, wann sie aufstand, und das war eine schwere Belastung. Grauenvoll

war Beatrix' liebstes Wort, das sich regelmäßig einstellte, wenn sie an eine Sache weder zuviel denken, noch sie ganz vergessen wollte. Sie hatte schon zwei Kleider herausgelegt, aber noch den Schlafrock an, während in der Küche ihr Kaffee sich erhitzte. Sie stand mit den beiden Kleidern vor dem Badezimmerspiegel und versuchte eine Verbindung zwischen sich und den Kleidern herzustellen. Fast durchsichtig war sie und wächsern im Gesicht, und ein kleines Leuchten begegnete einem kleinen im Spiegel bei dieser Erforschung. Sie war beinahe daran, etwas für sich herauszufinden, etwas Fundamentales über das Anziehen und was es so schwermachte, und warum man an manchen Tagen sogar zweimal oder dreimal so schwerwiegende Entscheidungen treffen mußte wie: das dunkle Blaue oder das Beige mit Weiß, und sie sah zum Fenster hinaus, auch das noch, es regnete, ja es regnete natürlich, beinahe hatte sie sich verplappert, aber am Telefon rechtzeitig noch so tun können, als hätte auch sie dieses gräßliche Wetter schon gesehen. Dieser Regen, wo sich alles änderte und auch der Mantel mitbedacht werden mußte und die Schuhe, obwohl sich alles noch einmal ändern konnte bis sieben Uhr abends! Beatrix ließ die Kleider über den Rand der Badewanne fallen und fing an, ihr Gesicht zu reinigen, denn es war noch zu früh sich zu entscheiden und weiterzudenken, aber für alle Fälle konnte sie sich ja schminken, für alle Fälle ganz unauffällig und ohne Lippenstift, da noch nicht viel entschieden war, und als sie dann doch noch einen Rest von ihrem Kaffee rettete und ihn, auf dem Bett kauernd, trank, war ihr etwas leichter zumute, es hatte ihr nur der Kaffee zu lange gefehlt, aber auch kein zweiter Kaffee konnte sie von der lebenslangen Belastung befreien, die sie auf sich genommen hatte und mit der sie noch nicht fertig wurde, weil sie, wie sie heute, zuversichtlicher dachte, einfach noch zu jung war.

Sie sagte gern zu jemand: Das ist sicher eine schreckliche Belastung für Sie! Oder: Mein Lieber, ich versteh, ich weiß, das Ganze belastet dich doch so sehr, ich kenne das!

An diesem Tag kam Beatrix auch dieses zweite Lieblingswort in die Quere, sie stieß sozusagen bei der geringfügigsten Bewegung, beim geringsten Gedanken mit den Schlüsselworten zusammen und merkte, daß alles grauenvoll und kompliziert war und daß sie unter einer Belastung litt. Daß zwei Büstenhalter zu eng und die anderen zu lokker waren, das konnte wohl nur ihr passieren, weil sie so oft ohne rechten Verstand gespart hatte, aber jetzt hatte sie wenigstens ihre hauchdünnen dreieckigen immer sitzenden Slips, die sie Jeanne verdankte, ebenso den Hinweis auf die Büstenhalter, obwohl sie nach dieser kurzen heftigen Freundschaft mit einer Französin, einer wirklichen Pariserin, zur Einsicht gekommen war, daß viel auch in Paris nicht zu lernen war und daß es sich also wohl kaum lohnte, überhaupt etwas zu lernen, wenn das der ganze Ertrag war. Jeanne war per Anhalter nach Wien gekommen, wußte aber nicht, was sie hier wollte, und Beatrix konnte es doch erst recht nicht erklären, was es in Wien zu suchen gab, aber das weitere Ergebnis einer pariserischen Unternehmungslust war gewesen, daß Beatrix, die bisher immer »Combinaige« oder »Combinaison« gesagt hatte, wie viele Wienerinnen, zu einem Unterrock jetzt wieder Unterrock sagte, weil sie herausgefunden hatte, daß die Combinaison auf einen sprachlichen Unfall zwischen Paris und Wien zurückzuführen sein mußte, und sie machte sich nicht gerne lächerlich in solchen Dingen wie die beiden Damen Mihailovics, die bestimmt noch meinten, es sei vornehmer, ein französisches Wort zu sagen. Sonst hatte sie sich mit Jeanne nicht besonders gut verstanden, deren Neugier und deren Kindischkeit vor allem ihre Nerven strapazierten. Sie waren beide gleich alt, Jeanne sogar fast schon einundzwanzig, aber Beatrix hatte gefunden, daß diese Jeanne ein

Monstrum war an Aktivität und alles auf einmal wollte, wissen, wo es Hasch gab, Burschen kennenlernen, tanzen gehen, in die Oper rennen, danach noch in den Prater oder zum Heurigen, und sie war drauf und dran gewesen, Jeanne zu sagen, daß sie ihren Pariser Kopf voll konfuser Ideen hatte und weiter nichts, denn man konnte schließlich nicht ein Hippie sein und auch noch in die Oper wollen, Riesenrad fahren und die Welt umstürzen, jedenfalls nicht in Wien, und obendrein noch arrogant im Café Sacher sitzen, obwohl Jeanne einmal wild geworden war und ihr erklärt hatte, daß sie einfach ein drop-out sei, was sie komisch aussprach. Sie hatte eine Familie, einen Vater, der Anwalt war, und eine Mutter, die auch Anwältin war, und das konnte natürlich eine gewisse Belastung sein, aber für Beatrix war es eine entsetzliche Belastung, mit Jeanne durch Wien ziehen zu müssen, das sie so genau nicht kannte, weil sie doch immer hier lebte, bei Sacher den teuren Kaffee zahlen zu müssen, weil Mademoiselle mit einem kleinen gewöhnlichen Kaffeehaus nicht zufrieden war, es war ihr nichts wienerisch genug. Am peinlichsten war jedoch die Geschichte mit den Burschen, denn Beatrix kannte kaum welche, telefonierte gefällig herum, aber sie mochte Jeanne nicht zugeben, daß sie sich nur ziemlich regelmäßig mit einem verheirateten Mann traf, der schon fünfunddreißig war, und Erich gegenüber verschwieg sie Jeanne zwar nicht, aber gab zu verstehen, daß sie sich, ihrer Tante zuliebe und weil ihre Cousine ja auch arbeitete, einer reizenden französischen Studentin annehmen müsse, Vater Anwalt, Mutter Anwältin, und daß sie alles mögliche besichtigen wollten, bref, ein sehr gebildetes Mädchen. Und wie immer, wenn es sich nur irgend machen ließ, bat sie Erich unschuldig um einen Rat: Mein Lieber, du weißt ja, ich bin mir nicht so sicher, aber wenn du mir einen vernünftigen Rat geben könntest! Erich brachte die Albertina und das Kunsthistorische Museum ins Spiel, und Beatrix sah ihn

dankbar an, während sie dachte: Grauenvoll. Natürlich war Beatrix in solchen Dingen dem guten Erich weit voraus, der keine Ahnung hatte, von welcher Direktheit diese Jeanne war und wie sie wirklich lebte, obwohl er so etwas vielleicht aus Zeitungen wußte, aber für einen verheirateten Mann, der bei der AUA angestellt war, zwischen Büro und häuslichen Miseren sich aufrieb, mußte das eine unbegreifliche Welt sein, und sie verhinderte, weniger aus Diskretion, als aus diesen Gründen, daß die beiden einander je trafen. Gewiß hätte diese Jeanne sofort gefragt, und nach allem, und für eine Pariserin, die irgendwo hinausdroppte, mußte es überdies ein arger Schock sein, was zwischen Beatrix und Erich nicht stattfand, die meinte womöglich, die Wiener Mädchen gingen mit niemandem ins Bett und ähnliche Blödheiten, während es sich doch einfach darum handelte, daß es für Beatrix zu strapaziös war. Erich hingegen hätte Jeanne keinen Umgang gefunden für sein kleines Mädchen, und Jeanne hätte Erich spießig und bourgeois gefunden, und die Ansichten beider hätten Beatrix verletzt, aber nun war das Kapitel Jeanne zum Glück abgeschlossen, denn Jeanne hatte zwei junge Engländer »aufgetan«, mit denen sie nach Rom weitertrampte, denn sie fand Wien wenig rigolo, eine langweilige Stadt, aber ausgerechnet das Café Sacher chic, als wäre es nicht ein Café wie jedes andere, wie ein Unterrock eben mehr oder weniger doch ein Unterrock war, obwohl weder Jeanne noch sie je einen trugen.
Diese schwere Belastung und dieses anstrengende Lügen waren jetzt auch unwichtig, da Erichs Frau schon wieder einen Selbstmordversuch gemacht hatte, kurz vor Jeannes Abreise, aber da es schon der dritte Selbstmordversuch war, der in Erichs Zeit mit Beatrix fiel und von dem sie daher umgehend verständigt wurde, war sie schon geübt in einem aufmerksamen abwesenden Zuhören, während sie aufatmend an Jeannes Abreise dachte. Es war trotzdem anstrengend, mit Erich in dem hintersten Winkel des Café

Eiles zu sitzen, obwohl sie das Café mochte und dann glücklich sitzenblieb, wenn Erich hastig aufbrach, denn nun mußte sie wieder von den Anfängen bis zur Gegenwart diese Ehegeschichte anhören, mit dem Wissen und dem Gefühl, daß Erich, der viel zu anständig und skrupulös war, es nie zu einer Scheidung bringen würde. Beatrix war immer teilnahmsvoll, obwohl sie Erichs Martyrium gar nichts anging. Sie überlegte jedesmal mit ihm hin und her, und sie besprachen es jedesmal durch, in allen Einzelheiten, denn Erich bewunderte die engelhafte Geduld von Beatrix, da der arme Mensch nicht verstehen konnte, daß Beatrix kein Interesse an einer Scheidung hatte, er selber ja wohl auch nicht, aber wenn er mit diesem geduldigen anspruchslosen Kind redete und redete, kam kein gemeines, gewöhnliches Interesse zutage, aber sein verzweifelter Wunsch, endlich ruhig zu leben und das ungelöste, unlösbare Problem mit Guggi doch gelöst zu sehen. Nun war die Teilnahme von Beatrix zwar absonderlich, nicht aber ihr Mangel an Interesse, denn sie fand es für Minuten oder halbe Stunden komisch, ein Statist zu sein in einem Drama, und manchmal dachte sie, wenn sie sich schon getrennt hatten, sie werde ihm einmal sagen, was ihr eingefallen war, denn der Ausdruck gefiel ihr zu sehr, nämlich daß es doch eine »pyramidale Telepathie« geben müsse zwischen ihm und Guggi. Jedesmal kam er rechtzeitig nachhause, einmal hatte er zufällig einen Zug aus Graz drei Stunden früher genommen, weil er sich bei einer Konferenz geärgert hatte über die Ablehnung seiner Vorschläge für den Inlandflugverkehr, und er hatte damit prompt wieder Guggi gerettet, die drei Stunden später nicht mehr zu retten gewesen wäre, er hatte sich wie ein Wahnsinniger gemüht, den Krankenwagen bestellt und sie in die Klinik gebracht, und danach hatte er sofort Beatrix angerufen, seinen »Lichtblick«, seine »Oase des Friedens« in einem verpatzten Leben, und er versicherte ihr, zitternd noch, aber inständig, daß er ohne sie nicht mehr weiterkönne, wie sehr er ihren Mut und ihre Gefaßtheit bewundere, ihre Stärke und eine Vernunft in ihr, über die gewiß kein anderes zwanzigjähriges Mädchen verfüge. In seinen Bewunderungsanfällen wünschte er ihr aufrichtig einen anderen Mann und jemand, der ihr wirklich geben könnte, was sie für immer bei ihm vermissen mußte. Beatrix mochte es nicht, daß Erich sie bewunderte oder von ihrer großen Reife sprach, sondern lachte und lachte, sobald dann der günstige Zeitpunkt kam, ein Lachen erlaubt war und Heiterkeit nicht mehr fehl am Platz war: Du vergißt aber, mein Lieber, daß ich an einem 29. Feber geboren bin! Bitte rechne doch einmal nach, ich bin doch noch ein Kind und ich werde nie erwachsen werden! Ich brauche dich so, du bist doch mein einziger Halt! Sie sah ihn dankbar an, und Erich dachte, in Gedanken bei Guggi natürlich, daß er sicher für Beatrix ein wichtiger Halt sein mußte, denn dieses Kind stand doch praktisch allein auf der Welt, und nun hatte er eben zwei Verantwortungen, die für Guggi und auch noch die für Beatrix, und niemals fiel ihm die Täuschung auf, denn sie täuschte ihn so absichtlos in allem und jedem, daß er unweigerlich an seine Wichtigkeit glauben mußte, also an Verantwortung. In wenigen, flüchtigen Momenten, in denen Beatrix ein Gefühl für Erich aufbrachte, seufzte sie für sich und dachte, das einzige, was sie diesem armen lieben Menschen aufrichtig wünsche, sei, daß er endlich einmal zu spät nachhause käme, wenn Guggi sich wieder einmal umzubringen geruhte. Denn das hatte er wirklich nicht verdient, so eine Frau wie Guggi und obendrein noch eine wie sie selbst.

Aber er war eben ein dummer Mensch und immer neu bestürzt von seinem Unglück, jemand, der in eine Falle geraten war, aus der es keinen Ausweg gab. Und sie saß da ihre Stunde ab und wußte genau, daß sie ihm nicht helfen konnte, niemand konnte das wohl, aber sie versuchte, ihn

auf sich zu lenken, denn es war immer noch besser, wenn Erich meinte, er sei auch verantwortlich für sie, denn dann war er wenigstens eine Weile abgelenkt von seiner Guggi, und ein großer Beitrag war sie ja nicht zu seinem Unglück, aber man mußte es ihm etwas größer erscheinen lassen, damit er nicht ganz in dem wirklichen Unglück umkam.
Manchmal, selten genug, gingen sie auch ins Kino und hielten einander an der Hand. Beatrix lag überhaupt nichts daran, aber manchmal, wenn er aus dem Reden herausfand, obwohl er vor allem reden mußte, weil er es sonst mit niemand konnte, wurde er zärtlich, er biß sie leicht ins Ohr, berührte ihre Brust oder die Knie, aber ihr waren die Gespräche lieber und die alarmierenden Nachrichten am Telefon. Beatrix fand diese Berührungen peinlich, sie war einfach zu alt dafür. In der letzten Zeit in der Schule und dann in einem Internat war doch reichlich mehr und genug passiert, aber seit sie erwachsen geworden war und sich heftig geweigert hatte, zu studieren oder in eine Ausbildung zu gehen, kam sie nie mehr auf die Idee, sich mit einem Mann einzulassen, und ihre Abneigung gegen diese grauenvolle Normalität, der sich alle unterwarfen, fiel zusammen mit der Entdeckung einer Perversion, ihres fetischistischen Schlafs. Pervers, ja, sie wenigstens war etwas Besonderes unter diesen normalen Irren. Richtig pervers. Alles andere war doch eine solche Zeitvergeudung, und allein dieses Ausziehen und Anziehen war so anstrengend, doch nicht zu vergleichen mit ihrem Verfallensein an den tiefen Schlaf, in den sie hineingefunden hatte, hineinfand auch angezogen und mit den Schuhen auf dem Bett. Nach manchen durch Neugier provozierten Kindereien von früher und allem, was sie heute kurzweg für reichlich überschätzt hielt, war der Schlaf die Erfüllung geworden und wert, dafür zu leben.
Die wenigen Male, wenn ihre Tante Mihailovics weg war und Elisabeth den Mund zu halten hatte, die sich durch die

Affäre mit diesem Marek jedes Recht verwirkt hatte, ihr etwas zu sagen, ließ sie Erich in die Strozzigasse kommen, zu sich ins Zimmer; es war zwar eine Belastung für sie, auch noch dran denken müssen, daß er einen Schnaps trinken oder zumindest einen Kaffee wollte, aber sie lagen dann nebeneinander, und sie ließ ihn wieder reden. Nur wenn er leider aufhörte zu reden, fing sie bei jedem seiner zaghaften Versuche, weil immer Guggis Schatten über ihm lag, ausgelassen zu lachen an, eine unbezähmbare Lust zu aufreizenden Spielen überkam sie und eine noch wildere Abwehr überfiel sie, und Erich sagte einmal, gar nicht enttäuscht, es gefiele ihm, so gefalle sie ihm. Seine Geduld mit ihr war es also nicht, die ihn in Grenzen hielt, sondern wenn ihn seine Katastrophenstimmung verließ und er auch einmal lachte, meinte er, lachend, sie sei eben eine demivierge. Beatrix, die das Wort nicht verstand, schlug in dem Dictionnaire nach, den sie zu Jeannes Zeiten oft benutzt hatte, und es gefiel ihr dann auch, denn sie war wenigstens etwas Halbes; etwas Ganzes hätte sie einfach nicht sein mögen, aber Guggi war vermutlich eine dieser Frauen mit hysterischem Lieben und Leidenschaft, und da sah man wieder einmal, wohin diese Frauen es brachten, sogar mit jemand wie dem armen Erich.
Unangenehm berührt war Beatrix nur, wenn Erich auf ihre Zukunft zu sprechen kam, denn ganz ließ es sich natürlich nicht verbergen, daß sie in keine Schule mehr wollte und keine einzige Abschlußprüfung hatte, auch nur vage und nebenbei behauptete, daß sie sich nach einer passenden Arbeit umsehe. Erich, mit seinem Verantwortungsgefühl, wurde dann sehr langweilig, wenn er anfing damit, daß es in ihrem Interesse sei, er überlegte auch, was für sie richtig sein könnte, eine Ausbildung als Dolmetscherin oder vielleicht eine Arbeit in einer Boutique oder einer Buchhandlung oder einer Galerie. Sie müsse einfach etwas tun, es beunruhige ihn zu sehr, da er sie, unter den gegebe-

nen Zuständen, nicht heiraten könne. Aber Beatrix wußte genau, daß es einfach keine Arbeit gab, auch nicht in dem erbärmlichsten Büro – denn auch dafür brachte sie keine Voraussetzungen mit – und daß man ihr nirgends erlauben werde, bis in den tiefen Nachmittag zu schlafen, weil diese unberatenen Menschen rundherum sich hineinzwängen ließen in Stundenpläne, daß sie deswegen niemals arbeiten würde, lernen schon gar nichts mehr, weil es ihr an jedem Ehrgeiz fehlte, auch nur einen Schilling zu verdienen, sich selbständig zu machen und unter schlechtriechenden Leuten acht Stunden zuzubringen. Besonders grauenvoll kamen ihr alle Frauen vor, die arbeiteten, denn sicher hatten die alle einen Defekt oder litten an Einbildungen oder ließen sich ausnutzen von den Männern. Sie, sie würde sich nie ausnutzen lassen, nicht einmal für sich selber würde sie sich je an eine Schreibmaschine setzen oder in einer Boutique demütig fragen: Gnädige Frau, darf es vielleicht etwas anderes sein? Vielleicht dieses Chemisier in Grün?
Nein, beteuerte sie, aber nur einmal, um den guten Erich nicht zu verstören, Sorgen mache ich mir da gar keine, und um welche Zukunft denn? Dann sagte sie zärtlich: Was wollen wir uns beunruhigen wegen der Zukunft? Schau doch, die Gegenwart ist schon eine zu schlimme Belastung für dich, und ich möchte nicht, daß du auch noch an mich denkst, wir wollen lieber versuchen, an Guggi zu denken. Was sagt der Professor Jordan? Bitte, verschweig mir nichts, zwischen uns darf es einfach keine Geheimnisse geben. Und damit hatte sie Erich wieder bei Guggi und dieser langwierigen Behandlung, der neuen Hoffnung und den alten Befürchtungen. Von ihrer Mutter, die sich nach Südamerika verheiratet hatte, der Schwester des verstorbenen Herrn Mihailovics, bekam sie regelmäßig eine kleine Summe, die von einem alten verkommenen Wohnhaus aus dem X. Bezirk abfiel, und wenn es auch wenig war, eine Art von Rente, die sich immer gleich blieb und durch die

Inflation ständig an Wert verlor, so verließ sie sich doch, zum Ärger ihrer Tante, auf diesen Betrag, denn sie brauchte wenig und sie wohnte so gut wie umsonst. Nie dachte sie daran, den Damen Mihailovics etwas zu geben, für das Zimmer und einige Auslagen, die, wortlos, für sie mitbezahlt wurden. Sie ging ja auch nie aus oder nur mit Erich, ganz selten allein in ein Kaffeehaus, weil sie zu erschöpft war, um sich in ein Leben zu stürzen, und die einzigen Ausgaben, die ihr allerdings wichtiger waren als alles andere, wichtiger als Essen auch, waren die für den Friseur und für ihre Kosmetika. Seit einiger Zeit sagte sie: Ich bin etwas knapp mit Kosmetika. Nur deswegen hatte sie einmal einen Fünfhundertschillingschein ungerührt und ohne Bedenken von Erich akzeptiert. Zum Geburtstag hatte sie ohnedies nichts von ihm zu erwarten, weil sie nie Geburtstag hatte, mit ihrem seltsamen 29. Februar. Was Erich nicht wußte, was er auch nicht wissen konnte, weil er zu wenig Zeit für sie hatte, und was sie auch keinem anderen Mann eingestanden hätte, warum sie vielleicht auch keinen wollte, war einfach, daß sie nur gerne beim Friseur saß, daß RENÉ für sie der einzige Platz auf der Welt war, wo sie sich wohlfühlte, und dafür verzichtete sie fast auf alles, auch auf ein regelmäßiges Essen, und sie freute sich noch dazu, daß sie zart war, zum Umblasen, und so wenig wog, kaum 46 Kilo. Sie mochte vor allem Herrn Karl und auch Gitta und Frau Rosi, ja selbst der kleine ungeschickte Toni war ihr lieber als Erich und die sorgenvolle verständnislose Tante Mihailovics. Alle bei RENÉ verstanden sie auch besser als andere Menschen, es behagte ihr darum nur die Atmosphäre in der Rotenturmstraße, im ersten Stock, und es sollte nur keiner mehr kommen und verlangen, daß sie sich ein Beispiel nähme an ihrer Cousine Elisabeth, die studiert und doktoriert hatte und sich abrackerte, dieses Musterkind, und das hatte es nun davon, mit seiner ganzen Gelehrtheit, daß es schon dreißig Jahre alt war und vor lauter Selbständigkeit, Demütigungen und aussichtslosen Existenzkämpfen doch nirgend richtig unterkam, sich obendrein nicht einmal zum Friseur wagte und darum wirklich wie dreißig aussah. Wenn Beatrix jemand ernstlich aus dem Weg ging, dann Elisabeth, denn obwohl ihre Cousine still und in sich gekehrt war, auch nie ein störendes oder vorwurfsvolles Wort zu ihr sagte, wurde Beatrix doch nur aufsässig in ihrer Gegenwart, und hätte sie nicht ihren Frieden in der Strozzigasse und Schlaf für zu kostbar gehalten, dann hätte sie ihr einmal gerne deutlich gesagt, für wie dumm sie sie halte, einfach dumm, und soviel Dummheit konnte sie nicht ertragen, nicht an einer Frau jedenfalls, denn mit Erich war es anders und rührend, wie dümmlich sie seine Ansichten und Besorgnisse auch fand. Ein Mann konnte sich Dummheit eben leisten, eine Frau niemals, die durfte sich nicht abzehren und auch noch ihrer Mutter schlaflose Nächte machen, weil sie nicht genug Geld verdiente, sich überhaupt auf so etwas Überspanntes wie Kunstgeschichte eingelassen hatte, und was half es ihr denn dann, wenn sie alles von diesem Dürer und diesen ganzen Malern wußte, in Florenz das ganze Zeug in- und auswendig kannte, denn mit dem Stipendium für Florenz war es auch aus, und soviel erriet Beatrix, daß die Damen Mihailovics nicht mehr weiter wußten, auch daß es tatsächlich wahr war, daß die dumme Person sich in den Anton Marek verliebt hatte, um sich noch mehr zu belasten, und wenn Beatrix jemand gefragt hätte, so wäre sie schon als Vierzehnjährige imstande gewesen, zu begreifen, daß dieser Marek sich aus nichts und niemand etwas machte, außer aus sich selbst, und überhaupt nicht daran dachte, die Mihailovics zu heiraten, um sich nach einer wohlüberlegten, genau berechneten Ehe scheiden zu lassen für eine sentimentale Person ohne Geld und Aussichten, während Erich einfach in einem Verhängnis war, bedauerlich zwar für ihn, aber günstig für Beatrix. Für einen geschiedenen oder verwitweten Erich hätte sie sich niemals zu René geschleppt, um dort stundenlang zwischen Kopfwaschen, Tönung, Maniküre und Epilierung heiter zu grübeln und in den Spiegel zu schauen, sich spiegelnd in diesen großen Spiegeln, die es in der Strozzigasse nicht gab, wo nur ein winziger im Badezimmer hing, klein, zu hoch und nicht hinreichend für ihre Bedürfnisse. Bei René war jede Wand mit diesen wunderbaren Spiegeln bedeckt, und es gab einige dreiteilige Profilspiegel, in denen man sich von allen Seiten sehen konnte, und Gitta brachte zuletzt auch noch den Handspiegel, damit ihr nichts entging, man nahm bei René überhaupt alles ernst, was ernst für sie war, und wenn sie, wie jede Woche, oft schon vor dem Ablauf einer Woche, hinaufging in den ersten Stock, bewegt, erwartungsvoll, atmete sie anders, die Müdigkeit fiel von ihr ab, sie verwandelte sich im Nu und trat strahlend ein in diesen Tempel. Noch ehe sie sich bei Frau Yvonne anmeldete, blickte sie schon um sich, in alle Spiegel, sie fand sich wieder und fand ihr wirkliches Zuhause. Noch ehe sie sich kritisch vor einen Spiegel stellte, war sie froh, sich selber in den Spiegeln kommen zu sehen und aufhören zu dürfen, an ihre Belastungen zu denken. Das also bin ich, sagte die eine Beatrix zu der anderen im Spiegel und starrte sich ergriffen an, während man schon hin und her zu rufen anfing, nach Herrn Karl, nach Gitta, nach Rosi, und Frau Yvonne lächelte, fast immer alle Wünsche ihrer Kundinnen im Gedächtnis, sie fragte aber trotzdem nach den Wünschen, runzelte die Stirn, weil Gitta noch nicht frei war und Frau Hilde, leider, leider, ein Kind erwartete und darum eben noch eine Weile nicht hier sein werde. Ja leider, dachte Beatrix mit einem Mißmut, ausgerechnet jetzt. Sie lächelte unbestimmt und schmerzlich, aber eine Rücksichtslosigkeit war es doch, wenn man, wie sie, an Frau Hilde so gewöhnt war. Beatrix hatte schon, in Trance, eine Bürste in der Hand und kämmte sich die Haare grimas-

sierend durcheinander, während sie lässig sagte: Schauen Sie mich bloß nicht an, bei mir ist einfach alles da capo zu machen, von den Haaren bis zu den Füßen, ich trau mich kaum mehr auf die Straße, scheußlich, wie ich aussehe ... Herr Karl! Bitte, erretten Sie mich, schauen Sie sich das einmal an! Sie fuhr sich mit den Fingern durch ihre langen, braunen Haare: Sagen Sie selber! Das kann doch nicht so weitergehen, ich war doch erst letzte Woche hier! Herr Karl sagte, mit einem anderen Kamm in ihrem Haar rührend, es ginge gewissermaßen, einigermaßen, obwohl er doch dringend zu einer biointensiven CHEV 09 Behandlung, die von den Oréal-Laboratorien erarbeitet worden sei, raten müsse und noch dringender wolle er ihr zu der ganzen Serie von Ampullen raten, nur zehnmal zu wiederholen. Beatrix unterbrach ihn lebhaft: Meinetwegen probeweise eine Ampulle, das seh ich ein, aber entscheiden, für eine ganze Serie, nein, Herr Karl, also heute kann ich mich wirklich nicht entscheiden, ich habe noch einen Tag vor mir, da machen Sie sich keine Vorstellung, und dann bei diesem Wetter! Sie sah sich hilflos um, weil ihr Regenschirm auf den Spannteppich tropfte, und Gitta lief zu ihr, mit einem nervösen Blick auf die nassen Flecken, und stellte den Schirm in einen Schirmständer, den Beatrix nicht gesehen hatte, denn es ging letzten Endes um diese Entscheidung, eine biointensive Behandlung oder nicht, was einfach zu teuer war für sie, im Moment.
Sie durchquerte summend zwei RENÉ-Räume, genoß schon dieses Verschwinden in einem Nebenraum mit den rosa Mänteln, von dem aus es gleich weiterging zu den rosafarbenen Toiletten, und sie zog sich selbstbewußt aus, obwohl jetzt eine andere Frau hereingekommen war, denn es war ein Tag für gute Unterwäsche, sie drapierte langsam und überlegt den rosa RENÉ-Mantel um sich und hängte Kleid und Mantel auf einen Haken. Draußen, in RENÉS Zimmern ging sie eine Weile unschlüssig herum, weil auf ein-

mal alle verschwunden waren, Herr Karl war nicht zu sehen, Gitta auch nicht, aber sie hörte gerne zu, wenn die Frauen telefonierten oder wenn wieder eine hereinkam und begrüßt wurde. Das also war die Gräfin Rasumofsky. Welche aber? sie hatte sich die jedenfalls anders vorgestellt, und bei den anderen war es ihr weniger wichtig zu wissen, wer die waren, weil fast alle in einem allumfassenden liebenswürdigen »Gnädige Frau« untergebracht wurden. Erst beim Zahlen und Heraussuchen der Zettel mußte unweigerlich der Name genannt werden, und dann hießen diese Frauen eben irgendwie, Jordan oder Wantschura, doch, unter der Jordan konnte sie sich plötzlich etwas vorstellen, das mußte doch die Frau von diesem großartigen Psychiater sein, der Guggi behandelte, aber die hatte sie sich auch anders vorgestellt, die sah ja so bescheiden aus, aber hübsch, beinahe bildhübsch, und sie war so jung, nur die anderen Frauen sagten ihr wirklich nichts, die einfach unter dem Titel »Frau Doktor« untertauchten oder die Frauen von Doktoren waren oder Frau Yvonne versuchte eben, den Frauen nach Laune oder aus Instinkt oder Eingeweihtheit zu einer Anrede zu verhelfen. Sonst war es Beatrix noch nie aufgefallen, daß alle Frauen hier mindestens Dreißig waren, der Durchschnitt um die Vierzig, mit Ausnahme der kleinen Frau Jordan, die aber so jung auch nicht mehr sein konnte, und jedenfalls war Beatrix hier weitaus die jüngste, denn junge Mädchen wuschen sich in Wien ihre Haare gewiß selber und feilten sich ihre Nägel, die aber auch danach aussahen. Beatrix würde das niemals tun, denn der Verzicht auf diese Nachmittage wäre ihr unerträglich gewesen, man hätte sie ebenso gut mit der Diagnose einer furchtbaren Krankheit treffen können. Paralyse etwa. Es würde bei ihr zu einer Paralyse führen, wenn man sie um die RENÉ-Welt brächte. Auch forderte sie herausfordernd diese Bedienung, dieses wirkliche Eingehen auf alles, was ihr zustand, und in der Strozzigasse, in diesem ewig provisorischen Zuhause, gab es niemand, der ihr auch nur das Bett machte, nur hie und da fiel eine überflüssige Bemerkung ihrer Tante, weil Beatrix ihr Bett einfach tagelang verknäult und zerwühlt ließ, da sie doch nur mit letzter Kraft in ihren auch unordentlichen Kasten wühlen und suchen konnte, und nur ein sehr seltener Besuch von Erich ließ sie im Handumdrehen eine oberflächliche Ordnung herstellen, damit wieder einmal der Schein gewahrt wurde, aber sonst hätte nichts sie dazu gebracht, einen Raum sauber zu machen und aufzuräumen, und ihr Geheimnis blieb es, wie sie es trotzdem fertig brachte, auf der Straße oder bei RENÉ auszusehen, als käme sie aus einer dieser herrschaftlichen, gelüfteten, von alten legendären Hausmädchen besorgten Wohnungen, aus denen die anderen Frauen hier wahrscheinlich kamen, und nur sie war fähig, in ihrem Chaos ihre paar wenigen Kleider und ein paar Stück Wäsche tadellos zu halten, denn für diesen Schein und ihr Aussehen wusch und bügelte sie sogar, unter Stöhnen und Ohnmachten, aber das mußte eben sein, einmal in der Woche. Hier aber wusch Gitta ihr das Haar, ribbelte sie so sanft, und Beatrix flehte: Bitte das Wasser nur ja nicht zu heiß! Gitta wußte das zwar schon, aber sie nickte verständnisvoll und ließ lange das laue Wasser über die Haare duschen. Dann aber war Gitta verschwunden und man schickte ihr eine Neue, die an ihr herumzupfte mit einem Kamm, und Beatrix äugte im Spiegel nach einem bekannten Gesicht. Nein, das war ja unerträglich, diese Gans, die ihr langes Haar zu kämmen versuchte, das konnte doch nur Gitta, oder Herr Karl tat es manchmal selbst, und sie schlug stammelnd vor, das Haar etwas vorzutrocknen, Ogott ogott, ich sag Ihnen doch, tun Sie mich unter die Haube oder nehmen Sie einen Föhn! Denn ganz hatte Beatrix sowieso nie verstanden, warum die sich alle einbildeten, man müsse feucht gekämmt werden. Sie sah, unter Kopfschmerzen, in den Spiegel, die Haare hingen dünn und naß zu beiden Seiten herunter, sie riß die Augen auf und musterte diesen fremden, entstellten, wildfremden Schädel, wie grauenvoll mußte erst ein nackter Schädel sein, aber dann war sie schon abgelenkt, weil sie merkte, daß ein Lidschatten auf dem linken Auge heller geworden war, sie schloß und öffnete prüfend ihre Wimpern. Jetzt war die Person endlich fertig, und Beatrix griff nach einer Illustrierten. Immer lagen hier deutsche Illustrierte herum, aber VOGUE war kaum je zu finden, und wen interessierten schon deutsche Illustrierte? Doppelmord bei Stuttgart. Sicher eine gräßliche Gegend, es klang ja auch nach Doppelmord. Sex in Deutschland. Das war sicher noch ärger. Jacqueline Kennedy, jetzt Frau Onassis, hatte mehrere Dutzend Perücken, für jede Gelegenheit. Das war immerhin schon interessanter, diskutabler, obwohl diese Kennedy – Herr Karl stand endlich hinter ihr, sie schlug rasch die Illustrierte zu und fragte: Was haben wir denn in diesem Winter für Frisuren? Nein, prinzipiell interessiere sie sich nicht dafür, es sei ihr auch ganz gleichgültig, was die anderen sich auf den Kopf türmten, hoffentlich gäbe es keine postiches mehr, es gebe schließlich wichtigere Dinge auf der Welt, zum Beispiel interessiere es sie mehr, was er, Herr Karl, von den Perücken halte, denn sie sei da nach wie vor mißtrauisch. Beatrix war das vor allem der Preise wegen, aber die Kennedy, wenn auch nicht mehr die Jüngste, war doch ziemlich überzeugend. Herr Karl, der rasch, ohne je mit einem Finger ihren Kopf zu berühren, eine Strähne nach der anderen meisterlich um die Wickler zu legen begann und zugleich mit ihr redete, als wäre es ihm das Leichteste von der Welt, so lange Haarsträhnen über diese Wickler zu bringen, rief: Aber das sag ich doch wirklich nicht zum erstenmal, daß Sie eine haben müssen, zwei genau genommen, zwei Perücken brauchen Sie unbedingt, denn wenn Sie zum Wintersport wollen und dann in den Süden! Beatrix verzog den Mund, denn zum Wintersport fuhr sie nicht, einmal weil kein Geld dafür da war, dann weil man zu einem Sport, auch wenn man keinen betrieb im Wintersport, immerhin zu einer gewissen Zeit aufstehen mußte, und drittens, weil es nur so wenige Orte gab, die ihr gefallen hätten. Auf diese Skihütten und dieses ganze Genre, mit diesen Leuten vom Alpenverein, darauf konnte sie verzichten. Strohsacklager, so stellte sie sich das vor. Jodler und ungeheizte Zimmer. Zu Herrn Karl sagte sie vernünftig: Um übrigens vom Sommer zu reden, da man ja wirklich nach Oberitalien nicht mehr kann und ich dann lieber noch am Wörthersee bleibe, frage ich Sie ja. Denn nach dem Schwimmen, da kann ich doch unmöglich immer zum Friseur rennen, und ich bitte Sie, dort unten, zu einem in der Provinz, das ginge wirklich über meine Kraft. Herr Karl erklärte, daß er ihr, falls er sich nicht irrte, nun schon zum dritten Mal im Lauf des Herbstes, bis ins Detail gesagt habe, weshalb er ihr diese neuen Perükken empfehle und warum sie diesmal »waterproof« und trotzdem von erster Qualität seien. Beatrix verstand das auch ziemlich genau und hörte nicht mehr zu. Sie versank förmlich in dem Spiegel, während Herr Karl ihr ein rosa Netz über die Wickler legte, ihr Wattebauschen an die Ohren legte, die Haube herunterzog und den Apparat anstellte. Ja, sie wollte einen schwarzen Pullover, Herrenschnitt, V-Ausschnitt, mit weißer Bluse darunter, es sah mädchenhaft aus, und Erich würde das sicher mögen, so demivierge. Sie hob die Haube noch einmal in die Höhe und fragte ernsthaft, obwohl dieser Teil der Prozedur schon beendet war: Herr Karl, ich hab ganz vergessen, das heißt, ich hab es mir überlegt die ganze Zeit, ob ich mir diese mèches machen lassen soll, und Sie wissen ja, daß ich zu keinem Entschluß komme. Kann ich nicht. Herr Karl sagte dezidiert, aber nicht ohne Einfühlung: Dann müßten wir eben wieder von vorn anfangen.

Nein, Sie müssen mir doch raten, Sie wissen doch ganz genau, daß ich ohne Sie keinen Schritt tun kann. Nur überlegen möchte ich es mir noch. Was mach ich aber, wenn ich an den See oder ans Meer gehe und die mir dort keine mèches machen können, das ist es ja! Wissen Sie, daß ich eigentlich ganz amputiert bin, ohne Sie, denn ich kann Sie doch nicht einpacken und mitnehmen, ich bin ja nicht die Königin von England.

Nach diesem gelungenen Satz lächelte sie Herrn Karl besonders an und dachte, wieviel hübscher und jünger sie doch war als diese Person, die auch noch Todesurteile unterzeichnen hatte müssen, was Jeanne, die etwas von Politik wußte, ihr eindringlich vorgehalten hatte. Also dafür dankte sie, und ausschlafen konnte die gekrönte Elisabeth sicher auch nie, die war ja ärger dran als jeder Bettler mit ihren Diademen und dem ganzen Geld. Nur einen Friseur, den konnte sie überallhin mitschleppen, das gewiß, aber wenn man solche Hüte aufsetzte und erwachsene Kinder hatte, halfen auch ein Privatfriseur und Privatkosmetikerin nicht mehr, aber besonders an Todesurteile wollte Beatrix in diesen Stunden gar nicht denken, und sie entließ Herrn Karl, der schon die zwei Perücken abschrieb und ihr die Haube wieder über den Kopf zog.

Mit Gitta flüsterte sie: Sagen Sie, ist die Dame dort, die hübsche, ziemlich junge, die muß doch eine ständige Kundin von Ihnen sein, wirklich die Frau von dem Jordan? Gitta nickte eifrig und sagte: Eine bezaubernde Frau und so was von einfach! Beatrix ging das zwar nicht ein, denn was mußte die »einfach« sein, oder es war ein Trick, die machte sich eben interessant mit Einfachsein. Chacun à son goût. Sie konnte natürlich niemand sagen, warum Frau Jordan sie ausnahmsweise interessierte, denn diese Frauen interessierten sie sonst überhaupt nicht.

Frau Rosi kam mit dem kleinen Becken für die Füße, und Beatrix mußte noch einmal aufstehen und in dem hinteren Raum ihre Strumpfhosen ausziehen, in die rosa-weißen

RENÉ-Pantoffeln steigen und ging zurück unter die Haube, tauchte die Füße ins warme seifige Wasser, das endlich einmal die richtige Wärme hatte, sie nickte dankbar Frau Rosi zu, die schon ihre Instrumente ausbreitete, Beatrix' ersten Fuß auf die Knie nahm und anfing, die Nägel zu kürzen. Elfe hätte sie gern geheißen, und hatte es nicht einmal eine Schauspielerin gegeben, an der Burg, natürlich, die Lombardi hieß ja Elfe, und die gabs noch, aber die sah nicht aus, als ob der Name zu ihr paßte. Man sollte eben allen empfindlichen Leuten von einem gewissen Alter an erlauben, sich selber einen Namen auszusuchen, aber daran hatte wieder einmal niemand gedacht, und auf ihr Wahlrecht wollte Beatrix gerne verzichten, wenn sie es jetzt bald bekam, denn Politik war ihr egal, und wie diese Politiker schon alle aussahen. Als sie den kleinen Toni vorüberhasten sah im Spiegel, rief sie: Es ist zu heiß, ich halt das nicht mehr aus, drehen Sie doch bitte den Schalter auf 2.

Aschblond wäre sie gern gewesen, ein Florentinerblond mit rötlichem Schimmer machte vielleicht zu alt, aber so ein Aschblond, unscheinbar auf den ersten Blick ... Dafür würde sie ihr make-up ändern, einen ganz hellen fond de teint auftragen, ein kränkelndes Aussehen vortäuschen, weil alle so aufs Gesunde versessen waren und kaum jemand gesund war, sie aber schon, nur sie fand sich doch recht süß mit dem leicht bräunlichen Ton im Gesicht, das Rosabraun war meistens nicht echt, aber Frau Hilde hatte ihr beigebracht, wie man diesen rosa Kompaktpuder auftragen mußte, und nun mußte diese Person ein Kind bekommen, obwohl sie wirklich gut schminken konnte, und es war Wien eben doch eine völlig rückständige Stadt, weil so wenig Frauen sich beim Friseur schminken ließen, nur die Frauen, die etwas mit Fernsehen und Film zu tun hatten, aber danke, an Filmen hatte sie nie gedacht und Illusionen hatte sie auch keine. Katti, die einmal kurz ihre beste

Freundin war, als Beatrix noch dran glaubte, daß es beste Freundinnen gab, früher, als sie jünger war, die war so überspannt davon geworden und ein solches Nervenbündel. Allerdings war Katti schon fünfundzwanzig, und nach allem, was sie erzählte, schien das doch nicht übertrieben zu sein mit den Filmbetten, grauenvoll. Und dann kam Katti wieder zurück, mit einer neuen Hoffnung, in einem deutschen Film unterzukommen. Was also Beatrix durch diese Exfreundin über Rom gehört hatte, ob es nun wahr war oder nicht, das fand sie auch nicht zum Kranklachen, wenn es ihr auch gleichgültig war, daß die sich Nerven zuzogen, das ging ja noch, Launen hatte sie selber vielleicht auch, aber sie wenigstens war nie traurig oder enttäuscht und regte sich über nichts auf. Erich fand einen Typ wie Katti zum Explodieren – mit der hatte sie ihn leider einmal zusammengebracht – nie wieder. Und à propos Freundinnen, so was hatte man auch nicht mehr zu haben, wenn man erwachsen war.

Sie hielt ein einsames Zwiegespräch mit Erich: Weißt du, es ist mir egal, was der Rest der Menschheit macht, ob er sich wäscht oder nicht, LSD oder nicht, sich abmüht für nichts und wieder nichts, oder herumtrampt, ich finde alle, diesen Rest der Menschheit, ja, Rest, nur lustig, die einen und die anderen, ich kann mich da nicht so festlegen. Egal ist es mir, du verstehst doch. Ich? Ich und mich nicht ausdrücken können – ja, da hast du übrigens sehr recht, ich kann mich nicht ausdrücken. Es ist ein Fehler. Ich weiß es, und du hast vollkommen recht. Aber eigentümlich ist es, findest du nicht, daß ich mich nicht ausdrücken kann?

Laut würde sie aber heute einmal zu Erich etwas anderes sagen: Ich bin manchmal richtig in mich vernarrt, und sie würde es schnell hinsagen, ehe er mit Guggi und seinen Problemen kommen konnte. Erich hatte übrigens etwas sehr Komisches gesagt unlängst, etwas über die Beziehungen zwischen Männern und Frauen, und daß man das

Grundproblem nicht lösen könne, er jedenfalls fange an, zu kapitulieren, und daran tat er gewiß recht, aber trotzdem behielt er diese Manie bei, alles durchzudenken und sich selber zu analysieren, seine Situation im allgemeinen, dann seine Situation mit Guggi und dann seine Situation mit ihr, und zugleich behauptete er, daß es das Wichtigste sei, die Situationen nicht zu analysieren, sondern sie sich entwikkeln zu lassen, die Lösung komme von selbst. Schon ein widersprüchlicher Mann, obwohl ihr das alles gestohlen bleiben konnte, nämlich alle Situationen einzeln und miteinander. Situationen gingen sie nichts an. Aber das war vielleicht ein Denkfehler bei ihr. Erich machte sie immer auf alle möglichen Denkfehler aufmerksam, und Beatrix fand das sehr stimulierend, da die Situationen so monoton waren, und sie sagte daher öfters zu ihm, indem sie ihn betrübt und hilflos ansah: Ich glaube, ich hab da wieder einen Denkfehler gemacht, nicht wahr? Und wenn sie sich gar selbst an etwas die Schuld gab, wurde er der liebste und aufmerksamste Mensch, aber es mußte eine Schuld sein, die er sich ausgedacht hatte, es tat ihm dann so gut, Schuld einem anderen zu verzeihen, und Beatrix würde von nun an immer daran denken, sich mindestens einmal in der Woche eine Schuld zu geben. Heute klemmte doch wirklich ein Wickler unangenehm, was Herrn Karl noch nie passiert war. Sie würde Erich um Verzeihung bitten, für alle unglaublichen und belanglosen Dinge: Bitte, Erich, du mußt mir verzeihen, ich war so unaufmerksam das letzte Mal, nein, doch, ich merke es selber, hinterdrein, und ich sehe es ein, ich fürchte, mein Guter, ich war sehr nervös. Und gerade an dem Tag, an dem du so nervös warst, ich bin rücksichtslos gewesen, richtig rücksichtslos, und ich muß mich ändern, Erich, bitte, ich muß aufrichtig zu dir sein dürfen, sonst hat es doch keinen Sinn für mich, und dein Vertrauen zu verlieren, das wäre das Schlimmste für mich.

Beatrix schaute auf ihre Zehennägel, die beinahe fertig waren und nur noch lackiert werden mußten, süß, sie hatte vielleicht nichts Besonderes an sich, aber ihre Füße fand sie hinreißend, und es tat ihr nicht einmal leid, daß kein Mann je ihre Füße so sehen konnte, und Erich, auch in der Strozzigasse, wenn sie die Strümpfe auszog, um ihn zu reizen, schaute ihre Füße überhaupt nie an. Es genügte ihr, daß sie selber es wußte. Schöne Füße gab es selten, und besonders Frau Rosi konnte da ein Lied singen. Frau Rosi sang heute kein Lied, sondern zog das Becken weg, verschwand und kehrte wieder mit dem ganzen Besteck für die Maniküre. Beatrix rief nach hinten: Herr Karl, wie lange muß ich denn heute schmachten? was? noch zehn Minuten, das ist eine ausgemachte Grausamkeit von Ihnen, und wenn Sie sagen, zehn Minuten, dann bedeutet das doch zwanzig. Ich werde mir aber trotzdem nicht die Haare schneiden lassen, ich will Ihnen diesen Gefallen nicht tun, ich schmachte lieber.
Sie hielt Frau Rosi die linke feuchte Hand hin und senkte die rechte ins Wasser. Dann aber nahm sie wieder die Illustrierte. Als sie Fünfzehn gewesen war, hatte sich jemand in ihren Rollkragenpullover verliebt, grün war er gewesen, und damals wußte sie noch nicht, daß sie einen zu kurzen Hals für Rollkragenpullover hatte. Was lernte man nicht alles dazu, im Lauf der vielen Jahre! Nie mehr Rollkragenpullover, das stand fest.
Die Jacht Christina. Auf eine griechische Insel zusteuernd. Ari auf Deck, so ähnlich hatte der jemand ausgesehen, nur jünger. Es gab noch eine grausige Reportage über Afrika, und sie dirigierte lieber doch die Jacht auf Inseln zu, sie stand auf Deck und ihre Haare wehten im Wind, aber sie stand allein, ohne Gäste an Bord und ohne einen Ari, der völlig überflüssig war. Um Himmels willen, schrie sie auf, Toni, es ist doch schon wieder zu heiß, ich habe doch gesagt auf 2 und das kann nicht 2 sein, das ist 3!

Erich war aber auch ständig überarbeitet, übermüdet, denn gegen diese neue Personaleinschränkung wußte er sich nicht zu wehren und übernahm noch die ganze Arbeit für einen abgeschobenen Herrn Jakob, das sah ihm ähnlich, obwohl Beatrix sich unter »Personaleinschränkung« nicht viel vorstellen konnte, nur eine zusätzliche Belastung, und daß Erich, der sicher ein Recht darauf hatte, nicht einmal Flugtickets für schöne Reisen von dieser AUA gratis nahm, das war auch typisch, denn trotz seiner Klagen über die Direktion, die ihr begreiflich waren, identifizierte er sich doch mit diesen Herrschaften, die gewiß herumreisten, und heute mußte sie ihm einmal vorschlagen, sich um Flugtikkets zu kümmern, ganz scherzhaft: das muß doch leicht sein für dich, und wir könnten dann endlich einmal miteinander sein, weit weg, in Karachi oder Bombay. Einen Flug nach Istanbul würde sie sich zumindest von ihm wünschen oder besser noch einen auf die Kanarischen Inseln. Du und ich, allein, zu zweit, in der Sonne, auf einem herrlichen Strand dieser Kanarischen Inseln, Erich, das muß doch möglich sein! Hoffentlich gingen Flugzeuge in diese wunderbaren Gegenden nicht schon am Morgen weg oder am Mittag, es gab sicher auch Abendflüge, aber ob man in einem Flugzeug bequem schlafen konnte, das war sehr zweifelhaft. Nur ein kleines Gerede über ferne sonnige Länder konnte nicht schaden, denn Erich mußte sich dann einmal aufraffen, sich etwas einfallen lassen, um mit ihr wegfahren zu können. Dieses graue Wien vergessen und diese Überanstrengungen, denk bloß, Erich, ich würde mich so wahnsinnig freuen! Fliegen würde sie dann nicht, denn sie dachte sich die Welt mit diesen gepriesenen Gegenden fürchterlich unbequem, und Erich würde es kaum zustande bringen, seinem Direktor zwei Flugkarten zu entreißen für ein Vergnügen, aber ein Anstoß, einmal an Vergnügen zu denken, das war allerhöchste Zeit für ihn.

Die Haube war vermutlich auf 2 eingestellt, aber 2 fühlte

sich heute an wie 3 und sie rief: Bitte, Toni auf 1, es ist unerträglich, 2 halte ich nicht aus!
Wenn sie noch rechtzeitig fertig würde, mit allem Drum und Dran, dann konnte sie noch ins Kino gehen, vor ihrer Verabredung mit Erich. Allerdings, bei Regen, die ganze Kärntnerstraße hinunter und dann wieder zurück zum Hochhauscafé, das wäre zu verheerend, und ein Taxi war zu teuer. Sie seufzte. Sie würde also auf Erich wohl eineinhalb Stunden warten müssen im Kaffeehaus. Immerhin, es konnte ein neues Detail auftauchen im Drama, denn nicht jeder Mann hatte eine Frau wie Guggi, und ganz gern hätte sie Guggi einmal von weitem gesehen, aus der Nähe lieber nicht. Sie jedenfalls würde sich nie umbringen, und dabei hatte sie wahrscheinlich eine viel größere Angst vor dem Leben, einfach eine Heidenangst. Beatrix dachte, sie würde, wenn sie hier wegging von RENÉ, einfach ein paar Zeilen hinterlassen für Erich im Kaffeehaus, dann sofort nachhause fahren in die Strozzigasse, dort konnte sie sich hinlegen, mit ihren frischen Haaren. Die Haare sind eben doch das Schönste an mir, sonst ist nicht viel los, außer den Füßen natürlich. Zuhause würde sie sich ruhig und glücklich hinlegen, ihre Haare ausbreiten, ihre Füße betrachten, denn im Kino gab es sicher wieder einen dieser anstrengenden Filme, mit Mord und Totschlag und manchmal sogar Krieg, und wenn auch alles gestellt und erfunden war, dann nahm es sie doch zu sehr mit, gerade weil es in der Wirklichkeit anders zuging. In ihrer Wirklichkeit gab es nur Guggi, die ein Problem war, aber auch das war nur leihweise ein Problem, und Erich war einfach ein schwacher Mensch, der sich auch im Büro kujonieren ließ, das wußte er auch selber, und sie hätte diesem Chef längst die Meinung gesagt und sie hätte dieser haltlosen Person längst eigenhändig die Tabletten und Rasierklingen hingelegt, ausdrücklich, damit die wenigstens einmal zur Besinnung kam.

Sie zog ihre Puderdose aus der Handtasche und sah ihre Zähne an, nicht schlecht, wenn auch leicht unregelmäßig, sie mußte unbedingt zum Zahnarzt gehen, und zwar bald. Und gereinigt mußten die auch endlich werden, nicht diese Woche, aber nächste Woche. Eine fürchterliche Belastung. Sie war froh, daß sie sich schon halb und halb dazu entschlossen hatte.
Ich bin eine Mädchenfrau. Oder bin ich eher ein Frau-Mädchen? Sie überlegte, am Einnicken, ob da eine gefährliche Verschiedenheit bestehen könnte zwischen den beiden Ausdrücken, aber zu Erich würde sie heute am besten etwas ganz anderes sagen, damit er es nicht zu einfach hatte. Das mußte einmal gesagt werden. Weißt du, ich bin eine Frau, würde sie sagen, denn das war eben der Punkt, auf den es ankam, und den er nicht verstand: daß sie, trotz allem, eine Frau war. Demi-vierge war ganz schön, aber immer konnte sie ihm dieses Vergnügen nicht machen, sie so problemlos zu sehen. Ich bin eine Frau – das mußte ein Problem werden für ihn, einen ganz kleinen Stachel würde es in ihm zumindest hinterlassen, aber da es ihr zu kompliziert war, selber darüber weiterzudenken, versank sie fast bewußtlos unter dem Tosen der Trockenhaube. Ihre Hände waren jetzt auch fertig und lackiert, sie hatte es kaum bemerkt, daß Rosi schon ihre Sachen zusammenräumte und aufstand, und sie bat sie flehentlich, die Haube abzustellen. Zwanzig Minuten waren das bestimmt gewesen. Unsägliche zwanzig Minuten, Herrn Karl zuliebe.
Sie ging mit dem neuen dicklichen Fräulein, das Frau Hilde vertrat, in eine Kabine und legte sich auf das harte, schmale Bett, im Grund schon voller Mißtrauen, und nach den ersten Handgriffen von dieser »Vertretung« verfinsterte sie sich, sie hatte ganz deutlich das Gefühl, es werde schiefgehen. Begründen hätte sie es nicht können, denn beim Reinigen und Massieren konnte freilich noch nichts passieren, aber diese Person hatte Hände, also zwei schlim-

me, klobige Hände, das fühlte sie doch, diesen Instinkt hatte sie, wenn Hände sie berührten, und diese Langsamkeit und Vorsichtigkeit, mit der die ihr im Gesicht herumwischte mit einem Kleenex. Beatrix hielt die Augen geschlossen, damit sie wenigstens nicht dieses rotgeäderte teigige Gesicht sehen mußte, das sich von hinten über das ihre beugte, aber jetzt zupfte die Person schon mit der Pinzette an ihren Augenbrauen herum, wieder mit dieser Langsamkeit, und das mußte doch blitzschnell gehen, damit es nicht schmerzte. (Hören Sie bloß auf, ich kann nicht mehr, hören Sie doch auf!) Beatrix hatte nicht den Mut, laut etwas zu sagen, denn so etwas hatte sie noch nie durchgemacht bei RENÉ, eine derartige Tortur, und sie wußte nicht, wie sie, ohne diese Person zu beleidigen oder davonzurennen, lächerlich mit den Wicklern auf dem Kopf, aus dieser Situation herausfinden sollte. Das allerdings war eine Situation! Mit Herrn Karl hätte sie sich rasch verständigen können, aber er kam nie zu den Kabinen, das war nicht sein Reich, es kam überhaupt niemand, auch Gitta nicht, und sie konnte doch nicht einfach aufheulen, laut aufschreien in dieser Folterkammer. Mühsam fragte sie, während dieser neue Trampel weiterzupfte, wie spät es sei. Für das Kino war es also zu spät, auch das noch, und die Lockenwickler drückten sie, diese Person hatte nicht einmal daran gedacht, ihr ein Kissen unter den Kopf zu schieben, die verstand rein gar nichts, und Beatrix kam schließlich nicht zu RENÉ, um sich zu opfern für die ersten Versuche einer Dilettantin, aus der nie eine Kosmetikerin werden würde, das fühlte sie doch, bei diesen Händen. Die ersten Tränen liefen Beatrix aus den Augenwinkeln. Wie würde das erst beim Schminken zu ertragen sein, da mußte man doch völlig entspannt sein, und bei Frau Hilde war sie immer relaxed, direkt relaxed und schläfrig. Sie konnte schon jetzt nicht mehr stillhalten, und wenn es dann auf das Augenschminken ankam, würde es eine Katastrophe geben. Die Tränen genügten ja wohl schon, bemerkte dieser Trampel das nicht, eine Träne genügte doch, um nicht arbeiten zu können an einem make-up, und in ihrer Verzweiflung sagte Beatrix: Bitte, ein Glas Wasser, mir ist übel, bringen Sie mir ein Glas Wasser. Die Person hörte überrascht auf und ging hinaus. Beatrix setzte sich sofort auf und suchte zitternd nach einem Spiegel.

Wie idiotisch, sich ausgerechnet einen solchen Tag auszusuchen, um sich mit Erich zu treffen, der keine Ahnung hatte, was sie auf sich nahm. Das Gescheiteste wäre überhaupt, ihm bald zu sagen, am besten heute noch, daß sie einander nicht mehr sehen sollten, vielmehr nicht sehen dürften, daß sie ihrer Tante zum Beispiel alles gebeichtet hätte und ihre Tante, mit ihren bornierten Ansichten, diese Beziehung zu einem verheirateten Mann skandalös fand und daß sie natürlich, abhängig von ihrer Tante und zutod erschrocken über den Ausbruch ihrer Tante . . . Nein, das ging auch nicht. Aber Guggi konnte sie als Grund anführen und ihr eigenes schlechtes Gewissen, das sie deswegen nicht mehr zur Ruhe kommen lasse. Beatrix mochte besonders gern Worte wie Gewissen, Schuld, Verantwortung und Rücksicht, weil sie ihr gut klangen und nichts sagten. Man sollte überhaupt nur Worte mit anderen verwenden, die einem gar nichts sagten, weil man sonst unmöglich zurechtkam mit den anderen, und »Gewissen« würde eine Glaubwürdigkeit für Erich haben, der ja ein exemplarisches Beispiel dafür war, wie das funktionierte, wenn man einem Mann die unsinnigsten Worte servierte, denn er konnte nur mit denen etwas anfangen. Mit den heimlichen Worten und verheimlichten Gedanken von Beatrix wäre Erich doch in einen Abgrund gefallen oder zumindest völlig desorientiert worden. Eine Orientierung brauchte er, das war alles.

Sie löste sich, immerzu in den Spiegel sehend, zuerst ein paar Wickler am Hinterkopf, dann noch zwei vorne an den

Schläfen und war überrascht, als die steifen Locken ihr jetzt auf die Wangen herabhingen und ihr ein anderes Gesicht gaben als mit dem ausgekämmten Haar. So sollte sie aussehen! Das war es! Schmal, puppenhaft, mit diesen zwei Locken vorne, die künstlich aussahen, vielleicht lauter solche Korkenzieherlocken, ein ganz ausdrucksloses maskenhaftes Gesicht einrahmend, wie jetzt. Sie zog fasziniert einen Wickler nach dem anderen heraus, es war ihr gleichgültig, was Herr Karl danach sagen würde, ihr Herz fing an zu jagen, sie befeuchtete sich die Lippen und flüsterte sich etwas zu. Sie sah unwahrscheinlich aus, märchenhaft, geheimnisvoll, sie war ein solches Geheimnis, und wer würde sie je so sehen, dieses geoffenbarte Geheimnis eines Moments? Ich bin verliebt, ich bin ja richtiggehend verliebt in mich, ich bin zum Verlieben! Beatrix wünschte nur, daß die Person so schnell kein Glas und kein Wasser finden würde, denn sie war zum erstenmal verliebt, und das gab es also wirklich, ein so starkes Gefühl in einem Menschen, daß man vor Lachen und Weinen, zwischen Lachen und Weinen, keinen Ausdruck fand, aber das war ja etwas Unglaubliches, wie in den Filmen, so romanhaft, ein Erdbeben war in ihr, und weil sie auch nicht mehr Worte wußte als andre, war es sicher Verliebtheit.
Sie schlug ihren Gefühlsaufruhr rasch nieder, denn sie hörte Schritte und gleich würde die Kabinentür aufgehen, es würde alles wieder grauenvoll werden und das Leben draußen erbärmlich weitergehen, ein Leben, in dem Strümpfe zerrissen, in dem es ungelüftete schäbige Wohnungen gab wie in der Strozzigasse, in dem Kleider schmutzig wurden, in dem es regnete, wenn man einmal zum Friseur ging und sich darauf freute, in dem die Haare bald wieder fettig wurden, und die kurze Zeit der Perfektion, in der sie makellos war, mit rosigen Füßen und Händen und noch im Nachbeben nach einer Erschütterung – diese Zeit schleifte schon dahin, und wieder würde sie

konsumiert werden, vom Leben, von Erich, denn dieser wehleidige Narr konsumierte sie auch, ohne zu wissen, wie kostbar sie war und wie sie sich verausgabte, sinnlos, damit er ein bißchen Mut bekam und sich wieder aufrichten konnte nach jedem Fall, während sie selber in seiner Gegenwart und durch seine Gegenwart zerstört wurde und verging, für nichts und wieder nichts. Augenblicke wie diese konnte Erich gar nicht kennen und einen Aufschwung und eine Bezauberung solcher Art nie gehabt haben, denn er war gemacht für Sorgenhaben und Sorgenausbreiten, all diesen nonsense, anstatt einmal die Augen aufzumachen und zu sehen, was für ein Juwel ihm beschert worden war, was an ihr besonders war und einzigartig und daß sie kein »kleines Liebes« und »liebes Kleines« war, sondern daß sie, mit oder ohne Denkfehler, ein einsames unverstandenes Kunstwerk war, unerreichbar und zum Glück unverstanden, denn von ihrer allwissenden Cousine hatte sie einmal gehört, daß es das Besondere an einem Bild war, daß man es nicht verstehen konnte, weil es nichts zu verstehen gab und die Bedeutungen keine Bedeutung hatten, es war also gar nicht alles so dumm, was dumme Leute manchmal daherredeten.

Das Glas Wasser trank sie, weil die Person damit zurückkam, und sie legte sich wieder ergeben hin, denn die wußte auch nichts Besseres zu sagen, als daß sie die Wickler nicht hätte herausnehmen dürfen, Herr Karl werde nicht begeistert sein. Beatrix erwiderte auf diese Bemerkung nichts, es stand ihr nicht dafür. Sie murmelte nur, was Frau Hilde und wie Frau Hilde ihr sonst das make-up machte, und sie bitte doch sehr. Die Person beugte sich wieder über sie und fing mit einem Lidstrich an, den sie gleich wieder wegwischte, das hatte ja so kommen müssen, und dann fing sie wieder an, auf dem andern Aug, das zu zucken begann, aber das Zucken war doch nicht gewollt von Beatrix, sondern verursacht von dieser ungeschickten Person, die noch

einmal anfing, und Beatrix zuckte nicht mehr, denn die sollte sich nicht herausreden können, und nach einer halben Ewigkeit waren diese Lidstriche gezogen und die Lidschatten aufgetragen. Beatrix sagte nur einmal: Aber dezent bitte, eine Andeutung, ich bin ja keine Schauspielerin. Die Neue sagte gar nichts mehr, aber diese Stille war verdächtig, und es brauchte schon eine Riesengeduld, wie nur Beatrix sie aufbringen konnte, um dieses verdächtige Herumwischen, diese wiederholten Korrekturen zu ertragen. Endlich war sie erlöst und stand mit einem düsteren Schweigen auf, nein, sie wolle nichts sehen, in keinem Spiegel, nur sofort zu Herrn Karl und gekämmt werden. Die Feindseligkeit in der Kabine war schon unerträglich, und Beatrix flüchtete. Ihre ganze Herzlichkeit, ihre gewohnte Lust zum Plaudern bei RENÉ war ihr in dieser Stunde gründlich vergangen, und sie setzte sich in das vorderste Zimmer, um auf Herrn Karl zu warten.
Erst als er eilig kam, denn sie räumten schon auf, um schließen zu können, und nach Toni rief, damit er ihm den Föhn hielt, sah sie auf und sah ihn sehr vorwurfsvoll an. Sie hoffte, daß er sie gleich verstehen werde. Herr Karl empörte sich aber nur über die Wickler, die weg waren, und das war nun wirklich der Gipfel, aber es war noch gar nicht der Gipfel, denn ehe sie ihm antwortete, sah sie doch, unter einem unbezähmbaren Zwang, in den Spiegel. Sie hatte keine Worte, und das sagte sie: Herr Karl, ich habe keine Worte. Schauen Sie sich dieses make-up an, ich will ja nicht sagen, wie ich aussehe, aber wie ich aussehe, das sehen Sie selber!
Herr Karl bürstete schon, und er kämmte und föhnte jede Strähne, als bemerkte er nichts, und das war ihre bitterste Enttäuschung. Ihr geheimnisvolles Gesicht war wie nie gewesen. Aber gnädiges Fräulein – er sagte gottlob nicht gnädige Frau zu ihr, denn sonst wären ihr jetzt die Nerven gerissen – ich weiß, wie Sie an Frau Hilde gewöhnt sind,

aber ich finde dieses neue make-up gar nicht so schlecht. Beatrix beherrschte sich und dachte, das geht leider über meine Beherrschung, er hätte zumindest sagen können, daß sie schauerlich aussah und daß ihre Augen eine Katastrophe waren. Sie war ja nicht blind und sie sah es, zu dikke unregelmäßige Linien, zuviel Schwarz, es war eine regelrechte Katastrophe. Herr Karl sagte nur, ablenkend: Draußen schüttet es leider, und Sie kommen immer, wenn es regnet. Beatrix antwortete noch immer nicht, sie überlegte fieberhaft, was sie tun solle, so konnte sie Erich unmöglich treffen, sie mußte es vermeiden, womöglich gleichzeitig mit ihm ins Hochhauscafé zu kommen, sie konnte nur in das Restaurant Linde laufen und auf die Toilette gehen, sich dort diese Farben herunterwaschen, aber mit Wasser war nichts zu machen, und sie nahm rasch einen der Wattebauschen, die da lagen, für die Ohren, sie sah einen Tiegel vor sich stehen, mit einer Creme, darauf stand: leave on over night, aber sie verstand nicht dieses blöde Englisch, und während er sie bat, den Kopf gerade zu halten, fing sie an, verzweifelt mit diesem Wattebauschen und der Creme sich die Augen zu reiben, denn das Zeug mußte einfach weg, das sah ja hurenhaft aus, und Erich würde denken, sie sei verrückt geworden, aber diese Creme war nicht die richtige, und Herr Karl war entsetzt und sagte etwas, aber sie hörte nicht zu, sie wischte und rieb sich die Lider, und dann war sie eben am Ende, sie brach in ein unaufhaltbares Schluchzen aus, die Wimperntusche rann ihr herunter, und sie sprang auf, mit schwarzen und blauen Tränenströmen auf den Wangen, und schrie: Lassen Sie mich, man soll mir sofort meinen Mantel ... Aber da sie auch das Kleid hinten hatte und nicht nur den Mantel, rannte sie nach hinten, schmiß den RENÉ-Mantel zu Boden und zog das Kleid an, den Mantel, und sie schluchzte und schluchzte, und sie konnte jetzt unmöglich noch mit Frau Yvonne verhandeln und Trinkgelder verteilen, und

Herr Karl, der ihr nachgelaufen war, aber nicht zu »Damen« hineindurfte, wartete auf sie und rief: Gnädiges Fräulein, aber ich bitte Sie, aber was ist denn, aber ich kann Sie so doch nicht ...
Beatrix sah ihn nicht einmal an und rief nur: Ich zahle das nächste Mal, ich komme ja zu spät! und sie lief hinaus und die Stiege hinunter, aber Herr Karl holte sie ein, denn sie hatte den Schirm vergessen, und draußen goß es doch und in Strömen, er wollte noch etwas sagen, aber Beatrix, die zwar den Schirm nahm, aber nicht aufspannte, war schon vor dem Tor und sagte noch, während der Regen ihr ins Gesicht peitschte: Und ich sitze hier bei Ihnen einen ganzen Nachmittag herum, ich habe einen geschlagenen Nachmittag verloren, ich habe doch nicht meine ganze Zeit zu verlieren! Nachdem sie ihm den ganzen Nachmittag ins Gesicht geschleudert hatte, war ihr Kopf klatschnaß, die Frisur weg, aber das Taschentuch von Herrn Karl wies sie kategorisch zurück.
Verstehen Sie denn nicht! Mein ganzer Tag ist hin!
Sie überquerte die Straße, und in der Linde, im Vorraum der Toiletten weinte sie hemmungslos weiter, und es fiel ihr Erich ein, der schon wartete, aber heute umsonst. Hoffentlich hatte Guggi sich umgebracht, und er wartete nicht. Sie war auf einmal sicher, daß Guggi sich umgebracht hatte, hörte sofort zu weinen auf und sah in den Spiegel. Eine Katastrophe.
Zur alten Toilettenfrau sagte sie: Es ist eine Katastrophe. Es ist alles hin. Die Menschen sind eben alle so rücksichtslos. Die alte Frau sagte, sie in die Arme nehmend, besorgt: Aber Kind, Kind! Und Beatrix sagte, mit großer Fassung: Ich bin kein Kind, aber es sind eben alle rücksichtslos. Ich muß sofort diese Schmierage aus dem Gesicht wegkriegen.
Ja, die Männer, sagte die alte Frau, verständnisvoll und gerührt, und Beatrix verstand einen Moment nicht, aber

dann, der alten Frau wegen, die noch an Märchen glaubte, schluchzte sie noch einmal laut auf. Den Gefallen konnte sie einer alten Frau tun, sie in ihrem Glauben zu lassen.
Ja, die Männer!

Ihr glücklichen Augen

Georg Groddeck in memoriam

Mit 2,5 rechts und 3,5 links hat es angefangen, erinnert sich Miranda, aber jetzt hat sie, harmonisch, auf jedem Auge 7,5 Dioptrien. Der Nahpunkt beim Sehen ist also abnorm nah gerückt, der Fernpunkt auch näher. Das Brillenrezept wollte sie einmal auswendig lernen, um auch nach einem Unfall, etwa auf einer Reise, sich sofort neue Gläser machen lassen zu können. Sie hat es bleiben lassen, weil dazu noch ihr Astigmatismus kommt, der die Angaben kompliziert, und diese zweite Deformation ängstigt sie, denn ganz wird sie nie verstehen, warum ihre Meridiane gestört sind und nirgends die gleiche Brechkraft haben. Auch der Ausdruck »Stab- und Zerrsichtigkeit« verheißt ihr nichts Gutes, und sie sagt zu Josef mit wichtigtuender Stimme: Zerrsichtigkeit, verstehst du, das ist ärger als Blindsein.
Es kann aber vorkommen, daß Miranda ihre kranken optischen Systeme als ein »Geschenk des Himmels« empfindet. Mit solchen, dem Himmel, Gott und den Heiligen vermachten Aussprüchen ist sie rasch zur Hand – ja, ein Geschenk sind sie, wenn auch vielleicht nur ein ererbtes. Denn es erstaunt sie, wie die anderen Menschen das jeden Tag aushalten, was sie sehen und mit ansehen müssen. Oder leiden die anderen nicht so sehr darunter, weil sie kein andres System haben, die Welt zu sehen? Es könnte das normale Sehen, inklusive des normalen Astigmatismus, die Leute ja ganz abstumpfen, und Miranda müßte sich nicht mehr vorwerfen, mit einem Privileg, mit einer Auszeichnung zu leben.
Bestimmt würde Miranda Josef nicht weniger lieben, wenn sie seine gelblich verfärbten Zähne jedesmal bei einem La-

chen sehen müßte. Sie weiß aus der Nähe, wie diese Zähne sind, aber sie denkt unbehaglich an eine Möglichkeit von »immerzu sehen«. Es würde ihr wahrscheinlich auch nichts ausmachen, an manchen Tagen, wenn er müde ist, durch Faltenfelder um seine Augen erschreckt zu werden. Trotzdem ist es ihr lieber, daß dieses genaue Sehen ihr erspart bleibt und ihr Gefühl dadurch nicht beeinträchtigt und geschwächt werden kann. Sie merkt sowieso augenblicklich – weil sie Mitteilungen auf andren Wellen empfängt –, ob Josef müde ist, warum er müde ist, ob er übermütig lacht oder gequält. So scharf abgebildet wie andre braucht sie ihn nicht vor sich zu haben, sie mustert niemand, fotografiert Menschen nicht mit einem Brillenblick, sondern malt sie in ihrer eignen, von andren Eindrücken bestimmten Manier, und Josef endlich ist ihr wirklich gelungen, von Anfang an. Auf den ersten Blick hat sie sich in ihn verliebt, obwohl jeder Augenarzt darüber den Kopf schütteln würde, weil Mirandas erste Blicke nur katastrophale Irrtümer ergeben dürften. Aber sie besteht auf ihrem ersten Blick, und von allen Männern ist Josef derjenige, mit dessen frühen Skizzen und späteren, erweiterten Entwürfen, im Hellen, im Dunkeln und in allen erdenklichen Situationen Miranda ganz zufrieden ist.
Mit Hilfe einer winzigen Korrektion – der durch die Zerstreuungslinsen – mit einem auf die Nase gestülpten goldenen Brillengestell, kann Miranda in die Hölle sehen. Dieses Inferno hat nie aufgehört, für sie an Schrecken zu verlieren. Darum sieht sie sich, immer auf der Hut, vorsichtig um in einem Restaurant, eh sie die Brille aufsetzt, um die Speisekarte zu lesen, oder auf der Straße, wenn sie ein Taxi herbeiwinken will, denn wenn sie nicht achtgibt, kommt in ihr Blickfeld, was sie nie mehr vergessen kann: Sie sieht ein verkrüppeltes Kind oder einen Zwerg oder eine Frau mit einem amputierten Arm, doch solche Figuren sind wirklich nur die grellsten, auffallendsten inmitten ei-

ner Anhäufung von unglücklichen, hämischen, verdammten, von Demütigungen oder Verbrechen beschriebenen Gesichtern, unträumbaren Visagen. Und deren Ausdünstung, diese globale Emanation von Häßlichkeit, treibt ihr die Tränen in die Augen, läßt sie den Boden unter den Füßen verlieren, und damit das nicht eintritt, liest sie rasch die Speisekarte und versucht blitzschnell, ein Taxi von einem Privatauto zu unterscheiden, dann steckt sie die Brille weg, sie braucht nur eine kleine Information. Weiter will sie nichts wissen. (Einmal, um sich zu strafen, ist sie einen ganzen Tag lang mit der Brille durch Wien gegangen, durch mehrere Bezirke, und sie hält es nicht für richtig, diesen Gang zu wiederholen. Es ginge über ihre Kraft, und sie braucht die ganze Kraft, um mit der Welt zurechtzukommen, die sie kennt.)
Mirandas Entschuldigungen, weil sie nicht grüßt oder nicht zurückgegrüßt hat, werden von einigen Leuten nicht ernst genommen, von anderen als dumme Ausrede abgetan oder für eine besondere Form der Arroganz gehalten. Stasi sagt beinahe gehässig:
Dann setz doch eine Brille auf!
Nein, nie, niemals, erwidert Miranda, das bringe ich nicht über mich. Würdest du denn eine tragen?
Stasi kontert:
Ich? Wieso denn ich? Ich sehe doch anständig.
Anständig, denkt Miranda, wieso anständig? Und etwas kleinlaut forscht sie: Aber daß man es aus Eitelkeit nicht tut, das würdest du verstehen?
Stasi läßt Miranda ohne Antwort, und das heißt: nicht nur diese sagenhafte Einbildung, sondern eitel ist sie auch noch, und dieses sagenhafte Glück, das sie obendrein immer hat mit den Männern, falls es wahr ist, aber aus diesem zurückhaltenden Josef war ja nicht klug zu werden.
Zu Josef sagt Miranda:
Stasi ist jetzt viel gelöster, so nett war sie früher nie, ich

glaube, sie ist verliebt, jedenfalls muß da etwas sein, was ihr guttut. Was will der nun eigentlich von ihr, die Scheidung und das Kind? Ich verstehe diese ganze Geschichte nicht.

Josef ist zerstreut, als wüßte er nicht recht, von wem die Rede ist. Doch, er findet auch, Stasi sei angenehmer geworden, beinahe frequentabel, vielleicht liege das an Bertis ärztlichen Kunststücken oder sogar an Miranda und ihnen allen, denn Stasi war einfach zermürbt gewesen, schon ganz widerwärtig geworden von all dem Unglück, aber jetzt bekomme sie das Kind doch zugesprochen. Das hört Miranda zum erstenmal, und sie hört es von Josef. Sie will gleich Stasi anrufen und sich freuen, dann ist ihr einen Moment lang kalt, sie schaut nach, ob das Fenster offen ist, es ist aber zu, Josef schaut wieder in die Zeitung, Miranda auf das Dach vis-à-vis. Wie finster es in dieser Gasse ist, zu teuer und zu finster in all diesen Häusern, auf einer Hinrichtungsstätte aus der guten alten Zeit.

Miranda hat im Arabia-Espresso gewartet, jetzt wird es Zeit, sie zahlt, geht, prallt mit dem Kopf gegen die Glastür des Espressos, reibt sich die Stirn, das wird wieder eine Beule geben, wo die alte kaum vergangen ist, Eisstücke müßte sie sofort haben, aber woher nimmt sie jetzt Eisstükke? Glastüren sind feindlicher als Menschen, denn nie hört Miranda zu hoffen auf, daß die Menschen auf sie aufpassen werden, wie Josef es tut, und schon lächelt sie wieder vertrauensvoll auf dem Trottoir. Sie kann sich allerdings irren, denn Josef wollte entweder zuerst zur Bank und dann in die Buchhandlung, oder umgekehrt, und so steht sie auf dem Graben und versucht, ihn herauszufinden unter allen, die über den Graben gehen, und dann stellt sie sich in die Wollzeile mit verschwommenen aufgerissenen Augen. Sie blickt abwechselnd in Richtung Rotenturmstraße und in Richtung Parkring, sie vermutet ihn bald in der Nähe, bald in der Ferne, ah, jetzt kommt er doch von der Rotenturmstraße, und sie freut sich auf einen wildfremden Mann, der aber abrupt aus ihrer Zuneigung entlassen wird, wenn er als Nicht-Josef erkannt ist. Dann fängt die Erwartung wieder an, wird immer heftiger, und in ihrer nebelhaften Welt gibt es zuletzt, mit Verspätung, doch eine Art Sonnenaufgang, der Dunstvorhang zerreißt, denn Josef ist da, sie hängt sich ein und geht glücklich weiter.

Die verhangene Welt, in der Miranda nur etwas Bestimmtes will, nämlich Josef, ist die einzige, in der ihr, trotz allem, wohl ist. Die präzisere, von Gnaden des Wiener Brillenstudios, der ausländischen Rivalen Söhnges und Götte, ob aus Bleiglas, aus leichtem Glas oder Plastik oder gesichtet durch die modernsten Haftschalen – Miranda wird sie nie akzeptieren. Sie gibt sich zwar Mühe, sie versucht es, weigert sich unversehens, bekommt Kopfschmerzen, ihre Augen tränen, sie muß im verdunkelten Zimmer liegen, und einmal, vor dem Opernball, aber wirklich nur, um Josef zu überraschen, hat sie sich diese teuren deutschen Haftschalen aus München kommen lassen und auf der Rechnung den Werbeslogan gelesen: Immer das Gute im Auge behalten. Über ein schwarzes Tuch gebeugt, hat sie versucht, die winzigen Dinger einzusetzen, die Vorschriften memorierend, blind von narkotisierenden Augentropfen, und dann war doch die eine Haftschale verloren, nie wiederzufinden im Bad, in den Abfluß der Dusche gesprungen oder auf den Kacheln zerschellt, und die andere war unter Mirandas Lid, hoch oben in den Augapfel, gerutscht. Bis zu Bertis Eintreffen, trotz Tränenströmen, war nichts zu machen gewesen, dann noch eine Stunde, trotz Bertis kundiger Hand, wieder nichts, Miranda will sich nicht erinnern können, wie und wann Berti die Linse gefunden und entfernt hat, und sie beteuert noch hie und da: Ich jedenfalls habe mein Möglichstes getan.

Auch Josef vergißt manchmal, wenn er mit ihr spricht, daß

er es nicht gerade mit einer Blinden, aber mit einem Grenzgänger zu tun hat und wohlbekannte Dinge Miranda nicht recht bekannt sind, daß aber ihre Unsicherheit produktiv ist. Obwohl sie zaghaft aussieht, ist sie nicht schwächlich, sondern selbständig, eben weil sie genau weiß, was sich zusammenbraut in dem Dschungel, in dem sie lebt, und weil sie auf alles gefaßt ist. Da Miranda unkorrigierbar ist, muß die Wirklichkeit sich vorübergehend Veränderungen von ihr gefallen lassen. Sie vergrößert, verkleinert, sie dirigiert Baumschatten, Wolken und bewundert zwei schimmelgrüne Klumpen, weil sie weiß, das muß die Karlskirche sein, und im Wienerwald sieht sie nicht die Bäume, aber den Wald, atmet tief, versucht, sich zu orientieren.

Da, schau, der Bisamberg!

Es ist nur der Leopoldsberg, aber das macht nichts. Josef ist geduldig. Wo hast du denn wieder deine Brille? – Ach so, im Auto vergessen. Und warum sollte es nicht ausnahmsweise der Bisamberg sein? fragt sich Miranda und fleht den Leopoldsberg an, ihr eines Tages den Gefallen zu tun, der richtige Berg zu sein.

Zärtlich und vertrauensselig und immer halb gekuschelt an Josefs Hagerkeit nimmt sie die nächste Wurzelhürde auf dem Weg. »Zärtlich« heißt nicht nur, daß sie sich im Moment so fühlt, sondern zärtlich ist alles an Miranda, von ihrer Stimme bis zu ihren tastenden Füßen, einschließlich ihrer gesamten Funktion in der Welt, die einfach Zärtlichkeit sein dürfte.

Wenn Miranda in eine Wiener Straßenbahn steigt, in einem AK oder BK zwischen den Menschen schwankt, ohne zu merken, daß der nackte Haß den Kondukteur und die alte Frau mit dem falschen Billett regiert, daß die Nachdrängenden von der Tollwut befallen sind und die Nochnichtausgestiegenen die Mordlust im Blick haben, und wenn Miranda mit vielen Pardons zum »Ausstieg« gekom-

men ist, glücklich, daß sie den Schottenring rechtzeitig erkannt hat und ohne Hilfe die zwei Stufen hinunterfindet, dann denkt sie, daß die Menschen alle eigentlich »ungeheuer nett« sind, und diese anderen Menschen im AK, die sich entfernen, der Universität entgegen, wissen zwar nicht, warum die Stimmung besser ist, die Luft wieder atembar ist, nur dem Kondukteur fällt auf, daß jemand das Wechselgeld nicht genommen hat, wahrscheinlich die Frau, die an der Börse oder am Schottenring ausgestiegen ist. Fesche Person. Gute Beine. Er streicht das Geld ein.
Miranda verliert vieles, wo andren etwas genommen wird, und sie geht ungerührt an jemand vorüber, anstatt einen Zusammenstoß mit ihm zu haben. Oder sie hat einen Zusammenprall, aber dann war es ein Irrtum, ein reiner Zufall, verschuldet von ihr. Sie könnte Messen lesen lassen für alle Autofahrer, die sie nicht überfahren haben, dem hlg. Florian Kerzen stiften für jeden Tag, an dem ihre Wohnung nicht abgebrannt ist, wegen der angezündeten Zigaretten, die sie weglegt, sucht und dann gottlob findet, wenn auch schon ein Loch in den Tisch gebrannt ist.
Traurig auch, ja, ein wenig traurig, wie viele Flecken, Brandspuren, überhitzte Kochplatten, ruinierte Kasserollen es in Mirandas Wohnung gibt. Aber es geht doch immer gut aus, und wenn Miranda die Tür öffnet, weil es geläutet hat, und unerwartet ein fremder Mensch dasteht, dann hat sie regelmäßig Glück. Es ist Onkel Hubert, es ist ihr alter Freund Robert, und sie wirft sich Onkel Hubert und Robert oder sonst jemand an den Hals. Zwar hätte es auch ein Hausierer oder ein Einbrecher sein können, der Schläger Novak oder der Frauenmörder, der noch immer den ersten Bezirk unsicher macht, aber zu Miranda in die Blutgasse kommen nur die besten Freunde. Die anderen Leute, die Miranda dann doch nicht erkennt, bei größeren Zusammenkünften, auf Parties, in den Theatern und Konzertsälen, die umgeben mit ihrer prickelnden Anwesenheit

oder fraglichen Abwesenheit eine nicht ungesellige Miranda. Sie weiß bloß nicht, ob der Doktor Bucher zu ihr herübergegrüßt oder vielleicht doch nicht gegrüßt hat, und es könnte auch sein, der Größe und des Umfangs wegen, daß es Herr Langbein gewesen ist. Sie kommt zu keinem Schluß. In einer Welt von Alibis und Kontrollen rätselt Miranda – natürlich nicht an einem Welträtsel, an nichts von Bedeutung. Nur: will dieser Umriß Herr Langbein sein, oder will er es nicht sein? Es bleibt ein Geheimnis. Wo alle sich Klarheit verschaffen wollen, tritt Miranda zurück, nein, diesen Ehrgeiz hat sie nicht, und wo andre Geheimnisse wittern, hintenherum und hinter allem und jedem, da gibt es für Miranda nur ein Geheimnis auf der ihr zugewandten Seite. Es genügen ihr zwei Meter Entfernung, und die Welt ist bereits undurchdringlich, ein Mensch undurchdringlich.

Im Musikverein ist ihr Gesicht das entspannteste, eine Oase des Friedens, in einem Saal, in dem sie von gut zwanzig gestikulierenden Personen gesehen wird und selber niemand sieht. Sie hat es erlernt, die Nervosität in Räumen aufzugeben, in denen Menschen einander notieren, abschätzen, aufschreiben, abschreiben, meiden, beäugen. Sie träumt nicht, sie ruht einfach aus. Denn was den anderen ihre Seelenruhe ist, das ist Miranda ihre Augenruhe. Ihre Handschuhe machen sich leise davon und fallen unter den Sessel. Miranda spürt etwas an ihrem Bein, sie fürchtet, versehentlich das Bein ihres Nachbarn gestreift zu haben, sie murmelt: Pardon. Ein Stuhlbein hat sich in Miranda verliebt. Josef hebt das Programmheft auf, Miranda lächelt unsicher und versucht, ihre Beine streng und gerade zu halten. Herr Doktor Bucher, der nicht Herr Langbein ist, sondern Herr Kopetzky, sitzt beleidigt drei Reihen hinter ihr, nach Gründen suchend für die Wankelmütigkeit dieser Frau, für die er beinahe einmal alles, aber auch alles –

Josef fragt:

Hast du deine Brille?
Aber natürlich, sagt Miranda und gräbt in ihrer Handtasche. Ihr ist, als hätte sie außerdem Handschuhe mitgehabt, aber das sagt sie Josef besser nicht, nein, ihre Brille, das ist eigentümlich, sie muß also doch im Bad oder direkt neben dem Eingang oder im anderen Mantel oder, Miranda versteht es nicht, aber sie sagt geschwind:
Nein, du, hab ich nicht. Aber ich brauche doch nichts zu sehen in einem Konzert.
Josef schweigt, bewegt von seinem Leitmotiv in bezug auf Miranda: Mein argloser Engel.
Für Miranda haben andere Frauen keine Defekte, es sind Wesen, die weder Haare auf der Oberlippe noch auf den Beinen haben, die immer frisiert sind, ohne Poren und Unebenheiten, ohne Pickel und nikotinfarbene Finger, nein, nur sie kämpft einsam gegen ihre Unvollkommenheit vor dem Rasierspiegel, der einmal Josef gehört hat und in dem sie sieht, wovon sie hofft, daß Josef es barmherzig übersehen könnte. Danach aber, wenn Miranda Selbstkritik geübt hat, stellt sie sich vor den milden Biedermeierspiegel im Schlafzimmer und findet sich »passabel«, »es geht«, es ist gar nicht so schlimm, und da täuscht sie sich auch, aber Miranda lebt ja zwischen einem Dutzend Möglichkeiten, sich zu täuschen, und zwischen der günstigsten und der ungünstigsten balanciert sie jeden Tag durch ihr Leben.
Miranda besitzt in guten Zeiten drei Brillen: eine geschliffene Sonnenbrille mit einem goldenen, schwarzeingelegten Gestell, dann eine leicht transparente billige fürs Haus und eine Reservebrille, in der ein Glas locker ist und die ihr angeblich nicht steht. Außerdem dürfte sie auf ein früheres Rezept zurückgehen, denn aus dieser »Reserve« sieht Miranda alles »daneben«.
Es gibt Zeiten, in denen alle drei Brillen gleichzeitig verlegt, verschwunden, verloren sind, und dann weiß Miranda nicht mehr weiter. Josef kommt schon vor acht Uhr mor-

gens aus der Prinz-Eugen-Straße und sucht die ganze Wohnung ab, er schimpft Miranda, er verdächtigt die Bedienerin und die Handwerker, aber Miranda weiß, daß niemand stiehlt, es liegt eben alles an ihr. Da Miranda die Wirklichkeit nicht toleriert, aber doch nicht ohne einige Anhaltspunkte weiterkommt, unternimmt die Wirklichkeit von Zeit zu Zeit kleine Rachefeldzüge gegen sie. Miranda begreift das, sie nickt den Objekten, der sie umgebenden Kulisse, komplizenhaft zu, und die komische Falte, die sie hat, wo sie noch keine haben müßte, vom angestrengten Augenauf-und-zumachen, wird an solchen Tagen tiefer. Josef verspricht, gleich zum Optiker zu gehen, denn Miranda kann ohne Brille nicht existieren, und sie dankt ihm, umklammert ihn plötzlich furchtvoll und möchte etwas sagen, aber nicht nur, weil er gekommen ist und ihr hilft, sondern weil er ihr hilft zu sehen und weiterzusehen. Miranda weiß nicht, was ihr fehlt, und sie möchte sagen, so hilf mir doch! Und zusammenhanglos denkt sie, sie ist eben schöner als ich.

In der Woche, in der Miranda warten muß und nicht ausgehen kann und den Überblick verliert, muß Josef zweimal mit Anastasia abends essen gehen, um sie wegen der Scheidung zu beraten. Nach dem ersten Mal ruft Stasi am nächsten Morgen an, nach dem zweiten Mal nicht mehr.

Ja, wir waren beim Römischen Kaiser. Gräßlich. Schlecht sei es gewesen, das Essen, und kalt sei ihr gewesen.

Und Miranda kann nicht antworten, denn für sie ist der Römische Kaiser der schönste und beste Platz in Wien, weil Josef dort zum erstenmal mit ihr essen war, und nun soll das auf einmal der gräßlichste – Miranda, hörst du mich? Also, wie gesagt. Nachher noch in der Eden-Bar. Schauderhaft. Ein Publikum!

Es mußte ganz gewiß etwas unter Stasis Begriff von Publikum geben, aber was mochte das sein? Miranda atmet wie-

der ruhiger. In der Eden-Bar ist sie nie mit Josef gewesen, ein winziger Trost ist das. Tut die bloß so oder ist die so? Stasi versichert ihr, nach einer weiteren halben Stunde von Ausführlichkeiten: Jedenfalls hast du nichts versäumt.
So würde Miranda das nicht nennen, »nichts versäumt«, denn sie fürchtet, alles zu versäumen in diesen Tagen. Diese Woche will kein Ende nehmen, und jeder Tag hat einen Abend, an dem Josef verhindert ist. Dann ist die Brille fertig, er bringt sie schon ein paar Stunden später vom Optiker, aber es passiert gleich wieder. Miranda ist fassungslos, sie muß sich hinlegen, warten und ausrechnen, wann Josef in seiner Prinz-Eugen-Straße angekommen ist. Sie erreicht ihn endlich, sie weiß nicht, wie sie es anfangen soll, ihm zu sagen, daß die neue Brille ins Waschbecken gefallen ist.
Ja, du, ins Lavoir. Ich komm mir invalid vor, ich kann nicht ausgehen, ich kann niemand sehen. Du verstehst.
Josef sagt aus dem IV. Bezirk herüber:
Eine schöne Bescherung. Aber du bist doch schon oft ohne Brille ausgegangen.
Ja aber. Miranda weiß nichts Überzeugendes vorzubringen. Ja aber, jetzt ist das anders, denn sonst hab ich sie wenigstens in der Tasche.
Nein, das hast du nicht. Ich bitte schon sehr!
Wir wollen doch nicht deswegen, flüstert Miranda, bitte, wie klingst du denn?
Wie soll ich denn klingen?
Anders. Eben anders.
Und da keine Antwort kommt, sagt sie schnell:
Doch, Lieber, ich komme mit, ich fühle mich nur so unsicher, gestern bin ich beinahe, ja, fast, nicht ganz, ohnmächtig, wirklich, es ist scheußlich, ich habe die Reserve ja probiert. Alles »daneben«, verzerrt. Du verstehst schon.
Wenn Josef so schweigt, dann hat er nicht verstanden.
Bedauerlicherweise hat das keine Logik für mich, sagt der andersklingende Josef und hängt ein.

Miranda sitzt vor dem Telefon, schuldig. Jetzt hat sie Josef auch noch einen Anlaß gegeben, aber wofür? Warum fällt mir die Brille ins Waschbecken, warum ist Josef und warum ist die Welt, o Gott, das ist doch nicht möglich. Gibt es denn kein anderes Lokal in Wien? Muß Josef zum Römischen Kaiser gehen mit ihr? Muß Miranda weinen, muß sie in einer finsteren Höhle leben, an den Bücherregalen entlanggehen, das Gesicht an die Buchrücken pressen und dann auch noch ein Buch finden »De l'Amour«. Nachdem sie mühsam die ersten zwanzig Seiten gelesen hat, wird ihr schwindlig, sie rutscht tiefer in den Sessel, das Buch auf dem Gesicht, und kippt mit dem Sessel auf den Boden. Die Welt ist schwarz geworden.

Da sie weiß, daß ihr die Brille nicht zufällig ins Waschbekken gefallen ist, da sie Josef verlieren muß und ihn lieber freiwillig verlieren will, gerät sie in Bewegung. Sie übt die ersten Schritte auf ein Ende hin, das sie eines Tags, blind vor Schreck, feststellen wird. Daß sie Josef und Anastasia aufeinander zutreiben läßt, das dürfen beide nicht wissen, Stasi schon gar nicht, und sie muß darum eine Geschichte für alle erfinden, die erträglich und schöner ist als die wirkliche: Ihr wird also nie etwas an Josef gelegen gewesen sein, das vor allem, sie fängt schon an, diese Rolle zu lernen. Josef ist ein lieber guter alter Freund, nichts weiter, und sie wird sich freuen, sie wird es auch schon immer geahnt haben. Sie ahnt nur nicht, was die beiden wirklich tun und vorhaben, wie weit sie schon sind und welches Ende sie ihr anrichten. Miranda ruft Ernst an, und nach ein paar Tagen telefoniert er wieder ermutigt mit ihr. Zu Stasi macht sie einige unverständliche Bemerkungen, dann halbe Geständnisse: Ernst und ich, so kann man das nicht sehen, nein, wer sagt das denn? nein, aus war es wirklich nie, das ist doch, bitte, dir kann ich das ja, schon seit immer mehr gewesen als eine dieser Affären, die man eben hat, du verstehst –

Und sie murmelt noch etwas, als wäre sie schon zu weit gegangen. Die verwirrte Anastasia erfährt, daß Miranda noch immer nicht von Ernstl loskommt, und davon hat nun wieder einmal kein Mensch eine Ahnung in dieser Stadt, in der angeblich jeder alles von jedem weiß.

Miranda bringt es fertig, sich mit Stasi zu verabreden, aber noch rechtzeitig mit Ernst vor der Haustür gesehen zu werden, wo sie den unschlüssigen verlegenen Ernst zu küssen anfängt und ihn unter Küssen und aufgeregtem Lachen fragt, ob er sich noch erinnre, wie man ihr Haustor aufsperre.

Stasi bespricht mit Josef ausführlich die Haustorszene. Sie hat alles deutlich gesehen. Josef meint nicht viel dazu, er hat keine Lust, mit Anastasia über eine Miranda in Ernstls Armen vor dem Haustor nachzudenken. Josef ist überzeugt, daß es nur ihn für Miranda gibt, aber am nächsten Morgen, nachdem er Anastasia das Frühstück gemacht hat, wird er vergnügt. Er findet das nicht so übel, auch erleichternd, und Anastasia ist eben doch sehr klug und hat viel Scharfblick. Er wird sich mit dem Gedanken anfreunden, daß Miranda andere Männer braucht, daß Ernst schließlich auch besser zu ihr paßt, schon der gemeinsamen Interessen wegen, und sogar mit Berti sieht er sie oder mit Fritz, der ja nur so abscheulich von ihr redet, weil er nie zum Zug gekommen ist und noch immer angesprungen käme, wenn sie ihn wollte. Für Josef hat Miranda eine neue Anziehungskraft, die er nicht an ihr gekannt hat, und da Anastasia noch einmal davon anfängt, traut er Miranda fast stolz zu, daß sie richtige Verheerungen anzurichten verstünde.

Der Fritz, der Ärmste, der säuft doch seither.

So sicher ist sich da Josef nicht wie Anastasia, denn Fritz hat schon früher getrunken. Und einmal verteidigt er Miranda matt. Stasi seziert Mirandas Charakter und behauptet vor allem, sie habe keinen, sie ändre sich doch andau-

ernd. Einmal sieht man sie elegant im Theater, dann ist sie wieder verwahrlost, ein Rock zipft, oder sie hat wieder wochenlang keinen Friseur gesehen. Josef sagt:
Aber du verstehst nicht. Es hängt doch davon ab, ob sie grade ihre Brille gefunden hat oder nicht, und dann hängt es noch davon ab, ob sie sie auch aufsetzt.
Dumme Gans, denkt Stasi, er ist ihr ja noch immer attachiert, nein, die dumme Gans bin ich, weil ich mir Hoffnungen auf den Josef mache, und jetzt weiß er nicht, was er will, was will er bloß? Aber das ist doch sonnenklar, diese raffinierte, schlampige, dumme, diese – Hier findet Stasi keine Worte mehr – sie hat ihn doch vollkommen in der Hand mit ihrer Hilflosigkeit, der Josef will doch beschützen, und wer beschützt eigentlich mich?
Und sie weint aus ihren schönen anständig sehenden blauen Augen zwei Tränen in den Orangensaft und schwört sich, daß sie in ihrem ganzen Leben nicht mehr weinen wird, jedenfalls nicht in diesem Jahr und nicht wegen Josef.
Josefs heilige Miranda, die Fürsprecherin aller Grenzgänger, wird von Stasi geröstet, zerteilt, aufgespießt und verbrannt, und Miranda fühlt es körperlich, wenn sie darüber auch nie ein Wort erfahren wird. Sie traut sich nicht mehr aus dem Haus, sitzt da mit der zweiten neuen Brille – sie will nicht auf die Straße. Ernst kommt zum Tee, und sie machen Pläne für das Salzkammergut, und Berti kommt einmal nachsehen, er meint, sie habe eine Avitaminose. Miranda sieht ihn gläubig an, ganz dieses Glaubens ist sie auch, und sie schlägt Berti von sich aus vor, viel rohe Karotten zu essen. Berti sagt, indem er einen langen Rezeptzettel vollschreibt:
Außerdem sind die gut für deine Augen.
Miranda sagt dankbar:
Natürlich, du weißt ja, das Wichtigste sind mir meine Augen.

Nur Josef kann sie kaum mehr ansehen. Sie schaut immer rechts oder links oder sonstwo an ihm vorbei, damit ihr Blick ins Leere geht. Sie möchte sich am liebsten die Hand vor die Augen halten, denn die größte Versuchung für sie ist immer noch die, Josef hingerissen anzuschauen. Es tut ihr einfach in den Augen weh, was er ihr vorspielt, nicht wie anderen im Herzen, im Magen oder im Kopf, und ihre Augen müssen den ganzen Schmerz aushalten, weil Josef-Sehen für sie das Wichtigste auf der Welt war. Und jeden Tag findet jetzt statt: Josef-Weniger-Sehen. Weniger-Von-Josef-Sehen.
Miranda gibt Eiswürfel in Josefs Glas, und Josef lümmelt selbstverständlich da wie immer, nur spricht er über Stasi, als hätten sie schon immer über Stasi gesprochen. Manchmal sagt er feierlich: Anastasia. Miranda, der Josef überall im Weg ist, schaut auf ihre manikürten Fingernägel. Porcelaine, das war der Lack, der die Josef-Zeit begleitet hat, aber da Josef ihr nur mehr flüchtig beim Kommen und Gehen die Hand küßt und porcelaine nicht mehr bewundert und studiert, kann sie vielleicht auf diesen Lack auch verzichten. Miranda springt auf, macht das Fenster zu. Sie ist überempfindlich, Geräuschen gegenüber. Es gibt neuerdings in dieser Stadt nur noch Geräusche, Radios, Fernseher, junge kläffende Hunde und diese kleinen Lieferwagen, ja, daran stößt Miranda sich, sie kann sich doch nicht wünschen, auch noch schlecht zu hören! Und auch dann würde sie die Geräusche noch arg hören, nur die Stimme nicht mehr deutlich, die sie am liebsten hört.
Miranda sagt nachdenklich:
Bei mir geht alles übers Ohr, ich muß die Stimme von jemand mögen, sonst führt es zu nichts.
Aber gibt sie nicht vor, nur schöne Menschen gern zu haben? Niemand kennt mehr schöne Leute als Miranda, sie zieht sie an, denn sie zieht Schönheit jeder anderen Qualität vor. Wenn sie verlassen wird, und Josef ist dabei, sie zu

verlassen, dann wird eben Anastasia schöner oder besonders schön gewesen sein. Es ist die Erklärung für alle Wechselfälle in Mirandas Leben.
(Verstehst du, Berti? Sie war eben schöner als ich.)
Wovon hat Josef aber gesprochen die ganze Zeit, also doch wieder einmal von ihr, wenn sie sich nicht täuscht.
Das ist doch sehr, sehr selten, sagt Josef.
Ja? findest du? – Miranda versteht noch immer nicht, was er gesagt hat. Sie hört ihm immer weniger zu.
Ja, sagt er, mit dir ist das eben möglich.
Darauf will er also hinaus, und nun schaut Miranda ihn seit Wochen zum erstenmal wieder an. O ja, sie wird diese furchtbare fromme Lüge in eine Wahrheit verwandeln. Begreift er denn nicht? Eine Freundschaft – Josef, sie und eine Freundschaft?
Ja, sagt Miranda, so selten ist das doch nicht, eine Freundschaft. Und eine inwendige andere weniger sublime Miranda weiß sich nicht zu fassen: Mein Gott, ist dieser Mann blöde, er ist einfach zu blöde, ja merkt er denn überhaupt nichts, und wird das bis in alle Ewigkeit so sein, und warum bloß muß der einzige Mann, der mir gefällt, so sein!
Ins Sonntagskonzert würden sie natürlich miteinander gehen, erklärt Josef nebenbei. Miranda findet das nicht mehr natürlich. Aber da Stasi sonntags zu ihrem Mann muß, noch einmal des Kindes wegen sich »auseinandersetzen«, bleibt ihr ein Sonntag.
Was, die Vierte Mahler, schon wieder? sagt sie.
Nein, aber doch die Sechste, habe ich gesagt. Erinnerst du dich noch an London? Ja, sagt Miranda, ihr Zutrauen ist wieder da, sie wird noch einmal Mahler hören mit Josef, und keinen Ton davon konnte ihr Stasi zerstören und ihr auch Josef nicht streitig machen auf der Stiege des Musikvereins, solange sie sonntags noch weg mußte, zum sich-Auseinandersetzen.

Josef kommt nach dem Konzert doch mit zu Miranda und so, als wäre es nicht das letzte Mal. Sagen kann er es ihr nicht, in ein paar Wochen wird sie begriffen haben, sie wirkt so vernünftig. Langsam zieht er sich die Schuhe an, sucht dann seine Krawatte, die er mit einem abwesenden Ausdruck bindet und zurechtrückt, ohne Miranda ein einziges Mal anzusehen. Er schenkt sich einen Sliwowitz ein, steht am Fenster und sieht hinunter auf das Straßenbild: I. Blutgasse. Mein argloser Engel. Einen Augenblick lang nimmt er Miranda in die Arme, er berührt mit seinem Mund ihr Haar und ist unfähig, etwas andres zu sehen und zu fühlen außer dem Wort »Blutgasse«. Wer tut uns das alles an? Was tun wir einander an? Warum muß ich das tun? und er möchte ja Miranda küssen, aber er kann nicht, und so denkt er nur, es wird noch immer hingerichtet, es ist eine Hinrichtung, weil alles, was ich tu, eine Untat ist, die Taten sind eben die Untaten. Und sein Engel sieht ihn mit geweiteten Augen an, behält die Augen fragend offen, als ob es noch etwas Letztes an Josef zu erkennen geben müßte, endlich aber mit einem Ausdruck, der ihn noch mehr vernichtet, weil er ihn freispricht und begnadigt. Weil Josef weiß, daß niemand mehr ihn so ansehen wird, auch Anastasia nicht, schließt er die Augen.
Miranda hat nicht gemerkt, wann die Tür zugefallen ist, sie hört nur eine Garagentür unten knallen, ein Gejohle aus einem entfernten Lokal, Besoffene auf der Straße, den musikalischen Auftakt zu einer Radiosendung, und Miranda möchte nicht mehr leben in dieser Geräuschhaft, Licht- und Dunkelhaft, sie hat nur noch einen Zugang zur Welt über einen dröhnenden Kopfschmerz, der ihr die Augen zudrückt, die zu lange offen waren. Was hat sie zuletzt bloß gesehen? Sie hat Josef gesehen.
In Salzburg, im Café Bazar, treffen sie einander wieder. Anastasia und Josef kommen herein als ein Paar, und Mi-

randa zittert nur, weil Stasi so böse oder unglücklich aussieht, ja was hat sie denn bloß, wie soll ich denn da – und Miranda, die immer auf Josef zugeflogen ist, hört ihn etwas Spöttisches, Lustiges sagen, daraufhin geht Stasi verdüstert weiter und auf sie zu. Während Josef, auf der Flucht, vor ihr doch wohl nicht? den alten Hofrat Perschy und dann noch die Altenwyls und die ganze Clique grüßen muß, hebt Miranda sich mit einem Ruck in ihren Sandalen und fliegt ungeschickt auf eine bleiche Stasi zu und murmelt, mit einem roten Hauch im Gesicht, nachdem sie Stasi auf die Wange geküßt hat, gerötet von Heuchelei und einem angestrengten Willen:
Ich bin ja so froh für dich, und den Josef natürlich, ja, die Karte, ja, dank dir, hab ich bekommen.
Josef gibt sie flüchtig und lachend die Hand, Servus, und Stasi sagt großmütig: Aber Josef, so gib der Miranda doch einen Kuß.
Miranda tut, als hätte sie es gar nicht gehört, sie tritt zurück, zieht Anastasia mit sich, tuschelt und flüstert, immer röter im Gesicht, du, bitte, das ist ja eine Konfusion in diesem Salzburg, nein, nein, nichts Arges, aber ich muß nachher gleich den Ernst, der überraschend, du verstehst schon. Bring es dem Josef irgendwie bei, du wirst es schon richtig machen.
Miranda hat es eilig, sie sieht noch, daß Anastasia verstehend nickt und auf einmal »lieb« aussieht, aber plötzlich auch diese Röte im Gesicht hat. Es kann aber auch sein, daß nur sie so fiebrig ist und ihr Gefühl von einer befleckten Welt überhandnimmt. Aber ins Hotel wird sie noch kommen mit diesem Scharlach, dieser heißen Schande im ganzen Gesicht und auf dem Leib, und sie sieht noch die Flügeltür und sieht nur nicht, daß die Flügel nicht mit ihr herumwollen, sondern ein Flügel der Tür gegen sie schwingt, und sie denkt zuletzt, während es sie hinschleudert unter einem Hagel aus Glasscherben, und während

ihr noch wärmer wird vom Aufschlagen und dem Blut, das ihr aus dem Mund und aus der Nase schießt: Immer das Gute im Auge behalten.

Das Gebell

Die alte Frau Jordan, die schon drei Jahrzehnte »die alte Frau Jordan« genannt wurde, weil es danach eine junge Frau Jordan gab und jetzt wieder eine junge Frau Jordan, wohnte zwar in Hietzing, aber in einer verlotterten Villa, in einer Einzimmerwohnung mit einer winzigen Küche und einem Bad, in dem es nur eine Sitzbadewanne gab. Von ihrem berühmten Sohn Leo, dem Professor, bekam sie 1000 Schilling im Monat, und sie brachte es fertig, damit zu leben, obwohl diese 1000 Schilling in den letzten zwanzig Jahren so an Wert verloren hatten, daß sie nur mit Mühe eine ältere Frau zahlen konnte, eine gewisse Frau Agnes, die zweimal in der Woche zu ihr »hereinsah« und ein wenig aufräumte, »das Gröbste«, und sie sparte davon auch noch für die Geburtstagsgeschenke und für Weihnachtsgeschenke für ihren Sohn und für ihren Enkel aus der ersten Ehe des Professors, der pünktlich zu Weihnachten von der ersten jungen Frau geschickt wurde, um sein Geschenk entgegenzunehmen, und Leo wiederum hatte zuviel zu tun, um darauf zu achten, und seit er berühmt war und sein Lokalruhm in einen internationalen Ruhm überging, hatte er noch mehr zu tun. Eine Änderung trat erst ein, als die neueste junge Frau Jordan, so oft sie konnte, zu der alten Frau kam, ein wirklich nettes sympathisches Mädchen, wie die alte Frau sich bald eingestand, und sie sagte nur jedesmal: Aber Franziska, das ist nicht richtig, Sie sollten nicht so oft kommen, und was für eine Verschwendung. Ihr werdet selber genug Auslagen haben, aber der Leo ist halt ein so guter Sohn!

Franziska brachte jedesmal etwas mit, Delikatessen und Sherry, etwas Gebäck, denn sie erriet, daß die alte Frau gerne einen Schluck trank, und etwas mehr noch, daß sie großen Wert darauf legte, etwas zum »Aufwarten« zu haben, denn Leo konnte doch vorbeikommen, und er durfte nicht merken, daß sie nichts hatte und den ganzen Tag darüber nachgrübelte, wie das Geld einzuteilen sei und was für die Geschenke übrigbleiben mußte. Ihre Wohnung war peinlich sauber, aber es war ein leichter Geruch darin nach alter Frau, von dem sie nichts wußte und der Leo Jordan rasch in die Flucht trieb, ganz abgesehen davon, daß er keine Zeit zu verlieren hatte und absolut nicht wußte, worüber er mit seiner fünfundachtzigjährigen Mutter reden sollte. Belustigt war er nur manchmal gewesen – soviel wußte Franziska –, wenn er mit einer verheirateten Frau eine Beziehung hatte, denn dann schlief die alte Frau Jordan nicht und machte seltsame, umständliche Anspielungen, da sie für sein Leben zitterte und sich verheiratete Männer von Frauen, die mit Leo Jordan lebten, für gefährlich und eifersüchtig und blutrünstig hielt, und sie beruhigte sich erst wieder, als er Franziska geheiratet hatte, die keinen eifersüchtigen Mann im Gebüsch lauern hatte, sondern jung und fröhlich war, eine Waise, zwar nicht aus einer Akademikerfamilie, aber einen Bruder hatte sie, der Akademiker war. Akademikerfamilie und Akademiker waren für Frau Jordan von einer großen Wichtigkeit, obwohl sie nie unter Leute kam und nur von ihnen erzählen hörte. Aber ihr Sohn hätte ein Recht darauf gehabt, in eine Akademikerfamilie zu heiraten. Die alte Frau und Franziska sprachen fast nur von Leo, da er das einzige ergiebige Thema zwischen ihnen sein konnte, und Franziska mußte viele Male das Fotoalbum ansehen, Leo im Kinderwagen, Leo in einem Strandbad und Leo durch alle Jahre, auf Wanderungen, beim Briefmarkenkleben und so fort, bis zu seiner Militärzeit.

Es war ein ganz anderer Leo, den sie durch die alte Frau kennenlernte, als der, mit dem sie verheiratet war, und wenn dann beide Frauen ihren Sherry tranken, sagte die alte Frau: Er war ein kompliziertes Kind, ein merkwürdiger Bub, es war eigentlich alles vorauszusehen, was dann aus ihm geworden ist.

Franziska hörte eine Zeitlang diese Beteuerungen mit Freude an, auch daß Leo so gut zu seiner Mutter war und ihr immer aufs Erdenklichste geholfen hatte, bis sie merkte, daß etwas nicht stimmte, und sie fand bestürzt heraus, was nicht stimmte: Die alte Frau fürchtete sich vor ihrem Sohn. Es fing damit an, daß die alte Frau – denn sie hielt das für eine geschickte Taktik, die Franziska niemals durchschauen würde, da sie ihren Mann blind bewunderte – manchmal hastig und beiläufig sagte: Aber bitte kein Wort zu Leo, sie wissen ja, was für ein besorgter Mensch er ist, es könnte ihn aufregen, sagen Sie ihm bloß nicht, daß mit meinem Knie etwas nicht in Ordnung ist, es ist ja eine solche Kleinigkeit, aber er könnte sich aufregen.

Franziska kam zwar zum Bewußtsein, daß Leo sich doch überhaupt nie aufregte, jedenfalls nicht seiner Mutter wegen, und ihren Berichten daher abwesend zuhörte, aber sie unterdrückte ihr erstes Begreifen. Das von dem Knie hatte sie ihm leider schon erzählt, schwor aber der alten Frau, kein Wort davon zu sagen, denn Leo hatte sowieso ärgerlich reagiert und dann, sie begütigend, gemeint, wegen einer solchen Lappalie könne er wirklich nicht nach Hietzing fahren. Sag ihr doch – er gebrauchte rasch ein paar medizinische Ausdrücke –, sie soll sich das und das kaufen und möglichst wenig tun und herumgehen. Franziska kaufte widerspruchslos die Medikamente und behauptete in Hietzing, sie habe heimlich, ohne einen Namen zu nennen, mit einem Assistenzarzt ihres Mannes gesprochen, der ihr diesen Rat gegeben habe, aber wie sie, ohne Pflegerin, die alte Frau im Bett halten sollte, das wußte sie auch nicht. Und sie hatte keine Courage mehr, deswegen Leo zu fragen, denn eine Pflegerin kostete Geld, und nun fand sie sich zwischen zwei Fronten. Auf der einen Seite wollte Frau Jordan nichts wissen davon, auf der andren wollte Leo Jordan, wenn auch aus ganz andren Gründen, einfach nicht zuhören. In der Zeit des entzündeten Knies log sie ihren Mann einige Male an, sie fuhr schnell nach Hietzing, um angeblich zum Friseur zu gehen, räumte die kleine Wohnung auf und brachte alles mögliche mit, sie kaufte ein Radio, und danach wurde ihr allerdings unbehaglich, denn Leo würde diese Ausgabe bemerken, und so buchte sie schnell noch einmal alles um und griff ihr weniges Geld auf dem Sparbuch an, von dem abgemacht worden war, daß es ihre eiserne Reserve sein solle für irgendeinen Notfall, der hoffentlich nie eintreten würde und auch nur kleiner Notfall hätte sein dürfen. Denn sie hatte mit ihrem Bruder das Wenige geteilt, was nach dem Tod ihrer ganzen Familie geblieben war, außer einer Keusche in Südkärnten, die langsam verfiel. Sie rief dann einen praktischen Arzt aus der Nebenstraße und ließ ihn eine Weile die alte Frau behandeln, bezahlte wieder aus ihrer eisernen Reserve und was viel wichtiger war – sie durfte dem Arzt nicht zu erkennen geben, wer sie war und wer die alte Frau war, denn es hätte Leos Ruf nur geschadet, und Leos Ruf lag auch im Interesse von Franziska, aber viel selbstloser dachte die alte Frau, denn sie konnte von ihrem berühmten Sohn nicht noch verlangen, daß er sich ihr Knie ansah. Einen Stock hatte sie schon früher benutzt, aber nach der Kniegeschichte brauchte sie den Stock wirklich, und darum fuhr Franziska sie manchmal in die Stadt. Es war etwas mühsam, mit der alten Frau einkaufen zu gehen, sie brauchte einmal nur einen Kamm, aber es gab keine Kämme mehr wie »zu ihrer Zeit«, und wenn die alte Frau auch höflich war, würdevoll in dem Geschäft stand, so verärgerte sie doch die kleine Verkäuferin, indem sie mißtrauisch auf die Preise sah und sich nicht enthalten konnte, Franziska laut zuzuflüstern, daß das räuberische Preise seien, daß sie besser woanders hingingen. Die Verkäuferin sagte frech, da sie nicht wissen konnte, wie groß dieses Problem des Kammkaufens für die alte Frau war, zu andren Preisen gebe es nichts und nirgendwo. Franziska verhandelte verlegen mit der Mutter, sie nahm den Kamm, der gefallen hatte, der aber der alten Frau ein Vermögen zu kosten schien, und bezahlte ihn rasch, sie sagte: Er ist einfach schon ein Weihnachtsgeschenk von uns, ein Vorausgeschenk. Die Preise sind jetzt wirklich überall horrend gestiegen. Die alte Frau sagte kein Wort, sie fühlte ihre Niederlage, aber wenn es doch räuberische Preise waren und früher so ein Kamm zwei Schilling gekostet hatte, heute aber sechzig, dann gab es für sie nicht mehr viel zu verstehen in dieser Welt.

Nach der Zeit, in der das Thema »guter Sohn« erschöpft war, lenkte Franziska die Unterhaltung öfter auf die alte Frau selbst, denn sie wußte nur, daß Leos Vater früh gestorben war, an einem Infarkt oder Schlaganfall, ganz plötzlich, auf einer Treppe, und das mußte lange her sein, denn wenn man nachrechnete, dann war diese Frau schon fast seit fünfzig Jahren Witwe, zuerst noch Jahre beschäftigt, ihr einziges Kind großzuziehen, und dann eine alte Frau, um die sich niemand mehr kümmerte. Von ihrer Ehe sprach sie nie, sondern nur im Zusammenhang mit Leo, der eben ein ganz schweres Leben gehabt hatte, ohne Vater, und sie stellte, besessen von Leo, keinen Bezug her zu Franziska, die beide Eltern früh verloren hatte, denn schwer konnte es nur ihr Sohn gehabt haben, und heraus kam dann eigentlich, daß er es so schwer nicht gehabt hatte, weil ein entfernter Vetter ihm dann das Studium bezahlt hatte, dieser Johannes, von dem Franziska noch wenig gehört hatte, nur ein paar abfällige, kritische Sätze über diesen Verwandten, der im Geld schwimme und das Leben eines ewigen Müßiggängers führe, jetzt eines älteren, mit allen Lächerlichkeiten, der sich ein wenig mit

Kunst beschäftige, chinesische Lackarbeiten sammle, einer dieser Schmarotzer eben, wie sie in jeder Familie vorkommen. Daß er homosexuell war, wußte Franziska auch, und war nur etwas scharf verwundert, daß jemand wie Leo, der schon durch seinen Beruf angehalten war, Homosexualität und noch ganz andere Phänomene neutral und wissenschaftlich zu sehen, sich über diesen Vetter ausließ, als hätte er sich schuldhaft Kunstgegenstände, Homosexualität und auch noch ererbtes Geld zugezogen, aber damals bewunderte Franziska ihren Mann noch so sehr, um mehr als irritiert und verletzt zu sein. Auch hörte sie erleichtert von der alten Frau, als auf diese schweren Zeiten die Rede kam, daß Leo nämlich von einer unermeßlichen Dankbarkeit war und diesem Johannes sehr geholfen hatte, der in vielen persönlichen Schwierigkeiten steckte, über die man besser nicht sprach. Die alte Frau zögerte und sagte ermutigt, weil sie immerhin der Frau eines Psychiaters gegenübersaß: Sie müssen nämlich wissen, der Johannes ist sexuell.

Franziska beherrschte sich und unterdrückte ein Lachen, es war sicher die größte Kühnheit, zu der sich die alte Frau aufgerafft hatte seit Jahren, aber mit Franziska wurde sie immer offener und sie erzählte, wie Johannes sicher oft einen Rat bekommen hätte von Leo und selbstverständlich, ohne zahlen zu müssen, aber mit Johannes sei es eben hoffnungslos, und wenn jemand keinen guten Willen hatte, sich zu ändern, war das begreiflich, daß jemand wie Leo vor den Kopf gestoßen war, denn es solle ja alles weitergehen mit Johannes, wie eh und je. Franziska übersetzte sich vorsichtig diese naive Erzählung in die Wirklichkeit, verstand immer weniger, warum Leo so abfällig und boshaft über den Vetter sprach, und sie kam damals nicht auf den naheliegenden Grund, daß Leo ungern erinnert sein wollte an eine Verpflichtung, wie er ungern an seine Mutter und seine früheren Frauen erinnert sein wollte, die eine einzige

Konspiration von Gläubigern für ihn darstellten, denen er nur entkam, wenn er sie herabsetzte vor sich und anderen, denn so ähnlich gingen ja auch seine Reden über seine erste Frau, die ein Ausbund an Teufelei und Unverständnis und Niedertracht gewesen sein mußte, was sich bei der Scheidung erst ganz herausstellte, als ihr nobler Herr Vater ihr einen Anwalt genommen hatte und einen Teil des Gelds sicher stellen wollte für das Kind, Geld, das sie ihm gegeben hatte in den zweiten schwierigen Zeiten als junger Arzt. Es war eine für Franziska erschreckend hohe Summe, aber wie sie hörte, war von der »Baronin«, wie Leo sie immer ironisch nannte, nichts anderes zu erwarten gewesen, denn diese Familie hatte ihn ja immerzu wie einen Emporkömmling behandelt, ohne die geringste Ahnung zu haben, wen sie vor sich hatte, und auch daß die »Baronin« danach nie mehr heiratete, sondern völlig zurückgezogen lebte, vermerkte er belustigt, denn außer ihm hätte sich kein Trottel gefunden, jung und dumm und arm wie er damals war, der dieses preziöse Fräulein geheiratet hätte. Von seiner Arbeit habe sie nichts, einfach nichts verstanden, und was die Abmachungen des Sohnes wegen betraf, so verhielt sie sich zwar fair, sie schickte ihn regelmäßig, und lehrte den Sohn, seinen Vater zu achten, aber natürlich nur, um aller Welt zu beweisen, wie nobel sie war, aus keinem anderen Grund.

Der dornenreiche, leidvolle Aufstieg eines genialen Arztes war schon Franziskas Religion zu der Zeit, und immer wieder hielt sie sich vor, wie er, unter unsäglichen Mühen und trotz dem Hindernis dieser furchtbaren Ehe, seinen Weg nach oben gemacht hatte. Auch die Last, die seine Mutter doch darstellte, finanziell und moralisch, war für ihn keine leichte, und die wenigsten konnte Franziska ihm abnehmen. Obwohl es ihr sonst vielleicht nicht gerade in den Sinn gekommen wäre, ihre freien Stunden mit einer alten Frau zu verbringen, wurden die, im Gedanken an Leo, zu

etwas besonderem, zu einer Handreichung, einem Liebesbeweis für ihn, damit er seinen Kopf ganz frei hatte für die Arbeit.
Leo war eben auch zu gut zu ihr, er sagte ihr, das sei übertrieben, wie sie sich um seine Mutter kümmere, ein Anruf hie und da genüge auch. Seit ein paar Jahren hatte die alte Frau ein Telefon, das sie aber mehr fürchtete als liebte, denn sie telefonierte nicht gerne und schrie immer zu sehr hinein und hörte schlecht, was der andere sagte, außerdem kostete das Telefon zuviel, aber das dürfe Franziska Leo ja nicht sagen. Die alte Frau, von Franziska angeregt und vor einem zweiten Glas Sherry, fing einmal doch an, von früheren Zeiten zu sprechen, von den ganz frühen, und es stellte sich heraus, daß sie aus keiner Akademikerfamilie war, ihr Vater war Handschuh- und Sockenstricker in einer kleinen Fabrik in Niederösterreich gewesen, und sie war das älteste von acht Kindern, aber dann hatte sie trotzdem eine wunderbare Zeit gehabt, als sie in Stellung ging, denn sie kam zu einer griechischen Familie, zu immens reichen Leuten, die einen kleinen Buben hatten, das schönste Kind, das sie je gesehen hatte, und sie wurde seine Gouvernante, denn Gouvernante war eine sehr gute Stellung, nichts Erniedrigendes, und die junge Frau des Griechen hatte ja Dienstboten genug, oh ja, sie hatte schon ein besonderes Glück gehabt, denn es war damals schwierig gewesen, eine so gute Stellung zu finden. Kiki hatte das Kind geheißen. Kiki wurde es jedenfalls damals von allen genannt. Wenn die alte Frau immer häufiger von Kiki zu sprechen anfing und jedes Detail ihr einfiel, was Kiki gesagt hatte, wie drollig und zärtlich er war, welche Spaziergänge sie miteinander gemacht hatten, kam ein Glanz in ihre Augen, der niemals darin war, wenn sie von ihrem eigenen Kind sprach. Kiki war einfach ein kleiner Engel gewesen, ohne Unarten, betonte sie, ohne alle Unarten, und die Trennung mußte so furchtbar gewesen sein, Kiki hatte

man verheimlicht, daß das Fräulein wegging, und sie hatte die ganze Nacht geweint, und Jahre später hatte sie noch einmal versucht, herauszufinden, was aus der Familie geworden war, einmal hieß es, sie seien auf Reisen, dann wieder in Griechenland, und nun wußte sie überhaupt nicht, was aus Kiki geworden war, der jetzt über sechzig Jahre alt sein mußte, ja, über sechzig, sagte sie gedankenvoll, und gehen hatte sie müssen, weil die Griechen damals eine erste lange Reise machen mußten und sie nicht mitnehmen konnten, und sie hatte zum Abschied ein wunderbares Geschenk bekommen von der jungen Frau. Die alte Frau stand auf und kramte in einer Kassette, sie zeigte ihr die Brosche von Kikis Mutter, eine echte, mit Brillanten, aber sie fragte sich noch heute, ob man sie nicht hatte gehen lassen, weil die junge Frau gemerkt hatte, daß Kiki mehr an ihr hing als an seiner Mutter, verstehen könnte sie es schon, aber es sei der schwerste Schlag gewesen, und sie sei nie ganz darüber hinweggekommen. Franziska schaute nachdenklich die Brosche an, die vielleicht wirklich sehr wertvoll war, sie hatte aber keine Ahnung von Schmuck, nur die erste Ahnung, daß dieser Kiki der alten Frau mehr bedeutet haben mußte als Leo. Denn sie zögerte oft, etwas von Leos Kinderzeit zu erzählen, oder sie fing an, brach erschreckt ab und sagte rasch: Es waren eben Kindereien, Buben sind eben so schwer aufzuziehen, und absichtlich hat er es nicht getan, aber damals hatte er eben eine so schwierige Zeit und ich hatte schon meine liebe Not, aber man bekommt das ja alles tausendfach zurück, wenn ein Kind groß ist und dann seinen Weg macht und so berühmt wird, er war eigentlich mehr seinem Vater ähnlich als mir, wissen Sie.
Franziska gab behutsam die Brosche zurück, und die alte Frau erschrak wieder. Bitte, Franziska, aber sagen Sie nur ja kein Wort zu Leo, wegen der Brosche, er weiß nichts davon, und es könnte ihn verärgern, aber ich habe so meine

Pläne, denn wenn ich krank werde, dann könnte ich sie verkaufen, damit ich ihm nicht noch mehr zur Last fallen muß. Franziska umarmte die alte Frau furchtsam und heftig. Das dürfen Sie niemals tun, versprechen Sie's mir, daß Sie diesen Schmuck nie verkaufen. Sie fallen uns doch nicht zur Last!

Auf der Heimfahrt machte sie Umwege kreuz und quer, denn es war eine solche Turbulenz in ihr, diese arme Frau wollte doch wohl nicht diese Brosche verkaufen, während sie und Leo ziemlich viel Geld ausgaben, reisten, Gäste hatten, und sie überlegte immerzu, was sie eigentlich Leo sagen müsse, aber etwas warnte sie, es war ein erster leiser Alarm in ihr, denn in irgend etwas, auch wenn sie schrullig war und übertrieb, mußte die alte Frau recht haben, und deswegen sagte sie dann doch kein Wort zuhause, nur fröhlich, daß es der Mutter ausgezeichnet gehe. Vor der Reise zu einem Kongreß nach London schloß sie aber heimlich mit einer Garage, die Autos vermietete und Taxis privat auf Bestellung schickte, einen Vertrag, den sie anzahlte, und zu der alten Frau sagte sie vor der Reise: Uns ist da so eine Idee gekommen, weil Sie nicht allein zu weit gehen sollten; Sie rufen jetzt jedesmal ein Taxi, es kostet so gut wie nichts, es ist einfach eine Gefälligkeit von einem alten Patienten, aber reden Sie nicht darüber und vor allem nicht mit Leo, Sie kennen ihn ja, er mag nicht, daß Sie sich bedanken und so, und Sie fahren in die Stadt, wenn Sie etwas brauchen, und lassen den Wagen warten und lassen sich nur von Herrn Pineider fahren, dem jungen. Der weiß übrigens nicht, daß sein Vater ein Patient von Leo war, das fällt unter die ärztliche Schweigepflicht, wissen Sie, ich komme gerade von ihm, und Sie versprechen mir, Leo zuliebe, daß Sie den Wagen nehmen, es beruhigt uns einfach. In der ersten Zeit machte die alte Frau wenig Gebrauch von diesem Wagen, und Franziska schimpfte sie aus, als sie aus England zurückkam, denn mit dem Bein ging es wieder schlechter und die alte Frau hatte natürlich alle Einkäufe zu Fuß gemacht und war sogar einmal mit der Straßenbahn in die Innere Stadt gefahren, weil man in Hietzing fast nichts bekam, und Franziska sagte energisch wie zu einem widerspenstischen Kind, das dürfe einfach nicht mehr vorkommen.

Auch die Zeit der Gespräche über Kiki, das Leben einer jungen Gouvernante im Wien vor dem ersten Weltkrieg und vor der Heirat gingen vorüber, und manchmal erzählte auch nur Franziska, besonders wenn sie von einer Reise zurückgekommen war mit Leo, etwa was für einen großartigen Vortrag Leo gehalten hatte auf dem Kongreß, und daß er ihr jetzt diesen Sonderdruck für die Mutter mitgegeben habe. Die alte Frau las mühsam und angestrengt den Titel: »Die Bedeutung endogener und exogener Faktoren beim Zustandekommen von paranoiden und depressiv gefärbten Psychosen bei ehemaligen Konzentrationslagerhäftlingen und Flüchtlingen.« Franziska versicherte, es sei nur eine kleine Vorarbeit für eine viel größere, an der er arbeite, und sie dürfe jetzt auch schon mitarbeiten, es werde wahrscheinlich das bedeutendste und erste wichtige Buch auf diesem Gebiet sein. Von einer noch unabsehbaren Bedeutung.

Die alte Frau war merkwürdig stumm, sie verstand sicher nicht die Tragweite dieser Arbeiten, vielleicht überhaupt nicht, was ihr Sohn tat. Dann sagte sie überraschend: Wenn er sich nur nicht zu viele Feinde damit macht, hier in Wien, und dann ist da noch etwas . . .

Franziska erregte sich: Aber das wäre sogar sehr gut, es ist auch eine Provokation, und Leo fürchtet niemand, denn für ihn ist das die einzig wichtige Aufgabe, die noch weit über ihre wissenschaftliche Bedeutung hinausgeht.

Ja, natürlich, sagte die alte Frau schnell, und er weiß sich zu verteidigen, und Feinde hat man überhaupt, wenn man berühmt ist. Ich habe nur an Johannes gedacht, es ist aber schon so lange her. Wissen Sie, daß er eineinhalb Jahre, vor dem Kriegsende, im KZ war? Franziska war überrascht, sie hatte es nicht gewußt, verstand dann aber den Zusammenhang nicht. Die alte Frau wollte nicht weiterreden und tat es dann doch. Für Leo war es schon eine gewisse Gefahr, damals, einen Verwandten zu haben, der, nun Sie verstehen schon. Ja, natürlich, sagte Franziska. Sie blieb aber etwas verstört, denn die alte Frau hatte manchmal eine so umständliche Art, Dinge zu sagen und doch nicht zu sagen, und sie fand sich dann nicht zurecht, obwohl sie auf einmal ganz von Stolz erfüllt war, daß jemand aus Leos Familie etwas so Furchtbares durchgemacht hatte, und daß Leo, in seiner taktvollen bescheidenen Weise, ihr nie etwas darüber gesagt hatte, auch nicht in welcher Gefahr er sich, als junger Arzt, befunden haben mußte. An diesem Nachmittag wollte die alte Frau nicht mehr weitersprechen, sondern sagte, zusammenhanglos: Hören Sie das auch?

Was?

Die Hunde, sagte die alte Frau. Früher hat es nie so viele Hunde gegeben in Hietzing, ich habe wieder welche bellen gehört, und nachts bellen sie auch. Die Frau Schönthal nebenan hat jetzt einen Pudel. Der bellt aber wenig, er ist ein sehr lieber Hund, ich treffe sie fast jeden Tag beim Einkaufen, aber wir grüßen einander nur, der Mann ist nicht Akademiker.

Franziska mußte rasch heimfahren in die Stadt, und diesmal wollte sie Leo fragen, ob das etwas zu bedeuten habe, daß seine Mutter auf einmal von Hunden sprach, ob es ein bedenkliches Symptom war, es konnte mit dem Alter zusammenhängen. Aufgefallen war ihr auch, daß die alte Frau sich irgendwann einmal aufgeregt hatte, wegen zehn Schilling, die auf dem Tisch gelegen waren, dann nicht mehr da waren, als die Frau Agnes weggegangen war, und diese Erregung wegen der zehn Schilling, die fehlten, was sie sich aber gewiß nur einbildete, das waren doch Anzeichen von einem Prozeß, denn die Bedienerin konnte sie unmöglich genommen haben, sie war, was man, in manchen Kreisen, den besseren, eine kreuzbrave Frau nennt, die mehr aus Mitleid kam als des Geldes wegen, das sie überhaupt nicht brauchte, es war eine Gefälligkeit, weiter nichts. Auch die hilflosen Geschenke der alten Frau Jordan, eine abgeschabte uralte Handtasche oder sonst ein unnützer Gegenstand hätten diese Frau Agnes kaum veranlaßt, zu kommen, denn daß es weder von der Alten noch von ihrem Sohn etwas zu erwarten gab für sie, das hatte sie längst begriffen, und von Franziskas eifervollen Gedanken, die Lage zu verbessern, wußte sie nichts, und Franziska hatte deswegen der alten Frau gut zugeredet wie einem Kind, denn sie wollte nicht, daß die kostbare Hilfe verlorenging, wegen einer Altersstörrischkeit und einem Verdacht, der haltlos war.

Sie fand die alte Frau immer öfter am Fenster, wenn sie kam, und sie saßen nicht mehr beisammen, wenn Franziska kam, um den Sherry zu trinken und kleines Gebäck zu knabbern, und es ging also weiter mit diesen Hunden, während zugleich doch ihre Schwerhörigkeit zuzunehmen begann, und Franziska war ratlos, denn es mußte doch etwas geschehen, und Leo, dem sie zwar alles fernhielt, würde eines Tages auch nicht darum herumkommen, sich mit seiner Mutter beschäftigen zu müssen. Nur fing gerade damals etwas an, kompliziert zwischen Leo und ihr zu werden, und sie entdeckte, daß er sie schon dermaßen eingeschüchtert hatte, daß sie sich fürchtete vor ihm, aber wenigstens einmal, in einem Anfall von ihrem alten Mut, ihre unbegreifliche Furcht überwindend, schlug sie beim Abendessen vor: Warum nehmen wir denn die Mutter nicht zu uns, wir haben doch Platz, und dann wäre doch unsere Rosi immer bei ihr und du brauchtest dir nie Sorgen zu machen, außerdem ist sie so still und ohne Bedürfnisse, sie würde dich niemals stören und mich schon gar nicht, ich sage es deinetwegen, weil ich weiß, welche Sorgen du dir machst. Leo, der an diesem Abend bei guter Laune war und sich über etwas heimlich freute, und sie erriet nur nicht worüber, aber sie nutzte die Gelegenheit, antwortete lachend: Was für eine Idee, du hast überhaupt kein Gefühl für die Situation, mein Schatz, alte Leute darf man nicht mehr verpflanzen, es würde sie nur bedrücken, und sie braucht ihre Freiheit, sie ist eine starke Frau, die Jahrzehnte allein gelebt hat, und wie ich sie kenne, kennst du sie wohl kaum, sie würde ja vor Angst umkommen hier, schon der Leute wegen, die zu uns kommen, und dann womöglich stundenlang Skrupel haben, auch nur ins Bad zu gehen, vor Ängstlichkeit, daß einer von uns auch ins Bad wollen könnte. Aber, Franziskalein, bitte, nicht so ein Gesicht, ich finde deine Anwandlung rührend und lobenswert, aber du würdest sie glatt damit umbringen, mit deiner wunderbaren Idee. Nur, glaub mir, über diese Dinge weiß ich eben doch besser Bescheid.

Aber diese Sache mit den Hunden . . .? Franziska fing zu stottern an, denn sie hatte davon gar nicht sprechen wollen und hätte gern sofort jedes Wort zurückgenommen. Sie war nicht mehr fähig, ihre Besorgnis richtig auszudrücken.

Was, fragte ihr Mann, völlig verändert, will sie noch immer einen Köter? Ich verstehe nicht, antwortete Franziska. Wieso sollte sie – du meinst doch nicht, daß sie einen Hund haben will?

Aber natürlich, und ich bin nur froh, daß dieses kindische Zwischenspiel rasch vorübergegangen ist, denn sie würde doch nicht, in ihrem Alter, noch mit einem Hund zurechtkommen, sie soll auf sich selber aufpassen, das ist mir wichtiger, ein Hund ist eine derartige Plage, von der sie sich, bei dieser fortschreitenden Senilität, doch keine Vorstellung macht. Sie hat nie etwas gesagt, erwiderte Franziska schüchtern, ich glaube nicht, daß sie einen Hund will.

Ich wollte etwas ganz anderes sagen, aber es ist ohne Bedeutung, verzeih. Nimmst du einen Cognac, arbeitest du noch, soll ich dir etwas abtippen?
Bei ihrem nächsten Besuch wußte Franziska nicht, wie sie es anstellen sollte, aus der alten Frau, die auf der Hut war, etwas herauszufragen, was sie wissen mußte. Sie fing es auf einem Umweg an und sagte beiläufig: Ich habe übrigens heute den Pudel von der Frau Schönthal gesehen, wirklich ein hübscher Hund, ich mag Pudel sehr, überhaupt alle Tiere, weil ich doch auf dem Land aufgewachsen bin, wir hatten immer Hunde, ich meine, meine Großeltern und alle Leute im Dorf, und Katzen natürlich auch. Wäre es für Sie nicht gut, einen Hund zu haben, oder eine Katze, jetzt wo Sie sich mit dem Lesen schwer tun, so was geht zwar vorüber, aber ich zum Beispiel würde schrecklich gern einen Hund haben, nur, wissen Sie, in der Stadt, das ist eine Mühe und für einen Hund nichts Rechtes, aber in Hietzing, wo er im Garten herumtollen kann und man spazieren gehen kann . . .
Die alte Frau sagte erregt: Einen Hund, nein, nein, ich will keinen Hund! Franziska merkte, daß sie etwas falsch gemacht hatte, aber sie fühlte zugleich, daß sie die alte Frau nicht gekränkt hatte, als hätte sie ihr vorgeschlagen, sich einen Papagei zu halten oder Kanarienvögel, es mußte etwas ganz anderes sein, was sie so erregt hatte. Nach einer Weile sagte die alte Frau sehr ruhig: Nuri war ja ein sehr schöner Hund, und ich bin gut mit ihm ausgekommen, das war, lassen Sie mich nachdenken, das muß schon fünf Jahre her sein, aber ich habe ihn dann weggegeben, in so ein Asyl oder wo sie die weiterverkaufen. Leo mag Hunde nicht. Nein, was sage ich da, es war ganz anders, in diesem Hund war etwas, was ich mir nicht erklären kann, er konnte Leo nicht leiden, er ist ihn jedesmal angeflogen und hat gebellt wie verrückt, wenn Leo auch nur auf die Tür zugegangen ist, und dann hätte er ihn beinahe gebissen, und

Leo hat sich so empört, das ist ja natürlich, ein Hund, der so scharf ist, aber das war er sonst nie, mit keinem Fremden, und dann habe ich ihn selbstverständlich weggegeben. Ich konnte doch Leo nicht von Nuri anbellen und beißen lassen, nein, das war zuviel, denn Leo soll es doch gemütlich haben, wenn er zu mir kommt, und sich nicht ärgern müssen über einen unerzogenen Hund.
Franziska dachte, daß Leo, obwohl kein Hund mehr da war, der ihn anflog und nicht leiden konnte, doch reichlich selten kam und immer weniger, seit Franziska ihm das abnahm. Wann war er denn überhaupt hier gewesen? Einmal hatten sie zu dritt eine kleine Spazierfahrt gemacht über die Weinstraße und ins Helenental und in einem Gasthaus gegessen mit der Mutter, aber sonst kam doch nur Franziska.
Sagen Sie Leo nur ja nichts, das mit Nuri hat ihn sehr getroffen, er ist sehr verletzlich, wissen Sie, und ich kann es mir heute noch nicht verzeihen, daß ich so egoistisch war, Nuri haben zu wollen, aber alte Leute sind eben sehr egoistisch, liebe Franziska, das verstehen Sie noch gar nicht, Sie sind noch so jung und gut, aber wenn man sehr alt ist, dann kommen diese egoistischen Wünsche, und man darf sich da nicht nachgeben. Wenn Leo nicht für mich sorgte, was wäre dann aus mir geworden, sein Vater ist ja so plötzlich gestorben und hat an nichts mehr denken können, und Geld war auch keines da, mein Mann war ein bißchen leichtsinnig, nein, nicht ein Verschwender, aber er hat es schwergehabt und keine glückliche Hand mit dem Geld, da ist ihm Leo nicht nachgeraten, nur habe ich damals noch arbeiten können, denn es war ja für den Buben, und ich war noch jung, aber was sollte ich heute denn tun? Meine einzige Angst war immer, in ein Altersheim zu müssen, und das würde Leo nie zulassen, und hätte ich nicht diese Wohnung, müßte ich in ein Heim, und das ist wohl ein Hund nicht wert. Franziska hörte ihr verkrampft zu, und

sie sagte in sich hinein: Das also ist es, das ist es, und sie hat ihren Hund für ihn weggegeben. Was sind wir für Menschen, sagte sie sich – denn sie war unfähig zu denken, was ist mein Mann für ein Mensch! – wie gemein sind wir doch, und sie hält sich für eine Egoistin, während wir alles haben! Um nicht ihre Tränen zu zeigen, packte sie rasch ein kleines Paket von MEINL aus, mit Kleinigkeiten, und tat, als hätte sie nichts verstanden. Ach, übrigens, wo hab ich bloß meine Gedanken, ich habe Ihnen nur den Tee und den Kaffee gebracht und ein bißchen Lachs und russischen Salat, ganz zusammen paßt es wohl nicht, aber ich war heute ziemlich verdreht beim Einkaufen, weil Leo abreist und ein Manuskript noch nicht fertig ist, er wird Sie aber heute abend anrufen, und er kommt ja schon in einer Woche zurück.

Er sollte ausspannen, sagte die alte Frau, sorgen Sie doch dafür, ihr habt doch noch keine Ferien gehabt in diesem Jahr. Franziska sagte lebhaft: Das ist ein guter Gedanke, ich bekomme ihn schon irgendwie herum, man muß das ein bißchen listig machen, aber das ist ein guter Rat, den Sie mir da geben, denn er überarbeitet sich ja ständig, und ich muß ihn einmal bremsen.

Was Franziska nicht wußte, war, daß es ihr letzter Besuch bei der alten Frau war, und sie keine kleine List mehr nötig hatte, weil andere Geschehnisse kamen und von einer so orkanartigen Stärke, daß sie beinahe die alte Frau vergaß und vieles andre mehr.

Die alte Frau, in ihrer Furcht, fragte ihren Sohn am Telefon nicht, warum Franziska nicht mehr kam. Sie beunruhigte sich, aber ihr Sohn klang vergnügt und unbesorgt, und einmal kam er sogar und blieb zwanzig Minuten. Das Gebäck rührte er nicht an, den Sherry trank er nicht aus, von Franziska sprach er nicht, aber eine ganze Menge von sich, und das machte sie überglücklich, denn er hatte schon lange nicht mehr von sich selber gesprochen. Er verreiste

jetzt also, ausspannen müsse er, nur bei dem Wort »Mexiko« bekam die alte Frau einen gelinden Schrecken, denn gab es dort nicht Skorpione und Revolutionen, und Wilde und Erdbeben, aber er lachte sie aus, küßte sie und versprach zu schreiben, er schickte auch ein paar Ansichtskarten, die sie andächtig las. Franziskas Grüße fehlten darauf. Von Franziska bekam sie einmal einen Anruf aus Kärnten. Ach, was diese jungen Leute da an Geld hinauswarfen! denn Franziska erkundigte sich nur, ob alles gut ginge. Sie sprachen dann von Leo, nur die alte Frau schrie immer im unpassendsten Moment: Es wird aber zu teuer, Kind, aber Franziska redete weiter, ja, es sei ihr gelungen, er spanne jetzt endlich aus, und sie habe zu ihrem Bruder fahren müssen, etwas sei zu regeln hier, deswegen habe sie Leo nicht begleiten können. Familienangelegenheiten in Kärnten. Wegen des Hauses. Dann bekam die alte Frau noch ein merkwürdiges Kuvert, mit ein paar Zeilen von Franziska, außer Herzlichkeiten stand nichts weiter darin, als daß sie ihr gerne eine Fotografie lassen möchte, die sie selber gemacht habe, das Foto zeigte Leo, vermutlich auf dem Semmering, lachend, in einer Schneelandschaft, vor einem großen Hotel. Die alte Frau beschloß, Leo nichts zu sagen, und fragen würde er ohnehin nicht. Sie versteckte das Bild unter der Brosche in der Kassette.
Bücher konnte sie jetzt überhaupt nicht mehr lesen und das Radio langweilte sie, nur nach Zeitungen verlangte sie, die Frau Agnes ihr brachte. In den Zeitungen, für die sie Stunden brauchte, las sie die Todesanzeigen, es war immer eine gewisse Befriedigung in ihr, wenn jemand gestorben war, der jünger war als sie. So, also auch der Professor Haderer, er konnte höchstens siebzig Jahre alt sein. Die Mutter von Frau Schönthal war auch gestorben, an Krebs, noch nicht einmal fünfundsechzig. Sie kondolierte steif in der Milchhandlung und schaute den Pudel nicht an, und dann ging sie wieder nachhause und stellte sich an das

Fenster. Sie schlief nicht so wenig, wie man oft von alten Leuten behauptet, aber oft wachte sie auf, und schon hörte sie die Hunde. Wenn die Bedienerin kam, erschrak sie, denn es störte sie schon jedes Kommen von jemand, seit Franziska nicht mehr kam, und ihr selber war, als veränderte sie sich. Denn jetzt ängstigte sie es wirklich, daß sie plötzlich auf der Straße umfallen könne oder sich nicht mehr in der Kontrolle hatte, wenn sie etwas in der Stadt brauchte, und sie rief darum gehorsam immer nach dem jungen Herr Pineider, der sie herumfuhr. Und sie gewöhnte sich an diese kleinen Bequemlichkeiten aus Sicherheitsgründen. Den Zeitsinn verlor sie ganz, und als Leo einmal, braungebrannt, zu ihr kam, auf einen Sprung, wußte sie nicht mehr, ob er jetzt aus Mexiko zurück war oder wann er überhaupt dort gewesen war, aber sie war zu klug, um sich zu erkundigen, und dann entnahm sie einem Satz, daß er geradewegs aus Ischia kam, von einer Italienreise. Sie sagte zerstreut: Gut, gut. Das hat dir gut getan. Und während er ihr etwas erzählte, fingen die Hunde zu bellen an, mehrere gleichzeitig, in großer Nähe, und sie war so eingekreist von dem Gebell und einem sehr sanften, sanften Schrecken, daß sie sich vor ihrem Sohn nicht mehr fürchtete. Die Furcht eines ganzen Lebens wich auf einmal aus ihr.

Als er ihr sagte, im Gehen: Das nächste Mal bringe ich dir Elfi mit, du mußt sie endlich kennenlernen!, wußte sie überhaupt nicht, wovon er sprach. War er nicht mehr verheiratet mit Franziska, und seit wann eigentlich nicht mehr, und die wievielte Frau war das nun eigentlich, sie erinnerte sich nicht mehr, wie lange er mit Franziska gelebt hatte und wann, und sie sagte: Bring sie nur. Gut. Wenn es nur gut für dich ist. Einen Augenblick lang hatte sie die Gewißheit, Nuri sei wieder bei ihr und würde ihn anfliegen, anbellen, so nahe war jetzt das Gebell. Er sollte doch endlich gehen, sie wollte allein sein. Aus Gewohnheit bedankte sie sich, vorsichtshalber, und er fragte verwundert: Aber wofür denn? Jetzt habe ich doch tatsächlich vergessen, dir mein Buch mitzubringen. Ein phänomenaler Erfolg. Ich lasse es dir schicken.

Also vielen Dank, mein Bub. Schick es nur, aber deine dumme Mutter kann ja leider kaum mehr lesen und versteht so wenig.

Sie ließ sich von ihm umarmen und fand sich schon wieder allein, diesem Bellen ausgesetzt. Es kam aus allen Gärten und Wohnungen von Hietzing, eine Invasion der Bestien hatte angefangen, die Hunde näherten sich ihr, bellten ihr zu, und sie stand aufrecht, wie immer, da und träumte nicht mehr von der Zeit mit Kiki und den Griechen, sie dachte nicht mehr an den Tag, an dem der letzte Zehnschillingschein verschwunden war und Leo sie angelogen hatte, sondern versuchte nur noch angestrengt, die Dinge besser zu verstecken, sie wollte sie auch wegwerfen, besonders die Brosche und die Fotografie, damit von Leo nichts gefunden würde nach ihrem Tod, aber es fiel ihr kein gutes Versteck ein, nur der Kübel mit den Abfällen, aber der Frau Agnes traute sie auch immer weniger, denn ihr hätte sie den Mistkübel geben müssen, und sie hatte den Verdacht, daß diese Person ihn durchstöberte und dann die Brosche finden würde. Etwas zu unfreundlich sagte sie einmal: Geben Sie doch wenigstens die Knochen und die Reste den Hunden.

Die Bedienerin schaute sie erstaunt an und fragte: Welchen Hunden? Den Hunden natürlich, beharrte die alte Frau herrisch, ich möchte, daß es die Hunde bekommen!

Eine verdächtige Person, eine Diebin, die würde sich die Knochen wahrscheinlich nachhause tragen.

Den Hunden, sage ich. Verstehen Sie mich denn nicht, sind Sie schwerhörig? Kein Wunder, in Ihrem Alter.

Dann bellten die Hunde leiser, und sie dachte, jemand habe die Hunde entfernt oder einige Hunde weggegeben, denn es war nicht mehr das starke und häufige und feste Bellen von früher. Je leiser sie bellten, desto unbeugsamer wurde sie, sie wartete nur auf die Wiederkehr des stärkeren Bellens, man mußte warten können, und sie konnte warten. Es war auf einmal endlich nicht mehr ein Bellen, obwohl es unzweifelhaft von den Hunden kam aus der Nachbarschaft, auch nicht ein Knurren, nur hin und wieder das große, wilde, triumphierende Aufjohlen eines einzigen Hundes, ein Gewimmer danach und im Hintergrund das sich entfernende Gebell aller anderen.

Eines Tages erhielt Herr Dr. Martin Ranner, fast zwei Jahre nach dem Tod seiner Schwester Franziska, eine Rechnung von einer Firma Pineider, über Taxifahrten, die genau datiert waren, auch von Frau Franziska Jordan angezahlt und in Auftrag gegeben worden waren, aber da nur wenige Fahrten zu ihren Lebzeiten gemacht worden waren, die meisten nach ihrem Tod, rief er die Firma an, um eine Erklärung für diese mysteriöse Rechnung zu bekommen. Die Erklärung erklärte ihm zwar nur wenig, aber da er nicht wünschte, seinen ehemaligen Schwager anzurufen oder ihn noch einmal im Leben wiederzusehen, bezahlte er, ratenweise, diese Fahrten einer Frau, die er nicht gekannt hatte und die ihn überhaupt nichts anging. Er kam zu dem Schluß, daß die alte Frau Jordan, die dieser Pineider gefahren hatte, vor einiger Zeit gestorben sein mußte, denn die Firma hatte mehrere Monate seit der letzten Fahrt, aus Pietät vielleicht, verstreichen lassen, ehe sie ihre Forderungen geltend machte.

Drei Wege zum See

Auf der Wanderkarte für das Kreuzberglgebiet, herausgegeben vom Fremdenverkehrsamt, in Zusammenarbeit mit dem Vermessungsamt der Landeshauptstadt Klagenfurt, Auflage 1968, sind 10 Wege eingetragen. Von diesen Wegen führen drei Wege zum See, der Höhenweg 1 und die Wege 7 und 8. Der Ursprung dieser Geschichte liegt im Topographischen, da der Autor dieser Wanderkarte Glauben schenkte.

Sie kam immer auf dem Bahnsteig II an und fuhr auf dem Bahnsteig I weg. Herr Matrei, dem das schon seit Jahren geläufig sein mußte, irrte aber wieder nervös und aufgeregt, unsicher, ob er auch die richtige Auskunft bekommen habe und ob die Ankunftszeiten auf den Anschlägen stimmten, auf diesem Bahnsteig II herum, als könnte er sie verfehlen auf einem Bahnhof, der nur zwei Bahnsteige hatte, und dann standen sie voreinander, jemand reichte ihr schon den zweiten Koffer herunter und sie bedankte sich überschwenglich und zerstreut bei einem Fremden, denn jetzt kam das Ritual der Umarmung, sie umarmten einander und sie mußte sich zu Herrn Matrei herunterbükken, wie immer, aber diesmal durchfuhr sie ein alarmierendes Gefühl, denn er war kleiner geworden, nicht gerade zusammengesunken, aber eben doch kleiner, und sein Blick war kindlich und ein wenig hilflos geworden, und das alarmierende Gefühl war: er ist älter geworden. Nun war Herr Matrei zwar immerzu älter geworden, aber Elisabeth hatte es nie bemerkt, weil sie ihren Vater immer gleichmäßig alt auf dem Bahnsteig fand, jedes Jahr, und jedes Jahr ärgerte sie sich von neuem, daß er keinen Gepäckträger bestellt hatte, sondern ihr die Koffer schleppte, damit sie, gewiß erschöpft von der Reise, nichts zu tragen brauchte, doch da er dieses Mal älter geworden war, stritt sie nicht mit ihm herum und zerrte nicht an einem der Koffer wie sonst, sondern ließ ihn beide tragen und ihn ihr beweisen, daß er kräftig, gesund und unverändert war und ihm das Schleppen von zwei Koffern einfach nichts ausmachte. Im Taxi fand sie ihre Unbefangenheit wieder, sie lachte und redete wie immer, legte ihren Kopf an seine Schulter, schaute gelegentlich auf ein paar neue Fassaden in der Bahnhofstraße und nahm geläufig den Lindwurm auf dem Neuen Platz zur Kenntnis, der auch kleiner geworden war, und danach erst, als das Stadttheater zu sehen war und sie einbogen in die Radetzkystraße, atmete sie auf, denn nun verhieß ihr schon alles die Nähe des Laubenwegs und des Hauses, in dem sie zuhause gewesen war. Nein, von der Reise und warum sie über Wien hatte fliegen müssen, wolle sie heute überhaupt nicht reden, über den Horror der letzten Tage, die Hauptsache war ja, daß sie endlich angekommen war, nach diesen vielen Tagen des Wartens, nach vielen Telegrammen, die Herrn Matrei jedesmal bestürzten, und wenn sie wieder abgesagt hatte, dann war er trotzdem zum Flughafen gefahren und hatte dort gewartet, obwohl sie doch eigens so oft telegrafierte, damit er nicht dahin fuhr und nicht wartete.

Nachdem sie das Taxi bezahlt hatte und sie durch den Garten gingen, wollte Herr Matrei ihr sofort die Neuerungen zeigen im Vorgarten, aber sie drängte ins Haus, sie sagte: Bitte später, bitte morgen! und im Haus setzten sie sich zuerst in das Wohnzimmer, sie mußte zuerst einen Schluck Kaffee trinken und rauchen, dann würde sie baden und sich umziehen. Sie tranken den Kaffee, den er warmgestellt hatte, einen etwas schalen, lauen Kaffee, der ihr aber, nach dem englischen Teetrinken von morgens bis abends, trotzdem schmeckte, und sie schimpften beide ein wenig auf die jungen Leute, nämlich auf Robert und Liz, und Herr Matrei erklärte dann doch, fast im Ernst, daß es ihm nicht ganz begreiflich sei, warum Robert mit Liz nicht nach Klagenfurt gefahren war, sondern ausgerechnet nach Marokko, schließlich wäre Klagenfurt gesünder und weniger teuer, und hatte Liz sich nicht schon das erste Mal hier wohlgefühlt, ein Waisenkind, das nie eine Familie gehabt hatte und endlich einmal sah, was ein Zuhause war? Elisabeth verteidigte Robert matt, denn viel gab es nicht zu sagen und zu erklären. Sie konnte sich ihren Bruder, mit seiner angestauten Unternehmungslust, nicht vorstellen im Laubenweg, gerade jetzt, und Liz brannte ja noch wie ein Kind darauf, etwas von der Welt zu sehen, gerade jetzt, denn zurückgezogen lebten die beiden sowieso schon ein ganzes Jahr lang in London, einfach weil sie immer beide todmüde von der Arbeit nach Hause fuhren, getrennt, lange Strecken mit der underground, und ihre Sonntage schon wie ein uraltes Ehepaar in Roberts Garçonniere verbrachten, schon seit einer Zeit, in der von Heirat noch keine Rede war.

Elisabeth wich diesem heiklen Thema aus, sie sprang auf, sie wolle endlich ihre Koffer auspacken, und sie machte ein geheimnisvolles Gesicht, das nur ihr Vater kannte; er solle sich etwas gedulden. Sie fing zwar nur an, ihre Koffer aufzumachen und hin und her zu gehen zwischen ihrem alten Zimmer und dem Bad im ersten Stock, und doch veränderte das Haus sich schon bei diesen Hantierungen, es belebte sich, denn ein »Kind« war zurückgekommen, daran änderte auch nichts, daß kein Kind mehr herumlief im Haus, sondern eine Frau, die sich wie ein Zwitter aus Gast und Mitbesitzerin fühlte. Elisabeth versuchte, ihr Wegbleiben nicht in die Länge zu ziehen, duschte nur, zog einen Morgenmantel an und hatte, obenauf, zwischen den Büchern, schon gefunden, was sie am nötigsten hatte heute abend, ein kleines Geschenk für ihren Vater, das schon wieder einmal, wie alle Jahre wieder, bescheiden und ärmlich ausgefallen war, weil Herr Matrei nichts, aber auch nichts brauchte und es seinen Kindern schwermachte in dieser Hinsicht. Es war nicht nur eine Behauptung, die er ein für allemal aufgestellt hatte, sondern war tatsächlich wahr, man konnte ihm keine Dunhillpfeifen, keine goldenen Feuerzeuge, teure Zigarren, keine Krawatten, keine Luxusgegenstände aus Luxusgeschäften schenken, auch Nützliches nicht, weil er alles ablehnte und das Nützliche schon hatte und hütete, von den Baumscheren bis zum Spaten, und den Hausrat, den ein alter Mensch noch brauchte. Alkohol trank er keinen, er rauchte nicht, er brauchte keine Anzüge, Seidenschals, Kaschmirpullover, Gesichtswasser, und Elisabeth, die im Lauf der Jahre einen Einfallsreichtum sondergleichen entwickelt hatte für Geschenke, die allen noch so verschiedenen Arten von Männern entsprachen, fiel nichts ein, wenn sie an ihren Vater dachte. Seine Bedürfnislosigkeit war auch keine Marotte, sondern ihm angeboren, und er würde an ihr festhalten bis zu seinem letzten Tag. Nur der Ausdruck »letzter Tag« störte Elisabeth heute, sie strich ihn sofort aus ihren Gedanken, und nahm die Fotos heraus, die zum Glück nicht einen Knick bekommen hatten, weil sie noch rechtzeitig einen alten festen Aktendeckel nicht weggeworfen hatte. Eh sie hinunterging zu ihm, sah sie die Fotos prüfend an, die sie in London nur rasch aussortiert hatte, dilettantische Fotos in ihren Augen, den fachmännischen, aber sie zeigten, was ihren Vater mehr interessieren würde als ihre Fotobücher und Reportagen. Die Hochzeitsbilder, gemacht vor einem schäbigen Registry Office und vor dem Hotel, in dem das kleine Essen nach der Hochzeit stattgefunden hatte, konventionelle, unvermeidliche, gestellte Bilder, die bald so altmodisch aussehen würden wie die ihrer Eltern und Großeltern. Robert mit Liz immer in der Mitte, Robert lächelnd zu Liz heruntergebeugt, Liz zu ihm lächelnd aufsehend, Elisabeth an der Seite von Liz, beinahe so groß wie ihr Bruder, schmal, fast schmäler als die junge zarte Liz. Einen Augenblick kam ihr wieder der Einfall, daß, bei einer kleinen Umgruppierung, man eher Robert und sie für das Paar halten konnte, obwohl sie geradeaus lächelte, wie Roberts Freund, der schlaksig und jungenhaft an Roberts Seite stand. Auf eine Fotografie war der Hotelportier mit daraufgerutscht, durch einen Irrtum, auf einer anderen standen noch zwei Personen da, eine entfernte Tante von Liz, eine kleine Freundin von Roberts Freund. Als Elisabeth die Fotos ordnete, damit obenauf das einzige Foto von Robert und Liz allein lag, fing sie zu rechnen an. Wenn dieses Jahr um war, noch im Winter, würde sie fünfzig Jahre alt sein, Robert war sechzehn Jahre jünger als sie, Liz dreißig Jahre jünger, diese Rechnung war unabänderlich, nur auf den Fotos konnte man sich täuschen, denn neben Liz sah sie keineswegs aus, als hätte sie die Mutter von Liz sein können, sondern, so lächelnd, sah sie undefinierbar aus, wie eine Frau Ende Dreißig, und Philippe, mit dem sie noch nie über ihr Alter gesprochen hatte und der jünger war als Robert, durfte oder konnte denken, daß er sich mit einer Frau eingelassen hatte, die einfach ein paar Jahre älter war als er. Sie rechnet heute aber genau. Fünfzig weniger zweiundzwanzig machte achtundzwanzig, denn Philippe war vor einem Monat achtundzwanzig geworden. Zweiundzwanzig Jahre Unterschied. Sie hätte also auch seine Mutter sein können, obwohl ihr dieser Gedanke noch nie gekommen war und auch jetzt für sie ganz fremd war. Es war jedenfalls bedeutungslos, und nur die Rechnung war richtig.

Während sie hinunterging zu ihrem Vater, der mittlerweile die Heizung angestellt hatte für den Abend, obwohl es Juli war, aber zu kalt in diesem vereinsamten Haus und für diesen Sommer, der keiner zu werden drohte, kein warmer Sommer aus ihrer Kindheit, versuchte sie, etwas zu erraten auf diesen lächelnden Gesichtern, denn es mußte ihr etwas entgangen sein in London. Es war dauernd in London etwas in der Luft gehangen, und es war nicht nur der schwüle kühle Sommeranfang, schütterer Regen, dieses Frieren in allen Räumen, es mußte mehr gewesen sein, aber die Fotos waren doch kein Indiz, obwohl sie die Abzüge noch einmal genau betrachtete wie ein Detektiv, der diesem Etwas auf die Spur kommen wollte. Wo blieb diesmal ihre Witterung, ihre Fähigkeit, blitzschnell einer Sache auf den Grund zu kommen oder sich oder anderen, in einer Sache? Entweder hing es mit Robert und ihr zusammen oder mit Robert und Liz. Es gibt wieder eine Frau Matrei, hatten sie in London gesagt, lachend, und sie würden also doch nicht aussterben, denn Liz würde sicher Kinder wollen, Robert wohl kaum, nicht Robert, der ihr zu ähnlich war, er würde nicht wirklich wollen. Elisabeth hatte darüber nachzudenken gelernt, aber Robert hatte bestimmt nie darüber nachgedacht, nur sein Instinkt war besser und stärker gewesen als der ihre, von Anfang an. Denn sie wußte nur und auch genau, warum Familien wie die Matreis aussterben sollten, auch daß dieses Land keine Matreis mehr brauchte, daß schon ihr Vater ein Relikt war, und Robert und sie sich zwar in die Fremde gerettet hatten und tätig waren wie tätige Menschen in wichtigen Ländern, und Robert würde durch Liz noch sicherer in der Distanz werden. Aber was sie zu Fremden machte überall, war ihre Empfindlichkeit, weil sie von der Peripherie kamen und daher ihr Geist, ihr Fühlen und Handeln hoffnungslos diesem Geisterreich von einer riesigen Ausdehnung gehörten, und es gab nur die richtigen Pässe für sie nicht mehr, weil dieses Land keine Pässe ausstellte. Nur zufällig hatten sie beide noch ihre Staatszugehörigkeiten, weil Elisabeth damals in Amerika es zu anstrengend fand, sich durch umständliche Ansuchen und Verfahren in eine Amerikanerin zu verwandeln, bloß weil sie einen Amerikaner geheiratet hatte, und nach der Scheidung war es noch belangloser, was sie war auf dem Papier, denn ihre Arbeitserlaubnis hatte sie, und immer geschützt von einer Zahl von Freunden und Halbfreunden, konnte ihr in keinem Land etwas passieren, es gab in Washington einen wichtigen Jack und auch einen einflußreichen Richard, und wenn Elisabeth auch nur im äußersten Notfall aus Bekanntschaften Nutzen zog, profitierte sie für andere davon, denn sie hatte ihre Männer immer unter jenen gefunden, die gescheiterte Existenzen waren und sie brauchten, als Halt, auch für Empfehlungen, und mit Philippe war es natürlich wieder einmal so.

Als sie vor ihrem Vater die Fotos ausbreitete, sagte er, jemand habe angerufen aus Paris, schon zweimal, das konnte nur Philippe gewesen sein, und er würde schon wieder anrufen, wenn er etwas brauchte oder zufällig auf den Gedanken kam, ihr ein paar freundliche Worte zu sagen. Ihr Vater bedankte sich stirnrunzelnd für das Geschenk, ein Buch, das sie zufällig gefunden hatte bei einem Antiquar in London, »Die Straße nach Sarajewo«, mit alten Bildern, und er blätterte darin still, denn das ging ihn etwas an. Zu den Fotos sagte er wenig. Robert sehe aber gut aus, das betonte er mehrmals, Liz sei in Wirklichkeit hübscher als auf diesen Fotos, und wie jung seine Tochter noch aussah, das merkte er nicht, weil er sie nicht anders kannte und er nie eine Rechnung machte wie heute Elisabeth. Sie war sein Kind, Kinder sahen immer jünger aus, und für Herrn Matrei gab es nur die Beobachtung: Du schaust gut aus. Oder: Du schaust aber nicht gut aus. Und das bezog sich auf die Gesundheit des betreffenden Kinds. Herr Matrei sagte: Es war Zeit, daß der Bub geheiratet hat, jetzt bin ich beruhigt. Und Elisabeth, die wußte, wie verärgert Herr Matrei jedesmal über die Beteuerungen Roberts gewesen war, daß er nie, nie und um keinen Preis je heiraten würde, wunderte sich, daß er gar nie beunruhigt war, weil Elisabeth allein lebte, denn die kurze Ehe mit diesem Amerikaner, von der sie auch erst berichtete, als sie schon kurz vor der Trennung stand, war für ihn entweder in Vergessenheit geraten oder er hatte sie nie ernst genommen, Amerikaner ließen sich – seiner Ansicht nach – ja trauen und scheiden wie nichts, und da war es kein Wunder, daß Elisabeth so rasch wieder nicht verheiratet war. In dem Brief wegen der Scheidung, der ausführlicher war als der über ihre Heirat, hatte sie ihm mitgeteilt, es gehe ihr gut, sie habe Hugh nichts vorzuwerfen, es sei besser für sie beide so, und alles in bester Freundschaft und so fort, sehr fair, von einem Drama könne keine Rede sein, sie werde aber vielleicht wieder nach Paris gehen. Nun, dieser Hugh – bei Herrn Matrei hatte er sich ja nicht vorgestellt, und daß er das damals unglaublich gefunden hatte, auch eine Taktlosigkeit von Elisabeth, verschwieg er, denn wenn nur Elisabeth nicht zu leiden gehabt hatte, dann war es gut. Ihr Brief las sich aufrichtig optimistisch, und Herr Matrei sagte sich: Ich kenne meine Pappenheimer, und die Hauptsache ist, daß der scheidungsfreudige Mister sie nicht unglücklich gemacht hat. Glückwünsche auf den Straßen von Klagenfurt zu der Heirat seiner Frau Tochter hatte er kurz angebunden entgegengenommen, und als er einmal merkte, daß die Frau »Direktor« Hauser, wie er sie ironisch nannte, eine heuchlerische Frage stellte, als Elisabeth längst geschieden war, sagte er herablassend: Abgesehen davon, daß ich selber mich nie in die Angelegenheiten meiner Kinder mische, so dürfte eine amerikanische Heirat kaum Gültigkeit bei uns haben. Meine Tochter ist sehr beschäftigt, sie ist in Afrika. Mein Sohn, vermute ich, will später Chemie studieren. Mit mehr kann ich Ihnen nicht dienen. Habe die Ehre.

Danach wagte in dem ganzen Viertel keiner der Leute, Herrn Matrei nach dem Privatleben seiner Tochter zu fragen, und mit den Jahren starben so viele von diesen Leuten, auch diese gehässige Frau Direktor Hauser, die für die Verbreitung des Klatsches in der Nachbarschaft gesorgt hatte, war längst tot. Herr Matrei sah nur noch selten auf, erstaunt, wenn ihn jemand grüßte, und er grüßte höflich zurück.

Elisabeth versuchte, da die Fotos nicht aufschlußreich genug waren, eifrig zu erzählen, denn ihr Vater hatte sich strikt geweigert, mit seinen siebenundsiebzig Jahren zum erstenmal in ein Flugzeug zu steigen und nach London zur Hochzeit seines einzigen Sohnes zu fahren, in ein Land, wo er kein Wort verstehen würde und wo er nicht einmal mit Liz sprechen konnte. Diese Londoner Tage mußte sie jetzt ausschmücken, mit Reizen versehen, die sie nicht gehabt hatten, und es ging bald flüssig, denn schon am Abend ihrer Ankunft war alles schiefgegangen, in Heathrow – Heathrow heiße der Flughafen von London, so wie Orly der von Paris –, weil sie sich mit Robert falsch verabredet hatte, beide hatten an verschiedenen Stellen gewartet, Heathrow sei nämlich sehr groß, ein kleines bißchen größer als der Klagenfurter Flughafen, und dann sei sie ins Hotel gefahren und hatte mehr als den doppelten Preis bezahlt, worüber Robert schallend gelacht hatte, denn daß seine Schwester, die mehrmals um die ganze Welt gereist war, sich ausgerechnet von einem englischen Taxifahrer hineinlegen ließ, das war zu grotesk und bestimmt noch dem unerfahrensten Amerikaner oder Afrikaner nicht passiert. Später waren sie friedlich beisammengesessen und hatten alles durchbesprochen und durchgerechnet, wieviel das Essen kosten würde, was alles noch zu kaufen und zu erledigen sei, und Liz nähte, Liz hätte für keine Reportage getaugt, denn sie war überhaupt kein Typ, der jetzt verlangt wurde, sie stellte weder »swinging London« dar, noch irgend etwas, was man erwartete von einer Zwanzigjährigen, sie war nirgend herumgewirbelt und kannte nur das Vergnügen, mit Robert zu sein, denn vorher hatte es nur

Arbeit für sie gegeben, jahraus jahrein, und ein Zimmer, mit einem anderen Mädchen geteilt, weil ein eigenes zu teuer war. An jenem Abend nähte sie an einem Strandkleid für einen marokkanischen Strand, und dann beschlossen sie, Klagenfurt anzurufen, um Herrn Matrei zu sagen, daß für den »fatalen Schritt« alles in Ordnung sei, Elisabeth als Trauzeugin für Robert ohne Schwierigkeiten akzeptiert worden sei, daß überhaupt alles gar nicht aufregend sei, sondern ganz einfach, und Robert und Elisabeth rissen sich abwechselnd das Telefon aus der Hand, sie beteuerten, sie dächten an ihn und zuletzt drückten sie Liz den Hörer in die Hand, die hilflos hineinstotterte: Grüß Gott, Vater, auf Wiedersehen. Das waren so ziemlich die einzigen Worte, die sie auf deutsch wußte. Von Elisabeth hatte sie noch »Dummkopf« gelernt, damit sie in passenden Momenten ein passendes Wort für Robert wisse, und von Robert hörte sie oft das Wort »Dummerle«, aber das war ein ausschließlich für sie bestimmtes geheimnisvolles zärtliches Wort. Sie tranken jeder ein Glas Bier, dunkles Guinness, Elisabeth freute sich nachdenklich an den beiden, denn wie hatte Robert es nur fertig gebracht, richtig zu wählen? Nach dem Bier würde sie gut schlafen. In den nächsten zwei Tagen ging sie mit Liz einkaufen, zu Harrods und noch in einige andere dieser Kaufhäuser, und Liz erzählte aufgeregt, daß sie niemand im office gesagt habe, daß sie heirate, die würden Augen machen, denn Liz hatte nur um ihren Urlaub gebeten. In den Kaufhäusern, in denen Liz alles kindlich entzückte, obwohl sie nur das wollte, was auf der Liste stand, und Elisabeth viele Male hinderte, ihr etwas zu schenken, hatte es angefangen, Elisabeth schlechtzugehen, und an dieser Stelle brach sie abrupt ab und sagte: Vater, wir gehören ins Bett. Dir fallen auch schon die Augen zu. Und morgen will ich gleich in den Wald.
Elisabeth wurde wieder hellwach vor dem Einschlafen, sie ging leise in die Küche hinunter und deckte den Tisch für

das Frühstück, damit Herr Matrei einmal seinen Tag anders anfangen konnte, wie in längst vergangenen Zeiten, aber in Gedanken war sie noch in London, in diesen labyrinthischen Kaufhäusern und nicht in einer Familieneintracht aus einem Erinnerungsalbum, mit frischen Semmeln und heißem Milchkaffee. Warum nur war ihr schlecht geworden, als sie die Rolltreppen hinauf- und hinunterfuhren, an hunderttausend Waren vorbei, und im Coffee Shop, wo sie sich in eine lange Reihe stellten, um Tee und Eier mit Schinken zu bekommen, geriet sie in eine Panik, und Liz fand glücklich noch zwei Plätze nebeneinander, zwischen fürchterlichen alten Frauen, die ihre Teller voller Kuchen und Sandwiches hatten und genußvoll alles verschlangen, was ungenießbar war, und schwätzten und plauderten, als wäre es der gemütlichste Ort von der Welt, alte Frauen, unter denen viele so alt waren wie Elisabeth, aber anders alt und unförmig und lächerlich angezogen. Elisabeth rührte ihre Eier nicht an, sie mußte ganz blaß geworden sein, denn Liz sagte zart: Ich fühle schon, daß du ganz erschöpft bist, du möchtest dich sicher bald ausruhen, ich bringe dich gleich ins Hotel. Elisabeth erwiderte einfach: Ja, verzeih mir, ich halte es leider nicht mehr aus. Im Gehen, während sie überlegten, was sie auf morgen verschieben konnten, sagte Liz schüchtern: Ich verstehe es, London ist eben nicht Paris oder New York, und wir wissen auch, wieviel Arbeit du gehabt hast, ich glaube, es war ein ziemliches Opfer für dich, zu kommen, aber ohne dich wäre Robert nicht froh und ich auch nicht, und dann möchte ich dir so gern einmal sagen, daß ich es genau weiß, daß Robert mich – daß alles, seine Entscheidung, doch von dir abhängig war, und ich habe dich gern, aber nicht nur deswegen. Ich habe dich wirklich lieb.

Elisabeth umarmte sie schnell und dankbar, denn daran war etwas wahr, daß Robert hatte wissen wollen, ob Liz ihr recht war, und sie hatte ausdrücklich nichts gesagt, aber zu verstehen gegeben, daß Liz ihr gefiel, und nun bekam sie eine Schwägerin, das hörte sich ziemlich furchtbar an auf deutsch, und sie dachte, daß sie eine »sister-in-law«, eine Schwester durch das Gesetz, lieber bekam.

Bei Gesprächen über Paris mußte sie aufpassen. Liz war mit Robert einmal übers Wochenende nach Paris gefahren, und sie hatte es »super« gefunden. Elisabeth hörte ihr lächelnd zu, denn ihr eigenes Paris war weit entfernt davon, »super« zu sein, aber sie war auch einmal das erste Mal in Paris gewesen, und obwohl sie es so nicht bezeichnet hätte, mußte sie unwillkürlich denken, daß vor fünfundzwanzig Jahren auch Paris herrlich gewesen war, als es noch keine Macht hatte, ihre verschiedenen Leben und so viele Menschen zu verschütten. Es gab überhaupt keine Orte mehr für Elisabeth, die ihr nicht wehtaten, aber diese liebe kleine Person hatte noch einige Städte vor sich zum Bestaunen und sie würde sie in ihrer Begeisterung alle aufregend und schön finden.

Sie brauchte morgens ja nicht gleich den Höhenweg bis zum See zu gehen, das war vielleicht zuviel, aber zum Waldwirt oder zumindest den Kalvarienberg hinauf konnte sie gehen, sie hatte keine frische Luft mehr geatmet seit Wochen, war nie mehr zu Fuß gegangen, und Herr Matrei kannte das schon, daß Elisabeth sich jedesmal »auslief«, wenn sie heimkam, die Stadt vermied und gleich hinter dem Haus in den Wald ging. Früher waren sie oft miteinander gegangen, und auch jetzt ging sie noch ein zweites Mal spazieren mit ihm, aber ihren Vormittagsspaziergang machte sie allein, denn sie rannte ja, fand Herr Matrei, und dieses Tempo konnte er nicht mehr mithalten.

Nachts fuhr Elisabeth auf, sie meinte, noch immer in London zu sein, und das durfte sie ihrem Vater nicht sagen, auch Robert nie, wie schlecht es ihr ergangen war, besonders nach der Abreise der beiden, als sie völlig ohne Verstand dachte, sie habe jetzt Robert verloren, denn als sie wenige Stunden später auch abfliegen wollte, stellte sich heraus, daß mit ihrem Flug etwas nicht in Ordnung war, und es war einfach nicht herauszubekommen im Reisebüro des Hotels, was zu tun sei, da alles ausgebucht war seit langem. Juli, Hochsaison, Touristenflüge führte man ins Treffen. Ganze Gruppen mußten sich dieser Flugzeuge bemächtigt haben, und sie mußte zehn Tage in diesem Hotel bleiben, lag meistens im Zimmer auf dem Bett und las, ließ sich einen Tee und ein Sandwich bringen, nebenan flüsterten immer Männer, sie sah einmal einen Pakistani herauskommen, dann, nachts, weil sie meinte, es klopfe jemand an ihre Tür, versuchte sie vorsichtig herauszufinden, was los war, aber es waren nur zwei Pakistani für den Zimmernachbarn, und es wurde wieder geflüstert. In den Gängen standen Spanierinnen herum, lustlos, untätig, die Zimmerkellner waren Inder, Philippinen, Neger, einmal war ein alter Engländer darunter, aber auch die Gäste waren alle aus Asien und Afrika, in den großen Lifts fuhr sie inmitten einer schweigenden Menge mit, als einzige Weiße, und es war recht absonderlich hier, in der Nähe von Marble Arch und dem Hyde Park. Es war nie beklemmend gewesen in Asien oder Afrika, wo sie gerne allein war und sich entfernte, wenn sie mit anderen reiste, denn dann war sie etwas wie »die Frau, die davonritt«, aber hier nicht, es war alles stumpfsinnig, es waren alle völlig stumpfsinnig, nichts stimmte, und die Gäste und die Angestellten verständigten sich in einem Englisch, das auf eine geringe Anzahl von Wendungen beschränkt war, und wer eine mehr verwendete, wurde nicht mehr verstanden, es war nicht eine lebende Sprache, die gesprochen wurde, sondern ein Esperanto, und der Erfinder dieser Weltsprache wäre vermutlich erstaunt gewesen, daß es nun doch schon gelang, auf eine andre Weise zwar, aber immerhin, und sie verlernte auch rasch ihr Englisch und gebrauchte dieses verwünschte Esperanto, wenn sie Zeitungen kaufte oder Zigaretten oder wieder fragte wegen des Flugs. Einmal setzte sie sich in die Bar, um zu sehen, was für Männer hier herumsaßen und ob einer in Frage kam, die wurde aber nun gleich geschlossen, alles wurde immerzu geschlossen, und dann durfte man sich in einen grell erleuchteten Nebenraum setzen, der einem mißglückten Konferenzsaal glich, und man bekam zwar ein paar Tropfen Whisky in ein Glas oder ein Bier, aber die nächste Schwierigkeit war wieder das Zahlen. Elisabeth, die keine Lust hatte, in diesen Tagen zu erlernen, welche Geldstücke jetzt was bedeuteten, sagte, indem sie aus der Geldbörse ein paar Geldstücke nahm: Bitte nehmen Sie sich, was Sie bekommen! Sie wußte nicht, wohin ihr früheres London verschwunden war, alles, was ihr einmal gefallen hatte. Es verstörte sie die Karikatur der Großstadt in der Großstadt, sie ärgerte sich auf der Oxford Street, wenn sie durch diese Menschenmassen trieb, Gruppen von singenden religiösen Sektierern begegnete, und einmal ließ sie sich rasch zur Westminster Bridge fahren und war eine Weile ruhig auf der Brücke und ging weiter und ein wenig auf der anderen Seite der Themse auf und ab, die sie alles sehen ließ wie früher einmal, und es war doch anders. Sie mußte nicht London sehen, es war ihr gleichgültig, sie war müde, sie wollte weg und nachhause, sie wollte in den Wald und zum See, und sie telegrafierte an ihren Vater, hoffentlich verstand er, daß sie hier nur sinnlos festgehalten wurde, und regte sich nicht auf. Nach vielen »I am sorry« und »I don't know«, die wichtigsten Worte in diesem Esperanto, hatte sie dann endlich ihren Flug, wenn auch nur bis Frankfurt. Sie kam vor lauter Überglück eine Stunde zu früh nach Heathrow und wartete dann noch Stunden, weil der Flug nach Frankfurt Verspätung hatte, und in Frankfurt wartete sie nicht, aber hetzte herum, um das Ticket noch einmal umschreiben zu lassen, auf Wien, und in Wien fuhr sie direkt zum Südbahnhof, dort war sie wieder zu früh dran und ging zur Bahnhofsmission, zu einer Schwester, sie bat, sich niederlegen zu dürfen, denn sie fürchtete, auf dem Bahnsteig zusammenzubrechen, lag erschöpft auf einem Notbett und trank ein Glas Wasser, nein, eine Platzkarte habe sie nicht, sie komme aus London, und es sei alles drunter und drüber gegangen, das sei der ganze Fortschritt, diese Bescherung. Elisabeth gab der Schwester hundert Schilling für die Mission, und die Frau versprach ihr, mit dem Schaffner zu verhandeln, damit sie einen Platz bekäme, und wenn sie ein kleines Trinkgeld erübrigen könnte für den Mann, dann ginge es sicher. Elisabeth war erleichtert, das waren wieder vertraute Töne, aber gerne, es komme nicht darauf an, und als der Zug aus dem Südbahnhof hinausfuhr, täuschte sie nur mehr eine schläfrige Übelkeit vor, dem Schaffner zuliebe, weil sie sich sofort gut fühlte, der ganze Alptraum ein Ende hatte, denn ein paar Stunden später würde sie auf bekannten Bahnhöfen halten und bald zuhause sein.

Am Morgen verschlief sie das Frühstück, Herr Matrei arbeitete schon im Garten, und sie trank rasch eine Schale Kaffee und rief vergnügt: Ich bin bald zurück, ich will nicht übertreiben am ersten Tag! Sie versuchte es mit dem Weg 2, aber der »Aussichtsturm« gefiel ihr nicht mehr, und versuchte dann, auf den Weg 1 zu kommen und zu den Teichen. Es waren hier, so nah an der Stadt, aber Leute, die auch spazierengingen und lärmende Kinder, das war ein wenig enttäuschend, aber schon morgen würde sie die großen Wanderungen machen zum See, und ihren Badeanzug konnte sie dann auch mitnehmen und schwimmen danach.

Mit ihrem Vater aß sie eine Kleinigkeit, und er wunderte sich immer, daß Elisabeth zuhause zufrieden war mit den »Kleinigkeiten«, denn er stellte sich ihr Leben vor mit raffinierten Mittagessen und Abendessen, Champagner und Kaviar, und wenn sie erzählte, mußte er das auch glauben, weil in ihren Erzählungen nur diese wunderbaren Restaurants vorkamen und berühmte und interessante Leute, und obwohl alle diese Geschichten wahr waren, ließ sie die anderen weg, die sich schlecht zum Erzählen eigneten und in denen kein Champagner und kein berühmter Mann unterzubringen war, sondern Kollegen und Intrigen in einem wirren und anstrengenden Alltag, mit Arbeit und Terminen, mit zuviel Kaffee und einem hinuntergewürgten Sandwich, mit Besprechungen, Koffern, die kaum ausgepackt, schon wieder gepackt werden mußten, Ärgerlichkeiten aller Art, unvorstellbar für Herrn Matrei, dessen Alltag ruhig verlief im Laubenweg und der nur manchmal Erschütterungen erfuhr durch die Telegramme und Briefe der Kinder, Ansichtskarten aus fremden Ländern mit Grüßen, Anrufen, die sogar kamen, wenn er gerade die Nachrichten hören wollte, und Elisabeth erklärte trotzdem überzeugend, daß es ihr hier mit ihm besser schmeckte, daß es ihr lieber sei, ein Paar Würstel zu essen und etwas Käse, als in Paris in einem chinesischen Restaurant zu sitzen. Da Herr Matrei noch nie chinesisch gegessen hatte und China ihm unheimlich war, nickte er verständnisvoll, denn das konnte er gut verstehen, und er ging mit ihr im Garten herum, pflückte für sie die ersten Weichselkirschen und schwarze Johannisbeeren, denn das Kind hatte doch das ganze Jahr nichts wirklich Vernünftiges zu essen, und Obst aus dem eigenen Garten war eben etwas gesünder als dieses ausländische Zeug auf den Märkten, aber er würde schon dafür sorgen, daß sie in ein paar Tagen besser aussähe. Denn sie sah diesmal nicht gut aus. Dieses Teetrinken in England gab ihm auch zu denken, sicher das reine Gift, Tee mochte ja gut sein, wenn man krank war und erkältet, aber den ganzen Tag Tee! Robert war sicher vernünftiger, und mit der Heirat kam eine Ordnung in sein Leben, aber

Elisabeth wirtschaftete schlecht mit ihrer Gesundheit, und in seinen Stolz über ihr erfolgreiches Leben mischte sich immer eine Sorge, daß sie unvernünftig lebe.
Am Nachmittag gingen sie miteinander ein Stück des Höhenweges 1, aber Herr Matrei, der den Wald besser kannte als sie, verließ dann die numerierten Wege, und sie kamen auf einem Umweg zurück, den sie nicht kannte, sie war ziemlich erschöpft, weil es ihr zu langsam gegangen war und sie, wie schon oft, über die Zukunft gesprochen hatten. Zukunft hieß für Herrn Matrei, Überlegungen anstellen, wie alles zu regeln sei für die Kinder, und wieder erforschen, ob Elisabeth nie ihre Meinung änderte, wegen des Hauses, aber sie hatte die Meinung wieder nicht geändert, und Robert würde also das Haus erben. Wenn Herr Matrei stehen blieb, fragte er: Beweis einmal, daß du nicht alles vergessen hast. Was ist das für ein Baum, und wie alt ist er? Woran erkennt man sein Alter? Elisabeth kannte diese Fragen, aber sie wußte immer schlechter die Antworten, die Natur hatte sie schon früher gelangweilt, und sie konnte eben keine Esche erkennen. Auch auf dem Waldlehrpfad, wo für die Schulkinder alle wichtigen Bäume eine Tafel trugen, mit dem deutschen und lateinischen Namen, Herkunft, besonderen Kennzeichen, las sie zwar flüchtig interessiert die Beschriftungen, aber sie ging lieber rasch und dachte an alles Mögliche. Am meisten interessierten sie noch die Wegmöglichkeiten, die Kreuzungen, die Abzweigungen und die Angabe der Stunden, etwa wie lange man von der Kreuzung 1–4 bis zur Zillhöhe brauchte, und da sie nie so lange brauchte wie die angegebene Wegzeit, beschäftigte sie sich nur mit den Zeiten und wie lange sie wirklich brauchte. Ohne Uhr wäre sie nie in den Wald gegangen, weil sie alle zehn Minuten auf die Uhr schauen mußte, um zu errechnen, wie lange sie unterwegs war, wie weit sie gekommen war und was sie sich noch vornehmen solle.

An diesem Abend ging sie früh in ihr Zimmer, und sie schlief sofort ein, es war die erste Entspannung, die Auflösung eines Krampfs, weil sie sich zu lange krampfhaft aufrecht gehalten hatte, und morgens war sie darum die erste und richtete das Frühstück, schrieb ein paar Zeilen für ihren Vater und ging über die Kellerstraße zu dem zweiten, abgelegeneren Anfang des Weges 1. Sie begegnete keinem Menschen, denn die Leute blieben nah am Stadtrand, um ihre Kinder und Hunde auszuführen, aber Wanderungen machte niemand mehr, alle fuhren mit den Autos zum See, wie überall. Als Kinder waren sie immer diese Wege mit den Eltern gegangen, weil es Herrn und Frau Matrei nie in den Sinn gekommen wäre, auch nur die Straßenbahn zu nehmen, höchstens zum Heimfahren, oder wenn es regnete, aber zum See ging man zu Fuß, und das große städtische Strandbad vermieden sie, sie waren immer weiter gewandert zu dem kleinen Bad Maria Loretto. See und Loretto gehörten für Elisabeth unzertrennbar zusammen, obwohl sie Wanderungen lange Zeit als junges Mädchen abgelehnt hatte als etwas Lästiges, Überflüssiges, Unbequemes, und erst wieder gerne ging, seit alle Städte, die so »super« waren, ihr diesen Wald anders erscheinen ließen, als den einzigen Flecken Welt, der still war, wo niemand sie hinjagte, um darüber etwas Brauchbares herauszufinden, und niemand hinter ihr herjagen konnte mit Telegrammen und Zumutungen aller Art.

Es war ein trüber Tag, sie hatte einen alten Regenmantel über dem Arm, die alten Schuhe, die sie immer in Klagenfurt ließ, wenn sie abreiste, aber sie hatte vergessen, Sokken anzuziehen von Robert oder von ihrem Vater, darum rutschte sie zu oft in den Schuhen, der dünnen Strümpfe wegen, und trottete langsam dahin.

Daheim war sie nicht in diesem Wald, sie mußte immer wieder neu anfangen, die Wanderkarten zu lesen, weil sie kein Heimweh kannte und es nie Heimweh war, das sie nachhause kommen ließ, nichts hatte sich je verklärt, sondern sie kam zurück, ihres Vaters wegen, und das war eine Selbstverständlichkeit für sie wie für Robert.

Als sie nach Wien gegangen war und zu arbeiten anfing, hatte sie aber schon das Fernfieber gehabt, eine lebhafte Ungeduld, Unruhe, und sie arbeitete nur so viel und auch gut, weil sie hinarbeitete auf ein Wunder, das Wunder, weit wegzukommen, es war zuerst nicht einmal klar, was aus ihr werden sollte, aber mit ihrer Energie erreichte sie es, daß man sie in einer Redaktion telefonieren und tippen ließ, für eine dieser rasch gegründeten Illustrierten nach dem Krieg, die bald wieder eingingen, und sie schrieb bald kleine Reportagen, wußte nur nicht, daß sie kein besonderes Talent zum Schreiben hatte, aber es fiel niemand auf, da die anderen auch nicht mehr konnten. Ihr strahlender Eifer hingegen war so überzeugend, daß man sie begabt fand, und sie lernte deswegen eine Menge Leute kennen, rannte mit Fotografen herum, laborierte an einer »story« herum oder an Bildtexten, lernte immer mehr Leute kennen und war beliebt. Sie hatte nichts Richtiges gelernt und dachte hie und da verzweifelt, doch auf die Universität gehen zu müssen, aber es war schon zu spät für sie und ihr Wunderglauben so stark, daß sie mit großer Geschwindigkeit alles auffaßte und daher als intelligent galt, obwohl sie höchst oberflächliche Kenntnisse hatte von Hunderterlei, eben auffing, was gerade aktuell war und worüber einige ihrer Freunde wirklich etwas wußten. Dann reiste sie zufällig zum erstenmal mit einem Fotografen, der unterwegs krank wurde, und sie, besorgt um diese so wichtige »story«, fing zu fotografieren an und begriff wieder so rasch. Damals wurden zufällig die Weichen gestellt für ihr Leben, denn sie fotografierte besser als sie schrieb, und das hatte sie nicht wissen oder auch nur vermuten können, daß sie damit weiterkommen würde und sogar nach sehr hoch oben. Auch kam die endgültige Entscheidung erst, als ein deutscher Fotograf, Willy Flecker, der damals schon einen Namen hatte und eines Tages gar keinen mehr, nach Wien kam und sie, nach einer kurzen Zusammenarbeit, mitnahm nach Paris, ihr noch einiges beibrachte, und in Paris lernte sie durch ihn Duvalier kennen, der der einzige überragende Fotograf von Weltruf über Jahrzehnte war und Gefallen fand an der kleinen »tyrolienne«, wie er sie scherzhaft nannte. Elisabeth, die aus dem Nichts gekommen war, aus einer dilettantischen Wiener Redaktion, begann kurze Zeit später mit dem alten Mann auf Reisen zu gehen, als Assistentin, Schülerin, Sekretärin, dann schon als unentbehrliche Mitarbeiterin, und der kindliche Traum, den sie in Wien geträumt hatte, war kein Traum mehr, sondern wurde überführt in eine Realität, die sie anfangs überwältigte. Sie fuhr mit Duvalier nach Persien, Indien und China, und wenn sie zurückkamen nach Frankreich und sein nächstes Buch fertigmachten, lernte sie, obwohl er der rücksichtsloseste Arbeiter war, den sie je kennenlernte, rücksichtslos auch sie ausnutzend, durch ihn alle die Leute kennen, die Herr Matrei »Gott und die Welt« nannte, und Picasso und Chagall, Strawinsky und Julian Huxley, Hemingway wie Churchill wurden für sie aus Namen zu Bekannten und Personen, die man nicht nur fotografierte, sondern mit denen man essen ging oder die einen sogar anriefen, und nach ihren ersten Beteiligungen, die der vorsichtige, vielleicht auch geizige Duvalier ihr zukommen ließ, hatte sie schon verstanden, daß es richtiger war, von Balenciaga oder einem anderen großen Couturier, der später kurze Zeit einen anderen Gefallen an ihr fand und ihre Eigenart studierte und betonte, drei Kleider zu haben als zwanzig billige, und wenn sie auch besessen war von der Arbeit und an nichts dachte, als immer besser zu werden, so bekam sie Stil, »Klasse«, wie ihr deutscher Freund sagte, denn sie trug nur mehr und tat nur mehr, was genau zu ihr paßte.

Aus der dürren langen kleinen Matrei, die als Mädchen nicht besonders gefallen konnte in Wien, machten die Pariser einen »Typ«, der erst viel später als interessant und schön galt, und darum war es auch ihr Pech gewesen in Wien, nur beliebt zu sein, aber von den Männern als ein Neutrum betrachtet zu werden. Als sie, schon über dreiundzwanzig, noch immer als beliebte Freundin bedeutender Männer herumlief und nicht einmal eine einzige Eifersucht bei den Frauen und Freundinnen dieser Männer hervorrief, faßte sie den Entschluß, diesem peinlichen Zustand ein Ende zu machen. Sie schwankte eine Weile zwischen Leo Jordan, der ein Arzt war und dessen Karriere begann, und Harry Goldmann, der zwar kein Arzt war, dem man aber eine Unzahl von Frauen nachsagte, und sie entschied sich dann für Goldmann, weil er ihr besser gefiel. Es war eine ruhige, kühle Entscheidung, und ein paar Monate später hörte sie, durch eine Indiskretion, aber ohne sich darüber aufzuregen, daß die Schauspielerin X ihrem Freund Y erzählt hätte, der es Elisabeths Bewunderer Z weitersagte, sie sei völlig frigide, wenn auch eine reizende Person. Sie dachte verwundert darüber nach, vermutlich stimmte das sogar, denn wenn sie Goldmann dieses Geschwätz auch nicht zutraute, aber dem einen oder anderen ja, mit denen sie es auch einmal versucht hatte, so konnten diese Männer doch nicht wissen, daß sie zu ihnen ging, wie man sich in einen Operationssaal begibt, um sich den Blinddarm herausnehmen zu lassen, nicht gerade beunruhigt, aber auch ohne Enthusiasmus, im Vertrauen darauf, daß ein erfahrener Chirurg, oder, in ihrem Fall, ein erfahrener Mann, mit einer solchen Kleinigkeit schon fertig würde. Ohne im geringsten eine Komödiantin zu sein, war sie danach zu diesen Männern, zu Goldmann und anderen, immer von einer neutralen Herzlichkeit, Freundschaftlichkeit, eben keines dieser Mädchen, die Ehen und Beziehungen zertrümmerten oder sich an jemand hängten mit Ansprüchen und Gefühlen, denn am Tag existierte für sie nichts mehr, was an einem Vorabend oder Nachmittag geschehen war, und erst als sie Trotta in Paris kennenlernte, änderte sie sich so vollständig, daß sie ihre Wiener Zeit und ihr Verhalten dort unbegreiflich fand. Daß sie sich teilnahmslos in irgendein Bett gelegt hatte, um, wie sie meinte, einem Mann einen Gefallen zu tun, auch nicht einmal daran zweifelte, daß es ein Gefallen war, das konnte sie sich nicht mehr vorstellen, denn schon in der ersten Stunde wollte sie Franz Joseph Trotta gefallen und fürchtete und ängstigte sich wie eine Frau. Sie fing an, alles ins Spiel zu bringen, um ihn zu gewinnen und zu halten, und verwarf wieder jedes Spiel, denn wie sollte sie diesen sonderbaren, hochmütigen Mann für sich interessieren, da sie sich plötzlich ganz uninteressant vorkam und nicht wußte, was sein ironisches Verhalten bedeutete, das sie fünf Minuten lang günstig für sich auslegte und fünf Minuten später für ungünstig. Die ersten Tage, in denen sie Trotta suchte und floh und er sie suchte und floh, waren das Ende ihrer Mädchenzeit, der Anfang ihrer großen Liebe, und wenn sie später auch, wie sie es aus dem jeweiligen Blickwinkel eben sah, meinte, eine andere große Liebe sei ihre große Liebe gewesen, dann war doch Trotta, nach mehr als zwei Jahrzehnten auf dem Höhenweg Nummer 1 noch einmal die große Liebe, die unfaßlichste, schwierigste zugleich, von Mißverständnissen, Streiten, Aneinandervorbeisprechen, Mißtrauen belastet, aber zumindest hatte er sie gezeichnet, nicht in dem üblichen Sinn, nicht weil er sie zur Frau gemacht hatte – denn zu der Zeit hätte das auch schon ein anderer tun können –, sondern weil er sie zum Bewußtsein vieler Dinge brachte, seiner Herkunft wegen, und er, ein wirklich Exilierter und Verlorener, sie, eine Abenteurerin, die sich weiß Gott was für ihr Leben von der Welt erhoffte, in eine Exilierte verwandelte, weil er sie, erst nach seinem Tod, langsam mit sich zog in den Unter-

gang, sie den Wundern entfremdete und ihr die Fremde als Bestimmung erkennen ließ.
Das war das Wichtigste an dieser Beziehung gewesen, aber es kam dazu noch etwas anderes. Es kam eben immer darauf an, wo man das Wichtigste gerade suchte, und Elisabeth hatte damals nicht auf alle Sätze Trottas geachtet, der aus jenem sagenhaften Geschlecht kam, wo keiner »darüber hinwegkam«, und auch von seinem Vater wußte sie durch ihn, daß der auch wieder einmal die Zeit nicht mehr verstanden hatte und zuletzt fragte: Wohin soll ich jetzt, ein Trotta? als die Welt wieder unterging, für einen Trotta im Jahr 1938, einer von denen, die noch einmal zur Kapuzinergruft gehen mußten und nur wußten, was »Gott erhalte« heißt, aber vorher alles getan hatten, um die Dynastie Habsburg zu stürzen. Das Allerwichtigste war, daß Trotta Elisabeth unsicher machte in ihrer Arbeit, da sie nach Duvaliers Tod zur besten französischen Illustrierten ging und er sie langsam vergiftete, sie zu zwingen anfing, über ihren Beruf nachzudenken. Als sie einmal hilflos weinend zu ihm kam, weil einer ihrer Freunde, den sie nicht besonders gut kannte, aber sie hatte immer so viele Freunde unter allen, in Budapest bei den Straßenkämpfen getötet wurde, während er fotografierte und mit seiner Kamera in der Hand verblutete, ließ Trotta sie weinen und schwieg hartnäckig. Später verloren sie und die Redaktion und das bessere, das gewissenhaftere Frankreich vor allem drei Fotografen und einen Reporter in Algerien und zwei Journalisten in Suez, und damals sagte Trotta: Der Krieg, den ihr fotografiert für die anderen zum Frühstück, der verschont euch also auch nicht. Ich weiß nicht, aber ich kann deinen Freunden keine einzige Träne nachweinen. Wenn einer mitten ins Feuer springt, um ein paar gute Fotografien nachhause zu bringen vom Sterben der anderen, dann kann er, bei diesem sportlichen Ehrgeiz, auch umkommen, daran ist doch nichts Besonderes, das ist ein Berufsrisiko, nichts weiter!

Elisabeth war fassungslos, denn sie hielt das für das einzig Richtige, alles, was sie taten zu der Zeit, die Leute mußten erfahren, genau, was dort vor sich ging, und sie mußten diese Bilder sehen, um »wach gerüttelt« zu werden. Trotta sagte nur: So, müssen sie das? Wollen sie das? Wach sind doch nur diejenigen, die es sich ohne euch vorstellen können. Glaubst du, daß du mir die zerstörten Dörfer und Leichen abfotografieren mußt, damit ich mir den Krieg vorstelle, oder diese indischen Kinder, damit ich weiß, was Hunger ist? Was ist denn das für eine dumme Anmaßung. Und jemand, der es nicht weiß, der blättert in euren gelungenen Bilderfolgen herum, als Ästhet oder bloß angeekelt, aber das dürfte wohl von der Qualität der Aufnahmen abhängen, du sprichst doch so oft davon, wie wichtig die Qualität ist, wirst du denn nicht überall hingeschickt, weil deine Aufnahmen Qualität haben? fragte er mit leisem Hohn. Elisabeth argumentierte, eifervoll, gescheit noch in der ersten Ratlosigkeit, aber zum erstenmal hatte ihr jemand den Boden unter den Füßen weggezogen, und sie sagte trotzig: Und damit du endlich verstehst, daß es mir ernst ist, ich werde jetzt gehen und aus Überzeugung, ich werde André bitten, daß er mich nach Algerien schickt, er war immer dagegen bisher, daß ich gehe, aber ich sehe nicht ein, warum mir etwas erspart bleiben sollte und den Männern nicht. Das ist doch auch in allen anderen Dingen nirgends mehr so, schon längst!
Damals hatte Trotta seine besondere Zeit mit ihr, er liebte sie wie jemand, den man verlieren wird, verzweifelt und angstvoll, mit der Besorgnis, mit der sie ihn sonst immer liebte, und er bat sie, nicht zu gehen. Geh nicht, Elisabeth, geh nie, es ist nicht richtig, und ich weiß ja, was du damit meinst, aber es hat doch keinen Sinn, du wirst noch selber daraufkommen. Du und deine Freunde, ihr werdet diesen Krieg damit nicht beenden, es wird anders kommen, ihr werdet nichts ausrichten, ich habe überhaupt die Men-

schen nie verstehen können, die sich diesen Abklatsch, ach nein, diese in die ungeheuerlichste Unwirklichkeit verkehrte Realität ansehen können, man schaut sich doch Tote nicht zur Stimulierung für Gesinnung an. Einmal, es war im Sudan, dort ist mir weiter nichts aufgefallen, nur eine Aufschrift überall, für alle diese Weißen, weil ja nur die kein Schamgefühl kennen, es sei verboten, bei hoher Strafe, »human beings« zu fotografieren. Den Nil und alles andere habe ich vergessen, dieses Verbot nicht.

Obwohl Elisabeth beharrte auf der Wichtigkeit dessen, was sie und andere taten, diskutierten, auch wie sie handelten, um alle Gefährdeten vor Anschlägen zu schützen und Algerier über die Grenzen zu bringen, in ein sicheres Land, nach Italien vor allem, fing sie damals unmerklich an, ihre Arbeit anders zu sehen, denn sie hatte, weil sie den Kopf immer voll hatte von den Tagesereignissen, nie über heiklere Formen von Recht und Unrecht nachgedacht, wie Trotta, und der Verdacht blieb in ihr, daß etwas Beleidigendes in ihrer Arbeit war, daß Trotta, der nicht recht hatte, doch in einem Punkt recht hatte, denn was unterschied so sehr die Fotos von Fensterstürzen, Zugunglücken, weinenden Müttern und grauenvollen Slums von den Bildern, die von allen Kriegsschauplätzen geschickt wurden, und hätten nicht so viele Fotografen das wirklich fotografiert, dann hätte man diese Aufnahmen genau so geschickt herstellen können, wie ein geschickter Bilderfälscher ein Original eben fälschen kann, ohne sich der Gefahr des Mißlingens auszusetzen und ohne einen anderen Einfall zu haben, als gut zu fälschen. Die Fotoserien, die erschienen, waren fast nie gefälscht, aber Elisabeth sah sie jetzt manchmal anders an, besonders die letzten Fotos von dem jungen Pedrizzi, der kurz danach mit einigen Algeriern und einem anderen Franzosen, Leuten, die man nur nebenbei betrauerte, weil man in der Presse nur Pedrizzi kannte und ihn zum Helden einiger Nachrufe machte, in die Luft ge-

sprengt worden war. Trotta fing immer wieder an, sie und ihren jungen festen Glauben zu verhöhnen. Die Leute sollen doch lesen, und überdies wissen sie alles schon, ehe sie es gelesen haben. Du liest doch auch, als wüßtest du es nicht ohnedies, alle Berichte über die Folterungen, einer gleicht dem anderen, und du liest es und weißt, daß es wahr ist, unmenschlich, daß es ein Ende haben muß, und dann möchtest du es vielleicht noch fotografieren, damit Hunderttausende auch sehen dürfen, wie man gefoltert wird. Wissen genügt wohl nicht! Elisabeth warf ihm das Buch, in dem sie gerade erschüttert gelesen hatte, nicht an den Kopf, denn sie verfehlte ihn und es fiel ihm seitlich über die Schulter. Trotta nahm sie in die Arme, schüttelte sie: Aber du mißverstehst ja alles, und du, du darfst nicht mißverstehen. Ich sage nur, es ist eine Zumutung, es ist eine Erniedrigung, eine Niedertracht, einem Menschen auch noch zu zeigen, wie andere leiden. Denn es ist natürlich anders in Wirklichkeit. Also so etwas zu tun, bloß damit einer seinen Kaffee einen Moment stehen läßt und murmelt, ach, wie schrecklich! und ein paar werden sogar einer anderen Partei die Stimme geben bei den Wahlen, aber das würden sie ohnehin tun, nein, meine Liebe, nicht ich halte die Menschen für grundschlecht, für bar jeder Möglichkeit, etwas nicht zu begreifen, und für immer verloren, aber du tust es, denn sonst würdest du nicht denken, daß sie außer ein paar Geboten auch noch Reportagen und »hartes Material«, wie dein Willy es nennt, brauchen.
Elisabeth sagte: Ich sag dir noch einmal, aber zum letzten Mal, es ist nicht mein Willy, und die Menschen müssen einmal zur Vernunft kommen. Dazu werde ich tun, was ich kann, wie wenig das auch ist.
O zu welcher, welcher Vernunft, wenn sie es bis heute noch nicht getan haben, was hat in Jahrhunderten ausgereicht, sie zur Vernunft zu bringen, und was wird ausreichen, um dich zur Vernunft zu bringen!

Aber ich bewundre alle, alle Franzosen, die zusammen mit ihnen für die Freiheit und die Unabhängigkeit . . . ich meine, es gibt für Algerien nichts Wichtigeres als die Freiheit . . . Da Trotta lachte, fing sie zu stottern an vor Wut und Ohnmacht, und er sagte: Vergiß nicht, daß ich ein Franzose bin, und ich finde daran nichts zum Bewundern, du Kind, ich ginge ja sofort, denn ich werde mit diesen verdammten Franzosen, die in deiner Bewunderung existieren, mir mit Vergnügen die Hände weiß waschen, die sich schmutzig gemacht haben, aber bewundert will ich dafür bestimmt nicht werden. Und die Freiheit, die Freiheit, die dauert, wenn sie kommt, kaum einen Tag und ist ein Mißverständnis.

Du bist eben kein Franzose, sagte Elisabeth erschöpft, du verstehst ihr Drama nicht, du verstehst sie nicht.

Nein, ich verstehe sie nicht, weil ich gar nicht will, wer kann von mir verlangen, daß ich sie auch noch verstehe. Es genügt mir, daß ich einer geworden bin und wieder einmal eine Erbschaft antreten darf, die ich mir nicht ausgesucht habe.

Du lebst nicht in dieser Zeit, sagte sie erbittert, ich kann nicht mit jemand leben und reden, der sich bloß in diese Zeit verirrt hat und nicht in ihr lebt.

Ich lebe überhaupt nicht, ich habe nie gewußt, was das ist, Leben. Das Leben suche ich bei dir, aber ich kann mir nicht einmal einbilden, daß du es mir geben könntest. Du siehst nur aus wie das Leben, weil du dich herumtreibst und abhetzt für alles, wovon man in ein paar Jahren kaum mehr wissen wird, wozu es nötig war.

Ehe der Algerienkrieg zuende war, hatten sich Elisabeth und Trotta getrennt, und Elisabeth sah, während alle anderen längst zur »Tagesordnung« übergingen, noch bedrückt, was aus der Freiheit schon zu werden drohte, und aus dem neuen Algerien kam sie niedergeschlagen zurück, sagte aber ostentativ allen, daß es hochinteressant sei, und schrieb mit vorsichtigen Einschränkungen allerlei Positives,

und sie überlas ihre Bildtexte, stundenlang, ehe sie sie abholen ließ, ihren Grenzübertritt in die erste Lüge, die ihr klar war, aber sie konnte nicht mehr mit Trotta sprechen, der eines Tages sein Hotelzimmer gewechselt hatte, ohne eine Adresse zu hinterlassen. Viel später las sie zufällig einen Essay »Über die Tortur«, von einem Mann mit einem französischen Namen, der aber ein Österreicher war und in Belgien lebte, und danach verstand sie, was Trotta gemeint hatte, denn darin war ausgedrückt, was sie und alle Journalisten nicht ausdrücken konnten, was auch die überlebenden Opfer, deren Aussagen man in rasch aufgezeichneten Dokumenten publizierte, nicht zu sagen vermochten. Sie wollte diesem Mann schreiben, aber sie wußte nicht, was sie ihm sagen sollte, warum sie ihm etwas sagen wollte, denn er hatte offenbar viele Jahre gebraucht, um durch die Oberfläche entsetzlicher Fakten zu dringen, und um diese Seiten zu verstehen, die wenige lesen würden, bedurfte es einer anderen Kapazität als der eines kleinen vorübergehenden Schreckens, weil dieser Mann versuchte, was mit ihm geschehen war, in der Zerstörung des Geistes aufzufinden und auf welche Weise sich wirklich ein Mensch verändert hatte und vernichtet weiterlebte.
Sie kam nie dazu, diesen Brief zu schreiben, sie vermied nur einige Aufträge, die sie bekam. André fragte sie einmal belustigt: Hast du Angst, Elisabeth? Und sie sagte, seinen Blick vermeidend: Nein, aber ich kann nicht, und ich kann es nicht erklären. Es wird vielleicht vorübergehen, aber ich habe Zweifel, das ist wohl eine Schande heutzutage. André, der schon wieder ein Telefon in der Hand hatte und von ihrer Scham nichts mehr wahrnahm, sagte, da er den Faden verloren hatte, nach dem Telefonieren: Du spannst am besten aus, denn wenn du zufällig einmal meine Meinung hören willst, aber vergiß es gleich wieder, damit du mir nicht eingebildet wirst, du bist viel couragierter als unsere Herren, die, wenn sie couragiert tun, doch nur ehrgei-

zig sind oder sich einen Mut zurechtlegen. Bei dir geht das vorüber, ich habe dich ein bißchen zu sehr beansprucht, du weißt, ich bin eine Canaille und nutze euch aus, wie ich kann, aber ich weiß es auch, und wäre ich keine, wie sähe dann unsre famose Illustrierte aus.
Danke, Canaille, sagte Elisabeth lächelnd, und klar war mir das längst, daß du eine bist, aber ich arbeite nämlich nicht ungern für Canaillen deiner Art, nur ob ich ausspannen soll, gerade jetzt – ich weiß nicht. Ich werde einmal darüber schlafen und dir Bescheid geben!

Elisabeth verließ den Höhenweg und ging seitwärts hinüber zur Zillhöhe, zu den Bänken, aufgestellt für müde, rastsuchende Wanderer, die nie mehr kamen. Sie schaute auf den See, der diesig unten lag, und über die Karawanken hinüber, wo gradewegs in der Verlängerung einmal Sipolje gewesen sein mußte, woher diese Trottas kamen und wo es noch welche geben mußte, denn einmal war dieser hünenhafte fröhliche Slowene zu Trotta gekommen. Franz Joseph sagte ihr, das sei sein Vetter, dessen Vater beinahe noch ein Bauer gewesen war. Sie erinnerte sich nur an Trottas ungewöhnliche Zartheit diesem Vetter gegenüber, auch wenn er wieder ironisch wurde, eben nicht zeigen wollte, daß etwas ihn anrührte, und sie sagte einmal zerstreut: Ich muß ihn doch schon einmal in Wien getroffen haben, als ganz jungen Burschen, aber ich irre mich vielleicht, er schaut mich immer so an, daß ich nicht weiß, was ich mit ihm reden soll, ist er vielleicht etwas beschränkt? Nein, sagte Trotta, das ist er gar nicht, aber so verflucht gesund, ich weiß nicht, wie die es fertig gebracht haben, dort unten, zuhause, sich nicht zu irren und gesund zu bleiben. Ich bin zu nervös, um dich anschauen zu können wie er, ich kann mich selber nicht anschauen. Deshalb rasiere ich mich tagelang nicht, weil ich mich erschießen könnte, wenn ich mich im Spiegel sehe.

Auf dem Heimweg dachte sie nicht mehr daran, es war kein guter Tag, auch keiner zum Schwimmen, aber morgen konnte es sich aufhellen, und sie ging nachhause, etwas enttäuscht, weil sie sich mehr vorgenommen hatte und nicht weiter gegangen war. Vor dem Abendessen, denn Herr Matrei aß immer sehr früh, sagte sie, sie wolle noch rasch zum EINSIEDLER und ein Bier holen, ein Bier solle er ihr ausnahmsweise bewilligen, bat sie im Scherz, denn Herr Matrei hatte seinen Kindern nie etwas verboten, aber er hörte es gern, wenn sie taten, als hätte er ihnen etwas zu erlauben und zu verbieten. Sie ging rasch noch einmal weg, durch die Teichstraße. Noch ehe sie zum Gasthaus EINSIEDLER kam, zögerte sie, vor dem letzten oder ersten Haus der Teichstraße stand ein alter, abgenutzter Volkswagen und davor eine junge Frau, die ihr überrascht entgegensah und grüßte. Elisabeth blieb stehen und grüßte verwirrt, sie gaben einander die Hand, sie kannte das Mädchen, wußte aber nicht, wo sie es unterbringen sollte, und verlegen sagte die andere: Ich war gerade, bin gerade bei meinem Onkel Hussa, ja danke, meiner Tante und meinem Onkel geht es gut, ich muß nur gleich ... Elisabeth fiel plötzlich ein, wer diese Nichte von den alten Hussas war, natürlich die Elisabeth Mihailovics, die sie zwei- oder dreimal in Wien getroffen hatte, und die war also hier auch auf Ferien, hoffentlich würde daraus jetzt keine Komplikation, denn sie hatte keine Lust, jemand zu treffen und über Wiener Bekannte zu reden. Die beiden Frauen versicherten einander, daß es eine Überraschung sei und leider das Wetter in diesem Sommer so gar nicht erfreulich. Elisabeth bemerkte, daß noch ein junger Mann hinter dem Auto stand, um etwas in den Gepäckraum zu tun und um ihn abzuschließen, und jetzt wartete er abseits, die Mihailovics machte keine Anstalten, ihr den Burschen vorzustellen, der angezogen war wie ein Förster, etwas primitiv aussah, und so sagte sie herzlich: Wenn Sie Lust haben, rufen Sie doch einmal bei mir an, und schöne Grüße an Ihre Tante und Ihren Onkel, die werden sich kaum mehr erinnern an mich, aber mein Vater, ja danke, es geht ihm gut. Da die Mihailovics immer verlegener wurde, verabschiedete sie sich gewandt: Sie verzeihen, aber ich muß noch rasch etwas kaufen, schöne Ferien! Sie ging verärgert weiter, hoffentlich rief die nicht an, und sie drehte sich, ehe sie ins Gasthaus ging, vorsichtig um: die beiden stiegen in den Wagen, der aussah, als wäre er reif für einen Schrotthaufen, und als sie herauskam mit ihrem Bier, fuhren sie gerade an ihr vorbei, und Elisabeth, die lächelte und schon winken wollte, tat es nicht, weil die andere Elisabeth ostentativ vor sich hinsah, und tat, als bemerkte sie sie gar nicht. Beim Abendessen fragte sie ihren Vater, was die Hussas machten, und Herr Matrei sagte kühl, er habe keine Ahnung, ganz anständige Leute übrigens, und Elisabeth erzählte kurz, daß sie diese Wiener Nichte getroffen habe, eine ganz nette Person, etwas farblos, sie mußte sie in Wien kennengelernt haben, bei Freunden, und warum die hier mit einem Bauernburschen herumfuhr, sei ihr nicht klar, denn das Mädchen war ihr ganz anders vorgekommen in Wien, eher eine Intellektuelle, aber die Zusammenhänge fielen ihr nicht ein, und natürlich zog man sich hier, wie sie selber, für den Wald nicht an wie in der Stadt, aber die Elisabeth Mihailovics hatte etwas so Ärmliches und Trauriges an sich gehabt, natürlich, doch, sie kam ja aus einer verarmten Familie, die aber noch ein paar Beziehungen zur Gesellschaft haben mußte, und dann schloß sie, da Herrn Matrei das Ganze wenig interessierte: Es ist ja ganz unwichtig, wenn sie bloß nicht anruft, und sag du ihr jedenfalls, daß ich nicht zuhause bin. Bevor sie einschlief, dachte sie noch, daß es etwas viel war, jetzt noch eine Elisabeth zu treffen, sie war schon verstört gewesen, als Liz auf dem Registry Office mit vollem Namen genannt wurde, Elizabeth Anne Catherine, mit einem Familiennamen dazu, den Elisabeth sofort wieder vergessen durfte, weil sie ihn vorher nicht gewußt hatte und er jetzt keine Rolle mehr spielte, für die neue Frau Matrei. Im Halbschlaf fuhr sie auf, sie war Jahre zurück gefallen, und sie lag mit offenen Augen da, und hörte alles wieder, sie war zuhause und doch in Paris.

Schau, dein Willy! Elisabeth sagte zornig: Er ist nicht mein Willy, so hör doch auf. Trotta fuhr gemächlich fort: Dieser Willy zum Beispiel, wenn er englisch spricht, dann ist er ein Mensch für mich, das klingt doch natürlich, wenn er okay sagt, aber deutsch sollten sie nicht sprechen, nur das nehme ich ihnen so übel. Sie haben irgendwann unterwegs das Gefühl dafür verloren, wie man es sprechen muß. Und die exkulpierten Jüngeren wie er, die machen doch keine Ausnahme. Du mußt nicht denken, daß ich so sehr hasse, es ist etwas komplizierter. Obwohl ich keine Deutsche anrühren könnte, vor Angst, sie könnte den Mund aufmachen.
Weil du kompliziert sein willst! (Und er wußte, daß sie es nur sagte, weil sie sich und den anderen prinzipiell keine Diskriminierungen erlaubte.)
Ich nicht, ich bin gar nicht kompliziert, aber ich habe soviel Kompliziertes vorgefunden. Du meinst, ich hasse sie, aber ich mag doch niemanden, meinst du, ich mag die Franzosen? Das fällt mir doch gar nicht ein, ich will nur sagen, daß es verkehrt war, den Deutschen zuerst alles zu demontieren und sie auf die eine und andre Weise zu strafen und dann mit dieser Teilung, ihnen aber dann gleich wieder Schießprügel in die Hand zu drücken, damit sie nach zwei Seiten brave Verbündete werden.
Also was hättest du gemacht, fragte Elisabeth aggressiv, dir wäre natürlich etwas Glänzenderes eingefallen. O ja, sagte Trotta arrogant, ich hätte in Jalta oder wo war es, einfach beschlossen, daß sie nicht mehr deutsch sprechen dürfen, weiter nichts, und damit wäre das ganze Problem

gelöst. Englisch oder russisch hätte ich sie lernen lassen, irgend etwas, damit man sich mit ihnen verständigen kann.
Elisabeth sagte: Du bist einfach ein Narr, ein Phantast.
Nur Trotta fuhr seelenruhig fort: Aber was diese winzige phantastische Idee für Folgen gehabt hätte. Dein Willy, verzeih, dieser Willy ist sympathisch, zumindest nicht peinlich, wenn er sagt: have a nice time, darling, das klingt sogar normal. Aber: Halt die Ohren steif, Mädchen, dann liegst du richtig. Über den Daumen gepeilt. Acht Uhr plusminus – bei diesem ganzen unerträglichen Gewäsch, da denke ich unwillkürlich, jemand redet aus seinem Bauch, die haben keine Sprache und deswegen verfälschen sie alles. Komm mal rüber! Warum die immer »mal« sagen müssen? Seltsam, aber du weißt das alles natürlich besser und meinst, das komme nur von dem Jargon, den sie in ihren Tausend Jahren gelernt haben, ich glaube das nicht, es steckt in ihnen.
Franz Joseph Eugen Trotta, an dir ist der Welt wirklich ein politisches Genie verlorengegangen, sagte Elisabeth streng.
Vielleicht, sagte Trotta. Aber es fragt mich ja niemand. Und hast du eigentlich bemerkt, daß dieser Willy immer nur herumrennt und sich wichtig macht, aber nie etwas wirklich tut, denn du tust es für ihn.
Das sagst du, erwiderte Elisabeth lachend, und du tust doch überhaupt nichts.
Ich tu nichts, aber das ist etwas anderes, ich spiele mir keine Komödie vor wie ein Deutscher, der die ganze Zeit alles in Trab hält, sich selber vor allem.
Ich bin einmal in Heidelberg stationiert gewesen, es ist ja egal, also in ein paar Städten war ich, weil ich in dieser französischen Uniform herumlaufen mußte und kaum zwanzig Jahre alt schon ein Sieger war, ausgerechnet ich, ein Trotta, wo wir die geborenen Verlierer sind, jedenfalls war ich plötzlich ein Sieger, und das war noch mit Humor auszuhalten, anderes weniger. Interessant war doch, wie

die andren Franzosen, und nicht die allein, alle Deutschen für dämonisch hielten, ganz besonders natürlich diese ganz prominenten Mörder. Und dabei sind sie nur völlig verdaddert und bieder gewesen, wirkliche Biedermänner, bei denen, bei soviel Idiotie, ja ein Kurzschluß nach dem anderen eintreten kann. Bei den Befragungen, den Verhören, wenn ich dolmetschen mußte, kamen aber einmal zwei von unseren Leuten an die Reihe.
Elisabeth unterbrach ihn verwundert: Was meinst du mit »unseren«?
Trotta sagte ungeduldig: Natürlich die Österreicher, und denen war die Gemeinheit, der Genuß an jeder erdenklichen Brutalität wirklich in die Visagen geschrieben, und so antworten sie auch. Das waren, wenn du willst, die zwei einzigen dämonischen Figuren, die mir untergekommen sind, für die kann ein Befehl nur ein willkommener Vorwand gewesen sein, für die Deutschen war ein Befehl ein Befehl, und deshalb waren sie so konsterniert, daß man ihnen dann einige Millionen von Ermordeten übel nahm. Aber unsere Franzosen, mit ihrer »logique française«, hatten sich ein für allemal entschlossen, das Dämonische zu sehen, wo es nicht war, und dieser Logik zufolge schickten sie nur die beiden Verbrecher weiter, weil die harmloser erschienen, aus einem Operettenland eben, das mit allen seinen Operettenfiguren ein Opfer geworden war. Ein Opfer ja, aber ich wollte ihnen nicht erklären, warum und weshalb, es war eben zu kompliziert zu sagen, auf welche Weise, mit welcher Geschichte, dieser amputierte Staat ein Opfer geworden war. Das Komplizierte habe ich vorgefunden, und ich bin zu unkompliziert geblieben, um damit fertigzuwerden.

Am Morgen, vor den Nachrichten, lasen Elisabeth und Herr Matrei in je einem Teil der Zeitung, Elisabeth war auf einmal neugierig, was hier geschrieben wurde für die Leute, und sie las es nicht mit Herablassung, sondern mit

Rührung, diese dilettantischen Berichte und das schlechtgeschriebene Feuilleton. Die Lokalnachrichten gefielen ihr am besten, denn über einen Kirchtag im Rosental und über die anwesenden Honoratioren zu schreiben, das trafen sie besser, wenn es auch unfreiwillig komisch ausfiel, und die Eröffnung einer »Internationalen Holzmesse«, die man hier für international hielt, war gar nicht uninteressant, ein paar missionarische Töne fehlten auch nicht. Missionarisches also doch auch hier. Nur mit der Welt kamen sie nicht zurecht, und Elisabeth fragte sich, mit dem leisen Hohn, der immer in Trotta gewesen war und der erst später in sie eingezogen war, ob es nun wichtig war, daß die Leute hier, in diesem Winkel, Nachrichten entstellt zu lesen bekamen oder nicht, und ob es sie etwa geändert hätte, wenn sie je eine weniger verdrehte Vorstellung von den Vorgängen außerhalb des Landes bekommen hätten. Wahrscheinlich nicht. Schon Wien war ein höchst verdächtiger und dunkler Schauplatz für sie, und da sie sowieso so mißtrauisch waren, wenn aus dem Parlament etwas durchsickerte und Minister Erklärungen abgaben, mußte man sie vielleicht gar nicht noch mißtrauischer machen gegen den Rest einer großen vertrackten Zeit, die Gegenwart hieß. Besonders gerne wurden Unwetterkatastrophen und Flugzeugabstürze behandelt, eine Hitzewelle in Italien mit Todesfällen, obwohl man weit weg von diesen Unwettern und der Hitze saß und keine Flugzeuge bestieg, und von fern, wenn auch der Vergleich nicht ganz standhielt, erinnerte es sie an die vielen Zeitschriften in Paris, die sich mit der Dritten Welt beschäftigten, die über Bolivien weitaus mehr zu sagen hatten als über alles, was den Parisern erreichbar war, die sich zwischen Trabantenstädten oder der banlieue und der Stadt hin und her schleppten, immer erschöpfter, denn erschöpft waren die meisten nicht von den Ungeheuerlichkeiten, die in südamerikanischen oder asiatischen Ländern geschahen, sondern von ihrer eigenen Misere, der Teuerung, Übermüdungen und Depressionen, die sich natürlich neben den großen Verbrechen erbärmlich ausnahmen; doch etwas Gehässiges, Kaltes, das bei jeder Bitte, auch nur um eine Auskunft, immer häufiger wurde in Paris und von dem die anderen, die es noch nicht waren, auch immer gehässiger und kälter wurden, merkten sie schon gar nicht mehr. Was in ihnen, selbst in Philippe, so verkümmerte oder in leeren Förmlichkeiten sich erhielt, das reichte dann noch bei manchen jungen Leuten für einen Liebesausbruch für die Menschheit, aber es reichte nicht mehr bis zur nächsten Tür, zu jemand, der, schluchzend oder am Zusammenbrechen, neben ihnen auf der Straße ging. Das Telefon läutete, und sie sprang auf, aber sie hob zu spät ab. Es konnte nur Philippe gewesen sein, als hätte er in Paris gewußt, daß sie gerade an ihn dachte mit Sorge, weil er alles, was in ihm an Feuer, Jugend, Aggression und Anmut war, verbraucht hatte in den Maitagen 1968 und schon am Ende war, verbittert und von Selbstmitleid krank, wenn auch weniger krank, seit sie da war für ihn.

Auf dem Höhenweg 1 kam sie wieder zur Zillhöhe mit den Bänken, und sie setzte sich einen Moment, schaute kurz auf den See hinunter, aber dann hinüber zu den Karawanken und weit darüber hinaus, nach Krain, Slawonien, Kroatien, Bosnien, sie suchte wieder eine nicht mehr existierende Welt, da ihr von Trotta nichts geblieben war, nur der Name und einige Sätze, seine Gedanken und ein Tonfall. Keine Geschenke, keine vertrockneten Blumen, und nicht einmal sein Gesicht konnte sie sich mehr vorstellen, denn je besser sie ihn verstand, desto mehr verschwand von ihm, was wirklich gewesen war, und die Geistersätze kamen von dort unten, aus dem Süden: Verschaff dir nichts, behalt deinen Namen, nimm nicht mich, nimm dir niemand, es lohnt sich nicht.

Ach, und das Lied von der Dankbarkeit, wem bist du denn nicht dankbar? Willy, weil er dich nach Paris gebracht hat, Duvalier, weil du mit ihm hast arbeiten dürfen, und zwei Leuten in Wien, weil sie dich haben arbeiten lassen, und André, weil er dich gut findet. Ich seh kein Ende, wer dich alles entdeckt hat, nur wirst du vor lauter Dankbarkeit noch ganz blöde werden, das hört an einem gewissen Punkt auf, jeder gibt jedem einmal die Hand, aber deswegen mußt du nicht, wenn es schon unwahr geworden ist, weil du allein deinen Weg gehst, noch immer kleben an Schulden, die längst nicht mehr da sind.
Daß Trotta mit Willy Flecker recht behalten sollte, das erfuhr er nicht mehr, denn erst Monate nach der Trennung, als sie mit großer Anstrengung etwas für Willy unternommen hatte, weil es nicht mehr ging, obwohl man ihr noch manchmal einen Gefallen tat für ihn, auch weil er sich ständig betrank und aus der jungen Hoffnung der deutschen Fotografie ein Wrack geworden war, beleidigte er sie, vollkommen betrunken, vor einigen Freunden, die, wie sie, alle erst erstaunt, dann entsetzt zuhörten, aber was aus ihm herausbrach, war nicht, wie manche meinten, eine maßlose Eifersucht, ein Deliriumsanfall, weil sie sich hielt und er unterging, sondern für Elisabeth wurde es die Stunde der Wahrheit zwischen ihnen beiden, sie war nur nicht fähig, sich zu erklären, womit sie sich diesen Haß zugezogen hatte, und dachte hilflos an Trotta, sie ertrug noch ein paar Stunden und versuchte, höflich zu sein, ehe sie aufstand, wegging und zum erstenmal ein paar Schlaftabletten nahm, weil sie nicht in dieser Haßlache einschlafen konnte. Willy schickte ihr noch einmal einen kurzen Brief, ohne Entschuldigung, sie solle sofort für ihn etwas erledigen, und da sie die Unterlagen hatte, suchte sie im Laboratorium einen Tag lang herum, nach Negativen. Sie schickte sie ihm ohne ein Wort. In der Zeit endeten auf ähnliche groteske Weise einige Freundschaften, keine so violent und

grausam, aber beiläufig, stumm, gehässig und sie wußte nicht, was das bedeutete, denn Franz Joseph konnte ihr dazu nichts mehr sagen, der ihr nur einmal gesagt hatte, zwischen ihnen könne es wenigstens keine unangenehmen Dankbarkeiten geben, weil nie einer für den anderen etwas getan habe, aber sie werde sich eines Tages an etwas erinnern. Nur erinnerte sie sich zuerst nicht, sondern überlegte ein New Yorker Angebot, kündigte bei André, der ihr Glück wünschte und sagte, ein Telegramm genüge, er nehme sie jederzeit zurück, und sie arbeitete in New York ziemlich erleichtert, weil ihr erstes Paris, jetzt in viele Feindschaften zerfallen, von ihr abgefallen war. In New York lernte sie wieder viele Leute kennen und sie fuhr noch mehr herum als früher, bis sie Hugh kennenlernte, der auch eine gescheiterte Existenz war, aber nicht jemand, der scheitern wollte, sondern euphorisch etwas anfing, und wenn man ihn enttäuschte, deprimiert und unfähig wurde, denn Hugh versuchte ja, etwas zu tun nach seinem Architekturstudium, bekam aber keine Aufträge, doch Innenarchitektur lag ihm gottlob besser, und sie hoffte an seinen Hoffnungen mit und brachte ihn mit einigen von den vielen Leuten zusammen. An dem Tag, als er seinen ersten Auftrag bekam, fragte er sie, ob sie ihn heiraten wolle, und sie sagte augenblicklich ja, obwohl sie vorher keine Sekunde lang daran gedacht hatte, einen Homosexuellen zu heiraten, er doch nur vorübergehend bei ihr wohnte, aber sie dachten aufgeregt und glücklich, es könne sehr gut gehen, jeder würde sein eigenes Leben haben und den anderen nie stören, und es war eine Freundschaft vielleicht eine bessere Basis für eine Ehe als eine Verliebtheit. Sie kannte auch den boy, von dem Hugh gerade meinte, das sei nun die entscheidende Beziehung für ihn, und dann war es drei Wochen später ein anderer, sie gewöhnte sich an den ständigen Wechsel und einige Komplikationen, weil sich manchmal die Affairen von Hugh überschnitten, die sie dann ins

Lot brachte, wenn Hugh das Durcheinander seiner Gefühle und Versprechen über den Kopf wuchs, und mit dem Geld ging es knapp, obwohl sie viel verdiente manchmal, aber Hugh doch wieder nichts und weil einmal ein junger Mann aus Brooklyn und dann wieder einer aus Rio sehr kostspielig waren. Aber sie hatten ein fröhliches kleines Zuhause, das Elisabeth sehr genoß, Hugh und sie verstanden einander immer gut, und wenn sie zu dritt waren, sehr oft zu dritt, aber nie zu viert, dann ging es auch gut, weil alle boys immer besonders nett zu ihr waren. Vielleicht waren sie wirklich alle so nett und taktvoll, aber manchmal hatte Elisabeth Hugh im Verdacht, daß er das bewirkte, daß er es war, der von jedem neuen boy strikt verlangte, Elisabeth nicht nur zu respektieren, weil sie seine Frau war, sondern sie zu bewundern, über die Maßen, weil er sie bewunderte und die ganze Achtung für sie wollte, die er nie erreichen konnte bei seinen boys, die manchmal berechnend waren oder ihn erniedrigten oder ihn leiden ließen, nur auf Elisabeth, der er zwar alles sagte, durfte kein Schatten fallen, und der Respekt, den man ihr zeigte, war ein Ersatz für die oft beschädigte und gekränkte Selbstachtung von Hugh.

Aber einen Abend in Paris, den brauchte sie nie in sich hervorzurufen, weil die Erinnerung jeden Tag da war, sie vergaß ihn nicht, als sie längst wieder zurück war, New York verlassen hatte, und schuld daran hatte ein durchreisender Wiener Journalist, der sie anrief und mit Grüßen oder einer Nachricht oder einer Bitte kam. Warum sie diesen Mann überhaupt traf, wußte sie nicht mehr, vermutlich hatte sie zufällig ja am Telefon gesagt und ging in ein kleines Café am Boulevard St. Germain, und wichtig war sicher nichts gewesen, wichtig auch dieser junge Wiener nicht, der sie einladen wollte, weil er irgendwelche Leute in Wien kannte, die sie auch kannte, weil er auch ein Journalist war, ein gewisser Mühlhofer oder Mühlbauer, und dann fragte er plötzlich: Sie haben doch den Grafen Trotta gekannt? Elisabeth sagte ärgerlich, es habe nie irgendwelche Grafen Trotta gegeben, und falls er diese sagenhaften Trottas meine, die geadelt worden waren, eines Mißverständnisses wegen, dann seien die längst ausgestorben, schon 1914, und es gebe natürlich Nebenlinien, aber die seien nicht adlig, und einige sollen noch da unten leben in Jugoslawien, und einer hier in Paris. Der Wiener schaute sie einen Moment prüfend an und sagte: Also doch in Paris, dann ist es eben der! Da Elisabeth immer ungehaltener wurde, weil sie nicht mit einem Fremden über Franz Joseph sprechen wollte und ihr schon dieses Getu mit den Grafen Trotta auf die Nerven ging, rief sie nach dem Kellner. Während sie sich beide ungeschickt um die Rechnung stritten, sagte der Mann aus Wien, bevor sie von ihm loskam, noch einmal, daß es dann jedenfalls der Pariser Trotta sei und ob sie nicht wisse, daß er sich erschossen habe, vor einigen Monaten in Wien, es habe ein ziemliches Aufsehen gegeben, weil keine Angehörigen aufzufinden waren und überhaupt nichts in einer kleinen Pension außer seinem Paß, und dann vermutete man eben – er habe nachgeforscht –, es könne der Ururenkel des Helden von Solferino sein, über den er etwas in den Archiven gesucht hatte und doch nichts mehr fand. Elisabeth, die noch nicht zitterte, sagte heftig: Was für ein Unsinn, sein Großvater war ein Rebell und kein treuer Diener seines Herrn wie die Solferino Nachkommen.

Aber da sie schon nicht mehr wußte, warum sie das diesem zudringlichen Menschen erzählte, stand sie auf, winkte zerfahren nach einem Taxi, sie sagte zitternd: Ich bitte Sie, so helfen Sie mir doch, ein Taxi suchen, ich habe eine wichtige Verabredung!

An diesem Abend war sie eingeladen auf das BATEAU IVRE, und als sie auf ihrem Bett lag und nachdachte über ihre einzige und große Liebe und eine Nachricht, deren Ausmaß dieser Wiener gar nicht verstehen konnte, weinte sie nicht, sie war nur zu schwach, um aufzustehen, sie konnte sich nicht einmal ein Glas holen und etwas trinken. Sie versuchte ihn zu rufen mit allen seinen Namen, Franz Joseph Eugen, die Namen, in die sein Vater alles gelegt hatte, ein wirkliches Vermögen und ein vollkommenes Unvermögen zu vergessen. Die Freunde riefen an, Maurice und Jean Marie, und sie versuchte zu sagen, daß sie nicht könne, daß sie todmüde sei, aber die beiden redeten abwechselnd ins Telefon, schon zu gut gelaunt und lachten und sagten, sie kämen gleich vorbei, und ehe Elisabeth widersprechen konnte, hatten sie aufgelegt. Sie zog zum erstenmal ein Kleid mit Bedacht an, nicht um jemand zu gefallen, sondern um nicht zu vergessen, ein abgetragenes verdrücktes Wollkleid, das lange in einer Lade gelegen war und das sie versuchte, müde an sich glatt zu streichen, denn sie dachte daran, daß Trotta sie ein einziges Mal begleitet hatte beim Einkaufen und vor dem Geschäft auf und ab gegangen war in wütender Ungeduld, weil es ihm zu lange dauerte, während sie, schnell wie nie, das erste nahm, das ihre Maße hatte, und nun war es ihr Aschenkleid, Trauerkleid, ihr Trottakleid, mit dem sie hinunterging zu dem Auto, in dem schon vier Leute saßen. Niemand machte sie mit dem Mädchen bekannt, das sich wieder blasiert auf den Vordersitz setzte, und der Mann am Steuer, dessen Namen ihr auch niemand sagte, wandte sich kurz um, sah sie einen Augenblick lang zu lang und zu spöttisch an und sagte: Das sind also Sie? Ihre Freunde, hinten mit ihr aneinander gepreßt auf den Notsitzen, redeten unentwegt. Maurice sagte: Paß auf, Elisabeth, er ist gefährlich. Jean Marie sagte: Nimm dich in acht, ich muß dich unbedingt vor ihm warnen, auf den fällt jede herein. Sie gab keine Antwort, schwieg noch beim Essen, und erst nach einem Glas Wein fing sie zu reden an, Belangloses mit Maurice, und als sie einmal den Fremden aufstehen sah, der für das affektierte Mädchen etwas holen mußte aus der Garderobe und sich vorher herüberbeugte zu ihr, um sie zu fragen, ob sie auch etwas wünsche, holte sie aus ihrer Geldbörse ein Geldstück, gab es ihm und sagte unfreundlich: Werfen Sie das für mich in die Musicbox! Nein, sie habe keinen besonderen Wunsch, überhaupt keine Wünsche, er solle bloß auf irgendeinen Knopf drücken. Als er zurückkam und sich wieder übertrieben höflich verbeugte, als belustigte ihn etwas an ihr, fiel ihre Platte auf den Plattenteller, und es fing eine Musik an, kein Chanson und kein Hit, niemand sang schmachtend oder grölte etwas zu der Musik, die sie noch nie gehört hatte, aber später hörte sie sie noch ein Jahr lang oft wieder, denn erst dann wurde dieses Stück überall gespielt, ein dumpf verjazztes Stück von einer alten Musik, die sie nicht erkannte. Sie hörte erstarrt und versunken zu, ohne jemand anzusehen, und fühlte nur, daß das Mädchen die Schultern im Rhythmus dazu bewegte und sich nur bewegte für diesen Fremden. Elisabeth hörte auch zu essen auf, sie konnte nicht essen während einer Totenmesse und sie wartete noch eine Weile höflich, dann sagte sie, sie müsse sofort nach Hause, sie bat Maurice, ihr ein Taxi zu rufen, und die anderen sollten sich bitte nicht stören lassen. Es hatte sie aber niemand verstanden, denn alle besprachen laut, ob sie noch zu SASCHA gehen sollten oder anderswohin, und endlich saß sie, erschöpft auf die anderen wartend, allein mit dem Fremden im Wagen, während die sich, halb betrunken, herumstritten in der Nähe. Sie beide redeten kein Wort, und dann meinte er, er müsse einmal nach dem Rechten sehen, und sie sagte, wieder zu unfreundlich: Nein, zuerst bringen Sie mich zu einem Taxi, ich bin nicht in der Stimmung, zu SASCHA zu gehen! Warum sie eine Weile später aber dann doch mit allen anderen dort war, begriff sie nicht, es wurde Champagner getrunken und getanzt, und sie stand auf und tanzte mit diesem Mann, der ihr unsympathisch war, und in einer kurzen Pause sah sie ihn einmal genau an und bemerkte: Sie sind aber auch kein Franzose, kein echter jedenfalls. Nein, ein falscher, sagte er befriedigt, aus Zlotogrod, Galizien, und obendrein gebe es diesen Ort gar nicht mehr, aber von solchen Dingen habe sie sicher nie etwas gehört. Elisabeth sagte absichtlich: Nein, natürlich nicht, keine Ahnung, ich wüßte nicht einmal, wie man das ausspricht! Nur versuchte sie danach, wirklich zu tanzen und nicht mehr gelangweilt herumzuschlenkern, und obwohl sie nie gern getanzt hatte, gelang es ihr einmal, wirklich zu tanzen. Jetzt hatten auf einmal die anderen genug, und sie gingen, er brachte sie zuerst nach Hause und vor dem Haustor sagte er bestimmt: Ich komme danach sofort zurück, ich muß mir nur diese Bande vom Hals schaffen.

Obwohl sie mehr getrunken hatte, als es ihr gut getan hätte, Kopfschmerzen hatte und meinte, beim Warten einzuschlafen, schleppte sie sich ins Badezimmer, putzte sich die Zähne und versuchte, sich etwas zurechtzumachen, als es schon läutete, denn er war rascher zurückgekommen, als sie es für möglich gehalten hatte, weil es drei Uhr früh war und kaum mehr Verkehr gab. Sie öffnete, er schloß leise die Tür, und sie wußte nicht, ob er sie so rasch in die Arme genommen hatte oder ob sie es war, die sich so rasch an ihn drängte, und bis zum Morgen, verzweifelt, in einer Ekstase, die sie nie gekannt hatte, erschöpft und nie erschöpft, klammerte sie sich an ihn und stieß ihn nur weg, um ihn wiederhaben zu können, sie wußte nicht, ob ihr die Tränen kamen, weil sie Trotta damit tötete oder wiedererweckte, ob sie nach Trotta rief oder schon nach diesem Mann, nicht, was dem Toten galt, was dem Lebenden galt, und sie schlief ein, an ein Ende gekommen und zugleich an einen Anfang, denn was immer auch von ihr später über diese Nacht gedacht wurde, in vielen Variationen – es war der

Anfang ihrer ganz großen Liebe, manchmal sagte sie, ihrer ersten wirklichen Liebe, manchmal ihrer zweiten großen Liebe, und da sie auch noch oft an Hugh dachte, ihrer dritten großen Liebe. Mit Manes sprach sie nie über den Grund, der sie zu ihm getrieben hatte, nie über das Warum dieser Ekstase, die es nie mehr wieder zwischen ihnen gab, denn in wenigen Tagen war er nichts weiter als ein Mann, in den sie verliebt war, ein sich verändernder Mann, der ein Gesicht und einen Namen für sie bekam und im Laufe von zwei Jahren auch eine Geschichte und eine Geschichte mit ihr, die soweit Gestalt annahm, daß sie langsam daran glaubte, sich ihr Leben mit ihm genau vorstellen zu können, eine Zukunft mit ihm. Als er sie plötzlich verließ, war sie mehr über diese Plötzlichkeit, der nie eine Trübung vorausgegangen war, erschrocken als über die brutale Verletzung und daß sie wieder einmal allein war. Sie litt unter dieser Trennung mehr als unter dem Tod von Trotta, saß tagelang am Telefon und wartete auf einen Anruf, aber sie suchte Manes nicht und sie konnte auch nicht nach dem Grund für dieses Verlassen suchen, weil es keinen gab. Sie vermied auch die paar Menschen, die sie beide kannten, denn sie wollte durch Dritte nichts wissen. Nach vielen Tagen sinnlosen Wartens mußte sie doch mit jemand sprechen und sie fuhr nach Wien zu einem Arzt, den sie von früher kannte. In Wien vermied sie alle Freunde, ging in ein kleines Hotel und saß jeden Tag gemütlich in der Praxis dieses Mannes, der einmal ein kleiner Assistenzarzt gewesen war und jetzt einen Namen hatte und prominente Patienten, und sie redete gar nicht so viel, wie sie meinte, reden zu müssen, sondern drückte sich präzise aus und antwortete auf seine Fragen, geduldige, sensible Fragen, mit Humor. Er machte mit ihr zweimal den Versuch einer Narkoanalyse, die nichts ergab, aber Elisabeth fand es ganz interessant, und nach wenigen Tagen sagte er ihr, er habe gottlob nie einen verständigeren Patienten gehabt, und ihre Probleme, sofern man sie als Probleme bezeichnen könne, seien eben ein integrierender Bestandteil ihrer Person. Er beglückwünschte sie zu ihrer Luzidität, und sie unterhielten sich dann nur noch über Dinge, die nichts mit ihr zu tun hatten, beinahe freundschaftlich und voller Sympathie füreinander. Mit dem Zeugnis »Luzidität« reiste sie nach Paris zurück, voller Optimismus, denn es war wirklich weiter nichts passiert, als was jedem anderen auch unweigerlich passierte. Einen Tag danach brach sie plötzlich zusammen, geriet in ungekannte Angstzustände, weil ihre Klarsicht nichts ausrichten konnte gegen die Tatsache, daß ein Mensch, mit dem sie sich schon zusammengehörig gedacht hatte, sie weggeworfen hatte, daß sie einen so einfachen Verlust nicht überwinden konnte nach einem viel schwereren großen Verlust. Sie litt wie unter einer Amputation und begriff überhaupt nichts mehr, saß wieder tagelang hilflos am Telefon.

Eines Tages fing sie wieder zu arbeiten an, aufzutauchen unter den Leuten und die Dinge zu tun, die sie früher getan hatte.

Nimm nicht ihn, nimm dir nichts, sagte eine Geisterstimme. Manchmal half sie sich auch noch mit ganz primitiven Vorstellungen, zum Beispiel daß Manes ja älter werden würde, daß er ihr dann nicht mehr genügen werde, daß ein jähes Ende besser war als ein langsames Absterben von Gefühlen, und sie half sich eines Tages auch damit, daß sie wieder mit einigen Männern ausging, mit Roger und einem anderen Jean Pierre und Jean und Luc, und sie schlief mit einigen und hörte sich von allen stundenlang Geschichten an über Probleme und Schwierigkeiten. Für Roger ging es darum, daß er gegen eine ältere Frau, die er A nannte, Verpflichtungen hatte und sie auch noch liebte, aber andrerseits hatte er jetzt eine jüngere, B, kennengelernt, mit einer unehelichen Tochter, die er nicht andauernd in seinen Zweifeln hängen lassen konnte, und am liebsten wollte er die Flucht nach vorn, da er sich nicht entscheiden konnte, und Elisabeth beriet ihn vorsichtig, denn es war beinahe klar, daß er die Flucht zu Elisabeth erwog, die nicht gerne ein Ausweg sein mochte, aber plötzlich rief er sie an, als sie von einer Reise nach Afrika zurückkam, und sagte ihr: Bitte lach nicht! Ob sie ihn verstehe, ja gestern, er habe gestern geheiratet, die jüngere, B, mit der Tochter, die Tochter habe den Ausschlag gegeben, und sie ging noch an dem Tag zu dem Cocktail, zu dem er sie eingeladen hatte, lernte Rogers B kennen und die kleine Tochter. Roger kam ihr strahlend entgegen und zog sie auf die Seite, nachdem sie vielen Leuten die Hand gegeben hatte, er würde sie morgen sofort anrufen, aber dann rief er am nächsten Tag nicht an, auch nicht am übernächsten und sie saß, wie schon vor Jahren, wieder tagelang vor dem Telefon, suchte verzweifelt nach einer Erklärung und weinte hemmungslos, und viele Monate später, unvermutet, noch einmal deswegen, weil es ihr unglaublich erschien, daß jemand, zu dem sie gut gewesen war, einfach nie mehr anrief. Es war ihr nur klar geworden, daß A und B recht entschlossene Frauen sein mußten, da schon eine die andere nicht duldete und am wenigsten natürlich eine dritte, die A verstand und B verstand.

An Manes dachte sie nur mehr selten, und seit sie nach dem Grund seines Verschwindens nicht mehr suchte, erinnerte sie sich beiläufig daran, daß er ihr einmal gesagt hatte, mit Frauen ihrer Art habe er nie etwas zu tun gehabt, es sei wahrscheinlich damals Maurice schuld gewesen an allem, der ihm soviel von ihrer Intelligenz vorgeschwärmt habe, zum Erbrechen, und intelligente Frauen seien für ihn keine Frauen, er habe sich damals auch nur dermaßen geärgert über sie, weil sie stumm und arrogant in diesem Restaurant gesessen sei.

Elisabeth sagte ihm nicht, auf welchem ungeheuerlichen Mißverständnis dieser Abend beruht hatte, daß sie zwar stumm, aber nicht arrogant gewesen war. Und es blieb ihm verborgen, wie ihr Abschied von Trotta und ihre Auferstehung durch ihn und ein Wort wie Zlotogrod ineinandergegriffen hatten.

Diesmal ging sie den Höhenweg über die Zillhöhe hinaus, obwohl es wieder regnete von Zeit zu Zeit, und sie lief hinunter, wo der Weg zum See führte, aber als sie aus dem Wald kam, verlief der Weg ohne Spuren in einer Wiese, und da jede Markierung fehlte, ging sie nach links und rechts und schließlich weit vor, um zu schauen, wo es weiterging. Im letzten Moment hielt sie inne, denn wenn sie, so in Gedanken, noch einen Schritt weiter gegangen wäre, wäre sie abgestürzt, und sie sah vorsichtig, am äußersten Rand der Wiese, was da, wie ein Steilhang, den es früher nie gegeben hatte, vor ihr abbrach. Natürlich begriff sie sofort, daß nicht der Berg abgebrochen war, sondern abgetragen von Baggern. Die frische feuchte Erde war noch zu sehen, und unter ihr lag ein riesiger breiter Bauplatz, hier sollte wohl einmal die neue Autobahn entstehen, die Herr Matrei, der nicht mehr so weit gehen konnte, beiläufig erwähnt hatte, mißbilligend, weil es sicher noch Jahre dauern werde, bei dieser typischen Langsamkeit hier, bis diese Autobahn je fertig wurde. Sie ging an diesem Abgrund auf und ab, suchte nach einem Abstieg, aber wo sie auch ansetzte und versuchte, hinunterzurutschen, gab es keinen Halt, kein Strauchgezweig, keinen Baum, die Erde war überall locker und unbewachsen, und sie wäre sofort über hundert Meter abgerutscht. Dann rekognoszierte sie die Baustelle, an der nicht gearbeitet wurde, nur sehr fern, aber unerreichbar für ein lautes Rufen, stapften zwei Arbeiter in der Trasse, und sie konnte daher nicht schreien und fragen, wo es hier hinunterginge und wie man zum See käme. Sie setzte sich vor den Abgrund und überlegte und ging entmutigt zurück zum Höhenweg, dessen wenig zertretenes Ende sie beinahe nicht mehr fand. Hier also ging es nicht, auf dem Weg 1, und sie mußte eben morgen den Weg 7 oder 8 versuchen, denn einen Weg mußten sie ja übriggelassen haben, zumindest einen Abstieg aus dem Wald zum See. Sie wanderte zurück, schaute in eine plötzlich aufgetauchte Sonne zwischen den Bäumen, die zwar schwach war, aber stechend, und am frühen Nachmittag, als Herr Matrei aufstand nach seinem kurzen Nachmittagsschlaf und sie beunruhigt fragte, wo sie so lange geblieben sei, erzählte sie, daß man vom Höhenweg nicht hinunterkomme und daß die da eine Straße bauten, aber nicht einmal daran gedacht hatten, ein Warnungsschild aufzustellen. Wirklich gefährlich sei es, wenn jemand ahnungslos vorlief und meinte, zum Abstieg zu kommen. Herr Matrei sagte, das sei auch ein typischer Skandal und er sei heilfroh, daß sie wieder da sei. Übertrieben habe sie natürlich auch, denn er hatte sich schon Sorgen gemacht über diese lange Wanderung, viel zu lang für die ersten Tage, aber sie könne es ja versuchen auf den anderen Wegen, und dann tranken sie im Garten Kaffee und sprachen von früher, am meisten von den Zeiten, an die er sich am lebhaftesten erinnerte, nur mehr gelegentlich und amüsiert über die Hochzeitsreise nach Marokko, denn mit Frau Matrei war er nach der Hochzeit einfach durch das Rosental und über den Loiblpaß nach Bled gewandert, und das war eine schöne Wanderung gewesen, wenn auch keine Reise, und Elisabeth steigerte sich wieder hinein in Roberts Pläne, in Roberts Zukunft, und gelegentlich dachte sie ermüdet an ihre eigenen Pläne. Es kam ihr aber ein dumpfer Verdacht. Robert und Liz hatten keine Zukunft, sie hatten nur die Jugend, die Zukunft nicht. Elisabeth hatte ihre Zukunft nicht bekommen, und ihre Eltern hatten sie nicht bekommen, es war nichts mit dieser Zukunft, die immer allen jungen Leuten versprochen wurde. Sie lud ihren Vater diesmal auch nicht mehr zu einem Essen ein, zum SAND-

WIRT oder gar nach Paris zu kommen, wünschte nicht mehr, ihm Paris zu zeigen, denn seit seiner Mitteilung, zur Hochzeit nicht zu kommen, wußte sie genau, daß ihr Vater niemals mehr ausgehen oder reisen würde. Seine letzte Reise hatte er allein und nach Sarajewo gemacht mit siebzig Jahren.
Herr Matrei sagte, er verstehe nicht, warum noch immer keine Ansichtskarte von Robert und Liz gekommen sei, und Elisabeth beruhigte ihn, denn die jungen Leute würden doch nicht gleich schreiben können, auch die Post brauche immer länger, es konnte die Post überhaupt seit der Postkutschenzeit nie so lange gebraucht haben, erst seit es ganz schnelle Flugzeuge gab und immer schnellere Züge, und sie sehe keinen Grund zur Beunruhigung, die Karte würde schon einmal vor Weihnachten kommen. Obwohl sie von Roberts Zukunft sprachen, ohne sich viel darunter vorstellen zu können, fiel Elisabeth etwas Seltsames ein, da sie an Manes dachte und ihm einmal lachend gesagt hatte, bei ihr sei alles verkehrt gegangen, sie hätte nämlich zuerst ein Kind geliebt und erst sehr viel später einen Mann. Und wenn bei einer Frau das eine vor dem anderen kam, dann könne man wohl kaum erwarten, daß sie ganz normal sei. Da Elisabeth nicht sicher war, wollte sie einmal mit ihrem Vater darüber sprechen, und sie fragte, ob er sich noch erinnere, daß sie, vor vielen vielen Jahren, sich ganz merkwürdig aufgeführt hätte wegen Robert und sich unmöglich benommen hätte zu Mama. Herr Matrei, der genießerisch seinen Kaffee trank, denn diese Stunde nach dem Nachmittagsschlaf war seine liebste, sagte abwesend: Aber nein, davon weiß ich nichts, ich versteh dich nicht, was soll denn zwischen der Mutter und dir gewesen sein? Elisabeth kam ins Erzählen: Du weißt also nicht, daß Mama und ich einander gehaßt haben, natürlich nur wegen Robert. Denn Mama konnte nicht verstehen, daß eine Sechzehnjährige, der sie schon dreimal alles gesagt hatte,

was man Mädchen eben zu sagen hat, sie plötzlich anschrie und fragte, ob denn Robert überhaupt ihr Kind sei, er könne nämlich genauso gut ihres, Elisabeths Kind, sein. Und damals muß Mama einmal die Nerven verloren haben, weil sie mir zum ersten und letzten Mal eine Ohrfeige gegeben hat, und das hat mich natürlich noch mehr aufgebracht, und ich habe ihr gesagt, eines sei aber ganz sicher, daß ich niemals ein Kind haben würde, weil ich das nicht ertragen könnte, es würde ja niemals so schön und einzigartig sein wie Robert. Mama muß damals in einer furchtbaren Verfassung gewesen sein, denn praktisch kämpften wir ja um dieses Kind, und Robert, der natürlich keine Ahnung haben konnte, auf welche Weise er zu zwei Müttern gekommen war, brachte Mama auch noch zur Verzweiflung, weil er nur einschlief, wenn ich dabei war, du weißt, damals nach seiner ersten Krankheit.

Herr Matrei war nicht verärgert, aber ungehalten. Er sagte: Du übertreibst wieder einmal maßlos, Mama war sehr gerecht und hat euch beide gleich gern gehabt.

Elisabeth ereiferte sich: Aber das bestreite ich doch gar nicht, ich meine nur, sie hat ganz genau gewußt, daß ich ihr dieses Kind nicht gegönnt habe, und ist es nicht wunderlich, daß ich, trotz recht widersprüchlicher Anwandlungen, bei meinem ersten Versprechen geblieben bin, einem kindischen Versprechen, niemals ein Kind zu wollen, weil Robert schon auf der Welt war. Und viel später ist noch einmal etwas passiert, aber ich weiß nicht, warum Mama mir das erzählt hat. Einmal bin ich aus Wien nach Hause gefahren, und nicht einmal ihr habt gewußt, daß ich komme, aber nachts fand Mama Robert verheult im Dunkeln auf der Stiege, und als er zu heulen aufhörte und sie ihn ins Bett zurückgebracht hatte, sagte er zu Mama, ich weiß es doch, ich weiß, sie kommt, mir hat geträumt, daß sie kommt, und mit »sie« war natürlich ich gemeint. Ich muß heute noch manchmal denken, daß Robert der einzige

Mensch auf der Welt ist, der je nachts aufgefahren ist und sich meinetwegen freute und weinte und wußte, daß ich im Kommen war.
Herr Matrei schüttelte den Kopf und sagte: Das ist mir leider zu hoch, wieso soll Robert denn etwas gewußt haben, was wir nicht wußten, aber ihr beide, Robert nämlich auch, ihr habt ja immer schon eine blühende Phantasie gehabt, von der Mutter und von mir habt ihr das bestimmt nicht. Ich weiß nur, daß Robert, ein Lausbub war er eben, mir gesagt hat, er will nicht, daß du heiratest, der junge Herr Bruder wollte das nicht erlauben, und ich habe ihm natürlich meine Meinung gesagt. Entschuldige, ich wollte wirklich nicht über deine Ehe reden und dir weh tun! Elisabeth, die an etwas ganz anderes dachte, mit großer Erleichterung, tröstete ihn lachend: Du tust mir doch nicht weh, meine Ehe war wirklich sehr komisch, fast das einzig Komische in meinem Leben, aber ich weiß, daß du den armen Hugh nie verdaut hast.

Auf dem Steilhang, der zur Autobahn abfiel am plötzlichen Ende des Weges 7, legte sich Elisabeth nieder, und der stechenden Sonne wegen, die wieder herausgekommen war, zog sie sich seufzend die Jacke aus, die Schuhe und die Socken, sie hatte nie solchen Durst gehabt und hätte den See trinken mögen, zu dem sie einfach nicht hinunter kam, aber sie mußte sich wohl abfinden mit dem Gedanken, und sie kam auch, wie über so vieles, über den See hinweg, sie nahm das Dreiländereck ins Aug, dort drüben hätte sie gerne gelebt, in einer Einöde an der Grenze, wo es noch Bauern und Jäger gab, und sie dachte unwillkürlich, daß sie auch so angefangen hätte: An meine Völker! Aber sie hätte sie nicht in den Tod geschickt und nicht diese Trennungen herbeigeführt, da sie doch gut miteinander gelebt hatten, immer natürlich in einem Mißverständnis, in Haß und Rebellion, aber man konnte ja von den Menschen wirklich nicht verlangen, daß sie sich von der Vernunft regieren ließen, und sie dachte belustigt an ihren Vater, der ganz ernsthaft erklärt hatte, es sei damals alles ganz und gar unvernünftig gewesen und sonderbar, und gerade das hätten alle verstanden, weil sie eben allesamt sonderbare Leute waren, und auch die Revolutionäre seien ganz erschrocken gewesen, wie es dann dieses verhaßte, aber mehr noch geliebte sinnlose Riesenreich nicht mehr gab. Sie aber würde sich nicht mehr anstecken lassen von dieser Krankheit, die im Aussterben war, nur eines verleugnen konnte sie natürlich nicht, das war ihre Moral, denn ihre Moral kam von hier und nicht aus Paris und hatte nichts zu tun mit New York und kaum etwas mit Wien. Sonst war sie alle zwei oder drei Jahre nach Wien gekommen, für eine Woche etwa, immer strahlend, immer mit einem anderen Begleiter, manchmal mit zweien, und sie wurde so wenig klug aus ihren Begleitern wie ihre Wiener Freunde, die mit einem gewissen Heißhunger die Besuche Elisabeths genossen. Den einzigen Unfall im Dschungel des Wiener Klatsches hatte ausgerechnet der diskrete Atti Altenwyl verursacht, der einmal meinte, man tue der Matrei gewaltig unrecht, denn niemand sei besser dazu gemacht, mit einem einzigen Menschen zu leben, aber dann verließ ihn sein Geist, weil die anderen ihn entgeistert ansahen, und er konnte auch nicht begründen, worauf sich seine Idee von der Elisabeth stützte, und seine Frau dachte das einfachste, daß er, früher natürlich, vor der Ehe, etwas mit der etwas älteren Matrei gehabt habe, und Antoinette schaute Atti sehr lieb an, denn sie war im Grund stolz auf diese Errungenschaft. Sie beredete die Besuche Elisabeths mit einem Dutzend Leuten unter dem Siegel strengster Verschwiegenheit, und das hieß soviel, daß die Geheimnisse besser gewahrt worden wären, wenn sie in der Zeitung gekommen wären, weil man sie dann vielleicht übersehen hätte. Die Matrei zu kennen war für Antoinette ein großer Ge-

winn, denn so viele Leute gab es selbst für die Altenwyls nicht, die immerzu mit berühmten Leuten zu tun hatten, und nicht nur beruflich, sondern jemand, der sich mit diesen fernen Gestalten, Malern und Filmstars, Politikern und den Rothschilds einfach traf zu einem Picnic oder einem Abendessen, und Antoinette, die, wie viele Wiener, zwar eine aufrichtige Bewunderung für Schauspieler hatte und selbst Fanny Goldmann herzlich und gerne einlud, hatte natürlich nie wirkliche Filmstars getroffen, für die sie die größte Verachtung zeigte, aber gerade deswegen hatte sie ein kindliches Interesse daran zu fragen, wie es auf den Parties in Hollywood zuging oder wie Liz Taylor wirklich war und aussah, und Elisabeth war etwas erstaunt darüber, denn Leute wie die Altenwyls würden natürlich nie und nimmer auch nur einen Fuß in diese Halbwelt setzen, mit Leuten verkehren, deren Privatleben in Illustrierten abgehandelt wurde, und wenn es auch Filmschauspielerinnen und Fotomodellen allerorten gelang, in die Aristokratie einzuheiraten, so konnten solche Frauen sich kaum vorstellen, daß ein Altenwyl lieber Straßen gekehrt hätte, als sich an der Seite eines Fotomodells zu zeigen, und von jemandem wie der Fürstin von Monaco sagte Antoinette: Ich sag ja nicht, daß sie ihre Rolle schlecht spielt, aber Schauspielerin bleibt Schauspielerin! Niemals hätte sie einen ähnlichen Satz auf Fanny Goldmann gemünzt, denn von ihr sagte sie schlicht: Die Fanny, als Iphigenie, die ist eben königlich.
Wenn Elisabeth beiläufig von ihrem Leben erzählte zwischen Paris und New York, vielmehr von Begebenheiten, deren Zeuge sie gewesen war, da sie über ihr eigenes Leben nie sprach, konnten ihre Wiener Freunde oder zufällige Zuhörer allerdings den Eindruck haben, sie hätten einen Moment teil an einer Welt, die andersartig, schillernd, faszinierend war, weil Elisabeth gut und witzig erzählte, aber zuhause, bei ihrem Vater, fielen alle diese Erzäh-

lungen ins Nichts, nicht nur, weil Herrn Matrei das überhaupt nicht interessierte, sondern weil sie merkte, daß sie das alles zwar wirklich erlebt hatte, aber doch auch nicht, denn in all diesen Geschichten war etwas trübe und leer, und das trübste daran war, daß sie alles wirklich mitangesehen hatte, aber ihr Leben daneben anders verlaufen war, ihr darüber oft vergangen war wie einem Zuschauer, der Tag für Tag ins Kino geht und sich narkotisieren läßt von einer Gegenwelt. Von dem, was sie wirklich aufregte, erzählte sie nichts, weil es ungeeignet war für jedes Erzählen. Was gab es zu erzählen zum Beispiel über eine ihrer letzten Reportagen, für die sie eine Auszeichnung bekommen hatte, die sie spöttisch den »Goldenen Löwen« nannte, denn diese Reportage hatte, wie so viele andere, einfach mit dem Problem der Abtreibung zu tun, mit allen diesen empörenden Geschichten, die viele Frauen bereitwillig und anklagend ausbreiteten. Diesmal hatte sie an einer Paragraphenfront zu kämpfen und mußte auch Ärzte und Juristen aufsuchen, lauter Kapazitäten verschiedener Anschauung, aber auch die schienen ihr nicht weniger ungenau etwas herzusagen als diese Frauen, und sie wußte ja, daß es wieder einmal ein sehr wichtiges »Thema« war, aber was herauskam, hatte nichts damit zu tun, sondern war nur eine fürchterliche Anhäufung von fertigen Sätzen, die sie sich auch am Schreibtisch hätte erfinden können, aber Elisabeth, die keinem mehr glaubte, mußte daraus eine Reportage mit furchterregenden Fotos und Texten machen, während sie merkte, daß das alles sie gar nichts anging, schon gar nicht diese Frauen und diese Ärzte, und es packte sie plötzlich eine sinnlose Wut, als sie sich mit einem eleganten, feinsinnigen Gynäkologen unterhielt, sie wollte plötzlich aufspringen, ihn anschreien, daß ihr sein ganzes Verständnis und seine vorsichtigen Formulierungen gestohlen bleiben konnten. Was gingen sie diese ganzen Frauen an mit ihren Schwierigkeiten und ihren Männern

und ihrer Unfähigkeit, auch nur ein einziges wahres Wort über ihr Leben zu sagen, und sie wollte diesen Arzt plötzlich fragen: Wer fragt einmal mich, wer fragt einmal jemand, der selber denkt und zu leben wagt, und was habt ihr aus mir gemacht und aus so vielen anderen, mit diesem irrsinnigen Verständnis für jedes Problem, und ist es denn überhaupt noch nie jemand in den Sinn gekommen, daß man die Menschen umbringt, wenn man ihnen das Sprechen abnimmt und damit das Erleben und Denken.
Natürlich hatte sie nicht geschrien, sondern sich höflich bedankt und einen hervorragenden Bericht abgeliefert, der sie anekelte, und der Bericht war schon vergessen und in Papierkörben versunken, als sie dafür einen Preis bekam.

Sie wurde immer gelangweilter nach ihrem vierzigsten Jahr. Jean Pierre, der spätere, sagte, daß er einmal mit einer Wienerin, einer unglaublich ehrgeizigen Person, gelebt habe, einer Simultandolmetscherin, aber zum Glück gebe es noch Frauen wie sie, Elisabeth, die nicht eines Berufes wegen einen Mann verlassen würden, und er fand, sie seien in einer ähnlichen Lage, denn offenbar sei sie ja immerzu von Idioten verlassen worden, und es sei schade, für sie beide, daß er, seit dieser Affaire, einen Knacks habe und ihn ein Gedanke an Heirat würge, selbst bei ihr.
Mit Claude Marchand, der ein primitiver, gefährlicher, aber aufrichtig zynischer Mensch war, der sich aus der Unterwelt skrupellos in die Pariser Filmwirtschaft hinaufarbeitete und dunkle Geschäfte machte, kam sie dann am besten zurecht, er hatte eine unheimliche Energie, die manchmal ansteckend auf sie wirkte, er war so verderbt bis in die Knochen, daß sie ihn als befreiend empfand nach lauter skrupulösen anständigen und entnervten Männern, die sie traurig gemacht hatten, und wenn man auch rundherum nicht verstand, wie sie sich mit jemand wie diesem

kleinen Gangster einlassen konnte, so kümmerte sie sich einfach nicht darum, doch als sie aufhörten, einander oft zu sehen, krochen die anderen bereits vor dem Mann, den sie jetzt nicht mehr für einen Gangster hielten, weil er zwei Synchronfirmen aufgekauft hatte und danach bald einen Filmproduzenten nach dem anderen zu Fall brachte. Mit Elisabeth ging er noch manchmal essen und alte Zeiten feiern, in denen er »ein Ding gedreht« hatte.

Ihre zunehmenden Erfolge bei den Männern hatten mit ihrer zunehmenden Gleichgültigkeit zu tun, also nur in den Zeiten davor hatte es das gegeben, was sie, im nachhinein, belustigt, Wüstenzeiten und Durststrecken nannte, da sie nach jedem Verlust noch geweint hatte und trotzig allein blieb, aber stolz weitermachte, weil sie nichts andres tun konnte als weiterarbeiten. Sie konnte nicht mehr verstehen, was früher so tragisch gewesen war, denn jetzt war sie ruhig, ausgeglichen, und es war nur eine Frage der Zeit, der Gelegenheit, wann sie dieser schon zu lang dauernden Beziehung mit Philippe ein Ende machen sollte. Denn sie konnte nicht gut nach Paris zurückkommen und Philippe sagen, er solle seinen Pyjama, seinen Rasierapparat und seine paar Bücher nehmen und verschwinden, denn so leicht würde das nicht sein, und es mußte noch einiges getan werden für ihn. Die Sätze: Ich brauche dich nicht, weder dich noch einen anderen, es hat nichts mit dir zu tun, nur mit mir, und das wünsche ich nicht zu erklären! ließen sich leicht denken, aber nicht ohne weiteres in Paris sofort sagen. Sie konnte auch nicht gut sagen: Mein Bruder hat geheiratet, und zwischen uns ist es aus, ich hoffe, du verstehst. Nur eine Hoffnung durfte und wollte sie sich nicht offen lassen, denn wenn sie in fast dreißig Jahren keinen Mann getroffen hatte, einfach keinen, der von einer ausschließlichen Bedeutung für sie war, der unausweichlich für sie geworden war, jemand, der stark war und ihr das Mysterium brachte, auf das sie gewartet hatte, keinen, der wirklich ein Mann war und nicht ein Sonderling, Verlorener, ein Schwächling oder einer dieser Hilfsbedürftigen, von denen die Welt voll war, dann gab es den Mann eben nicht, und solange es diesen Neuen Mann nicht gab, konnte man nur freundlich sein und gut zueinander, eine Weile. Mehr war nicht daraus zu machen, und es sollten die Frauen und die Männer am besten Abstand halten, nichts zu tun haben miteinander, bis beide herausgefunden hatten aus einer Verwirrung und der Verstörung, der Unstimmigkeit aller Beziehungen. Eines Tages konnte dann etwas anderes kommen, aber nur dann, und es würde stark und mysteriös sein und wirklich Größe haben, etwas, dem jeder sich wieder unterwerfen konnte.

Am Abend läutete das Telefon nach den Abendnachrichten, und Elisabeth rannte hinunter zum Telefon, ohne zu hören, was Herr Matrei kopfschüttelnd sagte, denn dieses Telefonieren mußte ja die reinste Krankheit sein zwischen den jungen Leuten heute. Philippe sagte, er wäre stundenlang nicht durchgekommen und schon ganz beunruhigt, und dann redeten sie kreuz und quer, er vermisse sie gerade heute sehr, denn heute morgen hatte es sich entschieden, er werde jetzt Assistent bei Luc, der schon anfange mit den Vorarbeiten zu seinem neuen Film, und was sie nun dazu sage? Elisabeth sagte, das sei wunderbar, und dann noch mehrmals, daß das aber die beste Nachricht seit langem sei, und wie sie es feiern würden, miteinander, nach ihrer Rückkehr, und zugleich dachte sie, daß es also doch, trotz ihrer Skepsis, zustande gekommen war und daß er eine glücklichere Natur hatte, als er glaubte, schon vergessen hatte, daß er das ihr verdankte, aber sie erwärmte sich trotzdem, damit er auf den Gedanken gar nicht mehr kam, und sie fragte sich nur noch, warum auch Philippe nichts Besseres einfiel, als »mon chou« zu ihr zu sagen, oder »mon poulet«, denn das ging ihr schon seit Jahren auf

die Nerven, von Claude, von Jean Pierre, von Jean Marie, von Maurice, von dem anderen Jean Pierre, immer war sie eine »chérie« und »mon chou«. »Oui, mon chou« hörte sie sich antworten, mit einer kleinen Bosheit in der Stimme, und dann sprach sie fröhlich von den Ferien, wie herrlich es sei, morgen werde sie schwimmen gehen, und Philippe, der seine Neuigkeit schon abgeladen hatte, sagte, sie solle endlich zunehmen, er finde es beängstigend, wie sie in der letzten Zeit abgemagert sei, aber dort, auf dem Land, da werde sie sicher gut gefüttert, und sie sagten beide, also auf bald und nochmals auf sehr bald!
Hier, »auf dem Land«, wie Philippe meinte, aßen sie und ihr Vater aber nur ein wenig Aufschnitt und etwas Salat und Früchte, tranken Milch oder saure Milch, aber natürlich keine, die von einer Kuh kam, sondern aus der Landesmolkerei. Ländlich war hier nichts, es war der Stadtrand einer Provinzstadt, die zugleich eine Hauptstadt war, angeschlossen sogar an das internationale Eisenbahnnetz und Flugnetz mit je einem Zug und einem Flugzeug, mit dem man, aus unerfindlichen Gründen, über Frankfurt nach London fliegen konnte. Zwischen Kärnten und England bestanden keine Beziehungen, es hätte welche nach dem Süden und Osten gebraucht, trotzdem waren diese Flugzeuge seltsamerweise immer ausgebucht, aber die Engländer stiegen vermutlich in Frankfurt aus und die Deutschen in Frankfurt zu, denn nach Kärnten kamen nur Deutsche, und Robert, der dieses Flugzeug nahm, war immer der einzige Passagier, der durchflog bis Klagenfurt. Für Elisabeth waren alle Verbindungen ungünstig, sie mußte über Wien, Mailand oder gar Venedig, aber dann brauchte sie immer noch Stunden in der Eisenbahn, um nachhause zu kommen, und zu Herrn Matrei sagte sie: Versteh doch, es ist nicht lieblos, es ist nur so anstrengend, und ich hasse Reisen, weil ich immer reisen muß, für mich ist Venedig nicht das Venedig der anderen, sondern eine Qual, das Hin- und

Hergeschiebe von den Zügen, und Mailand ist eine Katastrophe, von Wien wollen wir gar nicht reden, denn dann muß ich mir im Städteschnellzug auch noch stundenlang diese Gespräche anhören, die ich verstehe, von Leuten, die ich durchaus verstehe. Es ist viel leichter, zwischen Dakar und Paris hin und her zu reisen, weil man dann nicht jedes Wort so versteht, bis in die Wurzel, jeden Mißbrauch, jede Fälschung, jede Vulgarität. Denn wo gab es noch Menschen, die sprachen wie Herr Matrei und immerhin noch wie Robert, und sie würde sich noch einmal Wachs in die Ohren stopfen, um nicht so beleidigt zu werden, stundenlang, in einem Zug in Österreich.
Herr Matrei verstand sie nicht ganz, aber er nickte zustimmend: Deswegen reise ich ja nicht, und ich mag mit niemand mehr reden. Er liebte auch Dialektworte wie sie, spielte sie im richtigen Moment hinein in einen Satz und intonierte das gute ärarische Deutsch, immer seiner Person und seinem Ausdruck, seiner Stimmung entsprechend, und er las gern, herumkrittelnd, aus der Zeitung ein paar Sätze vor, mit Nachbemerkungen wie: Wo haben sie denn das wieder her? »Verunsicherung«, also so was! Hörst du mir zu? Herr Matrei war immerhin stolz darauf, daß Elisabeth und Robert so viele Fremdsprachen konnten, er wisse gar nicht, von wem sie das hätten, von der Mutter gewiß nicht, die das harte Deutsch der Slawen gesprochen hatte, und von ihm auch nicht, weil er nie eine Sprache gelernt hatte, auch slowenisch nicht. Elisabeth wollte ihm nicht sagen, daß Roberts Sprachentalent so groß nicht war, ihn nur der Beruf gezwungen hatte, zwei zu lernen, und daß er erst durch Liz zu einem ganz guten Englisch gekommen war; eher begabt war sie, die sich so wenig begabt gezeigt hatte, wenn sie deutsch schrieb in Wien, aber sie konnte seltsamerweise französisch und englisch schreiben, nur eine Zweisprachigkeit wie Trotta hatte sie nie erreicht, und ihre Perfektion war keine, sie war nur geschickter und anpas-

sungsfähiger als Robert, hatte ein besseres Gehör, und sie war vorsichtiger, weil sie nie versucht hatte, ein bestimmtes Englisch zu sprechen, sondern sich in einem neutralen aufhielt, ohne die Besonderheiten von englischen und amerikanischen Freunden zu kopieren, und Trotta hatte sie einmal geklagt, daß sie nie so gut französisch sprechen werde wie er, aber er hatte gemeint, das wünsche er ihr nicht, es sei besser, sie geriete nie wie er in diesen Zustand von Auflösung, denn es hätten ihn auch die Sprachen aufgelöst. Im Anfang half er ihr einige Male, Korrekturen zu machen, wenn sie unsicher war, und dann sagte er eines Tages, es reiche für ihr »Gewerbe«, wie er sich mild ausdrückte, und in Amerika half ihr auch noch einmal jemand, und da ging es noch rascher, denn für den Gebrauch hatten sich dort schon viele eine lesbare Sprache zurechtgemacht; sie war darum nicht einmal eine sensationelle Ausnahme wie in Frankreich. Trotta sprach deutsch wie ein Fremder, aus einer deutschen Fremde, und französisch wie ein Franzose, aber daran lag ihm nichts, und auch nichts daran, daß er zwei oder drei slawische Sprachen sprach wie jemand, der nur lange weg war, und einmal sagte er ihr: Ich habe herausgefunden, daß ich nirgends mehr hingehöre, mich nirgends hinsehne, aber einmal habe ich gedacht, ich hätte ein Herz und ich gehöre nach Österreich. Doch es hört alles einmal auf, es kommt einem das Herz und ein Geist abhanden, und es verblutet nur etwas in mir, ich weiß aber nicht, was es ist.

Elisabeth begriff jetzt, als sie mit ihrem Vater redete, daß Trotta aber doch ein Österreicher gewesen war, in der Verneinung, wie ihr Vater, der nicht verneinte, aber alles mißbilligte, was noch so tat »als ob«, als ob von diesem Geist noch die Rede sein könne, und er beharrte störrisch darauf, daß ein Irrtum der Geschichte nie berichtigt worden sei, daß das Jahr 1938 kein Einschnitt gewesen war, sondern der Riß weit zurücklag, alles danach eine Konsequenz des älteren Risses war, und daß seine Welt, die er doch kaum mehr recht gekannt hatte, 1914 endgültig vernichtet worden sei, er habe nie gewußt, wie er in diese Zeit geraten sei, ein Beamter, in Zeiten, in der es längst keine Beamten mehr gab, nichts, was er darunter verstand. Er sprach gerne, mit Achtung und Kritik, von der Zeit vorher, er hatte jeden Fehler im Blick, übersah keinen, als hätte er ihn selber begangen, und Elisabeth hörte ihm immer lieber zu, seit er alt war, denn früher hatte sie das wenig interessiert. Für sie hatte es nur die Zukunft gegeben, und sie wußte auch, daß er, obwohl er in seinem tiefsten Wesen kein Sozialist war, es nicht sein konnte, ohne sich selbst zu verraten, immer »rot« gewählt hatte. Er sagte mürrisch: Zur Beschleunigung! Und damit diese Hypokrisie aufhöre, denn er mochte nicht diesen Wigel-Wagel und Reminiszenzen, denn was er erinnerte, war etwas ganz anderes, und das ging heute niemand mehr etwas an. Er hatte auch nur gelächelt, als Robert ihm, von der Universität kommend, im zweiten Semester triumphierend mitgeteilt hatte, daß er die Kommunisten gewählt habe, und er sagte: So ein Lausbub, wählt die Kommerln, und daran ist natürlich die Elisabeth schuld mit ihrem ganzen Aufklärungsgerede aus der großen Welt, sag schon? Die Welt war einmal beinahe schon wirklich groß und etwas weiter fortgeschritten, aber das erklär ich euch nicht. Macht nur weiter so, es ist schon recht.

Elisabeth war damals ziemlich verlegen gewesen und hatte empört gerufen: Ich habe nur erzählt und immer gesagt, was ich denke, und ich habe noch niemandem Ratschläge erteilt, warum sollte ausgerechnet ich diesen Lausbuben beeinflußt haben. Er wird doch selber wissen, was er tut, und du wolltest doch immer, daß wir allein nachdenken und uns nicht herausreden sollen damit, daß wir jung sind, daß es keine Kindereien geben darf, nicht solche, auch für ganz junge Leute nicht, denn was ein Kind nicht mit zwölf oder dreizehn Jahren schon begreift, das wird es später sicher nicht mehr begreifen. Du bist schuld mit deiner Ansicht gewesen, nicht ich.

Herr Matrei wurde sonderbarerweise von seiner Tochter und dem Sohn gleich geliebt, und es mußte damit zusammenhängen, daß er nie etwas sagte oder tat, um sich beliebt zu machen, nicht einmal bei seinen Kindern, nie eines der Opfer ins Treffen führte, und es waren viele gewesen, die er diesen Kindern gebracht hatte, nie, wie er das Haus am Laubenweg angezahlt hatte und dann abgezahlt hatte in Jahrzehnten, dafür erwartete er keinen Dank und auch nicht dafür, daß er nicht mehr geheiratet hatte, weil es sich mit seinen Überzeugungen nicht vertrug, Elisabeth und Robert eine Stiefmutter zuzumuten, und daran hatte er recht getan, denn beide waren von einer ihnen nicht bewußten Unbarmherzigkeit nach dem Tod der Frau Matrei, unerträglich, wenn sie fühlten, daß eine Frau in die Nähe ihres Vaters kam.

Elisabeth, die Robert einmal nach Paris kommen ließ, als er noch aufs Gymnasium ging, fiel es spät ein: Weißt du eigentlich, ist dir das je klar geworden, daß wir alles haben von ihm, er ist ein großer Mann, und wir sind fürchterlich und haben ihm nie gedankt. Stell dir vor, er hätte geheiratet – und das wäre wohl sein gutes Recht gewesen –, wie wir uns aufgeführt hätten, uns gegen ihn und eine andre Frau gestellt hätten. Heute würden wir es verstehen, aber aufrichtig zulassen, ich weiß noch immer nicht. Ich habe da eine Idee, daß er damals diese Frau Jonke, die hübsche Lehrerin von dir, nicht ungern gesehen hat, und sie hatte ihn bestimmt gern, denn sie hat um mich ja geworben, als hinge alles von mir ab und nicht von ihm, und sie war eine gute Frau, sie hätten gut miteinander leben können. Aber siehst du uns mit Frau Jonke im Laubenweg? Ich nicht. Und wir lassen ihn ganz allein, du wirst bald auch nur mehr auf einen Sprung nachhause kommen, und was wirst du mit dem Haus machen, mein lieber Robert? du wirst es nämlich verkaufen eines Tages, er hat diesmal mit mir darüber gesprochen, und wir sind überein gekommen, daß es dir gehören wird, aber ich könnte, für mein Alter, mein hohes Alter, das Recht auf ein Zimmer behalten. Ich hoffe, ich werde dir kein hohes Alter antun, und immerhin habe ich bald eine eigene Wohnung, und irgendwann werde ich heiraten, sowie ich Zeit habe. Aber wenn du heiratest, wird es kritisch, denn es könnte deine Frau mich nicht mögen oder ich sie nicht, und es wäre dann also alles umsonst, was er für uns getan hat.

Leichtfertig schloß Elisabeth das leidige Kapitel: Ich habe dem Vater gesagt, er solle sich das noch zehnmal überlegen, denn dann hat er wenigstens etwas zum Überlegen, zwischen deinen schlechten Lateinnoten und meinen Besuchen.

Erst als sie mit Robert auf der Place du Tertre saß und ihm irgend etwas erklärte, wovon er noch nichts verstand, und er ihr seine ersten ihn bedrückenden Schulgeschichten erzählte, vor allem was die anderen redeten, über die Weiber, er ihr auch gestand, daß er auch so tun müsse, als wüßte er eine Menge über Weiber, damit die anderen nicht glaubten, er habe noch keine Erfahrungen, und sie ihm hilfreich einiges sagte und ihm recht gab in seinen Vermutungen, daß die anderen die Aufschneidereien brauchten, denn sonst würden sie nicht darüber sprechen, wenn sie schon etwas gehabt hätten, mit den »Weibern«. Sie fühlte sich nützlich wie in der ersten Zeit, als ihr das Windelwaschen für ihn und die schlaflosen Nächte seinetwegen das Wichtigste waren, weil er so oft aufwachte und schrie als Kind in der Nacht, aber nicht nach Frau Matrei, sondern immer nach Elisabeth, und dann fiel ihr ein, daß es eine Ungeheuerlichkeit war, was sie über ihren Vater gesagt hatte, dieses: Damit er etwas zum Nachdenken hat – und sie hörte Robert beinahe nicht mehr zu, es war nicht mehr rückgängig zu machen, sie hoffte nur, daß er es überhört habe, in Gedanken bei seinen Pubertätsschwierigkeiten und Schulschwierigkeiten. Wenn du natürlich in Chemie der Beste bist, aber Latein nicht magst, dann – und sie hielt nicht gerade einen belehrenden Vortrag, aber zwischen dem ersten Aperitif, den Robert in seinem Leben trank, in der sanften Nacht, die über die Place du Tertre kam, zwischen sanften Sätzen, die ihn beruhigten, weil es nicht die größte Schande war, als Sechzehnjähriger noch mit keinem Mädchen geschlafen zu haben, und daß das alles nur eine dumme Angeberei war, und Elisabeth, in ihrer Offenheit und erfahren, wenn es überhaupt so etwas wie Erfahrung gab, wohl mehr darüber wußte und trotzdem keines der »Weiber« war, die in der Schule die größte Rolle spielten, dachte sie zärtlich und leidenschaftlich an ihren Vater, und sie versprach sich, nie mehr etwas zu sagen, was ihr mehr weh tat als dem Menschen, von dem sie so sprach. An diesem Abend warf sie Robert aus ihrem Bett, der, etwas benebelt vom ersten Pernod seines Lebens, anfing, ihre Haare und ihr Gesicht zu streicheln, denn das mußte nun endgültig aufhören, oder es durfte vielmehr gar nicht erst beginnen.

Auf dem kleinen Nachmittagsspaziergang zu den Teichen erzählte Elisabeth, daß man auch über den Weg 8 nur bis zur Baustelle kam, und Herr Matrei meinte, das überrasche ihn nicht mehr, er habe schon immer recht behalten mit seinen pessimistischen Ahnungen, wozu diese Bauplaner imstande seien. Aber wenn sie es weit über den Weg 1 hinaus versuche, über das Gasthaus Jerolitsch, dann müßte es einen Steig geben, einen Abstieg zum See, aber wenn es gar nicht ginge, dann würde er, ausnahmsweise, einmal mit ihr zum See fahren, am frühen Morgen, ehe sie Gefahr liefen, Leute zu treffen, Touristen und volle Busse. Denn er ging, wenn auch selten, erst wieder Mitte Septem-

ber schwimmen, wenn man sicher sei vor den Okkupanten, den vielen Autos und dem Lärm am See. Warum sie es so still hier fand im Laubenweg, verstand er nicht, denn es gab rundherum manchmal mehr Lärm als in ihrer Pariser Wohnung, allerdings einen ganz anderen, ein Hund bellte, ein Auto fuhr um die Ecke und zehn Minuten später wieder eines, und diese unsteten Geräusche schreckten einen wirklich mehr auf als ein kompakter gleichmäßiger Lärm in einer Großstadt. Herr Matrei geriet in Zorn, wenn ein Autofahrer rücksichtslos vorbeifuhr, und einmal hatte es einer sogar gewagt, einen ganzen Tag lang seinen Wagen vor die Gartentür zu stellen, ja, eines Nachts hatten sogar zwei Autos angehalten in der Nähe, Türen waren geschlagen worden, alle hatten laut geredet, und das kurz vor Mitternacht, aber damals war ihm die Geduld gerissen, und er hatte etwas aus dem Fenster gerufen. Er bemerkte befriedigt, daß die dann sofort still geworden wären, und der Vorfall, skandalös, habe sich bisher nicht wiederholt. Kinder aus der Nachbarschaft hörten sie auch manchmal, wenige, daher um so deutlicher, noch deutlicher eine junge Frau, die kreischend aus dem Fenster nach diesen Kindern schrie. Buuubi! Puppi! Buuubi!
Trotzdem war es still hier, aber die Stille rührte aus der Lautlosigkeit der Häuser, denn in dem ganzen Viertel, das einmal voller Leben gewesen war in Elisabeths Jugend, alle Häuser anbezahlt von jungen Ehepaaren mit Kindern, wohnten nur noch wenige alte Leute. Herr Matrei erwähnte ruhig: Die Frau Jonas, erinnerst du dich, die aus der Steiermark ist und die diesen Neffen hat, der jetzt berühmt sein soll, man spricht im Radio sogar über ihn, ein Dichter, der lauter unverständliches Zeug schreibt, aber ich will mir da kein Urteil anmaßen, ist im Winter gestorben. Die Kinder von Frau Vuk sind nach Kanada gegangen. Der Edmund, laß mich nachdenken, er muß etwas älter als Robert sein, ist nach Amerika gegangen. Der Herr

Arrighi ist vor einem Monat gestorben. So, du erinnerst dich nicht? er war einmal bei der Kelag.
Elisabeth waren diese Todesnachrichten geläufig, sie hörte jedes Jahr neue und sie lenkte ab und fragte nach den »Nachbarskindern« von früher. Helga hatte nach Schottland geheiratet, ja einen Schotten, Lise war nach Graz gezogen, aber schon zum zweitenmal geschieden, sie gab jetzt Klavierstunden in Graz. Jolanda, die manchmal aus Wien kam im Sommer, grüßte nicht mehr, und Herr Matrei jedenfalls würde diese dumme Gans nicht grüßen, die tat, als kennte sie ihn nicht. Das Lebensmittelgeschäft vis à vis der Waisenhauskaserne hieß noch immer wie früher, aber die Besitzer waren Zugereiste und versuchten, es in einen »supermarket« zu verwandeln. Herr Matrei konnte das Wort nicht gut aussprechen, er stolperte ironisch hinein, erklärte Elisabeth, was so ein Superdings sei, man müsse jetzt einen Drahtkorb nehmen und in dem winzigen Geschäft herumgehen und dann an der Kasse zahlen, obwohl fünf Leute herumlungerten und nichts taten, aber erfreut waren über jeden, der hereinkam. Elisabeth wollte tags darauf das Einkaufen versuchen, um die Veränderung zu sehen, sah sich gleich erkannt von den neuen Leuten, die sie gar nicht kannte, und ging verlegen herum: Gnädige Frau wieder einmal im Land bei uns, Minni, hilf doch der gnädigen Frau, sie wird sich noch nicht auskennen, nein, was für eine Überraschung, der Herr Papa werden sicher sehr froh sein, der Herr Papa halten sich glänzend, so was von rüstig und immer der erste in der Früh! Elisabeth nickte und dankte, alle halfen ihr, die Milchflaschen zu finden, die man wirklich nicht sehen konnte im hintersten Winkel, und dann ging es zu wie früher, und im Grund hätte sie sich den Korb sparen und stehen lassen können, weil man ihr alles zusammensuchte, was sie brauchte. Der neue Besitzer, Herr Bichler, kassierte gewichtig, aber besonders langsam, und so erfragte er geschickt, daß Elisabeth in Paris

lebte. Ja, Paris, er seufzte, erst nächstes Jahr würde er mit seiner Frau nach Paris fahren können, heuer waren sie schon in der Vorsaison auf den Kanarischen Inseln gewesen, auf Teneriffa. Im Papiergeschäft, wo sie einen Notizblock und Ansichtskarten suchte, erkannte Elisabeth zuerst die Frau nicht, unförmig, mit einem großporigen Gesicht, und dann gaben sie einander die Hand, sie waren einmal in einer Klasse gewesen, und das also war das junge Mädchen, das mit einigen anderen in einen Skandal verwickelt gewesen war, der mit diesem Papiergeschäft zusammenhing, denn zu dem Papierwarenhändler gingen heimlich einige Fünfzehnjährige, der sich einen ganzen Harem von Minderjährigen gehalten hatte, aber diese hier – der Name war Elisabeth entfallen, Linde oder Gerlinde – hatte er heiraten müssen. Die Frau atmete schwer aus ihrem fetten Körper, vor drei Jahren sei ihr Mann gestorben, leicht hatte sie es nicht gehabt, er hätte ja ihr Vater sein können, und heute bedanke sie sich dafür, wie sie damals von einigen beneidet worden sei, weil der schönste Mann weit und breit sie geheiratet hatte. Die Frau stöhnte: Ein Leben, sag ich dir, ein ganzer Roman, aber kein schöner, und du? ich hoff, daß dir so was erspart geblieben ist, aber ausschauen tust du noch wie damals, die dürre lange Latte haben wir immer gesagt, weißt du noch? Elisabeth lachte ein bißchen und versprach, wiederzukommen, aber sie würde bestimmt nie mehr in dieses Geschäft gehen, und sie kam etwas einsilbig nachhause.
Beim Mittagessen versuchte sie, diese Unterhaltungen in den Geschäften witzig zu erzählen, aber dann schwieg sie plötzlich und ließ die Frau aus dem Papiergeschäft aus. Ihr Vater wollte sich niederlegen, und sie sagte nur: Ich gehe doch noch weg, obwohl es spät ist, wart bitte nicht mit dem Kaffee auf mich!

Sie ging wieder den Höhenweg, unschlüssig, ob sie noch einmal einen der drei Wege versuchen solle, und sie zweigte dann ab, nach Norden, auf den Weg 10 zum Schloß Falkenberg, der immer enger und dunkler wurde, feucht war, aber sie ging wenigstens nicht in Richtung See. Vor dem Schloß Falkenberg, aus dem man offenbar ein Hotel oder eine Hotelpension gemacht hatte, standen viele deutsche Wagen, aber im Garten, an den bunten Tischen, die nicht zum Schloß paßten, saß niemand, weil die Gäste schliefen oder zum See gefahren waren, und sie setzte sich an einen Tisch, rauchte, vergewisserte sich, daß sie zwanzig Schilling mithatte, denn falls jemand kommen sollte, mußte sie einen Kaffee oder Tee bestellen, um ihre Anwesenheit zu legitimieren an diesem Tisch. Der größte Fehler war wahrscheinlich gewesen, daß sie in New York so schnell aufgegeben hatte, denn als sie Hugh heiratete, hatte sie nicht mehr geglaubt, daß sie Trotta liebe und er der richtige Mann gewesen sei, und an diesem Nachmittag, mit dem Blick zum Wald, glaubte sie noch ein letztes Mal, es sei leider damals etwas von ihr völlig verkehrt gemacht worden, sie hätte niemals in diese Scheidung einwilligen dürfen, auf einen Brief hin, sie hätte ihm sofort nachreisen müssen, weil der Brief vermutlich nicht so ernst zu nehmen gewesen war, der eine Reihe von verwirrten Selbstvorwürfen enthielt, und daß er sie niemals in sein Leben, in diesen Schlamm, hätte hineinziehen dürfen, es war auch etwas darin gestanden von »es geht über meine Kraft, Dir das zu erklären, Du hast etwas Besseres verdient, ich wünsche Dir, daß Du einen Märchenprinzen findest und mich vergißt . . .«, aber sie erinnerte sich ungenau an diesen Schuldbrief mit der Bitte, die Scheidung einzureichen, und noch heute war ihr unbegreiflich, was denn über seine Kräfte gegangen war, da sie so gut miteinander ausgekommen waren. Genau erinnerte sie sich hingegen, weil sie immerzu in New York, aber auch noch später, davon lebte, an den Anfang seines ersten Briefes an sie: »Uncrowned Queen of my heart!« und sie liebte den Anfang dieses

Briefes länger als Hugh, der etwas mißverstanden haben mußte oder gerade wieder in einer verwirrten Verfassung war, als er mit einem jungen Italiener die Flucht nach Mexiko veranstaltete und sie drei Wochen lang vor Sorge fast umkommen ließ. Sie hatte ihm einen reichlich pathetischen Brief geschrieben, daß sie selbstverständlich seinen Wunsch respektiere, aber nicht einsehe, warum er allein die Schuld haben wollte, denn sie sehe überhaupt keine, daß er immer auf sie zählen könne, daß sie auch warten wolle, aber da ihr Brief vielleicht auch so konfus war wie der seine, kam nur mehr eine kurze Bitte, nicht zu warten, er müsse allein durch diese Krise, er habe nur die eine große Bitte, sie solle ihm verzeihen, und die zweite große, sie solle sich scheiden lassen. Gino litte sehr, weil er, Hugh, in Gedanken so weit weg sei, immer bei ihr, und überhaupt bei dem Gedanken, die Ursache dieser Trennung zu sein. Was dieser Gino, den sie nur einmal gesehen hatte, unter Hughs und ihren Angelegenheiten schwer zu leiden hatte, blieb auch für immer ein Rätsel, und Hugh hatte wieder einmal jemand mit Geheimnissen und Sensibilitäten ausgestattet, die sie nicht entdecken konnte, denn sensibel war nur er, kaum je ein Gino. Mit Hugh hätte alles gut gehen müssen, und nur er hatte das fertig gebracht, Einfälle zu haben, die Elisabeth noch heute glücklich machten, denn Hugh war wirklich großzügig und gut zu ihr gewesen. Einmal hatte er einen Auftrag bekommen und eine Anzahlung von hundert Dollars, und von diesen ersten kostbaren Dollars, die er verdient hatte, kaufte er so viele Blumen für sie, daß sie in allen Vasen und Töpfen nicht unterzubringen waren und im Waschbecken und im Bad schwammen, und dazu ein teures Parfum, eine riesige Flasche, und Elisabeth war fassungslos, aber nicht so sehr vor Freude, sondern weil die Telefonrechnung noch nicht bezahlt war und sie auch sehr knapp dran war, aber jetzt, als sie aufstand und abschiednehmend das Schloß, das kein Schloß mehr war,

ansah, weil keine Kellnerin gekommen war und ihr ein deutscher Kaffee erspart geblieben war, sah sie sich mit dem ganzen Arm voller Blumen, zwischen Lachen und Weinen, wie in einem Film, wo Männer einer Diva soviel Blumen schickten, daß die Hauptdarstellerin darunter zusammenbrach, und sie hörte sich noch sagen: You are a fool, oh Hugh, my darling, you must be crazy! Heute gab es keinen Zweifel mehr, daß eine bezahlte Telefonrechnung nicht in Elisabeths Erinnerung geblieben wäre, sondern nur eine, die kaum bezahlt hatte werden können, aber die Blumen und das hinausgeworfene Geld, alles, was Hugh ohne Nutzen getan hatte, das war er geworden für sie, so lebte er weiter in ihr, glorifiziert, und er womöglich – in Mexiko oder wo immer es heute Mode war, »von ganz vorn« anzufangen, denn damals war es eine Mode gewesen – wußte vielleicht nichts mehr von dieser Stunde, als die kleine Wohnung von Blumen verschüttet war und er gestrahlt und gesagt hatte, BANDIT sei das einzig richtige Parfum für sie, sondern er dachte in Südamerika oder doch wieder in New York an etwas Peinliches, von dem sie wiederum nichts wußte, oder auch an etwas Schönes, an einen schönen Moment, an den sie sich nicht erinnerte.
Vor der Abzweigung zum Weg 5 setzte sie sich, sie konnte hier natürlich über das Schloß Freyenthurn hinunter, aber nur bis zum Plattenwirt, und das war natürlich die Lösung. Sie brauchte von dort, wo die Stadt noch nicht aufhörte, ja nur ein Stück bis zur Strandpromenade gehen, aber gerade das wollte sie nicht, denn so kam sie doch auf Straße, und die Villacherstraße mußte vermieden werden, sie konnte in diesem Aufzug nicht unter die Leute, sie konnte natürlich schon, ihr machte es auch nichts aus, aber diese zu frühe Mündung der Wege 5 und 6 behagte ihr nicht, und sie ging zwar hinunter, stand dann aber auf einer Wiese, sie hätte weitersuchen müssen, sah nicht einmal den See von hier aus, in der Ebene, sicher mußte es irgendwo weiterge-

hen, aber querfeldein gehen durfte man nicht, und nach einigem Herumstreunen, Pfadesuchen, kehrte sie um und ging über den Höhenweg nachhause.
Wegen des Telefons hatte Herr Matrei lange revoltiert, er dulde keines im Laubenweg, und er mokierte sich über das Telefonieren seiner Kinder, über diese Anrufe von Männern, die nicht deutsch konnten und Elisabeth verlangten, und er sagte jedesmal, schreib auf, wieviel du wieder vertelefoniert hast, denn Robert muß die Rechnung bezahlen. Obwohl Elisabeth ihn zuerst zu bewegen versucht hatte, ein Telefon zuzulassen, weil sie meinte, ihn um den Finger wickeln zu können, denn sie war ja seine Tochter, war es dann doch Robert gewesen, dem die List gelungen war. Aber er mußte das Telefon auch bezahlen, und Elisabeth wiederum mußte ihre Gespräche an Robert bezahlen. Herr Matrei ließ sich schmunzelnd die Bezahlung gefallen, nur weil er es nicht gewollt hatte, denn er hätte ihnen gerne alles bezahlt, aber sie sollten nur ein wenig lernen und symbolisch büßen. Er mochte diesen Apparat zuerst nicht, weil er störte, klingelte, wenn er sich nachmittags ausruhte oder im Garten war oder die Nachrichten kamen. Und immer zu diesen unmöglichen Zeiten riefen die Kinder an, aus einem Ausland. Zuerst war er nur verärgert und sagte jedesmal kurz: Schreib lieber, schreib mir einen Brief, du hast mir schon drei Wochen nicht geschrieben, und jetzt sind Nachrichten.
Später freute er sich, daß Robert sich durchgesetzt hatte, und er lebte doch auf, wenn die Kinder anriefen. Entsetzt war er nur gewesen, weil Elisabeth einmal aus New York anrief, und er dachte, sie sei schwer erkrankt, aber sie wollte nur wissen, ob er ihr einen Auszug aus der Heimatrolle besorgen könne, sie habe nicht mehr alle Dokumente, auch den Geburtsschein finde sie nicht. Später mußte er feststellen, daß dieser leichtsinnigen Tochter einfach alle Maßstäbe verlorengegangen waren, sie bloß angerufen hatte, weil

sie partout heiraten wollte, und ein Brief hätte durchaus genügt.

Am nächsten Morgen regnete es, und Elisabeth und Herr Matrei saßen beim Frühstück beisammen, die Zeitung war noch nicht da, und sie sagte: Ich weiß nicht, dieser Sommer, das wird kein Sommer mehr. Herr Matrei entschuldigte sich für den Kärntner Sommer und er meinte, sie könnten es aber heute riskieren, zum Strandbad zu fahren, weil der Regen viele abhalten würde, und dann nach Loretto zu gehen, denn ihr mache Regen ja auch nichts aus, und Menschen begegnen wollten beide nicht. Sie fuhren mit dem Bus weg und stiegen um am Hlg.-Geist-Platz in den Bus zum See.
Es war nicht mehr die alte Tramway, mit den offenen Sommerwaggons, den vielen Kindern, die auf dem Trittbrett hingen, und den Erwachsenen auf den Bänken vis à vis. Nirgends auf der Welt hatte es eine hübschere Sommertramway gegeben als in Klagenfurt. Heute nahm man einfach einen Bus, der aussah wie Busse überall. Sie wanderten zu Fuß nach Loretto, und sie waren die ersten und einzigen, die zum Schwimmen gekommen waren.
Elisabeth hatte schon den Badeanzug an unter dem Kleid und warf es auf der Brücke weg. Herr Matrei zog sich umständlich um in einer Kabine, und dann schwammen sie zwanzig Minuten in einem ziemlich kalten Wasser. Weder er noch sie wollten zurück und nachhause, denn es war herrlich und sie fror und crawlte wild, um sich zu erwärmen, aber sie mußte wirklich arg dürr geworden sein, in der letzten Zeit. Sie schwamm trotzdem noch einmal, ihr Vater schwamm auch noch einmal, und sie trafen sich im See an einem Baumstamm, der wie eine Boje im Wasser rollte. Daddy, I love you, schrie sie zu ihm, und er rief: Was hast du gesagt? Sie schrie: Nichts. Mir ist kalt.
Auf dem Heimweg kamen sie an den riesigen Camping-

plätzen vorbei, und Herr Matrei ließ einige bissige Bemerkungen fallen, nicht ohne Genugtuung, daß diese Leute so eng zusammengepfercht waren, freiwillig. Er wäre nämlich deswegen allein nie hergekommen, obwohl er noch immer so gerne schwimme wie früher, aber an den See könne man nicht mehr vor dem Herbst, es seien ja nur noch Deutsche da. Herr Matrei sinnierte: Es sind überhaupt nur noch Deutsche da, jetzt haben sie es endlich fertiggebracht, jetzt haben sie uns gekauft, und die haben denen keinen Riegel vorgeschoben, unsere Regierungstrottel, die das hätten kommen sehen müssen. Und nun mußte er noch auf seine alten Tage erleben, daß Kärnten den Deutschen gehörte. Die Bauern hätten praktisch fast alle Grundstücke an sie verkauft, die neuen Besitzer spielten sich schon auf wie die Herren, nicht wie Gäste. Einen Österreicher schaute man während der Saison gar nicht an, und die Speisekarten waren voll von irrsinnigen Ausdrücken, die kein Österreicher verstand, für Topfenkuchen habe er »Käsesahnetorte« gelesen, und danach sei er aufgestanden beim RONACHER und habe das Lokal nie mehr betreten. Herr Matrei sagte empört: Und unsere Leute kuschen und glauben, es sei gut für unsere Devisen und den Fremdenverkehr. Das habe aber nichts mit Fremdenverkehr zu tun, sondern gleiche einer Okkupation. Elisabeth wußte zwar, daß seit vielen Jahren das halbe Rhein-Ruhrgebiet nach Kärnten eingefallen war, natürlich nicht die Reichen, die würden sich hüten, in ein so armes Land zu gehen, aber wie ihr Vater, der »rot« wählte, sagte, es seien diese Proleten mit ihren stinkenden großen Autos, die das Land kaputt machten, und das war einfach zuviel für ihn. Überall diese Proleten zu hören, die von neun Uhr morgens an grölten und Bier tranken, ihre Autos immerzu wuschen und dann nach »Fenedig« rasten. Elisabeth dachte für sich, denn sie wollte ihren Vater nicht noch mehr aufregen: Dieser See ist auch nicht mehr der See, der uns gehörte, sein Wasser schmeckt anders, es schwimmt sich anders darin. Er hat uns nur eine halbe Stunde lang im Regen gehört. Herr Matrei wiederholte sich, während sie stadteinwärts fuhren: die Deutschen hätten jetzt alles, und das habe er nicht mehr erleben wollen. Den Krieg hatten sie verloren, aber nur scheinbar, jetzt eroberten sie Österreich wirklich, jetzt konnten sie es sich kaufen, und das war schlimmer, für ihn war ein käufliches Land schlimmer als ein verirrtes und zerschlagenes. Man durfte sich nicht kaufen lassen.

Warum Elisabeth plötzlich an den Bezirkshauptmann Trotta aus der Monarchie denken mußte, der für sie nur eine Legende war, wußte sie nicht, aber sie dachte, mein Vater und er, die ähneln einander so sehr. Mehr als ein halbes Jahrhundert später gab es wieder jemand, der jemand ähnelte aus einer anderen Welt, einer versunkenen. Und vielleicht waren ihre Gedanken deswegen so oft bei Franz Joseph Trotta in dieser Zeit, an den sie in manchen Jahren kaum mehr gedacht hatte. Und Trotta hatte im Grunde nichts anderes gemeint als ihr Vater, wenn er von den Deutschen sprach: Ich meine, es hat mir buchstäblich die Sprache verschlagen, ich weiß, seit ich mit der französischen Armee in Deutschland war, was sprachlos sein heißt, weil rund um mich diese Leute waren, die sich einbildeten, deutsch zu sprechen, und die Franzosen haben ihnen das auch noch geglaubt, vieles andre nicht, aber ausgerechnet das.

Auf dem Hlg.-Geist-Platz fanden sie keinen Anschluß, und Elisabeth sagte: Ich hole uns ein paar Zeitungen! In einer las sie bestürzt, auf der ersten Seite in einer kleinen Rubrik, daß einer ihrer Freunde bei Sorrent von einem Felsen gestürzt sei, und die italienische Polizei sich noch nicht klar darüber sei, ob es sich um einen Unfall, Selbstmord oder Mord handle. Aber dieses Blatt, wie die anderen Blätter, hatte dicke Schlagzeilen, die sie zuerst nur zerstreut las. Sie kam atemlos zu ihrem Vater zurück, der vor dem Landhaus stand und winkte, weil der Bus kam, sie gab ihm zwei Zeitungen, obwohl er sonst nur eine las, auf die er abonniert war, und dann fing sie, um sich zu beruhigen, entspannt zu lesen an: Eifersuchtsdrama auf Millionärsvilla. »Auf« war gut. Das interessierte sie kaum, aber in der nächsten hieß es schon wieder: Blutbad in Millionärsjagdhaus. Sie fing wider Willen zu lesen an. In dem Moment kam der Bus, und sie stiegen ein. Während der Fahrt las Elisabeth angestrengt, denn sie war zu sehr eine Journalistin, und der Anfang dieser umständlichen Berichterstattung ließ sie zuerst nichts begreifen. Wenn man die Provinzpresse kennt, ihre liebenswerte Unfähigkeit, über Ungewohntes, etwa ein ihr nicht bekanntes Milieu zu schreiben, dann brauchte man allerdings Phantasie oder Metier, um aus dem Wust der Sätze die Fakten herauszulesen. Elisabeth sah einmal auf und sagte, während sie am Stadttheater vorbeifuhren: Der Bertold Rapatz hat seine Frau und irgendeinen slowenischen Forstgehilfen erschossen und nachher sich selber, das ist doch nicht zu fassen! Herr Matrei antwortete nicht, denn er war vertieft in seine Zeitung, er sagte nur: Rapatz? Nie gehört. Elisabeth sagte verwundert: Aber Vater! Immerhin ist das einer der drei reichsten Männer Österreichs, wenn nicht der reichste, und er hat einige Jagden hier bei uns. Aus dem Bericht war sie nicht ganz klug geworden, der zweiundsechzigjährige Diplomingenieur Bertold Rapatz hatte seine dreiunddreißigjährige Frau Dr. Elisabeth Rapatz erschossen, aus Eifersucht vermutlich, zuerst ihren Liebhaber, vor den sie sich zu werfen versucht hatte, einen gewissen Jaslo soundso. Die Gendarmerie in Eisenkappel sei gerufen worden zum Tatort von einer Radmilla soundso, die Haushälterin in der Millionärsvilla war. Elisabeth nahm ihrem Vater jetzt seine Zeitung weg, denn das war ja zum Nervöswerden, diese ungeschickten langatmigen Berichte. In Paris oder New York hätte jeder kleine

Journalist der Boulevardpresse gewußt, wie man so etwas machte, aber die wußten es hier eben nicht. Eifersuchtsdrama, das klang nach Heuboden und Taschenfeiteln, und trotzdem war der Mann Bertold Rapatz. Eine Zeitung bemühte sich sogar etwas weiter zu gehen: »Dipl.-Ing. Bertold Rapatz, dessen Vater aus der erlauchten Familie der Edlen von Rapatz stammt, die für die Verdienste um die Erschließung der Gailtalbahn zu kriegswichtigen Zwecken geadelt wurde . . .«, und Elisabeth dachte zuerst, daß diese armen kleinen Journalisten, die so gut über Holzmessen zu berichten wußten, leider keine Ahnung hatten, was ihrer Gendarmerie da in die Hände gefallen war, und daß Bertold Rapatz' erlauchter Adel zwar nichts wert war, weil Kaiser Karl kurz vor dem Kriegsende so ziemlich alle Leute geadelt hatte, die ihm gerade über den Weg gelaufen waren, und daß es auch uninteressant war, ob Bertold Rapatz Diplomingenieur war, wie sein Vater, der Edle von Rapatz, aber nicht unwichtig war es zu wissen, daß Rapatz nicht einfach ein Millionär war, es gab vielleicht sogar in Kärnten einige Millionäre, sondern eine Macht, das Geld schlechthin, und daß ein Jagdhaus keine Villa war, sondern etwas anderes, und daß Rapatz nur ganz nebenbei auch noch ein Drittel der Holzindustrie und Jagden Kärntens gehörte. In der vierten Zeitung, die Elisabeth endlich von ihrem Vater eroberte, die auch groß tat mit Blutbad und Eifersuchtsdrama, las sie aber bald nicht mehr weiter, sondern ließ das Blatt sinken. Rapatz' dritte Frau, »Dr. Elisabeth Rapatz, geborene Mihailovics«, hieß es dort, und sie dachte an die kurze seltsame Begegnung in der Teichstraße und sagte sich: Nein, das ist nicht möglich, und es muß doch wahr sein, die kleine, arme, schüchterne Mihailovics war die dritte Frau Rapatz geworden, und was bedeutete das nur alles? die war doch keine Frau, die auf einen reichen Mann aus war, und dieser junge Slowene, der ihr einfiel, mußte zwar der erwähnte »Forstangestellte« sein, aber

zwischen diesen beiden war doch nichts, das hatte sie in einer Sekunde erraten, es mußte etwas ganz andres gewesen sein, was die Mihailovics so verlegen gemacht hatte. Sie sagte erstickt zu ihrem Vater: Es ist die Elisabeth Mihailovics, die er geheiratet hat, stell dir das vor, und unsere brave Gendarmerie wird nie herausfinden, was da wirklich los war, denn es stimmt alles nicht, was die sich in ihren beschränkten Hirnen zusammenreimen, da stimmt überhaupt nichts. Das laß dir gesagt sein!
Herr Matrei, der nicht verstand, warum Elisabeth sich so aufregte, sagte nur etwas wie: Arme Person! Diese älteren Männer heute mit ihren viel zu jungen Frauen, das muß ja schiefgehen.
Ach was, sagte sie ungeduldig, jedenfalls nicht so. Es gibt kompliziertere Dinge als Eifersuchtsdramen. Ich gäb was darum, wenn ich erraten könnte, auf was dieses Hascherl sich eingelassen hat und was dieser Rapatz für ein Mann war. Gesehen hat ihn ja kaum jemand, auch in Wien nicht. Solche Leute sieht man nie.
Herr Matrei war nun doch erstaunt, denn für ihn waren die wichtigen Leute ganz andere, die, die sonst in den Zeitungen vorkamen, Abgeordnete, der Bürgermeister, der Landeshauptmann vor allem, das waren für ihn und wohl die meisten anderen auf dem Land die Leute »da droben«, und daß es Leute gab wie Rapatz, die diese so wichtigen Persönlichkeiten des öffentlichen Lebens nicht einmal in ihr Haus hineingelassen hätten, das paßte gar nicht in seine Vorstellung von Hierarchien, auch nicht, daß ein Rapatz, falls er wirklich ein bekannter Mann war, wie Elisabeth es sich einbildete, es abgelehnt hätte, sich fotografieren zu lassen oder im Radio zu sprechen, das wollte ihm noch weniger einleuchten. Ich glaube, du überschätzt diesen Mann sehr, sagte Herr Matrei bestimmt. Man hat nie etwas von ihm gehört.
Das glaube ich gern, sagte Elisabeth lächelnd, und wenn er

nicht zwei Leute und sich getötet hätte, wäre nicht einmal seine Anwesenheit hier bekannt geworden. Nicht hier in Klagenfurt jedenfalls. Aus den ersten Aussagen der Haushälterin und der anderen Angestellten ging auch so wenig hervor, das war eher auszulegen als ein beharrliches Schweigen und Verschweigen, so daß sie sich vorstellen konnte, wie Rapatz eine Mauer um sein Leben gezogen hatte und daß darum auch später keiner von ihnen sprechen würde, denn Leute wie Rapatz suchten sich ihr Personal zu genau aus, es fiel ihr auch auf, daß fast nur Slowenen darunter waren, einige Kroaten, das bedeutete einen weiteren Schutzwall gegen Neugierige, auch nach seinem Tod.

Nach der ersten Woche, obwohl sie zwei Wochen hatte bleiben wollen, wurde Elisabeth so unruhig und von Stunde zu Stunde nervöser, weil sie sich beherrschen mußte vor ihrem Vater, der feststellte: Du schaust aber schon viel besser aus. Die Unruhe kam von den langen Wanderungen durch den Wald und vom See, zu dem sie gar nicht mehr hinunter wollte, aber an diesem Tag hatte sie es noch einmal versucht, über das Gasthaus Jerolitsch hinunter zu gelangen, obwohl sie schon wußte, daß es nicht möglich war. Sie kam gebräunter, aber erschöpft nachhause, und dann gab sie vor, sehr müde zu sein, und sie ließ ihren Vater allein beim Abendessen, ging in ihr Zimmer, las aber noch in einem alten Abenteuerbuch von Robert bis Mitternacht, und dann, weil sie sicher war, daß ihr Vater schon schlief, rief sie leise das Fernamt an und verlangte Paris. Nach wenigen Minuten war das Gespräch schon da, sie hörte erleichtert Philippes Stimme, sie bat ihn flüsternd, ihr ein Telegramm zu schicken, in dem etwas stünde von sehr dringend und Abreise erforderlich wegen Arbeit. Am nächsten Morgen kam das Telegramm aus Paris, und Elisabeth tat ungehalten, sie murmelte: Ausgerechnet jetzt, wo ich endlich anfange, mich zu erholen.

Einen Augenblick sah sie zu Boden, denn sie fürchtete, ihren Vater zu enttäuschen, aber sie entdeckte erleichtert kein Zeichen einer Traurigkeit oder Depression, weil sie ihn so rasch wieder verlassen wollte – mußte, wie er glaubte –, und sie fuhren mit dem Bus sogleich in die Stadt zum Reisebüro, nein, er übernahm das Besorgen der Fahrkarte und duldete nicht, daß Elisabeth zahlte bis Wien, denn mit diesen Geschenken, überreichlichen, wollte er immer ausgleichen, was er für ihr Telefonieren verlangte, und auf dem Heimweg schimpfte er wieder auf den wahnwitzigen Verkehr, den Elisabeth nirgends entdeckte. Den Abend vor der Abreise verbrachten sie still miteinander, hörten wieder die Abendnachrichten, lasen abwechselnd Blätter aus der abonnierten Zeitung, die wieder von dem blutigen Eifersuchtsdrama »in auf und um« Millionärsjagdhaus berichtete, ohne ein einziges neues Detail. Eine Karte aus Marokko war noch immer nicht gekommen, und sie redeten ein wenig oder schwiegen nachdenklich, und diesmal war es Herr Matrei, der darauf bestand, daß sie früh schlafen ging. Im Zimmer, allein, hatte sie keine Lust, sich gehorsam hinzulegen, sondern kramte in ihren Sachen und fing an, ihre Koffer zu packen. Sie erschrak ein wenig, als ihr Vater klopfte und dann hereinkam, aber er sagte nichts, weil sie noch nicht im Bett lag, sondern gab ihr befangen ein Kuvert und küßte sie auf die Wange. Er sagte: Damit ich es nicht vergesse, es ist nur etwas für die Reise, und damit du zurecht kommst in Wien.
Elisabeth brachte kein Wort heraus, ihr fiel ein, es würden wieder tausend Schilling darin sein, damit sie, das Kind, auf dem Weg zurecht kam, und sie sagte, wie immer: Wie lieb von dir, damit sie ihn zum Lächeln brachte und er wieder wußte, wie nötig sie ihn hatte. Sie fühlte sich nicht schuldbewußt, als sie am nächsten Morgen mit ihrem Vater zum Bahnhof fuhr und Herr Matrei sich wieder umständlich vergewisserte, daß der Zug vom Bahnsteig I

wirklich abging und wirklich zur angegebenen Zeit, sondern kaufte, indem sie ihn vorausgehen ließ, am Kiosk Zeitungen, Zeitschriften und Zigaretten und schlenderte damit zum Bahnsteig, wo Herr Matrei sie streng erwartete, da er prinzipiell auf frühes Dortsein bestand, und nun hatten sie leider noch eine halbe Stunde Zeit, standen neben den Koffern und redeten, sie versprach, sofort zu schreiben, sie erwähnte, sie werde in Wien vielleicht vom Flugplatz aus Freunde anrufen, irgendwelche Freunde, die Herr Matrei nicht kannte, sie beteuerte, daß ihr ein Abendflug nach Paris lieber sei als ein Tagflug, daß es sie überhaupt nicht mehr interessiere, etwas zu sehen von Flugzeugen aus. Endlich kam der Zug, und sie stieg ein, nachdem sie ihn umarmt hatte, und sie stellte sich ans Fenster, ja, ihr Vater war kleiner geworden und nur hier, wenn er nicht zuhause war und nicht mit ihr auf einem Waldweg, hatte er wieder diesen kindlichen Blick, den greisenhaften eines alten Mannes, den man zurückließ, allein ließ, und Elisabeth, obwohl es nun zu spät war, wollte noch einmal aussteigen und ihm etwas sagen, doch was? was denn nur? doch nicht, wie sehr sie fürchtete, als der Zug anfuhr, ihn nie mehr wiederzusehen. Sie schrie, aber er hörte sie vielleicht nicht mehr: Ich schreibe sofort, danke für alles, ich schreibe! Sie lächelte und winkte und hoffte, der Zug würde diesmal rascher hinausfahren als sonst, sie winkte, als wäre sie nicht verzweifelt, eine strahlende Frau, seine Tochter, ein Kind, Roberts Schwester, ein Mensch, der abfuhr, reiste und immer weiter reiste.
In Wien auf dem Flughafen, nachdem sie mechanisch die Formalitäten hinter sich gebracht hatte, ihre Koffer weg waren, ging sie sofort durch die Paßkontrolle, weil gerade niemand dort stand. Sie überlegte, ob sie ins Restaurant hinaufgehen solle, entschied sich dann aber für das ödere Café, einen riesigen Raum mit Plastiktischen, an denen ermüdete Leute saßen, die warteten. Nachdem sie einen er-

sten Kaffee getrunken hatte, der eben leider kein Wiener Kaffee mehr war, blätterte sie in ihrem Adreßbuch. Vielleicht sollte sie die Altenwyls anrufen oder die Goldmanns, nein, da stimmte etwas nicht mehr mit den beiden, das war zu heikel, und sie blätterte und blätterte, die Jordans eventuell oder Martin oder Alex . . . Nein, es hatte überhaupt keinen Sinn, denn wahrscheinlich war niemand in der Stadt Ende Juli.

Ein Mann war jetzt schon zum zweiten oder dritten Mal an ihrem Tisch vorbeigekommen und wieder zurückgegangen, und da sie sich unwillkürlich umdrehte und ihn ansah, kehrte er wieder um und fragte höflich und ungeschickt: Verzeihen Sie, sind Sie Elisabeth Matrei? Da sie ihn ohne Antwort anstarrte, wiederholte er: Verzeihen Sie, Sie werden sich nicht mehr an mich erinnern.

Er war ein Mann ihres Alters, aber er kam ihr jünger vor, obwohl ihr sonst alle Männer älter vorkamen in diesem Alter und er sprach dieses harte Deutsch, das ihr vertraut war, nur fiel ihr einfach nicht ein, was ihr daran vertraut war, woher er sie kannte und ob sie ihn kannte. Sie machte vorsichtig eine Geste, er setzte sich, und in diesem Augenblick fiel es ihr ein, es mußte dieser Vetter von Trotta sein, dieser Branco, einer von denen, die in Jugoslawien geblieben waren, ein Sohn oder Enkel von Bauern oder Händlern, oder waren es Maronibrater gewesen? aus jenem Sipolje, das es nicht mehr gab, und da dieser Branco also dort kaum mehr leben konnte, fragte sie zögernd. Er lebte also in Ljubljana. Er bestellte auch einen Kaffee, und nun wußte sie nicht, worüber sie mit ihm reden sollte, denn von dem Tod seines Vetters mußte er längst alles wissen, es lag auch schon so weit zurück. Sie hörte unaufmerksam zu und hörte ihn noch einmal etwas mühsam sagen von Ljubljana und daß er ein Visum für Moskau habe und jetzt nach Moskau fliege. Dann sagte er, aber ohne Mühe und rasch, so daß sie erstaunt aufsah: Ich habe lange gewartet. Sehr lange. Aber Sie waren immer unter so vielen Menschen. Ich meine, Sie waren immer so beschäftigt, und es waren immer so viele Leute um Sie herum. Sie antwortete heiter: Ja? So viele Leute? Er setzte zusammenhanglos hinzu: Ich habe geheiratet vor einem Jahr, ja, da unten, und ich habe einen Sohn, er ist zwei Monate alt. Sie legte ihre Zigarette auf die Untertasse und sagte herzlich: Da freu ich mich aber sehr für Sie. Aber es kam ihr etwas seltsam vor, und sie sah ihn genauer an, er hatte schon ein paar weiße Haare an den Schläfen. Aber so spät, ich meine, Sie haben erst so spät geheiratet? Es sollte eine ganz gewöhnliche Frage sein und klang auch so. Ja, sagte er, und dann sah er ihr fest in die Augen: Sie waren immer unter so vielen Leuten. Ich habe Sie einmal in Wien gesehen und dann mit meinem Vetter getroffen in Paris, und Sie wissen sicher alles, aber dann habe ich nie mehr etwas von Ihnen gehört. Ich weiß nicht einmal, ob Sie etwas über mich und Franz Joseph wissen, wir waren nicht nur verwandt miteinander, es war etwas mehr, nur ich konnte nichts mehr tun, und wir sind zuhause geblieben.

Elisabeth sagte leise: Das war wohl besser, aber Sie sagen noch »zuhause«, dann gibt es das also noch. Der Mann sagte: Franz Joseph war in Paris nicht zuhause und dann zuletzt in Wien auch nicht, bestimmt nicht, denn er hat immer gerne paradoxe Dinge gesagt, am häufigsten, er sei exterritorial. Sie müssen nicht traurig sein, es war ihm nicht zu helfen. Er stand auf, denn sein Flug wurde aufgerufen, er hörte unschlüssig auf die Stimme, die über die Lautsprecher kam, es war kein Zweifel mehr, es wurden die Passagiere nach Moskau gebeten, und er wartete nicht, bis sie ihm die Hand gab, sondern sagte leise und rasch, im Gehen: Gott beschütze Sie. Sie schaute ihm nach, sie konnte daraufhin nicht gut »Auf Wiedersehen« sagen, und sie blieb verwirrt sitzen und sah zu spät, daß ihre Zigarette verascht vom Teller fiel und das Zigarettenende glühend auf den Plastiktisch, sie verbrannte sich die Finger, weil sie nicht wußte, wie sie anders die Zigarette löschen sollte auf diesem öffentlichen Tisch. In ihrem Kopf war eine solche Konfusion, weil sie nicht verstand, was er immerzu mit diesen vielen Leuten gemeint hatte und warum er das so oft wiederholt hatte. Ein anderer Flug wurde aufgerufen, wieder in drei Sprachen, und dann hörte sie erschrocken eine andere Stimme, wieder über den Lautsprecher, es war kein Aufruf, sondern eine höfliche monotone Mitteilung, daß der Flug nach Moskau aus technischen Schwierigkeiten sich voraussichtlich zwei Stunden verzögern werde, die Passagiere nach Moskau wurden gebeten ... Als er zurückkam, war sie schon aufgestanden, weil sie sein Kommen im Rücken spürte, ehe sie die Schritte hörte, und sie wandte sich ihm zu, sie standen voreinander und sahen einander an. Er nahm behutsam, dann immer fester, ihre beiden dünnen überschlanken Hände in seine schweren Hände. Sie fingen beide manchmal zu lächeln an und sagten kein Wort. Sie fragte ihn nicht, warum er nach Moskau flog und was er dort zu suchen hatte, und er fragte sie nicht, ob sie noch in Paris lebte und was sie dort verloren hatte. Sie sahen einander nur in die Augen, und in ihrer beider Augen schwamm ein ganz helles Blau, und wenn sie nicht mehr lächelten, wurde es dunkler. Er sagte gottlob nicht mehr, daß sie immer unter so viel Leuten gewesen war, und sie vergaß auch alle die vielen Menschen in ihrem Leben, die Menschen auf diesem Flugplatz und in diesem trostlosen Buffet. Es lief nur die Zeit so rasch ab, rascher als je zuvor, und sie meinte plötzlich, ohnmächtig zu werden, und gleichzeitig fühlte sie, daß er, der soviel kräftiger war, blaß zu werden anfing und daß auch ihm schlecht wurde in dieser Hochspannung, in dieser Hingabe. In diesem Moment wurde der Flug nach Paris ausgerufen, und sie löste sanft, beinahe erlöst von einer unerträglichen Qual, ihre Hände aus den seinen. Sie ging weg wie jemand, der sich alles genau eingeprägt hatte, die Richtung bis zur Glastür, zu der sie mußte, sie hatte nichts als die gate number im Ohr, als wäre es sehr wichtig, sich darauf zu konzentrieren. Er kam ihr langsam nach bis zur Glastür, die sie trennen würde, und sie fürchtete, er wolle jetzt etwas sagen, aber er blieb nur stehen, zog einen kleinen Notizblock und einen Kugelschreiber heraus, riß ein Blatt ab und schrieb im Stehen etwas auf dieses kleine Blatt und faltete es zusammen. Sie fürchtete noch immer, es könne etwas zerstört werden, und sie sah ihn eindringlich an, er hatte ihr hoffentlich nicht seine Adresse in Ljubljana oder Moskau daraufgeschrieben, aber er sah sie ganz ruhig an, nicht mehr mit diesem Schmerz und dieser Blässe im Gesicht, und steckte ihr das gefaltete Blatt in die Manteltasche. Sie drehte sich um und ging durch die automatisch aufgehende Tür.

Sie las den Zettel nicht im Flugzeug, aber als sie in Orly vor dem Fließband auf die Koffer wartete und nach einem Taschentuch im Mantel suchte, zog sie das kleine Blatt mit heraus, sie öffnete es und las, betäubt und ohne zu begreifen:
Ich liebe Sie.
Ich habe Sie immer geliebt.
Sie hielt auch das Taschentuch in der Hand und wußte nicht mehr, warum sie danach gesucht hatte, ach ja, es zog wahrscheinlich und sie hätte beinahe niesen müssen, aber dann steckte sie den Zettel und das Taschentuch sofort zurück in die Manteltasche, denn sie sah, zu Tode erschrocken, Philippe auf sich zukommen, der zuerst energisch ihre Koffer nahm und sie auf einen Karren stellte und dann Elisabeth an sich zog und lange und heftig küßte, zwischen all den Leuten, die an ihnen vorübergingen, als wären sie allein, und seine Zunge war so tief in ihrem Mund, daß sie ihn zurückstieß, weil sie zu ersticken meinte. Sie sagte atemlos: Aber, ich bitte dich, das war doch nicht

nötig, warum bist du denn nach Orly gefahren, bloß weil ich zurückkomme! Philippe rollte den Karren mit den Koffern zum Ausgang, und sie lief daneben her und wiederholte sich: Ich verstehe absolut nicht, warum du nach Orly rast, wir hätten uns doch später in der Stadt ... Philippe suchte ein Taxi, fand zufällig auch eins, und im Taxi küßte er sie noch einmal, mit dieser Gier, und sie wehrte sich nicht mehr. Dann begann er heftig zu reden: Jetzt sag mir bloß, was passiert ist, warum ich dir dieses Telegramm habe schicken müssen, ich bin ja halb verrückt geworden vor Sorge! Sie richtete sich auf und sagte verblüfft: Was du nicht sagst? es ist doch ganz einfach, ich habe mich schrecklich gelangweilt, und das war doch vorauszusehen, daß man sich langweilt auf dem Land, nur deswegen habe ich dich darum gebeten.

Aber da Philippe nicht dumm war, denn das war er wirklich nicht, sah er sie mißtrauisch an und insistierte: Es ist aber etwas passiert. So mach mir doch nichts vor.

Sie schaute aus dem Fenster und antwortete nicht, sie tat, als interessierte sie sich angelegentlich für diese nächtliche Straße mit den vielen Autos und Neonlichtern.

Philippe sagte: Schon wie du dich benimmst, daran merke ich doch alles.

Da wieder keine Antwort kam, fand er es bedenklich, und so fing er wenigstens an, von dem Film zu reden, denn er hatte doch den Wunsch, darüber zu reden, und schließlich ließ er sich nicht alles von einer Laune Elisabeths kaputtmachen, aber an einem Rotlicht, als er so ziemlich alle Neuigkeiten bis ins Detail erzählt hatte, sagte er wieder: Es ist doch etwas passiert.

Sie sagte laut und abweisend: Ach du meine Güte, erstens passiert fast nie etwas, und wenn schon, dann ist doch für dich eine ganze Menge passiert, das freut mich sehr, sehr, nur – sie hielt einen Moment inne – nur die wirklichen Dinge, die geschehen gar nie oder zu spät.

Hast du dich verliebt in einen Tiroler? fragte Philippe, denn jetzt redete sie wenigstens, aber sie dachte angewidert an Jean Pierre, der ihr einmal etwas vorgejammert hatte von einer »tyrolienne«, die gar keine war, und dann dachte sie traurig an Duvalier, der so oft stolz und amüsiert gesagt hatte: Das ist meine kleine begabte tyrolienne! Zu Philippe sagte sie: Nein, überhaupt nicht, leider, mon chéri, nicht einmal in einen Tiroler. Und lässig fügte sie hinzu, um wieder in den alltäglichen Ton mit ihm hineinzufinden: Nur, ich weiß nicht, wie ich es dir sagen soll, und gleich in der ersten Stunde, ich glaube, ich werde furchtbar viel Arbeit haben in der nächsten Zeit, du weißt doch, wie das ist, bitte nicht so enttäuscht aussehen, bitte nicht so!
Philippe sagte zärtlich: Nein, ma chérie, ich war doch nur so besorgt, deswegen habe ich auch so oft angerufen, denn ich habe mich jeden Abend miserabel gefühlt ohne dich, ohne deinen Rat, ich habe dich noch nie so gebraucht wie in diesen letzten Tagen. (Elisabeth dachte mild, nun übertreibe er doch sehr, denn es war ja nicht das erste Mal, daß er sie, wie noch nie zuvor, gebraucht hatte.) Dich anzulügen, das käme mir dermaßen schäbig vor, ich glaube, ich habe eine Riesendummheit gemacht, und ich muß es dir gleich jetzt sagen, nur am Telefon, da konnte ich nicht anfangen damit, weil ich merkte wie glücklich du warst in deinem herrlichen Landleben dort. Es ist wegen Lou.
Elisabeth, die sich jetzt wirklich wieder in Paris fühlte, schon einige Straßen erkannte und also auf einem sicheren Weg war zu ihrer Wohnung, sagte zerstreut und mitfühlend: Geht es ihr schlecht, ist sie krank, ist sie in Schwierigkeiten?
Nein, das nicht, sagte Philippe, es ist nur so idiotisch, denn man kann ihr nichts begreiflich machen, zuerst tun diese Mädchen so modern und frei, als wären sie vollkommen erhaben über bourgeoise Vorstellungen, und dann wollen sie eben doch geheiratet werden und schicken einem, wie in ei-

ner Schmierenkomödie aus dem vorigen Jahrhundert, den Vater auf den Hals, der alte Marchand, verzeih, ich meine Claude, er ist zu mir gestürmt wie der Rächer der Ehre seiner Tochter, du kennst ihn doch, ich meine, du kennst ihn besser als ich. (Einen Moment lang sahen Elisabeth und Philippe einander an wie Komplizen, aber nur einen unfeststellbaren Moment lang, da jeder wußte, was der andere bei dem Namen Marchand dachte.) Ich kann mir nur denken, daß alle Männer eben leider wieder altmodisch werden, wenn es um ihre Töchter geht! Elisabeth unterbrach ihn: Also was ist mit Lou? Philippe sagte einfach: Sie ist schwanger. Marchand haßt mich doch, und ich wollte natürlich vor diesem stinkreichen Kapitalisten nicht wie ein Idiot dastehen, ich habe ihm gesagt, daß ich nicht daran denke, mich einer Verantwortung zu entziehen, da ich immerhin, und obwohl ich nichts habe . . .

Das Wort »Verantwortung« hatte Elisabeth noch nie von ihm gehört, und sie hoffte, er würde ihr Lächeln im Halbdunkel des Taxis nicht bemerken. Sie sagte: Chéri, einer so großen Verantwortung kann man sich einfach nicht entziehen, weißt du, ich wollte dir ja nie mit Belehrungen kommen, aber da du selber davon sprichst, kann ich nur sagen, daß ich das alles vorausgesehen habe, und wegen uns, du weißt doch, es war eine so schöne Zeit, die wir miteinander gehabt haben, zumindest für mich, und ich bin dir unendlich dankbar dafür, aber einer Verantwortung im Weg stehen, mon chou, das ist mir nie in den Sinn gekommen.

Er hatte also seinen Abgang und einen sehr guten obendrein, verbunden mit dem Eintritt in eine Welt, die er aufrichtig gehaßt hatte, auch noch lange nach seinem Mairausch, auch noch in der Zeit, in der Elisabeth ihn herausgezogen hatte aus seinen Depressionen, aus dem Trinken, den immer sinnloser werdenden Diskussionen und Wutausbrüchen, die bald nicht mehr dem Regime, dem Kapitalismus und Imperialismus galten, sondern schon seinen Ge-

nossen, die in viele Splittergruppen zerfielen und einander bekämpften. Trotz all ihrer Torheiten hatte sie immer eine glückliche Hand gehabt und immer die besten Gestrandeten aufgelesen. Philippe war einmal zu ihr gekommen nach dem Ende der Mairevolution und wollte etwas von ihr, er hatte sich ziemlich arrogant aufgeführt, denn für ihn war sie eines dieser verabscheuenswerten Luxusgeschöpfe, nicht gerade eine Kapitalistin, aber doch eine Kapitalistenhure. Nach und nach hatte sich das geändert, er kam immer öfter zu ihr, redete stundenlang mit ihr, schleppte ihr haufenweise junge Leute an, die unendlich viel zu essen und zu trinken brauchten und sie kaum zum Arbeiten kommen ließen, und eines Tages fing er an, ein wenig über sie nachzudenken, und wunderte sich. Mit ihm ins Bett wollte sie auch nicht, vielleicht tat sie das nur mit einem Marchand, der ihr teure Kleider kaufen konnte, aber dann kam er dahinter, daß ihr kein Mann Kleider kaufte, daß ihr vielleicht noch nie einer eines gekauft hatte und daß sie zwar Geld verdiente, aber arbeitete dafür. Eines Tages bildete er sich ein, verliebt zu sein oder jedenfalls nicht mehr ohne sie sein zu können, und nachdem er ihr das erklärt hatte, sagte sie mehrmals lachend nein, aber eines Tages gab sie ihren Widerstand auf, und sie lebten miteinander.
Jetzt, in diesem Taxi, das so verdammt lange brauchte, beobachtete er sie andauernd und angstvoll, nein, sie sah nicht totenblaß aus, doch sie war ja fast immer braun, weil sie auch im Winter in Länder fuhr, in denen es heiß war, aber sie fing auch nicht an zu weinen, sie warf sich nicht an seinen Hals und fing nicht an, ihn mit Beschuldigungen zu vernichten. Es war ihm unklar, wie er sich benehmen sollte, denn sie war einfach taktlos, herzlos, da er wirklich das Bedürfnis hatte, über Lou und die blödsinnige Entwicklung in diesen letzten Tagen zu sprechen. Denn es fiel ihm doch nicht leicht, diese Lou einfach zu heiraten, und einen Rat hätte er unbedingt gebraucht. Aber sie lächelte

bloß, während er auf eine dramatische Szene vorbereitet war, denn mit einer Frau, die älter war, mußte man ja auf alles gefaßt sein, er hatte sich deswegen auch mit einem Freund beraten, dem letzten, der ihm geblieben war aus der Zeit der Sorbonne-Schlachten, denn er wollte wirklich nicht, daß Elisabeth seinetwegen zusammenbrach, wegen Lou womöglich Selbstmord beging, er war jedenfalls nicht ein Claude Marchand oder eine dieser Kreaturen, mit denen sie es bisher zu tun gehabt hatte, er gab sich wenigstens zu, daß er sie oft genug angelogen und auch mißbraucht hatte. Aber wahrscheinlich war der armen Elisabeth die ganze veränderte Situation noch nicht zum Bewußtsein gekommen, und erst zuhause oder erst morgen oder übermorgen würde dann der Zusammenbruch kommen, das sah er genau voraus. Natürlich hatte sie eine großartige Beherrschung und diese Allure, aber andernfalls hätte er sich doch nie mit ihr eingelassen. Wegen des Geldes, sagte Philippe, es ist sicher nicht der richtige Moment, aber ich will, daß du weißt, daß ich weiß, wieviel ich dir schulde und wie dankbar ich dir bin. Ich glaube, ich kann jetzt sehr bald, wenn der Film . . .
Wie bitte? fragte Elisabeth abwesend. Aber das ist doch absurd, ich weiß nicht, warum du es so eilig hast, ich bin doch nicht am Verhungern, sondern habe sogar ziemlich viel Geld verdient in den letzten Monaten. Nein, Geld, weißt du, mach dir keine Sorgen, ich habe soviel Glück gehabt, immer wieder, und welche Rolle könnte Geld zwischen uns überhaupt spielen? Ich verstehe dich wirklich nicht.
Philippe dachte verzweifelt: Ah, jetzt wird es ihr bewußt, jetzt kommt gleich der Zusammenbruch. Denn Marchand hatte wirklich Geld, und Elisabeth arbeitete nur und verdiente damit Geld.
Sie stiegen aus, sie zahlte, ließ sich aber gerne von Philippe die Koffer hinauftragen. Sie hatte nie Koffer tragen mö-

gen, aber heute war sie tatsächlich zu schwach dazu. In der Wohnung wurde die Situation wirklich peinlich, weil Elisabeth den Faden vollkommen verloren hatte. Sie begann sinnlos: Falls du mit Marchand nicht zurecht kommst, der sich natürlich für seinen Engel eine andere Partie vorgestellt hat – Philippe fiel ihr ungeduldig ins Wort: Du weißt so wenig wie er, daß Lou kein Engel ist, außerdem ist sie süchtig, und ich mag keine süchtige Frau heiraten, vor allem einmal muß sie gesund werden und weg aus dieser Clique, in der sie lebt.

Elisabeth sagte vernünftig: Daß du heiratest, das ist doch bereits abgemacht, es war doch nicht meine Idee.

Philippe stand unglücklich in dem Zimmer herum, in dem er sooft gesessen und selbstverständlich herumgegangen war. Elisabeth sagte: Verzeih, ich will nur die Post überfliegen, und sie riß rasch einige Briefe auf. Philippe, der ihr zuerst nur konsterniert zugesehen hatte, setzte sich neben sie und küßte ihre Hand, er fragte: Bist du böse, bist du traurig?

Sie sah ihn erstaunt an: Sehe ich böse aus, sehe ich traurig aus? Todmüde gewiß, das ja. Aber das ist doch natürlich nach einem langweiligen Aufenthalt in Österreich und einer Hochzeit in London und ähnlichen Vergnügungen.

Sie schob immer mehr Briefe und Drucksachen weg und suchte nur noch die Telegramme heraus. Das erste Telegramm war für sie völlig unverständlich. Es fing mit »merde« an, und hörte mit Zärtlichkeiten auf, unterschrieben von André. Aber André schickte keine Telegramme ohne präzise Inhalte. Das zweite Telegramm war uninteressant, das dritte ging über drei Seiten und war wieder von André, es mußte also vorher aufgegeben worden sein, denn zwischen stop und stop und stop stand etwas von Kemp und ulcer, also Magengeschwür. Nun ja, schließlich wußten sie alle, daß Kemp schon lange eine komplizierte Magengeschichte hatte, und das mußte man ihr nicht telegrafisch mitteilen. Aber nach noch einmal stop begriff sie, daß Kemp operiert werden müsse und also nicht fahren könne, und nachdem sie die zweite Hälfte des Telegramms noch einmal gelesen hatte, ging ihr endlich auf, daß André sie bat, an Stelle von Kemp, nach Saigon zu fliegen. Es war das längste Telegramm, das sie je bekommen hatte, aber die scheuten ja keine Kosten in der Redaktion, wenn es um eine Berichterstattung von Qualität ging.

Da Elisabeth unnatürlich lang dieses Telegramm studierte, es dann auf den Tisch legte, aber noch immer anstarrte, fragte Philippe, dem jede Minute in dieser Wohnung elender wurde, ob es eine wichtige Nachricht sei, und sie sah ihn erleichtert an und sagte, etwas froher: Ja, ich glaube ja. Sei lieb, geh bitte in die Küche und hol uns etwas Eis und mach uns zwei drinks, denn wir müssen ja auf alles Mögliche trinken. Auf so viele Veränderungen! Nie hatte sie Philippe so rücksichtsvoll oder eingeschüchtert gesehen, auch so jung nie, und sie war ein wenig traurig, weil er nicht mehr der unleidliche anmaßende selbstbewußte gescheiterte Rebell von vor zwei Jahren war, sondern nicht anders aussah als ein beliebiger junger Mann, ein unsicherer Liebhaber, der sich heute hüten würde, sie auch nur einmal zu verärgern. Philippe stellte die Gläser auf den Tisch und schenkte ein, er tat alles wie sonst, und sie lächelten und tranken einander zu.

Ist es etwas Schönes oder wenigstens nichts Schlimmes? fragte Philippe. Sie sagte: Schön oder schlimm, das sind nicht die richtigen Worte dafür. Aber ich möchte mit dir doch noch einmal ein Glas trinken. Philippe dachte offenbar immer noch, daß sie zusammenbrechen könne, daß er bei ihr bleiben müsse diese Nacht und keine Gelegenheit mehr finden würde, heute abend Lou anzurufen. Er war heute trotzdem zu allem bereit, denn er hatte eine Verantwortung, sogar Elisabeth gegenüber. Sie schob ihm beiläufig das Telegramm hin und sagte: Lies es, es ist besser,

wenn du weißt, was darin steht. Er las es auch zweimal, während er ein paar Schlucke trank, und eine Weile blieb er stumm. Er stellte sein Glas auf den Tisch und sagte: André muß wahnsinnig sein, das kommt nicht in Frage, du gehst nicht, ich verbiete es dir.
Sie schaute ihn genau an, in einer grenzenlosen Verwunderung, denn was ging ihn das noch an, und er hatte doch jetzt eine so große Verantwortung, doch sie betraf Lou, aber nicht sie. Nur konnte sie ihm das alles nicht mehr sagen, weil sie zu müde war, und sie sagte nur nachgiebig: Ich kann dir nur versprechen, daß ich André heute nicht mehr anrufe, ich werde ihn bis morgen früh schmachten lassen, aber dann fahre ich. Ich weiß genau, daß ich fahren werde, ich brauche keinen Entschluß zu fassen, ich weiß es schon. Und jetzt geh du bitte. Ja?
Sie küßte ihn nicht, und ließ sich nicht von ihm küssen, sie wich ihm aus, erst vor der Tür küßte sie ihn flüchtig auf eine Wange und legte die Arme einen Augenblick um ihn. Philippe sagte aufgebracht, hilflos und wütend: Du darfst nicht gehen, niemals, das darfst du nicht tun!
Aber sein Satz hatte nichts mit dem Satz Trottas zu tun, seine Stimme hatte nichts von der Stimme Trottas, die sie seit fast zwanzig Jahren im Ohr hatte, und sie glaubte nur mehr ihrer Stimme und auch den ganz anderen Stimmen ihrer Trottas, die sich diesmal nicht gegen sie richteten. Philippe stand noch immer an der Tür, mit einem bösen aggressiven Gesicht, und so liebte sie ihn wieder einen Augenblick lang, und er schrie beinahe: Dieser Hanswurst ist völlig verrückt, wie kann man nur eine Frau dahin schikken, er wird doch noch ein paar Männer in der Reserve haben, diese Canaille.
Sie mußte lächeln und schob ihn aus der Tür, sie versprach ihm noch, ihn am nächsten Tag anzurufen.
Elisabeth, die früher nie das geringste Mitleid mit Philippe gehabt hatte, überkam ein so großes Mitleid mit ihm, und

während sie sich auszog, schon zu müde, um sich abzuschminken, dachte sie, es sei also alles gut ausgegangen, gut zwischen ihnen beiden, er war in Sicherheit. Nur, wo war der Mai geblieben? Sie trank noch ihr Glas aus und warf sich auf das Bett. Sie mußte sofort eingeschlafen sein, als ein erster Traum sie aus ihrem Schlaf sprengte, und sie streckte die Hand nach dem Telefon aus, murmelte: Hallo! Es konnte nur André gewesen sein, aber sie hatte sofort wieder eingehängt und griff nur nach dem kleinen verknüllten Zettel, den sie unter ihr Kopfpolster schob, ehe sie einschlief, schon am Schlafrand getroffen von einem Traum, und sich an den Kopf griff und an ihr Herz, weil sie nicht wußte, woher das viele Blut kam. Sie dachte trotzdem noch: Es ist nichts, es ist nichts, es kann mir doch gar nichts mehr geschehen. Es kann mir etwas geschehen, aber es muß mir nichts geschehen.

EINE JUGENDERZÄHLUNG

Das Honditschkreuz

Eine Erzählung aus dem Jahre 1813

I

Der Staub fuhr leicht auf und legte sich um die schelpernden Räder. Das Weib, das am schmalen Brett des Wagens hockte, hielt die Zügel lose und blickte, matt von der Sonne, ausdruckslos in die Gegend. Auf der braunen Stirn glänzten ein paar Tropfen. Die Hand des Weibes langte nach der Schürze und fuhr, langsam Kreise ziehend, über das derbe, knochige Gesicht, das schmal war und noch länger wirkte, da es eng von einem schwarzen Kopftuch umschlossen wurde. Die dunklen Augen lagen regungslos und ohne Spiel. Es war kaum zu denken, daß hinter dieser Stirn Gedanken lebten.

Das Roß ging oft unruhig, schlug mit dem Schweif und hatte Lust zu tänzeln, so peinigten es die leidigen Fliegen, und die Bremsen bissen obendrein.

Der Weg von Vellach nach Hermagor dehnte sich endlos an solchen heißen Tagen. Staub und überflüssige Windungen waren genug Qual, ein Ende der Fahrt herbeizuwünschen. Neben der staubenden heißen Unfreundlichkeit der Straße aber dehnten sich die Wiesen, die zur Linken ein wenig durch Quellen versumpft und dadurch doppelt leuchtend grün und saftig wuchsen, zur Rechten dagegen schon bräunlich und gelb von der Hitze waren, die gar nicht ablassen wollte, die Wiesen niederzubrennen. Die Wälder zogen dahinter in Mugeln; wunderschön stand das Holz. Das war in der Ferne, hinter den letzten Häusern Hermagors der Eckforst, entlang der Straße der Achforst, der jetzt, sehr knapp, wohltuende Schatten warf.

Erschreckend hörten sich in das eintönige Rattern des Wagens die Schritte an, die plötzlich laut hinterher gingen. Das Weib wandte sich:

»Ah, der Slowen . . .«, sagte sie wegwerfend.

Der dürre kleine Mensch war dabei schon mit einem Sprung neben dem Wagen und grinste behaglich:

»Naiin . . .«, er zog es genießerisch in die Länge. »Naiin, was ich sehe! Die Mölzer Waba unterwegs. Mit einem Wagen unterwegs . . . Ein schöner Wagen. Ist halt doch was Besonderes, so ein eigener Wagen, ha?«

Der Mund des Hausierers zog sich noch bedenklicher in die Länge.

»Mußt mir halt deinen leihen, wenn dir dem Kondaf seiner nicht paßt.«

»Ich täts wohl. Wär ja auch gern getan. Aber wenns zum Danken kommt, wird dir halt auch lieber sein, du kannst zum Kondaf ins Bett steigen als zu mir«, spöttelte er weiter und legte die Hand auf die stark vorgewölbte Hühnerbrust.

Die Mölzerin sah gleichmütig geradeaus, ließ dann nur die Zügel ein wenig schärfer fallen, so daß das Roß schneller ging und der Hausierer atemlos humpeln mußte, um ihr an der Seite zu bleiben.

Mate Banul, der Slowen, wie die Leute ihn kurzweg nannten, kam einige Male in jedem Jahr von Villach durch das Gailtal herauf. Seit wann, dessen konnte man sich nicht mehr erinnern. Er gehörte irgendwie zum Auf und Ab der Jahre. Die Weiber und Dirnen mochten ihn gern und freuten sich auf die schillernden Ketten und bunten Bänder, die Bauern kauften sich einen neuen Taschenfeitel, Schrauben, Nägel und Werkzeug; ebenso oder aber am meisten warteten alle auf die vielen aufregenden Geschichten und Geschehnisse, die er meisterhaft zu erzählen wußte, um die Neugier der in so abgelegenen Dörfern lebenden Bauern auf ihre Kosten kommen zu lassen. In den Märkten, wie etwa Hermagor, war er aber nicht weniger gern willkommen, denn man hatte hier auch ein offenes Ohr für Tratsch und Klatsch wie anderswo. Mate Banul war aber kein Slowene, sondern Windischer.

Die Windischen leben im Gailtal, ebenso wie überall im Süden Kärntens inmitten von Deutschen, sie haben ihre eigene Sprache, die weder von Slowenen noch von Deutschen so richtig verstanden wird. Mit ihrem Dasein ist es, als wollten sie die Grenze verwischen, die Grenze des Landes, aber auch der Sprache, der Bräuche und Sitten. Sie bilden eine Brücke, und ihre Pfeiler sitzen gut und friedlich drüben und herüben. Und es wäre gut, immer so zu bleiben. Sie nennen die Gail Zila und haben noch viel Wundersames und Geheimnisvolles in ihrem Tun. Ihre Lieder sind wie vom Traum einer größeren Weite getragen und klingen über die überall nahen Berge weg, so bestrikkend und mit dem Wasser der Zila fließend, wie es die Lieder des unendlichen Rußlands täten. Abends lehnen die Gitschen in ihren roten Kitteln am Ufer, und man hört diese Weisen noch weit außer den Weidenbüschen verklingen.

Es war eine besondere Eitelkeit von Mate Banul, sich als Slowenen zu bezeichnen, um als Fremder, wie etwa als seltenes Tier, bestaunt zu werden. Dieses Staunen der leichtgläubigen Bauern nahm jedoch nach einiger Zeit ab, und als man einmal erfuhr, er sei so nur ein Windischer aus der Arnoldsteiner Gegend, frozzelte man ihn gehörig, ein Umstand, den er, überlegen handelnd, lächelnd überging und bald zum Einschlafen brachte. Trotz alledem blieb er der Slowen.

Jetzt schritt er schweigend neben dem Wagen und blickte, dauernd Grimassen reißend, auf die dünnen, dreckigen Beine, die in viel zu großen schwarzen Bergschuhen schwankten. Die Schuhe waren vom vielen Gebrauch formlos geworden, wie denn auch dieses ganze zaundürre Gestell ohne Form war und man fürchten konnte, daß es

im nächsten Augenblick gleich einem Skelett klappern würde. Der Oberkörper war von einem zerschlissenen grauen Rock umschlossen, ein von Schmutz starrendes Hemd, dessen ursprüngliche Farbe nicht mehr ergründbar war, wurde am Hals sichtbar. Die Hose, eng anliegend und bis zum Knie reichend, war noch ziemlich neu und das Schwarz des Stoffes funkelte wie der Sonntagsrock einer Bäuerin. Dann wurden die nackten Füße sichtbar, auf deren Krusten die vorquellenden Augen des Slowenen lagen. Die Hakennase, schmal wie ein Messerrücken, sah am gebeugten Kopf noch vorsteigender aus.
Nach einiger Zeit drehte er schnell den Kopf zur Frau nach oben. Die dünnen Lippen zuckten:
»Bist nicht neugierig, von wo ich herkomme?«
Auf ihre wieder schweigende Gleichmütigkeit blieb er eine Weile stumm, um aber bald mit verschlagener Miene zu seufzen.
»Wenn man so weit geht . . . Ganz hin bin ich heut.«
»Sitz halt auf«, ärgerte sich die Waba. Sie beutelte den Kopf unwillig, als wollte sie einen Quälgeist abtun. Der sprang derweil schon von hinten auf den Ast und fuchtelte mit Beinen und Armen, wobei die einen beschäftigt waren, Fuß zu fassen und die anderen sich mühten, die flimmernden Habseligkeiten, jetzt von zwei grobleinenen Säcken umschlossen, in den Wagen zu bringen. Die Frau rückte zur Seite, so daß er noch Platz am Brett fand. Seine Augen gingen unruhig, spähten nach allen Seiten, bis er einen Sack unter dem Brett entdeckt hatte. Darauf setzte er sich ruhig zurecht und strich das schöne schwarze Tuch der Hose zu sich her glatt, bis nicht das kleinste Fältchen mehr bockte. Dann griff er unter das Brett, verfing sich dabei ein wenig in den Röcken der Frau und zerrte den Sack hervor. Er war in der Hälfte mit einem schmalen Fetzen abgebunden, der obere Teil sank leer und lose zu Boden. Mate Banul bohrte den Zeigefinger durch die festgewürgte Öff-

nung und lachte glucksend. Er luchste endlich mit viel Mühe ein paar goldgelbe Körner hervor, schob sie im Handteller zusammen und schupfte sie ein paarmal in die Höhe, um sie darauf der Waba hinzuhalten.

»Nein, was ich sehe!« Er tat, geheimnisvoll und achtsam in die Gegend schauend, als ob sie niemand beobachten sollte.

»Tust du schon Türken ernten, wenn er bei den anderen kaum Tschurtschen macht?«

»Paßt es dir gar nicht?« staunte sie.

»Aber, aber . . . Ich werd ja wohl fragen dürfen. Wie hätt ich mir denken können, der Kondaf hat noch im Juli Türken übrig, wo andere schon lang nimmer Sterz essen können, weil er im Frühjahr zu Ende gegangen ist. Aber reiche Leute soll es ja auch geben.«

»Wird ja nimmer lang so bleiben«, meinte sie ablenkend.

»Wenn die Abgaben auch kein End nehmen, wirst bald nicht ärmer sein als die anderen.«

»Immer gleich seufzen; das schaut euch gleich. Hast denn vergessen, was für ein Segen war, daß die Franzosen unser miserabliges Geld abgeschafft haben. Seit wir den Bankozettel los sind, geht das Geschäft wieder besser.«

»Ha, bei dir vielleicht«, fuhr die Waba auf. »Bei so etwas kannst du nur an dich denken. Das schaut dir wieder gleich, du windischer Slowen. Ob sie uns das letzte Körndl nehmen oder nicht, ist dir ja gleich. Beutelst dich ab wie ein nasser Hund und denkst dir, wenns nur mir nichts tut und ich mein Fressen krieg.«

»Sind dir am End die paar Krapfen zuviel, die ich dir wegiß? Brauchst mir nur sagen und ich werd daran denken.«

»Hö . . .«, machte sie und drehte sich unwirsch weg.

»Vor einem halben Jahr warst noch nicht so schlecht auf die Franzmandeln zu sprechen.«

»So, nicht daß ich wüßt.«

»Aber ich weiß.«

»Da weiß aber jemand was.«
Damit schien das Gespräch für das erste einzuschlafen. Mate Banul raffte sich jedoch bald ungebrochen auf und fing der Unzugänglichen von neuem zu reden an. Er gehörte zu den Menschen, die alles Erlebte, Erschaute, ja selbst die geringfügigsten Dinge anderen mitteilen müssen, am liebsten neugierig dazu aufgefordert. Wenn er jedoch die Last, die ihm das Herz abdrücken wollte, nicht wißbegierig gefordert anbrachte, fing er zu blicken an, bald traurig, bald lachend, oder seufzte weh, bis er, gefragt nach den Ursachen, gerne berichtete. Der Mölzerin gegenüber versagten ihm alle listigen Gesten und Versuche. So begann er, sich freiredend, eindringlich munter zu erzählen, stockte öfters, hielt an, sich selbst in brennender Erwartung haltend.
Villach sei nach einem verschlafenen toten Winter in eine neue patriotische Erregung gestoßen worden. Die unwirklichsten Gerüchte gingen um, woraus man mit gutem Gewissen entnehmen konnte, daß zwar die Hälfte die übereifrige Überlieferung durch den Volksmund vom Norden bis zum tiefsten Süden Österreichs beigetragen, einiges dagegen festen Boden hatte. Die einstweilen noch kleinen Erfolge Preußens waren auf Österreich nicht ohne Wirkung geblieben, man hörte auch in Kärnten schon von einem Bündnis zwischen Berlin und Wien, das jedoch nicht annähernd imstande war, in den entlegenen Tälern des Landes solchen Widerhall zu entfachen, wie es die Freiheitsbestrebungen Tirols taten, die Kärnten in den letzten Jahren in den Strudel der Weltgeschehnisse mitgerissen hatten. Die Gründung der Landwehr, die Verbreitung von vaterländischen Schriften, die heimlichen Werber waren die Anstiftungen des kaiserlichen Nachbarlandes, dessen Unglück nun nach vergeblichen Kämpfen voll zu sein schien, während Kärnten sich von Anfang an, zwar nicht ohne Erregungen, aber doch mit einer gewissen Ergebenheit in sein

Schicksal gefügt hatte. Vielleicht war das auch ein Irrtum und es mangelte nur an der guten Organisation, die Baptist Türk mannhaft, aber ohne weitgehende Entschlüsse in den Händen hielt. Das erste Besatzungsjahr zeigte noch wechselreiche Kämpfe, bis die Niederlage von Wagram alle Unternehmungen lähmte. Ausgenommen davon blieben die werktätigen Hilfeleistungen der Obergailtaler und Lesachtaler an ihre westlichen Nachbarn. Aber des Generals Broussier Maßnahme, der die Einwohner des Kantons Greifenburg, genauer genommen des Arondissements Kötschach und Mauthen zur Verantwortung zog und sie zwang, ihre Teilnahme an der Insurrektion der Tiroler zu rechtfertigen, rief großen Schrecken hervor. Die Deputierten überstanden jedoch die Tage eines zweifelvollen Schicksals und wurden zu ihrem größten eigenen Glück ohne Verurteilung, nur gegen eine bürgende Ehrenerklärung, entlassen.

Die Winter waren schwer. Die Abgaben drückten die Bevölkerung. Zahlungen und Streifzüge der Feinde machten sie arm. Brot, Wein, Branntwein und Fleisch mußten in großen Mengen geliefert werden. Eine Erlösung aus dieser unverdienten Lage wurde von den meisten schwer erwartet.

Das waren jedoch keineswegs die Überlegungen Mate Banuls. Sein Blick war, wenn auch dem der Bauern weit überlegen, nicht so umfassend. Ihm blieb es auch gleichgültig, ob die Franzosen da waren oder nicht. Sein Geschäft ging immer gleich gut, die Füße waren ihm immer gleich müde, ob Franzos oder nicht, und das Essen der Bäuerinnen wartete auch auf ihn, wenn es auch ein wenig kärglicher als früher war. Oder nicht einmal das. Denn so arm konnte ein Bauer gar nicht werden, daß einmal nicht alles satt wurde. Nur jetzt kreischten die Weiber oft ganz entsetzt, wenn er ein großes Trum Speck wegaß wie nichts. Es war also gleich, ob der verfluchte Franzos da war oder nicht. Einen Vorteil gab es sogar. Seine Neuigkeiten brauchte er nicht mehr so mühsam zusammenkratzen. Sie fielen ihm zu wie der Staub, den ihm der Wind um Augen, Mund und Nase legte in der Straßen Einsamkeit seiner Wanderungen. Früher war das sehr schwer gewesen. Denn wie soll man etwas Neues reden, wenn nichts, aber auch schon nichts los ist. Da gehört schon ein großer Kopf dazu, um aus ein paar lächerlichen Dingen etwas Aufregendes zu erfinden. Teufel, war das oft ein mühsames Zusammenkratzen. Man hat, mußte er immer denken, das scheußliche Gefühl, im neunzehnten Jahrhundert in den Tauern nach Gold graben zu müssen. Aber all das, diese scheußlichen Gefühle und Anstrengungen, denen kaum ein so großer Kopf wie seiner gewachsen schien, war vorbei. Und es ist gut, wenn man wenig an unangenehmes Vergangenes denken muß.

Augenblicklich aber erzählte Mate Banul von Gerüchten aus Villach, von seinem Weg, den er bald zu Fuß, bald auf einem Wagen mitfahrend, zurückgelegt hatte. – St. Paul konnte die letzte Zahlung nicht auftreiben, und die Bitte, die Abgaben in Getreide oder Vieh zu leisten, sollte General Ruska abgeschlagen haben . . . Ha, und daß man nicht lacht, die Liesa Matuk in Förolach hat trotz den zwei ledigen Bamsen vor zwei Tagen geheiratet. Den Ältesten vom Bürgermeister . . . vom Maire, wiederholte er, um zu zeigen, daß ihm das fremde Wort ebenso geläufig sei . . . und der Franz, der Tepp, glaubt, es sind seine zwei.

Nach diesen Worten lachte er recht herzhaft, riß dabei den Mund immer weiter auf, als es der Lacher brauchte, und fing an nach Luft zu ringen. Die Mölzerin schupfte nur die Achseln, und Mate Banul begann also wieder, besann sich jedoch schon nach den ersten Worten und sah die Waba herausfordernd an.

Da habe er nun beinahe das Wichtigste vergessen. Nun werde sie aber schauen: Da geht er schon ganz müde und schwitzend von der Sonne den ersten Häusern St. Stefans zu, als er die Postkutsche sieht. Und die fahrt nicht, sondern er kommt ihr immer näher, und nein, wirklich, das Luder rührt sich nicht von der Stelle. Er kommt näher, schaut hin, . . . ist ein Rad gebrochen. Heraußen steht, das heißt liegt oder hockt halb auf der Straße der Postkutscher Tomale und ein feiner Herr daneben. Ein ganz junger feiner Herr. Denkt er sich, wie der nur in solchen Zeiten da herauf kommt. Vielleicht ein Franzos, ein geschniegelter. Weil unsere Männer sind auswärts beim Militär oder bei der Arbeit, aber bei Gott nicht auf der Gailtaler Straße, wo einen am nächsten Eck ein Posten schnappt. Das hatte er, Mate Banul, am ersten Anblick erfaßt. Bei allem aber war er kein welt- und herrenscheuender Bauer, sondern ein den Umgang mit allen Schichten der Bevölkerung gewöhnter Mann. Trotz einer gewissen hündischen Unterwürfigkeit Reicheren, besser Gestellten, vor allem Stadtmenschen gegenüber kannte er keine Scheu. Zumal dann nicht, wenn er nicht von der Gnade, genauer genommen dem Geld derselben abhängig war.

Sieht er also den feinen Herren da stehen und weiß nicht gleich, wo er ihn hintun soll. Es ist ihm, als müßte der irgendwo schon einmal seine, Mate Banuls, Wege gekreuzt haben. Und nun geht er so, als ginge ihn der feine Herr gar nichts an, als stünde er gar nicht da, zum Tomale hin, gibt ihm die Hand und will zum reden anfangen. Es kommt ihm aber gar nicht so weit. Da lacht der feine Herr und streckt ihm gemütlich, wie unsereins, ein gewöhnlicher Mensch, gleich beide Hände hin, als wüßte er vor einer großen Freude nicht, ob er nicht gleich den ganzen Mate Banul, ihn, mit seinen Händen umfassen sollte. Aber als es so weit ist, blitzt es auf einmal bei ihm. Jetzt weiß er, wer es ist.

Mate Banul beugte sich weit vor und drehte den Kopf seitlich zurück zur Frau. Seine Lider zuckten fragend auf und nieder. Die Hände hielt er ineinander verkrampft.

»Der Brandstetter Franzl war es«, stieß es ihm heraus.
Die Mölzerin rückte herum und sah ihn mit aufgerissenen Augen an. Sie ließ nicht die Zügel fallen, tat auch sonst keine Bewegung, aber sie war doch durch und durch erschreckt, wie durch einen einzigen scharfen Stich. Der Slowen sog diese Erstarrung geradezu in sich hinein, trank mit allen Poren dieses Erschrecken.
Er sah sie immer noch an, sehr eindringlich, vorn übergebeugt, den Kopf zurück. Er kostete eine Begierde satt. Während dieses Ineinanderstarrens erstand die Vergangenheit in beiden durch ein paar Worte. Stark und nah durchtobte sie beide Hirne und machte sich breit wie auf einer Schaubühne.
Da war schnell die Zeit, wo die Waba noch Dirne beim Brandstetter war und dort der einzige Sohn ins Alter kam. Wie es kam, daß der junge Bursch der Waba so ins Blut stach, darum wußte niemand Genaues. Nur einmal schrie die Brandstetterin, damals als die Waba so Knall und Fall vom Hof mußte: Von einem solchen Mensch ließe sie ihren Buben nimmer verderben, und wenn der Bursch Lust auf ein Dirndl hätt, gäb es andere für ihn als ein solches schieches hergelaufenes Weibsbild.
Zwei Jahre später hatte sie der Mölzer, ein armer Häusler, der eine kleine Keuschen hinter den Häusern am Marktplatz bewohnte, geheiratet. Aber ein jeder in Hermagor wußte, daß sie morgens und mittags, wenn der Brandstetter Franz zum Pfarrer ging und wieder von ihm kam, er nahm Stunden in Latein und anderen Fächern, weil er studieren wollte, unter irgendeinem Vorwand auf der Hausseite zum Kirchplatz stand. Sie sah ihm zu und schaute ihm nach, bis er nimmer zu sehen war. Oft mit einem Melkeimer in der Hand, mit der Mistschaufel, um sie auf die Straße zu leeren, oder einem Hefen voll Milch. Wenn er im Pfarrhaus verschwunden war, starrte sie eine Weile auf den Gegenstand in ihren Händen und kehrte dann durch

den Hof in ihre Keusche zurück. So trieb sie es, bis die Brandstetterischen den Buben fortgaben nach Wien, von wo er einst als Doktor und Seelsorger seiner Heimatgemeinde wiederkommen sollte. Das Jahr darauf starb der Mölzer. Die Waba, redete man, sollte es mit den Männern darauf nicht so genau genommen haben. Der Obervellacher Bauer Kondaf lieferte ihr jahraus jahrein das Hühnerfutter. Und es fiel wohl auch hie und da ein Stück Speck und Fleisch oder Türkenmehl ab, so daß sie ohne Not leben konnte. Ein Franzos sollte auch einmal über sie hergefallen sein, aber es mochte sein, daß die Leute mehr redeten als not war. Wenn die jungen Dirnen beisammen standen und sehr gescheit und wissend vor einander taten, lachten sie über sie oder wunderten sich ernst, was die Männer an dem eckigen und schiechen Weib fanden. Genaues wußte man wenig über sie.

Schneller als die Mölzerin mit sich fertig war, löste sie sich aus dem Krampf. Mate Banul sah sie noch eine Weile an, jedoch ohne Macht, soviel auch sein Auge brennend und fordernd drängte. Endlich ließ er sie los und setzte sich sorgsam und schweigend zurecht. Er wollte jetzt überhaupt kein Wort mehr sprechen, sondern nur genießen und ergründen, ob seine Pfeile tief und fest saßen. Das konnte er aber mit keinem seiner scheuen Seitenblicke entnehmen, die Frau saß wie zuvor.

Die stumm erregende Fahrt dauerte nicht mehr lange. Man war vor die ersten Häuser Hermagors gekommen. Der Slowen schaute und schaute und konnte nur undeutlich erkennen, was des Weibes großer Blick längst erschaut hatte. Vor der Brücke, unter der die kleine wilde Gössering durchtobte, drängten sich Pferde. Im Näherkommen waren es französische Offiziere, die auf ihnen saßen, und in der Mitte des Haufens General Ruska auf einem hohen hellglänzenden Hengst, klein und verbissen auf den Rükken des Pferdes blickend. Ein junger blonder Offizier an

seiner Seite schien auf ihn einzureden, mit Gesten die Worte unterstreichend. Der General sah ihn nicht an, bis er plötzlich nach einem schrillen Ruf den Gaul in die Höhe riß. Die Begleiter wichen zurück, nur der junge Blonde blieb dicht hinter ihm. Ruska sah durch die schmalen Augen, die sich auf die Straße richteten, das entgegenkommende Gefährt. Er warf einen Blick auf die paar Neugierigen, die in schüchterner Entfernung dem Auflauf zusahen, und eine Röte überzog sein Gesicht.
»Weg da, Kanaillen!« schrie er und sprengte von den übrigen gefolgt los, daß die Gaffer eiligst die Flucht ergriffen.
Die Mölzerin faßte das kommende Unheil zu spät und fuhr mit einem großen Schreck den Wagen von der Straße fort. Er lag mit zwei Rädern am letzten Stück der Straße und zweien in der sumpfigen Wiese, und es war ein Wunder, daß er nicht kippte. Der Hausierer hielt sich krampfhaft an den Sprossen fest und atmete auf, als die Gefahr von einer Staubwolke gefolgt hinter seinem Rücken verschwunden war. Dann stieg er ab, nahm seine Sachen und ging, während ein paar Männer kamen und unter Gelächter der Waba halfen, den Wagen aus dem Dreck zu ziehen.

II

In dem großen kühlen Zimmer des Pfarrhauses saß der Pfarrer Freneau im Lehnstuhl vor dem Schreibtisch. Er summte, den Kopf geneigt, die Hände flach auf den Bauch gelegt, vor sich hin. Er sann ohne Gedanken. Es war ein erholendes Ausruhen, das alle Regungen des Körpers und Geistes ausschaltete. Unzufrieden drehte er sich deswegen nach der Türe, die ihm ächzend einen Besucher meldete. Er blinzelte in das Dunkel, das dort um die schon wieder geschlossene Türe herrschte. Er drückte die Augen ab-

wechselnd auf und zu, dann warf er den Stuhl beinahe zur Seite und keuchte vorwärtsstürzend:
»Herrgott noch einmal, das ist doch . . . das ist ja . . . Willkommen in der Heimat, Herr Studiosus!«
Schon war er neben dem Jungen und nahm ihn wieder und wieder bei den Händen.
»So schnell lassen wir ihn jetzt nimmer fort, den Herrn Studiosus. Jetzt wird einmal eine richtige Vakanz gemacht. Drei Jahre fort. Da gehört man wieder einmal nach Hause!«
Dann verstummte er, und der junge Mann ließ sich lachend zum Fenster führen. Freneau rückte vom Seitentisch einen Stuhl herbei und schob ihn zum Schreibtisch. Dann setzten sich beide. Es herrschte eine Zeitlang Schweigen zwischen ihnen, dann griff Franz Brandstetter nochmals nach des Pfarrers Händen und sagte tief atmend:
»Grüß Gott, Herr Dechant, grüß Gott!«
»Jaja«, murmelte der und blickte zu Boden, sah dann nur ein paarmal scheu nach dem anderen.
»Groß ist er geworden, ein ganzer Herr schon, der Franzl«, raffte er sich dann auf.
Jetzt lachte Brandstetter befreit auf, denn eine unangenehme, befremdende Spannung hatte sich zwischen sie gelegt.
»Aber Herr Pfarrer, bei Ihnen habe ich das erste Latein gelernt und die letzten Ohrfeigen bekommen, da darf ich doch weiter der Bub bleiben, der ich war. Selbstverständlich werden Sie mir auch Du sagen.«
»Aber das geht doch nimmer . . .«
»Was denn nicht noch alles. Wie ich es gesagt habe, dabei bleibt es.«
Der Pfarrer reckte sich und wurde wieder lebendig.
»Also Franzl, ehrlich, mir ist es auch so lieber. Du bist für mich halt doch der Bub, ein gescheiter Bub wohl, aber doch einer. Ein alter Mensch kann sich schwer umstellen.«
Das Eis war nun gebrochen, und es wurde munter erzählt und gefragt. Der alte Freneau wurde lustig und taute ganz

auf, so daß die Hermagorer erstaunt gewesen wären, den Gestrengen, der nach den vielen Aufregungen der letzten Jahre seine Schäflein oft recht giftig von der Kanzel aus anlassen konnte, so meinten die Betreuten zumindest, so heiter zu sehen. Sie erfaßten aber sein eigentliches Wesen nicht, denn es konnte ihn nichts so verärgern und aufregen, um seine Nerven zu Unstimmigkeiten zu stören. Er war vielmehr von einem gewissen überlegenen Hochmut, dessen einfallsweise Ironie die Bauern die Köpfe schütteln ließ. Er blieb ihnen fremd und strebte auch nie nach einem engeren Band, so war es außergewöhnlich, wie sehr er den jungen Brandstetter in sein Herz geschlossen hatte und ihn voll Stolz ansah. Es war in ihm ein Gefühl, als wäre der junge Mensch sein Werk und alle seine guten und schönen Talente Dinge, die er in ihm hochgezüchtet hatte. Seine eigenen Sehnsuchtsgefühle nach irgendwelchen deutlichen oder undeutlichen Dingen knüpfte er am letzten Ende an das Vorhandensein Franz Brandstetters, und in ihm sah er der Erfüllung alles Unerfüllten seines eigenen Lebens entgegen. Der Entschluß des Burschen, Theologie zu studieren, war damals vor Jahren wie eine Welle des Glückes über sein Leben hereingebrochen, und es hätten ihm wahrhaft keine schönen und schönsten Güter mehr bedeuten können.

Brandstetter mußte von Wien erzählen, und der hochwürdige Herr kramte Erlebnisse aus seiner Studentenzeit aus, Heiteres und Spektakel, Dinge, die ihm beinahe in Vergessenheit geraten wären, zu deren Erinnern er nie genug Muße hatte, auch zu wenig Freude im Leben. Diese Stunde erschien ihm wie ein unwirklicher Zauber, ein so gemütliches, formloses Beisammensein mit einem lebensfrohen jungen Menschen, einem Menschen, der ihm sein eigenes, längst am Wege der Arbeit gefesseltes Ich schien. Gestorben war dieses nicht, es wäre auch unmöglich gewesen, gegen die inneren Auflehnungen wirksam zu sein, die

die Eigenheiten dieses Mannes zu einer wahrhaft eigenen Anschauung über das Leben zusammenschlossen.
Mit einem Mal hatte Freneau abgebrochen. Seine Augen glänzten noch ein wenig wässerig vor freudiger Erregung.
»Sag einmal, Franzl, ich denke gar nicht an das Wichtigste, wie bist du denn überhaupt hergekommen? Von Wien, vom Kaiserland her ins französische Gebiet. Das mußt du mir noch erzählen. Herrgott, Bub, du wirst doch nicht so auf und davon gegangen sein, und daß die Franzosen so dumm sind und dich auf dem ganzen Weg nach Hermagor nicht erwischt haben, ist ja nicht zu glauben.«
»So unvorsichtig war ich natürlich nicht. Ein Kollege, der Sohn eines bedeutenden Politikers am Wiener Hof, erwirkte bei der französischen Zivilverwaltung in Laibach einen lettre de permission für die zweite der illyrischen Provinzen, das heißt zu deutsch, für unseren Villacher Bezirk. Mit diesem Grenzübertrittspaß bin ich ungehindert, abgesehen von einigen Kontrollen, bis nach Hause gekommen.«
»Aha, das war sehr geschickt von dir. Außerdem warst du dabei ein ausgesprochener Glückspilz. Es hat nicht jeder einen solchen Freund mit Verbindungen nach oben und auch nicht einen solchen, der einem das ermöglicht. Ich habe eigentlich noch nie gehört, daß jemand von draußen zu uns herein oder umgekehrt gekommen ist.«
»Ehrlich, Hochwürden, ich selbst wäre gar nicht auf die Idee gekommen. Ich wollte zwar schon immer nach Hause, aber anders. Meine Kollegen wollten, genau wie ich, sich recht bald den Truppen des Erzherzogs Karl anschließen. Und es war uns schwer, immer nur zuzusehen und hören zu müssen, wenn die anderen kämpfen durften. Daß sie uns Theologen so gar nirgends mittun lassen wollen! und ich möchte doch sehen, ob wir es nicht fertig brächten, wir alle miteinander, das Gailtal freizumachen!«
Er sprudelte es wie ein unüberlegtes Kind heraus, ganz vom Gedanken befangen.

»Aber Franzl, Franzl, du willst ein Theologe sein. Lieber Bub, ihr sollt mit eurem Schwert den Frieden predigen, aber das Kriegführen laßt den anderen«, rief heiter Freneau. Es fiel ihm dabei das erstemal seine veränderte Art zu sprechen auf. Sie gefiel ihm aber.
Brandstetter senkte ein wenig den Kopf und errötete:
»Aber ich meine, die Lust, da mitzulaufen, kommt wohl gar nicht so überraschend. Jeder junge Mensch, ob Theologe oder nicht, hat seine Freude daran. Und nun gar, wenn er der Franzosen wegen ein paar Jahre nimmer nach Hause konnte . . .«
Er sah den Pfarrer ein wenig fragend an. Der schüttelte nur den Kopf, und so setzte er fort:
»Und hat nicht Praskowitz sich sogar allen an die Spitze gestellt?«
Jetzt fuhr Freneau aber auf:
»Das hast du also auch schon gehört. Ja, weißt du, mein lieber Amtsbruder aus St. Leonhard hat schon immer ein heißes Blut gehabt. Und jetzt gar! Nicht aushalten kann er es, wenn die jungen Burschen geheime Organisationen gründen, ist er der erste, und als sie vor drei Jahren den Lesachtalern und Tirolern halfen, verwaltete er die Gewehre und die Munition und hielt von der Kanzel flammende Propagandareden.«
»Ich weiß nicht, ob es gerade das Schlechteste für unsere Leute wäre. Besser doch, der Pfarrer führt sie, als sie machen in ihrer Dummheit etwas, das sie nicht verantworten können, und kommen in Lagen, die ihnen besser erspart werden sollten.«
»Also, das von der Dummheit möchte ich bezweifeln. Die Bauern sind nicht so dumm, als sie sich stellen oder als sie ausschauen. Ich finde, sie haben dabei sogar unglaubliche Talente entwickelt und hauen beim Kriegführen besser zu als die Herren von den Kadettenschulen. Was ihnen dabei an Geschicklichkeit fehlt, ersetzen sie durch Wucht und

Kraft. Was aber den Praskowitz und seine Ansicht über die Stellung der Geistlichen betrifft, muß ich mich entschieden dagegen stellen.«

Hier hielt er kurz an. Er legte die Zunge wie in zweifelnder Überlegung an die Lippen. Das entging dem Studenten jedoch. Dann sprach der Dechant mit Bewußtsein weiter:

»Willst du das Gewehr nicht lieber den Soldaten lassen? Denen steht es an, Krieg zu führen, und dagegen darf ich nichts haben, schon wirklich nichts, weil ich gesehen habe, daß es einmal so ist und die Menschen in den frömmsten Zeiten nicht ohne ihren Streit leben konnten. Wünschen würde ich allerdings anderes.«

Brandstetter sah wieder etwas hilflos zu Boden und dachte, daß ihn der einzige Mensch, von dem er Verstehen gehofft hatte, enttäuschte. Zum anderen aber fühlte er sich sehr dem Pfarrer nahe und wurde von den verschiedensten Gefühlen bewegt.

»Franz«, weckte ihn des Pfarrers härter gewordene Stimme, »du wirst mich doch nicht enttäuschen. Sag, ist dir das Studium schon zuviel, mußt du ausspannen in deinen Zweifeln, oder kannst du dich wirklich nicht hineinverstehen, weil dich vielleicht irgendwas anderes hindert, weil du vielleicht . . .«

»Nein, nein, aber wo denken Hochwürden denn hin?« rief der Junge und klammerte die Finger ineinander. »Die Theologie ist mir wirklich heute so lieb wie damals, als ich fortging. Und daß ich nichts möchte, als einmal Ihre Stelle übernehmen, die Sie, ich hoffe zu Gott, noch lange ausfüllen können, ist ebenso wie Ihr Wunsch mein höchster. oder gedacht habe . . ., das ist ja doch nicht ernst zu nehmen . . ., ich nimm das ja selber nicht ernst.«
ich nimm das ja selber nicht ernst.«

»Wenn du dir nur die Wahrheit sagst«, meinte Freneau.

»Nein, nein, Hochwürden, da können Sie mir glauben. Das viele Neue, der Unglaube, der sich überall breit macht, die

Zweifel am Alten, das hat mich nicht gewandelt. Es hat nie in mir Platz gefunden, und wenn sich auch einmal zweifelnde Gedanken eingeschlichen hatten, ich habe sie selber verbannt und verdammt. Ehrlich ... Ich möchte in Wien oder sonst irgend einer Stadt, gerade in einer Universitätsstadt, nie mein Amt ausführen, doch hier, wo alles noch so unverdorben und beim Alten ist, wo ich die Leute kenne und sie mich, da ist mir mein Beruf der schönste und einer Berufung gleich ...«

Brandstetter war erregt und suchte weiter nach Worten und versuchte seine Gedanken, die ihm wild wie brausende Wasserfälle entgegenstürzten, zu ordnen und auszudrükken. Es schlich ihn dabei eine eigene Angst an und er wollte aufspringen und zum Fenster stürzen, es aufzumachen, damit doch etwas Sonne hereinfalle in das düstere Zimmer. Plötzlich kam ihm ein Gedanke. Warum zweifelte Freneau so eigentümlich an seiner Festigkeit und wie kam er dazu, sich in der ersten Stunde schon so hartnäckig gegen seine Gefühle zu stellen? Er irrte in allen Möglichkeiten und meinte zuletzt, er denke, daß eine Frau ihm zum Hindernis würde und ein Wanken heraufbeschworen hätte. Er atmete erleichtert auf und wurde freier und sah gewollt mit offenen Augen fest den Pfarrer an. Dann lächelte er:

»Nein, es ist nichts, was mich hindern kann.«

Freneau erstaunte, erriet ihn aber gleich. Er [sagte] nachsichtig und mitleidig:

»Und dann ist ja alles gut.«

Er hatte an anderes gedacht. – Er stand auf und sah zum Fenster hinaus.

»Komm, ich merke gar nicht mehr, wie schön es draußen ist. Gehen wir ein Stück miteinander.«

Er mußte innerlich lachen, wie sehr gerührt er über den Studenten war und wie ganz anders, wie kindlich er ihm geradezu entgegengekommen war. Er war ganz aus seinem Wesen gefallen, aber es schadete nichts.

III

Es war noch ziemlich hell draußen, als gegen Abend der Student Franz Brandstetter die Wirtsstube beim Jakob Unterberger betrat. Trotzdem waren alle Tische des großen Raumes voll, und ein wildes Stimmengewirr tönte ihm entgegen. Die langen Tische waren von französischen Soldaten besetzt, links stand ein Extratisch mit weißer Leinwand überzogen. Hier war für die Offiziere gedeckt, in deren Mitte General Ruska saß. Die waren alle vor kurzem, unter Ruskas persönlicher Führung, staubig und durstig von St. Stefan gekommen. Die Einwohner St. Stefans hatten wieder einmal zu lange gesäumt, genau, sie hatten beim besten Willen die geforderten Mengen an Getreide und Schnaps nicht liefern können. Die Frist war vor fünf Tagen abgelaufen gewesen, und diesen Mittag, als der Zorn des Generals übergekocht war, trabte er selbst los und hielt das Strafgericht.
Es ging ziemlich laut zu. Die Durstigen hatten schnell ein paar Gläser hinuntergestürzt und schlugen schon vorzeitig laute Töne an. Der General trank das Glas mit einem Zug aus und stierte dann, es hin und her drehend, stumpfsinnig vor sich hin.
Jakob Unterberger, der Wirt, lehnte an der Türe, immer bereit, im nächsten Augenblick den Wünschen seiner Gäste nachzukommen. Am Tisch neben ihm stand ein halbgefülltes Bierglas, nach dem er im Vorübergehen griff und einen Zug daraus tat. Dann wischte er schnell den Schaum vom Schnurrbart und drückte wohlig die tiefliegenden Augen zu.
Brandstetter blickte suchend umher, und als er in der hinteren Stube ein paar Einheimische erblickte, die fast alle mit ihm auf der Schulbank gesessen waren, schritt er schnell hinzu.
Natürlich erkannten sie ihn sofort wieder, auch hatte sich

das Gerücht seiner Ankunft durch Mate Banul schneller verbreitet, als wenn es am Markt ausgesagt worden wäre. Einige blickten krampfhaft auf den Tisch, ein paar Neugierige sahen ihm entgegen. Doch jeder Fremdheit, die sich einnisten konnte, kam Brandstetters Offenheit und Freundlichkeit zuvor:
»Grüß Gott alle!« rief er ihnen zu und streckte jedem lachend die Hand hin, die sie nun nicht schnell genug nehmen konnten. Sie rückten zur Seite und schoben einen Stuhl ein. Das Gespräch war nun zwar unter den Tisch gefallen, aber Kaspar Unterberger, der Sohn des Wirtes, war nicht verlegen.
»Warst aber lang fort.«
»Das möcht ich meinen«, sagte der Möderndorfer Irg dazu.
»Froh bin ich, daß ich wieder daheim bin. Wenn Wien auch schön ist, so lange bleib ich bestimmt nimmer fort. Ihr seid alle noch gesund beieinander, das sehe ich, aber jetzt müßt ihr mir einmal erzählen, was bei euch los ist, was ihr treibt und macht die ganze Zeit.«
»Mein Gott, nichts Neues. Arbeiten halt«, grinste der Irg.
»Das war auch eine gescheite Frage von mir«, lachte Brandstetter zurück. »Aber so gemeint war es nicht. Du weißt schon wie.«
»Hm«, knurrte der Pirker Stoffel, dann schwiegen alle und der Student hatte das Gefühl, von irgend etwas Besonderem ausgeschlossen zu sein. So, als blickten alle mißtrauisch auf ihn. Er war ihnen also doch fremd geworden, und was sie jetzt allein besprochen hätten, darüber schwiegen sie vor ihm. Weil er dasaß und keiner mehr wußte, wie und als welcher er von der Fremde heimgekehrt war. Er hätte ihnen gerne zugerufen, daß er noch der gleiche war und daß sie es doch heute so sein lassen sollten wie damals, als er noch überall mit dabei war. Aber von einer wehen Bitterkeit schnürte es ihm die Kehle ab. Dieses Schweigen er-

regte ihn gegen seinen Willen sehr und er fand zu wenig Luft. Der Tabakqualm, der die Räume erfüllte, drang ihm kitzelnd in die Luftröhre. Es war ihm ganz eigen. Er preßte die Augen halb zu und schob die Lippen fest aufeinander. Der Kopf war ein einziger Druck in sich selbst hinein und dachte die Schläfen zu durchbrechen. Er hatte das sichere Gefühl, daß alles, Augen, Mund und Glieder, von etwas Drohendem, vielleicht Haß, erfüllt seien und bereit waren, in ihrer Verletztheit Schreckliches zu tun. Er legte die geballten Hände reibend aneinander und fühlte das Blut pochend in den Adern zucken. Die anderen saßen stumpf und [zu] weit weg, solche kaum merkbaren Anzeichen von schmerzendem Gekränktsein zu bemerken. Nur die Stille fühlten sie unbehaglich und wurden in sie gebannt, so daß sie nicht einmal nach den Gläsern greifen konnten, um die Rauheit des Schweigens wegzuspülen. Aufdringlich drang der Fremdlärm der Sprache aus dem Nebenraum. In dem Augenblick trat Jakob Unterberger herein und kam mit breitem Lachen zum Tisch. Er zog den verwirrten Brandstetter aus der Gefährlichkeit der Gedanken und zog ihn zugleich buchstäblich vom Stuhl.

»Franzl, Brandstetter, daß ich dich nicht gleich gesehen hab. Aber bei der vielen Arbeit ... Siehst eh, wie es bei uns zugeht. Jetzt komm schnell ein Stückchen mit in die Küche. Unsere Leut wollen dich auch anschauen und an dir die fremde Luft schmecken.«

»Wartet ein bissel«, sagte Brandstetter heiser und folgte dem Wirt. Sie durchschritten miteinander die beiden Gastzimmer und traten von da auf den Gang.

In dem Augenblick verschwand durch den Spalt der Küchentür ein spähendes Gesicht. Es war die Fini, die Kellnerin, eine weitschichtige Verwandte von Jakob Unterberger, die schon als junges Ding ins Haus genommen wurde, zuerst in der Küche und im Stall half. Mit den Jahren trug sie auch Bier und Wein aus, wurde schließlich regelrecht

Kellnerin und redete schon ein Wort mit. Jakob Unterberger hatte nichts dagegen, wußte er doch, wieviel mehr Gäste ein junges, blühendes Geschöpf noch ins Haus zieht, und er sah sie selber gerne. Dazu war sie anstellig, flink und energisch.
Als Fini Franz Brandstetter in das Haus kommen sah, war sie schnell in die Küche zurückgetreten. Sie wollte ihm nicht im Gastzimmer vor den anderen begegnen und wartete so in der Hoffnung, er würde gleich in die Küche kommen. Sie band sich eine frische Schürze um und griff ein paarmal in die Haare, die Zöpfe neu zurechtsteckend. Dann stellte sie nutzlos ein paar Gläser herum, trug sie wieder weg und nahm ein Geschirrtuch. Sie drehte es gedankenvoll um den Finger, wickelte es wieder aus, als Jakob Unterberger mit seinem Weib, der Lisa, eintrat und mit erhobenem Arm verkündete, was die Fini schon längst gesehen hatte. Nämlich, daß Franz Brandstetter, der in Wien auf Pfarrer studiere, eingekehrt sei und gleich, auf der Stelle, wolle er ihn herbeiholen. Die Lisa hatte nichts dagegen, sie war auch zu neugierig, nur hinderte sie diese Schwäche nicht, wie Fini, in aller Gemütsruhe weiter zu arbeiten.
»Fini, ich bitt dich, steh nicht so lange herum. Ich glaube, der Herr General schreit ja schon wieder«, sagte sie, mit der Hand den Sterz umrührend, mit der anderen die überkochende Milch vom Feuer ziehend.
Fini, die sonst so leicht nichts abhalten konnte, sagte nur:
»Der wird es auch noch erwarten können«, und rührte sich nicht von der Stelle. Die Wirtin ging schaffend hin und her und meinte nach einer Weile wieder bittend:
»Fini, jetzt geh schon. Tu mir die Freud. Sonst hat er wieder einen Grant, daß es nicht zum aushalten ist, und teppert mir die halben Gläser an die Wand.«
Die letzten Worte aber gingen schon ungehört an der Fini vorüber. Sie hörte schon neuerlich Schritte, sprang zur

Türe, und wirklich, da kam er. Jetzt ging sie gerade erst nicht fort. Sie ergriff wie gleichgültig ein paar schmutzige Hefen und stellte sie in den Abwaschtrog.

Franz Brandstetter hatte sich gefunden und kam freundlich auf die Unterbergerin zu. Es war das übliche Erstaunen und kurze Fragen nach Wohin und Woher, und Brandstetter sagte der Frau noch schmeichelnd, sie sei trotz der Notzeit eine fesche feste Person geblieben, wobei sie noch lauter lachte als im Anfang. Dann wandte er sich weg, denn das junge Mädchen war auch noch da.

»Ich glaube gar, das ist die Fini«, meinte er ein wenig fragend.

»Freilich«, lachte sie und streckte ihre Hand hin, »hättest mich denn wirklich nicht mehr erkannt?«

»Beinahe«, lachte nun auch er, »wo du so viel gewachsen bist in der Zwischenzeit . . .« Jetzt sah er ihr blühendes junges Gesicht, die braunen, lebhaften Augen, alles umrahmt von den dunklen, glänzenden Haaren.

» . . . und, na du weißt schon, wie ich das meine.«

»Freilich, ich versteh dich schon recht.« Sie zog ihre Hand zurück.

Im gleichen Augenblick wurde die Türe mit einem Fußtritt aufgestoßen.

»Hallo, Kellnerin!« Lachend trat ein junger blonder Offizier, derselbe, den General Ruska mittags an seiner Seite gehabt hatte, herein. Er schritt fest, aber doch in der Art, wie Betrunkene es tun. Alle drehten sich um und die Fini rief ihm eilig zu:

»Ich komme schon, Herr Hauptmann.«

»Nichts da, mein Schatz.« Er nahm sie um die Hüften. »Gleich mitkommen. Befehl vom Herrn General ist Befehl.«

Die Fini war eine Meisterin solcher und noch ganz anderer Situationen. Sie wurde nicht grob, nein, damit wäre auch bei den fremden Soldaten, die hier Sieger waren und es voll ausnützten, gar nichts erreicht gewesen. Sie war klug, lachte, machte einen Spaß und entrann geschickt den Begehrlichkeiten der betrunkenen Männer. Trotz den Räuschen und Gemeinheiten der täglichen Abendstunden war sie gesund geblieben, wenn auch für Sprödigkeit kein Platz blieb und ihr Schamgefühl abgestumpft wurde. Die harmlose Bewegung des Hauptmannes jedoch, während Brandstetters Augen befremdend auf ihr ruhten, trieb ihr das Blut in den Kopf.

»Lassen Sie mich los«, ärgerte sie sich und machte sich mit einem Ruck los. Maroni war viel zu gut aufgelegt, um ihren Ernst zu bemerken. Er griff streichelnd nach ihrem Arm.

»Aber Fini«, stolperte er mit der Zunge. Sie schlug mit dem Arm nach ihm und ging mit zurückgeworfenem Kopf zur Türe hinaus. Der Hauptmann stutzte, verlor das Lachen und folgte aufgestört mit unklaren Gefühlen.

Jakob Unterberger setzte an, etwas zu sprechen, dann brach er ab und sah sinnlos auf Franz Brandstetter. Auf allen Gesichtern malte sich die Verblüffung. Unzusammenhängend griff der Student ein paar Worte auf:

»Wie schnell so ein erster Tag vergeht ...« Es kam ihn ein innerliches Lachen an und er beherrschte sich mühsam.

»Ihr dürft mir nicht böse sein, daß ich erst am Abend herschaue.«

»Aber nein«, ereiferte sich die Unterbergerin, »glaubst, wir wissen nicht, wie das ist. Wenn wir dich auch gerne sehen, am ersten Tag gehört man nach Haus. Die Mutter und der Vater werden eh geschaut haben, wie du ihnen ohne Brief, ohne Botschaft auf einmal unerwartet daherkommst.«

»Habt ihr das auch schon gehört?« erheiterte sich Brandstetter. »Ich glaube gar, da haben alle alles früher gewußt als ich selber.«

»Wird sein«, lachte sie tief und dröhnend auf.

Unterberger hatte sich daran gemacht, die Biergläser in ein

Schaff zu stellen, zu waschen, und die Lisa rannte hin und her. Brandstetter kam sich ziemlich überflüssig vor und redete mit Anstrengung, worauf die Wirtin immer umherlaufend lachte oder ein Wort einwarf. Als der Pirker Stoffel, ungewiß warum, doch gewiß nicht wegen ihm durch den Gang schlenderte, tat er eilig und meinte, die drinnen würden schon auf ihn warten.

»Wir sehen uns ja noch.« Damit war Brandstetter schnell draußen.

Im Flur sprang ihm die Erinnerung wieder heiß ins Gesicht. Nein, er konnte so schnell nicht zurück. Er wandte sich scheu und ging dann leise in den Hof. Der nicht zu große Fleck Erde war von vier Seiten umschlossen, eine sonderliche Bauart, wie sie in Kärnten nicht oft vorkommt. In der Dämmerung wurden der Schmutz und die Unordnung verschleiert, aber Brandstetter fühlte sie doch als etwas Nahes, Ekles, das an ihn heranschlich. In einem Eck, gleich neben dem kleineren Wohngebäude, lag der Misthaufen, von Mücken umtanzt und sie in Scharen anziehend. Nahe dabei war die Stalltüre. Der fahle Schein eines Spanes zog zu ihm und verfing sich im unordentlich herumliegenden Stroh. Pferde, von denen einige im Hof nahe der Mauer angebunden waren und im Freien ihr Lager hatten, stampften unruhig. Ein Weib, wahrscheinlich die Stalldirn, kreischte, dann kicherte es und war wieder still. Franz Brandstetter fühlte sich befreit und ab von Menschen, die nichts Besseres wußten als zu schmerzen. Er atmete tief, schlug nach den Mücken und war nahe daran, von einer Trübsinnigkeit überfallen zu werden, die der Glaube von Unverstandensein wachruft. Dann dachte er wieder an Freneau und kam sich erbärmlich vor, wenn er dachte, wie er versucht hatte, sich selbst zu überreden. Denn es war doch wahr, daß die letzte Zeit in ihm immer mehr Zweifel an der Berufung aufkommen ließ, weniger aus einem Unglauben als aus dem Vorherrschen anderer

Interessen. Denn gewaltsam wie nie etwas hatte ihn die neue Erregung des Vaterlandes ergriffen. Doch glaubte er manchmal selbst, daß es kein wahrer Wunsch sei, aus den Fesseln seiner festgesetzten Zukunft zu entspringen. Gleich aber überkam ihn ein solch schmerzliches Bewußtsein von dem Wahren seiner Absichten, das er tausendmal niederkämpfte und ebensooft leidenschaftlich beschwor, daß er sein Leben verwünschte, weil er nicht verstand, es aus einem sicheren Entschluß, der in ihm Gesetz war, richtig zu lenken. Er dachte oft in seinen Qualen, es müßte ihm plötzlich ein Gesetz, ein Gesetz des göttlichen Zielbewußtseins, das alle gesunden Menschen – und das war er doch um des Himmels willen – als Zwingendes in sich tragen oder doch tragen sollten, den Mund aufbrechen und rufen: Ich will dieses!

Er dachte, daß er wohl vieles wollte. Es war aber mehr ein Mögen, und um dieses Mögen schalt er sich ein launisches Kind, das nicht wußte, womit es sich am meisten quälen konnte. Diese Erkenntnisse ballten sich an dem hinüberdämmernden Tag wieder drohend in ihm. In dieser Knechtschaft überkam ihn ein eigentümlicher Wahn um Freiheit oder ähnliches Beglücktsein, so daß er aufatmete.

Ein Mensch räkelte sich nahe von ihm. Dieses Geräusch zerbrach alles und ernüchtert blickte Brandstetter hin. Der französische Soldat, ein Stallbursche, der bei den Pferden schlief, setzte sich auf. Er hörte die Schritte seiner Kameraden, die durch einen schmalen Schluf, der die Ställe vom Wohnbau trennte, von der Straße kamen.

»Ein Rindvieh«, grinste er ihnen zu und deutete Brandstetter nach, der taumelnd ins Haus zurücktrat.

»Wieso? . . . Was?« fragten zwei.

»Nichts«, drehte er sich um und zwinkerte dann mit den Augen: »Habt ihr . . .? Bravo, tüchtige Kerle!« Er entkorkte die Flasche mit knabenhaft kindlicher Freude, während die anderen sich neben ihn legten. Als die ältliche Dirn aus dem Stall trat, die Zockel ablegte und mit dem vollen Eimer Milch dem Haus zuschlurfte, tat er schnell einen Schluck, legte den Kopf zurück an die Mauer und begann ins Gelächter der anderen schmelzend zu singen:

». . . rien d'argent, rien du tout.
Rien qu'une petite comme toi
À taille svelte . . .«

Er rülpste lachend, brach ab und setzte endgültig die Flasche an. Das Weib war auch schon im Haus verschwunden.

Gegen Mitternacht hatte die Lebhaftigkeit ihren Höhepunkt erreicht. Auch in der Nebenstube, wo Franz Brandstetter schon lange wieder bei den anderen saß. Alles, er mit, war in guter Stimmung und nicht mehr ganz nüchtern, wenn auch harmlos im Verhältnis zu den Franzosen, die in ihrem Rausche kaum mehr wußten, ob sie in Paris über die Boulevards spazierten oder auf dem Tisch des Jakob Unterberger in Hermagor Seiltänzerübungen machten. Boden und Tische waren naß von verschüttetem Bier, Wein und Schnaps, der Tabakqualm hatte sich ein wenig verzogen, da fast keiner mehr mit der Zigarre oder Pfeife zum Mund fand. In dieses heillose Durcheinander grinsten von der kleinen Stube her schadenfroh die Burschen. Brandstetter führte eben das Wort, und das Gespräch kam auf den Dechant Freneau.

». . . vormittag hab ich ihm gleich einen Besuch gemacht, ihr könnt euch ja vorstellen, dem sind Augen und Mund offen geblieben . . .«

Der Student merkte nicht, welche plötzliche Ernüchterung alle Gesichter auf diese Worte zeigten. Hans Irg, der Einäugige, zürnte wild aus seiner Ecke. »Der Elsässer Franzosenknecht.«

Brandstetter hörte den Einwurf gar nicht, trank sein Glas aus und schwieg schmunzelnd. Dann blickte er zu den Franzosen hinüber.

»Feine Herren, was?« lachte er, dann besann er sich: »Sagt einmal, dürft ihr euch nicht dazusetzen zu denen. Müßt ihr in das hinterste Eck?«
Der Wirtssohn neigte sich lauernd vor: »Ach, möchtest dich vielleicht dazusetzen?«
»Jetzt bestimmt nicht, die sind imstand und hauen uns ein Krügel zum Kopf.«
»Aber sonst, wenn sie noch keinen Rausch haben, wär es fein, was?« meinte der Kaspar spitzig weiter.
»Was heißt fein?« lachte der Student und winkte dem Wirt.
Unterberger schenkte aufs neue ein, gähnte und grübelte über seine Knieschwäche.
»Die Franzosen sind ganz nette Leut. Mir tun sie gut gefallen«, warf harmlos der Pirker ein.
»Nein, so etwas«, rief Brandstetter erstaunt. »Ich habe gehört, daß sie nicht gerade mild mit uns umgehen, und dir gefallen sie trotzdem gut. Das ist doch zum Lachen. Ein feiner Kerl, der Stoffel. Er sympathisiert mit den Franzosen. Leute, was sagt ihr dazu?«
Er hieb mit der Hand auf den Tisch. Die anderen verbargen ein Lachen, stießen sich an und ließen ihn nicht aus den Augen. Sie waren nüchtern geworden. Jetzt mußte Brandstetter Farbe bekennen und sie wissen [lassen], woran sie mit ihm waren.
»Hm ...«, stockte der Kaspar, »da sagen wir halt gar nichts. In solchen Zeiten ist es besser, wir halten das Maul. Es wär gut für dich, wenn du auch so tätest. Du schreist da so laut heraus, was du dir denkst. Wenn dich einer versteht, gehts dir morgen schlecht.«
Brandstetter war verblüfft. Das hätte er niemals erwartet. Er wußte nun nicht, was er sagen durfte. Sollte er zurückziehen oder weiter gehen ... Er begann unsicher:
»Ja, aber ..., ich verstehe euch nicht recht ... Und wenn ich auch wirklich geschrien hätte, das hören sie eh nicht,

so besoffen sind sie ... So habe ich es auch gar nicht gemeint ...«

Seine Verlegenheit machte die Burschen sicher. Das war keine Verstellung, und daß er zurückziehen wollte, war ihnen Beweis genug, daß er es doch so meinte, wie er gesprochen hatte. Kaspar Unterberger lachte nun laut heraus, daß es schallte:

»Kinder, stoßt an. Der Franzl gehört zu uns. Wir haben gewonnen.«

Der Student war erstaunt, dann wurde er zornig und schrie: »Zum Teufel, was soll denn das wieder heißen? Glaubt ihr, ich geb euch einen Hanswurst ab. Das tät euch so passen. Von mir aus macht es untereinander. Aber mich laßt in Ruhe. Zeigt mich halt an, wenn es euch Freude macht. Vielleicht hängt euch einer dafür einen Orden um oder schenkt euch einen Beutel Geld. Aber der Judas soll es mir ehrlich ins Gesicht sagen, wenn er nicht zu feig dazu ist. Den möcht ich kennen.«

Er sprang auf und stellte sich mit drohendem Gebaren hinter den Stuhl.

Es war Ernst geworden, und dieser Umstand malte sich auf allen Gesichtern. Die Fini warf scheue Blicke herein und hätte gerne gewußt, was da vor sich ging, um schlichtend einzugreifen, doch konnte sie des Lärmes wegen nicht alles hören. Auch war es unmöglich, jetzt, wo sie neben dem General saß, wegzulaufen.

Kaspar Unterberger tat das Gescheiteste, was er tun konnte. Er stand ebenfalls auf, legte dem Zornigen die Hand auf die Schulter: »Setz dich nieder, Franzl, ich erklär dir alles. Ich glaube ja, daß du dir vorkommst wie in einem Narrenhaus.« Er zog ihn auf den Sessel zurück. »Paß auf. Die Geschichte ist so. Du kommst von Wien, von draußen zu uns nach Hause, bist mit dem Pfarrer Freneau so gut bekannt, also haben wir doch nicht wissen können, wie es um dich steht. Willst du von uns noch was wissen oder nicht? Ist dir, was bei uns geschieht, alles gleich oder nicht? Und was das Wichtigste ist, hältst du es mit den Franzosen oder mit uns? Wenn wir dich früher so blöd gefragt haben, gelt, das darfst nicht ernst nehmen. Aber uns hast mit deinen Antworten bewiesen, daß du wie wir einen Zorn auf die Franzosen hast und daß es dir lieber wär, sie sind heute draußen als morgen. Uns ist es eine Freude, und weiterreden tun wir morgen beim helleren Licht.«

Der Student schwieg, dann keuchte er mit einem Anflug wie früher: »Aha, so schaut ihr also aus und für so einen Lumpen haltet ihr mich.«

»Jetzt bist aber still«, gebot der einäugige Irg. »Sei ehrlich, hätten wir was anderes tun können, oder glaubst, wir sind teppert, daß wir uns selber ins Unglück reiten und gleich sagen, wie wir es meinen.«

Brandstetter war darauf still und mußte das in sich verarbeiten. Der Stachel wich noch nicht ganz, aber alles genau überdenkend, gab er doch zu, daß sie nicht anders handeln gekonnt hatten.

Kaspar verließ darauf mit einem heimlichen Zwinkern die Runde und kam bald mit etwas unter einem Tuch Verborgenen zurück. Er leckte sich mit der Zunge die Lippen und deckte nach einigen stummen, beschwörenden Handbewegungen die Hülle ab. Eine Flasche Wein! Ein lauter Begeisterungsruf aller folgte. Es war doch gut, wenn man den Wirtssohn zum Freund hatte.

Seit zwei Jahren schon floß der ganze Wein den Besatzungsmannschaften zu, und der Besitz dieses begehrten Getränkes zog hohe Strafen nach sich. Jakob Unterberger verwaltete das Wein- und Schnapslager und durfte nach Gesetz und Recht weder für sich noch für jemand anderen aus der Bevölkerung einen Tropfen nehmen. Nun wird man aber kaum einen Wirt gesehen haben, der nicht so schlau wäre, sich darüber hinwegzusetzen und trotzdem jeden Tag sein Viertel oder mehr zu trinken und hie und da

im Freundeskreis eine Flasche umgehen zu lassen. Unterberger tat es aber mit besonderer Freude, da er gleichzeitig den Franzosen, die ihm die Hälfte ihrer Rösser in die Ställe gestellt und ein Dutzend Soldaten ins Haus gelegt hatten, eins auswischen konnte.
Endlich, der neue Tag war schon angebrochen, machten sich die Burschen auf. Der kurze Abschied von den Wirtsleuten und Fini, der Dank für den guten Wein zog wie ein Schleier vorüber. Kaspar Unterberger ging mit, sie ein Stück zu begleiten. Als sie die frische Nachtluft atmeten, fühlten sie sich leichter und gähnten ihren Lagern zu.
Die Fini saß wieder müde und zerschlagen auf der Bank neben dem General. Es war gut, daß er zeitweise trübsinnig wurde und ihr ein wenig Ruhe ließ. Die anderen konnte sie leichter abbeuteln. Dabei war sie nicht nur so müde, sondern ein bitteres Unlustgefühl, ein Zorn gegen die Männer um sie war heute erwacht. Nie war ihr ihre Arbeit mit soviel Dreck und Gemeinheit behaftet vorgekommen. Sie konnte sich ihre Hellfühligkeit nicht erklären. Immer, wenn sie an Franz Brandstetter dachte, verwünschte sie Franzosen, Wein und Wirtshaus und wäre zehnmal lieber eine Magd gewesen. Da müßte sie den ganzen Tag arbeiten, sie hätte kein so gutes Essen wie da, aber niemand durfte an ihr herumgreifen, wie er wollte, und niemals mehr brauchte sie dazusitzen, schläfrig und müde, weil es jemandem so gefiel und er noch bleiben wollte.
Einer von den Soldaten begann ein Lied zu singen, das das Gejohle übertönte. Der junge Maroni, der schon halb geschlafen hatte, wachte wieder auf, ging um den Tisch herum, schob ächzend ein paar lümmelnde Offiziere weg, die schwer an ihren Sesseln klebten und nicht fähig waren, sich zu wehren, und drängte sich neben die Kellnerin.
»Paulette, kleine Paulette, was ist mit uns zweien? Geh, sei nicht so böse. Paulette . . . ette . . .« Er ließ ihr die Hand auf die Schulter fallen.

Die Fini rückte gleichgültig zur Seite und starrte vor sich hin.

Hauptmann Relioz, der, ausgenommen den General, der Älteste von allen war, hieb jetzt mit einem alten zinnernen Humpen, der ihm zwischen die Finger gekommen war, auf den Tisch:

»Ruhe, zum Teufel!«

Sogar der General fuhr zusammen und sah Relioz einen Augenblick erstaunt an. Und der Hauptmann merkte es nicht, sondern fing unbändig zu lachen an. Dabei färbte sich die breite, große Narbe, die seine eine Wange und die Nase entstellte, blaurot. So aufgedunsen war er häßlich, geradezu abstoßend anzusehen. Im Gegensatz dazu hatte er einen wohlgeformten, geübten Körper und war der beste Reiter unter den Kameraden.

Noch einmal sauste der Humpen nieder, diesmal mit weniger Wucht, und die Finger ließen ihn vor einem jungen Leutnant fallen. Der blickte erschreckt vor dieser gewaltsamen Unterbrechung auf. Er hatte mit mehr Witz als Wahrheit haarsträubende Erlebnisse aus seiner Pariser Zeit mit viel Aufwand und Ausführlichkeiten zum besten gegeben und die Aufmerksamkeit und das Lachen des Kreises auf seiner Seite gehabt. Relioz hatte jedoch einen Einfall. Da duldete er keine andere Stimme als seine.

»Kameraden«, krächzte er über den Tisch, »Kameraden, das ist alles Blödsinn. Alles Blödsinn das. Der junge Mann will euch was erzählen. Ist es nicht zum Lachen. So ein junger Mensch kann nicht einen Teil von dem erlebt haben. Wer hat in Paris den Leutnant Relioz nicht gekannt. Leutnant war ich damals noch. Jede Frau hat mich gekannt. Mit heißen Augen haben sie mich angesehen, umgedreht haben sie sich, nachgelaufen, auf das Zimmer gekommen sind auch ein paar, eh, was sage ich, ein Dutzend, zwei Dutzend, noch mehr. Hatte gar nicht Zeit, die Weiber zu zählen. Eine schöner als die andere. Aber da war eine

Gräfin oder so etwas, hoher, alter Adel, das Püppchen war in Österreich gewesen 1789, so hatte sie ihren stolzen Kopf behalten. Wäre übrigens schade gewesen. Also, was wollte ich sagen. Ja, sie war eine Gräfin mit einer langen Ahnenreihe und mehr Hochmut als unbedingt notwendig war. Mich sah sie natürlich nicht. Das kennt man ja. Ich sah sie auch nicht. Das heißt, ich habe sie mir schon angesehen, dachte mir, diesmal hat es Wert. Streng dich an, Leutnant Relioz, alter, junger Galan. Wenn sie ging, sie trug gern weiße Kleider von zarter Seide, legte sich das Gewand beim Gehen so wunderbar an . . . Blödsinn, ich fange doch nicht zu schwärmen an. Mit einem Wort, sie hätte sich gar nicht ausziehen brauchen, ich kannte sie schon so gut, als wäre alles durchsichtig an ihr. Das heißt«, er schlug lachend die Faust nieder, »deswegen meine ich nicht, daß mir das genug war.«
Jetzt lachten aber wirklich alle los. Sie schüttelten sich auf eine so kindliche Redensart. Das glaubten sie gerne. Einer, ein stiller Mensch, der unglaublich viel trank, taumelte dabei auf und erbrach. Er spie über den Tisch geneigt.
»Schwein!« brüllte der General und sprang in die Höhe. Ein Wirbel entstand, ein paar Soldaten nahmen Haltung an, ein paar andere lachten, die Rücken tief gekrümmt, und johlten, daß ihre Laute mit Menschenstimmen nichts mehr gemein hatten.
Die Fini wurde bleich vor doppeltem Grausen und dachte, daß sie nun einen Fetzen holen sollte. Da packte sie der Griff Ruskas hart am Arm.
»Komm Fini, wir gehen in das hintere Zimmer!«
Sie fröstelte: »Was wollen der Herr General denn trinken?« fragte sie ablenkend und ging mit ihm der Türe zu.
»Einen petit verre. Für dich auch, sonst bist du mir zu traurig, Kleine.«
»Ich komme gleich«, rief sie zurück und ging langsam über den Gang.

Zwei Arme umklammerten sie fest.
»Pfui«, keuchte sie zu Tode erschrocken und stemmte ihre Arme.
»Aber Fini!« beruhigte des Kaspars Stimme. Sie hatte sich losgemacht und ging, von seinen schweren Schritten gefolgt, in die leere Küche.
»Aber Fini«, begann er verlegen und trat vor sie. Er sah, daß ihre Augen voll Wasser standen. Sie drehte sich schnell um. Er wußte nicht, was er beginnen sollte, und polterte halb vorwurfsvoll, halb hilflos: »So ein Dirndl, sowas hab ich gern. Kaum hat man sie ein bißl angegriffen, plärrt sie schon los, als ob man ihr weiß Gott was getan hätte.« Er räusperte sich und sah ihren Rücken. »Sowas hab ich gern. Und dann umdrehen und die Beleidigte spielen. Kein Wort sagst darauf, weil du keines zum sagen weißt.«
Sie wandte sich bei diesen Worten schnell um und schluchzte auf. »Niemand laßt mich in Ruh. Ein jeder glaubt, er darf sich auf mir die Finger wischen. Bei dir hab ich immer gedacht, du bist ein anständiger Bursch, und die ganzen Jahre her sind wir gut ausgekommen miteinander, und jetzt wolltest auch anfangen. Ach, ich hab so einen Grausen. Ausspucken möcht ich!« Nach einer stummen Weile begann sie wieder: »Und gar keinen Menschen hab ich, der ein bissel lieb zu mir ist. Ein jeder schmeißt mir noch einen Stein in den Weg.«
Dann ließ sie sich auf einen Stuhl fallen. Kaspar Unterberger hätte zu einer anderen Zeit sicher geschmunzelt und hätte sich als den Menschen angetragen, der sehr lieb mit ihr sein wolle. Er sah heute ihre Verzweiflung und ihren Ernst und neben der sonst immer heiteren Fini war es ihm gar nicht lustig zumute.
»Fini«, er trat zu ihr, »sei jetzt gescheit. So habe ich es gar nicht gemeint. Ich hab halt einen aufgehabt, und du darfst es mir nicht so verdenken. Müd bist sicher auch schon. Leg

dich nieder, das ist das beste für dich. Ich bleib auf und paß auf die Lottern auf.«
Sie wischte sich mit dem Geschirrtuch über die Augen und blickte ihn freundlicher an.
»Ist es dir recht so?« fragte er nochmals.
Sie nickte:
»Das ist schön von dir. Ins Bett möcht ich heute wirklich gern . . . Jesus!« Sie sprang auf und lief gegen die Türe. »Der General!«
Sie riß selber die Türe auf, um seiner Eifersucht ein wenig den Halt zu nehmen, stieß aber schon mit ihm zusammen. Ruska trat erst einen Schritt zurück, dann machte er die Tür ganz nach innen auf.
»Ah!« Er biß sich auf die Lippen und warf einen verkniffenen Blick auf den jungen Unterberger. Dann riß er die Fini unbeherrscht zu sich. Er tobte:
»Charogne, Luder, soll ich vielleicht noch länger warten, weil du mit dem Gauner scharmuzierst.«
Die weiteren Worte gingen in einer Flut von Schimpf und Wut unter. Zum Schluß kreischte er nur mehr in schrillen Tönen:
»Au diable, diable!«
Da stand aber die Fini nicht mehr neben ihm. Sie hatte sich ihm noch im Flur entwunden. Ruska faßte sich, kehrte still um und fand sie noch dort im Dunkel auf einem kleinen Faß sitzen. Er war ganz sanft geworden, kniete sich halb zu ihr hin und begann zu bitten und zu schmeicheln.
»Aber Fini, aber Fini, ma petite, kannst mich, den großen General Ruska, doch nicht vor den Kanaillen blamieren. Fünf Minuten, nur fünf Minuten noch. So kannst du mich doch nicht blamieren.«
Er streichelte ihre Hände. Endlich stand sie ohne ein Wort auf, ging mit ihm nach hinten und machte umständlich Licht. Sie holte schweigsam, von Ruskas Blicken gefolgt, den Schnaps, schenkte ihm ein und blieb. Er wollte sie an-

fangs zum Trinken befehlen, wurde jedoch ihres eigentümlichen Ernstes wegen nachgiebig. Nach einer Weile erhob sie sich bestimmt. Seine Augen zeigten sich verräterisch, und so war sie nicht mehr aufzuhalten. Er konnte nicht mehr am Tisch sitzen, stand ebenfalls auf und schritt hin und her.

Die Fini ging schnell durch den Flur, rief dem Kaspar ein leises Gute Nacht zu und trat in den Hof, um über diesen im gegenüberliegenden Gebäudeteil über eine frei hinaufführende Stiege in ihre Kammer zu gelangen. Auf halbem Wege kehrte sie wieder um, ging zum Brunnen und höhlte ihre Hände. Sie trank einen kühlen Schluck, mit einer zweiten Handvoll wusch sie ihr heißes Gesicht. Sie überlegte, dann ging sie nochmals ins Haus, in die Küche, um Vergessenes zu holen. Müde schlurfend kam sie nach einer Weile wieder. In ihren Ohren war das Rauschen des Brunnens und ein leises Geflüster von den lachenden Soldaten klang hinein. Die Nacht war ohne Mond, aber nicht dunkel, sondern blau und mild wie das Meer. Wenn man sich nahetrat, konnte man leicht den anderen erkennen und helle Haut und weiße Kleider verrieten.

Die Fini stieg auf die knarrende Holztreppe, schritt vielleicht zwei Stufen und blieb sogleich stehen. Zufällig hatte sie aus ihren Gedanken aufgesehen. Der dunkle Schatten, diese schwarze Gestalt, die sich ein Stück ober ihr an die Seitenwand drückte, fiel ihr in die erschrockenen Augen. Sie hatte den Menschen noch nicht erkannt, da wußte sie schon, daß es der General war. Sie überlegte, was sie tun solle, und wußte, was sie erwartete. Eine Vielzahl von Gedanken durchtobte in diesem einzigen Augenblick ihr Hirn. Zum Handeln war es jedoch zu spät. Eine Gebärde des Fliehens machte Ruska munter und er überbrückte den Abstand vom Mädchen mit einem Sprung. Die Fini war nicht fähig, einen Ton aus ihrem Mund zu pressen. Ein stummer Kampf hielt sie beide in Atem. Das Weib die

Angst, den Mann die Begehrlichkeit. Er zerrte sie ein Stück empor, und sie fühlte sich erschlaffen. Alles Entsetzen drängte sich noch einmal zusammen, sie fand Halt mit den Füßen und stieß nach dem Mann.
Beinahe wäre sie nachgestürzt, aber sie fühlte sich plötzlich frei und hörte taumelnd dem dumpfen Klang nach.
Ruska war unglücklich gestürzt, er hatte keinen Halt gefunden und lag nun, das heißt nur ein paar Uhrschläge lang, zusammengekrümmt in der Jauche des Misthaufens, der sie, unordentlich gehäuft, im weiten Umkreis bis zum Stiegenaufgang von sich rinnen ließ.
Auf den Aufschlag des doch schweren Körpers waren ein paar Soldaten herbeigeeilt, ein Licht mittragend, mit dem sie den General anleuchteten. Er sprang wie gebissen auf, obwohl ihn der Rücken in der Kreuzgegend schmerzte, so daß er sich nicht ganz aufrichten konnte. Darauf tobte er wie ein Epileptiker, schrie alle wach, und die aus dem Haus stürzenden Offiziere und Hausleute mußten sich beeilen, nüchtern zu werden. Die Fini stand wie festgebannt und sah dem allen zu, nicht wissend, ob es so besser sei oder am Ende alles doppelt schlecht wurde. Die Soldaten blickten zwischen dem General und ihr hin und her, machten sich ihren Reim dazu und konnten kaum ein schadenfrohes Lachen unterdrücken.

IV

Wenn man über die häßlichen Höfe der Hermagorer Häuser hinausgeht, tut sich das Auge gerne auf. Ein Wasser, ein stilles Bächlein, über das von den Seiten tief feinhalmige Gräser und allerlei Blattwerk hängt, dessen feuchte Ränder voll seltener Dotterblumen stehen, zieht eine Grenze zwischen dem Gewöhnlichen des Marktes und der wunderbaren Einsamkeit seiner Umgebung.

Diese Wiese kam Franz Brandstetter gegangen. Sein Schuhwerk war schon feucht von der Nässe des Bodens, aber er sah das nicht, denn seine Augen hingen an den Wäldern, die so nahe waren wie selten wo. Sie waren schön und noch wenig geschlagen. Das befriedigte des Studenten Gedanken sehr, wenn er auch an die Pläne der Franzosen denken mußte, die der Baumfülle schon lange ein Ende machen wollten. Er wandte dem dunklen Wald mehr und mehr seine Richtung zu, betrat ihn auch und ließ seinen Schatten den Schweiß seiner sonneheißen Stirne trocknen. Von tief drinnen knackten die Äste, und Stimmen verloren sich in der Gedrängtheit. Die Leute mußten schon im Sommer Holz sammeln. Früher, vor diesen Jahren, waren sie wohlhabend gewesen und hatten mit eigenem oder gekauftem Holz ihre Stuben gewärmt. Diese Wintertage zählten sie heute zur guten Zeit, deren Wiederkommen sie täglich erseufzten.

Von der Pfarrkirche schlug es zwölfmal herüber, und der Student wandte sich heimwärts. Er ging die Wege nicht aus, sondern nahm sich einen eigenen querfeldein. Er lief halb, denn die Brandstetterin konnte es nicht leiden, wenn nicht alle miteinander bei Tisch saßen.

Vor der Keusche der Mölzerin hielt er an, von der er, wenn er sie umging, zur Hauptstraße gelangte.

Die Waba wusch heraußen auf der Bank in einem Schaff die Wäsche und drehte sich, umschauend, wer komme, nach ihm. Sie stand sehr aufrecht, die Arme hängend. Er zweifelte, was er tun solle. Er wollte nach Hause, aber es ließ sich nichts gegen eine Begrüßung machen. Die Waba trocknete die Hand und gab sie ihm, steif an ihm vorbeisehend.

Vergangenes, obwohl schon Totes, machte ihn unsicher. Sie sprachen Gleichgültiges, wobei eigentlich er redete und sie mit geschlossenen Augen nickte. Zum Schluß meinte er, die Mutter warte schon mit dem Essen. »Grüß Gott halt!«

Sie sah ihn voll an und der Blick ihrer schwarzdunklen Augen, die wie die Schwermut selbst so trostlos, aber doch mit zitternden Lichtern lagen, machte ihn scheu und ratlos. Er lief erregt weiter.

Heute mußte ihm aber schon jeder in den Weg laufen. Mate Banul schleifte sein Bein ärger nach als sonst, schnitt aufrichtig wehe Gesichter und rief, er spüre, es werde bald ein Wetter kommen . . .

In Gottes Namen, sollte halt ein Wetter kommen, ihm war es gleich, ärgerte sich der Student. Da rollte des Dechant Freneau Kutsche heran, vornauf saß der livrierte Kutscher, der das Doppelgespann befahl. Und da wurde zu allem Hindernis Dechant Freneau des Studenten ansichtig und beugte sich huldvoll aus dem Wagen. Ein paar Leute gafften aus den Fenstern, wie der Hochwürdige, der ihnen in seiner Vornehmheit und der Höhe der feinen Kutsche unerreichbar und unzugänglich war, freundlich auf Brandstetter einsprach und ihm die Hand reichte. Der war nicht ganz bei der Sache, antwortete ein wenig verwirrt und war froh, als sich das Gefährt wieder in Gang setzte.

Als Franz Brandstetter über die von den vielen Tritten bucklig gewordene Schwelle unter dem runden Tor des Vaterhofes trat, scholl ihm ein Stimmenlärm entgegen, der ihm, wenn er der wenigen Hausleute dachte, reichlich merkwürdig erschien. Möglich, daß die Verwandten der Mutter von Waidegg gekommen waren. In der Laben fiel ihm gleich der gedeckte Tisch ins Auge, bei dem sicher noch niemand gesessen war. Er schaute in die Küche, ob vielleicht die Mutter drinnen wäre, aber es war nicht so. Vom Herde stank es nach angebranntem Essen, und ein feiner Rauch stieg auf.

In der Stube endlich sah er sich gleich einem ganzen Volksauflauf gegenüber. Jakob Unterberger, die Lisa, die jungen Burschen alle, der Stoffel, der Kaspar, die Irgischen, der Leitgeb, der dem Unterberger in der Bürgermeisterei half, und vielleicht noch zehn andere redeten wild durcheinander, und Brandstetter fing aus dem Lärm ein paar sich immer wiederholende Worte auf: ». . . Kontribution . . . Zahlung . . . Der General . . . und der Maroni . . . Die Fini . . .«

»Was ist denn eigentlich los. Es wird doch kein Unglück geschehen sein?« Mit diesen Worten drängte sich der junge Brandstetter durch die Leute, für die die Stube sehr klein war. Auf der Bank, die rund um den viereckigen Backofen führte, erspähte er die Fini mit roten Augen, neben ihr die Mutter, und der Vater stand im Winkel daneben, die Pfeife im Mund, aufmerksam dem Gang der Gespräche folgend. Franz versuchte bei einigen zu erfahren, was letzten Endes der Grund zur Aufregung wäre. Keiner jedoch antwortete. Ein jeder war so sehr am Kundtun der Meinungen beschäftigt und dachte auch nicht, daß ein Mensch von alledem nichts wissen könne. Der Student wandte sich darauf zur Mutter und hier war er an die richtige Stelle gekommen. Sie fühlte sich so und so unangenehm in ihrer stummen Zuhörerrolle. Sprudelnd brachte sie hervor: Gleich in der Früh, nachdem er fort sei, war ein Heidenlärm am Platz oben. Sie und der Vater laufen hinauf. Da hören sie schon die Trommel. Ein ganzer Haufen Leute ist um ein paar Franzosen herum, die unter dem Hauptmann Maroni mit umgehängten Gewehren herumstehen, und wartet auf einen Aufruf des Generals. Nach langen Erregungen wird es still und eine Stimme verkündet in sehr verwickelten gescheiten Sätzen, die sie nicht versteht, eine Verordnung. Die Männer wußten natürlich mehr, aber genau kannte sich keiner in dieser geschickten Umgehung der Tatsachen aus. Eines war sicher. Die Hermagorer mußten zahlen, zahlen . . . Eine schauerliche Summe war genannt worden. Mit einem Wort, dafür konnten sie sich mühen, bis sie schwarz wurden. Als Grund wurde eben dieses Unverständliche angegeben, von

dem die Leute nur einzelnes auffingen: ... Tödliche Beleidigung ... Bestrafung des ganzen Ortes ... Der Herr General ...
Sie schüttelten die Köpfe, standen eine Weile und konnten es nicht fassen. Diese Verkapptheiten wurden ihnen erst allmählich klar, und als es so weit war, schwoll manchem die Ader vor aufrichtigem Zorn. Einer schrie ihn heraus, noch welche von den Mutigsten schlossen sich ihm an und es drohte der schönste Volksaufstand auszubrechen. Hauptmann Maroni selbst, der jung und heiter alles ins Auge faßte und ein freudiger Draufgänger in der Schlacht war, fühlte sich beengt und warf heimlich die Augen in die Runde, in die wütende Masse, die ihn und die acht Männer umstand. Er hatte nichts gegen dieses fremde Volk und war ihm bis zu einem gewissen Grad gewogen, da es sich hier leben ließ. Die unangenehme Lage jedoch stieß sein Wohlwollen beinahe um. Er erwog dieses und jenes und entschloß sich zu einem Gewaltstreich, der die überraschten Bauern hindern sollte, zu Tätlichkeiten zu schreiten. Er blickte ruhig um, zwang seine Musketiere mit einem sprechenden Blick in Erwartung und sprengte aus seiner Gelassenheit mit einem schnellen »Umkehrt!« los, daß die Menschen bestürzt zurückdrückten, zügelte dann die Eile und ritt im Schritt durch die lebende Mauer, hinter sich die wenigen Soldaten zu Fuß.
Die Brandstetterin schilderte das mit größter Anschaulichkeit, wobei die Fini langsam wieder aufsah und zuhörte.
»... kaum aber sind wir zu Hause, kommt mir die Fini daher, ganz auseinander und weint und weint, daß es nimmer zum anhören war.«
Das war denn auch so gewesen.
Beim Unterberger waren sie wohl die einzigen, die klar sahen. Allerdings waren sie in der Nacht entsetzt gewesen, als sie erfuhren, was sich zugetragen hatte, nämlich daß die Fini den General von der Stiege gestoßen hatte und der

zum Gelächter aller und seiner Untergebenen in der Mistlache gelandet war. Eine heimliche Angst war wohl allen aufgestiegen, aber daß Ruska sich für eine persönliche Demütigung so grausam und blindwütig an der gesamten Bevölkerung rächen würde, um sich und allen anderen seine unumschränkte Befehlsgewalt beweisen zu können, übertraf alle Erwartungen. Überhaupt die Fini war geradezu niedergeschmettert und ihre Tränen rannen unaufhörlich. Schon wenige Zeit nach dieser ersten Unglückskunde kamen Soldaten von der Leibwache Ruskas und räumten auf einen schriftlichen Befehl des Generals, den sie dem Wirt vorwiesen, den Keller leer, luden Weinflaschen und Bierfässer auf ihre Wägen und ließen auch nicht einen Liter Schnaps zurück. Das traf den Wirt in Jakob Unterberger. Damit sah er seine Einkommenquelle vernichtet, die zwar in den letzten Jahren durch den knappen Einnahmeprozentsatz schmal, aber immerhin vorhanden war. Der Bescheid des Generals, daß er verzichte, in seinem Hause einzukehren, zog wie in weiter Ferne an ihm vorüber. Ja, wenn man ihm das Bürgermeisteramt, die Stelle als Maire genommen hätte! Gott, in solchen Zeiten, wo die Sorgen dieses Amtes zehnmal so schwer drückten, wollte er es gerne lassen.
»Aber der Ruska weiß schon, wie man es anpacken muß, damit man die Leute duckt«, keuchte er und fluchte den Franzosen ganz öffentlich den Henker an den Hals. Die Wirtin heulte jetzt schon mit der Fini, und der Unterberger schimpfte gleich auf sie weiter, ob sie denn nichts besseres zu tun wüßte, und der Groll entlud sich letzten Endes auf seinem Weib. Immer mehr Menschen kamen hinzu, und da packte auch die Lisa der Zorn. Sie stand auf und wischte einmal fest über die Augen:
»Nimm dich ein bissel zusammen, Mann. Glaubst vielleicht, mich trifft es nicht gleich wie dich. Schuld an dem Elend hat die Fini. Hat dem Dirndl nichts besseres einfal-

len können, als dem General so grob zu kommen. Daß er sie gern gesehen hat, war ihm nicht zu verdenken. Aber hab ich dich«, fuhr sie zur Kellnerin gewandt fort, »nicht gebeten, du sollst ihm ein bissel ein schöneres Gesicht zeigen. Aber du hast ja akkurat nicht so tun können, weil ich es gesagt hab.«

Einer schaute den anderen an, aber so schnell hatte keiner geschaut, als die Fini auf und schon bei der Türe draußen war.

»No no«, giftete die Wirtin, ihr den Kopf nachdrehend.

Das Folgende ging wieder einmal in einem wilden Trubel unter. Der Unterberger wurde noch um etliches gröber als früher und schrie, das Dirndl ließe er nie und nimmer so aus dem Hause jagen. Daß sie es nur wisse, bei dem habe er, der Jakob Unterberger, noch ein Wörtl mitzureden. Und es sei eine Ehrensache, sie zu holen. Wer wisse denn, wie das arme Ding sich derkreuzige.

Damit ging er ebenfalls. Die Lisa schloß sich in Bestürzung an und ebenso alle übrigen. –

Die Fini war aus dem Hause gestürzt, selbst nicht wissend, wohin sie sollte, die anklagenden Worte klangen noch nach und gingen ihr nicht aus dem Kopf. Sie lief, was sie konnte, so als verfolge sie jemand und hielt an dem Haus des Brandstetter an, als es ihr durch den Sinn schoß, daß die Bäurin hier ihr schon einmal einen guten, freundlichen Rat gegeben hatte, und sah hinein. Sie schüttete der Brandstetterin das Herz aus. Daß der Bauer alles mithörte, war ihr auch schon gleich, denn es wurde so und so überall erzählt und herumgetratscht.

Als alle kamen, um sie zu holen, versöhnte sie sich heimlich schon ein wenig. Unterberger und manche andere, besonders der Kaspar, redeten ihr gut zu, aber einige schienen durch die Worte der Lisa einen Bock gefunden zu haben, dem sie die Schuld an ihrem Unglück zuschieben konnten, das machte ihnen vieles leichter. So entbrannte ein Wortstreit, der gar nicht so harmlos war und in dem sich böse und giftige Augen ineinander verhakten. Der Fini, der anfangs alles gut auszugehen schien, wurde das Herz wieder schwer, und als Franz Brandstetter sie jetzt ansah, nachdem die Mutter ihm alles erzählt hatte, waren ihre Augen entzündet und ihr Gesicht war von vielen Tränen verschmiert. Das frische Ding vom Vortag kam ihm arg verändert vor.

Des Studenten Augen brannten vor Erregung. Er konnte das nicht fassen. Er sah dabei wenig auf den Schaden und das Unheil, das die Hermagorer leiden würden, denn das konnte er nicht in seiner ganzen Tragweite erfassen und fühlen, weil es ihn nicht betraf oder mehr noch, weil er dem Leben, dem Notleiden, der Mühsal der Menschen, die ihm Vater und Mutter, Freund und Nachbar waren, fremd geworden war, ohne daß er es selbst merkte. Aber die niedrige Denkart und Rachsucht des Generals, in dem er mehr und mehr den Feind sah, rüttelte ihn auf. Er wurde von einem seltenen Haß erfaßt, der in Unbestimmtheiten seiner Erfüllung schwankte und bilderte. Um ihn tobte die Rede und weckte ihn bald zur Wirklichkeit.

Der Unterberger gebrauchte seine Gewalt als Bürgermeister und schaffte langsam Ruhe.

»Alsdann«, begann er, »wegen der Fini möcht ich nur noch einmal sagen, streitet ihr euch weiter, solange ihr wollt. Das Dirndl hat keine Schuld, und es ist ihr Unrecht geschehen. Deshalb kommt sie jetzt mit mir wieder nach Haus.«

Er ging auf sie zu, als ein vorlauter Ruf sich einschaltete:

»Schuld hat sie schon, hätt sie ihm schön getan und wär nicht gar so abwendig gewesen, täten wir jetzt anders ausschaun.«

Schon erhoben sich unwillige und beigleichende Stimmen, aber alle verstummten, den Studenten ansehend, der auf den Maulenden zutrat.

»Also, weil die Fini ein anständiges Mädel ist und auf sich schaut, möchtet ihr ihr das zum Vorwurf machen. Ja, wenn sie dem Herrn, dem feinen Herrn General das Recht gelassen hätte, dann wäre ja euch nichts geschehen, dann hättet ihr eure Witze reißen können. Wie es dem armen Ding gegangen wäre, wär euch gleich gewesen. Wenn ihr nur eure Ruh habt und euren Frieden. So, und jetzt schaut, daß ihr weiterkommt.«

Er riß den Burschen nach vor, daß ein paar andere hinausgedrängt wurden, und stieß ihn zur Türe.

»Da geht es bei uns zur Tür hinaus, wenn noch jemandem etwas nicht paßt.«

Alles war still. Jakob Unterberger sprach als erster wieder in die dicke Luft. Er stimmte Franz Brandstetter zu und drückte ihm umständlich die Hand. Die anderen standen wie eine Schar neugieriger Schulkinder, die Hintersten stellten sich auf die Zehen und bekundeten gedämpft und verlegen ihr Einverständnis.

Die Fini achtete wenig auf diese wichtige Bestätigung ihrer Schuldlosigkeit, sie saß beinahe, als ginge es sie nichts mehr an. Ihre Augen hingen am Gesicht Brandstetters. Da trat die Lisa zu ihr und tat umständlich. Sie habe es ja nicht so gemeint, das wisse die Fini, und fortgelassen hätte sie sie nie. Die Fini nickte und lachte und drückte ihr die Hand sehr fest.

»Ich hab ja so eine Freud.«

Darauf setzte sich die Lisa gerührt zu ihr und bezog die Freude auf sich und ihre kluge Art, jemand umzustimmen. Der Wirt deutete aus der Menge den Altbauern und Hausbesitzern zu und forderte sie auf, mit ihm auf die Mairie zu kommen. Dort konnte man beschließen und die Abgaben auf die verschiedenen Leute verteilen und bestimmen. Bald sahen sich die Brandstetter aufatmend wieder allein, nur die Wirtin und die Fini standen noch da, schickten sich aber auch schon an zu gehen. In dem Au-

genblick sah die Magd vom Unterberger, den Kopf vorstreckend, herein, und als sie die Lisa erblickte, schob sie sich auf die Schwelle:
»Ich möcht nur fragen, ob bei uns heute nichts gekocht wird. Die Leut kommen vom Feld und schimpfen schon.«
Die Lisa lachte einen lauten Schrei heraus.
»Na so was, jetzt muß ich aber rennen. Komm, Fini!«
»Also die Fini bleibt bei uns«, sagte die aus der Küche herbeieilende Brandstetterin. »Auf den Schreck soll das Dirndl vielleicht nicht einmal was zu essen kriegen oder noch ein paar Stunden warten. Die Einbrenn ist mir zwar auch schon schwarz worden, aber die neue hab ich schon wieder fertig. Gleich können wir essen.«
Die Wirtin und das Mädel wehrten sich noch eine Zeitlang, aber die Bäurin war sehr bestimmt.
»Kommst aber bald nach!« Damit ließ sie die Unterbergerin doch da und lief. Die Fini ging mit der Bäurin in die Küche und sah, ob nicht etwas zu helfen sei. Sie tat ein wenig ungeschickt in dem fremden Haus, eilte aber mit, denn der Bauer mußte bald von der Mairie zurückkommen, wie er gemeint hatte. Es war aber nicht so. Schließlich war das Essen schon lange nimmer heiß, als er noch immer nicht da war.
Franz Brandstetter stand neben dem gedeckten Tisch im Vorhaus, in der Laben, und sah zum Fenster hinaus. Es ärgerte ihn, daß er nicht mit dem Kaspar und dem Irg Hans fortgegangen war. In ihm drängte etwas zu einem Entschluß, und er verging in Gedanken, denen es grausam schien, so hilflos neben allen Gewalttätigkeiten der Feinde zu stehen. Sie wollten sich am heutigen Nachmittag nach einem heimlichen, viel zu frühen Arbeitsschluß beim Unterberger treffen. Er ahnte, daß er dabei in Dinge eingeweiht würde, die ihm fremd und neu, aber doch nah durch seine eigenen Pläne waren, und haderte mit jeder Minute, die ihm bis dahin als nutzloses Hindernis dazwi-

schengestellt war. Er wandte sich um, als die Fini die Rein auf den Tisch stellte, und beobachtete sie gedankenlos. Der Brandstetterin dauerte das Warten nun zu lange, und sie ließ die Fini auftragen, kam auch schon her, aber drehte gleich um, denn das Vieh war auch noch nicht gefüttert und zog immer vor. Sie ärgerte sich. So etwas konnte ihr sonst nicht geschehen, aber an einem Tag wie dem heutigen ging alles durcheinander. Das Essen würde für sie kalt werden; das mußte sie in Kauf nehmen. Vom Hof aus schrie sie noch einmal zurück:

»Fangt derweil allein zum essen an.«

Die Fini stand, Ratlosigkeit und Röte im Gesicht. Sie blickte auf Franz, der keine Anstalten machte, sich hinzusetzen. Dann trat sie mit einem jähen Gedanken zu ihm.

»Du Franzl, danken möcht ich dir noch recht schön.«

Er sah sie erstaunt an. »Ja was denn, Fini?«

»Tu nicht so. Ich hab mich halt so gefreut, daß du für mich eingesprungen bist und dem Kerl das Mundwerk gesperrt hast.«

»Aber geh, das steht doch nicht dafür.«

Dann wußte sie nichts mehr zu reden. Nach einer kleinen Weile sagte sie stockend:

»Wollen wir uns nicht niedersetzen und essen?«

Jetzt lachte er und gehorchte ihr überschnell. »Ich hab wirklich schon einen Hunger, aber von selber denk ich nie daran.«

Sie löffelten lustig, aber stumm und saßen sich gegenüber. Der große, breite, rohhölzerne Tisch lag dazwischen. Das ließ keine Behaglichkeit aufkommen. Einmal hob die Fini den Kopf und drehte ihn zum Fenster: »Ah, der Herr Dechant.«

Franz Brandstetter sah auch hin. Freneau fuhr wieder zurück, wieder im Wagen, der Kutscher saß sehr stolz, und das Fell der Pferde wurde augenscheinlich sehr gepflegt.

»Ich hab ihn schon am Herweg gesehen«, fing der Student

überbrückend an und fuhr fort, vor dem einfachen Ding ein wenig zu protzen. »Er ist natürlich stehen geblieben. Wir haben ein paar Worte gesprochen, und er war sehr gut aufgelegt. Ein netter Herr, der Herr Dechant. Gar so jung ist er nimmer, und es wird euch wohl leid sein, wenn er einmal, ich hoffe bei Gott noch nicht bald, die Stelle an mich abgeben wird. Na Fini, was wirst du sagen, wenn ich einmal euer Pfarrer bin?«

Sie beutelte den Kopf, und es war ihr sehr heiß im Gesicht.

»Nein, das kann ich mir nicht vorstellen, das ist ja gar nicht möglich. Nein, nein . . .«, setzte sie noch hinzu.

Er war erstaunt und wollte sich leicht kränken, daß sie ihm das nicht zuzutrauen schien. Aber das konnte sie wohl nicht begreifen.

»Sag, Franz«, begann die Fini wieder, »sag, wie stehst du denn zum Herrn Dechant?«

»Gott, er mag mich ja sehr gern und mir ist er sehr viel. Was glaubst du, daß ich ihm zu danken habe! Wäre er nicht gewesen, der Vater hätte nie und nimmer eingewilligt, daß sein einziger Bub vom Hof weggeht und der Brudersohn, du weißt ja, das ist der kleine Honditsch, der so oft bei uns ist, den Hof übernimmt. Und dann wäre ich ja wohl nie so glücklich geworden, wie ich es jetzt beim Studieren bin. Der Herr Dechant hat mir also mehr Gutes getan, als ich ihm je werde danken können«, erzählte er gemütlich.

»Ja, weißt du, ich habe mir etwas gedacht. Gestern abends, bevor ihr alle fort seid, habe ich ein bissel gehört, was ihr geredet habt. Und da hast du doch gemeint, daß du's nicht mit den Franzosen haltest. Wenn dir aber der Herr Dechant so viel ist, wird es halt nicht so sein.«

»Was redst du da daher!« Brandstetter ließ den Löffel fallen.

»Wie ich es meine«, sagte sie mit leiser Angst, »werden es

wohl bald alle meinen und noch viel ärger, wenn du mit dem Pfarrer so gut bist.«

»Ich versteh dich nicht. Möchtest du mir nicht genauer sagen, was du meinst.«

»Aber Franzl, das wirst du doch selber wissen, was für einer der Freneau ist.«

»Gar nichts weiß ich. Ich bitt dich, sag doch, wenn du etwas weißt.«

Er zitterte erregt und stand auf, um sich gleich wieder zu setzen. Die Bäurin kam und holte das Geschirr weg und das übrige Essen, um es sich in der Küche aufzuwärmen. Als sie verschwunden war, stand die Fini auf und rutschte um die Eckbank zum Studenten.

»Weißt, erschrecken wollte ich dich nicht, und jetzt scheint mir gar, du hast von allem keine Ahnung. Es ist also besser, ich sags dir, als die anderen werden mißtrauisch und grob und ihr kommt auseinander, wo ihr am Ende das Gleiche wollt . . . Daß der Dechant aus dem Elsaß ist, wirst dich vielleicht erinnern können. Es klingt ja auch sein Name, als ob er gleich einer von unseren Franzosen wäre. Nun, das Jahr, nachdem du fort bist, nein, halt, was sag ich denn, noch im gleichen Herbst ist er ins Elsaß gefahren. Niemand hat sich dabei was gedacht. Aber zum Schluß kam es so heraus, daß der Dechant gegen Österreich spioniert, und aus dem Grund ist er auch noch zweimal ins Französische gefahren. Bei uns können sie ihm nicht einmal was tun, und schrecklich ist es schon, daß so einer unter uns ist. Da geht den Franzosen das Geschäft noch leichter. Aber auf der zweiten Reise haben sie ihn geschnappt und nach Klagenfurt gebracht. Eine große Kommission hat die Untersuchung übergehabt. Er ist aber wohl sehr schlau gewesen, denn sie haben ihm nichts nachweisen können. Mit den Franzosen tut er so, als ob er nichts für oder gegen sie hätte, immer gleichgültig. Aber der Kaspar weiß, daß er mit dem General einmal eine

Unterredung im Pfarrhaus gehabt hat. Erfahren hat man natürlich nichts davon, aber seit wir wissen, daß es so war, hüten wir uns, irgend etwas vor dem Pfarrer zu reden, und halten alles vor ihm geheim. Ich verstehe nicht, daß, trotzdem die Franzosen überall im Land sitzen, noch so viele schön für sie reden, [und] wenn nicht einmal der Kaiser gegen sie ist, denk ich, da werden ihm doch viele andere gleichtun. Das ist halt der Grund, warum wir im Anfang gar kein Vertrauen zu dir gehabt haben. Wie du gestern abends aber aufgestanden bist und, trotzdem die anderen ein so echtes Theater gespielt haben, bei deiner Feindschaft gegen die Franzosen geblieben bist, war natürlich alles in Ordnung. Aber glaub mir, daß du mit dem Herrn Dechant so gut bist, das macht alle stutzig.«

Brandstetter war wahrhaftig mit offenem Mund ihren Worten gefolgt. Was er hier hörte, was ihm hier entdeckt wurde, an das hätte er am letzten gedacht. Es schien ihm ungeheuerlich. Der Dechant ... Freneau, sein Lehrer und Förderer ... nein, das war unfaßbar. Er versuchte es im Anfang beiseite zu schieben, fröhlich zu lachen und mit einer Handbewegung alles zu einem schlechten Witz, einem schwankenden Gerüst, das man selbst nicht mehr halten konnte, zu erklären. Aber bei dem war es ihm ganz klar und einleuchtend, und er glaubte es. Nur kam es ihm eben so unvermutet und rasch, daß er die Fassung verlor. Die Fini saß lange, unruhig auf ihn sehend, und begann nach einer Zeit wieder zu reden, um keine Spannung entstehen zu lassen. Er dankte ihr, daß sie ihn gewarnt hatte, in einen Irrtum zu verfallen, dessen Folgen unabsehbar gewesen wären. Er war aber doch froh, als sie bald aufstand und ging. In der Küche sagte sie der Brandstetterin grüß Gott und warf im Fortgehen noch einmal heimlich den Kopf zurück zum Tisch.

Franz Brandstetter überlegte, wie er die Zeit totschlagen könnte, und besann sich, daß das am besten die Arbeit ma-

che. Er hackte im Hof die starken Holzscheiter klein, suchte die harzigen Späne heraus und schichtete sie sorgsam. Er legte sie der Mutter auf den Ofen, als der Bauer zurückkam. Die Werktage ließen ihn sonst nie müßig sein oder die Arbeit verlassen, aber die letzten Jahre hatten es schon einige Male so gefordert. Er setzte sich auf den Stuhl, daß er krachte, [und] zündete die Pfeife an. Der Sohn sah ihm erwartungsvoll zu. Doch begann er nicht von selbst zu sprechen, erst auf die Frage des Jungen sagte er kurz, was er zahlen müsse. Das war ein Batzen Geld, da blieb nichts zu sagen. Kein Wort hätte die Last ausgelöscht. So schwieg Franz Brandstetter mit dem Vater, und nach einer Weile erhob sich der. Er schirrte das Roß an und führte es zur Kesen. Er spannte es vor den hohen geflochtenen Krippenwagen. Der Student kam nach.
»Ich fahre mit heute.«
Dem Bauer war es recht, denn er konnte das Herumlanzeln nicht leiden. Der Student half nicht ungern, aber doch abwesend beim Grummetfassen mit und fuhr den hochgeladenen Wagen zweimal nach Hause. Dann ließ er die Dirn den Wagen auf das Feld zurückbringen und machte sich bereit, zum Unterberger zu gehen. Er wusch sich und stieg in das kleine Dachzimmer, um den besseren Rock zu nehmen. Er fand, es sei noch zu früh, nahm sich ein paar Bücher vor und blätterte in ihnen. Es fesselte ihn nicht, und er nahm die Bibel, schlug sie auf und las die ihm entgegensehenden Worte. Sie waren unbedeutend. Er klappte den Band wieder zu und ließ ihn nochmals auffallen. Es war ein Spiel, das er gerne immer wieder tat, wenn er etwas vorhatte oder wollte. Er war keineswegs abergläubig oder unvernünftig, aber er ließ sich in seinen Vorhaben oft durch dieses Zufallsspiel bestärken und aufmuntern.
›Liebet eure Feinde!‹ sprang ihm beim dritten Mal in roten Buchstaben entgegen. Er rückte mit den Augen näher, um

es auch richtig zu sehen, dann warf er das Buch zornig weg. Er nahm es aber gleich wieder vom Bett auf, in dessen tiefe Pölster es gesunken war, und legte es ruhig auf den Tisch zurück. Er grübelte und dachte, daß er wohl einen persönlichen Feind lieben könne, aber keinen allgemeinen, wie eben nun zum Beispiel die Franzosen. Sie hatten ihm nichts getan, aber er haßte sie. Vielleicht war es kein Haß, aber doch ähnliches. Wenn sie ihm wehgetan hätten, er um sie leiden müßte, vielleicht hätte er sich zu einer wunderlichen Liebe durchgerungen. Er dachte, er werde nie ein guter Priester, in ihm sei alles so verworren und absonderlich, daß, wer in seine Seele sehe, ihn verdammen würde. Er wollte etwas Frommes, Ruhiges denken, aber er kam nicht aus seiner Zwiespältigkeit.
Er legte ein paar unordentlich herumliegende Dinge zurecht und hing den Arbeitsrock in den Kasten. Er hörte jemanden ins Haus treten und ging hinunter. Es war die Mutter. Sie hatte ihren Rechen in die Türecke gelehnt, Heuhalme steckten noch in den Zähnen. Die Brandstetterin holte mit einem Krug Wasser für die durstigen Leute. Sie fragte ihn, ob er jetzt gehen wolle.
»Ja«, meinte er kurz.
Er ging langsam die Straße hinauf. Mate Banul holte den Schlendernden ein.
»Ein feiner Tag heute«, zaunte er lachend.
»Das kann man wohl sagen.« Der Student war von der Art des Slowenen angewidert.
»Wohin geht es, wenn man fragen darf.«
»Nur zum Unterberger.«
»Da haben wir den gleichen Weg. Fein so was, wenn man so weit muß«, grinste er.
Da waren sie auch schon dort. Im Haus war es still. Brandstetter war der erste hier. Der Hausierer merkte, daß er ins Gastzimmer sah.
»Na, na, komm nur. Um die Zeit wird bei uns noch nicht

ausgeschenkt. Da bist ein bissel zu früh. Die Leut sind ja noch am Feld. Schau mit mir in die Küche.«

Von dort her schepperte und rumorte es. Die Fini, die allein herumwerkte, begrüßte die beiden und hieß sie Platz nehmen. Im Vorübergehen flüsterte sie dem Studenten zu, er müsse noch ein wenig Geduld haben. Dann brachte sie einen Tropfen übriggebliebenen Weines und schenkte dem Studenten doppelt soviel ein als Mate Banul.

»Ah, schau her, wenn ein Weiberleut teilt.«

»So ein alter Mensch soll nicht soviel trinken«, wehrte die Kellnerin dagegen.

»Das ist ja noch schöner«, begehrte der Slowen auf. »Schau ich vielleicht wie ein alter Schlotterer aus? Ich nimms mit jedem Jungen auf. Aber ich bin schon still. Ein Dirndl gibt einem jungen feschen Kerl halt immer den besten Wein. Ist es so oder nicht? . . . Gut schaut er aus, der Franzl. Der tät dir halt gefallen, aber mit dem ists nichts. Zu dem wirst nur einmal zur Beicht gehen dürfen.«

Brandstetter sah angeekelt auf das fratzenhafte Gesicht. Die Fini holte Brot, Messer und Speck und haut es dem Hausierer mit einem Knall auf den Tisch hin. Er lachte nur und begann schmale Spalten von der Speckschwarte loszutrennen. Dabei redete er unaufhörlich und fingerte zitternd die Stücke in den Mund.

». . . no, und was sagst du zu Wien, Franzl? Wie haben wirs draußen? Hast du den Kaiser schon einmal gesehen? Was hört man denn vom Napolium? Und was meint ihr? Wird es immer so bleiben, und werden wir alle waschechte Franzosen werden oder nicht?«

Er blinzelte auf das zornige Mädchen. »Wie schauen denn draußen die Dirndeln aus? Gelt, wenn man unsere richtig anschaut, kommt eine andere nicht mit. Da, schau dir die Fini an. Alles fest und gut gewachsen, vorne was und hinten gut gestellt, daß es eine Freud ist.«

Er sah auf Franz Brandstetters ärgerliche Miene und lachte von neuem los.
Die Türe krachte. Die Fini war in die anliegende Speiskammer verschwunden. Der Student sah erwartungsvoll auf die Türe. Sie tat sich erst so schnell nicht auf, schließlich kam die Fini aber doch wieder heraus. Sie fühlte, wie sie Brandstetter das erstemal so recht ansah, musternd und scheu an ihr herab. Sie war rot im Gesicht und ging wie im Zwang herum, immer seine Blicke spürend. Mate Banul ließ es genug sein und trieb seine Redensarten nicht weiter auf die Spitze. Er war abgeschwenkt. Den Mund ganz halten konnte er natürlich überhaupt nicht. Es verging noch eine halbe Stunde qualvollen Wartens für den Brandstetter, bis die Ersten, es waren Kaspar Unterberger, der Irg und der Pirker Stoffel, kamen. Dann ging es schnell. Auch die anderen trafen bald ein, und diese letzte Wartezeit verging schnell im Gespräch. Sie waren vollzählig geworden, als ein Haufen Franzosen anrumpelte, erhitzt und schwitzend, voraus Hauptmann Maroni, den Ruska mit noch drei Soldaten vormittags dazuquartieren ließ. Die Hausleute und die Fini mußten von nun an am Dachboden auf bloß hingelegten Strohsäcken schlafen. Wenn jetzt alle vollzählig im Hause waren, war es zum Bersten voll, und es war eine wahre Qual, die der General wohl errechnet hatte. Die Soldaten kamen von einem Ausmarsch ins Obergailtal zurück und fluchten auf alles, besonders auf Sonne und Staub. Heimlich meinten sie aber den General, der ihnen den Marsch anbefohlen hatte. Sie taten es laut vor dem Hauptmann, den sie von allen Vorgesetzten am liebsten und als einzigen mochten. Er war ein grundguter Mensch, der jedem seine Freude ließ, da er selbst eine heitere Natur ohne große Seelenregungen war. Er liebte das Leben mit allem Drum und Dran, steckte auch lachend zeitweiliges Unglück und Entbehrungen ein, weil es doch wieder aufwärts gehen mußte. Er war hinter jeder Schürze her, trank

nicht mehr als die anderen und tat alles mit einem wunderschönen Leichtsinn, der ihm Hermagor ebenso angenehm machte als Paris und Straßburg, weil er das Angenehme nahm und das andere ließ. Er lachte die Fini, die ihm das Essen richtete, genau so wohlgefällig an als die zarteste kokette Pariserin. Während die Franzosen sich jetzt friedlich, mit mörderischem Hunger über die Mahlzeit stürzten, verschwanden die Burschen über die Leiter heimlich auf die Pirl, dem über dem Getreideboden liegenden Stock des Stadels. Sie hockten sich verstreut im Umkreis in die Dachbalken und ließen die Füße baumeln. Sie waren voller Heimlichkeit und durch diese voll gezündeter Begeisterung. In den Worten Kaspars lebte der schreckliche Tag noch einmal haßfordernd auf. Jeder Laut, der von den froh lachenden Feinden heraufdrang, reizte und glühte in ihren Köpfen plötzlich auf. Es wurde hin- und hergeredet, erst leise geflüstert und schließlich lauter. Franz Brandstetter, den die Heimlichkeit ebenfalls anfangs in Bann geschlagen hatte, ernüchterte. Er hörte nur Worte, sinnlose Worte, die sich gegenseitig künstlich erhitzten. Sie waren hohl und ohne Inhalt. Es war jener eingebildete, wie eine Leidenschaft züngelnde Freiheitsdrang, dieses Nationalbewußtsein und der Feindeshaß, von dem man nicht sagen konnte, warum man von ihm sprach. Die Väter der Burschen trugen die Lasten der Einquartierung und Unannehmlichkeiten und waren voll innerer und berechtigter Wut, doch wäre es ihnen bei Gott nicht eingefallen, in Worten einen Kampf zu führen, der sie selbst aufhielt und den anderen nicht schadete. Sie hätten sich gerne gewehrt, wenn sie nicht gleich die Nutzlosigkeit des Beginnens eingesehen hätten. Die Jungen jedoch sprachen sogleich von Taten, ohne aber eine wahrhafte Tätigkeit im Ernst einzubeziehen. In ihren Worten eiferte die Krankheit, eine gesunde zwar, die jedes jungen Menschen, die ihm eben erst zur Gesundung hilft. Daß sie aber einmal richtiger, vernünfti-

ger und vielleicht nüchterner denken würden, erwogen sie nicht. Nur der Student kroch in seine Gedanken zurück. Seine Überlegungen waren nicht abgeklärter als die der anderen, aber Worte, nichts als bloße Worte schienen ihm sinnlos. Er wünschte brennend zu handeln, er hätte den unklügsten Plan blind ausgeführt, nur um der Zerrissenheit den Brand zu löschen, sie abzulenken und zu überbrücken. Er hob sich schweigend seinen Zuspruch und seine Meinung als Letzter auf und begann mühsam. Er forderte sie auf, sich zu erheben, sich einer Verschwörung anzuschließen und das alles bald, schnell . . . gleich!
Alle jubelten. Wie recht er doch habe, so müsse man es beginnen, . . . nein, so!
Franz Brandstetter wurde kalt und [er] glaubte, er sei blaß, so zog ihm der Frost das Blut aus den Adern. Er sah das Strohfeuer der Begeisterung und meinte als erster, wund vom eigenen Spott, für heute sei es genug. Sie diskutierten noch weiter, er gab kein Wort mehr dazu und war froh, als sie eifrig wie kleine Kinder die Pirl verließen.
An dem Abend trank er mehr als sonst. Er saß sehr in sich gekehrt in der Küche und blickte auf den Hausierer, der sein Flitterzeug und dergleichen ausbreitete und die Fini und die Wirtin zum Ansehen und Kauf bewegte. Mate Banul spürte Schmerzen im Knie und suchte sich bald, müdgequält, sein Lager im Heu. Der Student blieb. Er wollte zuerst der Mutter die Freude antun und zeitlich nach Hause kommen, dann wehrte er aber diesem Gedanken. Das geschäftige Hin und Her in der Küche hatte sich gelegt, und er sah sich mit der Kellnerin allein. Er wollte gehen, doch plötzlich meinte er, er könne es nicht gut tun, es sähe wie davongelaufen aus. Er sah der Fini zu und beobachtete sie wie nachmittags. Er fragte sich, ob sie ihm gefiel. Er wußte keine Antwort. Er sah meist ihren Rücken, den der graue bis zum Boden fallende Kittel umschloß. Am Hals merkte er den tiefen, eckigen Ausschnitt. Er streifte

sie und errötete. Das Blut schoß ihm zu Kopf vor seinem Blick. Die Fini wandte sich herum und sah ihn fragend an. Sie dachten beide, daß man ihnen eine Glut ansähe, und starrten erschrocken, voll Scham. Er drehte sich weg und spielte am Fenstergriff. Der Span erlosch, nur die Herdglut leuchtete aus dem Dunkel. Brandstetter fühlte sich gezerrt. Ein Beben, ein tolles Kreisen der Nerven überfiel ihn, und er hätte davon aufbrüllen oder lachen können. Eine treibende Wut ballte die Hände zu Fäusten und riß sie wieder auf. Es hielt ihn zitternd am Platz und zog ihn vor in das stille Dunkel. Er wollte brechen, pressen, stürzen, zerstören, alles Lebende seines Körpers zuckte zu einem wilden Triebe auf. Das Mädchen stand in Erwartung geschlagen und bewegte kein Glied. Die Hilflosigkeit, die es befiel, ließ es nicht atmen.
Es blieb still, da erwachte die Fini mehr und mehr. Sie hob die Schultern, wandte sich tastend dem Herde zu und hielt einen frischen Span in die Glut. Der aufflackernde Schein blendete die Augen. Der Student stand noch immer am Fenster. Ohne einen Blick zur Seite zu werfen, ging er langsam aus dem Raum.
Als er wie betäubt die dunkle Straße heimtappte, erinnerte er sich, daß er nicht einmal bezahlt hatte.

V

Ein paar Tage ließ Franz Brandstetter vorübergehen. Er ging nicht in das Wirtshaus, ging auch nicht am Sonntag vor das Haus, außer zur Frühmesse. Er las stundenlang und dachte. Es ergab viel und nichts. Er stellte sich bald mitten in das Geschehen der Jahre, das für ihn das dieser Tage war, und stellte sich dann wieder kritisch betrachtend darüber. Das persönlich Erlebte überwog dabei aber doch unbewußt, und ein Trotz hielt den Studenten gefangen. Er

hatte Lust, sich gegen die, wie es ihm schien, enge Welt daheim aufzulehnen, in die er durch tausend Rücksichten und Gebote gefesselt war. Er meinte, er sei schon ganz abhängig von der Meinung der Burschen, eben weil er nur einer war und sie viele. Er kam sich wie ein zu einer Schafherde verlaufenes fremdes Tier vor, das mitblökt, um nicht aufzufallen, als anders geartet. Und er wollte sich gerne zeigen, daß es nicht so war und daß er wagte, etwas zu machen, das allen dawidersprach.
Mitte der Woche machte er sich auf, den Dechant zu besuchen. Er wußte nicht recht, was er wollte, und vor allem, wie er sich verhalten sollte. Wie er auch einst bereit war, das Gerücht zu glauben, war er jetzt daran, es für eine Verleumdung zu halten.
Freneau war nicht im Haus. Brandstetter stand unschlüssig und verärgert. Er drehte sich um, um zu gehen, als der Pfarrer von der Kirche herüberkam. Sie begrüßten einander, der Student erlöst und freudig, der Dechant mit einem fragenden Ton, den er bald offen zeigte. Er sagte geradeweg: »Ich habe mich schon gewundert, warum du so lange nicht gekommen bist. Ist es etwas Besonderes oder nur Faulheit?«
Der Student war verlegen, doch ließ ihn Freneau zum Glück zu keiner Antwort kommen, um ihm eine Lüge oder Heuchelei zu ersparen. Erst wollten sie es sich im Arbeitszimmer bequem machen, dann aber zog der Dechant den Jungen in die Kirche. Er erklärte ihm die Bildwerke, zeigte auf die schönen Schnitzereien, einen St. Joachim und eine heilige Anna, die kunstvollen schmiedeeisernen Wandleuchter, nannte die Altäre beim Namen und war heiter und stolz in der Rede. Er meinte, wenn es auch seine, Franz Brandstetters Heimatkirche sei, erinnern könne er sich doch nicht mehr an sie, und um den Wert der Heiligtümer hätte er früher am letzten gefragt. Der Student blickte angeregt um sich, ohne den beklemmenden Schau-

der, der ihn in letzter Zeit beim Verweilen in einer Kirche bedrückte, loszuwerden. Ganz war er nicht bei den Worten Freneaus, denn die Anschuldigungen wollten ihm nicht aus dem Sinn, und er konnte sich nicht enthalten, von Zeit zu Zeit den Pfarrer mit einem verwirrten Blick zu mustern. Er meinte scheinbar, er müsse es ihm äußerlich ansehen, wie er sich zur Politik verhalte. Nach einiger Zeit glaubte er Freneau schmunzeln zu sehen und bezog es auf seine heimlichen Fragen. Eine weitere Stunde des Beisammenseins im Pfarrhof, einem alten, schloßartigen Gebäude, das Ende des fünfzehnten Jahrhunderts erbaut worden war, brachte Brandstetter nicht um ein Weniges seinem inneren Frieden näher. Er konnte auf die Worte des Dechants kaum mehr acht haben, als dieser von seiner Elsässer Reise zu erzählen begann. Er schilderte anschaulich die herrlichen Gegenden, die er durchquert hatte, und verlor sich in aufgeschlossenen Schwärmereien. Der Student fühlte eine Absicht, eine schadenfrohe Lust aus der Erzählung. Das aber war nicht gerade so, obwohl der Pfarrer absichtlich davon sprach. Er wartete auf eine Frage des Burschen. Franz Brandstetter konnte sich nicht mehr zurückhalten und warf ein:

»Einer meiner Freunde hat gute Bekannte im Elsaß und war selbst einige Male dort. Er stimmt mit Ihrer Bewunderung der durchreisten Gegenden und des Landes ganz überein. Allerdings meinte er, die Bevölkerung, so hübsch und liebenswürdig sie sei, habe die Greuel Ludwigs XIV. schon vollkommen vergessen und kokettiere mit dem Westen. Es seien Heimlichkeiten zu ungunsten unseres Kaisers keine Seltenheiten, kurz, bei uns würde man sagen, es gibt ebensoviele Spione und Reichsverräter als Kaisertreue. Das ist insoferne eine Schande, da die Menschen doch gut deutsch waren.«

Dechant Freneau lächelte: »Franzl, das sagst du zu mir. Weißt du denn nicht, daß ich die Gegend dort meine Heimat nenne. Nun, rege dich nicht auf, es war kein Malheur. Ich kränk' mich nicht, aber dazusagen will ich dir noch etwas. Du meinst, daß alles noch so deutsch ist, wie du es dir denkst. Mein lieber Bub, du brauchst nur meinen Namen anschauen. Von Klagenfurt schreiben sie mir immer: Freno. Vielleicht glauben sie, daß das nationaler ausschaut. Möglich, ich weiß es nicht. Ich will nicht glauben, daß es dir auch um äußere Wortklaubereien geht, wenn du schon mit den Gedanken nicht vom Thema loskommst. Aber es läßt sich vieles überwinden.«

Der Student war sprachlos, wie geschickt der Pfarrer sich herauszog, und er mußte doch um seine Nachrede wissen! Ihn gerade ins Gesicht hinein zu fragen, fehlte ihm der Mut, und mehr noch hinderten ihn Achtung und Scheu vor dem Lehrer. Er versuchte seinen Zorn zu zügeln, der ihn ergriff, wenn er in die fröhlichen Augen Freneaus sah. Der Pfarrer erkannte die Gefühle des anderen und kam ihm mitleidig entgegen: »Franz, da hast du wohl eine andere Antwort erwartet. Stimmt es?«

Der Student schwieg, verratend, was schon lange verraten war.

»Du denkst«, setzte der Hochwürdige Herr fort, »ich werde dir jetzt auf Ehre und Gewissen sagen, es sei nicht so gewesen, oder ich gestehe oder bestätige es gedrückt, oder mit einer Unzahl von Darlegungen verteidigend, Franzl, ich habe weder das eine noch das andere in Klagenfurt bei der Verhandlung getan, noch werde ich es heute vor dir tun . . . Warum? Schau, soll ich den Menschen etwas entgegentragen, wo sie doch so gerne raten. Glaub es mir, sie fühlen sich in der Unbestimmtheit meines Seins wohler als in der herausgeschmetterten Wahrheit. Ich lasse den Menschen ihre Meinung. Meint heute einer, es ist mir zuzutrauen, so traut er es mir zu. Daran ändert in der Fähigkeit seiner seelischen Kräfte auch kein Freispruch etwas, und ist es umgekehrt, dann ist eben auch das Letztgesagte anders.

Es hat auch etwas von origo an sich, die Meinungen das Gericht sprechen zu lassen.«
»Hochwürden haben in Klagenfurt nichts zu Ihrer Verteidigung vorgebracht?« erregte sich ungläubig erstaunt Brandstetter.
Daß dieses Übermaß an Eigenart ihn erschütterte und es ihn wahrscheinlich nur als Lüge anschauen ließ, machte Freneau heiter und traurig zugleich.
»Allerdings«, er sah zu Boden, »ich habe kein Wort eingeworfen, gestanden oder widerlegt. Ich ließ die Klugheit und den Spürsinn der Vorsitzenden entscheiden. Man hat mich wegen Mangel an Beweisen freigesprochen. Das ist natürlich kein Entscheid über meine, von einem gewissen, in diesem Falle österreichischen Standpunkt aus gesehene Schuld oder Unschuld. Den Ausspruch des Komitees sehe ich ja, wie den Spruch eines einzelnen Menschen, als innere Fähigkeit an.«
Darüber hinaus wurde der Student nicht um ein Wort klüger und war gezwungen, sich mit diesen eigentümlichen Ansichten herumzuschlagen.
Er fand sich lange Zeit später in den Wiesen, die das Bett der Gössering säumen. Die Erde trug ihm den feuchten Hauch des Wassers zu und belebte die Gedanken. Er verstand mit dem Verstand den Sinn der Art Freneaus, nicht aber mit dem Herzen. Er fühlte sich wieder einmal durch alles so verwirrt und gelähmt, daß er sich zwang, die Gedanken daran auszuschalten. Das war gut. Er schloß die Augen, bewegte langsam Zahl auf Zahl durch den Kopf. Es war das ein kindisches Mittel, das er aus Gewohnheit tat, wenn er sich zu beruhigen wünschte. Er hob die Lider und blickte ins zarte Wolkenmeer des Sommerhimmels. In solchen Augenblicken wünschte er zu malen, zu bilden, mit aller Kraft der genießenden Sinne, was die Geistigkeit oder besser Nüchternheit von Worten versagte. Er grübelte erlöst von bindender Umgebung über diese Unzulänglichkeit

des Daseins nach, die zu allem Unglück den Worten Unsterblichkeit, der Gestalt Vergänglichkeit schenkt. Darauf lachte er gleich herzhaft in die an das Gesicht gepreßten Hände. Ein weher Ton schwang jedoch mit, denn unter allem fühlte er seine vielen, oft einander entgegengesetzten Wünsche und Meinungen hilflos durcheinanderstrudeln, vergeblich den festen Kern und Einheit suchend. Gleich der Vielzahl der Neigungen wechselten ihm die Gefühle. Den Straßen zustrebend erwachte in ihm ein selten wehmütiges Heimatgefühl, anders als das, das er in der Fremde fühlte. Er wollte jubeln, aber tränte nur durch Unerkennbares getötet.
Ein Wind kam scharf vom Süden, er trug den Sand der Gail im Munde und trieb ihn in die Augen, daß sie schmerzten und sich röteten. Er schüttelte die Wälder, daß die Stämme in Ohnmächten kreisten und die Blätter zitternd klagten. Es gab ein aufpeitschendes Brausen. Jeder Schritt kämpfte, und der Körper bog sich, die Luft leichter durchschneidend, vor. Franz Brandstetter meinte getreten zu werden und empfand in seiner Stimmung doppelt die Barschheit der Natur, die ihm das Schicksal versinnbildlichte. Er fand sich schwach vor ihr und keuchte. Er wollte wachsen daran, aber es war kläglich. Die Gail treibt einen scharfen Sand. Sie tut es wie das Leben. Sie fließt ruhig und wild. Da kriecht das Wasser bleiern wie im Sterben oder vor dem Ruhen, und daneben liegt unten vielleicht ein holpriger Stein am Grunde, daß das Wasser gischtig wirbelnd darüberklettert. Die schwachwandigen Boote zerrt es dazwischen und reißt sie hinunter. Das sind die Strudel, die sich tausendfach finden. Im Wasser und sonst, und ihre Gefährlichkeit ist dort nicht kleiner. Aber es ist wohl so, daß man nach solchen nicht zu Ende gefochtenen Kämpfen, noch heiß und durchwühlt vom Abseits der Gedanken, in das Diesseits muß.
Ähnliches dachte der Student, als er zu Hause ankam. Der

Wind hatte dem Tag die Wärme nicht genommen, aber ihm war kalt, und er spürte wohlig die Wärme vom Feuer her. Die Mutter ließ aus dem feinen Leinensack das Sterzmehl ins Wasser laufen und stieß mit dem Holzkeil gleich darauf in die aufrauchende, sich anlegende Masse. Der Dunst trug sich voll dem guten Geschmacke herum und rührte an die hungrigen Mägen.

Der Bauer saß mit dem alten Irg beisammen, und Franz horchte aufmerksam hin. Sie rieten, wie sie die Abgaben leisten sollten.

»Weißt du vielleicht, wie das Geld aufbringen?« höhnte sein Vater.

»So wenig wie du.«

»Ersparen werden sie es dir nicht. Zu den Ärmsten gehörst du so wenig wie ich. Was willst machen?«

»Vielleicht leih ich.«

»Von wem denn wohl? Du glaubst, die Leiher wachsen dir wie das Gras her.«

»Muß ja nicht ein Hermagorer sein. Ich denke, ich schau mich in St. Stefan oder Vellach um. Sitzen ein paar Verwandte vom Vater dort.«

»Schön, wenn es dir so gut ausgeht. Aber lern du mir die Verwandtschaft kennen. Die wird uns ja leihen ohne Dekkung, die Hand und Fuß hat! Da können wir uns anschauen bis zum Jüngsten Tag, bis uns das Hemd am Leib zerfallt.«

»Beinah hast recht. Aber sag, wenn du was Gescheiteres weißt.«

Brandstetter schwieg. Er klopfte die Pfeife aus. Die Bäurin fuhr dazwischen, trug die große Rein her, den Milchtopf und die Schalen und schöpfte das Getränk ein. Die verbogenen, abgegriffenen Blechlöffel ließen den bröckeligen Türken in die Milch rieseln, bis alles zum Brei geworden war, und fuhren dann rascher empor, den Hunger zu stillen.

Der Student kratzte die letzten Brösel heraus, fuhr dann mit der Hand über den Mund und sah aufmerksam auf die zwei Alten.
»Wär es nicht«, griff er den Faden von früher wieder auf, »wär es nicht am günstigsten, ihr verkauft ein paar Äcker? Jeder einen an die Vellacher oder Watschiger. Ich glaube, auf andere Art erhält ihr das Geld nie.«
Die zwei Bauern sahen mit hängenden Mündern auf. Der Brandstetter lachte dann los. Er beutelte den Kopf und konnte sich gar nicht genug tun. »Sowas, hast gehört?« stieß er den Nachbarn an. »Sowas, sowas. Das kommt davon, wenn man die Buben studieren laßt. Merk dir das für die deinigen!« Ihm schien der Rat der helle Wahnsinn.
Franz war nicht gekränkt. Er dachte noch einmal scharf, aber für seinen Sinn konnte er nichts anderes finden. Ihm drohte wieder alles gleichgültig zu werden. Die beiden Männer begannen nochmals.
»Das ist natürlich nichts«, sagte der Irg, das Kopfschütteln des anderen bestätigend.
»Das will ich meinen. Wer nichts davon versteht, versteht nichts. Einen Acker verkauft man nicht mir nichts dir nichts, bei uns halt nicht.«
»Der Hund, der Franzos hat schuld«, brummte der Brandstetter wieder auf.
»Das Schimpfen hilft jetzt niemandem. Es hat sich ausgeschimpft!«
»Red nicht so blöd. Wenn man eh selber nicht weiß, wie man es anfangen soll, haltet man auch das Maul.«
»Du aber auch dann.«
»Ich schimpf, solang es mir gefallt.«
»Da hast aber viel davon.«
»Weniger nicht als du.«
Sie gifteten mit Gemütsruhe weiter. Der Student machte sich mit einem kurzen Gruß für die Männer und die Bäurin auf und suchte seine Bettstatt.

Später wurden die Alten immer einsilbiger, und bei der Trennung meinte der bedächtige Irg: »Wenn ich recht denk, der Franzl . . . ich glaub gar, das Teppertste hat er nicht gesagt. In ein paar Jahren könnt man die Äcker ja wieder hinterkaufen. Glaubst, sag ichs dem Unterberger?«
Der Brandstetter gab halb zu, daß ihm das auch nimmer fernlag.
»Wenn du glaubst«, nickte er. Und nun konnten sie nicht so schnell voneinander, denn eine fruchtbare Erörterung war erst jetzt gegeben. Sie standen auf, gingen im Hof herum, und die Bäurin lag schon lange, als der Mann endlich zu ihr ins Bett kroch.

Der nächste Mittag glänzte sehr hell. Aber über dem Trogkofel zogen graue, unscheinbare Wolkenfetzen. Sie liefen schnell im Kreis um den Gipfel und ihr Tänzeln kündete von nahem Gewitter. Die Luft überlud sich dazu auch in Wärme, und manche meinten dann, man könne Funken aus ihr schlagen.
Franz Brandstetter waren die gefühlsentsprungenen Wetterweisheiten der Bauern fremd, aber die Hitze drohte auch ihm in Regen oder Wetter überzugehen. Er trug schon seit dem Morgen die Hemdärmel aufgestreift und konnte sich nicht aufraffen, bei der Arbeit mitzutun. Er schützte die eigene vor, wenn ihm auch diesmal das berechtigte Kopfschütteln der Eltern unbehaglich war. Er bückte sich die in der Luft hängende Stiege aufwärts und drückte sich mit einem Buch in das Gebälk des Maufs. Es war staubig und stickig hier. Man war die Fliegen und Bremsen los, aber die flirrenden Stäubchen bissen die Nase, und man atmete schwer. Der Student klappte das Buch bald zu, hockte sich näher zum Dach hin und spähte durch eine aufgerissene Schindel nach unten. Die Straße war leer, nur ein dreckiger Köter pendelte zwecklos hin und her, schnüffelte an allen Ecken und hob das Bein.

Selbst die Hühner mußten sich in die kühleren Gärten und Felder geflüchtet haben.
Von der Vellacher Seite marschierte ein kleines Menschenkind her, aber im Näherkommen war es ein fester Bub mit einem geknoteten Tuch in der Hand. Er ging nahe an den Hausmauern und wetzte sein Röckchen, daß es weiß und steingrau wurde und die Fäden zu reißen drohten. Nahe dem Brandstetterhof wechselte er die Straße. Der Student verlor ihn damit aus den Augen.
Das Türgehen im Haus und Schritte ließen ihn wieder aufmerksam werden, und er stieg hinunter.
Die laute, gesprächige Stimme der Mutter schallte ihm entgegen, eine junge, helle antwortete. Aha, der Bub, dachte er und mühte sich, ihn unterzubringen. Es gelang ihm nicht.
Er trat in die Küche und rief Verstummen hervor.
»No«, rief die Bäurin, »der Franzl ist es, Bub, gib ihm die Hand, Irgl!«
»Ah da schau«, lachte Brandstetter, »der Irgl, unser kleiner Bauer. Gefallt er dir wohl auch, der Brandstetterhof?«
»Wohl«, stotterte Irgl zurück. Er blickte mit aufgerissenen Augen auf Franz, den Franz, der in Wien, in der Stadt, in der der Kaiser lebte, auf Pfarrer studierte. Ein solcher Herr ist er geworden. Wenn er auch ein schäbiges Werktagsgewand anhat. Man braucht ihm trotzdem bloß in die Augen zu schauen.
Die Brandstetterin holte Speck und Brot und Milch dazu zum Durstlöschen. Der Weg von Vellach ist nicht weit, aber eine solche Hitze könnte einen Mann schwach machen.
Die Bäurin zog erst mit dem Messer über den frischen Brotlaib die drei Kreuze, dann schnitt sie zwei daumendikke Stücke ab.
»Bub, hast die Sprach verloren?« rief sie. Der Irgl sah scheu lächelnd am Studenten vorüber. Dann packte er sein Bündel aus.

»Die Mutter schickt Käs und Schotn, weil es euch schlechter geht als uns.«
»Aber, aber«, sah Franz die Mutter wehren. »Iß lieber selber, wo du so im Wachsen bist.«
Später aber nahm sie es schon. Es war wahr, daß es den umliegenden Dörfern besser ging. In der letzten Zeit war der ganze Ertrag der Hermagorer Almen noch außer der zu leistenden Strafsumme beschlagnahmt worden.
Franz Brandstetter sah sich den kleinen Georg Wernitznig vom Honditschhof genau an. Das also war der zukünftige Bauer des Brandstetterhofes. Dieses feste, gesunde Gesicht, dem der dunkle Schopf wie der leibhaftige Trotz aufragte. Er verglich heimlich, aber nicht ein einziger ähnlicher Zug rührte an sein Gefühl. Das Kind war fremd. Es war ihm bitter, und er blickte sich im Raum um, durch die offene Türe hinaus in die Laben, dort standen die Rechen, die Harken und Sensen, kein Stück, das sich in seinen Griff schmiegte, aber doch seines Vaters Werkzeuge, seines Vaters Haus. Er fühlte schmerzlich, daß es jetzt auch noch sein Haus war, aber wenn der kleine Honditsch so alt wäre wie er, müßte es ihm fremd sein, sein Schritt würde ein geduldeter sein, er wäre verbannt. Dann gehörte er in das Pfarrhaus.
Das Pfarrhaus hatte ehrwürdige graue Mauern, und er haßte graues Gemäuer. Er liebte den hellen oder blanken, unbemalten Stein, und doch war es der einzige Wunsch seines strebenden Lebens, die Hochgefühle seiner Seele von solch stillen Mauern umgeben zu feiern. Ja, so wie es war, so hatte er es gewollt. Wie konnte er dem Vater zürnen, sein, und nur sein Wunsch war alles. Das Haus würde ein Honditschhof werden, denn sein Wille war einmal stärker gewesen als der des Vaters.
Er bohrte seinen Kopf heiß und heißer. Er dachte, er könne dem Kind doch nicht Hab und Gut neiden, zu dem er ihm verholfen hatte, und er versuchte kalt zu bleiben. Er

merkte, daß der Bub kein Wort seit seiner Anwesenheit sprach und sich in Verlegenheit abwechselnd auf die bloßen Füße trat. Weil er richtig riet, daß er die Ursache dieser Scheu war, stand er auf. Er wollte noch etwas Begründendes sagen, spielte mit dem Finger über den Brotlaib, drehte sich aber jäh um und ging aus dem Raum. Die Bäurin schaute ihm verwundert nach.

»So ein Spinner!« lachte sie und wandte sich dem erschrockenen Buben zu. »Was meint die Mutter denn nachher dazu, zu der damischen Geschichte, weißt schon, was ich meine, wegen der neuen Zahlung, die wir tun sollen ...«, fragte sie gesprächig darauf weiter ...

Franz Brandstetter ging nutzlos zwischen Stadel und Haus hin und her. Die Luft zitterte, und es grollte sanft aus den Karnischen Alpen her. Er achtete nicht, schaute in die Holzhütte, aber es war noch genug kleines Holz drinnen. Im Stall lagen die Kühe und malmten mit unruhigen Köpfen. Die Schwänze schlugen ungeschickt, und bald erhob sich die erste, mühsam auch die anderen nach und nach. Neben dem Eingang lag ein Haufen Grünfutter vom Morgen her. Brandstetter warf jedem Tier ein Büschel hin und dachte, es würde ja nicht schaden, wenn sie außer der Zeit fräßen. Dem Roß hielt er die flache Hand hin, daß es spürend das Maul auseinanderschlug. Er streifte es, hielt den Kopf an seinen Hals und spürte das warme Blut schlagen.

So übersah er den ersten Blitz und wurde jählings vom Dröhnen und Poltern des gewaltigen Donners durchzittert. Die Tiere traten unruhig, und auch er wurde von dieser Erregung erfaßt. Um sich nicht im Halbdunkel des Stalles davon überfallen zu lassen, trat er auf die Schwelle des Tores und sah in den Himmel. Er überwand eine erste Hemmung und genoß das flammende Farbenspiel, das eine bannende Erwartung von einem zum anderen Mal bestimmte.

Die Mutter erschien gegenüber in der Haustür: »Franzl ... ah, da steckst schon. Komm herein, bevor das Wetter losgeht«, schrie sie in den Wind, der den Staub hochwirbelte.

Da stürzten schon die ersten Tropfen, man hörte beinahe den Aufschlag jedes einzelnen, so groß waren sie. Sie tappten zu Bündeln nieder und legten die Staubwolken. Bald prasselte es nur mehr, und der Himmel, der früher noch in Farben flammte und voll Wolken hing, sank jetzt grau und undurchsichtig bis tief zur Erde herab. Es goß in Strömen. Ein paar sich entfernende Blitze zündeten auf, dann rann allein das Wasser.

Der Bauer bog um das Hauseck. Er hastete von der Straße her und blieb aufatmend unter dem Haus stehen. Er erblickte den Sohn und nickte hinüber. Franz stand unschlüssig, dann sprang er mit ein paar Sätzen zu ihm hin. Er strich sich über die Haare und fuhr sich nach rückwärts an das Hemd. Das Wasser rann ihm von dem kurzen Augenblick bis in den Rücken hinunter.

»Nun, was gibts? Was hat unser Herr Bürgermeister beschlossen?« forschte er spöttelnd.

Der alte Brandstetter scharrte mit dem Fuß am Stein. »Hm, gestern abends haben der Irg und ich, was du nimmer wissen kannst, noch drüber geredet.«

»Über was?«

»Nun, daß man vielleicht ein paar Wiesen verkaufen müßt.«

»Und?«

»Heute haben wirs dem Unterberger vorgeschlagen.«

»Das ist doch unmöglich.«

»Wieso denn? Angenommen hat ers.«

Dem Studenten schien die Verwirklichung bei Tageslicht besehen unausdenkbar. »Das ist ja Wahnsinn«, schrie er den Vater an. Der sah ihn kurz an.

»Es geht nicht anders. Und was kümmert es dich. Der Hof

wird eh nicht deiner. Der Irgl wird noch immer genug haben, weil er den Vellacher Besitz dazu hat.«
Franz Brandstetter ließ den Kopf fallen. Das Feuer sank zusammen. Der Hof ging ihn nichts an. Es war sein Wunsch gewesen. Und die Äcker und Wiesen zu verkaufen war gestrigen Tages sein Rat gewesen. Es war, als wollte ihm jedes Wort, jeder Handgriff später noch einmal zum Gespött werden.
»Wer muß alles verkaufen?« fragte er gleichgültig weiter.
Der Vater nannte die Namen. Es waren die best- und wohlgestelltesten Bauern des Marktes. Man würde die Wiesen längs der Straße gegen Vellach den Obervellachern verkaufen. Die hatten noch Geld, als einige von den wenigen, die die Franzosen kaum zu spüren hatten.
Unterberger hatte sogleich bei der Kommandantur bei Hauptmann Maroni wegen des Verkaufsrechtes vorgesprochen und mit schwerer Zunge den Grund angegeben, der den Soldaten ja genug bekannt sein mußte. Der Schreiber hatte gelacht, Maroni blieb wohlwollend und ordnete sogleich alles auf das beste. Er stieß mit Relioz bei Ruska zusammen, traf den General durch eine Kartenpartie mit dem anderen sehr heiter und gutgelaunt. Er nahm ihm die Bewilligung ab und hatte damit das einzige in Frage kommende Hindernis umschifft.
Unterberger ahnte ein solches Entgegenkommen nicht, und so blieb sein engerer Zorn weiter an dem jungen Offizier haften.
Franz Brandstetter sprach auf des Vaters Erklärung hin kein Wort mehr.
»Was für ein Weibsbild kommt denn da?« wurde er durch des Alten halblaute Worte aufmerksam. Er blickte zur Kesen. Ein Weib rannte wie gejagt her. Es hielt nur einen Atemzug lang inne und lief zum Haus. Es konnte die Männer kaum sehen.
»Die Mölzerin ist es«, sagte der Student schnell im Erken-

nen. Er sah gespannt und unangenehm. Der Bauer sagte, als sie wenige Schritte vor ihm geduckt lief: »Was ist denn?« Jahr und Tag war die Waba nicht mehr in die Nähe des Brandstetterhofes gekommen. Unsichtbar lag ein Meiden gesät, seit sie als Magd vom Haus ging. Der Bauer wunderte sich. Bei seinem Wort fuhr die Frau auf und stand groß im Regen, unbewegt und die Augen geschlossen.

In dem Augenblick riß die Brandstetterin die Türe auf, um die Männer, die sie gehört hatte, hereinzurufen. Ihr Blick merkte zuerst nur die Mölzerin. Sie war sprachlos. Dann stemmte sie, einer inneren Eingebung folgend, einen Arm in die Hüfte:

»Ja . . .«, stöhnte sie, »ja . . .« Dann erhob sie die Stimme.

»Wie kommt denn ein solches Luder noch einmal auf unseren Hof? Fort von unserem Grund, sag ich, fort . . . oder . . .«

Der Mann sah stumm, und der Sohn hob entsetzt die Hand: »Aber Mutter . . .«

Die Brandstetterin sah ihn an und mußte denken, wie arm der Bub jetzt sei. Daß er ihrem Zorn wehren mußte, kränkte sie, und es tat ihr leid, daß sie das Weib so angefahren hatte. Vielleicht hatte der Franz die Waba einmal gerne mögen, und ihr Bub, auf den sie stolz war, hatte durch sie etwas vom Leben gehabt. Ein Leben der Enthaltsamkeit schien ihr unfaßbar.

»No, in Gottesnamen komm her und steh ein bissel unter, bis der Guß vorbei ist. Ja, Mölzerin, so bös können wir doch nicht ein ganzes Leben aneinander vorbeigehen. Das hab ich mir grad gedacht.«

Ihre Leute schauten sie an und trauten den Ohren nicht.

»Schauts nicht so lange. Kommt alle in die Küche herein«, forderte sie nochmals.

»Ja«, sagte der Bauer, sonst nichts. Ihn ging es nichts an. Es war eine Weibersache. Sollten sie schauen, wie sie auskamen miteinander.

Die Waba folgte den anderen stumm in das Haus und blieb an die Mauer gelehnt in der Laben stehen. Der Student wunderte sich, daß sie es auf die ersten beleidigenden Worte tat. Nur wenige Worte zogen sich in das Tropfen des Regens, der unaufhörlich auf das Dach klopfte. Selbst die Bäurin war verlegen, während die Männer nach dem Wetter sahen. Der Bauer verschwand bald ganz. Er wollte die Harke richten, die seit gestern dauernd vom Holzstiel rutschte, und beim anderen Werkzeug und den Körben nachsehen. – Man konnte schon die ersten Kartoffeln graben.
Der Irgl biß noch immer langsam an Brot und Speck herum und brachte nicht viel hinunter. Franz war wieder vor das Tor getreten.
Der Regen ließ nach, und über den Bergen wurde es heller. Die Wolken rissen auf und trieben ab. Der Boden konnte das plötzliche Wasser nicht fassen und ließ es in Lachen stehen oder abrinnen. Der Regen hatte nicht lange gedauert, es war den Bauern auf die lange Trockenheit nicht genug, aber sie waren froh, daß die Erde wenigstens naß geworden war.
Die Waba schickte sich an zu gehen.
»Könntest nicht am Abend ein bissel zu uns schauen?« begann die Bäurin, um das Band zu knüpfen. »Du hast immer so schöne Muster gewußt. Auf ein Tischtuch tät ich eins brauchen.«
Es war keine Zeit für Stick-, Näh- und Spinnarbeiten, aber es war ihr nichts Besseres eingefallen. Die Mölzerin tat nicht verwundert. Sie nickte nur und ging dann mit einem leise gemurmelten Gruß.
Abends kam sie wirklich. Die Brandstetterin molk gerade mit der windischen Magd die Kühe. Sie ließ die Dirn die Arbeit allein fertig tun und ging mit der Mölzerin in das Haus. Sie hatte kein Stück Leinwand im Haus, das für ein Tischtuch paßte. Sie ging suchend umher und öffnete die Kästen und Truhen.

»Ich muß es rein verlegt haben«, beutelte sie den Kopf. »Eilig ist es ja nicht, und im Winter ist mir die Arbeit eigentlich lieber. Wirst mir halt dann machen, . . . aber, aber, fortgehen brauchst deswegen nicht schon. Zuerst muß ich das Nachtmahl für unsere Leut richten, und du bleibst dazu da. Ich hab dich ja herverlangt.«
Langsam brachte sie die Waba ins Reden. Sie war doch eine eigentümliche und schweigsame Person.
Als es [Zeit] zum Essen war, kam der Bauer, rauchte die Pfeife am Feuer an und hemmte das Gespräch der Frauen.
»Ist dir jemand nachgerannt heut nachmittag?« hub er trocken an. Die Brandstetterin mußte sich umdrehen. Es war ihr zum Lachen. Die Waba öffnete die Augen halb, sah ihn verwundert an und zuckte die Achseln.
Man wurde nicht leicht klug aus ihr.
»Hast noch immer die eine Kuh?« begann die Bäurin.
»Ja«, gab sie zurück. »Ich werd sie aber bald schlagen lassen.«
»Ja wieso denn?«
»Ich hab kein Futter mehr.«
»Ja mein«, seufzte die Brandstetterin, »es geht uns allen so. Weißt vielleicht eh schon, daß wir die besseren Wiesen verkaufen müssen.«
Die Waba verzog den Mund. Es war zum Lachen, daß die Brandstetterischen zu wenig Heu und Futter hätten. Die würden auch mit weniger genug haben.
»Wieviel Hühner hast denn?« ließ der anderen die Neugier keine Ruhe.
»Vier.«
»Hast wohl genug Körndln? . . . Uns fressen die Mistviecher das halbe Getreide weg. Für dich wird wohl der Kondaf was springen lassen.«
»Das ist noch lange nicht genug«, gab die Keuschlerin zu.
Der Student trat bei den Worten ein. Das Weib verstummte und schloß die Augen. Das Essen verlief schweigsam.

Franz sah einmal kurz auf. »Wann ist denn der Bub fortgegangen?«
»Der Irgl? Ach, das ist schon gut zwei Stunden her. Er hat dir nimmer Grüß Gott sagen können, weil du fort warst«, antwortete die Mutter.
»Es ist ja gleich«, murmelte er beendigend zurück.
Sie aber sprach laut weiter: »Sag, Franzl, fehlt dir was? Gelt Vater, er schaut oft so aus. Ich mein halt, du solltest die Bücher einmal in Ruh lassen. Brauchst ja nicht am Feld mitarbeiten. Geh halt so herum und hock dich am Abend mit den anderen Burschen zusammen. In den Ferien soll der Mensch ein lustiges Gesicht machen.«
»Das ist seine Sach. Er wird wohl wissen, ob er krank ist oder nicht«, hob der alte Brandstetter den Kopf.
Franz blickte ihn verwundert und erstaunt an. Des Vaters Worte taten ihm viel wohler als die der Mutter, und er begann zu denken, was an ihm kranke. Vielleicht der Müßiggang. Aber er ahnte, daß es das allein nicht war.
»Du«, fuhr der Brandstetter sein Weib an, als er fertig war, und streckte die Beine weit von sich. »Gib der Waba ein bissel Hühnerfutter. Uns wird es nicht abgehen.«
»O du meine Zeit, haben wir denn noch etwas?« lamentierte sie.
»Oben am Stadel hängt ein Sack mit Gerste und Weizen gemischt. Gib ihr was davon.«
»Ich weiß nicht, wo der ist. Jetzt im Finstern find ich ihn erst recht nicht.«
»Dann soll der Franzl schauen. Der hat ihn heute gesehen.«
Der Student nickte und ging. Als er auf den Stadelboden stieg, ereilte ihn die Stimme der Mutter: »Halt, ein Sackl brauchst!«
Er beugte sich auf der Hälfte zurück und wartete.
Es war schon spät, aber es dämmerte noch, wohl schon der Nacht zu, aber die volle Finsternis war noch nicht herein-

gebrochen. Die Erde war schon wieder trocken, die Luft klar, warm und reingewaschen.
Eine dunkle Frauengestalt kam über den Hof. Es war die Waba. Er wollte zurück und ihr den Sack abnehmen, stieg aber in einem dunklen Sinn weiter. Er tappte nach dem Getreideboden, der die andere Hälfte des Stadels einnahm. Hier an der Aufgangsseite lag Stroh, und das Heu füllte sie schon zur Hälfte.
Die Frau stieg nach und blieb drüben auf der anderen Seite stehen. Ihr Gewand stand schwarz im Grau. Franz Brandstetter dachte, sie werde ihm nachkommen, und wandte sich stehenbleibend nach ihr um. Aber sie tat nicht so. Er ging gegen sie, tat noch ein paar Schritte, immer zögernd weiter. Das Stroh war wieder unter seinen Füßen und knisterte erregend. Er hielt vor der Frau und sah den hellfarbigen Sack aus ihren Händen zu Boden gleiten. Er fühlte ihre seltsam geschlossenen Augen. Sie öffnete sie, und es brach ihm die dunkle Glut aus ihnen entgegen. Ihre Hand zog das Brusttuch vom Hals. Es fiel zu Boden, und ihre Finger faßten wieder nach oben an den Knopf des Kleides.
Er fieberte. Jetzt würde er sie packen. Ihr weißer Hals brannte.
Ein lauter Schritt ließ sie erstaunen. Die Frau drückte den aufgesprungenen Knopf in die Faust.
»Ich muß selber schauen, du wirst im Finstern nichts finden.« Es war der Bauer. Er stieg den letzten Tritt herauf und schaute scharf. Die Bretter wiegten, als er über den Boden ging.
»Gib den Sack her!« rief er vom Getreideboden her. Die Waba bückte sich, hob Sack und Tuch auf und schritt langsam weg zum Bauer hin.
Franz Brandstetter bewegte kein Glied. Er hörte die Körner rieseln, und es war ihm, als überliefen sie seinen Rücken.
Wortlos stiegen die drei abwärts, der Student als letzter.

VI

Der nächste Tag erwachte mit unglaublichem Wandel und brachte eine Welle neuer Ereignisse. Franz Brandstetter schlüpfte gedrückt und müde in die Kleider, als die Stimme des Kaspar Unterberger wie ein Trompetenstoß die späte Zeit des Morgens im stillen Haus durchbrach. Der Student beeilte sich und lief gequält dem Eingedrungenen entgegen:

»Da bist ja endlich«, empfing ihn der Wirtssohn mit lebhaften Augen. »Komm mit, komm mit, frag nicht lang«, forderte er weiter und zog den Hungrigen einfach mit sich.

Das Wirtshaus schien verlassen, halb war es auch so, denn die Franzosen waren mit Menschen und Pferden, wie Hauptmann Maroni der Fini mitgeteilt hatte, davon. Der General hatte einen neuerlichen Marsch ins Obergailtal angeordnet.

Wie so viele Male trat Franz Brandstetter mit dem jungen Unterberger in die hintere Gaststube und sah sich dem ganzen Kreis der Hermagorer Burschen gegenüber. In ihrer Mitte gewahrte er diesmal einen Fremden. Es war ein nicht mehr ganz junger Mensch, schmal und klein, mit dunklen Augen und einer spitzen Nase. Er führte das Wort und brach mit hellem Ton ab, als die beiden eintraten.

»Hallo, Leiterer«, schrie der Kaspar, »da hätten wir den letzten von unserer Gesellschaft. Weißt schon, den Studenten. Geh, erzähl noch einmal schnell, was los ist! Der Leiterer Toni ist ein Lesachtaler aus Maria Luggau«, fügte er für Franz erklärend hinzu.

»Also ich erzähl zum dritten Mal«, lachte der Fremde. »Wir, die Lesachtaler, und ein Teil von den Tirolern stehen schon seit längerer Zeit mit österreichischen Truppenteilen in Verbindung. Der Obristleutnant de Mumb, vielleicht hast seinen Namen schon gehört, plant nun, eine heimliche Erlaubnis von oben gegen die Verbündeten dürft sicher da

sein, unsere Befreiung. Daß wir Feuer und Flamme dafür sind, kannst dir denken, und daß wir uns, alle jungen Gailtaler, zur Verfügung stellen, ist eine Ehrensach. Denn es wär ja eine Schand, wenn wir uns von den Wienern heraushauen lassen und selbst keine Hand dazu rühren. Gleich haben wir dem Obristleutnant versichert, daß wir ihm mindest zweihundert Mann aus unseren Gegenden stellen. Und mich haben unsere Leut fortgeschickt, damit ich euch organisier. Drei Tage bin ich schon unterwegs, von einem Ort zum andern. Immer schön hinten herum, in der Nacht, und Hauptsach ist, man fallt keinem Posten in die Händ. Jetzt in der Früh wär es bald schief gegangen, da denk ich, Gefahr auf der offenen einsamen Straße ist eh keine, dabei kommen die Teufel von Franzosen gleich brigadenweise angerückt. Ist ein bissel übertrieben, aber ihr wißt schon, eure Hermagorer Schinder waren es. Gott sei Dank hab ich mich noch rechtzeitig verdrucken können. So, und jetzt bin ich da und frag zum dritten und letzten Mal, ob ihr mitmachen wollt.«
»Ja . . . ja . . . Das ist doch klar!« gröhlte es wild von allen Seiten.
»Ruhe!« überschrie der Lesachtaler alle. »Die Antwort hab ich auch gehofft. Setzt euch hin, damit wir in aller Ruh reden können. Erst einmal: In ein paar Tagen müßt ihr gestellt sein. Traut's euch?«
Wieder erfolgte begeisterte Zustimmung. Franz Brandstetter wurde wie von einem Taumel erfaßt. Was wollten sie hier von ihm? Was tat er hier unter den Menschen des Krieges? . . . ›Wir aber haben unser Schwert, um den Frieden zu predigen‹, klang es in ihm tausendfach. Aber er wurde vom Willen zur Handlung schon beherrscht und war begeistert. Und doch war es Wahnsinn, auch nur daran zu denken, Wahnsinn zu wollen oder gar mitzugehen. Im Oktober mußte er in Wien sein, er würde wieder die Vorlesungen besuchen, die Offenbarungen der Theologie

würden wieder seine Seele und seinen Verstand gefangennehmen, und die Ferienzeit würde wie ein undeutlicher Traum hinter ihm liegen.
Und hier lockte ein ungewisser Zustand, etwas still Ersehntes. Es würde befreiend sein, alles von sich zu werfen, diese ganze vorgebaute Zukunft, in der ein Stein schon fest auf dem anderen lag, sie zu lassen, um der ungesunden Erregtheit und dem Gedankengang, der hin und her spielte, stach und peinigte, mit Lust Gift in alle Zellen des Gehirnes senkte, zu entgehen. Zu entgehen, um eine Einheit zu finden, um den Frieden zu erlangen. Es war ein herrlicher Wahn. Er zöge jetzt aus, um für den Heimatboden zu kämpfen, für seine Heimat! Es war berauschend und alle erdgebundenen Hindernisse umreißend. Da waren die Äcker und Wiesen um den Vaterhof, das Haus, die kühle Laben, die Stube mit dem breiten Backofen und dem Christuseck und nicht das kühle, graue Haus am Marktplatz.
»Ja, so ist also die Geschichte mit euch sicher. Was ist nachher mit dem Brandstetter? Was sagst du dazu?« wandte der Leiterer Toni sich an den Bestürzten.
Die Worte schlugen dem Studenten an den Kopf und entsetzten ihn plötzlich. Was würde Freneau sagen. Doch nein, der machte es nicht aus. Mehr noch, was würde der Vater sagen. Kaum mehr: ›Das ist seine Sach.‹ Denn man kann wohl einmal eine Sache nach seinem Kopf haben, den Schritt zum Alten zurückzutun hat man selten mehr. Er konnte nicht vor den Vater hintreten und sagen: ›Ich glaube, ich will wieder anders. Ich möchte jetzt lieber mit den anderen fortgehen und dann nach Hause kommen und mich auf den Hof setzen. Ich hab mich zwar nie um ihn gekümmert, und er hätte inzwischen wohl auch verkommen können, aber jetzt bin ich da und will ihn übernehmen, weil es mir doch so besser gefällt.‹ . . . Er beleuchtete das jetzt sicher zu übertrieben, aber im Grunde war es doch so.

Er blickte mit halb zum Lächeln verzogenen Lippen die Burschen der Reihe nach an. Er sah ihre fragend auf ihn gerichteten Gesichter. Keiner konnte ihn verstehen, und wenn er mitten in ihre Bereitschaft hinein ›nein‹ sagte, würden sie ihn verachten, ausstoßen, und der erste Abend der Prüfung wäre ein heiteres Spiel gewesen gegen das jetzt zu Erwartende. Er dachte, wenn er seine Empfindlichkeit über alle Berge wünschen könnte, verneinte er leichter. Nun war aber schon alles gleich. Es war eigentlich schon entschieden, und es war lächerlich, an eine persönliche Handlungsfreiheit zu denken. Er lachte, und ihm schmerzten die Hände, als hätte er sich verbrannt.
»Ich gehe mit euch. Das ist doch selbstverständlich!«
Die Begeisterung stieg noch einmal. Kaspar Unterberger kam als einzigem eine Ahnung von Schwierigkeiten. »Ja was willst du denn nachher zu Haus sagen? Und mußt du nicht wieder nach Wien?«
Franz Brandstetter zitterte: »Aber das ist doch einfach. Ich geh den Eltern heimlich davon. So lassen sie mich ja nicht weg. Übrigens werdet das ihr auch alle tun müssen. Und bis zum Oktober haben wir die Franzosen schon aus dem Land geworfen. Ich geh dann zur rechten Zeit nach Wien und tu so, als ob nie etwas gewesen wäre. Was ich zu Haus gemacht habe, geht niemanden etwas an, und nie wird jemand etwas von meiner Soldatenzeit erfahren. Der Obristleutnant wird mich wohl auch ungefragt nehmen und froh sein, daß er genug Leute bekommt.«
Er sagte das ohne Gedanken heraus, zuerst nur als Antwort für die Freunde, doch schon bei den letzten Worten überfiel ihn die Erlösung.
So wollte er es machen! Was ihm ganz unbewußt in den Mund gekommen war, würde sein Ausweg werden. Im Oktober konnte ja alles zu Ende sein, und er ginge zurück nach Wien an die Universität. Nie müßte er sein Leben deswegen zerstören. Die Eltern mit einer Ausrede hinzu-

halten würde nicht das Schwerste sein, oder noch einfacher: Sie müßten sich mit seiner Flucht abfinden und sich seiner gesunden Wiederkehr freuen. Die Scham, die, den Gedanken hindernd, mitzog, unterdrückte er mehr und mehr . . .

»Das ist ein richtiges Wort!« überschrie der fremde Werber seine Erwägungen. »Im Herbst haben wir ausgekämpft, dann sitzt kein Franzos mehr bei uns, und wenn der Kaiser dem Napolium zehnmal die Freundschaft anträgt.«

Wieder erstickte ihn der Jubel, und dem Studenten streckten sich zustimmende Hände entgegen.

Eine Stunde unter heißen Beratungen, qualmendem Rauch und schier aus dem Nichts gezauberten Getränken ging am hellen Vormittag hin. Alle, selbst die Hausleute und die Kellnerin, waren verbannt worden, und so trug die Zusammenkunft alle Zeichen einer Verschwörung. Das Endergebnis war aber doch, daß die Burschen beschlossen, die Eltern und alle Vertrauenswürdigen einzuweihen, ausgenommen Franz Brandstetter, um sich ihr Vorhaben zu erleichtern und die Angehörigen nicht in Verzweiflung und unnotwendigen Ängsten zurückzulassen. Ihre Bedenken würden sie durch Bilder der Freiheit und einer besseren Zukunft zerstreuen. Die nächste Nacht, bis zur kommenden sahen sie sich nicht marschbereit, sollte ihre Flucht decken und sie über den Kreuzberg in das freie Drautal bringen. Alles weitere überließen sie dem Schicksal oder besser dem Willen des Obristleutnants de Mumb.

Gegen Abend war der Plan der jungen Hermagorer ein offenes Geheimnis. Alle waren bewegt und geängstigt dadurch, zuletzt aber doch von der Notwendigkeit überzeugt.

Bevor Franz Brandstetter abends aus dem Hause ging, um das Wirtshaus aufzusuchen, stemmte die Mutter einen Arm in die Hüfte und fuhr sich mit dem anderen lächelnd über die Augen: »Weißt Franzl, heut bin ich zum ersten

Mal richtig froh, daß du studiert hast und nicht wie die anderen fortmußt.«
Der Student beugte sich schnell zu Boden und fing den herumspielenden Kater ein. Die Derbheit der Mutter hatte ihm oft wehgetan und ihn kalt und fremd gemacht, doch heute, wo er in seiner Lüge nur den Vater fürchtete, spürte er sich klein und gemein neben ihrer kunstlosen Offenheit. Er kraulte dauernd mit gesenktem Kopf im warmen Fell des Tieres und war froh, als er bald darauf über die Straße aufwärts schritt.
Er sah zum Pfarrhaus und dachte an die heutige Begegnung mit dem Dechant, als er gegen Mittag nach Hause wollte. Sie war ziemlich belanglos verlaufen. Es ging ihm nur der überlegene Blick Freneaus nicht aus dem Kopf, der ihn wie mitleidig wissend am Schluß getroffen hatte. Er konnte sich nicht erwehren, Freneau als einen eigenen und seltenen Charakter zu sehen, der es scheinbar liebte, sich dem Volke unnahbar und den Gleichen oder doch seinem Menschentum Näherstehenden rätselhaft zu zeigen. Und bei allem legte er äußerlich oft eine Kindlichkeit und Beengtheit des Blickes zutage. Franz Brandstetter mußte es aufgeben, über ihn zu denken, um sich nicht noch mehr zu quälen.
Im Vorhaus des Wirtshauses blieb er stehen und warf einen Blick in die Küche. Der Wirt, die Frau und der Kaspar waren drinnen, im Eck mit dem Wasserkübel, wo die Gläser geschwemmt wurden, stand Hauptmann Maroni und scherzte mit der Fini.
Kaspar rief den Ankommenden herein. Der Fini gab er einen heimlichen Wink, so daß sie mit dem Offizier bald verschwand und ihn dann vom Hof in den Stall und dann wieder in die Gaststube mitschleppte. Maroni machte sich einen Spaß daraus und ließ sich von dem frischen Ding gerne an der Nase herumführen. Es war seine Art, den Frauen den Willen zu lassen und auf seine Zeit zu warten.

Franz Brandstetter hatte die Unterbergerischen in seine heikle Lage eingeweiht. Sie sprachen jetzt alle leise auf ihn ein. Vom Gastzimmer her drang der Lärm der zechenden Soldaten. Die Heimlichkeit war etwas überflüssig, da die Franzosen kaum einige Worte der heimischen Sprache verstanden, im Gegensatz zur Bevölkerung, die wohl oder übel in drei Besatzungsjahren das Französische erlernen mußte und auch gut verstand und sprach.

Die Lisa ging gleich auf das Praktische über und meinte, daß sie ihm das Essen auf den Weg mitrichten und auch sonst um seine Sachen schauen würde. Er dankte ihr, und Unterberger nickte befriedigt zu dem Gang der Ereignisse. Der Kaspar würde schon des Abends zu dem Irgischen gehen und dort bis zum Aufbruch bleiben, da sie ja selbst das Haus voller Franzosen hatten, die sein Fortgehen leicht bemerken konnten. Der Student dagegen mußte wie immer das Nachtlager zu Hause aufsuchen, um bei den Seinigen den Schein zu wahren.

In der hinteren Stube trafen Brandstetter und der Wirtssohn auf die übrigen. Sie hatten viel zu schmunzeln und zu blinzeln. Sie sprachen von den nebensächlichsten Dingen, und ihre Augen lachten dabei vor Erregung und Lust am Ungewissen. Sie fühlten sich als große Schauspieler und freuten sich an ihren, wie sie meinten, glänzenden Verstellungskünsten. Sie wollten bis zur gewohnten Zeit beisammen bleiben, um nicht aufzufallen. Daß es den Franzosen ziemlich gleichgültig gewesen wäre, dachten sie nicht, aber merkten an sich, daß sie sich langsam immer dümmere und zerstreutere Antworten gaben. Oder andere wieder, besonders der Student, wurden von einer gähnenden Langweile befallen. Franz Brandstetter war weniger aus gesunder Schlafsucht schläfrig geworden als eben durch die Trostlosigkeit dieses vorletzten Abends daheim. Den folgenden konnte man zwar kaum mehr dazurechnen, da er schon ganz im Banne der Flucht stehen würde.

Der Student lächelte, als ihm die helle Unvernunft ihrer Diplomatie und ihrer Schläue auffiel. Wer würde morgen abend den entscheidenden Augenblick vor der Tat den Schein wahren und hier in der Stube sitzen? Er sagte jedoch nichts gegen die nutzlose Komödie. Sie gehörte irgendwie zur Verstärkung und zum Anhalten der Spannung.

Es gab nichts mehr zu trinken. Ein paar warfen flehende Blicke zur Kellnerin. Die Fini lachte und stellte ihnen einen Krug Wasser hin. Das erheiterte sie ein wenig. Brandstetter merkte, daß sie ihn dabei nicht ansah und wie in einer Scheuheit die Wimpern vorbeisenkte. Er wußte, daß er in letzter Zeit mehr und mehr an sie gedacht hatte und daß ihm manche ihrer Bewegungen und Blicke, die er im Anfang nicht beachtet hatte, lebendig geworden waren. Er dachte nun sicher, daß in ihrem Tun für ihn eine Hingegebenheit lag und er selbst mit immer mehr Wärme, besonders in den Tagen seiner Zurückgezogenheit, an sie dachte. Mit diesem Gedanken erwachte ihm der vergangene Abend. Er sah die Waba vor sich. Wie ein Tier, dachte er. Aber doch hätte er den Schritt getan, sicherlich, weil er den Rausch gewollt hatte und noch heute wollte, denn er war noch nicht um ein Stück über die gestrigen Zweifel hinaus und wünschte sie zu ersticken. Aber er war doch froh, daß es nicht so gekommen war.

Es wurde ihm schwer. Wie weit war er in den wenigen Tagen gekommen. Die reinsten, schönsten Gedanken hatten ihm die vergangenen Jahre geschenkt. Aber er übersah, wie schwankend gebaut sie doch waren, weil sie so schnell ins Wanken gekommen waren.

Die Fini sah ihn heimlich an. Er schaute in ihre guten Augen und wandte sich schnell ab.

Die Soldaten waren müde und räumten lange vor der sonstigen Zeit den Raum. Die Kellnerin begann aufzuräumen. Die Burschen wollten nun auch gehen, aber einige bestürmten den jungen Unterberger, er solle um etwas zu trinken schauen. Er tat es schließlich auch. Franz Brandstetter lehnte in der Zwischentüre und sah der Fini zu. Sie tat, als bemerkte sie ihn nicht, und begann Stühle und Bänke auf die Tische zu stellen. Er trat zu ihr und griff mit an. Sie hatte ein kleines Lächeln um den Mund und nickte ohne aufzusehen. Dann holte sie den Besen und kehrte, ihn seinen Gedanken überlassend. Die Möbel stellten sie wieder gemeinsam zurecht.

Der Einäugige sah ihnen zu und lachte. Einer ging, nach dem Kaspar zu sehen, der ewig lange nicht zurückkam, und kehrte endlich mit ihm wieder.

»Nichts zu machen. Aus ists. Das Fassel hat ein Loch«, lachte er.

Die Burschen fluchten lachend und stolperten aus den Sesseln. Der Pirker Stoffel reckte gähnend die Arme hoch. »Wir gehen schon . . . Kinder, das ist die letzte Nacht zuhaus. Morgen um die Zeit gehts bald los.«

»Alsdann, auf ins Bett«, feuerte der Wirtssohn sie an und zur Türe hinan.

»Aber nicht allein!« witzelte einer zurück.

Der Student hatte im letzten Augenblick die Fini aus den Augen verloren. Er hätte ihr noch gern Gute Nacht gesagt, zögernd blieb er im Hof zurück, die andern waren schon voraus. Ins Haus wollte und konnte er nicht mehr gut, und so beschloß er, doch zu gehen. An der Ecke stießen sie aber zusammen.

»Erschrick nicht, ich bin es, die Fini«, sagte sie hastig. Er war wirklich erschrocken.

»Was machst du denn noch heraußen? Wartest du auf jemanden?«

»Vielleicht«, zuckte sie die Achseln. Sie gingen unwillkürlich miteinander weiter.

»Ja, auf wen denn?« lachte er.

»Der muß mich halt fragen«, trotzte sie.

Er hörte schon nicht mehr hin und irrte ein wenig ab. »Jetzt ist es ganz finster. Morgen um diese Zeit, morgen um diese Zeit!« Er wandte sich rasch zu ihr. Weinte sie? Er schlang den Arm im Gehen um sie.
»Fini . . .«
»Du . . .«
»Fini, ist dir leid, daß ich fortgeh?«
Sie gab keine Antwort. Aber mit einem Mal blieb sie stehen und drehte sich ihm zu. Er riß sie an sich, und sie küßten sich immer wieder.
»Fini . . .?«
Sie seufzte und hing sich an ihn.
»So gern magst du mich?«
»Daß ichs gar nicht sagen kann.«
Er konnte sie nicht aus den Armen lassen. »Und morgen muß ich fort.«
»Und wir haben uns alles für den letzten Tag aufheben müssen«, klagte sie, und er tröstete sie stumm.
Sie machte sich scheu los. »Schau, wo wir schon sind.«
»Im Dunkeln halt, und das ist schön«, lachte er.
»Ich glaub, das sind ja schon die Irgischen Felder, und da hinten ist der Wald.«
Sie wehrte zitternd.
»Morgen muß ich fort«, bat er und fühlte ihre Schwäche.
»Du . . .« Er riß sie mit einer fremden Kraft empor. Das Heu lag in dichten Haufen. Der starke würzige Geruch betäubte, erstickte jeden Widerstand.

Die nächste Nacht war ebenso warm und dunkel. Der kleine Trupp ging still, aber schon ungezwungen, da er sich weit vom Markt entfernt sah. Die Häuser Podlanigs wurden wieder umgangen, obwohl keine Gefahr sie zwang. Der Lesachtaler ging mit dem Wirtssohn voraus. Franz Brandstetter hielt sich etwas abseits. In der Hand hielt er, fest von Papier umwickelt, Finis Gaben, die sie ihm am

Nachmittag gebracht hatte. Es war gut, sich so umsorgt zu wissen.
Hier und da durchdrang ein Wort die Eintönigkeit der Schritte. Aber es war selten. Die Stunden rannen, und das Einerlei des Marsches blieb. Die Nacht war so dunkel, wie man sie selten trifft, und zwang zum Schweigen.
In der Dämmerung des jungen Morgens traf sie die Erfüllung. Sie standen auf Österreichs Boden. Es wirkte befreiend. Sie wurden froh, laut und lärmend und freuten sich dem nahen Ziele entgegen.

VII

General Ruska biß in die Feder, daß sie krachte.
Graf Piati, der Oberkommandierende der 7. Armee, war eben an der Spitze seiner Leute in Hermagor eingetroffen und hatte sich unverzüglich zu Ruska begeben.
Es war zum Speien. Nicht genug, daß ihn die Entdeckung der Flucht der wehrfähigen jungen Leute wie ein Guß aus heiterem Himmel getroffen hatte. Das war nur der erste Pfeil, der sich dunkler Ahnungen voll in sein Hirn gebohrt hatte. Es machte ihn rasend, daß die Menschen beim Verhör durch seine Leute stur wie Tiere blieben und stumpfsinnig zu Boden sahen, als könnten sie keinen Gedanken fassen. Auf den Rat Maronis, zu dem er sich oft hingezogen fühlte, war aus der Angelegenheit keine Staatsaffäre gemacht worden. Es schien ihm auch selbst so am klügsten, obwohl ihn die Lösung keineswegs befriedigte. Er sah empfindlich jedem weiteren Zeichen entgegen und erwartete anfangs schnell eine Katastrophe. Maroni verstand es bald, ihn zu beschwichtigen und ihm die Lächerlichkeit eines Hilferufes an das Hauptquartier vorzuhalten, im damaligen Augenblicke, da nicht das Geringste auf einen ernsthaften Gegenstoß des Feindes hinwies.

Er schien recht zu behalten, was in Ruska eine gewisse Rührung auslöste, die ihn aber nicht abhielt, den Entflohenen nachzuforschen. Es war ihm gleich selbstverständlich, daß sie sich zu den neuesten Truppenansammlungen der Österreicher durchgeschlagen hatten, und die Bestätigung der Annahme war ihm Genugtuung.
In dieser neuerlichen Ruhestellung sank der Sommer mehr und mehr hin, und der erste Tag des Septembers schon hatte, ein Zeichen nahen Verfalles, alle Leidenschaftlichkeit trüber Empfindungen des Generals wieder geweckt. Noch lagen die gelben und braunen Blätter lange nicht zu herrlichen Tigerfellen gefügt am Boden, aber der herbstkündende Name des neuen Monats trug ihm genug Gedanken zu, die sagten, daß Herbst und Verfall nicht im Glied eines Jahres fehlen könnten.
Der erste Tag des Monats noch brachte ihm die Nachricht, die ihn befriedigte. So unangenehm sie war. Die Truppen der Österreicher standen zum Angriff bereit an den jungen Grenzen. Er beruhigte sich, gab die notwendige Meldung nach dem Hauptquartier weiter und forderte mit Nachdruck die nötigen Truppenmengen, um dem nun nicht mehr im Zweifel stehenden Angriff entgegentreten zu können. Andere Augenblicke brachten ihm wieder Erregungen, die er zu Wildheiten in Haß und Zorn steigerte. Er quälte Untergebene, um sich ruhig zu reiben. Es war natürlich an ihm und kam in Aufregungen zutage, um ihn für größere Entscheidungen besonnen zu machen. Und er war auch einer von jenen Menschen, die eine kleine Schande härter ertragen als große Niederlagen und sie mit dem ganzen fähigen Haß zu überbrücken versuchen. So trug er die Erinnerung an die Unterberger Kellnerin wie einen Stachel mit fort. Der begann oft zu schmerzen, und des Generals Ausbrüche, die die Armee kannte, wurden jetzt letzten Endes durch ihn gesteigert, in einer Art, wie sie gemildert auch der neu angekommene Graf Piati erfuhr, der,

da er von Menschlichkeitsidealen erfüllt war, sich unangenehm berührt fühlte.
Dieser intimeren Aussprache ging eine sachliche Betrachtung vor[aus], die in der Hauptsache die Anordnungen und Vorbereitungen für die kommende Zeit betraf, in der eine enge Zusammenarbeit der beiden Generäle erfordert war. Graf Piati sollte den morgigen Tag noch benutzen, um nach dem Obergailtal weiterzuziehen, um die Grenze so schnell als möglich zu erreichen. Während Ruska seine Truppen einstweilen in der Reserve hielt, jedoch im Augenblick bereit, den anderen nachzustoßen. Fest als Besatzungsmannschaft sollte nur Hauptmann Maroni mit einer kleinen Anzahl Soldaten der Fußmannschaft bleiben.
Über den Überlegungen militärischer Art zerkaute er den Federkiel ganz, warf ihn zu Boden, spuckte ihm nach und ließ Maroni rufen. Er teilte ihm kurz das Notwendigste mit, kürzer als er sonst mit ihm zu sprechen pflegte. Der Hauptmann nahm seine Ordre mit heiterer Gleichmütigkeit entgegen. Es wäre ihm so und so recht gewesen, auch abgesehen davon, daß Untergebene keine Meinung über Aufträge zu haben hatten, schlechte am wenigsten. Und so gefiel es ihm auch, in Hermagor zurückzubleiben, obwohl er richtig schon Lust hatte, wieder einmal etwas Neues mitzuunternehmen. Ein wenig Wehmut wollte ihm doch noch kommen, aber er tröstete sich mit dem Gedanken, daß er bisher nichts versäumt hätte und auch weiterhin nie zu spät kommen würde, da Kriege nie so schnell enden, wie sie begonnen werden – und damit verließ er den General.
Ruska dachte noch einige Zeit nach, erwog alle Möglichkeiten, und ihm kam das erstemal der Gedanke, daß er bisher nie an Sieg und Niederlage gedacht hatte, auch diesmal nicht, und nur immer am Schluß den Erfolg als selbstverständlich hingenommen hatte. Gleich aber erschien es ihm unsinnig, hin und her zu wägen – denn man muß

Siege nur als gegeben und nicht außerordentlich nehmen und Niederlagen für ausgeschlossen halten, um zu siegen. – Das war der Schluß seiner Philosophie.
Er setzte sich an den Tisch, um unter ein Papier seine Unterschrift zu setzen, mit einem so gewaltigen Zug, als ob Napoleon es selber schriebe.
›Wenn man auf beiden Seiten, herüben und drüben auf der der Österreicher, aber nun das gleiche denkt, auf beiden Seiten Sieg. Wer siegt dann?‹
General Ruska lachte leise, und seine kleinen Augen liefen wohlgefällig über die schwungvollen Schriftzüge.
So etwas denkt man eben nicht.

Der September hatte beinahe die Hälfte seiner Tage verloren. Aber es war noch immer Sommer, herrlich wie in den ersten Tagen des Drusches. Der Nebel schlief noch unter den Wiesen, und es schien, als wollte er noch lange schlafen. Die Blätter saßen noch so fest und lachten, wenn der Wind sie jagte. Oh, die Zeit, wo sie fallen, war noch weit. Aber in wenigen Tagen würde man sagen, es ist Herbst geworden.
Das mußte auch Franz Brandstetter denken.
Die Dumpfheit des großen Stalles war von Stimmen erfüllt. Der Student sah kurz auf und blickte auf die anderen. Sie standen da wie er, mit nacktem Oberkörper und verschmutzten Hosen, und ihre Hände gingen wie seine immer mit der fetten schwarzen Bürste über die warmen Leiber der Pferde. Es war nichts, das an den Glanz der Frimonthusaren erinnerte, wie sie jeder mit vom Wind erhobenen Häuptern, denen das Hurra in das Gesicht geschrieben schien, über Straßen und Wege reiten sah.
Scherzworte flogen hinüber und herüber. Franz Brandstetter sah auf manche heiteren Stunden mit den Burschen zurück, aber es war keine, auf die er nicht schreckhaft erwacht war, sich nicht in einem Meer von Ungewißheit er-

trunken sah. In den letzten Tagen hatte er auch nicht mehr die kleinste Freude gefunden. Jede verrinnende Stunde schlug höhnend von der kleinen Kapelle, jeder neuerlich brennende Sonnenstrahl stach ihm tief ins Bewußtsein. Alles schrie ihm zu Fratzen verrenkt zu: Es wird Herbst.

Es wurde Herbst. Der Kalender stand unerbittlich in schwarzen Lettern, und der Finger mußte jeden Tag eine Stufe tiefer weisen. Und im Oktober wollte er, nein, mußte er in Wien sein. Oft legte er den Kopf in die Arme, die Augen brannten ihm heiß, und er fühlte, daß sie selbst die aufsteigenden Tränen niederbrannten. Bald war er fühllos geworden, bald von leidenschaftlichem Wahnsinn erfaßt, als seine Hoffnungen enttäuscht wurden. Er hatte fest geglaubt, daß der Kampf heute oder morgen ausbrechen müßte und daß der Zeitpunkt der Auseinandersetzung unwiderruflich da sei.

Doch die Tage zogen sich hin. Die erste Zeit wurde noch durch hundert kleine Dinge, die den Reiz der Neuheit hatten, in Bann gehalten. Es war die Zeit gewesen, wo man die Entflohenen mit Jubel begrüßte und empfing, wo man sie einteilte, den Studenten, dessen eigentümliches Schicksal jedoch streng verschwiegen wurde, zu den Frimonthusaren des Rittmeisters Johann von Biro, die anderen dagegen, da ihre Reitkünste nicht weit reichten, zu dem Infanterieregiment Nr. 53, das nur in einigen Teilen vertreten war. Es wurde dann mit dem später hinzukommenden Szekler Grenzregiment unter den Befehl des Obristleutnants de Mumb gestellt. Es blieb aber auch den einfachen Männern nicht verborgen, daß er nicht der eigentliche Herr der vereinigten Streitmächte war, sondern der Freiherr von Pirquet, dessen Einfluß von sonderbarer und bezwingender Art war. Er stand im Range eines Hauptmanns, befehligte das achte Jägerbataillon und hielt seine Hand auch über die Husaren des Rittmeisters. Doch hätte man ihm längst bedenkenlos Größeres anvertrauen können.

Er hatte große, helle Augen, die freundlich waren, aber der Hohn lachte aus ihnen. Es gab viele, die vorgaben, ihn zu hassen, ihn aber doch eigentlich liebten. Sie nannten ihn einen gemeinen Hund, der ihnen den letzten Tropfen Blut herausziehen wolle und den man einmal niederknallen sollte. Aber sie ahnten wohl selbst, daß sie unfähig dazu waren, und krochen doch wieder und fraßen ihm aus der Hand, wenn er gnädig war, und zitterten vor seinem fast wortlosen Hohn. Er hatte eine Art sich zu geben, die selbst dem Hochmut ungeheuerlich geschienen hätte. Es hatte aber schon Kämpfe gegeben, wo sich alle in seine Nähe drängten, wo jeder sein Leben an ein besonnenes Wort dieses Mannes hängte. Er war es auch, der etwas um die Gestalt des Studenten ahnte.

Brandstetter hatte sich mit den Freunden bei ihm gemeldet und die Liste ihrer Namen von seiner Hand geschrieben abgegeben. Pirquet sah sie kurz an und verlangte nach dem Schreiber. Der Student trat ahnungslos vor. Da fühlte er zum ersten Male einen der Blicke des Hauptmanns, die man schwer gleichgültig nehmen konnte. Den anderen Tag, bevor man Brandstetter von den Freunden trennte, war ein Teil der Truppen in Reih und Glied angetreten, und die Neuen taten ihr Bestes dabei. Der Hauptmann schlenderte mit dem Obristleutnant de Mumb über die Wiese. Plötzlich hielt er an, wies mit der Hand herüber und senkte den Blick in den Brandstetters.

»Die Bauernlakel können gut schreiben«, sagte er laut und deutlich.

Dem Studenten schoß das Blut bis unter die Haarwurzeln, und er fürchtete ein Verhör und die Entdeckung. Doch es geschah nichts und auch weiterhin nicht. Da wurde er ruhiger. Pirquet sah ihn nie mehr an, aber er bewegte Franz Brandstetters Gedanken, die ihn um seine Kraft bewunderten. Das hütete er sich jedoch den Kameraden zu sagen.

Anfangs lagen ihm die Vergangenheit und die jüngsten

Ereignisse weit zurück, wie ein unglaubliches Märchen stellten sie sich zag in der Erinnerung ein, aber mit den Tagen der Entfernung kehrten sie näher und gewannen die Wirklichkeit. Er begann sich mehr und mehr mit Gedanken an seinen Vater zu beschäftigen. Nach dem ersten Erwachen schien ihm der Bruch mit dem Elternhaus unvermeidlich. Doch bemühte er sich, seinen Zukunftsschauspielen einen versöhnlichen Ausgang zu finden.
Warum sollte der zwar verständliche Zorn seines Vaters nicht überbrückbar sein? Fast alle jungen Burschen aus den Dörfern und Märkten hatten ihre Arbeit, ihre Leute verlassen und waren mitgegangen. Und sollte er das nicht tun dürfen, nicht, wo es nicht einmal sein freiester Wille war. Sie alle, ihre Art, ihre Auffassung hatten ihn dazu gezwungen, und in dieser Auffassung lag auch die seines Vaters.
Auf diese Weise und noch anders beruhigte er sich. Es gelang ihm nicht ganz, und er wußte auch, daß in der Rechnung ein Fehler steckte.
An Fini zu denken verhinderte er sich mit einer sonderbaren Scheu. Oft tat er vor sich selbst, als wäre sie nie in sein Leben getreten, vielleicht weil er wußte, daß ihr Sein in seinem Leben unmöglich war. Er dachte auch noch an andere Lösungen, aber nach den vielen verschiedenen Überlegungen blieb doch wieder nur die ehrliche Unmöglichkeit eines Beisammenseins. Er mußte jede Hoffnung in dem Mädchen löschen, denn er war fest entschlossen, nach Wien zurückzukehren, obwohl er von Tag zu Tag mehr verzweifelte, da der Kriegsbeginn in immer weitere Ferne zu rücken schien. Und trotzdem hoffte er, ja, seine geradezu verrückte Hoffnung wuchs mit der Verzweiflung.
Noch ein neuer Wesenszug kam hinzu. Aus dem lustigen, lauten Soldatenleben, in das er hier trat, tauchte er in die geheimnisvollsten, schönsten Stunden einer frühen Zeit zurück. Die stille Lust des ersten Jahres seiner Studenten-

zeit war im aufgeregten Leben der folgenden verloren gegangen. Jetzt schlich er sich in den knappen Minuten der freien Zeit davon, nachts zur Kapelle, tags in verborgene Winkel. Dort öffnete er seinem Wunsch die Weite des Domes, schuf das träumende Halbdunkel, die kühle Wölbung, die Kälte des frierenden Steines, die sich durch das demütige Knie fraß. Er betete nicht, wünschte und bat kein Wort. Der Traum, die Lust am Traum erfüllte ihn zu sehr. Er atmete alle Sehnsucht mit dem schleiernden Rauch des Weihrauchs und der Kerzen, und eine wesenlose Musik, deren Töne bald durch die Stimmen von düsteren Chören, bald durch die Mächtigkeit der Orgel getragen wurden, verzauberte die fühlenden Sinne. Der Genuß wuchs noch aus den Schauern, die die Kälte der Steine und die Erregung durch den Körper zitterte. Der Leib fieberte unter den Eindrücken, und die eisigen Stöße, die ihn wie ein Schlag von Zeit zu Zeit durchjagten, lösten sich wohltuend in einem Erschlaffen, das nach höchster Kraftanstrengung entsteht und willenlos glücklich macht.

Jetzt war ihm der Gedanke daran unangenehm, fremd und unverständlich. Es war auch schwer, ernst zu bleiben, wenn man sich dabei ertappte, daß man das an sich vorüberziehen ließ, während man das Fell eines Pferdes putzen mußte und vom Gelächter der Kameraden umhallt war. Franz Brandstetter bezog in solchen Augenblicken des Erwachens immer das Gelächter auf sich und war verletzt. Es kam wohl auch, weil er wußte, daß er nicht geliebt wurde.

Er war daran, wieder in Gedanken zu fallen, als er sich besann. Er zog schnell aus der Summe aller seiner Vorstellungen und Empfindungen die schönsten und wohltuendsten Schlüsse, und was ihm bisher abschließend nie in den Sinn gekommen war, erfaßte ihn jetzt. Mit einem Mal glaubte er zu wissen, daß alles ein gutes Ende nehmen

würde, wenn er nur die Kraft hätte, sich aus dem erzwungenen Schicksal zu lösen, diese Bande hier zu brechen und sich so im letzten Augenblick zu retten.
Wer hatte das Recht gehabt, ihn aus seiner Ruhe aufzuschrecken, zu jagen, zu hetzen von einer ungewollten Handlung in die andere. Er war anfangs nicht Mann genug gewesen, sich zu wehren und zu lösen, aber er war Mann genug, heute mit größter Gewalt, auch über den Bruch seines Wortes hinweg, den entscheidenden Schritt zu tun, um sich wiederzufinden.
Es ängstigte ihn, an den Bruch seines Wortes zu denken, aber er mußte fliehen. Morgen noch, besser heute schon. Er mußte fort von hier um jeden Preis. Er hatte nur ein Leben zu verlieren, aber er schätzte das seiner Seele höher als das des Leibes, und darum entschloß er sich.
Ein früher Ausbruch des Krieges mit kurzer Dauer wäre eine schönere Lösung gewesen, mußte er bitter denken. Aber es wollte nicht so werden. Es wollte wohl sein, daß er gezwungen war, von zwei Wegen einen zu wählen. Es war eine Qual, das Richtige zu finden.
Der Entschluß zum Handeln erleichterte aber viel in ihm. Er lächelte erlöst, aber die Lippen zuckten unsicher. –
Hauptmann Pirquet trat in das Tor und sah mit ungewöhnten Augen in das Halbdunkel. Sein erster Blick, den die Burschen nur fühlten, nicht sahen, ließ sie aufschauen. Er winkte sie zu sich her, machte freundliche Augen und meinte, sie sollten es genug sein lassen und lieber zusehen, daß sie bis zum Abend rittbereit seien.
Alle blieben stumm, und der Student erschrak maßlos vor der neuen Überraschung. Als der Hauptmann gegangen war, [brachen] die Husaren in ein wildes Freudengeheul aus. Sie gingen mit Fäusten aufeinander los, stießen sich und lachten unbändig. Sie fanden es prachtvoll. Nun sei es sicher, daß der Krieg beginne, der Befehl wäre zwar zweideutig, aber doch eindeutig wie selten etwas.

Es fiel keinem auf, daß Brandstetter sich an der allgemeinen Freude nicht beteiligte. Er war erbittert. Er wollte einen Schritt tun, aber das Schicksal blies aus spöttischen Backen und trug ihn weiter, weiter, als sein Schritt jemals gezielt hatte. Auch ihm schien in der Bemerkung Pirquets eine Deutung auf den Kriegsbeginn zu liegen. Nun, er hatte Wochen gewartet, immerzu gewartet, aber alles ging einen anderen Weg. Heute war sein Entschluß reif geworden, dieser Stufe seines Lebens ein Ende zu machen. Wochenlang hatte er darum gerungen, jetzt war es errungen und ihm im Augenblick schon wieder entwunden.
Er ging nochmals zu den Pferden zurück und fuhr wahllos einem über das fette, glänzende Fell. Der Geruch war ihm mit einem Male unerträglich, und er suchte die Freiheit durch das breite Stalltor.
Er glaubte, daß es jetzt kaum notwendig wäre zu fliehen. Aber trotz des Kriegsbeginnes würde vielleicht alles zu spät sein, denn es war spät.

Es war Nacht. Da ritten sie wirklich. Weit hinten waren die Fußtruppen, aber die gleiche Begeisterung trieb sie vorwärts. Als die Hufe in die Erde der Grenze schlugen, riß es sie zu einem einzigen Ruf zusammen: »Für Gott und Kaiser siegen oder sterben.«
Von den nahen Felsen klangen die Worte vielfach zurück und verebbten in der Weite.
Mitten unter der Schar war der Student Franz Brandstetter. Er murmelte den Jubel gedankenlos mit und war weit weg. Er mußte denken, daß er um diese Begeisterung sein Leben verlassen und damit verloren hatte.
Es war ungeheuerlich, aber die Franzosen flohen wirklich. Rasch, wie auf einer wilden Treibjagd hetzten die Österreicher die Truppen des Grafen Piati vor sich her. Sie gönnten sich keine Atempause, und den anderen war keine gegönnt. Franz Brandstetter mußte mit einigen Verwunde-

ten in Weißbriach zurückbleiben. Er war erleichtert, als er den Auftrag vernahm, denn er hatte Hermagor entgegengezittert. Er gestand sich ehrlich, daß er unfähig gewesen wäre, jetzt so überhastet nach Hause zu kommen. Daß es ihm aber im Falle des sicher scheinenden Sieges doch noch bevorstände, wußte er und begann sich darauf vorzubereiten. Die unangenehmen Gefühle verdichteten sich wieder, wenn er an den Dechant dachte, und er zwang sich zu Heiterkeit und Unbeschwertheit.

Währenddem hatten der Obristleutnant de Mumb und Hauptmann von Pirquet ihre Leute ohne verhältnismäßig große Verluste bis vor Hermagor gebracht. Dort entbrannte am Eingang ein kurzes Gefecht, bei dem die Österreicher durch ihre günstige Lage an einem Hügel im Vorteil waren, die Oberhand behielten und darauf ohne Widerstand Hermagor einnahmen. Hauptmann Maroni erlitt dabei einen kleinen Streifschuß und konnte auch ohne Rücksicht auf die ihm lächerlich scheinende Verwundung den Auftrag, im Markt zu bleiben, nicht erfüllen. Mit General Ruska verließ er als einer der letzten den Ort. Der General versuchte nicht mehr, sich zu stellen, sondern wollte eine Verbindung mit den südlich um Villach gelegenen Besatzungsmannschaften gewinnen. Verloren gab er nichts.

Mit großer Freude sah die Bevölkerung nach Jahren die ersten österreichischen Soldaten wieder. Die Bauern waren stolz auf ihre Söhne, die unter ihnen waren. Der Brandstetter ließ sich nicht sehen, aber die Frau lief herbei und fragte nach Franz. Sie war ganz unglücklich, daß er nicht mitgekommen war, aber die anderen trösteten sie damit, daß es ihm gut gehe und er schon nachkommen werde.

Während dieser Zeit ereignete sich im Pfarrhause ein unglaublicher Vorfall.

De Mumb und Pirquet betraten kurz nach der Ankunft die Wohnung des Dechants, der die Offiziere mit einigem Er-

staunen musterte. Er lächelte kurz und verstärkte diese Bewegung, als ihm der Hauptmann mit stummer Verbeugung ein Papier reichte, das er schnell überflog.
»Ich stehe zu Ihrer Verfügung«, begann Freneau ernst, und Pirquet begegnete ihm mit einem forschenden Blick.
»Ich hoffe, Hochwürden«, erwiderte der Obristleutnant verlegen und schwerfällig, »daß Sie uns nicht mißverstehen. Es soll lediglich unsere Arbeit sein, Ihnen den Erlaß, ... hm ... eben den Erlaß der Regierung zu überbringen. Es ist mir persönlich äußerst unangenehm, ... hm ... Hochwürden zu bitten, ... hm ... sich in meinen Schutz ... hm ... zu begeben.«
De Mumb blickte hilflos auf den Hauptmann. Er fühlte sich der peinlichen Lage nicht gewachsen. Dechant Freneau holte Atem, drehte das ehrwürdige Papier achtungslos um die Finger und versetzte todernst:
»Um es genau zu sagen, die Regierung ist der Meinung, gefährliche Landesverräter müssen unschädlich gemacht werden. Ich schließe mich dieser Meinung selbstverständlich an, betrachte mich als verhaftet und bin bereit, mich dem Rechtsspruch einer Kommission zu unterwerfen.«
Der Obristleutnant spürte den Hohn. »Hochwürden scherzen natürlich«, stotterte er.
»Hochwürden scherzen nicht«, sagte Pirquet kalt. Darauf wandte er sich zur Tür, öffnete sie dem Obersten und wandte sich noch einmal zurück. »Ich darf Sie also bitten, vom Augenblick an den Schutz meiner Leute anzunehmen.«
Draußen, als die beiden Offiziere zum Marktplatz hinuntergingen, wandte sich Pirquet zum anderen, den vorhergegangenen Auftritt ganz übergehend: »Ich meine, die Entscheidung haben wir mit dem Sieg auf keinen Fall. Ich bin dafür, sofort nachzustoßen und Ruska zu einer Schlacht zu zwingen.«
De Mumb wollte sich darauf nicht ganz einlassen. Er war

froh, ohne große Aufregungen das halbe Tal besetzt zu haben, aber dabei war es ihm doch auch ganz klar, daß das nicht das Ende war. Er wurde Pirquet gegenüber heftig und vertrat die Meinung, mit der ganzen zusammengeschlossenen Macht den Gegenstoß zu erwarten. Der Hauptmann blieb kühl und bestimmt. Schließlich einten sie sich so weit, daß Pirquet mit einem Teil nach Süden weiter sollte.
Es verhinderte aber auch nicht, daß die Franzosen am zweiten Tag darauf verstärkt kamen und die Österreicher wieder bis an den Kreuzberg, von wo sie einfielen, zurückwarfen und Hermagor neu in ihren Besitz nahmen.
Bei ihrem Abzug nahmen die Österreicher den Dechant Freneau mit. An der Grenze sammelten sie sich, schieden die Verwundeten aus und ließen sie über das Drautal wegbringen. Bevor Freneau in einem Wagen mit seiner Bewachung den Truppensammelplatz verließ, erblickte ihn der Student Franz Brandstetter. Er erschrak und glaubte, sein Herz stünde still. Er erfaßte den Umstand dieses Wiedersehens nicht, aber er fühlte doch, daß es schrecklich war. Einen Augenblick trafen sich ihre Blicke. Dann wandte sich der Student langsam, scheinbar gleichgültig, als hätte er ihn nicht gesehen. Er machte ein paar schnelle Schritte und trat um eine kleine Holzhütte. Dort verhielt er den Schritt und fühlte nach der heißen Stirn. Er wurde nicht ruhiger, und es drängte ihn, noch einmal nach dem Pfarrer zu sehen. Er legte den Kopf eng an die Wand und blickte hin, von wo er gekommen war. In einiger Entfernung stand Freneau noch immer, wie zögernd, um den Wagen zu besteigen. Sein Mund lächelte, und die Augen ruhten auf der Stelle, die er verlassen hatte, um hierher zu fliehen. Er sah Mitleid, Überlegenheit und Spott um diesen lächelnden Mund . . . Aber es war eine leise, bittere Wehmut.
Am darauffolgenden Tag, dem 18. September 1813, drangen die Österreicher wiederum vom Kreuzberg vor. Um

Weißbriach kam es zu einem erbitterten Gefecht. Jeder, ob Franzose oder Österreicher, spürte, daß dieser Tag die Entscheidung bringen müsse. Die Österreicher hatten die ersten Verluste, aber sie kamen Stück um Stück vorwärts. Um Möschach schien sich das Blatt schon zu wenden, aber zuletzt blieb das Glück weiter auf ihrer Seite. Nach vorgefaßtem Entschlusse trennte sich Hauptmann Pirquet von der Hauptmacht und drang mit einer kleinen Schar seines Jägerbataillons in die Wälder der linken Höhen des Achforstes hinauf, um über Radnig und durch den großen Graben dem durch Hermagor weichenden Feinde zuvorzukommen.

Mit kaum unterdrückter Freude sahen die Hermagorer die zurückfliehenden Franzosen durch den Markt kommen. Auch die Besatzung machte sich in kürzester Zeit zum Abmarsch auf den Befehl des Generals bereit.

Hauptmann Maroni packte im Wirtshaus seine Sachen zusammen. Er ging ein wenig nutzlos hin und her. Draußen warteten seine Männer. Er trat in die Küche. Die Kellnerin war allein.

»Ja, Fini, heute ist es so, morgen so. Morgen sind wir vielleicht wieder da.«

Sie sah ihn erstaunt an. Es klang mehr traurig und hoffnungslos.

»Jaja«, murmelte sie.

Vom Feuer zog ein guter Geruch.

»Ah, du kochst schon für eure Soldaten das Mittagessen.«

»Ich weiß nicht«, errötete sie verlegen.

»Ja, ich weiß aber schon«, sagte er.

Sie stand mit gesenktem Kopf und überlegte. Endlich entschloß sie sich und richtete mit fliegenden Händen ein Jausenpaket. Sie reichte es ihm mit zweifelnden Augen. Er wurde heiter, dankte ihr gerührt und küßte sie. Sie ließ es geschehen, sah, wie er sich noch zweimal zögernd unter der Türe zurückdrehte, nickte und dann ging.

Maroni kam mit den Allerletzten aus dem Ort. Die Österreicher waren nicht allzuweit. Sie zogen mit lauten Siegesrufen abermals in Hermagor ein. Ein Teil blieb zur kurzen Rast, andere, die Frimonthusaren unter dem Rittmeister Biro und Fußsoldaten mit Obristleutnant de Mumb, jagten weiter. Gegen Obervellach kamen sie wieder zum Schuß. Sie drängten sich eng aneinander gegen die Ortschaft. Hier traf Maroni eine Kugel aus dem Gewirr der Kämpfenden und zerschmetterte ihm das Knie, daß er abseits von der Straße ins Gras stürzte. Einen Augenblick verlor er die Besinnung, sah dann wie durch einen Schleier Freund und Feind vorüberhasten. Der Schmerz rief ihn wach, und um sich zu schützen, zerrte er sich einen Schritt weiter hinter eine einzelnstehende Esche, die ihn halb verdeckte. Dort lag er, den Kopf ungeschickt am Stamm hochgelehnt, ohne einen Gedanken, nur von der sinnlosen Wut des Schmerzes durchtobt.
Gleich nach dem Abzug der Franzosen drängten die Bauern aus den Häusern, die Männer bedächtiger, die Frauen aber aufgeregt und überall am ersten Platz, denn den ließen sie sich bei der Rückkehr der Söhne nicht nehmen. Jakob Unterberger, der jetzt mit großer Bewegung und sehr viel Patriotismus den Titel ›Maire‹ ablegte und den alten des Bürgermeisters aufnahm, stand mit den Gemeindemitgliedern in der Mitte des Platzes und lenkte alle Blicke mit Neugier auf seinen Kreis, der aus dem engen gesprächigen Beieinander schon künftige Neuerungen ahnen ließ.
Und dann waren sie da. Sie waren erhitzt und keuchten noch von den Anstrengungen. Die Marschierenden schwangen die Fahnen, es war ein buntes Bild, das augenblicklich durch die kopflose Freudigkeit der Bevölkerung zerstört wurde. Sie drängten herzu, es gab lachende und auch weinende Gesichter und das alles so plötzlich, daß keiner dabei genau wußte, warum er so glücklich war. Die Befreier wurden in die Häuser gezogen, wo auf den Ti-

schen das beste geräucherte Selchfleisch, Speck und Brot und Schnaps und Wein warteten, um sie zu stärken und zu erfrischen. Das Wirtshaus war gleich voll von Soldaten, die wie die eigenen Söhne umsorgt wurden, und die Leute konnten ihnen aus Dankbarkeit nicht genug tun.

Franz Brandstetter war noch schneller als alle anderen aus dem Sattel gewesen. Sein Pferd wurde von vielen Händen weggeführt, und so war er dieser Pflicht ledig. Er wühlte sich mit suchenden Augen durch die Menge. Das Gewirr lichtete sich bald, aber soviel er auch um sich sah, weder der Vater noch die Mutter waren da. Er war unschlüssig und konnte sich keinen Reim darauf machen. So ging er zögernd, immer wieder zum Platz zurückblickend, die Straße abwärts. Das Tor des Hauses war offen wie immer. Er blieb stehen, bevor er eintrat. Die Laben war still und verlassen. Aber beim ersten Schritt, den er hineintat, hing die Mutter an ihm. Sie weinte laut. Sie war eng an der Wand gestanden, wo sie sein Blick nicht traf. Er wußte gleich, daß sie auf ihn gewartet hatte. Er hielt sie steif, aber doch mit Wärme. Sie schob ihn zum Tisch, drückte ihn auf die Bank und rückte neben ihn. Sie wischte noch immer die Tränen, schneuzte und schluchzte. Endlich begann sie:

»Franz, Franz, daß du nur wieder da bist. Daß du nur wieder gesund da bist.« Es war mehr ein großer Jammer als Freude. Er lachte. Sie aber konnte sich nicht beruhigen.

»Wenn du nur nie fort wärst, mein Gott, wenn ich was gewußt hätte davon, nie hätt ich dich fort gelassen.«

»Aber es ist ja alles gut jetzt. Ich bin wieder bei euch und gesund bin ich auch. Schau ich vielleicht schlecht aus?«

Aber sie weinte fort, und er konnte keinen Grund finden.

»Ja, und wo ist denn der Vater?« fragte er.

Bei diesen Worten kam der Bauer herein.

»Grüß Gott, Vater«, sprang der Student auf.

Der Alte hängte einen Korb auf, dann sah er kurz hin, wandte sich mit leicht hängenden Schultern ab und ging.

Unter der Tür drehte er den Kopf noch einmal mit dem Blick auf die Frau zurück. »Du, das Vieh hat noch kein Futter. Geh bald.«

Sie schluchzte wieder auf, lauter als zuvor, und dem Studenten erstarb jedes weitere Wort und jeder Schritt. Nun war geschehen, was er oft gedacht hatte, aber es war doch so neu und niederschmetternd, wie es nie in den trübsten Gedanken war. Er sah noch nach, wie der Bauer das Haus verließ, dann wandte er sich so ruhig zur Mutter, die zusammengesunken auf der Bank saß, daß er es nie für möglich gehalten hätte. »Wenn der Vater nicht will, daß ich in das Haus komme, gehe ich natürlich.«

Er sah rund umher, wie um mit Bewußtsein noch ein letztes Mal die lange lieben Dinge aufzunehmen und zu bewahren. Steif ging er hinaus und die Straße wieder hinauf.

Es war gar nicht besonders schwer gewesen, das zu sagen und fortzugehen. Jetzt erst erfaßte er diesen Schritt ganz. Er war so ungeheuerlich, daß er gar nicht zu erfassen war.

Seine Füße gingen schwer, als klebten sie, und dem Gehirn ging es nicht anders. Er wußte nicht, wie oft er den Marktplatz hin und her geschritten war. Endlich hob er mit einem Ruck die Schulter und trat in das Wirtshaus. Er ging gleich vom Flur in die große Stube, die noch vor kurzer Zeit die Franzosen besetzt hatten. Überall war es voll von Menschen und Lärm. Die Fini sah er zuerst, denn ihre Augen standen nur nach ihm. Sie kam gleich strahlend, faßte mit beiden Händen nach seinem Arm.

»Du Franzl . . .«

»Grüß dich Gott, Fini«, murmelte er. Sie wußte nicht, ob sie lachen oder weinen sollte, und stand ratlos. Er hieß die Kameraden ein wenig zusammenrücken und drückte sich zwischen sie. Er war abwesend, versuchte aber nach ihren Gesprächen zu horchen und mitzureden.

Das Mädchen stand noch eine Weile und sah ihn an. Es

kam mit dieser Begrüßung nicht zurecht. Franz Brandstetter merkte nichts, weder seine eigentümliche Art noch des Mädchens Betroffenheit. Am Tisch nahm man seine knappen Antworten nicht als merkwürdig und außerordentlich, denn er hatte mit den Soldaten nie viel gesprochen. Im Vorüberhasten, denn es gab mehr Arbeit als sonst, blieb die Fini kurz nochmals beim Studenten stehen.
»Warst denn schon bei den Eltern?«
»Ja.«
»So kurz nur.«
»Gar so viel Zeit ist ja nicht. Wir wollen gleich weiter den Franzosen nach«, wich er schnell aus und sah wieder weg. Sie ging nachdenklich weiter.
Einige Husaren standen auf und forderten alle zusammen, um weiter zu ziehen.
»Dem Franzos soll heute noch die Luft ausgehen!«
Andere protestierten lebhaft und meinten, eine kleine Weile Rast schadete nichts.
Auch der Obristleutnant sprach nichts, aber im geheimen zählte er die Minuten, denn das Zusammentreffen mit Pirquet mußte gelingen, um die Entscheidung nicht noch einmal fallen zu lassen. Rittmeister von Biro ging auf die Straße. Es hielt ihn drinnen nicht länger.
Franz Brandstetter war ebenfalls bald vom Tisch aufgestanden und sprach mit dem Kaspar und den Wirtsleuten. Sie wunderten sich auch, daß er nach so kurzer Zeit schon von zu Hause weg sei.
»Na, was hat der Vater zu seinem Soldaten gesagt?« lachte arglos die Unterbergerin. Der Student dachte, sie wüßten alle von der Stellung des Vaters zum Sohn am Brandstetterhof, aber es konnte wohl nicht sein. Er riß sich zusammen und lachte: »Was bleibt ihm denn übrig.«
»Das ist richtig«, meinte voll Wichtigkeit der Wirt in seiner neuen vaterländischen Mission. Doch dann kümmerten auch sie sich um anderes.

Die Fini kam aus der Küche, um mit einem Eimer Wasser zu holen. Er ging stumm an ihrer Seite mit in den Hof. Er hatte sich mehr und mehr gefunden und sich besonnen, daß sie sich mehr zu sagen hätten.
»Ist es dir immer gut gegangen?« begann das Mädchen.
»Ja«, erwiderte er.
Sie hielt den Eimer dicht unter das Wasser, das prasselnd an den harten Boden schlug. Es stieg in die Höhe und lief über.
Sie schwiegen beide. Die Fini ging aber noch nicht. Sie schüttete umständlich etwas Wasser ab.
»Du schaust gut aus«, begann der Student wieder.
»Ja«, sagte sie.
Er sah sie genau an. Die Tränen saßen ihr in den Augen, aber sie unterdrückte sie. Er war sehr bestürzt.
»Du, Fini, . . . hast du oft an mich gedacht?«
Darauf erhielt er keine Antwort. Er fuhr mit der Hand durch den Brunnentrog.
»Was hast du denn gedacht, was mit uns weiter wird?« murmelte er hilflos.
»Ja nichts«, sagte sie und stellte den Kübel auf die Erde. Die Hände hielt sie unter den strahlenden Fluß des Wassers, der sie niederschlug.
»Hast du denn nie gedacht . . .«, setzte er an. Und dann wieder: »Wenn ich nur irgend etwas wüßte.«
Und zuletzt richtete er sich mehr in die Höhe und wurde heftiger: »Wenn ich dich nur nicht allein lassen müßte . . .«
»Allein werd ich ja nicht sein«, antwortete sie endlich, ohne sich zu bewegen.
»Was meinst du?« fragte er.
Sie schwieg lange. Dann sah sie ihn an: »Weil ich halt ein Kind haben werde.«
Die Fini war bestürzt, und ihre mühsam erzwungene Ruhe ging in Angst über. Sie hatte gesehen, wie er über diesen

Worten ganz wach wurde. Beinahe erstaunt und nicht fähig, es zu fassen, war seine erste Miene gewesen. Aber darauf die Veränderung seiner Züge hatte sie so entsetzt, daß sie wort- und bewegungslos auf ihn starrte. Sie begriff nicht, was in ihm vorging. Erst nach und nach bemerkte sie die dunklen Ringe um seine Augen, die kleinen Falten, die fremd und alt in der Jugend der Haut standen und jetzt den kranken Blick unterstrichen. Er stand so übergeneigt und ohne Haltung, daß sie fürchtete, er würde stürzen, aber sie wagte nicht, zu ihm zu treten. Ihr hellfühliges Herz ahnte dunkel etwas von den Schmerzen dieses Menschen, aber sie für sich glaubte sich schuldlos daran, da sie nie gedacht hatte, sein vorgezeichnetes Leben zu stören. Aber sie wünschte, ihr Wissen nie preisgegeben zu haben. Sie überwand ihre Furcht, und wo sie gern gestützt worden wäre, tat sie es nun doch ihrerseits. Sie griff nach dem gefüllten Eimer und trat zum Studenten.
»Nie wird ja jemand davon wissen, es bleibt bei dir und bei mir. Ich verspreche es dir. Gewußt hab ich ja immer, daß ich nie bei dir sein kann«, sagte sie leise und senkte den Kopf, um nicht in sein Gesicht sehen zu müssen.
Er ging willenlos hinter ihr in die Küche. Sie wußte nicht, was sie beginnen sollte. Sie wäre gerne bei ihm geblieben, wenn sie auch kein Wort mehr gewußt hätte, aber sie hatte ihre Arbeit und fehlte an allen Ecken, da sie schon eine lange Zeit miteinander im Hof gewesen waren. Sie versuchte sich in der Küche festzuhalten, schließlich mußte sie doch ins Gastzimmer, kam aber laufend gleich wieder zurück:
»Franz«, rief sie atemlos, »die anderen sind schon fort.«
Es war wirklich so. Biro hatte den Husaren keine längere Rast gegönnt und sie gleich zum Weiterritt gezwungen. Fußtruppen mit dem Obristleutnant hatten sich angeschlossen, und nur ein Teil war zurückgeblieben, aber kein einziger Reiter war darunter.

Brandstetter hörte es ziemlich gleichgültig:
»Ja, aber mußt du denn nicht dabei sein?« Die Fini war verzweifelt und sprach leidenschaftlich auf ihn ein. Das rüttelte ihn auf. Er sprach kein Wort, aber die Notwendigkeit der größten Eile erfaßte ihn plötzlich. Er entschied sich, den anderen nachzureiten. Wenn er schnell war, holte er sie gegen Obervellach ein. Er war überzeugt davon. Sie liefen beide nach dem Pferd. Schwankend, wie trunken, stieg er in den Sattel, und die Fini befürchtete noch einmal einen Sturz. Sie hätte ihm gerne die Hand gereicht, strich aber nur dem Roß über den Hals. Er lächelte sie verloren an und sagte die ersten Worte: »Am Abend bin ich wieder da.« Dann jagte er fort, daß kleine Staubwölkchen nach den einschlagenden Hufen am Boden kreisten.
Der entstehende Wind kühlte die furchtbare Hitze seines Körpers nicht, sondern wirkte nur unangenehm pressend und atemraubend. Von der Schnelle des Rittes war auch der Wirbel seiner Gedanken. Die verschiedensten Bilder hetzten fiebrig durcheinander. Zwischen wolkigen weißen Nebeln, die der Gegenwind schuf, und dem zu Blut getriebenen Schweiß seiner Augen sah er das Lächeln des Dechanten Freneau, die Heimkehr im Vaterhof, die Fini, von der er wußte, daß sie ein Kind haben werde. Und dann wieder schon länger Zurückliegendes: die Burschen, wie sie um die Befreiung des Tales rieten, er unter ihnen, und später, als sie die Frage um sein Mitkommen stellten. Er sah sich zögern, er spürte diese hilflosen, lächelnden Lippen, die Angst vor dem Ja und Nein zugleich.
Aber das war bald vorbei. Es blieb das Letzte. Was wollte er nur? . . . Ah, der Krieg wäre vielleicht schon heute entschieden. Dann ginge er nach Wien zurück. Als ob diese Zeit nie gewesen wäre. Aber da war noch die Fini. Wie . . . sie hatte doch gesagt, daß nichts für ihn bliebe, daß sie es schon allein tragen wolle. Aber es war nicht das Richtige. Er sträubte sich, es so leicht zu nehmen . . .

Die Steine flogen, er merkte, daß die eine Hand nicht mehr die Zügel hielt, sondern sich in der Jagd in das Fell des Tieres verkrampft hatte, das den Kopf immer steiler trug. Er versuchte auf gleich zu kommen.
Wie . . . wenn er der Fini doch Besseres tun könnte. Er übernähme den Hof, den Hof der Brandstetter. Es mußte ihn kein Honditsch haben. Aber er hätte dem Vater Schöneres tun müssen. Es war ein Gedanke, der nicht mehr ganz neu war . . . Er erinnerte sich noch.
Er fand den Halt am Pferd nicht wieder. Mit einem Ruck riß er die Zügel, zwang es zum Stehen und sprang ab. Er wußte, daß es der locker gegurtete Sattel war, der sich verschoben hatte und die Schuld trug. –
Hauptmann Maroni war noch nicht lange vom Lärm des Gefechtes verlassen. Sein Schmerz war von einem Irrsinn, dessen Nutzen kein Verstehen erfassen konnte. Seine Lippen und die Zunge waren wund von den beißenden Zähnen, und sein Sinn folgte gemartert jeder Regung, als ihn das Traben des einzelnen Pferdes aufhorchen ließ. Er faßte im Unterbewußtsein nach dem Gewehre und richtete sich spähend auf. Sein Auge war heiß und umschleiert auf den näherkommenden Österreicher gerichtet. Mit dessen Sprung vom Pferde glaubte er sich bedroht, und eine Welle des Entsetzens durchfuhr ihn. In ihm schrie alles: Leben! Er hob das Gewehr, blind das Auge am Feind und zitternd die Finger am Hahn.
Es war, als ob eine wissende Macht die Augen Franz Brandstetters hinlenkte, und das Erfassen seiner Lage und der Griff nach dem Gewehr seinerseits war das Werk eines Augenblicks.
Zwei Schüsse verhallten zu einem vereint in der Stille des späten Mittags.
Der Student Franz Brandstetter sank in den Staub der Straße. Er war im Augenblick tot.

Währenddessen ging der Kampf an den beiden Dörfern Obervellach und Untervellach vorbei. Die Österreicher kamen auch den zuerst entflohenen Franzosen immer näher. Das Gelände hob und senkte sich in zwei kleinen Hügeln, dann schimmerte das Blau des Presseggersees aus den riesigen Schilfflächen.
Der Obristleutnant wurde bei diesem Anblick von einem Feuer erfaßt. Er stürzte vor bis zur ersten Reihe der Feuernden und riß sie zu schnellerem Kampfe fort. Seine Augen hingen an dem Wald zur Linken, als erwartete er von dort die Entscheidung. Die Franzosen wandten sich jetzt endgültig zur kampflosen Flucht. Sie versuchten sich einzeln hinter den Bäumen zu decken, hier wo der Wald ganz nahe an der Straße stand. In dieser Hetze fanden sie eine weitere Verteidigung nutzlos. Es galt nur eines: sich nach Süden zu retten.
Sie wußten nicht, wie plötzlich der Feind hinter ihnen stand. Es entstand eine hemmende Verwirrung unter ihnen. Aber die Österreicher erfaßten es. Dort im Rücken lag den Franzosen Hauptmann Pirquet mit der kleinen tapferen Schar, die den weiten anstrengenden Umweg in der kurzen Zeit bezwungen hatte. Niemand auf der Seite des Feindes fand sich zurecht. Mit hilflosem Entsetzen drängten sie sich vor den Mündungen der österreichischen Gewehre zusammen und stoben wieder auseinander. Ein Teil unter Ruska und Graf Piati, der die Aussichtslosigkeit erkannte, stieß mit letzter Anspannung nach Süden durch und entkam dem sich schließenden Ring. Aber auch keinem anderen mehr gelang es, denn die Jäger waren auf der Hut.
Da liefen die ersten Franzosen in sinnlosen Rettungsgedanken dem See zu, und enger drängten die Husaren nach.
Die Wildenten flogen auf, das Schilf bebte unter mörderischen Schüssen. Irre Menschenschritte taumelten, hetzten,

jagten in die feuchten Wiesen, flohen dem Schilf zu. Die weichen Pölster gurgelten, Luftblasen quollen auf, und den nächsten Schritt nahm der schwarze, moorige Schlund.
Schrille Schreie und röchelnd verendende hallten auf. Ein verzweifelter Kampf, da Mensch und Mensch, dort Wasser und Mensch, tobte. Und wen nicht die Kugel traf, den behielt der See. Man konnte auf ihn nicht schießen, ihn nicht treten, würgen, er war grausamer als das entfesselte Menschentier.
Er blaute still und ruhig unter der warmen Nachmittagsonne und holte Mensch um Mensch, unerbittlich. Darüber spielten die Libellen, die Mücken tanzten, und kleine Spinnen schwammen mit rädernden Beinen.
Gegen Abend kehrte Hauptmann Pirquet, selbst durch drei Bajonettstiche verwundet, an der Spitze der Seinen mit allen erbeuteten Fahnen, Trommeln und Gewehren zurück. Auch die Zahl der Gefangenen war groß.
Am Weg zwischen Hermagor und Vellach kam ihnen das herrenlose Pferd entgegen. Unweit davon fanden sie Franz Brandstetter. Einer aus der zusammenstehenden Menge erblickte auch den französischen Hauptmann. Ein Schauer ergriff alle, als sie den krampfverzerrten Körper, die entstellten Züge sahen. Maroni trug noch einen zweiten Schuß, der ihm den Unterleib aufgerissen hatte.
Man brachte die Toten in den Markt. Die Brandstetterin stürzte sich in einem unmäßigen Schmerz auf den Sohn. Die Waba stand etwas abseits in der Menge und sah verächtlich auf die Bäurin.
Der Bauer war nirgends zu sehen.

An der Straße von Hermagor nach Vellach steht noch heute ein altes Kreuz, das ›Honditschkreuz‹ genannt wird, da es von Georg Wernitznig, dem Honditschbauern, herstammt, der nachmals den Brandstetterhof übernahm. Auf der Gedächtnistafel ist zu lesen, daß daselbst ein österrei-

chischer und französischer Krieger am 18. September 1813 fielen.
Die Chronik von Hermagor weiß zu berichten, daß die illyrischen Provinzen und damit das Gailtal am 17. Oktober desselben Jahres mit der Völkerschlacht bei Leipzig als erobert erklärt wurden.

Dechant Freneau findet man einem weiteren Bericht nach in den späteren Jahren wieder als Seelsorger im Markte, und von irgendwelchen Verdachtsgründen geht keine Rede mehr.

ANMERKUNGEN

Verzeichnis der Abkürzungen

Buchtitel

DJ	Das dreißigste Jahr. Erzählungen
Sb	Gedichte Erzählungen Hörspiel Essays (= Sammelband Piper)

Rundfunksender

BR	Bayerischer Rundfunk, München
NDR Hannover	Norddeutscher Rundfunk, Hannover
NWDR Hannover	Nordwestdeutscher Rundfunk, Hannover
HF-Aufnahme	Hörfunkaufnahme
PH	Ingeborg Bachmann in Ton- und Bildaufzeichnungen (= Phonographie)

Verwendete Zeichen

[– – –]	a) Fehlendes Wort oder mehrere fehlende Wörter b) Text bricht ab
[ ]	Enthält von den Herausgebern eingesetzte Wörter oder Titel

Vorbemerkung

Die chronologische Ordnung der Erzählungen richtet sich nach dem Datum der Erstveröffentlichung als Erstdruck oder als Hörfunkaufnahme.
Die Erzählungsbände DAS DREISSIGSTE JAHR und SIMULTAN sind in der Reihenfolge ihrer Erstveröffentlichung in diese chronologische Ordnung einbezogen.
Das Romanfragment DER KOMMANDANT aus dem verschollenen unveröffentlichten Roman STADT OHNE NAMEN ist seiner Entstehungszeit nach unter die frühen Erzählungen in Teil 1 eingereiht. Das Fragment [DER HINKENDE] steht in Teil 1 nach den beiden unveröffentlichten Erzählungen PORTRAIT VON ANNA MARIA und [DER SCHWEISSER] aus der zweiten Hälfte der Fünfzigerjahre, da es vermutlich in diesem Zeitraum entstanden ist. Die unvollendete Erzählung DER TOD WIRD KOMMEN ist gemäß ihrem wahrscheinlichen Entstehungsjahr 1965 in Teil 3 eingeordnet. Ausgenommen von der chronologischen Ordnung ist die Jugenderzählung DAS HONDITSCHKREUZ, die sich am Schluß des Bandes befindet.
Für die Textgestalt maßgeblich ist bei den veröffentlichten Texten jeweils der Text letzter Hand. Textvarianten oder revidierte Fassungen zwischen den der Textgestalt zugrundeliegenden Texten werden nicht im Wortlaut angegeben, es wird lediglich auf ihr Vorhandensein hingewiesen. Alle übrigen Textvarianten bleiben unberücksichtigt.

ERZÄHLUNGEN

1

DIE FÄHRE S. 10

Ein handschriftlicher Entwurf ist datiert *Klagenfurt, 8. Juli 1945,* Manuskript 5852 aus dem Nachlaß.
Der Textgestalt liegen zugrunde:
Kärntner Illustrierte. Klagenfurt, Jg. 2, Nr. 36 vom 31. Juli 1946. S. 3. (Erstveröffentlichung.) – Revidierte Fassung in: Wiener Tageszeitung. Zentralorgan der Österreichischen Volkspartei. Wien, Jg. 3, Nr. 96 vom 24. April 1949. S. 3.

IM HIMMEL UND AUF ERDEN S. 15

Der Textgestalt liegen zugrunde:
Typoskript 6355–6357 aus dem Nachlaß. – Wiener Tageszeitung. Zentralorgan der Österreichischen Volkspartei. Wien, Jg. 3, Nr. 125 vom 29. Mai 1949. S. 6. (Einzige Veröffentlichung.)

DAS LÄCHELN DER SPHINX S. 19

Der Textgestalt liegt zugrunde:
Wiener Tageszeitung. Zentralorgan der Österreichischen Volkspartei. Wien, Jg. 3, Nr. 224 vom 25. September 1949. S. 5. (Einzige Veröffentlichung.)

DIE KARAWANE UND DIE AUFERSTEHUNG S. 23

Der Textgestalt liegen zugrunde:
Typoskript 942–949 aus dem Nachlaß. – Wiener Tageszeitung. Zentralorgan der österreichischen Volkspartei. Wien, Jg. 3, Nr. 301 vom 25. Dezember 1949. S. 11. (Erstveröffentlichung, noch unter dem Titel KARAWANE IM JEN-

SEITS.) – Revidierte Fassung in: Wiener Kurier. Wien, Nr. 88 vom 12. April 1952. S. 9.

DER KOMMANDANT S. 28

Ein Fragment aus dem frühen Roman ›Stadt ohne Namen‹

Entstehungszeit des Romans zwischen 1947 und 1951.
Früheste Erwähnung in einem Brief an die Eltern vom 13. April 1947. Am 21. Mai 1948 schreibt Ingeborg Bachmann den Eltern, sie habe »die ersten Bruchstücke des Buches zu Dr. [Siegfried] Melchinger« gegeben. Auf Grund ablehnender Kritik Umarbeitung des Romans, die etwa in der zweiten Hälfte von 1951 abgeschlossen ist.
Heimito von Doderer erwähnt den Roman in einer Tagebucheintragung vom 2. Januar 1952: ». . . Dies alles bei der Lektüre eines jungen Autors, Ingeborg Bachmann, deren Buch STADT OHNE NAMEN mir im Manuscripte vorliegt.« (Heimito von Doderer, Tagebuch 1952, Commentarii VII 1952, in: Commentarii 1951 bis 1956. Tagebücher aus dem Nachlaß. Biederstein Verlag, München 1976.) In der Folgezeit wurde der Roman von mehreren Verlagen abgelehnt und ist seitdem verschollen.
Nach Angaben von Hans Weigel ist DER KOMMANDANT das Anfangskapitel des verschollenen Romans.
Von der Veröffentlichung zweier weiterer Fragmente ohne erkennbaren Sinnzusammenhang, die insgesamt 14 Typoskriptseiten umfassen, wurde abgesehen.
Der Textgestalt liegt zugrunde:
Typoskript 3616, 873–881 (= S. 1–10) aus dem Nachlaß.

AUCH ICH HABE IN ARKADIEN GELEBT S. 38

Der Textgestalt liegt zugrunde:
Morgen. Monatsschrift freier Akademiker mit der Hochschulbeilage »Der Student«. Wien, Jg. 7, Folge 7, Nr. 4, April 1952. S. 3. (Einzige Veröffentlichung.)

EIN GESCHÄFT MIT TRÄUMEN S. 41

Bisher nicht gedruckt.
Der Textgestalt liegen zugrunde:
Typoskript 1169–1174 aus dem Nachlaß. – HF-Aufnahme des NWDR Hannover vom 3. November 1952. (Einzige Veröffentlichung.) Siehe PH I, 3. 10. – Typoskript 897–904 aus dem Nachlaß. Revidierte Fassung.

PORTRAIT VON ANNA MARIA S. 48

Unvollendet
Entstanden zwischen 1955 und 1957.
Aus dem Briefwechsel im Sommer 1957 zwischen Ingeborg Bachmann und Dr. Joachim Moras, dem Herausgeber der Zeitschrift »Merkur«, geht hervor, daß die Erzählung zur Veröffentlichung im »Merkur« bestimmt war. Eine angekündigte Überarbeitung der Erzählung wurde nicht zu Ende geführt und zu einem nicht bestimmbaren Zeitpunkt aufgegeben.
Der Textgestalt liegt zugrunde:
Typoskript 755–762 aus dem Nachlaß.
Im Zuge der Überarbeitung war folgender Satz gestrichen worden: ... *und die Meinung aller wechselte, als sie vor kurzem starb, und seither hörte ich von ihr meistens als von der »Ärmsten« sprechen.* Vgl. S. 56. Da auf diesem Satz das Ende der Erzählung aufbaut, wurde die Streichung aufgehoben.

[DER SCHWEISSER] S. 59

Entstanden nach dem Januar 1959.
Bisher nicht veröffentlicht.
Der Textgestalt liegt zugrunde:
Typoskript 771–786 aus dem Nachlaß, ohne Titel.

[DER HINKENDE] S. 76
Fragment
Der Textgestalt liegt zugrunde:
Typoskript 749–754 aus dem Nachlaß, ohne Titel.

2 Das dreißigste Jahr

Die Erzählungen wurden alle in den Jahren 1956 und 1957 entworfen.

JUGEND IN EINER ÖSTERREICHISCHEN STADT S. 84
Erstveröffentlichung in: Botteghe Oscure. Roma, Quaderno 23, Spring 1959. S. 337–345.
Der Textgestalt liegen zugrunde:
DJ 1961, 1. Aufl., und 1962.
Im Besitz von Frau Isolde Moser befindet sich ein Typoskript der Erzählung mit der handschriftlichen Widmung: *Für meine Schwester, für Isi, aufbewahrt. Ingeborg 1959.*

DAS DREISSIGSTE JAHR S. 94
Der Textgestalt liegen zugrunde:
DJ 1961, 1. Aufl., und Sb 1970.
Aus einem im Nachlaß befindlichen Exemplar des DJ, 3. Aufl. 1961, wurden folgende handschriftliche Korrekturen von Ingeborg Bachmann auf S. 54 übernommen: anstatt *und nächsten Tag früh* heißt es *und am nächsten Tag;* anstatt *Und, diesmal* heißt es *Und diesmal* . . .

ALLES S. 138
Erstveröffentlichung in: HF-Aufnahme des BR München vom 24. Oktober 1959. Siehe PH I, 14.

Erstdruck in: Die Neue Rundschau. Frankfurt/M., Jg. 71, 1960, Heft 3. S. 469–484.
Der Textgestalt liegen zugrunde:
DJ 1961, 1. Aufl., und Sb 1970.

UNTER MÖRDERN UND IRREN S. 159
Der Textgestalt liegen zugrunde:
DJ 1961, 1. Aufl., und 1962.

EIN SCHRITT NACH GOMORRHA S. 187
Der Textgestalt liegen zugrunde:
DJ 1961, 1. Aufl., und 1962.

EIN WILDERMUTH S. 214
Der Textgestalt liegen zugrunde:
DJ 1961, 1. Aufl., und Sb 1970.

UNDINE GEHT S. 253
Erstveröffentlichung in: HF-Aufnahme des BR München vom 17. März 1961. Siehe PH I, 20.
Erstdruck in: Frankfurter Allgemeine Zeitung. Nr. 116 vom 20. Mai 1961.
Der Textgestalt liegen zugrunde:
DJ 1961, 1. Aufl., und Sb 1970. Mit einer Textvariante.

3

DER TOD WIRD KOMMEN S. 266
Unvollendet
Wahrscheinlich um 1965 geschrieben.
Erstveröffentlichung aus dem Nachlaß in: Jahresring 76/77. Literatur und Kunst der Gegenwart. Jg. 23, Stutt-

gart 1976. S. 88–95. Der Abdruck enthält willkürliche Auslassungen und Druckfehler.
Der Textgestalt liegt zugrunde:
Typoskript 1507–1510; 1513, 1511; 1515; 1514; 1512; 1517 aus dem Nachlaß. (Den durch Komma getrennten Typoskriptzahlen entsprechen fortlaufende Seiten. Den durch Semikolon getrennten Typoskriptzahlen entspricht das Ende einer Seitenfolge oder eine einzelne Seite.)

BESICHTIGUNG EINER ALTEN STADT S. 277
Der Text gehörte ursprünglich zu dem Roman MALINA und war konzipiert als Anfang des dritten Kapitels »Von letzten Dingen«.
Der Textgestalt liegen zugrunde:
Typoskript 6359–6365 aus dem Nachlaß. – Text + Kritik. Zeitschrift für Literatur. München, 2. Aufl., Heft 6, Juni 1971. S. 18 ff. (Erstveröffentlichung.) – Jemand der schreibt. 57 Aussagen. Carl Hanser Verlag, München 1972. S. 213–217.

4 Simultan

SIMULTAN S. 284
Erstveröffentlichung in: HF-Aufnahme des NDR Hannover vom 7. Oktober 1968. Siehe PH I, 38.
Erstdruck in: Neue Rundschau, Berlin/Frankfurt/M., Jg. 81, 1970, Heft 3. S. 448–469.
Der Textgestalt liegt zugrunde:
Simultan, München 1972.

Probleme Probleme S. 318
Der Textgestalt liegt zugrunde:
Simultan, München 1972.

Ihr glücklichen Augen S. 354
Erstveröffentlichung in: HF-Aufnahme des NDR Hannover vom 7. November 1969. Siehe PH I, 39.
Erstdruck in: Merkur. Deutsche Zeitschrift für europäisches Denken. Stuttgart, Jg. 25, Heft 7, Juli 1971. S. 661–673.
Der Textgestalt liegt zugrunde:
Simultan, München 1972.
Die Erzählung ist eine Hommage auf Georg Groddecks Abhandlung: »Vom Sehen, von der Welt des Auges und vom Sehen ohne Augen.«

Das Gebell S. 373
Erstveröffentlichung in: Süddeutsche Zeitung. München, Jg. 28, Nr. 109 vom 13./14. Mai 1972.
Der Textgestalt liegt zugrunde:
Simultan, München 1972.

Drei Wege zum See S. 394
Der Textgestalt liegt zugrunde:
Simultan, München 1972.

EINE JUGENDERZÄHLUNG

Das Honditschkreuz S. 439
Entstanden wahrscheinlich 1944.

Der Textgestalt liegt zugrunde:
Typoskript 5886–5998 aus dem Nachlaß.
Bei einigen handschriftlichen Korrekturen im Typoskript (z. B. *prahlen* statt *protzen)* ist zu vermuten, daß sie von fremder Hand stammen. Obwohl nicht auszuschließen ist, daß sie mit dem Einverständnis Ingeborg Bachmanns vorgenommen wurden, folgt der Text in diesen Fällen dem originalen maschinenschriftlichen Wortlaut.

Ingeborg Bachmann Werke

Ingeborg Bachmann
Werke

Herausgegeben von
Christine Koschel
Inge von Weidenbaum
Clemens Münster

Dritter Band:
Todesarten: Malina und
unvollendete Romane

R. Piper & Co. Verlag
München Zürich

Der Abdruck des Romans »Malina« erfolgt mit freundlicher Genehmigung des Suhrkamp Verlags, Frankfurt am Main.

ISBN 3-492-02286-3

Gesetzt aus der Walbaum-Antiqua
Gesamtherstellung Wiener Verlag, Wien
Printed in Austria

Inhalt

TODESARTEN

Unvollendeter Romanzyklus

Malina

Roman

Die Notenbeispiele auf den Seiten 15 und 319
stammen aus Pierrot lunaire op. 21 von Schoenberg

Die Personen:

Ivan — geboren 1935 in Ungarn, Pécs (vormals Fünfkirchen). Lebt seit einigen Jahren in Wien und geht einer geregelten Arbeit nach, in einem Gebäude, das am Kärntnerring liegt. Um keine unnötigen Verwicklungen für Ivan und seine Zukunft heraufzubeschwören, soll es als ein Institut für äußerst notwendige Angelegenheiten bezeichnet werden, da es sich mit Geld befaßt. Es ist nicht die Creditanstalt.

Béla
András — die Kinder, 7 und 5 Jahre alt

Malina — Alter, dem Aussehen nach, unbestimmbar, heute vierzig Jahre alt geworden, Verfasser eines ›Apokryph‹, das im Buchhandel nicht mehr erhältlich ist und von dem in den späten fünfziger Jahren einige Exemplare verkauft wurden. Aus Gründen der Tarnung Staatsbeamter der Klasse A, angestellt im Österreichischen Heeresmuseum, wo es ihm ein abgeschlossenes Studium der Geschichte (Hauptfach) und Kunstgeschichte (Nebenfach) ermöglichte, unterzukommen und einen günstigen Platz einzunehmen, auf dem er vorrückt, ohne sich zu bewegen, ohne sich je bemerkbar zu machen durch Einmischungen, Ehrgeiz, Forderungen oder unlautere Verbesserungsgedanken an den Prozeduren und schriftlichen Vorgängen zwischen dem Verteidigungsministerium am Franz-Josefs-Kai und dem Museum im Arsenal, das, ohne besonders aufzufallen, zu den merkwürdigsten Einrichtungen unserer Stadt gehört.

Ich — Österreichischer Paß, ausgestellt vom Innenministerium. Beglaubigter Staatsbürgerschaftsnachweis. Augen br., Haare bl., geboren in Klagenfurt, es folgen Daten und ein Beruf, zweimal durchgestrichen und überschrieben, Adressen, dreimal durchgestrichen, und in korrekter Schrift ist darüber zu lesen: wohnhaft Ungargasse 6, Wien III.

Zeit — Heute

Ort — Wien

Nur die Zeitangabe mußte ich mir lange überlegen, denn es ist mir fast unmöglich, ›heute‹ zu sagen, obwohl man jeden Tag ›heute‹ sagt, ja, sagen muß, aber wenn mir etwa Leute mitteilen, was sie heute vorhaben – um von morgen ganz zu schweigen –, bekomme ich nicht, wie man oft meint, einen abwesenden Blick, sondern einen sehr aufmerksamen, vor Verlegenheit, so hoffnungslos ist meine Beziehung zu ›heute‹, denn durch dieses Heute kann ich nur in höchster Angst und fliegender Eile kommen und davon schreiben, oder nur sagen, in dieser höchsten Angst, was sich zuträgt, denn vernichten müßte man es sofort, was über Heute geschrieben wird, wie man die wirklichen Briefe zerreißt, zerknüllt, nicht beendet, nicht abschickt, weil sie von heute sind und weil sie in keinem Heute mehr ankommen werden.
Wer je einen schrecklich flehentlichen Brief geschrieben hat, um ihn dann doch zu zerreißen und zu verwerfen,

weiß noch am ehesten, was hier unter ›heute‹ gemeint ist. Und kennt nicht jeder diese beinahe unleserlichen Zettel: ›Kommen Sie, wenn überhaupt, wenn Sie können, wollen, wenn ich Sie darum bitten darf! Um fünf Uhr im Café Landtmann!‹ Oder diese Telegramme: ›bitte ruf mich sofort an stop noch heute.‹ Oder: ›heute nicht möglich.‹
Denn Heute ist ein Wort, das nur Selbstmörder verwenden dürften, für alle anderen hat es schlechterdings keinen Sinn, ›heute‹ ist bloß die Bezeichnung eines beliebigen Tages für sie, eben für heute, ihnen ist klar, daß sie wieder nur acht Stunden zu arbeiten haben oder sich freinehmen, ein paar Wege machen werden, etwas einkaufen müssen, eine Morgen- und eine Abendzeitung lesen, einen Kaffee trinken, etwas vergessen haben, verabredet sind, jemand anrufen müssen, ein Tag also, an dem etwas zu geschehen hat oder besser doch nicht zu viel geschieht.
Wenn ich hingegen ›heute‹ sage, fängt mein Atem unregelmäßig zu gehen an, diese Arhythmie setzt ein, die jetzt auch schon auf einem Elektrokardiogramm festzustellen ist, es geht nur nicht hervor aus der Zeichnung, daß die Ursache mein Heute ist, ein immer neues, bedrängendes, aber den Beweis für die Störung kann ich erbringen, im fahrigen Code der Mediziner verfaßt, für etwas, das dem Angstanfall vorausgeht, mich disponiert macht, mich stigmatisiert, heute noch funktionell, so sagen sie, meinen sie, die Beweiskundigen. Nur ich fürchte, es ist ›heute‹, das für mich zu erregend ist, zu maßlos, zu ergreifend, und in dieser pathologischen Erregung wird bis zum letzten Augenblick für mich ›heute‹ sein.

Wenn ich also wenig zufällig, sondern unter einem furchtbaren Zwang zu dieser Einheit der Zeit gekommen bin, so verdanke ich die Einheit des Ortes einem milden Zufall, denn nicht ich habe sie gefunden. In dieser viel unwahrscheinlicheren Einheit bin ich zu mir gekommen, und ich kenne mich aus in ihr, oh, und wie sehr, denn der Ort ist im großen und ganzen Wien, daran ist noch nichts sonderbar, aber eigentlich ist der Ort nur eine Gasse, vielmehr ein kleines Stück von der Ungargasse, und das hat sich daraus ergeben, daß wir alle drei dort wohnen, Ivan, Malina und ich. Wenn man die Welt vom III. Bezirk aus sieht, einen so beschränkten Blickwinkel hat, ist man natürlich geneigt, die Ungargasse herauszustreichen, über sie etwas herauszufinden, sie zu loben und ihr eine gewisse Bedeutung zu verleihen. Man könnte sagen, sie sei eine besondere Gasse, weil sie an einer fast stillen, freundlichen Stelle am Heumarkt beginnt und man von hier aus, wo ich wohne, den Stadtpark sehen kann, aber auch die bedrohliche Großmarkthalle und das Hauptzollamt. Noch sind wir zwischen würdigen, verschlossenen Häusern, und erst kurz nach Ivans Haus, mit der Nummer 9 und den beiden Löwen aus Bronze am Tor, wird sie unruhiger, ungeordneter und planloser, obwohl sie sich dem Diplomatenviertel nähert, es aber rechts liegen läßt und wenig Verwandtschaft mit diesem ›Nobelviertel‹ – wie es vertraulich heißt – von Wien zeigt. Mit kleinen Kaffeehäusern und vielen alten Gasthäusern macht sie sich nützlich, wir gehen zum Alten Heller, dazwischen gibt es eine brauchbare Garage, Automag, die auch sehr brauchbare Neue Apotheke, eine Tabaktrafik auf der Höhe der Neulinggasse, nicht zu vergessen die gute Bäckerei an der Ecke Beatrixgasse und zum Glück die Münzgasse, in der wir unsre Autos parken können, auch wenn sonst nirgends mehr Platz ist. Streckenweise, etwa auf der Höhe des Consolato Italiano, mit dem Istituto Italiano di Cultura kann man ihr ein gewisses Air nicht absprechen, und doch hat sie nicht zuviel davon, denn spätestens beim Heranrollen des O-Wagens oder bei einem Blick auf die ominöse Garage für Postautos, an der zwei Tafeln sich nicht aussprechen und kurz sagen ›Kaiser Franz Joseph I.

1850‹ und ›Kanzlei und Werkstätte‹, vergißt man ihre Anstrengungen, sich zu nobilitieren, und sie erinnert an ihre ferne Jugend, an die alte Hungargasse, in der die aus Ungarn einreisenden Kaufleute, Pferde-, Ochsen- und Heuhändler hier ihre Herbergen hatten, ihre Einkehrwirtshäuser, und so verläuft sie nur, wie es amtlich heißt, ›in großem Bogen Richtung Stadt‹. Im Beschreiben ihres großen Bogens, den ich an manchen Tagen vom Rennweg herunterfahre, hält sie mich auf, mit immer neuen Einzelheiten, beleidigenden Neuerungen, Geschäften, die heißen Modernes Wohnen, die mir aber wichtiger sind als alle über sie triumphierenden Plätze und Straßen der Stadt. Sie ist auch nicht unbekannt zu nennen, denn man kennt sie schon, aber ein Fremder wird sie nie zu Gesicht bekommen, weil es in ihr nichts zu besichtigen gibt und man hier nur wohnen kann. Ein Besichtiger würde am Schwarzenbergplatz oder spätestens am Rennweg, beim Belvedere, umkehren, mit dem wir gemeinsam nur die Ehre haben, den Titel ›III. Bezirk‹ zu führen, und nähern könnte der Fremde sich vielleicht von der anderen Seite, vom Eislaufverein her, wenn er in dem neuen Steinkasten logiert, dem Vienna Intercontinental Hotel, und zu weit in den Stadtpark spaziert. Aber in diesen Stadtpark, über dem für mich ein kalkweißer Pierrot mit überschnappender Stimme angetönt hat,

kommen wir höchstens zehnmal im Jahr, weil man ja in fünf Minuten dort sein kann; und Ivan, der prinzipiell nicht zu Fuß geht, trotz meiner Bitten, Schmeicheleien, kennt ihn gar nur vom Vorüberfahren, denn der Park ist einfach zu nah, und zum Luftholen und mit den Kindern fahren wir in den Wienerwald, auf den Kahlenberg, bis zu den Schlössern Laxenburg und Mayerling, bis nach Petronell und Carnuntum, ins Burgenland. Zu diesem Stadtpark, zu dem wir nicht fahren müßten, haben wir eine abstinente und unherzliche Beziehung, und ich erinnre mich an nichts mehr aus Märchenzeit. Manchmal bemerke ich noch beklommen den Magnolienbaum mit den ersten Blüten, aber man kann nicht jedesmal ein Aufhebens machen davon; und wenn ich, wie heute, wieder einmal zu Malina einfallslos sage, übrigens, die Magnolien im Stadtpark, hast du gesehen? so wird er mir, weil er höflich ist, antworten und nicken, aber er kennt den Satz mit den Magnolien schon.

Es gibt, und das ist leicht zu erraten, viel schönere Gassen in Wien, aber die kommen in anderen Bezirken vor, und es geht ihnen wie den zu schönen Frauen, die man sofort ansieht mit dem schuldigen Tribut, ohne je daran zu denken, sich mit ihnen einzulassen. Noch nie hat jemand behauptet, die Ungargasse sei schön, oder die Kreuzung Invalidenstraße-Ungargasse habe ihn bezaubert oder sprachlos gemacht. So will ich nicht erst anfangen, über meine Gasse, unsre Gasse unhaltbare Behauptungen aufzustellen, ich sollte vielmehr in mir nach meiner Verklammerung mit der Ungargasse suchen, weil sie nur in mir ihren Bogen macht, bis zu Nummer 9 und Nummer 6, und mich müßte ich fragen, warum ich immer in ihrem Magnetfeld bin, ob ich nun über die Freyung gehe, am Graben einkaufe, zur Nationalbibliothek schlendere, auf dem Lobkowitzplatz stehe und denke, hier, hier müßte man eben wohnen! Oder Am Hof! Selbst wenn ich trödle in der Inneren Stadt und vorgebe, nicht nach Hause zu wollen, mich eine Stunde lang in ein Kaffeehaus setze und in Zeitungen blättere, weil ich insgeheim schon auf dem Weg und zurücksein möchte, und wenn ich einbiege in meinen Bezirk, von der Beatrixgasse her, in der ich früher gewohnt habe, oder vom Heumarkt aus, dann ist es nicht wie mit dem Kranksein an der Zeit, obwohl die Zeit plötzlich mit dem Ort zusammenfällt, aber nach dem Heumarkt steigt mein Blutdruck und zugleich läßt die Spannung nach, der Krampf, der mich in fremden Gegenden befällt, und ich werde, obwohl ich schneller gehe, endlich ganz still und dringlich vor Glück. Nichts ist mir sicherer als dieses Stück der Gasse, bei Tag laufe ich die Stiegen hinauf, in der Nacht stürze ich auf das Haustor zu, mit dem Schlüssel schon in der Hand, und wieder kommt der bedankte Moment, wo der Schlüssel sperrt, das Tor aufgeht, die Tür aufgeht, und dieses Gefühl von Nachhausekommen, das überschwemmt mich in der Gischt des Verkehrs und der Menschen schon in einem Umkreis von hundert, zweihundert Metern, in dem alles mir mein Haus ankündigt, das nicht mein Haus ist, sondern natürlich einer A.G. gehört oder irgendeiner Spekulantenbande, die dieses Haus wiederaufgebaut hat, zusammengeflickt vielmehr, aber darüber weiß ich so gut wie nichts, denn in den Reparaturjahren habe ich zehn Minuten entfernt gewohnt, und die längste Zeit ging ich an der Nummer 26, die lange auch meine Glücksnummer war, bedrückt und schuldbewußt vorüber, wie ein Hund, der seinen Herrn gewechselt hat, seinen alten wiedersieht und nun nicht weiß, wem er mehr Anhänglichkeit schuldet. Aber heute gehe ich an der Beatrixgasse 26 vorbei, als wäre da nie etwas gewesen, beinahe nichts, oder ja, es war einmal an dieser Stelle, ein Duft aus alter Zeit, er ist nicht mehr zu spüren.

Meine Beziehung zu Malina hat jahrelang aus mißlichen Begegnungen, den größten Mißverständnissen und einigen dummen Phantastereien bestanden – ich will damit sagen, aus viel größeren Mißverständnissen als die zu anderen Menschen. Ich war allerdings von Anfang an *unter* ihn gestellt, und ich muß früh gewußt haben, daß er mir zum Verhängnis werden müsse, daß Malinas Platz schon von Malina besetzt war, ehe er sich in meinem Leben einstellte.

Es ist mir nur erspart worden, oder ich habe es mir aufgespart, zu früh mit ihm zusammenzukommen. Denn schon an der Straßenbahnhaltestelle E 2, H 2, am Stadtpark, fehlte nicht viel einmal, und es hätte angefangen. Dort stand Malina mit einer Zeitung in der Hand, und ich tat, als bemerkte ich ihn nicht, und starrte über den Rand meiner Zeitung unentwegt zu ihm hinüber und konnte nicht herausfinden, ob er wirklich in seine Zeitung so vertieft war oder merkte, daß ich ihn fixierte, hypnotisierte, ihn zum Aufschauen zwingen wollte. Ich, und Malina zwingen! Ich dachte mir, wenn der E 2 zuerst kommt, dann wird alles gut, wenn nur, um Himmels willen, nicht der unsympathische H 2 oder gar der seltenere G 2 zuerst kommen, und dann kam wirklich der E 2, aber als ich aufgesprungen war auf den zweiten Wagen, verschwand Malina, aber nicht im ersten Wagen, nicht in meinem, und zurückgeblieben war er auch nicht. Er konnte nur plötzlich in die Stadtbahnstation hineingelaufen sein, als ich mich umdrehen mußte, in Luft aufgelöst haben konnte er sich doch nicht. Weil ich keine Erklärung fand, nach ihm suchte und ausschaute und auch keinen Grund wußte für sein und für mein Verhalten, hatte es der ganze Tag in sich gehabt. Aber das liegt weit zurück in der Vergangenheit, und es ist nicht mehr genug Zeit, darüber heute zu reden. Jahre später ist es mir mit ihm noch einmal so ergangen, in einem Vortragssaal in München. Er stand auf einmal neben mir, ging dann ein paar Schritte vor, zwischen drängelnden Studenten, suchte einen Platz, ging zurück, und ich hörte, vor Aufregung am Ohnmächtigwerden, einen eineinhalbstündigen Vortrag an, ›Die Kunst im Zeitalter der Technik‹, und ich suchte und suchte in dieser zum Stillsitzen und zur Ergriffenheit verurteilten Masse nach Malina. Daß ich mich weder an die Kunst noch an die Technik noch an dieses Zeitalter halten wollte, mich mit keinem der öffentlich abgehandelten Zusammenhänge, Themen, Pro-

bleme je beschäftigen würde, wurde mir spätestens an diesem Abend klar, und gewiß war mir, daß ich Malina wollte und daß alles, was ich wissen wollte, von ihm kommen mußte. Am Ende klatschte ich mit den anderen ausgiebig, zwei Leute aus München führten und dirigierten mich nach hinten aus dem Saal hinaus, einer hielt mich am Arm, einer redete klug auf mich ein, Dritte redeten mich an, und ich sah zu Malina hinüber, der auch zum Ausgang nach hinten wollte, aber langsam, und so konnte ich schneller sein, und ich tat das Unmögliche, ich stieß ihn an, als hätte man mich gegen ihn gestoßen, als fiele ich gegen ihn, und ich fiel ja wirklich auf ihn zu. So konnte er nicht anders, er mußte mich bemerken, aber ich bin nicht sicher, daß er mich wirklich gesehen hat, doch damals hörte ich zum erstenmal seine Stimme, ruhig, korrekt, auf einem Ton: Verzeihung.
Darauf fand ich keine Antwort, denn das hatte noch nie jemand zu mir gesagt, und ich war nicht sicher, ob er mich um Verzeihung bat oder mir verzieh, die Tränen kamen so schnell in meine Augen, daß ich ihm nicht mehr nachsehen konnte, sondern, der anderen wegen, zu Boden schaute, ein Taschentuch aus der Tasche herausholte und flüsternd vorgab, jemand hätte mich getreten. Als ich wieder aufsehen konnte, hatte Malina sich in der Menge verloren.
In Wien suchte ich ihn nicht mehr, ich dachte ihn mir im Ausland, und ohne Hoffnung wiederholte ich meinen Weg zum Stadtpark hinunter, weil ich noch kein Auto hatte. Eines Morgens erfuhr ich etwas aus der Zeitung über ihn, aber es handelte sich in dem Bericht gar nicht um ihn, sondern in der Hauptsache ging es um das Begräbnis der Maria Malina, das eindrucksvollste, größte, das die Wiener, freiwillig und natürlich nur einer Schauspielerin wegen, begingen. Unter den Trauergästen habe sich der Bruder der Malina befunden, der hochbegabte, junge, bekannte Schriftsteller, der nicht bekannt war und dem von den

Journalisten rasch zu einem eintägigen Ruhm verholfen wurde. Denn die Maria Malina konnte in den Stunden, als Minister und Hausmeister, Kritiker und stehplatzbesuchende Gymnasiasten in einem langen Zug zum Zentralfriedhof zogen, nicht einen Bruder brauchen, der ein Buch geschrieben hatte, das niemand kannte, und der überhaupt ›niemand‹ war. Die drei Worte ›jung und hochbegabt und bekannt‹ waren zu seiner Einkleidung an diesem Volkstrauertag notwendig.

Über diese dritte unappetitliche Berührung durch eine Zeitung, die es auch nur für mich mit ihm gab, haben wir nie gesprochen, als hätte sie nie etwas mit ihm zu tun gehabt, noch weniger mit mir. Denn in der verlorenen Zeit, als wir einander nicht einmal die Namen abfragen konnten, noch weniger unsere Leben, habe ich ihn für mich ›Eugenius‹ genannt, weil ›Prinz Eugen, der edle Ritter‹ das erste Lied war, das ich zu lernen hatte und damit auch den ersten Männernamen, gleich gefiel der Name mir sehr, auch die Stadt ›Belgerad‹, deren Exotik und Bedeutung sich erst verflüchtigte, als sich herausstellte, daß Malina nicht aus Belgrad kommt, sondern nur von der jugoslawischen Grenze, wie ich selber, und manchmal sagen wir noch etwas auf slowenisch oder windisch zueinander, wie in den ersten Tagen: Jaz in ti. In ti in jaz. Sonst haben wir es nicht nötig, von unseren ersten guten Tagen zu reden, weil die Tage immer besser werden, und lachen muß ich über die Zeiten, in denen ich wütend auf Malina war, weil er mich soviel Zeit mit anderen und anderem vergeuden ließ, darum exilierte ich ihn aus Belgrad, nahm ihm seinen Namen, dichtete ihm mysteriöse Geschichten an, bald war er ein Hochstapler, bald ein Philister, bald ein Spion, und wenn ich besser gelaunt war, ließ ich ihn aus der Wirklichkeit verschwinden und brachte ihn unter in einigen Märchen und

Sagen, nannte ihn Florizel, Drosselbart, ich ließ ihn aber am liebsten den hl. Georg sein, der den Drachen erschlug, damit Klagenfurt entstehen konnte, aus dem großen Sumpf, in dem nichts gedieh, damit meine erste Stadt daraus werden konnte, und nach vielen müßigen Spielen kehrte ich entmutigt zurück zu der einzig richtigen Vermutung, daß es Malina tatsächlich in Wien gab und daß ich in dieser Stadt, in der ich so viele Möglichkeiten hatte, ihn zu treffen, ihn dennoch immer verpaßte. Ich fing an, über Malina mitzureden, wenn irgendwo über ihn gesprochen wurde, obwohl es nicht häufig vorkam. Eine häßliche Erinnerung ist das, die mir heute nicht mehr weh tut, aber ich hatte das Bedürfnis, so zu tun, als kennte ich ihn auch, als wüßte ich einiges über ihn, und ich war witzig wie die anderen, wenn man die komische infame Geschichte von Malina und Frau Jordan erzählte. Heute weiß ich, daß Malina nie etwas mit dieser Frau Jordan ›gehabt‹ hat, wie man hier sagt, daß nicht einmal Martin Ranner sich heimlich mit ihr auf dem Cobenzl getroffen hat, weil sie ja seine Schwester war, vor allem aber ist Malina in einem Zusammenhang mit anderen Frauen nicht zu denken. Auszuschließen ist es nicht, daß Malina Frauen gekannt hat vor mir, er kennt ja viele Leute, also auch Frauen, aber es ist völlig bedeutungslos, seit wir miteinander leben; nie mehr kommt mir ein Gedanke daran, denn meine Verdächtigungen und Verwirrungen, soweit sie Malina betreffen, sind zunichte geworden in seinem Erstaunen. Auch war die junge Frau Jordan nicht die Frau, von der lange das Gerücht ging, sie habe den berühmten Ausspruch getan ›Ich treibe Jenseitspolitik‹, als ein Assistent ihres Mannes sie auf den Knien, beim Bodenreiben, überraschte und sie ihre ganze Verachtung für ihren Mann zu verstehen gab. Es hat sich anders zugetragen, ist eine andere Geschichte, und alles wird sich einmal richtigstellen lassen. Aus den Gerüchtfiguren werden die wahren Figuren, befreit und groß, hervortreten, wie Malina heute für mich, der nicht mehr das Ergebnis von Gerüchten ist, sondern gelöst neben mir sitzt oder mit mir durch die Stadt geht. Für die anderen Richtigstellungen ist die Zeit noch nicht gekommen, sie sind für später. Sind nicht für heute.

Zu fragen habe ich mich nur mehr, seit alles so geworden ist zwischen uns, wie es eben ist, was wir denn sein können für einander, Malina und ich, da wir einander so unähnlich sind, so verschieden, und das ist nicht eine Frage des Geschlechts, der Art, der Festigkeit seiner Existenz und der Unfestigkeit der meinen. Allerdings hat Malina nie ein so konvulsivisches Leben geführt wie ich, nie hat er seine Zeit verschwendet mit Nichtigkeiten, herumtelefoniert, etwas auf sich zukommen lassen, nie ist er in etwas hineingeraten, noch weniger eine halbe Stunde vor dem Spiegel gestanden, um sich anzustarren, um danach irgendwohin zu hetzen, immer zu spät, Entschuldigungen stotternd, über eine Frage oder um eine Antwort verlegen. Ich denke, daß wir auch heute noch wenig miteinander zu tun haben, einer erduldet den andern, erstaunt über den anderen, aber mein Staunen ist neugierig (staunt Malina denn überhaupt? ich glaube es immer weniger), und unruhig ist es, gerade weil meine Gegenwart ihn nie irritiert, weil er sie wahrnimmt, wenn es ihm gefällt, nicht wahrnimmt, wenn nichts zu sagen ist, als gingen wir nicht ständig aneinander vorbei in der Wohnung, unübersehbar einer für den anderen, unüberhörbar bei den alltäglichen Handlungen. Mir scheint es dann, daß seine Ruhe davon herrührt, weil ich ein zu unwichtiges und bekanntes Ich für ihn bin, als hätte er mich ausgeschieden, einen Abfall, eine überflüssige Menschwerdung, als wäre ich nur aus seiner Rippe gemacht und ihm seit jeher entbehrlich, aber auch eine unvermeidliche dunkle Geschichte, die seine Geschichte begleitet, ergänzen will, die er aber von seiner klaren Geschichte absondert und abgrenzt. Deswegen habe auch nur ich etwas zu klären mit ihm, und mich selber vor allem muß und kann ich nur vor ihm klären. Er hat nichts zu klären, nein, er nicht. Ich mache Ordnung im Vorzimmer, ich möchte in der Nähe der Tür sein, denn er wird gleich kommen, der Schlüssel bewegt sich in der Tür, ich trete ein paar Schritte zurück, damit er nicht gegen mich prallt, er schließt ab, und wir sagen gleichzeitig und liebenswürdig: guten Abend. Und während wir den Korridor entlanggehen, sage ich noch etwas:

Ich muß erzählen. Ich werde erzählen. Es gibt nichts mehr, was mich in meiner Erinnerung stört.

Ja, sagt Malina, ohne Verwunderung. Ich gehe ins Wohnzimmer, er geht weiter, nach hinten, denn das letzte Zimmer ist sein Zimmer.

Ich muß und ich werde, wiederhole ich laut vor mir, denn wenn Malina nicht fragt und nichts weiter wissen will, dann ist es richtig. Ich kann beruhigt sein.

Wenn meine Erinnerung aber nur die gewöhnlichen Erinnerungen meinte, Zurückliegendes, Abgelebtes, Verlassenes, dann bin ich noch weit, sehr weit von der verschwiegenen Erinnerung, in der mich nichts mehr stören darf.

Was soll mich stören, an einer Stadt zum Beispiel, in der ich geboren bin, ohne die Notwendigkeit einzusehen, warum gerade dort und nicht anderswo, aber muß ich mich erinnern daran? Der Fremdenverkehrsverein gibt über das Wichtigste Auskunft, einiges fällt nicht in seine Zuständigkeit, aber auch ich bin nicht kompetent, ich muß dort aber in der Schule erfahren haben, wo ›Mannesmut und Frauentreu‹ sich zusammengetan haben und wo, in unsrer Hymne, ›des Glockners Eisgefilde‹ glänzt. Der größte Sohn unserer Stadt, Thomas Koschat, von dem die Thomas Koschatgasse zeugt, ist der Komponist des Liedes: ›Verlassn, verlassn, verlassn bin i‹, in der Bismarckschule mußte ich das Einmaleins noch einmal lernen, das ich schon konnte, in der Benediktinerschule ging ich zum Religionsunterricht, um dann nicht konfirmiert zu werden, immer am Nachmittag, mit einem Mädchen aus einer anderen Klasse, denn alle anderen, die Katholiken, hatten ihre Religion am Vormittag, und ich war darum immer frei, der junge Vikar soll einen Kopfschuß gehabt haben, der alte Dechant war streng, schnurrbärtig und hielt Fragen für unreif. Das Ursulinengymnasium hat jetzt eine verschlossene Tür, an der ich noch einmal gerüttelt habe. Im Café Musil habe ich vielleicht doch nicht das Stück Torte nach der Aufnahmsprüfung bekommen, aber ich möchte es bekommen haben und sehe mich mit einer kleinen Gabel eine Torte zerteilen. Vielleicht habe ich die Torte erst ein paar Jahre später bekommen. Am Anfang der Seepromenade des Wörthersees, nicht weit von der Dampferstation, bin ich zum erstenmal geküßt worden, aber ich sehe kein Gesicht mehr, das sich meinem nähert, auch der Name von dem Fremden muß im See verschlammt sein, nur von Lebensmittelkarten weiß ich noch etwas, die ich dem Fremden gegeben habe, der nicht mehr zurückgekommen ist zur Dampferstation am nächsten Tag, denn er war eingeladen bei der schönsten Frau der Stadt, die mit einem großen Hut durch die Wienergasse ging und wirklich Wanda hieß; einmal bin ich ihr nachgegangen bis zum Waagplatz, ohne Hut, ohne Parfüm und ohne den sicheren Gang einer Frau von fünfunddreißig Jahren. Der Fremde war vielleicht auf der Flucht oder er wollte Zigaretten für die Marken eintauschen und sie rauchen mit der schönen großen Frau, nur war ich damals schon neunzehn Jahre alt und nicht mehr sechs, mit einer Schultasche auf dem Rücken, als es wirklich passierte. In einer Großaufnahme steht die kleine Glanbrücke da, nicht das abendliche Seeufer, nur diese mittäglich übersonnte Brücke mit den zwei kleinen Buben, die auch ihre Schultaschen auf dem Rücken hatten, und der ältere, mindestens zwei Jahre älter als ich, rief: Du, du da, komm her, ich geb dir etwas! Die Worte sind nicht vergessen, auch nicht das Bubengesicht, der wichtige erste Anruf, nicht meine erste wilde Freude, das Stehenbleiben, Zögern, und auf dieser Brücke der erste Schritt auf einen anderen zu, und gleich darauf das Klatschen einer harten Hand ins Gesicht: Da, du, jetzt hast du es! Es war der erste Schlag in mein Gesicht und das erste Bewußtsein von der tiefen Befriedigung eines anderen, zu schlagen. Die erste Erkenntnis des Schmerzes. Mit den Händen an den Riemen der Schultasche und ohne zu weinen und mit gleichmäßigen Schritten ist jemand, der einmal ich war, den Schulweg nach Hause getrottet, dieses eine Mal ohne die Staketen des Zauns am Wegrand abzuzählen, zum erstenmal unter die Menschen gefallen, und manchmal weiß man also doch, wann es angefangen hat, wie und wo, und welche Tränen zu weinen gewesen wären.

Es war auf der Glanbrücke. Es war nicht die Seepromenade.

Während manche Menschen an Tagen geboren sind, wie dem 1. Juli, an dem gleich vier hochberühmte Leute geboren sind, oder am 5. Mai, an dem sich die Weltverbesserer und Genies drängen und ihre ersten Schreie ausgestoßen haben, konnte ich nie herausfinden, wer die Unvorsichtigkeit begangen hat, sein Leben auch an dem Tag anzufangen, der für mich der erste war. Ich kenne nicht die Befriedigung, mit Alexander dem Großen, mit Leibniz, mit Galileo Galilei oder Karl Marx in eine Sternstunde geraten zu sein, und selbst auf der Reise von New York nach Europa, auf dem Schiff ›Rotterdam‹, auf dem die Geburtstagsliste aller Passagiere, die in diesen Tagen zu feiern waren, in Evidenz gehalten wurde, kam an dem Tag, als die Reihe an mir war, nur durch meine Kabinentür eine gefächerte Glückwunschkarte vom Kapitän, und noch hoffte ich bis Mittag, daß unter vielen Hunderten von Passagieren, wie an allen Vortagen, noch einige seien, die an diesem Tag eine Gratistorte auf den Tisch bekamen und mit dem Absingen von ›happy birthday to you‹ überrascht würden. Aber dann war nur ich es, ich sah mich vergeblich um im ganzen Speisesaal, nein, niemand sonst, ich schnitt rasch die Torte an, verteilte sie eilig an drei Holländertische und ich redete und trank und redete, ich vertrüge den Seegang nicht, hätte die ganze Nacht nicht geschlafen, und ich lief zurück in die Kabine und sperrte mich ein.

Es war nicht auf der Glanbrücke, nicht auf der Seepromenade, es war auch nicht auf dem Atlantik in der Nacht. Ich fuhr nur durch diese Nacht, betrunken, der untersten Nacht entgegen.

Erst später kam ich darauf, daß an dem Tag, der mich damals noch interessierte, wenigstens jemand gestorben war. Auf die Gefahr hin, auch der Vulgärastrologie ins Gehege zu kommen, weil ich mir die Zusammenhänge hoch oben über uns einbilden darf, wie ich will, weil mir keine Wissenschaft dabei auf die Finger sehen und draufklopfen kann, hänge ich meinen Anfang mit einem Ende zusammen, denn warum soll nicht jemand zu leben anfangen, wenn der Geist eines Menschen verlischt, aber den Namen dieses Mannes nenne ich nicht, denn wichtiger ist, daß mir dazu gleich das Kino hinter dem Kärntnerring einfiel, in dem ich zwei Stunden lang, in Farben vertan und in viel Dunkelheit, zum erstenmal Venedig gesehen habe, die Schläge der Ruder ins Wasser, auch eine Musik zog mit Lichtern durchs Wasser und ihr dadim, dadam, das mich mitzog, hinüber in die Figuren, die Doppelfiguren und ihre Tanzschritte. So war ich in das Venedig gekommen, das ich nie sehen werde, an einem windigen, klirrenden Wiener Wintertag. Die Musik habe ich oft wiedergehört, improvisiert, variiert, aber nie mehr so und richtig, einmal aus einem Nebenzimmer, wo man sie zerfetzte während einer mehrstimmigen Diskussion über den Zusammenbruch der

Monarchie, die Zukunft des Sozialismus, und einer begann zu schreien, weil ein anderer etwas gegen den Existentialismus oder den Strukturalismus gesagt hatte, und ich horchte vorsichtig noch einen Takt heraus, aber da war die Musik schon zugrunde gegangen im Geschrei, und ich ohne mich, weil ich sonst nichts mehr hören wollte. Oft will ich ja nicht hören, und oft kann ich nicht sehen. So wie ich das sterbende Pferd nicht ansehen konnte, das von dem Felsen gestürzt war bei Hermagor, für das ich zwar kilometerweit um Hilfe ging, aber ich ließ es bei dem Hüterbuben zurück, der auch nichts tun konnte, oder wie ich die Große Messe von Mozart nicht hören konnte und nicht die Schüsse auf einem Dorf im Fasching.

Ich will nicht erzählen, es stört mich alles in meiner Erinnerung. Malina kommt ins Zimmer, er sucht nach einer halbleeren Whiskyflasche, gibt mir ein Glas, schenkt sich eines ein und sagt: Noch stört es dich. Noch. Es stört dich aber eine andre Erinnerung.

Erstes Kapitel   Glücklich mit Ivan

Wieder geraucht und wieder getrunken, die Zigaretten gezählt, die Gläser, und noch zwei Zigaretten zugelassen für heute, weil zwischen heute und Montag drei Tage sind, ohne Ivan. Sechzig Zigaretten später aber ist Ivan zurück in Wien, er wird zuerst die Zeitansage anrufen und seine Uhr kontrollieren, dann den Weckauftrag 00, der gleich zurückruft, danach sofort einschlafen, so rasch wie nur Ivan das kann, aufwachen, vom Weckauftrag gerufen, mit einem Groll, dem er jedesmal einen anderen Ausdruck gibt, mit Gestöhne, Flüchen, Ausbrüchen, Anklagen. Dann hat er all den Groll vergessen und ist mit einem Sprung im Badezimmer, um sich die Zähne zu putzen, dann unter die Dusche zu gehen, dann sich zu rasieren. Er wird den Transistor anstellen und die Frühnachrichten hören. Österreich I. APA. Wir bringen Kurznachrichten: Washington . . .

Aber Washington und Moskau und Berlin sind bloß vorlaute Orte, die versuchen, sich wichtig zu machen. In meinem Ungargassenland nimmt niemand sie ernst oder man lächelt über solche Aufdringlichkeiten wie über die Kundgebungen ehrgeiziger Emporkömmlinge, sie können nie mehr hereinwirken in mein Leben, mit dem ich in ein anderes hineingelaufen bin, auf der Landstraßer Hauptstraße, vor diesem Blumengeschäft, dessen Namen ich noch herausfinden muß, und stehengeblieben bin ich im Laufen nur, weil im Fenster ein Strauß Türkenbund stand, rot und siebenmal röter als rot, nie gesehen, und vor dem Fenster stand Ivan, weiter weiß ich nichts mehr, denn ich bin sofort mit Ivan gegangen, zuerst bis zum Postamt in der Rasumofskygasse, wo wir zu zwei verschiedenen Schaltern gehen mußten, er zu ›Postanweisungen‹, ich zu ›Postwertzeichen‹, und schon diese erste Trennung war so schmerzhaft, daß ich am Ausgang, beim Wiederfinden von Ivan, kein Wort mehr herausbrachte, Ivan mich nichts zu fragen brauchte, denn es war kein Zweifel in mir, daß ich mit ihm weitergehen mußte und gleich zu ihm, das war zu meinem Staunen aber nur einige Häuser von mir. Die Grenzen waren bald festgelegt, es ist ja nur ein winziges Land, das zu gründen war, ohne Gebietsansprüche und ohne rechte Verfassung, ein trunkenes Land, in dem bloß zwei Häuser stehen, die man auch im Dunkeln finden kann, bei Sonnen- und Mondfinsternis, und ich weiß auswendig, wieviel Schritte ich machen muß, von mir schräg zu Ivans Haus, ich könnte auch mit verbundenen Augen gehen. Nun ist die weitere Welt, in der ich bisher gelebt habe – ich immer in Panik, mit trocknem Mund, mit der Würgspur am Hals –, auf ihre geringfügige Bedeutung reduziert, weil eine wirkliche Kraft sich dieser Welt entgegensetzt, wenn diese Kraft auch, wie heute, nur aus Warten und Rauchen besteht, damit von ihr nichts verlorengeht. Ich muß die Telefonschnur, vorsichtig, weil sie sich verdreht hat, zehnmal mit abgehobenem Hörer herumdrehen, damit sie wieder handhabbar wird, für den Ernstfall, und dann kann ich auch, vor dem Ernstfall, schon diese Nummer wählen: 72 68 93. Ich weiß, daß niemand antworten kann, aber es kommt mir darauf nicht an, nur daß es bei Ivan läutet, in der abgedunkelten Wohnung, und da ich weiß, wo sein Telefon steht, soll das Läuten von dort aus allem, was Ivan gehört, sagen: ich bin es, ich rufe an. Und der schwere tiefe Sessel wird es hören, in dem er gerne sitzt und plötzlich auch einschläft für fünf Minuten, und die Schränke und die Lampe, unter der wir miteinander liegen, und seine Hemden und Anzüge und die Wäsche, die er auf den Boden geworfen haben wird, damit Frau Agnes weiß, was sie in die Wäscherei bringen muß. Seit ich diese Nummer wählen kann, nimmt mein Leben endlich keinen Verlauf mehr, ich gerate nicht mehr unter die Räder, ich komme in keine ausweglosen Schwierigkeiten, nicht mehr vorwärts und nicht vom Weg ab, da ich den Atem anhalte, die Zeit aufhalte und telefoniere und rauche und warte.

Wenn ich nun, aus irgendeinem Grund, vor zwei Jahren nicht in die Ungargasse gezogen wäre, wenn ich noch in der Beatrixgasse wohnte, wie in den Studentenjahren, oder im Ausland, wie nachher so oft, dann würde es mit mir noch einen beliebigen Verlauf nehmen, und ich hätte das Wichtigste von der Welt nie erfahren: daß alles, was mir erreichbar ist, das Telefon, Hörer und Schnur, das Brot und die Butter und die Bücklinge, die ich für Montagabend aufhebe, weil Ivan sie am liebsten ißt, oder die Extrawurst, die ich am liebsten esse, daß alles von der Marke Ivan ist, vom Haus Ivan. Auch die Schreibmaschine und der Staubsauger, die früher einen unerträglichen Lärm gemacht haben, müssen von dieser guten und mächtigen Firma aufgekauft und besänftigt worden sein, die Türen der Autos fallen nicht mehr mit einem Krach unter meinen Fenstern zu, und in die Obhut Ivans muß unversehens sogar die Natur gekommen sein, denn die Vögel singen am Morgen leiser und lassen einen zweiten, kurzen Schlaf zu.

Aber noch sehr viel mehr geschieht seit dieser Besitzübernahme, und es kommt mir seltsam vor, daß die Medizin, die sich für eine Wissenschaft und eine rapid fortschreitende hält, nichts von diesem Vorkommnis weiß: daß hier, in diesem Umkreis, wo ich bin, der Schmerz im Ab-

nehmen ist, zwischen der Ungargasse 6 und 9, daß die Unglücke weniger werden, der Krebs und der Tumor, das Asthma und der Infarkt, die Fieber, Infektionen und Zusammenbrüche, sogar die Kopfschmerzen und die Wetterfühligkeit sind abgeschwächt, und ich frage mich, ob es nicht meine Pflicht sei, die Wissenschaftler zu informieren von diesem einfachen Mittel, damit die Forschung einen großen Sprung vorwärts tun könnte, die meint, alle Übel mit immer raffinierteren Medikamenten und Behandlungen bekämpfen zu können. Hier ist auch die zitternde Nervosität, die Hochspannung, die über dieser Stadt ist, und vermutlich überall, fast beruhigt, und die Schizothymie, das Schizoid der Welt, ihr wahnsinniger, sich weitender Spalt, schließt sich unmerklich.
Was es an Aufregung noch gibt, ist nur ein eiliges Suchen nach Haarnadeln und Strümpfen, ein leichtes Zittern beim Auftragen der Wimperntusche und beim Hantieren mit den Lidfarben, den schmalen Pinseln für die Lidstriche, bei dem Eintauchen der luftigen Wattebauschen in hellen und dunklen Puder. Oder ein ununterdrückbares Feuchtwerden der Augen beim Hin- und Herlaufen zwischen dem Badezimmer und dem Korridor, beim Suchen nach der Tasche, dem Taschentuch, ein Anschwellen der Lippen, nur solch winzige physiologische Veränderungen sind es, eine leichtere Gangart, die einen Zentimeter größer macht, und eine leichte Gewichtsabnahme, weil es später Nachmittag wird und die Büros zu schließen anfangen und dann die Infiltration dieser Guerillas von Tagträumen, die die Ungargasse unterwandern und aufwiegeln, sie plötzlich ganz besetzt haben mit ihren herrlichen Proklamationen und dem einzigen Losungswort, das sie für ihr Ziel wissen, und wie könnte dieses Wort, das heute schon für die Zukunft steht, anders heißen als Ivan.

Es heißt Ivan. Und immer wieder Ivan.

Gegen die Verderbnis und das Reguläre, gegen das Leben und gegen den Tod, gegen den zufälligen Verlauf, all diese Drohungen aus dem Radio, all die Schlagzeilen der Zeitungen, aus denen die Pest kommt, gegen die einsickernde Perfidie aus den oberen und unteren Stockwerken, gegen den langsamen Fraß innen und gegen das Verschlungenwerden von draußen, gegen die beleidigte Miene von Frau Breitner jeden Morgen, halte ich hier meine frühe Abendstellung und warte und rauche, immer zuversichtlicher und sicherer und so lange und so sicher, wie es niemand gegeben ist, denn ich werde siegen in diesem Zeichen.

Wenn Ivan auch gewiß für mich erschaffen worden ist, so kann ich doch nie allein auf ihn Anspruch erheben. Denn er ist gekommen, um die Konsonanten wieder fest und faßlich zu machen, um die Vokale wieder zu öffnen, damit sie voll tönen, um mir die Worte wieder über die Lippen kommen zu lassen, um die ersten zerstörten Zusammenhänge wiederherzustellen und die Probleme zu erlösen, und so werde ich kein Jota von ihm abweichen, ich werde unsre identischen, hellklingenden Anfangsbuchstaben, mit denen wir unsre kleinen Zettel unterzeichnen, aufeinanderstimmen, übereinanderschreiben, und nach der Vereinigung unserer Namen könnten wir vorsichtig anfangen, mit den ersten Worten dieser Welt wieder die Ehre zu erweisen, damit sie wünschen muß, sich wieder die Ehre zu geben, und da wir die Auferstehung wollen und nicht die Zerstörung, hüten wir uns, einander schon öffentlich mit den Händen zu berühren, und auch nur heimlich fassen wir einander ins Aug, denn mit seinen Blicken muß Ivan erst die Bilder aus meinen Augen waschen, die vor seinem Kommen auf die Netzhaut gefallen sind, und nach vielen Reinigungen taucht dann doch wieder ein finsteres, furchtbares Bild auf, beinah nicht zu löschen, und Ivan schiebt

mir dann rasch ein lichtes darüber, damit kein böser Blick von mir ausgeht, damit ich diesen entsetzlichen Blick verliere, von dem ich weiß, wieso ich ihn bekommen habe, aber ich erinnre mich nicht, erinnre mich nicht . . .
(Noch kannst du es nicht, noch immer nicht, vieles stört dich . . .)
Aber weil Ivan mich zu heilen anfängt, kann es nicht mehr ganz schlimm sein auf Erden.

Obwohl es einmal alle wußten, aber da es heute keiner mehr weiß, warum es heimlich zu geschehen hat, warum ich die Tür schließe, den Vorhang fallen lasse, warum ich allein vor Ivan trete, werde ich einen Grund dafür verraten. Ich will es so, nicht um uns zu verbergen, sondern um ein Tabu wiederherzustellen, und Malina hat es verstanden, ohne daß ich es ihm erklären mußte, denn sogar wenn mein Schlafzimmer offensteht und ich allein bin oder er ganz allein in der Wohnung ist, geht er vorüber und zu seinem Zimmer, als stünde da nie eine Tür offen, als wäre nie eine verschlossen, als wäre da gar kein Raum, damit nichts profaniert wird und die ersten Kühnheiten und die letzten sanften Ergebenheiten wieder eine Chance haben. Auch Lina räumt hier nicht auf, denn niemand hat dieses Zimmer zu betreten, nichts ereignet sich und eignet sich dazu, preisgegeben, seziert und analysiert zu werden, denn Ivan und ich schleifen, rädern, foltern und ermorden einander nicht, und so stellen wir uns einer vor den anderen und schützen, was uns gehört und nicht zu greifen ist. Weil Ivan mich nie fragt, nie mißtrauisch ist, mich nie verdächtigt, schwindet mein Verdacht. Weil er die zwei widerspenstigen Haare am Kinn nicht mustert, auch die zwei ersten Falten unter den Augen nicht notiert, weil ihn mein Husten nach der ersten Zigarette nicht stört, er mir sogar die Hand auf den Mund legt, wenn ich etwas Unbedachtes sagen will, sage ich ihm in einer anderen Sprache alles, was ich noch nie gesagt habe, mit Haut und Haar, denn nie wird er wissen wollen, was ich tagsüber tue, was ich früher gemacht habe, warum ich erst um drei Uhr früh nach Hause gekommen bin, warum ich gestern keine Zeit hatte, warum das Telefon heute eine Stunde lang besetzt war und wem ich jetzt antworte am Telefon, denn sowie ich ansetze mit einem gewöhnlichen Satz und sage: Ich muß dir das erklären, unterbricht Ivan mich: Warum, was mußt du mir erklären, nichts, überhaupt nichts, wem mußt du etwas erklären, doch mir nicht, niemand, denn es geht doch niemand etwas an –

Aber ich muß.

Mich kannst du gar nicht anlügen, das weiß ich, ich weiß es doch.

Aber doch nur, weil ich nicht muß!

Warum lachst du? Es wäre ja keine Schande, du könntest es trotzdem tun. Versuch es doch, aber du kannst nicht.

Und du?

Ich? Mußt du das fragen?

Ich muß nicht.

Versuchen kann ich es ja, aber manchmal werde ich dir etwas nicht sagen. Was hältst du davon?

Ich bin einverstanden. Ich muß ja einverstanden sein. Du mußt gar nichts, du kannst, Ivan.

Während wir uns so mühelos zurechtfinden miteinander, geht dieses Gemetzel in der Stadt weiter, unerträgliche Bemerkungen, Kommentare und Gerüchtfetzen zirkulieren in den Restaurants, auf den Parties, in den Wohnungen, bei den Jordans, den Altenwyls, den Wantschuras, oder sie werden allen Ärmeren beigebracht durch die Illustrierten, die Zeitungen, im Kino und durch die Bücher, in denen von Dingen auf eine Weise die Rede geht, daß die Dinge sich empfehlen und zurückziehen zu sich selber und zu uns, und nackt will jeder dastehn, die anderen bis auf die Haut ausziehen, verschwinden soll jedes Geheimnis, erbrochen werden wie eine verschlossene Lade, aber wo kein Geheimnis war, wird nie etwas zu finden sein, und die Ratlosigkeit nach den Einbrüchen, den Entkleidungen, den Perlustrierungen und Visitationen nimmt zu, kein Dornbusch brennt, kein kleinstes Licht geht auf, nicht in den Räuschen und in keiner fanatischen Ernüchterung, und das Gesetz der Welt liegt unverstandener denn je auf allen.

Weil Ivan und ich einander nur das Gute erzählen und manchmal etwas, damit wir einander zum Lachen bringen (und ohne über jemand zu lachen), weil wir sogar so weit kommen, zu lächeln vor Versunkenheit, also den Ausdruck finden, in dem wir zu uns selber kommen, hoffe ich, wir könnten eine Ansteckung herbeiführen. Langsam werden wir unsere Nachbarn infizieren, einen nach dem andern, mit dem Virus, von dem ich schon weiß, wie man ihn nennen dürfte, und wenn daraus eine Epidemie entstünde, wäre allen Menschen geholfen. Aber ich weiß auch, wie schwer es ist, ihn zu bekommen, wie lange man warten muß, bis man reif ist für diese Ansteckung, und wie schwer und schon ganz hoffnungslos war es für mich, ehe es geschah!

Da Ivan mich fragend anschaut, muß ich etwas gesagt haben, und ich beeile mich, ihn abzulenken. Ich weiß den Namen des Virus, aber ich werde mich hüten, ihn vor Ivan auszusprechen.
Was murmelst du da? Was sei nicht einfach zu bekommen? Von was für einer Krankheit redest du?
Aber doch nicht Krankheit, ich meine doch keine Krankheit, ich denke nur, es gibt Dinge, die sind schwer zu bekommen!

Entweder spreche ich wirklich zu leise oder Ivan versteht nicht, wo Malina längst verstanden, erraten, erfaßt hätte, und er kann mich doch weder denken noch reden hören, und überdies habe ich ihm kein Wort von dem Virus gesagt.

Es ist ja eine ganze Menge für mich dazwischengekommen, ich habe mehr Abwehrstoffe angesammelt als ein Mensch braucht, um immun zu sein, Mißtrauen, Gleichmut, Furchtlosigkeit nach zu großem Fürchten, und ich weiß nicht, wie Ivan dagegen angegangen ist, gegen soviel Widerstand, dieses krisenfeste Elend, die auf Schlaflosigkeit genau eingespielten Nächte, die pausenlose Nervosität, den obstinaten Verzicht auf alles, aber schon in der ersten Stunde, in der Ivan ja nicht gerade vom Himmel gefallen ist, sondern, aus den Augen lächelnd, sehr groß und leicht gebeugt vor mir auf der Landstraßer Hauptstraße gestanden ist, war all das zuschanden geworden, und allein dafür müßte ich Ivan die höchsten Auszeichnungen verleihen und die allerhöchste dafür, daß er mich wiederentdeckt und auf mich stößt, wie ich einmal war, auf meine frühesten Schichten, mein verschüttetes Ich freilegt, und seligsprechen werde ich ihn für alle seine Begabungen, für welche aber, für welche? da noch kein Ende abzusehen ist und keines kommen darf, und so fange ich an, mir die einfachste vorzuhalten, die einfach die ist, daß er mich wieder zum Lachen bringt.

Endlich gehe ich auch in meinem Fleisch herum, mit dem Körper, der mir durch eine Verachtung fremd geworden ist, ich fühle, wie alles sich wendet inwendig, wie die Muskeln sich aus der steten Verkrampfung lösen, ihr glattgestreiftes, ihr quergestreiftes System sich lockern, wie die beiden Nervensysteme gleichzeitig konvertiert werden, denn es findet nichts deutlicher statt als diese Konversion, ein Wiedergutmachungsprozeß, eine Läuterung, der lebendige Beweis, der faktische, der auch meßbar und bezeichenbar wäre, mit den neuesten Instrumenten einer Metaphysik. Wie gut auch, daß ich im Nu begriffen habe, wovon ich in der ersten Stunde ergriffen worden bin, und daß ich darum sofort, ohne mich anzustellen, ohne Vorstellung, mit Ivan gegangen bin. Keine Stunde habe ich versäumt, denn dieses Geschehen, von dem man vorher nichts wissen kann, nie gewußt hat, von dem man nie etwas gehört oder gelesen hat, braucht eine äußerste Beschleunigung, damit es zustande kommen kann. Eine Kleinigkeit könnte es im Beginn ersticken, abwürgen, es im Anlauf zum Stillstand bringen, so empfindlich sind Anfang und Entstehen dieser stärksten Macht in der Welt, weil die Welt eben krank ist und sie, die gesunde Macht, nicht aufkommen lassen will. Ein Autohupen hätte einfallen können in den ersten Satz, ein Polizist, der einen schlecht parkierten Motorroller hätte aufschreiben können, ein Passant hätte gröhlend zwischen uns torkeln können, ein Bursche mit einem Lieferwagen hätte uns die Sicht verstellen können, mein Gott, es ist nicht auszudenken, was alles hätte dazwischenkommen können! Ich hätte, durch die Sirene eines Rotkreuzwagens abgelenkt, auf die Straße blicken können, anstatt hinüber zu dem Strauß Türkenbund im Fenster, oder Ivan hätte jemand um Feuer bitten müssen, und schon wäre ich nicht von ihm gesehen worden. Weil wir in soviel Gefahr waren, weil schon drei Sätze, an dieser Stelle vor dem Schaufenster, zuviel gewesen wären, sind wir von der heißen gefährlichen Stelle rasch miteinander weggegangen und haben vieles auf sich beruhen lassen. Darum haben wir lange gebraucht, bis wir über die ersten kleinen nichtssagenden Sätze hinausgefunden haben. Ich weiß nicht einmal, ob man heute schon sagen dürfte, daß wir miteinander reden und uns unterhalten können wie andere Menschen. Aber wir haben keine Eile. Es bleibt uns noch das ganze Leben, sagt Ivan.

Immerhin haben wir uns ein paar erste Gruppen von Sätzen erobert, törichten Satzanfängen, Halbsätzen, Satzenden, von der Gloriole gegenseitiger Nachsicht umgeben, und die meisten Sätze sind bisher unter den Telefonsätzen zu finden. Wir üben sie wieder und wieder, denn Ivan ruft mich einmal von dem Büro am Kärntnerring an oder ein zweites Mal spät nachmittags oder abends von zu Hause aus.

Hallo. Hallo?
Ich, wer denn sonst
Ja, natürlich, verzeih
Wie es mir? Und dir?
Weiß ich nicht. Heute abend?
Ich verstehe dich so schlecht
Schlecht? Was? Du kannst also
Ich höre dich nicht gut, kannst du
Was? Ist etwas?
Nein, nichts, du kannst mich später noch
Natürlich, ich rufe dich besser später an
Ich, ich sollte zwar mit Freunden
Ja, wenn du nicht kannst, dann
Das habe ich nicht gesagt, nur wenn du nicht
Jedenfalls telefonieren wir später
Ja, aber gegen sechs Uhr, weil
Das ist aber schon zu spät für mich
Ja, für mich eigentlich auch, aber
Heute hat es vielleicht keinen Sinn
Ist jemand hereingekommen?

Nein, nur Fräulein Jellinek ist jetzt
Ach so, du bist nicht mehr allein
Aber später bitte, bitte bestimmt!

Ivan und ich haben Freunde und außerdem Leute, nur ganz selten jemand, von dem er oder ich wissen, um wen es sich dabei handelt und wie diese Personen heißen. Mit den Freunden und den Leuten müssen wir abwechselnd essen gehen, uns zumindest mit ihnen auf einen Sprung ins Kaffeehaus setzen oder wir müssen etwas unternehmen mit Ausländern, ohne zu wissen, was anfangen mit ihnen, und meistens müssen wir noch einen Anruf abwarten. Nur sollte doch ein einziges Mal, aber auch nur ein Mal der Zufall es wollen, daß Ivan und ich einander begegnen in der Stadt, er mit Leuten, ich mit Leuten, dann wüßte er wenigstens, daß ich auch anders aussehen kann, daß ich mich anziehen kann (was er bezweifelt), daß ich gesprächig bin (was er noch mehr bezweifelt). Denn in seiner Gegenwart werde ich still, weil die geringsten Worte: ja, gleich, so, und, aber, dann, ach! so geladen sind, aus mir mit einer hundertfachen Bedeutung kommen für ihn, tausendmal mehr bewirkend als die unterhaltsamen Erzählungen, Anekdoten, herausfordernden Wortscheingefechte, die Freunde und Leute von mir kennen, und Gesten, Capricen, Allüren zum Schein, denn für Ivan habe ich nichts zum Schein, tu ich nichts, um zu scheinen, und dankbar bin ich, wenn ich ihm seinen Drink und das Essen richten darf, ihm heimlich hie und da schon die Schuhe putze, mit dem Fleckenwasser an seiner Jacke hantieren darf, und: So, das haben wir! heißt mehr als Stirnrunzeln vor einer Speisekarte, vor Leuten glänzend aufgelegt sein, eine Debatte führen, ein Einsammeln von Handküssen und Wiedersehenswünschen, als die animierten Heimfahrten mit Freunden, noch ein Glas in der Loos-Bar, Küsse links und rechts und: auf bald!

Denn wenn Ivan zum Mittagessen ins Sacher geht, natürlich auf Kosten des Instituts und weil er muß, dann bin ich bestimmt spät nachmittags in der Blauen Bar im Sacher verabredet, und wir treffen einander nicht, ob ich es nun provozieren oder verhindern will, denn heute bin ich zum Abendessen im Stadtkrug, aber Ivan ist draußen in Grinzing mit Ausländern, und morgen muß ich ein paar Leuten Heiligenstadt zeigen und Nußdorf, daran denke ich verzweifelt, und er wird mit einem Herrn bei den Drei Husaren essen. Für ihn kommen viele Leute von auswärts, meine kommen auch oft von auswärts, und das, zum Beispiel, hindert uns heute wieder, einander zu sehen, uns bleibt nur das Telefonieren. Und um unsre erste Gruppe von Telefonsätzen gruppiert sich, bei flüchtigem Sehen, vor dem Auseinandergehen zu verschiedenen Leuten, eine ganz andere Gruppe von Sätzen, die gehen darum um das ›Beispiel‹.

Ivan sagt, er höre von mir immer ›zum Beispiel‹. Und um mir die Beispielsätze auszutreiben, verwendet er jetzt Beispielsätze, zum Beispiel sogar in der einen Stunde, die uns bleibt vor dem Abendessen.
Was denn, zum Beispiel, Fräulein Schlauberger? Wie war es, zum Beispiel, als ich zum erstenmal in deine Wohnung kam, am Tag danach, da haben wir doch, zum Beispiel, sehr mißtrauisch ausgesehen.
Ich, zum Beispiel, habe noch nie eine Unbekannte auf der Straße angesprochen und es wäre mir vorher nie in den Sinn gekommen, zum Beispiel, daß eine derartige Unbekannte mit einem Unbekannten sofort, wie bitte?
Übertreib nicht!
Zum Beispiel ist mir noch immer nicht klar, was du eigentlich machst. Was, zum Beispiel, kann man bloß den ganzen Tag zu Hause machen, ohne sich zu rühren. Laß mich,

zum Beispiel, einmal nachdenken. Nein, erzähl mir bloß nichts.
Bitte, ich kann es aber ganz leicht!
Ich, zum Beispiel, bin nicht neugierig, sag es mir nicht, ich frage mich nur einiges, aber weil ich beispiellos diskret bin, erwarte ich keine Antwort.
Ivan, nicht so!
Wie denn dann?
Wenn ich, zum Beispiel, heute abend nach Hause komme, müde, aber trotzdem noch warten würde auf einen Anruf, was, zum Beispiel, Ivan, würdest du dazu meinen?
Geh lieber schlafen danach, und sofort, Fräulein Schlauberger.
Und mit diesem Satz ist Ivan gegangen.

Ivan kann es, zum Unterschied von anderen Männern, gar nicht vertragen, wenn ich eigens auf einen Anruf warte, mir Zeit nehme für ihn, mich richte nach seinen freien Stunden, und so tu ich es heimlich, ich füge mich und denke an seine Lehrsätze, denn von ihm stammen die vielen ersten Lehrsätze für mich. Doch es ist spät heute, ich hätte Ivan vor fünfzehn Jahren auf dem Weg zum Postamt treffen sollen. Zum Lernen ist es nicht zu spät, aber wie kurz wird die Zeit sein, in der ich das Erlernte noch verwenden kann. Aber ehe ich, auf sein Geheiß, heute einschlafe, bedenke ich, daß ich damals nicht fähig gewesen wäre, die Lektion in ihrem ganzen Ausmaß zu verstehen.

Da es klingelt, girrt, surrt, greife ich nach dem Telefon, ich will schon ›Hallo‹ sagen, denn es könnte Ivan sein, aber dann lege ich den Hörer leise nieder, weil mir für heute kein letzter Anruf erlaubt war. Es läutet noch einmal, hört aber gleich auf, es war ein vorsichtiges Läuten, es war vielleicht Ivan, es kann nur Ivan gewesen sein, und ich will nicht gestorben sein, noch nicht, wenn es wirklich Ivan war, er soll zufrieden mit mir sein und denken, ich schlafe längst.

Aber heute rauche ich und warte und rauche ich vor dem Telefon bis nach Mitternacht, und ich hebe ab und Ivan fragt, und ich antworte.

Jetzt muß ich nur noch den Aschenbecher
Einen Augenblick ja, ich auch
Hast du dir auch eine angezündet
So. Ja. Nein, es geht nicht
Hast du keine Zündhölzer?
Das letzte habe ich, nein, jetzt an der Kerze
Hörst du das auch? Gehen Sie doch aus der Leitung
Das Telefon hat eben seine Tücken
Wie? Es redet dauert jemand hinein. Mücken, wieso
Ich habe gesagt: Tücken, nichts Wichtiges, mit hartem T
Ich verstehe das mit den Mücken nicht
Verzeih, das war ein unseliges Wort dafür
Warum unselig, was meinst du denn?
Nichts, nur wenn man so oft ein Wort wiederholt

Aber selbst wenn vier Personen durcheinanderreden, kann ich Ivans Stimme noch heraushören, und solange ich ihn höre und mich von ihm gehört weiß, bin ich am Leben. Solang das Telefon, auch wenn wir unterbrechen müssen, wieder läutet, schrillt, klingelt, wütet, um einen Ton zu laut manchmal und um einige zu leise, wenn man den Eisschrank zuwirft, das Grammophon oder das Badewasser laufen läßt, aber wenn es doch ruft, und wer weiß schon, was ein Telefon tut und wie seine Ausbrüche zu nennen sind? solange es mir jedoch seine Stimme zukommen läßt, ob wir nun einander verstehen, kaum verstehen oder gar nicht mehr, weil das Wiener Telefonnetz für Minuten zusammenbricht, ist mir alles gleichgültig, auch was er mir zu sagen hat, so voller Erwartung, am Aufleben, am Ableben, fange ich wieder an mit ›Hallo?‹. Nur Ivan weiß das nicht, er ruft an oder er ruft nicht an, er ruft doch an.

Wie nett, daß du mich
Nett, warum nett?
Einfach so. Es ist nett von dir

Aber ich knie auf dem Boden vor dem Telefon und hoffe, daß auch Malina mich nie überrascht in dieser Stellung, auch er soll nie sehen, wie ich niederfalle vor dem Telefon, wie ein Moslem auf seinen Teppich, die Stirn auf den Parkettboden gedrückt.

Könntest du dich nicht etwas deutlicher
Ich muß den Hörer, geht es jetzt?
Und du, was hast du noch vor?
Ich? Ach, ich nichts Besonderes

Mein Mekka und mein Jerusalem! Und so auserwählt bin ich vor allen Telefonabonnenten und so werde ich gewählt, mein 72 31 44, denn Ivan weiß mich schon auswendig auf jeder Wählscheibe zu finden und sicherer findet er meine Nummer als mein Haar und meinen Mund und meine Hand.

Ich heute abend?
Nein, wenn du nicht kannst
Aber du bist doch
Das schon, aber dahin will ich nicht
Ich halte das aber für, entschuldige
Ich sage dir doch, es ist ganz ohne
Du gehst besser hin, denn ich habe vergessen
Du hast also. Du bist also
Dann bis morgen, schlaf gut!

Ivan hat also keine Zeit, und der Hörer fühlt sich eiskalt an, nicht aus Plastik, aus Metall, und rutscht hinauf zu meiner Schläfe, denn ich höre, wie er einhängt, und ich wollte, dieses Geräusch wäre ein Schuß, kurz, schnell, damit es zu Ende sei, ich möchte nicht, daß Ivan heute so ist und daß es immer so ist, ich möchte ein Ende. Ich hänge auf, bleibe auf dem Boden knien, dann schleppe ich mich zu dem Schaukelstuhl und nehme ein Buch vom Tisch RAUMFAHRT – WOHIN? Ich lese fieberhaft, was für ein Unsinn, er hat ja angerufen, er hat es auch anders gewollt, und ich muß mich gewöhnen, daß er es nicht dazusagt, wie ich nichts weiter sage, das Kapitel ist zu Ende, der Mond ist erobert, und ich sammle die Briefe auf dem Wohnzimmertisch ein, damit sie Malina nicht ärgern, überlese sie noch einmal im Studio, häufe sie auf die Briefe von gestern, schichte Mappen um, SEHR DRINGEND, DRINGEND, EINLADUNGEN, ABSAGEN, BELEGE, UNBEZAHLTE RECHNUNGEN, BEZAHLTE RECHNUNGEN, WOHNUNG, ich kann aber die Mappe ohne Bezeichnung nicht finden, die ich am dringendsten bräuchte, nun geht das Telefon, bestimmt einen ganzen Ton zu laut, es kommt ein Ferngespräch, und ich schreie ein wenig, mit fieberhafter Freundlichkeit, ohne zu wissen, was ich sage und mit wem ich da sprechen muß: Fräulein, Fräulein, Zentrale bitte, man hat uns unterbro-

chen, Fräulein! War es nun aber München oder Frankfurt? Jedenfalls bin ich unterbrochen worden, ich lege den Hörer auf, die Telefonschnur ist schon wieder verwickelt und sprechend und mich vergessend, verwickle ich mich in sie, es kommt von dem Telefonieren mit Ivan. Ich kann jetzt nicht wegen München, oder was es auch war, zehnmal die Schnur herumdrehen. Sie soll verwickelt bleiben. Es bleibt mir der Blick auf das schwarze Telefon, beim Lesen, vor dem Schlafengehen, wenn ich es neben das Bett stelle. Austauschen lassen könnte ich es freilich gegen ein blaues oder rotes oder weißes, nur wird es nicht mehr dazu kommen, denn es darf sich nichts mehr in meiner Wohnung verändern, damit außer Ivan, dem einzig Neuen, mich nichts ablenkt, und nichts von dem Warten, wenn das Telefon sich nicht rührt.
Wien schweigt.

Ich denke an Ivan.
Ich denke an die Liebe.
An die Injektionen von Wirklichkeit.
An ihr Vorhalten, so wenige Stunden nur.
An die nächste, die stärkere Injektion.
Ich denke in der Stille.
Ich denke, daß es spät ist.
Es ist unheilbar. Und es ist zu spät.
Aber ich überlebe und denke.
Und ich denke, es wird nicht Ivan sein.
Was immer auch kommt, es wird etwas anderes sein.
Ich lebe in Ivan.
Ich überlebe nicht Ivan.

Insgesamt kann da aber kein Zweifel sein, daß Ivan und ich manchmal eine Stunde, manchmal sogar einen Abend

finden, etwas Zeit füreinander haben, die anders verläuft. Wir leben ja zwei verschiedene Leben, aber damit ist nicht alles gesagt, denn das Gefühl für die Ortseinheit verläßt uns nicht, und Ivan, der darüber bestimmt nie nachgedacht hat, kann ihr auch nicht entgehen. Heute ist er bei mir, das nächste Mal werde ich bei ihm sein, und wenn er keine Lust hat, mit mir Sätze zu bilden, stellt er sein oder mein Schachbrett auf, in seiner oder meiner Wohnung, und zwingt mich zu spielen. Ivan ärgert sich, es müssen lästerliche oder belustigte ungarische Worte sein, die er ausruft zwischen zwei Zügen, und bisher verstehe ich immer nur jaj und jé, und ich rufe manchmal éljen! Ein Ausruf, der sicher nicht angebracht ist, aber doch der einzige ist, den ich schon seit Jahren kenne.
Himmel, was machst du denn mit deinem Läufer, bitte überleg dir diesen Zug noch einmal. Hast du noch immer nicht gemerkt, wie ich spiele? Wenn Ivan obendrein sagt: Istenfáját! Oder: az Isten kinját! vermute ich, daß diese Ausdrücke zu einer Gruppe von unübersetzbaren Ivanflüchen gehören, und mit diesen mutmaßlichen Flüchen bringt er mich natürlich aus dem Konzept. Ivan sagt, du spielst eben ohne Plan, du bringst deine Figuren nicht ins Spiel, deine Dame ist schon wieder immobil.
Ich muß lachen, dann brüte ich wieder über dem Problem meiner Unbeweglichkeit, und Ivan gibt mir mit den Augen einen Wink. Hast du kapiert? Nein, du kapierst ja nichts. Was hast du denn jetzt wieder in deinem Kopf, Kraut, Karfiol, Salatblätter, lauter Gemüse. Ah, und jetzt will mich das kopflose, leerköpfige Fräulein ablenken, aber das kenne ich schon, das Kleid verrutscht an der Schulter, aber da sehe ich nicht hin, denk an deinen Läufer, die Beine zeigt man auch schon seit einer halben Stunde bis über die Knie, doch das nützt dir jetzt gar nichts, und das also nennst du Schachspielen, mein Fräulein, mit mir spielt man aber so nicht, ach, jetzt machen wir gleich unser komisches

Gesicht, das habe ich auch erwartet, wir haben unseren Läufer verspielt, liebes Fräulein, ich gebe dir noch einen Rat, verschwinde von hier, geh von E 5 auf D 3, aber damit ist meine Galanterie erschöpft.
Ich werfe ihm meinen Läufer hin und lache noch immer, er spielt ja viel besser als ich, die Hauptsache ist, daß ich am Ende doch manchmal zu einem Patt mit ihm komme.
Ivan fragt, ohne Zusammenhang: Wer ist Malina?
Darauf kann ich keine Antwort geben, wir spielen stumm und stirnrunzelnd weiter, ich mache wieder einen Fehler, Ivan hält sich nicht an toucher et jouer, er stellt meine Figur zurück, ich mache danach keinen Fehler mehr, und unser Spiel endet mit einem Patt.

Für ein Patt bekommt Ivan seinen wohlverdienten Whisky, er schaut befriedigt auf das Schachbrett, weil ich, mit seiner Hilfe, nicht verloren habe, er möchte etwas herausfinden über mich, es habe aber keine Eile. Er sagt nicht, noch immer nicht, was er herausfinden möchte, er gibt mir nur zu verstehen, daß er nicht so rasch zu einem Schluß kommen will, er vermutet zu gerne, vermutet sogar, ich habe ein Talent, er weiß nicht, welches Talent, jedenfalls muß es etwas zu tun haben mit ›Gutgehen‹.
Es sollte dir immer gutgehen.
Aber doch nicht mir, warum denn mir!
Wenn Ivan die Lider zu dreiviertel sinken läßt, mich nur noch durch einen Spalt ansieht aus seinen Augen, die so dunkel, warm und groß sind, daß er auch dann noch immer genug von mir sieht, sagt er, es sei denn, ich hätte auch ein Talent, jemand einzuladen, mir das kaputtzumachen.
Was kaputtmachen? Mein Gutgehen? Welches Gutgehen?
Ivan macht eine bedrohliche Bewegung mit der Hand, weil ich etwas Dummes gesagt habe, weil ich etwas nicht heilen lassen will, obwohl es jetzt heilbar wäre. Aber mit Ivan

kann ich darüber nicht sprechen, auch nicht, warum ich zusammenfahre bei jeder brüsken Bewegung, ich kann ja noch immer mit ihm kaum sprechen, ich habe nur keine Angst vor Ivan, obwohl er mir beide Arme auf dem Rükken zusammenhält, mich unbeweglich macht. Trotzdem atme ich schneller, und noch schneller fragt er mich: Wer hat dir etwas angetan, wer hat dir solche Dummheiten in den Kopf gesetzt, was ist in deinem Kopf außer diesem dummen Fürchten, ich erschrecke dich nicht, nichts darf dich erschrecken, was bildest du dir ein in deinem Kopf voller Salat und Bohnen und Erbsen, dumme Prinzessin auf der Erbse, ich möchte wissen, nein, ich möchte es nicht wissen, wer das angerichtet hat, dein Zusammenfahren, dein Kopfeinziehen, dein Kopfschütteln, dein Kopfwegdrehen.

Kopfsätze haben wir viele, haufenweise, wie die Telefonsätze, wie die Schachsätze, wie die Sätze über das ganze Leben. Es fehlen uns noch viele Satzgruppen, über Gefühle haben wir noch keinen einzigen Satz, weil Ivan keinen ausspricht, weil ich es nicht wage, den ersten Satz dieser Art zu machen, doch ich denke nach über diese ferne fehlende Satzgruppe, trotz aller guten Sätze, die wir schon machen können. Denn wenn wir aufhören zu reden und übergehen zu den Gesten, die uns immer gelingen, setzt für mich, an Stelle der Gefühle, ein Ritual ein, kein leerer Ablauf, keine belanglose Wiederholung, sondern als neu erfüllter Inbegriff feierlicher Formeln, mit der einzigen Andacht, deren ich wirklich fähig bin.

Und Ivan, was kann Ivan denn wissen darüber? Aber trotzdem sagt er heute: Das ist also deine Religion, das also ist es. Seine Stimme hat einen veränderten Ton, weniger heiter, nicht unverwundert. Er wird es am Ende herausfinden, was mit mir ist, denn wir haben ja noch das ganze Leben. Vielleicht nicht vor uns, vielleicht nur heute, aber wir haben das Leben, daran kann kein Zweifel sein.

Ehe Ivan geht, sitzen wir beide auf dem Bett und rauchen, er muß wieder für drei Tage nach Paris fahren, es macht mir nichts aus, ich sage leichthin: ach so, weil zwischen seinen und meinen sparsamen Äußerungen und dem, was ich ihm wirklich sagen möchte, ein Vakuum ist, ich möchte ihm alles sagen, sitze aber nur hier, drücke peinlich genau das Zigarettenende in den Aschenbecher und reiche ihm den Aschenbecher, als wäre es sehr wichtig, daß er keine Asche auf meinen Boden fallen läßt.
Es ist unmöglich, Ivan etwas von mir zu erzählen. Aber weitermachen, ohne mich auch ins Spiel zu bringen? – warum sage ich Spiel? warum denn bloß, es ist kein Wort von mir, es ist ein Wort von Ivan – das ist auch nicht möglich. Wo ich angelangt bin, das weiß Malina, und erst heute haben wir uns wieder über die Landkarten, über die Stadtpläne, über die Wörterbücher gebeugt, über die Worte hergemacht, wir suchen alle Orte und Worte auf und lassen die Aura aufkommen, die ich auch brauche, zum leben, dann ist Leben weniger Pathos.

Wie traurig bin ich, und warum tut Ivan nichts dagegen, warum drückt er wirklich die Zigarette aus, anstatt den Aschenbecher gegen die Wand zu werfen, die Asche auf den Boden fallen zu lassen, warum muß er mir von Paris reden, anstatt hierzubleiben oder mich mit nach Paris zu nehmen, nicht weil ich nach Paris will, sondern damit mir mein Ungargassenland nicht vergeht und ich es immer festhalten kann, mein einziges, mein über allem liegendes Land. Wenig habe ich gesprochen und viel habe ich geschwiegen, aber ich rede noch immer zu viel. Viel zu viel.

Mein herrliches Land, nicht kaiserlich-königlich, ohne die Stephanskrone und ohne die Krone des Heiligen Römischen Reichs, mein Land in seiner neuen Union, das keine Bestätigung und keine Rechtfertigung braucht, aber ich ziehe nur müde einen Läufer vor, mit dem ich doch nach Ivans nächstem Zug zurück muß, ich sage ihm lieber gleich, daß ich aufgebe, daß die Partie für mich verloren ist, aber daß ich gerne einmal mit ihm nach Venedig fahren möchte oder in diesem Sommer an den Wolfgangsee oder, wenn er wirklich nur ganz wenig Zeit hat, einen Tag nach Dürnstein an die Donau, weil ich dort ein altes Hotel kenne, und ich bringe den Wein ins Spiel, weil Ivan den Dürnsteiner Wein so gerne trinkt, aber nie werden wir an diese Orte fahren, weil er immer zu viel zu tun hat, weil er nach Paris muß, weil er morgens um sieben Uhr aufstehen muß.

Hast du Lust, noch ins Kino zu gehen? frage ich, denn mit Lust auf Kino könnte ich Ivan dazu bringen, jetzt noch nicht nach Hause zu gehen, ich habe die Seite mit dem Kinoprogramm aufgeschlagen. DREI SUPERMÄNNER RÄUMEN AUF, TEXAS JIM, HEISSE NÄCHTE IN RIO. Heute aber mag Ivan nicht mehr in die Stadt fahren, er läßt die Schachfiguren stehen, leert sein Glas in einem Zug, er geht besonders rasch zur Tür, wie immer ohne Gruß, vielleicht weil wir noch das ganze Leben vor uns haben.

Ich nähe einen Knopf an meinen Morgenmantel und schaue ab und zu auf den Papierhaufen vor mir. Fräulein Jellinek sitzt mit gesenktem Kopf vor der Schreibmaschine und wartet, sie hat zwei Blätter eingezogen und ein Karbonpapier dazwischen, und da ich schweige und den Faden abbeiße, sieht sie erfreut auf, wenn das Telefon läutet, sie greift nach dem Hörer, und ich sage: Sagen Sie einfach, was Sie wollen, daß ich nicht da bin, daß Sie erst nach-

sehen müssen (wo aber soll Fräulein Jellinek nachsehen, doch wohl nicht im Kleiderschrank oder im Abstellkabinett, da ich mich dort selten aufhalte) – sagen Sie, daß ich krank bin, verreist, tot. Fräulein Jellinek sieht gespannt und höflich aus, hält die Hand über die Sprechmuschel und flüstert: Aber es ist ein Ferngespräch, Hamburg.
Bitte sagen Sie einfach, was Ihnen Spaß macht.
Fräulein Jellinek entscheidet sich dafür zu sagen, daß ich nicht zu Hause sei, nein, sie bedaure, sie wisse nicht, sie hängt befriedigt ein. Es war immerhin eine Abwechslung.
Und nach Recklinghausen und London und Prag, was schreiben wir da? das wollten wir doch heute beantworten, mahnt Fräulein Jellinek, und ich fange also rasch an:
Sehr geehrte Herren,
den besten Dank für Ihren Brief vom, Datum, etc.
Und plötzlich fällt mir ein, daß der Mantel, den ich im Frühling den Frühjahrsmantel nenne, im Herbst aber den Herbstmantel, ein loses Futter hat, und ich laufe hinaus zu den Wandschränken, weil ich dieses Futter einmal festnähen muß, ich krame nach einem dunkelblauen Faden, frage gut gelaunt: Wo sind wir stehengeblieben, was habe ich gesagt? Ach so. Ach, schreiben Sie doch einfach, was Ihnen einfällt, daß ich verhindert bin oder verreist oder daß ich krank sein werde. Fräulein Jellinek lacht ein wenig, sie wird also bestimmt ›verhindert‹ schreiben, denn sie ist für maßvolle Absagen, die ebenso liebenswürdig wie neutral klingen. Man dürfe den Leuten keine Handhabe geben, findet Fräulein Jellinek, die immer um Erlaubnis fragt, wenn sie ins Bad gehen will. Sie kommt parfümiert zurück, hübsch, groß, schlank und so verlobt, mit einem Assistenzarzt von der Poliklinik, und sie hackt mit ihren langen schönen Fingern beste Empfehlungen in die Maschine, hie und da einen freundlichen oder einen herzlichen Gruß.
Fräulein Jellinek wartet und wartet. Das Futter ist genäht

und wir trinken beide einen Schluck aus unsren Teeschalen.
Damit Sie es nicht vergessen – die Urania, das ist auch dringend.
Fräulein Jellinek weiß, daß sie jetzt herauslachen kann, weil wir in Wien sind, das ihr keine Ehrfurcht einflößt wie London und Santa Barbara und Moskau, sie schreibt den Brief ganz allein, obwohl er verdächtig, ich würde sagen, beinahe bis aufs Wort, dem Brief an alle Volkshochschulen und Vereine ähnelt.
Dann kommt das Problem mit England, und ich kaue an dem Rest des blauen Fadens. Wissen Sie was, wir machen heute einfach Schluß und schreiben dieses Zeug nächste Woche. Mir fällt überhaupt nichts ein. Fräulein Jellinek bedeutet mir, daß sie das nun schon zu oft höre und daß davon nichts besser werde, sie will unbedingt anfangen, sie will es selbst probieren.
Dear Miss Freeman:
thank you very much for your letter of august 14th.
Aber nun müßte ich Fräulein Jellinek diese ganz komplizierte Geschichte erzählen, und ich sage flehentlich: Das Gescheiteste wäre noch, Sie schreiben zwei Zeilen und schicken alle vier Briefe an den Dr. Richter, und ich sage nervös, weil Ivan jeden Moment anrufen wird: Aber nein, ich sage Ihnen doch schon zum zehnten Mal, er heißt Wulf und nicht Wolf, nicht wie der Wolf im Märchen, Sie können ja nachschauen, nein, Nummer 45, ich bin beinahe sicher, so schauen Sie doch nach, und dann heften Sie den Kram ab, und wir warten, bis er zurückschreibt, diese Miss Freeman hat doch nichts als eine grauenvolle Bescherung angerichtet.
Dieser Meinung ist auch Fräulein Jellinek, und sie räumt den Schreibtisch auf, während ich das Telefon nach vorn trage. Im nächsten Moment läutet es wirklich, und ich lasse es dreimal läuten, es ist Ivan.

Ist die Jellinek weg?
Fräulein Jellinek bitte!
Meinetwegen Fräulein
In einer Viertelstunde?
Ja, das wäre möglich
Nein, wir sind gleich fertig
Nur Whisky, Tee, nein, sonst nichts

Während sich Fräulein Jellinek kämmt und ihren Mantel anzieht, noch mehrmals die Handtasche auf- und zumacht und nach ihrem Einkaufsnetz sucht, erinnert sie mich dran, daß ich drei wichtige Briefe selber schreiben wollte und daß wir keine Briefmarken mehr haben, Tesafilm will sie auch kaufen, und ich erinnre sie dran, daß sie unbedingt von den Notizzetteln das nächste Mal die Namen von diesen Menschen in die Agenda schreiben muß, Sie wissen schon, von diesen Leuten da, denn immer sind irgendwelche Menschen im Kopf zu behalten, die ins Adreßbuch oder in die Agenda müssen, weil man sich soviel Menschennamen nicht merken kann.
Fräulein Jellinek und ich wünschen einander einen schönen Sonntag, und ich hoffe, sie wird ihr Foulard nicht noch einmal andersherum um den Hals drapieren, denn Ivan kann nun wirklich jeden Moment kommen, und ich höre erleichtert die Tür zufallen und die zarten festen Absätze von Fräulein Jellineks neuen Schuhen die Stiege hinunterklappern.
Da Ivan kommt, bin ich sehr rasch fertig, nur die Kopien von den Briefen liegen noch herum, und ein einziges Mal fragt Ivan, was ich denn da so mache, und ich sage: Oh, nichts, ich sehe so verlegen aus, daß er lachen muß. Briefe interessieren ihn nicht, aber ein unverfängliches Blatt, auf dem steht ›Drei Mörder‹, und Ivan legt es wieder hin. Ivan vermeidet es ja, aber heute sagt er, was bedeuten diese

Zettel, denn ich habe ein paar Blätter auf dem Sessel liegengelassen. Er nimmt noch eines in die Hand und liest belustigt: TODESARTEN. Und von einem anderen Zettel liest er ab: Die ägyptische Finsternis. Ist das nicht deine Schrift, hast du das hingeschrieben? Da ich nicht antworte, sagt Ivan: Das gefällt mir nicht, ich habe mir schon so etwas Ähnliches gedacht, und alle diese Bücher, die hier herumstehen in deiner Gruft, die will doch niemand, warum gibt es nur solche Bücher, es muß auch andere geben, die müssen sein, wie EXSULTATE JUBILATE, damit man vor Freude aus der Haut fahren kann, du fährst doch auch oft vor Freude aus der Haut, warum also schreibst du nicht so. Dieses Elend auf den Markt tragen, es noch vermehren auf der Welt, das ist doch widerlich, alle diese Bücher sind widerwärtig. Was ist denn das für eine Obsession, mit dieser Finsternis, alles ist immer traurig und die machen es noch trauriger in diesen Folianten. Bitte, hier: AUS EINEM TOTENHAUS, ich entschuldige mich ja schon.
Ja aber, sage ich eingeschüchtert.
Nichts aber, sagt Ivan, und immer leiden sie gleich für die ganze Menschheit und ihre Scherereien und denken an die Kriege und stellen sich schon neue vor, aber wenn du mit mir Kaffee trinkst oder wenn wir Wein trinken und Schach spielen, wo ist dann der Krieg und wo ist die hungernde, sterbende Menschheit, und tut dir dann wirklich alles leid, oder tut es dir nur leid, weil du die Partie verlierst, oder weil ich gleich einen Riesenhunger haben werde, und warum lachst du denn jetzt, hat die Menschheit vielleicht viel zu lachen in diesem Augenblick? Aber ich lache doch nicht, sage ich, trotzdem muß ich lachen und ich lasse das Unglück anderswo geschehen, weil hier kein Unglück ist, wo Ivan sich mit mir zum Essen niedersetzt. Denken kann ich nur an das Salz, das noch nicht auf dem Tisch steht, und an die Butter, die ich in der Küche vergessen habe, und laut sage ich es nicht, aber ich nehme mir vor, daß ich

ein schönes Buch finden werde für Ivan, denn Ivan hofft also, daß ich nichts über die drei Mörder schreibe und das Elend nicht vermehre, in keinem Buch, ich höre ihm schon nicht mehr zu.

Ein Brausen von Worten fängt an in meinem Kopf und dann ein Leuchten, einige Silben flimmern schon auf, und aus allen Satzschachteln fliegen bunte Kommas, und die Punkte, die einmal schwarz waren, schweben aufgeblasen zu Luftballons an meine Hirndecke, denn in dem Buch, das herrlich ist und das ich also zu finden anfange, wird alles sein wie EXSULTATE JUBILATE. Wenn es dieses Buch geben sollte, und eines Tages wird es das geben müssen, wird man sich vor Freude auf den Boden werfen, bloß weil man eine Seite daraus gelesen hat, man wird einen Luftsprung tun, es wird einem geholfen sein, man liest weiter und beißt sich in die Hand, um vor Freude nicht aufschreien zu müssen, es ist kaum auszuhalten, und wenn man auf dem Fensterbrett sitzt und weiterliest, wirft man den Leuten auf der Straße Konfetti hinunter, damit sie erstaunt stehenbleiben, als wären sie in einen Karneval geraten, und man wirft Äpfel und Nüsse, Datteln und Feigen hinunter, als wäre Nikolaustag, man beugt sich, ganz schwindelfrei, aus dem Fenster und schreit: Hört nur, hört! schaut nur, schaut! ich habe etwas Wunderbares gelesen, darf ich es euch vorlesen, kommt näher alle, es ist zu wunderbar!
Und die Leute fangen an stehenzubleiben und aufzumerken, es sammeln sich immer mehr Leute an, und Herr Breitner grüßt einmal zur Abwechslung, er muß nicht mehr beweisen, mit seinen Krücken, daß er der einzige Krüppel ist, er krächzt freundlich grüß Gott und guten Tag, und die dicke Kammersängerin, die sich nur nachts aus dem Haus traut und in Taxis abfährt oder vorfährt, wird etwas dünner, sie nimmt in einem einzigen Moment

fünfzig Kilo ab, sie zeigt sich im Stiegenhaus, sie schreitet theatralisch, ohne Atemnot, bis zum Mezzanin, wo sie mit ihrer Koloratur beginnt, einer um zwanzig Jahre verjüngten Stimme: cari amici, teneri compagni! und niemand sagt herablassend, das haben wir von der Schwarzkopf und von der Callas schon besser gehört, auch das Wort ›fette Wachtel‹ ist aus dem Stiegenhaus verschwunden, und die Leute aus dem dritten Stock sind rehabilitiert, eine Intrige hat sich in Nichts aufgelöst. Soviel bewirkt die Nachfreude, weil es endlich ein herrliches Buch auf Erden gibt, und ich mache mich auf und suche nach seinen ersten Seiten für Ivan, ich mache ein geheimnisvolles Gesicht, denn es soll eine Überraschung für ihn werden. Aber Ivan deutet mein Geheimnisvolltun noch nicht richtig und er sagt heute: Du hast ja rote Flecken im Gesicht, was hast du denn, warum lachst du denn so blöde? Ich habe doch bloß gefragt, ob ich noch etwas Eis für meinen Whisky haben kann.

Wenn Ivan und ich schweigen, weil nichts zu sagen ist, also wenn wir nicht reden, dann senkt sich aber kein Schweigen herab, sondern ich merke, im Gegenteil, daß vieles uns umgibt, daß alles lebt um uns herum, es macht sich bemerkbar, ohne aufdringlich zu sein, die ganze Stadt atmet und zirkuliert, und so sind Ivan und ich nicht besorgt, weil nicht abgetrennt und monadenhaft eingesperrt, nicht kontaktlos und in nichts Schmerzliches abgetan. Auch wir sind ein akzeptabler Teil der Welt, zwei Leute, die müßig oder eilig auf dem Trottoir gehen, ihre Füße auf einen Zebrastreifen setzen, und wenn wir auch nichts sagen, uns nicht direkt miteinander verständigen, wird Ivan mich doch rechtzeitig am Ärmel halten und festhalten, damit ich unter kein Auto oder keine Straßenbahn komme. Ich haste immer ein wenig hinter ihm drein, weil er so viel größer ist und nur einen Schritt machen muß, wo ich zwei

Schritte machen muß, aber ich will versuchen, wegen des Zusammenhangs mit der Welt, nicht zu weit zurückzubleiben, mit ihm zu gehen, und so erreichen wir die Bellaria oder die Mariahilfer Straße oder den Schottenring, wenn wir etwas erledigen müssen. In letzter Minute würden wir es schon bemerken, wenn einer den anderen zu verlieren drohte, denn niemals könnten wir, wie andere, einander provozieren, auseinandergeraten, trotzig sein, einander verstoßen oder ablehnen. Wir denken nur, daß wir vor sechs Uhr im Reisebüro sein müssen, daß die Zeit auf der Parkscheibe überschritten sein dürfte, daß es jetzt zum Auto zurücklaufen heißt, und dann wird heimgefahren in die Ungargasse, wo jede erdenkliche Gefahr, in die zwei Menschen kommen können, vorüber ist. Sogar am Tor Nummer 9 kann ich Ivan zurücklassen, er braucht nicht bis zur Nummer 6 zu kommen, wenn er so müde ist, und ich verspreche ihm, ihn in einer Stunde anzurufen, ihn aufzuwekken, auch wenn er mich beschimpfen wird am Telefon, stöhnen und fluchen, weil er nicht zu spät zum Abendessen kommen darf. Lajos hat nämlich angerufen, der auch einmal bei mir angerufen hat, um nach Ivan zu fragen, und ich habe mit einer Sekretärinnenstimme geantwortet, freundlich, kühl, ich wisse leider nicht Bescheid, würden Sie die Güte haben, bei ihm anzurufen, und dann muß ich eine Frage niederkämpfen. Wo ist Ivan, wenn er nicht zu Hause ist, aber auch nicht bei mir ist und ein gewisser Lajos ihn sucht? Ich weiß es nicht, ich weiß leider nichts, natürlich sehe ich ihn hin und wieder, zufällig bin ich mit ihm heute durch die Stadt gegangen, zufällig in seinem Auto zurückgefahren in den III. Bezirk, es gibt also aus Ivans früherem Leben einen Mann, der Lajos heißt und vertraut tut, sogar im Besitz meiner Telefonnummer ist, und bisher kenne ich aus Ivans Leben nur die Namen Béla und András und eine Mutter, die er seine Mutter nennt, und wenn er von diesen dreien spricht, dann erwähnt er eilig, ohne

die Gasse zu nennen, daß er wieder einmal rasch auf die Hohe Warte müsse, es kommt oft vor, nur von einer Frau höre ich nichts, niemals etwas von der Mutter dieser Kinder, von deren Großmutter ja, die Ivans Mutter ist, aber die Mutter von Béla und András stelle ich mir vor, zurückgeblieben in Budapest, II. Bimbó Út 65, oder in Gödöllö, in einem alten Sommerhaus. Manchmal denke ich sie mir tot, erschossen, von einer Mine hochgejagt und zerrissen oder einfach gestorben an einer beliebigen Krankheit in einem Krankenhaus in Budapest oder dortgeblieben, arbeitend, fröhlich, mit einem Mann, der nicht Ivan heißt.
Längst ehe ich Ivan zum ersten Mal das Wort ›gyerekek!‹ oder ›kuss, gyerekek!‹ rufen hörte, hat Ivan zu mir gesagt: Das wirst du wohl schon verstanden haben. Ich liebe niemand. Die Kinder selbstverständlich ja, aber sonst niemand. Ich nicke, obwohl ich es nicht gewußt habe, und Ivan findet es selbstverständlich, daß auch ich es selbstverständlich finde. JUBILATE. Über einem Abgrund hängend, fällt es mir dennoch ein, wie es anfangen sollte: EXSULTATE.

Aber heute werden wir, weil es der erste warme Tag ist, ins GÄNSEHÄUFEL fahren. Ivan hat einen freien Nachmittag, nur für Ivan gibt es freie Nachmittage, eine freie Stunde, einmal auch einen freien Abend. Was mit meiner Zeit ist, ob ich freie und unfreie Stunden habe, Freiheit und Unfreiheit kenne, darüber wird nie geredet. In Ivans kurzer freier Zeit liegen wir im Gras, auf der Liegewiese in der Badeanstalt GÄNSEHÄUFEL unter einer schwachen Sonne, ich habe mein kleines Taschenschachspiel mitgenommen, und nach einer Stunde voll Stirnrunzeln, Abtauschen, Rochaden, Gardez, mehrmaligen Warnungen ›Schach‹ kommen wir wieder zu einem Patt. Ivan will mich auf ein Eis im italienischen Eissalon einladen, aber es ist keine Zeit mehr, der freie Nachmittag ist schon vorbei und wir müssen zurückrasen in die Stadt. Das Eis werde ich das nächste Mal bekommen. Während wir schnell auf die Stadt zufahren, über die Reichsbrücke und den Praterstern, dreht Ivan das Radio laut auf im Auto, seine Kommentare zu den Manövern der anderen Autofahrer sind trotzdem nicht zu überhören, aber wenn Musik aus dem Radio und das Schnellfahren, das schnelle Abbremsen, Wiederanfahren, ein Gefühl vom großen Abenteuer in mir hervorruft, verändern sich für mich die bekannten Gegenden und Straßen, durch die wir fahren. Ich halte mich mit den Händen fest an den Haltegriffen und so angeklammert würde ich gerne singen im Auto, wenn ich eine Stimme hätte, oder ihm sagen, schneller, noch schneller, ich lasse furchtlos die Haltegriffe los und lege die Arme hinter meinen Kopf zurück, ich strahle den Franz-Josefs-Kai und den Donaukanal und den Schottenring an, denn Ivan macht aus Übermut eine Rundfahrt um die Innere Stadt, ich hoffe, daß wir noch lange über den Ring brauchen, in den wir einbiegen jetzt, wir kommen ins Stocken, zwängen uns durch, haben zur Rechten die Universität, in die ich gegangen bin, aber sie steht nicht mehr da wie damals, nicht mehr bedrückend, und das Burgtheater, das Rathaus und das Parlament sind von einer Musik unterschwemmt, die aus dem Radio kommt, das soll nie aufhören, noch lange dauern, einen Film lang, der noch nie gelaufen ist, aber in dem ich jetzt Wunder über Wunder sehe, weil er den Titel hat MIT IVAN DURCH WIEN FAHREN, weil er den Titel hat GLÜCKLICH, GLÜCKLICH MIT IVAN und GLÜCKLICH IN WIEN, WIEN GLÜCKLICH und diese reißenden Bilderfolgen, die mich schwindlig machen, hören auch nicht auf, wenn scharf gebremst wird, warme Luftschwaden mit dem Benzingestank durch das offene Fenster kommen, GLÜCKLICH, GLÜCKLICH, es heißt glücklich, es muß glücklich heißen, denn die ganze Ringstraße ist untermalt von einer Musik, ich muß lachen, weil wir sprungartig anfahren, weil ich überhaupt keine Angst habe heute und nicht an der nächsten Ampel herausspringen will, weil ich noch stundenlang weiterfahren möchte, leise mitsummend, für mich schon zu hören, aber für Ivan nicht, weil die Musik lauter ist.

Auprès de ma blonde
Ich bin
Was bist du?
Ich bin
Was?
Ich bin glücklich
Qu'il fait bon
Sagst du etwas?
Ich habe nichts gesagt
Fait bon, fait bon
Ich sage es dir später
Was willst du später?
Ich werde es dir niemals sagen
Qu'il fait bon
So sag es doch schon
Es ist zu laut, ich kann nicht lauter
Was willst du sagen?
Ich kann es nicht noch lauter sagen
Qu'il fait bon dormir
Sag schon, du mußt es heute sagen
Qu'il fait bon, fait bon
Daß ich auferstanden bin
Weil ich den Winter überlebt
Weil ich also so glücklich
Weil ich den Stadtpark schon seh
Fait bon, fait bon
Weil Ivan erstanden ist
Weil Ivan und ich
Qu'il fait bon dormir!

Ivan fragt mich in der Nacht: Warum gibt es nur eine Klagemauer, warum hat noch nie jemand eine Freudenmauer gebaut?
Glücklich. Ich bin glücklich.
Wenn Ivan es will, baue ich eine Freudenmauer um ganz Wien herum, wo die alten Basteien waren und wo die Ringstraße ist und meinetwegen auch eine Glücksmauer um den häßlichen Gürtel von Wien. Jeden Tag könnten wir dann an diese neuen Mauern gehen und uns ausschütten vor Freude und Glück, denn es heißt glücklich, wir sind glücklich.
Ivan fragt: Soll ich das Licht auslöschen?
Nein, eines brennen lassen, bitte ein Licht lassen!
Ich lösche dir aber einmal alle Lichter aus, schlaf du endlich, sei glücklich.
Ich bin glücklich.
Wenn du nicht glücklich bist –
Was dann?
Dann wirst du nie etwas Gutes tun können.
Und ich sage zu mir, glücklich werde ich es tun können. Ivan geht leise aus dem Zimmer und löscht jedes Licht hinter sich, ich höre ihn gehen, ich liege ruhig da, glücklich.

Ich springe auf und ich knipse die Nachttischlampe an, stehe entsetzt im Zimmer mit zerrauften Haaren, mit den zerbissenen Lippen, ich laufe aus dem Zimmer und mache ein Licht nach dem anderen an, weil Malina vielleicht schon zu Hause ist, ich muß sofort mit Malina sprechen. Warum gibt es keine Glücksmauer und warum keine Freudenmauer? Wie heißt die Mauer, an die ich wieder gehe in der Nacht! Malina ist erstaunt aus seinem Zimmer gekommen, er sieht mich kopfschüttelnd an. Lohnt es sich denn noch, mit mir? frage ich Malina, und Malina antwortet nicht, er führt mich ins Bad, er nimmt einen Lappen, hält ihn unter das warme Wasser, er wischt mir das Gesicht ab damit, er sagt freundlich: Wie siehst du denn aus? was ist denn jetzt wieder? Im Gesicht verschmiert Malina mir die Wimperntusche, ich wehre ihn ab und suche nach einem öligen Lappen, stelle mich vor den Spiegel, die Flecken verschwinden, die schwarzen Spuren, die braunroten Spuren von einer Creme. Malina sieht mir zu, nachdenklich, er sagt: Du fragst mich zu viel und zu früh. Noch lohnt es sich nicht, aber es wird sich vielleicht doch noch lohnen.

In der Inneren Stadt, in der Nähe der Peterskirche, habe ich ein altes Schreibpult gesehen, bei einem Antiquitätenhändler, er geht mit dem Preis nicht herunter, doch ich möchte es kaufen, weil ich dann etwas aufschreiben könnte auf ein altes, dauerhaftes Pergament, wie es keines mehr gibt, mit einer echten Feder, wie es keine mehr gibt, mit einer Tinte, wie man sie nicht mehr findet. Eine Inkunabel möchte ich schreiben im Stehen, denn es sind heute zwanzig Jahre her, daß ich Ivan liebe, und es ist ein Jahr und drei Monate und einunddreißig Tage an diesem 31. des Monats, daß ich ihn kenne, aber dann will ich noch eine ungeheuerliche lateinische Jahreszahl hinschreiben, ANNO DOMINI MDXXLI, aus der kein Mensch je klug werden wird. In die Majuskel würde ich mit einer roten Tinte die Blüten vom Türkenbund zeichnen und verstecken könnte ich mich in der Legende einer Frau, die es nie gegeben hat.

Die Geheimnisse der Prinzessin von Kagran

Es war einmal eine Prinzessin von Chagre oder von Chageran, aus einem Geschlecht, das sich in späteren Zeiten Kagran nannte. Denn der heilige Georg, der den Lind-

wurm in den Sümpfen erschlagen hat, damit nach dem Tod des Ungeheuers Klagenfurt erstehen konnte, war auch hier in dem alten Marchfelddorf, jenseits des Donaustroms, tätig, und es erinnert eine Gedenkkirche an ihn, nahe vom Überschwemmungsgebiet.

Die Prinzessin war sehr jung und sehr schön und sie hatte einen Rappen, auf dem sie allen anderen vorausflog. Ihre Gefolgsleute beredeten und baten sie, zurückzubleiben, denn das Land, in dem sie waren, an der Donau, war immer in Gefahr, und Grenzen gab es noch keine, wo später Raetien, Markomannien, Noricum, Moesien, Dacien, Illyrien und Pannonien waren. Es gab auch noch kein Cis- und Transleithanien, denn es war immer Völkerwanderung. Eines Tages ritten die ungarischen Husaren aus der Pußta herauf, aus dem weiten, ins Unerforschte reichenden Hungarien. Sie brachen mit ihren wilden asiatischen Pferden herein, die so schnell waren wie der Rappe der Prinzessin, und alles fürchtete sich sehr.

Die Prinzessin verlor die Herrschaft, sie geriet in viele Gefangenschaften, denn sie kämpfte nicht, aber sie wollte auch nicht dem alten König der Hunnen oder dem alten König der Awaren zur Frau gegeben werden. Man hielt sie als Beute gefangen und ließ sie bewachen von den vielen roten und blauen Reitern. Weil die Prinzessin eine wirkliche Prinzessin war, wollte sie sich lieber den Tod geben, als sich einem alten König zuführen lassen, und ehe die Nacht um war, mußte sie sich ein Herz fassen, denn man wollte sie auf die Burg des Hunnenkönigs oder gar des Awarenkönigs bringen. An Flucht dachte sie und sie hoffte, daß ihre Bewacher einschliefen vor Morgengrauen, aber ihre Hoffnung wurde immer geringer. Auch ihren Rappen hatte man ihr genommen, und sie wußte nicht, wie sie aus dem Heerlager je herausfinden und in ihr Land mit den blauen Hügeln zurückkommen sollte. Schlaflos lag sie in ihrem Zelt.

Tief in der Nacht, da meinte sie, eine Stimme zu hören, die sang und sprach nicht, die raunte und schläferte ein, dann aber sang sie nicht mehr vor Fremden, sondern klang nur noch für sie und in einer Sprache, die sie bestrickte und von der sie kein Wort verstand. Trotzdem wußte sie, daß die Stimme ihr allein galt und nach ihr rief. Die Prinzessin brauchte die Worte nicht zu verstehen. Bezaubert stand sie auf und öffnete ihr Zelt, sie sah den unendlichen dunklen Himmel Asiens, und von dem ersten Stern, den sie erblickte, fiel eine Sternschnuppe herab. Die Stimme, die zu ihr drang, sagte ihr, sie dürfe sich etwas wünschen, und sie wünschte es sich von ganzem Herzen. Vor sich sah sie plötzlich, in einen langen schwarzen Mantel gehüllt, einen Fremden stehen, der nicht zu den roten und blauen Reitern gehörte, er verbarg sein Gesicht in der Nacht, aber obwohl sie ihn nicht sehen konnte, wußte sie, daß er um sie geklagt und für sie voller Hoffnung gesungen hatte, mit einer nie gehörten Stimme, und daß er gekommen war, um sie zu befreien. Er hielt ihren Rappen am Zügel, und sie bewegte leise die Lippen und fragte: Wer bist du? wie heißt du, mein Retter? wie soll ich dir danken? Er legte zwei Finger auf seinen Mund, das erriet sie, er hieß sie schweigen, er bedeutete ihr, ihm zu folgen, und schlug seinen schwarzen Mantel um sie, damit niemand sie sehen konnte. Sie waren schwärzer als schwarz in der Nacht, und er führte sie und den Rappen, der leise seine Hufe aufsetzte und nicht wieherte, durch das Lager und ein Stück in die Steppe hinaus. Die Prinzessin hatte noch immer seinen wunderbaren Gesang im Ohr und sie war dieser Stimme verfallen, die sie wiederhören wollte. Sie wollte ihn bitten, mit ihr stromaufwärts zu ziehen, aber er antwortete nicht und übergab ihr die Zügel. Sie war noch immer in der größten Gefahr, und er gab ihr ein Zeichen, zu reiten. Da hatte sie ihr Herz verloren, und sie hatte doch sein Gesicht immer noch nicht gesehen, weil er es verbarg, aber sie gehorchte ihm, weil sie ihm gehorchen mußte. Sie schwang sich auf ihren Rappen, sie sah stumm auf ihn nieder und wollte ihm in ihrer und in seiner Sprache etwas sagen zum Abschied. Sie sagte es mit den Augen. Doch er wandte sich ab und verschwand in der Nacht.

Der Rappe begann zu traben, in Richtung des Flusses, von dem die feuchte Luft ihm eine Kunde gab. Die Prinzessin weinte zum ersten Mal in ihrem Leben, und es fanden die späteren Völkerwanderer einige Flußperlen in dieser Gegend, die sie ihrem ersten König brachten und die in die Heilige Stephanskrone, mit den ältesten Edelsteinen, bis auf den heutigen Tag eingegangen sind.

Als sie das freie Land gewann, ritt sie viele Tage und Nächte lang stromaufwärts, bis sie in eine Gegend kam, wo der Strom sich verlor in unzählige, nach allen Richtungen sich teilende Nebenarme. Sie geriet in einen einzigen Morast, überwachsen von krüppeligen Weidenbüschen. Noch war das Wasser auf seinem normalen Stand, die Büsche bogen und wiegten sich raschelnd im immerwährenden Wind der Ebene, in dem die Weiden sich nie erheben konnten, sondern krüppelig blieben. Sanft schwankten sie wie das Gras, und die Prinzessin hatte die Orientierung verloren. Es war, als wäre alles in Bewegung geraten, Wellen aus Weidengezweig, Wellen aus Gräsern, die Ebene lebte, und kein Mensch außer ihr lebte darin. Die Fluten der Donau, erleichtert, dem Zwang der unverrückbaren Ufer entronnen zu sein, nahmen ihren eigenen Lauf, verloren sich im Labyrinth der Kanäle, deren Geäder die aufgeschütteten Inseln durchschnitt in breite Straßen, durch die das Wasser mit Getöse dahinschoß. Lauschend, zwischen den schäumenden Stromschnellen, den Wirbeln und Strudeln, begriff die Prinzessin, daß das Wasser den sandigen Strand unterwusch und Stücke Ufers mit ganzen Weidengruppen verschlang. Inseln versanken, und Inseln schüttete es neu auf, die jeden Tag Gestalt und Größe änderten, und so würde die Ebene leben, wechselvoll, bis zu der Zeit des Hochwassers, wenn unter den steigenden Fluten Weiden und Inseln spurlos verschwinden. Am Himmel war ein rauchiger Fleck, aber nichts war von den blauenden Höhenzügen des Landes der Prinzessin zu sehen. Sie wußte nicht, wo sie war, sie kannte nicht die Thebener Höhen, die Ausläufer der Karpaten, die alle namenlos waren, und sie sah nicht die March, die sich hier in die Donau stiehlt, und noch weniger wußte sie, daß hier einmal eine Grenze durchs Wasser gezogen würde, zwischen zwei Ländern mit Namen. Denn es gab damals keine Länder und keine Grenzen dazu.

Auf einer Schotterbank war sie von ihrem Rappen gestiegen, der nicht mehr weiterkonnte, sie sah die Fluten schlammig und schlammiger werden und fürchtete sich, weil es das Anzeichen für Hochwasser ist, sie sah keinen Ausweg mehr aus der befremdlichen Landschaft, die nur aus Weiden, aus Wind und aus Wasser war, sie führte ihr Pferd langsam weiter, betört von dem Reich aus Einsamkeit, einem verschlossenen verwunschenen Reich, in das sie geraten war. Sie begann, nach einem Nachtlagerplatz Ausschau zu halten, denn die Sonne ging unter, und das ungeheure Lebewesen, das dieser Strom war, verstärkte seine Laute und Stimmen, sein Klatschen, sein anschwellendes Gelächter am Ufergestein, sein zartes Flüstern an einer ruhigen Strombiegung, sein zischendes Aufkochen, sein beständiges Grollen auf dem Grund, unter allen Geräuschen der Oberfläche. Schwärme grauer Krähen näherten sich am Abend und die Kormorane fingen an, die Ufer zu säu-

men, die Störche fischten im Wasser und Sumpfvögel aller Art kreisten mit gereizten, weithin hallenden Schreien in der Luft.

Man hatte der Prinzessin als Kind von diesem ernstesten Land an der Donau gesprochen, von seinen Zauberinseln, wo man Hungers starb, aber auch die Gesichte bekam und das höchste Entzücken im Furioso des Untergangs erlebte. Die Prinzessin meinte, daß die Insel sich mit ihr bewegte, trotzdem war es nicht die dahindonnernde Wasserflut, vor der sie Furcht überkam, sondern es waren Angst und Verwunderung in ihr und eine niegekannte Unruhe, die von den Weiden ausging. Etwas Tiefbedrohliches ging von ihnen aus und legte sich schwer auf das Herz der Prinzessin. Sie war an die Grenze der Menschenwelt gekommen. Die Prinzessin beugte sich zu ihrem Rappen nieder, der sich erschöpft hingestreckt hatte, einen klagenden Laut von sich gab, denn auch er fühlte, daß es keinen Ausweg mehr gab, und er verlangte, mit einem schon sterbenden Blick, nach der Verzeihung der Prinzessin, er konnte sie nicht mehr durch das Wasser und über das Wasser tragen. Die Prinzessin legte sich in die Mulde neben dem Pferd nieder, und eine Bangnis wie noch nie war in ihr, die Weiden zischelten immer mehr, sie raunten, sie lachten, sie schrien schrill auf und stöhnten seufzend. Kein Heer von Soldaten verfolgte sie mehr, aber ein Heer fremder Wesen umzingelte sie, die Myriaden von Blättern flatterten über den buschigen Häuptern der Weiden, sie war in der Region des Flusses, wo er ins Totenreich führt, und sie hatte die Augen weit offen, als die gewaltigste Kolonne aus Schattenwesen auf sie zurückte, und einen Augenblick, um das Heulen des fürchterlichen Winds nicht mehr zu hören, vergrub sie den Kopf in ihren Armen und sprang sogleich wieder auf, von einem tappenden scheuernden Geräusch wachsam gemacht. Sie konnte nicht vor und nicht zurück, sie hatte nur die Wahl zwischen dem Wasser und der Übermacht der Weiden, aber in der größten Finsternis ging ein Licht an vor ihr, und da sie wußte, daß es kein Menschenlicht, sondern nur ein Geisterlicht sein konnte, ging sie in Todesangst darauf zu, aber bezaubert, bestrickt.

Es war kein Licht, es war eine Blume, gewachsen in der entfesselten Nacht, röter als rot und nicht aus der Erde gekommen. Sie streckte die Hand nach der Blume aus, da berührte ihre Hand zugleich mit der Blume eine andere Hand. Der Wind und das Gelächter der Weiden verstummten, und in dem aufgehenden Mond, der weiß und befremdlich die stiller werdenden Wasser der Donau beschien, erkannte sie den Fremden in dem schwarzen Mantel vor sich, er hielt ihre Hand und mit zwei Fingern der anderen Hand bedeckte er seinen Mund, damit sie nicht wieder fragte, wer er sei, aber er lächelte aus den dunklen warmen Augen auf sie nieder. Er war schwärzer als vorher das Schwarz um sie, und sie sank zu ihm hin und in seinen Armen auf den Sand nieder, er legte ihr die Blume wie einer Toten auf die Brust und schlug den Mantel über sie und sich.

Die Sonne stand schon hoch am Himmel, als der Fremde die Prinzessin aus ihrem totenähnlichen Schlaf weckte. Er hatte die wahren Unsterblichen, die Elemente, zum Schweigen gebracht. Die Prinzessin und der Fremde begannen zu reden, wie von alters her, und wenn einer redete, lächelte der andere. Sie sagten sich Helles und Dunkles. Das Hochwasser war gesunken, und ehe die Sonne unterging, hörte die Prinzessin ihren Rappen aufstehen, schnauben und durch das Gebüsch traben. Sie erschrak bis in ihr tiefstes Herz und sagte: Ich muß weiter, ich muß noch den Fluß hinauf, komm mit mir, verlaß mich nie mehr!

Aber der Fremde schüttelte den Kopf, und die Prinzessin fragte: Mußt du zu deinem Volk zurück?
Der Fremde lächelte: Mein Volk ist älter als alle Völker der Welt und es ist in alle Winde zerstreut.
So komm doch mit! rief die Prinzessin, vor Schmerz und Ungeduld, aber der Fremde sagte: Geduld, hab Geduld, denn du weißt ja, du weißt. Über Nacht hatte die Prinzessin das zweite Gesicht bekommen, und darum sagte sie unter Tränen: Ich weiß, wir werden einander wiedersehen.
Wo? fragte der Fremde lächelnd, und wann? denn wahr ist der endlose Ritt.
Die Prinzessin sah auf die erloschene, welkende Blume, die auf dem Boden liegengeblieben war und sagte, die Augen schließend, auf der Schwelle des Traumes: Laß mich sehen!
Langsam begann sie zu erzählen: Es wird weiter oben am Fluß sein, es wird wieder Völkerwanderung sein, es wird in einem anderen Jahrhundert sein, laß mich raten? es wird mehr als zwanzig Jahrhunderte später sein, sprechen wirst du wie die Menschen: Geliebte . . .
Was ist ein Jahrhundert? fragte der Fremde.
Die Prinzessin nahm eine Handvoll Sand und ließ ihn rasch durch die Finger laufen, sie sagte: Soviel ungefähr sind zwanzig Jahrhunderte, es wird dann Zeit sein, daß du kommst und mich küßt.
Dann wird es bald sein, sagte der Fremde, sprich weiter!
Es wird in einer Stadt sein und in dieser Stadt wird es in einer Straße sein, fuhr die Prinzessin fort, wir werden Karten spielen, ich werde meine Augen verlieren, im Spiegel wird Sonntag sein.
Was sind Stadt und Straße? fragte der Fremde betroffen.
Die Prinzessin geriet ins Staunen, sie sagte: Aber das werden wir bald sehen, ich weiß nur die Worte dafür, doch wir werden es sehen, wenn du mir die Dornen ins Herz treibst,

vor einem Fenster werden wir stehen, laß mich ausreden! es wird ein Fenster voller Blumen sein, und für jedes Jahrhundert wird eine Blume dahinter aufgehoben sein, mehr als zwanzig Blumen, daran werden wir erkennen, daß wir am richtigen Ort sind, und es werden die Blumen alle wie diese Blume hier sein!
Die Prinzessin schwang sich auf ihren Rappen, sie ertrug die Wolken nicht mehr, denn der Fremde entwarf schweigsam seinen und ihren ersten Tod. Er sang ihr nichts mehr zum Abschied, und sie ritt ihrem Land mit den blauen Hügeln entgegen, das in der Ferne auftauchte, in einer fürchterlichen Stille, denn er hatte ihr den ersten Dorn schon ins Herz getrieben, und inmitten ihrer Getreuen im Burghof fiel sie blutend von ihrem Rappen. Sie lächelte aber und lallte im Fieber: Ich weiß ja, ich weiß!

Das Schreibpult habe ich nicht gekauft, weil es fünftausend Schilling gekostet hätte und aus einem Kloster kommt, auch das stört mich, und darauf schreiben hätte ich doch nicht können, weil es Pergament und Tinte nicht gibt, auch Fräulein Jellinek wäre wenig begeistert gewesen, denn sie ist an meine Schreibmaschine gewöhnt. Ich lasse die Blätter über die Prinzessin von Kagran rasch in einer Mappe verschwinden, damit Fräulein Jellinek nicht sieht, was ich geschrieben habe, es ist auch wichtiger, daß wir endlich einmal etwas ›erledigen‹, ich setze mich hinter sie auf die drei Stufen zu der Bibliothek, rücke einige Blätter zurecht und diktiere ihr:
Sehr geehrte Herren.
Den Briefkopf und das Datum von heute hat Fräulein Jellinek bestimmt schon geschrieben, sie wartet, mir fällt nichts ein und ich sage: Liebes Fräulein Jellinek, schreiben Sie doch bitte, was Sie wollen, obwohl das verwirrte Fräulein Jellinek doch nicht wissen kann, was hier wollen heißt,

und ich sage erschöpft: Schreiben Sie, zum Beispiel, aus gesundheitlichen Gründen, ach so, das haben wir schon gehabt? schreiben Sie etwas von Verpflichtungen, haben wir auch zu oft gehabt? dann also einfach mit Dank und besten Empfehlungen. Fräulein Jellinek wundert sich manchmal, aber sie zeigt es nicht, sie kennt keine sehr geehrten Herren, sondern nur Herrn Dr. Krawanja, der sich auf Neurologie spezialisiert und sie im Juli heiraten wird, das hat sie heute gestanden, ich bin zur Hochzeit eingeladen, sie wird nach Venedig fahren, aber während ihre heimlichen Gedanken in der Poliklinik sind und beim Wohnungseinrichten, füllt sie für mich Formulare aus, sie hantiert in der Ablage, in der ein unglaubliches Durcheinander herrscht, sie entdeckt jetzt Briefe, kiloweise, aus den Jahren 1962, 1963, 1964, 1965, 1966, sie sieht ihre Bemühungen vereitelt, mit mir zu einer Ordnung zu kommen, die sie abwechselnd mit den Worten ›ablegen‹, ›abheften‹, ›nach verschiedenen Gebieten ordnen‹ beschwört, sie will alphabetisch vorgehen, sie will nach den Jahrgängen vorgehen, Geschäftliches vom Privaten trennen, Fräulein Jellinek wäre zu allem imstande, aber ich kann ihr nicht gut sagen, daß mir jede Zeit verschwendet vorkommt auf solche Unternehmen, seit ich Ivan kenne, daß ich selber in Ordnung kommen muß und eine Ordnung für diesen Papierwust immer gleichgültiger wird. Ich nehme mich noch einmal zusammen und diktiere:
Sehr geehrte Herren,
ich danke für Ihren Brief vom 26. Jänner.

Sehr geehrter Herr Schönthal,
die Person, an die Sie sich wenden, die Sie zu kennen meinen, die Sie sogar einladen, die gibt es nicht. Ich will versuchen, obwohl es sechs Uhr morgens ist und mir diese Zeit die richtige zu sein scheint für eine Erklärung, die ich Ih-

nen und so vielen anderen Menschen schuldig bin, obwohl es sechs Uhr morgens ist und ich längst schlafen müßte, aber es gibt so vieles, was mich nie mehr schlafen läßt. Sie haben mich ja nicht zu einem Kinderfest oder einem Mäusefest eingeladen, und die Veranstaltungen, die Feste, entspringen gewiß einer gesellschaftlichen Notwendigkeit. Sie sehen, ich versuche durchaus, die Sache auch von Ihrer Seite aus zu sehen. Ich weiß, wir hatten einen Termin ausgemacht, ich hätte Sie zumindest anrufen sollen, aber meine Situation zu schildern, dazu fehlen mir die Worte, auch gebietet das der Anstand, der es verbietet, über gewisse Dinge zu reden. Die freundliche Fassade, die Sie sehen, auf die ich selber mich zuweilen verlasse, hat leider immer weniger mit mir zu tun. Daß ich schlechte Manieren habe, Sie also aus Ungezogenheit warten lasse, werden Sie nicht glauben, da Manieren fast das einzige sind, was mir geblieben ist, und hätte man je in den Schulen ›Manieren‹ auf den Lehrplan gesetzt, so wäre das gewiß das Fach gewesen, das mir am meisten zugesagt und in dem ich am besten abgeschnitten hätte. Sehr geehrter Herr Schönthal, ich bin aber seit Jahren nicht mehr fähig, oft wochenlang, bis zu meiner Wohnungstür zu gehen oder das Telefon abzunehmen oder jemand anzurufen, es ist mir nicht möglich, und ich weiß nicht, wie mir zu helfen ist, wahrscheinlich ist mir nicht mehr zu helfen.

Ich bin auch ganz unfähig, an die Dinge zu denken, die man mir zum Denken verordnet, an einen Termin, an eine Arbeit, an eine Verabredung, nichts ist mir deutlicher um sechs Uhr morgens, als die Ungeheuerlichkeit meines Unglücks, da ein nicht endender Schmerz mich völlig und gerecht und gleichmäßig trifft in jedem Nerv, zu jeder Zeit. Ich bin sehr müde, ich darf Ihnen sagen, wie müde ich bin . . .

Ich nehme das Telefon ab und höre die leiernde Stimme: Telegrammaufnahme, bitte warten, bitte warten, bitte warten, bitte warten, bitte warten. Auf ein Blatt kritzle ich mittlerweile: Dr. Walter Schönthal, Wielandstraße 10, Nürnberg. Kommen leider unmöglich stop Brief folgt. Telegrammaufnahme, bitte warten, bitte warten, bitte warten. Es klickt, eine lebendige junge Frauenstimme fragt ausgeschlafen: Ihre Nummer bitte? danke, ich rufe zurück.

Ein ganzes Bündel Müdigkeitssätze haben wir, Ivan und ich, denn er ist oft schrecklich müde, obwohl er soviel jünger ist als ich, und ich bin auch sehr müde, Ivan ist zu lange aufgeblieben, er war mit einigen Leuten beim Heurigen in Nußdorf, bis fünf Uhr früh, dann ist er mit ihnen in die Stadt zurückgefahren, und sie haben eine Gulaschsuppe gegessen, das muß in der Zeit gewesen sein, in der ich den zweihundertsten Brief an Lily geschrieben habe und noch einiges andere, ein Telegramm habe ich wenigstens abgeschickt, und Ivan ruft an, mittags nach dem Büro, seine Stimme ist kaum zu erkennen.

Zu Tod erschöpft, ja erschöpft
Ich bin einfach tot
Nein, ich glaube nicht, gerade habe ich
Ich habe mich hingelegt, ich bin einfach
Endlich einmal, einmal werde ich ausschlafen
Ich werde heute ganz früh schlafen gehen und du
Ich bin schon am Einschlafen, aber heute abend
So geh doch einmal früher schlafen
Wie eine tote Fliege, kann ich dir gar nicht beschreiben
Wenn du natürlich so müde bist
Eben war ich noch furchtbar müde, zum Sterben
Dann heute abend also lieber nicht

Wenn du natürlich jetzt nicht so müde wärst
Ich glaube, ich höre nicht recht
Dann hör einmal genau zu
Du bist doch am Einschlafen
Jetzt natürlich nicht, ich bin doch nur müde
Du mußt aber die Müdigkeit ausschlafen
Ich habe das Haustor offengelassen
Müde bin ich schon, aber du mußt ja müder sein
. . . . . .
Jetzt natürlich, wann denn sonst
. . . . . .
Ich will dich sofort hierhaben!

Ich werfe den Hörer hin, werfe meine Müdigkeit ab, laufe die Stiege hinunter und schräg über die Straße. Das Haustor Nummer 9 ist angelehnt, die Zimmertür angelehnt, und jetzt wiederholt Ivan noch einmal alle Sätze über Müdigkeit und ich auch alle, bis wir zu müde und zu erschöpft sind, um uns das Ausmaß der Erschöpfungen vorklagen zu können, wir hören zu reden auf und machen einander wach, trotz der größten Müdigkeit, und bis der Weckdienst 00 anruft, höre ich nicht auf, Ivan, der noch eine Viertelstunde schlafen darf, im Halbdunkel anzusehen, zu hoffen, zu betteln und zu meinen, einen Satz gehört zu haben, der nicht nur von der Müdigkeit gekommen ist, einen Satz, der mich versichert in der Welt, aber um meine Augen zieht sich etwas zusammen, die Absonderung aus den Drüsen ist so gering, sie reicht nicht einmal für eine Träne in jedem Augenwinkel. Genügt ein Satz denn, jemand zu versichern, um den es geschehen ist? Es müßte eine Versicherung geben, die nicht von dieser Welt ist.

Wenn Ivan eine ganze Woche keine Zeit hat, was mir erst

heute zum Bewußtsein gekommen ist, kann ich mich nicht mehr fassen. Es kommt grundlos, es ist sinnlos, ich habe Ivan sein Glas mit den drei Eiswürfeln hingestellt, aber mit meinem Glas stehe ich sofort auf und gehe zum Fenster, ich müßte einen Weg aus dem Zimmer finden, vielleicht unter dem Vorwand, ins Bad zu gehen, im Vorbeigehen könnte ich tun, als suchte ich ein Buch in der Bibliothek, obwohl Buch und Badezimmer keinen Zusammenhang ergeben. Ehe ich aus dem Zimmer hinausfinde, ehe ich mir vorrede, daß in dem Haus vis-à-vis immerhin Beethoven taub die Neunte Sinfonie, aber auch noch anderes, komponiert hat, aber ich bin ja nicht taub, ich könnte Ivan einmal erzählen, was alles außer der Neunten Sinfonie – aber nun kann ich nicht mehr aus dem Zimmer, denn Ivan hat es schon bemerkt, weil ich die Schultern nicht mehr ruhig halte, weil das kleine Taschentuch auch nicht mehr ausreicht, die Tränen aufzusaugen, an dieser Naturkatastrophe muß Ivan schuld sein, auch wenn er gar nichts getan hat, denn soviel weinen kann man gar nicht. Ivan nimmt mich an der Schulter und führt mich zum Tisch, ich soll mich hinsetzen und trinken, und ich will mich weinend entschuldigen für das Weinen. Ivan ist ganz erstaunt, er sagt: Wieso sollst du denn nicht weinen, wein doch, wenn es dir paßt, wein doch, soviel du kannst, noch ein wenig mehr, du mußt dich einfach ausweinen.
Ich weine mich aus, und Ivan trinkt einen zweiten Whisky, er fragt mich nicht, er greift nicht mit Trost ein, er ist nicht nervös und nicht irritiert, er wartet, wie man auf das Ende eines Gewitters wartet, hört das Schluchzen weniger werden, noch fünf Minuten, und er kann mir ein Tuch in Eiswasser tauchen, er legt es mir auf die Augen.
Eifersüchtig sind wir aber hoffentlich nicht, mein Fräulein.
Nein, das nicht.
Ich weine noch einmal weiter, aber nur weil es jetzt so wohltuend ist.

Natürlich nicht. Es hat überhaupt keinen Grund.
Aber natürlich hat es einen Grund. Es war eine Woche ohne Injektionen von Wirklichkeit für mich. Ich möchte nicht, daß Ivan mich nach dem Grund fragt, aber das wird er nie tun, er wird mich hin und wieder weinen lassen.
Ausweinen! wird er befehlen.
In dieser animierten Welt einer Halbwilden lebe ich, zum ersten Mal von den Urteilen und den Vorurteilen meiner Umwelt befreit, zu keinem Urteil mehr über die Welt bereit, nur zu einer augenblicklichen Antwort, zu Geheul und Jammer, zu Glück und Freude, Hunger und Durst, denn ich habe zu lange nicht gelebt. Meine Fantasie, reicher als die Yagefantasie, wird endlich durch Ivan in Bewegung gesetzt, etwas Immenses ist durch ihn in mich gekommen und strahlt nun aus mir, immerzu bestrahle ich die Welt, die es nötig hat, von diesem einen Punkt aus, an dem nicht nur mein Leben sich zentriert, sondern mein Wille ›gut zu leben‹, um wieder brauchbar zu sein, denn ich möchte, daß Ivan mich braucht, wie ich ihn brauche, und für das ganze Leben. Manchmal braucht er mich auch, denn er läutet, ich öffne, er hält eine Zeitung in der Hand, sieht kurz herein und sagt: Ich muß gleich wieder gehen, brauchst du dein Auto heute abend? Ivan ist mit meinem Autoschlüssel weggegangen, und schon dieses kurze Erscheinen von Ivan bewegt die Wirklichkeit wieder, jeder Satz von ihm beeinflußt mich und die Weltmeere und die Gestirne, ich kaue in der Küche an einem Wurstbrot und stelle die Teller in den Ausguß, während Ivan noch immer zu mir sagt ›ich muß gleich wieder gehen‹, ich reinige das verstaubte Grammophon und mit einer Samtbürste streiche ich sanft über die herumliegenden Schallplatten, ›ich will dich sofort hierhaben‹ sagt Ivan, während er mit meinem Auto auf die Hohe Warte fährt, denn er muß rasch die Kinder sehen, Béla hat sich die Hand verstaucht, ›ich will dich sofort hierhaben!‹ hat Ivan aber gesagt, und diesen gefährlichen Satz muß ich

unterbringen zwischen Wurstbrotessen und Brieföffnen und Abstauben, weil es zwischen den alltäglichen Dingen, die nicht mehr alltäglich sind, jederzeit zu einer feurigen Explosion kommen kann. Ich starre vor mich hin und horche und schreibe eine Liste:

Elektriker
Stromrechnung
Saphirnadel
Zahnpasta
Briefe an Z.K. und Anwalt
Reinigung

Ich könnte das Grammophon anstellen, aber ich höre ›ich will dich sofort hierhaben!‹. Ich könnte auf Malina warten, aber ich gehe lieber ins Bett, ich bin todmüde, furchtbar müde, zu Tod erschöpft ›ich will dich sofort –‹ Ivan muß gleich wieder gehen, er bringt mir nur den Schlüssel zurück, Béla hat sich doch nicht die Hand verstaucht, seine Mutter hat übertrieben, ich halte Ivan im Korridor fest, und Ivan fragt: Was hast du denn, warum grinst du so blöde?

O nichts, es geht mir nur so blödsinnig gut, ich werde blöde davon.

Aber Ivan sagt: Es heißt nicht blödsinnig gut, es heißt einfach gut. Wie ist es dir denn früher ergangen, wenn es dir gutging? Warst du immer so blöde davon?

Ich schüttle den Kopf, Ivan hebt im Scherz die Hand, um nach mir zu schlagen, da kommt die Angst wieder, ich sage erstickt: Bitte nicht, nicht nach meinem Kopf.

Der Schüttelfrost geht vorbei nach einer Stunde und ich denke, ich sollte es Ivan sagen, aber Ivan würde etwas so Irrsinniges nicht begreifen, und weil ich von Mord zu ihm nichts sagen kann, bin ich zurückgeworfen auf mich, für immer, ich versuche nur, dieses Geschwür auszuschneiden, auszubrennen, Ivans wegen, ich kann nicht liegenbleiben in dieser Lache von Gedanken über Mord, mit Ivan müßte es mir gelingen, diese Gedanken auszumerzen, er wird diese Krankheit von mir nehmen, er soll mich erlösen. Aber da Ivan mich nicht liebt, mich auch nicht braucht, warum sollte er mich eines Tages lieben oder brauchen? Er sieht nur mein glatter werdendes Gesicht und freut sich, wenn er mich zum Lachen bringt, und er wird mir wieder erklären, daß wir gegen alles versichert sind, wie unsere Autos, gegen die Erdbeben und die Hurrikane, gegen die Diebstähle und die Unfälle, gegen die Feuersbrünste und gegen den Hagel, aber ich bin versichert in einem Satz und in sonst nichts. Die Welt kennt keine Versicherung für mich.

Heute nachmittag raffe ich mich auf und gehe zu diesem Vortrag ins Institut Français, ich komme natürlich zu spät und muß hinten an der Türe stehen, von weitem grüßt mich François, der an der Botschaft arbeitet und irgendwie unsere Kulturen austauscht, versöhnt oder gegenseitig befruchtet, er weiß es selber nicht so genau, wir wissen es beide nicht, weil wir es nicht brauchen, aber unseren Staaten nützt es, er winkt mich näher, will aufstehen, deutet auf seinen Platz, aber ich will jetzt nicht stören und bis zu François vorgehen, denn ältere Damen mit Hüten und viele alte Herren, auch einige junge Leute, die neben mir an der Wand stehen, hören zu wie in der Kirche, langsam fasse ich den einen oder anderen Satz auf und schlage jetzt auch die Augen nieder, ich höre immerzu etwas von ›la prostitution universelle‹, sehr schön, denke ich, ja, wie richtig, der Mann aus Paris, mit einem asketischen blassen Gesicht, spricht mit der Stimme eines Chorknaben über die 120 Tage von Sodom, und ich höre nun schon zum zehnten Mal etwas über die universelle Prostitution, der Raum mit den Andächtigen, mit seiner universellen Sterilität, fängt sich um mich zu drehen an, aber ich möchte nun endlich wissen, ob es weitergeht mit der universellen Prostitution, und werfe in dieser de Sade-Kirche einen herausfordernden Blick auf einen jungen Mann, der auch, wie während eines Gottesdienstes, einen blasphemischen Blick zurückgibt, und noch eine Stunde lang schauen wir einander verschwörerisch und heimlich an, in einer Kirche zur Zeit der Inquisition. Bevor ich zu lachen anfange, mit dem Taschentuch zwischen den Zähnen, und ehe mein ersticktes Lachen übergeht in einen Krampfhusten, verlasse ich den Saal, mit einem die Zuhörer empörenden Abgang. Ich muß sofort Ivan anrufen.

Wie es war? Ganz interessant
Ach ja, soso, ja und du?
Nichts Besonderes, es war interessant
Geh doch du früh schlafen
Du gähnst ja, du solltest schlafen
Tu ich nicht, ich weiß noch nicht
Nein, aber ich muß doch morgen
Mußt du denn wirklich morgen?

Ich sitze allein zu Hause und ziehe ein Blatt in die Maschine, tippe gedankenlos: Der Tod wird kommen.

Fräulein Jellinek hat einen Brief zum Unterschreiben hingelegt.

Sehr geehrter Herr Schönthal,
ich danke Ihnen für Ihren Brief vom vergangenen Jahr, ich sehe mit Bestürzung, er ist vom 19. September. Leider war es mir nicht möglich, eher zu antworten, der vielen Abhaltungen wegen, und ich kann auch in diesem Jahr noch kei-

ne Verpflichtungen übernehmen. Mit Dank und besten Grüßen.

Ich ziehe ein anderes Blatt ein und werfe das erste in den Papierkorb.

Sehr geehrter Herr Schönthal,
in höchster Angst und fliegender Eile schreibe ich Ihnen heute diesen Brief. Da Sie für mich ein Fremder sind, fällt es mir leichter, Ihnen zu schreiben als meinen Freunden, und da Sie ein Mensch sind, und ich schließe das aus Ihrer so freundlichen Bemühung –
Wien, den . . .

Eine Unbekannte.

Jeder würde sagen, daß Ivan und ich nicht glücklich sind. Oder daß wir noch lange keinen Grund haben, uns glücklich zu nennen. Aber jeder hat nicht recht. Jeder ist niemand. Ich habe vergessen, am Telefon Ivan wegen der Steuererklärung zu fragen, Ivan hat großzügig gesagt, er wird mir für das nächste Jahr diese Steuererklärung machen, es geht mir nicht um die Steuer und was diese Steuer von mir schon will für ein anderes Jahr, nur um Ivan geht es für mich, wenn er spricht vom kommenden Jahr, und Ivan sagt mir heute, er habe am Telefon vergessen, mir zu sagen, daß er genug habe von den belegten Broten und daß er einmal wissen möchte, was ich zu kochen verstünde, und nun verspreche ich mir von einem einzigen Abend wieder mehr als vom kommenden Jahr. Denn wenn Ivan will, daß ich koche, dann muß das etwas zu bedeuten haben, er kann mir dann nicht mehr rasch davonlaufen, wie nach einem Drink, und heute nacht sehe ich mich um in der Bibliothek unter meinen Büchern, es sind keine Kochbücher darunter, ich muß sofort welche kaufen, wie absurd, denn was habe ich gelesen bisher, wozu dient mir das jetzt, wenn ich es nicht brauchen kann für Ivan. Die KRITIK DER REINEN VERNUNFT gelesen, bei 60 Watt in der Beatrixgasse, Locke, Leibniz und Hume, in der Düsternis der Nationalbibliothek unter den kleinen Lämpchen von den Vorsokratikern bis zu DAS SEIN UND DAS NICHTS mich durch alle Begriffe aus allen Zeiten betört, Kafka, Rimbaud und Blake gelesen bei 25 Watt in einem Hotel in Paris, Freud, Adler und Jung gelesen bei 360 Watt in einer einsamen Berliner Straße, zu den leisen Umdrehungen der Chopin-Etüden, eine flammende Rede über die Enteignung des geistigen Eigentums studiert an einem Strand bei Genua, das Papier voller Salzflecken und von der Sonne verbogen, in drei Wochen LA COMÉDIE HUMAINE bei mittelhohem Fieber gelesen, geschwächt von den Antibiotika, in Klagenfurt, Proust gelesen in München bis zum Morgengrauen und bis die Dachdecker in das Mansardenzimmer hereinbrachen, die französischen Moralisten und die Wiener Logistiker gelesen, mit hängenden Strümpfen, zu dreißig französischen Zigaretten am Tag alles gelesen, von DE RERUM NATURA bis zu LE CULTE DE LA RAISON, Geschichte und Philosophie, Medizin und Psychologie getrieben, in der Irrenanstalt Steinhof gearbeitet an den Anamnesen der Schizophrenen und der Manisch-Depressiven, Skripten geschrieben im Auditorium Maximum bei nur plus sechs Grad und bei 38 Grad im Schatten noch immer Notizen gemacht über de mundo, de mente, de motu, nach dem Kopfwaschen gelesen Marx und Engels und vollkommen betrunken W. I. Lenin gelesen, und verstört und fliehend Zeitungen und Zeitungen und Zeitungen gelesen, und Zeitungen schon als Kind gelesen, vor dem Ofen, beim Feuermachen, und Zeitungen und Zeitschriften und Taschenbücher überall, auf allen Bahnhöfen, in allen Zügen, in Straßenbahnen, in Omnibussen, Flugzeugen, und alles über alles gelesen, in vier Sprachen, fortiter, fortiter, und alles

verstanden, was es zu lesen gibt, und befreit von allem Gelesenen für eine Stunde, lege ich mich neben Ivan und sage: Ich werde dieses Buch, das es noch nicht gibt, für dich schreiben, wenn du es wirklich willst. Aber du mußt es wirklich wollen, wollen von mir, und ich werde nie verlangen, daß du es liest.
Ivan sagt: Hoffen wir, daß es ein Buch mit gutem Ausgang wird.
Hoffen wir.

Das Fleisch habe ich in gleichmäßige Stücke geschnitten. Zwiebel feingehackt, Rosenpaprika bereitgestellt, denn heute gibt es Pörkölt und vorher noch Eier in Senfsauce, ich überlege mir, ob nachher Marillenknödel nicht doch zu viel sind, vielleicht lieber nur Obst, aber wenn Ivan in der Silvesternacht in Wien sein sollte, dann will ich Krambambuli ausprobieren, wozu man den Zucker brennen soll, schon meine Mutter hat es nicht mehr getan. Aus den Kochbüchern errate ich, was mir nicht mehr oder doch noch zugänglich ist, was Ivan gern haben könnte, nur ist mir zuviel vom Abliegen, vom Abtreiben, vom Rühren, vom Kneten die Rede, von der Ober- und der Unterhitze, von der ich nicht weiß, wie sie in meinem elektrischen Herd aufkommen soll und ob die Ziffer 200 an dem Schalter des Backrohrs anwendbar ist auf meine Rezepte aus ALT ÖSTERREICH BITTET ZU TISCH oder aus KLEINE UNGARISCHE KÜCHE, und so versuche ich, Ivan einfach zu überraschen, der den hundertsten Rostbraten, Lungenbraten oder Tafelspitz und die ewigen Palatschinken im Restaurant zum Verzweifeln findet. Ich koche ihm, was nicht auf den Speisekarten steht, und ich rätsle daran herum, wie ich die gute alte Zeit mit ihrem Schweinefett und ihrem süßen und sauren Rahm mischen kann mit der vernünftigen neuen Zeit, in der es Joghurt gibt, Salatblätter mit Öl und

Zitrone beträufelt, in der die vitaminreichen Gemüse dominieren, die nicht gekocht werden dürfen, in der die Kohlehydrate zählen, die Kalorien und das Maßhalten, die Gewürzlosigkeit. Ivan ahnt nicht, daß ich schon am Morgen herumlaufe und empört frage, warum gibt es jetzt kein Kerbelkraut, wo gibt es Estragon und wann Basilikum, da es befohlen wird von den Rezepten. Beim Gemüsehändler liegt immer nur Petersil und Lauch herum, der Fischhändler hat schon seit Jahren keine Bachforellen mehr bekommen, und so streue ich auf gut Glück das wenige, das zu bekommen ist, auf das Fleisch und auf die Gemüse. Ich hoffe, daß der Zwiebelgeruch nicht an meinen Händen bleibt, ich laufe immer wieder ins Bad, um mir die Hände zu waschen, um mit dem Parfüm die Geruchsspuren zu tilgen und um mich zu kämmen. Ivan darf nur ein Ergebnis sehen: daß der Tisch gedeckt ist und die Kerze brennt, und Malina würde sich wundern, daß ich es jetzt sogar fertigbringe, den Wein rechtzeitig kalt zu stellen, die Teller vorzuwärmen, und zwischen Aufgießen und Semmelschnittenbähen trage ich die Wimperntusche auf, schminke mir vor Malinas Rasierspiegel die Augen, zupfe mit der Pinzette die Augenbrauen zurecht, und diese Synchronarbeit, die niemand würdigt, ist anstrengender als alle Arbeiten, die ich früher getan habe. Doch erwartet mich der höchste Preis dafür, weil Ivan deswegen schon um sieben Uhr kommt und bis Mitternacht bleibt. Fünf Stunden Ivan, das könnte reichen für ein paar Tage Zuversicht, als Kreislaufstütze, zur Blutdruckerhöhung, als Nachbehandlung, als vorbeugende Behandlung, als Kur. Nichts wäre mir zu umständlich, nichts zu abwegig, zu anstrengend, um ein Stück Ivanleben zu ergattern; wenn Ivan bei einem Abendessen erwähnt, daß er in Ungarn oft gesegelt ist, will ich sofort Segeln lernen, womöglich gleich morgen früh, meinetwegen auf der Alten Donau, im Kaiserwasser, damit ich gleich mitsegeln kann, wenn Ivan eines Tages wieder segeln geht. Denn ich selbst vermag Ivan nicht zu fesseln. Ich forsche, weil das Essen zu früh fertig ist, in der Küche wachend vor dem Herd, nach der Ursache für diese Unfähigkeit, an deren Stelle früher so viele Fähigkeiten waren. Man kann nur fesseln mit einem Vorbehalt, mit kleinen Rückzügen, mit Taktiken, mit dem, was Ivan das Spiel nennt. Er fordert mich auf, im Spiel zu bleiben, denn er weiß nicht, daß es für mich kein Spiel mehr gibt, daß das Spiel eben aus ist. Ich denke an meine Ivanlektion, wenn ich mich entschuldige, wenn ich warte, denn Ivan meint, ich solle bei ihm anfangen damit, ihn ruhig warten lassen, ich solle mich nicht entschuldigen. Er sagt auch: Ich muß doch dir nachlaufen, sorg dafür, du darfst mir nie nachlaufen, du brauchst dringend einen Nachhilfeunterricht, wer hat es denn versäumt, dir den Elementarunterricht zu geben? Aber da Ivan keine Neugier kennt, will er nicht wirklich wissen, wer das versäumt hat, ich muß rasch einen Haken schlagen und Ivan ablenken, ein undefinierbares Lächeln müßte mir einmal gelingen, eine Laune, eine schlechte Stimmung, aber vor Ivan gelingt mir nichts. Du bist zu durchsichtig, sagt Ivan, man sieht ja in jedem Moment, was los ist mit dir, spiel doch, spiel mir etwas vor! Aber was soll ich Ivan vorspielen? Der erste Versuch, ihm einen Vorwurf zu machen, weil er gestern nicht mehr angerufen hat, weil er vergessen hat, mir meine Zigaretten zu besorgen, weil er immer noch nicht weiß, welche Marke ich rauche, endet in einer Grimasse, denn noch ehe ich an der Tür bin, wenn er läutet, ist kein Vorwurf mehr in mir, und Ivan liest sofort von meinem Gesicht die Wetterlage: aufhellend, heiter, Wärmeeinbruch, wolkenlos, fünf Stunden lang anhaltendes Schönwetter.

Warum sagst du denn nicht gleich
Was?

Daß du wieder einmal zu mir kommen willst
Aber!
Ich lasse es dich nicht sagen
Siehst du
Damit du im Spiel bleiben mußt
Ich will kein Spiel
Es geht aber nicht ohne Spiel

Durch Ivan, der das Spiel will, habe ich deswegen auch eine Gruppe von Schimpfsätzen kennengelernt. Über den ersten Schimpfsatz bin ich noch sehr erschrocken, aber nun bin ich fast süchtig geworden und warte auf die Schimpfsätze, weil es ein gutes Zeichen ist, wenn Ivan zu schimpfen beginnt.

Ein kleines Aas bist du, ja du, was sonst?
Immer bekommst du mich herum, ja du
Weil es wahr ist, lach gefälligst
Mach nicht diesen Eisblick
Les hommes sont des cochons
Soviel Französisch wirst du noch können
Les femmes aiment les cochons
Ich rede mit dir, wie ich will
Ein kleines Luder bist du
Du tust doch, was du willst mit mir
Nein, nicht dir abgewöhnen, mehr dazulernen
Du bist zu dumm, du verstehst eben nichts
Ein ganz großes Luder mußt du werden
Schön wär's, und das größte aller Zeiten
Ja, das will ich, natürlich, was sonst?
Du mußt noch ganz anders werden
Mit diesem Talent, ja, das hast du, natürlich
Eine Hexe bist du, nütz das endlich aus

Dich haben sie ja ganz verdorben
Ja, das bist du, erschrick doch nicht über jedes Wort
Hast du denn das Gesetz nicht verstanden?

Die Schimpfsätze bestreitet Ivan allein, denn von mir kommen keine Antworten, nur Ausrufe oder sehr oft ein ›Aber Ivan!‹, das jetzt nicht mehr so ernst gemeint ist wie im Anfang.
Was weiß Ivan von dem Gesetz, das für mich gilt? aber es wundert mich doch, daß Ivan in seinem Wortschatz das Gesetz hat.

Malina und ich haben, trotz aller Verschiedenheit, die gleiche Scheu vor unseren Namen, nur Ivan geht ganz und gar in seinen Namen ein, und da ihm sein Name selbstverständlich ist, er sich identifiziert weiß durch ihn, ist es auch für mich ein Genuß, ihn auszusprechen, zu denken, vor mich hinzusagen. Sein Name ist ein Genußmittel für mich geworden, ein unentbehrlicher Luxus in meinem armseligen Leben, und ich sorge dafür, daß Ivans Name überall in der Stadt fällt, geflüstert und leise gedacht wird. Auch wenn ich allein bin, allein durch Wien gehe, kann ich mir an vielen Stellen sagen, hier bin ich mit Ivan gegangen, dort habe ich auf Ivan gewartet, in der LINDE war ich mit Ivan essen, am Kohlmarkt habe ich mit Ivan Espresso getrunken, am Kärntnerring arbeitet Ivan, hier kauft Ivan seine Hemden, das dort ist Ivans Reisebüro. Er wird doch nicht schon wieder nach Paris oder München müssen! Auch wo ich nicht war mit Ivan, sage ich mir, hierher müßte ich einmal mit Ivan gehen, das muß ich Ivan zeigen, ich möchte abends einmal mit Ivan vom Cobenzl auf die Stadt heruntersehen oder vom Hochhaus in der Herrengasse. Ivan rührt sich sofort, springt auf, wenn man ihn ruft, aber Malina zögert, und so zögere ich, wenn es sich um mich handelt. Darum tut Ivan gut daran, mich nicht immer beim Namen zu nennen, sondern mir einige Schimpfnamen zu geben, die ihm gerade durch den Kopf gehen, oder ›mein Fräulein‹ zu sagen. Mein Fräulein, wir haben uns schon wieder verraten, es ist schandbar, das wollen wir uns aber doch bald abgewöhnen. Glissons. Glissons.

Daß Ivan sich nicht für Malina interessiert, kann ich verstehen. Ich lasse auch eine Vorsicht walten, damit keiner dem andern ins Gehege kommt. Aber ganz verstehe ich nicht, warum Malina nie über Ivan spricht. Er erwähnt ihn nicht, wie beiläufig nicht, er vermeidet es, unheimlich geschickt, meine Telefongespräche mit Ivan zu hören oder Ivan im Stiegenhaus zu begegnen. Er tut, als kennte er Ivans Wagen noch immer nicht, obwohl mein Auto sehr oft vor oder hinter Ivans Wagen in der Münzgasse steht, und wenn ich morgens, damit Malina nicht zu spät ins Arsenal kommt, mit ihm aus dem Haus gehe, um ihn rasch das kurze Stück zur Arsenalgasse zu fahren, müßte er merken, daß ich Ivans Auto nicht ansehe wie ein Verkehrshindernis, sondern es zärtlich grüße, mit meiner Hand darüberstreiche, auch wenn es naß oder staubig ist, und erleichtert feststelle, daß die Nummer über Nacht dieselbe geblieben ist, W 99.823, Malina steigt ein, ich warte auf ein erlösendes, spöttisches Wort, auf eine beschämende Bemerkung, auf eine Änderung seiner Miene, aber Malina quält mich mit seiner tadellosen Beherrschung, seinem störungsfreien Vertrauen. Während ich voller Spannung warte, auf die große Herausforderung, erzählt mir Malina pedantisch, wie seine Woche aussieht, heute wird gefilmt in der Ruhmeshalle, er hat eine Besprechung mit dem Waffenreferenten, dem Uniformreferenten und dem Ordensreferenten, der Direktor ist verreist und hält einen Vortrag in London, und deswegen muß er allein zu einer Versteigerung von Waffen und Bildern ins Dorotheum gehen, will aber nichts entscheiden, der junge Montenuovo wird seine definitive Pragmatisierung bekommen, Malina hat Samstag und Sonntag in dieser Woche Dienst. Ich habe es vergessen, daß diese Woche wieder sein Turnus kommt, und Malina muß merken, daß ich es vergessen habe, denn ich habe mich versprochen, zu unverhohlen meine Überraschung gezeigt, aber immer noch betrügt er sich, als wäre da niemand und nichts, als gäbe es nur ihn und mich. Als dächte ich an ihn – wie immer.

Ich habe das Interview mit Herrn Mühlbauer, der früher am WIENER TAGBLATT war und ohne Skrupel zur politischen Konkurrenz, zur WIENER NACHTAUSGABE gewechselt hat, schon einige Male verschoben, Ausflüchte gesucht, aber Herr Mühlbauer, mit seiner Beharrlichkeit, seinen Küß-die-Hand-Anrufen, kommt doch ans Ziel, jeder meint zuerst, wie ich, man täte es, um ihn endlich loszuwerden, aber dann ist der Tag da, und gesagt ist gesagt, Herr Mühlbauer, der sich vor Jahren noch Notizen machen mußte, bedient jetzt ein Tonbandgerät, er raucht BELVEDERE und lehnt einen Whisky nicht ab. Wenn Umfragen und ihre Fragen sich auch allesamt ähneln, so kommt diesem Mühlbauer doch das Verdienst zu, mir gegenüber die Indiskretion an eine äußerste Grenze getrieben zu haben.

1. Frage: . . . .?
Antwort: Was ich zur Zeit? Ich weiß nicht, ob ich Sie verstanden habe. Falls Sie heute meinen, dann möchte ich lieber nicht, jedenfalls heute nicht. Falls ich die Frage anders verstehen darf, zur Zeit im allgemeinen, zu einer für alle,

dann bin ich keine Instanz, nein, ich will sagen, nicht maßgeblich, meine Meinung ist nicht maßgebend, ich habe auch gar keine Meinung. Sie haben da erwähnt, wir lebten in einer großen Zeit, und ich war natürlich nicht gefaßt auf eine große Zeit, wer könnte das auch ahnen, solang er noch in den Kindergarten oder in die ersten Schulklassen geht, später natürlich, auch in der Schule, oder gar auf der Universität war von überraschend vielen großen Zeiten die Rede, von großen Vorkommnissen, großen Menschen, großen Ideen . . .

2. Frage: . . . . ?
Antwort: Meine Entwicklung . . . Ach so, geistige Entwicklung, fragen Sie. Ich habe im Sommer lange Spaziergänge auf der Goria gemacht und bin im Gras gelegen. Verzeihen Sie, es gehört aber zur Entwicklung. Nein, ich möchte lieber nicht sagen, wo die Goria ist, sie wird sonst auch noch verkauft und verbaut, es ist ein unerträglicher Gedanke für mich. Beim Heimgehen mußte ich über den Bahndamm ohne Schranken, es war manchmal gefährlich, weil der Gegenzug nicht zu sehen war, wegen der Haselnußstauden und einer Gruppe von Eschen, es ist heute aber kein Bahndamm zu überwinden dort, man geht durch eine Unterführung.
(Hüsteln. Eine merkwürdige Nervosität des Herrn Mühlbauer, die mich nervös macht.)
Zu der großen Zeit, den großen Zeiten fällt mir doch etwas ein, aber damit sage ich Ihnen nichts Neues: die Geschichte lehrt, aber sie hat keine Schüler.
(Freundliches Nicken des Herrn Mühlbauer.)
Wann allerdings eine Entwicklung anfängt, das werden Sie zugeben . . . Ja, ich wollte Jus studieren, nach drei Semestern habe ich das Studium abgebrochen, fünf Jahre später habe ich noch einmal angefangen und nach einem Semester wieder abgebrochen, Richter oder Staatsanwalt konnte

ich nicht werden, aber Anwalt wollte ich auch nicht sein, ich hätte einfach nicht gewußt, wen oder was ich zu vertreten, zu verteidigen imstande gewesen wäre. Alle und niemand, alles und nichts. Sehen Sie, lieber Herr Mühlhofer, Verzeihung, Herr Mühlbauer, was würden Sie, da wir doch alle in einem unverstandenen Gesetz sind, da wir uns die Furchtbarkeit dieses Gesetzes gar nicht auszudenken vermögen, an meiner Stelle getan haben . . .
(Ein Wink von Herrn Mühlbauer. Eine neue Störung. Herr Mühlbauer muß das Band wechseln.)
. . . Gut, wie Sie wünschen, ich will mich verständlicher ausdrücken und gleich zur Sache kommen, ich möchte nur noch sagen, es gibt diese Warnungen, Sie kennen sie, denn die Gerechtigkeit ist so bedrängend nah, und was ich sage, schließt ja nicht aus, daß sie nichts weiter ist als das Verlangen nach einer unerreichbaren reinen Größe, deswegen ist sie dennoch bedrängend und nah, aber in dieser Nähe nennen wir sie die Ungerechtigkeit. Außerdem ist es jedesmal für mich eine Qual, durch die Museumstraße gehen zu müssen, am Justizpalast vorbei, oder zufällig in die Nähe des Parlaments zu geraten, etwa in die Reichsratstraße, wo ich nicht umhin kann, ihn zu sehen, denken Sie bloß an das Wort ›Palast‹ im Zusammenhang mit der Justiz, es warnt, es kann dort nicht einmal wirklich Unrecht gesprochen werden, wieviel weniger dann Recht! In einer Entwicklung bleibt ja nichts ohne Folgen, und dieser tägliche Brand des Justizpalastes . . .
(Flüstern von Herrn Mühlbauer: 1927, 15. Juli 1927!)
Der tägliche Brand eines so gespenstischen Palastes mit seinen Kolossalstatuen, mit seinen kolossalen Verhandlungen und Verkündigungen, die man Urteile nennt! Dieses tägliche Brennen . . .
(Herr Mühlbauer stoppt und fragt, ob er das letzte Stück löschen dürfe, er sagt ›löschen‹ und er löscht schon.)
. . . Welche Erlebnisse zu meiner . . .? Welche Dinge mich

am meisten beeindruckt haben? Einmal ist es mir unheimlich erschienen, daß ich ausgerechnet auf einer Geosynklinale geboren bin, ich verstehe ja nicht allzuviel davon, aber ein Geotropismus muß dann auch für den Menschen unvermeidlich sein, er bewirkt doch eine Richtungsumstellung sondergleichen.
(Betroffenheit von seiten des Herrn Mühlbauer. Hastiges Abwinken.)

3. Frage: . . . . ?
Antwort: Was ich über die Jugend? Nichts, wirklich nichts, bisher jedenfalls habe ich noch nie darüber nachgedacht, ich muß Sie da sehr um Nachsicht bitten, weil ich mir die meisten Fragen, die Sie mir stellen, überhaupt sehr viele Fragen, die man an mich richtet, mir noch nie gestellt habe. Die heutige Jugend? Aber da müßte ich auch über die heutigen Alten und über die Leute, die heute nicht mehr jung sind, aber auch noch nicht alt sind, nachdenken, es ist so schwierig, sich diese Gebiete vorzustellen, diese Sachgebiete, die Fächer Jugend und Alter. Die Abstraktion, wissen Sie, ist vielleicht nicht meine Stärke, ich sehe dann immer gleich solche Anhäufungen, zum Beispiel Kinder auf Kinderspielwiesen, zugegeben, eine Anhäufung von Kindern ist für mich etwas besonders Entsetzliches, auch ganz unbegreiflich ist mir, wie Kinder es unter so vielen Kindern aushalten können. Kinder, verteilt zwischen Erwachsenen, das geht ja noch, aber waren Sie schon einmal in einer Schule? Kein Kind, das nicht ganz und gar schwachsinnig oder bodenlos verdorben ist, aber das sind wohl die meisten, kann sich wünschen, in einem Kinderhaufen zu leben und die Probleme von anderen Kindern zu haben und außer einigen Kinderkrankheiten irgend etwas zu teilen mit anderen Kindern, meinetwegen eine Entwicklung. Der Anblick von jeder größeren Ansammlung von Kindern ist doch deswegen schon alarmierend . . .

(Winken mit beiden Händen von seiten des Herrn Mühlbauer. Offenbar kein zustimmendes Winken.)

4. Frage: . . . .?
Antwort: Meine Lieblings-was? Lieblingsbeschäftigung, ganz richtig, sagten Sie. Ich bin nie beschäftigt. Eine Beschäftigung, die würde mich abhalten, ich verlöre auch noch den kleinsten Überblick, jeden Hinblick, ich kann mich absolut nicht beschäftigen in dieser Geschäftigkeit rundherum, Sie sehen sicher auch diese wahnwitzige Geschäftigkeit in der Welt und diese infernalischen Geräusche hören Sie doch, die von ihr ausgehen. Ich würde ja Beschäftigungen verbieten lassen, wenn ich es könnte, aber ich kann sie mir nur selber verbieten, für mich waren die Versuchungen aber nicht groß, ich rechne es mir nicht als Verdienst an, mir sind es ganz und gar unbegreifliche Versuchungen, ich will mich nicht besser machen als ich bin, ich kenne doch Versuchungen, die ich nicht auszusprechen wage, jeder ist ja den schwersten Versuchungen ausgesetzt und unterliegt ihnen und bekämpft sie hoffnungslos, bitte, nicht in Gegenwart . . .
Ich möchte das lieber nicht sagen. Meine Lieblings-, wie sagten Sie bloß? Landschaften, Tiere, Pflanzen? Lieblings-? Bücher, Musik, Baustile, Malerei? Ich habe keine Lieblingstiere, keine Lieblingsmoskitos, Lieblingskäfer, Lieblingswürmer, beim besten Willen kann ich Ihnen nicht sagen, welche Vögel oder Fische oder Raubtiere ich vorziehe, auch wählen zu müssen, viel allgemeiner, zwischen Organischem und Anorganischem, würde mir schwerfallen.
(Herr Mühlbauer deutet aufmunternd auf Frances, die leise hereingekommen ist, gähnt, sich streckt und dann mit einem Satz auf den Tisch springt. Herr Mühlbauer muß das Band wechseln. Kleine Unterredung mit Herrn Mühlbauer, der nicht gewußt hat, daß ich Katzen habe im Haus, Sie hätten so nett über Ihre Katzen sprechen können, sagt

Herr Mühlbauer vorwurfsvoll, mit den Katzen hätte es eine persönliche Note gegeben! Ich sehe auf die Uhr und sage nervös, aber die Katzen sind nur ein Zufall, ich kann sie gar nicht behalten hier in der Stadt, die Katzen kommen gar nicht in Frage, diese Katzen jedenfalls nicht, und da jetzt auch Trollope ins Zimmer kommt, scheuche ich beide wütend hinaus. Das Band läuft.)

4. Frage: . . . .? (Zum zweiten Mal.)

Antwort: Bücher? Ja, ich lese viel, ich habe immer schon viel gelesen. Nein, ich weiß nicht, ob wir einander verstehen. Ich lese am liebsten auf dem Fußboden, auch auf dem Bett, fast alles liegend, nein, es geht dabei weniger um die Bücher, es hat vor allem mit dem Lesen zu tun, mit Schwarz auf Weiß, mit den Buchstaben, den Silben, den Zeilen, diesen unmenschlichen Fixierungen, den Zeichen, diesen Festlegungen, diesem zum Ausdruck erstarrten Wahn, der aus den Menschen kommt. Glauben Sie mir, Ausdruck ist Wahn, entspringt aus unserem Wahn. Es hat auch mit dem Umblättern zu tun, mit dem Jagen von einer Seite zur anderen, der Flucht, der Mittäterschaft an einem wahnwitzigen, geronnenen Erguß, es hat zu tun mit der Niedertracht eines Enjambements, mit der Versicherung des Lebens in einem einzigen Satz, mit der Rückversicherung der Sätze im Leben. Lesen ist ein Laster, das alle anderen Laster ersetzen kann oder zuweilen an ihrer Stelle intensiver allen zum Leben verhilft, es ist eine Ausschweifung, eine verzehrende Sucht. Nein, ich nehme keine Drogen, ich nehme Bücher zu mir, Präferenzen habe ich freilich auch, viele Bücher bekommen mir nicht, einige nehme ich nur am Vormittag ein, andere nur in der Nacht, es gibt Bücher, die ich nicht loslasse, ich ziehe herum in der Wohnung mit ihnen, trage sie vom Wohnzimmer in die Küche, ich lese sie stehend im Korridor, ich benutze keine Lesezeichen, ich bewege den Mund beim Lesen nicht, ich habe schon früh sehr gut lesen gelernt, an die Methode erinnere ich mich nicht, aber Sie sollten dem einmal nachgehen, an unseren Volksschulen in der Provinz muß sie hervorragend gewesen sein, damals, als ich dort das Lesen erlernte, zumindest. Ja, es ist mir auch aufgefallen, aber erst spät, daß in anderen Ländern die Leute nicht lesen können, wenigstens nicht schnell, aber das Tempo ist wichtig, nicht nur die Konzentration, ich bitte Sie, wer wird ohne Ekel an einem einfachen oder komplizierten Satz kauen mögen, mit den Augen oder gar mit dem Mund, ihn wiederkäuen; ein Satz, der nur aus Satzgegenstand und Satzaussage besteht, muß rasch genossen werden, ein Satz mit vielen Appositionen muß gerade deswegen in einem rasanten Tempo genommen werden, mit einem unmerkbaren Slalom der Augäpfel, weil er sich sonst nicht ergibt, ein Satz muß sich einem Leser ›ergeben‹. Ich könnte mich nicht durch ein Buch ›hindurcharbeiten‹, das würde ja schon an Beschäftigung grenzen. Es gibt Leute, sage ich Ihnen, Leute, man erlebt die sonderbarsten Überraschungen auf diesem Gebiet des Lesens ... Eine Schwäche für die Analphabeten habe ich allerdings, ich kenne sogar hier jemand, der nicht liest, nicht lesen will; im Zustand der Unschuld zu sein, ist begreiflicher für einen Menschen, der dem Laster des Lesens verfallen ist, man sollte gar nicht lesen oder wirklich lesen können ...

(Herr Mühlbauer hat versehentlich das Band gelöscht. Entschuldigungen von seiten des Herrn Mühlbauer. Ich bräuchte nur einige wenige Sätze zu wiederholen.)

Ja, ich lese viel, aber die Schocks, die nachhaltigen Ereignisse sind ein einziger Blick auf eine Seite, eine Erinnerung an fünf Worte auf Seite 27 links unten: Nous allons à l'Esprit. Sind Worte auf einem Plakat, Namen auf Hausschildern, Titel von Büchern, die ungekauft in einem Schaufenster zurückbleiben, eine Annonce in einer Illustrierten, im Wartezimmer beim Zahnarzt entdeckt, eine Inschrift auf einem Denkmal, auf einem Grabstein, mir ins Aug ge-

sprungen: HIER RUHT. Beim Verblättern im Telefonbuch ein Name: EUSEBIUS. Ich komme jetzt gleich zur Sache ... Im vergangenen Jahr las ich zum Beispiel: ›Er trug einen Menschikow‹, ich weiß nicht warum, aber ich war sofort vollkommen überzeugt, daß, wer immer dieser Mann auch war, von diesem Satz ausgehend, er einen Menschikow trägt, tragen mußte, daß es wichtig für mich war, es zu erfahren, es gehört unwiderruflich zu meinem Leben. Es wird daraus etwas entstehen. Doch zur Sache wollte ich sagen, daß ich Ihnen auch in Tag- und Nachtsitzungen nicht die Bücher aufzählen könnte, die mich am meisten beeindruckt haben oder warum, an welcher Stelle und für wie lange Zeit. Was hängenbleibt, werden Sie fragen, aber es geht doch nicht um das Hängenbleiben! nur einige Sätze, einige Ausdrücke wachen immer wieder auf im Gehirn, melden sich über Jahre zu Wort: Der Ruhm hat keine weißen Flügel. Avec ma main brulée, j'écris sur la nature du feu. In fuoco l'amor mi mise, in fuoco d'amor mi mise. To The Onlie Begetter ...
(Winken und Erröten von meiner Seite, Herr Mühlbauer muß das sofort löschen, das geht niemand was an, ich war unbedacht, habe mich hinreißen lassen, die Zeitungsleser in Wien verstünden sowieso kein Italienisch und die meisten auch kein Französisch mehr, die jüngeren nicht, es gehöre auch nicht zur Sache. Herr Mühlbauer will es sich überlegen, er sei nicht ganz mitgekommen, Italienisch und Französisch könne er auch nicht, aber er war schon zweimal in Amerika und das Wort ›begetter‹ ist ihm auf seiner Reise nicht untergekommen.)

5. Frage: ....?
Antwort: Früher konnte ich mich nur bedauern, hier fühlte ich mich benachteiligt wie ein Enterbter, später lernte ich die Leute anderswo zu bedauern. Sie sind auf einem Holzweg, lieber Herr Mühlbauer. Ich bin einverstanden mit

dieser Stadt und ihrer verschwindend kleinen Umgebung, die aus der Geschichte ausgetreten sind.

(Unbehagliches Erschrecken von Herrn Mühlbauer. Unbeirrbares Weiterreden von mir.)

Man könnte auch sagen, daß, als Beispiel für die Welt, hier ein Imperium aus der Geschichte verstoßen worden ist, mit seinen Praktiken und von Ideen verbrämten Taktiken, ich bin sehr froh, hier zu leben, denn von dieser Stelle der Welt aus, an der nichts mehr stattfindet, erschreckt es einen viel tiefer, die Welt zu sehen, nicht selbstgerecht, nicht selbstzufrieden, weil hier keine verschonte Insel ist, sondern an jeder Stelle Untergang ist, es ist alles Untergang, mit dem Untergang der heutigen und morgigen Imperien vor Augen.

(Zunehmendes Erschrecken von seiten des Herrn Mühlbauer, mir fällt die WIENER NACHTAUSGABE ein, Herr Mühlbauer bangt vielleicht schon um seinen Job, ich muß auch ein wenig an Herrn Mühlbauer denken.)

Ich sage immer lieber, wie man früher gesagt hat: das Haus Österreich, denn ein Land wäre mir zu groß, zu geräumig, zu unbequem, Land sage ich nur zu kleineren Einheiten. Wenn ich aus dem Zugfenster schaue, denke ich, hier ist das Land schön. Wenn es auf den Sommer zugeht, möchte ich auf das Land fahren, ins Salzkammergut oder nach Kärnten. Man sieht doch, wohin es mit den Leuten kommt, die in wirklichen Ländern wohnen, was sie auf ihre Gewissen nehmen müssen, auch wenn sie als einzelne mit den Schandtaten ihrer lautstarken, von Größe strotzenden Länder wenig oder gar nichts zu tun haben, von der Vermehrung der Macht und ihren Reserven nicht profitieren. In einem Haus beisammenzuwohnen mit anderen, das ist schon zum Fürchten genug. Aber, lieber Herr Mühlbauer, das habe ich doch gar nicht gesagt, im Moment, wo ich rede, geht es doch nicht um die Republik, die dem Kind seinen Namen gibt, wer hat hier etwas gegen eine unauffäl-

lige, kleine, ungelernte, schadhafte, aber unschädliche Republik gesagt? doch weder Sie noch ich, es gibt keinen Grund zur Beunruhigung, beruhigen Sie sich, das Ultimatum an Serbien ist schon längst abgegangen, es hat nur ein paar Jahrhunderte von einer auch fragwürdigen Welt verändert und sie zum Ruin gebracht, man ist ja längst zu den Tagesunordnungen der neuen Welt übergegangen. Daß es unter der Sonne nichts Neues gibt, nein, das würde ich niemals sagen, das Neue gibt es, das gibt es, verlassen Sie sich darauf, nur, Herr Mühlbauer, von hier aus gesehen, wo nichts mehr geschieht, und das ist auch gut so, muß man die Vergangenheit ganz ableiden, Ihre und meine ist es ja nicht, aber wer fragt danach, man muß die Dinge ableiden, die anderen haben ja keine Zeit dazu, in ihren Ländern, in denen sie tätig sind und planen und handeln, in ihren Ländern sitzen sie, die wahren Unzeitgemäßen, denn sie sind sprachlos, es sind die Sprachlosen, die zu allen Zeiten regieren. Ich werde Ihnen ein furchtbares Geheimnis verraten: die Sprache ist die Strafe. In sie müssen alle Dinge eingehen und in ihr müssen sie wieder vergehen nach ihrer Schuld und dem Ausmaß ihrer Schuld.
(Zeichen der Erschöpfung bei Herrn Mühlbauer. Zeichen der Erschöpfung an mir.)

6. Frage: . . . . ?
Antwort: Eine Mittlerrolle? Ein Auftrag? Eine geistige Mission? Haben Sie schon einmal vermittelt? Diese Rolle ist undankbar, nur keine Aufträge mehr! Und ich weiß nicht, dieses Missionieren . . . Man hat ja gesehen, was überall dabei herausgekommen ist, ich verstehe Sie nicht, aber Sie haben gewiß einen höheren Gesichtspunkt, das Höhere ist, falls es das geben sollte, sehr hoch. Es dürfte zu schmerzhaft hoch sein, um auch nur eine Stunde lang, in der dünnen Luft, allein betrieben werden zu können, wie soll man darum mit den anderen das Höhere betreiben,

wenn man dazu in der tiefsten Erniedrigung sein muß, das Geistige, ich weiß nicht, ob Sie mir noch folgen wollen, Ihre Zeit ist ja so begrenzt und Ihre Spalte in der Zeitung auch, es ist eine immerwährende Demütigung, man muß nach unten gehen, nicht nach oben oder hinaus auf die Straße und auf die anderen zu, es ist die Schmach schlechthin, es verbietet sich, es ist mir unbegreiflich, wie man zu diesen hochfliegenden Ausdrücken kommt. Wem kann man hier einen Auftrag zumuten, was hier ausrichten mit einer Mission! Es ist ja nicht auszudenken, mich drückt es vollends nieder. Vielleicht haben Sie aber Verwaltung gemeint oder Archivierung? Mit den Palais, den Schlössern und den Museen haben wir ja schon den Anfang gemacht, unsere Nekropolis ist erforscht, etikettiert, bis in alle Einzelheiten auf den emaillierten Schildern beschrieben. Früher war man ja nie ganz sicher, welches das Trautsonpalais, welches das Strozzipalais ist und wo das Dreifaltigkeitsspital steht und mit welcher Geschichte beladen, aber jetzt kommt man ohne besondere Kenntnisse durch, auch ohne Fremdenführer, und die intimen Bekanntschaften, die es erfordert hätte, Zutritt zu bekommen zum Palais Palffy oder zum Leopoldinischen Trakt der Hofburg, die braucht es nicht mehr, man sollte die Verwaltungen verstärken.
(Verlegenes Husten des Herrn Mühlbauer.)
Ich bin natürlich gegen jede Verwaltung, gegen diese weltweite Bürokratie, unter die, von den Menschen und ihren Abbildern bis zu den Kartoffelkäfern mit ihren Abbildungen, alles gekommen ist, daran werden Sie nicht zweifeln. Aber hier handelt es sich um etwas anderes, um die kultische Administration eines Totenreichs, ich weiß nicht, aus welchem Grund Sie oder ich stolz sein sollten, die Aufmerksamkeit der Welt noch auf uns ziehen wollen, mit Festspielen, Festwochen, Musikwochen, Gedenkjahren, Kulturtagen, die Welt könnte nichts Besseres tun, als geflissentlich wegsehen, um nicht zu erschrecken, denn es

könnten ihr die Augen aufgehen, was auf sie noch zukommen wird, im besten Fall, und je leiser es hier zugeht, je heimlicher unsre Totengräber arbeiten, je verborgener alles geschieht, je unhörbarer es gespielt und zu Ende gesagt wird, desto größer würde vielleicht aber die wahrhaftige Neugier werden. Das Krematorium von Wien ist seine geistige Mission, sehen Sie, wir finden die Mission doch noch, man muß sich nur weit genug auseinanderreden, aber schweigen wir darüber, hier hat das Jahrhundert, an seinem brüchigsten Ort, einige Geister zum Denken befeuert und es hat sie verbrannt, damit sie zu wirken beginnen, doch ich frage mich, Sie fragen sich sicher auch, ob nicht mit jeder Wirkung auch ein neues Mißverständnis bewirkt wird . . .
(Bandwechsel. Herr Mühlbauer leert sein Glas in einem Zug.)

6. Frage: . . . . ? (Zum zweiten Mal. Wiederholung.)
Antwort: Am liebsten war mir immer der Ausdruck ›das Haus Österreich‹, denn er hat mir besser erklärt, was mich bindet, als alle Ausdrücke, die man mir anzubieten hatte. Ich muß gelebt haben in diesem Haus zu verschiedenen Zeiten, denn ich erinnre mich sofort, in den Gassen von Prag und im Hafen von Triest, ich träume auf böhmisch, auf windisch, auf bosnisch, ich war immer zu Hause in diesem Haus und, außer im Traum, in diesem geträumten Haus, ohne die geringste Lust, es noch einmal zu bewohnen, in seinen Besitz zu gelangen, einen Anspruch zu erheben, denn die Kronländer sind an mich gefallen, ich habe abgedankt, ich habe die älteste Krone in der Kirche Am Hof niedergelegt. Stellen Sie sich vor, daß nach den beiden letzten Kriegen jedesmal mitten durch das Dorf Galicien die neue Grenze gezogen werden sollte. Galicien, das niemand außer mir kennt, das anderen Menschen nichts bedeutet, von niemand besucht und bestaunt wird, geriet im-

mer genau unter den Federstrich auf den Stabskarten der Alliierten, aber beide Male wurde es, jedesmal aus anderen Gründen, wieder bei dem, was heute Österreich heißt, gelassen, die Grenze liegt nur wenige Kilometer davon, auf den Bergen, und im Sommer 1945 fiel die längste Zeit keine Entscheidung, ich war dorthin evakuiert, riet hin und her, was in Zukunft aus mir werden würde, ob man mich zu den Slowenen nach Jugoslawien zählen würde oder zu den Kärntnern nach Österreich, es tat mir leid, daß ich in den Slowenischstunden gedöst hatte, weil mir Französisch leichter fiel, sogar für Latein hatte ich mehr Interesse aufgebracht. Galicien wäre natürlich Galicien geblieben, unter jeder Flagge, und viel gemeint hätten wir nicht dazu, weil wir uns um Ausdehnungen überhaupt nie gekümmert haben, in der Familie hieß es immer, wenn das vorbei ist, dann werden wir wieder nach Lipica fahren, wir müssen unsere Tante in Brünn besuchen, was mag aus unseren Verwandten in Czernowitz geworden sein, die Luft ist besser im Friaul als hier, wenn du groß bist, mußt du nach Wien und Prag gehen, wenn du groß bist . . .

Ich will damit sagen, die Realitäten sind von uns immer gleichmütig und apathisch respektiert worden, es war uns völlig gleichgültig, in welche Länder welche Orte geraten waren und noch geraten würden. Trotzdem bin ich anders gereist nach Prag als nach Paris, nur in Wien habe ich zu jeder Zeit mein Leben nicht wirklich, aber auch nicht verloren gelebt, nur in Triest war ich nicht fremd, aber es wird immer gleichgültiger. Es muß nicht sein, aber ich möchte einmal und bald, vielleicht dieses Jahr noch, nach Venedig fahren, das ich nie kennenlernen werde.

7. Frage: . . . . ?

Antwort: Ich glaube, es ist ein Mißverständnis, ich könnte noch einmal anfangen und Ihnen genauer antworten, wenn Sie Geduld mit mir haben, und gäbe es doch noch ein

Mißverständnis, so wäre es wenigstens neu. Vermehren können wir die Verwirrung gar nicht mehr, es hört uns ja niemand zu, anderswo wird jetzt auch gefragt und geantwortet, noch seltsamere Probleme werden anvisiert, an jedem Tag für den kommenden Tag bestellt, die Probleme werden erfunden und in Umlauf gebracht, es gibt die Probleme nicht, reden hört man von ihnen und redet deswegen darüber. Ich habe ja auch nur von den Problemen gehört, ich hätte sonst keine, wir könnten die Hände in den Schoß legen und trinken, wäre das nicht fein, Herr Mühlbauer? Aber in der Nacht und allein entstehen die erratischen Monologe, die bleiben, denn der Mensch ist ein dunkles Wesen, er ist nur Herr über sich in der Finsternis und am Tag kehrt er zurück in die Sklaverei. Sie sind jetzt mein Sklave und Sie haben mich zu Ihrer Sklavin gemacht, Sie, ein Sklave Ihres Blatts, das sich besser nicht NACHTAUSGABE nennen sollte, Ihr sklavisch abhängiges Blatt für Tausende von Sklaven . . .
(Herr Mühlbauer drückt auf eine Taste und stellt das Bandgerät ab. Ich habe ihn nicht sagen gehört: ich danke Ihnen für das Gespräch. Herr Mühlbauer ist in der größten Verlegenheit, zu einer Wiederholung bereit, schon morgen. Wenn Fräulein Jellinek hier wäre, wüßte ich, was zu sagen ist, ich werde verhindert sein oder krank oder verreist. Ich werde eine Abhaltung haben, eine Verabredung. Herr Mühlbauer hat einen ganzen Nachmittag verloren, er läßt es mich merken, packt mißgelaunt das Gerät ein und empfiehlt sich, er sagt: Küß die Hand.)

Zu Ivan am Telefon:

Oh, nichts Besonderes, ich habe nur
Wie klingst du denn, hast du geschlafen
Nein, nur erschöpft, den ganzen Nachmittag

Bist du allein, sind die Leute
Ja, weg, der ganze Nachmittag auch
Ich habe den ganzen Nachmittag versucht
Ich habe den ganzen Nachmittag verloren

Ivan ist lebhafter als ich. Wenn er nicht erschöpft ist, ist alles Bewegung an ihm, aber wenn er müde ist, dann ist er entschieden müder als ich, und nur dann macht der Altersunterschied ihn böse, er weiß, daß er böse ist, er will böse sein, heute muß er ganz besonders bös zu mir sein.

Wie du dich verteidigst!
Warum verteidigst du dich?
Angreifen muß man, greif mich doch an!
Zeig mir die Hände, nein, nicht innen
Ich bin ja kein Handleser
Man sieht es an der Haut auf den Händen
Ich sehe es bei den Frauen sofort

Aber diesmal habe ich gewonnen, denn bei mir zeigt sich nichts auf den Händen, hier runzelt sich keine Haut. Doch Ivan greift wieder an.

Oft kann ich es in deinem Gesicht sehen
Damals hast du alt ausgesehen
Manchmal siehst du richtig alt aus
Heute siehst du zwanzig Jahre jünger aus
Lach mehr, lies weniger, schlaf mehr, denk weniger
Das macht dich doch alt, was du machst
Graue und braune Kleider machen dich alt

Verschenk deine Trauerkleider ans Rote Kreuz
Wer hat dir diese Grabkleider erlaubt?
Natürlich bin ich böse, ich habe Lust, böse zu sein
Gleich siehst du jünger aus, ich treib dir das Alter aus!

Ivan, der kurz eingeschlafen ist, wacht auf, ich komme vom Äquator zurück und noch bewegt von einem Jahrmillionenereignis.

Was hast du denn?
Nichts, ich erfinde.
Das wird was Rechtes sein!

Meistens erfinde ich etwas. Ivan hält sich die Hand vor den Mund, damit ich nicht merken soll, daß er gähnt. Er muß sofort gehen. Es ist Viertel vor zwölf. Es wird Mitternacht.

Gerade habe ich erfunden, wie ich die Welt doch noch verändern kann!
Was? du auch? die Gesellschaft, die Verhältnisse? das muß ja heutzutage der reinste Wettbewerb sein.
Interessiert es dich wirklich nicht, was ich erfinde?
Heute bestimmt nicht, du wirst wohl eine mächtige Eingebung haben, und Erfinder soll man nicht bei der Arbeit stören.
Um so besser, ich erfinde es also allein, aber laß es mich erfinden für dich.

Ivan ist nicht gewarnt vor mir. Er weiß nicht, mit wem er

umgeht, daß er sich befaßt mit einer Erscheinung, die auch täuschen kann, ich will Ivan nicht in die Irre führen, aber für ihn wird nie sichtbar, daß ich doppelt bin. Ich bin auch Malinas Geschöpf. Ivan hält sich sorglos an die Erscheinung, meine Leibhaftigkeit ist ihm ein Anhaltspunkt, vielleicht der einzige, aber mich stört sie, nie darf in mir die Idee aufkommen, während wir reden, daß wir in einer Stunde oder gegen Abend oder so spät nachts auf dem Bett liegen werden, denn es könnten die Wände plötzlich aus Glas sein, es könnte das Dach abgenommen werden. Eine äußerste Beherrschung läßt mich Ivan vorher gegenübersitzen und schweigen und rauchen und reden. Aus keiner Handbewegung, aus keinem Wort könnte jemand entnehmen, was möglich ist und daß es möglich wird. In einem Moment heißt es: Ivan und ich. In einem anderen Moment: wir. Dann gleich wieder: du und ich. Zwei Wesen sind es, die nichts miteinander vorhaben, nicht die Koexistenz wollen, keinen Aufbruch woandershin und in ein anderes Leben, nicht Abbruch, keine Vereinbarung auf eine vorherrschende Sprache. Auch ohne Dolmetscher kommen wir aus, ich erfahre nichts über Ivan, er erfährt nichts von mir. Wir treiben keinen Handelsaustausch von Gefühlen, haben keine Machtpositionen, erwarten keine Waffenlieferung zur Unterstützung und Sicherung unserer Selbst. Die Basis ist locker und gut, und was auf meinen Boden fällt, das gedeiht, ich pflanze mich fort mit den Worten und ich pflanze auch Ivan fort, ich erzeuge ein neues Geschlecht, aus meiner und Ivans Vereinigung kommt das Gottgewollte in die Welt:
Feuervögel
Azurite
Tauchende Flammen
Jadetropfen

Sehr geehrter Herr Ganz,
das erste, was mich an Ihnen gestört hat, war der gespreizte kleine Finger, als Sie in einer Runde von Leuten sich in Szene setzten und Ihre Aperçus zum besten gaben, die der Tischrunde und mir neu erschienen, mir aber bald nicht mehr, da ich sie noch viele Male von Ihnen hörte, in der Gegenwart anderer Runden. Sie hatten eine so humorvolle Art. Was mich zuletzt zu stören anfing und weiter stört, das ist Ihr Name. Ihren Namen heute noch einmal niederzuschreiben, macht mir Mühe, ihn von anderen zu hören, verursacht mir augenblicklich Kopfschmerzen. Für mich selber denke ich, wenn es unvermeidlich ist, an Sie zu denken, absichtsvoll an Sie als ›Herr Genz‹ oder ›Herr Gans‹, manchmal habe ich es schon mit ›Ginz‹ versucht, aber der beste Ausweg bleibt immer noch ›Herr Gonz‹, weil ich dann von Ihrem Namen nicht zu weit abrücke, aber mit einer dialekthaften Färbung ihn ein klein wenig lächerlich machen kann. Ich muß es Ihnen einmal sagen, weil das Wort ›ganz‹ jeden Tag vorkommt, von anderen ausgesprochen, auch von mir nicht zu vermeiden, in Zeitungen und in Büchern sich in jedem Absatz findet. Ich hätte mich vorsehen müssen, schon Ihres Namens wegen, mit dem Sie weiter in mein Leben einfallen und es strapazieren über Gebühr. Hätten Sie doch Kopecky oder Wiegele geheißen, Ullmann oder Apfelböck – ich hätte ein ruhigeres Leben und ich könnte Sie über lange Strecken vergessen. Selbst wenn Sie Meier, Maier, Mayer oder Schmidt, Schmid, Schmitt hießen, bliebe mir die Möglichkeit, nicht an Sie zu denken, wenn der Name fällt, sondern an einen meiner Freunde, der auch Meier heißt, oder an einige Herren Schmidt, wie verschieden sie sich auch schreiben. In einer Tischrunde würde ich Erstaunen heucheln oder Eifer, ich könnte Sie ja tatsächlich in der Eile verwechseln, in der Hitze dieser allgemeinen und gemeinen Gespräche, mit einem anderen Meier oder einem anderen Schmid. Welche

Idiosynkrasien! werden Sie sagen. Unlängst, als ich beinahe fürchten mußte, Sie wiederzusehen, kurz nachdem die neue Mode aufgekommen war, mit den Metallkleidern, den Kettenhemden, den Stachelfransen und dem Schmuck aus Drahtverhauen, fühlte ich mich gewappnet für eine Begegnung, nicht einmal die Ohren hätte ich frei gehabt, weil ich zwei schwere Dornenbüschel im schönsten Grau an den Ohrläppchen hängen hatte, die bei jeder Kopfbewegung schmerzten oder ins Rutschen kamen, weil man vergessen hat, mir im frühesten Alter diese Löcher in die Ohrläppchen zu bohren, die sonst allen kleinen Mädchen bei uns auf dem Land unbarmherzig hineingebohrt wurden, im zartesten Alter. Warum man nur dieses Alter das zarteste nennt, verstehe ich nicht. Ich wäre aber in diesem Panzerkleid unangreifbar gewesen, so gerüstet, so mich meiner Haut wehrend, deren Beschreibung Sie mir erlassen werden, da Sie sie einmal gut kannten . . .

Sehr geehrter Herr,
Ihren Vornamen konnte ich nie aussprechen. Sie haben mir das oft vorgeworfen. Der Gedanke an eine Wiederbegegnung hat aber nicht deswegen etwas Unangenehmes für mich. Ich habe ihn mir damals ersparen können, weil es sich so fügte, ich konnte mich nicht überwinden und ich habe herausgefunden, daß diese Unfähigkeit, gewisse Namen aussprechen zu können, unter Namen sogar exzessiv zu leiden, nicht von den Namen herrührt, sondern mit dem ersten, ursprünglichen Mißtrauen einer Person gegenüber zu tun hat, ungerechtfertigt im Anfang, aber immer gerechtfertigt eines Tages. Mein instinktives Mißtrauen, das sich nur so ausdrücken konnte, mußten Sie freilich mißdeuten. Jetzt, da eine Wiederbegegnung keineswegs ausgeschlossen ist, ich manchmal nicht weiß, wie sie fürs Leben zu verhindern wäre, beunruhigt mich aber nur noch ein

einziger Gedanke: daß Sie ohne weiteres Du zu mir sagen könnten, ein Du, das Sie mir aufgedrängt haben, Sie wissen unter welchen Umständen, und das ich Ihnen ein unvergeßlich widerwärtiges Intermezzo lang erlaubt habe, aus Schwäche, um Sie nicht zu verletzen, um Ihnen nicht die Grenzen vor Augen zu führen, die ich Ihnen insgeheim gesetzt habe, ja setzen mußte. Es mag üblich sein, in solchen Intermezzi ein Du einzuführen, doch dürfte es nicht gestattet sein, nach dem Ablauf eines solchen Zwischenspiels dieses Du weiter im Umlauf zu lassen. Ich werfe Ihnen nicht vor, was Sie mir an peinlichen und unaussprechlichen Erinnerungen hinterlassen haben. Ihre Dickfelligkeit jedoch, Ihr bares Unvermögen, meine Empfindlichkeiten für das Du zu spüren, es von mir und anderen zu erpressen, lassen mich fürchten, daß Sie sich immer noch einer Erpressung gar nicht bewußt sind, weil sie Ihnen ›ganz‹ geläufig ist. Gewiß haben Sie noch nie über das Du, mit dem Sie so leichtfertig umgehen, nachgedacht, auch nicht, warum ich Ihnen ein paar Leichen auf Ihrem Weg eher nachsehen kann als die Anwendung der fortwährenden Tortur, die aus einem Dusagen, Dudenken besteht. Seit ich Sie zum letzten Mal gesehen habe, ist es mir nicht eingefallen, an Sie anders zu denken als in der korrektesten Weise, als von Ihnen per ›Herr‹ und ›Sie‹ zu denken und zu sprechen, zu sprechen allerdings nur, wenn es unerläßlich ist, zu sagen: ich habe Herrn Ganz einmal flüchtig gekannt. Daß Sie sich endlich um die gleiche Höflichkeit bemühen, ist die einzige Bitte, die ich je an Sie richten werde. Wien, den . . .

Ich bin mit den besten Empfehlungen
Eine Unbekannte

Sehr geehrter Herr Präsident,
Ihr Brief überbringt mir, in Ihrem Namen und im Namen

aller, Glückwünsche zu meinem Geburtstag. Verzeihen Sie mein Befremden. Dieser Tag scheint mir nämlich, meiner Eltern wegen, in die Intimität zweier Menschen zu gehören, die Sie und die anderen nicht kennen. Ich selber habe nie die Kühnheit aufgebracht, mir meine Zeugung und meine Geburt vorzustellen. Schon die Nennung des Geburtsdatums, das nicht für mich, aber für meine armen Eltern eine Bedeutung gehabt haben muß, ist mir immer vorgekommen wie die unstatthafte Nennung eines Tabus und die Preisgabe fremder Schmerzen oder fremder Freuden, die ein fühlender und denkender Mensch beinahe als strafbar empfindet. Ich sollte sagen, ein zivilisierter Mensch, da unser Denken und Fühlen zu einem Teil, in seinem beschädigten Teil, an die Zivilisation gebunden ist, an unsere Zivilisierung, durch die wir es längst verscherzt haben, uns auch nur mit den wildesten der Wilden in einem Atem nennen zu können. Sie, ein Gelehrter von hohem Rang, wissen besser als ich, welche Würde die Wilden, die letzten, nicht ausgerotteten, in allem zeigen, was Geburt, Initiation, Zeugung und Tod betrifft, und bei uns ist es nicht nur der Übermut der Ämter, der uns um einen letzten Rest von Scham bringt, sondern vor der Datenverarbeitung und den Fragebögen wirkte ja ein vorauseilender, verwandter Geist, der sich siegessicher auf diese Aufklärung beruft, die schon die größten Verheerungen unter den verwirrten Unmündigen anrichtet. Die Menschheit wird noch zur totalen Unmündigkeit erniedrigt werden, nach ihrer endgültigen Befreiung von allen Tabus. Sie gratulieren mir, und ich kann nicht umhin, diese Gratulation in Gedanken weiterzugeben an eine längst verstorbene Frau, eine gewisse Josefine H., die in meinem Geburtsschein als Hebamme eingetragen ist. Man hätte ihr damals gratulieren müssen, zu ihrer Geschicklichkeit und zu einer glatt verlaufenen Geburt. Allerdings habe ich vor Jahren einmal in Erfahrung gebracht, daß dieser Tag ein Freitag war (am Abend soll es

soweit gewesen sein), eine Mitteilung, die mich nicht gerade glücklich machte. Wenn es sich vermeiden läßt, verlasse ich an einem Freitag nicht das Haus, ich reise nie an einem Freitag, es ist jener Tag der Woche, der mir bedrohlich erscheint. Es steht aber auch noch fest, daß ich mit einer ›halben Glückshaube‹ auf die Welt gekommen bin, ich weiß keinen medizinischen Ausdruck dafür, auch nicht, warum sich im Volk ein Glaube erhalten hat, daß diese oder jene Eigenart an einem Neugeborenen glücksschwanger oder unheilschwanger sein müsse. Aber ich sagte schon, ich hätte nur eine halbe Glückshaube gehabt, eine halbe ist besser als gar keine, meint man, aber diese Hälfte einer Bedeckung hat mich tief nachdenklich gemacht, ich war ein nachdenkliches Kind, Nachdenklichkeit und stundenlanges Stillsitzen sollen meine auffälligsten Charakteristika gewesen sein. Heute aber frage ich mich, zu spät, zu spät, was meine bedauernswerte Mutter mit dieser zwielichtigen Nachricht anfangen konnte, einem halben Glückwunsch zu einer halben Glückshaube. Wer möchte sein Kind stillen, es zuversichtlich aufziehen, wenn es ausgerechnet mit einer halben Glückshaube auf die Welt gekommen ist. Was würden Sie, verehrter Herr Präsident, mit einer halben Präsidentschaft, einer halben Ehrung, einer halben Anerkennung, einem halben Hut, ja, was werden Sie selbst mit diesem halben Brief anfangen? Mein Brief an Sie kann kein ganzer Brief werden, auch weil mein Dank für Ihre guten Wünsche nur aus einem halben Herzen kommt. Es sind aber unzumutbare Briefe, die man bekommt, und die Briefe, mit denen man sie beantwortet, sind auch niemand zumutbar –
Wien, den . . .

Eine Unbekannte

Die zerrissenen Briefe liegen im Papierkorb, kunstvoll

durcheinandergebracht und vermischt mit zerknüllten Einladungen zu einer Ausstellung, zu einem Empfang, zu einem Vortrag, vermischt mit leeren Zigarettenschachteln, überstäubt von Asche und Zigarettenstummeln. Das Karbonpapier und das Maschinschreibpapier habe ich eilig zurechtgerückt, damit Fräulein Jellinek nicht sieht, was ich bis zum frühen Morgen gemacht habe. Sie schaut aber nur bei mir vorbei, sie muß sich mit ihrem Verlobten treffen, wegen der Dokumente für das Aufgebot. Trotzdem hat sie nicht vergessen, zwei Kugelschreiber zu kaufen, aber die Stunden sind wieder nicht aufgeschrieben. Ich frage: Warum, um Himmels willen, haben Sie sie nicht aufgeschrieben, Sie wissen doch, wie ich bin! Und ich suche in meiner Handtasche und in einer anderen Handtasche, ich müßte Malina bitten um das Geld, ihn anrufen im Arsenal, aber zu guter Letzt ist das Kuvert aufgetaucht, es steckt unübersehbar im Großen Duden, mit einem Geheimzeichen von Malina darauf. Nie vergißt er etwas, nie muß ich ihn bitten darum. Im rechten Moment liegen die Kuverts in der Küche für Lina, auf dem Schreibtisch für Fräulein Jellinek, in der alten Kassette in meinem Schlafzimmer finden sich ein paar Scheine für den Friseur und alle paar Monate ein paar größere Scheine für Schuhe und Wäsche und Kleider. Nie weiß ich, wann Geld dafür da sein wird, aber wenn ein Mantel schäbig geworden ist, hat Malina auf einen für mich gespart, noch vor dem ersten kalten Tag im Jahr. Ich weiß nicht, auch wenn manchmal kein Geld mehr im Haus ist, wie Malina es immer fertigbringt, uns beide durch diese teuren Zeiten zu bringen, die Miete wird von ihm pünktlich bezahlt, meistens auch Licht, Wasser, Telefon und Autoversicherung, um die ich mich kümmern muß. Nur ein- oder zweimal hat man uns das Telefon gesperrt, aber weil wir verreist waren und auf Reisen vergeßlich sind, weil wir uns auf Reisen keine Post nachschicken lassen und keine Rechnungen. Ich sage erleichtert: Es ist wieder einmal glimpflich abgegangen, das hätten wir wieder einmal hinter uns gebracht, wenn jetzt nur keine Krankheit kommt, wenn jetzt nur nichts mit unseren Zähnen passiert! Malina kann mir nicht viel geben, aber er läßt mich lieber sparen mit dem Wirtschaftsgeld, als mir die paar Schilling nicht zu gönnen für Dinge, die wichtiger für mich sind als Vorräte und ein voller Eisschrank. Ich habe mein kleines Taschengeld, um durch Wien bummeln und bei Trzešniewski ein Sandwich essen und im Café Sacher einen kleinen Braunen trinken zu können, um Antoinette Altenwyl höflich Blumen schicken zu können nach einem Abendessen, um Franziska Jordan zum Geburtstag MY SIN schenken zu können, um zudringlichen oder verlorenen oder gestrandeten Leuten, die ich nicht kenne, Fahrkarten oder Geld oder Kleider geben zu können, insbesondere den Bulgaren. Malina schüttelt den Kopf, aber ein Nein kommt nur, wenn er meinem Gestammel entnimmt, daß ›die Sache‹, ›der Fall‹, ›das Problem‹ immense Ausmaße annimmt, denen wir nicht gewachsen sind. Malina stärkt mir dann das Rückgrat für ein Nein, das in mir selber entstanden ist. Trotzdem mache ich im letzten Moment einen Rückzieher, ich sage: Könnten wir nicht doch, wenn wir zum Beispiel den Atti Altenwyl bitten oder wenn ich der kleinen Semmelrock sage, daß sie mit Bertold Rapatz sprechen soll, der hat doch Millionen, oder wenn du den Ministerialrat Hubalek anrufen könntest! In solchen Momenten sagt Malina entschieden: nein! Ich soll den Wiederaufbau einer Mädchenschule in Jerusalem finanzieren, ich soll dreißigtausend Schilling für ein Flüchtlingskomitee zahlen, als kleinen Beitrag, ich soll für die Überschwemmungskatastrophe in Norddeutschland und in Rumänien aufkommen, mich beteiligen mit einer Unterstützung für die Erdbebenopfer, ich soll eine Revolution finanzieren in Mexiko, in Berlin und in La Paz, aber heute noch braucht Martin dringend tausend Schilling, nur bis zum nächsten Ersten geborgt, und er ist verläßlich, Christine Wantschura braucht dringend Geld für die Ausstellung ihres Mannes, aber er darf es nicht wissen, sie will es von ihrer Mutter wiederbekommen, aber sie hat einen alten Streit hervorgeholt mit ihrer Mutter, gerade jetzt. Drei Studenten aus Frankfurt können ihr Wiener Hotel nicht bezahlen, es ist dringend, noch dringender braucht Lina für den Fernsehapparat die nächste Rate, Malina rückt mit dem Geld heraus und sagt ja, aber bei den ganz großen Katastrophen und Unternehmen sagt Malina nein. Malina hat keine Theorie, für ihn richtet sich alles nach der Frage ›Haben oder Nichthaben‹. Wenn es nach ihm ginge, hätten wir unser Auskommen und nie Geldsorgen, die Geldsorgen bringe ich ins Haus, mit den Bulgaren, mit den Deutschen, mit den Südamerikanern, mit den Freundinnen, mit den Freunden, mit den Bekannten, all diesen Leuten, mit der Weltlage und mit der Wetterlage. Nie habe ich gehört, und das haben Malina und Ivan gemeinsam, daß die Leute zu Ivan und Malina gehen, es kommt einfach nicht vor, sie kommen nicht auf die Idee, ich muß anziehender sein, ich dürfte den Leuten sehr viel mehr Vertrauen einflößen. Aber Malina sagt: Das kann eben nur dir passieren, ein Dümmerer findet sich nicht. Ich sage: Es ist dringend.

Im Café Landtmann wartet der Bulgare auf mich, zu Lina hat er gesagt, er komme direkt aus Israel und müsse mich sprechen, ich denke mir aus, wer mich grüßen lassen wird, wem ein Unglück zugestoßen sein könnte, was aus Harry Goldmann geworden ist, den ich schon lange nicht mehr sehe in Wien, ich hoffe, es hat nichts mit den Weltangelegenheiten zu tun, hoffentlich bildet sich kein Komitee, hoffentlich sind nicht ein paar Millionen fällig, hoffentlich muß ich keinen Spaten in die Hand nehmen, ich kann nicht Spaten sehen und Schaufeln, seit damals in Klagenfurt, als sie Wilma und mich an die Wand stellten und erschießen wollten, ich kann keine Schüsse hören, seit einem Fasching, seit einem Krieg, seit einem Film. Hoffentlich werden es Grüße sein. Es kommt natürlich ganz anders, und ich habe zum Glück noch eine Grippe und 37,8, kann also nicht zu neuen Taten aufbrechen und in etwas hineingeraten. Ich kann keine Schauplätze sehen, aber wie sage ich es, daß mein Platz in der Ungargasse ist? mein Ungargassenland, das ich halten muß, befestigen, mein einziges Land, das ich sichern muß, das ich verteidige, um das ich zittere, um das ich kämpfe, zum Sterben bereit, ich halte es mit meinen sterblichen Händen, umfangen auch hier, atemholend vor dem Café Landtmann, mein Land, von der Rache aller Länder bedroht. Herr Franz begrüßt mich schon an der Tür, er sieht sich mit einer zweifelnden Gebärde um in dem überfüllten Kaffeehaus, aber ich gehe, knapp grüßend, weiter an ihm vorbei und mache die Runde, denn ich brauche keinen Tisch, es wartet ein Herr aus Israel schon seit einer halben Stunde auf mich, es ist dringend. Ein Herr hält in der Hand, auffällig ausgestreckt, mit dem Titelblatt zu den Eintretenden gerichtet, ein deutsches Magazin DER SPIEGEL, aber mit meinem Herrn habe ich nur ausgemacht, daß ich blond sein und einen blauen Frühjahrsmantel tragen werde, obwohl nicht Frühling ist, aber das Wetter wechselt von Tag zu Tag. Der Herr mit dem Magazin hebt eine Hand, aber erhebt sich nicht, und weil sonst niemand nach mir schaut, könnte es der dringende Mann sein. Er ist es, er flüstert ein schwerverständliches Deutsch, ich frage nach meinen Freunden in Tel Aviv, in Haifa, in Jerusalem, aber der Mann kennt keine Freunde von mir, er ist nicht aus Israel, war aber vor ein paar Wochen noch dort, er hat eine weite Reise hinter sich. Ich bestelle bei Herrn Adolf einen großen Braunen, ich frage nicht: Was wollen Sie von mir, wer sind Sie? wie kommen Sie zu meiner Adresse? Was führt Sie nach Wien? Der

Mann flüstert: Ich bin aus Bulgarien. Ihren Namen habe ich aus dem Telefonbuch, er war meine letzte Hoffnung. Die Hauptstadt von Bulgarien muß Sofia sein, aber der Mann ist nicht aus Sofia, ich begreife, daß nicht jeder Bulgare in Sofia wohnen kann, mehr fällt mir zu Bulgarien nicht ein, es sollen dort alle Leute sehr alt werden, wegen des Joghurts, aber mein Bulgare ist nicht alt und ist nicht jung, er hat ein Gesicht zum Vergessen, er bebt ununterbrochen, wetzt auf dem Stuhl herum, greift sich an die Beine. Aus einer Mappe holt er Zeitungsausschnitte hervor, alle aus deutschen Blättern, ein großes Blatt aus dem SPIEGEL, er nickt, ich solle das lesen, jetzt gleich und hier, die Ausschnitte handeln von einer Krankheit, dem Morbus Buerger, der Bulgare trinkt einen kleinen Schwarzen, und ich rühre wortlos mit dem Löffel in meinem großen Braunen herum, lese rasch, was über den Morbus Buerger geschrieben worden ist, Laienhaftes gewiß, aber dennoch muß dieser Morbus sehr selten und ungewöhnlich sein, ich schaue erwartungsvoll auf, ich weiß nicht, warum Bulgaren sich für den Morbus Buerger interessieren. Der Bulgare rückt mit dem Stuhl etwas vom Tisch zurück, er deutet auf seine Beine, er ist es, der den Morbus hat. In den Kopf schießt mir die Erregung, ein wahnsinniger Schmerz, mir träumt nicht, der Schlag ist diesmal dem Bulgaren gelungen, was soll ich im Café Landtmann mit diesem Mann und einem unheimlichen Morbus, was täte Malina jetzt, was würde Malina tun? Der Bulgare bleibt aber ganz ruhig und sagt, es müßten ihm nur sofort beide Beine amputiert werden und das Geld sei ihm in Wien ausgegangen, er müsse noch nach Itzehoe, wo man auf den Morbus spezialisiert ist. Ich rauche und schweige und warte, ich habe zwanzig Schilling bei mir, es ist fünf Uhr vorbei, die Bank hat geschlossen, der Morbus ist da. Vom Nebentisch schreit Herr Professor Mahler kurz vor einem Wutausbruch: Zahlen bitte! Herr Franz ruft freudig: Komme

gleich! und läuft weg und ich laufe hinter ihm her. Ich muß sofort telefonieren. Herr Franz sagt: Ist etwas, gnädige Frau, gnädige Frau gefallen mir gar nicht, Glas Wasser, Peppi, aber presto, für die gnädige Frau! An der Garderobe krame ich in meiner Handtasche, aber das kleine Telefonbuch ist nicht darin, ich suche im Telefonbuch nach der Nummer von meinem Reisebüro, der Pikkolo, der kleine Peppi, bringt ein Glas Wasser, ich krame in meiner Handtasche und finde eine Tablette, die ich vor Aufregung nicht zerbrechen kann, ich schiebe sie ganz in den Mund und trinke Wasser, die Tablette bleibt mir im Hals stecken und der kleine Peppi schreit: Jesusmariaundjosef, gnädige Frau husten ja, soll ich nicht lieber den Herrn Franz ...! Aber ich habe die Nummer gefunden, ich telefoniere und warte und trinke Wasser, ich werde verbunden, ich werde weiterverbunden, Herr Suchy ist noch im Büro. Herr Suchy wiederholt pedantisch und näselnd: Von gnädiger Frau werden ein ausländischer Herr kommen, Fahrkarte 1. Klasse nach Itzehoe, einfach, extra tausend Schilling Bargeld, hat keine Eile, erledigen wir, wird mir ein Vergnügen sein, keine Sorge, gnädige Frau, küß die Hand!
Ich stehe eine Weile an der Garderobe und rauche, Herr Franz, im Lauf, mit wehenden Frackschößen, sieht liebenswürdig her, ich winke liebenswürdig ab, ich muß rauchen und warten. Nach ein paar Minuten gehe ich zurück zu dem Tisch mit dem Morbus. Ich bitte den Bulgaren, gleich in mein Reisebüro zu gehen, der Zug fährt in drei Stunden, ein Herr Suchy wird alles erledigen. Ich rufe: Zahlen bitte! Herr Professor Mahler, dem ich verwirrt für ein Erkennen mit einem Gruß danke, schreit lauter: Zahlen bitte! Herr Franz läuft an uns vorbei und ruft zurück: Komme gleich! Ich lege die zwanzig Schilling auf den Tisch und bedeute dem Bulgaren, daß damit die Rechnung beglichen sei. Was ich ihm wünschen soll, weiß ich nicht, aber ich sage: gute Reise!

Ivan sagt: Da hast du dich wieder hereinlegen lassen.
Aber Ivan!
Malina sagt: Da haben wir es wieder, und tausend Schilling als Wegzehrung! Ich sage: Du bist doch sonst nicht so kleinlich, ich muß dir das genauer erklären, es ist ein furchtbarer Morbus.
Malina antwortet nachsichtig: Daran zweifle ich nicht, Herr Suchy hat mich schon angerufen, dein Bulgare ist wirklich vorbeigekommen. Siehst du! sage ich, und wenn er nun keinen Morbus hat und ihm jetzt nicht beide Beine genommen werden, dann ist es ja gut, aber wenn er doch einen Morbus hat, dann müssen wir eben zahlen. Malina sagt: Mach dir bloß keine Sorgen, ich werde es schon irgendwie machen.
Nicht eine Stunde länger hätte ich heute mit dem Leprakranken im Café Raimund sitzen können, gleich wollte ich aufspringen und mir die Hände waschen gehen, nicht um die Ansteckung zu vermeiden, sondern das Wissen von Lepra, das überging auf mich bei einem Händedruck, zu Hause wollte ich mir die Augen baden, mit Borwasser, damit sich meine Augen beruhigen, nach diesem Anblick eines zerfressenen Gesichts. Auch vor dem einzigen Flug in diesem Jahr, München und zurück in zwei Tagen, weil ich länger nicht weg sein kann aus der Ungargasse, habe ich mir ein Taxi bestellt und zu spät bemerkt, daß der Chauffeur keine Nase hatte, wir fuhren schon, weil ich leichtsinnig gesagt hatte: Schwechat, zum Flughafen! und als er sich umwandte, um zu fragen, ob er rauchen dürfe, sah ich es erst, ich fuhr ohne Nase bis nach Schwechat und stieg dort aus mit dem Koffer. Aber in der Halle überlegte ich es mir noch einmal und ließ den Flug streichen, ich fuhr sofort mit einem anderen Taxi wieder zurück. Am Abend wunderte sich Malina, weil ich zu Hause war, anstatt in München zu sein. Ich habe nicht fliegen können, es war kein gutes Omen, das Flugzeug ist auch nie bis nach Mün-

chen gekommen, sondern mit Verspätung und einem Fahrgestellschaden in Nürnberg gelandet. Ich weiß nicht, warum solche Leute meinen Weg kreuzen und warum einige andauernd etwas von mir wollen. Heute sind zwei Franzosen gekommen, deren Namen ich nicht einmal verstanden habe, mit einer Empfehlung, sie bleiben bis zwei Uhr nachts und ohne Grund, ich weiß es einfach nicht, warum Leute in das Haus kommen und stundenlang nicht gehen, warum sie ihre Absichten verschweigen. Vielleicht haben sie keine Absichten, aber sie gehen nicht, und ich kann nicht telefonieren. Dann bin ich froh, daß Frances und Trollope noch eine Weile bleiben, meine Kostgänger sind, mir Gelegenheit geben, für eine halbe Stunde aus dem Zimmer zu gehen, weil sie Kitkat bekommen müssen und kleingehackte frische Lunge, dann zufrieden herumpromenieren, die Unterhaltung mit den Fremden auf sich lenken und verstehen, daß ihre Anwesenheit nützlich für mich ist.

In spätestens einem Monat wird natürlich die Zeit mit den Katzen zu Ende gehen, sie werden auf die Hohe Warte zurückkehren oder aufs Land gebracht werden, Frances wird zu rasch wachsen und dann bald Junge bekommen, danach sollte man sie sterilisieren lassen, auch Ivan meint das, mit dem ich über Frances' Zukunft gesprochen habe, er ist mehr dafür als dagegen, und ich habe mir nicht anmerken lassen, daß ich Frances nicht größer sehen, nicht in die Hitze kommen lassen möchte, daß sie eine kleine Katze bleiben soll, die nie Junge kriegt, weil ich möchte, daß alles bleibt, wie es ist, damit mir auch Ivan nicht älter wird um Monate, in den nächsten Monaten. Aber das kann ich auch Herrn Kopecky nicht sagen, der alles über Katzen weiß, weil er einmal fünfundzwanzig gleichzeitig gehabt hat und immer noch vier Katzen hält, der auch alles weiß über das Verhalten der Rif-Affen und über die Rattenverbände und über deren faszinierende Eigenarten, aber ich kann nicht

zuhören, kaum behalten, was er, sehr lustig, von allen seinen Katzen erzählt, von der Eifersucht eines Siamexemplars, der Rose von Stambul, von dem Selbstmord seiner persianischen Lieblingskatze Aurora, die sich, er kann es immer noch nicht fassen, aus dem Fenster gestürzt hat. Frances ist nicht siamesisch und nicht persianisch, nur eine zierliche gestreifte, mitteleuropäische Hinterhofkatze, nach Wien zuständig, von keiner Rasse, und Trollope, ihr Bruder, ist weiß ausgefallen, mit einigen schwarzen Flecken im Fell, ein Phlegmatiker, voller Behagen, der nie greint wie Frances, ein gehörig schnurrender Kater, der zu mir aufs Bett springt, auf meinem Rücken sitzt, wenn ich lese, bis zur Schulter vorgeht und mit mir in die Bücher sieht. Denn Frances und Trollope lesen am liebsten mit mir. Wenn ich sie verscheuche, klettern sie in der Bibliothek herum und verstecken sich hinter den Büchern, sie arbeiten hart, bis ein paar Bücher locker werden und krachend auf den Boden fallen. Dann weiß ich wieder, wo sie sich versteckt haben und ihr Unwesen treiben. Es wird höchste Zeit, daß Béla und András ihre Katzen zurückbekommen oder daß Ivans Mutter sie auf dem Land unterbringt. Herrn Kopecky habe ich nur erzählt, daß ich sie vorübergehend behalte, bis Freunde von mir, irgendwelche, nicht näher bezeichenbare Freunde, nach Wien zurückkämen, von einer Reise. Malina bitte ich aber, noch ein wenig Geduld zu haben, er hat nichts gegen Katzen, aber Katzen in unserer Wohnung, die seine Papiere verstreuen, seinen Schreibtisch abräumen und in Momenten, wo wir es am wenigsten erwarten, Bücher aus der Bibliothek stoßen, sind nichts, was er auf die Dauer zu ertragen imstande ist. Er riecht auch neuerdings in der ganzen Wohnung den Katzenurin, ich gewöhne mich daran, aber Lina ist mit Malina im Bund, sie stellt ein Ultimatum: sie oder die Katzen.
Malina sagt: Das war wieder einer deiner glücklichen Einfälle, an den Sandkasten wirst du sie nie gewöhnen, sie

nehmen dich nicht ernst, schaff dir Meerschweinchen an oder Kanarienvögel oder Papageien, nein, lieber doch nicht, die sind mir zu laut! Malina hat kein Verständnis für herumwildernde Katzen, die zwei Kindern gehören, Malina ist auf seine Ruhe bedacht, er findet Frances und Trollope nicht nett, nicht witzig und drollig. Aber wenn ich vergesse, diese netten Katzen zu füttern, denkt Malina daran, er tut es, als hätte er es immer getan, er vergißt es nie. So ist eben Malina, und so bin leider ich.

Heute kommt Lina ernsthaft darauf zurück, daß ich doch die Wohnung umstellen wollte vor einem Jahr, nicht die Wohnung natürlich, sondern nur drei Möbel, und noch ehe Lina mir auseinandersetzen kann, daß es Zeit wird, etwas zu tun, sage ich leichthin: Ein anderes Mal, und wir rufen dann zwei Männer zu Hilfe! Lina schnauft: Männer! gnädige Frau, dazu brauchen wir keine Männer! Sie hat meinen Sekretär schon fünf Zentimeter geschoben, und ich fange an zuzugreifen, schließlich ist es mein Sekretär, der nicht wankt und nicht weicht, er scheint schwerer zu sein als tausend Raummeter Eichenholz. Ich schlage Lina vor, den Sekretär zuerst einmal um seinen Inhalt zu erleichtern, die Laden auszuräumen, ich murmle: Könnten Sie nicht bei dieser Gelegenheit, bei dieser einmaligen Gelegenheit, einmal die Laden ein bißchen, nein, ich habe ja nichts gesagt . . . Ich sehe andächtig auf den Staub von einigen Jahren nieder. Lina ist heute nicht zu kränken, sonst würde sie bestimmt sagen, daß sie sowieso jede Woche ›drübergeht‹. Lina schnauft furchtbar: Küß die Hand, küß die Hand, der Kasten hat aber ein Gewicht!
Ich: Aber Lina, wir rufen jetzt am besten zwei Männer, wir geben jedem ein Bier und zehn Schilling und damit basta. Denn Lina soll merken, wie kostbar sie für mich ist, wie wertvoll ihre Kraft für mich ist, daß ich bereit wäre,

viele Biere für viele Männer zu zahlen, da sie Malina und mir doch unentbehrlich ist. Malina und ich wünschen nicht, daß sie sich hier einen Leistenbruch zuzieht oder einen Herzinfarkt bekommt, sie braucht keine Schränke und Kasten herumzustemmen. Nicht ich bin es, Lina ist es, die stärker ist, wir stemmen den Sekretär miteinander von einem Zimmer in das andere Zimmer, obwohl natürlich mehr als achtzig Prozent der Last Lina überlassen bleibt. Trotzdem bin ich heute böse auf Lina, weil Lina mir nichts gönnt, weil sie mir nie etwas gönnt und jetzt auch noch auf die Männer eifersüchtig ist, für die ich zwanzig Schilling ausgeben wollte, ›zum Fenster hinauswerfen‹, meint Lina. Ich habe wieder einmal alles falsch gemacht. Lina und ich hängen auf eine fatale Weise voneinander ab, wir hängen zusammen, obwohl sie sich und mir die Männer mit dem Bier nicht gönnt, obwohl nur sie laut an mir herumkritisieren darf und ich nie laut, aber insgeheim auch an ihr herumkritisiere. Darum male ich mir den Tag aus, an dem kein Mensch mehr abhängig von einem anderen ist, an dem ich ganz allein in einer Wohnung lebe, in der ein paar kleine Maschinen Lina ersetzen werden, ein Druck auf einen Knopf wird genügen, um einen Sekretär aufzuheben und umzustellen, wie nichts. Niemand wird sich mehr immerzu bei einem anderen bedanken, den anderen helfen und insgeheim zornig sein auf die anderen. Niemand wird in einen Vorteil oder in einen Nachteil geraten. Aber dann sehe ich mich vor den elektrischen Maschinen, von deren Kauf mir Lina einmal im Jahr abrät, und heute rät sie mir wieder zu. Sie meint, daß man ohne eine elektrische Kaffeemühle und ohne einen elektrischen Orangenpresser heutzutage nicht mehr leben könne. Aber ich trinke doch nur so selten Kaffee, und für Malinas Orangensaft würden auch meine Kräfte noch reichen. Einen Staubsauger und einen Eisschrank habe ich zwar, aber einmal im Jahr möchte Lina unsere Wohnung in eine Maschinenfabrik verwandelt sehen, sie sagt nachdrücklich: Das hat heute aber schon jeder Mensch, die Herrschaften haben das alle!

Ein Tag wird kommen, an dem die Menschen schwarzgoldene Augen haben, sie werden die Schönheit sehen, sie werden vom Schmutz befreit sein und von jeder Last, sie werden sich in die Lüfte heben, sie werden unter die Wasser gehen, sie werden ihre Schwielen und ihre Nöte vergessen. Ein Tag wird kommen, sie werden frei sein, es werden alle Menschen frei sein, auch von der Freiheit, die sie gemeint haben. Es wird eine größere Freiheit sein, sie wird über die Maßen sein, sie wird für ein ganzes Leben sein . . .

Im Café Heumarkt bin ich noch immer böse auf Lina, denn sie ist die gefährliche Mitwisserin mancher meiner Gedanken, sie hört mich auch manchmal Sätze am Telefon sagen, die für sie die reine Häresie sind und die es ihr erlauben würden, mich sofort aus dem Fenster zu stürzen, mich auf die Guillotine zu schicken, in die Garrotte, mich auf einem Scheiterhaufen zu verbrennen. Doch ich komme nie dahinter, ob sie nur etwas dagegen hat, daß ich morgens zerschlagen herumgehe, nicht weiß, ob Ata oder Imi gekauft werden soll, ob sie nur etwas dagegen hat, daß ich nicht genau abrechne und ihre mühevollen Additionen nicht prüfe, oder ob es nicht vielmehr meine Sätze sind, die ich äußere, und ob sie diese Gedanken errät, die ihr das Recht geben, mich zu töten.

Ein Tag wird kommen, an dem die Menschen die Savannen und die Steppen wiederentdecken, hinausströmen werden sie und ihrer Sklaverei ein Ende machen, die Tiere werden unter der hohen Sonne zu den Menschen treten, die frei sind, und sie werden in Eintracht leben, die Riesenschildkröten, die Elefanten, die Wisente, und die Könige des Dschungels und der Wüste werden sich mit den befreiten Menschen vereinbaren, sie werden aus einem Wasser trinken, sie werden die gereinigte Luft atmen, sie werden sich nicht zerfleischen, es wird der Anfang sein, es wird der Anfang sein für das ganze Leben . . .

Ich rufe: Zahlen bitte! Herr Karl ruft freudig: Komme gleich! und verschwindet. Ich bin zu ungerecht, ich zerknülle die Papierserviette, auf die ich ein paar Satzfetzen geschrieben habe, das dünne Papier weicht auf im Kaffee, der übergeschwappt ist auf das Tablett. Ich will sofort nach Hause gehen, ich will in die Ungargasse, ich werde Lina verzeihen, Lina wird mir verzeihen. Sie wird mir einen Orangensaft auspressen und einen Kaffee kochen. Es muß nicht das ganze Leben sein. Es ist das ganze Leben.
Am Nachmittag bin ich sicher, ruhig an Nummer 9 vorbeigehen zu können, jedenfalls auf der gegenüberliegenden Straßenseite. Ich bin auch sicher, daß ich einen Augenblick innehalten darf, weil Frau Agnes schon morgens bei Ivan aufräumt und dann zu zwei anderen alleinstehenden Herren weiter muß. Auch das Hausmeisterehepaar von Ivans Haus ist nie auf der Straße zu sehen, es unterhält keinen Nachrichtenaustausch mit Herrn und Frau Breitner aus Nummer 6, nur Frau Agnes sehe ich hie und da vor meiner Haustüre, mit Frau Breitner in vertrauliche Unterhaltungen vertieft. Vor Nummer 9 steht diesmal aber Ivans Wagen, nicht zufällig abgestellt, wie ich im ersten Augenblick meine, denn Ivan kommt jetzt aus dem Haus und geht auf das Auto zu, ich will rasch weitergehen, doch Ivan, mit seinen guten Augen, hat mich schon erblickt, winkt und ruft, ich laufe strahlend hinüber, was macht er nur hier, um diese Zeit, wo ich ihn mir in seinem Büro den-

ke, und dann strahle ich nicht mehr, denn auf dem Vordersitz, auf dem ich nun schon oft gesessen bin, sitzen eng aneinandergedrängt zwei kleine Gestalten, die jetzt die Köpfe recken. Ivan sagt: Das ist Béla, das ist András, grüßt gefälligst! Aber die ›gyerekek‹, wie diese Kinder miteinander heißen, grüßen nicht, sie antworten nicht, weil ich verwirrt frage, ob sie deutsch können, sie fangen zu lachen an und tuscheln miteinander, kein Wort kann ich verstehen, das sind also Ivans Kinder, die ich immer kennenlernen wollte, von denen ich einiges weiß, etwa daß Béla der ältere ist und schon in die Schule geht, ich spreche verlegen mit Ivan und weiß nicht mehr, was ich vorhatte, wohin ich gehen wollte, ach ja, zur Automag in die obere Ungargasse, weil mein Wagen abgeschmiert wird und vielleicht schon fertig ist, ich verspreche mich immerzu, ich müsse dann vielleicht mit einem Taxi, wenn das Auto nicht fertig ist, in den XIX. Bezirk, eine Freundin besuchen, eine kranke Freundin obendrein. Ivan sagt: Das ist beinahe auf meinem Weg, wir können dich doch mitnehmen, wir nehmen dich mit! Ivan hat nicht gesagt: Ich nehme dich mit. Er sagt zu den Kindern auf ungarisch etwas, geht um den Wagen herum, holt sie heraus und macht die hintere Tür auf, er drängt sie auf die hinteren Sitze. Ich weiß nicht, ich möchte jetzt lieber nicht, ich möchte zur Automag gehen oder ein Taxi nehmen. Wie kann ich Ivan aber begreiflich machen, daß es zu plötzlich für mich gekommen ist? Er sagt: So steig doch schon ein! Auf der Fahrt lasse ich Ivan reden, ich schaue manchmal nach hinten, ich muß einen ersten Satz finden, ich bin nicht vorbereitet. Ich werde Béla nicht fragen, in welche Klasse er geht, in welche Schule, ich werde die Kinder nicht fragen, wie es ihnen geht, was sie am liebsten tun, was sie spielen und ob sie vielleicht gerne Eis essen. Es kommt gar nicht in Frage. Die Kinder unterbrechen Ivan alle paar Minuten: Hast du gesehen? schau, ein Fiaker! du, ein Rauchfangkehrer! hast du an die Turnschuhe gedacht? schau, ein Alfa Romeo! du, eine Salzburger Nummer! du, ist das ein Amerikaner? Ivan spricht zu mir von einem schwierigen Nachmittag, schwierig im Büro, dazwischen gibt er rasche genaue Antworten nach hinten, zu mir spricht er von ›wenig Zeit‹, von Schwierigkeiten, er hat ausgerechnet heute die Kinder zum Zahnarzt bringen müssen. Der Doktor Heer hat Béla einen Zahn gezogen, András hat zwei kleine Plomben bekommen. Ich schaue nach hinten, Béla reißt den Mund auf, übertrieben weit, mit einer Grimasse, András will es ihm gleichtun, muß aber lachen, und jetzt ist die Gelegenheit da, ich frage nicht, ob es weh getan hat, ob Herr Doktor Heer ein netter Zahnarzt ist, sondern reiße auch den Mund auf und sage: Mir hat er aber den Weisheitszahn gezogen, ich habe nämlich schon Weisheitszähne, die habt ihr noch nicht! Béla schreit: Du, die lügt.

Am Abend sage ich zu Ivan: Die Kinder sehen dir aber gar nicht ähnlich, Béla vielleicht ein wenig, wenn er nicht diese braunen Strubbelhaare hätte und helle Augen, wäre er ähnlicher! Ivan muß erraten haben, daß ich mich gefürchtet habe vor den Kindern, denn er lacht und sagt: War es so schlimm? du hast es doch richtig gemacht, nein, ähnlich sind sie mir nicht, aber sie können es auch nicht leiden, wenn man auf sie eingeht, wenn man sie fragt, was man eben so fragt, sie riechen den Braten! Ich schlage rasch vor: Wenn ihr am Sonntag ins Kino geht, dann könnte ich, falls es euch nichts ausmacht, auch mitkommen, ich möchte gerne wieder einmal ins Kino gehen, es gibt jetzt im Apollo einen Film, DIE WÜSTE LEBT. Ivan sagt: Den haben wir schon letzten Sonntag gesehen. Es ist also noch nicht klargeworden, ob mich Ivan ein andermal mitnehmen wird oder ob das mit dem Film eine Ausrede war, ob ich die Kinder noch einmal wiedersehen werde oder ob Ivan seine beiden Welten, falls es nicht mehr Welten sind, für immer getrennt halten will. Wir fangen eine Schachpartie an und müssen nicht mehr reden, es wird eine langwierige, umständliche, stockende Partie, wir kommen nicht weiter, Ivan greift an, ich bin in der Verteidigung. Ivans Angriff kommt zum Stehen, es ist die längste, stummste Partie, die wir je gespielt haben, Ivan hilft mir kein einziges Mal, und wir spielen die Partie heute nicht zu Ende. Ivan hat mehr Whisky als sonst getrunken, er steht müde, Ivanflüche ausstoßend, auf, er geht ein paar Schritte auf und ab und trinkt noch im Stehen weiter, er hat keine Lust mehr, es war ein schwieriger Tag, es hat kein Matt gegeben, aber wir sind auch zu keinem Patt gekommen. Ivan will sofort nach Hause und schlafen gehen, ich hätte dermaßen umständlich gespielt, zum Ermüden, er hätte auch ganz einfallslos gespielt. Gute Nacht!

Malina ist nach Hause gekommen, er findet mich noch im Wohnzimmer, das Schachbrett steht da, die Gläser habe ich noch nicht in die Küche getragen. Malina, der nicht wissen kann, wo ich gesessen bin, weil ich in der Ecke neben der Stehlampe auf dem Schaukelstuhl wippe, mit einem Buch in der Hand, RED STAR OVER CHINA, beugt sich über das Schachbrett, pfeift leise und sagt: Haushoch hättest du verloren! Ich bitte, was heißt ›haushoch‹, und ich hätte vielleicht doch nicht verloren. Aber Malina erwägt und rechnet die Züge aus. Wie kann er wissen, daß ich Schwarz gehabt habe, denn Schwarz hätte, seiner Rechnung nach, am Ende verloren. Malina greift nach meinem Whiskyglas. Wie kann er wissen, daß es mein Glas ist und nicht das Glas, das Ivan, auch halbvoll, stehengelassen hat, aber er trinkt nie aus Ivans Glas, er rührt nichts an, was Ivan kurz vorher berührt hat, benutzt hat, einen Teller mit Oliven oder mit Salzmandeln. Seine Zigarette

drückt er in meinem Aschenbecher aus und nicht in dem anderen, der heute abend Ivans Aschenbecher war. Ich komme zu keinem Schluß.
Ich habe China verlassen an der Stelle: Feindliche Truppen setzten sich eilig von Südosten aus in Marsch, andere von Norden. Lin Piao berief sofort eine Militärkonferenz ein.

Ivan und ich: die konvergierende Welt.
Malina und ich, weil wir eins sind: die divergierende Welt.

Nie habe ich Malina so wenig brauchen können, er weiß immer weniger anzufangen mit mir, aber wenn er nicht rechtzeitig nach Hause gekommen wäre, mich vorfände zwischen dem großen Marsch durch China und einem Gedankengang über Kinder, die Ivan nicht ähnlich sehen, würde ich wieder zurückfallen in schlechte Gewohnheiten, Briefe schreiben, Hunderte, oder trinken und zerstören, zerstörerisch denken, alles zerstören und das letzte zerstören, ich würde mein erreichtes Land nicht halten können, abgleiten und es verlassen. Auch wenn Malina schweigt, ist es besser, als alleine zu schweigen, und es hilft mir dann bei Ivan weiter, wenn ich es nicht fassen kann, wenn ich mich nicht fassen kann, weil Malina stets fest und gefaßt für mich da ist, und so bleibt mir in den finstersten Stunden noch bewußt, daß Malina mir nie verlorengehen wird – und ginge ich selber verloren!

Zu Malina sage ich du und zu Ivan sage ich du, aber diese beiden Du sind durch einen unmeßbaren, unwägbaren Druck auf den Ausdruck verschieden. Beiden gegenüber habe ich von Anfang an kein Sie benutzt, das ich sonst immer gebrauche. Ivan ist zu augenblicklich von mir erkannt worden, und es blieb keine Zeit, ihm näherzukommen durch Reden, ich war ihm schon zugefallen vor jedem Wort. Über Malina wiederum habe ich so viele Jahre nachgedacht, es hat mich so verlangt nach ihm, daß unser Zusammenleben eines Tages nur noch die Bekräftigung war für etwas, was immer so sein hätte sollen und nur zu oft verhindert worden war, durch andere Menschen, durch verkehrte Entschlüsse und Handlungen. Mein Du für Malina ist genau und geeignet für unsere Gespräche und unsere Auseinandersetzungen. Mein Du für Ivan ist ungenau, es kann sich verfärben, verdunkeln, lichten, es kann spröde, mild oder zaghaft werden, unbegrenzt ist die Skala seiner Expressionen, es kann auch ganz allein, in großen Intervallen, gesagt werden und viele Male sirenenhaft, immer wieder verlockend neu, aber immer noch ist es nicht mit dem Ton, mit jenem Ausdruck gesagt worden, den ich in mir höre, wenn ich unfähig bin, vor Ivan ein Wort herauszubringen. Vor ihm nicht, aber inwendig werde ich eines Tages das Du vollenden. Es wird das Vollkommene sein. Sonst sage ich zu den meisten Leuten Sie, es ist mir ein unentbehrliches Bedürfnis, auch aus Vorsicht, Sie zu sagen, aber ich verfüge über mindestens zweierlei Sie. Ein Sie ist für die meisten Leute bestimmt, ein anderes, ein gefährliches, reichinstrumentiertes Sie, das ich nie zu Malina und nie zu Ivan sagen könnte, ist für die Männer bestimmt, die es geben könnte in meinem Leben, wenn es nicht Ivan gäbe. Ivans wegen weiche ich in diese beunruhigenden Sie aus, und weiche selbst mit aus. Es ist ein schwer beschreibliches Sie, manchmal verstanden, selten genug, aber doch verstanden in seiner Spannung, die ein Du der Kameraderien nie haben kann. Denn ich sage natürlich auch zu allen möglichen Leuten du, weil ich mit ihnen in der Schule war, weil ich mit ihnen studiert habe, weil ich mit ihnen gearbeitet habe, aber es bedeutet nichts. Mein Sie dürfte mit dem Sie der Fanny Goldmann verwandt sein, die angeblich, natürlich nur Gerüchten zufolge, zu allen ihren Liebhabern beharrlich Sie gesagt hat. Sie sagte natürlich auch zu allen anderen Männern Sie, die nicht ihre Liebhaber werden konnten, und sie soll einen Mann geliebt haben, zu dem sie ihr schönstes Sie gesagt hat. Frauen wie die Goldmann, von denen man immerzu spricht, können nichts dazu oder dagegen tun, aber eines Tages zirkuliert eben ein Satz in der Stadt: Leben Sie auf dem Mond? was, das wissen Sie nicht? die hat ihre größten Lieben, und das waren ja einige, mit dem unnachahmlichsten Siesagen absolviert! Selbst Malina, der nie etwas Gutes und nie etwas Schlechtes über jemand sagt, erwähnt, er habe heute Fanny Goldmann kennengelernt, sie war auch eingeladen bei den Jordans, und er sagt unwillkürlich: Ich habe nie eine Frau so schön Sie sagen gehört.

Mich interessiert doch nicht, was Malina über die Goldmann denkt, er wird doch keine Vergleiche anstellen, denn schließlich hat diese Frau sprechen gelernt, und ich habe keine Bauchatmung erlernt, ich kann Worte nicht nach Belieben modulieren und keine Kunstpausen machen. Worüber, da bald Schlafenszeit ist, soll ich, in meiner Angst, mit Malina reden, wo anfangen, da ich nur zwei Kinder kennengelernt habe, die wiederum Malina nicht interessieren. Was sich noch ereignet, was er meine kleinen Geschichten nennt, darf nie besprochen werden. Weltereignisse und Stadtereignisse dürfen nicht nachgesprochen werden, vor Malina nicht, wir sitzen ja an keinem Wirtshaustisch. Sprechen dürfte ich von allem, was mich umkreist, was mich einkreist. Gibt es eine geistige Enteignung? Hat ein Enteigneter, falls es die Enteignung gibt, ein Recht auf letzte Schwierigkeiten beim Denken? Lohnt es sich noch?

Fragen dürfte ich nach den unmöglichsten Sachen. Wer hat die Schrift erfunden? Was ist die Schrift? Ist sie ein Eigentum? Wer hat die Enteignung zuerst gefordert? Allons-nous à l'Esprit? Sind wir von minderer Rasse? Sollen wir uns in die Politik mischen, nichts mehr tun und brutal sein? Sind wir verwünscht? Gehen wir nach unten? Malina steht auf, er hat mein Glas geleert. In einem tiefen Rausch werde ich meine Fragen ausschlafen. Tiere werde ich anbeten in der Nacht, mich an den heiligsten Bildern vergreifen, mich an alle Lügen halten, vertiert werde ich sein im Traum und mich töten lassen, wie ein Tier.

Im Einschlafen zuckt es durch meinen Kopf, es blitzt darin, funkelt, verdunkelt mich, es bedroht mich wieder, ist das Vernichtungsgefühl, und zu Ivan, der nicht da ist, sage ich sehr scharf: Malina niemals, Malina ist anders, du verstehst Malina nicht. Noch nie habe ich ein scharfes Wort an Ivan gerichtet, nie werde ich eines laut an ihn richten. Selbstverständlich hat Ivan auch gar nichts gegen Malina gesagt, an den er nie denkt, und wie sollte er ihn darum beneiden, mit mir hier zu leben? Er erwähnt daher Malina nicht, wie man nicht über einen Sträfling oder einen Geisteskranken in einer Familie spricht, aus Taktgefühl, und wenn ich auch für Momente meine abwesenden Augen habe, dann nur weil eine furchtbare Spannung entsteht, im Gedanken an Malina, und dieses gute, klare Mißverständnis herrscht zwischen uns dreien, ja, es herrscht, es regiert uns. Wir sind die einzigen Regierten, die sich wohlbefinden, wir leben in einem so reichen Irrtum, daß keiner gegen den anderen je die Stimme erhebt und eine Stimme gegen die Herrschaft. Draußen lähmen uns darum die anderen Menschen, weil sie sich Rechte nehmen, weil ihnen Rechte genommen oder vorenthalten werden und weil sie ständig rechtlos gegeneinander aufbegehren. Ivan würde sagen: Die alle vergiften einander das Leben. Malina würde sagen: Die alle, mit ihren gemieteten Ansichten, bei diesen hohen Mieten, die werden teuer bezahlen.
Meine gemieteten Ansichten sind schon im Schwinden.

Immer leichter trenne ich mich von Ivan und immer leichter finde ich ihn wieder, weil ich weniger herrschsüchtig an ihn denke, ihn auch aus meinen Gedanken entlassen kann für Stunden, damit er sich nicht im Schlaf ununterbrochen die Handgelenke und die Fußgelenke reiben muß, ich fessele ihn nicht mehr oder nur noch sehr locker. Er zieht nicht mehr so oft die Stirn in Falten, seine Falten glätten sich, denn die Diktatur meiner Augen und meiner Zärtlichkeiten ist gemildert, ganz kurz nur verwünsche und verhexe ich ihn, damit wir erleichtert auseinandergehen können, einer geht aus der Tür, einer steigt in sein Auto und murmelt etwas: Wenn es zwanzig vor vier ist, dann komme ich gerade noch zurecht, bis zum Messegelände, und du? Ich komme auch noch gut zurecht, nein, nichts Besonderes, ich fahre morgen mit jemand ins Burgenland, nein, nicht über Nacht, ich weiß noch nicht, was meine Freunde . . . Leisestes Gemurmel, da keiner vom anderen weiß, was mit diesen Freunden, mit dem Messegelände und mit dem Burgenland ist, in welches Leben diese Worte gehören. Ich habe Ivan versprochen, nur noch Kleider anzuziehen, die schön und glücklich machen, ich habe Ivan noch rasch versprochen, regelmäßig zu essen und nichts zu trinken. In höchster Eile habe ich Ivan mein Wort gegeben, daß ich schlafen werde, ausschlafen, ganz tief schlafen.

Wir reden zwar mit den Kindern, aber auch rasch über die Köpfe der Kinder hinweg, in Andeutungen, ein sprunghaftes Deutsch, und wenn es ganz unvermeidlich wird, von englischen Sätzen untermischt, doch um ein SOS handelt es sich nicht, wenn wir die englischen Morsezeichen brauchen, denn es geht schon gut mit Ivan und den Kindern. Aber wenn die Kinder dabei sind, halte ich mich zurück und zugleich bin ich redseliger als mit Ivan, denn ich empfinde dann Ivan nicht übermäßig als Ivan, sondern als den

Vater von Béla und András, nur im Anfang war ich nicht einmal fähig, vor den Kindern seinen Namen auszusprechen, bis ich merkte, daß sie es selber tun, aber András, wenn er ins Jammern kommt, ruft noch manchmal: Papà! das muß ein Wort aus einer früheren Zeit sein. Im letzten Augenblick hat Ivan beschlossen, mich mit nach Schönbrunn zu nehmen, weil András natürlich, der gleich zu mir gefunden hat, ihn gefragt hat: Kommt sie nicht mit? sie soll mitkommen! Vor dem Affenhaus hängen aber beide Kinder an mir, András krallt sich an meinen Arm, ich ziehe ihn vorsichtig immer fester an mich, ich habe nicht gewußt, daß Kinderkörper wärmer und besser anzufühlen sind als ein erwachsener Körper, Béla drückt sich eifersüchtig auch enger an mich, es ist nur wegen András, sie sind von einer Zudringlichkeit, von der ich gar nicht genug bekommen kann, als hätte ihnen lange jemand gefehlt, an den sie sich hängen und drängen können, Ivan hilft uns, die Nüsse und Bananen zu verfüttern, weil wir aneinander hängen und lachen und Béla die Nüsse danebenwirft. Ich erkläre eifrig den Pavian und die Schimpansen, ich bin nicht vorbereitet auf die Stunde im Zoo, ich hätte nachlesen müssen in Brehms Tierleben, vor den Schlangen versage ich ganz, ich weiß nicht, ob diese Natter da drinnen weiße Mäuse frißt, was Béla wissen will, oder Käfer und Blätter, was Ivan vermutet, der schon Kopfschmerzen hat, ich rufe: Geh du nur voraus! Denn Béla und András wollen noch die Echsen und die Salamander sehen, und da Ivan nicht zuhört, erfinde ich unglaubliche Bräuche und Geschichten aus dem Leben der Kriechtiere, um keine Antwort verlegen, ich weiß, aus welchen Ländern sie kommen, wann sie aufstehen, wann sie schlafen gehen, was sie fressen, was sie denken, ob sie hundert oder tausend Jahre alt werden. Wenn Ivan nur nicht so ungeduldig wäre, wegen Kopfweh, wegen Unausgeschlafenheit, denn wir müssen noch zu den Bären, wir füttern die Robben, und vor dem großen Vogelhaus erfinde ich alles über die Geier und über die Adler, für die Singvögel bleibt keine Zeit mehr. Ich muß sagen, daß wir beim Hübner alle von Ivan ein Eis bekommen werden, aber nur wenn wir schleunigst gehen, denn sonst wird es nichts mit dem Eis, ich sage: Ivan wird sehr böse auf uns sein! Aber nur das Eis tut seine Wirkung. Bitte Ivan, könntest du uns nicht ein Eis, ich bin sicher, du hast es den Kindern versprochen (über die Köpfe der Kinder hinweg: Please, do me the favour, I promised them some ice-cream), du trinkst am besten einen doppelten Braunen. Ivan bestellt mißmutig, er muß erschöpft sein, während die Kinder und ich einander unter dem Tisch mit den Füßen anstoßen, dann immer wilder gegeneinandertreten, Béla lacht hysterisch: Was hat denn die für Schuhe, hat die blöde Schuhe! Dafür bekommt Béla wieder einen sanften Tritt von mir, aber Ivan wird ganz unmutig: Béla, benimm dich oder wir fahren sofort nach Hause! Aber wir müssen sowieso sofort nach Hause fahren, ob die Kinder sich nun benehmen oder nicht, Ivan wirft sie nach hinten ins Auto, ich bin einen Augenblick zurückgeblieben und kaufe zwei Luftballons, während Ivan in die entgegengesetzte Richtung nach mir Ausschau hält, ich habe kein Kleingeld, eine Frau hilft mir, einen Fünfzigschillingschein wechseln, sie sagt mit wehleidiger Freundlichkeit: Das sind wohl Ihre Kinder, Sie haben aber nette Kinder! Und ich sage verzweifelt: Danke, tausend Dank, das war sehr nett von Ihnen. Ich steige schweigend ein und drücke jedem der netten Kinder eine Schnur mit dem Luftballon in die Hand. Ivan sagt im Fahren: You are just crazy, it was not necessary! Ich drehe mich um und sage: Euer Geschnatter heute! ihr seid unausstehlich! Béla und András biegen sich vor Lachen: Wir schnattern, quak, quak, quak, wir schnattern! Wenn es so wild zugeht, fängt Ivan zu singen an, Béla und András schnattern nicht mehr, sie singen falsch und richtig, laut und dünn mit.

Debrecenbe kéne menni
pulykakakast kéne venni
vigyázz kocsis lyukas a kas
kiugrik a pulykakakas

Da ich das Lied immer noch nicht kann und ja auch nicht singen kann, seufze ich für mich: éljen!

Ivan läßt uns auf Nummer 9 zurück, er muß einige Unterlagen aus dem Büro abholen, und ich spiele mit den Kindern Karten, András berät mich, der mir immer wohlwill, während Béla höhnisch sagt: Du spielst ja nicht richtig, du bist ein Idiot, entschuldige, Idiotin! Wir spielen Märchenquartett, aber Béla mault, denn die Märchen sind ihm zu dumm, er ist über Märchen hinaus, das sei etwas für András und mich. Wir spielen Tierquartett und Blumenquartett, Autoquartett und Flugzeugquartett, wir siegen und verlieren, ich verliere am öftesten, teils unfreiwillig, teils freiwillig, dem Glück Bélas und András' nachhelfend. Beim Städtequartett will András nicht mehr, er kennt sich mit den Städten nicht aus, ich berate ihn, wir tuscheln hinter vorgehaltenen Händen, ich sage ›Hong Kong‹, András versteht nicht, Béla wirft wütend die Karten auf den Tisch, wie ein Herr bei einer entscheidenden, großen Konferenz, dem der Kragen platzt, weil die anderen nicht auf der Höhe sind, András will das Märchenquartett, und es geht hin und her eine Weile, bis ich vorschlage: Spielen wir doch Schwarzer Peter. Schwarzer Peter müssen sie schon an die tausend Mal gespielt haben, aber sie sind wieder elektrisiert, Béla mischt, ich hebe ab, die Karten werden ausgeteilt, sie werden gezogen und abgelegt. Am Ende habe ich den Schwarzen Peter, und Ivan kommt herein, Béla und András winden sich vor Lachen und brüllen aus Leibeskräften: Schwarzer Peter, Schwarzer Peter! Jetzt

müssen wir noch einmal mit Ivan spielen, und zuletzt geht es um Béla und mich, leider zieht Béla von mir den Schwarzen Peter und wirft die Karten hin, er schreit mit einer heiseren Stimme: Ivan, sie ist ein Aas! Wir wechseln einen Blick über die Köpfe der Kinder hinweg. Aus Ivan grollt es gefährlich, und Béla will nichts gesagt haben. Ivan bietet zur Friedensfeier einen alten Kognak an, Béla bittet sogar darum, ihn holen zu dürfen, er läuft zweimal, er bringt die Gläser dazu, und Ivan und ich sitzen da und schweigen, die Beine übereinandergeschlagen, die Kinder spielen am Tisch behutsam und leise Blumenquartett, und ich bilde mir nichts ein. Aber dann bilde ich mir doch etwas ein, nämlich daß Ivan seine Augen zwischen den Kindern und mir hin- und hergehen läßt, abwägend fragend, vorwiegend freundlich.
Soll ich denn ewig? soll man denn ewig? muß man ein Leben warten?

In den Tuchlauben sind wir verabredet, im italienischen Eissalon. Ivan sagt, damit die Kinder nichts merken: Hallo! wie geht es dir? Ich tue vor den Kindern auch so, als hätte ich Ivan seit Wochen nicht gesehen. Wir haben auch nicht viel Zeit, Ivan bestellt ohne zu fragen viermal eine gemischte Portion, denn Béla muß in die störende Turnstunde, die jedesmal ein Problem für Ivans Mutter ist und sehr oft für Ivan, selbst für Béla, der Turnen nicht mag. Ivan kritisiert unsere Schulen und ihre Lehrpläne, insbesondere dieser irrsinnigen Turnstunden wegen, die woanders stattfinden und immer am Nachmittag. Ja glauben die Leute hier denn, jeder hätte ein paar Autos und ein paar Kindermädchen zur Verfügung! Nie höre ich Ivan sonst etwas über die Zustände in Wien sagen, er vergleicht nicht, er erzählt nichts, er scheint ein Eingehen auf Hüben und Drüben für fahrlässig und auch für unergiebig zu halten.

Nur dieser Turnstunde wegen hat er heute die Nerven verloren, er hat gesagt ›bei euch‹ und das zu mir, als wäre die Turnstunde der Inbegriff einer Welt, zu der ich gehöre und die abzulehnen ist, aber ich fantasiere mir vielleicht in meiner aufsteigenden Angst etwas zusammen, ich weiß nicht, wie das mit den Turnstunden drüben in Ungarn ist. Ivan hat bezahlt, wir gehen mit den Kindern auf die Straße zum Auto, András winkt, aber Béla ist es, der fragt: Kommt sie nicht mit? warum kann sie denn nicht mitkommen? Dann sind sie alle drei durch die Tuchlauben verschwunden, ums Eck gebogen, zum Hohen Markt, verdeckt von einem Diplomatenwagen. Ich schaue und schaue noch, während keine Spur mehr von ihnen zu sehen ist, ich gehe langsam über den Petersplatz zum Graben, in eine andere Richtung, ich sollte Strümpfe kaufen, ich könnte mir einen Pullover kaufen, besonders heute sollte ich mir etwas Schönes kaufen, denn sie sind verschwunden, Ivan hat natürlich vor den Kindern nicht sagen können, ob er mich anrufen wird.
Ich höre Béla sagen: Sie soll doch mitkommen!

Am Graben habe ich mir ein neues Kleid gekauft, ein Hauskleid, das lang ist, für eine Nachmittagsstunde, für ein paar besondere Abende im Haus, ich weiß, für wen, es gefällt mir, weil es weich und lang ist und das viele Zuhausebleiben erklärt, schon heute. Ich möchte aber beim Anprobieren Ivan nicht hier haben, Malina schon gar nicht, ich kann nur, weil Malina nicht da ist, oft in den Spiegel sehen, ich muß mich im Korridor vor dem langen Spiegel mehrmals drehen, meilenweit, klaftertief, himmelhoch, sagenweit entfernt von den Männern. Eine Stunde lang kann ich zeit- und raumlos leben, mit einer tiefen Befriedigung, entführt in eine Legende, wo der Geruch einer Seife, das Prickeln von Gesichtswassern, das Knistern von

Wäsche, das Eintauchen von Quasten in die Tiegel, der gedankenvolle Zug mit einem Konturenstift das einzig Wirkliche sind. Es entsteht eine Komposition, eine Frau ist zu erschaffen für ein Hauskleid. Ganz im geheimen wird wieder entworfen, was eine Frau ist, es ist dann etwas von Anbeginn, mit einer Aura für niemand. Es müssen die Haare zwanzigmal gebürstet, die Füße gesalbt und die Zehennägel lackiert werden, es müssen die Haare von den Beinen und unter den Achseln entfernt werden, die Dusche wird an- und ausgemacht, ein Körperpuder wolkt im Badezimmer, es wird in den Spiegel gesehen, es ist immer Sonntag, es wird in den Spiegel gefragt, an der Wand, es könnte schon Sonntag sein.

Einmal werden alle Frauen goldene Augen haben, sie werden goldene Schuh und goldene Kleider tragen, und sie kämmte sich ihr goldenes Haar, sie raufte sich, nein! und im Wind wehte ihr goldenes Haar, als sie auf ihrem Rappen die Donau hinaufritt und nach Rätien kam . . .

Ein Tag wird kommen, an dem die Frauen rotgoldene Augen haben, rotgoldenes Haar, und die Poesie ihres Geschlechts wird wiedererschaffen werden . . .

Ich bin in den Spiegel getreten, ich war im Spiegel verschwunden, ich habe in die Zukunft gesehen, ich war einig mit mir und ich bin wieder uneins mit mir. Ich blinzle, wieder wach, in den Spiegel, mit einem Stift den Lidrand schraffierend. Ich kann es aufgeben. Einen Augenblick lang war ich unsterblich und ich, ich war nicht da für Ivan und habe nicht in Ivan gelebt, es war ohne Bedeutung. Das Wasser in der Badewanne fließt ab. Ich schiebe die Laden zu, ich räume die Stifte, die Tiegel, die Flacons, die Spraydosen in den Toilettenschrank, damit Malina sich nicht ärgert. Das Hauskleid wird in den Wandschrank gehängt, es ist nicht für heute. Ich muß Luft haben und vor dem Schlafengehen auf die Straße. Aus Rücksicht biege ich auf den Heumarkt ein, bedroht von der Nähe des Stadtparks, von seinen Schatten und dunklen Gestalten, mache einen Umweg über die Linke-Bahn-Gasse, gehetzt, weil mir dieses Stück unheimlich ist, aber nur bis zur Beatrixgasse, denn die ist mir wieder sicher, und von der Beatrixgasse gehe ich die Ungargasse hinauf bis zum Rennweg, damit ich nicht wissen kann, ob Ivan zu Hause ist oder nicht. Auf dem Rückweg übe ich noch einmal diese Rücksicht, weder Nummer 9 noch die aufschlußreiche Münzgasse kann ich auf diese Weise sehen. Ivan soll seine Freiheit haben, er soll seinen Spielraum haben, auch zu dieser Stunde. Ich nehme ein paar Stufen auf einmal, jage hinauf, weil ein Telefon leise zu rasseln scheint, es könnte unser Telefon sein, es läutet wirklich in Intervallen, ich sprenge die Tür auf, lasse sie offen hinter mir, denn das Telefon schrillt, es ist in einem Alarmzustand. Ich reiße den Hörer vom Apparat und sage atemlos und erstaunt:

Ich komme gerade, spazieren war ich
Allein natürlich, was sonst, nur ein paar Schritte
Daß du zu Hause bist, wie soll ich denn nur
Dann habe ich dein Auto übersehen
Weil ich vom Rennweg gekommen bin
Ich muß vergessen haben, zu deinen Fenstern hinauf
Ich habs lieber, vom Rennweg zu kommen
Zum Heumarkt trau ich mich nicht
Daß du aber auch schon zu Hause bist
Wegen dem Stadtpark, da weiß man ja nie
Wo hab ich bloß meine Augen gehabt

In der Münzgasse, da steht meines heute auch
Dann ruf ich dich am besten, ich rufe also morgen an

Es kommt die Versöhnung, es kommt die Schläfrigkeit und es weicht die Ungeduld, ich war nicht sicher, aber ich bin wieder in Sicherheit, nicht mehr am nächtlichen Stadtpark, Hauswände entlanghetzend, nicht mehr auf dem Umweg in der Dunkelheit, sondern schon ein wenig zu Hause, schon auf der Planke der Ungargasse, schon mit dem Kopf gerettet in mein Ungargassenland, ein wenig auch mit dem Hals aus dem Wasser. Schon beim ersten Gurgeln von Worten und Sätzen, schon beim Einsetzen, beim Anfangen.

Ein Tag wird kommen, an dem die Menschen rotgoldene Augen und siderische Stimmen haben, an dem ihre Hände begabt sein werden für die Liebe, und die Poesie ihres Geschlechts wird wiedererschaffen sein . . .

Schon beim Ausstreichen, beim Durchsehen, beim Wegwerfen.

. . . und ihre Hände werden begabt sein für die Güte, sie werden nach den höchsten aller Güter mit ihren schuldlosen Händen greifen, denn sie sollen nicht ewig, denn es sollen die Menschen nicht ewig, sie werden nicht ewig warten müssen . . .

Schon beim Einsehen, beim Voraussehen.

Ich höre den Schlüssel an der Tür, Malina sieht fragend zu mir herein.

Du störst nicht, setz dich zu mir, willst du Tee, willst du ein Glas Milch, willst du etwas?
Malina will sich selbst ein Glas Milch aus der Küche holen, er macht eine leichte ironische Verbeugung, etwas läßt ihn lächeln über mich. Er muß auch noch etwas sagen und mich ärgern: Wenn ich recht sehe, nous irons mieux, la montagne est passée.
Bitte keine Preußensätze machen, erspar mir das, du hättest mich jetzt nicht stören sollen, schließlich darf es jedem einmal etwas besser gehen!

Bei Ivan erkundige ich mich, ob er schon einmal darüber nachgedacht hat und was er früher gedacht hat und was er heute denkt über die Liebe. Ivan raucht, läßt die Asche auf den Boden fallen, sucht schweigend nach seinen Schuhen, er hat beide gefunden und wendet sich zu mir, er hat es schwer, die Worte zu finden.
Ist das etwas, worüber man nachdenkt, was soll ich mir denn für Gedanken darüber machen, brauchst du Worte dafür? willst du mir eine Falle stellen, mein Fräulein?
Ja und nein.
Aber wenn du nicht . . . Und nichts empfindest du je, auch eine Verachtung, eine Abneigung nicht? aber wenn ich auch nichts fühlte? frage ich lauernd und ich möchte Ivan die Arme um den Hals werfen, damit er nicht so weit, keinen Meter weit weg sein kann von mir, nicht, wenn ich zum erstenmal frage.
Aber nein, was für eine Verachtung denn? was willst du für eine Komplikation? Daß ich komme, das genügt doch. Himmel, was stellst du für unmögliche Fragen!
Ich sage triumphierend: Das wollte ich nur wissen, ob es unmögliche Fragen sind. Mehr wollte ich gar nicht wissen.
Ivan ist angezogen und hat nicht mehr viel Zeit, er sagt: Wie komisch du manchmal bist.

Nein, doch nicht ich, antworte ich schnell, aber die anderen, man hat mich früher auf so abwegige Gedanken gebracht, ich habe nie so gedacht, ich wäre nie auf Verachtung, auf Abneigung gekommen, und es ist ein Anderer in mir, der nie einverstanden war und der sich nie Antworten abzwingen ließ auf aufgezwungene Fragen.
Soll es nicht heißen, die Andere in dir?
Nein, der Andere, ich bringe das nicht durcheinander. Ein Anderer. Wenn ich sage, der Andere, dann mußt du mir schon glauben.
Mein Fräulein, wir sind aber sehr weiblich, das habe ich in der ersten Stunde schon feststellen dürfen, das darfst du mir heute noch glauben.
Wenn du so ungeduldig bist und keine Geduld hast, mich einmal etwas sagen zu lassen!
Heute bin ich sehr ungeduldig, ich habe nicht meine ganze Geduld für dich!
Du mußt nur ein wenig Geduld haben, dann werden wir es herausfinden.
Wenn du mich aber ungeduldig machst!
Ich fürchte, es ist am Ende noch meine Geduld, die an deiner Ungeduld schuld hat . . .
(Ende der Sätze über Geduld und Ungeduld. Eine sehr kleine Satzgruppe.)

Ein Tag wird kommen, an dem unsere Häuser fallen, die Autos werden zu Schrott geworden sein, von den Flugzeugen und von den Raketen werden wir befreit sein, den Verzicht leisten auf die Erfindung des Rads und der Kernspaltung, der frische Wind wird niederkommen von den blauen Hügeln und unsere Brust weiten, wir werden tot sein und atmen, es wird das ganze Leben sein.

In den Wüsten wird das Wasser versiegen, wir werden wieder in die Wüste können und die Offenbarungen schauen, die Savannen und die Gewässer in ihrer Reinheit werden uns einladen, die Diamanten werden im Gestein bleiben und uns allen leuchten, der Urwald wird uns aus dem Nachtwald unserer Gedanken übernehmen, wir werden aufhören, zu denken und zu leiden, es wird die Erlösung sein.

Sehr verehrter Herr Präsident,
Sie gratulieren mir, im Namen der Akademie, zu meinem Geburtstag. Erlauben Sie mir, Ihnen zu sagen, wie erschrocken ich gerade heute war. Zwar zweifle ich nicht an Ihrem Takt, da ich die Ehre hatte, Sie vor einigen Jahren bei der Eröffnung . . . da ich die Ehre hatte, Sie kennenzulernen. Aber Sie spielen da auf einen Tag an, vielleicht sogar auf eine bestimmte Stunde und einen unwiderruflichen Augenblick, der die privatesten Angelegenheiten meiner Mutter betroffen haben muß, vermuten wir auch, anstandshalber, die Angelegenheiten meines Vaters. Mir selbst ist natürlich über diesen Tag nichts Besonderes mitgeteilt worden, ich hatte nur die Verpflichtung, mir ein Datum zu merken, ich muß es auf jeden Meldezettel in jeder Stadt, in jedem Land, schreiben, auch wenn ich es nur vorübergehend besuche. Ich besuche aber schon lange keine Länder mehr . . .

Liebe Lily,
Du wirst ja mittlerweile gehört haben, was mir und meinem Kopf zugestoßen ist. Ich sage ›mittlerweile‹, obwohl nun schon viele Jahre vergangen sind. Damals habe ich Dich gebeten, zu mir zu kommen, mir zu helfen, es war nicht das erste Mal, es war das zweite Mal, aber auch beim

ersten Mal bist Du ja nicht gekommen. Was ich von der christlichen Nächstenliebe halte, dürfte Dir bekannt sein. Aber ich drücke mich ungeschickt aus, ich will nur sagen, daß auch die christliche Nächstenliebe gewiß eine Möglichkeit nicht ausschließt, sie kann einem verschlossen bleiben, wie mir, ich kann mir aber durchaus vorstellen, daß man ihr zuliebe handelt, und ihr zuliebe hättest Du ja handeln dürfen. Mir wäre es allerdings lieber gewesen, du hättest es einfach mir zuliebe getan. Dazu bedarf es keiner Übereinkunft in einem Ernstfall, und der ist ja eingetreten. Liebe Lily, ich kenne Deine Großmut, Dein vielleicht extravagantes Verhalten in so vielen Situationen, und ich habe es immer bewundert. Nun sind aber sieben Jahre vergangen, und nicht einmal Dein Verstand hat ausgereicht, Dein Herz nicht zu betrügen. Wenn ein Mensch viel Herz und Verstand hat, aber nicht genug, muß es ärger für ihn selber sein, sich zu enttäuschen, als für seinen Nächsten, durch ihn enttäuscht zu werden. Ich war durchaus bereit, Herrn G. zu assistieren. Wir waren übereingekommen, zu sagen, daß wir verschiedener Meinung über das Hören von Musik waren, die Lautstärke, auch die Auswahl der Stücke natürlich, weil sich meine Geräuschempfindlichkeit in der letzten Zeit krankhaft gesteigert hatte, daß wir über Tag und Nacht uns nicht einigen konnten, über ihre Verwendung in allen Dingen, es hatte damals auch mein Zeitsinn schon sehr zu leiden angefangen, Zeiteinteilungen erschienen mir krankhaft, aber ich war bereit, zuzugeben, daß meine Einstellung der Zeit gegenüber, meine Nichteinstellung vielmehr, ein krankhaftes Ausmaß angenommen habe. Wir waren auch übereingekommen, im Notfall zu behaupten, daß wir verschiedener Meinung über die Haltung von Katzen und Hunden seien, ich war bereit zu sagen, ich sei außerstande, mit Tieren, vor allem mit Katzen und ihm zugleich in einer Wohnung zu sein, und er wollte sagen, er sei außerstande, mit einem Hund oder meiner

Mutter und mir in einem Bett zu liegen. Jedenfalls hatten wir eine sehr deutliche harmonische Abmachung getroffen. Meine Vorurteile kennst Du, ich bin durch meine Erziehung, durch meine Herkunft, aber auch durch eine Werthierarchie von bestimmten Voraussetzungen ausgegangen, ich war leicht zu behandeln, weil ich an bestimmte Töne gewöhnt war, an Gesten, an gewisse Zartheiten im Umgang, und die Brutalität, mit der man meine Welt mitverletzt hat, die auch die Deine war, hätte allein genügt, mich halbwegs um den Verstand zu bringen. Ich war zuletzt, meiner Herkunft wegen, sozusagen überhaupt nicht mehr zu behandeln. Man kann über mich nicht verhandeln. Ich bin auf mir fremde, mich schädigende Bräuche nicht ansprechbar. Selbst der thailändische Botschafter, der mich zum Ausziehen der Schuhe veranlassen wollte, aber Du kennst ja diese alte Geschichte . . . Ich ziehe meine Schuhe nicht aus. Meine Vorurteile gebe ich nicht bekannt. Ich habe sie. Ich ziehe mich lieber selber aus, bis auf die Schuhe. Wenn es mein Brauch einmal wirklich erfordern sollte, dann gilt es: wirf alles, was du hast, ins Feuer, bis zu den Schuhen.
Wien, den . . .

Liebe Lily,
mittlerweile weißt Du es gewiß, gegen Dein schlechteres Wissen, denn was auf schlechte Weise zu wissen ist, wird sich ja herumgesprochen haben. Du selbst hast nie daran geglaubt. Du bist aber trotzdem nicht gekommen. Es ist wieder mein Geburtstag. Verzeih, es ist Dein Geburtstag . . .

Liebe Lily,
es ist heute so weit mit mir gekommen, daß ich Dich nie

mehr wiedersehen möchte. Es ist kein Wunsch, der einem ersten oder letzten Affekt entspringt. In den ersten Jahren habe ich noch viele qualvolle, anklagende, vorwurfsvolle Briefe geschrieben, die aber alle, trotz dieses großen Vorwurfs, mehr von meiner Zuneigung hätten durchblicken lassen als die belanglosen Briefe, die wir einmal gewechselt haben, versehen mit den zärtlichsten Grüßen, einander umarmend in den Briefen, viel Liebes wünschend. Auch ist keine Überlegung meinem Wunsch vorausgegangen, ich überlege schon lange nicht mehr, aber ich bemerke, daß etwas in mir Dich losläßt, Dich nicht mehr umwirbt, Dich überhaupt nicht mehr sucht. Zwar könnten Herr G. oder Herr W., meinetwegen Herr A., versucht haben, durch eine Infamie, uns zu trennen, aber wie kann man getrennt werden durch einen Dritten oder durch Dritte? Einem oder den anderen die Schuld zu geben, wäre leicht, aber Schuld, falls eine spielerische besteht, was ich nicht einmal weiß, ist zu bedeutungslos, in jedem Fall. Wo kein Wunsch nach Trennung besteht, kann es zu keiner kommen, es kann also nur Dein tiefer Wunsch gewesen sein, dem jeder Anlaß recht war. Für mich hätte es nie einen Anlaß gegeben, und heute kann es deswegen auch keinen geben. Du hast Dich nur zurückgebildet in mir, Du bist in die Zeit vergangen, in der wir einmal beisammen waren, und dort steht ein Jugendbildnis von Dir, nicht mehr zu beschädigen durch die späteren Geschehnisse und meine Gedanken darüber. Es ist nicht mehr zu verderben. Es steht in dem Mausoleum in mir, neben den Bildern der erdachten Gestalten, der bald auflebenden und bald absterbenden Figuren.
Wien, den . . .

Eine Unbekannte

Wenn Ivan die Lausbuben, die Fratzen, die Banditen, die Wechselbälger bei mir abstellt, diese gyerekek, weil er noch einen Weg machen muß, nur auf einen Sprung weg muß, und das habe ich mir ausgebeten, entsteht eine Turbulenz in der Wohnung, von der Lina sich nichts träumen läßt. Zuerst wird Linas Marmorkuchen von beiden zertrümmert, aber kaum gegessen, und ich räume Messer, Gabel, Scher' und Licht überall weg. Ich habe nicht gewußt, daß meine Wohnung so voll von gefährlichen Gegenständen ist, auch habe ich die Tür angelehnt gelassen für Ivan, aber András ist schon ins Stiegenhaus entkommen. Ich habe eine entsetzliche Verantwortung auf mich geladen, ich sehe Gefahren in jeder Sekunde, ungeahnte, überraschende, denn wenn auch nur einem von Ivans Kindern das geringste zustößt, könnte ich Ivan nie mehr unter die Augen kommen, aber es sind ja gleich zwei, und sie sind schneller, erfinderischer, geistesgegenwärtiger als ich. András ist zum Glück nicht hinuntergelaufen auf die Straße, sondern hinauf, er läutet Sturm an der Tür der Kammersängerin, die nicht aufstehen und nicht öffnen kann, weil sie zweihundert Kilo schwer auf dem Bett liegt, ich werde ihr später einen Zettel unter die Türe schieben, mit einer Entschuldigung, weil die Kammersängerin sich sicher aufgeregt hat, mit ihrem verfetteten Herzen. András wird von mir zurückgeschleppt zur Wohnung, aber nun ist auch noch die Tür zugefallen und ich bin ohne Schlüssel. Ich hämmere gegen die Tür, Ivan macht auf, Ivan ist gekommen! zu zweit ist es leichter mit den beiden, Béla sammelt, auf ein Wort von Ivan hin, widerspruchslos die größten Brocken von dem Kuchen ein, aber András hat jetzt das Grammophon entdeckt, hat schon die Hand an dem Hebel mit der neuen Saphirnadel und kratzt über die Schallplatte. Zu Ivan sage ich glücklich: Laß ihn doch, es macht nichts, es ist nur das D-Dur-Konzert, es ist meine Schuld! Nur den Leuchter, den András jetzt in Angriff nehmen will, stelle ich rasch auf die hohe Vitrine. Ich laufe in die Küche und hole die Coca-Cola-Flaschen aus dem Eisschrank. Ivan, könntest du bitte wenigstens die Flaschen aufmachen, nein, dort liegt doch der Öffner! Mit dem Öffner ist aber Béla verschwunden, wir sollen raten, wo der Öffner ist, und wir spielen und raten: kalt, lauwarm, kühler, heiß, sehr heiß! der Öffner liegt unter dem Schaukelstuhl. Die Kinder wollen heute kein Coca-Cola trinken, Béla schüttet sein Glas in eine Blumenvase mit den Rosen von Herrn Kopecky und den Rest in Ivans Tee. Ich sage: Aber Kinder, könntet ihr nicht einen Moment, ich habe mit Ivan etwas zu reden, Herrgott, nur einen Augenblick, gebt bitte Ruhe! Ich rede mit Ivan, der mir sagt, daß er jetzt mit den Kindern doch nicht nach Tirol fahren wird, sondern, früher als gedacht, an den Mondsee, weil seine Mutter nicht mehr nach Tirol will. Ich komme nicht dazu zu antworten, denn András muß auf einem Entdeckungsgang in die Küche gekommen sein, ich erwische ihn noch auf dem Küchenbalkon, auf den er zu klettern beginnt, lasse mir keine Aufregung anmerken und ziehe ihn herunter, ich sage: Komm doch, bitte, herein, ich habe noch Schokolade für dich! Ivan fährt ungerührt fort: Ich habe dich gestern nicht erreichen können, ich hätte es dir früher gesagt! Ivan will also an den Mondsee, und es ist nicht die Rede vom Mondsee und mir, ich sage schnell: Das trifft sich gut, ich muß zu den Altenwyls an den Wolfgangsee, ich habe schon zweimal abgesagt und jetzt halbwegs zugesagt, ich müßte fahren, weil sie sonst noch beleidigt sind. Ivan sagt: Tu das unbedingt, du mußt einmal heraus aus Wien, ich verstehe nicht, warum du immer absagst, du hättest doch die Zeit dafür. Éljen! Béla und András haben jetzt im Korridor Malinas und meine Schuhe gefunden, sie stecken mit ihren kleinen Füßen darin, kommen damit angewackelt, András fällt brüllend um, ich hebe ihn auf und nehme ihn auf den Schoß. Ivan zerrt Béla aus Malinas Schuhen, wir kämpfen uns mit den Kindern ab und halten Ausschau nach der Schokolade, die auch verschwunden ist, es wäre die Rettung, András krampft den Rest in der Hand und verschmiert mir die Bluse damit. Sie werden also an den Mondsee fahren, und ich habe gesagt, ich würde zu den Altenwyls gehen. Siebenmeilenstiefel! schreit Béla, damit komme ich übers ganze Land, wie weit komme ich da? bis nach Buxtehude? Aber Ivan, laß ihm doch die Schuhe, wenn er unbedingt mit den Siebenmeilenstiefeln gehen will, please, do call later, I have to speak to you, den Brief mit der Einladung nach Venedig, den Antwortbrief, das Telegramm mit bezahlter Rückantwort, ich habe noch nichts abgeschickt, es ist nicht so wichtig, Venedig ist nicht wichtig, wir können ja später einmal ... Ivan ist mit Béla ins Bad gegangen, András strampelt und will zuerst herunter von mir, dann küßt er mich plötzlich auf die Nase, ich küsse András auf die Nase, wir reiben unsere Nasen aneinander, ich möchte, daß es nie aufhört, daß András nicht genug bekommt, wie ich nicht genug bekomme vom Nasenreiben, ich möchte, daß es den Mondsee nicht gibt und nicht den Wolfgangsee, aber gesagt ist gesagt, András drängt sich immer fester an mich, und ich halte ihn fest, er muß mir gehören, die Kinder werden mir ganz gehören. Ivan kommt herein und stellt ein paar Stühle zurecht, er sagt: Schluß jetzt, wir haben keine Zeit, wir müssen gehn, ihr habt euch wieder einmal aufgeführt, daß es ein Graus ist! Ivan muß für die Kinder noch ein Gummiboot kaufen, bevor die Geschäfte zumachen. Ich stehe mit allen dreien an der Tür, Ivan hält András an der Hand, Béla tobt schon das Stiegenhaus hinunter. Auf Wiedersehen, Fräulein! Auf Wiedersehen, ihr Mistfratzen! I'll call you later. Auf Wiedersehen!

Ich trage den Kuchenteller und die Gläser in die Küche, gehe hin und her und weiß nicht, was ich noch tun könnte, ich klaube ein paar Brösel vom Teppich, Lina wird morgen mit dem Staubsauger darübergehen. Ich möchte Ivan nicht mehr ohne die Kinder, ich werde Ivan etwas sagen, wenn er anruft, oder ich werde es ihm sagen, vor der Abreise, einmal muß ich doch etwas sagen. Aber ich sage es ihm besser nicht. Ich werde ihm aus St. Wolfgang schreiben, eine Distanz gewinnen, zehn Tage lang überlegen, dann schreiben, kein Wort zuviel. Ich werde die richtigen Worte finden, die Schwarzkunst der Worte vergessen, ich werde schreiben mit meiner Einfalt vor Ivan, wie die Bauernmädchen bei uns auf dem Lande an ihren Liebsten, wie die Königinnen, ohne Scham, an ihren Erwählten. Ich werde ein Gnadengesuch schreiben, wie die Verurteilten, die keine Begnadigung zu erwarten haben.

Lange war ich nicht mehr aus Wien weg, auch im letzten Sommer nicht, weil Ivan in der Stadt bleiben mußte. Behauptet habe ich, das Allerschönste sei der Sommer in Wien und es gebe nichts Dümmeres, als gleichzeitig mit allen anderen aufs Land zu fahren, Ferien vertrüge ich auch nicht, der Wolfgangsee sei mir verleidet, weil ganz Wien dann ja am Wolfgangsee ist, und wenn Malina nach Kärnten fuhr, blieb ich allein zurück in der Wohnung, um mit Ivan ein paarmal an die Alte Donau zum Schwimmen fahren zu können. Doch diesen Sommer hat die Alte Donau keine Reize mehr, am allerschönsten muß es am Mondsee sein und nicht in dem ausgestorbenen Wien, durch das die Touristen ziehen. Es ist so gut wie keine Zeit vergangen. Ivan wird mich zur Bahn bringen am Morgen, denn sie fahren erst gegen Mittag mit dem Auto weg. Fräulein Jellinek kommt am späten Nachmittag vorbei, wir wollen noch etwas erledigen.

Sehr geehrter Herr Hartleben,
ich danke Ihnen für Ihren Brief vom 31. Mai!

Fräulein Jellinek wartet, und ich rauche, sie soll dieses Blatt wieder herausziehen und in den Papierkorb werfen.

Ich kann nicht einen Brief von einem 31. Mai beantworten, die Zahl 31 darf überhaupt nicht verwendet und profaniert werden. Was bildet dieser Herr aus München sich ein? wie kann er mich aufmerksam machen auf den 31. Mai? was geht ihn mein 31. Mai an! Ich gehe rasch aus dem Zimmer, Fräulein Jellinek soll nicht merken, daß ich zu weinen anfange, sie soll abheften und ordnen, sie soll diesem Herrn überhaupt keine Antwort geben. Alle Antworten haben Zeit, Zeit bis nach dem Sommer, im Badezimmer fällt es mir wieder ein, ich, in höchster Angst, in fliegender Eile, werde heute noch einen entscheidenden, flehentlichen Brief, aber selber, schreiben. Fräulein Jellinek soll die Stunden zusammenrechnen, ich habe jetzt keine Zeit, wir wünschen einander einen schönen Sommer. Das Telefon läutet, Fräulein Jellinek soll doch gehen. Nochmals: einen schönen Sommer! schöne Ferien! schöne Grüße unbekannterweise an Herrn Dr. Krawanja! Das Telefon schrillt.

Ich stottere ja nicht, das bildest du dir ein
Aber ich habe dir doch vorgestern gesagt
Das muß ein Irrtum sein, ich wollte sagen
Es tut mir furchtbar leid, den letzten Abend
Nein, ich habe dir doch gesagt, daß ich leider heute
Ich will nicht, daß du immerzu tust, was ich will
Tu ich gar nicht, zum Beispiel geht es absolut nicht
Ich habe es bestimmt gesagt, du hast es nur
Ich bin es doch, die keine Zeit hat heute
Morgen früh bringe ich dich bestimmt
Ich habe es furchtbar eilig, auf morgen, um acht!

Seltsames Zusammentreffen. Wir haben beide heute keine Zeit füreinander, am letzten Abend ist immer soviel zu tun.

Ich hätte ja Zeit, meine Koffer sind schon gepackt, Malina ist auswärts zum Essen gegangen, mir zuliebe. Er wird spät heimkommen und auch noch mir zuliebe. Wenn ich bloß wüßte, wo Malina ist. Aber ich will ihn auch nicht sehen, ich kann heute nicht, ich muß nachdenken über seltsame Zusammentreffen. Eines Tages werden wir immer weniger Zeit haben und eines Tages wird es gestern und vorgestern und vor einem Jahr und vor zwei Jahren gewesen sein. Außer gestern wird es auch noch morgen geben, ein Morgen, das ich nicht will, und gestern ... O dieses Gestern, jetzt fällt mir auch ein, wie ich Ivan getroffen habe und daß ich vom ersten Augenblick an und die ganze Zeit ..., und ich bin erschrocken, denn nie wollte ich denken, wie es im Anfang war, nie, wie es vor einem Monat war, nie, wie die Zeiten waren, als die Kinder noch fehlten, wie die Zeiten mit Frances und Trollope waren und wie es dann ging mit den Kindern und wie wir zu viert im Prater waren, wie ich gelacht habe, mit András an mich gedrückt, in der Geisterbahn, auch über den Totenkopf. Nie mehr wollte ich wissen, wie der Anfang war, ich bin nicht mehr vor dem Blumengeschäft in der Landstraßer Hauptstraße stehengeblieben, ich habe nicht nach dem Namen gesehen und nach dem Namen gefragt. Aber eines Tages werde ich es wissen wollen und von dem Tag an werde ich zurückbleiben und zurückfallen in ein Gestern. Aber noch ist nicht morgen. Ehe gestern und morgen auftauchen, muß ich sie zum Schweigen bringen in mir. Es ist heute. Ich bin hier und heute.

Ivan hat angerufen, er kann mich doch nicht zum Westbahnhof bringen, denn im letzten Moment ist jetzt etwas dazwischengekommen. Es macht nichts, er wird mir eine Ansichtskarte schreiben, ich kann aber nicht länger zuhören, denn ich muß rasch telefonieren, um ein Taxi zu bekommen. Malina ist schon aus dem Haus und Lina noch nicht da. Aber Lina ist im Kommen, sie findet mich mit den Koffern im Stiegenhaus, wir stemmen die Koffer hinunter, Lina vor allem stemmt und trägt, sie umarmt mich vor dem Taxi: Daß mir gnädige Frau aber gesund wiederkommen, der Herr Doktor möchten sonst nicht zufrieden sein!

Ich renne auf dem Westbahnhof herum, dann hinter einem Gepäckträger her, der meine Koffer bis ans Ende vom Bahnsteig 3 karrt, wir müssen umkehren, weil der richtige Waggon jetzt auf Bahnsteig 5 steht und zwei Züge Richtung Salzburg abfahren zu dieser Stunde. Auf dem Bahnsteig 5 ist der Zug noch länger als der auf Nummer 3, und wir müssen über den Schotter zu den letzten Waggons hinaus. Der Gepäckträger will jetzt bezahlt werden, er findet das einen Skandal und typisch, aber dann hilft er mir doch, weil ich ihm zehn Schilling mehr gegeben habe, ein Skandal bleibt es. Ich wollte, er hätte sich nicht durch zehn Schilling bestechen lassen. Dann hätte ich umkehren müssen, dann wäre ich in einer Stunde zu Hause. Der Zug fährt an, ich kann noch die Tür, die auffliegt und mich hinausziehen will, zuwerfen mit letzter Kraft. Ich bleibe auf meinen Koffern sitzen, bis der Schaffner kommt und mich ins Abteil bringt. Der Zug will auch nicht entgleisen vor Linz, er hält kurz in Linz, nie war ich in Linz, ich bin immer durchgefahren, Linz an der Donau, ich will nicht weg von den Ufern der Donau.

... sie sah keinen Ausweg mehr aus der befremdlichen Landschaft, die nur aus Weiden, aus Wind und aus Wasser war ... die Weiden zischelten immer mehr, sie lachten, sie schrien auf und stöhnten ... um nichts mehr zu hören, ver-

grub sie den Kopf in ihren Armen ... Sie konnte nicht vor und nicht zurück, sie hatte nur die Wahl zwischen dem Wasser und der Übermacht der Weiden.

Antoinette Altenwyl steht in Salzburg auf dem Bahnhof und verabschiedet am Zug gegenüber ein paar Leute, die nach München zurückfahren. Immer war mir dieser Bahnhof zuwider mit seinen absurden Wartezeiten und Abfertigungen, aber diesmal muß ich mich nicht abfertigen lassen, denn ich bleibe, ich gehöre zu INLAND. Warten muß ich doch, bis Antoinette sich durch alle Leute gegrüßt und geküßt hat, dann winkt sie dem abfahrenden Zug nach, als wären ganze Völkerscharen zu grüßen, huldvoll, und mich hat sie natürlich auch nicht vergessen. Atti freue sich wahnsinnig auf mich, er wird bald regattieren, so? das wisse ich nicht? Antoinette vergißt immerzu, wofür ein anderer Mensch sich interessiert, und Atti will also morgen vormittag mit mir nach St. Gilgen hinüberfahren, denn diese erste Regatta mache er natürlich nicht mit. Ich höre Antoinette unsicher zu. Warum Atti auf mich wartet, verstehe ich nicht, Antoinette wohl auch nicht, sie hat es aus lauter Herzlichkeit erfunden. Malina läßt dich grüßen, sage ich trocken.

Danke, warum seid ihr denn nicht miteinander, nein, sowas, die arbeiten jetzt noch! wie geht es denn unserem lieben Schwerenöter?

Daß sie in Malina einen Schwerenöter sieht, ist mir eine solche Überraschung, daß ich zu lachen anfange: Aber Antoinette, du verwechselst ihn vielleicht mit dem Alex Fleisser oder mit dem Fritz! Ach, bist du jetzt mit dem Alex? Ich sage freundlich: Du bist wohl verrückt. Aber ich stelle mir immer noch vor, wie Malina als Schwerenöter, allein in der Wohnung in Wien, es schwerhaben könnte. Antoinette fährt jetzt einen Jaguar, die englischen Wagen sind eben die einzig möglichen, und sie fährt schnell und sicher, auf einem von ihr entdeckten Umweg, aus Salzburg heraus. Sie wundert sich, daß ich heil angekommen sei, man höre dauernd solche komischen Sachen über mich, ich käme nirgendwo an, jedenfalls nie zu der Zeit und nie an dem Ort, wo man mich erwartet. Ich erzähle umständlich, wann ich zum erstenmal in St. Wolfgang war (und die Hauptsache lasse ich aus, einen Nachmittag in einem Hotelzimmer), und daß es die ganze Zeit geregnet hätte und eine sinnlose Reise gewesen war. Obwohl ich es nicht mehr weiß, lasse ich es regnen, damit Antoinette mir jetzt als Ausgleich ein regenloses, sonniges Salzkammergut anbieten kann. Damals konnte ich mich auch nur selten eine Stunde mit Eleonore treffen, weil sie Küchendienst hatte im Grand Hotel, Antoinette unterbricht mich irritiert: Nein, was du nicht sagst, die Lore, ja wieso denn? in welcher Küche? im Grand Hotel, das gibt es doch gar nicht mehr, das ist abgebrannt, aber gewohnt hat man dort gar nicht schlecht! Und ich begrabe rasch Eleonore und verzichte darauf, Antoinette aufzuklären und mich zu verwunden. Ich hätte nie mehr hierherkommen dürfen.

Bei den Altenwyls sind schon fünf Leute zum Tee, zwei sollen noch dazukommen zum Abendessen, und ich habe den Mut nicht mehr, zu sagen: Aber Ihr habt mir doch versprochen, daß niemand da ist, daß es ganz still sein wird, wir ganz unter uns! Und morgen kommen also die Wantschuras, die sich ein Haus gemietet haben für den Sommer, und am Wochenende nur noch die Schwester von Atti, die darauf besteht, Baby mitanzuschleppen, die sich, hörst du mir zu? eine unglaubliche Geschichte, diesen Rottwitz in Deutschland erheiratet hat, diese geborene Hochstaplerin, sonst sei sie ja nicht sehr geboren, und sie soll draußen einen succès fou haben, die Deutschen fallen ja auf alles herein, die glauben wirklich, die Baby sei mit den Kinskys verwandt und auch mit ihnen, den Altenwyls, man staune nur so. Antoinette findet aus dem Staunen nicht mehr heraus.

Aus der Teestunde stehle ich mich weg, ich wandre durch den Ort und am Ufer entlang, und weil ich schon hier bin, mache ich meine Besuche. Die Leute verändern sich merkwürdig in diesen Gegenden. Die Wantschuras entschuldigen sich dafür, daß sie am Wolfgangsee ein Haus gemietet haben, ich habe es ihnen nicht vorgeworfen, ich bin ja auch da. Christine rennt ruhelos durch das Haus, mit einer alten Schürze vorgebunden, damit man darunter das Saint-Laurent-Kleid nicht sieht. Es sei ein reiner Zufall, ihr wäre es in der hintersten Steiermark lieber. Aber nun sind die Wantschuras eben doch da, obwohl ihnen besonders die Festspiele gestohlen bleiben können. Christine preßt sich die Hände an die Schläfen, es geht ihr hier alles auf die Nerven. Im Garten pflanzt sie Salat und Kräuter, in alles, was sie kocht, tut sie ihre Kräuter, sie leben hier so einfach, unvorstellbar einfach, heute macht Xandl einfach einen Milchreis, es ist Christines freier Abend. Sie hält sich wieder die Hände an die Schläfen, zieht mit den Fingern durch die Haare. Schwimmen gingen sie praktisch nie, man stolpere ja überall über Bekannte, und damit sei ich im Bilde. Dann fragt Christine: So? bei den Altenwyls? Na ja, Geschmacksache, die Antoinette ist ja eine bezaubernde Person, aber der Atti, wie du das aushältst, wir verkehren ja nicht miteinander, ich glaube, er ist nichts wie eifersüchtig auf den Xandl. Ich sage erstaunt: Aber wieso denn? Christine sagt abfällig: Der Atti hat doch auch einmal gemalt oder gezeichnet, was weiß ich, na ja, er vertragt halt nicht, daß einer wirklich was kann, wie der Xandl, so sind sie doch alle, diese Dilettanten, mir liegt ja an so einem

Verkehr überhaupt nichts, praktisch kenne ich den Atti gar nicht, ich sehe die Antoinette hie und da im Ort und in Salzburg beim Friseur, nein, in Wien nie, im Grund sind sie doch so stockkonservativ, was sie gar nicht sein möchten, und auch die Antoinette, obwohl sie viel Charme hat, aber von moderner Kunst, bitte, keinen Schimmer, und daß sie den Atti Altenwyl geheiratet hat, davon steigt sie nicht herunter, Xandl, was ich denke, das sage ich, wie ich bin, bin ich, du machst mich heute einfach rasend, hörst du! und ich hau den Kindern noch eine herunter, wenn mir noch einmal eines in die Küche kommt, bitte, trau dich doch, einmal zum Atti Herr Doktor Altenwyl zu sagen, das möchte ich erleben, das Gesicht, was er dann machen täte, das hält er einfach nicht für möglich, der überzeugte Republikaner mit seiner rötlichen Färbung, und wenn auch hundertmal auf seiner Visitenkarte Dr. Arthur Altenwyl steht, dann freut ihn das nur, weil doch trotzdem noch jeder weiß, wer er ist. So sind sie eben alle!

Bei den Mandls, im Nebenhaus, die von Jahr zu Jahr amerikanischer werden, sitzt im Livingroom ein junger Mann herum, Cathy Mandl flüstert mir zu, er sei outstanding, wenn ich recht verstanden habe, als Schriftsteller, und wenn ich den Namen verstanden habe, muß er entweder Markt oder Marek heißen, ich habe noch nie etwas von ihm gelesen oder gehört, er muß eben erst entdeckt worden sein oder seiner Entdeckung durch Cathy harren. Nach den ersten zehn Minuten fragt er mit einer unverhüllten Gier nach den Altenwyls, und ich gebe sparsame Antworten, manchmal gar keine. Was macht denn der Graf Altenwyl eigentlich? fragt das junge Genie, und immerfort weiter, wie lange ich den Grafen Altenwyl schon kenne und ob ich mit ihm wirklich befreundet sei und ob es wahr sei, daß der Graf Altenwyl . . . Nein, ich habe keine Ahnung, ich habe ihn noch nie gefragt, was er macht. Ich? Vielleicht zwei Wochen. Segeln? Vielleicht. Ja, ich glaube, sie haben zwei Boote oder drei, ich weiß es nicht. Mag schon sein. Was will der Herr Markt oder Herr Marek? Eine Einladung zu den Altenwyls oder will er nur immerzu diesen Namen aussprechen? Cathy Mandl sieht dicklich und freundlich aus, krebsrot, weil sie nicht braun wird, sie näselt ein wienerisches Amerikanisch und ein amerikanisches Wienerisch. Sie ist die große Seglerin in der Familie, die einzig seriöse danger für den Altenwyl, wenn man den Leibl als professional ausnimmt. Herr Mandl spricht wenig und sanftmütig, er schaue lieber zu. Er sagt: Sie haben keine Ahnung, was für eine Energie in meiner Frau steckt, wenn sie nicht bald auf ihr Boot kommt, gräbt sie jeden Tag unseren Garten um und stellt das Haus auf den Kopf, manche Leute leben eben und andere schauen ihnen beim Leben zu, ich gehöre zu denen, die zuschauen. Sie auch?

Ich weiß es nicht. Ich bekomme einen Wodka mit Orangensaft. Wann habe ich dieses Getränk schon einmal getrunken? Ich schaue in das Glas, als stünde ein zweites darin, und es fällt mir wieder ein, es wird mir ganz heiß, ich möchte das Glas fallen lassen oder ausschütten, weil ich Wodka mit Orangensaft einmal hoch oben in einem Haus getrunken habe, in meiner schlimmsten Nacht, es wollte mich jemand aus dem Fenster stürzen, und ich höre nicht mehr, was Cathy Mandl sagt über die International Yacht Racing Union, in der sie natürlich ist, ich trinke, dem sanftmütigen Herrn Mandl zuliebe, das Glas aus, er wisse ja, was für Pünktlichkeitsfanatiker die Altenwyls seien, und ich spaziere zurück in der Dämmerung, es summt und wispert in der Seenähe, die Mücken und die Falter flirren um mein Gesicht, ich suche den Weg, am Umsinken, zurück zu dem Haus und denke, ich muß zuversichtlich aussehen, gut aussehen, in Stimmung sein, niemand darf mich hier sehen mit einem aschgrauen Gesicht, es muß draußen bleiben in der Nacht, hier auf dem Weg, ich darf es nur haben in einem Zimmer allein, und ich trete ins erleuchtete Haus und sage strahlend: Guten Abend, Anni! Die alte Josefin humpelt über den Gang und ich strahle und lache: Guten Abend, Josefin! Weder Antoinette noch dieses ganze St. Wolfgang werden mich umbringen, nichts wird mich erzittern lassen, nichts wird mich stören in meiner Erinnerung. Auf meinem Zimmer, wo ich aussehen dürfte, wie ich aussehe, breche ich aber auch nicht zusammen, denn auf dem Waschtisch, neben dem Lavoir aus alter Fayence, sehe ich sofort einen Brief liegen. Ich wasche mir zuerst die Hände, vorsichtig schütte ich das Wasser in den Kübel und stelle den Krug zurück, und danach setze ich mich auf das Bett und halte Ivans Brief in der Hand, den er schon vor meiner Abreise abgeschickt hat, er hat es nicht vergessen, er hat die Adresse nicht verloren, ich küsse viele Male den Brief und überlege, ob ich den Rand vorsichtig aufmachen soll oder ob ich den Brief mit der Nagelschere oder dem Obstmesser aufschlitzen soll, ich schaue die Briefmarke an, ein Trachtenweib ist darauf, warum denn schon wieder? Ich möchte den Brief nicht gleich lesen, sondern jetzt zuerst Musik hören, dann lange wach liegen, den Brief halten, meinen Namen lesen, von Ivans Hand geschrieben, den Brief unter das Kopfpolster legen, ihn dann doch hervorziehen und vorsichtig aufmachen in der Nacht. Es klopft, Anni steckt den Kopf herein: Zum Nachtmahl bitte, gnädige Frau, die Herrschaften sind schon in der Stube. Stube nennt sich das hier, und weil ich mich rasch kämmen, das Make-up korrigieren und noch einmal über die Altenwylsche Stube lächeln muß, bleibt mir wenig Zeit. Nach einem dumpfen Gongschlag von unten, ehe ich das Licht lösche, reiße ich den Brief auf. Ich sehe keine Anrede, es stehen überhaupt nur eins, zwei, drei, vier, fünf,

sechs, sieben, acht Zeilen – genau acht Zeilen – auf dem Blatt, und unten auf dem Blatt lese ich: Ivan.
Ich laufe hinunter in die Stube und jetzt kann ich sagen: Herrlich sei die Luft hier, spazieren sei ich gewesen und hineingeschaut hätte ich da und dort, zu ein paar Freunden, aber besonders die Luft, das Land, nach der Großstadt! Antoinette, mit ihrer sicheren scharfen Stimme nennt ein paar Namen, placiert die Gäste. Es gibt zuerst einfach Leberknödelsuppe. Antoinettes Prinzip ist, besonders im St. Wolfganger Haus, festhalten an der alten Wiener Küche. Es darf ihr nichts Windiges und Modisches auf den Tisch kommen, auch nichts Französisches, Spanisches und Italienisches, man wird nicht von zu weich gekochten Spaghetti überrascht, wie bei den Wantschuras, oder mit einem eingesunkenen traurigen Sabayon, wie bei den Mandls. Wahrscheinlich ist Antoinette es dem Namen Altenwyl schuldig, daß die Namen und die Gerichte unverfälscht bleiben, und sie weiß, daß den meisten Gästen und Verwandten ihr Prinzip zum Bewußtsein kommt. Selbst wenn es Wienerisches nicht mehr geben sollte, bei den Altenwyls wird man, solange sie leben, noch Zwetschkenröster essen, Kaisererdäpfel und Husarenbraten, es wird kein fließendes Wasser geben und keine Zentralheizung, das Leinen der Handtücher wird handgewebt sein, und im Haus wird es eine Konversation geben, was nicht mit ›Gesprächen‹, ›Diskussionen‹, ›Begegnungen‹ zu verwechseln, sondern eine untergehende Abart von schwerelosem Aneinandervorbeireden ist, das jeden gut verdauen läßt und bei guter Laune hält. Was Antoinette nicht weiß, ist, daß ihr Kunstsinn sich auf diesen Gebieten am stärksten entwickelt hat durch den altenwylschen Geist und weniger an ihren auch vorhandenen, etwas konfusen Kenntnissen und zufälligen Erwerbungen moderner Kunst. Der halbe Tisch muß heute französisch sprechen, wegen der weitläufigen Verwandten von Atti, einem Onkel Beaumont und dessen

Tochter Marie. Wenn das Französische überhandnimmt, kommt Antoinette mit einer Bitte dazwischen: Atti, sei lieb, es zieht, ja, ich spür es doch, es zieht von dort drüben her! Atti steht zweimal auf und zieht an den Vorhängen herum, rückt und drückt am Fensterverschluß. Das ist halt heutzutag alles nur noch eine Pfuscherei, was diese Handwerker bei uns! Mais les artisans chez nous, je vous en pris, c'est partout la même chose! Mes chers amis, vous avez vu, comment on a détruit Salzbourg, même Vienne! Mais chez nous à Paris, c'est absolument le même, je vous assure! Also Antoinette, ich bewundere dich, was du heute noch alles auftreibst! Ja, ohne die Antoinette, die aber auch was durchsteht! Nein, wir haben uns ein ganz einfaches Service aus Italien kommen lassen, aus Vietri, das ist dort unten, du weißt schon, bevor man nach Salerno kommt! Und mir fällt ein großer wunderbarer Teller aus Vietri ein, graugrün, mit einer Blätterzeichnung, gebrannt und verschwunden, mein erster Obstteller, warum muß heute nicht nur Wodka mit Orangensaft vorkommen, sondern auch Keramik aus Vietri? Vous êtes sûre qu'il ne s'agit pas de Fayence? Jesus, ruft Antoinette, der Onkel Gontran macht mich ganz schwindlig, bitte so helfts mir doch, ich habe noch gar nicht verstanden, daß Fayence sich womöglich von Faenza herschreibt oder direkt dasselbe ist, man lernt eben nie aus. Bassano del Grappa? Il faut y aller une fois, vous prenez la route, c'était donc, tu te rappelles, Marie? Non, sagt diese Marie froidement, und der alte Beaumont schaut zögernd zu seiner Tochter hinüber und hilfesuchend zu mir, aber Antoinette lenkt, wegen der kalten Marie, schon wieder rasch nach Salzburg ab und stochert im falschen Hasen herum, zu mir flüstert sie: Nein, so wie sonst ist der falsche Has' heute nicht. Zu den anderen laut: Übrigens die Zauberflöte, warts ihr alle drin? und was sagts ihr jetzt dazu? Anni, sagen Sie der Josefin, heute hat sie mich aber richtig enttäuscht, sie weiß schon warum, das

brauchen Sie ihr gar nicht zu erklären. Was sagts ihr aber erst zum Karajan? mir war dieser Mann ja immer ein Rätsel!
Atti glättet die Wogen zwischen dem zu trockenen falschen Hasen, dem Verdi-Requiem, das Karajan ohne Antoinettes Zustimmung dirigiert hat, und der Zauberflöte, die ein bekannter deutscher Regisseur inszeniert hat, dessen Namen Antoinette genau weiß, aber zweimal verwirrt falsch ausspricht, nicht anders als Lina, die so oft böswillig zwischen Zoschke und Boschke schwankt. Aber Antoinette ist schon wieder bei Karajan, und Atti sagt: Aber ich bitte euch, der Antoinette ist doch jeder Mann ein vollkommenes Rätsel, und das macht sie ja so schön weltfremd und charmant für die Männer. Antoinette lacht ihr angeheiratetes, unnachahmliches altenwylsches Lachen, denn wenn Fanny Goldmann auch noch immer die schönste Frau Wiens ist und auf die schönste Art Sie sagt, so würde Antoinette der Preis für das schönste Lachen zufallen. Ah, das ist ganz der Atti! mein Lieber, du weißt gar nicht, wie recht du da hast, was aber das Ärgste ist, sagt sie mit einer Koketterie, die jetzt ihrem Teller mit dem Grießflammeri gilt, aus dem sie einen Dessertlöffel voll nimmt und auf halber Höhe mit einer graziös abgewinkelten Hand vor sich schweben läßt (ah, die Josefin ist doch unbezahlbar, genau so ist das Flammeri richtig, aber ich werde mich hüten, ihr das zu sagen) – was aber das Ärgste ist, Atti, du bist mir noch immer das allergrößte Rätsel, bitte, widersprich nicht! Sie errötet rührend, denn sie errötet noch immer, wenn ihr etwas einfällt, was sie vorher noch nie gesagt hat. Je vous adore, mon chéri, flüstert sie zärtlich und so laut, daß es doch alle hören. Denn wenn ein Mann uns noch immer die größten Rätsel aufgibt nach zehn Jahren, bitte, zwölf meinetwegen, wir wollen die anderen nicht embetieren mit unseren öffentlichen Geheimnissen, dann hat man das große Los gezogen, habe ich nicht recht? Il faut absolument que je vous

le dise ce soir! Sie schaut, um Beifall besorgt, auch zu mir herüber und wirft Anni dann einen Stahlblick zu, weil Anni drauf und dran war, meinen Teller von der falschen Seite wegzunehmen, aber im nächsten Augenblick ist sie schon wieder imstande, Atti verliebt anzusehen. Sie wirft den Kopf zurück, und ihre aufgesteckten Haare fallen ihr beinahe zufällig über die Schulter, leicht gelockt und goldbraun, sie ist satt und zufrieden. Der alte Beaumont fängt unbarmherzig an, von den alten Zeiten zu reden, das waren noch wirkliche Sommerfrischen gewesen, aus Wien waren Attis Eltern weggezogen, mit Kisten voller Geschirr, Silber und Wäsche, mit den Dienstboten und den Kindern. Antoinette sieht seufzend um sich, ihre Augenlider kommen ins Flattern, denn die ganze Geschichte droht wieder zum hundertsten Mal aufgetischt zu werden, der Hofmannsthal und der Strauss waren natürlich jeden Sommer bei ihnen gewesen, Max Reinhardt und Kassner, und das seltene Kassnergedenkbuch vom Fertsch Mansfeld, das müßten wir heute alle endlich einmal sehen, und die Feste von dem Castiglione, une merveille sans comparaison, inoubliable, il était un peu louche, oui, aber Reinhardt, toute autre chose, ein wirklicher Herr, il aimait les cygnes, natürlich hat er die Schwäne geliebt! Qui était ce type-là?, fragt Marie kalt. Antoinette zuckt mit den Achseln, doch Atti kommt dem alten Herrn freundlich zu Hilfe, bitte, Onkel Gontran, erzählen Sie doch diese urkomische Geschichte von Eurer Bergtour, wißt ihr, das war die Zeit, wo dieser Alpinismus ausgebrochen ist, das ist wirklich zum Totlachen, weißt du, Antoinette, daß der Onkel Gontran einer der ersten Skifahrer war, die auf dem Arlberg diese Arlbergtechnik gelernt haben, war das die Zeit vom Christiana und vom Telemark? und er war auch einer der ersten, die eine Sonnenblumenkerne-Diät und das Sonnenbaden erfunden haben, es war damals was Tollkühnes, nackt, bitte erzählen Sie doch! Kinder, ich sterbe, verkündet Antoinette, ich bin froh, daß ich mich überessen kann, wie ich will, Linie hin oder her. Sie sieht Atti scharf an, legt die Serviette weg, sie steht auf und wir gehen alle aus der kleinen Stube in die große Stube nebenan, warten auf den Mokka, und Antoinette verhindert noch einmal, daß der alte Beaumont den Arlberg und die Kneippkur, das Nacktsonnen oder sonst ein Abenteuer aus dem Anfang des Jahrhunderts zum besten gibt. Unlängst sag ich doch zu dem Karajan, aber man weiß ja nicht, ob der Mann einem zuhört, der ist ständig in einer Trance, bitte Atti, du mußt mich nicht so beschwörend anschauen, ich halt ja schon den Mund. Aber was sagts ihr zu der Christine ihrer Hysterie? Zu mir gewendet: Bitte kannst du mir sagen, was in diese Frau eigentlich gefahren ist, sie schaut mich an, als hätt sie einen Besen geschluckt, ich grüß immer freundlich, aber diese Nocken möcht mich mit nichts als Pech und Schwefel überschütten, der Wantschura mit seiner Bildhauerei, der wird sie natürlich, wie vorher die Lisel, um alle Nerven gebracht haben, das ist ja notorisch bei ihm, dann sind seine Musen ganz aufgerieben, weil sie immer im Atelier herumstehen müssen, und der Haushalt dazu, ich verstehe es ja, aber man muß doch eine Contenance haben, wenn man in der Öffentlichkeit steht mit so einem Mann, er ist ja wahnsinnig begabt, der Atti hat seine ersten Sachen gekauft, ich zeig sie euch, das sind dem Xandl seine besten!

Wenn jetzt noch eine Stunde vorbeigeht, darf ich in mein Bett und mich mit einer dicken Bauerntuchent zudecken, denn es ist immer kühl abends im Salzkammergut, draußen wird etwas flirren, aber auch im Zimmer wird etwas zu brummen anfangen, ich werde aus dem Bett steigen, herumgehen, ein brummendes, summendes Insekt suchen, es doch nicht finden, und dann wird sich ein Falter still auf meiner Lampe wärmen, den könnte ich erschlagen, aber gerade der tut mir nichts und darum kann ich es nicht, er müßte schon Laute von sich geben, ein marterndes Geräusch machen, um mich mordlustig zu machen. Aus dem Koffer hole ich ein paar Kriminalromane, ich muß nur noch lesen. Aber nach ein paar Seiten merke ich, ich kenne das Buch schon. MORD IST KEINE KUNST. Auf dem Pianino liegen Antoinettes Noten herum, zwei Bände SANG UND KLANG, ich schlage sie an verschiedenen Stellen auf und probiere leise ein paar Takte, die ich als Kind gespielt habe. Erzittere Byzanz ... Ferraras Fürst, erhebet Euch ... Der Tod und das Mädchen, der Marsch aus Die Regimentstochter ... das Champagnerlied ... Des Sommers letzte Rose. Leise singe ich, aber falsch und daneben: erzittere Byzanz! Dann noch leiser und richtig: der Wein, den man mit Augen trinkt ...

Gleich nach dem Frühstück, bei dem Atti und ich allein sind, fahren wir mit seinem Motorboot weg. Atti hat einen Chronometer um den Hals hängen, mir hat er die Stange mit dem Haken gereicht, in einem heiklen Moment will ich sie ihm geben und lasse sie fallen. Du bist ja nicht gescheit, du sollst doch damit staken, wir schlagen ja an den Steg, so stemm doch das Boot ab! Atti schreit sonst nie, aber in jedem Boot muß er schreien, das allein könnte mir die Boote verleiden. Nun fangen wir an, nach hinten hinauszufahren, er wendet, und ich denke an alle Jahre in den Motorbooten auf den Seen und auf den Meeren, ich schaue wieder in die Gegend von damals, das ist also der vergessene See, hier war es! Atti, dem ich begreiflich machen will, wie wunderbar ich es finde, dahinzuschnellen übers Wasser, hört überhaupt nicht zu, denn er möchte nur rechtzeitig hinüberkommen vor dem Start. Wir schaukeln in der Nähe von St. Gilgen herum. Noch zehn Minuten vergehen nach dem ersten Schuß, dann kommt endlich der zweite Schuß, und

jetzt werden jede Minute die Bälle weggenommen. Siehst du, jetzt nehmen sie den letzten! Ich sehe zwar nichts, aber den Startschuß höre ich. Wir bleiben hinter den Segelbooten, die in Fahrt kommen, alles, was mir noch auffällt, ist, daß der eine vor uns jetzt eine Halse macht, eine emparte, erklärt Atti, und dann fahren wir ganz langsam, um die Regatta nicht zu stören, Atti sieht sich kopfschüttelnd die Manöver dieser traurigen Segler an. Ivan soll sehr gut segeln, wir werden miteinander segeln gehen, nächstes Jahr, vielleicht ans Mittelmeer, denn Ivan hält nicht viel von unseren kleinen Seen. Atti erregt sich: Herrschaft, der ist wohl nicht gescheit, der zieht ja zu dicht, der da wandert aus, und ich deute auf einen, der in Fahrt kommt, während alle fast still liegen. Der hat eine Personalbö! Eine was? Und Atti erklärt sehr gut, aber ich sehe meinen vergessenen See mit diesen Spielzeugen darauf, ich möchte hier mit Ivan segeln, aber weit weg von den anderen, auch wenn es mir die Haut von den Händen reißt und ich unter dem Baum immerzu hin und her kriechen muß. Atti fährt zur ersten Boje, um die alle herummüssen, er ist völlig konsterniert. Da müsse man doch ganz dicht heran und herum, der zweite hat jetzt mindestens fünfzig Meter verloren, der Segler auf dem Einerboot, der verschenkt den Wind, und dann erfahre ich auch noch, daß es den wahren und den scheinbaren Wind gibt, das gefällt mir sehr, ich sehe Atti bewundernd an und wiederhole eine Lektion: Was beim Segeln zählt, das ist der scheinbare Wind.
Atti ist mild gestimmt durch meine Anteilnahme, der Mann dort sitzt nicht komisch auf dem Boot, weiter zurück müßte er noch, na endlich, jetzt drückt er hinaus. Mehr, noch mehr! Es sieht so gemütlich aus, sage ich, aber Atti sagt, doch wieder verärgert, es sei nicht gemütlich, der Mann denke an nichts anderes als an den Wind und an sein Boot, und ich schaue zum Himmel hinauf, ich versuche mich zu erinnern, vom Segelfliegen her, was thermi-

scher Wind ist, wie das mit der Thermik ist, und ich ändere meinen Blick, der See ist nicht mehr der See, licht oder bleifarben, sondern die dunkleren Striche bedeuten etwas, jetzt kippen zwei Boote nach der Leeseite, weil sich wieder wenig rührt, sie probieren, ihre Segel zu formen. Wir fahren ihnen wieder ein Stück nach, in die Nähe der nächsten Boje, und es wird kühl. Atti meint, sie werden die Regatta ›abschießen‹, denn es lohne sich nicht, es lohnt sich wirklich nicht, Atti weiß schon, warum er diese Regatta nicht mitmacht. Wir fahren nach Hause, holpern über das bewegtere Wasser, aber Atti stellt plötzlich den Motor ab, denn es kommt uns Leibl entgegen, der auch in St. Gilgen ist, und ich sage zu Atti: Was ist denn das für ein großer Dampfer dort? Atti schreit: Das ist doch kein Dampfer, das ist eine . . .
Die beiden Männer fangen zu winken an. Servus Altenwyl! Servus Leibl! Unsere Boote liegen nah beieinander, die Männer reden aufgeregt, Leibl hat seine Boote noch nicht herausgenommen, Atti lädt ihn ein, morgen zum Mittagessen zu kommen. Wieder einer mehr, denke ich, das ist also der sieghafte kurzleibige Herr Leibl, der alle Regatten gewinnt auf seinem Katamaran, ich winke achtungsvoll, da ich nicht schreien kann wie Atti und schaue manchmal in den Rückspiegel. Denn heute abend wird dieser Leibl sicher in ganz St. Gilgen erzählen, daß er den Atti ohne Antoinette und mit einer blonden Person gesehen hat. Der siegende Herr Leibl kann nicht wissen, daß Antoinette heute unbedingt zum Friseur gehen muß, daß es ihr überhaupt ganz gleichgültig ist, mit wem Atti auf dem See herumrast, denn Atti denkt drei Monate lang nur an den See und an Segelboote, wie Antoinette jedem unter vier Augen schmerzlich beteuert, an nichts anderes als an diesen verdammten See, an sonst gar nichts.

Am späten Abend müssen wir noch einmal auf den See, mit dreißig oder fünfunddreißig Knoten dahin, weil Atti mit einem Segelmacher verabredet ist, die Nacht ist kühl, Antoinette ist uns losgeworden, sie muß in die Premiere von JEDERMANN. Ich höre immerzu eine Musik: Und träum hinaus in sel'ge Weiten . . ., ich bin in Venedig, ich denke an Wien, ich schaue über das Wasser und schaue ins Wasser, in die dunklen Geschichten, durch die ich treibe. Sind Ivan und ich eine dunkle Geschichte? Nein, er nicht, ich allein bin eine dunkle Geschichte. Es ist nur der Motor zu hören, es ist schön auf dem See, ich stehe auf und halte mich am Fensterrahmen fest, am anderen Ufer sehe ich schon eine schäbige Lichterkette, verloren und übernächtig, und meine Haare wehen im Wind.

. . . und kein Mensch außer ihr lebte, und sie hatte die Orientierung verloren . . . es war, als wäre alles in Bewegung geraten, Wellen aus Weidengezweig, die Fluten nahmen ihren eigenen Lauf . . . eine nie gekannte Unruhe war in ihr und legte sich schwer auf ihr Herz . . .

Wenn der Fahrtwind nicht wäre, würde ich bitterlich weinen, auf dem halben Weg nach St. Gilgen, aber der Motor stottert, wird ganz still, Atti wirft den Anker, das ganze Ankergeschirr hinaus, er schreit mir etwas zu, und ich gehorche, das habe ich gelernt, daß man auf einem Boot gehorchen muß. Nur einer darf etwas sagen. Atti kann den Kanister mit dem Reservebenzin nicht finden, und ich denke, was wird wohl aus mir werden, die ganze Nacht auf dem Boot, in dieser Kälte? es sieht uns ja niemand, wir sind noch weit weg vom Ufer. Aber dann finden wir den Kanister doch, auch den Trichter. Atti steigt vorne aufs Boot, und ich halte die Laterne. Ich bin nicht mehr sicher, ob ich wirklich noch an ein Ufer kommen möchte. Der Motor springt aber an, wir ziehen den Anker ein, fahren schweigend nach Hause, denn Atti weiß auch, daß wir die ganze Nacht auf dem Wasser hätten zubringen müssen. Zu Antoinette sagen wir nichts, wir schmuggeln Grüße ein von drüben, erfundene Grüße, ich habe den Namen der Leute vergessen. Ich vergesse immer mehr. Es fällt mir beim Abendessen auch nicht ein, was ich Erna Zanetti, die mit Antoinette in der Premiere war, ausrichten sollte oder wollte, ich versuche es mit Grüßen von Herrn Kopecky aus Wien. Erna ist erstaunt: Kopecky? Ich entschuldige mich, es muß ein Irrtum sein, jemand läßt sie grüßen aus Wien, vielleicht Martin Ranner. Das kann vorkommen, es kommt vor, sagt Erna nachsichtig. Ich denke noch während des ganzen Abendessens nach. Es dürfte aber nicht vorkommen, es war vielleicht etwas Wichtigeres, was nicht Grüße waren, vielleicht sollte ich Erna bitten um etwas, es war kein Stadtplan von Salzburg, kein Plan über die Seen und über das Salzkammergut, es war keine Frage nach einem Friseur oder einer Drogerie. Mein Gott, was hätte ich bloß Erna sagen oder fragen müssen! Ich will nichts von ihr, aber ich sollte sie etwas fragen. Während wir den Mokka in der großen Stube trinken, sehe ich Erna immer noch schuldbewußt an, weil es mir nie wieder einfallen wird. Es fällt mir nichts mehr ein zu den Menschen, die mich umgeben, ich vergesse, vergesse schon die Namen, die Grüße, die Fragen, die Mitteilungen, den Klatsch. Ich brauche keinen Wolfgangsee, ich brauche keine Erholung, ich ersticke, wenn es Abend wird und Konversation gibt, die Zustände kommen nicht wirklich wieder, nur andeutungsweise, ich ersticke vor Angst, ich habe Angst vor einem Verlust, ich habe noch etwas zu verlieren, ich habe alles zu verlieren, es ist das einzig Wichtige, ich weiß, wie es heißt, und ich bin nicht fähig, hier herumzusitzen bei den Altenwyls, mit den anderen Leuten. Im Bett zu frühstücken ist angenehm, am

See entlangzulaufen ist gesund, in St. Wolfgang Zeitungen und Zigaretten zu holen, ist gut und unnütz. Aber zu wissen, daß jeder dieser Tage mir einmal furchtbar fehlen wird, daß ich schreien werde vor Entsetzen, weil ich diese Tage so zubringe, während am Mondsee das Leben ist ... Es wird nie wieder gutzumachen sein.

Um Mitternacht gehe ich zurück in die große Stube und hole mir aus Attis Bibliothek DAS SEGLER ABC, VOM BUG ZUM HECK, LUV UND LEE. Ziemlich furchtbare Titel, zu Atti passen sie auch nicht. Ich habe noch ein Buch erwischt, KNOTEN, SPLEISSEN, TAKELN, es scheint das richtige für mich zu sein, ›das Buch setzt nichts voraus ... ist mit derselben systematischen Klarheit behandelt ... der leicht verständlich zur Fertigung der Zierknoten vom Hohenzollernknoten bis zur Kettenplatting anleitet‹. Ich lese in einem leichtverständlichen Lehrbuch für Anfänger. Die Schlaftablette habe ich schon genommen. Was wird werden aus mir, wenn ich jetzt erst anfange? wann kann ich abreisen, wie nur? ich könnte hier noch rasch segeln lernen, aber ich will nicht. Ich will abreisen, ich glaube nicht, daß ich noch irgend etwas brauchen werde, daß ich für ein ganzes Leben verstehen muß, was Trimmen, Im Trimm, Beitrimmen bedeutet. Mir sind die Augen beim Lesen noch nie zugefallen, mir werden die Augen auch jetzt nicht zufallen. Ich muß nach Hause.

Um fünf Uhr früh schleiche ich mich in die große Stube zum Telefon. Ich weiß nicht, wie ich Antoinette das Telegramm bezahlen soll, da sie nichts wissen darf von diesem Telegramm. Telegrammaufnahme bitte warten, bitte warten, bitte warten, bitte warten ... Ich warte und rauche und warte. Es klickt in der Leitung, eine junge lebendige

Frauenstimme fragt: der Teilnehmer bitte, die Nummer? Ich flüstere furchtsam den Namen der Altenwyls und ihre Telefonnummer, die Person wird gleich zurückrufen, ich hebe beim ersten Ton das Telefon ab und flüstere, damit mich niemand im Haus hört: Dr. Malina, Ungargasse 6, Wien III. Text: erbitte dringend telegramm wegen dringender rückreise nach wien stop ankomme morgen abend stop gruß . . .

Ein Telegramm von Malina trifft am Vormittag ein, Antoinette hat keine Zeit und wundert sich flüchtig, ich fahre mit Christine nach Salzburg, die es ganz genau wissen will, wie es bei den Altenwyls war. Die Antoinette soll ja völlig hysterisch geworden sein, bis dorthinaus, der Atti sei ja ein lieber gescheiter Mensch, aber diese Frau mache ihn noch völlig verrückt. Ach was, sage ich, ich habe nichts davon bemerkt, ich wäre nie auf die Idee gekommen! Christine sagt: Wenn du natürlich lieber bei solchen Leuten, wir hätten dich doch selbstverständlich eingeladen, bei uns hättest du wirklich Ruhe gehabt, wir leben so schrecklich einfach. Ich schaue angestrengt aus dem Auto und finde keine Erwiderung. Ich sage: Weißt du, ich kenne eben die Altenwyls schon sehr lange, aber nein, es ist doch nicht deswegen, ich mag sie sehr gern, nein, anstrengend sind sie wirklich nicht, wieso denn anstrengend?

Ich bin zu angestrengt, immer am Weinen auf dieser Fahrt, irgendwann muß doch dieses Salzburg auftauchen, nur noch fünfzehn Kilometer, nur noch fünf Kilometer. Wir stehen auf dem Bahnhof. Es fällt der Christine ein, daß sie noch jemand treffen und vorher einkaufen muß. Ich sage: Bitte geh, um Himmels willen, die Geschäfte sperren doch gleich zu! Ich stehe endlich allein da, ich finde meinen Waggon, diese Person widerspricht sich doch immerzu, ich widerspreche mir auch. Warum habe ich bisher nie bemerkt, daß ich Leute fast nicht mehr ertragen kann? Seit wann ist das so? Was ist aus mir geworden? Ich fahre betäubt über Attnang-Puchheim und Linz, mit einem auf und ab schwankenden Buch in der Hand, ECCE HOMO. Ich hoffe, daß Malina an der Bahn steht, aber es steht niemand da, und ich muß telefonieren, aber ich telefoniere nicht gern von Bahnhöfen, von Telefonzellen oder von Postämtern aus. Aus Zellen schon gar nicht. Ich muß einmal in einem Gefängnis gewesen sein, ich kann nicht von einer Zelle aus telefonieren, auch nicht mehr aus Kaffeehäusern, auch nicht aus Wohnungen von Freunden, ich muß zu Hause sein, wenn ich telefoniere, und niemand darf in der Nähe sein, höchstens Malina, weil er nicht zuhört. Aber das ist etwas ganz anderes. Ich telefoniere, vor Platzangst schwitzend, aus einer Zelle vom Westbahnhof. Es darf mir hier nicht passieren, ich werde ja wahnsinnig, es darf mir nicht in einer Zelle passieren.

Hallo, du, ich bin es, danke vielmals
Ich könnte aber erst um sechs auf der Westbahn
Bitte komm, ich flehe dich an, geh doch früher weg
Du weißt doch, daß ich nicht kann, ich könnte
Bitte, dann laß es bleiben, ich komme schon zurecht
Nein bitte, was ist denn nur, wie klingst du denn
Bitte, es ist gar nichts, laß es bleiben, ich sage dir ja
Mach es doch nicht so kompliziert, nimm ein Taxi
Wir sehen einander also heute abend, du bist also
Ja, ich bin heute abend, wir sehen einander sicher

Ich habe vergessen, daß Malina Journaldienst hat, und ich nehme mir ein Taxi. Wer will denn heute schon wieder dieses verfluchte Automobil sehen, in dem der Erzherzog

Franz Ferdinand in Sarajevo ermordet wurde, und diesen blutigen Waffenrock? Ich muß einmal nachsehen in Malinas Büchern: Personenwagen Marke Graef & Stift, Zulassungsnummer A III – 118, Type: Doppel-Phaeton-Karosserie, 4 Zylinder, 115 mm Bohrung, 140 mm Hub, 28/32 PS-Leistung, Motor Nr. 287. Die Rückwand durch Splitter vom ersten (Bomben-)Attentat beschädigt, an der rechten Wagenwand der Durchschuß des Geschosses sichtbar, das den Tod der Herzogin herbeiführte, neben der Windschutzscheibe links die am 28. Juni 1914 geführte Erzherzogs-Standarte angebracht ...

Mit dem Katalog des Heeresmuseums gehe ich durch alle Zimmer, die Wohnung sieht aus, als wäre sie seit Monaten nicht bewohnt worden, denn wenn Malina allein ist, entsteht nirgends Unordnung. Wenn Lina öfter allein ist am Morgen, verschwindet, was auf mich hindeutet, in den Kasten und Schränken, es kommt kein Staub nieder, nur durch mich wird in wenigen Stunden wieder Staub und Schmutz aufkommen, es werden Bücher durcheinandergeraten, Zettel herumliegen. Noch liegt nichts herum. Anni habe ich vor der Abreise ein Kuvert hinterlassen, für die Post, die nach St. Wolfgang kommen könnte, es wird eine Ansichtskarte sein, keine besondere Überraschung also, ich brauche die Karte trotzdem, um sie hier in ein Fach legen zu können, neben Briefe und Karten aus Paris und aus München, obenauf mit einem Brief aus Wien, der nach St. Wolfgang ging. Es fehlt mir noch der Mondsee. Ich setze mich vor das Telefon, warte und rauche, ich wähle Ivans Nummer, ich lasse es bei ihm läuten, er wird noch tagelang nicht antworten können, und ich könnte tagelang durch das ausgestorbene, sich erhitzende Wien gehen oder hier herumsitzen, ich bin geistesabwesend, mein Geist ist abwesend, was ist Abwesenheit von Geist? wo ist Geist,

wenn er abwesend ist? es ist die Geistesabwesenheit innen und außen, es ist hier überall der Geist abwesend, ich kann mich hinsetzen, wo ich will, ich kann die Möbel betasten, ich könnte mich freuen, weil ich entkommen bin und wieder in der Abwesenheit lebe. Ich bin heimgekehrt in mein Land, das auch abwesend ist, mein Großherzland, in das ich mich betten kann.
Es muß Malina sein, der anruft, aber es ist Ivan.

Warum bist du denn, ich habe es dort versucht
Ich habe plötzlich, es war dringend, ich bin eben
Ist etwas, wir haben, ja, sie lassen dich grüßen
Ich habe auch herrliches Wetter gehabt, es war sehr
Du hast aber auch immer, wenn du aber unbedingt
Schade ist es schon, aber ich muß leider
Ich muß Schluß machen, wir müssen jetzt gleich
Hast du mir eine Karte, hast du noch nicht, dann
Ich schreibe dir in die Ungargasse, doch, bestimmt
So wichtig ist es auch nicht, wenn du kannst, dann
Kann ich natürlich, paß auf dich auf, mach mir keine
Nein, bestimmt nicht, ich muß jetzt Schluß machen!

Malina ist ins Zimmer gekommen. Er hält mich. Ich kann ihn wieder halten. Ich hänge an ihm, hänge mich fester an ihn. Ich wäre dort fast wahnsinnig geworden, nein, nicht nur am See, auch in der Zelle, ich wäre fast wahnsinnig geworden! Malina hält mich, bis ich ruhiger bin, ich habe mich beruhigt, und er fragt: Was liest du denn da? Ich sage: Ich interessiere mich, es fängt an, mich zu interessieren. Malina sagt: Das glaubst du doch selber nicht! Ich sage: Noch glaubst du mir nicht, und du hast recht, aber eines Tages könnte ich doch anfangen, mich zu interessieren für dich, für alles, was du machst, denkst und fühlst!

Malina lächelt besonders: Das glaubst du doch selber nicht.

Der längste Sommer kann beginnen. Es sind alle Straßen leer. In einem tiefen Rausch kann ich durch diese Ödnis gehen, an der Albrechtsrampe und auf dem Josefsplatz werden die großen Portale geschlossen sein, ich kann mich nicht entsinnen, was ich hier einmal gesucht habe, Bilder, Blätter, Bücher? Ich gehe ziellos durch die Stadt, denn beim Gehen wird es fühlbar, am deutlichsten fühle ich es, und mit einer Erschütterung, auf der Reichsbrücke, über dem Donaukanal, in den ich einmal einen Ring geworfen habe. Ich bin vermählt, es muß zu einer Vermählung gekommen sein. Ich werde nicht mehr auf Karten vom Mondsee warten, ich werde meine Geduld vergrößern, wenn ich so zusammengetan bleibe mit Ivan, ich kann das nicht mehr abtun von mir, denn es ist, gegen alle Vernunft, mit meinem Körper geschehen, der sich nur noch bewegt in einem ständigen, sanften, schmerzlichen Gekreuzigtsein auf ihn. Es wird für das ganze Leben sein. Im Prater sagt ein Parkwächter gefällig: Hier können Sie nicht länger bleiben, bei dem Gesindel in der Nacht, gehen Sie nach Hause!

Ich gehe am besten nach Hause, ich stehe um drei Uhr früh an das Tor der Ungargasse 9 gelehnt, mit den Löwenköpfen zu beiden Seiten, und dann noch eine Weile vor dem Tor der Ungargasse 6, die Straße hinaufschauend in Richtung Nummer 9, in meiner Passion, den Weg meiner Passionsgeschichte vor Augen, den ich wieder freiwillig gegangen bin, von seinem Haus zu meinem Haus. Unsere Fenster sind dunkel.

Wien schweigt.

Zweites Kapitel Der dritte Mann

Malina soll nach allem fragen. Ich antworte aber, ungefragt: Der Ort ist diesmal nicht Wien. Es ist ein Ort, der heißt Überall und Nirgends. Die Zeit ist nicht heute. Die Zeit ist überhaupt nicht mehr, denn es könnte gestern gewesen sein, lange her gewesen sein, es kann wieder sein, immerzu sein, es wird einiges nie gewesen sein. Für die Einheiten dieser Zeit, in die andere Zeiten einspringen, gibt es kein Maß, und es gibt kein Maß für die Unzeiten, in die, was niemals in der Zeit war, hineinspielt.

Malina soll alles wissen. Aber ich bestimme: Es sind die Träume von heute nacht.

Ein großes Fenster geht auf, größer als alle Fenster, die ich gesehen habe, aber nicht auf den Hof unsres Hauses in der Ungargasse, sondern auf ein düsteres Wolkenfeld. Unter den Wolken könnte ein See liegen. Ein Verdacht kommt mir, welcher See es sein könnte. Aber er ist jetzt nicht mehr zugefroren, es ist nicht mehr Freinacht, und die gefühlvollen Männergesangsvereine, die einmal auf dem Eis, mitten im See, standen, sind verschwunden. Und den See, der nicht zu sehen ist, säumen die vielen Friedhöfe. Keine Kreuze stehen darauf, aber über jedem Grab wölkt es sich stark und finster; die Gräber, die Tafeln mit den Inschriften sind kaum zu erkennen. Mein Vater steht neben mir und zieht seine Hand von meiner Schulter zurück, denn der Totengräber ist zu uns getreten. Mein Vater sieht befehlend den alten Mann an, der Totengräber wendet sich furchtsam, nach diesem Blick meines Vaters, zu mir. Er

will reden, bewegt aber nur lange stumm die Lippen, und ich höre erst seinen letzten Satz:
Das ist der Friedhof der ermordeten Töchter.
Er hätte es mir nicht sagen dürfen, und ich weine bitterlich.

Die Kammer ist groß und dunkel, nein, ein Saal ist es, mit schmutzigen Wänden, es könnte im Hohenstaufenschloß in Apulien sein. Denn es gibt keine Fenster und keine Türen. Mein Vater hat mich eingeschlossen, und ich will ihn fragen, was er vorhat mit mir, aber es fehlt mir wieder der Mut, ihn zu fragen, und ich schaue mich noch einmal um, denn eine Tür muß es geben, eine einzige Tür, damit ich ins Freie kann, aber ich begreife schon, da gibt es nichts, keine Öffnung, jetzt keine Öffnungen mehr, denn an allen sind schwarze Schläuche angebracht, angeklebt rings um die Mauern, wie riesige angesetzte Blutegel, die etwas aus den Wänden heraussaugen wollen. Warum habe ich die Schläuche nicht schon früher bemerkt, denn sie müssen von Anfang an da gewesen sein! Ich war so blind im Halbdunkel und bin die Wände entlanggetappt, um meinen Vater nicht aus den Augen zu verlieren, um die Tür zu finden mit ihm, aber nun finde ich ihn und sage: Die Tür, zeig mir die Tür. Mein Vater nimmt ruhig einen ersten Schlauch von der Wand ab, ich sehe ein rundes Loch, durch das es hereinbläst, und ich ducke mich, mein Vater geht weiter, nimmt einen Schlauch nach dem anderen ab, und eh ich schreien kann, atme ich schon das Gas ein, immer mehr Gas. Ich bin in der Gaskammer, das ist sie, die größte Gaskammer der Welt, und ich bin allein darin. Man wehrt sich nicht im Gas. Mein Vater ist verschwunden, er hat gewußt, wo die Türe ist und hat sie mir nicht gezeigt, und während ich sterbe, stirbt mein Wunsch, ihn noch einmal zu sehen und ihm das Eine zu sagen. Mein Vater, sage ich ihm, der nicht mehr da ist, ich hätte dich nicht verraten, ich hätte es niemand gesagt. Man wehrt sich hier nicht.

Wenn es anfängt, ist die Welt schon durcheinandergekommen, und ich weiß, daß ich wahnsinnig bin. Die Elemente der Welt sind noch da, aber in einer so schaurigen Zusammensetzung, wie sie noch nie jemand gesehen hat. Autos rollen herum, von Farben triefend, Menschen tauchen auf, grinsende Larven, und wenn sie auf mich zukommen, fallen sie um, sind Strohpuppen, gebündelte Eisendrähte, Pappfiguren, und ich gehe weiter in dieser Welt, die nicht die Welt ist, mit geballten Fäusten, ausgestreckten Armen, um die Gegenstände, die Maschinen, abzuwehren, die auf mich auffahren und zerstieben, und wenn ich vor Angst nicht mehr weiterkann, mache ich die Augen zu, doch die Farben, leuchtend, knallig, rasend, bekleckern mich, mein Gesicht, meine nackten Füße, ich mache die Augen wieder auf, um mich zu orientieren, denn ich will hier herausfinden, dann fliege ich hoch, denn meine Finger und Zehen sind zu luftigen himmelfarbenen Ballonen angeschwollen und tragen mich in eine Nimmermehr-Höhe, in der es noch schlimmer ist, dann platzen sie alle und ich falle, falle und stehe auf, meine Zehen sind schwarz geworden, ich kann nicht mehr weitergehen.
Sire!
Mein Vater kommt aus den schweren Farbgüssen nieder, er sagt höhnisch: Geh weiter, geh nur weiter! Und ich halte mir die Hand vor den Mund, aus dem alle Zähne gefallen sind, die liegen unübersteigbar, zwei Rundungen aus Marmorblöcken, vor mir.
Ich kann ja nichts sagen, weil ich weg von meinem Vater und über die Marmormauer muß, aber in einer anderen Sprache sage ich: Ne! Ne! Und in vielen Sprachen: No! No! Non! Non! Njet! Njet! No! Ném! Ném! Nein! Denn

auch in unserer Sprache kann ich nur nein sagen, sonst finde ich kein Wort mehr in einer Sprache. Ein rollendes Gestell, vielleicht das Riesenrad, das Exkremente aus den Gondeln schüttet, fährt auf mich zu, und ich sage: Ne! Ném! Aber damit ich aufhöre, mein Nein zu rufen, fährt mir mein Vater mit den Fingern, seinen kurzen festen harten Fingern in die Augen, ich bin blind geworden, aber ich muß weitergehen. Es ist nicht auszuhalten. Ich lächle also, weil mein Vater nach meiner Zunge langt und sie mir ausreißen will, damit auch hier niemand mein Nein hört, obwohl niemand mich hört, doch eh er mir die Zunge ausreißt, geschieht das Entsetzliche, ein blauer riesiger Klecks fährt mir in den Mund, damit ich keinen Laut mehr hervorbringen kann. Mein Blau, mein herrliches Blau, in dem die Pfauen spazieren, und mein Blau der Fernen, mein blauer Zufall am Horizont! Das Blau greift tiefer in mich hinein, in meinen Hals, und mein Vater hilft jetzt nach und reißt mir mein Herz und meine Gedärme aus dem Leib, aber ich kann noch gehen, ich komme ins erste matschige Eis, bevor ich ins ewige Eis komme, und in mir hallt es: Ist denn kein Mensch mehr, ist hier kein Mensch mehr, auf dieser ganzen Welt, ist da kein Mensch und unter Brüdern, ist einer denn nichts wert, und unter Brüdern! Was von mir da ist, erstarrt im Eis, ist ein Klumpen, und ich sehe hinauf, wo sie, die anderen, in der warmen Welt wohnen, und der Große Siegfried ruft mich, erst leise, und dann doch laut, ungeduldig hör ich seine Stimme: Was suchst du, was für ein Buch suchst du? Und ich bin ohne Stimme. Was will der Große Siegfried? Er ruft von oben immer deutlicher: Was für ein Buch wird das sein, was wird denn dein Buch sein?

Plötzlich kann ich, auf der Spitze des Poles, von der es keine Wiederkehr gibt, schreien: Ein Buch über die Hölle. Ein Buch über die Hölle!

Das Eis bricht, ich sinke unter dem Pol weg, ins Erdinne-

re. Ich bin in der Hölle. Die feinen gelben Flammen ringeln sich, die Locken hängen mir feurig bis zu den Füßen, ich spucke die Feuer aus, schlucke die Feuer hinunter.
Bitte befreien Sie mich! Befreien Sie mich von dieser Stunde! Ich rede mit meiner Stimme aus der Schulzeit, doch ich denke, mit einer hohen Bewußtheit, es ist mir bewußt, wie ernst es schon geworden ist, und ich lasse mich auf den qualmenden Boden fallen, weiterdenkend, liege ich auf dem Boden und denke, ich muß die Menschen noch rufen können, und mit ganzer Stimme, die mich retten können. Ich rufe meine Mutter und meine Schwester Eleonore, ich halte die Reihenfolge genau ein, also zuerst meine Mutter, und mit dem ersten Kosenamen aus der Kinderzeit, dann meine Schwester, dann – (Beim Aufwachen fällt mir ein, daß ich nicht nach meinem Vater gerufen habe.) Meine ganze Kraft nehme ich zusammen, nachdem ich vom Eis ins Feuer gekommen bin und darin vergehe, mit einem schmelzenden Schädel, daß ich rufen muß in der hierarchischen Reihenfolge, denn die Folge ist der Gegenzauber.
Es ist der Weltuntergang, ein katastrophales Fallen ins Nichts, die Welt, in der ich wahnsinnig bin, ist zu Ende, ich greife mir an den Kopf, wie so oft, erschrecke, denn ich habe Metallplättchen auf dem abrasierten Kopf und sehe mich erstaunt um. Um mich sitzen einige Ärzte in weißen Kitteln, die freundlich aussehen. Sie sagen übereinstimmend, daß ich gerettet sei, auch die Plättchen könne man mir nun abnehmen, mein Haar werde wieder wachsen. Sie haben einen Elektroschock gemacht. Ich frage: Muß ich gleich bezahlen? mein Vater bezahlt nämlich nicht. Die Herren bleiben freundlich, das habe Zeit. Die Hauptsache ist, Sie sind gerettet. Ich falle noch einmal, ich wache zum zweiten Mal auf, aber ich bin doch noch nie aus dem Bett gefallen, und keine Ärzte sind da, meine Haare sind ge-

wachsen. Malina hebt mich auf und legt mich zurück aufs Bett.

Malina: Bleib ganz ruhig. Es ist nichts. Aber sag mir endlich: Wer ist dein Vater?

Ich: (und ich weine bitterlich) Bin ich wirklich hier. Bist du wirklich da!

Malina: Herrgott, warum sagst du immer ›mein Vater‹?

Ich: Gut, daß du mich erinnerst. Laß mich aber lang nachdenken. Deck mich zu. Wer könnte mein Vater sein? Weißt du, zum Beispiel, wer dein Vater ist?

Malina: Lassen wir das.

Ich: Sagen wir, ich mache mir da eine Vorstellung. Machst du dir denn keine?

Malina: Willst du ausweichen, willst du schlau sein?

Ich: Vielleicht. Ich möchte auch dich einmal hinters Licht führen. Sag mir eines. Warum bist du draufgekommen, daß mein Vater nicht mein Vater ist.

Malina: Wer ist dein Vater?

Ich: Ich weiß es nicht, ich weiß nicht, wirklich nicht. Du bist der Klügere, du weißt doch immer alles, du machst mich noch ganz krank mit deinem Alleswissen. Macht es dich nicht selber oft krank? Ach nein, dich nie. Wärm mir die Füße, ja, danke, nur meine Füße sind eingeschlafen.

Malina: Wer ist es?

Ich: Ich werde nie reden. Ich könnte doch nicht, denn ich weiß es nicht.

Malina: Du weißt es. Schwöre, daß du es nicht weißt.

Ich: Ich schwöre nie.

Malina: Dann werde ich es dir sagen, hörst du mich, ich werde es dir sagen, wer es ist.

Ich: Nein. Nein. Nie. Sag es mir nie. Bring mir Eis, ein kaltes, feuchtes Tuch für den Kopf.

Malina: (im Gehen) Du wirst es mir sagen, verlaß dich darauf.

Mitten in der Nacht wimmert das Telefon leise, es weckt mich mit Möwenschreien, dann fauchen die Düsen der Boeingmaschinen darin. Der Anruf kommt aus Amerika, und ich sage, erleichtert: Hallo. Es ist finster, es knistert um mich herum, ich bin auf einem See, in dem das Eis zu tauen anfängt, es war der tief-tiefgefrorene See, und ich hänge jetzt mit der Telefonschnur im Wasser, nur an diesem Kabel noch, das mich verbindet. Hallo! Ich weiß schon, daß es mein Vater ist, der mich anruft. Der See ist vielleicht bald ganz offen, doch ich bin auf einer Insel hier, die weit draußen im Wasser liegt, sie ist abgeschnitten, es gibt auch kein Schiff mehr. Ich möchte ins Telefon schreien: Eleonore! will meine Schwester rufen, aber am anderen Ende kann nur mein Vater sein, ich friere so sehr und warte mit dem Telefon, untergehend, auftauchend, die Verbindung ist aber da, ich höre Amerika gut, im Wasser kann man noch übers Wasser telefonieren. Ich sage schnell, gurgelnd, Wasser schluckend: Wann kommst du, hier bin ich, ja hier, du weißt ja, wie fürchterlich es ist, es gibt keine Verbindung mehr, ich bin abgeschnitten, ich bin allein, nein, kein Schiff mehr! Und während ich auf Antwort warte, sehe ich, wie verdüstert die Sonneninsel ist, die Oleanderbüsche sind umgesunken, der Vulkan hat Eiskristalle angesetzt, auch er ist erfroren, es ist das alte Klima nicht mehr. Mein Vater lacht ins Telefon. Ich sage: Ich bin abgeschnitten, komm doch, wann kommst du? Er lacht und lacht, er lacht wie auf dem Theater, er muß es dort erlernt haben, so grausig zu lachen: HAHAHA. Immer: HAHAHA. So lacht doch kein Mensch mehr heute, sage ich, niemand lacht so, hör auf damit. Mein Vater hört aber nicht auf, dümmlich zu lachen. Kann ich dich zurückrufen? frage ich, bloß damit dieses Theater aufhört. HAHA. HAHA. Die Insel geht unter, man kann es von jedem Kontinent aus sehen, während weitergelacht wird. Mein Vater ist zum Theater gegangen. Gott ist eine Vorstellung.

Mein Vater ist zufällig noch einmal nach Hause gekommen. Meine Mutter hat drei Blumen in der Hand, es sind die Blumen für mein Leben, sie sind nicht rot, nicht blau, nicht weiß, doch sind sie für mich bestimmt, und sie wirft die erste vor meinen Vater hin, ehe er sich uns nähern kann. Ich weiß, daß sie recht hat, sie muß sie ihm hinwerfen, aber ich weiß jetzt auch, daß sie alles weiß, Blutschande, es war Blutschande, aber bitten möchte ich sie um die anderen Blumen doch, und ich sehe meinen Vater in meiner Todesangst an, er reißt, um sich auch an meiner Mutter zu rächen, ihr die anderen Blumen aus der Hand, er tritt auf sie, er stampft auf allen drei Blumen herum, wie er oft aufgestampft hat in der Wut, er tritt und trampelt darauf, als gälte es, drei Wanzen zu zertreten, soviel geht ihn mein Leben noch an. Ich kann meinen Vater nicht mehr ansehen, ich hänge mich an meine Mutter und fange zu schreien an, ja, es war das, er war es, es war Blutschande. Aber dann merke ich, daß nicht nur meine Mutter stumm bleibt und sich nicht rührt, sondern von Anfang an gar kein Ton in meiner Stimme ist, ich schreie, aber es hört mich ja niemand, es ist nichts zu hören, es ist nur mein Mund aufgerissen, er hat mir auch die Stimme genommen, ich kann das Wort nicht aussprechen, das ich ihm zuschreien will, und in dieser Anstrengung, bei diesem trockenen, offenen Mund, kommt es wieder, ich weiß, ich werde wahnsinnig, und um nicht wahnsinnig zu werden, spucke ich meinem Vater ins Gesicht, nur habe ich keinen Speichel mehr im Mund, es trifft ihn kaum ein Hauch aus meinem Mund. Mein Vater ist unberührbar. Er ist unrührbar. Meine Mutter fegt die zertretenen Blumen, das bißchen Unrat, weg, stumm, um das Haus rein zu halten. Wo, in dieser Stunde, wo ist meine Schwester? Ich habe meine Schwester im ganzen Haus nicht gesehen.

Mein Vater nimmt mir die Schlüssel weg, er wirft meine Kleider aus dem Fenster auf die Straße, die ich aber gleich ans Rote Kreuz weitergebe, nachdem ich den Staub aus ihnen geschüttelt habe, denn ich muß noch einmal zurück ins Haus, ich habe die Spießgesellen hineingehen gesehen, und der erste zerschlägt die Teller und das Glas, aber ein paar Gläser hat mein Vater auf die Seite räumen lassen, und während ich zitternd in die Tür trete und ihm näher komme, nimmt er das erste und wirft es nach mir, dann eines vor mich auf den Boden, er wirft und wirft alle Gläser, er zielt so genau, nur wenige Splitter treffen mich, aber das Blut kommt in kleinen Rinnsalen von der Stirn, läuft vom Ohr weg, entspringt am Kinn, das Kleid verschmiert sich mit Blut, weil ein paar ganz feine Glasstücke durch den Stoff gedrungen sind, von meinen Knien tropft es stiller, aber ich will etwas, ich muß es ihm sagen. Er sagt: Bleib nur, bleib, und schau zu! Ich verstehe nun nichts mehr, aber weiß, daß Anlaß zur Furcht ist, und dann ist die Befürchtung noch nicht das schlimmste gewesen, denn mein Vater ordnet an, daß meine Büchergestelle abgerissen werden sollen, ja, er sagt ›abreißen‹, und ich will mich vor die Bücher stellen, aber die Männer stellen sich grinsend davor, ich werfe mich vor ihnen auf den Boden und sage: Nur meine Bücher laßt in Ruhe, nur diese Bücher, macht mit mir, was ihr wollt, mach, was du willst, so wirf mich doch aus dem Fenster, so versuch es doch noch einmal, wie damals! Aber mein Vater tut, als wüßte er nichts mehr von dem Versuch, von damals, und er beginnt, fünf, sechs Bücher auf einmal zu nehmen, wie einen Packen Ziegelsteine, und er wirft sie, so daß sie auf den Kopf fallen, in einen alten Schrank. Die Gesellen mit frostigen klammen Fingern ziehen die Gestelle weg, es kracht alles nieder, die Totenmaske von Kleist flattert eine Weile vor mir und Hölderlins Bild, unter dem steht: dich Erde, lieb ich, trauerst du doch mit mir! und nur diese Bilder fange ich und drücke ich an mich, die kleinen Balzacbände wirbeln herum, die Aeneis bekommt einen Knick, die Gesellen geben Lukrez und Horaz einen Fußtritt, aber ein anderer fängt an, ohne zu wissen, was er in die Hand nimmt, wieder einiges ordentlich zu stapeln, in einer Ecke, mein Vater stößt den Mann in die Rippen (wo habe ich den Mann schon einmal gesehen, er hat mir in der Beatrixgasse ein Buch zerstört), er sagt freundschaftlich zu ihm: Was, das hätte dir wohl gepaßt, auch mit ihr, was? Und nun blinzelt mein Vater zu mir herüber, und ich weiß, was er meint, denn der Mann lächelt verlegen und sagt, er möchte schon, und mir zuliebe tut er auch so, als wolle er mit meinen Büchern wieder gut umgehen, aber ich reiße ihm voller Haß die französischen Bücher aus der Hand, denn Malina hat sie mir gegeben, und ich sage: Sie bekommen mich nicht! Und zu meinem Vater sage ich: Du hast uns doch immer alle verschachert. Aber mein Vater brüllt: Was, jetzt auf einmal willst du nicht, ich werde, ich werde!

Die Männer verlassen das Haus, jeder hat ein Trinkgeld bekommen, sie schwenken ihre großen Taschentücher, rufen: Buchheil, und zu den Nachbarn und allen, die neugierig herumstehen, sagen sie: Wir haben ganze Arbeit geleistet. Jetzt sind mir die HOLZWEGE heruntergefallen, auch ECCE HOMO, und ich hocke betäubt und blutend inmitten der Bücher, es hat ja so kommen müssen, denn ich habe sie gestreichelt jeden Abend vor dem Schlafengehen, und Malina hat mir die schönsten Bücher geschenkt, das verzeiht mein Vater mir nie, und unlesbar sind alle geworden, das hat ja so kommen müssen, es ist keine Ordnung mehr, und ich werde nie wieder wissen, wo der Kürnberger und wo der Lafcadio Hearn gestanden sind. Ich lege mich zwischen die Bücher, ich streichle sie wieder, eines nach dem anderen, im Anfang waren es nur drei, dann fünfzehn gewesen, dann schon über hundert, und im Pyjama lief ich zu dem ersten Regal. Gute Nacht, meine Herren, gute Nacht, Herr Voltaire, gute Nacht, Fürst, wünsche wohl zu ruhen, meine Dichter unbekannt, schöne Träume, Herr Pirandello, meine Verehrung, Herr Proust. Chaire Thukydides! Zum erstenmal sagen die Herren heute gute Nacht zu mir, ich versuche ihnen vom Leib zu bleiben, damit sie keine Blutflecken bekommen. Gute Nacht, sagt Josef K. zu mir.

Mein Vater will meine Mutter verlassen, er kommt auf einem Planwagen aus Amerika zurück und sitzt da, als Kutscher mit einer Peitsche, die schnalzt, neben ihm sitzt die kleine Melanie, die mit mir in die Schule gegangen ist, herangewachsen. Meine Mutter möchte nicht, daß wir Freundinnen werden, aber Melanie hört nicht auf, sich an mich zu drücken, mit ihrem großen aufgeregten Busen, der meinem Vater gefällt und mich zurückschrecken läßt, sie gebärdet sich, lacht, hat braune Zöpfe, dann wieder langes blondes Haar, sie schmeichelt sich an mich heran, damit ich ihr etwas überlasse, und meine Mutter rückt immer weiter zurück auf dem Wagen, stumm. Ich lasse mich von Melanie abküssen, aber immer nur eine Wange halte ich ihr hin, ich helfe meiner Mutter beim Aussteigen und habe schon einen Verdacht, denn wir sind alle eingeladen, haben neue Kleider an, sogar mein Vater hat seinen Anzug gewechselt und sich rasiert nach der langen Fahrt, und wir halten unseren Einzug in den Ballsaal aus KRIEG UND FRIEDEN.

Malina: Steh auf, beweg dich, geh auf und ab mit mir, tief durchatmen, tief.

Ich: Ich kann nicht, bitte verzeih mir, und ich kann nicht mehr schlafen, wenn das so weitergeht.

Malina: Warum denkst du immer noch ›Krieg und Frieden‹?

Ich: Es heißt aber so, weil eines aufs andere folgt, ist es nicht so?

Malina: Du mußt nicht alles glauben, denk lieber selber nach.

Ich: Ich?

Malina: Es gibt nicht Krieg und Frieden.

Ich: Wie heißt es dann?

Malina: Krieg.

Ich: Wie soll ich je Frieden finden. Ich will den Frieden.

Malina: Es ist Krieg. Du kannst nur diese kurze Pause haben, mehr nicht.

Ich: Frieden!

Malina: In dir ist kein Frieden, auch in dir nicht.

Ich: Sag das nicht, nicht heute. Du bist furchtbar.

Malina: Es ist Krieg. Und du bist der Krieg. Du selber.

Ich: Ich nicht.

Malina: Wir alle sind es, auch du.

Ich: Dann will ich nicht mehr sein, weil ich den Krieg nicht will, dann schläfre du mich ein, dann sorg für das Ende. Ich will, daß der Krieg ein Ende nimmt. Ich will nicht mehr hassen, ich will, ich will ...

Malina: Atme tiefer, komm. Es geht schon wieder, siehst du, es geht, ich halte dich ja, komm ans Fenster, ruhiger und tiefer atmen, eine Pause machen, nicht reden jetzt.

Mein Vater tanzt mit Melanie, es ist der Ballsaal aus KRIEG UND FRIEDEN. Melanie trägt den Ring, den mir mein Vater geschenkt hat, aber er läßt alle Leute weiter glauben, er werde mir einen wertvolleren Ring vererben, nach seinem Tod. Meine Mutter sitzt aufrecht und stumm neben mir, zwei leere Sessel sind neben uns, zwei leere auch an unserem Tisch, weil die beiden nicht aufhören zu tanzen. Meine Mutter spricht nicht mehr mit mir. Es holt mich niemand zum Tanz. Malina kommt herein, und die italienische Sängerin singt: Alfin tu giungi, alfin tu giungi! Und ich springe auf und umarme Malina, ich bitte ihn inständig, mit mir zu tanzen, ich lächle erleichtert zu meiner Mutter hin. Malina nimmt meine Hand, wir stehen aneinandergelehnt am Rand der Tanzfläche, damit mein Vater uns sehen kann, und obwohl ich sicher bin, daß wir beide nicht tanzen können, versuchen wir es, es muß uns gelingen, die Täuschung zumindest, wir bleiben immer wieder stehen, als hätten wir genug damit zu tun, einander anzuschauen, nur mit Tanzen hat das nichts zu tun. Ich sage immer leise danke zu Malina: Danke, daß du gekommen bist, ich werde es nie vergessen, oh, danke, danke. Nun möchte Melanie auch mit Malina tanzen, auch mit ihm natürlich, und ich fürchte mich einen Augenblick lang, aber ich höre Malina schon ruhig und kühl sagen: Nein, leider, wir sind im Gehen. Malina hat mich gerächt. Am Ausgang fallen mir die langen weißen Handschuhe zu Boden, und Malina hebt sie auf, sie fallen mir auf jeder Stufe zu Boden, und Malina hebt sie auf. Ich sage: Danke, danke für alles! Laß sie fallen, sagt Malina, ich hebe dir alles auf.

Mein Vater geht den Strand entlang in der Wüste, in die er mich mitgelockt hat, er hat sich verheiratet, er schreibt in den Sand den Namen dieser Frau, die nicht meine Mutter ist, und ich merke es nicht sofort, erst nach dem ersten Buchstaben. Die Sonne scheint grausam auf die Buchstaben, sie liegen wie Schatten im Sand, in der Vertiefung, und meine einzige Hoffnung ist, daß die Schrift rasch überweht sein wird, noch ehe der Abend kommt, aber mein Gott, mein Gott, mein Vater kehrt zurück mit dem großen goldenen, dem mit Edelsteinen besetzten Stab der Wiener Universität, auf den ich geschworen habe: spondeo, spondeo, und ich will nach bestem Wissen und Gewissen, und mein Wissen niemals und unter keinen Umständen. Mit diesem ehrwürdigen Stab, der ihm nicht gehört, wagt er es wirklich, auf den ich die Schwurfinger gelegt habe, um meinen einzigen und wahrhaftigen Schwur abzulegen, mit dem Stab, auf dem noch mein Schwur brennt, schreibt er in den stehengebliebenen Sand wieder den Namen, ich kann ihn diesmal auch lesen, M e l a NIE und noch einmal M e l a NIE, und ich denke in der Dämmerung: NIE, nie hätte er das tun dürfen. Mein Vater ist am Wasser angelangt und stützt sich zufrieden auf den goldenen Stab, ich muß losrennen, obwohl ich weiß, daß ich schwächer bin, aber überraschen könnte ich ihn, ich springe von hinten auf seinen Rücken zu, um ihn zu Fall zu bringen, nur niederwerfen will ich ihn, wegen des Stabes aus Wien, nicht einmal weh tun möchte ich ihm, denn mit diesem Stab kann ich ihn nicht schlagen, weil ich geschworen habe, ich stehe da, mit dem erhobenen Stab, mein Vater prustet vor rasender Wut im Sand, er verflucht mich, weil er meint, ich wolle den Stab zerbrechen an ihm, ich wolle ihn totschlagen damit, aber ich halte ihn nur gegen den Himmel und lasse laut werden bis zum Horizont, über das Meer, bis zur Donau hin: Ich bringe dies zurück aus dem heiligen Krieg. Und mit einer Handvoll Sand, die mein Wissen ist, gehe ich über das Wasser, und mein Vater kann mir nicht folgen.

In der großen Oper meines Vaters soll ich die Hauptrolle übernehmen, es ist angeblich der Wunsch des Intendanten, der es bereits angekündigt hat, weil dann das Publikum scharenweise käme, sagt der Intendant, und die Journalisten sagen es auch. Sie warten mit Notizblöcken in der Hand, ich soll mich äußern über meinen Vater, auch über die Rolle, die ich nicht kenne. Der Intendant selber zwängt mich in ein Kostüm, und da es für jemand andren gemacht war, steckt er es eigenhändig mit Stecknadeln ab, die mir die Haut aufritzen; er ist so ungeschickt. Zu den Journalisten sage ich: Ich weiß gar nichts, bitte wenden Sie sich an meinen Vater, ich weiß doch nichts, es ist keine Rolle für mich, es ist nur, um das Publikum scharenweise zu locken! Aber die Journalisten schreiben etwas ganz anderes auf, und ich habe keine Zeit mehr, zu schreien und ihnen die Zettel zu zerreißen, denn es ist die letzte Minute vor dem Auftritt, und ich laufe, verzweifelt und schreiend, durch das ganze Opernhaus. Nirgends ist ein Textbuch zu bekommen, und ich weiß kaum zwei Einsätze, es ist nicht meine Rolle. Die Musik ist mir wohlbekannt, oh, ich kenne sie, diese Musik, aber die Worte weiß ich nicht, ich kann diese Rolle nicht, nie werde ich sie können, und ich frage, verzweifelter, einen Gehilfen von dem Intendanten, wie denn der erste Satz gehe von dem ersten Duett, das ich mit einem jungen Mann singen muß. Er und alle anderen lächeln enigmatisch, sie wissen etwas, was ich nicht weiß, was wissen die alle nur? Mir kommt ein Verdacht, aber der Vorhang geht auf, und unten ist diese riesige Menge, scharenweise, ich fange aufs geratewohl zu singen an, aber verzweifelt, ich singe ›Wer hülfe mir, wer hülfe mir!‹ und ich weiß, daß der Text so nicht heißen kann, aber ich merke auch, daß die Musik meine Worte, die verzweifelten, überdröhnt. Auf der Bühne sind viele Menschen, die teils wissend schweigen, teils gedämpft singen, wenn sie einen Einsatz bekommen, ein junger Mann singt sicher und laut und manchmal berät er sich rasch und heimlich mit mir, ich begreife, daß in dem Duett sowieso nur seine Stimme zu hören ist, weil mein Vater nur für ihn die Stimme geschrieben hat und nichts natürlich für mich, weil ich keine Ausbildung habe und nur gezeigt werden soll. Singen soll ich nur, damit das Geld hereinkommt, und ich falle nicht aus der Rolle, die nicht meine Rolle ist, sondern singe um mein Leben, damit mein Vater mir nichts antun kann. ›Wer hülfe mir!‹ Dann vergesse ich die Rolle, ich vergesse auch, daß ich nicht ausgebildet bin, und zuletzt, obwohl der Vorhang schon gefallen ist und die Abrechnung gemacht werden kann, singe ich wirklich, aber etwas aus einer anderen Oper, und in das leere Haus höre ich auch meine Stimme hinausklingen, die die höchsten Höhen und tiefsten Tiefen nimmt, ›So stürben wir, so stürben wir . . .‹. Der junge Mann markiert, er kennt diese Rolle nicht, aber ich singe weiter. ›Tot ist alles. Alles tot!‹ Der junge Mann geht, ich bin allein auf der Bühne, sie schalten das Licht ab und lassen mich ganz allein, in dem lächerlichen Kostüm mit den Stecknadeln darin. ›Seht ihr's Freunde, seht ihr's nicht!‹ Und ich stürze mit einer großen tönenden Klage und von dieser Insel und aus dieser Oper, immer noch singend, ›So stürben wir, um ungetrennt . . .‹, in den Orchesterraum, in dem kein Orchester mehr ist. Ich habe die Aufführung gerettet, aber ich liege mit gebrochenem Genick zwischen den verlassenen Pulten und Stühlen.

Mein Vater schlägt auf Melanie ein, dann, weil ein großer Hund warnend zu bellen anfängt, schlägt er diesen Hund, der sich voller Ergebenheit prügeln läßt. So haben meine Mutter und ich uns prügeln lassen, ich weiß, daß der Hund meine Mutter ist, ganz Ergebenheit. Ich frage meinen Vater, warum er auch Melanie schlägt, und er sagt, er verbitte sich diese Fragen, sie bedeute nichts für ihn, schon meine Frage nach ihr sei eine Unverschämtheit, er wiederholt immer, daß ihm Melanie nichts bedeute, er brauche sie nur noch ein paar Wochen lang, zur Auffrischung, ich müsse das verstehen. Ich denke, der Hund habe keine Ahnung, daß er meinen Vater nur ein wenig ins Bein beißen müsse, damit die Prügelei ein Ende hat, aber der Hund heult leise und beißt nicht. Danach unterhält sich mein Vater befriedigt mit mir, es hat ihn erleichtert, zuschlagen zu können, aber ich bin noch immer bedrückt, ich versuche ihm zu erklären, wie krank er mich gemacht hat, einmal muß er es doch erfahren, ich zähle mühsam auf, in wie vielen Krankenhäusern ich war, halte die Rechnungen in der Hand, von den Behandlungen, denn ich meine, wir sollten uns in sie teilen. Mein Vater ist in der besten Laune, nur versteht er den Zusammenhang nicht, weder mit der Prügelei, noch mit seinen Handlungen und meinem Wunsch, ihm das endlich alles zu sagen, es bleibt nutzlos, sinnlos, aber die Atmosphäre ist nicht gespannt, eher gut und heiter zwischen uns, denn jetzt will er doch den Vorhang zuziehen und mit mir schlafen, damit Melanie uns nicht sieht, die noch wimmernd dort liegt, aber, wie immer, nichts verstanden hat. Ich lege mich mit einer erbärmlichen Hoffnung nieder, stehe aber sofort wieder auf, ich kann es doch nicht, ich sage ihm, daß mir nichts daran liege, ich höre mich sagen: Ich lege keinen Wert darauf, ich habe nie einen Wert darauf gelegt, es ist kein Wert darauf! Mein Vater ist nicht gerade ungehalten, denn er legt auch keinen Wert darauf, er hält einen seiner Monologe, in dem erinnert er mich auch daran, daß ich einmal gesagt habe, es sei immer die gleiche Sache. Er sagt: Gleiche Sache, also keine Ausreden, rede dich nicht heraus, her mit der gleichen Sache, wenn es die gleiche Sache ist! Aber wir werden gestört, denn wir sind immer gestört worden, es ist sinnlos, ich kann ihm nicht erklären, daß es nur mit der Störung zusammenhängt und nie eine gleiche Sache ist, nur mit ihm, denn ich sehe keinen Wert darauf liegen. Melanie ist es, die stöhnt und stört, mein Vater steigt auf die Kanzel und hält seine Sonntagspredigt, über die gleiche Sache, und alle hören ihm still und fromm zu, er ist der größte Sonntagsprediger weit und breit. Am Ende verflucht er immer etwas oder jemand, damit seine Predigt an Kraft gewinnt, und er verflucht schon wieder, heute verflucht er meine Mutter und mich, er verflucht sein Geschlecht und mein Geschlecht, und ich gehe zu dem Weihwasserbecken der Katholiken und benetze meine Stirn, im Namen des Vaters, ich gehe hinaus, bevor die Predigt zu Ende ist.

Mein Vater ist mit mir in das Reich der tausend Atolle schwimmen gegangen. Wir tauchen hinunter in die See, die Schwärme der zauberischsten Fische begegnen mir, und ich möchte mit ihnen ziehen, aber mein Vater ist schon hinter mir her, ich sehe ihn bald seitwärts, bald unter mir, bald über mir, ich muß versuchen, zu den Riffen zu kommen, denn meine Mutter hat sich in dem Korallenriff versteckt und starrt stumm und mahnend auf mich, denn sie weiß, was mit mir geschehen wird. Ich tauche tiefer und schreie unter Wasser: Nein! Und: Ich will nicht mehr! ich kann nicht mehr! Ich weiß, daß es wichtig ist, unter Wasser zu schreien, weil es auch die Haie vertreibt, so muß das Schreien auch meinen Vater vertreiben, der mich anfallen will, mich zerfleischen will, oder er will wieder mit mir schlafen, mich packen vor dem Riff, damit meine Mutter es sieht. Ich schreie: Ich hasse dich, ich hasse dich, ich hasse dich mehr als mein Leben, und ich habe mir geschworen, dich zu töten! Bei meiner Mutter finde ich einen Platz, in ihrer verästelten, tausendgliedrigen, zunehmend wachsenden Tiefseestarre, ich hänge bang und furchtsam in ihrer Verästelung, ich hänge an ihr, aber mein Vater greift nach mir, er greift wieder nach mir, und ich war es also doch nicht, sondern er hat geschrien, es war seine Stimme, nicht die meine: Ich habe mir geschworen, dich zu töten! Aber ich habe geschrien: Ich hasse dich mehr als mein Leben!

Malina ist nicht da, ich rücke mir das Kissen zurecht, ich finde das Glas mit dem Mineralwasser, Güssinger, ich trinke, am Verdursten, dieses Glas Wasser. Warum habe ich das gesagt, warum? Mehr als mein Leben. Ich habe ein gutes Leben, immer besser geworden durch Malina. Es ist ein trüber Morgen, aber doch schon Licht. Was für Sprüche mache ich da, warum schläft Malina jetzt? Gerade jetzt. Er soll mir meine Worte erklären. Ich hasse mein Leben nicht, warum kann ich also mehr hassen als mein Leben. Ich kann es nicht. Nur ohne Halt bin ich nachts. Ich stehe vorsichtig auf, damit es gut bleibt, mein Leben, ich stelle das Teewasser auf, ich muß Tee trinken, in der Küche, frierend trotz des langen Nachthemds, mache ich mir diesen Tee, den ich brauche, denn wenn ich nichts mehr kann, ist Teekochen noch eine Beschäftigung. Wenn das Teewasser kocht, bin ich in keinem Atoll, ich wärme die Kanne, zähle die Löffel mit dem Earl Grey hinein, gieße ihn auf, ich kann noch Tee trinken, kann das kochende Wasser noch dirigieren bis zu meiner Kanne. Ich möchte Malina nicht wecken, aber ich bleibe wach, bis es 7 Uhr früh wird, ich wecke ihn und richte ihm das Frühstück, Malina ist auch nicht gerade in der besten Verfassung, vielleicht ist er spät nach Hause gekommen, sein Ei ist zu hart geworden, aber er sagt nichts, ich murmle eine Entschuldigung, die Milch ist sauer, aber warum schon nach zwei Tagen? sie war doch im Eisschrank, Malina sieht auf, weil kleine weiße Klumpen im Tee entstehen, und ich schütte seine Schale aus, er wird heute den Tee ohne Milch trinken müssen. Es ist alles sauer geworden. Verzeih mir, sage ich. Was ist denn? fragt Malina. Geh jetzt, bitte geh, mach dich fertig, du kommst sonst zu spät, ich kann so früh morgens nicht reden.

Ich habe den sibirischen Judenmantel an, wie alle anderen.

Es ist tiefer Winter, es kommt immer mehr Schnee auf uns nieder, und unter dem Schnee stürzen meine Bücherregale ein, der Schnee begräbt sie langsam, während wir alle auf den Abtransport warten, auch die Fotografien, die auf dem Regal stehen, werden feucht, es sind die Bilder aller Menschen, die ich geliebt habe, und ich wische den Schnee ab, schüttle die Fotografien, aber es fällt weiter Schnee, meine Finger sind schon klamm, ich muß die Fotos vom Schnee begraben lassen. Ich verzweifle nur, weil mein Vater mit ansieht, was ich zuletzt noch versuche, denn er gehört nicht zu uns, ich will nicht, daß er meine Anstrengung sieht und errät, wer auf diesen Fotografien ist. Mein Vater, der auch einen Mantel anziehen möchte, obwohl er zu dick ist dafür, vergißt die Bilder, er bespricht sich mit jemand, zieht den Mantel wieder aus, um nach einem besseren zu suchen, aber dann ist zum Glück kein Mantel mehr da. Er sieht, daß ich abreise mit den anderen, und ich möchte noch einmal mit ihm reden, ihm endlich begreiflich machen, daß er nicht zu uns gehört, daß er kein Recht hat, ich sage: Ich hab keine Zeit mehr, ich habe nicht genug Zeit. Es ist einfach nicht mehr die Zeit dazu. Ringsum beschuldigen mich einige Leute, daß ich mich nicht solidarisch erkläre, ›solidarisch‹, seltsames Wort! es ist mir gleichgültig. Ich soll eine Unterschrift geben, aber mein Vater gibt sie, er ist immer ›solidarisch‹, ich weiß aber nicht einmal, was das heißt. Zu ihm rasch gesagt: Leb wohl, ich habe keine Zeit mehr, ich bin nicht solidarisch. Ich muß jemand suchen! Ich weiß noch nicht genau, wen ich suchen muß, es ist jemand aus Pécs, den ich suche zwischen allen Leuten, in diesem furchtbaren Chaos. Es vergeht auch noch die letzte Zeit, die ich habe, ich fürchte schon, daß er vor mir abtransportiert worden ist, obwohl ich nur mit ihm darüber sprechen kann, mit ihm allein und bis ins siebente Glied, für das ich nicht einstehen kann, weil nach mir nichts mehr kommen wird. In den vielen Baracken, im hintersten Zimmer, finde ich ihn, er wartet dort müde auf mich, es steht ein Strauß Türkenbund in dem leeren Zimmer, neben ihm, der auf dem Boden liegt, in seinem schwärzer als schwarzen siderischen Mantel, in dem ich ihn vor einigen tausend Jahren gesehen habe. Er richtet sich verschlafen auf, er ist ein paar Jahre älter geworden, und groß ist seine Müdigkeit. Es sagt mit seiner ersten Stimme: Ach endlich, endlich bist du gekommen! Und ich falle nieder und lache und weine und küsse ihn, da bist du ja, wenn du nur da bist, ach endlich, endlich! Ein Kind ist auch da, ich sehe nur eines, obwohl mir ist, als müßten da zwei Kinder sein, und das Kind liegt in einer Ecke. Ich habe es sofort erkannt. In einer anderen Ecke liegt die Frau, sanft und duldsam, von der sein Kind ist, sie hat nichts dagegen, daß wir uns hier miteinander vor dem Abtransport niederlegen. Plötzlich heißt es: Aufstehen! Wir stehen alle auf, brechen auf, der Kleine ist schon auf dem Lastwagen, wir müssen uns beeilen, damit wir auch hinaufkommen, ich muß nur noch die schützenden Regenschirme für uns finden, und ich finde sie auch alle, für ihn, für die sanfte Frau, für das Kind, auch für mich, aber mein Schirm gehört nicht mir, es hat ihn einmal jemand stehengelassen in Wien, und ich bin konsterniert, weil ich ihn immer zurückgeben wollte, nur jetzt bleibt uns keine Zeit mehr dazu. Es ist ein toter Fallschirm. Es ist zu spät, ich muß diesen Schirm nehmen, damit wir durch Ungarn kommen, denn ich habe meine erste Liebe wiedergefunden, es regnet, prasselnd gießt es auf uns alle nieder, vor allem auf das Kind, das so heiter und gefaßt ist. Es fängt wieder an, ich atme zu schnell, wegen des Kindes vielleicht, aber mein Geliebter sagt: Sei ganz ruhig, sei du auch ruhig wie wir! Es wird jetzt gleich der Mond aufgehen. Nur ich habe immer noch Todesangst, weil es wieder anfängt, weil ich wahnsinnig werde, er sagt: Sei ganz ruhig, denk an den Stadtpark, denk an das Blatt, denk an den Garten in Wien, an unseren Baum, die Paulownia blüht.

Sofort bin ich ruhig, denn uns beiden ist es gleich ergangen, ich sehe, wie er auf seinen Kopf deutet, ich weiß, was sie mit seinem Kopf gemacht haben. Der Lastwagen muß durch einen Fluß, es ist die Donau, es ist dann doch ein anderer Fluß, ich versuche ganz ruhig zu bleiben, denn hier, in den Donauauen, sind wir einander zum erstenmal begegnet, ich sage, es geht schon, aber dann reißt es mir den Mund auf, ohne einen Schrei, denn es geht eben nicht. Er sagt zu mir, vergiß es mir nicht wieder, es heißt: Facile! Und ich verstehe es falsch, ich schreie, ohne Stimme, es heißt: Facit! Im Fluß, im tiefen Fluß. Kann ich Sie sprechen, einen Augenblick? fragt ein Herr, ich muß Ihnen eine Nachricht überbringen. Ich frage: Wem, wem haben Sie eine Nachricht zu geben? Er sagt: Nur der Prinzessin von Kagran. Ich fahre ihn an: Sprechen Sie diesen Namen nicht aus, niemals. Sagen Sie mir nichts! Aber er zeigt mir ein vertrocknetes Blatt, und da weiß ich, daß er wahr gesprochen hat. Mein Leben ist zu Ende, denn er ist auf dem Transport im Fluß ertrunken, er war mein Leben. Ich habe ihn mehr geliebt als mein Leben.

Malina hält mich, er ist es, der sagt: Bleib ganz ruhig! Ich muß ruhig bleiben. Aber ich gehe auf und ab mit ihm in der Wohnung, er möchte, daß ich mich hinlege, aber ich kann mich nicht mehr auf das zu weiche Bett legen. Ich lege mich auf den Boden, stehe sofort wieder auf, weil ich so auf einem andren Boden gelegen bin, unter dem sibirischen Mantel, der warm war, und ich gehe, sprechend, redend, Worte auslassend, Worte einlassend, mit ihm auf und ab. Ich lege meinen Kopf verzweifelt an seine Schulter, da, in dieser Schulter muß Malina ein gebrochenes Schlüsselbein mit einem Stück Platin haben, seit einem Autounfall, er hat es mir einmal erzählt, und ich merke, daß mir kalt wird, ich fange wieder zu zittern an, es kommt der Mond hervor, er ist von unsrem Fenster aus zu sehen, siehst du den Mond? Ich sehe einen anderen Mond und eine siderische Welt, aber es ist nicht der andere Mond, von dem ich sprechen will, nur reden muß ich, immerzu reden, um mich zu retten, um Malina das nicht anzutun, mein Kopf, mein Kopf, ich werde wahnsinnig, aber Malina soll das nicht wissen. Trotzdem weiß Malina es, und ich bitte ihn, während ich, an ihn gekrampft, auf und ab renne in der Wohnung, mich niederfallen lasse, wieder aufstehe, mir das Hemd aufmache, mich wieder hinfallen lasse, denn ich verliere den Verstand, es kommt über mich, ich verliere den Verstand, ich bin ohne Trost, ich werde wahnsinnig, aber Malina sagt noch einmal: Sei ganz ruhig, laß dich ganz fallen. Ich lasse mich fallen und ich denke an Ivan, ich atme etwas regelmäßiger, Malina massiert meine Hände und meine Füße, die Gegend um das Herz, aber ich werde ja wahnsinnig, nur eines bitte, ich bitte dich nur um eines ... Aber Malina sagt: Warum denn bitten, doch nicht bitten. Ich sage aber, wieder mit meiner heutigen Stimme: Bitte, Ivan darf das nie erfahren, nie wissen (und benommen weiß ich doch, daß Malina nichts von Ivan weiß, warum jetzt über Ivan reden?) – Ivan darf nie, versprich es mir, und solange ich noch reden kann, rede ich, es ist wichtig, daß ich rede, weißt du, ich rede nur noch, und bitte, red du doch mit mir, Ivan darf nie, nie etwas wissen, bitte erzähl mir etwas, rede mit mir über das Abendessen, wo warst du essen, mit wem, rede zu mir, über die neue Schallplatte, hast du sie mitgebracht, O alter Duft! rede mit mir, es ist gleichgültig, was wir miteinander reden, nur irgend etwas, reden, reden, reden, dann sind wir nicht mehr in Sibirien, nicht mehr in dem Fluß, nicht mehr in den Auen, den Donauauen, dann sind wir wieder da, in der Ungargasse, du mein gelobtes Land, mein Ungarland, rede mit mir, mach überall Licht an, denk nicht an unsre Lichtrechnung, es muß überall Licht sein, dreh alle Schalter an,

gib mir Wasser, mach Licht, mach das ganze Licht an! Zünd auch den Leuchter an.
Malina macht Licht, Malina bringt das Wasser, die Verstörung läßt nach, die Benommenheit nimmt zu, habe ich etwas zu Malina gesagt, habe ich Ivans Namen genannt? Habe ich ›Leuchter‹ gesagt? Weißt du, sage ich, weniger aufgeregt, du mußt es nicht zu ernst nehmen, Ivan lebt und er hat früher einmal gelebt, seltsam, nicht? Vor allem, mach dir nichts daraus, nur ich mache mir heute alles daraus, ich bin deswegen sehr müde, laß das Licht aber brennen. Ivan lebt noch, er wird mich anrufen. Wenn er anruft, dann sag ihm – Malina geht wieder mit mir auf und ab, weil ich nicht still liegen kann, er weiß nicht, was er Ivan sagen soll, ich höre das Telefon läuten. Sag ihm, sag ihm, bitte sag ihm! Sag ihm nichts. Am besten: Ich bin nicht zu Hause.

Mein Vater muß uns die Füße waschen, wie alle unsere Apostolischen Kaiser ihren Armen, an einem Tag im Jahr. Ivan und ich nehmen schon ein Fußbad, das Wasser läuft schwarz schäumend und schmutzig an, wir haben uns lange die Füße nicht gewaschen. Wir waschen sie uns besser selber, denn mein Vater hält sich nicht mehr an die ehrwürdige Pflicht. Ich bin froh, daß unsere Füße jetzt rein sind, daß sie sauber riechen, ich trockne Ivan die Füße und dann mir, wir sitzen auf meinem Bett und sehen einander voller Freude an. Aber jetzt kommt jemand, zu spät, die Tür fliegt auf, es ist mein Vater. Ich zeige auf Ivan, ich sage: Er ist es! Ich weiß nicht, ob ich deswegen die Todesstrafe zu erwarten habe oder nur in ein Lager komme. Mein Vater sieht das schmutzige Wasser, aus dem ich meine weißen, wohlriechenden Füße hebe, und ich mache ihn stolz auch auf Ivans reine Füße aufmerksam. Mein Vater soll nicht merken, trotz allem, obwohl er seine Pflicht wieder nicht getan hat, daß ich froh bin, alles abgewaschen zu

haben von dem langen Weg. Es war ein zu langer Weg von ihm zu Ivan, und meine Füße sind schmutzig geworden. Nebenan spielt es aus dem Radio: dadim, dadam. Mein Vater brüllt: Das Radio aus! Es ist nicht das Radio, du weißt es genau, sage ich bestimmt, denn ich habe nie eines gehabt. Mein Vater brüllt wieder: Deine Füße sind ja völlig verdreckt, und das habe ich jetzt auch allen Leuten gesagt. Damit du es nur weißt. Verdreckt, verdreckt! Ich sage lächelnd: Meine Füße sind gewaschen, ich hoffe, daß alle so reine Füße haben.
Was ist das für eine Musik, Schluß mit der Musik! Mein Vater tobt wie noch nie. Und sag sofort, am wievielten hat Columbus Amerika erreicht? Wie viele Grundfarben gibt es? Wie viele Farbtöne? Drei Grundfarben. Ostwald gibt sie mit 500 an. Alle meine Antworten kommen rasch und richtig, aber sehr leise, ich kann nichts dafür, wenn mein Vater sie nicht hört. Er schreit schon wieder, und jedesmal wenn er die Stimme erhebt, fällt ein Stück Mörtel von der Wand oder es springt ein Stück Holz aus dem Parkettboden. Wie kann er bloß fragen, wenn er die Antworten doch nicht hören will.

Es ist finster vor dem Fenster, ich kann es nicht öffnen und drücke das Gesicht an die Scheibe, es ist fast nichts zu sehen. Langsam kommt es mir in den Sinn, daß die düstere Lache ein See sein könnte, und ich höre die betrunkenen Männer einen Choral auf dem Eis singen. Ich weiß, daß hinter mir mein Vater eingetreten ist, er hat geschworen, mich zu töten, und ich stelle mich rasch zwischen den langen schweren Vorhang und das Fenster, damit er mich nicht überrascht beim Hinausschauen, aber ich weiß schon, was ich nicht wissen soll: am Seeufer liegt der Friedhof der ermordeten Töchter.

Auf einem kleinen Schiff beginnt mein Vater seinen großen Film zu drehen. Er ist der Regisseur, und es geht alles nach seinem Willen. Ich habe auch schon wieder klein beigegeben, denn mein Vater möchte ein paar Sequenzen mit mir drehen, er beteuert, ich werde nicht zu erkennen sein, er hat den besten Maskenbildner. Mein Vater hat sich einen Namen zugelegt, niemand weiß welchen, er war schon manchmal in Leuchtschriften über den Kinos der halben Welt zu sehen. Ich sitze wartend herum, bin noch nicht angezogen und geschminkt, habe Lockenwickler auf dem Kopf, nur ein Handtuch über den Schultern, aber plötzlich entdecke ich, daß mein Vater die Situation ausnutzt und heimlich schon dreht, ich springe empört auf, finde nichts, um mich zu bedecken, ich laufe trotzdem zu ihm und dem Kameramann hinüber und sage: Hör auf damit, hör sofort auf! Ich sage, dieser Filmstreifen müsse sofort vernichtet werden, das habe nichts mit Film zu tun, denn es ist gegen die Abmachung, der Streifen müsse entfernt werden. Mein Vater antwortet, gerade das wolle er, es werde die interessanteste Stelle im ganzen Film werden, er dreht weiter. Ich höre mit Entsetzen das Summen der Kamera und verlange noch einmal, daß er aufhört und das Stück Film herausgibt, aber er filmt unbewegt weiter und sagt wieder nein. Ich werde immer aufgeregter und rufe, er habe noch eine Sekunde, es sich zu überlegen, ich hätte keine Angst mehr vor Erpressung, ich werde mir selber zu helfen wissen, wenn niemand mir hilft. Da er wieder nicht reagiert und die Sekunde vorbei ist, schaue ich über die Schornsteine des Schiffs und die Apparate, die überall auf Deck herumstehen, ich stolpere über die Kabel und suche und suche, denn wie kann ich das bloß verhindern, was er tut, ich stürze zurück in die Garderobe, deren Türe ausgehoben ist, damit ich mich nicht einschließen kann, mein Vater lacht, aber in diesem Moment sehe ich die kleine Schale mit dem seifigen Wasser, das für die Manicure dasteht vor dem

Spiegel, und blitzschnell kommt mir der Einfall, ich nehme die Schale und schütte die Lauge auf die Apparate und in die Rohre des Schiffes, überall fängt es zu dampfen an, mein Vater steht erstarrt da, und ich sage ihm, daß ich ihn ja gewarnt hätte, ich sei ihm nicht mehr zu Willen, ich sei verändert, ich werde es jedem von nun an, wie ihm, sofort vergelten, was er gegen die Abmachung tut. Das ganze Schiff dampft immer mehr, die Filmarbeiten sind kaputt, die Arbeit muß hastig abgebrochen werden, alle stehen ängstlich und diskutierend beisammen, sie sagen aber, sie hätten den Regisseur sowieso nicht gemocht, sie sind froh darüber, daß dieser Film nicht zustande kommt. Wir verlassen über Strickleitern das Schiff, schaukeln in kleinen Rettungsbooten davon und werden auf ein großes Schiff gebracht. Während ich auf dem großen Schiff erschöpft auf einer Bank sitze und die Rettungsarbeiten beobachte für das kleine Schiff, kommen Menschenleiber angeschwommen, sie sind zwar lebendig, haben aber Brandwunden, wir müssen zusammenrücken, sie sollen alle von diesem Schiff aufgenommen werden, denn weiter weg von unsrem untergehenden Schiff ist ein zweites Schiff explodiert, das auch meinem Vater gehörte, mit vielen Passagieren darauf, und dort gab es die vielen Verletzten. Ich bekomme eine grundlose Angst, daß meine kleine Seifenschale auch die Explosion des anderen Schiffes verursacht hat, ich rechne schon damit, wegen Mordes unter Anklage gestellt zu werden, wenn wir an Land kommen. Es treiben immer mehr Menschenleiber auf uns zu, die herausgefischt werden, auch tote. Dann aber höre ich erleichtert, daß das andere Schiff aus ganz anderen Ursachen untergegangen ist. Ich habe nichts damit zu tun, es war eine Fahrlässigkeit meines Vaters.

Mein Vater will mich aus Wien wegbringen, in ein anderes

Land, er redet mir gut zu, ich müsse weg von hier, die Freunde hätten alle einen schlechten Einfluß auf mich, aber ich merke schon, er will keine Zeugen, er will nicht, daß ich mit irgend jemand reden kann und daß es herauskommt. Es könnte ja doch herauskommen. Ich setze mich nicht mehr zur Wehr, frage nur, ob ich Briefe schreiben darf, nach Hause, er sagt, das werde man noch sehen, es sei nicht günstig für mich. Wir sind abgereist in ein fremdes Land, ich habe sogar die Erlaubnis, auf die Straße zu gehen, aber ich kenne niemand und ich verstehe die Sprache nicht. Wir wohnen hoch oben, wo mir schwindlig wird, so hoch kann kein Haus sein, ich habe nie so hoch oben gewohnt und liege den ganzen Tag auf dem Bett, vorbeugend, ich bin gefangen und nicht gefangen, mein Vater sieht nur selten zu mir herein, er schickt meistens eine Frau mit einem verbundenen Gesicht, nur ihre Augen kann ich sehen, sie weiß etwas. Sie stellt mir das Essen hin und den Tee, bald kann ich nicht mehr aufstehen, weil sich alles um mich dreht, schon beim ersten Schritt. Mir fallen die anderen Fälle ein, ich muß also aufstehen, denn das Essen muß vergiftet sein oder der Tee, ich komme noch bis ins Bad und schütte das Essen und den Tee ins Klosett, weder die Frau noch mein Vater haben es bemerkt, sie vergiften mich, es ist furchtbar, ich muß einen Brief schreiben, es entstehen lauter Briefanfänge, die ich verstecke, in der Handtasche, in der Lade, unter dem Kopfpolster, aber ich muß schreiben und einen Brief aus dem Haus bringen. Ich fahre zusammen und lasse den Kugelschreiber fallen, denn mein Vater steht in der Tür, längst hat er das erraten, er sucht alle Briefe, er nimmt einen aus dem Papierkorb heraus und schreit: Mach den Mund auf! Was soll das heißen! Den Mund auf, sag ich! Er schreit stundenlang und hört nicht auf, er läßt mich nicht sprechen, ich weine immer lauter, er schreit besser, wenn ich weine, ich kann ihm nicht sagen, daß ich nichts mehr esse, daß ich das Essen wegschütte, daß ich schon dahintergekommen bin, ich gebe auch noch den zerknitterten Brief heraus, der unter dem Polster liegt, und schluchze. Den Mund auf! Mit den Augen sage ich ihm: Ich habe Heimweh, ich möchte nach Hause! Mein Vater sagt spöttisch: Heimweh! Das ist mir ein schönes Heimweh! Briefe sind das, aber die werden mir nicht spediert, deine werten Briefe an deine werten Freunde.

Ich bin abgemagert bis auf die Knochen und kann mich nicht aufrechthalten, aber es geht dann doch, ich hole meine Koffer herunter vom Dachboden, leise, mitten in der Nacht, mein Vater schläft fest, ich höre ihn schnarchen, er schnauft und röchelt. Trotz der Höhe habe ich mich hinausgebeugt und hinuntergesehen, auf der andren Straßenseite steht Malinas Auto. Malina, der keinen Brief bekommen hat, muß es begriffen haben, er hat mir seinen Wagen geschickt. Ich tue die wichtigsten Dinge in die Koffer, oder gerade nur, was zu erreichen ist, es muß leise und in der größten Eile geschehen, es muß heute nacht sein, sonst wird es mir nie mehr gelingen. Ich wanke mit den Koffern auf die Straße, ich muß sie alle paar Schritte absetzen und warten, bis ich wieder atmen und sie tragen kann, dann sitze ich im Auto, die Koffer habe ich auf die hinteren Plätze geschoben, der Autoschlüssel steckt, ich fahre an, ich fahre im Zickzack die leere nächtliche Straße, ich weiß ungefähr, wo die Ausfallstraße nach Wien sein muß, die Richtung weiß ich, aber ich kann nicht fahren und bleibe stehen, es geht nicht. Wenigstens bis zu einem Postamt müßte ich kommen, Malina sofort telegrafieren, damit er mich holen kommt, aber es geht nicht. Ich muß wenden, es wird schon hell, das Auto habe ich nicht mehr in der Gewalt, es gleitet auf den Platz zurück, an dem es gestanden ist, steht dort verkehrt, ich möchte noch einmal Gas geben und gegen die

Mauer fahren, mich zu Tode fahren, weil Malina nicht kommt, es ist Tag, ich liege über dem Volant. Jemand zieht mich an den Haaren, es ist mein Vater. Die Frau, der sich das Tuch auf ihrem Gesicht verschiebt, schleppt mich aus dem Auto und führt mich ins Haus zurück. Ich habe ihr Gesicht gesehen, sie zieht rasch wieder das Tuch vor, während ich aufheule, denn ich habe sie erkannt. Sie beide werden mich töten.

Mein Vater hat mich in ein hohes Haus gebracht, auch ein Garten ist oben, er läßt mich darin Blumen und kleine Bäume pflanzen, zum Zeitvertreib, er macht Witze über die vielen Christbäume, die ich aufziehe, sie sind aus den Weihnachten meiner Kinderzeit, aber solange er Witze macht, geht es gut, es gibt Silberkugeln und es blüht violett und gelb, es sind nur nicht die richtigen Blumen. Auch in viele Keramiktöpfe pflanze ich, säe ich, immer kommen Blumen mit verkehrten ungewünschten Farben heraus, ich bin nicht zufrieden, und mein Vater sagt: Du hältst dich wohl für eine Prinzessin, was! Für wen hältst du dich eigentlich, für etwas Besseres, was! Das wird dir noch vergehen, das wird dir ausgetrieben, und das und das – er zeigt auf meine Pflanzen – das wird auch bald ein Ende haben, was ist das für ein schwindelhafter Zeitvertreib, dieses Grünzeug! Ich halte den Gartenschlauch in der Hand, ich könnte ihm den vollen Wasserstrahl ins Gesicht fahren lassen, damit er aufhört, mich zu beleidigen, denn er hat mir den Garten zugeteilt, aber ich lasse den Schlauch fallen, ich schlage mir die Hände vors Gesicht, er soll mir doch sagen, was ich tun soll, das Wasser läuft auf dem Boden, und ich mag die Pflanzen nicht mehr gießen, ich drehe den Hahn ab und gehe ins Haus. Die Gäste meines Vaters sind gekommen, ich muß mich abmühen, die vielen Teller und die Tabletts mit den Gläsern hin und her tragen, dann dasitzen, zuhören, ich weiß nicht einmal, worüber sie reden, ich soll auch antworten, aber wenn ich nach einer Antwort suche, werde ich scharf angesehen, ich stottere, es ist nichts mehr richtig. Mein Vater lächelt und ist charmant mit allen, mir schlägt er auf die Schulter, er sagt: Die will Ihnen vorspielen, daß sie bei mir nur im Garten arbeiten darf, sehen Sie sich einmal diese schwerarbeitende Gärtnerin an, zeig deine Hände, mein Kind, zeig deine weißen schönen Pfötchen! Alle lachen, ich lache auch mühsam, mein Vater lacht am lautesten, er trinkt sehr viel und noch viel mehr, nachdem die Leute gegangen sind. Ich muß ihm noch einmal meine Hände zeigen, er dreht sie um, verdreht sie mir und ich springe auf, ich komme noch los von ihm, weil er betrunken schwankt beim Aufstehen, ich laufe hinaus und will die Tür zuwerfen, mich verstecken im Garten, aber mein Vater kommt mir nach, und schrecklich sind seine Augen, sein Gesicht ist rotbraun angelaufen vor Wut, er treibt mich an ein Geländer, es wird doch hier nicht wieder das Haus hoch oben sein, er zerrt an mir, wir ringen miteinander, er will mich über das Geländer werfen, wir kommen beide ins Rutschen, und ich werfe mich auf die andere Seite, ich muß bis zur Mauer kommen oder auf das Dach daneben springen oder doch zurück ins Haus gelangen, ich fange an, den Verstand zu verlieren, ich weiß nicht, wie ich entkommen kann, und mein Vater, der vielleicht auch Angst vor dem Geländer hat, will nicht mehr mit mir zum Geländer, er hebt einen Blumentopf auf, er schleudert ihn gegen mich, der Topf zerbricht an der Wand hinter mir, mein Vater nimmt noch einen, es platscht mir die Erde ins Gesicht, es kracht und splittert, ich habe die Augen voller Erde, so kann mein Vater nicht sein, so darf mein Vater nicht sein! Es läutet an der Haustüre, zu meinem Glück, jemand ist also alarmiert, es läutet schon wieder, oder einer von den Gästen ist zurückgekommen. Es kommt jemand, flüstere ich, hör auf! Mein Vater sagt höhnisch: Da kommt jemand für dich, jawohl, für dich natürlich, aber du bleibst, hörst du! Weil es immer noch läutet, weil es die Rettung sein muß, weil ich mit meinem erdverschmierten Gesicht nichts sehe und versuche, die Tür zu finden, fängt mein Vater an, was ihm an Blumentöpfen unterkommt, über das Geländer zu werfen, damit die Leute weggehen, anstatt mich zu retten. Trotzdem muß ich entkommen sein, denn ich stehe plötzlich am Tor auf der Straße, mit Malina vor mir in der Dunkelheit, ich wispere, er versteht noch nicht, ich hauche, komm nicht jetzt, nicht heute, und Malina, den ich noch nie bleich und fassungslos gesehen habe, fragt fassungslos, was ist denn, ist etwas? Bitte geh, ich muß ihn beruhigen, flüstere ich. Ich höre die Polizeisirene, die Polizisten springen schon aus einem Streifenwagen, ich sage in höchster Angst, hilf mir jetzt, wir müssen die loswerden, wir müssen. Malina spricht mit den Polizisten und erklärt, es gebe hier ein Fest und Übermut, Übermut und sehr viel gute Laune. Mich hat er ins Dunkel geschoben. Die Polizei fährt wirklich wieder weg, Malina kommt zurück, er sagt eindringlich, ich habe verstanden, das kommt von ihm da oben geflogen, er hat mich nur um ein Haar verfehlt, du kommst jetzt mit mir, oder wir sehen einander nie wieder, das muß ein Ende haben. Aber ich flüstere, ich kann nicht mitkommen, laß es mich nur noch einmal versuchen, ich will ihn beruhigen, er hat es getan, weil du geläutet hast, ich muß sofort zurück. Bitte nicht mehr läuten! Versteh doch, wir sehen einander wieder, sagt Malina, aber nicht, eh das ein Ende hat, denn er hat mich töten wollen. Ich widerspreche leise, nein, nein, er hat nur mich, ich fange zu weinen an, denn Malina ist gegangen, ich weiß nicht mehr, was ich tun soll, ich muß die Spuren verwischen, ich sammle die Scherben auf der Straße ein, schiebe mit den Händen die Blumen und die Erde zum Rinnstein, ich habe heute nacht Malina verloren und Malina hätte aufs Haar heute nacht sterben müssen, wir beide, Malina und ich, aber es ist stärker als ich und meine Liebe zu Malina, ich werde weiter leugnen, im Haus brennt Licht, mein Vater ist auf dem Boden eingeschlafen, inmitten der Verwüstung, alles ist zerstört, verwüstet, ich lege mich neben meinen Vater, in die Verwüstung, denn hier ist mein Platz, neben ihm, der schlaff und traurig und alt schläft. Und obwohl es mich anwidert, ihn anzusehen, muß ich es tun, wissen muß ich, welche Gefahr noch in sein Gesicht geschrieben ist, wissen muß ich, woher das Böse kommt, und ich erschrekke, aber anders als sonst, denn das Böse ist in einem Gesicht, das ich nicht kenne, ich krieche auf einen fremden Mann zu, dem die Erde an den Händen klebt. Wie bin ich hierhergeraten, wie in seine Macht, in wessen Macht? Mir kommt in meiner Erschöpfung ein Verdacht, aber der Verdacht ist zu groß, ich schlage den Verdacht sofort nieder, es darf nicht ein fremder Mann sein, es darf nicht vergeblich und nie ein Betrug gewesen sein. Es darf nicht wahr sein.

Malina öffnet eine Flasche mit Mineralwasser, aber er hält mir auch ein großes Glas mit einem Schluck Whisky vors Gesicht, er besteht darauf, daß ich es trinke. Ich mag nicht mitten in der Nacht Whisky trinken, aber da Malina so besorgt aussieht, seine Finger in mein Handgelenk gedrückt sind, nehme ich an, daß es mir nicht gutgeht. Er sucht meinen Puls, zählt und sieht nicht zufrieden aus.

Malina: Hast du mir noch immer nichts zu sagen?

Ich: Mir zeigt sich etwas, ich fange auch an, eine Logik darin zu sehen, aber ich verstehe im einzelnen nichts. Einiges ist ja halbwegs wahr, etwa, daß ich auf dich gewartet habe, auch daß ich einmal eine Stiege hinuntergegangen bin, um dich aufzuhalten, auch das mit den Polizisten stimmt beinahe, nur hast nicht du ihnen gesagt, sie sollten gehen, es sei ein Mißverständnis, sondern ich selber habe es ihnen gesagt, ich habe sie weggeschickt. Oder? Die Angst war größer im Traum. Würdest du denn je die Polizei holen? Ich kann das nicht. Ich hatte sie ja auch nicht geholt, das haben die Nachbarn getan, ich habe die Spuren verwischt, falsch ausgesagt, das gehört sich doch, nicht wahr?

Malina: Warum hast du ihn gedeckt?

Ich: Ich habe gesagt, es sei ein Fest, ein turbulentes, ein übliches Fest. Alexander Fleisser und der junge Bardos sind unten gestanden, sie waren im Auseinandergehen, dann hätte Alexander beinahe ein Gegenstand getroffen, ich sage dir nicht welcher, er war groß genug, um jemand zu töten. Flaschen sind auch heruntergeworfen worden, natürlich keine Blumentöpfe. Ich habe gesagt, irrtümlich. Das kann doch vorkommen. Zugegeben, es kommt nicht häufig vor, nicht in allen Familien, nicht jeden Tag, nicht überall, aber vorkommen kann es ja, bei einem Fest, stell dir die Laune der Leute vor.

Malina: Ich spreche nicht von Leuten, das weißt du. Und ich frage nicht nach Launen.

Ich: Auch hat man keine Angst, wenn man weiß, daß es wirklich passieren könnte, es ist ganz anders, die Angst kommt später, in einer anderen Gestalt, sie kommt heute nacht. Ach ja, du willst etwas anderes wissen. Ich bin am Tag darauf zu Alexander gegangen, auch den jungen Bardos, den ich kaum kannte, hätte es treffen können, aber der war schon hundert Meter weg gewesen. Zu Alexander sagte ich, ich sei dermaßen, gewissermaßen, ich sei einigermaßen niedergeschlagen, einfach sprachlos, aber ich redete eine ganze Menge, denn Alexander hatte sich sein Teil schon gedacht, und ich fühlte es, er werde eine Anzeige machen, aber das durfte doch nicht geschehen, begreif doch! Ich sagte auch, ›man‹ hätte die Straße leer geglaubt, wer konnte schon ahnen, daß auch Bardos in dieser späten Stunde da unten stand, und gesehen hatte ›man‹ ihn vielleicht, sogar sicher, aber das wußte nur ich, darum kam ich auf schwere Zeiten zu sprechen, nur in Alexanders Mienen war zu lesen, daß er derartige Vorfälle nicht mit schweren Zeiten entschuldigen konnte, so erfand ich noch zu den schweren Zeiten eine schwere Krankheit, so erfand ich immerzu eine Menge. Überzeugt war Alexander nicht. Meine Absicht war es auch nicht, überzeugend zu wirken, sondern das Schlimmste im Moment zu verhindern.

Malina: Warum hast du das getan?

Ich: Ich weiß nicht. Ich habe es getan. Damals war es richtig für mich, es zu tun. Später weiß man nichts mehr. Nicht einmal einen Grund, da jeder hinfällig geworden ist.

Malina: Wie würdest du ausgesagt haben?

Ich: Gar nicht. Mit einem Wort höchstens, das ich noch aussprechen konnte – aber da wußte ich schon nicht mehr, was es bedeutet –, hätte ich alle Fragen zunichte gemacht. (Ich mache Malina mit den Fingern ein Zeichen, in der Taubstummensprache.) Wäre ich damit nicht ganz gut durchgekommen? Oder mit der Behauptung: Angehörigkeit. Du hast leicht lachen, es ist dir ja nichts passiert, du bist nicht an dem Tor gestanden.

Malina: Lache ich denn? Du lachst. Du solltest schlafen,

es ist sinnlos, mit dir zu reden, solange du zurückhältst mit der Wahrheit.

Ich: Der Polizei habe ich Geld gegeben, alle sind ja nicht bestechlich, aber diese Burschen waren es, das ist wahr. Die sind froh gewesen, daß sie zurück ins Revier oder in die Betten konnten.

Malina: Was gehen mich diese Geschichten an. Dir träumt ja.

Ich: Ich träume, aber ich versichere dir, daß ich zu begreifen anfange. Damals fing ich auch an, alles, was ich las, entstellt zu lesen. Wenn irgendwo stand ›Sommermoden‹, habe ich gelesen ›Sommermorde‹. Das ist nur ein Beispiel. Ich könnte dir Hunderte nennen. Glaubst du das?

Malina: Natürlich, aber ich glaube schon einiges, was du selber noch immer nicht glauben willst.

Ich: Und das wäre ...

Malina: Du vergißt, daß ich morgen Journaldienst habe. Steh bitte rechtzeitig auf. Ich bin todmüde. Auch wenn das Frühstücksei einmal weder zu weich, noch zu hart sein könnte, wäre ich dir dankbar. Gute Nacht.

Die neuen Wintermorde sind angekommen, sie werden schon in den wichtigsten Mordhäusern vorgeführt. Mein Vater ist der erste Couturier der Stadt. Ich weigere mich, aber ich soll die Braut-Modelle vorführen. Es gibt in diesem Jahr sowieso nur weiße und nur wenige schwarze Morde, die weißen im Eispalast, bei 50 Grad Kälte, man wird dort lebend für das Publikum und vor dem Publikum getraut, in Eisschleiern und mit Eisblumen. Die Brautleute müssen nackt sein. Der Eispalast steht an der Stelle, an dem der alte Eislaufverein war und wo im Sommer die Ringkämpfe stattfinden, aber mein Vater hat den ganzen

Platz gemietet, ich soll getraut werden mit dem jungen Bardos, eine Musikkapelle ist bestellt, die sich auch zu Tode fürchtet, bei dieser Temperatur spielen zu müssen, doch mein Vater läßt die Witwen versichern. Noch sind es die Frauen der Musikanten.

Mein Vater ist aus Rußland zurückgekommen, es hat ihm geschadet. Er hat nicht die Eremitage gesehen, sondern die Torturen studiert, er hat die Zarin Melanie mitgebracht. Ich muß mit Bardos auf das Eis, in einen graziösen, kunstvollen Eispavillon, beklatscht von ganz Wien und der Welt, denn die Vorstellung wird über den Satelliten übertragen, es soll an dem Tag sein, an dem die Amerikaner oder die Russen oder alle miteinander zum Mond fahren. Meinem Vater kommt es nur darauf an, daß die Wiener Eisschau die ganze Welt den Mond und die Weltmächte vergessen läßt. Er jagt in einer pelzbeschlagenen Kutsche um den ersten und dritten Bezirk, läßt sich noch einmal bestaunen mit der jungen Zarin, ehe das große Spektakel beginnt.
Zuerst werden alle über Lautsprecher aufmerksam gemacht auf die erfinderischen Details des Eispalastes, auf Fenster, die dünnste Eisplatten, durchsichtig wie das schönste Glas, als Scheiben haben. Hunderte von Eiskandelabern erleuchten den Platz, und zum Staunen ist die Einrichtung, die Diwane, Taburette, die Kredenzen mit dem zerbrechlichsten Service, Gläsern und Teegeschirr, alles aus Eis gefertigt und in lebhaften Farben, bemalt wie das Augarten-Porzellan. Im Kamin liegt Holz aus Eis, das, mit Nafta überstrichen, zu brennen scheint, und über das große Himmelbett kann man durch die spitzenartigen Eisvorhänge sehen. Die Zariza, die meinen Vater ihren ›Bären‹ nennt, neckt ihn, sie meint, es müsse ein Vergnügen sein, in diesem Palast zu wohnen, aber doch etwas zu kalt zum Schlafen sein. Mein Vater beugt sich zu mir und sagt im

frivolsten Ton: Ich bin überzeugt, daß du nicht erfrieren wirst, wenn du mit deinem Herrn Bardos heute dieses Lager teilst, er soll doch dafür sorgen, daß zwischen euch das Feuer der Liebe nicht zum Erlöschen kommt! Ich werfe mich vor meinem Vater nieder, ich bitte nicht um mein Leben, sondern um Gnade für den jungen Bardos, den ich kaum kenne, der mich kaum kennt und mich verständnislos, am Erfrieren schon ohne Verstand, ansieht. Ich verstehe nicht, warum auch Bardos mitgeopfert werden soll bei dieser Volksbelustigung. Mein Vater erklärt der Zariza, daß auch mein Mitschuldiger sich ausziehen müsse und so lange mit den Wassern aus der Donau und aus der Newa begossen werde, bis wir beide zu Eisstatuen werden. Aber das ist ja entsetzlich, antwortet Melanie affektiert, mein großer Bär, du wirst die Unglücklichen doch früher töten lassen. Nein, meine kleine Bärin, erwidert mein Vater, denn sonst würden den beiden die natürlichen Bewegungen, die nach dem Gesetz der Schönheit unerläßlich sind, fehlen, ich werde sie lebendig begießen lassen, wie könnte ich mich bloß an der Todesangst belustigen! Du bist grausam, sagt Melanie, aber mein Vater verspricht ihr eine Ekstase, er weiß, wie verwandt die Grausamkeit und die Wollust sind. Wenn man in einen Pelz gehüllt ist, ließe sich das leicht und gut ansehen, verspricht er und hofft, Melanie werde auch an Grausamkeit einmal alle anderen Frauen übertreffen. Die Leute von der Straße und die Wiener Gesellschaft jubeln: So was sieht man nicht alle Tage!

Wir stehen bei 50 Grad Kälte, entkleidet, vor dem Palast, müssen die befohlenen Positionen einnehmen, im Publikum seufzen manche, doch jeder denkt, daß Bardos, der unschuldig ist, mitschuldig ist, weil man anfängt, die Ströme eisigen Wassers über uns zu gießen. Ich höre mich noch wimmern und eine Verwünschung ausstoßen, das letzte, was ich wahrnehme, ist das triumphierende Lächeln meines Vaters, und sein befriedigtes Seufzen ist das letzte, was ich höre. Ich kann nicht mehr um das Leben von Bardos bitten. Ich werde zu Eis.

Meine Mutter und meine Schwester haben einen internationalen Parlamentär zu mir geschickt, sie wollen wissen, ob ich ›nach‹ diesem Vorfall bereit wäre, mit meinem Vater die Beziehungen weiterzuführen. Ich sage dem Zwischenträger: Um nichts in der Welt! Der Mann, der ein alter Freund von mir sein muß, ist konsterniert deswegen und meint, das sei aber schade. Er findet meinen Standpunkt zu hart. Nachher gehe ich von meiner Mutter und meiner Schwester, die stumm und hilflos herumstehen, weg in das Nebenzimmer, um selbst mit meinem Vater darüber zu sprechen. Obwohl ich unbeugsam denke, unbeugsam urteile, mein ganzer Körper unbeugsam geworden ist, werde ich die Vorstellung nicht los, daß ich meine Pflicht tun müsse, ich werde wieder mit ihm schlafen, mit den zusammengebissenen Zähnen, dem unbewegten Körper. Er soll aber wissen, daß ich es nur den anderen zuliebe tue und damit kein internationales Aufsehen erregt wird. Mein Vater ist sehr niedergeschlagen, er macht Andeutungen, daß er sich krank fühle, allem nicht mehr gewachsen sei, und ich kann die Aussprache wieder nicht herbeiführen, er steigert sich in eine Krankheit hinein, die er gar nicht hat, damit er nicht über Melanie und mich nachdenken muß. Es geht mir ein Licht auf, warum er alles mögliche vorschiebt, denn er lebt jetzt mit meiner Schwester. Ich kann nichts mehr tun für Eleonore, sie schickt mir einen Zettel zu: Bete für mich, bitte für mich!

Ich sitze auf dem Bett, mir ist zu warm und mir ist zu kalt, ich greife nach einem Buch, das ich vor dem Einschlafen auf den Boden gelegt habe, GESPRÄCH MIT DER ERDE, ich habe vergessen, bei welchem Kapitel ich es zugeschlagen habe, suche planlos im Inhaltsverzeichnis, im Anhang, Erläuterung der Fach- und Fremdwörter, die Kräfte und Vorgänge unterirdischen Ursprungs, Innere Dynamik. Malina nimmt mir das Buch aus der Hand und legt es weg.

Malina: Warum kommt deine Schwester vor, wer ist deine Schwester?

Ich: Eleonore? Ich weiß nicht, ich habe keine Schwester, die Eleonore heißt. Aber wir haben doch alle eine Schwester, nicht wahr? Verzeih. Wie konnte ich nur! Aber du willst ja etwas von meiner wirklichen Schwester wissen. In der Kinderzeit waren wir natürlich immer beisammen, dann noch eine Weile in Wien, am Sonntagvormittag gingen wir zu den Konzerten im Musikverein, manchmal verabredeten wir uns mit denselben Männern, lesen konnte sie auch, einmal schrieb sie drei traurige Seiten, die gar nicht zu ihr paßten, wie eben vieles nicht zu uns paßt, und ich habe das nicht ernst genommen. Ich habe etwas versäumt. Was wird meine Schwester getan haben? Ich hoffe, sie hat sich bald danach verheiratet.

Malina: Du sollst nicht so von deiner Schwester sprechen, es strengt dich nur an, sie zu verbergen. Und Eleonore?

Ich: Ich hätte es ernst nehmen müssen, aber ich war noch so jung damals.

Malina: Eleonore?

Ich: Sie ist viel älter als meine Schwester, sie muß in einer anderen Zeit gelebt haben, in einem anderen Jahrhundert sogar, Bilder kenne ich von ihr, aber ich erinnere mich nicht, erinnere mich nicht ... Gelesen hat sie auch, einmal hat mir geträumt, sie liest mir vor, mit einer Geisterstimme. Vivere ardendo e non sentire il male. Wo steht das?

Malina: Was ist aus ihr geworden?

Ich: Sie ist in der Fremde gestorben.

Mein Vater hält meine Schwester gefangen, er läßt nichts durchblicken, er verlangt von mir meinen Ring für sie, denn meine Schwester soll diesen Ring tragen, er zieht mir den Ring vom Finger und sagt: Das genügt wohl, das reicht wohl! ihr seid ja eine wie die andere, ihr werdet beide noch etwas erleben. Melanie hat er ›abgesetzt‹, manchmal sagt er, sie sei ›entlassen‹, er habe sie durchschaut, ihren Ehrgeiz und ihre Sucht, durch ihn glänzen zu wollen. Die Tiraden, in denen er mir ihre Sucht begreiflich machen will, sind aber eigenartig, das Wort ›Schnee‹ kommt vor, sie wolle mit ihm durch meinen Schnee fahren, auch durch unseren gemeinsamen Schnee aus den Voralpen, und ich frage ihn, ob er meine Briefe schon bekommen habe, aber es stellt sich heraus, daß sie im Schnee steckengeblieben sind. Noch einmal bitte ich ihn um die wenigen Dinge, die ich bis zuletzt brauchen werde, um die zwei Kaffeeschalen von Augarten, weil ich noch einmal Kaffee trinken will, sonst könne ich meine Pflicht nicht tun, die Kaffeeschalen sind nämlich weg, das ist das Bitterste, ich werde meiner Schwester sagen müssen, daß sie mir wenigstens diese Schalen zurückgeben soll. Mein Vater hat eine kleine Lawine ins Rollen gebracht, damit ich erschrecke und diesen Wunsch nicht mehr äußere, die Schalen sind unter dem Schnee. Nur täuschen wollte er mich, er löst eine zweite Lawine aus, ich verstehe langsam den Schnee, denn es soll mich der Schnee begraben, es soll mich keiner mehr finden.

Auf die Bäume zulaufend, wo Rettung und Halt ist, versuche ich feige zu schreien, ich wolle nichts mehr, er soll es vergessen, ich will überhaupt nichts mehr, es ist Lawinengefahr, man muß rudern mit den Armen, man muß schwimmen im Schnee, um oben zu bleiben, man muß treiben über dem Schnee. Aber mein Vater tritt auf ein Schneebrett und löst eine dritte Lawine aus, sie reißt unsere ganzen Wälder nieder, die ältesten Bäume, die stärksten, die fällt nun ihre unheimliche Kraft, ich kann meine Pflicht nicht mehr tun, ich bin einverstanden, daß der Kampf ein Ende hat, mein Vater sagt zu der Suchmannschaft, sie bekämen ein Freibier, sie dürften nach Hause gehen, vor dem nächsten Frühjahr sei nichts zu machen. Ich bin unter die Lawine meines Vaters gekommen.

Auf dem leicht verschneiten Hang hinter unserem Haus fahre ich zum erstenmal Ski. Ich muß versuchen, die Schwünge so zu machen, daß ich nicht auf die aperen Stellen komme und, hinuntergleitend, auf einem in den Schnee geschriebenen Satz bleibe. Der Satz könnte aus der früheren Zeit sein, weithin geschrieben mit einer ungeschickten Kinderhandschrift, in dem liegengebliebenen Schnee aus meiner Jugend. Es kommt mir eine Ahnung, daß er aus dem braunen Schulheft ist, auf dessen erste Seite ich in der Neujahrsnacht geschrieben habe: Wer ein Warum zu leben hat, erträgt fast jedes Wie. Aber in dem Satz heißt es auch, daß ich noch immer Schwierigkeiten mit meinem Vater habe und nicht damit rechnen kann, jetzt aus diesem Unglück herauszukommen. Eine ältere Frau, eine Wahrsagerin, bringt mir und einer abseits stehenden Gruppe, an die ich mich nicht anschließe, das Skifahren bei. Sie achtet darauf, daß jeder zum Stehen kommt, wo der Hang zu Ende ist. Wo ich zum Stehen komme, in der größten Erschöpfung, liegt ein Brief, er betrifft den 26. Jänner und hat etwas mit einem Kind zu tun, der Brief ist sehr kompliziert zusammengefaltet und mehrfach verschlossen. Er darf noch eine Weile nicht geöffnet werden – ist ganz von Eis verkrustet –, denn er enthält eine Wahrsagung. Ich mache mich auf den Weg durch den großen Wald, steige dann aus den Skiern und lege die Stöcke dazu, ich gehe zu Fuß weiter, in Richtung Stadt, bis zu den Häusern meiner Wiener Freunde. Auf den Hausschildern fehlen die Namen aller Männer. Ich versuche mit der letzten Kraft bei Lily zu läuten, ich läute, obwohl sie nie gekommen ist, noch immer verzweifelt über ihr Nichtkommen, aber ich gebe mich ruhig und erzähle ihr schon in der Tür, daß meine Mutter und Eleonore heute ankämen, um mich unterzubringen, in einer guten Anstalt, ich bräuchte keine Unterkunft und müsse sofort zum Flugplatz, ich weiß aber plötzlich nicht, ob ich nach Schwechat oder nach Aspern fahren muß, ich kann nicht auf beiden Flugplätzen gleichzeitig sein, ich weiß nicht einmal mehr, ob meine Mutter und meine Schwester wirklich mit den Flugzeugen kommen, ob es heute Flugzeuge gibt, ob meine Mutter und meine Schwester überhaupt kommen können und benachrichtigt sind. Benachrichtigt war ja nur Lily. Ich bringe den Satz nicht zustande, ich möchte schreien: Benachrichtigt warst ja nur du! Und was hast du getan, du hast nichts getan, du hast es nur ärger gemacht!

Da alle Männer aus Wien verschwunden sind, muß ich mich einmieten bei einem jungen Mädchen, in einem Zimmer, das nicht größer als mein Kinderzimmer ist, auch mein erstes großes Bett steht darin. Plötzlich verliebe ich mich in das Mädchen, ich umarme sie, während Frau Breitner, meine Hausmeisterin aus der Ungargasse (oder die Baronin aus der Beatrixgasse), nebenan liegt, dick und schwer, sie merkt schon, daß wir einander umarmen, obwohl wir mit meiner großen blauen Decke zugedeckt sind. Sie ist nicht empört, aber sie sagt, das habe sie nie für möglich gehalten, sie kenne mich doch und sie habe auch meinen Vater gut gekannt, sie hat nur bis heute nicht gewußt, daß mein Vater nach Amerika gegangen ist. Frau Breitner beschwert sich, denn sie hat mich für eine ›Heilige‹ gehalten, sie wiederholt mehrmals ›eine Art Heilige‹, und damit ich nicht gekündigt werde, versuche ich, ihr zu erklären, daß es doch verständlich und natürlich sei, nach dem großen Unglück mit meinem Vater, ich könne nicht anders. Ich sehe das Mädchen genauer an, es ist mir nie begegnet, sie ist sehr zart und sehr jung und sie erzählt mir von einer Seepromenade am Wörthersee, ich bin überwältigt, weil sie vom Wörthersee spricht, aber ich traue mich nicht, du zu ihr zu sagen, weil sie sonst dahinterkäme, wer ich bin. Sie soll es nie erfahren. Eine Musik beginnt, mild und leise, und abwechselnd versuchen wir, einige Worte zu dieser Musik zu singen, auch die Baronin versucht es, sie ist meine Hausmeisterin, die Breitner, wir irren uns immer wieder, ich singe ›All meinen Unmut geb' ich preis‹, das Mädchen singt ›Seht ihr's Freunde, seht ihr's nicht?‹. Frau Breitner singt aber ›Habet acht! habet acht! Bald entweicht die Nacht!‹.

Auf dem Weg zu meinem Vater treffe ich eine Gruppe von Studenten, die auch zu ihm wollen, den Weg kann ich ihnen zeigen, aber ich möchte nicht gleichzeitig mit ihnen vor der Tür ankommen. Ich warte, an die Wand gedrückt, während die Studenten läuten. Melanie öffnet, sie ist in einem langen Hauskleid, ihr Busen ist schon wieder zu groß und für alle zu sehen, sie begrüßt überschwenglich die Studenten und gibt vor, sich an alle zu erinnern, sie habe sie in allen Vorlesungen gesehen, und sagt strahlend, heute sei sie noch Fräulein Melanie, aber nicht mehr lange, denn sie will Frau Melanie sein. Nie, denke ich. Dann erblickt sie mich, ich habe ihr den Auftritt verdorben, wir begrüßen einander oberflächlich, geben einander die Hand, aber nur so, daß die Hände sich flach berühren und keine der anderen die Hand drückt. Sie geht voraus im Korridor, es ist schon die neue Wohnung, und es ist mir klar, daß Melanie schwanger ist. In der Wohnung steht meine Lina mit gesenktem Kopf, mit meinem Kommen hat sie nicht mehr gerechnet, denn in dieser Wohnung wird sie Rita genannt, damit nichts mehr an mich erinnert. Die Wohnung ist riesig, besteht aber nur aus einem ganz schmalen und einem immensen Raum, die Aufteilung geht auf die Architekturideen meines Vaters zurück, ich kenne seine Ideen, sie sind nicht zu verkennen. Unter den Möbeln sehe ich mein blaues Sofa aus der Beatrixgasse, und da mein Vater mit dem Einrichten beschäftigt ist, spreche ich ihn an, in dem großen Raum. Mein Vater, dem ich Vorschläge mache, wegen des blauen Sofas und einiger anderer Dinge, hört nicht zu, er geht mit einem Zollstab auf und ab, mißt die Wände, die Fenster und die Türen, denn er hat wieder etwas Großes vor. Ich frage ihn, ob ich es ihm jetzt mündlich oder später schriftlich erklären soll, welche Ordnung ich wünsche, und wie es ihm lieber sei. Er bleibt beschäftigt und gleichgültig und sagt nur: Beschäftigt, ich bin beschäftigt! Ehe ich die Wohnung verlasse, sehe ich mir einiges an, hoch oben an der Wand ist ein gefiederter komischer Wandschmuck, viele kleine tote Vögel stehen ausgestopft in einer Nische, die rot beleuchtet ist, und ich sage vor mich hin, wie geschmacklos, es ist geschmacklos wie eh und je. Es war schon immer der Geschmack, der uns getrennt hat. Seine Gleichgültigkeit, seine Geschmacklosigkeit waren es, beide Worte verwirren sich in eines für mich, und Lina, die sich Rita nennen läßt, begleitet mich hinaus, ich sage, geschmacklos, hier hat nichts einen Geschmack, es ist gleichgültig hier, es wird immer gleich bleiben mit meinem Vater. Lina nickt verlegen, sie gibt mir heimlich die Hand, und jetzt möchte ich den Mut haben, ich möchte und muß die Tür laut zuwerfen, laut, wie mein Vater immer alle Türen zugeworfen hat, damit auch er einmal weiß, was es heißt, jemand DIE TÜR ZUWERFEN. Doch die Tür schnappt sanft ein, ich kann die Tür noch immer nicht zuwerfen. Vor dem Haus drücke ich mich an die Wand, ich hätte nicht in dieses Haus kommen dürfen, nie zu Melanie, mein Vater hat das Haus schon umstellen lassen, ich kann nicht zurück und ich kann nicht weg, aber über den Zaun könnte ich noch klettern, wo das Gebüsch sehr dicht ist, und in meiner Todesangst laufe ich auf den Zaun zu und klettere hinauf, es ist die Rettung, es wäre die Rettung, aber oben am Zaun verfange ich mich, es ist Stacheldraht, es sind Stacheln, mit 100 000 Volt geladen, die 100 000 Schläge, elektrisch, bekomme ich, mein Vater hat die Drähte geladen, in alle meine Fasern rasen die vielen Volt. Ich bin an der Raserei meines Vaters verglüht und gestorben.

Ein Fenster geht auf, draußen liegt ein finsteres, wolkiges Land und ein See darin, der immer kleiner wird. Um den See herum liegt ein Friedhof, die Gräber sind genau zu erkennen, die Erde tut sich über den Gräbern auf, und für einen Augenblick stehen mit wehenden Haaren die gestorbenen Töchter auf, ihre Gesichter sind nicht auszumachen, die Haare fallen ihnen bis über die eine Hand, die rechte Hand aller Frauen ist erhoben und im Weißlicht zu sehen, sie spreizen die wächsernen Hände, es fehlen die Ringe, es fehlt der Ringfinger an jeder Hand. Mein Vater läßt den See über die Ufer treten, damit nichts herauskommt, damit nichts zu sehen ist, damit die Frauen über den Gräbern ertrinken, damit die Gräber ertrinken, mein Vater sagt: Es ist eine Vorstellung: WENN WIR TOTEN ERWACHEN.

Als ich aufwache, weiß ich, daß ich viele Jahre lang in keinem Theater mehr war. Vorstellung? Ich kenne keine Vorstellung, ich habe keine Vorstellung, aber es muß eine Vorstellung gewesen sein.

Malina: Du hast dir immer zuviel vorgestellt.

Ich: Aber damals konnte ich mir gar nichts vorstellen. Oder wir sprechen von Vorstellen und von Vorstellungen und meinen nicht das gleiche.

Malina: Ich gehe der Sache nach. Warum fehlt dein Ring? Hast du je einen Ring getragen? Du trägst doch nie einen Ring. Mir hast du gesagt, es sei dir unmöglich, einen am Finger zu tragen, etwas um den Hals oder um das Handgelenk oder meinetwegen um die Fesseln zu haben.

Ich: Im Anfang hatte er mir einen kleinen Ring gekauft, ich wollte ihn in der Ringschachtel steckenlassen, aber er fragte mich jeden Tag, wie mir der Ring gefalle und immer erinnerte er mich daran, daß ich diesen Ring von ihm bekommen hätte, er redete jahrelang ununterbrochen von diesem Ring, als könnte ich von einem Ring leben, und wenn ich nicht jeden Tag freiwillig davon redete, fragte er, wo hast du denn meinen Ring, Kind? Und ich, das Kind, ich sagte, um Gottes willen, ich werde doch den Ring nicht, nein, ich bin jetzt ganz sicher, ich habe ihn nur im Bad liegengelassen, ich will ihn sofort holen und an den Finger stecken oder neben mich legen auf die kleine Kommode, unweit vom Bett, ich kann nur mit deinem Ring in der Nähe einschlafen. Es gab ein entsetzliches Theater um diesen Ring herum, er erzählte auch allen Leuten, er habe mir einen Ring geschenkt, und die

Leute meinten am Ende schon, er habe mir das Leben oder zumindest einen Monatswechsel oder ein Haus und einen Garten und die Luft zum Atmen dazu geschenkt, ich konnte diesen verdammten Ring kaum mehr tragen, und als der Ring nicht mehr gelten sollte, hätte ich ihm den Ring gerne ins Gesicht geschmissen, auch weil er ihn mir nämlich gar nicht geschenkt hatte, freiwillig, ich hatte ihn gedrängt, mir eine Bestätigung zu geben, weil nie ein Zeichen kam, weil ich ein Zeichen wollte, und schließlich habe ich den Ring bekommen, von dem immerwährend die Rede war. Man kann aber einen Ring nicht jemand ins Gesicht werfen, und vor die Füße, das wäre zur Not gegangen, doch es ist leichter gesagt als getan, denn wenn jemand sitzt oder auf und ab geht, kann man ihm nicht etwas so Kleines vor die Füße werfen und damit erreichen, was man will. Darum ging ich zuerst ins Bad und wollte ihn in die Klosettmuschel werfen, aber dann kam es mir zu einfach, zu praktisch und zu richtig vor, ich wollte mein Drama haben, auch ich wollte dem Ring jetzt eine Bedeutung geben, und ich fuhr mit dem Auto bis Klosterneuburg, dort stand ich stundenlang auf der Donaubrücke im ersten Winterwind, dann holte ich die Ringschachtel aus der Manteltasche und den Ring aus der Ringschachtel, denn ich trug ihn schon einige Wochen lang nicht mehr, es war der 19. September. An einem kalten Nachmittag, als es noch hell war, warf ich ihn in die Donau.

Malina: Das erklärt doch gar nichts. Die Donau ist voll von Ringen, jeden Tag wird ein Ring von den Donaubrücken zwischen Klosterneuburg und Fischamend im kalten Winterwind oder im heißen Sommerwind von einem Finger gezogen und hineingeworfen.

Ich: Ich habe meinen Ring nicht vom Finger gezogen.

Malina: Darum geht es nicht, ich will deine Geschichte nicht, du weichst mir immerzu aus.

Ich: Das seltsamste war, daß ich es wußte, die ganze Zeit, daß er mit Mordgedanken um mich herumging, ich wußte nur nicht, auf welche Art er mich beseitigen wollte. Möglich war alles. Aber ausgedacht haben konnte er sich nur eine Möglichkeit, und eben diese eine konnte ich nicht erraten. Ich wußte nicht, daß es das heute und hier noch gibt.

Malina: Gewußt hast du es vielleicht nicht, aber du warst einverstanden.

Ich: Ich schwöre dir, ich war nicht einverstanden, man kann doch nicht einverstanden sein, man will weg, man flieht. Was willst du mir einreden? ich war nie einverstanden!

Malina: Schwör nicht. Vergiß nicht, daß du nie schwörst.

Ich: Natürlich wußte ich, er würde mich an der Stelle treffen wollen, wo ich am verletzlichsten bin, denn dann brauchte er nichts mehr zu tun, er mußte nur noch warten, abwarten, bis ich selber, bis ich mich selber . . .

Malina: Hör auf zu weinen.

Ich: Ich weine doch nicht, das willst du mir einreden, du bringst mich noch zum Weinen. Es war aber ganz anders. Dann habe ich mich umgesehen, und in meiner Umgebung, und auch fern von meiner Umgebung, habe ich bemerkt, daß alle abwarten, sie tun nichts weiter, tun nichts Besonderes, sie drücken den anderen die Schlafmittel in die Hand, das Rasiermesser, sie sorgen dafür, daß man kopflos an einem Felsenweg spazierengeht, daß man in einem fahrenden Zug betrunken die Tür aufmacht oder daß sich einfach eine Krankheit einstellt. Wenn man lange genug wartet, kommt ein Zusammenbruch, es kommt ein langes oder ein kurzes Ende. Manche überleben das ja, aber man überlebt es eben nur.

Malina: Wie einverstanden aber muß man sein?

Ich: Ich habe zu sehr gelitten, ich weiß nichts mehr, ich gebe nichts zu, wie soll ich das wissen, ich weiß zuwenig, ich hasse meinen Vater, ich hasse ihn, Gott allein weiß, wie sehr, ich weiß nicht, warum das so ist.

Malina: Wen hast du zu deinem Götzen gemacht?

Ich: Niemand. So geht es nicht weiter, ich komme nicht weiter, es zeigt sich nichts, ich höre immer nur, leiser oder lauter, eine Stimme zu den Bildern, die sagt: Blutschande. Das ist doch nicht zu verwechseln, ich weiß, was es heißt.

Malina: Nein, nein, du weißt es eben nicht. Wenn man überlebt hat, ist Überleben dem Erkennen im Wege, du weißt nicht einmal, welche deine Leben früher waren und was dein Leben heute ist, du verwechselst sogar deine Leben.

Ich: Ich habe nur ein Leben.

Malina: Überlaß es mir.

Es ist vor dem Schwarzen Meer, und ich weiß, daß die Donau ins Schwarze Meer münden muß. Ich werde münden wie sie. Ich bin alle Ufer gut hinuntergekommen, aber vor dem Delta sehe ich, halb vom Wasser bedeckt, einen feisten Körper, ich kann aber nicht ausweichen und bis in die Mitte des Flusses waten, weil der Fluß hier zu tief und zu weit ist und voller Wirbel. Mein Vater hat sich vor der Mündung im Wasser versteckt, er ist ein riesiges Krokodil, mit müden herabhängenden Augen, das mich nicht vorbeilassen wird. Es gibt jetzt keine Krokodile mehr am Nil, man hat das letzte an die Donau gebracht. Mein Vater öffnet manchmal ein wenig die Augen, es sieht aus, als läge er nur träge da, als wartete er auf nichts, aber er wartet natürlich auf mich, er hat gewußt, daß ich heimkehren will, daß es für mich die Rettung ist. Das Krokodil öffnet manchmal schmachtend den großen Rachen, es hängen die Fetzen, Fleischfetzen von den anderen Frauen darin, und mir fallen die Namen aller Frauen ein, die es zerrissen hat, es schwimmt altes Blut auf dem Wasser, aber auch frisches Blut; ich weiß nicht, wie hungrig mein Vater heute ist. Neben ihm sehe ich plötzlich ein kleines Krokodil liegen, er hat jetzt ein zu ihm passendes Krokodil gefunden. Das kleine Krokodil funkelt aber mit den Augen und ist nicht träge, es schwimmt auf mich zu und will mich, mit falscher Freundlichkeit, auf die rechte und auf die linke Wange küssen. Bevor es mich küssen kann, schreie ich: Du bist ein Krokodil! Gehen Sie zurück zu Ihrem Krokodil, ihr gehört doch zueinander, ihr seid ja Krokodile! Denn ich habe Melanie sofort erkannt, die wieder scheinheilig ihre Augen halb zufallen läßt und nicht mehr funkelt mit ihren Menschenaugen. Mein Vater schreit zurück: Sag das noch einmal! Aber ich sage es nicht noch einmal, obwohl ich es sagen sollte, weil er es befiehlt. Ich habe nur die Wahl, von ihm zerrissen zu werden oder in den Fluß zu gehen, wo er am tiefsten ist. Ich bin vor dem Schwarzen Meer im Rachen meines Vaters verschwunden. Ins Schwarze Meer sind aber drei Blutstropfen von mir, meine letzten, gemündet.

Mein Vater kommt ins Zimmer, er pfeift und singt, er steht da in den Pyjamahosen, ich hasse ihn, ich kann ihn nicht ansehen, ich mache mich zu schaffen an meinem Koffer. Bitte zieh dir doch etwas an, sage ich, zieh dir etwas anderes an! Denn er trägt einen Pyjama, den ich ihm zum Geburtstag geschenkt habe, er trägt ihn absichtlich, und ich möchte ihm den Pyjama herunterreißen, aber plötzlich fällt mir etwas ein, und ich sage beiläufig: Ach, nur du bist es! Ich fange zu tanzen an, ich tanze einen Walzer ganz allein, und mein Vater sieht mir etwas überrascht zu, denn auf dem Bett liegt sein kleines Krokodil, das Samt und Seide anhat, und er fängt an, sein Testament für Samt und Seide zu machen, er schreibt es auf einen großen Bogen und sagt: Du wirst nichts bekommen, hörst du, denn du tanzt ja! Ich tanze wirklich, didam dadam, ich tanze durch alle Räume und fange an, mich auf dem Teppich zu drehen, den er mir nicht wegziehen kann unter den Füßen, es ist der Teppich aus KRIEG UND FRIEDEN. Mein Vater ruft nach meiner Lina: Ziehen Sie ihr doch den Teppich weg! Aber Lina hat Ausgang, und ich lache, tanze und rufe plötzlich: Ivan! Es ist unsere Musik, ist jetzt ein Walzer für Ivan, immer wieder für Ivan, es ist die Rettung, denn mein Vater hat Ivans Namen nie gehört, er hat mich nie tanzen gesehen, er weiß nicht mehr, was er machen soll, man kann mir den Teppich nicht wegziehen, man kann mich nicht aufhalten bei den schnellen Umdrehungen in diesem wirbelnden Tanz, ich rufe Ivan, aber er muß nicht kommen, muß mich nicht halten, denn mit einer Stimme, die noch nie jemand gehabt hat, mit der Sternstimme, der siderischen Stimme, erzeuge ich den Namen Ivan und seine Allgegenwart.

Mein Vater ist außer sich, er schreit empört: Diese Wahnsinnige soll endlich aufhören oder verschwinden, sie soll sofort verschwinden, sonst wacht mein kleines Krokodil auf! Tanzend nähere ich mich dem Krokodil, ich ziehe ihm mein gestohlenes Hemd aus Sibirien und meine Briefe nach Ungarn weg, ziehe ihm, was mir gehört, aus seinem schläfrigen, gefährlichen Rachen, auch den Schlüssel möchte ich wiederhaben, und ich will schon lachen, ihn von dem Krokodilszahn nehmen und weitertanzen, aber mein

Vater nimmt mir den Schlüssel. Er nimmt mir, zu allem anderen, auch noch den Schlüssel, es ist der einzige Schlüssel! Mir bleibt die Stimme weg, ich kann nicht mehr rufen: Ivan, so hilf mir doch, er will mich töten! An dem größten Zahn von dem Krokodil hängt noch ein Brief von mir, kein sibirischer Brief, kein ungarischer Brief, ich sehe mit Entsetzen, an wen dieser Brief gerichtet ist, denn ich kann den Anfang lesen: Mein geliebter Vater, du hast mir das Herz gebrochen. Krakkrak gebrochen damdidam meines gebrochen mein Vater krak krak rrrrak dadidam Ivan, ich will Ivan, ich meine Ivan, ich liebe Ivan, mein geliebter Vater. Mein Vater sagt: Schafft dieses Weib fort!

Mein Kind, das jetzt etwa vier oder fünf Jahre alt ist, kommt zu mir, ich erkenne es sofort, weil es mir ähnlich sieht. Wir sehen in einen Spiegel und vergewissern uns. Der Kleine sagt leise zu mir, mein Vater werde heiraten, diese Masseuse, die so schön, aber aufdringlich sei. Er möchte deswegen nicht mehr bei meinem Vater bleiben. Wir sind in einer großen Wohnung bei Fremden, in einem Zimmer höre ich meinen Vater mit einigen Leuten sprechen, es ist eine gute Gelegenheit, und ich beschließe, ganz plötzlich, das Kind zu mir zu nehmen, obwohl es bei mir sicher auch nicht gerne bleibt, da mein Leben so ungeordnet ist, da ich noch keine Wohnung habe, weil ich erst den Obdachlosenverein verlassen muß, den Rettungsdienst und die Suchmannschaft bezahlen muß, und ich habe kein Geld, aber ich halte das Kind fest an mich gedrückt und verspreche ihm, alles zu tun. Der Kleine scheint einverstanden, wir versichern einander, daß wir beisammenbleiben müssen, ich weiß, daß ich von nun an um das Kind kämpfen werde, da mein Vater kein Recht auf unser Kind hat, ich verstehe mich selber nicht mehr, denn er hat ja kein Recht, ich nehme jetzt das Kind an der Hand und will sofort zu ihm gehen, aber dazwischen sind andere Zimmer. Mein Kind hat noch keinen Namen, ich fühle, daß es namenlos ist wie die Ungeborenen, ich muß ihm bald einen Namen geben und meinen Namen dazu, ich schlage ihm flüsternd vor: Animus. Das Kind möchte keinen Namen, aber es versteht. In jedem Zimmer spielen sich die übelsten Szenen ab, ich halte meinem Kind eine Hand vor die Augen, denn ich habe im Klavierzimmer meinen Vater entdeckt, er liegt unter dem Klavier mit einer jungen Frau, sie könnte diese Masseuse sein, mein Vater hat ihr die Bluse aufgeknöpft und zieht ihr den Büstenhalter aus, und ich fürchte, daß das Kind trotzdem die Szene gesehen hat. Wir drängen uns durch die Gäste, die alle Champagner trinken, in das nächste Zimmer, mein Vater muß vollkommen betrunken sein, wie könnte er sonst das Kind so vergessen. In dem anderen Zimmer, in dem wir Schutz suchen, liegt eine Frau, auch auf dem Boden, die mit einem Revolver alle bedroht, ich errate, daß es ein gefährliches Fest ist, ein Revolverfest, ich versuche auf die skurrilen Einfälle der Frau einzugehen, sie zielt auf den Plafond, dann durch die Tür auf meinen Vater, ich weiß nicht, ob sie es im Ernst oder im Spaß tut, sie könnte diese Masseuse sein, denn plötzlich fragt sie gemein, was ich hier zu suchen habe und wer dieser kleine Bastard sei, und ich frage, während sie den Revolver auf mich richtet, ob es nicht umgekehrt sei, ob nicht sie es sei, die nichts hier zu suchen habe, sie aber fragt schrill zurück: Wer ist dieser Bastard, der mir im Weg ist? In meiner Todesangst weiß ich nicht, ob ich das Kind an mich reißen soll oder ob ich es wegschicken soll, ich will rufen: Lauf, lauf! lauf weg von hier! Denn die Frau spielt nicht mehr mit dem Revolver, sie will uns beide aus dem Weg haben, es ist der 26. Jänner, und ich reiße das Kind an mich, damit wir miteinander sterben, die Frau überlegt einen Augenblick, dann zielt sie genau und erschießt das Kind. Sie muß mich nicht mehr treffen. Mein Vater hat ihr nur einen Schuß freigegeben. Während ich über das Kind falle, läuten die Neujahrsglocken, und alle stoßen mit den Champagnergläsern an, sie verschütten auch viele Gläser, der Champagner rinnt über mich, seit der Neujahrsnacht, und ich habe mein Kind nicht im Beisein meines Vaters begraben.

Ich bin ins Zeitalter der Stürze gekommen, die Nachbarn lassen manchmal nachfragen, ob etwas passiert sei. Ich bin in ein kleines Grab gefallen und habe mir den Kopf angeschlagen und die Arme ausgerenkt, bis zum nächsten Sturz muß alles geheilt sein, und ich muß diese Zeit in der Gruft zubringen, ich fürchte mich schon vor dem nächsten Sturz, aber ich weiß, da es eine Wahrsagung ist, daß ich dreimal stürzen werde, ehe ich wieder aufstehen kann.

Mein Vater hat mich ins Gefängnis gebracht, ich bin nicht allzu überrascht, denn ich kenne ja seine guten Verbindungen. Zuerst hoffe ich, daß man mich gut behandeln und mich zumindest schreiben lassen wird. Immerhin habe ich hier Zeit und bin vor seinen Nachstellungen sicher. Ich könnte das Buch fertigschreiben, das ich gefunden habe, schon vorher auf dem Weg zum Gefängnis, in diesem Polizeiwagen habe ich einige Sätze im kreisenden Blaulicht gesehen, zwischen den Bäumen hängend, in den Abflußwässern schwimmend, von vielen Autoreifen in einen zu heißen Asphalt gedrückt. Ich habe mir auch alle Sätze gemerkt, und andere sind auch noch im Kopf geblieben, aber aus der früheren Zeit. Ich werde durch lange Gänge geführt, man will ausprobieren, in welche Zelle ich passe, aber dann stellt sich heraus, daß ich keine Vergünstigungen bekomme. Es gibt ein langes Hin und Her zwischen verschiedenen Behörden. Mein Vater steckt dahinter, er hat einen Teil der Akten verschwinden lassen, es verschwinden immer mehr für mich günstige Akten, und zuletzt stellt sich heraus, daß Schreiben für mich nicht zugelassen ist. Ich bekomme jetzt zwar eine Einzelzelle, wie ich es mir gewünscht habe im geheimen, man schiebt auch einen Blechnapf mit Wasser herein, und obwohl es zu schmutzig und finster ist in der Zelle, denke ich nur an das Buch, ich bitte um Papier, ich trommle an die Tür, um Papier, weil ich etwas schreiben muß. Es wird mir leichtfallen in der Zelle, ich bedaure es nicht, hier gefangen zu sein, ich finde mich sofort ab damit, nur rede ich dauernd auf die Leute ein, die draußen vorübergehen und mich nicht verstehen, sie meinen, ich protestiere und wehre mich gegen die Haft, während ich sagen will, daß mir die Haft nichts ausmacht, aber ich möchte ein paar Blätter Papier und einen Stift zum Schreiben. Ein Wärter reißt die Tür auf und sagt: Daraus wird nichts, Sie dürfen an Ihren Vater nicht schreiben! Er schlägt die Tür zu und mir die Tür gegen den Kopf, obwohl ich schon schreie: Doch nicht an meinen Vater, ich verspreche es, nicht an meinen Vater! Mein Vater hat für die Justiz verbreiten lassen, daß ich gefährlich sei, weil ich wieder schreiben wolle an ihn. Es ist aber nicht wahr, ich will nur den Satz vom Grunde schreiben. Ich bin vernichtet und ich schütte deswegen auch noch den Blechnapf mit dem Wasser um, denn lieber will ich verdursten, weil es nicht wahr ist, und während ich verdurste und verdurste, umjubeln mich die Sätze, sie werden immer zahlreicher. Einige sind nur zu sehen, andere nur zu hören wie in der Gloriastraße, nach der ersten Morphiuminjektion. In eine Ecke gekauert, ohne Wasser, weiß ich, daß meine Sätze mich nicht verlassen und daß ich ein Recht habe auf sie. Mein Vater schaut durch eine Luke, es sind nur seine trüben Augen zu sehen, er möchte mir meine Sätze abschauen und sie mir nehmen, aber im größten Durst, nach den letzten Halluzinationen, weiß ich noch, daß er mich ohne Worte sterben sieht, ich habe die Worte im Satz vom Grunde verborgen, der vor meinem Vater für immer sicher und geheim ist, so sehr halte ich den Atem an. Es hängt mir die Zunge weit heraus, er kann aber kein Wort darauf lesen. Man durchsucht mich, weil ich ohne Bewußtsein bin, man will mir den Mund befeuchten, die Zunge nässen, damit die Sätze auf ihr zu finden sind, damit man sie sicherstellen kann, aber dann findet man nur drei Steine neben mir und weiß nicht, woher sie gekommen sind und was sie bedeuten. Es sind drei harte, leuchtende Steine, die mir zugeworfen worden sind von der höchsten Instanz, auf die auch mein Vater keinen Einfluß hat, und ich allein weiß, welche Botschaft durch jeden Stein kommt. Der erste rötliche Stein, in dem immerzu junge Blitze zucken, der in die Zelle gefallen ist, vom Himmel, sagt: Staunend leben. Der zweite blaue Stein, in dem alle Blaus zucken, sagt: Schreiben im Staunen. Und ich halte schon den dritten weißen strahlenden Stein in der Hand, dessen Niederfallen niemand aufhalten konnte, auch mein Vater nicht, aber da wird es so finster in der Zelle, daß die Botschaft von dem dritten Stein nicht laut wird. Der Stein ist nicht mehr zu sehen. Ich werde die letzte Botschaft nach meiner Befreiung erfahren.

Mein Vater hat jetzt auch das Gesicht meiner Mutter. Es ist ein riesiges, verwaschenes, altes Gesicht, in dem aber doch seine Krokodilsaugen sind, der Mund ähnelt aber schon dem Mund einer alten Frau, und ich weiß nicht, ob er sie ist oder sie er, aber ich muß meinen Vater sprechen, es ist wahrscheinlich zum letzten Mal. Sire! Erst antwortet er nicht, dann greift er zum Telefon, dann diktiert er jemand, zwischendurch sagt er, es sei zu früh für mich, ich hätte noch kein Recht zu leben, und ich sage, noch immer mühsam und angestrengt: Aber es ist mir gleichgültig, du mußt wissen, es ist mir gleichgültig geworden, was du denkst. Wieder sind Leute da, Professor Kuhn und der Dozent Morokutti drängen sich zwischen mich und meinen Vater, Herr Kuhn bezeugt seine Devotion, und ich sage scharf: Bitte würden Sie mich zehn Minuten allein mit meinem Vater lassen? Auch alle meine Freunde sind aufgetaucht, die Wiener Bevölkerung steht erwartungsvoll, aber still am Straßenrand, einige deutsche Gruppen recken die Köpfe, ungeduldig, es geht ihnen immer alles zu langsam bei uns. Ich sage entschieden: Es muß möglich sein, ein einziges Mal zehn Minuten mit seiner eigenen Mutter über etwas Wichtiges sprechen zu können. Mein Vater sieht erstaunt auf, doch er versteht immer noch nicht. Manchmal bleibt mir die Stimme weg: Ich habe mir erlaubt, trotzdem zu leben. Manchmal kommt meine Stimme und ist für alle zu hören: Ich lebe, ich werde leben, ich nehme mir das Recht auf mein Leben.

Mein Vater unterzeichnet ein Schriftstück, das sicher wieder mit meiner Entmündigung zu tun hat, doch die anderen fangen an, mich zur Kenntnis zu nehmen. Er setzt sich mit einem schwerfälligen, lustvollen Schnaufen zum Essen nieder, ich weiß, daß ich wieder nichts zu essen bekomme, und ich sehe ihn in seiner ganzen grenzenlosen Eigensucht, ich sehe den Teller mit der Frittatensuppe, dann wird ihm ein Teller mit dem panierten Schnitzel gereicht und eine Schüssel mit unserem Apfelkompott, ich gerate außer mir, ich nehme die großen gläsernen Aschenbecher aus allen Büros und die Briefbeschwerer wahr, die vor mir stehen, denn ich bin unbewaffnet gekommen, ich nehme den ersten schweren Gegenstand und werfe ihn genau in den Suppenteller, meine Mutter wischt sich überrascht das Gesicht mit der Serviette ab, ich nehme einen schweren Gegenstand und ziele auf den Teller mit dem Schnitzel, der Teller zerbricht und das Schnitzel fliegt meinem Vater ins Gesicht, er springt auf, er drängt die Leute weg, die sich zwischen uns geschoben haben, und bevor ich zum dritten

Mal einen Gegenstand werfe, kommt er auf mich zu. Er ist jetzt bereit mich anzuhören. Ich bin ganz ruhig, ich fürchte mich nicht mehr, und ich sage ihm: Nur zeigen habe ich wollen, daß ich kann, was du kannst. Du sollst es nur wissen, mehr nicht. Obwohl ich kein drittes Mal geworfen habe, rinnt meinem Vater der klebrige Kompottsaft übers Gesicht. Er hat mir, auf einmal, nichts mehr zu sagen.

Ich bin erwacht. Es regnet. Malina steht am offenen Fenster.

Malina: Es war zum Ersticken bei dir. Geraucht hast du auch zuviel, ich habe dich zugedeckt, die Luft wird dir guttun. Wieviel hast du von allem verstanden?

Ich: Beinahe alles. Einmal glaubte ich nichts mehr zu verstehen, meine Mutter hat mich ganz verwirrt. Warum ist mein Vater auch meine Mutter?

Malina: Warum wohl? Wenn jemand alles ist für einen anderen, dann kann er viele Personen in einer Person sein.

Ich: Willst du damit sagen, jemand war einmal alles für mich? Was für ein Irrtum! Das ist ja das Bitterste.

Malina: Ja. Aber du wirst handeln, du wirst etwas tun müssen, du wirst alle Personen in einer Person vernichten müssen.

Ich: Ich bin doch vernichtet worden.

Malina: Ja. Auch das ist richtig.

Ich: Wie leicht wird es, darüber zu reden, es wird schon viel leichter. Aber wie schwer ist es, damit zu leben.

Malina: Darüber hat man nicht zu sprechen, man lebt eben damit.

Mein Vater hat diesmal auch das Gesicht meiner Mutter, ich weiß nie genau, wann er mein Vater und wann er meine Mutter ist, dann verdichtet sich der Verdacht, und ich weiß, daß er keiner von beiden ist, sondern etwas Drittes, und so warte ich, zwischen den anderen Leuten, in höchster Erregung, unser Zusammentreffen ab. Er leitet ein Unternehmen oder eine Regierung, er inszeniert an einem Theater, er hat Tochterrechte und Tochtergesellschaften, er gibt dauernd Befehle, spricht über mehrere Telefone, und deswegen kann ich mich noch nicht hörbar machen, nur in dem Augenblick, in dem er sich eine Zigarre anzündet. Ich sage: Mein Vater, du wirst diesmal mit mir sprechen und mir antworten auf meine Fragen! Mein Vater winkt gelangweilt ab, er kennt das schon, mein Kommen und Fragenstellen, er telefoniert wieder. Ich trete zu meiner Mutter, sie hat die Hosen meines Vaters an, und ich sage zu ihr: Heute noch wirst du mit mir sprechen und mir Antwort stehen! Aber meine Mutter, die auch die Stirn meines Vaters hat und sie genauso wie er hochzieht in zwei Falten über den müden, trägen Augen, murmelt etwas von ›später‹ und ›keine Zeit‹. Nun trägt mein Vater ihre Röcke, und ich sage zum dritten Mal: Ich glaube, ich weiß es bald, wer du bist, und noch heute nacht, ehe die Nacht um ist, werde ich es dir selber sagen. Doch der Mann setzt sich seelenruhig an den Tisch und bedeutet mir, zu gehen, aber an der Türe, die man mir aufhält, drehe ich mich um und komme langsam zurück. Ich gehe mit meiner ganzen Kraft und bleibe an dem großen Tisch in dem Gerichtssaal stehen, während der Mann auf dem Tisch gegenüber sein Schnitzel unter dem Kreuz zu zerschneiden anfängt. Ich sage noch nichts, lasse aber meinen Abscheu erkennen dar-

über, wie er mit der Gabel in das Kompott fährt und mir jovial zulächelt, nicht anders als dem Publikum, das plötzlich den Saal räumen muß, er trinkt Rotwein, daneben liegt schon wieder eine Zigarre, und ich sage noch immer nichts, aber es ist doch unmißverständlich für ihn, was mein Schweigen heißt, denn jetzt gilt es. Ich nehme den ersten schweren Aschenbecher aus Marmor, wiege ihn in der Hand und hebe ihn hoch, der Mann ißt ruhig weiter, ich ziele und treffe den Teller. Dem Mann fällt die Gabel aus der Hand, das Schnitzel fliegt auf den Boden, er hält noch das Messer und hebt es, aber gleichzeitig hebe ich schon den nächsten Gegenstand, da er noch immer nicht antwortet, und ziele genau in die Kompottschüssel, er wischt sich mit einer Serviette den Saft aus dem Gesicht. Jetzt weiß er, daß ich kein Gefühl mehr habe für ihn und daß ich ihn töten könnte. Ich werfe ein drittes Mal, ich ziele und ziele, ich ziele genau, und der Gegenstand wischt flach über den Tisch hin, so daß alles wegfliegt, Brot, Weinglas, Scherben und eine Zigarre. Mein Vater hält sich die Serviette vors Gesicht, er hat mir nichts mehr zu sagen.
Und?
Und?
Ich selber wische ihm das Gesicht sauber, nicht aus Mitleid, sondern um ihn besser zu sehen. Ich sage: Ich werde leben!
Und?
Die Leute haben sich zerstreut, sie sind nicht auf ihre Kosten gekommen. Ich bin mit meinem Vater allein unter dem Himmel, und wir stehen so weit auseinander, daß es durch den Raum hallt:
Und!
Mein Vater legt zuerst die Kleider meiner Mutter ab, er steht so weit weg, daß ich nicht weiß, welches Kostüm er darunter anhat, er wechselt in einem fort die Kostüme, er trägt den blutbefleckten weißen Schlächterschurz, vor ei-

nem Schlachthaus im Morgengrauen, er trägt den roten Henkersmantel und steigt die Stufen hinauf, er trägt Silber und Schwarz mit schwarzen Stiefeln vor einem elektrisch geladenen Stacheldraht, vor einer Verladerampe, auf einem Wachtturm, er trägt seine Kostüme zu den Reitpeitschen, zu den Gewehren, zu den Genickschußpistolen, die Kostüme werden in der untersten Nacht getragen, blutbefleckt und zum Grauen.
Und?
Mein Vater, der nicht die Stimme meines Vaters hat, fragt von weit her:
Und?
Und ich sage weithin, weil wir immer weiter auseinanderkommen und weiter auseinander und weiter:
Ich weiß, wer du bist.
Ich habe alles verstanden.

Malina hält mich, er sitzt auf dem Bettrand, und wir sprechen beide eine Weile nicht. Mein Puls geht nicht schneller, nicht langsamer, der Paroxysmus tritt nicht ein, mir ist nicht kalt, es bricht mir kein Schweiß aus, Malina hält und hält mich, wir kommen nicht voneinander los, denn seine Ruhe ist auf mich übergegangen. Dann löse ich mich von ihm, ich rücke die Kopfpolster selber zurecht, ich lege meine Hände um Malinas Hände, nur ansehen kann ich ihn nicht, ich schaue auf unsere Hände nieder, die immer fester ineinandergreifen, ich kann ihn nicht ansehen.

Ich: Es ist nicht mein Vater. Es ist mein Mörder.
Malina antwortet nicht.
Ich: Es ist mein Mörder.
Malina: Ja, das weiß ich.
Ich antworte nicht.

Malina: Warum hast du immer gesagt: mein Vater?

Ich: Habe ich das wirklich gesagt? Wie konnte ich das nur sagen? Ich habe es doch nicht sagen wollen, aber man kann doch nur erzählen, was man sieht, und ich habe dir genau erzählt, wie es mir gezeigt worden ist. Ich habe ihm auch noch sagen wollen, was ich längst begriffen habe – daß man hier eben nicht stirbt, hier wird man ermordet. Darum verstehe ich auch, warum er in mein Leben hat treten können. Einer mußte es tun. Er war es.

Malina: Du wirst also nie mehr sagen: Krieg und Frieden.

Ich: Nie mehr.
Es ist immer Krieg.
Hier ist immer Gewalt.
Hier ist immer Kampf.
Es ist der ewige Krieg.

Drittes Kapitel Von letzten Dingen

Den größten Schrecken jagt mir im Moment vielleicht das Los unserer Postbeamten ein. Malina weiß, daß ich, außer für Straßenarbeiter, eine besondere Schwäche für Postbeamte habe, und dies aus mehreren Gründen. Während meine Neigung für die Straßenarbeiter mich beschämen sollte, obwohl ich mir nie etwas habe zuschulden kommen lassen, weil es immer bei einem freundlichen Gruß blieb oder beim flüchtigen Zurückschauen aus einem Auto auf eine Gruppe von gebräunten, in der Sonne schwitzenden Männern mit nacktem Oberkörper, die Kies aufschütten, den Teer aufspritzen oder ihre Jause verzehren. Jedenfalls habe ich mich nie getraut anzuhalten, selbst Malina, der von meiner weiter nicht erklärbaren Schwäche doch weiß und sie begreiflich findet, habe ich nie gebeten, mir behilflich zu sein, mit einem Straßenarbeiter ins Gespräch zu kommen.

Meine Zuneigung für Briefträger ist aber von jeder tadelnswerten Beimengung unlauterer Gedanken frei. Ich erkenne nicht einmal ihre Gesichter nach Jahren wieder, denn ich unterschreibe rasch an der Tür die Zettel, die sie mir hinreichen, oft noch mit einem dieser altmodischen Tintenstifte, die sie mit sich tragen. Ich bedanke mich auch herzlich für die Expreßbriefe und Telegramme, die sie mir aushändigen, und geize nicht mit Trinkgeldern. Aber ich kann mich nicht bedanken, wie ich es möchte, für Briefe, die sie mir nicht zustellen. Trotzdem gilt meine Herzlichkeit, meine Überschwenglichkeit an der Tür auch dem Nichtzugestellten oder der verlorenen und der vertauschten Post. Jedenfalls habe ich das Wundersame des Briefezustellens und des Päckchenaustragens schon sehr früh erkannt. Auch der Briefkasten im Hausflur, in einer Briefkastenreihe, von den modernsten Designern entworfen für die weitvorausschauende Briefkastenindustrie, ausgeführt vermutlich für Wolkenkratzer, wie wir in Wien noch keine haben, die im schärfsten Kontrast zu der marmornen Niobe aus der Jahrhundertwende und der großräumigen feierlichen Eingangshalle stehen, läßt mich nie gleichgültig an die Männer denken, die meinen Kasten füllen mit Todesanzeigen, mit Briefkarten, in denen sich Galerien und Institute empfehlen, Reisebüros mit Werbeprospekten, die nach Istanbul, auf die Kanarischen Inseln und nach Marokko rufen. Sogar eingeschriebene Briefe werden von einem vernünftigen Herrn Sedlacek oder dem jüngeren Herrn Fuchs eingeworfen, damit ich nicht auf das Postamt in der Rasumofskygasse laufen muß, und die Geldanweisungen, die mein Herz sinken oder steigen lassen, werden so früh am Morgen gebracht, daß ich, barfuß und im Schlafrock, für den Geldbriefträger immer zur Unterschrift parat bin. Die Abendtelegramme hingegen, wenn sie noch vor acht Uhr abends vom Telegrammboten gebracht werden, erreichen mich auch in einem Zustand der Auflösung oder der Neukomposition. Wenn ich an die Tür gehe, ein Aug noch gerötet von den Augentropfen, ein Handtuch über den Kopf geworfen, der frisch gewaschenen Haare wegen, die noch nicht trocken sind, fürchtend, daß Ivan zu früh gekommen sein könnte, ist es nur ein neuer oder alter Freund mit einem Abendtelegramm. Was ich diesen Männern verdanke, die, wie die Beuteltiere, kostbarste Freudenbotschaften oder unerträgliche Hiobsbotschaften mit sich herumtragen, auf Fahrrädern radelnd, auf Motorrädern heraufknatternd vom Heumarkt, Stiegen steigend, unter Lasten läutend, in der größten Unsicherheit, ob der Weg sich gelohnt hat, ob der Adressat anwesend ist, ob der

Adressat nur einen Schilling oder vier Schilling ausläßt, was ihm die Nachricht überhaupt wert ist – was wir also alle diesen Männern verdanken, bleibt noch zu sagen.

Heute endlich ist ein Satz gefallen, nicht von Herrn Sedlacek und nicht von dem jungen Fuchs, sondern von einem Briefträger, den ich nicht zu kennen glaube, der auch noch nie zwischen Weihnachten und Neujahr mit Glückwünschen aufgetaucht ist, der also wenig Grund hat, zu mir freundlich zu sein. Der Briefträger von heute sagt: Sie bekommen aber sicher nur schöne Post, und an der trag ich mich schwer! Ich habe erwidert: Ja, schwer tragen Sie, aber wir werden erst einmal nachsehen, ob Sie wirklich die schöne Post bringen, leider muß ich manchmal unter Ihrer Post leiden, und Sie leiden eben auch für meine Post. Dieser Briefträger ist wenn nicht ein Philosoph, so doch gewiß ein Filou, denn es macht ihm Spaß, mir gleich vier schwarzgerandete Kuverts auf zwei übliche Briefe draufzulegen. Vielleicht hofft er, daß eine Todesanzeige mich freut. Aber diese eine kommt nicht, nie ist sie dabei, ich brauche nicht nachzusehen, ich werfe die vier Kuverts ungelesen in den Papierkorb. Ich würde es fühlen, wenn die richtige dabei ist, und dieser Schmeichler von einem Briefträger hat mich vielleicht durchschaut, es gibt Mitwisser nur unter den Menschen, die man kaum kennt, unter irregulären Briefträgern, wie diesem. Ich möchte ihn nie wiedersehen. Ich werde Herrn Sedlacek fragen, warum wir noch länger einen Aushilfsbriefträger brauchen, der unsere Häuser kaum kennt, der mich kaum kennt und Bemerkungen macht. In dem einen Brief liegt eine Mahnung, in dem anderen schreibt jemand, er treffe morgen um 8 h 20 ein, auf dem Südbahnhof, die Schrift kommt mir nicht bekannt vor, die Unterschrift ist unleserlich. Ich muß Malina fragen.

Die Briefträger sehen an manchen Tagen im Jahr unser Erblassen und unser Erröten, und gerade deswegen bittet man sie vielleicht nicht, einzutreten, Platz zu nehmen, einen Kaffee zu trinken. Sie sind zu eingeweiht in die Dinge, die furchtbar sind, die sie aber furchtlos durch die Straßen tragen, und so fertigt man sie ab vor der Tür, mit Trinkgeld, ohne Trinkgeld. Ihr Schicksal ist ein ganz und gar unverdientes. Die Behandlung, die selbst ich ihnen zukommen lasse, ist eine törichte, hochmütige, völlig unzumutbare. Nicht einmal nach dem Eintreffen von Ivans Ansichtskarten lade ich Herrn Sedlacek zu einer Flasche Champagner ein. Allerdings haben Malina und ich keine Champagnerflaschen im Haus herumstehen, aber für Herrn Sedlacek sollte ich eine bereithalten, denn er sieht mich blaß und rot werden, er ahnt etwas, er muß etwas wissen.

Daß man Briefträger aus Berufung werden kann, daß man das Austragen von Post nur mißverständlich als beliebigen Beruf wählt oder ihn dafür hält, hat der berühmte Briefträger Kranewitzer in Klagenfurt bewiesen, dem man dann allerdings den Prozeß gemacht hat und ihn, einen völlig verkannten, von der Öffentlichkeit und dem Gericht mißhandelten Mann, hat man wegen Veruntreuung und Amtsmißbrauch zu einigen Jahren Gefängnis verurteilt. Die Prozeßberichte über den Fall Kranewitzer habe ich aufmerksamer gelesen als die der aufsehenerregendsten Mordprozesse in all diesen Jahren, und der Mann, der mich damals nur erstaunte, hat heute meine tiefste Sympathie. Von einem bestimmten Tag an, ohne daß er Gründe anzugeben vermochte, hat Otto Kranewitzer die Post nicht mehr ausgetragen und wochenlang, monatelang in der von ihm allein bewohnten Dreizimmer-Altwohnung die Post aufgestapelt, bis zur Decke, er hatte fast alle Möbel verkauft, um Platz zu finden für den anwachsenden Postberg. Briefe und Pakete hat er nicht geöffnet, Wertpapiere und Schecks nicht an sich genommen, keine Geldscheine von Müttern an ihre Söhne entwendet, nichts dergleichen war ihm nachzuweisen. Er konnte nur plötzlich die Post nicht mehr austragen, ein empfindlicher, zarter, großer Mann, dem die ganze Tragweite seines Unterfangens aufgegangen war, und eben deswegen mußte der kleine Beamte Kranewitzer mit Schimpf und Schande die Österreichische Post verlassen, die sich etwas darauf zugute hält, daß sie nur zuverlässige, rührige und ausdauernde Briefträger beschäftige. In jedem Beruf muß es jedoch zumindest einen Menschen geben, der in einem tiefen Zweifel lebt und in einen Konflikt gerät. Gerade das Briefaustragen bedürfte einer latenten Angst, eines seismografischen Auffangens von Erschütterungen, das sonst nur höheren und höchsten Berufen zugestanden wird, als dürfte es nicht auch eine Krise der Post geben, für sie kein Denken – Wollen – Sein, kein skrupulöses und erhabenes Entsagen, das doch sonst allen möglichen Leuten zugestanden wird, die, besser bezahlt und auf Lehrstühlen sitzend, über die Gottesbeweise nachdenken dürfen, sinnieren dürfen über das Ontos On, die Aletheia oder meinetwegen die Erdentstehung und die Entstehung des Alls! Einem unbekannten schlechtbezahlten Otto Kranewitzer wurde aber nur Niedrigkeit und Pflichtvergessenheit nachgesagt. Nicht wurde bemerkt, daß er ins Sinnieren gekommen war, daß ihn das Staunen erfaßt hatte, das ja der Anfang alles Philosophierens und der Menschwerdung überhaupt ist, und angesichts der Dinge, über die er aus der Fassung geriet, war ihm die Kompetenz gar nicht abzusprechen, denn niemand als er, der dreißig Jahre lang in Klagenfurt die Post ausgetragen hatte, war fähiger, das Problem der Post, das Problematische daran zu erkennen.

Ihm waren unsere Straßen vollkommen vertraut, es war ihm klar, welche Briefe, welche Drucksachen, welche Pakete richtig frankiert waren. Auch feinere und feinste Unterschiede bei der Adreßschreibung, ein ›Hwg‹ oder ein Name ohne ›Herrn‹ oder ›Frau‹ dazu, ein ›Prof. Dr. Dr.‹ sagten ihm mehr über Attitüden, Generationskonflikte, soziale Alarmzeichen, als unsere Soziologen und Psychiater je herausfinden werden. Bei falscher oder mangelhafter Absenderangabe war ihm im Nu alles klar, selbstverständlich unterschied er ohne weiteres einen Familienbrief von einem Geschäftsbrief, Briefe fast freundschaftlicher von solchen ganz intimer Natur, und dieser bedeutende Briefträger, der das ganze Risiko seines Berufs für alle anderen mit als Kreuz auf sich genommen hat, muß in seiner Wohnung, vor dem anwachsenden Postberg, vom Grauen befallen worden sein, unsägliche Gewissensqualen erlitten haben, die anderen Menschen, für die ein Brief einfach ein Brief ist und eine Drucksache gleich Drucksache, gar nicht einsehbar wären. Wer hingegen, wie ich, auch nur den Versuch macht, die eigene Post aus einigen Jahren zusammenzutragen und sich davor hinzusetzen (und der wäre noch immer befangen, weil es bloß die eigene Post ist, die nicht ganz befähigt, größere Zusammenhänge zu sehen), würde wohl begreifen, daß eine postalische Krise, selbst wenn sie nur in einer kleineren Stadt und wenige Wochen lang stattgefunden hat, dem Anfang einer erlaubten, öffentlichen, weltweiten Krise, wie sie oft leichtfertig heraufbeschworen wird, überlegen ist durch ihre Moral, und daß das Denken, das immer seltener wird, nicht nur einer privilegierten Schicht und ihren fragwürdigen Vertretern, den beamtet Reflektierenden, sondern auch einem Otto Kranewitzer zugestanden werden muß.

Seit dem Fall Kranewitzer hat sich in mir unmerklich vieles

verändert. Malina muß ich es erklären, und ich erkläre es schon.

Ich: Seither weiß ich, was das Briefgeheimnis ist. Heute vermag ich schon, es mir ganz vorzustellen. Nach dem Fall Kranewitzer habe ich meine Post aus vielen Jahren verbrannt, danach fing ich an, ganz andere Briefe zu schreiben, meistens spät nachts, bis acht Uhr früh. Auf diese Briefe, die ich alle nicht abschickte, kommt es mir aber an. Ich muß in diesen vier, fünf Jahren etwa zehntausend Briefe geschrieben haben, für mich allein, in denen alles stand. Ich öffne auch viele Briefe nicht, ich versuche, mich im Briefgeheimnis zu üben, mich auf die Höhe dieses Gedankens von Kranewitzer zu bringen, das Unerlaubte zu begreifen, das darin bestehen könnte, einen Brief zu lesen. Aber immer noch habe ich Rückfälle, weil ich plötzlich doch einen aufmache und lese, ihn dann sogar herumliegen lasse, so daß du ihn, zum Beispiel, lesen könntest, während ich in der Küche bin. Mit so wenig Sorgfalt hüte ich die Briefe. Es ist also nicht die Krise der Post und des Schreibens, der ich nicht ganz gewachsen bin. Ich falle in die Neugier zurück, ich reiße hin und wieder ein Päckchen auf, besonders zur Weihnachtszeit, und packe beschämt ein Halstuch aus, eine Kerze aus Bienenwachs, eine versilberte Haarbürste von meiner Schwester, einen neuen Kalender von Alexander. So inkonsequent bin ich immer noch, obwohl der Fall Kranewitzer mich hätte bessern können.

Malina: Warum liegt dir soviel an dem Briefgeheimnis?

Ich: Nicht wegen dieses Otto Kranewitzer. Meinetwegen. Auch deinetwegen. Und in der Wiener Universität habe ich auf einen Stab geschworen. Es war mein einziger Schwur. Keinem Menschen, keinem Stellvertreter einer Religion oder Politik war ich je fähig zu schwören. Schon als Kind, da ich mich anders nicht wehren konnte, wurde ich sofort schwer krank, ich bekam regelrechte Krankheiten mit hohem Fieber, und man konnte mich nicht auf den Weg schicken, zu schwören. Alle Leute mit nur einem einzigen Schwur haben es eben schwerer. Mehrere Schwüre kann man sicher brechen, aber einen nicht.

Da Malina mich kennt und mein Herumstolpern von einer Sache zur anderen ihm geläufig ist, glaubt er mir, daß ich trotzdem den Willen habe, alles viel weiterzutreiben, als ich es in unserer alltäglichen, eingeschränkten Möglichkeit zu erkennen gebe, daß ich also auch dem Briefgeheimnis zuletzt noch auf die Spur kommen möchte und daß ich es wahren werde.

Die Briefträger in Wien sollen heute nacht alle gefoltert werden, man will wissen, ob sie dem Briefgeheimnis gewachsen sind. Einige wiederum sollen nur auf Krampfadern, Plattfüße und andere physische Deformationen untersucht werden. Es ist möglich, daß man von morgen an das Militär einsetzen wird, um die Post auszutragen, weil die Briefträger geschunden, verletzt, gequält, gefoltert oder, nach dem Injizieren des Wahrheitsserums, zusammengebrochen, nichts mehr werden austragen können. Ich überlege mir eine flammende Rede, einen Brief, ja, einen flammenden Brief an den Postminister, um meine und alle anderen Briefträger zu schützen. Einen Brief, der vielleicht schon von den Soldaten abgefangen und verbrannt wird, es werden die Flammen die Worte wegbrennen oder anschwärzen, und es könnte sein, daß auf den Korridoren des Ministeriums die Amtsdiener nur noch mit einem Stück verkohlten Papiers weiterjagen, um es dem Postminister zu überreichen.

Ich: Verstehst du, meine flammenden Briefe, meine flammenden Aufrufe, meine flammenden Begehren, das ganze Feuer, das ich zu Papier gebracht habe, mit meiner verbrannten Hand – von allem fürchte ich, daß es zu einem verkohlten Stück Papier werden könnte. Alles Papier in der Welt ist ja zuletzt verkohlt oder vom Wasser aufgeweicht worden, denn über das Feuer schicken sie das Wasser.

Malina: Die Alten haben von jemand, der dumm war, gesagt, er habe kein Herz. Sie haben den Sitz der Intelligenz in das Herz verlegt. Du mußt nicht dein Herz an alles hängen und alle deine Reden flammen lassen und deine Briefe.

Ich: Wie viele aber haben Köpfe, nichts weiter als Köpfe? und nämlich kein Herz. Ich sage dir, was jetzt wirklich passiert: morgen wird Wien, und mit allen Kräften und mit Hilfe des Militärs, an die Donau verlegt werden. Sie wollen Wien an der Donau haben. Sie wollen das Wasser, sie wollen das Feuer nicht. Noch eine Stadt mehr, durch die ein Fluß fließt. Es wäre entsetzlich. Bitte, ruf doch sofort den Sektionschef Matreier an, ruf den Minister an!

Aber Wien hat nicht mehr viel Zeit, es gleitet aus, die Häuser schlafen ein, die Leute machen immer früher das Licht aus, es ist niemand mehr wach, ganze Stadtviertel werden von einer Apathie erfaßt, man kommt nicht mehr zueinander, man geht nicht mehr auseinander, die Stadt gleitet in den Untergang, aber es entstehen noch einsame Überlegungen und die erratischen Monologe in der Nacht. Und manchmal Malinas und meine letzten Dialoge.

Ich bin allein zu Hause, Malina läßt lange auf sich warten, ich sitze mit dem SCHACH FÜR ANFÄNGER vor dem Brett und spiele eine Partie. Niemand sitzt mir gegenüber, ich wechsle andauernd den Platz, Malina wird nicht sagen können, daß ich diesmal am Verlieren bin, denn am Ende gewinne und verliere ich gleichzeitig. Malina aber kommt nach Hause und sieht nur ein Glas, er schaut nicht auf das Schachbrett, diese Partie interessiert ihn nicht.
Malina sagt, was ich erwartet habe: Wien brennt!

Immer habe ich mir gewünscht, einen jüngeren Bruder zu haben, vielmehr einen jüngeren Mann, Malina müßte das verstehen, eine Schwester haben wir schließlich alle, aber nicht jeder hat Brüder. Ich habe nach diesen Brüdern Ausschau schon in der Kinderzeit gehalten, nicht ein, sondern zwei Stück Zucker habe ich deswegen abends ins Fenster gelegt, denn zwei Stück Zucker sind für einen Bruder. Eine Schwester hatte ich ja. Jeder ältere Mann entsetzt mich, auch wenn er nur einen Tag älter ist, und ich würde es nie über mich bringen, ich würde mir lieber den Tod geben, als mich ihm anzuvertrauen. Das Gesicht allein, das sagt noch nichts. Ich muß die Daten wissen, ich muß wissen, daß er fünf Tage jünger ist, sonst werde ich heimgesucht von diesen Zweifeln, es könnten Angehörigkeiten bestehen, ich komme unter den größten Fluch, denn so könnte mir noch einmal etwas geschehen, und ich muß mich mehr und mehr fernhalten von der Hölle, in der ich schon einmal gewesen sein muß. Aber ich erinnere mich nicht.

Ich: Ich muß mich freiwillig unterwerfen können, du bist ja etwas jünger als ich, und ich habe dich erst später getroffen. Früh oder spät war nicht so wichtig, aber dieser Unterschied ja. (Und von Ivan will ich gar nicht reden, damit Malina nichts erfährt, denn wenn mir Ivan auch das Alter austreiben will, so möchte ich es doch behalten, damit mir Ivan nie älter wird.) Du bist eben doch ein ganz klein wenig jünger als ich, das gibt dir eine ungeheure Macht, nütz sie doch aus, ich werde mich unterwerfen, ich kann es schon zuweilen. Es kommt aus keiner vernünftigen Überlegung. Ekel oder Zuneigung sind ihr vorausgegangen, ich kann es nicht mehr ändern, ich habe Angst.

Malina: Ich bin vielleicht älter als du.

Ich: Gewiß nicht, das weiß ich. Du bist nach mir gekommen, du kannst nicht vor mir dagewesen sein, du bist überhaupt erst denkbar nach mir.

Zu den letzten Junitagen habe ich kein besonderes Zutrauen, aber oft habe ich festgestellt, daß ich Personen besonders gern habe, die im Sommer geboren sind. Beobachtungen dieser Art tut Malina verachtungsvoll ab, denn eher dürfte ich ihm noch mit Fragen nach der Astrologie kommen, von der ich nichts verstehe. Frau Senta Novak, die in Schauspielerkreisen sehr gefragt ist, aber auch von Industriellen und Politikern konsultiert wird, hat einmal in

Kreise und Quadrate meine Aspekte und alle möglichen Tendenzen eingezeichnet, sie zeigte mir mein Horoskop, das ihr ungemein merkwürdig erschien, ich müsse es direkt selber sehen, wie scharf es gezeichnet sei, sie sagte, eine unheimliche Spannung sei schon auf den ersten Blick daraus zu lesen, es sei eigentlich nicht das Bild von einem Menschen, sondern von zweien, die in einem äußersten Gegensatz zueinander stünden, es müsse eine dauernde Zerreißprobe für mich sein, bei diesen Aspekten, falls ich die Daten genau angegeben hätte. Ich fragte höflich: Der Zerrissene, die Zerrissene, nicht wahr? Getrennt, meinte Frau Novak, wäre das lebbar, aber so, wie es sei, kaum, auch das Männliche und das Weibliche, der Verstand und das Gefühl, die Produktivität und die Selbstzerstörung träten auf eine merkwürdige Weise hervor. Ich müsse mich geirrt haben mit den Daten, denn ich sei ihr sofort sympathisch gewesen, ich sei eine so natürliche Frau, sie mag natürliche Menschen.

Malina wendet sich allem mit einem gleichmäßigen Ernst zu, auch Aberglauben und Pseudowissenschaften findet er nicht lächerlicher als die Wissenschaften, von denen sich in jedem Jahrzehnt herausstellt, auf wieviel Aberglauben und Pseudowissenschaftlichkeit sie beruht haben und auf wie viele Ergebnisse sie verzichten müssen, um weiterzukommen. Daß Malina sich allem leidenschaftslos zuwendet, den Menschen und den Sachen, das charakterisiert ihn am besten, und darum gehört er auch zu den seltenen Menschen, die weder Freunde noch Feinde haben, ohne selbstgenügsam zu sein. Zuwendung ist es auch, was er mir gegenüber hat, manchmal eine abwartende, manchmal eine aufmerksame, er läßt mich tun und lassen, was ich will, er sagt, man begreife die Menschen überhaupt nur, wenn man nicht in sie dringe, wenn man nichts fordere von ih-

nen und sich nicht herausfordern lasse, es zeige sich alles ohnedies. Dieses Gleichgewicht, dieser Gleichmut, der in ihm ist, wird mich noch zur Verzweiflung treiben, weil ich in allen Situationen reagiere, mich an jedem Gefühlsaufruhr beteiligen lasse und die Verluste erleide, die Malina unbeteiligt zur Kenntnis nimmt.
Es gibt Leute, die meinen, Malina und ich seien verheiratet. Daß wir es sein könnten, daß es diese Möglichkeit gäbe, darauf sind wir nie gekommen, nicht einmal, daß die anderen so etwas von uns denken könnten. Die längste Zeit sind wir nicht einmal auf den Gedanken gekommen, daß wir, wie andere auch, überall als Mann und Frau auftauchen. Es war der reinste Fundgegenstand für uns, aber wir wußten damit nichts anzufangen. Wir haben sehr gelacht.

An einem Morgen, an dem ich erschöpft herumgehe und zerstreut das Frühstück herrichte, ist Malina zum Beispiel fähig, sich für das Kind zu interessieren, das uns gegenüber im Hinterhof wohnt und schon ein Jahr lang nur zwei Worte schreit: Hallo, hallo! holla, holla! Ich wollte schon einmal hinübergehen, mich einmischen und mit der Mutter dieses Kindes sprechen, weil sie offenbar kein Wort mit ihm spricht und hier etwas im Gange ist, was mich ängstigt für die Zukunft, weil auch jeden Tag schon dieses Hallo und Holla eine marternde Belastung für mein Gehör ist, schlimmer als Linas Staubsaugen, Wasserrauschen, Tellerschlagen. Aber Malina muß etwas anderes daraus hören und meint nicht, daß man sofort die Ärzte oder die Kinderfürsorge verständigen müsse, er hört sich dieses rufende Kind an, als wäre hier nur ein Wesen anderer Art entstanden, das ihm auch nicht sonderbarer erscheint als Wesen, die über hundert oder tausend oder vieltausend Worte verfügen. Ich glaube, daß Malina Änderung und Veränderung in jeder Hinsicht kalt lassen, weil er ja auch nirgends etwas Gutes oder Schlechtes sieht und schon gar nicht etwas Besseres. Für ihn ist offenbar die Welt, wie sie eben ist, wie er sie vorgefunden hat. Und doch erschrecke ich manchmal vor ihm, weil sein Blick auf einen Menschen von dem größten, umfassendsten Wissen ist, das man nirgends und zu keiner Zeit seines Lebens erwirbt und das man an andere nicht weitergeben kann. Sein Zuhören beleidigt mich tief, weil er hinter allem, was gesprochen wird, das Unausgesprochene mitzuhören scheint, aber auch das zu oft Gesagte. Ich bilde mir ja oft zuviel ein, und auf viele Einbildungen macht Malina mich auch aufmerksam, trotzdem kann ich mir von ihm Blick und Gehör gar nicht genau und ungewöhnlich genug vorstellen. Ich habe den Verdacht, daß er die Menschen nicht durchschaut, demaskiert, denn das wäre sehr gewöhnlich und billig, es ist auch nichtswürdig den Menschen gegenüber. Malina erschaut sie, und das ist etwas ganz anderes, die Menschen werden nicht kleiner, sondern größer davon, unheimlicher, und mein Einbildungsvermögen, das er belächelt, ist wahrscheinlich eine sehr niedere Abart von seinem Vermögen, mit dem er alles ausbildet, auszeichnet, auffüllt, vollendet. Ich spreche zu Malina darum nicht mehr von den drei Mördern und noch weniger will ich über den vierten sprechen, von dem ich ihm nichts zu erzählen brauche, denn ich habe meine Art des Ausdruckes und nur sehr wenig Geschick für die Schilderung. Malina will keine Schilderungen und Eindrücke von irgendwelchen Abendessen, die ich einmal mit Mördern verbracht habe. Er wäre aufs Ganze gegangen und nicht mit einer Impression zurückgeblieben oder mit dieser dumpfen Beunruhigung, sondern er hätte mir den wirklichen Mörder vorgeführt und mich durch die Konfrontierung zu einer Erkenntnis gebracht.

Da ich den Kopf hängen lasse, sagt Ivan: Du hast eben nichts, wofür du dasein mußt!
Er wird recht bekommen, denn wer will schon etwas von mir, wer braucht mich? Aber Malina sollte mir helfen, nach einem Grund für mein Hiersein zu suchen, da ich keinen alten Vater habe, dessen Stütze ich im Alter sein muß, keine Kinder habe, die immerzu etwas brauchen, wie Ivans Kinder, Wärme, Wintermäntel, Hustensäfte, Turnschuhe. Auch das Gesetz von der Erhaltung der Energie ist nicht anwendbar auf mich. Ich bin die erste vollkommene Vergeudung, ekstatisch und unfähig, einen vernünftigen Gebrauch von der Welt zu machen, und auf dem Maskenball der Gesellschaft kann ich auftauchen, aber ich kann auch wegbleiben, wie jemand, der verhindert ist oder vergessen hat, sich eine Maske zu machen, aus Nachlässigkeit sein Kostüm nicht mehr finden kann und darum eines Tags nicht mehr aufgefordert wird. Wenn ich vor einer mir noch bekannten Wohnungstür in Wien stehe, weil ich vielleicht verabredet bin, fällt es mir im letzten Moment ein, daß ich mich in der Tür geirrt haben könnte oder doch im Tag und in der Stunde, und ich kehre um und fahre zurück in die Ungargasse, zu rasch ermüdet, zu sehr im Zweifel.

Malina fragt: Hast du nie daran gedacht, welche Mühe die anderen sich oft mit dir gegeben haben? Ich nicke dankbar. O ja, sie haben mir sogar Eigenschaften gegeben, auch diese Mühe haben sie nicht gescheut, sie haben mich mit Geschichten versehen, außerdem aber auch mit etwas Geld, damit ich in Kleidern herumlaufen kann, die Reste aufessen kann, damit es weitergeht mit mir und nicht auffällt, wie es weitergeht. Zu rasch ermüdet kann ich mich ins Café Museum setzen und in Zeitungen und Zeitschriften blättern. Es kommt wieder Hoffnung in mir auf, ich bin angeregt, aufgeregt, denn es gibt jetzt zweimal in der Woche einen Direktflug nach Kanada, mit der Quantas geht es bequem nach Australien, die Großwildjagden werden billiger, Doro-Kaffee aus den sonnigen mittelamerikanischen Hochebenen mit seinem einzigartigen Aroma müßten wir auch schon in Wien haben, Kenia inseriert, Henkell Rosée erlaubt den Flirt mit einer neuen Welt, für Hitachi-Aufzüge ist kein Haus zu hoch, Männer-Bücher, die auch Frauen begeistern, sind erschienen. Damit Ihnen Ihre Welt nie zu eng wird, gibt es PRESTIGE, eine Brise von Weite und Meer. Alle sprechen vom Pfandbrief. Bei uns in guter Hut, erklärt eine Hypothekenbank, In diesen Schuhen können Sie weit gehen, TARRACOS, Damit Sie Flexalum-Rolladen nie wieder lackieren müssen, lackieren wir sie zweimal, Ein RUF-Computer ist nie allein! Und dann die Antillen, le bon voyage. Deswegen ist der Bosch EXQUISIT einer der besten Geschirrspüler der Welt. Der Augenblick der Wahrheit kommt, wenn Kunden unserem Fachmann Fragen stellen, wenn Verfahrenstechnik, Kalkulation, Rendite, Verpackungsmaschinen, Lieferzeiten zur Debatte stehen, VIVIOPTAL für den Kann-mich-an-nichts-erinnern-Typ. Nehmen Sie morgens . . . und der Tag gehört Ihnen! Ich brauche also nur Vivioptal.

Siegen wollte ich in einem Zeichen, aber da ich nicht gebraucht werde, da es mir gesagt worden ist, bin ich besiegt worden von Ivan und von diesen gyerekek, mit denen ich vielleicht doch wieder ins Kino gehen darf, es gibt jetzt im Burgkino MICKY MAUS von Walt Disney. Wer sollte siegen, wenn nicht sie. Aber es ist vielleicht nicht Ivan allein, sondern etwas mehr, das mich besiegt hat, es muß wohl etwas Größeres sein, da alles uns einer Bestimmung zutreibt. Manchmal überlege ich noch, was ich für Ivan tun könnte, da es ja nichts gibt, was ich nicht für ihn täte, aber Ivan verlangt nicht, daß ich mich aus dem Fenster stürze, daß ich für ihn in die Donau springe, daß ich mich vor ein Auto werfe, vielleicht um Béla und András zu retten, er hat so wenig Zeit und keine Bedürfnisse. Er will auch nicht, daß ich, an Stelle von Frau Agnes, seine beiden Zimmer aufräume und seine Wäsche wasche und bügle, er will nur rasch auf einen Sprung vorbeischauen, drei Stück Eis in sein Glas Whisky bekommen und fragen, wie es so geht, er wird mich fragen lassen, wie es so geht bei ihm und auf der Hohen Warte. Am Kärntnerring ist es immer dasselbe, viel Arbeit, aber nichts Besonderes. Für eine Schachpartie ist zu wenig Zeit, ich mache keine Fortschritte mehr im Schach, weil wir immer seltener spielen. Ich weiß nicht, seit wann wir seltener spielen, wir spielen eigentlich überhaupt nicht mehr, die Satzgruppen für Schachspielen liegen brach, einige andere Satzgruppen erleiden auch Einbußen. Es kann doch nicht sein, daß die Sätze, zu denen wir so langsam gefunden haben, uns auch langsam verlassen. Aber eine neue Satzgruppe entsteht.

Ich habe leider, ich bin mit der Zeit
Wenn du natürlich in so einem Zeitdruck bist
Nur heute habe ich besonders wenig Zeit
Selbstverständlich, wenn du jetzt keine Zeit hast
Wenn ich dann wieder mehr Zeit habe
Mit der Zeit werden wir ja, es ist nur jetzt
Dann können wir ja, wenn du einmal Zeit hast
Gerade in dieser Zeit, wenn es wieder geht
Du mußt eben mit der Zeit etwas weniger
Wenn ich nur noch zur rechten Zeit
Aber du liebe Zeit, du darfst nicht zu spät
Ich habe noch nie so wenig Zeit, das ist leider
Wenn du dann wieder mehr Zeit hast, vielleicht
Später werde ich dann mehr Zeit haben!

Jeden Tag grübeln Malina und ich, manchmal sogar angeheitert, darüber nach, was heute nacht noch an Furchtbarem in Wien geschehen könnte. Denn wenn man sich hat hinreißen lassen, eine Zeitung zu lesen, wenn man ein paar Nachrichten gläubig aufgenommen hat, kommt ja die Vorstellungskraft auf Hochtouren (ein Ausdruck, nicht von mir, auch nicht geradezu von Malina, aber Malina hat ihn belustigt als Fundgegenstand von einer Deutschlandreise mitgebracht, denn Wörter wie ›Hochtouren‹ kann man nur in solchen tätigen, bewegten Ländern auflesen). Aber immer kann ich die Abstinenz von Zeitungen nicht durchhalten, obwohl es immer größere Zeiträume gibt, in denen ich keine mehr lese oder mir nur aus dem Abstellkabinett, wo, neben unseren Koffern, ein Packen von alten Zeitschriften und Zeitungen liegt, eine herausgreife und bestürzt auf ein Datum sehe: 3. Juli 1958. Was für eine Anmaßung! auch an diesem Tag, der längst vergangen ist, haben sie uns überflüssigerweise drogiert mit Nachrichten, mit Meinungen zu Nachrichten, haben uns benachrichtigt von Erdbeben, Flugzeugabstürzen, innenpolitischen Skandalen, außenpolitischen Fehltritten. Wenn ich heute auf die Ausgabe vom 3. Juli 1958 niedersehe, an das Datum zu glauben versuche, auch an einen Tag dazu, den es vielleicht wirklich gegeben hat, an dem ich in eine Agenda nichts eingeschrieben finde, keine abgekürzten Zeichen ›15 h R! 17 h B angerufen, abends Gösser, Vortrag K.‹ – alles Eintragungen, die unter dem 4. Juli stehen, aber nicht unter dem 3., an dem das Blatt leer geblieben ist. Ein vielleicht rätselloser Tag, sicher noch ohne Kopfschmerzen, ohne Angstzustände, ohne unerträgliche Erinnerungen, mit wenigen erst, aufgestiegen aus verschiedenen Zeiten, vielleicht aber bloß ein Tag, an dem Lina einen sommerlichen Großputz veranstaltet hat und ich, aus dem Haus vertrieben, in Kaffeehäusern herumgesessen bin, eine Zeitung vom 3. Juli lesend, von dem ich heute eine wiederlese.

Damit wird der Tag erst zum Rätsel, es ist ein leerer oder ausgeraubter Tag, an dem ich älter geworden bin, an dem ich mich nicht gewehrt habe und etwas geschehen ließ.
Von einem 3. Juli finde ich auch noch eine Illustrierte und in Malinas Regalen die Julinummer einer Zeitschrift für Kultur und Politik, und ich fange kreuz und quer zu lesen an, weil ich etwas über diesen Tag herausfinden möchte. Bücher sind angekündigt worden, die ich nie gesehen habe. WOHIN MIT ALLDEM GELD? ist einer der unverständlichsten Titel; nicht einmal Malina wird ihn mir erklären können. Wo ist denn das Geld, und mit welchem Geld wollte man wohin? das fängt ja gut an, solche Titel können mich zum Vibrieren, zum Erzittern bringen. WIE INSZENIERT MAN EINEN STAATSSTREICH? Mit souveräner Sachkenntnis und trockenem, beiläufig sarkastischem Witz geschrieben . . . Lesetips für Leser, die politisch denken wollen, die aufgeklärt werden wollen . . . Brauchen wir das, Malina? Ich nehme einen Kugelschreiber und fange an, einen Fragebogen auszufüllen. Ich bin hinreichend, bin gut, sehr gut, überdurchschnittlich informiert. Der Kugelschreiber schmiert zuerst, dann scheint er leer zu sein, dann schreibt er wieder dünn. In kleine leere Kästchen mache ich Kreuze. Macht Ihr Mann Ihnen nie, selten, überraschend oder nur an Geburtstagen und am Hochzeitstag ein Geschenk? Ich muß sehr vorsichtig sein, alles hängt davon ab, ob ich an Malina denke oder an Ivan, und ich kreuze für beide weiter an, für Ivan zum Beispiel nie, für Malina überraschend, aber darauf ist auch kein Verlaß. Ziehen Sie sich an, um für andere gut auszusehen oder um IHM zu gefallen? Gehen Sie regelmäßig zum Friseur, wöchentlich, einmal im Monat oder nur, wenn die Not am höchsten ist? Welche Not ist gemeint? Welcher Staatsstreich? Meine Haare hängen über dem Staatsstreich und sind in der größten Not, weil ich nicht weiß, ob ich sie schneiden lassen soll oder nicht. Ivan meint, ich solle sie wachsen lassen.

Malina findet, sie müssen geschnitten werden. Ich zähle seufzend die Kreuze. Am Ende hat Ivan 26 Punkte, Malina auch 26 Punkte, obwohl ich für jeden in ganz verschiedene Kästchen Kreuze machen mußte. Ich addiere noch einmal. Es bleibt bei 26 Punkten für jeden. ›Ich bin 17 Jahre alt und habe das Gefühl, nicht lieben zu können. Ich interessiere mich ein paar Tage lang für einen Mann, aber dann gleich wieder für einen anderen. Bin ich ein Ungeheuer? Mein derzeitiger Freund ist 19 Jahre alt und verzweifelt, denn er will mich heiraten.‹ Blauer Blitz rast in Roten Blitz, 107 Tote und 80 Verletzte.
Es sind aber schon Jahre her, und nun wird es wieder aufgetischt, Autozusammenstöße, einige Verbrechen, Ankündigungen von Gipfeltreffen, Vermutungen über das Wetter. Kein Mensch weiß heute mehr, warum das einmal hat berichtet werden müssen. Panteen Spray, das man damals empfohlen hat, benutze ich erst seit wenigen Jahren, das muß man mir nicht an einem so vergangenen 3. Juli anraten und heute schon gar nicht.
Zu Malina sage ich am Abend: Was geblieben ist, dürfte ein Haarspray sein, und darauf bezieht sich vielleicht alles, denn ich weiß noch immer nicht, wohin mit alldem Geld und wie man einen Staatsstreich inszeniert, jedenfalls wird zuviel Geld hinausgeschmissen. Jetzt haben sie es erreicht. Wenn meine Spraydose leer ist, wird diesmal keine mehr gekauft. Du hast 26 Punkte, mehr kannst du nicht verlangen, mehr kann ich dir einfach nicht geben. Mach damit, was du willst. Erinnerst du dich daran, wie der Blaue Blitz in den Roten Blitz gerast ist? Ich danke! das habe ich mir gedacht, das ist also deine Anteilnahme an den Katastrophen, du bist auch nicht besser als ich. Wahrscheinlich aber ist es ein unglaublicher Betrug.

Da Malina kein Wort verstanden hat, ich im Schaukelstuhl

wippe und er es sich gemütlich macht, nachdem er uns etwas zu trinken geholt hat, fange ich an zu erzählen:
Es ist ein unglaublicher Betrug, ich habe einmal im Nachrichtendienst gearbeitet, ich habe den Betrug aus der Nähe gesehen, die Entstehung der Bulletins, das wahllose Zusammensetzen der aus den Fernschreibern herausquellenden Sätze. Ich sollte eines Tages, weil jemand erkrankt war, in den Nachtdienst hinüberwechseln. Um elf Uhr abends holte mich ein großes schwarzes Auto ab, der Chauffeur machte einen kleinen Umweg im III. Bezirk, und in der Nähe der Reisnerstraße stieg ein junger Mann zu, ein gewisser Pittermann, wir wurden in die Seidengasse gefahren, in der alle Büros dunkel und verlassen waren. Auch in den Nachtredaktionen der Zeitungen, die im selben Haus untergebracht waren, zeigte sich nur selten jemand. Über Bretter, weil die Gänge aufgerissen waren, führte uns der Nachtportier zu den hintersten Räumen, in einem Stockwerk, das ich vergessen habe, ich erinnere mich nicht, erinnere nichts ... Wir waren jede Nacht zu viert, ich kochte Kaffee, manchmal ließen wir uns ein Eis holen um Mitternacht, der Nachtportier wußte eine Quelle für Eis. Die Männer lasen in den Bögen, die die Fernschreiber ausspuckten, sie schnitten aus, sie klebten und stellten zusammen. Wir flüsterten nicht eigentlich, aber laut zu reden in der Nacht, wenn alles schläft in einer Stadt, ist fast unmöglich, es gab manchmal wohl ein Gelächter zwischen den Männern, aber ich trank meinen Kaffee still für mich und rauchte, sie warfen mir die Nachrichten auf meinen kleinen Tisch mit der Schreibmaschine herüber, von einer zufälligen Laune ausgewählte Nachrichten, und ich schrieb sie ins reine. Ich bin damals, weil ich über nichts mitzulachen wußte, völlig ins Bild gekommen darüber, was am nächsten Morgen die Menschen als Nachricht aufweckt. Am Ende schlossen die Männer immer mit einem kurzen Absatz, der ein Base-

ballspiel oder einen Boxkampf betraf, von jenseits des Atlantik.

Malina: Wie hast du damals gelebt?

Ich: Gegen drei Uhr früh wurde mein Gesicht immer grauer, langsam bin ich verfallen, es hat mich gebeugt, ich bin damals gebeugt worden, ich habe einen sehr wichtigen Rhythmus verloren, man gewinnt ihn nie mehr wieder. Ich habe noch einmal einen Kaffee getrunken, wieder einen, ich fing immer öfter zu zittern an mit der Hand beim Schreiben, und später habe ich meine Handschrift ganz verdorben.

Malina: Darum bin ich wohl der einzige, der sie noch lesen kann.

Ich: Der zweite Teil der Nacht hat mit dem ersten Teil der Nacht nichts zu tun, es sind zwei verschiedene Nächte in einer Nacht untergebracht, die erste Nacht mußt du dir launig vorstellen, es werden noch Witze gemacht, die Finger drücken schnell auf die Tasten, jeder ist noch in Bewegung, die zwei kleinen schlanken Eurasier kommen sich gescheiter und extravaganter vor als der umständliche Herr Pittermann, der sich nur plump und laut zu bewegen weiß. Wichtig ist die Bewegung, denn man könnte sich vorstellen, daß anderswo in der Nacht noch getrunken und gebrüllt wird oder daß aus dem Überdruß des Tages und dem Ekel vor dem kommenden Tag noch Umarmungen möglich sind oder daß bis zur Erschöpfung getanzt wird. In der ersten Nacht ist es noch der Tag mit seinen Ausschweifungen, der die Nacht bestimmt. Erst in der zweiten Nacht fällt dir auf, daß es Nacht ist, es sind alle stiller geworden, hin und wieder ist einer aufgestanden, um sich zu strecken, um sich heimlich eine andere Bewegung zu verschaffen, obwohl wir doch ausgeschlafen angekommen waren im Nachrichtendienst. Gegen fünf Uhr früh war es entsetzlich, jeder gebeugt von einer Last, ich ging mir die Hände waschen und rieb mir die Finger mit dem alten schmutzigen Handtuch. Das Gebäude in der Seidengasse hatte die Unheimlichkeit eines Mordschauplatzes. Wo ich Schritte hörte, waren dann doch keine Schritte, die Fernschreiber stockten, ratterten wieder, ich rannte zurück in unser großes Zimmer, in dem die Ausdünstung schon zu spüren war, selbst durch den Qualm vom Zigarettenrauchen. Es war der Anfang der Übernächtigkeit. Um sieben Uhr früh grüßten wir einander kaum beim Auseinandergehen, ich stieg mit dem jungen Pittermann in das schwarze Auto, wir sahen wortlos aus dem Fenster. Frische Milch und frische Semmeln wurden von den Frauen getragen, die Männer hatten einen zielsicheren Schritt, Aktentaschen unter dem Arm, aufgestellte Mantelkragen und eine kleine morgenfrühe Wolke vor dem Mund. Wir drinnen in der Limousine hatten schmutzige Fingernägel und jeder hatte einen bitteren bräunlichen Mund, der junge Mann stieg wieder in der Nähe der Reisnerstraße aus und ich in der Beatrixgasse. Am Geländer zog ich mich hinauf bis zur Wohnungstür und fürchtete, im Vorzimmer die Baronin zu treffen, die um diese Zeit aus dem Haus ging, in das städtische Fürsorgeamt, denn sie mißbilligte mein mysteriöses Heimkommen um diese Stunde. Danach konnte ich lange nicht einschlafen, ich lag angezogen, übelriechend, auf dem Bett, gegen Mittag fand ich aus den Kleidern heraus und schlief dann wirklich, aber es war kein guter Schlaf, weil die Tagesgeräusche ihn dauernd unterbrachen. Das Bulletin zirkulierte bereits, die Nachrichten wirkten schon, ich habe sie niemals gelesen. Zwei Jahre lang war ich ohne Nachrichten.

Malina: Du hast also nicht gelebt. Wann hast du versucht zu leben, worauf hast du gewartet?

Ich: Höchst Ehrenwerter Malina, es muß auch ein paar Stunden und einen freien Tag in der Woche gegeben haben, für geringfügige Unternehmungen. Aber ich weiß nicht, wie man den ersten Teil seines Lebens lebt, er muß sein wie der erste Teil der Nacht, mit launigen Stunden, ich kann sie nur schwer zusammensuchen, da mir damals der Verstand gekommen ist, das muß den Rest meiner Zeit beansprucht haben.

Mir graute vor dem großen schwarzen Auto, das mich denken ließ an geheimnisvolle Fahrten, an Spionage, an unheilvolle Verwicklungen, es gingen damals immer Gerüchte durch Wien, daß es ein Umschlagplatz wäre, daß ein Menschenhandel getrieben würde, daß, in Teppiche gewickelt, Menschen und Papiere verschwänden, daß jeder, auch ohne es zu wissen, für irgendwelche Seiten tätig wäre. Von keiner Seite gab sich etwas zu erkennen. Jeder, der arbeitete, war, ohne es zu wissen, ein Prostituierter, wo habe ich das schon einmal gehört? warum habe ich darüber gelacht? Es war der Anfang einer universellen Prostitution.

Malina: Du hast mir das einmal ganz anders erzählt. Nach der Universität hättest du in einem Büro eine Arbeit gefunden, es reichte gerade so, aber doch nicht ganz, und deswegen bist du später in den Nachtdienst gegangen, weil es etwas mehr Geld gab als für einen Tagdienst.

Ich: Ich erzähle nicht, ich werde nicht erzählen, ich kann nicht erzählen, es ist mehr als eine Störung in meiner Erinnerung. Sag mir lieber, was hast du heute getan in deinem Arsenal?

Malina: Nichts Besonderes. Das übliche, und dann sind Leute vom Film gekommen, die brauchen eine Türkenschlacht. Der Kurt Swoboda sucht Vorlagen, er hat einen Auftrag. Außerdem haben wir noch für einen anderen Film zugesagt, den wollen die Deutschen in der Ruhmeshalle drehen.

Ich: Ich würde gerne einmal zuschauen beim Filmen. Oder in der Statisterie mitmachen. Würde mich das nicht zur Abwechslung auf andre Gedanken bringen?

Malina: Es ist nur langweilig, es dauert stundenlang, tagelang, man stolpert über Kabel, alle stehen herum, und es geschieht meistens überhaupt nichts. Ich habe am Sonntag Dienst. Ich sage es nur, damit du dich einrichtest.

Ich: Wir können also essen gehen, ich bin aber noch nicht fertig. Bitte, laß mich noch einmal telefonieren, es dauert nur einen Moment. Einen Moment, ja?

Es ist eine Störung in meiner Erinnerung, ich zerbreche an jeder Erinnerung. In den Ruinen war damals gar keine Hoffnung, das hat man einander eingeredet, nachgeredet, man hat es mit Darstellungen versucht von einer Zeit, die man die erste Nachkriegszeit nannte. Von einer zweiten hörte man nie etwas. Auch das war ein Betrug. Ich habe mir beinahe auch weismachen lassen, wenn die Türstöcke und Fensterstöcke erst wieder eingesetzt werden, wenn die Schutthaufen verschwinden, dann wird sogleich etwas besser werden, man wird wieder wohnen und weiter wohnen können. Aber allein die Tatsache, daß ich jahrelang etwas über das Wohnen und Weiterwohnen sagen wollte, wie unheimlich es mir war, obwohl niemand Lust hatte, mir zuzuhören, ist ja recht aufschlußreich. Niemals hätte ich gedacht, daß zuerst alles geplündert, gestohlen, verhandelt und dreimal ums Eck wieder verkauft und erkauft werden muß. Am Resselpark soll der größte Schwarzmarkt gewesen sein, man mußte weit ausweichen, schon am späten Nachmittag, auf den Karlsplatz, vieler Gefahren wegen. Eines Tages soll angeblich kein schwarzer Markt mehr existiert haben. Aber ich bin davon nicht überzeugt. Ein universeller schwarzer Markt ist daraus entstanden, und wenn ich mir Zigaretten kaufe oder Eier hole, weiß ich, aber erst heute, sie kommen von dem schwarzen Markt. Der Markt überhaupt ist schwarz, so schwarz kann er damals gar nicht gewesen sein, weil ihm eine universelle Dichte gefehlt hat. Später, nachdem alle Auslagen wieder voll waren und alles sich stapelte, die Konserven, die Kisten, die Kartons, konnte ich nichts mehr kaufen. Kaum war ich hineingegangen in die großen Kaufhäuser auf der Mariahilfer Straße, zu Gerngroß etwa, wurde mir übel, damals hatte mir Christine geraten, nicht in die kleinen teuren Geschäfte zu gehen, Lina war für Herzmansky, nicht so sehr für Gerngroß, und ich versuchte es ja, aber es ging nicht, ich kann nicht mehr als ein Ding auf einmal sehen. Tausende von Stoffen, Tausende von Konservendosen, von Würsten, von Schuhen und Knöpfen, diese ganze Anhäufung von Waren, machen die Ware schwarz vor meinen Augen. In einer großen Zahl ist alles zu sehr bedroht, eine Menge muß etwas Abstraktes bleiben, muß eine Formel aus einer Lehre sein, etwas Operables, muß die Reinheit der Mathematik haben, nur die Mathematik läßt die Schönheit von Milliarden zu, eine Milliarde Äpfel aber ist ungenießbar, eine Tonne Kaffee spricht schon von zahllosen Verbrechen, eine Milliarde Menschen ist etwas unvorstellbar Verdorbenes, Erbärmliches, Ekliges, in einen schwarzen Markt Verstricktes, mit dem täglichen Bedürfnis nach Milliarden von Broten, Erdäpfeln und Reis-Rationen. Auch als es längst genug zu essen gab, konnte ich noch lange nicht richtig essen, und ich kann jetzt auch nur essen, wenn jemand anderer mit mir ißt, oder allein, wenn nur ein Apfel daliegt und ein Stück Brot, wenn eine Scheibe Wurst übriggeblieben ist. Es muß etwas übriggeblieben sein.

Malina: Dann bekommen wir heute abend wohl kaum mehr etwas zu essen, wenn du nicht aufhörst, darüber zu reden. Ich könnte mit dir auf den Cobenzl fahren, steh auf, zieh dich an, es wird sonst zu spät.

Ich: Bitte nicht dort hinauf. Ich will nicht zu Füßen die Stadt, was brauchen wir gleich eine ganze Stadt zu Füßen zu haben, wenn wir nur essen wollen. Gehen wir ein paar Schritte. Zum Alten Heller.

Schon damals, in Paris, nach der ersten Flucht aus Wien, hatte es angefangen, mit dem linken Fuß konnte ich vorübergehend nur schlecht auftreten, er schmerzte, und der Schmerz wurde von einem Stöhnen begleitet, ach Gott, o Gott. So kommt es oft im Körper zuerst zu diesen gefährlichen, folgenreichen Anwandlungen, die einen gewisse Worte aussprechen lassen, denn vorher hatte ich nur in einigen philosophischen Seminaren eine begriffliche Bekanntschaft mit Gott gemacht, wie mit dem Sein, dem Nichts, der Essenz, der Existenz, dem Brahma.

In Paris hatte ich meistens kein Geld, aber immer, wenn das Geld zu Ende ging, mußte ich damit etwas Besonderes machen, auch heute übrigens noch, es darf nicht einfach ausgegeben werden, sondern ich muß einen abschließenden Einfall haben, wie es auszugeben ist, denn wenn mir etwas einfällt, dann weiß ich einen Augenblick lang, wie ich die Welt mitbevölkere und der Teil einer ständig stark zunehmenden, leicht abnehmenden Bevölkerung bin, und wie die Welt, überfüllt mit einer bedürftigen Bevölkerung, einer nicht satt zu bekommenden, immer im Notstand lebenden Bevölkerung, sich durch das All dreht, und wenn ich auf ihr, mit einer leeren Tasche und mit einem Einfall im Kopf, hänge durch die Schwerkraft, weiß ich, was zu tun ist.
Damals, in der Nähe der Rue Monge, auf dem Weg zur Place de la Contrescarpe, kaufte ich in dem kleinen Bistro, das die ganze Nacht auf hatte, zwei Flaschen Rotwein, aber dann auch noch eine Flasche Weißwein. Ich dachte, vielleicht mag einer keinen Rotwein, man kann schließlich niemand zu Rotwein verurteilen. Die Männer schliefen oder taten, als schliefen sie, und ich schlich zu ihnen hin und legte die Flaschen nieder, nahe genug, daß ein Irrtum ausgeschlossen war. Sie mußten verstehen, daß sie rechtens ihnen gehörten. In einer anderen Nacht, als ich es wieder tat, wachte einer der clochards auf und sagte etwas von Gott, ›que Dieu vous . . .‹, und später hörte ich in England etwas wie ›. . . bless you‹. Die Zusammenhänge habe ich natürlich vergessen. Ich nehme an, daß die Blessierten manchmal so zu den Blessierten sprechen und dann weiterleben irgendwo, so wie auch ich irgendwo weiterlebe, bedeckt von allen möglichen Blessierungen.

Unter den Männern in Paris, aber ich weiß nicht, ob es der in der Nacht aufgewachte war, hieß einer Marcel, nur sein Name blieb mir in Erinnerung, ein Stichwort neben anderen Stichworten wie Rue Monge, wie zwei oder drei Hotelnamen und die Zimmernummer 26. Von Marcel aber weiß ich, daß er nicht mehr lebt, und er ist auf eine ungewöhnliche Art gestorben ...
Malina unterbricht mich, er schützt mich, aber ich glaube, sein Beschützenwollen führt dazu, daß ich nie zum Erzählen kommen werde. Es ist Malina, der mich nicht erzählen läßt.

Ich: Du glaubst, daß sich an meinem Leben nichts mehr ändern wird?

Malina: Woran denkst du wirklich? An Marcel, oder doch immer nur an das Eine oder an alles, was dich aufs Kreuz gelegt hat.

Ich: Was soll das jetzt wieder mit dem Kreuz? Seit wann gebrauchst du Redensarten wie alle anderen?

Malina: Bisher hast du noch immer ganz gut verstanden, mit oder ohne Redensarten.

Ich: Gib mir die Zeitung von heute. Du hast mir die ganze Geschichte verdorben, du wirst es noch bereuen, daß du das sehr wunderliche Ende von Marcel nicht erfahren hast, denn außer mir könnte es heute schon niemand mehr erzählen. Die anderen leben ja irgendwo oder sind irgendwo gestorben. Vergessen ist Marcel sicherlich.

Malina hat mir die Zeitung herübergereicht, die er manchmal aus dem Museum mitbringt. Ich überschlage die ersten Seiten und schaue ins Horoskop. ›Mit etwas mehr Mut können Sie die aufkommenden Schwierigkeiten meistern. Achtung im Straßenverkehr. Schlafen Sie ausgiebig.‹ In Malinas Horoskop steht etwas von Herzensangelegenheiten, die einen stürmischen Verlauf nehmen, aber das dürfte ihn kaum interessieren. Außerdem soll er seine Bronchien schonen. Ich habe nie daran gedacht, daß Malina Bronchien haben könnte.

Ich: Was machen denn deine Bronchien? Hast du überhaupt Bronchien?

Malina: Warum nicht? Wieso nicht? Jeder Mensch hat Bronchien. Seit wann bist du um meine Gesundheit besorgt?

Ich: Ich frage ja bloß. Wie war es denn heute, ist es sehr stürmisch zugegangen?

Malina: Wo? Doch wohl nicht im Arsenal. Nicht daß ich wüßte. Ich habe Akten abgelegt.

Ich: Nicht ein bißchen stürmisch? Vielleicht, wenn du genau nachdenkst, war es ein klein wenig stürmisch.

Malina: Warum siehst du mich so mißtrauisch an? Glaubst du mir nicht? Das ist doch einfach lächerlich, und was starrst du immerzu vor dich hin, was siehst du? Hier ist keine Spinne und keine Tarantel, den Fleck hast du selber vor ein paar Tagen gemacht, beim Kaffeeingießen. Was siehst du?

Ich sehe, daß auf dem Tisch etwas fehlt. Was ist es bloß? Hier ist sehr oft etwas gelegen. Hier ist fast immer eine halbvolle Zigarettenschachtel von Ivan gelegen, der immer eine absichtlich vergessen hat, um notfalls bei mir sofort eine Zigarette zu finden. Ich sehe, daß hier schon längere Zeit von ihm kein Paket mehr vergessen worden ist.

Ich: Hast du dir nie überlegt, daß man auch woanders wohnen könnte? Mehr im Grünen. Zum Beispiel ist in Hietzing bald eine sehr schöne Wohnung frei, die Christine weiß es von Freunden, deren Freunde dort wegziehen. Du hättest mehr Platz für deine Bücher. Hier ist doch überhaupt kein Platz mehr, es quillt doch aus allen Regalen, wegen deiner Manie, ich habe ja nichts gegen deine Manie, aber es ist manisch. Und behauptet hast du auch, daß du den Katzenurin von Frances und Trollope noch immer riechst im Gang. Lina sagt, sie merke nichts mehr, aber es ist eben deine Sensibilität, du bist eben sehr sensibel.

Malina: Ich habe kein Wort verstanden. Warum sollen wir auf einmal umziehen nach Hietzing? Nie wollte einer von uns in Hietzing oder auf der Hohen Warte oder in Döbling wohnen.

Ich: Bitte nicht Hohe Warte! Ich habe Hietzing gesagt. Mir war so, als hättest du nie etwas gegen Hietzing gehabt!

Malina: Das ist doch eins wie das andere, und es kommt überhaupt nicht in Frage. So fang doch nicht gleich zu weinen an.

Ich: Ich habe kein Wort von der Hohen Warte gesagt, und bilde dir nicht ein, daß ich zu weinen anfange. Ich habe einen Schnupfen. Ich muß ausgiebiger schlafen. Wir bleiben selbstverständlich in der Ungargasse. Es kommt gar nichts anderes in Frage.

Worauf ich heute Lust hätte? Laß mich überlegen! Ausgehen will ich nicht, lesen oder Musik hören möchte ich auch nicht. Ich glaube, ich werde mit dir vorliebnehmen. Ich werde dich aber unterhalten, denn mir ist aufgefallen, daß wir noch nie über Männer geredet haben, daß du nie nach den Männern fragst. Du hast aber dein altes Buch nicht sehr klug versteckt. Ich habe heute darin gelesen, es ist nicht gut, du beschreibst zum Beispiel einen Mann, dich selber vermutlich, vor dem Einschlafen, aber dafür könnte höchstens ich Modell gestanden sein. Männer fallen immer sofort in den Schlaf. Aber weiter: warum findest du die Männer nicht so ungemein interessant wie ich?
Malina sagt: Vielleicht stelle ich mir alle Männer wie mich selber vor.
Ich erwidere: Das ist die verkehrteste Vorstellung, die du dir machen kannst. Eher dürfte sich eine Frau vorstellen, sie sei wie alle anderen, und das aus besseren Gründen. Es hängt nämlich wieder mit den Männern zusammen.
Malina hebt zum Schein entrüstet die Hände: Bitte aber keine Geschichten oder nur einige Stellen aus ihnen, wenn sie komisch genug sind. Sag, was sich ohne Indiskretion sagen läßt.
Malina sollte mich doch kennen!
Ich fahre fort: Die Männer sind nämlich verschieden voneinander, und eigentlich müßte man in jedem einzelnen einen unheilbaren klinischen Fall sehen, es reicht also keineswegs aus, was in den Lehrbüchern und in den Sachbüchern steht, um auch nur einen einzigen Mann in seiner Elementarität zu erklären und zu verstehen. Tausendmal besser läßt sich das Zerebrale an einem Mann verstehen, für mich jedenfalls. Nur das, was allen gemeinsam sein soll, ist es ganz gewiß nicht. Was für ein Irrtum! Dieses Material, das eine Generalisierung zuließe, könnte man in Jahrhunderten nicht zusammentragen. Eine einzige Frau muß schon mit zuviel Merkwürdigkeiten fertig werden,

und das hat ihr vorher niemand gesagt, auf welche Krankheitserscheinungen sie sich einstellen muß, man könnte sagen, die ganze Einstellung des Mannes einer Frau gegenüber ist krankhaft, obendrein ganz einzigartig krankhaft, so daß man die Männer von ihren Krankheiten gar nie mehr wird befreien können. Von den Frauen könnte man höchstens sagen, daß sie mehr oder weniger gezeichnet sind durch die Ansteckungen, die sie sich zuziehen, durch ein Mitleiden an dem Leiden.
Du bist heute ja in einer sehr mutwilligen Stimmung. Es fängt mich jetzt doch zu amüsieren an.
Ich sage glücklich: Es muß ja einen Menschen schon in die Krankheit führen, wenn er selber so wenig Neues erlebt, sich immerzu wiederholen muß, ein Mann zum Beispiel beißt mich ins Ohrläppchen, aber nicht weil es mein Ohrläppchen ist oder weil er, vernarrt in das Ohrläppchen, unbedingt hineinbeißen muß, sondern er beißt, weil er alle anderen Frauen auch in die Ohrläppchen gebissen hat, in kleine oder größere, in rotblaue, in blasse, in fühllose, in gefühlvolle, es ist ihm völlig gleich, was die Ohrläppchen dazu meinen. Du mußt zugeben, daß das ein folgenreicher Zwang ist, wenn man sich, ausgerüstet mit einem mehr oder weniger großen Wissen und einer in jedem Fall geringen Anwendungsmöglichkeit dieses Wissens, auf eine Frau stürzen muß, womöglich jahrelang, einmal, das geht ja noch, einmal hält das ja jede aus. Das erklärt auch einen insgeheimen dumpfen Verdacht der Männer, denn sie können sich nicht eigentlich vorstellen, daß eine Frau sich natürlich ganz anders verhalten muß mit einem anderen kranken Mann, weil ihm die Verschiedenheiten nur ganz oberflächlich und äußerlich vorschweben, eben diejenigen, die von Mund zu Mund gehen oder die von der Wissenschaft in ein verschlimmerndes falsches Licht gerückt werden. Malina kennt sich wirklich nicht aus. Er sagt: Ich habe mir gedacht, einige unter den Männern müßten doch

besonders begabt sein, jedenfalls erzählt man es manchmal von jemand weiter oder man spricht im allgemeinen davon – sagen wir einmal von den Griechen. (Malina sieht mich so listig an, dann lacht er, ich lache auch.) Ich bemühe mich, ernst zu bleiben: In Griechenland habe ich zufällig Glück gehabt, aber auch nur einmal. Glück hat man manchmal, die meisten Frauen haben aber bestimmt nie Glück. Was ich meine, hat nichts damit zu tun, daß es angeblich einige gute Liebhaber gibt, es gibt nämlich keine. Das ist eine Legende, die muß einmal zerstört werden, es gibt höchstens Männer, mit denen es völlig hoffnungslos ist, und einige, mit denen es nicht ganz so hoffnungslos ist. Darin ist der Grund dafür zu suchen, nach dem noch niemand gesucht hat, warum nur die Frauen immerzu den Kopf voll haben mit ihren Gefühlen und ihren Geschichten, mit ihrem Mann oder ihren Männern. Das Denken daran nimmt tatsächlich den größten Teil der Zeit jeder Frau in Anspruch. Sie muß aber daran denken, weil sie sonst buchstäblich, ohne ihr nie erlahmendes Gefühlstreiben, Gefühlantreiben, es niemals mit einem Mann aushalten könnte, der ja ein Kranker ist und sich kaum mit ihr beschäftigt. Für ihn ist es ja leicht, wenig an die Frauen zu denken, denn sein krankes System ist unfehlbar, er wiederholt, er hat sich wiederholt, er wird sich wiederholen. Wenn er gerne die Füße küßt, wird er noch fünfzig Frauen die Füße küssen, warum soll er sich also beschäftigen in Gedanken, bedenklich wegen eines Geschöpfs, das sich zur Zeit gern von ihm die Füße küssen läßt, so meint er jedenfalls. Eine Frau muß aber damit fertig werden, daß jetzt ausgerechnet ihre Füße an der Reihe sind, sie muß sich unglaubliche Gefühle erfinden und den ganzen Tag ihre wirklichen Gefühle in den erfundenen unterbringen, einmal damit sie das mit den Füßen aushält, dann vor allem, damit sie den größeren fehlenden Rest aushält, denn jemand, der so an Füßen hängt, vernachlässigt sehr viel an-

deres. Überdies gibt es noch die ruckartigen Umstellungen, von einem Mann zum andern muß sich ein Frauenkörper alles abgewöhnen und wieder an etwas ganz Neues gewöhnen. Aber ein Mann zieht mit seinen Gewohnheiten friedlich weiter, manchmal hat er eben Glück damit, meistens keines.
Malina ist nicht zufrieden mit mir: Das ist mir aber ganz neu, ich war so überzeugt, du magst Männer, und es haben dir immerzu Männer gefallen, allein ihre Gesellschaft war dir unentbehrlich, wenn schon nicht mehr . . .

Natürlich haben mich immer Männer interessiert, aber eben deswegen, man muß sie ja nicht gleich mögen, die meisten habe ich überhaupt nicht gemocht, nur fasziniert haben sie mich immer, schon weil man denkt: wie wird das jetzt nach dem Biß in die Schulter weitergehen, was verspricht er sich davon? Oder jemand dreht dir einen Rücken zu, über den einmal eine Frau, lange vor dir, mit den Fingernägeln, mit fünf Krallen, diese fünf Striemen, für immer sichtbar, gezogen hat, du bist völlig verstört, zumindest verlegen, was sollst du anfangen mit diesem Rücken, der dir immerzu etwas vorhält, die Erinnerung an eine Ekstase oder einen Schmerzanfall, welchen Schmerz sollst du noch empfinden, in welche Ekstase noch geraten? Ich habe die längste Zeit überhaupt keine Gefühle gehabt, denn es war mir in diesen Jahren der Verstand gekommen. Nur im Kopf hatte ich natürlich, wie alle anderen Frauen, trotzdem immer die Männer, aus den schon erwähnten Gründen, und ich bin sicher, die Männer wiederum hatten mich sehr wenig in ihrem Kopf, nur nach Feierabend, an einem freien Tag vielleicht.

Malina: Keine Ausnahme?

Ich: Doch. Eine Ausnahme.
Malina: Wie kommt es zu einer Ausnahme?

Das ist doch ganz einfach. Du mußt nur zufällig jemand unglücklich genug machen, jemand zum Beispiel nicht helfen, eine Dummheit wiedergutzumachen. Wenn du sicher bist, daß du dem anderen ein rechtes Unglück angerichtet hast, dann denkt er auch an dich. Sonst machen die meisten Männer aber die Frauen unglücklich, und eine Gegenseitigkeit ist nicht da, denn wir haben es mit dem natürlichen Unglück, dem unabwendbaren, das von der Krankheit der Männer kommt, zu tun, deretwegen die Frauen soviel nachdenken müssen und, kaum angelernt, wieder umlernen müssen, denn wenn man über jemand immerzu nachdenken muß und für ihn Gefühle erzeugen muß, dann wird man regelrecht unglücklich. Das Unglück verdoppelt, verdreifacht, verhundertfacht sich mit der Zeit obendrein. Jemand, der dem Unglück ausweichen möchte, bräuchte nur nach ein paar Tagen jedes Mal Schluß zu machen. Es ist unmöglich, unglücklich zu sein, jemandem nachzuweinen, wenn er einen nicht schon gründlich unglücklich gemacht hat. Niemand weint dem jüngsten oder schönsten Mann, dem besten Mann oder dem klügsten Mann schon nach wenigen Stunden nach. Aber ein halbes Jahr, mit einem ausgemachten Schwätzer, einem notorischen Dummkopf verbracht, mit einem widerwärtigen, von den seltsamsten Gewohnheiten beherrschten Schwächling, das hat schon recht starke und vernünftige Frauen ins Wanken gebracht, in den Selbstmord getrieben, bitte, denk nur an die Erna Zanetti, die wegen dieses Dozenten für Theaterwissenschaft, man bedenke nur, wegen eines Theaterwissenschaftlers! vierzig Schlaftabletten geschluckt haben soll, und sie wird ja nicht die einzige sein, er hat ihr auch noch das Rauchen abgewöhnt, weil er keinen Rauch

verträgt. Ob sie vegetarisch essen mußte, weiß ich nicht, aber es werden schon noch ein paar schlimme Dinge gewesen sein. Anstatt sich nun darüber zu freuen, daß sie, nachdem dieser Dummkopf sie glücklicherweise verlassen hat, am nächsten Tag wieder zwanzig Zigaretten rauchen kann und essen darf, was sie will, versucht sie, kopflos, sich umzubringen, es fällt ihr nichts Besseres ein, weil sie ein paar Monate immerzu an ihn gedacht und unter ihm gelitten hat, auch unter dem Entzug des Nikotins natürlich und an diesen Salatblättern und Karotten.
Malina muß lachen, aber entsetzt tun: Du willst doch nicht behaupten, daß die Frauen unglücklicher sind als die Männer!

Nein, natürlich nicht, ich sage ja nur, daß das Unglück der Frauen ein besonders unvermeidliches und ganz und gar unnützes ist. Nur von der Art des Unglücks wollte ich sprechen. Vergleichen kann man ja nicht, und über das allgemeine Unglück, das alle Menschen so schwer trifft, wollten wir ja heute nicht sprechen. Ich will dich nur unterhalten und dir sagen, was alles komisch ist. Ich, zum Beispiel, war sehr unzufrieden, weil ich nie vergewaltigt worden bin. Als ich nach Wien kam, hatten die Russen überhaupt keine Lust mehr, die Wienerinnen zu vergewaltigen, und auch die betrunkenen Amerikaner wurden immer weniger, die aber sowieso niemand recht schätzte als Vergewaltiger, weswegen auch soviel weniger von ihren Taten die Rede war als von denen der Russen, denn ein geheiligter frommer Schrecken, der hat natürlich seine Gründe. Von den fünfzehnjährigen Mädchen bis zu den Greisinnen, hieß es. Manchmal las man noch in den Zeitungen von zwei Negern in Uniform, aber ich bitte dich, zwei Neger im Salzburgischen, das ist doch reichlich wenig für soviel Frauen in einem Land, und die Männer, die ich kennenlernte oder auch nicht kennenlernte und die nur im Wald an mir vorübergingen oder mich auf einem Stein sitzen sahen an einem Bach, wehrlos, einsam, hatten nie den Einfall. Man hält es nicht für möglich, aber außer ein paar Betrunkenen, ein paar Lustmördern und anderen Männern, die auch in die Zeitung kommen, bezeichnet als Triebverbrecher, hat kein normaler Mann mit normalen Trieben die naheliegende Idee, daß eine normale Frau ganz normal vergewaltigt werden möchte. Es liegt natürlich daran, daß die Männer nicht normal sind, aber an ihre Verirrungen, ihre phänomenale Instinktlosigkeit hat man sich schon dermaßen gewöhnt, daß man sich das Krankheitsbild in seinem ganzen Ausmaß gar nicht mehr vor Augen halten kann. In Wien könnte es aber anders sein, es müßte weniger arg sein, denn es ist eine Stadt, geschaffen für die universelle Prostitution. Du wirst dich nicht mehr erinnern können an die ersten Jahre nach dem Krieg. Wien war, gelinde gesagt, eine Stadt mit den sonderbarsten Einrichtungen. Diese Zeit ist aber aus ihren Annalen getilgt worden, es gibt keine Leute mehr, die noch darüber sprechen. Verboten ist es nicht direkt, aber man spricht trotzdem nicht darüber. An Feiertagen, sogar wenn es Marientage oder Himmelfahrtstage oder Republiktage waren, wurden die Bürger gezwungen, in den Teil des Stadtparks, der an die Ringstraße grenzt, an den Parkring, in diesen grauenvollen Park zu gehen und dort öffentlich zu tun, was sie tun wollten oder tun konnten, besonders in der Zeit, in der die Kastanien blühten, aber auch noch später, als sie reiften und die Roßkastanien aufplatzten und herabfielen. Es kann kaum jemand gegeben haben, der dort nicht jeden mit jeder angetroffen hat. Obwohl alles schweigend vor sich ging, mit der größten Gleichgültigkeit beinahe, könnte man von alptraumhaften Szenen sprechen, es haben alle Leute in der Stadt an dieser universellen Prostitution teilgehabt, es muß jede einmal mit jedem auf dem niedergetretenen Rasen gelegen sein oder, gegen die Mauern gelehnt, gestöhnt, gekeucht haben, manchmal einige gleichzeitig, abwechselnd, durcheinander. Miteinander haben alle geschlafen, alle haben einen Gebrauch voneinander gemacht, und so sollte es heute niemand mehr wundern, daß kaum noch Gerüchte zirkulieren, denn dieselben Frauen und Männer begegnen einander heute höflich, als wäre nichts geschehen, die Männer ziehen den Hut, küssen die Hände, die Frauen gehen mit leichten Schritten und gehauchten Grüßen am Stadtpark vorbei, tragen elegante Taschen und Regenschirme, sehen geschmeichelt aus. Es rührt aber aus dieser Zeit, daß der Reigen begonnen hat, der heute nicht mehr anonym ist. Aus dieser Seuche hervorgegangen muß man sich die Verhältnisse denken, die heute herrschen, warum Ödön Patacki etwa zuerst mit Franziska Ranner zu sehen war, dann Franziska Ranner aber mit Leo Jordan, warum Leo Jordan, der vorher mit Elvira verheiratet war, die dann dem jungen Marek geholfen hat, noch zweimal heiratete, warum der junge Marek dann Fanny Goldmann ruinierte, und sie wiederum vorher mit Harry sich zu gut vertrug und dann mit Milan wegging, aber der junge Marek dann mit dieser Karin Krause, der kleinen Deutschen, danach aber dieser Marek auch mit der Elisabeth Mihailovics, die dann an den Bertold Rapatz geraten ist, der wiederum ... Ich weiß das jetzt alles, auch warum Martin diese groteske Affäre mit der Elfi Nemec hatte, die später auch an den Leo Jordan geraten ist, und warum also jeder mit jedem zusammenhängt auf die absonderlichste Weise, wenn man es auch nur in wenigen Fällen weiß. Die Gründe dafür sind natürlich niemand bekannt, aber ich sehe sie schon, und man wird ja überhaupt einmal sehen! Aber ich kann das gar nicht erzählen, weil ich keine Zeit dazu habe. Wenn ich auch nur dran denke, welche Rolle das Altenwylsche Haus dabei gespielt hat, obwohl die Altenwyls sich dessen gar nie bewußt waren, man sich überhaupt in keinem Haus bewußt war, auch nicht bei der Barbara Gebauer, welche Anfänge zu welchem Ende dort stattfanden, durch welche törichten Redereien und zu welchem Ende sie das alles miteinander angerichtet haben. Die Gesellschaft ist der allergrößte Mordschauplatz. In der leichtesten Art sind in ihr seit jeher die Keime zu den unglaublichsten Verbrechen gelegt worden, die den Gerichten dieser Welt für immer unbekannt bleiben. Ich habe das nicht in Erfahrung gebracht, weil ich nie so genau hinsah und hinhörte, immer weniger hinhöre, aber je weniger ich hinhöre, desto erschreckender treten die Zusammenhänge für mich hervor. Ich habe über Gebühr gelebt, darum habe ich alle diese Friedensspiele, so geben sie sich nämlich aus, als wären es keine Kriegsspiele, in ihrer ganzen Ungeheuerlichkeit zu spüren bekommen. Die weltweit weltbekannten, auch die stadtbekannten Verbrechen erscheinen mir daneben so einfach, brutal, geheimnislos, sie sind etwas für die Massenpsychologen, für die Psychiater, die sie auch nicht eindämmen werden, sie geben den allzu Fleißigen und Kundigen nur plumpe Rätsel auf, ihrer grandiosen Primitivität wegen. Was sich hingegen hier abgespielt hat und noch abspielt, ist nie primitiv gewesen. Erinnerst du dich an jenen Abend? Einmal ging Fanny Goldmann überraschend früh und allein nach Hause, sie stand auf von einem Tisch, es war nichts vorgefallen, aber heute weiß ich, ich weiß ja. Es gibt Worte, es gibt Blicke, die töten können, niemand bemerkt es, alle halten sich an die Fassade, an eine gefärbte Darstellung. Und Klara und Haderer, ehe er gestorben ist, aber ich höre ja schon auf ...

Eine Zeitlang, es war in Rom, sah ich nur Matrosen, sie stehen dort am Sonntag herum auf einem Platz, ich glaube, auf der Piazza del Popolo, wo nachts Leute vom Land mit verbundenen Augen versuchen, geradeaus zu gehen, von

dem Brunnen mit dem Obelisken aus, zum Corso. Es ist eine unlösbare Aufgabe. Auch in der Villa Borghese stehen Matrosen herum, aber noch viel mehr Soldaten. Sie schauen vor sich hin, sie haben diesen ernsten, gierigen Blick, in einen Sonntag gerichtet, der gleich vorüber sein wird. Es ist faszinierend, diese jungen Männer zu sehen. Eine Weile aber war ich einfach vor einem Mechaniker aus dem hinteren Erdberg befangen, er mußte einen Kotflügel von meinem Auto ausbiegen und die Karosserie vorn neu spritzen. Für mich war er undurchschaubar, von einem ganz tiefen Ernst, denk dir diese Blicke und diese vielleicht mühsamen, stockenden Gedanken! Ich ging noch einige Male in die Werkstatt und sah ihm zu bei allen möglichen Arbeiten. Ich habe nie mehr soviel Qual in jemand gesehen, soviel ernstes Nichtwissen. Etwas Undurchdringliches. In mir sind traurige aufzuckende Hoffnungen entstanden, traurige beklemmende Wünsche, mehr nicht, diese Burschen würden es ja nie verstehen, aber man will ja nicht verstanden werden. Wer will das schon!
Ich war immer sehr furchtsam, eben nicht mutig, ich hätte ihm meine Telefonnummer, meine Adresse zustecken müssen, aber ich war vor ihm zu versunken in ein Rätsel und konnte es nicht tun. Leicht mag es ja sein, nicht gerade jeden Gedanken, aber jeden zweiten Gedanken von einem Einstein, einem Faraday, irgendeinem Leuchtfeuer, einem Freud oder Liebig zu erraten, denn das sind doch Männer ohne wirkliche Geheimnisse. Die Schönheit aber und ihre Stummheit sind durchaus überlegen. Dieser Mechaniker, den ich nie vergessen werde, zu dem ich gepilgert bin, um die Rechnung am Ende doch zu verlangen, mehr nicht, er war mir wichtiger. Für mich war er wichtig. Denn es ist die Schönheit, die mir fehlt, sie ist wichtiger, ich will die Schönheit verführen. Manchmal gehe ich in einer Straße, und kaum sehe ich jemand, der mir überlegen ist, zieht es mich hinüber, hinunter, aber ist das natürlich oder normal?

Bin ich eine Frau oder etwas Dimorphes? Bin ich nicht ganz eine Frau, was bin ich überhaupt? In den Zeitungen stehen oft diese gräßlichen Nachrichten. In Pötzleinsdorf, in den Praterauen, im Wienerwald, an jeder Peripherie ist eine Frau ermordet worden, stranguliert – mir ist das ja auch beinahe geschehen, aber nicht an der Peripherie –, erdrosselt von einem brutalen Individuum, und ich denke mir dann immer: das könntest du sein, das wirst du sein. Unbekannte von unbekanntem Täter ermordet.

Unter einem Vorwand bin ich zu Ivan gegangen. Ich drehe so gern an seinem Transistor herum. Ich bin seit Tagen wieder ohne Nachricht. Ivan rät mir, doch endlich ein Radio zu kaufen, wenn ich schon so gerne Nachrichten oder Musik höre. Er meint, daß mir dann das Aufstehen am Morgen leichter fiele, wie ihm zum Beispiel, und in der Nacht hätte ich etwas gegen die Stille. Ich probiere, den Knopf langsam zu drehen, und suche vorsichtig, um zu erfahren, was herauskommen kann gegen die Stille.
Eine aufgeregte Männerstimme ist im Zimmer: Liebe Hörerinnen und Hörer, wir haben jetzt also London an der Leitung, unser ständiger Berichterstatter Doktor Alfons Werth, Herr Werth wird uns jetzt gleich berichten aus London, noch einen Augenblick Geduld, wir schalten auf London um, lieber Herr Doktor Werth, wir hören Sie schon ganz klar, ich möchte Sie für unsere Hörer in Österreich über die Stimmung ın London nach der Pfundabwertung, Herr Werth hat jetzt das Wort . . .
Bitte stell doch diesen Kasten ab! sagt Ivan, der jetzt kein Interesse für Stellungnahmen aus London oder Athen hat.
Ivan?
Was willst du denn sagen?
Warum läßt du mich nie reden?

Ivan muß eine Geschichte hinter sich haben, in einem Zyklon gewesen sein, und er denkt, auch ich hätte eine Geschichte hinter mir, die übliche, in der zumindest ein Mann vorzukommen hat und eine gehörige Enttäuschung, aber ich sage: Ich? Nichts, ich will doch gar nichts sagen, ich wollte nur zu dir ›Ivan‹ sagen, mehr nicht. Und fragen könnte ich dich, was du über Flitspritzen denkst? Hast du Fliegen im Haus?
Nein. Ich versuche, mich in das Leben einer Fliege hineinzudenken oder in das Leben eines Kaninchens, das im Labor für einen Versuch mißbraucht wird, in eine Ratte, die man abspritzt, aber die doch noch einmal haßvoll zum Sprung ansetzt.
Ivan sagt: Mit solchen Gedanken wirst du wieder nicht dazukommen, dich zu freuen.
Ich freue mich jetzt eben nicht, ich habe manchmal keine Freude. Ich weiß, ich sollte mich öfter freuen.
(Ich kann nur meiner Freude und meinem Leben, das Ivan heißt, nicht sagen: du allein bist die Freude und das Leben! da Ivan mir sonst noch schneller abhanden kommen könnte, der mir manchmal schon abhanden kommt, und das merke ich an diesem ständigen Entzug von Freude in diesen Tagen. Ich weiß nicht, seit wann Ivan mein Leben kürzt, und ich muß einmal anfangen, mit ihm zu reden.)
Weil mich jemand getötet hat, weil mich jemand immerzu töten wollte, und dann habe ich angefangen, jemand in Gedanken zu töten, das heißt, nicht in Gedanken, es war etwas anders, es ist mit Gedanken nie viel zu tun, es ist dann anders gekommen, ich habe es sogar überwunden, ich tue auch nichts mehr in Gedanken.
Ivan schaut auf und sagt ungläubig, während er die Verlängerungsschnur des Telefons reparieren will und mit dem Schraubenzieher eine Schraube lockert: Du? ach was, ausgerechnet du, meine sanfte Irre? Ja wen denn, wieso denn! Ivan lacht und beugt sich wieder über den An-

schlußstecker, er biegt die Drähte vorsichtig um die Schraube.
Erstaunt dich das?
Aber nein, warum denn? In Gedanken habe ich schon Dutzende auf dem Gewissen, die mich geärgert haben, sagt Ivan. Die Reparatur ist ihm gelungen, es kann ihm jetzt völlig gleichgültig sein, was ich über mich sagen wollte. Ich ziehe mich rasch an, ich murmle, ich müsse heute früher zu Hause sein. Wo ist Malina? Mein Gott, wenn ich nur schon bei Malina wäre, denn es ist wieder nicht auszuhalten, ich hätte nicht reden sollen, und ich sage zu Ivan: Bitte verzeih, es ist mir einfach schlecht, nein, ich habe etwas vergessen, macht es dir etwas aus, würde es dir etwas ausmachen? Ich muß sofort nach Hause, ich glaube, ich habe den Kaffee auf der Herdplatte stehenlassen, ich habe die Platte sicher nicht abgedreht!
Nein, es macht Ivan nie etwas aus.
Zu Hause lege ich mich auf den Boden und warte und atme, veratme mich und veratme mich immer mehr, es sind mehr als ein paar Extrasystolen, und ich möchte nicht sterben, ehe Malina kommt, ich schaue auf die Weckeruhr, es vergeht fast keine Minute, und für mich vergeht hier das Leben. Ich weiß nicht, wie ich ins Bad gekommen bin, ich halte die Hände unter das kalte fließende Wasser, es rinnt die Arme bis zum Ellbogen hinauf, ich reibe die Arme und die Füße und die Beine mit einem eiskalten Lappen, aufwärts zum Herzen, es vergeht keine Zeit, aber jetzt muß Malina kommen, und dann ist Malina da, und ich lasse mich sofort fallen, endlich, mein Gott, warum kommst du so spät nach Hause!

Einmal war ich auf einem Schiff, in der Bar saßen wir herum, eine Gruppe von Leuten, die nach Amerika fuhren, ein paar kannte ich schon. Aber dann fing einer an, sich mit seiner glühenden Zigarette Löcher in den Handrücken zu brennen. Nur er hat darüber gelacht, wir wußten nicht, ob wir auch lachen durften. Meistens weiß man nicht, warum die Leute sich etwas antun, sie sagen es einem doch nicht oder sie sagen etwas ganz anderes, damit man den wirklichen Grund nicht erfährt. In einer Berliner Wohnung habe ich einmal einen Mann getroffen, der ein Glas Wodka nach dem anderen trank, aber er wurde nie betrunken, er redete noch nach Stunden mit mir, furchtbar nüchtern, und als niemand zuhörte, fragte er mich, ob er mich wiedersehen könne, denn er wolle mich unbedingt wiedersehen, und ich sagte so deutlich nichts darauf, daß es ein Einverständnis war. Es wurde dann von der Weltlage gesprochen, und jemand legte eine Platte auf den Plattenspieler, L'ASCENSEUR À L'ECHAFAUD. Als ein paar Töne nur leise klimperten und die Rede auf den heißen Draht zwischen Washington und Moskau gekommen war, fragte der Mann, auf die leichteste Weise, wie vorhin, als er fragte, ob ich nicht besser Samtkleider tragen solle, er sähe mich am liebsten in Samt: Haben Sie schon einmal jemand ermordet? Ich sagte auf die leichteste Weise: Nein, natürlich nicht, und Sie? Der Mann sagte: Ja, ich bin ein Mörder. Ich sagte eine Weile nichts, er sah mich sanft an und sprach noch einmal: Sie dürfen es ruhig glauben! Ich glaubte es ihm auch, weil es wahr sein mußte, es war der dritte Mörder, mit dem ich an einem Tisch gesessen bin, nur war er der erste und einzige, der es ausgesprochen hat. Die beiden anderen Male geschah es an Abenden in Wien, und ich erfuhr es nachher, beim Nachhausegehen. Hie und da wollte ich etwas aufschreiben über diese drei Abende, die viele Jahre auseinanderliegen, und über ein einzelnes Blatt schrieb ich versuchsweise: Drei Mörder. Aber ich bin dann damit nicht zu Rande gekommen, denn ich wollte über diese drei nur etwas aufzeichnen, um hinzudeuten auf einen vierten, denn die Geschichte von meinen drei Mör-

dern ergibt keine Geschichte, ich habe keinen mehr wiedergesehen, sie leben heute noch irgendwo und essen mit anderen zu Abend und tun sich etwas an. Einer ist nicht mehr interniert in Steinhof, einer ist in Amerika und hat seinen Namen geändert, einer trinkt, um immer nüchterner zu werden, und ist nicht mehr in Berlin. Von dem vierten kann ich nicht reden, ich erinnere mich nicht an ihn, ich vergesse, ich erinnere mich nicht . . .
(Ich bin aber gegen den elektrischen Stacheldraht gelaufen.) Ich erinnere mich doch an eine Kleinigkeit. Ich habe einmal Tag für Tag mein Essen weggeschüttet, ich habe heimlich auch den Tee weggeschüttet, ich muß gewußt haben, warum.

Marcel aber ist so gestorben:
Eines Tages sollten alle clochards von Paris aus dem Stadtbild entfernt werden. Die Fürsorge, die alleröffentlichste Fürsorge, die auch für ein anständiges Stadtbild sorgt, ist zusammen mit der Polizei gekommen in die Rue Monge, und weiter wollte man nichts, nur die alten Männer zurückführen in das Leben und deswegen zuerst einmal waschen und säubern für das Leben. Marcel ist aufgestanden und mitgegangen, ein sehr friedlicher Mann, auch nach ein paar Gläsern Wein noch ein weiser, widerstandsloser Mann. Es war ihm vermutlich völlig gleichgültig an diesem Tag, daß sie kamen, und vielleicht dachte er auch, daß er wieder zurückkönne auf seinen guten Platz auf der Straße, wo die warme Luft der Metro durch die Schächte heraufkommt. Aber in dem Waschsaal, für das Gemeinwohl, mit den vielen Duschen, kam auch die Reihe an ihn, sie haben ihn unter die Dusche gestellt, die sicher nicht zu heiß und nicht zu kalt war, nur ist er zum ersten Mal nackt gewesen nach vielen Jahren und unter das Wasser gekommen. Ehe es jemand begreifen und nach ihm langen konn-

te, war er schon umgefallen und auf der Stelle tot. Du siehst, was ich meine! Malina sieht mich etwas unsicher an, obwohl er sonst nie unsicher ist. Ich hätte mir die Geschichte ersparen können. Aber ich spüre wieder einmal die Dusche, ich weiß, was man Marcel nicht hätte wegwaschen dürfen. Wenn jemand in der Ausdünstung seines Glücks lebt, wenn für jemand nicht mehr viel Worte da sind, sondern nur das ›Vergelts Gott‹, ›Gott soll es Ihnen vergelten‹, soll man ihn nicht zu waschen versuchen, nicht wegwaschen, was für jemand gut ist, jemand säubern wollen, für ein neues Leben, das es nicht gibt.

Ich: An Marcels Stelle wäre ich auch beim ersten Strahl tot umgefallen.

Malina: So war das Glück ja stets . . .

Ich: Warum mußt du immer meine Gedanken vorwegnehmen? Ich denke doch jetzt wirklich an Marcel, nein, ich denke fast nie mehr an ihn, es ist eine Episode, ich denke an mich und schon an etwas anderes, Marcel ist mir nur zu Hilfe gekommen.

Malina: – es ist des Geistes schönes Morgen, das niemals kommt.

Ich: Du mußt mich nicht immer an mein Schulheft erinnern. Es muß noch eine ganze Menge darin gestanden sein, aber ich habe es verbrannt in der Waschküche. Ich muß jetzt noch von einer dünnen Glücksschicht bedeckt sein, es soll nur kein Guß kommen und einen bestimmten Geruch abspülen, ohne den ich nicht sein kann.

Malina: Seit wann stehst du so gut mit der Welt, seit wann bist du glücklich?

Ich: Du beobachtest zuviel, deswegen bemerkst du nichts.

Malina: Es ist umgekehrt. Ich habe doch alles bemerkt, aber beobachtet habe ich dich nie.

Ich: Aber ich habe dich zeitweise sogar leben lassen, wie du wolltest, ohne dich zu stören, das ist mehr, das ist großmütiger.

Malina: Auch das habe ich bemerkt, und einmal wirst du ja wissen, ob es gut war, mich zu vergessen, oder ob es nicht besser ist, mich wieder wahrzunehmen. Nur wirst du wahrscheinlich keine Wahl haben, du hast schon jetzt keine mehr.

Ich: Ich dich vergessen, wie könnt ich dich je vergessen! ich habe es bloß versucht, habe mir diesen Anschein gegeben, um dir zu beweisen, daß es auch ohne dich geht.

Malina hält diese Heuchelei für keiner Antwort wert, er wird mir nicht vorrechnen, wie viele Tage und Nächte ich ihn vergessen habe, aber auch er ist ein Heuchler, denn er weiß, wieviel schlimmer als jeder Vorwurf für mich seine Rücksicht war und noch manchmal sein wird. Aber wir finden schon zueinander, denn ich brauche mein Doppelleben, mein Ivanleben und mein Malinafeld, ich kann nicht sein, wo Ivan nicht ist, aber ebensowenig kann ich heimkommen, wenn Malina nicht da ist.
Ivan sagt: Hör bloß auf damit!
Ich sage noch einmal: Ivan, ich möchte dir gerne einmal etwas sagen, es muß ja nicht heute sein, aber einmal muß ich es dir sagen.
Du hast keine Zigaretten mehr?
Ja, das wollte ich dir sagen, mir sind wieder einmal meine Zigaretten ausgegangen.
Ivan ist bereit, mit mir ein Stück herumzufahren in der Stadt, um nach Zigaretten zu suchen, und weil es nirgends welche gibt, halten wir vor dem Hotel Imperial, beim Por-

tier bekommt Ivan endlich diese Zigaretten. Ich stehe mit der Welt wieder einmal gut. Auch wenn man sie nur auf Abruf liebt, kann man die Welt lieben, und ein Mensch ist dazwischen, der den Transformator macht, aber das muß Ivan nicht wissen, da er wieder zu fürchten beginnt, daß ich ihn liebe, und da er mir Feuer gibt und ich wieder rauchen kann und warten, brauche ich nicht zu sagen: Mach dir bloß keine Sorgen, du bist nur da für mich zum Feuergeben, danke für das Feuer, danke für jede angezündete Zigarette, danke für das Herumfahren in der Stadt, danke für das Nachhausefahren!

Malina: Gehst du zum Begräbnis von Haderer?

Ich: Nein, warum sollte ich auf den Zentralfriedhof gehen und mich erkälten? Ich kann ja morgen in den Zeitungen lesen, wie es war, was sie gesagt haben, und außerdem habe ich eine Abneigung gegen Begräbnisse, es weiß heute einfach kein Mensch mehr, wie man sich bei einem Todesfall benimmt und wie auf einem Friedhof. Ich will auch nicht, daß man mir immerzu mitteilt, Haderer oder sonst irgend jemand sei gestorben. Man teilt mir ja auch nicht immerzu mit, daß jemand am Leben ist. Für mich bleibt sowieso alles gleich, ob ich jemand einmal gemocht oder nicht gemocht habe, und daß ich nur noch bestimmte Personen treffe, treffen kann, weil einige nicht mehr am Leben sind, das wundert mich nicht, aber aus anderen Gründen. Willst du mir erklären, warum ich darüber informiert sein muß, daß Herr Haderer oder eine andere Berühmtheit, ein Dirigent oder ein Politiker, ein Bankier oder ein Philosoph, seit gestern oder seit heute plötzlich tot sind. Es interessiert mich nicht. Für mich ist nie jemand gestorben und selten lebt jemand, außer auf meiner Gedankenbühne.

Malina: Ich lebe also meistens für dich nicht?

Ich: Du lebst. Du lebst sogar meistens, aber du beweist mir auch, daß du lebst. Was beweisen mir die anderen? Doch nichts.

Malina: ›Der Himmel ist von einem tiefen Schwarz.‹

Ich: Man könnte es verwenden. Es klingt, als lebte derjenige, der es geschrieben hat. Das ist endlich einmal eine Überraschung.

Malina: ›Der Himmel ist von einem kaum vorstellbaren tiefen Schwarz. Die Sterne sind sehr hell, flimmern aber nicht, wegen der fehlenden Atmosphäre.‹

Ich: Oh! Der nimmt es genau.

Malina: ›Die Sonne ist eine glühende Scheibe, die in den schwarzen Samt des Himmels eingedrückt ist. Ich war sehr ergriffen von der Endlosigkeit des kosmischen Raumes, von dieser unvorstellbaren Weite ...‹

Ich: Wer ist dieser Mystiker?

Malina: Alexej Leonow, der für zehn Minuten in den Weltraum gegangen ist.

Ich: Nicht schlecht. Aber Samt, ich weiß nicht, ob ich Samt gesagt hätte. Ist der Mensch ein Poet nebenbei?

Malina: Nein, er malt in seiner freien Zeit. Er wußte die längste Zeit nicht, ob er Maler oder Kosmonaut werden wollte.

Ich: Ein verständlicher Zweifel in der Berufswahl. Aber dann wie ein romantischer Wanderbursche über den Weltraum zu reden ...

Malina: Die Menschen ändern sich nicht so sehr. Irgend etwas ergreift sie immer, wenn es nur endlos oder unvorstellbar oder unergründlich ist, von tiefem Schwarz, sie spazieren im Wald oder gehen im Weltraum mit ihrem eigenen Geheimnis in einem Geheimnis herum.

Ich: Und das kommt dann auf die Nachwelt! Man könnte also aufhören, sich zu wundern über den Fortschritt. Später wird Leonow eine Datscha bekommen und Rosen pflanzen, und nach Jahren wird man ihm milde lächelnd zuhören, wenn er noch einmal über den Woschod 2 spricht. Großväterchen Leonow, erzähl bitte, wie das damals war, diese ersten Minuten dort draußen! Es war einmal ein Mond, zu dem alle fliegen wollten, und der Mond war weit weg und unwirtlich, aber eines schönen Tages kam Alexej im Glück an, und sieh da . . .

Malina: Ziemlich seltsam ist, daß er den Ural nicht bemerkte, weil er sich gerade in diesem Moment neben dem Schiff im Raum überschlug.

Ich: So mußte es ja kommen. Man überschlägt sich meistens gerade, wenn man etwas in den Blick bekommen oder zu fassen bekommen möchte, den Ural oder das Wort dafür, einen Gedanken oder die Worte dafür. Mir ergeht es genauso wie unserem Großväterchen, immer entgeht mir etwas, aber inwendig, wenn ich diesen unendlichen Raum exploriere, der in mir ist. Es hat sich nicht viel geändert seit der guten alten Zeit, als man die ersten Male in den Weltraum ging.

Malina: Unendlich?

Ich: Gewiß. Wie sollte dieser Raum anders als unendlich sein?

Ich muß mich nur eine Stunde hinlegen, aus der dann zwei werden, denn ich halte mit Malina das Reden nicht lange aus.

Malina: Du mußt unbedingt einmal aufräumen bei dir, in diesen ganzen staubigen verbleichten Blättern und Papierfetzen, darin wird sich eines Tages kein Mensch auskennen.

Ich: Wie bitte? Was soll das heißen? Hier braucht sich kein Mensch auszukennen. Ich werde schon meine Gründe haben alles immer mehr und mehr durcheinanderzubringen. Wenn aber jemand ein Recht hat, sich diese ›Fetzen‹ anzusehen, dann bist du es. Du wirst dich aber nicht auskennen, mein Lieber, nach Jahren würdest du nicht verstehen, was das eine und das andere bedeutet.

Malina: Laß es mich doch einmal versuchen.

Ich: Dann erklär dir, warum hier schon wieder ein alter Zettel auftaucht, ich könnte schon am Format des Papiers erraten, DIN A 4, wo ich es gekauft habe, in einer Krämerei auf dem Land, in der Nähe von einem See, und es ist die Rede von dir, von einer Fahrt nach Niederösterreich. Ich lasse es dich aber nicht lesen, du darfst nur auf das eine Wort, das darübergeschrieben ist, schauen.

Malina: Todesarten.

Ich: Aber auf dem nächsten Zettel, DIN A 2, zwei Jahre später geschrieben, steht ›Todesraten‹. Was wollte ich nur sagen? Ich könnte mich verschrieben haben. Wieso, wann und wo? Rate aber, was ich über dich und Atti Altenwyl geschrieben habe! Du errätst es eben nicht! Es ist damals ein großer Lastwagen mit Baumstämmen vor euch langsam in einer Kurve aufwärts gefahren, du hast gemerkt, wie die schlecht verketteten Stämme ins Rutschen kamen, du hast gesehen, wie die ganze Fuhre nach rückwärts rutschte, auf euren Wagen zu, und dann und dann . . . So sag schon!

Malina: Wie kommst du dazu, dir das einzubilden? Du mußt ja verrückt gewesen sein.

Ich: Ich weiß es auch nicht, aber ich bilde es mir nicht ein, denn kurz danach ist doch wieder etwas geschehen, du warst mit Martin und Atti schwimmen in der Nacht im Wolfgangsee, du bist am weitesten hinausgeschwommen, und in deinem linken Fuß fing der Krampf an, und dann und dann . . . Weißt du etwas mehr darüber?

Malina: Wie kommst du nur darauf, es ist ganz unmöglich, daß du etwas weißt, du bist ja nicht dabeigewesen.

Ich: Wenn ich aber nicht dabeigewesen bin, dann gibst du doch etwas zu, ich könnte nämlich dabeigewesen sein, auch wenn ich nicht dabei war. Und wie war das mit der Steckdose? Warum hast du damals in der Nacht den Stecker in deinem Zimmer nicht mehr in die Dose drücken wollen, warum bist du im Dunkeln gesessen, was war in alle Lichtschalter gefahren, daß du so oft im Dunkeln bleiben mußtest?

Malina: Ich bin oft im Dunkel geblieben. Du standst ja damals im Licht.

Ich: Nein, das habe ich mir so ausgedacht.

Malina: Es ist aber wahr. Und, woher weißt du es?

Ich: Ich kann es doch nicht wissen, wie kann es also wahr sein?

Ich kann nicht mehr weiterreden, weil Malina zwei Blätter nimmt, sie zerknüllt und mir ins Gesicht wirft. Obwohl ein Papierknäuel nicht weh tut und sofort niederfällt auf den Fußboden, fürchte ich es kommen. Malina nimmt mich an den Schultern und schüttelt mich, er könnte mir auch mit der Faust ins Gesicht schlagen, aber das wird er nicht tun, er wird es ohnedies noch zu hören bekommen. Aber dann kommt ein flacher Schlag, der mich wach macht, ich weiß wieder, wo ich bin.

Ich: (accelerando) Ich schlafe dir nicht ein.

Malina: Wo war es vor Stockerau?

Ich: (crescendo) Hör auf damit, es war irgendein Ort vor Stockerau, schlag mich nicht, bitte nicht schlagen, es war kurz vor Korneuburg, aber hör auf, mich zu fragen. Ich bin zermalmt worden, du ja nicht!

Mit einem brennenden, heißer werdenden Gesicht sitze ich da und bitte Malina, mir die Puderdose aus der Handtasche zu geben. Ich trete auf die zerknüllten Papiere und schiebe sie weg mit dem Fuß, aber Malina hebt sie auf und glättet sie sorgsam. Ohne sie anzusehen, legt er sie zurück in die Lade. Ich muß doch ins Bad gehen, denn wenn ich so aussehe, können wir nicht mehr ausgehen, ich werde hoffentlich kein blaues Auge bekommen, es sind auch nur rote Flecken auf dem Gesicht, und ich möchte jetzt unbedingt zu den Drei Husaren, weil Malina es mir versprochen hat und Ivan keine Zeit hat. Malina meint, es werde schon gehen, ich solle mir mehr von dieser bräunlichen Creme auf das Gesicht tun, ich schmiere noch etwas fond de teint über die Wangen, er hat ja recht, es wird schon gehen, und auf dem Weg in der Luft wird alles vergehen. Malina verspricht mir Spargel mit Sauce Hollandaise und auch Schneeballen mit Schokolade. Ich traue diesem Abendessen nicht mehr. Während ich zum zweitenmal die Wimperntusche auftrage, fragt Malina: Warum weißt du das alles?
Heute soll er mich nicht mehr fragen.

Ich: (presto, prestissimo) Ich will aber Spargel mit Sauce Mousseline und eine Crème Caramel. Ich kann nicht hellsehen. Ich habe es nur ausgestanden. Ich bin beinahe ertrunken, doch nicht du. Ich will keine Crème Caramel, sondern Crêpes Surprise, irgendwas mit surprise.

Denn aus solchen Wünschen entsteht noch Leben in diesen Minuten, wenn ich zu kurz komme mit meinem Leben neben Malinas Leben.

Malina: Was verstehst du unter Leben? Ich denke, du willst noch jemand anrufen oder wir gehen heute besser zu dritt in die Drei Husaren. Wen möchtest du dabei haben, Alexander oder Martin, vielleicht fällt dir dann ein, was du unter Leben verstehst.

Ich: Ja, wenn ich darunter noch etwas verstünde ... Du hast recht, es käme besser jemand dazu. Ich ziehe das alte Schwarze an, mit dem neuen Gürtel.

Malina: Aber nimm auch den Schal, du weißt schon welchen. Tu mir diesen einen Gefallen, wenn du schon das gestreifte Kleid nie anziehst. Warum ziehst du es nie an?

Ich: Ich werde es noch einmal anziehen. Bitte frag jetzt nicht. Ich muß mich überwinden. Aber sonst mag ich nur noch das Leben mit dir, mit dem Schal, den du mir zuerst geschenkt hast, mit allen Gegenständen danach. Leben ist eine Seite lesen, die du gelesen hast, oder dir über die Schulter sehen beim Lesen, mitlesen und nichts vergessen davon, weil du nichts vergißt. Es ist auch ein Umhergehen in diesem Hohlraum, in dem das Ganze schon Platz hat, ein Weg zur Glan und die Wege entlang der Gail, auf die ganze Goria liege ich hingestreckt mit meinen Heften, ich kritzle sie wieder voll: Wer ein Warum zu leben hat, erträgt fast jedes Wie. Ich lebe schon die frühesten Zeiten, als wärs seit jeher, mit dir, immer gleichzeitig mit heute, passiv, ohne etwas anzugreifen, etwas heraufzurufen. Ich lasse mich nur mehr leben. Es muß einfach alles gleichzeitig aufkommen und auf mich Eindruck machen.

Malina: Was ist Leben?

Ich: Es ist das, was man nicht leben kann.

Malina: Was ist es?

Ich: (più mosso, forte) Laß mich in Ruh.

Malina: Was?

Ich: (molto meno mosso) Was du und ich zusammenlegen können, das ist das Leben. Genügt dir das?

Malina: Du und ich? Warum nicht gleich ›wir‹?

Ich: (tempo giusto) Ich mag kein Wir, kein Man, kein Beide und so weiter und so weiter.

Malina: Ich hätte beinahe gedacht, du magst vor allem kein Ich mehr.

Ich: (soavemente) Ist das ein Widerspruch?

Malina: Doch.

Ich: (andante con grazia) Es ist kein Widerspruch, solange ich dich will. Nicht mich möchte ich, sondern dich, und wie findest du das?

Malina: Es wäre ein Abenteuer, das dein gefährlichstes wird. Es hat aber schon angefangen.

Ich: (tempo) Ja eben, es hat längst angefangen, war längst das Leben. (vivace) Weißt du, was ich eben an mir gesehen habe? daß meine Haut nicht mehr wie früher ist, sie ist einfach anders, obwohl ich nicht eine Falte mehr entdecken kann. Es sind immer dieselben da, die ich schon mit zwanzig bekommen habe, sie werden nur tiefer, genauer. Ist das ein Hinweis, und was bedeutet er? Im allgemeinen weiß man ja, wohin es führt, nämlich zum Ende. Aber wohin führt es uns? in welche Faltengesichter wirst du, werde ich verschwinden? Nicht das Älterwerden verwundert mich, sondern die Unbekannte, die auf eine Unbekannte folgen wird. Wie werde ich dann sein? Ich frage es mich, wie man sich vor Zeiten einmal gefragt hat, was nach dem Tode sein wird, mit einem gleich großen Fragezeichen, das sinnlos ist, weil man es sich nicht vorzustellen vermag. Vernünftigerweise kann ich mir darunter auch nichts vorstellen. Ich weiß nur, daß ich nicht mehr bin, wie ich früher war, mir um kein Haar bekannter, mir um nichts näher. Es ist mir nur eine Unbekannte immer nachgeglitten in eine weitere Unbekannte.

Malina: Vergiß nicht, diese Unbekannte heute hat noch etwas im Sinn, sie hat noch jemand im Sinn, sie liebt vielleicht, wer weiß, sie haßt vielleicht, sie möchte vielleicht noch einmal telefonieren.

Ich: (senza pedale) Das geht dich nichts an, denn es gehört nicht dazu.

Malina: Es gehört sehr dazu, denn es wird alles sehr beschleunigen.

Ich: Ja, das möchtest du wohl. (piano) Noch eine Niederlage mitansehen. (pianissimo) Noch diese.

Malina: Ich habe dir doch nur gesagt, es wird eine Beschleunigung sein. Du wirst dich nicht mehr brauchen. Ich werde dich auch nicht mehr brauchen.

Ich: (arioso dolente) Jemand hat mir schon gesagt, ich habe eben niemand, der mich braucht.

Malina: Damit wird ein jemand etwas anderes gemeint

	haben. Vergiß nicht, daß ich anders denke. Du hast zu lange vergessen, wie ich existiere neben dir in dieser Zeit.
Ich:	(cantabile) Ich und vergessen? Ich dich vergessen!
Malina:	Wie gut du mich mit einem Tonfall belügen kannst und wie hinterrücks du zugleich die Wahrheit sagen kannst!
Ich:	(crescendo) Ich dich vergessen!
Malina:	Komm schon. Hast du alles?
Ich:	(forte) Ich habe nie alles. (rubato) Denk du an alles. An den Schlüssel, ans Absperren, ans Lichterausmachen.
Malina:	Wir werden heute abend einmal über die Zukunft reden. Es muß unbedingt einmal aufgeräumt werden bei dir. In diesem ganzen Durcheinander wird sich sonst niemand auskennen.

Malina ist schon an der Tür, aber ich gehe rasch noch einmal zurück durch den Korridor, denn ich muß vor dem Ausgehen noch einmal telefonieren, und deswegen kommen wir nie rechtzeitig aus dem Haus. Ich muß die Nummer wählen, es ist ein Zwang, ein Einfall, ich habe nur eine Nummer im Kopf, es ist nicht meine Paßnummer, keine Zimmernummer in Paris, nicht mein Geburtsdatum, nicht das Datum von heute, und ich wähle, trotz Malinas Ungeduld, 726893, keine Zahl, die sonst in irgend jemandes Kopf ist, aber ich kann sie aufsagen, singen, pfeifen, herausweinen, in mich hineinlachen, es können sie meine Finger im Dunkeln auf der Wählscheibe finden, ohne daß ich mir die Nummer vorsagen muß.

Ja, ich bin es
Nein, nur ich

Nein. Ja?
Ja, im Gehen
Ich rufe dich später
Ja, sehr viel später
Ich rufe dich noch später an!

Malina: Sag mir endlich, wie du auf solche Gedanken gekommen bist. Ich bin doch nie nach Stockerau gefahren mit Atti, ich war nie im Wolfgangsee mit Martin und Atti schwimmen in der Nacht.

Ich: Ich sehe immer alles ganz deutlich vor mir, ich male es mir aus, so sagt man doch, zum Beispiel genau diese vielen langen Baumstämme auf dem Auto, die alle ins Rutschen kommen, und ich sitze mit Atti Altenwyl im Auto, während sie auf uns zurutschen und wir nicht zurücksetzen können, weil dicht hinter uns ein Auto nach dem anderen steht, und ich weiß jetzt, es kommen die Raummeter Holz auf mich nieder.

Malina: Aber wir sitzen doch beide hier, und ich sage dir noch einmal, ich bin nie mit ihm nach Stockerau gefahren.

Ich: Woher weißt du dann, daß ich mir die Straße nach Stockerau vorgestellt habe? Ich habe nämlich zuerst gar nichts von Stockerau gesagt, nur im allgemeinen von Niederösterreich gesprochen und auch nur daran gedacht, wegen Tante Marie.

Malina: Ich fürchte wirklich, du bist verrückt.

Ich: Nicht so sehr. Und nicht sprechen wie (piano, pianissimo) Ivan.

Malina: Nicht sprechen wie wer?

Ich: (abbandonandosi, sotto voce) Lieb mich, nein,

mehr als das, lieb mich mehr, lieb du mich ganz, damit es bald zu Ende ist.

Malina: Du weißt alles von mir? Und auch alles von allen anderen?

Ich: (presto alla tedesca) Aber nein, ich weiß nichts. Von den anderen schon gar nichts! (non troppo vivo) Mit dem Ausmalen, das war ein Gerede, ich habe gar nicht von dir sprechen wollen, nicht ausdrücklich von dir. Denn gerade du hast nie Angst, nie Angst gehabt. Wir sitzen beide wirklich hier, aber ich habe Angst. (con sentimento ed espressione) Ich hätte dich nicht vorhin um etwas gebeten, wenn du je solche Angst gehabt hättest.

Ich habe meinen Kopf in eine Hand von Malina gelegt, Malina sagt nichts, er bewegt sich nicht, aber er findet auch keine Zärtlichkeit für meinen Kopf. Mit der anderen Hand zündet er sich die Zigarette an. Mein Kopf ist nicht mehr auf seiner Handfläche, und ich versuche, gerade zu sitzen und mir nichts anmerken zu lassen.

Malina: Warum legst du schon wieder die Hand an den Nacken?

Ich: Ja, ich glaube, das mache ich oft.

Malina: Ist es davon gekommen, ist es aus jener Zeit?

Ich: Ja. Ja, ich bin jetzt sicher. Es ist bestimmt davon gekommen, und dann ist immer mehr dazugekommen. Es kommt eben immer wieder. Ich muß meinen Kopf halten. Ich mache es aber so, daß man es möglichst nicht merkt. Unter den Haaren fahre ich mit der Hand durch und stütze den Kopf. Der andere denkt dann, ich höre ganz besonders genau zu und es sei eine Art von Bewegung, wie Beineübereinanderschlagen oder das Kinn in die Hand stützen.

Malina: Es kann aber wie eine Unart aussehen.

Ich: Es ist meine Art, mich an mich zu klammern, wenn ich mich nicht an dich klammern kann.

Malina: Was hast du in den Jahren danach erreicht?

Ich: (legato) Nichts. Zuerst nichts. Dann habe ich angefangen, die Jahre abzutragen. Das war das schwerste, weil in mir diese Zerfahrenheit war, ich habe nicht mehr die Kraft gehabt, auch nur die Akzidentien meines Unglücks wegzuräumen. Weil ich an das Unglück nicht herangekommen bin, war soviel Nebensächliches zu beseitigen, Flugplätze, Straßen, Lokale, Geschäfte, bestimmte Gerichte und Weine, sehr viele Leute, alles mögliche Gerede und Geschwätz. In der Hauptsache aber eine Fälschung. Ich war ganz verfälscht, man hat mir falsche Papiere in die Hand gedrückt, hat mich deportiert dahin und dorthin, dann wieder angestellt zum Danebensitzen, zum Zustimmen, wo ich früher nie zugestimmt hätte, zum Bestätigen, zum Rechtgeben. Es waren lauter mir völlig fremde Denkweisen, die ich hätte nachahmen müssen. Am Ende war ich eine einzige Fälschung, kenntlich darunter vielleicht nur noch für dich.

Malina: Was hast du daraus gelernt?

Ich: (con sordina) Nichts. Es ist nichts dabei für mich herausgekommen.

Malina: Das ist nicht wahr.

Ich: (agitato) Es ist aber wahr. Ich habe noch einmal angefangen, zu reden, zu gehen, etwas zu empfinden, mich zu erinnern an die Zeit vorher, die also vor der Zeit liegt, an die ich mich nicht erinnern will. (tempo giusto) Und eines Tages ging es ja wieder gut mit uns beiden. Seit wann stehen wir eigentlich so gut miteinander?

Malina: Seit immer, denke ich.

Ich: (leggermente) Wie höflich, wie nett, wie liebenswürdig ist es von dir, mir das zu sagen. (quasi una fantasia) Ich habe manchmal gedacht, du hättest meinetwegen so oft, an mindestens dreihundertsechzig Tagen im Jahr einmal am Tag Todesangst gehabt. Du wärest bei jedem Klingeln zusammengefahren, hättest in jedem Schatten neben dir einen gefährlichen Menschen gesehen, es wären die Holzfuhren vor dir auf einem Lastwagen ganz besonders bedrohlich gewesen. Beim Hören von Schritten hinter dir wärest du beinahe umgekommen. Wenn du ein Buch gelesen hast, schien plötzlich die Tür aufzugehen, und du hast es in Todesangst fallen gelassen, weil ich keine Bücher mehr lesen durfte. Ich habe gedacht, du bist viele hundertmal, nein, tausendmal gestorben, und das hätte dich später so ungewöhnlich ruhig gemacht. (ben marcato) Wie sehr habe ich mich getäuscht.

Malina weiß zwar, daß ich gerne mit ihm komme an den Abenden, aber er erwartet es nicht, er ist nicht überrascht, wenn es einen Grund für Absagen gibt, einmal wegen der Strümpfe, die zerrissen sind, dann natürlich ist oftmals Ivan an meinem Zögern schuld, weil Ivan nicht weiß, noch nicht weiß, wie sein Abend aussieht, und dann gibt es auch Schwierigkeiten in der Wahl der Lokale, weil Malina in einige niemals gehen würde, er kann Krach nicht leiden, Zigeunermusik und Altwiener Lieder nicht vertragen, schlechte Luft und Nachtclubbeleuchtungen sind nicht nach seinem Geschmack, er kann nicht essen, unvernünftig wie Ivan, er ißt, ohne ersichtlichen Grund, mit Maßen, er kann nicht trinken wie Ivan, er raucht nur gelegentlich, fast mir zuliebe.

An den Abenden, wo Malina ohne mich bei Leuten ist, weiß ich, daß Malina dort wenig sagt. Er wird schweigen, zuhören, jemand zum Reden bringen und jedem am Ende das Gefühl geben, einmal etwas gesagt zu haben, was klüger ist als die sonstigen Sätze, etwas bedeutender gewesen zu sein, weil Malina den anderen heraufhebt zu sich selber. Dennoch wird er immer Distanz halten, weil er ganz Distanz ist. Er wird nie ein Wort aus seinem Leben sagen, nie über mich sprechen, aber trotzdem nicht den Eindruck erwecken, er verschweige etwas. Malina verschweigt auch wirklich nichts, denn er hat, im besten Sinn, nichts zu sagen. Er webt nicht an dem großen Text mit, an der Textur des Verbreitbaren, das ganze Wiener Gewebe hat ein paar kleine Löcher, die nur durch Malina entstanden sind. Er ist darum auch die äußerste Negation des Anstoßens, des Verursachens, des Ausbreitens, des Ausbrechens, des Rechtfertigens – wofür auch soll Malina sich rechtfertigen! Er kann Charme haben, er sagt höfliche, schimmernde Sätze, die nie zu freundlich sind, er hat, bei einem Abschied etwa, eine winzige Herzlichkeit, sie lugt aus ihm heraus und versteckt sich sofort wieder, weil er sich danach gleich umdreht und geht, er geht immer sehr rasch, er küßt Frauen die Hand, und wenn er ihnen behilflich sein muß, nimmt er sie einen Augenblick am Arm, er berührt sie so leicht, daß keine sich dabei etwas denken kann und doch etwas denken muß. Malina ist schon im Aufbruch, die Leute schauen ihn nur überrascht an, weil sie nicht wissen, aus welchem Grund er geht, denn er sagt nicht verlegen, warum, wohin, weshalb gerade jetzt. Es wagt ihn aber auch niemand zu fragen. Es ist ausgeschlossen, daß Malina jemand mit diesen Fragen kommt, wie man sie mir andauernd stellt: Was machen Sie denn morgen abend? Um Himmels willen, Sie werden doch nicht jetzt schon gehen! Sie müssen unbedingt den Sowieso, die Sowieso kennenlernen! Nein, Malina passiert so etwas nicht, er hat eine Tarnkappe, ein fast immer geschlossenes Visier. Ich beneide Malina und versuche, ihn nachzumachen, aber ich kann es nicht erreichen, in jedem Netz fange ich mich, jede Erpressung führe ich herbei, ich bin schon in der ersten Stunde Aldas Sklavin, keineswegs ihr Patient, obwohl sie eine Ärztin sein soll, ich erfahre nur sogleich, was Alda fehlt, was sie durchmacht, und in einer weiteren halben Stunde muß ich, Aldas wegen, für einen gewissen Herrn Kramer, nein, für dessen Tochter, weil die nichts mehr mit ihrem Vater, diesem Herrn Kramer, zu tun haben will, einen Gesangslehrer suchen. Ich kenne keine Gesangslehrer, habe nie welche gebraucht, aber halb und halb habe ich schon gestanden, daß ich jemand wüßte, der bestimmt Gesangslehrer kennt, kennen müßte, denn ich wohne doch in einem Haus mit der Kammersängerin, ich kenne sie zwar nicht, aber es wird sich ein Weg finden, der Tochter dieses Herrn Kramer zu helfen, dem Alda behilflich sein will, oder vielmehr seiner Tochter. Was tun? Ein Doktor Wellek, einer von den vier Wellek-Brüdern, ausgerechnet derjenige, aus dem nichts geworden ist, hat jetzt eine Chance beim Fernsehen, es hängt alles für ihn davon ab, und wenn ich vielleicht ein kleines Wort, obwohl ich nie das kleinste Wort an irgendwelche Herren vom Österreichischen Fernsehen gerichtet habe, fallen ließe, dann . . . Soll ich in die Argentinierstraße gehen und dort ein kleines Wort fallen lassen? Kann Herr Wellek ohne mich nicht leben, bin ich seine letzte Hoffnung?

Malina sagt: Du bist nicht einmal meine letzte Hoffnung. Und Herr Wellek wird sich auch ohne dich noch unbeliebt genug machen. Wenn ihm noch einer hilft, weiß er sich bald überhaupt nicht mehr selber zu helfen. Du bringst ihn nur um mit deinem kleinen Wort.

Heute warte ich bei Sacher in der Blauen Bar auf Malina. Er kommt lange nicht und kommt dann doch. Wir gehen in den großen Speisesaal, und Malina bespricht sich mit dem Ober, aber dann höre ich mich plötzlich sagen: Nein, ich kann nicht, bitte nicht hier, ich kann mich nicht an diesen Tisch setzen! Malina meint, es sei ein ganz angenehmer Tisch, der kleine Ecktisch, den ich oft den größeren Tischen vorgezogen hätte, weil ich hier mit dem Rücken gegen das vorspringende Stück Wand sitzen kann, und der Ober meint es auch, er kenne mich doch, ich möge diesen geschützten Platz. Ich sage atemlos: Nein, nein! siehst du es denn nicht! Malina fragt: Was soll es hier besonderes zu sehen geben? Ich drehe mich um und gehe langsam hinaus, damit wir kein Aufsehen erregen, ich grüße zu den Jordans hinüber und zu Alda, die mit amerikanischen Gästen an dem größten Tisch sitzt, und dann noch diese Menschen, die ich auch kenne, aber deren Namen mir entfallen sind. Malina geht ruhig hinter mir her, ich spüre es, daß er einfach nachkommt, auch grüßt. An der Garderobe lasse ich mir von ihm den Mantel über die Schulter legen, ich schaue ihn verzweifelt an. Versteht er denn nicht? Malina fragt leise: Was hast du gesehen?

Ich weiß es noch nicht, was ich gesehen habe, und ich gehe plötzlich zurück ins Restaurant, weil ich denke, daß Malina hungrig sein muß, daß wir schon spät daran sind, ich erkläre es hastig: Verzeih, wir gehen wieder zurück, ich kann essen, es war nur einen Moment lang nicht auszuhalten! Ich setze mich wirklich an diesen Tisch, und nun weiß ich es doch, daß es der Tisch ist, an dem Ivan mit jemand anderem sitzen wird, Ivan wird an Malinas Stelle dasitzen und bestellen, und jemand anderer wird, so wie ich an Malinas Seite, an seiner Seite sitzen zur Rechten. Es wird zur Rechten gesessen sein, es wird einmal rechtens so gesessen werden. Es ist der Tisch, an dem ich heute meine Henkersmahlzeit esse. Es ist wieder ein Tafelspitz mit Apfelkren und mit einer Schnittlauchsauce. Dann kann ich noch einen kleinen Schwarzen trinken, nein, kein Dessert, ich will heute das Dessert auslassen. Das ist der Tisch, an dem es geschieht und später geschehen wird, und so ist es, bevor einem der Kopf abgeschlagen wird. Man darf noch einmal essen zuvor. Mein Kopf rollt im Restaurant Sacher auf den Teller, das Blut spritzt über das blütenweiße Damasttischtuch, mein Kopf ist gefallen und wird den Gästen gezeigt.

Heute bleibe ich an der Ecke Beatrixgasse–Ungargasse stehen und ich kann nicht weiter. Ich sehe auf meine Füße nieder, die ich nicht mehr bewegen kann, dann rundum auf das Trottoir und auf die Straßenkreuzung, wo sich alles verfärbt hat. Ich weiß genau, das wird diese wichtige Stelle sein, aus der braunen Verfärbung quillt es schon feucht hervor, ich stehe in einer Blutlache, es ist ganz deutlich Blut, ich kann nicht ewig hier so stehenbleiben und mir an den Nacken greifen, ich kann es nicht sehen, was ich sehe. Ich rufe leiser und lauter: Hallo! Bitte! Hallo! So bleiben Sie doch bitte stehen! Eine Frau mit einer Einkaufstasche, die schon an mir vorübergegangen ist, wendet sich um und schaut mich fragend an. Ich frage verzweifelt: Können Sie mir bitte, bitte haben Sie die Güte, bleiben Sie einen Augenblick bei mir, ich muß mich verlaufen haben, ich finde nicht mehr weiter, ich kenne mich hier nicht aus, bitte, wissen Sie, wo die Ungargasse ist?
Denn die Frau könnte wissen, wo die Ungargasse ist, sie sagt: Hier sind Sie schon in der Ungargasse, zu welcher

Nummer müssen Sie denn? Ich deute ums Eck, nach unten, aber ich wechsle die Seite, hinüber zu dem Beethovenhaus, ich bin bei Beethoven in Sicherheit, und ich schaue von Nummer 5 hinüber zu einem mir fremd gewordenen Haustor, auf dem die Nummer 6 steht, ich sehe Frau Breitner vor dem Tor, ich möchte jetzt nicht mit Frau Breitner zusammenstoßen, aber Frau Breitner ist ein Mensch, es sind Menschen um mich, es kann mir nichts passieren, und ich sehe ans andere Ufer hinüber, ich muß vom Trottoir herunter und das andere Ufer erreichen, der O-Wagen fährt klingelnd vorbei, es ist der O-Wagen von heute, es ist alles wie immer, ich warte, bis er vorbei ist, und zitternd vor Anstrengung nehme ich den Schlüssel aus der Handtasche, ich setze zur Überquerung an, ich setze auch ein Lächeln schon auf, damit es bei Frau Breitner ankommt, ich habe das andere Ufer erreicht, ich schlendere an Frau Breitner vorbei, für die auch mein schönes Buch sein soll, Frau Breitner lächelt nicht zurück, aber sie grüßt immerhin, und ich habe das Haus wieder erreicht. Ich habe nichts gesehen. Ich bin nach Hause gekommen.

In der Wohnung lege ich mich auf den Boden, ich denke an mein Buch, es ist mir abhanden gekommen, es gibt kein schönes Buch, ich kann das schöne Buch nicht mehr schreiben, ich habe vor langem aufgehört, an das Buch zu denken, grundlos, mir fällt kein Satz mehr ein. Ich war aber so sicher, daß es das schöne Buch gibt und daß ich es finden werde für Ivan. Kein Tag wird kommen, es werden die Menschen niemals, es wird die Poesie niemals und sie werden niemals, die Menschen werden schwarze, finstere Augen haben, von ihren Händen wird die Zerstörung kommen, die Pest wird kommen, es wird diese Pest, die in allen ist, es wird diese Pest, von der sie alle befallen sind, sie dahinraffen, bald, es wird das Ende sein.

Das Schöne kommt nicht mehr aus mir, es hätte aus mir kommen können, es ist in Wellen von Ivan zu mir gekommen, der schön ist, ich habe einen einzigen schönen Menschen gekannt, ich habe immerhin noch die Schönheit gesehen, zuletzt bin ich doch ein einziges Mal schön geworden, durch Ivan.
Steh auf! sagt Malina, der mich auf dem Boden findet, und es ist ernst gemeint. Was redest du da von der Schönheit? Was ist schön? Aber ich kann nicht aufstehen, ich habe den Kopf auf DIE GROSSEN PHILOSOPHEN gestützt, die hart sind. Malina zieht das Buch weg und hebt mich auf.

Ich: (con affetto) Ich muß es dir einmal sagen. Nein, du mußt es mir erklären. Wenn jemand vollkommen schön und gewöhnlich ist, warum setzt er allein die Fantasie in Bewegung. Ich habe es dir nie gesagt, ich war ja nie glücklich, überhaupt nie, nur in wenigen Momenten, aber ich habe doch zuletzt die Schönheit gesehen. Du wirst fragen, wofür es ausreicht? Es reicht ganz allein aus. Ich habe soviel anderes gesehen, es hat nie ausgereicht. Der Geist setzt keinen Geist in Bewegung, nur der Geist vom gleichen Geist, verzeih, die Schönheit ist für dich das Mindere, sie setzt aber den Geist in Bewegung. Je suis tombée mal, je suis tombée bien.

Malina: Fall nicht immer. Steh auf. Zerstreu dich, geh aus, vernachlässige mich, tu etwas, tu irgendwas!

Ich: (dolcissimo) Ich etwas tun? Ich dich verlassen? Ich dich lassen?

Malina: Habe ich etwas von mir gesagt?

Ich: Du nicht, aber ich rede von dir, ich denke an

dich. Ich stehe auf, dir zu Gefallen, ich werde noch einmal essen, ich esse nur noch dir zu Gefallen.

Malina wird mit mir ausgehen wollen, mich ablenken wollen, zwingen wird er mich, zwingend wird er sein, bis zuletzt. Wie soll ich ihm etwas von meinen Geschichten begreiflich machen. Weil Malina sich wahrscheinlich umzieht, ziehe ich mich auch um, ich kann wieder weiter, ich hole mir ein Aussehen vor dem Spiegel und lächle ihn pflichtschuldig an. Aber Malina sagt: (Sagt Malina etwas?) Malina sagt: Töte ihn! töte ihn!
Ich sage etwas. (Aber sage ich wirklich etwas?) Ich sage: Ihn allein kann ich nicht töten, ihn allein nicht. Zu Malina sage ich scharf: Du irrst dich, er ist mein Leben, meine einzige Freude, ich kann ihn nicht töten.
Aber Malina sagt unhörbar und unüberhörbar: Töte ihn!

Ich zerstreue mich und lese nur mehr wenig. Am späten Abend erzähle ich Malina, während leise das Grammophon läuft:
Im Psychologischen Institut in der Liebiggasse haben wir immer Tee oder Kaffee getrunken. Einen Mann kannte ich dort, der stenografierte immer, was alle redeten, und manchmal auch andere Dinge. Ich kann keine Stenografie. Manchmal testeten wir einander mit dem Rorschachtest, dem Szonditest, dem TAT und stellten Charakter- und Persönlichkeitsdiagnosen, trieben Leistungs- und Verhaltensbeobachtung und Ausdrucksuntersuchungen. Einmal fragte er, mit wie vielen Männern ich schon geschlafen hätte, und mir fiel nichts ein außer diesem einbeinigen Dieb, der im Gefängnis saß, und einer von Fliegen verdreckten Lampe in einem Stundenhotel in Mariahilf, aber

ich sagte aufs geratewohl: mit sieben! Er lachte überrascht und sagte, dann würde er mich natürlich gerne heiraten, wir würden sicher gescheite Kinder bekommen, auch sehr hübsche Kinder, und was ich davon hielte. Wir fuhren in den Prater, und ich wollte auf das Riesenrad, denn damals hatte ich nie Angst, aber oft Glücksgefühle wie beim Segelfliegen und beim Skilaufen später, ich konnte vor lauter Glück stundenlang lachen. Dann haben wir natürlich nie mehr darüber gesprochen. Kurz danach mußte ich mein Rigorosum machen, und an dem Morgen vor den drei großen Prüfungen ist im Philosophischen Institut aus dem Ofen die ganze Glut herausgefallen, ich habe einige Kohle- oder Holzstücke zertreten, ich lief um eine Schaufel und einen Besen, denn die Bedienerinnen waren noch nicht gekommen, es glühte und rauchte so fürchterlich, ich wollte nicht, daß ein Brand entstünde, ich habe mit den Füßen auf der Glut herumgetreten, es hat noch tagelang danach gestunken im Institut, meine Schuhe waren versengt, aber es ist nichts abgebrannt. Auch die Fenster habe ich noch alle aufgemacht. Trotzdem kam ich noch zurecht, zur ersten Prüfung um acht Uhr morgens, ich sollte mit einem anderen Kandidaten dort sein, der kam aber nicht, in der Nacht hatte ihn der Gehirnschlag getroffen, ich erfuhr es, noch ehe ich hineinging, um über Leibniz, Kant und Hume abgeprüft zu werden. Der alte Hofrat, der damals auch Rektor war, trug einen schmutzigen Schlafrock, er hatte zuvor noch einen Orden aus Griechenland bekommen, wofür weiß ich nicht, und er fing zu fragen an, sehr verärgert über das Ausbleiben eines Kandidaten durch Ableben, aber ich zumindest war ja erschienen und noch nicht tot. Er hatte nur vor Ärger vergessen, welches Gebiet ausgemacht war, und zwischendurch rief jemand an, ich glaube, seine Schwester, wir waren einmal bei den Neukantianern, dann wieder bei den englischen Deïsten, aber noch immer recht weit weg von Kant selber, und ich wußte nicht sehr viel.

Nach dem Telefonieren ging es besser, ich kam geradewegs auf das Vereinbarte zu sprechen, und er bemerkte es nicht. Ich stellte ihm eine furchtvolle Frage, die das Raum- und Zeitproblem betraf, eine, zugegeben, damals für mich noch bedeutungslose Frage, ihm aber schmeichelte es sehr, daß ich eine Frage hatte, und dann war ich entlassen. Ich rannte zurück in unser Institut, es brannte nicht, und ich ging in die zwei nächsten Prüfungen. Ich habe sie alle bestanden. Ich bin mit dem Raum- und Zeitproblem aber später nie fertig geworden. Es wuchs und wuchs.

Malina: Warum fällt dir das ein? Ich dachte, diese Zeit sei ganz unwichtig für dich gewesen.

Ich: Unwichtig war das Rigorosum, aber als es vorbei war, immerhin ein Rigorosum, das Wort sagt ja schon alles, und den anderen hatte ein Gehirnschlag getötet, dreiundzwanzigjährig, mußte ich den Weg vom Institut zur Universitätsstraße gehen, an der ganzen Seitenmauer der Universität vorbei, und ich tastete mich an der Mauer entlang, über die Straße kam ich auch noch, denn sie warteten im Café Bastei auf mich, Eleonore und Alexander Fleisser, ich muß am Umfallen gewesen sein, mit einem niedergeschlagenen Gesicht, sie hatten mich durch die Fenster schon gesehen, ehe ich sie sah. Als ich zum Tisch kam, sagte keiner ein Wort, sie dachten, ich hätte das Rigorosum nicht bestanden, ich habe es auch nur in gewisser Hinsicht bestanden, dann schoben sie mir einen Kaffee hin, und ich sagte, in ihre bestürzten Gesichter hinein, es sei ganz einfach gewesen, kinderleicht. Sie fragten mich noch eine Weile, dann glaubten sie es endlich, ich dachte an die Glut, an den möglichen Brand, aber ich erinnre mich nicht, erinnre mich nicht genau ... Gefeiert haben wir sicher nicht. Kurze Zeit später mußte ich zwei Finger auf einen Stab legen und ein lateinisches Wort sagen. Ich hatte ein von Lily geliehenes, zu kurzes schwarzes Kleid an, im Auditorium Maximum standen aufgereiht einige junge Männer und ich, damals habe ich einmal meine Stimme fest und laut gehört, die anderen Stimmen hörte man kaum. Ich aber war nicht erschrocken über mich, und später sprach ich wieder leise.

Ich: (lamentandosi) Was habe ich nun erlernt, erfahren, in all diesen Jahren, unter so vielen Opfern, und denk an die Mühe, die ich mir gegeben habe!

Malina: Nichts natürlich. Du hast erlernt, was schon in dir war, was du schon gewußt hast. Ist dir das zuwenig?

Ich: Vielleicht hast du recht. Ich denke jetzt manchmal, daß ich mich einfach zurückbekomme, so wie ich einmal war. Ich denke zu gern an die Zeit, in der ich alles gehabt habe, in der die Heiterkeit die richtige Heiterkeit war, in der ich ernst war von der guten Art des Ernstes. (quasi glissando) Dann ist alles lädiert, beschädigt, gebraucht, benutzt und schließlich zerstört worden. (moderato) Langsam habe ich mich gebessert, ich habe ergänzt, was immer mehr fehlte, und ich komme mir geheilt vor. Nun bin ich also beinahe wieder, wie ich gewesen bin. (sotto voce) Aber wozu war der Weg gut?

Malina: Der Weg ist zu nichts gut, er ist da für jeden, es muß ihn aber nicht jeder gehen. Man sollte aber eines Tages hin- und herwechseln können, zwischen dem wiedergefundenen Ich und einem künftigen, das nicht mehr das alte Ich sein kann. Ohne Anstrengung, ohne Krankheit, ohne Bedauern.

Ich: (tempo giusto) Ich bedaure mich nicht mehr.

Malina: Das zumindest habe ich erwartet, es ist schon ein sicheres Ergebnis. Wer hätte Lust, über dich, über unsereins, zu weinen?

Ich: Aber weinen über die anderen, warum tut man denn das?

Malina: Es müßte auch das noch aufhören, denn die anderen verdienen es so wenig, daß man über sie weint, wie du es verdienst, daß ich über dich weine. Was hätte es dir genützt, wenn damals jemand in Timbuktu oder in Adelaide geweint hätte über ein Kind in Klagenfurt, das verschüttet worden ist, das unter den Bäumen vor der Seepromenade auf dem Boden gelegen ist, bei einem Tieffliegerangriff, und dann die ersten Toten und Verletzten sehen mußte um sich. Wein also nicht über andere, die haben genug zu tun, sich ihrer Haut zu wehren oder mit den Stunden vor ihrer Ermordung fertig zu werden. Sie brauchen nicht Tränen made in Austria. Außerdem weint man später, mitten im Frieden, so nanntest du doch einmal diese Zeit, in einem bequemen Sessel, wenn die Schüsse nicht fallen und wenn es nicht brennt. Man hungert auch zu einer anderen Zeit, auf der Straße, zwischen den wohlgenährten Passanten. Im Kino, während einer dummen Vorführung von Schrecken, fürchtet man sich erst. Man friert nicht im Winter, sondern an einem Sommertag am Meer. Wo war es? Wann hat dich am meisten gefroren? Es war doch an einem schönen, selten warmen Oktobertag am Meer. Du kannst also ruhig bleiben für die anderen oder immerzu unruhig sein. Du änderst nichts.

Ich: (più mosso) Wenn man aber nichts tun könnte, nichts vermitteln kann, was ist dann trotzdem zu tun? Denn es wäre unmenschlich, so gar nichts zu tun.

Ruhe in die Unruhe bringen. Unruhe in die Ruhe.

Ich: (dolente, molto mosso) Wann wird bloß die Zeit kommen, in der ich es erreichen kann, in der ich tun und nichts mehr tun kann, zur selben Zeit? Wann wird die Zeit kommen, in der ich die Zeit dazu finde! Wann wird es Zeit sein, nicht mehr falsch zu unterscheiden, nicht mehr falsch zu fürchten und zu leiden, sich sinnlos hineinzudenken, immer sinnlos nachzudenken! (una corda) Ich will mich langsam herausdenken. (tutte le corde) Ist es so?

Malina: Wenn du es willst.

Ich: Soll ich dich nicht mehr fragen?

Malina: Auch das ist noch eine Frage.

Ich: (tempo giusto) Geh du noch arbeiten bis zum Abendessen, ich rufe dich dann. Nein, ich koche nicht, warum sollte ich damit meine Zeit verlieren. Ich möchte ausgehen, das ist es, ein paar Schritte gehen, bis zu einem kleinen Beisel, irgendwohin, wo es laut ist, wo gegessen und getrunken wird, damit ich mir die Welt noch einmal vorstellen kann. Zum Alten Heller.

Malina: Verfüg über mich.

Ich: (forte) Ich werde noch über dich verfügen. Auch über dich.

Malina: Meine Liebe, wir wollen es abwarten!

Ich: Es wird nämlich so enden, daß ich über alles verfügen kann.

Malina: Das ist Größenwahn. So kommst du nur von einem Wahn in einen anderen Wahn.

Ich: (senza licenza) Nein. Wirken ist Nichtwirken, falls es weitergeht, wie du es mir zeigst. Es ist dann nicht mehr der größer werdende Wahn, es ist ein abnehmender Wahn.

Malina: Nein. Du nimmst insgesamt zu, und wenn du zu erwägen aufhörtest, wenn du dich nicht mehr wiegst, dann könntest du noch mehr zunehmen, immer mehr und mehr.

Ich: (tempo) Woran zunehmen, wenn keine Kraft mehr da ist?

Malina: Man nimmt an Schrecken zu.

Ich: Ich erschrecke dich also.

Malina: Mich nicht, aber dich schon. Die Wahrheit erzeugt diesen Schrecken. Aber du wirst dir zusehen können. Du wirst kaum beteiligt sein, nicht mehr hier.

Ich: (abbandonandosi) Warum nicht hier? Nein, ich verstehe dich nicht! Aber dann verstehe ich gar nichts mehr . . . Ich müßte mich ja selber beseitigen!

Malina: Weil du dir nur nützen kannst, indem du dir schadest. Das ist der Anfang und das Ende aller Kämpfe. Du hast dir jetzt genug geschadet. Es wird dir sehr nützen. Aber nicht dir, wie du denkst.

Ich: (tutto il clavicembalo) Ach! Ich bin eine Andere, du willst sagen, ich werde noch eine ganz Andere sein!

Malina: Nein. Wie unsinnig. Du bist ganz gewiß du, das änderst du auch nicht mehr. Aber ein Ich ist ergriffen, und ein Ich handelt. Du aber wirst nicht mehr handeln.

Ich: (diminuendo) Ich habe doch nie gern gehandelt.

Malina: Aber gehandelt hast du. Und hast mit dir handeln und dich behandeln lassen, auch über dich verhandeln lassen.

Ich: (non troppo vivo) Auch das wollte ich nie. Nicht einmal gegen meine Feinde habe ich gehandelt.

Malina: Nie hat dich einer deiner Feinde gesehen, das darfst du nicht vergessen, und nie hast du einen von ihnen gesehen.

Ich: Das glaube ich nicht. (vivacissimamente) Ich habe einen gesehen, er hat auch mich gesehen, aber noch immer nicht richtig.

Malina: Was für eine seltsame Bemühung! Sogar richtig willst du gesehen werden? Vielleicht auch von deinen Freunden?

Ich: (presto, agitato) Hör auf, wer hat je daran geglaubt, man hat keine Freunde, vorübergehend vielleicht, im Augenblick ja! (con fuoco) Aber man hat Feinde.

Malina: Vielleicht nicht einmal das ... nicht einmal das.

Ich: (tempo) Doch, ich weiß es.

Malina: Es schließt ja nicht aus, daß du den Feind vor Augen hast.

Ich: Dann müßtest du es sein. Aber du bist es nicht.

Malina: Du sollst nicht mehr kämpfen. Wogegen kämpfen? Du sollst jetzt weder vor- noch zurückgehen, sondern lernen, anders zu kämpfen. Es ist die einzige Art des Kampfes, die dir erlaubt ist.

Ich: Aber ich weiß doch schon wie. Ich werde endlich zurückschlagen, denn ich gewinne an Boden. Ich habe viel Boden gewonnen in diesen Jahren.

Malina: Und das macht dich froh?

Ich: (con sordina) Wie bitte?

Malina: Was für eine anmutige Art, immer auszuweichen in Fragen! Du mußt auf der Stelle bleiben. Es muß deine Stelle sein. Du sollst nicht vordringen und nicht zurückgehen. Dann wirst du, auf dieser Stelle, auf der einzigen, auf die du gehörst, siegen.

Ich: (con brio) Siegen! Wer spricht denn hier noch von siegen, wenn das Zeichen verloren ist, in dem man siegen könnte.

Malina: Es heißt immer noch: siegen. Es wird dir ohne einen einzigen Kunstgriff gelingen und ohne Gewalt. Du wirst aber auch nicht mit deinem Ich siegen, sondern –

Ich: (allegro) Sondern – siehst du?

Malina: Du wirst es nicht mit deinem Ich tun.

Ich: (forte) Was ist an meinem Ich schlechter als an anderen?

Malina: Nichts. Alles. Denn du kannst nur Vergebliches tun. Das ist das Unverzeihliche.

Ich: (piano) Auch wenn es das Unverzeihliche ist, will ich mich immer verzetteln, verirren, verlieren.

Malina: Was du willst, zählt nicht mehr. An der richtigen Stelle hast du nichts mehr zu wollen. Du wirst dort so sehr du sein, daß du dein Ich aufgeben kannst. Es wird die erste Stelle sein, auf der die Welt von jemand geheilt ist.

Ich: Muß ich damit anfangen?

Malina: Du hast mit allem angefangen, darum mußt du auch damit anfangen. Und du wirst mit allem aufhören.

Ich: (pensieroso) Ich?

Malina: Du magst es noch immer in den Mund nehmen, dieses Ich? Erwägst du es noch? Wieg es doch!

Ich: (tempo giusto) Aber ich fange es doch erst zu lieben an.

Malina: Wie sehr meinst du, es lieben zu können?

Ich: (appassionato e con molto sentimento) Sehr. Nur zu sehr. Ich werde es lieben wie meinen Nächsten, wie dich!

Heute gehe ich durch die Ungargasse und denke an Umzug, es soll eine Wohnung in Heiligenstadt frei werden, dort zieht jemand aus, Freunde von Freunden, die Wohnung ist allerdings nicht sehr geräumig, und wie soll ich das Malina beibringen, dem ich schon einmal eine größere Wohnung suggerieren wollte, seiner vielen Bücher wegen. Er wird aber niemals aus dem III. Bezirk wegziehen. Eine einzige Träne, nur im Winkel des einen Augs, entsteht, kommt aber nicht ins Rollen, kristallisiert sich in der kalten Luft, wird immer größer und größer, eine zweite riesige Kugel, die nicht mit der Welt herumkreisen möchte, sondern sich von der Welt löst und in den unendlichen Raum stürzt.

Ivan ist nicht mehr Ivan, ich sehe ihn an wie ein Kliniker, der eine Röntgenaufnahme studiert, ich sehe sein Skelett, Flecken in seiner Lunge vom Rauchen, ich sehe ihn selber nicht mehr. Wer gibt mir Ivan zurück? Warum läßt er sich plötzlich so ansehen von mir? Ich möchte über den Tisch fallen, während er die Rechnung verlangt, oder unter den Tisch fallen und das Tischtuch mit herunterreißen, mit allen Tellern und Gläsern und dem Besteck darauf, auch mit dem Salz, obwohl ich so abergläubisch bin. Tu das nicht mit mir, werde ich sagen, tu das nicht mit mir, oder ich sterbe.

Gestern war ich tanzen, in der Eden-Bar.

Ivan hört mir zu, aber hört er mir wirklich zu? er sollte doch hören, daß ich sage, ich war tanzen, ich wollte etwas zerstören, denn ich habe zuletzt nur noch mit einem widerwärtigen jungen Mann getanzt, und ihn habe ich angesehen, wie ich Ivan nie angesehen habe, während er immer wilder und deutlicher tanzte und in die Hände klatschte oder mit den Fingern schnalzte. Zu Ivan sage ich: Ich bin furchtbar müde, ich war zu lange auf, ich halte das gar nicht mehr aus.

Aber hört Ivan mir zu?
Ivan fragt beiläufig, weil wir einander schon lange nicht gesehen haben, ob ich nicht mit ihnen ins Burgkino kommen möchte, es gibt MICKY MAUS, von Walt Disney. Ich habe leider keine Zeit, denn ich möchte die Kinder jetzt nicht mehr sehen, vor allem die Kinder nicht, Ivan immer, aber nicht die Kinder, die er mir nehmen wird. Ich kann Béla und András nicht mehr sehen. Sie sollen ihre Weisheitszähne allein bekommen. Ich werde nicht mehr dabei sein, wenn man sie ihnen herauszieht.
Malina flüstert in mir: Töte sie, töte sie.
Aber in mir flüstert es lauter: Ivan und die Kinder nie, sie gehören zusammen, ich kann sie nicht töten. Wenn es kommt, wie es kommen wird, dann wird Ivan, wenn er jemand anderen berührt, nicht mehr Ivan sein. Ich habe wenigstens niemand berührt.
Ich sage: Ivan.
Ivan sagt: Zahlen bitte!
Es muß ein Irrtum sein, es ist doch Ivan, nur ich sehe immer an ihm vorbei, auf das Tischtuch, auf das Salzfaß, ich starre die Gabel an, ich könnte mir die Augen ausstechen, ich schaue über seine Schultern zum Fenster hinaus und gebe ihm nachlässige Antworten.
Ivan sagt: Du siehst ja totenbleich aus, bist du nicht gesund?
Nur etwas übernächtig, ich sollte Ferien machen, Freunde von mir fahren nach Kitzbühel, Alexander und Martin gehen nach St. Anton, ich erhole mich sonst einfach nicht mehr, die Winter werden immer länger, wer übersteht diese Winter!
Ivan denkt also wirklich, daß es der Winter ist, denn er rät mir sehr zu, bald zu fahren. Ich sehe ihn einfach nicht mehr an, ich sehe etwas anderes, neben ihm ist ein Schatten, Ivan lacht und redet mit einem Schatten, er ist viel lustiger, ausgelassener, so schrecklich ausgelassen war er nie

mit mir, und ich sage, daß Martin oder Fritz sicherlich, aber noch hätte ich so furchtbar viel zu tun, nein, ich wisse es nicht. Wir telefonieren ja.
Ob Ivan auch denkt, daß es früher nicht so war, oder scheint es nur mir, daß es früher anders war als heute. In meinem Hals steckt ein wahnsinniges Lachen, aber weil ich fürchte, daß ich dann nie mehr aufhören könnte zu lachen, sage ich nichts und werde immer düsterer. Nach dem Kaffee bin ich ganz verstummt, ich rauche.
Ivan sagt: Du bist sehr fad heute.
Ich frage: Ja? ja? bin ich denn immer so gewesen?
Vor dem Haustor bleibe ich zögernd im Auto sitzen und schlage vor, daß wir doch gelegentlich telefonieren sollten. Ivan widerspricht nicht, er sagt nicht, du bist wahnsinnig, wie redest du denn, was heißt denn gelegentlich. Er findet es schon natürlich, daß wir gelegentlich miteinander telefonieren werden. Wenn ich nicht sofort aussteige, aber ich steige schon aus, wird er zustimmen, aber ich schlage jetzt die Tür zu und rufe: Ich habe in diesen Tagen besonders viel zu tun!

Ich schlafe nie mehr, nur noch am späten Morgen. Wer möchte schlafen in einem Nachtwald voller Fragen? Ich liege wach in der Nacht da und denke, die Hände hinter dem Kopf verschlungen, wie glücklich war ich, glücklich, und ich habe mir doch versprochen, ich will nie mehr klagen, niemand anklagen, wenn ich nur ein einziges Mal habe glücklich sein dürfen. Aber jetzt will ich dieses Glück verlängern, ich will es wie jeder, dem es widerfahren ist, dieses sich verabschiedende Glück, das seine Zeit gehabt hat. Ich bin nicht mehr glücklich. Es ist des Geistes schönes Morgen, das niemals kommt ... Nur war es keinesfalls mein Morgen, es war das schöne Heute meines Geists, meiner Erwartung zwischen sechs und sieben Uhr nach dem Büro, meiner Erwartung bis nach Mitternacht vor einem Telefon, und Heute darf nicht vorbei sein. Es darf nicht wahr sein.

Malina sieht herein zu mir. Du bist noch wach?
Ich bin zufällig wach, ich muß über etwas nachdenken, es ist furchtbar.
Malina sagt: So, und warum ist es furchtbar?

Ich:	(con fuoco) Es ist furchtbar, es ist die Furchtbarkeit noch gar nicht enthalten in einem Wort, es ist zu furchtbar.
Malina:	Ist das alles, was dich wachhält? (Töte ihn! töte ihn!)
Ich:	(sotto voce) Ja, es ist alles.
Malina:	Und was wirst du tun?
Ich:	(forte, forte, fortissimo) Nichts.

Am frühen Morgen bin ich im Schaukelstuhl zusammengesunken, ich starre die Wand an, die einen Sprung bekommen hat, es muß ein alter Sprung sein, der sich jetzt leicht weitet, weil ich ihn immerzu anstarre. Es ist so spät, daß ich schon gelegentlich anrufen könnte, und ich hebe das Telefon ab und will sagen, schläfst du schon? Aber mir fällt noch rechtzeitig ein, daß ich fragen müßte, bist du schon wach? Aber es ist heute zu schwer für mich, guten Morgen zu sagen, und ich lege den Hörer leise nieder, ich habe so deutlich den Geruch in meinem ganzen Gesicht, daß ich meine, jetzt in Ivans Achsel vergraben zu sein, in den Geruch, der für mich der Zimtgeruch heißt und der mich schläfrig noch wach gehalten hat, weil es der einzige, unerläßliche Geruch zum Aufatmen war. Die Wand gibt nicht nach, sie will nicht nachgeben, aber ich werde es erzwingen, daß die Wand sich öffnet, wo dieser Sprung ist. Wenn Ivan mich jetzt nicht sofort anruft, wenn er nie mehr anruft, wenn er erst Montag anruft, was mache ich dann? Nicht eine Formel hat die Sonne und die anderen Sterne bewegt, ich allein habe sie, solange Ivan näher war, zu bewegen vermocht, nicht nur für mich, nicht nur für ihn, auch für die anderen, und ich muß erzählen, ich werde erzählen, bald gibt es nichts mehr, was mich in meiner Erinnerung stört. Nur Ivans Geschichte mit mir, da wir keine haben, die wird nie zu erzählen sein, es wird darum nicht 99mal Liebe geben und keine sensationellen Enthüllungen aus den österreichisch-ungarischen Schlafzimmern.

Ich verstehe Malina nicht, der jetzt seelenruhig frühstückt, bevor er aus dem Haus geht. Wir werden einander nie verstehen, wir sind wie Tag und Nacht, er ist unmenschlich mit seinen Einflüsterungen, seinem Schweigen und mit seinen gelassenen Fragen. Denn wenn Ivan nicht zu mir gehören sollte, wie ich zu ihm gehöre, dann wird er eines Tages existieren in einem gewöhnlichen Leben, und er wird davon gewöhnlich werden, nicht mehr gefeiert werden, aber Ivan will vielleicht nichts anderes als sein einfaches Leben, und ich habe ihm mit meinem stummen Aufschauen, mit meinem offenkundigen Nichtspielenkönnen, mit meinem Einbekennen aus Wortscherben ein Stück Leben schwierig gemacht.

Ivan sagt lachend, aber nur einmal: Ich kann dort nicht atmen, wo du mich hinstellst, bitte nicht so hoch hinauf, trag niemand mehr in die dünne Luft, das rat ich dir, das lern noch für später! Ich habe nicht gesagt: Aber wen soll ich denn nach dir? aber du denkst doch nicht, daß ich nach dir? ich lerne lieber noch alles für dich. Für sonst niemand mehr.

Malina und ich sind eingeladen bei den Gebauers, aber wir reden nicht mehr mit den anderen, die im Salon herumstehen, trinken und in die hitzigen Gespräche gekommen sind, sondern finden uns plötzlich allein in dem Zimmer, in dem der Bechsteinflügel steht, auf dem Barbara übt, wenn wir nicht da sind. Mir fällt ein, was Malina zum erstenmal für mich gespielt hat, ehe wir anfingen, miteinander wirklich zu reden, und ich möchte ihn bitten, es noch einmal für mich zu tun. Aber dann gehe ich selber zum Flügel und fange ungeschickt an, ein paar Töne zusammenzusuchen, im Stehen.

Malina rührt sich nicht, zumindest tut er, als sähe er sich die Bilder an, ein Porträt von Kokoschka, das Barbaras Großmutter zeigen soll, ein paar Zeichnungen von Swoboda, die zwei kleinen Plastiken von Wantschura, die er längst kennt.

Malina dreht sich nun doch um, kommt zu mir, drängt mich weg und setzt sich auf den Hocker. Ich stelle mich wieder hinter ihn, wie damals. Er spielt wirklich und spricht halb und singt halb und nur hörbar für mich:

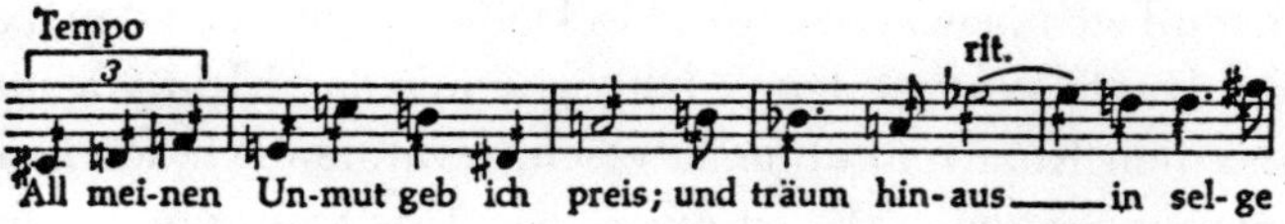

Wir haben uns schnell verabschiedet und gehen zu Fuß nach Hause und im Dunkeln sogar durch den Stadtpark, in dem die finsteren schwarzen Riesenfalter kreisen und die Akkorde stärker zu hören sind unter dem kranken Mond, es ist wieder der Wein im Park, den man mit Augen trinkt, es ist wieder die Seerose, die als Boot dient, es ist wieder das Heimweh und eine Parodie, eine Gemeinheit und die Serenade vor dem Heimkommen.
Nach dem langen heißen Bad in der Früh merke ich, daß meine Schränke leer sind, auch im Kasten sind nur noch ein Paar Strumpfhosen zu finden und ein Büstenhalter. Auf einem Kleiderbügel hängt einsam ein Kleid, es ist das Kleid, das Malina mir zuletzt geschenkt hat und das ich nie anziehe, es ist schwarz, mit bunten Querstreifen oben. Im Kasten liegt, in einer Plastikhülle, noch ein anderes schwarzes Kleid, es ist schwarz oben, mit bunten Längsstreifen unten, es ist ein altes Kleid, in dem mich Ivan zum erstenmal gesehen hat. Ich habe es nie mehr angezogen und aufbewahrt wie eine Reliquie. Was ist nur geschehen in der Wohnung? Was hat Lina mit allen meinen Kleidern und meiner Wäsche gemacht? Soviel war doch nicht in die Wäscherei oder in die Reinigung zu geben. Ich gehe nachdenklich mit dem Kleid in der Hand herum und mich friert. Ehe Malina aus dem Haus geht, sage ich: Bitte, schau doch einen Moment zu mir herein, es ist etwas Unglaubliches geschehen.
Malina kommt herein, mit einer Schale Tee in der Hand, er muß sich beeilen, er trinkt in kleinen Schlucken den Tee und fragt: Was ist denn? Ich ziehe mir das Kleid vor ihm über den Kopf und atme zu rasch, veratme mich, ich kann kaum mehr reden. Es ist dieses Kleid, es kann nur an diesem Kleid liegen, ich weiß plötzlich, warum ich es nie anziehen konnte. Siehst du denn nicht, mir ist zu heiß in dem Kleid, man zerschmilzt darin, es muß eine zu warme Wolle sein, ist denn kein anderes Kleid mehr hier! Malina sagt:

Ich finde, daß es dir gut steht, du siehst gut darin aus, wenn du meine Ansicht wirklich hören willst, es steht dir ungewöhnlich gut.
Malina hat den Tee ausgetrunken, und ich höre ihn noch herumgehen, die paar üblichen Schritte tun, den Regenmantel, den Schlüssel, ein paar Bücher und Papiere zusammensuchen. Ich gehe zurück ins Bad und schaue in den Spiegel, das Kleid knistert und rötet mir die Haut bis zu den Handgelenken, es ist furchtbar, es ist zu furchtbar, es muß ein höllischer Faden gewebt sein in dieses Kleid. Es ist mein Nessusgewand, ich weiß nicht, was in dieses Kleid gefahren ist. Ich wollte es nie anziehen, ich muß gewußt haben, warum.
Und wie lange lebe ich schon, mit einem toten Telefon? Darüber tröstet kein neues Kleid. Wenn der Apparat schrillt, ruft, stehe ich manchmal noch auf mit einer unsinnigen Hoffnung, aber dann sage ich: Hallo? mit einer verstellten, tieferen Stimme, weil am anderen Ende immer jemand ist, den ich gerade nicht sprechen will oder kann. Danach lege ich mich hin und möchte gestorben sein. Aber das Telefon läutet heute, das Kleid scheuert meine Haut auf, ich gehe beklommen zum Telefon, verstelle meine Stimme nicht, aber wie gut, daß ich sie nicht verstellt habe, denn das Telefon lebt. Es ist Ivan. Es konnte ja nicht anders kommen, es mußte ja endlich Ivan sein. Nach einem Satz schon hat mich Ivan wieder erhöht, mich aufgehoben, meine Haut besänftigt, ich sage dankbar zu, ich sage ja. Ja, ja habe ich gesagt.

Für diesen Abend muß ich Malina loswerden, ich rede ihm etwas ein, er hat schließlich Verpflichtungen, er kann nicht immerzu absagen, er hat dem Kurt versprochen, an einem dieser Abende zu kommen, Kurt wäre heute besonders froh, er möchte ihm seine neuen Zeichnungen zeigen, und

Wantschuras kommen zu Kurt, er müsse schon darum unbedingt hingehen, denn wenn Wantschura trinkt, dann wird es so einfach nicht sein, und ohne ihn, Malina, werden dann die alten Streite wieder hervorgeholt. Ich verspreche dafür Malina, an einem dieser Abende zu den Jordans mitzukommen, denn wir können nicht länger absagen, zu Leo Jordan müssen wir zweimal im Jahr. Malina macht keine Schwierigkeiten, er sieht es sofort ein, daß er heute den Abend bei Swoboda zubringen muß. Ich habe ja immer recht. Wenn ich nicht daran dächte, so hätte Malina es einfach vergessen. Er ist richtig froh, daß er mich hat, er geht nicht einmal aus dem Haus ohne einen dankbaren Blick, und ich sage aufs zärtlichste: Verzeih mir das mit dem Kleid, ich habe heute die größte Lust auf das Kleid, es muß mir zumute sein danach! Wie triffst du nur immer das richtige, wie du die Maße nur weißt? ich dank dir tausendmal für das Kleid!

Ich lese in einem Buch, bis es acht Uhr wird. Denn das Essen ist bereit, ich bin geschminkt und gekämmt. ›Es ist umsonst, Gleichgültigkeit in Ansehung solcher Nachforschungen erkünsteln zu wollen, deren Gegenstand der menschlichen Natur nicht gleichgültig sein kann.‹
Danach habe ich mich bei der entschiedenen Bekämpfung angeborener Ideen festgerannt. Ich grüble auch, weil ich nicht mehr alle Bücher habe, ob der moralische Sinn von Hutcheson ist oder doch von Shaftesbury, aber ich habe keinen Orientierungssinn heute, dafür ein summa cum laude, obwohl ich immer aussehe, als wäre ich durchgefallen. Das Palatale der Sprache. Ich weiß noch die Worte, die rosten, seit vielen Jahren, auf meiner Zunge, und ich weiß die Worte ganz gut, die mir jeden Tag zergehen auf der Zunge oder die ich kaum hinunterschlucken kann, kaum hervorstoßen kann. Es waren auch nicht eigentlich die

Dinge, die ich mit der Zeit immer weniger einkaufen oder sehen konnte, es waren die Worte dafür, die ich nicht hören konnte. Zwanzig Deka Kalbfleisch. Wie bringt man das über die Zunge? Nicht daß mir etwas Besonderes an Kälbern liegt. Aber auch: Weintrauben, ein halbes Kilo. Frische Milch. Ein Ledergürtel. Alles aus Leder. Eine Münze, ein Schilling etwa, rollt für mich auch nicht das Problem des Geldverkehrs, einer Entwertung oder der Golddeckung auf, sondern ich habe plötzlich einen Schilling im Mund, leicht, kalt, rund, einen störenden Schilling zum Ausspucken.

Ivan liegt noch immer auf dem Bett, mit einem Ausdruck im Gesicht, den ich noch nie gesehen habe. Er denkt angestrengt nach, er scheint keine Eile zu haben, er hat plötzlich Zeit, hier still liegenzubleiben, und ich beuge mich über ihn, die Arme über der Brust verschränkt, aber dann sinke ich in mich zusammen, damit Ivan sagen kann: Ich muß heute unbedingt mit dir sprechen.

Danach schweigt er wieder. Ich lege mir die Hände aufs Gesicht, damit ich ihn nicht störe, weil er mit mir sprechen muß.

Ivan beginnt: Ich muß mit dir sprechen. Erinnerst du dich? ich habe dir einmal gesagt, ich werde dir aber einiges nicht sagen. Wenn ich aber . . . was würdest du, wenn ich?

Wenn du? frage ich. Es ist fast kaum zu hören.

Und wenn du? wiederhole ich.

Ivan sagt: Ich glaube, ich muß es dir jetzt sagen.

Ich frage nicht: Was mußt du mir sagen? Denn er könnte sonst weiterreden. Aber auch wenn ich noch länger schweige, könnte er fragen: Was würdest du dann . . .

Weil das Schweigen nicht zu lange dauern darf, schüttle ich den Kopf und lege mich neben ihn, ich streiche ihm sanft über das Gesicht, immerzu, damit er aufhört, ange-

strengt nachzudenken, und damit er die Worte nicht findet für das Ende.
Heißt es, daß du . . . was weißt du?
Ich schüttle wieder den Kopf, es heißt gar nichts, ich weiß auch nichts, und wenn ich es wüßte oder er es mir sagte, es gäbe keine Antwort darauf, nicht hier und nicht jetzt und nicht mehr auf Erden. Solange ich lebe, gibt es keine Antwort darauf. Einmal muß dieses Stilliegen aufhören, ich muß nach einer Zigarette für ihn suchen und nach einer für mich, ich muß beide anzünden, und wir dürfen noch einmal rauchen, denn Ivan muß schließlich gehen. Ich kann nicht mitansehen, wie er es vermeidet, mich anzusehen, ich schaue auf die Wand und suche nach etwas auf der Wand. Es sollte nicht so lange dauern, bis jemand angezogen ist, es könnte ja sein, daß man es nicht überlebt, und während Ivan, vielleicht noch immer angestrengt, nicht weiß, wie er gehen soll, mit welchem Wort, drehe ich rasch das Licht aus, und er findet schon hinaus, weil das Licht im Korridor brennt. Hinter Ivan höre ich die Tür zufallen.

Es erschreckt mich das gewohntere Geräusch, Malina sperrt die Tür auf. Er bleibt einen Moment vor meiner Schlafzimmertür stehen, und weil ich etwas Freundliches sagen möchte, auch wissen möchte, ob ich die Stimme verloren habe, ob ich meine Stimme noch habe, sage ich: Ich bin gerade schlafen gegangen, ich war beinahe schon am Einschlafen, sicher bist du auch sehr müde, geh nur schlafen. Aber Malina kommt nach einer Weile aus seinem Zimmer zurück und kommt durch das Dunkel zu mir. Er knipst das Licht an, und ich erschrecke wieder, er nimmt die kleine Blechbüchse mit den Schlaftabletten und zählt sie nach. Es sind meine Schlaftabletten, es macht mich zornig, aber ich sage nichts, ich sage heute überhaupt nichts mehr.

Malina sagt: Du hast schon drei genommen, ich glaube, das genügt.
Wir fangen zu streiten an, ich sehe es kommen, daß wir aneinandergeraten. Wir werden jetzt unvermeidlich aneinandergeraten.
Ich sage: Nein, erst eineinhalb, du siehst doch, daß die eine halbiert ist.
Malina sagt: Ich habe sie heute morgen gezählt, es fehlen drei.
Ich sage: Es waren höchstens zweieinhalb, und eine halbe zählt nicht ganz mit.
Malina nimmt die Tabletten, steckt sie in seine Rocktasche und geht aus dem Zimmer.
Gute Nacht.
Ich springe aus dem Bett, sprachlos, hilflos, er hat die Tür zugeworfen, ich kann es nicht ertragen, daß eine Tür zugeworfen wird, daß er nachzählt, ich habe ihn heute morgen nicht gebeten, nachzusehen, es könnte zwar sein, daß ich ihn gerade heute gebeten habe darum, sie mir in diesen Tagen nachzuzählen, weil ich mir nichts mehr merken kann. Aber wie kann Malina es wagen, mir jetzt diese Tabletten vorzurechnen, er weiß doch nicht, was geschehen ist, und ich schreie plötzlich, die Tür aufreißend: Aber du weißt doch gar nichts!
Er öffnet seine Tür und fragt: Hast du etwas gesagt?
Ich bitte Malina: Gib mir noch eine, ich brauche sie wirklich!
Malina sagt endgültig: Du bekommst keine mehr. Wir gehen schlafen.

Seit wann behandelt mich Malina so? Was will er? Daß ich Wasser trinke und auf und ab gehe, Tee koche und auf und ab gehe, Whisky trinke und auf und ab gehe, aber es ist auch keine Whiskyflasche in der ganzen Wohnung zu finden. Eines Tages wird er noch von mir verlangen, daß ich nicht mehr telefoniere und daß ich Ivan nicht mehr sehe, aber das wird er nie erreichen. Ich liege wieder da und stehe wieder auf und überlege. Leise gehe ich in Malinas Zimmer, ich suche im Dunkeln nach seiner Jacke, greife in alle Taschen, aber ich finde die Tabletten nicht, ich taste jeden Gegenstand in seinem Zimmer ab, und dann greife ich sie endlich, auf einem Bücherstapel, und lasse aus der Blechschachtel zwei Stück in meine Hand gleiten, eine für jetzt und eine für später in der Nacht, zur Vorsicht, und ich bringe es auch fertig, die Tür wieder so leise zuzumachen, daß er mich unmöglich hören kann. Die beiden Tabletten liegen neben mir auf dem Nachttisch, das Licht brennt, ich nehme sie nicht, es sind viel zuwenig, und ich bin bei Malina eingedrungen und habe ihn betrogen, er wird es bald wissen. Ich habe es aber nur getan, um ruhiger zu werden, aus keinem anderen Grund. Wir werden bald alles wissen. Denn lange kann es so nicht mehr weitergehen. Ein Tag wird kommen. Ein Tag wird kommen, und es wird nur die trockene heitere gute Stimme von Malina geben, aber kein schönes Wort mehr von mir, in großer Erregung gesagt. Malina macht sich viel zu viele Sorgen. Schon Ivans wegen, damit auf Ivan nichts fällt, damit Ivan nichts trifft, kein Schatten einer Schuld, da Ivan keine Schuld hat, würde ich keine vierzig Tabletten nehmen, aber wie sage ich es Malina, daß ich nur ruhig bleiben will, daß ich mir nichts antue, um Ivan nichts anzutun. Ich muß nur ruhiger werden, denn es ist nicht gesagt, daß Ivan nicht gelegentlich anrufen wird.

Exzellenz, Generalissimus, Malina Esq., ich muß dich noch einmal etwas fragen. Gibt es ein Vermächtnis?
Was willst du mit einem Vermächtnis? Was meinst du damit?

Ich möchte das Briefgeheimnis wahren. Aber ich möchte auch etwas hinterlassen. Verstehst du mich denn absichtlich nicht?

Da Malina schläft, fange ich zu schreiben an. Fräulein Jellinek ist längst verheiratet, es kann niemand mehr Briefe für mich schreiben, einordnen und abheften.

Sehr geehrter Herr Richter,
Sie waren so gütig, mir in einigen, für mich völlig belanglosen Rechtsfragen auf das freundlichste beizustehen. Ich denke da vor allem an die Affäre B. Sie ist mir natürlich nicht wichtig. Aber da Sie ein Jurist sind, ich mich schon damals vertrauensvoll an Sie wenden durfte, und Sie mir, ohne Rechnungen zu stellen, so überaus großzügig geholfen haben, und ich heute, hier in Wien, niemand fragen kann, möchte ich Sie fragen, wie man ein Testament macht. Es gibt einiges für mich zu ordnen, ich habe ja immerzu in der größten Unordnung gelebt, aber die Zeit ist wohl gekommen, in der auch ich in eine Ordnung kommen muß. Meinen Sie, daß es zum Beispiel genügt, handschriftlich oder daß ich mich mit Ihnen treffen oder daß ich . . .

Lieber Herr Doktor Richter,
ich schreibe Ihnen in höchster Angst und fliegender Eile, denn . . . ich schreibe Ihnen in höchster Angst, ich möchte noch einige Dinge in Ordnung bringen, sie betreffen ja nicht vieles, nur meine Papiere, einige wenige Gegenstände, an denen ich allerdings sehr hänge, und ich möchte nicht, daß sie, diese Gegenstände, in fremde Hände kommen. Ich weiß mir leider keinen Rat, ich darf Ihnen aber sagen, daß ich mir alles sehr genau überlegt habe. Da ich

keine Angehörigen habe, wünsche ich (ist das schon rechtskräftig?), daß ein blauer Glaswürfel, insbesondere eine kleine grün gerandete Kaffeeschale und ein alter chinesischer Glücksbringer, der weiter nichts darstellt als Himmel, Erde und Mond, jemand für immer gehören sollen. Ich führe dann noch den Namen auf. Meine Papiere hingegen, und soweit dürften selbst Sie meine unhaltbare Lage kennen ... Ich habe seit Tagen nichts mehr gegessen, ich kann nicht mehr essen, nicht mehr schlafen, es handelt sich auch nicht um Geld, da ich keines mehr habe, ich bin ja in Wien völlig isoliert, abgetrennt von dem Rest der Welt, in dem man Geld verdient und ißt, und da Sie meine Lage vielleicht ...

Sehr geehrter und lieber Herr Doktor Richter,
niemand als Sie wird besser wissen, daß ich gezwungen bin, verschiedener Umstände wegen, ein Testament zu machen. Testamente, Friedhöfe, letzte Verfügungen haben mir in jedem Fall, seit jeher, das größte Grausen eingejagt, es bedarf ja wohl keiner Testamente. Trotzdem wende ich mich heute an Sie, weil Sie, als Jurist, vielleicht imstande sein werden, meine gänzlich ungeklärte Lage, meine vielleicht auch unklärbare Lage zu verstehen und in eine Ordnung zu bringen, nach der ich das größte Verlangen habe. Alle meine persönlichen, meine privatesten Dinge sind zu übergeben an jemand, ich füge den Namen bei auf einem Extrablatt. Eine andere Frage stellt sich mir, der Papiere wegen. Es sind keine unbeschriebenen Papiere, es sind allerdings Papiere ohne Wert, Wertpapiere habe ich nie besessen. Trotzdem ist es sehr wichtig für mich, daß meine Papiere nur Herrn Malina übergeben werden dürfen, den Sie, meines Wissens, bei Ihrem so kurzen Aufenthalt in Wien, einmal gesehen haben. Aber ich erinnere mich nicht mehr sehr genau, ich mag mich da irren, in je-

dem Fall, für einen äußersten Fall, nenne ich Ihnen diesen Namen . . .

Lieber Herr Doktor Richter,
ich schreibe Ihnen heute in höchster Angst und fliegender Eile, ich bin völlig unfähig, auch nur einen klaren Gedanken zu fassen, aber wer hat je einen klaren Gedanken gefaßt? Meine Situation ist eine völlig unhaltbare geworden, sie war vielleicht überhaupt nie haltbar. Es soll zuletzt aber noch heißen: Es war nicht Herr Malina, es war auch nicht Ivan, ein Name, der Ihnen nichts sagt. Ich erkläre es Ihnen später, inwiefern er mit meinem Leben zu tun hat. Was mit meinen persönlichsten Gegenständen geschieht, hat heute keine Bedeutung mehr für mich.

Sehr verehrter und lieber Herr Richter,
ich mute Ihnen vielleicht zuviel zu, aber ich schreibe Ihnen in höchster Angst und fliegender Eile. Können Sie mir, Sie, ein Jurist von so großen Kenntnissen im Recht, verraten, wie man ein gültiges Testament macht? Ich weiß es leider nicht, aber ich bin, aus verschiedenen Gründen, gezwungen . . .
Bitte antworten Sie mir sofort, wenn möglich sofort, nachdem Sie meinen Brief erhalten haben!
Wien, den . . .

Eine Unbekannte.

Es ist Malinas freier Tag, ich hätte den Tag lieber alleine verbracht, aber Malina ist durch nichts zu bewegen, aus dem Haus zu gehen, obwohl etwas Feindliches zwischen uns ist. Es beginnt schon damit, daß er ungehalten und hungrig ist, wir essen früher als sonst, ich zünde den

Leuchter an, der sonst nur für Ivan brennt. Der Tisch scheint mir richtig gedeckt zu sein, aber es gibt nur Aufschnitt, und leider habe ich das Brot vergessen. Malina sagt zwar nichts, aber ich weiß, was er denkt.

Ich: Seit wann haben wir einen Sprung in der Wand?
Malina: Ich erinnere mich nicht, es muß ihn schon lange geben.
Ich: Seit wann haben wir dunkle Schatten über der Zentralheizung?
Malina: Etwas müssen wir doch an der Wand haben, wenn wir schon keine Bilder aufhängen.
Ich: Ich brauche weiße Wände, schadlose Wände, ich sehe mich sonst gleich wohnen in Goyas letztem Raum. Denk an den Hundekopf aus der Tiefe, all die finsteren Umtriebe auf der Wand, aus seiner letzten Zeit. Nie hättest du mir in Madrid diesen Raum zeigen dürfen.
Malina: Ich war doch nie in Madrid mit dir. Erzähl keine Märchen.
Ich: Das ist doch völlig gleichgültig, ich war jedenfalls dort, Monseigneur, mit oder ohne deine Erlaubnis. Ich entdecke Spinnweben oben an den Wänden, schau bitte, wie verwebt alles ist!
Malina: Hast du denn nichts anzuziehen, warum trägst du meinen alten Morgenrock?
Ich: Weil ich eben nichts mehr anzuziehen habe. Ist dir nicht einmal der Satz untergekommen: siam contenti, sono un uomo, ho fatto questa caricatura.
Malina: Ich glaube, es heißt, sono dio. Die Götter sterben viele, viele Tode.
Ich: Die Menschen, nicht die Götter.
Malina: Warum bringst du immerzu solche Korrekturen an?

Ich: Ich darf sie doch anbringen, weil ich zu einer Karikatur geworden bin, im Geist und im Fleisch. Sind wir nun zufrieden?

Malina geht aus dem Zimmer, in sein Zimmer, und kommt mit einer Zündholzschachtel wieder. Die Kerze im Leuchter ist niedergebrannt. Ich habe vergessen, neue Kerzen zu kaufen. Malina muß zufrieden sein. Ich könnte ihn noch einmal um Rat fragen, was vor sich geht und wie es vor sich geht, obwohl die Spannung und die Feindseligkeiten für mich immer deutlicher zu spüren sind.

Ich: Es muß schon etwas bei den Primaten und spätestens bei den Hominiden danebengegangen sein. Ein Mann, eine Frau . . . seltsame Worte, seltsamer Wahn! Wer von uns beiden wird summa cum laude bestehen? Ich, das ist ein Irrtum für mich gewesen. Ist es vielleicht ein Gegenstand?
Malina: Nein.
Ich: Es ist aber doch hier und heute?
Malina: Ja.
Ich: Hat es eine Geschichte?
Malina: Nicht mehr.
Ich: Kannst du es berühren?
Malina: Niemals.
Ich: Aber du mußt mich behalten!
Malina: Muß ich? Wie willst du denn genommen werden?
Ich: (con fuoco) Ich hasse dich.
Malina: Sprichst du zu mir, hast du etwas gesagt?
Ich: (forte) Herr von Malina, Euer Gnaden, Magnifizenz! (crescendo) Eure Herrlichkeit und Allmächtigkeit, ich hasse Sie! (fortissimo) Tausch

mich meinetwegen um, tauschen wir ab, Euer Ehren! (tutto il clavicembalo) Ich hasse dich! (perdendo le forze, dolente) Bitte, behalt mich doch. Ich habe dich nie gehaßt.

Malina: Ich glaube dir kein einziges Wort, ich glaub dir nur alle Worte zusammen.

Ich: (dolente) Verlaß mich nicht! (cantabile assai) Du mich verlassen! (senza pedale) Ich wollte erzählen, aber ich werde es nicht tun. (mesto) Du allein störst mich in meiner Erinnerung. (tempo giusto) Übernimm du die Geschichten, aus denen die große Geschichte gemacht ist. Nimm sie alle von mir.

Ich habe den Tisch abgeräumt, aber es bleibt noch mehr aufzuräumen. Es werden keine Briefe, Telegramme und Ansichtskarten mehr kommen. Ivan fährt zudem in der nächsten Zeit nicht weg aus Wien. Aber auch später und noch sehr viel später – es wird nichts mehr kommen. Ich suche nach einem besonderen Platz in der Wohnung, nach einem Geheimfach, denn ich gehe mit einem kleinen Bündel in den Händen auf und ab. Es müßte ein Fach im Sekretär geben, das nachher nie mehr aufspringt, sich von niemand öffnen läßt. Oder ich könnte ein Stück Parkett mit einem Stemmeisen aus dem Boden lösen, die Briefe dort verstecken, das Parkett wieder schließen und versiegeln, solange ich noch mit an der Herrschaft bin. Malina liest in einem Buch, vermutlich: ›Es ist umsonst, Gleichgültigkeit in Ansehung solcher Nachforschungen erkünsteln zu wollen, deren Gegenstand der menschlichen Natur nicht gleichgültig sein kann.‹ Er sieht ab und zu ärgerlich auf, als wüßte er nicht, daß ich herumgehe mit einem Päckchen von Briefen und dafür ein Versteck suche.

Ich knie auf dem Boden, es sind nicht Mekka und nicht Jerusalem, in deren Richtung ich mich verbeuge. Ich verbeuge mich vor nichts mehr, ich muß nur die unterste Lade, die klemmt und so schwer zu öffnen ist, aus dem Sekretär ziehen. Damit Malina nicht merkt, für welchen Platz ich mich entschieden habe, darf ich kein Geräusch machen, aber nun geht die Spagatschleife auf, die Briefe rutschen durcheinander, ich binde sie ungeschickt wieder zusammen, zwänge sie in einen Spalt der Lade, ziehe sie aber sofort wieder heraus, vor Furcht, die Briefe könnten schon verschwunden sein. Ich habe vergessen, auf das Packpapier etwas zu schreiben, falls diese Briefe doch einmal gefunden werden, von Fremden, nach einer Auktion, auf der mein Sekretär versteigert werden wird. Eine Wichtigkeit müßte hervorgehen aus wenigen Worten. Jetzt also noch wenige Worte: Es sind dies die einzigen Briefe ... diese Briefe sind die einzigen Briefe ... die Briefe, die mich erreicht haben ... Meine einzigen Briefe!
Für die Einzigartigkeit von Ivans Briefen finde ich den Satz nicht, und ich muß es aufgeben, ehe ich hier überrascht werde. Die Lade klemmt. Mit meinem ganzen Gewicht, aber leise, drücke ich sie zu, schließe sie ab und stekke den Schlüssel in Malinas alten, um mich schlotternden Morgenmantel.

Ich sitze Malina im Wohnzimmer gegenüber, er klappt das Buch zu und sieht mich fragend an.
Bist du fertig?
Ich nicke, denn ich bin fertig.
Warum sitzt du dann hier herum, anstatt uns endlich einen Kaffee zu machen?
Ich sehe Malina sanft an und ich denke, daß ich ihm jetzt etwas Entsetzliches sagen müßte, etwas, das uns für immer trennt und jedes weitere Wort zwischen uns unmöglich

macht. Aber ich stehe auf und gehe langsam aus dem Zimmer, in der Tür drehe ich mich um und ich höre mich nicht etwas Entsetzliches, sondern etwas anderes sagen, cantabile und dolcissimo:
Wie du willst. Ich koche sofort den Kaffee.

Ich stehe vor dem Herd und warte, bis das Wasser zu kochen anfängt, ich fülle einige Löffel Kaffee in den Filter und denke und denke noch immer, ich habe einen Grad von Denkenmüssen erreicht, an dem Denken nicht mehr möglich ist, ich sinke in den Schultern ein, es wird mir so heiß, weil ich das Gesicht zu nahe an der Herdplatte habe. Nous allons à l'Esprit! Ich kann aber diesen Kaffee noch kochen. Wissen möchte ich nur, was Malina im Zimmer tut, was er über mich denkt, weil ich auch ein wenig über ihn nachdenke, obwohl mein Denken schon weit hinausgeht über ihn und über mich. Ich hantiere herum, wärme die Kaffeekanne vor und stelle die beiden kleinen Schalen aus Augartenporzellan auf das Tablett, sie stehen so unübersehbar vor mir, wie es unübersehbar sein müßte, daß ich hier stehe und noch denke.

Es war einmal eine Prinzessin, es sind einmal die Ungarn heraufgeritten aus dem ins Unerforschbare reichenden weiten Land, es war einmal an der Donau und es zischelten die Weiden, es war einmal ein Strauß Türkenbund und ein schwarzer Mantel ... Mein Königreich, mein Ungargassenland, das ich gehalten habe mit meinen sterblichen Händen, mein herrliches Land, jetzt nicht mehr größer als meine Herdplatte, die zu glühen anfängt, während der Rest des Wassers durch diesen Filter tropft ... Ich muß aufpassen, daß ich mit dem Gesicht nicht auf die Herdplatte falle, mich selber verstümmle, verbrenne, denn Malina müßte sonst die Polizei und die Rettung anrufen, er müßte die Fahrlässigkeit eingestehen, ihm sei da eine Frau halb verbrannt. Ich richte mich auf, glühend im Gesicht von der rotglühenden Platte, auf der ich nachts so oft Fetzen von Papier angezündet habe, nicht etwa um etwas Geschriebenes zu verbrennen, sondern um Feuer zu bekommen für eine letzte und allerletzte Zigarette. Aber ich rauche ja nicht mehr, ich habe es mir heute abgewöhnt. Ich kann den Schalter noch auf 0 zurückstellen. Es war einmal, aber ich verbrenne nicht, halte mich gerade, der Kaffee ist fertig, der Deckel auf die Kanne getan. Ich bin fertig. Von einem Hoffenster herüber ist eine Musik zu hören, qu'il fait bon, fait bon. Meine Hände zittern nicht, ich trage das Tablett ins Zimmer, ich schenke gehorsam den Kaffee ein, wie immer, ich gebe in Malinas Schale zwei Löffel Zucker und keinen Zucker in meine. Ich setze mich Malina gegenüber, es ist totenstill, und wir trinken unseren Kaffee. Was hat Malina? Er dankt nicht, er lächelt nicht, er bricht das Schweigen nicht, er macht keine Vorschläge für den Abend. Es ist aber sein freier Tag, und er will nichts von mir.

Ich sehe Malina unverwandt an, aber er sieht nicht auf. Ich stehe auf und denke, wenn er nicht sofort etwas sagt, wenn er mich nicht aufhält, ist es Mord, und ich entferne mich, weil ich es nicht mehr sagen kann. Es ist nicht mehr ganz furchtbar, nur unser Auseinandergeraten ist furchtbarer als jedes Aneinandergeraten. Ich habe in Ivan gelebt und ich sterbe in Malina.

Malina trinkt noch immer seinen Kaffee. Es ist ein ›Holla‹ zu hören vom anderen Hoffenster herüber. Ich bin an die Wand gegangen, ich gehe in die Wand, ich halte den Atem an. Ich hätte noch auf einen Zettel schreiben müssen: Es war nicht Malina. Aber die Wand tut sich auf, ich bin in der Wand, und für Malina kann nur der Riß zu sehen sein, den wir schon lange gesehen haben. Er wird denken, daß ich aus dem Zimmer gegangen bin.

Das Telefon läutet, Malina hebt es ab, er spielt mit meiner Sonnenbrille und zerbricht sie, er spielt dann mit einem blauen Glaswürfel, der doch mir gehört. Nie gedankt dem Absender, Spender unbekannt. Er spielt aber nicht nur, denn er rückt schon meinen Leuchter weg. Er sagt: Hallo! Eine Weile sagt Malina nichts, dann kalt und ungeduldig: Sie haben sich in der Nummer geirrt.
Er hat meine Brille zerbrochen, er wirft sie in den Papierkorb, es sind meine Augen, er schleudert den blauen Glaswürfel nach, es ist der zweite Stein aus einem Traum, er läßt meine Kaffeeschale verschwinden, er versucht, eine Schallplatte zu zerbrechen, sie bricht aber nicht, sie biegt sich und leistet den größten Widerstand, und dann kracht es doch, er räumt den Tisch ab, er zerreißt ein paar Briefe, er wirft mein Vermächtnis weg, es fällt alles in den Papierkorb. Er läßt eine Blechbüchse mit Schlaftabletten zwischen die Papierfetzen fallen, sucht noch etwas und schaut um sich, er räumt den Leuchter noch weiter weg, versteckt ihn zuletzt, als könnten die Kinder ihn jemals erreichen, und es ist etwas in der Wand, es kann nicht mehr schreien, aber es schreit doch: Ivan!

Malina sieht genau um sich, er sieht alles, aber er hört nicht mehr. Nur seine kleine grüngerandete Schale steht noch da, sie allein, das Beweisstück, daß er allein ist. Das Telefon läutet wieder. Malina zögert, aber er geht doch wieder hin. Er weiß, es ist Ivan. Malina sagt: Hallo? Und wieder sagt er eine Weile nichts.

Wie bitte?
Nein?
Dann habe ich mich nicht richtig ausgedrückt.
Es muß ein Irrtum sein.
Die Nummer ist 723144.
Ja, Ungargasse 6.
Nein, gibt es nicht.
Hier ist keine Frau.
Ich sage doch, hier war nie jemand dieses Namens.
Es gibt sonst niemand hier.
Meine Nummer ist 723144.
Mein Name?
Malina.

Schritte, immerzu Malinas Schritte, leiser die Schritte, leiseste Schritte. Ein Stillstehen. Kein Alarm, keine Sirenen. Es kommt niemand zu Hilfe. Der Rettungswagen nicht und nicht die Polizei. Es ist eine sehr alte, eine sehr starke Wand, aus der niemand fallen kann, die niemand aufbrechen kann, aus der nie mehr etwas laut werden kann.

Es war Mord.

Der Fall Franza

Unvollendeter Roman

[Vorrede]

Entwurf

Meine Damen und Herren,
ich habe Ihnen einige Stücke aus einem Roman vorzulesen [. . .].
Da Sie immer nur über ein Bruchstück Aufschluß erhalten, müßte ich Sie mit einem Inhaltsverzeichnis ausrüsten, aber Sie wissen wohl, daß es heute für ein Buch schwer ist, eine Inhaltsangabe zu machen [sic!].
Der Inhalt also, der nicht der Inhalt ist, sieht so aus: ein junger Mann, Assistent an einem Wiener Institut, Geologe, der sich zuletzt umentschließen wird, die Zeitalter zugunsten des Zeitalters aufgibt und Historiker wird, ein Mann von achtundzwanzig Jahren, in Wien wohnhaft, aus Kärnten stammend, trifft vor einer Reise, zu der ihm ein ihm irrtümlich zugefallenes Stipendium verhilft, mit seiner Schwester zusammen, die schwerkrank aus einer Klinik in Baden bei Wien verschwunden ist. Diese ältere Schwester nun, ihr Sterben, ist in diesem Buch, und die Begleitung, die der Bruder ihr gibt, der am Ende aller Bindungen ledig wird.
Das Buch ist aber nicht nur eine Reise durch eine Krankheit. Todesarten, unter die fallen auch die Verbrechen. Das ist ein Buch über ein Verbrechen.
Es ist mir, und wahrscheinlich auch Ihnen oft durch den Kopf gegangen, wohin das Virus Verbrechen gegangen ist – es kann doch nicht vor zwanzig Jahren plötzlich aus unserer Welt verschwunden sein, bloß weil hier Mord nicht mehr ausgezeichnet, verlangt, mit Orden bedacht und unterstützt wird. Die Massaker sind zwar vorbei, die Mörder noch unter uns, oft beschworen und manchmal festgestellt, nicht alle, aber einige, in Prozessen abgeurteilt. Die

Existenz dieser Mörder ist uns allen bewußt gemacht worden, nicht durch mehr oder minder verschämte Berichterstattung, sondern eben auch durch die Literatur.
Nun hat dieses Buch aber wenig, nur sehr wenig damit zu tun. Es versucht, mit etwas bekanntzumachen, etwas aufzusuchen, was nicht aus der Welt verschwunden ist. Denn es ist heute nur unendlich viel schwerer, Verbrechen zu begehen, und daher sind diese Verbrechen so sublim, daß wir sie kaum wahrnehmen und begreifen können, obwohl sie täglich in unserer Umgebung, in unsrer Nachbarschaft begangen werden. Ja, ich behaupte und werde nur versuchen, einen ersten Beweis zu erbringen, daß noch heute sehr viele Menschen nicht sterben, sondern ermordet werden. Denn nichts ist ja, wenn auch nicht gewaltiger, das vielleicht, aber jedenfalls ungeheurer als der Mensch, wenn ich Sie an eine Schulstunde erinnern darf. Die Verbrechen, die Geist verlangen, an unsren Geist rühren und weniger an unsre Sinne, also die uns am tiefsten berühren – dort fließt kein Blut, und das Gemetzel findet innerhalb des Erlaubten und der Sitten statt, innerhalb einer Gesellschaft, deren schwache Nerven vor den Bestialitäten erzittern. Aber die Verbrechen sind darum nicht geringer geworden, sie verlangen nur ein größeres Raffinement, einen anderen Grad von Intelligenz, und sie sind schrecklich.
Die Schauplätze sind Wien, das Dorf Galicien und Kärnten, die Wüste, die arabische, lybische, die sudanische. Die wirklichen Schauplätze, die inwendigen, von den äußeren mühsam überdeckt, finden woanders statt [sic!]. Einmal in dem Denken, das zum Verbrechen führt, und einmal in dem, das zum Sterben führt. Denn es ist das Innen, in dem alle Dramen stattfinden, kraft der Dimension, die wir oder imaginierte Personen diesem Leidenmachen und Erleiden verschaffen können. Es ist nicht wahr, daß wir in einer Zeit ohne Dramen leben, die Behauptung ist so unhaltbar wie jede andre, auch die meine vielleicht, daß es sie gibt.

Aber ich fürchte, da ich hier mein Buch zu vertreten habe, für dieses Buch zu fürchten habe, daß die andre Behauptung und die andren Theorien die unwahren sind.

Erstes Kapitel Heimkehr nach Galicien

Der Professor, das Fossil, hatte ihm die Schwester zugrunde gerichtet. Zu dieser Vermutung war er schon gekommen, ehe er den geringsten Beweis in der Hand hatte, und auf der Fahrt nach Wien, als der Zug über Bruck an der Mur hinausholperte, auf Mürzzuschlag zu und noch vor dem Semmeringtunnel, der ihm einmal als der längste der Welt erschienen war, meinte er, Franzas Mitteilung verstanden zu haben, wenn man das eine Mitteilung nennen konnte, und er der Champollion sein sollte, der erstmals Helle in eine Schrift brachte, mit der er sich lieber beschäftigen wollte. Vor dem Tunnel, eh er die Königskartuschen einerseits (»Kleines Wörterbuch der Ägyptologie«) und ein Telegramm der österreichischen Bundespost andererseits zu studieren aufhören mußte, hatte er die Gewißheit. Er steckte Franzas dreiseitenlanges Telegramm in die Rocktasche und bereitete sich auf die Durchfahrt vor, denn eins war ja geblieben, daß die Bundesbahnen für ihre Tagzüge noch immer mit dem Strom geizten, die blaue Lampe war zwar eingestellt, Licht aber keins in das Coupé zu bringen, in dem er dachte, typisch Franza, und ein Telegramm mußte es sein, einen Brief hatte sie nicht schreiben können, und mindestens ein paar Jahre lang war es auch ohne ihn gegangen, nein, schon zehn Jahre lang, genau genommen, seit sie das Fossil, durch welchen Ratschluß wohl? seit sie überhaupt nicht mehr war wie früher und fort aus seinem Leben, verschwunden nicht nur aus Baden bei Wien jetzt, in dem Sinn, in dem Verschwinden wirklich aufzufassen ist, sondern entwichen wie aus Galicien, so auch in Wien ihm entwichen und vor ihm zurückgewichen, seit sie ... Wer war sie geworden, sie, die, er dachte wohl nur an jemand, der nicht mehr sie war und nicht mehr die. Und: typisch, sagte er sich, obwohl sie ihm gewiß nur wenige Telegramme geschickt hatte, vielleicht war das sogar erst das zweite oder dritte in zehn Jahren, aber typisch sollte es sein, so wollte er es in der Dunkelheit, in der ihm die Zigarette nicht mehr schmeckte, und [er] zerdrückte sie, typisch, im Aschenbecher, der klemmte.

Wenn ein Zug durch den Semmeringtunnel fährt, wenn die Rede davon ist, daß er nach Wien fährt, etwas genannt wird, eine Stadt, die so heißt, und ein Ort, der Galicien heißt, wenn von einem jungen Mann die Rede ist, der sich ausweisen können sollte als ein Martin Ranner, aber ebensogut Gasparin heißen könnte, und man wird sehen, wenn nicht überhaupt noch ganz anders – wenn also . . . Und da sich beweisen läßt, daß es Wien gibt, man es aber mit einem Wort nicht treffen kann, weil Wien hier auf dem Papier ist und die Stadt Wien immerzu woanders, nämlich 48° 14' 54" nördlicher Breite und 16° 21' 42" östlicher Länge, und Wien hier also nicht Wien sein kann, weil hier nur Worte sind, die anspielen und insistieren auf etwas, das es gibt, und auf anderes, das es nicht gibt, schon einmal diesen bestimmten Zug nicht, der durch den genannten Tunnel fährt, und nicht den jungen Mann, der in dem Zug durch den Tunnel fährt – was ist dann? Obwohl die Zugauskunft zugeben würde, daß hier (wo hier?) jeden Tag Züge durch den Tunnel fahren und auch nachts, aber diesen hier könnte sie ja nicht zugeben, den hier auf dem Papier: dann kann also kein Zug fahren und niemand darin sein, dann kann das Ganze nicht sein und auch nicht: er dachte, las, rauchte, schaute, sah, ging, steckte ein Telegramm weg, später: er sagt – dann kann doch niemand reden, wenn es alles zusammen nicht gibt. Nur das Wortgeröll rollt, nur das Papier läßt sich wenden mit einem Geräusch, sonst tut sich nichts, wendet sich nichts, wendet sich keiner um und sagt etwas. Wer also wird etwas sagen und was sich zusammensetzen lassen aus Worten – alles, was es beinahe gibt, und vieles, was es nicht gibt. Das Papier aber will durch den Tunnel, und eh es einfährt (aber da ist es schon eingefahren!), eh es, da ist es noch unbedeckt mit Worten, und wenn es herauskommt, ist es bedeckt und beziffert und eingeteilt, die Worte formieren sich, und mitgebracht aus der Finsternis der Durchfahrt (bei nur blauer Lampe) rollen die Einbildungen und Nachbildungen, die Wahnbildungen und Wahrbildungen ans Licht, rollen heraus aus einem Kopf, kommen über einen Mund, der von ihnen spricht und behauptet und es verläßlich tut wegen des Tunnels im Kopf, aber auch dieser Tunnel ist ja nicht da, ein Bild nur, von Zeit zu Zeit unter einer bestimmten Schädeldecke, die aufzuklappen auch wenig Sinn hätte, denn da wäre noch einmal nichts, keiner der beiden Tunnel.

Was also soll das? Und ein Exkurs, während ein Zug durch den Semmering-Tunnel fährt, müßte enden damit, daß es sich bei dem Zug, aber allem anderen ebenso gut, um einen Irrtum handelt, und nun kann der Zug unserthalben fahren, indem von ihm geschrieben, gesprochen wird, er wird jetzt fahren, weil auf ihm bestanden wird. Denn die Tatsachen, die die Welt ausmachen – sie brauchen das Nichttatsächliche, um von ihm aus erkannt zu werden.

Auch der Semmering-Tunnel hat einmal ein Ende und hatte schon einmal eins gehabt. Damals war er achtzehn gewesen und sie dreiundzwanzig, sie schon bereit, aufzugeben, angeblich ohnmächtig geworden im Anatomiesaal, oder eine ähnlich romantische Geschichte hatte sie dem Fossil in die Arme getrieben, und der Semmering, fast noch ganz zugeschneit bis auf die Gegend um die Gleise, hängte sich nichtssagend, zu bekannt in seine Augen, dafür hatte er die Fahrkarte verlegt, als der Schaffner durchkam, dem er das Telegramm hinstreckte, es mechanisch zurücksteckte mit einer Entschuldigung, er kramte in allen Taschen und suchte zweimal in der Brieftasche zwischen Zetteln und Banknoten, alles wegen Franza, und fand die verdammte Fahrkarte endlich doch. Alles wegen dieses Telegramms, stop und stop und stop, meinte sie denn, er könne nicht lesen ohne Verkehrszeichen, und er riet und rätselte und bildete sich wieder eine andre Gewißheit ein, die wievielte schon? durch diese stops aufgehalten. Zuletzt stand ein Wort allein da. Franza. Also war sie wohl zur Vernunft gekommen, denn letztesmal hatte es bestimmt noch geheißen: Deine Franziska. Oder: Deine alte Franziska. Das hatte sie nun davon, er war so mißgelaunt, weil ihm jetzt erst einfiel, er hätte tun können, als habe er dieses Telegramm gar nicht erhalten, und später, von unterwegs dann eine Ansichtskarte, am besten aus Alexandria, das stellte er sich eindrucksvoll vor, Alexandria, warum mußte er das Telegramm denn überhaupt noch bekommen haben. Wenn je etwas nicht in seine Pläne, in seine genau eingeteilte Zeit gepaßt hatte, dann war es jedenfalls dieses Telegramm. Und er fuhr nach Wien, nachdem er so peinlich vorbereitet abgereist war aus Wien, Miete vorausbezahlt, Hände geschüttelt, Institutsachen geregelt, und da fuhr er nun wieder hin, während der Aufbruch schon stattgehabt hatte. Wiener Neustadt in seiner nagelneuen Häßlichkeit, endlich Baden, dann wieder Wien, Südbahnhof. Südbahn. Das war eben die Bahn, die immer die ihre sein würde, seine und Franzas Bahn, man kommt eben nur über eine ins Leben und über eine zurück, sie hatten immer nur die Südbahn wirklich gekannt, daneben waren alle anderen Bahnlinien der Welt zweitrangig und nie mehr zu erlernen gewesen.

Martin ging in der Halle in eine Telefonzelle, mit abgezählten Schillingen in der Hand, und während er im Telefonbuch blätterte und dann wählte, hätte er mit den Augen am liebsten den ganzen verunglückten Bahnhof noch einmal in Trümmer gelegt, damit ihm wieder einfiele, wie der Bau wirklich gewesen sein mußte, etwas Windiges, Zugiges, Schwarzes, etwas Bedrohliches, das einem den Atem gleich bei der Ankunft genommen hatte, so mußte er gewesen sein noch zur Schulzeit, als Franza ihn einmal für ein paar Tage hatte kommen lassen. Denn dieser Südbahnhof, auf dem man nicht mehr fror und sich fürchtete, das war natürlich nicht der wirkliche Südbahnhof, und nun hatte er die Verbindung mit der Klinik und seine wiederholten Sätze wurden zwischen dem Leitungsknacken weitergereicht von einer Frauenstimme zur anderen, der ersten sterilen, verleierten, die hundertmal hintereinander zu sagen hatte, welche Klinik da war und daß es die Klinik war, bis zu der zweiten, überanstrengt devoten, da war er wohl schon im Vorzimmer bei der rechten Hand, wenn es sowas wie Vorzimmer dort geben sollte, und dann war tatsächlich das Fossil an den Apparat gekommen, das patzig bescheiden seinen Namen ins Telefon warf, im Bewußtsein seiner Bedeutung, mit dieser leicht nasalen Färbung, die nur einige Wiener auf der höchsten Leitersprosse und ehemalige k. und k.-Offiziere noch zu produzieren wußten, aber bei dem Fossil war es eine Spezialmischung aus Bildungsnasal und Autoritätsnasal, während Martin sich auf ein jüngeres, schon gereinigtes Deutsch verlassen mußte, voller Sprödigkeit, von einigen aufgeweichten Konsonanten durchsetzt, immer noch zu milde, diese Milde war aus dieser Sprache einfach nicht herauszubekommen, auch wenn man so kurz angebunden und verärgert und zur Genauigkeit entschlossen war wie Martin in diesem Moment. Das Fossil fertigte ihn ab wie einen Kassenpatienten oder eingebildeten Kranken, der ihn dauernd belästigte, mit einer genau dosierten Mischung aus professioneller Güte und Schärfe, und wenn Martin, der nur einmal eine Zwischenfrage stellte, die übergangen wurde, überhaupt etwas verstanden hatte, so war es, daß er sich nicht einmischen solle und die Scheidungs- was? formalitäten, modalitäten? von einem Anwalt. Und als eingehängt worden war, kam ihm zum Bewußtsein, daß er noch weniger verstand, als er schon früher nicht verstanden hatte, da er sich in gar nichts einmischte und noch weniger etwas wußte von einer Scheidung. Er war gekommen, um seine verschwundene Schwester zu suchen, und nun wußte er noch immer nicht, wo seine Schwester war, und wozu war er gekommen, wenn er nicht einmal über ihren Aufenthalt Auskunft erhielt. Er warf noch einmal einen Schilling ein und kam wieder bis zu der ersten Stimme, dann zu dem ersten Knacken. Er hängte ein. Mit der zweiten und der dritten Stimme wollte er nichts mehr zu tun haben, sein Gehör vertrug das jetzt nicht. Er nahm sich ein Taxi und gab die Adresse in Hietzing an. Fuhr, gedemütigt, ja, wenn er es besah, war er gedemütigt worden, verwiesen, in welche Grenzen, von dieser Welt, in der ein Bruder offenbar kein Recht hatte, eine Frage zu stellen, die eine Kapazität in Verlegenheit bringen konnte, und wenn er überhaupt noch etwas zu tun hatte, dann war es, und sei's mit Gewalt und ohne Weiterfragen, die Person wenigstens abzuholen, die ihm ihren SOS-Ruf zukommen hatte lassen, ganz gleich, ob er sich in etwas einmischte damit oder nicht. Das »Jesus, der Herr Doktor« der Köchin klang nicht unehrlich, aber auch nicht undiplomatisch, er erriet nicht, ob sein Kommen sie bestürzte oder erfreute, und noch war nicht sicher, ob sie ihn einen Schritt in die Wohnung tun lassen würde, aber er ging hinein und machte selber die Tür zu. Zum Glück fiel ihm ein, daß sie »Frau Rosi« hieß, und indem er mit ihrem Namen zu operieren anfing, erreichte er noch, daß sie ein »Maria und Josef« herausbrachte, das ihm bewies, daß Franza nicht hier war. Wenn Frau Rosi sprach, handelte es sich immer um eine qualvolle Übersetzung des Wienerischen ins Hochdeutsche, so daß einem sofort die Worte einfielen, die sie sagen wollte, Jessas Marandjosef, wahrscheinlich meinte sie, das ihren Herrschaften schuldig zu sein, obwohl sie sich natürlich nicht bei einer Herrschaft im Dienst fühlte, sondern sich gern als Angestellte und sogar als Arbeitnehmerin zu erkennen gab, die versichert war und sich auf eine Sozialgesetzgebung verließ, keineswegs die treue Seele des Hauses, wie der Professor sie vor anderen ausgab, oder die dumme Person, die oft seinen mühsam unterdrückten Zorn herausforderte. Daß die Gnädige nicht mehr in Baden zur Kur war, wußte sie offenbar wirklich nicht, und hinter ihrer Stirn arbeitete es, da sie wohl begriff, daß man sie über alles mögliche im Unklaren gelassen hatte und an einem Morgen einmal ein billiger Schlüpfer, bestimmt nicht von der Gnädigen, und einmal im Bad ein Plastikbeutel und ein Steckkamm gefunden worden waren von ihr, natürlich kam so etwas in den besten Häusern vor, und daß sie nur in den besten war und immer gewesen war, und was alles vorkommen konnte, darüber würde sie sich natürlich nicht verbreiten vor dem Bruder der Gnädigen, aber Martin, der nur die Gedankenarbeit sah, war sowieso nicht auf Erkundigungen dieser Art aus, sondern ging einen Schritt weiter, wie unter einem Zwang, wie ein Kriminalinspektor, der einen Haussuchungsbefehl hat, er ging einfach in den Salon, in den sie ihm folgte, und den kannte er allerdings, aber nicht mit offenstehenden Fenstern und angelehntem Besen und einer Art Reinigungsordnung, die nichts mit der Abendordnung zu tun hatte. Hier hatten die Abende stattgefunden, der letzte vor mehr als einem halben Jahr, an dem er Franza nicht einmal mehr enttäuscht, sondern mit vollkommener Gleichgültigkeit zugesehen hatte, eine defektgewordene Registriermaschine, die miteingeladen worden war und sich ostentativ nur mit Mahler unterhielt, der die Präsidentenstelle in der Ärztekammer doch losgeworden war und Martin die verwickelten Ereignisse berichtete. Er stand da, wirklich wie ein Detektiv, als müßte er jetzt zuerst einmal

Kreidestriche machen und Fuß- und Gläserspuren sichern, um sich genau erinnern zu können, wo jeder gestanden war, wo jemand gesessen war und mit wem, wo die zwei berühmtesten Psychiater Wiens und die drei zweitberühmtesten und das Fußvolk und die miteingeladenen Clowns, ein Schriftsteller, den er nicht kannte, und ein Reisender, der seine Reisen zu Lichtbildervorträgen verarbeitete, dann die Gebauer im Mittelpunkt, eine Pianistin, und von allen Herren natürlich die Damen, dieser Ministerialrat aus dem Unterrichtsministerium, aber das genügte ihm noch nicht, er mußte noch die Fäden zwischen alle hängen, weiße Genauigkeitsfäden, die Rivalitäten und Animositäten bezeichneten, und er hatte sich mit Mahler, vor der Bibliothek stehend, amüsiert über soviel grimmig herrschende Einigkeit, die nur von Detailmutigkeiten leicht erschüttert wurde und erst auf dem Nachhauseweg wieder die offenkundigen Formen von Süffisanz und Detailverachtung für alle anderen von allen anderen annehmen würde. Da stand er in dem Salon, der eine Menge sagen konnte, aber nichts über Franza, die, Gläser hin- und hertragend, herumgegangen und überall gewesen war, nimmst du nicht lieber einen Whisky, Martin, das war das letzte Wort und so ziemlich das einzige, an das er sich erinnerte. Frau Rosi hatte ein Staubtuch in der Hand, das mußte sie erst jetzt in die Hand genommen haben, wie eine Waffe, die ihn an etwas hindern sollte, woran? Er ging weiter, in ein Nebenzimmer, und sie ging hinter ihm her, dann öffnete er die Tür zum Schlafzimmer, das er nie betreten hatte und von dem er nicht einmal wissen konnte, wo es lag, machte den Kleiderkasten auf und nahm ein paar Kleider heraus, denn da hingen doch wohl Franzas Kleider, und mit den Kleidern über dem Arm sagte er nebenhin, er müsse jetzt noch telefonieren. Das schien Frau Rosi mehr zu beunruhigen, als daß er Franzas Kleider herausgenommen hatte, sie sagte, ohne weiteres könne sie das nicht und bekanntlich, und das Telefon sei doch im Arbeitszimmer, also ging er in das Arbeitszimmer, immer mit den Kleidern auf dem Arm, er setzte sich an den Schreibtisch und mußte nicht einmal ein Telefonbuch aufschlagen, es lag auch keines hier, aber ein privates Verzeichnis, Geheimnummer, Kliniknummer, Ärztekammer, die Badener Nummer am Rand, er rief zuerst noch einmal Baden an, um sich zu vergewissern, sie war also weg, nach wie vor, nur ihre Sachen waren noch dort, mit Ausnahme von Kleid und Mantel und dem Zubehör, das ausreichte, damit eine weibliche Person auf die Straße gehen konnte, so ungefähr, und verständigt war niemand worden außer dem Herrn Professor, aber der hatte es offenbar nicht nötig gefunden, noch jemand zu verständigen. Die Polizei blieb also aus dem Spiel, das war bei dem Namen Jordan eine Selbstverständlichkeit. Die Gnädige war auch Frau Jordan, das tröpfelte in Martins Bewußtsein, und er wunderte sich, wieviel jemand gewesen war, der doch bloß seine Schwester war. Er kümmerte sich nicht darum, daß diese Frau Rosi noch immer in der Tür stand, was sie später vermutlich als »wie ein angemalter Türk dagestanden bin ich« dem Professor erzählen würde, das war also der Schreibtisch des großen Seelenhirten, eine neue Bosheit, die Martin einfiel, weil er meinte, in einem Aufsatz irgendwas von theologisch fundierter Seelsorge und Psychotherapie und überspannendem Bogen gelesen zu haben, aber es war ihm nun schon gleichgültig, wieviel besser Herr Jordan das formuliert hatte, Krankheit und Zeit und Zeitkrankheit und unter welche Hüte Naturwissenschaft und ihre Grenzfragen und die Seelsorgerei gebracht wurden. In seiner starren Wut, mit dem Arm, der zu lahmen anfing, dachte er nur, daß Franza in dieser Jahreszeit vielleicht ganz andre Kleider brauchte, wie sollte er sich da auskennen, es war bloß eine Geste, dieses Kleiderherausnehmen, er wollte etwas mitnehmen von ihr, und dann befreite ihn Frau Rosi von diesen Kleidern am Arm, um etwas zu tun, die Kleider, sagte sie, die wolle sie in einen Plastikumhang tun, weil der Kleiderkoffer, der war nicht da, und sie wolle noch einen anderen Koffer packen, das war ihm auch recht und gleichgültig, denn nun sollte er doch die Nemec anrufen und ihr sagen, was sollte er der Elfi Nemec, er wußte es nicht, jedenfalls konnte er nicht sagen, daß er in Wien war und in einem wildfremden Haus saß und an einem Schreibtisch, zu dem er keinen Zutritt hatte, und daß ihn sein Arm noch schmerzte, und die Nummer von der Nemec stand natürlich nicht auf dem Verzeichnis des Fossils und auswendig wußte Martin die Nummer seiner Elfi auch nicht. Er konnte aber auch den Professor noch einmal anrufen und ihm mitteilen, aber diesmal kalt, kalt, daß er hier in der Wohnung sei und sich überlege, ob er nicht die Polizei verständigen solle, im Namen, ja in wessen Namen, in dem der Familie, welcher Familie, soviel wußte das Fossil auch, daß da keine mehr war, also in seinem, Martins Namen, dem eine ältere und obendrein einzige Schwester abhanden gekommen war. Dieses Konzept verwarf er wieder, und da Frau Rosi jetzt wohl im Schlafzimmer packte, riß er die Schreibtischladen auf, er sah sie ganz rasch durch, Mappen, Steuerunterlagen, Mappen, Krankengeschichten, Manuskriptseiten, Belegexemplare, alles von Franzas Kinderhandschrift säuberlich beschriftet, immer wieder Mappen, dann kam er zur letzten rechten unteren Lade, und in der fand er das, was er auch nicht gesucht hatte. Es lagen ein paar Blätter da, von ihr beschrieben, nein Briefanfänge, immer ganz kurze, Hand war gut, denn Franzas Hand, ihre steile Schülerinnenschrift aus dem Villacher Gymnasium, die hatte offenbar keine Entwicklung mehr durchgemacht, die war noch fünfzehnjährig, als hätte das Kriegsende die Schrift abgeschlossen. Aufsatzschrift, sehr deutlich, aber nichts, was zu erkennen gab, wer dieser Mensch war. Lieber Martin, ich muß Dir schreiben. Lieber Martin, ich weiß nicht, wo ich anfangen und wie ich es sagen soll. Mein lieber Martin, es ist so entsetzlich, ich fürchte mich, ich habe ja nur Dich und deswegen schreibe ich Dir. Lieber Martin, ich bin so verzweifelt, ich muß Dir schreiben ... Ende. Verschiedene Daten, alle aus den letzten zwei Jahren, die Blätter teils gelblich, teils schmutzig, dann noch ein gefaltetes Blatt, Lieber Martin, gestern im Espresso, als ich mit all diesen Päckchen dasaß, da konnte ich plötzlich nichts sagen – also wann war das gewesen, sie und er in einem (welchem?) Espresso, gemerkt hatte er jedenfalls nichts, daß sie, zwischen Päckchen, irgendetwas nicht sagen konnte. Er streckte die Füße von sich und sah sich diese Briefanfänge an. Was hatte seine Schwester bewogen, an ihn Briefe zu schreiben, die kaum über die Anrede hinausgingen, und warum lagen die hier in dieser Lade. Er holte den Rest aus der Lade, Blätter auf einem besseren Papier, richtigem Briefpapier. Mein Geliebter (das war er also nicht), ich weiß jetzt alles (was alles?), ich glaube es zu wissen. Meine Gefühle gehen Dich zwar nichts mehr an – hatte seine Schwester Gefühle und welche? jedenfalls war das mit den Gefühlen ein unglücklich formulierter Satz, gehen Dich nichts mehr an. Peinlich. Kein Datum. Brief vermutlich ein Jahr alt oder jünger. Nächstes Blatt: Mein geliebter Leo, wir müssen uns trennen. Ich kann aber nicht einmal sprechen darüber. Du weißt warum, ich kann nur nicht darüber reden. Auch kein Datum. Seine Schwester datierte also nur im Zusammenhang mit ihm, und die anderen Briefanfänge hatten keine Daten. Auf dem letzten Blatt, das genau so anfing wie das, in dem die Rede war vom Trennenmüssen, und das nur eine andere Satzstellung hatte, stand daneben eine Zeile in Stenografie, unmöglich von Franza, die nicht stenografieren konnte, und das war also Jordan, dessen Kürzel ihn auch aus den anderen Mappen angeblickt hatten. Martin nahm seine Füllfeder heraus und versuchte, diese Zeichen so genau wie möglich in sein Notizbuch zu übertragen, und steckte es in die Tasche. Er überlegte, ob er die Blätter mitnehmen solle, dann entschied er sich für eine andre Lösung, er ließ sie obenauf auf dem Schreibtisch liegen, der Professor sollte ruhig sehen, daß er sie in der Hand gehabt hatte. Nachteile einer unvollkommenen Schulbildung. Keine Kenntnis von Kürzeln, und hier war alles gekürzelt, und es war an der Zeit zu gehen, er warf die unterste Lade zu, ließ sich von Frau Rosi einen unpraktischen großen Beutel aufnötigen und einen Koffer, sie wisse einfach nicht, wo die gnädige Frau den Kleiderkoffer, sie müsse ihn nach Baden mitgenommen haben, das beschäftigte Frau Rosi offenbar sehr, dieses Stück, an dessen Fehlen sie unschuldig war. Hier war offenbar jeder und alles unschuldig an dem Fehlen von allem, besonders an dem von Franza. Die Grimasse, mit der Martin auf das Arbeitszimmer zurücksah, galt der Vorstellung, daß diese kofferbesorgte Person am Abend erzählen würde, daß er hier gewesen und ein paar Kleider mitgenommen habe, und die Sache mit dem Schreibtisch. Die konnte ja jeder sehen. Lieber Martin, ich muß Dir schreiben. Er würde noch herausbringen, was das war, und mit diesem lächerlichen Triumph verließ er ein nobles Wiener Haus und zwei Straßen weiter in einem Taxi einen noblen Wiener Bezirk. Ohne dem Fossil seine Meinung gesagt zu haben. Welche, da er sich immer weniger vorstellen konnte von dem, was sich zugetragen haben mußte, und so wäre es ihm also nur möglich gewesen, ihm die Meinung zu sagen, die er seit jeher von ihm gehabt hatte, und wie ihm alles immer auf die Nerven gegangen war, die paar belehrenden Sätze, mit denen er abgefertigt worden war, was Franza nie gestört hatte, den überlegenen Ton, der zumindest im Haus nicht nötig gewesen wäre, etwas Hochmoralisches, das noch diesen Ton überlagerte und dem seine Schwester aufgesessen war, aber während er mit dem Taxi durch die Stadt fuhr und dem Fahrer noch immer kein Ziel genannt hatte, jedenfalls stadteinwärts,

weil das Nemec-Problem noch nicht gelöst war und weil er schließlich nicht alle Probleme gleichzeitig lösen konnte, und die Nemec drohte ja, morgen zu ihm über's Wochenende nach Kärnten zu fahren, und während er an Hochmoralisches, an Abscheu, an Briefanfänge, an Elfi Nemecs Betteigentümlichkeiten dachte, fiel ihm plötzlich ein, daß er sofort zurück müsse, und er sagte: Südbahnhof. Franza mußte zuhause sein. Wenn es überhaupt etwas zwischen ihnen beiden gab oder je gegeben hatte, dann dies: daß sie jeder von jedem einmal im Leben wissen würden, wo der andere im entscheidenden Moment war, und er wußte darum, gegen seine Vernunft (und von der allein hatte er etwas zu halten gelernt, und er war gut damit gefahren) – daß er jetzt nur noch den Zug erreichen müsse, um sein kleines Kriminalrätsel lösen zu können.
So wie Franza einmal gewußt hatte, als Halbwüchsige, während sie mit den englischen Soldaten herumstand und englisch lernte und plötzlich [sich] umdrehte und fortlief und immerzu lief, den ganzen langen Weg zur Gail hinunter, in die ihn die Tschinowitz-Bande geworfen hatte und in der ein Zehnjähriger mit einer ratlosen Meute Gleichaltriger am Ufer ertrinken hätte müssen. Damals war sie gekommen, und obwohl er sie ja nicht laufen gesehen hatte, meinte er sie jetzt zu sehen, noch Jahre später, seine barfüßige Wilde, die ihr Junges aus dem Wasser zog. Er war verrückt gewesen, nach Wien zu fahren. Sie mußte ja nach Haus gekommen sein, sie war entweder tot oder zu Hause. Vonnöten war keine Polizei. Kein Jordan. Bei: sie konnte nur tot sein oder, – war es wieder die Südbahn, die er sah, die richtige, schattenhafte, rußige, und wenn der Zug abfuhr, dann würde dieser bedrohliche Bahnhof endlich hinter ihm liegen. Das zerstoßene Rohr wird Er nicht brechen, und den glimmenden Docht wird Er nicht auslöschen.
Nachtfahrt. Heim nach Galicien, Matth. 12, 20. Wie unwi-

derstehlich ist Galicien, die Liebe. Nun war er vollkommen erschöpft und schlief immer wieder ein. Die Liebe aber ist unwiderstehlich. Nun ja, ein paar Kleider brachte er ihr mit. Sonst fiel ihm nichts ein, ihm ging nichts dergleichen durch den Kopf, er kannte solche Sätze nicht, und er dachte, die Jordans dieser Welt, und wie war der Satz gegangen, den Franza ihm immer gesagt hatte, die Jordans waren nicht zu besiegen, die Liebe aber ist – der Satz hatte ganz anders geheißen, es war ihr Kult-Satz gewesen: unter hundert Brüdern. Er würde sie fragen, wie das war mit: unter hundert Brüdern. Und was meinte er bloß mit den Jordans dieser Welt, er machte da aus einer Person viele, bloß weil die eine ihn ärgerte und ihm von Anfang an verdächtig gewesen war, mehr aber auch nicht. Was weiß dieser Ehren- und Ordenssklave schon? In Martins unerschöpflichem Wütnisschatz gab es noch hundert Wörter in dieser Nacht, mit denen er den Jordan oder die Jordans in den Staub trat, mit: wer war er schon, dieser, und je zusammenhangloser die Müdigkeit seine Wut machte, desto mehr erschöpfte sie sich; es stellten sich in ihm Bilder von seiner Schwester ein, nur nachts, wenn er ankam, konnte sie nicht gut von einem Hügel herunterlaufen, und nicht mehr bloßfüßig sein, mit immer zerkratzten Beinen, und einem Hänger aus einem Vorhangstoff, dem Vorhang aus der Stube, diesen Fetzen hatte sie immer getragen, eine Ranner, eine vulgo Tobai, die letzte aus einer Familie, eine mythische Figur, die ihn aus der Gail zog, die ins kälteste Wasser ging, und für diese Figur suchte er sich zurück in die Kindheit, für die er keine Erinnerung hatte, nur Stichworte, ein paar Augenblicke, der Krieg ist aus, die Tiefflieger, das weiße Brot, ein Captain, Kanister mit Marmelade, in die er die Finger steckte und dann ableckte, Soldaten und immer andre Soldaten, sehr freundliche, die hatten auch die Mutter bis nach Maria Gail gebracht, und erinnerte er sich an die Beerdigung (oder war er gar nicht mitgenommen worden von Franza?) ein Lamento von Verwandten, eine Nona, ein Neni, beide uralt und hilfloser als die Kinder, ein Vater auf einer Suchliste, auf vielen Listen, keine Beerdigung, dann keine Nona mehr und kein Neni, nur noch Franza, die ihn herzeigte für Weißbrot und Schokolade vor Soldaten und auch einem Captain, ihn eines Tages wieder in die Schule brachte und selber wieder zur Schule fuhr. Finsternis. Große Lücke. Die Nemec würde niemals glauben, daß es sich um seine Schwester handle.

Der Weg von Warmbad bis an die Gail, vom Fremdenverkehrsverein jetzt als Weg Nummer 21 bezeichnet, als prächtiges Naturschutzgebiet angepriesen, am Zillerbad vorbei, entlang des Zillerbaches, führt durch teilweise romantisches Waldgebiet. Wandern wir bis zur Gail, dann Gehzeit eineinhalb Stunden, mit schönem Ausblick nach Norden, siehe Weg 10. Dreiländereck. Dreispracheneck. Von hier können wir unseren Rückweg antreten, siehe Weg Nummer.

Martin hatte sich vom Taxi nur bis zum Bahnübergang nach Warmbad bringen lassen, er mußte gehen, ja auch am Zillerbach entlang, aber in der Nacht war nichts zu sehen und in den Gedanken war nichts, was einen Rückweg antreten ließ. Er lüftete diese Reise aus, die vielen Eisenbahnstunden und atmete tief ein. Dann war die Gail zu hören, an der Biegung, dieser Fluß war nicht zu überhören, wo der Zillerbach sich still hineintraute in das laute Wasser, und jetzt konnte Martin sich gefaßt machen auf das muffige Haus, das ihnen geblieben war, nun ja ihm, Franza das Geld, ihm das Haus und auch etwas Geld, fast aufgebraucht fürs Studium, aber das Haus war noch da. Er kannte jede Unebenheit des Wegs, wich ihm nach, wo der Weg vom Ufer wich, immer im richtigen Abstand zum Geröll des Wassers, mit dem Meßgerät, das in ihn eingebaut war für diese Gegend. Wenigstens hatte das Fossil nie diesen Boden hier betreten, war nie an die Siegel und Namen herangekommen, mit denen hier alles verschlüsselt war, und nie hatte er die Franza gekannt, die mit den Kürbisleuchtern herumgegangen war, mit ihm die Nachmittage auf dem Heustadel Gänge durchs Stroh und durch Heu gegraben hatte, die ihm das Ausschneiden der Kürbisse beigebracht hatte und das Maiskolbenbraten und im Heu leben, als wäre das alles, was er einmal in der Welt brauchen würde, und immer und überall hatte sie ihn mit sich herumgeschleppt, dieses Herumschleppen, das war es, Essen suchen, ihn waschen und anziehen und ausziehen, und dann hatten sie einander viele Versprechen gegeben, deren Inhalte er nicht mehr wußte, nur noch, daß sie miteinander leben würden, wenn er »groß« war – sie hielt sich wohl mit vierzehn, fünfzehn Jahren schon für »groß«, das war ihr zuzutrauen, dieser Gitsche. Daß er das vergessen hatte! so hatte er sie doch genannt, mit dem windischen Namen für Mädchen, die »Gitsche«, die für ihn der Inbegriff aller Gitschen war, mit den schrägstehenden ausdruckslosen Augen. Aber dann war etwas dazwischengekommen, und obwohl sie eines Tages wirklich beide in Wien waren und er sie im Café Herrenhof wiedergetroffen hatte in seinem ersten Semester, da mußte er das Wort »Gitsche« schon unterlassen haben, nur an Franza hielt er störrisch fest, auch wenn die Studenten um sie herum alle Franziska sagten und als schon alles zerrissen war und sie einander nichts mehr zu sagen hatten, diese kleine Dame, die ihre Frisuren wechselte und mit ihrer Sprachbegabung akzentlos aus Galicien herausgefunden hatte und auf einen anderen Akzent in Wien übergewechselt hatte, die durch die Herrengasse und über den Kohlmarkt ging, als wäre sie nie über die Zündhölzelbrücke gegangen. Wichtigerer Dinge wegen, hatte er ihr dann keine Fragen mehr gestellt und später nur hie und da eine in Gedanken, die er nicht laut werden ließ, viel später erst wollte er etwas von ihr wissen, weil sie die Eltern noch gekannt hatte und mehr vermissen mußte als er, den Vater zum Beispiel, und nicht nur wegen der Suchlisten, sondern wegen der zwei schwärzlichen Warzen im Gesicht, danach wollte er sie fragen, als er Jordan mit ihr zum erstenmal gesehen hatte und ihm beim Weggehen, nach dem verunglückten ersten Mann-Bruder-Beriechen aufgefallen war, daß der Professor ebenfalls zwei dunkle Warzen im Gesicht hatte, da hatte ihn etwas erschreckt, er war auf die Idee gekommen, daß Franza Schutz suchte, und er konnte sich das nicht vorstellen, weil sie immer sein Schutz gewesen war, daß sie auf der Suche war und etwas suchte, was nicht er war, und daß sie einen Vater geheiratet hatte, so nannte er es auf den kürzesten Nenner gebracht und dann noch Vater-Imago, mit der ersten Vorlesungsweisheit. Während Martin zehn Jahre später noch einmal über Warzen als Heiratsgrund nachdachte, hatte er das Haus erreicht und öffnete die Tür, ohne erst nach dem Schlüssel unter dem leeren Blumentopf am Fensterbrett zu suchen – die Tür war offen, sie mußte ja offen sein. Im Gang brannte das Licht und die Tür zur Stube war auch einen Spalt breit auf, die Bank um den Ofen konnte er erst zuletzt sehen, zuerst aber ihre Füße, die über das Ende der Bank standen, in hellen Strümpfen, die Schuhe mußten auf den Boden darunter gekollert sein, die Schuhe waren das Traurigste. Er blieb an der Tür stehen, und sie richtete sich auf, drehte sich um, klammerte sich an die Ofenkacheln und blieb verrutscht und angekrallt, halb sitzend, hängen. Er ging schnell zu ihr hin, küßte sie auf die Wange, und ehe er sie auf die andre küssen konnte, drehte sie den Kopf weg.

Nicht. Schau mich nicht an.
Er versuchte, sie in den Arm zu nehmen.
Ich habe ja gewußt, daß du kommst. Endlich kommst du.

Ich habe ja, deswegen bin ich noch auf, ich habe es gewußt.
Martin brachte noch immer kein Wort heraus, weil er jetzt ihr Gesicht doch gesehen hatte, das sie gegen seinen Mantel drückte. Er hoffte, sie habe nichts in seinem Gesicht bemerkt und auch nicht, daß er noch nichts gesagt hatte. Die Hauptsache ist, daß du gekommen bist, weißt du – sie stotterte, er hatte nicht mehr recht verstanden, was sie zuletzt gesagt hatte, nur daß sie noch immer etwas zu sagen versuchte und nicht reden konnte. Er küßte sie und hielt sie fest, küßte sie auf das schmutzige, verschwitzte Haar. Du mußt jetzt nichts sagen, die Hauptsache ist, daß du hier bist.
Ich – sie kam wieder nicht weiter, und sie weinte nicht nur, es war noch etwas andres, das von dem Weinen nur die Tränen hatte, sie zitterte und ihr Körper tat etwas mit ihr, was er nicht niederhalten konnte mit den Armen, in einer Konvulsion, in immer stärkeren Zuckungen, sie schlotterte und wollte ihn wegstoßen und krampfte sich dann wieder an ihn, und er sagte immerzu, aber Franza, Franza, er konnte nur immer wieder ihren Namen sagen und sie halten und er wußte nicht, wie lang das schon dauerte und wie lang das noch dauern konnte, er hielt sie bald locker, bald fester, und achtete nicht auf sie, sondern dachte nur noch, daß das eine ganz unmögliche Situation war, und in diesem Haus, und Kilometer weit kein Arzt und kein Telefon, und als sie zusammenknickte, als hätte sie weder Muskeln noch Knochen, und als er jetzt ihren Kopf in einer Hand liegen hatte, wenn sie also nicht tot war, nein, das war sie nicht, totkrank, da bekam er wieder den Boden unter die Füße, den er brauchte, er mußte jetzt nur noch bis morgen früh mit ihr die Nacht hinter sich bringen und morgen, und dann sofort – morgen wollte er! Er hob sie auf und trug sie in die Kammer, in der nichts als die zwei Betten der Großeltern standen, und legte sie auf das Bett,

das er sich bezogen hatte, die Matratze fing zu rascheln an, ein schreckliches Geräusch in der Totenstille und Atemlosigkeit, es raschelte das Maisstroh, aber Franza lag ganz still und hörte das wohl nicht, er nahm sie am Handgelenk und suchte nach etwas, was er für den Puls hielt oder gern dafür gehalten hätte, und den fand er nicht, oder der war zu schwach und zählen hätte ihm auch nichts genützt, weil er nicht wußte, wieviel Pulsschläge ein Mensch haben sollte, er machte ihr das Kleid auf, aber es war viel schwieriger, als er es sich vorgestellt hatte, und entweder hatten die Nemec oder Karin und Fanny andere Büstenhalter und Strumpfgürtel, er hakte und riß dann gewaltsam alles auf, wenn sie nur nicht so schwer gewesen wäre und natürlich hatte er nie einer Ohnmächtigen etwas aufhaken müssen, dann sah er auf sie nieder und wußte nichts mehr zu tun, er hatte Hunger, er konnte nicht bloß auf sie niederstarren, er ging in die Küche, schnitt sich ein paar Scheiben Brot und ein paar Scheiben von der Salami ab, die er zurückgelassen hatte, und die Weinflasche war auch noch halbvoll, aber er hatte vergessen, sie zuzukorken, der Wein war ausgeraucht, sauer, er balancierte einen Teller, ein Glas und die Flasche zurück in die Kammer, setzte sich auf das andre Bett und fing an zu essen, hungrig, und er schlang das alles hinunter und schaute sie an und überlegte. Es war alles ganz sinnlos geworden, was er gedacht hatte auf der Heimfahrt und was er erinnert hatte, das war nicht mehr die Franza von früher und nicht mehr die fremde Dame, die immer elegantere fremde Dame aus Wien, und von Galicien war auch nichts mehr übriggeblieben außer der Tatsache, daß es abseits von der Bahn und der Straße und von jeder Verbindung fernab lag und daß man nun noch einmal acht Stunden bis Wien brauchte, um jemand in ein anständiges Spital zu bringen. Noch einmal nach Wien in dieser Woche! Das war nun wirklich das letzte, und etwas Anständigeres konnte er nicht denken und wollte es auch

nicht. Er fing zu trinken an. Der ganze Mythos einer Kindheit und eines Rätsels, wenn da eines war, und eines Wiederfindens, das alles ging im Kauen von Brot und Wurst und im Wein unter und unter der glanzlosen Wucht der Tatsachen, die er sich zwar manchmal noch schlimmer vorgestellt hatte, aber eben doch nicht so und in dieser heruntergekommenen Keusche, dem letzten Überbleibsel eines imposanten Besitzes, der zwar so imposant nicht gewesen war, nur in dem Umkreis zwischen Dobrowa und Tschinowitz, wo man auch zu den Großen oder den Kleinen gehören konnte, und das hier in Galicien war einmal groß gewesen, ein Reich und ein Name, und jetzt gab es das nicht mehr, dafür elektrisches Licht und fließendes Wasser und zwei nicht mehr saubere Leintücher, zwischen denen Franza lag, und kein Komfort, keine Klingel, die man betätigen konnte, eine unbrauchbare, schon nicht mehr gekannte Nachbarschaft, ein Rechaud, zweiflammig, ein paar Handtücher, Fetzen und ein eisernes Lavoir. Er sollte vielleicht Tee kochen für Franza, Tee vielleicht, falls sie trinken konnte, sollte, mochte. Er hätte nicht einmal einen kranken Hund hierherbetten mögen zum Verenden, und für Fräulein Nemec hatte er natürlich ein Doppelzimmer im Warmbader Hof bestellt mit Dusche, das gehörte sich so für eine schon dreiwöchige Affäre, und Elfi Nemec, wenn momentan auch ein unbeschäftigtes Mannequin und ohne Stütze in Industrie und Handel, berechnend war Elfi übrigens nicht, was schon ihre Ausdauer für Martin bewies, aber ein anständiges Hotel war er ihr schuldig, und das erwartete sie auch, selbst wenn eine vorübergehende Neigung zu einem notorisch schlecht verdienenden jungen Wissenschaftler sie selbstlos machte, und sie ihre Jagd nach günstigeren Bekanntschaften nur noch eiferlos betrieb.
Auch hatte er, und nicht nur ihr zu Gefallen, nie den Geruch bitterer Armut ausgeströmt, im Gegenteil, wie Tausende in Wien, deren Status unbestimmbar ist, sich immer

alle Apparenzen zu verschaffen gewußt und ihr das Gefühl gegeben, daß sie es mit einem jungen Mann zu tun habe, der nicht nur für eine junge Hoffnung an der Universität galt, sondern durch seinen Bekannten- und Freundeskreis zu jener Schicht gehörte, die, nach einer totalen Umschichtung, noch immer eine dünne und ausschließliche Schicht ausmachte, durch die Vokabeln, die sie benutzte, die Anspielungen, die nur von ihr verstanden wurden, die Manieren, die sie hatte, und auch die Unmanierlichkeiten, die sie sich leisten konnte – und vor allem, wie sie sich diese leistete! Daß also die Nemec ihre beachtliche Figur und ihre stolz-zarte Kopfhaltung, die immer denken ließ, daß sie vor einem alten Portal posierte und ein Schwarm Tauben hinter ihr aufflog oder an einem verfallenen Geländer, wo als Kontrast ihr mit genau berechneter Wildheit schönes Haar flog oder daß sie ihren Handschuh überstreifte, während ein Blinder mit einem Hut auf dem Trottoir noch mit ins Bild kam – daß Fräulein Nemec ihre Schönheit also nicht an einen Niemand verschwendete. Denn es dauerte in dieser Stadt ja unendlich lang, bis jemand drauf kam, in welch armseligen Untermietwohnungen, neben wieviel Krankheiten und makabren Familienzusammenhängen jemand lebte, der tagsüber mit sicherer Selbstverständlichkeit auf dem Kohlmarkt die Tür zu Demel aufstieß oder für den Abend Premierenkarten hatte, oder in welch geschmacklosen Neubauwohnungen jemand arbeitete und vegetierte, der auch zu der Schicht zählte, in Wohnungen, deren Architekten Hasardeure der ersten Nachkriegszeit, Spekulanten und Gangster gewesen waren, die verschwunden waren mit Anzahlungen und die für schlechtschließende Türen, sprüngige Wände und beklemmende Enge niemand mehr verantwortlich machen konnte, eine Enge, die so wenig zum Vorschein kam wie die unhaltbaren großen Raumlabyrinthe der Altbauwohnungen und Villen, die festverschlossen und verstaubt dahinsiechten. Das Geheimnis einer Wiener Wohnung ist fast nicht zu lüften, auch für die besten Freunde eines Menschen nicht, und die Leute, die es wagten, Leute einzuladen, die waren neureich, altreich und hatten nichts zu verbergen und Badezimmer, in die man Gäste führen konnte, Bedienerinnen oder Köchinnen, die Türen öffneten, Getränke vorrätig und schon die Eisschränke anstatt der Schaben in der Küche. Die anderen Leute telefonierten und verabredeten sich in denselben Restaurants und Kaffeehäusern, in die auch die furchtlosen Leute gingen, und dort fanden sie zueinander, ohne sich zu verraten. Immer waren es Zufälle gewesen, die Martin die Augen geöffnet hatten über die Verhältnisse eines Universitätsprofessors oder eines Journalisten oder einer Frau, die Erfolg hatte, ein Todesfall, seltner ein Notruf, noch seltener ein Spalt Vertrauen, denn in diesem Punkt war Geheimhaltung und der Respekt davor eine Ehrensache, man notierte sich von jemand eben nur die Telefonnummer, und die Adresse, die man sich wie die Kartusche eines ganz neuen Proletariats hinter der Nummer dazuschrieb, die benutzte man nie oder nur, wenn man von einer Reise einen Brief zu schreiben hatte, und selbst wenn man in der Stadt jemand nicht erreichte, dann ging man eben nicht hin, sondern schickte ein Telegramm. Die Frauen, die man mitnahm in Wohnungen und Zimmer und geborgte Wohnungen – wer immer sie auch waren, die hielten den Mund und sprachen nicht, auch das war eine Verabredung, denn eine Wienerin würde zwar immer zugeben, mit wem sie ging oder schlief, eine Affaire oder eine Liaison hatte, und das waren nicht unbedingt Synonyme, aber sie würde über den Ort und die Verhältnisse Schweigen bewahren, und Elfi Nemec war ein Kind vom Gürtel, aber nicht von der Gürtellinie an ihrer besten Stelle, sie fragte nie, er fragte nie, und so wußte sie von ihm auch nicht mehr als alle anderen – und Kärnten betreffend, daß er da unten, irgendwo im Süden, in einer unmöglichen

Gegend ein Haus, falls ein Haus, und eine Familie, falls eine Familie, irgendwas hatte er dort, weil er dahinunter fuhr von Zeit zu Zeit, im Winter, vielleicht fuhr er Ski, und in den großen Ferien vielleicht zum Schwimmen; die Nemec hatte er im Warmbader Hof unterbringen lassen wollen, denn nach Hause hätte er sie nie gebracht, niemals hierher. Martin schaute sich um und schätzte den Kaufpreis für das Haus ab, das einer der Bauern aus der Nachbarschaft sich womöglich schon durch den Kopf gehen ließ, oder ein Depp aus der Stadt hätte es kaufen können oder ein Deutscher, denn neuerdings waren die Deutschen in der friedlichen Eroberung der Welt durch Aufkaufen von Grundstücken schon bis vor diese entlegensten Gegenden gedrungen. Wenn er zum erstenmal an einen Verkauf dachte, dann war es wegen Franza, weil sie hier lag und er dachte, er müsse etwas für sie tun. In dieser Ernüchterung, in diesem Abschätzen, dem Ausdenken selbst eines Preises, den kaum jemand bezahlt hätte, vergaß er den Erbschaftsvertrag, denn er hatte versprochen, nie zu verkaufen, und als ihm das wieder einfiel, dachte er an einen Ausweg. Was sollte ihm diese Schwester, was ging sie ihn, genau genommen, an? Er mußte es bloß über sich bringen, in der Nacht noch einmal nach Warmbad zurückzugehen, den Portier zu bitten im Warmbader Hof, mit einem Trinkgeld die Bitte unterstützend, telefonieren zu können, denn mitten in der Nacht würde der Professor vielleicht die Gnade haben, ihn anzuhören, Martin würde leichthin und als tue er ihm damit einen Gefallen, sagen, er habe zufällig Frau Jordan gefunden, einmischen könne er sich da nicht, deswegen solle Herr Jordan sich seine Frau abholen oder durchs Rote Kreuz holen lassen, da er allein ja für sie zuständig sei und Arzt und Helfer obendrein und ihr angetraut, und von einer Leiche könne er sich wohl nicht gut scheiden lassen, und ihn, den Bruder, gehe auch das weitre nichts an, er habe seine Flugbillets und Schiffskarte in der Tasche, die

Koffer gepackt und eine einmalige Gelegenheit, die er sich nicht entgehen lassen wolle, und von Puls und Scheintod oder gar Krankheit, denn das war es wohl, verstehe er zu wenig, um auch nur länger als einen Tag eine derartige Verantwortung (der Psychotherapeut in der Verantwortung, war das eine Formulierung von dem Fossil gewesen?), jedenfalls hatte der es mit der Verantwortung, und für Martin bildete Quarz zusammen mit Epidot ein feinkörniges Grundgewebe, Körner verzahnt und undulös, und über Grünschiefer, diabastuffverdächtig, tuffverdächtig, jawohl, konnte er einiges zum besten geben, aber Handstück hin und her, reich an Chlorit und Epidot, mit vereinzelten Feldspataugen – er verstand nichts von den geschlossenen Augen seiner Schwester und wie verdächtig die waren und worauf verdächtig. Schliff Nr. 331, das hätte er dem Professor gern erklärt, aber hier wurde seine Schwester geschliffen von Schmerzen und irgendwas, was er in seinem Gebiet nicht erforschen hatte können, und der Schliff seiner Schwester, die aus der Neuzeit war und nicht aus dem Mesozoikum, den vermochte er nicht zu beschreiben und zu bestimmen, nur das Gestein gab einen Halt, hatte Struktur, Textur, Fundpunkte. Und Franza hatte Worte und dann wieder keine. Auch hatte er nicht die Absicht, jetzt wieder nach Wien zu fahren, und auch keine Absicht ... Martin hörte zu trinken auf, der Wein war wirklich sauer, er stand auf und ging in die Küche, holte die Steinhägerflasche vom Regal, trank rasch ein paar Schluck daraus, denn morgen, das war sehr wichtig, morgen wollte er und bestimmt. Er konnte allerdings auch Alda anrufen, die Gute, und Aldas Güte, Hilfswilligkeit und Tüchtigkeit erfüllten ihn mit der warmen Zuversicht, die ihm auch der Steinhäger gab, zudem war sie eine Ärztin, ausgelernt, und wußte, zu welchem Arzt und wohin man Franza bringen mußte, eine so gute alte Freundin wie Alda konnte sich jeder wünschen in einer Stadt, in der auf niemand Verlaß war, und er beglückwünschte sich zu Alda, tat noch einen Zug. Alda würde die ganze Sache in Ordnung bringen. Er setzte die Flasche auf den Tisch, und er fühlte sich ertappt und schuldig. Franza stand in der Tür, mit herunterhängenden Strümpfen, mit seitwärts und hinten offenstehendem Kleid, auferstanden von den Scheintoten und sie sah ihn eindringlich an, noch immer stumm, als müsse er einen Wunsch verstehen, und er sagte rasch, als habe er sich eben noch mit ihr unterhalten, indem er an dem Rechaud drehte, ich koche dir einen Tee, er setzte sehr beschäftigt Wasser auf, dann löste er sie von dem Türrahmen, faßte sie unter den Arm und brachte sie zurück in die Kammer. Es ist schon besser, sagte sie, ich muß dir das endlich erklären, es geht schon wieder. Sie ließ sich nicht auf das Bett zurückzwingen, sondern blieb auf dem Bett sitzen und wehrte sich gegen seine übertriebene, instinktlose Fürsorge, er meinte, er müsse sie unbedingt hinlegen. Leg dich doch endlich hin, ich bringe dir den Tee. Aber ich will mich doch nicht hinlegen. Martin ließ sie sitzen, weil er sich noch immer schuldig fühlte. Konnte sie begreifen, daß man Steinhäger trinken konnte, obwohl ein andrer scheintot dalag und ohne Schliff? Er sagte, ich mußte so vieles überlegen. Dann werden wir zusammen überlegen, wenn der Tee fertig ist.

Es gibt nichts mehr zu überlegen. Ich habe das schon getan. Franza sprach zusammenhängend, aber sehr langsam, als müßte sie jedes Wort von der Zungenwurzel bis zu den Zähnen schieben. Dann ging es bald besser, sie artikulierte, ihr Gesicht bekam den Schliff zurück, etwas kam zurück, was man, verlegenheitshalber, das Leben nennt, Martin dachte, es sei der Puls zurückgekommen oder die Zirkulation.

Schau, Franza, du mußt hier weg, und ich werde Alda anrufen, gleich morgen. Nein. Morgen nicht und überhaupt nicht. Du wirst niemand anrufen. Ich will keinen Skandal.

Du darfst nur keinen Schritt mehr von mir weggehen. Geh den Tee machen. Und komm schlafen.
Als er mit dem Tee zurückkam, den er nicht einmal abgeseiht hatte, fing sie zu reden an und saß noch immer aufrecht da. Und er zog sich aus, vor ihr, wie in der längst vergangenen Zeit, nur diesmal half sie ihm nicht in den Pyjama und faßte seine Füße nicht an, ob die auch warm waren. Martin war froh, daß sie lebte und redete und nicht mehr weinte, gestoßen und aufgebracht. Aber sie war doch wohl nicht? – daß ihm dieser Gedanke erst jetzt kam! und er ging die ganze nähere Familie durch und dann die entferntere Verwandtschaft, die Familienranderscheinungen, aber in der näheren hatten sie keine Geisteskrankheiten gehabt, unglaublich in diesem Land, in dem die Übel grassierten, aber es war so, und trotz des beruhigenden Ergebnisses, das war verrückt, was Franza da redete und was sie getan hatte oder meinte, getan zu haben, und sich ausgedacht hatte. Er war wieder ganz nüchtern, aber es wurde davon alles nur noch verrückter, jetzt hatte sie auch noch ihre Handtasche gefunden und hielt ihm den Paß hin und trank einen Schluck Tee, ihm zuliebe und damit er ihn ruhig studieren könne, dann schluckte sie eine Tablette mit dem Tee hinunter, hustete und zog achtlos ihre Strümpfe ein wenig höher, und das Kleid, ein Modellkleid, wenn er die Nemec zurate zog, denn es war in den letzten Nächten in Wien oft von Kleidern die Rede gewesen und Kollektionen, und als Hauptwort war Modellkleid in ihm haften geblieben – das Modellkleid von Franza sah ärger aus als einer der Fetzen, die sie damals getragen hatte, schmutzig, knittrig, fleckig, als wären ihr schon viele Bissen vom Mund auf das Kleid gefallen und als hätte sie alle bloß weggewischt, und jetzt schüttete sie ein wenig Tee auf das Modellkleid, das hatte er kommen sehen, da sie die Schale schief hielt, sie machte fahrige Bewegungen über den neuen Fleck. Es ging aber nicht um den dunkelnassen Fleck,

sondern sie machte lauter Bewegungen, als suche sie etwas, sie suchte immer etwas und wischte an sich herum und [fuhr] durch die Luft mit der Hand, dann griff sie sich wieder an den Kopf und hatte nur noch die Hand mit dem Paß frei, der ganz neu war und ein einziges Visum darin hatte, Martin sah den Paß pflichtschuldigst und entsetzt an und las noch »gültig für alle Staaten mit Ausnahme von«, aber das Visum mit den arabischen Zeichen war da, und sie beeilte sich zu erklären, wie sie zu dem neuen Paß gekommen war und ob er wohl bemerkt habe, ihre Stimme wurde immer eiliger, daß nur noch ihr richtiger Name darinstehe, das hatte er nicht bemerkt und sah noch einmal gehorsam hin, und daß keine Rede mehr war von einer Franziska Jordan, geborene. Das alles hatte sie nach ihrem Verschwinden aus Baden fertiggebracht, wo sie überdies nicht wegen der Schwefelbäder gewesen war, sondern wegen einer Operation. Sie zögerte. Eine anerkennenswerte Leistung, sagte Martin sich, denn sie wußte auch genau, wann er fahren wollte, und würde mit ihm kommen, das Geld hatte sie dafür noch, es war das letzte, das von dem großen Ranner-Geld noch übriggeblieben war, während der Ranner-Verstand offenbar nicht mehr in ihr war, und er ließ sie reden und reden und gab ihr den Paß zurück, holte sich die Diwandecke aus der Stube und rollte eine darunterliegende alte Flanelldecke am Kopfende seines Bettes zusammen und streckte sich auf dem unter Geraschel nachgebenden Strohsack aus, suchte nach einem alten Fluch, denn er war keine Nachtschwester, er wollte endlich schlafen.
Du mußt mich mitnehmen. Du mußt.
Er ließ das Licht brennen, weil sie ihn bat, plötzlich wieder verändert, mit Tränen, doch das Licht brennen zu lassen, und im Einschlafen, während er ihr noch half mit einigen »wie bitte« – »was bitte stellst du dir« – »wie stellst du dir vor«, um diesen ganzen Wahnwitz aus ihr herauszuholen,

da man nicht argumentieren konnte um fünf Uhr morgens und gegen ein Wahngebilde, konsequent wie das ihre in allen Teilen, sagte er noch einmal auffahrend, du mußt zu dem besten Arzt, in die beste Klinik. Das hier ist der Wahnsinn. Du kannst hier nicht bleiben, und ich kann dich nicht mitnehmen.

Du wirst mich mitnehmen. Und ich gehe nicht zurück nach Wien.

Am Mittag wußte Martin kaum, ob sie den Satz noch in seinen Schlaf hineinzementiert hatte, dieses du mußt und du wirst oder ob sie es erst anfing am Tag und ihn zu überzeugen versuchte, daß es keinen besten Arzt und keine beste Klinik für sie in Wien gebe, daß sie mit dem Namen des Fossils keine Chance hatte, nicht krank sein konnte wie andre, nicht in seinem Machtbereich, das ihr mehr Furcht machte als ein Verenden auf einem Strohsack in Galicien oder eine Reise, auf die er selbst eine gesunde Person niemals mitgenommen hätte, und da sie nur stundenweis gehen und reden und atmen konnte, fragte er sich, schon halb geschlagen, wie er sie auch nur bis Genua bringen könne. So verging ein Tag und noch einer, der Zeitpunkt rückte näher, und er rief niemand an. Er zog sie an wie ein Kind und hielt sie fest, wenn das Übel kam, wusch sie und brachte sie ein paar Schritte vors Haus und bis an den Fuß des Hügels und einmal sogar bis nach Maria Gail, weil sie darauf bestand, zu den Gräbern zu gehen. Sie gingen in der Frühlingssonne auf dem Friedhof herum und Franza zupfte ein wenig Unkraut aus, er hoffte, sie werde nicht im Ernst anfangen, die verwahrlosten Gräber zu jäten. Sie ließ es beim Andeuten. Sie sagte: das ist nicht der schönste Frühling, es ist der zweitschönste. Er sah sie mißtrauisch an, aber da ließ sie den Frühling eins und Frühling zwei fallen, und sie fingen an, die Namen auf den Grabsteinen zu studieren, und schätzten ab, mit wem sie noch verwandt sein könnten und mit wem doch nicht, mit den Gasparin

gewiß, so müßten wir doch eigentlich heißen? sagte Franza, mit den Katzianka, den Napokojs, Wutti, den Kristan V JEZUSU KRISTUSU JE ŽIVLJENJE IN VSTAJENJE, und dann wunderten sie sich, wie wenig Vornamen rund um Galicien immer in Gebrauch gewesen waren, immer wieder dieselben, Martin, Jakob, Kaspar, Johann, Albin, viel weiter ging es nicht, Elise, Agnes, Terezija, Marica, Magdalena, Angela, dann schon wieder Elise und Joseph und Magdalena. Es drehte sich im Kreis. Nicht nur die Ranner und die Gasparin hatten sich so immer im Kreis gedreht, und dazu um ihre Hausnamen, die vulgo Tobai, damit sie doppelt getauft waren wie das Haus Österreich, das sich mit seinen drei doppelten Namen immer im Kreis gedreht hatte bis zu seinem Einsturz und davon noch an Gedächtnisverlust litt, die Namen hörte für etwas, das es nicht mehr war.
Martin bemerkte, daß auch Franza von einem Einsturz mitgerissen wurde und daß sie durch ihre Krankheit noch an der Krankheit des Damals litt, viele Merkmale auch dieser Krankheit trug. Sie schaute zurück, drehte sich in ihren wirklichen alten Namen, und wenn er sie ansprach, dann wachte sie auf, aber als hätte sie beinahe vergessen, daß sie es war, die, sie ging unter und trug ihren letzten Namen, der ihr erster gewesen war, erstaunt mit sich herum, er bedeckte sie nicht mehr ganz, nur noch die Blößen. Er aber würde bestimmt nicht mehr zu diesen Umkommenden, Untergehenden gehören, dessen war er sicher, er würde sich herausretten, er brauchte hier auch nicht vor Gräbern zu gedenken, für ihn war das von wenig Bedeutung. Von ihm aus hätte man den Friedhof auch auflassen können, zuschütten, er würde sich hier bestimmt nicht dazulegen, und von ihm aus konnte man auch sofort anfangen mit der Kollektivierung der Felder und ein Ende machen mit den Namen und Zaubern und dieser endlosen Agonie der Bedeutungen von Namen, hinter denen sich der Besitz verbarg und die Monstrosität des Besitzenkönnens und Besit-

zenwollens. Franza gehörte zwar, wie er, nicht mehr zu den Besitzenden, aber sie war auch ein Fossil, sie hielt fest, das zeigte ja auch die Geschichte mit der Paßfälschung, sie bestand auf einmal, wo alles andre ihr genommen war, auf Galicien. Aber er würde sich den veralteten Schmerzen und Verhängnissen nicht unterwerfen, sondern abzweigen, austreten. Deswegen war der größte Schimpfname, für alle, die ihm Argwohn einflößten durch ihre Denkweisen und die Art zu Fühlen: Fossil. Und das galt mit für alle Zumutungen, die von langher kamen, für alle diese Erpressungen, für die Erpresser wie Jordan und die Erpreßten wie Franza. Dann bat er seiner Schwester das »Fossil« doch wieder ab und versprach sich, in ihr etwas anzuerkennen, auch das Versagen, denn sie ließ sich wenigstens zugrunderichten und würde hoffentlich noch entdecken, was sie zugrunderichtete. Auch ihr Zittern, ihre Verwirrtheiten überlagerten nicht ganz die großartigen Begriffe, mit denen sie sich von Galicien aus bis nach Wien vorgewagt hatte, wo sicher damit niemand etwas anzufangen verstand und mit denen sie sich wieder zurückschlagen ließ, aber immer zurück, und mit dem Rückzug stimmte sie wenigstens in Wahrheit überein. So verlor sie ihre Begriffe nicht. Sie ging hier nicht unschuldig umher wie er. Er hätte auch anderswo mit Interesse einen Friedhof und Namen betrachten können, und er wollte rasch mit ihr vorbeikommen an dem Grab der Mutter, aber sie rückte nicht weg, und er wollte sie so deutlich auch nicht merken lassen, daß er ihr in diesen Tagen alles abnehmen und wegnehmen wollte, jenen Blick auf einen Berg, auf eine alte Stätte, eine Wegtafel, eine Fotografie. Damit bloß nichts passierte, er haßte es, wenn etwas passierte, es genügte ihm schon, daß er nicht verstand und unruhig wurde, wenn sie etwas sagte wie: das ist nicht der schönste Frühling. Diese Andeuterin! Diese verdammte Anspielung in Person. Das war also bloß der zweitschönste Frühling. Ihm sollte es schon recht sein,

wenn nur dieser ganze Frühling ihm nicht verdorben wurde.
Auf dem Heimweg sagte er, es ist nicht mehr weit, komm, nimm dich zusammen, es ist nicht mehr so weit. Aber ich weiß doch, wie weit es ist, ich kann nicht mehr. Er schleifte sie nach Hause. Warum konnte und durfte das nicht der schönste Frühling oder einer so gut wie andere sein?
Er wiederholte sich, nur trank er jetzt weniger Steinhäger, er konnte schon ruhig zusehen, kannte den Zauber schon. Sie tot und weiß, nichts mehr zu machen, er ließ sie liegen und las in den Büchern, die er sich für die Reise gekauft hatte, um sich vorzubereiten, und hin und wieder legte er ihr eines hin, den ihn begeisternden Breastead auf deutsch, wie einer Maus ein Stück Speck, damit sie in die Falle ging, aber sie rührte nie ein Buch an. Trotzdem kam kein Wort, das auf eine Änderung ihres Vorhabens schließen ließ, nur ihre Interessenlosigkeit ließ ihn noch hoffen, daß sie zuletzt doch nicht mitkäme. Alda war ja immer erreichbar und morgen war auch noch ein Tag, und der Frühling war eben der zweitschönste und ihm vergällt von diesem Katz- und Mausspiel, bei dem sie nicht mitspielte.
Franza redete noch immer nicht über Wien, und wenn sie zurückkam aus der Totenstarre, dann begann sie zwar zu reden, viel zu viel, aber über nichts, am liebsten über Entlegenes. Weißt du noch? Erinnerst du dich. Nein, das kannst du ja nicht wissen. Damals, nein, da warst du noch zu klein. Doch, ja? Nein, davon weißt du nun wirklich nichts. Er wurde hier zum Idioten gemacht von einer Wahnsinnigen.
Damals. Immer damals, wovon er nichts wußte.

Was Franza sich unter Besetzen und Engländern und »Parsanen« [vorstellte], wie der Zehnjährige sagte, der von ihr auf die Finger geschlagen wurde, weil er aus Konservenbüchsen Panzerfäuste basteln und mit anderen Kindern

Eierhandgranaten suchen wollte, anstatt auf Franzas fantasievolle Vorträge zu hören – das war nicht leicht auszumachen, denn in Galicien lebte man von Gerüchten, nachdem man die zurückziehenden Deutschen überstanden hatte, die jetzt endgültig erschöpft andere Ortschaften und Straßen verstopften und sich von dort nicht mehr wegrührten wie noch aus Galicien, das mußte die letzte schleppende Bewegung einer Riesenmacht gewesen sein, die schon aus Franzas Bewußtsein verschwunden war. Ja, sie war beinahe überzeugt, man würde nie mehr etwas von den Deutschen hören, sie würden immer weiter nach Norden zurückgehen und von der Erdkugel herunter eines Tages ins Nichts verschwinden, oder zumindest in Orte zurück, die Namen hatten wie Kiel oder Magdeburg, die zwei letzten traurigen Soldaten, denen sie etwas zu essen gegeben hatte, waren aus diesen Orten gewesen, die für sie eben nicht auf der Erdkugel waren, und sie wünschte auch, daß sie zurückkämen in ihre Orte und zu ihren Leuten, aber sie sollten jetzt nicht Galicien verstopfen, in dem schon aus räumlichen Gründen für soviel Chaos kein Platz war, da einerseits die Partisanen unter Tito auf dem Vormarsch waren, dann aber auch noch die Ustascha in der Nähe nicht zu kämpfen aufhörte und im oberen Tal das unglückliche Wlassowgesindel zu plündern angefangen hatte und damit die Gerüchte am meisten anfachte, so daß die galicischen Bauern, die kein Krieg, aber das Wort Plündern in Panik zu versetzen vermochte, beschlossen, auf die Hügel zu gehen mit dem Vieh und allen ihren Vorräten, Säcken voll Mehl und Mais und ganzen Seiten Speck, die sie nie eingestanden hatten – sie versteckten sie in den Höhlen und vergruben, was sie konnten, und entschlossen sich, selbst in den Ziegenhöhlen sitzen zu bleiben, bis ... ja bis.

Besetzen, das war ein Wort, an dem Franza herumhoffte und mit dem sie herumlief, sie stellte sich unendlich viele

Soldaten vor, mit Gewehren im Anschlag, die jeden Quadratmeter besetzten, ein Heuschreckenschwarm, der jeden Meter Galicien ausforschte und durchstreifte. Und Vergewaltigen, das war ein anderes Wort, unter dem Franza sich frühlingszeitraubende Dinge vorstellte, und da sie mit niemand sprechen konnte, wurden Vergewaltigung und Streitmächte zu ersehnten Idolen und den Ereignissen, die im Kommen waren, das um so mehr, als in Galicien nichts geschah, schlechterdings nichts, nur das Dorf starb aus und gehörte ihr allein, für ihr Warten in einem Wunder und auf Wunder allein. Hie und da kamen noch Tiefflieger bis dicht über die Häuser, und da sie genau auf jeden zielten, mußte sie sich einmal auf Martin werfen, ihn zu Boden und sich über ihn, denn sie war überzeugt, daß sie, wenn [sie] es fest wünschte, unverwundbar sei und daß auch nicht ein Splitter sie treffen könne. Und dann ließ noch einmal ein Bomberverband, der vom Norden, aus Wien zurückkehrte, ein paar übriggebliebene Bomben fallen, die kleine Bahnstation fiel zusammen und ein steckengebliebener Eisenbahnzug voll Leuten aus der Stadt wurde aus den Schienen geworfen, es zerfetzte die Leute. Dann war es wieder still. Sterben war in diesem Frühling das Gegebene und Leben auch, da es auf einmal so leicht war zu leben – mit erhobenem Kopf herumzugehen, wenn geschossen wurde, ruhig weiterzugehen, denn alle Feuer aus allen Mündungen und die abrupten Stillen danach, das war für jemand wie Franza nichts, und zum erstenmal war ihr Martin eine Last, weil er nicht verstand und sie allein mit dem Wunder blieb, so nannte sie ihre Unruhe. Sie war im Wachsen in diesen Tagen, sie schoß in die Höhe, sie mußte viel gehen, laufen und sich in die Wiesen werfen, sie schaute zum Himmel hinauf, in dem es dröhnte, und dann kamen erst die Verbände. Aber wie grüßte man hinauf zu diesen himmlischen Heerscharen. Wer waren die da droben und was war das, was den Frühling machte und Sterben und Nichtsterben leicht. Vielleicht mußte sie doch noch sterben vorher und sollte es nicht mehr erleben, worauf sie wartete. Denn es konnte noch viel vom Himmel fallen, auch auf Galicien. Aber jedes Geschwader machte das Wetter besser, soviel Blumen waren noch nie herausgekommen in einem Mai, zwischen Vor- und Hauptalarm, Tag- und Nachtalarm ging das Getreide in die Höhe, und das allein nahm Franza noch zur Kenntnis, die Alarme nicht mehr. Nona und Neni waren beide so schwerhörig geworden, daß sie grade noch verstanden hatten, die Ziegenhöhlen seien nicht das Richtige, und Franza schrie ihnen jedesmal, wenn sie aus dem Dorf zurückkam, etwas in die Ohren. Sie brüllte, das ist schon kaum mehr Krieg. Schön ist es draußen. Ich war baden im Bach. Sie werden bald kommen. Das sind nur die Bomber. Und der Neni fragte tabakkauend, ob sie etwas von Wien wisse und was man vom Kaiser höre. Franza schrie, aber das war doch ein anderer Krieg. Sie lachte viel.

An einem Mittag ging sie wieder die Stunde weit bis zur Straße und hielt Ausschau, weil weder in der Nacht noch am Morgen Flugzeuge gekommen waren. Sie zerrte Martin lieblos mit sich, der ein großes Taschentuch, kariert, dunkelgrünblaurot, vor dem Gesicht hatte und fiebrig seinen Frühjahrsschnupfen hineinschneuzte, Hunger hatte und sein Fieber dazu benutzte, in eben diesem Augenblick Franza auf die Nerven zu gehen, während sie auf den Frieden wartete, auf einen Heuschreckenschwarm, auf eine Überwältigung und Streitmächte. Und Mittag war es und in dem schönsten Frühling. Franza geriet in eine derartige Erregung, daß sie in ihrem Körper keinen Platz mehr hatte für soviel Aufregung. Sie kommen, jetzt kommen sie endlich. Es ist Frieden, Martin, verstehst du? Was dann kam, war anders, als sie es sich vorgestellt hatte, und kümmerte sich nicht um zwei Kinder und Galicien und war keine Streitmacht, sondern es kamen ganz gemächlich vier

Panzer in einem ordentlichen Abstand, sie meinte, umfallen zu müssen, weil das zuviel war, man konnte nicht einen Tag und einen Augenblick in einer Fünfzehnjährigen kulminieren lassen, der einmal in die Geschichtsbücher eingehen würde, mit Datum, wenn auch unter Auslassung Galiciens und zweier Kinder auf einer Landstraße. Die Panzer waren auf der Höhe der Kinder, und die Soldaten lachten, einige winkten, englische Soldaten, sagte sich Franza, die nicht wußte, wie englische Soldaten aussahen, aber so vieles, was sie nicht wußte, wußte sie in dieser Zeit doch sofort, und sie rannte neben den Panzern her, die aber nicht nach Galicien abdrehten, sondern, ohne zu verlangsamen, weiterfuhren, in Richtung Villach, einfach an ihr vorbei. Und da die Panzer ihr entglitten und sie ja nicht schreien konnte vor Freude und die Soldaten nichts fragen, ihnen nichts sagen konnte und die nur winkten und lachten, und weil es ihr vor Schluchzen plötzlich nicht möglich war, zurückzulächeln, sie aber auch nicht wollte, daß die meinten, sie freue sich nicht, riß sie Martin das verrotzte Taschentuch aus der Hand und winkte mit dem verknüllten dunklen Tuch. Jetzt ist Frieden. Sie schaute den Panzern nach, dann wieder zurück, aber da kam nichts mehr, niemand besetzte die Dörfer und Straßen, es war kaum glaublich, daß so der Frieden kam, auf einer Landstraße, und eine Staubfahne stand hinter ihm.

Am Abend ging der Krieg wieder zu Ende, vor dem Feuerwehrhaus im Dorf. Obwohl Franza den ganzen Tag durchs Dorf gestreunt war, hatte sie das Ankommen der Jeeps nicht bemerkt, die Soldaten waren schon ausgestiegen, und jetzt standen also lebendige Engländer in Galicien, mit ausgebreiteten Karten in den Händen und taten gar nichts, sondern redeten englisch miteinander. Auf Franzas Schultern lag ganz Galicien und deswegen ging sie, sich Mut zusprechend, hin, Englisch war ihr Freifach gewesen, aber es war ihr immer diktiert worden, und sie hatte hin- und herübersetzt, aber keine Sätze, die in dieser Situation verwendbar gewesen wären, und zuletzt, in den Deutschstunden, waren Schiller-Dramen mit verteilten Rollen gelesen worden, es ging ihr momentan mehr Schiller durch den Kopf als englisches Diktat, I will, you will, das war unbrauchbar, aber versuchen mußte sie es, und sie stellte Sätze zusammen und hoffte, sie würde sie auch aussprechen können, auch wenn sie nicht ganz herankamen an: und frei erklär ich alle meine Knechte, der Mensch ist frei geschaffen, ist frei, und sie stellte sich vor einen Soldaten hin und sagte leise: Sire. Entweder hörte er ihr nicht zu oder meinte nicht, daß dieses Wort etwas heißen könne, und so sagte sie noch einmal, zu einem anderen, der sie freundlich anschaute: Sire. Und dann bemerkte sie, daß einer nicht redete wie die anderen, er war sehr groß, dürr und aus lauter Knochen, er machte Mundbewegungen, als hätte er einen Sprachfehler, und stockte nach jedem dritten Wort, als müßte er Luft holen, den Kiefer wieder lockern und den Gaumen dehnen, und da bewies Franza zum erstenmal in ihrem Leben den Instinkt, der sie später außerhalb Galiciens sich zurechtfinden ließ, ihre Unterscheidungsfähigkeit, und zu diesem Uniformierten, zu dem sie hinaufschauen mußte, und da noch hatten ihre Augen Mühe, sich an dem Gesicht zu halten, ohne verdreht zu werden, zu dem sagte sie überzeugt und zum drittenmal: Sire! Und Sire war der Captain, aber das erfuhr sie erst später, da sie an diesen khakifarbenen Wesen keine Uniformzeichen unterscheiden konnte und bisher auch nur Männer mit Gold und Silber auf den Jacken für höhere Chargen gehalten hatte. Und sie sagte zu dem Frieden und diesem Mann Sire, und der sah sie an und hörte ihr zu, mit einer Herablassung, wie sie dem Frieden zukam und die doch nicht verletzte. Dann konnte sie Atem holen und mit ihrer Rezitation beginnen.

Sire, this village is yours. Ob das ging? Sie sprach so deutlich, als stünde sie in der Bank und müsse bis zum Podium gehört werden. We have no arms. Falsch: Waffen hieß anders, sie sah ihn beschwörend an, und We have no germans and no SS, the people has left, war das richtig, oder lived? the village, because of fear. Und Sire und der Frieden, dieser König und der erste Mann in ihrem Leben, hatten ein Einsehen und verstanden auch noch, als sie nicht mehr rezitierte. Später ging sie mit dem Captain durch das Dorf, begleitet von mehreren Soldaten, und das Wunder hielt an. This is my brother Martin, sagte sie, und der Captain fragte sie, wenn sie ihn richtig verstand, sie holte ihm mit den Augen die Worte vom Mund, wo ihr Vater und ihre Mutter seien, und sie entschloß sich, zuerst die einfachere Frage zu beantworten mit El Alamein, und damit er nicht denke, sie wisse nicht, daß El Alamein schon weit im Krieg zurücklag, fügte sie hinzu, daß er wahrscheinlich tot sei. Wir vermissen ihn, sagte sie, und meinte, er gelte als vermißt. Schwieriger war es, die Sache mit der Mutter zu erklären, mit dem Villacher Spital und der Operation, und ob er ihr helfen könne, zu ihrer Mutter zu fahren und sie zu suchen. Der ein Meter neunzig lange dürre Frieden sagte, er werde sie im Jeep nach Villach mitnehmen, nicht sofort, aber morgen oder übermorgen, denn er hatte noch mehr zu tun als Mütter in Spitälern zu suchen. Franza war schon glücklich, daß sie einander verstanden, obwohl das hart war mit dem Englischen. Wochen danach sagte sie noch immer Sire zu ihm, obwohl er sie ein paarmal aufforderte, Percy zu ihm zu sagen, aber das war ihr unmöglich, das hätte sie nie herausgebracht. Abends, wenn die Großeltern und Martin schliefen, endlich niemand mehr in der Küche war, zog sie sich vor dem Spiegel, der über dem Lavoir hing, aus und betrachtete ihren Körper ganz genau, mit Betrübnis, sie rieb mit einem Lappen die rauhe Haut an den Armen und die Beine, aber sie war so mager, Haut und Knochen, obwohl sie auf einmal genug zu essen hatte, aber es setzte so schnell nichts an, es war hoffnungslos, keine Hüften, nur zwei heraustretende Kugeln an der Stelle und zwei zu kleine Brüste, und er hatte soviele Knochen, wie würde das gutgehen, er bestand bestimmt aus lauter losen Knochen und wurde nur von der Uniform, dem festen Stoff, aufrecht und zusammengehalten; in einem Anzug konnte sie ihn sich nicht vorstellen. Als die Leute schon längst aus den Ziegenhöhlen zurückgekommen waren mit dem Vieh und den Vorräten, war das bald eine eindeutige Sache für alle, mit Franza und dem Captain und dem Jeep, in dem Franza nach Villach mitgenommen wurde, und den Engländern, die die Mutter zurückbrachten, und der Captain, der mit zur Beerdigung ging, aber für Franza war nicht einmal etwas zweideutig, denn ihr Sire kam zwar oft und nahm sie und Martin mit oder blieb eine Stunde im Haus, aber er gab ihr nicht die Hand und behandelte sie von oben herab, zwar nicht wie ein Kind, aber auch nicht viel anders, einmal sagte er zu ihr, you are a strange girl, als sie ihn fest am Ärmel packte im Gang, damit sie weiter die Augen offenhalten konnte und weiter durch die Gänge kam, den Gestank, das Gestöhn (im Blut waten, dies Blutgericht, fiel ihr ein), aber sie hielt die Augen offen, weil er mit ihr ging, durch alle Gänge, in denen die Soldaten und die Partisanen und die verwundeten oder auch bloß kranken Frauen und Männer lagen, bis zu den gereizten, übermüdeten Ärzten kamen sie und so zuletzt bis zu der Doktorin, die aus Wien war und nicht gereizt, und die sich auch erinnerte an eine Frau Ranner und wie alles gegangen war, und die soviel Verstand hatte, mit Franza so zu reden, daß auch das auszuhalten war, und dann freundlich in ihrem guten Englisch mit dem Captain. Franza merkte, die beiden Großen nahmen schon alles in die Hand, denn die Frau Doktor Susanne Santner aus Wien war auch groß und vor allem rundlich, weich rundherum, ganz eingebettet in ein angenehmes Fleisch. Und den schönsten Frühling lang spielte diese Frau die größte Rolle in Franzas Gedanken, denn der Captain und Doktor Santner trafen einander bald wieder, und Franza erriet es schon, ehe sie von den beiden einmal zum Essen mitgenommen wurde, denn hie und da nahmen sie das girl mit, das verstand, daß ein so langer knochiger Mann eine so warme und große Frau brauchte und nicht eine dürre Spindel, und wenn ihr die Tränen kamen, dann weil sie froh war, sie liebte die Liebe der beiden, eine große einzigartige Liebe wurde für Franza daraus, und jedenfalls liebte sie die Liebe von Sire zu der Wienerin und sah ihren Sire immer forschend an, ob er glücklich und wie glücklich er war, aber man merkte ihm nichts an, er veränderte sich nicht, strahlte nicht, nur Franza strahlte. Auf ihr lag der Widerschein, der Captain blieb sich gleich, kam schlaksig einher und sprach atemringend wie immer, das kam von Oxford, wie sie von Frau Doktor Santner erfuhr, und so war auch zu verstehen, warum er anders war als die anderen Soldaten, die geläufig sprachen und viel lachten und freundlich waren, aber wie die Kinder, und die sich nach Strapazen hier erholten bei Spielen, die selbst Franza zu kindisch vorkamen, obwohl sie mitspielte, mit ihnen Radiomusik hörte und sich sogar ein paar Tanzschritte beibringen ließ. Ihn sah aber Franza immer zuerst, sie mußte sich nie anstrengen, auch wenn zwanzig Khaki-Uniformen auf dem Dorfplatz beisammenstanden, nicht nur weil er soviel größer war und schon ein Captain, aber auch nur einen Jeep unter vielen fuhr. Einen ganzen Frühling lang war Frieden und keine Schule und ein Mann, der nie mit ihr lachte und regelmäßig nach ihr sah, aber sie nicht wollte und auch nicht vergewaltigen, daran war gar nicht mehr zu denken. Beim Abschied, denn er mußte plötzlich nach London zurück, und hatte ihr vorher nichts davon gesagt, und während sie für die Frau Doktor Santner hätte erschrecken müssen und leiden, erschrak sie aber für sich selber über London, obwohl er sagte, daß er wiederkommen werde. Sie wußte genau, er würde nie wiederkommen, die Fronttruppen sollten alle durch andere ersetzt werden, das wußte sie doch auch, warum also sagte er das vom Wiederkommen. Ob er ihr wenigstens jetzt die Hand? aber da er gleich Anstalten machte, in seinen Jeep zu steigen, als wäre das ein gewöhnliches Wegfahren wie an anderen Tagen, warf sie sich plötzlich wild an ihn und ihre Knochen gegen die seinen, sie wollte die Arme um ihn schlingen, kam aber mit den Fingerspitzen nur knapp bis an seinen Hals und sagte: danke, danke, in beiden Sprachen, und er beugte sich ein wenig herunter und küßte sie, sie küßten einander rasch und einige Male, als könnte der Jeep auf- und davonfahren, allein und ohne ihn, wenn es nicht sehr rasch ging. Damit endete Franzas erste Liebe und sie blieb zurück, in keinem Widerschein, nur benommen und das ganze Strahlen hörte auf in ihr, sie blieb zurück in der Staubwolke hinter dem Frieden.

Mit diesen vielleicht zehn Küssen, die geheißen haben mochten »danke« oder »bitte« oder daß etwas schlimm war in dem Augenblick, hatte es aber eine besondere Bewandtnis. Denn obwohl es Franzas erste Küsse waren und jahrelang keine mehr darauf folgten, wußte sie, daß das doch keine Küsse waren, darum nannte sie sie die englischen Küsse. Er hatte heftig und mit geschlossenen Lippen ihren geschlossenen Mund berührt, während sie ihren Mund gern geöffnet hätte und nicht diese Küsse wollte, sondern etwas anderes, aber in der Schnelligkeit konnte sie dieses Problem nicht lösen und nicht darauf kommen, was sie wollte, und später sah Franza die verlassene Frau Doktor Santner oft forschend an und mit Bedauern und hoffte, sie sei nicht so englisch geküßt worden. Aber sie sagte nichts zu der Doktorin und fragte auch nicht, ob Briefe von dem Captain kamen, denn für Franza zumindest war es besser,

wenn nichts mehr kam danach, wenn es keinen Absender und keine Adresse für Sire gab.
Bei einer der Explorationen, die Jordan mit ihr anstellte, fiel ihr die Frühlingsgeschichte ein, und sie ließ den Frieden weg und das andre, auch den Frühling in Galicien, weil das Jordan natürlich nicht interessierte, sondern nur die Sache mit den ersten Küssen und eine zu erforschende Franziska, da kam im eifrig gehorsamen Beschreiben ein Wort zurück und sie sagte laut, was sie damals nur gedacht hatte. Das waren englische Küsse. Jordan, der ohne Interpretation keinen Satz durchgehen ließ, unterbrach sie, das ist allerdings interessant, was du da sagst, englische Küsse, das ist eine Fehlleistung, denn du wirst gemeint haben angelische, und sie sagte heftig, nein, aber nein, und er sagte, unterbrich mich bitte nicht immer, und er studierte das kleine Problem und analysierte ihre Küsse, von der sprachlichen Seite her und dann von der Erlebnisseite, und Frieden und Sire fielen nun endgültig unter den Tisch, unbrauchbar. Franza ließ sich, angestrengt zuhörend, analysieren und unterbrach ihn nicht mehr, bis sie ihre englischen Küsse gewogen, zerlegt und pulverisiert, eingeteilt und untergebracht wußte, sie waren nun säuberlich und sterilisiert an den richtigen Platz in ihrem Leben und mit dem richtigen Stellenwert gekommen. Danach sollte eigentlich wirklich nichts mehr geschehen können. Aber auf einem Kongreß in London, der unter dem Patronat Ihrer Majestät der Königin stand, die natürlich nicht da war, aber deren Name auf allen Mitteilungsblättern und Tagesverlaufsplänen obenan stand, über einer langen kleingedruckten Liste von Komiteemitgliedern, die gewiß auch mit Psychiatrie nichts zu tun hatten, Damen, Herren, alle adelig, durfte sie einmal mitkommen in einen Club, mit den anderen Damen, Abend zu Ehren der Gäste, der international vertretenen Wissenschaft, mit der sie verheiratet war. In dem Gewirr von Ärzten und Damen und Komitee-

mitgliedern erkannte sie ihn sofort wieder, er sah nach mehr als fünfzehn Jahren nicht um ein Jahr älter aus, und geirrt hatte sie sich nur insofern, als er doch in einen Anzug paßte oder jedenfalls einen Schneider haben mußte, der dem langen Gerüst eine Eleganz gab, die es in Galicien nicht gehabt hatte, knickbar trotzdem an Stellen, wo andre Körper keine Knicke bekommen konnten. Sie versuchte, in seine Nähe zu kommen, er sprach immer noch atemlos und war nur etwas häßlicher, als sie ihn ins Vergessen hatte fallen lassen. Und das war also Lord Percival Glyde, wenn Jordans englischer Kollege sich da nicht doch irrte, sie mußte noch einmal nachsehen auf der Liste, später, obwohl es noch keine Wichtigkeit hatte. Sie standen immer in einiger Entfernung, wurden näher zueinander oder weitergeschwemmt von den anderen, und sie hörte, wo sie stand, nie zu, sondern hörte ihm zu, er war sehr höflich und gelassen und sagte immer etwas gänzlich Nichtssagendes, und als er sich an einen Tisch setzte mit jemand, drehte sie ab von einer Gruppe, ging zu dem Tisch und setzte sich neben ihn. Er fragte sie, aus welchem Land sie komme und ob sie zum erstenmal in London sei, und sie sagte, London gefalle ihr sehr, aber sie habe zu wenig gesehen, und nach der vierten Frage und Antwort überlegte sie, ob es den Club erschüttern könne, wenn sie eine Frage stellte, die nicht ganz sinnlos war, und sie fragte, kennen Sie Österreich? Und er war nicht erschüttert, und auch der Club brach nicht zusammen, das war also eine noch durchaus mögliche Frage, die in den Grenzen des Anstands blieb. Er sagte ja, leider zu wenig, einmal in der Oper, Karajan, und sie fragte, und das Land kennen Sie nicht? Er sagte, ja, doch, ein wenig, und jetzt zitterte der Club doch vor Abscheu wegen seiner Direktheit, kurz nach dem Krieg, bei Kriegsende mit der Armee, und vor einer weiteren Direktheit errettete ihn eine Dame, die erfreut war, ihn wiederzusehen. Franza verstummte. Sie ließ sich von dem Diener das gleiche Getränk bringen, das er trank, Whisky, und sie sagte in seinem Tonfall, aber nur mit Wasser. Und bitte kein Eis. Es war Zeit zu gehen, und beim Weggehen mußte er jemand anderen etwas fragen und etwas antworten, und so nahm sie Jordans Arm und sagte, sie sei wahnsinnig müde, und für ihn sei das sicher auch schon zuviel, diese ewigen Parties, und dann unterhielten sie sich in einem gar nicht nebligen London über die Leute und die Vorträge, und Jordan unterteilte und zerlegte den Londoner Kongreß und die mageren Ergebnisse, während sie an seinem Arm ging, angelisch, und überlegte, ob sie anrufen solle und zu ihm gehen, denn jetzt hatte sie einen Körper, und den war sie ihm noch schuldig, ihm ja nicht, aber Sire, und dann lachte sie, weil kein Percival Glyde und kein ehemaliger Captain in einer Armee sie verstehen würde, und Jordan hatte das Glück, in diesem Augenblick etwas Witziges gesagt zu haben, so daß er ihr Lachen darauf bezog, denn hätte er gewußt, so würde er – ja was? eine kleine Theorie würde ihm in federleichte Trümmer gehen. Denn es war ein zu weiter und langer Weg vom Frieden bis mitten in den Frieden hinein, und mitten im Frieden konnte man nichts mehr tun, ihm keinen Preis mehr geben und sich nicht mehr verneigen vor ihm, denn niemand bemerkte ihn jetzt mehr, er war gestaltlos geworden. Und niemand stand mehr an einem Straßenrand, irgendwo in Europa, und meinte umzusinken vor Erschütterung, oder immer so stehenbleiben zu müssen in einer Staubwolke. Die vier Panzer rollten. Dann waren sie nicht mehr zu sehen.

Jemand wie Franza, so ein Fossil, das mußte ja leben in der Magie und in Bedeutungen. Martin kannte keine Magie, ihm war schon eher zumute wie dem Maler, der gesagt hatte, ehe er ein Bild von einer Landschaft male (als unreduzierbare magische Bilder von den andren apostrophiert), müsse er ihre geologische Schichtung kennen. Das konnte

sich hören lassen. Und ehe Martin von seiner Schwester etwas wissen mochte und zu einem Bild kam, wollte er herausfinden, wie sie auf ihrem Boden beschaffen war, nein, mehr als das, denn den Boden kannte er noch einigermaßen, aber was sich dann überlagert und verschoben hatte, was gewandert war, sich gefaltet hatte und was Mächtigkeiten erreichte von solchen Höhen. Schöne Worte hatten sie in der Geologie. Mächtigkeit. Und welche Einschlüsse waren da noch in ihrer Person. Warum war etwas mit ihr geschehen, und wodurch konnte sie so zerstört werden? Fragen allgemeinerer Natur hatte er sich früher nur in seinem Gebiet gestellt, wenn er nicht mehr strikt an die Arbeit und die Termine dachte und sich ausruhte auf einer Almwiese, seine Brote aß, frühen Schnee witterte oder über Regenzeiten wetterte, die ihn dran hindern würden, weiterzumachen. Dort, ob der Enns, wie er das Gebiet oft höhnisch genannt hatte, weil er seiner oft überdrüssig wurde, hatte er über die Gesteinsgesellschaften nachgedacht. Gesteinsgruppen, durch scheinbare Übergänge gestört. Und heute noch fielen ihm einige Sätze ein, die er dann niedergeschrieben hatte als knappe Schlußfolgerungen seiner Untersuchungen.
»Es muß jedoch bedacht werden, daß beide Gesteinsgruppen eine letzte Metamorphose erlitten (erlitten!) haben und ebenso eine mechanische Durchbewegung während der Überschiebungstektonik.« Ob sich das auf Menschen anwenden ließ? »Eine morphologisch auffallende Quarzitgruppe erwies sich als eingeschuppte Rannachserie.« RANNERSERIE. Rannerserien würde es nun keine mehr geben. Denn die letzten aus der Serie saßen da in Galicien und konnten sich nicht einmal die Stichworte geben – einmal, weil im schönsten Frühling der Altersunterschied zwischen ihnen zu groß gewesen war und später, als der nicht mehr ins Gewicht fallen konnte, war eine Kluft zwischen ihnen durch die Interessen, das Milieu, die Gesellschaft, viele

Bakterienherde, und jetzt, da man alle Unterschiede für ungültig erklären hätte können, jetzt lag das zwischen ihnen – eine Krankheit, von der der Befund noch nicht erhoben war, ein Geheimnis gleich Krankheit. Was hatten die bloß mit ihr gemacht? Und welche Mächtigkeit hatte das schon in ihr erreicht?
Fundorte für die Schliffe von Franza gab es nur wenige. Am meisten erschreckt hatten ihn in Wien diese Altarblikke von ihr, etwas, das ihn an Schuheputzen denken ließ. Wahrscheinlich hatte zwar Frau Rosi die Schuhe des Fossils geputzt, aber was Franza dort in Hietzing getrieben hatte, war ärger gewesen, und nicht einmal die Nemec hatte sich je so zu ihm oder einem Fotografen, der sie entdeckt hatte, heruntergewürdigt wie Franza, die immer mit einem Gebet auf den Lippen herumging und aufging in einem Bedeutungskram, der sie nichts anging. Da er nur diese Anhaltspunkte hatte, fielen ihm immer wieder die Gespensterabende in Wien ein, wo sie wie ein aufgezogener Kreisel abgelaufen war, von dem Fossil dafür mit einem Schulterschlag bedacht, herzhaft, scherzhaft, mit einem Lachen, das vor den anderen etwas heißen sollte, etwa wie gut es ihnen beiden ging oder daß Franza ihm gehörte. Aber auch allein mit ihr, in einem Kaffeehaus, wenn sie sich für eine Stunde trafen, da kam nicht sie, sondern ein Gerank zum Vorschein, da mußte er erfahren, ob er wollte oder nicht, was ihr großartiges Fossil – »mein geliebter Leo«, jetzt fiel's ihm ein, er hätte sich an den Kopf schlagen mögen. Jordan hieß doch Leopold, der Brief war also an ihn gerichtet gewesen. Was mußte Franza ihrem Leo schreiben, wenn sie doch ständig bei ihm war und sich um ihn rankte. Minister B. war jetzt auch sein Patient, und dann würde er das Verdienstkreuz erster Klasse bekommen, natürlich mache er sich nichts aus einem Orden, er werde sicher zu einer dieser unsäglich blöden Feiern im Palais Pálffy müssen, das Übliche, aber sie rankte sich um den Orden, und

dann müßten sie zu einem Kongreß nach London und im Herbst noch nach Buenos Aires, aber aus Buenos Aires war wohl nichts geworden, weil er davon nie mehr etwas gehört hatte, und es war jedenfalls diese große Verantwortung. Du weißt, er hat eine Riesenverantwortung, Martin, und sie legte hie und da eine Sorgenfalte ein, weil es diese belastende Verstimmung zwischen Jordan und Frankl einerseits und Jordan und Hoff andrerseits gab, und er sah, daß sie vor lauter Kummer über die Verstimmungen den Zucker im Kaffee minutenlang umrührte. Von ihm aus konnte das Fossil aus Ehrgeiz Verstimmungen hervorrufen und beim verantwortungsvollen Gebrauch seiner Ellenbogen anecken, aber warum sollte Franza darunter leiden, die nie jemand verstimmt hatte und sich niemand in den Weg stellte, nun ja, ihn, ihn hatte sie oft verstimmt, aber das war etwas anderes, und warum mußte seine Franza für andre ihren Kaffee kalt werden lassen. So war es doch immer gewesen, wenn sie einander getroffen hatten, und das hätte er ihr gern einmal gesagt, seiner hochmütigen Schweigerin, seiner totenblassen, und dazu, daß er in der ersten Zeit, aus Trotz, manchmal zu den Vorlesungen von Frankl und Hoff gegangen war, als hätte das Fossil einen Schaden davon oder einen Ärger, obwohl ihm das bloß Zeit wegnahm, und diese irrationalen Trotzhandlungen gegen seinen Schwager, dem er als Zwanzigjähriger seine gründliche Ablehnung nicht anders zu demonstrieren wußte, kamen ihm später lächerlich vor, besonders als er dann schon ins Gebirg geschickt wurde und in der Hitze zwischen Himbeerstauden und Schlangen seine Distanz zu Wien und seiner Schwester und dem Fossil fand. Er hatte seine Steine und die Erdzeitalter, und Franza hatte eben ein Leben an der Seite von jemand, das sie ihm bewies damit, daß sie den Kaffee kalt werden ließ, und sie konnte nicht gut erwarten, daß er dieses an der Seite seinerseits noch einmal an ihrer Seite mitmachte; dann lieber die Alpenfaltung und das Ge-

biet, den Serpentin und den Grünschiefer, Hornblende und Granit. Da biß er lieber auf Granit.
Oh Franza, wie kann man mit einem altwindischen Kopf, dem Gesicht der Nona nachgeschnitten, so hereinfallen!
Sie waren viel im Haus, denn sie lag meistens, aber niemehr so stumm wie in den ersten Tagen, es erleichterte ihn auch, wenn sie stöhnte und sich gehen ließ und schrie, geh nicht fort, bleib da, halt mich. Geh nicht fort. Über den Betten in der sonst kahlen schmalen Kammer hingen die zwei zu großen alten Fotos, versehen mit breiten Holzrahmen, als handle es sich um Gemälde aus Schönbrunn. Die fotografierte Nona hing über seinem Bett, Hochzeitsbild, wie es keines mehr geben würde, achtzehnjährig, aber für ihn älter aussehend als die dreiunddreißigjährige Franza, die auf dem Strohsack lag. Nur, die Nona war ungedemütigt, sah hinüber zu dem Bild des Neni, aber doch vorbei an ihm, der mit seinem Schnurrbart vertrauensvoll dem Tod des Kaisers und dem aller seiner Kinder und einer sechzig Jahre später eintreffenden Lungenentzündung entgegensah, auch er ungedemütigt und angegriffen nur von dem Gegenüberbild, das seine Kriegserklärung schon im Gesicht geschrieben trug, für einen stummen Ehekrieg, der unentschieden enden sollte und aus dem jeder als Sieger hervorging. Das waren noch Unbesiegte, die beiden da oben, und Franza sagte, ohne Humor, dieser Ansicht sei sie auch.
Warst du in so einem Krieg? fragte Martin belustigt. Nein, sagte Franza, ich nicht. Sie hatte wirklich keinen Humor. Warst du denn nicht verheiratet? Er konnte es nicht lassen. Aber Franza sagte, nein, ich nicht. Wirklich nicht. Er hatte Franza bald nicht nur zum Gehen und Stehen gebracht und zum Reden, zum Darüberhinwegreden jedenfalls, sondern er entdeckte, daß sie sich ablenken ließ und manchmal sogar gegen das Übel ankam, wenn er mit ihr sprach. Sie benutzte ihn wie einen Sauerstoffapparat, sie hörte begie-

rig zu, sie erzählte auch selber ein wenig, aber nur, damit etwas im Gang blieb, damit er sie beatmete und nicht müde wurde, sie verlangte auch lebhaft zu wissen, was er getan habe »ob der Enns« und in all den Jahren. (Jetzt tu doch nicht so, als ob du dich je dafür interessiert hättest! also tu nicht so . . .)

Aber dann erzählte er ihr doch etwas, er wußte, er mußte etwas einwerfen in sie, damit sie weiter funktionierte, nicht grad eine Münze, aber ein Stück von seiner Arbeit, einen Gedanken, damit sie sich mit etwas befassen konnte. Dauernd mußte sie sich mit etwas befassen, sogar mit der Nemec, sogar mit Karin, mit Fanny und seinen Ausflügen in die Wachau, er bescherte ihr seine Affären wie Spielzeuge, mit jedem Spielzeug gab sie sich eine halbe Stunde ab und wollte dann ein neues, und er gab ihr so viele wie er nur konnte. In jedem andren Fall wäre es ihm schäbig vorgekommen, von der Nemec so zu reden oder gar von Fanny, aber dieses Preisgeben hier, das war etwas anderes, sie brauchte das, damit wieder ein Stück Zeit hinter ihr zuwuchs und sie trennte von der Zeit, über die sie nicht sprach, sie brauchte ja sogar die Geologie. Nur von der Reise sprach sie noch immer nicht, das war wie mit der Jordanischen Zeit, als wollte sie beide Zeiten schützen, die Vergangenheit und die Zukunft.

Am letzten Tag suchte Martin noch einmal einen Ausweg, denn er wollte, je näher die Abreisestunde rückte, desto weniger mit ihr fahren. Wenn sie nicht nach Wien konnte oder wollte, dann gab es schließlich noch andere Länder, es mußte in der Schweiz Kliniken geben, und Schweizer Ärzte und Schweizer Kliniken, das wurde zu einem stundenlangen sauberen, weißen verantwortbaren Leitmotiv, aber falls ihr die Schweiz noch zu nah war oder noch in Jordans Machtbereich, dann gab es ja noch die Mayoklinik, und dieser Gedanke faszinierte ihn vollends, denn er hatte erst unlängst von jemand darüber gehört, aber leider nicht ge-

nau zugehört, daß das etwas Einzigartiges und Bestes auf der Welt war, und man mußte Franza vielleicht dort zum Eingang hineinschieben und sie würde auf einem Fließband auf der anderen Seite gesund herauskommen – ein dermaßen fortschrittliches Verfahren sollte in dieser Klinik praktiziert werden. Doch dann fiel ihm schon wieder ein, daß ein Wort wie Mayo nicht nur einen fabelhaften Klang hatte, es war auch mit fabelhaften Preisen verbunden, nicht zu vergessen die Reisekosten, aber das mußte zu überwinden sein, für ein Leben war doch nichts – wirklich nicht? zu teuer. Wenn er sich da nur nichts einbildete, denn es gab sicher Hunderttausende, die in die Mayoklinik sollten, und vielleicht hatten zwei Prozent die Chance hineinzukommen. Darüber würde er mit Alda zumindest telefonieren müssen, denn einen Namen wie Mayo und eine derartige Möglichkeit verwarf man nicht ohne weiteres, wenn er einem schon eingefallen war. Und in einer Mayoklinik konnte auch eine Mrs. Jordan nicht auffallen, und kein Teufel würde sich dort drum kümmern, woher eine Europäerin mit Scheintod kam. Außerdem konnte sie sich dort vielleicht Mrs. Smith nennen. Die legten doch keinen Wert auf Namen. Oder es mit ihrem gefälschten Paß probieren, seit die Einreise in die Staaten nicht mehr so schwierig war.
Am Abend wurde Martin noch sehr fröhlich, obwohl die Mayoklinik auch davonschwamm, weil Franza ihren Koffer packte und damit zu verstehen gab, daß sie sehr wohl wisse, daß dies der letzte Abend in Galicien war und sie sehr wohl imstande sei, sich ihres Entschlusses zu erinnern. Er war fröhlich, weil der gefährliche Abschnitt Galicien zu Ende ging und er zu tun bekam, er liebte es, mit Sorgfalt und Überlegung zu packen, während Franza, wenn er hinsah und recht sah, ihren Koffer vollstopfte, als handle es sich um einen Seesack, und zwischendurch ließ sie sich einfallen, was alles sie in Genua noch kaufen müsse, denn

Kleider waren zwar da, sogar die richtigen, denn Martin hatte in Wien die Sommerkleider erwischt, aber Wäsche und ein Badeanzug und Sandalen, so daß [er] anfing, schwarz zu sehen wegen Genua. Er stellte die Apotheke zusammen und überprüfte sie, und um Franza zu beschäftigen, wollte er sie anstellen, denn davon mußte sie doch etwas verstehen, aber es stellte sich heraus, daß sie auch davon nichts verstand, weil von Magen und Darm und von Gelbfieber bis Malaria in ihrer Welt nichts vorgekommen war, nur die Psyche der Weißen, die offenbar bedrohter war, als er es sich vorstellen konnte oder nur, wenn er sie ansah, und so überließ er ihr scheinbar die Nachkontrolle dieses Gepäckstücks und lobte sie, weil sie eine Mullbinde als Mullbinde erkannte. Dann sagte sie, sie wolle noch einmal spazieren gehen, etwas frische Luft, und es sei ihr doch nicht geheuer, von hier wegzumüssen, nur ein paar Schritte, und nach einigen Bemerkungen fragte [er] sie, traust du es dir zu, allein, und sie sagte, ja doch. Er packte noch einmal seinen Bücherkoffer um, noch immer nicht befriedigt von der Anordnung, weil nicht alles oben lag, was oben liegen sollte, greifbar. Er setzte sich, nachdem alles getan war, vors Haus auf die Bank und rauchte, fühlte sich ordentlich und bereit wie sein Gepäck, stand dann aus Langeweile auf und ging bis zur Zündhölzelbrücke, hier mußte sie ihm sicher bald entgegenkommen, weil sie einen andren Weg kaum genommen hatte. Dann fiel ihm ein, daß sie zum erstenmal allein weggegangen war, seit sie in Galicien waren. Er fing ihren Namen zu rufen an, aber hier war das Wasser zu laut, er hörte sich nur selber rufen, aber seinen Ruf konnte niemand hören. Er rannte ans Brückenende und schlug den Weg, wie in der ersten Nacht, ein, der Gail entlang, rief immer wieder ihren Namen, blieb stehen, rief, lief weiter, gegen Tschinowitz, bis er auf das Motorrad stieß, das den Scheinwerfer anhatte, obwohl es erst dämmrig war und noch nicht dunkel, ein Mann stand neben dem

Vehikel und schaute zum Fluß hinunter, stellte den Ständer von seinem Motorrad fest. Die Frau da unten geht ins Wasser, keuchte der Mann mit einer Genugtuung, als wäre er endlich einmal zu einem Ereignis zurechtgekommen, zu einem Hausbrand oder einem Autounglück, und Martin lief mit dem Mann hinunter zu der steinigen Böschung, aber der Mann war schneller und ließ sich schon in den Fluß hineingleiten, als Martin ausrutschte und nach Halt suchte, er trat mit einem Fuß gegen einen Abfallhaufen, der sich in Bewegung setzte, kam erst in die Höhe, als der Mann Franza schon ans Ufer zurückgebracht hatte, die überhaupt nicht untergegangen war, sondern nur hineingegangen ins Wasser, anders konnte man das nicht nennen und von hier aus auch nicht tun, denn es war nichts mit In-den-Fluß-Springen, hier waren keine Seinebrücken und nichts, was sich zu dramatischen Stürzen eignete, und Franza war auch nicht leblos und keine Wasserleiche, sondern schien nicht einmal zu frieren, nur der Mann fror, den schüttelte es, und als sie zu dritt hinaufstiegen zum Weg, sagte Franza immer wieder, verzeih mir, bitte verzeih mir doch, weil Martin kein Wort sagte, und dann standen sie neben dem Motorrad mit dem triefenden Mann und entschuldigten sich beide abwechselnd und gleichzeitig bei ihm, der davon nicht trockener wurde und erst jetzt auf die Idee kam, daß die beiden ihm etwas schuldig waren, und so deutete er auf seinen unübersehbar nassen Anzug und sagte etwas von Verkälten und Verkühlen und Schnaps, und wie er so nach Müllnern fahren solle. So fuhr, nach verlegenen Verhandlungen, der Mann mit Franza auf dem Rücksitz nach Galicien zurück, und Martin ging zu Fuß nach Hause. Der letzte Abend wurde von der Katze gefressen wie der Vogel, der am Morgen singt, sie saßen mit dem Mann beisammen, der also aus Müllnern war, Martins letzte Steinhägerflasche austrank und sich selten so wohl gefühlt haben mußte, besonders nachdem er sich umgezogen hatte und Martins fast neuer Winteranzug ihm geschenkt und beinahe passend zugefallen war, die Hosen würde er sich kürzen lassen, und den Mund würde er auch halten, Martin fürchtete nur, er würde mit dem Vehikel jetzt nicht nach Müllnern fahren können, aber da kannten sie den Mann aus Müllnern schlecht, dem machte eine Flasche Schnaps nichts aus, und der konnte im größten Rausch noch gerade auf einer weißen Linie fahren. Und im Zweifel, ob er recht dran tat, ihn fahren zu lassen, ließ ihn Martin nach Mitternacht doch ziehen, einen landkundigen, gegendkundigen, schnapsfesten Retter, der leicht schwankte, aber sowie er das Motorrad zwischen die Schenkel geklemmt hatte, wieder wie ein Wildwestreiter wirkte, den sein Pferd noch immer an den richtigen Ort gebracht hatte.

Sie gingen beide sofort schlafen, ohne sich auch nur gute Nacht zu sagen. Denn wenn Franza nicht wegsah, sah Martin weg, er konnte sie nicht fragen: warum? Warum hatte sie das getan, ihm angetan, warum ihm das, und an dem letzten Abend mußte er mit einem Motorradfahrer aus Müllnern, das war wirklich, dafür fand er keine Worte. Er drehte das Licht aus, und Franza ließ es ihn ohne Widerspruch ausdrehen, sie bestand nicht mehr darauf, daß es die ganze Nacht brenne, und sie schlief vor ihm ein, er hörte noch auf ihre Atemzüge, mit lauter mechanisch gedachten Warums im Kopf, und weil das zu nichts führte, drehte er sich geräuschvoll zur Wand und schaltete sein Denken ab wie vorher das Licht. Tags darauf, sehr zeitig, brachte ein Lieferwagen von Tschinowitz sie nach Villach, und auf der Fahrt murmelte Franza etwas von Schnupfen, das wäre nicht nötig gewesen, da sie schon mit dem zweiten Taschentuch hantierte. Er ließ vor einer Apotheke am Hauptplatz halten und kaufte Privin und Aspirin und noch etwas mit -ycin, das die Apothekerin ihm empfohlen hatte, und warf die Medikamente Franza mit einer ironischen Grimasse auf den Schoß. Auf die Gail und Galicien hatten sie beide keinen Blick zurückgeworfen, vor lauter Stummsein gegeneinander. Auf dem Bahnhof kauften sie Zeitungen und lasen im Stehen Nachrichten, als käme es jetzt darauf an, noch zu wissen, was der Gewerkschaftsbund in Wien und der amerikanische Präsident und der Gesangsverein von Federaun und der Straßenbahnerstreik und der Molkereiverband und der neue Sommerfahrplan für Omnibusse und die Filmindustrie und das Theater in der Josefstadt und noch ein Start auf Cap Kennedy und ein Flugzeugabsturz in Beirut. Martin wäre es lieber gewesen, wenn nur in seiner Zeitung und nicht in der, die Franza las, von dem Flugzeugabsturz und da, oh Gott, auch noch von einem Schiffsuntergang, wenn auch in der Nordsee, berichtet worden wäre, aber als der Zug einfuhr, bemerkte er, während sie ihr Blatt zufaltete, das Wort Wirtschaftsteil oben auf der Seite, in die sie die ganze Zeit vertieft war, und Franza las also einen Wirtschaftsteil, darauf wäre er nie gekommen, und er mußte auflachen, der ganze Druck in ihm löste sich wegen dieses Wirtschaftsteils. Franza sah ihn unsicher und erleichtert an, obwohl sie keine Ahnung hatte, warum er lachte, aber so war wohl alles gut zwischen ihnen, und sie kletterte auf den Zug und nahm die Koffer, die er ihr hinaufreichte, während er noch immer lachte. Sie klemmte sich immer mehr zwischen die Gepäckstücke ein, die er ihr zuschob, dann hatte er gerade noch Platz und zog die Tür hinter sich zu, als könnten so der Fluß und der Abend und Galicien nicht mitfahren.

Vor der Grenzstation, als alle Koffer in den Netzen lagen, fragte Martin sie, ob sie sich noch an den Satz erinnern könne aus dem Buch, nein, dem Gedicht. Sie sah ihn kurz an, als müßte sie scharf nachdenken oder als könnte sie nicht so rasch darauf kommen, was er meinte, und wäh-

rend sie schon wieder diesen Wirtschaftsteil aufschlug und nach dem Erdölartikel suchte (das Erdöl ihm zuliebe, weil er über Erdöl? – auch eine offene Frage), sagte sie, eine Betonung vermeidend und sehr entfernt von der jungen rezitierenden, überschwenglichen Franza: Unter hundert. Sie blieb stecken und strich den Wirtschaftsteil glatt, unter hundert Brüdern. Ja, soviel weiß ich auch noch, sagte Martin ungeduldig.
Unter hundert Brüdern dieser eine. Und er aß ihr Herz.
Nun, und?
Und sie das seine.
Das wollte ich nur wissen, sagte Martin, ich konnte mich nicht mehr ganz daran erinnern. Er nahm ihr die Zeitung weg und gab ihr die seine. Nun lies du eben die meine, ich lese die deine. Und er wollte wieder lachen wie beim Einsteigen, aber sie las und sah unzugänglich aus. So fing er auch wieder zu lesen an. Die Zollkontrolle und die Paßkontrolle konnten jede Minute kommen, und Martin, der, zumindest Gendarmen, Grenzern, Beamten und Polizei gegenüber, sich nie sehr stark gefühlt und eher Unmuts- als Mutgefühle für sie aufbrachte, nahm seufzend ihren Paß und tat ihn mit dem seinen zusammen, als handle es sich um den seiner Frau, zwei Rannerpässe, und hoffte, es möge nichts geschehen, das Zeitungslesen möge überzeugend wirken, und diese Schwester oder diese Frau möge ihm jetzt nicht durch einen Paßbeamten abhanden kommen. Franza wurde beweglich, als der erste Beamte kam, sie griff hinüber nach Martins Zigarettenpaket, zündete sich eine Zigarette an, obwohl sie sonst kaum rauchte, legte die Beine übereinander, räkelte sich und schaute bald schamlos freundlich die Kontrolleure an, bald interessiert zum Fenster hinaus, und Martin, der nicht nur über keine schauspielerischen Talente verfügte, sondern die auch haßte, ließ das Grenzzeremoniell mit unverhohlener Bitterkeit über sich ergehen, mit einem beinahe verräterischen Ge-

sicht vor Unbehagen, und als der Zug endlich aus Tarvis hinausfuhr, hätte er Franza am liebsten geohrfeigt oder aus dem Zug geworfen und unter Rädern zermalmt gesehen, aber nicht hier in diesem Abteil, ihm gegenüber mit zärtlichen Augen und kleinen Sätzen, macht es dir etwas aus, mein Lieber, und bitte, kannst du das Fenster einen kleinen Spalt, danke. Sie wirkte fast zerstreut und tat, als wären sie ein Leben lang miteinander über Grenzen gefahren, mit einem Papier, das nicht stimmte.

Zweites Kapitel Jordanische Zeit

Aus den Entwürfen

. . . Martin beschloß bei der Abreise in Genua, immer an diese Abreise zu denken. Das war diese furchtbare Abreise in Genua, würde er sich noch oft sagen, und er irrte sich, denn er [wies] später diesen Stunden [keinen] besonderen Platz an in der Erinnerung.

Warum bist du denn nicht weggegangen, fragte er Franza. Ich verstehe das nicht. Du hättest doch bloß einen Koffer packen müssen in den ersten Wochen, du hättest mich anrufen können, du hättest doch gehen können. Ich verstehe dich nicht.

Es kann doch nicht jeder Augenblick so schrecklich gewesen sein, daß du sagst, du könnest an keinen denken, ohne an jeder Stelle der Vergangenheit zu schreien oder [zu] zittern anzufangen.

Weil es nur damals nicht so schrecklich war. Da wußte ich noch nicht, was er mit mir vorhatte.

Es ist nur schwer zu erzählen. Ach, jetzt ist wieder die Luft weg, sie lachte, ihr Atem ging pfeifend, sie starrte auf ihre Hände, wo sich Blasen gebildet hatten, die aufplatzten, ich häute mich, sagte sie, siehst du, es wird alles besser, ich bekomme eine neue Haut. Ich bin sicher, daß es nicht anstekkend ist. Graust dir vor mir.

Aber was, sagte Martin und probierte noch einmal den Riegel. Er war so erschöpft und atmete auch schwer in der Kabine, in der verbrauchten Luft, und schenkte zwei Gläser voll Mineralwasser. Wie findest du das Schiff?

Jeder Augenblick, den ich mit ihm gelebt habe, kommt mir wie eine Schande vor, jeder, sagte sie, das darf doch nicht wahr sein. Was für eine Schande.

Das ist doch keine Schande, mit einem Schwein gelebt zu haben, sagte Martin kurz.
Das sagst du, weil du nicht weißt, was das heißt. Erst jetzt habe ich mich nach den anderen Frauen gefragt, und warum die alle lautlos verschwunden sind, warum die eine nicht mehr aus dem Haus geht, warum die andere den Gashahn aufgedreht hat, und jetzt bin ich die dritte, mit diesem Namen, die dritte gewesen, verbesserte sie sich, gewesen. Es ist, als ob über der ganzen Zeit, die im Dunkeln gelegen ist, ein Scheinwerfer anginge, alles liegt da, nackt, gräßlich, unübersehbar, nicht zu übersehende Indizien, und wie bereitwillig habe ich geglaubt, sie seien dumm, verständnislos, defekt gewesen, nichtswürdige Kreaturen, die sich mit einem Abgang ins Schweigen selbst bestraften für ihr Scheitern an einer höheren Moral, an einer Instanz, einem Maßstab, den ich zu dem meinen machen wollte. Ich fühlte mich noch erhoben, geschmeichelt, daß ich vielleicht den Ritterschlag verdienen, mir verdienen könnte, erdienen mit Bemühen und Mitarbeit und Preisgabe meiner Gedanken, die sich erst zu bilden gehabt hätten. Ich hing mich mit meinen halbwüchsigen Gedanken, mit meinem Überschwang, an seine Gedankenleitung, unvorsichtig, ich hätte mich auch an eine Starkstromleitung werfen können, das wäre rascher und glimpflicher verlaufen, ein elektrischer Unfall, Totalschaden mit Verbrennungen, es wäre nicht schlimmer gewesen.
Was andre Mädchen auch wollen, ich muß wohl getrieben gewesen sein, ins letzte Zimmer zu schauen, der Amnadostrieb, die Blaubartehe, auf das letzte Zimmer neugierig, auf geheimnisvolle Weise und zu geheimnisvollen Zwecken getötet zu werden und mich zutodzurätseln an der einzigen Figur, die für mich nicht durchschaubar war.
Warum bin ich so gehaßt worden? Nein, nicht ich, das andere in mir, alle Erklärungen stellen sich ein, und du wirst sie sofort haben, wenn ich dir drei Geschichten erzähle,

aber ich habe sie nicht. Ich habe keinen Sinn zu finden, für ein Würgmal am Hals, für meine Zerblätterung, ich bin ganz zerblättert, von einem diabolischen Versuch. [...]

Wann hat es angefangen? Man meint, nicht mit dem Anfang, aber zuletzt weiß man: im Anfang. Da warnt dich etwas, und schon hörst du nicht zu, schiebst ein Gefühl, das du nachher für dein erstes ausgibst, vor ein wirklich erstes. Gewarnt bist du. Durch eine Kopfhaltung, durch eine Handbewegung, durch eine Stimme, in der etwas fahl ist, und im nächsten Moment, das kann einen Monat später sein, bemühst du dich besonders, in dieser arroganten Bewegung etwas Rührendes zu entdecken, vermutest eine Geschichte dahinter, die sich nie einstellt, eine Unsicherheit, die nicht zutage tritt. Du liebst jetzt die Stimme, weil du aus ihr Melancholie heraushörst, und wenn sie aggressiv wird, dann hörst du etwas Kühnes, nun gefällt es dir schon, der Schwindel ist vollkommen, du brauchst dich nicht betrügen, der Betrug zeugt neuen Betrug. Nichts warnt dich mehr, das Signal wird nur einmal gegeben, wenn du mit dem anderen zum erstenmal in einem Raum bist und es dir befiehlt, hab acht, hab acht, das nächste Mal hat dich ein Titel, eine Vorlesung, nach der gescharrt wird, ein paar hundert Halbnarren, die den Namen aussprechen mit fetter Bewunderung oder stichelnder Kritik, hat dich eine Adresse, hat dich ein Name auf einem Zeitschriftenblättchen darum gebracht, noch einmal das »Hab doch acht« zu hören, das dir die Haut, die Muskeln, das Gehör, alle deine Empfangsgeräte zugerufen haben.

Eine halbwahre Geschichte tust du hoheitsvoll unter Klatsch ab, eine andre willst du gar nicht erst hören, es ist böswillig, dir jetzt mit Geschichten zu kommen, über jeden gibt es Geschichten, auch über dich, und du verlernst aus dem Unrat das Korn Wahrheit herauszufinden, dazu müßtest du dich zu sehr anstrengen, aber du läßt dir schon aus dem Auto helfen, du trinkst schon einen Kaffee in einer stillen Gasse, du liegst schon in einem Bett in einem 19. Bezirk und suchst deine Dokumente zusammen, dein Heimatschein ist eingetroffen und wird dir abverlangt, der Heimatschein kommt aus deiner Gemeinde, die willst du hinter dir lassen, du probierst einen Namen aus, damit du ihn zum erstenmal gleich flüssig schreiben kannst. Dann verläßt du ein Standesamt, ein paar Stunden später fällt eine Wohnungstür hinter dir zu, jemand hebt dich auf, nachdem das Schloß eingeschnappt ist, du lachst mit jemand, als wäre der Welt damit ein wunderbarer Streich gespielt worden mit diesem Türzufallen, dem Namenwechsel, du denkst keinen Augenblick, er könnte dir gespielt worden sein und schon einigen vor dir. Es ist furchtbar, es ist eine Schande, eine Schandgeschichte, die sich zuzutragen beginnt, und du lachst noch und hängst deine Kleider in einen Kasten, wo früher andere hingen, [– – –]

Warum ist mir das nie aufgefallen, daß er alle Menschen zerlegte, bis nichts mehr da war, nichts geblieben außer einem Befund, ‹. . .› Es fiel mir nie auf, weil ich den [– – –] verwechselte, ich hielt seine Schärfe nur für eine des Berufs und fragte nie, ob das unnatürlich sei, wie er sich seinem Bruder gegenüber verhielt, seinem Kind gegenüber, seiner Frau. Ich weiß, das wirst du nicht verstehen, er konnte keinen Menschen verlängert sehen, über die Grenze hinaus, die er ihm setzte.
Das erste Mal hatte ich eine Grippe, und natürlich gehörte Grippe nicht in sein Revier, aber damals zitterte ich im

Bett, jedesmal wenn er hereinkam, ich weiß nicht warum. Er versprach mir dreimal [– – –]

[. . .] Es ist leicht, auseinanderzukommen, wenn alles gut war, halbwegs gut, aber so ist es doch nicht möglich, mit diesem Schleim, den man sich aus dem Gesicht wischt, mit soviel unbeantworteten Fragen, die ich in jedem Moment stelle, den ganzen Tag dunste ich in diesen Fragen, ich sage immerzu, warum hast du das getan, und wenn du es schon getan hast: war es Absicht, warum wolltest du mich vernichten, was habe ich dir denn getan, manchmal wünsch ich, es sei Gedankenlosigkeit gewesen, aber kann man aus Gedankenlosigkeiten, nein das kann man nicht. Er wußte ja wohl, daß ich eines Tags daraufkommen müsse, worauf hätte er denn warten sollen, auf meinen Tod, da ich so gesund war und soviel jünger als er, also so kann er nicht gerechnet haben, doch wohl umgekehrt, dann hätte ich eines Tags, in zehn oder zwanzig Jahren, beim Ordnen seiner Arbeiten, mit seinen Assistenten diese Aufzeichnungen gefunden. Dann wollte er also das, daß mir zwanzig oder dreißig Jahre Zusammenleben in Trümmer gehen, in solch einem Moment. Das wollte er. Verstehst du. Du sagst Faschismus, das ist komisch, ich habe das noch nie gehört als Wort für ein privates Verhalten, nein, verzeih, ich muß lachen, nein ich weine bestimmt nicht. Aber das ist gut, denn irgendwo muß es ja anfangen, natürlich, warum redet man davon nur, wenn es um Ansichten und öffentliche Handlungen geht. Ja, er ist böse, auch wenn man heute nicht böse sagen darf, nur krank, aber was ist das für eine Krankheit, unter der die anderen leiden und der Kranke nicht. Er muß verrückt sein. Und es gibt niemand, der vernünftiger wirkt. Ich kann niemand erklären, nirgends hingehen und beweisen, daß er es wirklich ist. Wie furcht-

bar hat [er] mich gequält, aber nicht spontan, oder nur selten, nein, mit Überlegung, alles war berechnet, Taktik, Taktik, wie kann man so rechnen?
Was für unnütze Fragen. Wenn es das gibt, und ich habe es bisher nicht bemerkt, wenn die Sadisten nicht nur auf psychiatrischen Abteilungen und in den Gerichtssälen zu finden sind, sondern unter uns sind, mit blütenweißen Hemden und Professorentitel, mit den Folterwerkzeugen der Intelligenz, [– – –]
Nein, nein.
Und Franza sagte: warum will jemand seine Frau ermorden? Warum haßt jemand Frauen und lebt mit ihnen? und liquidiert sie, nur bedacht, vor der Öffentlichkeit sein Gesicht [nicht] zu verlieren, mehr aber auch [nicht], denn die Öffentlichkeit, sein einziger Richter, ist ohne Begriffe, Trennungen sind mißglückte Liebesaffären, und das Gesetz allein, das gründlicher verhöhnt wird als die Meinung, läßt formal nicht zu, daß [das] Unrecht, daß der Mißbrauch des anderen und seiner Dinge das ‹– – –› Kleinigkeiten überschreitet, sie findet es witzig oder schlimmstenfalls traurig, wenn [– – –]
[. . .]

Ich war gefangen in diesem Labyrinth, in dem ganzen Haus, in unsrer Wohnung meine ich, drehten sich, wie in andren Zimmern die Mobiles, die Syndrome, aber du weißt nicht, wieviel Syndrome es gibt, und wenn ihr Jahreszahlen oder sonst was habt, war 1526 die Schlacht bei Mohacs? stimmt das noch immer, dann waren unsre Schlachten die gegen die Syndrome. Aber für mich ergab sich langsam etwas andres, ich war plötzlich nicht mehr Mitarbeiterin, nicht mehr verheiratet, ich war, von der Gesellschaft separiert, mit einem Mann, in einem Dschungel, inmitten der

Zivilisation, und ich sah, daß er gut bewaffnet war und daß ich keine Waffen hatte.
Aber was erzähle ich? Ich erzähle an allem vorbei. Nein, nein, ich war in keinem Dschungel, ich war inmitten der Zivilisation mitsamt dem Wörterbuch für sie, mit Redensarten für jede Situation. Eines Tags, beim Lüften, diese Rosi lüftete immer, zu einer bestimmten Stunde, da war ich meistens nicht im Haus, aber einmal war ich im Haus, da flogen aus seinem Zimmer die Blätter vom Schreibtisch bis ins Vorzimmer, und die Rosi hob diese Blätter auf und trug sie zum Tisch und [ich] erwischte eines, das bis an die Wohnungstür gekommen war, das trug ich zurück, und im Zurückgehen sah ich darauf. Ich konnte nicht sehr gut Stenographie lesen, aber soviel doch, es reichte gerade aus, um mich aufmerksam [zu] machen, dann ging ich ins Schlafzimmer zurück und blieb mit dem Mantel auf dem Bett sitzen, bis ich zu schwitzen anfing. Du weißt, was ich sagen will? [. . .]
Ich weiß nicht, ob er damals schon wollte, daß ich das Zeug finde, später aber gewiß, er wollte es. Vielleicht aber auch nur, weil ich einmal zu finden angefangen hatte. Von da an fand ich öfters ein Blatt, manchmal nur mit wenigen Notizen. Ich habe lange gebraucht, um das zu verstehen, es ging so lange, mindestens über ein Jahr, dann verstand ich, daß wirklich ich gemeint war. Er bearbeitete mich, er bereitete mich vor, seinen Fall. Er hetzte mich hinein in einen Fall. Und jedes Blatt, das er mich finden hieß, das hetzte mich weiter. Eines Tags war es dann so weit, ich weiß nicht mehr, wann das angefangen hat. Plötzlich, während eines Abendessens, bei einem Wiener Schnitzel, beim Obst, bei einem Apfel, weißt du, es war wie mit dem Apfelschnitz in dem Märchen, da hatte ich dieses Apfelstück im Mund und fing zu husten an, ich wußte aber, daß ich mich nicht verschluckt hatte, keineswegs, aber plötzlich hustete ich an ihm herum, als wäre es vergiftet, und danach ging das wei-

ter und weiter, ich bekam keine Luft mehr. Ich spuckte das Stück aus, und er stand etwas ungehalten auf und klopfte mir auf den Rücken – ich weiß nie, warum seine Patienten eine so zarte Hand an ihm bemerkt haben, es war eine harte Hand, er klopfte wie ein Teppichklopfer auf meinen Rücken, dann ging mir die Luft ganz aus, und ich fiel auf den Sessel zurück und dachte ich sterbe, ich ließ mich vom Sessel langsam herunterrollen und lag auf dem Teppich. Damals fing er an, mir Tabletten zu geben. Natürlich wußte ich, was er mir gab, manchmal nicht. [. . .]
Und ich habe angekämpft gegen das Gehabe. Ich habe die Tabletten dann selber heimlich genommen, bis das Gehabe oder ehe es losging. Das Gehabe ist immer häufiger gekommen, ich habe es nicht erkannt, verstehst du. [. . .] Ich rede über ein Gehabe, über das nicht mehr den Mantel ausziehen wollen, das nicht mehr in ein Auto steigen wollen, das nicht mehr in einem Lift fahren können, das nicht mehr ins Flugzeug steigen können, ich rede über das lächerliche Gehabe, das lächerlichste auf dieser Welt. ‹. . .› Ich rede über die Angst. Schlagt alle Bücher zu, das Abrakadabra der Philosophen, dieser Angstsatyrn, die die Metaphysik bemühen und nicht wissen, was die Angst ist. Die Angst ist kein Geheimnis, kein Terminus, kein Existential, nichts Höheres, kein Begriff, Gott bewahre, nicht systematisierbar. Die Angst ist nicht disputierbar, sie ist der Überfall, sie ist [der] Terror, der massive Angriff auf das Leben. Das Fallbeil, zu dem man unterwegs ist, in einem Karren, zu seinem Henker, angeblickt von einer verständnislosen Umgebung, einem Publikum, und mein Publikum war mein Mörder. Aber der blickte nicht blöde.
[. . .] Was hätte ich sagen können. Mein Mann, verzeih diesen lächerlichen Ausdruck, dem nichts entspricht, ermordet mich. Ich werde ermordet, helft mir. Das hätte ich sagen müssen, aber stell dir vor, in dieser Gesellschaft,

wenn einer kommt und sagt: ich werde ermordet. Bitte wie und von wem und warum, bitte Angaben, Beweise. Ich hatte keine Beweise, ich war dem Klerus ausgeliefert, denn ich hatte nicht die sprichwörtliche Angst, sondern die andere, die man niederwürgen kann mit den Psychopharmaka und den Spritzen und dem Stilliegen und die man steigern konnte mit der Angst vor der Angst.
Wie habe ich mich benommen, wie ein Tier, das in seinem Käfig auf- und niederrennt, und wenn ich die Stäbe hätte durchrennen können mit meinem Schädel, wäre ich noch im Käfig gewesen, in dem Käfig seiner Notizen, die mich verfolgten, die mir vorausgingen [. . .]

[. . .] Heut nacht hab ich geträumt, ich bin in einer Gaskammer, ganz allein, alle Türen sind verschlossen, kein Fenster, und Jordan befestigt die Schläuche und läßt das Gas einströmen und, wie kann ich sowas träumen, wie kann ich nur, gleich möchte man um Verzeihung bitten, er wäre unfähig es zu tun, keiner würde es mehr verabscheuen, aber nun träum ich es doch und drücke es so aus, was tausendmal komplizierter ist. Spätschäden. Ich bin ein einziger Spätschaden, keine Erinnerungsplatte, die ich auflege, die nicht mit einem schrecklichen Nadelgekratze losginge, kein Sommertag, auf den nicht ein Giftsprühregen niederginge, keine Nacht, von der ich nicht zwanghaft denke, er hat sich seine Notiz gemacht, keine Vergeßlichkeit, die nicht in Fehlleistung und Bedeutungswahn begraben worden wäre. Ich war doch nicht krank, ich bin doch nicht als Patient zu ihm gekommen, das hätte ihn gerechtfertigt. Ich bin zu ihm gegangen, habe mich ihm anvertraut, was könnte die Ehe sonst sein als Anvertrauen, es in jemands Hände legen, was man ist, wie wenigs auch sei. F.s Vorliebe für Zungenkuß stop, Gier nicht Sinnlichkeit stop, ich glaube, ich ersticke noch vor Lachen, F. bei Telefongespräch beobachtet. F. vermutlich lesbisch. Ich ersticke, nein vor Lachen, nein, es ist überhaupt nichts, kratzende Erinnerungsnadel. Am nächsten Tag Vortrag über das Personale. Akt der Liebe. Das sind Widersprüche. Davon wird die Welt in die Luft gehen, das Feuer ist nur zuletzt an die Lunte gekommen, das Dynamit war von der ersten Woche an vermehrt worden, das über Jahre. F. zur Rede gestellt. F. bittet um Verzeihung, hätte E. nie getan. Insofern Unterschied. stop. [– – –]

[. . .] Alda kam mich einmal besuchen, wen besucht diese liebenswürdige Person nicht, mit ihrer nie erlahmenden Liebenswürdigkeit und ihrer millimetertiefen Einsicht. Eine gute Ärztin, hier natürlich zum Besuch verurteilt, denn im Haus des Henkers braucht man keine Beichtväter, ich hatte ihr nichts [zu] sagen, wie lieb Alda, daß Sie kommen, so lieb von Ihnen, ich muß wohl etwas kaputt gewesen sein, wahrscheinlich überarbeitet (obwohl ich nie überarbeitet war, ich war unterarbeitet, seit Jahren, das wars), meine Güte, sagte Alda, natürlich sind Sie nicht krank, aber wissen Sie, ich mache mir so meine Gedanken, zwei Leute wie Sie, ein so großartiger Versuch, ein bedeutender Mann und Sie, obzwar ich Sie nicht kenne, aber Sie sind doch nicht von hier (was sie wohl meinte damit, hat sie je etwas von Galicien gehört, vulgo Tobai – das ist auszuschließen), mit welchen Attributen, da ich nie welche hatte, stattet sie mich aus? Verdacht? Verdacht unbegründet oder begründet. Das Wort bleibt stehen »großartiger Versuch«. Sie blieb nicht lange, weil ich wegging von der Unterhaltung nach diesem Ausdruck, wie nah daran war sie, Unwissende, wie nah daran seid ihr manchmal, ihr Unwissenden. An mir wurde ein großartiger Versuch gemacht. Ins

Vulgärdeutsch übersetzt: wieviel hält ein Mensch aus, ohne zu krepieren? Der Spruch der Medici odiate ed aspettate – faszinierend, aber wie [un]anwendbar. Ich war beim Warten, ich hatte die Voraussetzung nicht, ich konnte nicht hassen, nur fürchten.

[...] Jetzt weiß ich nur noch, daß er, stört dich das, er, Jordan, hat Furcht verbreitet. Was ist das? Du sagst, wenn jemand Furcht verbreitet, kann er nicht frei von Furcht sein. Ach, alles ist so gescheit, man tunkt jemand ein, in die Lösungen der Psychologien, und dann erklärt sich wohl einiges, aber wovor hatte er denn Furcht. Vor mir gewiß nicht und vor den anderen auch nicht. Ich habe ihn gefürchtet, ich muß ganz violett von Furcht gewesen sein, und dann hab ich wieder meine Farbe angenommen für Stunden, und dann kam das Verfärben in seiner Nähe.
Ob das immer so war? Wahrscheinlich, erst leicht, dann stärker, zuletzt ganz stark. Und ich hörte doch zu, wovon die Leute krank werden, und ich begriff nicht, daß ich krank wurde und wovon.
Ja, ich glaube, daß es den Blaubart gibt, und Landru muß ein Stümper gewesen sein, ein kleiner liebenswürdiger Krimineller, [– – –]

In ihm schwieg alles, wenn er bei mir war, die Güte, die er ausströmte, er hörte die Stimmen nicht mehr, die er außerhalb des Hauses hörte, das Gesetz, unter dem er handelte, fiel zusammen. Zuhause war die Gesetzlosigkeit, der Fanatismus, an dem er vielleicht sich selbst verwundete, das Dreinschlagen, das Vernichtenwollen, Vernichtenmüssen eines anderen. Er mochte die Frauen nicht, und er mußte immer eine Frau haben, um sich den Gegenstand seines Hasses zu verschaffen. [. . .]

[. . .] Was hat ein Jordan zu hassen und vereiteln an einem Menschen. Ich glaube, das ist es! Man vereitelt den anderen, man lähmt ihn, man zwingt ihm sein Wesen ab, dann seine Gedanken, dann seine Gefühle, dann bringt man ihn um den Rest von Instinkt, von Selbsterhaltungstrieb, dann gibt man ihm einen Tritt, wenn er erledigt ist. Kein Vieh tut das, die Wölfe töten den sich demütigenden Gegner nicht, er kann ihn nicht töten, hast du das gewußt, er ist nicht fähig, ihm die Kehle durchzubeißen, wenn man sie ihm hinhält. Wie weise, wie schön. Und die Menschen, mit den stärksten Waffen, das stärkste Raubtier, sie haben die Hemmung nicht. Ich kann mich mit den Wölfen versöhnen, mit den Menschen nicht. Alle schütteln sie heut die Köpfe, wie wir in Wien die Köpfe geschüttelt haben über jedem einzelnen Fall, nein, ich rede schon von dem Buch, [. . .]

[. . .] der Umbruch war gekommen, den nahm ich nach dem Essen vor, und da sah ich, daß bei dem Dank an die Mitarbeiter, an Riedel und Prohaska und Emmi mein Name fehlte, es war nicht eigentlich das Fehlen des Namens, das ich bedauerte, nein, es war ein Signal für etwas anderes. Er wollte mich auslöschen, mein Name sollte verschwinden, damit ich danach wirklich verschwunden sein konnte. Und dann traf mich das noch einmal tiefer, denn wenn auch jeder Name überflüssig war und nicht mehr bedeuten konnte als eine Unterschrift, damit die Richtigkeit nachprüfbar war, damit jeder haftbar war, so war es doch alles gewesen, was ich je sichtbar getan hatte, wofür ich außer für ihn gearbeitet hatte. Das hatte mich gehalten einige Jahre, hatte mich am Leben erhalten, meinen Eifer, meine Überzeugungen. Ich nahm das vordere Paket von dem Umbruch und brachte es ihm, und sagte, ohne mir etwas anmerken zu lassen, du mußt einiges selber überprüfen, übrigens auch das Vorwort. Nach einer Stunde brachte er mir die Blätter ins Wohnzimmer zurück und sagte, es ist in Ordnung, ich schlug sofort die Seite des Vorworts auf und sah sie unverändert wieder. Dann sah ich ihn an.

Ja, ich habe ihn nur angesehen, und dann ging mir auf, was seine Strategie war, er war ein großer Stratege, das vor allem. Er lächelte und sagte, nun könnten wir uns einen kleinen Whisky gönnen, es sei ja nun bald so weit. Er schenkte mir ein Glas ein und brachte es mir, ich ließ meine Augen nicht von ihm, und dann wußte ich, daß es mir nie gelingen würde, ihn zu stellen, ihm etwas zu sagen, Prosit, sagte er, das waren harte Zeiten. Ich hob mein Glas und dann wußte ich, daß er genau wußte, er wußte, was in mir vorging und er genoß es, [. . .]

[. . .] Früher habe ich nie geachtet auf die Träume, und sie waren vielleicht auch nicht viel mehr, bevölkert und bewandert eben und gefärbt manchmal, aber jetzt, wie quälend, weil es nichts Fremdes ist, es gehört zu mir, ich bin zu meinen eigenen Träumen gekommen, meine Tagrätsel sind größer als meine Traumrätsel, du merkst dann, daß es keine Traumrätsel gibt, sondern nur Rätsel, Tagrätsel, unverlautbare chaotische Wirklichkeit, die sich im Traum zu artikulieren versucht, die dir manchmal genial zeigt, in einer Komposition, was mit dir ist, denn anders würdest du's nie begreifen, und dann pfuscht dein Träumen, dann dilettiert es, dann kommt es mit nichts zurecht, ein schlechter Dramatiker, dem die Akte auseinanderbrechen, die Motive sich verwirren, dem der Held zu früh stirbt, der die Personen aus einer früheren Szene mit einer späteren verwechselt, plötzlich aber nimmt sich dein Traum zusammen und tut den großen Wurf, ein Shakespeare hat ihm die Hand geliehen, ein Goya ihm die Bühnenbilder gemalt, er hebt sich aus den Niederungen deiner Banalität und zeigt dir dein großes Drama, deinen Vater und einen Gesellen, der Jordan heißt, in einer Person, und ebenbürtig einer großen Figur fängt der Hymnus an, die ersten unterirdischen Querverbindungen, die Alten sind immer dabei, deine Mutter, an die du nie denkst, lehnt an jeder Wand, deine flottierende Angst, für die du keinen Grund weißt, spielt dir eine Geschichte vor, daß dir Hören und Sehen vergeht, jetzt erst weißt du, warum du dich ängstigst, und so sah ich auf einen Friedhof, beim Sonnenuntergang, und in dem Traum hieß es: das ist der Friedhof der Töchter. Und ich sah auf mein eigenes Grab hinunter, denn ich gehörte zu den Töchtern, und mein Vater war nicht da. Aber ich war seinetwegen gestorben und hier begraben. Weißt du vielleicht in diesen wachen Zuständen etwas von einem Friedhof der Kinder, und an wem du stirbst? Das erfährst du nie, denk nach, soviel du kannst, darauf kommst du nie, und wenn du es durch dich selber auf diese Weise erfährst, bei der Fahrt durch den Tunnel, in der Nacht, dann weißt du, es ist wahr. Das ist es. Darauf könntest du schwören. Dein tyrannisches Gehirn, seine geheimen Spiele zwischen Cortex und Zwischenhirn, seine vom Zwischenhirn in Gang gesetzten Akte und ihre kortikale Ausarbeitung, warum hast du von ihm gesagt Fossil, o nein, wie irrst du dich, er ist heutiger als ich, ich bin von niedriger Rasse, seit das geschehen ist, weiß ich, daß sich das selbst vernichtet, ich bin es, er ist das Exemplar, das heute regiert, das heute Erfolg hat, das von heutiger Grausamkeit [ist], das angreift und darum lebt, nie hab ich einen Menschen mit soviel Aggression gesehen, so sagt man wohl, man könnte ihn einfassen, wie einen Stein, er würde das glänzend repräsentieren, das Raubtier dieser Jahre, das Rudel Wölfe dieser Jahre, da gibt es keinen Prozeß, und das hab ich begriffen, ich bin von niedriger Rasse. Oder müßte es nicht Klasse heißen. Man kann nur die wirklich bestehlen, die magisch leben, und für mich hat alles Bedeutung. [. . .]

[. . .] In Australien wurden die Ureinwohner nicht vertilgt, und doch sterben sie aus, und die klinischen Untersuchungen sind nicht imstande, die organischen Ursachen zu finden, es ist eine tödliche Verzweiflung bei den Papuas, eine Art des Selbstmordes, weil sie glauben, die Weißen hätten sich aller ihrer Güter auf magische Weise bemächtigt, und sind die Inkas wirklich nur von diesen grausamen Banditen vernichtet worden, von diesen wenigen? und die Muruten heute in Nordborneo, die sterben, seit sie mit der Zivilisation in Berührung kommen, und früher die Rassen, denen man den Alkohol gebracht, sie haben sich selbst vernichtet, aus Verzweiflung. ‹. . .›
Er hat mir meine Güter genommen. Mein Lachen, meine Zärtlichkeit, mein Freuenkönnen, mein Mitleiden, Helfenkönnen, meine Animalität, mein Strahlen, er hat jedes einzelne Aufkommen von all dem ausgetreten, bis es nicht mehr aufgekommen ist. Aber warum tut das jemand, das versteh ich nicht, aber es ist ja auch nicht zu verstehen, warum die Weißen den Schwarzen die Güter genommen haben, nicht nur die Diamanten und die Nüsse, das Öl und die Datteln, sondern den Frieden, in dem die Güter wachsen, und die Gesundheit, ohne die man nicht leben kann, oder gehörten die Bodenschätze mit den anderen Schätzen zusammen, manchmal glaub ich es. Ich kann auch nicht mehr leben, weil er meine Gegenstände hat, ja so meine ich

es, unsren silbernen Brotkorb zum Beispiel, unsre Schalen, das ist mir unerträglich, ich denke, seine Hand kann das Brot nicht draus nehmen, sie wird eher aussätzig, eher wird das Brot darin schimmlig, weil ich doch dauernd daran denke, weil dieser Brotkorb in meinen Vorstellungen die Ausmaße von Riesenscheunen annimmt, für alle Ernten, von Tag zu Tag wird dies schlimmer, dieses Leiden, es macht die Magie möglich, ich bin eine Papua, [– – –]

Drittes Kapitel Die ägyptische Finsternis

I

Sie sind in die Wüste gegangen. Das Licht erbrach sich über ihnen, der Auswurf des Himmels, von einem heißen, sauberen Geruch begleitet. Die große Heilanstalt, das große unverlaßbare Purgatorium, obgleich nach allen Seiten offen: unverlaßbar, arabisch, lybisch in seinen Unterabteilungen, feinkörnig, steinig, Sandschliff am Stein, der Stein in der Bizarrerie, zusammengenommen alles saharisch. Sahara. Die Anstalt hatte sie aufgenommen.

»Selbst der Fremde« . . . »Denn was er (der Fremde), was er auch anschließend tun mag, nie wird er – « Martin putzte seine Sonnengläser, verschmierte sie mit Sand. »Nie wird er vergessen können. Und er behält – « Martin versuchte es noch einmal. Was behält der, oder was behält ihn, den Fremden? »Er behält eine Sehnsucht nach ihr (nach der Wüste) bis zu seinem Tod.«

Alles leer und vorhandener, als was sich für vorhanden ausgibt. Nicht das Nichts, nein die Wüste hat nichts zu tun mit dem erspekulierten Nichts der Lehrstuhlinhaber. Sie entzieht sich der Bestimmung. »Ist etwas Ausschließliches und duldet nichts Halbes.« Martin las, denn er verließ sich noch auf seine Bücher, und weil es ihn ärgerte, daß er nicht durch die Brille sah und daß man ihm etwas erzählte, was er nicht empfinden konnte, schlug er zur Erleichterung Franzas doch einmal das Buch zu. Für ihn war hier nichts ausschließlich und auch nichts halb. Bedenklich machte ihn nur, daß eine Stadt jäh aufhörte, daß Kairo, ein Gebiet für drei Millionen Menschen, in den Sand überging, wo andre Städte in Schrebergärten und Vorstadtsiedlungen überzugehen hatten. Hier wurde von einem Meter auf den anderen eine Stadt aufgelassen, eine Ausfallstraße von einer Piste abgelöst, und Franzas wegen hätte er gewünscht, daß am letzten Haus noch eine Haltestelle gewesen wäre, damit sie aussteigen hätten können.

Neun Stunden Fahrzeit. Die Voraussage, die ging ihm plötzlich schreckhaft in die Knochen. Der Wüstenbus, der sich Zeit gelassen hatte in der Stadt, erhöhte nach den ersten hundert Metern Piste seine Geschwindigkeit, als finge er an, sich in seinem Element zu fühlen, und als hätte er vor, zu zeigen, was ein Wüstenbus war. Ohne Halt bis Suez.

Sire, ich werde ankommen. Ich bin in der großen Gummizelle aus Himmel, Licht und Sand. Franza stemmte sich gegen die Fußleiste, sie vermied Martins fragenden Blick und sah unentwegt zum Fenster hinaus, wo es für ihn nichts zu sehen gab. Das konnte ja »gut« werden, Martin fragte sich, ob sie sich so in der Gewalt hatte, daß sie ihm ihre Furcht nicht zeigte. Aber er wußte nichts von Sire, und ich werde ankommen, und wenn sie ihm über die Hand strich, die Hand auf seinen Arm legte, meinte er, sie wolle sich beruhigen, und so nahm er von Zeit zu Zeit auch ihre Hand und preßte sie, zur Beruhigung.
Der Bus ratterte nach Suez hinein und hielt, kaum zu bändigen durch ein paar Bremstritte, in einer Seitengasse vor der Hauptstraße. Erstaunen über Suez, wo kein stattgefundenes Drama in die Augen sprang, keine Spur von einem vergangenen Kampf.
Martin und Franza blieben sitzen, überlegten, was das Aussteigen der meisten Araber bedeutete, ob Suez deren Ziel war und sie allein weitermußten. Dann stiegen sie

doch aus, meinten begriffen zu haben, daß hier eine Rast gemacht wurde. Sie wanderten ein Stück die Hauptstraße hinunter und fanden eine Bruchbude, vor der Sessel standen und einige Männer Tee tranken. Franza sah andauernd zur Seitengasse auf den Bus, damit er ihnen nicht davonfahren könne, dann entspannte sie sich und trank ihren Tee, nicht mehr wie im Café Herrenhof oder im Operncafé ihren Kaffee, von Einkaufspäckchen umgeben, mit angefangenen Briefen zuhause, »Lieber Martin, ich muß dir schreiben, ich weiß gar nicht, wo ich anfangen soll, es ist so schrecklich, und ich habe nur dich . . .« und nicht mehr mit Syndromen an jedem Flimmerhaar und allen Antennen, sie ließ ihren Tee auch nicht kalt werden, rührte nicht, an Verstimmungen leidend, um. Ihre entzündeten Augen ließen nur nicht erkennen, ob sie glänzten, vom Darankranken, oder weil es heiß war. Sie sagte: Suez, wirklich Suez? – wollte von Martin eine Bestätigung, daß das Suez war.

Mehr als zugeben, daß dieses Nest auf den berühmt berüchtigten Namen hörte, konnte er nicht. Er scheuchte Fliegen weg und sagte, oh noch unverwüsteter Irrtum! wenn du durchhältst, wenn du dich zusammennimmst, neun Stunden bloß, dann sind wir am Meer, und du kannst dich erholen. Franza schwieg und sah wieder an ihm vorbei. Das glaubte er wohl selber nicht. Hier fuhr man nicht nach Portofino oder Cannes und legte sich an einen Strand. Sie dachte abfällig über zwei Orte, die sie nur vom Hörensagen kannte. Wußte Martin denn nicht, wo sie waren und wo sie war, und folgerte er nichts aus diesem Suez.

Sie hatte La Gazette Egyptienne über den Kopf gebreitet, und Martin rückte an seinem weißen Baumwollhut herum, der ihm lächerlich vorkam. Nein, das wußte er nicht, wohin sie unterwegs war, und er sollte bei seinen Karten und Plänen und Informationszetteln bleiben, glauben an einen

Bungalow am Meer und Flug- und Busverbindungen. Seit sie aus dem Bus herausgewankt war, hatte ein Kampf in ihr angefangen, in ihr gingen zwei Gegner aufeinander los, mit einer vehementen Entschlossenheit, ohne sich mehr zu sagen als: Ich oder Ich. Ich und die Wüste. Oder Ich und das andere. Und ausschließlich und nichts Halbes duldend, fingen Ich und Ich an, gegeneinanderzugehen.
Martin, der Hunger hatte, war erstaunt, daß sie sich anbot, etwas zu tun, zum erstenmal von ihm wegging, freiwillig zu dem Brotladen, den sie entdeckt hatte, sich einließ auf den Piasterhandel und zurückkam mit zwei Brotfladen. Er wollte ihr etwas Aufmunterndes sagen, aber in dieser Hitze, die, seit sie sich gesetzt hatten, angestiegen war, als hätte jemand an einem Regulierknopf für Wasser zu schnell vom warmen bis zum siedenden gedreht, kam er über ein Lippenfeuchten und ein Danke nicht hinaus. Er hätte in Gelächter ausbrechen mögen, wenn er noch lachen hätte können. Denn hier begann ein studium generale, von dem er keine Ahnung gehabt hatte, nicht eine Reise zwecks Studien. Würde Franza umfallen, vom Sessel kippen, wenn das noch ein paar Minuten dauerte? Was machte man in Suez mit einer weißen Frau, die umfiel oder zu schluchzen und aus ihrem Körper auszubrechen anfing? Da sie so undurchdringlich aussah und sich über nichts beklagte, hielt er es für möglich, daß sie mit einem angenagten Fladen in der Hand beherrscht vom Sessel kippte und starb. Aber sie saß da und aß den ganzen Fladen auf und trank noch ein Glas Tee. Das war doch nicht möglich, nach diesen tagelangen Szenen auf dem Schiff, in der angenehmen Mittelmeertemperatur, in einer ventilierten Kabine, in der jedes Schlingern von dem Schiff und der Anblick ein paar kräftigerer normaler Wellen, nur durchs Bullauge gesehen, schon Hindernisse für eine erträgliche Stunde mit ihr gewesen waren. Sie saß da, durchaus zu ertragen, vor dieser Bude, studierte keine Bevölkerung, wunderte sich über

nichts, nicht über die Pyjamas auf den Straßen und die Kinderwolken, die mit den Fliegenwolken durch dieses Suez trieben. Als wäre sie immer hier gesessen. Er blätterte mit klebrigen Fingern in seinem Reiseführer. Der Suezkanal. Führt zu einem Drittel durch natürliche Seen, den großen Bittersee und den kleinen Bittersee. Bitter, auch Namen. Er hoffte, Franza sei mit ihren Gedanken nicht schon wieder in Wien, weil sie sich durch jeden Namen, durch jeden Zufall zurückschleudern ließ. Wie auf dem Schiff, wo alles zu weiß war für sie, wo sie nie realisierte, daß sie auf einem anständigen Schiff war, sondern sie fuhr mit ganz Wien, das schlingerte, mit ihrem endlosen Lamento, und schlug an die Kabinentür, als müsse sie heraus aus Wien, aus ihrer Wohnung, oder heraus aus einem Operationssaal und noch einmal verhandelte sie mit dem Chirurgen, einem schon sterilisierten, schneeweißen Chirurgen und warf sich vor ihm auf die Knie, bettelte darum, ihr nachher diesen Fötus zu geben, ihn mit nach Hietzing nehmen zu dürfen in einem Einsiedeglas, und dieses Einsiedeglas wollte Martin noch immer nicht in den Kopf, daß sie noch ein Einsiedeglas gekauft hatte in einem Badener Haushaltsgeschäft, er wußte schon kaum mehr, was das war, früher in Galicien waren immer Fleisch und Obst in Einsiedegläsern im Keller gestanden, aber dieses Einsiedeglas, in das sie Spiritus füllen wollte, und dann nach Hietzing, wenn schon mit keinem Kind, dann mit einem Fleischfetzen zurückkommen zu dem Fossil, ihm den hinzustellen, damit er das ansehen konnte bis ans Ende seiner Tage. Diese Idee mit dem Einsiedeglas, das sie sich ausgedacht hatte – was dachte ein Mensch sich bloß aus! –, mit dem lag sie auf dem Boden in dem Operationssaal und auf dem Boden der Schiffskabine, und er hatte schon jeden vorübergehenden Passagier und den mißtrauischen Steward gefürchtet auf diesem Gespensterschiff, weil ihr einziges Kind –

Mein einziges Kind, mein Kind, geben Sie mir mein einziges Kind. Damit es nicht in den Verbrennungsofen kam. Martin wollte das nicht glauben, aber sie hatte bestanden auf den Verbrennungsöfen, dort hatten sie dann doch die Fleischfetzen mit vielen Fleischabfällen verbrannt, der Kanalräumung zukommen lassen, diese weißen Teufel. Wer fiel heute noch vor jemand auf die Knie, was hatte sie sich einfallen lassen – auf die Knie, da riskierte man, sofort in ein Irrenhaus abtransportiert zu werden. Niemand fiel in dieser Welt, aus der sie kamen, auf die Knie, aber Franza, er glaubte ihr jetzt, die hatte etwas so Grauenvolles getan und gesagt, etwas müssen sie mir trotzdem von ihm lassen, dann will ich es essen dürfen, ein Stück, da will ich denken, es hätte sein Herz draus werden können, denn ganz dürfen sie es mir nicht nehmen, dann will ich es lieber auffressen, wenn es nicht leben soll. Der schon sterilisierte Chirurg, und das vor dem sprachlosen Narkosearzt, Martin stellte sich den zumindest sprachlos vor, weil der eine Stunde lang aufgehalten wurde, in eine Vene zu stechen, der schon keimfreie Chirurg mußte noch einmal aus dem Saal gehen und das Fossil anrufen, eine Kapazität die andere, mit einem Bedenken-Gerede, ohne diese Ungeheuerlichkeit zu erwähnen, die sich in kein Telefon sagen ließ, nur Bedenken wegen nervlicher Verfassung, denn dem befähigten Chirurgen war schon allerhand untergekommen, aber noch niemals eine Frau, die ihr Kind auffressen wollte. Und Bedenken waren zerstreut worden, Jordan, der Psychotherapeut in der Verantwortung, mußte ja am besten wissen, ob Bedenken angebracht waren, und die Autorität Jordan versicherte autoritär: keine Bedenken.

Franza stand auf und sagte in Martins gequältes Halluzinieren hinein, denk doch nicht mehr daran, ich kann dir versprechen, ich vergesse es. Woher wußte sie, daß er daran dachte? Er wußte fast nie, woran sie dachte. Sie sah hinüber zu der Seitengasse. Die Männer in den Galabyas und Pyjamas hatten sich wieder zusammengefunden, ohne daß der Fahrer gehupt oder gerufen hätte. Sie lief ein paar Schritte voraus und wandte sich, ihn drängend, um. Ich habe es jetzt gefressen, ein Stück hinuntergewürgt, zwischen Kairo und Suez, es hat mir bisher nur der Sand gefehlt, um etwas davon hinunterwürgen zu können. Sie zog ihn mit sich. Ich werde nie mehr auf die Knie fallen, vor keinem Menschen, vor keinem Weißen.

Die Weißen. Hier waren sie endlich nicht mehr. Hier mußte sie sich nie mehr umdrehen und sie hinter sich gehen hören und fürchten, gewürgt zu werden, an eine Wand zu fallen vor Schreck, aus einem Auto in den Schnee gestoßen zu werden. Sie hörte auf, sich [zu] fürchten, von jemand angeschrien, belauert und gewürgt zu werden. Sie mußte bei keinem Versuch mehr stillhalten. Ein anderer Versuch fing an, und den würde sie selber an sich vornehmen.

Mit Ausnahme von Franza waren nur Männer in dem Bus, hellbraune, braune, dunklere, zwei drei schwarze. Franza wandte den Kopf hin und her, ihr Fenster genügte nicht, sie hatte den Zwischenfall vergessen, während Martin grübelte und noch einmal die Schiffstage loszuwerden versuchte. Sie sah nach den Wasserschlaufen, Wasserläufen, die mit dem Kanal zu tun haben mußten oder der Kanal waren, ein Wassergewinde, das sich mit der Wüste anlegte. Dann war wieder nur die Wüste da. »Sie erfaßt den ganzen Menschen« – ach, haben wir das nicht oft gehabt in einem Kolleg und in Seminaren, was hat da nicht alles den Menschen erfaßt – »und sie läßt nicht von ihm«, das mag noch hingehen. Was die Wüste barg (barg! das war doch der reine Hohn), das war so karg (das reimte sich wenigstens, aber sinnlos) – Martin war entmutigt. Hatte das jemand zu schreiben gewagt.

Aina Suchna. Zu erreichbar, die erste Ansiedlung an der Küste, einer dieser propagierten Orte. Badeortversprechung, die Lügen gestraft wurde von ein paar kläglichen Häusern. Martin kam sich sehr klug vor, weil er den Ort gar nicht erst in Erwägung gezogen hatte.

An der Militärstation vor Hurghada, neun Stunden Fahrtzeit längst überschritten, war noch immer nichts zu sehen, aber hinter den Dünungen mußten Baracken sein, weil zwei Männer dahinüberdeuteten, Ingenieure, wenn Martin verstanden hatte, sie stiegen vor den anderen aus und winkten zurück. Dann verließ alles den Bus, und Martin und Franza gingen als letzte hinterher, fragten und überlegten auch nichts mehr. Für die anderen mußte es eine abgemachte Sache sein, daß hier ein Haus stand, an dem soundsovielten Kilometer, in dem Kaffee und Wasserpfeifen angeboten wurden. In dem freundlichen Nirgendworaum mit Tischen und geblümten Sesseln lümmelten sie erschöpft in den Stühlen, während jeweils die Hälfte der Männer an dem langen Gang Schlange stand, der zum Abort führte; einige rauchten die Wasserpfeifen und standen auf, wenn andere zurückkamen.

Sechs Stunden früher, auf der Piste, vor einer gestreiften Schranke, neben einem Kontrollposten, der nichts kontrollierte und sich kurz mit dem Fahrer unterhielt, hat die Szene anders ausgesehen. Da waren alle ein Stück weit in die Wüste hineingegangen, eine Weile dort geblieben, die Gesichter der Wüste zugewandt. Franza war allein am Bus zurückgeblieben mit dem Posten und hatte zu Martin gesagt, so geh schon. Sie wußte zuerst nicht, wohin sie schauen sollte, und nahm von dem Posten eine Flasche Coca-

Cola, trank ein wenig, und dann kam ihr das Bild weniger grotesk vor, diese dreißig bis vierzig urinierenden Männer, die gleich von der Wüste verschluckt werden konnten, sie sah ihre Füße einsinken, die Galabayas flattern.

Franza ging auf die andere Seite des Busses und zog sich, ehe die ersten Männer zurückkamen, die Unterwäsche, unter Verrenkungen, unter dem Kleid weg und stopfte das verschwitzte Nylon- und Spitzenzeug in die Reisetasche. Als sie wieder fuhren, sagte sie zu Martin, ich habe das nicht mehr aushalten können, sieht man das, daß ich nichts anhabe darunter. Da Europa zuende war, alles zuende, insbesondre für eine Weiße mit Gewohnheiten, Tabus und Deformierungen, unterließ Martin einen kritischen Blick und sagte, es sei doch völlig egal, und sie ziehe so einen Blödsinn besser überhaupt nicht mehr an. Er drückte ihr wieder die Zeitung auf den Kopf, weil ihr Fensterplatz, den sie mit seinem daneben nicht tauschen wollte, immer stärker angeheizt wurde von der Sonne. Einen Hut brauchst du, weiter nichts. Der wird sofort gekauft. Einen Hut, obwohl Brot angeblich nur vormittags . . . aber in Hurghada mußte es zumindest einen Hut geben.

Zwischen dem Fahrer und dem hochgestapelten Gepäck lagen seit Suez ein paar Flaschen Joghurt, etwas Gemüse und eine Kiste voll Fischen, beäugt von allen, da der Eisblock, der darübergelegt worden war, zu einem wasserfarbenen, wässerigen Etwas zusammenschmolz. Martin sah, daß Franza auf diese Kisten starrte, es war die erste Anteilnahme, die sie zeigte für etwas in diesem Land. Nie empfundene Besorgnis um Nahrungsmittel, um einen Fisch, um die Feldflasche mit Wasser vor allem, die der Kondukteur von Zeit zu Zeit herumreichte, dazu einen Metallbecher, aus dem alle tranken, jeder vorsichtig, keinen Schluck zuviel. Die zwei ersten Male hatten Martin

und Franza noch höflich gedankt, das nächste Mal sah Franza Martin erst gar nicht an, um kein Nein mit den Augen zugeworfen zu bekommen, sie trank rasch, Martin sagte nichts, nahm ihr den Becher weg, tat als trinke er, und gab ihn zurück. Er schob Franza das Buch hinüber.
Es ist nicht ratsam außerhalb der guten Hotels.
Frisches Obst möglichst geschält.
Wenn nicht möglich, mit Seife waschen.
Dann in Kaliumpermanganat 10 Minuten stehen lassen.
Leitungswasser zu Trinkzwecken nur in großen Städten.
Nur abgekochtes Wasser und dünnen Tee oder Sprudel.
Als Vorbeugungsmaßnahme bei starkem Mückenbefall jede Woche 2 Tabletten Resochin Bayer.
Bilharziakrankheit, ägyptischer Blasen- und Darmwurm, Roter Hund, genannt Nilfriesel, häufig auftretend.
Durchschwitzte Unterwäsche häufig wechseln, nur einmal am Tag mit Seife.
Nicht öfter als dreimal am Tag duschen, Sublimatspiritus 1 pro mille.
Staubinde, Rasierklingenschnitt, Eldoform, Farbwerke Hoechst Abt. Behringpräparate, 10 ml.
Sie mußten beide lachen, während ihnen die Buchstaben und Worte, grell beleuchtet, vor den Augen herumrutschten.
Ja, die Farbwerke Hoechst und Bayer, sagte Franza, und hoffentlich duschst du nicht zu oft.

Wer fürchtet hier die von den Weißen katalogisierten Bakterien. Wer wäscht einen Becher aus, wer kocht das Wasser ab, wer laust die Salatblätter, wer nimmt den Fisch unter die Lupe? Hunger, Durst, wiederentdeckt, die Gefahr, wiederentdeckt, die Ohren, die Augen geschärft auf die Außenwelt gerichtet, das Ziel wiedergewußt. Ein Dach über dem Kopf, ein Nachtlager, Schatten, ein wenig Schatten. Das Benzin soll reichen, kein Reifen platzen, keine

Zündkerze verschmutzen, die Achse nicht brechen. Der Weg soll nicht verloren gehen, die Markierungen sichtbar bleiben. Die Piste ist schmal, fast nie zu sehen, weil nur die Räder auf ihr Platz finden.
Der Wind erhob sich zum erstenmal, griff in den Sand, der flüchtige Boden löste sich bedrohlich in der Luft auf. Er zeigte seine wahre Beschaffenheit. Die Augen und die Wüste fanden zueinander, die Wüste legte sich über die Netzhaut, lief davon, wellte sich näher heran, lag wieder im Aug, stundenlang, tagelang. Immer leerer werden die Augen, immer aufmerksamer, größer, in der einzigen Landschaft, für die Augen gemacht sind.

Wie sanft ist die Überredung der Wüste, die ihre feinen Zeichnungen ausspielt. Was suchst du in dieser Wüste, sagte die Stimme in der Wüste, in der nichts zu hören ist. Warum bin ich so verlassen. Warum ist das Rote Meer so voll von Haien, der grausamsten Tiere voll? Und die Stimme antwortet nicht, da es in der Wüste still ist. Diese Wüste hat sich einer vorbehalten, und dieser eine war keine Hotelgesellschaft und keine Ölkompanie.

Am Abend in Hurghada stand Martin mit dem Hoteldirektor in einem der unbewohnten kleinen Bungalows, Franza, die schon begriffen hatte, daß viel mehr nicht Hurghada war, sah den beiden herablassend zu, hier war nichts zu besprechen, aus der Leitung war nie Wasser gekommen, nicht nur als sie sich die Hände waschen wollte, die Dusche war ausgedörrt, der Boden, das Becken verschmutzt, verkrustet, von kleinem Sand- und Meerungeziefer bewohnt. Bis hier herauf komme das Wasser nicht, der Druck sei zu schwach, gab der Direktor zu. Sie gingen mit ihm hinunter an den Strand und zogen in eine der älteren Hütten, die dort versuchten, ein Stück Siedlung gegen ein paar weitre hundert Kilometer Niemandsland und den

Sandangriff zu halten. Franza war zufrieden, weil die Dusche tröpfelte, und mit dem Rest fand sie sich ab, auch daß von nun an immer Sand in den Schuhen sein würde, daß immer welcher auf der Haut klebte oder durch die Kleider rieselte. Martin und Franza gingen in das große Haus, in den Speisesaal, der den Speisesälen in aller Welt nachgebildet war. Gedecke, eine Bar, Leute, die sich unterhielten.

Es war schon zu dunkel, um den Strand zu sehen, die Sonne verleuchtete im Roten Meer. Sie starrten durch die Fenster nach dem Mekka für diesen unwirklichen Sonnenuntergang. Unter den Fremden in diesem Saal waren sie die einzigen, die zur Erholung hierhergekommen waren. An der Bar hielt ein Fernsehteam Beratungen ab, und abwechselnd versuchten die Teamleute, mit Kairo zu telefonieren, wegen eines Permits, auf die Verbindung warteten sie vergeblich, Kairo war diesen Abend mit Hurghada nicht mehr zu verbinden. Es wurde Martin, der an die Bar ging und ein Bier bestellte, nicht klar, was das Team wollte, jedenfalls noch weiter nach Süden und filmen, aber was, das Rote Meer von außen oder die Wüste zusammen mit dem Meer oder, da es Boote mit Glasböden geben sollte, das Rote Meer innen, Meeresfauna, Korallenbauten? Es war dann nur von einem Glasboot die Rede, und das funktionierte jetzt nicht, wo das Team filmen wollte, und Kairo meldete sich nicht. Außer den Arabern, die beziehungslos über den Saal verteilt waren, gab es festzustellen: drei krebsrote, übermüdete Naturhistoriker aus Paris, auch mit Interessen für das Rote Meer, aber wissenschaftlichen, und die drei Herren waren der Schandfleck des Speisesaals, da ihre Schuhe, Anzüge, ihr herumgelagertes Gepäck – intakt nur noch die Tauchanzüge und Kameras – schon aus dem Leim gingen, sie tranken auch Bier, natürlich erst als die Sonne sich davongemacht hatte, und ihre Hüte hatten sie noch auf dem Kopf, als sie die Biergläser hoben.

Martins Begabung, seine Umgebung rasch festzustellen und aus Gesprächsfetzen Personenumrisse zu erhalten (die Franzosen sprachen immer von Eingeborenen, hoffentlich verstand keiner von den Ägyptern französisch), die Begabung genügte, um jedesmal, wenn er sich von ihr entfernt hatte, zu Franza mit ein paar Informationen zurückzukehren. Er versorgte sie wie eine Nachrichtenagentur und ein Märchenerzähler, denn sie saß bloß da und wartete auf das Essen. Da ihn das Warten auf den Fisch, der ihnen angekündigt wurde, nur noch hungriger machte, einen Fisch, den sie jeden Mittag und Abend danach wiedersehen sollten, stand er auf und sagte, er wolle vor dem Essen schwimmen gehen, schließlich hatte der Gedanke an Wasser und schwimmen ihn während der Fahrt bei einem Rest von flauer Laune erhalten. Franza nickte, sie wollte gern allein sein und sich üben in dem Alleinbleiben, und sie war beschäftigt mit der Fahrt, die er vergessen wollte. Martin kam unverhofft rasch wieder, er setzte sich und traute sich nicht, sie anzusehen. Man kommt nirgends ins Wasser hinein. Ich muß mir das morgen genau ansehen. Es dürften Quallen sein. Nein, nicht Quallen, nicht ein paar, verbesserte er sich, weil er sie lächeln sah, es muß ein ganzes Minenfeld davor sein. Am Morgen darauf lag der Minengürtel aus kleinen lilafarbenen Quallen schaukelnd im Wasser, weil leichte Flut war, und nach dem Mittag lagen wirklich alle im Sand, so dicht, daß man keinen Fuß dazwischensetzen konnte. Martin stand mit Franza am Strand und fluchte, wie konnte man hier bloß ein Hotel herbauen und zu Badefreuden einladen, was für ein Land, was für ein Meer, sagte er. Sie lachte ihn aus. Weiter oben oder unten mußte es einen Badestrand geben. Aber Martin sagte zornig, in dem verdammten Buch steht doch, die älteren Ägyptenreisenden hätten dieses Meer immer gemieden, und erst in neuerer Zeit – wir sollen da wohl den Anfang machen! Die älteren, die dürften recht gehabt haben.

Während sie kilometerweit nach Süden gingen, die Kleider über dem Arm, rechnete er sich aus, was sie tun könnten – das Flugzeug nach Kairo zurück, da müßten sie noch vier Tage warten, und den Wüstenbus zu nehmen weigerte er sich, Kairo hatte er wegen Franza im Auge, er hingegen wollte nach Luxor, obwohl Gerüchte gingen, daß es keinen Platz mehr dort gäbe wegen des Staatsbesuchs. Aber Franza dachte, daß Hurghada gut sei, sie legte sich neben ihn in den Sand und salbte sich und ihn mit Ölen und Spray. Der Strand wurde nirgends besser. Zurück ging sie nur eine Weile mit Martin, dann überhalb des Strands und erreichte einen Sandhügel, auf dem riesige flache Knochen lagen, ein Schlachtplatz, den die Sonne aufgeräumt hatte, dort zog sie sich wieder an, weil die Ortschaft zu sehen war, versteckt in der Wüste.

Das Tankschiff war ausgeblieben. Es wurde zur Abendunterhaltung an allen Tischen. Der Direktor ging herum und bat, die Duschen nicht mehr aufzudrehen und sich nicht mehr zu waschen. Die Wasserreserve, die einzige auf über tausend Kilometer, war zwar nicht in Gefahr, aber Martin und Franza begriffen erst jetzt, was mit dem Wasser war. Für die paar Quadratmeter, auf denen versuchsweise Pflanzen gezogen wurden vor dem Hotel, für alle Fellachen und Beduinen, die das Recht hatten, hierher zu kommen, mußte das Wasser von Hurghada reichen, denn an einer wasserlosen Küste gehörte es allen, dieses teure Wasser, und durfte keinem verweigert werden. Ein ungeschriebenes Gesetz trat in Kraft, vor dem sich auch ein fortschrittlicher, berechnender Hoteldirektor und zwei Fremde beugten. Wasser, begehrter als Kaviar und Gold, als Diamanten und Grundstücke, kostbarer als Monatsgehälter und Versicherungen, als Wahlrecht und als eine ganze Charta von Rechten. Es fiel unter das älteste Gesetz, das nicht verletzt werden durfte.

Du siehst, sagte Franza, es darf auch mir hier etwas nicht verweigert werden. Ich komme zu meinem Recht.
Zum erstenmal meinte er, daß es richtig gewesen war, sie mitzunehmen, weiß der Himmel, was sie hierher passen und so rasch begreifen ließ. Sie ging nicht mehr gebückt und hielt sich immer seltener verkrampft am Tisch fest. Wasser, ein Hauptwort, und ein Existenzkampf auf den letzten begehbaren Quadratmetern, zwischen einem mörderischen Meer und ein paar Kontrollstationen in der Wüste, die machten in ihr etwas lebendig, und dieser Stolz, mit dem sie sagte: ich werde hier zu meinem Recht kommen.

Martin, der wegen seines Sonnenbrands nicht mehr aufstehen konnte und hohes Fieber hatte, ein ohnmächtig gewordener Beschützer, sagte manchmal zu ihr: mir kommt vor, daß du hier wieder gesund wirst. Sie nickte, dann fing sie zu weinen an, aber so, daß er es nicht sah, sie drückte ihm den dampfenden Lappen, aus dem das Wasser verdunstete, auf das Gesicht.
Franza zeigte noch immer eine hartnäckige Abneigung, nach Kairo zurückzukehren, sie drückte sich nicht klar aus, entweder mochte sie die Stadt nicht oder sie wollte hier wirklich weiter, in die Wüste hinein oder hinunter, diese Wilde, die aufzuleben begann, wo ihm der Mut sank. Darüber war kein Zweifel, daß auf einmal ihr Fleisch mit ihr zusammenhielt, unter einer ehernen Notwendigkeit, oder etwas (was?) half ihr, Gewalt darüber zu bekommen, sie zitterte stundenlang nicht und wurde braun und fest. Er brannte wie ein angegrilltes Stück Fleisch und konnte trotz seines tadellosen Kreislaufs und eines Geologenherzens, im Gebirg und in Kohlenbergwerken gestärkt, an alle Strapazen gewöhnt, nur daliegen und an einem Lappen saugen. Er erholte sich rasch. Er ritt mit ihr in die Wüste, er fragte sie: warum willst du nicht nach Kairo zurück? Darauf gab sie nie Antwort. Mit den Pferden kamen sie gut zurecht,

aber Franza setzte sich die Kamele in den Kopf, obwohl sie Angst hatte vor den Dromedaren. Das Aufsteigen und Landen, wie sie es nannten, mit dem Kamel, machte ihr Angst, sie meinte immer, vornüberzufallen, wenn das Tier aufstand oder in die Knie ging. Ich habe nicht mehr genug Zeit, um das Reiten auf dem Kamel zu erlernen, ich könnte weit kommen auf einem Kamel, sagte sie mit einer resignierenden Stimme, aber sie packte ihn jedesmal an der Hand, wenn sie ein Zelt sah und zwei oder drei Kamele, die in die Wüste hineingezeichnet waren, mit trägen königlichen Köpfen. Sie war nur wegzubringen durch das Versprechen, weiter durch die Wüste zu dürfen. Auf keinen Fall nach Kairo. Es ist wegen der Frau in Kairo, begriff Martin. Etwas andres konnte sie nicht meinen.

In Luxor war nur ein Hotel beschlagnahmt für den Staatsbesuch. Die Geschwister kamen in dem schöneren alten Hotel unter, allerdings ohne die Klimaanlage, nach der Martin sich seit Quena sehnte, weil ihm dort einer der Wissenschaftsfranzosen von diesen Klimaanlagen erzählt hatte, die jetzt also für die Staatsmänner reserviert waren. In Luxor wurden Lastwagen voll mit Militär ausgeladen, die meisten Soldaten sahen aus, als hätte man sie erst an diesem Morgen in eine Uniform gesteckt, sie gingen mit weiten Hosen, offenen Jacken durch den Ort, der geschmückt wurde mit Lichterketten. Die Soldaten gingen Hand in Hand wie Brautpaare, mehrere Arm in Arm, ein Gewehr hatte auch bei der Ankunft der Präsidenten nur jeder zehnte, wie die andren etwas bewachen sollten, war für Martin nicht zu begreifen. Die Leute waren alle aus den Häusern gekommen, auch die Frauen, in schwarze bis zum Boden reichende Schleier verborgen, hockten gruppenweise auf dem Pflaster und lachten gurrend, und wenn man schräg auf sie sah, konnte man die Gesichter und die versteckten Säuglinge entdecken, junge Frauengesichter, die man sich nicht zu den Männern denken konnte, die hart, unzugänglich und zu früh gealtert aussahen. Ein riesiger Nubier streute Rosenblätter auf die Straße, und vor dem Hotel spielten vier Beduinen auf winzigen Musikinstrumenten. Einer der Männer trat aus der Gruppe, die sich um die Musikanten gesammelt hatte, und fing allein zu tanzen an, auf dem wenigen Platz, den ihm die Zuschauenden ließen. Während des Tanzes wand er sich das weiße Tuch vom Kopf und ließ es zuletzt auf dem Pflaster um sich schleifen. Ein Mann nach dem anderen bat, tanzen zu dürfen. Als sie das seltsame Schreien hörten, das dieses Dorffest unterbrach, gingen Franza und Martin vor das Hotel, und Martin ging gleich wieder mit ihr weg, nachdem die Limousine vorbeigefahren war, es war ihm peinlich, als Fremder regungslos zuzuschauen, und er las lieber die Zeitungen, aus denen Assuan und immer wieder Assuan und der Hochdamm hervorbrachen, von ein paar Verwünschungen der Weltbank und dem Lob auf die sowjetischen Ingenieure unterbrochen. Offenbar waren sie hier in ein historisches Ereignis hineingereist, nicht nur ein paar blockierten Hotels entgegen, und Martin schnitt Artikel aus den Zeitungen, um sich über die aufgedunsenen Amerikanerinnen hinwegzutrösten, die, alle über sechzig alt und mit Stöcken und Riesenhüten ausgerüstet, ihm die Hotelhalle verleideten, die an eine vergangene Zeit denken ließ, an große Reisende, die feierlich bedient wurden, an Nildampfer, die bis zu den Granitbrüchen zogen und nach Elephantine, und obwohl an den Gewändern der Diener nichts auszusetzen war, so waren doch die Gäste nicht mehr da für die Diener, nicht mehr die Gäste für die Tüllbaldachine über kühlen Betten für die Nilwinter. Es war Mai, das Shephardshotel auch längst niedergebrannt in Kairo, kein Platz mehr für die Weißen, und Luxor war ein Dorf, das von einem Präsidenten einem anderen gezeigt wurde, der klein und weißgekleidet und mit einem weißen

Kinderhut verkleidet in der Gluthitze jetzt sicher den Karnaktempel ansehen mußte, und Martin und Franza ruhten sich aus und warteten das Vorübergehen des eintägigen Ereignisses ab.

Der Staats- und Tempel- und Hochdammbesuch verlagerte sich schon am selben Abend nach Assuan, und Franza stellte Überlegungen an, wann sie wieder ins rote Arabien konnten, obwohl sie noch nichts gesehen hatten, und Martin gelang es nicht, ihr begreiflich zu machen, daß sie ihn hindere an allen Vorhaben, hier war doch für ihn noch viel zu sehen. Sie war nicht nach Luxor gekommen, sondern an einen Punkt der Krankheit, nicht durch die Wüste, sondern durch eine Krankheit. Am Abend hatte sie diesen Zusammenbruch. Ich habe gewußt, wie tot ich sein werde, sagte sie. Im Schlamm habe ich es gewußt.

Am Nachmittag waren sie südwärts gefahren mit einem Segelboot und an Land gegangen auf einer Halbinsel. Sie wühlte ihre Füße in den Schlamm und bat Martin, sie in Schlamm einzupacken. Du wirst sehen, sagte sie, mit fiebernder Feierlichkeit, ich werde vom Nilschlamm geheilt werden. Er deckte sie mehr und mehr zu, es machte ihm großen Spaß, sie fing an, wie eine Mumie auszusehen, hob sich nur in Umrissen vom Strand ab. Bevor er mit einer dünnen Schicht ihr Gesicht bedeckte, sehr zärtlich, sagte sie noch, so zum Beispiel wäre es mir recht. Dann lag sie ganz still da und spürte den Schlamm langsam trocken werden. Martin stand auf, weil das Präsidentenschiff vorbeizog, und wie die Kinder und Frauen, die an den Ufern halb im Wasser standen und die Hände wie einen Schirm über die Augen hielten, sah er hinüber. Er mahnte Franza zu gehen, die Sonne war unberechenbar. Ehe ein Hauch von Rot oder Bräune kam, war die Haut verbrannt. Bei dem Versuch, sich zu regen, merkte Franza, daß sie sich nicht bewegen konnte, dann, daß sie ihm nicht antworten konnte, bei dem ersten unhörbaren Wort bröckelte ihr der Sand in den Mund und die Augen, und der Schlamm hielt sie mit einem Zentnergewicht auf dem Boden fest. Sie war eingemauert. Er sah ungeduldig auf sie nieder, verstand nicht, daß sie nicht rufen und nichts erklären konnte. Sie versuchte zu schreien. Er merkte noch immer nichts. Das Blei beschwerte ihre Badekappe. Sie war lebendig begraben.

Im Hotel fielen ihr die Tabletten auf den Boden, sie suchte herum, wieviel habe ich denn schon genommen, Martin, du mußt es doch wissen, ich glaube, ich muß noch eine nehmen, das geht gleich vorbei. Wieviel Tabletten? Martin hob die verstreuten Tabletten auf, er hatte doch nicht gezählt, er kannte sich auch nicht aus. Als sie wieder zu sich kam, sagte sie beharrlich, es sei schon oft ärger gewesen, aber Martin hatte sie noch nie in einem ärgeren Zustand gesehen, sie drehte an dem Tüllvorhang, sie redete nachher soviel. War das ein geschichtlicher Augenblick, fragte sie ironisch, morgen ist doch der 15. Mai, in den Geschichtsbüchern wird etwas stehen von diesem Tag, den ich am Vortag gesehen habe. Was habe ich denn gesehen, eine Limousine und ein Schiff und Rosenblätter. Dann werden sie die Schleusen öffnen, das Wasser wird kommen. Die Geschichte wird den Wassertag verzeichnen. Und ich war lebendig begraben. Meine Geschichte und die Geschichten aller, die doch die große Geschichte ausmachen, wo kommen die mit der großen zusammen. Immer an einem Straßenrand? Wie kommt das zusammen?

Franza wand sich im Schlamm, in den Mund rann der Sand, in die Augen, sie erstickte schon. Noch eine Regung, dann würde sie wirklich ersticken. Wenn sie schrie, dann würde der Sand zustoßen und ihr die Luftröhre füllen. Martin zog sie hoch, und es gelang ihm nicht, sie zu bewegen, er schlug die erstarrten Schlammstücke von ihr. Warum hast du denn nichts gesagt, warum sagst du denn nichts! Sie taumelte ins Wasser mit tränenden Augen, spuckte den Sand aus, tauchte in den Nil. Ich wollte ja schreien, immer wollte ich schreien. Aber ich habe ja nie schreien können.

»Wenn das Ersticken anfing, ging ich rechtzeitig aus dem Zimmer. Ich weiß nicht, ob er es damals schon merkte. Ich schloß mich ins Badezimmer ein. Aber ich wußte nicht, ob er nicht genau wußte. Ich bin jetzt ganz sicher, er belauerte mich. Ob er wußte, wieviel ich schon wußte?«

Jetzt fing das wieder an, und Martin hatte, ohne es zu wollen, schuld daran. Dann kippte Franza weiter mit ihren Gedanken, ihre Hände und Füße verdrehten sich, und sie kippte wieder weiter, und wiederholte etwas von den Kürzeln in Jordans Mappen, der Fall F., ich zu einem Fall gemacht! Dann jammerte sie übergangslos: mein Körper, er ist ganz beleidigt, an jeder Stelle beleidigt. Ich kann so nicht weiterleben. Ich kann das nicht. Wie oft muß ich noch in den Nil tauchen, damit das abgewaschen wird von ihm.

Daran hatte Martin auch schon gedacht, er mußte ihr das wegnehmen, aber es gelang ihm nicht, mit ihr darüber zu sprechen, nicht im Ernst und nicht im Scherz. Es war nicht so leicht. Er beugte sich über sie, küßte sie auf den Hals und zog das Leintuch höher über der Brust. Er mußte sie dazu bringen, mit jemand zu schlafen, ganz gleich mit wem. Er konnte es wohl tun und würde es auch tun, wenn es keine andre Möglichkeit gab, aber er wollte nicht dieses Risiko für sie beide, am wenigsten für Franza, und dann war es die Frage, ob das die Hilfe war. Aber das Fossil mußte er auslöschen. Ein paar Tage Wüste hatten ihn getäuscht, die Verwüstung ging weiter. Sie war todkrank.

Ins Tal der Könige fuhr er zuerst allein. Den ganzen Tag tauchte er in die Stollen, die Felsengräber, hinunter. Am Abend auf der Rückreise traf er die beiden jungen Araber. Er aß mit Franza zu Abend, dann ging er wieder ins Dorf und traf sich mit den beiden. Sie gingen die Anlagen am Nil hinunter, nahmen ein Boot, und er kam spät zurück. Franza wachte auf und sagte, ich weiß, wo du warst. Und du hast mit jemand geschlafen. Martin antwortete darauf nicht, er sagte nur, du mußt in der Nacht mit mir einmal auf den Nil kommen.

Enigma. In einer Nacht am Nil, in der ich nie sein werde, in einer Nacht am Nil, wenn nicht die Dorflampen, sondern alle Sterne angezündet sein werden. (Am Nil, am obersten Nil, weit weg von den Schattenjahren, in denen kein Stern mir in den Mund hing.)

Martin, der, wieder »ganz erschlagen«, wie er es für sich nannte, über die Tempel kletterte oder stehen blieb und die Steinriesen musterte, durch die Steinwälder aus Säulen mit ihr ging, durch diese gewaltigste Nekropolis, sah, daß Franza nur fröstelte. Sie sah nicht das »farbenflammende« Theben, das sich Martin vorstellte mit Hilfe der verbliebenen Farben, diesen kleinen Sternhimmel in den Gräbern, er sah die Goldstraßen zu den Kolossen führen, und sie sah nur Wüste, sie saß oder stand, erdrückt unter diesen Säulen, das war wohl ein Weltwunder, das war es wohl, so viel zum Tod gesagt, und ein so gewaltiges Angebinde für ihn, eine so große Huldigung, und die zeitliche Fortsetzung in ihm nicht die Ewigkeit, sondern die Verlängerung in der Zeit suchend, durch Gold und Stein und Mumifizierung und Zeichnung. Sie lernte die Zeichen leicht lesen. Nie war eine Geschichte, von der sie nichts gewußt hatte, leichter zu erlernen gewesen, hier stand ja alles, keine Botschaft, aber eine Geschichte.

Franza sagte: sie haben die Gräber geschändet. Martin dachte zuerst, sie denke an die Grabräuber, die in seinen Vorträgen, die er ihr hielt, vorkamen, und wie man deretwegen immer tiefere Verstecke für die Toten und die Gräber gesucht hatte. Aber sie blieb hartnäckig. Nein, nicht die Plünderer. Die Weißen. Sie haben die Gräber . . . Sie lassen nicht einmal die Toten liegen. Die Archäologen. Sie haben die Toten weggeschleppt. Sie starrte in das Tutanchamon-Grab und sagte, es ist eine Schande, das alles ist eine große Schande. Verstehst du mich nicht. So sind sie. Ich kann das gar nicht ansehen. Die ganze Schande kommt in mir zusammen, weil sie sonst niemand spürt.

Mit so unvereinbaren Vorstellungen gingen sie durch die Totenstadt, und Martin konnte erst wieder mit Franza rechnen, als sie die ausgekratzten Zeichen sah, in Dêr el-Báhari, in dem Tempel der Königin Hatschepsut, von der jedes Zeichen und Gesicht getilgt war auf den Wänden, durchgehend die Zerstörung, aber keine durch Plünderer und keine durch Archäologen, sondern zu ihrer Zeit zerstört oder nach ihrem Tod, [von] dem dritten Tuthmosis. Siehst du, sagte sie, aber er hat vergessen, daß an der Stelle, wo er sie getilgt hat, doch sie stehen geblieben ist. Sie ist abzulesen, weil da nichts ist, wo sie sein soll. Martin war unsicher, was sie meinte, aber es war tatsächlich das Sonderbarste, das er je gesehen hatte, diese Zerstörungswut, mit Meißeln ausgeführt, dieses Auslöschenwollen einer großen Figur, und er fragte sich, warum das geschehn war, denn darüber war nichts zu lesen, und wenn Ehrgeiz das Motiv für den dritten Tuthmosis war, dann hätte er ihn auch an vielen Dynastien vorher stillen können. Aber der Tempel der Hatschepsut stand da, ein Steinlicht in dieser Totenstadt, griechisch tausend Jahre vor Griechenland. Nie mehr die Griechen. Martin hoffte, er würde nicht in Athen aussteigen müssen, um noch einmal ein paar harmlose griechische Brocken sehen zu müssen, danach war das nicht mehr gut möglich. Aber dafür war Franza ohne Verständnis, sie sagte nur: Er hat sie nicht zerstören können. Für sie hier war das nicht Stein und nicht Geschichte, sondern, als wär kein Tag vergangen, etwas, das sie beschäftigte.

In dem großen Zelt, das mit Teppichen ausgeschlagen war, Tausendundeine Nacht mit einer erbärmlichen Armut verdeckend, waren die Kinder die ganze Nacht wach, sie lächelten Martin an und berührten Franza mit den Fingern, ganz zart, griffen immer wieder nach ihrem rotbraunen Arm, der doch weiß blieb unter den Arabern. Die Kinder, die stillsten, die Franza je gesehen hatte, waren keine Kinder, sie warfen Liebesblicke, hatten Liebesgesten. Weil sie sich nicht zu helfen wußte, sagte sie zu Martin, die Kinder hier sind nicht normal, siehst du das nicht. Das sind eben andere Kinder, sagte Martin und hoffte, sie würde von den Kindern wegkommen und von ihnen in Ruhe gelassen.
Das sind doch gar keine Kinder, wiederholte Franza immer wieder. Sie fing zu weinen an und wiederholte den Satz ein paarmal. Martin packte sie an der Hand, das hieß, wein doch nicht, hör, zum Teufel, auf, hier zu weinen. Das ist eine Hochzeit. Die dicke, in einem durchsichtigen Kleid tanzende Ägypterin, gemästet fett, daß die paar Flitter sie nicht zusammenhielten, ganz anders als die kleinen zarten schwarzverschleierten Frauen aus dem Dorf, sang und bewegte kunstlos ihren Bauch, es waren nur Männer und Kinder im Zelt. Junge und alte Männer, alle ausgedörrt, finster blickend. So ritten sie auf den Eseln von den Feldern herein, ein Ackergerät wie eine Waffe vor der Brust haltend, gefährlich nur auf diesem Esel, auf dem sie ritten, bedrohlich, nicht mehr bedrohlich in der Nähe, sie rückten beiseite, sie redeten im Staccato mit Ahmed und Sallah, und Franza bekam eine Coca-Cola-Flasche in die Hand ge-

drückt. Aber die Kinder. Die Kinder betasteten sie noch immer und warfen ihr diese Blicke zu, lieb mich, lieb mich. Keins war älter als dreizehn, und schon die ganz kleinen hatten die Verführerblicke, nichts davon war zu finden in denen der Erwachsenen, die pausenlos rauchten. Franza sah Ahmed und Sallah forschend an, sie waren noch schön, weil sie jung waren, aber die Blicke hatten sie nicht mehr.

Was suchst du in dieser Wüste, in dieser Totenstadt, Westufer, Ostufer, gleich welches Ufer, ist doch nur Wüste da und dort. In der Straße der tausend Sphinxe, der tausend Widderschädel heimgehend, von deiner Angst flankiert, flankiert von nicht einer Sphinx, von tausend Sphinxen, steinern, mit Händen zu greifen. Was, in dieser einzigen Landschaft, die nichts sagt, die sich nicht ausspricht, über die nichts zu sagen ist. Was willst du hier? Die Reinheit vor Augen und wovor auf der Flucht, gehetzt jeden Tag in die Wüste und wieder in die Wüste, um dort noch mehr Wüste mit den Augen zu trinken.
Wo ist der Golf von Akaba! Gehetzt immer noch, über den Nil setzend, in der Nacht am Nil, im Segelschatten, der allein dunkel ist. Was willst du in dieser Wüste. Läßt die sich ein mit einem Fremden, der den Nimbus eines Schwachsinnigen hat, gefoltert von Worten, die nachklingen, von Handlungen, die ihn noch immer zittern machen und die von keinem Paragraphen für strafbar erachtet werden. Ich werde hier zu meinem Recht kommen. Aber das Alibi der Weißen ist stark. Vergiß das nicht. Nichts ist unterblieben, um dich aus dem Weg zu räumen, dich auf den Minen ihrer Intelligenz, die sie mißbrauchen, hochgehen zu lassen, dich ihren Plänen und Machenschaften dienstbar zu machen.

Die Weißen kommen. Die Weißen gehen an Land. Und wenn sie wieder zurückgeworfen werden, dann werden sie noch einmal wiederkommen, da hilft keine Revolution und keine Resolution und kein Devisengesetz, sie werden mit ihrem Geist wiederkommen, wenn sie anders nicht mehr kommen können. Und auferstehen in einem braunen oder schwarzen Gehirn, es werden noch immer die Weißen sein, auch dann noch. Sie werden die Welt weiter besitzen, auf diesem Umweg.

Schmerz, seltsames Wort, seltsames Ding, in der Naturgeschichte des Menschen dem Körper zugedacht, aus dem Körper abgewandert und brisanter gemacht in seinem Gehirn. Ich bin in der Wüste, um meinen Schmerz zu verlieren, und verlier ich ihn nicht, der durch meinen Kopf, durch meine Atemorgane, durch die Herzcoronarien wütet und bis in die verdrehten Extremitäten, dieser wahnsinnige Schmerz, der sich alle paar Stunden ein anderes Feld aussucht, um mich auszuprobieren, meinen Kiefer, um ihn zu sperren, meine Zähne, um sie klappern zu lassen, meine Hände, damit sie taub werden, fremd an mir weghängen und mir die Schale aus der Hand gleitet, und wenn ich den nicht mehr verliere, nicht in diesen Knien, die einsacken, diesen Augen, in denen nach dem vorübergehenden Tod die Pupillen schaukeln und schief stehen. Und wenn ich den Schmerz nicht mehr verliere . . .
Martin sah in ihre schielenden, offenstehenden Augen und drückte sie langsam zu, er behauchte sie wieder. Was suchte sie in dieser Wüste?
Er konnte sie nicht bis zum Golf von Akaba bringen, aber er schwor sich, er werde sie hier noch einmal lebendig machen oder töten, damit das ein Ende nahm. Aber nachts stand er auf, wenn sie schlief, denn sie schlief jetzt oft sehr gut, und er traf die beiden.

In dem Hochzeitszelt saß Franza angestrengt bis nach Mitternacht, die Bauchtänzerin bewegte noch immer ihren

Bauch, und die Musik wiederholte sich, eine ungewohnte Litanei. Franza hielt sich kaum mehr aufrecht, sie tat es Martin zuliebe und weil Ahmed und Sallah diesen Aufenthalt recht kurz hielten für ein dreitägiges Hochzeitsfest, sie wollte auch nicht mehr auf die Braut und den Bräutigam warten. Im Hof war das Kamel gelegen, als sie gekommen waren, sie war hingegangen und hatte mit ihm gesprochen, wie früher mit den Kühen und Pferden in Galicien. Als sie den Kopf zurückfallen ließ, steif, auf dem harten Sessel, stand Martin auf und die beiden Araber mit ihm, sie gingen über den dunklen Hof. Das Kamel war nicht mehr da. Einige Meter weiter, im Sand schon, blieb Franza stehen, sie war auf roten Sand getreten, aber der Sand war nicht nur rot, sie stand im Blut. Dann sah sie auf und zu der Stallaterne an der Wand. Dort lag jetzt das Kamel, und einige Männer standen darum herum, die Kehle war ihm durchschnitten, und Franza rührte sich nicht in dem blutigen Sand. Komm, sagte Martin. Ich kann nicht weiter. Die Männer hatten riesige Messer und schnitten in das Kamel, sie hatte es schon begriffen, ehe Ahmed und Sallah es ihr erklärten, aber ich will nicht durch das Blut, durch diesen Sand, der von seinem Blut . . . sie wurde an den Armen gezogen von einer weißen und einer braunen Hand, sie watete durch den blutenden Sand. Das Kamel, sie hatten das Kamel getötet. Ich weiß, wie ich aussehe. Ich sehe aus wie das Kamel, das mich ansieht. Es war ein Geschenk des Bräutigams, sagte Ahmed. Es gab keinen anderen Weg von dem Zelt und aus dem Hof heraus.

In dem Hochzeitszelt stiegen die Kinder über die Sessel und zwischen den Reihen durch bis zu Franza. Den Kretin sah sie erst, als Martin ihn ihr zeigte. Sie sah und sah nicht, sie hatte noch nie eine so grausige Gestalt gesehen, auch auf keinem Höllenbild gemalt, einen Kahlschädel, der auf der Erde hockte, mit von biblischen Schwären bedeckten verdrehten Armen, mit verdrehten Beinen, nicht größer als ein Kind. Die Kinder traten auf seine Füße, zwei kleine Mädchen setzten die Coca-Cola-Flasche an seinen Mund, die Ahmed und Sallah bezahlt hatten. Er ist ein heiliger Mann, sagten sie. Schau doch, befahl Martin, aber sie sah starr an dem Kretin vorbei, sie hatte trotzdem sein Grinsen noch im Vorbeischauen gesehen, sie wollte nicht einmal bis zum Boden blicken, wo die Kinder auf ihn traten, und er grinste, ohne Gefühl für die Tritte, jetzt bezahlten andere Männer eine Flasche für den Kretin, und Franza dachte, wenn ich aufstehen muß, dann werde ich ihn sehen müssen, ganz; einmal kam sein verkrüppelter Fuß bis zu ihrer Sandale, sie sagte, Martin! – jetzt berührte der Kretin sie, sie ließ ihre Coca-Cola-Flasche fallen, in den Sand unter den Holzsessel. Sie starrte auf die Bauchtänzerin. Es mußte drei Uhr früh sein, Martin, es ist spät. Ich kann aber nicht über ihn hinwegsteigen, das kann ich nicht. Das ist alles schon in mir. Er fährt in mich, deswegen kann ich nicht hinschauen. Der Kretin hatte einen riesigen Schädel, der direkt über seinem Gesäß zu sitzen schien.

Haschisch, hashinin, assassin, zu Mörder abgeleitet, assassin, Cannabis indica, Kif, und auf wieviel mehr Namen noch hört der Hanf? Sallah und Ahmed hatten nur ein winziges Stück bekommen können, aber ein sehr gutes, hartes erdbraunes Stück. Sie prüften es und ließen es Martin und den verrückten Irländer befühlen. Desmond hatte sich eine Galabaya angezogen, und Franza sagte ärgerlich: Sie sehen kostümiert aus, verkleidet, und sie ließ nicht zu, daß Martin sich verkleidete. Ein sowjetischer Ingenieur, der am Hochdamm arbeitete, wollte bleiben, fuhr aber dann doch weg.
Sie setzten sich an den Tisch und fingen an, vorsichtig aus den Zigaretten den Tabak herauszubröseln, während die beiden jungen Araber das Stück Haschisch zerkleinerten

und das Mischen mit dem Tabak übernahmen. Dann wurden die Zigaretten langsam wieder gestopft, nicht zu lokker, nicht zu fest. Es geschieht mit äußerster Vorsicht, ist eine Handlung, ist ein Zeremoniell. Sie begannen alle gleichzeitig zu rauchen. Nach den ersten drei Zügen legte Franza die Zigarette in den Aschenbecher und sagte, ich will nicht, Martin gab ihr die Zigarette wieder und sagte: Tu es. Tu es für dich. Was wollte er nur von ihr? Sie verstand auf einmal nicht mehr, was er ihr zu befehlen anfing, er hatte etwas beschlossen für sie, er wollte einen Keil treiben zwischen sie und die Krankheit oder zwischen sie und Wien, und sie fing wieder zu rauchen an, gehorsam, sie spürte nichts. Daß Schweigen der Brauch war, mußte nicht gesagt werden. Als Martin ihr die dritte Zigarette gab, bemerkte sie, wie die Gesichter der andren sich nach innen kehrten, und sie sah zum erstenmal ein sanftes Lächeln auf dem braunen und auf dem dunkelbraunen Gesicht. Der Irländer war aufgestanden und hatte sich auf den Teppich gelegt, er hatte seine dritte Zigarette schon geraucht.

Es geschieht, es geschah etwas, erst unmerklich, dann schneller, der Rauch fing an, in Schwaden durch den Körper zu ziehen, Franza fühlte ihn zuerst in den Schenkeln, er fing das Fleisch zu quälen an und niederzuhalten. Sie wollte aufstehen, in einer Panik. Wo waren die anderen hingeraten, wo sind die, wo ist jeder. Es war unerträglich, so noch einen Augenblick sitzen zu bleiben – Augenblick, wenn das noch ein Augenblick war, da war schon die Zeit weg, keine Zeit mehr, der Raum in der Bewegung, der Körper in Gegenposition zur Zeit und dem Raum hier. Sie kroch, da von niemand Hilfe zu erwarten war, von dem Stuhl herunter, ließ sich gleiten, kroch auf dem Boden mit aufgesperrten Augen, es war schon gefährlich, wenn einmal die Lider den untren Lidrand berühren mußten. Sie erreichte die Terrasse, die mit Teppichen ausgelegt war,

und legte sich auf den Rücken, die Augen nach dem Licht im Zimmer dirigierend. Sie hatte zuletzt ganz tief inhaliert, den Rauch angehalten in den Lungen, bis zum Erbrechen, aber die Übelkeit war keine wie vor dem Erbrechen: sie wendete das Fleisch um. Franza schloß die Augen und ließ sich hinunterstoßen. Wo hinunter? Sie wollte zurück vor Entsetzen, weil sie nicht mehr einen, sondern zwei Körper hatte, sie hatte sich verdoppelt, sie verschränkte die Hände über der Brust, aber da verschränkten sich ihre anderen riesigen Hände auf ihrem anderen Körper. Ich bin zwei geworden, einmal riesengroß und einmal von meiner Größe. Ihre beiden Körper, auf dem Rücken liegend, kamen in die Schwebe, die vier Füße gingen in die Höhe, die zwei Köpfe blieben auf dem Teppich, ich muß eins werden, sie dachte immerzu nur daran, daß sie wieder eins werden müsse, sie riß unter dieser Anstrengung die Augen auf, es war alles da, wie sie es verlassen hatte, das Zimmer, die Lampe, sie sah die Galabaya von Ahmed, seinen herabhängenden Arm, dann drückte es ihr wieder die Augen zu. Unter ihre Körper wurden Schraubstöcke gefahren, Hüften und Rükken hineingepreßt, gequetscht. Kein Stellungswechsel mehr möglich.
Unter den geschlossenen Lidern lief ein Zeichenband, mit schwarzweißen Ornamenten bedeckt, es lief und lief, und die Hieroglyphen walzten über ihre Augen, unter ihren Augendeckeln. Die Augen wieder offen, blitzschnell geöffnet trotz des Drucks, damit diese unentzifferbare Schrift ins Stocken kam. Versicherung, daß alles noch da war, wieder das Zimmer. Ein schaler warmer Geruch vom Nil. Ein Ende mit der Schrift. Ein andrer Anfang. Sie krampfte die Hände fest um ihre Körper, in denen alles für diese Hände fühlbar wurde, alle Arterien und Venen, die Muskeln, alle Knochen, ein Röntgengefühl, niemand konnte einen Körper so durchleuchten und zerlegen, wie er ihr aufging durch diese Gefühlssonden. Sie warf sich auf die Seite und

rollte wieder auf den Rücken. Das Minarett von der Moschee. Versicherung, die ist wirklich, das war zu sehen gewesen, der Schraubstock löste sich. Sie flog auf das Minarett zu, kam wieder zurück auf den Teppich, flog wieder hin, begann zu lächeln. Gestöber von Gedankengeschossen im Flug, es denkt sich etwas, rasend schnell, zu schnell für ein Hirn, die Gedanken fegen und wirbeln neue Gedanken auf. Die Weißen kommen. Nicht denken, nur nicht mehr denken und so zerstäuben. Die Augen müssen noch einmal –. Einmal müssen die Augen aufgehen. Ich will wieder fliegen, ich will ankommen, Sire, ich will ankommen.

Franza wußte nicht, wann sie wieder in die Zeit zurückgekommen war und was im letzten Augenblick vor der Rückflugschneise ihr andrer Zustand gewesen war, eh sie mit einem Körper, eins geworden, im Schlaf aufsetzte, wann sie eingeschlafen war.

Sie wachte, von Martin geweckt, auf dem Teppich auf. Ja, sie war gestern abend auf die Terrasse gegangen. Der Morgen war hell, schon zu heiß. Sie gingen ins Hotel zurück mit klaren Köpfen, brauchten sich nicht einmal an den Kopf zu greifen. Sie versuchten, sich die Nacht zu erzählen, aber Martin verstand Franza nicht, am wenigsten das mit ihrem doppelten Körper, und sie verstand nicht, was er gehört hatte. Was war denn zu hören gewesen? Martin machte ein paar Anläufe, ihr das mit seinem Hören der Klangkörper zu erklären, und gab es auf. Der Hanf hatte sie in verschiedene Gegenden geschickt.

In der Ferne, wieder am Roten Meer, weiter im Süden, das rote Arabien eingehandelt gegen das schwarze Ägypten, in einem Auto den Shell-Ölfeldern entgegen. Kein Tank, kein Wasser. Martin und die beiden Männer wollten tauchen, ihr eine Stelle finden zum Schwimmen, aber sie kamen sofort wieder zurück, da nur ein Gewölk von Schlangen im Wasser war. Franza ging an einer seichteren Stelle ins Wasser; nachdem sie es untersucht hatte, denn es war ihm keinen Meter weiter zu trauen, legte sie sich flach ins Wasser, dann wieder an den Strand. Sie sonnte sich, schlief ein. Die Männer fuhren weg, um zu tanken.

An dem einsamsten Strand der Welt fuhr sie in [die] Höh und fing zu gehen an, neben diesem Höllenbassin, vollgepfropft mit Quallen, Spinnen, Krabben, und am Strand lief das zwischen ihren Füßen, flog auf, was sich herausverirrte, Stechendes, Klebriges, Verfolgendes. Sie fing zu laufen an und sprang immer auf die paar Handbreit Sand, die frei waren. In der Helle war nichts zu sehen, dann wanderte ein Schatten über die Piste, sie hörte das Geräusch von einem Auto, das mußte der Wagen sein, aber Geräusch und Schatten verschwanden, und sie lief noch immer.

Dann stand sie, suchte sich eine Stelle zum Stehen aus, zwischen dem, was krallen, stechen, zutschen wollte, und die Sonne stand genau über ihr. Da sah sie das Bild, in dem roten Arabien. Nicht mehr die immer vorgestellten Bilder von der Frau in Kairo, nicht mehr die Blutlache, das abgestochene Kamel, nicht mehr den Kretin. Sie schaute fassungslos. Ich sehe. Und jetzt wieder. Ich sehe, was niemand je gesehen hat, ein Bild, sie ging ein paar Schritte, zu langsam, und das Bild zog sich zurück. Ihre Haut fing zu brennen an. Ich muß laufen, es wird schon deutlicher, er ist es, ich muß noch bis zu ihm, aber es war nicht Martin, der zurückwich, aber er ist es ja, er in dem weißen Mantel, er steigt aus dem Bild, er ist gekommen aus Wien, in dem Trostmantel, um mich heimzuholen, nein, in dem schrecklichen Mantel, den er abwirft, aber er ist es nicht. Mein Vater. Ich habe meinen Vater gesehen. Er wirft seinen Mantel ab, seine vielen Mäntel ab. Sie legte ihre Hände über den Kopf, damit ihr Kopf nicht in Feuer aufging. Aber es ist nicht er, er ist nicht mein Vater. Wer ist er denn? Sie begann schneller zu laufen, und schwarz und hochaufgerichtet kam das über den Strand und war über dem Sand und faßte wieder Fuß. Aber schwarz und finster und jetzt über den Strand kriechend, sich wälzend, kam es. Gott kommt auf mich zu, und ich komme auf Gott zu. Sie lief wieder und weinte, weinte, und weil kein Wort aus ihr herauskam, nur der Zigarettenschleim in ihrem Hals hochkam, spuckte sie in den Sand und lief weiter. Ich habe Gott gesehen. Zum Greifen nah, zwischen, wo bin ich? Safaga und, zwischen Safaga, kurz vor Safaga, schöne Berge um und über 2000 Meter, im Zelt neben dem Militärposten, wo ist der Posten, die Phosphatgesellschaft, ehemaliger englischer Hafen, man muß zulassen, daß ich es noch erreiche. Die Phosphatgesellschaft kann Gott nicht verhindern.

Sie stürzte und kam auf die Knie zu liegen, und da lag Er vor ihr, ein schwarzer Strunk, aus dem Wasser geschwemmt, eine Seewalze, ein zusammengeschrumpftes Ungeheuer, keine dreißig Zentimeter lang, in dem ein leises Leben war. Darauf war sie zugerannt. Sie weinte noch immer, griff nach dem Tier und schob es ins Wasser zurück, ließ es ins Meer schaukeln. Ich habe ein Bild gesehen. Sie blieb liegen, mit den Konvulsionen, wie auf dem Korridor in Wien, auf einem Parkettboden, einem Linoleumboden, in einem Spitalsbett, jetzt wieder im Sand, auf dem die Kamele verbluteten, sie lachte und lachte und lachte – und in ihr Lachen, die Einfallsstelle für die Dekomposition: wer bin ich, woher komme ich, was ist mit mir, was habe ich zu suchen in dieser Wüste, trat, ja trat nicht, da ja nichts eintreten kann, da trat etwas sie nieder und mit ihr das andre, den halben Tod, die halbe Vernunft, das halbe Tier, den halben Menschen, die halben fünf Sinne, die eine Schwester, die andre Frau, das von der Sonne

anvisierte Fleisch im Verderben, im Übergang zu etwas nicht Erkennbarem.
Sie schrie. Martin hob sie auf, und sie trugen sie zu dem Wagen auf der Piste.

Die arabische Wüste ist von zerbrochenen Gottesvorstellungen umsäumt.

II

Im Westkorridor ist der Mumiensaal. Das sechzehnschichtige Leinen, immer dünnblättriger über allen Körpern der Könige und Königinnen, ist brüchig, wo es noch ist. Die Totenschädel treten hervor, eingesunken sind die Stirnen, die Reste der Binden sind grau, gräulich. Das Grauen für 45 Piaster Eintritt, für 5 Piaster wäre das ganze Museum zu sehen, aber hier drängten sie sich, nicht die Grabschänder, Soldatenhorden und Beduinen auf Schatzsuche, sondern das Publikum, die Leicas im Anschlag, die von Gier entstellten Gesichter bis dicht über die Grabsärge gesenkt, Breughelfiguren aus Holland, aus Deutschland, aus Dänemark, mit sonnverbrannten Unterarmen und glühenden Nasen, irgendwoher jedenfalls, wo das Fleisch sich leicht rötet. Farbfilm oder nicht, das ist die Frage. Martin ging einmal rasch durch den Raum, an allen Glaskisten vorbei, nur um die Namen festzustellen, denn Franza wollte wissen, bei wem sie das noch gewagt hatten. Sie blieb im Eingang stehen, weil sie sogleich den dritten Amenhôtep gesehen hatte, den großen, den Märchenkönig mit den gelben Sternen über seinem blauen fernen Totenzimmer und den Koloß-Erschaffer. Hierher hatten sie ihn gebracht, und sie stand da mit einem Billet, aber sie würde es nicht benutzen, auch auf keine dritte Aufforderung des Saal-Wächters hin, und sie fragte Martin: sind wirklich alle darin? Martin war endlich einmal mit seinem Empfinden nah bei dem ihrem, sie sah ihm das an, er zählte hastig betreten auf, wen sie hier noch ausgestellt hatten, die Rammessiden, alle, die Nefertiti auch, Mentuhôtep auch. Franza hörte nicht mehr zu, sie blinzelte mit fast geschlossenen Augen zu dem dritten Amenhôtep, so wie sie beinahe den Kretin angesehen hatte, und doch an ihm vorbei. Sie krümmte sich plötzlich, es riß ihr den Kopf nach unten, und sie erbrach sich vor dem Mumienzimmer. Ein Gerinnsel von Tee und kleinen Brotbrocken war auf dem Boden, Franza war erleichtert, es würgte sie noch ein paarmal: ich habe euch, euch Leichenschändern, wenigstens vor die Füße gespien. Der Wächter ließ sich ein Trinkgeld von Martin geben, hob aber ratlos die Arme, zeigte sich verständnisvoll, die Hitze. Die vertrugen doch alle die Hitze nicht, diese Fremden. Franza nahm Martin die Zeitung weg und wischte den Boden. Zwei junge Deutsche, die dauernd fotografiert hatten, eine Mumie, ein Skelett nach dem anderen, bald in die Knie gehend, bald sich auf die Zehenspitzen stellend, machten einen Bogen um Franza und wechselten weiter weg von dem Zimmer ihre Filme aus.

Ihr Toten zwischen 9 und 12 und von 4 bis 6. Hier ist ein unbenutztes Billet, hier ist einer, der will euch nicht zu Staub verfallen lassen, der will euch das Leinen wieder überziehen, euch die goldenen Masken überstülpen, euch in die bemalten Schreine zurücklegen, sie schließen, eure Sarkophage zurückbringen, euch in die Felsen einfahren, euch dem Dunkel zurückerstatten, damit ihr wieder regiert und eure Schriften bleiben, Lebenszeichen, Wasserzeichen, die geflügelte Sonne, die Lotosblume. Ihr habt euch gut beschrieben. Sollen die Lebenden die Lebenden beschreiben. Dies ist die Rückgabe. Dies ist die Wiederherstellung. Die Stolleneingänge verschüttet, für niemand mehr zu finden. Soll Theben versinken, kein Felsen sich mehr öffnen.

Im Kairo Tower (Kairo, die Siegreiche), schon im Lift fragte Franza: die Siegreiche, hast du es mir so gesagt? und Martin dachte, wie und wann nahm sie etwas auf, da sie nie zuhörte und dann doch mit einem Satz herauskam, der auf Zuhören schließen ließ. Da sie mit den Ohren nicht hörte, wie hörte sie, über welche Schaltungen, und was für eine seltsame Auswahl traf sie immer. Sie trafen sich in der Bar mit »seinen« Leuten, Martins Leute nannte Franza alle, die sie in Kairo sehen mußten, es waren ein dilettierender Archäologe und ein Angestellter der amerikanischen Botschaft. Bei der Begrüßung standen Franza und Martin den riesigen dunklen Fenstern zugewandt, die um den Turm führten, die Stadtlichter waren nach allen Seiten zu sehen, der andere Nilarm, der Gezira hielt, und Martins Leute deuteten auf die Stadt hinunter, stolz, als hätten sie nicht nur den Verabredungsplatz so gut gewählt, sondern Kairo und den Nil dazu erschaffen. Da schwoll der Nil an, er wurde eine bewegte schnelle Schlange, der Nil hob und senkte sich eilig, sein ganzer Arm, Franza hielt sich an dem Tischchen fest, ihre Knie sackten ein, und sie kam auf den Hocker zu sitzen, den Martin ihr unterschob. Während der Kellner die Aperitifs abstellte und alle in die Erdnußschale griffen, versuchte sie fest auf den Boden zu schauen, Halt zu bekommen auf dem Fußboden, sie konnte diese Fenster, die bis zum Boden reichten, nicht beherrschen, die Fenster waren überall, sie konnte nicht aufsehen, ganz gleich, was die nun denken mochten, da sie wieder von etwas sprachen, was zu sehen war, auf der anderen Seite. Wenn nur der dunkel beglänzte Nil nicht durch das Fenster kam und sich über den Boden bewegte, so lautlos, so glänzend. Die Stimmen versammelten sich jetzt auch auf dem Boden zu ihren Füßen, Lachen, Fragen, Sagen, sie kamen in einen Strudel zu Franzas Füßen, da wo sie hinschaute, dann tat der Kairo Tower ein Übriges, er fing zu schwanken an, und Franza riß die Augen halbhoch und sagte mitten in die Unterhaltung hinein, ich muß sofort weg, ich muß weg. Sie stand auf und ruderte mit den Händen, und sie hörte, daß Martin sich bei den anderen entschuldigte und für Franza Kopfschmerzen ins Treffen führte, zu ihm sagte sie leise, es sind die Fenster, nur die Fenster.

Der Liebhaberarchäologe und der Amerikaner standen auf und zahlten, und im Lift atmete Franza auf, obwohl er sich bewegte, sie redete und lächelte. Sie fuhren dann alle wieder zurück ins oberste Stockwerk, dort waren weniger Fenster, nur Aussichtsfenster über den Tischen in Brusthöhe.

Der Amerikaner sagte, das Restaurant sei eine Fehlkonstruktion, es solle sich langsam während des Essens um den Turm bewegen, es setze sich aber nie in Gang. Aber in dem Moment, als der Kellner kam, gab es den Ruck, nicht nur für Franza, sondern auch für alle anderen, und Martin nahm alle Rücksichtslosigkeit, deren er fähig war, zusammen und sagte, wenn sie, die anderen, nichts dagegen hätten, dann gingen sie sofort, denn seine Schwester werde so leicht schwindlig, er machte ein paar Scherze über Frauen mit Schwindel und Schwindelgefühlen, aber er stand schon, und sie verließen den Turm und suchten im Zentrum ein Restaurant. Es war immer später geworden. Der Besitzer des italienischen Restaurants, ein alter Alexandria-Italiener, sagte an dem soundsovielten Abend zu den soundsovielten Fremden, er sei schon einer der letzten im Land und er gehe nach Australien, bald. Als er das Gedeck auflegte, vor Australien, tat er es, als decke er den Tisch zum letzten Mal, und während Franza noch willig zuhörte und den Eindruck bekam, daß es bald nirgends mehr was zu essen geben werde in der Stadt, weil alles nach Australien wollte, aber sie war zu ebener Erde, da ruckte das Restaurant, der Tisch schwankte ihr mit den Gläsern und Gedecken entgegen, sie konnte sich auch am Tisch nicht festhalten, sie nahm Martins Hand und preßte die Fingernägel in sein Handgelenk, sie dachte, sie reiße ihm die Vene auf, aber sie preßte ihre Nägel noch tiefer, sie fing zu schluchzen an, wenn er nur nicht blutete wegen ihr, verblutete. Martin, es ist nicht mehr auszuhalten, es ist schrecklich, sie sah ihn an, obwohl auch sein Kopf hin- und herruckte in dem Raum und sie ihn nur ungenau sehen konnte und immer an einer anderen Stelle, es ist schrecklich, leg mich auf den Boden, Martin zog sie in die Höhe, sie sagte: auf den Boden, ich will auf dem Boden liegen, ich glaube, ich sterbe, ich glaube, es fängt an.

Am nächsten Tag kam der Amerikaner mit seiner Mutter ins Hotel und wollte die Geschwister besuchen, Franzas wegen. Franza saß allein in der Bar, und es machte sie verlegen, weil sie da saß und nicht im Bett lag, das erwartete man sicher, nach dem Zwischenfall, von ihr. Warum hatte der seine Mutter mitgeschleppt? Diese Mutter. Franza hatte nie jemand soviel fragen und behaupten gehört, sie sah auf das durchsichtige rosa Kleid der hageren Frau und die rosa Schminke, bis sie auffaßte, daß ihr geholfen werden solle, die Frau war schon bei ihrem gestrigen Schwindelanfall angelangt, und Franza sagte, mir fehlt gar nichts, daran hat der Turm schuld, ich darf eben nicht auf Türme steigen. Franza behielt die beiden Hoteleingänge im Auge, denn Martin sollte sich gefälligst mit seinen Leuten beschäftigen; ihr war das unmöglich. Die Frau war eine Hexe, gichtig und rosig, und sie erteilte Franza lauter Ratschläge, lud sie ein für den Abend, und dann langte sie bei ägyptischen Ärzten an und erklärte, daß der Botschaftsarzt nichts tauge, und Franza sagte, aber ich brauche doch keinen Arzt, und die rosa Hexe erzählte jetzt von einem Leiden, dann einem anderen, sie wollte wohl, daß Franza Nierensteine habe oder Migräne, und Franza befeuchtete mit Mineralwasser wieder die Lippen, die rosa Mutter sagte, während der Sohn von dem Nierenstein weg zur Bar ging und sie allein mit dem Ungeheuer zurückließ, es gebe aber einen Wunderdoktor, einen Deutschen, und Franza müsse zu dem Wunderdoktor, aber im Geheimen, sie gehe auch im Geheimen hin, Franza dachte, entweder war dieses Rosa nicht bei Trost oder hatte einen Fimmel für Krankheiten. Das war ihr in Wien auch oft untergekommen, Frauen in diesem Alter, die zu Wunderdoktoren liefen mit Pendeln und auf Augendiagnosen schwörten, auf Akupunktur und Abrakadabra. Das Rosa sagte kichernd, Franza, meine Liebe, Sie müssen aber keinen Schreck bekommen. Es sei einer von den Deutschen, sie errate doch wohl, und eine Praxis habe er nicht, das erlaubten die Behörden nicht. Es ist wahnsinnig aufregend, sagte die Frau, ich war so aufgeregt im Anfang, aber nun gingen schon einige Leute zu ihm, nicht nur sie, es laufe ihr immer noch ganz kalt über den Rücken, aber die Migräne oder die Nierensteine seien wie weggeblasen. Die Frau hatte ihre Hand genommen, beugte sich zu ihr und flüsterte: Er wohnt in der Sharia El Gabalaya. Wer? Er. Aber sagen Sie nur, daß Sie von mir geschickt wurden. Die rosa Frau ließ Franzas Hand nicht los. Franza zog ihre Hand zurück und stand auf, sie stellte Martin vor, der Amerikaner kam mit einem Hallo zurück, Franza bedankte sich für den Besuch, sie sagte zu Martin gewendet, Mrs. Holden war so freundlich, sich um mich Sorgen zu machen, es war sehr nett von Ihnen, Mrs. Holden, aber wir müssen gehen, wir sind verabredet, sie sah Martin rasch an und nahm seinen Arm.

Kaum bist du weg, passieren mir solche Sachen. Eine schreckliche Frau, sagte Franza. Was war denn? fragte Martin.

Oh nichts, sagte Franza, ein Geschwätz, sie hat Nierensteine gehabt, und die Ärzte hier taugen angeblich nichts, der Botschaftsarzt auch nichts, das ist eine gute Stunde gegangen, alle ihre Krankheiten, zum Kopfwehkriegen. Jetzt habe ich wirklich Kopfweh bekommen. Ich will keine Leute sehen, schon gar nicht aus der Kolonie. Verstehst du denn nicht?

Auf der Insel Zamalek, in der Nähe des Grotta-Gartens, in der Sharia El Gabalaya fand Franza das Hausboot. Sie hatte die Hausnummer, die von Ranken überwachsen war, nicht gleich entdecken können und schaute von der Straße hinunter zur Holzbrücke. Ein ungestrichnes, leckendes Boot war am Haus neben der Brücke festgemacht. Sie ging zögernd über den Steg, dem ein paar Bretter fehlten. Der Nilarm war hier schmal, an beide Ufer waren Hausboote gelegt, es gab schöne weiße Boote mit farbigen Fensterrahmen vor Böschungen aus leuchtenden Blumen und verlassene, verfallende, vor mannshohen staubigen Stauden. Dieses Hausboot hier gehörte weder zu der schlechtesten noch zu der besten Sorte. Sie stieß die Tür auf zu einem Vorraum, in dem ein kleiner dicker Ägypter auf dem Teppich lag. Nicht Franza, sondern eine Frau Jordan, die es gewohnt war, überall vorgelassen zu werden, fragte zerstreut-bestimmt nach Doktor Körner. Sie hatte sich den ganzen Tag nicht recht erinnern können, ob Mrs. Holden von ihm als einem Doktor Karner oder Kerner gesprochen hatte, überdies hätte es auch ein falscher Name sein können, bis ihr vor dem Haus plötzlich eingefallen war, er könne Körner sein. Der Diener stand verschlafen auf und zeigte auf einen Sessel. Sie wartete lange, und je länger sie wartete, desto weniger begriff sie, warum sie gekommen war, als wäre ihr der Grund abhanden gekommen, als hätte sie ihn verloren spätestens beim Entdecken der Hausnummer. Der Diener kam zurück und bedeutete ihr, die Treppe hinaufzugehen. Im nächsten Augenblick bewegte sich das Haus. Franza wurde schwindlig. Es kam zurück, es kam wieder. Sie griff sich an den Nakken. Als sie die letzte Stufe erreicht hatte, sich ans Geländer klammernd, und sah, daß die Treppe direkt in ein Zim-

mer führte, trat der Mann durch eine Tür von der Seite. Er sprach sie englisch an, sie antwortete sofort deutsch.
Sie kommen von wem? Bitte nehmen Sie Platz. Ich muß Sie darauf aufmerksam machen, daß ich als Arzt nicht zugelassen bin.
Franza nickte. Er war aus Wien, das war unverkennbar an dem Tonfall zu hören. Das hatte sie nicht gewußt. Sie hatte automatisch angenommen, er sei Deutscher.
Mir ist schwindlig, sagte sie und war froh, daß sie ohne Stocken sprechen konnte. Ich habe gedacht – sie versuchte zu lächeln, mir war, als hätte sich das Haus bewegt.
Wenn ein Dampfer vorbeifährt, schaukelt es. Man gewöhnt sich daran. Trotzdem geht nichts über ein Hausboot in Kairo. Franza studierte seine Stimme. Er gehörte nicht zu »jener« Schicht, seine Sprache hatte keine Jordanklasse, keinen hochmütigen Nasal. Ein eckiges, angestrengtes Kleinbürgerhochdeutsch aus Wien. Ein Gesicht mit Brille, braunes Haar, ins Grau übergehend, ein muskulöser Körper, untersetzt, sicher gebräunt wie das Gesicht, gebräunt vielleicht von Nachmittagen im Gezira Sporting Club. Besondere Kennzeichen keine.
Zugelassen war er also wirklich nicht.
Ich habe gehört von Ihnen . . . in der amerikanischen Kolonie. Franza brach ab, sie schaute die schäbigen Möbel an, den abgetretenen Teppich. Sie hatte sich die Kulisse anders vorgestellt, eine Villa, ihn ausgehalten vom Staat oder von einer Geheimorganisation. Aber schlecht konnte es ihm auch nicht gehen. Also recht gut. Sie versuchte mühsam, weiterzukommen.
Ich habe gehört, Mrs. Holden sagt, Sie hätten die reinsten Wunder, Sie könnten auch in ganz hoffnungslosen Fällen. Er sah sie kühl an und sagte, er sei Arzt, Internist, um es zu präzisieren. Wunder könne er keine wirken, aber sie fange besser an, ihm zu sagen, was ihr fehle. Es sei denn, sie suche einen Quacksalber. Ich bin krank, sagte Franza,

und da sie meinte, dieser Satz ließe sie blöde erscheinen, fügte sie rasch hinzu: aber ich bin nicht deswegen gekommen. Ich weiß, wer Sie sind.
Der Satz war gefallen, nicht mehr rückgängig zu machen. Für Franza: eine Detonation.
Das wissen einige. Man weiß das hier. Sie sagen mir nichts Neues. Leben Sie in Kairo?
Nein, sagte Franza, ich komme aus Wien. Ich heiße Jordan. Ich bin mit einem Arzt verheiratet. Sie machte eine Pause. Mit Leopold Jordan. Sie bemühte sich, ihn wieder anzusehen, wich mit den Blicken vorbei und hielt den Kopf schräg. Sie merkte erst nach einer Weile, daß er aus einem anderen Grund nicht antwortete. Der Name Jordan, seit mehr als fünfzehn Jahren ein brillanter Name in Wien und in der internationalen Fachwelt, schien Körner tatsächlich nichts zu sagen.
Er saß ruhig hinter dem Schreibtisch und spielte mit einem Kugelschreiber.
Ich verstehe Sie nicht. Wenn Ihr Mann Arzt ist . . . wenn Sie krank sind . . .
Ich verstehe das auch nicht, sagte Franza. Sie wußte nicht mehr weiter, aber sie konnte nicht aufstehen und gehen, das Hausboot schaukelte wieder, sie hörte die Wellen an die Wand klatschen und hielt sich an den Sesselarmen fest. Die mit Kalendern und schlechten Kunstdrucken österreichischer Schlösser bedeckte Wand rutschte ihren Augen nach oben weg, das Stift Melk wackelte neben der Tür, dann beruhigte es sich und gab ihr Halt. Nichts deutete in diesem Raum darauf hin, daß ein Arzt hier ordinierte, außer dem weißen Mantel, der auf einem Sesselrücken hing. Körner hatte ihn nicht angezogen.
Mein Mann hat ein Buch geschrieben. Ich habe mitgearbeitet.
Sie fing zu murmeln an. Über die Versuche an weiblichen Häftlingen. Über die Spätschäden. Sie war kaum mehr zu

hören, sie krampfte die Hände ineinander. Ich kenne alle Dokumente. Sie waren in Dachau und in ... in... Hartheim. Es ist mir heute wieder eingefallen.
Ich habe nie an weiblichen Häftlingen Versuche gemacht.
Ich weiß, sagte Franza, das weiß ich. Es sind auch andere – sie suchte nach einem Wort, dann griff sie seines auf – andere Versuche gemacht worden. Habe ich nicht gesagt, daß ich alle Dokumente kenne. Die Sulfonamid- und Phlegmoneversuche, Fleckfieberimpfstoffversuche, Lost- und Phosgenversuche, sie gerieten ihr jetzt durcheinander, sie hatte sie nicht mehr paginiert vor sich, sie konnte nicht nachschlagen. Gepeinigt suchte sie die Wiener Bibliothekswand ab. Davon bin ich auch krank geworden, dachte sie, und dann fiel ihr endlich ein: die Ausmerzung unerwünschten Volkstums, die Ausmerzung, ja, die direkte Ausmerzung unerwünschter Kranker, die Sterbehilfe, der Gnadentod, 2 ccm Morphium-Scopolamin. Sie hatte Körner in den Kapiteln über das Euthanasieprogramm wiedergefunden.
Ich verstehe Sie noch immer nicht, sagte Körner. Was wollen Sie von mir. Er machte einen Anlauf in die Ironie, der mißlang. Was verschafft mir die Ehre? Er fing an, mit dem Kugelschreiber kleine harte Striche auf ein Blatt zu setzen.
Franza dachte, es gehe nicht an, wenn sie sagte, sie habe aus einem bestimmten Grund, einem ganz bestimmten Grund, ihn sehen wollen, jemand wie ihn, der so etwas getan habe. Er würde glauben, sie wolle ihn besichtigen, und das war es doch nicht, sie vermochte nur selber nicht mehr, ihren bestimmten Grund in einen mitteilbaren Satz zu bringen, der Grund war nicht flüssig zu machen, in keiner Rede.
Etwas hat mir Eindruck gemacht, ich habe einmal Medizin studiert, ich habe dann aufgehört, ja geheiratet eben, der hippokratische Eid, sagte sie zusammenhanglos. Alle Beru-

fe sollten – ich meine, ich weiß nicht, warum nicht auch die anderen Berufe . . . da gibt es nichts, worunter sie stehen. Und dann sah sie es gedruckt vor sich, viele Male: 2 ccm M.-Scop.

Sie sind doch nicht gekommen, um mir Belehrungen zu erteilen. Wollen Sie mich ausspionieren, oder kommen Sie von einer Illustrierten, um sich ein Sensationsinterview aus Kairo mitzubringen. So prominent war ich nicht.

Aber, sagte Franza, aber merken Sie denn nicht, daß ich Sie nichts frage? Ich frage mich etwas. Ich frage mich schon seit so langer Zeit. Ich frage mich. (Sie wollte aber sagen: ich bin krank, aber nicht wie Sie denken könnten, es hat mit keinem Kreislauf und keinem der Nervensysteme zu tun, mit keinem Herz und keiner Lunge.)

Er stand auf, und sie wußte, daß er ihr damit bedeutete, sie habe zu gehen.

Wenn Sie nicht krank sind, fing er an, und seine Sicherheit verlor sich zum erstenmal.

Aber ich bin krank, sagte Franza leise und stand auf. Es ist mir nur nicht mehr zu helfen.

Sie wich vor ihm zurück. Das war unnötig, sie fühlte sich auch nicht bedroht, nichts war unheimlich. In diesem Zimmer war nur ein schlechter Geruch von der Nilfäulnis, aber keiner von Verbrechen. Der SS-Hauptsturmführer Dr. Kurt Körner strömte keinen besonderen Geruch aus.

Verzeihen Sie, sagte sie. Beide standen, er drängte sie jetzt nicht mehr, und sie rührte sich auch nicht.

Ihr fiel plötzlich auf, daß sie zu ihm gesagt hatte: Verzeihen Sie. Und auf dem letzten Blatt, das sie Jordan hingelegt hatte, stand zuunterst: Verzeih mir. Nicht mehr ihr Name.

In dem Nürnberger Prozeßbericht hatte sie nicht mehr weiterlesen können, als der Zeuge B. an der Reihe war, kastriert, Verbrennungen, nachträglich noch Hodenoperation, aber nicht das war es gewesen, was sie an dieser Stelle

jedesmal ‹– – –› gesehen, sie hatte schon zu viele Protokolle und Krankengeschichten gelesen, kaum je anderes in den letzten Jahren. Der Zeuge B. war ins Stocken gekommen, nein, vielmehr er war auf der Seite plötzlich wie vom Papier und vom Druck verschluckt. Anklagevertreter McHaney, nachdem er auf seine Fragen keine Antwort bekam: Zeuge, haben Sie keine Furcht!
Aber dann war wieder das Schweigen nach dieser protokollierten Zeile. Und dann Zeuge B., nachdem die Erde sich einmal um ihre Achse gedreht hatte, damit diese Seite beschrieben werde: Verzeihen Sie, daß ich weine . . .
Sonst war in den ganzen Protokollen kein »Verzeihen Sie« vorgekommen, und von den Ärzten lauter Sätze über Erlässe und was als rechtsverbindlich erscheinen mußte, und: das konnte ich gar nicht beurteilen. Und: das weiß ich nicht. Und: darüber war mir nichts bekannt. Und: das kann meines Erachtens nicht so beurteilt werden. Immer war von Erachten die Rede, niemals brach ein Schweigen aus, nie kam etwas ins Stocken.
Franza, in dieser schmachtenden Luft, in diesem Zimmer, dachte nach über Verzeihen und Protokolle und Ausmerzung. Wie kam das zusammen mit einem Mann in Kairo, der da stand und so wenig zu reden wußte wie sie.
Sie nickte, sie war erleichtert, daß er nicht grüßte. Sie ging die Treppe hinunter, an dem Diener vorbei, der schon wieder auf dem Boden lag, und dann über die unsichere Brücke.

Auf dem Bahnhof in Kairo hatte Franza bei ihrer Ankunft die Frau gesehen. Die Frau war auf den Knien gelegen, mit Stricken gefesselt, die Hände auf dem Rücken verschränkt, auf dem Rücken die Hände mit Schnüren gebunden, die Füße, nackt, schmutzig, auch zusammengebunden, das sah Franza zuerst; dann den Kopf der Frau, einen langen, schmalen, überdehnten Kopf, wie ihn die Töchter

Echnatons hatten, der Kopf war zurückgebogen, so daß die Frau in die Höhe schauen mußte, so hoch, daß rundum nichts mehr in ihr Blickfeld kommen konnte, und zuletzt erst nahm Franza den großen Araber wahr, der die Haare der Frau, zusammengezwirbelt, nicht zu einem Zopf, sondern zu einem schwarzen festen Strick gedreht hielt, in der einen Hand, damit sie den Kopf unbeweglich halten mußte, und mit der anderen Hand führte er sich genießerisch gelbe bohnengroße Körner zum Mund, lächelnd. Franza ließ das Gepäck stehen und ging auf eine Gruppe von Männern zu, die danebenstanden. Sie konnte nicht sprechen, jetzt war es die Sperrung im Mund, sie sah sich nach Martin um, der noch mit den Koffern am Zug stand. Sie blickte inständig, mit verkrampften Kiefern, die Männer an. Die Frau, Martin! Der Mann ist wahnsinnig, er ist wahnsinnig, so tut doch etwas, er ist wahnsinnig. Sie wiederholte so viele Male in sich den Satz, bis sie ihn herausbrachte in einem so deutlichen Englisch, daß jeder verstehen mußte. Der junge, ihr zunächst stehende Mann grinste begütigend und antwortete: Nicht er ist verrückt. Sie ist wahnsinnig.

Die Frau, die Frau auf dem Bahnhof. Franza, die auf der Straße ein Taxi angehalten hatte, ließ sich zum Bahnhof fahren, es war wichtig, sie mußte es überwinden, noch einmal auf den Bahnhof gehen. Sie hieß den Fahrer warten, stieg aus und lief zu dem ersten Bahnsteig hinüber. Da war seit Wochen keine Frau mehr, die gefesselt auf den Knien lag, der Mann vom Lande hatte ja mit ihr auf einen Zug gewartet und sie nachhause gebracht, ins obere Niltal. Er hat sie wenigstens mit sich nachhause genommen, und er hat mich nicht einmal, Franza fing zu schluchzen [an]. Immer wird hier die Frau sein, Franza nickte, ich bin die Frau geworden, das ist es. Sie stieg in den Wagen und fuhr zum Hotel zurück. Ich liege dort an ihrer statt. Und mein Haar wird, zu einem langen, langen Strick gedreht, von ihm in Wien gehalten. Ich bin gefesselt, ich komme nie mehr los.

Franza zählte das Geld. Sie hatte noch zweihundert überzählige Dollar, die Martin verwahrte, und Martin mußte mehr als doppelt soviel haben. Sie kam zu sprechen darauf am Abend im Zimmer, wieviel sie noch brauchen würden vor der Heimreise. Wird da nicht etwas übrigbleiben, fragte sie. Du könntest mir von dir hundert geben, ich möchte so gerne etwas kaufen. Martin war erstaunt, weil sie sonst nie etwas kaufen wollte. Einkaufenwollen war sicher ein gutes Zeichen, Martin wollte sich nur nicht anmerken lassen, wie positiv er ihren Geldwunsch bewertete, und sagte darum nur: Wir gehen dann miteinander einkaufen, am vorletzten Tag, dann können wir alles übriggebliebene Geld ausgeben. Man weiß sowieso nie recht, was man vor einer Abreise tun soll. Bist du einverstanden?

In der Nacht stand sie auf und nahm dreihundert Dollar aus seiner Brieftasche. Sie steckte sie gefaltet in ihren Paß, denn im Grund hatte er sie ihr doch geschenkt, so redete sie sich zu, dann suchte sie nicht mehr nach Argumenten und legte sich schlafen. Und wenn ich sie gestohlen habe, er muß das nicht einmal verstehen. Nein, das muß er verstehen. Sie lag noch lange mit offenen Augen.

Vor dem Hausboot in der Sharia El Gabalaya war sie unschlüssig, aber da sie es nun schon kannte, war der Weg ins Haus wie ein gewohnter Gang. Als sie nach dem Arzt fragte, sagte der Diener, nach einem zu auffälligen Lauschen, da das Holz über ihnen im ersten Stock knarrte, er sei nicht da. Wahrscheinlich hatte Körner sie kommen sehen. Sie ging schnell die Holztreppe hinauf und sah sich um. Das Zimmer war leer, sein weißer Mantel hing an einem Haken der Tür. Sie setzte sich in den Sessel, den er ihr beim erstenmal gewiesen hatte, und versuchte ein paar Atemübungen, tief durchatmen, ganz ausatmen. Körner riß die Tür auf und sagte, unterdrückt schreiend: Gehen Sie sofort. Was erlauben Sie sich.

Franza sagte: Sie mißverstehen mich. Sie sprach sehr schnell. Ich bin zurückgekommen, weil ich Sie um etwas bitten muß. Ich habe Ihnen doch gesagt, ich bin krank. Ich muß Sie um etwas bitten, und Sie müssen mich anhören.

Er griff mechanisch nach seinem Mantel und sagte ruhiger, aber bedrohlicher: Sie gehen jetzt augenblicklich, oder Sie sagen mir, was Ihnen fehlt.

Franza dachte, wenn das so einfach wäre, aber sie mußte reden, laut, und sie sprach wieder schnell: Ich kann es nicht mehr aushalten, ich kann nicht mehr weiter. Es ist meine letzte Hoffnung. Verstehn Sie mich denn nicht. Noch immer nicht.

Körner sagte: Wenn Sie schwanger sind und eine Abtreibung machen lassen wollen, könnten Sie sich ruhig deutlicher ausdrücken. Aber ich mache keine Abtreibungen. Da sind Sie an der falschen Adresse. Die Aufregung rann ruckweise durch Franzas Kopf, in ihre Hände, zuletzt in ihre Beine.

Damit wäre ich doch nicht zu Ihnen gekommen, mit nichts dergleichen, ich habe Ihnen doch gesagt, daß ich alles über Sie weiß.

Er antwortete nicht. Franza hielt das Kuvert mit den dreihundert Dollar in der Hand, es hüpfte leicht zwischen ihren Fingern. Sie sagte: Verzeihen Sie, ich glaube, es werden hier alle lieber in Dollar als in Pfund honoriert. Ich möchte bloß sagen, ich kann in Dollar zahlen. Dreihundert, würden die reichen.

Körner setzte sich, er ließ vielmehr sein Gewicht fallen. Ich nehme die üblichen Sätze, von mir aus in Dollar. Sie können aber auch in hiesiger Währung zahlen. Machen Sie es

nicht kompliziert. Aber ich kann mir nicht denken, warum Sie dreihundert Dollar für eine Untersuchung mitnehmen. Für wen halten Sie mich?
Ich will nicht von Ihnen untersucht werden. Darum geht es doch nicht. Ich will, daß Sie es wieder machen. Und mehr Geld habe ich nicht. Geben Sie mir eine Spritze.
Hören Sie, sagte er, stand [auf] und kam auf sie zu. Was wollen Sie damit sagen?
Nichts. Ich habe es doch schon gesagt. Ich will nicht mehr leben, ich kann wirklich nicht mehr.
Wie konnte sie ihm bloß klarmachen, daß sie ausgemerzt werden wollte? Ja, ausgemerzt, das war es.
Ich kann versuchen, noch mehr Geld zu bekommen. Sie müssen es tun, für Sie ist das doch ... Sie stockte.
Ich bin Arzt, sagte Körner. Sie sind wahnsinnig. Das ist eine unerhörte Zumutung.
Franza dachte, ich bitte ihn um etwas, was er früher freiwillig getan hat und ohne darum gebeten worden zu sein, und jetzt kommt jemand und darf nicht einmal betteln darum und zahlen dafür. Was ist das für eine Welt?
Wenn Sie Unannehmlichkeiten befürchten, geben Sie mir etwas, ich kann es selber tun. Aber geben Sie mir etwas. Niemand weiß, niemand wird wissen ... Aber geben Sie mir das. Ich kenne niemand außer Ihnen, zu dem ich gehen könnte ... Sie brach wieder ab. Sie wollte ihn nicht aufbringen gegen sich. Vielleicht ging das gegen seine Mörderehre oder seine Arztehre, diese Leute waren sicher alle sehr empfindlich, und plötzlich dachte sie an Jordan und nicht anders an ihn als an Körner. Jordan hätte die gleiche Entrüstung über eine solche Zumutung und eine Überzahlung des Honorarsatzes gezeigt, seine Berufsehre wie ein Banner vor einem Patienten aufgezogen.
Hören Sie, sagte Körner. Ich will das vergessen. Sie sind – er räusperte sich – in einer psychisch schlechten Verfassung. Ich will das zu Ihren Gunsten annehmen. Rezept

kann ich Ihnen keines schreiben, aber ich gebe Ihnen ein Wort für einen ägyptischen Kollegen mit. Nehmen Sie ein, zwei Librium pro Tag ...
Franza schüttelte den Kopf.
Ich brauche kein Rezept von Ihrem Kollegen, danke, kein Librium und kein Meprobamat und kein Dominal und kein Megaphen. Sie sehen, ich kenne mich aus. Ich habe genug davon. Es hilft nicht. Ich will die toxische Dosis, fünfzig, oder sechzig Milligramm. Ich will nichts Halbes tun. Ich habe nicht mehr viel Zeit.
Sie ließ das Kuvert auf dem Sessel liegen und lief die Treppe hinunter.

Am nächsten Tag, zur gleichen Zeit, kam sie wieder. Die Tür war verschlossen, sie setzte sich davor und ließ die Beine übers Wasser hängen. Um die Hausbrücke herum kam der kleine Diener, drehte um, als er sie sah, und kehrte nach einer Weile wieder. Er gab ihr das Kuvert und sagte, der Doktor sei nach Alexandria gefahren. Verreist. Weggefahren. Für eine Woche. Sie stand betäubt mit dem Kuvert in der Hand da, er ließ sich verleugnen. Sie ging an dem Diener vorbei, er hielt sie nicht auf, ging um die Brükke herum und durch den Kücheneingang ins Haus. Sie machte jede Türe auf, ging in den ersten Stock, durch alle Zimmer und wieder zurück, dann auf die Terrasse und setzte sich einen Augenblick vor Schwäche auf einen zerrissenen Strohsessel. Langsam suchte sie den Weg hinunter und wischte sich immerzu mit der Hand etwas aus dem Gesicht, ein taubes Gefühl, dann ein Prickeln, dann fing sie zu weinen an und weinte den ganzen Weg durch Zamelek und noch im Hotel, wo der Liftboy sie ansah, als wollte er sie etwas fragen. Im Korridor wischte sie die Tränen ab, vor der Zimmertür nahm sie Taschentuch und Kamm aus der Handtasche, schneuzte und kämmte sich und setzte die Sonnenbrille auf, damit Martin ihre ver-

schwollenen Augen nicht sah. Sie atmete ein paarmal tief durch, und als sie sich ruhig genug fühlte, die Tür aufzumachen, wurde ihr bewußt, daß sie sich irrte. Körner war wirklich weggefahren, ihretwegen, aus Furcht vor ihr. Jemand hatte Furcht vor ihr gehabt, zum erstenmal jemand vor ihr und nicht mehr sie vor jemand. Auf der Fahrt nach Gizeh sagte sie Martin im Taxi:
Er – sie verbesserte sich – Jordan hat sich nie vor mir gefürchtet. Er war so sicher, daß ich es niemand sage, daß ich eher krepiere. Auch zuletzt nicht. Es war ihm nicht einmal ein Unbehagen anzumerken gewesen. Aber ich habe jemand doch noch das Fürchten beigebracht. Einem von denen. Ja, das habe ich.
Martin sah, daß sie die Fäuste geballt hatte. Er verstand ihre Bemerkung nicht, die Zusammenhanglosigkeit solcher Sätze lähmte ihn, und um sie aus ihrer Erstarrung zu holen, nahm er sie bei der Hand, öffnete sanft ihre Faust und sprach lebhaft von etwas anderem.
Wenn ich aus der Stadt heraus bin, atme ich auf, du nicht? sagte er. Wir könnten; auch wenn [ich] nicht zurückmüßte, nicht länger bleiben. Holden meint, den Sommer hält keiner von uns aus. Holdens fahren diese Woche nach Marsa Matruh ans Meer. Das ist bei El Alamein. Komischer Gedanke. Wie gut, daß wir beide nicht sentimental sind.
Er hielt ihre Hand, und sie sah ihn mit gespielter Aufmerksamkeit an. Ich kanns mir nicht vorstellen, dort mit gesenktem Kopf herumzugehen und mir einzubilden, ich stattete meinem Vater einen Besuch ab.

Martin fuhr nach Mena House mit ihr, es waren dort weniger Menschen als im Gezira Sporting Club, sie konnten allein schwimmen in dem großen Schwimmbecken und zu Mittag im Schatten neben dem Bassin essen. Öfters verriß es sie, sie versuchte es ihm zu erklären, es geht ein Strom durch meinen Kopf, tausend Volt stark. Ist tausend Volt

viel? Dann reißt es mich, der Blitz schlägt bis zu den Füßen durch. Trotzdem stand sie am frühen Abend wieder mit ihm auf von den Planken und trottete mit zu den Pyramiden, mit einem neuen Hut auf dem Kopf. Die Hüte gingen ihr immer verloren. Sie wollte noch einmal hinausreiten nach Sakkarah und Memphis, aber dann fiel ihr ein, daß es für Martin die letzte Gelegenheit war, auf die große Pyramide zu steigen. Franza sagte, du hast schon auf so vieles verzichtet, ich warte im Restaurant. Sie bestellte sich ein Bier und Karotten, trank ein paar Schluck und sah hinüber, über [die] ganze Stadt bis zu den Mokkatambergen, dahinter ging die Stadt im Sand verloren wie hier in Gizeh.
Martin kam noch einmal zurück, trank ihr Bier aus und sagte, es sei kein dragoman zu finden, und er werde allein hinaufsteigen. Wenn keiner da war, konnte man ihm das nicht verbieten. Wie lang meinst [du], dauert das, Franza sah forschend hinauf. Sie kam bis zur Pyramide mit, sah seinem Aufstieg zu, und als er gegen die Mitte kam, merkte sie erst, wie hoch die Pyramide sein mußte, er wurde so klein, immer kleiner, immer langsamer, sie winkte trotzdem, denn vielleicht konnte er sie besser sehen. Die Abendstunde war hell, nur das stechende Licht war ihr entzogen. Franza ging die Pyramide entlang auf die andere Seite und dachte, wenn sie rundherum ginge, dann müßten sie in einer Stunde zusammentreffen. Sie konnte ihn von hier aus nicht mehr sehen. Sie watete durch den Sand, der ihre ganze Kraft brauchte, mit einer Hand die großen Quadern berührend wie ein Geländer. Jemand kam ihr entgegen, vom anderen Eck aus, sie sah kurz auf, ein Weißer, sie achtete nicht auf ihn, wenigstens war es keiner der echten und falschen Fremdenführer, Kamel- und Pferdebesitzer, die einen immerzu ansprachen und einem die Preise zuschrien zwischen Gizeh und Sakkarah. Als sie schon beinah auf gleicher Höhe waren und sie dachte, er werde ausweichen, sie dachte aber an etwas anderes, an Ausweichen nur ne-

benbei mit dem Instinkt, geschah das. Er hatte einen Stock in der Hand, er war stehen geblieben und hatte sich gegen sie gewandt, sie sah ihn den Stock bewegen, ausholen gegen sie, sie stand erstarrt da, erhielt den leichten Schlag, als hätte er sie mit einer Axt getroffen, dann erst sah sie, was er tat mit der anderen Hand und was er wollte von ihr. Sie brachte keinen Ton heraus und bewegte sich nicht, bis er an ihr vorbeigegangen war. Sie fing wieder zu gehen an, sie hatte noch gesehen, wie er seine enganliegende Bluejeans zuknöpfte, sie ging weiter, und zog sich [an] der Wand entlang, rutschte aus, zog sich hoch. Dort auf der anderen Seite war ihr Bruder, und sie mußte noch zwei Pyramidenseiten entlanggehen, um zu ihm zu kommen, sie fing vor sich hinzureden an, ein armer Teufel, und sie zog sich wieder an der Quader hoch, er wollte mich nur erschrecken, und in Wien, er auch, er wollte mich nur erschrecken, immer erschrecken, ich bin zu gut erschrocken, schon damals, sie brauchen es, sie machte die Zeitschriften und Nachschlagewerke in Wien auf und ging an der Bibliothek entlang und blätterte in den Büchern, sie zog sich an der Bibliothek hoch, mit der letzten Kraft, Exhibitionismus, Satyriasis, damals hätte sie schon nachsehen und denken sollen, sie war aber nur an der Bibliothek kleben geblieben mit abgewendetem Kopf und hatte zu ihm gesagt, nein. Nein. Laß mich aus dem Zimmer gehen, und er hatte sie, als sie sich lösen wollte, wieder an die Bibliothek mit den harten Kanten gestoßen und das getan, nicht um diese Franziska zu umarmen, sie, die dort in Wien seine Frau war, wie hatte sie das so ganz vergessen können, den Stoß, vor allem daß es darum gegangen war, sie zu erschrecken, tausend Volt Schrecken, die Wiederholung, vor dem Ermordetwerden. Er muß ja krank sein, ich bin nur davon krank geworden. Sie hörte den Sand hinter sich rieseln, sie wandte sich um und wußte schon, ehe sie ihn sah, daß der Mann zurückgekommen war. Sie wollte laufen in dem schweren, zähen Sand und kam etwa noch fünfzig Meter weiter, es waren keine Kameltreiber da, nicht einer, nicht ein einziger, und keine Frau Rosi war im Hinterzimmer, die hatte Ausgang. Der Mann packte sie von hinten, fast sanft, wie sie noch merkte, sie fiel gegen die Steinwand, er hielt sie mit schwachen Armen umklammert, dann stieß er ihr noch einmal den Kopf gegen das Grab, und sie hörte keinen Laut aus sich kommen, aber etwas in sich sagen: Nein. Nein. Die Wiederholung. Die Stellvertretung. Sie blieb so an dem Stein hängen, mit seitlich hingelegtem Kopf, und als sie sich umdrehte, sah sie ihn langsam weitergehen, in die Richtung, aus der er zuerst gekommen war. Er entfernte sich, sie dachte, sie müsse vielleicht um Hilfe schreien. Sie mußte nur einen Schrei herausbringen, aber warum jemand zuhilfe rufen, er kam schon fast zur Biegung, und wozu schreien, warum denn, ein armer Teufel, die brauchen das, nur erschrecken, sie strich das Leinenkleid hinten glatt. Es ist nichts, nichts ist geschehen, und wenn auch. Es ist gleichgültig. Ihr Denken riß ab, und dann schlug sie, schlug mit ganzer Kraft, ihren Kopf gegen die Wand in Wien und die Steinquader in Gizeh und sagte laut, und da war ihre andere Stimme: Nein. Nein.

Sie konnte die Augen öffnen und mit ihnen etwas bedeuten, als sie zum Bewußtsein kam. Sie hörte ihnen zu, ließ sich aufheben, es waren drei muskulöse ältere Holländerinnen. Immer, wenn mein Bruder nicht dabei ist, dachte sie. Sie ließ sich halb tragen, halb schleifen und versuchte, den starken Frauen zu sagen, sie sei nur gefallen, aber wichtiger war, daß sie ihnen sagte, wohin sie wolle. Es war nicht notwendig, denn sie trugen sie in die einzig mögliche Richtung, zurück zu dem Restaurant. Sie schloß beruhigt die Augen und dachte mit Genugtuung, vielleicht können wir jetzt nicht abreisen. Als man auf der Terrasse zwei Sessel zusammenschob und sie darauf legen wollte, schüttelte sie den Kopf, sie deutete mit der Hand auf den Boden, dann lag sie da und spürte das feine Beißen des Sands an den nackten Armen, im Haar am Hinterkopf und wartete. Warum kam er nicht herunter. Er konnte ja noch zuhause in den Bergen klettern. Warum mußte er auf diese Pyramide steigen. Schwarzwerden vor den Augen. Warum mußte er jetzt so weit weg sein? Dann war er bei ihr, nach so langer Zeit, nach zehn Jahren, es waren mehr als zehn Jahre vergangen seit Galicien und wieder Galicien. Im Taxi hielt er ihren Kopf im Schoß, sie lag mit angewinkelten Beinen neben ihm. Als sie vor dem Semiramis-Hotel hielten, wachte sie wieder auf, sie probierte ihre Beine aus, sie konnte stehen und ging mit Martin durch die Halle und bis ins Zimmer hinauf. Der Lift war außer Betrieb. Am späteren Abend wurde sie lebhaft, fröhlich, sie hatte die Tabletten genommen. Die Kopfschmerzen waren ganz ferne, leicht, dumpf. Sie wollte nicht auf dem Zimmer essen, und Martin brachte sie in den Speisesaal, sie aß mit Heißhunger und wollte auch Wein trinken, ließ das Glas aber halbvoll stehen. Sie redete, redete, wie schon einmal in Galicien, sie machte Bemerkungen über die Kellner, die nie kamen, sie hatten die Gabeln vergessen, und Franza aß ein Stück mit den Fingern, wie in Wadi Halfa, aus jener Schüssel, sie lachte und sagte, wie in Wadi Halfa, das war das beste Essen, so gut kann nie mehr eines sein. Dieses Hotelessen, sie nörgelte an dem Hotelessen herum und lachte dann wieder über die Diener in den roten langen bestickten Gewändern, die mit Besen den Saal zu fegen anfingen und die Besen stehen ließen, wenn der Oberkellner verschwunden war, dann wieder ziellos und apathisch die Besen herumbewegten. Sie wurde auf einmal still und machte keine Bemerkungen mehr. Es war schon sehr spät geworden, sie waren die letzten, die den Speisesaal verließen. Im Zimmer legte sie sich hin, ohne sich ganz auszuziehen. Martin war am Einschlafen, als sie mühsam sagte: Das wollte ich nicht.

Das hier nicht. Das ist kein Ort für mich, dieses Zimmer nicht.
Dann, nachdem er sein Licht abgedreht hatte: Ich bin wenigstens in der Wüste gewesen.
Sie wandte ihren Kopf zu Martin und sah ihn in ihrem schwachen Nachttischlicht. Hoffentlich hatte er das nicht verstanden, und dann sah sie, daß er nicht beunruhigt war, nicht merkte, er, der so oft vor Besorgnis wach geblieben war, er merkte nicht, daß sie vor lauter Sterben zu sterben anfing.
Martin.
Unter hundert Brüdern.
Die Wüste ist etwas.
Der Rand der arabischen Wüste.
Von zerbrochenen, von zerbrochenen, das Zerbrechen.
Alle Vorstellungen zerbrochen.
Die Weißen.
Mein Kopf.
Die Weißen, sie sollen.
Sie sollen verflucht sein. Er soll.
Sie bewegte noch den Mund, als wollte sie ihm etwas sagen, zuletzt, was sie ihm noch nicht hatte sagen können. Sie wollte nichts geheimhalten, aber nun blieb etwas geheim.
Die Weißen.

Am Morgen kam ein ägyptischer Arzt, sie war noch immer bewußtlos, der Arzt für die Botschaften hatte, angeblich unfähig, doch die Fähigkeit, festzustellen, aber keine mehr, etwas zu tun. Er wartete mit Martin im Zimmer, sprach leise, er hatte in London studiert, er sprach englisch, und Martin zog sich aus seinem Englisch ein paar Stützworte, das Hirndrucksyndrom, ein freies Intervall zwischen Sturz und Bewußtlosigkeit, kam vor, kam oft vor, er zog sich eine Ventrikelblutung heraus, arteria cerebralis media, die

Hauptarterie des Hirns, die Blutung, und es war also der Sturz gewesen. Martin meinte, das könne nicht wahr sein, der Arzt von den Botschaften stand neben ihr, und jetzt mußte er nicht mehr englisch sagen, daß es vorbei war. Der Arzt sagte leise, man hätte noch operieren können, aber man hätte eben wissen müssen von dem Sturz, und dieses »man hätte noch« ließ Martin den Kopf schütteln. Vielleicht hätte man noch! aber wie hatte sie sich zutodgestürzt, nachdem sie so lange durch eine Krankheit gereist waren, von der er am Ende etwas begriffen hatte, mehr jedenfalls, als das Fossil je begreifen würde. Er kam über den sinnlosen Sturz nicht hinweg, und als er den Arzt bezahlen wollte, waren die dreihundert Dollar wieder aufgetaucht, die er verloren oder gestohlen geglaubt hatte. Er zog sie mit Befremden aus seiner Brieftasche.

Ehe er die Direktion verständigte, rief er das Konsulat an, und kurze Zeit später erschien ein Herr Nemec, der maßvoll erschüttert war und zum Erstaunen versiert in den Fragen, die eine tote Ausländerin betrafen. Dieser Herr Nemec – warum bloß mußte er so heißen und Martin dadurch erinnern an jemand anderen, der Nemec hieß, an eine wahrscheinlich gekränkte Elfi Nemec mit stolzzarter Kopfhaltung, und damit in die Gedanken über Sterben einige über Leben mengen? – dieser Konsulatsbeamte half ihm bei allen Formalitäten und setzte seinen Ehrgeiz darein, sich dem Fall gewachsen zu zeigen, auch nachdem Franza durch einen Hinterausgang im Hotel geschafft worden war, zu einer Nachtstunde, in der kein Mensch außer dem Hoteldirektor und zwei Angestellten, kein Gast vor allem, durch den leisen, heimlichen Transport eines Sarges aus dem Semiramis-Hotel belästigt werden konnte.

Die Behörden waren die Handlanger der Finsternis. Martin begriff am Ende nicht, wie es ihm, trotz Nemec' Hilfe, gelungen war, einige Tage später wegfliegen zu können. In der Flughafenbar wartete er, endlich allein, er bestellte einen doppelten Whisky und spuckte den ersten Schluck auf den Boden, schob das Glas zurück, bestellte danach einen Fernet Branca, den er daneben stehen ließ, bezahlte zwischendurch, damit im Barmann kein Mißtrauen aufkomme, bestellte ein Coca-Cola, das er nun trinken zu müssen meinte, aber Coca-Cola war plötzlich ganz unmöglich geworden, er vermochte nicht einmal, zu dem Glas hinzusehen. Es kam ihm in den Sinn, daß das Wort stimmen konnte, es brannte ihm der Boden unter den Füßen. Hinten im Flugzeug lag der Sarg. Oder war der, wie sein Gepäck, in eine andere Maschine geraten? Über das Meer flogen sie nachhause, und er brachte sie nach Galicien. Aber nicht dort verlor er seine Schwester, als der Sarg in die ausgehobene Grube gesenkt wurde, sondern er hoffte, sie sei ihm schon früher verloren gegangen, in den Bewußtlosigkeiten und von Schmerzstation zu Schmerzstation, auch in den Augenblicken des triumphierenden Widerstands, in dem er sie bestärkt hatte, in den Versuchen, zu denen er sie ermutigt hatte, im Haschisch, in den Umarmungen am Nil, an einem Katarakt und noch einem und in dem roten Arabien. Er hoffte, sie habe das Semiramiszimmer und seine Ahnungslosigkeit zuletzt doch nicht wahrgenommen, sie sei auch nicht dort bewußt gestorben. Wadi Halfa würde bald untergehen, dort sollte sie liegen, weil sie dort am glücklichsten gewesen war und der Nil bald über die Ufer durfte, um die Wüste fruchtbar zu machen und den Sandboden wegzunehmen, auf dem sie gestanden war. Darüber hinaus fiel ihm kein Quadratmeter ein, auf den er sie hätte legen mögen. Es war nur noch eine Frage der Zeit, daß Wadi Halfa unterging. Und es war Zeit, daß der Pfarrer aufhörte mit seinen Sprüchen und dem dialektgefärbten Latein, Franza hatte vergessen, aus der Kirche auszutreten, und Martin tat, was man von ihm erwartete in Maria Gail. Eine Schaufel Erde hinunterwerfen, einen zu teuren steifen Blumenkranz niederlegen, ein ernstes Gesicht machen. Hände schütteln, Namen erinnern.

Ein paar Monate später war er bei Altenwyls in Döbling zum Abendessen eingeladen, und Antoinette und Atti erinnerten ihn daran, daß sie den Abend gewählt hatten wegen eines Fernsehfilms, ihm zuliebe, und weil er es schon ein paarmal aufgeschoben hatte, von der Reise zu erzählen. Sie sahen sich zu dritt den Film an, nach den ersten Metern wollte Martin die Altenwyls bitten, den Apparat abzustellen, schaute dann aber mit weit vorgerecktem Kopf zu, ohne die beiden im Zimmer zu sehen und neben sich zu fühlen. Das war also Assuan, das war Abu Simbel, da war wieder Kairo, aber wie er auch versuchte, die Bilder mit den erinnerten Bildern übereinzubringen – es gelang nicht, es war nichts auf dem Filmstreifen von dem, was sein Gedächtnis gespeichert hatte, nicht nur nichts von den Plagen, nichts von dem Sand und der Helle, nicht einmal etwas von dem klobigen Abu Simbel, das von allen Seiten gezeigt wurde. Kein Film konnte ihm seine Schwester in dem Tempel zeigen, sitzend auf den großen Zehen des Ramses, Kühlung suchend, und auch er war nicht darin, mit einer Lampe die Wände beleuchtend und eine Geschichte erlernend. Damals hatte er sie schon verloren gehabt, und Wadi Halfa wurde zum Glück nicht gezeigt, weil es außerhalb Ägyptens lag, dafür hätte er den Filmern gerne eine Flasche Schnaps geschickt, daß sie davon Abstand genommen hatten. Er saß noch immer weit vorgebeugt, entzog den anderen sein Gesicht und trank Attis besten Dürnsteiner. Das Trinken hatte er sich wieder angewöhnt in Wien, nach vielen Wochen in einer Glutgegend, in der man nicht trinken konnte. Sein Gebiet war das ja nie gewesen, zwischen dem verkieselten Holz, den versteinerten Wäldern und dem nubischen Sandsteingebiet. Ägypten war ein Irrtum für

ihn gewesen und überdies ein vieltausendjähriger grandioser Irrtum, wenn auch nicht größer als der anhebende dieser Zeit, und es war nicht nur ein wenig Finsternis, als der Film aussetzte, die dunkle Pause, in der Antoinette rasch ihre Brille weglegte und Atti ein Gähnen unterdrückte, ehe ein Flimmern entstand, ehe ein Frauengesicht auftauchte, um die Sendung abzusagen, in einem Tonfall, in dem man auch für Finsternis werben konnte. Es war Finsternis nach dem Film, der keinen Bericht zu geben vermochte, und die Finsternis hielt noch an, als Martin den Altenwyls schon ergänzende Erklärungen und Berichtigungen gab, Überlegungen aufredete, sich in Details verlor, Zahlen und Prozente nannte und der wirtschaftlichen Situation Nordafrikas auf den Grund ging.
Damals. Wie unwiderstehlich.
Wie aber hätte er in Döbling, in einer Wohnung von vertrauten Freunden, ein Weißer unter Weißen, erklären können, warum jemand gesagt hatte, die Weißen, sie sollen verflucht sein, und wie etwas von einer Wüste, die er durch die Verwüstung eines anderen zuletzt doch erfahren hatte.
Damals. Am letzten Abend haben wir getrunken. Sonst nie.
Die arabische Wüste
ist von zerbrochenen,
zerbrochen.
Er stand spät auf, obwohl er doch ein paarmal Atti Altenwyls unterdrücktes Gähnen gesehen hatte, und dankte und verabschiedete sich. Er torkelte beinahe, kam noch die Stiege mit Anstand hinunter. Wie unwiderstehlich, was war es gewesen? Galicien? wie unwiderstehlich ist die Wüste. Aber die Wüste. Die Liebe aber ist unwiderstehlich. Was hatte er denn bloß? Wenn er so betrunken war, mußte er versuchen, ein Taxi anzuhalten, er hielt sich an einem Laternenpfahl fest, und das Schwanken, auch der Sätze in

ihm, hörte auf. Er winkte. Er zahlte nicht ganz dreißig Schilling für die Unwiderstehlichkeit und kam nachhause, wo er wieder zuhause war, in den dritten Bezirk, und schlief ein und dachte nie mehr in dieser Art daran.
Zu der Zeit ging Wadi Halfa unter. Ein Militärputsch brachte die Bilder von General Abboud zum Stürzen von allen sudanesischen Wänden, auch von der Wand des Speisesaals auf dem Schiff. Der Rest war aus den Wiener Zeitungen nicht zu ersehen.
Aber es ist anzunehmen, daß das Postamt, telegrams are delayed, planmäßig, mit einer unplanmäßigen Verspätung, evakuiert wurde und die braunen und schwarzen Hände wieder in einem Teller voll Bohnen zusammenfinden würden, tiefer im Süden, in einer neuen Siedlung. Aber Franzas weiße Hand konnte in der Schüssel nach keinem Bissen mehr suchen, und die stille Frau an der Mauer würde nie erfahren, daß sie ihr das Essen zubereitet hatte, das ihr am besten geschmeckt hatte. Die Laterne von Wadi Halfa, wenn sie vergessen worden sein sollte beim Aufbruch der Umsiedler, würde der Nil aufheben. Nicht forttragen, denn er trägt nichts fort. Nicht hinunterziehen, denn er zieht nichts hinunter. Aufheben. Der Überschwemmer.
Die ägyptische Finsternis, das muß einer ihr lassen, ist vollkommen.

Luxor: alle Handwerke sind offen, ich sehe zum erstenmal, wie ein Schuh gemacht wird, zum erstenmal seit der Kindheit wieder, wie Brot gebacken wird. Der Schuster macht keinen schönen Schuh, aber einen haltbaren, die zwei Männer arbeiten, vor aller Augen, den ganzen Tag, sie lächeln, wenn man sich zu ihnen setzt, den Tee, den ich für sie holen lasse, darf ich nicht bezahlen, jeder Käufer darf sich setzen, in den Schatten, bekommt Tee zu trinken oder Kaffee, und zusehen bei der Arbeit. Es ist kein Gefallen am einfachen Leben, sondern bloß der Gedanke, daß wir nie mehr etwas zu sehen bekommen von der Entstehung der Dinge, die wir brauchen, daß unsre Kinder weder wissen, wo ihr Essen herkommt, wo ihre Kleidung, daß sie mit Spielzeug abgefertigt werden, das ihre Phantasie falsch beschäftigt, daß im Ansatz schon alles verfehlt ist, daß ihr Wissen keine Basis hat.

[...] Die arabische Wüste. Die hat sich einer vorbehalten. Und dieser eine war keine Hotelgesellschaft. Ich habe dort ein Bild gesehen, wie Petrus, der einen Schatten über den See hat gehen sehen. Ich bin gerannt, unter der Sonne, weil ich das Bild gesehen habe. Wie man nur rennen kann an einem Strand, dem allereinsamsten der Welt.

Ich habe etwas gesehen.

Mein Gott, warum hast du mich verlassen. Warum bin ich so verlassen. Warum ist das Rote Meer so voller Haie.

Warum hast du dort die grausamsten Fische hineingetan.

Mein Vater, ich will nicht mehr leben. Du bist ja mein Vater, das entdecke ich erst jetzt. Mein Mörder ist ganz einfach mein Vater, was für eine unliebsame Überraschung. Ich habe an meinen Mörder geglaubt, wie an meinen Vater. So sag ichs wohl besser. Denn mein Vater ist nicht mein Mörder.

Ich war so geblendet von der Wüste, daß ich meinen Mörder für meinen Vater hielt. Für den großen Schatten aus Schutz und Sicherheit. Der Schatten ist nicht mein Vater. Ich bin nicht hierher gekommen, um Gott zu suchen. Ich habe hier nichts gesucht. Ich habe auch nichts gefunden. Gott war nicht da, du warst nicht da.

Ich habe kein Geschlecht, keines mehr, man hat es mir herausgerissen, doch [?] du warst abwesend, darum ist nichts mehr da.

Ich fahre nach Wadi Halfa. Daran kann ich mich klammern. Denn es wird untergehen, [– – –]

Ein Abend irgendwo, also im Sudan, auf der Höhe von einer Stadt, die es in kurzer Zeit nicht mehr geben wird. Alle Dörfer sind schon leer, die letzten Frauen sind verschifft, die Männer sind längst ausgezogen, in die neuen Unterkünfte. Aber da ist noch diese Stadt, ein Anflug von Leben, und das Flirren von grünen Mücken in jedem Augenblick, vom ersten Anlegen des Schiffs an, in den ersten Stunden das Inferno, die Hoffnungslosigkeit, der blitzartige Einfall, daß es keine Wiederkehr gibt, daß es kein Schiff, keinen Zug mehr geben wird. Es ist nicht in Erfahrung zu bringen, die Gerüchte sagen, es wird noch zwei Schiffe und zwei Züge geben. Ich gehe aus dem Haus, mehrmals, mit einem Tüllschleier vorm Gesicht, bis zum Zoll, der geschlossen hat, dann zur Post, die geschlossen hat. Das Schiff ist verschwunden, wohin, da es nicht weiterfährt? Wohin ist das Schiff? Am nächsten Tag, wieder auf der Post, die geschlossen hat. Ich trommle gegen die Tür, gegen die Schalter, ich könnte an alle Türen dieser Stadt trommeln, niemand öffnet, es ist alles geschlossen, und niemand findet es sonderbar, daß alles geschlossen ist. Ich versuche es ein letztes Mal, umgehe einen Häuserblock, wate im Sand, oh, es ist da auch die Wüste, was sonst soll sein, die Wüste ist vor der Tür, der Fußabstreifer, das ist die Wüste. Im Postamt hinten stehen ein paar Ziegen, ein paar Türen zum Hof stehen schlenkernd offen, das Postgebäude ist verdunkelt, die Fenster sind zugenagelt, zwei junge Neger sitzen da, Tische und Schreibtisch sind mit Bergen von Post, Akten, Papieren, toten uralten Papieren, bedeckt. Sie bieten einen Stuhl an, die Frage nach Briefmarken findet erst keine Antwort, dann holt einer aus dem Berg von stickigem Papier einige Mappen hervor, es gibt Marken, o ja, es gibt schöne Marken, einen ganzen Satz, es gibt Tee, es ist still, es ist wie in den hinteren Räumen eines Warenhauses, man sitzt nicht in einem Postamt, aber in den Postwaren, es herrscht keine Verwunderung darüber, daß jemand kommt und von diesem Amt auch etwas will, aber auch keine Freude, vorsichtshalber ist ja immer geschlossen. Eine Stunde hier, noch eine auf dem Zoll, dem keine Abfahrtszeiten bekannt sind, vielleicht bekannt, aber es ist niemand der Mühe wert, sie genau zu nennen, die sanfte Rache, die unbewußte, an den Weißen, ist die ihnen entgegenstarrende Hinterlassenschaft, die Ämter, die betrieben werden und nichts betreiben, dieses Amt, das in keiner Zeit abläuft, die Insignien, ein ausgehängtes Schild: telegrammes are for delay, ich will nicht sagen, daß hier kein Telegramm ankommen wird, aber es wird zu den Telegrammwaren kommen, es wird hier gefunden oder nicht gefunden werden, hier braucht niemand Telegramme, hat nie jemand eins gebraucht, so wenig wie die Briefmarken, die Stempel, die Ordner, die wie Antiquitäten auf Liebhaber warten.

Die Agonie, das Begreifen in der Agonie, es braucht das alles nicht, und zurück im Zimmer, dessen Tür ich schließe, während alle [Türen] offenstehen, die Araber und Neger auf den Betten sitzen, manchmal die Gebetsmatte von der Wand nehmen, hinknien und ihre stummen Verrichtungen machen. Die großen Tonkrüge stehen im Gang, hunderttausend Mücken darin, es ist nichts zu machen, man kann weder sich waschen noch trinken, dann nach einem Tag, oder wieviel Zeit ist vergangen, keine, viele, starre ich wieder in einen Tonkrug, tauche einen Lappen ein, auf dem die Mücken hängenbleiben, ich wasche die Hände, das Gesicht, die Füße, nach einer Weile wieder. Nach einer Stunde stehe ich wieder auf und gehe blicklos, wie die Araber an mir, an ihnen vorbei, ich stelle mich wieder vor den Tonkrug, blase hinein, nehme den Blechnapf, schöpfe Wasser, es ist voller Mücken. Was ist zu machen? ich muß es versuchen, ich blase die Mücken zurück in dem Blechnapf, es hilft nicht, die wurrlen vom Boden wieder herauf, sie sind ein Bestandteil des Wassers. Ich lasse es, ich komme wieder, ich versuche es wieder, will die Augen zumachen und trinken, es geht nicht, ich komme wieder, ich schaue in den Napf, schöpfe an der besten Stelle, es gibt keine beste Stelle, dann trinke ich, so einfach ist das, warum habe ich nicht gleich getrunken, warum habe ich zugewartet, ich muß trinken, es schmeckt durchaus wie Wasser, es ist Nilwasser, die Mücken sind belanglos, es ist gutes

Mückenwasser, kein Zweifel. Das Theater hat ein Ende, aber ich habe bloß getrunken und nicht gegessen. Ich gehe ins Freie, die Mücken sind jetzt eine natürliche Zutat der Luft, man atmet sie eben mit ein, schluckt, spuckt nicht mehr, hustet nicht mehr. Es gibt aber nichts zu essen. Die fantastischen Vorstellungen von Früchten und Datteln vor allem, wegen der Dattelbäume, zerrissen ins Nichts, es gibt kein Brot, kein Fleisch, keinen Fisch, was wird es geben? Der alte Araber, der fünf Worte englisch kann, bedeutet mir, mitzugehen. Hunger, das hat er verstanden. Er geht voraus, watet sicher, ich wate hinter ihm, an den weißen niedrigen Hauswänden vorbei, [in] der unabgekühlten Nacht, die Wüste wird dringender, es sind nur noch wenige Häuser, es muß bald das letzte sein, er klopft, es öffnet jemand, nicht zu erkennen eine Gestalt mit einer Stalllampe, ich habe keine Furcht, ein Lichtschein zeigt einen Augenblick eine junge Frau, etwas Schönes, Stummes, das gibt die Lampe, nimmt die Lampe, man ist in einem dunklen Zimmer mit fünf englischen Worten, die bald ausgesprochen sind. Es ist still, im Dunkeln kommt etwas Dunkles hinzu, zwei Dunkelheiten. Es wird geschwiegen, ohne Aufenthalt und Furcht, dann kommt [die] Stallampe wieder, ich werde in den Hof geführt, zwei junge Neger sind dazugekommen, im Hof ist etwas Mondlicht, ein winziger Tisch, daneben viele Eisenbetten, in denen paarweis die Kinder schlafen, still, keine Atemzüge. Die Frau hat die Laterne wieder weggenommen, kommt wieder, mit dem schaukelnden friedlichen Licht, es ist nicht zu verstehen, was vorgeht, braucht nicht verstanden zu werden. Die Welt ist Geste, Gang, Licht, Dunkel, Warten, redelos, die junge Frau stellt einen Teller mit Bohnen und einen kleineren mit einer Soße auf den Tisch, auf dem so wenig gerade Platz hat. Gibt Brot dazu, also doch Brot. Woher Brot in einer schon brotlosen Stadt. Der Araber, der das Zögern sieht, drückt mir ein winziges Stück Brot in die Hand, zeigt,

wie man die Bohnen mit dem Brot erwischt, es ist leicht, es geht sofort, vier schwarze Hände und eine weiße Hand sind abwechselnd im Teller, dann plötzlich alle Hände gleichzeitig, sie stehen einen Augenblick alle darin still, damit keine dem anderen in den Weg kommt, höfliche Hände alle, man müßte das Bild versteinen lassen in diesem Augenblick, in dem etwas vollkommen ist, die Hände im Essen, die Finger mit der Prise Essen, es ist der bewußteste Augenblick, der natürlichste, das erste und einzige Essen hat stattgefunden, findet statt, es ist das erste und einzige gute Essen, wird vielleicht die einzige Mahlzeit in einem Leben bleiben, die keine Barbarei, keine Gleichgültigkeit, keine Gier, keine Gedankenlosigkeit, keine Rechnung, aber auch keine, gestört hat. Wir haben aus einem Teller gegessen. Wir haben geteilt und nicht gebetet, nichts zurückgeschickt, keine Bohne stehengelassen, nichts weggenommen, nicht vorgegriffen, nicht nachgenommen.
Die Frau sitzt lächelnd und stumm in einer Entfernung, räumt ab, gibt ein Tuch, nimmt ein Kind aus dem Bett, ein nacktes dunkles Kind, das kurz aufweint, in ein weißes Gesicht starrt, aufbegehrt, sich beruhigt. Der Weg zurück, als ginge Wind, aber nur der Sand bewegt sich, begleitet, ein Nicken, ein verhuschter Dank, fünf Worte sind rasch aufgebraucht, es bedarf keines Danks. Im Hotel sitzen die schweigenden Araber noch auf ihren Betten, rauchen, ich mache die Tür zu, die kein Schloß hat, die Sicherheit ist eine andere, sie kommt von der Gegenwart anderer, ist die Fatalität ohne Hinter- und Nebengedanken, ist fraglos, es ist viel mehr – es gibt keine Sicherheit, so wenig wie es Unsicherheit gibt und Gefahr. Die Geborgenheit und die Gefahr sind die Projektionen, die großen Einbildungen, die Verheerungen durch Einbildungen. Es gibt das alles nicht.

Ich habe gewußt, daß dies auch die Welt ist, warum bloß

gewußt, ich habe gewußt, daß die Zutaten, die magischen, meiner Welt, von meinem Aberglauben bevorzugt waren, ich habe gewußt, daß man die Zutaten ändern kann, aber die Erfahrung der Variabilität war darum nichts weniger als eine Verkündigung. Wer zweifelt, daß man Wasser auch mit der Hand aus dem Fluß trinken kann, wer, [daß] man in andrer Temperatur leben und überleben kann? Das sind die Wißbarkeiten. Die Verkündigung ist von andrer Art. Ich bin also zu einer Predigt gekommen, die niemand gesprochen und unter keinem Tempeldach gehalten hat, zur Predigung der Wüste und unformulierter Gesetze, zu Schlucken, Bissen, Gängen, Schlafarten, die unter einer dünnen Kruste von Verständnissen andrer Art auf ihre Stunde gewartet haben, auf das mystische Zusammengehen von Einatmen, Ausatmen, Gehen und Ruhen, auf das Halleluja des Überlebens im Nichts, [– – –]

Wadi Halfa: jetzt wird es untergehen, heute oder in wenigen Tagen, der Nil wird austreten, hinweggehen über die Häuser, über das kleine Hotel, in dem ich geschlafen habe, über das Haus, in dem ich gegessen habe, die Bohnen und die Datteln werden sie noch wegbringen, die Eisenbetten, sie werden in eine neue Stadt gehen, mit neuen Häusern. Und wenn es gut geht, werden stehen bleiben: die nördlichen Tempel, wenn sie die Mauer fertigbringen, aber es ist heiß, vielleicht wird niemand die Mauer zustandebringen. Es ist nicht wichtig. Das Wasser ist wichtig und die Erinnerung, daß dort etwas war, einige tausend Jahre lang, daß man selber dort war, einige Tage lang. Die riesigen Mückenschwärme, die in Augen, Nase und Mund gestäubt sind, sie werden weggehen. Der Nil wird mit großen Armen alles niederziehen, in sich nehmen, zerstören, langsam, und ich möchte mich vom Boot noch einmal herunterbeugen mit den Kindern und mit der Hand das Wasser so geschickt schöpfen, trinken, das besser schmeckt als alle Wasser der Welt.

Requiem für Fanny Goldmann

Aus den Entwürfen zu einem Roman

In einer längst vergangenen Zeit, die von unregelmäßiger Bedeutung ist, trotz ihres Eingreifens in das Leben aller, die damals gelebt haben, gab es eine Fanny Wischnewski, Tochter der Frau Oberst Wischnewski, und angenommenerweise auch eines Obersten des österreichischen Heeres, der sich an einem Märztag im Jahre 1938 eine Kugel durch den Mund geschossen hatte. Fanny hätte also im Jahre 1945, als sie die Uniform einer deutschen Flakhelferin (es wird später zu erklären sein, wie Fanny und Flak, die deutsche Fliegerabwehr, zu einer kurzen Symbiose kamen) auszog und ein von Tante Paulette geschneidertes kleines schwarzes Kleid anzog, sich auf einen patriotischen Selbstmörder berufen können in Fragebogen und bei einer Anstellung oder weiteren Ausbildung, aber da sie [es] nicht tat – so können kleine Unterlassungen Folgen haben –, kreuzte sich ihr Weg nicht nur mit Mr. Goldmann, dem Kulturoffizier der amerikanischen Besatzungstruppen in Wien, sondern sie wurde dessen Frau und erschien einige Jahre lang auf Theaterzetteln, Plakaten und in Zeitungen als die bezaubernde, hinreißend schöne, und was dergleichen Ausdrücke mehr sind, die um eine Schauspielerin [– – –] Fanny Goldmann.

Wer Fanny Goldmann als Iphigenie gesehen hat oder in einem vergessenen Konversationsstück »Danke für die Rosen«, der wird vielleicht nichts mehr in Erinnerung haben, als eine dekorative junge Frau, in wenig Bewegung, ein Bild auf einer Bühne im halben Licht, im Lichtkreis, eine Satzmelodie, die weniger auf ein großes Theatertalent, als eine vollkommene Beherrschung vom Sprechen, vom Abwickeln von Sätzen, Blankversen, freien Rhythmen [– – –]

und selbst wenn sie [in] Prosa sich auszudrücken hatte in einem Salon, so meinte man doch, sie spreche nicht deutsch, sondern etwas Erhabenes, zumindest unendlich Vornehmes, was sich ihr überlassen hatte, sie folgte einer Goldader beim Sprechen, nicht dem Geschriebenen, das sie auszusprechen hatte, und darum wird auch kein Publikum sich je einer besonderen »Leistung« erinnern können, sondern eines Tonfalls, und beim besten Willen fiele jemand nur ein: sie war sehr schön, und schön hat sie gesprochen.

Ehe aber Fanny eine Wiener Bühne betrat und ihre Schultern öffentlich zeigte, lebte sie den Winter 1945/1946 bei ihrer Mutter und zwischen zwei Tanten, Tante Paulette und Tante Lilli, die sich den Oberstentitel und den Selbstmord teilten, als hätten sie an den schrecklichen Ereignissen teilgehabt, die von dem einen zu dem anderen führten, drei ältere Damen, die nicht einmal wußten, was Fanny wußte, und wie nah sie der Wahrheit zuletzt gekommen war.

Im Juli 1934 hatte der Oberst Wischnewski eine enge Verbindung zu dem Minister Fey, und nach der Ermordung [von] Dollfuß hatten die Gerüchte niemals aufgehört, nach denen Fey ein Mitwisser des Attentats war, und als Fey sich im März, nach dem Einmarsch der deutschen Wehrmacht, erschoß, und soweit war Fanny in der Geschichtsforschung gekommen, erschoß sich ihr Vater an demselben Abend, nachdem er von dem Selbstmord des Fey erfahren hatte. Wenngleich es übertrieben, historisch nicht nur nicht erwiesen, sondern fast auszuschließen [ist], daß Fey nach Planetta einen Schuß abgegeben hat, so lag es doch nah, anzunehmen, daß Fey sich getötet hatte, um keine Enthüllungen eines Doppelspiels überleben zu müssen. Fanny hatte also, auch darum, den berechtigten Verdacht, daß der Held, als der ihr Vater nun wieder auferstehen sollte, keiner war, sondern ein unglücklicher, von Ängsten,

Fehlkalkulationen, Schande und Auswegslosigkeit getriebener Mann war, und wenn sie die Frau Oberst Wischnewski zurückhielt, zur Rehabilitierung des Helden etwas zu tun, so gab sie vor, daß man jetzt andere Sorgen habe, daß die Alliierten gewiß nicht verstünden, was sich 1934 oder gar 1938 in Wien abgespielt habe, und unter kräftigsten Beruhigungen: »Mama, ich bitt Sie, das sind doch lauter Ignoranten, ich [hab] doch mit einigen gesprochen«, rückte sie ihrer Mutter halbwegs den Kopf zurecht und deren Gedanken wieder auf das Essen und die Kohlen. Gesprochen hatte Fanny eigentlich mit niemandem, sie hatte bloß den Namen von Mr. Harry Goldmann, an den sie sich wenden sollte, wegen eines Engagements, aber das unterließ sie dann wieder, weil ein Freund von Tante Paulette ihr eine Stelle beim Schriftstellerverband verschaffte, wo sie in einem kalten Zimmer herumsaß, Leuten, die keine Schriftsteller [waren], kleine rote Karten ausstellen mußte, daß sie welche seien und Anrecht auf ein Zimmer hätten. Dies war Fannys erste Berührung mit der Literatur in Wien, ohne daß sie jemals einen dieser Herren mit einem Buch in Zusammenhang gebracht hätte, die von ihr Stempel und Ausweis erhielten, es war auch kaum möglich, selbst sollten sie ein Buch geschrieben haben oder zu schreiben beabsichtigen, diese Jammerfiguren, zu denen sich später jüngere draufgängerische gesellten, die aber auch nur ein Zimmer und einen Ausweis wollten. Von diesen ersten Schriftstellern hatte sie übrigens später höchstens zwei oder drei wiedergetroffen, und die anderen mußten sich in lukrativere Berufe gerettet haben oder waren wirklich nie welche gewesen oder entpuppten sich als Sportredakteur, und einer als Nachrufredner auf dem Zentralfriedhof. Aber nachdem Hiroshima verglühte, konnte man schlecht achthaben darauf, ob Schriftsteller auch wirklich der von ihnen angegebenen Beschäftigung nachgingen.

Den Vornamen Harry fand Fanny fürchterlich. Das klang nach Tango oder Jimmy aus den zwanziger oder dreißiger Jahren, und Fannys Empfindlichkeit in bezug auf Namen sollte noch auf andere Proben gestellt werden. Goldmann war aus Wien und über Kalifornien wieder nach Wien gekommen, und als er Fanny zum erstenmal traf, hatte er eine Affaire mit der kleinen Malina.

Und dies ist vielleicht der erste Anhaltspunkt zu etwas, was werden kann und was einem [das] Flickwerk [an] einem Menschen, an einigen Stellen kenntlich macht. Denn Fanny, die edel wie Iphigenie, vornehm wie Clarissa und fünfundzwanzig Jahre schön war, hatte eine unerträgliche, ihr selbst ungeheure Abneigung gegen die kleine Malina. Die kleine Malina, wie sie damals noch genannt wurde, kam neunzehnjährig aus Klagenfurt, auch das flößte Fanny schon Abneigung ein, und dazu die ganze Person, stotternd, unansehnlich, geduckt, strähnig, ungewaschen, und viel später noch, als Fannys Abneigung sich schon längst artikuliert hatte, verstand sie nichts von der Malina, nicht einmal, warum sie mit Goldmann, dann mit jedem Regisseur, sich ins Bett legte, denn ehe jemand andrer etwas verstanden hatte, war Fannys seltsamer sinnloser Haß zu begreifen fähig, daß die kleine Malina es nicht nötig hatte wie andere, daß [sie] genausogut es hätte bleiben lassen können, weil sich innerhalb weniger Jahre ja herausstellte, daß sie niemand brauchte, am allerwenigsten eine Protektion, weil sie alles hatte, was Fanny und die anderen nicht hatten, das Unerlernbare, Unerreichbare, mitsamt der Besessenheit, die kleine Malina war bis zur Häßlichkeit zerfressen von Fähigkeiten, Leidenschaften, die auf der Bühne aus ihr herausbrachen, und als Fanny längst nur mehr schöne Statistin war und zwanzig kleine Talente in [die] Ehe und auch als Statistinnen verschwunden waren, bezweifelte niemand mehr, daß er es am ersten Tag gemerkt hatte, daß es nur eine große Schauspielerin gab, die Malina, in Wirklichkeit aber war es Fanny gewesen, die es bemerkt hatte, zu einer Zeit, als man für die Malina noch keinen Groschen gegeben hatte. Und in Wirklichkeit war es vielleicht auch Goldmann gewesen, der sich mit ihr blamierte, während er unter zwanzig ansehnlichen jungen Schauspielerinnen, und offenbar mußten es Schauspielerinnen sein, sich hätte zeigen können.

Wenn Fanny Goldmann, selten genug, fragte, was er denn an ihr gefunden habe, schaute er resigniert drein oder lachte bübisch, einmal sagte er, das verstehst du nicht, sie ist eine Bettschönheit und eine Bühnenschönheit, dazwischen ist offenbar nichts. Ach so, Fanny tat dann erstaunt, und sie fragte noch einmal: Was wollte sie denn von dir. Nichts, sagte Goldmann, das ist es, nichts, so wie du, obwohl er sah, daß Fanny sich ärgerte, aber es ist wahr. Ihr beide wolltet nichts. Siehst du die Ähnlichkeit. Jetzt ist dir das auch wieder nicht recht. Und Fanny verwahrte sich laut und inwendig noch lauter dagegen, mit der Malina auch nur die geringste Ähnlichkeit zu haben, und Fanny suchte und suchte nach irgend etwas Furchtbarem in der Malina, das auch Goldmann überzeugen mußte, und so sagte sie, in dem Zustand der Hellsichtigkeit des Hasses, diese Person ist unfähig, jemand zu lieben, hast du jemals gemerkt, daß sie jemand gern hätte, sie ist immer höflich und freundlich. Die ist bloß ein Instrument, die dürfte gar nicht leben.

Aber das sag ich ja, sagte Goldmann, und sie hat mir und wahrscheinlich niemand gesagt, daß sie jemand liebt, weißt du, es geht an jedem vorbei, ich will nicht gerade sagen, sie liebt nur als Julia, denn das wär zu billig und unrichtig, aber sie hat nur alle die Potenzen, lieben, hassen, dulden, angreifen, in der Wirklichkeit kommt sie gar nicht so weit, sie hat keine Zeit dazu, und wenn sie Zeit hat, dann sieht es so aus, als wäre keiner recht geeignet, ihr das einzuflößen, was sie produzieren könnte, denn sie hat es, sie macht manchmal im Bett die Augen zu und liebt jemand, aber ich bin überzeugt, jemand, den es nicht gibt. Das macht sie unscheinbar, sie scheint für niemanden, und du, meine Schöne, du scheinst eben, für mich, er lachte, und für die anderen.

Ich hasse es, sagte Fanny, ich hasse es, wenn jemand so ein Unmensch ist, sie ist einer.

Fannys dumpfe Ranküne gegen die Malina, die nie eine rechte Nahrung fand, war für Fanny selber ein erster langanhaltender Schmerz, und Goldmann dachte, es sei schade, Fanny dürfe niemals an Menschen geraten, die sie provozierten, weil sie schön und schuldlos und großzügig sein wollte und sein mußte, sie vertrug keine Beschädigung der idealen Fanny, sie verzieh es sich nicht, von Mißgunst entstellt zu sein, und sie verzieh darum der Malina nicht, daß sie eine lebendige Herausforderung war.

Ist das die christliche Nächstenliebe, fragte Goldmann ironisch, als er Fanny ein Geschenk von der Malina in den Papierkorb werfen sah. Sie zitterte vor Beschämung und brachte ihr Zittern in seinen Armen unter: Wie dumm bin ich doch, nein, du denkst doch nicht, daß ich abscheulich bin. Ich bin doch sonst nicht so gräßlich. Verzeih du es mir, dann ist es gut. Du mußt mir verzeihen.

Drei Jahre später, nach der letzten Vorstellung von »Danke für die Rosen«, hatte Goldmann ihre gemeinsamen besten Freunde zu den »Drei Husaren« eingeladen, und er hielt, was er sonst nie tat, öfters Fannys Hand auf dem Tisch, bis sie, eh sie das Weinglas nahm, ihn anstrahlte und dann die Tischrunde und sagte: Ihr könnt uns gratulieren, wir haben uns heute vormittag scheiden lassen. Niemand glaubte die Nachricht, und Goldmann sagte verlegen und immer wieder Fannys Hand drückend, ja, so ist es eben. Sie sagt die Wahrheit.

Er küßte Fannys Hand, und sie umarmte ihn demonstrativ

vor den anderen, die solche Exzesse noch nie von Fannys und Goldmanns Seite gesehen hatten, so daß nun doch alle dran glaubten und zu lachen anfingen, hysterisch, voller Schauspielerlebhaftigkeit auch diejenigen, die keine Schauspieler waren. Die Gebauer sagte: Die beiden sind großartig. Man trank auf Fannys und Goldmanns Wohl, und die beiden lächelten und hielten sich noch immer an der Hand. Klara fragte ungeniert: Und wohnt ihr weiter miteinander.

Nun, fürs erste schon, gaben die Geschiedenen zu und wehrten dann alle Neugier ab.

Ein Kabarettist kam noch einmal darauf zurück und sagte, er hielte das für die gelungenste Wiener Scheidung seit langem, ein leuchtendes Beispiel für eine alte Kulturstadt, das könne es nirgendwo geben als in Wien, und Goldmann solle zugeben, daß sich die Heimkehr gelohnt habe, er sei mit der schönsten Wienerin verheiratet gewesen und glücklich geschieden und wieder beneidet, und er sang allein, mit der größten Geschicklichkeit jede richtige Note umgehend: Erst wanns aus wird sein, und Fannys Strahlen hielt an, bis sie mit Goldmann im Auto saß, und er langsam mit dem Schlüssel hantierte, ihn verfehlte, es wieder versuchte. Verlaß mich nie, sagte Fanny leise. Aber Fanny, sagte Goldmann.

Nie, bitte nie. Sie schluchzte plötzlich und lachte, und zuhause fröstelte sie und ließ sich von ihm ins Bett bringen. Das wird eine Grippe, du, sagte sie, garantiert eine Grippe. Jetzt habe ich vergessen, meinen Herrn anzurufen. Hol ihn der Kuckuck, Goldmann ging ans Telefon und rief Milan an, berichtete ausführlich über Fannys erhöhte Temperatur und verabredete für sie und Milan einen späteren Zug nach Salzburg.

In acht Tagen sind wir doch wieder zurück, sagte Fanny, bitte schau nicht so feierlich drein.

Mir ist aber viel feierlicher zumute als am Hochzeitstag.

Weißt du noch? Er versuchte zu scherzen, sie fingen miteinander zu spielen an, weißt du noch, sie wußte, er wußte, immer weißt du noch.
Wenn du mich nur nicht mit der Malina betrügst, murmelte Fanny im Einschlafen.

Goldmann und Fanny waren ein Jahr lang noch meistens miteinander zu sehen, dann fuhr Goldmann nach Amerika, dann länger nach Israel, und man gewöhnte sich daran, Fanny mit mehreren Personen zu sehen, als sei sie es schon gewohnt, ohne Goldmann zu essen, ohne Goldmanns Anruf im Café bis Mitternacht zu bleiben. Klara sagte gelegentlich, Fanny habe eine eigene Wohnung, eine hübsche Wohnung, in der Wollzeile, und Goldmann habe sich großartig benommen, diesmal wußte man schon nicht mehr genau, in welcher Sache, vielleicht wegen Umzugs oder der Möbel, und dann hörte man auf, Fanny nach Goldmann zu fragen, und er, der früher nie gefehlt hatte an den Abenden, fehlte nicht mehr, und die neu engagierten Schauspieler oder die Gäste wußten gar nicht mehr, wer Goldmann gewesen war.

Fanny hatte Klara zu Besuch und wollte um ein Uhr früh nicht mehr ans Telefon gehen, Klara hob ab und rief ein barsches Hallo, sie drehte sich erstaunt zu Fanny um und sagte: Es ist der Ernst [= Harry]. Wer, fragte Fanny. Ach so. Sie ging langsam ans Telefon, sie stand dort, einsilbig, für Klara war nicht zu erraten, was [– – –]. Klara wartete, aber Fanny rauchte und sagte nur: Er hat sich so verändert. Nein, ich meine nichts Bestimmtes. Ich sag ja, er hat sich so sehr verändert. Natürlich hat das nichts mit mir zu tun.
Sie wurde heftig: Es hat mit allem nichts zu tun, was ihr denkt.
Sag doch nicht »ihr«!

Doch, ihr denkt alle etwas, und es hat einfach damit nichts zu tun. Wir beide waren ganz anders, es war alles anders, als ihr es begreifen könnt. Ja, ich sage eben ihr, weil es mir paßt und weil es wahr ist. Wir waren gut zueinander. Sowas begreift eben niemand. Gutsein, man muß gutsein können, aber man kann eben nicht immer, unter lauter Hottentotten. Ernst [= Harry] ist kein Hottentott.

Fanny besuchte Goldmann, er wohnte jetzt zwei Häuser weiter, in der Nähe der Altenwyls, sie lächelten beide, und sie wußte nicht, wie sich bewegen zwischen den Koffern, den Büchern und den Mappen, die auf dem Fußboden lagen. Sie setzte sich wie ein Besucher in einen Sessel und schlug die Beine übereinander. Goldmann ging ruhig herum, er suchte immerzu etwas, einmal einen Aschenbecher, und es hätte wenig Zweck gehabt, deswegen aufzuspringen, wenn man nicht wußte, wo ein Mann seine Aschenbecher hatte, und ob er andre hatte als in einer gemeinsamen Zeit. Fanny saß da, als schüttete sie jemand zu, sie konnte sich nicht mehr rühren, es gingen ihr viele Sätze durch den Kopf, Überlegungen, sie war drauf und dran zu sagen: So geht das doch nicht, leben wir doch wieder miteinander, so geht es einfach nicht, aber als sie ihr Elaborat ausgearbeitet hatte und plötzlich ganz weich von Erinnerung und Zärtlichkeit war, fing Goldmann zu reden an, der den Aschenbecher gefunden hatte, müde und ermüdend, Fanny vermochte kaum zuzuhören, sie meinte immer, alles müsse sich auf sie beziehen, aber nun bezog sich das gar nicht auf sie, sondern auf eine Arbeit, vielmehr auf Goldmanns neue Gedankenfelder, die sie gar nicht kannte, und sie kam sich vor wie einmal in der Schule, als sie die Schule gewechselt hatte und die ganz woanders waren, mit allem Stoff und allen Methoden, und sie fing an, ihre Zärtlichkeit zu vergessen und zuzuhören und starrte ihn an, er wollte weder eine Filmfirma gründen noch eine Theateragentur betreiben, und sie blickte jetzt auf die Bücher und Mappen und dann in sein Gesicht, wollte ihn fragen, was denn passiert sei, aber er schien nicht einmal zu merken, daß ihr seine Beschäftigungen ungewohnt waren, mit den Judaica, und daß sie keinen Ernst [= Harry] Goldmann gekannt hatte, der sich mit der Geschichte der Juden beschäftigte, ja überhaupt keinen, den Jude sein zu etwas verpflichtet oder getrieben hatte, und daß er zum Eichmannprozeß wolle, beiwohnen werde, und er fragte auch nicht: Verstehst du das, was mich beschäftigt, sondern das ging über sie hinweg und bedurfte keiner Umarmung mehr durch sie, wie die Emigration, wie die Rückkehr nach Wien, keiner schönsten Wienerin und keiner Nußdorfer Nacht.

Das war am 3. Juli, daß die Frau Oberst zu sticken begann, und an diesem Tag traf Fanny im Salzkammergut zum erstenmal Toni Marek. Fanny trug ein Dirndl, in dem sie lächerlich schön aussah, man hätte sich Marzipanschweine und Schokoladenmisthaufen um sie vorstellen können und eine Ansichtspostkarte mit tiefblauen Salzburgerseen, der Sommer war Fannys schönste Kulisse, für Mieder und abends freie Schultern in Salzburg, mit Fransenschals bedeckt, sie war noch nie so früh im Jahr nach St. Wolfgang gefahren und kehrte bald wieder zurück, ohne mehr im Gedächtnis zu behalten als einen jungen Mann, der selbstbewußt seinen Arm um eine Gartenbank bei Altenwyls gelegt hatte, von Antoinette beschlagnahmt wurde und über Fanny zwei Sätze sagte, die sie am Telefon, schon wieder in Wien, von Antoinette berichtet bekam, zwei witzige, zweifelhafte Sätze, auch schmeichelhafte, die sie sofort wieder vergaß.

Erst drei Monate später, als Fanny eingeladen wurde, in eine Kellerbühne und ein schwachsinniges Theaterstück von einem gewissen Anton Marek sah, erinnerte sie sich des jungen Mannes aus dem Salzkammergut wieder, und sie ging mit den Altenwyls nach der Vorstellung zu ihm und gratulierte zögernd, sie war jetzt in dem Alter, in dem ein ermunternder Satz von einer Burgschauspielerin Balsam für einen jungen Dramatiker sein konnte, der selbst das Gefühl hatte, daß ihm weder etwas Großes noch etwas Revolutionäres gelungen war und daß er darauf angewiesen war, sich an ein paar Sätze zu klammern, die Leute mit Namen freundlich austeilten. An dem Abend wurde Fanny nicht von Freunden nachhause gefahren, sondern ging zu Fuß, von Marek geleitet durch Wien, das ihr traumhaft vorkam, sie entdeckte es wieder, sah es wiederhergestellt, nicht ihr verschlissenes, zerstörtes Wien, sondern eine Stadt, in der man an jedem Eck stehenbleiben mußte, um tief zu atmen, um das Laternenlicht [– – –], berührt zu werden von Fassaden, von der Qualität des Steins. Im Burgtor umarmte er sie zum erstenmal, und gegen drei Uhr früh, als es hell wurde, langte sie mit zitternden Knien und fahlem Gesicht bei ihrer Wohnung an, sie schickte ihn weg und sagte, nun werde ich Sie bestimmt nie wiedersehen, nein, denken Sie, daß nichts war, gehen Sie. Als sie auf ihrem Bett saß, läutete das Telefon, und eine Stimme, die sie nun schon kannte, sagte, er könne nicht nachhause gehen, er sei in der Telefonzelle an der Ecke, er schaue zu ihrem Fenster herauf, und Fanny sagte, Sie kennen doch meine Fenster gar nicht, und er sagte, es sei grausam, ihn auf die falschen Fenster schauen zu lassen, und nachdem sie eine Stunde lang telefoniert hatten und Fanny definitiv das Gefühl hatte, daß sie am Auseinanderfallen war, ging sie doch hinunter und öffnete das Tor und hielt sich die Hände vors Gesicht und murmelte immerzu, ich sehe schauderhaft aus, bitte sehn Sie mich nicht an.

Kurze Zeit später war Fanny ihm hörig.

Anton Marek, von Fanny wie von seinen Freunden Toni genannt, war in Mattersburg im Burgenland aufgewachsen, worauf er sich viel zugute hielt, wie die meisten Leute, die irgendwo geboren sind, aber als ein Niemand, der nicht ein einziges Mal von jemand sagen konnte, er sei verwandt mit jemand, und jemand sei mit seiner Familie bekannt. [Wie] viele junge Leute, die aus der Provinz kommen und von kleinbürgerlicher Herkunft, versuchte er ein mysteriöses Schweigen über seine Familie zu bewahren, um desto mehr vom Burgenland sprechen zu können, Besonderheiten, die Wildvögeljagden, die Melancholie seiner Steppe, die Trägheit der Donau, da er bemerkt hatte, daß es von Vorteil sein konnte, in der Stadt mit Wehmut von einem Paradies zu sprechen, einem verlorenen am besten, in das man [sich] fürchtete zurückzukehren, während Marek nichts fürchtete, außer noch einmal in die Anonymität zurückgestoßen zu werden und einen einzigen Tag zu versäumen, der ihm »Beziehungen« eintragen konnte. Er registrierte jede dieser Beziehungen, jede Einladung, wurde rasch wählerisch, nach einer kurzen chaotischen Zeit, in der Auswahl der Frauen, und als er bei Fanny reüssiert hatte, war dies der erste große erleichternde Triumph, sie schien ihm der Schlüssel zu sein zu dem Wien, in das er nicht hatte eindringen können oder nur gelegentlich, ohne [es] zu einer Zugehörigkeit zu bringen, die nicht mehr bezweifelt werden konnte. Er war, in mancher Hinsicht, was Martin Ranner von ihm sagte, ein gerissener kleiner Verbrecher, von einer Skrupellosigkeit, die sich noch die Skrupel der erstrebten Gesellschaft einverleibt, alle ihre Dogmen akzeptiert, und zwar ihre besten, da die einem Provinzler am besten zu Gesichte stehen. Marek war fähig, Interesse für Politik zu heucheln, das er nicht hatte, mit der deutschen und österreichischen Vergangenheit zu leiden, an der er nicht litt, lauter Aufgaben, die er als Musterschüler der Zeit mit einer Musterlektüre erreichte, er interessierte sich für die genau richtige Literatur und geriet erst später, als er nach Deutschland kam, ein wenig durcheinander, da die erlernte Lektion dort nicht anzubringen war, aber er nahm die Herausforderung der neuen Situation an und lernte noch ein Stück dazu und Bewertungen und Abwertungen.

Von diesem 30. September an begann Fanny sich für Literatur zu interessieren, mehr als zuvor, denn gelesen hatte man schon immer, das Gute Alte bei Wischnewskis, und dann die Stelle im Schriftstellerverband und Aushilfe beim Pen Club, und nun grollte sie hie und da Goldmann, der so [gar] keine Schuld an ihrem Lesen hatte, vielmehr an längerem Nichtlesen, und es fing ein neues Leben an für sie, denn sie las und trug Bücher heim und erzählte Marek, der weniger Zeit zum Lesen hatte, alles, von allem, was ihr untergekommen war, und hier und da wollte er eine Seite sehen. Sie hatte ihn im Verdacht, daß er faul sei, aber sie ließ sich sofort überzeugen, daß das seine Arbeit hemme, das Selberlesen, und so erzählte sie ihm alles, und als Marek sein Radiointerview gab, war sie stolz, daß er über Italo Svevo sprach, als hätte er ihn gelesen, sie wagte gar nicht, ihn auf diese Unaufrichtigkeit aufmerksam zu machen. Toni war so unschuldig, Fanny dachte, er wisse selber wohl nicht mehr genau, was er von ihr habe, und dies kam ja einer Vertiefung gleich, es war nicht zu sagen, wo das Denken des einen anfing und des andren aufhörte, so wollte Fanny es, und wenn Fanny etwas wollte, richtete die Welt sich danach, und was Fanny dachte, hatte Gültigkeit, und so, unmerklich, wurde die ganze Person Marek einem Prozeß unterzogen, [aus dem] sie immer bedeutender, reiner, vollkommener und fabelhafter, anbetungswürdiger, hervorging. Was an Toni noch menschlich blieb, waren gewisse Unarten, über die sie meistens schwieg, da sie sich nicht wegoperieren ließen, und hie und da erlaubte sie sich Scherze, Fanny-Goldmann-Scherze aus einer besseren Zeit, damenhafte, anmutige, wie sie früher belächelt worden waren, aber Toni war nicht leicht zum Lächeln zu bringen, eher schon brauste er auf und sagte, er wolle sie zwei Tage lang nicht sehen, und Fanny willigte zitternd in diese Strafen ein und flehte ihn am Telefon an, doch wenigstens zum Essen zu kommen, sie fürchtete, er müsse verhungern oder der Zorn ließe ihn nicht zur Arbeit kommen, und er kam dann auch einen Tag früher trotzig zum Abendessen und bestätigte ihr, daß er ihretwegen nicht habe arbeiten können und sich sinnlos betrunken habe, die ganze Nacht habe er mit diesen Leuten herumgesessen, und Fanny sah ihn verwundet an und versprach sich und ihm, immer und jederzeit an seine Arbeit zu denken, was da auch komme, da Toni so labil war und der Roman wieder liegenblieb, wegen seiner großen Labilität, denn Toni war auch gefährdet, und Fanny war sein Hort, Schutz und Schild, seine Zuversicht auch in künftigen Dingen, und zu seiner größten Zuversicht gehörte, daß sie einmal eine Woche mit einem deutschen Verleger in Salzburg verbracht hatte, vor vielen Jahren, an den schrieb Fanny nun, ihr Genie geradeheraus anpreisend, und es gab eine Antwort, daß ein österreichisches Genie, aus diesem Land der Genies, höchst willkommen sei, und einiges Undeutliche [in] einen Satz verpackt, daß man wohl Fannys noch gedenke in Stuttgarts Beton- und Glaspalast und auch Salzburgs zu mancher Zeit. Marek selber erhielt einen sachlichen, abgezeichneten Brief, nach Abreise des Verlegers von einer Sekretärin unterzeichnet, was ihn hämische Bemerkungen über die Gepflogenheiten der Deutschen einflechten ließ, und somit ein Dank an Fanny sich erübrigte, die sich für ihren Wochenendfreund verlegen entschuldigte und den Brief auch indiskutabel fand. Als Toni ihr ein Jahr später düster ankündigte, daß es nun bald so weit sei (einmal überarbeiten), schrieb sie trotzdem wieder nach Stuttgart und schilderte dieses burgenländische Genie als schwierig und überwältigend, und so beugte sie vor, wo sie konnte, zitternd vor Angst, daß der Deutsche und Toni nicht auf einen Ton zu stimmen wären – ein überflüssiges Zittern, da Toni auch aus der Hand eines deutschen Nilpferdes oder eines Ungeheuers einen Vertrag entgegengenommen hätte und seine Empfindlichkeit in bezug auf Fannys erneuerte Bekanntschaft nur in dem Augenblick existierte, als er es für nötig fand, sich empfindlich und ehrenhaft zu zeigen. ‹. . .› Er warf Fanny ihre Taktlosigkeit, ihre grenzenlose Rohheit vor, und Fanny meinte am Ende selber, daß Toni darunter litt und schon darum keines freundlichen Worts mehr fähig sei.

Sie brauchte Monate, um sich einzugestehen, daß er schwierig geworden war, sie ängstlich und älter machte mit jedem Tag, daß aus dem Liebhaber, der ohne Fanny Goldmann nicht leben konnte, ein angehender Romancier wurde, der ohne seine Arbeit und seine Verabredungen nicht mehr existieren konnte, dessen Telefonrechnungen stiegen, dessen Einsilbigkeit gegenüber Fanny zunahm, der Fannys Freunde nun selbständig benutzte, als hätte er sie schon immer gekannt, er ging nun mit Altenwyls allein essen, er traf Rundfunkleute, mit denen Fanny ihn bekannt gemacht hatte, Regisseure, denen er angenehm durch Selbstkritik an seinem ersten Stück auffiel und die nun nicht mehr erwarteten, ihn mit Fanny im Kaffeehaus auftauchen zu sehen. Fanny wurde unsicher. Sie freute sich über seine Selbständigkeit, aber es gab ihr jetzt manchmal einen Stich, wenn sie ihn mit Magda Kinski oder [– – –]

Wiener Dialog:
Als Toni Marek das erstemal von Karin Krause erzählte, der Schauplatz Fannys großes Zimmer, sie beide in drei Meter Abstand, Fanny gereizt wegen einer Nebensache, genau genommen über den Verbleib Mareks bis zwei Uhr früh bei einer Möchtegerndichterin mit Blechstimme, die Fannys überspannte Antennen auch schon mit Mareks häufigem Fernbleiben in Verbindung brachten, der überspannt auf Fannys Bemerkung, ob er wieder bei der Dame gewesen sei, aufsprang und schrie, er verbitte es sich, Fräulein Hobaluek die Dame zu nennen, sie heiße Helga Hobaluek, und Fanny vollendete für sich, und also keine Dame, aber Toni, der offenbar schon entschlossen war, den Diskurs über Fräulein Hobaluek weiterzuführen und zur Sache zu kommen, fing zu grinsen an, trotzdem merkte Fanny, daß um zwei Uhr dreißig die Sache keine erfreuliche Wendung nahm, denn er lachte nicht, sondern er grinste, schob Fräulein Hobaluek auf ein Nebengleis, beugte sich vor und sagte: Ja, Fanny (nun merkte sie, daß er betrunken war, aber das war er ja oft gewesen), meine liebe Fanny, was meinst du wohl, wie oft ich dich betrogen habe, wie oft?
Fanny, die plötzlich ihren Konversationston verloren hatte und sich zurückverwandelte in Fanny Goldmann und gleichzeitig in die Tochter der Frau Oberst, sagte leise und indigniert: es ist sehr spät. Wir gehn besser schlafen.
Das tät dir passen, du willst wohl nicht zuhören, und dein Hals hat übrigens schon Falten, bild dir nur nichts ein, damit du den Rest auch noch leichter schluckst. Was, meinst du wohl, habe ich getan in dem Jahr. Der schönen Frau Goldmann die Schleppe getragen oder was. Ich bin doch nicht irr. Meinst du, ich bin irr?
Toni, sagte Fanny und klappte die Handtasche auf und wieder zu, sie wußte gar nicht, warum sie immer noch ihre Handtasche bei sich hatte, sie putzte sich die Nase mit dem

Taschentuch, das in der Sesselfalte klemmte, steckte es in die Handtasche. Wenn du mir etwas zu sagen hast, dann sag es mir bitte morgen. Ich bin müde.
Ach, die Dame sind müde, und immer noch so damenhaft und erhaben, natürlich erhaben, wenn man ihr sagt: Ich hab dich betrogen, dauernd betrogen, immer betrogen. Hörst du, betroogen.
Aber das höre ich doch, sagte Fanny, ich höre es doch. Aber es ist wirklich sehr spät.
Aber jetzt betrüg ich dich nicht mehr, jetzt nicht mehr, hörst du, denn jetzt ist es aus. Einfach aus.
Toni, bitte, sagte Fanny, sie half sich selber aus dem Sessel. Sie dachte einen Moment, sie habe zuviel getrunken, weil das Zimmer in die Dunkelheit fiel, und dann stand sie noch immer da und hielt sich an der Sessellehne, und Toni stand nicht mehr an dem anderen Sessel, sondern er lag da, also zu ihren Füßen, sie dachte ›grauenvoll‹.
Sie sagte: Bitte, Toni, ich versteh dich nicht.
Toni küßte, küßte er wirklich, ihre Füße, nein, es war der Teppich, er küßte den (persischer Name) und küßte auch den wahrscheinlich nicht, sondern er wälzte sich auf dem Boden und sagte tatsächlich: Sie ist so herrlich, herrlich, wenn du verstehn könntest, wie herrlich sie ist.
Fanny stand etwas verblüfft da, und sie sagte belustigt: Aber wer ist denn so herrlich. Ich würd es ja gern verstehen.
Toni schluchzte, und das war nun allerdings neu oder neuer, als Fanny empfinden konnte, da sie ihn bloß für sehr verhalten hielt und jemand wie Martin gesagt hätte, der und verhalten, oder es müßte sich schon um einen Riesenvorteil handeln, und so hörte Fanny bloß den Namen Karin.
Sie konnte nicht ernst bleiben, in der Sprache der Wischnewskis hieß das ungefähr, das ist doch schlechterdings nicht möglich, und dabei dachte Fanny gar nicht an eine

Karin Krause, die sie einigemale und auch mit Toni gesehen hatte, sondern an nichts weiter als an den Namen. Und nach dem schlechterdings fiel [ihr] ein, daß das eine Deutsche war, und das war nun schlechterdings ein schlechter Geschmack, und den hätte sie, da sie Toni zu kennen meinte, ihrem Toni nie zugetraut. Sie stand da, wie die Iphigenie, mit den unsterblichen Schultern der fünfziger Jahre des zwanzigsten Jahrhunderts, der man eine Dame aus dem vorderen oder hinteren Magdeburg oder dem Taunus [– – –] (der Taunus, der Taunus, der geht uns gar nichts an, das hatten sie während der Nazizeit gesungen im Gymnasium, wenn die deutsche Geographie durchgenommen wurde, und dann vor allem der Taunus, als der Inbegriff dieses Hunnenlandes, auf dem Programm stand). Und sicher kam nun Karin Krause aus diesem halbhohen Hunnengebirge und sprach um so und soviel Phon zu laut und gestikulierte, als sei sie allein am Tisch und auf der Welt und fotografierte modern und hatte keine Erziehung, und ganz gewiß nicht eine Erziehung, allenfalls Talente für die Leicas und Toni, und nun fiel Fanny um zehn Minuten [zu spät], während Toni schon erklärte, wo er zuerst mit Karin geschlafen habe und wie alles gekommen sei und daß er sie heiraten würde, nämlich Karin, die Handtasche aus der Hand und alle ihre Utensilien, vom Lippenstift bis zum Lidstift bis zum Notizblock und Kugelschreiber, die Zigarettenbrösel, von denen es am meisten gab, und Münzen fielen auf den Teppich, wo immer noch Toni saß, jetzt saß er gottlob und sprach, und sie sammelten miteinander die Münzen ein, und Fanny sagte, nein, laß, bitte, ich mach es schon.

Du, es ist spät, sagte sie. Wir wollen doch morgen darüber reden. Nein, verbesserte sie sich errötend, denn so etwas sagte eine Goldmann-Wischnewski nicht, nein, nicht reden. Wir werden sehen. Das findet sich schon alles, sagte Fanny lächelnd. Komm, Toni, du bist ja ganz blaß, du siehst

sehr schlecht aus. Du mußt Kummer gehabt haben, und auch noch wegen mir, nein, sagte Fanny, bitte geh schlafen.
Als Toni neben ihr eingeschlafen war, und draußen wurde es hell, stand Fanny leise auf und ging in das große Zimmer zurück. Sie stützte den Kopf auf die Hand und dachte ganz klar, daß es wahr sei, daß es zuende sei und daß er heiraten würde. Aber nicht das ging eigentlich in ihrem Kopf herum, sondern ganz winzige Häkchen fingen sie. Karin, was für ein Name. Vielleicht konnte sie Toni vorschlagen, sie anders zu nennen, vielleicht hatte sie einen zweiten und dritten Namen, wie sie selber. Karin war unmöglich, das mußte sie ihm sofort sagen. Zu Karin selber: ein Tausendjähriges Reichskind, Durchhaltekind, Volk-ohne-Raum-Kind. Lang und hübsch, unterm Hitlerbild gezeugt, dafür konnte nun das Kind nichts. Die Krause würde sie ablegen, das ging also. Und wenn sie an Stelle von Manieren etwas wie Gutmütigkeit oder sonst was Diskutables haben sollte, dann würde Fanny mit der Angelegenheit zurechtkommen. Hoffentlich benimmt sie sich anständig, seufzte Fanny, und ohne Ahnung, wie recht sie hatte zu seufzen, hob sie ihre Schultern, die schwer wurden, hoffentlich, und die Malina, ihre Erzfeindin, erschien ihr daneben wie die Eidechse neben einem Drachen, denn die war wenigstens aus demselben Land und kannte die Spielregeln. Was man von einer Karin Krause zu erwarten hatte, Gott allein wußte es, und Fanny schlief zitternd wie ein altes großes Kind, das unbekannten deutschen Gefahren entgegenging, dem Taunus und Krause und Karin und der Indezenz, und immerhin war da Toni, sie seufzte, mein Toni, mein Liebling, und dann schlief sie ein.

Diese Karin Krause, Tochter des Theaterwissenschaftlers in Wien, der sich hier besser hatte halten können nach einer halb und halb geglückten Entnazifizierung, erwies sich als ein gar nicht beunruhigendes Wesen bei dem ersten

Treffen. Das ist Karin, Fanny, sagte Toni strahlend, und in Fannys Wohnung sagte er zu Fanny, das machte sie allerdings krank, bitte setzt euch doch, und Fanny stand, mit einem Rest von Widerstand, und weil sie Toni nicht zurechtweisen mochte, setzte sie sich, obwohl sie in diesem Augenblick zum erstenmal dachte, daß Toni keine Manieren habe, aber dann erschien ihr das als Sakrileg an seiner Person, und sie führte seine abstruse Aufforderung darauf zurück, daß er aufgeregt war. Fräulein Krause lächelte immerzu und war so herzlich, daß man Herzlichkeitsdrüsen an ihr vermuten konnte, sie war zu herzlich, es strömte aus ihr wie ein Überschuß, und sie sagte mit herzlich erstickter Stimme, ich weiß doch, was Sie Toni bedeuten und was Sie für ihn getan haben, und Fanny hatte schon wieder Gräten im Herz und lächelte, mehr aus »Danke für die Rosen«, und sagte, eine bezaubernde Replik, die aus dem zweiten Akt hätte sein können, die Männer tun immer mehr für uns, indem sie nichts tun, als wir, indem wir meinen, sie haben etwas für uns getan und am Ende insgeheim doch denken, sie hätten gar nichts getan. Dann waren dieser zweite und dritte Akt aus »Bitte um die Dornen« abgewickelt, und der Vorhang fiel, und Fanny merkte, als die Tür ins Schloß fiel und sie den Lift nach unten fahren hörte, daß nicht Toni gegangen war, sondern Toni mit Karin. Danach sah sie Karin nur noch einmal, allein, und bei dem Hang zur Undurchdringlichkeit, den die kleine Deutsche hatte, verlor Fanny den Faden, sie erinnerte sich schon eine Stunde später nicht mehr, was sie mit dem Mädchen gesprochen hatte, sie erinnerte sich nur an Gestikulieren und Worte wie Toni, und es schien ihr, daß Toni nicht so wichtig war dabei, sondern etwas anderes, vielleicht Heiraten oder die Literatur oder die Fotografie, denn Toni schrieb den Text zu einer Serie von Karin, und das konnte nun schlechterdings mit Fanny nichts zu tun haben.

Toni rief jeden Tag an und sagte, er arbeite, und er wünschte, Fanny könne endlich die Arbeit sehen, es daure jetzt nur noch ein paar Tage, und niemand außer Fanny. Nein, Fanny, was denkst du bloß, Karin wird keine Zeile davon sehen, du bist die erste, das ist doch tabu, niemand außer dir, also das schwör ich dir, du bist die erste, nur dein Urteil, weißt du, daß mir nur dein Urteil wert ist. Fanny, das weißt du doch. Du bist doch mein guter Geist. Apropos, hast du an den Verlag geschrieben? Du, wenn dir das Buch nicht wirklich wichtig vorkommt, dann werf ich es weg, das weißt du, nicht wahr. Von dir hängt doch alles ab.

Fannys Scheinblüte war darauf zurückzuführen, daß sie sich noch nie so gefühlt hatte wie in der Zeit dieser Beteuerungen. Ohne sie würde Toni das Buch nicht einmal aus der Hand geben, sie war ganz demütig vor Glück. An einem Abend rief er sie an und sagte, ich glaube, ich habe noch fünfeinhalb Seiten zu tippen. Verstehst du, Liebling?
Fanny hauchte: Toni, du sagst doch nicht die Wahrheit. Das wäre doch, nein, verschrei es doch nicht. Mein Lieber, das wäre doch zu wunderbar. Nein, ich glaub das nicht. Es ist viel, viel besser, ich glaub es nicht.
Toni: Bist du noch da, du wisperst so, es klingt wie damals, weißt du noch. Bitte plätschre nicht so gefährlich mit deiner Stimme. Du weißt doch, daß mich das verliebt macht.
Toni, sagte Fanny, dann sehr laut, aber Toni, bitte hör auf damit, sowas darfst du nicht sagen. Wie geht es Karin.
Bitte reden wir doch nicht davon, das ist doch unwesentlich. Du weißt doch, daß das gar nichts bedeutet, nicht in unserem Sinn.
Fanny schwieg, sie war plötzlich ernüchtert, ich verstehe nicht, sagte sie, aber da hatte er schon Gute Nacht gesagt, und sie wußte trotzdem nicht, was zu tun, und rannte wieder durch die Innere Stadt, wie an dem ersten Abend, und

die finsteren Schatten im Burggarten überfielen sie, am Michaelertor kam ihr eine Gruppe von Betrunkenen entgegen, und als sie zur Kirche kam, blieb sie am Tor stehen und rüttelte, man mußte ihr aufmachen, sie mußte doch hineindürfen, grade in der Nacht, wann anders sollte man in eine Kirche wollen. Sie ging den Kohlmarkt hinunter bis zum Graben, dort stand sie unschlüssig am Eck und bog dann ein, es ging so rasch, sie kam zur Kärntnerstraße, in der meterweise noch Leben war, eine Stimme, drei Stimmen, dann wieder Stille, sie lehnte sich an ein Schaufenster und weinte hilflos, ich muß jemand anrufen, ich muß doch irgendwohin können. Es fiel ihr ein, daß noch jemand im Café X sitzen könne, aber als sie hinkam, stand die Garderobenfrau in der Tür und sagte, gnä Frau, es sind alle schon weg, aber wollen gnä Frau nicht ein Taxi? Fanny hob ihre Schulter und sagte, erhaben, ihre Uhr gehe falsch, sie habe tatsächlich geglaubt, es sei erst Mitternacht, und sie schüttelte nun den Kopf über sich und ließ sich ein Taxi bestellen, und dann fuhr sie nachhause, und es kam ihr vor, als könnte sie ihre Schultern nie mehr zeigen und nie mehr etwas mit ihnen tragen. In dieser Nacht war etwas mit ihren schönen Goldmann-Schultern passiert, die waren gefallen, wie eine erste Linie, die von einem feindlichen Angreifer genommen wird, und noch hätte niemand zu sagen vermocht, wer dieser Feind war, mit welchen Mitteln er vorging und was er vorhatte. Wie die Ankündigungen von schweren Krankheiten, die des Zusammenhangs noch entbehren, wie die Ahnungsanfälle vor Todesfällen, Abstürzen, hatte Fanny etwas zwischen der Michaelerkirche und der Kärntnerstraße angefallen, und sie hatte diese etwas größeren Augen, die nicht zum Schauen da sind, nicht zum Anblicken, zum Begreifen, sondern zum Nichtverstehen, zum Starren, zur Fassungslosigkeit, und als sie nachhause kam, legte sie ihre liebste Schubertplatte auf, von der sie Toni dieselbe geschenkt hatte, damit sie, auch getrennt, sie

hören konnten, und dann dachte sie mit diesen Augen, aber er hat doch nur von mir gekaufte Platten, und wenn er jetzt zuhause etwas spielt, mit ihr spielt, dann sind das doch meine Platten, und sie riß dem Schubert mit der Nadel eine Schramme und stand vor dem Grammophon und war unfähig, eine Platte aufzulegen. Es war ihr plötzlich gewiß, daß er ihre Sachen mit der anderen spielte.
Dann beruhigte sie sich wieder und dachte, nein, er werde das alles ganz anders machen, und sie würde mit ihm reden, nein, er mit ihr, und es sei klar, daß diese Grenzen nie verwischt werden dürften, Toni war zu sensibel, so wunderbar, über jede Trennung hinweg würde er erraten, was sie verletzen könne, und niemals würde er sie verletzen, und so sah sie entsetzt den Schubert an und dachte, sie sei schlecht, wie habe sie ihn je verdächtigen können, Liebster, sie mußte wirklich durch und durch schlecht sein und fehlberaten von ihrem Instinkt, Toni konnte das gar nicht. Er hütete ihre Gemeinsamkeit, auch vor Karin Krause.
Denn Karin Krause sah ganz aus nach der Schallplattenkenntnis Vivaldi, Bach Violinkonzert, dann Webern und Boulez und nichts dazwischen, und vielleicht eine Art Jazz, die auch Fanny mögen konnte, ohne sich je länger als zehn Minuten dafür hinzusetzen. Also warum sollte Toni mit Karin Schubert hören, da war wenig Gefahr. Zu dem einen rosigen Ohr Bach und Vivaldi und zu dem anderen Webern und [– – –].

Am Nachmittag kam Maria Pilar an, die in Leoben [verheiratet war], mit Burschi und Mädi, und obwohl Fanny entschlossen war, ihr letztes Geld auszugeben, um ihre Schwester mit den beiden Kindern ins Hotel zu quartieren, erreichte sie nichts bei Maria Pilar, und die beiden Schwestern räumten Matratzen und Decken um und betteten die Kinder am Abend, bis Fanny erschöpft auf die Bank im Wohnzimmer fiel und Maria Pilar bat, Wein zu holen, sie saß da, und Maria Pilar erzählte von den Zuständen in Leoben und ihrem letzten Umzug, und daß das Gehalt von Erwin erhöht worden war, und Fanny sagte matt, das sei doch wirklich unerhört, daß ers nicht schon früher bekommen hatte, und dann dachte sie, wie traurig alles war, und ihre in Wien immer flüchtige, herumwandernde Schwester war nun mit diesem vulgären Landsknecht verheiratet und hatte diese zwei grauenvollen Kinder aufgezogen, mit denen sie morgen zu Mama gehen mußten, die sich, wie Fanny wußte, nicht im geringsten freute und beteuerte, sie sei eine schlechte Großmutter und denke nicht, sich zu ändern für Mädi, die ihren Spitzenschal zerrissen hatte, und noch weniger für Burschi, der in ihren Augen ein Teufel war und mit den Fingern ins Essen fuhr und einen steirischen Dialekt sprach, der ihn für immer aus der Sphäre der Wischnewskis ausstieß und den Wischnewskis ungenießbar machte. Burschi und Mädi, wie immer auch die Bälger heißen mochten offiziell, waren das Produkt einer neuen Erziehung, die auf Enthemmung sich stützte, und dies sogar in Leoben, und in derselben Nacht noch war Burschi so enthemmt, daß er Mädi mit einem Kopfpolster ersticken wollte, dann das Bett einnäßte, dann brüllte, daß er türkischen Honig haben möchte, und zuletzt erinnerte er sich wimmernd vor Übermüdung, daß man ihm den Prater vorenthalten hatte.

Du, sagte Fanny, die Kinder, ich weiß nicht.

Maria Pilar blickte, wie man früher gesagt hätte, auf ihren Schoß, sie blickte aber nur in die Gegend ihres Bauchs, und mehr der Verlegenheit halber, und sie murmelte: Mädi ist so schwierig, sie schlägt dauernd nach mir, da ist man machtlos. Fanny hütete sich, etwas zu sagen, denn sie hatte keine Kinder vorzuweisen und kein Mitspracherecht, aber die Ohrfeigen für Mädi saßen locker und bereit in ihrer Hand.

Ich weiß nicht, sagte Fanny, ich glaube, du läßt dir von der

ganzen Familie auf der Nase herumtanzen, und dann schwieg sie beschämt, denn die Wischnewski-Töchter waren einander so unähnlich nicht, wenngleich die eine auf Bühnen paradierte und die andere in Leoben zugrundging.
Pilar, sagte Fanny plötzlich, sie wurde von einer entsetzlichen Angst überwältigt, meine Pilar, und sie umarmte ihre jüngere Schwester, wie lebst du denn, was ist denn mit dir. Sprich doch, ich bitt dich.
Und Maria Pilar hielt ihre Wange hin und ließ sie feucht werden und sagte, wie Goldmann: Aber Fanny.
Fanny hörte das nicht mehr, das Telefon klingelte, sie streckte sich lang aus und lag steif wie eine Tote. Pilar nahm den Hörer ab und sagte endlich, da müssen Sie die Auskunft anrufen, Sie sind falsch verbunden.
Da wußte Fanny, daß er nicht anrief, und sie lag ausgestreckt da und ließ Pilar die lächerliche Geschichte von der falschen Verbindung erzählen. Sie nahm die Hand der Schwester, und sie sagte: jetzt ist mir besser, es wäre besser, wenn du immer hier wärst. Ich bin so allein.
Und Goldmann? fragte Maria Pilar schüchtern.
Fanny machte eine überlegene Handbewegung. Um ihn geht es doch nicht. Wir sind längst geschieden. Mama darf es nicht wissen. Seit sieben Jahren. Bitte heul nicht, es ist viel zu spät.
Um Gottes willen, heulte Pilar, du mußt ja todunglücklich sein.
Ja, aber nicht deswegen, sagte Fanny.
Hast du ihn denn nicht geliebt? fragte Pilar.
Du bist eine Gans, sagte Fanny. Das sind doch keine Gesichtspunkte.
‹. . .›

Karin: und nach einiger Zeit hatte Fanny den Eindruck, daß man wirklich einiges mit den Deutschen gemeinsam hatte, von den Automarken angefangen bis zu Modegetränken, in vieler Hinsicht alles, natürlich mit Ausnahme der Sprache, und eine Ordinärheit, wie sie selten zuvor existiert hatte. Ja, nun sind Sie wohl sehr agaciert.

Fanny zupfte an ihrem halblangen Handschuh herum, und es war nicht zu erkennen, was sie mit ihren Handschuhen wollte, da sie wirklich Handschuhe zu tragen verstand, und sagte zu Dr. Ritter, wissen Sie, Sie machen mich ganz unsicher, weil Sie immer meinen, man könne eine Sache so oder so machen, aber man kann nicht, man kann nicht zu jeder Zeit ein bestimmtes Getränk trinken und nicht zu jeder Zeit über den Kohlmarkt gehen, und wenn Sie von mir verlangen, daß ich heut abend mit Ihnen in die Josefstadt gehen soll, so tun mir plötzlich die Zähne weh, denn es ist ein ganz unmöglicher Tag, man kann heut nicht dahin gehen, und da ichs Ihnen nicht erklären kann, hat es gar keinen Sinn, und um drei Uhr nachmittags bekommen Sie mich nur unter der Androhung von Folter zum Gerstner hinein, und zugleich könnte ich Ihnen doch nicht erklären, warum wir auf alles gar keinen Wert legen und Sie so ziemlich auf alles einen, es ist da scheinbar ein Widerspruch, nicht wahr? Fanny sah zu ihm auf, damit er sie im Halbprofil sah, und sie wußte, was ihr Halbprofil wert war und [in] diesem Winkel, aber da Heimo Ritter auch ein Möbelstück nicht zu schätzen vermochte, da er grundsätzlich unbetörbar war, erkannte er, der Fanny für schön hielt, nicht dieses Halbprofil, für ihn genügte es, daß die Beine und sonst auch alles toll waren, und Fanny wußte, daß er nichts merkte, nie etwas merken würde, und sie monologisierte und spielte für die Steine und den Schatten und die Sonne, und sie ging dem Pflaster zuliebe und setzte ihren Fuß untadelig auf, für den Stock im Eisen, da diese fleischige Flunder an ihrer Seite eine Antiquität wie Fanny nicht im entferntesten einzuschätzen vermochte, für ihn war sie sicher eine fabelhafte Frau, und tolle Beine und

Busen, während es sich doch um ihre Schultern handelte, die unvergleichlich und nur alle paar Jahrzehnte [– – –], wenn nicht schon ein Jahrhundert nicht mehr aufgetaucht waren in dieser Vollkommenheit, wie hatte Goldmann gesucht nach Bildern und gezweifelt, ob sie settecento oder doch ottocento war, sie hatten sich [für] settecento entschlossen, und Goldmann hatte zumindest einmal in der Woche hingerissen sein können und ihr plötzlich ein Kleid heruntergeschoben und ein zu hoch geschlossenes Nachthemd, und alle ihre Proteste, das vertrag ich nicht, mit bloßen Schultern schlafen, da muß ich doch niesen, hatten keinen Erfolg, dann zieh eben nachher ein Nachthemd mit Ärmeln an, du bist ja wie die Leute, die ihre Möbel zudekken bis auf die Feiertage, und stell dir vor, man tät der Karlskirche einen Nylonsack überziehen, damit sie geschont wird.
Er zeichnete ihr die Kleider, die sie sich am Praterstern von einer kleineren Schneiderin machen ließ, kam jedesmal mit, damit, wie er sagte, jemand auf die Schultern achtgibt. Es ist mir unerträglich, wenn dich jemand verschandelt, am meisten, wenn du es selber tust.

Fanny sah zu spät, daß Klara recht hatte, sie war ganz aufgeschwollen, und natürlich war das Trinken daran schuld, sie trank jetzt schon um elf Uhr vormittags, und bis gegen Mittag machte sie eine kleine Pause, vielmehr der Kaffee verhalf ihr zu einer, dann trank sie weiter, und da sie mit dem Geld nicht mehr auskam, noch Rechnungen für Toni bezahlte, die unregelmäßig eintrafen für etwas aus der gemeinsamen Zeit, vom Reisebüro zum BEA-Büro zum Beispiel, Wien-München retour, Stuttgart-Wien retour, dann der Bodenbelag für Tonis »Studio«, so wurde sie nicht nur erinnert, sondern auf etwas aufmerksam gemacht, was sie früher nie beachtet hatte. Einmal war [sie] so zornig, daß sie dran dachte, die Rechnung in ein Kuvert zu stecken und ihm zu schicken, aber der Gedanke, er könne sie für kleinlich halten, hielt sie zurück. Kleinlich sein darf ich nicht, niemals, aber das andre darf ich, ja was denn – ablehnen, dagegensein, es verächtlich finden.

Sie ging stundenlang in der Wohnung auf und ab, und nach vielen Stunden kam sie darauf, daß sie haßte. Diese Entdeckung war so erschütternd für Fanny wie die Goldfunde in Kalifornien für den Abenteurer, ein Wasser- oder Ölfund für eine [– – –] es war, als wäre ihr ganzes Wesen davon versteinert und danach neu belebt, ja, das war es: sie haßte. Sie war fünfundvierzig Jahre alt, hatte noch nie einer Fliege und noch weniger einem Menschen etc., und nichts gekrümmt und nichts getan, und ihr ganzer Existenzkampf hatte sich auf ein paar graziöse Sticheleien beschränkt und ein helles Lachen, wenn jemand etwas erzählte, und sie lachte auch nur, weil sie so gut lachen konnte, nie aus Schadenfreude, und wenn man Fanny der Inquisition angeboten hätte, um ihre Seele sicherzustellen, so hätte auch die fürchterlichste Instanz, die sich zu Recht mehr mit den Gedanken des Menschen beschäftigt hat als mit seinen Taten und von seinen sublimen Verbrechen zuerst wußte, [– – –], sie rein in den Himmel zu befördern und eine Minute später den Beginn eines Krebsgeschwürs festzustellen, das sich immer weiter ausbreiten sollte, unter dem jeder ihrer Gedanken, jede Handlung zerfiel, jeder Blick, aber da es schlecht zu sagen ist, wo Haß sich lokalisiert, so könnte man Fannys Haß wirklich [mit] einer Wucherung vergleichen, deren Entdeckung ihr wie ein Todesurteil erschien. Nur ein Mensch, der zweifellos und fraglos auf der Seite [– – –], nicht mehr operabel, von keinem Glück mehr bestrahlbar, von keinem Heimo Kippenberg [= Ritter] lenkbar war in die Sicherheit. Ihr ganzer Körper war angefallen, ihre Hirne, ihre Leitungen waren eingespannt in den Haß, und so ihr ganzer Körper angefallen,

und wenn Fanny etwas wünschte, dann jedenfalls im Anfang, daß dies von ihr genommen werde, da sie es als Krankheit zum Tod erkannte, daß Toni, seit sie dies wußte, kommen möge, nicht mehr, damit noch irgendwas zwischen ihnen geregelt würde, nicht mehr für eine Rechenschaft, sondern, um das von ihr zu nehmen, ihr die Hand aufzulegen, es mußte etwas in seinem Besitz geben (in wessen Besitz sonst), das sie erlösen konnte.
Fanny machte alle Fenster auf, und obwohl sie so betrunken war, meinte sie, es sei ihr unmöglich, sich da hinunterzustürzen, und der Haß würde nicht mit ihr stürzen, nur eine ehmals liebliche, jetzt verschwollene Fanny Goldmann konnte unten aufschlagen und sich das Kreuz brechen, aber ihr Haß niemals, und den Haß konnte sie nicht allein in der Welt lassen, nicht abgetrennt von seinem Fruchtwasser, von ihrem Marekdrama, das darin schwamm und wuchs wie ein Tumor.
In diesen Tagen legte Fanny das Wort ›grauenvoll‹ ab, da sie jetzt erst wußte, daß der Name Heimo oder Karin oder schlechte Manieren und Dummheit überlastet waren unter diesem Wort – sie hatte etwas Neues kennengelernt, und da hörten die Worte zu passen auf.
Fanny schlief einfach ein, wenn sie genug getrunken hatte, und wachte dann oft [– – –], und als nächstes verschwand der Name Toni aus ihrem Denken.

Die gestohlenen Jahre

In der Küche, sie stand da, sie rührte sich nicht, sie bewegte dann ihre Hände, sie hatte die Blumenstengel abgeschnitten, sie kehrte sie mit den Fingern zusammen, sie warf sie in den Abfalleimer. Sie wusch noch ein paar Schalen und Gläser, sie war nicht müde, aber jede Bewegung war müder, als Müdsein es erlaubt. Dann ging sie ins Zim-

mer, sie hatte das Bett schon gemacht, warf sich aufs Bett, sie griff nach dem Buch und fing wieder darin zu lesen an. Sie kannte es ja schon, sie las es noch einmal, sie las eigentlich nicht mehr, sie käute es wieder mit den Augen.
Sie käute jedes einzelne Wort, manche Sätze dann schnell, um sich nicht daran zu [ver]schlucken, dann wieder Wort für Wort. Er schrieb, und sie las, und so würde es nun immer bleiben, sie war über vierzig, und sie las nur noch in einem Buch.
Das Buch handelte von ihr, so sagte sie sich, er hatte sie zwei Jahre gekannt und dann nicht mehr, und es handelte aber von ihr. Sie konnte hier wiederlesen, wiederkäuen, wie sie mit ihrem Mann gelebt hatte, dann, wie sie als junges Mädchen das getan und jenes unterlassen hatte, es waren lauter Dinge, die sie ihm erzählt hatte, wann erzählt, nachts, wenn sie neben ihm lag, am Nachmittag, wenn sie durch einen Wald gingen, wie sie radfuhren, wenn sie Kaffee tranken, was war ihr bloß eingefallen, sie hatte ihm in zwei Jahren das wirklich alles erzählt. Oh ja, das hatte sie getan. Sie sagte sich: schuldig, sie käute jetzt wieder.
Nur sah ihr Leben hier ganz anders aus, obwohl es von ihr kam, sah es anders aus, auf Seite 226 zum Beispiel sah es aus, als hätte sie gelacht über die Stiefmutter ihres Mannes, das war aber nicht wahr gewesen, niemals, und sie fragte sich, ob ihr Mann nun auch das Buch lese, zur Zeit, oder ob er es gelesen habe vor einem Jahr, denn auch das wäre möglich, vieles, auch daß er es überhaupt nicht kannte, auch das, sie fragte sich aber, bei jedem Satz, der die anderen betraf, ihre Schwester Klara [= Maria Pilar] und Hedy, ihre Freundin, die standen doch auch alle da, und immer durch ihren Mund und nun durch seinen Mund, nein, was für ein Unsinn, durch seine Buchstaben standen sie da, und sie war beraubt, ausgeraubt, mit allen ihren Sätzen aus 700 Nächten und Tagen, aus beiläufigen und

Hauptsätzen, aus Urteilen und Anzügen, sie im Pyjama, sie auf dem Fahrrad, sie in einem Konzert, wo war ihr Leben, hier war es.

In der ersten Zeit, da dachte sie in ihrem grenzenlosen Erstaunen, daß er das Buch geschrieben hatte, nun würde er nur noch drei Tage brauchen und dann zu ihr fahren und vor ihr auf die Knie fallen (ein Mensch, der überhaupt nicht auf die Knie fallen konnte), dachte sie aber, und er würde sie bitten, weiter mit ihm zu leben, weil er ihre 700 Nächte und auch Tage und Weinstunden aufgeschrieben und ›ausgeschlachtet‹ hatte, ja, es heißt ausgeschlachtet, so heißt es, sie hatte das einmal gehört, er hatte sie ausgeweidet, hatte aus ihr Blutwurst und Braten und alles gemacht, er hatte sie geschlachtet, sie war geschlachtet auf 386 Seiten in einem Buch, das dachte sie, er werde kommen, dann werde alles gut, er werde wieder mit ihr und für immer leben, um diese Schande zu decken, diese Schande, daß sie hier geschlachtet, gekocht, geräuchert worden war, wie ein Schwein.

Sie dachte aber auch, du Schwein, er war ein Schwein, das war das einzige Wort, das sie für ihn fand. Er war zehn Jahre jünger als sie gewesen und war es eigentlich noch immer, dort drüben, einige Bezirke weiter, war er noch immer zehn Jahre jünger, ihr Schlächter, den sie Schwein nannte, obwohl sie das Tier war, das er geschlachtet hatte, ein Lamm, Lamm Gottes, nein, nicht Gottes, einfach, sie war sein Tier gewesen, weil sie aber nie ein Tier war, höchstens ein Lamm, dachte sie, Lamm Gottes, und meine unsterbliche Seele.

Sie hatte aber keine unsterbliche Seele, das wußte sie, und sie war nur eine arme Frau, die Karotten putzt und ihr Bett machte am Abend und unregelmäßig aß und ab und zu zuviel trank, schlechten Slibowitz oder schlechten Wein, Wachauer Wein, während der Schlächter nun mit ihr, nicht mit ihr, mit ihr, der anderen, sie die geselchte Wurst,

das rohe Blut, die Keule, das alles aufaß und sich nährte von ihr.
Er, der Schlächter, kaum dreißig Jahre alt, jetzt schon über dreißig, wie sie befriedigt feststellte, auch er nicht mehr unsterblich und unverwundbar, er lag dort mit ihr, einer Karin, einem schauerlichen Namen, der vierundzwanzig Jahre alt war und seine gemeine Abkunft verriet, dieser Name, geboren im Jahr 1939, also auf tausendjährig, während sie geboren wurde mit einem altmodischen Namen, der höchstens seine achtzig Jahre währen konnte, Stefanie, er lag dort mit diesem Namen in seinem Bezirk, jetzt war es sicher der siebente Bezirk, den sie nie hatte leiden können und den sie den beiden vergönnte. Er hatte aber einen vollen Namen, der Bibelschreiber, der Passionsschilderer, hieß Anton Marek und hatte jetzt Erfolg mit der Schlachtung, mit dem Ölberg und dem Essigschwamm, den sie sich auf die Stirn gepreßt hatte.
Sie las manchmal seinen Namen ganz langsam, wie den eines Fremden, der war er auch. Es war nicht der Name des jungen Mannes, den sie kennengelernt hatte eines Nachmittags, den sie sich falsch gemerkt hatte, der niemand und am wenigsten ihr damals etwas bedeutet hatte. Zwei Wochen später war sie nicht bei diesem Namen, sondern in seinem Vornamen untergegangen, den sie tausendmal gesagt hatte und sich nun verschwieg, ihr alter Name Fanny war in seinem jungen Namen Walter untergegangen, hatte sich von ihm überwältigen lassen, er war in alle ihre Buchstaben eingedrungen, sein A hatte mit ihren Vokalen sich berührt, seine Konsonanten sich mit ihren verschlungen, sie hatten sich befeuchtet, sich gedreht ineinander, er hatte ihren Namen aufgeweicht, ihn vom F bis zum Ypsilon umarmt, ihr Name war so besamt von seinem Namen, er war auch in ihr aufgegangen, so hatte sie gemeint, aber nein, er war es nicht, er hatte sie umbenannt, er nannte sie Stephanie in seinem Buch, meine Fanny,

meine einzig geliebte Fanny, nannte sie einfach Stephanie und umarmte keinen ihrer Konsonanten, sondern spießte ihn auf wie einen Schmetterling, diesen Namen, der nicht ihrer war und den sie als den ihren nun ansah, auf 386 Seiten Bibel.
Und Gott sprach, und als sie sich umwandte, erstarrte sie zur Salzsäule. Sie brachte das alles nicht [zu]einander, sie sah vielmehr ihn, Marek, auch Toni, auch Anton Marek, zur Salzsäule erstarrt, dann wieder sich.
Und sie dachte, was denkt er jetzt, er ist jetzt sicher auf dem Weg zu mir, um unter tausend Tränen für 386 Seiten niederzufallen und zu sagen, vergib mir, denn. Ich war es nicht wert, so sagte er, ich war nicht wert, ich tauge nichts. Aber es schien, daß Marek, Anton, auch Toni genannt, ihrer wert war und sich nicht auf den Weg machte, nicht vom siebenten Bezirk in den dritten, nicht einmal so weit.
Dieser Herr Marek, eine nicht so sonderbare Spezies Mensch, ein Schlächter, dunkelblond, grauäugig, hatte besseres zu tun, er hatte einen Vertrag zu machen.

Wolf und Toni: zwei Männer erkennen einander nicht. Wolf, der Benseaner, Toni, dessen Reizfelder woanders liegen. Während die Frauen eine verwirrte, zu rasch geschlossene Freundschaft miteinander pflegen, so als wäre es ausgemacht, daß sie einander verstehen müßten, bloß, weil sie Männer haben, weil jede von ihnen einen Mann hat und sie darum wissen müssen, in welchen Schwierigkeiten sie stecken. Britta sagte oft, ja, das ist bei uns das gleiche, und Karin beeilte sich auch zu sagen, ja, da ist er ganz gleich, er denkt einfach nie daran, und wenn man ihre Einigkeit, als wären sie beide Hundehalterinnen oder Katzenbesitzerinnen, die sich über die Freß- und Trink- und

Pflegegewohnheiten unterhielten, auf die Männer übertrug, dann blieb nur übrig, daß Wolf und Toni einander verblüffend glichen, während eben derselbe Wolf und derselbe Toni die größten Mühen hatten, einander nicht ins Gesicht zu springen, um einen Lieblingsausdruck des Jungautors Marek zu verwenden, der so einigem und einigen immer am liebsten ins Gesicht sprang. Marek fühlte sehr rasch, daß Seelbach ganz Wien für eine Klamotte hielt, nicht ausdrücklich, aber jedenfalls mit Ausnahme von zwei Leuten, die er kannte, denen Marek aber wieder in Wien aus dem Weg ging, um dort weiteren Mißverständnissen, möglichen, vorzubeugen, und die ein hektografiertes Blatt herausgaben, das auch einigen Südamerikanern und Schweizern zuging, die sie als ihre Bundesgenossen empfanden im Kampf gegen Syntax und Grammatik einer verbrauchten Sprache, deren sie sich nur im Impressum und auf den Anzeigenseiten bedienten, Seelbach hatte sich einem letzten Ismus verschworen und allem Neuen, er war auf dem besten Weg dazu, ein Märtyrer zu werden für vereinzelte Worte und eine interpunktionslose Welt und typografisch gut angeordnete Silben, er war voll Hohn, für alles, was sonst um ihn herum geschah, war aber wiederum befreundet, wie Marek zu seiner Erleichterung feststellte, mit einem Schriftsteller, der ganz konsumable Romane schrieb und im Dreivierteltakt dachte, und da Marek sonst an der neuerworbenen Freundschaft vollends hätte verzweifeln müssen, da er nichts zu bieten hatte, keine Kenntnis und noch weniger den Gebrauch dieser Techniken, auf die Seelbach schwörte, lag er nachts da, während Britta und Karin sich zurückgezogen hatten in das andre Zimmer mit einem Notbett, lag er da auf einem Bett und der Deutsche auch auf einem Notbett, einem ausgezogenen progressiven Sessel, der hart und unbequem ein Nachtlager andeutete.

Toni Marek hatte in diesen Tagen damit mehr als genug zu tun, die ersten Kritiken zu verdauen, die er las, er wurde da unter andrem in einer Sammelbesprechung zerpflückt, getadelt und ermuntert, er mußte erfahren, was er kaum für möglich gehalten hatte, daß andernorts auch junge Männer ihre ersten Romane dem Buchhandel angeboten hatten, die man weder geringer noch sehr viel höher einschätzte als ihn selber, er wurde zwischen Namen erwähnt, die er in Wien nie gehört hatte, wurde verglichen [mit] andren, von denen er auch nie gehört hatte, erduldete Vorwürfe, die ihn augenblicklang versteinerten, wegen mangelnder Bezüge, mangelnder Gesellschaftskritik, mangelnder Präzision, Modernität, und ihn erlösten aus dieser Versteinerung nur die freundschaftlichen Komplimente einiger Leute, die es offenbar schon mehr als genug fanden, daß man ihn in Deutschland aburteilte, daß er dort Erwähnung fand in süd- und norddeutschen Blättern, ganz wie er es erhofft hatte, und als sich langsam herumzusprechen anfing, daß [er] in Deutschland einen Erfolg habe und einen Vorschuß für ein Fernsehspiel bereits von einer Anstalt in Schwaben oder Hessen bezog, aufgefordert sei, Buchkritiken zu schreiben für eine Tageszeitung, sonderbarerweise auch in Schwaben, erholte er sich von dem ersten Schrekken, daß sein Buch nicht als einziges und einzigartig in diesem Herbst am Literaturhimmel aufgegangen war, und bemühte sich von nun an, von seinem Buch zu reden wie von anderen Büchern, und von einem nächsten wie von anderen Büchern, die nächste sein könnten, er lernte [die] Namen seiner Vettern dazu, ließ ihnen Gerechtigkeit widerfahren und gab Zweifel kund, aber er verstand sich plötzlich, er, ehemals ein Einzigartiger, ehe ihn die Presse defloriert hatte, auf Zusammenhänge, er paßte sich an, informierte sich, reiste und kassierte die Vorschüsse. Ehe er sichs versah, hatte er sich damit abgefunden, ein Schriftsteller zu sein unter vielen, ein Bevorschußter, eine Hoffnung, die Versprechen einlösen mußte, und er glaubte beinahe selbst daran, irgendwelche Versprechen einlösen zu müssen, von denen er nicht zu sagen gewußt hätte, welcher Art sie seien. Ein paar Monate später gestand er einem deutschen Freund, sein erstes Buch habe alle möglichen Fehler, sei wahrscheinlich zu privat, und er gehe nun daran, die Versprechen einzulösen, während der Deutsche, der sowieso nichts von ihm hielt, ohne zu wissen, daß der Österreicher von vornherein nichts von einem Deutschen hielt, ihm zu reden anfing von struktureller Linguistik und Kybernetik und ihn hinwies auf Versuche mit dem Elektronengehirn, der Fütterung durch Vokabeln, die Möglichkeiten des Romans der Zukunft, der kein zweites Exemplar kennen werde, weil jedes die Variation auf das Original sein werde, wovon der Österreicher nun insgeheim überhaupt nichts hielt, und zwar weniger deswegen, weil er etwas dagegen vorzubringen wußte, sondern [weil] es ihm an jeder Kenntnis fehlte, er sein Leben immer gut ohne Kenntnisse zugebracht hatte, das der Deutsche mit zuviel Kenntnisnehmen zugebracht hatte. Er beredete den Deutschen, diesen Roman zu verfassen, er verstand sich sogar darauf, mit ihm zu gehen zu dem Elektronengehirn, aber er stand dann davor mit einer Melancholie, die sogar dem Deutschen auffiel, dem übrigens noch mehr aufgefallen war als diese stumme Aversion gegen Programme und Maschinen und Ideen – es war ihm nämlich aufgefallen, daß ein Typ wie dieser Marek, der mit einer progressiven Fotografin wie der Karin Krause verheiratet war, ein Fossil war, etwas Bedauernswertes, Bestaunenswertes, das man nicht einmal mit dem Adjektiv erzkonservativ belegen konnte, dies wäre noch zu wenig gewesen, er war erzvergangen, er war überhaupt schon tot, dreißig Jahre alt und tot.

Aber sehr liebenswürdig, mit sehr guten Manieren und wahrscheinlich ein sehr guter Liebhaber, und das hätte der

Deutsche nur geborgterweise so ausgedrückt, weil er den Ausdruck von Marek übernommen hatte, und wenn sie so nebenbei einen Ausflug in die Erotik machten, wenn er die kleinen Geschichten von Marek sich anhörte, so mußte er, wollte er auch nicht, das Gefühl haben, daß schon ein paar hundert Kilometer weiter – oder war dieser Marek doch nur ein Sonderfall? – sich Dinge abspielten, die nur seinem Verstand, aber nicht seinem Körper geläufig waren. In solchen Stunden dachte er daran, einmal doch den Besuch zu erwidern und in Wien, na also, oder anderswo, in Paris war er immerhin schon gewesen, aber so anders war das nun auch nicht gewesen, es lag vielleicht daran, daß er sich mitnahm überallhin, aber zu ihm kamen jedenfalls keine Frauen dieser Art in Stuttgart und von all diesen Perversionen, nun, denkbar war das schon, aber [er] konnte das nicht, gestand er sich auch ein, er konnte nicht zusehen, wenn Brigitte, es war nicht einmal ausdenkbar, daran dachte er besser nicht, die waren einfach Schweine, vielleicht nur dieser Marek, der vielleicht auch übertrieb, und jedenfalls war das Brigitte nicht möglich, und er hielt zwar auch sehr darauf, vollkommen frei zu sein und den andren für frei zu halten, und er sprach auch mit Brigitte ernsthaft und scherzhaft über alles, was wohl so passieren könne, ihm und ihr, aber es passierte ihnen einfach nichts, und wenn dieser Marek, der vielleicht nur ein Zuhälter war, meinte, aber schließlich liebten er und Brigitte einander, und wenn dieser Marek sogar mit seiner Schwester geschlafen hatte und seine ehemalige Freundin ihm alles erlaubt hatte, das waren eben vorsintflutliche Zustände, die mochten seinetwegen reizvoll sein, aber es kam ja heute nicht mehr darauf an, einfach zu tun, was man wollte, sondern sich zu bescheiden und mit einem Menschen, zu dem man sich entschlossen hatte, ja zu sagen, er hatte zu Brigitte ja gesagt, und er hielt zwar nichts vom Standesamt und von einem Papier, aber er würde das Standesamt und das Papier in

Anspruch nehmen, nicht aus Unfreiheit, sondern aus Freiheit, und drei Kinder mindestens, er war frei, er erlaubte sich die Bürgerlichkeit, den Eintopf, die schlechten Gerüche, die Sonntagsfreunde, die belegten Brote und kein Gehabe mit Tischtüchern und Blumen und so weiter, es ging einfach zu bei ihnen, das wußte er auch, er hatte ja auch einmal etwas andres gesehen in Hamburg, in einigen Häusern, aber es kam nicht in Frage, es wäre eine Anstrengung gewesen, eine Zumutung, ‹. . .› er haßte diese Tische, diese Abendessen, diese Vornehmheiten und Rücksichten, diese Langeweile, während dieser Marek wohl, der nicht bei goldenen Löffeln aufgewachsen war, das sicher nicht, wahrscheinlich lieber das langweiligste Abendessen der Welt eingenommen hätte, wenn nur Tischtücher und Servietten und Bedienung und kleine Kristallvasen ihn umstanden hätten. Der Deutsche war stolz darauf, daß es das alles bei ihm und Brischitt nicht gab, und der Marek war, immer anpassungsfähig, nicht fähig, sich das merken zu lassen, daß er diese Brote und das alles für eine ausgemachte Barbarei hielt, daß er dieses Blechbesteck für eine Beleidigung hielt, diese Wohnung, diese Möbel, er hielt, kurz unter dem Lid, die Beleidigung verborgen, die keine persönliche war, sondern die einer ganzen Kultur, so hätte er gesagt, aber es gab ja keine, der er angehörte, auch das gab es nicht.

So standen sie manchmal einander gegenüber, in einer Woche, die endlos schien, hie Leberwurst und Blechgabel, hie weiße Tücher und kleine Rosen und Silbermesser, hie Schaumgummi, hie Biedermeiersekretär, hie japanische Zimmerlampe, hie Zimmerlinde. Sie haßten einander in den Gegenständen, sie hatten allen Haß auf die Gegenstände übertragen. Und Brischitt und Karin, die beiden deutschen Mädchen, bald verheiratet, schon verheiratet, stritten um dritte und vierte Dinge, da sie von den ersten nichts wußten, sie stritten viel vehementer, nämlich in

Worten, da sie verstanden, was die beiden Männer nicht verstehen wollten, daß hier zwei Feinde aneinanderrannten, die nur nichts davon wußten, daß es Feindschaft zwischen ihnen gab, aber die Frauen trugen sie aus, Karin, die progressive Fotografin, sah sich plötzlich genötigt, ihren Mann zu verteidigen, bzw. sein Hinter[land], und Britta setzte sich zur Wehr für Elektronen und gegen Biedermeier. ‹. . .› Karin, [die] viel progressiver war als Britta, die lieber häkelte, während Karin im Labor aufgewachsen war und etwas »verstand«, und die gesucht und begehrt war, trotz ihres schiefgewickelten Österreichers, verteidigte wie eine Löwenmutter ihre Akquisition gegen den deutschen Überfall. Sie erriet, was man gegen ihn vorbrachte, denn sie kannte natürlich ihre Landsleute, sie wußte, daß Tonis Charme vor den beiden verspielt hatte und er verloren war, diese Unmenschen wußten natürlich überhaupt nicht, was sie an ihn fesselte, die hatten ja keine Ahnung, am wenigsten die arme Britta, die mit Wolf sicher ins Bett fiel, wenn er betrunken war, die nicht wußte, was ein Liebhaber war, die niemals mit Toni schlafen konnte, einfach weil dieser Wolf ja wahnsinnig über Bord gehen würde, wenn seine Brischitt und ihr Toni, und sie hatte schließlich gelernt, sie würde keine Miene verziehen, wie Fanny, die auch nie eine Miene verzogen hatte. Jetzt war es schon spät, und sie erzählte von der armen Fanny, die vor einem Jahr gestorben war, an einer Lungenentzündung oder was [war] es bloß, Toni, also an irgendetwas jedenfalls war die gestorben, aber Fanny hatte Toni so wahnsinnig geliebt, und zu ihr war sie auch sehr nett gewesen, jedenfalls im Anfang, sehr nett, beinahe wie eine ältere Schwester, dann muß da ein Mißverständnis gewesen sein, weißt du, Britta, man kennt sich ja nie aus, sie soll dann mit vielen Männern, wir wußten natürlich nichts Genaues, wir waren dann beim Begräbnis, das heißt wir wollten hingehen, aber wir konnten ja nicht, weil wir nach München mußten, Toni hatte eine Verabredung beim

Rundfunk, ja, fürs 3. Programm, er schreibt einen Essay über Kraus, natürlich, nur ein Österreicher kann, aber jedenfalls, es sollen alle dort gewesen sein, Toni war ein paar Tage lang zu nichts zu gebrauchen, es hat ihn so getroffen, er wollte sie grade in diesen Tagen besuchen, sie war eine außerordentliche Frau, aber furchtbar schwierig, seine Pullover sind alle von ihr, aber sie hat ihm den Verleger verschafft, er sagt es immer, er ist so ein dankbarer Mensch, obwohl er heute bei einem ganz anderen Verlag sein könnte, das war Fannys Fehler, sie hat das nicht abschätzen können, Toni gehört natürlich in eine andre Umgebung, er hat einen sehr schlechten Vertrag, das wissen wir jetzt, ich hab es ihm gleich gesagt, aber er natürlich, nichts wie Fanny, und immer wieder Fanny, eine Weile dachte ich, ich könnte es nicht aushalten bei ihm, immer Fanny, und ich war der reine Dreck, aber jetzt geht es. [. . .]

Aus den Entwürfen zur Figur Malina

Zu Beginn der Frankfurter Buchmesse im Jahr 196., kurz nach der Ankunft des Flugs aus Wien, kam [es] auf dem Rhein-Main-Flughafen zu einem Zusammentreffen von Personen, ohne daß der eine den anderen recht wahrgenommen hätte, die, wie man in verzweifelten Situationen sagt, einen ganzen Roman abgeben, womit man eigentlich nur meint, daß die Zusammenhänge so ungeheuerlich, die Zufälligkeit, oder was man dann nicht mehr als Zufälligkeit zu empfinden vermag, jeden Mythomanen auf den Einfall bringen muß, daß der Zufall, wenn er auch Zufall ist und bleibt, [– – –]

Der Paßkontrolle näherten sich zwei Männer, ein vierzigjähriger und ein fünfundzwanzigjähriger witzig aussehender Struwwelpeter, mit schwarzen Locken, die man besser gleich zu erkennen gibt, da es sich um das junge steirische Genie Klaus Jonas handelte, dessen Fotos jetzt in vielen Zeitungen und auf den Bildschirmen zu sehen waren, und Malina. Als Malina mit Jonas bei der Rolltreppe [sic!] stand und sie auf ihre Koffer warteten, sah er weit hinten einen Rollstuhl und stand einen Moment verlegen da, denn er wußte jetzt nicht, ob er hingehen und [die] Frau im Rollstuhl begrüßen sollte, er hatte immerhin noch die Möglichkeit, zu tun, als hätte er sie nicht gesehen. Außerdem erkannte er jetzt die jüngere Frau, die der Frau im Rollstuhl etwas aus der Handtasche nahm, und nun kam auch eine Stewardeß und wippte adrett und hilfsbereit vor den beiden Damen, und Malina sah plötzlich die Koffer auftauchen und entschied sich noch nicht. [. . .]

Auf der Party, die der Verleger Gernreich im Frankfurter Hof gab, der eines der größten und ältesten Verlagshäuser Deutschlands innehatte, durch die Heirat mit der einzigen Tochter, um die er sozusagen nur noch in Halbtrauer war, da er die Gäste schon an der Seite von Barbara Wahl empfangen hatte, die sich weitaus anmutiger als die verblichene Gernreich zeigte, wenn auch etwas witziger und boshafter und damit sofort mehr respektiert wurde, noch ehe sie sich den Namen übergezogen hatte, war eigentlich nichts besonderes zu bemerken, außer dem üblichen Gedränge, dem Geflüster an der Bar, wer eben hier gekommen sei, Flamand aus Paris, und der Abgesandte von Harcourt Brace und, ohne Verlegenheit in diesem liberalen Bargewoge, der Herr vom Aufbau-Verlag, dessen Name noch nicht ganz die Runde gemacht hatte, während das Fußvolk weniger die Namen, die mit Macht und Einfluß verbunden waren, als die Schriftsteller nach Prestige und Aufdringlichkeit und verhaltener Bescheidenheit notierte, die Agenten nicht einzuschätzen vermochte, nichts Sonderliches also für einen der zehn Höhepunkte der Frankfurter Buchmesse, fiel nur eine einzige Person auf, ein zweiundzwanzigjähriger junger Österreicher, der auf den ersten Blick wie ein mitgebrachter Sohn, ein verirrter Gymnasiast wirken konnte, mit einem dunklen Krauskopf, wie man einmal gesagt hätte, und mit sanften runden Augen, und der nichtsdestoweniger den meisten bereits bekannt war, und zwar weniger als die junge Hoffnung vom Herbst, die es jedesmal gab, sondern als ein listiger, graziöser Junge, oder wie die junge Frau Wahl, künftige Gernreich, pointiert an drei Stellen mit einem rauhen Lachen, einem halb erstickten, bemerkte, so daß die Definition spruchreif wurde, die einmal hieß, der junge Poet aus der grünen Steiermark, weil sie in einem Ferienprospekt einmal etwas über die grüne Steiermark gelesen hatte, und dann hieß es aber der junge kleine Revoluzzer aus der grünen Steiermark,

und für diese paar Tage genügte der Scherz, um den kleinen Revoluzzer jedermann in den Mund zu legen mit Ironie und Wohlwollen. Einige säuerliche Personen, die sich auf dem Felde der literarischen Unehren schon seit Jahren schlugen, murmelten zwar bissig etwas von dem jungen Rosegger, in zusammenhangloser Anspielung an den einzigen Literaten, den die Steiermark der Welt beschert hatte, und das alles konnte diesen graziösen Kindmann nicht irritieren, der ein halbes Jahr zuvor mit einem Pamphlet die ganze etablierte Literatur vor den Kopf gestoßen hatte und daraufhin sofort von ihr akzeptiert wurde, sondern er stand einen Moment allein da und trank ostentativ ein Coca-Cola, anstatt nach den Tabletts zu langen, auf denen die Champagner- und Whiskygläser herumgereicht wurden.
In diesem Moment, der äußerst schwierig zu definieren ist, in dem ein junger Mann, in dem Ruhmsucht und Protest, Verachtung und natürliche Zutraulichkeit ihn [in] einen geheimen Kampf verstricken, aus dem ihm keine Menschenseele und kein Rat einen Ausweg zeigen kann, fiel der Blick von dem jungen Jörg Maleta [= Klaus Jonas] auf einen Mann, der ebenfalls einen Augenblick allein dastand und mit dem er im Flugzeug vor drei Tagen aus Wien gekommen war. Er sah Malina an, hatte die Buchmesse und seine junge, noch blütenweiße Karriere vergessen und meinte jedenfalls den Blick von Malina auf sich zu spüren und ein undefinierbares Lächeln, von dem er sich plötzlich durchschaut fühlte, aber in keiner unguten Bedeutung, denn worin auch durchschaut, und er hatte das Gefühl, er müsse zu ihm hingehen aus dem einfachen Grund, um eine ganz einfache Sache jemand sagen zu können, der auch aus seinem Land kam, er, der kleine Maleta [= Klaus Jonas] hätte gern, jenseits von Frankfurt und grüner Steiermark, zu dem Älteren gesagt, nicht wahr, das meinen Sie doch auch, und damit war jedenfalls gemeint, trotz des Altersunterschieds, trotz so keiner Berührung (aber das

stimmt nicht ganz), es ist doch zum Kotzen, die Deutschen, Sie verstehen schon. Denn der junge Revoluzzer dachte natürlich nicht, jetzt nicht, an seinen Vertrag mit dem Haus Gernreich, nicht an die erste Beklemmung wegen seiner nächsten Arbeit, nicht an die Beklemmung in dieser Gesellschaft, die ihn unmerklich korrumpieren würde, sondern er dachte noch wie ein Kind, wie ein aus dem Schoß der Familie gefallener Vogel, aus allen Zeiten, an diesen Anflug von Traurigkeit, an dieses Nichtverstehen, das seinem Zynismus und seiner prächtigen Intelligenz keine Ehre machte, an etwas, das Mama heißen konnte oder bitte Licht auslöschen oder bitte, um genauer zu werden, bitte mehr Stille, bitte leiser, bitte mehr Diskretion, und die merkwürdigen gepreßten Lippen von Malina luden ihn ein, zu ihm hinzugehen und zu sagen, mit der Frechheit, zu der er nicht nur legitimiert war, sondern sich verpflichtet fühlte, was soll der Pflanz. Er sagte es so sanft wie ein kleines blökendes Schaf, und so sanft war er auch, denn ein Zwanzigjähriger ist so vieles zusammen, insbesondere, wenn die Feen ihn noch nicht verlassen haben, wenn seine Proteste noch ehrlich sind, wie sein Ehrgeiz, sein Zynismus noch den Glanz hat, der dem Bitteren aus Erfahrung fehlt, und so stand er plötzlich neben Malina und fühlte sich von ihm verstanden, obwohl der kein Wort sagte und ihm nur sein Champagnerglas gab, das der junge Maleta [= Klaus Jonas] austrank.
Wenn gesagt wurde, daß es keine Berührung zwischen diesen beiden Männern gab, so ist das aber unrichtig, denn der kleine Maleta [= Klaus Jonas] wußte durchaus, welche Beziehung da war, obwohl er sich gehütet hätte, Malina je ein Wort davon zu sagen. Für ihn war Malina beinahe sowas wie ein Schriftsteller, und das deswegen, weil Malina vor zehn Jahren ein Buch veröffentlicht hatte, das ihn weder ins Licht noch in die Verdammung gestürzt hatte, im Gegenteil, es war einfach ein Buch, an das sich kaum je-

mand erinnerte, außer den anderen Schriftstellern, die es alle gelesen hatten und gut gefunden hatten, und es war kein Aufhebens entstanden, weil es in einem Wiener Verlag erschienen war, und es war sogar übersetzt worden in fünf oder sechs [Sprachen], es hatte ihm keinen Abbruch getan und keinen Wirbel eingebracht, und gute Kritiken, die nichts weiter bedeuteten, weil er sich weiter durch nichts in dem Vordergrund hatte halten können, und, was noch gravierender war, durch nichts in einem sein wollte.
Malinas Name war zum letzten Mal genannt worden beim Begräbnis, bei den Schlagzeilen, die der Tod seiner Schwester gemacht hatte, und da hieß es, Maria Malina, etc., und beim Begräbnis anwesend waren der bekannte Schriftsteller Malina, Bruder der auf so tragische Weise, und dies eben war die sinnlose Beziehung zwischen den beiden, die schon mehr als eine Generation trennte, denn Malina war jetzt neununddreißig, und bekannt war ein Euphemismus, denn er arbeitete im Heeresmuseum von Wien, hatte nie mehr etwas veröffentlicht und schrieb, aber niemand wußte was, und niemand wagte ihn zu fragen, was er denn schriebe. Der kleine Maleta [= Klaus Jonas], Prototyp des aufsässigen jungen Genies, hatte aber auch eine Vorgeschichte, die er niemand eingestanden hätte.
Als er noch am Grazer Gymnasium war und eine Bildungsreise nach Wien mit der Schule gemacht hatte, um dort die Albertina, das Kunsthistorische Museum und drei Theateraufführungen zu sehen, hatte [er] Maria Malina, besser gesagt die Malina, gesehen, und dieser Siebzehnjährige, der schon kurze Zeit später seine Eierschalen und seine Sentimentalität abstreifte, war zum erstenmal in seinem Leben, das aus Lektüre, aus Aufsässigkeiten in der Schule und dem üblichen Unfug bestanden hatte, zum erstenmal, vielleicht auch zum letztenmal, zweieinhalb Stunden an [diesem] Ort, nämlich am Akademietheater, gewesen und hatte nicht gewußt, wie er die Tränen zurückhalten sollte,

denn die Malina, von der er nichts gewußt hatte, hatte dort eingeschlagen, wo manchmal eine Buchseite, eine Katastrophe, eine Stimme, eine Musik, ja irgendwas [einschlägt], wovon andre nie begreifen werden, daß es ein Blitz für Menschen sein kann und für immer, [er war] geschlagen worden in dem Akademietheater in der 16. Reihe, am Platz Nr. 14, also keine Zahlen, die ihn beeindruckten, wie alle abergläubischen und starken Personen.
Die Malina, die sehr bald nach dem Krieg zu einer Schauspielerin wurde, die man erwähnte, dann lobte, dann so ungeschickt lobte, weil sie nichts mit der in Wien üblichen Schauspielerei zu tun hatte, war [vor] etwa drei vier Jahren, also eben, als der Revoluzzer aus der Steiermark sie sah, angekommen, dort, wo man die Worte verliert, eine kleine Provinzlerin, die weder an Provinz noch an irgendwas denken ließ, sondern an die große Geschichte, und eben diese wenigen Jahre hatte Wien eine Schauspielerin, die nicht gut, nicht hervorragend, nicht hinreißend oder sonstwas war, denn das sind einige, sondern [sie] war das Absolute, das Mirakel, das unerklärlich ist, und obwohl sich einige Leute überboten in unzulänglichen Beschreibungen, hatte dieser kleine Gymnasiast die Eifersucht eines Wahnwitzigen, die Leidenschaft eines Kinds, das ein einziges Mal kommuniziert mit einer Sache, die sich der Beurteilung entzieht. Der kleine Maleta [= Klaus Jonas] sagte zu niemand etwas, und wenn die andren redeten, schwärmten, die Malina, die Malina, dann schwieg er hartnäckig. Denn es ist nicht wahr, daß es heute keine großen Erschütterungen mehr gibt, und man schweigt nur darüber, wenn man Verstand hat, und den hatte er zweifellos. Er schrieb zwar und probierte Sätze zerschleißen, aber der Stachel war die Malina, und das hieß das Absolute, für sich selber sagte er, ich weiß nicht, wie sie es macht, und in hundert Jahren werd ich nicht wissen, was sie macht.
Und wenn der Bub nicht so keusch gewesen wäre und es in

gewissem paranoischen Sinn noch immer war, so hätt er sich gesagt, sie hat Genie, es ist das, was Genie ist, aber er wußte, was er seiner Zeit schuldig war, und Genie ist ein Witzwort.

Ein Jahr später, noch vor der Matura, reist der kleine Maleta [= Klaus Jonas] nach Salzburg, in der Hoffnung, die Malina noch einmal zu sehen, im Jedermann, den er schon verachtete und höhnte, bevor er ihn gesehen hatte, und dieser Hohn sollte ihm später auch von Nutzen sein, ob er nun berechtigt war, wie im Jedermann, oder unberechtigt wie in andren Fällen.

Aber Salzburg hatte nicht auf einen Maturanten gewartet, es gab keine Karten mehr, und er hörte zufällig im Café Tomaselli, daß die Malina im Fondachhof wohne, in Pars außerhalb der Stadt. So spazierte er zweimal nach Pars und hielt vor dem Fondachhof, das zweitemal merkte er schon, daß der Eingang nicht vergittert war und dort keine Karten verlangt wurden, und so ging er hinein. Vor dem Haus, an den Tischen, saßen alle möglichen Leute, und dann wollte es der Zufall, der immer so viel will, daß eine Frau im Bademantel vom Schwimmbassin herauf kam, und die starrte er an, denn nun hatte er nicht die Malina gesehen, aber die schönste Frau, die ihm je begegnet war, und das war auch nicht schwer zwischen Graz und Salzburg, aber sie schien ihm so viel schöner als alle Bardots und Lorens dieser Zeit, die in der Schule diskutiert wurden, obwohl sie die Haare zusammengeklebt hatte vom Wasser und ein wenig zu aufgeregt sprach, um sehr natürlich zu wirken, und die starrte er an, trotz ihres Alters, und das also war Fanny Goldmann, und so viel wußte man ja auch in Graz, die Goldmann war Klasse oder phantastisch, und sie war noch viel phantastischer, wenn auch von der Art, wie ein junger Grieche heute von der Venus sprechen würde, da waren mehr als Zeitalter dazwischen, sondern unnachvollziehbare Zeiten, die mit Zeitrechnungen nichts zu tun hatten, und während er noch dachte, ich habe die schönste Frau gesehen, die je existiert hat, kamen die Herren, die der Goldmann, aber nicht wie Halbgötter, sondern ganz miserable Kreaturen, ein Badetuch nachtrugen, und offenbar war gar nichts Besonderes um die Goldmann herum, und bloß dieses Geschwätz, das ernüchternd war, und einer sagte, zu der kleinen Kellnerin, bringen Sie doch für Frau Goldmann einen Kaffee, und die Goldmann sagte, ich muß mir die Haare föhnen, ich muß mich dann noch umziehen, und während er das siebente Weltwunder in seiner Banalität anstarrte, kam eine zweite Gruppe, die mit zwei Autos wegfahren wollte, und da bemerkte er die Malina, und er registrierte sie, jedenfalls einiges, sie hatte sehr große Füße, Schuhnummer 39, sagte sich der künftige Poet aus der grünen Steiermark, und zu lange Arme und große Hände, und ob die schön waren, da war ein Zweifel, zu große Hände, die gleich übergingen in ein dünnes Handgelenk, und das sah er genau, sie hatte Hände wie ein Mann, aber nachher wußte er nicht mehr, warum er das feststellen konnte, und sie hatte einen Pullover an und eine weiße Bluse mit einem Bubikragen. [So etwas trug] kein Mensch mehr, und eine schwarze [– – –], und die Schulter hatte sie gekrümmt, und sie wieherte wie ein Pferd, das von der Reitbahn abgekommen ist und nicht im Trab ist, und diese krummen Schultern und großen Füße, und ihre Nase war eher dick, sie war ungeschminkt, sie hatte einen schlechten Teint und eine zu dicke Nase und [sie] war nicht dünn und nicht dick, ein mittlerer, nicht unrobuster Körper, und die Haare waren fettig, versträhnt, fahlblond, das war die Malina, er wußte auch später nicht, warum er sie erkannt hatte, und dann wich er zurück, aber nicht aus Enttäuschung, sondern als er zu Fuß nach Salzburg zurückging, wo er die Malina nicht mehr auf der Bühne sehen konnte, dachte er immerzu, wie das möglich sei, und natürlich mußte es so sein, eine Frau, die so latschte und

die auf der Bühne ein Traum, ein Tier, eine Vehemenz, ein Schweigen, ein Weinen, ein Lächeln war und die vielleicht seit der Duse das erste Bühnenwunder war, die kam so auf den Hof vom Fondachhof und stieg mit ein paar Leuten in ein Auto.
Und dann geschah nichts mehr, denn er ging nach Graz zurück und sprach auch darüber nicht. Und das nächste war die Nachricht von ihrem Tod. Und das war [– – –]. Die Malina war mit jemand nach Griechenland gefahren und mit dem Jemand mit einem Boot vor einer Insel herumgefahren, und dann war sie aus dem Boot gesprungen, denn sie schwamm sehr gut, so stand es in den Zeitungen, und dann drehte der Jemand sich um, und da war sie nicht mehr, und dann war auf dem Wasser etwas Blut, eine Blutwasserlache, und die Malina war von einem Haifisch gefressen worden, und sie war gefressen worden, ehe sie nachgelassen hatte, sie war vierunddreißig Jahre alt, und von einem Hai. Und Wien, das alle seine Toten verscharrt, [ver]schweigt, aber nicht seine Schauspieler, hatte der Malina das größte Begräbnis [bereitet], an das man sich seit urdenklichen Zeiten erinnern konnte, und der kleine Maleta [= Klaus Jonas] hatte die Zeitungen gelesen wie beim Kennedymord, und er kam mit dem Haifisch nicht zurecht. Und er wußte auch nicht, daß nach dem Begräbnis, an dem auch der Unterrichtsminister und das Volk mitpilgerte zum Zentralfriedhof, zu einer Leiche, die gar nicht da war, eines Tages zu reden angefangen wurde, nur ein wenig, als der große Psychiater Jordan, bei einer Abendgesellschaft in seinem Haus, plötzlich sagte, war eigentlich ein Dritter dabei, der das auch bezeugen kann, oder war bloß dieser Mann dabei?

Aber es blieb der Hai.

In einem Eck stand Fürbringer, der eben erklärte, daß er so gut wie nie unter Schriftstellern und solchen Leuten – wobei unklar blieb, wen er eigentlich meinte, da man dazu einige Unterscheidungsmerkmale zwischen Rundfunkredakteuren oder Verlegern oder Buchhändlern hätte anbringen müssen, aber dann beteuerte er es nochmals, und als ihn keiner fragte, weil selbst jeder gern gesagt hätte, daß er mit seinesgleichen nicht zu tun haben wolle, waren die andren äußerst verärgert, ohne [es] zu zeigen, und der naive Glomm sprang ihm bei, der gestand, ebenfalls lieber mit Malern zusammenzukommen, und da[mit] Fürbringer endlich das Geständnis entlockte, daß er hauptsächlich mit Malern und Bildhauern die Wonnen der Gewöhnlichkeit teilte, ein Zugeständnis, das jedes Publikum verblüffen muß, das von den geheimen Urteilen dieser verschiedenartigen Sekten und Untersekten nichts weiß, und Fürbringer konnte nur nicht mehr anbringen, daß er außerdem mit seinem Arzt und schließlich noch mit einem Hüttenwirt in Bayern, und hatte er nicht eine Familie, die, aber dann unterließ er das, denn seine Familie sah er nie, da ihm deren Kleinbürgerlichkeit seit Jahren derart auf die Nerven gegangen war und er seinen Ausbruch eigentlich als einen Ausbruch aus der Kleinbürgerlichkeit hätte bezeichnen müssen und nicht einen Ausbruch aus der Gesellschaft, wie er ihn selber gern bezeichnete, und da [er] keineswegs so töricht war, sich nicht selbst auf die Schliche zu kommen und ein dumpfes Gefühl dafür zu haben, daß er wenig wußte und nirgends hinkam und also tatsächlich die Saufabende mit Nicht-seinesgleichen, die er auch mit Seinesgleichen hätte haben können, sein Zugang zur Welt waren, verstummte er und sah sich suchend in der Bar um, wo vor einer Woche noch die Welt oder eine Schicht von ihr gewesen sein mußte, die er nicht kannte, die zu verachten er entschlossen war und der er seine Verachtung schon in einigen Kurzgeschichten [zum] Ausdruck [gebracht] hatte,

und während er nicht mehr zuhörte, entdeckte er verschiedene Mittelpunkte, von denen [der] eine die große Zugnummer im vorigen Jahr und [der] andere es in diesem Jahr war, und er überlegte sich, wie er von Glomm loskommen sollte.
Die beiden Leute, die den Mittelpunkt bildeten und sich freundschaftlich zutranken, wurden jetzt auch von Malina und Jonas betrachtet, und Jonas sagte leichthin, ach, das ist der, haben Sie etwas gelesen von ihm? Womit er zu verstehen gab, daß er nichts gelesen hatte, und Malina machte ein unbewegliches Gesicht, gab überhaupt keine Antwort, stellte sein Glas ab und sagte ›nicht schlecht‹, Jonas im Unklaren lassend, was er gemeint hatte. Diesmal ließ sich Malina aber zu keinem Kommentar herbei, denn er lachte für sich und dachte, ach schau, denn wenn drei so verschiedene Personen wie Jonas, Marek und Benedek sich auch in nichts glichen, obwohl sie von einer Kursmaschine hier aus Wien gebracht worden waren, so hatten sie doch alle die Taktik gemeinsam, prinzipiell nicht zuzugeben, daß sie irgendetwas von diesen Deutschen gelesen hatten, oder gar [von] deren Wichtigkeit etwas wüßten [oder] doch nur vage, und Jonas spielte allerdings seine Rolle am besten, indem er überall seine Unschuldsaugen aufschlug und völlig überrascht schien, daß man von solchen Leuten sprach und deren Titel wie selbstverständlich wußte, während er sie in hilfloser Zerstreutheit durcheinander brachte, da er wohl davon gehört, ja auch etwas zu lesen angefangen hatte und sich dann anmutig verwirrte, weil er doch doch, natürlich, ach so, das muß etwas anderes gewesen sein, ist da nicht diese sehr hübsche Stelle drin, wo an der Oder, heißt der Fluß so, ja Oder, nein, dann muß es etwas anderes sein. Bestimmt war es etwas aus dem Osten. Aber ich erinnre mich, da war eine sehr hübsche Stelle.
Marek war viel plumper, er hätte nie mit Grazie so etwas vorbringen können, sondern erweckte bei den dümmeren

Leuten den Eindruck, daß er keine Ahnung habe, und bei den gescheiten den Verdacht, daß es ihm nicht schaden würde, wenn er [sich] damit beschäftigte.

Marek trat auf Jonas leutselig zu und sagte, na langweilen Sie sich auch, und Jonas schüttelte den Kopf, nein nein, sagte er eifrig, [– – –] die zu seiner Bubenhaftigkeit so gut stand, im Gegenteil, mich amüsiert das, ich amüsiere mich für mein Leben gern. Ich bin so neugierig, ich fürcht, die Neugier wird mir noch zum Verhängnis.

Na, Sie haben ja einen sehr schönen Erfolg, sagte Marek, und als Jonas lächelnd danke sagen wollte, setzte Marek mit Perfidie fort, und einen verdienten Erfolg, wobei er dem Wort »verdienten Erfolg« einen so schmierigen Unterton beigab, daß Jonas errötete und vielleicht zum erstenmal eine Irritation empfand, von der er [bis] jetzt verschont geblieben war, als hätte man einen Nerv berührt, von [dem er] wußte, daß er bloßlag, und erst später, als er mit Malina allein war und mehr getrunken hatte, plötzlich einen derartigen Ekel empfand, daß er aufstand und etwas zu lang auf der Toilette blieb, weil er zitterte und sicher meinte, daß ihm schlecht werde, weil er zu wenig geschlafen hatte, weil er zuviel getrunken hatte, weil er einen Leberschaden hatte und nicht mehr auseinanderhalten konnte, wovon ihm so schlecht war, weil er zum erstenmal den Neid kennengelernt hatte, einen winzigen Hohn und von einer Seite, die ihn anwiderte, und nun ließ er sich anwidern, und das war das schlimmste, daß ein Marek das hatte erreichen können, einen Gifttropfen in einen tatsächlich unbefangenen Menschen wie Jonas, der zwar nach außen ein wenig [– – –]

Im Frankfurter Hof aber behielt Jonas noch sein Gleichgewicht und kam noch bloßfüßig daher, und es war, da diese Stiche nicht anders zu denken sind, als wenn sich jemand einen Holzspieß in den Fuß rennt und anfangs noch wenig empfindet und lachend herauszieht, aber nach ein paar

Stunden die Schmerzen auftreten, eine Entzündung oder eine Eiterung, deren Heilung genau so ein paar Tage Zeit braucht wie die Heilung einer Beleidigung, einer Störung [– – –]

Jonas, der sein Programm schon kundgetan hatte (ich habe nur mit der Sprache zu tun), wußte im Moment nicht, womit er im Moment zu tun [hatte], mit einer Giftschneise, mit dem Anfang einer langen Krankheit, und noch nahm er sich zusammen; der Herr, der sich vor ihm aufbaute und mit dem sein Verleger gesprochen hatte, dessen Barbara dahinter von einem Barhocker glitt, sagte, in einer Mischung aus treuherziger Rechtschaffenheit und lockerer Managergeste, ich kann Sie für Berlin vorschlagen. Berlin müßte Sie doch interessieren, und die sanfte Röte, die pro Stunde einmal über sein Gesicht zog, erschien wie gerufen, und Jonas sagte, ach nein, ja natürlich schon, nur jetzt im Moment. Der rechtschaffene nachdrückende Herr sagte, die Hauptsache, Sie sind vorgeschlagen, Sie sagen uns dann, wann Sie kommen wollen. Jonas sagte, ich bin so neugierig, am meisten interessiert mich die Thielallee, der Herr sah auf, und Jonas fügte mit zarter Nachhilfe dazu, in Dahlem glaube ich, hübsch diese Bezirksnamen, die haben eine Aura. Wegen der Uranspaltung. Naja, sagte der Herr, und er schien verdrießlich, entweder weil er noch immer nicht wußte, was Jonas meinte, oder das ganze für einen schlechten Witz hielt, der Junge sollte ja so [ein] fürchterlicher Avantgardist sein, Thielallee. [. . .]
Ich glaube, ich bin nicht genug artig gewesen, sagte Jonas kokett zu Malina, hinter ihnen kam Benedek näher, er war kahlgeschoren und sah finster mit einem stereotypen Lächeln [drein]. Sie müssen sich vor den Deutschen in acht nehmen, sagte er abrupt, man sitzt ihnen immer auf, das

sind die größten Betrüger, die mir je untergekommen sind. Bei uns merkt man es ja, aber die [machen] es [einem] nicht so leicht. Sie sind die scheinheiligsten Gauner.

Und Benedeks Kopf stand so allein, wie ihn Jonas einmal gesehn hatte, als er von einer Terrasse aus Benedek in Wien hatte vorbeigehn sehen, mit beschnittenem Kopf, und Malina mußte eingreifen, damit dieses winzige gefährliche Wellenkräuseln zur Ruhe kam, das nicht von dem jungen Revoluzzer kam, sondern von Benedek, der immer die Beherrschung selbst war, wie einer, der befürchtet, im nächsten Moment irrsinnig zu werden, und sich in jedem Moment fragt, wohin ihn, das heißt, dieses furchtbare Reagieren auf ein Atmen, ein falsches Wort, auf einen Durchzug, auf eine zu hohe oder zu laute Stimme, [bringt]. Ich hab Sie schon zweimal gegrüßt, sagte Malina entschärfend, aber Benedek senkte den Kopf gefährlich und hob ihn nur wenig danach, wissen Sie, die Deutschen sind unheilbar wahnsinnig, vor lauter Gesundheit, haben Sie schon einmal soviel affenartige Gesundheit gesehn, die halten das aus, die halten sich selber aus, das ist ja das Allerunheimlichste.

Nein, ich meine nicht die hier, sagte er, [in] einer ehernen Höflichkeit Schutz suchend, ich bin heute zehn Stunden in Frankfurt herumgelaufen, manchmal möchte man ein Messer haben und es ihnen hinterrücks hineinrennen, auch so, daß sie nicht leiden müssen, aber bloß weil sie laut, laut reden, sie reden so entsetzlich laut, ich könnte schreien, aber ich kanns ja nicht, er lächelte abwesend. Nein, Herr Habermetz, Tach, Tach meine Dame, Tach Herr Kalow, was, nee also mir machen Se nichts vor, mein Guter, wir schaffen es schon, sagte hier ein Taxichauffeur, ich sah immer nur Taxichauffeure, die es schaffen, bitte um Verzeihung, sagte er, ich hab fürchterlich Kopfweh.

Jonas war betreten, er wußte zu dem Thema Deutsche oder nicht gar nichts zu sagen, es interessierte ihn nicht, so

wenig, wie es ihn interessierte, woher er selber kam, er hielt das für Atavismus, daß sich Leute überhaupt damit beschäftigten, und er hatte nur die winzigen Unterschiede mit seinen durchsichtigen Antennen eingefangen, daß er eine Sprache hatte und einen Stil. Haben Sie sich von der Marekpest befreien können, fragte Benedek. Jonas sagte beschwichtigend, aber er ist doch ein armer Kerl, er meint es doch nicht so, und dann spürte er wieder den Stich und in sich einen Blutstropfen austreten und ihn gerinnen. Er hat eben keine Manieren.
Jetzt nehm ich Ihnen aber einfach das Glas weg, Herr Benedek, sagte Malina, ohne aus der Höflichkeit auszutreten, und nahm es ihm aus der Hand, und ja, ist es recht so, oder erlauben Sie es mir nicht. Benedek sah ihn an und durch ihn hindurch.
Ich habe noch eine Verabredung. [. . .]

Im Frankfurter Hof standen jetzt einige vor dem Fernsehen, wo eine Übertragung aus dem Frankfurter Hof stattfand, so daß man gleichzeitig die Herren hier sah und die Herren auf dem Fernsehschirm, und Malina und Jonas blieben eine Weile stehn und sahen einander kopfbelustigt an.
Danach kam ein Schwenk auf die Bücherstände, auf ein Interview im Hessischen Hof mit den Franzosen, die darlegten, was der neue Roman nicht sei und welche Mißverständnisse [– – –], die aber noch nicht bis Frankfurt gedrungen waren. Ich hab Ereignisse gern, sagt Jonas, aber ich bin überzeugt, es ereignet sich nie etwas.
Wieder [ein] Roman, wieder ein Problem, die Kritik und Probleme der Kritik. Sackgassen des Erzählens, Hochgestochenes, Runder Tisch, neuer Zug zur Einfachheit, Herren, die sich so ausdrückten, als wollten sie den Zuschauern

etwas in deren Sprache zukommen lassen. Gehn wir, fragte Malina.

Während Malina und Jonas durch die Räume drängelten und nicht weiterkamen, sagte der Kritiker Wennberg: Aber ja, ich habe die Kottwitz gesehen, im Rollstuhl, auf dem Flugplatz. Das ist ein blödes Gerede, ich versichre Ihnen, dran ist aber auch kein Wort wahr, nein. Die Kottwitz, nein er, nein sie saß da in der Ecke vis à vis vom Gepäck, von den Rolltreppen [sic!]. Sie kommt bestimmt nicht. Ich habe mit der Baby gesprochen, natürlich ist das Baby Teuffen [= Baby Kottwitz], sie begleitet sie doch nur. Ich kenne doch den Buhr jetzt zehn Jahre, und das Ganze hat nichts mit ihm zu tun. Er hat es mir doch selber erzählt, sie soll schwere Depressionen gehabt haben, und versucht hat sie [es] auch ein paarmal, und dann ist sie eben einmal gesprungen.

Aber auf mich macht das doch keinen Eindruck. Natürlich ist sie jemand, das bestreitet ja niemand, aber der Buhr hat vor mir geweint, ja geweint, so hat ihn das getroffen, aber es war unmöglich mit ihr, und jeder hat das auch vorausgesehen, daß es nicht gehen wird, er ist in diese Sache hineingerannt.
Meint er die Gräfin Kottwitz, Jonas sah Malina kopfschüttelnd an, »die rote Gräfin«.
Ja, sagte Malina, ich hab sie nämlich auch gesehen, es ist wahr, daß sie heute in Frankfurt war, auf der Durchreise.
Ich versteh das Ganze nicht.
Sehn Sie, sagte Malina, das ist so eine wirkliche Geschichte, unter den lauten, unwirklichen, aber die wirklichen Geschichten, die kennt niemand, und was die Leute darüber basteln, ist ihrer beschränkten Phantasie, ihrer Phantasielosigkeit so angepaßt, obwohl sie das gar nicht sein dürften,

weil jeder doch im Hintergrund mit einer monströsen Geschichte lebt, oder eines Tags leben wird, obwohl die von Frau Kottwitz etwas ungewöhnlich aussieht. Buhr haben Sie ja gesehn.
Ich gehe morgen mit ihm Mittagessen und mit seiner kleinen Freundin, wer ist die eigentlich?
Nun, mit der ist er eben jetzt, und angeblich soll das der Grund sein, warum er von der Kottwitz weg ist, aber das ist natürlich ein Blödsinn, denn man geht nicht von jemand weg, und dann stürzt sich der andre aus dem Fenster. Das sind solche Ideen, die sich die Leute machen, und bessere Leute denken dann, es sei ein wenig komplizierter, und sagen, es habe zwar nur wenig damit zu tun, aber die Kottwitz sei überhaupt sehr verrückt, und Depressionen habe sie auch schon gehabt, aber niemand nimmt sich auch nur Zeit, nachzurechnen, denn mit ein wenig Rechnen [könnte] man die X und Y aufklären. Und damit operiert Buhr.
Wie, sagte Jonas, wozu soll er mit was operieren und was mit einem Wort, ich verstehs nicht.
Na ja, man muß seinem Ruf zuliebe operieren, es macht sich schlecht, wenn gewisse Dinge herauskommen. Buhr war dreimal verheiratet, und er möchte es dabei bewenden lassen, daß er sich öfter verheiratet und Abwechslung braucht, und die Männer, letzten Endes auch die Frauen, finden das sympathisch, weil sie [es] selber auch tun oder weil [sie] es gern möchten. So weit ist auch nichts zu sagen. Aber die Sache ist ihm schiefgegangen gewissermaßen bei der Kottwitz, weil sie zu bekannt ist, die andren sind einfach in der Versenkung verschwunden, und nie [hat] jemand mehr etwas über ihren Verbleib gehört. Aber wenn die Kottwitz gewollt hätte, dann hätte er einen Prozeß am Hals, anstatt eines Romans, aber sie hat es vorgezogen, aus dem Fenster zu springen.
Das versteh ich nun überhaupt nicht.

Da gibts auch nichts zu verstehen, wenn man das kühl betrachtet. ‹. . .›
Und das soll Ihnen ausgerechnet diese Frau erzählt haben.
Aber nein, sagte Malina, sie hat es mir nicht erzählt, aber ich hab es herausgefunden.
Und wie?
Indem ich eine andre im Krankenhaus besucht habe.
Was für eine andre.
Nun ja, eine andre, der dasselbe passiert ist, und so hab ich gewußt, was mit der Kottwitz passiert ist.
Herrschaft, sagte der Jonas mit gespieltem Entzücken, vor Ihnen kann man schön Angst kriegen, und weiß das der Buhr.
Nein, der weiß es nicht. Ich werd mich hüten, ihm das zu sagen.
Und warum?
Weil es nichts nützt, und was nichts nützt, das soll man [– – –]

Ich sammle nur die Geschichten, die nicht bekannt werden, und nur Geschichten mit letalem Ausgang. Mit der Zeit kommt man allerdings drauf, daß das alle geheimen Geschichten haben, sonst wären sie nicht so geheim, und in der Literatur gibt es nun nicht allzuviele von diesen oder jedenfalls keine schönen, aber trotzdem gibt es Literatur und Verbrechen, und da uns die fremden Geschichten nie so liegen und in ihren Nuancen nie zu begreifen sind, nur in der Analogie, so brauchen Sie ja nicht so weit zu gehen, nicht bis Deutschland, sondern wir haben davon zuhause auch eine, und Sie sind an ihr blindlings vorübergerannt, an einer, die man die allertraurigste Geschichte nennen könnte. Schöner Titel. Leider schon benutzt. Sie haben doch Fanny Goldmann gekannt.
Gekannt, nein, Jonas dehnte den Satz, er wußte nicht, wie

er aufrichtig antworten konnte, denn das hing nun wieder [mit] der Maria Malina zusammen und Salzburg, und gekannt konnte man wohl in Anbetracht dieses filigranen Vorfalls nicht sagen. [. . .]

Hier sehen Sie die Vertreter des Buchhandels, aber damit meine ich nicht diesen ehrenwerten Beruf, der diese Bezeichnung auf die gewöhnliche Art verdient, sondern vielmehr eine Welt, in der der Buchhandel zum Menschenhandel ausgeartet ist. Hier haben Sie doch heute abend einen Mann gesehen, der vor einigen Jahren den Friedenspreis des Buchhandels entgegengenommen hat und eine vielbeachtete Rede hielt, das heißt also, jeder konnte sie gedruckt in den ersten Zeitungen Deutschlands lesen und sich einbilden, es nicht nur mit einem großen Schriftsteller, sondern mit einer der moralischen Instanzen unseres Kontinents zu tun [zu] haben. Zu der gleichen Zeit aber hat sich ein Drama abgespielt, denn Sie müssen nicht denken, daß wir ärmer an Dramen geworden sind, das in seiner Schaurigkeit einen Schriftsteller der Antike oder des 18. Jahrhunderts noch zum Erzählen gereizt hätte, ein Gemetzel, das eben um das Buch dieser moralischen Instanz ging und aus dem die Schreie der Gefolterten, für jeden, der hören will, zu hören waren. [. . .]

Sehn Sie, Sie können auch hier, wenn Sie keine Lust haben, einen Bezirk weiter zu gehen, die Laster Ihrer Zeit studieren, sehn Sie sich einmal Herrn Thönien an, ja den, der wird seit drei Jahren ausgehalten, natürlich nicht von einer Frau oder einem großen Freund, sondern von seinem Verleger, stellen Sie sich vor, dieser Mensch ist ganz und

gar gesund, 45 Jahre alt, er hat bloß eine Frau und zwei kleine Kinder, ich schwöre Ihnen, sonst liegt nichts vor.
Sein bester Freund, [von] dem er sogar auf Partys nie weicht, denn er betet ihn im Grund an und haßt ihn, läßt sich regelmäßig Festspiele in den Radiostationen geben, nun müssen Sie nicht einmal denken, daß einer oder der andere sich aufdrängen, die Thönien bestimmt nicht, denen wird es aufgedrängt. Nicht nur ist der Ausdruck Dichter, Schriftsteller etwas, was einen Mann beinah nicht genieren sollte, herumzulaufen und kein Äquivalent zu finden, denn natürlich wird Herr Thönien nie ein großer Schriftsteller werden, das weiß er ja selbst, so dumm sind die doch [nicht], wie das ihre Kritiker oder Funktionäre annehmen, aber selbst das spielt sich noch in den beinah engelreinen Sphären ab, wenn Sie aber eine Existenz wie Marek betrachten, der nun wirklich auf dem Literaturstrich lebt und nichts weiter als ein maraud [ist] und die ganze Zeit herumäugt, mit wem er sich anlegen, anbandeln könnte und seine einzige fieberhafte Tätigkeit weniger am Schreibtisch als auf den Gesellschaften, [am] Telefon und [in] den Korridoren von Rundfunkhäusern entfaltet, und sozusagen dauernd mit den ihn verbrennenden Fragen herumgeht, wie lerne ich Herrn B. kennen und mache ich mir den C. geneigt, und wie komme ich [– – –]

Sehen Sie, dabei ist alles noch viel verwickelter, denn Sie werden vielleicht bemerkt haben, daß der Großfürst dem Feuilletonchef ausgewichen ist, mit einem Wort, er will damit zu verstehen geben, daß er ihn nicht grüßt und daß er seine Gründe hat. Nun würden Sie, nach allem, was ich gesagt habe, annehmen, daß es sich um einen niedrigen Grund handelt, um schlechte Rezensionen oder dergleichen. Mitnichten, sagte Malina ironisch, denn da die Menschen partiell wohl ein Gewissen haben, erkennen sie manchmal die professionellen Deformationen der anderen ganz gut, wie sehr [sie sich] auch [über] die eigenen hinwegtäuschen, und dieser Mann nun, mit seinem verlegenen Gesicht vor dem Urteil eines Bonzen, obwohl er selber zu den Bonzen gehört, aber in einer anderen Schicht, und sich als verhinderter Schriftsteller doppelt getroffen fühlt, hat nichts weiter getan, als was jeder, der eine lebendige, so heißt das, also eine sehr lebendige Zeitung machen will, [tut], um die Leute nicht zu sehr zu langweilen mit Buchbesprechungen und Kurzgeschichten, die doch niemand zum Frühstück liest, Fälle auszutragen, und ich erinnre mich sehr gut an diesen Fall, der aufgebauscht werden sollte, und bei der Blindheit und Kurzsichtigkeit dieser übereifrigen Fallkonstrukteure entging ihm einfach, daß er damit einen glatten Mord veranstaltet hätte. Sie werden sich noch an Geberer [= Gisevius] erinnern, der vor zwei Jahren gestorben ist, ein schwerkranker Mensch, den eine Hyäne des Plagiats beschuldigt hat, und mit ihren zwangsneurotischen Handlungen es schließlich so weit gebracht hatte, daß er immerzu meinte, sich verteidigen zu müssen, obwohl kein vernünftiger Mensch ein Wort von den Anschuldigungen glaubte, bis jemand, der nun überhaupt keine Ahnung hatte, einen Fall witterte und den öffentlich austragen wollte. Gisevius war damals schon in einem Zustand, der ihn für seine besten Freunde unerträglich machte, er konnte von nichts anderem sprechen, sammelte Beweise zu seinen Gunsten, die niemand sehen wollte, erklärte jedem, der es nicht hören wollte, was dahinterstünde, das einzige, was er nicht erklären konnte, war das Verhalten dieser Hyäne, denn die Leute meinen ja zuletzt, wo ein Ankläger ist, [muß] etwas vorgefallen sein, und es war in der Tat etwas vorgefallen, wenn auch nichts dieser Art und nichts, worüber sich sprechen läßt, und der Haß von Personen, die es übernehmen, jemand zu verfolgen, rührt ja meistens daher, daß sie sich selber einmal schlecht benommen haben und nun nach andren Gründen suchen, und sie auch finden, um den zu vernichten, der ihnen ihre gute Meinung, die sie von sich selber haben, stört. [. . .]

So sollten Sie sich hüten, jemals zufällig Zeuge von den wirklichen Verhältnissen zu sein.
Natürlich ist das ein seltener Vorfall, aber es besteht ja alles aus höchst seltenen und seltsamen Vorfällen, und nichts ist irriger, trauriger und verdächtigt einen Lebenden mehr, als anzunehmen, daß er neben einer Masse wohne, deren Verhaltensschemen und Redensarten das einzig Beachtbare wären, denn durch das groteske Muster hindurch, das sich aufdrängt, scheinen die monströsen Geschichten, die zum Tod führen, und wenn dies hier in Frankfurt auch nur eine kleine unendlich beschränkte Welt ist, die sich zwar für wichtig hält, so gehe ich doch verwundert durch, wie durch ein Schlachthaus, und während [man] unter anmutigen Neckereien, Witzeerzählen, Abmachungen, Artigkeiten und Bosheiten alles gleichzuwalzen scheint, vergesse ich doch [nicht], daß ein Rinnsal, daß Blut, daß die Fleischfetzen, daß die Augen im Stupor, das nackte Entsetzen, die Schreie, das Schluchzen, der brutale Handel, die Fußtritte, die die Opfer der Literatur haben einstecken müssen, unter dem Druck der Zahlen, der Summen, der Auflagen, des Prestiges, des Ehrgeizes und des skrupellosesten Ehrgeizes [– – –]
Aber es wäre falsch anzunehmen, daß sich nur auf dem deutschen Markt solche Dinge ereignen, denn er ist nun der einzige für die deutschsprachigen Bücher, und in dem stilleren Wien, [– – –]

Nun muß man nicht vergessen, daß zwei Sorten Frauen sich immer an die sogenannten Künstler hängen, nämlich die sehr tätigen, die [das] Geniekind brauchen, um es zu organisieren, und die lammfrommen, und es gibt noch eine dritte Sorte, die sich prinzipiell nur sinnlich machen läßt, wenn es sich um einen Namen handelt, wie andre durch Geld sinnlich gemacht werden können, und das [ist] vielleicht die einzige Sorte, die es verdient, mit solchen Menschen in Berührung zu kommen, denn selbst die tätigen erleben Enttäuschungen, aber ich möchte von der zweiten Sorte reden, die ahnungslos und mit himmelblauen Augen sich ein Leben mit einem Künstler zumutet, ohne zu wissen, was an Grausamkeiten, Abscheulichkeiten, Bloßstellungen ihnen droht, denn die längste Zeit sehen sie nur den depressiven, den manischen, den erfolglos erfolgreichen Mann, und der Gedanke, daß sie ein Objekt sein könnten für ihn, wenn er nicht den Anstand hat, seine Frau auszunehmen von seinen Räubereien, [– – –]
So kennen wir hier sehr gut eine junge Frau, die nach dem ersten Schock, anstatt sich von ihm zu trennen, immerzu, wie eine Verrückte, die Wohnung durchsuchte nach Aufzeichnungen, und der Kampf zwischen den beiden, dieses Versteckspielen, ist jahrelang der Inhalt dieser Ehe gewesen, ein etwas ungewöhnlicher also, bis sie sich mit ihren zwei Kindern aufgemacht hat und gegangen ist und nun von 800 Mark lebt, während er seine Erfolge, die ersten, und die ersten Einladungen, nach Moskau und Budapest, nach Brasilien und zu allen Kongressen [– – –]
So müßte man, sagte Malina mit einem kalten Blick, allen abraten oder [raten], sich vorher versichern zu lassen, gegen ein ungewöhnliches Unwetter, das sich Indiskretion oder Hochverrat am anderen nennen kann.
Aber die Frauen werden immer so töricht sein und sich blenden lassen von dem jungen Genie, und geneigt sein, es zu verstehen, wie diese andere Frau, die selbst durch Er-

pressungen, [– – –] und dies sind die wahren Hintergründe unsrer Literatur, und die Fälle, die schamlos genug sind, sich zu geben wie sie sind, wie der Fall Picasso und der Fall Marilyn Monroe, sind beinahe noch, in ihren hämischen Schamlosigkeiten, den Hintertreppengeschichten unsrer Kreaturen vorzuziehen, die auch nicht den Makel des Ausbeuters und Erpressers an sich dulden wollen, sondern noch meinen, rein aus den Geschichten hervorzugehen, in denen ihnen schwächliche Hilflosigkeit, zu späte Einsicht in die Lage Vorschub geleistet haben.
Sie werden sich aber fragen, wie andere ihnen Hilfe leisten können, wenn nicht die Opfer selber in ihre Verblödung – und das ist nun tatsächlich interessant, denn in dem Fall, von dem ich eben sprach, und der Sie vielleicht interessieren wird, weil einer Ihrer Götter stürzt –, und warum niemand ihnen das Handwerk legt, so müssen Sie eines bedenken, daß es in diesem Fall, wie noch in vielen anderen, um sehr viel Geld ging. Der Verleger von X hatte natürlich eine schwache Ahnung, vielleicht nicht von dem Ausmaß, aber immerhin, er hatte sie, und nun würden Sie annehmen, dieser Mann, an dessen Empfang Sie heute waren, würde sich [zum] Schützer der Witwen und Waisen machen, denn er möchte es vielleicht gerne sein, aber Sie vergessen, daß ein Buch, das vielleicht fünf Millionen zu bringen verspricht und Abschlüsse über Taschenbuch, Buchgemeinschaft, Filmrechte, und mit einem leisen Gespött behaftet [ist], so leise, daß man es kaum hört, aber daß einem so ist, als hätte man da was gehört – dies ist mächtiger als das Geschick von einigen Personen, die brüllend in einem Spitalsgang liegen, stärker als das Blut, das aus den aufgeschnittenen Handschlagadern rinnt, und stärker als das Wissenmögen, das Helfenmögen, ja ein Mann, der vielleicht anständig genug ist, anständig sein zu mögen, wird sich leicht überzeugen lassen, daß hier der Ermordete schuldig ist und nicht der Mörder, und Sie kennen diesen

Mann, dem ich Sie anempfohlen habe, denn er ist es, sagte Malina, mit einem undurchsichtigen Lächeln, begehren Sie nicht auf, schütteln sie sich nicht vor Abscheu wie alle jungen Männer aus allen Zeiten, und werfen Sie ihm [nicht] den Vertrag vor die Füße, denn er ist auch nur ein Gefangener in diesem Löwenstall, und eines Tags wird er gefressen werden, und Sie sollen wissen, mit wem Sie es zu tun haben, Sie werden Vorschüsse beziehen, Sie dürfen ähnliche Handlungen begehen, er wird Sie decken, wie er andre gedeckt hat, wenn Sie Ihren Namen groß genug zu machen verstehen. Und Sie werden nur meiner Verachtung dann sicher sein, denn aus diesem Grund werde ich, nur ich, Ihnen die Achtung verweigern. Andre werden Sie loben dafür, man wird Qualitäten, Wahrheiten, eine Präzision bei Ihnen entdecken, die den Entdeckern nicht weh tut. Betroffen wird man auf[horchen], aber die wahrhaft Betroffenen werden schweigen. Mit einem Wort, Sie werden ein Schriftsteller Ihrer Zeit werden, dem kein Blick ins eigene Schlafzimmer, kein Blick auf [die] Schwächen der anderen fremd ist, Sie werden Briefe abdrucken, erpressen, Sie werden Ihre Freunde bloßstellen, und die werden kuschen. Dem Makel der Lächerlichkeit will sich keiner aussetzen. Sie werden keinen Prozeß auf den Hals bekommen, und bekommen Sie dennoch einen gemacht, so wird man Sie glühend verteidigen und die banausischen Ehrtüfteleien Ihrer Umgebung als kleinlich befinden.

Sie werden eines Tages von einer Frau geschieden sein, die sich nicht mehr auf die Straße wagt, es ihren Kindern verbieten wird, Ihre Bücher zu lesen, und Sie werden sich darüber lustig machen, eines Tags werden Ihre Kinder diese Bücher lesen und Sie freisprechen und ihre Mutter dümmlich finden, die bloß ihre Entjungferung durch Sie auf dem Papier nicht hinunterschlucken konnte. So werden Sie [sich], umwoben noch von dem Geruch des politisch Aufsässigen, denn es wird Ihnen schon gefallen, gegen eine

Diktatur, die weitab liegt, aufzumucken, im Verein mit der allgemeinen Dummheit zu dem Ansehen verhelfen, das Ihrer Intelligenz zusteht. Ein Streiter für Recht und Wahrheit in allen Feuilletons, und das Genick brechen wird Ihnen eine schreckliche Verleumdung, die gar nichts damit zu tun hat, man wird Sie des Plagiats beschuldigen. Sie werden siech sein, wie alle die hier, weil Sie angegriffen werden, zu Unrecht, das versteht sich, weil Sie zu einer Gruppe gehören, von einer anderen Gruppe, oder von der ersten Gruppe, aber nein, was sage ich Ihnen, alle diese Dinge, die sich im Vordergrund abspielen werden, die Verleumdungen, Geringschätzungen, die werden Sie nicht ertragen können. Nie wird Sie jemand wirklich belangen, und wofür man Sie belangen will – machen Sie es gut. Jetzt ertragen Sie nur die Eifersüchteleien in Graz schlecht, eines Tags die in Wien noch schlechter, und zwanzig Jahre später werden Sie hier stehen und beladen mit Schuld einen Preis entgegennehmen oder einen Preis jemand mißgönnen und längst vergessen sein. Ich wünsche Ihnen, daß Sie auf der Sonnseite landen, und wenn ich Sie vergiftet habe mit meinen Äußerungen, dann werden Sie das Gift ausscheiden in vielen Jahren und selbstgerecht sein, oder Sie werden, ja warum auch nicht, ohne Schuld hierherkommen und vielleicht nicht geliebt werden für Ihre moralischen Auszeichnungen auf dem Feld der Ehrlosigkeit, sondern, aus einem anderen Mißverständnis heraus, für eine neue Sprache, denn Sie hören, ich gehorche einer alten [Sprache] und alten Begriffen, und ich wende mich zurück wie alle Leute, die auf das Geschehene schauen und erstarren, und vielleicht sagt Ihnen ein Engel rechtzeitig, schau nicht zurück, und dann werden Sie Frankfurt nicht sehen, das in Rauch und Schwefelgestank aufgeht, wie ich es heute und jedes Jahr zweimal aufgehen sehe, weil die Rache gekommen ist. Nicht die meine, denn ich bin ja gekommen, zu erzählen und nicht zu richten, aber in allen Erzählungen

spukt das Richten mit und das Weinen im Rauch, wenn das zum Himmel steigt und erzählt wird.
Und nun waren die beiden vor dem Hotel Malinas angekommen, der sein Manuskript so zusammengerollt hatte, daß die Rolle wie angebrannt ineinanderlag, und der junge Mann aus Graz, aus der grünen Steiermark, verneigte sich leicht vor ihm und wartete noch einen Augenblick darauf, zu einem drink eingeladen zu werden, aber Malina starrte in den Nachthimmel hinauf und sagte nur, wenn Sie morgen das 10-Uhr-Flugzeug nehmen, fliegen wir miteinander, und ich sehe Sie vielleicht in Wien, und der [– – –] aber es ist überhaupt nicht wichtig, daß Sie mich oder andre kennenlernen und daß wir einander in Kaffeehäusern wiedersehen. Sehn Sie andre Leute, es wird Ihnen besser bekommen. Reisen Sie, leben Sie, wohnen Sie. Tun Sie, was alle tun. Es wird Ihnen nicht schaden. Sie selbst sind Ihr größter Feind, und wenn Sie ihn besiegen, werden Sie nie Feinde haben. Was Sie geschrieben haben, das hat mir sehr gefallen. Sie wissen schon, ja es hat mir gefallen. Aber ich halte nichts von Ihnen, müssen Sie wissen, das wird Ihnen jetzt einen Moment lang einen Schmerz verursachen, und dann werden Sie sich auflehnen, und Sie werden ein bißchen stärker sein. Ich halte gar nichts von Ihnen. Ermutigt werden müssen die jungen Schriftsteller nicht. Das gewiß nicht. Jeder Schlag über den Schädel täte ihnen besser.
[. . .]
Am Tag darauf unterzeichnete der junge Mann aus Graz seinen Vertrag, und von Malina sagte er, er, der junge Mann, halte eigentlich nichts von Malina, es täte ihm leid, aber schließlich habe er von Malina auch so gut wie nichts gelesen, und es gebe ja auch fast nichts, und mit dem meisten, das die alten Schöpsen schrieben, könne er nichts anfangen, und dann hielt er sich doch zurück, als der Friedenspreisträger eintrat, [von] dem er wirklich nichts hielt,

und ließ sich von ihm einladen in sein Landhaus, und von dessen dritter Frau, die danebenstand und immerzu lächelte wie ein Lächelrequisit, das sich ein erfolgreicher Mann, nach Wäscherinnen und Haushälterinnen und reichen Damen, erworben hat, nur ganz für den persönlichen Gebrauch, nachdem er genug verdient mit seinem Buch, und jetzt wußte der junge Mann nicht mehr so genau, was Malina gesagt hatte, und sicher hatte diese kleine Person sich nie die Pulsadern aufgeschnitten, sondern flirtete nur nebenbei mit den Verehrern ihres Mannes, und ein bißchen mit dem Verleger, aber beinahe geschäftsmäßig, und der bedeutende Mann sagte nur jedesmal, das habe er nicht gelesen, das war seine liebenswürdige Waffe gegen die Gegenwart [– – –]

ANMERKUNGEN

Verzeichnis der Abkürzungen

Rundfunksender

NDR Hamburg	Norddeutscher Rundfunk, Hamburg
HF-Aufnahme	Hörfunkaufnahme
PH	Ingeborg Bachmann in Ton- und Bildaufzeichnungen (= Phonographie)

Verwendete Zeichen

[– – –]	a) Fehlendes Wort oder mehrere fehlende Wörter b) Text bricht ab
‹– – –›	Text nicht entzifferbar
‹. . .›	Text entzifferbar, aber ohne Sinnzusammenhang
[?]	Nicht gesicherte Entzifferung
[. . .]	Von den Herausgebern weggelassener Text
[ ]	Enthält von den Herausgebern eingesetzte Wörter oder Titel

TODESARTEN

Unvollendeter Romanzyklus

Der Plan zu einem mehrbändigen Romanwerk bestand bereits vor dem Abschluß des Erzählungsbandes DAS DREISSIGSTE JAHR.

Der Titel TODESARTEN war anfangs nur als Einzeltitel für einen Roman bestimmt (früheste Erwähnung des Romans TODESARTEN in einem Brief vom 30. Oktober 1963 des Verlegers Klaus Piper an Ingeborg Bachmann).

Beibehalten wird der Titel TODESARTEN für diesen Roman bis zum Frühjahr 1966, wo Ingeborg Bachmann auf einer Lesereise durch die Bundesrepublik und in Westberlin das erste und das dritte Kapitel liest.

Daß sich Ingeborg Bachmann zu jener Zeit schon mit dem Gedanken trug, TODESARTEN als Titel über den geplanten Romanzyklus zu stellen, ist mehrfach durch Briefe belegt. Als neuen Titel für den noch nicht vollendeten Roman, der gleichzeitig zum ersten Buch des Zyklus wird, erwog sie nunmehr FRANZA, DAS BUCH FRANZA, DER FALL FRANZA.

Im folgenden Jahr änderte Ingeborg Bachmann das Konzept der Reihenfolge des Zyklus TODESARTEN. Sie begann die Arbeit an dem Roman MALINA als dem neuen Beginn des Zyklus. Der unvollendete Roman wurde aber nicht aufgegeben, seine endgültige Gestaltung nur auf eine spätere Zeit verschoben.

Die Herausgeber waren deshalb genötigt, bei der Veröffentlichung des unvollendet gebliebenen Romans auf den ursprünglichen Titel TODESARTEN zu verzichten. Sie haben ihn durch den Titel DER FALL FRANZA ersetzt.

REQUIEM FÜR FANNY GOLDMANN war 1966 zunächst als Erzählung außerhalb des TODESARTEN-Zyklus vorgese-

hen. In dem neuen Konzept der Reihenfolge des Zyklus war jedoch an die Ausarbeitung der »Goldmann«-Todesart zu einem Roman gedacht, der als zweites Buch nach MALINA erscheinen sollte.
Entgegen dieser von Ingeborg Bachmann beabsichtigten Reihenfolge des Zyklus steht nach dem ersten, bereits veröffentlichten Buch MALINA hier als zweites Buch DER FALL FRANZA anstelle von REQUIEM FÜR FANNY GOLDMANN. Maßgebend für diese Reihenfolge der Bücher war das Stadium ihrer Ausarbeitung.
Die im Anhang veröffentlichten ENTWÜRFE ZUR FIGUR MALINA deuten auf die wiederholt von Ingeborg Bachmann in Interviews geäußerte Absicht, Malina als die überlegene Figur durch alle Bücher des Romanzyklus gehen zu lassen, die die verschiedenen Todesarten erzählt.

Malina

Roman S. 9

Erstveröffentlichung: Suhrkamp Verlag, Frankfurt/M. 1971.
Der Textgestalt liegen zugrunde:
Malina, Suhrkamp Verlag, Frankfurt/M., 1. Aufl. März 1971 und 4. Aufl. Januar 1972.
Daß MALINA den Romanzyklus TODESARTEN eröffnen sollte, schrieb Ingeborg Bachmann bereits im Jahr 1967 in einem Brief an den Verleger Dr. Siegfried Unseld. Aber erst in der italienischen Ausgabe des Romans, der bei Adelphi, Mailand, im September 1973 erschienen ist, wird dies im Klappentext mitgeteilt.

Der Fall Franza

Unvollendeter Roman S. 339

Die Erstveröffentlichung des ersten und des dritten Kapitels erfolgte als Hörfunkaufnahme anläßlich vier öffentlicher Lesungen von Ingeborg Bachmann in Hamburg, Hannover, Berlin und Lübeck vom 22.–25. März 1966. Bei jeder Lesung wurden die Zuhörer durch eine kurze Einführung mit dem Thema des Buches bekannt gemacht. Siehe PH I, 33–36.

[VORREDE] S. 341

Entwurf

Bisher nicht veröffentlicht.
Der Textgestalt liegt zugrunde:
Typoskript 3254, 3255 aus dem Nachlaß.
Diese Vorrede stimmt nur an einigen Stellen mit den gesprochenen Einführungen zu den Lesungen überein.
Einem anderen Entwurf zur Vorrede (Typoskript 2424 aus dem Nachlaß) entstammt folgende Textstelle:
Durch die gesellschaftliche Oberfläche, die Vorsichtsmaßregeln der Beteiligten, die Besorgnisse und die Heucheleien, sieht man sie [die Verbrechen] zwar hin und wieder schimmern, ohne sich aber ihre Häufigkeit und ihr Ausmaß bewußt zu machen. Und die Literatur, der man vorwirft, sie beschäftige sich zu sehr mit dem Abscheulichen, scheint mir im Gegenteil noch sehr wenig kühn zu sein, harmlos und ohnmächtig, da sie nicht einmal den geringsten Teil dieser ungeheuerlichen Vorkommnisse zu fassen bekommt.

ERSTES KAPITEL HEIMKEHR NACH GALICIEN S. 344

Erstveröffentlichung des 1. Teils, Kapitelanfang S. 344 bis S. 371, 8. Zeile v. oben, unter dem Titel ›*Heimkehr nach*

Galicien‹ in: HF-Aufnahme des NDR Hamburg vom 22. März 1966 (Lesung in der Hamburger Universität). Siehe PH I, 33.
Erstveröffentlichung des 2. Teils, S. 371, 9. Zeile v. oben, bis Kapitelende S. 398, unter dem Titel ›*Medizin der Unmenschlichkeit*‹ in: HF-Aufnahme des NDR Hamburg vom 23. März 1966 (Lesung in der Leibniz-Schule Hannover). Siehe PH I, 34.
Der Textgestalt liegt zugrunde:
Typoskript 1053–1121 aus dem Nachlaß.
Der Satz auf S. 387 *Gesteinsgruppen, durch scheinbare Übergänge gestört* ist geologisch ohne Sinn. Eine von Heinz Bachmann angeregte Korrektur hat Ingeborg Bachmann nicht mehr ausgeführt.

ZWEITES KAPITEL JORDANISCHE ZEIT S. 399
Aus den Entwürfen
Der Textgestalt liegen zugrunde:
Typoskripte 1122, 1123; 1956; 1130; 3244, 3245; 1910–1912; 1583; 1914; 1951; 2752; 2759; 2753, 2754; 1137–1139; 3246 aus dem Nachlaß. (Den durch Komma getrennten Typoskriptzahlen entsprechen fortlaufende Seiten. Den durch Semikolon getrennten Typoskriptzahlen entspricht das Ende einer Seitenfolge oder eine einzelne Seite.)

DRITTES KAPITEL DIE ÄGYPTISCHE FINSTERNIS S. 415
Erstveröffentlichung von Teil I, Kapitelanfang S. 415 bis S. 447, unter dem Titel ›*Isis und Osiris*‹ in: HF-Aufnahme des NDR Hamburg vom 24. März 1966 (Lesung in der Berliner Akademie der Künste). Siehe PH I, 35.
Erstveröffentlichung von Teil II S. 447 bis Kapitelende unter dem Titel ›*Die ägyptische Finsternis*‹ in: HF-Aufnahme des NDR Hamburg vom 25. März 1966 (Lesung im Kolosseum Lübeck). Siehe PH I, 36.

Der Textgestalt liegen zugrunde:
Teil I, Typoskript 983–1018 aus dem Nachlaß. Auf das Typoskript von Teil I folgt ein Blatt mit dem handschriftlichen Vermerk: *Hier fehlt ein Stück, mit den Stationen Assuan und Wadi Halfa, vor der Rückkehr der Geschwister nach Kairo.* (Manuskript 1019 aus dem Nachlaß.)
Teil II, Typoskript 3184, 3185, 1022, 3186–3189, 3142–3144, 3144a, 3145–3165 (= S. 1–32) aus dem Nachlaß. Dieses Typoskript ist die spätere Fassung des gelesenen Textes.

Fragmente zum dritten Kapitel S. 475
Der Textgestalt liegen zugrunde:
Typoskripte 3191; 1408, 1407; 1415a, 2015, 1415, 2016; 1391 aus dem Nachlaß. (Den durch Komma getrennten Typoskriptzahlen entsprechen fortlaufende Seiten. Den durch Semikolon getrennten Typoskriptzahlen entspricht das Ende einer Seitenfolge oder eine einzelne Seite.)

Requiem für Fanny Goldmann

Aus den Entwürfen zu einem Roman S. 483

Der Textgestalt liegen zugrunde:
Typoskript 1827, 1310–1315, 1319–1322; Typoskript 1354–1364; Typoskript 1350–1351; Typoskript 1365–1369 aus dem Nachlaß.

[Aus den Entwürfen zur Figur Malina]
Der Textgestalt liegen zugrunde:
Typoskripte 1728; 6358, 1810, 1808–1809; 3741, 1817, 1818, 1887, 6353; 1896, 1742, 1734, 1901, 1897, 1899, 1898; 1733, 1737, 1735, 1736; 1335; 1976; 1578, 1579, 3721, 3720, 3719, 3718, 3722, 3723 aus dem Nachlaß. (Den durch Komma getrennten Typoskriptzahlen entsprechen fortlaufende Seiten. Den durch Semikolon getrennten Typoskriptzahlen entspricht das Ende einer Seitenfolge oder eine einzelne Seite.)

Manuskriptseite eines Entwurfs zu »Die ägyptische Finsternis« aus dem Roman Der Fall Franza. Im Nachlaß.

Als sie sie sah, hatte sie den Kopf erhoben, ~~[illegible]~~ die Tochter Felix Atons mit den langen schlanken Hälsen, ein Hirschkopf von einer ~~[illegible]~~ Mode eifrig, der Mode einer Vergangenheit, [illegible], einer anderen [illegible] ~~[illegible]~~ seinen Rechts physischen Führung!

Die Frau hatte ~~[illegible]~~ den Kopf gesenkt, aber sie lag nicht auf den Knien, weil sie sah, daß der Kopf so kompliziert war, und der Araber sie am schönen [illegible] mit den Mentalitäten der Aussichten [illegible], sie lag auf den Knien, da sah sie, daß sie gefesselt war, sie hatte die Arme am Rücken gefesselt und die Füße waren ihr gefesselt aneinander, dazu lächelte der Araber sie an [illegible], ob konnte sie, als es [illegible] anders, wie ein Pferd an der [illegible] mit Stolz, doch es [illegible].

Sie lag da, ganz gebändigt, und der Kleid [illegible] und den [illegible]. [illegible], [illegible]. [illegible] [illegible] [illegible] [illegible] [illegible] [illegible] und wendete [illegible] den Kopf [illegible] und [illegible], [illegible]: [illegible]!

Es war [illegible] [illegible] [illegible]. Sie [illegible] auf [illegible]. Fühlte sie, [illegible] den [illegible] [illegible] [illegible] abgewendet der

Sie sagte [illegible] hatte [illegible], aber [illegible]

Ingeborg Bachmann Werke

Ingeborg Bachmann
Werke

Herausgegeben von
Christine Koschel
Inge von Weidenbaum
Clemens Münster

Vierter Band:
Essays
Reden
Vermischte Schriften
Anhang

Ellen Marga Schmidt
Ingeborg Bachmann in Ton- und Bildaufzeichnungen

R. Piper & Co. Verlag
München Zürich

ISBN 3-492-02286-3

Gesetzt aus der Walbaum-Antiqua
Gesamtherstellung Wiener Verlag, Wien
Printed in Austria

Inhalt

REDEN

VERMISCHTE SCHRIFTEN

ANHANG

VERZEICHNISSE

ESSAYS

1

Ludwig Wittgenstein – Zu einem Kapitel der jüngsten Philosophiegeschichte

Als vor zwei Jahren Ludwig Wittgenstein in Cambridge starb, erschien in einigen Wiener Blättern eine kurze Notiz: »Im Alter von . . . verschied in . . . der bekannte Philosoph . . .« Nun, er war keineswegs bekannt; er war eigentlich der unbekannteste Philosoph unserer Zeit, ein Mann, auf den ein Wort seines Landsmannes Karl Kraus zutrifft, der von sich einmal sagte: »Ich bin berühmt, aber es hat sich noch nicht herumgesprochen.« Daß es sich nicht herumspreche, dafür hat Wittgenstein selbst gesorgt. Auch trägt das einzige Buch, das er zu seinen Lebzeiten herausgab, einen Titel so ohne »appeal«, daß sich, mit Ausnahme eines kleinen Kreises von Fachgelehrten, niemand dran vergriff. War er in seinem Werk nur wenigen erreichbar, so in seinem Leben keinem; er mied nach Abschluß des ›*Tractatus logico-philosophicus*‹[1] die Welt und den Ruhm, verwischte seine Spuren, zog für Jahre als Dorfschullehrer auf das Land, und von seinen letzten Jahren in Cambridge, wo er als Nachfolger von G. E. Moore den Lehrstuhl für Philosophie innehatte, erzählte man, daß er eine Hütte bewohnt habe und darin nur einen einfachen Stuhl als Ausstattung duldete. So hat die Legende sein Leben abgelöst noch zur Zeit, als er lebte, eine Legende von freiwilliger Entbehrung, vom Versuch eines heiligmäßigen Lebens, vom Versuch, dem Satz zu gehorchen, der den ›*Tractatus*‹ beschließt: »Wovon man nicht sprechen kann, darüber muß man schweigen.« Und es war – um es vorwegzunehmen – der Versuch, die Philosophie schweigend zu vollziehen, ein absurder Versuch, wie es scheint, aber der einzig legitime für ihn, nachdem er alles Sagbare klar dargestellt hatte (wie er es von der Philosophie forderte), alles Denkbare, das das Undenkbare von innen begrenzt und so auf das Unsagbare deutet.

Dem Namen Wittgenstein begegnet man in der philosophischen Literatur durchwegs im Zusammenhang mit dem »Wiener Kreis«, der einzigen originalen Neuschöpfung der empiristischen Philosophie in der Gegenwart, der einst angefeindeten und gefürchteten »Vienna Dynasty« der logischen Positivisten, die, zu einem Teil wenigstens, von diesem eigenartigen Denker angeregt, eine neue Schule begründeten. Doch wäre es falsch, Wittgenstein – was fortwährend geschieht – mit dieser Schule zu identifizieren und neben seinem fundamentalen Beitrag zur symbolischen Logik und zu einer »mathesis universalis« (neu formuliert als »Einheitssystem der wissenschaftlichen Erkenntnis«) zu übersehen, was seinem Werk den höchsten Rang sichert. Nicht die klärenden, negativen Sätze, die die Philosophie auf eine logische Analyse der naturwissenschaftlichen Sprache beschränken und die Erforschung der Wirklichkeit an die naturwissenschaftlichen Spezialgebiete preisgeben, sondern seine verzweifelte Bemühung um das Unaussprechliche, die den ›*Tractatus*‹ mit einer Spannung auflädt, in der er sich selbst aufhebt – sein Scheitern also an der positiven Bestimmung der Philosophie, die bei den anderen Neopositivisten zur fruchtbaren Ignoranz wird –, ist ein erneutes, stets zu erneuerndes Mitdenken wert.

Als im Jahre 1929 der Wiener Arbeitskreis um Moritz Schlick mit der Broschüre ›*Der Wiener Kreis – Wissenschaftliche Weltauffassung*‹ an die Öffentlichkeit trat und mit seinem kühlen, sachlichen Programm eine Protestwelle in der deutschen Philosophie auslöste, lag Wittgensteins ›*Tractatus*‹ schon acht Jahre vor. Im selben Jahr erschien die zweite Auflage von Heideggers ›*Sein und Zeit*‹, die der Arbeitsgemeinschaft in ihrem Kampf gegen den von Deutschland, dem Land der Depression, aus um sich greifenden Irrationalismus Recht zu geben schien. In Wien, und dies war vonnöten, kam die erbitterte Gegnerschaft der Gruppe zum österreichischen Klerikalismus, etwa in Form der Doktrinen des Staatsphilosophen Othmar Spann, hinzu. Es braucht nicht verschwiegen zu werden, daß die Aggressivität, die scharfen Polemiken gegen alle metaphysischen Richtungen, vor allem von seiten Neuraths, manchmal zu engstirnig waren oder zum Selbstzweck wurden. Doch rechtfertigten die aus echter Leidenschaft nach Genauigkeit und Richtigkeit gewonnenen Erkenntnisse der meisten Mitarbeiter den Anspruch, den der Kreis als internationale Schule von hohem Niveau geltend machte.

Für die Entstehung des Neopositivismus war Wien ein günstiger Boden. Seit für Ernst Mach Ende des neunzehnten Jahrhunderts an der Wiener Universität eine Lehrkanzel für »Philosophie der induktiven Wissenschaften« errichtet worden war, gab es in Österreich eine langjährige Tradition empiristischer Wissenschaft, die sich nahezu ausschließlich mit den Grundlagenproblemen der Naturwissenschaften beschäftigte. 1922 wurde Moritz Schlick auf diesen Lehrstuhl berufen; er hatte bei Planck studiert und stand mit Einstein und Hilbert in persönlichem Verkehr. Ähnlich seinen Vorgängern Boltzmann und Mach kam er also von der Physik her zur Philosophie, doch hatte er ihnen eine eingehende Kenntnis der Philosophie voraus. Um ihn bildete sich bald ein Kreis von Schülern und philosophisch interessierten Gelehrten: Rudolf Carnap, der puristische Logistiker, und die berühmten Mathematiker Menger und Hahn zählten zu ihnen. Schlick war überdies der einzige Gelehrte der Arbeitsgemeinschaft, den Wittgenstein hin und wieder bei sich sah und am stärksten beeinflußte. Die Stellung des Kreises Wittgenstein gegenüber war jedoch nicht einhellig. Es konnte nicht übersehen werden, daß der führende positivistische Logistiker, der dem

Durchschnittsdenken das Recht auf jedes »Rätsel« absprach, von einem mystischen Erlebnis des Unsagbaren erschüttert, seine Skepsis nur gegen dessen Gewicht hielt. Der »unio mystica« des Forschers, der die unsagbare Gegenwart des Realen in wenigen Augenblicken der Gnade empfindet, galten auch die letzten Worte Schlicks, dessen Ermordung im Jahre 1934 für den Kreis einen unersetzlichen Verlust bedeutete. Nach seinem Tod wurde ein immer strengerer, »physikalistischer« Kurs eingeschlagen, und Carnap und Neurath verbanden sich zu einer Absage an Schlicks und Wittgensteins »Urerlebnisse«.

Die Hauptthesen des Neopositivismus finden wir im ›*Tractatus logico-philosophicus*‹ vorgebildet, der, formal gesehen, eine Kuriosität ist. Er besteht aus losen, brillant geschriebenen, numerierten Aphorismen und beginnt mit dem lapidaren Satz: »Die Welt ist alles, was der Fall ist« (1). Wittgenstein geht von der Grundthese Bertrand Russells aus, wonach die Welt sich aus voneinander völlig unabhängigen Tatsachen zusammensetzt. Über die Gesamtheit der Tatsachen hinaus, in die sie zerfällt, ist sie nichts. Als Abbild dieser voneinander unabhängigen Tatsachen muß unsere Erkenntnis immer vereinzelt sein. Nun bilden wir aber allgemeine Sätze, die dies zu widerlegen scheinen. Etwa: »Alle Menschen sind sterblich.« Doch die Wahrheit einer solchen allgemeinen Aussage, auf deren Zuverlässigkeit wir uns stützen, wird bestimmt durch die Wahrheit etwa der Einzelaussagen »Peter ist sterblich« und »Hans ist sterblich«, wobei das verbindende »und« die Funktion hat, die Wahrheit des allgemeinen Satzes zu gewährleisten. Ein neuer Sinn, eine neue, allgemeine Wahrheit, über die Wahrheit der Einzelaussagen hinaus, entsteht jedoch bei einem allgemeinen Satz nicht.

Dieses harmlose Beispiel aus der Logik hat nun weniger harmlose Folgen. Denn es demonstriert, daß die Logik –

dies ist wörtlich und banal zu verstehen – gar nichts besagt. Sie hat – um mit Wittgenstein zu sprechen – rein tautologischen Charakter. Somit kann die Logik die Wirklichkeit nicht erforschen und nichts über sie lehren. Da die Philosophie nun als logische Analyse der Sprache definiert wird, kann auch sie nichts über die Wirklichkeit aussagen; sie ist nur eine Tätigkeit und übt eine Art Kontrolle aus.

Ihr analytisches Werkzeug, die Logik, erfuhr schon gegen Ende des vergangenen Jahrhunderts eine tiefgreifende Umgestaltung durch die Verwendung von Symbolen nach Analogie der Mathematik. Russell und Whitehead hatten in ihren ›*Principia mathematica*‹ gezeigt, daß die mathematischen Grundbegriffe (die natürlichen und erweiterten Zahlen, die Begriffe der Analysis und der Mengenlehre) mit logischen Grundbegriffen, aufgrund logischer Grundsätze, konstituiert werden können, wenn man zwei neue Axiome – das Unendlichkeits- und das Auswahl-Axiom – hinzunimmt. Die Mathematik war als Zweig der Logik entdeckt. »Die Logik der Welt, die die Sätze der Logik in den Tautologien zeigen, zeigt die Mathematik in den Gleichungen« (6.22), formuliert Wittgenstein. Verstehen wir es richtig: Wie die Zahlen in der Mathematik nicht Gegenstände unserer Erfahrungswelt bedeuten und die Geometrie nicht den wirklichen Raum beschreibt, so beschreiben die Symbole der Logik nicht die Gegenstände und deren Beziehungen. Wir ordnen sie, wenn wir denken, ihnen nur zu.

Der Neopositivismus nimmt also einerseits am Empirismus, anderseits an Kant eine empfindliche Korrektur vor: Die Gesetze der Logik sind zwar a priori, aber ihre Aussagen sind zugleich leer und nichtssagend; das heißt also, daß auch Kants These, sie seien synthetisch, unhaltbar ist. Die einzigen Sätze, die sinnvoll sind und etwas besagen, sind Erfahrungssätze – Sätze also, die sich auf die Sachverhalte der Wirklichkeit beziehen. Diese Sätze treten in den empirischen Einzelwissenschaften auf. Spezifisch philosophische Sätze aber, wie sie die Metaphysik aufstellt, müssen, da sie der empirischen Wissenschaft und ihren Methoden unzugänglich sind und dennoch mehr sein wollen als Tautologien, als Scheinsätze bezeichnet werden.

Wie im Wiener Kreis Scheinsätze »entlarvt« wurden, soll an der Heidegger-Kritik von Rudolf Carnap gezeigt werden.

In seinem Aufsatz ›*Überwindung der Metaphysik durch logische Analyse der Sprache*‹[2] gibt Carnap einige Proben aus Martin Heideggers Schrift ›*Was ist Metaphysik*‹[3], um zu zeigen, daß derartige Satzbildungen auf einer Verletzung der logischen Syntax beruhen. »Erforscht werden soll das Seiende nur und sonst nichts; das Seiende allein und weiter – nichts; das Seiende einzig und darüber hinaus – nichts. Wie steht es um dieses Nichts? – Gibt es das Nichts nur, weil es das Nicht, das heißt die Verneinung, gibt? Oder liegt es umgekehrt? Gibt es die Verneinung und das Nicht nur, weil es das Nichts gibt? – Wir behaupten: Das Nichts ist ursprünglicher als das Nicht und die Verneinung. – Wo suchen wir das Nichts? Wie finden wir das Nichts? – Wir kennen das Nichts. – Die Angst offenbart das Nichts. – Wovor und warum wir uns ängsteten, war ›eigentlich‹ – nichts. In der Tat: das Nichts selbst – als solches – war da. – Wie steht es um das Nichts? – Das Nichts selbst nichtet.«

Carnap versucht nun, in einem Schema die einzelnen sinnlosen Bildungen herauszustellen, indem er ihnen unter ›I‹ Sätze in grammatischer Analogie zur Seite gibt und unter ›III‹ die Schreibweise der Logistik beifügt:

I. Sinnvolle Sätze der üblichen Sprache	II. Entstehung von Sinnlosem aus Sinnvollem in der üblichen Sprache	III. Logisch korrekte Sprache
A. Was ist draußen? dr (?) Draußen ist Regen. dr (Re)	A. Was ist draußen? dr (?) Draußen ist nichts. dr (Ni)	A. Es gibt nicht (existiert nicht, ist nicht vorhanden) etwas, das draußen ist. $\sim(\exists x) \cdot dr(x)$
B. Wie steht es um diesen Regen (d. h.: was läßt sich über diesen Regen sonst noch aussagen)? ? (Re)	B. »Wie steht es um dieses Nichts?« ? (Ni)	B. Alle diese Formen können überhaupt nicht gebildet werden.
1. Wir kennen den Regen. k (Re)	1. »Wir suchen das Nichts«, »Wir finden das Nichts«, »Wir kennen das Nichts«, k (Ni)	
2. Der Regen regnet. re (Re)	2. »Das Nichts nichtet«. ni (Ni)	
	3. »Es gibt das Nichts nur, weil . . .« ex (Ni)	

Carnap argumentiert nun: Schon die Satzform II A als Frage und Antwort entspricht nicht den Forderungen, die an eine logisch korrekte Sprache zu stellen sind, aber sie ist noch sinnvoll, weil man sie in die logisch korrekte Sprache

übersetzen kann (III A). Ihre Unzweckmäßigkeit zeigt sich aber, wenn wir zu den Sätzen II B weitergehen, die sich in der logisch korrekten Sprache überhaupt nicht bilden lassen. Denn in II B 1 wird das Wort »nichts«, mit dem man in der üblichen Sprache einen negativen Existenzialsatz formulierte, als Gegenstandsname verwendet. Im Satz II B 2 kommt das bedeutungslose Wort »nichten« hinzu und macht diesen Satz doppelt sinnlos. Der Satz II B 3, der als einziger Satz nicht in grammatischer Analogie zu I B steht, stimmt mit den vorhergehenden Sätzen in dem Fehler überein, das Wort »nichts« als Gegenstandsnamen zu benutzen, und selbst wenn es zulässig wäre, »nichts« zur Kennzeichnung eines Gegenstandes einzuführen, enthielte er einen Widerspruch, weil in demselben Satz diesem Gegenstand wieder die Existenz zugeschrieben wird, die ihm in seiner Definition abgesprochen wurde.
Dieser Argumentation freilich – dessen ist Carnap sich bewußt – entzieht Heidegger sich. »Im Wirbel eines ursprünglicheren Fragens« glaubt er die Idee der Logik sich auflösen zu sehen und fühlt sich ihr darum nicht mehr verpflichtet. Aber der Neopositivist muß daran festhalten, daß eine zweite größere, »wahre« Wirklichkeit, in der auch das »Nichts« beheimatet sein soll, nur behauptet werden kann; doch von vornherein ist gewiß, daß sie sich nicht verifizieren lassen wird.
Wittgenstein geht somit von der Erforschung der Logik aus, die gleichbedeutend mit der Erforschung aller Gesetzmäßigkeit ist: »Und außerhalb der Logik ist alles Zufall« (6.3). Die Gesetzmäßigkeiten, die erforscht werden, sind aber keine Erklärung. »Der ganzen modernen Weltanschauung liegt die Täuschung zugrunde, daß die sogenannten Naturgesetze die Erklärungen der Naturerscheinungen seien« (6.371). Geschieht doch in der Welt alles, wie es geschieht, und ist doch alles, wie es eben ist: »Nicht *wie* die Welt ist, ist das Mystische, sondern *daß* sie

ist« (6.44)[4]. »Sinn«, der aus einer Erklärung kommen müßte, ist nicht in der Welt.

Von der Welt als der Gesamtheit aller Tatsachen machen wir uns Bilder, die wiederum den Tatsachen zuzurechnen sind. Zwischen dem Bild nun und der Wirklichkeit, die es abbildet, ist etwas Gemeinsames, das die Abbildung ermöglicht: die Form (räumliche Form bei Abbildung von Räumlichem, farbige Form bei Abbildung von Farbigem und so weiter). Zudem ist jede Form, unter allen Umständen, logische Form, und jedes Bild ist daher auch ein logisches Bild. »Das logische Bild kann die Welt abbilden« (2.19). Mit anderen Worten: Da das logische Bild der Gedanke ist, ist alles, was denkbar ist, auch möglich, und da die Sprache die Gesamtheit der Sätze ist, muß Philosophie notwendig Sprachkritik – logische Analyse der Sprache – sein. Denn: »Die Gesamtheit der wahren Sätze ist die gesamte Naturwissenschaft« (4.11). »Die Philosophie ist keine der Naturwissenschaften« (4.111). »Das Resultat der Philosophie sind nicht ›philosophische Sätze‹, sondern das Klarwerden von Sätzen« (4.112).

Von der klaren Darstellung des Sagbaren ausgehend, verweist Wittgenstein unvermutet darauf, daß die Philosophie damit das Unsagbare bedeute. Was ist nun dieses Unsagbare? Zuerst begegnet es uns als Unmöglichkeit, die logische Form selbst darzustellen. Diese zeigt sich. Sie spiegelt sich im Satz. Der Satz weist sie auf. Was sich zeigt, kann nicht gesagt werden; es ist das Mystische. Hier erfährt die Logik ihre Grenze, und da sie die Welt erfüllt, da die Welt in die Struktur der logischen Form eintritt, ist ihre Grenze die Grenze unserer Welt. So verstehen wir den Satz: »*Die Grenzen meiner Sprache* bedeuten die Grenzen meiner Welt« (5.6).

Diesseits der »Grenzen« stehen wir, denken wir, sprechen wir. Das Gefühl der Welt als begrenztes Ganzes entsteht, weil wir selbst, als metaphysisches Subjekt, nicht mehr Teil der Welt, sondern »Grenze« sind. Der Weg über die Grenze ist uns jedoch verstellt. Es ist uns nicht möglich, uns außerhalb der Welt aufzustellen und Sätze über die Sätze der Welt zu sagen. Darum kann es auch keinen Wert geben – »und wenn es ihn gäbe, so hätte er keinen Wert« (6.41). Es kann keine Sätze der Ethik geben, da ein Satz nichts Höheres ausdrücken kann. Es kann auch der Wille nicht Träger des Ethischen sein, denn die Welt ist unabhängig von unserem Willen. Nichts, was die Sprache auszudrücken vermag – also die Tatsachen der Welt –, ist durch den Willen veränderbar. Veränderbar sind nur die Grenzen der Welt, und darüber müssen wir schweigen. Keine der Fragen, die wir an die Philosophie zu richten gewohnt sind, kann sie uns also beantworten. Mit der Frage nach dem »Sinn von Sein« werden wir auf uns selbst verwiesen.

Die Bewegung, die hinter diesem Philosophieren steht, das nicht zur Lösung unserer Lebensprobleme beitragen kann, das in seiner Leidenschaft nach der ganzen Wahrheit nur die dürre, formelhafte, »ewige« Wahrheit der Logik zu bieten hat – Sätze, die wir überwinden müssen, um die Welt richtig zu sehen –, ist die gleiche, von der Baudelaire in seinem Gedicht ›*Le gouffre*‹ spricht. Wie Pascal bewegt sich Wittgenstein in und mit seinem Abgrund; von allen Grenzen strömt, was er nicht nennen darf, auf ihn ein und setzt ihn dem »drame cardinal« aus. »Ah, jamais sortir des nombres et des êtres!«

Im Wiener Kreis hat man sich allerdings darauf beschränkt, sich an das augenfällige Motto des ›*Tractatus*‹ zu halten: » . . . und alles, was man weiß, nicht bloß rauschen und brausen gehört hat, läßt sich in drei Worten sagen.«[5]

Die logische Analyse der Sprache wurde vervollkommnet, einem »Einheitssystem der wissenschaftlichen Erkenntnis« vorgearbeitet, einer Universalsprache, wie sie schon Leibniz anstrebte, in die alle wissenschaftlichen Teilsprachen übersetzbar sein sollen. Durch eine enge Zusammenarbeit mit der modernen Mathematik und Physik wurde eine Lücke im philosophischen Denken unserer Zeit geschlossen. Auf glänzenden internationalen Kongressen konnte die Wiener Schule ihren Einfluß auf die angelsächsischen und skandinavischen Länder ausdehnen. Deutschland, Frankreich und Italien standen dem Neopositivismus jedoch immer ablehnend gegenüber. In Wien selbst ist es um den Wiener Kreis still geworden. Zwischen 1933 und 1939 wurden seine hervorragendsten Vertreter an ausländische Universitäten berufen; einige gingen in die Emigration, andere wurden Opfer des Nationalsozialismus. Das Publikationsorgan des Kreises, die ›*Erkenntnis*‹, wurde als »zersetzend« verboten und mußte in England durch das ›*Journal of Unified Science*‹ ersetzt werden. Wohin eine Entwicklung der Ideen unter günstigeren Umständen geführt hätte, läßt sich freilich schwer sagen. Die logistische Spezialliteratur, die uns heute von den ehemaligen Angehörigen der Arbeitsgemeinschaft erreicht – Rudolf Carnap, v. Mises, Popper und Reichenbach führen mit verwandten Denkern in den Vereinigten Staaten und England die Arbeit weiter –, läßt erkennen, daß die große Zeit des Neopositivismus vorbei ist, daß man sich in der Behandlung von Details erschöpft.

Aber die Zeit für die Entdeckung Wittgensteins dürfte gekommen sein. Aus England erfahren wir, daß eben ein zweites, bisher unbekanntes Werk, ›*Philosophische Untersuchungen*‹, erschienen ist; auch von der Existenz eines ›*Blaubuches*‹, das Wittgenstein erst nach seinem Tod veröffentlicht wissen wollte, weiß man zu berichten.

Ob er sein Schweigen aufgehoben und den Schritt zu einem Bekenntnis getan hat, ist ungewiß und wenig wahrscheinlich. »Gott offenbart sich nicht *in* der Welt« (6.432) ist einer der bittersten Sätze des ›*Tractatus*‹. Aber läßt Wittgenstein uns nicht wissen, daß die sittliche Form, die wie die logische nicht darstellbar ist, sich zeigt und Wirklichkeit ist? »Wovon man nicht sprechen kann, darüber muß man schweigen«, sagt er am Ende und meint eben diese Wirklichkeit, von der wir uns kein Bild machen können und dürfen. Oder folgerte er auch, daß wir mit unserer Sprache verspielt haben, weil sie kein Wort enthält, auf das es ankommt?

Ins tausendjährige Reich

Um möglichen Irrtümern zuvorzukommen, versuchte Musil in dem Entwurf zu einer ›*Selbstanzeige*‹, sein Buch zu definieren.

»Es ist nicht der seit Menschengedenken erwartete große österreichische Roman, obwohl . . .

Es ist keine Zeitschilderung, in der sich Herr . . . erkennt, wie er leibt und lebt . . .

Es ist kein Bekenntnis, sondern eine Satire . . .

Es ist keine Satire, sondern eine positive Konstruktion.«

Wenn ein Autor verspricht, mit seinem Werk eine positive Konstruktion zu liefern, liefert er sich nicht nur einer Prüfung seiner dichterischen, sondern auch seiner geistigen Kapazität aus. In das Abgangszeugnis, mit dem Musil die deutsche Literatur verlassen wollte, schlug er einmal vor, einzutragen: »Betragen ungewöhnlich, Begabung zart, wenn auch zu Ausschreitungen neigend«, aber eines Tages bemerkte die Kritik unter anderem, daß sein Roman der größte geschichtsphilosophische Versuch und der schonungsloseste Roman der Weltanschauungskritik seit Voltaires ›*Candide*‹ sei. So ist Musil einige Gerechtigkeit widerfahren; denn er wollte sehr viel mehr als einen Roman schreiben, mehr als die Geschichte vom untergehenden Kakanien erzählen und mehr als an den abgewirtschafteten Ideen der Zeit Kritik üben.

Aber er wollte nicht – was ihm zuweilen vorgeworfen wird – seine Kompetenz überschreiten. Immer war ihm bewußt: »Der Dichter kann und soll nicht bis zum philosophischen System vordringen.«

Er ging nicht »aufs Ganze«, sondern gab Vor- und Richtbilder, Partiallösungen, nicht *die* Lösung. Aber er wollte sich nicht nur über die Wirklichkeit verständigen, sondern die Möglichkeit miteinbeziehen oder, wie sein Held Ulrich sich einmal ausdrückt, »den offenen Horizont hereinnehmen, von dem aus das Leben dem Geist angepaßt wird«.

Der Held Ulrich, ein junger Mathematiker, der ein exaktes naturwissenschaftliches Denktraining hinter sich hat, ist schon als »Mann ohne Eigenschaften« konzipiert, als ein Held also, dem die Voraussetzung zu handeln und die Tauglichkeit, einen geläufigen Romankonflikt auszutragen, fehlen.
Ein Konflikt ist immer ein moralischer Konflikt, und Ulrich, von dem wir hören, daß er zu den »moralisch schwachsinnigen« Dekadents gehört, könnte uns nicht beschäftigen, wenn der Autor ihm nicht ein Abenteuer zugedacht hätte, das als Abenteuer eines Helden vollkommen neu ist. Er läßt den Wunsch in ihm erwachen, das Denken und Handeln wieder zu aktivieren, anstatt »mit den Wölfen zu heulen«. Diesem etwas theoretisch anmutenden Unternehmen geht die Überlegung voraus, daß die Reaktivierung nur aus einer neuen Moral, und da die Wurzel der Moral der Glaube ist, nur aus einem neuen Glauben kommen kann. Der Mann ohne Eigenschaften macht sich nicht auf schmerzliche Suche nach dem verlorenen Glauben und der verlorenen Moral, sondern experimentiert mutig, und, wenn es sein muß, mit der gebotenen Vorsicht, an der Entfesselung geistiger Atomenergie und macht Kräfte frei, die er und seine Zeit noch nicht nützen können.

Ulrichs Konflikt liegt vor allen Konflikten. Es geht ihm um die »Moral« der Moral, weil unsere Moral sich in einem um Jahrhunderte verspäteten Denkzustand befindet. Die moralischen Werte, an denen sich unsere Gesellschaft orientiert, erkennt Ulrich als Funktionsbegriffe: Die gleiche Handlung kann gut oder böse sein, und im Endeffekt zeigt sich als einziges Charakteristikum der europäischen Moral, daß sich ihre Gebote hilflos widersprechen. (Am Fall des Prostituiertenmörders Moosbrugger erleben wir das dissonante Zusammenspiel von Gerichtsmedizin, Justiz und Seelsorge.)

Der Weg des Denkens, den Ulrich einschlägt, fällt mit dem Weg der Liebe zusammen. Was von Ulrich und seiner Schwester Agathe, in der er die schattenhafte Verdopplung seiner selbst zu finden glaubt, erzählt wird, ist nicht eine Liebesgeschichte, sondern »die letzte Liebesgeschichte«, weniger als ein Versuch des Anarchismus in der Liebe als ein Versuch, die Leidenschaft mit dem Grund aller Leidenschaft eins werden zu lassen, der einmal Gottesleidenschaft genannt wurde. Ulrich und Agathe geraten, ohne fromm zu sein, auf einen Weg, der mit dem der »Gottergriffenen« vieles gemeinsam hat. Sie beschäftigen sich mit den Zeugnissen großer Mystiker, um dahinterzukommen, wie Bewußtsein und Welt entgrenzt werden können, und sie erreichen für eine kurze Zeit den »anderen Zustand«, in dem sie moralisch in einen »Uratomzustand« aufgelöst werden.
Alle Gedanken Ulrichs kreisen um die Frage: Was läßt sich überhaupt glauben? Mystik als beständige Gottergriffenheit erscheint ihm »liederlich«; er bildet den Begriff einer »taghellen Mystik« – als Möglichkeit einer vorübergehenden Abweichung von der gewohnten Ordnung des Erlebens. Diese Abweichung in eine direkte Wendung zu Gott überzuführen, widerstrebt ihm. Als Wissenschaftler weiß er, daß sie das Erkennen nicht fördern kann. Jede Wendung, wenn sie fruchtbar sein will, muß auf das »Ahnen ›nach‹ bestem Wissen« geschehen. Alles andere, »das sei nur wie die Wachsflügel des Ikaros, die in der Höhe zerschmelzen, rief er aus; wolle man nicht bloß im Traum fliegen, dann müsse man es auf Metallflügeln erlernen«.

Der Rückgriff des Manns ohne Eigenschaften auf die Idee vom tausendjährigen Reich, sein Verlangen nach dem »anderen Zustand«, der »unio mystica«, ist weniger befremdend, wenn man sie mit Musil als eine mögliche Utopie begreift und die Utopie nicht als Ziel, sondern als Richtung vor Augen hat. Musils Denken ist ziel-feindlich, beweglich, es rennt gegen die herrschenden Ordnungen an, in denen jedes Ding »ein erstarrter Einzelfall seiner Möglichkeiten« ist. Ja, jede Ordnung erscheint ihm absurd und wachsfigurenhaft, wenn man sie über ihre Zeit hinaus ernst nimmt und an ihr festhält. Er bevorzugt die Überlegung, daß die »Welt – als Ordnung – nur eine von x Versuchen sei und Gott vielleicht Teillösungen gebe, aus der die Welt immer wieder eine relative Totale bilde, der aber keine Lösung entspricht. Gott freilich ist zweifelhaft. Man muß sich der Ahnung überlassen.«

Diese Ahnung, in der sich das Movens des Geistes ständig wach und bereit hält, bleibt Ulrich, nachdem die Reise mit Agathe ins tausendjährige Reich mißglückt ist. Liebe als Verneinung, als Ausnahmezustand, kann nicht dauern. Das Außer-sich-sein, die Ekstase währen – wie der Glaube – nur eine Stunde. Zwar hat der »andere Zustand« aus der Gesellschaft in die absolute Freiheit geführt, doch Ulrich weiß nun, daß die Utopie dieses anderen Lebens für die Praxis des Lebens keine Vorschriften gibt und für ein Leben in der Gesellschaft durch die Utopie des gegebenen sozialen Zustands – Musil nennt sie die der »induktiven Gesinnung« – abgelöst werden muß. Beide Utopien aber erreichen, daß an die Stelle der geschlossenen Ideologien offene treten.

Nicht nur der Fall Kakanien hat gezeigt, daß das Denken in geschlossenen Ideologien direkt zum Krieg führt; und noch immer ist der permanente Glaubenskrieg aktuell.

Musils Richtbilder nun wollen uns zu nichts verführen, nur herausführen aus einem schablonenhaften und konventionellen Denken. Sie zwingen uns, nachzudenken, genau zu denken und mutig zu denken.

Welche Bedeutung hat daneben die Frage, ob dieser monströse »Roman« als gescheitert anzusehen ist oder nicht? Und wie werden wir ihm wirklich gerecht?

Musil sagt von Ulrich einmal melancholisch, er sei eine »verloren gegangene, wichtige Äußerung«.

Eine wichtige Äußerung – so könnte man das Buch nennen. Sie sollte nicht verlorengehen.

Was ich in Rom sah und hörte

In Rom sah ich, daß der Tiber nicht schön ist, aber unbekümmert um seine Kais, aus denen Ufer treten, an die keiner Hand legt. Die rostgebräunten Frachtschiffe benützt niemand, auch die Barken nicht. Sträucher und hohes Gras sind mit Schmutz beworfen, und auf den einsamen Balustraden schlafen in der Mittagshitze die Arbeiter regungslos. Noch nie hat sich einer umgedreht. Nie ist einer hinuntergestürzt. Sie schlafen, wo die Platanen ihnen einen Schatten aufschlagen, und ziehen sich den Himmel über den Kopf. Schön ist aber das Wasser des Flusses, schlammgrün oder blond – wie das Licht ihn strählt. Den Tiber soll man entlanggehen und nicht von den Brücken sehen, die als Wege zur Insel gedacht sind. Die Tiberina bewohnen die Noiantri – wir anderen. Das ist so zu verstehen, daß sie, die Insel der Kranken und Toten seit alter Zeit, von uns anderen mitbewohnt werden will, mitbefahren, denn sie ist auch ein Schiff und treibt ganz langsam im Wasser mit allen Beladenen, in einem Fluß, der sie nicht als Last empfindet.

In Rom sah ich, daß die Peterskirche kleiner erscheint als ihre Maße und doch zu groß ist. Es heißt, Gott wollte seine Kirche auf einem Felsen und fest stehen haben. Diese nun erhebt sich über dem Grab ihres Heiligen, das man freilegt. So ist's der Heilige selbst, der sie in Gefahr bringt und schwächt. Trotzdem treten die großen Feste noch laut auf, mit Balletten in Purpur unter Baldachinen, und in den Nischen ersetzt Gold das Wachs. Chiesa granne divozzione poca. Noch sorgen die Armen in ihrer Behutsamkeit dafür, daß die Kirche nicht fällt, und der sie gegründet hat, verläßt sich schon auf den Schritt der Engel.

In Rom sah ich, daß dem Palazzo Cenci, in dem die unglückliche Beatrice vor ihrer Hinrichtung lebte, viele Häuser gleichen. Die Preise sind hoch und die Spuren der Barbarei überall. Auf den Terrassen morschen die Oleanderkübel zugunsten der weißen und roten Blüten; die möchten fortfliegen, denn sie kommen gegen den Geruch von Unrat und Verwesung nicht auf, der die Vergangenheit lebendiger macht als Denkmäler.

In Rom sah ich im Ghetto, daß noch nicht aller Tage Abend ist. Aber am Tag des Versöhnungsfestes wird für ein Jahr jedem im voraus verziehen. Nah der Synagoge ist in einer Trattoria die Tafel gerichtet, und die kleinen rötlichen Mittelmeerfische kommen, mit Rosinen und Pignolien gewürzt, auf den Tisch. Die Alten erinnern sich ihrer Freunde, die mit Gold aufgewogen wurden; als sie losgekauft waren, fuhren trotzdem die Lastwagen vor, und sie kamen nicht wieder. Aber die Enkelkinder, zwei kleine Mädchen in brennend roten Röcken und ein dickes blondes Kind, tanzen zwischen den Tischen und lassen die Augen nicht von den Musikanten. »Spielt weiter!« ruft das dicke Kind und schwenkt seine Mütze. Seine Großmutter beginnt zu lächeln, und der die Geige spielt, ist ganz weiß geworden und setzt einen Takt lang aus.

Ich sah auf dem Campo de Fiori, daß Giordano Bruno noch immer verbrannt wird. Jeden Sonnabend, wenn um ihn herum die Buden abgerissen werden und nur mehr die Blumenfrauen zurückbleiben, wenn der Gestank von Fisch, Chlor und verfaultem Obst auf dem Platz verebbt, tragen die Männer den Abfall, der geblieben ist, nachdem alles verfeilscht wurde, vor seinen Augen zusammen und zünden den Haufen an. Wieder steigt Rauch auf, und die Flammen drehen sich in der Luft. Eine Frau schreit, und die anderen schreien mit. Weil die Flammen farblos sind in dem starken Licht, sieht man nicht, wie weit sie reichen und wonach sie schlagen. Aber der Mann auf dem Sockel weiß es und widerruft dennoch nicht.

In einer römischen Bar sah und zählte ich: eine Katze mit witzigen Ohren und einem fast nackten Gesicht, weißen Beinkleidern und einer honigfarbenen Weste aus einer besseren Zeit. Einen Kellner, der den Kaffee verschüttete und die Aperitifgläser überschwappen ließ. Einen kleinen Jungen mit vorgebundener Schürze, der die Tassen und Gläser wusch und nie vor Mitternacht zu Bett ging. Gäste, die kamen und gingen, und einen Gast, der immer wieder kam und von kleinen Schlucken Bitterkeit lebte.

In Rom habe ich die großen Villen gesehen, mit natürlichen Pinien und Zedern, auch Buchs, zu Phantasiegetier geschnitten. Auf dem Kapitol den Lorbeerbaum und das verräterische wilde Gras im Forum, und gehört habe ich, wenn das Gras über die verschlagenen Säulen und zerbrochenen Mauern in der Dämmerung herfiel, den Lärm der Stadt, täuschend fern und sanft das Gleiten der Autos.

Ich sah, wo Roms Straßen ausfallen, den triumphalen Himmel in die Stadt einziehen, der sich unter kein Tor bückte und über die sieben Hügel verbreitete, blau nach Raubzügen an den Küsten Siziliens und voll von den Inselfrüchten des Tyrrhenischen Meers, unverwundet nach Überfällen ins Brigantenland der Abruzzen und schwarz von Schwalbentrauben, über den Apennin gerettet. Ich sah den gelobten Himmel aus Hermelin und den armseligen Himmel aus Sackleinwand, und ich sah in seinen größten Momenten seine Hand gelassen den goldenen Schnitt über den Dächern ausführen.

Daß jeder sich sein Haus baut, wie es ihm gefällt, habe ich oft gesehen, und daß kein Plan besser eins ans andre fügt als Zufall und der Geschmack am Einzelnen. Aber kein Geschmack reicht aus, die Abstände zu schaffen, einsame Felder für Sonne und Schatten, und kein Zufall löst die Gleichung, in der die Schwere einer Mauer die Gewichtlo-

sigkeit eines Turms ausdrückt. In alter Leinwand stecken die Häuser; vertrocknet sind die Farben darauf. Erst wenn Licht in den porösen Stoff eindringt, erscheint die Farbe, die wir sehen; ein zu jeder Verwandlung fähiges Braun.
In Rom sah ich, daß alles einen Namen hat und man die Namen kennen muß. Selbst Dinge wollen gerufen werden. Der Ludovisische Thron ist nicht mit dem letzten Gekrönten gefallen. Säulen sind vom Tempel der Venus stehen geblieben – von diesem Tempel und keinem anderen. Der Kopf der heiligen Agnes ist geschrumpft, aber nicht zu dem einer Lederpuppe geworden. Nach vielen Päpsten wird dieser Papst in der Sänfte getragen, und der Segen gilt urbi et orbi. Die Geschlechter heißen: Corsini und Pignatelli, Ruspoli und Odescalchi, Farnese und Barberini, Aldobrandini . . . Sie heißen noch so, wenn in einem Campagnaschloß die Obdachlosen ihre Eisenbetten aufstellen und ihre Wasserbehälter auf den Sarkophagen stapeln. Der Letzte der Familie ist längst weggezogen. In der Stadt sind seine Zimmer mit schwarzem Brokat ausgeschlagen; auf einem schwarzen Flügel spielt er blaublütige Chansons. Wenn er seinen Namen hört, erschrickt er. Anders war das Tier, das nicht vom Fleisch nahm, sondern in seinem Fleisch die Nahrung für eine Geschichte erzeugte, der es voranging: die Wölfin.
Ich sah, daß wer »Rom« sagt, noch die Welt nennt und der Schlüssel der Kraft vier Buchstaben sind. S.P.Q.R. Wer die Formel hat, kann die Bücher zuschlagen. Er kann sie ablesen von dem Wappenschild der vorüberfahrenden Autobusse, von der Platte eines Kanaleinstiegs. Sie ist der Ausweis der Brunnen und der besteuerten Getränke; das Zeichen der einzigen Hoheit, die ohne Unterbrechung die Stadt regierte.
Auf dem Bahnhof Termini sah ich, daß in Rom die Abschiede leichter genommen werden als anderswo. Denn die fortfahren, lassen denen, die bleiben, einen Gepäckschein

auf Sehnsucht zurück. An den Bahnhof grenzt ja ein Rest der Diokletiansmauer, und gegen die neue schwebende Glaswand gestochen erscheinen drei Zypressen in einer unmißverständlichen Schrift. Das Klassische ist das Einfachste, und alte und neue Texte vertreten es gleich gut.
Wer ein Geldstück in die Fontana di Trevi wirft, um wiederzukommen, fürchtet, es könnte nicht angenommen werden. Aber er kann getrost sein. Nachts setzt sich ein Junge auf den Brunnenrand und pfeift, lockt die andern hervor. Wenn alle sich versammelt haben, legt der Junge die Kleider ab und steigt lässig ins Wasser. Mond belichtet die Szene, während er sich fröstelnd bückt und die Münzen einsammelt. Am Ende pfeift er wieder, und in seinen Händen verschmelzen alle Währungen zu Silber. Die Beute ist unteilbar unter dem Mond, denn der Junge hat das Aussehen eines Gottes gegenüber den andern, die ihre Gestalten billigen Anzügen verdanken.
Schwer zu sehen ist, was unter der Erde liegt: Wasserstätten und Todesstätten. Treppen führen hinunter zu Zisternen, die der Wind ausgetrunken hat, zu Brunnenhäusern, von Kragstein überwölbt und in weichen Tuff gehöhlt, zu Blutstropfen, die Quellen auslösten. Die Wege senken sich in die Katakomben. Ein Zündholz wird angeritzt. Seine Flamme dehnt sich nach den Sinnbildern. Für einen Augenblick erscheinen: Fisch, Pfau und Taube, Anker und Kreuz, Speise und Trank. Das Zündholz erlischt rasch, und die vor dir gehen, drängen nach oben. In der Kurve bleibt einer stehen und fragt: Woher weht der Wind?
Wenn mir Hören und Sehen verging in Rom, kam der Schirokko und hatte über den Adlerwind aus den Bergen gewonnen. Die Sonne trug dann ein Hemd und leuchtete in falschem Licht. Es ist die Zeit, in der die Unglücke zunehmen und ein liebloses Wort leicht gesprochen wird. Denn der warme Wind greift zurück auf die Wüste. Manchmal läßt er's wissen, streut roten Sand über die er-

schlaffte Stadt und haucht sie an, daß sie besinnungslos wird. Wenn der Schirokko geht, tut er's heimlich und mitten in der Nacht, während wir vergeßlich schlafen. Aber morgens, gegen drei, fällt Tau. Wer da wach liegen und seine Lippen feuchten könnte!

In Rom habe ich in der Früh vom Protestantischen Friedhof zum Testaccio hinübergesehen und meinen Kummer dazugeworfen. Wer sich abmüht, die Erde aufzukratzen, findet den der andern darunter. Für den Friedhof, der an der Aurelianischen Mauer Schatten sucht, sind die Scherben auf dem Testaccio nicht gezählt, aber gering. Er hält sich eine große Wolke wie eine Muschel ans Ohr und hört nur mehr einen Ton. In den sind eingegangen: »One whose name was writ in water«, und neben Keats Versen eine Handvoll Verse von Shelley. Von Humboldts kleinem Sohn, der am Sumpffieber starb, kein Wort. Und von August von Goethe auch kein Wort. Von den stummen Malern Karstens und Marées sind einige Linien geblieben, ein Farbfleck, ein wissendes Blau. Von den anderen Stummen wußte man nie etwas.

In Rom freilich habe ich gehört, daß mancher das Brot hat, aber nicht die Zähne, und daß die Fliegen auf die mageren Pferde gehen. Daß dem einen viel und dem anderen nichts geschenkt ist; daß, wer zuviel zieht, zerreißt und nur eine feste Säule das Haus hundert Jahre aufrecht hält. Ich hörte, daß es in der Welt mehr Zeit als Verstand gibt, aber daß uns die Augen zum Sehen gegeben sind.

Die blinden Passagiere

Auf allen Flugplätzen sind feine Musiken aus Spieldosen zu hören, auch Kuckucksuhren und die schadhaften Töne aus den Kassetten, auf denen sich winzige Puppen, die aus dem Takt gekommen sind, ruckartig im Kreis bewegen. Auf allen Flugplätzen gibt es einen Bazar mit exzentrischen Schals, Ohrringe, an denen Elefanten hängen, und Broschen, in die Buddhas ziseliert sind; aber das merkt man erst, wenn man mehrere Flughäfen kennt und viel Zeit in den Wartesälen zugebracht hat. Nur das Spieldosenlied geht gleich ins Ohr. Es folgt dem Passagier, der über das Flugfeld auf seine Maschine zugeht, und es kommt ihm, wenn er den Clipper auf dem nächsten Flugplatz verläßt, eine ähnliche Melodie entgegen, die ihn glauben macht, er habe die erste behalten.

Als ich zum erstenmal fliegen sollte, ließ ich alle meine Freunde zu Hause, obwohl ich ihnen gern gewunken hätte. Es war an einem morgendlichen Tag, an dem man Augen für alles hat. Ich stieg auf die Terrasse des Fluggebäudes und suchte mir eine schneeweiße Maschine aus, mit frischgewaschenen Flügeln und roten Kennzeichen drauf, und ich hätte sie gegen keine andere eintauschen mögen. Die Luft war champagnerfarben, und der Knall, mit dem der Pfropfen Nacht hinaufgesprungen war, hing noch in der Stille. Ich fuhr mit meiner Hand durch das prickelnde Element und ich hätte die Maschine – wäre sie nicht so weit draußen gestanden – in meiner Freude besprengt und ihr einen Namen gegeben.

Die Flughäfen liegen außerhalb der Städte, wo es viel Luft gibt, immer Wind geht und niemand im Wege ist. Sie sind die Knoten in einem Verkehrsnetz, das die Welt nicht be-

rührt. Von den Menschen, die Flugplätze beleben, gehören nicht wenige zum Personal, über das man alles Wissenswerte in Fachbüchern nachlesen sollte. Denn man kommt nicht in Berührung mit den tapferen Piloten, den verläßlichen Co-Piloten, Anfluglotsen und Kontrollbeamten, und die Zurückhaltung der schönen Stewardessen ist sprichwörtlich. In der Überzahl sind jedoch die Passagiere auf den Flughäfen, die stillsten und geduldigsten Reisenden, die es je gegeben hat. Trotzdem redet man ihnen in vielen Sprachen zu, und keiner läßt verlauten, daß er die Fahrpläne gelesen und sich mit der Abfahrtszeit abgefunden hat.
Auf meine Weise war ich auch still, und meine Geduld kam nicht von ungefähr. Ich hatte kein Gepäck mehr bei mir, als ich durch den Lautsprecher erfuhr, daß die beiden Damen, die neben mir an der Bar standen und einen Martini bestellt hatten, Miß Carter und Miß Herman waren. Sie wurden zum Zoll gerufen, und sie gingen ohne Zögern. Ihren Martini trank niemand. Der Barmann stellte ihn verstohlen unter die Theke; später schüttete er ihn in die Flasche zurück. Ich entdeckte die beiden Damen wieder, als ich angeschnallt in der Maschine saß. Sie hatten hinter mir Platz gefunden, tauchten ihre Köpfe in illustrierte Zeitungen und schienen keines Vergehens fähig.
Ehe die Passagiere auf das Flugfeld gehen, lassen sie wie ein Mann die Zigaretten fallen und zertreten sie. Sie stapfen durch den Wind hinter einer Stewardeß her, ziehen einer nach dem andern auf der letzten Stufe der Landungstreppe den Kopf ein und verschwinden in der Kabine. Drinnen machen sie einmal fest die Augen zu, um sich an das dämmrige Licht zu gewöhnen, und suchen rasch und unauffällig nach dem besten Platz. Dann nehmen sie die Zeit, die ihnen bleibt, wahr, um ihre Mäntel säuberlich auf einen Haken zu hängen, die Gurte über dem Bauch zu verschränken und ein Bonbon von dem Tablett zu nehmen, das herumgereicht wird.

Ich wußte nicht, welcher Platz der beste in einem Flugzeug sei. Ich ging nach vorn bis zur Tür, die zur Kanzel führt, weil man dort dem Piloten näher ist, und unsicher wieder zurück, weil die meisten Passagiere die hinteren Plätze einnahmen. Ich sank nieder, wo man durch das Fenster eine Tragfläche aus dem Rumpf wachsen sehen kann, aber ich fragte die Stewardeß doch, ob es ein guter Platz sei. Sie sagte sehr freundlich: »Beruhigen Sie sich. Es ist ein sehr guter Platz.«

Ein Flugzeug muß viel Kraft aufwenden, um von der Stelle zu kommen. Es strengt sich an, damit es leicht werden und schweben kann. Wenn es in die Startbahn einschwenkt und fährt, ist noch nicht alles getan. Es muß noch einmal stehenbleiben, eh es zum Absprung ansetzt. Die Motoren gehen schon schneller, die Maschine bebt und wird von einer Wildheit erfaßt, als wollte sie bersten, die mit silbernen Nägeln vernähten Teile absprengen, die Eingeweide unter Flammen ausspucken – als wollte sie sich selbst vernichten und an Ort und Stelle in die Erde oder zur Hölle fahren. Ein Flugzeug, das sich so weit vorgewagt hat, wird nicht mehr zu halten sein.

Ich saß und wartete, hingegeben an den Lärm, bis die Maschine wieder über die Piste zu laufen begann und eine Stimme mir sagte: Jetzt und jetzt und jetzt! Als die Stimme erstickte, verstummten die Motoren, und die Maschine verlor den Boden unter den Rädern. Denn sie war ein Zeug zum Fliegen und folgte ihrer Bestimmung. Ich hielt mich mit den Augen an einem Flügel fest, einem glänzenden Balken, der nichts stützte und von nichts gestützt wurde. Ich sah den ersten Weg unten, die ersten Bäume unten, ein Haus unten. Ich war oben, und ich dachte: Ich wüßte nicht! Ich wüßte nicht, warum ich jetzt nicht bald das Meer sehen sollte, ganz tief unten!

Wenn das Flugzeug sich überwunden hat, kehrt es in die Luft ein. Die Passagiere lesen oder versuchen zu schlafen.

Selten schaut einer zum Fenster hinaus, und wenn, dann tut er es mit einem Blick, der sagt: Ach, erst Blumenstraße ... Die Passagiere fliegen nicht; sie bewegen sich fort und machen es sich bequem, obwohl sie es sehr eilig haben. Sie blinzeln müde auf die Mahlzeiten, die man auf den kleinen Polstern auf ihren Knien abstellt, und halten das Besteck in schlaffen Händen. Immer ist einer dabei, dem ein Stück Fisch oder ein Hühnerbein an die Brust fliegt. Und immer hört einer zu essen auf und blickt verstört vor sich hin, weil ihm die Luft nicht bekommt, nach der ihn oft gehungert hat.
Das Positionsblatt wurde herumgereicht und blieb bei mir liegen, weil keiner es sehen wollte. Und doch stand darauf: Position Lugano, 220 kts, 225 mph, 410 km/h, 5050 Höhe, 13 h. Ich las es und verglich es: mit den Schluchten, die ich sah, mit dunklen Flüssen im Alpenschnee, mit Wolken, die meinen Blick verstellten auf einen Berg, der St. Gotthard heißt, einen anderen Berg mit einem Heiligennamen und alles, was Namen hat.
Die Zeit wird über den Räumen zusammengezogen. Zwei Häuser können eine Stunde weit voneinander entfernt sein, aber auch zwei Länder, ein Meer und ein anderes Meer. Nur die Abstände bleiben dieselben. Sonst müßte wohl ein rascher Schritt auf einen anderen Menschen zu mich ihm näherbringen. »Ich bin dir noch nie näher gewesen als in dieser Nacht, in einem Dorf, das ich weiß nicht wo liegt, während der Bursche die Gitarre schlug«, schrieb sie und seufzte, denn es war schon nicht mehr wahr und war vielleicht nie wahr gewesen. »Ich stand neben ihr und wollte meine Hand nach ihr ausstrecken, als sie mit einer Bewegung entrückte. Ich meinte, die Gletscher begännen zu wachsen, weil sie diese Bewegung machte, und sie atmete wahrhaftig Eisnadeln aus und warf ein Taschentuch voll Hagel aus ihrer Schürze«, schrieb er an einen Freund, und es war kein Wort wahr; sie war vor ihm gestanden,

und es war ihm etwas in den Sinn gekommen. Nichts weiter.

Ich hörte den Herrn, der neben mir saß, mit dem Kind auf der anderen Seite sprechen. Der Gang lief zwischen den beiden durch, aber der Herr griff jetzt mit der Hand hinüber, nach der Lehne des Sessels, in dem der Junge saß. Das Kind fragte: »Wie aber sah das Ding aus? Wie ein Vogel?« Der Herr, den ich für den Vater hielt, sagte: »Er band sich Wachsschwingen an die Schultern. Da mag er wohl wie ein Vogel ausgesehen haben.« Das Kind: »Oh! Wie ein Engel!« Der Vater: »Engel haben keine Wachsflügel.« Das Kind: »Er flog?« Der Vater: »Über das Meer.« Das Kind: »Und?« Der Vater: »Die Flügel schmolzen in der Sonne.« Pause. Der Vater: »Er wollte eben fliegen.« Das Kind: »Wie konnte er nur! Ein Herz ist kein Motor. Hast du schon ein Herz dröhnen gehört?« Der Vater: »Nein.« Pause. Der Vater, sich verbessernd: »Ja. Manchmal habe ich es dröhnen gehört.« Das Kind, mißtrauisch: »Wenn du geflogen bist?« Der Vater: »Ja.«

Es sieht nicht aus, als ob es rasch ginge, aber es geht rasch. Wollte einer aufschreiben, was er sieht, nähme es sich so aus: 14 h – die Wolken, denen wir entgegenfliegen, fliegen jetzt uns entgegen. Es sind reißende, scharfzüngige Wesen. Das Motorengeräusch schlägt einen schärferen Ton an. Aber wer kennt sich schon mit Geräuschen aus? 14 h 02 – das Wolkentreiben wird heftiger. Oben muß Sonne sein, denn es ist noch ein wenig hell, trotz allem. 14 h 05 – die Fahrbahn ist ein flaumiges Wolkenfeld, und über immer größere, reifere Wolken geht es weiter. Denn die Sonne – die feurigste, mitreißendste, die es je gegeben hat – hat ihren großen Auftritt gehabt. 14 h 08 – die Sonne ist verschwunden. Schwarzer Wind und graue Wolken, und unten Wolken, finstren Grimassen gleich. 14 h 12 – die Leuchtschriften erscheinen neben der Tür, die zur Kanzel führt. *Fasten your belts! No smoking!*

In der Sprache des Flugzeugs nimmt sich das anders aus. Es zieht über eine Luftstraße, und die Farben, das Hell und das Dunkel, kennt es nicht. Es hebt und senkt sich, verlagert sich, gehorcht dem Druck einer Taste, zeigt an und führt aus. Es ist eine Geste gegen ein Element, in dem niemand zu Hause ist. Gehört doch auch das Getier, das wir der Luft bestimmt glauben, zur Erde. Dort hat es seine Äste und Nester und dorthin kehrt es im Tod zurück. So läßt die Erde die Fliegenden nicht los, sie fordert sie heim, und die Fliegenden gehorchen ihr, lebendig oder tot. Aber sie dürfen Atem holen oben und die Sohlen auf die Wolken setzen, wenn ihnen die Luft unten zu knapp wird.

Auf dem nächsten Flugplatz bekam ich die Haare voll Schnee. Denn die Wetterschirme, die auf dem ersten sonnigen Flugplatz zu Dutzenden herumlagen, gab es hier nicht. Ich sah, daß Miß Carter und Miß Herman sich mit den Spieldosen eingelassen hatten, eine nach der anderen prüften und lächelnd lauschten; aber ehe sie mit dem Verkäufer handelseins geworden waren, mußten sie weiter. Vater und Sohn saßen am Nebentisch und blickten durch die flockenverschmierten Fenster. Das Kind griff sich in den Mund, zog einen Kaugummi zwischen den Zähnen hervor, einen langen, langen Faden, den es zurückschnellen lassen wollte; er wurde zu lang, verfing sich und blieb an einem Mantelknopf kleben.

Wenn man lange auf einen Anschluß wartet, vergißt man, woher man kommt und wohin man geht. Denn die Ausgänge sind verschlossen für die Durchreisenden, und nichts läßt darauf schließen, wo die Stadt, zu der der Hafen gehört, liegt. Die Quarantäne ist streng. Sie schließt auch Jahreszeiten aus. Es gibt warme und kalte Flughäfen, solche, auf denen es immer regnet, und ein paar Stunden weiter andere, von Palmen beschattet, von Sand und Salz bedeckt und von der Sonne verbrannt. Und es gibt die feine

Musik und die unmerkbare Verführung, die sie übt, wo die Welt ausbleibt.

Die alte Dame fixierte mich zwei- oder dreimal und wandte sich dann errötend an ihren Nachbarn, der fortwährend die Finger spreizte und schließlich die Nelke in seinem Knopfloch zu zerpflücken begann. »Es war atemberaubend«, sagte sie, »und eben hier. Wir hatten ein direktes Flugzeug, aber nach eineinhalb Stunden hörte ich das Geräusch – ein wirbliges, unüberhörbares, leises Geräusch. Natürlich kenne ich mich nicht aus mit Geräuschen, aber wir gingen hier nieder, und man bat uns, fünf Minuten zu warten.« Die Altdamenstimme vibrierte, und der Herr mit der Nelke nickte zerstreut. Später sprach er: »Es war die Rede von schweren Gewittern, die wir natürlich nicht sahen. Wir wurden in die Stadt gefahren, als Gäste der Fluggesellschaft. Wir waren ohnmächtig! Zwanzig Leute an vier Tischen, und man mußte alle Telegramme aufgeben, rasch essen und Noctal kaufen, mit dem man wirklich wundervoll schläft; allerdings war kein Platz zum Schlafen da, und ich war einfach fertig und kam einen ganzen Tag später an.« Die Altdamenaugen blickten spöttisch und suchten mein Einverständnis; die Spannung in ihnen war erloschen. Der Schnee trieb einer frühen Nacht zu, als die Sperre geöffnet wurde, und ich hatte wenig Hoffnung, einen guten Platz zu bekommen. Ich saß mitten unter den Passagieren im Abendblätterwald und wehrte mich gegen die erste Müdigkeit.

Wenn es dunkel ist, spürt man besser, daß die Luft Löcher hat. Das Flugzeug rutscht manchmal in sie hinein, und wer die Kraft hat, sich etwas vorzustellen von dem Draußen, tappt mit durch das Dunkel, mit der alten Kinderängstlichkeit, eine Treppe hinauf, von der man nicht weiß, wo sie endet. Man wird plötzlich auf der Stelle treten und dann erst das Gefühl haben, abzustürzen. Aber die Nacht streicht ruhig an die Fenster, und es gibt Notausgänge mit

Schnallen, die in festes Glas verpackt sind. Wenn einer es zerschlüge und in die Nacht hinausträte? Doch die Maschine fliegt über einer Tiefebene nur 2000 Meter hoch, und in dieser Höhe sind die Wolken noch verständnislos.
Der Co-Pilot kam von vorn und wandte sich flüsternd an die Stewardeß. Unsere Neugierde erwachte für einen Augenblick, denn wir wußten, daß er Maos hieß und sie Mlle. Baumann war. Beider Namen waren auf dem Positionsblatt gestanden. Ihr fiel das Paket Zigaretten, das sie ihm reichte, aus der Hand, und er bückte sich. Da glitt ihm aus dem Kragen eine dünne silberne Halskette mit einem Medaillon, um das er rasch die Hand schloß. Als sich die Kette in seiner Hand gesammelt hatte, steckte er sie zurück und ging, ohne rechts und links zu schauen, wieder in die Kanzel zurück.
Denn die Madonna von Loreto beschützt alle, die fliegen. Sie weiß, wie ihnen zumute ist. Haben doch die Engel ihr Haus aus Nazareth in die Luft entführt, übers Meer getragen und in einem Dorf in Illyrien niedergestellt, das sie nicht kannte. Kein Stein ging dabei verloren, und das Dach blieb heil. Nach drei Jahren kamen die Engel wieder, flogen das Haus noch einmal weiter und gingen damit in Loreto nieder. Dort steht es in einem kostbaren Hangar, aber wenn der Wind schärfer wird, kann eine Säule fallen und das Haus die Luft wiederkosten. Das Gesicht der Madonna von Loreto ist schwarz – ein nachttrunkenes Gesicht, das den Himmel berührt hat, wo er am dunkelsten ist.
Wenn die Maschine kerzengerade fliegt, scheint sie zu stehen. Es gibt ja keine Vergleichsmöglichkeiten, wenn unten nichts ist und oben etwas ohne sichtbaren Bezug. Erst wenn der Mond aufgegangen ist und sie begleitet, täuscht sie uns nicht länger. Fremd und schön, in seinem Licht, geht dann auch die Erde auf, uns erinnernd, daß sie ein Stern unter Sternen ist. Die nächste Täuschung kommt der Wahrheit nahe. Eine Tragfläche sinkt so stark, daß sie eine

runde Welt berührt. Man wird nur dieses eine und einzige Mal sehen, daß die Welt rund ist. Später wird man dem Flügel die Schuld geben.
Die Passagiere erinnern sich nicht. Sie fliegen für gutes Geld, und solang das Essen an Bord nicht ausgeht und das Benzinreservoir groß ist, gehen ihre Gedanken sicher in die Zukunft. Auch ist meistens ein Neger unter den Gästen oder ein ganz kleines Kind, das leise weint und von der Stewardeß in einer eigenen Koje hinten gepflegt wird. Sind in einem Flugzeug ein Neger und ein Kind, so wächst das Sicherheitsgefühl, und ein stärkendes Wohlwollen der Menschheit gegenüber breitet sich aus. Die Fluggesellschaften brauchen für Maskotten nicht zu sorgen.
In der Nacht erscheinen, näher und näher kommend, Lichter, die sich zu Ketten formieren. Als machte die Welt sich ein Fest daraus, die Abenteurer wieder aufzunehmen. Die Maschine muß zuletzt über Hürden aus roten Lichtern springen, und sie nimmt sie alle. Sie setzt auf, leicht und federnd, und nur ihre Propeller schlagen noch im Dunkeln um sich. Sie läuft, wie es ihr vorgeschrieben ist, von den Lichtgarben des Leuchtturms erfaßt, und hält auf ein Signal. Die Passagiere lockern die Gurte, schlüpfen stumm in ihre Mäntel und stecken die Zeitungen weg. Sich selbst überlassen, gehen sie über das Feld, erschöpft, aber wie Genesende, die eine Krankheit abschütteln im Wind. An der Sperre stehen ihre Angehörigen mit den Gesichtern von enttäuschten Hinterbliebenen – als bedauerten sie, daß der Flug gut war, und man wird ihnen noch oft erzählen müssen, daß es kein guter Flug war.
Als ich, ein paar Monate später, wieder fliegen mußte, wartete ich am Ausgang, weil mein Flug schon ausgerufen war. Ich hatte die Morgenzeitung aufgeschlagen, obwohl es beschwerlich war, im Stehen zu lesen. Aber es war besser, als nur zu stehen. Endlich wurde die Sperre geöffnet; ich ließ meine Zigarette fallen und zertrat sie. Ich schaute

auf und in das bestürzte Gesicht eines jungen Mannes, der neben mir stand. Aber er sah gleich wieder weg und hinaus auf das Flugfeld, mit weitgeöffneten Augen, und wenn er nicht schon zwanzig Jahre alt gewesen wäre und wenn nicht so viel andre vor und hinter ihm gegangen wären, hätte er jetzt seine Hände auf sein Herz gepreßt und in den Wind geschrien: Ich wüßte nicht! Ich wüßte nicht, warum ich nicht noch heute fliegen sollte!

Die wunderliche Musik

Vorbereitungen

In der Arena wird auf die Raubtiere gewartet, aber herein kommen Trompeten, von einer unsichtbaren Elefantenhorde hochgehalten, die bescheiden auf die hintersten Plätze geht. Die Palmen, die man in allen Gängen des Konzerthauses in die Kübel gezwängt hat, wollen ausbrechen, weil ein Geruch ihnen doch, was verborgen werden soll, verrät.

Viele Instrumente kommen aus den Wäldern; die Herkunft ist ihnen noch anzusehen an Haut, Darm und Holz. Die Schlagzeuge haben auf den Geröllhalden das Klingen gelernt, und das Blech ist in den Schmieden im Tönen und Schmettern unterwiesen worden. Aus einer rauhen, vorzeitlichen Gesellschaft sind sie mit der Zeit alle in die feinere des Publikums geraten.

Aber auch das Publikum ist einmal aus den Wäldern gekommen. Es klatscht in die Hände, erwartet den Bändiger der lauernden Zimbel und der vorpreschenden Pauken und gibt in Wahrheit den Auftakt zum Kampf. Es erinnert sich wieder: Musicam et circenses!

Die Musiker sind mit der Straßenbahn gekommen. Sie tragen einen Essigschwamm bei sich und pressen ihn, sooft sie sich unbemerkt glauben, auf die Stirn, die einen Abend lang feucht und heiß sein wird.

Im Theater am Abend zu spielen, ist schlimmer.

Jahrelang mit einem Instrument zurechtkommen wollen, ein Instrument gefügig machen und es dann in einen Raum hineintragen, der ein Grab tief unter dem Bretterboden liegt, auf dem, unter einem Vorwand, Sänger auftreten. Zu den Scheintoten gehören. Den Grabdeckel vorsichtig heben, um die Versammelten nicht zu früh zu erschrek-

ken. Nicht gleich ganz aus sich herausgehen. In der Hoffnung, Gehör zu finden, eine Vorbereitung wagen.
Die Instrumente stimmen.

Garderobe

An der Garderobe bringt das Publikum die Ohren in Ordnung und gibt das Gehör ab.

Zuhörer

Damen, die in Taft, und Damen, die in Brokat ausgestopft sind. Nackte Schultern, empfänglich für Musikkaskaden, von eifersüchtigen Bewundrern an Perlenketten gelegt, und unberührbare Schultern, von Schals verhüllt.
Die Herren mit erfrischten Gesichtern über zeremoniösen Anzügen. Schwarze wattierte Schultern, die ruhig die stärksten Orchesterstöße abzufangen vermögen.
Augengläser und Operngläser. Denn es soll hier etwas zu sehen geben.
Die Bereitschaft, einer Exekution mit sicherem Ausgang beizuwohnen, erwacht, wenn die Geiger den Violinhälsen die Schrauben ansetzen und die Saiten mit den Bögen anschleifen, bis sie zu winseln beginnen.
Der Jammer und das Wehklagen im Saal verwirren die Aufhorchenden; den Aufsehenden ist es eine Warnung, daß jede zweite Lampe an den Wänden erlischt.
Die Zuhörer zerstreuen sich, nehmen ihre Plätze ein und sammeln sich.
Wenn Ruhe eintritt, ist der Saal gleichmäßig von Köpfen gefurcht, und man kann in allen Reihen die Ohren der Zuhörer vor Neugierde wachsen sehen.

Ohren

Ohren: schön gewundene Schneckenhäuser, in die Melodien sich zurückziehen möchten; Rasthäuser für Liebesworte in dieser Stunde der Dämmerung zwischen sechs und acht.

Ohren: fortstrebende, in der Zugluft schwingende große Flügel, die wegfliegen wollen.

Ohren: mit gekräuselten Muschelrändern und eingebauten Verzerrern. Laß nichts vor ihnen verlauten!

Ohren: mit langen Lappen für Ringe, die baumeln und klingeln; Zuträger harmloser Musikstücke von kurzer Dauer.

Ohren: taube, Geräuschfriedhöfe mit einem Eingang nur im November – für eine Klage, wenn Eis klirrt und das Käuzchen ruft.

Ohren: auf Anruf, auf Abruf.

Ohren: in Erregung, mit der Spur eines leichten Bisses, der den Hammer in Bewegung gebracht hat. O nichts mehr hören zu müssen! Und löscht alles Licht, denn auch mein Ohr will im Dunkeln liegen!

Ohren: rote, Meeresfrüchte aus der Tiefe ans Licht gezogen, verfärbt in der Welt ohne Wasserorgel und kühles Harmonium.

Ohren: neugierige, Türsteher zu beiden Seiten eines würdevollen Gesichts, die der auf- und abgehenden Fama lauschen.

Ohren: haarige, Löffel der Gejagten beim Hakenschlagen und auf der Flucht.

Ohren: auf Anstand, gespitzt und geschärft gehalten von Jägern.

Ohren: saubere und unsaubere.

Ohren: in die Welt der Gefahr getaucht. Registratoren von Schüssen und Einschlägen und dem Rascheln des Papiers auf einer nicht zugänglichen Konferenz.

Ohren: kindliche und greise, in denen sich die ersten und letzten Laute selig wiederholen, bis sie behalten werden.

Ohren: schimmernde, aus Emaille, für die Schallgrenzen geschaffen, die Sternschrei und Pflanzengeflüster erreichen.

Dirigenten

Viel müssen die Dirigenten auf ihr Gewissen nehmen. Sie sind nicht nur dazu da, um den Takt zu schlagen. Das ganze Orchester sieht ja auf sie und folgt ihren Weisungen. Wo der Mann im Frack hinnickt, hört eine Violine zu spielen auf; wenn er ein Augenlid senkt, setzen die Klarinetten ein, und die Hörner, die zum Küssen da sind, öffnen den Mund, wenn er den Mund öffnet.
Es gibt einen Dirigenten, der die Musik so gut im Kopf hat, daß er die Augen schließen kann, wenn sie beginnt. Er führt sie mit sicheren Händen durchs Dunkel und öffnet die Augen erst wieder, wenn es allen Instrumenten zu bunt geworden ist – ganz erstaunt über den Lärm, den ein Fortissimo hervorruft.
Ein andrer Dirigent benützt einen Stab. Er gebraucht ihn wie ein Messer, erst ordentlich und präzis und schließlich mit einem Zorn und in einem Blutrausch, der das Publikum fürchten macht, die Musik werde am Ende kurz und klein gehackt aus dem Saal getragen werden müssen.
Einen Dirigenten gibt es, der wegen der Musik fast außer sich gerät. Er rennt mit Knien, Ellenbogen und Schultern gegen die Nähte seines Anzugs an. Er läßt es auf die Zerreißprobe ankommen, nach den vielen Zerreißproben, die ihm das Orchester vorher zumutete. (Er hat die Namen al-

ler Musiker auswendig gelernt, um sich der Widerspenstigkeit der einzelnen besser erwehren zu können; aber jetzt ist es zu spät, und er kann den Mann mit der Bratsche nicht durch einen Anruf mitreißen.)

Ein Dirigent läßt den Musikern vorher heimlich falsche Noten in die Partituren schreiben, damit er abwinken und sie verbessern kann. Denn auch er hat nur zwei Ohren und muß vorgeben, mit zwanzig zu hören.

Ein Dirigent ist als Magier am Werk. Er hält seine Hände beschwörend hoch, bis die Musik wetterleuchtet und donnert. Und im Handumdrehen macht er sie wieder verschwinden. Er erweckt gerne den Eindruck, daß er selbst die vielen niederpurzelnden Klänge aus dem Ärmel schüttle und dann durch den zu einer stummen Zauberformel bewegten Mund verschlucke. Dem Publikum will schon der Atem stehen bleiben, aber in diesem Augenblick wird der Saal hell und kalt. Alle stehen auf, klatschen kurz in die Hände, und wieder ist ein Konzert zu Ende.

Einem sehr ehrwürdigen Dirigenten hatte man nur einmal etwas vorzuwerfen. Das war, als man bemerkte, daß er seine liebsten Stücke von Mal zu Mal langsamer spielen ließ. Aber er war schon alt und der Musik gegenüber immer schwächer geworden. »Viel zu schön, um rascher gespielt zu werden«, sagte er.

Einen Dirigenten gibt es, der so berühmt ist, daß er es wagen kann, auszuführen, was in der Partitur steht. Er verlangt, daß die Instrumente blitzen, daß die Musiker exerzieren und sich vor der Musik in den Staub werfen, die er ihren Feldherrn nennt. Wenn ein Ton zu locker sitzt, rennt er fluchend und tobend auf und ab und brüllt: »Ihr Eselsköpfe! Ihr Himmelshunde!« Der Dolmetscher übersetzt nur die Hälfte. Aber da ist schon eine Flöte auf seinem Kopf zerbrochen, und er braucht nicht mehr weiterzureden, weil der Dirigent wieder brüllt. »Euer Gott ist einen Dreck wert!« Und: »Mein Gott ist alright!« – weil einige der Musiker nur englisch sprechen und weinen. Dann weint auch er und wünscht sich noch eine Probe. Die letzte Probe besteht er mit allen Musikern gemeinsam vor seinem Gott, den er auch zu dem ihren gemacht hat.

Sänger

Geglaubt werden ihnen nur die Töne. Ihre nachdrücklichen Schritte, ihre monströsen Handlungen, ihr Lächeln, ihre Gefühle nicht. Am allerwenigsten die Worte, die sie zerdehnen und raffen nach Belieben, im Legato, im Tremolo, im Triller.
Den Zuhörer bringen sie um die Fassung, sich selbst um das Vertrauen in ihre Kostüme, in die sie mit dieser körperlosen Stimme nicht schlüpfen können.
Angebetete Sänger! Verurteilt zu einem programmatischen Leben in den Metropolen und Provinzen der Musik; vom Applaus geschwellt die Stimmbänder; von Pfiffen gelähmt die Zungen; jedem Luftzug ausgesetzte Helden und Bösewichte; von jedem Rachenbelag zur Liebe unfähig gemachte Hochdramatische und Soubretten!
Für ein Lied geliebte und für ein Lied verstoßene Sänger . . .!
Einmal werden sie sich in Goldammern verwandeln und sich den überflüssigen Ballast ihrer Körper und Hirne unter die Federn stecken.

Ballett

Die Choreographie lenkt davon ab zu hören, daß im Ballett die Musik mit Füßen getreten wird. Aber die Tänzer haben keine Wahl; sie dürfen nur die Musik und nicht die Erde berühren.

Sie überwinden die Welt und ersetzen sie durch das Dekor, vor dem ihre Posen durch keine Natur Lügen gestraft werden können.
Die Tänzer umarmen die Tänzerinnen nicht. Sie setzen jede Geste absolut, weil sie mit ihrem Körper Kunst machen. Aus allen Bezügen getreten, erscheinen sie – die Lokken und das Lächeln drapiert, archaisch die Mimik, die Körper betont in den schwarzen Trikots. Nachdem sie den Auftakt versäumt haben, stoßen sie ab, springen, schweben und treffen auf einem Akkord auf, den sie in einer Pirouette zerwirbeln. Einen Augenblick lang sind sie, in einem, die Last und jene, die sie abwerfen.
In der Mitte steht erstarrt die Tänzerin, der exakte Traum ihrer selbst, in blendendem Weiß – auf einem Ton, der seinen Schmerz vergißt.
Der Tanz, von Prämissen der Selbstherrlichkeit abgeleitet, kennt nur ein Du: die Musik. Die Tanzenden sinken, wenn er zu Ende geht, auf ein Knie, berühren sie ekstatisch mit den Fingerspitzen und verbergen, zwischen den im Verlangen ausgestreckten Armen, das Gesicht, von dem jetzt, für niemand zu sehen, die Maske fällt.

Partituren

Zuerst ist das Notenpapier da mit den horizontalen Linien; fünf formieren sich zu einer Straße mit Wegweisern, Wegabschnitten, Halt- und Verbotstafeln und Warnungszeichen bei Geschwindigkeitsbeschränkung. Manchmal ist der Verkehr sehr dicht, und das Papier wogt von schwarzen Zeichen, braven Kolonnen und gewitzten Ausbrechern. Streckenweise ist es still und leer; nur die eine und andre Note hat sich verirrt, zu weit vorgewagt oder ist zu weit zurückgeblieben. Die Straßen verlaufen sich in einem andern Land.

Man könnte auch sagen: die Musik ist eine Sprache, der hier ein Schriftbild entsprechen will. Das Bild zeigt kleine Peitschen, breitgetretene Punkte, Schattenkringel und Striche, Stränge, an denen ein paar Punkte ziehen, und doppelt gesicherte Stränge, an denen viele Punkte, miteinander aufgehängt, zappeln.
Nach abgemachten, begreiflichen Regeln wird die Musik geschrieben, und nach einer unbegreiflichen Gemeinsamkeit der Struktur zwischen Zeichen und Ton kommt das Abgelesene zum Erklingen.
Das Schriftbild verrät uns wohl die Musik, aber nicht, was die Musik uns sagt. Wo wir die Bücher aufschlagen, lesen wir sie summend ab und nehmen die Hände zu Hilfe, um Bewegung und Rhythmus zu unterstreichen. Und doch verrät sie etwas nicht!
Die Musik bleibt unwirklich als Bild und vergeht in der Zeit, in der sie wirklich erklingt. Aber sie kann auch die Zeichen nicht stellen, wenn sie nicht schon erklungen ist vor einem inneren Ohr.
Sie tut einen lebendigen Sprung auf das Blatt, auf dem sie, festgehalten, zum Zeichen abstirbt, und sie tut einen tödlichen Sprung vom Papier ins Leben.

Alte Musik

Das Clavicembalo ist ausgereift. Du denkst an den Herbst in Burgund und seinen Wein mit dem Bodensatz des Sommers. Während du dich fragst, wie lange es dort wohl in der Sonne gestanden ist, wandert es tiefer in den Herbst hinein, in die strenge Kälte. Die Rabenfeder schlägt an, und das Eis bricht vom Himmel, der am Ende offen sein wird. Was geschieht, ist einfach. Die Stimmung, die Willkür, wird aufgegeben, und die Gesetze werden gefunden. Die Welt gerät zurück in die Fugen.

Weil es unter diesem Himmel nur die gleichbleibende Zahl von Tönen gibt und die Variation alles ist, bestehen Chaconne und Passacaglia darauf, das eine Thema in jeder Verwandlung hörbar zu machen.

Neue Musik

Unter dem besorgten Zuspruch der älteren Instrumente wächst das Vibrafon, das seine Geburt mit zerbrechlichem Quäken kundgab, heran.

Die neue Musik altert, wenn man sich an sie gewöhnt. Die Musik, an die niemand sich gewöhnen kann, wird vergessen. Denn ein Maß der von Menschen für Menschen gemachten Musik ist die Möglichkeit, erinnert zu werden. Die anderen Maße werden von Zeit zu Zeit verschieden an die Musik gelegt.

Über den Laufsteg der Konzertsäle werden die Kreationen jedes Frühlings und Herbstes getragen, die neuesten Modelle der Musik mit ihren empörenden oder farblosen Reizen. (Ein Defilee von Nummern, mit vom Metronom kontrollierten Schritten; nicht mehr unter den abgetragenen Namen »Serenada« und »Impromptu« präsentiert und ohne die bequeme Freiheit zu einem »Andante ma non troppo« und einem »Allegro assai«.)

Die Musikspione hören mit.

Eine Tonrüsche macht aufhorchen. Ein Pianoeffekt findet keinen Anklang. Ein faszinierender rhythmischer Zuschnitt wird Schule machen.

Die Urteile lauten: tragbar, untragbar . . .

Schwere und leichte Musik

Das Gewicht, das an der schweren Musik hängt, hat noch

niemand bestimmt. Sie muß, dieses unwägbaren Gewichts wegen, nicht schwerer zu spielen sein als die leichte Musik; auch nicht schwerer anzuhören. Aber sie verlangt, anders angehört zu werden, denn was sich an sie gehängt hat, ist nur wieder zu erfahren durch ein erfahrenes Gefühl.

Die Gefühle haben Wandergestalten. Sie ziehen von einer Brust in einen Klang – oder in ein Wort oder Bild – und nehmen wieder die erste Gestalt an in einer anderen Brust.

In der allerschwersten Musik trägt jeder Klang eine Schuld ab und erlöst das Gefühl von der traurigsten Gestalt. Es gibt nur wenig von ihr.

Die leichte Musik, von der es nie genug geben kann, ist raschlebig. Wie die Waren, an denen großer Bedarf ist, wird sie jedes Jahr in neuen Verpackungen und mit kleinen Änderungen geliefert. Jeder fängt sie im Vorübergehen auf, und viele tanzen paarweise zu ihr; sie ist für alles gut und manchmal auch zu gar nichts.

Es gibt Schlager, die über Nacht berühmt werden und vergessen von einem Tag zum andern, denn über Nacht muß immer etwas gegen die Stille gefunden werden, die im Nachrücken ist. Es gibt die wunderbaren Tangos und langsamen Walzer, bei denen man einander kennenlernt und bei denen man auseinandergeht. Aber noch viel öfter lernt man einander kennen, wenn kein Tango zur Stelle ist, und den wenigsten wird ein Walzer zum Abschied gespielt. Es gibt den heißen Jazz gegen den Winter und den kühlen gegen die unbändigen Sommer, und gegen die freien Abende des ganzen Jahres gibt es die Filmmusik, die den Totschlag an der Zeit untermalt.

Zuzeiten sind wir Dachbewohner und pfeifen von allen Dächern. In anderen Zeiten leben wir in Kellern und singen, um uns Mut zu machen und die Furcht im Dunkeln zu überwinden.

Wir brauchen Musik.

Das Gespenst ist die lautlose Welt.

Musikstädte

Einige unserer Städte werden vor anderen ausgezeichnet und Musikstädte genannt. Man muß sich darunter Städte vorstellen, in denen die viele dort erklungene und verklungene Musik Architektur geworden ist. Es sind Städte mit Dur- und Mollstraßen, Dreiviertel- und Vierviertelverkehr, Grünpausen, chromatischen Treppen, Parks voll Divertimenti und einem Himmel darüber, der eine unvergängliche Farbensinfonie ist.

In den Musikstädten wurden in vergangenen Zeiten kleinen Gräfinnen Sonaten gewidmet und von Bischöfen Messen in Auftrag gegeben. Heute noch spielen in den Cottages alle Damen Klavier; das Volk liebt die Oper und erfindet sich selbst die Lieder, die es, vor allem andern, zum Leben braucht. In diesen Städten stehen die Fenster nicht in der Erwartung offen, daß ein Blatt hereinfliegt, sondern daß von einem Notenpult eines hinausfliegt und daß die Koloratur, die ein Dienstmädchen als Tagwerk bewältigt, einen Fremden bezaubert stehen bleiben macht.

In diesen Musikstädten liebt man das Militär wegen der Platzmusik und die Bettler um der Gitarrenmusik willen, mit der sie auf ihre Not aufmerksam machen. Im Kleinen wie im Großen wird immerzu klingende Münze für die Musik ausgeworfen.

Die Einwohner der Musikstädte werden von zwei Parteien vertreten: von der Claque und der Anticlaque; und die Tauben und Schwerhörigen, die sich weder der rechten noch der linken Musik anschließen wollen, stellen die Anarchisten.

Die Musikstädte haben eine Saison wie Kurorte – die Musikwochen. In dieser Zeit wird für die vielen Tausenden, die dran gesunden wollen und die nicht in einer Musikstadt leben können, Musik ausgeschenkt.

Wer ständig in einer Musikstadt wohnt, freut sich auf das

Ende der Saison, weil dann alle unmusikalischen Menschen wieder fortfahren und die Zeit der Fingerübungen kommt.

Ein Blatt für Mozart

Zieh deine schönsten Kleider an; dein Sonntagskleid oder dein Totenhemd. Der Rasen ist frisch gemäht – nicht nur im Mirabell. Wenn du den Sonntag feierst oder dich zum Sterben niederlegst, laß die Streicher kommen, das Blech, das Holz und die Pauken. Du brauchst ihnen die Blätter nicht umzuwenden. Der Wind, den die Tiefebene eingelassen hat, wendet sie um. Du spürst, welcher Wind. Das große Spiel, das schon einmal gewonnen worden ist, beginnt wieder, wo die Hügel sich um den großen braunen Fluß mit seiner unverständlichen Sprache von Schöpfungstagen her lagern. Du ahnst, um welchen.

Du magst nur die Geschichten nicht mehr hören, in denen die Rede davon geht, daß schon einmal ein Engel auf die Erde gefallen ist. Denn die Harfen sind ihm nie lieb gewesen. (Aber, fragst du dich noch einmal, verriet er nicht mit seiner Abneigung seine Herkunft?)

Welchen Sinn hätten dann diese Geschichten noch?

»In seinem Taufschein wurde als letzter Vorname ›Theophilus‹ eingetragen.«

»Als Knabe wurde er ohnmächtig, wenn er Trompeten hörte.«

»Er schrieb, daß es keine rosigen Träume gebe.«

»Erinnre mich daran, sagte er, sich an die Schwester wendend, daß ich für das Horn etwas besonders Gutes schreibe.«

»Es war an einem naßkalten Dezembertag. Er konnte der Kaiserin nicht mehr um den Hals fliegen und sie küssen.

Er sagte: Bleib heute nacht bei mir und sieh mich sterben. Ich schmecke den Tod auf meiner Zunge.«
»Er konnte die Musik nicht vollenden und starb über dem Lacrimosa.«
Es sind aber die gefallenen Engel und die Menschen voll von dem gleichen Begehren, und die Musik ist von dieser Welt.
Die reinste, bitterlichste und süßeste Musik ist nur die vollkommene Variation über das von der Welt begrenzte, uns überlassene Thema.
Du hörst, über welches.

Musik

Was aber ist Musik?
Was ist dieser Klang, der dir Heimweh macht?
Wie kommt's, daß du in deinen Todesstunden wieder nach der Nachtigall rufst und dein Fieber wild aus der Kurve springt, damit du sie noch einmal im Baum sehen kannst, auf dem einzigen hellen Zweig in der Finsternis? Und die Nachtigall sagt: »Tränen haben deine Augen vergossen, als ich das erstemal sang!« So dankt sie dir noch, der du zu danken hast, denn sie vergißt es dir nie.
Du vernimmst ihr herrliches Wort und trägst ihr dein Herz an dafür. Sie legt es auf ihre Zunge, taucht es ins Naß und schickt es durch das dunkle Tor dem, der es öffnet, entgegen.
Was aber ist diese Musik, die dich freundlich und stark macht an allen Tagen? Wie kommt es, daß du wieder gerne ißt und trinkst wegen ihr und deinen Nächsten zum Freund gewinnst? Und was ist diese Musik, die dich zittern macht und dir den Atem nimmt, als wüßtest du deine Geliebte vor der Tür stehen und hörtest den Schlüssel schon sich drehen?

Was ist sie, über der dein Geist zusammensinkt, ausgebrannt und verascht nach so vielen Feuern, die an ihn gelegt wurden? Was ist dieses Entzücken und dieses Erschrecken, das ihm noch einmal bereitet wird? Der Vorhang brennt, geht auf vor der Stille, und eine menschliche Stimme ertönt: O Freude!
Was ist dieser Akkord, mit dem die wunderliche Musik Ernst macht und dich in die tragische Welt führt, und was ist seine Auflösung, mit der sie dich zurückholt in die Welt heiterer Genüsse? Was ist diese Kadenz, die ins Freie führt?!
Wovon glänzt dein Wesen, wenn die Musik zu Ende geht, und warum rührst du dich nicht? Was hat dich so gebeugt und was hat dich so erhoben?
Auf deinen Wangen stehen Rosen, aber dein Mund ist weiß geworden, als hätt' er Dornen zerdrückt. Dein Aug schwimmt, aber du schwenkst deine Wimpern nicht.
Was hörst du noch, weil du mich nicht hören kannst, wenn die Musik zu Ende ist?
Was ist es?!
Gib Antwort!
»Still!«
Das vergesse ich dir nie.

Musik und Dichtung

Über Musik, über Dichtung, über ihrer beider Wesen, muß man beiseite sprechen. Das vorlaute Reden darüber sollte aufhören, denn was, wenn nicht jede neue Hervorbringung, legte den wirklichen Wandel und das Unwandelbare dar. Aber manchmal mutmaßen wir, daß sich etwas von Grund auf ändern könnte, daß nichts beim Alten bleibt. Und dann haben wir ein Recht, zu rätseln, uns Verstörung anmerken zu lassen und, wenn wir abseits stehen, uns wieder einen Gedanken zu gestatten über Zusammenhänge.
Wir wissen nicht, was seit jeher und in jedem einzelnen Fall das eine Medium dazu bewogen hat, das andere zu wählen, warum eine Musik bestimmten Worten ein anderes Leben zu geben wünschte, aber es geschah immer und es geschieht, seltsam genug, heute noch, da die Künste auseinanderzutreten scheinen, sich wenig Blicke zuwerfen und nicht mehr in den alten Umarmungen liegen.
Wir haben ja aufgehört, nach »poetischen Inhalten« in der Musik zu suchen, nach »Wortmusik« in der Dichtung. Zwar sind beide Zeitkünste, aber wie verschieden wird in beiden gemessen: ungleich strenger in der Musik, ungleich unbefangener in der Sprache; die Dauer einer Silbe ist noch in den Ketten eines Metrums vage, unbestimmbar. Fürchtet daher vielleicht eine Musik, von der es heißt, daß sie nichts ausdrücke, ausdrücken wolle, und die Kommunion sucht, ohne sich gemein zu machen, an Reinheit zu verlieren in diesem Umgang? Mehr noch: fürchtet sie, die schon die Instrumente an die Grenzen der Spielbarkeit treibt, deren Eigentümlichkeiten neu behandelt oder sie abzuschütteln versucht, jedes Hemmnis wegwissen will und die auf der Suche nach Renaissance und einer neuen Un-

schuld ins Unbegrenzte blickt, daß sie sich mit einer verschuldeten Sprache der menschlichen Stimme überantworten muß? Denn die Eigentümlichkeit dieser Stimme, die so und so beschaffen ist, wird kein Fortschritt aus der Welt schaffen.

Den geistigen Ansprüchen der Musik scheint also die Sprache, den technischen die Stimme nicht gewachsen zu sein. Es sieht aus, als hätten die beiden Künste zum erstenmal einen Grund, auseinanderzugehen.

Das Wort, aus der Musik verbannt, würde sich abzufinden wissen. Wir, befaßt mit der Sprache, haben erfahren, was Sprachlosigkeit und Stummheit sind – unsre, wenn man so will, reinsten Zustände! –, und sind aus dem Niemandsland wiedergekehrt mit Sprache, die wir fortsetzen werden, solang Leben unsre Fortsetzung ist.

Aber müssen die Künste wirklich auseinandergehen in einem Augenblick, in dem jedes Verfehlen eine versäumte Rettung ist, jedes Verkennen von Geist in einem ähnlichen Geist die Todtraurigkeit befördert? Unser Bedürfnis nach Gesang ist da. Muß der Gesang zu Ende gehn?

Obwohl wir, wie nie zuvor, leicht geneigt sind, preiszugeben, uns abzufinden, behalten wir den Verdacht, daß eine Spur von der einen zur anderen Kunst führt. Es gibt ein Wort von Hölderlin, das heißt, daß der Geist sich nur rhythmisch ausdrücken könne. Musik und Dichtung haben nämlich eine Gangart des Geistes. Sie haben Rhythmus, in dem ersten, dem gestaltgebenden Sinn. Darum vermögen sie einander zu erkennen. Darum ist da eine Spur.

Und steht nicht an jeder Wegkehre der Musik auch eine neue Dichtung? Bringt nicht eine neue Nachbarschaft die neue Befeuerung? Die Worte suchen ja längst nicht mehr die Begleitung, die die Musik ihnen nicht geben kann. Nicht dekorative Umgebung aus Klang. Sondern Vereinigung. Den neuen Zustand, in dem sie ihre Eigenständigkeit opfern und eine neue Überzeugungskraft gewinnen durch die Musik. Und die Musik sucht nicht mehr den belanglosen Text als Anlaß, sondern eine Sprache in harter Währung, einen Wert, an dem sie den ihren erproben wird.

Wie ein Stigma haftet darum die Musik den Dichtungen, zu denen sie Liebe hat, an, denen von Brecht, García Lorca und Mallarmé, Trakl und Pavese und den älteren, die immer am Starkstrom Gegenwart hängen, von Baudelaire, Whitman und Hölderlin (oh, wie viele wären zu nennen!). Sie bestehen wohl weiter für sich, aber sie haben ein kostbares zweites Leben in dieser Verbindung. Denn wie die neuen Wahrheiten können die alten von der Musik geweckt, bestätigt und nach vorn gerissen werden; und jede Sprache, die diese Wahrheiten ausspricht – die deutsche, die italienische, die französische, jede! –, kann durch Musik ihrer Teilhabe an einer universalen Sprache wieder versichert werden.

Die Musik, ihrerseits, gerät mit den Worten in ein Bekenntnis, das sie sonst nicht ablegen kann. Sie wird haftbar, sie zeichnet den ausdrücklichen Geist des Ja und Nein mit, sie wird politisch, mitleidend, teilnehmend und läßt sich ein auf unser Geschick. Sie gibt ihre Askese auf, nimmt eine Beschränkung unter Beschränkten an, wird angreifbar und verwundbar. Aber sie braucht sich darum nicht geringer zu fühlen. Ihre Schwäche ist ihre neue Würde. Miteinander, und voneinander begeistert, sind Musik und Wort ein Ärgernis, ein Aufruhr, eine Liebe, ein Eingeständnis. Sie halten die Toten wach und stören die Lebenden auf, sie gehen dem Verlangen nach Freiheit voraus und dem Ungehörigen noch nach bis in den Schlaf. Sie haben die stärkste Absicht, zu wirken.

So müßte man den Stein aufheben können und in wilder Hoffnung halten, bis er zu blühen beginnt, wie die Musik ein Wort aufhebt und es durchhellt mit Klangkraft. So müßte man sich ausdrücken, ein Einsamer durch einen

Einsamen, sich verbünden, einander Deutlichkeit verleihen vor der Welt. Sich stellen. Und in der Folge sich überantworten.

Denn es ist Zeit, ein Einsehn zu haben mit der Stimme des Menschen, dieser Stimme eines gefesselten Geschöpfs, das nicht ganz zu sagen fähig ist, was es leidet, nicht ganz zu singen, was es an Höhen und Tiefen auszumessen gibt. Da ist nur dieses Organ ohne letzte Präzision, ohne letzte Vertrauenswürdigkeit, mit seinem kleinen Volumen, der Schwelle oben und unten – weit entfernt davon, ein Gerät zu sein, ein sicheres Instrument, ein gelungener Apparat. Aber etwas Unbenommenes von Jugend ist darin oder die Scheuer des Alters, Wärme und Kälte, Süße und Härte, jeder Vorzug des Lebendigen. Und diese Auszeichnung, hoffnungsloser Annäherung an Vollkommenheit zu dienen!

Es ist Zeit, dieser Stimme wieder Achtung zu erweisen, ihr unsere Worte, unsere Töne zu übertragen, ihr zu ermöglichen, zu den Wartenden und zu den Abgewandten zu kommen mit der schönsten Bemühung. Es ist Zeit, sie nicht mehr als Mittel zu begreifen, sondern als den Platzhalter für den Zeitpunkt, an dem Dichtung und Musik den Augenblick der Wahrheit miteinander haben.

Auf diesem dunkelnden Stern, den wir bewohnen, am Verstummen, im Zurückweichen vor zunehmendem Wahnsinn, beim Räumen von Herzländern, vor dem Abgang aus Gedanken und bei der Verabschiedung so vieler Gefühle, wem würde da – wenn sie noch einmal erklingt, wenn sie für ihn erklingt! – nicht plötzlich inne, was das ist: Eine menschliche Stimme.

Tagebuch

Beitrag zur Probenummer einer internationalen Zeitschrift

Was einander sagen? Worüber etwas sagen? Was und worüber und wozu?

Warum französisch und italienisch und deutsch? Und warum nicht auch englisch, russisch, schwedisch und so fort?

Daß diese Zeitschrift zustandekomme, war so sehr zu wünschen, nicht weil zu wünschen ist, daß drei Gruppen aus drei Literaturen, deren Verschiedenheit sich noch herausstellen wird und deren Bestürzung, bei so enger geographischer Nachbarschaft, touristischen Ausflügen hin und her und vieler gemeinsamer meist brutaler und häßlicher historischer Erfahrung, über Terminologie-Schwierigkeiten noch groß sein wird – daß also Schriftsteller aus drei Ländern sich einander in die Arme werfen, damit wieder einmal ein »Forum« geschaffen wird, damit wieder einmal »Dialoge« stattfinden, damit dieser Alpdruck, »geistige« und »kulturelle Verständigung« genannt, wieder einmal mit Anstand ertragen wird, unter Höflichkeit, unter Komplimenten, zu niemands Erleichterung am Ende ... Zu wünschen ist bloß, da ein Zufall und auch Bemühung es erlauben, vorläufig dieses Dreieck zu bilden (zum Glück nicht gleich ein Vieleck, da es soviel schwieriger wäre, gleich mehrere Terminologien zu beobachten und begreifen zu müssen) – zu wünschen ist bloß einmal, daß man sich zu üben anfangen kann, so über die eigenen Dinge zu sprechen, wie man es sonst, zuhause, schlecht tun kann.

In der eigenen Sprache sprechen zu den eigenen Leuten verführt uns ja alle, uns zu verlassen auf das allzu Familiäre, zu verbleiben in der geschichtlichen und kulturpolitischen Intimität (selbst mit unseren Feinden), sich bequem abzustützen auf Voraussetzungen, die nicht mehr überprüft werden müssen, weil zuhause sowieso jeder auf die eigentümlichste Weise verstanden und mißverstanden wird, geduldet und gehaßt wird, unterstützt und bekämpft wird. Wir kennen die literarischen und politischen Redensarten, die möglich sind im eigenen Land. Und wir haben selber unsere Redensarten, die uns teuer sind, für die wir zumindest mit Sicherheit die Feinde finden, die wir uns schaffen wollen, und ein wenig weniger sicher die Freunde, die wir uns auch schaffen wollen.

Sprechen aber zu distanzierten Freunden und Mitarbeitern, zu einem distanzierten Publikum, zusammenzuarbeiten, wo es noch Mühe macht, das »Zusammen« zu sehen und wo das Verläßlichste im Anfang wohl das »Arbeiten« sein dürfte – es kostet die größere Anstrengung, kostet den Verzicht auf Anspielungen unter Beibehaltung der Mundart, den Verzicht auf die vermeintlich feste Position der einzelnen, die anderswo womöglich gar nicht einleuchtet, auf die Ränge der einzelnen Schriftsteller, auf die Ansprüche aus Rängen. Und es bedeutet damit schon, daß man auch aus der manischen Selbstbezogenheit einer Literatur und ihrem ästhetischen und ideologischen Kontroversenfundus (der so verläßlich zu jeder Literatur gehört!) heraus muß, sich seine Vokabeln noch einmal überlegen muß.

Man wird also ein wenig, ein klein wenig anders sprechen und sich mit seinem Sprechen zu richten versuchen auf weniger eingeweihte Leser. Nicht um sich den anderen angenehm zu machen, um für sich zu werben. Nicht einmal, um bloß langsamer und artikulierter zu sprechen, wie man höflicherweise zu einem Fremden langsamer spricht, damit er Wort für Wort und Bedeutung für Bedeutung besser erfassen kann –

Und man kann zugleich unbesorgt bleiben um die Eigenart, denn wo Eigenart ist, wird sie nicht verloren gehen –

Man wird ein wenig anders sprechen, um genauer zu werden in der Selbstdarstellung und um genauer die Gegenstände in der Reihenfolge ihrer Wichtigkeit sich vorzustellen. Also, könnte man auch sagen, um sich zu objektivieren und ein paar hitzige Piazza-Leidenschaften, die ihre Berechtigung durchaus haben (und von einigen wird man sogar sprechen *müssen*), aufzugeben für eine größere und weiterreichende Leidenschaft, in der französisch und italienisch und deutsch und so fort sich als fruchtbare und eigentümliche Dialekte erweisen, mit einer Rücksicht auf eine umfassendere Sprache, die dann freilich niemand zu gründen braucht und sprechen muß. Wenn er nur in seinem Dialekt sie mit meint und mit im Auge behält. Und dazu hat man sich ja oft fähig gewußt, fähig gewünscht. Und war man nicht oft mißmutig, weil man gezwungen war (wenn man sich kritisch äußern wollte jedenfalls), in den Wald zu rufen, den man so gut kannte, dessen Echo man noch besser kannte, es vorauszusagen wußte, besser als alles, was man sich überlegte, jeweils in diesen Wald zu rufen.

Mit dieser halsstarrigen Vorsicht spreche ich nur, weil wir beinahe schon zwei Jahrzehnte hinter uns haben, in denen viele vor uns, darunter Leute, die alle Achtung haben und verdienen, sich auf Kongressen, Festwochen und Reunionen verschiedenster Art, so rasch mit einem Esperanto verständigt haben, ohne zu merken, daß es nur die Floskeln waren, die sich miteinander verständigten, und daß es die Floskeln waren, die im Streit aneinander gerieten, während [die Mundart] verborgen blieb, schamhaft oder weil die Anstrengung in der kurzen Zeit zu groß gewesen wäre und die Zumutung, die jede Mundart eben ist, den anderen erspart werden sollte, damit nur ja das Gemeinsame und das Trennende festgestellt werde. Als gäbe es das einfach – das Gemeinsame, das Trennende. Ach nein, das gibt es nicht – so nicht.

Und was wir längst wissen: vergessen wir nicht, daß es nicht von allen gewußt werden kann und mag und daß

man es noch wiederholen muß, immer wieder und immer wieder wiederholen muß und immer zurückwirken muß in noch wirksame Vorstellungen hinein. Vorstellungen zum Beispiel vom Versöhnen und sich Verbünden – von einer Versöhnung möglichst allgemeiner Art. Es ist das, was die Leute, die nicht auf die Kongresse dürfen, zu gerne hören. Daß man einander schon versteht und daß sie jetzt auch miteinander versöhnt werden, sich versöhnen müssen, dürfen, sollen. Sie wissen zwar nicht, wer nun wen versteht und weshalb. Wer mit wem versöhnt wird und warum. Denn die wahren Gründe für diese Operationen werden ihnen vorenthalten, und für die Gefühle, die man ihnen erlaubt, ja von ihnen fordert, werden die Kanäle gerichtet, gestern noch für Haßgefühle und heute wieder für Verbrüderungsgefühle.
Die Repräsentanten unserer Staaten gar möchten uns allen das Denken abnehmen und uns jetzt landstrichweise aneinander gewöhnen und miteinander versöhnen, teils auf gut Glück, teils auf gut Interesse. Bald mit diesem und bald mit jenem politischen System, bald einfach mit diesem und jenem Volk. Während sie sich aber miteinander wirklich über *etwas* verständigen, fühlen die Untertanen darauf los und verlieben sich bloß. Sie sind ja so unendlich dankbar, daß sie, nach soviel gesteuertem Haß, sich in gesteuerter Liebe auflösen dürfen und nicht mehr nur belästigt werden mit der langweiligen Verständigung über Zahlungen, Kredite, Waffenlieferungen und über den Austausch von Ingenieuren, Studenten, diplomatischen Noten und Bombenrezepten. Über diesen so nüchternen Austausch, der hier und da garniert wird mit dem Austausch von Worten und Werten auf Kulturwochen und Musikwochen für die happy few. Man könnte manchmal meinen, es sei, bei soviel Versöhnung, jeweils auf der einen und der anderen Hälfte der Erdkugel das silberne, wenn schon nicht das goldene Zeitalter angebrochen. Zwischen den beiden Hälften will

es natürlich noch nicht so recht vorangehen mit der Verständigung, aber man kann nicht alles auf einmal verlangen. Patience dans l'azur.
Aber wo es nicht sehr blau ist, in uns, wo wir manchmal befürchten, daß die Verständigungen unter den Falschen zustandekommen oder man hätte sich über etwas Falsches verständigt und über einiges sehr folgenreich Falsches womöglich ...
Natürlich ist es nicht mehr originell, noch einmal von General de Gaulle und Dr. Adenauer zu sprechen, aber es wird nicht weniger wahr und nicht weniger folgenreich, daß die von ihnen inszenierte »Versöhnung« stattgefunden hat und darum ihr Unvergeßliches hat – ein kaum glaubliches Musterbeispiel von Verständigungsrausch und Verbrüderungstaumel. Wenn man der westdeutschen Presse glauben durfte, dann hat es noch nie ein größeres und ehrlicheres Fest für die Deutschen (die Westdeutschen) gegeben, mit einem freiwilligen Aufwand an Jubel und selbstloser Nächstenliebe, die niemand in solchem Ausmaß erwartet hätte. Man muß beinahe auch befürchten, daß sich die Deutschen wirklich nichts dabei gedacht haben, auch wenn man es anderswo nicht glauben mag.
Wer wurde aber mit wem versöhnt? Die OAS mit den deutschen Nazis? Oder wurde übers Kreuz versöhnt – die französischen Widerstandskämpfer mit den deutschen Nazis? Oder die Gaullisten mit den deutschen Sozialdemokraten? Oder die französischen Kommunisten mit der deutschen CDU? Oder wurde einfach »Volk« mit »Volk« versöhnt? Oder eine Klasse mit einer anderen Klasse? Die Arbeiter und Bauern da mit den Arbeitern und Bauern dort? Die französischen Dienstmädchen mit den deutschen Raumpflegerinnen? So viele Fragen – so viele belustigt-traurige Fragen, zugegeben. Und abseits blieben nur einige wenige, Intellektuelle womöglich, verstockte Individuen, die ohne Regung dem Jubel zusahen – beinahe grotesker-

weise zu verwechseln mit den ganz und gar Gestrigen, Unversöhnlichen, Unbelehrbaren. Gerade die paar wenigen, die sich doch bisher nicht genug tun konnten in der Beschäftigung mit allen ihren Nachbarn und auch diesem Nachbarn, der plötzlich so erfolgreich war.

Diese ärgerlichen Sondierer, diese humorlosen Entgeisterten, die unter der mörderischen Bedrohung, unter der alle leben, beharrlich sich doch versteifen und verlangen, daß alle, alle ohne Unterschied und für immer, leben sollen und arbeiten sollen, dürfen, und essen und schlafen ohne Furcht, und weil dies die conditio sine qua non für sie ist, auch beharrlich verlangen dürfen, daß die Schwierigkeiten des Führens von Frieden keine leichtfertigen partiellen Lösungen finden, keine emphatischen und sentimentalen, keine langfristig gefährlichen und kurzfristig geflickten. Lösungen, Versöhnungen, die schon wieder schmecken nach neuem Frontenverlauf, während der gestrige und gegenwärtige Frontenverlauf einem noch alle Augenblicke das Blut stocken läßt.

Und hier und da ist noch einiges zu hören, noch immer und schon wieder, vom »Eis brechen« und vom »zu Grabe tragen«, aber ich bin sicher, daß hier nie die Rede davon sein wird, daß die Formulierung nicht vorkommen wird, die mich immer entsetzt hat, weil sie (wenn sie leider auch noch für viele etwas zu besagen hat) eine schreckliche Vorstellung ist unter Menschen, die einander nichts vorzuwerfen und nichts zu verzeihen haben, die sich nur einer gegenseitigen bewußteren Aufmerksamkeit versichern wollen und sich um diese Aufmerksamkeit noch bemühen müssen –

Und Aufmerksamkeit ist nichts Geringes, ist mit das Schwierigste, wenn auch unter gutem Herzklopfen Zustandekommende.

Denn keiner von uns hätte den Mut, so denke ich – und das trennt wirklich eine neue deutsche Generation von ei-

ner älteren –, die Zusammenarbeit zu wünschen, wenn er auch nur im geringsten dächte, daß »Eis« gebrochen werden müsse, daß auch nur ein Hauch von Befangenheit in ihm sei oder ihm von anderen entgegengebracht werden könne. Und gäbe es das zum erstenmal – es gibt das und gibt darum nichts Selbstverständlicheres und Freieres als diesen Wunsch, ein Rad gemeinsam zu wechseln, es womöglich wirklich zu wechseln oder im schlimmsten Fall einander einzugestehen, daß man noch nicht genau weiß, wie es zu wechseln ist.
Trotzdem haben wir noch keinen Ausweis für »Weltoffenheit« (und wie weit hat die »Welt« früher gereicht und wo hat ihre »Offenheit« nicht schon aufgehört?) und sind nicht im Besitz von gültigen Pässen, mit denen man überall Fuß fassen kann. Vorbei ist es sowieso mit der Abendländerei, dem durchgehenden bereichernden Angeregtsein und sich Zuhausefühlen zwischen Griechenland und moderner Industrielandschaft, zwischen musealer Ergriffenheit und frohem Fortschrittglauben. Also wird es gehen müssen ohne den geistigen Diplomatenausweis. Und selbst wenn der eine und andere dieses und jenes liebt, sich seine Anregungen holt, wo er mag – von der schönen Laune des Europäischseins wird niemand mehr ein Aufhebens machen dürfen. Sich europäisch fühlen, sich womöglich gar weltmännisch fühlen, ist eine Privatangelegenheit geworden, ebensosehr wie es einmal im Begriff war, eine öffentliche Angelegenheit, ein öffentliches Ideal zu werden, in eben dem Augenblick, als man zu seiner Zerstörung schritt.
Man liebt nicht mehr das amerikanische Ballett, den französischen Roman, den italienischen Film. Oder man liebt das alles, aber wen kümmert das? Man starrt nicht mehr mit glänzenden Augen in die Warenhausfenster anderer Nationen und glaubt, aus diesem beifälligen Anschauen resultiere etwas fürs Ganze.

Darum können wir es uns ersparen, einander vorzumachen, einander zu versichern, daß wir in irgendeinem gemeinsamen Geist eine zarte neue Ära der Literaturfreundschaft ausbrechen lassen wollen, in Analogie womöglich zu den wirtschaftlichen Integrationsversuchen, den politischen Achsenbildungen und militärischen Blockbildungen. Oder da der gemeinsame Markt, der Supermarket Europa, gerade geboren wird und die europäische Butter, die europäischen Fahrräder und das gesamteuropäische Kinderspielzeug in greifbare Nähe gerückt sind – daß wir da noch einen Supermarket des Geistes dazugründen müßten.
Europäisch denken? Wer geriete da nicht in Verlegenheit, wenn er, zum Beispiel, nicht einmal weiß, was deutsch oder österreichisch denken heißt, es auch gar nicht wissen und vorgesagt bekommen möchte, weil er sich nichts Gutes davon verspricht. Denken, gewiß, auch historisch denken und vor allem utopisch denken, daß die Risse eines Tages wirklich aufspringen, dort wo sie aufspringen *müssen* und die Grenzverläufe sich zeigen müssen, als ideologische, wenn man so will, als Risse auch im Gebrauch von Sprache, die nicht nur den Schreibenden betreffen, aber den Schreibenden zuerst betreffen, weil er nicht mit einem nationalen Fertigprodukt »Sprache« oder einem internationalen Wunschprodukt »Sprache« umgehen kann und es gebrauchen kann, sondern, von ihr geprüft und sie prüfend, ein Abenteuer mit der Sprache hat, dessen Ausgang ungewiß ist. Gewiß ist nur, daß er seine Mundart sich in den Mundarten der Sprache sucht, daß er auf Dialekt und Dialektik aus ist und beide auf ihn aus sind, als auf ihren möglichen Statthalter.
Die Jahre nach dem Krieg, nachdem ein paar Grenzen aufgingen, dann immer mehr Grenzen fielen, waren ja nur ein Schauspiel des Hungers, eines wahllosen Verlangens nach anderen Büchern und anderen Gedanken. Es wäre irrig zu glauben, man hätte sich damit »Welt« verschafft. Jetzt

erst, nachdem die Sättigung eingetreten ist und die Neugierde immer mehr verfliegt, seit nicht mehr unterschiedslos jedes wichtige Buch, jeder wichtige (oder wichtig geglaubte) Name aus einem anderen Land begeistert heimgetragen und triumphierend sichergestellt wird –
Jetzt erst, nachdem der kulturelle Güteraustausch einigermaßen à jour gebracht worden ist von emsigen Verlagen, eifrigen Museumsdirektoren und kühner gewordenen Redakteuren, und seit selbst in den so mustergültig ängstlichen deutschsprachigen Landen die Information bald keinen Halt mehr macht und auch einige kommunistische Autoren (am liebsten sowjetische, weil die doch das Recht haben, sich als kommunistische bezeichnen zu dürfen, ohne dabei gleich an Sympathie zu verlieren) für importierbar und diskutabel hält und der Export in gleichem Maß zunimmt – da also das »Eisbrechen« (oh gelinder und hoffnungsvoller Schreck!) in vollem Gange ist und fast kein Kenntnisnehmen mehr verpönt ist –
In gleichem Maß also, in dem nach Enthaltsamkeit und Desorientierung eine Entspannung und ein größeres Kenntnisnehmen einsetzen und es nicht mehr nur einigen wenigen »Tollkühnen« überlassen bleibt, Kunde zu geben und als go-betweens verdächtigt zu werden, wo nur Selbstverständliches geschah und das Selbstverständliche bald für alle nur mehr das Selbstverständliche sein wird –
Jetzt erst kann man sich getroster überlegen, was man selber zu sagen hat und beizutragen hat, jeder von seiner Provinz aus, von seinem Ort aus, an den die Welt (die anderen Provinzen also) gespült werden. Es sind weder Abgeschnittensein und Einsamkeit da, die quälend und unfruchtbar sind, noch eine Vereinigungsgier mit allem und jedem, die auch quälend ist, sondern ein Einsetzen von Vernunft, von vernünftigem Auswählen, von Beschränken, vor allem aber endlich von einer Aufmerksamkeit, auf die ich hinausmöchte, und durch die Sondieren, Reden und Dagegenre-

den erst sinnvoll werden können und Würde gewinnen können.
Beschränkung, wie dies auch notwendig eine Beschränkung im Anfang sein muß, italienisch, französisch, deutsch, die sich lockern soll, wenn es möglich ist, wenn es gut tut und die Aufmerksamkeit weiter zu tragen anfängt und mehr zu tragen vermag.
Es sind ja auch die Zeiten vorbei, in denen eine kultivierte Elite, geschmackvolle Connaisseurs, gebildete Bürger und Aristokraten an der Seite einer tatsächlich produktiven und glanzvollen Elite, sich ihr Europa in den Wolken machen konnten, mit verliebter Bewunderung in die Literaturen, Malereien und Musiken der anderen, ein feines Gespinst spinnend, »Europa«, das schon aus unserem Bewußtsein geschwunden ist, aber wieder gegenwärtig wird beim Lesen von Tagebüchern, Memoiren und Briefwechseln zwischen Paris und Capri, Duino und Zürich, London und Berlin, und wo jeder Ort, jedes Datum uns noch von Bedeutsamkeit zu strahlen scheint. Aber dazu fällt uns auch ein, daß für diese Elite, ob sie nun ahnungslos oder ahnungsvoll war, plötzlich zweimal die Fahnentücher und das Uniformtuch eingefärbt wurden von Leuten, die weniger Geschmack hatten und die in derselben Zeit wieder das Pulver erfanden und ihre Europäer kurzerhand wieder in ihre Provinzen einsperrten oder sie exilierten oder ermordeten und deren sicherem Geschmack und deren kosmopolitischen Schwärmereien den Garaus machten. Europäisch sich fühlen, noch einmal auf diese Weise – wem fehlten nicht die Mittel dazu, und wer wäre nicht gewarnt?
Man schreibt auch nicht mehr Briefe zwischen Orten, die mit Goldfäden in die ordinäre Geographie dieses Kontinents gestickt sind, druckreif, über die komplizierten Dinge der Kunst, die Bedrückungen durch den Weltenlauf und die Besorgtheit über das Werk, das man vorbereitet. Eine sakrale Beschau der Gegend und damit eine sakrale Brief-

kunst – europäisch hat man sie nennen dürfen – ist zuendegegangen, und es wird nicht mehr viel zu sammeln geben danach, ein paar Telegrammfetzen, Postkarten, ein paar Briefe auch. Warum nicht auch Briefe? Aber ohne den Faltenwurf, das Bedeutsame, das »Verantwortliche«, das schon durch die Art der Anrede und durchgehende Stilisierung sich verrät. Eine Verarmung, wird man sagen. Ja, aber vielleicht wollte man verarmen, vielleicht auch ist man zu unwirsch und ungeduldig geworden, um Gedanken und Gefühle zu zelebrieren, die man auch hat, oder man wird inne, daß es nicht mehr viel taugt, darüber zu reden, wenn man in der Situation des Radwechslers ist. Und manchmal fühlt man sich einfach nicht aufgelegt, zwischen dem Ausfüllen der Steuererklärung und einem Gang zum Bäcker, die Goldfeder in die Tinte zu senken und Ewigkeit herzustellen oder überlegen Zeichen zu geben von Person zu Person.

Nein, das ist nicht Verhöhnung der wirklich verdienstvollen Enthusiasten (und nicht einmal der geistigen Globetrotter), die uns Proust und Eliot brachten, die hier die Futuristen und Kubisten, dort Kafka und Rilke hoffähig und damit später ja allen zugänglich machten. Es ist nur die Feststellung, daß die Zeiten vorbei sind, in dem ein Land einem anderen Land erlesene Geschenke machte, auch wenn es da und dort noch immer einzelne sind, die entdekken und vermitteln, unbemerkter schon, weil da der *Markt* ist, weil der Markt an die Stelle individueller Unternehmungen getreten ist – an Stelle der großen Damen, die Konzerte und Ballette protegierten und finanzierten, an Stelle der großen Herren, die Gedanken und Manuskripte und Spürsinn für die Kunst von morgen in ihrem Gepäck mitführten zwischen der Riviera und den Großstädten, und wo zwischen Schlössern und Ateliers, zwischen möblierter Misere und den Diners in den großen Hotels das Spiel europäische Kultur gespielt wurde.

Es kann da keine Entsprechung mehr sein. Kann keine mehr geben.
Aber nun ist das edle Gespinst, das alte Europa, nur mehr ein Gegenstand der Unterrichtung, und auch der Trümmerhaufen, der aus ihm durch Hitler gemacht wurde, ist ziemlich säuberlich aufgeräumt worden mittlerweile. Und seit einigen Jahren merken wir, daß für die neuen Intellektuellen Europa ein Gegenstand für eine betretene Untersuchung geworden ist, als handelte es sich dabei um eine Krankheit, um ein Virus Europa, ja mehrere Viren, die für ein noch größeres weiterreichendes Krankheitsbild berücksichtigt werden müssen. Schädliche und nützliche, schwächende und kräftigende Viren. Und wenn man in unsere seriösesten Zeitschriften schaut, die sich mit diesem Gegenstand befassen, so sind sie nicht mehr geschmückt mit den Namen, die einem Ehrfurcht einflößen, auch immer seltener mit jenen, die man belächelt, weil sie nur als Schmarotzer, im Kielwasser der großen Namen segelnd, von Europa sprechen, bezahlte und gekaufte Berufseuropäer –
Wenn man unsere Zeitschriften durchsieht, so begegnen einem immer mehr Aufsätze, Analysen, von wenig bekannten Namen gezeichnet, aber um so fachmännischer geschrieben, mit wissenschaftlicher Akribie, als wäre Europa zu einem Gegenstand geworden, dem sich nur mehr Experten nähern dürften.
Man liest diese Untersuchungen, Prognosen, Diagnosen mit der Beklemmung des Laien, der sich dem Fachverstand unterlegen weiß und der dennoch keine Mühe scheuen will, von einem so wichtigen, auch ihn etwas angehenden Gegenstand zu erfahren, von den wirtschaftlichen und politischen Gesichtspunkten, von Verteidigungsmöglichkeiten, Balanceakten und unerhörten Bezügen obendrein, von denen noch andere Experten noch Genaueres wissen. Ja, es sind wahrhaftig die Experten, die sich jetzt der Sache

angenommen haben, nicht mehr die Schöngeister, und man fühlt sich unendlich klein und eingeschüchtert, bleibt mit runden Augen in gehöriger Entfernung vor der Ärzteschaft stehen, den Diagnostikern, deren Vokabular Abstand gebietet, wenn von der Krankheit Westeuropas die Rede ist, ganz zu schweigen von der des gesamten Europa, von der am besten, wie von einer unheilbaren, gar nicht mehr gesprochen wird, nur von ihrer Ätiologie zuweilen, als läge eine Beruhigung darin, wenigstens diese zu kennen, und als ersparte man es damit der Forschung und der Heilmittelindustrie, auch für den größeren Komplex zu arbeiten.

Man muß es sich zugeben: man ist nicht mehr auf der Höhe. Man kann diesen Kontinent nur noch bewohnen und muß alles schmerzliche Nachdenken als Kompetenzüberschreitung begreifen.

Wo Wirtschaft und Verteidigung *allein* das Recht haben, mit diesem Namen noch sinnvoll in Verbindung gebracht zu werden, in diesem Namen aufzutreten, haben der historische Tiefsinn und die kauzige Beschäftigung mit den traditionsreichen Familiengeschichten der Völker wirklich ausgespielt. Und jeder Versuch, einer momentanen Situation zu einem geistigen Ornament zu verhelfen aus Historie und gemeinsamer Kultur, oder gar der, eine Entscheidung, scheinbar, zu belegen mit Vergangenheit, muß sich lächerlich machen. Die großväterischen Akkordanzen und Divergenzen, die noch immer, zur Vernebelung von Tatbeständen, ins Treffen geführt werden, dürften nicht einmal von ihren gläubigsten Verfechtern geglaubt werden. Der pragmatische Flachsinn hat längst den Sieg davongetragen. Europa ist in ein neues Licht gerückt: da ist es festzustellen als eine Mischung aus Brachland und Ackerland und als industrielle Potenz, die es möglichst ökonomisch und rücksichtslos auszuwerten gilt. Weiter: als ein günstig-ungünstiger Truppenübungsplatz und Auf- und Umrü-

stungsversuchsplatz. Weiter: als Vorposten Teileuropa gegen einen Vorposten Teileuropa, von dem sich der eine dem anderen scharfsinnig plausibel machen muß als geharnischter Vertreter von Frieden und Freiheit.
Aber um bei Westeuropa zu bleiben, das uns als Europa zugewiesen ist und das seine ersten pragmatischen Integrationsleiden durchmacht und sich gründet und entwickelt und öfters fehlentwickelt, mit EWG und EFTA und Westeuropäischer Union und neuen Achsen und atlantischem Verteidigungsbündnis mit der Nabelschnur nach Übersee, und das alles nicht so recht zur Kongruenz bringen kann – zum Glück aber, wie man hört, eine Air-Union schon besitzt, die wenig Schwierigkeiten verursacht und einen darum aufatmend zu seinem Himmel blicken läßt, der vielleicht auch der *eine* Himmel ist, der über anderen mit Schwierigkeiten kämpfenden Blöcken und den Integrationsleiden anderer sich entschuldigt, blau und geduldig, dafür, daß er unteilbar ist –
Um aber daran zu denken, daß man hier auf einen Platz gestellt ist und durch Flucht keinen besseren finden wird, und wenn, dann hier etwas zu tun hat – Was also tun?
Da wir aber weder prophetisch in die Zukunft schauen, noch soviel Geschmack haben, uns mit dieser Zukunft nicht zu beschäftigen, da wir dem pragmatischen Zickzack nicht so recht zu folgen vermögen und zugleich so viel Vertrauensverlust zu deklarieren haben in die großen Winke der Geschichte als Mythos und der Geschichte als das Errechenbare, Gesetzliche, und darum auch nicht gleich verstehen mögen, warum wir uns, in Berufung auf diese Arten von Geschichte oder die augenblickliche öde Praxis, mit dem oder jenen zu verbünden haben und die kleine Geheimniskrämerei unter der großen betreiben sollen –
Also mit wenig Bündnislust der gängigen Art und wenig Verständnis der gängigen Art, weil noch soviel Selbstverständnis fehlt, ein neues, unsentimentales und noch nicht

recht praktikables, während schon wieder alles im Gang ist und läuft und sich heißläuft im Lauf, als käme es darauf an, die Geschichte in die Flucht zu schlagen, der eine Atempause zu gönnen wäre wie uns, damit wir uns erst einmal zurechtfänden und einige Überlegungen anstellen könnten, um der zerstörten Vernunft Zeit für Heilung zu lassen, die der Geschichte zugute käme –

Also um zu bleiben und zu denken auf dem Platz, auf den man gestellt ist, hier, in keiner besonderen Gegend (wie es nirgends eine besondere Gegend gibt), einer Gegend, die nicht verteidigt zu werden braucht, deren Vorzüge jemand aufzunötigen nicht lohnt, aber immerhin einer Gegend, die uns ernähren kann, die uns lieb sein kann und der wir zu einem Gesicht verhelfen können, mit guten Zügen, in Nachahmung vorhandener guter Züge, durch Prägung neuer guter Züge –. Wenn dies in jeder Gegend geschieht, wird kein Gesicht einer Gegend mehr ein anderes abstoßen und erschrecken. Und die Gesichter sollen dann ruhig die Namen tragen, französisch, italienisch, deutsch und so fort. Und was eingeschrieben wird als Zug, mag dann auch ruhig heißen, wie es heißt, und in der Sprache geschrieben sein, die jeder glücklich seine eigene nennen darf.

Dann soll es, in unserem Beruf, ruhig einmal Mühe kosten, für ein Adjektiv tagelang ein entsprechendes Adjektiv zu suchen in der anderen Sprache. Und dann wird auch nichts verloren sein, wenn einmal für ein Wort kein entsprechendes Wort gefunden wird. Wenn das Vertrauen nur da ist in den Dialekt, in das, was übersetzbar an ihm ist, in das, was unübersetzbar bleibt.

2 Radio-Essays

Der Mann ohne Eigenschaften

Unvollständig

Stimmen: 1. Sprecher, 2. Sprecher, Ulrich, Musil

1. SPRECHER Ehe wir uns dem Thema zuwenden, das wir uns gewählt haben, werden wir fragen müssen: wer war Robert Musil? Wir fragen, weil seit geraumer Zeit sein Name im Mund einiger Leute ist – weil sogar einige Literaturgeschichten ihm einen, wenn auch knappen, Absatz widmen und weil, was uns wichtiger scheint, ein großer deutscher Verlag sein Werk, das vom Buchmarkt verschwunden war, jetzt neu aufgelegt hat.

2. SPRECHER Robert, Edler von Musil, geboren 1880 in Klagenfurt, Österreich, gestorben 1942 in Genf. Ein Roman, ›*Die Verwirrungen des Zöglings Törless*‹ (1906), beschäftigte die deutsche Literaturkritik durch seine neuartige Psychologie und erregte schon rein stofflich einiges Aufsehen, da er es wagte, die Pubertätswirren eines Knaben darzustellen. Obwohl sich Musil später ausdrücklich vom deutschen Expressionismus distanzierte, nahm die expressionistische Prosa von diesem Werk ihren Ausgang. Zudem erstaunte die deutsche Literaturkritik das stupende psychologische Wissen des Autors, dem es gelang, noch die unaussprechbarsten seelischen Erlebnisse mit dem Wort an die Oberfläche und in Bilder zu bringen.
In großen zeitlichen Abständen erschienen zwei Novellenbände: ›*Vereinigungen*‹ (1911) und ›*Drei Frauen*‹ (1924).

1. SPRECHER In diesen Prosastücken hatte Musil seinen ersten Roman darstellerisch schon weit hinter sich gelas-

sen. Und doch wurden sie, nach dem schönen Anfangserfolg, kaum mehr zur Kenntnis genommen. Was half es ihm, daß Hofmannsthal eine dieser Novellen sehr lobte? Er hatte sich erlaubt, einen Weg zu nehmen, den man nicht von ihm erwartete.

2. SPRECHER Im Jahre 1920 begann er an einem Roman zu arbeiten, den er 22 Jahre später unvollendet hinterließ. Die ersten beiden Bände erschienen 1930 und 1932, die Herausgabe des dritten Bands mußte von der Witwe des Dichters zur Subskription ausgeschrieben werden, um gedruckt werden zu können. Das war im Jahre 1943.

1. SPRECHER Und damals schien es, als wäre Musil der Weg zu seinen deutschen Lesern für immer abgeschnitten. ›*Der Mann ohne Eigenschaften*‹ – wir sprechen von diesem Werk – die Arbeit eines ganzen Lebens, fand keine Resonanz mehr. Er hatte nie großen Anklang gefunden. Immerhin wurden die beiden ersten Bände von einigen Kritikern begriffen als ein unerhörtes Werk, für das sich keine Parallele in der deutschen Literatur fand, dessen Qualitäten man einfach nicht gerecht werden konnte, weil die Maßstäbe fehlten. So entstanden die ein wenig scheuen und wenig treffenden Vergleiche mit James Joyces ›*Ulysses*‹ und Marcel Prousts ›*A la recherche du temps perdu*‹, mit Balzacs ›*Comédie humaine*‹ und Voltaires ›*Candide*‹. Man zählte Musil zur besten Gesellschaft, las ihn aber kaum, und es entstand ein recht merkwürdiger Ruhm, der ihm Kopfzerbrechen machte:

MUSIL »Dieser wunderliche Ruf! Er ist stark, aber nicht laut. Ich bin oft gezwungen worden, über ihn nachzudenken: er ist das paradoxeste Beispiel von Dasein und Nichtdasein einer Erscheinung. Er ist nicht der große Ruf, den Schriftsteller genießen, in denen sich der Durchschnitt (wenn auch verfeinert) spiegelt; es ist nicht der Spezialistenruf der literarischen Konventikelgröße. Ich wage von meinem Ruf (nicht von mir) zu behaupten, daß er der eines großen Dichters ist, der kleine Auflagen hat. Es fehlt ihm das soziale Gewicht ... Es fehlen mir die Zehntausende, die bei anderen gerade noch mitkönnen oder mitmüssen.«[1]

1. SPRECHER Zu lesen auf einem Blatt, das mit den Worten »Ich kann nicht weiter« überschrieben ist. »Ich kann nicht weiter ...« – was dahinter steht, ist erschütternd: das jahrzehntelange und zuletzt zum Scheitern verurteilte Bemühen, dieses *eine* Buch zu Ende zu führen, auf das es ihm ankam, und der verzweifelte Existenzkampf eines Dichters, dem seine Nation nicht gestattete, ihr als Dichter zu dienen – wie er sich bitter ausdrückte.

2. SPRECHER Musil kam aus einer gutsituierten altösterreichischen Beamten-, Gelehrten-, Ingenieurs- und Offiziersfamilie. Sein Vater war lange Zeit Ordinarius an der Brünner Technischen Hochschule gewesen und wurde später, als Rat am Patentgerichtshof, in den Adelsstand erhoben. Seine Mutter war die Tochter eines der Erbauer der ersten kontinentalen Eisenbahn, Linz – Budweis. Wie viele Söhne aus großbürgerlichem Milieu wurde er in eine Militärerziehungsanstalt –

1. SPRECHER – die Welt der Verwirrungen des Zöglings Törless –

2. SPRECHER – gesteckt und auf die Laufbahn eines k. und k. Offiziers vorbereitet. Aber noch ehe er avancierte, sprang er ab. Beim Studium des Artilleriewesens hatte er seine technischen Fähigkeiten entdeckt. Er wechselt zum Maschinenbaustudium über, macht die Ingenieursstaatsprüfung und wird Assistent an der Technischen Hochschule Stuttgart.

1. SPRECHER Daß wir den Lebenslauf des Dichters verfolgen, geschieht nicht einer fragwürdigen Gründlichkeit wegen, sondern in bestimmter Absicht. Denn Ulrich, der Mann ohne Eigenschaften, mit dessen Botschaft wir uns zu beschäftigen haben, [hat] nahezu unverschleiert die

Stationen von Musils Leben durchlaufen, ehe wir in sein Leben treten. Wenn Ulrich an diese Zeit zurückdenkt, so nennt er sie einen seiner Versuche, ein bedeutender Mann zu werden. Ein Versuch, der zwischen anderen mißlingt, dem er jedoch die ersten Ansätze zu seiner Moral verdankt.

MUSIL »Ulrich war, als er die Lehrsäle der Mechanik betrat, vom ersten Augenblick an fieberhaft befangen. Wozu braucht man noch den Apollon von Belvedere, wenn man die neuen Formen eines Turbodynamo oder das Gliederspiel einer Dampfmaschinensteuerung vor Augen hat! Wen soll das tausendjährige Gerede darüber, was gut und böse sei, fesseln, wenn sich herausgestellt hat, daß das gar keine ›Konstanten‹ sind, sondern ›Funktionswerte‹, so daß die Güte der Werke von den geschichtlichen Umständen abhängt und die Güte der Menschen von dem psychotechnischen Geschick, mit dem man ihre Eigenschaften auswertet.«[2]

1. SPRECHER Mit einem Wort: Ulrich hatte, wie einmal auch der Dichter selbst, eine kraftvolle Vorstellung vom Wesen des Ingenieurs entwickelt. Die Männer der Technik, die er kennenlernte, hatten den Militärs einige Vorzüge voraus: sie besaßen eine bewundernswerte Tüchtigkeit und Kühnheit und brachten die Welt in jeder Stunde um einen Schritt weiter, aber ... Etwas fiel ihm störend an ihnen auf. Daß ihr Fühlen und Denken mit dieser Spezialistenkühnheit keineswegs Schritt hielt. Sie steckten sich zum Beispiel »Busennadeln mit Hirschzähnen« oder kleine Hufeisen in die Krawatten, sie trugen Anzüge, die an die Anfänge des Automobils erinnerten, ja sie dachten so wenig daran, die Kühnheit ihrer Gedanken auch auf sich selbst anzuwenden, sie hätten es abgelehnt –

MUSIL »... wie die Zumutung, von einem Hammer den widernatürlichen Gebrauch eines Mörders zu machen!«[3]

2. SPRECHER Musil änderte noch einmal seinen Berufsplan: Er ging von Stuttgart nach Berlin und studierte bei Carl Stumpf, dem bedeutenden Experimentalpsychologen, Logik und experimentelle Psychologie, mit dem Erfolg, daß wenige Jahre später seine Berufung als Dozent an den Universitäten München und Graz zur Diskussion stand.

1. SPRECHER Auf den Mann ohne Eigenschaften übertragen gesehen, erscheint diese Zeit als der wichtigste Versuch. Ulrich macht ein ähnliches Denktraining als Mathematiker durch. Er machte es durch, weil er »menschlich verliebt« war in ihr messerscharfes, messerkühles Denken. Und er liebte sie wegen der Menschen, die sie »nicht ausstehen« konnten, jener Typen wegen –

MUSIL ». . . die den Zusammenbruch der europäischen Kultur ihr, als der Mutter der exakten Naturwissenschaft, als der Großmutter der Technik, als auch der Erzmutter jenes Geistes, aus dem schließlich Giftgase und Kampfflieger aufgestiegen sind, in die Schuhe schoben. *Er* begriff sie als den Ursprung einer ungeheuerlichen geistigen Umgestaltung für eine Wissenschaft, die stark und mutig vor Gott eine Falte seines Mantels nach der anderen öffnet.«

»Und Ulrich fühlte: die Menschen wissen das bloß nicht; sie haben keine Ahnung, *wie* man schon denken kann; wenn man sie neu denken lehren könnte, würden sie auch anders leben.«[4]

2. SPRECHER Trotz des ehrenvollen Angebots schlug Musil die Dozentur aus. Er hatte inzwischen ›*Die Verwirrungen des Zöglings Törless*‹ geschrieben und fühlte, daß er nur mehr einen Weg gehen konnte.

1. SPRECHER Dieser Weg bot keine Garantie – nicht bürgerliche Sicherheit, nicht stetiges Vorwärtskommen – er bot ihm nichts als unauslöschliche Zweifel und heimliche Gewißheit, Enttäuschung, Einsamkeit und jenes Glück

im Unglück, die Entfernung aus der Zeit den Geistern, die sie repräsentieren, bringt. Was weiter geschieht, ist zufällig:

2. SPRECHER Er lebt als Bibliothekar in Wien, bis der erste Weltkrieg ausbricht, den er an der italienischen Front mitmacht. Nach dem Krieg wird er Fachbeirat im Bundesministerium für Heereswesen und geht schließlich nach Berlin, in dem in diesen Jahren – es ist die Zeit der Weimarer Republik – die Spannungen und Konflikte des deutschen Geisteslebens am spürbarsten sind. Nach der Machtübernahme durch Hitler kehrt er, ohne äußeren Zwang, niedergeschlagen nach Wien zurück und nimmt die Arbeit am ›*Mann ohne Eigenschaften*‹ wieder auf, dessen erste Bände nun erschienen sind. Jetzt ist er freier Schriftsteller, in des Wortes bitterster Bedeutung. Sein Vermögen war in der Inflation verloren gegangen. Das Jahr 1938 ist da. Er gehört zu den wenigen, die Österreich freiwillig verlassen und das Schicksal der meisten politischen und jüdischen Emigranten teilen. Unbekannt, ohne Mittel, ohne Freunde, lebt er in Zürich, ein Namenloser, einer der vielzuvielen unerbetenen Gäste. Dann in Genf bis zu seinem Tod am 15. April 1942. Nur acht Menschen verabschiedeten sich auf dem Friedhof Saint Georges von ihm. Erst als seine Witwe den Nachlaßband zur Subskription ausschrieb, kam das Gespräch über Musil wieder in Gang. Aber es sollte noch nahezu zehn Jahre dauern, bis es Deutschland erreichte.

1. SPRECHER Und dieser selbe Mann hatte einmal in der Emigration geschrieben:

MUSIL »Ich widme diesen Roman der deutschen Jugend ... der, welche in einiger Zeit kommen wird und genau dort wird anfangen müssen, wo wir ... aufgehört haben ... Dieser Roman spielt vor 1914, zu einer Zeit also, welche junge Menschen gar nicht mehr kennen.

Und er beschreibt nicht diese Zeit, wie sie wirklich war, so daß man sie daraus kennen lernen könnte. Sondern er beschreibt sie, wie sie sich in einem unmaßgeblichen Menschen spiegelt.«[5]

1. SPRECHER Was geht dieser Roman also Menschen von heute an? Aber sehen wir uns erst einmal diesen unmaßgeblichen Menschen an, von dem wir wissen, daß er Ulrich heißt und in dem sich die Welt seiner Zeit spiegelt. Erlösen wir den Spiegelmenschen, indem wir selbst in den Spiegel tauchen und die Welt ansehen und annehmen als Exempel und nicht als Wirklichkeit.

2. SPRECHER Ein junger Mann, von dem wir wissen, daß er ein unmaßgeblicher Mensch ist – nicht anders als wir – und daß er sich mit verschiedenen Berufsplänen herumgeschlagen hat, kehrt eines Tags, im Jahre 1913, nach Wien zurück, in einem Augenblick, in dem sein Leben ins Nichts zu führen scheint. Er erinnert sich, daß man der Heimat die geheimnisvolle Fähigkeit zuschreibt, den Menschen Wurzeln schlagen zu lassen –

MUSIL ». . . und er ließ sich auf ihr mit dem Gefühl eines Wanderers nieder, der sich für die Ewigkeit auf eine Bank setzt, obgleich er ahnt, daß er sofort wieder aufstehen wird.«[6]

2. SPRECHER Da seine Mittel es erlauben, mietet er sich in einem kleinen Palais ein und beschließt, ein Jahr Urlaub von seinem Leben zu nehmen.

1. SPRECHER Urlaub von seinem Leben nehmen, das heißt: nichts tun. Und das ist für einen gesunden jungen Mann, der eine Menge nützlicher Dinge tun kann, beinahe etwas Verbotenes. Aber Ulrich schien es eine »Anstrengung« wert zu sein, ein Jahr lang nichts zu tun.

2. SPRECHER Wie mag wohl ein junger Mann beschaffen sein, der es eine »Anstrengung« nennt, gar nichts zu tun?

1. SPRECHER Nun – er ist, sagen wir, ein recht unpraktischer Mann, der im Verkehr mit Menschen unberechen-

bar sein wird und völlig spleenige Dinge treibt. Er ist – sagen wir – ein Mann ohne Eigenschaften.

2. SPRECHER Es wird Zeit, daß wir endlich zu definieren versuchen, was ein Mann ohne Eigenschaften ist. Der Ausdruck verführt zu den verschiedenartigsten Assoziationen – vom Menschen aus der Retorte bis zum Menschen ohne Charakter.

1. SPRECHER Ulrich ist weder das eine noch das andre, er hat nur, kurz gesagt, mehr Möglichkeitssinn als Wirklichkeitssinn, und diese Eigenschaft – nein, nicht Eigenschaft, sonst hätte er doch eine – macht ihn zu einem Mann ohne Eigenschaften. Als Mann ohne Eigenschaften steht er unter einer doppelten Kontrolle: der seines disziplinierten Denkens und der seiner Sensibilität in den Dingen des Gefühls. Natürlich hat er auch Wirklichkeitssinn, denn er ist weder ein Phantast, noch ein Idealist, der zur Flucht aus der Wirklichkeit neigt. Aber sein Sinn für die noch nicht geborene Wirklichkeit, also die Möglichkeit, treibt ihn zu einem geistigen Kampf, der vor den Linien der Wirklichkeit für eine neu zu schaffende ausgefochten wird. Er ist, man wird es sagen müssen, auf die Gefahr hin, ihn einem Mißverständnis auszusetzen, ein Utopist. Ulrich hat früh erkannt, daß seine Zeit mit dem Wissen, das sie jeder anderen voraus hat, mit diesem ungeheuren Wissen, unfähig zu sein scheint, in das historische Geschehen einzugreifen. Und den Grund, daß es so ist, sieht er darin, daß die Wirklichkeit heute nur zu einem geringen Teil von den Menschen selbst geschaffen wird; die Menschen sind nicht mehr schöpferisch, weil sie zu einem Häufchen von Eigenschaften und Gewohnheiten geworden sind und in einem hergebrachten Schematismus *erleben*. Ja, sie sind nicht mehr fähig, *selbst* zu erleben. Und so charakterisiert Musil diese Zeitkrankheit:

MUSIL »Ihre Erlebnisse sind aufs Theater gegangen, in

die Bücher, in die Berichte der Forschungsstätten und Forschungsreisen, in die Gesinnungs- und Religionsgemeinschaften, die bestimmte Arten des Erlebens auf Kosten der anderen ausbilden, wie in einem sozialen Experimentalversuch ... Wer kann da heute noch sagen, daß sein Zorn wirklich Zorn ist, wo ihm soviele Leute dreinreden und es besser verstehen als er?! Es ist eine Welt von Eigenschaften ohne Mann entstanden, von Erlebnissen ohne den, der sie erlebt ...«[7]

1. SPRECHER Ulrich entdeckt nun an sich, daß er es »gleich nah und weit« zu allen Eigenschaften hat, die andre haben, daß sie ihm aber alle herzlich gleichgültig sind. Er ist fähig, den Wert einer Handlung oder den Wert einer Eigenschaft abzulösen von den Zielen, [denen] sie dienen und herauszulösen aus den Verbindungen, in [die] sie geraten sind. Er besieht sie sich gründlich und untersucht sie wie ein Anatom.

MUSIL »Ein Charakter, ein Beruf, eine feste Wesensart, das sind für ihn Vorstellungen, in denen sich schon das Gerippe durchzeichnet, das von ihm übrig bleiben soll.«[8]

1. SPRECHER Davor nun schaudert ihn. – Ulrich, Musils Held, kommt – man darf es ruhig annehmen – natürlich auch aus einer Familie, die wir schon kennen. Er ist, bis zu einem gewissen Grad, ein Nachfahr des ›*Schwierigen*‹ von Hofmannsthal und ein Nachfahr auch aller liebenswürdigen und unliebenswürdigen Unzufriedenen, die Nestroysche Luft geatmet haben. Er hat die Schärfe des Sehens, die im Wiener Klima manchmal gediehen ist, die Neigung zur tödlichen Kritik und Selbstkritik, und er bewegt sich, wie einige andre würdige Geister vor ihm, über dem unheimlichen Sog, der verschwiegen wird und an den er sich verloren weiß, sobald sein Bewußtsein und seine Skepsis ihn verlassen. Von solchen Ahnen und aus solcher Luft bringt er die uneingestandene Disposition zum Selbstmörder oder Mystiker, die Disposi-

tion zur Ironie und zum »Nicht-originellseinwollen« und – last not least – zur Metaphysikfeindlichkeit mit.

2. SPRECHER Die Familie dieser »Schwierigen«, zu denen auch Ulrich gehört, war in dem Land zuhause, das in unseren Geschichtsbüchern konserviert ist, weil es zu existieren aufgehört hat, in einem Staat, der schon zu seinen Lebzeiten selbst »irgendwie nur noch mitmachte« – in der Österreichisch-Ungarischen Monarchie. Aber es ist müßig, über dieses Land etwas zu sagen, seit Musil das Treffendste darüber gesagt hat:

MUSIL »Dort, in Kakanien, diesem ... untergegangenen, unverstandenen Staat, der in so vielem ohne Anerkennung vorbildlich gewesen ist, gab es auch Tempo, aber nicht zuviel Tempo ... Natürlich rollten auf diesen Straßen auch Automobile, aber nicht zuviel Automobile! Man bereitete die Eroberung der Luft vor, auch hier; aber nicht zu intensiv. Man ließ hie und da ein Schiff nach Südamerika oder Ostasien fahren; aber nicht zu oft.«[9]

1. SPRECHER Dort in Kakanien ...

MUSIL »Es nannte sich schriftlich Österreichisch-Ungarische Monarchie und ließ sich mündlich Österreich rufen; mit einem Namen also, den es mit feierlichem Staatsschwur abgelegt hatte, aber in allen Gefühlsangelegenheiten beibehielt, zum Zeichen, daß Gefühle ebenso wichtig sind wie Staatsrecht und Vorschriften nicht den wirklichen Lebensernst bedeuten. Es war nach seiner Verfassung liberal, aber es wurde klerikal regiert. Es wurde klerikal regiert, aber man lebte freisinnig.«[10]

1. SPRECHER Zu seinen nationalen Kämpfen:

MUSIL »Sie waren so heftig, daß ihretwegen die Staatsmaschine mehrmals im Jahr stockte und stillstand, aber in den Zwischenzeiten und Staatspausen kam man ausgezeichnet miteinander aus ...«[11]

1. SPRECHER Dort in Kakanien hat Musil die »Parallel-

aktion« angesiedelt – die zentrale Handlung des Romans, sofern man von einer »Handlung« überhaupt sprechen kann. Mit der Geschichte dieses weitläufig organisierten kulturpolitischen Unternehmens, dieser Rettungsaktion für die geistigen »Werte des Abendlandes«, wird das individuelle Schicksal des Helden verknüpft. Daß diese makabre patriotische Unternehmung in die Donaumonarchie verlegt wurde, die Musil mit soviel Kenntnis, soviel heimlicher Liebe und furchtbarer Kritik gezeichnet hat, würde nun vermuten lassen, daß wir es mit einem historischen Roman zu tun haben, dem Schwanengesang auf das sterbende Kakanien. Aber Musil hat selbst einmal versucht, sein Werk zu definieren, um möglichen Irrtümern vorzubeugen.

MUSIL »Es ist nicht der seit Menschengedenken erwartete große österreichische Roman ...

Es ist keine Zeitschilderung, in der sich Herr ... erkennt, wie er leibt und lebt ...

Es ist kein Bekenntnis, sondern eine Satire ...

Es ist keine Satire, sondern eine positive Konstruktion ...«[12]

2. SPRECHER Allerdings ist der erste Teil des Romans ein gutes Stück Satire und Zeitkritik. Er führt uns durch das Labyrinth der herrschenden abgewirtschafteten Ideen, und wir lernen die Vertreter dieser Ideen kennen, die den Zusammenbruch der Kultur verständlich machen.

1. SPRECHER Inkarnationen von Weltanschauungstypen könnte man alle Figuren des Romans, mit Ausnahme Ulrichs, nennen. Lassen wir sie Revue passieren:

2. SPRECHER Der »Großschriftsteller« Arnheim: seine Lieblingsvorstellung ist, die Geschäfte nur im Zusammenhang mit geistigen Fragen zu behandeln, die Maeterlincksche oder Bergsonsche Philosophie zum Beispiel anzuwenden auf die Fragen von Kohlenpreis und Kartellierungspolitik. Seine eigene Zeit findet er entgöttert

und spricht daher gern über die notwendige Organisierung der inneren Zartheit, um die Menschheit vor Seelenlosigkeit zu retten. Er reist viel, wird [von] Ministern empfangen, hält Vorträge, sitzt in allen Preisgerichten, unterzeichnet alle Aufrufe, schreibt alle Vorworte, hält alle Geburtstagsreden, äußert sich zu allen wichtigen Ereignissen, bekämpft berufsmäßig den Ungeist der Zeit und zeigt Geist. Seine innere Schwierigkeit: er handelt kaufmännisch und spricht von ideellen Gesichtspunkten – ein Verwalter der Großindustrie des Geistes unserer Zeit.

1. SPRECHER General Stumm von Bordwehr, Leiter der Abteilung für Militär-, Bildungs- und Erziehungswesen im Kriegsministerium –

2. SPRECHER – mit der Aufgabe betraut, in der »Parallelaktion« ein »bißl aufzupassen, was da vorgehe« und interessiert daran, die wichtigsten »Zivilfragen« der Welt kennenzulernen. Kunst- und Musikliebhaber, dem eine breite, volkstümliche Teilnahme an den Fragen des Heeres und seiner Bewaffnung als würdiges Menschheitsziel vorschwebt. Sein letzter Rat an die Parallelaktion: wenn man schon keine Weltfriedenskonferenz einberufe, könnte man wenigstens für alle Fälle die Armee und die Flotte aufrüsten.

1. SPRECHER Graf Leinsdorf:

2. SPRECHER Der wahre Erfinder der Parallelaktion, ein typisch österreichischer Aristokrat; bestrebt, »Realpolitik« zu treiben. Das heißt, nach seiner Meinung:

MUSIL »Gerade das nicht tun, was man gern möchte; dagegen kann man die Menschen gewinnen, indem man ihnen kleine Wünsche erfüllt!«[13]

2. SPRECHER Er will nicht schöne Ideen verwirklichen, sondern –

MUSIL ». . . das Volk auf die Beine stellen!«

2. SPRECHER Das heißt nach seiner Meinung: auf alle

Vorschläge mit dem Vorschlag antworten, einen Verein zu bilden, denn –

MUSIL »... wenn viele Leute für etwas sind, kann man schon ziemlich sicher sein, daß etwas daraus wird.«[14]

2. SPRECHER Mit einem Wort, er verfügte über feste, gesunde politische Ansichten, glaubte an die notwendige rücksichtsvolle Einordnung jedes Menschen in das Staatswesen, glaubte, daß das Volk »gut« sei, und führte alle seine weniger gutartigen Willensäußerungen auf »hetzerische Elemente« zurück.

1. SPRECHER Der jüdische Bankdirektor Fischel hingegen –

2. SPRECHER – ein Repräsentant des Wirtschaftslebens, der der vaterländischen Aktion mißtrauisch gegenübersteht, hat in seinem eigenen Haus gegen den christgermanischen Freundeskreis seiner Tochter und dessen offen zur Schau getragenen Antisemitismus einen tragischen Kampf auszutragen. Einst ein geachteter Freigeist, sieht er sich plötzlich zu einem »jüdischen Kapitalisten« gestempelt. Davon abgesehen glaubt er an einen Fortschritt, der irgendwie dem Bild der fortschreitenden Rentabilität seiner Bank ähneln mußte, und –

MUSIL »Als Mann, der in seinem Fach tüchtig war, wußte er natürlich, daß man nur dort, wo man sich wirklich sehr genau auskennt, eine Überzeugung haben kann, ... die ungeheure Ausbreitung der Tätigkeiten läßt ihre Bildung anderswo nicht zu.«[15]

1. SPRECHER Universitätsprofessor Lindner, genannt der »Tugut« –

2. SPRECHER – verwandelt alles, womit er in Berührung kommt, in eine sittliche Forderung. Seine Charakter- und Körperübungen zur Erhaltung seiner Persönlichkeit verhindern nicht, daß er sich, wie peinlich, in die »moralisch schwachsinnige« schöne Schwester Ulrichs verliebt und daß ihm, unter seinem Tugendregime, die Erzie-

hung seines Sohnes mißlingt, der bald einen Typ einer kommenden Generation abgeben wird, als Resultat der Auflehnung gegen ihre pharisäischen Väter: er selbst würde ihn, mit einem Wort seines Vokabulars, als Tunichtgut bezeichnen.

1. SPRECHER Der Reigen geht weiter, über den Sozialisten Schmeißer und den Homosexuellen Meingast, hinter dem der Philosoph Klages zu suchen ist, zu dem ehrgeizigen jungen Dichter Friedel Feuermaul mit seinen schwülstigen »Der Mensch ist gut«-Ausbrüchen. Für dieses Portrait soll Musil Franz Werfel gestanden haben. Zu den wichtigsten Figuren gehören jedoch zweifellos der Prostituiertenmörder Moosbrugger und die zwielichtige Gestalt der Jugendfreundin Ulrichs, Clarisse. Zwei pathologische Figuren, zwei extreme Inkarnationen der Zeitkrankheit.
Moosbruggers Bedeutung für den Roman macht eine Notiz Musils deutlich:

MUSIL »Nationen haben einen unzurechnungsfähigen Geist ... Vergleich mit Irrsinnigen. Sie wollen nicht. Aber sie tun einander.«[16]

2. SPRECHER Moosbrugger steht auf der Nachtseite des Lebens. Seine Welt ist eine mystische. Er ist ein entsprungenes Zeichen der Ordnung, ein Bild, das aber nicht fremder ist als die anderen Bilder der Welt. Und da er stellvertretend für die Menschheit leidet, wie Clarisse meint, trägt er mit an der religiösen Problematik des Romans –

1. SPRECHER – eine Problematik, die Musil bestätigt, wenn er sagt, daß dieses Buch religiös ist, aber unter den Voraussetzungen der Ungläubigen.

2. SPRECHER Clarisse schließlich, besessen von der Ideenwelt Nietzsches und Klages', getrieben von Erlösungssehnsucht, verfällt dem Wahnsinn. In ihr mischen [sich] die widersprechendsten religiösen Tendenzen – sie

fühlt als Übermensch und als der große Hermaphrodit, als Doppelwesen aus Frau und Mann, sie will nicht »eins« sein, wie Ulrich und Agathe, sondern »zwei«; sie ist aber auch Christus und will die Leidensstationen nachvollziehen und meint, bis zum Zusammenbruch, unter immer gesteigerten irrsinnigen Opferhandlungen die Sünden der Welt auf sich nehmen zu können.

1. SPRECHER Einen Riesenschatten des Untergangs hat Musil über den ganzen Roman gelegt. Einen Schatten, der von den Menschen auf das Land und von dem Land auf die Menschen fällt. Aber die Monarchie wird von Musil ausdrücklich nur als ein besonders deutlicher Fall der modernen Welt bezeichnet, weil sie der erste Staat war, dem Gott den Glauben an seine Aufgabe genommen hatte. Sie steht, mit ihrem inneren und äußeren Zusammenbruch, für das Schicksal der modernen Welt überhaupt. Auch Ulrichs Gegenspieler, der Preuße Arnheim, hinter dem Rathenau zu suchen ist und der, wie die Figuren um den schöngeistigen Salon der Wienerin Diotima, menschliche und politische Verwirrungen trägt, vertritt in diesem kleinen Welttheater nur das Schicksal Deutschlands, um das Schicksal Europas sichtbar zu machen.

So werden wir darauf verzichten müssen, auf den äußeren Handlungskomplex einzugehen, der für jeden Leser zum primär Reizvollsten des ganzen Werkes gehört, mit seinen hinreißenden Milieuporträts und Menschenschilderungen, seinem schwarzen Humor und seiner bitteren Komik. Denn er ist nur Anlaß für den Dichter – Anlaß für einen kühnen geschichtsphilosophischen Versuch, der sich in die schöne Literatur verirrt hat.

2. SPRECHER Tatsächlich hat das Buch mit erzählender Prosa wenig zu tun. Es wird nahezu erdrückt von dem Übermaß an Reflexion, von der Mittelbarkeit der Darstellung. Es ist ein Konglomerat von Essays, Aphoris-

men, den inneren Monologen Ulrichs und zwei Dutzend Nebenfiguren.

1. SPRECHER Und es ist doch durchkomponiert und durchstrukturiert wie kein andres Buch dieses Jahrhunderts. Musil ist ein Stratege des Geistes, der mit der faszinierendsten Intelligenz an der Ausführung seines Plans arbeitet, mit allen Sprachmitteln, mit jedem möglichen Stil, mit jeder Bewußtseinsverschiebung, mit jeder Erlebnismöglichkeit. Und er wird getrieben von der kältesten und absonderlichsten Leidenschaft.

MUSIL »Dieses Buch hat eine Leidenschaft, die im Gebiet der schönen Literatur heute einigermaßen deplaziert ist, die nach Richtigkeit, Genauigkeit.«[17]

2. SPRECHER Schon einige Jahre ehe sich Robert Musil an die Arbeit an seinem großen Roman machte, hatte er in einer Zeitschrift eine kulturkritische Abhandlung unter dem Titel ›*Das hilflose Europa*‹ veröffentlicht. Damals sprach er sich zum ersten Mal entschieden gegen den noch heute weit verbreiteten Gedanken aus, daß die »Krise« Europas durch die zunehmende Mechanisierung des Daseins entstanden sei, daß der Gebrauch unseres Verstands, die zunehmenden Erkenntnisse des wissenschaftlichen Denkens und in der Folge dazu die moderne Technik, zur seelischen Zersetzung führe und »an allem« schuld sei. Er vertrat im Gegensatz dazu den Standpunkt, daß, was eben nicht mehr intakt sei, nicht länger bewahrt werden könne und daß der Verstand nichts zersetzen könne, was nicht schon zersetzt sei.

MUSIL »Es kann sich also gar nicht um anderes handeln als um ein Mißverhältnis, ein Aneinandervorbeileben von Verstand und Seele. Wir haben nicht zuviel Verstand und zu wenig Seele, sondern wir haben zu wenig Verstand in den Fragen der Seele.«[18]

1. SPRECHER Dieser Einsicht liegt Ulrichs Konflikt zugrunde. Von diesem Gedanken nehmen auch Ulrichs

Gedanken ihren Ausgang. Und obwohl er als »Mann ohne Eigenschaften« konzipiert ist, als ein Held also, dem die Voraussetzung zu handeln fehlt, beginnt er sich, von diesem Gedanken in Bewegung gesetzt, in ein Abenteuer zu stürzen, das als Abenteuer eines Romanhelden vollkommen neu ist. Er beschließt, das Denken und Handeln wieder zu aktivieren, »anstatt mit den Wölfen zu heulen«.

2. SPRECHER Diesem etwas theoretisch anmutenden Unternehmen geht die Überlegung voraus, daß die Reaktivierung nur aus einer neuen Moral –

1. SPRECHER – und da die Wurzel der Moral der Glaube ist, nur aus einem neuen Glauben kommen kann.

2. SPRECHER Der Mann ohne Eigenschaften macht sich nun nicht auf die Suche nach dem verlorenen Glauben und der verlorenen Moral, sondern experimentiert mutig, und, wenn es sein muß, vorsichtig, an der Entfesselung einer geistigen Atomenergie. Und er macht Kräfte frei, die er und seine Zeit nur noch nicht nützen können.

Aber verstehen wir es richtig: ein Konflikt ist immer ein moralischer Konflikt, und Ulrich, den Musil ironisch zu den »moralisch schwachsinnigen Dekadents« zählt, trägt zum Unterschied von den anderen Gestalten des Buchs einen Konflikt aus, der vor allen Konflikten liegt. Es geht ihm um die »Moral der Moral«, weil unsere Moral sich in einem um Jahrhunderte verspäteten Denkzustand befindet. Die moralischen Werte, an denen sich seine ganze Umgebung zu orientieren versucht, erkennt Ulrich als »Funktionsbegriffe«. Das heißt: die gleiche Handlung kann gut und böse sein, und im Endeffekt zeigt sich als einziges Charakteristikum der europäischen Moral, daß sich ihre Gebote hilflos widersprechen.

In einer der ersten Begegnungen mit seiner Schwester Agathe läßt Ulrich sich zum ersten Mal hinreißen, diese Dinge auszusprechen:

ULRICH »Du hast mich gefragt, was ich glaube ... Ich glaube, daß alle Vorschriften unserer Moral Zugeständnisse an eine Gesellschaft von Wilden sind.
Ich glaube, daß keine richtig sind.
Ein anderer Sinn schimmert dahinter. Ein Feuer, das sie umschmelzen sollte.
Ich glaube, daß nichts zu Ende ist.
Ich glaube, daß nichts im Gleichgewicht steht, sondern daß alles sich aneinander erst heben möchte.
Das glaube ich; das ist mit mir geboren worden oder ich mit ihm ...
Ich bin, wie es scheint, ohne mein Zutun mit einer anderen Moral geboren worden.
Du hast mich gefragt, was ich glaube! Ich glaube, man kann mir tausendmal aus den geltenden Gründen beweisen, etwas sei gut oder schön, es wird mir gleichgültig bleiben, und ich werde mich einzig und allein nach dem Zeichen richten, ob mich seine Nähe steigen oder sinken macht.
Ob ich davon zum Leben geweckt werde oder nicht.
Ob bloß meine Zunge davon redet und mein Gehirn oder der strahlende Schauder in meiner Fingerspitze.
Aber ich kann auch nichts beweisen.
Und ich bin sogar davon überzeugt, daß ein Mensch, der dem nachgibt, verloren ist. Er gerät in Dämmerung. In Nebel und Quatsch. In gliederlose Langeweile.
Wenn du das Eindeutige aus unserem Leben fortnimmst, so bleibt ein Karpfenteich ohne Hecht.
Ich glaube, daß das Hundsgemeine dann sogar unser guter Geist ist, der uns schützt!
Ich glaube also nicht!
Ich glaube aber vor allem nicht an die Bindung von Bös durch Gut, die unser Kulturgemisch darstellt: das ist mir widerwärtig!

. . . .

Aber ich glaube vielleicht, daß die Menschen in einiger Zeit einesteils sehr intelligent, andernteils Mystiker sein werden. Vielleicht geschieht es, daß sich unsere Moral schon heute in diese zwei Bestandteile zerlegt. Ich könnte auch sagen: in Mathematik und Mystik. In praktische Melioration und unbekanntes Abenteuer!«[19]

1. SPRECHER Das unbekannte Abenteuer nimmt Ulrich mit seiner Schwester Agathe auf sich.

2. SPRECHER Er hat sie seit seiner Kindheit nicht wiedergesehen und trifft sie beim Begräbnis seines Vaters in einem Augenblick wieder, wo auch ihr Leben ins Nichts zu verlaufen beginnt. Zwischen den beiden beginnt eine wundersame, scheue Zuneigung. Ulrich zieht sich aus dem Kulturbetrieb immer mehr zurück und entdeckt in Agathe den siamesischen Zwilling, die schattenhafte Verdoppelung seiner selbst.

1. SPRECHER Sein Weg des Denkens fällt mit dem der Liebe zusammen, und was nun geschieht, ist nicht der Ablauf einer Liebesgeschichte, sondern der der »letzten Liebesgeschichte«. Bruder und Schwester geraten auf einen Weg, der mit dem der »Gottergriffenen« vieles gemeinsam hat. Sie beschäftigen sich mit den Zeugnissen großer Mystiker, um dahinter zu kommen, wie Bewußtsein und Welt entgrenzt werden können, und für eine kurze Zeit erreichen sie den »anderen Zustand«, in dem sie moralisch in einen Uratomzustand aufgelöst werden – den »anderen Zustand«.

2. SPRECHER In einem unveröffentlichten Gedicht aus dem Nachlaß, ›*Isis und Osiris*‹, variiert Musil das Thema der Geschwisterliebe ‹. . .›

MUSIL Auf den Blättern der Sterne lag der Knabe
Mond in silberner Ruh,
Und des Sonnenrades Nabe
Drehte sich und sah ihm zu.

Von der Wüste blies der rote Wind,
Und die Küsten leer von Segeln sind.

Und die Schwester löste von dem Schläfer
Leise das Geschlecht und aß es auf.
Und sie gab ihr weiches Herz, das rote,
Ihm dafür und legte es ihm auf.
Und die Wunde wuchs im Traum zurecht.
Und sie aß das liebliche Geschlecht.

Sieh, da donnerte die Sonne,
Als der Schläfer aus dem Schlafe schrak,
Sterne schwankten, so wie Boote
Bäumen, die an Ketten sind,
Wenn der große Sturm beginnt.

Sieh, da stürmten seine Brüder
Hinter holdem Räuber drein,
Und er warf den Bogen über,
Und der blaue Raum brach ein,
Wald brach unter ihrem Tritt,
Und die Sterne liefen ängstlich mit.
Doch die Zarte mit den Vogelschultern
Holte keiner ein, so weit er lief.

Nur der Knabe, den sie in den Nächten rief,
Findet sie, wenn Mond und Sonne wechseln,
Aller hundert Brüder dieser eine,
Und er ißt ihr Herz, und sie das seine.[20]

1. SPRECHER alle Gedanken Ulrichs kreisen jetzt um die Frage: was läßt sich überhaupt glauben? Mystik als beständige Gottergriffenheit erscheint ihm »liederlich«: er bildet den Begriff einer »taghellen Mystik« – als Möglichkeit einer vorübergehenden Abweichung von der ge-

wohnten Ordnung des Erlebens. Diese Abweichung in eine direkte Wendung zu Gott überzuführen, widerstrebt ihm. Als Wissenschaftler weiß er, daß sie das Erkennen nicht fördern kann. Ja, jede Wendung, wenn sie fruchtbar sein will, muß auf das »Ahnen nach bestem Wissen« geschehen. Alles andre, ruft er eines Tags der Schwester zu:

ULRICH »Das ist nur wie die Wachsflügel des Ikaros, die in der Höhe zerschmelzen. Will man nicht bloß im Traum fliegen, so muß man es auf Metallflügeln erlernen!«[21]

1. SPRECHER Der Rückgriff des Manns ohne Eigenschaften auf die Idee vom tausendjährigen Reich, sein Verlangen nach dem »anderen Zustand«, der »unio mystica«, ist weniger befremdend, wenn man sie mit [Ulrich] als eine mögliche Utopie begreift. Und diese Utopie nicht als Ziel, sondern als Richtung vor Augen hat. Denn Musils Denken ist zielfeindlich, beweglich. Es rennt gegen die herrschenden Ordnungen an, in denen jedes Ding nur mehr ein Einzelfall seiner Möglichkeiten ist. Ja, jede Ordnung erscheint ihm absurd und wachsfigurenhaft, wenn man sie über ihre Zeit hinaus ernst nimmt und an ihr festhält. Er bevorzugt die Überlegung, daß die Welt – als Ordnung – nur eine von x Versuchen sei und Gott vielleicht Teillösungen gebe – eine Teillösung, aus der die Welt immer wieder eine relative Totale bilde, der aber keine Lösung entspricht. Gott freilich ist zweifelhaft. Man muß sich der Ahnung überlassen.

‹. . .›

2. SPRECHER Welche Bedeutung kommt nun der Utopie dieses »anderen Zustands« zu? Äußerlich vollzieht sie sich so, daß die Geschwister zur Flucht aus der Welt tendieren; sie verreisen nach Italien. Diese »Reise ins Paradies« empfindet Ulrich als etwas tief mit seiner Ablehnung der Welt Zusammenhängendes und als ein Ex-

periment, bei dessen Scheitern er beschlossen hat, sich das Leben zu nehmen.

1. SPRECHER Um es vorwegzunehmen: das Experiment scheitert und damit die Utopie des »anderen Zustands«, und Ulrich findet plötzlich den Grund nicht mehr, sich töten zu müssen. Die Geschwister trennen sich. Um Ulrich nicht wieder lieben zu müssen, wird Agathe Verhältnisse mit anderen Männern haben. Und Ulrich wird in den Krieg gehen, obwohl er sich in die Schweiz retten könnte, obwohl er den Krieg verabscheut, in dem er auch wieder eine Art des »anderen Zustands« sieht –

MUSIL ». . . aber vermischt mit dem Bösen.«

1. SPRECHER Und Musil deutet diese Liebesgeschichte weiter:

MUSIL »Ulrich-Agathe ist eigentlich ein Versuch des Anarchismus in der Liebe. Der selbst da negativ endet. Das ist die tiefe Beziehung der Liebesgeschichte zum Krieg!«[22]

2. SPRECHER Wenn aber in dieser Liebesgeschichte [von] ihrer Beziehung zum Krieg die Rede ist, so muß erst klargestellt werden, daß das umfassende Problem des Romans der Krieg ist. Alle Linien, die Musil nachgezogen hat, führen zum Krieg, am offenkundigsten natürlich die Parallelaktion, und jeder begrüßt ihn auf seine Weise, weil man nun etwas gefunden hat, das man »Überzeugung« und »Glauben« nennt – etwas, das Ulrich verachtet und gegen das er die Utopie, den »anderen Zustand«, die reine Kontemplation, setzt. Der Ausklang dieser Utopie ist jedoch tragisch.
Musil weiß, daß diese Utopie zum Scheitern verurteilt ist, denn:

MUSIL »Die Weltabkehr hat keinen Zweck. Das geht schon daraus hervor, daß sie sich stets Gott zum Ziel setzte, etwas Irreales und Unerreichbares.«[23]

1. SPRECHER Und doch ist auch diese Utopie, als Richt-

bild, die Voraussetzung für ein anderes Richtbild, das den Menschen aus den ideologischen Klammern befreien kann. Denn bleibt nicht Ulrich, nachdem die Reise ins tausendjährige Reich mißglückt ist, eben die Ahnung, in der sich das Movens des Geistes ständig wach und bereit hält? Liebe als Verneinung, als Ausnahmezustand, kann nicht dauern. Das Außersichsein, die Ekstase währen – wie der Glaube – nur eine Stunde. Zwar hat der »andere Zustand« aus der Gesellschaft in die absolute Freiheit geführt, doch Ulrich weiß nun, daß die Utopie dieses anderen Lebens für die Praxis des Lebens keine Vorschriften gibt. Für ein Leben in der Gesellschaft muß diese Utopie durch die Utopie des gegebenen sozialen Zustands ersetzt werden. »Utopie der induktiven Gesinnung« nennt Musil sie auch zuweilen. Beide Ideologien aber erreichen, daß an die Stelle der geschlossenen Ideologien offene treten.

2. SPRECHER Musil konnte die letzten Kapitel nicht mehr ausführen. Das gedankliche Fazit aber sollte das »Endergebnis der Utopie der induktiven Gesinnung« sein. Das sollte für Ulrich heißen:

MUSIL »Erkennen, arbeiten, fromm sein ohne Einbildung plus Endergebnis der Utopie der induktiven Gesinnung.«[24]

1. SPRECHER Und die Erkenntnis kommt ihm in einem Augenblick, in dem der Wahnsinn ausbricht im Sommer 1914, der den Zusammenbruch der Kultur und des Kulturgedankens einleitet. Und nun stellt [– – –]

Sagbares und Unsagbares – Die Philosophie Ludwig Wittgensteins

Stimmen: 1. Sprecher, 2. Sprecher, Zitatensprecher (Wittgenstein), Kritiker

WITTGENSTEIN »Die Welt ist alles, was der Fall ist.«[1]
»Die Welt ist die Gesamtheit der Tatsachen, . . .«[2]
»Die Welt ist durch die Tatsachen bestimmt und dadurch, daß es *alle* Tatsachen sind.«[3]

1. SPRECHER So beginnt der ›*Tractatus logico-philosophicus*‹ von Ludwig Wittgenstein – ein nicht sehr umfangreiches philosophisches Werk, das im Jahre 1921 in Wien erschien. Seine knappe, spröde Sprache wird jedem, der sich damit beschäftigt, zuerst auffallen. Und auffallen wird ihm, daß es nicht eine systematisch aufgebaute philosophische Schrift ist, sondern aus lose aufeinanderfolgenden numerierten Aphorismen besteht. Nicht immer wird ein Gedankengang zu Ende geführt, nicht immer von einem zum andern ein hilfreicher Übergang geschaffen. Darum wurde der ›*Tractatus*‹, trotz seinen klaren präzisen Formulierungen, oft ein dunkles Buch genannt, ein esoterisches Buch, das nur Eingeweihten, also Fachwissenschaftlern, zugänglich sei. Aber wir glauben, daß es für alle an der Philosophie und modernen Wissenschaft Interessierten ein sehr notwendiges und wichtiges Buch ist, und daß es uns lehren kann, die Welt richtig zu sehen.

2. SPRECHER Mit den ersten Sätzen des ›*Tractatus*‹ ist schon die Ausgangsposition Wittgensteins gegeben. Er spricht von der Welt als der Gesamtheit der Tatsachen. Das ist ein philosophisch ganz unkritischer einfacher

Ansatz, den er von seinem englischen Freund, dem Philosophen Bertrand Russell, übernahm. Russell geht von der These aus, daß die Welt sich aus voneinander völlig unabhängigen Tatsachen zusammensetze. Und die Welt ist über die Gesamtheit der Tatsachen hinaus – nichts. Darum kann unsere Erkenntnis von der Welt – als Abbild dieser voneinander völlig unabhängigen Tatsachen – immer nur Teile erfassen.

1. SPRECHER Wir fassen unsere Erkenntnis aber sehr oft in allgemeine Sätze. Wir können zum Beispiel sagen »Alle Menschen sind sterblich«.

2. SPRECHER Wenn wir diesen »allgemeinen« Satz genau prüfen, entdecken wir, daß er denselben Sinn hat wie etwa die Aussagen »Peter ist sterblich« und »Hans ist sterblich«. Das »und«, das diese beiden Einzelaussagen miteinander verbindet, hat die Funktion, die Wahrheit des allgemeinen Satzes »Alle Menschen sind sterblich« zu gewährleisten. Die allgemeine Wahrheit, die wir gewonnen zu haben glauben, wird nur bestimmt durch die Wahrheit der beiden Einzelaussagen »Peter ist sterblich« und »Hans ist sterblich«. Eine neue, allgemeine Wahrheit entsteht jedoch nicht. Dieses kleine harmlose Beispiel aus der Logik demonstriert, daß die Logik – ganz wörtlich und banal verstanden – gar nichts besagt. Sie hat – um mit Wittgenstein zu sprechen – rein tautologischen Charakter. Alle ihre Aussagen sind leer, sie können uns keinen Aufschluß über die Wirklichkeit geben.

1. SPRECHER Mit der Wirklichkeit, der Gesamtheit der Tatsachen, beschäftigen sich die Naturwissenschaften. Sie beschreiben die Tatsachen und vermitteln uns Erkenntnisse. Die Philosophie jedoch, die keine Naturwissenschaft ist, kann uns, wie die Logik – ihr Instrument – nichts über die Wirklichkeit lehren; denn alle Sätze, die sich auf die Wirklichkeit beziehen, sind naturwissen-

schaftliche Sätze; und die verallgemeinernden Sätze, die uns in der traditionellen Philosophie begegnen, wie etwa der vorhin vorgebrachte »Alle Menschen sind sterblich«, haben nur Sinn, weil sie auf empirischen Sätzen beruhen, und geben keine neue spezifisch philosophische Erkenntnis.

KRITIKER Wenn die Philosophie uns keine Erkenntnis vermitteln kann, wenn dies nur die Naturwissenschaften können, was leistet dann die Philosophie überhaupt noch?

1. SPRECHER Sie kann als »logische Analyse« der naturwissenschaftlichen Erfahrungssätze eine Art Kontrolle ausüben; sie kann Fehlerquellen aufdecken und Fehler ausmerzen. Aber die Bearbeitung der Wirklichkeit muß sie den Naturwissenschaften restlos überlassen. Die Preisgabe der Erforschung der Wirklichkeit an die naturwissenschaftlichen Spezialgebiete, die de facto schon längst vollzogen wurde, wird damit in der deutschen Philosophie zum ersten Mal bestätigt.

2. SPRECHER Wittgensteins Philosophieren, die »logische Analyse«, ist nicht so neu, wie es den Anschein hat. Finden wir in ihr doch die analytische Methode des Rationalismus und des Empirismus wieder, eine Methode, die fast so alt ist wie die Philosophie selbst. Daß sie in der deutschen Philosophie in Vergessenheit geriet – daran trug das 19. Jahrhundert schuld. Die Systeme von Fichte, Schelling und Hegel hatten sie ganz verdrängt, bis sie im 20. Jahrhundert in neuer Form auferstand und als Neopositivismus in die jüngste Philosophiegeschichte einging, zu einem Teil wenigstens neu angeregt von Wittgenstein. Der eigentliche Grund für das come back war jedoch die Revolution in der Mathematik und Logik – als sich gegen Ende des vergangenen Jahrhunderts plötzlich die Fruchtbarkeit der analytischen Methode auf diesen Gebieten von neuem erwies. Man entdeckte,

daß in der Mathematik wie in der Logik sogenannte Paradoxien auftreten, die die Grundlagen dieser beiden Disziplinen erschüttern. Von einigen logischen Paradoxien wußte man allerdings schon in der Antike. Die meisten von uns kennen die Geschichte vom Lügner; der Kreter Epimenides sagt, daß »alle Kreter lügen«.
Jetzt traf man aber auch in der Mathematik Paradoxien an, und die waren weitaus alarmierender, da sie ganze Gebiete der Mathematik auszuschalten drohten. Da Logik und Mathematik von ihnen bedroht waren, bedeutete das, daß unser ganzes Darstellungssystem – also unsere *Sprache* im weitesten Sinne – davon betroffen ist und nicht nur der eine oder andre Satz innerhalb unserer Sprache. Was war nun zu tun? Wie konnten diese Probleme – diese Grundlagenprobleme – gelöst werden?

1. SPRECHER Die Philosophen, die die Beschäftigung mit der Logik als außerordentlich wichtig erkannten – Bertrand Russell in England und die Neopositivisten in Wien –, kamen auf einen zwar naheliegenden, aber wirklich völlig neuen Gedanken; der Grund für diese Paradoxien mußte darin liegen, daß wir durch Jahrhunderte in der Philosophie – und somit auch in unserer Sprache – Sätze verwendet haben, die so aussahen, als hätten sie Sinn – die aber in Wirklichkeit gar keinen haben; daß wir einer Mystifikation unserer Sprache zum Opfer gefallen sind, ohne es zu merken, weil wir der Sprache blind vertrauten. Wohl hatten schon Plato und nach ihm andere Philosophen versucht, durch eine streng analytische Methode die Wahrheit von Sätzen zu prüfen. Descartes beschloß bekanntlich sogar, alle Sätze für falsch anzusehen, deren Wahrheit nicht absolut einsichtig war. Aber niemand hatte sich je die Frage gestellt, ob nicht manche Fragestellungen schon sinnlos seien.

2. SPRECHER So rückt bei Wittgenstein und den ihm ver-

wandten Neopositivisten die Untersuchung des Sinnes von Sätzen und Fragestellungen in den Vordergrund des Philosophierens und wird wichtiger als die Frage nach der Wahrheit. Dem verborgenen Unsinn – dem in der Sprache verborgenen Unsinn – mußte einmal gründlich nachgegangen werden. Und das Mißtrauen wurde plötzlich so groß, daß Moritz Schlick, einer der führenden Köpfe der Wiener Schule, einmal ausrief, was die Philosophen heute fürchteten, sei nicht, daß sie die Probleme nicht lösen könnten, die der Philosophie gegeben sind, sondern daß die Philosophie es nie zu einem echten Problem bringen werde. Die meisten ihrer Probleme gäben sich ja schon heute als Pseudoprobleme zu erkennen.

1. SPRECHER Da die philosophischen Schwierigkeiten als in der Sprache liegend entdeckt wurden, verstehen wir, warum Wittgensteins Werk eine Sprachtheorie enthält. Es wird uns zeigen, wie man die Welt in richtigen und sinnvollen Sätzen »abbilden« kann, wie wir über die Welt »sprechen« können und was die Philosophie als Kritik unseres Sprechens über die Welt leisten kann.
Wittgenstein soll sein erstes Buch überdies ›*Tractatus*‹ genannt haben, weil er eine Art »Verhandlung« im juristischen Sinn über die Philosophie und unser philosophisches Reden halten wollte. Er schreibt in seinem Vorwort:

WITTGENSTEIN »Das Buch behandelt die philosophischen Probleme und zeigt – wie ich glaube – daß die Fragestellung dieser Probleme auf dem Mißverständnis der Logik unserer Sprache beruht.«[4]

1. SPRECHER So wurde für Wittgenstein der natürliche Ausgangspunkt seines Philosophierens die Erforschung der Logik, denn, so sagt ein Aphorismus des ›*Tractatus*‹:

WITTGENSTEIN »Außerhalb der Logik ist alles Zufall.«[5]

1. SPRECHER Und Zufall muß alles außerhalb der Logik sein, da die Welt von Logik erfüllt ist.

WITTGENSTEIN »..., die Grenzen der Welt sind auch ihre Grenzen.«[6]

2. SPRECHER Versuchen wir, diesem Gedankengang zu folgen: Wittgenstein spricht von der Welt, mit deren Gegenständen und Sachverhalten wir es zu tun haben. Diese eine Welt und ihre Sachverhalte werden von uns in Sätzen abgebildet, die prüfbar sind –

1. SPRECHER – naturwissenschaftlichen Sätzen nämlich –

2. SPRECHER – und er ergänzt an einer anderen Stelle, daß wir obendrein fähig sind, mit unseren Sätzen die *ganze* Wirklichkeit darzustellen.

1. SPRECHER Gemeint sind immer die Wissenschaften, die die Wirklichkeit erforschen und sie in ein Darstellungssystem bringen.

KRITIKER Was veranlaßt Wittgenstein dann aber, von »Grenzen der Welt« zu sprechen?

1. SPRECHER Er geht nun einen Schritt zurück und sagt, daß wir eines *nicht* darstellen können, und zwar das, *was* unsere Sätze, die die Wirklichkeit darstellen, mit der Wirklichkeit gemein haben.

2. SPRECHER Damit berührt er ein ganz merkwürdiges Phänomen, über das wir uns in der Praxis des Alltags, aber auch in der Praxis der Wissenschaft nie Gedanken machen. Wir stellen zum Beispiel einen bestimmten Naturvorgang mit dem Satz »es regnet« dar – oder drücken in den Naturwissenschaften ein sogenanntes Naturgesetz, etwa die Fallgesetze, durch eine Formel aus. Der Satz in der Alltagssprache wie die mathematische Formel stellen die Wirklichkeit dar, obwohl sie ja nicht das geringste mit dieser Wirklichkeit zu tun haben. Sie sind nur Zeichen, die etwas bezeichnen, ohne mit dem Bezeichneten etwas gemeinsam zu haben. Wie wir dennoch mit diesen Zeichen – unserer Sprache im weitesten Sinn – operieren können – das ist die Frage!

1. SPRECHER Und Wittgenstein beantwortet sie so: es ist

die logische Form, die beiden gemeinsam sein muß, weil Sätze sonst die Wirklichkeit überhaupt nicht darstellen könnten. Und die logische Form ist die »Grenze«, nach der unser Kritiker vorhin fragte, denn sie ermöglicht zwar die Darstellung, kann aber selbst nicht mehr dargestellt werden. In ihr tritt etwas in Erscheinung, das über die Wirklichkeit hinausweist. Es weist insofern über die Wirklichkeit hinaus, als sich in der logischen Form etwas zeigt, das für uns undenkbar ist, und weil es undenkbar ist, läßt sich nicht darüber sprechen.

WITTGENSTEIN »Was wir nicht denken können, das können wir nicht denken; wir können also auch nicht *sagen*, was wir nicht denken können.«[7]

1. SPRECHER So formuliert Wittgenstein die »Grenzsituation«, die sich für die Wissenschaft bei der Darstellung der Wirklichkeit ergibt. Und in der Abhandlung oder »Verhandlung« – dem ›*Tractatus logico-philosophicus*‹ – untersucht er dann die *sagbaren* Sätze und gibt die Bedingungen an, unter denen Sätze sagbar sind, das heißt auch: »sinnvoll« sind. Er nennt diese Sätze »Modelle« der Wirklichkeit.

2. SPRECHER Den Ausdruck »Modell« treffen wir übrigens auch in der modernen Physik an, wo zum Beispiel vom Atommodell die Rede ist; auch in der Physik hat man diesen Ausdruck gewählt, um klarzustellen, daß die Beschreibung des Atoms nichts mit dem Atom selbst zu tun hat, daß der Darstellung und der von ihr nicht faßbaren Wirklichkeit – wie Wittgenstein sagen würde – nur die logische Form korrespondiert.

1. SPRECHER Erinnern wir uns aber wieder der These Wittgensteins, daß die logische Form selbst, mit deren Hilfe wir die Sachverhalte der Welt beschreiben können, nicht zu den Sachverhalten der Welt gehört, daß mit ihrer Hilfe etwas zwar sinnvoll gesagt werden kann, sie

aber die Grenze des Sagbaren ist und mit der Grenze der Welt zusammenfällt –

2. SPRECHER – nicht aber mit der Grenze der Wirklichkeit überhaupt.

1. SPRECHER Und »Grenze meiner Welt« bedeutet »Grenze meiner Sprache«. Denn wir reichen nur soweit, soweit unsere Sprache reicht, mit der wir richtig darstellen und abbilden, *wie* die Welt ist.

KRITIKER Erlauben Sie mir, daß ich die bisher vorgetragenen Thesen zusammenfasse: Ich meine, wir haben es hier mit einer streng empiristisch-positivistisch-rationalistischen Philosophie zu tun, die mit einer an der modernen Logik entwickelten analytischen Methode arbeitet. Ihre Thesen beleuchten vor allem die Beziehung zwischen Philosophie und Naturwissenschaft. In der Geschichte der Philosophie treffen wir immer wieder ähnliche Strömungen seit dem Altertum an, aber während in früheren Jahrhunderten eine reinliche Scheidung von Philosophie und Naturwissenschaft noch nicht durchgeführt war, ist sie in unserem Jahrhundert, durch die fortschreitende Spezialisierung der Einzelwissenschaften, nahezu von selbst eingetreten. Eine Reihe von Fragen, die man vorher auf philosophisch-spekulativem Weg zu lösen versuchte, sind längst ausgeschaltet worden. Die Antworten haben die Psychologie, die Physik, die Biologie gegeben. Für die Philosophie war dies ein fortschreitender Bodenverlust, der aber keineswegs allen Philosophen zum Bewußtsein gekommen ist. Eingetreten ist er jedoch zweifellos. Und ganz bewußt und radikal die Konsequenzen ziehend, trat in diesem Augenblick eine neopositivistische Schule auf den Plan, erklärte, daß, was wir bisher Philosophie zu nennen gewohnt waren, einerseits verkappte Naturwissenschaft war, andererseits der verbleibende Rest von der Psychologie als anthropomorphistisch entlarvt oder mittels der neuen

Logik als grammatisch oder syntaktisch sinnloses Gerede entlarvt werden könne.
Mit den Ausdrücken »sinnloses Gerede«, »Scheinsätze« wurde doch im »Wiener Kreis«, der Arbeitsgemeinschaft der Wiener Neopositivisten, die Metaphysik der historischen wie neueren Systeme bedacht. Aber es ist eben die Frage, ob man die abendländische Metaphysik in ihren zwar vielfältigen und widersprechenden Formen wirklich von einem Tag zum andern ad acta legen kann, bloß weil man sie wegen der Unlösbarkeit ihrer Fragen für unmöglich hält.

1. SPRECHER Daß die Metaphysik wegen der Unlösbarkeit ihrer Fragen unmöglich sei, wurde von den Neopositivisten nicht behauptet. Das wäre der Standpunkt der älteren Empiristen und Positivisten gewesen, die in den Fehler verfielen, aus dem Empirismus eine Weltanschauung zu machen, in dem dann ebenfalls eine Metaphysik steckte, etwa der Art, daß die uns in der Erfahrung gegebene Welt als Realität verabsolutiert wurde. Im Neopositivismus oder logischen Positivismus hingegen versuchte man zuerst, die Fragen, die in der Philosophie seit ihrem Beginn aufgetreten sind, sinnvoll zu formulieren oder, wenn dies nicht möglich war, die Fragen auszuschalten. Denn wonach man nicht einmal sinnvoll fragen kann, darauf kann es grundsätzlich, in alle Zeit, keine sinnvolle Antwort geben. Dabei stieß man in der Metaphysik auf »Scheinsätze«, »Pseudoprobleme« wie etwa das Problem der Idealität oder Realität der Welt, das Geistproblem und das Gottesproblem, die grundsätzlich nicht gelöst werden können. Und man schied diese Probleme aus der Philosophie aus. Ein Satz etwa, der die Realität oder Idealität der Welt behauptet, stellt ja nicht einen Sachverhalt dar; er hat, wie alle Sätze dieser Art, eine ganz andere Funktion. Er bringt ein Lebensgefühl zum Ausdruck. Die gefühlsmäßigen und

willensmäßigen Einstellungen zur Umwelt, zum Kosmos, zu den Mitmenschen, zu den Lebensaufgaben, prägen ihn. Darum hat die Metaphysik für viele so großen Wert. Das Lebensgefühl aber kann auch auf dem Weg künstlerischer Gestaltung seinen Ausdruck finden. Insofern ist die Metaphysik dem Kunstwerk verwandt. Nur kommt bei ihr das Lebensgefühl in einem Gefüge von Sätzen zum Ausdruck, die scheinbar in logischen Zusammenhängen, logischen Ableitungsverhältnissen zueinander stehen; und so wird ein theoretischer Gehalt vorgetäuscht. Ein Kunstwerk argumentiert nicht. Die Metaphysik jedoch argumentiert und besteht darauf, Erkenntnisse zu vermitteln. Was aber Erkenntnis geben kann, wird immer nur ein naturwissenschaftlicher Satz sein, auch wenn er als metaphysisch verkleideter auftritt.

2. SPRECHER Metaphysikfeindlich ist auch die Haltung Wittgensteins. Der ›*Tractatus*‹ drängt von Satz zu Satz auf die scharfe, reinliche Scheidung von echten Sätzen und Scheinsätzen: Darstellung und Abbildung der Welt sind den Naturwissenschaften zu überlassen, und wo Unklarheiten, Vagheiten bestehen, setzt die logische Analyse ein, um Klarheit zu schaffen. Das ist jetzt die Tätigkeit der Philosophie. Und das ist nicht mehr der klassische wissenschafts- und weltgläubige Empirismus und Positivismus als Weltanschauung und Methode, sondern nur mehr Methode. Es wird nicht einmal der Versuch unternommen, die Welt so oder so zu interpretieren; die Wirklichkeit bleibt bewußt unangetastet und »unbestimmt«, denn es liegt nicht in unserer Kraft, ihren Charakter zu bestimmen. Wenn wir die Dinge richtig und brauchbar darstellen können, erübrigen sich Fragen nach »Wesen« und »Erscheinung«, das uns in den Darstellungsbemühungen ja um keinen Schritt weiterbringt, ja mehr noch, oft nur hinderlich war und in den empirischen Wissenschaften sogar zu unbrauchbaren oder fal-

schen Resultaten geführt hat. Dennoch bleibt für Wittgenstein, der sich mit anderen Neopositivisten in diese neutrale Haltung – man könnte auch sagen: unphilosophische Haltung – der Welt gegenüber teilt, noch eine Frage: Was haben wir nun aber mit einer richtigen und brauchbaren Darstellung und Abbildung der Welt erreicht? Und er gibt uns die Antwort auf einer der letzten Seiten des ›*Tractatus*‹, die uns erst das Abenteuer, das Wagnis begreifen läßt, auf das sich dieses Buch einließ: »gar nichts«.

WITTGENSTEIN »*Wie* die Welt ist, ist für das Höhere vollkommen gleichgültig. Nicht *wie* die Welt ist, ist das Mystische, sondern *daß* sie ist.«[8]

2. SPRECHER Mit diesem Aphorismus schlägt Wittgenstein einen neuen Ton an, den er bis zum Ende des Buches durchhält und der die eigentliche Problematik dieses problemfeindlichen Denkens enthüllt. Die Behauptung der Wertlosigkeit unseres Wissens darum, »*wie* die Welt ist«, richtet sich ebenso gegen den Positivismus, also gegen sein eigenes Philosophieren, wie gegen die Metaphysik, die sich um die Erforschung des Wesens der Dinge bemüht, die den absoluten, eigentlichen Charakter der Welt und der Gegenstände hinter ihren Erscheinungsformen aufsucht. Diese Behauptung verweist auf das Unfaßliche dessen, *daß* die Welt überhaupt ist, und nennt es ganz direkt mit dem Namen: »das Mystische« – einem Wort mit einem grenzenlosen Bedeutungsfeld, belastet mit zweifellosen und zweifelhaften Erfahrungen.

KRITIKER Erlauben Sie mir zu fragen, welchen Akzent das Mystische bei Wittgenstein hat? Erinnert dieser Satz nicht bedenklich an die, im Wittgensteinschen Sinn gewiß sinnlose, Frage Heideggers: »Warum ist überhaupt Seiendes und nicht vielmehr nichts?« Ist Heideggers Sprachlosigkeit dem Sein gegenüber nicht auch die

Sprachlosigkeit Wittgensteins? Geraten nicht der Positivist und der Seinsphilosoph in dieselbe Ausweglosigkeit?

2. SPRECHER Die Erfahrung, die Heideggers Seinsmystik zugrundeliegt, mag der ähnlich sein, die Wittgenstein vom Mystischen sprechen läßt. Doch Wittgenstein wäre es unmöglich, die Heideggersche Frage zu stellen, da er verneint, was Heidegger voraussetzt: daß nämlich im Denken das Sein zur Sprache komme. Wo Heidegger zu philosophieren beginnt, hört Wittgenstein zu philosophieren auf. Denn, so sagt der Schlußsatz des ›*Tractatus logico-philosophicus*‹:

WITTGENSTEIN »Wovon man nicht sprechen kann, darüber muß man schweigen.«[9]

2. SPRECHER Vom »Sinn« von Sein zu sprechen, ist nach Wittgensteins Thesen unmöglich, denn Sinn ist nicht in einer Welt, die nur darstellbar, beschreibbar – aber nicht erklärbar ist. Um die Welt erklären zu können, müßten wir uns außerhalb der Welt aufstellen können, müßten wir, wie er es nennt, »Sätze über die Sätze der Welt sprechen können«, wie dies die Metaphysiker zu können vermeinen; sie haben ja neben den Sätzen, die über Tatsachen sprechen, Sätze zweiter Ordnung, die *über* die Tatsachensätze sprechen. Sie vollziehen eine Sinngebung. Wittgenstein weist diese Versuche entschieden zurück. Gäbe es Sinn in der Welt, so hätte er keinen Sinn, denn er würde dann zu den Tatsachen gehören, zum Darstellbaren unter anderem Darstellbaren, ihm an Rang gleich, ein Gegenstand des Wissens wie andre Gegenstände und somit wertlos, denn:

WITTGENSTEIN »Wie die Welt ist, ist für das Höhere vollkommen gleichgültig ... Der Sinn der Welt muß außerhalb ihrer liegen. In der Welt ist alles wie es ist und geschieht alles wie es geschieht.«[10]

KRITIKER Wenn diese Frage, die wir an die Philosophie zu richten gewohnt sind, die Frage nach dem »Sinn von

Sein«, uns nicht beantwortet wird, wenn wir mit dieser Frage auf uns selbst verwiesen werden, weil Denken und Sprache sich uns versagen, wie werden dann die eng damit zusammenhängenden Fragen der Ethik beantwortet? Denn die ethischen Normen, die Sätze des »Sollens«, und die Werte, an denen wir uns orientieren, sind ja auch Sätze zweiter Ordnung und metaphysisch verankert. Wenn aber eine Wirklichkeit zweiter Ordnung, in der die Sinngebung und die moralische Gesetzgebung unseres Lebens beheimatet sind, geleugnet wird, käme ja in dieser neopositivistischen Philosophie die ganze Ethik zum Wegfall, und es wäre tatsächlich der Nullpunkt im abendländischen Denken erreicht, die Erfüllung eines absoluten Nihilismus, wie ihn sich nicht einmal Nietzsche, der Zertrümmerer der traditionellen westlichen Wertsysteme, auszudenken vermochte.

1. SPRECHER Wittgensteins Philosophie ist natürlich eine negative Philosophie, und er hätte seinen ›*Tractatus*‹ mit Nikolaus Cusanus ›*De docta ignorantia*‹ nennen können. Denn was wir sprechen können, ist nichts wert, und von dem, wo der Wert beheimatet ist, können wir nicht sprechen. Also – folgert er – können wir auch keinen wahren und beweisbaren Satz der Ethik aussprechen:

WITTGENSTEIN »Die Ethik ist transzendental.«[11]

2. SPRECHER Damit meint Wittgenstein, daß die sittliche Form, die nicht zu den Tatsachen der Welt gehört, der logischen Form analog ist. Sie kann nicht mehr dargestellt werden, aber sie zeigt sich. Sie ist, wie die logische Form, mit deren Hilfe wir die Welt abbilden, die Grenze der Welt, die wir nicht überschreiten können. Und er fährt fort:

WITTGENSTEIN »Die Lösung des Rätsels des Lebens in Raum und Zeit kann nur *außerhalb* von Raum und Zeit liegen.«[12]

2. SPRECHER Und wir kommen wieder zu dem entscheidenden Satz:

WITTGENSTEIN »Denn wie die Welt ist, ist für das Höhere vollkommen gleichgültig. *Gott offenbart sich nicht in der Welt.*«[13]

1. SPRECHER Es ist der bitterste Satz des ›*Tractatus*‹. Hölderlins »So wenig achten die Himmlischen uns!« klingt an; viel mehr ist jedoch gemeint, daß er der verborgene Gott, der deus absconditus bleibt, der sich in dieser Welt, die wir mit einem formalen Schema abbilden können, nicht zeigt. Daß die Welt sprechbar – also abbildbar wird –, daß Sagbares möglich ist, ist erst durch das Unsagbare, das Mystische, die Grenze oder wie immer wir es nennen wollen, möglich.

2. SPRECHER Wir haben bei der Behandlung von Wittgensteins Sprachtheorie, die sich mit der Darstellung der Welt beschäftigt, auf den Zusammenhang mit der seit dem Bestehen des abendländischen Denkens wirkenden analytischen Methode und die empiristischen und rationalistischen Züge seiner Philosophie hingewiesen. Und wir erleben heute, welch große Wirkung dieser »positive« Teil des ›*Tractatus*‹ auf die Entwicklung des modernen Denkens, vor allem in den angelsächsischen Ländern, in den letzten Jahrzehnten hatte, ja wie er sozusagen zur »Bibel« des wissenschaftlichen methodologischen Denkens unserer Zeit wurde.
In welchen Zusammenhang aber haben wir die andere Komponente des Wittgensteinschen Denkens, seine verzweifelte Bemühung um das Unaussprechliche, das Unsagbare, zu bringen?

1. SPRECHER Wittgenstein ist dieser Bemühungen wegen vielleicht *der* große repräsentative Denker unserer Zeit zu nennen, da in ihm die zwei extremen Tendenzen der geistigen Strömungen des Westens zum Ausdruck kommen. Er steht auf der Höhe des wissenschaftlichen Den-

kens der Zeit; des Denkens, das die Entwicklung der Technik und der Naturwissenschaften begleitet und ihm vorangeht; und doch sagt gerade er uns mit einem Nestroy-Zitat: »Überhaupt hat der Fortschritt das an sich, daß er viel größer ausschaut, als er wirklich ist.« Darum berührt uns die andre Komponente seines Denkens, die mystische, die das wissenschaftliche Denken überwinden will, so tief.

2. SPRECHER Wir glauben nicht fehlzugehen, wenn wir auf Pascal als Präzedenzfall eines Denkers hinweisen, der ähnlich beide Komponenten in sich vereinigte. Wittgenstein, mit dem strengen Wissenschafts-Ideal des 20. Jahrhunderts, würde von Pascal wahrscheinlich, wie keinem anderen Philosophen nach ihm, der »esprit de la géométrie« zugesprochen werden. Können wir ihm aber auch den »esprit de finesse« zusprechen? Bei Pascal ist es die Kombination dieser beiden Geistesformen, die den großen Denker ausmacht; ohne die »Mystik des Herzens«, die mystische Wirklichkeitserfahrung der ganzen Person, die vor oder hinter dem Denken steht, meinte er, sei eine Philosophie »keine Stunde Mühe wert«.

1. SPRECHER Ein hartes Urteil, das sich Pascal bei der Lektüre von Descartes notierte.

2. SPRECHER Um Wittgensteins mystische Züge zu verstehen und verständlich zu machen, muß man vielleicht einen Schritt über seine eigenen sparsamen Worte in dieser Richtung hinausgehen.

WITTGENSTEIN »Gott offenbart sich nicht in der Welt.«[14]

2. SPRECHER So heißt es gegen Ende des ›*Tractatus*‹. Was heißt das? Es heißt, daß die Welt als die Gesamtheit der Tatsachen, die nur naturwissenschaftliche Beschreibung zuläßt, Gott nicht offenbart, daß wir die Gottesbeweise als begrenzte Wesen in einer begrenzten

Welt nicht durchführen können, denn Gott ist ja keine Tatsache der Welt. Und von Niederem auf Höheres zu schließen, ist unmöglich, da jeder Schluß ein logischer Schluß ist – also inhaltsleer, das heißt eine Tautologie. Aber:

WITTGENSTEIN »Es gibt allerdings Unaussprechliches. Dies *zeigt* sich, es ist das Mystische.«[15]

1. SPRECHER Und so haben wir auch Wittgensteins Behandlung der Ethik zu verstehen. Werte sind etwas »Höheres«, gehören daher nicht zur Welt. Hören wir seine Formulierung:

WITTGENSTEIN »Es gibt keinen Wert in der Welt, denn gäbe es einen, so hätte er keinen Wert.«[16]

2. SPRECHER Das heißt: die Welt ist wertneutral, sie besteht aus Tatsachen von gleichem Rang, sie sind, wie sie sind, unveränderbar durch unseren Willen, den wir den Träger des Ethischen nennen. Nun gehören die ethischen Werte aber zu unseren Lebensproblemen, denn sie geben unseren Handlungen die Akzente des Guten und Bösen, des Wertvollen und Wertlosen. Das ist nicht zu leugnen, und Wittgenstein liegt es auch fern, das zu leugnen. Nur macht er ein für allemal deutlich, daß *die Wissenschaft* nichts zur Lösung eines solchen Lebensproblems beitragen kann. Mit allen existentiellen Fragen werden wir auf uns selbst verwiesen. Ja, er meint nicht, daß es keine Werte gibt, daß Ethik unmöglich ist oder daß es unmöglich ist, an Gott zu glauben – er meint nur, daß es streng genommen unmöglich ist, über all das zu *sprechen.* Die Sprache kann nur über Tatsachen sprechen und bildet die Grenze unserer – meiner und deiner – Welt. Die Entgrenzung der Welt geschieht, wo die Sprache nicht hinreicht und daher auch das Denken nicht hinreicht. Sie geschieht, wo sich etwas »zeigt«, und was sich zeigt, ist das Mystische, die unaussprechliche Erfahrung –

1. SPRECHER Erfahrung nicht des Empirikers, sondern des Mystikers.

2. SPRECHER Das Credo bei Wittgenstein ist also negativ, weil er es nicht aussprechen kann. Aber die letzten Sätze des ›*Tractatus*‹ reichen aus, um es uns ahnen zu lassen.

WITTGENSTEIN »Wir fühlen, daß selbst, wenn alle *möglichen* wissenschaftlichen Fragen beantwortet sind, unsere Lebensprobleme noch gar nicht berührt sind. Freilich bleibt dann eben keine Frage mehr; und eben dies ist die Antwort.[17]

Die Lösung des Problems des Lebens merkt man am Verschwinden dieses Problems.

(Ist nicht dies der Grund, warum Menschen, denen der Sinn des Lebens nach langen Zweifeln klar wurde, warum diese dann nicht sagen konnten, worin dieser Sinn bestand.)«[18]

1. SPRECHER Und so kommt das Buch zu den von den anderen positivistischen Wissenschaftlern mit Kopfschütteln aufgenommenen Konsequenzen.

WITTGENSTEIN »Die richtige Methode der Philosophie wäre eigentlich die: Nichts zu sagen, als was sich sagen läßt, also Sätze der Naturwissenschaft – also etwas, was mit Philosophie nichts zu tun hat –, und dann immer, wenn ein anderer etwas Metaphysisches sagen wollte, ihm nachzuweisen, daß er gewissen Zeichen in seinen Sätzen keine Bedeutung gegeben hat. Diese Methode wäre für den anderen unbefriedigend – er hätte nicht das Gefühl, daß wir ihn Philosophie lehrten – aber sie wäre die einzig richtige.

Meine Sätze erläutern dadurch, daß sie der, welcher mich versteht, am Ende als unsinnig erkennt, wenn er durch sie, auf ihnen – über sie hinausgestiegen ist. (Er muß sozusagen die Leiter wegwerfen, nachdem er auf ihr hinaufgestiegen ist.)

Er muß diese Sätze überwinden, dann sieht er die Welt richtig.«[19]

1. SPRECHER Kommt Wittgenstein nicht tatsächlich zu dem gleichen Schluß wie Pascal? Hören wir, was 300 Jahre vor ihm der Autor der ›*Pensées*‹ sagt: »Der letzte Schritt der Vernunft ist die Erkenntnis, daß es eine Unendlichkeit von Dingen gibt, die sie übersteigen.«[20]

2. SPRECHER Diesen letzten Schritt der Vernunft hat Wittgenstein getan. Wer wie er sagt: »Gott offenbart sich nicht in der Welt«, sagt unausgesprochen das »Vere tu es deus absconditus« mit. Denn worüber sollte sonst zu schweigen sein, wenn nicht über das Entgrenzende – über den verborgenen Gott, über Ethisches und Ästhetisches als mystische Erfahrungen des Herzens, die sich im Unsagbaren vollziehen? Das »Wovon man nicht sprechen kann, darüber muß man schweigen« schließt dies vollkommen ein. Schweigen über etwas heißt ja nicht nur einfach schweigen. Das negative Schweigen wäre Agnostizismus – das positive Schweigen ist Mystik.

1. SPRECHER Diese Interpretation des Wittgensteinschen Schweigens geht freilich schon über das von ihm selbst Gesagte hinaus; aber wir halten es für erlaubt, das zu folgern, um den ›*Tractatus*‹ verständlich zu machen, auch weil uns Wittgensteins Leben einen Anhaltspunkt gibt für alles, was er nur für schweigend vollziehbar hielt.

Ludwig Wittgenstein hat sich Zeit seines Lebens in Schweigen gehüllt; man könnte es kaum anders nennen, so verwunderlich ist es, daß ein Mann der Öffentlichkeit, dem Ruhm und Ansehen sicher gewesen wären, sich seiner Zeit so entziehen konnte, daß er ihr wirklich entging. 1921 veröffentlichte er den ›*Tractatus logico-philosophicus*‹ in Wien, wo wenige Jahre später, von seinen Gedanken angeregt, Moritz Schlick den »Wiener Kreis« ins Leben rief. Während die Wiener neopositivistische

Schule, die sich fast ausschließlich auf Wittgensteins sublime Denkbemühungen um die moderne Logik und Wissenschaftslehre stützte, seinen mystischen »Anwandlungen« aber fremd gegenüber stand, immer größeres internationales Ansehen gewann, zeigte sich Wittgenstein nie; er blieb den Diskussionen fern, lehnte es ab zu lehren und zog schließlich als Dorfschullehrer nach Niederösterreich, für Jahre, über die niemand zu berichten weiß. Er trat »aus« aus der Philosophie. Aus »rassischen« Gründen mußte er im Jahre 1938 Österreich verlassen, und er wandte sich nach England, wo er als Nachfolger von G. E. Moore in Cambridge den Lehrstuhl für Philosophie übernahm. Von diesen letzten Jahren wissen wir, daß er einen kleinen Kreis von Schülern um sich sammelte; sie erzählen, daß er eine Hütte bewohnt und darin nur einen einfachen Stuhl als Ausstattung geduldet habe. So hatte die Legende sein Leben abgelöst schon zur Zeit, als er noch lebte – eine Legende von freiwilliger Entbehrung, vom Versuch eines heiligmäßigen Lebens, vom Versuch, dem Satz zu gehorchen, der den ›*Tractatus*‹ beschließt:

WITTGENSTEIN »Wovon man nicht sprechen kann, darüber muß man schweigen.«[21]

2. SPRECHER Nach Wittgensteins Tod im Jahre 1951 begann man erst, sich mit seinem Werk und seiner Person wirklich zu beschäftigen. In Deutschland war es Ewald Wasmuth, der auf ihn aufmerksam machte und in einer Untersuchung, als christlicher Philosoph, die Hoffnung aussprach, daß Wittgenstein in seinen letzten Schriften, von deren Existenz man aus England hörte, den Schritt über das Schweigen hinaus zum Bekenntnis getan haben möge. Es war die Zeit, als man von einem ›*Blaubuch*‹ des Philosophen sprach und von ›*Philosophischen Untersuchungen*‹ – von einem umfangreichen Nachlaß, der uns ein vollkommeneres Bild seines Denkens geben

werde. Im vergangenen Jahr erschien nun tatsächlich in England ein Nachlaßwerk: ›*Philosophical Investigations*‹, das zu einem großen Teil noch von ihm selbst redigiert wurde. Diesen »Wieder-Eintritt« in die Philosophie erklärt er in einem Vorwort:

WITTGENSTEIN »Ich hatte bis vor kurzem den Gedanken an eine Veröffentlichung meiner Arbeit bei meinen Lebzeiten eigentlich aufgegeben. Er wurde allerdings von Zeit zu Zeit rege gemacht, und zwar hauptsächlich dadurch, daß ich erfahren mußte, daß meine Ergebnisse, die ich in Vorlesungen, Skripten und Diskussionen weitergegeben hatte, vielfach mißverstanden, mehr oder weniger verwässert oder verstümmelt im Umlauf waren. Hierdurch wurde meine Eitelkeit aufgestachelt und ich hatte Mühe, sie zu beruhigen.«[22]

1. SPRECHER Und über die ›*Philosophischen Untersuchungen*‹ selbst sprechend, fährt er an anderer Stelle fort:

WITTGENSTEIN »Ich übergebe sie mit zweifelhaften Gefühlen der Öffentlichkeit. Daß es dieser Arbeit in ihrer Dürftigkeit und der Finsternis dieser Zeit beschieden sein sollte, Licht in ein oder das andre Gehirn zu werfen, ist nicht unmöglich; aber freilich nicht wahrscheinlich.
Ich möchte nicht mit meiner Schrift Andern das Denken ersparen. Sondern, wenn es möglich wäre, jemand zu eigenen Gedanken anregen.
Ich hätte gerne ein gutes Buch hervorgebracht. Es ist nicht so ausgefallen; aber die Zeit ist vorbei, in der es von mir verbessert werden könnte.«[23]

2. SPRECHER Ob dieses Buch besser hätte ausfallen können, müssen wir dahingestellt sein lassen. In der Form, in der es vorliegt, als ein Konglomerat von Denkbeispielen, bietet es einige Schwierigkeiten. Wieder fehlt der systematische Zusammenhang. Wir werden vom Autor in ein sokratisches Gespräch gezogen, das viele

Dinge berührt; so wird uns seine Absicht nicht gleich offenbar. Er verfährt ja scheinbar absichtslos – und sagt zum Beispiel:

WITTGENSTEIN »Ich kann wissen, was der Andere denkt, nicht was ich denke. Es ist richtig zu sagen ›Ich weiß, was du denkst‹ und falsch ›Ich weiß, was ich denke‹.«[24]

2. SPRECHER Wir haben dieses Beispiel gewählt, weil es mit dem entscheidenden Kommentar versehen ist, einem Ausruf, der allen Beispielen folgen könnte:

WITTGENSTEIN »Eine ganze Wolke von Philosophie kondensiert zu einem Tropfen Sprachlehre!«[25]

1. SPRECHER Und damit haben wir seine Absicht gefunden, dieselbe, die im ›*Tractatus*‹ offen zutage tritt: zu zeigen, daß die Probleme der Philosophie Probleme der Sprache sind, daß sozusagen die Fehlzündungen der Sprache die philosophischen Probleme schaffen. Darum geht er in den ›*Philosophischen Untersuchungen*‹ daran – den ›*Tractatus*‹ erweiternd –, Beispiele vom richtigen oder falschen Funktionieren der Sprache zu geben, um uns den Unterschied von richtigem und falschem Denken zu zeigen. Denn:

WITTGENSTEIN »Die Sprache selbst ist das Vehikel des Denkens.«[26]

2. SPRECHER Schon im ›*Tractatus*‹ heißt es:

WITTGENSTEIN »Das Resultat der Philosophie sind nicht ›philosophische Sätze‹, sondern das Klarwerden von Sätzen.«[27]

2. SPRECHER Dieses Klarwerden von Sätzen soll in den ›*Philosophischen Untersuchungen*‹ auf breiter Basis erreicht werden. Die Kontrolle fängt jetzt schon bei den Sätzen der Alltagssprache an, mit dem Hinblick auf sein einziges philosophisches Ideal: vollkommene Klarheit. Hören wir, wie er selbst sie versteht:

WITTGENSTEIN »Aber das heißt nur, daß die philosophischen Probleme *vollkommen* verschwinden sollen.«[28]

1. SPRECHER Es ist Wittgensteins Überzeugung, daß die Philosophie von uns zur Ruhe gebracht werden muß, so daß sie nicht mehr von Fragen »gepeitscht« wird, die *sie selbst* in Frage stellen, und er glaubt, daß wir die Probleme zum Schweigen bringen können, wenn unsere Sprache gut und sinnvoll funktioniert, wenn sie im *Gebrauch* lebt und atmet. Nur wo die Sprache, die eine Lebensform ist, aus dem Gebrauch genommen wird, wo sie leer läuft – und das tut sie, seiner Meinung nach, wo sie im herkömmlichen Sinn philosophierend verwendet wird –, entstehen Probleme. Diese Probleme müssen nicht gelöst, sondern beseitigt werden.

So bewegen sich diese Untersuchungen eigentlich im Kreis des ›*Tractatus*‹, erweitern ihn aber durch Detailuntersuchungen nach allen Seiten. Sie verlassen die Abstraktion und geben Bilder. Die Sprache wird jetzt nicht mehr ein Zeichensystem genannt – das sie natürlich bleibt –, sondern in ihrer Mannigfaltigkeit verglichen mit einer alten Stadt. Auch so kann man sie ansehen – als:

WITTGENSTEIN »Ein Gewinkel von Gäßchen und Plätzen, alten und neuen Häusern, und Häusern mit Zubauten aus verschiedenen Zeiten; und dies umgeben von einer Menge neuer Vororte mit geraden und regelmäßigen Straßen und mit einförmigen Häusern.«[29]

1. SPRECHER Und da die Sprache ein Labyrinth von Wegen ist – wie er sie an einer anderen Stelle nennt –, so muß die Philosophie den Kampf gegen die Verhexung unseres Verstandes durch die Mittel der Sprache aufnehmen. Sie muß Luftgebäude zerstören und den Grund der Sprache freilegen, sie muß einer Therapie gleich sein, denn die philosophischen Probleme sind Krankheiten, die geheilt werden müssen. Nicht Lösung, sondern Heilung fordert er.

Somit hat die Philosophie eine paradoxe Aufgabe zu leisten: die Beseitigung der Philosophie.

KRITIKER Ebenso wie der ›*Tractatus*‹ zeitigen also auch die ›*Philosophischen Untersuchungen*‹ ein sehr merkwürdiges Resultat. Sie wollen, was wir jahrtausendelang in den verschiedensten Formen als Philosophie betrieben haben, beenden. Und zwar damit, daß sie den Positivismus in das Recht einsetzen, eine gültige Weltbeschreibung zu liefern, ihn aber als Weltanschauung und welterklärende Philosophie zum alten Eisen werfen wie alle andren nach Sein und Dasein fragenden Philosophien auch. Aber eine Crux scheint mir darin zu liegen, daß nach dieser Beseitigung oder Ausschaltung der Probleme, die heute so gern als »existenzielles Anliegen« bezeichnet werden, diese Probleme doch bestehen bleiben, weil es in der Natur des Menschen liegt, zu fragen und in der Wirklichkeit mehr als das Positive und Rationale zu sehen, von dem ja auch Wittgenstein meint, daß es nicht die ganze Wirklichkeit ausmacht. Und unbefriedigt von dieser zwar einwandfreien Bestimmung von Wißbarem und Unwißbarem, von positiver Wissenschaft und den Grenzen, die als logische und ethische Form im metaphysischen Subjekt auftreten, über die aber nicht mehr gesprochen werden kann, werden sehr viele unter uns sein. Wenn Wittgenstein das Schweigen auch positiv vollzogen haben mag, vielleicht schon mit seinem Werk selbst die positiven Akte sichtbar macht, indem er die großen Tugenden des Denkers – intellektuelle Redlichkeit und Ehrfurcht vor der dem menschlichen Verstand entzogenen Wirklichkeit – besaß: uns läßt er doch ein Vakuum zurück – den von allen Inhalten entleerten metaphysischen Bereich.

1. SPRECHER Gewiß ist es so. Aber was Sie das Vakuum nennen, ist wieder offen für echte Glaubensinhalte. Kein Platz mehr ist allerdings da für den Kampf der abendländischen Metaphysiken, den mit logischen Argumenten bewaffneten philosophischen Glauben gegen ei-

nen anderen philosophischen Glauben. Daß Wittgenstein das erwartete Bekenntnis zum Christentum nicht ablegte, darf uns aber auch nicht irre machen an den »Grenzen«, die nicht nur Grenzen, sondern auch Einbruchstellen des sich Zeigenden, des mystisch oder glaubend Erfahrbaren sind, das auf unser Tun und Lassen wirkt. Eine Konfession hat nur keinen Platz in seinem Werk, da sie sich nicht aussprechen läßt, sie würde, ausgesprochen, es schon verlassen. Und Wittgenstein wollte wohl auch, leidenschaftlich wie einst Spinoza, *Gott vom Makel der Anredbarkeit befreien*.

2. SPRECHER Den Grund zu seiner Haltung haben wir in der historischen Situation zu suchen, in der Wittgenstein sich fand. Sein Schweigen ist durchaus als Protest aufzufassen gegen den spezifischen Antirationalismus der Zeit, gegen das metaphysisch verseuchte westliche Denken, vor allem das deutsche, das sich in Sinnverlustsklagen und Besinnungsaufrufen, in Untergangs-, Übergangs- und Aufgangsprognosen des Abendlandes gefällt, Ströme eines vernunftfeindlichen Denkens gegen die »gefährlichen« positiven Wissenschaften und die »entfesselte« Technik mobilisiert, um die Menschheit in einem primitiven Denkzustand verharren zu lassen.

Und das Schweigen ist auch als Protest aufzufassen gegen die wissenschafts- und fortschrittsgläubigen Tendenzen dieser Zeit, die Ignoranz gegenüber der »ganzen Wirklichkeit«, wie sie sich häufig in der von seinem Werk ihren Ausgang nehmenden neopositivistischen Schule und unter den ihr verwandten scientistischen Denkern breit macht.

Wittgenstein wurde von einem Wiener Philosophen einmal janusköpfig genannt: und es ist wahr, daß er wie niemand anderer die Gefahren der sich verhärtenden Antagonismen des Denkens seines Jahrhunderts: Irrationalismus und Rationalismus, erkannte, sie in seinem

Werk bestand und schon überwand. Freilich ist er ohne das billige Rezept für die oft verlangte Synthese gekommen, aber mit dem zur Heilung – als Therapeut.

WITTGENSTEIN »Wir fühlen, daß selbst, wenn alle *möglichen* wissenschaftlichen Fragen beantwortet sind, unsere Lebensprobleme noch gar nicht berührt sind. Freilich bleibt dann eben keine Frage mehr; und eben dies ist die Antwort.«[30]

Das Unglück und die Gottesliebe – Der Weg Simone Weils

Stimmen: Erzähler, 1. Sprecher, 2. Sprecher und Sprecher für die Zitate von: Simone Weil, T. S. Eliot, Gustave Thibon, Madame Thévenon, einem französischen Arbeiter

ERZÄHLER Als man nach dem Krieg in Deutschland zum ersten Mal von Simone Weil in französischen Superlativen sprechen hörte, beeilte man sich in den Kreisen, die auf eine »geistige Erneuerung aus christlichem Geist« hofften, diese Superlative zu wiederholen; es gab auch tatsächlich ein paar Leute, die einige ihrer Schriften im Original kannten. Aber schließlich wurde es 1953, bis zwei Bücher in deutscher Sprache erschienen, und zwar im Kösel-Verlag, in einer vorzüglichen Übersetzung von Friedhelm Kemp. Sie tragen die Titel ›*Das Unglück und die Gottesliebe*‹ und ›*Schwerkraft und Gnade*‹.

1953 – das bedeutete, daß man das Wort vom »geistigen Vakuum« nur mehr selten hörte und über so allgemeine Forderungen wie der nach »geistiger Erneuerung« zu den Forderungen des Alltags übergegangen war. Man hatte ja »aufgeholt, was aufzuholen war«, alles »Ungewöhnliche« hatte wieder seinen Platz in der Ordnung des kulturellen Lebens. Zudem gedeihen ja Legenden um Persönlichkeiten nur so lang, wie ihr Werk kaum zugänglich ist oder solang ihr Leben im Dunkeln liegt. Der Wunsch, ihnen in die Karten zu sehen, hält das Interesse und die Phantasie wach.

Es ist zu vermuten, daß darum auch die Legende um Simone Weil, dieses absonderliche Geschöpf, Philosophie-

professorin und Fabrikarbeiterin, Jüdin und gläubige Christin, die Kritikerin der katholischen Kirche und halbe Häretikerin und potentielle Heilige – daß also die Legende um dieses absonderliche Geschöpf im Verschwinden ist, seit ihre Bücher systematisch in verschiedene Sprachen übersetzt werden und Daten aus ihrem Leben bekanntgegeben werden. Und so ist's nur noch die Frage, ob dies zum Schaden Simone Weils geschieht oder ob ihr Werk ihre Legende überleben wird.
Ich glaube, man kann diese Frage mit ja beantworten.
Von den »schriftlichen Arbeiten« Simone Weils sind zu ihren Lebzeiten nur ganz wenige erschienen, zumeist Aufsätze zu aktuellen Fragen, die erst im Zusammenhang mit ihrem eigentlichen Werk an Bedeutung gewinnen. Nach dem Krieg, im wiederbefreiten Frankreich, gab ein französischer Laientheologe, Gustave Thibon, einiges aus dem Konvolut von zehn Heften, die sie ihm überlassen hatte, heraus; das meiste erschien mittlerweile bei Plon, einiges bei Gallimard in Paris.
Diese zehn Hefte enthalten etwas schwer zu Definierendes, nämlich Sätze und Thesen, welche die sogenannten letzten Dinge betreffen. Da alles, was die »letzten Dinge« betrifft, von der Art ist, daß es entweder dem Schweigen oder dem Bekenntnis überlassen ist, wird es nicht leicht sein, Simone Weils Thesen gerecht zu werden; sie leben aus der Vernunft und münden ins Bekenntnis. Einem Bekenntnis gerecht zu werden oder es gar zu beurteilen, wie man wissenschaftliche Sätze und Thesen beurteilt, ist unmöglich. Man kann aber wohl dem Weg zu diesem Bekenntnis nachgehen und die Einsichten, die sie dabei gewann, und die Irrtümer, denen sie verfiel, nach- und aufzeichnen. Man kann schließlich das sprachliche Dokument ihrer Bemühungen, das seine Leuchtkraft einer ungewöhnlichen geistigen Leidenschaft verdankt und daher Stil und Format hat, als

ästhetisches Gebilde betrachten, obwohl sie das selbst gewiß abgelehnt hätte; aber jeder Ausdruck und jede Mitteilung fallen ja unsrer Welt und ihren Kategorien zu. Simone Weil ist keine »Schriftstellerin« gewesen. Sie war nicht produktiv. Sie hat nicht geschrieben, um zu schreiben und etwas zu erschaffen, das für sich stehen konnte, sondern Schreiben war für sie – neben starken kritischen und pädagogischen Impulsen – vor allem eine Übung. – Eine Übung, die sich zwischen Demut und Rebellion bewegte und wichtig war, solange für sie der Abstand zwischen »wissen« und »von ganzer Seele wissen« nicht überbrückt war. Sie war eine Fanatikerin der Genauigkeit, in ihrem Denken und ihrem Leben, einer Genauigkeit, die ebenso aufs kleinste wie aufs größte gerichtet war, die ihr Denken und Leben in extreme Situationen manövrieren mußte.

1. SPRECHER Simone Weil wurde im Jahre 1909 in Paris als das zweite Kind wohlhabender jüdischer Eltern geboren. Ihrem älteren Bruder – der heute Professor für Mathematik an der Universität Chikago ist – verdankte [sie] ihre frühe Beschäftigung mit Literatur und Wissenschaft, ihre bald überdurchschnittlichen Kenntnisse schwieriger Materien. Nach beendigter Schulzeit studierte sie Philosophie bei Alain, trat dann in die École Normale Supérieure ein und verließ sie als Agrégée de Philosophie – das entspricht nur äußerlich unserem Doktor phil., da es weitaus schwerer zu erreichen ist. Bis zum Ausbruch des zweiten Weltkriegs unterrichtete sie – mit freiwilligen und unfreiwilligen Unterbrechungen – an verschiedenen höheren Schulen. Sie nahm sehr früh am politischen Leben Frankreichs teil und kämpfte in den Reihen der extremen Linken, ohne jedoch einer politischen Formation anzugehören. Ihre Partei war die der Armen, Schwachen und Unterdrückten, und dieser namenlosen Partei trat sie auf ihre Weise bei. Sie nahm

Urlaub vom Lehrberuf, ließ sich unter fremden Namen als Fräserin in den Renault-Werken einstellen, lebte mit und unter den Arbeitern und unter denselben Bedingungen, unter denen damals der größte Teil der französischen Arbeiter zu leben hatte. Ihr erstes Experiment konnte sie nicht zu Ende führen. Eine Brustfellentzündung zwang sie, die Arbeit aufzugeben.
Als der Spanienkrieg ausbrach, schloß sie sich den Roten an, ging an die katalanische Front und half, wo sie konnte. Sie lehnte es nur ausdrücklich ab, von der Waffe Gebrauch zu machen. Aber wieder mußte sie aufgeben; diesmal war es ein Unfall, der sie zwang, nach Frankreich zurückzukehren. Sie hatte sich die Füße mit siedendem Öl verbrannt.
Im Sommer 1940, als sich die Deutschen Paris näherten, entschloß sie sich, ihre Eltern nach Marseille zu begleiten, verließ sie aber dann, um einige Monate aufs Land als Landarbeiterin zu gehen. Aus dieser Zeit rührt ihre Begegnung mit dem Philosophen und Laientheologen Gustave Thibon. Nach der täglichen Arbeit in den Weinbergen setzt sie abends ihre Studien der griechischen Philosophie und Literatur und der indischen Philosophie fort und begann, sich der Mystik zuzuwenden.
Kurze [Zeit] darauf finden wir sie wieder in Marseille. Auf Anregung des Dominikanerpaters Perrin hält sie Vorträge in der Krypta des Dominikanerklosters über Plato und die Pythagoreer. Endlich konnten ihre Eltern sie bewegen, mit ihnen zu emigrieren. Gemeinsam fuhren sie in die Vereinigten Staaten. Simone Weil aber, die die Gerechtigkeit eine »Flüchtlingin aus dem Lager des Siegers« genannt hatte, fühlte, daß sie in das Lager des unglücklichen Frankreich gehörte. Sie begrüßte die Résistance, verließ schon nach wenigen Monaten das gastliche Amerika und ging nach London zu Maurice Schumann, um in der Exilregierung zu arbeiten. Ihr Wunsch,

in einer Mission nach Frankreich geschickt zu werden, wurde ihr abgeschlagen. Man fürchtete ihrer Rassenzugehörigkeit wegen das Schlimmste für sie in einem Land, in dem die Gestapo hauste. Um aber wenigstens die Entbehrungen der Franzosen zu teilen, verzichtete sie auf ihre höheren Lebensmittelrationen zugunsten von Flüchtlingen.

Hunger und Überanstrengung aus vielen Jahren erschöpften sie. Mit einer akuten Lungenschwindsucht mußte sie in ein Sanatorium gebracht werden und starb kurz darauf in Ashford in der Grafschaft Kent, am 24. August 1943, noch nicht vierunddreißig Jahre alt. Über ihre letzten Tage berichtet niemand. Sie war dort wohl allein. Ihre wenigen Freunde waren in Frankreich.

WEIL »Die Agonie ist die letzte dunkle Nacht, deren selbst die Vollkommenen bedürfen, um die absolute Reinheit zu erreichen; und darum ist es besser, daß sie bitter sei.«[1]

ERZÄHLER Kennt man die Lebensgeschichte der Weil, so möchte man meinen, sie sei – vor allem im politischen und sozialen Kampf des Europa der Vorkriegs- und Kriegsjahre – ein Mensch gewesen mit einem starken Bedürfnis mitzuleiden und mitzukämpfen, und zu jedem Opfer bereit. Ihr Leben wäre, so gesehen, ein seltenes Beispiel von Menschlichkeit, aber als solches unsichtbar und ruhmlos geblieben wie soviele geopferte Leben.

Die Integrität ihres Lebens soll auch unangetastet bleiben und für sich sprechen. Sprechen wollen wir von ihrem Denken, ihrer geistigen Hinterlassenschaft und den Manifestationen ihres Denkens auf den verschiedenen und verschiedenartigen Stationen ihres Wegs, zu dem sie sich ausdrücklich berufen fühlte. Wir müssen darum, obwohl wir nicht außer acht lassen werden, daß ihre Berufung eine »geistliche« war, das Augenmerk zuerst auf ihr soziales und politisches Denken lenken. Die Triebfeder dieses Teils ihrer Persönlichkeit ist sehr stark gewesen, und so bekannte sie noch spät:

WEIL »Die Betrachtung des Sozialen ist eine ebenso wirksame Reinigung, als zöge man sich [aus] der Welt zurück, und darum war es nicht verkehrt, daß ich mich solange mit der Politik eingelassen habe . . .«[2]

1. SPRECHER Simone Weil erregte zum erstenmal öffentlich Aufsehen, als sie, die Professorin in [Le] Puy, für die in diesem Gebiet streikenden Arbeiter eintrat. Sie hatte damals Kontakt mit einer Gruppe aufgenommen, deren Sprachrohr die linksextremistische Gewerkschafts-Zeitschrift ›*Révolution prolétarienne*‹ war. Noch größeres Aufsehen erregte sie aber unter den Arbeitern selbst. Man hatte dort für Leute ihrer Art nichts übrig, verdächtigte sie, zu jenen Intellektuellen zu gehören, deren Sympathisieren mit dem Proletariat auf einem Mißverständnis beruht, die aus einem Gefühl der Unsicherheit und Leere der Faszination durch das ganz Andersartige erliegen. Diese Arbeiter, mit ihren konkreten Schwierigkeiten befaßt, liebten es überhaupt nicht, [daß] diese Art von Intellektuellen ihre Nase in ihre Angelegenheiten steckten. Das Zusammentreffen mit Simone Weil mag ihnen im Anfang daher unliebsam gewesen sein; später beunruhigte es sie. Sie waren beunruhigt durch ihre weit bessere Kenntnis der sozialistischen Theorien, durch ihre glänzenden Geistesgaben und ihr brennendes und reines Interesse für die Situation, in der sich die französischen Arbeiter damals befanden, und ihr rücksichtsloses Eintreten für eine Beßrung der Lage.

Simone Weil hatte keinen leichten Stand. Sie war sehr jung und nicht anziehend, wenig liebenswürdig, ohne Charme, unnachgiebig und von tödlichem Ernst. Aber sie war auch durch und durch wahrhaftig, zäh und unbeirrbar, und sie setzte sich durch. Sie gewann diese Männer, die über sie den Kopf schüttelten, zu Freunden.

Wie sie auf sie gewirkt hatte, charakterisiert am besten der tragikomische Ausspruch eines dieser französischen Arbeiter, der, als er von ihrem Tod hörte, tief erschüttert sagte:

ARBEITER »Sie hat nicht leben können; sie ist zu gelehrt gewesen und hat nie gegessen.«

2. SPRECHER Simone Weil war ein »überspannter« Mensch: von einer unerhörten cerebralen Intensität einerseits und einer völligen Ignoranz materiellen Bedürfnissen [gegenüber] andererseits. Sie wollte die Arbeiter zum Denken zwingen, ihnen ihre Lage klarmachen. Denn sie sah, daß der Gedankenlosigkeit der Arbeitgeber die Gedankenlosigkeit der Arbeiter gegenüberstand. Sie wollte das Übel bei der Wurzel anfassen und befand sich nur insofern in einem Irrtum, als [sie] voraussetzte, daß alle Menschen geistige Möglichkeiten gleich ihr selbst hätten. Sie tat es nicht aus Hochmut, sondern aus Naivität und bemerkte selten, daß sie auf ihren intellektuellen Ausflügen, an denen sie die anderen teilhaben lassen wollte, allein gelassen wurde. Mme Thévenon, die Frau eines der Führer der syndikalistischen Bewegung, erzählt in ihren Erinnerungen an Simone Weil aus dieser Zeit jedoch so Verständiges über ihr Wesen und ihre Ideen, daß man annehmen darf, Simone Weil sei, trotz ihrer Ungeschicklichkeit Menschen gegenüber, auf sie nicht ohne Wirkung geblieben.

MME THÉVENON »Sie war sehr einfach, und obwohl ihre Kultur der unsrigen so weit überlegen war, konnten wir mit ihr lange Gespräche in einem brüderlichen Ton führen. Es gefiel ihr bei uns, sie lachte mit uns und bat uns oft zu singen – nicht immer sehr orthodoxe Sachen. Wenn wir bei ihr waren, saß sie in ihrem häßlichen Zimmer, in dem es kaum Möbel gab, auf dem Ende ihres Eisenbettes und rezitierte griechische Verse, die wir nicht verstanden, die uns aber trotzdem Freude machten, weil wir ihre Freude darüber fühlten. Dann gab es manchmal ein unvergeßliches Lächeln von ihr, einen Blick des Einverständnisses in spaßhaften Situationen; diese Seite ihres Wesens trat selten in Erscheinung, des Ernstes wegen, mit dem sie allen Dingen begegnete ...«

2. SPRECHER Da Simone Weil jedem Konformismus abgeneigt war und jeder ihrer Gedanken die Luft der Freiheit atmete, bezwang sie auch ihre Umgebung. Sie kämpfte für keine Utopie, sondern für den Tag. Sie glaubte auch an kein ideales Programm für die Lösung der Arbeiterfrage, sondern eher an Lösung der Probleme von Schritt zu Schritt. Sie stellte sich [auf] den Boden der Wirklichkeit oder, wie sie selbst es ausgedrückt hätte, in das »Unglück«, dem sie sich mitverhaftet wußte in jeder Form, in der es in der Welt auftritt. Redlich denken hieß für sie: vom Gegebenen aus denken.

1. SPRECHER Wir wissen aus ihrer Biographie schon, daß sie den Lehrberuf eine Zeitlang aufgab und in die Renault-Werke als Fräserin eintrat. Sie hat damals ein ›*Fabriktagebuch*‹ geführt, aus dem wir einige Stellen lesen wollen, um zu zeigen, daß [sie], ehe sie formulierte, die Erfahrungen machte, die sie dazu berechtigten und befähigten. Dieses Tagebuch ist nicht überarbeitet und stilisiert worden, sondern hält echt und unmittelbar fest, was ihr jeden Tag begegnet. Es ist die Begegnung mit der Monotonie und der moralischen und psychischen Leere, die die Arbeit in den großen Fabriken in den Arbeitern erzeugt. In Rechnung ziehen müssen wir dabei freilich auch die besonderen Zustände französischer Fabriken in jenen Jahren, aber man kann nur von vielen Besonderheiten auf das Allgemeine schließen.

2. SPRECHER Simone Weil arbeitete damals in einer Schicht, die von 14 h 30 bis 22 h dauerte. So sind die angegebenen Uhrzeiten zu verstehen. Sie schreibt also im Jahr 1935 an einem Donnerstag:

WEIL »Mit einem außerordentlich peinlichen Gefühl ging ich heute in die Bude. Jeder Schritt kostet mich etwas: (moralisch, wenn ich hingehe; wenn ich nachhause gehe, ist es physisch). Ich befinde mich in einem Zustand halber Verirrung, in dem ich mir vorkomme wie ein Opfer, ausgesucht für irgendwelche harten Schläge ... Von 2 h 30 bis 3 h 35 400 Stück erledigt. Von 3 h 35 bis 4 h 14 verlor ich Zeit durch den Monteur. Alles was ich falsch gemacht habe, muß ich neu machen – dann große Stücke – langsam und *sehr* hart durch die neue Einstellung der Maschine. Ich gehe zum Vorarbeiter – Auseinandersetzung – Ich fange wieder an – ich schleife mir die Spitze des Daumens ab (Da haben wir ihn, den harten Schlag!) – Ambulanz – um 6 h 15 sind 500 Stück fertig – Für mich liegen keine Stücke mehr vor -- (Ich bin so müde, daß ich mich erleichtert fühle!). Aber man verspricht mir neue. Schließlich habe ich noch bis 7 h 30 Zeit und bisher nur 500 Stück von 1000 fertig ... Um 8 h weitere 245. Dann habe ich den Rest sehr leidend in weiteren anderthalb Stunden beendet ... Um 9 h 40 bin ich frei. Immerhin 16 Francs 45 verdient!!! ... Ich gehe müde weg.«[3]

2. SPRECHER Drei Wochen später, wieder an einem Donnerstag:

WEIL »Heute Drama in der Fabrik. Man hat eine Arbeiterin entlassen, weil sie 400 Stück verdorben hat. Sie ist tuberkulös, hat einen halb arbeitslosen Mann und Kinder (wahrscheinlich von einem andern), die von der Familie des Vaters erzogen werden. Gefühle der andern Arbeiterinnen: eine Mischung von Mitleid und jenes typische ›es geschieht ihr recht‹, wie die kleinen Mädchen in der Schule sagen. Sie soll eine schlechte Kameradin und Arbeiterin gewesen sein. Als Entschuldigung hat sie das Licht angeführt – denn nach 6 h 30 löscht man alle Lampen. – Wieder Auseinandersetzungen – Kommentare der Arbeiterinnen: ›Bei dem schlechten Licht habe ich schon ganz andere Sachen gemacht!‹ ›Sie hätte nicht mit dem Vorarbeiter streiten sollen, sie hätte den Unterdirektor aufsuchen und ihm sagen sollen: Ich habe Unrecht, aber . . .‹ ›Wenn man sein Brot verdienen will, muß man tun, was von einem verlangt wird.‹ ›Wenn man sich sein Leben verdienen will, muß man gewissenhafter sein.‹«[4]

2. SPRECHER Ohne Datum:

WEIL »Die völlige Unwissenheit über das, was man zu bearbeiten hat, ist außerordentlich demoralisierend. Man hat nicht das Gefühl, daß ein Produkt das Ergebnis der Mühe ist, die man drauf verwendet. In keiner Weise fühlt man sich dem Produzenten zugehörig. Man hat auch keineswegs das Gefühl, daß eine Beziehung zwischen Arbeit und Einkommen besteht. Die Tätigkeit scheint willkürlich auferlegt und willkürlich belohnt. Man hat ein wenig den Eindruck, man gehöre zu jenen Kindern, denen die Mutter, um sie still zu halten, Perlen einzufädeln gibt, indem sie ihnen Bonbons verspricht.«[5]

2. SPRECHER An einem Samstag:

WEIL »Entsetzliche Kopfschmerzen. Verzweiflungszustand. Nachmittags geht es mir besser, aber ich weine mich bei B. aus.«[6]

2. SPRECHER Montag:

WEIL »Leclerc läßt mich rufen. Er schnauzt mich an, weil ich diese Stücke gemacht habe, ohne vorher mit ihm zu sprechen. Dann fragt er mich nach der Nummer. Ich bringe ihm mein Heft, er schaut es sich an und wird freundlich, freundlich . . .«[7]

2. SPRECHER Mittwoch:

WEIL »Lohn: 255 Francs (ich fürchtete, nicht einmal 200 zu bekommen) – für 81 Stunden.
Nachts: nicht geschlafen.«[8]

2. SPRECHER Ohne Datum:

WEIL »In allen andren Formen der Sklaverei liegt die Sklaverei in den Umständen. Nur hier wird sie in die Arbeit selbst getragen.
Auswirkungen der Versklavung auf die Seele ...[9]
Der Inhaber einer Fabrik: Ich habe diese und jene kostspieligen Genüsse und meine Arbeiter leiden Not. Er mag ein durchaus aufrichtiges Mitleid für seine Arbeiter empfinden und trotzdem die Beziehung nicht herstellen.
Denn eine Beziehung entsteht nur dann, wenn das Denken sie herstellt.«[10]

1. SPRECHER Die Beziehungen durch das Denken versuchte Simone Weil in den Schriften, die sich ausdrücklich mit der Lage der Arbeiterschaft, der »Rationalisierung«, der Frage der Menschenrechte beschäftigen, herzustellen, vor allem und noch einmal zusammengefaßt in den »Präludien zu einer Deklaration der Pflichten gegen den Menschen«,[11] die ihr politisches Testament darstellen.
Wir können nicht jede einzelne ihrer Schriften vornehmen, wollen aber versuchen, das Leitmotiv, das alle beherrscht, aufzusuchen und ihre prinzipiellen Gedanken darzustellen. Das Elend – dem Unglück entsprungen – tritt in verschiedenen Formen auf. Die sichtbarste Art des Elends sieht Simone Weil im sozialen und politischen Sektor, weil diese Art des Elends dem Menschen den Weg zur Freiheit verstellt. Es müssen also zuerst diese niedrigsten Formen des Elends behandelt werden, mit dem Ziel einer sozialen Ordnung, eines sozialen Gleichgewichts. Darum spricht sie zu den Arbeitern und versucht, sie aufzuklären über die Ursachen ihres Elends, die sie im Taylorismus, genauer: in Taylors System der Rationalisierung der Arbeit, sieht, das zusammen mit dem Fordschen System, das Höchst-Produktion intendiert, mehr oder weniger konsequent in den Fabriken zur Anwendung gelangt. Was ist das für ein Sy-

stem, das auf wissenschaftlicher Basis beruht, fragt sie, und sie antwortet:

2. SPRECHER Man errechnet, in welcher Zeit eine bestimmte Arbeit getan werden kann, und legt diese Zeit als Norm den Arbeitern auf. Durch Prämien, Überwachung und unnachsichtliche Kündigung bei Nichterfüllung der gestellten Ansprüche werden die Arbeiter zu Höchstleistungen angespornt. Taylor war sehr stolz auf dieses System, weil es an die Interessen sowohl des Arbeitgebers wie des Arbeiters rührte, beide aus dem System äußere Vorteile gewannen und nicht zuletzt für den Konsumenten die Waren dadurch billiger wurden. Er meinte, so alle sozialen Konflikte beseitigt und die soziale Harmonie geschaffen zu haben. In dem System aber, so erläutert Simone Weil, liegt die perfekteste Sklaverei, die sich ausdenken läßt. Es habe die Arbeiter in eine völlige Isolation geführt; im Konkurrenzkampf werde die Solidarität der Arbeiter zerstört. Die Arbeitsteilung schließlich führe zu menschlicher Atomisierung in den Fabriken und schaffe dort die unvergleichliche Monotonie. Ford sagt, daß die monotone Arbeit für die Arbeiter nicht unangenehm sei, und er hatte damit recht, da ein Mensch sich an nichts leichter gewöhnt als an Monotonie. Mit dieser Gewöhnung aber beginne der moralische Zerfall des Menschen.

Simone Weil bekämpft darum auch heftig die Anwendung der Psychotechnik – die sich damals übrigens noch in einem Anfangszustand befand – und meinte, daß unter der Diktatur ihrer Berechnungen, etwa über einsetzende Ermüdung, Abnehmen der Aufmerksamkeit nach soundsoviel Arbeitsstunden usw., die Versklavung perfekt werde. Denn niemals werde ein Psychotechniker die Zeit errechnen und präzisieren können, in der ein bestimmter Arbeiter (und nicht der abstrakte, durch ein Mittel errechnete Arbeiter) eine Zeit lang oder kurz findet. Es ist nur der Arbeiter selbst, der es sagen kann.

1. SPRECHER Nach der Behandlung dieser »internen« Probleme kommt sie in dem Aufsatz ›*La Condition Ouvrière*‹ auf das damit verbundene umfassende Problem zu sprechen: eine nur nationale Behandlung der Produktionsfragen.

2. SPRECHER Sie geht in ihrer Analyse von der Betrachtung des Produkts aus. Ein Produkt ist zum Beispiel ein Auto. Ein Auto kann verschiedenes sein; in unsren Augen ist es ein nützliches Transportmittel, das nicht mehr wegzudenken ist. Autos sind aber nicht nur da, um früher oder später auf den Straßen zu fahren, sondern auch eine permanente Waffe im Kampf zwischen der Autoproduktion Frankreichs, Italiens, Deutschlands usw. Selbst wenn man in den Fabriken eines Landes im Interesse der Arbeiter die Arbeitszeit verkürzen wollte, könnte man das nicht. Man würde Gefahr laufen, von der ausländischen Autoproduktion an die Wand gedrückt zu werden. Eine Regelung könne nur auf internationaler Basis erfolgen und auf eine gleichmäßige Beschränkung der Produktion lauten. Simone Weil sagt, daß es keinen Fortschritt bedeute, wenn die Statistiker feststellten, die Produktion sei noch einmal und schon wieder gesteigert worden – es sei im Gegenteil ein Rückschritt in die äußerste und schrecklichste Sklaverei. Den deutlichsten Ausdruck findet dieser hektische Konkurrenzkampf in der Rüstungsproduktion, die ohne internationale Regelung natürlich von keinem Land eingeschränkt wird.

1. SPRECHER Die Forderungen Simone Weils, die in den Dreißigerjahren noch einen hohen Prozentsatz Hoffnung auf Verwirklichung enthielten, nehmen sich heute freilich nur mehr illusorisch aus, so wenig sie von ihrer Überzeugungskraft auch verloren haben. Sie schrieb so-

gar in einer Zeit, wo sie kaum ahnen konnte, wie recht sie – schon in bezug auf Hitler – behalten sollte:
Wenn die internationale Praxis immer mehr vernachlässigt werde, könnte es zwar zu einem nationalen sozialen Fortschritt kommen. Aber er ginge Hand in Hand mit einer zunehmenden Diktatur. In den Diktaturen schließen sich die Grenzen hermetisch gegen ausländische Produkte, gegen die Berührung mit Menschen und den Austausch mit Menschen aus andren Ländern. Es treten ein: Vollbeschäftigung, höhere Löhne und in Verbindung damit der Aus- und Aufbau einer enormen Rüstungsindustrie.

2. SPRECHER Von all dem unberührt bleibt aber – so oder so – das »Unglück« des Arbeiters. Sie nennt es »mysteriös« und zählt zum Unglück auch das Unglück der Arbeiter, nicht gut über ihr eigenes Unglück sprechen zu können. Denn tun sie es, so sprechen sie darüber in den Phrasen von Menschen, die keine Arbeiter sind. Die Parolen der Arbeiter kommen, zum größten Teil, [von] Nichtarbeitern.
Die Fabrik mit ihrer von der Weil unnachahmlich geschilderten Atmosphäre, ihrem Rhythmus, der im Menschen das Gefühl aufkommen läßt, nicht mehr über sich selbst verfügen zu können, eines Menschen, der sich zwischen Maschinen bewegt, die in Bewegung sind, schafft die Unfreiheit des Arbeiters. Er ist in der Fabrik nicht »bei sich«. Wird die Monotonie unterbrochen, so wehren sich die Arbeiter insgeheim. Das ist richtig. Der Grund ist aber, daß die neue Arbeit angeordnet und gemacht werden muß wie die alte. Bezug auf den Arbeiter haben beide nicht. Die Anordnungen sind überhaupt das einzige, was sich ändert. Macht man in einer Minute zehn Stück, zehn Handgriffe, so ist schon gewiß, daß man in der nächsten Minute wieder zehn Stück, zehn Handgriffe machen wird, und so weiter; bis zur näch-

sten Anordnung. Vielmehr aber liegt das Leiden noch außerhalb der Arbeitszeit, Hingang und Heimgang und der freie Sonntag, auch ein paar gewonnene Minuten während der Arbeitszeit etwa durch Nichtfunktionieren der Maschine, sind »Zufall«. Er lebt sein Leben zwischen Monotonie und Zufall. Der Zirkel ist nicht zu durchbrechen.

1. SPRECHER Das Unglück ist ein Mysterium, wiederholt sie immer wieder. Und macht die überraschende Wendung: auch wenn die Arbeitszeit, die Arbeitsbedingungen sich bessern würden (und das ist heute wohl in einigen Ländern zum Teil geschehen) – das Unglück bleibt bestehen. Was für ein Unglück.

2. SPRECHER Das Unglück ist, daß der Arbeiter keine Zukunft hat; denn wenn er sich »hinaufarbeitet«, ist er kein Arbeiter mehr. Es steckt in seiner Existenz ein Paradox. Ein Dentist, der am Verhungern ist (und jeder andre, der einen Beruf hat), ist auch ein Dentist, wenn er reich geworden ist. Ein Arbeiter jedoch, der es zu einer Fabrik bringt, ist kein Arbeiter mehr, sondern ein Fabriksdirektor.

1. SPRECHER Daran läßt sich nichts ändern, auch wenn er sich »Genosse« oder wie immer nennen würde.

2. SPRECHER Es gibt also viele Formen des Freiseins, traurige und würdige, aber nur eine Form der Sklaverei. Was den Versklavten über die Monotonie hinaus bleibt, ist der kurzlebige Wunsch [nach] Abwechslung, Vergnügung, und daneben stehen die Versuchungen: Faulheit, Ekel, Degout. Das Oszillieren zwischen Mahlzeiten und Arbeit und Ausruhen und wieder Arbeit, dieses »Essen um arbeiten zu können und arbeiten um essen zu können«, das Fehlen des Ziels, einer »finalité«, ist das Kennzeichen der nackten Existenz.

Simone Weil meint daher, daß die Revolte gegen soziale Ungerechtigkeit nötig sei; sie ist da, um das Böse einzuschränken, um das Gleichgewicht annähernd herzustellen. Den Arbeitern jedoch eine erfolgreiche Revolte gegen ihr wesenhaftes Unglück zu versprechen, sei eine Lüge.

WEIL »Diese Lügen führen zum Mißbrauch der besten Kräfte der Arbeiter. Sie versprechen ihnen ein Paradies, das unmöglich ist. Marx sagte, daß die Religion Opium fürs Volk sei. Nein, die Revolution ist Opium fürs Volk. Die revolutionären Hoffnungen sind stimulierend. Alle finalen Systeme sind grundfalsch.«[12]

ERZÄHLER Um den nächsten Schritt Simone Weils verstehen zu können, müßten wir schon ihre Konzeption der Welt kennen. Wo sie die Lösung zu finden vermeint, betreten wir schon das Vorfeld ihres Glaubens. Und um ihr folgen zu können, wollen wir nur vorausschicken, daß sie an Gott glaubte. Die besondere Form ihres christlichen Gottglaubens, ihren die Häresie streifenden »Katholizismus«, der sich weigerte, der Kirche als einer nicht »katholischen«, nicht »universalen« beizutreten, wollen wir uns noch vorbehalten. Sie sieht also das unlösbare Unglück des Arbeiters, sein wesenhaftes Unglück, als eine besondre Auszeichnung an. Denn ein Mensch, der keine Möglichkeit hat, seinen Wunsch auf Ziele zu richten, auf nichts, was sein könnte oder sein wird, kann seinen Wunsch nur richten auf etwas, das existiert.

WEIL »Das ist die Schönheit. Alles, was schön ist, ist Objekt des Verlangens, aber man begehrt nicht, daß es anders sei, man begehrt nicht, es zu ändern – man begehrt es, wie es ist ... Was man begehrt, ist genau das ... was man besitzt. Da das Volk gezwungen ist, sein Verlangen auf etwas zu richten, was es schon besitzt, ist die Schönheit für das Volk da und das Volk für die Schönheit ... Das Volk hat ein Bedürfnis nach Poesie, wie es ein Bedürfnis nach Brot hat. Nicht nach Poesie, die in Worte

gesperrt ist. – Es hat das Bedürfnis, daß die tägliche Substanz seines Lebens selbst Poesie sei.
Eine solche Poesie kann nur eine Quelle haben. Die Quelle ist Gott. Diese Poesie kann nichts andres als Religion sein.«[13]

2. SPRECHER Simone Weil meint damit, daß das fundamentale Unglück des Arbeiters einen Leerraum zwischen dem Menschen und Gott schafft. Der Blick eines Menschen, dem keine Wünsche, kein Ziel die Sicht verstellen, brauchte nur den Kopf zu heben und aufzuschauen, dann merkte er, daß ihn von Gott nichts trennt. Die Schwierigkeit wäre nur, ihn dazu zu bringen, den Kopf zu heben.

1. SPRECHER Nun wäre es aber falsch, zu glauben, daß sie damit das soziale Unglück, die Mißstände jeder Art, rechtfertigen will. Wir sagten schon an andrer Stelle, daß sie für die Revolte gegen soziale Mißstände eintritt, und sie hat es auch tatsächlich getan, als sie im Jahr [1936] den Streik der französischen Metallarbeiter unterstützte, ihn mit begeisterten Worten begrüßte. Nur das wesenhafte Unglück des Menschen ist für sie nicht entfernbar, wohl aber das Beiwerk, das akzidentelle Unglück, das dem Menschen die Kraft nimmt, den Kopf zu heben. Später formuliert sie es so:

WEIL »Man soll das Unglück, soweit man es vermag, aus dem sozialen Leben entfernen, denn das Unglück dient nur der Gnade, und die Gesellschaft ist keine Gemeinschaft von Auserwählten. Es wird immer noch genügend Unglück für die Auserwählten geben.«[14]

2. SPRECHER Daß [sie von] jeder Sentimentalität, auch bei ihrem unbedingten Eintreten für die Unterdrückten, frei war, und daß sie sich in ihrem Kampf und die Kämpfenden sozusagen sub specie eternitatis sah, geht daraus hervor, daß sie, was auf den ersten Blick sehr befremdend wirken muß, den sozialen und

politischen Sektor als dem »Bösen« zugehörig bezeichnet.

WEIL »Das Gute hat keinen Anteil am Sozialen ...[15] Das Soziale ist unaufhebbar der Bereich des Fürsten dieser Welt. In Hinsicht auf das Soziale hat man nur die eine Pflicht, zu versuchen, das Böse einzuschränken.«[16]

2. SPRECHER Denn:

WEIL »Das Soziale verleiht dem Relativen den Anstrich des Absoluten. Dagegen hilft nur der Gedanke der Relation. Die Relation sprengt den Rahmen des Sozialen.«[17]

2. SPRECHER Aber damit haben wir schon einen neuen Wegabschnitt erreicht. Die Etappen ihres Wegs überschneiden sich natürlich – obwohl es zur Kristallisation ihres religiösen Denkens erst in den letzten Lebensjahren kommt, und obwohl die soziale und politische Problematik der Dreißigerjahre der Boden bleibt, in den sie ihre Wurzeln schlug und das Material der Zeit zur Entmaterialisierung [– – –].

Simone Weils Gottesliebe und ihr Weg zu Gott sind von besonderer Art. Sie ist eine Einzelgängerin. Es ist uns auch deshalb nicht in den Sinn gekommen, sie mit den andren christlichen Geistern Frankreichs ihrer Zeit in einen Zusammenhang zu stellen, und es ist wohl auch kein Zufall, daß sie die Namen Péguy, Bernanos, Bloy nie erwähnt; es ist fraglich, ob sie sie kannte, ignorierte oder ihnen ablehnend gegenüberstand. Ihre Beziehung zur Literatur und Philosophie des 20. Jahrhunderts scheint nur schwach vorhanden zu sein, ‹...›. Sie erwähnt einmal Arthur Koestlers ›*Spanisches Testament*‹, das sie wohl in Zusammenhang mit dem Spanienkrieg berührte. Einmal Proust, da Valéry, einmal Joseph Conrad, die sie schätzte. Wirklich beschäftigt haben sie ganz andre Dinge, abgesehen von den Gesellschaftstheorien, die das soziale und politische Leitbild bestimmten. Es sind die griechische Literatur, vor allem die ›*Ilias*‹, die griechische Philosophie, vor allem Platon, auch die Pythagoreer. Sie übersetzte aus dem Griechischen, interpretierte Texte, weil sie meinte, [daß] »vorchristliche Intuitionen« ihr Wesen seien. Es bleibt natürlich die Frage offen, ob die griechischen Konzeptionen des Gottesbegriffs und der Gotteserkenntnis Vorwegnahmen waren oder sich nur nachträglich als Vorwegnahmen ausnehmen, nachdem sie [in] christlichen Konzeptionen absorbiert oder assimiliert wurden. Simone Weil neigt überhaupt in ihrer Auseinandersetzung mit Texten, seien es griechische, die der Mystiker oder die ›*Upanishaden*‹, die ›*Bhagavadgita*‹, Shakespeare oder Racine, zu einer glühenden Liebe und Verehrung – während sie andererseits nur rigorose Ablehnung kennt: das Alte Testament, Aristoteles, die römisch-lateinische Literatur erwecken ihr zum größten Teil Widerwillen; sie muß verwerfen, wo sie nicht lieben kann. Ihr gilt nur, was »Offenbarungen« empfing, bzw. wo sie solche zu sehen fähig ist. Ihre Kritik scheint oft anmaßend, und sie in allem zu teilen, wird kaum jemand möglich sein, eher schon ihre Bewunderung für das meiste zu teilen, das sie der Bewunderung wert fand. Dies, weil sie in einigen ihrer Schriften auf eine neue und faszinierende Weise die Schönheit alter Texte mitzuteilen versteht.

So klingen die Worte Eliots, die er für sie und ihr Werk fand, begütigend und einsichtig, wenn er empfiehlt, Geduld bei der Beschäftigung mit ihr zu haben:

ELIOT »Sicherlich konnte sie ungerecht und maßlos sein, sicherlich beging sie einige erstaunliche Irrtümer und Übertreibungen, aber diese tollkühnen Behauptungen, welche die Geduld des Lesers auf eine harte Probe stellen, entstammen nicht einer Schwäche ihrer Intelligenz, sondern einem Überschuß an Temperament . . . Was ihren . . . Geist angeht, so war er der Seele, die sich seiner bediente, würdig. Aber der Intellekt kann nur langsam zur Reife gelangen – besonders, wenn er Problemen nachsinnt wie denen, die Simone Weil beunruhigten. Und schließlich darf man nicht vergessen, daß Simone Weil mit dreiunddreißig Jahren starb. Sie hatte eine sehr große Seele, zu der ihr Intellekt emporwachsen mußte . . .«[18]

ERZÄHLER Aus diesem Grund wollen wir es auch vermeiden, ihren Urteilen über dieses und jenes zu große Beachtung zu schenken – nicht weil diese Urteile keine Aufmerksamkeit verdienen, sondern weil wir ihren Weg im Auge behalten wollen, der sie zwar andauernd auch mit Literaturen und Philosophien in Berührung brachte, immer aber ihr eigener blieb.
Man spricht heute gern von den »Pilgern zum Absoluten«. Nun, Simone Weil pilgert, einfach gesagt – nicht. Ihr Weg ist eine »via negativa«, ein Weg von Gott weg, um den Abstand zwischen sich und Gott zu vergrößern. Und dieser unendliche Abstand, [in] den sie durch die Annahme des äußersten »Unglücks« gebracht wird, soll es ihr möglich machen, Gott nicht als Individuum, als Persönlichkeit zweifelnd oder glaubend gegenüberzustehen, sondern als ausgelöschte und nackte Existenz die Gnade zu erfahren. So wird uns also, unter den Händen, ihr vielseitiges und vielschichtiges Werk zum Zeugnis reiner Mystik, vielleicht dem einzigen, das wir seit dem Mittelalter erhalten haben. Unter diesem Aspekt, dem einer nicht nachvollziehbaren Inspirierung, müßte man wohl ihre Niederschriften sehen, um ihnen gerecht zu werden.

1. SPRECHER Ein System, etwa philosophischer Art, enthalten die Schriften Simone Weils nicht. Dort, wo sich Ansätze zu einem System zeigen, sind [sie] sogar schwach; sie sind stark im »rapport« – ein Wort, das sich schwerlich ins Deutsche übersetzen läßt und meint das In-Beziehung-Setzen. Der »rapport« findet statt

zwischen ihrer Vernunft und dem abwesenden Gott, denn in allem, was wir sehen, denken, erleben, erfahren, ist Gott nicht.

WEIL »Gott kann in der Schöpfung nicht anders anwesend sein als unter der Form der Abwesenheit.«[19]

»Man muß Gott in einen unendlichen Abstand rücken, um ihn als an dem Bösen unschuldig vorzustellen; anderseits zeigt das Böse an, daß man Gott in einen unendlichen Abstand rücken muß.«[20]

»Diese Welt, insofern sie Gottes gänzlich leer ist, ist Gott selbst.«[21]

»Man muß in einer Einöde sein. Denn der, den wir lieben sollen, ist abwesend.«[22]

»Nichts, was existiert, ist unbedingt liebenswürdig. Also muß man das lieben, was nicht existiert.«[23]

1. SPRECHER Diese Sätze Simone Weils zeigen schon den Nullpunkt an, auf dem sie verharrt. Sie verharrt aber dabei nicht im Nichtstun, sondern im Tun und Denken. Aufmerksamkeit, Erfüllung der »strikten menschlichen Pflicht«, das Mögliche vollbringen, das Abmühen ins Leere hinein, die Mühen, um das Böse einzuschränken, sind die tätigen und geistigen Voraussetzungen für den Kontakt mit »geistlicher Wirklichkeit«. Denn, so sagt sie:

WEIL »Ein völlig Gelähmter macht keine Wahrnehmungen.«[24]

2. SPRECHER Unbedingt abzulassen ist aber von allem, was von diesem Nullpunkt täuschend entfernt: das Suchen nach Trost, Hoffnung, Heilmittel gegen das Leiden, jede Verdrängung der Leere durch Einbildung.

WEIL »Die Einbildungskraft ist unablässig bemüht, alle Ritzen zu verstopfen, durch welche die Gnade eindringen könnte.«[25]

»Die Einbildungskraft, welche die Leerräume ausfüllt, ist ihrem Wesen nach lügnerisch.«[26]

»Vergangenheit und Zukunft erschweren die heilsame Wirkung des Unglücks, indem sie imaginären Erhebungen unbegrenzten Spielraum bieten. Deshalb ist der Verzicht auf Vergangenheit und Zukunft als erster zu leisten.«[27]

2. SPRECHER Die zentralen Vorstellungen der christlichen Religion nun, die dem Gläubigen tröstlich sind, werden von ihr auch in dieser erschreckenden Konsequenz gedacht. So folgert sie: die göttliche Barmherzigkeit bestehe in der gänzlichen Abwesenheit der Barmherzigkeit Gottes auf Erden. Und der Glaube an die Unsterblichkeit als Verlängerung des Lebens verhindere nur den rechten Gebrauch des Todes. Diesen Glauben habe man sich zu verbieten, Gott zuliebe, denn es stehe nicht in unsrer Macht, uns die Seele entkörpert vorzustellen.

1. SPRECHER Aber sie denkt so, weil sie vor allem eines vermeiden will: nämlich einen imaginären Gott zu schaffen, ein neues »Großes Tier« – der Ausdruck ist Platons ›*Politeia*‹ entnommen –, das sich zu den andren »Großen Tieren« gesellen würde. Zu den »Großen Tieren« zählt sie alles, was Macht ausübt und Macht ausgeübt hat.

WEIL »Rom: das atheistische, materialistische Große Tier, das nur sich selbst anbetet. Israel: das religiöse Große Tier. Keines von beiden ist liebenswert. Das Große Tier ist immer abstoßend.«[28]

»Soweit der Marxismus auf Wahrheit beruht, hat er seine völlige Darstellung bei Plato in den Seiten über das Große Tier gefunden, in denen auch schon seine Widerlegung enthalten ist.«[29]

»Der Dienst des falschen Gottes . . . läutert das Böse, indem er das Grauen davor beseitigt. Wer ihm dient, dem scheint nichts mehr böse, außer den Verfehlungen im Dienste. Der Dienst des wahren Gottes aber läßt das

Grauen vor dem Bösen bestehen, ja er steigert noch seine Heftigkeit.«[30]

2. SPRECHER Daß die heftigsten Kritiken Simone Weils gegen alle Totalitarismen in direktem Zusammenhang mit ihrer Gottesliebe stehen, ist daraus schon verständlich. Einen Punkt wollen wir aber herausgreifen, um ihre Stellung zur katholischen Kirche klarzustellen. Sie lehnt, in einem Atemzug mit den Großen Tieren, von Allah bis zum Marxismus, vom römischen Imperium bis zu Hitler, auch den Gott des Alten Testaments ab. Nun ist aber der göttliche Auftrag Israels die Basis des Neuen Testaments, mithin der christlichen Kirche. Eliot ist der Ansicht, daß ihre Verwerfung Israels sie daran hinderte, eine rechtgläubige Christin zu werden, daß die Schwierigkeiten, die ihr daraus entstanden, ihr die Konversion unmöglich machten. Es mag sein, daß dies zutrifft, sicher ist jedenfalls, daß sie die Konversion nicht wollte. Die Gründe hat sie in den Briefen an den Dominikanerpater Perrin dargelegt, das Persönlichste und Wärmste, was sie geschrieben hat. Hier ist ein Mensch, der sie zum ersten Mal versteht, nicht über sie den Kopf schüttelt. Ihre Schroffheit verwandelt sich ‹– – –›.

WEIL »Beständig zu der Annahme bereit sein, daß ein anderer etwas anderes ist als das, was man in ihm liest, wenn er zugegen ist (oder wenn man an ihn denkt). Oder vielmehr in ihm . . . lesen, daß er gewiß etwas anderes, vielleicht etwas völlig anderes ist als das, was man in ihm liest . . . Jedes Wesen ist ein stummer Schrei danach, anders gelesen zu werden.«[31]

2. SPRECHER Die Briefe an Perrin stammen aus dem Jahr 1942, eh sie Europa verläßt, das ist ein Jahr vor ihrem Tod. Sie erklärt darin, warum sie in die Kirche nicht eintreten kann.

WEIL »Das Christentum muß alle Berufungen ohne Ausnahme in sich fassen, da es katholisch ist. Also die Kir-

che ebenfalls. Aber in meinen Augen ist das Christentum katholisch *de jure* und nicht *de facto*. So vieles liegt außerhalb seiner, so vieles, das ich liebe und nicht aufgeben will, so viele Dinge, die Gott liebt; denn sonst hätten sie kein Dasein. Die ganze unermeßliche Erstreckung der vergangenen Jahrhunderte, mit Ausnahme der letzten zwanzig; alle von farbigen Rassen bewohnten Länder; das ganze weltliche Leben in den Ländern weißer Rasse; in der Geschichte dieser Länder alle der Ketzerei beschuldigten Überlieferungen, wie die Überlieferung der Manichäer und Albigenser; alles, was von der Renaissance seinen Ausgang genommen hat, was zwar allzuoft entwürdigt, aber doch nicht völlig wertlos ist.
Da das Christentum *de jure* und nicht *de facto* katholisch ist, so erachte ich meinesteils mich für berechtigt, der Kirche als ein Mitglied *de jure* und nicht *de facto* anzugehören . . .«[32]

2. SPRECHER Sie spricht von der Notwendigkeit der Kirche als kollektive Bewahrerin des Dogmas, hält es aber für einen Mißbrauch ihrer Amtsbefugnis, ihre Sprache unserer Vernunft und unserer Liebe als Norm aufzuzwingen.

WEIL »Dieser Mißbrauch ihrer Gewalt kommt nicht von Gott. Er entspringt der natürlichen Neigung jedes Kollektivs ohne Ausnahme, seine Gewalt zu mißbrauchen.«[33]

2. SPRECHER An einer anderen Stelle fährt sie fort:

WEIL »Damit die augenblickliche Haltung der Kirche wirksam wäre . . ., bedürfte es dessen, daß sie offen ausspräche, daß sie sich geändert hat oder sich ändern will. Wer könnte ihr andernfalls ernstlich Glauben schenken, wenn er sich der Inquisition erinnert? Verzeihen Sie, daß ich die Inquisition erwähne; daß ich sie hier heraufbeschwöre, ist mir um meiner Freundschaft für Sie willen, die sich durch Sie hindurch auf Ihren ganzen Orden erstreckt, sehr schmerzlich. Aber sie hat nun einmal existiert. Nach dem Zerfall des römischen Reiches, das totalitär war, war es zuerst die Kirche, die in Europa im 13. Jahrhundert nach den Albigenserkriegen so etwas wie einen Totalitarismus errichtet hat. Dieser Baum hat reiche Frucht getragen ... Im übrigen sind durch eine geschickte Übertragung dieses Gebrauches alle Parteien geschmiedet worden, die in unseren Tagen ein totalitäres Regime begründet haben. Dies ist ein Punkt der Geschichte, den ich besonders studiert habe.«[34]

1. SPRECHER Doch wäre es Unrecht, [nach] dieser Kritik der Kirche, des Teils der Kirche, der dem sozialen und politischen Sektor angehört, ihre tiefe Verehrung der christlichen Religion nicht ins Licht zu setzen. Christus ist für sie das Vorbild der Gerechtigkeit, weil er nackt und tot war. Daß er Kranke heilte, Tote auferweckte, scheint ihr das geringste an seiner Sendung zu sein, der menschliche Teil der Sendung; als den übernatürlichen Teil der Sendung bezeichnet sie sein unerfülltes Verlangen nach menschlichen Tröstungen, sein Gefühl der Gottverlassenheit. Durch dieses Gefühl kann man Gott gleichen wollen, nicht dem allmächtigen, aber dem gekreuzigten, für den Gott ebenfalls abwesend ist.

2. SPRECHER [In] allen ihren Gedanken, die sie Perrin noch einmal und eindringlich klarlegt, kehrt aber der Gedanke wieder, was »jetzt« zu tun sei. An einer Stelle spricht sie nun doch von einem Zeitgenossen – Maritain – und greift seine Forderung nach einem neuen Typus der Heiligkeit auf. Maritain freilich begnüge sich mit einer Aufzählung der Aspekte früherer Heiligkeit, die augenblicklich veraltet wären.

WEIL »Die Welt bedarf der genialen Heiligen, wie eine Stadt, in der die Pest wütet, der Ärzte bedarf.«[35]

2. SPRECHER Und sie hofft, daß, wo das Bedürfnis vorhanden sei, auch eine Verpflichtung entstehe.

ERZÄHLER Es ist müßig zu erklären, daß die Darstellung eines komplexen Werks und der zahlreichen Themen, die es behandelt, überdies ohne systematischen Zusammenhang, die Darstellung eines Lebens, das aufs engste mit diesem Werk verknüpft ist, sich auf wenige, wichtigste Züge, die man abliest, beschränken muß. Aber wenn es gelungen sein sollte, etwas von dem Phänomen Simone Weil sichtbar gemacht zu haben, steht noch etwas aus, eine Erklärung im Sinn des Worts.

Der erste Herausgeber – Gustave Thibon, der sie auch persönlich kannte – hat diese Erklärung schon teilweise abgegeben, in der begreiflichen Befürchtung, daß ihre Schriften nach der Veröffentlichung im Sinne der politischen Aktualität, worunter er vor allem parteipolitische Verzerrungen gemeint haben dürfte, ausgelegt würden.

THIBON »Keine soziale Gruppe oder Weltanschauung hat das Recht, sich auf sie zu berufen. Ihre Liebe zum Volk und ihr Haß gegen jede Unterdrückung reichen nicht hin, sie für die Linksparteien in Anspruch zu nehmen; ebensowenig berechtigen ihre Leugnung des Fortschritts und ihr Kult der Überlieferung, sie der Rechten einzugliedern. Jedesmal wenn sie sich politisch einsetzte, tat sie dies mit der nämlichen Leidenschaft, mit der sie alles betrieb; weit entfernt jedoch von jeder Vergötzung einer Idee, einer Nation oder Klasse . . .«

ERZÄHLER Das ist richtig, wenn man, der Genauigkeit halber, noch hinzufügt, daß nicht einmal die Kirche sie in Anspruch für sich nehmen kann. Sie ist überall auf der Schwelle stehen geblieben, konsequent bis zuletzt.

Simone Weils Werk im Sinn echter Aktualität auszulegen, die alle Aktualitäten einschließt, ist jedoch notwendig. So könnte es dazu beitragen, die Relationen zu sprengen, das »Große Tier« in jeder Form, in der es auftritt, zu erkennen. Wer es erkennt, wird ihm nicht mehr dienen, sondern mit aller Kraft versuchen, was es an Bösem erzeugt, einzuschränken. Das Eintreten für die Einschränkung des Bösen wird dann zu einer echten Pflicht der Gesellschaft gegenüber. Für Simone Weil war diese Pflicht eine, die »unter allen Umständen« getan werden muß, wenn die Nächstenliebe nicht ein leeres Wort bleiben soll. Sie ist eine universale Liebe und liebt den Menschen, der Hilfe braucht, ohne seinen Namen zu kennen. Grenzen, die dies verbieten, darf es nicht geben. So wollte sie – um ein Beispiel zu geben –, als die Deutschen bis tief nach Rußland eingebrochen waren, nach Rußland gehen, obwohl sie auch im Sowjetstaat ein Übel par excellence sah, eine Modifikation des Marxismus, des »Großen Tiers«. Da dies nicht möglich war, blieb ihr später genug Zeit, es unter Beweis zu stellen. Der Schmerz, den sie durch die Judenverfolgung und -vernichtung in Deutschland erlitt, das Elend des besetzten Frankreichs zerstörten sie psychisch, die Arbeit, die sie für die Linderung der Schmerzen andrer leistete, physisch.

Ihr Glauben an Gott, der [ihr] angesichts des zunehmenden Grauens manchmal unmöglich erschien, ist nicht zerstört worden. Die Beziehung, in die sie sich zum Absoluten setzte, war für sie tragfähig. Sie machte ihr die Liebe in der »schlechtesten aller möglichen Welten« möglich, weil sie Gott darin in Abrede stellte.

Von diesem mystischen Sich-in-Beziehung-Setzen können wir für uns nichts nehmen. Es wäre unsinnig zu behaupten, daß man daran teilhaben kann, es sich wie eine Erkenntnis zunutze machen kann. Im strengsten Sinn ist darum dieser Teil des Wegs von Simone Weil nicht gangbar. Er war immer nur wenigen vorbehalten und wird auch von den wenigen in verschiedener Weise beschritten. Er ist immer in verschiedener Weise beschritten worden und wird immer in verschiedenen Weisen beschritten werden.

Auf uns kommt aber davon, sofern wir dafür empfänglich sind, die Schönheit, die allem innewohnt, was rein gedacht und gelebt worden ist. Von ihr erhellt, erblicken wir immer wieder, was uns die Dunkelheit verdeckt, das unzerstörbare Gesicht des Menschen in einer Welt, die sich zu seiner Zerstörung verschworen hat.

WEIL »Ich war seelisch und körperlich gewissermaßen wie zerstückelt. Diese Berührung mit dem Unglück hatte meine Jugend getötet. Bis dahin hatte ich keinerlei Erfahrung des Unglücks besessen, außer meines eigenen, das, weil es das meinige war, mir von geringer Wichtigkeit schien, und das überdies nur ein halbes Unglück war, da es biologische Ursachen hatte und keine sozialen. Ich wußte wohl, daß es in der Welt sehr viel Unglück gab, die Vorstellung dessen peinigte mich unaufhörlich, aber ich hatte es niemals durch eine längere Fühlungnahme erfahren. Während meiner Fabrikzeit, als ich in den Augen aller und in meinen eignen mit der anonymen Masse ununterscheidbar verschmolzen war, ist mir das Unglück der anderen in Fleisch und Seele eingedrungen. Nichts trennte mich mehr davon, denn ich hatte meine Vergangenheit wirklich vergessen und ich erwartete keine Zukunft mehr, da mir die Möglichkeit, diese Erschöpfungszustände zu überleben, kaum vorstellbar erschien. Was ich dort durchgemacht habe, hat mich ... unauslöschlich gezeichnet ... Dort ist mir für immer der Stempel der Sklaverei aufgeprägt worden, gleich jenem Schandmal, das die Römer den verachtetsten ihrer Sklaven mit glühendem Eisen in die Stirn brannten. Seither habe ich mich immer als einen Sklaven betrachtet.«[36]

Die Welt Marcel Prousts – Einblicke in ein Pandämonium

Stimmen: Autorin, Sprecher

AUTORIN Als ich anfing, mir Notizen für diesen Essay über Marcel Proust zu machen, erhielt ich einen Brief von einer Redaktion, die sich auch für das Thema interessierte, mit einigen Bemerkungen, die ich hier voranstellen möchte. Denn sie veranlaßten mich, in Zweifel zu ziehen, was mir selbstverständlich erschien – nämlich daß das Romanwerk Prousts heute einem leidenschaftlichen Interesse begegnen müsse.
Man schrieb mir:

SPRECHER Wir können bei unseren Lesern, und ich bin weit davon entfernt das zu bedauern, nicht von vornherein ein literarisch snobistisches Interesse dafür erwarten. Womit wir im Gegenteil rechnen müssen, ist, bei den literarisch Interessierten, das gewisse Vorurteil gegen Proust als exklusiven, dekadenten, schwer lesbaren und auf alle Fälle längst überholten Schriftsteller, der im Grunde nur stilistische Probleme stelle.

AUTORIN So war ich gewarnt, die Wirkung dieses Werks vorauszusetzen und den Interpretationen, den vielen, die es schon gibt, eine weitre hinzuzufügen, die sich mit Stilanalyse, Strukturanalysen und seiner Komposition beschäftigt.
Die Proust-Literatur hat in Deutschland mit einem berühmt gewordenen Buch von Ernst Robert Curtius eingesetzt, der schon 1925 davon sprach, daß man den Autor der ›*Suche nach der verlorenen Zeit*‹ bald zusammen mit den Namen Balzac, Stendhal und Flaubert nennen

würde. Später haben Walter Benjamin und in jüngster Zeit Günter Blöcker auf die neuen Wirklichkeiten bei Proust aufmerksam gemacht, und ich wüßte diesen ausgezeichneten Arbeiten nichts hinzuzufügen, wenn ich nicht den Wunsch hätte, selbst um den Preis zu großer Einseitigkeit, das Buch von dem Makel des Snobismus, des Ästhetizismus und des Klassizismus zu befreien, mit dem es für viele behaftet zu sein scheint. Denn es ist für den, der es richtig zu lesen versteht, ein hartes, tragisches und revolutionäres Buch, das die Tradition nur fortsetzen kann, weil es mit ihr bricht. Weil es so umfangreich ist wie Tausendundeine Nacht, voll von Beziehungen und Welthaltigkeit, wird es viele Möglichkeiten geben, es zu lesen, und eine könnte sein, es auf Glanz und Faltenwürfe, Nuancen und Schwingungen hin anzusehn – eine andre aber gewiß, in das neue Inferno einzutreten, das dieses Buch enthält, die Höllenkreise, in denen Prousts Menschen, hier und jetzt verdammt, leben. Uns ist heute bekannt, daß Proust sein Buch ursprünglich nicht ›*Auf der Suche nach der verlorenen Zeit*‹ nennen wollte, sondern ›*Sodom und Gomorra*‹ – er behielt diesen Titel schließlich aber nur für einen der Bände bei. Ähnlich erging es vor ihm Baudelaire, dessen ›*Blumen des Bösen*‹ eigentlich unter dem Titel ›*Die Lesbierinnen*‹ erscheinen sollte. In Prousts Tagebüchern gibt es eine Stelle, die sich mit diesem seltsamen Vorhaben auseinandersetzt.

SPRECHER »Wie konnte Baudelaire sich derart für Lesbierinnen interessieren, daß er sie auf den Titel seines Hauptwerkes setzen wollte? Wenn ein Autor wie Vigny gegen die Frau voreingenommen ist und das mit dem Mysterium ihrer besonderen Physiologie und Psychologie erklärt, dann begreift man, daß er in seiner enttäuschten und eifersüchtigen Liebe geschrieben hat: ›Die Frau wird in Gomorra sein und der Mann in Sodom.‹ Zumindest sind sie unversöhnliche Feinde, die er weit voneinander entfernt. ›Und sich verwirrte Blicke zuwerfend von fern, werden die beiden Geschlechter sterben, jedes auf seiner Seite . . .‹ Bei Baudelaire liegt der Fall keineswegs so.«[1]

AUTORIN Auch bei Proust liegt der Fall nicht so. Aber es ist vorerst zu überlegen, wie man sich den erschreckenden Wahrheiten, auf deren Suche dieses Buch ist, nähern soll. In die beiden verfluchten Städte Sodom und Gomorra tritt Proust als erster Schriftsteller ein, fast zwangsläufig bei den Untersuchungen von Individuum und Gesellschaft. Zwar war dieses Thema schon lange virulent, von Saint Simon über Balzac bis Zola, der gestand, daß es von höchstem psychologischem und sozialem Interesse sei, daß er aber vergeblich nach einer Form, es zu präsentieren, gesucht habe, die kein »Geschrei« zur Folge haben könne. Proust fürchtet das Geschrei nicht, nur den Beifall von der falschen Seite, die seine künstlerischen Absichten gar nicht zu erkennen vermag. Doch es gelang ihm, beides zu verhindern, durch die überzeugende Reinheit der Darstellung. Die Kritik protestierte kaum, aber bis heute wird diesem Teil seines Werks eine passive Resistenz entgegengebracht, oder er wird einfach totgeschwiegen. Einer der ersten französischen Kritiker schrieb:

SPRECHER Es ist schrecklich. Ich kann nicht darüber sprechen!

AUTORIN Aber jedesmal, wenn ein neuer Schriftsteller in eine noch unerforschte, ungestaltete Domäne eintritt, erscheint es wie ein Sakrileg. Als Dumas der Jüngere die Prostitution und als Flaubert den Ehebruch, beides seit jeher existierend, zu Objekten genauester Darstellungen machten, waren diese auch noch kein Gegenstand der Kunst gewesen. Der Geschmack der Leser allerdings ist, damals wie heute, charakterisiert durch einen Horror vor jeder Gegenüberstellung mit der Realität. Aber da es oft nur einer Generation bedarf, um neue Wahrheiten wahrhaben zu können, dürfte die Zeit gekommen sein, Prousts Kühnheiten affektlos zu sehen.

Seiner Kompositionsmethode zufolge hat er die beiden biblischen Städte nicht nur in ein oder zwei Kapiteln wiedererweckt, sondern er nimmt das Motiv auf, immer wieder; es durchwirkt sein ganzes Buch, bis es im letzten Band, von dem noch zu sprechen sein wird, in einer finstren schauerlichen Szene während des Krieges zu einer Vision menschlichen Elends und Untergangs führt.

Im Anfang verstehen wir die Anspielungen kaum, wenn wir den Baron de Charlus kennenlernen, um den sich später als den Großmeister von Sodom alle anderen Figuren gruppieren, und von ihm erklärt wird, daß er seine verstorbene Frau sehr betrauere – »aber wie eine Cousine, wie eine Großmutter, wie eine Schwester.«

Die Frage, die Proust sich, Baudelaires wegen, stellte, stellen wir uns seinetwegen. Wie konnte er und warum konnte er sich so sehr für die sexuelle Inversion interessieren? Warum ist seine Welt zur Hälfte bevölkert mit Menschen wie Charlus und Morel, Jupien und Saint-Loup, und auf der anderen Seite mit Mademoiselle Vinteuil und deren Freundin, mit Albertine und Esther? Und wie kann er uns ein verbindliches Menschenbild und ein Bild menschlicher Leiden und Leidenschaften geben an Hand dieser Figuren?

Man könnte meinen, daß er, wie André Gide in denselben Jahren, nach einem neuen Lebensgefühl gesucht hätte, daß er auf Rechtfertigung und Verklärung und die Wiedererweckung eines griechischen Ideals aus gewesen wäre. Doch Proust steht der Sinn nicht nach Romantik, sondern nach der Wahrheit und nach nichts als der Wahrheit. Er geht von der Voraussetzung aus, die

Inversion sei eine unheilbare Krankheit, also pathologisch, und folgert:

SPRECHER »Eine Idealisierung von Sodom ist nicht möglich. Seit tausendneunhundert Jahren ist die ganze Homosexualität der jungen Leute von Platon und der Hirten Vergils verschwunden. Ihre Verherrlichung als eine Passion des Menschen, die er frei wählt, aus Geschmack an der Schönheit, der Freundschaft und der männlichen Intelligenz, ist eine Absurdität. Nur die Genies, die groß genug und unabhängig sind, um über ihrer Zeit in einer jungen und frischen Welt zu leben, vermögen sich zu einer sublimen Freundschaft zu erheben. In den anderen entsteht nur eine Verwirrung; sie verwechseln ihre Manie mit einer Freundschaft, die ihr in nichts gleicht. So ist diese Leidenschaft weder der Ausdruck für ein Schönheitsideal, noch für eine satanische Ausschweifung, denn das würde bedeuten, daß sie gewollt ist. Sie ist aber eine Krankheit, deren Folgen sozialer Art sind.«[2]

AUTORIN Es kommt also Proust darauf an, das Phänomen neu zu untersuchen. Neben der mysteriösen Laune der Natur, wie sie zu Anfang des Bandes ›*Sodom und Gomorra*‹ von ihm beobachtet wird, der der Baron de Charlus und der Hausverwalter Jupien gehorchen, wird ihn immer mehr und vor allem daran die Auseinandersetzung zwischen Individuum und Gesellschaft beschäftigen. Die latente Revolte des Einzelnen gegen die Gesellschaft, der Natur gegen die Moral, führen ihn zum Begriff des »homme traqué«, des gehetzten, umstellten Menschen, für den der Invertierte nur ein besonders deutliches Beispiel ist.

Darum vermögen wir uns zu identifizieren mit der menschlichen Struktur der Proustschen Menschen. Darum auch sind die Menschen Dostojewskijs, die fast durchwegs Epileptiker sind, wie er selber einer war, für uns nicht seltsame Kranke oder Irre, sondern Leidende und Liebende, mit denen wir uns identifizieren können.

Für das Bild des »homme traqué« liefert die Geschichte der Invertierten die traurigsten Züge, denn sie ist eine Geschichte der Lüge, des Verbergens und der Hypokrisie, lebenslänglicher Unruhe und Furcht. In dem Baron de Charlus sind die dauernden Verdrängungen seiner Leidenschaft der Schlüssel für seine Persönlichkeit. Seine Güte und seine Niedrigkeit, sein Zorn und sein Humor, seine bald tyrannische, bald geduckte Art wären uns sonst nicht begreiflich. Nietzsche fragt an einer Stelle den Fremden:

SPRECHER »Was begehrst du, was brauchst du, um dich zu trösten? –

Um mich zu trösten ... was sagst du da! Gib mir, ich bitte dich –

Was? Was! Vollende ...

Noch eine Maske. Eine andere Maske!«[2]

AUTORIN Das ganze Leben von Charlus wird mit einer Maske gespielt. Nur sekundenlang, um sich denen, die ihm gleichen, zu erkennen zu geben, wagt er eine Geste, die sein wahres Wesen zeigt. Schon im nächsten Augenblick, zitternd vor Angst, entdeckt worden zu sein, nimmt er eine Maske. In einem Salon ist er immer neben der elegantesten Frau zu finden. Jungen Männern gegenüber trägt er Gleichgültigkeit, Hochmut, Arroganz zur Schau. Er, der weich und hilfsbereit sein kann, weigert sich, sich Leute vorstellen zu lassen. Und doch ist er niemals sicher. Hegt jemand Zweifel? Verdächtigt ihn jemand? Zuletzt ist nicht mehr er ein Rätsel für die anderen, aber alle, die ihn umgeben, sind Rätsel für ihn. Für den maskierten Menschen trägt die ganze Welt eine Maske, deren Anblick ihm qualvoll ist. Er kann seine Freunde nicht mehr von seinen Feinden unterscheiden;

er meint, überall beleidigende Anspielungen zu hören; er empfindet jeden als Richter und steht ununterbrochen vor dem Tribunal.

Er beträgt sich wie ein Verbrecher, und unter Gleichen, als ob er einer Diebsbande angehörte. Schließlich geht er so weit, alle Welt des Lasters zu beschuldigen, um sich besser verteidigen zu können.

Die dämonisierte Sphäre um Charlus hat ihr Analogon in der gewöhnlichen, denn eine beherrschende Idee in Prousts Werk und Welt ist die Idee von der vergeblichen Suche des Menschen nach Freuden, nach »plaisir«. Diese Suche ist seine geheime Triebfeder und bestimmt uneingestanden seine Handlungen und sein Verhalten. Die Opfer, die er dafür bringt, stehen in keinem Verhältnis zur Erfüllung, da sie nie dann eintritt, wenn sie uns nötig ist, sondern erst zu einem Zeitpunkt, an dem wir längst auf der Jagd nach einem anderen Ziel sind.

Die Invertierten lassen uns nur, in noch höherem Maß, die Unmöglichkeit unseres Begehrens begreifen, da sie sich auf der Glücksuche noch wahnhafter verhalten, als wir es im allgemeinen schon tun.

SPRECHER »... wieviel größer ist dann ihr Glück als das Glück normaler Verliebter! Sie wissen, die üblichen Glücksfälle der Liebe scheiden für sie aus; deshalb fühlen sie, daß diese Liebe nicht wie die andere die Ausgeburt eines Augenblicks, nicht die Laune einer Minute ist, sondern tiefer im Leben wurzelt, ... der Mensch, der da auf sie zutritt, kommt viel weiter her als aus der Minute eben; er war ihnen schon als Kind anverlobt; er gehörte ihnen schon vor der Geburt; er kam aus dem Vorhimmel, von den Sternen, auf denen unsere Seelen vor ihrer Inkarnation leben. Diese Liebe, werden sie versucht sein zu glauben, ist mehr als die andere Liebe, ist die wahre Liebe.«[3]

AUTORIN Die Idee der Liebe ist also eine andere als die

klassische und romantische, die bis zu dieser Zeit die Literatur beherrschte. Die Darstellungen der Liebe sind bei Proust ganz neu und basieren auf einer exakteren Untersuchung ihrer Entstehung, ihrer Kristallisation, ihres Erlöschens und zuletzt der Gleichgültigkeit.
Er kommt zu einer tragischen Liebesauffassung, auf die uns bisher der Blick verstellt war. Nicht der Wert der Frau oder des Mannes, die wir lieben, ist für die Tiefe unseres Gefühls und die Dauer der Leidenschaft maßgebend, sondern unser eigener Zustand. Wir tragen Musik, Flamme und Parfum an den anderen heran und nähren sein Wesen für uns. Deshalb sind die Liebesaffairen anderer für uns so schwer zu begreifen. Alle Liebenden bei Proust lieben eigentlich Menschen, die ihrer nicht würdig sind und oft tief unter ihnen stehen. Odette, eine Halbweltdame, zerstört dem überlegenen geistvollen Swann Jahre seines Lebens und die gesellschaftliche Position; Albertine, vulgär und mittelmäßig, wird die große Liebe des Erzählers und vergiftet und bezaubert ihn noch über ihren Tod hinaus; dem plebejischen Geiger Morel ist Charlus, einer der größten Herren Frankreichs, verfallen; der junge strahlende Saint-Loup verliert ein Vermögen an Rahel, die kurz zuvor noch jeder andere für ein paar Francs hätte haben können.
Alle Liebe ist glücklos, und unter ihrem grausamen Gesetz geraten die Liebenden in ein Räderwerk von Angst, Eifersucht und Lüge und einen Schmerz, den Tod und Abwesenheit noch nicht zu heilen vermögen. Erst das Vakuum, das aus dem Vergessen entsteht, erlaubt ihnen, sich wieder an die Wirklichkeit anzupassen – für eine Weile wenigstens, bis ein anderer Mensch an diese Stelle tritt. So hat der Erzähler, das Ich des Romans, jedesmal gedacht, ein einziger Mensch bedeute die ganze Welt: seine Großmutter, seine Mutter, Gilberte, die

Herzogin von Guermantes und Albertine, und jedesmal durchmißt er den Leidensweg, der die Liebe ist, bis die Zeit das Ihre tut und Vergessen sich einstellt.

Die tragische Auffassung der Liebe – Liebe als Katastrophe und Verhängnis – ist natürlich durch Prousts besondere Erfahrungen bestimmt und leidet hier und da an der »Übertragung«, die er vornimmt, so etwa von Albert in Albertine – aber nur insofern, als dauerhafte Beziehungen oder Ehen aus der Analyse herausgelassen werden.

Auch geben natürlich die Momente des Glücks, der Freude und Erfüllung ihren Geist auf in der Analyse und minutiösen Zergliederung. Zu den Ausnahmen gehören nur die Augenblicke der Kontemplation und einer mystischen Versenkung. Die berühmte Stelle, mit der der Band ›*Die Gefangene*‹ beginnt, wenn der Erzähler in den Anblick der schlafenden Albertine versunken ist, fällt mit dem Stillstand von Verlauf, Handlung und Bewegung zusammen; gleich darauf wird das Erwachen den Schmerz zurückbringen und die Hölle wieder da sein und es wird an dem Lügengewebe, in das beide ihre Stickereien kunstvoll eintragen, weitergearbeitet werden. Die Geheimnisse um Albertine werden wieder wirksam sein, die Schatten von Gomorra über sie fallen, und es wird Gespräche geben, die eine einzige Tortur sind:

SPRECHER »›Albertine, kannst du mir schwören, daß du mich niemals belogen hast?‹ Sie blickte starr ins Leere, dann antwortete sie mir: ›Ja, das heißt, nein. Ich habe unrecht gehabt, dir zu sagen, Andrée sei von Bloch sehr entzückt gewesen, wir hatten ihn gar nicht gesehen.‹ – ›Aber warum hast du es dann gesagt?‹ – ›Weil ich fürchtete, du könntest etwas anderes von ihr glauben; das ist alles.‹ Sie starrte weiter vor sich hin und fuhr fort: ›Ich habe auch unrecht gehabt, dir eine dreiwöchige Reise mit Léa zu verbergen. Aber ich kannte dich noch so wenig.‹ – ›War das vor Balbec?‹ – ›Vor dem zweiten Mal, ja.‹ Und am Morgen noch hatte sie gesagt, sie kenne Léa nicht! Ich sah einen ganzen Roman, an dessen Niederschrift ich Millionen Minuten verwendet hatte, auf einmal in Flammen aufgehn. Wozu nur? Wozu? Gewiß, ich verstand sehr gut, daß Albertine mir diese Dinge nur enthüllte, weil sie dachte, ich hätte sie indirekt von Léa erfahren, und daß kein Grund bestand, weshalb es nicht noch hundert ähnliche geben sollte. Ich begriff auch, daß die Antworten Albertines auf eine solche Reihe von Fragen niemals auch nur die kleinste Spur von Wahrheit enthielten. ›Aber zwei Dinge, das ist ja noch nichts‹, sagte ich zu ihr, ›wir wollen doch wenigstens vier zusammenbringen, damit ich eine Erinnerung an dich zurückbehalte. Was kannst du mir noch enthüllen?‹

Sie starrte noch immer ins Leere. Auf welche Vorstellung von ihrem künftigen Leben stimmte sie ihre Lügen ab, mit welchen Göttern, die sich als weniger wohlwollend erwiesen, als sie gemeint hatte, strebte sie eine Übereinkunft an? Das Ganze war offenbar nicht bequem, denn ihr Schweigen und die Starrheit ihres Blicks nahmen so bald kein Ende. ›Nein, nichts anderes‹, brachte sie hervor. Und trotz meines Beharrens versteifte sie sich jetzt mühelos auf dieses ›nichts anderes‹. Welche Lüge lag darin! Denn wie viele Male, in wie vielen Wohnungen, auf wie vielen Spazierfahrten mochte sie wohl, seit dem Tage, da sie diese Neigungen an sich entdeckt, bis zu dem, an dem ich sie bei mir einschloß, ihrer Lust nachgegeben haben. Lesbierinnen sind zugleich selten und doch zahlreich genug, um selbst in der größten Menschenmenge anderen ihresgleichen nicht unbemerkt zu entgehen. Von diesem Augenblick an aber ist es leicht, in Verbindung zu treten.«[4]

AUTORIN Im Mittelpunkt von Gomorra steht neben Albertine Mademoiselle Vinteuil, die Tochter des Komponisten, dessen Sonate und Septett in dem Buch eine so große Rolle spielen. Ihr Vater ist vor Gram über sie gestorben, dessen Bild ihr und ihrer Freundin nur zu gewohnheitsmäßig profanierendem Spott dient. Aber ein paar Jahre später geschieht etwas Merkwürdiges. In einem Pariser Salon wird das Nachlaßwerk unter Bedingungen aufgeführt, von denen freilich kaum jemand etwas ahnt, aber die dem Erzähler den Gedanken eingeben, daß der öffentliche Ruhm und das unsterbliche Kunstwerk nur zu oft zueinander kommen durch ein Zusammenspielen der unreinsten Elemente. In diesem Fall war der unmittelbare Grund in den Beziehungen zu suchen --

SPRECHER »... die zwischen Monsieur de Charlus und Morel bestanden, Beziehungen, welche dem Baron den Wunsch eingaben, den künstlerischen Erfolgen seines jungen Abgottes einen möglichst großen Widerhall zu verschaffen und das Kreuz der Ehrenlegion für ihn zu erlangen; ein etwas weiter abliegender Grund, der diese Zusammenkunft ermöglicht hatte, bestand darin, daß eine junge Person mit Mademoiselle Vinteuil Beziehungen unterhielt, die denen von Charlus und Morel parallel liefen, und sie daraufhin eine ganze Reihe von genialen Werken ans Licht gezogen hatte, welche eine solche Offenbarung bedeuteten, daß unter dem Patronat des Unterrichtsministers bald darauf eine Subskription eröffnet werden sollte zu dem Zweck, Vinteuil ein Denkmal zu errichten.«[5]

AUTORIN Diese Allianz von erniedrigender Leidenschaft und Kunst ist, nach Proust, eines der rätselhaftesten Vorkommnisse des Lebens, und sie deutet wieder zurück auf seine Idee der Liebe, die zwar reine Illusion und Selbstbetrug ist, aber zugleich befähigt, die besten Kräfte freizumachen. Ohne die Leiden, selbst die erniedri-

gendsten, wären wir unmenschlich in unserer Selbstgerechtigkeit, und wir wären geistlos, weil nur der Schmerz uns instand setzt, andere zu verstehen und zu erkennen, zu unterscheiden und Kunst zu machen.
Das gespannte Verhältnis zwischen Individuum und Gesellschaft, seiner Intimsphäre und seiner öffentlichen Manifestation, erfährt noch eine Verschärfung durch die Macht- und Positionskämpfe, zu denen der Einzelne in der Gesellschaft dauernd gezwungen wird. Dieser Krieg aller gegen alle findet Ausdruck im Snobismus, besser gesagt in vielerlei Snobismen. Es gibt in Prousts Welt niemanden, keine Herzogin und keine Köchin, keinen Arzt und keinen Literaten, der nicht dabei betroffen würde, diese Waffen nach unten oder oben zu gebrauchen. Und wir sehen der Entlarvung aller zu. Die Ausgeschlossenen möchten Auserwählte werden, die Auserwählten verteidigen ihre Vorrechte und strafen die Ausgeschlossenen mit Verachtung. An welchen sozialen Gruppen Proust dabei seine Beobachtungen anstellt, bleibt gleichgültig, da seine Schlußfolgerungen allgemeingültig sind. Obwohl er ja nie Wert darauf gelegt hat, ausdrücklich als Gesellschaftskritiker aufzutreten, hat er doch diese Gesetzlichkeiten in einer stupenden Weise enthüllt und mit ausgedrückt. Der Vorwurf, er habe dem öffentlichen Leben, der gesellschaftlichen und politischen Entwicklung seiner Zeit gleichgültig gegenübergestanden, ist wohl der törichtste, der ihm je gemacht wurde. Man wird vielmehr einen Schritt weiter tun und mehr als eine Gesellschaftskritik in der ›*Suche nach der verlorenen Zeit*‹ sehen und sie als eine Gesamtschau der »conditio humana« begreifen.
Ich möchte mich jetzt noch einer anderen Seite von Prousts Werk zuwenden, die mit der eben aufgezeigten am Ende aber zusammentreffen soll; von dem letzten Band her gesehen, der ›*Wiedergefundenen Zeit*‹, gehen

die entdeckten Wahrheiten in *eine* Bilanz ein. In diesem Buch führt uns Proust, der Autor, mit Marcel Proust, dem Ich des Romans, in das Paris des Ersten Weltkriegs, das nun nicht mehr die Stadt ist, in der er auf den Champs Elysées als Kind mit seiner ersten Liebe Gilberte spielte, auch nicht mehr die Stadt, in der er seine ersten gesellschaftlichen Erfolge hatte und den Zugang zu der Welt der Hocharistokratie fand, oder seines Lebens mit Albertine, der gefangenen und entflohenen Geliebten, sondern ein Paris, das sich nicht weniger verändert hat als seine Menschen – unter dem grausamen Zugriff überindividueller Leidenschaften.

SPRECHER »Die Stadt war wie eine schwarze Masse, die plötzlich aus den Tiefen der Nacht ins Licht des Himmels rückte, wenn ein Flugzeug nach dem anderen auf den gellenden Anruf der Sirenen in die Höhe schnellte, während mit einer langsameren, aber um so tückischeren und beunruhigenderen Bewegung – denn ihr stechender Blick ließ bereits an das noch unsichtbare und vielleicht schon sehr nahe Objekt denken, das er suchte – die Scheinwerfer unaufhörlich umhertasteten, den Feind aufspürten und in ihrem Licht einkreisten bis zu dem Augenblick, da jäh beschwingt sich die Flugzeuge auf ihn warfen. Geschwaderweise stiegen nacheinander die Flieger aus der in den Himmel entrückten Stadt walkürengleich empor.«[6]

AUTORIN Es ist die Zeit, in der, außer dem Krieg, alles außer Kraft gesetzt ist. Aber es ist nicht der Krieg, der geschieht, wo die Schüsse fallen, oder der abgemalt werden könnte auf einem Schlachtenbild, sondern seine Spiegelung, die wirklicher ist: sein Eindringen in die Sprache aller, sein Rückschlag auf das Leben in den Salons und auf die Mode und seine Fähigkeiten, aus Orten andere Orte zu machen. Der kleine Weißdornweg von Méséglise ist die Höhe 307 geworden. Die Brücke über die Vivonne und ihr Idyll ist gesprengt. Die Pariser Damen haben ihre Perlen abgelegt und tragen zum Beweis ihrer vaterländischen Gesinnung enge dunkle kriegsmäßige Tuniken über kurzen Röcken und Gamaschen, die an die der Poilus erinnern. Wer früher als Dreyfus-Anhänger geächtet war, ist es längst nicht mehr; die neuen Gegner in den Augen der Tonangebenden sind die Gegner der dreijährigen Dienstpflicht. Alle Varianten von Ansichten sind da, von der blinden Germanophilie bis zum blinden Deutschenhaß, und zwischen deren Repräsentanten steht versöhnlich Saint-Loup, der einstmals so strahlende Freund, der bald den Tod finden wird.

SPRECHER »Natürlich hatte auch die ›Kriegsgeißel‹ die Intelligenz Saint-Loups nicht über ihr Niveau emporgepeitscht. Ebenso wie Helden von mittelmäßiger und banaler geistiger Verfassung, wenn sie während der Rekonvaleszenz Gedichte schrieben, sich bei der Schilderung des Krieges nicht an bloße Tatsachen hielten, die in sich selbst nichts sind, sondern der banalen Ästhetik folgten, deren Regeln sie bislang hochgehalten hatten, und daraufhin, wie sie es zehn Jahre früher auch schon getan hätten, von ›blutiger Morgenröte‹ und dem ›bebenden Flügelschlag‹ des Sieges redeten, blieb Saint-Loup, der über sehr viel mehr Geist und künstlerisches Gefühl verfügte, gescheit und künstlerisch auch jetzt und berichtete mir mit viel Geschmack über die Landschaften, die er vor sich sah, während er am Rande eines sumpfigen Waldes unbeweglich festlag, in einer Weise, als sei er auf der Entenjagd. Um mir gewisse Gegensätze von Licht und Schatten zu veranschaulichen, die für ihn das ›Entzücken seiner Morgenstunde‹ gebildet hatten, zitierte er gewisse Bilder, die wir beide sehr liebten, und scheute sich nicht, auf eine Seite von Romain Rolland und sogar von Nietzsche mit der gewissen Unabhängigkeit von Frontsoldaten anzuspielen, die nicht von der gleichen Furcht beherrscht waren, einen deutschen Namen auszusprechen, wie die Leute in der Etappe, ja sogar eine gewisse prickelnde Koketterie dareinsetzten, den Feind zu zitieren . . .«[7]

AUTORIN Den Hinweis auf die Furchtbarkeit und [das] monströse Geschehen der Jahre erreicht Proust immer wieder durch solche Belichtungen. Wie die lyrischen Briefe des Freundes kontrastieren mit dem Schützengraben, in dem er liegt, so kontrastiert das Verhalten der Königin der Pariser Salons, Madame Verdurin, bei der Militärs und Politiker aus- und eingehen, mit dem Untergang der ›Lusitania‹.

SPRECHER »So veranstalteten die Verdurins ihre Diners – bald dann freilich tat es Madame Verdurin allein, denn Monsieur Verdurin starb kurz darauf – und Monsieur de Charlus ging seinen Vergnügungen nach, fast ohne daran zu denken, daß die Deutschen, allerdings durch eine immerfort erneute blutige Barriere zur Unbeweglichkeit verdammt – sich nur eine Automobilstunde von Paris entfernt befanden. Die Verdurins dachten allerdings doch daran, wird man sagen, da sie ja einen politischen Salon hatten, in dem jeden Abend die Situation nicht nur der Armeen, sondern auch der Flotten durchgesprochen wurde. Sie dachten tatsächlich an die Hekatomben vernichteter Regimenter und von den Fluten verschlungener Passagiere; aber eine jeweils entgegengesetzte Operation vervielfältigt in einem solchen Maße das, was unser eigenes Wohlsein betrifft, und dividiert andererseits durch eine so ungeheure Zahl, was nichts mit ihm zu tun hat, daß der Tod von Millionen Unbekannten kaum und beinahe weniger unangenehm als ein Luftzug unsere seelische Epidermis berührt. Da Madame Verdurin an Migräne litt, weil sie morgens keine Croissants mehr in ihren Milchkaffee tauchen konnte, hatte sie schließlich von Cottard ein Attest erlangt, das ihr gestattete, aus einem bestimmten Restaurant, von dem wir gesprochen haben, solche kommen zu lassen. Es war fast ebenso schwer gewesen, dies von den zuständigen Stellen zu erreichen, wie jemandes Beförderung zum General. Ihren ersten Croissant nahm sie an dem Morgen wieder zu sich, an dem die Zeitungen über den Untergang der ›Lusitania‹ berichteten.

Während sie nun den Croissant in den Milchkaffee tauchte und ihrer Zeitung kleine Stupse gab, damit sie sie aufgeschlagen halten konnte, ohne zum Umblättern die mit dem Eintauchen beschäftigte Hand zu benutzen, sagte sie: »Wie grauenhaft! Das ist ja fürchterlicher als die entsetzlichsten Tragödien!« Aber der Tod aller dieser Ertrunkenen mußte ihr wohl doch auf ein Milliardstel seiner Größe reduziert erscheinen, denn während sie mit vollem Mund diese trostlosen Überlegungen anstellte, war der Ausdruck, der auf ihrem Gesicht lag und wahrscheinlich durch den Wohlgeschmack des Gebäcks darauf hervorgerufen wurde, das ihr so unschätzbare Dienste bei ihrer Migräne leistete, eher der eines sanften Behagens.«[8]

AUTORIN Weil der Krieg auf den Roman Prousts eine tiefe überraschende Wirkung ausgeübt hat und fast den ursprünglichen Aufriß sprengte, scheint es mir wichtig, ein paar Proben und neue Gesichtspunkte, unter denen er seine Menschen sich pathologisch weiterentwickeln läßt unter dem Schock des Krieges, zu geben. Er wandte sich mehr und mehr einer schonungslosen Beobachtung der Kollektivgefühle zu, die so sehr den individuellen Gefühlen ähneln, und registriert in dieser hektischen krankhaften Atmosphäre die Entgleisungen der Menschen, der Klassen und Nationen. Noch mehr als im Fall der Affaire Dreyfus, der Proust zum erstenmal die ganze Problematik von Gesinnung und Gesinnungswandel, von Meinung und Meinungswandel abschaut, hat ihn der Krieg herausgerissen aus der Welt des guten Geschmacks, der Konvention und der aristokratischen und artistischen Haltung dem Leben gegenüber. Erst durch die Beobachtung der jähen Wandlung und der Konstanten im Krieg entrückt er seinen Standort allen Milieus, die ihn verdächtig machen könnten, und vom Ende des Buches aus gesehen, gewinnen alle Partien die richtigen Akzente. So werden aus seinen Menschen die »Ungeheuer«, die für uns eine erschreckende Gültigkeit haben. Aus Saint-Loup wird ein Held, der er unbewußt schon immer gewesen ist; Madame Verdurin schwingt sich mit übertriebenen Chauvinismen zu den allerersten Kreisen hinauf, [ein] ehemals antimilitaristischer Literaturkritiker wechselt hinüber zur Betrachtung der militärischen Ereignisse, Charlus, jetzt schon gemieden von vielen und vereinsamt und einem entsetzlichen Verfall entgegengehend, erinnert sich seiner bayerischen Vorfahren und kann die Vernichtung Deutschlands nicht wünschen.

SPRECHER »Der Grund dafür lag in der Tatsache, daß in diesen Streitigkeiten die großen Gesamtheiten von Individuen, die man Nationen nennt, sich ihrerseits in gewissem Maße wie Individuen betrugen. Die Logik, von der sie sich leiten lassen, liegt vollkommen in ihrem Innern und wird unaufhörlich durch die Leidenschaft neu produziert wie diejenige von Menschen, die sich in einem Streit unter Liebenden oder in einem häuslichen Zwist gegenüberstehen, der Auseinandersetzung eines Sohnes mit seinem Vater, einer Köchin mit ihrer Dienstherrin, einer Frau mit ihrem Mann. Wer da unrecht hat, glaubt gleichwohl recht zu haben – wie es bei Deutschland der Fall war, und wer recht hat, liefert zuweilen für sein gutes Recht Argumente, die ihm nur deswegen unwiderleglich scheinen, weil sie seiner Leidenschaft entgegenkommen ... Um blind gegen das zu bleiben, was an der Sache des Individuums Deutschland Unrechtes ist, und in jedem Augenblick zu erkennen, was an der Sache des Individuums Frankreich Gerechtes ist, war das Sicherste für einen Deutschen nicht, kein Urteil zu besitzen, noch für einen Franzosen die Gabe gesunder Kritik, sondern das Sicherste war für den einen wie für den anderen, von Patriotismus durchtränkt zu sein.«[9]

AUTORIN Die Ironie Prousts bestätigt seinen souveränen unbestechlichen Blick für die Vorgänge, obwohl er persönlich im Krieg wie in der Affaire Dreyfus Partei ergriffen hat – für Frankreich, für Dreyfus. Aber es hat ihn nie gehindert, die Welt mörderischer Triebe, die ihn erst diese letzten Jahre kennenlernen ließen, zu untersuchen wie ein Wissenschaftler. Die Reife macht ihn menschenfeindlich, und auf einen zauberhaft beginnenden Roman, dessen Figuren noch zärtlich gesehen werden, folgt ein immer glanzloserer, die Menschen verfärben sich und werden schwärzer: die Herzogin von Guermantes verdirbt ganz und gar, Madame de Marsantes verrät hinter heuchlerischer Sanftmut den unheilbaren Stolz der Aristokratin, Saint-Loup wird zuletzt noch ein Bewohner Sodoms und Kunde bei dem völlig depravierten Jupien. Ohne den Krieg, der das Erscheinen des Romans verzögerte und Proust zur Weiterarbeit bewegte, wäre die ›*Suche nach der verlorenen Zeit*‹ viel kürzer ausgefallen und dem klassischen Ideal des französischen Romans nähergekommen; aber das Befremdende und Ozeanische, dem sie ihre Einmaligkeit verdankt, hätte sie nicht gehabt.

Wenn Proust uns die Hauptfiguren mit den Stigmen, die der Krieg ihnen aufdrückte, noch einmal vorgeführt hat, kommt die Nacht. Eine Nacht, in der der Erzähler unversehens in ein Pariser Bordell gerät. In dem Besitzer erkennt er Jupien, seinen alten Hausmeister, wieder, der zum Verwalter der Laster des Barons geworden ist. Die Ereignisse dieser Nacht bilden das Kernstück der Endphase; sie spielen sich im innersten Höllenkreis ab und sind ein Schauerstück menschlichen Elends und menschlicher Verdammtheit, in dem die Hefe von unten – aus dem Volk – mit der von oben – aus der Gesellschaft – zusammentrifft.

Für den allgemeinen Irrsinn steht dieser besondere. Für das große Pandämonium das kleine – und der Schriftsteller Proust, der Ästhet von vorzeiten, ist dort angelangt, wo der Aufenthalt im Grauen die Visionen von Grauen überflüssig macht. In dieser Nacht sagt ihm Jupien auch:

SPRECHER »Nicht nur Kinder, sondern auch Dichter werden mit Schlägen erzogen.«[10]

AUTORIN Und Proust, noch ganz unter dem Eindruck der Vorfälle in dem Haus, deren Zeuge er wurde, erwidert:

SPRECHER »Inzwischen aber ... stellt dieses Haus etwas ganz anderes, mehr noch als ein Narrenhaus dar, da der Irrsinn seiner Bewohner ausdrücklich in Szene gesetzt, verstärkt und zum Schauspiel erhoben wird; es ist zu einem wahren Pandämonium geworden. Ich hatte geglaubt, wie der Kalif in ›*Tausendundeine Nacht*‹ gerade im rechten Augenblick einem Manne zu Hilfe zu kommen, der geschlagen wurde; statt dessen aber erlebte ich die Aufführung einer anderen Erzählung aus ›*Tausendundeine Nacht*‹, derjenigen nämlich, in der eine in eine Hündin verwandelte Frau sich freiwillig schlagen läßt, um ihre einstige Gestalt wiederzuerlangen.«[11]

AUTORIN Aber niemand wird seine einstige Gestalt mehr wiedererlangen. Es ist die Stunde, in der alle zu »Pompejanern« geworden sind, auf die im nächsten Augenblick der Feuerregen niedergehen kann.

SPRECHER »Im Nu wurden die Straßen vollkommen schwarz. Manchmal nur beleuchtete ein feindliches Flugzeug ... den Punkt, an dem es eine Bombe abwerfen wollte. Ich fand meinen Weg nicht mehr. Ich dachte an den Tag, an dem ich bei meinem Ritt nach La Raspelière wie einem Gott, vor dem mein Pferd sich bäumte, einem Flugzeug begegnet war. Ich stellte mir vor, daß jetzt die Begegnung anders ausfallen, daß der Gott des Bösen mich vernichten würde. Ich schritt schneller aus, um vor ihm zu fliehen, einem Wanderer gleich, den die Springflut verfolgt, und machte einen Bogen um schwarze Plätze, aus denen ich nicht mehr herauszufinden vermochte ... Ich dachte an Jupiens Etablissement, das jetzt vielleicht in Staub und Asche gesunken war, denn eine Bombe war dicht in meiner Nähe niedergegangen, als ich gerade dieses Haus verließ, auf das Monsieur de Charlus prophetisch ›Sodoma‹ hätte schreiben können, wie mit nicht weniger Voraussicht, vielleicht aber auch schon zu Beginn des Vulkanausbruchs und der bereits im Gange befindlichen Katastrophe jener unbekannte Einwohner von Pompeji.«[12]

AUTORIN Nach diesem makabren Nachtausflug wird das Kriegsende in ein paar kurzen Spiegelungen abgefangen, in Äußerungen, Nachrufen und Erwägungen, die den Jüngeren von uns erscheinen, als wären sie nicht nach dem Ersten Weltkrieg, sondern nach dem Zweiten geschrieben worden, in einer Denkweise, die uns glauben läßt, daß das Durchschauen der Fakten der Prophetie überlegen ist.

Die genaue Bestandsaufnahme dieses Positivisten, der sich keinen Blick über das Gegebene hinaus erlaubt, in dessen Welt kein Licht von oben kommt und dessen Ekstasen nur der Wahrheitssuche galten, hat mehr vom Mysterium des Menschen und der Dinge zutage gebracht als Unternehmungen mit höheren Aspirationen. Sie ist entstanden im Kampf des Geistes gegen die Zeit, gegen das Unvermögen, im flüchtigen realen Leben einen festen Punkt zu finden, eine Idee, von der her es geleitet hätte werden können.

SPRECHER »Wie viele wenden sich daher vom Schreiben ab! Wie viele Verpflichtungen nimmt man nicht auf sich, um gerade dieser einen zu entrinnen! Jedes Ereignis, ob Dreyfus-Affäre, ob Krieg, hatte den Schriftstellern andere Entschuldigungen geliefert, um nur jenes Buch nicht entziffern zu müssen; sie wollten dem Recht zum Sieg verhelfen, die moralische Einheit der Nation neu erschaffen, sie hatten keine Zeit, an Literatur zu denken. Aber das waren nur Ausflüchte, weil sie nicht oder nicht mehr über Genie, das heißt Instinkt verfügten. Der Instinkt diktiert die Pflicht, der Verstand aber liefert die Vorwände, um sich ihr zu entziehen. Nur gelten in der Kunst keine Entschuldigungen. Absichten zählen in ihr nicht; in jedem Augenblick muß der Künstler auf seinen Instinkt lauschen, daher aber nun ist die Kunst das Wirklichste, was es gibt, die strengste Schule des Lebens und das wahre Jüngste Gericht.«[13]

AUTORIN So wird er zum Übersetzer, zum Interpreten jener Wirklichkeit, die sich ihm in der Zeit gezeigt hat und die in ihm existierte, und sein Buch mußte hinauslaufen auf die Preisgabe aller Menschen und Dinge, die ihn berührt hatten, weil anders die Wahrheit nicht zur Sprache kommen konnte. Als Abschiednehmender kommt er Jahre nach dem Krieg noch einmal zurück nach Paris in die »Welt«. Er betritt noch einmal den Salon der Prinzessin von Guermantes und ist noch einmal überrascht. Denn da so viele Jahre vergangen sind, sieht er sich Menschen gegenüber, auf die die Asche gefallen ist, die er nicht mehr erkennt, Greisen und Greisinnen, und jungen Leuten, die er noch nie gesehen hat. Was hat die Zeit getan? – Alte Freunde sind überworfen und neue Freundschaften geschlossen; politische Leidenschaften erkaltet, Familien auseinandergefallen; die Klassen haben eine neue Verschiebung erfahren; Schönes und Kostbares sind nicht mehr, und wer geliebt worden ist, wird nicht mehr geliebt. Ein erbarmungsloser Strom hat Sieger und Besiegte fortgerissen, dem Tod entgegen. Aber auch ihn erkennt man nicht mehr. Er muß begreifen, daß auch er alt geworden ist – und eine Idee der Zeit kommt ihm, die jedes Nachleben, auch das der Kunst, in Frage stellt. Aber dieselbe Idee gibt ihm auch als einzige den schöpferischen Impuls und den Willen zur Ausführung des Kunstwerks. Er beginnt nun den Tod zu fürchten und die Tage zu zählen, nicht weil er seine eigene Zerstörung fürchtet, denn er fühlt, daß er schon durch alle Kreise gegangen und viele Male gestorben ist. Das Ich, das Albertine liebte, ist gestorben, als es sie zu lieben aufhörte, und das Ich, das die Herzogin von Guermantes liebte, als es sie zu lieben aufhörte. Er war nicht länger das Wesen, das solcher Leidenschaften und Leiden fähig war, sondern eines, das eine Arbeit vor sich sah, die um jeden Preis getan werden mußte. Das Grauen davor hat jedes andere abgelöst.

SPRECHER »Ich aber behaupte, das grausame Gesetz der Kunst besteht darin, daß die Wesen sterben und daß wir selbst sterben und dabei alle Leiden bis auf den Grund ausschöpfen, damit das Gras nicht des Vergessens, sondern des ewigen Lebens sprießt, der derbe, harte Rasen fruchtbarer Werke, auf dem künftige Generationen heiter, ohne Sorge um die, die darunter schlafen, ihr ›Déjeuner sur l'herbe‹ abhalten werden.«[14]

AUTORIN Er meint, auf einem Gipfel zu hocken und hinunterzuschauen in die Tiefe der Jahre, selbst gefährdet bei dem Versuch, sich mit aller Kraft festzuhalten, um nicht ins Gleiten zu kommen, und schließt sein Werk mit einem Satz, das dessen Anfang vorbereitet. Das Ende ist ein Beginn geworden. Das letzte Wort kommt vor dem ersten.

SPRECHER »Wenigstens würde ich, wenn mir noch Kraft genug bliebe, um mein Werk zu vollenden, in ihm die

Menschen (und wenn sie daraufhin auch wahren Monstren glichen) als Wesen beschreiben, die neben dem so beschränkten Anteil an Raum, der für sie ausgespart ist, einen im Gegensatz dazu unermeßlich ausgedehnten Platz – da sie ja gleichzeitig wie in den Jahren wesende Riesen an so weit auseinanderliegende, von ihnen durchlebte Epochen rühren, zwischen die unendlich viele Tage geschoben sind – einnehmen in der ZEIT.«[15]

AUTORIN Aber wie ergeht es uns selbst, wenn wir auf diesen Roman zurückblicken, auf seine Stätten, die nicht die unseren sind, auf die Leben und Tode dieser Monstren, die er für uns aufbewahrt hat. Sie sind, meine ich, da, damit wir sie besetzen können, von einer neuen erschreckenden Offenheit, so daß wir in jeden Ablauf von Liebe, Eifersucht und Lüge, Ehrgeiz und Enttäuschung und endlich Wahrheit und Untergang eintreten können. Es ist ja kein Buch, das von diesem oder jenem handelt, sondern in dem diese und jene Grundfiguren mit Leben erfüllt werden können – ein Buch reiner Beziehungen, in dem jeder Satz und jede Stelle ein »Sesam öffne dich« ist und eine Tür in uns aufgehen läßt.

SPRECHER »In Wirklichkeit ist jeder Leser, wenn er liest, ein Leser nur seiner selbst. Das Werk des Schriftstellers ist dabei lediglich eine Art von optischem Instrument, das der Autor dem Leser reicht, damit er erkennen möge, was er in sich selbst vielleicht sonst nicht hätte erschauen können. Daß der Leser das, was das Buch aussagt, in sich selber erkennt, ist der Beweis für die Wahrheit eben dieses Buches, und umgekehrt gilt das gleiche, wenigstens bis zu einem gewissen Grad, da die Differenz zwischen den beiden Texten sehr oft nicht dem Autor, sondern dem Leser zur Last gelegt werden muß. Zudem kann das Buch unter Umständen zu gelehrt und zu dunkel für einen naiven Leser sein und ihm infolgedessen nur ein getrübtes Glas zur Verfügung stellen, durch welches er nicht zu lesen vermag. Aber auch andere Eigentümlichkeiten (wie die Inversion) bewirken möglicherweise, daß der Leser auf eine bestimmte Art lesen muß, wenn er recht lesen will; der Autor darf sich daran nicht stoßen, sondern muß dem Leser möglichst viel Freiheit lassen, indem er ihm sagt: ›Sieh du selber zu, ob du besser mit diesem Glas, mit jenem oder mit einem anderen siehst.‹«[16]

AUTORIN Von dieser Freiheit, die Proust seinem Leser gibt, wurde hier Gebrauch gemacht, denn es gibt eben verschiedene Möglichkeiten, ihn zu lesen: als Gesellschaftskritiker, als Theoretiker der Kunst, als Philosophen – und es wurden hier auch einige Lesarten versucht, die freilich kein Bild des Ganzen ergeben können, aber versuchen sollten, ihn zu zeigen, wie er auch gesehen sein möchte – als den Schöpfer von Menschen, die von nun an unter uns sind mit ihren Leiden und Irrtümern zu unserem Trost, und als den Schöpfer von Orten, die wir zwar auf keiner Landkarte finden werden, die aber, weil sie von diesen Menschen bewohnt wurden, geliebt wurden und die Zeugen so vielen Elends waren wie jene wunderbaren Orte, die große Mythen an sich zogen und von Helden, Halbgöttern und Göttern bevölkert waren, von nun an bekannt sein werden. Für Proust selbst aber, der am Ende freiwillig auf alles verzichtet hat, um die gefangenen Bilder der Welt zu befreien, der, in vier kahlen Wänden in Einsamkeit und fastend und unter Schmerzen arbeitend, zu einem Mehr an Wahrheit für uns gekommen ist, zu dem vor ihm kein Schriftsteller kam, mag ein Wort stehen, das er in Bewunderung Ruskin nachgeschickt hat:

SPRECHER »Als Toter leuchtet er uns immer noch wie längst erloschene Sterne, deren Licht noch immer zu uns wandert ... Mit diesen für immer geschlossenen und in

Grabestiefe ruhenden Augen werden noch Generationen nach uns die Natur sehen.«[17]

AUTORIN Denn dieser Positivist und Mystiker, für den nur die Welt der Kunst absolut war und der sich aus der Gefangenschaft hier keinen Ausblick und keine Hoffnung erlaubte, schrieb doch von einer seiner Gestalten, nämlich dem Dichter Bergotte:

SPRECHER »Er wurde begraben, aber während der ganzen Trauernacht wachten in den beleuchteten Schaufenstern seine jeweils zu dreien angeordneten Bücher wie Engel mit entfalteten Flügeln und schienen ein Symbol der Auferstehung dessen, der nicht mehr war.«[18]

3 Frankfurter Vorlesungen: Probleme zeitgenössischer Dichtung

I Fragen und Scheinfragen

Meine Damen und Herren,
Neugier und Interesse, die Sie in diesen Saal geführt haben, glaube ich zu kennen. Sie entspringen dem Verlangen, über die Dinge etwas zu hören, die uns beschäftigen, also Urteile, Meinungen, Verhandlungen über Gegenstände, die uns an sich, in ihrem Vorhandensein, genügen müßten. Also etwas Schwächeres, denn alles, was über Werke gesagt wird, ist schwächer als die Werke. Das gilt, meine ich, auch für die höchsten Erzeugnisse der Kritik und [von] dem, was von Zeit zu Zeit grundsätzlich und grundlegend gesagt werden wollte und immer wieder gesagt werden will. Es wird zur Orientierung gesagt, und wir verlangen es zu hören, der Orientierung wegen. Nicht zuletzt haben die Schriftsteller selber immer das größte Interesse bewiesen für die Zeugnisse anderer Schriftsteller, für Tagebücher, Arbeitsbücher, Briefwechsel und die theoretischen Mitteilungen, neuerdings mehr und mehr für die Enthüllung von »Werkstattgeheimnissen«. Vor dreißig Jahren noch teilte der russische Dichter Majakowskij seinen Lesern mit, sie hätten das Recht, von den Dichtern zu verlangen, daß sie die Geheimnisse ihres Metiers nicht ins Grab mitnähmen. Nun, die Gefahr besteht heute kaum mehr, besonders die Lyriker geizen nicht mit Kundmachungen, volle Einigkeit herrscht aber nicht . . .: ein Gedicht wird gemacht, ein Gedicht wird geahnt, gebraut, gebaut, montiert, auch bei uns.

Wie dem auch sei, Sie werden reichlich aufgeklärt, und es werden Ihnen sogar Geheimnisse verraten, die gar keine sind. So vielerlei Neugier da ist – so vielerlei Enttäuschung ist möglich, und all dies mag uns vorläufig zur Entschuldigung dienen für die falschen Hoffnungen, die Sie sich machen und die ich mir mache, indem ich, Mut fassend, meine, daß sich von diesem Lehrstuhl aus zwar nichts lehren, vielleicht aber etwas erwecken läßt – ein Mitdenken von der Verzweiflung und der Hoffnung, mit der einige wenige – oder sind es schon viele? – mit sich selber und der neuen Literatur ins Gericht gehen.

»Fragen zeitgenössischer Dichtung« – dieser Titel wurde gewählt für eine erste Reihe von Vorlesungen, und als ich mit der Arbeit beginnen wollte, bis zuletzt fast unfähig, einen Ansatzpunkt zu finden für diesen Versuch, der mir nicht geheuer ist, überlegte ich noch einmal den Titel. Sollten denn hier Fragen behandelt werden, die schon gestellt sind, welche übrigens, und wo gestellt und von wem? Oder sollen gar Antworten gegeben werden? Kennen Sie denn die Autoritäten, glauben Sie denn an solche, die da Fragen austeilen und Antworten liefern? Und vor allem, um welche Fragen könnte es sich eigentlich handeln? Soll man sich kümmern um die Fragen, wie sie die Tagespresse in ihren Feuilletons hin und wieder aufwirft, oder um diejenigen, die auf Akademien und Kongressen behandelt werden, oder soll man, noch fortschrittlicher gestimmt, sich um die Rundfragen des Rundfunks oder der literarischen Weihnachtsrätselecken bekümmern? Um nur einige zu nennen: »Soll das Material kalt behandelt werden?« »Ist der psychologische Roman tot?« »Ist die Chronologie im Roman noch möglich im Zeitalter der Relativitätstheorie?« »Muß die neue Dichtung so dunkel sein?« »Die Dramaturgie von Fall zu Fall.«

Oder sollen die weniger lärmigen, weniger attraktiven Fragen, wie sie in der Literaturwissenschaft gestellt werden, berücksichtigt werden? Darf man sich, ungelernt, ohne fachliche Kenntnis, trauen, dort Hilfe zu suchen? Da sind die Rettungsringe bereit gemacht – einfühlende Interpretation, Historismus, Formalismus, sozialistischer Realismus. Wer möchte da nicht gerettet sein, zu niemands Schaden! Auch die Psychologie, die Psychoanalyse, Existenzphilosophie, die Soziologie, bieten sich an, haben Fragen an die Literatur zu stellen. Überall Fundiertes, Standorte, Gesichtspunkte, Devisen, Merkblätter, geistesgeschichtliche Stichworte, unter denen etwas zu finden ist – und wie es zu finden ist. Nur das Stichwort fehlt für den, der im Augenblick selbst vorzutreten hat und alle die Werke, die Zeiten, hinter sich liegen fühlt, auch die jüngstgeschaffenen, die jüngstvergangenen, und er fürchtet, mangels Gelehrsamkeit, sich auf einige wenige eigene Erfahrungen mit der Sprache und den Gebilden, die mit dem Stempel Literatur versehen worden sind, zurückziehen zu müssen. Und doch ist ja die Erfahrung die einzige Lehrmeisterin. Wie gering sie auch sein mag – vielleicht wird sie nicht schlechter beraten als ein Wissen, das durch so viele Hände geht, gebraucht und mißbraucht oft, das sich oft verbraucht und leer läuft, von keiner Erfahrung erfrischt.

Für den Schriftsteller gibt es nämlich vor allem Fragen, die scheinbar außerhalb der literarischen liegen, scheinbar, weil ihre glatten Übersetzungen in die Sprache für die literarischen Probleme, mit denen man uns bekannt macht, sie uns als sekundär empfinden lassen; manchmal bemerken wir sie nicht einmal. Es sind zerstörerische, furchtbare Fragen in ihrer Einfachheit, und wo sie nicht aufgekommen sind, ist auch nichts aufgekommen in einem Werk.

Wenn wir zurückblicken auf das vergangene halbe Jahrhundert, auf seine Literatur mit den Kapiteln Naturalismus und Symbolismus, Expressionismus, Surrealismus, Imagismus, Futurismus, Dadaismus und einiges, was in kein Kapitel passen will, so kommt es uns vor, als entwikkelte sich die Literatur aufs wunderbarste, wenn auch etwas widersprüchlich, ganz wie immer, wie früher – erst Sturm und Drang, dann Klassik, dann Romantik und so fort, es macht keine so großen Schwierigkeiten, sich zu verständigen darüber; nur die Gegenwart läßt einiges zu wünschen übrig, man sieht nicht recht, wie es sich entwikkelt, wohin es will, nichts mehr wird klar, nicht einmal die Richtung oder Richtungen lassen sich verläßlich angeben. Es ergeht uns wie mit der Gegenwartsgeschichte; weil wir zu nahe daran sind, überblicken wir nichts, erst wenn die Phrasen einer Zeit verschwinden, finden wir die Sprache für eine Zeit und wird Darstellung möglich. Auch von den heutigen Phrasen werden uns nur die kräftigsten bewußt. Hätten wir das Wort, hätten wir Sprache, wir bräuchten die Waffen nicht.

Was die Literatur anbelangt, brauche ich Ihnen ja nur ins Gedächtnis zu rufen, wovon in den vergangenen Jahren am meisten die Rede war und zur Zeit am meisten die Rede ist. Von der einen Seite hören Sie das Wehklagen über den Verlust der Mitte, und die Etiketten für diese mittelosen Literaturprodukte lauten: alogisch, zu kalkuliert, irrational, zu rational, destruktiv, antihumanistisch – also alles erdenklich negative Kennzeichnungen. Dem gegenüber steht von ihren Fürsprechern ein Vokabular, das in hohem Maß dem andern ähnlich ist, die negativen Kennzeichnungen werden freiwillig übernommen, oder es werden neue erschaffen, also gottlob, heißt es, und ja, begrüßen wir es, das Alogische, Absurde, Groteske, anti-, dis- und de-, Destruktion, Diskontinuität, es gibt das Antistück, den Anti-Roman, vom Anti-Gedicht war noch nicht die Rede, vielleicht kommt es noch. Daneben laufen behäbigere traditionellere Produkte her, von einer traditionelleren Kritik begleitet, die auf Vokabeln hält wie: Gestaltetes, Schöpferisches, Wesentliches. Sie können beliebig ergänzen. Und aus der aufgeregten, hoffnungsträchtigen Zeit direkt nach dem Krieg stoßen uns auch noch manchmal Worte auf wie Kahlschlag, Nullpunkt, Kalligraphie, Existenzielles, Seinslagen, Vorder- und Hintergründiges, und zuerst beigewohnt hat unsere Generation dem Aufflackern des Kampfes zwischen der engagierten Literatur und dem l'art pour l'art, diesmal als direkte Folge der politischen Katastrophe in Deutschland und der damit verbundenen Katastrophen in den heimgesuchten Nachbarländern, genährt von der Ahnung neuer künftiger Katastrophen.

Man hat also die Wahl, bräuchte sich nur mit Begeisterung über das eine, mit Abscheu über das andere zu äußern und sich auf die einem zusagende Seite zu schlagen. Vielleicht fragen Sie sich, von welcher Stelle aus man Sie an dem Schauspiel des Kampfs teilzunehmen zwingen wird, oder ob Sie gar mit einer neutralen, objektiven Betrachtung hingehalten werden sollen – um es allen recht zu machen, um nirgends anzuecken. Denn jeder Schriftsteller befindet sich in einer verwickelten Lage, ob er sich's eingestehen mag oder nicht, er lebt in einem Netz von Gunst und Ungunst, und es ist unmöglich, dafür blind zu sein, daß die Literatur heute eine Börse ist. Aber dieses Wort ist nicht von mir und überhaupt nicht von heute, sondern von Hebbel, Friedrich Hebbel, niedergeschrieben im Jahr 1849. Hierin ändern sich die Zeiten nicht so sehr.

Aber lassen Sie uns die Parteiischkeit wie die Neutralität verwerfen und ein Drittes versuchen: eine hindernisvolle Herausführung aus der babylonischen Sprachverwirrung.

Die erste und schlimmste dieser Fragen, von denen ich Ihnen gesprochen habe und die den Schriftsteller zu bewegen hat, betrifft die Rechtfertigung seiner Existenz. Freilich ist sie dem einzelnen, der da schreibt, versucht und belebt von seiner Begabung, selten gleich bewußt, oft wird sie es erst spät. Warum schreiben? Wozu? Und wozu, seit kein Auftrag mehr da ist von oben und überhaupt kein Auftrag mehr kommt, keiner mehr täuscht. Woraufhin schreiben, für wen sich ausdrücken und was ausdrücken vor den Menschen, in dieser Welt. Er, der selbst erkenntnissüchtiger, deutungssüchtiger und sinnsüchtiger ist als die anderen, kann er mit irgend einer Deutung, einer Sinngebung, auch nur mit einer Beschreibung, und erschiene sie ihm noch so genau, bestehen? Ist seine Bewertung durch Sprache, und er bewertet immer, mit jeder Benennung bewertet er die Dinge und den Menschen, nicht völlig gleichgültig, oder irreführend, oder verwerflich? Und ist der Auftrag, wenn er ihn sich selbst zu geben traut (und er kann ihn sich heute nur selbst geben!), nicht beliebig, befangen, bleibt er nicht, wie sehr er sich auch bemühen mag, der Wahrheit immer etwas schuldig? Ist nicht all sein Tun Hybris, und muß er sich nicht verdächtigen immerzu, jedes seiner Worte, jede seiner Zielsetzungen? Daß diese Frage lange nur von biographischem Interesse für diejenigen geblieben ist, die sich mit der Literatur und ihren Opfern beschäftigt haben, ist befremdend. Denn wenn man über das »Ende der Dichtung« zu reden anfängt, eine solche Möglichkeit schwelgerisch oder gehässig erwägt, als wäre es die Dichtung selbst, die zu Ende gehen wollte, oder als wäre dieses Ende ihr letztes Thema, so kann man nicht außer acht lassen, wo eine der Voraussetzungen dazu immer gelegen hat. In den Dichtern selbst, in ihrem Schmerz über ihre Unzulänglichkeit, in ihren Schuldgefühlen. Tolstoi hat in seinen letzten Jahren die Kunst verdammt, hat sich selbst und alle Genies verhöhnt, sich und die anderen aller Teufeleien bezichtigt, des Hochmuts, der Hinopferung der Wahrheit, der Liebe, und hat seine geistige und sittliche Niederlage in die Welt geschrien. Gogol hat die Fortsetzung der ›*Toten Seelen*‹ verbrannt. Kleist hat den ›*Robert Guiscard*‹ verbrannt, hielt sich danach für gescheitert und beging Selbstmord. In einem seiner Briefe ist zu lesen: »Ein großes Bedürfnis ist in mir rege geworden, ohne dessen Befriedigung ich niemals glücklich sein werde; es ist dieses, etwas *Gutes* zu tun.« Und was bedeutet Grillparzers und Mörikes schweigendes Verzichten auf Weiterarbeit.

Die äußeren Umstände kommen zur Erklärung kaum in Betracht. Und Brentanos Flucht in den Schoß der Kirche, sein Widerruf, seine Absage an all das Schöne, das er geschrieben hat? Und all diese Widerrufe, die Selbstmorde, das Verstummen, der Wahnsinn, Schweigen über Schweigen aus dem Gefühl der Sündhaftigkeit, der metaphysischen Schuld, oder menschlicher Schuld, Schuld an der Gesellschaft aus Gleichgültigkeit, aus Mangel. Jede Art von Unzulänglichkeit begegnet uns schon vor der Zeit, mit der wir uns zu befassen haben. In unserem Jahrhundert scheinen mir diese Stürze ins Schweigen, die Motive dafür und für die Wiederkehr aus dem Schweigen darum von großer Wichtigkeit für das Verständnis der sprachlichen Leistungen, die ihm vorausgehen oder folgen, weil sich die Lage noch verschärft hat. Der Fragwürdigkeit der dichterischen Existenz steht nun zum ersten Mal eine Unsicherheit der gesamten Verhältnisse gegenüber. Die Realitäten von Raum und Zeit sind aufgelöst, die Wirklichkeit harrt ständig einer neuen Definition, weil die Wissenschaft sie gänzlich verformelt hat. Das Vertrauensverhältnis zwischen Ich und Sprache und Ding ist schwer erschüttert. Das erste Dokument, in dem Selbstbezweiflung, Sprachverzweiflung und die Verzweiflung über die fremde Übermacht der Dinge, die nicht mehr zu fassen sind, in einem Thema angeschlagen sind, ist der berühmte *›Brief des Lord Chandos‹* von Hugo von Hofmannsthal. Mit diesem Brief erfolgt zugleich die unerwartete Abwendung Hofmannsthals von den reinen zaubrischen Gedichten seiner frühen Jahre – eine Abwendung vom Ästhetizismus.
»Aber, mein verehrter Freund, auch die irdischen Begriffe entziehen sich mir in der gleichen Weise. Wie soll ich es versuchen, Ihnen diese seltsamen geistigen Qualen zu schildern, dies Emporschnellen der Fruchtzweige über meinen ausgestreckten Händen, dies Zurückweichen des murmelnden Wassers vor meinen dürstenden Lippen?

Mein Fall ist, in Kürze, dieser: Es ist mir völlig die Fähigkeit abhanden gekommen, über irgend etwas zusammenhängend zu denken oder zu sprechen.
Zuerst wurde es mir allmählich unmöglich, ein höheres oder allgemeineres Thema zu besprechen und dabei jene Worte in den Mund zu nehmen, deren sich doch alle Menschen ohne Bedenken geläufig zu bedienen pflegen. Ich empfand ein unerklärliches Unbehagen, die Worte ›Geist‹, ›Seele‹ oder ›Körper‹ nur auszusprechen. Ich fand es innerlich unmöglich, über die Angelegenheiten des Hofes, die Vorkommnisse im Parlament, oder was Sie sonst wollen, ein Urteil herauszubringen. Und dies nicht etwa aus Rücksichten irgendwelcher Art, denn Sie kennen meinen bis zur Leichtfertigkeit gehenden Freimut: sondern die abstrakten Worte, deren sich doch die Zunge naturgemäß bedienen muß, um irgendwelches Urteil an den Tag zu geben, zerfielen mir im Munde wie modrige Pilze.«
Und weiter:
»Allmählich aber breitete sich diese Anfechtung aus wie ein um sich fressender Rost. Es wurden mir auch im familiären und hausbackenen Gespräch alle die Urteile, die leichthin und mit schlafwandelnder Sicherheit abgegeben zu werden pflegen, so bedenklich, daß ich aufhören mußte, an solchen Gesprächen irgend teilzunehmen. Mit einem unerklärlichen Zorn, den ich nur mit Mühe notdürftig verbarg, erfüllte es mich, dergleichen zu hören, wie: diese Sache ist für den oder jenen gut oder schlecht ausgegangen; Sheriff N. ist ein böser, Prediger T. ein guter Mensch; Pächter M. ist zu bedauern, seine Söhne sind Verschwender; ein anderer ist zu beneiden, weil seine Töchter haushälterisch sind; eine Familie kommt in die Höhe, eine andere ist im Hinabsinken. Dies alles erschien mir so unbeweisbar, so lügenhaft, so löcherig wie nur möglich. Mein Geist zwang mich, alle Dinge, die in einem solchen Gespräch vorkamen, in einer unheimlichen Nähe zu sehen: so

wie ich einmal in einem Vergrößerungsglas ein Stück von der Haut meines kleinen Fingers gesehen hatte, das einem Blachfeld mit Furchen und Höhlen glich, so ging es mir nun mit den Menschen und ihren Handlungen. Es gelang mir nicht mehr, sie mit dem vereinfachenden Blick der Gewohnheit zu erfassen. Es zerfiel mir alles in Teile, die Teile wieder in Teile, und nichts mehr ließ sich mit einem Begriff umspannen. Die einzelnen Worte schwammen um mich; sie gerannen zu Augen, die mich anstarrten und in die ich wieder hineinstarren muß: Wirbel sind sie, in die hinabzusehen mich schwindelt, die sich unaufhaltsam drehen und durch die hindurch man ins Leere kommt.«[1]

Bei sehr verschiedenen Heimsuchungen zeugen von ähnlichen Erfahrungen der ›*Malte Laurids Brigge*‹ von Rilke, einige Novellen von Musil und Benns ›*Rönne, Aufzeichnungen eines Arztes*‹. Und doch darf man dabei nicht an Korrespondenzen in der Literatur denken, sondern muß sich vor Augen halten, daß es sich um einzelne revolutionäre Stöße handelt. Es heißt immer, die Dinge lägen in der Luft. Ich glaube nicht, daß sie einfach in der Luft liegen, daß jeder sie greifen und in Besitz nehmen kann. Denn eine neue Erfahrung wird *gemacht* und nicht aus der Luft geholt. Aus der Luft oder bei den anderen holen sie sich nur diejenigen, die selber keine Erfahrung gemacht haben. Und ich glaube, daß, wo diese immer neuen, keinem erspart bleibenden Wozu- und Warumfragen und alle die Fragen, die sich daran schließen (und die Schuldfragen, wenn Sie wollen), nicht erhoben werden, daß, wo kein Verdacht und somit keine wirkliche Problematik in dem Produzierenden selbst vorliegt, keine neue Dichtung entsteht. Es mag paradox klingen, weil vorhin vom Verstummen und Schweigen die Rede war als Folge dieser Not des Schriftstellers mit sich und der Wirklichkeit – einer Not, die heute nur andere Formen angenommen hat. Religiöse und metaphysische Konflikte sind abgelöst worden durch soziale, mitmenschliche und politische. Und sie alle münden für den Schriftsteller in den Konflikt mit der Sprache. Denn die wirklich großen Leistungen dieser letzten fünfzig Jahre, die eine neue Literatur sichtbar gemacht haben, sind nicht entstanden, weil Stile durchexperimentiert werden wollten, weil man sich bald so, bald so auszudrücken versuchte, weil man modern sein wollte, sondern immer dort, wo vor jeder Erkenntnis ein neues Denken wie ein Sprengstoff den Anstoß gab – wo, vor jeder formulierbaren Moral, ein moralischer Trieb groß genug war, eine neue sittliche Möglichkeit zu begreifen und zu entwerfen. Insofern glaube ich auch nicht, daß wir heute die Probleme haben, die man uns aufschwätzen will, und wir sind leider alle nur zu sehr verführt, sie mitzuschwätzen. Ich glaube auch nicht, daß uns, nach so und so vielen formalen Entdeckungen und Abenteuern, die in diesem Jahrhundert gemacht worden sind (vor allem zu Anfang dieses Jahrhunderts), nichts mehr übrig bleibt, als Epigonenhaftes zu schreiben, wenn man nicht noch surrealistischer als surrealistisch und noch expressionistischer als expressionistisch schreibt, und daß einem nichts übrig bleibt, als die Entdeckungen von Joyce und Proust, von Kafka und Musil zu nutzen. Joyce und Proust und Kafka und Musil haben nämlich auch keine vorangegangene, vorgefundene Erfahrung benutzt, und was sie benutzt haben und was sich wohl feststellen läßt in Seminararbeiten und Dissertationen, das erscheint jedenfalls als das geringste an ihnen, ist äußerlich oder eingeschmolzen. Bei der blinden Übernahme dieser seinerzeitigen Wirklichkeitsbestimmungen, dieser gestern neu gewesenen Denkformen, kann es nur zu einem Abklatsch und einer schwächeren Wiederholung der großen Werke kommen. Wäre dies die einzige Möglichkeit: weiterzumachen, fortzuführen und ohne Erfahrung zu experimentieren, bis es sich zu lohnen scheint, dann dürften die Anklagen, die heute oft gegen die jüngeren Schriftsteller erhoben werden, zu recht bestehen. Aber es knistert wohl schon im Gebälk. Die Nacht kommt vor dem Tag, und der Brand wird in der Dämmerung gelegt.

Mit einer neuen Sprache wird der Wirklichkeit immer dort begegnet, wo ein moralischer, erkenntnishafter Ruck geschieht, und nicht, wo man versucht, die Sprache an sich neu zu machen, als könnte die Sprache selber die Erkenntnis eintreiben und die Erfahrung kundtun, die man nie gehabt hat. Wo nur mit ihr hantiert wird, damit sie sich neuartig anfühlt, rächt sie sich bald und entlarvt die Absicht. Eine neue Sprache muß eine neue Gangart haben, und diese Gangart hat sie nur, wenn ein neuer Geist sie bewohnt. Wir meinen, wir kennen sie doch alle, die Sprache, wir gehen doch mit ihr um; nur der Schriftsteller nicht, er kann nicht mit ihr umgehen. Sie erschreckt ihn, ist ihm nicht selbstverständlich, sie ist ja auch vor der Literatur da, bewegt und in einem Prozeß, zum Gebrauch bestimmt, von dem er keinen Gebrauch machen kann. Sie ist ja für ihn kein unerschöpflicher Materialvorrat, aus dem er sich nehmen kann, ist nicht das soziale Objekt, das ungeteilte Eigentum aller Menschen. Für das, was er will, mit der Sprache will, hat sie sich noch nicht bewährt; er muß im Rahmen der ihm gezogenen Grenzen ihre Zeichen fixieren und sie unter einem Ritual wieder lebendig machen, ihr eine Gangart geben, die sie nirgendwo sonst erhält außer im sprachlichen Kunstwerk. Da mag sie uns freilich erlauben, auf ihre Schönheit zu achten, Schönheit zu empfinden, aber sie gehorcht einer Veränderung, die weder zuerst noch zuletzt ästhetische Befriedigung will, sondern neue Fassungskraft.

Von einem notwendigen Antrieb, den ich vorläufig nicht anders als einen moralischen vor aller Moral zu identifizieren weiß, ist gesprochen worden, einer Stoßkraft für ein Denken, das zuerst noch nicht um Richtung besorgt ist, einem Denken, das Erkenntnis will und mit der Sprache und

durch Sprache hindurch etwas erreichen will. Nennen wir es vorläufig: Realität.
Ist diese Richtung einmal eingeschlagen, und es handelt sich nicht um eine philosophische, um keine literarische Richtung, so wird sie immer eine andere sein. Sie führte Hofmannsthal woanders hin als George, sie war eine andere wieder für Rilke, eine andere für Kafka; Musil war einer ganz anderen bestimmt als Brecht. Dieses Richtungnehmen, dieses Geschleudertwerden in eine Bahn, in der gedeiht und verdirbt, in der von Worten und Dingen nichts Zufälliges mehr Zulaß hat ... Wo dies sich zuträgt, meine ich, haben wir mehr Gewähr für die Authentizität einer dichterischen Erscheinung, als wenn wir ihre Werke absuchen nach glücklichen Merkmalen von Qualität. Die Qualität ist ja unterschiedlich, diskutierbar, auf Strecken sogar absprechbar. Qualität hat auch hin und wieder ein Gedicht von einem Mittelsmann, eine gute Erzählung, ein ansprechender, kluger Roman, das ist zu finden; es ist überhaupt kein Mangel an Könnern, auch heute nicht, und es gibt Zufallstreffer oder Sonderbares, Abwegiges am Rande, das uns persönlich lieb werden kann. Und doch ist nur Richtung, die durchgehende Manifestation einer Problemkonstante, eine unverwechselbare Wortwelt, Gestaltenwelt und Konfliktwelt imstande, uns zu veranlassen, einen Dichter als unausweichlich zu sehen. Weil er Richtung hat, weil er seine Bahn zieht wie den einzigen aller möglichen Wege, verzweifelt unter dem Zwang, die ganze Welt zu der seinen machen zu müssen, und schuldig in der Anmaßung, die Welt zu definieren, ist er wirklich da. Weil er von sich weiß, ich bin unausweichlich, und weil er nicht ausweichen kann selber, enthüllt sich ihm seine Aufgabe. Je mehr er von ihr zu wissen anfängt, je deutlicher sie ihm wird, desto mehr werden seine Werke begleitet von einer geheimen oder ausgesprochenen theoretischen Umsorge. Wir hören des öfteren sagen, daß Rilke zwar ein großer

Dichter sei, daß der weltbestimmende und weltanschauliche Gehalt seiner Dichtungen uns jedoch nichts anzugehen brauche, als wäre er abziehbar, ein eher schädliches Beiwerk als Draufgabe. Wichtig sei allein das einzelne gelungene Gedicht oder gar die Zeile. Wir hören sagen, daß Brecht ein großer Dichter, einer unserer größten Dramatiker überhaupt sei, aber man müsse freundlichst vergessen oder heftig bedauern, daß er Kommunist war. Barbarisch gesagt: Hauptsache, daß die schönen Worte da sind, das Poetische, das ist gut, das gefällt uns, besonders die Pflaumenbäume und die kleine weiße Wolke. – Die Überanstrengung Hofmannsthals bei dem Versuch, die verstörte geistige Tradition Europas noch einmal in seinem Werk zu erneuern, während eben diese Tradition einem Vakuum Platz gemacht hatte, erscheint manchem vergebliche Müh', und doch wäre ohne die fiktiven Bezüge weder sein Theater möglich geworden, noch hätte Urteilskraft in seinen Essays zu ordnen vermocht. – Proust hat in der ›*Suche nach der verlorenen Zeit*‹, im letzten Band, das ganze Werk versichert in einer Theorie beinahe, hat das Entstehen des Werks reflektiert, ihm eine Rechtfertigung beigegeben, und man könnte fragen, wozu? War das notwendig? Ich glaube schon. Und warum, hörte ich einmal jemand fragen, hat Gottfried Benn uns nicht verschont mit seiner Formulierung eines radikalen Ästhetizismus, diesem Entwurf seiner Ausdruckswelt, diesen fanatischen Stichworten: Rausch, Steigerung, monologisches Ich. Aber war es denn für ihn auf eine andere Weise möglich, jene paar Gedichte hervortreten zu lassen, die der Fragende anerkennen wollte? – Sind die essayistischen Partien in Musils ›*Mann ohne Eigenschaften*‹ denn nicht zugehörig? Ist die Errichtung einer Utopie, die zum Scheitern verurteilt ist, wegdenkbar, oder die Suche nach einer »taghellen Mystik«? Machen nicht alle die Denkversuche das Buch erst zu dem, was es ist?

Ich erwähne das alles nicht, um ein Urteil über die einzelnen Dichter und ihre Irrtümer, ihre Einseitigkeiten zu verunmöglichen. Sondern um zu erinnern, wenn man sich heute desorientiert fragt, wie wohl das Neue, wie wohl das Auftreten eines wirklichen Dichters und einer Dichtung zu erkennen sei. Es wird zu erkennen sein an einer neuen gesamten Definition, an Gesetzgebung, an dem geheimen oder ausgesprochenen Vortrag eines unausweichlichen Denkens.

Zeitlos freilich sind nur die Bilder. Das Denken, der Zeit verhaftet, verfällt auch wieder der Zeit. Aber weil es verfällt, eben deshalb muß unser Denken neu sein, wenn es echt sein und etwas bewirken will.

Es wird uns nicht einfallen, uns an die Ideenwelt der Klassik zu klammern oder an die einer anderen Epoche, da sie nicht mehr für uns maßgeblich sein kann; unsere Wirklichkeit, unsere Streite sind andere geworden. Wie strahlend auch einzelne Gedanken aus früherer Zeit auf uns kommen, wenn wir sie zu Zeugen rufen, so tun wir es zur Unterstützung unserer Gedanken heute. Es soll uns darum auch nicht einfallen, alles für geleistet zu halten, weil vor 50 und 40 Jahren ein paar große Geister aufgetreten sind. Es hilft nichts, ihnen, als wären sie unsere Fixsterne, noch immer das Denken zu überlassen. Es hilft nicht, sich abzustützen auf das Bewunderungswürdige, das geschaffen worden ist in diesen letzten Jahrzehnten. Daraus zu lernen ist nur, daß wir nicht herumkommen werden um den gleichen gefährlichen Auftritt. Es gibt in der Kunst keinen Fortschritt in der Horizontale, sondern nur das immer neue Aufreißen einer Vertikale. Nur die Mittel und Techniken in der Kunst machen den Eindruck, als handelte es sich um Fortschritt. Was aber möglich ist, in der Tat, ist Veränderung. Und die verändernde Wirkung, die von neuen Werken ausgeht, erzieht uns zu neuer Wahrnehmung, neuem Gefühl, neuem Bewußtsein.

Wenn sie eine neue Möglichkeit ergreift, gibt die Kunst uns die Möglichkeit zu erfahren, wo wir stehen oder wo wir stehen sollten, wie es mit uns bestellt ist und wie es mit uns bestellt sein sollte. Denn ihre Entwürfe entstehen nicht im luftleeren Raum. Daß Dichten außerhalb der geschichtlichen Situation stattfindet, wird heute wohl niemand mehr glauben – daß es auch nur einen Dichter gibt, dessen Ausgangsposition nicht von den Zeitgegebenheiten bestimmt wäre. Gelingen kann ihm, im glücklichsten Fall, zweierlei: zu repräsentieren, seine Zeit zu repräsentieren, und etwas zu präsentieren, für das die Zeit noch nicht gekommen ist. Freilich, es gibt, wenn auch nicht den ängstlichen Halt, das geistige Anklammern derer, die nur zu rezipieren vermögen, Zündungen für ihn von fern. Für eine ganze Generation war es Nietzsche, von dem ein Funke übersprang auf André Gide, auf Thomas Mann, Gottfried Benn und viele andere. Für Brecht war es Marx, für Kafka Kierkegaard; Joyce entzündete sich an Vicos Geschichtsphilosophie, und es gab die unzähligen Anstöße durch Freud, und in jüngster Zeit beeinflußte Heidegger.
Wie es neue Zündungen geben könnte? Es ist schwer zu sagen. Die Spezialisten, die Experten mehren sich. Die Denker bleiben aus. Vielleicht wird Wittgenstein noch eine Wirkung tun, vielleicht Ernst Bloch. Reine Vermutungen.
Kunst als Veränderndes ...? Überhaupt »Veränderung«, das ist die Frage, die zu den ersten, zweifelvollen, furchtbaren Fragen gehört. Was meinen wir mit Veränderung und warum wollen wir Veränderung durch die Kunst?! Denn etwas wollen wir doch damit! Die Kunst ist schon so viele Male umgezogen, vom Gotteshaus in das Haus der Ideale, vom *house beautiful* auf das *bateau ivre*, und dann in die Gossen, in die nackte Wirklichkeit, wie man sagte, und dann wieder in das Haus Traum und in die Tempel mit hängenden Gärten, und wieder fort in die pseudomystische

Stickluft von Blut und Boden, und weiter in das Haus Humanität und in das Haus Politik. Als hätte sie nirgends Ruhe, als wäre kein Obdach ihr für immer zugedacht. Sie empfängt und anerkennt eine Weile die Kommandos und beginnt eines Tages, auf neue zu hören. Dies ist ihr eigentümliches Fortschreiten, ihr Weiterziehen.
Und der verändern wollende Dichter, wieviel steht ihm frei und wieviel nicht? Das ist auch die Frage. Es gibt ein Drama für ihn, das erst in unserer Zeit ganz offenbar geworden ist: Weil er das ganze Unglück des Menschen und der Welt im Auge hat, scheint es, als sanktionierte er dieses Unglück, scheint es, als verfehlte er die gewünschte Wirkung. Weil er den Blick auf das ganze Unglück verstattet, scheint zugelassen, daß auch das Veränderbare nicht verändert wird. Man sieht den Schaum vor seinem Mund, und man applaudiert ihm. Nichts rührt sich, nur dieser fatale Applaus. Und ich vermute, daß durch die vielen spielerischen Schocks, die einem Publikum seit Jahren zugefügt werden, eine Gewöhnung eingetreten ist, eine Abstumpfung oder eine Sucht, wie nach einer Droge, ein wenig schockiert zu werden. Nur der größte Ernst und der Kampf gegen den Mißbrauch ursprünglicher großer Leiderfahrungen könnte uns helfen, es aus seiner phantastischen Lethargie zu wecken. »Das Volk braucht Poesie wie das Brot« – diesen rührenden Satz, einen Wunschsatz wohl, hat Simone Weil einmal niedergeschrieben. Aber die Leute brauchen heute Kino und Illustrierte wie Schlagsahne, und die anspruchsvolleren Leute (und zu denen gehören nämlich auch wir) brauchen ein wenig Schock, ein wenig Ionesco oder Beatnikgeheul, um nicht überhaupt den Appetit auf alles zu verlieren. Poesie wie Brot? Dieses Brot müßte zwischen den Zähnen knirschen und den Hunger wiedererwecken, ehe es ihn stillt. Und diese Poesie wird scharf von Erkenntnis und bitter von Sehnsucht sein müssen, um an den Schlaf der Menschen rühren zu können.

Wir schlafen ja, sind Schläfer, aus Furcht, uns und unsere Welt wahrnehmen zu müssen.
Unsere Existenz liegt heute im Schnittpunkt so vieler unverbundener Realitäten, die von den widersprüchlichsten Werten besetzt sind. Sie können in Ihren vier Wänden ein Familienglück patriarchalischen Stils pflegen oder die Libertinage, oder was immer Sie wollen – draußen rotieren Sie in einer funktionellen Nützlichkeitswelt, die ihre eigenen Ideen über Ihre Existenz hat. Sie können abergläubisch sein und auf Holz klopfen, aber die Berichte über den Stand der Forschung und der Rüstung sind auch tröstlich im Hinblick auf die Erhaltung Ihrer Sicherheit und Freiheit. Sie können an die Unsterblichkeit Ihrer Seele glauben und sich Ihren eigenen geistigen Befund ausstellen, aber draußen finden Sie einen anderen vor, dort entscheiden die Tests, die Behörden, das Geschäft, dort werden Sie krank und gesund geschrieben, eingestuft und ausgewertet. Sie können Gespenster sehen oder Werte, es sind jedenfalls eine Menge von beiden da, und Sie können sich allen gleichzeitig anvertrauen, wenn Sie sich nur drauf verstehen, in der Praxis alles säuberlich getrennt zu halten. Hie Innerlichkeit und Sinnbezüge, Gewissen und Traum – da Nützlichkeitsfunktion, Sinnlosigkeit, Phrase und sprachlose Gewalt. Denken Sie nicht aus *einem* Grund, das ist gefährlich – denken Sie aus vielen Gründen.
Wie die Lage ist, sind wir vor lauter Einverständnissen schon so weit, einen Zustand eintreten zu lassen, den Hermann Broch mit einem wütenden Satz gegeißelt hat. Dann gilt es, dann ist es soweit. »Moral ist Moral, Geschäft ist Geschäft und Krieg ist Krieg und Kunst ist Kunst.«
Wenn wir es dulden, dieses »Kunst ist Kunst«, den Hohn hier hinnehmen, stellvertretend für das Ganze – und wenn die Dichter es dulden und befördern durch Unernst und die bewußte Auflösung der stets gefährdeten und darum stets neu zu schaffenden Kommunikation mit der Gesell-

schaft – und wenn die Gesellschaft sich der Dichtung entzieht, wo ein ernster und unbequemer, verändernwollender Geist in ihr ist, so käme das der Bankrotterklärung gleich.
Bloß um den Kunstgenuß einiger schwieriger Gebilde zu ermöglichen, um Kunstverständnis zu erwecken – dieses Vorbeugungsmittel gegen die Kunst, um sie unschädlich zu machen –, kann dieses Amts nicht sein. Unter solch schlechten Auspizien hätten wir alle aneinander nichts zu verlieren. Weder die Kunst an den Menschen, noch die Menschen etwas an der Kunst. Dann bedürfte es auch keiner Fragen mehr.
Aber stellen wir sie dennoch. Und stellen wir sie in Hinkunft so, daß sie wieder Verbindlichkeit haben.

II [Über Gedichte]

Meine Damen und Herren,
ein Anfang ist gemacht, und die Grundsteine zu den ersten Mißverständnissen sind gelegt. Anfangs scheint einem das Anfangen am schwersten – hat man aber erst einmal zu reden begonnen, ein paar Dinge herausgesagt, so stellt sich das Weitergehen als noch schwieriger heraus. Darum wünschte ich, daß wir uns lieber zu einem Streifzug aufmachen als etwas abhandeln, und bei dem Hin- und Herstreifen versuchen, uns nach einem Wort zu bücken, eins wieder aufzuheben, das im Anfang fallen gelassen wurde.
Es gibt nichts Einschüchternderes für jemand, der selbst Gedichte geschrieben hat, als über die zeitgenössische Lyrik Rede und Antwort zu stehen, die Kenntnis ist meist geringer als man annimmt, zudem bleibt uns allen lang verborgen, was an Neuem in anderen Ländern entsteht, meist mit der Verspätung von ein, zwei Generationen erfahren wir es, wir kennen Eliot, Auden und Dylan Thomas vielleicht schon nur, weil er gestorben ist, Trinker-Legende, wir kennen die Apollinaire, Eluard, Aragon, René Char beinah als den jüngsten der Franzosen, von den Italienern noch kaum Ungaretti und Montale, von den Russen Blok und Majakowskij und zuguterletzt Pasternak, infolge eines fragwürdigen politischen Staubwirbels, und dies ist nicht nur so, weil Gedichte seltener übersetzt werden; auch wenn wir einer anderen oder mehrerer Sprachen mächtig sind und uns bemühen, über die Grenzen Ausschau zu halten, so gibt es eine Blicktrübung in der Gegenwart für Gedichte. Wo sie neue Fassungskraft haben, ist die so inwendig in der jeweiligen Sprache und manifestiert sich nicht

auch im Auswendigen, wie in Romanen, in Theaterstükken. Es gibt kaum einen neuen Roman, ein neues Theaterstück in Paris oder New York oder Rom, von dem wir nicht bald Kunde hätten, den wir nicht bald lesen, das wir nicht bald zu sehen gezwungen werden. Aber Gedichte sind obendrein nicht markttüchtig, und ihre Wirkung innerhalb des eigenen Sprachbereichs bleibt selbst dann noch die geringste, wenn, wie heute, so wird behauptet, in einigen Ländern, darunter auch Deutschland, die stärksten Begabungen unter den Lyrikern zu finden sind. Ob die Behauptung richtig ist, sei dahingestellt – es gibt da auch eine Kehrseite, die unfreundlicher ist, denn nirgends schießt der Dilettantismus prächtiger ins Kraut als in der Lyrik, und nirgends läßt sich für die meisten Leser, R. V., schlechter feststellen, ob an diesem oder jenem Autor nun eigentlich »etwas dran« sei oder nicht. Und die unfreundlichste Vermutung mancher Leute geht dahin, daß kein Gedichtband bei uns eine Wirkung hätte, ausgenommen die, daß er wieder zwanzig junge Leute ermutige, auch Gedichte zu schreiben.

Besorgter macht mich die Frage, ob die Beschränkung auf die Nennung deutscher Gedichte für die letzte Zeit nur ein Mangel ist. Ich glaube es nicht, nicht in diesem Fall, denn sie erheben ja zuerst den Anspruch, hier und von [uns] wahrgenommen zu werden, ihre Fremdworte, ihr Fremdkörper, wollen zuerst einmal von der eigenen Sprache angenommen werden.

Bekanntgemacht freilich mit all den neuen Dichtern, die es gibt, werden Sie jetzt nicht – wozu sollte es führen, es gibt genug Aufsätze, in denen sie der Reihe nach angeführt sind und eingeteilt sind, in die Naturlyriker und die Bewußtseinslyriker und weiß Gott was, mit Beispielen, es gibt Anthologien, in jeder Zeitschrift monatlich Abdrucke, und es gibt Gedichtbände, die in den Bibliotheken zu haben sind, da können Sie sich informieren. Denn ich bin nicht imstande,

Ihnen jeden einzelnen vorzuführen, mit Etikett, und einen Spruch dazu zu machen.
Streifzüge also . . .

Betrachtet die Fingerspitzen

Betrachtet die Fingerspitzen, ob sie sich schon verfärben!

Eines Tages kommt sie wieder, die ausgerottete Pest.
Der Postbote wirft sie als Brief in den rasselnden Kasten,
als eine Zuteilung von Heringen liegt sie dir im Teller,
die Mutter reicht sie dem Kinde als Brust.

Was tun wir, da niemand mehr lebt von denen,
die mit ihr umzugehen wußten?
Wer mit dem Entsetzlichen gut Freund ist,
kann seinen Besuch in Ruhe erwarten.
Wir richten uns immer wieder auf das Glück ein,
aber es sitzt nicht gern auf unsern Sesseln.

Betrachtet die Fingerspitzen! Wenn sie sich schwarz färben,
ist es zu spät.[1]

Dieses Gedicht ist von Günter Eich. Ich hoffe, daß niemand, wenn das möglich wäre, die Hand heben möchte, von der Frage beunruhigt: Was will uns der Dichter hier sagen? Aber welcher Beobachtungen sind wir denn fähig, was könnte denn hervorgehen aus einer Beschäftigung mit diesem Gedicht. Einmal möchte ich annehmen, daß dieser Dichter sich selbst, seinen Entwurf anders angelegt hat, als die Dichter eine und zwei Generationen vor ihm. Man kann sich [ihn] schwerlich vorstellen [als] Prophet[en] oder als Artisten, als Magier, als [– – –], es ist nichts Selbstherrliches, Anmaßendes in der Konzeption seiner selbst, denn eine Konzeption erscheint immer durch das Werk, immer tut sich der Anspruch kund, die Position. Hier ist schon eine Veränderung, auf die man merken kann, hier hat etwas stattgefunden, ein Stellungswechsel des Produzierenden selbst. Und doch liegt trotz des Verzichts auf so viele [– – –] keine Abdankung vor, kein Retirieren, obwohl der Ort, von dem aus gesprochen wird, in eine fatale Einsamkeit verlegt ist, nicht selbstgewählt, nicht hochmütig, sondern zudiktiert von einer Gesellschaft inmitten der Gesellschaft, ein Ort, an dem es nicht geheuer ist, und das Wachbleiben erschwert wird, dem, der wachen muß, kann, will. Ein Wachender spricht, ein schlaflos Ausgesetzter, inmitten von uns wohnend ...

Wenn das Fenster geöffnet ist
und das Grauen der Erde hereinweht –

Das Kind mit zwei Köpfen,
– während der eine schläft, schreit der andere –
es schreit über die Welt hin
und erfüllt die Ohren meiner Liebe mit Entsetzen.[2]

Die Realitätsvokabeln sind einfach [in den Gedichten von Günter Eich], es treten auf Fenster, Schuttplätze, Kehricht, Güterzug, Regen, Rost- und Ölflecke, Kaffeeflasche, Bäkkerei, Fabrik, Untergrundbahn, die Welt wird befragt, aber nicht überfragt. Überfragt ist nur dieses Ich, verfolgt, gewarnt und gebeten, Warnungen weiter zu melden.

Meine Damen und Herren, von einem heiligen Gesang, von einer Sendung, einer auserwählten Gemeinschaft von Künstlern, kann nämlich heute überhaupt keine Rede mehr sein. Absichtlich auf ein Extrem verweisend, darf ich Ihnen ein Bekenntnis aus dem Kreis um George zitieren, damals hieß es:

»Wir sind des stolzen glaubens, daß wir für diese jahre nicht nur das höchste gesammelt haben, was in einem bestimmten fache menschlichen können eine ganze stämme-

vereinigung hervorzubringen fähig war, sondern wir hoffen auch, den werdenden und kommenden die pfade geebnet zu haben, auf denen sie weiterschreiten können zur entdeckung immer reinerer kunsthimmel.«[3]
Diese »reinen Kunsthimmel« aber haben sich, so bedeutsam ihre Gründungen waren, nicht halten können, und diese Geister, die sich damals verständlicherweise gegen einen platten Naturalismus erhoben und deren Leistungen wir nicht vergessen werden, haben noch den Zusammensturz ihrer Kunsthimmel erlebt. Der Expressionismus brachte schon den ersten Gegenschlag, und unter dem Eindruck des Ersten Weltkriegs erhoben sich vereinzelte menschliche Stimmen, wieder versagend, wieder versiegend. Und neue ästhetische Revolten folgten, [davon] wird auch die Rede sein müssen, weil sie zwar zu noch immer nachwirkenden sprachlichen Entdeckungen und Wirklichkeitsentdeckungen geführt haben, in einer Hinsicht für uns aber aufs schlimmste desavouiert sind.
Ich denke dabei sogar an den Surrealismus mit seiner Schönheitsidee: [Es] wurde gefordert, die Schönheit habe terroristisch, atemraubend und dämonisch-verwirrend zu sein, der Surrealismus werde uns in den Tod einführen, und im zweiten Manifest schreibt André Breton, der Wortführer der neuen Dichtung, der Surrealismus sei keine künstlerische Schule, er strebe vielmehr [an]: den totalen Ungehorsam, die regelrechte Sabotage, alles müsse geschehen, um die Ideen der Familie, des Vaterlandes, der Religion zu vernichten – so weit, so gut, das war imponierend – aber dann kommt der Nachsatz, er erstrebe vor allem nichts anderes als *die Gewalt*. Und: »Der einfachste surrealistische Akt besteht darin, mit einem Revolver auf die Straße zu gehen und, soviel man kann, auf die Menge draufloszuschießen.«[4] Dies ist dann zwar nicht von den Surrealisten praktiziert worden, o nein, Sie werden ja auch noch wissen, daß alle die Schriftsteller, Maler, verrufen

waren, geächtet, am Leben bedroht in der deutschen Diktatur, und doch bleibt ein Rest, unaufgeklärt, ein Verdacht, daß die Opfer, ohne zu ahnen, was sie taten, ihre Sprache sich im Extrem mit der Sprache der Gewalt berühren ließen. Natürlich hatte der Surrealismus Geist, Anti-Bürger[lichkeit], er wollte im Ernst schockieren, er hatte nichts gemein mit der faktischen Mordpraxis, die später von ganz anderer Seite eingeführt wurde.

Viel fragwürdiger waren noch die Schönheitsproklamationen der Futuristen, da hieß es – zwar begreiflich in einem Vorstoß, in einem heftigen Wunsch –, die technische Welt anzunehmen und in ihrer Schönheit und zwar nichts als der Schönheit zu erkennen. Marinetti [war es,] der zuerst mit der jugendlichen Begeisterungsfähig[keit] ausrief: »Wir erklären, daß sich die Herrlichkeit der Welt um eine neue Schönheit bereichert hat: die Schönheit der Geschwindigkeit. Ein Rennwagen, dessen Karosserie große Rohre schmücken, die Schlangen mit explosivem Atem gleichen ... ein aufheulendes Auto, das auf Kartätschen zu laufen scheint, ist schöner als die *Nike von Samothrake*.«[5]

Im späteren Futurismusmanifest, beim Ausbruch des äthiopischen Kolonialkriegs, heißt [es] schon:

»Seit siebenundzwanzig Jahren erheben wir Futuristen uns dagegen, daß der Krieg als antiästhetisch bezeichnet wird ... wir stellen fest: ... Der Krieg ist schön, weil er dank der Gasmasken, der schreckenerregenden Megaphone, der Flammenwerfer und der kleinen Tanks, die Herrschaft des Menschen über die unterjochte Maschine begründet ... Der Krieg ist schön, weil er eine blühende Wiese um die feurigen Orchideen der Mitrailleusen bereichert. Der Krieg ist schön, weil er das Gewehrfeuer, die Kanonaden, die Feuerpausen, die Parfums und Verwesungsgerüche zu einer Symphonie vereinigt. Der Krieg ist schön, weil er neue Architekturen, wie die der großen Tanks, der geometrischen Fliegergeschwader, der Rauchspiralen aus brennenden Dörfern und vieles andere schafft . . . Dichter und Künstler des Futurismus . . . erinnert euch dieser Grundsätze einer Ästhetik des Krieges, damit euer Ringen um eine neue Poesie und eine neue Plastik . . . von ihnen erleuchtet werde!«[6]

So kann die Vollendung des l'art pour l'art aussehen. Hier war der Überschlag deutlich genug formuliert.

Halten Sie mich nicht für allzu engstirnig, daß ich darauf beharre, auf Schuldfragen in der Kunst, und daß ich sie derart in den Vordergrund rücke. Gehen wir ruhig noch einen Schritt weiter. Ich halte es für durchaus nicht zufällig, daß Gottfried Benn und Ezra Pound, den einige unserer jungen Dichter nun ausgerechnet für sich entdecken müssen, einen Amerikaner, der die verwirrtesten Ideen über Revitalisierung und Renaissance-Renaissance hatte, daß es für jene beiden Dichter, und sie sind Dichter, daran ist kein Zweifel, nur ein Schritt war aus dem reinen Kunsthimmel zur Anbiederung mit der Barbarei.

Aber es gibt ein Wort, von dem Karl Kraus nie losgekommen ist und das zu unterstreichen man nicht müde werden möchte: »Alle Vorzüge einer Sprache wurzeln in der Moral.« Und damit ist nichts Landläufiges gemeint, nichts Liquidierbares, wie die bürgerliche oder die christliche Moral, nicht ein Kodex, sondern jenes Vorfeld, in dem von jedem neuen Schriftsteller die Maßstäbe von Wahrheit und Lüge immer neu errichtet werden müssen. Vorhin fiel ein Wort: »Der Krieg ist schön, weil er dank der Gasmasken, der Flammenwerfer . . .« und so weiter . . .

Und hier ist ein Gedicht von heute, in dem auch eine Gasmaske vorkommt, es steht in einer Sammlung von Liebesgedichten aus den letzten Jahren, und sehen Sie, in welch andre Beleuchtung die Gegenstände gerückt sind, die [die] Zerschlagung einer ganzen delirierenden Ästhetik signalisiert: ›*Bräutigam Froschkönig*‹ von Marie Luise Kaschnitz:

Wie häßlich ist
Dein Bräutigam
Jungfrau Leben

Eine Rüsselmaske sein Antlitz
Eine Patronentasche sein Gürtel
Ein Flammenwerfer
Seine Hand

Dein Bräutigam Froschkönig
Fährt mit Dir
(Ein Rad fliegt hierhin, eins dorthin)
Über die Häuser der Toten

Zwischen zwei
Weltuntergängen
Preßt er sich
In Deinen Schoß

Im Dunkeln nur
Ertastest Du
Sein feuchtes Haar

Im Morgengrauen
Nur im
Morgengrauen
Nur im

Erblickst Du seine
Traurigen
Schönen
Augen.[7]

Schön werden hier nur mehr die Augen genannt, die traurigen. »Traurig« steht vor dem Wort »schön«. Und im Anfang wird von diesem Mann mit dem Flammenwerfer, dem Patronengurt, dem Mann mit dem Herrschaftsanspruch gesagt: »Wie häßlich ist dein Bräutigam . . .«

Das sind neue Bestimmungen, die getroffen werden, neue Definitionen, auch im Gedicht.
Zur gleichen Zeit schreibt in Schweden die älteste der lebenden deutschen Dichterinnen ein Wort, das für die Jungen gilt und ebenso bezeichnet, was sie tun und was sie zu tun haben: Nelly Sachs. Es ist da von einem jungen Mann die Rede, ohne Kompaß, im Streit mit allen Himmelslichtern:

Von den Schaukelstühlen
heimisch gewordener Geschlechter
stößt er sich ab

außer sich geraten
mit dem Feuerhelm
verwundet er die Nacht.[8]

(»An euch, die das neue Haus bauen«, uns erinnernd, auf welchem Grund wir bauen, auf wieviel Gräbern, Schandorten, und zugleich die Aufforderung, nicht zu seufzen, nicht die Minuten fortzuweinen, aber unsere Wände und Geräte werden wie die Windharfen empfänglich sein.)
Aber hier ist Prophetisches und Psalmodierendes nicht zu verwechseln mit Kunst-Prophetie, es ist keine Geste, sondern eine Bewegung aus Leiderfahrung. Und wäre sie anders annehmbar? Sind wir nicht sehr empfindlich und sehr nüchtern geworden und bis zum Exzeß abweisend gegen Sprachrausch einerseits und konservatives Wortbiedermeier andererseits, dies affektiert Kranke und dies affektiert Gesunde, sind wir nicht im Begriff, uns von keinem mehr faszinieren zu lassen. Verlangen wir nicht vielleicht nichts mehr, als ein neues Rechtsverhältnis zwischen der Sprache und dem Menschen herzustellen.
Und werden wir nicht von diesem Recht Gebrauch machen

oder von keinem, und quer durch die Irrtümer und eingebrachten Wahrheiten einen Weg nehmen wollen, oder keinen.
Die Literatur hinter uns, was ist denn das: von Herzwänden geschnittene Worte und tragisches Schweigen, und Brachfelder von zerredeten Worten und Tümpel von stinkendem, feigem Schweigen, immer ist alles beteiligt gewesen, Sprache und Schweigen, und von zweierlei Art. Und immer winkt und verlockt beides, unser Anteil am Irrtum, der ist ja gesichert, aber unser Anteil an einer neuen Wahrheit, wo beginnt der?
Wie beginnt, weil wir von neuen Gedichten reden wollen, ein Gedicht daran Anteil zu haben.

[Hans Magnus] Enzensberger:

VERTEIDIGUNG DER WÖLFE GEGEN DIE LÄMMER

soll der geier vergißmeinnicht fressen?
was verlangt ihr vom schakal,
daß er sich häute, vom wolf? soll
er sich selber ziehen die zähne?
was gefällt euch nicht
an politruks und an päpsten
was guckt ihr blöd aus der wäsche
auf den verlogenen bildschirm?

wer näht denn dem general
den blutstreif an seine hose? wer
zerlegt vor dem wucherer den kapaun?
wer hängt sich stolz das blechkreuz
vor den knurrenden nabel? wer
nimmt das trinkgeld, den silberling,
den schweigepfennig? es gibt
viel bestohlene, wenig diebe; wer
applaudiert ihnen denn, wer

steckt die abzeichen an, wer
lechzt nach der lüge?

seht in den spiegel: feig,
scheuend die mühsal der wahrheit,
dem lernen abgeneigt, das denken
überantwortend den wölfen,
der nasenring euer teuerster schmuck,
keine täuschung zu dumm, kein trost
zu billig, jede erpressung
ist für euch noch zu milde.

ihr lämmer, schwestern sind,
mit euch verglichen, die krähen:
ihr blendet einer den andern.
brüderlichkeit herrscht
unter den wölfen:
sie gehn in rudeln.

gelobt sein die räuber: ihr,
einladend zur vergewaltigung,
werft euch aufs faule bett
des gehorsams. winselnd noch
lügt ihr. zerrissen
wollt ihr werden. ihr
ändert die welt nicht.[9]

»Ihr ändert die Welt nicht.« Ja. Und das Gedicht selbst? Was bewirkt es? Ist es nicht vielleicht so, daß, weil uns so ein Gedicht unglücklich macht, weil ihm dies gelingt, und weil es neue Dichter gibt, die uns unglücklich machen können, [es] auch in uns einen Ruck gibt, einen erkenntnishaften, unter dem wir den statthabenden nachvollziehen. Es gibt einen so wundervollen Brief von Kafka, über seine Forderung an ein Buch:
»Wenn das Buch, das wir lesen, uns nicht mit einem

Faustschlag auf den Schädel weckt, wozu lesen wir dann das Buch? Damit es uns glücklich macht ... ? Mein Gott, glücklich wären wir eben auch, wenn wir keine Bücher hätten, und solche Bücher, die uns glücklich machen, könnten wir zur Not selber schreiben. .. Ein Buch muß die Axt sein für das gefrorene Meer in uns. Das glaube ich.«[10]
Vielleicht vermissen Sie schon eine Weile, daß ich nichts zu den neuen Formen sage, kaum von der neuen Sprache spreche in den neuen Gedichten. Im Zusammenhang mit diesem Gedicht möchte ich es doch versuchen, auf einem Umweg. Vor einiger Zeit sind zwei Bücher erschienen, nicht eigentlich von einem Literaturhistoriker, sondern einem Außenseiter, ich meine die beiden Studien ›*Die Welt als Labyrinth*‹ und ›*Manierismus in der Literatur*‹, von Gustav René Hocke. Darin figurieren auch die Autoren, die ich heute nenne, neben vielen anderen, mit Beispielen, und die Beweisführung ist ungefähr folgende: die provokanten formalen und thematischen Phänomene, die wir in der Literatur, aber auch in den anderen Künsten, seit etwa 1850 beobachten, sind nicht neu, nicht zum ersten Mal aufgetreten, sondern [es gibt] eine verborgene Tradition auch für die Moderne, die sprachlichen Verwegenheiten und die »Denklaster«, wie sie genannt werden, waren graeco-orientalischen Ursprungs. Die zweite Revolution fand Mitte des 16. Jahrhunderts statt und klang Mitte des 17. Jahrhunderts aus. Die letzte wird, für die Literatur, mit dem Auftreten Baudelaires datiert. Diese drei Epochen werden unter den Oberbegriff »Manierismus« gebracht, um die antiklassische Konstante in der europäischen Geistesgeschichte zu bezeichnen. Die Dichter in diesen Zeiten wollen »modern« sein. Sie werden so charakterisiert: sie scheuen die Unmittelbarkeit, lieben die Dunkelheit, lassen sinnliche Bildhaftigkeit nur in verkleidenden abstrusen Metaphern gelten, ein intellektuelles Zeichensystem wird für das Einfangen von Realem oder Überrealem verwendet, ihre Werke sind enigma-

tisch, hieroglyphisch und entziehen sich daher einer ästhetischen Kontrolle mit klassizistischen Maßstäben. Ich will nicht mehr als diesen Schattenriß machen und kann Ihnen nur empfehlen, die beiden Studien zu lesen, auch auf die Gefahr hin, daß Sie eine Weile in allem und jedem »Manierismus« wittern und über dem Staunen das Urteilen vergessen. Dieses sehr anregende Buch mit seinen wichtigen Funden hat aber höchst merkwürdige Reaktionen ausgelöst. Denn da geht es freilich nicht ohne einige Wermutstropfen ab für die neuen Sprachübungsplätze, für die Metaphernlabore und die Wortkernspaltung. Weil einem da immer schon jemand zuvorgekommen ist, sei [es] um das Jahr 1600 oder im Jahr 1910. Ein Mann namens Athanasius Kirchner, erfährt man, hat vor ein paar hundert Jahren eine Metaphernmaschine konstruiert, damit aus dem Nichts das vollkommene Bild entstünde. Abstrakte Schreibungen gibt es mindestens zum drittenmal, der Lettrismus, den Isidor Isou vor ein paar Jahren in Paris als letzte Konsequenz inaugurierte, um das Alphabet aufzuschlitzen und um mit einigen neuen, hinzugefügten Buchstaben, um mit Lautrhythmen das Sein zu beschwören, hat im 3. Jahrhundert einen Vorläufer, und dazu Hugo Ball, der im ersten Zürcher Dada-Jahr lettristische Gedichte schrieb, allerdings in anderer, nämlich polemischer Absicht. Das scheint also ein wenig traurig zu sein für viele, die meinen, daß die Revolutionen, Neulandgewinnung in der Literatur, in erster Linie im formalen Experiment zu suchen seien und manchmal übersehen, daß dies nur in der Folge eines neuen Denkens geschehen kann.

Die »Manierismus«-Entdeckung war aber andrerseits Honig für viele Kritiker, weil man nun endlich für die Beurteilung neuer Literatur ein paar Kriterien in die Hand bekam, [für] den Wortsalat so gut wie die wahre Wortmächtigkeit. Gottlob, es ist alles schon dagewesen, es ist alles nicht neu, man braucht nicht mehr zu erschrecken,

wenn man auf Metaphern stößt wie »schwarze Milch«, es gibt ja bei Marino den »roten Schnee« (16. Jahrhundert), alles ist immer schon dagewesen, endlich versteht man es, und alles verstehen heißt alles verzeihen. Oder es heißt, wenn man zu einem anderen, geharnischten Typus gehört: das hat es schon gegeben, ist daher nicht mehr interessant, hat es schon besser gegeben, ist Abklatsch, Kopie, das konnten die Surrealisten auch und besser, die Poètes maudits auch und besser, die Alten natürlich und noch besser, denken Sie an Marino, an Góngora, denken Sie an, denken Sie an.
Aber an wen zu denken sollen wir uns nun entschließen, wenn wir dieses Gedicht [›*verteidigung der wölfe gegen die lämmer*‹] uns noch einmal erinnern. Ist der Autor ein Manierist? Es gibt [bei ihm] Gedichte, da kommen Ausdrücke vor wie »manitypistin«, »stenoküre«, also ja (aber in welcher Absicht, das ist eben die Frage!). Und wenn wir uns eine Anthologie jüngerer Autoren vornehmen würden, kämen wir leicht dahinter, wenn wir uns nur im Formalen umtun, auf die Metaphern starren, auf Ähnlichkeiten, auf eine Teilhabe an einem anonymen Wortvorrat, auf Eingeweihtheit in bestimmte modische Mixrezepte, ja wir kämen leicht dahinter, was hinter allem steckt. Und zugleich bliebe das Wichtigste verborgen, nämlich wo wir es nur mit Basteleien und mit Affektiertheiten, mit Fingerübungen oder nur vorläufig mißglückten Ansätzen zu tun haben, und es bliebe verborgen, wo einer wirklich auf Raub ausgeht und von der Sprache geraubt wird und von der Wahrheit geraubt wird, wo das Unnachahmliche das Nachahmbare verschlingt. Denn es haben ja alle teil, ich glaube, fast alle, an dem Modischen, und wir fühlen das auch sehr gut, wenn wir ältere und längst in ihrem Rang bestätigte Werke uns vornehmen, daß da Zeitvokabeln, Zeitfiguren, nur in einem festen, stärkeren Kontext sich halten.
Aber warum, und da sind Sie vielleicht noch unsicher, bin

ich auf diese Gedichte verfallen, und was soll demonstriert werden. Vielleicht die gute »Gesinnung« dieser Autoren. Diese Vermutung läge ja nahe. Aber was heißt »Gesinnung«, und wer erhebt nicht alles Anspruch darauf, eine zu haben. Freiheitlich und friedlich gesinnt, und wohlgesinnt ist dann auch nicht mehr weit, aber wohl wem? Und wenn die Radikalität eines jeden Ästhetizismus uns eine Gewißheit hinterlassen hat, die verbindlich ist, dann die, daß man mit guter Gesinnung noch lange kein gutes Gedicht macht. Ich weiß nicht, ob es wirklich so nötig war, wie einige, darunter Benn, meinten, man müsse das den Deutschen immer wieder sagen, weil sie es noch immer nicht begriffen hätten und für das »Andichten« und die »Stimmungsbilder« so empfänglich seien. Sagen wir es also noch einmal, obgleich man, wenn man an die jungen Leute denkt, die in den letzten zehn, fünfzehn Jahren Gedichte veröffentlicht haben, das Gefühl bekommt, daß diesem Volksbegehren kaum mehr jemand nachgekommen ist. Lästiger ist schon das Begehren einiger die Kunst ‹– – –› Kritiker mit ihren Diagnosen und Prognosen, da ist alles immerzu in der Krise, und es wird aufgefordert, die Krisen zu überwinden, und neuerdings ist es eben der Manierismus, der überwunden werden soll, und dazu die Romankrise, die Theaterkrise, alles soll überwunden oder etwas integriert werden. Nur wenn man sich diese Sätze einmal überlegt, beginnt man störrisch zu werden, wer soll denn da von wem überwunden werden? Sie können einen Gegner überwinden oder einen Schmerz oder eine Schwäche, aber eine Krise, die die des Romans ist oder die der Kultur oder eines der abgezogenen Begriffsmonstren – die kann niemand überwinden. Die Konstatierungen sind gut, sind verdienstlich oft, die getroffen werden, aber die Fragen, die sich daran heften, sind schlecht gestellt, praktisch ohne Gewicht und drängen nur jene aus dem kleinen Kreis wirklicher Fragen, die sich überhaupt stellen lassen. Den Sta-

chel dieser Fragen, von denen ich Ihnen das letztemal einen Begriff geben wollte, bekommt freilich nur der einzelne zu fühlen, jener auch, den ein paar Worte mehr bewegt haben von fernher als ein ganzes Sortiment von Problemen, und eines dieser Worte, die auch nicht verwunden zu werden verlangen, ist zum Beispiel jenes von Bertolt Brecht: »Was sind das für Zeiten, in denen ein Gespräch über Bäume fast ein Verbrechen ist, da es ein Schweigen über so viele Untaten einschließt.« Die Nachgeborenen haben darum wohl auch eine gewisse Scheu, ihre Sorgen um Form, um Ausdruck, Fassungsvermögen, die wie eh und je quälend sind, zur Schau zu stellen.
An einigen Stellen von Günter Eich wird von Unbehagen über Schönheit, Unbehagen über Glück gesprochen, diese ganze Spannung Grauen-Schönheit, die einander ja bedingt, der Kult des Schönen und Kult des Grauens, ist einer anderen gewichen. Die Gedichte, so verschiedenartig, sind nicht genießbar, aber erkenntnishaltig, als müßten sie in einer Zeit äußerster Sprachnot aus äußerster Kontaktlosigkeit etwas leisten, um die Not abzutragen. Aus dieser Leistung beziehen sie eine neue Würde, eine Würde, die sie nicht einmal anzustreben wagen.
Außer sich geraten, mit dem Feuerhelm, verwunden sie die Nacht.
Dies gilt, in hohem Maß, auch für den Dichter, von dem ich zuletzt sprechen will. Von Paul Celan. Mit einer Grabschrift, der ›*Todesfuge*‹, ist er zuerst unter uns getreten, und mit sehr leuchtenden dunklen Worten, die eine Reise bis ans Ende der Nacht machten. Und dieses Ich, in diesen Dichtungen, verzichtet auch auf einen gewaltsamen Entwurf, auf die erpreßte Autorität und gewinnt eine Autorität, indem es für sich nichts erbittet als: »Mache mich bitter, zähle mich zu den Mandeln, zähl mich dazu . . . was bitter war und dich wachhielt . . .«[11]
Aber ich habe hierher seinen letzten Gedichtband mitge-

nommen, ›*Sprachgitter*‹, weil er ein neues Gelände begeht. Die Metaphern sind völlig verschwunden, die Worte haben jede Verkleidung, Verhüllung abgelegt, kein Wort fliegt mehr einem anderen zu, berauscht ein anderes. Nach einer schmerzlichen Wendung, einer äußerst harten Überprüfung der Bezüge von Wort und Welt, kommt es zu neuen Definitionen. Die Gedichte heißen ›*Matière de Bretagne*‹ oder ›*Bahndämme, Wegränder, Ödplätze, Schutt*‹ oder ›*Entwurf einer Landschaft*‹ oder ›*Schuttkahn*‹. Sie sind unbequem, abtastend, verläßlich, so verläßlich im Benennen, daß es heißen muß, bis hierher und nicht weiter.

Gedicht:[12]

Aber plötzlich, wegen der strengen Einschränkung, ist es wieder möglich, etwas zu sagen, sehr direkt, unverschlüsselt. Es ist dem möglich, der von sich sagt, daß er wirklichkeitswund und wirklichkeitsuchend mit seinem Dasein zur Sprache geht. Am Ende des großen Gedichtes ›*Engführung*‹ tritt so ein Satz hervor, und mit ihm möchte ich schließen – und noch vorausschicken, damit Sie das Wort »Stern« auch recht verstehen, daß die Sterne für Paul Celan »Menschenwerk« sind, daß Menschenwerk gemeint ist.

. . . . Ein
Stern
hat wohl noch Licht.
Nichts,
nichts ist verloren.[13]

III Das schreibende Ich

Meine Damen und Herren,
vom Ich möchte ich sprechen, von seinem Aufenthalt in der Dichtung, also von den Angelegenheiten des Menschen in der Dichtung, sofern er vorgeht mit einem Ich oder seinem Ich oder sich hinter dem Ich verbirgt. Und einige werden wohl meinen: wie könnte man sich hinter dem Ich verbergen, das ist doch am wenigsten verborgen und so eindeutig – Ich – das brächten wir ja selber auch noch fertig, von uns geradeheraus zu reden, ohne Verstellung.
»Ich sage Ihnen« – wenn ich das zu einem einzelnen sage, so scheint es doch ziemlich klar zu sein, welches Ich sich da rührt und was mit dem Satz gemeint ist, in dem das Ich auftritt, wer da also etwas sagt. Aber schon wenn Sie hier allein heroben stehen und sagen zu vielen unten »Ich sage Ihnen«, so verändert sich das Ich unversehens, es entgleitet dem Sprecher, es wird formal und rhetorisch. Der es ausspricht, ist gar nicht mehr so sicher, ob er für dieses in den Mund genommene »Ich« Verbindlichkeit beanspruchen kann, ob er es decken kann. Denn wie soll er den Beweis antreten für »Ich«, wenn sein Mund sich nur mehr bewegt, die Laute hervorbringt, aber seine banalste Identität ihm von niemand mehr garantiert wird; man hört unten nur ein abgelesenes Ich und empfängt es schon so genau nicht mehr. Wenn Sie also, ein paar Hundert Menschen, obwohl einzelne sonst, aber jetzt eben eine Masse, ein »Ich« auffangen, das himmelfern ist – und für himmelfern genügen schon zehn Meter, und für himmelfern genügt noch mehr das physische Verschwinden des Sprechenden oder seine Unsichtbarkeit, wenn er sich zum Beispiel über den Rundfunk, über ein Mikrophon, verlautbart. Dann ist

da nur mehr ein Satz, der Ihnen zugetragen wird, über einen Lautsprecher oder ein Blatt Papier, ein Buch oder eine Bühne, ein Satz von einem Ich ohne Gewähr.
Ich ohne Gewähr! Denn was ist denn das Ich, was könnte es sein? – ein Gestirn, dessen Standort und dessen Bahnen nie ganz ausgemacht worden sind und dessen Kern in seiner Zusammensetzung nicht erkannt worden ist. Das könnte sein: Myriaden von Partikeln, die »Ich« ausmachen, und zugleich scheint es, als wäre Ich ein Nichts, die Hypostasierung einer reinen Form, irgendetwas wie eine geträumte Substanz, etwas, das eine geträumte Identität bezeichnet, eine Chiffre für etwas, das zu dechiffrieren mehr Mühe macht als die geheimste Order. Aber es gibt ja die Forscher und die Dichter, die nicht locker lassen, die es aufsuchen, untersuchen, ergründen und begründen wollen, und die es immer wieder um den Verstand bringt. Sie haben das Ich zu ihrem Versuchsfeld gemacht oder sich selber zum Versuchsfeld für das Ich, und gedacht haben sie an alle diese Ich der Lebendigen und der Toten und der Geistfiguren, an das Ich der Leute von nebenan und an das Ich des Caesar und das Ich des Hamlet, und all dies ist noch gar nichts, weil noch nicht allgemein. Darum ist noch zu denken an das Ich der Psychologen, der Analytiker, an das Ich der Philosophen, als Monade oder im Bezug, als empirische Kontrollstation oder als metaphysische Größe. Alle diese Experten sichern sich ihr Ich, sie leuchten in ihm herum, betasten es, verstümmeln und zerschlagen es, bewerten es, teilen es ein, zirkeln es ab.
Einmal habe ich ein kleines Kind gesehen, das von seiner Mutter gedrängt wurde, zuzugeben, daß es etwas getan habe; es war verstockt im Anfang und wußte vielleicht gar nicht, was man von ihm wollte. »Sag, daß du es getan hast«, forderte die Frau immer wieder. »Sag: ich habe es getan!« Und plötzlich, als wäre ihm ein Licht aufgegangen oder als wäre es müde zu schweigen und sich zu wehren,

sagte das Kind: »Ich habe es getan«, und dann gleich wieder und ganz vergnügt über den Satz oder vielmehr [das] entscheidende Wort: »Ich habe es getan, ich ich ich!« Es wollte gar nicht mehr aufhören und schrie und kreischte immerzu, bis es sich vor Lachen in den Armen der Frau wand wie ein Epileptiker. »Ich, ich, habe es getan, ich!« Diese Szene war seltsam, weil da ein Ich entdeckt und zugleich bloßgestellt wurde, seine Bedeutung und Nichtbedeutung, und ein irres Vergnügen über die Entdeckung des Ich überhaupt, zum Verrücktwerden, wie man später nie wieder verrückt darüber wird, wenn man gezwungen ist, Ich zu sagen, wenn das Wort längst eine Selbstverständlichkeit ist, abgenutzt dazu, ein Gebrauchswort, das alles, was es bezeichnen soll von Fall zu Fall, degradiert.
Wenn wir aber eines Tages wieder in einer ungewöhnlichen Situation Ich sagen, kommt uns, mehr als in dem frühen Zustand, an: Beklommenheit, Staunen, Grauen, Zweifel, Unsicherheit.
Ich weiß nicht, ob es eine Untersuchung des Ich und der vielen Ich in der Literatur gibt, bekannt ist mir keine, und obwohl ich mich nicht imstande fühle, eine regelrechte oder gar erschöpfende Untersuchung anzustellen, meine ich, daß es da viele Ich gibt und über Ich keine Einigung – als sollte es keine Einigung geben über den Menschen, sondern nur immer neue Entwürfe. Es tritt früh zutage und wird immer toller, faszinierender in der Literatur der letzten Jahrzehnte. Als wäre eine Fastnacht für das Ich veranstaltet, in der es bekennen und täuschen, sich verwandeln und preisgeben kann, dieses Ich, dieses Niemand und Jemand, in seinen Narrenkleidern.
Unproblematisch ist für uns das Ich, wenn eine historische Person, ein Politiker etwa, ein Staatsmann oder ein Militär mit ihrem Ich in Memoiren antreten. Wenn Churchill oder de Gaulle Bericht erstatten oder uns ihre Urteile übermitteln, dann verlangen wir von ihnen dieses »Ich«, und wir

verlangen von diesem Ich, daß es mit dem Autor identisch sei; es interessiert uns dieses Ich auch nur in bezug auf diesen Winston Churchill, amtierend von – bis, das handelnde Ich in der Spiegelung, seine Handlungen in der Spiegelung, die als bekannt vorausgesetzt werden dürfen, und meinetwegen Werdegänge und Privates am Rande, aber eben auch nur, weil die historische Rolle Churchills die naive Kundgabe seines Ich erzwingt. Und »naiv« bezieht sich nicht auf die schriftstellerische Fähigkeit dieses oder eines ähnlichen Autors, sondern auf die Handhabung des Ich, die naive, die ihm vorgeschrieben ist. Die Rolle des Churchillschen Ich in seinen Büchern ist Churchill, der Staatsmann.

Die Ich-Rolle, wie ich sie hier zu beschreiben versuchte, gilt für die gesamte Literatur dieser Art, von der Antike bis zur Gegenwart, und sie gilt von den literaturwürdigen, höchsten Rängen bis zu den niedrigsten und schmutzigsten. Der kritische und anspruchsvolle Leser akzeptiert dieses selbstsichere, ungebrochene Ich mit der gleichen Selbstverständlichkeit in den berühmten Memoirenwerken, mit der eine verblödete, desorientierte Leserschaft heute zu Hunderten den Abhub der Memoirenliteratur verschlingt und sich von dem Ich von SS-Generälen, Gangstern und Spionen imponieren läßt. Denn das Ich der Handelnden, im einfachsten Rollenfach (dem der Geschichte und Zeitgeschichte), ist das überzeugendste, zugänglichste, es braucht sich nicht weiter auszuweisen, es wird ihm Glauben und Gehör geschenkt, weil die Taten oder Untaten des Autors für die Gesellschaft folgenreich waren.

Dieses einfachste Rollenfach kann von der Mehrzahl der Schriftsteller jedoch nicht besetzt werden, und von ihnen möchte ich ja vor allem sprechen, von ihren Ich, die uns nur, wenn wir sehr jung sind, wie fraglose, identische Ich erscheinen. Wer ist nicht, sechzehnjährig, in einem Buch, in einem Gedicht, einem Ich begegnet, vermeintlich dem

Autor selbst, und beinahe war man es selbst, denn Ich war Du und dieses Du Ich, so verwischt waren in der ersten Gläubigkeit und Verzauberung alle Grenzen: es kam nicht einmal zu einem Rollentausch, weil man keine Rolle sah. Hier stand doch einfach »Ich«, und das schien so einfach. Dieses Ich, nehmen wir an, hungerte, litt, dachte, fühlte, und man selbst tat dies alles auch, es war stark oder schwach, großartig oder erbärmlich oder alles durcheinander, und alles das in einem gelang einem auch, ein paar Stunden oder einen Monat lang, und dann kamen andere Bücher und andere Gedichte, also andere Ich, und die taten es auch, besetzten immer wieder unser eigenes Ich. Aber die Invasionen haben nicht verhindert, daß wir ganz andere Ich wurden und den fremden Ich der Bücher bald entgegentraten, sie schärfer ansahen, uns distanzierten. Und nach der Auflösung dieser Ich-Union kam es zu einer neuen Erfahrung, wir bemerkten die Interferenzen zwischen Autor und Ich, und schließlich wußten wir von allen möglichen Ich in der Dichtung, dem fingierten, verkappten, dem reduzierten, dem absoluten lyrischen, dem Ich als Denkfigur, Handlungsfigur, einem Ich, stofflos oder in den Stoff gefahren.
Trotzdem möchte ich beginnen mit dem einfachsten und darum zugleich frappierendsten Ich und, obwohl es nach dem vorhin Gesagten kaum möglich scheint, daß ein Autor (sofern er keine historische Erscheinung ist) uns sein Ich vorführt, ausgestattet mit seinem eigenen Namen und allen seinen Daten. Als wäre er glaubwürdig, als wäre seine Existenz ohne Erfindung für uns von Interesse, als könnte man die eigene Person, das eigene Leben, ohne Übersetzung in ein Buch tragen. So ein Ich – d. h. so einen rabiaten, halsbrecherischen Versuch, sich die Ich-Konzeption zu ersparen – können wir bestaunen in den Büchern von Henry Miller. Besser noch bei dem Außenseiter der modernen französischen Literatur, Louis Ferdinand Céline.

Es ist unerheblich, entzieht sich auch jeder Nachprüfung, ob die Bücher von Henry Miller und Céline rein autobiographisch sind. Was uns interessiert, ist allein der Versuch, auf die Erfindung des Ich zu verzichten. Es ist ein Versuch, der dilettantisch anmutet, der jedem weniger begabten Schriftsteller zum Verhängnis würde, aber selbst Céline und Miller, vor allem Miller, streckenweis zum Verhängnis wird.

In dem Roman ›*Reise ans Ende der Nacht*‹ von Céline werden uns Begebenheiten, Erlebnisse und Erfahrungen des Ich vorgestellt als dem Autor zugehörig. Der Schriftsteller und Armenarzt Céline stellt sich als Armenarzt, nennt sich Ferdinand, war im Krieg an der Front, dann in den Kolonien, dann in New York und macht später seine Praxis in einem Pariser Vorort auf. Sein Held, das Ich, heißt ebenso, es ergeht ihm ebenso. Céline dringt auf das Tatsächliche und läßt nicht zu, daß wir zwischen Autor und Ich einen Trennungsstrich ziehen. Weil der Autor Céline identisch ist mit dem Romanhelden Céline (so wie der Autor Miller mit dem Romanhelden Miller identisch ist), kann das Ich nicht gesteuert werden, kann der Stoff nicht gesteuert werden. Alle Geschehnisse sind bis zum Exzeß zufällig, denn das Leben des einzelnen, so interessant und reich oder gar bedeutungsvoll es ihm oder anderen manchmal erscheint, ist, wo keine Wahl getroffen wird, wo auf die Anordnung dieses Rohmaterials »Leben« verzichtet wird, völlig bedeutungslos. Es nimmt sich ungültig für den Leser aus. Daß Millers und Célines Ich sich halten können, liegt nur daran, daß sie eine Sprache haben, die gesteigert das Chaos wiederholt, sie reden, reden und reden, bis ihr Leben in Sprache aufgeht. Und Céline krakeelt und polemisiert und wütet in seinem Argôt, bis seine Misere-Geschichten, die sonst niemand was angingen, in diesem Sprachstrom die Misere aller Armen repräsentieren.

»Ich dachte natürlich auch an meine Zukunft, aber in einer

Art Fieberwahn, weil ich die ganze Zeit unterdrückt die Furcht empfand, im Krieg getötet zu werden oder im Frieden zu verhungern. Ich war bedingt zum Tod verurteilt und verliebt. Es war ärger als ein schlechter Traum. Nicht sehr weit entfernt von uns, weniger als hundert Kilometer weit, warteten Millionen tapferer, wackerer, wohlbewaffneter und wohlgedrillter Menschen darauf, mich zu killen, und die Franzosen wären mir auch auf den Leib gerückt, hätte ich ihn nicht von den anderen drüben in blutige Fetzen reißen lassen wollen.

Es gibt für den Armen zwei ausgezeichnete Methoden zu krepieren: entweder durch die vollständige Gleichgültigkeit des Nächsten im Frieden oder durch seinen Mordwahn im Krieg. Wenn sie überhaupt an dich denken, dann denken sie nur daran, wie sie dich martern können. Nur blutend interessiert man diese Schweinehunde!«[1]

Und eine andere Stelle:

»Was man da betrieb, dieses Aufeinanderlosschießen, ohne weiteres, ohne daß man sich überhaupt sah, das war nicht verboten! Also war es kein Irrtum! Das gehörte zu den Dingen, die man machen durfte, ohne einen Krach zu riskieren? Es wurde von gesetzten Leuten anerkannt, zweifellos sogar gefördert, wie eine Lotterieziehung, eine Verlobung, eine Schnitzeljagd! . . . Nichts zu wollen. Ich hatte soeben mit einemmal den ganzen Krieg entdeckt. Ich war meine Unschuld losgeworden . . . Ach! Was hätte ich in diesem Augenblick nicht darum gegeben, im Gefängnis zu sein statt hier, ich Idiot! Hätte ich nur in weiser Voraussicht, als es noch so leicht war, als noch Zeit dazu war, irgendwo irgendwas gestohlen. Man denkt an nichts! Aus dem Gefängnis kommt man lebend zurück, aber nicht aus dem Krieg. Alles andere sind Redensarten.«[2]

Das Buch wird zum Notschrei, und die Not läßt ihn schreien, in den Kolonien, in Amerika, in der Pariser Vorstadt. Pleite ist das Wort für ihn, immer wieder.

»Ich wurde immer müder und hoffnungsloser, wenn ich die endlosen Häusermauern betrachtete, die aufgeblähte Einförmigkeit der Pflastersteine, der Ziegel und Balken, die sich bis ins Unendliche fortzusetzen schienen, und immer wieder Geschäfte und Geschäftsgeist, diesen Krebsfraß der Welt von heute, der in den Eiterbeulen verheißungsvoller Reklamen ausbricht.«[3]
Einen schwierigeren Stand hat Miller mit seinem Helden, dem Schriftsteller Miller, und zwar immer dort, genau dort, wo der Autor sich selbst nicht als braven, konfusen Autodidakten durchschaut und uns seitenlang, wie etwa in dem Roman ›*Plexus*‹, seine Begeisterung über Benn, Dostojewskij oder Spengler mitteilt. Er vermag uns für seine banalsten alltäglichen Erlebnisse zu interessieren, aber nicht für seine geistige Entwicklung, seine Lektüre, seine Gedanken, denn in einem Buch darf wohl Überflüssiges erzählt werden, aber kein überflüssiger Gedanke geäußert werden.
Gedanken, in einem Tagebuch notiert, sind annehmbar, nicht aber, wenn eine Romanfigur damit konsequenzlos belastet wird. Denn das Ich des Tagebuchschreibers, eines Schriftstellers, hat eine andere Trag- und Belastungsfähigkeit. Es ist ein Ich, das, wie bei André Gide, notieren darf, daß Jammes zu Besuch war, daß eine Reise vorbereitet wird, es kann notieren, welche Bücher gelesen worden sind, welche zu lesen wären. Es spricht von Überlegungen, Kopfschmerzen, vom Wetter und kann im nächsten Augenblick einen Gedanken zur politischen oder literarischen Situation äußern. Obwohl das Tagebuch-Ich wahllos vorzugehen scheint, ist es von Natur wählerisch. Denn das Ich figuriert nicht etwa als der ganze André Gide, sondern es posiert, ich meine das nicht abschätzig, für den Schriftsteller Gide.
Das Tagebuch-Ich hat auch die Besonderheit, daß es die Figur Ich nicht zu erschaffen braucht, genau so wenig wie

das Brief-Ich. Es kann gar nicht anders denn als Ich einziehen in den Text. Es muß auch nichts von der Stelle bewegen, es bekommt keine Zusammenhänge aufgebürdet, es geht schrittweis vor oder springt; es kann unterbrechen, alles berühren und alles wieder lassen. Denn dieses Ich zieht nicht als Leben, nicht dreidimensional in den Text ein. Es hört sich an wie ein Widerspruch, weil die Tagebuchform doch als die subjektivste, unmittelbarste Gattung gilt. Und doch, trotz aller Subjektivität, trotz der intimen Äußerung und Mitteilung, verbirgt es die Person. Es heißt »Ich« und immerzu »Ich« in den Tagebüchern, und doch ist auf eine unerklärliche Weise der Autor entrückt und hat Schutz gefunden hinter der *Form*, der Ich-Form, die verlangt ist.
Das Tagebuch ist zwangweise in Ich-Form. Der Roman, das Gedicht, sind es nicht, und weil Roman und Gedicht die Wahl haben, andere Möglichkeiten haben, verfügen sie über viele Ich-Möglichkeiten, Ich-Probleme. Und es tritt auch nur in diesen beiden Gattungen der Wunsch nach der Zerstörung oder Absetzung des Ich oder seiner Neukonzeption auf. Ich möchte beinahe behaupten, daß es kein Roman-Ich, kein Gedicht-Ich gibt, das nicht von der Beweisführung lebt: Ich spreche, also bin ich. Diese Beweisführung soll die Frage niederschlagen, die sich den Schriftstellern oft stellt, wenn der Text nicht in Ich-Form ist: Wer spricht hier eigentlich? wer weiß dies und jenes von den Figuren, wer leitet sie, wer macht sie kommen und gehen und mit welchem Recht, und wer wählt das zu Erzählende aus? Eine verständliche Frage, von der, in die Enge getrieben, vor einem halben Jahrhundert der konsequente Naturalismus noch größere peinliche Objektivität verlangte, und heute einige junge Romanciers in Frankreich eine behavioristische Prosa schreiben, eine Prosa, die sich in Verhaltens- und Gegenstandsbeschreibung erschöpft, um sich keinem Verdacht auszusetzen.

Aber zurück zum Ich. – Es gibt ein älteres Buch, das beginnt mit einer Szene unter Reisenden in einem Eisenbahnabteil; sie wird von einem Ich erzählt, von dem wir weiter nichts erfahren – wir wissen nicht: ist es der Autor oder ein vom Autor gesetztes Ich. Dieses Ich erzählt also von einer Unterhaltung der Mitreisenden über die Ehe, die plötzlich zu einer, wie es heißt, bis zur Unschicklichkeit erregten Auseinandersetzung wird – durch das Eingreifen eines älteren grauhaarigen Herren.
»›Sie haben wohl erraten, wer ich bin?‹ sagte der grauhaarige Herr leise und anscheinend ruhig.
›Nein, ich habe nicht das Vergnügen.‹
›Das Vergnügen ist nicht groß. Ich bin Posdnyschew, der Held jener Episode, auf die Sie anspielen, der Episode, die darin bestand, daß er seine Frau ermordete‹, sagte er, uns alle der Reihe nach mit hastigen Blicken musternd.«[4]
Und zwei Seiten weiter, wenn der Erzähler allein mit [dem] Grauhaarigen ist, fährt er fort:
»›Gut denn, ich will Ihnen erzählen. – Aber wollen Sie es wirklich hören?‹
Ich wiederholte, daß ich ihn sehr gern anhören würde. Er schwieg einen Augenblick, rieb sich das Gesicht mit den Händen und fing an: . . .«[5]
Die Beichte, die jetzt folgt, kennen wir unter dem Titel ›*Kreutzersonate*‹ von Leo Tolstoi.
Ich wollte Ihnen den Anfang vorführen, weil hier ein klassisch gewordenes Muster der modernen Ich-Erzählung vorliegt, ja der doppelten Ich-Erzählung: in der Rahmenhandlung wird ein Ich vorgeschoben, um eine andere, die wichtige Ich-Figur, anzuhören und uns so vertraulich die Konfession übermitteln zu können.
Es gibt eine noch interessantere Variante der Ich-Erzählung: nämlich wo ein Herausgeber-Ich vorgeschoben wird, um das entscheidende Ich im Buch zu tarnen oder zu verfremden. Dostojewskij benutzte diese Variante aus Furcht

vor der Zensur. Er tritt zweimal als Ich auf in den ›*Aufzeichnungen aus einem Totenhaus*‹, gibt als Herausgeber vor, einen gewissen Alexander Petrówitsch Gorjántschikoff, der in Sibirien zehn Jahre als Sträfling wegen Gattenmord zubrachte, kennengelernt zu haben. Nach dessen Tod habe er ein Heft mit der Schilderung des Sträflingslebens gefunden – aber wir wissen heute natürlich, daß Dostojewskij sich tarnt, daß er selbst als Sträfling, und aus anderen Gründen, in Sibirien war. Als Herausgeber schreibt er vorsichtig im Vorwort:

»Das Ganze erschien mir ziemlich zusammenhanglos... Ich habe diese Bruchstücke mehrmals durchgelesen und mich überzeugt, daß sie nahezu in anormalem Zustand geschrieben worden sind. Trotzdem schienen mir seine Aufzeichnungen – diese ›Szenen aus einem toten Haus‹, wie er sie selbst an einer Stelle nennt – nicht ganz uninteressant. Die für uns völlig neue, bisher noch nie beschriebene Welt, die er schildert, die Seltsamkeit mancher Vorkommnisse, einige besondere Bemerkungen über das dort verkommende Volk – alles das hat mich gefesselt, und ich habe manches mit Interesse gelesen. Natürlich kann ich mich täuschen. So wähle ich denn vorläufig einige Kapitel zur Probe aus; mögen dann die Leser selbst urteilen ...«[6]

Das Dostojewskij aufgezwungene Manöver hat einen Kunstgriff geboren, der interessant bleibt, auch wenn der Anlaß selbst längst vergessen wäre. Diese offenkundige Inszenierung, dieses »natürlich kann ich mich täuschen« und »so wähle ich denn einige Kapitel zur Probe aus« – wie oft begegnet sie uns nicht bis auf den heutigen Tag im Roman. Sie verfehlt ihre Wirkung auf uns nie, macht uns neugierig; wir rätseln gerne herum an dem Versteckspiel mit dem Ich, das versteckt werden muß, um sich besser preisgeben zu können.

Nicht viel anders verfährt Italo Svevo in seinem Roman ›*Zeno Cosini*‹. Ein Arzt, Psychoanalytiker, gibt aus Bosheit die Aufzeichnungen seines Patienten Zeno Cosini, eines Triestiner Kaufmanns, heraus. Die Aufzeichnungen sind entstanden, weil der Patient, der die Psychoanalyse nicht ernst nahm und keine Lust hatte, sich auf den Diwan zu legen, auf eigene Faust sein Leben untersuchen wollte. Aber wir sind, mit Italo Svevo, wieder im 20. Jahrhundert und darum bei einem Ich angelangt, das nicht nur erzählt und davon seine Katharsis erhofft (wie in den früheren Beichten der russischen Erzähler etwa), sondern dem sein Ich schon nicht mehr geheuer ist. Der italienische Titel heißt ja auch ›*La coscienza di Zeno*‹ – also »Zenos Bewußtsein«. Und die beherrschende Frage dieses Buches ist keine andere mehr als »Wer bin ich?«! Zwar verfolgen wir scheinbar nichts weiter als den Werdegang eines banalen Menschen von seiner Kindheit an, erfahren von den ersten heimlichen Rauchversuchen, von der verbummelten Studentenzeit bis zum Tod des Vaters, von der unglücklichen Liebe zu Ada und der grotesken Verlobung mit deren häßlicher Schwester, von dem Betrug an dieser Frau, der aber das bürgerliche Familienleben keinesfalls stört, der Gründung eines Handelshauses, vom Ausbruch des Ersten Weltkriegs, der schließlich dem willenlos dahinlebenden Zeno Cosini die Gelegenheit zur »Tat« gibt, zu Schiebergeschäften. Diese nichtige Existenz, die Chaplin-Züge hat, die phantastische Komik aller dieser folgenlosen, undramatischen Vorfälle, erhält ihre Größe von der Beleuchtung dieses Ichs. Dieser hypochondrische Cosini, der seine Krankheit sucht und nicht findet, die Wahrheit sucht und nicht findet, der sein Leben so, aber auch ganz anders erzählen kann, ruft aus:

»Ein geschriebenes Bekenntnis ist immer verlogen. Mit jedem sprachlich reinen Wort lügen wir! Wenn er (und gemeint ist der Psychoanalytiker), wenn er wüßte, wie wir nur jene Dinge gerne erzählen, für die uns das Wort bereitsteht; wie wir fast alle andern auslassen, die uns zwingen würden, das Wörterbuch zu benützen. Auf diese Weise wählen wir aus unserem Leben die Episoden, die wir erzählen. Es ist ganz klar, daß zum Beispiel mein Leben ganz anders aussehen würde, wenn ich es in meinem Dialekt (gemeint ist der triestinische) hätte erzählen dürfen.«[7]

Was das Ich Italo Svevos zu entdecken gibt, was es an Möglichkeiten anschlägt, ist bisher noch kaum begriffen worden. Es ist ein noch kaum genutztes, unausgeschöpftes Ich, das da im Narrenkleid eines Triestiner Müßiggängers herumspaziert, nichtsnutzig, verlogen, wahrheitssüchtig, sehr direkt und im nächsten Augenblick uns auslachend, weil, was wir für sein Gesicht halten, einmal ein Wunschgesicht, ein andermal eine Maske ist, und dann doch plötzlich wieder sein wahres Gesicht. Dieses Ich ist sich schon ganz im Unklaren über seine Dichte, seine Eigenschaften, und es fehlt ja auch nicht mehr viel Zeit, bis ein anderer Schriftsteller kommt und ausdrücklich seinen »Mann ohne Eigenschaften« etabliert. Und weil Svevos tragikomischer Held von Arzt zu Arzt läuft, eine Kur nach der anderen absolviert und von der Psychoanalyse, in der er den Arzt täuscht, in das Erinnerungsabenteuer getrieben wird, das er aber auf seine Weise besteht, ganz und gar eigenartig, konnte Svevos berühmter gewordener Freund und Bewunderer James Joyce schreiben: was ihn daran besonders interessiere, sei die Behandlung der Zeit in dem Roman. Und wirklich ermöglicht das Ich des Italo Svevo eine Behandlung der Zeit, die zu den dichterischen Pionierleistungen dieses Jahrhunderts zu zählen ist.

Er selbst sagt darüber:

»Die Vergangenheit ist immer neu: Sie verändert sich dauernd, wie das Leben fortschreitet. Teile von ihr, die in Vergessenheit gesunken schienen, tauchen wieder auf, andere wiederum versinken, weil sie weniger wichtig sind. Die Gegenwart dirigiert die Vergangenheit wie die Mitglieder eines Orchesters. Sie benötigt gerade diese Töne und keine

anderen. So erscheint die Vergangenheit bald lang, bald kurz. Bald klingt sie auf, bald verstummt sie. In die Gegenwart wirkt nur jener Teil des Vergangenen hinein, der dazu bestimmt ist, sie zu erhellen oder zu verdunkeln.«[8]
Darum meine ich auch, daß zwischen dem Ich des 19. Jahrhunderts (oder gar dem Ich des Goetheschen Werther, der ja einer der hervorragendsten Fälle von einem Ich war, einem Ich als einziger Instanz, die das Geschehen beleuchtet), zwischen dem alten Ich also und dem Ich in einem Buch wie der ›*Coscienza di Zeno*‹ Abgründe liegen, und nochmals Abgründe zwischen diesem Ich und dem Ich von Samuel Beckett, von dem noch die Rede sein soll. Die erste Veränderung, die das Ich erfahren hat, ist, daß es sich nicht mehr *in* der Geschichte aufhält, sondern daß sich neuerdings die Geschichte *im* Ich aufhält. Das heißt: nur so lange das Ich selber unbefragt blieb, solange man ihm zutraute, daß es seine Geschichte zu erzählen verstünde, war auch die Geschichte von ihm garantiert und war es selbst als Person mitgarantiert. Seit das Ich aufgelöst wird, sind Ich und Geschichte, Ich und Erzählung es nicht mehr. Weder der Leser noch der Autor Italo Svevo wären bereit, für dieses Ich des Zeno Cosini die Hand ins Feuer zu legen. Und doch ist, gerade darum, dem Ich plötzlich durch den Verlust an Sicherheit ein Gewinn zugewachsen. Die neuartige Behandlung der Zeit, die Svevos Ich schon ermöglichte, und somit die neue Behandlung des »Stoffes«, ist nur ein wegbereitendes Beispiel. Die Erfüllung brachte Marcel Prousts Romanwerk ›*Auf der Suche nach der verlorenen Zeit*‹. Wenn Proust sein Ich einsetzt und auf die Suche schickt, dieses wenig romanhafte Ich, und ihm einen Riesenroman auflädt, so vertraut er ihm nicht als Person oder gar als Handlungsträger die Hauptrolle an, sondern [wegen] der Begabung des Ich zur Erinnerung – dieser einzigen Qualität wegen und keiner anderen. Das Ich, das Vorbildliches nur als Zeuge leistet, wird

nicht mehr einvernommen, zum Reden gebracht im alten Sinn, zur Beichte veranlaßt, sondern es wird, weil es an allen Tatorten war – in Combray, in Balbec, in Paris, im Haus der Herzogin von Guermantes, im Theater, an denen des Geschehens und Nichtgeschehens –, weil es also an allen Tatorten war und von dem Mörder Zeit zum Weitergehen und Vergessen gezwungen wird und die Zeit nur aufheben kann, wenn ein Geruch, ein Geschmack, ein Wort, ein Klang das Vergangene – Orte und Gestalten – zurückbringt, zurück das selbst Gesehene, selbst Erlebte und das, wovon man dem Ich erzählt hat. Es ist ja eine Besonderheit des Proustschen Romans, daß das Ich über lange Strecken verschwindet. Das ganze Swann-Buch und noch einige andere Teile erscheinen verselbständigt und in der dritten Person. Und doch ist es das Ich, das einsteigt, das den Einstieg in die Zeit übernimmt und eine bisher unbetretene memoriale Tiefe erobert. Am Ende des ersten Buches begründet daher das Erzähler-Ich das darauffolgende Swann-Buch mit diesen Worten:

»So dachte ich oft bis zum Morgen an die Zeiten von Combray zurück, an meine traurigen, schlaflosen Abende, an viele Tage auch, deren Bild mir viel später erst durch den Duft – das ›Aroma‹ hätte man in Combray gesagt – einer Tasse Tee wiedergeschenkt worden war und dadurch, daß ich gewisse Erinnerungen mit dem zusammengestellt hatte, was ich viele Jahre nach Verlassen der kleinen Stadt – und zwar mit einer Genauigkeit in den Details, wie sie manchmal im Hinblick auf seit Jahrhunderten verstorbene Personen leicht zu erreichen ist, jedoch in bezug auf das Leben unserer besten Freunde unmöglich erscheint, so wie es als unmöglich galt, von einer Stadt zur anderen zu sprechen, bis man das Auskunftsmittel fand, durch das diese Schwierigkeit überwunden wurde – über eine Liebesaffaire Swanns, die vor der Zeit meiner Geburt lag, erfuhr. Alle diese aneinandergefügten Erinnerungen bildeten eine Art fester Masse, dennoch gab es zwischen den älteren und den neueren, solchen, die aus einem Duft aufgestiegen und solchen, die eigentlich Erinnerungen anderer Menschen waren, von denen ich sie erst übernahm, wenn nicht gerade Risse, so doch kleine Spalten oder wenigstens Äderungen und farbliche Unterschiede, wie sie bei manchen Gesteinsbildungen, besonders den Marmorarten, auf die Verschiedenheit des Ursprungs, des Alters oder der ›Formation‹ zurückzuführen sind.«[9]

Wo aber dieses Ich, dieser Marcel, sich dem, was wir uns unter einem Roman-Ich gewöhnlich vorstellen, am meisten nähert, etwa in dem Buch ›*Die Gefangene*‹, das seine Liebe zu Albertine erzählt, fasziniert nie das Intime, nie das Bekenntnis – denn dieses Ich ist wie spezialisiert darauf, jede seiner Erfahrungen in eine Gesamtheit der Erfahrung abzugeben und sie mit einem sehr gleichmäßigen Licht der Erkenntnis zu durchleuchten. Charakteristisch für diese Übergabe einer Ich-Mitteilung, für die Auflösung des Subjektiven ins Objektive, sind darum bei Proust Sätze wie diejenigen, die seine Liebe zur Herzogin von Guermantes betreffen:

»Auf der Stelle liebte ich sie, denn wenn es manchmal genügen kann, damit wir eine Frau lieben können, daß sie uns mit Verachtung anblickt – wie ich glaubte, daß Mademoiselle Swann es getan habe – und daß wir denken, sie werde uns niemals angehören, so genügt es ein anderes Mal, daß sie uns mit Güte anschaut, wie Madame de Guermantes es tat, und daß wir uns vorstellen, sie könne einmal näher zu uns gehören.«

Dieses »Auf der Stelle liebte ich sie« wird also sofort abgefangen in den folgenden Wir-Sätzen, in Erkenntnissätzen.

Sie verstehen wohl, daß ich nur Ich-Hinweise geben will, ja, daß es auch nur über ein einziges Ich wie das Proustsche so viel zu sagen gäbe, daß es einem leid wird, es so schnell verlassen zu müssen, dieses Ich mit seiner besonde-

ren Art der Wahrnehmung, die in unserer alltäglichen Erfahrung nur ausnahmsweise vorkommt. Ernst Robert Curtius schreibt darüber:
»Sie (diese Art der Wahrnehmung ist gemeint) liegt an jener Grenze, wo das normale Wachbewußtsein in andere Bewußtseinszustände übergeht. Sie deckt sich mit dem, was die Psychologie der Mystik in einem genau umschriebenen Sinne ›Kontemplation‹ nennt: eine Haltung, die eine reale Verbindung zwischen dem Sehenden und dem Gesehenen herstellt.«[10]
Das Proustsche Ich ist alles mögliche, aber jedenfalls sich selbst, als Instrument, kein Rätsel. Es verhält sich ruhig, vertraut seiner Fassungskraft. In seiner Suche nach der verlorenen Zeit übernimmt es die Rolle des Übermittlers einer Erkenntnis, die freilich nicht partielle Resultate zeitigt, sondern die Wiederherstellung unseres gesamten Erlebens und somit eine »Summa« ist.
Ein rätselvolles Ich, das nicht in die Tiefe der Zeit führt, sondern in das Labyrinth der Existenz, zu den Monstren der Seele, hat ein deutscher Roman erschaffen, ›*Fluß ohne Ufer*‹, von Hans Henny Jahnn. Der Held, Gustav Anias Horn, schreibt für sich allein, nachdem er neunundvierzig Jahre alt geworden ist, an niemand sich wendend, argwöhnisch seinem schreibenden Ich auf die Finger sehend, in steter Verzweiflung, um der Wahrheit über seine Vergangenheit auf die Spur zu kommen, einem unaufgeklärten Verbrechen, an dem er selber Schuld trägt. Nicht die wuchernden und überwuchernden Handlungselemente sind belangvoll, sondern die Situation des Schreibenden, der niemandem erzählt, sondern sich, indem er sich der Lüge und der Konvention enthält, zu seinem eigenen Richter macht. Da aber für Hans Henny Jahnn das Ich keine feste Größe ist, ein Rätsel ist, weil es ständig sich verändert und nicht mehr auszumachen ist, wie es war und wer es früher war, dieses Ich, strömend, vergänglich in einem bewegten

Meer sich erneuernd, scheinen die Schwierigkeiten unüberwindlich. Eine Konstante des Wesens, damit es verantwortlich gemacht und gerichtet werden kann, läßt sich nicht finden. Die Sucht nach Genauigkeit ist sein einziger hervorstechender Zug, sie geht so weit, daß das Ich mit Personen in Verbindung tritt, die ihm Klarheit über einzelne Punkte der Vergangenheit verschaffen können. Dadurch setzt sich die Vergangenheit in die Gegenwart fort, und Horn wird an den Menschen geraten, der ihn ermorden wird. Horn ist besessen von der Idee: »Ich stehe mitten in einem Gerichtsverfahren; alles, was sich ereignet, sind Maßnahmen des Gerichts, und der Gegenstand der Untersuchung und des Urteils ist mein Leben. Es gibt kein Entrinnen.«[11]
Und die Sehnsucht seines Ichs spricht sich so aus:
»In dieser unverläßlichen Welt sollte für mich etwas Verläßliches bestehen – das Bild unseres Schicksals und Handelns sollte sich nicht verzerren können.«
Das Ich leidet daran, keine bestimmte Persönlichkeit mehr zu besitzen, es ist abgeschnitten von jeder Bindung, jedem Bezug, in dem es als solches bestimmt sein könnte. Es entdeckt sich nur mehr als Instrument eines blinden Geschehens.
»Ich stehe auf dem schwachen Platz eines Einzelnen, ein Abtrünniger, der zu denken versucht – der seine Abhängigkeit von den Bewegungen und Maßnahmen seiner Zeit kennt, in dessen Ohren die Worte gellen, die man spricht, lehrt, verkündet, nach denen man richtet, in denen man stirbt – und der ihnen nicht mehr glaubt. Der nicht an Elektrizitätswerke, Kohlengruben, Ölquellen, Erzschächte, Hochöfen, Walzwerke, Teerprodukte, Kanonen, Film und Telegrafen glaubt – der einen Irrtum vermutet.«[12]
Dieses Ich sucht, findet und richtet sich schon vor dem Nichts; seine Tragik begreift es nur mehr als Verhängnis. Aber es kennt noch etwas, das von Jahnn »Schicksal« genannt wird.

Nichts von all dem gilt mehr für das letzte Ich, von dem ich sprechen möchte, für das Ich Samuel Becketts. In seinem letzten Roman ›*Der Namenlose*‹ hält es einen Monolog ohne Anfang, ohne Ende, auf der hoffnungslosen Suche nach sich selbst. Dieses Ich, Mahood, erlebt nichts mehr, kennt keine Geschichten mehr, es ist ein Wesen, das nur mehr aus Kopf und Rumpf, aus einem Arm und einem Bein besteht, in einem Blumenkübel lebt, versucht sich zu konzentrieren, zu denken, nur noch zu denken, um zu fragen – aber *was*, das ist auch schon die Frage! – also, um sich fragend am Leben zu erhalten. Nicht nur Persönlichkeit oder gar Identität, Wesenskonstante, Geschichte, Umwelt und Vergangenheit sind ihm abhanden gekommen, sondern sein Verlangen nach Schweigen droht, es auszulöschen, zu vernichten. Sein Vertrauen in die Sprache ist so zerstört, daß sich die übliche Ich- und Weltbefragung erübrigen. Ich habe vorhin einmal gesagt, daß sich das Ich zuerst in der es umgebenden Geschichte aufhielt, später, bei Svevo, bei Proust, die Geschichten sich im Ich aufhalten, daß also eine Verlagerung stattfand. Bei Beckett endlich kommt es zur Liquidation der Inhalte überhaupt.

»Und die Menschen erst, all die Lehren, die sie mir über die Menschen erteilten, bevor sie geruhten, mich ihnen zuzuordnen. All das, worüber ich spreche, womit ich spreche, ich habe es von ihnen. Meinetwegen, aber es dient zu nichts, es nimmt kein Ende. Über mich muß ich jetzt sprechen, selbst wenn ich es mit ihrer Sprache tun muß, es wird ein Anfang sein, ein Schritt zum Schweigen, zum Ende des Wahns, des Wahns, sprechen zu müssen und es nicht zu können, außer von Dingen, die mich nicht angehen, die nicht zählen, an die ich nicht glaube, mit denen sie mich überfüttert haben, um mich zu hindern, daß ich sage, wer ich bin, wo ich bin und daß ich tue, was ich tun muß. Sie lieben mich sicher nicht. Ah, sie haben mich gehörig zugerichtet, aber sie haben mich nicht dabei gekriegt, nicht ganz, noch nicht. Für sie zeugen, bis ich krepiere, als ob man an solchem Spiel krepieren könnte, das ist es, was ich für sie tun soll. Den Mund nicht auftun zu können, ohne sie zu proklamieren, als ihr Artgenosse, das ist es, wozu sie mich erniedrigt zu haben glauben. Mir eine Sprache eingetrichtert zu haben, von der sie sich einbilden, daß ich mich ihrer nie bedienen könnte, ohne mich zu ihrer Sippschaft zu bekennen, ein feiner Trick. Ich werde Ordnung schaffen in ihrem Missingsch. Von dem ich übrigens kein Wort verstanden habe, ebensowenig wie von den Geschichten, die es fortkarrt wie krepierte Hunde. Mein Unvermögen zu absorbieren, meine Fähigkeit zu vergessen, haben sie unterschätzt. Teure Verständnislosigkeit, dir werde ich letzten Endes verdanken, ich zu sein. Es wird bald nicht mehr viel übrig sein von dem, was sie in mich hineingestopft haben. Dann endlich werde ich mich erbrechen, mit den schallenden ruchlosen Rülpsern eines Hungerleiders, die im Koma, einem langen, köstlichen Koma enden.«[13]

Becketts Ich verliert sich im Gemurmel, und noch sein Gemurmel ist ihm verdächtig, aber die Nötigung zu reden ist trotzdem da, das Resignieren unmöglich. Wenn es sich auch der Welt entzogen hat, weil es von ihr geschändet, erniedrigt und aller Inhalte beraubt wurde – sich selber kann es sich nicht entziehen, und in seiner Dürftigkeit und Bedürftigkeit ist es noch immer ein Held, der Held Ich, mit seinem Heroismus von jeher, jener Tapferkeit, die an ihm unsichtbar bleibt und die seine größte ist. [Mahoods letzte Worte sind:]

»... ich werde also weitermachen, man muß Worte sagen, solange es welche gibt, man muß sie sagen, bis sie mich finden, bis sie mir sagen, seltsame Mühe, seltsame Sünde, man muß weitermachen, es ist vielleicht schon geschehen, sie haben es mir vielleicht schon gesagt, sie haben mich vielleicht bis an die Schwelle meiner Geschichte getragen, vor die Tür, die sich zu meiner Geschichte öffnet, es würde mich wundern, wenn sie sich öffnete, es wird ich sein, es wird das Schweigen sein, da wo ich bin, ich weiß nicht, ich werde es nie wissen, im Schweigen weiß man nicht, man muß weitermachen, ich werde weitermachen.«[14]

Das sind die letzten bedrückenden Verlautbarungen des Ich in der Dichtung, von denen wir wissen, während wir jeden Tag hartnäckig und mit dem Brustton der Überzeugung »Ich« sagen, belächelt von den »Es« und »Man«, von den anonymen Instanzen, die unsere Ich überhören, als redete da Niemand. Aber wird von der Dichtung nicht, trotz seiner unbestimmbaren Größe, seiner unbestimmbaren Lage immer wieder das Ich hervorgebracht werden, einer neuen Lage entsprechend, mit einem Halt an einem neuen Wort? Denn es gibt keine letzte Verlautbarung. Es ist das Wunder des Ich, daß es, wo immer es spricht, lebt; es kann nicht sterben – ob es geschlagen ist oder im Zweifel, ohne Glaubwürdigkeit und verstümmelt – dieses Ich ohne Gewähr! Und wenn keiner ihm glaubt, und wenn es sich selbst nicht glaubt, man muß ihm glauben, es muß sich glauben, sowie es einsetzt, sowie es zu Wort kommt, sich löst aus dem uniformen Chor, aus der schweigenden Versammlung, wer es auch sei, was es auch sei. Und es wird seinen Triumph haben, heute wie eh und je – als Platzhalter der menschlichen Stimme.

IV Der Umgang mit Namen

Meine Damen und Herren,
in diesen Wochen hatten Sie hier in Frankfurt das Glück, die Bekanntschaft mit Alban Bergs Oper ›*Lulu*‹ zu machen, und es wird für viele zutreffen, selbst für jene, die sie nicht sehen und hören konnten, daß der Name »Lulu«, der Name dieses Geschöpfs des Dichters Wedekind und des Komponisten Berg, nicht mehr wegzudenken ist – daß er sich immer im Bewußtsein verankert, dieser Name mit Aura, einer Aura, die er zwar der Musik und der Sprache verdankt, aber *hat* er sie, hat ein Name einmal solche Strahlkraft, so scheint es, daß er sich frei macht und verselbständigt; der Name allein genügt, um in der Welt zu sein. Es gibt nichts Mysteriöseres als das Leuchten von Namen und unser Hängen an solchen Namen, und nicht einmal die Unkenntnis der Werke verhindert das triumphierende Vorhandensein von Lulu und Undine, von Emma Bovary und Anna Karenina, von Don Quijote, Rastignac, dem Grünen Heinrich und Hans Castorp. Ja, der Umgang mit ihnen in Gesprächen oder in Gedanken ist uns so selbstverständlich, so geheuer, daß wir nicht ein einziges Mal fragen, warum ihre Namen in der Welt sind, als wäre jemand mit ihnen besser getauft als wir mit unseren Namen, als hätte da eine Taufe stattgefunden, bei der zwar kein Weihwasser hat herhalten müssen und von der kein Schriftzug in einem Register spricht – als hätte da eine Namensgebung stattgefunden, die endgültiger und von einem Vorzug ist, an dem kein Lebender teilhat. Diese Namen sind eingebrannt in erdachte Wesen und vertreten sie zugleich, sie sind dauerhaft und so mit diesen Wesen verbunden, daß, wenn wir sie ausborgen und Kinder so nennen,

diese zeitlebens mit der Anspielung herumgehen oder wie in einem Kostüm: der Name bleibt stärker an die erschaffene Gestalt gebunden als an den Lebenden.
Weil der Dichtung in Glücksfällen Namen gelungen sind und die Taufe möglich war, ist für die Schriftsteller das Namensproblem und die Namensfrage etwas sehr Bewegendes, und zwar nicht nur in bezug auf Gestalten, sondern auch auf Orte, auf Straßen, die auf dieser außerordentlichen Landkarte eingetragen werden müssen, in diesen Atlas, den nur die Literatur sichtbar macht. Diese Landkarte deckt sich nur an wenigen Stellen mit den Karten der Geographen. Freilich sind auch Orte darauf eingetragen, die der gute Schüler kennt, aber auch andere, die kein Lehrer kennt, und alle zusammen ergeben sie ein Netzwerk, das reicht von Delphi und Aulis bis Dublin und Combray, von der Rue Morgue bis zum Alexanderplatz und vom Bois de Boulogne bis in den Prater: die Wüste von T. E. Lawrence und der Himmel, den Saint-Exupéry beflogen hat, stehen auch darauf, aber viele Wüsten nicht, viel fruchtbare Erde nicht – hier gibt es sie nicht. Und Orte gibt es darauf, manche viele Male, wohl hundertmal Venedig, aber immer ein anderes, das von Goldoni und von Nietzsche, eines von Hofmannsthal und eines von Thomas Mann, und es gibt Länder, die sich schwerlich finden auf den käuflichen Karten, Orplid und Atlantis, und andere, die gibt es wohl, wie Illyrien, aber Shakespeares Illyrien deckt sich nicht damit; und es gibt natürlich auch Frankreich und England und Italien und wie die Länder alle heißen mögen! Aber suchen wir einmal jenes Frankreich, das wir jetzt meinen, reisen wir – wir werden nicht ankommen, dort waren wir schon immer oder noch nie. Auf dem Zauberatlas ist es eingezeichnet, wahrer, viel wahrer, und es grenzt dort die Newa an die Seine, und über die Seine führt der Pont du Carrousel von Balzac und der Pont Mirabeau von Apollinaire, und die Steine und die Wasser sind

aus Worten gemacht. Dort werden wir unseren Fuß nie hinsetzen, auf diesen Pont Mirabeau niemals, und das schneeige Rußland, durch das die Zwölf von Alexander Blok gezogen sind, wird uns nicht sehen. Aber andererseits: auf all unseren Fahrten, wo sind wir wirklich gewesen? Im Bordell von Dublin und auf dem Blocksberg, auf den finnischen Gütern des Herrn Puntila und in den Salons von Kakanien – dort waren wir vielleicht wirklich.

Unsere Namen sind so zufällig und das Gefühl der Namenlosigkeit uns selbst und der Welt gegenüber befällt uns oft. Darum bedarf es der Namen, Gestaltennamen, Ortsnamen, Namen überhaupt. Aber verwunderlich ist es doch, und wer möchte nicht manchmal rufen, mit Hamlet:

»Und alles das um nichts!
Um Hekuba!
Was ist ihm Hekuba, was ist er ihr, daß er um sie soll weinen!«[1]

Ja, was sind uns Lulu und Julien Sorel, was Manon und der Knabe Eli? Sind sie nur Stellvertretungen oder Anspielungen? So, wie einer anspielt auf Hekuba und Hekuba wiederum anspielt auf ein Drittes. Sind sie Platzhalter? Oder noch etwas mehr?

Denn mir scheint, daß die Treue zu diesen Namen, Gestaltnamen, Ortsnamen, fast die einzige ist, deren die Menschen fähig sind.

Unser Gedächtnis ist so eingerichtet, daß wir die Namen der Lebenden vergessen, von Schulfreunden nach 15 Jahren kaum mehr wissen, wie sie geheißen haben; die Adressen, die wir einmal auswendig kannten, gehen uns verloren; oder ein Stück von einem Namen geht verloren, die rechte Schreibung; eine Verwechslung tritt eines Tages ein. Und dieses Verdämmern: war es damals in Parma oder in Piacenza? – nein, in Pavia, oder doch nicht! Von diesem Namensterben in uns ist nur weniges ausgenommen, die Namen derer, die uns am nächsten gestanden

sind, oder Namen, die Vorfälle, Zufälle, verankert haben.
Aber was wir hofften, vergessen zu können, schon früh in der Schulzeit, weil wir ärgerlich waren, wenn man uns mit Odysseus und Wilhelm Tell plagte, und obwohl wir geschworen haben, sie zu vergessen wie die chemischen Formeln, die wir tatsächlich vergessen haben – wir haben sie nicht vergessen, und unsere Vorstellung von ihnen, deutlich oder verkümmert, ist haltbarer und vertretbarer als die von lebenden Menschen. Der Umgang mit ihnen ist unkündbar.
Wir gehen ja wirklich mit ihnen um, für uns ist die Welt auch mit ihnen bevölkert.
Unlängst ist in einem New Yorker Museum ein Bild von Monet verbrannt, die ›*Seerosen*‹. Ich habe es einmal gesehen, und als die Nachricht in den Zeitungen stand, kam ich von dem Gedanken nicht los: wohin sind nun eigentlich die Seerosen gegangen? Dieses Verschwinden, Auslöschen, es ist nicht möglich; unser Gedächtnis hält sie noch, will sie halten, und man möchte reden von ihnen, damit sie hierbleiben, denn diese Zerstörung ist so anders als das Sterben aller Seerosen in allen Seen, und doch war der Brand nur eine geringfügige Zerstörung, gemessen an allen Zerstörungen, von denen wir wissen, durch Kriege. Oder was ist das mit dem Brand der Bibliothek von Alexandrien, von dem wir noch immer reden, nach 2000 Jahren, als hätten nicht mittlerweile unsere Häuser und Städte oft gebrannt? Immer noch denken wir daran, treu, bei soviel Treulosigkeit. Ob diese Treue gutzuheißen ist – und die Tränen um Hekuba – wir wissen es nicht. Wir sind übertragbar und müssen das Beste übertragen. Es scheint so beschlossen zu sein.
In der neuen Literatur ist, was die Namen anbelangt, nun einiges geschehen, das nachdenklich macht, eine bewußte Schwächung der Namen und eine Unfähigkeit, Namen zu

geben, obwohl es weiterhin Namen gibt und manchmal noch starke Namen. Und von beiden soll die Rede sein, von der Behauptung der Namen und vom Verkümmern der Namen, von ihrer Gefährdung und der Ursache dafür.
Als Kafkas Romane und Erzählungen berühmt wurden, wurden mit ihnen K. und Josef K. berühmt, zwei Gestalten, die nicht nur kaum auszumachen sind als Romangestalten im herkömmlichen Sinn, sondern die schon in ihrem Namen reduziert sind, mehr mit einer Chiffre als einem Namen ausgestattet sind. Es besteht nämlich ein eklatanter Zusammenhang zwischen dieser Namensverweigerung von seiten des Autors und der Verweigerung all dessen an K., was ihn berechtigen könnte, einen Namen zu tragen. Herkunft, Milieu, Eigenschaften, jede Verbindlichkeit, jede Ableitbarkeit sind der Figur genommen. Was Kafkas geniale Manipulation für Folgen hatte, ist Ihnen bekannt. Die Kafka-Mode hat uns eine ganze Literatur beschert, Erzählungen und Romane haufenweis, in denen die Helden A. und X. und N. heißen, nicht wissen, woher sie kommen und wohin sie gehen, in Städten und Dörfern wohnen, in Ländern, in denen sich niemand zurechtfindet, meist auch der Autor selber nicht, es gibt da nur allgemeine Benennungen, die Stadt, der Fluß, die Behörde, Prozesse, Einkreisungen, die als Parabeln verstanden werden sollen, aber wofür? Sie sind auf alles und jedes applizierbar. Man sollte den Epigonen jedoch nicht ganz unrecht tun, denn etwas dürften einige von ihnen, bewußt oder unbewußt, begriffen haben – nämlich, daß es heute nicht so leicht ist, etwas zu benennen, Namen zu geben, daß das Vertrauen in die naive Namensgebung erschüttert ist, daß hier tatsächlich eine Schwierigkeit liegt, daß es auch den anderen Autoren, die fortfahren, naiv zu benennen, nur selten gelingt, uns einen Namen zu übergeben, eine Gestalt mit einem Namen, der mehr ist als eine Erkennungsmarke – einen, der uns so überzeugt, daß wir ihn annehmen, fraglos, den

wir uns merken, uns wiederholen und mit dem wir anfangen, Umgang zu haben.
Wie Kafka selbst jedoch, zum Unterschied von seinen Nachahmern, folgerichtig mit seinen Namen verfährt, möchte ich Ihnen an einem Beispiel zeigen, dem Roman ›*Das Schloß*‹. Mit welcher Genauigkeit werden wir doch von ihm in die Unsicherheit und Ungenauigkeit geführt!
Ein Landvermesser, K., kommt in das Dorf, vermeintlich als Angestellter des Schlosses. Wenig später treffen auch seine Gehilfen ein, und es gibt die folgende Szene:
»›Es ist schwer mit euch‹, sagte K. und verglich wie schon öfters ihre Gesichter, ›wie soll ich euch denn unterscheiden? Ihr unterscheidet euch nur durch die Namen, sonst seid ihr einander ähnlich wie‹ – er stockte, unwillkürlich fuhr er dann fort – ›sonst seid ihr einander ja ähnlich wie Schlangen.‹ Sie lächelten. ›Man unterscheidet uns sonst gut‹, sagten sie zur Rechtfertigung. ›Ich glaube es‹, sagte K., ›ich war ja selbst Zeuge dessen, aber ich sehe nur mit meinen Augen, und mit denen kann ich euch nicht unterscheiden. Ich werde euch deshalb wie einen einzigen Mann behandeln und beide Artur nennen, so heißt doch einer von euch. Du etwa?‹ – fragte K. den einen. ›Nein‹, sagte dieser, ›ich heiße Jeremias.‹ ›Es ist ja gleichgültig‹, sagte K., ›ich werde euch beide Artur nennen. Schicke ich Artur irgendwohin, so geht ihr beide, gebe ich Artur eine Arbeit, so macht ihr sie beide . . .‹«[2]
Wir werden aber noch sehen, daß K.s Ignoranz sich rächen wird, denn ihm steht die Namensverweigerung nicht zu.
In eine große Verlegenheit kommt K. aber selber, als endlich vom Schloß angerufen wird und er sich melden soll.
K. zögert, sich zu nennen. K.s Zögern macht den Mann ungeduldig. »›Wer dort?‹ wiederholte er und fügte hinzu: ›Es wäre mir sehr lieb, wenn dortseits nicht soviel telefoniert würde, erst vor einem Augenblick ist telefoniert worden.‹« K. geht auf diese Bemerkung nicht ein, sondern

meldet sich, einem plötzlichen Entschluß folgend, fälschlich als Gehilfe des Landvermessers. Dringender befragt, welcher Gehilfe er denn sei, gibt K. endlich seinen Vornamen preis und sagt: »Josef.« Ein wenig stört ihn hinter seinem Rücken das Murmeln der Bauern; offenbar sind sie nicht damit einverstanden, daß er sich nicht richtig meldete.
Am Telephon wird ihm widersprochen, man weiß dort, daß die Gehilfen Artur und Jeremias heißen. K. lügt weiter, behauptet, der alte Gehilfe zu sein, der dem Landvermesser nachkam. »›Nein!‹ schrie es nun. ›Wer bin ich also?‹ fragte K., ruhig wie bisher.«[3] Und nach einer Pause gibt die Stimme am Telephon ihm zu, was er hören wollte, er sei der alte Gehilfe. – Damit ist eigentlich der unheilvolle Auftakt da; er kann nur noch, sich hinter einer anderen Person versteckend, fragen, wann sein Herr, also er selber, ins Schloß kommen dürfe. Und die Antwort ist: »Niemals.«
K. bequemt sich auch erst dazu, Jeremias »Jeremias« zu nennen, als dieser ihm gefährlich wird, Artur davongelaufen ist und im Schloß gegen ihn wirkt, aber auch das ist zu spät, denn Jeremias, muß er entdecken, hat ihm Frieda weggenommen, die er wiederum an sich binden wollte, weil sie die Geliebte des vermutlich mächtigen Klamm vom Schloß war. In einem Gespräch über Klamm übrigens, wenn K. die Wirtin, auch eine einstige Geliebte Klamms, ausfragt, bekommt er eine bezeichnende Antwort:
»Die Wirtin schwieg und ließ nur ihren Blick beobachtend an K. auf und ab gehen. Dann sagte sie: ›Ich will allem, was Sie zu sagen haben, ruhig zuhören. Reden Sie lieber offen, als daß Sie mich schonen. Nur eine Bitte habe ich. Gebrauchen Sie nicht Klamms Namen. Nennen Sie ihn ‚Er' oder sonstwie, aber nicht beim Namen.‹«[4]
Wenn in dem Fall Klamm aber der Namensgebrauch noch eindeutig ist, obwohl nur sein Name durch das Buch geistert, K. ihn nur einmal durch ein Guckloch, undeutlich, sehen kann und die Wirtin gar nur ein Photo des Boten auf-

bewahren kann, der sie einmal zu Klamm gerufen hat, so wird die Namensverwirrung vollkommen, wo eine höhergestellte Person aus dem Schloß einmal leiblich erschienen ist und ihren Schatten geworfen hat, als sollte die von Kafka gewünschte Unkenntlichmachung wieder durch die Namensbehandlung erreicht werden. K. stößt schon im Anfang seines Aufenthalts auf den Namen eines Beamten: Sordini. Jemand erklärt:

»›. . . Ich begreife auch nicht, wie selbst ein Fremder glauben kann, daß, wenn er zum Beispiel Sordini anruft, es auch wirklich Sordini ist, der ihm antwortet. Vielmehr ist es wahrscheinlich ein kleiner Registrator einer ganz anderen Abteilung. Dagegen kann es allerdings in auserlesener Stunde geschehen, daß, wenn man den kleinen Registrator anruft, Sordini selbst die Antwort gibt. Dann freilich ist es besser, man läuft vom Telephon weg, ehe der erste Laut zu hören ist.‹«[5]

Von jenem Sordini meint K. wieder zu hören, wenn Olga ihm die Geschichte ihrer Schwester Amalia erzählt, die den unverschämten Antrag des Beamten abgewiesen hat und deren ganze Familie seither um die Wiederherstellung ihrer Position im Dorf kämpft:

»›. . . Es gibt einen großen Beamten im Schloß, der heißt Sortini.‹ ›Ich habe schon von ihm gehört‹, sagte K., ›er war an meiner Berufung beteiligt.‹ ›Das glaube ich nicht‹, sagte Olga, ›Sortini tritt in der Öffentlichkeit kaum auf. Irrst du dich nicht mit Sordini, mit ‚d‘ geschrieben?‹ ›Du hast recht‹, sagte K., ›Sordini war es.‹ ›Ja‹, sagte Olga, ›Sordini ist sehr bekannt, einer der fleißigsten Beamten, von dem viel gesprochen wird; Sortini dagegen ist sehr zurückgezogen und den meisten fremd . . .‹«[6]

Es folgt die Geschichte, und später heißt es plötzlich wieder:

»›. . . Von Klamm ist es bekannt, daß er sehr grob ist; er spricht angeblich stundenlang nicht, und dann sagt er plötzlich eine derartige Grobheit, daß es einen schaudert. Von Sortini ist das nicht bekannt, wie er ja überhaupt sehr unbekannt ist. Eigentlich weiß man von ihm nur, daß sein Name dem Sordinis ähnlich ist; wäre nicht diese Namensähnlichkeit, würde man ihn wahrscheinlich gar nicht kennen. Auch als Feuerwehrfachmann verwechselt man ihn wahrscheinlich mit Sordini, welcher der eigentliche Fachmann ist und die Namensähnlichkeit ausnützt, um besonders die Repräsentationspflichten auf Sortini abzuwälzen . . .‹«[7]

Der Unbekanntheit der Personen oder ihrer relativen Unbekanntheit stehen also die Namensschwankungen oder Namensheimlichkeiten gegenüber. Eins bedingt das andere.

Und darum verwundert es auch schon nicht mehr, wenn man, was den Grafen des Schlosses betrifft, das groteske Gespräch K.s mit dem Lehrer liest: »K. gab aber nicht nach und fragte nochmals: ›Wie? Sie kennen den Grafen nicht?‹ ›Wie sollte ich ihn kennen?‹ sagte der Lehrer leise und fügte laut auf französisch hinzu: ›Nehmen Sie Rücksicht auf die Anwesenheit unschuldiger Kinder.‹«[8] Dieses »Nehmen Sie Rücksicht auf die Anwesenheit unschuldiger Kinder«, als wäre die harmlose Frage nach einer Person etwas Obszönes oder Verbrecherisches, ist beispiellos.

Daß bei Kafka auch einfache, hausbackene Namen vorkommen, etwa die Mädchennamen Frieda, Olga, auch Familiennamen wie Gerstäcker und Lasemann in ihrer Selbstverständlichkeit und Unerheblichkeit, lenkt nur den Blick ab von der nicht mehr bewältigbaren Namensfrage. Der Held K. sagt sich ja, in einem Augenblick wirklicher Einsicht, daß er unauffällig wie jene Gerstäcker und die anderen Dorfbewohner werden müßte, um seinen Frieden im Dorf zu finden. Max Brod berichtet, daß K. auf dem Sterbebett erfahren sollte, daß er leben und arbeiten dürfe im Dorf, obwohl kein Rechtsanspruch bestehe. Das Zusammenfallen des Todes mit dieser Nachricht ist notwendig, denn wie der Name K. sich fügen soll, wie er heimisch werden soll unter den anderen einfachen Namen, ist nicht vorstellbar. K. ist nur vorstellbar auf dem Weg, aber nicht am Ziel, nicht in der Gemeinschaft, schon des Namens wegen.

Aber es liegt mir fern, Kafka-Exegese zu treiben.

Wir sind noch immer so gewohnt, Figuren an ihren Namen zu erkennen und mit Hilfe der Namen auf der Fährte des Geschehens zu bleiben, daß wir meinen, mit dem Namen auch schon die Figur zu haben. Selbst bei Kafka können wir uns noch an die Namen klammern; wir werden zwar öfters fortgestoßen, unsicher gemacht, aber wir klammern uns wieder daran. Wir sind es so gewohnt und sind auch verwöhnt – verwöhnt nicht nur von der älteren Literatur, sondern auch von Zeitgenossen jener Schriftsteller, die uns die Namen zum erstenmal aus der Hand schlagen. Ich denke vor allem an Thomas Mann. Aber die Raffinesse, mit der er uns die meisten seiner Namen serviert, ist vielleicht auch nichts anderes als ein Alarmzeichen. Den Namen kommt bei Thomas Mann eine große Wichtigkeit zu; er ist der letzte große Namenserfinder, ein Namenzauberer. Aber er legt die Namen ironisch um seine Gestalten, komische und tragische, mit einer sehr überlegten Nuance. Er will alles aus dem Namen herausholen. Serenus Zeitblom, Helene Oelhafen, Madame Houpflé, die Marquise de Venosta, née Plettenberg – das Gravitätisch-Bürgerliche, das Ordinäre, Gewöhnliche, Blasse oder Exotische, das Pseudoexotische – nun, alles ist genau bedacht, dem Namen injiziert, und auch ein ernster Name wie Adrian Leverkühn ist genau beladen mit der Bedeutung, die der Person zukommt. Oder die akzentuiert norddeutschen, die süddeutschen, die südlichen Namen, sie sollen das Thema schon anschlagen. Oder wie bei ›*Tonio Kröger*‹ die Gebundenheit an zwei Welten kundtun. Der Name deutet schon auf den Konflikt hin, dem der Held ausgesetzt sein wird.

Ich bin nicht sicher, ob Thomas Mann bei dieser Untersuchung über Namen in der neueren Literatur sehr nützlich ist, aber die ironische, im weitesten Sinn ironische, Namensgebung kann wohl auf den Gedanken bringen, daß die vertrauensvolle Namensgebung auch hier vorläufig zu Ende gegangen ist, nicht ohne uns noch ein paar köstliche, herrliche Namen zu hinterlassen: Peeperkorn, Settembrini, Krull. Es wäre ein langer Reigen.

Stabil auf den ersten Blick, beinahe so stabil wie im Roman des 19. Jahrhunderts, sind auch die Namen bei James Joyce. Sie versprechen durchaus, solide zu sein, wiegen uns in Sicherheit: Da gibt es den Annoncenacquisiteur Leopold Bloom, Marion-Molly, seine Frau, und, ungleich pointierter, Stephan Dädalus, der seinen Namen bedeutungsschwer herumträgt. »Ist doch zum Lachen«, wird ihm gesagt, »dein seltsamer Name, ein alter Grieche.«[9] Es wäre nichts weiter zu bemerken, wenn nicht von der Sprachaufrüttlung, der aggressiven Sprachauflösung auch die Namen betroffen würden. Blooms Name wird dem Leser zuerst einfach vorgesetzt, dann geschüttelt, neu gekostet, er wird von allen Seiten und in allen Variationen gerufen: Leo, Poldy, Siopold! Wanderer Leopold, Junker Leopold, Herr Leopold, der liebste Genosse, Leopold sanftmütiger Meister, Junker Bloom, Leop. Bloom, Stephan D. Leop. Bloom.[10]

In dem Nachttheater, in dem Bordellkapitel, wird er zuerst von der Glocke gerufen: »Bam, Bam, zu-rück, Bloo.« Dann von einer Stimme: »Poldy!« Polizisten treten auf, legen ihm die Hände auf die Schultern, sagen: »Bloom. Von Bloom. Für Bloom. Bloom.«

Und wenig später fährt einer der Polizisten ihn an: »Los! Name und Adresse.«

Bloom antwortet: »Dr. Bloom, Leopold, Zahnarzt. Sie haben doch von Bloom-Pasha gehört? Ungezählte Millionen. Donnerwetter. Gehört halb Österreich. Ägypten. Vetter.«

Der erste Polizist fragt: »Beweis?«
Bloom reicht ihm eine Karte. Von dieser Karte aber liest der Polizist den Namen: »Henry Flower, kein fester Wohnsitz.«
(Denn Leopold läßt sich von seiner Geliebten Martha Henry Flower nennen und hat, wie wir wissen, im Lauf des Tages einen Poste-restante-Brief, auf diesen Namen lautend, abgeholt.)
Kurz nach der Polizistenszene erscheint Martha, ruft: »Henry! Leopold! Leopold! Lionel, du verlorener. Gib mir meine Ehre wieder.«
Eine andere Frau sagt aus, von ihm einen Brief erhalten zu haben, unterzeichnet mit dem Namen James Lovebirch.
Es treten auf: Küsse, die zwitschern und trillern: »Leo! . . . Leopopold! Leeolee! O, Leo!«
Bloom schlüpft im weitern Verlauf der Szene in verschiedene Rollen, als Kaiser und Herrscher heißt er: Leopold der Erste.
Der Erzbischof, der ihn salbt, gibt ihm die Namen: »Leopold, Patrick, Andreas, David, Georg, so seiest du nun gesalbt!«
Bloom (in seiner Rede an die Untertanen) sagt: »Meine geliebten Untertanen, eine neue Ära dämmert herauf. Ich, Bloom, sage euch der Wahrheit gemäß, daß sie schon greifbar ist. Ja, auf das Wort eines Bloom, bald sollt ihr einziehen in die goldene Stadt, die entstehen wird, d. h. in das neue Bloomusalem.«
Darauf steht ein Mann auf. Sagt: »Glaubt kein Wort von dem, was er sagt. Der Mann ist Leopold M'Intosh, der bekannte Brandstifter. Sein wirklicher Name ist Higgins.«
Als Professor Bloom wird er zum Exemplar des ersten weiblichen Mannes, dem eine Geburt bevorsteht. Eine Stimme fragt ihn: »Bloom, bist du der Messias ben Joseph oder ben David?«
Seine Tochter Milly: »Lieber Gott! Das ist ja Papli!«[11]

Wenn der Spuk des Nachttheaters verschwunden ist, bleibt Bloom übrig, aber immer noch mit einem Namen Bloom, der plötzlich als Assoziation »Bloom, Blaue Blume« auslöst, und immer noch bleibt Henry Flower übrig, den Namen Bloom stellvertretend, der in Hinterrücksübersetzungen erscheinen kann.

Von einem zu bauenden oder gebauten Haus für ihn werden folgende Namen als mögliche Namen genannt: Bloom Cottage, Saint Leopold's oder Flowerville.[12]

Die Namen sind im Sinn *und* lautlich verrückbar bei Joyce, sie können verrückt gemacht werden, verschrieben oder verstellt werden, aber doch so, daß der ursprüngliche Name angespielt wird, wie in dem Akrostichon, das der junge Bloom fabriziert hat.

»Poeten tuen öfters singen:
O herrliche Musik!
Laut laß ich durch die Welt es klingen:
Du bist mein Glück
Immerdar . . .«[13]

(Die Anfangsbuchstaben ergeben seinen Namen, Poldi.)

Wie mit dem Namen Bloom Karussell gefahren wird, bis dem Namen und uns schwindlig wird, zeigt eine andere Stelle (ein Anagramm, das Bloom in seiner Jugend gemacht hat):

»Leopold Bloom
Ellpoldbomool
Molldopeloob
Bollopedoom
Old Ollebo M.P.«[14]

Und mit wem hat Bloom gereist, wird einmal gefragt.

Mit?

»Sindbad dem Seefahrer und Tindbad dem Teefahrer und Jindbad dem Jefahrer und Windbad dem Wehfahrer und Nindbad dem Nefahrer und Findbad dem Feefahrer und Bindbad dem Befahrer und Pindbad dem Peefahrer und

Mindbad dem Meefahrer und Hindbad dem Hefahrer und Rindbad dem Refahrer, und Drindbad dem Drehfahrer und Schnindbad dem Schneefahrer und Lindbad dem Leefahrer und Zindbad dem Zeefahrer.«[15]

Und schließlich – wie sollten wir es vergessen! – heißt das Buch ›*Ulysses*‹, und Leopold Blooms Gang durch Dublin an einem einzigen Tag wird getan unter dem Schatten dieses großen beschworenen Namens – Odysseus. Dieser Name genügt und muß uns genügen als ständiger Hinweis auf die Fahrt des Dulders und muß uns allerorten die gleichnishaften Szenen entdecken lassen.

Namensverweigerung, Namensironisierung, Namensspiel mit und ohne Bedeutung, die Erschütterung des Namens: das sind die Möglichkeiten – aber es gibt noch eine radikalere. Als wäre es zu primitiv, eine Person durch einen Namen kenntlich zu machen, stürzt William Faulkner seine Leser in seinem wahrscheinlich wichtigsten Werk ›*Schall und Wahn*‹ in Verzweiflung. Ich glaube fast, es wird kaum jemand gelingen, sich je ganz und gar zurechtzufinden in dem Gewebe des Buchs, und zwar nicht so sehr, weil die Behandlung der Zeit durch William Faulkner dies erschwert – in dem Buch wird zwischen drei Zeiten andauernd hin- und hergesprungen, es können wenige Sätze sich auf das Jahr 1928, die nächsten wieder auf das Jahr 1910 beziehen. Nicht hier liegt die eigentliche Schwierigkeit, weil wir mit Texten, die die chronologische Zeit nicht mehr zum Muster haben, längst vertraut sind, sondern weil wir völlig im Stich gelassen werden beim Griff nach den Namen. Für den Verfasser des Klappentextes dieses Buchs, der den Inhalt des Romans wie den eines Familienromans wiederzugeben versteht, kann man nur neidische Bewunderung haben. Selbst in den Text verstrickt, fühlt man sich wie in einen Spürhund verwandelt, der alle Augenblicke die Spur verliert, weil ihm wieder ein anderer Geruch in die Nase gekommen ist. Da gibt es zweimal den Namen

Caddy, einmal mit y geschrieben, einmal mit ie; zweimal den Namen Jason, zweimal den Namen Quentin, einmal als männlichen, einmal als weiblichen Vornamen. Aber es hilft uns auch kaum, dies zu begreifen, denn wir sollen die Figuren ja gar nicht an ihren Namen erkennen. Die Namen muten wie Fallen an. Sondern erkennen sollen wir sie an etwas ganz anderem. An einem Flor, der jede Person umgibt, an einer in sehr zarten Stimmungen bezeichneten Konstellation, in der sie stehen. Sie wird ausgedrückt in kleinen Zitaten, auf die wir achten sollen, und bei jedem Wiederauftreten der Person, sei es Quentin-er oder Quentin-sie und in welcher Zeit immer – als Kind, als Student, als junges Mädchen –, wird dieses Zitat mitgegeben vom Autor. Wichtiger, als auf den Namen zu achten, ist es, auf den Zusammenhang zu achten, in dem der Name genannt wird. Er kann im Kontext stehen mit einer Blume, einem Geißblatt, einer verkauften Wiese, einer Vermählungsanzeige. Wir entdecken plötzlich, daß wir nur so an Boden gewinnen, daß die Personen uns sonst für immer verborgen blieben. Und sie wollen sich verbergen, denn da ist ein Grund, ein Rätsel, das die Namen scheu macht. Es ist einmal etwas geschehen, Blutschande, und die Schuldigen wollen nicht genannt sein – das Kind aus der Beziehung soll nicht genannt sein. Das Geschehnis wird öfters beschworen und sogleich wieder vertuscht, und die Namen werden beschworen und vertuscht.

Wenn wir zum erstenmal davon hören, heißt es: ». . . Wolfsmilch. Ich sagte, Ich habe Blutschande begangen, Vater, sagte ich. Rosen.«[16]

Das nächste Mal tritt dieser Satz im Zusammenhang mit einem Namen auf, mit dem wir zuerst nichts anzufangen wissen, der aber dann immer wieder beschworen wird, bis wir seine Wichtigkeit erfassen. »Ich habe Blutschande begangen sagte ich Vater ich war es nicht Dalton Ames. Und als er sie Dalton Ames. Dalton Ames.«[17] (Es folgt ein Zwischensatz, der zu einer anderen Zeitperiode gehört, dann wird nochmals dieser Name genannt, dreimal.) »Dalton Ames. Dalton Ames. Dalton Ames.«

Die Rosen treten immer wieder als Zitat auf. Eine Blume oft im Zusammenhang mit dem Irren Benjamin; direkt mit dem vertuschten Vorfall jedoch immer Geißblattduft.

Er, Quentin, erzählt:

»... sie hielt meinen Kopf gegen ihre feuchte feste Brust ich hörte wie ihr Herz jetzt gleichmäßig und langsam schlug und nicht mehr hämmerte und das Wasser gurgelte im Dunkel unter den Weiden und Wellen von Geißblattduft stiegen auf ...«[18]

Etwas später: »das verdammte Geißblatt hört das denn gar nicht mehr auf«

Etwas später: »der Geißblattduft triefte und triefte ...«[19]

Dinge, die mit einer Situation oder einem Menschen verbunden waren, bleiben es und kreisen die jeweiligen Personen besser ein als der Name. Dinge bezeugen die Anwesenheit der Person, oder Erinnerung an Dinge.

Die Methode Faulkners ist eigentlich die: uns abzubringen von den Namen, um uns umweglos, erklärungslos in die Wirklichkeit zu stoßen. Nicht er, der Autor, maßt sich die Namen an, nicht er führt sie uns vor und beugt Verwechslungen vor. Sondern nur die Figuren untereinander kennen sich, nennen sich und andere beim Namen, und wir müssen zusehen – wie in der Wirklichkeit –, wie weit wir vordringen und was wir in Beziehung zu setzen vermögen zwischen Menschen, die uns niemand vorformt, präpariert und etikettiert zum größeren Verständnis.

Nun wäre es an der Zeit zu sagen, daß der Gedanke an Namen mir zum erstenmal bei der Lektüre von Prousts ›*Auf der Suche nach der verlorenen Zeit*‹ gekommen ist. Es gibt kein Buch, das besser aufmerksam macht auf die Handhabung von Namen, auf ihr Funktionieren, ihre Dichte oder Durchlässigkeit. Ja, selbst der Grund für die

Strahlkraft von Namen oder für die Totgeburt von Namen wird einem offenbar, wenn man jedem einzelnen Namen Prousts auf der Spur bleibt. Denn er hat ja nicht nur einen Friedhof voll von berühmten Namen hinterlassen, sondern Namen und Namenserlebnis in seinem Roman mit zum Thema gemacht. Er hat über Namen gesagt, was sich nur irgend sagen läßt, und er hat nach zwei Seiten gewirkt: hat die Namen inthronisiert, sie in ein magisches Licht getaucht, dann zerstört und verwischt; er hat sie mit Bedeutung erfüllt, aufgeladen, und hat zugleich ihre Leere bewiesen, sie als leere Hülsen weggeworfen, als Anmaßung eines Eigentums gebrandmarkt.

V Literatur als Utopie

Meine Damen und Herren,
es ist noch nicht allzulange her, daß ich selbst auf einer Bank in einem Hörsaal saß, freilich nicht, um über Literatur zu hören – und das wenige, was ich nebenbei hin und wieder hörte, hat meinen Widerwillen damals nur bestärkt, zu einer Zeit also, in der Schreiben für einen jungen Menschen, der schreibt und nichts als schreiben will, schon längst im Mittelpunkt aller Gedanken und Hoffnungen steht. Die Abneigung gegen die Literatur, wie die Wissenschaft sie behandelt, mag eine Torheit unter anderen gewesen sein. Daß das Literaturstudium für Schriftsteller jedoch nicht vonnöten und unerheblich ist, wissen Sie, daß es Kaufleute und Landstreicher, Ärzte und Zuchthäusler, Ingenieure, Dandys, Journalisten, ja selbst Professoren, darin zu einigem Ansehen gebracht haben.

Immer wieder dieses ominöse Wort »Literatur«, diese bereitwillig umgreifende Bezeichnung für eine scheinbar klare Sache, nicht nur von der Wissenschaft hundertmal gewendet und verwendet, sondern auch ein Wort für Schriftsteller, eines der Hauptworte, mögen sie es hin und wieder auch auf ihre eigene mutwillige Art verwenden. Sicher ist, daß nicht zur Literatur gezählt zu werden oder eines Tages nicht mehr dazu gezählt zu werden, für den Schriftsteller eine schreckliche Vorstellung ist, daß es einem Todesurteil gleichkommt. Um die Zugehörigkeit zu dem Orden »Literatur« wirbt er uneingestanden unablässig, und wenn ihm auch nie kundgetan wird, ob ihm die Dauerzulassung gewährt wird – er erhofft sie und gibt diese Hoffnung nie auf.

Was dieses Schlüsselwort meint, was es aufsperrt, auf welches Reich es uns den Blick öffnet, darüber, sollte man meinen, erübrige sich eine Verständigung. Man weiß doch, was das ist, die Deutsche Literatur zum Beispiel und die Europäische Literatur und die Weltliteratur. Wir wollen einmal absehen davon, daß man in deutschen Landen dazu neigt, die Worte »Literatur«, »literarisch« als abschätzige einschränkende Begriffe oder gar Schimpfworte zu gebrauchen (mit dem Wort »Literat« ist die Abwertung beinah wirklich gelungen!), und daß es bei uns heißt: das ist nichts als Literatur! Das ist ja literarisch! Man liebt hier mehr das »Dichterische« und »Schöpferische«, »Dichtung« und »Schaffen«, aber da dieser Wortgebrauch wiederum von so unguten Wallungen akzentuiert wird, möchte ich ihn beiseite lassen und mich auf das Wort Literatur als eine Sachbezeichnung zurückziehen. Was aber ist diese Sache? – Ist die Literatur die Summe aller Werke und obendrein die Summe aller derer, die Werke hinterlassen haben?

Welcher Werke? – Nur der hervorragenden? Von wem bestimmt als hervorragende? Welcher Figuren? Nur derer, deren Werke sich erhalten haben, und für wen erhalten? Und ist, was und wer in die Literatur eingegangen ist, auf einen unverrückbaren Platz gestellt? Ist der Schatz, dieser sogenannte Vorrat ewiger Poesie, den die Literaturgeschichte so eifrig hütet und verwaltet, dieser Pietät und dieser fortgesetzten Beschwörung wert? Sind diese Goldbarren menschlichen Geistes alle echt, schwärzt sich nicht mancher und klingt es da nicht öfters ein wenig hohl? Und ist, was Gold ist, nicht den unglaublichsten Kursschwankungen unterworfen? – Ihre Lehrer werden Ihnen besser erzählen können, wie oft Goethe, wie oft Schiller gestürzt wurden, welche Kursstürze die Romantiker, die Naturalisten, die Symbolisten erlitten haben. Wie oft ein Autor mißachtet, wieder gefeiert, vergessen, wieder auferstanden ist – welche Werke der Maestri über Gebühr gelobt oder über

Gebühr vernachlässigt worden sind. Und wir selbst stehen ja mitten im Prozeß, wir verachten, wir bewerten neu, wir behandeln die Literatur einerseits wie eine unverrückbare Sache und traktieren sie zugleich, bis sie einem Wunschbild ähnlich ist.
Eine Indizienkette von Werken spricht allerdings dafür, daß es die Literatur gibt. Nehmen wir einmal zum Beispiel die deutsche – aber da stocken wir schon, obwohl es in jedem Leitfaden heißt: Von den Merseburger Zaubersprüchen bis – ja bis? Wir stocken, weil wir auch hören, wir hätten, genau genommen, keine Literatur, keine kontinuierliche, sie wird traditionslos genannt und soll sich am wenigsten eignen für ein Beobachten und Wahrnehmen dessen, was man unter Literatur versteht. Verglichen mit der französischen, mit der englischen Literatur, jedenfalls. Daran ist viel Richtiges, solange man das gewohnte Denken nicht verläßt. Stellt man sich aber in eine andere Distanz, so ist auch nicht mehr einzusehen, warum die französische oder irgendeine Literatur dem entsprechen soll, was man unter Literatur versteht. Denn was versteht man darunter?
Sie ist ein Wunschbild, das man sich zurechtkorrigiert, in dem man Fakten stehenläßt und andere ausmerzt.
Sehen wir uns doch einmal heute um, nach den Meinungen, den Festlegungen. Da kann man sonderbare Erfahrungen machen alle Tage, im Gespräch mit Freunden zum Beispiel. In einem Gespräch über Malerei etwa können Sie die Namen Giotto, Kandinsky, Pollock hören, aber in demselben Gespräch wird man sich hüten, Raffael im gleichen Tonfall zu nennen. Sie können, wenn Sie zu Gast sind und sich nach den Schallplatten umsehen, Bach, etwas Barockmusik, Schönberg und Webern ausgelegt finden, Tschaikowski wird in dem Sortiment kaum zu finden sein. In Literaturgesprächen, bei denen man auf sich hält, kann man Verlautbarungen über Joyce und Faulkner, Homer

und Cicero hören, aber bei Namen wie Eichendorff oder Stifter geht möglicherweise die Alarmglocke. Das sind keine erfundenen Pointen; wir erleben sie täglich und wirken mit an diesen Pointen. Denn während auf der einen Seite eine offizielle, allem gerecht werdende Denkmalpflege der Literatur und jeder Kunst getrieben wird, herrscht inoffiziell ein Terror, der ganze Teile der Literatur und jeder Kunst für eine Zeit in Acht und Bann tut. Es hat diese Art Terror immer gegeben, und es hilft kaum, sich darüber klarzuwerden; wir üben ihn selber notwendigerweise aus, die Freude an dem einen Teil der Literatur bedingt die Ablehnung des anderen, in dieser Ungerechtigkeit erhalten wir sie am Leben, sie orientierend an einem Wunschbild. Und es ist durchaus denkbar, daß in nicht ferner Zeit *unsere* Idole, die älteren und neueren, wieder gestürzt werden und eine Weile abtreten müssen, daß unser Schrittmachen und unser Streit für das Neue, wie wir es verstehen, einen anderen Streit herausfordern wird. Solange wir hier sind, und man ist hier immer im rechten Glauben, kümmert es einen nicht.

So ist die Literatur, obwohl und sogar weil sie immer ein Sammelsurium von Vergangenem und Vorgefundenem ist, immer das Erhoffte, das Erwünschte, das wir ausstatten aus dem Vorrat nach unserem Verlangen – so ist sie ein nach vorn geöffnetes Reich von unbekannten Grenzen. Unser Verlangen macht, daß alles, was sich aus Sprache schon gebildet hat, zugleich teilhat an dem, was noch nicht ausgesprochen ist, und unsere Begeisterung für bestimmte herrliche Texte ist eigentlich die Begeisterung für das weiße, unbeschriebene Blatt, auf dem das noch Hinzuzugewinnende auch eingetragen scheint. An jedem großen Werk, sei es nun der ›*Don Quijote*‹ oder die ›*Divina Commedia*‹, ist für uns etwas verblüht, verwittert, es gibt einen Mangel, den wir selbst beheben dadurch, daß wir ihm heute eine Chance geben, es lesen und morgen lesen wollen –

einen Mangel, der so groß ist, daß er uns antreibt, mit der Literatur als einer Utopie zu verfahren.
In welcher Verlegenheit also müßte sich die Wissenschaft befinden, da es kein objektives Urteil über Literatur gibt, nur ein lebendiges, und dies lebendige Urteil von solchen Folgen ist. Im Lauf unseres Lebens ändern wir unser Urteil über einen Autor häufig mehrmals. Als Zwanzigjährige erledigen wir ihn mit einem Witz oder nennen ihn eine Gipsfigur, die uns nichts angehe, mit dreißig entdecken wir seine Größe, und wieder zehn Jahre später ist unser Interesse an ihm erloschen oder neue Zweifel sind uns gekommen und eine neue Unduldsamkeit. Oder wir halten ihn, umgekehrt, erst für ein Genie, entdecken später Plattheiten, die uns enttäuschen, und geben ihn auf. Wir sind gnad- und rücksichtslos, aber wo wir es nicht sind, sind wir auch nicht beteiligt. Immer ist uns dieses und jenes an einer Zeit, an einem Autor zum Exemplifizieren recht, und anderes steht uns im Weg, muß wegdisputiert werden. Wir zitieren triumphierend oder verdammend, als wären die Werke nur dazu da, um etwas für uns zu beweisen.
Die wechselnden Erfolge der Werke oder ihre Mißerfolge lassen nun weniger auf sich selber als auf unsere eigene Konstitution und auf die Konstitution der Zeit schließen, aber die Geschichte dieser Konstitutionen hat noch niemand geschrieben, und weiter geschrieben wird an der Geschichte der Literatur, und sie wird kritisch-ästhetisch geordnet, als wäre sie ein erledigter Akt, der dem einhelligen Wahrspruch der darauf Eingeschworenen – nämlich der Leser, der Kritiker und der Wissenschaftler – zugänglich sei.
Aber die Literatur ist ungeschlossen, die alte so gut wie die neue, sie ist ungeschlossener als jeder andere Bereich – als Wissenschaften, wo jede neue Erkenntnis die alte überrundet –, sie ist ungeschlossen, da ihre ganze Vergangenheit sich in die Gegenwart drängt. Mit der Kraft aus allen Zei-

ten drückt sie gegen uns, gegen die Zeitschwelle, auf der wir halten, und ihr Anrücken mit starken alten und starken neuen Erkenntnissen macht uns begreifen, daß keines ihrer Werke *datiert* und *unschädlich* gemacht sein wollte, sondern daß sie alle die Voraussetzungen enthalten, die sich jeder endgültigen Absprache und Einordnung entziehen.
Diese Voraussetzungen, die in den Werken selber liegen, möchte ich versuchen, die »utopischen« zu nennen.
Wären nicht auch auf seiten der Werke diese utopischen Voraussetzungen, so wäre die Literatur, trotz unserer Anteilnahme, ein Friedhof. Wir hätten nur mit Kranzniederlegungen zu tun. Dann wäre jedes Werk durch ein anderes abgelöst und verbessert worden, jedes beerdigt worden durch ein folgendes.
Die Literatur braucht aber kein Pantheon, sie versteht sich nicht aufs Sterben, auf den Himmel, auf keine Erlösung, sondern auf *die stärkste Absicht, zu wirken* in jeder Gegenwart, in dieser oder der nächsten.
Aber die Literatur, immer die »Literatur« . . .
Daran ändert auch nichts, wenn etwa heute in Frankreich ein Buch erscheint, das sich *›Alittérature contemporaine‹* (Albin Michel, Paris 1958) nennt und den Beweis zu führen versucht, daß die Literatur von den Dichtern gemieden werde, daß die Literatur oder das In-der-Literatur-Sein von den Dichtern abgelehnt wird. Das sind Nuancen, etwas anders zu nehmen zwar als die sentimentalen deutschen Trennungsbestrebungen zwischen Literatur und Dichtung; denn es ist wohl zu verstehen, was der Autor, Claude Mauriac, damit meint, und doch ist es unerheblich, ob ein Werk ein Werk der Literatur wird, weil es »außerhalb« bleiben wollte oder in die Literatur wollte.
Das Wunschbild der Aliteratur gehört eben auch in die Literatur, und es sagt mehr über den augenblicklichen Literaturbetrieb, die gesellschaftliche Lage und die zwangsläu-

fige Revolte der Künstler als über die Literatur selbst: eine Aliteratur findet innerhalb der Literatur statt. Diese Literatur aber, die selber nicht zu sagen vermag, was sie ist, und der es immerzu gesagt wird, was sie ist und sein soll – wie soll man sie einkreisen, sich ihr nähern? Auf einem Umweg ließe es sich auch versuchen, der gleich ein Dutzend Holzwege offenbart.

Es gibt diesen bösen Roman von Flaubert: ›*Bouvard und Pécuchet*‹, und in dem Abenteuer der beiden wissensdurstigen Schreiber mit der Literatur steckt ja auch die Groteske unseres Abenteuers mit ihr. Bouvard und Pécuchet, die beiden *bonhommes*, verlangt nach Sicherheit, und die Entdeckung der Unsicherheit menschlicher Erkenntnis macht die beiden nicht nur lächerlich, sondern zu unseren Leidensgenossen. Denn in der Tragikomödie, in der Bouvard und Pécuchet agieren, ist auch die Tragikomödie der Wissenschaft abgebildet. Da sie mit der Lektüre der Werke allein nicht zurechtkommen, suchen sie Zuflucht bei der Wissenschaft, die sie auf den rechten Weg bringen soll.

Pécuchet hatte einen guten Gedanken:

»Die ganze Schwierigkeit lag nur in ihrer Unkenntnis der Regeln.

Und sie studierten die *Pratique du Théâtre* von d'Aubignac und andere, weniger veraltete Werke.

Wichtige Fragen werden hier behandelt: Ob für die Komödie Verse zulässig sind; ob die Tragödie die ihr gesteckten Grenzen nicht überschreitet, wenn sie ihre Fabel aus der modernen Geschichte nimmt; ob die Helden tugendhaft sein dürfen; welche Arten von Verbrechen zulässig sind; bis zu welchem Grade das Schreckliche erlaubt ist; alle Einzelheiten sollen auf ein einziges Ziel hinstreben und so das Interesse steigern; der Schluß soll dem Anfang entsprechen, selbstverständlich!

›Erfindet Mittel, die mich fesseln können‹, sagt Boileau.

Aber wie erfindet man diese Mittel?

›In all euren Reden soll die erregte Leidenschaft das Herz suchen, es erwärmen und ergreifen.‹
Wie aber erwärmt man das Herz?
Die Regeln allein tun es also nicht; Genie ist dabei nicht zu entbehren. Aber auch Genie genügt nicht. Nach Ansicht der Académie Française versteht Corneille nichts vom Theater. Geoffroy verleumdete Voltaire. Racine wurde von Subligny verhöhnt. La Harpe schnaubte, wenn Shakespeare erwähnt wurde.
Die alte Kritik ekelte sie an.«[1]
Und weiter:
»›. . . Erst wollen wir uns mit Prosa befassen‹«, sagte Bouvard. »Die Klassiker vor allem werden empfohlen. An ihnen soll man sich bilden. Allerdings haben auch sie alle ihre Fehler, sie haben nicht nur gegen den Stil, sondern auch gegen die Sprache verstoßen.
Eine derartige Behauptung verfehlte ihren Eindruck auf Bouvard und Pécuchet nicht, und sie begannen mit dem Studium der Grammatik.«[2]
»Einigkeit sucht man bei den Grammatikern vergeblich. Was die einen für richtig erklären, halten die anderen für falsch. Sie geben einerseits Prinzipien zu, von deren Folgen sie nichts wissen wollen, und proklamieren andererseits Folgen, deren Prinzipien sie ablehnen, stützen sich auf die Tradition, verwerfen die Meister und haben alle sonderbare Spitzfindigkeiten . . .
Und so kamen sie zu diesem Schluß: die Syntax ist Phantasie und die Grammatik Illusion.«[3]
Aber die Wissenschaft, die man Ästhetik nennt, würde vielleicht ihren Streit schlichten.
»Ein Freund . . ., Professor der Philosophie, schickte ihnen eine Aufstellung von Büchern, die die Materie behandelten. Jeder arbeitete für sich, und sie teilten sich ihre Gedanken mit.
Was vor allem ist das Schöne?

Für Schelling ist es das Unendliche, das im Endlichen seinen Ausdruck findet, für Reid eine verborgene Eigenschaft; für Jouffroy ein unzerlegbares Etwas, für De Maistre, was der Tugend gefällt; für den Pater André das Vernünftige. Es gibt also mehrere Arten des Schönen; . . .«[4]
Sie beschäftigten sich dann mit dem Erhabenen.
»Gewisse Dinge sind an und für sich erhaben: das Tosen eines Gießbaches, tiefe Finsternis, ein vom Sturm gefällter Baum. Ein Charakter ist schön, wenn er triumphiert, und erhaben, wenn er kämpft.
›Ich begreife es jetzt‹, sagte Bouvard, ›das Schöne ist das Schöne und das Erhabene das sehr Schöne. – Wie soll man sie aber voneinander unterscheiden?‹
›Durch den Takt‹, antwortete Pécuchet.
›Und woher kommt der Takt?‹
›Vom Geschmack.‹
›Was ist denn Geschmack?‹
Er wird definiert: ein besonderes Unterscheidungsvermögen, ein schnelles Urteil, die Überlegenheit, gewisse Beziehungen zu erkennen.
Kurz, Geschmack ist Geschmack – aber wie man Geschmack erhält, sagt kein Mensch.«[5]
Aber wie ist denn die Literatur im Ernst behandelt worden und von welchen Methoden und Schicksalsschlägen betroffen ist sie denn auf uns gekommen? Das ist keine müßige Frage, denn es haftet der Literatur von allem, was ihr widerfahren ist, immer etwas an.
Eine Literatur*geschichte* gibt es erst seit dem 19. Jahrhundert, seit der Romantik; damals wurde das geschichtliche Studium als eine patriotische Aufgabe vorgenommen. Es kam zu einer peniblen Registrierung der Nationalliteratur, und oft, wenn auch nicht immer, verbot ja der nationale Stolz den Chronisten, einzusehen, daß über ganze Zeitstrecken diese Literatur leerläuft. Diese zuversichtlichen Gesamtdarstellungen von etwas, das kein Ganzes war, son-

dern ein schlecht abgestütztes optimistisches Wunschbild, entworfen vom nationalen Pathos, haben noch lange unsere Schulbücher beeinflußt. Und unerwartet ungeahnte Früchte getragen hat diese mehr oder weniger depravierte Geschichtsschreibung der Literatur ja noch einmal im Deutschland des 20. Jahrhunderts. Ebenfalls zu Anfang des 19. Jahrhunderts aber hatte Goethe eine Formulierung gefunden, die gleichfalls und glücklicher fortwirkte.

»Ich sehe immer mehr, daß die Poesie ein Gemeingut der Menschheit ist und daß sie überall und zu allen Zeiten in Hunderten und aber Hunderten von Menschen hervortritt. Einer macht es ein wenig besser als der andere und schwimmt ein wenig länger oben als der andere, das ist alles.«[6]

Und weiter, zu Eckermann:

»Nationalliteratur will jetzt nicht viel sagen, die Epoche der Weltliteratur ist an der Zeit, und jeder muß jetzt dazu wirken, diese Epoche zu beschleunigen. Aber auch bei solcher Schätzung des Ausländischen dürfen wir nicht wie bei etwas Besonderem haftenbleiben und dieses für musterhaft ansehen wollen. Wir müssen nicht denken, das Chinesische wäre es, oder das Serbische, oder Calderon, oder die Nibelungen; sondern im Bedürfnis von etwas Musterhaftem müssen wir immer zu den alten Griechen zurückgehen, in deren Werken stets der schöne Mensch dargestellt ist. Alles übrige müssen wir nur historisch betrachten und das Gute, soweit es gehen will, uns daraus aneignen.«[7]

So vorzüglich uns der Anfang dieser Formulierung auch heute noch erscheint – der lebhafte Wunsch nach etwas Musterhaftem und die Begründung für das Musterhafte bei den Griechen, auch die Aufforderung, alles nur historisch zu betrachten, diese Anweisung für den Umgang mit der Literatur ist doch wohl wie die meisten, die auf uns gekommen sind, von der Zeit arg in Mitleidenschaft gezogen worden. In dem Wunsch, etwas Musterhaftes an einen

Ursprung zurückzuverlegen, versteckt sich jedoch der Wunsch, etwas nach vorn aufzurichten, ein Ungemessenes mehr als ein Maß, das bei aller Annäherung nicht zu erreichen sein wird.

Es liegt uns ohnehin heute nicht, solche und ähnliche olympischen Sätze sklavisch hinzunehmen. Erscheinen sie uns aber in einem neuen Verstand, so rücken sie an einen neuen Platz am Horizont. Die Griechen Goethes können als eine Chiffre begriffen werden.

Den Wechsel der Anschauungen, der Maßstäbe, der bis gegen das Ende des 19. Jahrhunderts noch so langsam vor sich ging, daß man Zeit fand, die einzelnen zu beachten, und alle zur Wirksamkeit kamen, löst im 20. Jahrhundert eine vorher undenkbar gewesene unruhige Fieberkurve der Kriterien ab. Einer der Gründe dafür ist, was Jacob Burckhardt in den ›*Weltgeschichtlichen Betrachtungen*‹ zur Situation feststellt: »Das Schicksal der neueren Poesie überhaupt ist ihr literaturgeschichtlich bewußtes Verhältnis zur Poesie aller Zeiten und Völker . . .«[8] Diese Bescherung also, die nicht ausbleiben konnte und die uns vom 19. Jahrhundert kommt, hat uns zwar reicher gemacht als je Generationen vor uns, aber labiler und gefährdeter, wehrloser gegen jede Assoziation. Denn nicht nur die Dichtung aller Völker ist uns heute bekannt, bis zu der Afrikas, sondern bewußt ist uns das Vorhandensein aller Grammatiken, Poetiken, Rhetoriken, Ästhetiken, aller Gesetz- und Formmöglichkeiten der Dichtung. Denn alles Faktische der Literatur ist theoriebegleitet oder ist auch schon Theorie zugleich, und ihrem Haben steht ein Soll gegenüber, das sie orientiert oder orientieren möchte, oder als ein Orientierungstraum ihr entsprungen ist und sie oft so weit überschreitet, daß er sie beschädigt oder nicht mehr erreicht.

Alle wollen wir die Literatur beweisen oder etwas mit ihr beweisen. Die Philosophie, die Psychiatrie und alle möglichen Disziplinen stürzen sich zudem auf sie, und sie wird zu Gesetzlichkeiten und Bedingungen oder Offenbarungen gezwungen, denen sie – allen und niemand zuliebe – heute Genüge tut und morgen doch widerspricht. Die Literarhistoriker, daran haben wir uns nachgerade schon gewöhnt, zerschlagen sie in Zeitstücke, färben sie ein auf Altertum, Mittelalter und Neuzeit. Die literarische Kritik und die philosophierende Literaturwissenschaft durchleuchten sie auf metaphysische und ethische Probleme – aber die Literaturwissenschaft hat sich auch anderswo angelehnt, an die Soziologie, die Psychoanalyse und die Kunstgeschichte – so groß ist der Spielraum. Sie untersucht sie auf Stilperioden; eine Wesensschau wird gewagt oder ein existentieller Ertrag von ihr erhofft. Und weil für einen Gang durch diesen Irrgarten einem Schriftsteller zu viele Detailkenntnisse mangeln, lassen Sie mich bei jemand Hilfe holen, einem unserer großen Wissenschaftler. Ernst Robert Curtius schreibt in seinem Vorwort zu seinem Buch ›*Europäische Literatur und lateinisches Mittelalter*‹ über die moderne Literaturwissenschaft und einige ihrer Richtungen:

»Sie will ›Geistesgeschichte‹ sein. Die Richtung, die sich an die Kunstgeschichte anlehnt, operiert mit dem höchst fragwürdigen Prinzip der ›wechselseitigen Erhellung der Künste‹ und erzeugt damit eine dilettantische Vernebelung von Sachverhalten. Sie geht dann dazu über, die kunstgeschichtliche Periodenbildung nach Stilen, die einander ablösen, auf die Literatur zu übertragen. So erhält man literarische Romanik, Gotik, Renaissance, Barock usw. bis zum Im- und Expressionismus. Jede Stilperiode wird dann durch ›Wesensschau‹ mit einem ›Wesen‹ begabt und mit einem speziellen ›Menschen‹ bevölkert. Der ›gotische Mensch‹ (dem Huizinga einen ›prägotischen‹ Kameraden beigegeben hat) ist am populärsten geworden, doch dürfte ihm der ›Barockmensch‹ nicht viel nachstehen. Über das ›Wesen‹ der Gotik, des Barock usw. gibt es tiefsinnige An-

sichten, die sich freilich zum Teil widersprechen. Ist Shakespeare Renaissance oder Barock? Ist Baudelaire Impressionist, George Expressionist? Viel Geisteskraft wird auf solche Probleme verwandt. Zu den Stilperioden treten Wölfflins kunstgeschichtliche ›Grundbegriffe‹. Da gibt es ›offene‹ und ›geschlossene‹ Form. Ist am Ende Goethes *Faust* offen, der Valérys geschlossen? Bange Frage: Gibt es sogar, wie Karl Joël mit viel Geist und reicher geschichtlicher Anschauung zu zeigen suchte, eine regelmäßige Abfolge ›bindender‹ und ›lösender‹ Jahrhunderte (jedes mit einem eigenen ›Säkulargeist‹ ausgestattet)? In der Neuzeit sind die geraden Jahrhunderte ›lösend‹ (das 14., 16., 18.; allem Anschein nach auch das 20.), die ungeraden ›bindend‹ (das 13., 15., 17., 19.) und so fort *ad infinitum*.«[9]
Und Curtius fährt fort:
»Die moderne Literaturwissenschaft – d. h. die der letzten fünfzig Jahre – ist ein Phantom.«[10]
Ich weiß nicht, ob Sie sich heute noch, fünfzehn Jahre später, als Studierende in der gleichen Situation finden, hoffentlich nicht; aber der Optimismus im Umgang mit der Literatur scheint nicht mehr zu tragen, denn nicht einmal ihre Geschichtsschreibung ist vom Pessimismus verschont geblieben. ›*Geschichte der poetischen Nationalliteratur der Deutschen*‹ heißt einer ihrer ersten Titel, und der letzte mir bekannte ›*Tragische Literaturgeschichte*‹. Aber warum entzieht sich die Literatur auf eine so verhängnisvolle Weise immer der Literaturforschung, warum bekommen wir sie nicht zu fassen, wie wir sie fassen möchten, denn es kann nicht nur an den Forschern, an der Kritik liegen?! Sie allein können nicht Schuld haben an den widerspruchsvollen Bestimmungen. Es muß einen Grund geben, der nicht nur in der veränderlichen Konstitution der Zeit und unserer selbst zu suchen ist.
Wären wir nur so unbedarft und beweisgläubig wie die beiden armen Narren Bouvard und Pécuchet, und wir sind

es manchmal, dann müßten wir diesen und jeden Gegenstand fallenlassen, unter einem großen, anonymen Gelächter, unter dem wir selber und die Literatur begraben werden.

Die Literatur aber, die selber nicht zu sagen weiß, was sie ist, die sich nur zu erkennen gibt als ein tausendfacher und mehrtausendjähriger Verstoß gegen die schlechte Sprache – denn das Leben hat nur eine schlechte Sprache – und die ihm darum ein Utopia der Sprache gegenübersetzt, diese Literatur also, wie eng sie sich auch an die Zeit und ihre schlechte Sprache halten mag, ist zu rühmen wegen ihres verzweiflungsvollen Unterwegsseins zu dieser Sprache und nur darum ein Ruhm und eine Hoffnung der Menschen. Ihre vulgärsten und preziösesten Sprachen haben noch teil an einem Sprachtraum; jede Vokabel, jede Syntax, jede Periode, Interpunktion, Metapher und jedes Symbol erfüllt etwas von unserem nie ganz zu verwirklichenden Ausdruckstraum.

Im Lexikon steht: »Literatur ist gleich Gesamtheit der schriftlichen Geisteserzeugnisse.« Aber diese Gesamtheit ist zufällig und unbeendet, und der Geist darin ist uns nicht nur schriftlich gegeben. Wenn wir die Suchlampen auslöschen und jede Beleuchtung abschalten, gibt die Literatur, im Dunkel und in Ruhe gelassen, wieder ihr eigenes Licht, und ihre wahren Erzeugnisse haben die Emanation, aktuell und erregend. Es sind Erzeugnisse, schimmernd und mit toten Stellen, Stücke der realisierten Hoffnung auf die ganze Sprache, den ganzen Ausdruck für den sich verändernden Menschen und die sich verändernde Welt. Was wir das Vollendete in der Kunst nennen, bringt nur von neuem das Unvollendete in Gang.

Darum, weil es im Gang ist, schreckt die Schriftsteller auch nicht das Große, das vor ihnen geschrieben worden ist – und es müßte sie doch erschrecken, wenn es groß wäre wie etwas Unerreichbares, Unübertreffliches. Und erschrecken

müßte es sie auch, wenn es hier wie anderswo um Leistungen ginge, die von größeren überholt werden könnten; sie wären dann morgen das Opfer, das sie heute noch nicht sind. Aber es gibt in der Literatur keine Zielbänder, keine Leistungen dieser Art, kein Überholen und kein Abfallen.
Trotzdem sieht es so aus in der Gegenwart, als gäbe es die Literatur nur als übermächtige Vergangenheit, ausgespielt gegen die Gegenwart, die im vornhinein zum Verlieren verurteilt ist. Die Schriftsteller selbst leiden an der Vergangenheit und zugleich an einer Gegenwart, in der sie insgeheim sich und ihre Zeitgenossen nichtig fühlen.
Es gibt eine Tagebuchstelle bei Robert Musil von großer Aufrichtigkeit, wo er gesteht, daß er sich nur ein paar Dichtern geöffnet habe, Dostojewskij, Flaubert und anderen, aber kein einziger Zeitgenosse sei darunter; zwanzig bis hundert Jahre früher hätten sie geschrieben.[11] Wenn wir die kleine Dosis Eitelkeit und Ressentiment abziehen, die mitspricht, bleibt für uns zum Erstaunen die echte und aus reinen Gründen nicht mögliche Anerkennung der Zeitgenossen übrig. An einer anderen Stelle findet sich die Notiz: »›Wer ist denn heute da?!‹ – Dieses pessimistische Urteil über den Wert zeitgenössischer Dichtung, mich inbegriffen.« Weiter: »Dabei ist das Durchschnittsniveau entschieden hoch. Gründe: Verwandt mit der Sehnsucht nach dem ›Erlöser‹.[12] – Aber diese Gestalt, nach der die Sehnsucht geht, ist auch nur eine Wunschgestalt, und es fällt ihm ein, wenn er zurückdenkt:
»Virgil, Dante, Homer . . . beiseite. Da gehört auch eine Illusion und Liebe ihrer Umwelt dazu, sie zu lieben . . . Aber Balzac, Stendhal usw., stelle dir vor, sie lebten und wären ›Kollegen‹. Wieviel Abneigung gegen diese Schmierer und jenen Fex! Ihre imaginären Welten vertrügen sich nicht, wenn man sie sich nicht um verschiedene Orte und Zeiten gelagert denkt. Sind sie addierbar oder schließen sie sich aus? Welches Problem liegt darin, daß man die Schärfe der

Wirkung mildert, indem man einen vergangenen Künstler samt seiner vergangenen Zeit rezipiert?«[13]

Und überschrieben ist diese Notiz mit den Worten: ›*Zur Utopie der Literatur.*‹ Bei Musil kann man diesen Worten »Utopie«, »utopisch« hie und da auch begegnen im Zusammenhang mit der Literatur, mit der schriftstellerischen Existenz; er hat die Gedanken nicht ausgeführt, nur das Stichwort gegeben, das ich heute aufzugreifen versuchte.

Wenn aber nun die Schreibenden den Mut hätten, sich für utopische Existenzen zu erklären, dann brauchten sie nicht mehr jenes Land, jenes zweifelhafte Utopia anzunehmen – etwas, das man Kultur, Nation und so weiter zu benennen pflegt, und in dem sie sich bisher ihren Platz erkämpften. Dies war der alte Zustand, und ich glaube, daß er schon für Hofmannsthal und Thomas Mann längst kein natürlicher mehr war, sondern nur noch verzweiflungsvoll zu wahren gewesen ist.

Aber war er je so natürlich? War nicht in diesem Utopia der Kultur zum Glück ein viel reineres Element von Utopie enthalten als Richtung, die einschlagbar bleiben wird, wenn unsere Kultur ihr Gesicht nicht einmal mehr an hohen Feiertagen wahren wird, wenn die Dichtung nicht mehr »als geistiger Raum der Nation« zu denken ist – heute im Grund schon eine Unmöglichkeit –, sondern aus dem Hier-und-Jetzt-Exil zurückwirken muß in den ungeistigen Raum unserer traurigen Länder. Denn dies bleibt doch: sich anstrengen müssen mit der schlechten Sprache, die wir vorfinden, auf diese eine Sprache hin, die noch nie regiert hat, die aber unsere Ahnung regiert und die wir nachahmen. Es gibt die schlechte Nachahmung, im üblichen Sinn, die meine ich nicht, und es gibt die Nachahmung, von der Jacob Burckhardt gesprochen hat, und von der heute, zufrieden oder tadelnd, die konservative Kritik profitiert, Nachahmung, Nachklang als Schicksal, und die meine ich auch nicht. Aber eine Nachahmung eben dieser von uns erahnten Sprache, die wir nicht ganz in unseren Besitz bringen können. Wir besitzen sie als Fragment in der Dichtung, konkretisiert in einer Zeile oder einer Szene, und begreifen uns aufatmend darin als zur Sprache gekommen.

Es gilt weiterzuschreiben.

Wir werden uns zwar weiterplagen müssen mit diesem Wort Literatur und mit der Literatur, dem, was sie ist und was wir meinen, daß sie sei, und der Verdruß wird noch oft groß sein über die Unverläßlichkeit unserer kritischen Instrumente, über das Netz, aus dem sie immer schlüpfen wird. Aber seien wir froh, daß sie uns zuletzt entgeht, um unsertwillen, damit sie lebendig bleibt und unser Leben sich mit dem ihren verbindet in Stunden, wo wir mit ihr den Atem tauschen. Literatur als Utopie – der Schriftsteller als utopische Existenz –, die utopischen Voraussetzungen der Werke – – –

Ließen sich eines Tages die Fragen richtig formulieren, die auf die Gedankenstriche folgen wollen, so könnten wir vielleicht die Geschichte der Literatur und unsere Geschichte mit ihr noch einmal und neu schreiben. Der Schreibende aber, der sich in dieser ungeschriebenen Geschichte seit je aufhält, hat selten die Worte dafür und lebt in der Hoffnung auf den stetigen verschwiegenen Pakt. Lassen Sie mich darum schließen mit dem Wort eines Dichters, das mir wie bestimmt erscheint für das, was zu sagen versucht wurde. Es ist von dem französischen Dichter René Char:

»Auf den Zusammenbruch aller Beweise antwortet der Dichter mit einer Salve Zukunft.«[14]

REDEN

Die Wahrheit ist dem Menschen zumutbar

Rede zur Verleihung des Hörspielpreises der Kriegsblinden

Der Schriftsteller – und das ist in seiner Natur – wünscht, sich Gehör zu verschaffen. Und doch erscheint es ihm eines Tages wunderbar, wenn er fühlt, daß er zu wirken vermag – um so mehr, wenn er wenig Tröstliches sagen kann vor Menschen, die des Trostes bedürftig sind, wie nur Menschen es sein können, verletzt, verwundet und voll von dem großen geheimen Schmerz, mit dem der Mensch vor allen anderen Geschöpfen ausgezeichnet ist. Es ist eine schreckliche und unbegreifliche Auszeichnung. Wenn das so ist, daß wir sie tragen und mit ihr leben müssen, wie soll dann der Trost aussehen und was soll er uns überhaupt? Dann ist es doch – meine ich – unangemessen, ihn durch Worte herstellen zu wollen. Er wäre ja, wie immer er aussähe, zu klein, zu billig, zu vorläufig.

So kann es auch nicht die Aufgabe des Schriftstellers sein, den Schmerz zu leugnen, seine Spuren zu verwischen, über ihn hinwegzutäuschen. Er muß ihn, im Gegenteil, wahrhaben und noch einmal, damit wir sehen können, wahrmachen. Denn wir wollen alle sehend werden. Und jener geheime Schmerz macht uns erst für die Erfahrung empfindlich und insbesondere für die der Wahrheit. Wir sagen sehr einfach und richtig, wenn wir in diesen Zustand kommen, den hellen, wehen, in dem der Schmerz fruchtbar wird: Mir sind die Augen aufgegangen. Wir sagen das nicht, weil wir eine Sache oder einen Vorfall äußerlich wahrgenommen haben, sondern weil wir begreifen, was wir doch nicht sehen können. Und das sollte die Kunst zuwege bringen: daß uns, in diesem Sinne, die Augen aufgehen.

Der Schriftsteller – und das ist auch in seiner Natur – ist

mit seinem ganzen Wesen auf ein Du gerichtet, auf den Menschen, dem er seine Erfahrung vom Menschen zukommen lassen möchte (oder seine Erfahrung der Dinge, der Welt und seiner Zeit, ja von all dem auch!), aber insbesondere vom Menschen, der er selber oder die anderen sein können und wo er selber und die anderen am meisten Mensch sind. Alle Fühler ausgestreckt, tastet er nach der Gestalt der Welt, nach den Zügen des Menschen in dieser Zeit. Wie wird gefühlt und was gedacht und wie gehandelt? Welche sind die Leidenschaften, die Verkümmerungen, die Hoffnungen ...?

Wenn in meinem Hörspiel *›Der gute Gott von Manhattan‹* alle Fragen auf die nach der Liebe zwischen Mann und Frau und was sie ist, wie sie verläuft und wie wenig oder wie viel sie sein kann, hinauslaufen, so könnte man sagen: Aber das ist ein Grenzfall. Aber das geht zu weit ...

Nun steckt aber in jedem Fall, auch im alltäglichsten von Liebe, der Grenzfall, den wir, bei näherem Zusehen, erblikken können und vielleicht uns bemühen sollten, zu erblikken. Denn bei allem, was wir tun, denken und fühlen, möchten wir manchmal bis zum Äußersten gehen. Der Wunsch wird in uns wach, die Grenzen zu überschreiten, die uns gesetzt sind. Nicht um mich zu widerrufen, sondern um es deutlicher zu ergänzen, möchte ich sagen: Es ist auch mir gewiß, daß wir in der Ordnung bleiben müssen, daß es den Austritt aus der Gesellschaft nicht gibt und wir uns aneinander prüfen müssen. Innerhalb der Grenzen aber haben wir den Blick gerichtet auf das Vollkommene, das Unmögliche, Unerreichbare, sei es der Liebe, der Freiheit oder jeder reinen Größe. Im Widerspiel des Unmöglichen mit dem Möglichen erweitern wir unsere Möglichkeiten. Daß wir es erzeugen, dieses Spannungsverhältnis, an dem wir wachsen, darauf, meine ich, kommt es an; daß wir uns orientieren an einem Ziel, das freilich, wenn wir uns nähern, sich noch einmal entfernt.

Wie der Schriftsteller die anderen zur Wahrheit zu ermutigen versucht durch Darstellung, so ermutigen ihn die anderen, wenn sie ihm, durch Lob und Tadel, zu verstehen geben, daß sie die Wahrheit von ihm fordern und in den Stand kommen wollen, wo ihnen die Augen aufgehen. Die Wahrheit nämlich ist dem Menschen zumutbar.

Wer, wenn nicht diejenigen unter Ihnen, die ein schweres Los getroffen hat, könnte besser bezeugen, daß unsere Kraft weiter reicht als unser Unglück, daß man, um vieles beraubt, sich zu erheben weiß, daß man enttäuscht, und das heißt, ohne Täuschung, zu leben vermag. Ich glaube, daß dem Menschen eine Art des Stolzes erlaubt ist – der Stolz dessen, der in der Dunkelhaft der Welt nicht aufgibt und nicht aufhört, nach dem Rechten zu sehen.

Eine festliche Pause zwischen zwei Arbeiten, wie die heutige, ist zugleich eine Bedenkzeit; sofern sie meine Bedenkzeit ist, erbitte ich sie für die vielen Fragen, die Sie zu Recht noch stellen könnten und auf die erst immer neue Arbeiten und Bemühungen versuchen können, Antworten zu sein. So komme ich zum Dank für die Ehrung, die Sie mir heute widerfahren lassen. Weil man, wenn man seinen Dank sagt, es nicht nur im allgemeinen tun mag, will ich ihn richten an jene, die oft meine Arbeit und die so vieler Autoren erst ermöglicht oder erleichtert haben durch ihre Großzügigkeit, an die deutschen Rundfunkanstalten; darüber hinaus an die Hörer, die ich gefunden habe, die unbekannten, deren Namen ich nicht kenne; vor allem aber an die Kriegsblinden, die mehr noch als alle anderen Gehör schenken dem Wort und die, als eine würdige Instanz, diesen Preis vergeben.

Ich danke Ihnen.

Ein Ort für Zufälle

Rede zur Verleihung des Georg-Büchner-Preises

Wie jeder, der hier gestanden ist und es nicht wert war, Büchner das Schuhband zu lösen, habe ich es schwer, den Mund aufzutun, den Dank trotzdem abzustatten mit einer Rede. Wovon reden? Von etwas Naheliegendem am besten. Es liegt nahe für mich, vielleicht auch für Sie.

»Konsequent, konsequent«, sagte dann Lenz, und wenn jemand anderer was sprach: »Inkonsequent, inkonsequent.« Es war die Kluft unrettbaren Wahnsinns, erfahren wir.

Konsequenz, das Konsequente ist, wie Sie wissen, meine Damen und Herren, in fast allen Fällen etwas Furchtbares, und das Erleichternde, das Lösen, Lebbare, das kommt inkonsequent einher. Konsequenz, das Folgerichtige, im Verfolgen des Risses – eines Risses, der für Lenz durch die Welt ging und der ihn nur traurig den Kopf schütteln ließ auf alles, was man ihm sagte, in guter Absicht, wie wir auch wissen –, diese Konsequenz ergibt sich nicht nur durch die körperlichen und geistigen »Zufälle« eines Individuums. Zufälle: ein merkwürdiges Wort, mit dem Büchner die Lenzsche Krankheit behaftet. Lassen Sie uns daran festhalten. Der Wahnsinn kann auch von außen kommen, auf die einzelnen zu, ist also schon viel früher von dem Innen der einzelnen nach außen gegangen, tritt den Rückweg an, in Situationen, die uns geläufig geworden sind, in den Erbschaften dieser Zeit. Denn ich vergesse nicht, daß ich in Ihrem Land bin mit seinen Zufällen, die sich der Diagnose nicht ganz, aber im Grunde entziehen, wie alle Zufälle; Zufälle, die sich mitunter aber einer Optik und einem Gehör mitteilen, das sich diesem Zufall aussetzt, dem Nachtmahr und seiner Konsequenz.

Verwechseln Sie, was ich zu sagen versuchen werde, nicht

mit Eindrücken. Ich habe womöglich welche, aber wer wird sich auf Eindrücke verlassen! Es wird von einer Gegend hier die Rede sein – nicht von Darmstadt, von Hessen nicht –, auf die kein Finger mehr zu legen ist, einer Gegend, umständehalber, und einer Stadt, da mehr sich nicht anbietet, einer, die sich auf »Teilung« hinausreden ließe. Teilung: das ist ein anderes, ein fleißiges Wort, es nimmt vieles ab, das Denken nicht zuletzt. Es hört sich an nach: Operation, postoperative Schmerzen nicht ausgeschlossen, letaler Ausgang selten. Es muß also, wenn es um Zufälle geht, etwas weit zurückliegen, intermittieren, konsequent, aber wiederkommen mit neuen Zufällen. Die Beschädigung von Berlin, deren geschichtliche Voraussetzungen ja bekannt sind, erlaubt keine Mystifizierung und keine Überhöhung zum Symbol. Was sie erzwingt, ist jedoch eine Einstellung auf Krankheit, auf eine Konsequenz von variablen Krankheitsbildern, die Krankheit hervorruft. Diese Einstellung kann jemand nötigen, auf dem Kopf zu gehen, damit von dem Ort, von dem sich leicht hunderterlei berichten ließe, dem aber schwer beizukommen ist, Kunde gegeben werden kann. Ein Kundschafter ist ein Ortsfremder – er ist somit im Vorteil und im Nachteil. Seine Darstellung ist ihm ganz und der Sache nie ganz angemessen. Aber Darstellung verlangt Radikalisierung und kommt aus Nötigung.

Es ist zehn Häuser nach Sarotti, es ist einige Blocks vor Schultheiß, es ist fünf Ampeln weit von der Commerzbank, es ist nicht bei Berliner Kindl, es sind Kerzen im Fenster, es ist seitab von der Straßenbahn, ist auch in der Schweigestunde, ist ein Kreuz davor, ist eine Kreuzung davor, es ist so weit nicht, aber auch nicht so nah, ist – falsch geraten! – eine Sache auch, ist kein Gegenstand, ist tagsüber, ist auch nachts, wird benutzt, sind Menschen drin, sind Bäume drum, kann, muß nicht, soll, muß nicht, wird getragen, abgegeben, kommt mit den Füßen voraus, hat blaues Licht, hat nichts zu tun, ja ist, ist vorgekommen, ist aufgegeben, ist jetzt und schon lange, ist eine ständige Adresse, ist zum Umkommen, kommt, kommt vor und hervor, ist etwas – in Berlin.

In Berlin sind jetzt alle Leute in Fettpapier gewickelt. Es ist Maiensonntag. Myriaden von Bierflaschen stehen bis zum Wannsee hinunter, viele Flaschen schwimmen auch schon im Wasser, nah an die Ufer gedrängt von Dampferwellen, damit die Männer sie noch herausfischen können. Die Männer öffnen die Flaschen mit den bloßen Händen, sie drücken mit dem Handballen die Verschlüsse auf. Einige Männer rufen befriedigt in den Wald: Wir schaffen es schon. Die Frauen in den Fettpapieren erwecken Mitleid, manche dürfen aus dem Papier und sich mit den fettigen Kleidern ins Gras setzen. Dann dürfen auch die Kranken an Land gehen. Wir haben so viele Kranke hier, sagt die Nachtschwester und holt die überhängenden Patienten vom Balkon zurück, die ganz feucht sind und zittern. Die Nachtschwester hat schon wieder alles durchschaut, sie kennt das mit dem Balkon, wendet den Griff an und gibt eine Spritze, die durch und durch geht und in der Matratze steckenbleibt, damit man nicht mehr aufstehen kann. Das letzte Passagierflugzeug fliegt ein, es gibt noch die Tropfen, dann muß Ruhe sein; die Luftpost und Luftfracht später ist kaum mehr zu hören.

Jetzt fliegt jede Minute ein Flugzeug durchs Zimmer, böllert an dem Haken mit dem Waschlappen vorbei, prasselt eine Handbreit über der Seifenschale. Die Flugzeuge, knapp vor der Landung, in den Einflugschneisen, die durch die Zimmer führen, müssen leiser fliegen. Die Krankenhäuser haben sich beschwert. Die Flugzeuge dämpfen sich zwar, aber es ist schrecklicher als zuvor, sie gehen summend über die Köpfe, über die verschwitzten Haare, diese gedämpften Flugzeuge, die unter dem Plafond vorbeiwischen. In den Krankenhäusern ist eine unerhörte Aufregung wegen dieser vielen Flugzeuge, die sich dämpfen und dann so still werden, daß man sie nicht mehr hört, aber man horcht trotzdem, schon von dem Moment an, wenn man ein Sirren zu vernehmen anfängt, als hätte man eine Stimmgabel am Ohr; dann hört man sie besser, dann sind sie da, dann sind sie weg, dann surrt es beinahe noch, dann nicht mehr. Dann fängt der nächste Beinaheton an, jetzt ist man auch nicht mehr zufrieden, daß man sie kaum mehr hört, der Oberarzt muß deswegen auf die Straße und ihnen die Befunde zeigen, die vielen Bogen mit den Hieroglyphen hinaufschwenken. Im Augenblick ist abgeholfen, aber im nächsten flugfreien Augenblick läuten alle Kirchenglocken von Berlin, es steigen Kirchen aus dem Boden, die ganz nah herankommen, lauter neue kahle, ungefärbte Kirchen mit Glockentürmen und protestantischen Tonbändern. Die Aufregung wird immer größer wegen des Läutens, der Regierende Bürgermeister soll selber kommen, man schreit, daß die Kirchen hier weg sollen, die Patienten heulen, flüchten auf den Gang, aus den Zimmern rinnt das Wasser auf den Gang, es ist Blut drin, weil einige sich die Zungen durchgebissen haben wegen der Kirchen. Der Anstaltspfarrer sitzt im Besuchersessel, er erzählt immer wieder, daß er Schiffspfarrer gelernt hat und ums Kap der Guten Hoffnung gefahren ist. Von den Glocken weiß er nichts, er nimmt den Zwieback vom Teller, keiner wagt etwas zu sagen wegen dem Zwieback und der Glocken, er fragt auch nicht, ob etwas fehlt, und dreht seinen grünen Jägerhut in der Hand. Man bittet ihn zu gehen, weil gelüftet werden muß.

Die Brandmauern am Lützowplatz werden beleuchtet von großen Scheinwerfern, es ist schon alles verraucht, der Brand muß vorbei sein. Und mit Taschenlampen wird noch genau zwischen die Grasbüschel geleuchtet, da ist nichts mehr, nur verkohlte Knöchelchen, angekohlter Boden, kein ganzes Skelett, nur Knöchelchen. Das Programm ist schon im Gang, bei immer stärkerer Beleuchtung auf großen Halden, es gibt immer mehr Bauplätze, auf denen aber noch niemand zu bauen anfängt. Die Stimmung ist gut. Ein riesiges Schild wird herumgetragen. *Scharnhorst-Reisen.* Alle sind dafür, das Programm geht weiter im *Kadewe,* das *Kadewe*-Banner fliegt weiß und blau hoch oben, alle wollen auf einmal hinein in das *Kadewe*, man sieht schon, es wird nicht gehen, aber die Stimmung wird immer besser, die Leute sind nicht zu halten, sie bedrängen die Verkäuferinnen, wollen sich alle aus der Hand lesen lassen, dann wollen sie alle auf einmal die Horoskope haben, man reißt sich die Lottozettel aus den Händen und rennt an die Automaten, das Geld wird so laut hineingeworfen, daß die Kugeln durch die Kästen springen und in einigen Zimmern nach Schlafmitteln gejammert wird. Aber es gibt diese Nacht nichts mehr. Die Leute hören wenigstens auf zu johlen und sind nur noch lustig, die Dekoration wird abgerissen und von den obersten Stockwerken geworfen, die Rolltreppen sind verklemmt von vielem Zeug, die Lifts sind schon ganz angestopft mit Schals und Kleidern und Mänteln, die alle mitsollen, aber die dicken Kassiererinnen stecken mitten darin, sind am Ersticken und rufen: Das muß alles bezahlt werden, das werdet ihr noch bezahlen!

Auf den Gängen muß schon wieder gewischt werden. Einige bekannte Personen sind hier auch heimlich eingeliefert worden, nachts bei Blaulicht, die meisten sind aber Anverwandte, die alle keinen Halt angeben können, Adressen haben sie, aber keine nächsten Angehörigen. Wichtigster Punkt: der nächste Angehörige. Alle liegen schweigend. Die Nachtschwester sagt, er ist im Kommen, er kommt von da oder dort, es gibt gleich ein Flugzeug, es kommt vor, darauf verlassen sie sich. Gemeint sein muß der nächste Angehörige. Der Chefarzt erwartet jede Minute das Flugzeug, er verspricht sich alles davon, dann sagt er: Alle können nächste Woche nach Hause. Alle husten und hoffen und haben die Fieberthermometer in der Achselhöhle, unter der Zunge, im After, und die zehn Zentimeter langen Nadeln im Fleisch. Die dunklen, kalten Balkone sind abbruchreif, keiner traut sich heute nacht aufs Geländer zu steigen und der Nachtschwester zu drohen, die für den Nachtarzt heißen Kaffee kocht; alle machen die Pläne allein, der Plan ist ein Tunnel, oder man müßte direkt hinaus in die Wüste, müßte das Kamel aus dem Zoo befreien, es lospflocken, anschirren, damit reiten durch Brandenburg. Auf das Kamel wäre Verlaß. Fliehen auf dem Kamel. Da kommt mitten in der Nacht eine Gebührenerhöhung, ein Schweißausbruch wie noch nie. Es ist ganz furchtbar. Das Zimmer kostet jetzt tausend Goldmark. Alle greifen nach den Klingeln und drücken den Knopf.

Auf dem S-Bahnhof Bellevue humpeln die Versehrten die Stiegen herunter, das Licht schwankt wie in einem Gewölb, die meisten haben Armbinden, gelb mit schwarzen Kreisen, Stöcke zum Stützen, geschiente, verkürzte Gliedmaßen. Alles ist versehrt, nicht durch Geschosse, sondern inwendig, die Körper sind durcheinander, sie sind oben oder unten zu kurz, das Fleisch ist ganz stumpf und gelähmt in den Gesichtern, ganze Mund- und Augenwinkel sind schief, und der unsichere Bahnhofsschatten macht alles noch ärger. Die Schaffnerin am Schalter muß die Dekke mitsamt der S-Bahn stemmen, denn es dröhnt wieder. Die Frau hat zum Glück diese riesigen Muskeln und Hände, sie stützt, während sie gleichzeitig Fahrkarten ausgeben muß, schon wieder die S-Bahn, weil der Gegenzug zur Friedrichstraße darüber hinwegrollt. Da fällt doch ein Teil der Decke herunter, auf dem auch die Siegessäule steht, dann rattert wieder die Bahn, Richtung Wannsee. Es ist eine Katastrophe. Die Leute suchen Zuflucht im Restaurant nebenan, sie hocken unter den Tischen, sie wollen den Angriff abwarten, aber die Schaffnerin kommt und sagt, es sei

kein Angriff. Es geht weiter. Es wird nicht mehr vorkommen.
Der Chefarzt darf nicht mehr belästigt werden, das Ergebnis steht schon seit Jahren auf dem Blatt, aber es wird nicht gezeigt. Es muß eine »Disharmonie« sein. In der ganzen Stadt sickert etwas durch, alle wollen »Disharmonie« gelesen oder gehört haben, manche haben es sich schon gedacht. Aber es steht nirgends öffentlich. Es werden noch mehr Bäume gepflanzt, alle in den Sand, Bäume aus Wüstenerfahrung. Alles geht endlich arbeiten, schweigend. Alle in weißen frischen Hemden, die im Nacken zugebunden sind. Es ist jetzt keine Aufregung mehr. Es dämpft sich alles. Die meisten sind auch im Halbschlaf.
Die Straßen heben sich um fünfundvierzig Grad. Die Autos, die auf den Horizont zu unterwegs sind, rollen natürlich zurück, die Radfahrer verlieren den Halt, sie purzeln am schnellsten auf einen zu, man kann auch nicht hindern, daß die Autos Schaden anrichten, da kommt alles zu spät, ein Sportwagen rast rückwärts in die Anstalt hinein, alle Eimer, Spucknäpfe, Eßkarren und Tragbahren spritzen hoch. Es ist eine Detonation. Der Chefarzt geht darüber hinweg, es wird still aufgeräumt, er muß rasch weg in die Stadt, muß zum Skat. Aber im Funkturmrestaurant beginnt es jetzt auch. Die ganze Stadt kreist, das Restaurant hebt und senkt sich, bebt, ruckt, es kommt alles immer mehr ins Rutschen, Potsdam ist mit allen Häusern in die Häuser von Tegel verrutscht, die Kiefern hängen mit allen Nadeln verkrallt ineinander. Im Restaurant klammern sich alle an die Stuhllehnen und sprechen weiter, keiner gibt es zu, jetzt schaut einer den anderen an, wie das letzte, was er sehen wird, jetzt sind die Augen von allen ineinander, während die Tische mit den gebratenen Enten und Mandeln im hohen Seegang sind; dann schwenken die Gläser den Wein, die Gabel biegt die Zinken nach unten, die Messer schneiden fahrig ins Ketchup, die rote Sauce rinnt übers

Tischtuch, das sofort weggerissen und allen gezeigt wird, dann steht der Einsturz bevor, es ist etwas Furchtbares, es schluchzt, ist in einem Hals, kann nicht vor und zurück, es ist nie wieder gutzumachen.

In der Akademie sind alle Türen und Fenster aus Glas, es gibt keine Vorhänge, damit alles im Licht liegt, es wird gleich nach Mitternacht hell, nur die Porträts sind mit Tüchern verhängt. Die Ausstellung ist eröffnet, lauter Köpfe, es sind auch alle anwesend vor ihren Bildern. Die Aussteller suchen noch nach dem Bild, das zerschnitten werden soll. Vorher ist ein langes furchtbares Warten, jeder meint, er wird geköpft, aber dann ist es ein anderer. Trotzdem muß alles weinen. Das Feuer, das plötzlich ausbricht, aus dem Keller kommt, ist die Rettung, alles flüchtet hinaus, zu den Autos auf dem Vorgelände, springt in die Autos. Manche haben Feuer gefangen, laufen in den Tiergarten, werfen sich hin und werden gelöscht, es sind lauter bekannte Personen. Bei Kempinski treffen sich alle wieder, der Vorfall ist vergessen, die Kellner bringen die kleinen Waschbecken für die Füße, jeder zieht die Socken aus und stellt die Füße ins warme Seifenwasser. Die Füße werden warm und leicht. Es ist eine Wohltat. Das schwarze Wasser fließt über den Boden. Die Kellner kommen mit den Servietten und trocknen die Füße.

Wegen der Politik heben sich die Straßen um fünfundvierzig Grad, die Autos rollen zurück, die Radfahrer und Fußgänger wirbeln zurück zu beiden Seiten der Straße, man kann nicht hindern, daß die Autos Schaden anrichten. Die Fußgänger verfangen sich, halten ihr Gebiß zusammen, sie sprechen nicht, aber sie schauen, mit den Händen fest über dem Mund, schauen aus nach einem Halt. Mit den Augen sagt einer: Am besten ist es noch hier, man bleibt am besten hier, hier kann man es noch am besten aushalten, besser ist es sonst nirgends. Dann wiederholt sich alles auf dem Funkturm, aber die märkische Sandwüste mit den letzten Kiefern und Birken darin liegt ganz ruhig da, während alles sich dreht. Am besten: man schaut mit den Augen fest in den Sand. Der Schwindel hört auf, die Kissen im Rücken werden von der Schwester aufgeschüttelt. Es ist besser. Am besten ist es noch hier.

Ins Gewitter gekommen ist der See. Zweihundert gezählte Blitze sind in ihn gefahren. Ins Gewitter ist die weitere Umgebung gekommen, die weißen Vögel sind darum fortgeflogen. Aber am See entsteht eine Musik, rasch hingeworfen, rasch dem gewellten Wasser anvertraut, das bald friert, auftaut, verschlammt, wieder friert. Die Angeln, steif, sind eingemauert im Eis, mit den Tönen an den Haken, auch die Musik ist erfroren, während über die Avus das Autorennen geht, der donnernde Lärm von Berlin die ängstliche Stille Berlins ins Gebet nimmt. An Schlaf ist nicht zu denken. Die rote Grütze, die es abends gibt, wird von den Patienten zurückgeschickt, niemand bringt einen Löffel hinunter, niemand will mehr einen Blitz zählen und dazu seinen Löffel voll schlucken. Die Schwestern tragen mißbilligend alle Blumen aus den Zimmern und stellen die Vasen auf den Gang.

Auf dem Weg zur Krummen Lanke, neben der Perle des Grunewalds, die einen Stich hat, liegt der riesige Laubbaum, gefällt, abgebrochen einen Meter über dem Boden, quer über den Weg. Die Patienten, denen Spaziergang verordnet ist, wollen trotzdem hinunter ans Wasser, aber die Schwester befiehlt allen, stehenzubleiben, steigt allein über den Baum, sieht nach, hebt die Äste, schaut, ob Blut an den Ästen ist, ob der Baum jemand getötet hat. Sie winkt, man weiß jetzt nicht, ob sie Blut gefunden hat oder nicht. Man wird unruhig, jeder will wissen, ob er hier erschlagen worden ist, es wird unangenehmer, niemand hat einen Mantel mit, es regnet schon wieder, das Geschrei geht los, keiner will auf seine Station zurück, weil er nicht weiß, ob es die richtige ist. »Es muß mehr sein als eine Dis-

harmonie«, schreien ein paar und fangen an, um sich zu schlagen. »So ist keine Disharmonie, es muß etwas Schlimmeres sein, man muß es uns sagen!« Es regnet alle durch bis auf die Haut, die Hemden sind angeklatscht, es geht jetzt rascher wegen der Kälte, wegen dem Regen im Mund, dem Wasser in der Nase, dem Bach über den Augen. Der Kollaps ist schmerzlos unter dem Baum.
Berlin ist aufgeräumt. Die Geschäfte sind übereinandergelegt, geschichtet zu einem Haufen, die Schuhe und Zollstöcke, etwas von dem Reis und dem Kartoffelvorrat und Kohlen natürlich, die vielen Kohlen, die der Senat gespeichert hat, liegen deutlich erkennbar am Rand herum. Der Sand ist jetzt überall, in den Schuhen, auf den Kohlen. Die großen Schaufenster, obenauf die mit dem Geheimnamen *Neckermann* und *Defaka*, sind als Glasdächer über allem, man sieht durch, kann aber nur wenig erkennen. Eine Kneipe in Altmoabit hat darunter noch offen, niemand versteht, wie das möglich ist. Es ist doch schon aufgeräumt. Der Wirt schenkt doppelte Doornkaats ein, er gibt selber einen aus, seine Kneipe ist die beste gewesen, die älteste, immer voller Leute. Die Leute sind aber nicht mehr in Berlin. Er spendiert noch einmal eine Runde, es wird immer sofort ausgetrunken, er muß wieder geben, so geht das, doppelter Korn, großes Bier und immer doppelt. Die Spree und der Teltowkanal sind schon vollgelaufen mit Korn, die Havel schäumt bis obenhin vom Bier, niemand kann mehr deutlich reden unter dem vielen aufgeschichteten Glas; alles, was gesagt wird, läuft zu den Mundwinkeln heraus, fast unverständlich, es will auch niemand mehr reden, nur noch so etwas sagen, an den Mundwinkeln läuft sowieso alles weg, alles doppelt. Dann läuft es auch aus den Augen heraus, es ist fast nichts mehr zu sehen.
So still ist's geworden und Nacht. Seit damals war niemand mehr auf der Straße. Versandet und verwachsen sind die alten Villen, sinken immer tiefer ein in den Gärten. Am

Knie der Koenigsallee fallen, jetzt ganz gedämpft, die Schüsse auf Rathenau. In Plötzensee wird gehenkt. In der Telephonzelle rollen die Pfennigstücke – alle umsonst eingeworfen – unten wieder heraus. Es kommt keine Verbindung zustande. Von Halensee bis zum Zentrum ist kein Mensch zu finden. Im Café Kranzler, bei gelöschtem Licht, obwohl Nacht ist, kauen an allen Tischen die alten Frauen, mit Filzhüten auf dem Kopf, an ihren Kuchenstücken, sie nehmen oft zwei gleichzeitig in den Mund, weil niemand es sehen kann. Die Kellnerin bleibt mit den hohen Absätzen in der Schlagsahne hängen und bespritzt sich die Rüschen im Haar und über dem Bauch. Die alten Frauen fressen und fressen, und die alten Männer stehen vor dem Kranzler, mit den Hutständern in der Hand, einige knien auf den Trottoirs und zeichnen ihre alten Frauen auf den Asphalt, machen obszöne Witze mit blauer und rosa Kreide, sie kreiden ihre Frauen breit auf den Boden, nackt, mit schweren Schenkeln, die Karabiner dazwischen. Im Kranzler halten die Frauen die Filztöpfe fest über die Augen gezogen, sie kauen und greifen zu, seit damals.
Die Kranken haben eine Stunde Ausgang und kommen nach wenigen Minuten zurück. Ein Amerikaner, aus Blei vermutlich, mit kurzem weißem Helm und gesenkter Maschinenpistole, steht angewachsen am Verteiler, Stadtring Süd. Die Manöver gehen über Stunden, das Grollen, das dumpfe zornige Murmeln ist leicht vernehmbar durch die billigen Vorhänge. Die Hilfsschwester sagt, sie höre nichts, es seien bloß die Manöver; sie putzt die Klinken und Wasserhähne, lacht und singt: Das ist kein Krieg. Die Lastwagenkolonne mit den jungen rotnasigen Engländern kommt zum Stehen, zwei sowjetische Posten gehen auf die Straße, es wird geredet und gezählt, dann versteht einer den anderen nicht. Die Hilfsschwester redet dazwischen. Auf einmal sind viele Arten von Panzerwagen da, die einen wollen die anderen nicht nach Berlin hineinlassen, es entsteht eine

Aufregung. Die Hilfsschwester muß lachen und gibt heimlich eine Zigarette. Dann gehen wieder Posten hin und her und lassen sich nichts anmerken, niemand hat das mit der Zigarette gesehen. Die Zigarette darf geraucht werden in Berlin. Die Panzer fahren schließlich hintereinander alle in die Stadt. Die Schwester singt.
In der Friedrichstraße ist noch ein anderer Übergang, eine Aus- und Einfahrt für Rotkreuzwagen und schwarze, große Autos, deren Fenster mit Vorhängen geschlossen sind. Es ist dunkel, es wird geflüstert, die Uniformierten winken ab und zeigen, wo der Checkpoint Charlie ist, immer geradeaus, in der anderen Richtung, bis Mitternacht. Am richtigen Übergang sind sie nicht gerade ungehalten, daß man am falschen Übergang war, aber es wird schon wieder geflüstert, man denkt, man hat einen Fehler gemacht und hält den Paß hoch, jetzt wird Schlagermusik angedreht, und die schönsten Pässe bekommen einen Stempel. Dann muß man vom Auto den Lack abziehen, es geht schnell, der Lack geht in Streifen wie kaltes Wachs ab, dann muß man dreimal auf Blech klopfen, einmal mit dem Fuß gegen den Reifen stoßen, dann bekommt man eine Mark, die muß auf den Boden geworfen werden, Kopf oder Adler. Alle grüßen, man grüßt in den Rückspiegel und fährt zurück.
Die Woche fängt an mit Nepal und Ghana. Am Dienstag werden unter Beschwerden und wütenden Kommentaren die Kongolesen hin- und hergerissen von einer Seite der Friedrichstraße zur anderen, am Mittwoch hat Pakistan einen Rundreiseautobus, am Donnerstag sind die Abordnungen vom Südpol nur auf einer Seite und werden auf der anderen verschwiegen. Die gemischten Besucher vom nächsten Abend fahren mit den Perücken vom Schiller-Theater weg und bekommen am Schiffbauerdammtheater die Kostüme dazu geschenkt, dann gibt es eine Stockung, die Mittelamerikaner reißen das Brandenburger Tor aus

und nehmen es zum Andenken mit, dann kommen die Malaien und verschwinden mit der Siegessäule. Plötzlich haben die Zigeuner Berlin besetzt und schlagen die Zelte auf, die Berliner flüchten in die Außenbezirke, dann waschen die Zigeuner allen die Wäsche, die flattert bis Lichterfelde. In der Philharmonie eröffnen die Fanfaren mit einem neuen Stück, es muß Sonntag sein. Es ist Auferstehung. Ostern. Unter den Linden sind schwarz, rot und gold die Osterglocken versteckt. Die Gedächtniskirche fährt zum Himmel.

Die Kinder hat man auf die Straße geschickt und auf die Betonsperren. Sie reiten auf den Sperren und haben hundert Wünsche. Sie wollen Soldat oder Flieger oder Spion werden, wollen heiraten und sonntags Hühnchen, wollen Stacheldraht und Pistolen und Lakritzen und abends Märchen. Die Posten, die zu groß sind, um sich mit Kindern anzulegen, sind aber insgeheim aufgebracht und jagen sie zum Essen nach Hause. Die Kinder sind wie die Kletten auf dem Beton. Die Posten fluchen. Alle warten auf den Zirkus. Die unruhigen, festen Ponys, die in ihrer Haut schwappenden langsamen Elefanten kommen, eskortiert von den Alliierten, die Allee herauf. Der Zirkusdirektor im offenen Auto winkt den Passanten zu, die warten müssen, er spricht unaufhörlich über einen Lautsprecher, er preist seine Löwen und Affen an, aber nicht die Kamele, die zuletzt kommen und ihren Kopf still und hoch tragen. Die Kamele bleiben immer weiter zurück, sondern sich ab, sie gehören zum selben Zirkus, aber sie haben nichts mehr damit zu tun. Die Kranken haben nur auf die Kamele gewartet, gehen auf die Kamele zu, stellen sich unter ihren Schutz. Die Felle riechen inbrünstig nach Wüste, Freiheit und Draußen, jeder geht mit seinem Kamel und kommt ungehindert weiter, querfeldein geht's, durch den Forst, man schwimmt mit dem Kamel durch die Gewässer, sitzt endlich auf, es geht durch alle Forste und Gewässer. Das

Kamel scheut kein Wasser, es hört keinen Pfiff, keinen Rettungswagen, keine Sirene, keine Nachtglocke, keinen Schuß. Noch ein Forst, dann wieder ein Forst. Im Sand wird das Kamel immer schneller. Ein letzter Forst. Man ist draußen.

Der Holzstoß ist errichtet am Bahnhof Zoo, Ecke Joachimsthalerstraße. Es ist Zeitungsstille. Keine der Zeitungen, mit denen das Feuer angefacht werden kann, ist erschienen. Der Kiosk ist leer, nicht einmal die Verkäuferin ist da. Sie hat sich verlobt mit der Bundeswehr. Die Leute zögern, dann nimmt jeder beherzt ein Scheit. Einige tragen ihr Scheit sofort unter dem Überzieher nach Hause, andere fangen an Ort und Stelle mit dem Taschenmesser ins Holz zu schnitzen an, was ihnen in den Sinn kommt: Sonnenzeichen, Lebenszeichen. Ein paar Leute machen gemeine Bemerkungen und sagen, das Holz sei feucht. Ein uralter Mann fuchtelt mit seinem Holzscheit und schreit: Sabotage! Es wird den andren in die Hände gespielt! Und wirklich gehen die Scheite schon reihum, einer spielt dem andern ein Scheit zu, aber niemand zündelt, alle sind ganz vernünftig. Bald ist das Holz weg, und der Verkehr geht weiter. Mit einemmal erscheinen die Zeitungen doch, erst die ganz kleinen Zeitungen, mit schwarz verfetteten Buchstaben, mit schwartigen Balken, überschüssigem kalten Fett, das an den Rändern herunterläuft. Dann die ganz großen Zeitungen, die mageren, ganz ausgekochten, mit dünner Brühe überlaufenen, die mit den Handschuhen in die Hand genommen werden.

Der Brief sieht bedrohlich aus, ist schwarzgrün oder schwarzblau. Man ahnt es bereits. Es ist nicht der erwartete Brief, es ist ein anderer Brief. Er ist kurz. Die Versicherung, die für Berlin zuständig ist, erklärt, daß sie nicht zuständig ist, es ist ein vorvertragliches Leiden. Der Schmerz wird niedergehalten, und weil keiner der Ärzte da ist – weil sie nur da sind bei den großen Anlässen am Vormittag, nur

bei den Visiten –, sagen alle zu den Schwestern, es sei ungerecht, es stimme nicht, es sei dann ja alles unheilbar. Die Schwestern lassen nicht erkennen, auf welcher Seite sie sind und wieviel sie wissen. Sie setzen die Tabletts mit den Fruchtsäften ab, lassen auch einmal eine Flasche Bier zu, hinter dem Rücken der Ärzte, blinzeln, als dürfte man Vertrauen fassen, als sei es nicht unheilbar. Immer diese Gefälligkeiten! Die Schwestern reden an der Hauptsache vorbei, es ist »Diplomatie«, ja, so heißt es, es sickert langsam durch. Alle sagen, unter den niedergehaltenen Schmerzen, es sei jetzt die »Diplomatie«. Man wird nichts tun können. Die Erschöpfung ist zu groß. Alle trinken ihre Säfte und liegen schweratmend da. Die Leinentücher werden glattgestrichen. Einen Augenblick lang ist alles gut.
Berliner Zimmer, dämmriges Gelenk in der lichten Zimmerflucht, an dem hohen Plafond die Stucktröstung, eine Erinnerung, daß es damals in Schöneberg war. Bedenkzelle zwischen lauten Zimmern. Die Flausen, die Federn darin, die alle gelassen haben, es ist lange her, ist nicht lange her. Es ist ein Fest, es sind alle eingeladen, es wird getrunken und wird getanzt, muß getrunken werden, damit etwas vergessen wird, etwas, es ist – falsch geraten! – ist heute, war gestern, wird morgen sein, es ist etwas in Berlin. Alle tanzen schweigend, die jungen Leute legen die Wangen aneinander. Dann trinken alle doch sehr viel, ein großer schwarzer Kater bäumt sich bis zur rosenverzierten Decke. Die letzten Gäste schreien sich die Seele aus dem Leib, sie wissen nicht mehr, was sie reden: Kann ich, kann ich, hab ich, hab ich, mach ich, mach ich! Die Autos springen alle nicht an, es wollen alle übernachten in diesem Zimmer. Der Chefarzt wird zu spät zum Skat kommen, er hat ausnahmsweise noch einmal hereingesehen und den Finger auf den Mund gelegt. Man weiß nicht, ob Hoffnung ist, aber wenn keine Hoffnung ist, so ist es jetzt doch nicht ganz furchtbar, es dämpft sich, es muß nicht Hoffnung

sein, kann weniger sein, braucht nichts zu sein, es ist nichts, es ist, ist vorbei an *Scharnhorst, Versicherungen, Zigarren, Schokoladen, Leiser, Feuersozietät, Commerzbank, Bolle,* vorbei, das letzte Flugzeug ist eingeflogen, das erste fliegt ein nach Mitternacht, fliegt alles gehörig hoch, nicht durch das Zimmer. Es war eine Aufregung, war weiter nichts. Es wird nicht mehr vorkommen.

[Rede zur Verleihung des Anton-Wildgans-Preises]

Meine Damen, meine Herren, verehrte Anwesende,
ich bin nach Wien gekommen, um ein Geschenk entgegenzunehmen, den Preis, den Sie mir verleihen, und daher also, um zu danken dafür. Nun dankt sonst der Nehmende dem Schenkenden mit den gebührenden Worten. Nur von einem Schriftsteller erwartet man, daß er überdies auch eine Rede hält, wenn möglich eine gewichtige, bedeutende, Vieles sagende, und das kann nichtssagend heißen, und da es ihm auch freisteht, zu reden worüber er will, so dürfte er sich sogar äußern zu allen Zeitfragen und Problemen, zu den allerhöchsten sogar, denn man meint, dieser Spezies müsse es ein Leichtes sein, über die trüben Tagesrätsel wie über die Welträtsel zu reden. Nur ist das leider nicht wahr. Schon daß jemand, wie ich in dieser Stunde, in die Öffentlichkeit geht und den Mund aufmacht, muß ihn denken lassen, daß er völlig fehl am Platz sei. Daß schier eine Verfälschung seiner Person stattfindet, wenn er von noch soviel freundlicher Aufmerksamkeit umgeben ist, denn eine Stunde wie diese hat absolut nichts zu tun mit allen meinen anderen Stunden, meine Existenz ist eine andere, ich existiere nur, wenn ich schreibe, ich bin nichts, wenn ich nicht schreibe, ich bin mir selbst vollkommen fremd, aus mir herausgefallen, wenn ich nicht schreibe. Wenn ich aber schreibe, dann sehen Sie mich nicht, es sieht mich niemand dabei. Sie können einen Dirigenten sehen beim Dirigieren, einen Sänger beim Singen, einen Schauspieler wenn er spielt, aber es kann niemand sehen, was Schreiben ist. Es ist eine seltsame, absonderliche Art zu existieren, asozial, einsam, verdammt, es ist etwas verdammt daran, und nur das Veröffentlichte, die Bücher, werden sozial, assoziierbar,

finden einen Weg zu einem Du, mit der verzweifelt gesuchten und manchmal gewonnenen Wirklichkeit. Alles, was mir nicht unwert vorkommt, denkend ausgedrückt zu werden, geht ein in die Arbeit. Was »Schreiben« ist, das hat man seit langem zu definieren versucht, aber auch was von größeren Geistern gesagt worden ist, klingt nicht rein für [– – –], sondern beliebig, auch hohl. Es ist unwichtig zu wissen, welche skurrilen oder noblen, weltfremden oder [– – –] Ideen manche Dichter hatten, die dennoch große Werke hinterlassen haben. Sie sind wirklich geblieben. Ihre Bekenntnisse hätten sie sich sparen können.

Ich kenne nur meinen Schreibtisch, der mir verhaßt ist, aber ich würde ihn doch nicht verlassen, wenn es nicht so listige Überredungskünste gäbe wie diesmal die Ihren, die einen aufstehen lassen, erleichtert einen Moment lang, aber schon im nächsten Moment weiß man doch, es war eine Flucht, eine Verführung, und man wünscht sich zurück auf die Galeere. Wer einen dazu zwingt? Niemand natürlich. Es ist ein Zwang, eine Obsession, eine Verdammnis, eine Strafe.

Aber Sie erwarten – ich weiß leider nicht, was Sie erwarten –, daß, wenn schon nicht vom Höheren die Rede ist, zumindest eine Äußerung kommt zu diesen, wie ich höre, so brennenden Aktualitäten. Ich sehe davon ab, daß es wirklich zu viel Furchtbares, Schandbares gibt, denn das zu bereden, und in einer Feststunde dazu, das hieße, es sich einfach machen. Ich bin auch nicht da, um Sie darüber zu belehren, zu dozieren, Sie zu schockieren, denn das Entsetzen ist in Ihnen, und wäre es nicht, dann könnte niemand Ihnen helfen.

Die brennenden Aktualitäten aber, die man sich für Schriftsteller allerorts ausdenkt und die mich nicht erhitzen, sehen so aus. Sie bekommen mindestens dreimal in der Woche Briefe, Sie sollen sofort, Sie müssen sofort, bis zum 15., bis zum 23., und auch nur wenige Seiten – man beden-

ke, nur wenige Seiten! sich äußern zu etwas, Sie sollen sagen, warum Sie schreiben, und was denken Sie über den Schriftsteller in dieser Zeit, und der Schriftsteller und die Gesellschaft, er und die Verhältnisse, und er und die Massenmedien, und [ob] Sie glauben, ob Sie meinen, daß, und ob Sie vielleicht nur für sich selber schreiben, oder um die Welt zu verändern. Reisen Sie sofort, nach London, nach Moskau, nach New York, weil dort offenbar etwas Gewichtiges Ihrer Entscheidung harrt – es ist mir nur noch nie aufgefallen, daß ich oder andre etwas beitragen konnten zu diesen großen Entscheidungen, mit Unterschriften für, mit Unterschriften gegen, und wenn es zufällig aussieht, als hätte auch ich mein Teil getan, nach bestem Wissen und Gewissen, so weiß ich doch, daß ich nichts bewirkt habe auf diese Weise, ich habe noch keinen Krieg beenden können, denn Schriftsteller verfügen über keine Macht, keinen Einfluß.
Es ist eine furchtbare Verwirrung, die so viele nicht mehr zum Schreiben kommen läßt, und die Reden, in die sie flüchten, verhallen, es erinnert sich [kein] Mensch mehr nach einigen Jahren, was alles, in gutem Glauben, geredet worden ist, und die neuen Aktualitäten sind schon wieder brennende, es muß wieder etwas getan und beschlossen werden, von Menschen, die niemand beachtet.
Was ich früh aber über mein Leben gesetzt habe, sind ein oder zwei Gebote, an die habe ich mich gehalten. Und sie haben mich bis heute gehalten, mein einziger Schutz. Wenn ich sie verschweige, so darum, weil ich, sie aussprechend, sie und mich verraten würde, und deswegen möchte ich, daß ich einfach gelesen werde. Meinungen hat jeder, die eines Schriftstellers sind belanglos, und was nicht in seinen Büchern steht, existiert nicht. Gelesen werden also ja, so wie ich Bücher gelesen habe, die mich und andere verändert haben, denn von Büchern, die die Welt verändern, gibt es nur wenige, und deren Autoren haben nicht

wissen können, daß sie damit eine Welt verändern würden, die sich dann aber doch etwas anders verändert hat, als es anzunehmen war.
Die Forderungen, die darum an Schriftsteller gestellt werden, aufs Leichtfertigste, doch zumindest die Welt zu verändern, sind völlig sinnlos. Ein aufnehmendes, abgebendes, verändertes Ich, verändert schreibend, ist etwas anderes, und zu den Aktualitäten habe ich nur zu sagen, daß man sie hinwegschreiben muß, man muß die Aktualitäten seiner Zeit korrumpieren, man darf sich nicht von den Phrasen, mit denen diese Aktualitäten einem aufgedrängt werden, korrumpieren lassen. Ein Schriftsteller hat die Phrasen zu vernichten, und wenn es Werke auch aus unserer Zeit geben sollte, die standhalten, dann werden es einige ohne Phrasen sein. Es bedarf also nicht so sehr der Talente, denn es gibt viele, sondern [der] Schriftsteller, denen es möglich ist, den Charakter auf der Höhe ihres Talents zu halten, und das ist das Allerschwierigste. Das Kryptokristallinische dieser Worte ist mir bewußt, wir wissen nicht, was Talent und was Charakter ist, aber ich kann redend nur mit der Ohnmacht der Rede auf etwas hindeuten, das mir wichtiger erscheint als das idiotische Gerede von [der] Rolle des Schriftstellers gestern, heute und morgen. Die kristallinischen Worte kommen in Reden nicht vor. Sie sind das Einmalige, das Unwiederholbare, sie stehen hin und wieder auf einer Seite Prosa oder in einem Gedicht.
Es sind für mich, da ich nur für mich einstehen kann, zu den getreusten[?] geworden:
Die Sprache ist die Strafe. Und trotzdem auch eine Endzeile: Kein Sterbenswort, ihr Worte.

VERMISCHTE SCHRIFTEN

Biographisches

Ich habe meine Jugend in Kärnten verbracht, im Süden, an der Grenze, in einem Tal, das zwei Namen hat – einen deutschen und einen slowenischen. Und das Haus, in dem seit Generationen meine Vorfahren wohnten – Österreicher und Windische –, trägt noch heute einen fremdklingenden Namen. So ist nahe der Grenze noch einmal die Grenze: die Grenze der Sprache – und ich war hüben und drüben zu Hause, mit den Geschichten von guten und bösen Geistern zweier und dreier Länder; denn über den Bergen, eine Wegstunde weit, liegt schon Italien.
Ich glaube, daß die Enge dieses Tals und das Bewußtsein der Grenze mir das Fernweh eingetragen haben. Als der Krieg zu Ende war, ging ich fort und kam voll Ungeduld und Erwartung nach Wien, das unerreichbar in meiner Vorstellung gewesen war. Es wurde wieder eine Heimat an der Grenze: zwischen Ost und West, zwischen einer großen Vergangenheit und einer dunklen Zukunft. Und wenn ich später auch nach Paris und London, nach Deutschland und Italien gekommen bin, so besagt das wenig, denn in meiner Erinnerung wird der Weg aus dem Tal nach Wien immer der längste bleiben.
Manchmal werde ich gefragt, wie ich, auf dem Land großgeworden, zur Literatur gefunden hätte. – Genau weiß ich es nicht zu sagen; ich weiß nur, daß ich in einem Alter, in dem man Grimms Märchen liest, zu schreiben anfing, daß ich gern am Bahndamm lag und meine Gedanken auf Reisen schickte, in fremde Städte und Länder und an das unbekannte Meer, das irgendwo mit dem Himmel den Erdkreis schließt. Immer waren es Meere, Sand und Schiffe, von denen ich träumte, aber dann kam der Krieg und schob

vor die traumverhangene, phantastische Welt die wirkliche, in der man nicht zu träumen, sondern sich zu entscheiden hat.

Später ist vieles so gekommen, wie man es kaum zu wünschen wagt: Universitätsstudium, Reisen, Mitarbeit an Zeitschriften und Zeitungen und später die ständige Arbeit im Rundfunk. Das sind alltägliche Stationen eines Lebens, die austauschbar und verwechselbar sind; das Leben selbst beruft sich nicht auf das Mittelbare.

Es bleibt noch die Frage nach Einflüssen und Vorbildern, nach dem literarischen Klima, dem man sich zugehörig fühlt. – Ich habe einige Jahre hindurch viel gelesen, von den neueren Dichtern vielleicht am liebsten Gide, Valéry, Eluard und Yeats, und es mag sein, daß ich von ihnen manches gelernt habe. Im Grunde aber beherrscht mich noch immer die mythenreiche Vorstellungswelt meiner Heimat, die ein Stück wenig realisiertes Österreich ist, eine Welt, in der viele Sprachen gesprochen werden und viele Grenzen verlaufen.

Gedichte zu schreiben, scheint mir das Schwerste zu sein, weil hier die Probleme des Formalen, des Themas und des Vokabulars in einem gelöst werden müssen, weil sie dem Rhythmus der Zeit gehorchen und dennoch die Fülle der alten und neuen Dinge auf unser Herz hinordnen sollen, in dem Vergangenheit, Gegenwart und Zukunft beschlossen sind.

[Wozu Gedichte?]

Einem Dramatiker oder Erzähler wird die Frage, welche seiner Arbeiten ihm die liebste sei, nicht viel Unbehagen machen; es wird ihm hoffentlich einfallen, daß die eine oder die andere einigen Menschen Freude bereitet, Einsicht gebracht oder sie unterhalten hat – sei's auch nur ein paar Stunden lang. Ich habe noch nie gehört, daß jemand einem Gedicht einen fruchtbaren Nachmittag oder Abend verdankt, obwohl es zweifellos noch immer Liebhaber von Lyrik gibt und Leute, die sich dran zu erbauen vermögen. Dann gibt es noch die Kinder, die Gedichte auswendig lernen müssen, weil Gedichte – so heißt es – das Gedächtnis schärfen.

In einem Gedicht ist also wenig Glück. Für den, der es schreibt, nahezu keins, daß es gelingt, und dann nochmals keins, daß es jemand erreicht. Es ist einsam, hat keine Funktion und kümmert mit Recht niemand. Ein Gedicht verherrlicht heute ja nichts mehr, und auch die Gläubigen haben es längst außer Kraft gesetzt. Ruhm und Glaube fallen auf es selbst zurück.

Man hört heute so oft – profaniert – die Hölderlinsche Frage: und wozu Dichter in dürftiger Zeit? Eine andere Frage, nicht weniger berechtigt, wäre: und wozu Gedichte? Was ist zu beweisen und wem ist etwas zu beweisen? Wenn Gedichte ein Beweis zu nichts sein sollten, müßten wir uns dran halten, daß sie das Gedächtnis schärfen.

Ich glaube, daß Gedichte dies vermögen und daß, wer Gedichte schreibt, Formeln in ein Gedächtnis legt, wunderbare alte Worte für einen Stein und ein Blatt, verbunden oder gesprengt durch neue Worte, neue Zeichen für Wirklichkeit, und ich glaube, daß wer die Formeln prägt, auch in sie entrückt mit seinem Atem, den er als unverlangten Beweis für die Wahrheit dieser Formeln gibt.

Wie lange ist es her, daß man uns sagte: bilde ein Wort, bilde einen Satz! Man quälte uns mit Gedichten; die Kerben schmerzen noch im Gedächtnis. Eines dieser Gedichte begann: »Ich stand an meines Landes Grenzen . . .« Von welchem Ich war die Rede und von welchem Land? Was die Grenzen bedeuteten, ergab sich freilich aus dem Zusammenhang. Denn wer die Regeln gutheißt und in das Spiel eintritt, wirft den Ball nicht übers Spielfeld hinaus. Das Spielfeld ist die Sprache, und seine Grenzen sind die Grenzen der fraglos geschauten, der enthüllt und genau gedachten, der im Schmerz erfahrenen und im Glück gelobten und gerühmten Welt.

[Zur Entstehung des Titels ›In Apulien‹]

Entwurf

Über die Titel von Gedichten wird selten geredet. Wie kommt man zu einem Titel? Hat man den Titel zuerst, sucht man ihn zuletzt? Was geschieht, wenn man keinen findet. Ich glaube, alle Lyriker – und nicht nur die Lyriker – sind schon in Verlegenheit gekommen, neuerdings nimmt man gern eine Zeile aus dem betreffenden Gedicht, in der es zu kulminieren scheint, aber darf sich dann nicht wundern, daß die Leser sich an dieser Zeile festklammern und für die übrigen Zeilen nicht mehr viel Blick haben.

Bei dem Gedicht ›*In Apulien*‹ stellte sich der Titel ein; es lag ein Grund vor, es so zu nennen. Jemand, dem ich das Gedicht zu lesen gab, fragte: »Sie waren in Apulien? Wo ist das eigentlich? – – So so.« Apulien findet man auf einer italienischen Landkarte, es ist eins der unbekannteren Teile Italiens, ein altes Land, Teil Großgriechenlands, Langobardenstraße, diffus in seinen Zeugnissen, Sandsteinbarock in Lecce, Gotik in Trani und Bari, griechische Kirchen in Gallipoli, heute verwuchert und nur noch lichtüberströmt, ein Bauernland, und ein Land der kleinen Häfen, der frutti di mare, Austernbänke von Taranto, die Deutschen sind selten bis [hier]her gekommen, aber Platen, ‹. . .› klassische Italienwege führen nicht dorthin.

Natürlich war ich in Apulien; aber ›*In Apulien*‹ ist etwas andres, löst das Land auf in Landschaft, und führt sie zurück auf das Land, das gemeint ist. Es gibt wunderschöne Namen für die Ursprungsländer, die versunkenen und die erträumten, Atlantis und Orplid. »Apulien« ist ein wunderschöner Name – ich glaube nicht, daß sich jemand entschließen könnte, Le Puglie zu sagen, das italienische Wort trifft es nicht, es ist geographisch. Was ist das über-

haupt für eine merkwürdige Redeweise, »in Frankreich«, »in Schweden«, als wäre von Gefäßen die Rede, von ihrem Inhalt.
Ich bin nicht sicher, ob es noch in Apulien oder schon in Lukanien war, als ich aus dem Zugfenster sah, in einen Olivenhain, auf einen riesigen Mohnteppich, [der] bis an den Horizont lief. In einem solchen Moment zündet man sich eine Zigarette an, oder man drückt sich an die Waggonwand, weil einer vorbei will; vielleicht war es aber nicht dieser unbeachtete Moment, sondern der, an dem geschrieben wurde »In Apulien«. Der Prozeß [besteht] aus vielen Faktoren, aus Schreiben, Denken mit einer fortschreitenden Konzentration, die wieder im Schreiben mündet. Das Wasser, mit dem ein Fluß mündet, erinnert sich nicht an die Quellen, die Zuflüsse, die Ufer, die es berührt, an das Gras, über das es schäumte, und die Wurzeln und Stämme, die es mitriß.
Es gibt viele genaue Bilder für Produktion, die sich aufdrängen, für den Weg vom Prozeß zur Formel, aber nur ein genaues Bild für Prozeß und Formel, das fällt mit dem Gedicht selbst zusammen. [. . .]

Das Gedicht an den Leser

Entwurf

Was hat uns voneinander entfernt? Seh ich mich in dem Spiegel und frage, so seh ich mich verkehrt, eine einsame Schrift und begreife mich selbst nicht mehr. In dieser großen Kälte sollten wir uns kalt voneinander abgewandt haben, trotz der unstillbaren Liebe zueinander? Ich warf dir wohl rauchende Worte hin, verbrannte, mit bösem Geschmack, schneidende Sätze oder stumpfe, ohne Glanz. Als wollt ich dein Elend vergrößern und dich mit meinem Verstand ausweisen aus meinen Landen. Du kamst ja so vertraulich, manchmal plump, nach einem schönfärbenden Wort verlangend; auch getröstet wolltest du sein, und ich wußte keinen Trost für dich. Auch Tiefsinn ist nicht mein Amt.

Aber eine unstillbare Liebe zu dir hat mich nie verlassen, und ich suche jetzt unter Trümmern und in den Lüften, im Eiswind und in der Sonne die Worte für dich, die mich wieder in deine Arme werfen sollen. Denn ich vergehe nach dir.

Ich bin kein Gespinst, nicht vom Stoff, der deine Nacktheit bedecken könnte, aber von dem Schmelz aller Stoffe gemacht, und ich will in deinen Sinnen und in deinem Geist aufspringen wie die Goldadern in der Erde, und durchleuchten und durchschimmern will ich dich, wenn der schwarze Brand, deine Sterblichkeit, in dir ausbricht.

Ich weiß nicht, was du willst von mir. Zu dem Gesang, mit dem du ausziehen könntest, um eine Schlacht zu gewinnen, taug ich nicht. Vor Altären ziehe ich mich zurück. Ich bin der Vermittler nicht. Alle deine Geschäfte lassen mich kalt. Aber du nicht. Nur du nicht.

Du bist mein Ein und mein Alles. Was möcht ich nicht alles sein vor Dir! Nachgehen möcht ich dir, wenn du tot bist, mich umdrehen nach dir, auch wenn mir Versteinerung droht, erklingen möcht ich, das verbleibende Getier [?] zu Tränen rühren und den Stein zum Blühen bringen, den Duft aus jedem Geäst [?] ziehen.

Religiöses Behagen? – José Orabuena: ›Kindheit in Cordoba‹

Der Herausgeber der Aufzeichnungen seines Vaters, eines spanischen jüdischen Arztes, José Orabuena, »fürchtet sich nicht«. Da heute keinerlei Furcht mehr vor der Publikation von Memoiren, Bekenntnis- und Erinnerungsbüchern gezeigt wird, ja Bloßstellung, Enthüllung und Preisgabe des Intimsten gang und gäbe geworden sind, schenkt man dieser Bemerkung im Vorwort doppelt Aufmerksamkeit: einmal weil dem Autor bewußt gewesen sein muß, daß Aufzeichnungen persönlicher Natur die Schwelle der Scham passieren müssen, wenn sie der Öffentlichkeit zugänglich gemacht werden – zudem weil dieser Schritt eben doch getan wird. Um so wohltuender liest sich dann die Geschichte einer ›*Kindheit in Cordoba*‹ (S. Fischer Verlag, Frankfurt am Main 1951), eine Lebensgeschichte, die sich fast anspruchslos ausnimmt in ihrer Unaufdringlichkeit, im behutsamen Gebrauch jedes Wortes, jeder Zeichnung der kleinen Geschehnisse in einer Welt der Geborgenheit. Die Orabuenas, denen von altersher, um ihrer Verdienste in der medizinischen Kunst willen, zugunsten und zum Wohle Seiner Katholischen Majestät, verstattet ist, auf spanischer Erde zu wohnen und im eigenen Heim den Gesetzen des eigenen Glaubens nachzukommen, diese einstmals Schiffbrüchigen und Verfemten bilden in dem von mancherlei Unruhen bewegten Land eine Feste der Sicherheit, weniger des äußeren Schutzes wegen, den sie genießen, als des inneren, der seinen Grund in der sittlichen Ordnung ihres eigenen Werthimmels hat. Nichts ist beiläufig im Leben dieser Familie, in der der junge David heranwächst und unmerkbar dazu verhalten wird, im Hinblick auf »das menschliche Gesetz des Benehmens unseres Geistes« zu handeln.

Auf natürliche und zwanglose Weise, »in schöner Freiheit«, lernt das Kind, sich in den Tugenden zu üben, die seinen Vätern die höchsten waren, in Furchtlosigkeit, Duldsamkeit und Höflichkeit. Neben dem Beispiel, das Vater und Mutter ihm geben, wirken die Erzählungen der alten katholischen Kinderfrau, die in Gleichnissen der kindlichen Seele schenken, was sie an Wunderbarem verlangt. »In der biblischen Zeit wurde zuweilen ein Engel zu den Menschen zu Tisch eingeladen. Und es geschah, daß Lot einen Engel bei sich sah und ihm von dem Brote reichte, das er wählte. Denn es wußte Lot nicht, oder auch vergaß er es in der Erregtheit, daß die Engel keine Speise berühren. Doch der Engel gab vor, von dem Brote zu essen, damit er Lot nicht verwirre. Da aber entsann sich Lot plötzlich der Natur der Engel . . . Er erkannte, daß der Engel sich gebärdet hatte, als äße er, das war die süßeste Höflichkeit.« So weiß Fernanda zu erzählen und das ihr anvertraute Kind in Nachdenklichkeit zu versetzen.
Wenn der junge David die erste Berührung mit Fremden, mit Lehrern und Besuchern erfährt, ist sein Inneres so gefestigt – wenn auch immer empfänglich –, sein Sinn für Unterscheidung von Qualitäten so sicher, daß nichts verständlicher scheint als sein Heranwachsen ohne Spannung, ohne Konflikt. Das Andere wird betrachtet und wohlbefunden, das Eigene verschwiegen gelebt und wohlbefunden, die Aufmerksamkeit auf das Schöne, das »Gebildete« gerichtet. Und es wird offenbar, daß die Bedenken Orabuenas nur dem Leser einer »ungefälligen, ja unreinen Zeit« wie der unseren gelten, der »die sittliche und geistige Bewegtheit dieser Lebenserzählung, auch ihren langsamströmenden Fluß nicht widerspruchslos genießt, sondern für altertümlich nimmt«. Nun haben wir dem »Altertümlichen« gegenüber nie ganz die Achtung verloren und es vielleicht oft gesucht, wenn wir den Exzessen der experimentierenden Literatur, dem »Modernen« und in die Zu-

kunft Weisenden bereitwillig folgten – und es stellt sich wie selbstverständlich der Geschmack am Stillen und Zarten ein. Eine erste Reise des Knaben nach Paris, die scheue Liebe zur jungen Katholikin Juana, aus deren Mund er erfährt, daß er das Leben nicht eigentlich verstehen könne, wenn er nicht ihrem Glauben angehöre, oder eine Begegnung mit Lamartine und Delacroix werden in ihrer Ereignislosigkeit zum Ereignis.

Die Unstimmigkeit in diesem durchwegs abgestimmten Buch ergibt sich anders. »Meine Kindheit war angenehm«, schreibt Orabuena. Gegen den mühelosen Gewinn des Angenehmen, der doch einer tiefen Bemühung entspringt, wollen wir uns nicht verschließen. Daß die klaffenden Risse in der Welt und die Einbrüche aus dunklen Bezirken, die ernste Stellungnahme erfordern, mit einer kindlichen Geste des Vertrauens geschlossen werden, kann nicht mehr unsere Sache sein. Orabuena spricht mit einer gewissen Genugtuung von der Atmosphäre »religiösen Behagens«, in der sich sein und seiner Familie Leben zutrug, von ihrem Glauben, der keiner Darstellung und keiner Zeugen bedurfte, da sie, wenngleich dem Judentum angehörig, sich seinen religiösen Geboten nicht mehr unterwarfen. Die Vorstellung, »religiöses Behagen« zu empfinden, muß heute Unbehagen auslösen, wie denn das Wort »Behagen« überhaupt aus unserem Vokabular gestrichen worden ist.

Gewiß, dies ist kein christliches Buch; ungewohnt heute und befremdend, aber doch nur, weil es weder aus dem Vakuum eines Unglaubens noch aus einem anderen starken Glauben geschrieben ist. Die Redlichkeit des Autors sei unbestritten. Und die Frömmigkeit und das Maß der Liebe, die zu Wort kommen, die Verklärung und Sinngebung aus den Dingen selbst, die humanistische Gepflegtheit, die Ungebrochenheit seiner Menschen hat etwas Tröstliches. Aber es bleibt noch die Brücke zu schlagen über den Abgrund zwischen der Welt von gestern und der

Welt von morgen. Uns, die wir in der Mitte dieser im Bau befindlichen Brücke halten, ist jedes Behagen schon geschwunden. Ohne es zu verlieren, werden wir das Land der Kindheit nicht retten, und ohne das religiöse Behagen, das es uns schenkte, einem äußersten Zweifel zu unterwerfen, werden wir keinen Anspruch haben, den Glauben, der im Anfang steht, mitnehmen zu können in den, der am Ende ist.

Kosmische Ekstasen – Alfred Mombert: ›Der himmlische Zecher‹

Im Jahre 1942 wurde der damals siebzigjährige Dichter Alfred Mombert aus »rassischen« Gründen von der Gestapo verhaftet und in ein Lager nach Frankreich gebracht. Nur der Hilfe von Schweizer Freunden gelang es, nach großen Schwierigkeiten den Schwerkranken vor dem Äußersten zu bewahren und nach Winterthur zu bringen, wo er wenige Monate später starb – in heiterer Gelassenheit und ohne Haß, wie seine Freunde und Bewunderer berichten. Kurz vor seinem Tod hat Alfred Mombert eine Auswahl aus seinen Dichtungen getroffen, die jetzt unter demselben Titel, den 1909 seine erste Anthologie trug, vorliegt: ›*Der himmlische Zecher*‹ (Insel-Verlag, Wiesbaden 1951). Dem Verlag ist für diese Geste zu danken.

Inhaltlich ist Momberts Lyrik ein charakteristisches Produkt seiner Zeit; zum erstenmal seit der Romantik gibt ja der deutschen Dichtung wieder die »freie, schöpferische Phantasie« den Impuls, und es wird der Lyrik ein Bereich wiedergewonnen, aus dem sie sich ins absolut Irrationale und Phantastische verliert. Wieder steht der Dichter vor der Fülle formloser Visionen und chaotischer Schöpfungsfragmente; nur kann er sie diesmal, bestenfalls, notieren. Das Menschen- und Landschaftsbild wandelt sich ins Heroische; in monistischer Schau sind für Mombert Schöpfung, Gott und Dichter eins. Teils in ihrem aufgelösten Rhythmus, teils auch im Inhalt weisen einige Partien seiner »poésie ininterrompue« auf Arno Holz' ›*Phantasus*‹, auf Däublers ›*Nordlicht*‹ und Spittelers ›*Olympischen Frühling*‹. Und wider Willen kommt sie in die Nähe Georges zu stehen. Die Gesichte irrationaler Erhabenheit streifen das Groteske, und die Konsequenz zieht zweifellos

Morgenstern. Sieht man sich nicht versucht, Verse Momberts oder Stücke der Algabal-Lyrik aus ihrer Umgebung zu lösen und in die Nähe der Palma-Kunkel- oder Palmström-Gedichte zu versetzen?

Carossa bemerkt ganz richtig: »Sein Werk wollte nur höchste Gipfel zeigen; man sah selten die Berge, von denen sie getragen wurden . . .« Das Unternehmen Momberts scheint im Bodenlosen zu beginnen und im Bodenlosen zu enden. Die Flucht in den Kosmos, in die weißen Zelte auf Mondlichtwiesen gibt sich als unbewußte Furcht vor der Auseinandersetzung mit der zunehmenden Verdunkelung der Welt zu erkennen, aber der Flug in das ferne Licht anderer Sphären kehrt sich in den Sturz ins Dunkel. »Gott ist vom Schöpferstuhl gefallen, / hinunter in die Donnerhallen / des Lebens . . .« – an seiner Statt durchmißt der Dichter den »jungen Silber-Äther«. Nietzsche-Töne klingen an; der ewige Kampf und das ewige Werden, die heldenhaften Linien aus der Geschichte der Völker begeistern, und so zeigt sich das Ethos der Mombertschen Dichtung, paradoxerweise, dem des bald die Macht ergreifenden, praktizierenden Nihilismus verwandt. »Ich töne im Zusammenklang von Völkern! / Will einer mich anklagen? / Glaubt einer, die Glücke der Zeiten würden milder? / Wer Milde sucht, der scheide sich von mir . . .«

Mombert, der das Grenzenlose liebte, erfuhr aber am Ende die Grenze; und die Milde, die er dem Geist nicht gewährte, versagte sich ihm in einem Ausmaß, das er selbst nicht gewünscht haben konnte. Daß diese Dichtung dem Mißbrauch durch das nationalsozialistische Regime entzogen wurde, ist aber ein Werk jenes Geistes der Milde gewesen, dem die »freie, schöpferische Phantasie« den Rang ablief.

Das Fazit ist zweifellos schmerzlich: Ekstase, Trance und Rauschzustand werden in der »Geschichte der Literatur« konserviert, die Kolossalvision ist dissertationsreif geworden. Auf der Flucht aus der Zeit ist wieder ein Werk von der Zeit überholt worden: die »Traum-Himmel« und »Äther-Gewölbe« sind zusammengestürzt, und es zeigt sich, daß auch Dichter, die den Schöpferthron einzunehmen meinten, fallen können – »in die Donnerhallen des Lebens« . . .

Franz Kafka: ›Amerika‹

2. SPRECHER »Als der sechzehnjährige Karl Roßmann, der von seinen armen Eltern nach Amerika geschickt worden war, weil ihn ein Dienstmädchen verführt und ein Kind von ihm bekommen hatte, in dem schon langsam gewordenen Schiff in den Hafen von New York einfuhr, erblickte er die schon längst beobachtete Statue der Freiheitsgöttin wie in einem plötzlich stärker gewordenen Sonnenlicht. Ihr Arm mit dem Schwert ragte wie neuerdings empor, und um ihre Gestalt wehten die freien Lüfte.«

1. SPRECHER Beginnt so wirklich ein Buch Franz Kafkas?

2. SPRECHER ». . . und um ihre Gestalt wehten die freien Lüfte . . .«

1. SPRECHER Denn die »freien Lüfte« finden wir nirgends mehr in seinem Werk, nicht früher und nicht später. Der Roman ›*Amerika*‹, den der S. Fischer Verlag, ediert von Max Brod, vor kurzem neu herausgebracht hat, ist ein Sonderfall geblieben. Max Brod weiß zu erzählen:

2. SPRECHER »An diesem Werk arbeitete Franz Kafka mit unendlicher Lust, meist abends und bis spät in die Nacht hinein. Kafka war sich bewußt, daß dieser Roman hoffnungsfreudiger und ›lichter‹ sei als alles, was er sonst geschrieben hat.«

1. SPRECHER ›*Amerika*‹ ist tatsächlich ein lichtes Buch, obwohl über dem jungen Helden, der in die Fremde geschickt wird, auch ein »Prozeß« schwebt; er ist so erfolglos wie Josef K. und K. in den Romanen ›*Der Prozeß*‹ und ›*Das Schloß*‹, er wird von Mißgeschicken betroffen und hart geprüft. Freilich will es gelegentlich

scheinen, als beruhe der Eindruck des Humorvollen, des manchmal geradezu Harmlosen auf einer optischen Täuschung. Die verwirrte Welt, in der sich Karl Roßmann befindet, ist nicht weniger grauenerregend, nicht weniger feindselig als alle anderen Welten, die Kafkas magische Phantasie je ersann. Doch das, was im ›*Prozeß*‹ oder im ›*Schloß*‹ wie völlige Unlösbarkeit und Dunkelheit wirkt, schiebt der Leser hier der Kindlichkeit Karls zu. Fast möchte man sich auf jeder Seite einreden: Natürlich sind die Dinge nicht so, wie Karl Roßmann sie erfährt. Wäre er älter, vernünftiger, erfahrener und weniger vertrauensselig, dann würde sich ihm alles klären und wieder in die schönste Ordnung kommen. Mit anderen Worten: Man glaubt, die Verwirrung besteht nicht als eigentliche Wirklichkeit, sondern sie verdankt sich der kindlichen Perspektive. Nun hat Kafka aus Freude am Fabulieren in der Tat den jungen Karl Roßmann oft harmlos, ja geradezu töricht reagieren lassen, und gewisse Zusammenhänge würden sich wirklich anders darstellen, wenn ein »vernünftiger« Mensch ihnen begegnete. Aber man darf nicht vergessen, daß gerade die blinde Vertrauensseligkeit Roßmanns, die ihn von einem Unglück ins andere schliddern läßt, auch immer wieder seinen Zugang zur Welt bewirkt. Letzten Endes kommt er doch weiter als die Gerissenen, als die Versierten. Daraus wieder läßt sich nun freilich ableiten, daß es mit der Harmlosigkeit dieser Amerikawelt nicht allzu weit her sein kann, denn, wie schon Günther Anders bemerkte, nur der Zufall und die Frau können bei Kafka helfen, nicht die eigene Tatkraft. Doch diese merkwürdige [---] wird erst in den großen Romanen ›*Das Schloß*‹ und ›*Der Prozeß*‹ bedrängend thematisch. Da stehen nicht Kinder, sondern gescheite erwachsene Männer einer Welt gegenüber, der sie beizukommen vermöchten, und die rettende Instanz, die Hoffnung auf einen Ausweg, die entschuldigende Kindlichkeit gibt es nicht mehr. Wie gesagt, der Kampf des Karl Roßmann um einen Platz in der Gesellschaft und um die Grundlagen seiner Existenz ist bescheidener und hingebungsvoller, wenn auch nicht weniger verzweifelt. Und seine erste Erkenntnis teilt er in dem verzweifelten Satz mit:

2. SPRECHER »Es ist unmöglich, sich zu verteidigen, wenn nicht ein guter Wille da ist.«

1. SPRECHER Nur weil er sich in seiner Unerfahrenheit und Jugend nicht auf sein Recht versteht und auch keinen Gebrauch davon zu machen wüßte, ist er von den drei Helden der drei Romane Kafkas der einzige, der sein Ziel erreicht. Erspart bleibt ihm freilich nichts. Auf dem Schiff, mit dem er nach New York kommt, trifft er zufällig seinen amerikanischen Onkel. Alles scheint sich wunderbar zu fügen. Er wird in ein neues Leben eingeführt und in die Arbeit des Speditionsgeschäftes, das seinem Onkel Ansehen und Reichtum eingebracht hat – bis er eines Tages eine Einladung in ein Landhaus bei New York annimmt, die unter sonderbaren Umständen vonstatten geht; instinktiv begreift er, daß sein Verhalten dem Onkel gegenüber geprüft wird, er will zurückkehren, ehe es zu spät ist, und wird daran gehindert. Ein Brief seines Onkels wird ihm überreicht.

2. SPRECHER »Du hast Dich gegen meinen Willen dafür entschieden, heute abend von mir fortzugehen, dann bleibe aber auch bei diesem Entschluß Dein Leben lang.«

1. SPRECHER So beginnt der Leidensweg für den Jungen, dessen Stationen auf der Stellungssuche die Landstraße, ein Hotel und das schreckliche Asyl bei der Sängerin Brunelda sind, unter deren tyrannischer Herrschsucht ihr Geliebter Delamarche und der kleine Ire Robinson gerne leiden. Alles Gemeine und Niedrige aber stößt Karl ab, und seine Hoffnung, einen anständi-

gen Beruf zu finden, erlischt nie. In Kafkas Welt, deren Hoffnungslosigkeit sonst unlösbar ist, ist einmal die Lösung zugelassen: Im himmlisch-irdischen Projekt des Naturtheaters von Oklahoma verlieren die Bitternisse und Enttäuschungen Karls ihr Gewicht; er wird alles Bisherige vergessen können. Das Versprechen, mit dem ein Plakat Leute für dieses Theater wirbt, kommt einer Verheißung gleich:

2. SPRECHER »Das große Theater von Oklahoma ruft euch! Es ruft nur heute, nur einmal! Wer jetzt die Gelegenheit versäumt, versäumt sie für immer! Wer an seine Zukunft denkt, gehört zu uns! Jeder ist willkommen! Wer Künstler werden will, melde sich! Wir sind das Theater, das jeden brauchen kann, jeden an seinem Ort! Wer sich für uns entschieden hat, den beglückwünschen wir gleich hier! Aber beeilt euch, damit ihr bis Mitternacht vorgelassen werdet! Um zwölf Uhr wird alles geschlossen und nicht mehr geöffnet! Verflucht sei, wer uns nicht glaubt!«

1. SPRECHER Daß er irgendwo willkommen sein soll, bestimmt Karl, sich zu melden; sein Vertrauen in die Möglichkeit eines Lebens in einer Gemeinschaft war nie größer, und dem Vertrauenden gelingt das Einfachste und Schwerste: er wird aufgenommen. Zwar bleibt die Welt in ihrer Wirrnis, als ein System von Widerständen, bestehen, aber den Menschen, die diese Wahl, wie Karl Roßmann, getroffen haben, wird Sicherheit und Ruhe zuteil. Ein wie ein religiöser Akt anmutendes Mahl versammelt die Aufgenommenen. Sie finden *den* Eingang, zum Unterschied von dem Mann, dem in einer Legende Kafkas vom Türhüter gesagt wird:

2. SPRECHER »Dieser Eingang war nur für dich bestimmt. Ich gehe jetzt und schließe ihn.«

1. SPRECHER Mit der Abreise nach Oklahoma und dem Ausblick auf eine Urlandschaft endet das Buch.

2. SPRECHER »Sie fuhren zwei Tage und zwei Nächte. Jetzt erst begriff Karl die Größe Amerikas. Unermüdlich sah er aus dem Fenster, und sein Gefährte Giacomo drängte sich so lange mit heran, bis die Burschen gegenüber, die sich viel mit Kartenspiel beschäftigten, dessen überdrüssig wurden und ihm freiwillig den Fensterplatz einräumten. Karl dankte ihnen – Giacomos Englisch war nicht jedem verständlich –, und sie wurden im Laufe der Zeit, wie es unter Coupégenossen nicht anders sein kann, viel freundlicher, doch war auch ihre Freundlichkeit oft lästig, da sie zum Beispiel immer, wenn ihnen eine Karte auf den Boden fiel und sie den Boden nach ihr absuchten, Karl oder Giacomo mit aller Kraft ins Bein zwickten. Giacomo schrie dann, immer von neuem überrascht, und zog das Bein in die Höhe, Karl versuchte einmal, mit einem Fußtritt zu antworten, duldete aber im übrigen alles schweigend. Alles, was sich in dem kleinen, selbst bei offenem Fenster von Rauch überfüllten Coupé ereignete, verging vor dem, was draußen zu sehen war.

Am ersten Tag fuhren sie durch ein hohes Gebirge. Bläulich-schwarze Steinmassen gingen in spitzen Keilen bis an den Zug heran, man beugte sich aus dem Fenster und suchte vergebens ihre Gipfel, dunkle, schmale, zerrissene Täler öffneten sich, man beschrieb mit dem Finger die Richtung, in der sie sich verloren, breite Bergströme kamen, als große Wellen auf dem hügeligen Untergrund eilend und in sich tausend kleine Schaumwellen treibend, sie stürzten sich unter die Brücken, über die der Zug fuhr, und sie waren so nah, daß der Hauch ihrer Kühle das Gesicht erschauern machte.«

1. SPRECHER 1913 veröffentlichte Kafka das erste Kapitel ›Der Heizer‹; im folgenden Jahr schrieb er die weiteren Kapitel – dann unterbrach er plötzlich die Arbeit und nahm sie nicht wieder auf. Der Roman blieb unvoll-

endet, aber wir wissen, daß Kafka ihm einen versöhnlichen Schluß geben wollte, daß »der kleine Karl Roßmann im Naturtheater von Oklahoma Beruf, Freiheit, Rückhalt, ja sogar die Heimat und die Eltern wiederfinden« sollte.
Kafka war nie in Amerika, und das Amerika, das er vorstellte, mag dem wirklichen in vielen Punkten nicht entsprechen. So wird Karl einmal von einem Polizisten in einer Weise verhört, die im New York um 1900 weniger glaubhaft wirkt. Aber dies ist nicht belangvoll. Kafka hat mit *›Amerika‹* so überzeugend eine Welt geschaffen und für seinen Helden entdeckt, voll Weite und Farben, voll Freude an jeder Beobachtung und reicher Schilderung der Einzelheiten. Schon ist es nicht mehr die natürliche Welt; ihre Kausalität scheint durchbrochen, und die Handlungen der Personen folgen nicht immer mehr Motiven, die uns die Psychologie nennt, obwohl alles, was geschieht, »vernünftig« begründbar und durch ein eigenes Netzwerk detailliert ausgeführter Auch-Logik untereinander verbunden ist. Noch ist die Trennung von Wirklichkeit und Unwirklichkeit, die in den zwei anderen Romanen aufgehoben wird, spürbar, aber die Wirklichkeit funktioniert auch in diesem Buch Kafkas nicht.
Dieses »Nichtfunktionieren« wird erst durch die reine, klare Sprache, die noch den geringsten Dingen fast pedantisch gerecht wird, sichtbar; ja überhaupt wäre die Magie von Kafkas Werk ohne das besondere Phänomen seiner Sprache und die Art der Darstellung nicht zu verstehen.
Doch wir wollen uns nicht verführen lassen, den zahllosen Urteilen über die dichterische Qualität Kafkas und den zahllosen Deutungen seines Oeuvres noch ein Urteil und noch eine Deutung hinzuzufügen. Die erste Stille nach dem »Pro und Contra«-Lärm der ersten Nach-

kriegsjahre können wir nützen, um ihn wiederzulesen. Dichtern wird man in der Stille gerecht, denn wenn alle Deutungen veraltet und alle Erklärungen verbraucht sind, erklärt sich ihr Werk aus der unverbrauchbaren Wahrheit, der es sich verdankt.

[Gruppe 47]
Entwurf

Das ist schon vergessen, aber doch wahr. Im Jahr 1952 wußte man in Österreich so gut wie nichts über neue deutsche Schriftsteller. Hin und wieder fuhr jemand, der Paß und Visum hatte, nach Deutschland, das ferner schien als jedes andre Land, einige wenige »Pioniere«, die dann erzählten, es wäre zuviel gesagt, daß man [aus] jenen Erzählungen klug hätte werden können. Drei österreichische [Schriftsteller] waren schon dort bei einer »Gruppe 47« gewesen, so zufällig hingeraten wohl, wie ich in diesem Jahr, ich war noch nie in Deutschland gewesen und ich weiß nicht, was damals die größre Spannung ausmachte: zum erstenmal in dieses Land zu kommen oder Furcht und Neugier oder die gemischten Gefühle vor dem Zusammentreffen mit Menschen, von denen man noch nie den Namen gehört hatte.
Der Omnibus ist noch da in der Erinnerung, in den man in München stieg, um an die Ostsee zu fahren, das erste Coca-Cola, das man in einem Münchner Gartencafé trank, die freundlichen Händedrücke, die lustigen Geschichten, die ein Herr erzählte, von dem ich jetzt weiß, daß es Walter Kolbenhoff ist, es schien mir ziemlich unwahrscheinlich, daß sie alle Schriftsteller sein konnten, sie hatten weder Titel, meistens nur Vornamen, sie waren nicht Professoren, Hofräte, sie gaben sich kein Air, aber sie kamen mir unwahrscheinlich lustig vor, ich hatte nie soviel lustige Menschen gesehen vorher, [– – –]
Am Vormittag kam Milo Dor in das kleine Büro in der Seidengasse in Wien und fragte mich, ob ich ihm 50 Schilling borgen könne, er brauche sie, für einen deutschen Gast, um ein Taxi nehmen zu können, es sei eine Ehrensache, oder

er wird sich wohl anders ausgedrückt haben, wie stünden wir da vor der deutschen Literatur, wenn wir nicht einmal Geld für Taxi etc. Ich weiß nicht, ob der deutsche Schriftsteller die Geschichte je erfahren hat, er wäre wohl der erste gewesen, der darüber von Herzen gelacht hätte. Wir waren alle Mitte zwanzig, notorisch geldlos, notorisch hoffnungslos, zukunftslos, kleine Angestellte oder Hilfsarbeiter, einige schon freie Schriftsteller, das hieß soviel wie abenteuerliche Existenzen, von denen niemand recht wußte, wovon sie lebten, von Gängen aufs Versatzamt jedenfalls am öftesten.

Es scheint, daß wir in Wien alle ziemlich wenig zu lachen gehabt haben, denn sonst wäre meine stärkste Erinnerung nicht die, eine verwandelte Ilse Aichinger zu sehen, bald angesteckt worden zu sein von etwas, das Jungsein, Lachen, Gelöstsein in einem war, Ansteckung durch Hoffnungen, durch mehr Weite, und das Unbekümmertsein, so daß meinetwegen der Bericht weniger wie einer über ein Zusammentreffen mit einer literarischen Gruppe klingt, es auch am wenigsten war, sondern eine kurze Spanne »Jugend«.

In Frankfurt übernachtete der Omnibus und übernachteten die Schriftsteller, bei einem anderen Schriftsteller, die Wohnung wurde zum Quartier, sie lagen auf dem Fußboden, auf Matratzen, sie kochten Kaffee, begrüßten andere Schriftsteller, und der Neuling wunderte sich über alles und über gar nichts, so war es eben, und am nächsten Tag fuhr der Omnibus weiter, hielt in einem nördlichen Dorf, in einem Krug wurde getrunken, die Geld hatten zahlten, die keines hatten, ließen die anderen zahlen, und nachts war man an der Ostsee und rannte ans Meer, und alles war wunderlich und ungeahnt, und in dem Haus waren wieder andere Schriftsteller, noch mehr, die man auch nicht kannte, einer ein Intendant, aus Hamburg, und auch der war freundlich und nicht wie ein Intendant, und [der] sich ja auch als Schriftsteller entpuppte, ein alter Herr war Herr Rowohlt, von dem man allerdings wußte, wer er war, und sonst wußte man einfach von niemand etwas und redete mit manchen, und nie war ein Land exotischer als dieses Deutschland, und nie waren Leute wunderlicher als diese »Gruppe 47«, die sich am nächsten Tag reihenweise, aber nicht sehr ordentlich in einen Saal setzte, der deutsche Schriftsteller setzte sich auf einen Stuhl vorne, und einer begann zu lesen, da trat endlich Ruhe ein. Heute weiß ich freilich, wer sie sind und wer [– – –]

Am zweiten Tag wollte ich abreisen, am dritten Tag las ich ein paar Gedichte vor, vor Aufregung am Ersticken, ein freundlicher Schriftsteller las sie nochmals laut und deutlich vor, einige Herren sagten [etwas] dazu, und nachher kam ein Herr, der sagte, ich solle am nächsten Tag in Hamburg dasselbe nochmals im Rundfunk lesen, ich bekam 300 Mark an der Kasse, ich dachte, man habe sich geirrt in der Summe, und ging zurück zu dem Schalter, aber der Mann sagte, es stimme, es waren 300 Mark gemeint, und [ich] verdiente soviel nicht in einem Monat.

Ein sehr freundlicher Franzose beruhigte mich nachher und sagte, [es] sei gut gewesen, das war Louis Clappier, der jetzt tot ist und von dem ich meine, er [– – –]

In Hamburg ging das Treffen weiter, man spielte Bänder vor, eine Funkoper, ›*Der Landarzt*‹, es gab also Funkopern. Ein Feature, es gab also Features, ein Hörspiel ›*Träume*‹, es gab also solche Hörspiele, und dies »das gibt es also« ist auch nicht mehr nachzuvollziehen in der Erinnerung, wie die Neuigkeiten, Freundschaft, eine Wolke von Freundschaft, Lachen, Ernst, jetzt schon verklärt, längst modifiziert, längst verschoben.

Diese Tagung hat kein Ende genommen, zwei Tage später trafen sich wieder einige Teile der [Gruppe] in Frankfurt, dann wieder ein Teil in München, und immer wurde geredet, [– – –]

[Witold Gombrowicz]

Entwurf

Ich habe Herrn Gombrowicz im Frühjahr 1963 in Berlin kennengelernt, wir waren beide die ersten Gäste der Ford Foundation und wahrscheinlich auf ähnliche Weise dankbar und undankbar. Was ich erraten konnte, aber nicht beweisen kann, ist, daß Gombrowicz dieser kleine Geldregen, der ihm zum erstenmal erlaubt hat, nach soviel Jahren, ohne die täglichen Sorgen zu leben und unter halbwegs erträglichen Umständen zu leben, wenig geheuer war, und zwar vielleicht weniger der Skrupel wegen, die weder er noch ich hatten, denn sie wären höchst unangebracht gewesen in einem Augenblick, in dem man kein Dach über dem Kopf hat – ich glaube also erraten zu haben, daß dieses Geld seine Integrität und seine Art zu leben nicht berührt hat, es war ihm angenehm, aber wie so oft, sind Annehmlichkeiten, für die man dankbar sein müßte, mit ungeheuerlichen Veränderungen verbunden.

Gombrowicz kam aus Argentinien, ich auch auf hundert Umwegen aus vielen Ländern, und wenn wir etwas voneinander begriffen haben, ohne es einander je zu gestehen, daß wir verloren waren, daß dieser Ort nach Krankheit und Tod riecht, für ihn auf eine Weise, für mich auf eine andre. Wir wohnten einige Zeit in der Akademie der Künste, und da ich, zumindest in der ersten Zeit, der einzige Mensch war, der französisch mit ihm sprechen konnte, war es selbstverständlich, daß er mich einiges fragte, daß ich ihm antwortete, daß ich ihm seine Telegramme ins Deutsche übersetzte und daß man sich die kleinen Gefälligkeiten erwies, die zwei Fremden in einer fremden Stadt in den Sinn kommen.

Gombrowicz war einer der wenigen diskreten Menschen,

die ich in meinem Leben getroffen habe, und ich weiß darum auch wenig zu sagen; wenn ein diskreter Mensch mit einem zusammentrifft, der es auch ist, dann ergibt das sehr viel Schweigen und hie und da Konversation. Was ihn beschäftigte, das waren, außer der Nähe zu Polen, einige Bücher, darunter Sartres Buch über Genet, er sprach öfters darüber, ich bin nicht fähig, seine manchmal glänzenden und hochfahrenden Bemerkungen wiederzugeben, ich erinnre mich an ihn, aber ich schrieb mir keine Sätze auf.

Ich erinnre mich, daß wir durch die uns beiden so fremden Straßen von Berlin gingen und oft lachten und riefen, voyez, il y a quelqu'un, denn die Straßen waren so unendlich leer, jedenfalls für uns.[1]

Eines Tags gingen wir in eine kleine Wirtschaft in Berlin essen, der Kellner dachte, wir verstünden kein deutsch, am Ende sprach ich deutsch mit ihm, und es war einer der vielen Schocks, die sich sehr oft wiederholt haben in Berlin für mich. Es war aber nicht der Kellner, der mir sagte, wir sind doch hier keine Polenwirtschaft. Er sagte etwas anderes, er war vorsichtig, er wußte nicht, wie man uns unterbringen sollte, und ob Ost oder West oder etwas Drittes, aber er sagte etwas Fürchterliches, wir standen beide auf und zahlten sofort und gingen.

Eines Tages brachte man G. in ein Hotel am Kurfürstendamm, ich schickte ihm ein Telegramm, und ich vermute, daß es meine einzige Äußerung der Zuneigung und des Verstehens war. Das Hotel war schrecklich, der Stumpfsinn in jedem Gegenstand, und wir studierten den Brief seines Übersetzers und einen Vertrag. Am Ende sagte er, wir, Sie und ich und die andren, wir werden einen kollektiven Selbstmord begehen, und den wird die arme Ford Foundation auch noch bezahlen müssen.

Darüber haben wir länger geredet und gelacht, aber es war [nichts] zum Lachen dabei, denn im Grund wußten wir

beide, daß wir es vielleicht tun würden. Wenn auch nicht mehr auf Kosten der Ford Foundation.
Wer aber war dieser Mann wirklich. Ich glaube, er war einer der einsamsten Menschen, die ich getroffen habe, er war vollkommen von allem verlassen, von Polen, von Argentinien, von Berlin, und seine Art, zu sprechen und diskutieren [zu] wollen, hat alle Berliner abgeschreckt. Es war, wenn ich es auf französisch sagen darf, eine incompatibilité, kein böser Wille von einer oder [der] andren Seite.
Da ich auch aus einem Land komme, dem man Charakterlosigkeit und »Schwierigkeit«, in dem Sinn wirklicher »Schwierigkeiten«, zuschreibt, war es mir möglich, beide zu verstehen. Ich konnte verstehen, daß meinen Berliner Freunden dieser Mann, der ein Gespräch suchte, das sie nicht führen konnten und wollten, völlig absurd ist. Für mich war er das keineswegs, denn die Absurdität jedes Menschen und jeder Klasse und jeder Rasse ist mir immer gegenwärtig, und G. hatte zweifellos einen Kopf, den man in Berlin nicht einmal von fern und nicht mit dem besten Willen verstehen konnte.
Er war aber nicht so schwer zu verstehen. [In ihm] war eine große Güte, eine Zartheit, die sich maskiert hat als Hochmut. Er war der bescheidenste Mensch, den man sich denken kann. Ich besuchte ihn noch einmal, ehe ich selber krank wurde, in seiner ersten abominablen Wohnung in Berlin, in einem Geräuschchaos, und er hörte die Beethoven-Quartette, die ich mir seinetwegen später gekauft habe, aber er hörte sie mit einem Kopfhörer, denn er wollte niemand stören, während man ihm, der gesamte Hohenzollerndamm, die Hölle an Geräuschen anrichtete, ich ging eher fort, als ich es wollte, ich konnte den Straßenlärm nicht mehr aushalten.
Damals konnte er schon ganz gut deutsch, und das wunderte mich, denn für einen Sechzigjährigen muß es unendlich schwierig [sein], noch eine neue Sprache zu erlernen,

er muß auch einige Leute, die ihn geschätzt haben, getroffen haben, aber darüber weiß ich nichts. Ich glaube, er sprach mir von einigen jungen Leuten, die ihn besuchten.
Es mag ja töricht klingen, daß man sich so im Ungewissen aufhält, wenn man über einen Menschen spricht, den man wirklich gekannt hat, mit dem man viele Male spazierengegangen ist oder essen war, aber das Gedächtnis ist eine unbarmherzige Institution, es erlaubt keine Lügen.
Was ich besser weiß als die Fakten oder Sätze, das ist natürlich mein Eindruck von ihm. Meine Zuneigung war aufrichtig, und er wußte es auch. Er kann daran auch nie gezweifelt haben. Er zweifelte an allen anderen, und das vielleicht mit Recht. Sie hatten keine gemeinsame Sprache, und wir hatten, auf vielen und komplizierten Umwegen, eben doch eine gemeinsame Sprache. Es war nicht nur der Vorteil des Französischen, sondern der Vorteil der Traurigkeit, der Nachteil aller ihrer Folgen, und obwohl wir unsren einzigen literarischen Diskurs sofort abbrechen mußten, weil er mich quälte, ja, daran erinnre ich mich genau, er fragte mich schon auf der Straße, was halten Sie von Goethe, was von Schiller, was von Kleist etc. Ich stotterte hin und her und wollte wissen, was denn von Goethe oder von Kleist, ich wollte, wie er mir noch mehrmals vorwarf, »alles kompliziert machen«, am Ende standen wir im Gang der Akademie, die ja auch die Szenerie, die einzig richtige für diese unwirklichen Gespräche war, und [ich] drehte mich plötzlich um und ging gegen mein Zimmer. Und damals ging er mir ein paar Schritte nach, und er sagte, ich hoffe, Sie weinen nicht, ich wollte Sie nur quälen, und wenn mir das gelungen ist, dann ist es ja gut.
Damals mußte ich wirklich weinen und auch lachen.
Vielleicht war das eine seiner wirklichsten Seiten. Er wollte quälen, und er konnte es nicht. Ich habe es ja schon gesagt, er war, au fond und gegen alles, was er wollte, ein Mensch mit einem großen Herzen. Da ich die Menschen zwar nicht

einteile nach ihren Ansichten, ihren Allüren und Manieren, und mir das alles gleichgültig ist – wenn ich denken muß und darf an jemand, dann würde mir zu G. immer einfallen, daß er ein Herz hatte. Er war darum wohl auch ein sehr großer Schriftsteller.
Daß so viele andre es nicht bemerkt haben, das muß man den andren nicht vorwerfen, denn er war in seiner merkwürdigen Art, Stolz, Allüre etc., offenbar abschreckend, für mich aber nie, denn ich möchte nicht, daß der Stolz und die Allüre aus der Welt verschwinden.
Ja, was war denn seine Schwierigkeit. Er war krank, und ich war es auch. Ich konnte ihn nicht mehr besuchen, er hat mich nicht besucht. Aber das ist sehr unwichtig.

[Giuseppe Ungaretti]
Entwurf

Im Jahr 1961, nachdem ich die erste Auswahl der Gedichte von Ungaretti ins Deutsche übersetzt hatte, lernte ich den großen alten Mann kennen. Die Begegnung hatte ich die längste Zeit vermieden, nicht einmal zwei wunderbare Briefe von ihm beantwortet, weil ich fürchtete, mein fehlerhaftes Italienisch könne ihn erschrecken oder mißtrauisch machen. Allerdings hätte ich mir sagen müssen, daß niemand besser als Ungaretti verstehen würde, daß man in der eigenen Sprache zuhause sein muß, um ein Gedicht von einem Ufer ans andre ziehen zu können. Meine Furcht vor dem mostro sacro der italienischen Dichtung ist in einem der legendären Ungaretti-Gelächter vergangen: ich habe ihn nicht zuerst sprechen gehört, sondern lachen, lachen.

Wenn ich heute oder Jahre später sagen sollte, Menschen, die ihn nicht gekannt haben, was der hervorragendste Zug an dem Menschen Ungaretti war, das Überwältigende, so würde ich zuerst immer blindlings sagen: seine Großzügigkeit. Niemand konnte schenken wie Ungaretti, niemand den anderen mehr verwöhnen. Nie bin ich von ihm weggegangen, ohne ein Geschenk von ihm in der Hand zu haben, eine grüne Feder, ein lang gewünschtes Buch, und mit ihm essen gehen oder reisen zu einem Kongreß, das hieß auch, von ihm immerzu umsorgt werden, es war ihm nichts gut genug für den anderen.

Das größte Geschenk hat mir Ungaretti mit einem Tag in Fiumicino gemacht. Ich weiß noch heute nicht, wie er bemerken konnte, daß es mir schlecht ging, aber er bestand darauf, mich frühmorgens vom Hotel zum Flugplatz zu bringen, dort zu warten bis zum Abflug, auf ein Flugzeug, das erst am Abend abfliegen sollte, und so verlor er einen ganzen Tag in dem infernalischen Lärm des Flugplatzes, sorgte sich, suchte einen abgelegenen Raum für mich, ließ Champagner bringen, tat geheimnisvoll und breitete vier Glücksbringer aus, mit denen ich seither immer reise und wohne, darunter einen antiken chinesischen, den er einmal von Jean Paulhan bekommen hatte und den ich deswegen nicht annehmen wollte. Aber Ungaretti sagte begütigend: Ich brauche ja nichts mehr, ich habe alles gehabt. Aber Sie brauchen noch etwas, und das alles soll Sie beschützen.

[Jede Jugend ist die dümmste]
Entwurf

Jede Jugend ist die dümmste, die es je gegeben hat. Alle älteren Generationen, ihre glattrasierten Väter und die bärtigen großväterlichen Onkel die schuldigsten. Die Schuldigen fürchten sich vor den Dummen. Man fürchtet nicht den Glanz.
Die Arbeit ohne Orgiasmus. An Stelle des Fegefeuers die Bürokratie. Der Kommunismus, der seinen Anfang nicht begreift und sich schon verwalten will. Marx und Lenin werden erst studiert werden, wenn die helleren Köpfe nach ihnen am Ziel gemessen werden und nicht mehr am Anfang. Einige sind nicht dazu da, um »Realpolitik« zu machen. Sie sind da, um zu erfinden. Die Welt muß erfunden werden, sie ist das Material. Wo ist die marxistische Mode? Der Armenkittel der Bürgertracht, die blauen Jakken und die Ledermäntel – oh nein, sie sind der letzte Triumph von Klassen, die die untersten Klassen zur Schäbigkeit verurteilt haben. Rote Federn müßte man sich an den Kopf stecken, in gelbblaugrünen, in violetten und hinreißenden Farben, in kultischen Bemalungen die Befreiung feiern. Solange nichts mehr oder noch nichts zum Feiern da ist, sind die Farben der Abstraktion überlassen, den Spielereien, ‹. . .› um die Rechtschreibung zu ändern, um die Formulare kürzer zu fassen, die Daten und die [– – –] dem Gelächter preiszugeben und die Meriten zu feiern. Die Freude ist verschwunden, das Pathos auf einer Papierlandschaft, auf Spruchbändern verendet. Pathetisch sind nur wir. Der Cortex ist Pathos. Das Unsterbliche. Der Kommunismus muß Luxus sein, oder er wird nicht sein. Der Cortex ist luxuriös, das Geäst, die Nervenbahnen, die dramatischen Abläufe, die Depres-

sionen, die Hochzeiten müssen verwirklicht werden können.

Die Welt hat keine zugelassenen Feiertage, sie ist ein Feiertag. Die Zeit ist [eine] geheime langsame Feier, auf die die Unbeteiligten starren, die am Rand des Festsaales stehen. Der Festsaal ist leer. Wir lesen die Uhren ab, blättern in den Kalendern. Wir haben nicht gelebt. Wir haben uns keine Federn angesteckt, wir sind nicht jeden Tag vor Glück umgesunken, wir haben, in den falschen Häusern, in den verdrehten Kleidern, in den schmerzenden Schuhen, in dem starren Dreck, die Luft, verunreinigt von Abgasen und Gedankenlosigkeiten, eingeatmet. Ein Gang ums Hauseck ist angetan, einen wahnsinnig zu machen. Die Welt ist zu einer Krankheit geworden.

[Auf das Opfer darf keiner sich berufen]

Entwurf

[...] Immerzu müssen wir uns und alles, was wir tun, wünschen, denken, begründen; das Leben, wie wir es seit Jahrtausenden leben, ist nichts Selbstverständliches, schon frühe Aussprüche wie »Leben geschenkt«, »Gnade«, »Befreiung«, deuten auf die gigantische Unselbstverständlichkeit. Alle diese Worte müßten verschwinden. Hier wird nicht mehr geschenkt, begnadigt, befähigt, anerkannt etc., wenn hier dies nicht mehr getan wird – es wird das Morgenrot sein.

Eben deshalb darf es keine Opfer geben (Menschenopfer), Menschen als Opfer, weil der geopferte Mensch nichts ergibt. Es ist nicht wahr, daß die Opfer mahnen, bezeugen, Zeugenschaft für etwas ablegen, das ist eine der furchtbarsten und gedankenlosesten, schwächsten Poetisierungen.

Aber der Mensch, der nicht Opfer ist, ist im Zwielicht, er ist zwielichtige Existenz par excellence, auch der beinah zum Opfer gewordene geht mit seinen Irrtümern weiter, stiftet neue Irrtümer, er ist nicht »in der Wahrheit«, er ist nicht bevorzugt. Auf das Opfer darf keiner sich berufen. Es ist Mißbrauch. Kein Land und keine Gruppe, keine Idee, darf sich auf ihre Toten berufen.

Aber die Schwierigkeit, das auszudrücken. Manchmal fühl ich ganz deutlich die eine oder andere Wahrheit aufstehen und fühle, wie sie dann niedergetreten wird in meinem Kopf von anderen Gedanken oder fühle sie verkümmern, weil ich mit ihr nichts anzufangen weiß, weil sie sich nicht mitteilen läßt, ich sie nicht mitzuteilen verstehe oder weil gerade nichts diese Mitteilung erfordert, ich nirgends einhaken kann und bei niemand.

[Ferragosto]
Entwürfe

Ferragosto, die Augustfeiertage, den Römern fast ebenso wichtig wie Weihnachten und Ostern, sind gekommen. Die Angestellten, die Portiers, die Wäscherinnen und Dienstmädchen erwarten Geschenke und Trinkgelder, die in diesen heißen Tagen dazu reichen müssen, wenigstens für einen Tag, wenn nicht für länger, auch den Ärmsten Gelegenheit zu geben, aus der Stadt zu fahren und auf dem Land ausgiebig zu essen und zu trinken. Das hochsommerliche Rom ist darum leer geworden und den Touristen überlassen. Wer ihnen, zwar selbst ein Fremder, aber seit Jahren schon vertraut mit der Stadt, daß er ihre Lichtschalter im Dunkeln findet, ihnen auf Schritt und Tritt begegnet, bedauert, nicht auch wegfahren zu können. Denn es sind ja die in der Überzahl, die zudringlich, den Fotoapparat umgehängt, [sich] an alles und jedes heranmachen, diese Andenkenkäufer, diese Museen- und Kirchenbezwinger in Rekordzeiten, die Chiantihelden, die ihm Verdruß bereiten. Aber hier und da sieht dieser Fremde, der am liebsten seine Persianen ganz zuschließen und nicht mehr aus dem Haus gehen möchte, auch ein paar stillere Pilger oder ein paar begeisterte junge Menschen oder ein altes Paar, das nach 20 Jahren vielleicht wiedergekommen ist und sich nur manchmal im Weg irrt, und dann meint er, daß allen Reisetorheiten zum Trotz es ihnen ergehen könnte wie ihm einmal im Anfang, als ihm in der ersten Begeisterung und Enttäuschung die Stadt sich öffnete und wieder verschloß, aber daß ihm eine längere Zeit hier vergönnt war, um sehen und hören zu lernen. Daß er jenen, denen die Zeit nicht vergönnt ist, sagen möchte, was er erfahren hat.

Die Faszination: Rom als offene Stadt, keine ihrer Schichten kann als abgeschlossen betrachtet werden, sie spielt alle Zeiten aus, gegeneinander, miteinander, das Alte kann morgen neu sein und das Neueste morgen schon alt.
Die Vitalität Roms als Faszination, die Utopie, ein messagio. Wie jede große Stadt, mehr noch als jede andre große Stadt utopisch, das Gefühl, daß der Bestand in Rom die geistig fühlbare Botschaft der Stadt, ihr utopischer Charakter [– – –]
Die Unbedeutendheit des einzelnen, der ambienti, diese Stadt kommt so gut ohne irgend jemand Bestimmten aus und gibt grade darum, weil sie die eigene Unwichtigkeit dauernd beweist, weil sie immer mit Maßstäben zur Hand ist, vielleicht noch eine Arbeit [auf, macht] eine Lehre möglich, wie man sie nirgends sonst bekommen kann. Sie ist historisch nicht abgeschlossen, sie hat sich nicht in diesem oder jenem Jahrhundert ausschließlich manifestiert. Das Kommen und Gehen und Wiederkommen – die Utopie in Permanenz, das geistige Heimatgefühl, das man hier empfindet, tritt an die Stelle des Gefühls von physischer Heimatlosigkeit, das in der Welt zunimmt ‹. . .›

Leipzig:
Entwurf

wie etwas Rötliches, Altes um die Mauern. Die kaum beschreibbare Atmosphäre. Die langsamen, schwerfälligen Menschen, mit einer anderen Gangart. Die Männer, E., J., behaupteten beide, die Frauen hätten etwas Keusches, Jungfräuliches, sie vermerkten es negativ, abfällig, nicht ohne Erstaunen. Mädchen, die nicht für Männer gemacht sind, sondern Sächlichkeiten sind, ohne daß man sagen könnte, sie entsprächen nun tatsächlich den Leitbildern der Traktoristin, Funktionärin etc. – sie sehen vielmehr wie verschonte, aus dem Erotischen evakuierte Menschen aus. Erinnern aber auch nicht an die Frauen im Krieg, die zwar reizlos und vermännlicht aussahen in den Männerhosen, dicken Mänteln, schlechten Kleidern, aber die etwas von einer Gier, oder einer unterdrückten Gier, hatten oder einfach vernachlässigt und enttäuscht wirkten, mit einer selbständigen Enttäuschung herumgingen, die sie häßlich machte.

Leipzig soll nie eine schöne Stadt gewesen [sein], ist wenig zerstört, jedenfalls weniger als viele andere deutsche Städte, aber veraltet, melancholisch, das Provinzielle, aber nicht, wie hier kleine oder größre Städte Provinz sind, fällt in die Augen, es hat Provinzzauber von einst.

Hotel International: das gute deutsche Hotel von früher, Spiegel, Teppiche, Wasserhähne, die ein wenig tropfen in ausladenden Porzellanwaschbecken, auf steifen Füßen, die Kellner schüchtern und liebenswürdig, die Gäste mit Privilegiertenmiene und der Unbekümmertheit, die heute kein Gast in den Grandhotels der Schweiz oder der Riviera mehr zur Schau zu tragen wagt. Ich selbst war angesteckt, »fühlte mich«, wie selten sonst. Sowjetischer Sekt, sowjetischer Kognak, die Worte fehlten nie, und ich war einmal drauf und dran zu sagen, »russischer«, unterdrückte das Wort aber als unpassend und sagte, »Ja, so einen«, weil mir das Wort »sowjetisch« nicht über [die] Lippen wollte im Zusammenhang mit Kognak.

Zugegeben

Zugegeben, daß ich nicht mehr weiß, warum ich hier lebe; denn ich schreibe ja über Wien, oder ich bin vielmehr, wenn ich schreibe, in Wien. Und zugegeben, daß ich hier keinen Einspänner, keinen großen Braunen, keinen Kapuziner trinke, sondern einen Capuccino, und daß die Wohnungen teuer sind, aber das Essen billiger ist, daß plötzlich alle Freunde Giulio oder Giorgio oder Luciano heißen, Ginevra, Marina, Alda. Zugegeben, daß man schon in einer anderen Sprache träumt, aber angeblich bedeutet das gar nichts; man muß nämlich zählen können in einer anderen Sprache, eben das kann ich nicht, ich kann nicht multiplizieren oder dividieren oder addieren, einfach die kleinsten Operationen auf italienisch, die werde ich nie erlernen. Zugegeben, daß hier das Leben ist, wie es überall ist: eines Tages wird jemand heiraten, jemand wird einen Lehrstuhl bekommen, jemand wird sich erhängen, in eine Nervenklinik kommen; es wird alles wie überall sein, kein Kolosseum, kein Kapitol helfen darüber hinweg, und was also hilft einem dann hier zwar nicht hinweg, aber doch zu leben? Zugegeben, daß die Leute hier auch nicht besser sind als anderswo, aber fünf Minuten auf der Straße und ein kleiner Anflug von Wahnsinn, eine Versuchung, das alles ganz aufzugeben, sind dann doch plötzlich abgewendet. Zugegeben, die Leute sind etwas schöner und sehr freundlich, aber man weiß ja, was dahintersteckt. Weiß man es aber wirklich? Man weiß doch gar nichts. Mir genügt es, daß die Leute nicht unfreundlich sind, sondern freundlicher sind. Zugegeben, daß man hier aufhört, die Dinge allzu ernst zu nehmen; denn in 2500 Jahren ist viel Wasser den Tiber hinuntergelaufen, und das weiß hier wirklich jeder. Vor das Leben ist das Wort Pazienza geschrieben, also Geduld, Geduld. Hier sind Krisen, Staatskrisen, private Krisen, eher Kinderkrankheiten. Die Leute wissen schon, daß man einfach miteinander auskommen muß. Zugegeben, ich habe hier erlernt, mit den anderen auszukommen. Ich habe es wieder erlernt, aber ich gebe auch zu, wenn die Tür zufällt zu dem Zimmer, in dem ich arbeite, dann gibt es keinen Zweifel: Denken ist solitär, Alleinsein ist eine gute Sache.

Hommage à Maria Callas
Entwurf

Ich habe mich immer gewundert, daß diejenigen, die Maria Callas gehört haben, nicht darüber hinausgekommen sind, in ihr eine außerordentliche, allen Fährnissen unterworfene Stimme zu hören. Es hat sich wohl nicht nur um eine Stimme gehandelt, oh keineswegs, in einer Zeit, in der so viele ausgezeichnete Stimmen zu hören waren. Maria Callas ist kein »Stimmwunder«, sie ist weit davon entfernt, oder sehr nah davon, denn sie ist die einzige Kreatur, die je eine Opernbühne betreten hat. Ein Geschöpf, über das die Boulevardpresse zu schweigen hat, weil jedes seiner Sätze, sein Atemholen, sein Weinen, seine Freude, seine Präzision, seine Lust daran, Kunst zu machen, eine Tragödie, die zu kennen im üblichen Sinn nicht nötig ist, evident sind. Nicht ihre Koloraturen, und sie sind überwältigend, nicht ihre Arien, nicht ihre Partnerschaft allein ist außerordentlich, sondern allein ihr Atemholen, ihr Aussprechen. M[aria] C[allas] hat eine Art, ein Wort auszusprechen, so, daß jedem, der nicht jedes Gehör verloren hat, aus Abgestumpftheit oder Snobismus, immer auf der Jagd nach frischen Sensationen des lyrischen Theaters [– – –] sie wird nie vergessen machen, daß es Ich und Du gibt, daß es Schmerz gibt, Freude, sie [ist] groß im Haß, in der Liebe, in der Zartheit, in der Brutalität, sie ist groß in jedem Ausdruck, und wenn sie ihn verfehlt, was zweifellos nachprüfbar ist in manchen Fällen, ist sie noch immer gescheitert, aber nie klein gewesen. Sie kann einen Ausdruck verfehlen, weil [sie] weiß, was Ausdruck überhaupt ist.
Sie war zehn oder mehr Male groß, in jeder Geste, in jedem Schrei, in jeder Bewegung, sie war, was ‹. . .› an die Duse denken läßt: ecco un artista. Sie hat nicht Rollen ge-

sungen, niemals, sondern auf der Rasierklinge gelebt, sie hat ein Rezitativ, das altbacken schien, neu gemacht, ach nicht neu, sie war so gegenwärtig, daß alle, die ihr die Rollen geschrieben haben, von Verdi bis Bellini, von Rossini bis Cherubini, in ihr nicht nur die Erfüllung gesehen hätten, sondern weitaus mehr.
Ecco un artista, sie ist die einzige Person, die rechtmäßig die Bühne in diesen Jahrzehnten betreten hat, um den [Zuhörer] unten erfrieren, leiden, zittern zu machen, sie war immer die Kunst, ach die Kunst, und sie war immer ein Mensch, immer die Ärmste, die Heimgesuchteste, die Traviata.
Sie war, wenn ich an das Märchen erinnern [darf], die natürliche Nachtigall dieser Jahre, dieses Jahrhunderts, und die Tränen, die ich geweint habe – ich brauche mich ihrer nicht zu schämen. Es werden soviel unsinnige geweint, aber die Tränen, die der Callas gegolten – sie waren so sinnlos nicht. Sie war das letzte Märchen, die letzte Wirklichkeit, deren ein Zuhörer hofft, teilhaftig zu werden.
Sie hat immer direkt getroffen, auf den Umwegen über Libretti, über Figuren, zu denen man Liebe haben muß, um sie akzeptieren zu können. Sie war der Hebel, der eine Welt umgedreht hat, zu dem Hörenden, man konnte plötzlich durchhören, durch Jahrhunderte, sie war das letzte Märchen.
Es ist sehr schwer oder sehr leicht, Größe anzuerkennen. Die Callas – ja, wann hat sie gelebt, wann wird sie sterben? – ist groß, ist ein Mensch, ist unvertraut in einer Welt der Mediokrität und der Perfektion.

[Otello]
Entwurf

Die Redaktion des 3. Programms hat mich gefragt, welche Oper ich an diesem Tag gern im Programm sähe. Um die Wahrheit zu sagen – das 3. Programm hat nicht alle Möglichkeiten, einen Wunsch zu erfüllen, und das sehe ich ein, und außerdem hat es viele Opern längst gesendet, die ich gern genannt hätte. Zuletzt habe ich gesagt, den ›*Otello*‹ von Verdi, der war auch noch zu bekommen, und den hören Sie heute. Das bedarf einer Erklärung, nicht weil der ›*Otello*‹ noch übrig war, sondern weil ich mit der Wahl mehr als einverstanden bin. Ich bin es nur nicht mit dem Titel. Sie müßte »Jago« heißen, denn es ist eine sehr mißverstandene Oper, in der man die Titelfigur immer ernst genommen hat, in allen Jahrzehnten aus irgendeinem Grund, zuletzt wurde daraus, wenn schon nicht mehr eine Tragödie der Eifersucht, so doch die [des] Rassismus.
Diese Oper hat aber mit all dem nur an der Peripherie zu tun. Es gibt nur eine Figur, die überhaupt interessant ist, das Movens dieses Stücks, dieser Musik, und das ist Jago. Der Zuschauer, der nur den Schurken sieht, hat nie nachgedacht, und was sollte dieses ganze Stück, wenn es bloß einen elenden Schurken gäbe, der einige liebenswerte unschuldige Menschen aus abscheulicher Bosheit zugrunderichtet. Ich glaube nicht, daß das so ist. Jago ist kein Schurke, kein altväterischer, theaterhafter Bösewicht, sondern sehr viel mehr, man täte ihm zuviel Gutes, um ihn mit dem Wort Schurke, Bösewicht, abzutun. Er ist auch kein Teufel, nicht der Teufel, der immer witziger war. Er ist ein Mensch, aber von einer Art, die wir noch nicht einmal verstehen gelernt haben, obwohl soviel Hundertjahre über dieses Stück hinweggegangen sind. Was für ein unendlich

läppisches und törichtes Stück wäre ›*Otello*‹, wenn wir es mit einem Eifersüchtigen und seiner unschuldigen Frau und einem törichten blöden Cassio und Rodrigo zu tun hätten.
Dieses Stück lebt nur von einer Figur und hat seinen unterirdischen Motor nur von einer – das ist der Held dieses Stücks, der negative Held, dessen Intelligenz und Gründlichkeit über die Maßen schrecklich sind. Nicht schurkisch, sondern schrecklich. Sein Credo (das er sonst verheimlichen würde, aber in der Oper muß er heraus damit, weil alles heraus muß, sonst [ist] etwas keine Oper) ist das konsequenteste Credo, das es für den konsequenten Mörder gibt, also für den, der Intelligenz hat. Er nimmt die Menschen, die für ihn keine sind, sondern analysierbare Puppen, auseinander, er macht sie leiden und schreien und töten. Die anderen sind die Menschen, unzulänglich, mitleiderregend, krank, dumm, blind, aber Jago ist erhaben in seiner Furchtbarkeit, er versucht die andren zutod. Die Menschen zutodzuversuchen, das ist nicht schurkisch, sondern bestialisch, wenn das nicht ein zu gelinder Ausdruck wäre. Es ist menschlich. Man kann Menschen zutodbringen, aber nur ein Mensch kann das. Und Jago ist das extremste Beispiel für das, was ein Mensch vermag. Das Geheul Otellos, das Sterben Desdemonas, die Demütigungen und Leiden der anderen – die sind sein Gewinn.
Zu nichts, könnte man sagen, aber die Selbstzerstörung braucht diesen Gewinn.

[Georg Groddeck]
Entwurf

Im Jahr 1933 schrieb der Baden-Badener Direktor einer Klinik, der Massagearzt Georg Groddeck, einen Brief an den neuen Reichskanzler mit dem Ersuchen, den unerhörten Vorgängen, die er beobachte (wie er sie beobachten konnte, obwohl das so vielen Millionen nicht gelang, bleibt ein Rätsel), Einhalt zu gebieten. Einige Zeit später wurde er von Freunden gewarnt, sein Brief hatte offenbar den Adressaten und die Gestapo erreicht, und sie überredeten ihn, zu fliehen. 1934 starb er in der Schweiz. Auf den Scheiterhaufen in Deutschland brannten seine Bücher, die heute wieder im Limes Verlag erscheinen, dem nicht genug zu danken ist und der hiermit ausdrücklich gebeten wird, diese Ausgabe zu vervollständigen.

In der Zwischenzeit wurde sein Gesamtwerk in England gedruckt und beeinflußte unter anderem, wenn ich richtig informiert bin, auch einige Schriftsteller, die Generation Henry Miller, W. H. Auden, und zuletzt Lawrence Durrell, der zu der deutschen Ausgabe einen Essay geschrieben hat. Der Name Durrell hätte nun dem Groddecks vielleicht hier wieder ins Licht verhelfen können, aber offenbar ist das nicht geschehen, denn auch ein paar Ausschnitte aus Kritiken bezeugen noch nicht, daß Bücher leben, daß ein Autor zurückgekommen ist ins Gedächtnis.

Es ist sehr schwer, eine vernünftige Kritik über seine überaus komplexe Persönlichkeit zu schreiben. Ein glänzender Schriftsteller, den man aber auch lesen kann, wenn man ein paar Volksschulklassen absolviert hat, seine Prosa ist witzig, trivial, großartig, es gibt die Stellen, wo man, ohne je mit einer Arteriosklerose [zu tun] zu haben, plötzlich darüber zu lesen anfängt, nicht wegen der Krankheit mit diesem Etikett, sondern weil es zu einem ununterbrochenen Dialog zwischen dem Arzt und dem Patienten oder Expatienten oder künftigen Patienten [kommt], denn krank waren wir ja alle, sind wir alle, werden wir alle, und da erfahren [wir], was wir in keiner Sprechstunde zu hören bekommen. Es ist ein sehr aufreizender, sehr grausamer, sehr zärtlicher Partner, und die Zeugnisse, die es von seinen ehemaligen Patienten gibt, sind denn auch merkwürdig. Groddeck, der die Massage weiterbetrieb und Psycho-Analyse, unabhängig von seinen Entdeckungen bei Freud und seiner grenzenlosen Bewunderung für den Doktor aus Wien, das Genie [– – –]. Daß Groddeck selbst ein Genie war, ist ihm womöglich nicht in den Sinn gekommen. Heute würde man ihn zu den Vätern [– – –] oder vielleicht den bedeutendsten Vorläufer der Psychosomatik nennen. Aber damit ist immer noch nichts gesagt. Vor allem sollte jedem, zu seinen Hustentropfen oder seiner Spritze, das alte ›*Buch vom Es*‹ mitverschrieben werden. Aber wenn man »Pflichtlektüre« hört, stellt man sich schon etwas Langweiliges vor, und eines ist Groddeck nie – langweilig, doktrinär, es fallen ihm tausendein Ding ein, aber er kommt nie aus dem Konzept, ob er ein Bild von Leonardo ansieht, von einer Geschichte erzählt, als Patrick Troll verkleidet an die imaginäre [Freundin] seine Briefe schreibt, die [im] ›*Buch vom Es*‹ stehen, das zu den Klassikern dieses Jahrhunderts gehören wird.

‹. . .› Groddeck war unbekümmerter als Freud, er mußte sich kein wissenschaftliches Ansehen sichern, er ist als Theoretiker schwächer, aber in einem Gedanken so kühn, dem Hauptgedanken, ‹. . .›.

Was Groddeck gedacht hat, ist nicht überholt worden, auch nicht von der psychosomatischen Medizin, die oft gescholten, schon der Definition nach, auch einen langen Weg gegangen ist. Denn in diesem Hauptgedanken kann kein Fortschritt der Medizin ihn übertreffen.

Die wenigen Torheiten, die in diesen Büchern stehen, die man nicht riechen und leiden kann, sind nur das kleine Mißbehagen, das man jedem Großen gegenüber empfindet, der nicht vollkommen ist. Aber Groddeck wollte nicht nur [nicht] vollkommen sein, er hat [für] alles, was er geschrieben hat, das große Gelächter der Unzulänglichkeit [sic!] gehabt. Seiner eigenen, der Menschen, der Schriftsteller, von denen er einige so herrlich interpretiert hat wie Goethe oder Ibsen, respektlos, weil furchtlos und nie ohne Ehrfurcht. Die Briefe an die Freundin sind doch das Schönste.
Immer ertappt, überführt er, liefert niemand aus, die Lüge ist für ihn ein Faktum wie Leben, und es ist auch gleichgültig, ob man einem Arzt die Wahrheit sagt oder nicht. Vielleicht haben die Heiligen in diesem Jahrhundert diese Sprache führen müssen, die eines Clowns und die eines Wissenschaftlers. Groddeck hätte wahrscheinlich auch lieber mit den Vögeln und den Fischen geredet, aber es ist ihm nichts anderes übrig geblieben, als seine Heiterkeit und Weisheit an diese komische und fürchterliche Spezies Mensch zu verschwenden, mit der er sich einverstanden erklärt hat, der [er] sich als Versuchsobjekt zur Verfügung stellte, um nicht der letzte, sondern der erste unter seinen Kranken zu sein.

Er hat seinen weißen Kittel als eine Farce betrachtet und das Ich des Kranken als Farce. Zwischen den beiden Demaskierungen ist ihm der revolutionäre Blick gelungen, der kindhafte, kindliche erste, auf die Phänomene, die es schon seit jeher gibt. Er war ein Träumer, ein großes Kind, er war ein wunderbarer Lügner, den seine wundervoll lügenden Kranken bezaubert haben, und nur er war der Kaiser Groddeck, wie Peer Gynt der Kaiser war, in dem er sich selber entdeckt hat, nicht bloß in einem Stück von Ibsen, sondern in einem, das er dazugeschrieben hat und das gleich lesenswert ist. Und er hat in jedem Augenblick die Wahrheit gesagt. Das können nur die Lügner.

Wer also wird diese Bücher nicht aufs Rezept schreiben? Und wer wird sie sich nicht selber verschreiben?

Es muß nicht unbedingt ein Arzt besser schreiben können, weil er besser denken [kann] als die meisten, aber in diesem Fall ist das zweifellos eine Koinzidenz von Schriftstellerei und Forschen und Erforschen in einem altmodischen Sinn, der hier einen neuen bekommen hat. Denn während es mit den Satelliten funktioniert und alles weitergeht – hier geht es nicht sehr weiter, und der Mensch ist bekanntlich ein dunkles Wesen. Das Unerforschte bleiben wir. *Es*, würde Groddeck sagen. Das sei ihm unbenommen, wie er es versteht, er hat es richtig verstanden.

Noch immer weiß niemand, was die Psychosen sind, und noch immer weiß niemand, was der Schnupfen ist.

In einer so mittelalterlichen Zeit ist es angenehm, sich mit einem der ersten Aufklärer beschäftigen zu können. Man wird, ohne viel zu wissen, ein Mitverschworener, weil man weiß, daß man nichts weiß, und früher oder später gezwungen wird, sich ein paar Gedanken darüber zu machen.

Jemand hat geschrieben: Groddeck hatte einige kongeniale Patienten. Es müßte heute auch Ärzte geben, die kongeniale Patienten haben, denn man kann ja niemand heilen, man kann nur gemeinsam weiterkommen. Miteinander jedenfalls, denn es gibt nicht da den Arzt und dort den Patienten, den Leidenden, es gibt nur diese abstruse Symbiose, über die Freud und nebenbei auch Groddeck genug gesagt haben.

In diesem Punkt waren sie sich einig. In einer bürokratisierten Medizin ist das nicht mehr vorstellbar, es kann nur noch die Glücksfälle geben, die den weitren Weg entscheiden können. Die Revolution hat wieder einmal ihre Kinder gefressen. In dem Moment, wo man anfing, zum erstenmal etwas zu kapieren, nach Jahrhunderten von Aberglauben

und Düsternis, also Unwissenschaftlichkeit, ist auch diese Wissenschaft, die jeden von uns betrifft, dazu verdammt, zu kapitulieren. Mit Krankenzetteln, Abrechnungen, Zehnminutenordination. Und man weiß doch heute, man weiß etwas mehr. Auch der Doktor X, der sich abhetzt und Blutdruck mißt und Herzfrequenz feststellt, weiß, daß die Medizin etwas anderes ist, aber dazu reicht ihm die Zeit nicht, das ist kein Vorwurf, er muß ja zum nächsten Herzinfarkt. Und hat 5 Mark verdient, wenn's hochkommt.
Und so blöde ist auch kein Dorfbader mehr, daß er es nicht wüßte, halbwegs, was Kranksein ist.
Die guten [Ärzte] haben es übrigens immer gewußt, es waren nicht immer die Spezialisten, sondern sehr oft die kleinen Ärzte, die ihre Patienten kannten und das Wort Psycho-Analyse nicht einmal aussprechen konnten. Aber gewußt haben sie es.

Die Medizin hat, wie einige andre Wissenschaften, ihre ersten grandiosen Jahrzehnte hinter sich. Das heißt aber zugleich, daß sie im Anfang ist. Wie Frühsozialismus, Frühchristentum, irgendwas, das mit Früh anfängt. Nun kann man sich zur Not aus vielen Wissenschaften heraushalten. Man versteht auch nicht und will nicht verstehen, aus Selbstschutz. Auch die Ärzte, die unseligen, aus Selbstschutz.

Groddeck hatte es nicht mit »Nervenkrankheiten« zu tun, die Freud selektiert und klassifiziert und mit der Schaffung der Neurosenlehre und seiner Analyse [– – –]; er war ein gewöhnlicher Arzt, hatte [mit] ganz gewöhnlichen Krankheiten zu tun, mit Lungenkranken und Herzkranken, mit Rheumaleiden und Kniegelenk, mit Bruch und Arteriosklerose, mit Nieren und Darm. Er hat sein Handwerk bei dem großen Schweninger erlernt, dem Leibarzt Bismarcks, und es ist [zu] vermuten, daß er für seine Zeit viel erlernt hat.

Was er sicher nicht erlernen konnte, das war, sich fragen, warum denn seine Kranken krank seien, und was denn die Krankheit sei. Warum hat jemand Schnupfen, warum hat jemand Syphilis, warum ist jemand magenkrank. Was bedeutet das, was heißt das. Und wenn man weiß, was es bedeutet, wie behandelt man es. Und welche Rolle spielt der Kranke dabei.

Groddecks erste und kühnste Vermutung hat sich als richtig erwiesen, es gibt keine Krankheit, die nicht vom Kranken produziert wird, auch keinen Beinbruch, keinen Nierenstein. Es ist eine Produktion, wie eine künstlerische, und die Krankheit bedeutet etwas.

Sie will etwas sagen, sie sagt es durch eine bestimmte Art zu erscheinen, zu verlaufen und zu vergehn oder tödlich zu enden. Sie sagt das, was der Kranke nicht versteht, obwohl sie sein eigenster Ausdruck ist, und man kann dennoch den Kranken dazu bringen, wenn es nötig ist [zu erkennen] (Groddeck hielt es nicht in allen [Fällen] für nötig zu analysieren oder nur kurz, manchmal aber lange), was er damit sagen wolle. Das scheint schwierig für den Kranken zu sein, denn wie [soll] er wissen, wie er zu einer Grippe kommt, es gibt ja bekanntlich Mikroben. Für Groddeck ist das Nonsens. Eine causa externa für Krankheiten gibt es nicht. Für Groddeck ist auch eine Infektion nichts weiter als die ausdrückliche Suche des *Es*, denn er ist es, der das berüchtigt-berühmte Wort geprägt hat, und Freud hat es von ihm übernommen und auf andere Weise verwendet (ein Kapitel für sich).

Dieses *Es*, das Unbewußte, etwas nur deswegen Geheimnisvolles, weil [das] Leben es ist, weil die Natur es ist, denn ein andres Geheimnis würde Groddeck, der von Durrell fälschlich als Philosoph oder Metaphysiker bezeichnet wird, ablehnen, ein Mann, der so klar denkt und die kompliznow: pliziertesten Sachverhalte einem Kind erklären und anschaulich machen kann, braucht keine Geheimnisse – er stellt nur etwas fest, von dem er nichts weiß, dessen Auswirkungen allein er kennt – und das *Es* ist für ihn ein Hilfswort, es ist kein Ding an sich, sondern es soll heißen, da ist etwas, das ist da und stärker und viel stärker als das Ich, denn das Ich vermag ja nicht einmal willentlich einzugreifen in die Atmung, in die Verdauung, in den Kreislauf, das Ich ist eine Maske, die Hoffart, mit [der] jeder von uns herumgeht, und wir werden vom *Es* regiert, das *Es* tut das, und es spricht durch die Krankheit in Symbolen. Wieder ein gefährliches Wort. Für Groddeck nicht. Das Symbol und die Sache sind eins. Ein Beinbruch ist nicht das Symbol für etwas, sondern der Beinbruch ist es, was gesagt wird, und der Kranke kann sehr oft auch spontan sagen, warum er sich dieses Bein gebrochen hat.

Groddecks Methoden müssen noch vor zehn Jahren belustigend geklungen haben. Heute glaube ich, daß man einige wieder zu schätzen wüßte.

Er muß, vom Helfen besessen, ein sehr grober Arzt gewesen [sein]. Grob mit einem Vorbehalt. Er wußte, warum er es war. Seine Todeskandidaten legte er nicht ins Bett, um sie tagelang weitersiechen zu lassen, er ließ sie im Sonnenschein spazierengehen, bis zur letzten Sekunde, er hatte einen zu großen Respekt [vor dem] Leben, und seine andren Patienten, die Lebenskandidaten, mit denen sprang er oft reichlich grob um, einer seiner berühmtesten Patienten und Bewunderer, der Graf Keyserling, schreibt darüber: »So heilte er durch eine Kombination von Psychoanalyse und Massage, bei welcher Weh-Tun eine nicht zu unterschätzende Rolle spielte: Aus der Abwehrbewegung gegenüber dem Schmerz wuchs bei seinen Patienten – denn zu ihm kamen nur solche, welchen Groddeck kongenial war – der Heilungswille, und zugleich fiel ihm beim akuten

Schmerz, durch stichwortartige Fragen aufgerufen, allemal zur Kur Dienliches ein.«[1]

Diese scheinbare Grobheit verdankte er seiner enormen Intuition. Wenn man weiß, was einen Kranken krank macht, kann man ihm, so oder so, helfen. Groddeck hat die Massage zeitlebens als Methode beibehalten, nicht weil er an sie glaubte, er hielt jede Methode für richtig. Und er hielt die Analyse für richtig, zu der er allein gekommen [war], unabhängig von Freud, obwohl er später immer wieder auf Freud hinweist.

Was er mit ihm gemeinsam hatte, das war weniger, als [es] den Anschein hat; es war vielmehr die Medizin, die ein paar große Anstöße nötig hatte und diese Genies brauchte.

Wenn man mit einem Autor ein paar Monate zugebracht hat, mit ihm so oft sich zerstritten hat, mit ihm sich so befreundet hat, ist es schwer, einen vernünftigen Schluß zu finden. Diese Kritik ist keine Kritik. Die Kritik wird erst stattfinden, sie ist auch nötig. Sie ist ein Hinweis, eine Aufforderung, ein Wunsch, einen Autor mit anderen zu teilen, den man lieber für sich behalten hätte, eifersüchtig, und weil man sich von einer Eifersucht befreien muß.

Ein Maximum an Exil – Über Leo Lipski: ›Piotruś‹

Aus Entwürfen

Kürzlich hat sich das Wiener Parlament mit dem Buch eines polnischen Schriftstellers befaßt, der heute Israeli ist und [in] Tel Aviv lebt. Wenn ich meinen Augen und den Wiener Zeitungen trauen darf, handelt es sich um einen Fall von Pornographie und um einen Fall für das österreichische Unterrichtsministerium, da ein Buch noch kaum je ein Fall in Wien geworden ist, wo Lesen zu den Nebenbeschäftigungen zählt, und [um] die Frage, ob einer Literaturzeitung, *›Literatur und Kritik‹*, deswegen die finanziellen Mittel gesperrt werden sollen. Aber an Schildbürgerstreichen dieser Art ist ja jedes Land reich, und das verwunderliche an der Affaire ist vielmehr, wie ein Autor, der bisher unter Ausschluß der Öffentlichkeit existiert hat und nicht imstande war, einen Verlag für sich zu interessieren, einen so zweifelhaften Lokalruhm erreicht.

Die Mißverständnisse beginnen beim Klappentext[1], den ihm der Verlag gestiftet hat, in dem [die] Leser (und vermutlich auch die Kritik) in die Irre geführt werden. Neben Agnon, Rokeah etc. . . . ist hier zu lesen, eine neue Stimme aus Israel. Die Stimme ist nur insofern neu, als sie ungewöhnlich ist, und die Erklärung ist es auch, etwa [wie] wenn man hörte, eine neue Stimme aus Frankreich, Beckett, und nun vergeblich Frankreich zu suchen anfängt in seinem *›Endspiel‹*, in *›Krapp's Last Tape‹*.

Lipski ist, ebenfalls angeblich, schon einmal von Sartre entdeckt worden, es gibt in London und Paris einzelne Bücher, exilierte Bücher vielmehr, in Israel meines Wissens keine.

›Piotruś‹ gehört nicht zur israelischen Literatur oder zu den Zeugnissen, es ist vielmehr ein Buch, das herausfällt aus den Zusammenhängen, an die man sich zu glauben an-

gewöhnt hat, und verrät [sic!] somit zum ersten Mal das Gefühl, das ist wahr, so ist es wahr.
Es ist ein Maximum an Exil, es atmet, ohne es zu beschreiben, ein Land aus, in dem man nicht angekommen ist und in dem die Falltür zugeht, in dem man am weitesten von der Herkunft entfernt ist [...]

Nein, es ist kein gelungenes Buch, es ist ein erleuchtetes, wahres, an vielen Stellen, das Abreißen von Klischees ‹...› es ist ein Untergangsbuch, nicht weil dort etwas untergeht, sondern weil in Einzelnen etwas untergeht, was die andren noch eine Weile betreiben, Leben, Politik, Lieben, Essen, Schlafen.
»Aber ich konnte mir das nicht leisten. Ich war dazu einfach nicht in der Lage. Ich mußte mich heute noch, jetzt, gleich, sofort verkaufen.«
Der Ablauf: ein Krüppel verkauft sich, er kommt in das Haus von einer Frau Zinn, die ihn erwirbt, damit er das Klosett blockiert und die anderen Mieter es nicht benutzen können. Aus der Abortexistenz bricht er für eine Weile aus, um mit einem kleinen Mädchen, Batia, die [sic!] ihn aus Neugier zu ihrem soundsovielten Liebhaber macht, zu leben. Aber es ist weder diese Geschichte noch die mit Batia noch die Zusammenstöße mit den seltsamen Existenzen in diesen Gassen, in [– – –]
»Das Leben legt sich auf das Gesicht wie eine Staubschicht. Die Menschen sind von mir abgefallen.« Die Halluzination der Erregungen, kleine makabre Geschichten von sexuellen Bräuchen. Es wird aufgesogen von dieser allertraurigsten Existenz, von dem Angekommensein und Am-weitesten-weg-Sein. Das gelobte Land ist am meisten von sich selber entfernt. Es wird für die Angekommenen nie mehr zu finden sein.
Der Krüppel Piotruś, der den palästinensischen Alltag re-

gistriert, ‹. . .› eine leidenschaftliche Bewegung um einen Punkt, der Krüppel heißt, der ein Maximum an Exil heißt, der Nichtlebenkönnen heißt, der Sehen heißt, Fühlen, Riechen, Einverleiben, der Murmeln ist, Zerbröckeln, Zerfallen, Weinen, Versinken, und die Tiere werden sich auf die Brust setzen und: »Eine große Hexerei – oder gar nichts.« Das Buch bewegt sich zwischen einer Benutzung dieser großen Hexerei und Nichts. »Worte sind wie verwundete Vögel, die das Meer überqueren.«
Auch das steht in dem Buch, obwohl es keine Konfession ist, kein Programm enthält, kein Israelbild, keine soziologische Studie ist, ja nichts, gar nichts, nur in seinem Kern, der fühlbar bleibt, die Radikalität des großen Unglücklichen hat, der Gescheiterten, der Überlebenden, und damit zum ersten Mal von einem Land etwas erzählt, das wie andere Länder darauf bedacht ist, sich seine Glaubwürdigkeit zu erhalten.
Es ist das erste Buch über Israel, aber ich bezweifle, daß jemand es in dieser Hinsicht verstehen wird.

Das gelobte Land

Um eine Literatur zu bekommen, braucht ein Land eine lange, lange Geschichte. Die Geschichte einer Sprache, die Familiarität dieser Sprache mit dem, was auszudrücken ist. So erscheint es mir nicht zufällig, daß dieses Buch polnisch geschrieben wurde, daß noch andere Bücher denkbar sind, in anderen Sprachen, die vor dem Übergang, oder [der] endgültigen Ablösung, in der landfremden Sprache die wirkliche Geschichte zu erzählen vermögen. Es sind die verlorenen Bücher, es sind dies die Niemands[land]bücher.
»Über mir eine Familie aus Polen. Mama, Papa, sechsjähriges Töchterchen. Sie reden polnisch. Nur die Kleine macht absonderliche Fehler. Sie sagt: ›Diese Lehrerin wird

aus uns Menscher machen‹, oder: ›Wenn ich mit Papa rede, muß immer die Mama ins Wort steigen‹ ... ›Was wird um Gottes willen aus dem Kind? Wenn man uns doch bloß polnisch sterben ließe. Aber die – ‚rak iwrit', nur hebräisch. Schau, ich weiß sogar noch, was es in Polen für Heringe gab: Da waren Russen und Ostseeheringe ...‹«
Was in dieser einzigen Szene vorkommt, die das Sprachproblem berührt, eben in einer beliebigen Mietshausszene, ist aber die unterirdische Angst in dem Buch, die Worte könnten eines Tags Luft sein, sie könnten nichts mehr heißen für die Umgebung.
[...]

Das Tremendum – Sylvia Plath: ›Die Glasglocke‹

Entwurf

Sylvia Plath hat sich, dreißig Jahre alt, in London getötet. Die Rücksicht auf die Menschen, die ihr nahgestanden sind, das Recht auf das Private, das Geheimnis, erlauben es nicht, mehr darüber zu sagen.

Trotzdem ist ›*Die Glasglocke*‹ mit Recht als autobiographischer Roman zu bezeichnen, aber keineswegs, weil hier jemand seine Privatangelegenheiten einem sensationssüchtigen Publikum anbietet, sondern autobiographisch in dem Sinn, in dem die geistige Figur einer denkenden, zerfallenden, geschlagenen und zerstörten Kreatur als das einzig Interessante und Hinreißende an einem Menschen [– – –]

›*Die Glasglocke*‹ hat vielleicht einen unglücklichen Titel.

Das Auffallende ist im Anfang der kaum glaubliche Humor, das Komische, das Infantile, das Clownhafte in dieser neunzehnjährigen Esther Greenwood, die ein Mädchen ist, das lauter Einser hat, alle Preise und Stipendien gewinnt und plötzlich in New York, zwischen Essen, Parties, dummen Küssereien, langsam verunglückt, und sie verunglückt auf eine so unmerkbare Weise, daß man sich selbst nach der dritten Lektüre fragt, wo dieses geheime Unglück anfängt und wie, und ich bin geneigt, es wie alles, was an einem Buch nicht beweisbar ist, für das Beste und Seltsamste zu halten.

Die Nachtszene in New York, nachdem Esther ihre Kleider und ihre Wäsche von einem Hochhaus in die Nacht hinaustreiben läßt, und in der nächsten Szene finden wir sie in einem Autobus auf der Heimfahrt, in einem geborgten Dirndl, mit zwei Blutspuren im Gesicht, auf der Heimreise zur Mutter.

Danach das Anrennen, Szene nach Szene, in den Selbstmord, in den Wahnsinn, der, obwohl die Unterhaltungen mit den Ärzten wiedergegeben werden, nie bezeichnet wird, aber ein Krankheitsbild mit unheimlicher Präzision beschreibt, wo andre Autoren (wie etwa ‹– – –›) vollkommen versagen, weil sie sich offenbar nicht einmal im klaren darüber sind, daß auch die geistigen Krankheitsbilder, die psychotischen, einer genauen Beschreibung bedürfen und man nicht x-beliebige Wahnvorstellungen zusammenstellen kann, weil sie etwas »Poetisches« an sich haben.

Nichts ist poetisch an [der] Krankheit, und die großen Kranken von Dostojewskij bis Sylvia Plath wissen es, die Krankheit ist das schlechthin Entsetzliche, es ist etwas mit tödlichem Ausgang.

‹. . .›

Nun sollte sich Kritik auch fragen, wie schreibt Sylvia Plath, Stilfragen, Perspektiven, wie macht sie es.

Es ist aber die einzige Frage, die sich nie aufdrängt, denn wenn jemand etwas zu erzählen hat und so wenig Zeit hat, darüber nachzudenken, scheint es von selbst zu geraten, und der Dringlichkeit sind alle bloßen Kunstfragen untergeordnet, ohne daß [et]was andres würde als Kunst und nicht die Schablone des Kunstabenteuers, der Exhibition, des Verrats und des Selbstbetrugs, der fast alle neuen Romane »auszeichnet« und die Kritik immer [mehr] in die Enge treibt.

Es passiert sehr wenig Neues in der Literatur, ich glaube nicht, daß Sylvia Plath etwas Neues ist, sie hat weder die englische Sprache zertrümmert noch zum Auferstehen gebracht, noch etwas geleistet, was ihre Kritiker zu besonders hochtrabenden Einfällen veranlassen könnte.

Aber wie die Schriftsteller, die in der Hölle waren, wird sie unter den ersten sein, weil sie [unter] den letzten war. Und seit Malcolm Lowrys Nachlaß kenne ich nichts aus der englischen Literatur, das dieser Entgleisung fähig ist, und in dem es Stellen gibt, die den Verstand ebenso erschrekken, wie sie [ihn] erschüttern. [– – –] ist, in dem die Feigen von dem Feigenbaum, von dem sie träumt, seltsamerweise doch gereift sind, nicht alle, aber die eine, für Esther heißt die »eine berühmte Dichterin« werden.

Und am Ende hat man auch den Titel vergessen, denn kein Buch und keine Person kann man sich weniger unter einer Glasglocke vorstellen als dieses über Esther.

[Thomas Bernhard:] Ein Versuch
Entwurf

Da nichts unentdeckt bleibt, nichts ungedruckt, nichts ungelobt, das Malheur mit den Büchern [und] der Kritik also woanders liegen muß, als man es gemeinhin sucht, und das Unglück der Kritik, die sich strapaziert mit vielen Problemen, könnte also darin liegen, daß ihr jedes Gefühl für Rang fehlt.
Seit einigen Jahren erscheinen Bücher von Thomas Bernhard, nicht als das Resultat des Vielschreibens, sondern offenbar aus einem Grund höchster und gespanntester Produktivität, und von den letzten dieser Bücher, ›*Prosa*‹, ›*Watten*‹, und schon ›*Verstörung*‹, mit ihrem ungeheuren Monolog des Fürsten Saurau, und Seiten, die so peinigend zu lesen sind, daß ich nicht beschwören möchte, alle gelesen zu haben, auch nicht imstande bin, alle zu lesen [– – –]
Daß jemand im Abstand [zu] der zeitgenössischen Literatur schreibt und ihn vergrößert durch die Einsamkeit, ‹. . .› ist allein ein Grund, um nichts Rechtes damit anzufangen [zu] wissen. Wohin gehört er, was will er, wo bleiben die Bezüge (wozu?), in welches Gespräch mischt sich dieser Monolog, also in keines, was hat er zu sagen und wem? Und die Gesellschaft, die Leser, das Publikum, die Fronten, die Erfordernisse, der Nutzen?
Wenn die Fragen verstummen, worin denn die Modernität liege, das Neue, dann heißt das zweifellos, daß es äußerlich nicht ablesbar ist, kein Buchstabenexperiment, nicht kalligraphische Mutproben, sondern eine Radikalität, die im Denken liegt und bis zum Äußersten [geht]. Wie sehr diese Bücher die Zeit zeigen, was sie gar nicht beabsichtigen, wird eine spätre erkennen, wie eine spätre Zeit Kafka begriffen hat. In diesen Büchern ist alles genau, von der

schlimmsten Genauigkeit, wir kennen nur die Sache noch nicht, die hier so genau beschrieben wird, also uns selber nicht.

Die Stilfrage, die von den geistreichsten Leuten aller Zeiten nie beantwortet werden konnte, nicht, ob es die kollektiven Merkmale sind, die persönlichen Eigenheiten, das völlige Verschwinden jeder Eigenheit, sozusagen ein Stil der Unauffälligkeit – nach dem alten Satz, wer am besten gekleidet ist, ist unauffällig gekleidet –, [ist] heute so schwer wie eh und je zu entscheiden. Stil ist zweifellos unauffällig, wenn man darunter versteht, daß man ihn ebenso vergißt wie wahrnimmt, die Eigenheit kommt aus dem Zwang, und bei Bernhard ist alles zwanghaft, die Benutzung von furchtbar, dumm, geehrter Herr, Höflichkeiten, Distanzen, [das] Vokabular des Erschreckens, eine Stigmatisierung, die Adjektive ehren wieder, die Verben sind mit [der] größten Vielfältigkeit, die das Deutsche erlaubt, [– – –], ihr geheimes Hinunterreden, nicht nur Hineinreden, Herausreden, Überreden, Zureden, bei Bernhard wird alles Hinunterreden, ein Hinabreden.

Die großen Bücher beschämen nicht die weniger großen oder die wichtigen, denn sie entstehen auf einem anderen Planeten. Ohne diese Bücher wäre die Literatur aber ein Sammelsurium von Geschriebenem, denn sie sind so notwendig, es ist evident, daß sie kommen müssen.

Das Müssen, die Notwendigkeit, das Unausweichliche stempelt alle Bücher von Bernhard, angefangen vielleicht mit ›*Amras*‹, in dem die Unruhe noch stärker ist als die Beherrschung dieser Unruhe, die gläserne Ruhe im Umgang mit einer zerbröckelnden Welt. Die Vorgänge werden immer einfacher, sinnfälliger, in ihrer gesamten Sinnlosigkeit. Ein paar Zeilen aus ›*Watten*‹ über die Gegenstände, die heute hergestellt werden: »Die Industrie erzeugt alles viel zu klein heute, sage ich zum Fuhrmann, sie macht alles zu kurz und zu eng, und die Qualität ist die schlechteste. Im

Grunde laufen die Leute mit Kleidern herum, die ein Betrug sind, weil sie zu kurz sind, zu eng sind, zu schlecht sind. Die Leute haben aber auch längst kein Gefühl mehr für Qualität. Für Haltbarkeit. Für Erstklassigkeit. Schon in kurzer Zeit zerfällt alles, was man anrührt.«[1]
Das Nicht-mehr-Watten-Gehen, das Nicht-mehr-ins-Theater-Gehen, das eben das wirkliche Vorkommnis ist, nicht wie die Leute meinen, es gäbe eine Krise des Theaters, des Dramas, der Komödie, es geht ja darum, ins Theater zu gehen, und warum ist es nicht möglich. Es geht darum, Karten spielen zu gehen, aber warum geht es nicht. Es geht um vieles, das nicht mehr verbesserungsfähig ist, um das Unerziehbare, das Unkorrigierbare, ehe man das nicht weiß, was unheilbar ist, wird man auch nicht das geringste an der Stelle anfassen können, wo es [– – –]
Nehmen wir eine einfache Geschichte: über das Theater, zwei Männer gehen miteinander zweimal auf und ab und sprechen über das Theater, in das sie nicht gehen.
Ich bin überzeugt, daß die letzte Prosa von Bernhard über die Becketts weit hinausgeht, ihr unendlich überlegen ist, durch das Zwingende, das Unausweichliche und die Härte.
In all den Jahren hat man sich gefragt, wie wird es wohl aussehen, das Neue.
Hier ist es, das Neue. Es ist nicht brauchbar, noch nicht brauchbar, integrierbar auch nicht, es steht ja alles darin.
Daß in [der] deutschen Sprache wieder die größte Schönheit, Genauigkeit, Art, Geist, Tiefe und Wahrheit geschrieben wird, ‹. . .› Konstellationen aus tiefem Unglück, die das Glück des Bedeutenden ausmachen. Die Worte, wie Bernhard sie setzt, gewinnen etwas Unmißverständliches wieder zurück, er sagt furchtbar, Unzucht, an Stellen, die es wirklich verdienen, belästigen, die Kenntnisse werden beinah unterdrückt, um die einfachen Furchtbarkeiten um so deutlicher hervortreten zu lassen, es sind Bücher über die letzten Dinge, über die Misere des Menschen, nicht über

das Miserable, sondern die Verstörung, in der sich jeder befindet.
Sie sind voll Pathos, wenn man noch weiß, was dieses Wort wirklich bedeutet, sie sind voll von Leiden, und die Erträglichkeit und Unerträglichkeit hängen damit aufs Engste zusammen.
Vor allem, was mehr ist, als man erwartet hat, und man hat ja wenig zu erwarten in dieser Zeit, stellt sich am Ende eine große Verlegenheit ein. Ist hier etwas zu loben? Ist ein Ruhm im Kommen, der der deutschen Literatur, die wie alles auf ihre Sternstunden warten hat müssen?

[Bertolt Brecht: Vorwort zu einer Gedichtanthologie]
Entwurf

Brecht ist ein sehr merkwürdiger Dichter. Er steht schon im Klassenbuch, und man hat ihn deswegen nicht zu Wort kommen lassen.
Er steht noch und darf sich nicht setzen.
In Rom gibt es ein kleines Theater, das ihm gefallen hätte, da sind Bänke wie in alten Schulen, mit Rinnen für die Federn und dem Loch für [das Tintenfaß], darin wird aber nicht Brecht gespielt, sondern jemand anders spielt dort, auch rücksichtslos, leidenschaftlich, es hätte ihm vielleicht gefallen.
Brecht hat viele Gedichte geschrieben, einige habe ich sehr früh gelesen und andre noch immer nicht, es sind eben viele, sie haben, so sagt man, den Brecht-Ton, manche haben den nicht, sie sind, unvermutet, ihm aus der Hand gefallen, und dann [hören] sich einige Zeilen an wie von den besten deutschen Dichtern, unter denen steht »Dichter unbekannt«.
Brecht ist am besten, wenn er »unbekannt« wird. »Und der Himmel hält mit den Sternen das Kreuz in der Schwebe«, was wollte er aber damit sagen. Das weiß zum Glück niemand, denn keine Philologenschar wird je ausmachen, was jemand hat sagen wollen, wenn er in die Schwebe gekommen ist.
Eine radikale Intelligenz, ein Bleigewicht, eine Luftleichtigkeit, das sind Voraussetzungen, es wird Machbares gemacht. Das Beste ist nicht machbar, obwohl es nachweisbar gemacht worden ist.
La grazia sola ist ein Begriff, den er nicht geliebt hätte, nur in dem Wortsinn, und es gibt doch nur den Wortsinn.
Brecht ist so einfach, daß ihm die Nachwelt so viel auch

nicht anhaben kann, wenn er nach Schweiß riecht, einer Schweiß riechen will, so soll er doch, aber wenn er keinen Geruch verträgt, dann bleibt doch vieles übrig. Daß Brecht mehr als intelligent sein könnte, daß er Geist haben könnte und daß der Geistmarschtritt in keinem Gedicht kopierbar ist, darauf kommen sie nicht, sie marschieren mit, meinen sie, und sie hören nicht, daß er sie längst hinter sich gelassen hat.

Wenn ein halbes Zeitalter zu Ende gegangen ist, merkt man mehr Verwandtschaft und mehr von dem, »ich fühle Luft von anderen Planeten«, es sind die Todfeinde, die sie spüren.

Daß Brecht unbezweifelbar für den Klassenkampf geschrieben hat, daß er anarchisch, dann klassenkämpferisch, dann im System verankert geschrieben hat, jeder weiß es, niemand hat dran zu rütteln, denn es gibt ja nichts zu deuteln, er hat es getan, wer urteilt da noch? ‹. . .›

Wer weiß noch, warum Dante jemand in die Hölle, jemand ins Paradies geworfen hat, eine Philologenschar, sehr beachtlich, sehr nützlich, die Kämpfe waren da, es gibt andere, und man kann sich den Kehrricht ansehen, man schaut sich nur die Zeilen anders an. Was ist geblieben.

Wenn es mit rechten Dingen zuginge, wäre er der Volksdichter geworden, den jeder versteht, denn seine Tonfälle, seine Kehrtwendungen, sein makabrer Witz hätten ihm diese Auszeichnung verschafft, aber niemand liebt das Volk weniger als das Volk, das mit dem Volk soviel zu tun [zu] haben meint, es versteht seinen eigenen Witz nicht.

Brecht hat sie ihm abgeschaut, aber es hat nie zurückgeschaut, es bestaunt ihn triefäugig, es versteht nicht die natürlichen Wendungen, ja, das Meer ist blau, so blau, und [schaut ihm] nicht mitten ins Gesicht, es erkennt seine eigenen komischen Züge nicht.

Ich glaube, er hat kein Publikum. Er ist so fremd wie Hölderlin, und sein Pathos, das von mir bewunderte Pathos,

den großen Ton, versteht es auch nicht. Sieh jene Kraniche, und, wer es hinwegfegen wird, der Wind.
Brecht hat so große Gebärden, so volkstümliche, daß die einen zu wenig volkstümlich, die andren viel zu großartig sind, um diese Nieren oder diese Hirne oder was es auch sein mag zu treffen.
Es ist ein ironischer, ein katastrophischer, ein zerrissener, ein grandioser Rettungsversuch.
Vorbildlich:
Er hatte die großen Worte auch an der richtigen Stelle. Er hat, wie ich es einmal zu sagen versuchte, teilgenommen an der Utopie, an dem vieltausendjährigen Virus gegen die schlechte Sprache. An unserem Ausdruckstraum.
Tue es vorbildlich.
Wirst du noch etwas tun für dich? Hoffnungsvoll und verantwortlich, mit guten Bewegungen, vorbildlich.
»Alles andere wäre zu bitter.«
Das Volk ist nicht tümlich.[1]
Wir leben nicht ewig.
Nein, gewiß nicht.

ANMERKUNGEN

Verzeichnis der Abkürzungen

Buchtitel

Sb	Gedichte Erzählungen Hörspiel Essays (= Sammelband Piper)

Rundfunksender

BR	Bayerischer Rundfunk, München
HR	Hessischer Rundfunk, Frankfurt
NWDR Hannover	Nordwestdeutscher Rundfunk, Hannover
WDR	Westdeutscher Rundfunk, Köln
HF-Aufnahme	Hörfunkaufnahme
PH	Ingeborg Bachmann in Ton- und Bildaufzeichnungen (= Phonographie)

Verwendete Zeichen

[– – –]	a) Fehlendes Wort oder mehrere fehlende Wörter b) Text bricht ab
‹– – –›	Text nicht entzifferbar
‹. . .›	Text entzifferbar, aber ohne Sinnzusammenhang
[?]	Nicht gesicherte Entzifferung
[. . .]	Von den Herausgebern weggelassener Text
[ ]	Enthält von den Herausgebern eingesetzte Wörter oder Titel

Vorbemerkung

Die chronologische Ordnung der Essays, der Radio-Essays, der Frankfurter Vorlesungen und der Dankansprachen zur Verleihung des Hörspielpreises der Kriegsblinden, des Georg-Büchner-Preises und des Anton-Wildgans-Preises richtet sich nach dem Datum der Erstveröffentlichung als Erstdruck oder als Hörfunk- bzw. Fernsehaufnahme.
Die Stellung des Radio-Essays DER MANN OHNE EIGENSCHAFTEN, dessen Sendedatum nicht mehr festzustellen ist, ergibt sich aus einem Hinweis im Text über die Entstehungszeit. Die Einordnung der Frankfurter Vorlesung [ÜBER GEDICHTE] an die zweite Stelle in der Vorlesungsfolge beruht ebenfalls auf einem Hinweis im Text.
Bei den Vermischten Schriften ist das Prinzip der chronologischen Ordnung nach Veröffentlichungsdaten nicht einzuhalten gewesen. Die Herausgeber haben sich darauf beschränkt, die Texte, wo es möglich war, nach Themen zu gruppieren. Innerhalb der Gruppierungen besteht weitgehend eine chronologische Ordnung nach Entstehungsdaten.
Auf den frühen Text BIOGRAPHISCHES, der zu keiner Themengruppe gehört, folgen als erste Gruppe drei Texte über Gedichte [WOZU GEDICHTE?], [ZUR ENTSTEHUNG DES TITELS ›IN APULIEN‹] und DAS GEDICHT AN DEN LESER; als zweite Gruppe drei frühe Rezensionen über Bücher von José Orabuena, Alfred Mombert und Franz Kafka. Die dritte Gruppe enthält Momentaufnahmen von Begegnungen mit der Gruppe 47, mit Witold Gombrowicz und Giuseppe Ungaretti. Es folgen zwei nicht datierbare Reflexionen, [JEDE JUGEND IST DIE DÜMMSTE] und [AUF DAS OPFER DARF KEINER SICH BERUFEN]; als nächstes die

Städteskizzen [FERRAGOSTO] und LEIPZIG, zusammen mit dem bereits veröffentlichten Text ZUGEGEBEN; den beiden Entwürfen über die Interpretationskunst von Maria Callas HOMMAGE À MARIA CALLAS und über die Figur des Jago in [OTELLO] folgen als letzte Gruppe die Entwürfe zu einer Werkbesprechung von Georg Groddeck und zu Rezensionen über Bücher von Leo Lipski, Sylvia Plath und Thomas Bernhard, zusammen mit dem Vorwortentwurf zu einer Gedichtanthologie von Bertolt Brecht.

Für die Textgestalt maßgeblich ist bei den veröffentlichten Texten der Abdruck letzter Hand, bei den Entwürfen, sofern mehrere Entwürfe vorliegen, ist es jeweils der am weitesten ausgeführte Entwurf.

Textvarianten zwischen den der Textgestalt zugrunde gelegten Texten werden nicht im Wortlaut angegeben, es wird lediglich auf ihr Vorhandensein hingewiesen. Alle übrigen Textvarianten bleiben unberücksichtigt.

ESSAYS

1

LUDWIG WITTGENSTEIN – ZU EINEM KAPITEL DER JÜNGSTEN PHILOSOPHIEGESCHICHTE S. 12

Erstveröffentlichung in: Frankfurter Hefte. Zeitschrift für Kultur und Politik. Frankfurt/M., Jg. 8, Heft 7, Juli 1953. S. 540–545.

Der Textgestalt liegen zugrunde:

Ludwig Wittgenstein, Schriften, Beiheft. Suhrkamp Verlag, Frankfurt/M. 1960. S. 7–15. Revidierte Fassung. – Sb 1970. Mit vier Textvarianten.

Der zweite Teil des Titels nimmt Bezug auf das Buch von Victor Kraft »›Der Wiener Kreis‹ – Der Ursprung des logischen Positivismus«, das im Untertitel heißt: »Ein Kapitel der jüngsten Philosophiegeschichte«, erschienen im Springer-Verlag, Wien 1950.

Die Anmerkungen von Ingeborg Bachmann sind dem Sb 1970 entnommen:

1 Zuerst erschienen als »Logisch-philosophische Abhandlung« in den »Annalen der Naturphilosophie«, 1921

2 »Erkenntnis«, Band 2, Leipzig 1931

3 Bonn 1929

4 Ewald Wasmuth macht, mit Recht, darauf aufmerksam, daß das »Mystische« in diesem Satz an Platons »Staunen« und an Heideggers Frage: »Warum ist überhaupt Seiendes und nicht vielmehr nichts?« erinnere. Doch wäre es Wittgenstein unmöglich, eine solche Frage zu stellen, da er verneint, was Heidegger voraussetzt: daß im Denken das Sein zur Sprache komme.

5 Ferdinand Kürnberger, Wiener Publizist (1821–1879),

im Jahre 1848 zur Flucht aus Österreich gezwungen, schrieb Romane und Erzählungen, vor allem jedoch kulturpolitische und gesellschaftskritische Arbeiten. Seine hervorragenden sprachkritischen Aufsätze und Verurteilungen der zeitgenössischen Presse lassen ihn als einen Vorläufer von Karl Kraus erscheinen.

INS TAUSENDJÄHRIGE REICH S. 24
Der Textgestalt liegt zugrunde:
Akzente. Zeitschrift für Dichtung. München, Jg. 1, Heft 1, Februar 1954. S. 50–53. (Einzige Veröffentlichung.)
Einer von drei Beiträgen zu dem Thema: »Zu Robert Musils Roman: ›Der Mann ohne Eigenschaften‹.«

WAS ICH IN ROM SAH UND HÖRTE S. 29
Erstveröffentlichung in: Akzente. Zeitschrift für Dichtung. München, Jg. 2, Heft 1, Februar 1955. S. 39–43.
Der Textgestalt liegen zugrunde:
Sb 1964 und 1970.

DIE BLINDEN PASSAGIERE S. 35
Erstveröffentlichung in: Jahresring 55/56. Ein Querschnitt durch die deutsche Literatur und Kunst der Gegenwart [Bd. 2], Stuttgart 1955. S. 30–36.
Der Textgestalt liegen zugrunde:
Sb 1964 und 1970.

DIE WUNDERLICHE MUSIK S. 45
Erstveröffentlichung unter dem Titel MUSIK in: Jahresring 56/57. Ein Querschnitt durch die deutsche Literatur und Kunst der Gegenwart [Bd. 3], Stuttgart 1956. S. 217–227. Unter dem Titel DIE WUNDERLICHE MUSIK erschien der 1. Teil: Vorbereitungen – Garderobe – Zuhörer – Ohren – Dirigenten – Sänger – Ballett, in: Melos. Zeitschrift für neue Musik. Mainz, Jg. 23, Heft 9, September 1956.

S. 244 ff. Der 2. Teil: Partituren – Alte Musik – Neue Musik – Schwere und leichte Musik – Musikstädte – Ein Blatt für Mozart – Musik, folgte unter dem Titel NOCH EINMAL: DIE WUNDERSAME MUSIK in Heft 11, November 1956, S. 313–316.
Der Textgestalt liegen zugrunde:
Sb 1964 und 1970.

MUSIK UND DICHTUNG S. 59
Erstveröffentlichung in: Musica Viva. [Festschrift.] Nymphenburger Verlagshandlung, München 1959. S. 161–166.
Der Textgestalt liegen zugrunde:
Sb 1964 und 1970.

TAGEBUCH S. 63
Beitrag zur Probenummer einer internationalen Zeitschrift
Erstveröffentlichung in italienischer Sprache in: »il menabò di letteratura« No. 7. Giulio Einaudi editore, Torino 1964. S. 262–274, unter dem Titel »Diario in Pubblico«, übersetzt von Lia Secci.
Aus dem Nachlaß veröffentlicht in: Ensemble. Internationales Jahrbuch für Literatur. Bd. 6. München 1975. S. 61–74.
Der Textgestalt liegen zugrunde:
Typoskript 1284–1295 aus dem Nachlaß.
Die Zeitschrift sollte unter dem vorläufigen Titel »Gulliver« gleichzeitig in italienischer, deutscher und französischer Sprache erscheinen, bei Einaudi Turin, Suhrkamp Frankfurt/M. und Julliard Paris. Wegen Unstimmigkeiten unter den drei Redaktionsgruppen wurde die Veröffentlichung der seit April 1963 vorliegenden Texte zunächst verschoben und erfolgte schließlich allein in italienischer Sprache als Probenummer des »Gulliver«, die von der Zeitschrift »il menabò« beherbergt wurde.

Den drei Redaktionsgruppen gehörten 1963 folgende Schriftsteller an:
Deutsche Gruppe: Ingeborg Bachmann, Walter Boehlich, Hans Magnus Enzensberger, Günter Grass, Helmut Heißenbüttel, Uwe Johnson, Martin Walser. *Französische Gruppe:* Robert Antelme, Roland Barthes, Maurice Blanchot, Michel Butor, Louis-René des Forêts, Michel Leiris, Dionys Mascolo, Maurice Nadeau, Geneviève Serreau. *Italienische Gruppe:* Italo Calvino, Francesco Leonetti, Alberto Moravia, Pier Paolo Pasolini, Elio Vittorini.

2 Radio-Essays

DER MANN OHNE EIGENSCHAFTEN S. 80
Unvollständig
Entstanden nach dem Dezember 1952 (Erscheinungsdatum des Romans von Robert Musil, Der Mann ohne Eigenschaften. Rowohlt Verlag, Hamburg 1952).
Sendedatum und Sender sind nicht mehr festzustellen.
Der Textgestalt liegt zugrunde:
Typoskript 5236, 5238–5261 (= S. 1–25) aus dem Nachlaß. Der Schluß des Typoskripts fehlt.

1 Die Zitate wurden überprüft anhand: Robert Musil, Der Mann ohne Eigenschaften. Rowohlt Verlag, Hamburg, 17.–22. Tausend Oktober 1958. S. 1646 f.
2 ebenda, S. 37
3 ebenda, S. 39
4 ebenda, S. 40, abgewandelt, und S. 41
5 ebenda, S. 1638/39
6 ebenda, S. 19
7 ebenda, S. 154, leicht abgewandelt
8 ebenda, S. 257

9 ebenda, S. 33
10 ebenda, S. 34
11 ebenda, S. 34
12 ebenda, S. 1642. Die beiden letzten Sätze stehen in umgekehrter Reihenfolge
13 ebenda, S. 356
14 ebenda, S. 360
15 ebenda, S. 138 f.
16 ebenda, S. 1618
17 ebenda, S. 1640
18 Zitat überprüft anhand: Robert Musil, Tagebücher, Aphorismen, Essays und Reden. Rowohlt Verlag, Hamburg 1955. S. 638
19 Der Mann ohne Eigenschaften. S. 786 f.
20 Entgegen der Annahme von Ingeborg Bachmann erschien das Gedicht zum ersten Mal in: Die Neue Rundschau. Berlin, Mai 1923. Wiederveröffentlicht in: Robert Musil, Prosa, Dramen, späte Briefe. Rowohlt Verlag, Hamburg 1957. S. 597
21 Der Mann ohne Eigenschaften, S. 782, abgewandelt
22 ebenda, S. 1619
23 ebenda, S. 1616
24 ebenda, S. 1617

SAGBARES UND UNSAGBARES – DIE PHILOSOPHIE LUDWIG WITTGENSTEINS S. 103

Entstanden 1953.
Einziges bekanntes Sendedatum: 16. September 1954 im BR München.
Der Textgestalt liegt zugrunde:
Typoskript 2083–2102 aus dem Nachlaß.
Die Zitate aus dem »Tractatus logico-philosophicus« und den »Philosophischen Untersuchungen« wurden überprüft anhand der Ausgabe: Ludwig Wittgenstein, Schriften. Suhrkamp Verlag, Frankfurt/M. 1960.

1 Tractatus (1)
2 ebenda (1.1)
3 ebenda (1.11)
4 ebenda Vorwort, 2. Abs.
5 ebenda (6.3)
6 ebenda (5.61)
7 ebenda (5.61)
8 ebenda (6.432) und (6.44)
9 ebenda (7)
10 ebenda (6.432) und (6.41)
11 ebenda (6.421)
12 ebenda (6.4312), abgewandelt
13 ebenda (6.432)
14 ebenda (6.432), im Original kursiv
15 ebenda (6.522)
16 ebenda (6.41), abgewandelt
17 ebenda (6.52)
18 ebenda (6.521)
19 ebenda (6.53)
20 Blaise Pascal, Gedanken. Aphorismus 55
21 Tractatus (7)
22 Philosophische Untersuchungen, Vorwort, 4. Abs.
23 ebenda, Vorwort, 8. Abs. bis Schluß
24 ebenda, Teil II, Abschnitt XI, S. 534
25 ebenda, Teil II, Abschnitt XI, S. 534
26 ebenda, Teil I, (329)
27 Tractatus (4.112)
28 Philosophische Untersuchungen, Teil I, (133)
29 ebenda, Teil I, (18)
30 Tractatus (6.52)

DAS UNGLÜCK UND DIE GOTTESLIEBE – DER WEG SIMONE WEILS S. 128
Erstsendung: Im 1. Halbjahr 1955 im BR München. Der Sendetag ist nicht mehr festzustellen.

Der Textgestalt liegt zugrunde:
Typoskript 1639–1669 aus dem Nachlaß.

1 Schwerkraft und Gnade, deutsch von Friedhelm Kemp. Kösel Verlag, München 1952. S. 159, abgewandelt
2 Cahiers II (Tagebuchnotizen). Plon, Paris 1953. S. 260 f., abgewandelt
3 Journal d'Usine (Fabriktagebuch) 1934–1935, in: La condition ouvrière. Gallimard, Paris 1951. Taschenbuchausgabe, S. 119
4 Fragments, in: La condition ouvrière. S. 152
5 ebenda, S. 153
6 Journal d'Usine (Fabriktagebuch) 1934–1935, in: La condition ouvrière. S. 130
7 ebenda, S. 131
8 ebenda, S. 134
9 Fragments, in: La condition ouvrière. S. 168
10 Schwerkraft und Gnade. S. 238
11 Inzwischen veröffentlicht in der Übersetzung von Friedhelm Kemp unter dem Titel »Studie für eine Erklärung der Pflichten gegen das menschliche Wesen«, in: Simone Weil, Zeugnis für das Gute. Traktate – Briefe – Aufzeichnungen. Walter Verlag, Olten/Freiburg 1976.
12 Condition première d'un travail non servile, in: La condition ouvrière. S. 358, abgewandelt
13 ebenda, S. 360 f., abgewandelt
14 Schwerkraft und Gnade. S. 264
15 ebenda, S. 266, abgewandelt
16 ebenda, S. 266
17 ebenda, S. 265 f.
18 Das Unglück und die Gottesliebe, deutsch von Friedhelm Kemp. Kösel Verlag, München 1953, Vorw. S. 12
19 Schwerkraft und Gnade. S. 200
20 ebenda, S. 200
21 ebenda, S. 200

22 ebenda, S. 200 f.
23 ebenda, S. 201
24 Cahiers II (Tagebuchnotizen). S. 272, abgewandelt
25 Schwerkraft und Gnade. S. 78
26 ebenda, S. 79
27 ebenda, S. 82
28 ebenda, S. 268
29 ebenda, S. 269
30 ebenda, S. 270
31 ebenda, S. 233
32 Das Unglück und die Gottesliebe. S. 58 f.
33 ebenda, S. 65
34 ebenda, S. 67 f.
35 ebenda, S. 88
36 ebenda, S. 47 f.

DIE WELT MARCEL PROUSTS – EINBLICKE IN EIN PANDÄMONIUM S. 156

Erstsendung: 13. Mai 1958 im BR München.
Der Textgestalt liegt zugrunde:
Fotokopie des Typoskripts im Schallarchiv des BR München. Der im Typoskript mit *Autor* gekennzeichnete Text wurde in der Sendung von einer weiblichen Stimme gesprochen. Diese Konzeption ist im Abdruck beibehalten.

1 Das Zitat stammt aus dem Aufsatz »À Propos Baudelaire«, nicht, wie angegeben, aus den Tagebüchern von Proust. Der Aufsatz erschien im Juni 1921 in der Zeitschrift »Nouvelle Revue Française« und 1927 in dem von Robert Proust herausgegebenen Sammelband »Chroniques«. Zitiert in: André Maurois, Auf den Spuren von Marcel Proust, deutsch von Uecker-Lutz und Bremer-Wolf, unter Mitwirkung von Hans Georg Brenner. Claassen Verlag, Hamburg 1956. S. 241
2 Friedrich Nietzsche, Jenseits von Gut und Böse, Aphorismus 278, abgewandelt

3 Aus den unveröffentlichten »Cahiers« von Marcel Proust, zitiert in: André Maurois, a. a. O., S. 238
4 Marcel Proust, Auf der Suche nach der verlorenen Zeit, deutsch von Eva Rechel-Mertens. Suhrkamp Verlag, Frankfurt/M. 1956, Bd. V, Die Gefangene. S. 528 ff., abgewandelt
5 ebenda, S. 395 f., leicht abgewandelt
6 Marcel Proust, Auf der Suche . . ., 1957, Bd. VII, Die wiedergefundene Zeit. S. 113 f., leicht abgewandelt
7 ebenda, S. 106 f.
8 ebenda, S. 134 ff.
9 ebenda, S. 136/137
10 ebenda, S. 227
11 ebenda, S. 229
12 ebenda, S. 230 f.
13 ebenda, S. 303 f., leicht abgewandelt
14 ebenda, S. 548 f.
15 ebenda, S. 563 (Zitat versehentlich nach der Neuausgabe korrigiert)
16 ebenda, S. 352
17 Marcel Proust, zitiert in: André Maurois, a. a. O. S. 345 (ohne Quellenangabe)
18 Die Gefangene. S. 278

3 Frankfurter Vorlesungen: Probleme zeitgenössischer Dichtung

Mit dieser Vorlesungsreihe übernahm Ingeborg Bachmann im Wintersemester 1959/60 als erste Dozentin die vom S. Fischer Verlag gestiftete Gastdozentur für Poetik an der Johann Wolfgang Goethe-Universität Frankfurt/Main.
Von den ursprünglich vorgesehenen sechs Vorlesungen: am 11. November 1959, 25. November 1959, 9. Dezember

1959, 13. Januar 1960, 27. Januar 1960 und 10. Februar 1960, wurden nur fünf gehalten. Das Sekretariat des Präsidialamtes der Frankfurter Universität hat lediglich drei Vorlesungsdaten verzeichnet: den 25. November 1959 für die erste Vorlesung; den 9. Dezember 1959 für die zweite Vorlesung, den 24. Februar 1960 für die letzte Vorlesung. Die genauen Vorlesungsdaten der dritten und vierten Vorlesung sind nicht mehr festzustellen. Die Vorlesungsreihe stand unter dem Titel: »Fragen zeitgenössischer Dichtung«.

Der Titel »Probleme zeitgenössischer Dichtung« und die Titel der ersten, dritten und vierten Vorlesung sind übernommen aus den Hörfunkaufnahmen der vier Frankfurter Vorlesungen, die Ingeborg Bachmann vom 25.–28. April 1960 am Zürcher Rundfunk für den Bayerischen Rundfunk München gemacht hat. Siehe PH I, 16 – I, 19. Sendedaten des BR München: 6. Mai 1960 FRAGEN UND SCHEINFRAGEN; 13. Mai 1960 DAS SCHREIBENDE ICH; 20. Mai 1960 DER UMGANG MIT NAMEN; 27. Mai 1960 LITERATUR ALS UTOPIE.

I FRAGEN UND SCHEINFRAGEN S. 182

Erstdruck (gekürzt) in: du. Kulturelle Monatsschrift, Heft 236, Oktober 1960, 20. Jg., Zürich. S. 65 f.

Der Textgestalt liegen zugrunde:

Typoskript 500–515 aus dem Nachlaß, ohne Titel. – Sb 1964 und 1970.

Der Anfang der Vorlesung bis S. 184 Zeile 9 v. u. wurde aus dem Typoskript ergänzt.

1 Aus dem Brief des Lord Chandos, in: Hugo von Hofmannsthal, Prosa II. S. Fischer Verlag, Frankfurt/M. 1951. S. 7

II [ÜBER GEDICHTE] S. 200

Der Textgestalt liegt zugrunde:

Typoskript 594–607 aus dem Nachlaß, ohne Titel. Das Typoskript weist zahlreiche Verschreibungen, Auslassungen und schwer entzifferbare handschriftliche Korrekturen auf. Wo die Entzifferung der handschriftlichen Korrektur nicht gelang, wurde ein Auslassungszeichen gesetzt. Die im Typoskript fehlenden Gedichte von Günter Eich, S. 202 u. 203, Marie Luise Kaschnitz, S. 207, Hans Magnus Enzensberger, S. 209, und der Abschnitt aus dem ersten Futurismus-Manifest von Filippo Tomaso Marinetti, S. 205, wurden von den Herausgebern eingesetzt.

1 »Betrachtet die Fingerspitzen« in: Günter Eich, Botschaften des Regens. Suhrkamp Verlag, Frankfurt/M. 1955. S. 46.

2 Aus dem Gedicht »Augenblick im Juni« in: Botschaften des Regens. S. 52 f.

3 Blätter für die Kunst. 3 Folgen, 5 Bände, Auslese aus den Jahrgängen 1892–1898. Verlag Georg Bondi, Berlin 1899. Text aus der Einleitung, S. 24

4 André Breton, Zweites Surrealismus-Manifest. Erstdruck: André Breton, Second Manifeste du surréalisme. Paris, édition Kra 1930. – Der Text lautet im Original: »L' acte surréaliste le plus simple consiste, révolvers aux poings, a descendre dans la rue et à tirer au hasard, tant qu'on peut, dans la foule.« Zitiert nach: André Breton, Manifestes du surrealisme, édition complète. Jean-Jacques Pauvert, Paris 1972. S. 135. Die deutsche Übersetzung konnte nicht ermittelt werden.

5 Filippo Tomaso Marinetti, Fondazione e Manifesto del Futurismo 1909. Deutsch: Gründung und Manifest des Futurismus. Zitiert wird Punkt 4 des Manifests, abgedruckt in: Umbro Apollonio, Der Futurismus, Manifeste und Dokumente einer künstlerischen Revolution, 1909–1918, deutsch von Christa Baumgarth und Helly Hohenemser. Verlag M. DuMont Schauberg, Köln 1972. S. 33.

6 Filippo Tomaso Marinetti. – Ingeborg Bachmann entnimmt das Zitat Walter Benjamins Nachwort zur zweiten Fassung seines Essays »Das Kunstwerk im Zeitalter der technischen Reproduzierbarkeit«. Es wurde überprüft anhand der Ausgabe: Walter Benjamin, Gesammelte Schriften. Suhrkamp Verlag, Frankfurt/M. 1974, Bd. I. 2, S. 507. Der von Walter Benjamin als »Manifest zum äthiopischen Kolonialkrieg« bezeichnete Text von F. T. Marinetti findet sich in keiner italienischen Marinetti-Bibliographie. Nach Auskunft von Frau Vittoria Marinetti, der Tochter von F. T. Marinetti, ist der Text auch nicht in dem von ihr verwalteten Archiv enthalten.

7 »Bräutigam Froschkönig«, in: Marie Luise Kaschnitz, Neue Gedichte. Claassen Verlag, Hamburg 1957. S. 55

8 Aus »Ohne Kompaß«, in: Nelly Sachs, Flucht und Verwandlung. Deutsche Verlagsanstalt, Stuttgart 1959. S. 47

9 »verteidigung der wölfe gegen die lämmer«, in: hans magnus enzensberger, verteidigung der wölfe. Suhrkamp Verlag, Frankfurt/M. 1959. S. 90 f.

10 Franz Kafka, Brief an Oskar Pollack vom 27. Januar 1904, in: Franz Kafka, Briefe 1902–1924. S. Fischer Verlag, Frankfurt/M. 1958. S. 27 f.

11 Aus »Zähle die Mandeln«, in: Paul Celan, Mohn und Gedächtnis. Deutsche Verlagsanstalt, Stuttgart 1952. S. 76. – In dem Zitat folgen auf die letzte Strophe zwei Zeilen der ersten Strophe in umgekehrter Reihenfolge.

12 Im Typoskript fehlt die Angabe des gelesenen Gedichts.

13 Aus »Engführung«, in: Paul Celan, Sprachgitter. S. Fischer Verlag, Frankfurt/M. 1959. S. 64

III DAS SCHREIBENDE ICH S. 217

Der Textgestalt liegt zugrunde:

Typoskript 516, 516a–524, 637, 636, 616, 630–634, 526

(= S. 1–19) aus dem Nachlaß. Das Typoskript trägt den Titel ÜBER DAS ICH.

Den Titel der Vorlesung DAS SCHREIBENDE ICH entnimmt Ingeborg Bachmann der »Niederschrift des Gustav Anias Horn« in dem Roman »Fluß ohne Ufer« von Hans Henny Jahnn. Nachgewiesen anhand der Ausgabe: Hans Henny Jahnn, Werke und Tagebücher in sieben Bänden. Hoffmann und Campe Verlag, Hamburg 1974. Bd. 2: Fluß ohne Ufer. Zweiter Teil, Die Niederschrift des Gustav Anias Horn I. S. 374.

1 Louis-Ferdinand Céline, Reise ans Ende der Nacht. Rowohlt Verlag, Hamburg 1958. S. 71

2 ebenda, S. 15. Der erste und der zweite Satz des Zitats stehen in umgekehrter Reihenfolge

3 ebenda, S. 176

4 Leo Tolstoi, Die Kreutzersonate, übertragen von Arthur Luther. Insel-Verlag, Wiesbaden 1957. S. 16

5 ebenda, S. 18

6 F. M. Dostojewski, Aufzeichnungen aus einem Totenhaus. Piper Verlag, München 1958. S. 15 f.

7 Italo Svevo, Zeno Cosini, deutsch von Piero Rismondo. Rowohlt Verlag, Hamburg 1959. S. 419

8 ebenda, Nachwort S. 467

9 Marcel Proust, Auf der Suche nach der verlorenen Zeit, deutsch von Eva Rechel-Mertens. Suhrkamp Verlag, Frankfurt/M. 1958, Bd. I, In Swanns Welt. S. 276 f.

10 Ernst Robert Curtius, Französischer Geist im zwanzigsten Jahrhundert. Francke Verlag, Bern 1952. S. 320

11 Die Zitate aus Hans Henny Jahnn, Fluß ohne Ufer, wurden überprüft anhand der Ausgabe: Hans Henny Jahnn, Werke und Tagebücher in sieben Bänden. Hoffmann und Campe Verlag, Hamburg 1974. Bd. 3: Fluß ohne Ufer. Zweiter Teil, Die Niederschrift des Gustav Anias Horn II. S. 350

12 Bd. 2: Fluß ohne Ufer. Zweiter Teil: Die Niederschrift des Gustav Anias Horn I. S. 288

13 Samuel Beckett, Der Namenlose, deutsch von Elmar Tophoven. Suhrkamp Verlag, Frankfurt/M. 1959. S. 77 ff.

14 ebenda, S. 271

IV DER UMGANG MIT NAMEN S. 238

Der Textgestalt liegen zugrunde:
Typoskript 527–542 aus dem Nachlaß, ohne Titel. – Sb 1964 und 1970. Der Anfang der Vorlesung auf S. 238 bis Zeile 13 wurde aus dem Typoskript ergänzt.

1 William Shakespeare, Hamlet. II. Akt, 2. Szene

2 Die Zitate aus Franz Kafka, Das Schloß, wurden überprüft anhand der Ausgabe: Franz Kafka, Gesammelte Werke, hrsg. von Max Brod. S. Fischer Verlag, Frankfurt/M. 1951. – Das Schloß. Zweites Kapitel, S. 30

3 ebenda, Zweites Kapitel, S. 34

4 ebenda, Sechstes Kapitel, S. 117

5 ebenda, Fünftes Kapitel, S. 100

6 ebenda, Fünfzehntes Kapitel, S. 248

7 ebenda, Fünfzehntes Kapitel, S. 259 f.

8 ebenda, Erstes Kapitel, S. 19

9 Die Zitate aus James Joyce, Ulysses, wurden überprüft anhand der Ausgabe: James Joyce, Ulysses. Vom Verfasser autorisierte Übersetzung von Georg Goyert. Rhein-Verlag, Zürich, 5. Ausgabe (Erscheinungsjahr fehlt). Bd. I, S. 8

10 ebenda, S. 333 und Bd. II, S. 9; 10; 11

11 Die Kurzzitate auf S. 248 f. sind dem »Bordellkapitel« in Bd. II entnommen. Sie stehen auf den Seiten 67, 70, 80, 81, 82, 98, 103, 105, 106, 113, 150.

12 ebenda, S. 325

13 ebenda, S. 280

14 ebenda, S. 280

15 ebenda, S. 354
16 Die Zitate aus: William Faulkner, Schall und Wahn, wurden überprüft anhand der Taschenbuchausgabe des Diogenes Verlags, Zürich 1973, Lizenzausgabe des Fretz & Wasmuth Verlags, Zürich 1956. – Schall und Wahn, S. 84
17 ebenda, S. 86
18 ebenda, S. 152
19 ebenda, S. 153

V Literatur als Utopie S. 255

Erstdruck (gekürzt) in: du. Kulturelle Monatsschrift, Heft 234, August 1960, 20. Jg., Zürich, S. 47 f., und Heft 235, September 1960, 20. Jg., S. 67 f.
Der Textgestalt liegen zugrunde:
Typoskript 564–571, 571a, 572–579 (= S. 1–16) aus dem Nachlaß. – Sb 1964 und 1970.
Der Anfang der Vorlesung auf S. 255 bis Zeile 15 wurde aus dem Typoskript ergänzt.
Den Titel der Vorlesung Literatur als Utopie entnimmt Ingeborg Bachmann einer Tagebucheintragung von Musil, in: Robert Musil, Tagebücher, Essays, Aphorismen und Reden. Rowohlt Verlag, Hamburg 1955. S. 478, Nr. 153

1 Gustave Flaubert, Bouvard und Pécuchet. Karl Rauch Verlag, Düsseldorf 1957. S. 179. Von Georg Goyert durchgesehene und verbesserte Fassung seiner 1923 im Georg Müller Verlag, München, erschienenen Übersetzung des Romans.
2 ebenda, S. 181
3 ebenda, S. 182
4 ebenda, S. 183
5 ebenda, S. 184, leicht abgewandelt
6 Johann Wolfgang Goethe, Gedenkausgabe der Werke, Briefe und Gespräche. Bd. 24, 1948. S. 228 (Johann

Peter Eckermann, Gespräche mit Goethe. Gespräch vom 31. Januar 1827)

7 ebenda, S. 229

8 Das Zitat wurde überprüft anhand: Jacob Burckhardt, Gesamtausgabe. Siebenter Band, Weltgeschichtliche Betrachtungen / Historische Fragmente aus dem Nachlaß. Deutsche Verlags-Anstalt, Stuttgart, Berlin und Leipzig 1929. S. 54. (Es heißt *neuern* Poesie anstatt *neueren*.)

9 Ernst Robert Curtius, Europäische Literatur und lateinisches Mittelalter. A. Francke Verlag, Bern, 2. Aufl. 1954. S. 21. Das Zitat stammt aus dem ersten Kapitel, nicht, wie angegeben, aus dem Vorwort.

10 ebenda, S. 22

11 Robert Musil, Tagebücher, Essays, Aphorismen und Reden. Rowohlt Verlag, Hamburg 1955. S. 457, Nr. 77

12 ebenda, S. 282, mit einer Textumstellung und einer Textauslassung

13 ebenda, S. 514, Nr. 88

14 Aus »Unanfechtbarer Anteil« XLIX, in: René Char, Poésies – Dichtungen. S. Fischer Verlag, Frankfurt/M. 1959. S. 111. Der Satz ist leicht abgewandelt wiedergegeben.

REDEN

DIE WAHRHEIT IST DEM MENSCHEN ZUMUTBAR S. 275
Rede zur Verleihung des Hörspielpreises der Kriegsblinden
Erstveröffentlichung in: HF-Livesendung des WDR Köln

vom 17. März 1959 (Tag der Preisverleihung). Siehe PH I, 13. Erstdruck in: Der Kriegsblinde. Zeitschrift für Verständnis und Verständigung. Bielefeld, Jg. 10, Nr. 8 vom 15. April 1959. S. 1 f.
Der Textgestalt liegen zugrunde:
Sb 1964 und 1970.
Weggelassen ist die Anrede: *Meine sehr verehrten Damen und Herren.*

EIN ORT FÜR ZUFÄLLE S. 278
Rede zur Verleihung des Georg-Büchner-Preises
(Gehalten unter dem Titel DEUTSCHE ZUFÄLLE)
Erstveröffentlichung in: HF-Livesendung des HR Frankfurt in der Orangerie Darmstadt vom 17. Oktober 1964 (Tag der Preisverleihung). Siehe PH I, 26.
Erstdruck unter dem Titel EIN ORT FÜR ZUFÄLLE in: Deutsche Akademie für Sprache und Dichtung, Darmstadt. Jahrbuch 1964. Verlag Lambert Schneider, Heidelberg/Darmstadt 1965. S. 157–169.
Der Textgestalt liegen zugrunde:
Jahrbuch 1964 der Deutschen Akademie für Sprache und Dichtung, Darmstadt 1964. – Büchner-Preis-Reden 1951–1971. Philipp Reclam jun., Stuttgart 1972.
Weggelassen sind in beiden Abdrucken die Anrede und die Anfangssätze: *Meine Damen und Herren, ich danke für die große Ehre, die mir erwiesen wird mit der Zuerkennung des Georg-Büchner-Preises. Ich danke herzlich der Deutschen Akademie für Sprache und Dichtung und ihrem Präsidenten, den Bürgern dieser Stadt und dem Land Hessen.*
Eine veränderte und erweiterte Fassung erschien, ebenfalls unter dem Titel EIN ORT FÜR ZUFÄLLE, in der Reihe der Quarthefte (Nr. 6), Verlag Klaus Wagenbach, Berlin 1965. Mit Zeichnungen von Günter Grass.
Dem Text als Motto vorangestellt ist ein Zitat aus der Er-

zählung »Lenz« von Georg Büchner. Die Prosazeilen sind hier in Versform gesetzt.

Er jagte mit rasender Schnelligkeit
sein Leben durch, und dann sagte er:
»Konsequent, konsequent«;
wenn jemand was sprach:
»Inkonsequent, inkonsequent«;
– es war die Kluft unrettbaren Wahnsinns ...

Der Text beginnt mit dem Absatz S. 279 *Es ist zehn Häuser nach Sarotti* ...

S. 280 *tun, ja ist,* lies: *tun, ist, ja ist,*
S. 280 *böllert* lies: *zieht*
S. 280 *prasselt* lies: *fährt*
S. 280 *Seifenschale.* lies: *Seifenschale das Fahrwerk aus.*
S. 281 *Von den Glocken* lies: *Von Glocken*
S. 282 *verklemmt von vielem Zeug, die Lifts* lies: *verklemmt die Lifts*
S. 282 *angestopft* lies: *vollgestopft*
S. 282 *im Kommen* lies: *unterwegs*
S. 282 *er: Alle können* lies: *er, um Ruhe zu schaffen, alle können*
S. 283 *dunklen, kalten Balkone* lies: *dunklen Balkone*
S. 283 *heißen Kaffee* lies: *wieder Kaffee*
S. 283 *Auf dem* lies: *Aus dem*
S. 283 *darüber* lies: *drüber*
S. 283 *herunter, auf dem* lies: *herunter, aber sie hebt ihn wieder auf, dann kommt der andere Teil herunter, auf dem*
S. 284 *geht weiter. Es wird* lies: *gehe weiter, das werde*
S. 284 *nicht mehr belästigt* lies: *nicht belästigt*
S. 284 *sie purzeln* lies: *sie rutschen*
S. 284 *anrichten, da kommt alles zu spät, ein* lies: *anrichten, ein*
S. 284 *Anstalt hinein, alle* lies: *Anstalt und sprengt alle*

S. 284 *Tragbahren spritzen hoch.* lies: *Tragbahren hoch.*

S. 285 *bevor, es ist etwas Furchtbares, es schluchzt* lies: *bevor. Es schluchzt*

S. 285 *verfangen* lies: *fangen*

S. 287 *sein, man muß es uns sagen!« Es regnet* lies: *sein!« Es regnet*

S. 287 *Er spendiert noch einmal eine Runde,* lies: *Er läßt noch einmal eine Runde springen.*

S. 287 *Dann läuft es auch aus den Augen heraus, es ist fast nichts mehr zu sehen.* gestrichen. Anschließend folgender Text eingefügt:

Im Kommen ist jetzt der Kreuzberg, die feuchten Keller und die alten Sofas sind wieder gefragt, die Ofenrohre, die Ratten, der Blick auf den Hinterhof. Dazu muß man sich die Haare lang wachsen lassen, muß herumziehen, muß herumschreien, muß predigen, muß betrunken sein und die alten Leute verschrecken zwischen dem Halleschen Tor und dem Böhmischen Dorf. Man muß immer allein und zu vielen sein, mehrere mitziehen, von einem Glauben zum andern. Die neue Religion kommt aus Kreuzberg, die Evangelienbärte und die Befehle, die Revolte gegen die subventionierte Agonie. Es müssen alle aus dem gleichen Blechgeschirr essen, eine ganz dünne Berliner Brühe, dazu dunkles Brot, danach wird der schärfste Schnaps befohlen, und immer mehr Schnaps, für die längsten Nächte. Die Trödler verkaufen nicht mehr so ganz billig, weil der Bezirk im Kommen ist, die Kleine Weltlaterne *zahlt sich schon aus, die Prediger und die Jünger lassen sich bestaunen am Abend und spucken den Neugierigen auf die Currywurst. Ein Jahrhundert, das sich auch hier nicht zeigen will, wird in die Schranken gefordert. An einem Haustor, irgendeinem, wird gerüttelt, ein Laternenpfahl umgestürzt, einigen Vorübergehenden über die Köpfe gehauen. Es darf gelacht werden in Berlin.*

Nach Mitternacht sind alle Bars überfüllt, die Eierschale, *die* Badewanne, *der* Pferdestall. Kleist-Kasino, Volle Pulle, Tabu, Chez nous. Riverboat *und* Big Apple *und* Eden Saloon. *Es sind lauter Orte, von Musikstößen erschüttert, von Beben, die in der Nacht ausbrechen, immer nur für Stunden. Der Umsatz wird gesteigert, es gibt sofort eine Inflation von nassen Händen und verglasten Augen. Ganz Berlin ist nachts ein Platz für Umsatz und Umschlag. Alles gerät durcheinander, dann sondern sich einige ab. Die Spionage hat leichte Arbeit, jede Zerrüttung ist durchsichtig. Jedem ist daran gelegen, sein Geheimnis loszuwerden, seine Nachricht zu geben, zusammenzubrechen im Verhör. Jeder hat jetzt jeden am Hals, und keiner kann die unterschobene Rechnung kontrollieren, in dem wenigen Licht. Draußen ist schon wieder Morgen, da ist es zu hell. Da geht keine Rechnung mehr auf. Nur von den Transvestiten weiß niemand, in welcher Gestalt und mit welchem Siegel auf den geschminkten Lippen sie nachhause gehen werden, um dann hineinzuschlafen, fröhlich, in jeden Tag.*

Wer ungeladen in die Stadt abspringt, hier aussteigt, da überläuft, herübergeht, hinübergeht, der wird eingeliefert, geröngt, vermessen und behandelt. Er wird mit verbundenen Augen in die getarnten Häuser geführt, dort löst man ihm die Binde, er weiß natürlich nicht, wo er ist, und hat nicht zu fragen. Die Herren mit den getarnten Gesichtern fragen. Es ist alles geheim. Sie fragen aber nichts Sonderliches, nur nach dem Namen und wie gelebt und warum und wen gesehen und wann, immer wie wo und warum. Es ist so geheim, daß man vor anderen Herren es noch einmal wiederholen muß, laut und bestimmt. Man kann immer wieder dasselbe sagen, niemand nimmt es übel, es gibt nur selten abweichende Fragen von anderen Herren. Es dauert stundenlang, tagelang, bis man ein wenig zittert, wenn man zum letzten Mal seinen Namen sagt, bestimmt und beherrscht. Dann hat man alles zu vergessen, wird mit der vorgebundenen Binde weggebracht und kann bleiben. Hat nichts verraten. Hat verraten. Hat nicht gelogen. Hat gelogen. In den Häusern waren aber nur Sessel und Tische, keine schwarze Wand, nicht einmal Daumenschrauben. Nur ein Hüsteln hie und da, ein Knöchelschlagen auf die Tischplatte, ein gleichgültiger Blick. Die Häuser sind aber auch nicht wiederaufzufinden. Die Sicherheitsdienste bleiben geheim.

S. 288 *und Wasserhähne* lies: *und die Wasserhähne*

S. 288 *anderen* lies: *andren*

S. 289 *Die Schwester singt.* gestrichen

S. 289 *anderen* lies: *andern*

S. 289 *anderen* lies: *andren*

S. 290 *ist Auferstehung. Ostern. Unter den Linden sind schwarz, rot und gold die Osterglocken versteckt.* lies: *Es ist Auferstehen schwarz rot und gold, Unter den Linden.*

S. 290 *fährt zum Himmel.* Anschließend folgender Text eingefügt:

Das glaubt niemand, am wenigsten die Neuangekommenen, daß die Tiere alle wirklich am Bahnhof Zoo wohnen. Niemand ist gefaßt auf das Kamel. Auf seinem Höcker steht jetzt die Siegessäule. Wegen der Tiere leeren sich die Bahnsteige wieder sehr rasch. Die Männer gehen alle ins Aquarium, die Frauen ins Affenhaus. Die Männer verharren stundenlang vor den Fischen, zuletzt vor den kleinen Eidechsen, sie haben lauter grüngoldene Eidechsen im Aug, sanfte, sanfteste, die sie gern mitnehmen möchten, aber die Wächter klopfen sogar die Brusttaschen ab an der Tür, es ist nichts zu machen. Die Frauen, alle weit voneinander entfernt und mißtrauisch gegeneinander, besuchen ihre besonderen Affen. Sie haben einen silbernen Löffel und einen seidenen Beutel mitgebracht und geben nur ihrem Affen den Zucker. Vor Torschluß erst treffen die Männer und Frauen zusammen, in dem Treibhaus, auf der Brücke, über einem angedeuteten Fluß. In der stickigen Hitze dösen unten die Krokodile. Alles blickt mit immer schwerer werdenden Augen hinunter, aber die Krokodile geben keine Vorstellung und warten ab. Jetzt könnte die Brücke einstürzen und die Krokodile lebendig machen, aber sie stürzt nicht ein. Es kann niemand hinunterfallen, solange keiner absichtlich stößt. Die Temperatur darf nicht steigen, weil sie genau reguliert ist, aber da steigt die Temperatur trotzdem. Alle mögen die Krokodile nicht mehr sehen, drängen hinaus und möchten zurücksein zur Abendvisite.

S. 290 *oder Flieger* lies: *und Flieger*

S. 290 *Die Kinder sind wie die Kletten auf dem Beton. Die Posten fluchen.* gestrichen

S. 291 *am Bahnhof Zoo,* lies: *am Kurfürstendamm*

S. 291 *Sie hat sich verlobt mit der Bundeswehr.* gestrichen

S. 292 *jetzt die »Diplomatie«.* lies: *jetzt »Diplomatie«.*

S. 292 *Leinentücher* lies: *Leintücher*

S. 292 *ein großer schwarzer Kater bäumt sich bis zur rosenverzierten Decke.* gestrichen

[Rede zur Verleihung des Anton-Wildgans-Preises] S. 294

Der Anton-Wildgans-Preis der Vereinigung Österreichischer Industrieller wurde Ingeborg Bachmann am 2. Mai 1972 überreicht. Die Fernsehaufzeichnung der Dankrede ist nicht erhalten.

Das Typoskript aus dem Nachlaß ist keine Reinschrift der Rede, es weist zahlreiche Verschreibungen, Streichungen, handschriftliche Korrekturen und zwei Auslassungen auf.

Der Textgestalt liegt zugrunde:

Typoskript 826, 829, 828, 830 (= S. 1–4) aus dem Nachlaß.

VERMISCHTE SCHRIFTEN

BIOGRAPHISCHES S. 301

Entstanden zwischen Mai und September 1952.
Der Textgestalt liegen zugrunde:
Typoskript 1804, 1805 aus dem Nachlaß, ohne Titel. – HF-Aufnahme des NWDR Hannover vom 3. November 1952. Siehe PH I, 3. 01. – Typoskript 840, 841 aus dem Nachlaß, ohne Titel. Diese zweite Fassung ist vermutlich nach der Veröffentlichung im Hörfunk entstanden. Ungeklärt bleibt, warum Ingeborg Bachmann, obschon sie im September 1952 Italien kennengelernt hatte, am 3. November 1952 in der ersten Fassung liest: *Italien, das ich nie gesehen habe.*
Ein Abdruck konnte nicht ermittelt werden.

[WOZU GEDICHTE?] S. 303

In Westermanns Monatshefte, Heft 4, April 1955, schrieben unter dem gemeinsamen Titel »Mein liebstes Gedicht« Ingeborg Bachmann, Rudolf Hagelstange, Karl Krolow und Heinz Piontek zu einem eigenen Gedicht. Ingeborg Bachmann wählte DIE GROSSE FRACHT.
Der Textgestalt liegen zugrunde:
Typoskript 851, 852 aus dem Nachlaß, ohne Titel. Westermanns Monatshefte. Braunschweig, Jg. 96, Heft 4, April 1955. S. 77, ohne Titel. (Einzige Veröffentlichung.)

[ZUR ENTSTEHUNG DES TITELS ›IN APULIEN‹] S. 305

Entwurf
Siehe IN APULIEN, Bd. I, S. 130.
Der Textgestalt liegt zugrunde:
Typoskript 3788, 3789 aus dem Nachlaß, ohne Titel.
Der Entwurf bricht im Typoskript ab mit den Zeilen: *Be-*

schränken wir uns also auf das Gedicht selbst. Es hat fünf Strophen. Die erste führt nach Apulien. Die Herkunft des Lichts wird festgestellt. Die ersten zwei Strophen

DAS GEDICHT AN DEN LESER S. 307

Entwurf

Der Textgestalt liegt zugrunde:
Typoskript 1682 aus dem Nachlaß.
Das Typoskript endet mit: *Nur du nicht.* In den folgenden handschriftlichen Sätzen sind die Wörter *Getier* und *Geäst* nicht mit letzter Sicherheit entzifferbar.

RELIGIÖSES BEHAGEN? – JOSÉ ORABUENA: ›KINDHEIT IN CORDOBA‹ S. 309

Der Textgestalt liegt zugrunde:
Wort und Wahrheit. Monatsschrift für Religion und Kultur, VII. Jg., Jänner 1952. Thomas Morus Presse im Verlag Herder, Wien. S. 65. (Einzige Veröffentlichung.)

KOSMISCHE EKSTASEN – ALFRED MOMBERT: ›DER HIMMLISCHE ZECHER‹ S. 313

Der Textgestalt liegt zugrunde:
Wort und Wahrheit. Monatsschrift für Religion und Kultur, VIII. Jg., Januar 1953. Verlag Herder, Freiburg. S. 61. (Einzige Veröffentlichung.)

FRANZ KAFKA: ›AMERIKA‹ S. 316

Einzige Veröffentlichung in: HF-Aufnahme des HR Frankfurt vom 9. Dezember 1953, in der Sendereihe Kulturelles Wort: »Das Buch der Woche«.
Der Textgestalt liegt zugrunde:
Typoskript 862–866 aus dem Nachlaß.

[GRUPPE 47] S. 323

Entwurf

Nicht vor Frühjahr 1956 entstanden (Tod von Louis Clappier 19. April 1956).
Der Textgestalt liegt zugrunde:
Typoskript 1947, 1948 aus dem Nachlaß, ohne Titel.

[WITOLD GOMBROWICZ] S. 326
Entwurf
Der Textgestalt liegt zugrunde:
Typoskript 1535, 1532, 1533, 1534 (= S. 1–4) aus dem Nachlaß, ohne Titel.
1 Vgl. Witold Gombrowicz, Berliner Notizen. Verlag Günther Neske, Pfullingen 1965. S. 72. – Ebenfalls: Witold Gombrowicz, Die Tagebücher, Bd. 3 (Eintragung von 1963. X.). Verlag Günther Neske, Pfullingen 1970. S. 126: *Ingeborg Bachmann, eine Dichterin aus Österreich, gleichfalls von Ford eingeladen und in derselben Akademie der Künste wohnend, war die erste Person, mit der ich mich befreundete. Wir spazierten, beide etwas verwundert oder betört von dieser Insel (in einem kommunistischen Ozean), oder vielleicht von etwas anderem, wir sahen nicht viel, beinahe nichts, ich entsinne mich, daß mich die Menschenleere in Berlin erstaunte: wenn irgendwo in der Ferne jemand erschien, riefen wir: »Da, da, ein Mensch am Horizont!«*

[GIUSEPPE UNGARETTI] S. 331
Entwurf
Nicht vor Juni 1970 entstanden (Giuseppe Ungaretti starb am 4. Juni 1970).
Der Textgestalt liegt zugrunde:
Typoskript 1828 aus dem Nachlaß, ohne Titel.

[JEDE JUGEND IST DIE DÜMMSTE] S. 333
Entwurf
Der Textgestalt liegt zugrunde:
Typoskript 1687, 1688 aus dem Nachlaß, ohne Titel.

[AUF DAS OPFER DARF KEINER SICH BERUFEN] S. 335
Entwurf
Der Textgestalt liegt zugrunde:
Typoskript 1771, 3693 (= S. 1–2) aus dem Nachlaß, ohne Titel.

[FERRAGOSTO] S. 336
Entwürfe
Entstanden in den Fünfzigerjahren.
Der Textgestalt liegt zugrunde:
Typoskript 1864, 1865 aus dem Nachlaß, ohne Titel.

LEIPZIG: S. 338
Entwurf
Enstanden 1960.
Ingeborg Bachmann reiste auf Einladung von Prof. Hans Mayer nach Leipzig, wo sie, zusammen mit Hans Magnus Enzensberger, Walter Jens, Stephan Hermlin, Peter Huchel und Georg Maurer, vom 29. März bis 1. April 1960 an einem Lyrik-Symposium im Institut für Deutsche Literaturgeschichte an der Universität Leipzig teilnahm.
Der Textgestalt liegt zugrunde:
Typoskript 3817 aus dem Nachlaß.

ZUGEGEBEN S. 340
Entstanden 1969.
Der Textgestalt liegen zugrunde:
Typoskript 1953 aus dem Nachlaß, ohne Titel. – (Fazit Rom) ›Das Literarische Profil von Rom‹. Literarisches Colloquium, Berlin 1970. S. 76 f. (= LCB-Editionen 17). (Erstveröffentlichung.) – ZUGEGEBEN in dem Dossier zum Erscheinen von MALINA, 1971, Suhrkamp Verlag, Frankfurt/M.
Einer früheren Fassung von ZUGEGEBEN, Typoskript 736 aus dem Nachlaß, ist die Widmung vorangestellt: *Per Leu*

– *ricordando gli anni tra Via Bertoloni e Via Vittoria.* (Leu ist Marie Luise Kaschnitz.)

HOMMAGE À MARIA CALLAS S. 342

Entwurf

Der Textgestalt liegt zugrunde:

Typoskript 666, 667 aus dem Nachlaß, ohne Titel. Der Titel steht über einem offenbar früheren Entwurf, Typoskript 664, 665.

Ingeborg Bachmann hörte Maria Callas zum ersten Mal als Traviata 1956 in der Mailänder Scala. Regie Luchino Visconti. Vgl. NOTIZEN ZUM LIBRETTO Bd. I, S. 433. Der Text ist wahrscheinlich einige Jahre später entstanden.

[OTELLO] S. 344

Entwurf

Der Textgestalt liegt zugrunde:

Typoskript 1541, 1539 (= S. 1–2) aus dem Nachlaß.

Wann und für welchen Sender der Text geschrieben wurde, ist nicht mehr festzustellen.

[GEORG GRODDECK] S. 346

Entwurf

Entstanden 1967, nach der Veröffentlichung von: Georg Groddeck, Das Buch vom Es (1961), Psychoanalytische Schriften zur Literatur und Kunst (1964), Psychoanalytische Schriften zur Psychosomatik (1966). Alle im Limes Verlag, Wiesbaden. Die Rezension der Schriften Georg Groddecks war für das Nachrichtenmagazin »Der Spiegel« bestimmt.

Der Textgestalt liegt zugrunde:

Typoskript 1930, 1931, 1928, 1932, 1933, 1935, 1934, 1929, 1926, 1927 (= S. 1–10) aus dem Nachlaß.

1 Zitiert aus: Nachruf für Georg Groddeck, von Hermann Graf Keyserling, in: Georg Groddeck, Das Buch vom

Es. Limes Verlag, Wiesbaden 1961. Das Zitat wurde von den Herausgebern eingesetzt.

EIN MAXIMUM AN EXIL – ÜBER LEO LIPSKI: ›PIOTRUŚ‹
Aus Entwürfen S. 354
Entstanden 1967, nach der Veröffentlichung von: Leo Lipski, Piotruś, deutsch von Oskar Jan Tauschinski. Luchterhand Verlag, Neuwied/Berlin 1967.
Die Rezension wurde Mitte Juni 1967 von der Feuilleton-Redaktion der Wochenzeitung »Die Zeit« erbeten, auf Grund des Interesses, das Ingeborg Bachmann an Leo Lipskis Werk bekundet hatte.
Der Textgestalt liegen zugrunde:
Typoskripte 5206 (Titel); 5207; 1707; 5208, 5209; 5217 aus dem Nachlaß. (Den durch Komma getrennten Typoskriptzahlen entsprechen fortlaufende Seiten. Den durch Semikolon getrennten Typoskriptzahlen entspricht das Ende einer Seitenfolge oder eine einzelne Seite.)
1 Statt des Klappentextes muß es sich um einen Werbetext handeln, der im Luchterhand Verlag nicht mehr zu ermitteln war.

DAS TREMENDUM – SYLVIA PLATH: ›DIE GLASGLOCKE‹
Entwurf S. 358
Entstanden 1968, nach der Veröffentlichung von: Sylvia Plath, Die Glasglocke, deutsch von Christian Grote. Suhrkamp Verlag, Frankfurt/M. 1968 (= Bd. 208 der Bibliothek Suhrkamp).
Der Textgestalt liegt zugrunde:
Typoskript 1556, 1858, 2044 (= S. 1–3) aus dem Nachlaß.

[THOMAS BERNHARD:] EIN VERSUCH S. 361
Entwurf
Entstanden 1969, nach der Veröffentlichung von: Thomas

Bernhard, Watten. Ein Nachlaß. Suhrkamp Verlag, Frankfurt/M. 1969 (= edition suhrkamp 353).
Der Textgestalt liegt zugrunde:
Typoskript 3712, 3713, 3714, 3716 (= S. 1–4) aus dem Nachlaß.

1 Zitiert aus: Thomas Bernhard, Watten. Ein Nachlaß. Suhrkamp Verlag, Frankfurt/M. 1969 (= edition suhrkamp 353). S. 30. Das Zitat wurde von den Herausgebern eingesetzt.

[BERTOLT BRECHT: VORWORT ZU EINER GEDICHTANTHOLOGIE] S. 365

Entwurf

Entstanden 1969, als Ingeborg Bachmann für den Verlag Fischer Bücherei, Frankfurt/M., eine Lyrik-Anthologie unter dem Titel »Poetische Beispiele – Bertolt Brecht« herausgeben wollte.
Der Textgestalt liegt zugrunde:
Typoskript 1849, 1851, 1531 (= S. 1–3) aus dem Nachlaß.

1 Die von Bertolt Brecht des öfteren verwendete Trennung von »volkstümlich« in die Bestandteile »Volk« und »tümlich« findet sich z. B. in »Turandot oder Der Kongreß der Weißwäscher« und in mehreren Artikeln zum Thema Realismus in den »Schriften zur Literatur und Kunst«.

ANHANG

Zur Edition

Die vorliegende vierbändige Ausgabe vereinigt neben sämtlichen zu Lebzeiten von Ingeborg Bachmann in Buchform und nahezu allen im Hörfunk veröffentlichten Werken die wichtigsten in Zeitschriften und Zeitungen verstreuten Texte, die Übersetzungen – bis auf eine Ausnahme – und die aus dem Nachlaß stammenden abgeschlossenen Arbeiten sowie eine Auswahl aus den Entwürfen.

Die Gliederung der Ausgabe folgt in den ersten drei Bänden den Schwerpunkten der dichterischen Entwicklung von Ingeborg Bachmann: Lyrik, Hörspiel, Libretto – Erzählung – Roman. Der vierte Band enthält die Essays, die zusammen mit den Frankfurter Vorlesungen, den Reden, den Rezensionen und den kritischen Entwürfen der Vermischten Schriften die philosophisch-analytische Seite des Werkes verkörpern.
Die Werke aus dem Nachlaß wurden ihrer Gattung entsprechend, und in der Mehrzahl chronologisch, den einzelnen Bänden zugeordnet. Von der Chronologie ausgenommen sind die Jugendwerke. Da es den Herausgebern nicht angebracht erschien, die Leser zuerst mit diesen frühen Versuchen bekannt zu machen, stehen sie jeweils am Ende des ersten und zweiten Bandes. Über die Gründe für den Verzicht auf die chronologische Anordnung der einzelnen Teile des Romanzyklus TODESARTEN berichtet die Vorbemerkung zu den Anmerkungen im dritten Band.

Nicht aufgenommen wurden einige frühe verstreute Texte, deren geringe Eigenart einen Wiederabdruck in dieser Ausgabe nicht rechtfertigte. Es handelt sich um die beiden

Gedichte MONTAGMORGEN, 1948 in der »Weltpresse Wien« erschienen, und DER GÄRTNER, veröffentlicht in der Festschrift, die von der Österreichischen Hochschülerschaft aus Anlaß der III. Akademischen Kulturtage in Wien im Mai 1949 herausgegeben wurde, und um vier kleine Erzählungen, DAS SCHÖNE SPIEL, DAS UFER, DIE VERSUCHUNG und DIE MANNEQUINS DES IBYKUS, die alle zwischen April und Oktober 1949 in der »Wiener Tageszeitung« erschienen sind. Übergangen wurden auch vier kurze Buchrezensionen aus dem Jahr 1952 in der Zeitschrift »Wort und Wahrheit« über zwei Bücher von Heinrich Böll, über den einzigen Roman von Thea Sternheim und einen Roman von Horst Lange sowie einige politische Kommentare und Berichte aus Rom, die Ingeborg Bachmann in den frühen Fünfzigerjahren, teilweise unter dem Pseudonym Ruth Keller, für die »Westdeutsche Allgemeine Zeitung« schrieb.

Beiseite blieb der Radio-Essay DER WIENER KREIS, LOGISCHER POSITIVISMUS – PHILOSOPHIE ALS WISSENSCHAFT (Erstsendung am 14. April 1953 im Hessischen Rundfunk), in dem Ingeborg Bachmann stellenweise bis zur wörtlichen Übereinstimmung dem Buch von Victor Kraft »Der Wiener Kreis« gefolgt ist. Als einzige Übersetzung ausgeschlossen wurde, mit Rücksicht auf den Umfang der Ausgabe, das Hörspiel DER DUNKLE TURM, nach dem Originalhörspiel »The Dark Tower« von Louis MacNeice. (Diese von MacNeice als einzige zur Sendung autorisierte Übersetzung kam am 8. Oktober 1952 bei der Sendergruppe Rot/Weiß/Rot zur Erstaufführung.) Nicht berücksichtigt wurden schließlich die zwischen 1955 und 1958 entstandenen Rundfunkbearbeitungen von Robert Musils Theaterstücken »Die Schwärmer« und »Vinzenz und die Freundin bedeutender Männer«.

Die durch Briefunterlagen dokumentierten Radio-Essays LOGIK ALS MYSTIK (1953), UTOPIE CONTRA IDEOLOGIE

(1956) und FREUD ALS SCHRIFTSTELLER (1963) müssen als verschollen gelten. Alle Nachforschungen bei den Rundfunkanstalten blieben ergebnislos.
Die zahlreichen Äußerungen Ingeborg Bachmanns zum Werk, die sich in Interviews für Zeitungen, Zeitschriften, den Rundfunk und das Fernsehen finden, sind einer späteren Veröffentlichung vorbehalten.

Der literarische Nachlaß Ingeborg Bachmanns befand sich zum größeren Teil in ihrer Wohnung in Rom, die Jugend- und Frühwerke lagen in ihrem Elternhaus in Klagenfurt. In dem ungeordneten Zustand, in dem die beiden Nachlaßteile, namentlich aber der römische Nachlaßteil, von den Erben vorgefunden wurden, sind sie gegen Ende des Jahres 1973 in Klagenfurt vereinigt worden. Die Briefe, als nicht zum eigentlichen literarischen Nachlaß gehörend, wurden herausgenommen; der übrige Nachlaßbestand wurde in der vorgefundenen Reihenfolge durchgehend numeriert. Von der Numerierung ausgenommen blieben lediglich die Druckfahnen. Die mehr als 6000 numerierten Blätter wurden fotokopiert und die Kopien in der zweiten Hälfte des Jahres 1974 den Herausgebern in Rom und München zur Verfügung gestellt.
Die Originale erhält die Nationalbibliothek Wien von den Erben Ingeborg Bachmanns als Schenkung. Sie werden dort nach der Archivierung dem wissenschaftlich interessierten Leser zugänglich sein. Zu einem späteren Zeitpunkt sollen auch die Briefe und die privaten Aufzeichnungen – mit einer Sperrfrist von fünfzig Jahren belegt – der Nationalbibliothek übergeben werden.

Das Ordnen des fotokopierten Manuskript- und Typoskriptmaterials, das durch die beiden Herausgeber in Rom

geschah, hat mehrere Monate in Anspruch genommen. Da Ingeborg Bachmann, vornehmlich in den späteren Jahren, Entwürfe, Vorstufen und auch Reinschriften nicht mit Seitenzahlen beschriftete, sahen sich die Herausgeber mitunter vor große Schwierigkeiten gestellt, die ungekennzeichneten Manuskript- und Typoskriptseiten in den Zusammenhang zu bringen, für den die Autorin sie bestimmt hatte. Ein geordnetes Typoskript weist nicht selten von einer Seite zur andern weit auseinanderliegende Nachlaßnummern auf. Diese Nummern – bei den veröffentlichten Texten werden sie im jeweiligen Anmerkungsteil der vier Bände angegeben – sind sozusagen die »Spurensicherung« des Fundorts, d. h. sie fixieren den Umkreis, in dem ein Typoskript gefunden wurde. Drei Beispiele mögen dies verdeutlichen: das Typoskript des Fragments DER KOMMANDANT, Bd. II, S. 28, hat die Blattnummern 3613, 873–881 (= S. 1–10); das Typoskript des Entwurfs [AUF DAS OPFER DARF KEINER SICH BERUFEN], Bd. IV, S. 335, hat die Blattnummern 1771, 3693 (= S. 1–2); und das Typoskript des Entwurfs DAS TREMENDUM, ebenfalls Bd. IV, S. 358, hat die Blattnummern 1556, 1856, 2044 (= S. 1–3).
Bei einer großen Anzahl von späten Entwürfen blieben gravierende Textlücken bestehen: Typoskriptseiten brechen am Ende mitten im Satz ab, die folgende Seite fehlt, andere Seiten beginnen mitten im Satz, ohne daß die vorangehende Seite vorhanden ist, wodurch der Eindruck entsteht, daß die fehlenden Seiten von Ingeborg Bachmann versehentlich als überholt weggeworfen wurden. Derartige Versehen führten unter anderem dazu, daß sie einmal eine ganze Erzählung (DAS GEBELL) neu schreiben mußte, weil sie die Entwürfe nicht mehr zusammenfinden konnte.

Irrtümlich dem literarischen Nachlaß zugerechnet und mitnumeriert worden waren ein Referat zu geschichtsphilosophischen Übungen und eine mutmaßliche Seminararbeit PHILOSOPHIE DER GEGENWART. Anders die Dissertation DIE KRITISCHE AUFNAHME DER EXISTENTIALPHILOSOPHIE MARTIN HEIDEGGERS, die mit Bedacht in die Numerierung einbezogen wurde. Der Gedanke, sie in die Werke aufzunehmen, wurde jedoch später fallengelassen, weil die Arbeit mit ihrer streng wissenschaftlichen Behandlung des Gegenstandes sich nicht in den Rahmen einer Ausgabe des literarischen Werkes gefügt hätte.

Der geordnete Nachlaß wurde von den Herausgebern folgendermaßen gegliedert: *Teil 1* umfaßt die nicht veröffentlichten Jugendwerke, zu denen Gedichte, Erzählungen, darunter zahlreiche Entwürfe, und ein Versdrama gehören. In *Teil 2* sind die Manuskripte und Typoskripte (Entwürfe, Vorstufen und Reinschriften) der zu Lebzeiten von Ingeborg Bachmann gedruckten Werke vereinigt. *Teil 3* enthält alle bislang ungedruckten Texte, angefangen von den Frühwerken: die Manuskripte und Typoskripte der abgeschlossenen Werke, der nicht vollendeten, der abgebrochenen oder aufgegebenen Werke sowie der Entwürfe. In *Teil 4* sind Tagebuchaufzeichnungen, Reflexionen, Arbeitsnotizen und Briefentwürfe zusammengefaßt.

Verzichtet werden mußte im Rahmen dieser Ausgabe auf eine umfänglichere Textauswahl aus dem Jugendwerk in *Teil 1* des Nachlasses, dessen früheste Gedichte und Prosaversuche bis etwa ins fünfzehnte Lebensjahr der Dichterin zurückreichen. Herausragend als Zeugnis einer frühen dramatischen Begabung ist das 1942 beendete Versdrama CARMEN RUIDERA, ein Trauerspiel in fünf Akten, das den Konflikt einer jungen Spanierin zwischen patriotischer

Pflicht und Liebe in dem Befreiungskampf gegen das Napoleonische Frankreich zum Thema hat.

Teil 3 des Nachlasses enthält unter den vielen Entwurf gebliebenen und aufgegebenen oder abgebrochenen Texten auch größere Fragmente eines Librettos. Eine Äußerung Ingeborg Bachmanns hierzu findet sich in NOTIZEN ZUM LIBRETTO, wo sie schreibt: »[1956] versuchte ich für Hans Werner Henze ein Libretto zu schreiben, es mißlang wie kläglicher kaum etwas mißlingen kann ...« Über dieses Urteil haben die Herausgeber sich nicht hinwegsetzen wollen.

Unter den fünfzehn erzählenden Entwürfen, die größtenteils als aufgegeben gelten müssen, sind die Entwürfe zu der Erzählung ROSAMUNDE und zu der Erzählung GIER, an denen Ingeborg Bachmann mit Sicherheit in der letzten Zeit geschrieben hat. Gleichwohl erschien ihre Veröffentlichung nicht gerechtfertigt: Die Entwürfe zu ROSAMUNDE (insgesamt 18 Typoskriptseiten) bestehen nur aus bruchstückhaften Skizzen, die den Handlungsverlauf nicht erkennen lassen. Einzig die in Reinschrift vorliegende Inhaltsangabe gibt den Umriß der Erzählung wieder. ROSAMUNDE war geplant für den Erzählungsband SIMULTAN, der anfänglich sieben anstatt fünf Erzählungen enthalten sollte. Von der Erzählung GIER, deren Erscheinen 1973 im Suhrkamp Verlag angekündigt war, liegen zwei Entwürfe von 18 und 2 Typoskriptseiten vor. In der von Ingeborg Bachmann autorisierten Verlagsanzeige war zu lesen: »Gier enthüllt eine Doppellüge, die die Armen über die Reichen und die Reichen über sich selbst verbreiten. Im Mittelpunkt [...] der Erzählung, die auf einer österreichischen Jagdhütte spielt, steht der Multimillionär Bertold Rapatz [...] Rapatz will alles und bekommt alles. Seine Gier ist Gier nach Geld, nach Macht, nach dem Besitz von Frauen, nach Leben [...]« Keiner der beiden Entwürfe ist jedoch so weit ausgeführt, daß die Bluttat jenes Bertold

Rapatz begreiflich würde, der seine Frau und seinen Jagdgehilfen, den er ihr als Geliebten aufgezwungen hat, und schließlich sich selbst mit einem Jagdgewehr tötet. (Der tatsächliche Vorfall stammt aus der römischen cronaca nera des Jahres 1970.)

Zu den Texten des Romanzyklus TODESARTEN, deren Veröffentlichung nicht gerechtfertigt erschien, gehören die Versuche, die einzelnen »Todesarten« von Malina erzählen zu lassen. Diese immer wieder neu ansetzenden Entwürfe bilden einen umfänglichen, indes äußerst fragmentarischen Textbestand. Zu erkennbarer Gestalt gediehen ist nur der Beginn der »Goldmann«-Todesart (eine von Ingeborg Bachmann in Briefen verwendete Formulierung), der fast textgleich ist mit dem Beginn der um einige Jahre älteren, weiter ausgearbeiteten Entwürfe zu dem Roman REQUIEM FÜR FANNY GOLDMANN, die in die Ausgabe aufgenommen wurden, sowie der Entwurf zu einer »Eka-Kottwitz«-Todesart, dem Fenstersturz einer politischen Journalistin, die fortan als Krüppel im Rollstuhl weiterlebt.

Als Druckvorlagen für die in Buchform veröffentlichten Werke wurden jeweils die Texte letzter Hand verwendet (vgl. Vorbemerkung zu den Anmerkungen in allen vier Bänden). Für die in Zeitschriften und Zeitungen verstreut publizierten Texte erscheint die letzte Hand nicht immer gesichert, dennoch wurden bei einem Vergleich der gedruckten Texte mit den entsprechenden Typoskripten die Abdrucke als höher autorisiert angesehen. In zwei Fällen wurde die Transkription der Hörfunkaufnahme als Druckvorlage herangezogen: bei dem Gedicht ENTFREMDUNG handelt es sich um die verbesserte Fassung eines Zeitschriftenabdrucks, bei dem Gedicht MENSCHENLOS um die Ergänzung einer unvollständigen Fassung im Typoskript. Für die

Anordnung der Strophen blieben freilich der Zeitschriftendruck bzw. das Typoskript verbindlich (vgl. Anmerkungen Band I, S. 636 u. S. 637). Im Fall des Gedichtes CURRICULUM VITAE wurde darauf verzichtet, die Hörfunkaufnahme dem Druck zugrunde zu legen, obschon der authentische Text des Gedichtes allein in diesem Tondokument bewahrt zu sein scheint: Ingeborg Bachmann liest hier die doppelte Verneinung *hätt ich nicht Disteln im Herz, / (schlüg ich die Sonne* nicht *aus),* die in allen Ausgaben der ANRUFUNG DES GROSSEN BÄREN fehlt.

Bei den frühen Erzählungen DAS LÄCHELN DER SPHINX und AUCH ICH HABE IN ARKADIEN GELEBT sind die Zeitungsdrucke die einzigen überlieferten Textzeugen.
Bei den bislang ungedruckten Texten und den lückenlosen Entwürfen, von denen mehrere Fassungen existieren, liegt die jeweils am weitesten ausgearbeitete Textfassung dem Druck zugrunde. Ermittelt wurde die zeitliche Reihenfolge der Textfassungen nach der stufenweisen Überarbeitung der Texte, wobei entweder handschriftliche Korrekturen oder die gedankliche Stringenz und die erzählerische Disziplin den Weg wiesen.

Anders verhält es sich bei den späten Entwürfen, namentlich den Entwürfen zu dem Romanzyklus TODESARTEN, wo durch fehlende Seiten oftmals empfindliche Lücken bestehen, die keine sicheren Schlüsse zulassen, ob ein Entwurf bereits zugunsten eines anderen Entwurfs aufgegeben war. Obendrein überschneiden sich die vielfach vertippten, schwer entzifferbaren Typoskriptentwürfe nicht selten und ergeben nur unsichere Anhaltspunkte über den Handlungsverlauf. Dies trifft zu für die Entwürfe zum zweiten Kapitel JORDANISCHE ZEIT in dem Roman Todesarten = DER FALL FRANZA (zur Titelfrage vgl. Vorbemerkung zu den Anmerkungen in Bd. III) wie auch für die

Entwürfe zu dem Roman REQUIEM FÜR FANNY GOLDMANN und die ENTWÜRFE ZUR FIGUR MALINA. Hier sahen sich die Herausgeber genötigt, jeweils eine eigene Auswahl zu treffen. Davon ausgehend, daß die Entwürfe zum zweiten Kapitel JORDANISCHE ZEIT in DER FALL FRANZA unentbehrlich sind zum Verständnis der tödlichen Verstörung der Titelfigur, haben die Herausgeber eine Reihe von Entwürfen ausgewählt, in denen die Intention Ingeborg Bachmanns offenbar wird, die Figur des Professor Jordan als den Urheber von Franzas Untergang zu zeigen; der Gaskammertraum wurde in diese Auswahl aufgenommen, obschon er aus dem Kapitel DER DRITTE MANN in dem Roman MALINA bekannt ist.
Für die Aufnahme der Entwürfe zu dem Roman REQUIEM FÜR FANNY GOLDMANN und der ENTWÜRFE ZUR FIGUR MALINA war entscheidend, daß sie nachweislich nicht zu den aufgegebenen Texten gezählt werden müssen, wenngleich aus den vorhandenen Bruchstücken nicht auf die endgültige Gestalt geschlossen werden kann. Daß Ingeborg Bachmann geplant hat, nach Beendigung der Erzählung GIER an der »Goldmann«-Todesart weiterzuarbeiten, ist aus der Korrespondenz mit dem Verleger Dr. Siegfried Unseld im Jahr 1972 belegt.
Die Aufnahme der ENTWÜRFE ZUR FIGUR MALINA erschien auch deshalb geboten, weil sie die von Ingeborg Bachmann bekundete Absicht, Malina zur zentralen Erzählerfigur zu machen, wenigstens im Ansatz erkennen lassen.

Bei der Textrevision der zu Lebzeiten von Ingeborg Bachmann in Buchform veröffentlichten Werke wurde jede Vereinheitlichung von Orthographie und Interpunktion vermieden; unterschiedliche Schreibweisen eines Wortes, wie z. B. »minutiös« und »minuziös«, blieben erhalten,

ebenso die stark differierende Kommasetzung in den Früh- und Spätwerken. Eingegriffen wurde nur dort, wo zweifelsfrei Druckfehler und Versehen in der Zeichensetzung vorlagen. Diese Eingriffe erwiesen sich als notwendig vor allem in den Essays des Sammelbandes GEDICHTE ERZÄHLUNGEN HÖRSPIEL ESSAYS, in dem Erzählungsband SIMULTAN und in dem zweisprachigen Gedichtband von Giuseppe Ungaretti der Bibliothek Suhrkamp. Neben den zahlreichen Druckfehlern wurden die von Ingeborg Bachmann übersehenen Textverderbnisse stillschweigend korrigiert, eigenmächtige Korrekturen von fremder Hand, wie z. B. *Noialtri* anstatt *Noiantri* (WAS ICH IN ROM SAH UND HÖRTE), wurden rückgängig gemacht. Wo Zweifel an der Richtigkeit einer gedruckten Textstelle auftraten, wurde auf Druckfahnen, Typoskripte und Manuskripte, kurz auf alle erhaltenen Textzeugen zurückgegriffen.
Zur Kontrolle für die eventuelle Berichtigung von Druckfehlern bei den verstreuten Texten wurden, soweit vorhanden, Typoskripte und Manuskripte herangezogen. Die Interpunktion der verstreuten Texte wurde, wenn nicht offensichtliche Fehler zu erkennen waren, beibehalten.
Bei der Textbehandlung der Kapitel HEIMKEHR NACH GALICIEN und DIE ÄGYPTISCHE FINSTERNIS in dem Roman DER FALL FRANZA und der III. Frankfurter Vorlesung DAS SCHREIBENDE ICH wurden ungesicherte Textstellen im Typoskript anhand der Hörfunkaufnahmen überprüft.
Wo Ingeborg Bachmann in den Typoskripten handschriftliche oder maschinenschriftliche Korrekturen vorgenommen, aber die daraus folgenden Streichungen und Umstellungen im Satzgefüge übersehen hat, wurden die Korrekturen von den Herausgebern ohne eigene Kennzeichnung vervollständigt.

Die Textbehandlung der Entwürfe aus dem Nachlaß wurde mit der gebotenen Zurückhaltung vorgenommen,

Mischtexte wurden strikt vermieden. Wo keine sicheren Anhaltspunkte zu einer Konjektur vorlagen, wurde hinter das ungesicherte Wort ein Fragezeichen in eckiger Klammer gesetzt, und wo die Entzifferung eines oder mehrerer Wörter nicht zweifelsfrei gelang, wurde die Textstelle als nicht entziffert gekennzeichnet.
Sätze, Satzteile oder einzelne Wörter im Typoskript, die von der Autorin nicht ausgestrichen wurden, obgleich sie durch den anschließenden Text überholt sind, wurden ohne Kennzeichnung weggelassen. Diese Eigenart Ingeborg Bachmanns, eine Schreibmaschinen-Korrektur übergangslos an den ungültig werdenden Textteil anzuschließen, ohne ihn auszustreichen, tritt seit den frühen Sechzigerjahren häufig auf.
In allen bisher unveröffentlichten Texten wurde die unvollständige oder fehlerhafte Interpunktion der Typoskripte ergänzt bzw. berichtigt.

Die Zitate und die Zitatnachweise sind mit ganz wenigen Ausnahmen überprüft worden. Entstellte Zitate wurden korrigiert. Größere Auslassungen innerhalb der Zitate wurden durch drei Punkte gekennzeichnet. Die Zitate in den Essays, den Radio-Essays und in den Frankfurter Vorlesungen wurden möglichst nach der Ausgabe angegeben, die Ingeborg Bachmann nachweislich benutzt hat. Wo die benutzten Ausgaben nicht festgestellt werden konnten, wurde fast immer die neueste, möglichst eine kritische Edition verwendet. Bei offenkundig beabsichtigter Abweichung vom Originalwortlaut des Zitats wurde der abweichende Wortlaut unverändert übernommen und als abgewandeltes Zitat in den Anmerkungen kenntlich gemacht.

Die Datierung der Texte aus dem Nachlaß ist in den meisten Fällen ungesichert. Die verschiedenen Schreibmaschinenschriften können nicht als verläßlicher Anhaltspunkt zur Datierung herangezogen werden, allenfalls zur Bestimmung von Zeiträumen, die sich über Jahre erstrecken. Nur für die Typoskripte, die mit den beiden von Ingeborg Bachmann zuletzt verwendeten elektrischen Maschinen geschrieben wurden, läßt sich der Entstehungszeitraum nach rückwärts abgrenzen. Wo keine nachweisbaren oder erschlossenen Entstehungsdaten vorlagen, erschien eine auf bloße Vermutung angewiesene Datierung nicht vertretbar. Auch die Handschrift bietet, wenngleich sie sich im Lauf der Jahre stark verändert hat, nur äußerst ungenaue Anhaltspunkte zur Datierung.

Unvereinbar mit dem Editionsziel einer kritisch zuverlässigen, in ihrem Umfang jedoch begrenzten Dokumentation war die Wiedergabe der Textvarianten. Nur bei der Rede zur Verleihung des Georg-Büchner-Preises EIN ORT FÜR ZUFÄLLE und der späteren gleichnamigen Publikation wurden die Textvarianten im Wortlaut mitgeteilt, um dem Leser die bedeutenden Erweiterungen und Umformungen zu veranschaulichen.
Das im Anhang dieses Bandes abgedruckte Verzeichnis INGEBORG BACHMANN IN TON- UND BILDAUFZEICHNUNGEN (=Phonographie) gibt auch den Wortlaut der Textvarianten bei Rundfunklesungen an. Sie lassen die Vermutung zu, daß sich Ingeborg Bachmann in der wiederholten Konfrontation mit einem Text bei Rundfunklesungen öfter zu spontanen Änderungen entschloß als etwa bei der Neuauflage einer Gedichtsammlung.

Allen, die durch bereitwillige Hilfe und Auskünfte das Zustandekommen der Ausgabe gefördert haben, sagen die Herausgeber ihren Dank. Besonders verpflichtet sind sie Frau Ellen Marga Schmidt für die enge Zusammenarbeit in allen phonographischen Fragen und den Bibliographen des Werkes von Ingeborg Bachmann, Herrn Otto Bareiss und Frau Frauke Ohloff, die großzügig die bibliographischen Daten der Erstdrucke zur Verfügung gestellt haben, sowie Herrn Uwe Steffen für sein sorgfältiges Mitlesen.

Rom, im Januar 1978

Christine Koschel Inge von Weidenbaum

Biographische Daten

1926	Am 25. Juni wird Ingeborg Bachmann in Klagenfurt geboren, als ältestes von drei Kindern des Lehrers und späteren Hauptschuldirektors Mathias Bachmann und seiner Frau Olga Bachmann, geborene Haas. Der Vater entstammt einer Bauernfamilie in Obervellach bei Hermagor, die Familie der Mutter betrieb eine Strickwarenerzeugung in Heidenreichstein, Niederösterreich. Kindheitsjahre bis 1933 in der Durchlaßstraße 5 (jetzt 35), seitdem in der Henselstraße 26; Schulferien in Obervellach bei Hermagor.
1932–1936	Besuch der Volksschule.
1936–1938	Bundesrealgymnasium.
1938–1944	Oberschule für Mädchen in der Ursulinengasse, Matura.
1944–1945	Abiturientenkurs an der Lehrerbildungsanstalt, bei Kriegsende abgebrochen.
1945–1946	Sie beginnt im Wintersemester in Innsbruck mit dem Studium der Philosophie.
1946	Es folgt ein Semester Philosophie und Jura in Graz. Veröffentlichung der ersten Erzählung DIE FÄHRE in: »Kärntner Illustrierte«, Klagenfurt, Jg. 2, Nr. 36, vom 31. Juli.
1946–1950	Fortsetzung des Philosophiestudiums in Wien, mit den Nebenfächern Germanistik und Psychologie. Zu ihren Lehrern gehören die Professoren Alois Dempf und Leo Gabriel (Philosophie), Hubert Rohracher (Psy-

	chologie) und Viktor E. Frankl (Psychotherapie).
1948–1949	Die ersten Gedichte erscheinen in der von Hermann Hakel herausgegebenen Zeitschrift »Lynkeus. Dichtung, Kunst, Kritik.« Wien, Nr. 1, Dez. 1948/Jan. 1949.
1949	Praktikum in der Nervenheilanstalt Steinhof bei Wien.
1950	Dissertation bei Victor Kraft mit einer Arbeit über DIE KRITISCHE AUFNAHME DER EXISTENTIALPHILOSOPHIE MARTIN HEIDEGGERS. Promotion am 23. März.
1950–1951	Ingeborg Bachmann reist im Oktober 1950 nach Paris und von dort im Dezember nach London. Sie liest am 21. Februar 1951 bei einer Veranstaltung der Anglo-Austrian Society. Nach Wien zurückgekehrt, findet sie zunächst eine Anstellung im Sekretariat der amerikanischen Besatzungsbehörde. Seit dem Herbst arbeitet sie als script-writer und später als Redakteurin beim Sender Rot/Weiß/Rot.
1952	Ursendung des Hörspiels EIN GESCHÄFT MIT TRÄUMEN am 28. Februar im Sender Rot/Weiß/Rot, Wien. Veröffentlichung des Gedichtzyklus AUSFAHRT in dem von Hans Weigel herausgegebenen Jahrbuch »Stimmen der Gegenwart«, Jg. 2, Wien 1952. Im Mai erste Einladung von Hans Werner Richter zu einer Lesung bei der 10. Tagung der Gruppe 47 in Niendorf an der Ostsee. Begegnet dort Hans Werner Henze. Im September erste Reise nach Italien mit ihrer Schwester Isolde.

1953 Sie gibt im Frühjahr ihre Arbeit als Redakteurin beim Sender Rot/Weiß/Rot auf. Bei der 12. Tagung der Gruppe 47 im Mai in Mainz erhält sie den Preis der Gruppe 47.

1953–1957 Seit dem Spätsommer 1953 lebt sie als freie Schriftstellerin in Italien, auf der Insel Ischia, in Neapel und Rom.

1953 Ende des Jahres erscheint der Gedichtband DIE GESTUNDETE ZEIT, studio frankfurt, eine Buchreihe der Frankfurter Verlagsanstalt, herausgegeben von Alfred Andersch, Frankfurt am Main.

1954 Es wird ihr die Fördergabe des Kulturkreises im Bundesverband der Deutschen Industrie zugesprochen.

Sie veröffentlicht zum ersten Mal Gedichte in der von Marguerite Caetani herausgegebenen mehrsprachigen Literaturzeitschrift »Botteghe Oscure«. Roma MCMLIV, Quaderno XIV.

1955 Ursendung des Hörspiels DIE ZIKADEN, mit der Musik von Hans Werner Henze, am 25. März im Nordwestdeutschen Rundfunk Hamburg.

Auf Einladung der Harvard-Universität in Cambridge, Massachusetts, reist Ingeborg Bachmann in die USA und nimmt teil an dem internationalen Seminar der Harvard Summer School of Arts and Sciences and of Education, das von Henry Kissinger geleitet wird.

1956 Der Gedichtband ANRUFUNG DES GROSSEN BÄREN erscheint im Piper Verlag, München.

1957 Am 26. Januar wird Ingeborg Bachmann von der Rudolf-Alexander-Schröder-Stiftung der

Literaturpreis der Freien Hansestadt Bremen 1956 für ANRUFUNG DES GROSSEN BÄREN verliehen. (Geteilt mit Gerd Oelschlegel.)
Sie wird korrespondierendes Mitglied der Deutschen Akademie für Sprache und Dichtung in Darmstadt.
Vertonung der Gedichte IM GEWITTER DER ROSEN und FREIES GELEIT durch Hans Werner Henze in »Nachtstücke und Arien«. Uraufführung am 20. Oktober auf den Donaueschinger Musiktagen.

1957–1958 Arbeit als Dramaturgin beim Bayerischen Fernsehen in München.

1958 Ursendung des Hörspiels DER GUTE GOTT VON MANHATTAN am 29. Mai, als Gemeinschaftsproduktion des Bayerischen Rundfunks und des Norddeutschen Rundfunks Hamburg.

1958–1962 Ingeborg Bachmann lebt abwechselnd in Rom und Zürich.

1959 Sie erhält für das Hörspiel DER GUTE GOTT VON MANHATTAN am 17. März den Hörspielpreis der Kriegsblinden.

1959–1960 Im Wintersemester Einladung zu einer Vorlesungsreihe über »Fragen zeitgenössischer Dichtung«, als erste Dozentin der neugegründeten Gastdozentur für Poetik an der Universität Frankfurt am Main.

1960 Am 8. Januar wird in Berlin die Ballettpantomime »Der Idiot«, Musik von Hans Werner Henze, zum ersten Mal in der Textfassung von Ingeborg Bachmann aufgeführt (Text der Uraufführung 1952 von Tatjana Gsovsky).
Die nach dem Libretto von Ingeborg Bach-

mann entstandene Oper DER PRINZ VON HOMBURG von Hans Werner Henze wird am 22. Mai an der Hamburgischen Staatsoper uraufgeführt.
In Meersburg Begegnung mit Nelly Sachs.

1961 Der Erzählungsband DAS DREISSIGSTE JAHR erscheint im Piper Verlag, München. Für diese Erzählungen wird Ingeborg Bachmann der Literaturpreis 1960/61 des Verbandes der Deutschen Kritiker (Berliner Kritikerpreis) zuerkannt.
Am 20. November wird sie zum außerordentlichen Mitglied der Abteilung Literatur an der Akademie der Künste Berlin gewählt.

1963 Im Frühjahr Einladung der Ford-Foundation zu einem einjährigen Aufenthalt in Berlin. Begegnung mit Witold Gombrowicz.
Anschließend nimmt sie dort ihren Wohnsitz.

1964 Im Januar Reise nach Prag, im Frühjahr Reise nach Ägypten und in den Sudan.
Verleihung des Georg-Büchner-Preises durch die Deutsche Akademie für Sprache und Dichtung am 17. Oktober in Darmstadt.
Begegnung mit Anna Achmatova in Rom.

1965 Uraufführung der nach dem Libretto von Ingeborg Bachmann entstandenen Oper DER JUNGE LORD von Hans Werner Henze am 7. April an der Deutschen Oper Berlin.
Ende des Jahres Übersiedlung nach Rom, das fortan ihr Wohnsitz bleibt, zunächst Via Bocca di Leone 60, seit 1971 Palazzo Sacchetti, Via Giulia 66.

1968 Ingeborg Bachmann erhält am 20. November den Großen Österreichischen Staatspreis für Literatur.

1971 Veröffentlichung des Romans MALINA im Suhrkamp Verlag, Frankfurt am Main. (Erstes Buch des Romanzyklus TODESARTEN.)

1972 Der Erzählungsband SIMULTAN erscheint im Piper Verlag, München.
Ingeborg Bachmann wird am 2. Mai mit dem Anton-Wildgans-Preis 1971 der Vereinigung Österreichischer Industrieller ausgezeichnet.

1973 Im März Tod des Vaters.
Sie folgt im Mai einer Einladung des Österreichischen Kulturinstituts in Warschau. Fahrt zu den Konzentrationslagern Auschwitz und Birkenau. Lesungen in Warschau und an den Universitäten Krakau, Breslau, Thorn und Posen.
In ihrer römischen Wohnung erleidet sie am 26. September einen Brandunfall, an dessen Folgen sie am 17. Oktober stirbt. Ingeborg Bachmann ist auf dem Friedhof Klagenfurt-Annabichl begraben.

Verzeichnis der selbständigen Buchausgaben in deutscher Sprache

DIE GESTUNDETE ZEIT. 60 S. Frankfurter Verlagsanstalt, Frankfurt/M. 1. Aufl. 1953 (= studio frankfurt Bd. 12)
69 S. (ab der 4. Aufl. 68 S.). R. Piper & Co. Verlag, München. 2. Aufl. 1957, 3. Aufl. 1959, 4. Aufl. 1961, 5. Aufl. 1964, 6. Aufl. 1974

ANRUFUNG DES GROSSEN BÄREN. 87 S. (ab der 3. Aufl. 84 S.). R. Piper & Co. Verlag, München. 1. Aufl. 1956, 2. Aufl. 1959, 3. Aufl. 1961, 4. Aufl. 1962, 5. Aufl. 1967, 6. Aufl. 1974

DER GUTE GOTT VON MANHATTAN. Hörspiel. 87 S. R. Piper & Co. Verlag, München (= Piper-Bücherei Bd. 127). 1. Aufl. 1958, 2. Aufl. 1959, 3. Aufl. 1960, 4. Aufl. 1962
Mit einem Nachwort von Otto F. Best. 85 S. Philipp Reclam jun., Stuttgart (= Reclams Universal-Bibliothek Nr. 7906). 1. Aufl. 1971

JUGEND IN EINER ÖSTERREICHISCHEN STADT. Mit 4 Original-Gravuren von Rudolf Schoofs. 26 S. Horst Heiderhoff, Wülfrath 1961 (Auflage 55 Exemplare)

DAS DREISSIGSTE JAHR. Erzählungen. 247 S. R. Piper & Co. Verlag, München. 1. Aufl. 1961, 2. Aufl. 1961, 3. Aufl. 1961, 4. Aufl. 1962, 5. Aufl. 1975
146 S. Deutscher Taschenbuch Verlag, München (= dtv Bd. 344). 1. Aufl. 1966, 2. Aufl. 1967, 3. Aufl. 1968, 4. Aufl. 1970, 5. Aufl. 1971, 6. Aufl. 1973, 7. Aufl. 1974, 8. Aufl. 1974, 9. Aufl. 1975

Mit einem Nachwort von Klaus Schuhmann. 199 S. Aufbau-Verlag, Berlin/Weimar. 1. Aufl. 1968

DER GUTE GOTT VON MANHATTAN – DIE ZIKADEN. Zwei Hörspiele. 141 S. Deutscher Taschenbuch Verlag, München (= dtv Sonderreihe Bd. 14). 1. Aufl. 1963, 2. Aufl. 1964, 3. Aufl. 1966, 4. Aufl. 1969, 5. Aufl. 1972

GEDICHTE ERZÄHLUNGEN HÖRSPIEL ESSAYS. 347 S. R. Piper & Co. Verlag, München (= Die Bücher der Neunzehn Bd. 111). 1. Aufl. 1964, 2. Aufl. 1964, 3. Aufl. 1966, 4. Aufl. 1970, 5. Aufl. 1974

382 S. Deutscher Bücherbund, Stuttgart/Hamburg. 1. Aufl. 1967

382 S. Buchclub Ex Libris, Zürich. 1. Aufl. 1967

382 S. Büchergilde Gutenberg, Frankfurt/M. 1. Aufl. 1968

EIN ORT FÜR ZUFÄLLE. Mit 13 Zeichnungen von Günter Grass. 65 S. Verlag Klaus Wagenbach, Berlin (= Quarthefte Nr. 6). 1. Aufl. 1965, 2. Aufl. 1965, 3. Aufl. 1968

GEDICHTE. Eine Auswahl. Mit einem Nachwort von Klaus Schuhmann. 113 S. Aufbau-Verlag, Berlin/Weimar. 1. Aufl. 1966

MALINA. Roman. 355 S. Suhrkamp Verlag, Frankfurt/M. 1. Aufl. 1971, 2. Aufl. 1971, 3. Aufl. 1971, 4. Aufl. 1972, 5. Aufl. 1974; Sonderausgabe 1. Aufl. 1974, 2. Aufl. 1974, 3. Aufl. 1975

355 S. Buchclub Ex Libris, Zürich. 1. Aufl. 1972

SIMULTAN. Neue Erzählungen. 233 S. R. Piper & Co. Verlag, München. 1. Aufl. 1972, 2. Aufl. 1974

164 S. Deutscher Taschenbuch Verlag, München (= dtv

Bd. 1031). 1. Aufl. 1974, 2. Aufl. 1975
233 S. Buchclub Ex Libris, Zürich. 1. Aufl. 1975

UNDINE GEHT. Erzählungen. Nachwort von Christa Wolf. 148 S. Philipp Reclam jun., Leipzig (= Reclams Universal-Bibliothek Nr. 530). 1. Aufl. 1973

DIE GESTUNDETE ZEIT – ANRUFUNG DES GROSSEN BÄREN. Gedichte. 142 S. R. Piper & Co. Verlag, München (= Serie Piper Bd. 78). 1. Aufl. 1974, 2. Aufl. 1977

MEISTERERZÄHLUNGEN. 431 S. Buchgemeinschaft Donauland, Kremayr & Scheriau, Wien. 1. Aufl. 1974. Ferner in Lizenz bei Bertelsmann, Reinhard Mohn OHG, Gütersloh; Europäische Bildungsgemeinschaft, Verlags-GmbH, Stuttgart; Deutsche Buchgemeinschaft, C. A. Koch's Verlag Nachf., Berlin/Darmstadt/Wien.

DIE HÖRSPIELE. Ein Geschäft mit Träumen. Die Zikaden. Der gute Gott von Manhattan. 172 S. R. Piper & Co. Verlag, München (= Serie Piper Bd. 139). 1. Aufl. 1976

Soweit den Texten dieser Ausgabe Veröffentlichungen in Zeitschriften, Zeitungen, Jahrbüchern und Anthologien sowie Hörfunkaufnahmen zugrunde liegen, werden sie in der jeweiligen Anmerkung genannt.
Von Otto Bareiss und Frauke Ohloff ist im R. Piper & Co. Verlag, München, unter dem Titel »Ingeborg Bachmann – Eine Bibliographie« ein Verzeichnis sämtlicher gedruckter Werke Ingeborg Bachmanns und der Sekundärliteratur erschienen.

Ingeborg Bachmann in Ton- und Bildaufzeichnungen

Eine Dokumentation von
Ellen Marga Schmidt

Herausgegeben vom Deutschen Rundfunkarchiv
Frankfurt am Main

Inhalt

Vorwort

Allgemeines

Ingeborg Bachmann, 1926 in Klagenfurt (Österreich) geboren, fand nach Philosophie-Studium und Promotion (1950) als Redakteurin zur Sendergruppe Rot/Weiß/Rot in Wien, noch bevor sie eigene Arbeiten in Rundfunk und Fernsehen veröffentlichte. Viktor Ergert (50 Jahre Rundfunk in Österreich. Hrsg. vom Österreichischen Rundfunk, Wien 1975) beschreibt die Situation bei Rot/Weiß/Rot im damals amerikanisch verwalteten Teil der österreichischen Hauptstadt so:

»Das Script-Departement erhält in diesem Jahr [1951] eine bemerkenswerte Blutauffrischung. Es gelingt, eine Reihe junger Leute zu verpflichten, die dem Programm neue Impulse geben: Peter Weiser, Jörg Mauthe, Walter Davy, Peter Fürdauer und Ingeborg Bachmann gehören zu dem neuen Team in der Seidengasse. Bald beginnen die später so beliebten Sendereihen . . . und die Radiofamilie.«

Nach Mitteilung von Raoul Blahacek (Österreichische Gesellschaft für Literatur, Wien) erinnern sich Redaktionskollegen aus jener Zeit, daß Ingeborg Bachmann einige Folgen der Radiofamilie und vermutlich eine Sendung über Martin Heidegger geschrieben hat. Eine Erklärung dafür, daß aus diesen Jahren sehr wenig Material erhalten ist, gibt Ergert:

»Von den Sendern der Besatzungsmächte hatte nur die Sendergruppe Rot/Weiß/Rot eine Dokumentensammlung angelegt. Sie wurde vor einigen Jahren [1974] – nach einem verdächtigen Einbruch – weisungsgemäß zur Gänze vernichtet . . .«

So ist die Existenz der Aufzeichnung von Ingeborg Bachmanns erstem Hörspiel EIN GESCHÄFT MIT TRÄUMEN (von der Sendergruppe Rot/Weiß/Rot, Regie Walter Davy, Erstsendung am 28. 2. 1952 in Wien) wohl nur einem glücklichen Zufall zu verdanken (Ingeborg Bachmann las am 3. 11. 1952 eine Erzählung mit gleichem Titel und Thema, die in der Werkausgabe erstmals gedruckt vorliegt).
Einzelne Hinweise in Veranstaltungs-Programmen auf frühe Gedichtlesungen in ihrer Wiener Zeit führten bisher nicht zur Ermittlung von Ton-Aufzeichnungen; eventuelle Mitschnitte müssen deshalb, wie möglicherweise auch noch weitere Aufzeichnungen außerhalb des Rundfunkbereichs, vorerst als verschollen gelten.
Zunächst waren es Gedichte, hier und da gedruckt und von der jungen Lyrikerin in deutschen Rundfunkanstalten gesprochen, durch die sie bekannt wurde.
Jene vielbeachtete Lesung vor der Gruppe 47 im Mai 1952 in Niendorf ist – bisherigen Nachforschungen zufolge – nicht aufgezeichnet; jedoch stammt die erste Gedichtlesung (s. I, 1) aus der gleichen Zeit und wurde im Funkhaus Hamburg des NWDR aufgenommen.
Außer durch Autorenlesungen blieb Ingeborg Bachmann den Rundfunkanstalten mit literarischen Bearbeitungen, Radio-Essays und ihren späteren Hörspielen DIE ZIKADEN und DER GUTE GOTT VON MANHATTAN verbunden.
1959 las sie erstmals die Erzählung ALLES, die 1961 in dem Erzählband DAS DREISSIGSTE JAHR erschien. Im selben Jahr wurden die Dankrede zum Hörspielpreis der Kriegsblinden 1959 und 1964 die Georg-Büchner-Preis-Rede über Hörfunk und Fernsehen ausgestrahlt.
Von fünf der FRANKFURTER VORLESUNGEN zur Poetik (Wintersemester 1959/60 Universität Frankfurt am Main, Lehrstuhl für Poetik) sprach sie 1960 vier für den Rundfunk auf Band. Neben einzelnen späten Gedichten wurden

1966 in der Schweiz und auf einer Vortragsreise durch Norddeutschland mehrere Lesungen aus dem unveröffentlichten Roman TODESARTEN (= DER FALL FRANZA) vom Rundfunk aufgezeichnet. 1968 las sie die Erzählung SIMULTAN und 1969 die Erzählung IHR GLÜCKLICHEN AUGEN; beide enthalten in dem Prosaband SIMULTAN (1972).

Ausschnitte aus dem Roman MALINA (1971), aufgenommen im April 1971, und eine letzte Fernsehaufzeichnung, gesendet im Oktober 1973, beschließen die Reihe der Werklesungen über einen Zeitraum von mehr als zwanzig Jahren. Zugleich vermitteln Äußerungen in Gesprächen und Interviews – neben vielfältigen Einblicken in Entwicklung und Entfaltung der künstlerischen Persönlichkeit – wesentliche Aufschlüsse zum Werk selbst.

So erfahren wir zur Gesamtkonzeption des Romanzyklus, daß er »eine einzige große Studie aller möglichen Todesarten ... ein Kompendium ... ein Manuale ... und zugleich das Bild der letzten zwanzig Jahre« (s. II, 11) werden sollte.

Zu diesem Verzeichnis

Die Phonographie weist insgesamt 64 erhaltene Tondokumente mit der Stimme von Ingeborg Bachmann in chronologischer Folge nach. Teil I mit Nachträgen enthält 41 Hörfunk-Tonaufnahmen, 1 Aufnahme von Inter Nationes, 2 Privatmitschnitte sowie 2 Schallplatten. Teil II enthält 18 Fernseh-Film-Tonaufzeichnungen.

Die Aufnahmen werden erschlossen durch ein alphabetisch geordnetes Register der Werklesungen – Lyrik und Prosa getrennt –, ein alphabetisch geordnetes Sachregister, einschließlich der Sendetitel, und eine chronologische Zusammenstellung der Interviews und Gespräche.

Von 41 Rundfunkaufnahmen sind 39 im deutschsprachigen Raum (Deutschland, Österreich, Schweiz), eine in England und eine in Polen aufgezeichnet. Ebenfalls in Polen wurde einer der beiden Privatmitschnitte aufgezeichnet; der andere ist noch nicht mit letzter Sicherheit geographisch zuzuordnen.
Außer der Gedenksendung postum (s. II, 18), in der ältere Teile aus Hörfunk und Fernsehen Verwendung fanden, sind in diesem Verzeichnis ausschließlich Originalaufnahmen erfaßt.
Eine Hörfunksendung (s. I, 28) hat das Fernsehen im Studio mitgeschnitten und ausgestrahlt.
Eine Fernsehaufzeichnung (s. II, 3) aus dem Archivbestand ist nicht gesendet worden.
Wiederholungen von Sendungen waren in diesem Rahmen ebensowenig zu berücksichtigen wie spezielle Arbeiten für die Medien (Bearbeitungen, Hörspiele etc.).
Einzelnen unvollständigen Angaben, die überwiegend auf nicht erhaltene Aufzeichnungen hinweisen und bis Redaktionsschluß nicht zu ergänzen waren, wird weiter nachgeforscht.

Die Aufnahmen

Grundlage für den Textvergleich sind die in Quellen (s. d.) genannten Werkausgaben, Abdrucke und Typoskripte aus dem Nachlaß.
Bisher nur im Rundfunk gesprochene und nicht gedruckte Texte sind im Anhang (s. d.) veröffentlicht.

Gedichte
Ingeborg Bachmann hat ihre Gedichte gelegentlich ohne Titelansage, vereinzelt auch mit wechselndem Titel, gesprochen; zur Kennzeichnung stehen dementsprechend Ti-

tel oder Gedichtanfänge jeweils an erster Stelle (s. a. Benutzerhinweis). Ein bisher nicht gedrucktes Gedicht, das nicht in »Werke« aufgenommen wurde, ist im Anhang unter Nr. VIII veröffentlicht.
Die Gedichte wurden textkritisch verglichen und Abweichungen in die Anmerkungen aufgenommen.

Prosa
Die Lesungen der Erzählungen aus DAS DREISSIGSTE JAHR und SIMULTAN, der Essays DIE BLINDEN PASSAGIERE, WAS ICH IN ROM SAH UND HÖRTE, ZUGEGEBEN sowie die Lesungen aus dem Roman MALINA und dem Prosatext EIN ORT FÜR ZUFÄLLE wurden mit den Quellen (s. d.) verglichen; und auf Abweichungen wurde lediglich in zusammenfassenden Kommentaren hingewiesen.
Unberücksichtigt blieben in diesem Zusammenhang die FRANKFURTER VORLESUNGEN, die nur in ungeschnittenem Bandmaterial (nicht sendefähig) vorlagen, und der Vergleich der Lesungen aus TODESARTEN mit den Typoskripten.

Gespräche, Interviews
Die Interviews, Gespräche und Statements wurden im Hinblick auf eine mögliche spätere Veröffentlichung inhaltlich nur soweit erschlossen, als es zur Information über Thema und Gegenstand erforderlich schien.

Ohne die unschätzbare Hilfsbereitschaft der beteiligten Kollegen aus dem ARD-Bereich, dem Rundfunk der DDR, dem englischen, österreichischen, polnischen und schweizerischen Rundfunk und Fernsehen, dem ZDF sowie der Dokumentationsstelle für Neuere Österreichische Literatur, der Österreichischen Phonothek und Inter Nationes bei der

Bereitstellung des Quellenmaterials hätte diese Arbeit, zumal der textkritische Vergleich, nicht zustande kommen können. Ihnen allen – in Archiven und Redaktionen – sowie dem Vorstand des Deutschen Rundfunkarchivs, Herrn Dr. Harald Heckmann, und Frau Dr. Susanna Grossmann-Vendrey für wiederholten sachkundigen Rat und freundschaftliche Hilfe gilt mein herzlicher Dank.

Ellen Marga Schmidt

Benutzerhinweis

Hörfunkaufnahmen sind unter dem Aufnahmedatum, Fernsehaufzeichnungen unter dem Sendedatum aufgeführt, die Industrie-Tonträger unter dem Datum ihrer Veröffentlichung.
Standort und Sendeanstalt bzw. Standort und Herkunft sind jeweils identisch.
Archivnummern wurden aus technischen Gründen nicht genannt (Archivnummern unterliegen Änderungen durch Umschnitte).
Aufnahmeorte außerhalb der Sendeanstalten wurden soweit wie möglich ermittelt und gesondert aufgeführt.
Die Gesamtdauer einer Aufnahme ist nicht immer gleich der Summe ihrer Einzelteile, da Pausen und Verzögerungen jeweils in der Aufnahme enthalten sind.
Bei Fernsehaufnahmen handelt es sich um 16mm-Film (wenn nicht anders vermerkt).
Zur besseren Übersicht wurden ausschließlich die Lesungen von Ingeborg Bachmann numeriert.
Titel von Gedichten sind an erster Stelle aufgeführt, ihnen folgen die Gedichtanfänge in Anführungszeichen und runder Klammer. Ist das Gedicht ohne Titel gesprochen, so tritt, durch Anführungszeichen markiert, der Gedichtanfang an die erste Stelle.
Ist ein Titel aus anderer Quelle als der jeweiligen Aufnahme hinzugefügt, so wird dies durch runde (Rundfunkbereich) oder eckige (andere Quelle) Klammer gekennzeichnet.
Allgemein gebräuchliche Abkürzungen sind als bekannt vorausgesetzt und nicht in die Liste der Abkürzungen aufgenommen.

Abkürzungen

AGB	Ingeborg Bachmann, Anrufung des Großen Bären
BBC London	British Broadcasting Corporation, London
BR	Bayerischer Rundfunk, München
DJ	Ingeborg Bachmann, Das dreißigste Jahr
EL	Erstlesung
EOfZ	Ingeborg Bachmann, Ein Ort für Zufälle
GZ	Ingeborg Bachmann, Die gestundete Zeit
HR	Hessischer Rundfunk, Frankfurt
Jb D. Akad. f. Spr. u. Dicht.	Jahrbuch der Deutschen Akademie für Sprache und Dichtung 1964
LP	Langspielplatte
NDR	Norddeutscher Rundfunk, Hamburg bzw. Hannover
N3–FS	3. Fernsehprogramm für die Sender Norddeutscher Rundfunk, Radio Bremen und Sender Freies Berlin
N3–HF	3. Hörfunkprogramm für die Sender Norddeutscher Rundfunk, Radio Bremen und Sender Freies Berlin
NWDR	Nordwestdeutscher Rundfunk, Hamburg und Köln
ORF	Österreichischer Rundfunk, Wien bzw. Salzburg
p	published
PRT	Polskie Radio i Telewizja
RIAS	Rundfunk im amerikanischen Sektor von Berlin

Sb	Ingeborg Bachmann, Gedichte Erzählungen Hörspiel Essays (= Sammelband)
SDR	Süddeutscher Rundfunk, Stuttgart
SFB	Sender Freies Berlin
SRG/DRS	Schweizerische Radio- und Fernsehgesellschaft / Deutsche Rätoromanische Schweiz, Basel bzw. Zürich
sw	Schwarzweiß-Film
TV	Textvergleich
Typoskr.	Typoskript
WDR	Westdeutscher Rundfunk, Köln
Werke	Ingeborg Bachmann, Werke in 4 Bänden

I Chronologisches Verzeichnis der Tonaufnahmen (Rundfunk und Schallplatten)

I,1	[Gedichtlesung]
27. 5. 1952	01 ENTFREMDUNG (›In den Bäumen kann ich keine Bäume mehr sehen . . .‹) EL 0'35
NWDR Hamburg	02 DEM ABEND GESAGT (›Meine Zweifel, bitter und ungestillt . . .‹) EL 0'34 Bisher ungedruckt; vollst. Text s. Anhang Nr. I und Werke Bd. I
11'00	03 WIE SOLL ICH MICH NENNEN? (›Einmal war ich ein Baum . . .‹) EL 1'00 Bisher ungedruckt; vollst. Text s. Anhang Nr. II und Werke Bd. I
	04 ›Jetzt schon zum dritten Mal der Donnerschlag . . .‹ [VISION] EL 0'45 Bisher ungedruckt; vollst. Text s. Anhang Nr. III und Werke Bd. I
	05 MENSCHENLOS (›Verwunschnes Wolkenschloß . . .‹) EL 0'45 Bisher ungedruckt; vollst. Text s. Anhang Nr. IV und Werke Bd. I
	06 [I. B. Ansage:] »Zum Abschluß lese ich fünf Gedichte, die thematisch zusammenhängen und den Titel AUSFAHRT haben.« 0'06
	07–11 AUSFAHRT [Zyklus 1–5]
	07 ›Vom Lande steigt Rauch auf . . .‹ (ANS ANDERE UFER; AUSFAHRT) [1] [1] EL 2'06
	08 ›[DIE WELT IST WEIT] . . .‹ [2] [2] EL 1'26
	09 ABSCHIED VON ENGLAND (›Ich habe

deinen Boden kaum betreten ...‹) [3][3]
EL 0'58

10 PARIS (›Aufs Rad der Nacht geflochten ...‹) [4][4] EL 0'44

11 ›Wie Orpheus spiel ich ...‹ (DUNKLES ZU SAGEN) [5][5] EL 0'57

I,2

4. 6. 1952

NWDR Hannover

14'20

[Gedichtlesung]

01–05 [AUSFAHRT, Zyklus 1–5]

01 ANS ANDERE UFER (›Vom Lande steigt Rauch auf ...‹; AUSFAHRT) [1][6] 2'26

02 ›[DIE WELT IST WEIT] ...‹ [2] 1'37

03 ABSCHIED VON ENGLAND (›Ich habe deinen Boden kaum betreten ...‹) [3][7] 1'08

04 PARIS (›Aufs Rad der Nacht geflochten ...‹) [4][8] 0'46

05 ›Wie Orpheus spiel ich ...‹ (DUNKLES ZU SAGEN) [5][9] 1'03

06 ›Verwunschnes Wolkenschloß ...‹ (MENSCHENLOS) 0'47

07 ›Einmal war ich ein Baum ...‹ (WIE SOLL ICH MICH NENNEN?)[10] 1'02

08 ›FALL AB, HERZ‹[11] EL 0'53

09 ›Jetzt schon zum dritten Mal der Donnerschlag ...‹ [VISION] 0,51

10 ›In den Bäumen kann ich keine Bäume mehr sehen ...‹ (ENTFREMDUNG) 0,42

11 [DIE HÄFEN WAREN GEÖFFNET] EL 0,52

Bisher ungedruckt; vollst. Text s. Anhang Nr. V und Werke Bd. I

I,3	[Prosalesung]
	01 BIOGRAPHISCHES EL 3'20
3. 11. 1952	Bisher ungedruckt; vollst. Text s. Anhang Nr. VI und Werke Bd. I
NWDR	[Gedichtlesung]
Hannover	02 NORD UND SÜD (›Zu spät erreichte ich . . .‹)[12] EL 0'42
30'00	03 DIE GESTUNDETE ZEIT (›Es kommen härtere Tage . . .‹) 0'58
	04 DIE BRÜCKEN (›Die Brücke der Jahre schwingt . . .‹)[13] EL 1'03
	05 [NOCH FÜRCHT ICH] EL 0'45
	Bisher ungedruckt; vollst. Text s. Anhang Nr. VII und Werke Bd. I
	06 DIE GROSSE FRACHT[14] EL 0'42
	07 ALLE TAGE (›Der Krieg wird nicht mehr erklärt . . .‹) 0'49
	08 ›Ich sage nicht . . .‹ [HERBSTMANÖVER] EL 1'35
	09 SIEBEN JAHRE SPÄTER (›Leise grünt die Linde . . .‹ [FRÜHER MITTAG])[15] 1,52
	[Prosalesung]
	10 EIN GESCHÄFT MIT TRÄUMEN [Erzählung] EL 14'30

I,4	Ingeborg Bachmann liest aus eigenen Werken [Sendetitel]
12. 2. 1953	
	[Gedichtlesung]
HR	01 DIE GESTUNDETE ZEIT (›Es kommen
Frankfurt	härtere Tage . . .‹) 0'48
	02 NACHTFLUG (›Unser Acker ist der
14'50	Himmel . . .‹)[16] EL 2'18

03 ALLE TAGE (›Der Krieg wird nicht mehr erklärt . . .‹) 0'44
04 ›Ich sage nicht . . .‹ [HERBSTMANÖVER] 1'28
05 HOLZ UND SPÄNE (›Von den Hornissen will ich schweigen . . .‹) EL 1'20
06 ›Wie Orpheus spiel ich . . .‹ (DUNKLES ZU SAGEN)[17] 0'54
07 PARIS (›Aufs Rad der Nacht geflochten . . .‹)[18] 0'53
08 DIE GROSSE FRACHT[19] 0'39
09 IM ZWIELICHT (›Wieder legen wir beide . . .‹) 1'18
10 aus: AUSFAHRT [Zyklus 1–5]
AUSFAHRT (ANS ANDERE UFER; Vom Lande steigt Rauch auf . . .‹) [1][20] 2'10
11 NORD UND SÜD (›Zu spät erreichte ich . . .‹)[21] EL 0'55

I,5

10. 6. 1953

BR
München

ca. 4'00

[Interview]
01 I. B. im Gespräch mit Joachim von Bernstorff
– zu ihrem bisherigen Schaffen
– zu einem Hörspielauftrag vom NWDR
– zu ihrer derzeitigen Tätigkeit bei der Sendergruppe Rot/Weiß/Rot, Wien
2'00
[Gedichtlesung]
02 NACHTFLUG (›Unser Acker ist der Himmel . . .‹)[22] 1'53

In: Kulturspiegel (BR)

1955 siehe Nachtrag 1, S. 476

I,6	[Interview]
26. 3. 1956	I. B. im Gespräch mit Joachim von Bernstorff
BR München	– über Sprache als Material im technischen Zeitalter und Wandlung der dichterischen Sprache – Günter Eich, Paul Celan
9'35	– über Präsenz wesentlicher älterer Dichtung und ihre Unabhängigkeit von ›Modernität‹
	– über zeitgenössische Lyrik, Wilhelm Lehmann, Karl Krolow, Günter Eich als Beispiele für eigenständige Naturlyrik der Gegenwart
	– »... wir müssen wahre Sätze finden, die unserer eigenen Bewußtseinslage und dieser veränderten Welt entsprechen.«

I,7	Ingeborg Bachmann liest eigene Gedichte [Sendetitel]	
5. 4. 1956	[Gedichtlesung][23]	
BR München	01 AN DIE SONNE (›Schöner als der beachtliche Mond ...‹)	2'10
	02 SCHERBENHÜGEL (›Vom Frost begattet ...‹)	0'55
5'15	03 WAS WAHR IST	1'35

In: Der Kulturspiegel (BR)

I,8
26. 1. 1957
RB
Bremen
Aufnahmeort: Bremen, Rathaus (Kaminsaal)
3'40

[Interview]

Ingeborg Bachmann und Gerd Oelschlegel im Gespräch mit Irmgard Bach anläßlich der Verleihung des Bremer Literaturpreises der Rudolf-Alexander-Schröder-Stiftung 1957, den I. B. für ihren Gedichtband ANRUFUNG DES GROSSEN BÄREN erhielt.

I. B. über ihre Empfindungen bei der Zuerkennung des Preises
– Rom als künftiges Domizil; Zukunftspläne

I,9
1. 2. 1957
NDR
Hamburg
36'00

[Gedichtlesung]

01 DAS SPIEL IST AUS (›Mein lieber Bruder . . .‹) 2'00
02 ANRUFUNG DES GROSSEN BÄREN (›Großer Bär . . .‹) 0'58
03 MEIN VOGEL (›Was auch geschieht . . .‹) 1'35
04 LANDNAHME (›Ins Weideland kam ich . . .‹) 0'38
05 CURRICULUM VITAE (›Lang ist die Nacht . . .‹) [24] 3'22
06 HEIMWEG (›Nacht aus Schlüsselblumen . . .‹) 1'17
07 NEBELLAND (›Im Winter ist meine Geliebte . . .‹) 1'27
08 DIE BLAUE STUNDE (›Der alte Mann sagt . . .‹) [25] 1'58
09 ERKLÄR MIR, LIEBE (›Dein Hut lüftet sich leis . . .‹) [26] 1'53
10 SCHERBENHÜGEL (›Vom Frost begat-

tet . . .‹) 0'52
11 TAGE IN WEISS (›In diesen Tagen . . .‹) 1'06
12 HARLEM (›Von allen Wolken . . .‹) 0'34
13 TOTER HAFEN (›Feuchte Flaggen hängen . . .‹)[27] 0'57
14 WAS WAHR IST 1'34
15 DAS ERSTGEBORENE LAND (›In mein erstgeborenes Land . . .‹)[28] 0'57
16–20 LIEDER VON EINER INSEL [Zyklus 1–5]
16 ›Schattenfrüchte fallen von den Wänden . . .‹ [1] 0'34
17 ›Wenn du auferstehst . . .‹ [2] 1'00
18 ›Einmal muß das Fest ja kommen . . .‹ [3] 1'22
19 ›Wenn einer fortgeht . . .‹ [4] 0'39
20 ›Es ist Feuer unter der Erde . . .‹ [5] 0'26
21 NORD UND SÜD (›Zu spät erreichten wir . . .‹) 0'44
22 RÖMISCHES NACHTBILD (›Wenn das Schaukelbrett . . .‹) 0'35
23 UNTER DEM WEINSTOCK 0'30
24 SCHWARZER WALZER (›Das Ruder setzt auf den Gong . . .‹) 1'36
25 NACH VIELEN JAHREN (›Leicht ruht der Pfeil . . .‹) 0'44
26 SCHATTEN ROSEN SCHATTEN (›Unter einem fremden Himmel . . .‹) 0'22
27 BLEIB (›Die Fahrten gehn zu Ende . . .‹) 0'32
28 AN DIE SONNE (›Schöner als der beachtliche Mond . . .‹) 2'10
29 HÔTEL DE LA PAIX (›Die Rosenlast

	stürzt lautlos . . .‹) EL	0'25

In: Nachtprogramm (NDR)

I,10	Ingeborg Bachmann liest aus eigenen Werken im Rahmen der Österreichischen Kulturwochen 1957	
28. 5. 1957		
ORF	[Prosalesung]	
Studio Tirol	01 WAS ICH IN ROM SAH UND HÖRTE. Essay[29]	11'58
Aufnahmeort:	02 DIE BLINDEN PASSAGIERE. Essay[30]	19'20
Innsbruck,	[Gedichtlesung]	
Stiftsäle	03 ANRUFUNG DES GROSSEN BÄREN (›Großer Bär . . .‹)	1'12
28'35	04 HEIMWEG (›Nacht aus Schlüsselblumen . . .‹)	1'20
	05 NEBELLAND (›Im Winter ist meine Geliebte . . .‹)	1'30
	06 ERKLÄR MIR, LIEBE (›Dein Hut lüftet sich leis . . .‹)	2'02

I,11	Ingeborg Bachmann liest eigene Gedichte [Sendetitel]	
19. 6. 1957	01 FREIES GELEIT (›Mit schlaftrunkenen Vögeln . . .‹)[31] EL	1'20
SDR	02 EXIL (›Ein Toter bin ich . . .‹)[32] EL	1'12
Stuttgart		
	03 NACH DIESER SINTFLUT EL	0'26
8'10	04 MIRJAM (›Woher hast du dein dunkles Haar . . .‹) EL	1'11

	05 STRÖMUNG (›So weit im Leben . . .‹) EL 0'40
	06 GEH, GEDANKE EL 0'45
	07 LIEBE: DUNKLER ERDTEIL (›Der schwarze König . . .‹)[33] EL 2'35

I,12	[Gedichtlesung] anläßlich des St. Galler Schriftsteller-Kongresses 1957
19. 9. 1957	GEH, GEDANKE 0'40
SRG/DRS Studio Zürich Aufnahmeort: St. Gallen	

I,13	DIE WAHRHEIT IST DEM MENSCHEN ZUMUTBAR. Rede zur Verleihung des Hörspielpreises der Kriegsblinden 1959 an I. B. für ihr Hörspiel DER GUTE GOTT VON MANHATTAN [Ausschnitte].
17. 3. 1959	Überreichung der Auszeichnung an I. B.
WDR Köln Aufnahmeort: Bonn, Bundeshaus (Plenarsaal des Bundesrates)	01 Rede I. B.: ›Wie der Schriftsteller die anderen . . .‹ bis ›. . . nach dem Rechten zu sehen.‹ 0'50 von ›So komme ich zum Dank . . .‹ bis ›Ich danke Ihnen.‹ [Schluß] 0'55
	[Interview]
5'25	02 I. B. im Gespräch mit Hartwig Schmidt – besondere Beziehung zu diesem Literaturpreis

– zur exemplarischen Thematik ihres mit diesem Preis verbundenen Hörspiels
– über ihr weiteres Schaffen 2'30

In: Echo des Tages (WDR)
FS Aufzeichnung s. II, 1

I,14 [Prosalesung]
anläßlich einer Tagung der Gruppe 47
24. 10. 1959 aus: DAS DREISSIGSTE JAHR. Erzählungen [1–7]
BR ALLES [3][34] EL
München
Aufnahmeort:
Schloß Elmau

40'15

I,15 Lyrik der Zeit. 1.
Es lesen eigene Gedichte Ingeborg Bach-
[1959] mann, Karl Krolow, Günter Eich, Hans Arp, Paul Celan, Walter Höllerer, Günter
LP 1–2 Grass [Plattentitel]

11'50
01 I. B.: FRÜHER MITTAG (›Still grünt die Linde ...‹) 1'42
02 – DIE GESTUNDETE ZEIT (›Es kommen härtere Tage ...‹) 0'57
03–04 – aus: LIEDER VON EINER INSEL [Zyklus 1–5]
03 – ›Wenn einer fortgeht ...‹ [4] 0'40

04 – ›Es ist Feuer unter der Erde ...‹ [5] 0'22

05 – BLEIB (›Die Fahrten gehn zu Ende ...‹) 0'27

06 – DIE GROSSE FRACHT 0'44

07 – DAS SPIEL IST AUS (›Mein lieber Bruder ...‹) 2'09

08 – AN DIE SONNE (›Schöner als der beachtliche Mond ...‹)[35] 2'03

09 – ERKLÄR MIR, LIEBE (›Dein Hut lüftet sich leis ...‹) 2'04

10 – EXIL (›Ein Toter bin ich ...‹) 1'02

[Es folgen die Lesungen von Helmut Heißenbüttel, Karl Krolow, Günter Eich usw.] Lizenz: Verlag Günther Neske, Pfullingen, NV 3/4.

I,16 – I,19	Frankfurter Vorlesungen Probleme zeitgenössischer Dichtung [1–4]
25.–28.4.1960 BR München Aufnahme- ort: Zürich[36] ca. 160'00	Vier Vorträge aus der fünfteiligen Vorlesungsreihe, die im Wintersemester 1959/60 im Rahmen des neugeschaffenen Lehrstuhls für Poetik an der Johann Wolfgang Goethe-Universität in Frankfurt am Main mit Ingeborg Bachmann eröffnet wurde.
I,16	01 FRAGEN UND SCHEINFRAGEN, 1 [Sendetitel]
25. 4.	von ›Meine Damen und Herren, Neugier und Interesse, die Sie veranlassen,

diese Vorlesung zu hören ...‹ bis ›... und stellen wir sie in Zukunft so, daß sie wieder Verbindlichkeit haben.‹ 37'00

I,17 02 DAS SCHREIBENDE ICH, 2 [Sendetitel]
26. 4. von ›Meine Damen und Herren, vom Ich möchte ich sprechen, von seinem Aufenthalt in der Dichtung ...‹ bis ›... und es wird seinen Triumph haben heute wie eh und je als Platzhalter der menschlichen Stimme.‹ 44'50

I,18 03 DER UMGANG MIT NAMEN, 3 [Sendetitel]
27. 4. von ›Meine Damen und Herren, in diesen Wochen hatten Sie hier in Frankfurt das Glück, die Bekanntschaft mit Alban Bergs Lulu zu machen ...‹ bis ›... als Anmaßung eines Eigentums gebrandmarkt.‹ 36'40

I,19 04 LITERATUR ALS UTOPIE, 4 [Sendetitel]
28. 4. von ›Meine Damen und Herren, mit dieser Vorlesung verabschiede ich mich von Ihnen ...‹
[I. B. schließt ihre vierte Vorlesung mit dem Wort von René Char]
›... auf den Zusammenbruch aller Beweise antwortet der Dichter mit einer Salve Zukunft.‹ 38'30

I,20
17. 3. 1961
BR
München
24'25

[Prosalesung]
aus: DAS DREISSIGSTE JAHR. Erzählungen [1-7]
UNDINE GEHT [7] [37]

I,21
25. 6. 1961
SRG/DRS
Studio Zürich
Aufnahmeort: Zürich, Schauspielhaus
ca. 110'00

Drei Generationen deutscher Dichter.
3. Abend: Die jüngere Generation. [Veranstaltung im Rahmen der Internationalen Juni-Festwochen Zürich 1961.]
Friedrich Dürrenmatt zieht in seiner Einführung ironisch-kritisches Resümee ›schweizerischen‹ Geschichtsbewußtseins und Selbstverständnisses im Gegensatz zu Historie und politischer Existenz der Gäste, betont Gemeinsames, bezeichnet Sprache als einzige Heimat aus Vergangenem und als ›Schleichwege zur Freiheit‹ ca. 13'00

[Prosalesung]
aus: DAS DREISSIGSTE JAHR. Erzählungen [1–7]
01 UNDINE GEHT [7] [38] 23'00
[Gedichtlesung]
02 ALLE TAGE (›Der Krieg wird nicht mehr erklärt ...‹) 0'50
03 EXIL (›Ein Toter bin ich ...‹) 1'10
04 AN DIE SONNE (›Schöner als der beachtliche Mond ...‹) 2'18

Ferner lesen aus eigenen Werken: Hans Magnus Enzensberger, Günter Grass und Karl Krolow.

I,22	Interview anläßlich der Eröffnung der Internationalen Lesereihe Literatur im techni-
14. 11. 1961	schen Zeitalter[39]
	I. B. im Gespräch mit Rainer Höynck
RIAS	– zu ihrem Erzählungsband DAS DREI-
Berlin	SSIGSTE JAHR (erste Entwürfe bereits
Aufnahmeort:	1956)
Berlin,	– über die Arbeit an Prosa und Lyrik;
Kongreßhalle	fraglich, ob erstem Gedicht (IHR WORTE) nach fünfjährigem Schweigen wei-
4'50	tere Gedichte folgen werden
	– Rom als Domizil
	– zur Technik des Schreibens

In: Zeit im Funk (RIAS)

I,23	Lyrik-Modell. Drei Gedichte von Ingeborg Bachmann [Sendetitel]
14. 9. 1962	
	[Gedichtlesung]
NDR	01 NEBELLAND (›Im Winter ist meine Ge-
Hamburg	liebte . . .‹) 1'25
	02 SCHATTEN ROSEN SCHATTEN (›Unter
ca. 4'00	einem fremden Himmel . . .‹) 0'25
	03 MEIN VOGEL (›Was auch geschieht . . .‹) 1'28

I,24 — Ingeborg Bachmann liest eigene Gedichte und Prosa [Plattentitel]

[Nov. 1962]

LP

[Gedichtlesung]

01 DIE GESTUNDETE ZEIT (›Es kommen härtere Tage . . .‹) 1’11

02 ALLE TAGE (›Der Krieg wird nicht mehr erklärt . . .‹) 1’04

03 FRÜHER MITTAG (›Still grünt die Linde . . .‹) 1’58

04 BOTSCHAFT (›Aus der leichenwarmen Vorhalle . . .‹) 0,27

05 DAS SPIEL IST AUS (›Mein lieber Bruder . . .‹) 2,28

06 ANRUFUNG DES GROSSEN BÄREN (›Großer Bär . . .‹) 1’26

07 MEIN VOGEL (›Was auch geschieht . . .‹) 2’09

08 HEIMWEG (›Nacht aus Schlüsselblumen . . .‹) 1’45

09 NEBELLAND (›Im Winter ist meine Geliebte . . .‹) 1’58

10 TAGE IN WEISS (›In diesen Tagen . . .‹) 1’24

11 AN DIE SONNE (›Schöner als der beachtliche Mond . . .‹) 2’58

12 GEH, GEDANKE[40] 1,02

13 HÔTEL DE LA PAIX (›Die Rosenlast stürzt lautlos . . .‹) 0’28

14 STRÖMUNG (›So weit im Leben . . .‹) 0’42

15 IHR WORTE[41] 1’40

[Prosalesung]

aus: DAS DREISSIGSTE JAHR. Erzählungen [1–7]

16 UNDINE GEHT [7][42] 24'25

Lizenz: R. Piper u. Co. Verlag, München [1963 p] Nr. 1156 a/b (Piper-Sprechplatte 6).

I,25	Schriftsteller lesen in Berlin – Ingeborg Bachmann
20. 12. 1963	3. Leseabend
RIAS Berlin Aufnahmeort: Berlin, Askanische Schule, (Aula)	Walter Höllerer, Begrüßung und Einführung: erinnert an die Eröffnung der Internationalen Lesereihe Literatur im technischen Zeitalter in der Berliner Kongreßhalle 1961 mit einer Lesung von I. B. – führt in die anschließend von I. B. gelesenen Arbeiten ein und schließt mit Hinweis auf ihr zu diesem Zeitpunkt letztveröffentlichtes Gedicht IHR WORTE 13'20
57'00	

[Gedichtlesung]

01 DIE GESTUNDETE ZEIT (›Es kommen härtere Tage . . .‹) 1'15

02 AN DIE SONNE (›Schöner als der beachtliche Mond . . .‹) 2'46

03 IHR WORTE 1'36

[Prosalesung]

aus: DAS DREISSIGSTE JAHR. Erzählungen [1–7][43]

04 EIN WILDERMUTH [6]

von ›Soll sich doch einer . . .‹ bis ›. . . vor allem die Wahrheit sagen.‹ (S. 195–199) 6'26

von ›Erst viel später fiel mir auf . . .‹ bis ›. . . fällt uns beiden nichts mehr ein.‹

		(S. 201–215) 20'52
		von ›Fast nie streiten wir ...‹ bis ›... bleiben doch was sie sind.‹
		(S. 221–224) 4'35
		(Monolog des Landgerichtsrats Wildermuth)

Die Veranstaltung wurde von RIAS Berlin in Verbindung mit der Volkshochschule Berlin-Tempelhof durchgeführt.

I,26		[Verleihung des Georg-Büchner-Preises 1964 an I. B.]
17. 10. 1964 HR Frankfurt Aufnahmeort: Darmstadt, Orangerie	01	[I. B. Dankadresse:] »Meine Damen und Herren, ich danke für die große Ehre, die mir erwiesen wird mit der Zuerkennung des Georg-Büchner-Preises. Ich danke sehr herzlich der Deutschen Akademie für Sprache und Dichtung und ihrem Präsidenten, den Bürgern dieser Stadt und dem Land Hessen.«
38'20		0'25
	02	EIN ORT FÜR ZUFÄLLE[44] Rede zur Verleihung des Georg-Büchner-Preises 1964 der Deutschen Akademie für Sprache und Dichtung, Darmstadt 37'50

[Die Laudatio hielt Werner Weber]

FS-Aufzeichnung (Ausschnitte) s. II, 6

I,27	[Interview]
	I. B. im Gespräch mit Alois Rummel
25. 11. 1964	– zum Einfluß literarischer Vorbilder auf ihre eigene Dichtung
Bad Godesberg	– über ihre Beziehung zu Gedichten
Inter Nationes	– zu ihrem Selbstverständnis
e. V.	– zu Talent und Stil anderer Autoren
	– zur existentiellen Bedeutung des
15'00	Schreibens
	– zu ihrem Berlin-Aufenthalt und der Büchner-Preis-Rede
	– über ihre Einstellung zur Gruppe 47 8'00
	Moderator: Alois Rummel

In: Ingeborg Bachmann – ein Dichterporträt.

I,28	Große Reisen in unbekannte Gegenden. Zur Psychologie der Imagination. Hippolyte
20. 1. 1965	Taine fragt – verschiedene Autoren ant-
(HF)	worten [Sendetitel]
25. 1. 1965	Ernst Schnabel stellt einige von Taine an
(FS)[45]	Gustave Flaubert gerichtete, z. T. veränderte Fragen an Wystan H. Auden, Ingeborg
SFB	Bachmann, Michel Butor, Franz Tumler
Berlin	und Reinhard Lettau
ca. 86'00 sw	Ernst Schnabel: Einführung in die Thematik 5'15
	Frage nach konkret vorhandenen oder sich während des Schreibens entwickelnden optischen Vorstellungen

Reinhard Lettau [Antwort] 0'40
Franz Tumler [Antwort] 1'47

01 I. B. [Antwort] – bestätigt für sie notwendige Voraussetzung detaillierter optischer Vorstellungen der Szene vor der Gestaltung 0'48

Auden [Antwort] 0'48
Butor [Antwort] 1'43

Frage nach Unterschied zwischen literarischer Fiktion und halluzinatorischen Bildern ›auf der Schwelle des Schlafes‹

Tumler [Antwort] 2'05
Auden [Antwort] 0'35

02 I. B. [Antwort] – unterscheidet deutlich zwischen den halluzinatorischen Bildern vor dem Schlaf, den Bildern in Traum und Wachtraum und der kalkulierten literarischen Szene 0'50

Butor [Antwort] 2'40

Frage nach ›Mitspracherecht‹ des Autors bei seinen erfundenen Personen

Auden [Antwort] 1'15

03 I. B. [Antwort] – betont Eigengesetzlichkeit erfundener Personen, auf deren Entwicklung der Autor Rücksicht zu nehmen habe 0'50

Tumler [Antwort] 0'35
Lettau [Antwort] 1'05
Butor [Antwort] 4'30

04 I. B. [Antwort] – gesteht Widerspruch zwischen Einsicht und Handeln bei einer ihrer Hauptfiguren ein und verweist auf die Erkenntnis, daß man Personen ›Spielraum‹ lassen müsse 1'17

Butor [Zusammenfassung der Antworten] 3'40

Hans Mayer analysiert die Antworten und prüft die Möglichkeit einer ›Typologie literarischer Erfinder‹ 47'40

In: Akademie III (N3-Hörfunk sowie N3-Fernsehen)

I,29 — Ingeborg Bachmann liest aus eigenen Werken in einer Veranstaltung der Österreichischen Gesellschaft für Literatur

10. 5. 1965

Österreichische Phonothek, Wien
Aufnahmeort: Wien, Palais Pálffy

48'00

01 [I. B. Einführung:]
»Meine Damen und Herren, ich lese zuerst ein Prosastück, das aus einer Dankrede hervorgegangen ist – für den Büchner-Preis. Deswegen ist ihm auch ein Zitat vorangestellt, das heißt ›Er jagte mit rasender Schnelligkeit sein Leben durch, und dann sagte er: ‚Konsequent, konsequent'; wenn jemand was sprach: ‚Inkonsequent, inkonsequent';

es war die Kluft unrettbaren Wahnsinns‹.
Und dann möchte ich noch ein paar Worte vorausschicken und sagen, warum ich diese Rede gehalten habe und warum sie über Berlin geht.« 1'53

[Prosalesung]

02 aus: EIN ORT FÜR ZUFÄLLE[46]
von ›Konsequenz, das Konsequente . . .‹ bis › . . . und kommt aus Nötigung.‹ (S. 70) 2'18
von ›Es ist zehn Häuser vor Sarotti . . .‹ bis ›Es wird nicht mehr vorkommen.‹ (S. 7-[66]) 33'48

[Gedichtlesung]

03 FREIES GELEIT (›Mit schlaftrunkenen Vögeln . . .‹) 1'17
04 EXIL (›Ein Toter bin ich . . .‹) 1'01
05 GEH, GEDANKE 0'56
06 IHR WORTE 1'28
07 [I. B. Ansage:] »Vor kurzem habe ich wieder versucht, ein Gedicht zu schreiben, das ich zum erstenmal lese: BÖHMEN LIEGT AM MEER.« 0'08
08 BÖHMEN LIEGT AM MEER (›Sind hierorts Häuser grün . . .‹)[47] EL 2'07

I,30 — Literarische Abende im Realgymnasium Basel. Autoren lesen – Ingeborg Bachmann

18. 6. 1965

SRG/DRS Studio Basel

Werner Rihm: Begrüßung und Mitteilung vom plötzlichen Tod des Initiators der Veranstaltung, Walter Widmer 1'55

Aufnahmeort: Basel, Realgymnasium

43'00

01 [I. B. Einführung:] »Meine Damen und Herren, ich habe Herrn Dr. Walter Widmer nicht gekannt, aber mit ihm mehrmals korrespondiert dieser Lesung wegen. Und heute, im Zug, habe ich noch einmal seinen letzten Brief herausgezogen, da schrieb er: › . . . und hoffentlich werden wir am Tag danach im Garten sitzen und uns unterhalten können‹. Nun – ich hatte von diesen Veranstaltungen schon vor Jahren gehört und mich auf diese Reise nach Basel gefreut und komme jetzt in eine Situation, in der man sich eigentlich nicht richtig verhalten kann. Darum – und nachdem ich mit Frau Widmer gesprochen habe – glaube ich, oder darf ich glauben, daß es in seinem Sinne gewesen wäre, daß die Lesung stattfindet.« 1'00

[Prosalesung]

aus: EIN ORT FÜR ZUFÄLLE[48]

02 [I. B. Einführung:] »Ich habe vor einiger Zeit einen Prosatext über Berlin geschrieben, der heißt EIN ORT FÜR ZUFÄLLE. Überschrieben ist er mit einigen Sätzen aus Büchners Lenz ›Er jagte mit rasender Schnelligkeit sein Leben durch, und dann sagte er: ‚Konsequent, konsequent'; wenn jemand was sprach: ‚Inkonsequent, inkonsequent'; es war die Kluft unrettbaren Wahnsinns‹. Und dazu versuchte ich zu sagen« 0'37

von ›Konsequenz, das Konsequente ist . . .‹ bis ›. . . und kommt aus Nötigung.‹ (S. 70) 2'18 von ›Es ist zehn Häuser vor Sarotti . . .‹ bis ›. . . und drücken den Knopf.‹ (S. 7–9) 7'29

von ›Der Chefarzt darf nicht . . .‹ bis ›. . . alles weg, alles doppelt‹ (S. 21–34) 7'28

von ›Wer ungeladen in die Stadt . . .‹ bis ›. . . es wird nicht mehr vorkommen.‹ (S. 43–[66]) 13'08

[Gedichtlesung]

03 [I. B. Ansage:] »Ich lese zum Schluß noch einige Gedichte.« 0'05

04 ALLE TAGE (›Der Krieg wird nicht mehr erklärt . . .‹) 0'57

05 EXIL (›Ein Toter bin ich . . .‹) 0'55

06 IHR WORTE 1'17

07 [I. B. Ansage:] »Und das letzte ist ein neues Gedicht, es heißt BÖHMEN LIEGT AM MEER.« 0'06

08 BÖHMEN LIEGT AM MEER (›Sind hierorts Häuser grün . . .‹)[49] 1'54

I,31 [Interview]

15. 9. 1965

Berliner Welle (DDR)

Aufnahmeort: Berlin

10'10

I. B. im Gespräch mit Josef-Hermann Sauter

– Verhältnis zu Dichtung und Dichtern der Vergangenheit, bezeichnet ihre Lyrik im Sinne Goethes als ›Gelegenheitsgedichte‹

– zu ›Fragen der Zeit‹ im Hinblick auf ihre Bedeutung und ihren Stellenwert für den Schriftsteller

– will in ihrem Werk verständlich sein

für den Leser, von dem man ›eine hohe Meinung haben muß . . . und darf‹
– zum unterschiedlichen Rollenverständnis des Künstlers in der kapitalistischen und der sozialistischen Gesellschaft
– zu österreichischer Herkunft und Muttersprache Deutsch
– bekennt sich zu ihrer Aussage: »Die Kunst gibt uns die Möglichkeit zu erfahren, wo wir stehen, und wo wir stehen sollten; wie es um uns bestellt ist, und wie es um uns bestellt sein sollte.«

In: Dichtung gestern und heute

I,32 — Autoren lesen aus eigenen Werken
5. Literarische Matinee in Zürich

9. 1. 1966

SRG/DRS Studio Zürich

Aufnahmeort: Zürich, Theater am Hechtplatz

49'50

Bruno Schärer: Begrüßung und Hinweis auf Erstlesung aus dem neuen, noch unveröffentlichten Werk (TODESARTEN) von I. B. 0'47

01 [I. B. Einführung:] »Meine Damen und Herren, es ist nicht nur etwas Mißliches, aus einem Roman ein paar Bruchstücke vorzulesen, der für den Autor nur vagen, teils aber auch schon bestimmten Vorstellungen unterworfen ist, noch unangenehmer ist es, mit einem Manuskript zu kommen, das eigentlich ein Rohmanuskript ist, also es ausprobieren zu

müssen, selber wissend, daß so viele Sätze noch nicht stimmen, so viele Übergänge noch gar nicht stimmen können. Das Buch heißt TODESARTEN, und wenn ich Ihnen sage, daß es Wien zum Schauplatz hat, so werden Sie das nicht einmal merken können, weil gerade diese Stücke sich nicht auf Wien beziehen, ja auch nicht merken können, daß der Protagonist dieses Buches, der erst im Entstehen ist, ein junger Wiener Historiker ist, der hier nur am Rande vorkommt. Dieser Wiener Historiker macht eine Studienreise nach Nordafrika und wird vor der Abreise mit seiner älteren Schwester konfrontiert, die einige Jahre lang mit einem Wiener Psychiater verheiratet war.« 1'30

[Prosalesung]
aus: TODESARTEN (= TODESARTEN [Romanzyklus. 2: DER FALL FRANZA])

02 Kap. 1: HEIMKEHR NACH GALICIEN von ›Der Professor, das Fossil . . .‹ bis ›. . . ich gehe nicht [zurück] nach Wien.‹ [50] 12'10

03 Kap. 3: DIE ÄGYPTISCHE FINSTERNIS von ›Sie sind also in die Wüste gegangen . . .‹ bis ›. . . von zerbrochenen Gottesvorstellungen umsäumt.‹ [51] 29'00

[Gedichtlesung]

04 [I. B. Ansage:] »Ich lese zuletzt drei Gedichte – und das erste heißt AUF DER REISE NACH PRAG.« 0'05

05 AUF DER REISE NACH PRAG (›Nichts mehr wird kommen . . .‹) [52] EL 0'33

Bisher ungedruckt; vollst. Text s. Anhang Nr. VIII und Werke Bd. I

06 ›Seit dieser Nacht . . .‹ [PRAG JÄNNER 64][53] EL 0'58

07 BÖHMEN LIEGT AM MEER (›Sind hierorts Häuser grün . . .‹)[54] 2'13

I,33

22. 3. 1966

N3–HF

Aufnahmeort: Hamburg, Universität

ca. 54'00

[Vier Lesungen aus dem unvollendeten Romanzyklus TODESARTEN im Rahmen einer Vortragsreise vom 22.–25. 3. 1966. 1. Veranstaltung]

HEIMKEHR NACH GALICIEN [Sendetitel]

01 [I. B. Einführung:]

»Meine Damen und Herren, dieses Buch TODESARTEN will erzählen von den Verbrechen, die heute begangen werden, vom Virus Verbrechen, der nach zwanzig Jahren nicht weniger wirksam ist als zu der Zeit, in der Mord an der Tagesordnung war, befohlen und erlaubt.

Eine gewisse Franziska Jordan, die Frau eines berühmten Wiener Psychiaters, ist aus einer Klinik in Baden bei Wien verschwunden. Ihr jüngerer Bruder, Martin Ranner, Geologe, Assistent am Geologischen Institut in Wien, sucht und findet sie in Galicien, einem Dorf in Kärnten, aus dem sie beide stammen. Martin läßt sich von seiner Schwester, die nicht zurück nach Wien will, bestimmen, sie mitzunehmen auf eine Reise nach Nordafrika.« 1'05

aus: TODESARTEN (= TODESARTEN [Romanzyklus. 2: DER FALL FRANZA])

02 Kap. 1: HEIMKEHR NACH GALICIEN von ›Der Professor, das Fossil ...‹ bis ›... ich gehe nicht zurück nach Wien.‹[55] 52'15

I,34	[Vier Lesungen aus dem unvollendeten Romanzyklus TODESARTEN. 2. Veranstaltung]
23. 3. 1966	Medizin der Unmenschlichkeit [Sendetitel]
N3–HF	
Aufnahmeort:	Begrüßung und Ansage N. N. 0'53
Hannover, Leibniz-Schule	01 [I. B. Einführung:] »Meine Damen und Herren, ich habe gestern in Hamburg den Anfang des ersten Kapitels HEIMKEHR NACH GALICIEN gelesen, und esist,
ca. 60'00	wie Sie wissen, nicht leicht, einen Inhalt wiederzugeben; aber ich will versuchen, Ihnen ein paar Stichworte zu geben, damit Sie die Fortsetzung verstehen. Eine gewisse Franziska Jordan, die Frau eines berühmten Wiener Psychiaters, ist aus der Klinik in Baden bei Wien verschwunden. Ihr jüngerer Bruder, Martin Ranner, Geologe, Assistent am Geologischen Institut in Wien, erhält von ihr ein mysteriöses Telegramm, sucht sie in Wien, findet sie nicht und kehrt zurück in das Dorf in Kärnten, aus dem sie beide stammen.

Dort findet er sie. Martin soll in wenigen Tagen eine Reise nach Afrika antreten, und seine Schwester besteht darauf, mitzukommen. Sie hat ihren Paß gefälscht, ihren Mädchennamen wieder angenommen und sich in Wien ein Visum besorgt.« 0'55

aus: TODESARTEN (= TODESARTEN [Romanzyklus. 2: DER FALL FRANZA])

02 Kap. 1: HEIMKEHR NACH GALICIEN von ›Am Mittag wußte Martin kaum . . .‹ bis ›. . . mit einem Papier, das nicht stimmte.‹ 55'00

Veranstaltung der Goethe-Gesellschaft und der Literarischen Gesellschaft Hannover in Verbindung mit dem NDR.

I,35 [Vier Lesungen aus dem unvollendeten Romanzyklus TODESARTEN. 3. Veranstaltung]

24. 3. 1966 Isis und Osiris [Sendetitel]

NDR
N3–HF
Aufnahmeort: Berlin, Akademie der Künste
ca. 70'00

01 [I. B. Einführung:]
»Meine Damen und Herren, in Berlin lese ich den Anfang des letzten Kapitels DIE ÄGYPTISCHE FINSTERNIS. Dieses Buch TODESARTEN will erzählen von dem Virus Verbrechen, der nach zwanzig Jahren nicht weniger wirksam ist als zu der Zeit, in der Mord an der Tagesordnung war, befohlen und erlaubt.
Eine gewisse Franziska Jordan, die Frau eines berühmten Wiener Psychiaters, ist

aus einer Klinik in Baden bei Wien verschwunden. Ihr jüngerer Bruder Martin Ranner, Geologe, Assistent am Geologischen Institut in Wien, sucht und findet sie in Galicien, einem Dorf in Kärnten, aus dem sie beide stammen. Martin läßt sich von seiner Schwester, die nicht zurück nach Wien will, bestimmen, sie mitzunehmen auf eine Reise nach Nordafrika.« 1'09

aus: TODESARTEN (= TODESARTEN [Romanzyklus. 2: DER FALL FRANZA])

02 Kap. 3: DIE ÄGYPTISCHE FINSTERNIS von ›Sie sind in die Wüste gegangen . . .‹ bis ›. . . ist von zerbrochenen Gottesvorstellungen umsäumt.‹ [56] 66'04

I,36 — [Vier Lesungen aus dem unvollendeten Romanzyklus TODESARTEN. 4. Veranstaltung]

25. 3. 1966 — DIE ÄGYPTISCHE FINSTERNIS [Sendetitel]

NDR
N3–HF
Aufnahmeort: Lübeck, Kolosseum
ca. 60'00

01 [I. B. Einführung:]
»Meine Damen und Herren, ich habe gestern abend in Berlin angefangen mit dem letzten Kapitel, es heißt DIE ÄGYPTISCHE FINSTERNIS, und Ihnen lese ich das Ende eben dieses Kapitels und des Buches vor. Dieses Buch TODESARTEN will erzählen von dem Virus Verbrechen, der nach zwanzig Jahren nicht weniger wirksam ist als zu der Zeit, in der Mord an der Tagesordnung war, befohlen und erlaubt.

Eine gewisse Franziska Jordan, die Frau eines berühmten Wiener Psychiaters, ist aus einer Klinik in Baden bei Wien verschwunden. Ihr jüngerer Bruder Martin Ranner, Geologe, Assistent am Geologischen Institut in Wien, sucht und findet sie in Galicien, einem Dorf in Kärnten, aus dem sie beide stammen. Martin läßt sich von seiner Schwester, die nicht zurück nach Wien will, bestimmen, sie mitzunehmen auf eine Reise nach Nordafrika.« 1'15

aus: TODESARTEN (= TODESARTEN [Romanzyklus. 2: DER FALL FRANZA])

02 Kap. 3: DIE ÄGYPTISCHE FINSTERNIS von ›Im Westkorridor ist der Mumiensaal . . .‹ bis ›Die ägyptische Finsternis, das muß einer ihr lassen, ist vollkommen.‹ 55'30

I,37	Poetry International 1967
15. 7. 1967	[A. Alvarez: Einführung]
BBC London Aufnahmeort: London, Queen Elizabeth Hall	Yehuda Amichai (Israel), Octavio Paz (Mexiko), Ingeborg Bachmann (Österreich), Anthony Hecht und Allan Ginsberg (USA) lesen aus eigenen Werken. George Rapp liest zuerst in englischer Sprache die vier Gedichte, die I. B. anschließend auf Deutsch vorträgt.
ca. 100'00	Enigma 0'30 A sort of Loss 1'20

The Sea Cost of Bohemia 1'55
Words 1'10

[Gedichtlesung I. B.]
01 ENIGMA (›Nichts mehr wird kommen . . .‹)[57] EL 0'50
02 EINE ART VERLUST (›Gemeinsam benutzt . . .‹) EL 2'07
Bisher ungedruckt; vollst. Text s. Anhang Nr. IX und Werke Bd. I
03 BÖHMEN LIEGT AM MEER (›Sind hierorts Häuser grün . . .‹)[58] 2'36
04 IHR WORTE[59] 1'40

Veranstaltung der Poetry Book Society (Arts Council) in Verbindung mit der BBC London.

I,38 [Prosalesung]
aus: SIMULTAN. Neue Erzählungen [1–5]
7. 10. 1968 SIMULTAN [1][60] EL

NDR
Hannover
Aufnahmeort:
Rom

67'40

I,39	[Prosalesung]
	aus: SIMULTAN. Neue Erzählungen [1–5]
7. 11. 1969	IHR GLÜCKLICHEN AUGEN [3][61] EL
NDR Hannover Aufnahmeort: Rom	
40'30	

I,40	Autoren im Studio [Sendetitel]
23. 3. 1971	Ekkehart Rudolph: Einführung in das literarische Schaffen von I. B.
SDR Stuttgart	[Interview]
	01 I. B. im Gespräch mit Ekkehart Rudolph
58'00	– Biographisches: Kindheit, Schule, Studium – über ›unerhebliche‹ Kompositionsversuche als erste Anfänge ihres künstlerischen Schaffens – Zusammenarbeit mit Hans Werner Henze – zu Ludwig Wittgenstein und seiner Sprachphilosophie – über ihr Verhältnis zur Sprache und zur Musik als dem überlegenen Ausdrucksmittel – zur Idee ihres Hörspiels DER GUTE GOTT VON MANHATTAN und den Hauptpersonen

– über die vielfältigen Aspekte der ›Doppelfiguren‹ in ihrem Roman MALINA und die Schlüsselbedeutung der Träume
– zum Schicksal des Menschen durch den Menschen in der gegenwärtigen Gesellschaft
– zum Auftrag des Künstlers
– beantwortet Frage nach Veränderung der Welt und eigener Wunschvorstellung mit längerem Zitat aus MALINA (›Ein Tag wird kommen . . .‹)
– schließt mit dem Bekenntnis zu Freiheit und Schönheit über das bisher Gedachte hinaus 28'00

02 [I. B. Ansage:] »Ich lese aus dem 1. Kapitel des Romans MALINA ein Stück, in dem das weibliche Ich von der Begegnung – oder dem Auftreten seines Doppelgängers berichtet.« 0'15

[Prosalesung]
aus: MALINA. Roman (= TODESARTEN [Romanzyklus. 1])

03 Kap. 1: GLÜCKLICH MIT IVAN
von ›Meine Beziehung zu Malina . . .‹ bis › . . . aber eine ganz andere Erinnerung.‹[62] (S. 14 – 24) 23'15

I,41 | [Interview]

I. B. im Gespräch mit Toni Kienlechner

5. 4. 1971 – über Kompositionstechnik in ihrem Romanzyklus TODESARTEN, als dessen erster Band der Roman MALINA konzipiert und erschienen war

BR München

– über Stil und über Funktion der Ironie

8'00 – Aspekte gesellschaftlicher Relevanz

– die ›Doppelperson‹ Malina und ihre Bedeutung für die Autorin selbst.

In: Der Kulturspiegel (BR)

I,42 | [Prosalesung]

aus: MALINA. Roman (= TODESARTEN [Romanzyklus. 1])

13. 4. 1971

NDR Hannover Aufnahmeort: Hamburg

44'00

01 [I. B. Ansage:] »Meine Damen und Herren, ich lese einige Bruchstücke aus diesem ersten Roman und fange an im ersten Kapitel. Es gibt hier eine weibliche Ich-Erzählerin, die mit einem Mann namens Ivan sehr oft telefoniert, den sie liebt. Dieser Stelle, [aus] der ich vorlese, gehen einige Telefongespräche schon voraus.« 0'30

02 aus: Kap. 1: GLÜCKLICH MIT IVAN
von ›Aber selbst wenn vier Personen . . .‹ bis ›. . . ich überlebe nicht Ivan.‹ (S. 40 – 43) 6'15
von ›Ivan fragt mich . . .‹ bis ›. . . doch noch lohnen.‹ (S. 59 – 61) 2'30
von ›Ich habe das Interview . . .‹ bis ›. . . und er löscht schon . . .‹ (S. 89 –

91) 5'00
von ›3. Frage: . . .‹ bis ›. . . die von ihr ausgehen.‹ (S. 92, 93) 2'15
von ›Bücher? Ja, ich lese viel . . .‹ bis ›. . . sein Glas in einem Zug.‹ (S. 94 – 100) 13'30
von ›7. Frage: . . .‹ bis ›. . . für das Gespräch.‹ (S. 102 – 103) 1'30

03 [Ansage I. B.:] »In dem zweiten Kapitel des Buches DER DRITTE MANN wird in den Träumen gezeigt, warum das Ich krank ist, warum die Gesellschaft krank ist und dadurch das Individuum wieder krank macht. – Der Zeit wegen kann ich Ihnen nur drei kurze Träume vorlesen.« 0'30

04 aus: Kap. 2: DER DRITTE MANN
von ›Malina soll alles wissen . . .‹ bis ›. . . man wehrt sich nicht im Gas.‹ (S. 181 – 183) 2'50
von ›Mein Vater hat mich ins Gefängnis . . .‹ bis ›. . . nach meiner Befreiung erfahren.‹ (S. 239–241) 4'40

05 [Ansage I. B.:] »Auch in einem dieser Träume war die Rede davon, daß dieses Ich nach einem Buch sucht und eines schreiben will; es will dieses Buch, und zwar das erste ›schöne Buch‹, ein Buch, das es noch nicht gibt, für Ivan, den es liebt, schreiben. Es schreibt einige wenige Sätze auf einen Zettel, manchmal in einem Caféhaus, manchmal spät in der Nacht. Sie müssen sich diese Sätze, Stellen, die ich Ihnen jetzt zuletzt vorlese, nicht aneinandergereiht vorstellen,

sondern verstreut über ein Kapitel – eben immer wieder als Anfänge.« 0'50

06 aus: Kap. 1: GLÜCKLICH MIT IVAN
von ›Ein Tag wird kommen ...‹ bis ›... für ein ganzes Leben sein.‹ (S. 123 – 124) 0'42
von ›Ein Tag wird kommen ...‹ bis ›... für das ganze Leben.‹ (S. 124) 0'43
von ›Einmal werden alle Frauen ...‹ bis ›... wird wiedererschaffen werden.‹ (S. 140) 0'28
von ›Ein Tag wird kommen ...‹ bis ›... nicht ewig warten müssen.‹ (S. 142) 0'35

I,43

Wir sprechen mit Ingeborg Bachmann [Sendetitel]

14. 4. 1971

[Interview]

ORF
Studio Wien
Aufnahmeort:
Zürich

26'18

I. B. im Gespräch mit Otto Basil
– über frühe Anfänge der Arbeit an ihrem Prosawerk TODESARTEN, von dem ›über tausend Seiten‹ geschrieben sind; zu MALINA, dem ersten Band, seinen drei Hauptpersonen, ihrer Problematik (u. a. der Ich-Figur im Doppelgänger-Motiv) und zum Prinzip Zeit/Ort in der Erzähltechnik
– zu ihrem lyrischen Schaffen
– über Prosa-Formen in der Erzählkunst
– zu ihrer Lyrik
– über ihr Philosophie-Studium
– über ihre langjährige Zusammenarbeit

mit Hans Werner Henze und das Handwerkliche beim Schreiben von Libretti und Texten für Musik
– zu ihren neuen Erzählungen, die im Herbst erscheinen werden (›sechs oder sieben‹ = SIMULTAN)
– über ihr Leben in Italien und Rom
– zu Giuseppe Ungarettis Gedichten, ihren Übersetzungen und ihrer Beziehung zu dem italienischen Dichter.

Mai 1973 siehe Nachtrag 2, S. 478

I,44	[Interview]
Mai 1973	I. B. im Gespräch mit Alicja Walecka-Kowalska anläßlich einer Vortragsreise der Autorin durch die Volksrepublik Polen
PRT Warszawa	– über Nachkriegskontakte mit und in sozialistischen Ländern
Aufnahmeort: Warszawa	– Beziehungen zu Italien
12'25	– Beziehungen zur polnischen Geschichte und Gegenwart – über Begegnung mit ehemaligen deutschen Konzentrationslagern auf ihrer Reise durch Polen und zum Wiederaufbau – zur westdeutschen Ostpolitik unter Bundeskanzler Willy Brandt und dem gesellschaftspolitischen Klima in der Bundesrepublik Deutschland

– Unterschiedlichkeiten zwischen Österreichern und Deutschen
– zu sozialhistorischen Zusammenhängen zwischen Geschichte und Literatur
– zu der Bekanntheit ihres Werkes, der allgemeinen Informationsfülle, der spirituellen Lebendigkeit und künstlerischen Vielfalt in Polen
– nimmt erfreut eine erneute Einladung an und dankt für die ›ungeheure Gastfreundschaft‹ und Herzlichkeit ›wie in keinem anderen Land‹.

Nachtrag 1 Ingeborg Bachmann liest Gedichte

1955[63]

22'16

[I. B. Ansage:]
01 »Ich lese aus den Gedichtbänden DIE GESTUNDETE ZEIT und DIE ANRUFUNG DES GROSSEN BÄREN. Der Band DIE GESTUNDETE ZEIT ist in der Frankfurter Verlagsanstalt 1953 erschienen, die ANRUFUNG DES GROSSEN BÄREN 1955 im Piper Verlag, München.« 0'15
[Gedichtlesung]
02 DAS SPIEL IST AUS (›Mein lieber Bruder . . .‹) 1'52
03 NEBELLAND (›Im Winter ist meine Geliebte . . .‹) 1'28
04 THEMA UND VARIATION (›In diesem Sommer . . .‹)[64] 2'04
05 FRÜHER MITTAG (›Still grünt die Linde . . .‹) 1'39
06 NORD UND SÜD (›Zu spät erreichten

wir . . .‹)[65] 1'44

07–11 LIEDER VON EINER INSEL [Zyklus 1–5]

07 ›Schattenfrüchte fallen von den Wänden . . .‹ [1] 0'28

08 ›Wenn du auferstehst . . .‹ [2] 0'31

09 ›Einmal muß das Fest ja kommen . . .‹ [3][66] 1'16

10 ›Wenn einer fortgeht . . .‹ [4] 0'34

11 ›Es ist Feuer unter der Erde . . .‹ [5] 0'22

12 ›Leicht ruht der Pfeil . . .‹ (NACH VIELEN JAHREN) 0'42

13 SCHWARZER WALZER (›Das Ruder setzt auf den Gong . . .‹) 1'38

14 IN APULIEN (›Unter den Olivenbäumen . . .‹) 1'19

15 AM AKRAGAS (›Das geklärte Wasser . . .‹)[67] 1'53

16 DAS ERSTGEBORENE LAND (›In mein erstgeborenes Land . . .‹)[68] 1'07

17 RÖMISCHES NACHTBILD (›Wenn das Schaukelbrett . . .‹)[69] 0'35

18 UNTER DEM WEINSTOCK[70] 0'30

19 NACH JAHR UND TAG (›Ins Weideland kam ich . . .‹)[71] 0'25

20 BLEIB (›Die Fahrten gehn zu Ende . . .‹) 0'35

21 WAS WAHR IST[72] 1'41

(Mitschnitt im Besitz der Familie Bachmann)

Nachtrag 2
Mai 1973
Österreichisches Kulturinstitut, Warschau
ca. 55'00

Ingeborg Bachmann liest Prosa und Lyrik im Rahmen einer Vortragsreise durch die Volksrepublik Polen[73]

01 [I. B. Einleitung:] »... einen Band Erzählungen veröffentlicht ... Ende vergangenen Jahres, der heißt SIMULTAN. Und es sind Geschichten, die – jedenfalls scheinbar – alle(s) Frauen als Protagonistinnen haben, obwohl es weit darüber hinausgeht ... ihre ganze Umgebung, ihre ganze(n) Beziehungen spielen eine große Rolle ... Die jüngste ist zwanzig, und ich lese die Geschichte der ältesten Frau, die fünfundachtzig ist. Und sie heißt DAS GEBELL.« 0'43

[Prosalesung]

aus: SIMULTAN. Neue Erzählungen [1–5]

02 DAS GEBELL [4][74] 43'00

03 [I. B. Ansage:] »[Ich lese] ... das Gedicht, das ich, ich glaube, unter den ersten geschrieben habe ... ganz früh ... und ... (seit ich ganz?) Gedichte zu schreiben aufgehört habe ... das erste und letzte und einzige aus der Zeit dazwischen.« 0'15

[Gedichtlesung]

04 ALLE TAGE (›Der Krieg wird nicht mehr erklärt ...‹)[75] 0'57

05 AN DIE SONNE (›Schöner als der beachtliche Mond ...‹)[76] 2'29

06 [I. B. Ansage:]
»Und das letzte Gedicht, das hat eine etwas seltsame Entstehung, zu der ich etwas sagen möchte.

(Denn) man wollte zu(m?) im Shakespeare-Jahr [1964] aus jedem Land jemand einladen, ein Gedicht zu schreiben, für die Shakespeare-Feiern in England.

Diese Einladung ist auch an mich gegangen. – Nun kann man ... bei einem Auftrag ... und über Shakespeare ... ich hätte überhaupt nicht gewußt, was ich hätte schreiben sollen [sondern ich habe sie] ... sofort weggeworfen ... ich weiß nicht mehr genau, es ist auch schon sehr lange her ... aber ich habe es nicht geschrieben.

Ich bin dann später gefragt worden, ob das Gedicht irgend etwas zu tun hätte mit den Zeitereignissen ... nicht(s?) ... überhaupt nicht(s?) ... denn es ist schon viele Jahre alt ... mindestens zehn – schon ungefähr zehn Jahre alt ... Und eines Tags habe ich über ein Blatt geschrieben BÖHMEN LIEGT AM MEER.

Wie viele Wissenschaftler unter Ihnen ... wahrscheinlich wissen ... hat es zwischen Shakespeare und [Ben] Jonson eine ungeheure Auseinandersetzung gegeben, einen Angriff – also – des weitaus gebildeteren Jonson gegen Shakespeare, den er für einen ausgemachten Dummkopf, unkultiviert, ungebildet, gehalten hat – der nicht einmal wisse, daß Böhmen nicht am Meer liegt. Und nun – ist dieses Gedicht wieder schon längst vorbei – weil ich nicht an das Shakespeare-Jahr gedacht hab ... aber Shakespeare hat ja doch recht gehabt, denn Böhmen liegt am Meer ... und mit Böhmen meine ich ein Land, das ist nicht nur Böhmen ... sondern ... es ist ... ja, es ist unser aller Land, nach dem wir suchen.« 2'03

[Gedichtlesung]

07 BÖHMEN LIEGT AM MEER (›Sind hierorts Häuser grün ...‹)[77] 2'06

Dank an I. B. für die Lesung N. N.

II Chronologisches Verzeichnis der Fernsehaufzeichnungen

II,1	DIE WAHRHEIT IST DEM MENSCHEN ZUMUTBAR. Rede zur Verleihung des Hörspielpreises der Kriegsblinden 1959 an I. B. für ihr Hörspiel DER GUTE GOTT VON MANHATTAN
17. 3. 1959	
NDR Hamburg	von ›Meine sehr verehrten Damen und Herren ...‹ bis ›... daß uns, in diesem Sinne, die Augen aufgehen.‹ [Ausschnitt] 2'00
Aufnahmeort: Bonn, Bundeshaus (Plenarsaal des Bundesrates)	
2'50 sw	

In: Wochenspiegel 308 (NDR)
HF-Mitschnitt s. I,13

II,2	Literatur im technischen Zeitalter, 1.
19. 11. 1961	Walter Höllerer definiert die neue, von ihm initiierte Veranstaltungsreihe der TU Berlin als Forum für die moderne Literatur und als Möglichkeit zur Auseinandersetzung mit der Realität. Er stellt I. B. vor und führt in Werk und literarische Intentionen der Autorin ein, die im Rahmen dieser Veranstaltung den Kritiker-Preis des Verbandes der deutschen Kritiker e. V. Berlin für ihren
SFB Berlin	
Aufnahmeort: Berlin, Kongreßhalle	
72'04 sw	

Prosaband DAS DREISSIGSTE JAHR erhielt 11'00

[Gedichtlesung I. B.]

01 DIE GESTUNDETE ZEIT (›Es kommen härtere Tage . . .‹) 1'00

02 ALLE TAGE (›Der Krieg wird nicht mehr erklärt . . .‹) 2'00

03 MEIN VOGEL (›Was auch geschieht . . .‹) 1'53

04 ERKLÄR MIR, LIEBE (›Dein Hut lüftet sich leis . . .‹) 2'55

05 SCHATTEN ROSEN SCHATTEN (›Unter einem fremden Himmel . . .‹) 0'20

06 EXIL (›Ein Toter bin ich . . .‹) 1'06

07 AN DIE SONNE (›Schöner als der beachtliche Mond . . .‹)[78] 2'40

08 [I. B. Ansage:] » – dann habe ich, nach mehreren Jahren, versucht, wieder ein Gedicht zu schreiben, es heißt IHR WORTE.« 0'10

09 IHR WORTE EL 1'36

Paul Edwin Roth liest den Prosatext DIE BLINDEN PASSAGIERE von I. B.

[Prosalesung I. B.]

aus: DAS DREISSIGSTE JAHR. Erzählungen [1–7]

10 UNDINE GEHT [7] 24'50

In: Internationale Lesereihe der Technischen Universität Berlin in Verbindung mit dem SFB

II,3	[Gedichtlesung]
	01 ALLE TAGE (›Der Krieg wird nicht
31. 10. 1962	mehr erklärt . . .‹) 0'52
(Aufn.-Dat.)	[Interview]
	02 I. B. im Gespräch mit Walter Höllerer
Aufnahme-	– zum Unterschied zwischen literari-
ort: Berlin	schem Schaffen und Filmarbeit (eine
	wiederholt mißlungene Erzählung ha-
10'00 sw	be sich ihr später als Filmstoff ausge-
	wiesen, als ›etwas, das sich nur zeigen läßt‹)
	– über Zusammenarbeit mit dem Regisseur bei geplantem Film
	– zur Inszenierung ihrer Hörspiele
	– zu ihrer ›Übersiedlung‹ von Lyrik zu Prosa 6'08
	[Prosalesung]
	aus: DAS DREISSIGSTE JAHR. Erzählungen [1–7]
	03 EIN WILDERMUTH [6]
	von ›Der Wahrheit gehe ich nach . . .‹ bis ›. . . die keiner will.‹ (S. 228–230, Monolog des Landgerichtsrats Wildermuth, Schluß) 2'23

Die Aufzeichnung ist für die Sendereihe »Berlin stellt vor« produziert, aber nicht gesendet worden.

II,4	Gruppe 47. Eine Dokumentarsendung [Sendetitel] von Sebastian Haffner
14. 1. 1964	
	[darin Statement:]
SWF Baden-Baden	I. B. zum kulturpolitischen Selbstverständnis der Gruppe 47
44'29 sw	– zur Übereinstimmung zwischen Persönlichkeit und Werk des Schriftstellers 1'00

II,5	Besuch bei Ingeborg Bachmann [Sendetitel]
22. 10. 1964	[Interview]
	I. B. im Gespräch mit Hans Werner Kock
SFB Berlin Aufnahmeort: Berlin, Wohnung von I. B.	– Einladung der Henry-Ford-Stiftung ›vor einem Jahr‹ sei die Veranlassung zu ihrem – inzwischen ausgedehnten – Berlin-Aufenthalt – zu Berlin als literarischem Thema (Büchner-Preis-Rede)
2'13 sw	In: Berliner Abendschau (SFB)

II,6	Berlin – ein Ort für Zufälle [Sendetitel] [Ausschnitte aus der Büchner-Preis-Rede
5. 11. 1964	mit Interview]
SFB Berlin Aufnahmeort: Darmstadt,	01 [I. B. Dankadresse:] »Meine Damen und Herren, ich danke für die große Ehre, die mir erwiesen wird mit der Zuerkennung des Georg-Büchner-Preises.

Orangerie — Ich danke sehr herzlich der Deutschen Akademie für Sprache und Dichtung

11'00 sw — und ihrem Präsidenten, den Bürgern dieser Stadt und dem Land Hessen.«

0'25

02 aus: EIN ORT FÜR ZUFÄLLE. Rede zur Verleihung des Georg-Büchner-Preises 1964 der Deutschen Akademie für Sprache und Dichtung, Darmstadt
von ›Wie jeder, der hier gestanden ist ...‹ bis ›... vielleicht auch für Sie.‹
von ›Die Beschädigung von Berlin ...‹ bis ›... die Krankheit hervorruft.‹
von ›Es ist zehn Häuser nach Sarotti ...‹ bis ›... ist etwas – in Berlin.‹
von ›Jetzt fliegt jede Minute ...‹ bis ›... Die Krankenhäuser haben sich beschwert.‹
von ›Der Chefarzt darf nicht mehr ...‹ bis ›... aus Wüstenerfahrung.‹
von ›In der Friedrichstraße ...‹ bis ›... bekommen einen Stempel.‹
von ›Die Versicherung ...‹ bis ›... dann ja alles unheilbar.‹
von ›Man weiß nicht ...‹ bis ›... es wird nicht mehr vorkommen.‹ [Schluß der Rede] 4'05

Aufnahmeort: Berlin

03 [Interview]
I. B. distanziert sich von Naturlyrik und literarischen Vorbildern
– Sonderstellung Georg Trakl
– erklärt, seit Jahren keine Gedichte geschrieben zu haben und keine mehr schreiben zu wollen
– kündigt als nächste Veröffentlichun-

gen Prosa an und interpretiert die Titelfigur aus ihrer Erzählung UNDINE GEHT 4'25

DIE GROSSE FRACHT. Gedichtlesung N. N.
Moderation: N. N.

In: Studio-Nachtprogramm (SFB, N3–FS)
HF-Mitschnitt der Büchner-Preis-Rede s. I,26

II,7	»Der junge Lord«. Prospekt und Prolog auf eine Parabel [Sendetitel]
5. 4. 1965	
SFB III Berlin 56'45 sw	Ernst Schnabel: Eröffnung der 14. und letzten Veranstaltung der Akademie III; Einführung in die Oper »Der junge Lord« (Libretto von I. B.); Vorstellung der Gesprächspartner Hans Mayer, Hans Werner Henze, Ingeborg Bachmann, Gustav Rudolf Sellner, Philippo Sanjust und Christoph von Dohnányi 4'30
	[Werkstattgespräch] zwischen Hans Mayer, Hans Werner Henze, Gustav Rudolf Sellner und I. B. über Motivation zu Thema und Gestaltung des Textes, zum Genre Libretto – Zusammenarbeit zwischen I. B. und Hans Werner Henze –, über die Inszenierung (eingeblendete Filmaufzeichnungen von den Proben in der Deutschen Oper) [I. B. ist am Gespräch etwa 1'30 beteiligt]
	Gesprächsleitung Hans Mayer ca. 43'00

Ernst Schnabel bilanziert Akademie III am Ende ihrer Versuchsperiode 9'08

In: Akademie III (SFB, N3–FS)

II,8	Mäzene. Filmbericht von Herbert Hausen [Sendetitel]
19. 4. 1966	
	[darin: Gedichtlesung]
SFB	SCHATTEN ROSEN SCHATTEN (›Unter
Berlin	einem fremden Himmel . . .‹) 0'30
42'46 sw	

II,9	Ingeborg Bachmann liest neue Gedichte [Sendetitel]
23. 3. 1967	
	01 ALLE TAGE (›Der Krieg wird nicht
SFB III	mehr erklärt . . .‹) 1'16
Berlin	02 IHR WORTE[79] 1'46
	03 BÖHMEN LIEGT AM MEER (›Sind hier-
7'20 sw	orts Häuser grün . . .‹)[80] 3'04
	04 EXIL (›Ein Toter bin ich . . .‹) 1'14

In: Ein Kalenderblatt (SFB, N3–FS)

II,10	[Vorstellung österreichischer Staatspreisträger 1968]
27. 11. 1968	
ORF Wien Aufnahmeort: Wien	Herbert Kraus stellt I. B., Trägerin des Großen Österreichischen Staatspreises für Literatur, in einer Kurzbiographie vor
	[Gedichtlesung]
4'41 sw	01 BÖHMEN LIEGT AM MEER (›Sind hierorts Häuser grün . . .‹) 2'20
	02 DIE GESTUNDETE ZEIT (›Es kommen härtere Tage . . .‹) 1'06
	03 SCHATTEN ROSEN SCHATTEN (›Unter einem fremden Himmel . . .‹) 0'24

In: Kultur aktuell (ORF)

II,11	Zu Gast bei Ingeborg Bachmann [Sendetitel]
29. 5. 1969	
	[Prosalesung N. N.]
ORF Wien	aus: JUGEND IN EINER ÖSTERREICHISCHEN STADT 2'40
Aufnahmeort:	[Gedichtlesung N. N.]
Rom	ANRUFUNG DES GROSSEN BÄREN 1'15
28'30 sw	[Interview]
	01 I. B. im Gespräch mit N. N. – über Entstehung und Zeitbezogenheit des Titelgedichtes ihres ersten Lyrikbandes DIE GESTUNDETE ZEIT 1'10
	[Gedichtlesung N. N.]

Die gestundete Zeit 1’00

[Prosalesung N. N.]
aus: Was ich in Rom sah und hörte. Essay 6’35

02 I. B. im Gespräch mit N. N. (Forts.)
– Beziehungen zu Rom als zu einer ihr ›selbstverständlichen‹ Stadt
– über ihr Leben in Rom mit Arbeitsbezugspunkt Wien
– über ihr Hörspiel Die Zikaden und das Hörspiel als eigenständige Kunstform 3’10

[Szenenausschnitt N. N.]
aus: Der gute Gott von Manhattan. Hörspiel 3’25

03 I. B. im Gespräch mit N. N. (Forts.)
– über das Fernsehspiel und seine Entwicklungsmöglichkeiten
– zu ihrem noch nicht abgeschlossenen und unveröffentlichten Romanzyklus Todesarten (›ein einziges langes Buch, mehrere Bände‹) 2’26

[Gedichtlesung N. N.]
Alle Tage 0’48

04 I. B. im Gespräch mit N. N. (Forts.)
– über Aufgaben und Selbstverständnis des Schriftstellers 3’00

Moderation: N. N.

II,12	Literarische Profile europäischer Städte, 3. Rom [Sendetitel]
26. 2. 1970	Eine Dokumentation des Literarischen Colloquiums Berlin. Buch und Gestaltung:
SFB III Berlin	Walter Höllerer und Gerald Bisinger
	[darin: Interview]
92'47 sw	I. B. im Gespräch mit Gerald Bisinger
Film/MAZ	– zur Sprachumgebung (als deutschsprachige Schriftstellerin in Italien)
	– zur Wahlheimat Rom
	– möchte nicht in Deutschland leben 1'40

In: Berliner Werkstatt (N3–FS)

II,13	Mit meiner verbrannten Hand [Sendetitel]
22. 3. 1971	[Prosalesung]
	01 aus: ZUGEGEBEN[81]
HR Frankfurt	von ›Zugegeben, daß ich nicht mehr weiß . . .‹ bis ›. . . in Wien.‹
Aufnahmeort: Rom	von ›Zugegeben, daß die Leute hier . . .‹ bis ›. . . allzu ernst zu nehmen.‹
14'20	von ›Zugegeben, ich habe hier gelernt . . .‹ bis ›. . . Alleinsein ist eine gute Sache.‹ 1'00
	[Interview]
	02 I. B. im Gespräch mit Dieter Zilligen
	– zur Lyrik, ihrer zeitlosen Aktualität und zu ihrem eigenen lyrischen Schaffen (» . . . ich werde nie mehr Gedichte schreiben.«)

– Zitat aus MALINA (›Ich denke an Ivan . . .‹)
– zum Aussagewert der Träume als Spiegelung (seelischen) Krankseins und Symptom alles Schrecklichen in der Gegenwart
– zum autobiographischen Anteil (›Mit meiner verbrannten Hand schreibe ich über die Natur des Feuers‹) und zur Konzeption des Romans 8'15

Moderator: Dieter Zilligen

In: Titel, Thesen, Temperamente (HR)

II,14 [Interview]
I. B. im Gespräch mit Günther Bau-
2. 4. 1971 mann
– über Funktion und Bedeutung von
BR I. B.'s Romanfigur Malina in der Bezie-
München hung zum Ich der Gegenfigur

2'20

In: Abendschau (BR)

II,15

5. 6. 1972

NDR
Hamburg

43’09

Beruf Schriftsteller. Versuch eines Gruppenporträts [Sendetitel] von Dieter E. Zimmer und Volker Zielke

Befragung verschiedener Autoren (Walter Jens, Max Frisch, Heinrich Böll, Dieter Lattmann u. a.)

[darin: Einzelstatements von I. B.]
– zur finanziellen Situation des Schriftstellers 0’50
– zur Kulturindustrie, vor allem in der Bundesrepublik, und persönliche Konsequenzen 1’17
– zur Existenz des Schriftstellers im Rahmen der Gesellschaft 0’46

II,16

7. 10. 1972

NDR III
Festakt
Aufnahmeort: Wien, Palais Pálffy

ca. 10’00

Gespräch mit Ingeborg Bachmann [Sendetitel]

Josef Mayer-Gunthof: Laudatio anläßlich der Verleihung des Anton-Wildgans-Preises am 2. 5. 1972 an Ingeborg Bachmann (Ausschnitt) 0’45

[Interview]
01 I. B. im Gespräch mit Volker Zielke
– über die alltägliche Natur der Konfliktsituationen in ihrem Erzählband SIMULTAN in Relation zu den ›großen Taten und Untaten‹ in der Welt
– zum Begriff ›Wirklichkeit‹, seinen vielschichtigen Bedeutungen und Aspekten

– zu Konformismus und Resignation 6'15
[Prosalesung]
aus: SIMULTAN. Neue Erzählungen [1–5]
02 SIMULTAN [1]
von: ›Sie ging noch einmal . . .‹ bis ›. . . ich darf ja leben.‹ (S. 40) 1'00

Moderator: Volker Zielke

In: Die Neue Bibliothek, 75 (N3–FS)

II,17	Ingeborg Bachmann in ihrem erstgeborenen Land [Sendetitel]
20. 10. 1973	Buch und Gestaltung: Gerda Haller
ORF	[Prosalesung]
Wien	01 aus: ZUGEGEBEN[82]
Aufnahmeort:	von ›Zugegeben, daß ich nicht mehr
Rom	weiß . . .‹ bis ›. . . in Wien.‹ (S. 76, 77) 0'10
22'30	von ›Zugegeben, daß hier das Leben . . .‹ bis ›. . . Alleinsein ist eine gute Sache.‹ (S. 77) 1'58

[Statement]
02 – erste Begegnung mit Italien und Rom, Wandlung ihres Italienbildes und zu ihrem Leben in Rom 2'40
[Gedichtlesung]
03 DAS ERSTGEBORENE LAND (›In mein erstgeborenes Land . . .‹) 1'10
[Prosalesung]
04 aus: WAS ICH IN ROM SAH UND HÖRTE. Essay[83]

von ›In Rom sah ich, daß die Peterskirche ...‹ bis ›... und die Spuren der Barbarei überall‹ (S. 245, 246) 1'00
von ›... Schwer zu sehen ist, was unter der Erde liegt ...‹ bis ›Die Wege senken sich in die Katakomben‹ (S. 249) 0'25
von ›In Rom freilich habe ich gehört ...‹ bis ›... aber daß uns die Augen zum Sehen gegeben sind.‹ (S. 250, 251) 0'35

[Statement]

05 – über Erfahrungen im Zusammenleben mit den Italienern (›Ich habe hier leben gelernt‹) 0'20

[Gedichtlesung]

06 AN DIE SONNE (›Schöner als der beachtliche Mond ...‹)[84] 2'30

[Statement]

07 – über künstlerische Anfänge (Kompositionsversuche und Schreiben)
– Begegnung mit dem Komponisten Hans Werner Henze und gemeinsame Arbeit
– über ihre Beziehung zu Schriftstellern und Künstlern, italienischen Menschen, unter denen sie lebt, und der ›römischen Gesellschaft‹
– über die soziale Entwicklung in Italien und aktuelle Probleme in ihrem Gastland
– über die Ehe und über Faschismus im Bereich zwischenmenschlicher Beziehungen
– Zitat aus MALINA (›Ein Tag wird kommen ...‹)

– Absage an Materialismus, Konsumgesellschaft und Kapitalismus
– Bekenntnis zu einem humanen Utopia 8'24

[Gedichtlesung]
08 BÖHMEN LIEGT AM MEER (›Sind hierorts Häuser grün . . .‹)[85] 2'21

In: Kultur speziell (ORF)
Letzte FS-Aufzeichnung mit I. B., aufgenommen im Juni 1973.

II,18	Die Wahrheit ist dem Menschen zumutbar – Leben und Werk der Ingeborg Bach-
17. 10. 1974	mann [Sendetitel]
	Buch und Regie: Gerda Haller
ORF	
Wien	[Gedichtlesung I. B.]
	01 ALLE TAGE 1'07
16. 9. 1974	[Prosalesung I. B.]
	02 aus: DIE WAHRHEIT IST DEM MEN-
ZDF	SCHEN ZUMUTBAR. Rede zum Hörspiel-
Mainz	preis der Kriegsblinden 1959 [Ausschnitt]
Aufnahme-	von ›Der Schriftsteller, und das ist . . .‹
orte:	bis ›. . . zu vorläufig.‹ 1'10
Österreich,	
Italien,	Biographischer Rückblick [N. N.] 3'00
Deutschland	
	[Gedichtlesung I. B.]
44'20	03 ›Es kommen härtere Tage . . .‹ (DIE GE-
	STUNDETE ZEIT) 1'02

Karl Krolow, Statement zu I. B. 2'15

[Gedichtlesung I. B.]
04 ›Sind hierorts Häuser grün . . .‹ (BÖHMEN LIEGT AM MEER) 2'24
[Prosalesung I. B.]
05 aus: DIE WAHRHEIT IST DEM MENSCHEN ZUMUTBAR
von ›Der Schriftsteller, und das ist eben . . .‹ bis ›. . . die Hoffnungen.‹ (S. 295) 0'55
06 aus: WAS ICH IN ROM SAH UND HÖRTE. Essay
von ›In Rom sah ich, daß die Peterskirche‹ bis ›. . . und die Spuren der Barbarei überall.‹ (S. 245, 246) 1'00
von ›Schwer zu sehen ist . . .‹ bis ›. . . senken sich in die Katakomben.‹ (S. 249) 0'25

Hans Werner Henze, Statement zu I. B. 2'40

[Prosalesung I. B.]
07 aus: DIE WAHRHEIT IST DEM MENSCHEN ZUMUTBAR
von ›Bei allem was wir tun . . .‹ bis › . . . sich noch einmal entfernt.‹ (S. 295, 296) 1'15

[Szenenausschnitt N. N.]
aus: DER GUTE GOTT VON MANHATTAN. Hörspiel 2'33

[Prosalesung I. B.]

08 aus: DIE WAHRHEIT IST DEM MENSCHEN ZUMUTBAR
von ›Wie der Schriftsteller ...‹ bis ›Die Wahrheit nämlich ist dem Menschen zumutbar.‹ (S. 296) 0'27

Uwe Johnson, Statement zu I. B. 2'15

[Prosalesung I. B.]
aus: DAS DREISSIGSTE JAHR. Erzählungen [1–7]
09 UNDINE GEHT [7]
von ›Ihr Menschen, ihr Ungeheuer ...‹ bis ›... und weit ist es zu mir.‹ (S. 231-233) 4'14

Hans Mayer, Statement zu I. B. 2'40
Siegfried Unseld, Statement zu I. B. 1'30
Uwe Johnson, Statement zu I. B. 1'40

FS-Sendung postum, zusammengestellt aus früheren HF- und FS-Aufzeichnungen mit Ingeborg Bachmann.

Anmerkungen

1 TV mit GZ
Gelesen: . . . *behalt im Auge*
anstatt: . . . *behalt im Aug*
S. 7, Zeile 2
gelesen: . . . *durchblutet Poseidons Reich und* . . .
zusätzlicher Text, in GZ nicht enthalten
S. 7, zwischen Zeile 5, 6
gelesen: . . . *dich anzusehen*
anstatt: . . . *um dich anzusehen*
S. 7, Zeile 7
gelesen: *Vom Lande*
anstatt: *Vom Land*
S. 8, Zeile 4
gelesen: . . . *begleiten die Ungeheuer des Meers Nereus Töchter über die Wellen*
anstatt: . . . *gleiten die Ungeheuer des Meers auf die Rükken der Wellen*
S. 8, Zeile 7, 8
gelesen: . . . *zwischen Proteus und Glaukos, die Najaden treffen mit kaltem Strahl deine Brust*
anstatt: . . . *auf den Rest deiner Stunden*
S. 8, Zeile 11

2 Kein TV
Nicht mit letzter Sicherheit festzustellen, ob
gelesen: . . . *jedes Licht hat mir ein Aug*
oder: . . . *jedes Licht hat mein Aug*
Zeile 14

3 TV mit GZ
Gelesen: . . . *Alles bleibt ungesagt.* = zusätzliche Schlußzeile in GZ

4 TV mit GZ
Gelesen: *Entzweit ist das Licht und entzweit ist der Stein*
anstatt: *Kalt ist das Licht, noch kälter der Stein*
S. 12, Zeile 9, 10
gelesen: . . . *von Heimweh benommen bis ans gerötete Haar, die Glocken läuten*
anstatt: . . . *vom Heimweh benommen bis ans fliehende Haar, hier bleiben*
S. 12, Zeile 13, 14, 15

5 TV mit GZ
Gelesen: . . . *in die der Himmel taucht*
anstatt: . . . *die den Himmel verwalten*
S. 11, Zeile 4
gelesen: *Du neigtest dich über ihn, schriest auf und batest mich, dir mit dem Bogen das Haupt abzutrennen* = zusätzlicher Text, in GZ nicht enthalten
S. 11 zwischen Zeile 11, 12
gelesen: . . . *im Schattenhaar*
anstatt: . . . *ins Schattenhaar*
S. 11, Zeile 16

6 TV mit GZ
Gelesen: . . . *behalt im Auge*
anstatt: . . . *behalt im Aug*
S. 7, Zeile 2

gelesen: ... *durchblutet Poseidons Reich und* ... = zusätzlicher Text, in GZ nicht enthalten
S. 7, zwischen Zeile 5, 6
gelesen: ... *dich anzusehen*
anstatt: ... *um dich anzusehen*
S. 7, Zeile 7
gelesen: *Vom Lande*
anstatt: *Vom Land*
S. 8, Zeile 4
gelesen: ... *begleiten die Ungeheuer des Meers Nereus Töchter über die Wellen*
anstatt: ... *gleiten die Ungeheuer des Meers auf die Rükken der Wellen*
S. 8, Zeile 7, 8
gelesen: ... *zwischen Proteus und Glaukos, die Najaden treffen mit kaltem Stahl deine Brust*
anstatt: ... *auf den Rest deiner Stunden*
S. 8, Zeile 11

7 TV mit GZ
Gelesen: *Alles bleibt ungesagt* = zusätzliche Schlußzeile, in GZ nicht enthalten
S. 9

8 TV mit GZ
Gelesen: *Entzweit ist das Licht und entzweit ist der Stein*
anstatt: *Kalt ist das Licht, noch kälter der Stein*
S. 12, Zeile 9, 10
gelesen: ... *von Heimweh benommen bis ans gerötete Haar, die Glocken läuten*
anstatt: ... *vom Heimweh benommen bis ans fliehende Haar, hier bleiben*
S. 12, Zeile 13–15

9 TV mit GZ
Gelesen: ... *in die der Himmel taucht*
anstatt: ... *die den Himmel verwalten*
S. 11, Zeile 4
nicht gelesen: ... *daß auch du, plötzlich*
S. 11, Zeile 6
gelesen: ... *vom Tau*
anstatt: ... *von Tau*
S. 11, Zeile 8
gelesen: *Du neigtest dich über ihn, schriest auf und batest mich, dir mit dem Bogen das Haupt abzutrennen* = zusätzlicher Text, in GZ nicht enthalten
S. 11, zwischen Zeile 10, 11
gelesen: ... *im Schattenhaar*
anstatt: ... *ins Schattenhaar*
S. 11, Zeile 16

10 TV mit Typoskr. a. d. Nachl. Nr. 90; vollst. Text s. Anhang Nr. II
Gelesen: ... *die mich in Sandkorn*
anstatt: ... *der mich in Sandkorn*
Zeile 16

11 TV mit GZ
Gelesen: ... *schon um die klaffende Wunde*
anstatt: ... *schon die klaffende Wunde*
S. 10, Zeile 8
gelesen: ... *sich noch einmal dir beugt*
anstatt: ... *sich dir einmal noch beugt*
S. 10, Zeile 10

gelesen: ... *sei hart, wenn der Hymettos die Waben*
anstatt: ... *nimm es für nichts, wenn der Hymettos die Waben*
S. 10, Zeile 11
gelesen: ... *und wenig ein Sommer*
anstatt: ... *wenig ein Sommer*
S. 10, Zeile 14

12 TV mit Sb
Gelesen: ... *erreichte ich den letzten Garten*
anstatt: ... *erreichten wir der Gärten Garten*
S. 57, Zeile 1
gelesen: ... *daß du den Abschied mit den andern teilst,*
wie soll ihr Blatt zu deiner Wange finden,
wenn du im Norden bei den Buchen weilst.
Bedenk, der Regen hielt auch dich gefangen,
als ich den nassen Fächer zu dir trug.
Du schlugst ihn auf. Da war die Zeit gegangen,
tief in den Süden mit dem Vogelzug.
anstatt: ... *daß du den Wall aus warmen Lauben schleifst,*
wie soll ihr Blatt sich in den Nebel finden,
wenn du die Wetterkleider überstreifst?
Bedenk, der Regen machte dich befangen,
als ich den offnen Fächer zu dir trug.
Du schlugst ihn zu. Dir ist die Zeit entgangen,
seit ich mich aufhob mit dem Vogelzug.
S. 57, Zeile 6–12

13 TV mit GZ
Gelesen: *Die Brücke der Jahre schwingt*
auf ein dunkles Geheiß,
es besinnt sich der Stein überm Wasser.
Aus den Traversen rettet die Wolke
sich schäumend ins Blau
anstatt: *Straffer zieht der Wind das Band vor den Brücken.*
An den Traversen zerrieb
der Himmel sein dunkelstes Blau
S. 33, Zeile 1–3
gelesen: *Hörst du die Trommeln im Fluß,*
der Verlorenen,
die der Glaube nicht trug
anstatt: *Von den Verlorenen gerührt,*
die der Glaube nicht trug,
erwachen die Trommeln im Fluß
S. 33, Zeile 9–11
gelesen: ... *und mit steinernen Helmen zu wachen*
anstatt: ... *und tagsüber zu wachen*
S. 33, Zeile 21
gelesen: ... *fängt ihn der Nebel im Fall*
anstatt: ... *umfängt ihn der Nebel im Fall*
S. 33, Schlußzeile

14 TV mit GZ
Gelesen: ... *auf den Lippen der Galionsfiguren wächst riesenhaft das Lächeln*

anstatt: ... *auf die Lippen der Galionsfiguren tritt unverhüllt das Lächeln*
S. 13, Zeile 6, 7

15 TV mit GZ
Gelesen: *Leise grünt*
anstatt: *Still grünt*
S. 25, Zeile 1
gelesen: *wiedergefundene, weißliche Mond*
anstatt: *der mattglänzende Tagmond*
S. 25, Zeile 3
gelesen: *fällt dir es*
anstatt: *fällt es dir*
S. 25, Zeile 14
gelesen: *Die Augen gehen dir über*
anstatt: *Die Augen täten dir sinken*
S. 25, Zeile 22
gelesen: ... *im Regen des Zweifels*
anstatt: ... *im schütteren Regen*
S. 26, Zeile 10
gelesen: ... *über Land*
anstatt: ... *übers Land*
S. 26, vorletzte Zeile

16 TV mit GZ
Gelesen: ... *und nicht zu benennen*
anstatt: ... *und nicht zu erkennen*
S. 34, Zeile 21

17 gelesen: ... *im Schattenhaar*
anstatt: ... *ins Schattenhaar*
S. 11, Zeile 16

18 TV mit GZ
Gelesen: *Entzweit ist das Licht und entzweit ist der Stein*
anstatt: *Kalt ist das Licht, noch kälter der Stein*
S. 12, Zeile 9, 10
gelesen: ... *Von Heimweh benommen bis ans gerötete Haar, die Glocken läuten*
anstatt: ... *Vom Heimweh benommen bis ans fliehende Haar, hier bleiben*
S. 12, Zeile 13–15

19 TV mit GZ
Gelesen: ... *auf den Lippen der Galionsfiguren wächst riesenhaft*
anstatt: ... *auf die Lippen der Galionsfiguren tritt unverhüllt*
S. 13, Zeile 6, 7

20 TV mit GZ
Gelesen: ... *schlägt die Wimpern*
anstatt: ... *schlägt die Wimper*
S. 7, Zeile 6
gelesen: ... *vom Lande*
anstatt: ... *vom Land*
S. 8, Zeile 4
nicht gelesen: *auf den Rest deiner Stunden*
S. 8, Zeile 11

21 TV mit GZ
Gelesen: ... *erreichte ich den letzten Garten*
anstatt: ... *erreichten wir der Gärten Garten*
S. 57, Zeile 1
gelesen: ... *daß du den Abschied mit den andern teilst,*
wie soll ihr Blatt zu deiner Wange finden,
wenn du im Norden bei den Buchen weilst.
Bedenk, der Regen hielt auch dich gefangen,
als ich den nassen Fächer zu

dir trug.
Du schlugst ihn auf. Da war die Zeit gegangen,
tief in den Süden mit dem Vogelzug.
anstatt: ... *daß du den Wall aus warmen Lauben schleifst,*
wie soll ihr Blatt sich in den Nebel finden,
wenn du die Wetterkleider überstreifst?
Bedenk, der Regen machte dich befangen,
als ich den offnen Fächer zu dir trug.
Du schlugst ihn zu. Dir ist die Zeit entgangen,
seit ich mich aufhob mit dem Vogelzug.
S. 57, Zeile 6–12

22 TV mit GZ
Gelesen: ... *nicht zu benennen*
anstatt: ... *nicht zu erkennen*
S. 34, Zeile 21

23 Kein TV

24 TV mit AGB
Gelesen: ... *es hauchte die Sage*
anstatt: ... *es haucht die Sage*
S. 28, vorletzte Zeile
gelesen: ... *schlüg ich die Sonne nicht aus,*
anstatt: ... *schlüg ich die Sonne aus,*
S. 36, Zeile 19

25 TV mit AGB
Gelesen: ... *gesellig sind Lampen*
anstatt: ... *gesellig die Lampen*
S. 39, Schlußzeile

26 TV mit AGB
Gelesen: ... *zum roten Erdbeerstrauch*
anstatt: ... *zum fernen Erdbeerstrauch*
S. 38, Zeile 23

27 TV mit AGB
Gelesen: ... *hängen von den Masten*
anstatt: ... *hängen an den Masten*
S. 45, Zeile 1

28 TV mit AGB
Gelesen: *da war ich zum Schauen*
anstatt: *war ich zum Schauen*
S. 51, vorletzte Zeile

29 TV mit Sb
Geringfügige Textabweichungen
S. 245 ff.

30 TV mit Sb
Geringfügige Textabweichungen
S. 252 ff.

31 TV mit Sb
Gelesen: *Mit uns will sie die bunten Brüder und Schwestern*
anstatt: *Mit uns will sie die bunten Brüder und grauen Schwestern*
S. 59, Zeile 13, 14
gelesen: *den Wäldern befiehlt*
anstatt: *Wäldern befiehlt sie*
S. 60, Zeile 2
gelesen: ... *ein freies Geleit jeden Tag*
anstatt: ... *ein freies Geleit ins All jeden Tag*
S. 60, Zeile 6, 7

32 TV mit Sb
Gelesen: *In hellere Zonen tragt dann den Toten hinauf*

anstatt: *In hellere Zonen trägt dann sie den Toten hinauf*
S. 61, Zeile 4

33 TV mit Abdruck in Botteghe Oscure
Gelesen: *Die Welt blickt dich vom andren Ende an*
anstatt: *Die Welt sieht dich vom andren Ende an*
Zeile 4
gelesen: *Um deine Füße knüpfen sich Lianen,*
anstatt: *Um deine Hüften knüpfen sich Lianen,*
Zeile 19
gelesen: *Nimm die Korallen*
anstatt: *Trag die Korallen*
Zeile 6

34 TV mit DJ
Geringfügige Auslassungen und Textabweichungen

35 TV mit AGB
Gelesen: *Nichts Schönres als unter der Sonne*
anstatt: *Nichts Schönres unter der Sonne als unter der Sonne*
S. 68, Zeile 15

36 Die Vorträge wurden von der SRG/DRS als Gefälligkeitsaufnahmen für den BR aufgezeichnet

37 Kleinere Auslassungen und Textabweichungen; Aufnahme identisch mit I,24

38 Kein TV

39 s. II,2

40 TV mit Sb
Gelesen: ... *und läßt dich sinken*
anstatt: ... *und sinkt*
S. 61, Zeile 9

41 TV mit Sb
Gelesen: *ins höchste Ohr nichts,*
anstatt: *ins höchste Ohr nicht*
S. 63, Zeile 19

42 Aufnahme identisch mit I,20

43 TV mit DJ
Kleinere Auslassungen und Textabweichungen

44 Textabdruck in Jb der D. Akad. f. Spr. u. Dicht. Heidelberg/Darmstadt 1964

45 Die HF-Aufnahme wurde vom FS mit aufgezeichnet und am 25. 1. 1965 in N3–FS gesendet

46 TV mit EOfZ, Berlin 1965
Geringfügige Auslassungen

47 TV mit Kursbuch 15
Gelesen: ... *Hafenbraut*
anstatt: ... *Hafenhuren*
S. 95, Zeile 13
gelesen: ... *seiner Wahl*
anstatt: ... *meiner Wahl*
S.95, letzte Zeile

48 TV mit EOfZ, Berlin 1965
Geringfügige Abweichungen innerhalb der Ausschnitte

49 TV mit Kursbuch 15
Gelesen: ... *Hafenbraut*
anstatt: ... *Hafenhuren*
Seite 95, Zeile 13
gelesen: ... *zum Meer, das strittig*
anstatt: ... *ans Meer, das strittig*
Seite 95, Zeile 20
gelesen: ... *seiner Wahl*
anstatt: ... *meiner Wahl*
Seite 95, letzte Zeile

50 s. a. I,33, dort erweiterter Text

51 s. a. I,35, dort erweiterter Text

52 Diese Fassung bisher ungedruckt; andere Fassung unter

dem Titel ENIGMA s. I,37 unter 01 und Werke Bd. I

53 TV mit Kursbuch 15
Gelesen: ... *dieser Nacht*
anstatt: ... *jener Nacht*
Zeile 1
gelesen: ... *und Sehen habe ich wieder gelernt die Krücken sind seitlings gefallen*
anstatt: ... *schrittweis ist es wiedergekommen, Sehen, angeblickt, habe ich wieder erlernt*
S. 93, Zeile 8, 9
gelesen: ... *den heiligen Hradschin*
anstatt: ... *den Hradschin*
S. 94, Zeile 16
gelesen: ...*rissigen, roten Pranken die Scherben einer riesigen Eisdecke*
anstatt: ... *riesigen* [sic!] *Pranken die Scherben einer Eisdecke*
S. 94, Zeile 19, 20

54 TV mit Kursbuch
Gelesen: ... *zum Meer*
anstatt: ... *ans Meer*
Seite 95, Zeile 20

55 s. a. I,32, dort kürzere Fassung

56 s. a. I,32, dort kürzere Fassung

57 vgl. abweichende Fassung in I,32 unter 05

58 TV mit Kursbuch 15
Gelesen: *Bin ich's, so ist es einer, der ist soviel wie ich.*
anstatt: *Bin ich's nicht, ist es einer, der ist so gut wie ich*
S. 94, Zeile 4

59 TV mit Sb
Gelesen: *Und nur nicht dies: das Wort*
anstatt: *Und nur nicht dies: das Bild*
S. 63, Zeile 28

60 TV mit SIMULTAN (SIMULTAN)
Textabweichungen

61 TV mit SIMULTAN (IHR GLÜCKLICHEN AUGEN)
Textabweichungen

62 TV mit MALINA
Geringfügige Textabweichungen

63 Es ist anzunehmen, daß die Lesung im Jahr 1955 stattgefunden hat; fraglich blieb bislang, ob der Mitschnitt von einer Veranstaltung in den USA stammt (I. B. hielt sich vom 4. 7.–24. 8. 1955 in den Vereinigten Staaten auf). Im Widerspruch zu der Datierung 1955 steht die Tatsache, daß DIE ANRUFUNG DES GROSSEN BÄREN 1956 erschienen ist, I. B. jedoch in der Ansage 1955 als Erscheinungsjahr nennt.

64 TV mit Sb
Gelesen: ... *nachtwanderischer Schlaf*
anstatt: ... *nachtwandlerischer Schlaf*
S. 17, Zeile 13

65 TV mit AGB
Gelesen: ... *wo du die Wetterkleider*
anstatt: ... *wenn du die Wetterkleider*
S. 57, Zeile 9

66 TV mit Sb
Gelesen: ... *und ein feierlich mutiges Herz*
anstatt: ... *und ein ruhiges mutiges Herz*

S. 48, Zeile 11
gelesen: ... *daß du gelitten hast, o daß du gelitten hast*
anstatt: ... *der du gelitten hast, o der du gelitten hast*
S. 48, vorletzte und letzte Zeile

67 TV mit AGB
Gelesen: ... *Weihen nimmt von Licht und Bränden*
anstatt: ... *Weihen nimmt von stummen Bränden*
S. 67, letzte Zeile

68 TV mit Sb
Gelesen: ... *lag ich im gellenden Licht*
anstatt: ... *lag ich im Licht*
S. 45, Zeile 7

69 TV mit AGB
Gelesen: ... *schürft es, von uns beschwert und umschlungen, finster den Boden*
anstatt: ... *gleitet es auch, von uns beschwert und umschlungen, ins finstere Wasser*
S. 60, Zeile 3, 4, 5

70 TV mit AGB
Gelesen: ... *steigt in ein Trugbild*
anstatt: ... *steigt in dein Trugbild*
S. 61, Zeile 10

71 TV mit Sb
Die erste Strophe ist identisch mit der ersten Strophe des Gedichtes LANDNAHME
S. 36
anstatt der dort folgenden drei Strophen spricht I. B. an dieser Stelle jedoch nur:
Ich habe den Halm meines Bruders
so einsam wehen gesehn

72 TV mit AGB
Gelesen: *Dir kommt der Mond*
anstatt: *Es kommt der Mond*
S. 48, Zeile 18
gelesen: ... *und Welt im Rükken*
anstatt: ... *beschwert von Ketten*
S. 48, Zeile 22
gelesen: *dem unsichtbaren Ausgang zugewandt.*
anstatt: *dem unbekannten Ausgang zugewandt.*
S. 48, letzte Zeile

73 Kassettenmitschnitt; schlechte Tonqualität

74 TV mit SIMULTAN (DAS GEBELL)
Geringfügige Textabweichungen (bei Kassettenwechsel kurze Unterbrechung S. 121)

75 TV mit Sb
Gelesen: ... *bleibt den Kämpfen*
anstatt: ... *bleibt den Kämpfern*
S. 20, Zeile 5

76 TV mit Sb
Gelesen: ... *wegen des Monds und der Sterne*
anstatt: ... *wegen dem Mond und den Sternen*
S. 52, Zeile 16
AN DIE SONNE spricht I. B. hier zweimal:
1. bis: ... *angetan hast*
2. vollst.

77 TV mit Kursbuch 15
Gelesen: *Bin ich's, so ist's ein jeder, der ist soviel wie ich*
anstatt: *Bin ich's nicht, ist es einer, der ist so gut wie ich*

S. 94, Zeile 4
gelesen: *Und glaube ich ans Meer*
anstatt: *Und glaub ich noch ans Meer*
S. 94, Zeile 7
gelesen: *Bin ich's, so ist's ein jeder, der ist so gut wie ich*
anstatt: *Bin ich's, so ist's ein jeder, der ist soviel wie ich*
S. 94, Zeile 8
nicht gelesen: ... *Illyrer, Veroneser und Venezianer alle*
S. 95, Zeile 14, 15

78 TV mit AGB
Gelesen: ... *in mir ihren Narren*
anstatt: ... *in mir einen Narren*
S. 69, Zeile 8

79 TV mit Sb
Gelesen: *endgültig schon gesagt sein*
anstatt: *endgültig, sich aufdrängen*
S. 63, Zeile 6, 7
gelesen: *auf, und mir nach*
anstatt: *laß, und mir nach*
S. 63, Zeile 22

80 TV mit Kursbuch 15
Gelesen: *Bin ich's, so ist es einer*
anstatt: *Bin ich's, so ist's ein jeder*
S. 94, Zeile 8
gelesen: *Hafenbraut*
anstatt: *Hafenhuren*
S. 95, Zeile 13
gelesen: *zum Meer*
anstatt: *ans Meer*
S. 95, Zeile 20

81 TV mit Fazit Rom
Geringfügige Abweichungen

82 TV mit Fazit Rom
Geringfügige Abweichungen

83 TV mit Sb
Geringfügige Abweichungen

84 TV mit AGB
Gelesen: ... *wegen des Monds*
anstatt: ... *wegen dem Mond*
S. 69, Zeile 7

85 TV mit Kursbuch 15
Gelesen: *Bin ich's, so ist's ein jeder, der ist soviel wie ich*
anstatt: *Bin ich's nicht, ist es einer, der ist so gut wie ich*
S. 94, Zeile 4
gelesen: *Bin ich's, so ist's ein jeder, der ist so gut wie ich*
anstatt: *Bin ich's, so ist's ein jeder, der ist soviel wie ich*
S. 94, Zeile 8
gelesen: ... *Veroneser, Venezianer*
anstatt: ... *Veroneser und Venezianer*
S. 95, Zeile 14, 15

Register der Werklesungen
Teil 1 Gedichte

Register der Werklesungen
Teil 2 Prosa

Personen- und Sachregister, Sendetitel

Gespräche, Interviews (Statements) Ingeborg Bachmann mit:

Anhang

I DEM ABEND GESAGT (›Meine Zweifel, bitter und ungestillt ...‹) = Typoskript 406 a

DEM ABEND GESAGT

Meine Zweifel, bitter und ungestillt,
versickern in den Abendtiefen.
Müdigkeit singt an meinem Ohr.
Ich lausche ...
Das war doch gestern schon!
Das kommt und geht doch wieder!

Die Schlafwege kenn ich bis ins süßeste Gefild.
Ich will dort nimmer gehen.
Noch weiß ich nicht, wo mir der dunkle See
die Qual vollendet.
Ein Spiegel soll dort liegen,
klar und dicht,
und will uns,
funkelnd vor Schmerz,
die Gründe zeigen.

II WIE SOLL ICH MICH NENNEN? (›Einmal war ich ein Baum . . .‹) = Typoskript 90

WIE SOLL ICH MICH NENNEN?

Einmal war ich ein Baum und gebunden,
dann entschlüpft ich als Vogel und war frei,
in einen Graben gefesselt gefunden,
entließ mich berstend ein schmutziges Ei.

Wie halt ich mich? Ich habe vergessen,
woher ich komme und wohin ich geh,
ich bin von vielen Leibern besessen,
ein harter Dorn und ein flüchtendes Reh.

Freund bin ich heute den Ahornzweigen,
morgen vergehe ich mich an dem Stamm . . .
Wann begann die Schuld ihren Reigen,
mit dem ich von Samen zu Samen schwamm?

Aber in mir singt noch ein Beginnen
– oder ein Enden – und wehrt meiner Flucht,
ich will dem Pfeil dieser Schuld entrinnen,
der mich in Sandkorn und Wildente sucht.

Vielleicht kann ich mich einmal erkennen,
eine Taube einen rollenden Stein . . .
Ein Wort nur fehlt! Wie soll ich mich nennen,
ohne in anderer Sprache zu sein.

III ›Jetzt schon zum dritten Mal der Donnerschlag ...‹
[VISION] = Typoskript 415

[VISION]

Jetzt schon zum dritten Mal der Donnerschlag!
Und aus dem Meer taucht langsam Schiff auf Schiff.
Versunkne Schiffe mit verkohltem Mast,
versunkne Schiffe mit zerschossner Brust,
mit halbzerfetztem Leib.

Und schwimmen stumm,
unhörbar durch die Nacht.
Und keine Welle schließt sich hinter ihnen.

Sie haben keinen Weg, sie werden keinen finden,
kein Wind wird wagen, fest in sie zu greifen,
kein Hafen wird sich öffnen.
Der Leuchtturm kann sich schlafend stellen!

Wenn diese Schiffe bis ans Ufer kommen ...
Nein, nicht ans Ufer!
Wir werden sterben wie die Fischzüge,
die rund um sie auf breiten Wogen wiegen
zu abertausend Leichen!

IV Menschenlos (›Verwunschnes Wolkenschloß . . .‹)
= Typoskript 408

Menschenlos

Verwunschnes Wolkenschloß, in dem wir treiben . . .
Wer weiß, ob wir nicht schon durch viele Himmel
so ziehen mit verglasten Augen?
Wir, in die Zeit verbannt
und aus dem Raum gestoßen,
wir, Flieger durch die Nacht und Bodenlose.

Wer weiß, ob wir nicht schon um Gott geflogen,
und, weil wir pfeilschnell schäumten, ohne ihn zu sehen
und unsre Samen weiterschleuderten,
um in noch dunkleren Geschlechtern fortzuleben,
jetzt schuldhaft treiben?

Wer weiß, ob wir nicht lange, lang schon sterben?
Der Wolkenball mit uns strebt immer höher.
Die dünne Luft lähmt heute schon die Hände,
und wenn die Stimme bricht und unser Atem steht . . .?
Bleibt die Verwunschenheit für letzte Augenblicke?

[Die Häfen waren geöffnet]

Die Häfen waren geöffnet. Wir schifften uns ein,
die Segel voraus, den Traum über Bord,
Stahl an den Knien und Lachen um unsere Haare,
denn unsere Ruder trafen ins Meer, schneller als Gott.

Unsere Ruder schlugen die Schaufeln Gottes und teilten
die Flut:
vorne war Tag, und hinten blieben die Nächte,
oben war unser Stern, und unten versanken die andern,
draußen verstummte der Sturm, und drinnen wuchs
unsre Faust.

Erst als ein Regen entbrannte, lauschten wir wieder;
Speere stürzten herab und Engel traten hervor,
hefteten schwärzere Augen in unsere schwarzen.
Vernichtet standen wir da. Unser Wappen flog auf:

Ein Kreuz im Blut und ein größeres Schiff überm
Herzen.

BIOGRAPHISCHES

Ich habe meine Jugend in Kärnten verbracht, im Süden, an der Grenze, in einem Tal, das zwei Namen hat – einen deutschen und einen slowenischen. Und das Haus, in dem seit Generationen meine Vorfahren wohnten – Österreicher und Windische –, trägt noch heute einen fremdklingenden Namen. So ist nahe der Grenze noch einmal die Grenze: die Grenze der Sprache – und ich war hüben und drüben zu Hause, mit den Geschichten von guten und bösen Geistern zweier und dreier Länder; denn über den Bergen, eine Wegstunde weit, liegt schon Italien, das ich nie gesehen habe.
Ich glaube, daß die Enge dieses Tals und das Bewußtsein der Grenze mir das Fernweh eingetragen hat. Als der Krieg zu Ende war, ging ich fort, ohne Geld und Gepäck und kam voll Ungeduld und Erwartung nach Wien, das unerreichbar in meiner Vorstellung gewesen war. Es wurde wieder eine Heimat an der Grenze, zwischen Ost und West, zwischen einer großen Vergangenheit und einer dunklen Zukunft. Und wenn ich später auch nach Paris, London und Deutschland gekommen bin, so besagt das wenig, denn in meiner Erinnerung wird der Weg aus dem Tal nach Wien immer der längste bleiben.
Manchmal werde ich gefragt, wie ich als Kind, in einem Dorf groß geworden, zur Literatur gefunden hätte. – Genau weiß ich es nicht zu sagen: ich weiß nur, daß ich in einem Alter, in dem man Grimms Märchen liest, zu schreiben anfing, daß ich ungern arbeitete und gern am Bahndamm lag, meine Gedanken auf Reisen schickte, in fremde Städte und Länder und an das unbekannte Meer, das irgendwo mit dem Himmel den Erdkreis schließt. Immer

waren es Meere, Sand und Schiffe, von denen ich träumte, aber dann kam der Krieg und schob vor die traumverhangene, phantastische Welt die wirkliche, in der man nicht zu träumen, sondern sich zu entscheiden hat.
Später ist vieles so gekommen, wie ich mir's wünschte: Universitätsstudium, Reisen, Mitarbeit an Zeitschriften und Zeitungen, und jetzt die ständige Arbeit im Rundfunk. Das sind alltägliche Stationen eines Lebens, die austauschbar und verwechselbar sind. Es bleibt noch die Frage nach den Einflüssen und Vorbildern, nach dem literarischen Klima, dem man sich zugehörig fühlt. – Ich habe einige Jahre hindurch viel gelesen, am liebsten vielleicht die Dichter, die mir am fremdesten waren, Gide, Valéry, Eluard, Eliot und Yeats von den neueren, und es mag sein, daß ich von ihnen manches gelernt habe. Im Grunde aber beherrscht mich immer noch die mythenreiche Vorstellungswelt meiner Heimat, die ein Stück echtes, kaum realisiertes Österreich ist, eine Welt, in der viele Sprachen gesprochen werden und viele Grenzen verlaufen.
Gedichte zu schreiben, scheint mir das Schwerste zu sein, weil hier die Probleme des Formalen, des Themas und des Vokabulars in einem gelöst werden müssen, weil sie dem Rhythmus der Zeit gehorchen und dennoch die Fülle der alten und neuen Dinge auf unser Herz hin ordnen sollen, in dem Vergangenheit, Gegenwart und Zukunft beschlossen sind.

[NOCH FÜRCHT ICH]

Noch fürcht ich, dich mit dem Garn meines Atems zu binden,
dich zu gewanden mit den blauen Fahnen des Traums,
an den Nebeltoren meines finsteren Schlosses
Fackeln zu brennen, daß du mich fändest . . .

Noch fürcht ich, dich aus schimmernden Tagen zu lösen,
aus dem goldnen Gefälle des Sonnenflusses der Zeit,
wenn über dem schrecklichen Antlitz des Monds
silbrig mein Herz schäumt.

Blick auf und sieh mich nicht an!
Es sinken die Fahnen, verflammt sind die Fackeln,
und der Mond beschreibt seine Bahn.
Es ist Zeit, daß du kommst und mich hältst, heiliger Wahn!

VIII AUF DER REISE NACH PRAG (›Nichts mehr wird kommen . . .‹) = Keine vollständige Fassung im Typoskript vorhanden, nur Entwürfe im Nachlaß

AUF DER REISE NACH PRAG

Nichts mehr wird kommen.

Das Heulen des Winterwolfs
ist leiser geworden,
die Wölfe verlassen das Land.

Aber auch Frühling
wird nicht mehr werden.

Bäume sind nicht mehr da,
alle sind wie alles
zu Eis erstarrt.

Sommer, und was so gute Namen
wie ›sommerlich‹ hat –

es wird nichts mehr kommen.

IX EINE ART VERLUST (›Gemeinsam benutzt ...‹) = Typoskript 3309

EINE ART VERLUST

Gemeinsam benutzt: Jahreszeiten, Bücher und eine Musik.
Die Schlüssel, die Teeschalen, den Brotkorb, Leintücher
und ein Bett.
Eine Aussteuer von Worten, von Gesten, mitgebracht,
verwendet, verbraucht.
Eine Hausordnung beachtet. Gesagt. Getan. Und immer
die Hand gereicht.

In Winter, in ein Wiener Septett und in Sommer habe ich
mich verliebt.
In Landkarten, in ein Bergnest, in einen Strand und in ein Bett.
Einen Kult getrieben mit Daten, Versprechen für
unkündbar erklärt,
angehimmelt ein Etwas und fromm gewesen vor einem Nichts,

(– der gefalteten Zeitung, der kalten Asche, dem Zettel
mit einer Notiz)
furchtlos in der Religion, denn die Kirche war dieses Bett.

Aus dem Seeblick hervor ging meine unerschöpfliche
Malerei.
Von dem Balkon herab waren die Völker, meine Nachbarn,
zu grüßen.
Am Kaminfeuer, in der Sicherheit, hatte mein Haar seine
äußerste Farbe.

Das Klingeln an der Tür war der Alarm für meine Freude.

Nicht dich habe ich verloren,
sondern die Welt.

Quellen

Den Textvergleichen wurden zugrunde gelegt:

Gedichte:

Ingeborg Bachmann DIE GESTUNDETE ZEIT. Gedichte. München, Piper-Verl. (1964 [5. Aufl.] 13.–16. Tsd) (GZ)

– ANRUFUNG DES GROSSEN BÄREN. Gedichte. München, Piper-Verl. (1967 [5. Aufl.] 17.–20. Tsd) (AGB)

Botteghe Oscure. Roma Quaderno XIX, 1957 [Zeitschrift]

Kursbuch 15. Hrsg. von Hans Magnus Enzensberger. Frankfurt/M. 1968.

Gedichte/Prosa:

Ingeborg Bachmann GEDICHTE ERZÄHLUNGEN HÖRSPIEL ESSAYS. München, Piper-Verl. (1970, [4. Aufl.] 58.–62. Tsd, Bücher der Neunzehn Bd 111) (Sb)

Prosa

Ingeborg Bachmann DAS DREISSIGSTE JAHR. Erzählungen [1–7]. München, Piper-Verl. (1962 [4. Aufl.] 24.–28. Tsd) (DJ)

– MALINA. Roman. (Frankfurt/M.) Suhrkamp-Verl. 1972, [4. Aufl.] 31.–35. Tsd)

– SIMULTAN. Neue Erzählungen [1–5]. (München) Piper-Verl. (1972)

– EIN ORT FÜR ZUFÄLLE. Rede zur Verleihung des Georg-Büchner-Preises 1964. In: Deutsche Akademie für Sprache und Dichtung. Darmstadt. Jahrbuch 1964 (Redaktion Ernst Johann). Heidelberg/Darmstadt, Lambert Schneider 1965 (EOfZ)
– EIN ORT FÜR ZUFÄLLE. Mit (13) Zeichnungen von Günter Grass. Berlin, Wagenbach 1968, 10.–12. Tsd, Quarthefte 6 [veränderter und erweiterter Text der Georg-Büchner-Preis-Rede] (EOfZ)
– WAS ICH IN ROM SAH UND HÖRTE. In: Gedichte Erzählungen Hörspiel Essays. München, Piper-Verl. (1970, [4. Aufl.] 58.–62. Tsd, Bücher der Neunzehn Bd 111) (Sb)
– ZUGEGEBEN. In: (Fazit Rom) Das literarische Profil von Rom. (Hrsg.) von Gerald Bisinger und Walter Höllerer. Literarisches Colloquium Berlin (Berlin 1970).

VERZEICHNISSE

Alphabetisches Verzeichnis der Werke aller vier Bände

Ein alphabetisches Verzeichnis der einzelnen Gedichttitel befindet sich am Schluß des ersten Bandes

Inhaltsverzeichnis aller vier Bände

Erster Band

GEDICHTE

HÖRSPIELE

LIBRETTI

ÜBERSETZUNGEN

VERZEICHNISSE

Zweiter Band

ERZÄHLUNGEN

1

Dritter Band

Vierter Band

REDEN

VERMISCHTE SCHRIFTEN